Orígenes De La Novela..: Novelas De Los Siglos XV Y Xvi, Con Un Estudio Preliminar: Carcel De Amor, De Diego De San Pedro. Tractado Qve Hizo Nicolas Nuñez, Sobre El Qve Diego De San Pedro Compuso De Leriano Y Laureola, Llamado "Carcel De Amor." Sermon Ord

Adolfo Bonilla Y San Martín, Marcelino Menéndez Y Pelayo

Nueva Biblioteca de Autores Españoles

bajo la dirección del

Excmo. Sr. D. Marcelino Menéndez y Pelayo.

7

Orígenes de la Novela

Tomo II

Novelas de los siglos XV y XVI, con un estudio preliminar

de

D. M. Menéndez y Pelayo

de la Real Academia Española.

Madrid

Bailly-Baillière é Hijos, Editores

Plaza de Santa Ana, núm. 10.

1907

Orígenes de la Novela

Tomo II

Nueva Biblioteca de Autores Españoles

bajo la dirección del

Excmo. Sr. D. Marcelino Menéndez y Pelayo.

7

Orígenes de la Novela

Tomo II

Novelas de los siglos XV y XVI, con un estudio preliminar

de

D. M. Menéndez y Pelayo

de la Real Academia Española.

Madrid

Bailly-Baillière é Hijos, Editores

Plaza de Santa Ana, núm. 10.

1907

177
M5423

165

IX

CUENTOS Y NOVELAS CORTAS.—TRADUCCIONES DE BOCCACCIO, BANDELLO, GIRALDI CINTHIO, STRAPAROLA, DONI, LUIS GUICCIARDINI, BELLEFOREST, ETC.—«SILVA DE VARIA LECCIÓN», DE PERO MEXÍA, CONSIDERADA BAJO EL ASPECTO NOVELÍSTICO.—«MISCELÁNEA», DE DON LUIS ZAPATA.—«PHILOSOPHIA VULGAR», DE JUAN DE MAL LARA: RELACIONES ENTRE LA PAREMIOLOGÍA Y LA NOVELÍSTICA.—«SOBREMESA Y ALIVIO DE CAMINANTES», DE JUAN DE TIMONEDA.—«EL PATRAÑUELO»: ESTUDIO DE SUS FUENTES.—OTRAS COLECCIONES DE CUENTOS: ALONSO DE VILLEGAS, SEBASTIÁN DE HOROZCO, LUIS DE PINEDO, GARIBAY.—«GLOSAS DEL SERMÓN DE ALJUBARROTA», ATRIBUIDAS Á D. DIEGO HURTADO DE MENDOZA.—«FLORESTA ESPAÑOLA», DE MELCHOR DE SANTA CRUZ.—LIBROS DE APOTEGMAS: JUAN RUFO.—EL CUENTO ESPAÑOL EN FRANCIA.—«SILVA CURIOSA», DE JULIÁN DE MEDRANO.—«CLAVELLINAS DE RECREACIÓN», DE AMBROSIO DE SALAZAR.—«RODOMUNTADAS ESPAÑOLAS».—CUENTOS PORTUGUESES, DE GONZALO FERNÁNDEZ TRANCOSO.—EL «FABULARIO», DE SEBASTIÁN MEY.—«DIÁLOGOS DE APACIBLE ENTRETENIMIENTO», DE GASPAR LUCAS HIDALGO.—«NOCHES DE INVIERNO», DE ANTONIO DE ESLAVA.

Los orígenes más remotos del cuento ó novela corta en la literatura española hay que buscarlos en la *Disciplina Clericalis*, de Pedro Alfonso, y en los libros de apólogos y narraciones orientales traducidos ó imitados en los siglos XIII y XIV. Más independiente el género, con grande y verdadera originalidad en el estilo y en la intención moral, se muestra en *El Conde Lucanor*, y episódicamente en algunos libros de Ramón Lull y en la *Disputa del asno*, de Fr. Anselmo de Turmeda. Pero cortada esta tradición después del Arcipreste de Talavera, la novelística oriental y la española rudimentaria que se había criado á sus pechos cede el puesto por más de una centuria á la italiana. Este período de reposo y nueva preparación es el que rompió triunfalmente Miguel de Cervantes en 1613 con la publicación de sus *Novelas Ejemplares*, que sirvieron de pauta á todas las innumerables que se escribieron en el siglo XVII. Entendida como debe entenderse, es de rigurosa exactitud esta afirmación del príncipe de nuestros ingenios: «Yo soy el primero que he novelado en lengua castellana; que las muchas »novelas que en ella andan impresas todas son traducidas de lenguas estrangeras, y »estas son mias propias, no imitadas ni hurtadas; mi ingenio las engendró y las parió »mi pluma, y van creciendo en los brazos de la estampa».

Estas lenguas extranjeras se reducen, puede decirse, al italiano. Pero no se crea que todos, ni siquiera la mayor parte de los *novellieri*, fuesen traducidos íntegros ó en parte á nuestra lengua. Sólo alcanzaron esta honra Boccaccio, Bandello, Giraldi Cinthio, Straparola y algún otro de menos cuenta. Por el número de estas versiones, que además fueron poco reimpresas, no puede juzgarse del grado de la influencia italiana. Era tan familiar á los españoles, que la mayor parte de los aficionados á la lectura amena gozaba de estos libros en su lengua original, desdeñando con razón las traducciones, que solían ser tan incorrectas y adocenadas como las que ahora se hacen de novelas francesas. Pero al lado de estos intérpretes, que á veces ocultaban modestamente su nombre, había imitadores y refundidores, como los valencianos Timoneda y Mey y el portugués Trancoso, que, tomando por base las colecciones toscanas, manejaban más libremente los argumentos y aun solían interpolarlos con anécdotas españolas y rasgos de nuestro *folk-lore*. Abundan éstos, sobre todo, en las colecciones de cuentos brevísimos y de forma casi esquemática, tales como el *Sobremesa*, del mismo Timoneda; la *Floresta Española*, de Melchor de Santa Cruz, y los apotegmas y dichos agudos ó chistosos que recopilaron Luis de Pinedo, D. Juan de Arguijo y otros ingenios, con quienes ya iremos trabando conocimiento. Son varias también las obras misceláneas que ofrecen ocasionalmente materiales para el estudio de este género embrionario, que por su enlace con la novelística popular despierta en gran manera la curiosidad de los doctos. Este aspecto muy interesante tenemos que relegarle á segundo término, porque no escribimos de la novela como *folkloristas*, sino como literatos, ni poseemos el caudal de erudición suficiente para comparar entre sí las narraciones orales de los diversos pueblos. Ateniéndonos, pues, á los textos escritos, daremos razón ante todo de las traducciones de novelas italianas hechas en España durante los siglos XV y XVI.

Ningunas más antiguas ó interesantes que las de Boccaccio, aunque por ventura el *Decameron* fue menos leído y citado que ninguna otra de sus obras latinas y vulgares; menos seguramente que la *Caída de Príncipes*, traducida en parte por el canciller Ayala antes de 1407 y completada en 1422 por D. Alonso de Cartagena; menos que la *Fiammetta* y el *Corbaccio*, cuya profunda influencia en nuestra novela, ya sentimental, ya satírica, hemos procurado determinar en capítulos anteriores; menos que el libro *De claris mulieribus*, imitado por D. Alvaro de Luna y por tantos otros; menos que sus repertorios de mitología y geografía antigua *(De Genealogiis Deorum, De montibus, silvis, lacubus, fluminibus, stagnis et paludibus et de nominibus maris)*. De todas estas y otras obras de Boccaccio existen traducciones castellanas ó catalanas en varios códices y ediciones, y su difusión está atestiguada además por el uso constante que de ellas hacen nuestros autores del siglo XV, citándolas con el mismo encarecimiento que las de los clásicos antiguos, ó aprovechándolas muy gentilmente sin citarlas, como hizo Bernat Metge en su *Sompni* ([1]).

El *Decameron*, libro reprobado por su propio autor ([2]) y que contiene tantas historias deshonestas, tuvo que ser leído más en secreto y alegado con menos frecuencia. No se encuentra imitación de ninguno de los cuentos hasta la mitad del siglo XVI, pero todos ellos habían sido trasladados al catalán y al castellano en la centuria anterior.

([1]) Con erudición verdaderamente admirable, no sólo por lo extensa, sino por lo minuciosa y segura, y con agudeza y sagacidad crítica todavía más raras que su erudición, discurre sobre todos estos puntos Arturo Farinelli en su reciente opúsculo *Note sul Boccaccio in Ispagna nell' Età Media*, Braunschweig, 1906 (tirada aparte del *Archiv für das studium der neuren Sprachen und Literaturen*, de L. Herrig»), al cual debe añadirse su estudio sobre el *Corbaccio* en la España medioeval, publicado en la *Miscelánea Mussafia*. Creo que entre los hispanistas que hoy viven nadie ha avanzado tanto como Farinelli en el estudio comparativo de las letras españolas con las extranjeras, especialmente con la italiana y la alemana. Sus monografías son un tesoro, todavía no bastante apreciado en España, y la rica materia que contienen hubiera bastado á un escrit r menos docto y conciso para escribir voluminosos libros.

([2]) Así resulta de su célebre carta á Mainardo Cavalcanti, mariscal del reino de Sicilia, descubierta en la biblioteca de Siena y publicada por Tiraboschi (*Storia della letteratura italiana*, t. V, pág. 844, ed. de Milán, 1823): «Sane quod inclitas mulieres tuas domesticas meas legere permiseris, »non laudo; quin imo quæso per fidem tuam, ne feceris... Cave igitur iterum meo monitu precibus»que, ne feceris... Et si decori dominarum tuarum parcere non vis, parce saltem honori meo, si adeo

La primera novela de Boccaccio que penetró en España, pero no en su forma original, sino en la refundición latina que había hecho el Petrarca con el título *De obedientia ac fide uxoria* (¹), fue la última del *Decameron*, es decir, la historia de la humilde y paciente Griselda, tan recomendable por su intención moral. Bernat Metge, secretario del rey D. Martín de Aragón y uno de los más elegantes y pulidos prosistas catalanes, puso en lengua vulgar aquel sabroso aunque algo inverosímil cuento, para obsequiar con él á Madona Isabel de Guimerá (²). No se conoce exactamente la fecha de esta versión, que en uno de los dos manuscritos que la contienen lleva el título de *Historia de las bellas virtuts*, pero de seguro es anterior á 1403, en que el mismo autor compuso su célebre *Sueño*, donde atestigua la gran popularidad que la novela de la marquesa de Saluzzo había adquirido ya, hasta el punto de entretener las veladas del invierno, mientras hilaban las mujeres en torno del fuego (³).

Un arreglo ó traducción abreviada de la misma historia, tomada también del Petrarca, y no de Boccaccio, se encuentra en un libro castellano anónimo, *Castigos y dotrinas que un sabio dava a sus hijas* (⁴). Es breve esta versión y tan apacible y gra-

»me diligis, ut lacrimas in passionibus meis effundas. Existimabunt enim legentes me spurgidum, »lenonem, incestuosum senem, impurum hominem, turpiloquum, maledicum, et aliorum scelerum »avidum relatorem. Non enim ubique est qui in excusationem meam consurgens dicat: juvenis scrip-»sit, et majoris coactus imperio».

Hugo Fóscolo, en su precioso *Discorso sul testo del Decamerone (Prose Letterarie*, t. III, ed. de Florencia, 1850), supone con probabilidad que el mismo Boccaccio llegó á destruir el original autógrafo de su libro, lo cual explica la incorrección de las copias.

(¹) Es cosa digna de repararse que el Petrarca, con ser tan amigo de Boccaccio, no recibió de su parte el *Decameron* ni le vio más que por casualidad, ni elogió en él otra cosa que esta novela y la descripción de la peste: «Librum tuum, quem nostro materno eloquio, ut opinor, olim juvenis edi-»didisti, nescio quidem unde vel qualiter ad me delatum vidi».

Sin duda por haberse omitido la epístola proemial en algunas copias fue tenida la Griselda entre muchos humanistas por composición original del Petrarca, pero no creo que incurriesen en tal error Bernat Metge, tan versado en las obras de Boccaccio, ni Chaucer, que la imita en uno de los *Canterbury Tales*. Pero la verdad es que procedieron como si ignoraran el verdadero autor de la fábula.

(²) Hizo una elegantísima edición de este tratado D. Mariano Aguiló en su *Bibliotheca d' obretes singulars del bon temps de nostra lengua materna estampades en letra lemosina* (Barcelona, librería de Verdaguer). La portada dice así:

Historia de Valter e de la pacient Griselda escrita en llatí per Francesch Petrarcha: e arromançada per Bernat Metge. Estampada en Barcelona per n' Evarist Villaxtres en l' any M.DCCC.Lxxxiij.

Dos códices tuvo presentes el Sr. Aguiló: uno de la Biblioteca Universitaria de Barcelona, y otro, al parecer más antiguo, que él poseía, comprado en Cádiz al bibliófilo D. Joaquín Rubio. En este segundo códice, el título era *Istoria de Valter é de Griselda, composta por Bernat Metge, la qual racita Petrarcha poheta laureat en les obres del qual io he singular afeccio*.

Hay tres romances modernos escritos sobre el texto de la novela de Metge: *Historia de Griselda la qual lo marques Valter prengué per muller essent una humil pastoreta e isqué lo més singular exemple de la obediencia que tota dona casada deu tenir a son marit* (Barcelona, 1895). Lleva las iniciales A. B. T. (Antonio Bulbena y Tusell).

(³) «La pasciencia, fortitut e amor conjugal de Griselda, la istoria de la qual fon per mi de latí »en nostra lengua vulgar transportada, callare, car tant es notoria que ya la reciten per enganar les »nits en les vetles e com filen en ivern entorn del foch.»

(⁴) Manuscrito de la Biblioteca Escurialense (a-IV-5), dado á luz por Herman Knust en un tomo de la Sociedad de Bibliófilos Españoles, *Dos obras didácticas y dos leyendas...* Madrid, 1878. Vid. pp. 260-265.

ciosa de lengua, que me parece bien ponerla aquí, para amenizar la aridez de estos
prolegómenos bibliográficos:

«Leese en un libro de las cosas viejas que en una parte de Italia en una tierra que
se llama de los Salucios ovo un marqués sennor de aquella tierra, el qual era muy virtuoso y muy discreto, pero no curava de se casar, y commo ya fuese en tal hedat que
devia tomar muger, sus vasallos y cavalleros le suplicaron que se quisiese casar, porque
dél quedase fruto que heredase aquella tierra. Y tanto gelo amonestaron que dixo que
lo plazía, pero que él quería escoger la muger que avia de tomar, y que ellos le prome-
tiesen de ser contentos con ella, los quales dixeron que les plazía. Y dende á poco
tiempo él tomó por su muger á una donzella hija de un vasallo suyo bien pobre, pero
de buen gesto y onestas y virtuosas costumbres. Y al tiempo que la ovo de tomar él se
fué á casa de su padre, al qual preguntó si le quería dar á su hija por muger. Y el
cavallero pobre, commo se maravillase de aquello, le rrespondió: «Sennor eres de mí y
»de mi hija. Faz á tu voluntad». Y luego el marqués preguntó á la donzella si quería
ser su muger, la qual con grant vergüença le rrespondió: «Sennor, veo que soy yndigna
»para me casar contigo, pero si la voluntat de Dios es aquesta y mi ventura es tal, faz
»lo que te pluguiere, que yo contenta soy de lo que mandares». El marqués le dixo
que, si con él avia de casar, que parase mientes que jamas avia de contradizir lo que
él quisiese, ni mostrar pesar por cosa que á él pluguiese ni mandase, mas que de todo
ello avia de ser plazentera, la qual le dixo que así lo faria. Y luego el marqués en presencia de todos los cavalleros y vasallos suyos dixo que él queria á aquella por muger,
y que todos fuesen contentos con ella y la onrasen y sirviesen commo á su muger. Y
ellos rrespondieron que les plazía. Y luego la mandó vestir y aderesçar commo á novia.
Y en aquel dia hizo sus bodas y sus fiestas grandes. Y bivieron despues en uno muy
alegremente. La qual sallió y se mostró tanto buena y discreta y de tanta virtud que
todos se maravillavan. Y haziendo assy su vida el marqués y su muger, y teniendo una
hija pequenna muy hermosa, el marqués quiso provar á su muger hasta do podria
llegar su obediencia y bondat. Y dixo á su muger que sus vasallos estavan muy des-
pagados dél, diziendo que en ninguna manera no quedarían por sus sennores fijos de
muger de tan baxo linaje, que por esto le conplia que no toviese más aquella hija, porque sus vasallos no se le rrevelasen, y que gelo hazia saber porque á ella pluguiese
dello; la qual le respondió que pues era su sennor, que hiziese á su voluntad. Y el
marqués dende á poco enbió un escudero suyo á su muger á demandarle la hija, la
qual, aunque pensó que la avian de matar, pero por ser obediente no mostró tristeza
ninguna, y miróla un poco y santiguóla y besóla y dióla al mensajero del marqués, al
qual rrogó que tal manera toviesse commo no la comiesen bestias fieras, salvo si el
sennor otra cosa le mandase. Y el marqués embió luego secretamente á su hija á Bo-
lonna á una su hermana que era casada con un conde dende, á la qual enbió rogar que
la criase y acostunbrase commo á su hija, sin que persona lo supiese que lo era. Y la
hermana hízolo assi. Y la muger commo quier que pensava que su hija era muerta,
jamas le dió á entender cosa ni le mostró su cara ménos alegre que primero por no
enojar á su marido. Y despues parió un hijo muy hermoso. Y á cabo de dos annos el
marqués dixo á su muger lo que primero por la hija, y en aquella misma manera lo
enbió á su hermana que lo criase. Ni nunca por esto esta noble muger mostró tristeza
alguna ni de ál curava sino de plazer hazer á su marido. Y commo quier que harto

bastava esta espiriencia para provar el marqués la bondat de su muger, pero á cabo de algunos annos, pensó de la provar más y enbió por sus hijos. Y dió á entender á la muger que él se queria casar con otra porque sus vasallos no querian que heredasen sus hijos aquel sennorio, lo qual por cierto era por el contrario, ántes eran muy contentos y alegres con su sennora, y se maravillavan qué se avian hecho los hijos. Y el marqués dixo á su muger que le era tratado casamiento con una hija de un conde, y que le era forçado de se fazer, por ende que toviesse fuerte coraçon para lo sofrir, y que se tornase á su casa con su dote, y diese logar á la otra que venia cerca por el camino ya, á lo qual ella rrespondió: «Mi sennor, yo siempre tove que entre tu gran- »deza y mi humildat no avia ninguna proporcion, ni jamás me sentí digna para tu ser- »vicio, y tú me feziste digna desta tu casa, aunque á Dios hago testigo que en mi vo- »luntad siempre quedé sierva. Y deste tiempo que en tanta honrra contigo estove sin »mis merescimientos do gracias á Dios y á ti. El tiempo por venir aparejada estoy con »buena voluntad de pasar por lo que me vinieso y tú mandares. Y tornarme he á la »casa de mi padre á hazer mi vejez y muerte donde me crié y hize mi ninnez, pero »siempre seré honrrada biuda, pues fuy muger de tal varon. A lo que dizes que lleve »comigo mi dote, ya sabes, sennor, que no traxe ál sino la fe, y desnuda salli de casa »de mi padre y vestida de tus pannos los quales me plaze desnudar ante ti; pero pídote »por mercet siquiera, porque el vientre en que andovieron tus hijos no paresca desnudo »al pueblo, la camisa sola me dexes llevar». Y commo quier que al marqués le vinieron las lágrimas á los ojos mirando tanta bondat, pero bolvió la cara. Y yda su muger á casa de su padre vistióse las rropas que avia dexado en su casa, las quales el padre todavia guardó rrecelando lo mismo que veya. Las duennas todas de aquella cibdat de grant compasion acompannavanla en su casa. Y commo y allegasen cerca de la cibdat los fijos del marqués, embió por su muger y díxole: «Ya sabes commo viene esta don- »cella con quien tengo de casar, y viene con ella un su hermano donzel pequenno y asi- »mismo el conde mi cunnado que los trae y otra mucha gente, y yo querria les fazer »mucha onrra, y porque tú sabes de mis costumbres y de mi voluntad, querria que tú »hizieses aparejar las cosas que son menester, y aunque no estés así bien vestida, las »otras duennas estarán al rrecibimiento dellos y tú aderesçarás las cosas nescessarias». La qual le rrespondió: «Sennor, de buena voluntad y con grant desseo de te conplazer »faré lo que mandares». Y luégo puso en obra lo que era nescesario. Y commo llegó el conde con el donzel y con la donzella, luégo la virtuosa duenna la saludó y dixo: «En »ora buena venga mi sennora». Y el marqués despues que vido á su muger andar tan solícita y tan alegre en lo que avia mandado, le dixo ante todas: «Duenna, ¿qué vos »paresce de aquesta donzella?» Y ella rrespondió: «Por cierto, sennor, yo creo que más »hermosa que ésta no la podrías hallar, y si con ésta no te contentas, yo creo que jamás »podrás ser contento con otra. Y espero en Dios que farás vida pacífica con ella, mas »rruégote que no des á ésta las tentaciones que á la otra, ca segun su hedat pienso que »no las podrá comportar». Y commo esto oyó el marqués, movido con grant piedad y considerando á la grande ofensa que avia hecho á su muger y commo ella lo avia con- portado dixo: «O muy noble muger, conocida es á mí tu fé y obediencia, y no creo que »so el cielo ovo otra que tanta esperiencia de sí mostrase. Yo no tengo ni terné otra »muger sino á ti, y aquesta que pensavas que era mi esposa, tu hija es, y lo que pen- »savas que avias perdido, juntamente lo has fallado». Y commo ella esto oyó con el grand gozo pareció sallir de seso y con lágrimas de grant plazer fué abraçar á sus hijos. A la qual luégo fueron traydas sus rropas, y en gran plazer y alegría pasaron algunos dias. Y despues siempre bivieron contentos y bienaventurados. Y la grant fama y obediencia desta sennora oy en dia tura en aquellas tierras».

La indicación del «libro de las cosas viejas» nos hace pensar que el *Sabio* anónimo autor de los *Castigos* pudo valerse de alguna compilación en que el cuento de Griselda estaba extractado. Pero, como prueba con toda evidencia miss Bourland en su magistral monografía (¹), este texto, cualquiera que fuese, estaba tomado de la versión de Petrarca y no de la de Boccaccio, puesto que conviene con la primera en todos los puntos de detalle en que el imitador latino altera el original. Por su parte, el imitador castellano no hace más que suprimir los nombres de los personajes, omitir ó abreviar considerablemente algunos razonamientos y convertir al padre de Griselda, que en el original es un pobre labrador, en un caballero pobre.

Es cosa digna de notarse que en las primitivas traducciones catalana y castellana del *Decameron*, que citaremos inmediatamente, la *Griselda* de Boccaccio está sustituída con la del Petrarca, que sin duda se estimaba más por estar en latín. Y del Petrarca proceden también por vía directa ó indirecta la *Patraña 2.ª*, de Timoneda; la *Comedia muy ejemplar de la Marquesa de Saluzia*, del representante Navarro (²), que sigue al mismo Timoneda y al *Suplemento de todas las crónicas del mundo* (³), y hasta los romances vulgares de *Griselda y Gualtero*, que andan en pliegos de cordel todavía (⁴). Sólo puede dudarse en cuanto á la comedia de Lope de Vega *El exemplo de casadas y prueba de la paciencia*, porque trató con mayor libertad este argumento, que según dice él mismo andaba figurado hasta en los naipes de Francia y Castilla. De este raro género de popularidad disfrutaron también otros cuentos ds Boccaccio. Fernando de la Torre, poeta del siglo XV, dice en una cierta *invención* suya *sobre el juego de los naipes*: «Ha »de ser la figura del cavallero la ystoria de Guysmonda como le envia su padre un gen-»til onbre en un cavallo e le trae el coraçon de su enemigo Rriscardo (Guiscardo), el »qual con ciertas yerbas toma en una copa de oro e muere» (⁵).

Todas las novelas de Boccaccio (excepto la última, que fue sustituída con la *Histo-*

(¹) *Boccaccio and the Decameron in castilian and catalan literature. Thesis presented to the faculty of Bryn Mawr College for the degree of doctor of philosophy by Caroline Brown Bourland*, 1905 (Tirada aparte de la *Revue Hispanique*, t. XII).

Tesis semejantes á ésta convendría que apareciesen de vez en cuando en las universidades españolas. La joven doctora norteamericana examina y describe con todo rigor bibliográfico los códices y ediciones españolas del *Decameron* y busca luego el rastro de Boccaccio en nuestra novelística y dramaturgia de los siglos XV, XVI y XVII, analizando una por una, y en todos sus detalles, las imitaciones de cada cuento. Es un trabajo de investigación y de crítica digno de las mayores alabanzas. Para no repetir lo que allí está inmejorablemente dicho, abreviaré mucho la parte concerniente á Boccaccio en estas páginas.

(²) Ha sido reimpresa por miss Bourland en el tomo IX de la *Revue Hispanique*, conforme al único ejemplar conocido de 1603.

(³) También ha reimpreso (*ib.*) la señorita Bourland este texto, tomado de la *Suma de todas las crónicas del mundo* (Valencia, 1510), traducción hecha por Narcís Viñoles del *Suplementum Chronicorum*, de Foresti.

(⁴) Ns. 1273, 1274 y 1275 del *Romancero* de Durán.

(⁵) Nota comunicada á miss Bourland por D. Ramón Menéndez Pidal. La composición de Fernando de la Torre está en un códice de la Biblioteca de Palacio.

ria de las bellas virtuts, de Bernat Metge) fueron traducidas al catalán en 1429 por autor anónimo, que residía en San Cugat del Vallés, monje quizá de aquella célebre casa benedictina. El precioso y solitario códice que nos ha conservado esta obra perteneció á D. Miguel Victoriano Amer y pertenece hoy á D. Isidro Bonsoms y Sicart, que le guarda con tantas otras joyas literarias en su rica biblioteca de Barcelona (¹). Pronto será del dominio público esta interesante versión, que está imprimiendo para la *Biblioteca Hispánica* el joven y docto catalanista D. J. Massó y Torrents. A su generosidad literaria debo algunas páginas de esta obra, que es no sólo un monumento de lengua, sino una traducción verdaderamente literaria, cosa rarísima en la Edad Media, en que las versiones solían ser calcos groseros. Contiene no sólo las novelas, sino todas las introducciones á las *giornate* y á cada una de las novelas en particular, y todos los epílogos. Omite la *ballata* de la jornada décima, y en general todos los versos; pero en las *jornadas* primera, quinta, sexta y octava las sustituye con poesías catalanas originales, que no carecen de mérito. Muy linda es, por ejemplo, ésta, con que termina la jornada octava:

> Pus que vuyt jorns stich, Senyora,
> Que no us mir,
> Ara es hora que me'n tolga
> Lo desir.
>
> E quant eu pas per la posada
> Eu dich, Amor, qui us ha lunyada
> Que no us mir?
> Ara es hora que me'n tolga
> Lo desir.

(¹) Una detallada é interesante descripción de este códice puede verse en el estudio de miss Bourland. Para mi objeto basta con la siguiente nota, que me comunicaron los señores Bonsoms y Massó y Torrents antes que la erudita señora diese á luz su trabajo:

«Es un manuscrito en papel que conserva su encuadernación antigua, con señales de los clavos »y cierres; en un tejuelo de papel pegado se lee: *Las Cien... manuscriptas catalan*. La medida gene»ral de la página es de 295 × 216 milímetros. La foliación, que va de 1 á CCCxxiij, empieza en la »1.ª novela de la 1.ª jornada, con las palabras *Covinent cosa es molt cares dones*. Contiene entero el »Decameron, que termina en el folio CCCxxxiij de esta manera:

> »E vosaltres gracioses dones ab la sua gracia romaniu en pau recordant vos de mi si d'alguna cosa »de aquestes que haureu legides per ventura vos ajudau.

> »Fo acabada la present translacio dimarts que comptaven V dies del mes d'Abril en l'any de la »fructificant Incarnacio del fill de deu M.CCCC.xxviiij, en la vila de Sant Cugat de Valles.

> »Aci feneix la desena e derrera Jornada del libre appellat De (sic) Cameron, nominat lo Princep »Galeot, en altra manera Lo cento novella.

»Los folios preliminares contienen el proemio y la introducción, de manera que está completa »la obra de Boccaccio. De los folios preliminares, útiles, aparecen recortados la mayor parte y alte»rado su orden 8 ff. blancos (el último de los cuales lleva alguna anotación ajena al texto) + 5 ff. de »*Taula* á 2 columnas + 2 ff. de *introducció* + 2 ff. blancos + 9 ff. de *proemi* y *introducció*.

»Hay letra de dos manos distintas, como si los redactores se hubiesen partido el trabajo. La »primera es más hermosa, aunque no cuidada. Escribe á renglón seguido y caligrafía alguna inicial, »alternando las tintas roja y azul: comprende la introducción, el proemio y el texto hasta el »folio CLxxxii (novela 8.ª de la 5.ª jornada). La segunda mano escribe á dos columnas, y comprende »todo el resto del manuscrito incluso la suscripción final; es más corrida y no tiene inicial ninguna. »Todo el manuscrito carece de epígrafes en tinta roja, habiéndose dejado en blanco el espacio corres»pondiente».

> Yo dich, Amor, qui us ha lunyada
> Lo falç marit qui m' ha reptada
> Que no us mir?
> Ara es hora que me'n tolga
> Lo desir.
>
>   E quant eu pas per la pertida
> Eu dich, Amor, qui us ha trahida
> Que no us mir?
> Ara es hora que me'n tolga
> Lo desir.
>
>   Yo dich, Amor, qui us ha trahida
> Lo falç gelos qui m' ha ferida
> Que no us mir?
> Ara es hora que me'n tolga
> Lo desir.

Todavía es más primorosa, aunque algo liviana, la canción final de la jornada sexta:

> No puch dormir soleta no,
> ¿Que m' fare lassa
> Si no mi spassa?
> Tant mi turmenta l' amor.
>
>   Ay amich, mon dolç amich,
> Somiat vos he esta nit,
> ¿Que m' fare lassa?
> Somiat vos he esta nit
> Que us tenia en mon lit,
> ¿Que m' fare lassa?
>
>   Ay amat, mon dolç amat,
> Anit vos he somiat
> ¿Que m' fare lassa?
> Anit vos he somiat
> Que us tenia en mon braç,
> ¿Que m' fare lassa?

Así, por coincidencia de sentimiento ó de sensación, se repiten, á través de los siglos, las quejas de la enamorada Safo: «ἔγω δὲ μόνα καθεύδω».

Es verosímil que estas composiciones sean anteriores á la traducción, y de autor ó autores diversos, porque una de ellas, la de la jornada primera, no es más que la primera estancia de una canción más provenzal que catalana, que Milá ha publicado como de la Reina de Mallorca Doña Constanza, hija de Alfonso IV de Aragón, casada en 1325 (¹).

Todavía es más curiosa la sustitución de los títulos ó primeras palabras de los cantos populares que cita el desvergonzadísimo Dioneo por otros catalanes, que á juzgar por tan pequeña muestra no debían de ser menos picantes ni deshonestos. Por lo demás, el anónimo intérprete no parece haber sentido escrúpulo alguno durante su tarea, y es

---

(¹) *Obras completas de D. Manuel Milá y Fontanals*, t. III, p. 457.

muy raro el caso en que cambia ó suprime algo, por ejemplo, las impías palabras con que termina el cuento de Masetto de Lamporechio (primero de la tercera jornada). Alguna vez intercala proverbios, entre ellos uno aragonés *(giorn. 7, nov. 2):* «E per ço diu en Arago *sobre cuernos cinco soeldos».*

Contemporánea y quizá anterior á esta traducción catalana, aunque muy inferior á ella por todos respectos, fue la primitiva castellana, de la cual hoy sólo existe un códice fragmentario en la Biblioteca del Escorial. Pero hay memoria de otros dos por lo menos. En el inventario de los libros de la Reina Católica, que estaban en el alcázar de Segovia á cargo de Rodrigo de Tordesillas en 1503, figura con el número 150 «otro libro *en* *romance* de mano, que son las novelas de Juan Bocacio, con unas tablas de papel »forradas en cuero colorado» (¹). Y en el inventario, mucho más antiguo (1440), de la biblioteca del conde de Benavente D. Rodrigo Alfonso Pimentel, publicado por Fr. Liciniano Sáez (²), se mencionan «unos cuadernos de las cien novelas en papel cebtí »menor». No se dice expresamente que estuviesen en castellano, pero la forma de cuadernos, que parecería impropia de un códice traído de Italia, y la calidad del papel tan frecuente en España durante el siglo xiv y principios del xv, y enteramente desusado después, hacen muy verosímil que las novelas estuviesen en castellano (³). Quizá la circunstancia de andar en cuadernos sueltos fue causa de que se hiciesen copias parciales como la del Escorial, y que tanto en estas copias como en la edición completa del *Decameron* castellano de 1496 y en todas las restantes se colocasen las novelas por un orden enteramente caprichoso, que nada tiene que ver con el del texto italiano.

El manuscrito del Escorial, cuya letra es de mediados del siglo xv, tiene el siguiente encabezamiento:

«Este libro es de las ciento novelas que conpuso Juan Bocaçio de Cercaldo, un grant »poeta de Florencia, el qual libro, segun en el prologo siguiente paresce, él fizo y enbió »en especial a las nobles dueñas de Florencia y en general a todas las señoras y dueñas »de qualquier nascion y Reyno que sea; pero en este presente libro non estan más de »la cinquenta e nueve novelas».

En realidad sólo contiene cincuenta, la mitad exacta; pero el prólogo general está partido en diez capítulos. Desaparece la división en jornadas y casi todo lo que no es puramente narrativo. No es fácil adivinar el criterio con que la selección fue hecha, pero seguramente no se detuvo el traductor por escrúpulos religiosos, puesto que incluye la novela de Ser Ciappelleto, la del judío Abraham, la de Frate Cipolla y otras tales, ni por razones de moralidad, puesto que admite la de Peronella, la de Tofano, la del ruiseñor y alguna otra que no es preciso mencionar más expresamente. Sólo el gusto personal del refundidor, ó acaso la circunstancia de no disponer de un códice completo, sino de algunos *cuadernos* como los que tenía el conde de Benavente, pueden explicar esto, lo mismo que la rara disposición en que colocó las historias. La traduc-

(¹) *Memorias de la Real Academia de la Historia*, t. IV, p. 460.

(²) *Demostracion histórica del verdadero valor de todas las monedas que corrian en Castilla durante el reynado del señor don Enrique III* (Madrid, 1796, pp. 374-379).

(³) Cf. Miss Bourland: «If the manuscript of the library of Benavente was in Spanish, the »papel cebti menor on which it was written, would show that the *Decameron* was translated into »spanish, at least in part, during the fourteenth or at the very drawn of the fiftcenth century». (Pág. 24.)

ción es servilmente literal, y á veces confusa ó ininteligible por torpeza del intérprete ó por haberse valido de un códice incorrecto y estropeado. Miss Bourland publicó la tabla de los capítulos, pero no sé que ninguna de las novelas se haya impreso todavía. Por mi parte, atendiendo á la antigüedad, no al mérito de la versión, pongo en nota la 9.ª de la quinta *giornata*, de donde tomó Lope de Vega el argumento de su comedia *El halcón de Federico* (¹).

(¹) *Capítulo Xlv de como Fadrique ama e non es amado e en cortesia despendiendo se consume el qual non auiendo mas de un falcon a la dona suya lo dio.*

Devedes pues saber que Oopo de Burgesi Dominique el qual fue en la nuestra çibdat, por ventura aun es, ombre de grand reverençia e abtoridad, e de los nuestros por costumbres e por virtud mucho mas que por nobleza de sangre caro e dino de eterna fama, e seyendo ya de años lleno espessas vegadas de las cosas pasadas con sus vezinos e con otros se deleytava de rrazonar, la qual cosa el con mejor e mas orden e con mayor memoria apostado de fablar que otro ombre sopo fazer. Era usado de dezir entre las otras sus bellas cosas que en Florençia fue ya un mançebo llamado Fadrique e fijo de Miçer Felipo Albergin en obra de armas e en cortesia preçiado sobre otro ombre donzel de Toscana e quel asi como á los mas de los gentiles ombres contesçe, de una gentil dona llamada Madona Jovena se enamoró, en sus tiempos tenida de las mas bellas donas e de las mas graçiosas que en Florençia fuesen e por aquel amor della conquistar podiese justava e facia de armas e fazia fiestas e dava lo suyo syn algund detenimiento, mas ella, non menos onesta de bella, de aquestas cosas por ella fechas nin de aquel se curava que lo fazia. Despendiendo pues Fadrique allende de todo su poder mucho, en ninguna cosa conquietando, asi como de ligero contesçe las riquezas menguaron e el quedó pobre syn otra cosa serle quedado salvo un solo pequeño heredamiento de las rrentas del qual muy estrechamente bevia, e allende de aquesto un solo falcon de los mejores del mundo le avia quedado. Por que amando mas que nunca, no paresçiendole mas çibdadano ser como deseava, a los campos allá donde el su pobre heredamiento era se fue a estar e aqui quando podia caçando e syn alguna cosa rrequerir padesçientemente la pobreza comportava. Ora acaesçio que seyendo asi Fadrique e veniendo al estremo el marido de madona Jovena enfermó e veyendose á la muerte venir fizo testamento e seyendo muy rico en ella dexó su heredero a un su fijo ya grandezillo e despues de aquesto aviendo mucho amada a Madona Jovena a ella, ay contesçiese aquel fijo syn legitimo heredero muriese, su heredera sola estableç'o, e muriese *(sic)*. Quedada pues biuda Madona Jovena, como usança es de las nuestras donas, el año adelante con aqueste su fijo se fue a un condado en una su posesion asaz vezina aquel'a de Fadrique, por lo qual contesçio que aqueste moçuelo a amistar con Fadrique e deleytarse con aves e con canes e aviendo muchas vegadas visto el falcon de Fadrique bolar, est[r]aña mente plaziendole, fuerte deseava de averlo, mas despues non osava demandarlo veyendo a el ser tanto caro, e asi estando la cosa contesçio quel mançebo enfermó, de que la dolorosa madre mucho temerosa como aquella que mas no tenia e lo amava quanto mas se podia fijo amar, (e) todo el dia estandole en derredor non quedava de conortarlo espessas vegadas e le preguntava si alguna cosa era la qual desease, rogandole mucho que gelo dixiese que por çierto ay posible fuese trabajaria de averlo. El moçuelo oydas muchas vegadas aquestas profiertas dixo: madre mia, ay vos fazedes que yo aya el falcon de Fadrique, yo me creo prestamente guarir; la dona oyendo aquesto algund tanto estovo e oomenço a pensar aquello que fazer devia: ella sabia que Fadrique luenga mente la avia amado e que jamas un solo mirar della non avia avido, porque dezia como enbiaré yo o yre a demandarle aqueste falcon que por lo que yo oygo es el mejor falcon que ombres viesen e allende desto le mantiene en el mundo? E como yre yo nin sere en desconortar un ombre gentil como este al qual ningund otro deleyte le es quedado e que aqueste le quiera tomar? E asi fecho pensamiento ocupada, aunque ella fuese çierta de averlo ay lo demandase, syn saber que avia de dezir non respondio al fijo, mas ultima mente tanto la vençio el amor del fijo que ella consigo dispuso de conçertarlo como quiera que acaesçiese de non enbiar, mas ir ella mesma por el e traerlo, e respondiole: fijo mio conortate e piensa de guaresçer e aver fuerça, que yo te prometo que la primera cosa que yo fare de mañana sera yr por el asy que te lo traere. El moçuelo de aquesto alegre el dia mesmo mostro alguna mejoria; la dona de mañana seguiente tomada una muger en conpañia por manera de deporte se fue a la pequeña casa de Fadrique e fizolo llamar, e el por que

Sabido es que la imprenta madrugó mucho en Italia para difundir la peligrosa lectura del *Decameron*. A una edición sin año, que se estima como la primera, sucedieron la de Venecia, 1471; la de Mantua, 1472, y luego otras trece por lo menos dentro del siglo XV, rarísimas todas, no sólo á título de incunables, sino por haber ardido muchos ejemplares de ellas en la grande hoguera que el pueblo florentino, excitado por las predicaciones de Fr. Jerónimo Savonarola y de su compañero Fr. Domingo da Pescia,

non era tiempo non era ydo aquel dia a caçar e era en un su huerto e fazia sus çiertas lavores aparejar, el qual oyendo que Madona Jovena lo llamava a la puerta, maravillandose fuerte alegre corrio allá, la qual veyendolo venir, con una feminil plazenteria fuele delante aviendola ya Fadrique reverente mente saludado, dixo: bien este Fadrique *(faltan algunas palabras entre el fin de un folio y comienzo de otro)* e mas que non te fuere menester, e el satisfazimiento es tal que yo entiendo con esta mi conpañia en uno amigable mente contigo comer esta mañana. A la qual Fadrique omil mente respondio: señora, ningund don jamas me rrecuerdo aver resçibido de vos salvo tanto de bien que sy yo alguna cosa vali, por el vuestro amor e valor que valido vos he ha seydo e por çierto esta vuestra liberal venida me es mucho mas cara que non seria sy comienço fuese a mi dado a espender quanto en lo pasado he ya espendido, avnque a pobre huesped seades venida. E asi dicho alegre mente dentro en casa la rreççibio e en un su huerto la llevó, e alli, non aviendo quien le fazer tener conpañia, dixo: señora, pues que aqui non es otrie, aquesta mujer deste labrador vos terrna conpañia en tanto que yo vaya a facer poner la mesa. E el aunque la su pobreza fuese estrema non se era tanto vista quanto nesçesario le fazia, ca el avia fuera de orden despendido sus rriquezas, mas aquesta mañana fallando ninguna cosa de que podiese a la dueña onrrar por amor de la qual el a infinitos ombres onrrados avia fecho fuera de razon, congoxos entre sy meemo maldiziendo la fortuna, como ombre fuera de sy fuese agora acá agora allá corriendo, nin dineros nin prenda fallandose e seyendo la ora tarde e el deseo grande de mucho onrrar la gentil dona e non queriendo a otro mas al su labrador rrequerir, vido al su buen falcon en la su sala sobre el alcandara porque non aviendo otra cosa a que acorrerse tomolo e fallandolo grueso penso aquel ser digna vianda de tal dueña e por tanto syn mas pensar tirole la cabeça e a una su moça presta mente lo fizo pelar e poner en un asador asaz diligente mente. E puesta la mesa con unos manteles muy blancos de los quales algunos avia, con alegre cara torno a la dueña en su huerto e el comer que fazer se podia dexolo aparejado. Entanto la dueña con su compañera levantandose fue á la mesa e syn saber que se comia en uno con Fadrique, el qual con muy grand fee la conbidara, comieron el buen falcon e levantados de la mesa ella algund tanto con plazibles rrazones conel estava e paresçiendole a la dueña tiempo de dezir aquello por que era alli venida, asy benina mente con Fadrique començo a fablar: Fadrique, recordandote tu de la preterita vida [e] de la mi onestidad la qual por ventura tu as rreputado a dureza e crueldad yo non dubdo ninguna cosa que tu te devas maravillar de la mi presup(ri)çion sentiendo aquello por que prinçipal mente aqui venida so; mas si fijos ovieses avido por los quales podieses conosçer de quanta fuerça sea el amor que a ellos se ha, paresçeme ser çierta que en parte me averias por escusada; mas como tu non los tengas, yo que uno he, non puedo por ende las leyes comunes de las madres fuyr, las quales fuerças seguir conveniendome, conviename allende del plazo tuyo e allende de toda razon, quererte demandar un don el qual yo se que grave mente as caro e es razon ca ninguno otro deleyte nin ninguna consolaçion dexada ha a ti la tu estraña fortuna, e aqueste don es el falcon tuyo del qual el niño mio es tanto pagado que sy yo non gelo lievo temo que lo agravie tanto en la enfermedat que tiene que despues le siga cosa por la qual lo pierda. E por esto yo te rruego non por el amor que tu me as al qual tu de ninguna cosa eras tenido mas por la alta nobleza la qual en usar cortesya eres mayor que ninguno otro mostrando que te deva plazer de darmelo por que yo por este don pueda dezir de aver resçebido en vida mi fijo e por ende avertelo he sienpre obligado. Fadrique oyendo aquello que la dena le demandava e sentiendo que servir non le podia por que a comer gelo avia dado, començo en presençia a llorar ante que alguna palabra respondiese. La dueña veyendo el grand llanto quel fazia, penso que del dolor de ver de sy partirle el buen falcon veniese mas que de otras cosas quasy fue por dezir que non lo queria; mas despues del llanto rrespondiendo Fadrique dixo asy: señora, despues que a Dios plogo que en vos posiese mi amor en asaz me ha reputado la fortuna contraria e some della dolido, mas todas son seydas ligeras en respeto de aque-

encendió en la plaza el último día de Carnaval de 1497, arrojando á ella todo género de pinturas y libros deshonestos.

Por extraño que parezca, ninguna de estas primitivas ediciones de las *Cien Novelas* sirvió de texto á la española, publicada en Sevilla en 1496 y reimpresa cuatro veces hasta mediar el siglo XVI (Toledo, 1524; Valladolid, 1539; Medina del Campo, 1543; Valladolid, 1550) (¹). Miss Bourland prueba, mediante una escrupulosa confrontación, que el texto de la edición sevillana está muy estrechamente emparentado en el del códice del Escorial para las cincuenta novelas que éste contiene. En muchos casos son literalmente idénticos; convienen en la sustitución de algunos nombres propios á otros del original italiano; tienen en algunos pasajes los mismos errores de traducción, los mismos cambios y adiciones. Coinciden también en dividir la introducción en capítulos, aunque no exactamente los mismos. Finalmente, se asemejan en la inaudita confusión

llo que ella me faze al presente por que con ella jamas paz aver non devo pensando que vos aqui a la mi pobre casa venida seades donde en tanto que rico fue venir desdeñastes, e de mi un pequeño don queredes e ella me aya asi fecho quedar que vos lo non puedo dar, e por que esto ser non puede vos dire breve mente: como yo oy vy que vuestra merced comigo comer queria, aviendo rreguardado a vuestra exçelençia e a vuestro valor reputé digna e conuenible cosa que con mas cara vianda segund la mi posibilidad yo vos deviese onrrar que con aquello que general mente por las otras presonas non se usa, por que rrecordandome del falcon que me demandades e de la su bondad, ser digno manjar de vos lo reputé e desta manera a el asado avedes comido el qual yo por bien empleado rreputé, mas veyendo agora que en otra manera lo deseavades me es asy grande duelo pues servir non vos puedo que jamas paz non puedo dar. E esto dicho las plumas e los pies e el pico le fizo en testimonio lançar delante, la qual cosa veyendo la dona e oyendo primero lo retraxo por dar a comer a dona tan excelente falcon e despues la grande nobleza de su coraçon la qual la pobreza non avia podido nin podia contrastar (e) mucho entre sy mesma lo loo. Despues de quedada fuera de la esperança de aver el falcon por la salud del fijo (e) entrada en pensamiento e rregraçiando mucho a Fadrique el honor fecho e la su buena voluntad, toda malenconia en sy se partio e torrnó al fijo, el qual por la malenconia quel falcon aver non podia e por la enfermedad que mucho aquesto le deviese aver traydo non pasaron muchos dias que con grand dolor de la madre de aquesta vida pasó, la qual despues que llena de lagrimas e de amargura rrefrigerada algund tanto, e seyendo muy rica quedada e aun(a) moça, muchas vegada[s] fue de los hermanos costreñida a torrnar a casar. La qual aun que querido non lo oviese mas veyendose aquexada e rrecordandose del valor de Fadrique e de la su manifiçençia ultima, esto es de aver muerto un asi maravilloso falcon por onrrar a ella, dixo a los hermanos: pues que asy vos plaze que yo case aunque toda via de muy buena voluntad si vos ploguiese syn maridar me estaria, mas sy a vosotros mas plaze que yo marido tome por çierto yo jamas non tomaré ninguno sy non he a Fadrique de Harbegin. De lo qual los hermanos faziendo burla dixie- ron: hermana, qué es esto que tu dizes, como quieres tu aquel que non ha cosa del mundo? A los quales ella rrespondio: hermanos mios, yo se bien que asi es como vos otros dezides, mas yo quiero antes om- bre que aya menester riquezas que rriquezas que ayan menester ombre. Los hermanos oyendo el cora- çon e voluntad della e conosçiendo que Fadrique era ombre de mucho bien aunque pobre, asi como ella queria a el con todas sus rriquezas la dieron. El qual asy fecho la dona a quien tanto el amava por muger avida e allende de aquesto verse muy rico en alegria con ella mejor e mas sabio termino tovo e los años suyos acabó.

(Debo a mi querido amigo D. Ramón Menéndez Pidal la copia de esta novela.)

(¹) *Las C no ‖ velas de Juã Bocacio* (portada en grandes letras monacales).

(Al fin): *Aqui se acaban las Ciento novellas de Miçer juan bocacio, poeta eloquēte. Impressas en la muy noble y muy leal cibdad de Seuilla: por Meynardo ungut alemano y Stanislao polono cõpañeros. En el año de nro. señor Mill quatrociētos novento y seys: a ocho dias del mes de noviembre.* (N.º 54 de la *Bibliografia ibérica del siglo XV* de Haebler.)

2.ª ed.

Las C novelas de micer Juan Vocacio Florentino poeta eloquente. En las quales se hallarã nota-

y barullo en que presentan los cuentos, perdida del todo la división en jornadas, y en suprimir la mayor parte de los prólogos y epílogos que las separan, y por de contado, todos los versos, á excepción de la *ballata* de la décima jornada, que está en el impreso, pero no en el manuscrito (¹).

Las otras cincuenta novelas están traducidas en el mismo estilo, no de fines, sino de principios del siglo xv, y casi de seguro por el mismo traductor. De todo esto se infiere con mucha verosimilitud quo el *Decameron* de Sevilla, cuyo texto es un poco menos incorrecto que el del manuscrito escurialense, ya porque el editor lo cotejase y enmendase con el italiano, lo cual no puedo creer, ya porque se valiese de un códice mejor, representa aquella vieja traducción *en cuadernos*, los cuales, trastrocados y revueltos de uno en otro poseedor ó copista, llegaron á la extravagante mezcolanza actual, en que hasta los nombres de los narradores aparecen cambiados en muchos casos, y se altera el texto para justificar el nuevo enlace de las historias. Pero es impo-

bles exemplos y muy elegante estilo. Agora nuevamente ympressas corregidas y emendadas de muchos vocablos y palabras viciosas.

(Al fin): *Aqui se acaban las cient novellas... Fueron impressas en la Imperial cibdad de Tolledo, por Juan de Villaquiran impresor de libros. A costa de Cosme damian. Acabose a viij del mes de Noviembre: Año del nascimiento de nuestro Salvador y Redemptor Jesu Christo de mill y quinientos y XX.iiij.*

3.ª ed.

Las cient novellas...

(Colofon)... *Fueron impressas en la muy noble y leal villa de valladolid. Acabose a veynte y qua-tro dias del mes de Março. Año de nuestro Salvador y redemptor Jesu Christo de Mill y Quinientos y treynta y nueve años.*

4.ª ed.

Las cient novellas...

(Colofon)... *Fueron impressas en la muy noble villa de Median (sic) del Campo: por Pedro de Castro impresor: a costa de Juā de espinosa mercader de libros. A onze dias del mes de agosto de M. y D. XL. iij años.*

Además de los ejemplares citados en el texto, existe uno en la Biblioteca Imperial de Viena.

5.ª ed.

Las cient novellas...

(Colofon)... *Aqui se acaban las cient novellas de Micer Juan bocacio poeta eloquente. Fueron impressos en la muy noble villa de Valladolid: en casa de Juan de Villaquiran impresor de libros: a costa de Juan espinosa. Acabosse a quinze dias del mes de Deziembre. Año de mil y quinientos y cin-quenta años.*

Como muestra del estilo de esta traducción puede verse la novela del *Fermoso escarnio de Tofano* (4.ª de la jornada 7.ª, numerada 72 por el traductor) que ha reimpreso el Sr. Farinelli *(Note* pp. 105-107) conforme al texto de la edicion de Burgos. El códice escurialense termina precisamente con esta novela: «De como :madona Guita, muger de Cofano, pensando que oviese embriagado a su marido fue a casa de su amante e alla fasta la media noche estovo, e de como Cofano cerro la puerta por de dentro, e como torno su muger que non la quiso abrir. Et de l' arte que ella fizo».

(¹) Ed. de Medina del Campo, fol. CLXXIV vuelto:

> Parte te, amor, y vete al mi señor
> Y cuenta le las penas que sostengo
> Y como por su causa á muerte vengo
> Callando mi querer por gran temor...

(Está en la Novela XCV «de como una donzella se enamoro en Palermo del rey don Pedro de Aragon, y como cayo en grande enfermedad por aquella causa y como despues el rey la galardono muy bien».)

sible que la primitiva versión estuviese dispuesta así; lo que tenemos es un *rifacimento*, una corruptela, que tampoco puedo atribuir al editor de 1496, porque más fácil le hubiera sido restablecer el orden italiano de las historias que armar tan extraño embolismo. Se limitó, sin duda, á reproducir el manuscrito que tenía, y este manuscrito era un centón de algún lector antiguo que, perdido en el laberinto de sus cuadernos, los zurció y remendó como pudo, sin tener presente el original, que le hubiese salvado de tal extravío.

Dos cosas más hay que notar en esta versión, aparte de otras muchas de que da minuciosa cuenta miss Bourland. Contiene todas las novelas del *Decameron*, incluso las más licenciosas; únicamente suprime, sin que pueda atinarse la causa, la novela 5.ª de la jornada 9.ª (*Calandrino*), y la sustituye con otra novela de origen desconocido, aunque probablemente italiano. La Griselda, como ya indicamos, no está traducida de Boccaccio, sino de la paráfrasis latina del Petrarca.

A pesar de sus cinco ediciones, el *Decameron* castellano es uno de los libros más peregrinos de cualquier literatura. Nuestra Biblioteca Nacional no posee, y eso por reciente entrada de la librería de D. Pascual Gayangos, más que la penúltima edición, la de Medina del Campo, y es también la única que se conserva en el Museo Británico. En París sólo tienen la última de 1550. Mucho más afortunada la Biblioteca Nacional de Bruselas, posee, no sólo el único ejemplar conocido de la edición incunable, sino también la primera de Valladolid. El precioso volumen de Toledo no existe más que en la Biblioteca Magliabecchiana de Florencia.

Vino á cortar el vuelo á estas ediciones la prohibición fulminada por el Concilio de Trento contra las *Cien Novelas*, consignada en el Indice de Paulo IV (Enero de 1559), y trasladada por nuestro inquisidor general Valdés al suyo del mismo año. Más de cincuenta ediciones iban publicadas hasta entonces en Italia. Sabido es que la prohibición fue transitoria, puesto que San Pío V, á ruegos del Gran Duque Cosme de Médicis, permitió á los académicos florentinos (llamados después de la Crusca) que corrigiesen el *Decameron* de modo que pudiese correr sin escándalo en manos de los amantes de la lengua toscana. Esta edición corregida no apareció hasta el año 1573, bajo el pontificado de Gregorio XIII; refundición bien extraña, por cierto, en que quedaron intactas novelas indecentísimas sólo con cambiar las abadesas y monjas en matronas y doncellas, los frailes en nigromantes y los clérigos en soldados. Respetamos los altos motivos que para ello hubo y nos hacemos cargo de la diferencia de los tiempos. Esta edición, llamada de los *Deputati*, fue considerada desde luego como texto de lengua, y á ella se ajustan todas las de aquel siglo y los dos siguientes, salvo alguna impresa en Holanda y las que con falso pie de imprenta se estamparon en varias ciudades de Italia en el siglo XVIII.

La Inquisición Española, por su parte, autorizó el uso de esta edición en el Indice de Quiroga (1583), donde sólo se prohiben las *Cien Novelas* siendo de las impresas antes del Concilio: «*Boccacii Decades sive Decameron aut novellæ centum, nisi fuerint ex purgatis et impressis ab anno 1572*», fórmula que se repite en todos los índices posteriores (¹). A la traducción castellana, como completa que era, le alcanzaba de

(¹) Vid. la colección de Reusch *Die Indices Librorum Prohibitorum des sechszehnten Jahrhunderts* (tom. 176 de la Sociedad Literaria de Stuttgart), p. 394. El *Decameron* está puesto entre los libros latinos. Entre los que se prohiben en romance están las novelas de Juan Boccaccio (p. 437).

lleno la prohibición, y nadie pensó en expurgarla, ni hacía mucha falta, porque el *De-cameron* italiano corría con tal profusión (¹) y era tan fácilmente entendido, que no se echaba muy de menos aquella vieja traslación tan ruda y destartalada (²).

Precisamente la influencia de Boccaccio como cuentista y como mina de asuntos dramáticos corresponde al siglo XVII más que al XVI. Antes de la mitad de esta centuria apenas se encuentra imitación formal de ninguna de las novelas. No es seguro que el cuento de la piedra en el pozo, tal como se lee en el *Corvacho* del Arcipreste de Talavera, proceda de la novela de Tofano (4.ª de la jornada VII); una y otra pueden tener por fuente común á Pedro Alfonso (³) Todavía es más incierto, á pesar de la opinión de Landau (⁴), que el romance del *Conde Dirlos*, que debe de ser de origen francés como todos los carolingios, tenga con la novela de Messer Torello *(giorn. X, n. 9)* más relación que el tema general de la vuelta del esposo, á quien se suponía perdido ó muerto, y que llega á tiempo para impedir las segundas bodas de su mujer. El romance carece enteramente de la parte mágica que hay en la novela de Boccaccio y no hay nada que recuerde la intervención de Saladino. En una versión juglaresca y muy tardía del romance de *El Conde Claros* añadió el refundidor Antonio de Pansac una catástrofe trágica (el corazón del amante presentado en un plato), tomada, según creo, del *Decameron*, ya en la novela de Ghismonda y Guiscardo *(giorn. IV, 1)*, ya en la de *Guiglielmo Rossiglione* (Guillem de Cabestanh), que es la 9.ª de la misma jornada (⁵).

Escasas son también las reminiscencias en los libros de caballerías, salvo en *Tirant lo Blanch*, que tanto difiere de los demás, no sólo por la lengua, sino por el espíritu. Además de varias frases y sentencias literalmente traducidas, Martorell reproduce una novela entera *(giorn. II, n. 4)*, la del mercader Landolfo Ruffolo, que después de haber perdido todos sus haberes en un naufragio, encuentra como tabla de salvamento una cajita llena de piedras preciosas. Hay otras evidentes imitaciones de pormenor, que recoge con admirable diligencia Arturo Farinelli, el primero que se ha fijado en ellas (⁶).

(¹) En nuestras bibliotecas, aun en las menos conocidas, suelen encontrarse raros ejemplares del *Decameron*. En la de las Escuelas Pías de San Fernando (Madrid) recuerdo haber visto, hace años, la auténtica de Florencia de 1527, que es una de las más apreciadas y de las que han alcanzado precios más exorbitantes en las ventas.

(²) El *Decameron* fue mirado siempre con indulgencia aun por los varones más graves de nuestro siglo XVI. En un curioso dictamen que redactó como secretario del Santo Oficio sobre prohibición de libros, decía el gran historiador Jerónimo de Zurita: «En las novelas de Juan Bocatio hay »algunas muy deshonestas, y por esto será bien que se vede la translacion dellas en romance sino »fuese espurgándolas, *porque las más dellas son ingeniosissimas y muy eloquentes. (Revista de Archivos, Bibliotecas y Museos*, 1903, t. VII, pp. 220 y ss.)

(³) Sobre las imitaciones que Boccaccio hizo de Pedro Alfonso debe consultarse un erudito y reciente trabajo de Letterio di Francia, *Alcune novelle del Decameron illustrate nelle fonti. (Giornale Storico della letteratura italiana*, t. XLIV, p. 23 y ss.)

(⁴) *Die Quellen des Dekameron, von Dr. Marcus Landau* (2.ª ed.); Stuttgart, 1884, p. 203. Cf. mi *Tratado de los romances viejos*, t. II, pp. 425-426.

(⁵) Vid. *Tratado de los romances viejos*, t. II, p. 404. Corríjase la errata *giornata terza* en vez de *quarta*.

(⁶) El mismo Farinelli (p. 99) ha sorprendido en la otra novela catalana del siglo XV *Curial y Guelfa* una cita muy detallada de la novela de Ghismonda y Guiscardo: «Recordats vos, senyora, de »les paraules que dix Guismunda de Tancredi a son pare sobre lo fet de Guiscart, e de la descripcio »de noblesa?...»

En la *Comedia de la Gloria de amor* del comendador Rocaberti, en el *Inferno dos namorados* del

Otro libro de caballerías, excepcional también en algunas cosas, el *Palmerín de Inglaterra*, de Francisco Moraes, contiene una imitación de la novela de Ghismonda: «Tomó »la copa en las manos, y diziendo al corazón de Artibel palabras de mucho dolor, y »diziendo muchas lástimas, la hinchió de lágrimas» ([1]).

El ejemplo más singular de la influencia de Boccaccio en España es la adaptación completa de una novela, localizándose en ciudad determinada, enlazándose con apellidos históricos, complicándose con el hallazgo de unos restos humanos ó imponiéndose como creencia popular, viva todavía en la mente de los españoles. Tal es el caso de la leyenda aragonesa de los Amantes de Teruel, cuya derivación de la novela de Girolamo y Salvestra *(giorn.* IV, 8) es incuestionable y está hoy plenamente demostrada ([2]), sin que valga en contra la tradición local, de la que no se encuentra vestigio antes de la segunda mitad del siglo XVI, tradición que ya en 1619 impugnaba el cronista Blasco de Lanuza ([3]) y que intentó reforzar con documentos apócrifos el escribano poeta Juan Yagüe de Salas. El «papel de letra muy antigua» que él certifica haber copiado y lleva por título *Historia de los amores de Diego Juan Martinez de Marcilla ó Isabel de Segura, año 1217,* es ficción suya, poniendo en prosa, que ni siquiera tiene barniz de antigua excepto al principio, lo mismo que antes había contado en su fastidiosísimo poema publicado en 1616 ([4]). No por eso negamos la existencia de los Amantes, ni siquiera es metafísicamente imposible que la realidad haya coincidido con la poesía, pero sería preciso algún fundamento más serio que los que Antillón deshizo con crítica inexorable, aun sin conocer la fuente literaria de la leyenda.

portugués Duarte de Brito, y en otras composiciones análogas, figuran Ghismonda y Guiscardo entre las parejas enamoradas de trágica nombradía.

A la celebridad de esta novela contribuyó mucho la traducción latina de Leonardo Bruni de Arezzo (Leonardo Aretino), cuyos escritos eran tan familiares á nuestros humanistas.

([1]) Para esta imitación vid. el libro de miss Bourland, pp. 95-97.

([2]) Véase principalmente el artículo de D. Emilio Cotarelo *Sobre el origen y desarrollo de la leyenda de Los Amantes de Teruel (Revista de Archivos, Bibliotecas y Museos,* n. 5, mayo de 1903, pp. 343-377). Miss Bourland, cuya tesis se publicó en 1905, llega por su parte á las mismas conclusiones.

A la numerosa serie de obras poéticas relativas á la historia de *Los Amantes* debe añadirse, y es una de las más antiguas, la *Silva sexta* del poeta latino de Calatayud Antonio Serón (nacido en 1512). Falta, en el tomo de sus versos que publicó D. Ignacio de Asso en Amsterdam (*Antonii Seronis Bilbilitani Carmina,* 1781), pero está en otras muchas composiciones suyas inéditas en el mismo códice de la Biblioteca Nacional que sirvió á Asso para hacer su selección. Las noticias de la vida de Serón alcanzan hasta 1567.

([3]) «No quiero tratar aquí de lo que se dice del suceso tan sonado y tan contado de Marcilla y »Segura, que aunque no lo tengo por impossible creo certissimamente ser fabuloso, pues no hay »escritor de autoridad y classico, ni aquellos Anales tantas veces citados con ser particulares de las »cosas de Teruel, ni otro Auctor alguno que dello haga mención; si bien algunos Poetas le han »tomado por sujeto de sus versos, los quales creo que si hallaran en Archivos alguna cosa desto ó si »en las ruynas de la parroquial de San Pedro de Teruel (queriéndole reedificar) se huviera hallado »sepultura de marmol con inscripcion de estos Amantes, no lo callaran.»

(*Historias eclesiásticas y seculares de Aragón...* Tomo II. Zaragoza, 1619, lib. III, cap. 14.)

([4]) Vid. *Noticias históricas sobre Los Amantes de Teruel por D. Isidoro de Antillón.* Madrid, imp. de Fuentenebro, 1805. Este folleto, tan convincente y bien razonado como todos los escritos históricos de su autor, nada perdió de su fuerza con el hallazgo de otra «escritura pública», fabricación del mismo Yagüe, que publicó en 1842 D. Esteban Gabarda en su *Historia de los Amantes de Teruel.*

Antonio de Torquemada, en sus *Coloquios Satíricos* (1553), y Juan de Timoneda, en su *Patrañuelo* (1566), son los primeros cuentistas del siglo XVI que empiezan á explotar la mina de Boccaccio. Después de ellos, y sobre todo después del triunfo de Cervantes, que nunca imita á Boccaccio directamente, pero que recibió de él una influencia formal y estilística muy honda y fue apellidado por Tirso «el Boccaccio español», los imitadores son legión. El cuadro general de las novelas, tan apacible ó ingenioso, y al mismo tiempo tan cómodo, se repite hasta la saciedad en *Los Cigarrales de Toledo*, del mismo Tirso; en el *Para todos*, de Montalbán; en la *Casa del placer honesto*, de Salas Barbadillo; en las *Tardes entretenidas*, *Jornadas alegres*, *Noches de placer*, *Huerta de Valencia*, *Alivios de Casandra* y *Quinta de Laura*, de Castillo Solórzano; en las *Novelas amorosas*, de Doña María de Zayas; en las *Navidades de Madrid*, de Doña Mariana de Carvajal; en las *Navidades de Zaragoza*, de D. Matías de Aguirre; en las *Auroras de Diana*, de D. Pedro de Castro y Anaya; en las *Meriendas del ingenio*, de Andrés de Prado; en los *Gustos y digustos del Lentiscar de Cartagena*, de Ginés Campillo, y en otras muchas colecciones de novelas, y hasta de graves disertaciones, como los *Días de jardín*, del Dr. Alonso Cano.

Hubo también, aunque en menor número de lo que pudiera creerse, imitaciones de novelas sueltas, escogiendo por de contado las más honestas y ejemplares. Matías de los Reyes, autor de pobre inventiva y buen estilo, llevó la imitación hasta el plagio en *El Curial del Parnaso* y en *El Menandro*. Alguna imitación ocasional se encuentra también en el *Teatro Popular*, de Lugo Dávila; en *El Pasajero*, de Cristóbal Suárez de Figueroa, y en *El Criticón*, de Gracián. Puntualizar todo esto y seguir el rastro de Boccaccio hasta en nuestros cuentistas más oscuros es tarea ya brillantemente emprendida por miss Bourland y que procuraremos completar cuando tratemos de cada uno de los autores en la presente historia de la novela. Pero desde luego afirmaremos que las historias de Boccaccio, aisladamente consideradas, dieron mayor contingente al teatro que á la novela. De un pasaje de Ricardo del Turia se infiere que solían aprovecharse para loas [1]. Pero también servían para argumentos de comedias. Ocho, por lo menos, de Lope de Vega tienen este origen, entre ellas dos verdaderamente deliciosas: *El anzuelo de Fenisa* y *El ruiseñor de Sevilla* [2]. Pero en esta parte no puede decirse que su influencia fuese mayor que la de Bandello. De todos modos, lo que Boccaccio debía á

---

[1] Miss Bourland recuerda oportunamente este pasaje de Ricardo de Turia en la loa que precede á su comedia *La burladora burlada*:

> La diversidad de asuntos
> Que en las loas han tomado
> Para pediros silencio
> Nuestros Terencios y Plautos,
> Ya contando alguna hazaña
> De César ó de Alejandro,
> Ya refiriendo novelas
> Del Ferrarés ó el Bocacio...

El *Ferrarés* debe de ser Giraldi Cinthio. Un precioso ejemplo de este género de *loas* tenemos en la que precede á *La Rueda de la Fortuna*, del doctor Mira de Amescua, donde está referido aquel mismo cuento de Bandello que fue germen de la admirable comedia de Lope *El villano en su rincón*.

[2] Las restantes son: *El llegar en ocasión*, *La discreta enamorada*, *El servir con mala estrella*, *La boda entre dos maridos*, *El exemplo de casadas*.

España por medio de Pedro Alfonso, quedó ampliamente compensado con lo que le debieron nuestros mayores ingenios.

Hasta la mitad del siglo XVI no volvemos á encontrar traducciones de novelas italianas. Apenas me atrevo á incluir entre ellas *La Zuca del Doni en español*, publicada en Venecia, 1551, el mismo año y por el mismo impresor que el texto original (¹). Por-

(¹) *La | Zucca | del | Doni | En Spañol.*

(Al fin): *In Venetia | Per Francesco | Marcolini | Il Mese d' Ottobre | MDLI.*

8.° 166 pp. y 5 hs. sin foliar de índice. Con diez y seis grabados en madera.

(Dedicatoria): *La Zuca del Doni de lengua Thoscana en Castellano.*

«Al Illustre Señor Juan Bautista de Divicii, Abbad de Bibiena y de San Juan in Venere.

»Entre las virtudes (Illustre Señor) que a un hombre hazen perfeto y acabado, una y muy principal, es el agradecimiento; porque por él venimos á caber con todos, ganamos nuevas amistades, conservamos las viejas, y de los enemigos hazemos amigos. Tiene tanta fuerza esta virtud, que á los hombres cobardes haze muy osados en el dar, á los que reciven regocijados en el pagar y á los avaros liberales. Buena cosa es ser agradecido, y malísima ser ingrato...

»Siendo yo, pues, deudor por tantas partes á V. m. no he querido ser de los que pagan luego (ó por mejor dezir), no he podido serlo, ni tan poco de los que tardan en pagar, por no ser tachado de hombre desconocido, ansi queriendo yo tener el medio, por no errar: suscedió que estando con el Doni (hombre como V. m. sabe, agudo) venimos a hablar de la Zucca, que él no ha muchos dias hizo estampar: roguele que me embiase una, porque no havia provado calabaças este año: él lo hizo como amigo, agradóme la materia o argumento del libro (que sin dubda para entretener una conversacion un rato, es de los buenos que he leido). Encarecisele tanto al Señor Conde Fortunato de Martinengo, que él como deseoso de saber nuestro lenguaje, allende de ser tan aficionado a la nacion española, me rogó con gran instancia le traduxese, poniendo me delante la utilidad y probecho que de alli redundaria á muchos que carescen de la lengua Italiana. Conoscida su voluntad (aunque querria mas escreuir de mio si supiese que traduzirlo de otros) le otorgué lo que me pidió; acordéme despues, que para hombre que podia poco, este era el tiempo, lugar y coyuntura donde podria mostrar la voluntad que tengo de servir a V. m. pagando en parte lo que en todo no puedo, y así determiné dedicarle este pequeño trabajo del traslado de la Zucca, dado que el original el Doni no le haya consagrado a ninguno. Porque de mas de mostrar que reconozco la deuda, la obra vaya más segura y amparada debaxo la sombra y favor de V. m. y así le suplico la reciva en servicio: que yo soy cierto que le agradará, confiado de su ingenio y buen natural, y si no le contentare, será más por el nombre que por lo que la calabaça contiene. Está llena de muchas y provechosas sentencias, de muy buenos exemplos, de sabrosos donaires, de apacibles chistes, de ingeniosas agudezas, de gustosas boverias, de graciosos descuidos, de bien entendidos motes, de dichos y prestezas bien dignas de ser sabidas, de manera que por ella se puede dezir: «so el sayal hay al». Lo que se ve paresce cosa de burla, y de lo que no se paresce todo ó la maior parte es de veras. Es un repertorio de tiempos, una red varredera que todos los estados, oficios, edades recoge en sí. Finalmente es un Sileno de Alcibiades, a todos avisa, con todos habla, de suerte que asi grandes como pequeños, ricos y pobres, doctos y ignorantes, señores y los que no lo son, viejos y moços, y en conclusion desde el Papa hasta el que no tiene capa, sin sacar ninguno, pueden sacar desta Zuca tanto çumo que salgan llenos, y la calabaça no quedo menguada. Una cosa quiero advertir a quien este librillo leerá, que la Zucca en el vulgar italiano tiene tanta fuerza, que a penas se puede traduzir en otra lengua con tanta. La razon es porque cada lengua tiene sus particulares maneras de hablar, de manera que lo que suena bien en una, volviendo lo en otra, palabra por palabra, suena mal. Como paresce por muchos libros traduzidos en esta lengua de italiano, y en los que de latin y griego se traduzen en castellano; pero, como el romance nuestro sea tan conforme al Toscano, por ser tan allegado al latin, aunque en algo difieran, no en todo. No dexo de confesar que la lengua Toscana no sea muy abundante, rica y llena de probervios, chistes y otras sentenciosas invenciones de hablar: las quales en nuestro castellano ninguna fuerza tendrian. Como si dixesemos de uno que quieren ahorcar «han mandado los alcaldes que le lleven a Fuligno». Esta palabra tiene dos sentidos, o que le mandan yr a una ciudad, que se llama *Fuligno*, ó que le mandan ahorcar *fune*, quiero dezir soga ó cordel, *ligno*, leño ó madero; quien

que propiamente la *Zucca* ó calabaza no es una colección de novelas, sino de anécdotas, chistes, burlas, donaires y dichos agudos, repartidos en las varias secciones de *cicalamenti, baie, chiacchiere, foglie, fiori, frutti* (¹). El anónimo traductor, que dedicó su versión al abad de Bibbiena y de San Juan in Venere en un ingenioso y bien parlado

quisiere darle esta fuerza en castellano, ternia bien qué hazer; de manera que es menester que en algunas partes tomemos el sentido, y lo volvamos en otras palabras, y no queramos ir atados a la letra como los judios. Por lo qual han hecho muchos errores algunos interpretes. Es averiguado (como paresce) que ni ellos entendian los originales, ni sus traslados los que los leen, antes sé dezir que quedan embelesados, paresciendoles que leen cosas encantadas y sin pies ni cabeça, a cuya causa vienen a ser tenidos en poco los authores por aquellos que los leen mal traduzidos, en otra lengua peregrina, allende que confunden con palabras groseras el sentido que el author pretende y hazen una disonancia tan grande, que despertarian la risa al más grave y saturno, y sacarian de sus casillas al más sufrido que se hallase. Por éstos se podria dezir: Habló el Buey y dixo *mu*. Quien quisiere experimentar lo dicho lea la traducion del Boccacio y del Plutarco, Quinto Curcio y otros muchos authores, de los quales por no ser prolixo no hago memoria. Algunas veces solia yo leer (estando en Hespaña) el Boccacio, pero sin duda las más no acertava la entrada, y si acaso atinava, me perdia por el libro, sin saber salir, digo que en una hora dava veinte tropeçones, que bastavan confundir el ingenio de Platon. He usado (Illustre señor) destos preámbulos y corolarios para venir a este punto. Conviene a saber que mi intencion no ha sido en la traducion deste libro llegarme mucho a la letra, porque la letra mata, mas antes al spiritu, que da vida, sino es quando fuere menester. Desta manera, yo fiador, que la calabaça no salga vana, ni los que la gustaren vuelvan desagradados, ni mal contentos ó confusos. Pero dirá alguno: «en fin es calabaça»; yo lo confieso, pero no por eso se ha de dexar de comer de ella, que ni ella comida hará mal estomago ni el nombre ha de poner miedo a ninguno. Escrito está que infinito es el número de las calabaças, y segun mi opinion no hay hombre que no lo sea, pero esta es la diferencia, que unos disimulan más que otros, y aun veemos muchas vezes que en la sobrehaz algunos paresçen y son tenidos por calabaças y no lo son del todo, aunque (como he dicho) lo sean en algo. Todas las cosas perfectas no son estimadas por de fuera. Naturaleza es tan sabia y discreta que puso la virtud dellas debaxo de muchas llaves. Como paresce en los cielos y en la tierra: en la qual veemos que los arboles tienen su virtud ascondida, y asimesmo el oro, y los otros metales. ¿Qué diremos de las piedras preciosas, que se hazen en la mar? Pues lo mesmo podremos dezir que acaesce entre los hombres: que los más sabios tienen su prudencia más ascondida, aunque en lo exterior sean tenidos por livianos. A éstos soy cierto que no les dará hastío la corteza de la calabaça, antes se holgarán de tocarla, porque saben que leyendola gozarán de los secretos interiores que debaxo de la corteça, o por mexor dezir del nombre de calabaça están encerrados. Reciva pues V. m. este pequeño presente de la Zucca, o calabaça, que por haberla el Doni cortado fresca con el rocio de la mañana, temo que de mis manos no salga seca y sin çumo. Verdad es que he trabajado de conservarla en aquella frescura (ya que no he podido mejorarla) que el Doni la cortó de su proplo jardin. Ella va a buena coyuntura: e que segun me paresce agora es tiempo de las calabaças en esta tierra, aunque en otras sea en Setiembre. Pienso que tomará V. m. tanto gusto que perdonará parte de la deuda en que estoy, y acceptará el presente en servicio... De Venecia a XXV de Setiembre MD.LI.»

1 (*) Gran parte de los chistes ó *cicalamentos*, *baias* y *chacheras* del Doni (nombres que el traductor conserva) están fundados en proverbios ó tienden á dar su explicación, por lo cual figura este libro en la erudita *Monografía sobre los refranes, adagios*, etc., del Sr. D. José María Sbarbi (1891), donde pueden verse reproducidos algunos de estos cuentecillos (pp. 392-393). Entre ellos está el siguiente, que á los bibliófilos nos puede servir de defensa cuando parece que nos detenemos en libros de poco momento.

«No me paresce cosa justa (me dixo el Bice) que en vuestra *Librería* hagais memoria de algunos authores de poca manera y poco credito; pero yo le dixe: las plantas paresçen bien en un jardin, porque aunque ellas no valgan nada, a lo menos hazen sombra en el verano. Siempre debriamos discurrir por las cosas deste mundo, por que tales cuales son siempre aprovechan para algo, por lo qual suelen dezir las viejas: «No hay cosa mala que no aproveche para algo».

prólogo, que pongo íntegro por nota, era amigo del Doni y debía de tener algún parentesco de humor con él, porque le tradujo con verdadera gracia, sin ceñirse demasiado á la letra. Razón tenía para desatarse en su prólogo contra los malos traductores, haciendo especial mención del de Boccaccio. Curiosísimo tipo literario era el Doni, escritor de los que hoy llamaríamos excéntricos ó humoristas y que entonces se llamaban *heteroclitos* ó extravagantes, lleno de raras fantasías, tan desordenado en sus escritos como en su vida, improvisador perpetuo, cuyas obras, como él mismo dice, «se leían antes de ser escritas y se estampaban antes de ser compuestas»; libelista cínico, digno rival del Aretino; desalmado sicofanta, capaz de delatar como reos de Estado á sus enemigos literarios; traficante perpetuo en dedicatorias; aventurero con vena de loco; mediano poeta cómico, cuentista agudo en el dialecto de Florencia y uno de los pocos que se salvaron de la afectada imitación de Boccaccio ([1]). En medio de sus caprichos y bufonadas tiene rasgos de verdadero talento. Sus dos *Librerías* ó catálogos de impresos y manuscritos con observaciones críticas se cuentan entre los más antiguos ensayos de bibliografía ó historia literaria. Y para los españoles, sus *Mundos celestes, terrestres é infernales* ([2]), en que parodió la *Divina Comedia*, son curiosos, porque presentan alguna remota analogía con los *Sueños* inmortales de Quevedo, aunque no puede llevarse muy lejos la comparación.

Menos importancia literaria que la *Zucca* tienen las *Horas de recreación*, de Luis Guicciardini, sobrino del grande historiador Francisco. A Luis se le conoce y estima principalmente por su descripción de los Países Bajos, que tuvo por intérprete nada menos que á nuestro rey Felipe IV. A las *Horas de recreación*, que es una de tantas colecciones de anécdotas y facecias, cupo traductor más humilde, el impresor Vicente de Millis Godínez, que las publicó en Bilbao en 1580 ([3]).

De todos los novelistas italianos Mateo Bandello fue el más leído y estimado por los españoles después de Boccaccio y el que mayor número de argumentos proporcionó á nuestros dramáticos. Lope de Vega hacía profesión de admirarle, y en el prólogo de su

---

([1]) Con las novelas esparcidas en las varias obras del Doni (que además hizo una imitación del *Calila y Dimna* intitulándola *Filosofía Morale* (Venecia, 1552), formó una pequeña colección el erudito Bartolomé Gamba, á quien tanto debe la bibliografía de la novelística italiana (Venecia, 1815). Otra edición algo más amplia de estas novelas selectas hizo en Luca, 1852, Salvador Bongi, reimpresa con otros opúsculos del Doni en la *Biblioteca Rara* de Daelli: *Le Novelle di Antonfrancesco Doni, già pubblicate da Salvatore Bongi, nuova edisione, diligentemente rivista e corretta. Con l' aggiunta della Mula e della Chiave, dicerie, e dello «Stufajolo», commedia, del medesimo Doni.* Milán, Daelli, 1863.

([2]) *Mondi celesti, terrestri, e infernali, de gli Accademici Pellegrini. Composti dal Doni; Mondo piccolo, grande, misto, risibile, imaginato, de' Pazzi, e Massimo, Inferno de gli scolari, de malmaritati, delle puttane e ruffiani, soldati e capitani poltroni, Dottor (sic) cattivi, legisti, artisti, de gli usurai, de'poeti e compositori ignoranti. In Venetia. Appresso Domenico Farri. MD.LXXV* (1575).

([3]) *Horas de recreacion, recogidas por Ludovico Guicciardino, noble ciudadano de Florencia. Traducidas de lengua Toscana. En que se hallaran dichos, hechos y exemplos de personas señaladas, con aplicacion de diversas fabulas de que se puede sacar mucha doctrina.* (Escudo del impresor.) *Con Licencia y Privilegio Real. En Bilbao, por Mathias Mares, Impressor d' el señorio de Viscaya. Año de 1586.* 8.º, 208 pp.

Censura de Lucas Gracián Dantisco: «Por mandado de los señores d' el Real Consejo he visto este libro intitulado *Horas de Recreacion* de Ludovico Guicciardino, traduzidas de Italiano en Español, y le he conferido con su original impresso en Venecia, y hallo que no tiene cosa contra la fe,

novela *Las fortunas de Diana* parece que quiere contraponerle maliciosamente á Cervantes: «Tambien hay libros de novelas, dellas traducidas de italianos y dellas propias,
» en que no faltó gracia y estilo á Miguel Cervantes. Confieso que son libros de grande
» entretenimiento, y que podrían ser ejemplares, *como algunas de las historias trágicas*
» *del Bandelo;* pero habían de escribirlos hombres científicos, ó por lo menos grandes
» cortesanos, gente que halla en los desengaños notables sentencias y aforismos». Aparte
de estas palabras, cuya injusticia y mala fe es notoria, puesto que Cervantes, aunque no
fuese *hombre científico ni gran cortesano,* está á cien codos sobre Bandello y á muy
razonable altura sobre todos los novelistas del mundo, el estudio de las historias trágicas y cómicas del ingenioso dominico lombardo, superior á todos sus coetáneos en la
invención y en la variedad de situaciones, ya que no en el estilo, fue tan provechoso para
Lope como lo era simultáneamente para Shakespeare. Uno y otro encontraron allí á Julieta y Romeo *(Castelvines y Monteses),* y Lope de Vega, además, el prodigioso *Castigo
sin venganza,* sin contar otras obras maestras, como *El villano en su rincón, La viuda
valenciana* y *Si no vieran las mujeres...* (¹). Ya mucho antes de Lope el teatro español

ni contra buenas costumbres, ni deshonesta, antes para que vaya mas casta la letura le he testado
algunas cosas que van señaladas, y emendado otras, sin las quales lo demas puede passar, por ser
lectura apacible, y al fin son todos apotegmas y dichos gustosos, y de buen exemplo para la vida
humana, y puestas en un breve y compendioso tratado... (Madrid, 4 de Julio de 1584.)

Licencia á *Juan de Millis Godinez impresor* (hijo de Vicente) para imprimir las *Horas de
Recreacion, las quales el aviu hecho traduzir.* (Madrid, 17 de Julio de 1584.)

Dedicatoria: «A la muy illustre señora dona Ginesa de Torrecilla, muger d' el muy Ilustre señor
Licenciado Duarte de Acuña, Corregidor d' el señorio de Vizcaya, Vicente de Millis Godinez, traductor de esta obra».

No hay duda que esta edición es la primera, por lo que dice en la dedicatoria: «y pareciéndome
que para sacarle *esta primera vez á luz en nuestra lengua vulgar* tenia necessidad assi él como yo de
salir debaxo d' el amparo de quien las lenguas de los maldicientes estuviesen arrendadas, lo quise
hazer assi, por lo cual le dedico y le ofrezco á V. m ».

Es libro raro como todos los impresos en Bilbao en el siglo XVI.

Sobre la familia de los Millis, que tanta importancia tiene en nuestros anales tipográficos, ha
recogido curiosas noticias D. Cristóbal Pérez Pastor en su excelente monografía sobre *La Imprenta
en Medina del Campo* (Madrid, 1895). Eran oriundos de Tridino, en Italia, y estuvieron dedicados al
trato y comercio de libros en Lyón y Medina del Campo simultáneamente. Guillermo de Millis, el
que podemos llamar patriarca de la dinastía española, empieza á figurar en Medina como librero
en 1530, como editor en 1540 y como impresor en 1555. Hijo suyo fue Vicente de Millis, librero é
impresor como su padre, aunque con imprenta pobre y decadente, que fue embargada por deudas
en 1572. Tal contratiempo le obligó á trasladarse á Salamanca, donde trabajó en la imprenta de los
hermanos Juntas, á quienes debió de seguir á Madrid en 1576. Allí parece que mejoró algo de fortuna, imprimiendo por cuenta propia algunos libros. Presumía de cierta literatura, puesto que además de las obras de Guicciardino y Bandello llevan su nombre *Los ocho libros de los inventores de
las cosas* de Polidoro Virgilio, pero lo que hizo fue apropiarse casi literalmente la traducción que
Francisco Thamara había hecho del mismo tratado (Amberes, 1550) expurgándola algo. De la que
tiene el nombre de Millis no he manejado edición anterior á la de Medina del Campo de 1599, pero de
sus mismos preliminares resulta que estaba traducida desde 1584. El privilegio de esta obra, lo mismo que el de las *Horas de Recreación,* está dado á favor de *Juan Millis Godinez impressor,* que por
lo visto disfrutaba de situación más bonancible que su padre. Aparece como impresor en Salamanca,
en Valladolid y en Medina del Campo hasta 1614. A la misma familia perteneció el acaudalado librero
de Medina Jerónimo de Millis, editor del *Inventario* de Antonio de Villegas en 1577.

(¹) Añádanse *La mayor victoria, El mayordomo de la Duquesa de Amalfi, Los bandos de Sena,
La quinta de Florencia, El desdén vengado, El perseguido* y alguna otra.

explotaba esta rica mina. *La Duquesa de la Rosa*, de Alonso de la Vega, basta para probarlo (¹).

Aunque la voluminosa colección del obispo de Agen, que comprende nada menos que doscientas catorce novelas, fuese continuamente manejada por nuestros dramaturgos y novelistas, sólo una pequeña parte de ella pasó á nuestra lengua, por diligencia del impresor Vicente de Millis Godínez, antes citado, que ni siquiera se valió del original italiano, sino de la paráfrasis francesa de Pedro Boaystau (por sobrenombre Launay) y Francisco de Belleforest, que habían estropeado el texto con fastidiosas ó impertinentes adiciones. De estas novelas escogió Millis catorce, las que le parecieron de mejor ejemplo, y con ellas formó un tomo, impreso en Salamanca en 1589 (²).

Los *Hecatommithi*, de Giraldi Cinthio, otra mina de asuntos trágicos en que Sha-

(¹) Una de las más apreciables ediciones de las novelas de Bandello fue hecha por un español italianizado, Alfonso de Ulloa, editor y traductor ambidextro. *Il primo volume del Bandello novamente corretto et illustrato dal Sig. Alfonso Ulloa. In Venetia, appresso Camillo Franceschini MDLVI,* 4.º Del mismo año son los volúmenes segundo y tercero.

(²) *Historias tragicas exemplares sacados de las obras del Bandello Verones. Nuevamente traduzidas de las que en lengua Francesa adornaron Pierres Boistau, y Francisco de Belleforet. Contienense en este libro catorce historias notables, repartidas por capitulos. Año 1589. Con Privilegio Real. En Salamaca, por Pedro Lasso impressor. A costa de Iuan de Millis Godinez.* 8.º, 10 hs. prls. sin foliar, y 373 pp.

Tasa-Summa del Privilegio: «a Juan de Millis Godinez, vezino de Medina del Campo, para que »por tiempo de diez años... él y no otra ninguna persona pueda hazer imprimir la primera parte de las »Historias Trágicas»... (18 de Setiembre de 1584). Aprobación de Juan de Olave: «no hallo en él »cosa que offenda a la religion catholica, ni mal sonante, antes muchos y muy buenos exemplos y »moralidad, fuera de algunas maneras de hablar algo desenvueltas que en la lengua Francesa (donde »está mas estendido) deven permitirse, y en la nuestra no suenan bien, y assi las he testado, y emen- »dado otras».

A D. Martin Idiaquez, Secretario del Consejo de Estado del Rey nuestro señor (dedicatoria): «Considerando pues el Bandello, natural de Verona (*), author grave, el fruto, y riquezas que »se pueden grangear de la historia... recogio muchas y muy notables, unas acontecidas en nuestra »edad y otras poco antes, queriendo en esto imitar a algunos que tuvieron por mejor escrevir lo »succedido en su tiempo, y debaxo de Principes que vieron, que volver a referir los hechos antiguos. »Lo qual haze con toda llaneza y fidelidad, sin procurar afeytes ni colores rethoricos, que no encu- »bran la verdad de los successos; y destas escogi catorce, que me parecieron a proposito para indus- »triar y disciplinar la juventud de nuestro tiempo en actos de virtud, y apartar sus pensamientos de »vicios y peccados, y parecio me traduzirlas en la forma y estilo que estan en la lengua Francesa, »porque en ella Pierres Bovistau y Francisco de Belleforest las pusieron con más adorno, y en estilo »muy dulce y sabroso, añadiendo a cada una un sumario con que las hazen más agradables y bien »recebidas de todos»... (De Salamanca, en ocho de Julio 1589).

Al lector... «Me parecio no seria razon que la nuestra (lengua) careciesse de cosa de que se le »podia seguir tanto fruto, mayormente que no hay ninguna vulgar en que no anden, y assi las reco- »gi, añidiendo o quitando cosas superfluas, y que en el Español no son tan honestas como devieran, »attento que la Francesa tiene algunas solturas que acá no suenan bien. Hallarse han mudadas sen- »tencias por este respeto, y las historias puestas en capitulos porque la letura larga no canse»...

Erratas.—Tabla de las Historias que se contienen en esta obra.

Historia primera. «De como Eduardo tercero Rey de Ingalaterra se enamoró de la Condesa de Salberic, y como despues de averla seguido por muchas vias se vino á casar con ella».

H. 2.ª «De Mahometo Emperador Turco, tan enamorado de una griega, que se olvidaba de los negocios del imperio, tanto que se conjuraron sus vasallos para quitarle el estado. Y cómo adver-

(*) Es error: Bandello nació en Castelnuovo en el Piamonte, y por su educación fué lombardo.

kespeare descubrió su *Otelo* y Lope de Vega *El piadoso veneciano* (¹), tenían para nuestra censura, más rígida que la de Italia, y aun para el gusto general de nuestra gente, la ventaja de no ser licenciosos, sino patéticos y dramáticos, con un género de interés que compensaba en parte su inverosimilitud y falta de gracia en la narrativa. En 1590 imprimió en Toledo Juan Gaitán de Vozmediano la primera parte de las dos en que se dividen estas historias, y en el prólogo dijo: «Ya que hasta ahora se ha usado poco en » España este género de libros, por no haber comenzado á traducir los de Italia y Fran-» cia, no sólo habrá de aquí adelante quien por su gusto los traduzca, pero será por » ventura parte el ver que se estima esto tanto en los estrangeros, para que los natura-» les hagan lo que nunca han hecho, que es componer novela. Lo cual entendido, harán » mejor que todos ellos; y más en tan venturosa edad cual la presente» (²). Palabras que

tido mandó juntar los Baxas y principales de su corte, y en su presencia él mismo le cortó la cabe-ça, por evitar la conjuracion».

H. 3.ª «De dos enamorados, que el uno se mató con veneno y el otro murió de pesar de ver muerto al otro». (Es la historia de Julieta y Romeo.)

H. 4.ª «De una dama piamontesa, que aviendola tomado su marido en adulterio la castigó cruelmente».

H. 5.ª «De como un cavallero valenciano, enamorado de una donzella, hija de un official particular, como no pudiesse gozarla sino por via de matrimonio, se casó con ella, y despues con otra su igual, de que indinada la primera se vengó cruelmente del dicho cavallero».

H. 6.ª «De como una Duquesa de Saboya fue accusada falsamente de adulterio por el Conde de Pancaller su vassallo. Y como siendo condenada a muerte fue librada por el combate de don Juan de Mendoça caballero español. Y como despues de muchos successos se vinieron los dos á casar».

H. 7.ª «De Aleran de Saxonia y de Adelasia hija del Emperador Otton tercero. Su huyda a Italia, y como fueron conocidos y las casas que en Italia decienden dellos».

H. 8.ª «De una dama, la qual fue accusada de adulterio, y puesta y echada para pasto y manjar de los leones, y como fue librada, y su innocencia conocida, y el accusador llevó la pena que estava aparejada para ella».

H. 9.ª «De la crueldad de Pandora, dama milanesa, contra el propio fruto de su vientre, por verse desamparada de quien le avia engendrado».

H. 10.ª «En que se cuenta la barbara crueldad de un cavallero Albanes, que estando en lo último de su vida mató a su muger, temiendo que él muerto gozaria otro de su hermosura, que era estremada. Y como queriendo tener compañia a su muger, se mató en acabandola de matar a ella».

H. 11.ª «De un Marques de Ferrara, que sin respeto del amor paternal hizo degollar a su propio hijo, porque le halló en adulterio con su madrastra, a la qual hizo tambien cortar la cabeça en la carcel». (Es el argumento de *Parisina* y de *El Castigo sin venganza*.)

H. 12.ª «En que se cuenta un hecho generoso y notable de Alexandro de Medicis, primero Duque de Florencia, contra un cavallero privado suyo, que aviendo corrompido la hija de un pobre molinero, se la hizo tomar por esposa, y que la dotase ricamente».

H. 13.ª «De Menguolo Lercaro genovés, el qual vengó justamente en el Emperador de Trapisonda el agravio que avia recebido en su corte. Y la modestia de que usó con el que le avia offendido, teniendole en su poder».

H. 14.ª «En que se cuenta como el señor de Virle, estuvo mudo tres años, por mandado de una dama a quien servia, y como al cabo se vengó de su termino».

Las dedicatorias de cada una de las novelas, parte esencialísima de la obra de Bandello, que manifiestan el carácter histórico de la mayor parte de sus relatos, faltan en esta versión, como en la de Belleforest.

(¹) De Giraldi procede también otra comedia de Lope, *Servir á señor discreto*.

(²) *Primera parte de las Cien Novelas de M. Ivan Baptista Giraldo Cinthio: donde se hallaran varios discursos de entretenimiento, doctrina moral y politica, y sentencias, y avisos notables. Traducidas de su lengua Toscana, por Luys Gaytan de Vozmediano. Dirigidas á don Pedro Lasso de la Vega,*

concuerdan admirablemente con las del prólogo de Cervantes y prueban cuánto tardaba en abrirse camino el nuevo género, tan asiduamente cultivado después.

Las *Piacevoli Notti*, de Juan Francisco de Caravaggio, conocido por Straparola, mucho más variadas, amenas y divertidas que los cien cuentos de Giraldi, aunque no

señor de las villas de Cuerva y Batres y los Arcos. (Escudo del Mecenas). *Impresso en Toledo por Pedro Rodriguez. 1590. A costa de Iulian Martinez, mercader de libros.*

Las señas de la impresión se repiten al fin.

4.°, 288 hs.

Privilegio al traductor, vecino de Toledo, por ocho años.—Dedicatoria.—Prólogo al lector.—Aprobación de Tomás Gracián Dantisco.—Canción del Maestro Cristóbal de Toledo.—Estancias del Maestro Valdivielso.—Soneto del Licenciado Luis de la Cruz.—Texto.—Tabla sin foliar.—Nota final.

Esta traducción comprende sólo la introducción y las dos primeras décadas: en total treinta cuentos ó *exemplos*, como el traductor los llama. No abarca, por consiguiente, toda la primera parte italiana, que llega hasta la quinta década inclusive. Algunos pasajes están expurgados y una de las novelas sustituida con otra de Sansovino. Los versos entretejidos en la prosa se traducen en verso.

Copiaré lo más sustancial del *prólogo al lector*, porque contiene varias especies útiles, y el libro es muy raro:

«Lo mesmo entiendo que debio de considerar Juan Baptista Giraldo Cinthio, quando quiso componer esta obra, el qual viendo que si escrevia historia sola como la que hizo de Ferrara, no grangearia sino las voluntades de aquellos pocos que le son afficionados, y si cosas de Poesia, como el Hercules en estancias, algunas tragedias, y muchos sonetos y canciones que compuso, no gustarian dello sino los que naturalmente se inclinan a leerlo, quiso escrevir estas cien Novelas, con que entendio agradar generalmente a todos. A los amigos de historia verdadera con la que pone esparcida por toda la obra, a los afficionados a Philosophia con el Dialogo de Amor que sirve de introducion en esta primera parte, y los tres dialogos de la vida civil que estan al principio de la segunda, a los que tratan de Poesia con las canciones que dan fin a las Decadas, y a los que gustan de cuentos fabulosos con ciento y diez que cuentan las personas que para esto introduce, pues en todos ellos debe de haver muy pocos verdaderos, puesto que muy conformes a verdad y a razon, exemplares y honestos. Honestos digo, respecto de los que andan en su lengua, que para lo que en la nuestra se usa no lo son tanto que se permitieran imprimir sin hacer lo que se ha hecho, que fue quitarles lo que notablemente era lascivo y deshonesto. Para lo qual uvo necessidad de quitar clausulas enteras, y aun toda una novela, que es la segunda de la primera Decada, en cuyo lugar puse la del Maestro que enseña a amar, tomada de las ciento que recopiló el Sansovino. Esto y otras cosas semejantes hallará quitadas y mudadas el que confiriere la traduzion con el original, especialmente el Saco de Roma que se quitó por evitar algunos inconvenientes que pudieran seguirse de imprimirle. No quise poner en esta primera parte mas de veynte novelas, y la introducion con sus diez exemplos, viendo que hazen bastante volumen para un libro como este que por ser para todos ha de ser acomodado en el precio y en el tamaño. Moviome a sacarle a luz el ser de gusto y entretenimiento, y ver que no ay en nuestra lengua cosa deste subjeto que sea de importancia, pues son de harto poca los que llaman *entretenimientos de damas y galanes*, y pesavame que a falta de otros mejores los tomasse en las manos quien alcançó a ver las Novelas de Juan Bocacio que un tiempo anduvieron traduzidas, pues va de uno a otro lo que de oro terso y pulido a hierro tosco y mal labrado. Aora tambien han salido algunas de las historias trágicas traduzidas de frances, que son parte de las Novelas del Vandelo autor italiano, y no han parecido mal. A cuya causa entiendo que ya que hasta aora se ha usado poco en España este género de libros, por no aver començado a traduzir los de Italia y Francia, no solo avrá de aqui adelante quien por su gusto los traduzga, pero será por ventura parte el ver que se estima esto tanto en los estrangeros, para que los naturales hagan lo que nunca han hecho, que es componer Novelas. Lo qual entiendo harán mejor que todos ellos, y mas en tan venturosa edad qual la presente, en que como vemos tiene nuestra España, no un sabio solo como los Hebreos a Salomon, ni dos como los Romanos, conviene a saber Caton y Lelio, ni siete como los Griegos, cuyos nombres son tan notorios, sino millares dellos cada ciudad que la illustran y enriquezen. Entretanto yo que he dado principio a la traduzion de esta obra del Giraldo la yre prosiguiendo hasta el fin, si viere que se recibe con el gusto y aplauso que el ingenio de su auctor pide, y mi trabajo y voluntad merecen»·

siempre honestas ni siempre originales (puesto que el autor saqueó á manos llenas á los novelistas anteriores, especialmente á Morlini), hablaban poderosamente á la imaginación de toda casta de lectores con el empleo continuo de lo sobrenatural y de los prestigios de la magia, asemejándose no poco á los cuentos orientales de encantamientos y metamorfosis. Francisco Truchado, vecino de Baeza, tradujo en buen estilo estas doce *Noches*, purgándolas de algunas de las muchas obscenidades que contienen, y esta traducción, impresa en Granada por René Rabut, 1583, fue repetida en Madrid, 1598, y en Madrid, 1612, prueba inequívoca de la aceptación que lograron estos cuentos (¹).

Juntamente con los libros italianos había penetrado alguno que otro francés, y ya hemos hecho memoria del *rifacimento* de las *Historias Trágicas*, de Bandello, por Boaystuau y Belleforest. No han de confundirse con ellas, á pesar de la semejanza del título, las *Historias prodigiosas y maravillosas de diversos successos acaecidos en el mundo* que compilaron los mismos Boaystuau y Belleforest y Claudio Tesserant, y puso en lengua castellana el célebre impresor de Sevilla Andrea Pescioni (²). Obsérvese que

(¹) *Primera y segunda parte del honesto y agradable entretenimiento de damas y galanes, compuesto por Ivan Francisco Carvacho, Cavallero Napolitano. Traduzido de lengua Toscana, en la nuestra vulgar, por Francisco Truchado, vezino de la ciudad de Baeça. Con Privilegio. En Madrid, por Luys Sanchez: Año M.D.XCVIII. A costa de Miguel Martinez, mercader de libros.*

8.°, 8 hs. prls. 287 pp.

Tassa.—Erratas.—Privilegio.—Dedicatoria.—Al discreto y prudente lector: «No os maravilleis, amigo Lector, si á caso huvieredes leydo otra vez en lengua Toscana este agradable entretenimiento, y agora le hallasedes en algunas partes (no del sentido) diferente: lo que hize por la necessidad que en tales ocasiones se deve usar, pues bien sabeis la diferencia que hay entre la libertad Italiana y la nuestra, lo qual entiendo será instrumento para que de mí se diga que por emendar faltas y defetos agenos saco en público los mios; por tanto (prudentissimo Letor) suplico os los corrijays, y amigablemente emendeys, porque mi voluntad y deseo fue de acertar con la verdadera sentencia, y ponerlo en estilo más puro y casto que me fue possible, y que vos escardando estas peregrinas plantas, cogiessedes dellas sus morales y virtuosas flores, sin hazer caso de cosas que sólo sirven al gusto. Atrevime tambien a hermosear este honesto entretenimiento de damas y galanes, con estos ultimos y agenos versos de divino juyzio compuestos. Y usar de diferente sentido, no menos gustoso y apacible que el suyo propio, porque assi convino, como en la segunda parte deste honesto entretenimiento vereys».

(Estos versos, que por lo visto no pertenecen á Truchado, y son por cierto detestables, sirven para sustituir á los enigmas del original, que ofrecen casi siempre un sentido licencioso.)

Soneto de Juan Doncel.

No tengo ni he visto más que el primer tomo de esta edición.

—*Primera parte del honesto y agradable entretenimiento...* (ut supra). *Con licencia. En Pamplona, en casa de Nicolás de Assiayn, Impressor del Reyno de Navarra. Año 1612. A costa de Ivan de Bonilla, Mercader de libros.*

8.°, 203 pp.

Aprobación de Fr. Baltasar de Azevedo, de la Orden de San Agustin (4 de Septiembre de 1612).

—Erratas.—Licencia y Tassa.—*Al discreto y prudente lector* (prólogo).—Soneto de Gil de Cabrera.

—*Segunda parte...* Pamplona, Nicolás de Assiayn, 1612.

8.°, 4 hs. prls., 203 foliadas y una en que se repiten las señas de la edición. Los preliminares son idénticos, salvo el soneto, que es aquí el de Juan Doncel y no el de Gil de Cabrera.

(²) Es muy verosímil que las *Historias prodigiosas* se imprimiesen por primera vez en Sevilla, donde tenía su establecimiento tipográfico Andrea Pescioni. Pero no encuentro noticia alguna de esta edición, y sólo he manejado las dos siguientes:

—*Historias prodigiosas y maravillosas de diversos svcessos acaecidos en el mundo. Escriptas en lengua Francesa, por Pedro Bouistau, Claudio Tesserant, y Francisco Belleforest. Traducidos en*

casi siempre eran tipógrafos ó editores versados en el comercio de libros y en relaciones frecuentes con sus colegas (á las veces parientes) de Italia y Francia los que intro-
ducían entre nosotros estas novedades de amena literatura, desempeñando á veces, y
no mal, el papel de intérpretes, aspecto muy curioso en la actividad intelectual del
siglo XVI. Andrea Pescioni, si es suya realmente la traducción que lleva su nombre,
demostró en ella condiciones muy superiores á las de Vicente de Millis en lenguaje y

*romance Castellano, por Andrea Pescioni, vezino de Seuilla. Dirigidas al muy Illustre señor Licenciado
Pero Diaz de Tudanca, del Consejo de su Magestad, y Alcalde en la su casa y Corte. Con Privilegio.
En Medina del Campo. Por Francisco del Canto. A costa de Benito Boyer, mercader de libros.
MD.LXXXVI.*
8.º, 391 folios.

Aprobación de Tomás Gracián Dantisco (Madrid, 10 de Noviembre de 1585).—Privilegio á
Andrea Pescioni por seis años (Monzón, 29 de Noviembre 1585).—Dedicatoria.—*Al cristiano lector*
(prólogo).—Texto-Tabla de capítulos.—Tabla alfabética de todas las cosas más señaladas.—Catálogo
de los autores citados.—Fe de erratas.

—*Historias prodigiosas... Con licencia. En Madrid, por Luis Sanchez. Año 1603. A costa de
Bautista Lopez, mercader de libros.*
8.º, 8 hs. prls., 402 pp. dobles y 5 hs. más sin foliar para la tabla.
Tasa (Valladolid, 19 de Julio 1613).
Aprobación de Gracián Dantisco.—Erratas.—Licencia (Valladolid, 15 de Mayo de 1603).—
Dedicatoria y prólogo, lo mismo que en la primera, de la cual ésta es copia exacta.

En el prólogo dice Pescioni:

«Algunos años ha que vi la primera parte de aquestas *Historias Prodigiosas*, que en lengua
Francesa escrivio el docto y ilustre varon Pedro Bouaistau, señor de Launai, y me parecio obra que
merecia estar escrita en los coraçones de los fieles: porque con singular erudicion, y con vivos y
maravillosos exemplos nos enseña y dotrina; y luego me dio voluntad de traduzirla y por entonces
no pude poner en execucion mi desseo, porque hallé que aquel libro estava imperfeto y defetuoso
de algunas hojas, de que avia tenido culpa la ignorancia de alguno, que por no aver conocido aquella
joya se las avia quitado, para desflorarla de algunas pinturas y retratos que en el principio de cada
capitulo tenia, que la curiosidad del autor avia fecho retratar, para con mayor facilidad representar
a los ojos de los letores las Historias y casos que en ellas se contenian: de que recibi no pequeño
desgusto, y procuré que de Francia me fuesse traydo otro de aquellos libros, y se passaron muchos
meses antes que huviesse podido conseguir mi intento; pero con la mucha diligencia y cuydado que
en ello puse, le consegui, y aun aventajadamente, porque me fue traydo el original de que he sacado
aquesta mi traducion, que no sólo lo fue de aquella obra que tanto avia deseado, mas aun tuvo añadidas otras tres partes que tratan del mismo sugeto, que han escrito dos eruditos varones, quales son
Claudio Tesserant y Francisco Bellefurest...

»En el traduzir no he guardado el rigor de la letra, porque como cada lengua tenga su frasis,
no tiene el de la una buena consonancia en la otra; sólo he procurado no apartarme del sentido que
tuvieron los que lo escrivieron, y aun en aquesto he excedido en algunos particulares casos, porque
dizen algunas cosas que en aquesta lengua no fueran bien recebidas, y por la misma causa he cercenado algunas dellas. Tambien he dilatado otras algunas, por hazerlas más inteligibles, que estavan
cortas, porque el original las suple con los retratos de las figuras que en él estan debuxadas, y en
esta traducion no se han podido estampar *por la carestia assi del artifice como de la obra. Assimismo
he encubierto y dissimulado algunos nombres de personas que en el discurso de aquesta obra se citan,
por no ser catolicos,* que mi intento ha sido que no haya cosa con que las orejas de los pios puedan
ser ofendidas: aunque bien se conoce que el mismo intento tuvieron los autores originarios de
aquestas historias, *mas en su natural patria les es concedido más libertad, debaxo de ser catolicos»...*

Al fin añadió el traductor tres *historias* de su cosecha:

Cap. I: «De un monstruo que el año de mil y quinientos y cincuenta y cuatro nacio en la villa
de Medina del Campo».

Cap. II: «De un monstruo que el año 1563 nacio en Jaen». (Esta historia, verdaderamente mons-

estilo. Muy difícil será encontrar galicismos en la pura y tersa locución de las *Historias prodigiosas*, que salieron enteramente castellanizadas de manos del traductor, imprimiéndoles el sello de su nativa ó adoptiva lengua, como cuadraba al señorío y pujanza de nuestro romance en aquella edad venturosa, hasta cuando le manejaban extranjeros de origen, que no hacían profesión de letras humanas como no fuese para traficar con ellas, y aplicaban su industria á libros forasteros, que tampoco por la dicción eran notables, ni se encaminaban al público más selecto. Libro de mera curiosidad y entretenimiento es el de las *Historias*, recopilación de casos prodigiosos y extraordi-

truosa, de un sacerdote sacrílego recuerda la manera de los cuentos anticlericales que Fr. Anselmo de Turmeda intercaló en su *Disputa del Asno*.)

Cap. III: «De un prodigio que el año 1579 se vio en Vizcaya, cerca de la villa de Bermeo».

Además intercala en el texto alguno que otro párrafo suyo, por ejemplo éste (fol. 54 de la edición de Madrid), al tratar de ciertos peces voladores:

«Uno de aquestos mismos pescados monstruosos, ó particular especie de voladores, he visto yo el traductor de aqueste libro en el museo de Gonçalo Argote de Molina, ilustre cavallero de aquesta ciudad de Sevilla y veynteiquatro de ella, provincial de la Santa Hermandad de la provincia del Andaluzia, que tiene de muchos libros raros y otras varias curiosidades; el qual despues presentó a Mateo Vazquez de Leca, secretario de la Magestad del Catolico Rey don Felipe nuestro señor, único protector de los virtuosos».

Ocasionalmente traduce algunos versos de Virgilio, Horacio y Lucano, y también algunos de Ronsard (pp. 254, 255, 384, 395), de *Boyssiero* (p. 388) y de otro poeta francés (en lengua latina) cuyo nombre no expresa (p. 292). Estas versiones no son inelegantes, como puede juzgarse por estas dos cortísimas muestras del «famoso poeta Pedro Ronsardo, en algunos de sus graves versos que »escribió, abundosos de admirables sentencias»:

> El valeroso padre siempre engendra
> Al hijo imitador de su grandeza,
> Y assi por solo el nombre de la raza
> Es el joven caballo apetecido,
> Y el podenco sagaz sigue al venado
> Sólo imitando a sus progenitores,
> Que es cosa natural el heredarse
> De los padres los vicios y virtudes.

—

> Los malos acarrean en la tierra
> Pestes, hambres, trabajos y tormentos,
> Y causan en el aire mil rumores,
> Para con el estruendo amedrentarnos,
> Y vezes hay nos fingen a la vista
> Dos Soles, o la Luna escura y negra,
> Y hazen que las nubes lluevan sangre,
> Y que horrendos prodigios se nos muestren.

Andrea Pescioni, sin duda oriundo de Italia, empieza á figurar en Sevilla como editor por los años de 1572, dando trabajo á las prensas de Juan Gutiérrez y Alvaro Escribano, que estamparon á su costa algunos libros, entre ellos el Solino, *De las cosas maravillosas del mundo*, traducido por Cristóbal de las Casas (1573). En 1581 tenía ya imprenta propia, de la cual salieron una porción de libros que hoy son joyas bibliográficas, como el *Libro de la Montería* de Alfonso XI y el *Viaje ó Itinerario* de Ruy González de Clavijo en su embajada al Gran Tamerlán, publicados uno y otro por Argote de Molina; la *Crónica del Gran Capitán*, los *Diálogos* de Bernardino de Escalante, varias colecciones poéticas de Juan de la Cueva, Joaquín Romero de Cepeda, Pedro de Padilla, y el rarísimo tomo que contiene *Algunas obras de Fernando de Herrera*. Desde 1585 Pescioni aparece en sociedad con Juan de León. Hasta 1587 se encuentra su nombre en portadas de libros.

[1] (Vid. Escudero y Peroso, *Tipografía Hispalense* (Madrid, 1894), p. 33, y Hazañas y la Rua, *La Imprenta en Sevilla* (Sevilla, 1892), pp. 82-84.)

narios, de fenómenos insólitos de la naturaleza, de supersticiones, fábulas y patrañas, escoltadas siempre con algún testimonio clásico: «No escriviré caso fabuloso, ni histo- »ria que no compruebe con el autoridad de algun escritor de crédito, ora sea sacro ó »profano, griego ó latino» (p. 90 vuelta). Con esta salvedad pasa todo, ya bajo el pabe- llón de Eliano, Julio Obsequente, Plinio y Solino, ya bajo la de médicos y naturalistas del siglo XVI, como Conrado Gesnero y Jerónimo Cardano, á quien con especial predi- lección se cita. Hasta la demonología neoplatónica de Miguel Psello, Porfirio, Iámblico y Proclo logra cabida en esta compilación, llena, por lo demás, de disertaciones orto- doxas. Hay capítulos especiales sobre los terremotos, diluvios y grandes avenidas; sobre los cometas y otros «prodigios y señales del cielo»; sobre las erupciones volcánicas; sobre las virtudes y propiedades de las piedras preciosas, de las plantas y de las aguas. Pero el fuerte de los tres autores son los monstruos: su libro, de más de ochocientas páginas, ofrece amplio material para la historia de las tradiciones teratológicas, desde las clásicas de Sirenas, Tritones, Nereidas, Faunos, Sátiros y Centauros, hasta los par- tos monstruosos, las criaturas dobles ligadas y conjuntas, los animales de figura huma- na, los hombres que llevan al descubierto las entrañas, los cinocéfalos, los hermafrodi- tas, los terneros y lechones monstruosos y otra infinidad de seres anómalos que Belle- forest y sus colaboradores dan por existentes ó nacidos en su tiempo, notando escru- pulosamente la fecha y demás circunstancias.

Aparte de estas aberraciones, contiene el libro otras cosas de interés y de más apacible lectura: curiosas anécdotas, narradas con garbo y bizarría. Así, en el capítulo de los amores prodigiosos (XXII de la 1.ª parte) ingiere, entre otras que llamaríamos novelas cortas, la de la cortesana Plangon de Mileto, tomada de Ateneo, historia de refinado y sentimental decadentismo, que presenta una rarísima competencia de gene- rosidad amorosa entre dos meretrices. Así, al tratar de los convites monstruosos, añade Boaistuau á los referidos por los antiguos y á los que consigna Platina en su libro *De honesta voluptate*, uno de que él fue testigo en Aviñón cuando «oía allí leyes del eru- »ditísimo y docto varon Emilio Ferreto» (p. 96), página curiosa para la historia de la gastronomía en la época del Renacimiento. En el largo capítulo del entendimiento y fidelidad de los perros no olvida ni al de Montargis, cuya historia toma de Julio César Scaligero, ni al famoso *Becerril*, de que habla tanto Gonzalo Fernández de Oviedo en su *Historia de Indias*.

No sólo las rarezas naturales y los casos extraños de vicios y virtudes, sino lo sobrenatural propiamente dicho, abunda sobremanera en estas *Historias*, cuyo único fin es sorprender y pasmar la imaginación por todos los medios posibles. Ninguno tan eficaz como los cuentos de aparecidos, fantasmas, visiones nocturnas, sueños fatídicos, travesuras de malignos espíritus, duendes y trasgos; combates de huestes aéreas, proce- siones de almas en pena. De todo esto hay gran profusión, tomada de las fuentes más diversas. A la antigüedad pertenecen muchas (los mancebos de Arcadia, en Valerio Máximo; la tragedia de Cleonice, en Pausanias; el fantasma que se apareció al filósofo Atenodoro, en Plinio el Joven). Otras son más modernas, entresacadas á veces de los *Días Geniales*, de Alexandro de Alexandro, como la visión de Cataldo, obispo de Tarento, que anunció las desventuras de la casa aragonesa de Nápoles (p. 103), ó de Jerónimo Cardano, como la historia de Margarita la milanesa y de su espíritu familiar (p. 109). Pero nada hay tan singular en este género como un caso de telepatía que Belleforest relata, no por información ajena, sino por haberle acontecido á él mismo (p. 361), y que no será inútil conocer hoy que este género de creencias, supersticiones ó lo que fueren vuelven á estar en boga y se presentan con vestidura científica:

«Algunos espíritus se han aparecido á hombres con quien en vida han tenido amistad, y esto á manera de despedirse dellos, quando de aqueste mundo partian. Y de aquesto yo doy fe que á mí mismo me ha acaecido, y no fue estando dormido ni soñoliento, mas tan despierto como lo estoy ahora que escrivo aquesto, y el caso que digo aver me acaecido, es que un dia de la Natividad de Nuestra Señora, que es á ocho de Setiembre, unos amigos mios e yo fuymos a holgarnos a un jardin, y siendo ya como las once de la noche, solo me llegué a un peral para coger unas peras, y vi que se me puso delante una figura blanca de un hombre, que excedia la comun proporcion, el qual en el aspecto me pareció que era mi padre, y se me llegó para abraçarme: de que yo me atemorizé, y di un grito, y a él acudieron aquellos mis amigos para ver lo que me avia sucedido, y aviendo me preguntado qué avia avido, les dixe lo que avia visto, aunque ya se avia desaparecido, y que sin duda era mi padre. Mi ayo me dixo que sin duda se devia de aver muerto, y fue assi, que murió en aquella hora misma que se me representó, aunque estavamos lexos en harta distancia. Aquella fue una cosa que me haze creer que la oculta ligadura de amistad que hay en los coraçones de los que verdaderamente se aman puede ser causa de que se representen algunas especies, ó semejanzas de aparecimientos; y aun tambien puede ser que sean las almas mismas de nuestros parientes ó amigos, ó sus Angeles custodes, que yo no me puedo persuadir que sean espíritus malignos».

Son de origen español algunos de los materiales que entraron en esta enorme compilación francesa. A Fr. Antonio de Guevara siguen y traducen literalmente en la historia del león de Androcles (epístola XXIV de las *Familiares*); en la de Lamia, Laida y Flora, «tres enamoradas antiquísimas» (ep. LIX), y en el razonamiento celebérrimo del *Villano del Danubio*, esta vez sin indicar la fuente, que es el *Marco Aurelio*.

El obispo de Mondoñedo, con toda su retórica, no siempre de buena calidad, tenía excelentes condiciones de narrador y hubiera brillado en la novela corta, á juzgar por las anécdotas que suele intercalar en sus libros, y especialmente en las *Epístolas Familiares*. Recuérdese, por ejemplo, el precioso relato que pone en boca de un moro viejo de Granada, testigo de la llorosa partida de Boabdil y de las imprecaciones de su madre (ep. VI de la *Segunda Parte*).

Amplia materia suministró también á las *Historias prodigiosas* otro prosista español de la era de Carlos V, el *magnífico caballero* y cronista cesáreo Pero Mexía, compilador histórico y moralista ameno como Guevara, pero nada semejante á él en los procedimientos de su estilo (que es inafectado y aun desaliñado con cierto dejo de candidez sabrosa), ni menos en la puntualidad histórica, que nuestro Fr. Antonio afectaba despreciar, y que, por el contrario, respetó siempre aquel docto y diligente sevillano, digno de buena memoria entre los vulgarizadores del saber. Su *Silva de varia leccion*, publicada en 1540 y de cuyo éxito asombroso, que se sostuvo hasta mediados del siglo XVII, dan testimonio tantas ediciones castellanas, tantas traducciones en todas las lenguas cultas de Europa, es una de aquellas obras de carácter enciclopódico, de que el Renacimiento gustaba tanto como la Edad Media, y que tenía precedentes clásicos tan famosos como las *Noches Aticas*, de Aulo Gelio; las *Saturnales*, de Macrobio; el *Ban-*

quete de los sofistas, de Ateneo. Los humanistas de Italia habían comenzado á imitar este género de libros, aunque rara vez los componían en lengua vulgar. Pero Mexía, amantísimo de la suya nativa, que procuró engrandecer por todos caminos, siguió este nuevo y holgado sistema de componer con especies sueltas un libro útil y deleitable. Los capítulos se suceden en el más apacible desorden, única cosa en que el libro se asemeja á los *Ensayos* de Montaigne. Después de una disertación sobre la Biblia de los Setenta, viene un discurso sobre los instintos y propiedades maravillosas de las hormigas: «Hame parecido escribir este libro (dice Mexía) por discursos y capítulos de
» diversos propósitos sin perseverar ni guardar orden en ellos, y por esto le puse por
» nombre *Silva*, porque en las silvas y bosques están las plantas y árboles sin orden ni
» regla. Y aunque esta manera de escrivir sea nueva en nuestra lengua Castellana, y
» creo que soy yo el primero que en ella haya tomado esta invencion, en la Griega y
» Latina muy grandes autores escrivieron, assi como fueron Ateneo... Aulo Gelio, Ma-
» crobio, y aun en nuestros tiempos Petro Crinito, Ludovico Celio, Nicolao Leonico y
» otros algunos. Y pues la lengua castellana no tiene (si bien se considera) por qué
» reconozca ventaja a otra ninguna, no sé por qué no osaremos en ella tomar las inven-
» ciones que en las otras, y tratar materias grandes, como los italianos y otras naciones
» lo hazen en las suyas, pues no faltan en España agudos y altos ingenios. Por lo qual
» yo, preciándome tanto de la lengua que aprendi de mis padres como de la que me
» mostraron preceptores, quise dar estas vigilias a los que no entienden los libros lati-
» nos, y ellos principalmente quiero que me agradezcan este trabajo: pues son los más
» y los que más necesidad y desseo suelen tener de saber estas cosas. Porque yo cierto
» he procurado hablar de materias que no fuessen muy comunes, ni anduviessen por el
» vulgo, que ellas de sí fuessen grandes y provechosas, a lo menos a mi juyzio».

Para convencerse de lo mucho que Boaystuau, Tesserant y Belleforest tomaron de la obra de Mexía, traducida ya al francés en 1552, no hay más que cotejar los respec-tivos capítulos de las *Historias* con lo que en la *Silva* se escribe «de los Tritones y Nereydas», «de algunos hombres muy crueles», «de algunos exemplos de casados que mucho y fielmente se amaron», «de los extraños y admirables vicios del emperador Heliogábalo, y de sus excesos y prodigalidades increibles», «de las propiedades mara-villosas y singulares de algunos ríos, lagos y fuentes», «de algunas cosas maravillosas que aparecieron en cielo y tierra» y otros puntos que sería fácil señalar. Los testimo-nios alegados son los mismos, suele serlo hasta el orden y las palabras con que se declaran y los argumentos que se traen para hacer creibles tan desaforados portentos.

Pero la *Silva de varia lección* es obra de plan mucho más vasto y también más razonable que las *Historias prodigiosas*. No predomina aquí lo extraño, lo anormal, lo increíble, ni se rinde tanto culto á la superstición, ya popular, ya científica. En rela-ción con su época, Pero Mexía parece un espíritu culto y avisado, que procura guar-darse de la nimia credulidad y muestra hasta vislumbres de espíritu crítico [1]. Siem-pre que tiene que contar hechos muy extraordinarios se resguarda con la autoridad ajena, y aun así osa contradecir algunas cosas de las que escriben los antiguos. No quiere admitir, por ejemplo, aunque lo afirmen contestes nada menos que Plinio, Eliano, Plutarco, Apuleyo y San Isidoro, que la víbora muera en el momento en que da á luz

___

[1] Capítulos XXXIV de la primera parte de la *Silva*, XV, XXIX, XXXI y XXXIII de la *Silva*.

sus viboreznos (¹). No parece muy persuadido de la existencia de hombres marinos y tiene por cuento de viejas la historia del pece Nicolao, móstrando en esto mejor crítica que el P. Feijoo, que todavía en el siglo XVIII admitía la fábula del hombre-pez de Liérganes (²). Claro es que no se emancipa, ni mucho menos, de la mala física de su tiempo. Cree todavía en las propiedades ocultas y secretas de los cuerpos naturales y adolece, sobre todo, de la superstición astrológica, que le dio cierta extravagante fama entre sus conciudadanos, tan zumbones y despiertos de ingenio entonces como ahora. «El *astrífero* Mexía» le llama, pienso que en burlas, Juan de la Cueva. Y es sabida aquella anécdota que recogió Rodrigo Caro en sus *Claros varones en letras, naturales de Sevilla:* «Había adivinado Pero Mexía, por la posición de los astros de su nacimiento, que había de morir de un sereno, y andaba siempre abrigado con uno ó dos bonetes en la cabeza debajo de la gorra que entonces se usaba, por lo cual le llamaban *Siete bonetes; sed non auguriis potuit depellere pestem;* porque estando una noche en su aposento, sucedió á deshora un ruido grande en una casa vecina, y saliendo sin prevención al sereno, se le ocasionó su muerte, siendo de no muy madura edad».

Tan revuelta andaba en el siglo XVI la ciencia positiva con la quimérica, la astrología judiciaria con la astronomía y las matemáticas, que no es de admirar que Mexía, como Agripa y Cardano y tantos insignes varones del Renacimiento, cayese en esta confusión deplorable, escribiendo algunos capítulos sobre la influencia de los siete planetas en las siete edades y partes de la vida del hombre, sobre los días aciagos y años climatéricos, sobre el punto y signo del Zodíaco en que estaban el sol y la luna cuando fueron creados (³) y otras vanidades semejantes. Mexía, que era cosmógrafo de profesión en un tiempo y en una ciudad en que no faltaban buenos cosmógrafos prácticos, trata con mucho más tino las cuestiones hidrográficas y meteorológicas, y en vez de aquellas ridículas historias de monstruos que ocupan la mitad del libro de Belleforest, aquí se leen disertaciones elementales, pero sensatas, sobre los vientos; sobre los artificios útiles para comparar la densidad de las aguas y discernir su pureza; sobre la redondez y ámbito de la tierra; sobre la medida de los grados terrestres y el modo de trazar la línea meridiana, y sobre la indispensable reforma del calendario, que tardó bastantes años en realizarse (⁴). No era Mexía un sabio, no era un investigador original; pero tenía linda

(¹) «Cosa muy contraria a la comun orden de naturaleza, y por esto yo no la creo». (Cap. XI de la tercera parte de la *Silva*.)

(²) Cap. XXIII de la primera parte de la *Silva: Del admirable nadar de un hombre, de do parece que tuvo origen la fabula que el pueblo cuenta del pece Nicolao»...*

«Desde que me sé acordar, siempre oí contar a viejas no sé qué cuentos y consejas de un pece Nicolao, que era hombre y andaba en la mar... Lo qual siempre lo juzgué por mentira y fabula como otras muchas que asi se cuentan... Y en el caso presente he creydo que esta fabula que dicen del pece Nicolao trae su origen, y se levantó de lo que escriven dos hombres de mucha doctrina y verdad: el uno es Joviano Pontano, varon dotissimo en letras de humanidad, y singular poeta y orador, segun sus libros lo testifican. Y el otro Alexandro de Alexandro, excelente jurisconsulto y muy docto tambien en humanas letras, el qual hizo un libro llamado *Dias geniales*, que contiene muy grandes autoridades»...

(³) Caps. XLIV y XLV de la primera parte de la *Silva* y XXVII de la tercera: «en el qual se trata y determina en qué parte y signo del Zodiaco se hallaba el Sol en el instante de su creacion, y assi la Luna y otros planetas, y qué principio fue el del año y de los tiempos, y en qué parte de nuestro año de agora fue aquel comienço».

(⁴) Caps. XXII de la cuarta parte, XIX, XX y XXI de la tercera.

manera para exponer las curiosidades de historia científica, por ejemplo, el problema de la corona del rey Hierón y otros descubrimientos de Arquímedes ([1]), y bastante libertad de espíritu para considerar como *juegos y pasatiempos de la naturaleza* los que otros estimaban misteriosas señales grabadas en las piedras ([2]).

Pero lo que predomina en la *Silva de varia lección*, como podía esperarse de las aficiones y estudios de su autor, es la erudición histórica, que se manifiesta de muy varios modos, bien calculados para picar y entretener el apetito de quien lee: ya en monografías de famosas ciudades, como Roma, Constantinopla, Jerusalem; ya en sucintas historias de los godos, de los turcos, de los templarios, de los güelfos y gibelinos; ya en biografías de personajes sobresalientes en maldad ó en heroísmo, pero que ofrecen siempre algo de pintoresco y original, como Timón el Misántropo, Diógenes el Cínico, los siete Sabios de Grecia, Heráclito y Demócrito, el emperador Heliogábalo, el falso profeta Mahoma y el gran Tamorlán ([3]); ya en anécdotas de toda procedencia, como la tragedia de Alboino y Rosimunda, que toma de Paulo Diácono ([4]), y la absurda pero entonces muy creída fábula de la Papisa Juana, que procura corroborar muy cándidamente con el testimonio de Martín Polono, Sabellico, Platina y San Antonino de Florencia ([5]).

([1]) Cap. XLIII de la segunda parte: «De una muy subtil manera que tuvo Archimedes para ver »cómo un platero avia mezclado plata en una corona de oro y quanta cantidad, sin deshazer la coro-»na. Y otras algunas cosas deste notable varon».

La principal fuente de este capítulo es Vitruvio en el libro sexto de su *Tratado de arquitectura*.

([2]) Cap. XII de la segunda parte: «Do se cuentan algunas cosas muy extrañas, que se hallaron »en montes y piedras, que parece aver quedado desde el diluvio general, o a lo menos su causa es »muy obscura y incognita».

([3]) Parte primera. Cap. XX: «De la extraña y fiera condicion de Timon ateniense inimicissimo »de todo el género humano, de su vida quál era, y dónde y cómo se mandó enterrar». Es muy verosímil que este capítulo, traducido al inglés en el *Palace of Pleasure* de Painter (*Of the straunge and beastlie nature of Timon of Athens, ennemie to mankinde, with his death, buriall and epitaphe*), sea la verdadera fuente del *Timón de Atenas* de Shakespeare, más bien que la *Vida de Marco Antonio* por Plutarco.

Cap. XXVII: «De la extraña condicion y vida de Diógenes Cinico philosopho, y de muchas sen-»tencias notables suyas, y dichos, y respuestas muy agudas y graciosas».

Cap. XXXIX: «De la estraña opinion y condicion de dos philosophos, uno en llorar y otro en »reyr, y por qué lo hazian, y otras cosas dellos».

Parte segunda. Cap. XXVIII: «Del excelentissimo capitan y muy poderoso rey el gran Tamor-»lan, de los reynos y provincias que conquistó, de su disciplina y arte militar».

Cap. XXIX: «De los extraños y admirables vicios de Heliogabalo, Emperador que fue de Roma, »y de sus excesos y prodigalidades increybles».

Parte primera. Cap. XIII: «De qué linaje y de qué tierra fue Mahoma, y en qué tiempo començó »su malvada seta, que por pecado de los hombres tan extendida está por el mundo».

Parte cuarta. Caps. X y XI: «Historia de los siete sabios de Grecia».

([4]) Parte tercera. Cap. XXIV: «En que se contiene la hystoria de una gran crueldad que usó »Alboyno Rey de los Longobardos con Rosimunda su muger, y la extraña manera y maldad con que »se vengó ella del mal sucesso que ella y los que fueron con ella uvieron».

([5]) Parte primera. Cap. IX: «De una muger que andando en abitos de hombre alcançó a ser »sumo Pontifice y papa en Roma, y del fin que uvo, y de otra muger que se hizo Emperador, y lo »fue algun tiempo». Esta patraña, que se encuentra en todas las ediciones de la *Silva* hasta la de Lyon, 1556, que es la que manejo, desapareció en las del siglo XVII. Fue expurgada también en muchos ejemplares del *Libro de Juan Bocacio que tracta de las ilustres mujeres*, del cual existen, por lo menos, dos ediciones góticas en lengua castellana.

El libro de Pedro Mexía interesa á la novelística, no sólo por estas cortas narraciones, que son las más veces verdaderas leyendas, sino por ser un copioso repertorio de
ejemplos de vicios y virtudes, que el autor compila á diestro y siniestro, de todos los
autores clásicos, especialmente de Plutarco, Valerio Máximo y Aulo Gelio (¹), sin olvidar á Plinio, de quien entresaca las anécdotas de pintores (²). Alguno que otro episodio
de la historia patria refiere también, como la muerte súbita de los dos infantes D. Pedro
y D. Juan en la entrada que hicieron por la vega de Granada, ó el de Ruy Páez de
Viedma y Payo Rodríguez de Avila en tiempo de Alfonso XI (³), ó las extrañas circunstancias que, según Muntaner, intervinieron en la concepción y nacimiento de
D. Jaime el Conquistador, asunto de una novela de Bandello y de una comedia de
Lope de Vega (⁴).

Otros capítulos de la *Silva* tienen carácter de arqueología recreativa, á imitación
de Polidoro Virgilio en su libro *De inventoribus rerum*, tan explotado por todos los
compiladores del siglo XVI (⁵). Pero aunque tomase mucho de Polidoro y de todos los que
le precedieron en la tarea de escribir misceláneas, Mexía se remontaba á las fuentes casi
siempre y las indica con puntualidad en todos los puntos que he comprobado. La *Tabla*
que pone al fin no es, como en tantos otros libros, una pedantesca añagaza. Había leído
mucho y bien, y tiene el mérito de traducir en buen castellano todas las autoridades
que alega. El círculo de sus lecturas se extendía desde el *Quadripartito*, de Tolomeo,
y los cánones astronómicos de Aben Ragel, hasta las *Historias florentinas* y los tratados políticos de Maquiavelo, á quien cita y extracta en la vida de Castruccio Castra-

(¹) Entre los cuentos tomados de las *Noches Aticas*, algunos, como el del león de Androcles,
habían sido utilizados ya por Fr. Antonio de Guevara. De Aulo Gelio procede también la anécdota
del litigio de Evathlo, tan popular en las antiguas escuelas de dialéctica y jurisprudencia. «De un
»pleyto que huvo entre un discipulo y su maestro tan subtil y dudoso, que los jueces no supieron
»determinarlo, y queda la determinacion al juyzio del discreto lector.» (Parte primera. Cap. XVIII.)

(²) Caps. XVII, XVIII y XIX de la parte segunda de la *Silva*.

(³) Parte segunda. Cap. XI. «De un notable trance y batalla que uvo entre dos cavalleros cas-
»tellanos, en el qual acaescio una cosa muy notable pocas vezes vista.»

(⁴) Parte tercera. Cap. XXV. «De un muy hermoso engaño que una reyna de Aragon hizo al
»Rey su marido, y como fue engendrado el Rey D. Jayme de Aragon su hijo.»

En el cap. VIII, parte primera, «Sobre los inventores de la artilleria», cita un libro probablemente
apócrifo pero muy anterior, como se vé, á Fr. Prudencio de Sandoval que con frecuencia le alega. «En
»la corónica del rey don Alonso que ganó a Toledo escrive don Pedro Obispo de Leon, que en una
»batalla de mar, que huvo entre el armada del rey de Tunez y la del rey de Sevilla, moros, a quien
»favorecia el rey don Alonso, los navios del rey de Tunez trayan ciertos tiros de hierro o lombardas
»con que tiravan muchos truenos de fuego; lo qual si assi es, devia de ser artilleria, aunque no en la
»perfeccion de agora, y ha esto más de quatrocientos años.»

(⁵) *Los ocho libros de Polidoro Vergilio, civdadano de Urbino, de los inventores de las cosas. Nuevamente traducido por Vicente de Millis Godinez, de Latin en Romance, conforme al que Su Sanctidad
mandó emendar, como por el Motu proprio que va al principio parece. Con privilegio real, en Medina
del Campo, por Christoval Lasso Vaca. Año M.D.LXXXXIX. 4.º*

De la popularidad persistente de este que pudiéramos llamar manual del erudito á la violeta en
el siglo XVI dan testimonio, en España, el ridículo poema de Juan de la Cueva, *De los inventores de
las cosas*, en cuatro libros y en verso suelto; el *Suplemento á Virgilio Polidoro*, que tenía hecho aquel
estudiante que acompañó á D. Quijote á la cueva de Montesinos, declarando por muy gentil estilo
cosas de gran sustancia, que el autor *De rerum inventoribus* se había dejado en el tintero, y la *República Literaria* de Saavedra Fajardo, en que Polidoro es uno de los guías del autor por las calles de
aquella república, juntamente con Marco Terencio Varrón.

cani ([1]) y á quien parece haber seguido también en el relato de la conjuración de los Pazzi ([2]). Aunque el secretario de Florencia pasaba ya por autor de sospechosa doctrina y sus obras iban á ser muy pronto rigurosamente vedadas por el Concilio de Trento, se ve que Mexía las manejaba sin grande escrúpulo, lo cual no es indicio del ánimo apocado y supersticioso que le atribuyeron algunos luteranos españoles, enojados con él por haber sido uno de los primeros que descubrieron en Sevilla la herética pravedad envuelta en las dulces pláticas de los doctores Egidio y Constantino ([3]).

Con todas sus faltas y sobras, la *Silva de varia lección*, que hoy nos parece tan llena de vulgaridades y errores científicos ([4]), representaba de tal modo el nivel medio de la cultura de la época y ofrecía lectura tan sabrosa á toda casta de gentes, que apenas hubo libro más afortunado que él en sus días y hasta medio siglo después. Veintiséis ediciones castellanas (y acaso hubo más), estampadas, no sólo en la Península, sino en Venecia, Amberes y Lyón, apenas bastaron á satisfacer la demanda de este libro candoroso y patriarcal, que fue adicionado desde 1555 con una quinta y sexta parte de autor anónimo ([5]). No menos éxito tuvo la *Silva* en Francia, donde fue traducida por

___

([1]) Parte cuarta. Cap. XXI. «De quan excelente capitan fue Castrucho Astracano, su estraño »nacimiento y sus grandes hazañas, y como acabó.»

Al fin dice: «Leonardo de Arecio, y Blondo, y sant Antonino, y *Machabello* (a quien yo más he »seguido) lo escriven, a ellos me remito.»

([2]) Parte cuarta. Cap. XX. «En el qual se cuenta una conjuracion muy grande, y subito albo-»roto acaecido en la ciudad de Florencia, y las muertes que en ella por él se siguieron.»

([3]) *Petri Mexiæ hominis philosophi nomen absque ullis bonis literis ridicule sibi arrogantis*, dice de él con su habitual pasión Reinaldo González de Montes tratando de los enemigos del doctor Egidio (*Inquisitionis Hispanicæ Artes*, Heidelberg, 1567, pág. 272 de la reimpresión de Usoz en el tomo XIII de los *Reformistas antiguos españoles*). Si este testimonio puede recusarse por parcial y sospechoso, parece, en cambio, algo exagerado el encomio de Juan de Mal-Lara, el cual dice que Mexía «meresce ganar eterna fama, y ser tenido por el primero que en Hespaña començo a abrir las buenas letras» (*Philosophia Vulgar*, fol. 109), pues aun entendiéndose *abrir* en el sentido de vulgarizar no fue el primero ni con mucho.

([4]) Y ya se lo parecería sin duda á los hombres que podemos considerar como excepcionales en su tiempo. D. Diego de Mendoza decía de ella, entre burlas y veras, en la segunda carta de *El Bachiller de Arcadia*, poniendo la picante censura en boca del asendereado capitan Pedro de Salazar: «Yo veo que Pero Mexía agrada á todo el mundo con aquella su *Silva de varia leccion*; pues ¡Cuerpo ahora de San Julian! ¿por qué mi coronica no ha de agradar á todos muy mejor? Pues que aquella *Silva* no es otra cosa sino un paramento viejo de remiendos y una ensalada de diversas [yerbas dulces y amargas, y en mi libro no se hallará una vejez ni una antigüedad, aunque el dotor Castillo le des-·tilase por todas sus alquitaras. Y Pero Mexía no puso en toda su *Silva* de su cosecha un árbol siquiera...» (Respuesta del capitán Salazar al Bachiller de Arcadia.—*Sales españolas* de Paz y Melia, I, 88).

([5]) *Libro llamado Silva d' varia leció dirigido a la S. C. C. M. d' l Emperador y rey ñro señor dõ Carlos quinto deste nombre. Cõpuesto por un cavallero de Sevilla llamado Pero Mexia... con privilegio imperial.* M.D.XL.

(*Al fin*): «*Deo gratias*. Fue imprimido el presente libro en la muy noble y muy leal ciudad de »Sevilla por Dominico de-Robertis impressor, con licencia y facultad de los muy reverédos señores »el señor liceciado del Corro inquisidor apostolico y canonigo y el señor liceciado Fes-miño (sic) pro-»visor general y canonigo d' sta dicha ciudad, aviendo sido examinado por su comission y mãdado: »por los muy reverendos padres Rector y colegiales del colegio de Sto. Thomas de la ordẽ de Santo »Domingo de la dicha ciudad. Acabosse en el mes d' Julio de mil y quinientos y q̃renta años». Fol. let. gót. VIII hs. prls. y 136 foliadas.

El norteamericano Harrise es el único bibliógrafo que describe esta edición rarísima, en sus adiciones á la *Biblioteca Americana Vetustissima*, y Brunet copia la noticia en el *Suplemento*.

Claudio Gruget en 1552 y adicionada sucesivamente por Antonio Du Verdier y Luis Guyon, señor de la Nauche. Hasta diez y seis ediciones de *Les divers leçons de Messie* enumeran los bibliógrafos y en las más de ellas figuran también sus *Diálogos* (¹). Toda-

—*Silva de varia lecion cōpuesta por un cavallero de Sevilla llamado Pero Mexia segūda vez impressa y añadida por el mismo autor. M.D.XL.*

(*Al fin*): «Fue impresso el presente libro en la muy noble y muy leal ciudad de Sevilla en las scasas de Juan Cröberger, con licencia y facultad de los muy reverēdos señores el licēciado del Corro »inquisidor apostolico y el señor licēciado Temiño, provisor general y canonigo desta dicha ciudad, »aviendo sido examinado por su comission y mandado. Año de mill y quinientos y cuarenta. A XII »dias de Deciēbre».

Esta edición, aunque del mismo año que la primera, es enteramente distinta de ella, puesto que no sólo tiene corregidas las erratas, sino añadidos diez capítulos, según expresa el autor de la advertencia.

Lleva después del proemio una Tabla de los autores consultados, y un epigrama de Francisco Leandro, que no sabemos si estará en la primera.

—*Silva de varia lecion...*

(*Al fin*): «Sevilla, Juan Cromberger, *1542, a XXii dias del mes de Março*».

En el encabezamiento del libro se dice que está «nuevamente agora corregido y emendado, y añadidos algunos capitulos por el mismo autor». La obra está dividida en tres partes, las dos primeras tienen el mismo número de capítulos que las ediciones posteriores; la tercera sólo 26, á las cuales se añadieron después 10. Acaso estén ya en las dos ediciones siguientes, que no conozco:

—Sevilla, 1543.

—Anvers, 1544.

—1547. La citan los traductores de Ticknor, sin especificar el lugar.

—*Silva de varia lection cōpuesta por el magnifico cavallero Pero Mexia nuevamēte agora en el año de mil y quinientos y cincuenta y uno. Añadida en ella la quarta parte por el mismo autor: en la qual se tractan muchas cosas y muy agradables y curiosas.* Valladolid, 1551, por Juan de Villaquirán.

Dudo que esta sea la primera edición en que apareció la cuarta parte, compuesta de 22 capítulos. Lo natural es que se imprimiese antes en Sevilla. El privilegio está dado á «D. Francisco Mexía, hijo de Pero Mexía, nuestro coronista defuncto».

Todas las ediciones hasta aquí citadas son en folio y en letra gótica.

Entre las posteriores, casi todas en octavo y de letra redonda, debe hacerse especial mención de la de Zaragoza, 1555, que contiene una quinta y sexta parte de autor anónimo, que al parecer tuvieron poco éxito, pues no se las encuentra en las demás ediciones del siglo XVI. Estas son innumerables: Valencia, 1551; Venecia, 1553, 1564, 1573; Anvers, 1555, 1564, 1593; Sevilla, 1563 y 1570; Lérida, 1572... Como la mayor parte de estas ediciones están hechas en país extranjero, conservan todavía el cuento de la Papisa Juana, que se mandó expurgar en España, y que no sé cómo habían dejado correr los inquisidores Corro y Temiño.

El curioso elogio de D. Fernando Colón, que hay en el capítulo de las librerías (III de la tercera parte) y algún otro pasaje más ó menos relacionado con las Indias, ha hecho subir el precio y estimación de las primeras ediciones de la *Silva*, buscadas con afán por los americanistas.

Entre las pocas ediciones del siglo XVII son curiosas las de Madrid, 1669 y 1673, por Mateo de Espinosa y Arteaga. Una y otra contienen la quinta y sexta parte de la edición de Zaragoza, que no creemos auténticas, aunque el encabezamiento de la quinta dice que hay en ella «muchas y agrada»bles cosas, que dexó escriptas el mesmo autor, aora nuevamente añadidas con el mesmo lenguaje »antiguo en que se hallaron». El estilo no parece de Pero Mexía, pero los materiales históricos y geográficos son del mismo género que los que él solía utilizar. Hay en estas adiciones una breve historia del Ducado de Milán, dividida en cuatro capítulos; biografías de Agesilao, Alejandro Magno, Homero, Nino y Semíramis; disertaciones sobre antigüedades romanas y griegas, sobre las artes mágicas, sobre los ritos funerales entre los indios de Nueva España; descripciones de la Scitia, de la Etiopía, de la isla de Ceylán y otros países remotos; algunos fragmentos de historia natural sobre los elefantes y dragones, y un tratado bastante extenso sobre los trabajos de Hércules. El caudal novelístico que puede entresacarse de todo este fárrago es muy escaso.

(¹) Sobre estas ediciones consúltese el *Manual* de Brunet, sin olvidar el *Suplemento*.

vía en 1675 un módico llamado Girardet se apropió descaradamente el libro de Pero Mexía, sin citarle una sola vez ni tomarse más trabajo que cambiar las palabras anticuadas de la traducción de Gruget (¹). En Italia las cuatro partes de la *Silva* fueron traducidas en 1556 por Mambrino Roseo da Fabbriano y adicionadas después por Francisco Sansovino y Bartolomé Dionigi.

Por medio de las traducciones latinas y francesas empezaron á ser conocidos en Inglaterra los libros de Mexía antes de que penetrasen en su texto original, y algunos célebres compiladores de novelas empezaron á explotarlos. Fue uno do ellos William Painter, que en su *Palace of pleasure* (1566) intercaló el extraño cuento del viudo de veinte mujeres que casó con una viuda de veintidós maridos (²). Pero es mucho más importante la *Forest or collection of historyes*, de Thomas Fortescue (1571), porque en esta versión inglesa de la *Silva*, tomada de la francesa de Gruget, encontró el terrible dramaturgo Cristóbal Marlowe, precursor de Shakespeare, los elementos históricos que le sirvieron para su primera tragedia *Tamburlaine* (³). No fue ésta la única vez que el libro del cronista sevillano hizo brotar en grandes ingenios la chispa dramática. Lope de Vega le tenía muy estudiado, y de él procede (para no citar otros casos) toda la erudición clásica de que hace alarde en su comedia *Las mujeres sin hombres (Las Amazonas)* (⁴).

En Inglaterra prestó también buenos subsidios á los novelistas. De una traducción italiana de la *Silva* está enteramente sacada la colección de once novelas de Lodge, publicada con este título: *The life and death of William Longbeard* (⁵). No sólo los cuatro libros de Mexía, sino todo el enorme fárrago de las adiciones italianas de Sansovino y de las francesas de Du Verdier y Guyon, encontraron cachazudo intérprete en Thomas Milles, que las sacó á luz desde 1613 hasta 1619 *(The treasurie of ancient and moderne times)*. La traducción alemana de Lucas Boleckhofer y Juan Andrés Math es la más moderna de todas (1668-1669) y procede del italiano (⁶).

Con el éxito europeo del libro de Mexía contrasta la oscuridad en que ha yacido

(¹) Encuentro esta noticia en la *Biographie Universelle* de Michaud, 1816, tomo XVII, pág. 452. La obra de Girardet se titula *Œuvres diverses ou l' on remarque plusieurs traits des Histoires saintes, profanes et naturelles*, Lyon, 1675, 12.º. Descubrió el plagio el abate d'Artigny.

(²) Es el capítulo XXXVII de la primera parte de la *Silva*: «De una muger que casó muchas »veces y de otro hombre de la misma manera, que casó con ella al cabo, y en qué pararon; cuenta se »otro cuento de la incontinencia de otra muger». Mexia, que siempre se apoya en alguna autoridad, trae aquí la de San Jerónimo en su carta á Geroncia, viuda. Hay una extraña novela anónima del siglo XVII: «Discursos de la viuda de veinticuatro maridos», cuyo título parece sugerido por este cuento de Pero Mexía.

(³) Vid. Garrett Underhill, *Spanish literature in the England of the Tudors* (New-York, 1899), pp. 258-259. Parece que además de la *Silva*, traducida por Fortescue, consultó Marlowe otra fuente. *Magni Tamerlanis vita* de Pedro Perondino (Florencia, 1553).

(⁴) Las autoridades á que Lope se refiere en su dedicatoria son puntualmente las mismas en que van fundados los capítulos X y XI de la primera parte de la *Silva*: «quién fueron las bellicosísimas »amazonas, y qué principio fué el suyo, y cómo conquistaron grandes provincias y ciudades, y algu- »nas cosas particulares y notables suyas».

(⁵) Vid. Farinelli (Arturo), *Sulle ricerche ispano-italiane di Benedetto Croce* (en la *Rassegna Bibliografica della Letteratura Italiana*), 1899, pág. 269. No conozco el libro de E. Koeppel, *Studien sur geschichte der italienischen Novelle in der englischen Literatur*, Strasburgo, 1892, que allí se cita, y que, al parecer, da más detalles sobre esta imitación.

(⁶) Vid. Adam Schneider, *Spaniens Anteil an der Deutschen Litteratur des 16 und 17 Jahrhunderts*, Strasburgo, 1898, pp. 149-152.

hasta tiempos muy modernos otra *Miscelánea* mucho más interesante para nosotros, por haber sido compilada con materiales enteramente españoles y anécdotas de la vida de su propio autor, que á cada momento entra en escena con un desenfado familiar y soldadesco que hace sobremanera interesante su persona.

El caballero extremeño D. Luis Zapata, á quien me refiero, autor de un perverso poema ó más bien crónica rimada del emperador Carlos V *(Carlo famoso)*, curiosa, sin embargo, é instructiva, por los pormenores anecdóticos que contiene y que ojalá estuviesen en prosa [1], retrájose en su vejez, después de haber corrido mucho mundo, á su casa de Llerena, «la mejor casa de caballero de toda España (al decir suyo), y aun > mejor que las de muchos grandes», y entretuvo sus ocios poniendo por escrito, sin orden alguno, en prosa inculta y desaliñada, pero muy expresiva y sabrosa, por lo mismo que está limpia de todo amaneramiento retórico, cuanto había visto, oído ó leído en su larga vida pasada en los campamentos y en las cortes, filosofando sobre todo ello con buena y limpia moral, como cuadraba á un caballero tan cuerdo y tan cristiano y tan versado en trances de honra, por lo cual era consultor y oráculo de valientes. Resultó de aquí uno de los libros más varios y entretenidos que darse pueden, repertorio inagotable de dichos y anécdotas de españoles famosos del siglo XVI, mina de curiosidades que la historia oficial no ha recogido, y que es tanto más apreciable cuanto que no tenemos sobre los dos grandes reinados de aquella centuria la copiosa fuente de *Relaciones y Avisos* que suplen el silencio ó la escasez de crónicas para los tiempos de decadencia del poderío español y de la casa de Austria. Para todo género de estudios literarios y de costumbres; para la biografía de célebres ingenios, más conocidos en sus obras que en su vida íntima [2]; para empresas y hazañas de justadores, torneadores y alanceadores de toros; para estupendos casos de fuerza, destreza y maña; para alardes y bizarrías de altivez y fortaleza en prósperos y adversos casos, fieros encuentros de lanza, heroicos martirios militares, conflictos de honra y gloria mundana, bandos y desafíos, sutilezas corteses, donosas burlas, chistes, apodos, motes y gracejos, proezas de grandes soldados y atildamiento nimio de galanes palacianos; para todo lo que constituía la vida rica y expansiva de nuestra gente en los días del Emperador y de su hijo, sin excluir el sobrenatural cortejo de visiones, apariciones y milagros, alimento de la piedad sencilla, ni el légamo de supersticiones diversas, mal avenidas con el Cristianismo [3], ofrece la *Miscelánea* de Zapata mies abundantísima y que todavía no ha sido enteramente recogida en las trojes, á pesar de la frecuencia con que la han citado los eruditos, desde que Pellicer comenzó á utilizarla en sus notas al *Quijote*, y sobre todo después que la sacó íntegramente del olvido D. Pascual Gayangos [4]. Detallar

---

[1] Recuérdense, por ejemplo, el viaje aéreo del mágico Torralva (canto XXX y ss.), la contienda sobre las armas del marqués de Pescara entre Diego García de Paredes y el capitán Juan de Urbina (canto XXVII: germen de una comedia de Lope de Vega), la caballeresca aventura que atribuye á Garcilaso (canto XLI) y otros varios trozos del *Carlo Famoso* (Valencia, por Juan Mey, 1566).

[2] *Miscelánea*, p. 57.

[3] Véanse, por ejemplo, las extrañas noticias del mágico Escoto, personaje distinto del Miguel Escoto tenido por nigromante en el siglo XIII (*Miscelánea*, 478-480), y el raro caso de espiritismo que da por sucedido en Llerena el año 1592 (pág. 99).

[4] En el tomo XI del *Memorial Histórico Español* que publica la Real Academia de la Historia, Madrid, 1859. Es lástima que este tomo carezca de un índice razonado de materias y de personajes.
El códice de la Biblioteca Nacional que sirvió para la edición (único que se conoce) no sólo está

todo lo que en los apuntes de Zapata importa á la novelística exigiría un volumen no menor que la misma *Miscelánea,* puesto que apenas hay capítulo que no contenga varias historietas, no inventadas á capricho, sino fundadas en hechos reales que el autor presenció ó de que. tuvo noticia por personas dignas de crédito; lo cual no quita que muchas veces sean inverosímiles y aun imposibles, pues no hay duda que el bueno de D. Luis era nimiamente crédulo en sus referencias. Son, pues, verdaderos cuentos muchos de los casos maravillosos que narra, y su libro cae en esta parte bajo la jurisdicción de la novela elemental ó inconsciente. No sucede otro tanto con sus relatos personales, escritos con tanta sinceridad y llaneza, y que sembrados de trecho en trecho en su libro, le dan aspecto y carácter de verdaderas *memorias,* á las cuales sólo falta el hilo cronológico, y por cuyas páginas atraviesan los más preclaros varones de su tiempo. Era Zapata lector apasionado de libros de caballerías ([1]) y algo se contagió su espíritu de tal lección, puesto que en todas las cosas tiende á la hipérbole; pero juntaba con esto un buen sentido muy castellano, que le hacía mirar con especial aborrecimiento los embelecos de la santidad fingida ([2]) y juzgar con raro tino algunos fenómenos sociales de su tiempo. Dice, por ejemplo, hablando de la decadencia de la clase nobiliaria, á la cual pertenecía: «El crescimiento de los reyes ha sido descreci- »miento de los grandes, digo en poder soberbio y desordenado, que cuanto á lo demás »antes han crecido en rentas y en estados, como pelándoles las alas á los gallos dicen »que engordan más, y así teniéndolos los reyes en suma tranquilidad y paz, quitadas »las alas de la soberbia, crecen en más renta y tranquilidad... Pues demos gracias á »Dios que en estos reinos nadie puede hacer agravio ni demasía á nadie, y si la hiciese, »en manos está el cetro que hará á todos justicia igual» ([3]).

Era, como hoy diríamos, ardiente partidario de la ley del progreso, lo mismo que Cristóbal de Villalón, y de ningún modo quería admitir la superioridad de los antiguos sobre los modernos. Es curiosísimo sobre esto su capítulo *De invenciones nuevas:* «Cuán »enfadosa es la gala que tienen algunos de quejarse del tiempo y decir que los hombres »de agora no son tan inventivos ni tan señalados, y que cada hora en esto va empeoran- »do! Yo quiero, pues, volver por la honra de esta nuestra edad, y mostrar cuanto en in- »venciones y sotilezas al mundo de agora somos en cargo... En las ciencias y artes hace »el tiempo de agora al antiguo grandísima ventaja... Cuanto á la pintura, dejen los anti- »guos de blasonar de sus milagros, que yo pienso que como cosas nuevas las admira-

---

falto de varias hojas, sino que debió de ser retocado ó interpolado muchos años después de la muerte del autor, puesto que en la página 16 están citados libros de Fr. Prudencio de Sandoval y de don Alonso Núñez de Castro, los cuales de ninguna manera pudo conocer D. Luis Zapata, que escribía antes de 1592.

([1]) «Aunque los libros de caballerías mienten, pero los buenos autores vánse á la sombra de la verdad, aunque de la verdad á la sombra vaya mucho. Dicen que hendieron el yelmo, ya se ha visto. Y que cortaron las mallas de las lorigas: ya también en nuestros tiempos se ha visto... Una higa para todos los golpes que fingen de Amadís y los fieros hechos de los gigantes, si hubiese en España quien los de los españoles celebrasen» (pp. 20 y 21). «Del autor del famoso libro poético de *Amadís* no se sabe hasta hoy el nombre, honra de la nacion y lengua española, que en ninguna lengua hay tal poesía ni tan loable» (p. 304).

([2]) De los *alumbrados* de Llerena; de las dos monjas milagreras de Córdoba y Lisboa, Magdalena de la Cruz y Sor María de la Visitación, y de ciertos «falsos apóstoles» que se presentaron en las cercanías de Madrid, trata largamente en el capítulo «de invenciones engañosas» (pp. 69-76).

([3]) *Miscelánea,* pp. 331-334.

›ron, y creo que aquellos tan celebrados Apeles y Protógenes y otros, á las estampas
›de agora de Miguel Angel, de Alberto Durero, do Rafael de Urbino y de otros famo-
›sos modernos no pueden igualarse... Ni en la música so aventajaron los antiguos, que
›en ella en nuestra edad ha habido monstruos y milagros, que si Anfion y Orfeo traían
›tras sí las fieras y árboles, háse de entender con esta alegoría que eran fieras y plantas
›los que de la música de entonces, porque era cosa nueva, se espantaban; que agora de
›las maravillas de este arte, más consumada que nunca, los hombres no se admiran ni
›espantan. Pues ¿cuándo igualaron á las comedias y farsas de agora las frialdades de
›Terencio y de Plauto?» Y aquí comienza un largo capítulo de invenciones del Renacimiento, unas grandiosas y otras mínimas, entusiasmándose por igual con el descubrimiento de las Indias, con la circunnavegación del globo terráqueo, con la Imprenta y
la Artillería, que con el aceite de Aparicio, el guayaco y la zarzaparrilla, las recetas
para hacer tinta, el arte de hacer bailar los osos y el de criar gatos de Algalia. Termina
este curiosísimo trozo con la enumeración de las obras públicas llevadas á cabo en
tiempo de Felipe II, á quien da el dictado de «príncipe republicano», que tan extraño
sonará en los oídos de muchos: «Los príncipes piadosos y *republicanos* como el nues-
›tro, avivan los ingenios de los suyos, y les hacen hacer cosas admirables, y se les debe
›la gloria como al capitan general de cuanto sus soldados hacen, aderezan y liman (¹).

Alguna vez se contradice Zapata, como todos los escritores llamados *ensayistas* (y
él lo era sin duda, aunque no fuese ningún Montaigne). No se compadece, por ejemplo,
tanto entusiasmo por las novedades de su siglo, entre las cuales pone la introducción
del verso toscano por Boscán y Garcilaso, con otro pasaje, curiosísimo también, en que,
tratando de poesía y de poemas, dice sin ambages: «Los mejores de todos son los roman-
›ces viejos; de novedades Dios nos libre, y de leyes y sectas nuevas y de jueces nue-
›vos› (²). Como casi todos los españoles de su tiempo, vivía alta y gloriosamente satisfecho de la edad en que le había tocado nacer, y era acérrimo enemigo de las sectas
nuevas, á lo menos en religión y en política. Ponderando el heroísmo de los *ligueros*
en el sitio de París de 1590, que hizo levantar el príncipe de Parma, llega hasta la
elocuencia (³). Profesa abiertamente la doctrina del tiranicidio, y hace, como pudiera
el fanático más feroz, la apología de Jacobo Clemente: «Salió un fraile dominico de
›París á matar por el servicio de Dios al tirano favorecedor de herejes; y llegando á
›hablarle, le dió tres puñaladas, de que murió el rey, no de la guerra que suele matar
›á hierro, á fuego, violenta y furiosamente, mas de la mansedumbre y santidad de un
›religioso de Dios y su siervo, al cual bienaventurado ataron á las colas de cuatro ca-
›ballos» (⁴).

Para conocer ideas, costumbres, sentimientos y preocupaciones de una época ya
remota, y que, sin embargo, nos interesa más que otras muy cercanas, libros como el
de Zapata, escritos sin plan ni método, como gárrula conversación de un viejo, son documentos inapreciables, mayormente en nuestra literatura, donde este género de misceláneas familiares son de hallazgo poco frecuente. La de Zapata ofrece materia de entretenimiento por donde quiera que se la abra y es recurso infalible para las horas de

(¹) PP. 350-360.
(²) P. 365
(³) Pág. 209, «De fe, firmeza y constancia», y 224, «Del cerco de París».
(⁴) Pág. 40.

tedio, que no toleran otras lecturas más graves. De aquel abigarrado conjunto brota una visión histórica bastante clara de un período sorprendente. Baste lo dicho en recomendación de este libro, que merecía una nueva edición, convenientemente anotada, así en la parte histórica como en el material novelístico ó novelable que contiene, y que generalmente no se encuentra en otras compilaciones, por haber quedado inédita la de Zapata.

Antes de llegar á las colecciones de cuentos propiamente dichas, todavía debemos consagrar un recuerdo á la *Philosophia vulgar* (1568), obra por tantos títulos memorable del humanista sevillano Juan de Mal Lara, que, á imitación de los *Adagios* de Erasmo, en cuyas ideas críticas estaba imbuído, emprendió comentar con rica erudición, agudo ingenio y buen caudal de sabiduría práctica los refranes castellanos, llegando á glosar hasta mil en la primera parte, única publicada, de su vasta obra [1]. En ella derramó los tesoros de su cultura grecolatina, trayendo á su propósito innumerables autoridades de poetas antiguos puestos por él en verso castellano, de filósofos, moralistas ó historiadores; pero gustó más todavía de exornar la declaración de cada proverbio con apólogos, cuentecillos, facecias, dichos agudos y todo género de narraciones brevísimas, pero tan abundantes, que con entresacarlas del tomo en folio de la *Philosophia Vulgar* podría formarse una floresta que alternase con el *Sobremesa* y el *Porta-cuentos* de Timoneda. Algunas de estas consejas son fábulas esópicas; pero la mayor parte parecen tomadas de la tradición oral ó inventadas adrede por el glosador para explicar el origen del refrán, poniéndole, digámoslo así, en acción. Tres cuentos, un poco más libres y también más extensos que los otros, están en verso y no carecen de intención y gracejo. No son de Mal Lara, sino de un amigo suyo, que no quiso revelar su nombre: acaso el licenciado Tamariz, de quien se conservan inéditos otros del mismo estilo y picante sabor [2]. Pero de los cuentos en verso prescindimos ahora, por no hacer interminable nuestra tarea, ya tan prolija de suyo.

Mal Lara había pasado su vida enseñando las letras clásicas. ¿Quién se atreverá á decir que le apartasen de la comprensión y estimación de la ciencia popular, en que tanto se adelantó á su tiempo? Al contrario, de los antiguos aprendió el valor moral ó histórico de los proverbios ó *paremias*. El mismo fenómeno observamos en otros grandes humanistas, en Erasmo ante todo, que abrió por primera vez esta riquísima vena y con ella renovó el estudio de la antigüedad; en el Comendador Hernán Núñez, infatigable

---

[1] *La Philosophia Vulgar de Ioan de Mal Lara, vezino de Sevilla. A la C. R. M. del Rey Don Philippe nuestro señor dirigida. Primera parte que contiene mil refranes glosados. En la calle de la Sierpe. En casa de Hernando Díaz. Año 1568.*

(Al fin): *Acabo se de imprimir esta primera parte de la Philosophia Vulgar, que contiene mil refranes de los que se usan en Hespaña. En casa de Hernando Díaz, Impressor de libros. En la muy noble y muy leal ciudad de Sevilla, en la calle de la Sierpe. A veynte y cinco días del mes de Abril 1568.* Fol. 30 hs. prls. y 294 folios.

Es la única edición en que el texto de Mal Lara está completo. Las de Madrid, por Juan de la Cuesta, 1618, y Lérida, por Luis Menescal, 1621, añaden los *Refranes* del Comendador Hernán Núñez, pero carecen de los importantísimos preámbulos de Mal Lara.

[2] Novelas «de la tinta», «de las flores», «del portazgo», «de los bandos», «del ahorcado», etcétera. Creo que también pertenece á Tamariz la «del *Corderito*» (el «enxemplo de Pitas Payas» que ya había contado el Arcipreste de Hita). Son varias las copias antiguas de estas *novelas ó fábulas,* como también se intitulan.

colector de nuestros refranes, y en Rodrigo Caro, ilustrador de los juegos de los muchachos. Creía Mal Lara, y todo su inestimable libro se encamina á probarlo, que

> No hay arte ó ciencia en letras apartada,
> Que el vulgo no la tenga decorada.

No se ha escrito programa más elocuente de *folk-lore* que aquel *Preámbulo* de la
Philosophia Vulgar, en que con tanta claridad se discierne el carácter espontáneo y
precientífico del saber del vulgo, y se da por infalible su certeza, y se marcan las principales condiciones de esta primera y rápida intuición del espíritu humano.

«En los primeros hombres... (dice) al fresco se pintaban las imágenes de aquella
divina sabiduría heredada de aquel retrato de Dios en el hombre, no sin gran merced
dibuxado... Se puede llamar esta sciencia, no libro esculpido, ni trasladado, sino natural y estampado en memorias y en ingenios humanos; y, segun dize Aristóteles, parescen los Proverbios o Refranes ciertas reliquias de la antigua Philosophia, que se perdió por las diversas suertes de los hombres, y quedaron aquellas como antiguallas...
No hay refrán que no sea verdadero, porque lo que dize todo el pueblo no es de
burla, como dize Hesiodo». *Libro natural* llama en otra parte á los refranes, que él
pretende emparentar nada menos que con la antigua sabiduría de los turdetanos. «Antes que hubiese filósofos en Grecia tenía España fundada la antigüedad de sus refranes... ¿Qué más probable razon habrá que lo que todos dizen y aprueban? ¿Qué más
verisimil argumento que el que por tan largos años han aprobado tantas naciones,
tantos pueblos, tantas ciudades y villas, y lo que todos en comun, hasta los que en los
campos apacientan ovejas, saben y dan por bueno?... Es grande maravilla que se
acaben los superbos edificios, las populosas ciudades, las bárbaras Pyrámides, los más
poderosos reynos, y que la Philosophia Vulgar siempre tenga su reino dividido en
todas las provincias del mundo... En fin, el refrán corre por todo el mundo de boca en
boca, segun moneda que va de mano en mano gran distancia de leguas, y de allá
vuelve con la misma ligereza por la circunferencia del mundo, dejando impresa la
señal de su doctrina... Son como piedras preciosas salteadas por ropas de gran precio,
que arrebatan los ojos con sus lumbres».

Coincidió con Mal Lara, no ciertamente en lo elevado de los propósitos, ni en lo
gallardo del estilo, pero sí en el procedimiento de explicar frases y dichos proverbiales
por anécdotas y chascarrillos *a posteriori*, el célebre librero de Valencia Juan de Timoneda, que en 1563, y quizá antes, había publicado el *Sobremesa y alivio de caminantes* (¹), colección minúscula, que, ampliada en unas ediciones y expurgada en otras,
tiene en la más completa (Valencia, 1569) dos partes: la primera con noventa y tres
cuentos, la segunda con setenta y dos, de los cuales cincuenta pertenecen al dominio de

---

(¹) *El Sobremesa y alivio de caminantes de Joan Timoneda: en el qual se contienen affables y
graciosos dichos, cuentos heroycos y de mucha sentencia y doctrina.*

(Al fin): Çaragoça, en casa de Miguel de Guesa, 1563. 8.°, let. gót. Las dos partes del *Sobremesa* tienen respectivamente XXII y XXI hojas foliadas. En otras 21 hojas sin foliar van, á modo
de apéndice, dos tratadillos de noticias históricas: *Memoria hispana copilada por Joan Timoneda, en
la qual se hallaran cosas memorables y dignas de saber y en que año acontecieron.—Memoria Valentina.*

Esta edición, descrita por Brunet, ha de ser, por lo menos, la segunda, reimpresa de una de
Valencia, donde Timoneda publicaba todos sus libros.

—*Alivio de caminantes compuesto por Iuan de Timoneda. En esta última impression van quitadas*

la *paremiología*. Tanto éstos como los demás están narrados con brevedad esquemática, sin duda para que «el discreto relatador» pudiese amplificarlos y exornarlos á su guisa. Pero esta misma concisión y simplicidad no carece de gracia. Véase algún ejemplo:

Cuento XL (2.ª parte). «Por qué se dijo: *perdices me manda mi padre que coma*».

«Un padre envió su hijo á Salamanca á estudiar; mandóle que comiese de las cosas »más baratas. Y el mozo en llegando, preguntó cuánto valía una vaca: dijéronle que »diez ducados, y que una perdiz valía un real. Dijo él entonces: segun eso, perdices me »manda mi padre que coma».

Cap. XLII. «Por qué se dijo: *no hará sino cenar y partirse*».

«Concertó con un pintor un gentil-hombre que le pintase en un comedor la cena »de Cristo, y por descuido que tuvo en la pintura pintó trece apóstoles, y para disimu- »lar su yerro, añadió al treceno insignias de correo. Pidiendo, pues, la paga de su tra- »bajo, y el señor rehusando de dársela por la falta que había hecho en hacer trece »apóstoles, respondió el pintor: no reciba pena vuestra merced, que ese que está como »correo no hará sino cenar y partirse».

muchas cosas superfluas, deshonestas y mal sonantes que en las otras impressiones estavan. Con licen- cia. En Medina del Campo impresso por Francisco del Canto. Año de 1563.

12.º En la hoja 3.ª signat. t. 3 empiezan los cuentos de *Joan Aragones*. (Salvá.)

—*El Sobremesa y alivio de caminantes de Ioan Timoneda... Agora de nuevo añadido por el mismo autor, assi en los cuentos como en las memorias de España y Valencia* (Retrato de Timoneda). *Impreso con licencia. Vendese en casa de Joan Timoneda.*

(*Al fin*): «Acabo se de imprimir este libro del *Sobremesa y Alivio de Caminantes* en casa de »Joan Navarro, a 5 de Mayo. Año de 1569».

8.º let. gót. sign. *a g*, todas de ocho hojas, menos la última, que tiene doce. (Salvá.)

Además de las dos *Memorias Hispana y Valentina*, contiene este raro librito una *Memoria Poética: que es mui breve compendio de algunos de los más señalados Poetas que hasta hoy ha hu- vido* (sic). (Ejemplar que fue de Salvá y hoy pertenece á la Biblioteca Nacional).

—Valencia, por Pedro de Huete, 1570 (Citada por Ximeno, *Escritores del reino de Valencia*).

—*Alivio de Caminantes, compuesto por Juan Timoneda. En esta ultima impresion van quitadas muchas cosas superfluas, deshonestas y mal sonantes que en las otras estavan. Con licencia. Impresso en Alcalá de Henares por Sebastiā Martinez. Fuera de la puerta de los sanctos Martyres. M.D.LXXVI.*

12.º, 72 pp. dobles.

Hasta setenta y cinco cuentos de los que hay en la edición de Valencia faltan en ésta.

«*Epistola al lector.* Curioso lector: Como oir, ver y leer sean tres causas principales, ejercitán- »dolas, por do el hombre viene a alcazar toda sciencia, esas mesmas han tenido fuerza para comigo »en que me dispusiese a componer el libro presente, dicho *Alivio de Caminantes*, en el qual se con- »tienen diversos y graciosos cuentos, afables dichos y muy sentenciosos. Asi que facilmente lo que »yo en diversos años he oido, visto y leido, podras brevemente saber de coro, para decir algun »cuento de los presentes. Pero lo que más importa para ti y para mí, porque no nos tengan por fríá- »ticos, es que estando en conversacion, y quieras decir algun *contecillo*, lo digas al propósito de lo »que trataren; y si en algunos he encubierto los nombres á quien acontescieron, ha sido por celo de »honestidad y evitar contiendas. Por tanto, ansi por el uno como por el otro, te pido perdon, el cual »pienso no se me podrá negar. Vale.» (Biblioteca Nacional).

—Amberes, 1577. Sigue el texto de las expurgadas.

—Sevilla, en casa de Fernando de Lara, 1596. (Biblioteca Nacional, procedente de la de Gayan- gos. Pertenece al número de las expurgadas).

—Pamplona, 1608 (Catálogo de Sora).

Aribau reimprimió el *Sobremesa*, pero no íntegro, en el tomo de *Novelistas anteriores á Cervan- tes* (3.º de *Autores Españoles*). Sigo la numeración de los cuentos en esta edición, por ser la más corriente.

Cap. LXVIII. «Por qué se dijo: *sin esto no sabrás guisallas*».

«Un caballero dió á un mozo suyo vizcaino unas turmas de carnero para que se
» las guisase; y á causa de ser muy ignorante, dióle un papel por escripto cómo las
» había de guisar. El vizcaino púsolas sobre un poyo, vino un gato y llevóse las turmas;
» al fin, no pudiendo habellas, teniendo el papel en las manos, dijo: ¡ah gato! poco te
» aprovecha llevallas, que sin esto no sabrás guisallas».

Con ser tan microscópicos estos que Timoneda llama «apacibles y graciosos cuen-
» tos, dichos muy facetos y exemplos acutísimos para saberlos contar en esta buena
» vida», encontró manera de resumir en algunos de ellos el argumento de novelas enteras de otros autores. Tres del *Decamerone* (VI, 4; VII, 7; X, 1) han sido reconocidas
por miss Bourland en *El Sobremesa* (¹). Todas están en esqueleto: la facecia del cocinero que pretendía que las grullas no tienen más que una pata pierde su gracia y hasta
su sentido en Timoneda. Melchor de Santa Cruz, en su *Floresta Española*, conserva
mejor los rasgos esenciales del cuento, aun abreviándole mucho (²). El de *cornudo y
apaleado* es por todo extremo inferior á una novela en redondillas que hay sobre el
mismo asunto en el *Romancero General* de 1600 (³). El que salió menos mal parado
de los tres cuentos decameronianos es el de la mala estrella del caballero Rugero; pero,
así y todo, es imposible acordarse de él después de la lindísima adaptación que hizo
Antonio de Torquemada en sus *Coloquios Satíricos* (⁴).

(¹) *Boccaccio and the «Decameron» in castilian and catalan literature,* pp. 129, 133, 145.

(²) «Juan de Ayala, señor de la villa de Cebolla, voló una grulla: su cocinero la guisó, y dió
una pierna de ella á su mujer. Sirviéndosela á la mesa, dixo Juan de Ayala: «¿Y la otra pierna?»
Respondió el cocinero: «No tenia más de una, porque todas las gullas no tienen sino una.» Otro dia,
Juan de Ayala mandó ir á caza al cocinero; y hallando una bandada de grullas que estaban todas en
un pie, dixo el cocinero: «Vea v. md. si es verdad lo que dixe». Juan de Ayala arremetió con su caballo, diciendo: «ox, ox». Las grullas volaron y estendieron sus piernas, y dixo: «Bellaco, mira si
tienen dos piernas ó una». Dixo el cocinero: «Cuerpo de Dios, señor, dixérades «ox, ox» á la que
» teníades en el plato, y entonces ella extendiera la pierna que tenia encogida». *(Floresta Española,*
ed. de Madrid, 1790, p. 73).

Casi en los mismos términos, pero sin atribuir la anécdota á persona determinada, se refiere en
los *Cuentos de Garibay*, y de allí la tomó probablemente Santa Cruz. *(Sales Españolas,* de A. Paz y
Melia, tomo II, pág. 61).

(³) Es la que comienza:

Huvo un cierto mercader
Que en Valladolid vivia,
El qual mercader tenia
Una hermosa muger...

(Romancero General, Madrid, por Luis Sanchez, 1600, fol. 344-345 vto.)

(⁴) «Quiero deziros en breves palabras una novela, que quando niño me acuerdo que me contaron. Un Rey que huvo en los tiempos antiguos, de cuyo nombre no tengo memoria, tuvo un criado
que le sirvió muchos años con aquel cuidado y fidelidad que tenia obligacion, y viéndose ya en la
vejez y que otros muchos que no avian servido tanto tiempo, ni tan bien como él, avian recevido
grandes premios y mercedes por sus servicios, y que el solo nunca avia sido galardonado, ni el Rey
le avia hecho merced ninguna, acordó de yrse a su tierra y passar la vida que le quedava en grangear un poco de hazienda que tenia. Para esto pidió licencia, y se partió, y el Rey le mandó dar una
mula en que fuesse: y quedó considerando que nunca avia dado nada aquel criado suyo, y que
teniendo razon de agraviarse, se yva sin averle dicho ninguna palabra. Y para experimentar más su
paciencia invió otro criado suyo que haziendose encontradizo con él fuese en su compañia dos o
tres jornadas y procurase de entender si se tenia por agraviado; el criado lo hizo assi y por mucho

El mismo procedimiento aplica Timoneda á otros *novellieri* italianos, dejándolos materialmente en los huesos. Como en su tiempo no estaban impresas las novelas de Sacchetti, ni lo fueron hasta el siglo XVIII, es claro que no procede de la novela 67 de aquel célebre narrador florentino el gracioso dicho siguiente, que indudablemente está tomado de las *Facecias* de Poggio (¹):

«Fue convidado un nescio capitan, que venia de Italia, por un señor de Castilla á comer, y despues de comido, alabóle el señor al capitan un pajecillo que traia, muy agudo y gran decidor de presto. Visto por el capitan, y maravillado de la agudeza del pajecillo, dijo: «¿Vé vuestra merced estos rapaces cuán agudos son en la mocedad? Pues

que hizo nunca pudo saber lo que sentia, mas de que passando por un arroyo la mula se paró a orinar en él, y dandole con las espuelas, dixo: «Harre allá mula de la condicion de su dueño, que da donde no ha de dar». Y passado de la otra parte, aquel criado del Rey que le seguia sacó una cedula suya, por la qual le mandava que se bolviesse, y él lo hizo luego. Y puesto en la presencia del Rey (el qual estava ynformado de lo que avia dicho) le preguntó la causa que le avia movido decir aquello. El criado le respondió diciendo: «Yo, señor, os he servido mucho tiempo lo mejor y más lealmente que he podido, nunca me aveis hecho merced ninguna, y a otros que no os han servido les aveis hecho muchas y muy grandes mercedes, siendo más ricos y que tenian menos necesidad que yo. Y assi dixe que la mula era de vuestra condicion, que dava donde no avia de dar, pues dava agua al agua, que no la avia menester, y dexava de darla donde avia necessidad della, que era en la tierra». El Rey le respondió: «¿Piensas que tengo yo toda la culpa? La mayor parte tiene tu ventura, no quiero dezir dicha o desdicha, porque de verdad estos son nombres vanos, mas digo ventura, tu negligencia y mal acertamiento fuera de sazon y oportunidad. Y porque lo creas quiero que hagas la esperiencia dello. Y assi lo metió en una camara, y le mostró dos arcas yguales, ygualmente aderezadas, diziéndole: «La una está llena de moneda y joyas de oro y plata, y la otra de arena: escoge una dellas, que aquella llevarás». El criado despues de averlas mirado muy bien, escogió la de la arena. Y entonces el Rey le dixo: «Bien as visto que la fortuna te haze el agravio tan bien como yo, pero yo quiero poder esta vez más que la fortuna», y assi le dió la otra arca rica con que fue bienaventurado».

(Los colloquios satíricos... hechos por Antonio de Torquemada... 1553 (Mondoñedo), fols. IV y V).

(¹) Fac. CCXI: *«Cujusdam pueri miranda responsio in Angelottum cardinalem».*

Algunas otras *Facecias* del humanista florentino se encuentran también en el *Sobremesa*, por ejemplo la 60.ª, que es el cuento primero en la coleccion de Timoneda: *«de eo qui uxorem in flumine peremptam quaerebat».*

«Alter, uxorem quae in flumine perierat quaerens, adversus aquam proficiscebatur. Tum qui»dam admiratus, cum deorsum secundum aquae cursum illam quaeri admoneret: «Nequaquam hoc »modo reperietur», inquit. «Ita enim, dum vixit, difficilis ac morosa fuit, reliquorumque moribus »contraria, ut nunquam nisi contrario et adverso flumine etiam post mortem ambulasset».

The Facetiae or jocose Tales of Poggio... Paris, Liseux, 1879, t. I, p. 100).

Algunas de estas *Facecias* estaban traducidas desde el siglo XV en la coleccion del infante D. Enrique de Aragón. Aun en las últimas ediciones de las Fábulas de Esopo, v. g., en la de Segovia, 1813, se encuentran en la última seccion («Fábulas Coletas») las siguientes *Facecias:*

X. *«De muliere quae virum defraudavit».*—Fábula XV. «De la mujer y del marido encerrado en el palomar».

I. *«Fabula prima cujusdam Cajetani pauperis naucleri».*—Fábula XVI. «De la mujer que parió un hijo, siendo su marido ausente».

II. *«De medico qui dementes et insanos curabat».*—Fábula XIX. «Del loco y del cavallero y cazador».

XXXVI *«De Sacerdote qui caniculum sepelivit.*—Fábula XX. «Del Sacerdote y de su perro, y del Obispo».

En las ediciones antiguas hay más, entre ellas la indecentísima 43: *«De adolescentula quae virum de parvo Priapo accusavit».*

, sepa que cuando grandes no hay mayores asnos en el mundo». Respondió el pajecillo al capitan: «Mas que agudo debia de ser vuestra merced cuando mochacho» (¹).

Tampoco se deriva de la novela 198 de Sacchetti, pero sí de la 43 de Girolamo Morlini *De caeco qui amissos aureos suo astu recuperavit*, el cuento 59 de la segunda parte del *Alivio de Caminantes*:

«Escondió un ciego cierta cantidad de dineros al pie de un árbol en un campo, el cual era de un labrador riquísimo. Un dia yendo á visitallos, hallólos menos. Imaginando que el labrador los hubiese tomado, fuése á él mesmo, y díjole: «Señor, como » me paresceis hombre de bien querria que me diósedes un consejo, y es: que yo tengo » cierta cantidad de dinero escondida en un lugar bien seguro; agora tengo otra tanta, » no sé si la esconda donde tengo los otros ó en otra parte». Respondió el labrador: «En verdad que yo no mudaria lugar, si tan seguro es ese como vos decís». «Así lo » pienso de hacer», dijo el ciego; y despedidos, el labrador tornó la cantidad que le habia tomado en el mesmo lugar, por coger los otros. Vueltos, el ciego cogió sus dineros que ya perdidos tenía, muy alegre, diciendo: «Nunca más perro al molino». De aquesta manera quedó escarmentado» (²).

En suma (y para no hacerme pesado en el examen de tan ligeras y fugaces producciones), el *Sobremesa y alivio de caminantes*, según uso inmemorial de los autores de florestas y misceláneas, está compilado de todas partes. En Bandello (parte 3.ª, nov. 41) salteó el cuento del caballero de los muchos apellidos, que no encuentra posada libre para tanta gente: en las *Epístolas familiares*, de Fr. Antonio de Guevara, varios ejemplos de filósofos antiguos y las consabidas historietas de Lamia, Laida y Flora, que eran la quintaesencia del gusto mundano para los lindos y galancetes de entonces.

Preceden á los cuentos de Timoneda (³) en las ediciones de Medina del Campo, 1563,

(¹) «Messer Valore quasi tutto scornato, udendo le parole di questo fanciullo, dice verso la bri-»gata: e' non fu mai nessun fanciullo savio da piccolino, che non fusse pazzo da grande. Il fanciullo, »udendo questo, disse: in fe di Dio, gentiluomo, voi dovest' essere un savio fantolino».

(*Delle Novelle di Franco Sacchetti Cittadino Fiorentino. Parte Prima. In Firenze*, 1724. pp. 109-110. «Messer Valore de' Buondelmonti è conquiso e rimaso scornato da una parola, che un »fanciullo gli dice, essendo in Romagna»).

(²) Novella C.XCVIII. «Un cieco da Urvieto con gli occhi mentali, essendoli furato cento fio-»rini, fa tanto col suo senno, che chi gli ha tolti, gli rimette donde gli ha levati».

(*Delle Novelle di Franco Sacchetti .. Parte Seconda*, pp. 142-147).

Ct. *Hieronymi Morlini, Parthenopei Novellae, fabulae, comoedia. Editio tertia emendata et aucta.* Paris, Jannet, 1855, p. 86.

(³) Muy rápidamente he hablado de ellos. Su estudio más minucioso queda reservado para quien publique el *Fabulario ó Novelero español*, empresa digna de tentar la ambición de cualquier aficionado lo mismo á los estudios populares que á los de tradición erudita. Apenas hay anécdota del *Sobremesa* que no pueda dar motivo á una curiosa nota. No quiero omitir que entre ellos figura (1.ª parte, cuento 72) el apólogo clásico del poeta y el menestral que le estropeaba sus versos, aplicado por D. Juan Manuel, en el prólogo general de sus obras, á un trovador de Perpiñán, y por Sacchetti á Dante:

«Filogeno, famosísimo poeta, viendo que unos cantareros cantaban sus versos trastrocando y quebrando de ellos, con un báculo que llevaba dió en los jarros y quebrólos, diciendo: «Pues vos-»otros dañais mis obras, yo tambien dañaré las vuestras».

Todavía es más curioso el siguiente ejemplo, en que un cuentecillo de Timoneda viene á ilustrar un episodio de una comedia de Lope de Vega, cuyo argumento está tomado de la antigüedad romana.

En el tercer fascículo de la *Zeitschrift für romanische Philologie* (1905, t. XXIX) se ha publi-

y Alcalá, 1576, doce «de otro autor llamado Juan Aragonés, que sancta gloria haya», persona de quien no tenemos más noticia. Es lástima que estos cuentecillos sean tan pocos, porque tienen carácter más nacional que los de Timoneda. Dos de ellos son dichos agudos del célebre poeta Garci Sánchez de Badajoz, natural de Ecija; tres se refieren á cierto juglar ó truhán del Rey Católico, llamado Velasquillo, digno predecesor de D. Francesillo de Zúñiga. Pero otros están tomados del fondo común de la novelística, como el cuento del codicioso burlado, que tiene mucha analogía con la novela 195 de Sacchetti (¹), con la fábula 3.ª de la Séptima Noche de Straparola, con la ba-

cado una nota de Stiefel sobre las fuentes del Episodio de la Capa en el acto 2.º de *El Honrado Hermano*.

Está en Timoneda, *Alivio de caminantes* (núm. 29, parte 1.ª) y en el *Libro de chistes* de Luis de Pinedo (*Sales Españolas* de Paz y Melia, pp. 310 y 312).

Timoneda: «Venido un embajador de Venecia á la corte del gran turco, dándole audiencia á él, juntamente con otros muchos que habia en su corte, mandó el gran turco que no le diesen silla al embajador de Venecia, por cierto respecto. Entrados los embajadores, cada cual se sentó en su debido lugar. Viendo el veneciano que para él faltaba silla, quitóse una ropa de majestad que traia de brocado hasta el suelo, y asentóse encima della. Acabando todos de relatar sus embajadas, y hecho su debido acatamiento al gran turco, salióse el embajador veneciano, dejando su ropa en el suelo. A esto dijo el gran turco: «Mira, cristiano, que te dejas tu ropa». Respondió: «Sepa su Majestad que »los embajadores de Venecia acostumbran dejarse las sillas en que se asientan».

Pinedo: «Dicen que un Embajador de Venecia, en presencia de la Reina Doña Isabel, y visto que no le daban silla, se desnudó la ropa rozagante que llevaba, y la puso en el suelo doblada, y sentóse; y despues que hubo negociado, se fué en cuerpo. La Reina envió un mozo de cámara que le diese la ropa. El Embajador respondió: «Ya la Señoría no necesita de aquel escabel». Y no quiso tomar la ropa».

Pinedo (p. 312): «D. Juan de Velasco, hijo del Condestable D. Bernardino, entró á visitar al Duque de Alba y á otros grandes. No le dieron luego silla: dobló su capa, y sentóse en el suelo».

Confieso que ambos textos se me pasaron por alto al escribir el prólogo de la comedia de *El Honrado Hermano* en la colección académica, aunque tanto el libro de Timoneda, como el de Pinedo, me fuesen familiares; el primero desde mi infancia y el segundo desde que el Sr. Paz y Melia le sacó del olvido. Pero también el Sr. Stiefel, que tan agriamente censura los descuidos ajenos, olvidó en el presente caso otro librejo todavía más vulgar en España, la *Floresta* de Melchor de Santa Cruz, en cuya séptima parte (*De dichos graciosos*) se lee el mismísimo cuento, siendo verosímil que de allí le tomase Lope, que cita más de una vez aquella colección popular de apotegmas y chascarrillos.

«Un escudero fué á negociar con el Duque de Alba, y como no le diesen silla, quitóse la capa, y asentóse en ella. El Duque le mandó dar silla. Dixo el Escudero: «V. Señoria perdone mi mala crianza, que como estoy acostumbrado en mi casa de asentarme, desvanecióseme la cabeza». Como hubo negociado, salióse en cuerpo, sin cobijarse la capa. Trayéndosela un page, le dixo: «Servíos de »ella, que á mí me ha servido de silla, y no quiero llevarla más á cuestas».

Los versos de Lope de Vega que corresponden á esto son los siguientes:

CURIACIO 1.º	Vuelve, Horacio, fuerte.	
HORACIO.		¿A qué?
CURIACIO 1.º	Toma el manto.	
HORACIO.		¿Para qué?
CURIACIO 1.º	Pues ¿por qué le has de dejar?	
HORACIO.	No me acostumbro llevar	
	La silla en que me asenté.	

(¹) Novella CXCV. «Uno villano di Francia avendo preso uno sparviero del Re Filippo di Va-
»lois, e uno maestro uscier del Re, volendo parte del dono a lui fatto, ha venticinque battiture».
(Sacchetti, *Novelle*, Parte 2.ª, pp. 134-137).

lada inglesa *Sir Cleges* y otros textos que enumera el doctísimo Félix Liebrecht [1],
uno de los fundadores de la novelística comparada.

«Solía un villano muy gracioso llevar á un rey muchos presentes de poco valor, y
el rey holgábase mucho, por cuanto le decía muchos donaires. Acaesció que una vez
que el villano tomó unas truchas, y llevólas (como solía) á presentar al rey, el portero
de la sala real, pensando que el rey haría mercedes al villano, por haber parte le dijo:
«No te tengo de dejar entrar si no me das la mitad de lo que el rey te mandare dar».
El villano le dijo que le placía de muy buena voluntad, y así entró y presentó las truchas al rey. Holgóse con el presente, y más con las gracias que el villano le dijo; y
muy contento, le dijo que le demandase mercedes. Entonces el villano dijo que no
quería otras mercedes sino que su alteza le mandase dar quinientos azotes. Espantado
el rey de lo que le pedía, le dijo que cuál era la causa por que aquello le demandaba.
Respondió el villano: «Señor, el portero de vuestra alteza me ha demandado la mitad
» de las mercedes, y no hallo otra mejor para que á él le quepan doscientos azotes».
Cayóle tanto en gracia al rey que luego le hizo mercedes, y al portero mandó castigar» [2].

Dos ó tres de los cuentos del *Sobremesa* están en catalán, ó si se quiere en dialecto
vulgar de Valencia. Acaso hubiera algunos más en otra colección rarísima de Timoneda, *El Buen aviso y portacuentos* (1564), que Salvá poseyó [3], pero de la cual no
hemos logrado hasta ahora más noticias que las contenidas en el *Catálogo* de su biblioteca: «El libro primero, intitulado *Buen Aviso*, contiene setenta y un cuentos del mismo
género que los del *Sobremesa*, con la diferencia de que la sentencia ó dicho agudo y
gracioso, y á veces una especie de moraleja de la historieta, van puestas en cinco ó seis
versos. El libro segundo, ó sea el *Porta cuentos*, comprende ciento cuatro de éstos, de
igual clase, pero no tienen nada metrificado». Algunos han confundido esta colección
con el *Sobremesa*, pero el mismo Timoneda las distinguió perfectamente en la *Epístola
al benigno lector* que va al principio de la edición de 1564 de *El Buen Aviso*: «En
» días pasados imprimí primera y segunda parte del *Sobremesa y alivio de caminantes*,

[1] *Geschichte der Prosadichtungen*. Berlin, 1851, p. 257.
[2] En el *Libro de los enxemplos* (n. 146 de la ed. de Gayangos) hay un apólogo que tiene el
mismo sentido y que se halla también en el *Poema de Alexandre* (coplas 2197-2201).
«Es enxemplo de un rey que conocía dos omes, uno muy codicioso, otro muy invidioso, é pro-
»metióles que les daríe cualquier don que le demandasen, en tal manera que el postrimero hobiese
»el don doblado. E esperando el uno al otro que demandase, el rey mandó al invidioso que deman-
»dase primero, é demandó que le sacasen un ojo porque sacasen al otro amos los suyos, e non quiso
»pedir cosa buena porque el su prójimo non la hobiese doblada».
[3] *El Buē aviso y portacuentos de Ioan Timoneda: en el qual se contienen innumerables y graciosos dichos, y apasibles acontescimientos para recreación de la vida humana, dirigidos al sabio y
discreto lector* (Retrato de Timoneda, el mismo que va en el *Sobremesa*). *Con priuilegio Real. Impresso
en Valencia en casa de Ioā Mey. M D.LXiiij* (1564). *Vendense en casa de Ioan Timoneda*. 8.°, 56
folios.
La licencia del santo oficio es de 12 de Setiembre de 1563.
En el fol. 29 comienza con nueva portada la «Segunda parte del *Porta cuentos de Ivan Timo-
»neda, en el qual se contienen diversas sentencias, memorables dichos, y graciosos cuentos, agora
»nuevamente compuestos. Año 1564».
Ximeno cita una edición de Valencia, por Pedro de Huete, 1570, y Fuster otra de la misma
ciudad, por Juan Navarro, á 5 de Mayo de 1569.

» y como este tratado haya sido muy acepto á muchos amigos y señores mios, me con-
»vencieron que imprimiese el libro presente llamado *Buen aviso y Porta cuentos*, á
» donde van encerrados y puestos extraños y muy facetos dichos». Parece, sin embargo,
que ambas colecciones fueron refundidas en una sola *(Recreación y pasatiempo de
caminantes)*, de la cual tuvo el mismo Salvá un ejemplar sin principio ni fin, y por tanto
sin señas de impresión. La segunda y tercera parte de este librillo comprendían las
anécdotas del *Buen Aviso*, con numerosas variantes y muchas supresiones (¹).

Timoneda, cuyo nombre va unido á todos los géneros de nuestra literatura popular
ó popularizada, á los romances, al teatro sagrado y profano, á la poesía lírica en hojas
volantes, no se contentó con ensayar el cuento en la forma infantil y ruda del *Sobremesa* y del *Buen Aviso*. A mayores alturas quiso elevarse en su famoso *Patrañuelo*
(¿1566?), formando la primera colección española de novelas escritas á imitación de las
de Italia, tomando de ellas el argumento y los principales pormenores, pero volviendo
á contarlas en una prosa familiar, sencilla, animada y no desagradable. En lo que no
hizo bien fue en darse por autor original de historias que ciertamente no había inventado,
diciendo en la *Epístola al amantísimo lector*: «No te des á entender que lo que en el
» presente libro se contiene sea todo verdad, que *lo más es fingido y compuesto de nues-
» tro poco saber y bajo entendimiento;* y por más aviso, el nombre dél te manifiesta clara
» y distintamente lo que puede ser; porque *Patrañuelo* se deriva de patraña, y patraña
» no es otra cosa sino una fingida traza tan lindamente amplificada y compuesta que
» paresce que trae alguna apariencia de verdad».

Infiérese del mismo prólogo que todavía el nombre de *novelas* no había prevalecido
en España, á pesar del ejemplo del traductor de Boccaccio y algún otro rarísimo: «Y
» así, semejantes marañas las intitula mi lengua natural valenciana *Rondalles*, y la tos-
» cana *Novelas*, que quiere decir: *Tú, trabajador, pues no velas,* yo te desvelaré con
» algunos graciosos y *asesados* cuentos, con tal que los sepas contar como aquí van
» relatados, para que no pierdan aquel asiento y lustre y gracia con que fueron com-
» puestos» (²).

(¹) *Alivio de caminantes* (así en la parte superior de las páginas). La cuarta parte contiene «otros
»cuentos sacados de la Floresta Española de Melchor de Sta. Cruz» y la *Memoria Hispanea*.

(²) Sólo el canónigo Mayans, en su prólogo de *El Pastor de Fílida*, cita un *Patrañuelo* de Valencia, 1566, pero la existencia de tan rara edición está indirectamente comprobada por la aprobación
que se copia en las siguientes (Valencia, 22 de Setiembre de 1566).

—*Primera parte de las Patranyas en las quales se tratan admirables cuentos, graciosas marañas
y delicadas invenciones para saber las contar el discreto relatador. Con licencia en Alcalá de Henares, en casa de Sebastian Martinez. 1576.* (Biblioteca Nacional).

8.° 127 fols.

Tasa.—Aprobación de Joaquin Molina.—Licencia del canónigo Tomás Dasi.—Privilegio.—Soneto
«entre el auctor y su pluma».—Soneto de Amador de Loaysa, en loor de la obra.—Epístola al aman-
tíssimo Lector.—Texto.—Tabla.—Una hoja sin foliar con dos quintillas tituladas «Disculpa de
»Joan Timoneda a los pan y aguados de la prudencia colegiales del provechoso Silencio».

—Barcelona. Año 1578.

Al fin: «Fue impresso el presente *Patrañuelo* en la insigne ciudad de Barcelona en casa de
»Jayme Sendrat. Año 1578». 8.°, 103 folios. (Biblioteca Nacional, ejemplar de Salvá).

—Bilbao, 1580. Por Matías Mares. (Biblioteca Nacional).

—*El discreto tertuliante; primera parte de las Patrañas de Joan de Timoneda, en las cuales se
trata de admirables Cuentos graciosos, Novelas ejemplares, marañas y delicadas invenciones para saber*

No pasan de veintidós las *patrañas* de Timoneda, y á excepción de una sola, que puede ser original (¹) y vale muy poco, todas tienen fuente conocida, que descubrió antes que nadie Liebrecht en sus adiciones á la traducción alemana de la *History of fiction* de Dunlop (²). Estas fuentes son tan varias, que recorriendo una por una las *patrañas* puede hacerse en tan corto espacio un curso completo de novelística.

El padre de la historia entre los griegos, padre también de la narración novelesca en prosa, por tantas y tan encantadoras leyendas como recogió en sus libros, pudo suministrar á la *patraña diez y seis* el relato de la fabulosa infancia de Ciro *(Clio*, 107-123). Pero es seguro que Timoneda no le tomó de Herodoto, sino de Justino, que trae la misma narración, aunque abreviada y con variantes, en el libro I de su epítome de Trogo Pompeyo, traducido al castellano en 1540 por Jorge de Bustamante. Algún detalle, que no está en Herodoto y sí en aquel compendiador (³), y la falta de muchos otros que se leen en el historiador griego, pero no en Justino, prueban con toda evidencia esta derivación. Por el contrario, Lope de Vega, en su notable comedia *Contra valor no hay desdicha*, tomó la historia de Herodoto por base principal de su poema, sin excluir alguna circunstancia sacada de Justino (⁴).

Del gran repertorio del siglo XIV, *Gesta Romanorum*, cuyo rastro se encuentra en todas las literaturas de Europa, proceden mediata ó inmediatamente las patrañas 5.ª y 11.ª, que corresponden á los capítulos 81 y 153 del *Gesta*. Trátase en el primero cierta repugnante y fabulosa historia del nacimiento ó infancia del Papa San Gregorio Magno, á quien se suponía hijo incestuoso de dos hermanos (⁵), arrojado al mar, donde le encontró un pescador, y criado y adoctrinado por un abad. Esta bárbara leyenda,

---

contar el sabio y discreto relatador. *Sacadas segunda vez a luz por José de Afranca y Mendoza. Con licencia en Madrid en la oficina de Manuel Martin. Se hallará en la librería de P. Tejero, calle de Atocha, junto a San Sebastian* (1759).

La licencia se dio «con calidad de que no se imprima la patraña octava». Es edición incorrecta, además de mutilada. El ridículo cambio del *Patrañuelo* en el *Discreto Tertuliante* no pasa de la portada: en lo alto de las páginas se da al libro su título verdadero.

En el ejemplar que tuvo Salvá un curioso moderno había anotado las fuentes de varias patrañas, pero no siempre son exactas sus indicaciones.

—El *Patrañuelo* está íntegramente reimpreso en la colección de Aribau (*Novelistas anteriores á Cervantes*).

(¹) Me refiero á la patraña novena.

(²) *Geschichte der prosadichtungen...* pp. 500-501.

(³) «Indignado el rey de semejante traicion, juntó muy gran hueste y vino sobre Ciro y Harpago, y llevándolos de vencida á los soldados que iban huyendo, salian las madres y sus mujeres al encuentro, que volviesen á la batalla. Y viendo que no querian, alzándose las madres sus faldas y mostrando sus vergüenzas, á voces altas decian: «¿Qué es esto? ¿Otra vez quereis entrar en los vientres de vuestras madres?» Los soldados de vergüenza desto volvieron á la batalla con grande ánimo» (Timoneda).

«*Pulsa itaque quum Persarum acies paullatim cederet, matres et uxores eorum obviam occurrunt: orant in praelium revertantur. Cunctantibus, sublata veste, obscoena corporis ostendunt, rogantes «num in uteros matrum vel uxorum velint refugere». Hac repressi castigatione, in proelium redeunt: et facta impressione, quos fugiebant, fugere compellunt*» (Just., *Hist.*, I, 6).

(⁴) Vid. mis observaciones preliminares sobre esta comedia en el tomo VI de la edición académica de Lope de Vega.

(⁵) *Gesta Romanorum*, ed. de Hermann Oesterley (Berlín, 1872), pp. 399-409 *(De mirabili divina dispensatione et ortu beati Gregorii Papae)*, y las versiones que cita el mismo Oesterley, p. 725.

que, como otras muchas de su clase, tenía el sano propósito de mostrar patente la misericordia divina, aun con los más desaforados pecadores (puesto que Gregorio viene á ser providencial instrumento de la salvación de su madre), parece ser de origen alemán: á lo menos un poeta de aquella nación, *Hartmann von der Aue*, que vivía en el siglo XIII, fue el primero que la consignó por escrito en un poema de 3.752 versos, que sirvió de base á un libro de cordel muy difundido en los países teutónicos, *San Gregorio sobre la piedra*. Los antiguos poemas ingleses *Sir Degore* y *Sir Eglamour of Artois* tienen análogo argumento y en ellos fundó Horacio Walpole su tragedia *The mysterious mother*. En francés existe una antigua vida de San Gregorio en verso, publicada por Lazarche (Tours, 1857), que repite la misma fábula (¹); y no debía de ser ignorada en España, puesto que encontramos una reminiscencia de ella al principio de la leyenda del abad Juan de Montemayor, que ha llegado hasta nuestros días en la forma de libro de cordel (²). Para suavizar el cuento de San Gregorio, que ya comenzaba á ser intolerable en el siglo XVI, borró Timoneda en el protagonista la aureola de santidad y la dignidad de Papa, dejándole reducido á un Gregorio cualquiera.

La *Patraña oncena*, que es la más larga de todas y quizá la mejor escrita, contiene la novela de Apolonio de Tiro en redacción análoga á la del *Gesta*, pero acaso independiente de este libro (³). Son tantos y tan varios los que contienen aquella famosa historia bizantina de aventuras y naufragios, cuyo original griego se ha perdido, pero del cual resta una traducción latina muy difundida en los tiempos medios, que no es fácil atinar con la fuente directa de Timoneda. La suponemos italiana, puesto que de Italia proceden casi todos sus cuentos. De fijo no tenía la menor noticia del *Libre d'Apollonio*, una de las más antiguas muestras de nuestra poesía narrativa en el género erudito del _mester de clerecía_. Las semejanzas que pueden encontrarse nacen de la comunidad del argumento, y no de la lectura del vetusto poema, que yacía tan olvidado como todos los de su clase en un solitario códice, no desenterrado hasta el siglo XIX (⁴). No puede negarse que el primitivo y rudo poeta castellano entendió mejor que Timoneda el verdadero carácter de aquel libro de caballerías del mundo clásico decadente, en que no es el esfuerzo bélico, sino el ingenio, la prudencia y la retórica las cualidades que principalmente dominan en sus héroes, menos emprendedores y hazañosos que pacientes, discretos y sufridos. En la escena capital del reconocimiento de Apolonio y

(¹) *Le Violier des histoires romaines. Ancienne traduction françoise des «Gesta Romanorum». Nouvelle édition, revue et annotée par M. G. Brunet* (Paris, 1858), pp. 197-198.

(²) «En tiempo deste dicho rey Don Ramiro hera abad de Montemayor un noble omne e grand fidalgo e de buena vida, que avia nombre don Johan. Yendo un dia á maitines la noche de Navidad, falló un niño que yacía á la puerta de la iglesia echado; este niño era fijo de dos hermanos, fecho en grand peccado. Como el abad lo vió, ovo dél grand piedad; tomólo en sus braços e metiólo en la iglesia é fízolo bautizar e púsole nonbre García. Oriolo muy viçiosamente, atanto e más que si fuera su fijo».

Así Diego Rodriguez de Almela, en su *Compendio Historial*, que es el primer texto que consigna esta novela.

Vid. *La leyenda del abad Don Juan de Montemayor, publicada por R. Menéndez Pidal*. Dresden, 1903 (t. II de la *Gesellschaft für romanische literatur*), p. 5.

(³) Cf. en el *Gesta Romanorum*, ed. de Oesterley, pp. 510-532, y la lista de paradigmas, p. 737. El *Apolonio* no formaba parte del primitivo texto del *Gesta*. Era una novela aislada: *De tribulatione temporali, quae in gaudium sempiternum postremo conmutabitur.*

(⁴) Por D. Pedro José Pidal en la *Revista de Madrid*, 1844.

su hija llega á una poesía de sentimiento que no alcanza jamás el compilador del *Patrañuelo;* y el tipo de la hija de Apolonio, transformada en la juglaresa Tarsiana, tiene más vida y más colorido español que la Politania de Timoneda. Prescindiendo de esta comparación (que no toda resultaría en ventaja del poeta más antiguo), la novela del librero valenciano es muy agradable, con mejor plan y traza que las otras suyas, con un grado de elaboración artística superior. Para amenizarla intercala varias poesías, un soneto y una octava al modo italiano, una canción octosilábica y un romance, en que la *truhanilla,* para darse á conocer á su padre Apolonio, hace el resumen de su triste historia:

> En tierra fuí engendrada,– de dentro la mar nascida,
> Y en mi triste nacimiento—mi madre fué fallescida.
> Echáronla en la mar – en un ataud metida,
> Con ricas ropas, corona,—como reina esclarecida...

Versos que recuerdan otros de Jorge de Montemayor *(Diana,* libro V), imitados á su vez de Bernaldim Ribeiro:

> Cuando yo triste nací,—luego nací desdichada,
> Luego los hados mostraron—mi suerte desventurada.
> El sol escondió sus rayos,—la luna quedó eclipsada,
> Murió mi madre en pariendo,—moza, hermosa y mal lograda...

Nada hay que añadir á lo que con minuciosa y sagaz crítica expone miss Bourland [1] sobre las tres patrañas imitadas de tres novelas de Boccaccio. En la historia de Griselda, que es la *patraña* 2.ª, prefiere Timoneda, como casi todos los imitadores, la refundición latina del Petrarca, traduciéndola á veces á la letra, pero introduciendo algunas modificaciones para hacer menos brutal la conducta del protagonista. La patraña 15.ª corresponde, aunque con variantes caprichosas, á la novela 9.ª de la segunda jornada del *Decameron,* célebre por haber servido de base al *Cymbelino* de Shakespeare. Timoneda dice al acabar su relato: «Deste cuento pasado hay hecha comedia, que se »llama *Eufemia».* Si se refiere á la comedia de Lope de Rueda (y no conocemos ninguna otra con el mismo título), la indicación no es enteramente exacta, porque la comedia y la novela sólo tienen de común la estratagema usada por el calumniador para ganar la apuesta, fingiendo haber logrado los favores de la inocente mujer de su amigo.

Timoneda había recorrido en toda su extensión la varia y rica galería de los *norellieri* italianos, comenzando por los más antiguos. Ya dijimos que no conocía á Franco Sacchetti, pero puso á contribución á otro cuentista de la segunda mitad del siglo XIV, Ser Giovanni Fiorentino. Las dos últimas *patrañas* de la colección valenciana corresponden á la novela 2.ª de la jornada 2ª y á la 1.ª de la jornada 10 del *Pecorone* [2]. Ni una ni otra eran tampoco originales del autor italiano, si es que existe verdadera originalidad en esta clase de libros. El primero de esos cuentos reproduce el antiquísimo tema *folklórico* de la madrastra que requiere de amores á su entenado y viendo recha-

[1] En su tesis tantas veces citada acerca de Boccaccio, pp. 84, 152, 163.
[2] Pudo manejarle en la edición de Milán, 1558. La de Venecia, 1565, es posterior al *Patrañuelo.*

zada su incestuosa pasión le calumnia y procura envenenarle [1]. La patraña 21 tiene por fuente remotísima la narración poética francesa *Florence de Rome*, que ya á fines del siglo XIV ó principios del XV había recibido vestidura castellana en el *Cuento muy fermoso del emperador Ottas et de la infanta Florencia su hija et del buen caballero Esmere* [2]. Pero la fuente inmediata para Timoneda no fue otra que el *Pecorone*, alterando los nombres, según su costumbre [3].

Dos *novellieri* del siglo XV, ambos extraordinariamente licenciosos, Masuccio Salernitano y Sabadino degli Arienti, suministran á la compilación que vamos examinando dos anécdotas insignificantes, pero que á lo menos están limpias de aquel defecto [4].

No puede decirse lo mismo de la *patraña* octava, que es el escandalosísimo episodio de Jocondo y el rey Astolfo (tan semejante al cuento proemial de *Las Mil y Una Noches*) que Timoneda tomó del canto 28 del *Orlando Furioso*, sin mitigar en nada la crudeza con que lo había presentado el Ariosto.

Mateo Bandello, el mayor de los novelistas de la península itálica después de Boccaccio, no podía quedar olvidado en el ameno mosaico que iba labrando con piedrecillas italianas nuestro ingenioso mercader de libros. Dos *patrañas* tienen su origen en

---

[1] «Novella II. Una matrigna fa preparare da un suo schiavo il veleno al figliastro perchè non »vuol condescendere alle sue voglie. Per iscambio lo beve un suo proprio figliuolo minore d' età. »Il figliastro n' è accusato e lo schiavo depone contro di esso. Un vecchio medico comparisce, e con-»fessa aver egli dato allo schiavo quel beveraggio, che e un sugo da far dormire. Si corre allora alla »sepoltura, ed il fanciullo è trovato vivo. Condanna dello schiavo, e della donna.»

Il Pecorone di Ser Giovanni Fiorentino nel quale si contengono cinquanta novelle antiche belle d' invenzione e di stile. Milán, 1804 (De la colección de Clásicos Italianos), tomo II, pág. 198.

[2] Véase lo que de ella decimos en el tomo primero de los *Orígenes de la novela*, pág. CLIX.

[3] «Novella I. Il Re d' Inghilterra sposa Dionigia figliuola d' un Re di Francia, che trova in »un convento dell' isola. Partorisce due maschi in lontananza del marito, ed obbligata, per calunnie »apposte dalla suocera, a partirsi, con essi va a Roma. In quale occasione ricomobbero i due Re »con estrema gioja, l' uno la moglie e l'altro la sorella.»

Il Pecorone... Tom. I, p. 209.

[4] Compárese la *patraña* tercera de Timoneda con la novela primera de Masuccio, cuyo argumento dice así:

«Mastro Diego è portato morto da messer Roderico al suo convento. Un altro frate credendolo »vivo gli dà con un sasso, e crede averlo morto. Lui fuggesi con una cavalla, e per uno strano caso »se incontra col morto a cavalla in uno stallone, lo quale con la lanza alla resta, seguelo per tutta »la città. Lo vivo è preso, confessa lui essere stato l' omicida; volesi giustiziare. Il cavaliere mani-»festa il vero, e al frate è perdonata la non meritata morte.»

Il Novellino di Masuccio Salernitano restituito alla sua antica lezione da Luigi Settembrini, Nápoli, 1874. Pág. 7.

En Masuccio la acción de la novela pasa en Salamanca, y el protagonista es un fraile, el Maestro Diego de Arévalo. Timoneda, que por otra parte abrevia mucho el cuento, le traslada á París y el héroe es «un quistor llamado Sbarroya».

La *patraña* 18 es la novela 20 de las *Porretane* de Sabadino degli Arienti:

«Misser Lorenzo Spaza cavaliero Araldo se la fa convenire denanti al pretore da uno notaro: il »qual e dimostrato non esser in bono sentimento: et Misser Lorenzo libero se parte lassando il notaro »scernito e desperato».

Fol. XVII de las *Settanta Novelle*.

(Al fin): *Qui finiscono le dolce et amorose Settanta nouelle del preclaro homo misser Iohanne Sabadino degli Arienti Bolognese. Intitulate a lo inuictissimo signore Hercule Estese Duca de Ferrara. Nouamete historiade et correcte per el doctissimo homo Sebastiano Manilio. Et con grande attentione in la inclyta Cita de Venetia stampate. Nel M.CCCCCX (1510) a di XVI de Marzo.*

la vasta colección del obispo de Agen. En la 19 encontramos una imitación libre y muy abreviada de la novela 22 de la Primera Parte (¹) (Amores de Felicia, Lionata y Timbreo de Cardona), sugerida en parte por el episodio de Ariodante y Ginebra, en el canto V del *Orlando Furioso*, como éste lo fue por un episodio análogo de *Tirante el Blanco* (²). A su vez la novela de Bandello es fuente común de otra de Giraldi Cinthio, del cuento de Timoneda y de la comedia de Shakespeare *Much ado about nothing* (³).

No tiene menos curiosidad para la historia de la poesía romántica la *Patraña sétima*. «De este cuento pasado hay hecha comedia, llamada de la Duquesa de la Rosa». Esta comedia existe y es la más notable de las tres que nos quedan del famoso representante Alonso de la Vega. Pero ni la novela está tomada de la comedia ni la comedia de la novela. Alonso de la Vega y Juan de Timoneda tuvieron un mismo modelo, que es la novela 44, parte 2.ª de las de Bandello, titulada *Amore di Don Giovanni di Mendoza e della Duchessa di Savoja, con varii e mirabili accidenti che v' intervengono*. Bandello pone esta narración en boca de su amigo el noble milanés Filipo Baldo, que decía habérsela oído á un caballero español cuando anduvo por estos reinos (⁴), y en efecto, tiene semejanza con otras leyendas caballerescas españolas de origen ó aclimatadas muy de antiguo en nuestra literatura (⁵). El relato de Bandello es muy largo y recargado de peripecias, las cuales en parte suprimen y en parte abrevian sus imitadores. Uno y otro cambian el nombre de Don Juan de Mendoza, acaso porque no les pareció conveniente hacer intervenir un apellido español de los más históricos en un asunto de pura invención. Timoneda le llamó el Conde de Astre y Alonso de la Vega el infante Dulcelirio de Castilla. Para borrar todas las huellas históricas, llamaron entrambos duquesa de la Rosa á la de Saboya. Uno y otro convienen en suponerla hija del rey de Dinamarca, y no hermana del rey de Inglaterra, como en Bandello. De los nombres de la novela de éste Timoneda conservó únicamente el de Apiano y Alonso de la Vega ninguno.

Timoneda hizo un pobrísimo extracto de la rica novela de Bandello: omitiendo el viaje de la hermana de Don Juan de Mendoza á Italia, la fingida enfermedad de la duquesa y la intervención del médico, dejó casi sin explicación el viaje á Santiago;

(¹) «Novella XXII. Narra il sign. Scipione Attellano come il sig. Timbreo di Cardona, essendo col Re Piero d' Aragona in Messina, s' innamora di Fenicia Lionata, e i varii e fortunevoli accidenti che avvennero prima che per moglie la prendesse.»

Novelle di Matteo Bandello, Milano, Silvestri, 1813. T. II, pp. 99-156.

(²) Vid. *Orígenes de la novela*, t. I, p. CCLVII.

(³) Dunlop-Liebrecht, p. 288.

(⁴) «Vi narrerò una mirabile istoria che già da un cavaliere Spagnuolo, essendo io altre volte in Spagna, mi fu narrata.»

Vid. *Novelle di Matteo Bandello... Volume sesto*, Milán, 1814, pp. 187-145.

(⁵) La más antigua é importante de estas leyendas es la de la libertad de la emperatriz de Alemania por el Conde de Barcelona, sobre la cual he escrito largamente en el tomo II de mi *Tratado de los romances viejos* (pp. 271-276). En la *Rosa Gentil* del mismo Timoneda (n.º 162 de la Primavera de Wolf) hay un largo y prosaico romance juglaresco sobre este tema.

Es leyenda de origen provenzal, y debió de popularizarse muy pronto en Cataluña; pero antes que Desclot la consignase en su *Crónica* existía ya una variante castellana (la falsa acusación de la Reina de Navarra defendida por su entenado D. Ramiro), que recogieron el arzobispo D. Rodrigo y la *Crónica general*.

suprimió en el desenlace el reconocimiento por medio del anillo y en cuatro líneas secas despachó el incidente tan dramático de la confesión. En cambio, añade de su cosecha una impertinente carta de los embajadores de la duquesa de la Rosa al rey de Dinamarca.

Alonso de la Vega, que dio en esta obra pruebas de verdadero talento, dispuso la acción mucho mejor que Timoneda y que el mismo Bandello [1]. No cae en el absurdo, apenas tolerable en los cuentos orientales, de hacer que la duquesa se enamore locamente de un caballero á quien no había visto en la vida y sólo conocía por fama, y emprenda la más desatinada peregrinación para buscarle. Su pasión no es ni una insensata veleidad romántica, como en Timoneda, ni un brutal capricho fisiológico, como en Bandello, que la hace adúltera de intención, estropeando el tipo con su habitual cinismo. Es el casto recuerdo de un inocente amor juvenil que no empaña la intachable pureza de la esposa fiel á sus deberes. Si emprende el viaje á Santiago es para implorar del Apóstol la curación de sus dolencias. Su romería es un acto de piedad, el cumplimiento de un voto; no es una farsa torpe y liviana como en Bandello, preparada de concierto con el médico, valiéndose de sacrílegas supercherías. Cuando la heroína de Alonso de la Vega encuentra en Burgos al infante Dulcelirio, ni él ni ella se dan á conocer: sus almas se comunican en silencio cuando el infante deja caer en la copa que ofrece á la duquesa el anillo que había recibido de ella al despedirse de la corte de su padre en días ya lejanos. La nobleza, la elevación moral de esta escena, honra mucho á quien fue capaz de concebirla en la infancia del arte.

Como Timoneda y Alonso de la Vega, aunque con méritos desiguales, coinciden en varias alteraciones del relato de Bandello, hay lugar para la suposición, apuntada recientemente por D. Ramón Menéndez Pidal [2], de un texto intermedio entre Bandello y los dos autores españoles.

Otras dos patrañas, la 1.ª y la 13.ª, reproducen también argumentos de comedias, según expresa declaración del autor; pero estas comedias, una de las cuales existe todavía, eran seguramente de origen novelesco ó italiano. De la *Feliciana* no queda más noticia que la que da Timoneda. La *Tolomea* es la primera de las tres que se conocen de Alonso de la Vega, y sin duda una de las farsas más groseras y desatinadas que en tiempo alguno se han visto sobre las tablas. Su autor se dio toda la maña posible para estropear un cuento que ya en su origen era vulgar y repugnante. No pudo sacarle del *Patrañuelo*, obra impresa después de su muerte y donde está citada su comedia, de la cual se toman literalmente varias frases. Hay que suponer, por tanto, un modelo italiano, que no ha sido descubierto hasta ahora. Los dos resortes principales de la comedia, el trueque de niños en la cuna y el incesto de hermanos (no lo eran realmente Argentina y Tolomeo, pero por tales se tenían), pertenece al fondo común de los cuentos populares [3].

La *patraña cuarta*, aunque de antiquísimo origen oriental, fue localizada en Roma por la fantasía de la Edad Media y forma parte de la arqueología fabulosa de aquella ciudad. «Para entendimiento de la presente patraña es de saber que hay en Roma,

---

[1] Vid. *Tres comedias de Alonso de la Vega*, con un prólogo de D. Marcelino Menéndez y Pelayo. Dresden, 1905 (*Gesellschaft für romanische literatur.* Band. 6).

[2] *Cultura Española*, Mayo de 1906, pág. 467.

[3] Vid. los paradigmas que apunta Oesterley en sus notas al *Gesta Romanorum*, p. 730.

»dentro de los muros della, al pie del monte Aventino, una piedra á modo de molino
»grande que en medio della tiene una cara casi la media de león y la media de hom-
»bre, con una boca abierta, la cual hoy en dia se llama la piedra de la verdad... la cual
»tenía tal propiedad, que los que iban á jurar para hacer alguna salva ó satisfaccion de
»lo que les inculpaban, metian la mano en la boca, y si no decian verdad de lo que les
»era interrogado, el ídolo ó piedra cerraba la boca y les apretaba la mano de tal ma-
»nera, que era imposible poderla sacar hasta que confesaban el delito en que habian
»caido; y si no tenian culpa, ninguna fuerza les hacía la piedra, y ansí eran salvos y
»sueltos del crimen que les era impuesto, y con gran triunfo les volvían su fama y
»libertad».

Esta piedra, que parece haber sido un mascarón de fuente, se ve todavía en el pór-
tico de la iglesia de *Santa María in Cosmedino* y conserva el nombre de *Bocca della
Verità*, que se da también á la plaza contigua. Ya en los *Mirabilia urbis Romae*, primer texto que la menciona, está considerada como la boca de un oráculo. Pero la fantasía avanzó más, haciendo entrar esta antigualla en el ciclo de las leyendas virgilia-
nas. El poeta Virgilio, tenido entonces por encantador y mago, había labrado aquella
efigie con el principal objeto de probar la lealtad conyugal y apretar los dedos á las
adúlteras que osasen prestar falso juramento. Una de ellas logró esquivar la prueba,
haciendo que su oculto amante se fingiese loco y la abrazase en el camino, con lo cual
pudo jurar sobre seguro que sólo su marido y aquel loco la habían tenido en los brazos; Virgilio, que lleno de malicia contra el sexo femenino había imaginado aquel artificio mágico para descubrir sus astucias, tuvo que confesar que las mujeres sabían más
que él y podían dar lecciones á todos los nigromantes juntos.

Este cuento, como casi todos los que tratan de «engaños de mujeres», fue primiti-
vamente indio; se encuentra en el *Çukasaptati* ó libro del Papagayo y en una colección
tibetana ó mongólica citada por Benfey. El mundo clásico conoció también una anécdota muy semejante, pero sin intervención del elemento amoroso, que es común al
relato oriental y á la leyenda virgiliana. Comparetti, que ilustra doctamente esta leyenda en su obra acerca de Virgilio en la Edad Media, cita á este propósito un texto de
Macrobio *(Sat.* I, 6, 30). La atribución á Virgilio se encuentra por primera vez, según
el mismo filólogo, en una poesía alemana anónima del siglo XIV; pero hay muchos textos posteriores, en que para nada suena el nombre del poeta latino [1]. Uno de ellos es
el cuento de Timoneda, cuyo original verdadero no ha sido determinado hasta ahora,
ya que no puede serlo ninguna de las dos novelas italianas que Liebrecht apuntó. La
fábula 2.ª de la cuarta *Noche* de Straparola [2] no pasa en Roma, sino en Atenas, y carece
de todos los detalles arqueológicos relativos á la *Bocca della Verità*, los cuales Timoneda conservó escrupulosamente. Además, y esto prueba la independencia de las dos
versiones, no hay en la de Straparola rastro de dos circunstancias capitales en la de
Timoneda: la intervención del nigromante Paludio y la herida en un pie que finge la

---

[1] *Virgilio nel Medio Evo* (Liorna, 1872), t. II, pp. 120-123.

[2] «Argumento. Glauco cavallero de Athenas recibio por adoptiva esposa a Philenia Ceturiona,
»y por el grande celo que della tenia la acusó por adultera ante el juez, y por intercession y astucia
»de Hipolito su amigo fué libre, y Glauco su marido condenado a muerte.»
Parte primera del honesto y agradable entretenimiento de Damas y Galanes... Pamplona, 1612,
p. 146 vta. Es la traducción de Francisco Truchado.

mujer adúltera para que venga su amante á sostenerla, no en traza y además de loco, sino en hábito de villano. De la novela 98 de Celio Malespini no hay que hacer cuenta, puesto que la primera edición que se cita de las *Ducento Novelle* de este autor es de 1609, y por tanto muy posterior al *Patrañuelo* ([1]).

Tampoco creo que la *patraña* 17 venga en línea recta de la 68 de las *Cento Novelle Antiche*, porque esta novela es una de las diez y ocho que aparecieron por primera vez en la edición de 1572, dirigida por Vincenzio Borghini ([2]), seis años después de haber sido aprobado para la impresión el librillo de Timoneda. Más verosímil es que éste la tomase del capítulo final (283) del *Gesta Romanorum* ([3]). Pero son tan numerosos los libros profanos y devotos que contienen la ejemplar historia del calumniador que ardió en el horno encendido para el inocente, que es casi superflua esta averiguación, y todavía lo sería más insistir en una leyenda tan famosa y universalmente divulgada, que se remonta al *Somadeva* y á los cuentos de *Los Siete Visires* (sin contar otras versiones en árabe, en bengalí y en turco), que tiene en la Edad Media tantos paradigmas, desde el *fabliau* francés del rey que quiso hacer quemar al hijo de su senescal, hasta nuestra leyenda del paje de Santa Isabel de Portugal, cantada ya por Alfonso el Sabio ([4]), y que, después de pasar por infinitas transformaciones, todavía prestó argumento á Schiller para su bella balada *Fridolin*, imitada de una novela de Restif de la Bretonne.

Lo que sí advertiremos es que el cuento de Timoneda, lo mismo que la versión catalana del siglo XV, servilmente traducida del *fabliau* francés ([5]), pertenecen á la primitiva forma de la leyenda oriental, que es también la más grosera y menos poética, en que el acusado no lo es de adulterio, como en las posteriores, sino de haber dicho que el rey tenía lepra ó mal aliento ([6]).

La *patraña catorcena* es el cuento generalmente conocido en la literatura *folklórica* con el título de *El Rey Juan y el Abad de Cantorbery*. No creo, por la razón cronológica ya expuesta, que Timoneda le tomase de la novela 4.ª de Sacchetti ([7]), que es mucho más complicada por cierto, ni tampoco del canto 8.º del *Orlandino* de Teófilo Folengo, donde hay un episodio semejante. Este cuento vive en la tradición oral, y de ella hubo de sacarle inmediatamente Timoneda, por lo cual tiene más gracia y frescura

([1]) Vid. Gamba (Bartolommeo), *Delle Novelle italiane in prosa. Bibliografía.* Florencia, 1835. PP. 182-183.

([2]) Sobre las diferencias de estas primitivas ediciones, véase el precioso estudio de Alejandro de Ancona, *Del Novellino e delle sue fonti (Studi di Critica e Storia Letteraria,* Bolonia, 1880), páginas 219-359.

([3]) *Gesta Romanorum,* ed. Oesterley, p. 300, y una rica serie de referencias en la p. 749.

([4]) Cantiga 78. Parece haber venido de Provenza. El conde de Tolosa es quien manda quemar á su privado.

([5]) Publicada por Morel-Fatio en la *Romania,* t. V, con una noticia muy interesante de Gastón París.

([6]) Opina Gastón París que los cuentos occidentales de la primera serie (lepra, mal aliento) proceden de una de las dos versiones árabes, y los de la segunda serie (adulterio) de la otra, por intermedio de un texto bizantino.

([7]) «Messer Bernabò signore di Melano comanda a uno Abate, che lo chiarisca di quattro cosa impossibili, di che uno mugnajo, vestitosi de' panni dello Abate, per lui le chiarisce in forma che rimane Abate, e l'Abate rimane mugnajo.»

(Novelle di Franco Sacchetti... T. I, pp. 7-10.)

y al mismo tiempo más precisión esquemática que otros suyos, zurcidos laboriosamente con imitaciones literarias. Todos hemos oído este cuento en la infancia y en nuestros días le ha vuelto á escribir Trueba con el título de *La Gramática parda* ([1]). En Cataluña la solución de las tres preguntas se atribuye al Rector de Vallfogona, que carga allí con la paternidad de todos los chistes, como Quevedo en Castilla. Quiero transcribir la versión de Timoneda, no sólo por ser la más antigua de las publicadas en España y quizá la más fiel al dato tradicional, sino para dar una muestra de su estilo como cuentista, más sabroso que limado.

«Queriendo cierto rey quitar el abadía á un muy honrado abad y darla á otro por ciertos revolvedores, llamóle y díxole: «Reverendo padre, porque soy informado que no sois tan docto cual conviene y el estado vuestro requiere, por pacificacion de mi reino y descargo de mi consciencia, os quiero preguntar tres preguntas, las cuales, si por vos me son declaradas, hareis dos cosas: la una que queden mentirosas las personas que tal os han levantado; la otra que os confirmaré para toda vuestra vida el abadía, y si no, habreis de perdonar». A lo cual respondió el abad: «Diga vuestra alteza, que yo haré toda mi posibilidad de habellas de declarar». «Pues sus, dijo el rey. La primera que quiero que me declareis es que me digais yo cuánto valgo; y la segunda, que adonde está el medio del mundo, y la tercera, qué es lo que yo pienso. Y porque no penseis que os quiero apremiar que me las declareis de improviso, andad, que un mes os doy de tiempo para pensar en ello».

» Vuelto el abad á su monesterio, por más que miró sus libros y diversos autores, por jamás halló para las tres preguntas respuesta ninguna que suficiente fuese. Con esta imaginacion, como fuese por el monesterio argumentando entre sí mismo muy elevado, díjole un dia su cocinero: «¿Qué es lo que tiene su paternidad?» Celándoselo el abad, tornó á replicar el cocinero diciendo: «No dexe de decírmelo, señor, porque á veces debajo de ruin capa yace buen bebedor, y las piedras chicas suelen mover las grandes carretas». Tanto se lo importunó, que se lo hubo de decir. Dicho, dixo el cocinero: «Vuestra paternidad haga una cosa, y es que me preste sus ropas, y raparéme esta barba, y como le parezco algun tanto y vaya de par de noche en la presencia del rey, no se dará á cato del engaño; así que teniéndome por su paternidad, yo le prometo de sacarle deste trabajo, á fe de quien soy».

» Concediéndoselo el abad, vistió el cocinero de sus ropas, y con su criado detrás, con toda aquella cerimonia que convenía, vino en presencia del rey. El rey, como le vido, hízole sentar cabe de sí diciendo: «Pues ¿qué hay de nuevo, abad?» Respondió el cocinero: «Vengo delante de vuestra alteza para satisfacer por mi honra». «¿Así? dijo el rey: veamos qué respuesta traeis á mis tres preguntas». Respondió el cocinero: «Primeramente á lo que me preguntó vuestra alteza que cuánto valía, digo que vale veinte y nueve dineros, porque Cristo valió treinta. Lo segundo, que donde está el medio mundo, es a do tiene su alteza los piés; la causa que como sea redondo como bola, adonde pusieren el pié es el medio dél; y esto no se me puede negar. Lo tercero que dice vuestra alteza, que diga qué es lo que piensa, es que cree hablar con el abad, y está hablando con su cocinero». Admirado el rey desto, dixo: «Qué, ¿éso pasa en verdad?» Respondió: «Sí, señor, que soy su cocinero, que para semejantes preguntas era

([1]) En sus *Cuentos Populares.*

»yo suficiente, y no mi señor el abad». Viendo el rey la osadía y viveza del cocinero, no sólo le confirmó la abadía para todos los dias de su vida, pero hízole infinitas mercedes al cocinero».

Sobre el argumento de la *patraña 12.ª* versa una de las piezas que Timoneda publicó en su rarísima *Turiana: Paso de dos ciegos y un mozo muy gracioso para la noche de Navidad* (¹). Timoneda fue editor de estas obras, pero no consta con certeza que todas salieran de su pluma. De cualquier modo, el *Paso* estaba escrito en 1563, antes que el cuentecillo de *El Patrañuelo*, al cual aventaja mucho en desenfado y chiste. Con ser tan breves el *paso* y la patraña, todavía es verosímil que procedan de alguna floresta cómica anterior (²).

Aunque Timoneda no sea precursor inmediato de Cervantes, puesto que entre el *Patrañuelo* y las *Norelas Ejemplares* se encuentran, por lo menos, cuatro colecciones de alguna importancia, todas, excepto la portuguesa de Troncoso, pertenecen á los primeros años del siglo XVII, por lo cual, antes de tratar de ellas, debo decir dos palabras de los libros de anécdotas y chistes, análogos al *Sobremesa*, que escasean menos, si bien no todos llegaron á imprimirse y algunos han perecido sin dejar rastro.

Tal acontece con dos *libros de cuentos varios* que D. Tomás Tamayo de Vargas cita en su *Junta de libros la mayor que España ha visto en su lengua*, de donde pasó la noticia á Nicolás Antonio. Fueron sus autores dos clarísimos ingenios toledanos: Alonso de Villegas y Sebastián de Horozco, aventajado el primero en géneros tan distintos como la prosa picaresca de la *Comedia Selvagia* y la narración hagiográfica del *Flos Sanctorum;* poeta el segundo de festivo y picante humor en sus versos de burlas, incipiente dramaturgo en representaciones, entremeses y coloquios que tienen más de profano que de sagrado; narrador fácil y ameno de sucesos de su tiempo; colector incansable de memorias históricas y de proverbios; ingenioso moralista con puntas de satírico en sus glosas. Las particulares condiciones de estos autores, dotados uno y otro de la facultad narrativa en grado no vulgar, hace muy sensible la pérdida de sus cuentos, irreparable quizá para Alonso de Villegas, que entregado á graves y religiosos pensamientos en su edad madura, probablemente haría desaparecer estos livianos ensayos de su mocedad, así como pretendió con ahinco, aunque sin fruto, destruir todos los ejem-

---

(¹) Saldrá reimpreso muy pronto por la Sociedad de Bibliófilos de Valencia con las demás piezas dramáticas de Timoneda.

(²) La *patraña* sexta tiene seguramente origen italiano, como casi todas; pero no puede ser la novela cuarta de Sercambi de Luca, citado á este propósito por Liebrecht, porque los cuentos de este autor del siglo XV estuvieron inéditos hasta 1816, en que imprimió Gamba algunos de ellos. Más bien puede pensarse en la novela nona de la primera década de los *Hecatommithi* de Giraldi Chinthio: «Filargiro perde una borsa con molti scudi, promette, per publico bando, a chi gliela dà buon guiderdone; poi che l' ha ritrovata, cerca di non servar la promessa, et egli perde i ritrovati denari con castigo della sua frode.»

(*Hecatommithi ovvero Novele di M. Giovanbattista Giraldi Cinthio nobile ferrarese... Di nuovo ricolte, corrette, et riformate in questa terza impressione In Vinegia, appresso Enea de Alaris 1574.* PP. 84-85.)

Es curiosa esta patraña de Timoneda, porque de ella pudo tomar Cervantes el chiste del asno desdorado del aguador, para trasplantarle á *La ilustre fregona*, como ya indicó Gallardo (*Ensayo*, III, 735.) Por cierto que de este asno no hay rastro en la novela de Giraldi, que sólo tiene una semejanza genérica con la de Timoneda, y tampoco me parece su fuente directa.

plares de su *Selvagia*, comedia del género de las Celestinas (¹). Pero no pueden presumirse tales escrúpulos en Sebastián de Horozco, que en su *Cancionero* tantas veces traspasa la raya del decoro, y que toda su vida cultivó asiduamente la literatura profana. Conservemos la esperanza de que algún día desentierre cualquier afortunado investigador su *Libro de cuentos;* del modo que han ido apareciendo sus copiosas relaciones históricas, su *Recopilación de refranes y adagios comunes y vulgares de España,* que no en vano llamó «la mayor y más copiosa que hasta ahora se ha hecho», puesto que, aun incompleta como está, comprende más de ocho mil; y su *Teatro universal de proverbios,* glosados en verso, donde se encuentran incidentalmente algunos «cuentos graciosos y fábulas moralizadas», siguiendo el camino abierto por Juan de Mal Lara, pero con la novedad de la forma métrica (²).

En su entretenido libro *Sales Españolas* ha recopilado el docto bibliotecario D. Antonio Paz y Melia, á quien tantos obsequios del mismo género deben nuestras letras, varias pequeñas colecciones de cuentos, inéditas hasta el presente. Una de las más antiguas es la que lleva el título latino de *Liber facetiarum et similitudinum Ludovici di Pinedo et amicorum,* aunque esté en castellano todo el contexto (³). Las *facecias* de Pinedo, como las de Poggio, parecen, en efecto, compuestas, no por una sola persona, sino por una tertulia ó reunión de amigos de buen humor, comensales acaso de D. Diego de Mendoza ó formados en su escuela, según conjetura el editor, citando palabras textuales de una carta de aquel grande hombre, que han pasado á uno de los cuentos (⁴).

(¹) «*Selvagia Comedia* ad Celestinæ imitationem olim confecerat, quam tamen supprimere maxime voluit curavitque jam major annis, totusque studio pietatis deditus.» (Bibl. Hisp. Nov., I, p. 55.)

(²) Trata extensamente de ambas colecciones, inéditas aún, D. Antonio Martín Gamero en las eruditas Cartas literarias que preceden al *Cancionero de Sebastián de Horozco* publicado por la Sociedad de Bibliófilos Andaluces (Sevilla, 1874).

Compuso Horozco otros opúsculos de curiosidad y donaire, entre ellos unos coloquios (en prosa) de varios personajes con el Eco. Dos de los interlocutores son un fraile contento y una monja descontenta (Vid. apéndice al *Cancionero,* p. 263 y ss.).

Hijo de este ingenioso escritor y heredero suyo en la tendencia humorística y en la afición á los proverbios fue el famoso lexicógrafo D. Sebastián de Cobarrubias y Horozco, de cuyo *Tesoro de la lengua castellana* (Madrid, 1600), que para tantas cosas es brava mina, pueden extraerse picantes anécdotas y chistosos rasgos de costumbres.

También en el *Vocabulario de refranes* del Maestro Gonzalo Correas, recientemente dado á luz por el P. Mir, se encuentran datos útiles para la novelística. Sirva de ejemplo el cuento siguiente, que corresponde al exemplo 43 de *El Conde Lucanor* («del cuerdo y del loco»), pero que no está tomado de aquel libro, sino de la tradición vulgar:

«En Chinchilla, lugar cerca de Cuenca, había un loco que, persuadido de holgazanes, llevaba un palo debajo de la falda, y en viniendo algún forastero, se llegaba á él con disimulación, preguntándole de dónde era y á qué venía, le daba tres ó cuatro palos, con lo que los otros se reían, y luego los apaciguaban con la excusa de ser loco. Llegó un manchego, y tuvo noticia en la posada de lo que hacía el loco, y previnose de un palo, acomodado debajo de su capa, y fuese á la plaza á lo que había menester. Llególe el loco, y adelantóse el manchego y dióle muy buenos palos, con que le hizo ir huyendo, dando voces y diciendo: ¡Gente, cuidado, que otro loco hay en Chinchilla!»

Otros cuentos están tomados de la *Floresta* de Santa Cruz.

(³) *Sales españolas ó agudezas del ingenio nacional recogidas por A. Paz y Melia.* Madrid, 1890. (En la *Colección de Escritores Castellanos,* pp. 253-317.)

(⁴) «En las Cortes de Toledo fuisteis de parecer que pechasen los hijodalgo; allí os acuchillasteis con un alguacil, y habeis casado vuestra hija con Sancho de Paz: no trateis de honra, que el rey tiene hartas». (Carta al Duque del Infantado.) (Cf. Pinedo, p. 272.)

De todos modos, la colección debió de ser formada en los primeros años del reinado de Felipe II, pues no alude á ningún suceso posterior á aquella fecha. El recopilador era, al parecer, castellano viejo ó había hecho, á lo menos, larga residencia en tierra de Campos, porque se muestra particularmente enterado de aquella comarca. El *Libro de chistes* es anterior sin disputa al *Sobremesa* de Timoneda y tiene la ventaja de no contener más que anécdotas españolas, salvo un pequeño apólogo de la Verdad y unos problemas de aritmética recreativa. Y estas anécdotas se refieren casi siempre á los personajes más famosos del tiempo de los Reyes Católicos y del Emperador, lo cual da verdadero interés histórico á esta floresta. No creo que Melchor de Santa Cruz la aprovechase, porque tienen muy pocos cuentos comunes, y aun éstos referidos con muy diversas palabras. Pero los personajes de uno y otro cuentista suelen ser los mismos, sin duda porque dejaron en Castilla tradicional reputación de sentenciosos y agudos, de burlones ó de extravagantes: el médico Villalobos, el duque de Nájera, el Almirante de Castilla, el poeta Garci Sánchez de Badajoz, que por una amorosa pasión adoleció del seso. Por ser breves, citaré, sin particular elección, algunos de estos cuentecillos, para dar idea de los restantes.

Sobre el saladísimo médico Villalobos hay varios, y en casi todos se alude á su condición de judío converso, que él mismo convertía en materia de chistes, como es de ver á cada momento en sus cartas á los más encopetados personajes, á quienes trataba con tan cruda familiaridad. Los dichos que se le atribuyen están conformes con el humor libre y desgarrado de sus escritos.

«El Dr. Villalobos tenía un acemilero mozo y vano, porque decía ser de la Montaña y hidalgo. El dicho Doctor, por probarle, le dijo un día: «Ven acá, hulano; yo te querría »casar con una hija mía, si tú lo tovieses por bien». El acemilero respondió: «En verdad, »señor, que yo lo hiciese por haceros placer; mas ¿con qué cara tengo de volver á mi »tierra sabiendo mis parientes que soy casado con vuestra hija?» Villalobos le respondió: «Por cierto tú haces bien, como hombre que tiene sangre en el ojo; mas yo te cer- »tifico que no entiendo ésta tu honra, ni aun la mía».

«Dijo el Duque de Alba D. Fadrique al doctor Villalobos: «Parésceme, señor doc- »tor, que sois muy gran albeitar». Respondió el doctor: «Tiene V. S.ª razon, pues curo »á un tan gran asno».

«El doctor Villalobos, estando la corte en Toledo, entró en una iglesia á oir misa y púsose á rezar en un altar de la Quinta Angustia, y á la sazon que él estaba rezando, pasó por junto á él una señora de Toledo que se llama Doña Ana de Castilla, y como le vió, comienza á decir: «Quitadme de cabo este judío que mató á mi marido», porque le había curado en una enfermedad de la que murió. Un mozo llegóse al Doctor Villalobos muy de prisa, y díjole: «Señor, por amor de Dios, que vays que está mi padre muy »malo, á verle». Respondió el doctor Villalobos: «Hermano, ¿vos no veis aquella que »va allí vituperándome y llamándome judío porque maté á su marido?» Y señalando al altar: «Y ésta que está aquí llorando y cabizbaja porque dice que le maté su hijo, »¿y queréis vos que vaya ahora á matar á vuestro padre?».

El Duque de Nájera, á quien se refiere la curiosa anécdota que voy á transcribir, no es el primero y más famoso de su título, D. Pedro Manrique de Lara, á quien por excelencia llamaron *el Fuerte*, sino un nieto suyo que heredó el ingenio más bien que la fortaleza caballeresca de su terrible abuelo. La anécdota es curiosa para la historia literaria, porque prueba el temor que infundía en su tiempo la pluma maldiciente y venal de Pedro Aretino.

«El Duque de Nájera y el Conde de Benavente tienen estrecha amistad entre sí, y el Conde de Benavente, aunque no es hombre sabio ni leído, ha dado, sólo por curiosidad, en hacer librería, y no ha oído decir de libro nuevo cuando le merca y le pone en su librería. El Duque de Nájera, por hacerle una burla, estando con él en Benavente, acordó de hacerla desta manera: que hace una carta fingida con una memoria de libros nunca oídos ni vistos ni que se verán, los cuales enviaba Pedro Aretino, italiano residente en Venecia, el cual, por ser tan mordaz y satírico, tiene salario del Pontífice, Emperador, Rey de Francia y otros Príncipes y grandes, y en llegando al tiempo de la paga, si no viene luego, hace una sátira ó comedia ó otra obra que sepa á esto contra el tal.

»Esta carta y memoria de libros venía por mano de un mercader de Burgos, en la cual carta decía que en recompensa de tan buena obra como á Su Señoría había hecho Pedro Aretino, que sería bien enviarle algun presente, pues ya sabía quién era y cuán maldiciente. La carta se dió al Conde y la memoria, y como la leyese y no entendiese la facultad de los libros, ni aun el autor, mostróla al Duque como á hombre más leído y visto, el cual comienza á ensalzar la excelencia de las obras, y que luego ponga por obra de gratificar tan buen beneficio á Pedro Aretino, que es muy justo. El Conde le preguntó que qué le parescia se le debia enviar. El Duque respondió que cosa de camisas ricas, lençuelos, toallas, guantes aderezados y cosas de conserva y otras cosas de este jaez. En fin, el Duque señalaba lo que más á su propósito hacía, como quien se había de aprovechar de ello más que Pedro Aretino. El Conde puso luego por la obra el hacer del presente, que tardaron más de un mes la Condesa y sus damas y monasterios y otras partes, y hecho todo, enviólo á hacer saber al Duque, y dase órden que se lleve á Burgos, para que desde allí se encamine á Barcelona y á Venecia, y trayan los libros de la memoria; la cual órden dió despues mejor el Duque, que lo hizo encaminar á su casa y recámara. Y andando el tiempo, vínolo á saber el Conde, y estuvo el más congoxado y desabrido del mundo con la burla del Duque, esperando sazon para hacerle otra para satisfaccion de la recibida».

Aun en libros de tan frívola apariencia como éste pueden encontrarse á veces curiosidades históricas Lo es, por ejemplo, el siguiente cuentecillo, que prueba la persistencia de los bandos de la Edad Media en las provincias septentrionales de España hasta bien entrado el siglo XVI.

«En un lugar de la Montaña que llaman Lluena hay un clérigo que es cura del lugar, que llaman Andrés Diaz, el cual es Gil, y tiene tan gran enemistad con los Negretes como el diablo con la cruz.. Estando un dia diciendo misa á unos novios que se velaban, de los principales, y como fuese domingo y se volviese á echar las fiestas, y viese entre los que habían venido á las bodas algunos Negretes, dijo: «Señores, yo querría echar las fiestas; mas vi los diablos y hánseme olvidado». Y sin más, volvióse y acabó la misa; y al echar del agua bendita, no la quiso echar á los Negretes solos, diciendo en lugar de *aqua benedicta:* «Diablos fuera».

Con los nombres famosos de Suero de Quiñones y D. Enrique de Villena y las tradiciones relativas á la magia de éste se enlaza la siguiente conseja:

«Contaba Velasco de Quiñones que Suero de Quiñones, el que guardó el paso de Órbigo por defender que él era el más esforzado, y Pedro de Quiñones y Diego, sus hermanos, sabio y gentil hombre, rogó á D. Enrique de Villena le mostrase al demonio. Negábase el de Villena; pero al cabo, vencido por sus ruegos, invitó un día á comer á Suero, sirviéndoles de maestresala el demonio. Era tan gentil hombre, y tan bien tractado y puesto lo que traia, que Suero le envidiaba y decia á su hermano que era más gentil hombre que cuantos hasta allí viera. Acabada la comida, preguntó enojado á D. Enrique quién era aquel maestresala. D. Enrique se reía. Entró el maestresala en la cámara donde se habia retraído, y arrimóse á una pared con gran continencia, y preguntó otra vez quién era. Sonrióse D. Enrique y dijo: «El demonio». Volvió Suero á mirarle, y como le vió, puestas las manos sobre los ojos, á grandes voces dijo: «¡Ay »Jesús, ay Jesús!» Y dió consigo en tierra por baxo de una mesa, de donde le levantaron acontecido. ¡Qué hiciera á verlo en su terrible y abominable figura!».

En un libro de pasatiempo y chistes no podía faltar alguno á costa de los portugueses. Hay varios en la floresta de Pinedo, entre los cuales elijo por menos insulso el siguiente:

«Hacían en un lugar la remembranza del prendimiento de Jesucristo, y como acaso fuesen por una calle y llevase la cruz á cuestas, y le fuesen dando de empujones y de palos y puñadas, pasaba un portugués á caballo, y como lo vió apeóse, y poniendo mano á la espada, comenzó á dar en los sayones de veras, los cuales, viendo la burla mala, huyeron todos. El portugués dijo: «¡Corpo de Deus con esta ruyn gente castellana!» Y vuelto al Cristo con enojo, le dijo: «E vos, home de bien, ¿por qué vos dejais cada año »prender?».

Pero la obra maestra de este género de pullas, cultivado recíprocamente por castellanos y portugueses, y que ha contribuído más de lo que parece á fomentar la inquina y mala voluntad entre los pueblos peninsulares [1], son las célebres *Glosas al Sermón de Aljubarrota*, atribuídas en manuscritos del siglo XVI á D. Diego Hurtado de Mendoza, como otros varios papeles de donaire, algunos evidentemente apócrifos. No responderé yo tampoco de la atribución de estas *glosas*, puesto que en ellas mismas se dice que el autor era italiano [2], si bien esto pudo ponerse para disimular, siendo por otra parte tan castizo el picante y espeso sabor de este opúsculo. Además, el autor, quien quiera que fuese, supone haber oído el sermón en Lisboa el año de 1545 [3] y

---

[1] En el mismo tomo de las *Sales* (p. 331) puede verse una carta burlesca del portugués Thomé Ravelo á su mujer, fecha en el cerco de Badajoz de 1658, y una colección de epitafios y dichos portugueses (p. 391). En cambio, un códice del siglo XVII que poseo está lleno de epitafios y versos soeces contra los castellanos.

[2] «Seguiré como texto el proceso y propias palabras que el predicador llevó, y los puntos que encareció, y esto en lengua portuguesa; y en lo castellano entretejeré como glosa interlineal ó comento la declaracion que me pareciere; aunque en estas lenguas temo cometer malos acentos, porque *siendo italiano de nacion*, mal podré guardar rigor de elocuencia ajena, dado que en lo castellano seré menos dificultoso, por ser gente muy tratada en Roma, que es nuestra comun patria, y en Lisboa no estuve año entero.»

Sales Españolas, I, p. 108.)

[3] «Este es un sermón que un reverendo Padre, portugués de nacion, y profesion augustino, predicó en Lisboa en Nuestra Señora de Gracia, vigilia de su Assumpcion... y vuelto á mi posada, formé escrúpulo si dejaba de escribir lo que en el púlpito oí predicar... Viniéndome luego la vía de Castilla, posé en Evora, do a la sazon estaba el Rey en la posada y casa del embajador de Castilla, Lope Hurtado de Mendoza». (*Sales Españolas*, I, 104-107.) De aquí vendría probablemente la confusion del *Lope* con *D. Diego*.

precisamente durante todo aquel año estuvo D. Diego de embajador en el Concilio de Trento. Todas estas circunstancias hacen muy sospechosa la autenticidad de esta sátira, aunque no menoscaben su indisputable gracejo.

El tal sermón de circunstancias, lleno de hipérboles y fanfarronadas, en conmemoración del triunfo del Maestre de Avís contra D. Juan I de Castilla, sirve de texto ó de pretexto á una copiosa antología de chascarrillos, anécdotas, dicharachos extravagantes, apodos, motes y pesadas zumbas, no todas contra portugueses, aunque éstos lleven la peor parte. El principal objeto del autor es hacer reir, y ciertamente lo consigue, pero ni él ni sus lectores debían de ser muy escrupulosos en cuanto á las fuentes de la risa. Algún cuento hay en estas glosas, el del portugués Ruy de Melo, verbigracia, que por lo cínico y brutal estaría mejor entre las del *Cancionero de Burlas;* otros, sin llegar á tanto, son nauseabundos y mal olientes; pero hay algunos indisputablemente graciosos, sin mezcla de grosería; los hay hasta delicados, como el del huésped aragonés y el castellano, rivales en cortesía y gentileza (¹); y hay, finalmente (y es lo que da más precio á este género de silvas y florestas), hechos y dichos curiosos de la tradición nacional. Baste citar el *ejemplo* siguiente, que tiene cierta fiereza épica:

«Sólo quiero decir aquí de un gallego que se decía Alvaro Gonzalez de Ribadeneyra, que estando en la cama para morir, los hijos, con deseo de poner en cobro el alma de su padre, fueron á la cama y preguntáronle si en las diferencias pasadas del obispo de Lugo y las que tuvo con otros señores, si tenía algo mal ganado que lo declarase, que ellos lo restituirían; por tanto, que dijese el título que á la hacienda dejaba y tenía. Lo cual, como oyese el viejo, mandó ensillar un caballo, y levantóse como mejor pudo, y subióse en él, y tomando una lanza, puso las piernas al caballo y envistió á la pared y quebró la lanza en piezas, y volviendo á sus hijos, dijo: «El título con que os dejo ganada la hacienda y honra ha sido éste; si lo supiéredes sustentar, para vosotros será el provecho, y si no, quedad para ruines». Y volvióse á la cama, y murió».

(¹) «Lo cual bien experimentó un francés españolado viniendo á Portugal, y fué que partiendo de Narbona para Lisboa, le dijo un amigo suyo: Pues entrais en España, sed curioso en conocer las gentes della, porque en Aragon, por donde primero habeis de pasar, vereis que la gente es muy prima, y en Castilla nobles y bien criados»... (suprimo lo relativo á Portugal, que es de una grosería intolerable).

«Pues comenzando su camino, que venia de priesa, rogó á su huesped aragonés que le llamase cuando quisiese amanecer. El cual lo hizo así, poniendo al par de sí una caja con ciertas joyas de su mujer; y como estuviese el cielo escuro, dijo el francés: ¿En qué conoceis que quiere amanecer, señor huesped? Y él dixo: Presto será de dia, y véolo en el aljófar y perlas de mi mujer, que están frias con la frescura del alba. El francés confesó hasta allí no haber sabido aquel primor.

»Entrando en Castilla, y llegando á Toledo en casa de un ciudadano, que de su voluntad le llevó á su posada, rogóle tambien le despertase antes que amaneciese. Acostados, pues, el uno cerca del otro en una pieza grande, cuando queria amanecer, un papagayo que alli estaba hizo ruido con las alas. Y como el huésped toledano sintiese que el francés estaba despierto, dixo, casi hablando entre sí: Mucho ruido hace este papagayo. El francés, que lo oyó, preguntó qué hora era. El toledano respondió que presto amanecería. Pues ¿por qué no me lo habeis dicho? dijo el francés. El castellano dixo: Pues me compeleis, yo os lo diré. Parecióme caso de menos valer, recibiendo yo en mi casa un huésped de mi voluntad, tal cual vuestra merced es, decirle se partiese della; y porque anoche me rogastes os despertase, sintiendo que estábades despierto, dije que el papagayo hacia ruido para que si quisiésedes partiros entendiésedes que el pájaro se alteraba con la venida de la mañana, y si quisiésedes reposar, lo hiciésedes, viendo que no aceleraba yo vuestra partida. Dixo el francés entonces: Agora veo y conozco la buena cortesia y nobleza que de Castilla siempre me han dicho.» (*Sales,* I, 171-172.)

No nos detendremos en el cuaderno de los *Cuentos de Garibay* que posee la Academia de la Historia ([1]), porque la mayor parte de estos cuentos pasaron casi literalmente á la *Floresta Española* de Melchor de Santa Cruz. Si el recopilador de ellos fue, como creemos, el historiador guipuzcoano del mismo apellido, que pasó en Toledo la última parte de su vida, allí mismo pudo disfrutar Santa Cruz su pequeña colección manuscrita ó incorporarla en la suya, más rica y metódica que ninguna de las precedentes y de las posteriores.

Poco sabemos de las circunstancias personales de este benemérito escritor, salvo que era natural de la villa de Dueñas en Castilla la Vieja y vecino de la ciudad de Toledo. Su condición debía de ser humilde y cortos sus estudios, puesto que dice en el prólogo de sus *Cien Tratados:* «Mi principal intento fué solamente escribir para los »que *no saben leer más de romance, como yo*, y no para los doctos». Y dedicando al Rey D. Felipe el Prudente la segunda parte de dicha obra, da á entender otra vez que toda su lectura era de libros en lengua vulgar: «El sosiego tan grande y dichosa paz que en los bienaventurados tiempos de Vuestra Magestad hay, son causa que florezcan en ellos todas las buenas artes y honestos ejercicios; y que no solamente los hombres doctos, mas *los ignorantes como yo*, se ocupen en cosas ingeniosas y eruditas, cada uno conforme á su posibilidad. Yo, poderosísimo señor, he sido siempre aficionado a gastar el tiempo en leer buenos libros, *principal* los morales que en nuestra lengua yo he podido haber (que no han sido pocos), de donde he sacado estas sentencias».

Todos sus trabajos pertenecen, en efecto, á la literatura vulgar y paremiológica. Los *Cien Tratados* ([2]) son una colección de máximas y sentencias morales en tercetos ó ternarios de versos octosílabos, imitando hasta en el metro los *Trezientos Proverbios, Consejos y avisos muy provechosos para el discurso de nuestra humana vida* del abogado valenciano D. Pedro Luis Sanz ([3]). Del mismo modo, la *Floresta*, cuya primera edición es de 1574 ([4]), fue indudablemente sugerida por el *Sobremesa* de Timoneda. Pero el plan de Santa Cruz es más vasto y envuelve un conato de clasificación seguido con bastante regularidad, que hace fácil el manejo de su librillo.

([1]) Publicado por el Sr. Paz y Melia en el tomo II de las *Sales Españolas* (pp. 35-69)

([2]) *Libro primero de los cien tratados. Recopilado por Melchior de Sancta Cruz de Dueñas. De notables sentencias, assi morales como naturales, y singulares avisos para todos estados. En tercetos castellanos.—Libro segundo de los cien tratados*, etc. Ambas partes, impresas en Toledo, por Diego de Ayala, 1576, son do gran rareza.

([3]) Opúsculo gótico, sin lugar ni año, dedicado al Duque de Calabria. Salvá, que poseía un ejemplar, le supone impreso en Valencia, hacia 1535. Los que Sanz y Santa Cruz llaman tercetos y mejor se dirían ternarios para distinguirlos de los tercetos endecasílabos, están dispuestos en esta forma, bastante frecuente en nuestra poesía *gnómica*:

> No hallo mejor alquimia,
> Más segura ni probada
> Que la lengua refrenada.

([4]) *Floresta Española de apotegmas y sentencias, sabia y graciosamente dichas, de algunos españoles; colegidas por Melchor de Santa Cruz de Dueñas, vecino de la ciudad de Toledo. Dirigido al Excelentísimo Sr. D. Juan de Austria. Impreso con licencia de la C. R. M. en Toledo en Casa de Francisco de Guzmán, 1574. 8.°* — 272 pp.

El catálogo más copioso de ediciones de la *Floresta*, que es el formado por Schneider, registra las siguientes: Salamanca, 1576; Valencia, 1580, Salamanca, 1592; Toledo, 1596; Bruselas, 1596; y 1598; Lyón, 1600 (en castellano y francés); Valencia, 1603; Toledo, 1605; Bruselas, 1605; Barce-

Aunque Melchor de Santa Cruz da á entender que no sabía más lengua que la propia, no le creo enteramente forastero en la italiana, de tan fácil inteligencia para todo español, y me parece muy verosímil, aunque no he tenido ocasión de comprobarlo, que conociese y aprovechara las colecciones de *Fazecie, motti, buffoneric et burle* del Piovano Arlotto, del Gonella y del Barlacchia; las *Facezie et motti arguti di alcuni eccellentissimi ingegni* de Ludovico Domenichi (1547); las *Hore di recreazione* de Ludovico Guicciardini, no traducidas en aquella fecha al castellano, y algunas otras ligeras producciones de la misma índole que la *Floresta*. Y aun suponiendo que no las hubiese visto en su original, las conocía indirectamente á través de Timoneda, sin contar con los chistes que se hubiesen incorporado en la tradición oral. Pero estos cuentos son fáciles de distinguir del fondo indígena de la *Floresta*, cuyo verdadero carácter señala perfectamente el autor en su dedicatoria á D. Juan de Austria.

«En tanta multitud de libros como cada dia se imprimen y en tan diversas ó ingeniosas invenciones, que con la fertilidad de los buenos ingenios de nuestra nacion se inventan, me pareció se habian olvidado de una no ménos agradable que importante para quien es curioso y aficionado á las cosas propias de la patria, y es la recopilacion de sentencias y dichos notables de españoles. Los cuales, como no tengan ménos agudeza, ni ménos peso o gravedad que los que en libros antiguos están escriptos, antes en parte, como luego diré, creo que son mejores, estoy maravillado qué ha sido la causa que no haya habido quien en esto hasta ahora se haya ocupado. Yo, aunque *hombre de ningunas letras* y de poco ingenio, así por intercesion de algunos amigos, que conocieron que tenia inclinacion á esto, como por la naturaleza, que de esta antigua y noble ciudad de Toledo tengo (¹), donde todo el primor y elegancia del buen decir florece, me he atrevido á tomar esta empresa. Y la dificultad que en escribir estos dichos hay es la que se tiene en hallar moneda de buen metal y subida de quilates. Porque así como aquella es más estimada que debaxo de menos materia contiene más valor, así aquellos son más excelentes dichos los que en pocas palabras tienen encerradas muchas y notables sentencias. Porque unos han de ser graves y entendidos; otros agudos y maliciosos;

lona, 1606; una de 1617, sin lugar de impresión; Bruselas, 1614 (bilingüe); Cuenca, 1617; Huesca, 1618; Barcelona, 1621; Bruselas, 1629; Zaragoza, 1646; Bruselas, 1655.

/ Con ser tantas las ediciones antiguas de la *Floresta*, rara vez se encuentran, sobre todo íntegras y en buen estado. Suplen su falta las tres de Madrid, 1730, 1771 y 1790, copiadas, al parecer, de la de Huesca, 1618, cuyos preliminares conservan. El editor Francisco Asensio añadió las partes segunda y tercera, y prometió una cuarta: todo con el título general de *Floresta Española y hermoso ramillete de agudezas, motes, sentencias y graciosos dichos de la discreción cortesana.*

˝ La traducción francesa de Pissevin apareció en Lyón, 1600, y fue reimpresa varias veces en Bruselas con el texto castellano: *La Floresta spagnola, ou le plaisant bocage, contenant plusieurs comptes, gosseries, brocards, cassades et graves sentences de personnes de tous estats.* (Bruxelles, Rutger Velpius et Hubert Anthoine, 1614.)

En una vasta colección alemana de apotegmas y dichos faceciosos, publicada en Tübingen, en 1630, tomada casi toda de fuentes italianas y españolas (entre ellas la *Silva* de Julián de Medrano, está incorporada la mayor parte de la *Floresta*. Vid. Adam Schneider *Spaniens Anteil an der deutschen litteratur* (1898), pp. 133-139.

(¹) Parece que en estas palabras se declara Melchor de Santa Cruz *natural* de Toledo, aunque en la portada de sus libros no se llama más que *vecino*, y Nicolás Antonio le da por patria la villa de Dueñas. De todos modos, si no era toledano de nacimiento, lo fue por adopción, que es una segunda naturaleza.

otros agradables y apacibles; otros donosos para mover á risa; otros que lo tengan todo, y otros hay metaforizados, y que toda su gracia consiste en la semejanza de las cosas que se apropia, de las quales el que no tiene noticia le parece que es el dicho frio, y que no tiene donayre, siendo muy al contrario para el que entiende. Otros tienen su sal en las diversas significaciones de un mismo vocablo; y para esto es menester que así el que lo escribe, como el que lo lee, tenga ingenio para sentirlo y juicio para considerarlo...

»En lo que toca al estilo y propiedad con que se debe escríbir, una cosa no me puede dejar de favorecer; y es el lugar donde lo escribo, cuya autoridad en las cosas que toca al comun hablar es tanta, que las leyes del Reino disponen que cuando en alguna parte se dudare de algun vocablo castellano, lo determine el hombre toledano que allí se hallare (¹). Lo cual por justas causas se mandó juntamente: la primera porque esta ciudad está en el centro de toda España, donde es necesario que, como en el corazon se producen más subtiles espíritus, por la sangre más delicada que allí se envía, así tambien en el pueblo que es el corazon de alguna region está la habla y la conversacion más aprobada que en otra parte de aquel reino.

»La segunda, por estar lejos del mar, no hay ocasion, por causa del puerto, á que gentes extrangeras hayan de hacer mucha morada en él; de donde se sigue corrupcion de la lengua, y aun tambien de las costumbres.

»La tercera, por la habilidad y buen ingenio de los moradores que en ella hay; los cuales, o porque el aire con que respiran es delgado, o porque el clima y constelacion les ayuda, o porque ha sido lugar donde los Reyes han residido, están tan despiertos para notar cualquiera impropiedad que se hable, que no es menester se descuide el que con ellos quisiere tratar desto...»

Es libro curiosísimo, en efecto, como texto de lengua; pero debe consultarse en las ediciones del siglo XVI, pues en las posteriores, especialmente en las dos del siglo XVIII, se modernizó algo el lenguaje, además de haberse suprimido ó cercenado varios cuentos que parecieron libres ó irreverentes, á pesar de la cuerda prevención que hacía el mismo Santa Cruz en estos versos:

> De aquesta Floresta, discreto lector,
> Donde hay tanta copia de rosas y flores,
> De mucha virtud, olor y colores,
> Escoja el que es sabio de aquí lo mejor.
> Las de linda vista y de buen sabor
> Sirvan de salsa á las virtuosas,
> Y no de manjar, si fueren viciosas,
> Pues para esto las sembró el autor.

(¹) Nada puede decirse á ciencia cierta sobre esta fantástica ley tan traida y llevada por nuestros antiguos escritores. Acaso nació de una errada interpretación de esta cláusula de San Fernando en el Fuero General de Toledo: «Todos sus juicios dellos sean juzgados segun el *Fuero-Juzgo* ante »diez de sus mejores e mas nobles, e mas sabios dellos que sean siempre con el alcalde de la cibdad; »e que a todos anteanden en testimonianzas en todo su regno». (*Et ut precedant omnes in testimoniis in universo regno illius*, dice el original latino) Claro es que en esto singularísimo privilegio concedido á los toledanos no se trata de disputas sobre vocablos, sino de testimonios jurídicos; pero lo uno pudo conducir á la invención de lo otro. Esta idea se me ocurrió leyendo el eruditísimo *Informe de la imperial ciudad de Toledo sobre pesos y medidas* (1758), redactado, como es notorio, por el P. Andrés Marcos Burriel. Vid. pág. 298.

Las partes de la *Floresta*, que fueron diez en la primera edición toledana y once en la de Alcalá, 1576, llegaron definitivamente á doce, distribuídas por el orden siguiente:

«Primera Parte: Capítulo I. De Sumos Pontífices.—Cap. II. De Cardinales.—Capítulo III. De Arzobispos.—Cap. IV. De Obispos.—Cap. V. De Clérigos.—Cap. VI. De Frayles.

» Segunda Parte: Capítulo I. De Reyes.—Cap. II. De caballeros.—Cap. III. De capitanes y soldados.—Cap. IV. De aposentadores.—Cap. V. De truhanes.—Cap. VI. De pajes.

» Tercera Parte: Capítulo I. De responder con la misma palabra.—Cap. II. De responder con la copulativa antigua.—Cap. III. De gracia doblada.—Cap. IV. De dos significaciones.—Cap. V. De responder al nombre propio.—Cap. VI. De enmiendas y declaraciones de letras.

» Cuarta parte: Capítulo I. De jueces.—Cap. II. De letrados.—Cap. III. De escribanos.—Cap. IV. De alguaciles.—Cap. V. De hurtos.—Cap. VI. De justiciados.—Capítulo VII. De médicos y cirujanos.—Cap. VIII. De estudiantes.

» Quinta parte: Capítulo I. De vizcaynos.—Cap. II. De mercadores.—Cap. III. De oficiales.—Cap. IV. De labradores.—Cap. V. De pobres.—Cap. VI. De moros.

» Sexta parte: Capítulo I. De amores.—Cap. II. De músicos.—Cap. III. De locos.—Cap. IV. De casamientos.—Cap. V. De sobrescriptos.—Cap. VI. De cortesía.—Cap. VII. De juegos.—Cap. VIII. De mesa.

» Séptima parte: Capítulo I. De dichos graciosos.—Cap. II. De apodos.—Cap. III. De motejar de linaje.—Cap. IV. De motejar de loco.—Cap. V. De motejar de necio.—Capítulo VI. De motejar de bestia.—Cap. VII. De motejar de escaso.—Cap. VIII. De motejar de narices.

» Octava parte: Capítulo I. De ciegos.—Cap. II. De chicos.—Cap. III. De largos.—Cap. IV. De gordos.—Cap. V. De flacos.—Cap. VI. De corcobados.—Cap. VII. De cojos.

» Nona parte: Capítulo I. De burlas y dislates.—Cap. II. De fieros.—Cap. III. De camino.—Cap. IV. De mar y agua.—Cap. V. De retos y desafíos.—Cap. VI. De apodos de algunos pueblos de España y de otras naciones.

» Décima parte: De dichos extravagantes.

» Undécima parte: Capítulo I. De dichos avisados de mujeres.—Cap. II. De dichos graciosos de mujeres.—Cap. III. De dichos á mujeres.—Cap. IV. De mujeres feas.—Cap. V. De viudas.

» Duodécima parte: Capítulo I. De niños. — Cap. II. De viejos. — Cap. III. De enfermos».

En una colección tan vasta de apotegmas no puede menos de haber muchos enteramente insulsos, como aquel que tanto hacía reir á Lope de Vega: «Halló una vez en un librito gracioso que llaman *Floresta Española* una sentencia que había dicho un cierto conde: «Que Vizcaya era pobre de pan y rica de manzanas», y tenía puesto á la margen algún hombre de buen gusto, cuyo había sido el libro: «Sí diría», que me pareció notable donayre» (¹). Pero no por eso ha de menospreciarse el trabajo del buen Santa-

---

(¹) En su novela *El desdichado por la honra* (tomo VIII de la edición de Sancha, p. 93).

cruz; del cual pueden sacarse varios géneros de diversión y provecho. Sirve, no sólo para el estudio comparativo y genealógico de los cuentos populares, que allí están presentados con lapidaria concisión, sino para ver en juego, como en un libro de ejercicios gramaticales, muchas agudezas y primores de la lengua castellana en su mejor tiempo, registrados por un hombre no muy culto, pero limpio de toda influencia erudita, y que no á los doctos, sino al vulgo, encaminaba sus tareas. Además de este interés lingüístico y *folklórico*, que es sin duda el principal, tiene la *Floresta* el mérito de haber recogido una porción de dichos, más ó menos auténticos, de españoles célebres, que nos dan á conocer muy al vivo su carácter, ó por lo menos la idea que de ellos se formaban sus contemporáneos. Por donde quiera está sembrado el libro de curiosos rasgos de costumbres, tanto más dignos de atención cuanto que fueron recogidos sin ningún propósito grave, y no aderezados ni aliñados en forma novelística. Las anécdotas relativas al doctor Villalobos y al famoso truhán de Carlos V D. Francesillo de Zúñiga, que tantas y tan sabrosas intimidades de la corte del Emperador consignó en su Crónica burlesca (¹), completan la impresión que aquel extraño documento deja. Del arzobispo D. Alonso Carrillo, del canónigo de Toledo Diego López de Ayala, del cronista Hernando del Pulgar, y aun del Gran Capitán y de los cardenales Mendoza y Cisneros, hay en este librillo anécdotas interesantes. Aun para tiempos más antiguos puede ser útil consultar á veces la *Floresta*. Por no haberlo hecho los que hemos tratado de las leyendas relativas al rey Don Pedro, hemos retrasado hasta el siglo XVII la primera noticia del caso del zapatero y el prebendado, que ya Melchor de Santa Cruz refirió en estos términos:

«Un arcediano de la Iglesia de Sevilla mató á un zapatero de la misma ciudad, y un hijo suyo fué á pedir justicia; y condenóle el juez de la Iglesia en que no dixese Misa un año. Dende á pocos dias el Rey D. Pedro vino á Sevilla, y el hijo del muerto se fue al Rey, y le dixo cómo el arcediano de Sevilla había muerto á su padre. El rey le preguntó si habia pedido justicia. El le contó el caso como pasaba. El Rey le dixo: «¿Serás tú hombre para matarle, pues no te hacen justicia?» Respondió: «Sí, señor». «Pues hazlo así», dixo el Rey. Esto era víspera de la fiesta del Córpus Christi. Y el dia siguiente, como el Arcediano iba en la procesion cerca del Rey, dióle dos puñaladas, y cayó muerto. Prendióle la justicia, y mandó el Rey que lo truxesen ante él. Y preguntóle, ¿por qué habia muerto á aquel hombre? El mozo dixo: «Señor, porque mató á mi padre, y aunque pedí justicia, no me la hicieron». El juez de la Iglesia, que cerca estaba, respondió por sí que se la había hecho, y muy cumplida. El Rey quiso saber la justicia que se le habia hecho. El juez respondió que le habia condenado que en un año no dixese Misa. El Rey dixo á su alcalde: «Soltad este hombre, y yo le condeno que en un »año no cosa zapatos» (²).

(¹) No es verosímil, ni aun creible, que el autor de esta *Crónica* sea el mismo D. Francesillo, «criado privado, bienquisto y predicador del emperador Carlos V». Pero fuese quien quiera el que tomó su nombre, aprovechando quizá sus apodos, comparaciones y extravagantes ocurrencias, era sin duda persona de agudo ingenio y muy conocedor de los hombres, aunque no todas las alusiones sean claras para nosotros por la distancia. Merecía un comentario histórico y una edición algo más esmerada que la que logró en el tomo de *Curiosidades Bibliográficas* de la colección Rivadeneyra. Véase, entretanto, la memoria de Fernando Wolf, tan interesante como todas las suyas: *Ueber den Hofnarren Kaiser Carl's V, genannt El Conde don Frances de Zuñiga und seine Chronik* (1850 en los *Sitzungsberichte der philos. histor. Classe der kaiserl. Akademie der Wissenschaften*).

(²) Cf. mi *Tratado de los romances viejos*, tomo II, pág. 151 y ss.

Es también la *Floresta* el más antiguo libro impreso en que recuerdo haber leído la leyenda heroica de Pedro González de Mendoza, el que dicen que prestó su caballo á D. Juan I para salvarse en la batalla de Aljubarrota [1]. Por cierto que las últimas palabras de este relato sencillo tienen más energía poética que el afectado y contrahecho romance de Hurtado de Velarde *Si el caballo vos han muerto.* «Le tomó en su caballo y le sacó de la batalla (dice Melchor de Santa Cruz); y de que le hubo puesto en salvo, queriendo volver, el Rey en ninguna manera lo consentia. Mas se volvió diciendo: «No » quiera Dios que las mujeres de Guadalaxara digan que saqué á sus maridos de sus ² casas vivos y los dexo muertos y me vuelvo».

Entro las muchas anécdotas relativas á Gonzalo Fernández de Córdoba es notable por su delicadeza moral la siguiente:

«El Gran Capitan pasaba muchas veces por la puerta de dos doncellas, hijas de un pobre escudero, de las quales mostraba estaba aficionado, porque en extremo eran hermosas. Entendiéndolo el padre de ellas, pareciéndole que seria buena ocasion para remediar su necesidad, fuése al Gran Capitan, y suplicó le proveyese de algun cargo fuera de la ciudad, en que se ocupase. Entendiendo el Gran Capitan que lo hacia por dexar la casa desocupada, para que si él quisiese pudiese entrar libremente, le preguntó: «¿Qué gente dexais en vuestra casa?» Respondió: «Señor, dos hijas doncellas». Díxole: «Esperad aquí, que os sacaré la provision»; y entró en una cámara, y sacó dos pañizuelos, y en cada uno de ellos mil ducados, y dióselos, diciendo: «Veis aquí la provi- »sion, casad luego con esto que va ahi vuestras hijas; y en lo que toca á vos, yo tendré ²cuidado de proveeros».

La *Floresta* ha prestado abundante material á todo género de obras literarias. Sus chistes y cuentecillos pasaron al teatro y á la conversación, y hoy mismo se repiten muchos de ellos ó se estampan en periódicos y almanaques, sin que nadie se cuide de su procedencia. Su brevedad sentenciosa contribuyó mucho á que se grabasen en la memoria, y grandes ingenios no los desdeñaron. Aquel sabido romance de Quevedo, que termina con los famosos versos:

> Arrojar la cara importa,
> Que el espejo no hay por qué,

tiene su origen en este chascarrillo de la *Floresta* (Parte 12.ª):

«Una vieja hallóse un espejo en un muladar, y como se miró en él y se vió tal, echando la culpa al espejo, le arrojó diciendo: «Y aun por ser tal, estás en tal parte».

Y aquel picaño soneto, excelente en su línea, que algunos han atribuido sin fundamento á Góngora y otros al licenciado Porras de la Cámara:

> Casó de un Arzobispo el despensero...

no es más que la traducción en forma métrica y lengua libre de este cuentecillo de burlas, que tal como está en la *Floresta* (Parte undécima, capítulo III), no puede escandalizar á nadie, aunque bien se trasluce la malicia:

«Un criado de un obispo habia mucho tiempo que no habia visto á su mujer, y dióle el obispo licencia que fuesse á su casa. El Maestresala, el Mayordomo y el Veedor, bur-

----

[1] Vid. en el mismo *Tratado*, II, 165-166.

lándose con él, que eran muy amigos, rogáronle que en su nombre diese á su mujer la primera noche que llegase un abrazo por cada uno. El se lo prometió, y como fué á su casa, cumplió la palabra. Contándole el caso cómo lo habia prometido, preguntó la mujer si tenia más criados el obispo; respondió el marido: Si, señora; mas los otros no me dieron encomiendas».

Abundan en la *Floresta* los insulsos juegos de palabras, pero hay también cuentos de profunda intención satírica. Mucho antes que el licenciado Luque Fajardo, en su curiosísimo libro *Fiel desengaño contra la ociosidad y los juegos*, nos refiriese la ejemplar historia de los *Beatos de la Cabrilla* (¹), había contado otra enteramente análoga Melchor de Santa Cruz (cuarta parte, cap. V):

«Un capitan de una quadrilla de ladrones, que andaban á asaltear, disculpábase que no habia guerra y no sabia otro oficio. Tenia costumbre que todo lo que robaba partia por medio con aquel á quien le tomaba. Robando á un pobre hombre, que no trahia mas de siete reales, le dixo: «Hermano, de éstos me pertenecen á mí no más de tres y medio; llevaos vos los otros tres y medio. Mas ¿cómo haremos, que no hay medio real que os volver?» El pobre hombre, que no veia la hora de verse escapado de sus manos, dixo: «Señor, llevaos en buen hora los quatro, pues no hay trueque». Respondió el capitan: «Hermano, con lo mio me haga Dios merced».

Con detención hemos tratado de un libro tan vulgar y corriente como la *Floresta*, no sólo por ser el más rico en contenido de los de su clase, sino también por el éxito persistente que obtuvo, del cual testifican veintidós ediciones por lo menos durante los siglos XVI y XVII. Todavía en el siglo XVIII la remozó, añadiéndola dos volúmenes, Francisco Asensio, uno de aquellos ingenios plebeyos y algo ramplones, pero castizos y simpáticos, que en la poesía festiva, en el entremés y en la farsa, en la pintura satírica de costumbres, conservaban, aunque muy degeneradas, las tradiciones de la centuria anterior, á despecho de la tiesa rigidez de los *reformadores del buen gusto*. En Francia, la *Floresta* fue traducida íntegramente por un Mr. de Pissevin en 1600; reimpresa varias veces en ediciones bilingües, desde 1614; abreviada y saqueada por Ambrosio de Salazar y otros maestros de lengua castellana. Hubo, finalmente, una traducción alemana, no completa, publicada en Tubinga en 1630.

Por más que Melchor de Santa Cruz fuese hombre del pueblo y extraño al cultivo de las humanidades, el título mismo de *apotegmas* que dio á las sentencias por él recogidas prueba que le eran familiares los libros clásicos del mismo género que ya de tiempo atrás hablaban en lengua castellana, especialmente los *Apotegmas* de Plutarco, tra-

---

(¹) «Los años passados salieron una suerte de salteadores, que con habito reformado despojavan toda quanta gente podian aver a las manos, en esta forma: que haziendo cuenta con la bolsa, tassadamente, les quitavan la mitad de la moneda, y los enviavan sin otro daño alguno. Aconteció en aquellos dias passar de camino un pobre labrador, y como no llevase mas de quinze reales, que eran expensas de su viaje: hecha la cuenta, cabian a siete y medio, no hallava a la sazon trueque de un real; y el buen labrador (que diera aquella cantidad, y otra de mas momento, por verse fuera de sus manos) rogavales encarecidamente tomassen ocho reales, porque él se contentava con siete. De ninguna manera (respondieron ellos), con lo que es nuestro nos haga Dios merced... Beatos llaman a estos salteadores por el trage y modo de robar. El nombre de Cabrilla tomáronle de la mesma sierra donde se recogian».

(*Fiel desengaño contra la ociosidad y los juegos... Por el licenciado Francisco de Luque Fajardo, clérigo de Sevilla y beneficiado de Pilas. Año 1603.* Madrid, en casa de Miguel Serrano de Vargas.)

ducidos del griego en 1533 por el secretario Diego Gracián (¹); la *Vida y excelentes dichos de los más sabios philosophos que hubo en este mundo*, do Hernando Díaz (²), y la copiosa colección de *Apotegmas* de reyes, príncipes, capitanes, filósofos y oradores de la antigüedad que recogió Erasmo de Roterdam y pusieron en nuestro romance Juan de Jarava y el bachiller Francisco Thamara en 1549 (³).

Tampoco fue Melchor de Santa Cruz, á pesar de lo que insinúa en su prólogo, el primero que, á imitación de estas colecciones clásicas, recopilase sentencias y dichos de españoles ilustres. Ya en 1527 el bachiller Juan de Molina, que tanto hizo gemir las prensas de Valencia con traducciones de todo género de libros religiosos y profanos, había dado á luz el *Libro de los dichos y hechos del Rey Don Alonso*, quinto de este nombre en la casa de Aragón, conquistador del reino de Nápoles y gran mecenas de los humanistas de la península itálica que le apellidaron el Magnánimo (⁴). No fue esta la única, aunque sí la más divulgada versión de los cuatro libros de Antonio Panor-

(¹) *Apothegmas del excelentissimo Philosopho y Orador Plutarcho Cheroneo Maestro del Emperador Trajano: q̄ son los dichos notables, biuos, y breues de los Emperadores, Reyes, Capitanes, Oradores, Legisladores, y Varones Illustres: assi Griegos, como Romanos, Persas, y Lacedemonios: traduzidos de lēgua Griega en Castellana; dirigidos a la S. C. C. M. por Diego Gracian, secretario del muy Illustre y Reverendissimo Señor don Francisco de Mendoça Obispo de Çamora.*

Colofón: «Fue impressa la presente obra en la insigne universidad de Alcalá de Henares en Casa de Miguel de Eguia. Acabose a treinta de Junio de Mil y Quinientos y Treinta y tres Años». 4.° gót.

Reimpreso en los *Morales de Plutarco traduzidos de lengua Griega en Castellana* por el mismo Diego Gracián (Alcalá de Henares, por Juan de Brocar, 1548, folios II á XLIII).

(²) El autor ó más bien recopilador de este librejo, en que alternan las anécdotas y las sentencias, es el mismo que tradujo la novela sentimental de *Peregrino y Ginebra*. Hay, por lo menos, tres ediciones góticas de las *Vidas de los filósofos* (Sevilla, 1520; Toledo, 1527; Sevilla, 1541). Parece un extracto de la compilación mucho más vasta de Gualtero Burley *Liber de vita et moribus philosophorum poetarumque veterum*, traducida al castellano y tan leida en el siglo XV con el título de *La vida y las costumbres de los viejos filósofos* («Crónica de las fazañas de los filósofos» la llamó Amador de los Ríos). Hermann Knust publicó juntos el texto latino y la traducción castellana en el tomo CLXXVII de la *Bibliotek des litterarischen vereins* de Stuttgart (Tübingen, 1886).

(³) El traductor primitivo fue Thamara. No he visto la primera edición, de Sevilla, 1548; pero en la de Zaragoza, 1552, por Esteban de Nájera, se copian la aprobación de los Inquisidores, dada en el castillo de Triana «a 18 dias del mes de enero de 1548», y un *Proemio y carta nuncupatoria*, firmada por «el bachiller Francisco Thamara, catedrático de Cádiz, intérprete y copilador desta obra».

En un mismo año, 1549, aparecen en Amberes dos distintas ediciones de este libro de Erasmo en castellano. La que lleva el título de *Apothegmas que son dichos graciosos y notables de muchos reyes y principes illustres, y de algunos philosophos insignes y memorables y de otros varones antiguos que bien hablaron para nuestra doctrina y exemplo; agora nuevamente traduzidos y recopilados en nuestra lengua castellana* (Enveres, por Martin Nucio), reproduce el texto de Thamara y su *Carta nuncupatoria*. La otra, cuya portada dice: *Libro de vidas, y dichos graciosos, agudos y sentenciosos, de muchos notables varones Griegos y Romanos, ansi reyes y capitanes como philosophos, y oradores antiguos: en los quales se contienen graues sentencias e auisos no menos prouechosos que deleytables...* (Anvers, Juan Steelsio, 1549), parece nueva traducción, ó por lo menos refundición de la anterior, hecha por Juan Jarava, que añadió al fin la *Tabla de Cebes*.

(⁴) *Libro de los dichos y hechos del Rey don alonso: aora nuevamente traduzido. 1527.*

Al reverso de la portada principia una Epístola del bachiller Juan de Molina, «sobre el presente tratado, que de latin en lengua Española ha mudado».

Colofón: «Fue impreso en Valēcia. En casa de Juan Joffre ipressor. A XXI de Mayo de nuestra reparacion. M.D.XXVII». 4.° gót.

Hay reimpresiones de Burgos, por Juan de Junta, 1530; Zaragoza, 1552, y alguna más.

mita, *De dictis et factis Alphonsi, regis Aragonum et Neapolis* ([1]), que no es propiamente una historia de Alfonso V, sino una colección de anécdotas que pintan muy al vivo su carácter y su corte. Unido al *De dictis factisque* del Panormita va casi siempre el *Commentarius* de Eneas Silvio, obispo de Siena cuando le escribió y luego Papa con el nombre de Pío II ([2]).

Un solo personaje español del tiempo de los Reyes Católicos logró honores semejantes, aunque otros los mereciesen más que él. Fue el primer duque de Nájera, don Pedro Manrique de Lara, tipo arrogante de gran señor, en su doble condición de bravo guerrero y de moralista sentencioso y algo excéntrico. Un anónimo recopiló sus hazañas valerosas y dichos discretos ([3]); y apenas hubo floresta del siglo XVI en que no se consignase algún rasgo, ya de su mal humor, ya de su picante ingenio.

Al siglo XVII muy entrado pertenece el libro, en todos conceptos vulgarísimo, *Dichos y hechos del señor rey don Felipe segundo el prudente* ([4]), que recopiló con mejor voluntad que discernimiento el cura de Sacedón Baltasar Porreño, autor también de otros *Dichos y hechos de Felipe III*, mucho menos conocidos porque sólo una vez, y muy tardíamente, fueron impresos.

Son casi desconocidos en nuestra literatura aquellos libros comúnmente llamados *anas* (*Menagiana*, *Scaligerana*, *Bolaeana*, etc.), de que hubo plaga en Francia y Holanda durante el siglo XVII y que, á vueltas de muchas anécdotas apócrifas ó caprichosamente atribuídas al personaje que da nombre al libro, suelen contener mil curiosos detalles de historia política y literaria. El carácter español se presta poco á este género de crónica menuda. Pero no faltaron autores, y entre ellos alguno bien ilustre, que hiciesen colección de sus propios apotegmas. A este género puede reducirse *El Licenciado Vidriera* de Cervantes ([5]), donde la sencillísima fábula novelesca sirve de pretexto para

---

([1]) Abundan las ediciones de este curioso libro: la elzeviriana de 1646 lleva el título de *Speculum boni principis*. Fue traducido repetidas veces al catalán y al castellano, una de ellas por el jurisconsulto Fortún García de Ercilla, padre del poeta de la *Araucana*. Sobre el Panormita (célebre con infame celebridad por su *Hermaphroditus*), véase especialmente Ramorino, *Contributi alla storia biografica e critica di A. Beccadelli* (Palermo, 1883).

([2]) Puede verse también en la colección general de sus obras (Basilea, 1571), en que hay muchas que el historiador de Alfonso V debe tener presentes.

([3]) *Hazañas valerosas y dichos discretos de D. Pedro Manrique de Lara, primer Duque de Nájera, Conde de Treviño, Señor de las villas y tierras de Amusco, Navarrete, Redecilla, San Pedro de Yanguas, Ocon, Villa de la Sierra, Senebrilla y Cabreros.* (Impreso conforme á una copia de la colección Salazar en el tomo VI (pp. 121-146 del *Memorial Histórico Español que publica la Real Academia de la Historia*, Madrid, 1853). Salazar, que ya transcribió alguna parte de las noticias de este cuaderno en las *Pruebas* de su *Historia Genealógica de la Casa de Lara*, había encontrado el original en el archivo de los Condes de Frigiliana.

([4]) No conozco la fecha de la primera edición, pero algunas de las posteriores conservan la aprobación de Gil González Dávila de febrero de 1627. Fue reimpresa en Sevilla, 1639; Madrid, 1668, y otras varias veces, siempre con mal papel y tipos, exceptuando la elegante edición elzeviriana de Bruselas, por Francisco Foppens, 1666. Muchas de las anécdotas que recopila son pueriles y prueban en su autor poca sindéresis.

Los *Dichos y Hechos de Felipe III* están en las *Memorias para la historia* de aquel monarca, que recopiló D. Juan Yáñez (Madrid, 1723), copiados de un manuscrito original que tenía todas las licencias para estamparse en 1628.

([5]) Notó bien este carácter aforístico de *El Licenciado Vidriera* el Sr. D. Francisco A. de Icaza en su elegante estudio sobre las *Novelas Ejemplares de Cervantes* (Madrid, 1901, pág. 151).

intercalar las sentencias de aquel cuerdo loco, así como Luciano había puesto las suyas en boca del cínico Demonacte.

De Cervantes al jurado cordobés Juan Rufo, infeliz cantor de D. Juan de Austria, es grande la distancia á pesar de la simpática benevolencia con que el primero habló del segundo en el famoso escrutinio de los libros del hidalgo manchego. Pero no le juzguemos por la *Austriada*, sino por *Las seyscientas apotegmas* que publicó en 1596 (¹) y por los versos que las acompañan, entre los cuales están la interesante leyenda de *Los Comendadores*, el poemita humorístico de la *muerte del ratón*, la loa ó *alabanza de la comedia*, precursora de las de Agustín de Rojas, y sobre todo la *Carta á su hijo*, que tiene pasajes bellísimos de ingenuidad y gracia sentenciosa. Juan Rufo, que tan desacordadamente se empeñó en embocar la trompa épica, era un ingenio fino y discreto, nacido para dar forma elegante y concisa á las máximas morales que le había sugerido la experiencia de la vida más bien que el trato de los libros. Sus *apotegmas* en prosa testifican esto mismo, y cuando se forme la colección, que todavía no existe, de nuestros moralistas prácticos y lacónicos, merecerán honroso lugar en ella. Sólo incidentalmente tocan á nuestro propósito, puesto que suelen ser breves anécdotas selladas con un dicho agudo. Entre los contemporáneos de Rufo tuvieron mucho aplauso, aun antes de ser impresos, y el agustino Fr. Basilio de León (sobrino de Fr. Luis y heredero de su doctrina) los recomendó en estos encarecidos términos: «Llegó á mis manos, antes que se imprimiesse, el libro de las Apotegmas del Iurado Iuan Rufo; con el qual verdaderamente me juzgué rico, pues lo que enriqueze al entendimiento, es del hombre riqueza verdadera. Y hay tanta, no sólo en todo el libro (que no es poco, segun salen muchos á luz, grandes en las hojas y en las cosas pequeños), sino lo que es más, en qualquiera parte dél, por pequeña que sea, que con razon puede juzgarse por muy grande, porque la pureza de las palabras, la elegancia dellas, junto con la armonía que hazen las unas con las otras, es de tanta estimacion en mis ojos quanto deseada en los que escriven. Allegose a esto la agudeza de los dichos, el sentido y la gravedad que tienen, la philosophia y el particular discurso que descubren. De manera que al que dice bien y tan bien como el autor deste libro, se le puede dar justissimamente un nuevo y admirable nombre de maravillosa eloquencia: pues los que hablan mal son innumerables, y él se aventaja á muchos de los que bien se han esplicado. El aver enxerido en el donayre y dulzura de las palabras, lo que es amargo para las dañadas costumbres, nacio de particular juyzio y de prudencia. Como el otro que á una dama á quien, ó por miedo, ó por melindre, espantava el hierro del barbero, la sangró disfraçandole astutamente con la esponja. En fin, no entiendo que avrá ninguno de buen gusto que no le tenga, y muy grande, con este libro, y Córdova no menor gozo, viendo cifrado en su dueño todo lo que en sus claros hijos luze repartido».

Hemos visto que el título de *Apotegmas* había sido introducido por los traductores de Plutarco y Erasmo. Creemos que Juan Rufo fue el primero que le aplicó á una colección original, dando la razón de ello: «El nombre de *Apotegmas* es griego, como lo son muchos vocablos recebidos ya en nuestra lengua; tráxole á ella, con la autoridad de

---

(¹) *Las Seyscientas Apotegmas de Iuan Rufo. Y otras obras en verso Dirigidas al Principe nuestro Señor. Con Privilegio. En Toledo por Pedro Rodriguez, impressor del Rey nuestro Señor. 1596.*
8.º 9 hs. prls. y 270 folios, de los cuales 195 corresponden á los *Apotegmas.*

grandes escritores, la necessidad que avia deste término, porque significa breve y aguda sentencia, dicho y respuesta; sentido que con menos palabras no se puede explicar».

Para dar idea del carácter de este curioso librito, citaré sin particular elección unos cuantos apotegmas, procurando que no sean de los que ya copió Gallardo, aunque no siempre podrá evitarse la repetición, porque aquel incomparable bibliógrafo tenía particular talento para extraer la flor de cuanto libro viejo caía en sus manos.

«Oyendo cantar algunos romances de poetas enamorados, con relacion especial de sus desseos y pensamientos, y aun de sus obras, dixo (Rufo): Locos están estos hombres, pues se confiesan a gritos.» (Fol. 4.)

«Un año despues que. estuvo oleado, le dixo un amigo, viéndole bueno: Harto mejor estays de lo que os vi aora un año. R. Mucha más salud tenía entonces, pues tenia más un año de vida. (Fol. 6 vuelto.)

«Mirando á una fea, martyr de enrubios, afeytes, mudas, y de vestirse y ataviarse costosamente, y con estraña curiosidad, dixo que las feas son como los hongos, que no se pueden comer si no en virtud de estar bien guisados, y con todo son ruyn vianda.» (F. 7.)

«Preguntóle un viejo de sesenta años si se teñiria la canas, y R. No borreis en una hora lo que Dios ha escrito en sesenta años.» (Fol. 7 vuelto.)

«El agua encañada, quanto baxa sube, y la palabra de Dios entra por los oydos, y penetra hasta el corazon, si sale dél.» (Fol. 9.)

«Contava un cavallero una merienda que ciertos frayles tuvieron en un jardin del susodicho; y que tras la abundancia de la vianda, y diferencias de vinos que huvo, fue notable el gusto y alegria de todos aquellos reverendos. Y dezia tambien que uno dellos (devoto y compuesto religioso) se puso de industria á pescar en un estanque, por escusar la behetria de los demas. Oydo lo qual, dixo: no se podra dezir por esse: no sabe lo que se pesca.» (Fol. 13.)

«El duque de Osuna, D. Pedro Giron, tenia á la hora de su muerte junto á sí una gran fuente de plata, llena de nieve y engastados en ella algunos vasos de agua, y dixo el Condestable de Castilla, su yerno: Ningun consuelo hay para el Duque igual á tener aquella nieve cerca de sí. R. Quiere morir en Sierra Nevada, porque no le pregunten por D. Alonso de Aguilar» (¹). (Fol. 15.)

«Huvo disciplinas en Madrid por la falta de agua; y como era en el mes de Mayo y hazia calor, no salian hasta que anochezia. De manera que toda la tarde no cabian las calles por donde avian de pasar los disciplinantes, de damas y gente de á cavallo; y andavan los passeos tan en forma, como si algun grande regocijo fuera la causa de aquel concurso. Visto lo qual, al salir los penitentes, dixo que parecia entremes á lo divino en comedia deshonesta.» (Fol. 18.)

«Tratándose del Cid, y de sus grandes proezas, dixo, que fue catredatico (sic) de valentia, pues enseñó á ser esforçado á Martin Pelaez» (²). (Fol. 19.)

(¹) Alude, con discreta malicia, que no debió de sentar bien á los de la casa de Osuna, á aquel sabido cantarcillo:

Decit, buen conde de Ureña,
¿Don Alonso dónde queda?

(²) La frase *profesor de energía* que Sthendhal inventó (segun creo) para aplicársela á Napoleón, y se ha repetido tanto despues, recuerda bastante ésta de *catedrático de valentía* que Juan Rufo dijo del Cid;

«El hombre que más largas narices tuvo en su tiempo, dezia otro amigo suyo, que venia de Burgos á Madrid seis dias avia, y que le esperava dentro de una hora. No puede ser, le respondió Iuan Rufo, pues no han llegado sus narices.» (Fol. 22.)

«Estando un carpintero labrando, aunque toscamente, los palos para hazer una horca, y otro vezino suyo murmurando de la obra del artífice, los puso en paz diziendo, que los palos de la horca son puntales de la republica.»

«Sentia ásperamente un gentil hombre el hacerse viejo, y corriase de verse algo cano, como si fuera delito vergonçoso. Y como fuesse su amigo, y le viesse que en cierta conversacion dava señales desto, le dixo para consuelo y reprehension, los versos que se siguen:

> Si quando el seso florece
> Vemos que el hombre encanece:
> Las canas deven de ser
> Flores que brota el saber
> En quien no las aborrece.»

(Fol. 24 vuelto.)

«Sin duda este tiempo florece de poetas que hacen romances, y músicos que les dan sonadas: lo uno y lo otro con notable gracia y aviso. Pues como es casi ordinario amoldar los músicos los tonos con la primera copla de cada romance, dixo á uno de los poetas que mejor los componen que escusase en el principio afecto ni estrañeza particular, si en todo el romance no pudiesse continualla; porque de no hazello resulta que el primer cuarteto se lleva el mayorazgo de la propiedad de la sonada, y dexa pobres á todos los demas.» (Fol. 26 vuelto.)

«Considerados los desasossiegos, escándalos y peligros, gastos de hazienda y menoscabos de salud, que proceden de amorosos devaneos, dixo que los passatiempos del Amor son como el tesoro de los alquimistas, que costándoles mucho tiempo y trabajo, gastan el oro que tienen por el que despues no sacan.» (Fol. 67.)

«Alabando algunos justissimamente la rara habilidad del doctor Salinas ([1]), canónigo de Segovia, dixo que era Salinas de gracia y donaire, con ingenio de açucar.» (Fol. 74.)

«El (autor) y un amigo suyo, que le solia reprehender porque no componia la segunda parte de la *Austriada*, passaron por donde estava un paxarillo destos que suben la comida y la bevida con el pico, entre otros que estavan enjaulados. Y como todos cantassen, y aquel no, dixo: Veys aqui un retrato del silencio de mi pluma, porque no soy paxaro enjaulado, sino aquel que está con la cadena al cuello. Preguntado por qué, dixo estos versos:

> Para el hombre que no es rico
> Cadena es el matrimonio,
> Y tormento del demonio
> Sustentarse por su pico.»

(Fol. 94.)

([1]) Alude al Dr. Juan de Salinas, festivo poeta sevillano, cuyas *Obras* han sido publicadas por la Sociedad de Bibliófilos Andaluces.

«De quinientos ducados que el Rey le hizo de merced por su libro de la Austriada, fue gastando en el sustento de su casa hasta que no le quedaban sino cincuenta, los quales se puso á jugar (¹). Y preguntado por qué hazia aquel excesso, R. Para que las reliquias de mis soldados vençan, ó mueran peleando, antes que el largo cerco los acabe de consumir.» (Fol. 99 vuelto.)

«Como hay mujeres feas, que siendo ricas se dan á entender que á poder de atavios han de suplir con curiosidad los defectos de naturaleza: de la misma manera piensan algunos que por ser estudiosos y leydos, han de salir buenos poetas, siendo cosa, si no del todo agena de sus ingenios, á lo menos cuesta arriba y llena de aspereza. Y para más confirmacion deste engaño, nunca les faltan aficionados que los desvanezcan. Pues como un hombre que era apassionadissimo de un poeta por accidente, defendiesse sus Mussas con dezir que era hombre que sabia, le dixo: No es todo uno ser maestro de capilla y tener buena voz.» (Fol. 135.)

«Vivia en la corte un pintor (²) que ganava de comer largamente á hazer retratos, y era el mejor pie de altar para su ganancia una caxa que traya con quarenta ó cincuenta retratos pequeños de las más hermosas señoras de Castilla, cuyos traslados le pagavan muy bien, unos por aficion y otros por sola curiosidad. Este le mostró un dia todo aquel tabaque de rosas, y le confessó los muchos que le pedian copias dellas. R. Soys el rufian más famoso del mundo, pues ganays de comer con cincuenta mujeres.» (Fol. 136.)

«Armándose en Flandes D. Lope de Acuña, para un hecho de armas, algo de priessa, dixo á dos criados que le ayudavan á armar que le pussiessen mejor la celada: la qual como fuesse Borgoñona, y al cerralla le huviessen cogido una oreja, le dava mucho fastidio. Los criados le respondieron una, y dos, y más vezes, que no yva sino muy en su lugar. Y como las ocasiones no lo davan para detenerse mucho, entró assi en la refriega, que fué sangrienta. Y desarmándose despues D. Lope, como se le saliesse la una oreja assida á la celada, en vez de enojarse, dixo con mucha mansedumbre á los que le armaron: ¿No os dezia yo que yva mal puesta la celada?» (Fol. 148.)

«Acabando de leer unos papeles suyos, le dixo uno de los oyentes: No sé por qué no os proveen en un corregimiento de los buenos de España; mas a fe que si en algo errárades, y yo fuera presidente, que os avia de *echar á galeras, pues no podiades hazello de ignorancia*. R. Rigurosissimo andays conmigo, pues antes que acepte el cargo me tomays la residencia» (³). (Fol. 155.)

«Desde que el señor don Iuan murio, que le hazia mucha merced, nunca tuvo sucesso que fuesse de hombre bien afortunado, y tanto que era ya como proverbio su

---

(¹) Rufo debía de ser un jugador empedernido, y á esto aluden muchos pasajes de sus *Apotegmas*.

(²) ¿Sería Felipe de Liaño, cuya especialidad eran los retratos pequeños, especialmente de mujeres?

(³) Este apotegma tiene poco mérito, pero no he querido dejar de citarle, porque acaso nos pone en camino de interpretar uno de los más oscuros pasajes del *Quijote*: el relativo á *Tirante el Blanco*. Si suponemos que hay errata donde dice *industria*, y leemos *ignorancia*, como en el texto de Juan Rufo, queda claro el sentido. Sin duda Rufo y Cervantes usaron una misma frase hecha, y no es creible que el segundo la alterase con menoscabo de la claridad.

mala dicha. Estando, pues, un dia con dolor en un pie, diziéndole su docter que era gota, respondio:

> Aunque pobre y en pelota,
> Mal de ricos me importuna,
> Porque al mar de mi fortuna
> No le faltasse una gota.»

(Fol. 156.)

«Tan fácil y proprio dixo que seria á los prelados gastar todas sus rentas en hazer bien, como al sol el dar luz y calentar.» (Fol. 163.)

«Siendo su hijo de once años, le sucedió una noche quedársele dormido en dos ó tres sitios muy desacomodados; por lo qual dixo uno que lo avia notado: Este niño halla cama donde quiera, y deve de ser de bronce ó trae lana en las costillas. R.

> Qué más bronce
> Que años once,
> Y qué más lana
> Que no pensar en mañana.»

(Fol. 189 vuelto) (¹).

Los apotegmas no son seiscientos, sino que llegan á setecientos, como expresa el mismo Rufo en una advertencia final. A ésta como á casi todas las colecciones de sentencias, aforismos y dichos agudos cuadra de lleno la sentencia de Marcial sobre sus propios epigramas *sunt bona, sunt quædam mediocria, sunt mala plura*. Pero aunque muchos puedan desecharse por ser insulsos juegos de vocablos, queda en los restantes bastante materia curiosa, ya para ilustrar las costumbres de la época, ya para conocer el carácter de su autor, poeta repentista, decidor discreto y que, como todos los ingenios de su clase, tenía que brillar más en la conversación que en los escritos. El mismo lo reconoce ingenuamente: «Importunándole que repitiesse los dichos de que se acordasse, dixo que no se podia hazer sin perderse por lo menos la hechura, como quien vende oro viejo: pues quando el oro del buen dicho se estuviesse entero, era la hechura la ocasion en que se dixo, el no esperarse entonces la admiracion que causó. Y que en fin, fuera de su primer lugar eran piedras desengastadas, que luzen mucho menos. O como pelota de dos botes, que por bien que se toque no se ganan quinze».

Tuvo Juan Rufo un imitador dentro de su propia casa en su hijo el pintor y poeta cordobés D. Luis Rufo, cuyos *quinientos apotegmas* (en rigor 455) ha exhumado en nuestros tiempos el erudito Sr. Sbarbi (²). Pero la fecha de este libro, dedicado al Príncipe D. Baltasar Carlos (n. 1629, m. 1646), le saca fuera de los límites cronológicos del presente estudio, donde por la misma razón tampoco pueden figurar los donosos *Cuen-*

(¹) Esta fácil y pronta respuesta se atribuye en Cataluña al Rector de Vallfogona, y dicen que ella bastó para que lo reconociese Lope de Vega. El festivo poeta tortosino había nacido en 1582, é hizo un solo viaje á Madrid, en 1623. Los *Apotegmas* estaban impresos desde 1596, y no contienen más que dichos originales de Juan Rufo.

(²) *Las quinientas apotegmas de D. Luis Rufo, hijo de D. Juan Rufo, jurado de Córdoba, dirigidas al Principe Nuestro Señor* (Siglo XVII). *Ahora por primera vez publicadas.* Madrid, imprenta de Fuentenebro, 1882, 12.º

tos que notó D. Juan de Arguijo, entre los cuales se leen algunas agudezas del Maestro Farfán, agustiniano (¹).

Volviendo ahora la vista fuera de las fronteras patrias, debemos hacer mérito de algunas misceláneas de varia recreación impresas en Francia para uso de los estudiosos de la lengua castellana, cuando nadie, «ni varón ni mujer dejaba de aprenderla», según testifica Cervantes en el *Persiles* (Libro III, cap. XIII). Una porción de aventureros españoles, á veces notables escritores, como el autor de *La desordenada codicia de los bienes ajenos* y el segundo continuador del *Lazarillo de Tormes*, vivían de enseñarla ó publicaban allí sus obras de imaginación. Otros, que no llegaban á tanto, se limitaban á los rudimentos de la disciplina gramatical, hacían pequeños vocabularios, manuales de conversación, centones y rapsodias, en que había muy poco de su cosecha. A este género pertenecen las obras de Julián de Medrano y de Ambrosio de Salazar.

Julián ó Julio Iñiguez de Medrano, puesto que de ambos modos se titula en su libro, era un caballero navarro que, después de haber rodado por muchas tierras de España y de ambas Indias, aprendiendo, según dice, «los más raros y curiosos secretos »de natura», vivía «en la ermita del Bois de Vincennes», al servicio de la Reina Margarita de Valois. A estos viajes suyos aluden en términos muy pomposos los panegiristas que en varias lenguas celebraron su libro, comenzando por el poeta regio Juan Daurat ó Dorat *(Ioannes Auratus):*

> Julius ecce Medrana novus velut alter Ulysses,
> A variis populis, a varioque mari,
> Gemmarum omne genus, genus omne reportat et auri:
> Thesaurus nunquam quantus Ulyssis erit.

La verdad es que de tales tesoros da muy pobre muestra su *Silva Curiosa*, cuya primera y rarísima edición es de 1587 (²). De los siete libros que la portada anuncia, sólo figura en el volumen el primero, que lleva el título de «dichos sentidos y motes breves de amor». Los otros seis hubieron de quedarse inéditos, ó quizá en la mente de su autor, puesto que parecen meros títulos puestos para excitar la curiosidad. El segundo debía tratar de «las yerbas y sus más raras virtudes»; el tercero, de las piedras preciosas; el cuarto, de los animales; el quinto, de los peces; el sexto, de las «aves celestes y terrestres»; el séptimo «descubre los más ocultos secretos de las mujeres, y les ofrece las más delicadas recetas». Ni del tratado de los cosméticos, ni de la historia natural recreativa que aquí se prometen, ha quedado ningún rastro, pues aunque lleva el nombre de Julio Iñiguez de Medrano cierta rarísima *Historia del Can, del Caballo,*

(¹) Algunos de estos *Cuentos*, cuyo borrador se conserva en la Biblioteca Nacional, fueron publicados por D. Juan Eugenio Hartzenbusch, como apéndice á la primera edición de sus propios *Cuentos y fábulas* (Madrid, 1861), y casi todos lo han sido por D. Antonio Paz y Melia *(Sales del ingenio español*, 2.ª serie, 1902, pp. 91-211).

(²) *La Silva Curiosa de Iulian de Medrano, cavallero navarro: en que se tratan diversas cosas sotilissimas, y curiosas, mui convenientes para Damas y Cavalleros, en toda conversation virtuosa y honesta. Dirigida a la muy Alta y Serenissima Reyna de Navarra su sennora. Va dividida esta Silva en siete libros diversos, el sujeto de los quales veeras en la tabla siguiente. En Paris, Impresso en Casa de Nicolas Chesneau en la calle de Santiago, a la insignia de Chesne verd. M.D.LXXXIII. Con Privilegio del Rei. 8.º*

Oso, Lobo, Ciervo y del Elefante, que se dice impresa en París, en 1583, este libro no es más que un ejemplar, con los preliminares reimpresos, del libro *Del can y del caballo* que había publicado en Valladolid el protonotario Luis Pérez en 1568, sin que para nada se hable del oso ni de los demás animales citados en la portada (¹). La superchería que Medrano usó apropiándose este libro para obsequiar con él, no desinteresadamente sin duda, al Duque de Epernon, da la medida de su probidad literaria, que acaba de confirmarse con la lectura de la *Silva*, especie de cajón de sastre, con algunos retales buenos, salteados en ajenas vestiduras. No sería difícil perseguir el origen de las «letras y motes», de las preguntas, proverbios y sentencias morales; pero limitándonos á lo que salta á la vista en cuanto se recorren algunas páginas de la *Silva*, vemos que Medrano estampa su nombre al principio de un trozo conocidísimo de Cristóbal de Castillejo en su *Diálogo de las condiciones de las mujeres*, y da por suyo de igual modo aquel soneto burlesco atribuido á D. Diego de Mendoza y que realmente es de Fray Melchor de la Serna:

> Dentro de un santo templo un hombre honrado...

Tales ejemplos hacen sospechar de la legítima paternidad de sus versos. Y lo mismo sucede con la prosa. Casi todos los «dichos sentidos, agudas respuestas, cuentos muy graciosos y recreativos, y epitafios curiosos» que recoge en la segunda parte de la *Silva*, habían figurado antes en otras florestas, especialmente en el *Sobremesa* de Timoneda, del cual copia literalmente nada menos que cuarenta cuentos, con otros cinco de Juan Aragonés (²).

Hay, sin embargo, en el libro dos narraciones tan mal forjadas y escritas, que sin gran escrúpulo pueden atribuirse al mismo Julián de Medrano. Una es cierta novela pastoril de *Coridón y Silvia;* y aun en ella intercaló versos ajenos, como la canción de Francisco de Figueroa:

> Sale la aurora, de su fértil manto
> Rosas suaves esparciendo y flores...

La otra, que tiene algún interés para la historia de las supersticiones populares, es un largo cuento de hechicerías y artes mágicas, que el autor supone haber presenciado yendo en romería á Santiago de Galicia.

No es inverosímil que Lope de Vega, que lo leía todo y de todo sacaba provecho para su teatro, hubiese encontrado entre los ejemplos de la *Silva Curiosa* el argumento de su comedia *Lo que ha de ser*, aunque al fin de ella alega «las crónicas africanas».

(¹) Vid. *La Casa, Estudios bibliográficos*, por D. Francisco de Uhagón y D. Enrique de Leguina (Madrid, 1888), pág. 39.

(²) Cuentos 3.°, 5.°, 8.°, 9.° y 11.° de Juan Aragonés; cuentos 24, 25, 26, 29, 30, 32, 33, 34, 39, 40, 42, 44, 46, 48, 49, 50, 51, 52, 54, 62, 63, 67, 68, 72 de la 2.ª parte del *Sobremesa;* 31, 34, 39, 42, 47, 50, 52, 54, 60, 63, 67, 72, 73, 76 de la 1.ª (ed. Rivadeneyra). Cf. pp. 144-166 de la *Silva* en la reimpresión de Sbarbi. Como se ve, Medrano no se tomó siquiera el trabajo de cambiar el orden de los cuentos, aunque puso los de la 1.ª parte después de los de la 2.ª Además, en la pág. 91 trae el cuento 53 de la 2.ª parte (csi los rocines mueren de amores,—¡triste de mí! ¿qué harán los hombres?»); pero debe de estar tomado de otra parte, porque en Timoneda es más breve y no dice que el caso sucediese en Tudela.

Dice así el cuentecillo de la *Silva,* que no tengo por original, aunque hasta ahora no puedo determinar su fuente:

«Un caballero de alta sangre, fué curioso de saber lo que las influencias ó inclinaciones de los cuerpos celestiales prometian á un hijo suyo que él tenia caro como su propia vida, y así hizo sacar el juicio de la vida del mancebo (que era ya hombrecito) á un astrólogo el más famoso de aquella tierra; el cual halló por su sciencia que el mozo era amenazado y corría un grandísimo peligro, en el año siguiente, de recibir muerte por una fiera cruel, la cual él nombró y (pasando los límites de su arte) dijo sería un leon; y que el peligro era tan mortal, que si este caballero no defendia la caza á su hijo por todo aquel año, y no le ponia en algun castillo donde estuviese encerrado y muy bien guardado hasta que el año pasase, que él tenia por cosa imposible que este mancebo escapase al peligro de muerte. El padre, deseando en todo y por todo seguir el consejo del astrólogo (en quien él creia como en un oráculo verísimo), privando á su hijo del ejercicio que él más amaba, que era la caza, lo encerró en una casa de placer que tenia en el campo, y dejándole muy buenas guardas, y otras personas que le diesen todo el pasatiempo posible, los defendió á todos, so pena de la vida, que no dejasen salir á su hijo un solo paso fuera de la puerta del castillo. Pasando esta vida el pobre mancebo en aquella cárcel tristísima, viéndose privado de su libertad, dice la historia que un dia, paseándose dentro de su cámara, la cual estaba ricamente adornada y guarnecida de tapiceria muy hermosa, se puso á contemplar las diversas figuras de hombres y animales que en ella estaban, y viendo entre ellos un leon figurado, principió á enojarse con él como si vivo estuviera, diciendo: «¡Oh fiera cruel y maldita! Por ti me veo »aqui privado de los más dulces ejercicios de mi vida; por ti me han encerrado en esta »prision enojosa». Y arremetiendo con cólera contra esta figura, le dió con el puño cerrado un golpe con toda la fuerza de su brazo; y su desventura fué tal que detrás de la tapiceria habia un clavo que salia de un madero ó tabla que alli estaba, con el cual dando el golpe se atravesó un dedo; y aunque el mal no parecía muy grave al principio, fué tal todavía, que por haber tocado á un nervio, en un extremo tan sensible como es el dedo, engendró al pobre mancebo un dolor tan grande, acompañado de una calentura continua, que le causó la muerte» ([1]).

César Oudín, el mejor maestro de lengua castellana que tuvieron los franceses en todo el siglo XVII y el más antiguo de los traductores del *Quijote* en cualquier lengua, hizo en 1608 una reimpresión de la *Silva,* añadiendo al fin, sin nombre de autor, la novela de *El Curioso Impertinente,* que aquel mismo año publicaba en texto español y francés Nicolás Baudouin ([2]). Por cierto que esta segunda edición de la *Silva* dio pretexto á un erudito del siglo XVIII para acusar á Cervantes de haber plagiado ¡á Medrano! Habiendo caído en manos del escolapio D. Pedro Estala un ejemplar de la *Silva* de 1608, donde está la novela, dedujo con imperdonable ligereza que también estaría

---

([1]) P. 168 de la reproducción de Sbarbi.

([2]) *La Silva Curiosa de Ivlian de Medrano, Cavallero Navarro: en que se tratan diversas cosas sotilissimas y curiosas, muy convenientes para Damas y Cavalleros, en toda conversacion virtuosa y honesta. Corregida en esta nueva edicion, y reduzida a mejor lectura por Cesar Ovdin. Vendese en Paris, en casa de Marc Orry, en la calle de Santiago, a la insignia del Lion Rampant. M.DCVIII.* 8.° 8 hs. prles. y 328 pp. La novela de *El Curioso Impertinente* empieza en la página 274.

Algunas cosas más que la novela agregó César Oudin al texto primitivo de la *Silva.* En la pá-

en la de 1583, y echó á volar la especie de que Cervantes la había tomado de allí, «no creyendo haber inconveniente ó persuadido á que no se le descubriría el hurto, »si así debe llamarse». A esta calumniosa necedad, divulgada en 1787, se opuso, con la lógica del buen sentido, D. Tomás Antonio Sánchez, aun sin haber visto la primera edición de la *Silva*, de la cual sólo tuvo conocimiento por un amigo suyo residente en París (¹).

Compilaciones del mismo género que la *Silva* son algunos de los numerosos libros que publicó en Francia Ambrosio de Salazar, aventurero murciano que después de haber militado en las guerras de la Liga, hallándose sin amparo ni fortuna, *despedazado y roto*, como él dice, se dedicó en Ruán á enseñar la lengua de Castilla, llegando á ser maestro ó intérprete de Su Majestad Cristianísima. La vida y las obras de Salazar han sido perfectamente expuestas por A. Morel-Fatio en una monografía tan sólida como agradable, que agrupa en torno de aquel curioso personaje todas las noticias que pueden apetecerse sobre el estudio del español en Francia durante el reinado de Luis XIII y sobre las controversias entre los maestros de gramática indígenas y forasteros. Remitiendo á mis lectores á tan excelente trabajo (²), hablaré sólo de aquellos opúsculos de Salazar que tienen algún derecho para figurar entre las colecciones de cuentos, aunque su fin inmediato fuese ofrecer textos de lengua familiar á los franceses.

Tenemos, en primer lugar, *Las Clavellinas de Recreacion, donde se contienen sentencias, avisos, exemplos y Historias muy agradables para todo genero de personas desseosas de leer cosas curiosas, en dos lenguas, Francesa y Castellana;* obrita impresa dos veces en Ruán, 1614 y 1622, y reimpresa en Bruselas, 1625 (³). Es un ramillete bastante pobre y sin ningún género de originalidad, utilizando las colecciones anteriores, especialmente la de Santa Cruz, con algunas anécdotas de origen italiano y otras tomadas de los autores clásicos, especialmente de Valerio Máximo. Las *Horas de Recreación* de Guicciardini, el *Galateo Español* do Lucas Gracián Dantisco (dol cual

gina 271 de su edición pone esta advertencia: «Estos dos epitafios siguientes fueron añadidos á esta »segunda impresion por Cesar Oudin, el qual los cobró de dos caballeros tedescos sus discípulos. El »uno es del Emperador Carlos V, y es hecho en latin; el otro es de la Verdad, escrito en Español, el »qual es tambien traducido en frances por el dicho Cesar».

El Sr. D. José María Sbarbi ha reimpreso esta edición (suprimiendo la novela de Cervantes) en el tomo X y último de su *Refranero General Español* (Madrid, imp. de A. Gómez Fuentenebro, 1778).

(¹) *Carta publicada en «El Correo de Madrid» injuriosa á la buena memoria de Miguel de Cervantes. Reimprimese con notas apologéticas. En Madrid, por D. Antonio de Sancha. Año de M.DCCLXXXVIII.*

(²) *Ambrosio de Salazar et l'étude de l'espagnol en France sous Louis XIII,* por A. Morel-Fatio. París, 1901.

(³) *Las Clavellinas de Recreacion... Les Oeuillets de Recreation. Où sont conteniees sentences, advis, exemples, et Histoires tres agreables pour toutes sortes de personnes desireuses de lire choses curieuses, ès deux langues Françoise et Espagnole. Dedié à Monsieur M. Gobelin, sieur de la Marche, Conseiller du Roy, et Controlleur general de ses finances en la generalité de Rouen. Por Ambrosio de Salazar. A Rouen, chez Adrian Morront, tenant sa boutique dans l' Estre nostre Dame. 1622. Avec Privilege du Roy. 8.º* 6 hs. prles., 366 pp. y una hoja sin foliar.

Las Clavellinas de Recreacion... Por Ambrosio de Salazar... A Brusselles, chez Jean Pepermans Libraire juré, et imprimeur de la Ville, demeurant derire (sic) *icelle Ville a la Bible d'Or. 1625. Avec Grace et Privilege. 8.º*

hablaré más adelante), pueden contarse también entre las fuentes de este libro, poco estimable á pesar de su rareza (¹).

Más interés ofrece, y es sin duda el más útil de los libros de Salazar, á lo menos por los datos que consigna sobre la pronunciación de su tiempo y por las frases que recopila ó interpreta, su *Espejo General de la Gramática en diálogos*, obra bilingüe publicada en Ruán en 1614 y de cuyo éxito testifican varias reimpresiones en aquella ciudad normanda y en París (²). Este *Espejo*, que dio ocasión á una agria y curiosa polémica entre su autor y César Oudín, no es propiamente una gramática ni un vocabulario, aunque de ambas cosas participa, sino un método práctico y ameno para enseñar la lengua castellana en cortísimo tiempo, ya que no en *siete* lecciones, como pudiera inferirse de la portada. La forma del coloquio *escolar*, aplicado primeramente á las lenguas clásicas, y que no se desdeñaron de cultivar Erasmo y Luis Vives, degeneró en manos de los maestros de lenguas modernas, hasta convertirse en el pedestre *manual de conversación* de nuestros días. Y todavía en este género la degradación fue lenta: los *Diálogos familiares* que llevan el nombre de Juan de Luna, aunque no todos le pertenecen, tienen mucha gracia y picante sabor; son verdaderos diálogos de costumbres que pueden leerse por sí mismos, prescindiendo del fin pedagógico con que fueron trazados. Los de Salazar, escritor muy incorrecto en la lengua propia, y supongo que peor en la francesa, valen mucho menos por su estilo y tienen además la desventaja de mezclar la exposición gramatical directa, aunque en dosis homeopáticas, con el diálogo propiamente dicho. De éste pueden entresacarse (como previene el autor) algunas «historias graciosas y sentencias muy de notar»; por ejemplo, una biografía anecdótica del negro Juan Latino, que Morel-Fatio ha reproducido y comenta agradablemente en su estudio (³).

No importa á nuestro propósito, aunque el título induciría á creerlo, el *Libro de flores diversas y curiosas en tres tratados* (París, 1619), en que lo único curioso son algunos modelos de estilo epistolar, sobre el cual poseemos otros formularios más antiguos, castizos ó importantes, como el de Gaspar de Texeda. Salazar había pensado llenar con cuentos la tercera parte de su libro; pero viendo que ocupaban muchas hojas y que su librero no podía sufragar tanto gasto, guardó los cuentos para mejor ocasión y los reemplazó con un diálogo entre un caballero y una dama (⁴).

Podemos suponer que estos cuentos serían los mismos que en número de ochenta

---

(¹) El autor mismo confiesa sin rebozo su falta de originalidad: «Amigo lector, quando leyeres este librillo, ó parte dél, no digas mal de las historias, porque no soy yo el Auctor; solo he servido de intérprete en ellas: de manera que el mal que dijeres no me morderá...»

(²) *Espexo General de la Gramatica en Dialogos, para saber la natural y perfecta pronunciacion de la lengua Castellana. Seruira tambien de Vocabulario para aprenderla con mas facilidad, con algunas Historias graciosas y sentencias muy de notar. Todo repartido por los siete dias de la semana, donde en la séptima son contenidas las phrasis de la dicha lengua hasta agora no vistas. Dirigido á la Sacra y Real Magestad del Christianissimo Rey de Francia y de Nauarra. Por Ambrosio de Salazar. . A Rouen, chez Adrien Morront, dans l' Estre nostre Dame, pres les Changes. 1614. 8.°*

En la obra de Gallardo (m. 3773 á 3775) se describen otras tres ediciones, todas de Ruán (1615, 1622, 1627).

(³) Pág. 73.

(⁴) *Libro de flores diversas y curiosas en tres Tratados... Dirigido al prudentissimo y generoso Señor de Hauquincourt: Mayordomo Mayor de la Christianissima Reyna de Francia. Por A. de Salazar, Secretario, interprete de su Magestad, en la lengua Española, cerca de su Real persona. En Paris. Se venden en casa de David Gil, delante el Cavallo de bronze y sobre el puente nuevo. 1619.*

y tres publicó en 1632, formando la segunda parte de sus *Secretos de la gramática española*, que ciertamente no aclaran ningún misterio filológico. La parte teórica es todavía más elemental que en el *Espejo*, y la parte práctica, los ejercicios de lectura como diríamos hoy, están sacados, casi en su totalidad, de la *Floresta Española* de Melchor de Santa Cruz, según honrada confesión del propio autor: «Lo que me ha movido á hacer imprimir estos quentos ha sido porque veya que un librito que andava por aqui no se podia hallar, aunque es verdad que primero vino de España. Despues se imprimio en Brucelas (sic) en las dos lenguas, y aun creo que se ha impreso aqui en París, y he visto que lo han siempre estimado del todo. Este librito se llama *Floresta española de apoys-temas* (sic) *y dichos graciosos*, del qual y de algunos otros he sacado este tratadillo» (¹).

Salazar, que multiplicaba en apariencia más que en realidad las que apenas podemos llamar sus obras, con cuyo producto, seguramente mezquino, iba sosteniendo su trabajada vejez, formó con estos mismos cuentos un *Libro Curioso, lleno de recreacion y contento*, que es uno de los tres *Tratados propios para los que desseau saber la lengua española* (París, 1643), donde también pueden leerse dos diálogos, no sé á punto fijo si suyos ó ajenos, «entre dos comadres amigas familiares, la una se llama Margarita y la otra Luciana».

Mencionaremos, finalmente, el *Thesoro de diversa licion* (París, 1636), cuyo título parece sugerido por la *Silva de varia leccion* de Pedro Mejía, que le proporcionó la mayor parte de sus materiales, puesto que no creo que Salazar acudiese personalmente á Eliano, Plinio, Dioscórides y otros antiguos á quien se remite (²). El *Thesoro* viene á ser una enciclopedia microscópica de geografía ó historia natural, pero lleva al fin una serie de *Historias verdaderas sucedidas por algunos animales*, que entran de lleno en la literatura novelística. Algunas son tan vulgares y sabidas como la del león de Androcles, pero hay también cuentos españoles que tienen interés *folklórico*. Todos deben de encontrarse en otros libros, pero hoy por hoy no puedo determinar cuáles. La historia del prodigioso perro que tenía un maestro de capilla de Palencia en tiempo de Carlos V se lee en el *Libro del Can y del Caballo* del protonotario Luis Pérez (³), pero con notables variantes. La leyenda genealógica de los Porceles de Murcia, que sirvió á Lope de Vega para su comedia del mismo título (⁴), se encuentra referida en Salazar á Barce-

---

(¹) *Secretos de la Gramatica Española, con vn Tratado de algunos Quentos honestos y graciosos. Obra tanto para el estudio como para echar de si todo enojo y pesadumbre...* 1632. Sin lugar de impresión, probablemente París.

(²) *Thesoro de diversa licion, obra digna de ser vista, por su gran curiosidad; En el qual ay XXII Historias muy verdaderas, y otras cosas tocantes a la salud del Cuerpo humano, como se vera en la tabla siguiente. Con una forma de Gramatica muy prouechosa para los curiosos. . A Paris, chez Louys Boellanger, rüe Sainct Iacques, à l'Image S. Louys. 1636.*

8.° 6 hs. prls. sin foliar, 270 pp. y 4 folios de tabla.

(³) *Del can, y del cavallo, y de sus calidades: dos animales, de gran instincto y sentido, fidelissimos amigos de los hombres. Por el Protonotario Luys Perez, Clerigo, vezino de Portillo. En Valladolid, impresso por Adrian Ghemart. 1568.*

De este raro y curioso libro hizo una elegante reproducción en Sevilla (1888) D. José María de Hoyos, tirando sólo cincuenta ejemplares.

Vid. p. 34, «De un Can que en Palencia vuo de estraño y marauilloso instincto, y cosa jamas oyda: de que al presente ay sin numero los testigos».

(⁴) Véanse las advertencias preliminares que he puesto á esta comedia en el tomo XI de la edición académica de Lope de Vega.

lona, y acaso sea allí más antigua, puesto que en Provenza hallamos la misma leyenda
aplicada á los *Pourcelet*, marqueses de Maiano (Maillane), poderosos señores en la villa
de Arlés, cuyo apellido sonó mucho en las Cruzadas, en la guerra de los Albigenses,
en las Vísperas Sicilianas y en otros muchos sucesos, y de la cual es verosímil que pro-
cediesen el Guarner Porcel, el Porcelín Porcel y el Orrigo Porcel, que asistieron con
D. Jaime á la conquista de Murcia, y están inscritos en el libro de repartimiento de
aquella ciudad, puesto que el blasón de ambos linajes ostenta nueve lechoncillos (¹).

Más curiosa todavía es otra leyenda catalana sobre la casa de Marcús, que Ambrosio
de Salazar nos refiere en estos términos:

«En la decendencia de los Marcuses, linage principal de Cataluña, se lee una Historia de una Cabra y un Cabrito, que aunque fué sueño tubo un estraño effecto, que
un Hidalgo llamado Marcus, por desgracias y vandos de sus antecessores, vino á una
grande pobreza y necessidad, tanto que lo hazia andar muy afligido y cuydadoso pensando cómo podria echar de sí tan pesada carga. Y con tales pensamientos sucedió, que
durmiendo soñó un sueño que si dexava su tierra y se yva á Francia, en una Puente
que está junto á la Ciudad de Narbona hallaria un gran Thesoro. El qual despertando

<hr/>

(¹) Como la versión de Ambrosio de Salazar no ha sido citada (que yo recuerde) en los que han
escrito sobre leyendas de partos monstruosos (asunto de una reciente monografía del profesor danés
Nyrop), y el *Thesoro* es bastante raro, me parece oportuno transcribirla.

Pág. 213, *Historia y cuento donoso sucedido en Barcelona:*

«En la ciudad de Barcelona ay cierto linaje de personas que se llaman los Porceils, que quiere
dezir en la lengua castellana lechones, que tomaron el apellido y sobrenombre destos animales gru-
ñidores por cierto caso que sucedio á dos casados en la dicha ciudad. Y el caso fue que cierta
Señora de mediano estado, se avia persuadido una cosa harto fuera de razon, y es, que le avian
dado á entender que la muger que paria mas que un hijo de una vez era señal de adultera, y que
avia tenido ilicito ayuntamiento con mas de un varon; y viendose preñada y con muy grande
barriga, temió de parir mas que un hijo, porque no la tuviessen por lo que ella indiscretamente avia
pensado. Al fin llegado el parto de esta Señora, sucedio que pario nuebe hijos varones, pues no ay
cosa impossible á la voluntad de Dios. Visto por la parida cosa tan estraña determinó persuadir á la
partera que dissimulasse y no dixesse que avia parido mas que un solo hijo, pensando hazer perecer
á los demas. Con esta mala voluntad, llamó á una criada y mandole que tomasse aquellos ocho niños
y los llevase al campo fuera de la Ciudad y los enterrasse assí vivos. La criada los puso en una
espuerta, y se yva con grande atrevimiento á cumplir el mandado de su ama, y Dios fue servido
que encontró en el camino con su amo, y aviendole preguntado dónde yva y qué llevaba en aquella
espuerta, la criada respondio en su lengua Catalana dixiendo: «Senior porté uns porcells», de do
tomaron el apellido y sobrenombre dels Porcels. El amo desseoso de verlos abatio la espuerta y
halló los ocho niños aun bullendo y muy hermosos, aunque pequeñitos y desmedrados; y viendo la
traycion y mal dessignio luego sospechó lo que podria ser, y preguntado á la criada si su ama avia
parido, respondio que si, dandole larga cuenta de lo que passava, y la causa por que los llevaba á
enterrar. Entonces el padre, como hombre discreto, los dio á criar, sin ser sabido de nadie mas que
de la criada, á quien mandó y amenazó que no descubriesse lo que avia passado, como de hecho lo
cumplió. Al cabo de tres años, el dicho padre en cierto dia mandó aparejar un combite sin que la
muger supiesse para quien se preparava. Ya que todo estava á punto, hizo venir los ocho hijos con
sus amas, sin otros que para el proposito avia combidado. Sentados á la mesa, declaró el padre la
causa del combite, y todo como lo avemos contado, de que no poca afrenta y espanto recibió la
muger, aunque todo mezclado con un grandissimo contento, por ver y entender que aquellos eran
sus hijos, á quien por su falsa imaginacion á penas fueron nacidos quando los tuvo condenados á
muerte. El padre mandó que de ally adelante llamassen á aquellos niños los Porcels, y oy en dia se
llaman assí los descendientes dellos, por lo que la criada dixo quando los llevaba á enterrar que
llevaba porcells, que quiere dezir lechones».

estubo pensando si aquello era sueño ó fantasía. Por entonces no quiso dar credito al
sueño, pero bolviendo otras dos vezes al mesmo sueño determinó yr allá, y provar sueño
y ventura. Estando pues en la dicha Puente un dia entre otros muchos acaeció que
otro hidalgo de aquella ciudad, por la mañana y a la tarde se salia por aquella Puente
passeando; y como notasse y viesse cada dia aquel Estrangero, y que por mucho que
él madrugase ya lo hallava ally, y por tarde que bolviesse tambien, determinó preguntarle la causa, como de hecho se lo preguntó, rogándoselo muy encarecidamente.

  »El hidalgo catalan despues de bien importunado respondió diciendo: «Aveis de
»saber, señor, que un Sueño me ha traydo aqui, y es éste: que si me venia a esta
»Puente avia de hallar en ella un muy grande Thesoro, y esto lo soñé muchas vezes».
El Francés burlándose del Cathalan y de su sueño respondió riendo: «Bueno estuviera
»yo que dexara mi patria y casa por un sueño que soñé los dias passados, y era, que
»si me yva á la Ciudad de Barcelona en casa de uno que se llama Marcus, hallaria
»debajo una escalera un grandíssimo y famoso Thesoro»; el hidalgo catalan, que era el
mesmo Marcus, como oyó el sueño del Francés y su reprehension, se despidió dél sin
dársele á conocer y se bolvió á su casa. Luego que llegó comenzó en secreto á cavar
debajo su escalera considerando que podria aver algun mysterio en aquellos sueños, y
á pocos dias ahondó cavando tanto que vino á descubrir un gran cofre de hierro enterrado ally, dentro del qual halló una Cabra muy grande y un cabrito de oro maciço,
que se creyó que avian sido idolos del tiempo de los Gentiles. Con las quales dos pieças,
aviendo pagado el quinto, salió de miseria, y fué rico toda su vida él y los suyos: y
instituyó cinco capellanias con sus rentas, que estan aun oy dia en la ciudad de Barcelona» (¹).

  No todos los librillos bilingües de anécdotas y chistes publicados en Francia á
fines del siglo XVI y principios del XVII tenían el útil ó inofensivo objeto de enseñar
prácticamente la lengua. Había también verdaderas diatribas, libelos y caricaturas en
que se desahogaba el odio engendrado por una guerra ya secular y por la preponderan-
cia de nuestras armas. A este género pertenecen las colecciones de fanfarronadas y *fieros* en que alternan los dichos estupendos de soldados y rufianes. Escribían ó compila-
ban estos libros algunos franceses medianamente conocedores de nuestra lengua, como
Nicolás Baudoin, autor de las *Rodomuntadas castellanas, recopiladas de diversos autores y mayormente del capitán Escardón Bonbardón*, que en sustancia son el mismo
libro que las *Rodomuntadas castellanas, recopiladas de los commentarios de los muy
aspantosos* (sic), *terribles e invincibles capitanes Metamoros* (sic), *Crocodillo y Raja-
broqueles* (²). Y en algunos casos también cultivaron este ramo de industria literaria

(¹) PP. 195-199, con el título de «Historia verdadera de la cabra y cabron».
(²) París, Pierre Chevalier, 1607, 8.°, 80 pp. (Núm. 2144 de Salvá).
Brunet cita tres ediciones más:
Rodomontades espagnoles, recueillies de divers auteurs, et notamment du capitaine Bonbardon (por
Jac. Gautier). Rouen, Cailloué, 1612.
  —Id. 1623.
  —Id. 1637.
  Algunos de estos libelos miso-hispanos tienen grabados en madera, como el titulado *Emblesmes
sur les actions, perfections et moeurs du Segnor espagnol, traduit du castilien* (Middelburg, por Simon
Molard, 1608. Rouen, 1637). Esta sátira grosera y virulenta está en verso. Vid. Morel-Fatio, *Ambro-
sio de Salazar* (pp. 52-57).

españoles refugiados per causas políticas ó religiosas, como el judío Francisco de Cáceres, autor de los *Nuevos fieros españoles* (¹).

En estos librejos pueden distinguirse dos elementos, el *rufianesco* y el *soldadesco*, ambos de auténtica aunque degenerada tradición literaria. Venía el primero de las *Celestinas*, comenzando por el *Centurio* y el *Traso* de la primera, siguiendo por el *Pandulfo* de la segunda, por el *Brumandilón* de la tercera, por el *Escalión* de la *Comedia Selvagia*, para no mencionar otras. En casi todas aparece el tipo del rufián cobarde y jactancioso, acrecentándose de una en otra los *fieros*, desgarros, juramentos, porvidas y blasfemias que salen de sus vinosas bocas. Algo mitigado ó adecentado el tipo pasó á las tablas del teatro popular con Lope de Rueda, que sobresalía en representar esta figura cómica, la cual repite tres veces por lo menos en la parte que conocemos de su repertorio. El gusto del siglo XVII no la toleraba ya, y puede decirse que Lope de Vega la enterró definitivamente en *El Rufián Castrucho*.

No puede confundirse con el rufián, reñidor de fingidas pendencias y valiente de embeleco, el soldado fanfarrón, el *miles gloriosus*, cuya primera aparición en nuestra escena data de la *Comedia Soldadesca* de Torres Naharro. Este nuevo personaje, aunque tiene á veces puntas y collares rufianescos y pocos escrúpulos en lo que no toca á su oficio de las armas, suele ser un soldado de verdad, curtido en campañas sangrientas, y que sólo resulta cómico por lo desgarrado y jactancioso de su lenguaje. Así le comprendió mejor que nadie Brantôme en el libro, mucho más admirativo que malicioso, de sus *Rodomontades Espaignolles*, donde bajo un título común se reúnen dichos de arrogancia heroica, con bravatas pomposas ó hipérboles desaforadas. El libro de Brantôme más que satírico es festivo, y en lo que tiene de serio fue dictado por la más cordial simpatía y la admiración más sincera. El panegírico que hace del soldado español no ha sido superado nunca. Era un españolizante fervoroso; cada infante de nuestros tercios le parecía un príncipe, y á los ingenios de nuestra gente, cuando quieren darse á las letras y no á las armas, los encontraba «raros, excelentes, admirables, profundos y sutiles». Sus escritos están atestados de palabras castellanas, por lo general bien transcritas, y él mismo nos da testimonio de que la mayor parte de los franceses de su tiempo sabían hablar ó por lo menos entendían nuestra lengua. No sólo le encantaba en los españoles la bravura, el garbo, la bizarría, sino esas mismas fierezas y baladronadas que recopila «belles paroles profferées à l'improviste», que satisfacen su gusto gascón y no hacen más que acrecentar su entusiasmo por esta nación «brave bravasche et vallereuse, et fort prompte d'esprit». Síguese de aquí que aunque Brantôme fuese el inventor del género de las *Rodomontadas*, y el primero que las coleccionó en un libro que no puede llamarse bilingüe, puesto que las conserva en su lengua original sin traducción (²), lo hizo sin la intención aviesa, siniestra y odiosa con que otros las extractaron y acrecentaron en tiempo de Luis XIII.

(¹) Sin lugar, 12.°, 81 pp.
(²) Dice Brantôme en la dedicatoria á la Reina Doña Margarita:
»Je les ay toutes mises en leur langage, sans m'amuser à les traduire, autant par le comman-
»dement que m'en fistes, que par ce que vous en parlez et entendez la langue aussi bien que j'ai
»jamais veu la feuë reyne d'Espaigne vostre sœur (Doña Isabel de la Paz): car vostre gentil esprit
»comprend tout et n'ignore rien, comme depuis peu je l'ai encor mieux cogneu».
(Oeuvres Complètes de Pierre de Bourdeille, abbé séculier de Brantome... Paris, 1842. (Edición

Hora es de que tornemos los ojos á nuestra Península, y abandonando por el momento los libros de anécdotas y chistes, nos fijemos más particularmente en las colecciones de cuentos y narraciones breves que en escaso número aparecen después de Timoneda y antes de Cervantes. Una de estas colecciones está en lengua portuguesa, y si no es la primera de su género en toda España, como pensó Manuel de Faria (¹), es seguramente la primera en Portugal, tierra fertilísima en variantes de cuentos populares que la erudita diligencia de nuestros vecinos va recopilando (²), y no enteramente desprovista de manifestaciones literarias de este género durante los tiempos medios, aunque ninguna de ellas alcance la importancia del *Calila y Sendebar* castellanos, de las obras de D. Juan Manuel ó de los libros catalanes de Ramón Lull y Turmeda (³).

El primer cuentista portugués con fin y propósito de tal es contemporáneo de Timoneda, pero publicó su colección después del *Patrañuelo*. Llamábase Gonzalo Fernandes Trancoso, era natural del pueblo de su nombre en la provincia de Beira, maestro de letras humanas en Lisboa, lo cual explica las tendencias retóricas de su estilo, y persona de condición bastante oscura, apenas mencionado por sus contemporáneos. Aparte de los cuentos, no se cita más trabajo suyo que un opúsculo de las «fiestas movibles» *(Festas mudaveis)*, dedicado en 1570 al Arzobispo de Lisboa.

A semejanza de Boccaccio, á quien la peste de Florencia dio ocasión y cuadro para enfilar las historias del *Decameron*, Trancoso fue movido á buscar algún solaz en la composición de las suyas con el terrible motivo de la llamada *peste grande* de Lisboa en 1569, á la cual hay varias referencias en su libro. En el cuento 9.° de la 2.ª parte, dice: «Assi a exemplo deste Marquez, *todos os que este anno de mil e quinhentos e*

---

del *Panteón Literario).* Tomo II. Las *Rodomontades Espaignolles,* con el aditamento de los *Sermens et Jurons Espaignols,* ocupan las 67 pp. primeras de este tomo.

Investigar las fuentes de las *Rodomontadas* de Brantôme es tarea que atañe á alguno de los doctos hispanistas con que hoy cuenta Francia.

(¹) «El primer libro de novelas en España fue el que llaman de Trancoso» *(Europa Portuguesa,* 2.ª ed., 1680, tom. III, pág. 372).

(²) No dudo que en las provincias de lengua castellana puedan recogerse tantas ó más, pero hasta ahora los portugueses y también los catalanes han mostrado en esto más actividad y diligencia que nosotros. Sólo de Portugal recuerdo las siguientes colecciones, todas importantes:

Contos populares portuguezes, «colligidos por F. A. Coelho» (Lisboa, 1879).

Portuguese Folk-Tales, «collected by Consiglieri Pedroso, and translated from original Ms. by Henriqueta Monteiro, with an introduction by W. R. S. Ralston» (Londres, 1882).

Contos tradicionaes do povo portuguez, «con uma Introducção e Notas comparativas, por Theophilo Braga» (Porto, 1883, 2 tomos).

Contos nacionaes para crianças, por F. A. Coelho (Porto, 1883).

Contos populares do Brazil, «colligidos pelo Dr. Sylvio Romero» (Lisboa, 1885).

Contos populares portuguezes, «recolhidos por Z. Consiglieri Pedroso» (tomo XIV de la *Revue Hispanique,* 1906).

(³) Ya en el primer tomo de estos ORÍGENES DE LA NOVELA (p. XXXVI) hemos hecho mérito de la traducción portuguesa del *Barlaam y Josafat,* conservada en un códice de Alcobaza, debiendo añadir aquí la noticia de su edición, que entonces no teníamos *(Texto critico da lenda dos santos Barlaão e Josafate,* por G. de Vasconcellos Abreu, Lisboa, 1898). Hubo también en Alcobaza y otros monasterios libros de ejemplos como el *Orto do Sposo,* del cisterciense Fr. Hermenegildo Tancos (vid. ORÍGENES, p. CIV). T. Braga, en su colección ya citada (II, 38-59) reproduce algunos de estos cuentos, entre los cuales sobresalen el ejemplo alegórico de la Redención (n. 132), que parece inspirado por las leyendas del Santo Graal; y los temas históricos de la justicia de Tra-

»*sessenta e nove*, nesta peste perdemos mulheres, filhos e fazenda, nos esforçaremos e
»não nos entristeçamos tanto, que caiamos em caso de desesperação sem comer e sem
»paciencia, dando occasião a nossa morte». Trancoso hizo la descripción de esta peste,
no en un proemio como el novelista florentino, sino en una *Carta* que dirigió á la
Reina Doña Catalina, viuda de D. Juan III y Regente del Reino. En esta carta, que
sólo se halla en la primera y rarísima edición de los *Contos* de 1575 y fue omitida
malamente en las posteriores, refiere Trancoso haber perdido en aquella calamidad á
su mujer, á su hija, de veinticuatro años, y á dos hijos, uno estudiante y otro niño de
coro. Agobiado por el peso de tantas desdichas, ni siquiera llegó á completar el número de cuentos que se había propuesto escribir. De ellos publicó dos partes, que en
junto contienen veintiocho capítulos. Una tercera parte póstuma, dada á luz por su hijo
Antonio Fernandes, añade otros diez.

Con el deseo de exagerar la antigüedad de los *Contos e historias de proveito e
exemplo*, supone Teófilo Braga que Trancoso había comenzado á escribirlos en 1544 ([1]).
Pero el texto que alega no confirma esta conjetura, puesto que en él habla Trancoso
de dicho año como de tiempo pasado: «e elle levaba consigo duzentos e vinte reales
de prata, *que era isto o anno de 1544, que havia quasi tudo reales*». Me parece evidente que Trancoso no se refiere aquí al año en que él escribía, sino al año en que
pasa la acción de su novela. Tampoco hay el menor indicio de que la Primera Parte se
imprimiese suelta antes de 1575, en que apareció juntamente con la Segunda, reim-
primiéndose ambas en 1585 y 1589. La tercera es de 1596 ([2]). No cabe duda, pues, de

jano (n. 133), y de Rosimunda y Alboino (n. 149); algunas leyendas religiosas, que tienen sus paradigmas en las cantigas del Rey Sabio, como la del diablo escudero (n. 145) y la del caballero que
dio su mujer al diablo (n. 144). Otros pertenecen al fondo común de la novelística, como el de la
prueba de los amigos (*Disciplina Clericalis, Gesta Romanorum, Conde Lucanor...*) y alguno, como
el «de la buena andanza de este mundo» (n. 139), subsiste todavía en la tradición popular. El texto
de la Edad Media es muy curioso, porque viene á acrecentar el número de leyendas que se desenla-
zan por medio de convites fatídicos:

Un caballero, arrastrado por la insaciable codicia de la dama á quien servía, mata alevosamente
á un mercader y le roba toda su hacienda. Emplazado por una voz sobrenatural para dentro de
treinta años si no hace penitencia, edifica en un monte unas casas muy nobles y muy fuertes y
busca en aquella soledad el olvido de su crimen. «Y estando él un día en aquel lugar comiendo con
su mujer y con sus hijos y con sus nietos en gran solaz con la buena andanza de este mundo, vino
un juglar y el caballero le hizo sentar á comer. Y en tanto que él comia, los sirvientes destemplaron
el instrumento del juglar y le untaron las cuerdas con grasa. Y acabado el yantar, tomó el juglar su
instrumento para tañerle, y nunca le pudo templar. Y el caballero y los que con él estaban comenzaron á escarnecer del juglar, y lanzáronle fuera de los palacios con vergüenza. Y luego vino un
viento grande como de tempestad y derribó las casas y al caballero con todos los que allí estaban. Y
fue hecho un grande lago. Y paró mientes el juglar tras de sí, y vió en cima del lago andar nadando
unos guantes y un sombrero, que se le quedaron en la casa del caballero, cuando le lanzaron
de ella».

Acrecientan el caudal de la primitiva novelística portuguesa las curiosísimas leyendas genealó-
gicas consignadas en el Nobiliario del Infante D. Pedro, sobre el cual nos referimos á lo que largamente queda dicho en el primer tomo.

([1]) *Contos tradicionaes do povo portuguez*, II, 19.

([2]) Sobre la fe de Teófilo Braga cito la edición de 1575, que no he visto ni encuentro descrita
en ninguna parte. Brunet dio por primera la de 1585 (Lisboa, por Marcos Borges, 1585, dos partes
en un volumen en 4.º, la primera de 2 + 50 pp. y la segunda de 2 + 52). Tampoco he visto ésta ni

la prioridad de Timoneda, cuyas *Patrañas* estaban impresas desde 1566, tres años antes de la peste de Lisboa. No creo, sin embargo, que Trancoso las utilizase mucho. Las grandes semejanzas que el libro valenciano y el portugués tienen en la narración de Griselda quizá puedan explicarse por una lección italiana común, algo distinta de las de Boccaccio y Petrarca.

Trancoso adaptó al portugués varios cuentos italianos de Boccaccio, Bandello, Stra-

la de Lisboa, 1589 (por Juan Alvares), á la cual se agregó la tercera parte impresa en 1596 por Simón Lopes. Nuestra Biblioteca Nacional sólo posee cinco ediciones, todas del siglo XVII, y al parecer algo expurgadas.

—*Primeira, segunda e terceira parte dos contos e historias de proveito e exemplo. Dirigidos a Senhora Doña Ioana D'Alburquerque, molher que foy do Viso Rey da India, Ayres de Saldanha. E nesta impressão vão emendados.* (A continuación estos versos):

    «Diversas Historias, et contos preciosos,
    Que Gonçalo Fernandez Trancoso ajuntou,
    De cousas que ouvio, aprendeo, et notou,
    Ditos et feytos, prudentes, graciosos:
    Os quaes com exemplos bôs et virtuosos,
    Ficão en partes muy bem esmaltados:
    Prudente Lector, lidos, et notados,
    Creo achareis que sam proveitosos.

Anno 1608. Com licença da Sancta Inquisiçam. Em Lisboa. Per Antonio Alvarez.
4.°, 4 hs. prls. y 68 pp. dobles.
Aprobación de Fr. Manuel Coelho (9 de agosto de 1607).—Licencia de la Inquisición.—Escudo del Impresor.—Dedicatoria del mismo Antonio Alvarez á doña Juana de Alburquerque (29 de mayo de 1608).—Soneto de Luis Brochado, en alabanza del libro.
Tiene este volumen tres foliaturas, 52 pp. dobles para la 1.ª parte, 58 para la 2.ª, 68 para la 3.ª Al principio de la segunda hay estos versos:

    Se a parte primeira, muy sabio Lector,
    Vistes e lestes da obra presente,
    Lede a segunda, que muy humilmente,
    Aqui vos presenta agora o Auctor:
    Pedevos muito, pois sois sabedor
    Mostreis, senhor, ser discreto, prudente,
    Suprindo o que falta, de ser eloquente,
    Com-vossa eloquencia, saber e primor.

Procede este raro ejemplar de la biblioteca de D. Pascual de Gayangos.
—*Primeira, segunda e terceira Parte dos Contos e Historias de Proveito, e exemplo... Anno 1624. Com todas as licenças et approuações necessarias. Em Lisboa. Por Iorge Rodrigues. Taixado em papel em seis vintens.*
4.°, 4 hs. prls. y 140 pp. dobles.
Aprobación de Fr. Antonio de Sequeyra (16 de marzo de 1620). De ella se infiere que además de las enmiendas que llevaba la edición anterior, se suprimió un pasaje en la Tercera Parte.—Licencias, Tasa, etc.—Soneto de Luis Brochado.—Tabla.
Procede de la biblioteca de D. Agustín Durán.
—*Anno 1633. Com todas as licenças e aprouações necessarias- Em Lisboa. Por Iorge Rodriguez. Taixado na mesa do Paço a seis vintens em papel.*
Edición idéntica á la anterior.
—*Anno de 1646... Em Lisboa, por Ant.° Alvares, Impressor del Rey N. S.*
8.°, 381 pp. de texto y tres de tabla. A la vuelta de la portada van las licencias y el soneto de Luis Brochado.
—*Historias proveitosas. Primeira, segunda e terceira parte. Que contem Contos de proveito et exem-*

parola y Giraldi Cinthio, pero lo que caracteriza su colección y la da más valor *folkló-*
rico que á la de Timoneda es el haber acudido con frecuencia á la fuente de la tradición oral. La intención didáctica y moralizadora predomina en estos cuentos, y algunos
pueden calificarse de ejemplos piadosos, como el «del ermitaño y el salteador de caminos», que inculca la necesidad del concurso de las buenas obras para la justificación,

plo, para boa educaçam da vida humana. Compostos per Gonzalo Fernandez Trancoso. Leva no fin a
Policia e Urbanidade Christian. Em Lisboa, na officina de Domingos Carneiro, 1681.
8.°, 343 pp.

La última obra que se cita en la portada tiene distinta paginación y frontis, que dice:
Policia e Urbanidade Christiam. Composta pelos PP. do Collegio Monipontano da Companhia de
Jesu, e traduzida per Joam da Costa, Lisboa, 1681.

Tanto esta edición, como la anterior, llevan intercalado, entre la portada y el texto de los cuentos, un pequeño Catecismo, que atestigua la gran popularidad del libro de Trancoso, al cual acompañaba *(Breve Recopilaçam da Doctrina dos Misterios mais importantes de nossa Sancta Fe, a qual*
todo o Christão he obrigado saber e crer com Fe explicita, quer dizer conhecimento distincto de cada
hum: recopilado pelo P. Antonio Rebello, irmão professo da S.ª Ordem de Nossa Senhora do Carmo).

Además de estas ediciones existen, por lo menos, las siguientes, enumeradas por Inocencio da
Silva, en su *Diccionario bibliographico portuguez* (III, 155-156; IX, 427).

—Coimbra, por Thomé Carvalho, 1600, 8.°

—Lisboa, por Antonio Craesbeck de Mello, 1671.

—Por Felipe de Sousa Villela, 1710.

—*Historias proveitosas: Primeira, segunda e terceira parte; que contem contos de proveito e exem-*
plo, para boa educação da vida humana. Leva no fim a Policia e urbanidade christã. Lisboa, na off. de
Filippe de Sousa Villela, 1722. 8.°, XVI + 383 pp.

—Por Manuel Fernandes da Costa, 1734, 8.°

En su ya citada obra *Contos tradicionaes do povo portuguez* (II, pp. 63-128) ha reproducido
Teófilo Braga diez y nueve cuentos de la colección de Trancoso, ilustrándolos con curiosas notas y
paradigmas. En todos ellos el erudito profesor suprime las moralidades y divagaciones retóricas de
Trancoso y abrevia mucho el texto. Tanto de estos cuentos, como de los que omite, pondré el índice
por el orden que tienen en las ediciones del siglo XVII, únicas que he podido manejar

Parte 1.ª

«Conto primeiro. Que diz que todos aquelles que rezão aos Sanctos que roguem por elles, tem
necessidade de fazer de sua parte por conformarse com o que querem que os Sanctos lhe alcancem.
Tratase hũa Historia de hum Ermitão, et hum Salteador de caminhos» (Está en Braga, n. 151).

Cont. II. «Que as filhas devem tomar o conselho da sua boa may, e fazer seus mandamentos.
Trata de hũa que o não fez, e a morte desastrada que ouve» (Braga, n. 152).

Cont. III. «Que as donzellas, obedientes, devotas e virtuosas, que por guardar sua honra se
aventurão a perigo da vida, chamando por Deos, elle les acode. Trata de hũa donzella tal que he
digno de ser lido» (Braga, n. 153).

Cont. IV. «Que diz que as zombarias são perjudiciaes, e que he bom não usar delles, concluesse
autorizado com hum dito grave».

Es meramente un dicho sentencioso de un caballero de la Corte de D. Juan III: «Senhor, não
»zombo, porque o zombar tem resposta».

Cont. V. «Trata do que aconteceo en hũa barca zombando, e hũa resposta sotil».

Son zumbas y motejos entre un corcobado y un narigudo, que acabaron mal.

Cont. VI. «Que en toda parceria se deve tratar verdade, porque o engano ha se de descobrir, e
deixa envergonhado seu mestre. Trata de dous rendeiros».

Historia insulsa que tiende á recomendar la buena fe en los contratos.

Cont. VII. «Que aos Principes convem olhar por seus vassalos, para lhe fazer merce. E os des-
pachadores sempre devem folgar disso, e não impedir o bõ despacho das partes. Trata hum dito gra-
vissimo de hum Rey que Deos tem».

Un Rey justiciero da á un mancebo de Tras os Montes el cargo de contador del almojarifazgo

aunque sin el profundo sentido teológico que admiramos en la parábola dramática de *El Condenado por desconfiado*, ni la variedad y riqueza de su acción, cuyas raíces se esconden en antiquísimos temas populares. Otros enuncian sencillas lecciones de economía doméstica y de buenas costumbres, recomendando con especial encarecimiento la honestidad y recato en las doncellas y la fidelidad conyugal, lo cual no deja de contrastar con la ligereza de los *novellieri* italianos, y aun de Timoneda, su imitador. El

que tenía su padre, y haciéndole alguna observación su veedor de Hacienda sobre la inutilidad del cargo, le replica: «Se nos não havemos mister o contador, o mancebo ha mister o officio».

Cont. VIII. «Que os Prelados socorram com suas esmolas a seus subditos, e os officiaes de sua casa lhe ajudem. Trata de hum Arcebispo e seu veador».

El Arzobispo de Toledo de quien se trata es D. Alonso Carrillo, y el cuento procede de la *Floresta Española*, como decimos en el texto: «Vos faço saber que estes que me servem ham de ficar em casa, porque eu os ey mister, e estes que me não servem, tambem ficarão, porque elles me ham mister a mi».

Cont. IX. «Que ha hum genero de odios tam endurecido que parece enxerido pello demonio. Trata de dous vezinhos envejosos hum do outro» (Braga, II, 154).

Cont. X. «Que nos móstra como os pobres com pouca cousa se alegram. E he hum dito que disse hum homen pobre a seus filhos» (Braga, II).

Cont. XI. «Do que acontece a quem quebranta os mandamentos de seu pay, e o proveyto que vem de dar esmolla, e o dano que socede aos ingratos. Trata de hum velho e seu filho» (Braga, II, 157, con el título de *O segredo revelado*).

Cont. XII. «Que offerecèndosemos gostos ou perda, o sentimento ou nojo seja conforme a causa, concluindo com elle. Trata hum dito de hum Rey que mandou quebrar hũa baixella».

Cont. XIII. «Que os que buscam a Deos sempre o achão. Trata de hum hermitan, e hum pobre lavrador que quis antes un real bem ganhado que cento mal ganhados» (Braga, n. 156).

Cont. XIV. «Que todo tabellião e pessoa que da sua fe em juizo, deve attentar bem como a da. Trata hũa experiencia que fez hum senhor para hum officio de Tabellião» (Braga, n. 158).

Cont. XV. «Que os pobres não desesperem nas demandas que lhe armão tyrannos. Trata de dous irmãos que competiam em demanda hum com outro, e outras pessoas» (Braga, 159).

Cont. XVI. «Que as molheres honradas e virtuosas devem ser calladas. Trata de hũa que fallou sem tempo e da reposta que lhe derão.

Anécdota insignificante, fundada en el dicho de una mujer de Llerena.

Cont. XVII. «Como castiga Deos accusadores, e liura os innocentes. Trata de hum Comendador que foy com falsidade accusado diante del Rey» (Braga, n. 160, con el título de *Don Simão*).

Cont. XVIII. «De quam bom he tomar conselho com sabedores e usar delle. Trata de hum mancebo que tomou *tres conselhos*, e o sucesso» (Braga, n. 161).

Cont. XIX. «Que he hũa carta do Autor a hũa senhora, com que acaba a primeira parte destas historias e contos de proveito e exemplo. E logo começa segunda, em que estão muitas historias notaveis, graciosas, e de muito gosto, como se vera nella».

Parte 2.ª

Cont. I. «Que trata quanto val a boa sogra, e como por industria de hũa sogra esteve a nora bem casada com o filho que a aborrecia» (Braga, n. 162).

Cont. II. «Que diz que honrar os Sanctos e suas Reliquias, e fazerlhe grandes festas he muito bem, e Deos e os Sanctos o pagão. Trata de hum filho de hum mercador, que con ajuda de Deos e dos Sanctos veo a ser Rey de Inglaterra».

Cont. III. «Que diz nos conformemos com a vontade do Senhor. Trata de hum Medico que dizia: Tudo o que Deos fez he por melhor» (Braga, n. 163).

Cont. IV. «Que diz que ninguem arme laço que não caya nelle. Trata de hum que armou hũa trampa para tomar a outro, e cahio elle mesmo nella».

Cont. V. «Que diz que a boa mulher he joya que não tem preço, e he melhor para o homen que toda a fazenda e saber do mundo como se prova claro ser assi no discurso do conto».

Es un largo ejemplo moral.

tono de la coleccioncita portuguesa es constantemente grave y decoroso, y aun en esto revela sus afinidades con la genuina poesía popular, que nunca es inmoral de caso pensado, aunque sea muchas veces libre y desnuda en la dicción.

El origen popular de algunos de estos relatos se comprueba también por los refranes y estribillos, que les sirven de motivo ó conclusión, v. gr.: «A moça virtuosa—Deus

Cont. VI. «Que não confie ninguem em si que sera bom, porque ja o tem promettido: mas andemos sobre aviso fugindo das tentações. Trata hum dito de hum arraez muito confiado».

Cont. VII. «Que não desesperemos nos trabalhos, e confiemos em Deos que nos proverá, como fez a huma Rainha virtuosa con duas irmãas que o não erão, do que se trata no conto seguinte» (Braga, n. 164).

Cont. VIII. «Que o poderoso não seja tyranno, porque querendo tudo, não alcança o honesto e perde o que tem. Como se ve em hūa sentença sotil em caso semelhante» (Braga, n. 165).

Cont. IX. «Que diz que conformes com a vontade de Deos nosso Senhor lhe demos louvores e graças por tudo o que faz. Trata de hum dito do Marquez de Pliego, em tempo del Rey Don Fernando Quinto de Castella».

Terceira parte.

Cont. I. «Que todos sejamos sojeitos a razam, e por alteza de estado não ensoberbeçamos, nem por baixeza desesperamos. Trata de hū Principe, que por soberbo hum seu vassallo pos as mãos nelle, e o sucesso do caso he notavel» (Braga, n. 166).

Cont. II. «Que quem faz algum bem a outro, não lho deve lançar em rosto, e que sempre se deve agradecer a quem nos da materia de bem obrar».

Trátase de una carestía de Córdoba. Este cuento, ó más bien dicho sentencioso y grave contra los que echan en cara los beneficios recibidos, parece de origen castellano.

Cont. III. «Que diz quanto val o juizo de hum homen sabio, e como por hum Rey tomar con elle, o tirou de huma duvida em que estava com hum seu barbeiro» (Braga, n. 168).

El Rey invita á su barbero á que le pida cualquier merced, prometiendo concedérsela. El barbero le pide la mano de la princesa su hija. Sorprendido el rey de tal petición, consulta con un sabio, el cual le aconseja que mande abrir la tierra en el sitio donde había estado el barbero, porque sin duda habría puesto los pies sobre un gran tesoro, que le daba humos para aspirar tan alto. El tesoro aparece en efecto, y el rey lo reparte entre el barbero y el letrado que dio tan buen consejo. Ignoro el origen de este absurdo cuento.

Cont. IV. «Trata como dous mancebos se quiseran em estremo grao, e como hum delles por guardar amizade se vio em grandes necessidades, e como foy guardado do outro amigo».

Cont. V. «Que inda que nos vejamos em grandes estados não nos ensoberbeçamos, antes tenhamos os olhos onde nacemos para merecer despois a vir a ser grandes senhores, como aconteceo a esta Marqueza de que he o conto seguinte». (Braga, n. 107, con el título de *Constancia de Griselia*).

Cont. VI. «Em que mostra de quanto preço he a virtude nas molheres, especialmente nas donzelas, e como hūa pobre lavradora por estimar sua honra em muyto, veo a ser grande senhora».

Cont. VII. «Neste conto atraz tratei hūa grandeza de animo que por comprir justiça usou Alexandre de Medices Duque de Florença com hūa pobre Donzela, e porque este he de outra nobreza sua que usou com hūa pobre viuva, a qual he o seguinte» (Braga, n. 169, *O achado da bolsa*).

Cont. VIII. «Em que se conta que estando hūa Raynha muyto perseguida e sercada em seu Reyno, foy liurada por hum cavaleyro de quem ella era en estremo enemiga, e ao fim veio a casar com elle».

Cont. IX. «Que mostra de quanta perfeição he o amor nos bōs casados, e como hum homen nobre se pos em perigo da morte por conservar a hōra de sua molher, e por a liurar das miserias em que vivia, e como lhe pagou com o mesmo amor».

Cont. X. «Em o qual se trata de hum Portuguez chegar a cidade de Florença, e o que passou com o Duque senhor della, com hūa peça que lhe deu a fazer, o qual he exemplo muy importante para officiaes».

a esposa» (cont. III); «minha mãe, calçotes» (cont. X), y otros dichos que son tradicionales todavía en Oporto y en la región del Miño.

Algunas de las anécdotas recogidas por Trancoso son meramente dichos agudos y sentenciosos que corrían de boca en boca, y no todos pueden ser calificados de portugueses. Así el conocido rasgo clásico de la vajilla mandada romper por Cotys, rey de Tracia, que aquí se encuentra aplicado á un rey de España. La fuente remota pero indisputable de esta anécdota, que pasó á tantos centones, es Plutarco en sus *Apotegmas*, que andaban traducidos al castellano desde 1533. Es verosímil, además, que Trancoso manejase la *Floresta Española* de Melchor de Santa Cruz, impresa un año antes que los *Contos*, pues sólo así se explica la identidad casi literal de ambos textos en algunas anécdotas y dichos de personajes castellanos. Puede compararse, por ejemplo, el cuento 8.° de la *Parte Primeira* del portugués con éste, que figura en el capítulo III de la colección del toledano:

«Un contador de este Arzobispo (D. Alonso Carrillo) le dixo que era tan grande el gasto de su casa, que ningún término hallaba cómo se pudiese sustentar con la renta que tenia. Dixo el Arzobispo: «¿Pues qué medio te parece que se tenga?» Respondió el Contador: «Que despida Vuestra Señoria aquellos de quien no tiene necesidad». Mandóle el Arzobispo que diese un memorial de los que le sobraban, y de los que se habian de quedar. El Contador puso primero aquellos que le parecian á él más necesarios y en otra memoria los que no eran menester. El Arzobispo tuvo manera como le diese el memorial delante de los más de sus criados, y leyéndole, dixo: «Estos queden, que yo »los he menester; esotros ellos me han menester á mí» (¹).

También pertenece á la historia castellana este dicho del Marqués de Priego, viendo asolada una de sus fortalezas por mandado del Rey Católico: «Bendito y alabado sea Dios que me dió paredes en que descargase la ira del Rey». (Cont. IX, parte 1.ª de Trancoso.)

· Llegando á los cuentos propiamente dichos, á las narraciones algo más extensas, que pueden calificarse de novelas cortas, es patente que el autor portugués las recibió casi siempre de la tradición oral, y no de los textos literarios. Por eso y por su relativa antigüedad merecen singular aprecio sus versiones, aun tratándose de temas muy conocidos, como el «del Rey Juan y el abad de Cantorbery» (que aquí es un comendador llamado D. *Simón*), ó el de «la prueba de las naranjas», ó el de «los tres consejos», parábola de indiscutible origen oriental, que difiere profundamente de todas las demás variantes conocidas y ofrece una peripecia análoga á la leyenda del paje de la Reina Santa Isabel (²).

Todavía tienen más hondas raíces en el subsuelo misterioso de la tradición primitiva, común á los pueblos y razas más diversas, otros cuentos de Trancoso, por ejemplo, el de la reina virtuosa y la envidia de sus hermanas, que la acusan de parir diversos monstruos, con los cuales ellas suplantan las criaturas que la inocente heroína va dando á luz. Innumerables son los paradigmas de esta conseja en la literatura oral de todos los países, como puede verse en los eruditísimos trabajos de Reinhold Köhler

---

. (¹) Página 11 de la edición de Francisco Asensio.

(²) Vid. E. Cosquin, *La Légende du Page de Sainte Elisabeth de Portugal et le conte indien des «Bons Conseils»*, en la *Revue de Questions Historiques*, enero de 1903.

y de Estanislao Prato (¹), que recopilan á este propósito cuentos italianos, franceses, alemanes, irlandeses, escandinavos, húngaros, eslavos, griegos modernos, en número enorme. Sin salir de nuestra Península, la encontramos en Andalucía, en Portugal, en Cataluña, y ni siquiera falta una versión vasca recogida por Webster (²). La novelística literaria ofrece este tema con igual profusión en *Las Mil y una noches*, en Straparola (n. 4, fáb. III); en la *Posilecheata* del obispo Pompeyo Sarnelli, publicada por Imbriani (cuento tercero); en Mad. D'Aulnoy, *La Princesse Belle-Etoile et le prince Chévi*. Carlos Gozzi le transportó al teatro en su célebre *fiaba filosofica «L'Augellino belverde»*, y D. Juan Valera le rejuveneció para el gusto español con la suave y cándida malicia de su deleitable prosa. Un nexo misterioso pero indudable, ya reconocido por Grimm, enlaza este cuento con el del caballero del Cisne y con las poéticas tradiciones relativas á Lohengrin. Tan extraordinaria y persistente difusión indica un simbolismo primitivo, no fácil de rastrear, sin embargo, aun por la comparación de las versiones más antiguas. La de Trancoso conserva cierta sencillez relativa, y no está muy alejada de las que Leite de Vasconcellos y Teófilo Braga han recogido de boca del pueblo portugués· en nuestros días.

Persisten del mismo modo en la viva voz del vulgo el cuento del *real bien ganado* que conduce á un piadoso labriego al hallazgo de una piedra preciosa, y el de «quien todo lo quiere, todo lo pierde», fundado en una estratagema jurídica que altera el valor de las palabras. Y aunque todavía no se hayan registrado versiones populares de otras consejas, puede traslucirse el mismo origen en la de «la buena suegra», que tanto contrasta con el odioso papel que generalmente se atribuye á las suegras en cuentos y romances, y que en su desarrollo ofrece una situación análoga á la astucia empleada en la comedia de Shakespeare *All's well that ends well*, cuyo argumento está tomado, como se sabe, del cuento decameroniano de Giletta de Narbona (n. 9, giorn. III). Obsérvese que Trancoso conocía también á Boccaccio, pero en este caso no le imita, sino que coincide con él.

De *El Conde Lucanor* no creemos que tuviese conocimiento, puesto que la edición de Argote es del mismo año que la primera de los *Contos;* pero en ambas colecciones es casi idéntico el ejemplo moral que sirve para probar la piadosa máxima: «Bendito sea Dios, ca pues él lo fizo, esto es lo mejor»; salvo que en Trancoso queda reducido á la condición de médico el resignado protagonista de la pierna quebrada, que en la anécdota recogida por D. Juan Manuel tiene un nombre ilustre: D. Rodrigo Meléndez de Valdés, «caballero mucho honrado del reino de León». Los nombres y circunstancias históricas es lo primero que se borra en la tradición y en el canto popular.

El cuento «del hallazgo de la bolsa» se halla con circunstancias diversas en Sercambi, en Giraldi Cinthio y en Timoneda (³); pero la versión de Trancoso parece independiente y popular, como lo es también el cuento de «los dos hermanos», que en al-

---

(¹) A las comparaciones hechas por el primero en sus notas á los *Awarische Texte* de A. Schiefner (n. 12) hay que añadir la monografía del segundo sobre *Quatro Novelline popolari livornesi* (Spoleto, 1880). Una nota de Teófilo Braga, que excuso repetir (II, 192-195), resume estas indagaciones. Pero para estudiarlas á fondo, habrá que recurrir siempre á los fundamentales trabajos de Köhler (*Kleinere Schriften zur Märchenforschung von Reinhold Köhler. Herausgegeben von Iohannes Bolte*, Weimar, 1898, pp. 118, 143, 565 y ss.).

(²) *Basque Legends: collected, chiefly in the Labourd, by Rev. Wentworth Webster...* Londres, 1879, pág. 176.

(³) Recuérdese lo que hemos dicho en la página LVII, nota 2.ª

guna de sus peripecias (el pleito sobre la cola de la bestia, transportado por Timoneda
á la *patraña* sexta y no olvidado por Cervantes en *La Ilustre Fregona*), pertenece al
vastísimo ciclo de ficciones del «justo juez», que Benfey y Köhler han estudiado minu-
ciosamente comparando versiones rusas, tibetanas, indias y germánicas.

La parte de invención personal en los cuentos de Trancoso debe de ser muy exigua,
aun en los casos en que no puede señalarse derivación directa. Nadie le creerá capaz de
haber inventado un cuento tan genuinamente popular como el «del falso príncipe y el
verdadero», puesto que son *folklóricos* todos sus elementos: la fuerza de la sangre, que
se revela por la valentía y arrojo en el verdadero príncipe, y por la cobardía en el falso
ó intruso, y el casamiento del héroe con una princesa, que permanece encantada durante
cierto tiempo, en forma de vieja decrépita. Cuando Trancoso intenta novelar de propia
minerva, lo cual raras veces le acontece, cae en lugares comunes y se arrastra langui-
damente. Tal le sucede en el cuento del hijo de un mercader, que en recompensa de su
piedad llegó á ser rey de Inglaterra (cuento II de la 2.ª parte). Trancoso parece haberle
compaginado con reminiscencias de libros caballerescos, especialmente del *Oliveros de
Castilla*. Es una nueva versión del tema del muerto agradecido. Los agradecidos son
aquí dos santos, cuyas reliquias había rescatado en Berbería el héroe de la novela, y que
con cuerpos fantásticos le acompañan en su viaje y le hacen salir vencedor de las justas en que conquista la mano de la princesa de Inglaterra.

Los cuentos de Trancoso en que debe admitirse imitación literaria son los menos.
De Boccaccio trasladó, no sólo la *Griselda*, sino también la historia de los fieles amigos
Tito y Gisipo *(Decameron*, giorn. X, n. 8), transportando la acción á Lisboa y Coimbra.
De Bandello, la novela XV de la Parte 2.ª, en que se relata aquel acto de justicia del
Duque Alejandro de Médicis, que sirve de argumento á la comedia de Lope de Vega
La Quinta de Florencia ([1]). De las *Noches* de Straparola tomó, recortándola mucho,
la *primera* novela, que persuade la conveniencia de guardar secreto, especialmente con
las mujeres, y de ser obediente á los consejos de los padres. El cuento está muy abre-
viado, pero no empeorado, por Trancoso, y el artificio de simular muerto un neblí ó
halcón predilecto del Marqués de Monferrato, para dar ocasión á que la mujer impru-
dente y ofendida delate á su marido y ponga en grave riesgo su vida, es nota caracte-
rística de ambas versiones, y las separa de otras muchas ([2]), comenzando por la del
Gesta Romanorum ([3]).

([1]) Part. 1.ª, nov. XIV. «Alessandro duca di Firenze fa che Pietro sposa una mugnaja che
aveva rapita, e le fa far molto ricca dote».

En el cuento siguiente de Trancoso (VII de la 3.ª Parte) hay alguna reminiscencia (pero sólo al
principio) de la novela XV, parte 2.ª, de Bandello («Bell' atto di giustizia fatto da Alessandro Medici,
duca di Firenze contra un suo favorito cortegiano»).

([2]) En las notas de Valentín Schmidt á su traducción alemana de algunas novelas de Straparola
puede verse una indicación de ellas.

*Märchen-Saal. Sammlung alter Märchen mit Anmerkungen; herausgegeben von Dr. Friedr. Wilh-
Val. Schmidt. Erster Band. Die Märchen des Straparola*, Berlin, 1817.

Pero es mucho más completo el trabajo de G. Rua, *Intorno alle «Piacevoli Notti» dello Straparola (Giornale Storico della letteratura italiana*, vol. XV y XVI, 1890).

([3]) Cap. 124. «Quod mulieribus non est credendum, neque archana committendum, quoniam
tempore iracundiae celare non possunt». Ed. Oesterley, p. 473. Trae copiosa lista de paradigmas en
la página 732.

Giraldi Cinthio suministró á la colección portuguesa dos novelas, es á saber, la quinta de la primera década, en que el homicida, cuya cabeza ha sido pregonada, viene á ponerse en manos de la justicia para salvar de la miseria á su mujer ó hijos con el precio ofrecido á quien le entregue muerto ó vivo (¹); y la primera de la década segunda, cuyo argumento en Trancoso, que sólo ha cambiado los nombres, es el siguiente: Aurelia, princesa de Castilla, promete su mano al que le traiga la cabeza del que asesinó á su novio Pompeyo. El incógnito matador Felicio, que había cometido su crimen por amor á Aurelia, vuelve del destierro con nombre supuesto, y después de prestar á la Princesa grandes servicios en la guerra contra el Rey de Aragón su despechado pretendiente, pone su vida en manos de la dama, la cual, no sólo le perdona, sino que se casa con él, cumpliendo lo prometido (²). En la primera de estas leyendas fundó Lope de Vega su comedia *El Piadoso Veneciano.*

Si á esta media docena de novelas añadimos el conocido apólogo del codicioso y el envidioso, que puede leerse en muchos libros de ejemplos, pero que Trancoso, como maestro de latinidad que era, tomó probablemente de la fábula 22 de Aviano, que es el texto más antiguo en que se encuentra (³), tendremos apurado casi todo lo que en su libro tiene visos de erudición y es fruto de sus lecturas, no muchas ni variadas, á juzgar por la muestra. Ni estas imitaciones ocasionales, ni el fárrago de moralidades impertinentes y frías que abruman los cuentos, bastan para borrar el sello hondamente popular de este libro, que no sólo por la calidad de sus materiales, sino por su estilo fácil, expresivo y gracioso, es singular en la literatura portuguesa del siglo XVI, donde aparece sin precedentes ni imitadores. Los eruditos pudieron desdeñarle; pero el pueblo siguió leyéndole con devoción hasta fines del siglo XVIII, en que todavía le cita un poeta tan culto y clásico como Filinto Elysio: «os *Contos de Trancoso,* do tempo de

(¹) «Piati è dannato per micidiale, e gli è levato tutto l' hauere, e son promessi premii a chi l' uccide, o vivo il dà nelle mani della giustitia; Egli si fà offerire a' Signori, e libera la famiglia da disagio, e se da pericolo. (Novella 5, *prima deca* de *Gli Hecatommithi*).

(²) «Caritea ama Pompeo, Diego innamorato della giouane, l' uccide; Ella promette di darsi per moglie a chi le da il capo di Diego. Le moue guerra il Re di Portogallo. Diego la difende, e fa prigione il Re, poscia si pone in podestà della Donna, e ella lo pliglia per marito» (*Novella 1ª seconda deca*).

(³)
Jupiter ambiguas hominum praediscere mentes,
Ad terras Phoebum misit ab arce poli.
Tunc duo diversis poscebant numina votis;
Namque alter cupidus, invidus alter erat.
His sese medium Titan scrutatus utrumque,
Obtulit, et precibus ut peteretur, ait:
Praestabit facilis; nam quae speraverit unus,
Protinus haec alter congeminata feret.
Sed cui longa jecur nequeat satiare cupido,
Distulit admotas in nova lucra preces:
Spem sibi confidens alieno crescere voto,
Seque ratus solum munera ferre duo.
Ille ubi captantem socium sua praemia vidit,
Supplicium proprii corporis optat ovans.
Nam petit extincto ut lumine degeret uno,
Alter ut, hoc duplicans, vivat utroque carens.
Tunc sortem sapiens humanum risit Apollo,
Invidiaeque malum rettulit inde Jovi.
Quae dum proventis aliorum gaudet iniquis,
Laetior infelix et sua damna cupit.

nossos avoengos». Filinto se complacía en recordarlos y no desdeñaba tampoco (caso raro en su tiempo) los de tradición oral, «contos que ouvi contar ha mais de setenta e dois annos», como las *Tres Cidras do Amor*, *João Ratão* y la *Princesa Doninha*. «Com o titulo da *Gata Borralheira*, contava minha mãe a historia de *Cendrillon*. E nunca minha mãe soube francez» (¹).

El cuento literario medró muy poco en Portugal después de Trancoso. Si alguno se halla es meramente á título de ejemplo moral en libros ascéticos ó de materia predicable, como el *Baculo pastoral de Flores de Exemplos* de Francisco Saraiva de Sousa (1657), el *Estimulo pratico*, la *Nova floresta de varios Apophtegmas* y otras obras del P. Manuel Bernardes, ó en ciertas misceláneas eruditas del siglo XVIII, como la *Academia Universal de varia erudição* del P. Manuel Consciencia, y las *Horas de Recreio nas ferias de maiores estudos* del P. Juan Bautista de Castro (1770). Sólo los estudios *folklóricos* de nuestros días han hecho reverdecer esta frondosa rama de la tradición galaico-lusitana, cuya importancia, literaria por lo menos, ya sospechaba un preclaro ingenio de principios del siglo XVII, que intentó antes que otro alguno reducir á reglas y preceptos el arte infantil de los contadores, dándonos de paso una teoría del género y una indicación de sus principales temas. Me refiero al curioso libro de Francisco Rodríguez Lobo *Corte na aldea e noites de inverno*, de que más detenidamente he de tratar en otra parte de los presentes estudios, puesto que por la fecha de su primera edición (1619) es ya posterior á las *Novelas* de Cervantes. Pero no quiero omitir aquí la mención de los dos curiosísimos diálogos décimo y undécimo, en que presenta dos tipos contrapuestos de narración, una al modo italiano *(Historia de los amores de Aleramo y Adelasia—Historia de los amores de Manfredo y Eurice)*, otro al modo popular «con más bordones y muletas que tiene una casa de romería, sin que falten términos de viejas y remedios de los que usan los descuidados». Con este motivo establece una distinción Rodríguez Lobo entre los *cuentos* y las *historias* (sinónimo aquí de las *novelle* toscanas), donde puede campear mejor «la buena descripción de las personas, relación de los acontecimientos, razón de los tiempos y lugares, y una plática por parte de algunas de las figuras que mueva más á compasión y piedad, que esto hace doblar después la alegría del buen suceso», en suma todos los recursos patéticos y toda la elegancia retórica de Boccaccio y sus discípulos. «Esta diferencia me parece que se debe hacer de los cuentos y de las historias, que aquéllas piden más palabras que éstos, y dan mayor lugar al ornato y concierto de las razones, llevándolas de manera que vayan aficionando el deseo de los oyentes, y los *cuentos* no quieren tanta retórica, porque lo principal en que consisten está en la gracia del que habla y en la que tiene de suyo la cosa que se cuenta».

«Son estos cuentos de tres maneras: unos fundados en descuidos y desatientos, otros en mera ignorancia, otros en engaño y sutileza. Los primeros y segundos tienen más gracia y provocan más á risa y constan de menos razones, porque solamente se cuenta el caso, diciendo el cortesano con gracia propia los yerros ajenos. Los terceros sufren más palabras, porque debe el que cuenta referir cómo se hubo el discreto con otro que lo era menos ó que en la ocasión quedó más engañado...»

De todos ellos pone Rodríguez Lobo multiplicados ejemplos y continúa enumerando otras variedades: «Demás destos tres órdenes de cuentos de que tengo hablado hay

(¹) Vid. T. Braga, II, 27.

ORÍGENES DE LA NOVELA.—II.—*g*

otros muy graciosos y galanos, que por ser de descuidos de personas en quien había en todas las cosas de haber mayor cuidado, no son dignos de entrar en regla ni de ser traídos por ejemplo. Lo general es que el desatiento ó la ignorancia, donde menos se espera, tiene mayor gracia. Después de los cuentos graciosos se siguen otros de sutileza, como son hurtos, engaños de guerra, otros de miedos, fantasmas, esfuerzo, libertad, desprecio, largueza y otros semejantes, que obligan más á espanto que á alegría, y puesto que se deben todos contar con el mismo término y lenguaje, se deben en ellos usar palabras más graves que risueñas».

Trata finalmente de los dichos sentenciosos, agudos y picantes, dando discretas reglas sobre la oportunidad y sazón en que han de ser empleados: «Los cuentos y dichos galanes deben ser en la conversación como los pasamanos y guarniciones en los vestidos, que no parezca que cortaron la seda para ellos, sino que cayeron bien, y salieron con el color de la seda ó del paño sobre que los pusieron; porque hay algunos que quieren traer su cuento á fuerza de remos, cuando no les dan viento los oyentes, y aunque con otras cosas les corten el hilo, vuelven á la tela, y lo hacen comer recalentado, quitándole el gusto y gracia que pudiera tener si cayera á caso y á propósito, que es cuando se habla en la materia de que se trata ó cuando se contó otro semejante. Y si conviene mucha advertencia y decoro para decirlos, otra mayor se requiere para oirlos, porque hay muchos tan presurosos del cuento ó dicho que saben, que en oyéndolo comenzar á otro, se le adelantan ó le van ayudando á versos como si fuera salmo; lo cual me parece notable yerro, porque puesto que le parezca á uno que contará aquello mismo que oye con más gracia y mejor término, no se ha de fiar de sí, ni sobre esa certeza querer mejorarse del que lo cuenta, antes oirle y festejarle con el mismo aplauso como si fuera la primera vez que lo oyese, porque muchas veces es prudencia fingir en algunas cosas ignorancia... Tampoco soy de opinión que si un hombre supiese muchos cuentos ó dichos de la materia en que se habla, que los saque todos á plaza, como jugador que sacó la runfla de algún metal, sino que deje lugar á los demás, y no quiera ganar el de todos ni hacer la conversación consigo solo» (¹).

De estos «cuentos galantes, dichos graciosos y apodos risueños» proponía Rodríguez Lobo que se formase «un nuevo *Alivio de caminantes*, con mejor traza que el primero». Es la única colección que cita de las anteriores á su tiempo, aunque no debía de serle ignorada la *Floresta Española*, que es más copiosa y de «mejor traza». Aunque Rodríguez Lobo imita en cierto modo el plan de *El Cortesano* de Castiglione, donde también hay preceptos y modelos de cuentos y chistes, sus advertencias recaen, como se ve, sobre el cuento popular ó indígena de su país, y prueban el mucho lugar que en nuestras costumbres peninsulares tenía este ingenioso deporte, aunque rara vez pasase á los libros.

Algunos seguían componiéndose, sin embargo, en lengua castellana.

El más curioso salió de las prensas de Valencia, lo mismo que el *Patrañuelo*, y su autor pertenecía á una familia de ilustres tipógrafos y editores, de origen flamenco, que

---

(¹) Sigo, con algún ligero cambio, la antigua traducción castellana de Juan Bautista de Morales, impresa por primera vez en 1622.

(*Corte en aldea y noches de invierno de Francisco Rodriguez Lobo*... En Valencia: en la oficina de Salvador Fauli, año 1793. Diálogo X. «De la materia de contar historias en conversación». Diálogo XI. «De los cuentos y dichos graciosos y agudos en la conversación». PP. 276-355.

constituyen al mismo tiempo una dinastía de humanistas (¹). Aunque Sebastián Mey
no alcanzó tanta fama como otros de su sangre, especialmente su doctísimo padre Felipe
Mey, poeta y traductor de Ovidio, filólogo y profesor de Griego en la Universidad de
Valencia, y hombre, en fin, que mereció tener por mecenas al grande arzobispo de
Tarragona Antonio Agustín, es indudable, por el único libro suyo que conocemos, que
tenía condiciones de prosista muy superiores á las de Timoneda, y que nadie, entre
los escasos cuentistas de aquella Edad, le supera en garbo y soltura narrativa. La
extraordinaria rareza de su *Fabulario* (²), del cual sólo conocemos dos ejemplares, uno
en la Biblioteca Nacional de Madrid y otro en la de París, ha podido hacer creer que
era meramente un libro de fábulas esópicas. Es cierto que las contiene en bastante
número, pero hay, entre los cincuenta y siete capítulos de que se compone, otros cuentos y anécdotas de procedencia muy diversa y algunos ensayos de novela corta á la
manera italiana, por lo cual ofrece interés la indagación de sus fuentes, sobre las cuales
acaba de publicar un interesante trabajo el joven erudito norteamericano Milton A. Buchanan, de las Universidades de Toronto y Chicago (³).

Exacto es al pie de la letra lo que dice Sebastián Mey en el prólogo de su *Fabulario*:
‹Tiene muchas fábulas y cuentos nuevos que no están en los otros (libros), y los que
hay viejos están aquí por diferente estilo›. Aun los mismos apólogos clásicos, que toma
casi siempre de la antigua colección esópica (⁴), están remozados por él con estilo ori-

_____

(¹) Vid. Serrano y Morales, *La Imprenta en Valencia* .. pp. 285-327. En la pág. 323 de este
precioso libro está publicado el testamento de Felipe Mey, que nombra entre sus hijos á Sebastián,
con lo cual queda plenamente confirmado lo que sobre este punto conjeturó D. Nicolás Antonio.

(²) *Fabulario en que se contienen fabulas y cuentos diferentes, algunos nuevos y parte sacados de
otros autores; por Sebastian Mey. En Valencia. En la impression de Felipe Mey. A costa de Filipo
Pincinali a la plaça de Vilarasa.*

8.°, 4 hs. prls. y 184 pp.

Aprobación del Pavorde Rocafull, 20 de enero de 1613.—Escudo de Mey.—Prólogo.

‹Harto trillado y notorio es, a lo menos a quien tiene mediana licion, lo que ordena Platon en
su Republica, encargando que las madres y amas no cuenten a los niños patrañas ni cuentos que no
sean honestos. Y de aqui es que no da lugar a toda manera de Poetas. Cierto con razon, porque no
se habitue a vicios aquella tierna edad, en que facilmente, como en blanda cera, se imprime toda
cosa en los animos, haviendo de costar despues tanto y aun muchas vezes no haviendo remedio de
sacarlos del ruin camino, a seguir el qual nos inclina nuestra perversa naturaleza. A todas las personas de buen juicio, y que tienen zelo de bien comun, les quadra mucho esta dotrina de aquel Filosofo: como quepa en razon, que pues tanta cuenta se tiene en que se busque para sustento del
cuerpo del niño la mejor leche, no se procure menos el pasto y mantenimiento que ha de ser de
mayor provecho para sustentar el alma, que sin proporcion es de muy mayor perficion y quilate.
Pero el punto es la execucion, y este es el fin de los que tanto se han desvelado en aquellas bien-
aventuradas republicas, que al dia de hoy se hallan solamente en los buenos libros. Por lo qual es
muy acertada y santa cosa no consentir que lean los niños toda manera de libros, ni aprendan por
ellos. Uno de los buenos para este efeto son las fabulas introduzidas ya de tiempo muy antigo, y
que siempre se han mantenido: porque a mas de entretenimiento tienen dotrina saludable. Y entre
otros libros que hay desta materia, podra caber este: *pues tiene muchas fabulas y cuentos nuevos que
no estan en los otros*, y los que hay viejos estan aqui por diferente estilo. Nuestro intento ha sido
aprovechar con él a la republica. Dios favorezca nuestro deseo.›

Cada una de las fábulas lleva un grabadito en madera, pero algunos están repetidos.

(³) *Modern Language Notes*, Baltimore, junio y noviembre de 1906.

(⁴) Para que nada falte á la descripción de tan raro libro, pondremos los títulos de estas fábulas, con sus moralidades respectivas:

ginal y con la libertad propia de los verdaderos fabulistas. Hubiera podido escribir sus apólogos en verso, y no sin elegancia, como lo prueban los dísticos endecasílabos con que expresa la moralidad de la fábula, á ejemplo, sin duda, de D. Juan Manuel, puesto que la compilación de *Exemplos* de Clemente Sánchez de Vercial debía de serle desconocida. Con buen acuerdo prefirió la prosa. Interrumpida como estaba después del Arcipreste de Hita la tradición de la fábula en verso, hubiera tenido que forjarse un molde nuevo de estilo y dicción, como felizmente lo intentó Bartolomé Leonardo de Argensola en las pocas fábulas que á imitación de Horacio intercala en sus epístolas, y como lo lograron, cultivando el género más de propósito, Samaniego ó Iriarte en el siglo XVIII, y creemos que la pericia técnica de Sebastián Mey no alcanzaba á tanto. Pero en la sabrosísima prosa de su tiempo, y con puntas de intención satírica á veces, desarrolla, de un modo vivo y pintoresco, aun los temas más gastados. Sirva de ejemplo la fábula de *El lobo, la raposa y el asno:*

«Teniendo hambre la raposa y el lobo, se llegaron hazia los arrabales de una aldea,

Fábula I. *El labrador indiscreto.* Es la fábula del molinero, su hijo y el asno, tomada probablemente de *El Conde Lucanor,* cap. 24 de la edición de Argote.

Quien se sujeta á dichos de las gentes,
Ha de caer en mil inconvenientes.

Fáb. II. *El gato y el gallo.* Hipócritas pretextos del gato para matar al gallo y comérsele.

Con el ruin son por demás razones,
Que al cabo prevalecen sus pasiones.

Es la fábula 4.ª del «Isopo de la traslacion nueva de Remigio» en la colección del infante Don Enrique.

Fáb. III. *El viejo y la muerte.*

Los hombres llaman á la muerte ausente,
Mas no la quieren ver quando presente.

Fáb. IV. *La hormiga y la cigala.*

Quando estés de tu edad en el verano,
Trabaja, porque huelgues cuando anciano.

Fáb. VI. *El álamo y la caña.*

Mas alcanza el humilde con paciencia,
Que no el soberbio haziendo resistencia.

Fáb. VII. *La raposa y la rana.*

De la voz entonada no te admires,
Sin que primero de quien sale mires.

Fáb. IX. *La raposa y las uvas.*

Quando algo no podemos alcançar,
Cordura dizen que es dissimular.

Fáb. XI. *El leon, el asno y la raposa.*

Quando vemos el daño del vecino,
No escarmentar en él es desatino.

Fáb. XII. *La mujer y el lobo.*

La muger es mudable como el viento:
De sus palabras no hagas fundamento.

Fáb. XIV. *El gallo y el diamante.*

No se precia una cosa, ni codicia,
Si no es donde hay de su valor noticia.

Fáb. XV. *El cuervo y la raposa.*

Cuando alguno te loa en tu presencia,
Piensa que es todo engaño y apariencia.

Fáb. XVII. *El leon y el raton.*

No quieras al menor menospreciar,
Pues te podrá valer en su lugar.

Fáb. XIX. *La liebre y el galápago.*

Hazienda y honra ganarás obrando,
Y no con presuncion emperezando.

Fáb. XXI. *La rana y el buey.*

Con los mayores no entres en debate,
Que se paga muy caro tal dislate.

Fáb. XXII. *El asno y el lobo.*

Entienda cada qual en su exercicio,
Y no se meta en el ageno oficio.

Fáb. XXIV. *El consejo de los ratones.*

Ten por consejo vano y de indiscreto,
Aquel del qual no puede verse efeto.

Fáb. XXV. *El grillo y la abeja.*

De su trabajo el hombre se alimente,
Y á gente vagamunda no sustente.

por ver si hallarian alguna cosa a mal recado, y toparon con un asno bien gordo y lucido, que estava paciendo en un prado; pero temiendose que por estar tan cerca de poblado corrian peligro si alli esecutavan en él su designio, acordaron de ver si con buenas razones podrian apartarle de alli, por donde acercando a él la raposa, le habló de esta suerte: «Borriquillo, borriquillo, que norabuena esteys, y os haga buen prove-
»cho la yervecica; bien pensays vos que no os conozco, sabed pues que no he tenido yo
»en esta vida mayor amiga que vuestra madre. Oh, qué honradaza era: no havia entre
»las dos pan partido. Agora venimos de parte de un tio vuestro, que detras de aquel
»monte tiene su morada, en unas praderias que no las hay en el mundo tales: alli
»podreys dezir que hay buena yerba, que aqui todo es miseria. El nos ha embiado para
»que os notifiquemos cómo casa una hija, y quiere que os halleys vos en las bodas. Por
»esta cuesta arriba podemos ir juntos; que yo sé un atajo por donde acortaremos gran
»rato de camino». El asno, aunque tosco y boçal, era por estremo malicioso; y en viéndolos imaginó hazerles alguna burla; por esto no huyó, sino que se estuvo quedo y sosegado, sin mostrar tenerles miedo. Pero quando huvo oido a la raposa, aunque tuvo todo
lo que dezia por mentira, mostró mucho contento, y comenzó a quexarse de su amo,
diziendo cómo dias havia le huviera dexado, si no que le devia su soldada; y para no

Fáb. XXVII. *El lobo, la raposa y el asno.*

Si fueres docto, y no seras discreto,
Seran tus letras de muy poco efeto.

Fáb. XXIX. *Las liebres y las ranas.*

Aunque tengas miseria muy notable,
Siempre hallarás quien es más miserable.

Fáb. XXX. *El asno, el gallo y el leon.*

Quien presume de sí demasiado,
Del que desprecia viene á ser hollado.

Fáb. XXXI. *La raposa y el leon.*

En aprender no tomes pesadumbre,
pues lo hace fácil todo la costumbre.

Fáb. XXXIII. *El asno, el cuervo y el lobo.*

Para bien negociar, favor procura:
Con él tu causa casi está segura.

Fáb. XXXIV. *El asno y el lobo.*

Uno que haziendo os mal ha envejecido,
Si hazeros bien ofrece, no es creido.

Fáb. XXXV. *El raton de ciudad y el del campo.*

Ten por mejor con quietud pobreza,
Que no desasosiegos con riqueza.

Fáb. XXXVI. *La raposa y el vendimiador.*

Si con las obras el traydor te vende,
En vano con palabras te defiende.

Fáb. XXXVII. *La vieja, las moças y el gallo.*

Huir de trabajar, es claro engaño,
Y de poco venir á grande daño.

Fáb. XXXIX. *El asno y las ranas.*

Quando un poco de mal te quita el tino,
Mira el que tienen otros de contino.

Fáb. XL. *El pastor y el lobo.*

Al que en mentir por su plazer se emplea,
Quando dize verdad, no hay quien le crea.

Fáb. XLII. *El labrador y la encina.*

Si favoreces al ruin, haz cuenta
Que en pago has de tener dolor y afrenta.

Fáb. XLIII. *El leon enamorado.*

Los casamientos hechos por amores
Muchas vezes son causa de dolores.

Fáb. XLIV. *La raposa y el espino.*

Acudir por socorro es grande engaño
A quien vive de hazer á todos daño.

Fáb. XLVIII. *El Astrólogo.*

¿Qué certidumbre puede dar del cielo
El que á sus pies aun ver no puede el suelo?

Fáb. L. *El leon enfermo, el lobo y la raposa.*

Algunas vezes urde cosa el malo
Que viene á ser de su castigo el palo.

Fáb. LII. *La raposa y la gata.*

Un arte vale más aventajada
Que muchas si aprovechan poco ó nada.

Fáb. LIV. *Los ratones y el cuervo.*

Algunos, por inútiles contiendas,
Pierden la posesion de sus haziendas.

pagarle, de dia en dia le traia en palabras, y que finalmente solo havia podido alcançar dél que le hiziese una obligacion de pagarle dentro de cierto tiempo, que pues no
podia por entonces cobrar, a lo menos queria informarse de un letrado, si era bastante
aquella escritura, la qual tenia en la uña del pie, para tener segura su deuda. Bolviose
la raposa entonces al lobo (que ya ella se temió de algun temporal) y le preguntó si sus
letras podian suplir en semejante menester. Pero él no entendiéndola de grosero, muerto
porque le tuviesen por letrado, respondió muy hinchado que havia estudiado Leyes en
Salamanca, y rebuelto muchas vezes a Bartulo y Bartuloto y aun á Galeno, y se pre-
ciava de ser muy buen jurista y sofistico, y estava tan platico en los negocios, y tan al
cabo de todo, que no daria ventaja en la plaça a otro ninguno que mejores sangrias
hiziese; por el tanto amostrase la escritura, y se pusiese en sus manos, que le ofrecia
ser su avogado para quando huviese de cobrar el dinero, y hazer que le pagasen tambien las costas, y que le empeñava sobre ello su palabra; que tuviese buena esperança.
Levantó el asno entonces el pie, diziendole que leyese. Y quando el lobo estava mas
divertido en buscar la escritura, le asentó con entrambos piés un par de coces en el
caxco, que por poco le hiziera saltar los sesos. En fin, el golpe fue tal, que perdido del
todo el sentido, cayó el triste lobo en el suelo como muerto. La raposa entonces dándose una palmada en la frente, dixo assi: «Oh! cómo es verdadero aquel refran antiguo,
»que tan grandes asnos hay con letras como sin letras». Y en diziendo esto, echó a
huir cada qual por su cabo, ella para la montaña y el asno para el aldea».

Compárese esta linda adaptación con el texto castellano del siglo xv, mandado traducir por el Infante de Aragón D. Enrique (Fábula 1.ª entre las *extravagantes* del «*Isopo*»), y se comprenderá lo que habían adelantado la lengua y el arte de la narración
durante un siglo. Con no menos originalidad de detalle, picante y donosa, están tratadas
otras fábulas de la misma colección, donde ya estaban interpoladas, además de las esópicas, algunas de las que Mey sacó de Aviano. v. gr.: la *de fure et parvo:* «del mozo
llorante y del ladrón». Un muchacho engaña á un ladrón, haciéndole creer que se le
ha caído una jarra de plata en un pozo. El ladrón, vencido de la codicia, se arroja al
pozo, despojándose antes de sus vestidos, que el muchacho le roba, dejándole burlado.
En la colección de Mey tiene el número 5.º y esta moraleja:

> Al que engañado á todo el mundo ofende,
> Quien menos piensa, alguna vez le vende.

De las fábulas de animales es fácil el tránsito á otros apólogos no menos sencillos,
y por lo general de la misma procedencia clásica, en que intervienen, principal ó exclu-
sivamente, personajes racionales, por ejemplo: «La Enferma de los ojos y el Médico» (¹),
El avariento (²), «El padre y los hijos», todas ellas de origen esópico. Basté como
muestra el último:

(¹) Es la fábula XLI de Mey y termina con estos versos:

> Harta ceguera tiene la cuytada
> Que tuvo hazienda y no ve suyo nada.

(²) Fábula XXIII:

> Si no he de aprovecharme del dinero,
> Una piedra enterrada tanto quiero.

«Un labrador, estando ya para morir, hizo llamar delante sí a sus hijos; a los quales habló desta suerte: «Pues se sirve Dios de que en esta dolencia tenga mi vida fin,
»quiero, hijos mios, revelaros lo que hasta aora os he tenido encubierto, y es que tengo
»enterrado en la viña un tesoro de grandissimo valor. Es menester que pongays dili-
»gencia en cavarla, si quereys hallarle», y sin declararles más partió desta vida. Los
hijos, despues de haver concluido con el entierro del padre, fueron a la viña, y por
espacio de muchos dias nunca entendieron sino en cavarla, quando en una, quando en
otra parte, pero jamás hallaron lo que no havia en ella: bien es verdad que por haberla
cavado tanto, dió sin comparacion más fruto aquel año que solia dar antes en muchos.
Viendo entonces el hermano mayor quánto se habian aprovechado, dixo a los otros:
«Verdaderamente aora entiendo por la esperiencia, hermanos, que el tesoro de la viña
»de nuestro padre es nuestro trabajo.

En esta vida la mejor herencia
Es aplicar trabajo y diligencia» (1).

Las relaciones novelísticas de Sebastián Mey con las colecciones de la Edad Media
no son tan fáciles de establecer como las que tiene con Esopo y Aviano. De D. Juan
Manuel no parece haber imitado más que un cuento, el del molinero, su hijo y el asno.
Con *Calila y Dimna* tiene comunes dos: *El Amigo Desleal*, que es el apólogo «de los
mures que comieron fierro» (2), y *El Mentiroso burlado;* pero ni uno ni otro proceden
de la primitiva versión castellana derivada del árabe, ni del *Exemplario contra los
engaños y peligros del mundo*, traducido del *Directorium vitae humanae* de Juan de
Capua, sino de alguna de las imitaciones italianas, probablemente de la de Firenzuola:
Discorsi degli animali, de quien toma literalmente alguna frase (3). Por ser tan raro
el texto de Mey le reproduzco aquí, para que se compare con el italiano, que puede
consultarse fácilmente en ediciones modernas:

Fábula XXVIII. *El hombre verdadero y el mentiroso:*

«Ivan caminando dos compañeros, entrambos de una tierra y conocidos: el uno de
ellos hombre amigo de verdad y sin doblez alguna, y el otro mentiroso y fingido. Acaeció, pues, que a un mismo tiempo viendo en el suelo un talegoncico, fueron entrambos
a echarle mano, y hallaron que estava lleno de doblones y de reales de a ocho. Quando
estuvieron cerca de la ciudad donde bivian, dixo el hombre de bien: «Partamos este
dinero, para que pueda cada uno hazer de su parte lo que le diere gusto». El otro, que
era bellaco, le respondio: «Por ventura si nos viesen con tanto dinero, seria dar alguna
»sospecha, y aun quiça nos porniamos en peligro de que nos le robasen, porque no
»falta en la ciudad quien tiene cuenta con las bolsas agenas. Pareceme que seria lo
»mejor tomar alguna pequeña quantia por agora, y enterrar lo demas en lugar secreto,
»y quando se nos ofreciere despues haver menester dineros, vernemos entramos juntos

---

(1) Fábula XXVI de Mey. Corresponde á la XVII del «Isopo de la traslacion nueva de Remigio», en la del infante D. Enrique.

(2) *Calila é Dymna*, p. 33 en la edición de Gayangos *(Escritores en prosa anteriores al siglo XV).*

(3) Así en Firenzuola: «il buon uomo, o pur come dicemmo, lo sciocco». En Mey: «el hombre
bueno, o si se sufre llamarle bovo».

También pudo consultar *La moral filosophia* del Doni (Venecia, 1552), que es una refundición
del libro de Firenzuola.

» a sacarlos, y con esto nos quitaremos por aora de inconvenientes». El hombre bueno, o si se sufre llamarle bovo, pues no cayó en la malicia ni engaño del otro, pretendiendo que su intencion era buena, facilmente vino en ello, y tomando entonces alguna quantidad cada uno dellos, enterraron lo demas a la raiz de un arbol que alli juntico estava, habiendo tenido mucha cuenta con que ninguno los mirase; y muy contentos y alegres se bolvieron de alli a sus casas. Pero el engañoso compañero venido el siguiente dia, puso en ejecucion su pensamiento, y bolviendo secretamente al sobredicho lugar, sin que persona del mundo tuviese aliento dello, quando el otro estava más descuydado, se llevó el talegoncico con todo el dinero a su casa. Pocos dias despues el buen hombre y simple con el vellaco y malicioso, le dixo: «Paréceme que ya será hora que saquemos de alli y » repartamos aquellos dineros, porque yo he comprado una viña, y tengo de pagarla, y » tambien he de acudir a otros menesteres que se me ofrecen». El otro le respondio: «Yo » ando tambien en compra de una heredad, y havia salido con intento de buscaros por » esta ocasion». «No ha sido poca ventura toparnos (replicó el compañero), para poder » luego ir juntos», como tenian concertado. «Que vamos en buen hora» (dixo el otro), y sin gastar más razones se pusieron en camino. Llegados al arbol donde le avian enterrado, por bien que cavaron alrededor, como no tuvo remedio de hallarle, no haviendo señal de dinero; el mal hombre que le havia robado, comenzó a hazer ademanes y gestos de loco, y grandes estremos y quexas diciendo: «No hay el dia de hoy fe, ni verdad » en los hombres: el que pensays que os es mas amigo, esse os venderá mejor. De quién » podremos fiar hoy en el mundo? ah traydor, vellaco, esto me teniades guardado? quién » ha podido robar este dinero sino tu? ninguno havia que supiese dél». Aquel simplezillo que tenia más razon de poderse quexar y de dolerse, por verse despedido en un punto de toda su esperanza, por el contrario se vio necesitado a dar satisfacion y desculparse, y con grandes juramentos protestava que no sabia en el robo arte ni parte, aunque le aprovechaba poco, porque mostrandose más indignado el otro y dando mayores bozes dezia: «No pienses que te saldras sin pagarlo: la justicia, la justicia lo ha de » saber, y darte el castigo que merece tu maldad». Replicando el otro que estava inocente de semejante delito, se fueron gritando y riñendo delante el juez, el qual tras haver los dos altercado en su presencia grande rato, preguntó si estava presente alguno quando escondian el dinero? Aquel tacaño, mostrando más confiança que si fuera un santo, al momento respondio: «Señor, sí, un testigo havia que no sabe mentir, el qual » es el mismo arbol entre cuyas raizes el dinero estava enterrado. Este por voluntad de » Dios dirá toda la verdad como ha pasado, para que se vea la falsedad deste hombre, y » sea la justicia ensalçada». El juez entonces (que quiera que lo moviese) ordenó de hallarse las partes en el dicho lugar el siguiente dia, para determinar alli la causa, y asi por un ministro les hizo mandato so graves penas, que huviesen de comparecer y presentarse, dando primero, como lo hicieron, buena seguridad. Pareciole muy a su proposito esta deliberacion del juez al malhechor, pretendiendo que cierto embuste que iva tramando, ternia por semejante via efeto. Por donde bolviendose a su casa, y llamando a su padre, le dixo assi: «Padre muy amado, un secreto quiero descubriros, » que os he tenido hasta agora encubierto, por parecerme que assi convenia hazerse... » Haveys de saber que yo propio he robado el tesoro que demando a mi compañero por » justicia, para poder sustentaros a vos y a mi familia con más comodidad. Dense a » Dios las gracias y a mi buena industria, que ya está el negocio en punto que solo

»con ayudar vos un poquito, será sin réplica ninguna nuestro». Y contóles todo lo que havia passado, y lo que havia provehido el juez, a lo qual añadió: «Lo que al presente »os ruego, es que vays esta noche a esconderos en el hueco de aquel arbol: porque »facilmente podreys entrar por la parte de arriba, y estar dentro muy a placer, sin que »puedan veros, porque el arbol es grueso y lo tengo yo muy bien notado. Y quando el »juez interrogare, disimulando entonces vos la boz que parezca de algun espiritu, res-»ponderys de la manera que conviene». El mal viejo que havia criado a su hijo tal qual era él, se convencio de presto de sus razones, y sin temerse de peligro alguno, aquella noche se escondio dentro el árbol. Vino alli el juez el dia siguiente con los dos litigantes, y otros muchos que le acompañavan, y habiendo debatido buen rato sobre el negocio, al cabo preguntó en alta voz quién habia robado el tesoro. El ruin viejo, en tono extraordinario y con boz horrible, dixo que aquel buen hombre. Fue cosa esta que causó al juez y a los presentes increible admiracion, y estuvieron suspensos un rato sin hablar, al cabo del qual dixo el juez: «Bendito sea el Señor, que con milagro »tan manifiesto ha querido mostrar quanta fuerça tiene la verdad. Para que desto quede »perpetua memoria, como es razon, quiero de todo punto apurarlo. Porque me acuerdo »que antiguamente havia Nimfas en los arboles, verdad sea que nunca yo habia dado »credito a cosas semejantes, sino que lo tenia todo por patrañas y fabulas de poetas. »Mas agora no sé qué dezirme, haviendo aqui en presencia de tantos testigos oido »hablar a este arbol. En estremo me holgaria saber si es Nimfa o espiritu, y ver qué »talle tiene, y si es de aquella hermosura encarecida por los poetas. Pues caso que »fuese una cosa destas, poco mal podriamos nosotros hazerle por ninguna via». Dicho esto mandó amontonar al pie del arbol leños secos que havia por alli hartos, y ponerles fuego. Quién podrá declarar quál se paró el pobre viejo, quando començó el tronco a calentarse, y el humo a ahogarle? Sólo sé dezir que se puso entonces con bozes muy altas a gritar: «Misericordia, misericordia; que me abraso, que me ahogo, que me quemo». Lo qual visto por el juez, y que no havia sido el milagro por virtud Divina, ni por haber Nimfa en el arbol, haziendole sacar de alli medio ahogado, y castigandole a él y a su hijo, segun merecian, mandó que le truxesssen alli todo el dinero, y entregósele al buen hombre, que tan injustamente havian ellos infamado. Assi quedó premiada la verdad y la mentira castigada.

La verdad finalmente prevalece,
Y la mentira con su autor perece».

Aunque el cuento en *Calila y Dimna* ([1]) no sea tan seco y esquemático como otros muchos, lo es bastante para que no lamentemos el aliño con que Firenzuola y Mey remediaron su aridez, haciendo correr por él la savia de un fácil y gracioso diálogo. Y no me parece que la versión del segundo, aunque inspirada por la del primero, sea inferior á ella, á pesar de la amena y exquisita elegancia del monje de Vallumbrosa.

Sebastián Mey, aun en los raros casos en que traduce fielmente algún original cono-

---

([1]) *Del falso e del torpe.*

Dixo Calila: «Dos homes eran en una compaña, et el uno dellos era torpe, e el otro falso, e ficieron aparceria en una mercaderia; et yendo por un camino fallaron una bolsa en que habia mil maravedis, e tomáronla, e ovieron por bien de le tornar a la cibdat. Et quando fueron cerca de la cibdat,

cido, procura darle color local, introduciendo nombres españoles de personas y lugares. Tal acontece en el cuento 53, «La Prueba de bien querer», que es una paráfrasis amplificada de la facecia 116 de Poggio «De viro quae suae uxori mortuum se ostendit» [1]. En el cuento latino la escena pasa en Montevarchio, y el protagonista es un cierto hortelano, «hortulanus quidam». Mey castellaniza la anécdota en estos graciosos términos:

«Anton Gonçalez Gallego era hombre que se bivia muy a plazer en la villa de Torrejon; tenia una mujeraça de mediano talle, y de una condicionaça muy buena, de manera que aunque él era un poquito reñidor, ella siempre le abonançava, porque no le entrava a ella el enojo de los dientes adentro; y assi eran presto apaziguados. Acaeció que bolviendo él un dia de labrar, halló que la mujer havia ido al rio a lavar los paños, por donde se recostó sobre un poyo, esperando a que viniese, y como ella tardase, començó a divertir en pensamientos, y entre otros le acudió en quanta paz bivia con su muger, y dezia en su imaginativa: «La causa está en ella, y en el amor que me tiene, porque
» hartas ocasiones le doy yo con mi reñir, pero quiéreme tanto que todo lo disimula con
» muy gran cordura a trueco de tenerme contento. Pues si yo me muriese, qué haria

dixo el torpe al falso: «Toma la metad destos dineros, et tomaré yo la otra meatad». Et dixo el falso, pensándose levar todos los maravedis: «Non fagamos asi, que metiendo los amigos sus faziendas en
»manos de otri fazen más durar el amor entre ellos; mas tome cada uno de nos *pora* gastar, e sote-
»rremos los otros que fincaren en algun logar apartado, et quando hobiéremos menester dellos,
»tomarlos hemos». E acordóse el torpe en aquello, et soterraron los maravedis so un arbol muy grande, e fuéronse ende, e despues tornó el falso por los maravedis, e levólos; e cuando fue dias, dixo el falso al torpe: «Vayamos por nuestros maravedis, que yo he menester que despienda». E fuéronse para el logar que los posieron, e cavaron e non fallaron cosa; e comenzóse a mesar el falso et a ferir en sus pechos, e comenzó a dezir: «Non se fie home en ninguno desde aqui, nin se crea
»por él». E dixo al torpe: «Tú tornaste aqui et tomaste los maravedis». Et comenzó el torpe a jurar e confonderse que lo non feciera, e el falso diciendo: «Non supo ninguno de los maravedis salvo yo
»et tú, e tú los tomaste». E sobre esto fuéronse pora la cibdat, e pora el alcall, e el falso querellóse al alcall cómo el torpe le habia tomado los maravedis, e dixo el alcall: «¿Tú has testigos?» Dixo el torpe: «Sí, que fio por Dios que el arbol me será testigo, e me afirmará en lo que yo digo». E sobre esto mandó el alcall que se diesen fiadores, et díxoles: «Venid vos para mí e iremos al arbol que
»decides». E fuése el falso a su padre e fízogelo saber e contóle toda su fazienda, et díxole: «Yo no
»dixe al alcall esto que te he contado, salvo por una cosa que pensé; si tú acordares comigo, habre-
»mos ganado el haber». Dixo el padre: «¿Qué es?» Dixo el falso: «Yo busqué el mas hueco arbol que
»pude fallar, e quiero que te vayas esta noche allá e que te metas dentro aquel logar y donde pue-
»das caber, et cuando el alcall fuere ende, e preguntare quién tomó los maravedis, responde tú
»dentro que el torpe los tomó...

»Et non quedó de le rogar que lo fiziese fasta que gelo otorgó. Et fuése a meter en el arbol, e otro dia de mañana llegó el alcall con ellos al arbol, e preguntóle por los maravedis, e respondió el padre del falso que estaba metido en el arbol, et dixo: «El torpe tomó los maravedis». E maravillóse de aquello el alcall e cuantos ende estaban, e andudo alrededor del arbol, e non vió cosa en que dudase, e mandó meter y mucha leña e ponerla en derredor del arbol, e fizo poner fuego. E cuando llegó el fumo al viejo, e le dió la calor, escomenzó de dar muy grandes voces e demandar acorro; et entonces sacáronle de dentro del arbol medio muerto, e el alcall fizo su pesquisa e sopo toda la verdat, e mandó justiciar al padre e al fijo e tornar los maravedis al torpe; e así el falso perdió todos los maravedis, e su padre fué justiciado por cabsa de la mala cobdicia que ovo et por la arteria que fizo». (*Calila e Dymna*, ed. Gayangos, pp. 32-33).

Cf. *Johannis de Capua Directorium vitae humanae...* ed. de Derenbourg, París, 1887, pp. 90-92.

Agnolo Firenzuola, *La prima veste de' discorsi degli animali*, ed. Camerini, pp. 241-242.

[1] *The Facetiae or jocose tales of Poggio...* París, 1879, I, 187.

»ella? Creo que se moriria de tristeza. ¡O quién se hallase alli para ver los estremos que
»haria, y las palabras lastimeras que echaria de aquella su boca! pues en verdad que
»lo he de provar, y asegurarme dello por la vista». Sintiendo en esto que la muger
venia, se tendia en el suelo como un muerto. Ella entró, y mirandole de cerca, y pro-
vando a levantarle, como él no hazia movimiento, y le vio sin resuello, creyó verdaderamente que era muerto, pero venia con hambre y no sabia resolverse en si comeria
primero o lloraria la muerte del marido. En fin, constreñida de la mucha gana que
traia, determinó comer primero. Y poniendo sobre las brasas parte de un recuesto de
tocino que tenia alli colgado, se le comió en dos palabras sin bever por no se detener
tanto. Despues tomó un jarro, y comenzó a baxar por la escalera, con intencion de ir a
la bodega por vino; mas he aqui donde llega de improviso una vezina a buscar lumbre.
Ella que la sintio, dexa de presto el jarro, y como que huviese espirado entonces el
marido, comiença a mover gran llanto y a lamentar su muerte. Todo el barrio acudió
a los gritos, hombres y mugeres; y espantados de muerte tan repentina (porque estava
él tendido con los ojos cerrados, y sin resollar de manera que parecia verdaderamente
muerto), consolavanla lo mejor que podian. Finalmente quando a él le parecio que se
havia ya satisfecho de lo que tanto deseava ver, y que huvo tomado un poco de gusto
con aquel alboroto; quando más la muger lamentava diciendo: «Ay marido mio de mi
»coraçon, desdichado ha sido el dia y la hora en que pierdo yo todo mi bien, pero yo
»soy la desdichada, faltandome quien solia ser mi amparo; ya no terné quien se duela
»de mí, y me consuele en mis trabajos y fatigas; qué haré yo sin vos agora, desventu-
»rada de mí?» El entonces, abriendo supitamente los ojos, respondio: «Ay muger mia
»de mis entrañas, qué haveys de hazer? sino que pues haveys comido, baxeys a bever
»a la bodega». Entonces todos los que estavan presentes, trocando la tristeza en regocijo, dispararon en reir: y más despues quando el marido les contó el intento de la
burla, y como lo havia salido.

> Tal se penso de veras ser amado,
> Y burlando quedó desengañado».

En las *Facecias* de Poggio se halla también (con el número 60 «De eo qui uxorem
in flumine peremptam quaerebat») la sabida anécdota que Mey volvió á contar con el
título de *La mujer ahogada y su marido* (fábula XVIII). Pero no es seguro que la
tomase de allí, siendo tantos los libros que la contienen. Aun sin salir de nuestra literatura, podía encontrarla en el Arcipreste de Talavera, en el *Sobremesa* de Timoneda
y en otros varios autores. Tanto la versión de Timoneda, como la de Poggio, son secas
y esquemáticas; no así la de Mey, que amplificando galanamente, según su costumbre,
traslada el cuento «á la orilla de Henares» y con cuatro rasgos de vida española saca
de la abstracción del apólogo las figurillas vivas de Marina Gil, «lavandera de los estudiantes y muy habil en su oficio»; del buen Pero Alonso, su marido, y de su compadre
Anton Royz.

El mismo procedimiento usa en otros cuentos, que parecerían indígenas, por el sabor
del terruño que tienen, si no supiésemos que son adaptaciones de otros italianos. Así
el de «El Dotor y el Capitan» (fáb. X), que según ha descubierto el Sr. Milton A. Buchanan, es la misma historia de «Il capitano Piero da Nepi» y «M. Paolo dell'Ottanaio»,

inserta en el *Diporto de' viandanti* de Cristoforo Zabata (¹), obrilla análoga, aun en el título, al *Alivio de Caminantes* de Timoneda; pero que no le sirvió de modelo, sino al revés, puesto que es posterior en bastantes años. Es, en cambio, anterior á Mey, y no puede dudarse de la imitación, aunque muy disimulada.

«Llegaron juntos a comer a una venta el Dotor Calderon, famoso en Medicina, y el Capitan Olmedo. Tuvieron a la mesa perdizes, y comian en un plato. Pero el Capitan en columbrando las pechugas y los mejores bocados, torciendo a su proposito la platica, y tomando lo mejor, dezia: «Con este bocado me ahogue, señor Dotor, si no le digo »verdad». Disimuló el Dotor dos o tres vezes, pero a la quarta, pareciendole algo pesada la burla, al tiempo que alargava el Capitan la mano, diziendo «con este bocado me »ahogue», sin dexarle acabar de dezir, cogió con la una mano el plato y con la otra el bocado a que tirava el Capitan, diziendole: «No jure, señor Capitan, no jure, que sin »jurar le creo. Y si de aqui adelante quisiere jurar, sea que le derribe el primer arca-»buzazo que los enemigos tiraren, porque es juramento más conveniente a un capitan »y soldado viejo como vuesamerced». Desta manera le enseñó al Capitan a tener el término debido.

> Alguna vez suele quedar burlado
> El que con otros es desvergonzado».

Un ejemplo de adaptación italiana mucho más directa, en algunos puntos casi literal y donde no se cambian ni el lugar de la escena ni el nombre de los personajes, tenemos en la fábula LV *El médico y su mujer*, cuya fuente inmediata, descubierta igualmente por el Sr. Buchanan, es la *novela 2.ª* de la cuarta *jornada* de Sansovino (²), la cual á su vez procede de las *Cento novelle antiche* (núm. 46), y debe de ser de origen provenzal, puesto que parece encontrarse una alusión á ella en estos versos del trovador Pedro Cardenal:

> Tals cuja aver filh de s' esposa
> Que no i a re plus que cel de Tolosa (³).

El cuento es algo libre y de picante sabor, pero precisamente por ser el único de su género en el *Fabulario*, creo que no debo omitirle, persuadido de que el donaire con que está contado le hará pasar sin ceño de los eruditos, únicos para quienes se imprimen libros como éste.

«Huvo en Tolosa un medico de mucha fama llamado Antonio de Gervas, hombre rico y poderoso en aquellos tiempos. Este deseando mucho tener hijos, casó con una sobrina del Governador de aquella ciudad (⁴), y celebradas las bodas con grande fiesta y aparato, segun convenia a personas de tanta honrra, se llevó la novia a su casa con

---

(¹) *Diporto de' Vindanti, nel quale si leggono Facetie, Motti e Burle, raccolte da diversi e gravi autori. Pavia, Bartoli, 1589, 8.º*
Esta es la más antigua de las ediciones mencionadas por Gamba en su bibliografía novelística.

(²) *Cento Novelle de' più nobili scrittori della lingua volgare scelte da Francesco Sansovino... Venezia, appresso Francesco Sansovino, 1561.*
Hállase también en las ediciones de 1562, 1563, 1566, 1571, 1598, 1603 y 1610.

(³) Ancona, *Le fonti del Novellino*, p. 319.

(⁴) En Sansovino no es el Governador sino el Arzobispo.

mucho regocijo, y no pasaron dos meses que la señora su muger parió una hija. Visto esto por el Medico, no hizo sentimiento, ni mostró darse por ello pena; antes viendo a la muger afligida, la consolava, trabajando por persuadirle con muchos argumentos fundados en la ciencia de su arte, que aquella mochacha segun razon podia ser suya, y con amoroso semblante y buenas palabras hizo de manera que la muger se sosegó, honrrandola él mucho en todo el tiempo del parto y proveyendola en abundancia de todo quanto era necesario para su salud. Pero despues que la muger convaleció, y se levantó de la cama, le dixo el Medico un dia: «Señora, yo os he honrrado y servido ›desde que estays conmigo quanto me ha sido posible. Por amor de mí os suplico que ›os bolvays a casa de vuestro padre, y os esteys alli de aqui adelante, que yo miraré ›por vuestra hija y la haré criar con mucha honrra». Oido esto por la muger, quedó como fuera de sí; pero tomando esfuerço, començó a dolerse de su desventura, y a dezir que no era honesto, ni parecia bien que la echase de aquella manera fuera de casa. Mas no queriendo el Medico, por bien que ella hizo y dixo, mudar de parecer, vinieron a terminos las cosas que huvo de mezclarse el Governador entendiendo que el Medico en todo caso queria divorcio con la sobrina, y assi embió por él. Venido el Medico, y hecho el devido acatamiento, el governador (que era hombre de mucha autoridad) le habló largamente sobre el negocio, diciendole que en los casos que tocan a la honrra, con-viene mirar mucho a los inconvenientes que se pueden seguir, y es menester que se tenga mucha cuenta con que no tenga que dezir la gente, porque la honrra es cosa muy delicada y la mancha que cae una vez sobre ella por maravilla despues hay reme-dio de poder quitarla. Tentó juntamente de amedrentarle con algunas amenazas. Pero quando huvo hablado a su plazer, le respondió el Medico: «Señor, yo me casé con ›vuestra sobrina creyendo que mi hacienda bastaria para sustentar a mi familia, y mi ›*presupuesto* era que cada año havia de tener un hijo uo más, pero haviendo parido ›mi muger a cabo de dos meses, no estoy yo tan abastado, si cada dos meses ha de ›tener el suyo, que pueda criarlos, ni darles de comer; y para vos no seria honrra nin-›guna que viniese a pobreza vuestro linage. Y assi os pido por merced, que la deys a ›hombre que sea más rico que yo, para que pariendo tan amenudo, pueda criar y dexar ›ricos todos sus hijos, y a vos no os venga desonrra por ello». El Governador, que era discreto y sagaz, oyendo esto, quedó confuso, y replicóle que tenia razon en lo que dezia, y con esto le despidió.

> La hazienda que entre pocos es riqueza,
> Repartida entre muchos es pobreza».

No en todos los casos parece tan obvio el origen literario del cuento, por ser muy vulgar la anécdota y no presentar en el texto de Mey ningún rasgo que arguya paren-tesco directo con otras versiones. Tal sucede con la fábula LVI *El convidado acudido*, que figura, aunque con distintos accesorios, en el cuadernillo manuscrito de los *Cuentos de Garibay* y en la *Floresta Española* [1]. Cotejando la versión de Mey que

_____

[1] «En un gran banquete, que hizo un señor á muchos caballeros, despues de haber servido may diversos manjares, sacaron barbos enteros, y pusieron á un capitan de una Nao, que estaba al cabo de la mesa, un pez muy pequeño, y mientras que los otros comian de los grandes, tomó él el pececillo y púsole á la oreja. El señor que hacia el banquete, páróse mientes, y preguntóle la causa. Respondió: «Señor, mi padre tenia el mismo oficio que yo tengo, y por su desdicha y mía anegóse

pongo á continuación con la de Santa Cruz, que va por nota, se palpará la diferencia entre el estilo conciso y agudo del toledano y la manera más pintoresca, verbosa y festiva del impresor de Valencia.

«Francisco Quintañon vezino de Bilbao, combidó, segun acostumbrava cada año, el dia del Santo de su nombre, en el qual havia nacido, a algunos amigos. Los quales truxeron al combite a Luis Loçano, estudiante, hombre gracioso, bien entrañado, y que si le llamavan á un combite, no dezia de no, y por caer aquel año en Viernes el combite, hubo de ser de pescado. A lo qual proveyó el Quintañon en abundancia y muy bueno. Sentados a la mesa, dieron a cada uno su porcion de vesugos, congrios y otros pescados tales. Sólo a Loçano le dieron sardinas, y no sé qué pescadillos menudos, por ventura por no haver sido de los llamados, sino que le havian traido. Como él vio aquella menudencia en su plato, en lugar de comer como hazian los otros, tomava cada pescadillo, y llegavasele al oido, y bolviale despues al plato. Reparando en aquello los combidados, y preguntandole por qué hazia aquéllo? respondio: «Havrá seys años, que »pasando un hermano mio a Flandes, y muriendo en el viaje, echaron su cuerpo en el »mar; y nunca he podido saber dónde vino a parar, y si tuvo su cuerpo sepultura o no, »y eso se lo preguntava a estos pececillos, si por dicha lo sabian. Todos me respon- »den en conformidad que no saben tal, porque en ese tiempo no havian ellos aun »nacido: que se lo pregunte a esos otros pescados mayores que hay en la mesa, porque »sin duda me daran relacion». Los combidados lo echaron en risa, entendiendo la causa porque lo dezia; y Quintañon, echando a los moços la culpa que lo havrian hecho por descuydo, mandó traerle un plato de lo mejor que havia.

> Si en un combite fueres encogido,
> Serás tambien sin duda mal servido».

Otra anécdota mucho más conocida que la anterior es la de *El truhan y el asno*. En el estudio del Sr. Buchanan pueden verse útiles indicaciones bibliográficas sobre las transmigraciones de esta *facecia*, que se repite en el Esopo de Waldis, en el libro alemán *Til Enlenspiegel*, en los Cuentos de Buenaventura Des Periers y en otras muchas partes. Entre nosotros anda en la tradición oral, pero no conozco texto literario anterior al de Mey, que es muy donoso por cierto.

«Delante del Duque de Bayona tomava el ayo un dia licion a los pages, entre los quales havia uno de tan duro ingenio, que no podian entrarle las letras en la cabeça. De lo qual se quexava el ayo, diziendo que havia seys meses que le enseñava y no

»en el mar y no sabemos adónde, y desde entonces á todos los peces que veo, pregunto si saben de »él. Díceme éste, que era chiquito, que no se acuerda».

(*Floresta Española...* Sexta parte, Capítulo VIII, n. XII de «dichos de mesa», pág. 254 de la ed. de 1790.)

Pequeñas variantes tiene el cuento de Garibay:

«Sirvieron a la mesa del Señor unos peces pequeños y al Señor grandes. Estaba a la mesa un fraile, y no hacia más que tomar de los peces chicos y ponellos al oido y echallos debajo de la mesa. El Señor miró en ello, y díjole: «Padre ¿huelen mal esos peces?» Respondió: «No, señor, sino que »pasando mi padre un rio, se ahogó, y preguntábales si se habian hallado a la muerte de mi padre. »Ellos me respondieron que eran pequeños, que no, que esos de V. S.ª que eran mayores, podría ser »que se hubiesen hallado». Entendido por el Señor, dióle de los peces grandes, diciéndole: «Tome, y »pregúntesle la muerte de su padre» (*Sales Españolas*, de Paz Mélia, II, p. 52).

sabia aun deletrear. Hallandose un truhan presente dixo: «Pues a un asno enseñaré yo ›en seys meses a leer». Oyendolo el Duque, le dixo: «Pues yo te apostaré que no lo ›enseñas ni en doze». Porfiando él que sí, dixo el Duque: «Pues sabes cómo te va? ›que me has de dar en un año un asno que sepa leer, so pena que si no lo hazes, has ›de recebir quatrocientos açotes publicamente del verdugo, y si lo hazes y ganas, te ›haya yo de dar quatro mil ducados; por eso mira en lo que te has puesto por parlar». Pesole al truhan de haber hablado; pero en fin vista la deliberacion del Duque, procuró despavilar el ingenio, y ver si tenia remedio de librarse del castigo. Mercó primeramente un asnillo pequeño muy luzio y bien tratado, y pusole delante un librazo; mas por bien que le bramava a las orejas A. b. c. no havia remedio más que si lo dixera a una piedra, por donde viendo que esto era por demas, imaginó de hazer otra cosa. Puesto sobre una mesa el dicho libro delante del asno, echavale unos quantos granos de cevada sobre una de las hojas y otros tantos sobre la otra hoja siguiente, y sobre la tercera tambien. Despues de haverse comido el asno los granos de la hoja primera, tenia el truhan con la mano la hoja buen rato, y despues dexavale que con el hozico se bolviese; y a la otra hoja hazia lo mismo. Poco a poco habituó al asno a que sin echarle cevada hiziese tambien aquello. Y quando le tuvo bien impuesto (que fue antes del año) avisó al Duque cómo ya su asno sabia leer: que le señalase dia en que por sus ojos viese la prueva. Aunque lo tuvo el Duque por imposible, y que saldria con algun donayre, con todo eso le señaló dia, venido el qual, fue traido el asno a palacio, y en medio de una quadra muy entoldada, haviendo acudido muchisima gente, pusieron sobre una mesa un grandisimo libro: el qual començó el asno a cartear de la manera que havia acostumbrado, estando un rato de la una hoja a la otra mirando el libro. Y desta manera se entretuvo un grande rato. El Duque dixo entonces al truhan: «Cómo ›lee tu asno? tú has perdido». «Antes he ganado (respondio el truhan) porque todo el ›mundo vee como lee. Y yo emprendí de enseñarlo a leer solamente y no de hablar. ›Yo he cumplido ya con mi obligacion, y lo protesto assi, requiriendo y llamando por ›testigos a todos los que estan presentes, para que me hagan fe de aquesto. Si hallare ›vuestra Excelencia quien le enseñe a hablar, entonces podrá oirle claramente leer, y ›si acaso huviere quien tal emprenda, seguramente puede ofrecerle vuestra Excelencia ›doze mil ducados, porque si sale con ello, los merecerá muy bien por su trabajo y ›habilidad». A todos les pareció que dezia bien el truhan, y el mismo Duque teniendose por convencido, mandó darle los quatro mil ducados que le havian ofrecido.

> Como tengas paciencia y perseveres,
> Saldras con cualquier cosa que emprendieres».

Algunos cuentecillos de Mey, como otros de Timoneda, son explicación ó comentario de algún dicho proverbial. Esta frase, por ejemplo, *Parece á lo del raton que no sabe sino un agujero*, se comprueba con los dos ejemplos del pintor de retablos que no sabía hacer más efigie que la de San Antonio, y con ella, ó con dos del mismo Santo, pensaba satisfacer á quien le pedía la de San Cristóbal; y el del músico que no sabía cantar más letrilla que la de «La mañana de San Juan– al punto que alboreaba» (¹).

(¹) Fáb. XVI.

> De ser cantor no tenga presuncion
> El que no sabe más de una cancion.

El color local da frescura ó interés á las más triviales anécdotas del *Fabulario*. Mey huye siempre de lo abstracto y de lo impersonal. Así, el pintor de retablos no es un pintor cualquiera, sino «Mase Rodrigo pintor que vivia en Toledo cabe la puerta de Visagra», y el cantor es «Juan Pie de Palo, privado de la vista corporal». Una curiosa alusión al héroe del libro de Cervantes realza la fábula XX, cuadrito muy agradable, en que la vanidad del hidalgo y la torpeza·de su criado producen el mismo efecto cómico que las astucias de Caleb, el viejo servidor del hidalgo arruinado, en la novela de Walter-Scott *The Bride of Lammermoor*.

«Luis Campuzo, de tierra de la Mancha, *y pariente de D. Quijote, aunque blaso-nava de hidalgo de secutoria*, no acompañavan el poder y hazienda a la magnanima grandeça que en su coraçon reynava; mas si con las obras no podia, con las palabras procurava de abultar las cosas, de manera que fuesen al mundo manifiestas y tuviesen que hablar dél. Era amigo de comer de bueno, aunque no de combidar a nadie; y para que dello tambien se tuviesse noticia, hijos y mujer ayudavan a pregonarlo, diziendole quando estava en conversacion con otros hidalgos que las gallinas o perdices estaban ya asadas, que entrase a cenar. Quando hijos y mujer se olvidavan, él tenia cuidado de preguntarlo en presencia de ellos a un criado: que como de ordinario los mudava, no podia tenerlos habituados a su condicion y humor. Haviendo pues asentado Arguixo con él, segun acostumbraba con otros, le preguntó á vozes en presencia de sus amigos: «Qué tenemos para cenar, hermano Arguixo?» El otro sin malicia ninguna respondio: «Señor, una perdiz», y bolviendo el otro dia con semejante demanda, quando le dixo: «Qué hay ésta noche de cenar?» el otro respondio: «Señor, un palomino». Por donde haviendole reñido el amo y dado una manezica sobre que no se sabia honrar ni hazer tener, concluyó con enseñarle de qué manera havia de responderle de alli adelante, diziendole: «Mirad, quando de aqui adelante os interrogare yo sobre el cenar, haveys »de responder por el numero plural, aunque no haya sino una cosa; como si hay una »perdiz, direys: perdizes, perdizes; si un ·pollo: pollos, pollos; si un palomino: palomi-»nos, palomiños, y assi de todo lo demás». Ni al criado se le olvidó la licion, ni dexó él passar la ocasion de executarla, porque venida la tarde, antes que la junta de los hidalgos se deshiziese, queriendose honrar como solia, en presencia dellos, a bozes preguntó: «Qué hay que cenar esta noche, Arguixo?» «Vacas, señor, vacas», respondio él: de que rieron los hidalgos; pero el amo indignado, bolviendose al moço, dixo: «Este »vellaco es tan grosero, que no entiende aun que no hay regla sin excepcion». «¿Qué »culpa tengo yo, replicó él, si vos no me enseñastes más Gramatica?» Y haviendole despedido el amo sobre el caso, fue causa que se vino a divulgar el chiste de sus grandezas.

Quien más se entera de lo que conviene,
Sin pensarlo a quedar burlado viene».

Con la misma candorosa malicia están sazonados otros cuentos, en que ya no puedo detenerme, como el de *El mentiroso burlado* (¹), el de *Los labradores codicio-*

(¹) Fáb. XIII. Es cuento de mentiras de cazadores.

No disimules con quien mucho miente,
Porque delante de otros no te afrente.

sos (¹), el de *El cura de Torrejon* (²) y sobre todo el do *La porfía de los recien casados* (³), que con gusto reimprimiría á no habérseme adelantado Mr. Buchanan. Es el
mejor *specimen* que puede darse del gracejo picaresco y de la viveza expresiva y familiar de su prosa, dotes que hubieran hecho de Mey un excelente novelista satírico de
la escuela del autor de *El Lazarillo*, si no hubiese encerrado constantemente su actividad en un cauce tan estrecho como el de la fábula y el proverbio moral. Su intención pedagógica no podía ser más honrada y cristiana, y bien lo prueba el piadoso
ejemplo (⁴) con que su libro termina; pero es lástima que no hubiese tenido más ambición en cuanto á la extensión y forma de sus narraciones y al desarrollo de la
psicología de sus personajes.

Dos veces ensayó, sin embargo, la novela italiana; pero en el género de amores y
aventuras, que era el menos adecuado á las condiciones de su ingenio observador y
festivo. La primera de estas dos narraciones relativamente largas, *El Emperador y su
hijo* (⁵), tiene alguna remota analogía con la anécdota clásica de Antíoco y Seleuco, y
en ciertos detalles recuerda también la novela de Bandello que dio argumento para el
asombroso drama de Lope *El castigo sin venganza*, pero va por distinto rumbo y es
mucho más complicada. El anciano Emperador de Trapisonda concierta casarse con
Florisena, hija del rey de Natolia, enamorado de su beldad por un retrato que había
visto de ella. El rey de Natolia, á trueco de tener yerno tan poderoso, no repara en la
desproporción de edad, puesto que él pasaba de los sesenta y ella no llegaba á los
veinte. El Emperador envía á desposarse en nombre suyo y á traer la novia á su hijo
Arminto, gentil mozo en la flor de su edad, del cual se enamora locamente la princesa,
llegando á declararle su pasión por señas inequívocas y finalmente requiriéndole de
amores. El, aunque prendado de su hermosura, rechaza con horror la idea de hacer
tal ofensa á su padre, y huye desde entonces cuanto puede del trato y conversación
con la princesa. Frenética ella escribe al Emperador, quejándose del desvío y rustique-
za de su hijo, y el Emperador le ordena ser obediente y respetuoso con su madrastra; pero los deseos de la mala mujer siguen estrellándose en la virtuosa resistencia del
joven. Emprenden finalmente su viaje á la corte, y en el camino la princesa logra,
mediante una estratagema, atraer al joven una noche á su aposento, y rechazada otra

(¹) Fáb. XXXII.

> Hablale de ganancia al codicioso,
> Si estás de hazerle burla deseoso.

(²) Fáb. XLVI.

> Si hizieres al ingrato algun servicio,
> Publicará que le hazes maleficio.

(³) Fáb. LI.

> Harás que tu muger de ti se ria,
> Si la dexas salir con su porfia.

(⁴) Fáb. LVII. *El Maestro de escuela*

> Encomiendate a Christo y a Maria,
> A tu Angel y a tu Santo cada dia.

(⁵) Fáb. XXXIV.

> No cases con mochacha si eres viejo;
> Pesarte ha si no tomas mi consejo.

vez por él, sale diciendo á voces que la había deshonrado. Conducidos á la presencia del Emperador, el príncipe nada quiere decir en defensa propia, y cuando estaba á punto de ser condenado á muerte, la Emperatriz reclama el privilegio de dar la sentencia, haciendo jurar solemnemente al Emperador que pasará por lo que ella ordene. «Felisena entonces dixo: «La verdad es que mi padre no me dió deste casamiento más razon »de que me casava con el Emperador de Trapisonda, sin dezirme de qué edad era, ni »otras circunstancias; y en viendo yo al Principe crei que él era mi marido, y le cobré »voluntad y amor de muger y no de madre: ni mi edad ni la suya lo requieren, y desde »aquella hora nunca he parado hasta que al cabo le forzé a cumplir mi voluntad, de »manera que yo le hice a él fuerça y no él a mí: yo me desposé con él, y siempre con »intencion de que era verdadero esposo y no prestado. Siendo pues ya muger del hijo, »no puedo en manera ninguna serlo del padre, pero quando no huviera nada desto, »supuesto que ha de ser el casamiento voluntario y libre, y no forçoso, digo que a mi »señor el Emperador le serviré yo de rodillas como hija y nuera, pero no como muger. »Si es otra su voluntad, yo me bolveré a casa del Rey mi padre, y biuda esperaré á lo »que Dios querrá disponer de mí». Los sabios del Consejo y todos los que estaban presentes interceden con el Emperador para que cumpla su juramento y renuncie á la mano de la princesa en favor de su hijo. Hay en este cuento, como queda dicho y de su simple exposición se infiere, algunos detalles comunes con el de Parisina, tal como le trataron Bandello y Lope; pero el desenlace no es trágico, sino alegre y placentero, aunque no lo fuese para el burlado Emperador de Trapisonda. Esto sin contar con la inocencia del príncipe y otros rasgos que hacen enteramente diversas ambas historias. También la de Mey es de corte italiano, aunque no puedo determinar ahora de cuál de los *novellieri* está tomada ni Mr. Buchanan lo ha averiguado tampoco.

En cambio, se debe á este erudito investigador el haber determinado con toda precisión la fuente de otra historia de Mey, *El caballero leal a su señor* (fáb. XLIX), que es un arréglo ó adaptación de la quincuagésima y última de Masuccio Salernitano [1], con ligeras variantes, entre ellas el nombre de Pero López de Ayala cambiado en Rodrigo y el de su hijo *Aries* ó Arias en Fadrique. El cuento parece de origen español, como otros de Masuccio, el cual lo da por caso auténtico, aprendido de un noble ultramontano [2]; los afectos de honra y lealtad que en él dominan son idénticos á los que campean en nuestras comedias heroicas, aunque fuera del título ninguna semejanza se encuentra entre la comedia de Lope *El Leal Criado* y este cuento de Mey, que pongo aquí por última muestra de su estilo en un género enteramente diverso de los anteriores:

«Muchos años ha que en la ciudad de Toledo huvo un cavallero llamado Rodrigo Lopez, tenido por hombre de mucha honrra y de buena hazienda. Tenia éste dos hijas, y un hijo sólo llamado Fadrique, moço virtuoso y muy gentil hombre; pero preciavase de valiente, y pegavasele de aqui algun resabio de altivez. Platicando éste y haziendo

[1] *Il Novellino di Masuccio Salernitano*, ed. de Settembrini, Nápoles, 1874. Págs. 519 y ss.

[2] *Cercando ultimamente tra virtuosi gesti, di prossimo me è già stato da uno nobile oltramontano per autentico recontato, che è ben tempo passato che in Toleto città notevols di Castiglia fu un cavaliero d'antiqua e generosa famiglia chiamato misser Piero Lopes d'Aiala, il quale avendo un suo unico figliolo molto leggiadro e bello e di gran core, Aries nominato...*

En el exordio dice tambien que su novela ha sido «de virtuosi oltramontani gesti fabbricata».

camarada con otros cavalleros de su edad, acaeció que una noche se halló en una quistion con otros a causa de uno de sus compañeros: en la qual como los contrarios fuesen mayor número, y esto fuese para él causa de indignacion, y con ella le creciese el denuedo, tuvose de manera que mató a uno dellos. Y porque el muerto era de muy principal linage, temiendo de la justicia, determinó de ausentarse y buscar por el mundo su ventura. Lo qual comunicó con su padre, y le pidió licencia, y su bendicion. El padre se la dio con lagrimas, y le aconsejó cómo se havia de regir, y juntamente le proveyó de dineros y de criados, y le dio dos cavallos. En aquel tiempo tenia el rey de Francia guerra contra Inglaterra, por lo cual determinado de servirle, fue al campo del Rey, y como su ventura quiso, asentó por hombre de armas con el Conde de Armiñac, que era general del exército y pariente del Rey. Viniendo despues las ocasiones, se començó a señalar, y a dar muestras de su valor, haziendo maravillosas proezas assi en las batallas de campaña como en las baterias de castillos y ciudades, de manera que assi entre los Franceses como entre los enemigos no se hablava sino de sus hazañas y valentia. Esto fue causa de ganarse la voluntad y gracia del General, y de que le hiziese grandisimos favores; y como siempre le alabava, y encarecia sus hechos en presencia del Rey, pagado el Rey de su valor le quiso para su servicio; y le hizo su Gentilhombre, y cavallero mejor del Campo, señalandole plaça de grandisima ventaja, y era el primero del Consejo de Guerra; y en fin hazia tanto caso dél, que le parecia que sin su Fadrique no se podia dar efeto a cosa de importancia. Pero venido el ivierno retiró el Rey su Campo, y con la flor de sus cavalleros, llevando entre ellos a Fadrique, se bolvió a Paris. Llegado alli, por dar plazer al pueblo y por las vitorias alcançadas quiso hazer una fiesta: a la qual mandó que combidasen a los varones más señalados, y a las más principales damas del reyno. Entre las damas que acudieron a esta fiesta, que fueron en gran número, vino una hija del Conde de Armiñac, a maravilla hermosa. Dado pues principio a la fiesta con general contento de todos, y señalandose mucho en ella Fadrique en los torneos, y en los otros exercicios de Cavalleria, la hija del Conde puso los ojos en él, y por lo que habia oido de sus proezas, como por lo que con sus ojos vio, vino a quedar dél muy enamorada; y con mirarle muy a menudo, y con otros ademanes le manifestó su amor, de manera que Fadrique se dio acato dello; pero siendo de su inclinacion virtuoso, y acordandose de los beneficios que havia recevido del Conde su padre, hizo como quien no lo entendia, y passavalo en disimulacion. Pero la donzella que le amava de coraçon, estava por esto medio desesperada, y hazia estremos de loca. Y con esta turbacion le pasó por el pensamiento escrivirle una carta; y poniendolo en efeto, le pintó en ella su aficion y pena con tanto encarecimiento y con tan lastimeras razones, que bastara a ablandar el coraçon de una fiera; y llamando un criado de quien fiava, y encargandole el secreto, le mandó que llevase a Fadrique aquella carta. El criado receloso de que no fuese alguna cosa que perjudicase a la honrra della, y temiendo del daño que a él se le podia seguir, en lugar de llevar a Fadrique la carta, se la llevó al Conde su señor. El qual leida la carta, y visto el intento de su hija, pensó de poder dar con la cabeça por las paredes; imaginava si la mataria, o si la cerraria en una prision para toda su vida; pero reportado un poco, hizo deliberacion de provar a Fadrique, y ver cómo lo tomava. Y con este presupuesto bolvió a cerrar la carta, y mandó al criado que muy cautelosamente se la diese a Fadrique de parte de su hija, y cobrase respuesta dél. El criado se la llevó, y Fadrique

entendido cúya era, la recibió algo mustiamente; y su respuesta era en suma, que le
suplicava se quitase aquella locura de la cabeça; que la desigualdad era entre los dos
tanta, que no podian juntarse por via legitima, siendo él un pobre cavallero y ella hija
de señor tan principal, y que a qualquier desgracia y trabajo, aunque fuese perder la
vida, se sugetaria él primero que ni en obra ni en pensamiento imaginase de ofender
al Conde su señor, de quien tantas mercedes havia recebido; que si no podia vencer del
todo su deseo, le moderase alomenos, y no diese de sí qué dezir; que la fortuna con el
tiempo lo podia remediar, entibiandosele a ella o mudandosele como convenia la voluntad; o dandole a él tanta ventura, que por sus servicios haziendole nuevas mercedes el
Rey le subiese a mayor grado: que entonces podria ser que viniese bien su padre, y en
tal caso seria para él merced grandisima; pero que sin su consentimiento ni por el presente ni jamas tuviese esperança de lo que pretendia dél. Esto contenia su respuesta. Y
despues de haver cerrado muy bien la carta, se la dió al criado para que la llevase a
su señora. El se la llevó al Conde, como él propio se lo havia ordenado. El Conde la
lèyó; y fue parte aquella carta no solo para que se le mitigasse el enojo contra la hija,
pero para que con nueva deliberacion se fuese luego al Rey, y le contase todo quanto
havia pasado, hasta mostrarle las cartas, y le manifestase lo que havia determinado de
hazer. Oido el Rey todo esto, no se maravilló de la donzella, antes la desculpó, sabiendo
quanta fuerça tiene naturaleza en semejantes casos: pero quedó atonito de la modestia
y constancia del cavallero, y de aqui se le dobló la voluntad y aficion que le tenia. Y
discurriendo con el Conde sobre la orden que se havia de tener, le mandó que pusiese
por obra, y diese cumplimiento a lo que havia deliberado: que en lo que a su parte
tocava, él le ofrecia de hazerlo como pertenecia a su Real persona, y assi lo cumplió.
Con esto mandaron llamar a Fadrique, y el Conde muy alegre en presencia del Rey le
dio a su hija por mujer. Y el dia siguiente haviendo el Rey llamado a su palacio a los
Grandes que havia en Corte, los hizo desposar. Quién podria contar el contento que la
dama recibió, viendo que le davan por marido aquel por quien havia estado tan apasionada, y sin esperança de alcançarle? Fadrique quedó tambien muy contento. Las fiestas que se hizieron a sus bodas fueron muy grandes, y ellos bivieron con mucha paz
y quietud acompañados sus largos años.

                        Si a tu señor guardares lealtad,
                     Confia que ternás prosperidad».   .

     La extraordinaria rareza del libro y la variedad ó importancia de su contenido nos
han hecho dilatar tanto en las noticias y extractos del *Fabulario*, del cual dio una idea
harto inexacta Puibusque, uno de los pocos escritores que le mencionan; puesto
que ni las fábulas están «literalmente traducidas de Fedro» (cuyos apólogos, no impresos hasta 1596 y de uso poco frecuente en las escuelas de España antes del siglo XVIII,
no es seguro que Sebastián Mey conociese), sino que están libremente imitadas de Esopo y Aviano; ni mucho menos constan «de versos fáciles y puros», pues no hay más
versos en toda la obra que los dísticos con que termina cada uno de los capítulos. De
los cuentos, sí, juzgó rectamente Puibusque: «son ingeniosos y entretenidos (dice),
exhalan un fuerte olor del terruño y no carecen de intención filosófica» (¹).

(¹) *Le Comte Lucanor...* París, 1854, pág. 149.

Notable contraste ofrece con la tendencia moral y didáctica del *Fabulario* otro libro muy popular á principios del siglo XVII, y tejido de cuentos en su mayor parte. Su autor, Gaspar Lucas Hidalgo, vecino de la villa de Madrid, de quien no tenemos más noticia que su nombre, le tituló *Diálogos de apacible entretenimiento*, y no llevaba otro propósito que hacer una obra de puro pasatiempo, tan amena y regocijada y de tan descompuesta y franca alegría como un sarao de Carnestolendas, que por contraste picante colocó en la más grave y austera de las ciudades castellanas, en Burgos. Dos honrados matrimonios y un truhán de oficio llamado Castañeda son los únicos interlocutores de estos tres diálogos, que se desarrollan en las tres noches de Antruejo, y que serían sabrosísimos por la gracia y ligereza de su estilo si la sal fuese menos espesa y el chiste un poco más culto. Pero las opiniones sobre el decoro del lenguaje y la calidad de las sales cómicas cambian tanto según los tiempos, que el censor Tomás Gracián Dantisco, al aprobar este libro en 1603, no temió decir que «emendado como va el original, no tiene cosa que ofenda; antes por su buen estilo, curiosidades y donayres permitidos para pasatiempo y recreacion, se podrá dar al autor el privilegio y licencia que suplica». No sabemos lo que se enmendaría, pero en el texto impreso quedaron verdaderas enormidades, que indican la manga ancha del censor. No porque haya ningún cuento positivamente torpe y obsceno, como sucede á menudo en las colecciones italianas, sino por lo desvergonzadísimo de la expresión en muchos de ellos, y sobre todo por las inmundicias *escatológicas* en que el autor se complace con especial fruición. Su libro es de los más sucios y groseros que existen en castellano; pero lo es con gracia, con verdadera gracia, que recuerda el *Buscón*, de Quevedo, siquiera sea en los peores capítulos, más bien que la sistemática y desaliñada procacidad del *Quijote* de Avellaneda. A un paladar delicado no puede menos de repugnar semejante literatura, que en grandes ingenios, como el de nuestro D. Francisco ó el de Rabelais, sólo se tolera episódicamente, y al cual no dejó de pagar tributo Molière en sus farsas satíricas contra los médicos. Si por el tono de los coloquios de Gaspar Lucas Hidalgo hubiéramos de juzgar de lo que era la conversación de la clase media de su tiempo, á la cual pertenecen los personajes que pone en escena, formaríamos singular idea de la cultura de aquellas damas, calificadas de honestísimas, que en su casa autorizaban tales *saraos* y recitaban en ellos tales cuentos y chascarrillos. Y sin embargo, la conclusión sería precipitada, porque aquella sociedad de tan libres formas era en el fondo más morigerada que la nuestra, y reservando la gravedad para las cosas graves, no temía llegar hasta los últimos límites de la expansión en materia de burlas y donaires.

Por de pronto, los *Diálogos de apacible entretenimiento* no escandalizaron á nadie. Desde 1605 á 1618 se hicieron á lo menos ocho ediciones (¹), y si más tarde los llevó

(¹) *Dialogos de apacible entretenimiento, que contiene vnas Carnestolendas de Castilla. Diuidido en las tres noches del Domingo, Lunes, y Martes de Antruexo. Compvesto por Gaspar Lucas Hidalgo. Procvra el avtor en este libro entretener al Letor con varias curiosidades de gusto, materia permitida Para recrear penosos cuydados a todo genero de gentes.* Barcelona, en casa de Sebastian Cormellas. Año 1605.

8.°, 3 hs. prls. y 108 folios.

Según el Catálogo de Salvá (n. 1.847), hay ejemplares del mismo año y del mismo impresor, con diverso número de hojas, pero con igual contenido.

Una y otra deben de ser copias de una de Valladolid (¿1603?), según puede conjeturarse por la

la Inquisición á su Índice, fue de seguro por la irreverencia, verdaderamente intolerable aun suponiéndola exenta de malicia, con que en ellos se trata de cosas y personas eclesiásticas, por los cuentos de predicadores, por la parodia del rezo de las viejas, por las aplicaciones bajas y profanas de algunos textos de la Sagrada Escritura, por las indecentes burlas del sacristán y el cura de Ribilla y otros pasajes análogos. Aunque Gaspar Lucas Hidalgo escribía en los primeros años del siglo XVII, se ve que su gusto se había formado con los escritores más libres y desenfadados del tiempo del Emperador, tales como el médico Villalobos y el humanista autor del «Crótalon».

En cambio no creo que hubiese frecuentado mucho la lectura de las novelas italianas, como da á entender Ticknor. El cuadro de sus *Diálogos*, es decir, la reunión de algunas personas en día de fiesta para divertirse juntas y contar historias, es ciertamente italiano, pero las costumbres que describe son de todo punto castizas y el libro no contiene verdaderas novelas, sino cuentecillos muy breves, ocurrencias chistosas y varios papeles de donaire y curiosidad, intercalados más ó menos oportunamente.

Son, pues, los *Diálogos de apacible entretenimiento* una especie de miscelánea ó floresta cómica; pero como predominan extraordinariamente los cuentos, aquí y no en otra parte debe hacerse mención de ella. Escribiendo con el único fin de hacer reir, ni siquiera aspiró Gaspar Lucas Hidalgo al lauro de la originalidad. Algunos de los capítulos más extensos de su obrita estaban escritos ya, aunque no exactamente en la misma forma. «La invención y letras» con que los roperos de Salamanca recibieron á los Reyes D. Felipe III y Doña Margarita cuando visitaron aquella ciudad en junio de 1600 pertenece al género de las relaciones que solían imprimirse sueltas. El papel de los *gallos*, ó sea vejamen universitario en el grado de un Padre Maestro Cornejo, de la Orden Carmelitana, celebrado en aquellas insignes escuelas con asistencia de dichos Reyes, es seguramente auténtico y puede darse como tipo de estos desenfados claustrales que solían ser pesadísimas bromas para el graduando, obligado á soportar á pie firme los vituperios y burlas de sus compañeros, como aguantaba el triunfador

aprobación de Gracián Dantisco y el privilegio, que están fechados en aquella ciudad y en aquel año.

—*Diálogos... Con licencia*. En Logroño, en casa de Matías Mares, año de 1606.

8.º, 8 hs. prls. y 108 folios. (N.º 2.520 de Gallardo.)

—Barcelona, 1606. Citada por Nicolás Antonio.

—Barcelona, en casa de Hieronimo Margarit, en la calle de Pedrixol, en frente Nuestra Señora del Pino. Año 1609.

8.º, 5 hs. prls., 120 pp. dobles y una al fin, en que se repiten las señas de la impresión.

—Brusselas, por Roger Velpius, impressor jurado, año 1610.

8.º, 2 hs. prls., 135 folios y una hoja más sin foliar.

—Año 1618. En Madrid, por la viuda de Alonso Martin. A costa de Domingo Gonçalez, mercader de libros.

8.º, 4 hs. prls. sin foliar y 112 pp. dobles.

—Con menos seguridad encuentro citadas las ediciones de Amberes, 1616, y Brusselas, 1618, que nunca he visto.

D. Adolfo de Castro reimprimió estos *Diálogos* en el tomo de *Curiosidades Bibliográficas* de la Biblioteca de Rivadeneyra, y también se han reproducido (suprimiendo el capítulo de las bubas) en un tomo de la *Biblioteca Clásica Española* de la Casa Cortezo, Barcelona, 1884, que lleva el título de *Extravagantes. Opúsculos amenos y curiosos de ilustres autores.*

romano los cánticos insolentes de los soldados que rodeaban su carro ([1]). De otro veja- men ó *actus gallicus* que todavía se conserva ([2]) está arrancado este chistoso cuento (Diálogo 1.°, cap. I): «Yo me acuerdo que estando en un grado de maestro en Teolo- gía de la Universidad de Salamanca, uno de aquellos maestros, como es costumbre, iba galleando á cierto personaje, algo tosco en su talle y aun en sus razones, y hablando con los circunstantes dijo desta suerte: «Sepan vuesas mercedes que el señor Fulano tenía, siendo mozo, una imagen de cuando Cristo entraba en Jerusalem sobre el ju- mento, y cada día, de rodillas delante desta imagen, decía esta oración:

> ¡Oh, asno que á Dios lleváis,
> Ojalá yo fuera vos!
> Suplícoos, Señor, me hagáis
> Como ese asno en que vais.
> Y dicen que le oyó Dios».

La «Historia fantástica» (Diálogo 3.°, cap. IV) es imitación de la *Carta del Mons- truo Satírico*, publicada por Mussafia conforme á un manuscrito de la Biblioteca Impe- rial de Viena ([3]), y se reduce á una insulsa combinación de palabras de doble sentido. El *monstruo* tenía alma de cántaro, cabeza de proceso, un ojo de puente y otro de aguja; la una mano de papel y la otra de almirez, etc. Este juguete de mal gusto tuvo va- rias imitaciones, entre ellas la novela de *El caballero invisible*, compuesta en equívocos burlescos, que suele andar con las cinco novelas de *las vocales* y es digna de alternar con ellas.

El capítulo tan libre como donoso que trata «de las excelencias de las bubas» (dis- curso 3.°), es en el fondo la misma cosa que cierta «Paradoja en loor de las bubas, y »que es razon que todos las procuren y estimen», escrita en 1569 por autor anónimo, que algunos creen ser Cristóbal Mosquera de Figueroa ([4]). Es cierto que Gaspar Lucas Hidalgo la mejoró mucho, suprimiendo digresiones que sólo interesan á la historia de

---

([1]) Tiene este vejamen una curiosa alusión al Brocense: «el maestro Sánchez, el retórico, el griego, el hebreo, el músico, el médico y el filósofo, el jurista y el humanista tiene una cabeza, que en todas estas ciencias es como Ginebra, en la diversidad de profesiones». «Este maestro (añade, á modo de glosa, Gaspar Lucas Hidalgo), aunque sabía mucho, tenía peregrinas opiniones en todas estas facultades».

La alusión á Ginebra no haría mucha gracia al Brocense, que ya en 1584 había tenido contesta- ciones con el Santo Oficio y que volvió á tenerlas en aquel mismo año de 1600, postrero de su vida.

([2]) *Actus gallicus ad magistrum Franciscum Sanctium*, «en el grado de Aguayos, *per fratrem Ildephonsum de Mendoza Augustinum*.

Está en el famoso códice AA-141-4 de la Biblioteca Colombina, que dio ocasión á D. Aureliano Fernández Guerra para escribir tanto y tan ingeniosamente en el apéndice al primer tomo de la bi- bliografía de Gallardo.

El Maestro Francisco Sánchez, de quien se trata, es persona distinta del Brocense, que asistió á su grado juntamente con Fr. Luis de León y otros maestros famosos.

([3]) *Über eine spanische Handschrift der Wiener Hofbibliothek* (1867), pág. 89. Mussafia formó un pequeño glosario para inteligencia de esta composición.

También la reproduce el Sr. Paz y Melia en sus *Sales Españolas* (I, p. 249): «Carta increpando »de corto en lenguaje castellano, ó la carta del monstruo satírico de la lengua española».

([4]) Hállase en el códice antes citado de la Biblioteca Colombina.

la medicina, y dando más viveza y animación al conjunto, pero el plan y los argumentos de ambas obrillas son casi los mismos.

A esta literatura *médico-humorística* y al gran maestro de ella, Francisco de Villalobos, debía de ser muy aficionado el maleante autor de los *Diálogos de apacible entretenimiento*, puesto que le imita á menudo; y el cuento desvergonzadísimo de las ayudas administradas al comendador Rute, de Ecija, por la dueña Benavides (Diálogo 2.°, capítulo III), viene á ser una repetición, por todo extremo inferior, de la grotesca escena que pasó entre el doctor Villalobos y el Conde de Benavente, y que aquel físico entreverado de juglar perpetuó, para solaz del Duque de Alba, en el libro de sus *Problemas*. Aquel diálogo bufonesco, que puede considerarse como una especie de entremés ó farsa, agradó tanto á los contemporáneos, á pesar de lo poco limpio del asunto, en que entonces se reparaba menos, que los varones más graves se hicieron lenguas en su alabanza. El arzobispo de Santiago, D. Alonso de Fonseca, escribía al autor: «Pocos dias »ha que el señor don Gomez me mostró un diálogo vuestro, en que muy claramente »vi que nuestra lengua castellana excede á todas las otras en la gracia y dulzura de la »buena conversacion de los hombres, porque en pocas palabras comprehendistes tantas »diferencias de donaires, tan sabrosos motes, tantas delicias, tantas flores, tan agrada-»bles demandas y respuestas, tan sabias locuras, tantas locas veras, que son para dar »alegría al más triste hombre del mundo». La popularidad del diálogo de Villalobos continuaba en el siglo XVII, y si hemos de creer lo que se dice en un antiguo inventario, el mismo Velázquez empleó sus pinceles en representar tan sucia historia (¹).

Entre los innumerables cuentecillos, no todos de ayudas y purgas afortunadamente, que Gaspar Lucas Hidalgo recogió en su librejo, hay algunos que se encuentran también en otros autores, como el que sirve de tema al conocido soneto:

Dentro de un santo templo un hombre honrado...

que Sedano atribuyó á D. Diego de Mendoza, y que en alguna copia antigua he visto á nombre de Fr. Melchor de la Serna, monje benedictino de San Vicente de Salamanca, autor de las obras de burlas más desvergonzadas que se conocen en nuestro Parnaso. Uno se encuentra también en *El Buscón*, de Quevedo (capítulo segundo), no impreso hasta 1626, pero que, á juzgar por sus alusiones, debía de estar escrito muchos años antes, en 1607 lo más tarde. No creo, sin embargo, que Hidalgo le tomase de Quevedo ni Quevedo de Hidalgo. El cuento de éste es como sigue: «Otro efeto de palabras mal »entendidas me acuerdo que sucedió á unos muchachos de este barrio que dieron en »perseguir á un hombre llamado Ponce Manrique, llamándole Poncio Pilato por las »calles; el cual, como se fuera á quejar al maestro en cuya escuela andaban los mucha-»chos, el maestro los azotó muy bien, mandándoles que no dijesen más desde ahí ade-

---

(¹) El Sr. Paz y Melia *(Sales Españolas,* I, pág. VIII) cita un inventario manuscrito de los cuadros propios de D. Luis Méndez de Haro y Guzmán que pasaron á la Casa de Alba, en el cual se lee lo siguiente:

«Un cuadro de un Duque de Alba enfermo, echando mano á la espada, y un médico con la jeringa en la mano y en la otra el bonete encarnado de doctor. Es de mano de Diego Velázquez. De dos varas y cuarta de alto y vara y cuarta de ancho».

Todavía se menciona este cuadro en otro inventario de 1755, pero luego se pierde toda noticia de él.

»lante Poncio Pilato, sino Ponce Manrique. A tiempo que ya los querían soltar de la
»escuela, comenzaron á decir en voz alta la dotrina christiana, y cuando llegaban á
»decir: Y padeció so el poder de Poncio Pilato, dijeron: «Y padeció so el poder de
»Ponce Manrique» (Diálogo 3.º, cap. IV).

Fácil sería, si la materia lo mereciese, registrar las *florestas* españolas y las colecciones de *facecias* italianas, para investigar los paradigmas que seguramente tendrán
algunos de los cuentecillos de Hidalgo. Pero me parece que casi todos proceden, no
de los libros, sino de la tradición oral, recogida por él principalmente en Burgos,
donde acaso habría nacido, y donde es verosímil que escribiese su libro, puesto que
todas las alusiones son á la capital de Castilla la Vieja y ninguna á Madrid, de la cual
se dice vecino. Suelen todos los autores de cuentos citar con especial predilección á un
personaje real ó ficticio, pero de seguro tradicional, á quien atribuyen los dichos más
picantes y felices. El *famoso decidor* á quien continuamente alega Gaspar Lucas Hidalgo es «Colmenares, un tabernero muy rico que hubo en esta ciudad, de lindo humor
y dichos agudos».

De una y otra cosa era rico el autor de los diálogos, y aun tenía ciertas puntas de
poeta. El romance en que el truhán Castañeda describe la algazara y bullicio de las
Carnestolendas recuerda aquella viveza como de azogue que tiene el *baile de la cha-
cona* cantado por Cervantes en un romance análogo.

Los que con tanta ligereza suelen notar de pesados nuestros antiguos libros de entretenimiento, no pondrán semejante tacha á estos *Diálogos*, que si de algo pecan es
de ligeros en demasía. El autor, creyendo sin duda que el frío de tres noches de febrero
en Burgos no podía combatirse sino con estimulantes enérgicos, abusó del vino añejo
de la taberna de Colmenares, y espolvoreó sus platos de Antruejo con acre mostaza.
Pero el recio paladar de los lectores de entonces no hizo melindre alguno á tal banquete, y la idea del libro gustó tanto, que á imitación suya se escribieron otros con
más decoro y mejor traza, pero con menos llaneza y con gracia más rebuscada, como
Tiempo de Regocijo y Carnestolendas de Madrid, de D. Alonso del Castillo Solórzano (1627); *Carnestolendas de Zaragoza en sus tres días*, por el Maestro Antolínez
de Piedrabuena (1661), y *Carnestolendas de Cádiz*, por D. Alonso Chirino Bermú-
dez (1639).

Así como en Gaspar Lucas Hidalgo comienza el género de los *Saraos de Carnestolendas*, así en el libro del navarro Antonio de Eslava, natural de Sangüesa, aparece
por primera vez el cuadro novelesco de las *Noches de Invierno*, que iba á ser no menos
abundante en la literatura del siglo XVII (¹). Por lo demás, á esto se reduce la seme-

(¹) *Parte primera del libro intitulado Noches de Inuierno. Compuesto por Antonio de Eslaua*,
natural de la villa de Sangüessa. Dedicado a don Miguel de Nauarra y Mauleon, Marques de Cortes,
y señor de Rada y Treybuenos. En Pamplona. Impresso: por Carlos de Labayen, 1609.

8.º, 12 hs. prls., 239 pp. dobles y una en blanco.

Aprobaciones de Fr. Gil Cordon y el Licdo. Juan de Mendi (Pamplona, 27 de noviembre
de 1608 y 26 de junio de 1609).—Dedicatoria al Marqués de Cortes: ... «He procurado siempre de
hablar con los muertos, leyendo diversos libros llenos de historias Antiguas, pues ellos son testigos
de los tiempos, y imagenes de la vida; y de los mas dellos y de la oficina de mi corto entendimiento,
he sacado con mi poco caudal, estos toscos y mal limados Dialogos: y viendo tambien quan estragado está el gusto de nuestra naturaleza, los he guisado con un saynete de deleytacion, para que

janza entre ambos autores, no menos lejanos entre sí por el estilo que por la materia de sus relatos. Hidalgo es un modelo en la narración festiva, aunque sea trivial, baladí y no pocas veces inmundo lo que cuenta. Eslava, cuyos argumentos suelen ser interesantes, es uno de los autores más toscos y desaliñados que pueden encontrarse en una época en que casi todo el mundo escribía bien, unos por estudio, otros por instinto. Tienen, sin embargo, las *Noches de invierno* gran curiosidad bibliográfica, ya por el remoto origen de algunas de sus fábulas, ya por la extraordinaria fortuna que alguna de ellas, original al parecer, ha tenido en el orbe literario, prestando elementos á una de las creaciones de Shakespeare.

Todo en el libro de Eslava anuncia su filiación italiana; nadie diría que fue compuesto en Navarra. La escena se abre en el muelle de Venecia: háblase ante todo de la pérdida de un navío procedente de la isla de Candía y del incendio de un galeón de Pompeyo Colonna en Messina. Los cuatro ancianos que entretienen las noches de invierno asando castañas, bebiendo vino de malvasía y contando aventuras portentosas, se llaman Silvio, Albanio, Torcato y Fabricio. Ninguna de las historias es de asunto español, y las dos que trae pertenecientes al ciclo carolingio tampoco están tomadas de

despierte el apetito, con título de *Noches de Invierno:* llevando por blanco de aliviar la pesadumbre dellas; alagando los oydos al Lector, con algunas preguntas de la Philosophia natural y moral, insertas en apacibles historias».

Prólogo al discreto lector: «Advierte... una cosa que estás obligado a disimular conmigo, mas que con ningun Autor, las faltas, los yerros, el poco ornato y retorica de estos mis Dialogos, atento que mi voluntad con el exercicio della, se ha opuesto a entretenerte y aliviarte de la gran pesadumbre de las noches del Invierno».

Soneto del autor á su libro. Véanse los tercetos:

> Acogete a la casa del discreto,
> Del curioso, del sabio, del prudente
> Que tienen su morada en la alta cumbre.
> Que ellos te ternan con gran respeto,
> Vestiran tu pobreza ricamente,
> Y asiento te daran junto a la lumbre.

Soneto de D. Francisco de Paz Balboa, en alabança del autor.—De un amigo al autor (redondillas).—Sonetos laudatorios del Licenciado Morel y Vidaurreta, relator del Consejo Real de Navarra; de Hernando Manojo; de Miguel de Hureta, criado del Condestable de Navarra y Duque de Alba; de Fr. Tomás de Avila y Paz, de la Orden de Santo Domingo; de un fraile francisco (que pone el nombre de Eslava en todos los versos); de D. Juan de Eslava, racionero de la catedral de Valladolid y hermano del autor (dos sonetos).—Texto.—Tabla de capítulos.—Tabla de cosas notables.—Nota final.

—*Parte primera del libro intitulado Noches de Invierno. Compuesto...* (ut supra). *Dirigido a don Ioan Iorge Fernandez de Heredia Conde de Fuentes, señor de la Casa y varonia de Mora, Comendador de Villafranca, Gouernador de la orden de Calatraua .. Año 1609. En casa Hieronymo Margarit. A costa de Miguel Menescal, Mercader de Libros.*

8.°, 236 pp. dobles.

Aprobación de Fr. Juan Vicente (Santa Catalina, 16 de setiembre de 1609).—Licencia del Ordinario (18 de setiembre). Siguen los preliminares de la primera edición, aunque no completos.

—*Parte primera...* (ut supra). *Dedicado a D. Miguel de Nauarra y Maulson, Marques* (sic) *de Cortes... En Bruselas. Por Roger Velpius y Huberto Antonio, Impressores de sus Altezas, à l'Aguila de oro, cerca de Palacio. 1610. Con licencia.*

12.°, 258 hs. Reproduce todos los preliminares de la de Pamplona y añade un Privilegio por seis años á favor de Roger Velpius y Huberto Antonio (Bruselas, 7 de mayo de 1610).

textos franceses, sino de una compilación italiana bien conocida y popular, *I Reali di Francia*.

El capítulo X, «do se cuenta el nacimiento de Carlo Magno, Rey de Francia», es una curiosa versión del tema novelesco de *Berta de los grandes pies*, es decir, de la sustitución fraudulenta de una esposa á otra, cuento de *folk-lore* universal, puesto que se ha recogido una variante de él hasta entre los zulús del África Meridional (¹). Como todas las leyendas de su clase, ésta ha sido objeto de interpretaciones míticas. Gaston París quiere ver en ella un símbolo de la esposa del sol, cautiva ó desconocida durante el invierno, pero que recobra sus derechos y majestad en la primavera (²). Sea de esto lo que fuere, la Edad Media convirtió el mito en leyenda épica y le enlazó, aunque tardíamente, con el gran ciclo de Carlo Magno, suponiendo que Berta, madre del Emperador, suplantada durante cierto tiempo por una sierva que fue madre de dos bastardos, había sido reconocida al fin por su esposo Pipino, á consecuencia de un defecto de conformación que tenía en los dedos de los pies. Esta leyenda no tiene de histórico más que el nombre de la heroína, y sin recurrir al ya desacreditado mito solar, nos inclinamos á creer con León Gautier (³) que es una de las muchas variedades del tipo de la esposa inocente, calumniada y por fin rehabilitada, que tanto abunda en los cuentos populares, y al cual pertenecen las aventuras de la reina Sibila y de santa Genoveva de Brabante.

En una memoria admirable, á pesar del tiempo que ha transcurrido desde 1833, estudió comparativamente Fernando Wolf (⁴) las leyendas relativas á la madre de

Existe una traducción alemana de las *Noches de Invierno (Winternächts... Aus dem Spanischen in die Teutsche Sprache...)* por Mateo Drummer (Viena, 1649; Nüremberg, 1666). Vid. Schneider, *Spaniens Antsil an der Deutschen Litteratur*, p. 256.

Tabla de los capítulos en el libro de Eslava:

«Capitulo Primero. Do se cuenta la perdida del Navio de Albanio.

»Cap. 2. Do se cuenta cómo fue descubierta la fuente del Desengaño.

»Cap. 3. Do se cuenta el incendio del Galeon de Pompeo Colona.

»Cap. 4. Do se cuenta la sobervia del Rey Niciforo, y incendio de sus Naves, y la Arte Magica del Rey Dardano.

»Cap. 5. Do se cuenta la iusticia de Celin Sultan gran Turco, y la vengaza de Zayda.

»Cap. 6. Do se cuenta quien fue el esclavo Bernart.

»Cap. 7. Do se cuenta los trabajos y cautiverio del Rey Clodomiro y la Pastoral de Arcadia.

»Cap. 8. Do se cuenta el nacimiento de Roldan y sus niñerias.

»Cap. 9. Do defiende Camila el genero Femenino.

»Cap. 10. Do se cuenta el nacimiento de Carlo Magno Rey de Francia.

»Cap. 11. Do se cuenta el nacimiento de la Reyna Telus de Tartaria».

(¹) Fue publicada por el misionero inglés Henry Callaway, con otros cuentos de la misma procedencia, en la colonia de Natal, en 1868. Véase H. Husson, *La Chafne traditionnelle. Contes et légendes au point de vue mythique* (París, 1874), p. 115. Este libro, aunque excesivamente sistemático, sobre todo en la aplicación del mito solar, contiene, á diferencia de tantos otros, muchas ideas y noticias en pocas palabras. No es indiferente para el estudio de los romances castellanos, verbigracia: el de *Delgadina* (mito védico de Prajapati—leyenda hagiográfica de Santa Dina ó Dympna, hija del rey de Irlanda,—novela de Doralice y Teobaldo, príncipe de Salerno, en Straparola), ó el de *la Infantina*, emparentado con el cuento indio de Suria-Bai (pp. 57 y 111).

(²) *Histoire poétique de Charlemagne*, p. 432.

(³) *Les Epopées Françaises*, t. III, p. 11.

(⁴) *Ueber die altfranzösischen Heldengedichte aus dem Karolingischen Sagenkreise*, Viena, 1883.

Carlomagno, sin olvidar el texto de Eslava. Los eruditos posteriores han acrecentado el catálogo de las versiones, haciéndolas llegar al número de trece, pero sustancialmente no modifican las conclusiones de aquel excelente trabajo. No hay texto en prosa anterior al de la Crónica de Saintonge, que es de principios del siglo XIII. Los poemas más antiguos que la consignan son uno francoitálico de principios del mismo siglo (*Berta de li gran pié*), que forma parte de una compilación manuscrita de la biblioteca de San Marcos de Venecia, adaptación ó refundición de otro poema francés perdido, y el mucho más célebre de Adenet li Roi, *Roman de Berte aus grans piés*, compuesto por los años de 1275 y que tuvo la suerte no muy merecida de ser la primera canción de gesta francesa que lograse los honores de la imprenta (¹).

Con este relato del trovero Adenet ó Adenès se conforma en sustancia el de nuestra *Gran Conquista de Ultramar*, mandada traducir por D. Sancho IV el Bravo sobre un texto francés que seguramente estaba en prosa, pero que reproducía el argumento de varios poemas y narraciones caballerescas de diversos ciclos. Las variantes de detalle indican que esta narración era distinta de la de Adenet, y acaso más antigua y distinta asimismo de la versión italiana. No es del caso transcribir tan prolija historia, pero conviene dar alguna idea para que se compare esta versión todavía tan poética con la infelicísima rapsodia de Eslava.

La leyenda de Berta, como todas las restantes, ha penetrado en la *Gran Conquista de Ultramar* por vía genealógica. En el capítulo XLIII del libro II se dice, hablando de uno de los cruzados: «Aquel hombre era muy hidalgo ó venía del linaje de Mayugot, de París, el que asó el pavon con Carlos Maynete, e dio en el rostro a uno de sus hermanos de aquellos que eran hijos de la sierva que fuera hija del ama de Berta, que tomara por mujer Pipino, el rey de Francia».

Suponen los textos franceses que los padres de Berta, Flores y Blancaflor, eran reyes de Hungría. La *Conquista de Ultramar* los trae á España y los hace reyes de Almería. La narración está muy abreviada en lo que toca al casamiento del rey Pipino y á las astucias de la sierva, que era hija del ama de Berta. «Por ende el ama, su madre, hizo prender á Berta en lugar de su hija, diciendo que quisiera matar a su señora, e hizola condenar a muerte; asi que el ama mesma la dio a dos escuderos que la fuesen a matar a una floresta do el rey cazaba; e mandóles que trajiesen el corazon della; e ellos, con gran lástima que della hobieron, non la quisieron matar; mas atáronla a un arbol en camisa, e en cabello, e dejáronla estar asi, e sacaron el corazon á un can que traian e leváronlo al ama traidora en lugar de su fija; e desta manera creyo el ama que era muerta su señora, e que quedaba su hija por reina de la tierra».

Después de este seco resumen, la narración se anima, y la influencia, aunque remota, del texto poético se siente al referir las aventuras de Berta en el bosque.

«Mas nuestro Señor Dios non quiso que tan gran traicion como esta fuese mucho

---

(¹) *Li Romans de Berte aus grans piés, précédé d'une Dissertation sur les Romans des douze pairs, par M. Paulin Paris, de la Bibliothèque du Roi.* París, Techener, 1832.

Hay otra edición más correcta, publicada por Augusto Scheler, conforme al manuscrito de la Biblioteca del Arsenal de París: *Li Roumans de Berte aus grans piés, par Adènes le Roi* (Bruselas, 1874).

Mussafia publicó en la *Romania* (julio de 1874 y enero de 1875) el texto del poema francoitaliano, anterior quizá en ochenta años al de Adenet.

adelante, ó como son sus juicios fuertes ó maravillosos de conoscer á los hombres, buscó manera extraña porque este mal se desficiese; ó quiso así, que aquella noche mesma que los escuderos levaron á Berta al monte ó la ataron al árbol, así como de suso vistes, que el montanero del rey Pepino, que guardaba aquel monte, posaba cerca de aquel lugar do la infanta Berta estaba atada, ó cuando oyó las grandes voces que daba, como aquella que estaba en punto de muerte, que era en el mes de enero, ó que no tenia otra cosa vestida sino la camisa, ó sin esto, que estaba atada muy fuertemente al árbol, fué corriendo hácia aquella parte; ó cuando la vió espantóse, creyendo que era fantasma ó otra cosa mala; pero cuando la oyó nombrar á nuestro Señor ó á Santa María, entendió que era mujer cuitada, ó llegóse á ella ó preguntóle qué cosa era ó qué había. E ella respúsole que era mujer mezquina, ó que estaba en aquel martirio por sus pecados; ó él díxole que no la desataría fasta que le contase todo su fecho por que estaba así; ó ella contógelo todo; ó él entonce hobo muy gran piedad della, ó desatóla luego, ó levóla á aquellas casas del Rey en que él moraba, que eran en aquella montaña, ó mandó á su mujer ó á dos hijas muy hermosas, que eran de la edad della, que le hiciesen mucha honra ó mucho placer, ó mandóles que dixesen que era su hija, ó vestióla como á ellas, ó castigó á las mozas que nunca la llamasen sino hermana. E' aconteció así, que despues bien de tres años fué el rey Pepino á cazar aquella montaña. E' despues que hobo corrido monte, fué á aquellas sus casas, ó dióle aquel su hombre muy bien de comer de muchos manjares. E ante que quitasen los manteles, hizo á su mujer ó aquellas tres doncellas, que él llamaba hijas, que le levasen fruta; ó ellas supiéronlo hacer tan apuestamente, que el Rey fué muy contento. E paróles mientes, ó viólas muy hermosas á todas tres, mas parescióle mejor Berta que las otras; ca en aquella sazon la más hermosa mujer era que hobiese en ninguna parte del mundo. E' cuando la hobo así parado mientes un gran rato, hizo llamar al montanero, ó preguntóle si eran todas tres sus hijas, ó él dixo que sí. E cuando fué la noche, ól fué á dormir á vna cámara apartada de sus caballeros, ó mandó á aquel montanero que le trajese aquella su hija, ó él hízolo así. E Pepino hóbola esa noche ó empreñóla de un hijo, ó aquel fué Cárlos Maynete el Bueno. E el rey Pepino, cuando se hobo de ir, dióle de sus dones, ó hizo mucha mesura á aquella dueña, que creía que era hija del montanero, ó mandó á su padre que gela guardase muy bien, pero en manera que fuese muy secreto.»

Prosigue narrando la *Crónica de Ultramar* cómo Blancaflor, madre de la verdadera Berta, descubrió la superchería del ama y de su hija, sirviendo de último signo de reconocimiento el pequeño defecto de los piés, que en *La Gran Conquista* está más especificado que en el poema de Adenet. «E Berta no habia otra fealdad sino los dos dedos que había en los piés de medio, que eran cerrados [1]. E por ende, cuando Blancaflor trabó dellos, vió ciertamente que no era aquella su hija, ó con gran pesar que hobo, tornóse así como mujer fuera de seso, ó tomóla por los cabellos, ó sacóla de la cama fuera, ó comenzóla de herir muy de recio á azotes ó á puñadas, diciendo á gran-

---

[1] Tanto en el poema de Adenès, como en el texto franco-itálico, lo que distingue á Berta es únicamente el tener los piés demasiado grandes. En los *Reali* el tener un pié más grande que otro: «Aveva nome Berta del gran piè, perchè ella avea maggiore un poco un piè che l'altro, e quello era »il piè destro» (cap. I).

des voces: «¡Ay Flores, mi señor, qué buena hija habemos perdido, ó qué gran traición nos ha hecho el rey Pepino ó la su corte, que teníamos por las más leales cosas del mundo; así que á la su verdad enviamos nuestra hija, ó agora hánnosla muerta, ó la sierva, hija de su ama, metieron en su lugar!»

Confesada por el ama la traición, y querellándose acerbamente Blancaflor de la muerte de su hija, el Rey hace buscar á los escuderos que habían sido encargados del crimen, y por ellos y por el *montanero* viene á descubrirse la verdad del caso y la existencia de la verdadera Berta, que de su ayuntamiento con el Rey tenía ya un hijo de seis años, el futuro Carlo Magno. En el poema de Adenès, la aventura amorosa de Pipino es posterior al descubrimiento del fraude, y efecto de este mismo descubrimiento, siendo esta la principal diferencia entre ambos textos. El traductor castellano sólo puso de su cosecha la donación que Blancaflor hizo á su nieto Carlos «del reino »de Córdoba ó de Almería ó toda la otra tierra que había nombre España». Pero esta donación no llegó á tener cumplimiento porque «luego hobo desacuerdo entre los de la »tierra, de manera que non la pudieron defender; ó con este desacuerdo que hobo entre »ellos, ganáronla los reyes moros, que eran del linaje de Abenhumaya» (¹).

La historia de Berta se presenta muy ampliada y enriquecida con accesorios novelescos en la gran compilación italiana *I Reali di Francia*, cuyo autor Andrea da Barberino, nacido en 1370, vivía aún en 1431 (²). El sexto libro de esta obra tan popular todavía en Italia como lo es entre nosotros la traducción del *Fierabrás* (vulgarmente llamada *Historia de Carlomagno*), trata en diez y siete capítulos de las aventuras de Berta y del nacimiento de Carlos. Pío Rajna supone que el autor conocía el poema de Adenet, pero las diferencias son de bastante bulto y Gastón París se inclinaba á negarlo. Los nombres no son ni los de Adenet ni los del compilador franco-itálico del manuscrito de Venecia. Los motivos de las aventuras son diferentes también, y algunos rasgos parecen de grande antigüedad, como el de la concepción de Carlos Magno en un carro, lo cual antes de él se había dicho de Carlos Martel *(Iste fuit in carro natus)* y es acaso expresión simbólica de un nacimiento ilegítimo (³). En lo que convienen *I Reali* y el manuscrito de Venecia es en la idea genealógica de emparentar á la pérfida sierva con los traidores de la casa de Maganza. Estas invenciones cíclicas sirvieron á los compiladores de decadencia para establecer cierto lazo ficticio entre sus interminables fábulas. La de Berta, en tiempo de Adenet, corría todavía aislada, pues no hay rastro en él de semejante parentesco.

La versión de *I Reali* fue la que adoptó, echándola á perder en su maldita prosa, Antonio de Eslava, ó introduciendo en ella algunas variantes arbitrarias ó infelices, que desfiguran y envilecen el carácter de la heroína, y complican inútilmente el relato de sus aventuras con circunstancias ociosas y ridículas. Pipino se casa en terceras nupcias con Berta, siendo ya muy viejo y «casi impotente para el acto de la genera-

---

(¹) *La Gran Conquista de Ultramar*, ed. de Gayangos, pp. 175-178.

(²) Sobre las fuentes de este famoso libro, cuya primera edición se remonta á 1491, es magistral y definitivo el trabajo de Rajna, *Ricerche intorno ai Reali di Francia* (Bolonia, 1872, en la *Collezione di Opere inedite o rare dei primi tre secoli della lingua*).

En la misma colección puede leerse el texto publicado por un discípulo de Rajna: *I Reali di Francia, di Andrea da Barberino, testo critico per cura di Giuseppe Vandelli* (Bolonia, 1902).

(³) *Romania*, julio de 1873, p. 363.

ción» (¹). Para buscar novia entre las doncellas de cualquier linaje ó estado, abre en París una especie de certamen de hermosura, señalando á cada dama mil escudos de oro «para el excesivo gasto que hiciesen en venir á las fiestas y juntas reales» que con este motivo se celebran. «Allí tuviera·harto que hazer el juyzio de Paris si avia de »juzgar quál era más hermosa... Y entre éstas vino la hija del Conde de Melgaria, »llamada Verta, la del gran pie, hermana de Dudon Rey de Aquitania: llamávase assi, »por respecto que tenía el un pie mayor que el otro, en mucho estremo; mas dexada »esta desproporcion aparte, era la más hermosa y dispuesta criatura de todas las »Damas.»

Eslava describe prolijamente su traje y atavío, cometiendo los más chistosos anacronismos ó incongruencias. Baste decir que, entre otras cosas, llevaba «por ayron y »garzota un *cupidillo* misturado de olorosas pastillas, de tal suerte que despedía de sí »un olor suavísimo». El viejo Emperador, como era natural, se enamora de ella en cuanto la vé, mas «ella estava algo picada de Dudon de Lis, Almirante de Francia, »mozo galan y dispuesto, que en las fiestas se avia mostrado como valiente cavallero». Este mismo Dudon de Lis es el que va en nombre del Emperador á pedir la novia, á desposarse con ella por poderes y acompañarla á Francia. «En este camino se urdió y »tramó una de las más fraudulentas marañas que jamás habrán oydo, y fué que la »nueva Emperatriz traya consigo una donzella secretaria suya, hija de la casa de Ma-»ganza, la qual en la edad y en el talle y hermosura le parecía tanto que los Corte-»sanos de su Corte se engañaran muchas veces, si no fuera el desengaño la diferencia »de los costosísimos vestidos que llevaba la Emperatriz; y esta se llamaba Fiameta, y »era tan querida y amada de la hermosa Verta, que con ella y con otra no comuni-»cava sus íntimos secretos».

Y aquí comienza la más absurda perversión que Eslava hizo en la leyenda, pues es la misma Berta la que, enamorada de Dudon de Lis y poco satisfecha con «el decré-pito viejo» que la espera, sugiere á su doncella la estratagema de que la suplante en el lecho nupcial, haciéndose ella pasar por secretaria, para poder de este modo casarse con el almirante (²). Préstase á todo la falsa Fiameta (nombre de Boccaccio muy inoportunamente sustituído al de *Elisetta* que tiene en *I Reali* y *Aliste* en el poema de Ade-nès); pero temerosa de que el engaño llegue á descubrirse y ella deje de ser Empera-triz, se decide á trabajar por cuenta propia y á deshacerse de Berta, después de consu-mada la superchería. La orden de matarla, el abandono en el bosque, la acogida que encuentra en la cabaña del montero del rey, el descubrimiento de la falsa Berta por la

(¹) No viejo ni caduco, pero sí pequeño y deforme era ya Pipino en el poema franco-itálico: «Por »que eo sui petit e deaformé». «Petit homo est, mais grosso e quarré.»

(²) Aunque el desatino de hacer enamorada á Berta pertenece, con todas sus consecuencias, á Antonio de Eslava, debe advertirse que ya en el poema bilingüe de la Biblioteca Marciana, seguido en esta parte por el compilador de *I Reali*, era Berta la que proponía la sustitución y por un motivo verdaderamente absurdo. Llegando á París fatigada del viaje, ruega á la hija del conde de Maganza Belencer que la reemplace en el lecho de Pipino durante la primera noche de bodas, pero fingién-dose enferma para que el rey no llegue á tocarla. Con fingirlo ella misma se hubiera ahorrado el engaño de la falsa amiga. En la Crónica rimada de Felipe Mouskes, que escribía hacia 1243, la reina alega un motivo obsceno para hacerse sustituir por su sierva Alista. En el poema de Adenès, Berta consiente en la superchería, porque su sierva Margista (el ama de la Crónica General) la ha hecho creer que el Rey quiere matarla en la primera noche de bodas.

madre de la verdadera, la cacería del Rey y su aventura amorosa, no difieren mucho de los datos de la leyenda antigua, pero están torpemente viciados con la grosera inverosimilitud de prestarse tan de buen grado la liviana Berta á los deseos de aquel mismo viejo decrépito que tanto la repugnaba antes (¹). El final de la historia concuerda enteramente con el texto de *I Reali*, incluso la disparatadísima etimología que da al nombre de Carlo Magno: «Y assi mandó á Lipulo el Emperador que antes que los monte-»ros cazadores llegasen á aquel asignado lugar, le hiziessen una cama en el campo »orillas del rio Magno, en un carro que allí estava, por el excessivo calor que hazia, y »por estar algo lexos del estruendo y vozes de tanto tumulto de gente, ...y assi fué »cubierto el carro de muchas y frescas ramas, aviendo servido de acarrear piedra y »leña. En él se acostó el cansado Emperador, con su legítima mujer aunque no cono-»cida... Desta hermosa Berta nació Carlo Magno, sucesor del Emperador Pipino su »padre: llamóse assi porque fué engendrado (como dicho tengo) en un carro, orillas del »rio Magno, y assi se llamó Carro Magno, aunque agora se llama Carlo Magno».

Esta rapsodia, que aun prescindiendo de lo adocenado de su estilo es claro testimonio de la degeneración del sentido épico en los que ya sin comprenderlas repetían las leyendas de la Edad Media, tuvo tan escandalosa fortuna, que volviendo en el siglo XVIII á Francia, donde estas narraciones estaban completamente olvidadas con haber tenido allí su cuna, ocupó en 1777 las páginas de la *Bibliothèque Universelle des Romans*, y á favor de esta célebre compilación, se difundió por toda Europa, que entonces volvió á enterarse (¡y de qué manera!) de los infortunios de la pobre Berta, tan calumniada por el refundidor español. Pero como no hay mal que por bien no venga, acaso esta caricatura sirvió para despertar la curiosidad de los investigadores, y hacer que se remontasen á las fuentes primitivas de esta narración poética.

Otro tanto aconteció con la historia «*del nacimiento de Roldán y sus niñerías*», que llena el capítulo octavo de la «Segunda noche» de Eslava, y cuya fuente indudable es también el libro de *I Reali*.

Los personajes de esta leyenda son carolingios, pero los primeros textos en que aparece consignada no son franceses, sino franco-itálicos y de época bastante tardía. Los italianos la reclaman por suya, y quizá nosotros podamos alegar algún derecho preferente. Ante todo, se ha de advertir que la más antigua poesía épica nada supo de estas mocedades de Roldán. Siempre se le tuvo por hijo de una hermana de Carlomagno, á quien unos llaman Gisela ó Gisla y otros Berta, pero no había conformidad en cuanto al nombre del padre, que en unos textos es el duque Milón de Angers y en otros el mismo Carlomagno, á quien la bárbara y grosera fantasía de algunos juglares atribuyó trato incestuoso con su propia hermana. Pero en ninguno de los poemas franceses conocidos hasta ahora hay nada que se parezca á la narración italiana de los amores de Milón y Berta y de la infancia de *Orlandino*. Además la acción pasa en Italia y se enlaza con recuerdos de localidades italianas.

(¹) ¡Cuán lejano está esto de la delicadeza y elevación moral del texto de Adenès! en que Berta, que había hecho voto de no revelar su nombre más que cuando viese en peligro su castidad, exclama, perseguida por el rey en el bosque de Mans: «Soy reina de Francia, mujer del rey Pipino, hija del rey Flores y de la reina Blancaflor, y os prohibo, en nombre de Dios que gobierna el mundo, hacer ninguna cosa que pueda deshonrarme: antes preferiría ser muerta, y Dios venga en mi ayuda».

Pero es el caso que esta historia de ilegitimidad de Roldán, nacido de los amores del conde Milón de Angers ó de Anglante con Berta, hermana de Carlomagno, es idéntica en el fondo á nuestra leyenda épica de Bernardo del Carpio, nacido del furtivo enlace del conde de Saldaña y de la infanta doña Jimena. La analogía se extiende también á las empresas juveniles atribuídas á Roldán y á Bernardo. La relación entre ambas ficciones poéticas es tan grande que no se le ocultó á Lope de Vega, el cual trató dramáticamente ambos asuntos, repitiéndose en algunas situaciones y estableciendo en su comedia *La Mocedad de Roldán* un paralelo en forma entre ambos héroes.

Reconocido el parentesco entre las dos historias, lo primero que se ocurre (y así opinó Gastón París) es que la de Roldán habrá servido de modelo á la de Bernardo. Pero es el caso que los datos cronológicos no favorecen esta conjetura. El más antiguo texto de las *Enfances Roland* no se remonta más allá del siglo XIII, y para entonces nuestra fábula de Bernardo, no sólo estaba enteramente formada, sino que se había incorporado en la historia, admitiéndola los más severos cronistas latinos, como don Lucas de Tuy y el arzobispo don Rodrigo; andaba revuelta con hechos y nombres realmente históricos, y había adquirido un carácter épico y nacional que nunca parece haber logrado el tardío cuento italiano. Tres caminos pueden tomarse para explicar la coincidencia. O se admite la hipótesis de un poema francés perdido que contase los amores de Milón y Berta, hipótesis muy poco plausible, no sólo por falta de pruebas, sino por la contradicción que este relato envuelve con todos los poemas conocidos. O se supone la transmisión de nuestra leyenda de Bernardo á Francia, y de Francia á Italia; caso improbable, pero no imposible, puesto que también puede suponerse en el *Maynete* y hay que admitirla en el *Anseis de Cartago* y acaso en el *Hernaut de Belaunde*. O preferimos creer que estas *mocedades* no fueron al principio las de Bernardo ni las de Roldán, sino un lugar común de novelística popular, un cuento que se aplicó á varios héroes en diversos tiempos y países. La misma infancia de Ciro, tal como la cuenta Herodoto, pertenece al mismo ciclo de ficciones, que no faltará quien explique por el socorrido mito solar ú otro procedimiento análogo.

Todos los textos de las mocedades de Roldán fueron escritos en Italia, como queda dicho. El más antiguo es el poema en decasílabos épicos, compuesto en un francés italianizado, es decir, en la jerga mixta que usaban los juglares bilingües del Norte de Italia. Forma parte del mismo manuscrito de la biblioteca de San Marcos de Venecia en que figuran *Berta* y el *Karleto*. En este relato Milón es un senescal de Carlomagno, y los perseguidos amantes se refugian en Lombardía, pasando por los caminos todo género de penalidades: hambre, sed, asalto de bandidos; hasta que Berta, desfallecida y con los pies ensangrentados, se deja caer á la margen de una fuente, cerca de Imola, donde da á luz á Roldán que, por su nacimiento, queda convertido en héroe italiano. Milón, para sustentar á Berta y á su hijo, se hace leñador. Roldán se cría en los bosques de Sutri y adquiere fuerzas hercúleas. Su madre tiene en sueños la visión de su gloria futura. Pasa por Sutri Carlomagno, volviendo triunfante de Roma, y entre los que acuden en tropel á recibir al Emperador y su hueste llama la atención de Carlos un niño muy robusto y hermoso, que venía por capitán de otros treinta. El Emperador le acaricia, le da de comer, y el niño reserva una parte de ración para sus padres. Esta ternura filial, unida al noble y fiero aspecto del muchacho, que «tenía ojos de león, de dragón marino ó de halcón», conmueve al viejo Namo, prudente consejero del Emperador, y al Emperador mismo, quien manda seguir los pasos de Roldán hasta la cueva en que vivían sus padres. El primer movimiento, al reconocer á su hija y al seductor, es de terrible indignación, hasta el punto de sacar el cuchillo contra ellos; pero Roldán, cachorro de león, se precipita sobre su abuelo y le desarma, apretándole tan fuertemente la mano que le hace saltar sangre de las uñas. Esta brutalidad encantadora reconcilia á Carlos con su nieto, y le hace prorrumpir en estas palabras: «será el halcón de la cristiandad». Todo se arregla del mejor modo posible, y el juglar termina su narración con este gracioso rasgo: «Mientras estas cosas pasaban, volvía los ojos el niño Roldán á una y otra parte de la sala á ver si la mesa estaba ya puesta» (¹).

En *I Reali di Francia* encontramos más complicación de elementos novelescos. Para seducir á Berta, Milón entra en palacio disfrazado de mujer. El embarazo de Berta se descubre pronto, y Carlos la encierra en una prisión, de donde su marido la saca, protegiendo la fuga el consejero Namo. La aventura de los ladrones está suprimida en *I Reali*. El itinerario no es enteramente el mismo. Falta el sueño profético de la madre. En cambio, pertenecen á la novela en prosa, y pueden creerse inventadas por su autor (si es que no las tomó de otro poema desconocido), las peleas de los mozuelos de Sutri, en que Roldán ensaya sus primeras armas, y la infeliz idea de hacer desaparecer á Milón en busca de aventuras, desamparando á la seducida princesa con el fruto de sus amores. Esta variante, imaginada, según parece, para enlazar este asunto con el de la *Canción de Aspramonte* y atribuir á Milón grandes empresas en Oriente, persistió por desgracia en todos los textos sucesivos, viciando por completo el relato y estropeando el desenlace.

La prosa de los *Reali di Francia* fue puesta en octavas reales por un anónimo poeta florentino del siglo XV y por otro del XVI, que apenas hizo más que refundir al anterior. Las juveniles hazañas de Roldán dieron asunto á Ludovico Dolce para uno de los varios poemas caballerescos que compuso á imitación del Ariosto: *Le prime imprese del conte Orlando* (1572); pero de los 25 cantos de que este poema consta, sólo los cuatro primeros tienen que ver con la leyenda antigua, siguiendo con bastante fidelidad el texto de *I Reali* (²). El poema de Dolce fue traducido en prosa castellana (³) por el regidor de Valladolid Pero López Henriquez de Calatayud (1594). Y de este mismo poema ó del texto en prosa tomó argumento Lope de Vega para *La Mocedad de Roldán* (⁴), interesante y ameno poema dramático, que sería la mejor de las obras compuestas sobre este argumento si no le arrebatase la palma la noble y gentil balada de Luis Uhland *Der Klein Roland*.

Posteriores á la comedia de Lope, que ya estaba escrita en 1604, son las *Noches de*

(¹) Vid. G. París, *Histoire poétique de Charlemagne*, pp. 170-409; Guessard, en la *Bibliothèque de l'École des Chartes*, 1856, pág. 393 y siguientes, y muy especialmente Rajna, *Ricerche intorno ai Reali di Francia*, pág. 253 y ss.

(²) *Le prime imprese del conte Orlando di Messer Lodovico Dolce, da lui composte in ottava rima, con argomenti ed allegorie. All'Illustriss. et Eccellentiss. Signor Francesco Maria della Rovere Prencipe d'Urbino. Vinegia, appresso Gabriel Giolito de Ferrari, 1572. 4.º*

(³) *El nascimiento y primeras Empressas del conde Orlando. Traduzidas por Pero Lopez Enriquez de Calatayud, Regidor de Valladolid.* Valladolid, por Diego Fernández de Córdoba y Oviedo. Sin año, pero la fecha 1594 se infiere del privilegio.

(⁴) Impresa en la Parte 19.ª de sus Comedias y en el tomo XIII de la edición académica.

Eslava, cuyo relato, comparado con el de los *Reali*, ofrece bastantes amplificaciones y detalles, debidos sin duda al capricho del imitador y á su retórica perversa.

Enamorado Milón de Berta «con mucho secreto se vistió de hábito de viuda, y lo pudo bien hazer, por ser muy mozo y sin barba, y con cierta ocasion de unas guarniciones de oro, fué á palacio, al cuarto donde ella estaba, y las guardias entendiendo ser muger, le dieron entrada... y no solamente fué esto una vez, mas muchas, con el disfrazado hábito de viuda, entraba á gozar de la belleza de Berta, engañando á los vigilantes guardias, de tal suerte que la hermosa Berta de la desenvuelta viuda quedó preñada». Indignación de Carlomagno; largo y empalagoso discurso de Berta, solicitando perdón y misericordia «pues se modera la culpa con no haber hecho cosa con Milon de Anglante que no fuese consumacion de matrimonio, y debaxo juramento y palabra de esposo». La acongojada dama se acuerda muy oportunamente de la clemencia de Nerva y Teodosio y de la crueldad de Calígula; pero su hermano, que parece más dispuesto á imitar al último que á los primeros, la contesta con otro razonamiento no menos erudito, en que salen á relucir Agripina y el Emperador Claudio, la cortesana Tais y el incendio de Persépolis, Lais de Corinto, Pasiphae, Semíramis y el tirano Hermias, á quien cambia el sexo, convirtiéndole en *amiga* de Aristóteles. En vista de todo lo cual la condena á muerte, encerrándola por de pronto en «el más alto alcázar de Palacio». Pero al tiempo que «el dios Morfeo esparcía su vaporoso licor entre las gentes», fue Milón de Anglante con ocultos amigos, y con largas y gruesas cuerdas apearon del alto alcázar á Berta, y fueron huyendo solos los dos verdaderos amantes... y en este ínterin, ya el claro lucero daba señales del alba, y en la espaciosa plaza de París andaban solícitos los obreros «haziendo el funesto cadahalso, adonde se habia de poner en execucion la rigurosa sentencia».

Carlomagno envía pregones á todas las ciudades, villas y lugares de su reino, ofreciendo 100.000 escudos de oro á quien entregue á los fugitivos. «Y como llegase á oidos del desdichado Milón de Anglante, andaba con su amada Berta silvestre, incógnito y temeroso; caminando por ásperos montes y profundos valles, pedregosos caminos y abrojosos senderos; vadeando rápidos y presurosos ríos; durmiendo sobre duras rayces de los toscos y silvestres árboles, teniendo por lecho sus frondosas ramas; los que estaban acostumbrados á pasear y á dormir en entoldados palacios, arropados de cebellinas ropas, comiendo costosísimos y delicados manjares, ignorantes de la inclemencia de los elementos... y assi padeciendo infinitos trabajos, salieron de todo el Reyno de Francia y entraron en el de Italia... Mas sintiéndose ella agravada de su preñez y con dolores del parto, se quedaron en el campo, en una oscura cueva, lexos una milla de la ciudad de Sena en la Toscana... Y á la mañana, al tiempo que el hijo de Latona restauraba la robada color al mustio campo, salió de la cueva Milon de Anglante á buscar por las campestres granjas algun mantenimiento, ropas y pañales para poder cubrir la criatura.» Durante esta ausencia de su marido, Berta «parió con mucha »facilidad un niño muy proporcionado y hermoso, el cual, así como nació del vientre »de su madre, fué rodando con el cuerpo por la cueva, por estar algo cuesta abaxo». Por eso su padre, que llegó dos horas después, le llamó *Rodando* (sic), y «de allí fué corrompido el nombre y lo llaman Orlando».

Hasta aquí las variantes son pocas, pero luego se lanza la fantasía del autor con desenfrenado vuelo. Milón perece ahogado al cruzar un río, y Eslava no nos perdona la lamentación de Berta, que se compara sucesivamente con Dido abandonada por Eneas, con Cleopatra después de la muerte de Marco Antonio, con Olimpia engañada por el infiel Vireno. Hay que leer este trozo, para comprender hasta qué punto la mala retórica puede estropear las más bellas invenciones del genio popular. Lo que sigue es todavía peor: el sueño profético de Berta pareció, sin duda, al novelista, muy tímida cosa, y le sustituye con la aparición de una espantable sierpe, que resulta ser una princesa encantada hacía dos mil años por las malas artes del mágico Malagis, el cual la había enseñado «el curso de los cielos móviles, y la influencia y *constelacion* de todas las estrellas, y por ellas los futuros sucesos y la intrínseca virtud de las hierbas, y otra infinidad de secretos naturales».

Contrastan estas ridículas invenciones con el fondo de la narración, que en sustancia es la de los *Reali,* sin omitir los pormenores más característicos, por ejemplo, la confección del vestido de Orlando con paño de cuatro colores: «Y así un dia los mochachos de Sena, viéndolo casi desnudo, incitados del mucho amor que le tenían, se concertaron de vestirle entre todos, y para eso los de una parroquia ó quartel le compraron un pedazo de paño negro, y los de las otras tres parroquias ó quarteles otros tres pedazos de diferentes colores, y así le hizieron un vestido largo de los cuatro colores, y en memoria desto se llamaba Orlando del Quartel; y no se contentaba con sólo esto, antes más se hacía dar cierta cantidad de moneda cada dia, que bastase á sustentar á su madre, pues era tanto el amor y temor que le tenían, que hurtaban los dineros los mochachos á sus padres para dárselos á trueque de tenerlo de su bando».

La narración prosigue limpia é interesante en el lance capital de la mesa de Carlomagno. «Estando, pues, en Sena, en su real palacio, acudian á él á su tiempo muchos pobres por la limosna ordinaria de los Reyes, y entre ellos el niño Orlando... el qual como un dia llegase tarde... se subió á palacio, y con mucha disimulacion y atrevimiento entró en el aposento donde el Emperador estaba comiendo, y con lento paso se allegó á la mesa y asió de un plato de cierta vianda, y se salió muy disimulado, como si nadie lo hubiera visto, y así el Emperador gustó tanto de la osadía del mochacho, que mandó á sus caballeros le dexasen ir y no se lo quitasen; y así fué con él á su madre muy contento y pensando hacerla rica... El segundo dia, engolosinado del primero, apenas se soltó de los brazos de su madre, cuando fué luego á Sena y al palacio del Emperador y llegó á tiempo que el Emperador estaba comiendo, y entrando en su aposento, nadie le estorbó la entrada habiendo visto que el Emperador gustó dél la primera vez, y fuese allegando poco á poco á su mesa, y el Emperador, disimulando, quiso ver el ánimo del mochacho, y al tiempo que el mochacho quiso asir de una rica fuente de oro, el Emperador echó una grande voz, entendiéndole atemorizar con ella; mas el travieso de Orlando, con ánimo increible le asió con una mano de la cana barba y con la otra tomó la fuente, y dixo al Emperador con semblante airado: «No bastan voces de Reyes á espantarme», y fuese, con la fuente, de palacio; mandando el Emperador le siguiesen cuatro caballeros, sin hacerle daño, hasta do parase, y supiesen quién era.»

La escena del reconocimiento está dilatada con largas y pedantescas oraciones, donde se cita á Tucídides y otros clásicos; todo lo cual hace singular contraste con la brutalidad de Carlomagno, que da á su hermana un *puntillazo* y la derriba por el suelo, provocando así la justa cólera de Orlando. Al fin de la novela vuelve el autor á extraviarse, regalándonos la estrafalaria descripción de un encantado palacio del Pia-

monte, doude residía cada seis meses, recobrando su forma natural, la hermosísima doncella condenada por maligno nigromante á pasar en forma de sierpe la otra mitad del
año. ¿Quién no ve aquí una reminiscencia de la *Melusina* de Juan de Arras, traducida
ya al castellano en el siglo xv? (¹).

Si las dos novelas de Antonio de Eslava que hasta ahora llevamos examinadas despiertan la curiosidad del crítico como degenerada expresión del ideal caballeresco ya
fenecido, un género de interés muy distinto se liga al capítulo 4.º de la *Primera noche*,
en que el doctor Garnett y otros eruditos ingleses modernos han creído ver el germen
del drama fantástico de Shakespeare *La Tempestad*, que es como el testamento poético
del gran dramaturgo (²). Ya antiguos comentadores, como Malone, habían insinuado
la especie de una novela española utilizada por Shakespeare en esta ocasión, pero seguramente habían errado la pista fijándose en *Aurelio é Isabela*, ó sea en la *Historia de
Grisel y Mirabella* de Juan de Flores, que ninguna relación tiene con tal argumento.
Más razonable ha sido buscarle en la historia que Antonio de Eslava escribió de «la
soberbia del Rey Niciphoro y incendio de sus naves, y la Arte Magica del Rey Dardano». Como esta fábula no ha entrado todavía en la común noticia, por ser tan raro el
libro que la contiene, procede dar aquí alguna idea de ella.

El Emperador de Grecia Nicéforo, hombre altivo, soberbio y arrogante, exigió del
Rey Dárdano de Bulgaria su vecino que le hiciese donación de sus estados para uno
de sus hijos. Dárdano, que sólo tenía una hija llamada Serafina, se resistió á tal pretensión, á menos que Nicéforo consintiese en la boda de su primogénito con esta princesa.
El arrogante Nicéforo no quiso avenirse á ello, é hizo cruda guerra al de Bulgaria,
despojándole de su reino por fuerza de armas. «Bien pudiera el sabio Rey Dardano ven-
»cer á Niciphoro si quisiera usar del Arte Magica, porque en aquella era no avia mayor

(¹) *Historia de la linda Melosina de Juan de Arras.*
Colofón: *Fenesce la ystoria de Melosina empremida en Tholosa por los honorables e discretos
maestros Juan paris e Estevan Clebut alemanes que con grand diligencia la hizieron pasar de frances
en Castellano. E despues de muy emendada la mandaron imprimir. En el año del Señor de mill e quatrocientos e ochenta e nueue años a XIII dias del mes de julio.*
Hay otras ediciones de Valencia, 1512, y Sevilla, 1526.

(²) No conozco más que por referencias estos trabajos de Garnett, ni aun puedo recordar á punto
fijo dónde los he visto citados. Pero como no gusto de engalanarme con plumas ajenas, y se trata de
un descubrimiento de alguna importancia, he creído justo indicar que un inglés había notado antes
que yo la analogía entre la novela de Eslava y *La Tempestad*. Los comentadores de Shakespeare
que tengo á mano no señalan más fuentes que una relación de viajes y naufragios, impresa en 1610
con el título de *The Discovery of the Bermudas or Devil's Island*, y una comedia alemana del notario
de Nuremberg Jacobo Ayrer, *La hermosa Sidea* (*Die Schöne Sidea*), fundada al parecer en otra
inglesa, que pudo conocer Shakespeare, y de la cual supone Tieck que el gran poeta tomó la idea de
la conexión que establece entre Próspero y Alonso, Miranda y Fernando. Pero, según Gervinus, á
esto ó poco más se reduce la semejanza entre ambas obras. Vid. *Shakespeare Commentaries by
Dr. G. Gervinus... Translated... by F. E. Bunnét*, Londres, 1883, pág. 788.
Tampoco Ulrici acepta la conjetura de Tieck, y aun sin tener noticia de las *Noches de Invierno*,
se inclina á admitir la hipótesis de una novela española antigua que pudo servir de fuente común á
Shakespeare y al autor de una antigua balada, descubierta por Collier, que la publicó en la *Quarterly
Review*, 1840. Siento no conocer esta balada.
Vid. *Shakespeare's Dramatic Art, History and character of Shakespeare Plays. By Dr. Hermann
Ulrici. Translated from the third edition of the German... by L Dora Schmitz*. Londres, 1876 Tom. II,
pp. 38-39, nota.

»nigromántico que él, sino que tenía ofrecido al Altíssimo de no aprovecharse della
»para ofensa de Dios ni daño de tercero... Y assi viéndose fuera de su patria y reynos,
»desamparado de sus exercitos, y de los cavalleros y nobles dél, y ageno de sus inesti-
»mables riquezas, desterrado de los lisonjeros amigos, sin auxilio ni favor de nadie, se
»ausentó con su amada hija...»

Retírase, pues, con ella á un espeso bosque, y después de hacer un largo y filosó-
fico razonamiento sobre la inconstancia y vanidad de las cosas del mundo, la declara
su propósito de apartarse del trato y compañía de los hombres, fabricando con su arte
mágica «un sumptuoso y rico palacio, debaxo del hondo abismo del mar, adonde aca-
»bemos y demos fin á esta caduca y corta vida, y adonde estemos con mayor quietud
»y regalo que en la fértil tierra». Préstase de mejor ó peor grado Serafina, con ser tan
bella y moza, á lo que de ella exige su padre, el cual confirma con tremendos juramentos «al eterno Caos» su resolución de huir «de la humana contratacion de este mundo».

«Y andando en estas razones, llegaron á la orilla del mar, adonde halló una bien
compuesta barca, en la qual entraron, asiendo el viejo rey los anchos remos, y rompiendo con ellos la violencia de sus olas, se metió dentro del Adriático golfo, y estando en
él, pasó la ligera barca, sacudiendo á las aguas con una pequeña vara, por la qual
virtud abrió el mar sus senos á una parte y otra, haziendo con sus aguas dos fuertes
muros, por donde baxó la barca á los hondos suelos del mar, tomando puerto en un
admirable palacio, fabricado en aquellos hondos abismos, tan excelente y sumptuoso
quanto Rey ni Principe ha tenido en este mundo». Hago gracia á mis lectores de la
absurda descripción de este palacio, pero lo que no puede ni debe omitirse es que la
hermosa Serafina era «con arte mágica servida de muchas Sirenas, Nereydes, Driadas y
Ninfas marinas, que con *suaves y divinas musicas* suspendian á los oyentes».

Así pasaron dos años, pero, á pesar de tantos cánticos, músicas y regalos, algo
echaba de menos la bella Serafina, y un día se atrevió á confesárselo al rey Dárdano:
«Si en todas las cosas hay, amado padre, un efecto del amor natural, no es mucho, ni
»de admirar, que en esta vuestra solitaria hija obre los mismos efectos el mismo amor.
»Por algo deshonesta me tendreys con estas agudas razones, mas fuérçame a dezirlas
»el verme sin esperança alguna de humana conversacion, metida y encarcelada en
»estos hondos abismos; y assi os pido y suplico, ya que permitís que muera y fenezca
»mi joventud en estos vuestros Magicos Palacios, que me deys conforme a mi estado y
»edad un varon illustre por marido». El viejo rey Dárdano, vencido de las eficaces
razones de su hija, promete casarla conforme á su dignidad y estado.

Entretanto había partido de esta vida el altivo emperador Nicéforo, conquistador
del reino de Bulgaria, dejando por sucesor á su hijo menor Juliano, muy semejante á
él en la aspereza y soberbia de su condición, y desheredando al mayor, llamado Valentiniano, mozo de benigno carácter y mansas costumbres. El cual, viéndose desposeído
de los estados paternos, fue á pedir auxilio al emperador de Constantinopla. «Y para
»más disimular su intento, se partió solo, y arribó á un canal del mar Adriático, á
»buscar embarcacion para proseguir su intento, y solamente halló una ligera barca,
»que de un pesado viejo era regida y governada, que le ofreció le pondria con mucha
»brevedad do pretendia».

«Y sabreys, señores, que el dicho barquero era el viejo Rey Dardano, que quando
»tuvo al Principe Valentiniano dentro en el ancho golfo, hirió con su pequeña *vara*

»las saladas aguas, y luego se dividieron, haziendo dos fuertes murallas, y descendió
» el espantado Principe al Magico Palacio, el qual admirado de ver tan excelente fábrica
» quedó muy contento de verse allí; y el Rey Dardano le informó quién era, y el res-
» pecto porque alli habitava, y luego que vido á la Infanta Serafina, quedó tan preso
» de su amor, que tuvo á mucha dicha el aver baxado aquellos hondos abismos del
» mar, y pidiola con muchos ruegos al Rey su padre por su legítima esposa y mujer,
» que del viejo padre luego le fue concedida su justa demanda, y con grande regocijo y
» alboroço, se hicieron las Reales bodas por arte Mágica: pues vinieron á ellas mágica-
» mente muchos Principes y Reyes, con hermosissimas Damas, que residian en todas
» las islas del mar Occeano».

Celebrándose estaban las mágicas bodas cuando estalló de pronto una furiosa tempestad. «Começaron las olas del mar á ensoberbecerse, incitadas de un furioso Nord-
» ueste: túrbase el cielo en un punto de muy obscuras y gruesas nubes; pelean contra-
» rios vientos, de tal suerte que arranca y rompe los gruessos masteles, las carruchas y
» gruessas gumenas rechinan, los governalles se pierden, al cielo suben las proas, las
» popas baxan al centro, las jarcias todas se rompen, las nubes disparan piedras, fuego,
» rayos y relampagos. Tragava las hambrientas olas la mayor parte de los navios; la
» infinidad de rayos que cayeron abrasaron los que restaron, excepto cuatro en los
» quales yva el nuevo Emperador Juliano y su nueva esposa, y algunos Príncipes
» Griegos y Romaños, que con éstos quiso el cielo mostrarse piadoso. Davan los navios
» sumergidos del agua, y abrasados del fuego, en los hondos abismos del mar, inquie-
» tando con su estruendo á los que estavan en el mágico palacio».

Entonces el rey Dárdano subió sobre las aguas «descubriéndose hasta la cinta,
» mostrando una antigua y venerable persona, con sus canas y largos cabellos, assi en
» la cabeça como en la barba, y vuelto á las naves que avian quedado, adonde yvan el
» Emperador y Príncipes, encendidos los ojos on rabiosa cólora», les increpó por su
ambición y soberbia que les llevaba á inquietar los senos del mar después de haber
fatigado y estragado la tierra, y anunció á Juliano que no sería muy duradero su tirá-
nico y usurpado imperio. «Y acabado que huvo el rey Dardano de hazer su parlamento,
» se zambulló, sin aguardar respuesta, en las amargas aguas del mar, quedando el Em-
» perador Juliano de pechos en la dorada popa de su nave, acompañado de la nueva
» Emperatriz su mujer, y de algunos Príncipes que con él se avian embarcado».

Cumplióse á poco tiempo el vaticinio, muriendo el emperador apenas había llegado
á la ciudad de Delcia donde tenía su corte. El rey Dárdano, sabedor de la catástrofe
por sus artes mágicas, deshace su encantado palacio, se embarca con su yerno y su
hija y los pone en quieta y pacífica posesión del imperio de Constantinopla. Pero para
no quebrantar su juramento de no habitar nunca en tierra, manda labrar en el puerto
un palacio de madera flotante sobre cinco navíos, y en él pasa sus últimos años.

Las semejanzas de este argumento con el de *The Tempest* son tan obvias que parece
difícil dejar de admitir una imitacion directa. El rey Dárdano es Próspero, su hija
Serafina es Miranda, Valentiniano es Fernando. Lo mismo el rey de Bulgaria que el
duque de Milán han sido desposeídos de sus estados por la deslealtad y la ambición.
Uno y otro son doctos en las artes mágicas, y disponen de los elementos á su albedrío.
El encantado y submarino palacio del uno difiere poco de la isla también encantada
del otro, poblada de espíritus aéreos y resonante de música divina. La vara es el sím-

bolo del mágico poder con que Dárdano lo mismo que Próspero obra sus maravillas. Valentiniano es el esposo que Dárdano destina para su hija y que atrae á su palacio á bordo del mágico esquife, como Próspero atrae á su isla á Fernando por medio de la tempestad para someterle á las duras pruebas que le hacen digno de la mano de Miranda.

Este es sin duda el esquema de la obra shakespiriana, pero ¡cuán lejos está de la obra misma! Todo lo que tiene de profundo y simbólico, todo lo que tiene de musical y etéreo, es creación propia del genio de Shakespeare, que nunca se mostró tan admirablemente lírico como en esta prodigiosa fantasía, la cual, por su misma vaguedad, sumerge el espíritu en inefable arrobamiento. Ninguna de las sutiles interpretaciones que de ella se han dado puede agotar su riquísimo contenido poético. Ariel, el genio de la poesía, sonoro y luminoso, emancipado por fin de la servidumbre utilitaria; Caliban, el monstruo terrible y grotesco, ya se le considere como símbolo de la plebe, ya de la bestia humana en estado salvaje, que no es humanidad primitiva sino humanidad degenerada; Gonzalo, el dulce utopista; Miranda, graciosa encarnación del más ingenuo y virginal amor; Próspero, el gran educador de sí propio y de los demás, el nigromante sereno y benévolo, irónico y dulce, artífice de su destino y de los ajenos, harto conocedor de la vida para no estimarla en más de lo que vale, harto generoso para derramar el bien sobre amigos y enemigos, antes de romper la vara de sus prestigios y consagrarse á la meditación de la muerte: toda esta galería de criaturas inmortales, que no dejan de parecer muy vivas aunque estén como veladas entre los vapores de un sueño, claro es que no las encontró Shakespeare ni en la pobre rapsodia de Eslava, ni en la relación del descubrimiento de las islas Bermudas, ni en el pasaje de Montaigne sobre la vida salvaje, ni en las demás fuentes que se han indicado, entre las cuales no debemos omitir el *Espejo de Príncipes y Caballeros*, más comúnmente llamado *El Caballero del Febo*, en que recientemente se ha fijado un erudito norteamericano ([1]).

Pero de todos estos orígenes, el más probable hasta ahora, y también el más importante, son las *Noches de Invierno*, puesto que contienen, aunque sólo en germen, datos que son fundamentales en la acción de la pieza. A los eruditos ingleses toca explicar cómo un libro no de mucha fama publicado en España en 1609 pudo llegar tan pronto á conocimiento de Shakespeare, puesto que *La Tempestad* fue representada lo más tarde en 1613. Traducción inglesa no se conoce que yo sepa, pero cada día va pareciendo más verosímil que Shakespeare tenía conocimiento de nuestra lengua. Ni la *Diana* de Jorge de Montemayor estaba publicada en inglés cuando se representaron *Los dos hidalgos de Verona*, ni lo estaban los libros de Feliciano de Silva cuando apareció el disfrazado pastor D. Florisel en el *Cuento de Invierno* ([2]).

No creo necesario detenerme en las restantes novelas de Eslava, que son por todo extremo inferiores á las citadas. Muy ingeniosa sería, si estuviese mejor contada, la de la *Fuente del desengaño*, cuyas aguas tenían la virtud de retratar la persona ó cosa más amada de quien en ellas se miraba. Y no son únicamente los interesantes enamorados

---

([1]) Vid. Perott (Joseph de), *The probable source of the plot of Shakespeare's «Tempest»* (En las *Publications of the Clark University Library Worcester, Mass.* Octubre de 1905).

([2]) No ha faltado quien sospechase, pero esto parece ya demasiada sutileza, que este mismo título de una de las últimas comedias de Shakespeare (*Winter's tale*) era reminiscencia de las *Noches de Eslava*.

de la fábula los que se ven sujetos á tal percance, sino el mismo Rey, á cuyo lado se ve una hechicera feísima, que con sus artes diabólicas le tenía sorbido el seso, y los mismos jueces que allí ven descubiertas sus secretas imperfecciones. «Al lado de uno » que viudo era, una rolliza moza de cántaro, que parecía que con él quería agotar la » fuente, en venganza de su afrenta; y al lado de otro muchíssimos libros abiertos en » quienes tenia puesta toda su afición; y al lado de otro tres talegos abiertos, llenos de » doblones, como aquel que tenia puesto su amor y pensamiento en ellos, y que muchas » vezes juzgava por el dinero injustamente: de suerte que hallándose cada uno culpado, » se rieron unos de otros, dándose entre ellos muchos y discretos motes y vexámenes».

Esta fuente nada tiene que ver con el ingenioso pero no sobrenatural modo de que se vale el pastor Charino de la *Arcadia* de Sannazaro para hacer la declaración amorosa á su zagala; tema de novelística popular que también encontramos en el *Heptameron* de la reina dé Navarra, donde la declaración se hace por medio de un espejo. En cambio el cuento de Eslava está enlazado con otra serie de ficciones, en que ya por una copa, ya por un espejo mágico, ya por un manto encantado, se prueba la virtud femenina ó se descubren ocultos deslices.

Los demás capítulos de las *Noches de invierno* apenas merecen citarse. Un esclavo cristiano, que «con doce trompas de fuego sulphureo y de alquitrán» hace volar todas las galeras turcas; una nuera que para vengarse de su suegro le da á comer en una empanada los restos de su nieto; dos hermanos que sin conocerse lidian en público palenque; una princesa falsamente acusada, víctima de los mismos ardides que la reina Sevilla, son los héroes de estas mal concertadas rapsodias que apenas pueden calificarse de originales, puesto que están compaginadas con reminiscencias de todas partes. La historia del rey Clodomiro, por ejemplo, no es más que una variante, echada á perder, de la hermosa leyenda del Emperador Joviniano (cap. LIX del *Gesta Romanorum*), sustituído por su ángel custodio, que toma su figura y sus vestiduras regias mientras él anda por el mundo haciendo penitencia de su soberbia y tiranía. En Eslava, toda la poesía mística de la leyenda desaparece, pues no es un ángel quien hace la transformación, sino un viejo y ridículo nigromante.

Además de las novelas contiene el libro, de todas suertes curiosísimo, del poeta de Sangüesa varias digresiones históricas y morales, una apología del sexo femenino y una fábula alegórica del nacimiento de la reina Telus de Tartaria, que dice traducida de lengua flamenca, citando como autor de ella á Juan de Vespure, de quien no tengo la menor noticia.

Tal es, salvo omisión involuntaria (¹, el pobre caudal de la novela corta durante más de una centuria; y ciertamente que maravilla tal esterilidad si se compara con la pujanza y lozanía que iba á mostrar este género durante todo el siglo XVII, llegando á ser uno de los más ricos del arte nacional. No faltan elementos indígenas en las colecciones que quedan reseñadas, pero lo que en ellas predomina es el gusto italiano. Y aun pudieran multiplicarse las pruebas de esta imitación, mostrando cómo se infiltra y pene-

(¹) No he podido encontrar un rarísimo pliego suelto gótico que describe Salvá (n. 1.179 de su *Catálogo*) y contenía un cuento en prosa, *Como vn rustico labrador çgaño a vnos mercaderes*, cuatro hojas, sin lugar ni año, hacia 1510, según el parecer de aquel bibliógrafo. Sir Thomas Grenville tuvo otra edición del mismo pliego con el título algo diverso, *Como vn rustico labrador astucioso con cōsejo de su mujer engaño a vnos mercaderes*. Supongo que hoy parará en el Museo Británico.

tra hasta en las obras de temple más castizo y que son sin duda emanación genuina del ingenio peninsular. Así, el capítulo del buldero, uno de los más atrevidos del *Lazarillo de Tormes*, tiene su germen en un cuento de Masuccio Salernitano (¹). Así, las novelas románticas intercaladas en el *Guzmán de Alfarache*, la de *Dorido y Clorinia*, la de *Bonifacio y Dorotea*, la de *Don Luis de Castro y Don Rodrigo de Montalvo*, están enteramente en la manera de los *novellieri italianos*, y la última de ellas procede también de Masuccio (²). Así, la *Diana* de Jorge de Montemayor, que en su fondo debe más al bucolismo galaico-portugués que á la *Arcadia* de Sannazaro, se engalana con la historia de los amores de D. Félix y Felismena, imitada de Bandello (³).

Novelas del mismo corte y origen se encuentran por incidencia en otros libros, cuya materia principal no es novelesca, especialmente en los manuales de cortesía y buena crianza, imitados ó traducidos del italiano. Prescindiendo por ahora del *Cortesano* de Boscán, que es pura traducción, aunque admirable, y que tendrá más adecuado lugar en otro capítulo de la presente historia, donde estudiaremos los diálogos que pintan aspectos varios de la vida social, no podemos omitir la ingeniosa refundición que del *Galateo* de Messer Giovanni Della Casa hizo Lucas Gracián Dantisco en su *Galateo Español* (1599), libro de los más populares, como lo acreditan sus numerosas ediciones (⁴). El autor nos ofrece á un tiempo la teoría y la práctica *de las novelas y cuentos*, dándonos curioso *specimen* de la conversación de su época.

(¹) Es el 4.º del *Novellino*. Notó antes que nadie esta semejanza Morel-Fatio.

«Fra Girolamo da Spoleto con un osso di corpo morto fa credere al popolo Sorrentino »cio il braccio di Santo Luca: il compagno gli dà contra: lui prega Iddio che ne dimostri miracolo: il com-»pagno finge cascar morto, ed esso oramai lo ritorna in vita; e per li doppi miracoli raduna assai »moneta, diventane prelato, e col compagno poltroneggia».

(*Il Novellino di Masuccio Salernitano*, ed. de Settembrini, p. 53 y ss.)

(²) Esta imitación fue ya indicada en la *History of fiction* de Dunlop (trad. alemana de Liebrecht, p. 268). Es la novela 41 de Masuccio (p. 425). *Due cavalieri fiorentini se innamorano de due sorelle fiorentine, son necessitati ritornarsi in Francia. Una delle quelle con una sentenziosa intramessa de un falso diamante fa tutti doi ritornare in Fiorenza, e con una strana maniera godono a la fine di loro amore».*

De estas y otras imitaciones trataré en sus lugares respectivos. Aquí basta indicarlas.

(³) Véase el primer tomo de la presente obra, pág. CCCCLVIII.

(⁴) Las ediciones más antiguas del *Galateo* que citan los bibliógrafos son: la de Zaragoza, 1593; la de Barcelona 1595, y la de Madrid, 1599; pero debe de haberlas algo anteriores, puesto que la dedicatoria está firmada á 10 de enero de 1582. La más antigua de las que he manejado es la siguiente:

—*Galateo Español. Agora de nuevo corregido y emendado. Autor Lucas Gracian Dantisco criado de su Magestad. Impresso en Valencia, en casa de Pedro Patricio Mey. 1601. A costa de Balthasar Simon mercader de libros.*

8.º, 239 pp. (por errata 298).

Aprobación del Dr. Pedro Juan Asensio, por comisión del patriarca D. Juan de Ribera (20 de marzo de 1601).

«Aviendo visto en el discurso de mi vida, por esperiencia todas las reglas de este libro, me parecio aprovecharme de las más, que para el tiempo de la juventud pueden ser de consideracion, traduziendolas del Galateo Italiano, y añadiendo al proposito otros *Cuentos* y cosas que yo he visto y oydo; los quales serviran de sainete y halago, para pasar sin mal sabor las pildoras de una amable reprehension que este libro haze. Que aunque va embuelto en cuentos y donayres, no dexara de aprovechar a quien tuviere necesidad de alguno destos avisos, si ya no tuviere tan amarga la boca, y estragado el gusto, que nada le parezca bien...»

«Allende de las cosas dichas, procure el gentil hombre que se pone á contar algun cuento ó fábula, que sea tal que no tenga palabras desonestas, ni cosas suzias, ni tan puercas que puedan causar asco á quien le oye, pues se pueden dezir por rodeos y términos limpios y honestos, sin nombrar claramente cosas semejantes; especialmente si en el auditorio hubiesse mugeres, porque alli se deve tener más tiento, y ser la maraña del tal cuento clara, y con tal artificio que vaya cevando el gusto hasta que con el remate y paradero de la novela queden satisfechos sin duda. Y tales pueden ser las novelas y cuentos que allende del entretenimiento y gusto, saquen dellas buenos exemplos y moralidades; como hazian los antiguos fabuladores, que tan artificiosamente hablaron (como leemos en sus obras), y á su imitacion deve procurar el que cuenta las fábulas y consejas, o otro cualquier razonamiento, de yr hablando sin repetir muchas vezes una misma palabra sin necesidad (que es lo que llaman bordon) y mientras pudiere no confundir los oyentes, ni trabajalles la memoria, excusando toda escuridad, especialmente de muchos nombres» (¹).

Como muestra del modo de contar que tenía por más apacible, trae la ingeniosa *Novela del gran Soldán con los amores de la linda Axa y el Príncipe de Nápoles.* Esta novela es seguramente de origen italiano, y en Castilla había pasado ya al teatro, según nos informa Gracián Dantisco. «Y pues en todas las cosas deste tratado procu- »ramos traer comparaciones y exemplos al proposito, en este que se nos ofrece pon- »dremos un cuento del cual, por aver parecido bien á unos discretos cómicos, se hizo »una hermosa tragicomedia» (²).

Lucas Gracián Dantisco, que no es un mero traductor, sino que procura acomodar el *Galateo* toscano á las costumbres españolas, nos da suficiente testimonio de que el ejercicio de novelar alternativamente varias personas en saraos y tertulias era ya cosa

Sonetos laudatorios del Licenciado Gaspar de Morales, de Lope de Vega y de un anónimo.

Todo el libro está lleno de cuentecillos, unos traducidos del italiano y otros originales de Gracián Dantisco.

—*Galateo Español. Agora nueuamente impresso, y emendado. Avtor Lucas Gracian Dantisco, criado de su Magestad. Y de nueuo va añadido el destierro de la ignorancia, que es Quaternario de auisos conuenientes a este nuestro Galateo. Y la vida de Lazarillo de Tormes, castigado. Con licencia. En Valladolid. Por Luis Sanchez. Año de 1603. A costa de Miguel Martinez.*

8.º, 6 hs. prls. y 295 pp. dobles.

Pág. 171. «*Destierro de ignorancia. Nueuamente compuesto y sacado a luz en lengua Italiana por Horacio Riminaldo Boloñés. Y agora traduzido de lengua Italiana en Castellana. Con licencia. En Valladolid. Por Luys Sanchez. Año M.DCIII.*

»Es obra muy prouechosa y de gran curiosidad y artificio: porque cifrandose todo lo que en ella se contiene debaxo del numero de quatro, discurre con él por todo el Abecedario, començando pri- meramente por cosas que tienen por principio la letra *A* desta suerte. .»

Fol. 217. *Lazarillo de Tormes, castigado. Agora nueuamente impresso, y emendado.*

Hay reimpresiones de 1632, 1637, 1664, 1722, 1728, 1746, 1769 y otras varias.

(¹) Pág. 151 de la ed. de Valencia, 1601.

(²) PP. 154-179.

Esta novelita llegó á ser tan popular, que todavía se hizo de ella una edición de cordel á media- dos del siglo XVIII.

Historia del Gran Soldan con los amores de la linda Axa y Principe de Napoles. Cordoba, Juan Rodriguez de la Torre. Sin año.

Modernamente la refundió Trueba en uno de sus *Cuentos Populares* que lleva por título *El Principe Desmemoriado.*

corriente en su tiempo. «Deve tambien el que acaba de contar qualquiera cuento o
»novela como ésta, aunque sepa muchas, y le oygan de buena gana, dar lugar á que
»*cada qual diga la suya*, y no enviciarse tanto en esto que le tengan por pesado o
»importuno; no combidando siempre a dezillas, pues principalmente sirven para hen-
»chir con ellas el tiempo ocioso» ([1]).

Hemos seguido paso á paso esta incipiente literatura, sin desdeñar lo más menudo
de ella, aun exponiéndonos al dictado de *micrófilo*, para que se comprenda qué prodigio fueron las *Novelas Ejemplares* de Cervantes, surgiendo de improviso como sol de
verdad y de poesía entre tanta confusión y tanta niebla. La novela caballeresca, la
novela pastoril, la novela dramática, la novela picaresca, habían nacido perfectas y
adultas en el *Amadís*, en la *Diana*, en la *Celestina*, en el *Lazarillo de Tormes*, sus
primeros y nunca superados tipos. Pero la novela corta, el género de que simultáneamente fueron precursores D. Juan Manuel y Boccaccio, no había producido en nuestra
literatura del siglo XVI narración alguna que pueda entrar en competencia con la más
endeble de las novelas de Cervantes: con el embrollo romántico de *Las dos doncellas*,
ó con el empalagoso *Amante Liberal*, que no deja de llevar, sin embargo, la garra del
león, no tanto en el apóstrofe retórico á las ruinas de la desdichada Nicosia como en
la primorosa miniatura de aquel «mancebo galan, atildado, de blancas manos y rizos
»cabellos, de voz meliflua y amorosas palabras, y finalmente todo hechō de ámbar y de
»alfeñique, guarnecido de telas y adornado de brocados». ¡Y qué abismos hay que
salvar desde estas imperfectas obras hasta el encanto de *La Gitanilla*, poética idealiza-
ción de la vida nómada, ó la sentenciosa agudeza de *El Licenciado Vidriera*, ó el brío
picaresco de *La Ilustre Fregona*, ó el interés dramático de *La Señora Cornelia* y de
La Fuerza de la Sangre, ó la picante malicia de *El Casamiento Engañoso*, ó la profunda ironía y la sal lucianesca del *Coloquio de los Perros*, ó la plenitud ardiente
de vida que redime y ennoblece para el arte las truhanescas escenas de *Rinconete y
Cortadillo!* Obras de regia estirpe son las novelas de Cervantes, y con razón dijo Federico Schlegel que quien no gustase de ellas y no las encontrase divinas jamás podría
entender ni apreciar debidamente el *Quijote*. Una autoridad literaria más grande que
la suya y que ninguna otra de los tiempos modernos, Goëthe, escribiendo á Schiller
en 17 de diciembre de 1795, precisamente cuando más ocupado andaba en la composición de *Wilhelm Meister*, las había ensalzado como un verdadero tesoro de deleite y
de enseñanza, regocijándose de encontrar practicados en el autor español los mismos
principios de arte que á él le guiaban en sus propias creaciones, con ser éstas tan la-
boriosas y aquéllas tan espontáneas. ¡Divina espontaneidad la del genio que al forjarse
su propia estética adivina y columbra la estética del porvenir! ([2]).

M. Menéndez y Pelayo.

Santander, Enero de 1907.

([1]) PP. 179-180.
([2]) La extensión que ha tomado el presente capítulo me obliga á diferir para el volumen siguiente, que será el tercero de estos Orígenes de la novela, el estudio de las novelas de costumbres y de las novelas dramáticas anteriores á Cervantes. En él se encontrarán también las noticias
críticas y bibliográficas de algunos diálogos satíricos afines á la novela, cuyo texto va incluido en
el presente volumen.

CARCEL DE AMOR

DE

DIEGO DE SAN PEDRO

EL SEGUIENTE TRACTADO FUÉ HECHO A PEDIMIENTO
DEL SEÑOR DON DIEGO HERNANDES:
ALCAYDE DE LOS DONZELES Y DE OTROS CAUALLEROS CORTESANOS:
LLÁMASE «CARCEL DE AMOR». CONPÚSOLO SAN PEDRO.

COMIENÇA EL PROLOGO ASSI

Muy virtuoso señor:

Aunque me falta sofrimiento para callar, no me fallesce conoscimiento para ver quanto me estaria meior preciarme de lo que callase que arepentirme de lo que dixiese; y puesto que assi lo conozca, avnque veo la verdad sigo la opinion, y como hago lo peor nunca quedo sin castigo, porque si con rudeza yerro con verguença pago. Verdad es que en la obra presente no tengo tanto cargo pues me puse en ella más por necesidad de obedecer que con voluntad de escreuir. Porque de vuestra merced me fue dicho que deuia hazer alguna obra del estilo de vna oracion que enbié a la señora doña Marina Manuel porque le parecia menos malo que el que puse en otro tratado que vio mio. Assi que por conplir su mandamiento pense hacerla, auiendo por meior errar en el dezir, que en el desobedecer. Y tambien acordé endereçarla á vuestra merced, porque la fauorezca como señor y la emiende como discreto. Como quiera que primero que me determinase, estuue en grandes dubdas. Vista vuestra discrecion temia, mirada vuestra virtud osaua. En lo vno hallaua el miedo, y en lo otro buscaua la seguridad, y en fin escogí lo más dañoso para mi verguença, y lo más prouechoso para lo que deuia.

Podré ser reprehendido, si en lo que agora escriuo, tornare á dezir algunas razones, de las que en otras cosas he dicho. De lo qual suplico á vuestra merced me salue; porque como he hecho otra escritura de la calidad de esta, no es de marauillar que la memoria desfallesca. Y si tal se hallare, por cierto más culpa tiene en ello mi oluido que mi querer.

Sin dubda, Señor, considerado esto y otras cosas que en lo que escriuo se pueden hallar, yo estaua determinado de cesar ya en el metro y en la prosa, por librar mi rudeza de juyzios, y mi espíritu de trabaios. Y paresce quanto más pienso hazerlo, que se me ofrecen más cosas para no poder conplirlo. Suplico á vuestra merced antes que condene mi falta, juzgue mi voluntad, porque reciba el pago no segund mi razón, mas segund mi deseo.

COMIENÇA LA OBRA

Despues de hecha la guerra del año pasado, viniendo á tener el inuierno á mi pobre reposo, pasando vna mañana, quando ya el sol queria esclarecer la tierra, por vnos valles hondos y escuros, que se hazen en la Sierra Morena, vi salir á mi encuentro por entre unos robredales do mi camino se hazia, vn cauallero assi feroz de presencia como espantoso de vista, cubierto todo de cabello á manera de saluaie. Leuaua en la mano ysquierda vn escudo de azero muy fuerte y en la derecha una ymagen femenil, entallada en vna piedra muy clara, la qual era de tan estrema hermosura, que me turbaua la vista; salian della diuersos rayos de fuego que leuaua encendido el cuerpo de vn onbre quel cauallero forciblemente leuaua tra si. El qual con un lastimado gemido de rato en rato dezia: en mi fe se sufre todo.

Y como empareió comigo, dixome con mortal angustia: caminante, por Dios te pido que me sigas y me ayudes en tan grand cuyta. Yo que en aquella sazon tenia más causa para temor que razon para responder; puestos los oios en la estraña vision estoue quedo, trastornando en el coraçon diuersas consideraciones. Dexar el camino que leuaua pareciame desuario, no hazer el ruego de aquel que assi padecia figurauaseme inumanidad. En siguille auia peligro, y en dexalle flaqueza. Con la turbacion no sabia escojer lo meior. Pero ya que el espanto dexó mi alteracion en algund sosiego, vi quanto era más obligado á la virtud que á la vida: y empachado de mi mesmo por la dubda en que estoue, seguí la via de aquel que quiso ayudarse de mi. Y como apresuré mi andar, sin mucha tardança alcancé a él y al que la fuerça le hazia, y assi seguimos todos tres por vnas partes no menos trabaiosas de andar, que solas de plazer y de gente, y como el ruego del forçado fué causa que lo siguiese, para acometer al que lo leuaua faltabame apareio y para rogalle merescimiento, de manera que me fallecia conseio. Y despues que rebolui el pensamiento en muchos acuerdos, tomé por el meior ponerle en alguna plática, porque como él me respondiese, así yo determinase. Y con este acuerdo supliquéle con la mayor cortesia que pude, me quisiese dezir quien era, á lo qual assi me respondió: Caminante, segund mi natural condicion, ninguna respuesta quisiera darte, porque mi oficio mas es para secutar mal que para responder bien; pero como siempre me crié entre onbres de buena criança, vsaré contigo de la gentileza que aprendi y no de la braueza de mi natural. Tú sabras pues lo quieres saber. Yo soy principal oficial en la casa de amor, llamanme por nombre Deseo. Con la fortaleza deste escudo defiendo las esperanças, y con la hermosura desta ymagen causo las aficiones y con ellas quemo las vidas, como puedes ver en este preso que lieuo á la carcel de Amor donde con solo morir se espera librar.

Quando estas cosas el atormentador cauallero me yba diziendo, sobiamos vna sierra de tanta altura, que á mas andar mi fuerça desfallecia: y ya que con mucho trabaio llegamos á lo alto della, acabó su respuesta. Y como vido que en más pláticas quería ponelle yo que começaua á

dalle gracias por la merced recebida, supitamente desaparecio de mi presencia. Y como esto pasó a tienpo que la noche venia, ningund tino pude tomar para saber donde guió: y como la escuridad y la poca sabiduría de la tierra me fuesen contrarias, tomé por propio conseio no mudarme de aquel lugar. Allí comence á maldezir mi ventura, allí desesperaua de toda esperança, allí esperaua mi perdimiento, allí en medio de mi tribulacion nunca me pesó de lo hecho: porque es meior perder haziendo virtud, que ganar dexandola de hazer. Y assí estuue toda la noche en tristes y trabaiosas contemplaciones: y quando ya la lumbre del día descubrió los canpos, ví cerca de mí, en lo mas alto de la sierra, vna torre de altura tan grande, que me parecía llegar al cielo; era hecha por tal artificio, que de la estrañeza della comence á marauillarme. Y puesto al pie, avnque el tiempo se me ofrecia más para temer que para notar, miré la nouedad de su lauor y de su edificio.

El cimiento sobre que estaua fundada, era vna piedra tan fuerte de su condicion y tan clara de su natural, qual nunca otra tal iamás auia visto: sobre la qual estauan firmados quatro pilares de vn marmol morado muy hermoso de mirar. Eran en tanta manera altos, que me espantaua como se podian sostener. Estaua encima dellos labrada vna torre de tres esquinas, la más fuerte que se puede contemplar. Tenia en cada esquina, en lo alto della, vna ymagen de nuestra umana hechura, de metal, pintada cada vna de su color; la vna de leonado, y la otra de negro, y la otra de pardillo. Tenia cada vna dellas vna cadena en la mano asida con mucha fuerça. Vi más encima de la torre vn chapitel sobrél qual estaua vn aguila que tenia el pico y las alas llenas de claridad de vnos rayos de lumbre que por dentro de la torre salían á ella. Oya dos velas que nunca vn solo punto dexauan de velar. Yo que de tales cosas iustamente me marauillaua, ni sabia dellas qué pensase, ni de mí qué hiziese; y estando conmigo en grandes dubdas y confusion, vi trauada con los mármoles dichos vn escalera que llegaua á la puerta de la torre, la qual tenia la entrada tan escura, que parescia la sobida della á ningund onbre posible. Pero ya deliberado quise antes perderme por sobir, que saluarme por estar, y forçada mi fortuna, comencé la sobida. Y á tres pasos del escalera hallé vna puerta de hierro, de lo que me certificó más el tiento de las manos que la lumbre de la vista, segund las tinieblas do estaua. Allegado pues á la puerta, hallé en ella vn portero, al qual pedí licencia para la entrada, y respondiome que lo hacia, pero que me conuenia dexar las armas primero que entrase; y como le daua las que leuaua, segund costumbre de caminantes, díxeme:

Amigo, bien paresce que de la usança desta casa sabes poco. Las armas que te pido, y te conuiene dexar, son aquellas con que el *coraçon* se suele defender de tristeza, assí como Descanso, y Esperança, y Contentamiento, porque con tales condiciones ninguno pudo gozar de la demanda que pides.

Pues sabida su intencion, sin detenerme en echar iuyzios sobre demanda tan nueua, respondile que yo venía sin aquellas armas, y que dello le daua seguridad. Pues como dello fue cierto, abrió la puerta: y con mucho trabajo y desatino llegué ya á lo alto de la torre donde hallé otro guardador que me hizo las preguntas del primero, y despues que supo de mí lo que el otro, diome lugar á que entrasse. Y llegado al aposentamiento de la casa, vi en medio della vna silla de fuego en la qual estaua asentado aquel cuyo ruego de mi perdicion fue causa. Pero como allí con la turbacion descargaua con los oios, la lengua más entendía en mirar marauillas que en hazer preguntas, y como la vista no estaua despacio, vi que las tres cadenas de las ymágines que estauan en lo alto de la torre tenían atado aquel triste que siempre se quemaua y nunca se acabaua de quemar. Noté más, que dos dueñas lastimeras con rostros llorosos y tristes le seruían y adornauan, poniendole con crueça en la cabeza vna corona de vnas puntas de hierro sin ninguna piedad, que le traspasauan todo el celebro. Y despues desto miré que vn negro vestido de color amarilla venia diuersas vezes á echalle una visarma, y ví que le recebía los golpes en vn escudo que supitamente le salia de la cabeça y le cobria hasta los pies. Ví más, que quando le truxeron de comer le pusieron vna mesa negra, e tres seruidores mucho diligentes, los quales le dauan con graue sentimiento de comer. Y bueltos los oios al vn lado de la mesa, vi vn vieio anciano sentado en vna silla, echada la cabeça sobre vna mano en manera de onbre cuidoso, y ninguna destas cosas pudiera ver segund la escuridad de la torre, sino fuera por vn claro resplandor que le salía al preso del coraçon, que la esclarecía toda. El qual como me vió atónito de ver cosas de tales misterios, viendo como estaua en tienpo de poder pagarme con su habla lo poco que me deuia, por darme algund descanso, mezclando las razones discretas con las lágrimas piadosas, començo en esta manera á dezirme:

EL PRESO AL AUCTOR

Alguna parte del coraçon quisiera tener libre de sentimiento por dolerme de tí, segund yo deuiera y tú merecías. Pero ya tu vees en mi tribulacion, que no tengo poder para sentir otro mal sino el mio. Pidote que tomes por satisfacion no lo que hago, mas lo que deseo. Tu venida aquí yo la causé. El que viste traer preso yo soy, y con la turbacion que tienes, no as podido conoscerme. Torna en tí tu reposo, sosiega tu iuyzio porque estés atento á lo que te quiero dezir. Tu venida fué por remediarme, mi habla será por darte consuelo puesto que yo dél sepa poco. Quien yo soy quiero dezirte; de los misterios que vees quiero informarte. La causa de mi prision quiero que sepas, que me delibres quiero pedirte si por bien lo touieres. Tú sabras que yo soy Leriano, hijo del duque Guersio, que Dios perdone, y de la duquesa Coleria. Mi naturaleza, es este reyno do estás, llamado Macedonia. Ordenó mi ventura que me enamorase de Laureola hija del rey Gaulo que agora reyna, pensamiento que yo deviera antes huyr que buscar; pero como los primeros mouimientos no se puedan en los onbres escusar, en lugar de desuiallos con la razon, confirmelos con la voluntad, y assí de amor me vencí, que me truxo á esta tu casa la qual se llama Carcel de Amor. Y como nunca perdona, viendo desplegadas las velas de mi deseo, púsome en el estado que vees, y porque puedas notar meior su fundamiento y todo lo que has visto, deues saber que aquella piedra sobre quien la prision está fundada, es mi Fé que determinó de sofrir el dolor de su pena por bien de su mal. Los quatro pilares que asientan sobre ella son mi Entendimiento y mi Razon, y mi Memoria, y mi Voluntad. Los quales mandó Amor parescer en su presencia antes que me sentenciase; y por hazer de mi iusta iusticia, preguntó por si á cada vno si consentía que me prendiesen, porque si alguno no consentiese me absolueria de la pena. A lo qual respondieron todos en esta manera. Dixo el Entendimiento: yo consiento al mal de la pena por el bien de la causa, de cuya razon es mi voto que se prenda. Dixo la Raçon: yo no solamente do consentimiento en la prision, más ordeno que muera; que meior le estará la dichosa muerte que la desesperada vida, segund por quien se ha de sofrir. Dixo la Memoria: pues el Entendimiento y la Razon consienten, porque sin morir no pueda ser libre, yo prometo de nunca oluidar. Dixo la Voluntad: pues que assí es, yo quiero ser llaue de su prision y determino de sienpre querer. Pues oyendo Amor que quien me auia de saluar me condenaua, dió como iusto esta sentencia cruel contra mi. Las tres ymágines que viste encima de la torre cubiertas cada vna de su color, de leonado y negro y pardillo, la vna es Tristeza, y la otra Congoxa, y la otra Trabaio. Las cadenas que tenian en las manos son sus fuerças, con las quales tiene atado el coraçon porque ningund descanso pueda recebir. La claridad grande que tenia en el pico y alas el aguila que viste sobre el chapitel, es mi Pensamiento, del qual sale tan clara luz por quien está en él, que basta para esclarecer las tinieblas deste triste carcel, y es tanta su fuerça que para llegar al aguila ningund impedimento le haze lo grueso del muro, assi que andan él y ella en vna conpañía, porque son las dos cosas que más alto suben, de cuya causa está mi prision en la mayor alteza de la tierra. Las dos velas que oyes velar con tal recaudo, son Desdicha y Desamor. Traen tal auiso porque ninguna esperança me pueda entrar con remedio. El escalera obscura por do sobiste es el Angustia con que sobí donde me vees. El primero portero que hallaste, es el Deseo. el qual á todas tristezas abre la puerta, y por esso te dixo que dexases las armas de plazer si por caso las trayas. El otro que acá en la torre hallaste, es el Tormento que aquí me traxo, el qual sigue en el cargo que tiene la condicion del primero, porque está de su mano. La silla de fuego en que asentado me vees, es mi iusta Aficion cuyas llamas siempre arden en mis entrañas. Las dos dueñas que me dan como notas corona de martyrio, se llaman la vna Ansia y la otra Passion, y satisfaçen á mi Fé con el galardon presente. El vieio que vees asentado, que tan cargado pensamiento representa, es el graue Cuydado que iunto con los otros males pone amenazas á la vida. El negro de vestiduras amarillas que se trabaia por quitarme la vida, se llama Desesperar; el escudo que me sale de la cabeça con que de sus golpes me defiendo, es mi Iuyzio, el qual viendo que vo con desesperacion á matarme, dizeme que no lo haga, porque visto lo que merece Laureola antes deuo desear larga vida por padecer, que la muerte para acabar. La mesa negra que para comer me ponen, es la Firmeça con que como, y pienso y duermo, en la qual sienpre estan los maniares tristes de mis contenplaciones. Los tres solicitos seruidores que me seruian, son llamados Mal y Pena y Dolor. El vno trae la cuyta con que coma y el otro trae la desesperança en que viene el maniar, y el otro trae la tribulacion y con ella, para que beua, trae el agua del coraçon á los oios, y de los oios á la boca.

Si te parece que soy bien seruido tú lo iuzga; si remedio he menester tú lo vees; ruegote mucho, pues en esta tierra eres venido, que tú me lo busques y te duelas de mí. No te pido otro bien sino que sepa de tí Laureola, quál me viste, y si por ventura te quisieres dello escusar porque me vees en tienpo que me falta sentido para que te lo agradezca, no te escuses, que mayor virtud es redemir los atribulados que sostener los prósperos. Assi sean tus obras que ni tú te quexes de ti por lo que no heziste, ni yo por lo que pudieras hazer.

RESPUESTA DEL AUCTOR Á LERIANO

En tus palabras, señor, as mostrado que pudo Amor prender tu libertad y no tu virtud, lo qual se prueua porque segund te veo deues tener mas gana de morir que de hablar, y por prouer en mi fatiga forçaste tu voluntad, iuzgando por los trabaios passados y por la cuyta presente que yo ternía de benir poca esperança, lo que sin duda era assí, pero caussaste mi perdicion como deseoso de remedio y remediastela como perfeto de iuyzio. Por cierto no he avido menos plazer de oyrte que dolor de verte, porque en tu persona se muestra tu pena y en tus raçones se conosce tu bondad; siempre en la peior fortuna socorren los virtuosos como tú agora á mí heziste, que vistas las cosas desta tu carcel yo dubdaua de mi saluacion creyendo ser hechas más por arte diabólica que por condicion enamorada. La cuenta, señor, que me as dado te tengo en merced; de saber quien eres soy muy alegre; el trabaio por tí recebido he por bien enpleado. La moralidad de todas estas figuras me ha plazido saber puesto que diuersas vezes las vi; mas como no las pueda ver sino coraçon catiuo, quando le tenía tal conoscialas, y agora que estaua libre dubdaualas. Mandasme, señor, que haga saber á Laureola quál te vi, para lo qual hallo grandes inconuenientes porque un onbre de nacion estraña ¿qué forma se podrá dar para negociacion semeiante? Y no solamente ay esta duda pero otras muchas. La rudeça de mi engenio, la diferencia de la lengua, la grandeza de Laureola, la graueza del negocio, assí que en otra cosa no hallo apareio sino en sola mi voluntad la qual vence todos los inconuenientes dichos, que para tu seruicio la tengo tan ofrecida como si ouiese seydo tuyo despues que nascí. Yo haré de grado lo que mandas. Plega á Dios que lieues tal la dicha como el deseo, porque tu deliberacion sea testigo de mi diligencia. Tanta aficion te tengo y tanto me ha obligado á amarte tu nobleza, que avría tu remedio por galardon de mis trabaios. Entre tanto que vo, deues tenplar tu sentimiento con mi esperança porque quando buelua, si algund bien te truxere, tengas alguna biua con que puedas sentillo.

EL AUCTOR

E como acabé de responder á Leriano en la manera que es escrita, informeme del camino de Suria, cibdad donde estaua á la sazon el rey de Macedonia, que era media iornada de la prision donde partí, y puesto en obra mi camino, llegué á la corte y despues que me aposenté fuy á palacio por ver el trato y estilo de la gente cortesana, y tanbien para mirar la forma del aposentamiento por saber donde me conplía yr ó estar. ó aguardar para el negocio que quería aprender. Y hize esto ciertos días por aprender meior lo que mas me conuiniese, y quanto más estudiaua en la forma que tenía, menos dispusicion se me ofrecía para lo que deseaua; y buscadas todas las maneras que me auían de aprouechar, hallé la mas apareiada comunicarme con algunos mancebos cortesanos de los principales que allí veya, y como generalmente entre aquellos se suele hallar la buena criança, assí me trataron y dieron cabida que en poco tienpo yo fuí tan estimado entrellos como si fuera de su natural nacion, de forma que vine á noticia de las damas; y assí, de poco en poco, oue de ser conoçido de Laureola y auiendo ya noticia de mí, por más participarme con ella, contauale las cosas marauillosas de Spaña, cosa de que mucho holgaua, pues viendome tratado della como seruidor, pareciome que le podría ya dezir lo què quisiese; y vn día que la ví en vna sala apartada de las damas, puesta la rodilla en el suelo, díxele lo siguiente:

EL AUCTOR Á LAUREOLA

No les está menos bien el perdon á los poderosos quando son deseruidos, que á los pequeños la vengança quando son iniuriados; porque los vnos se emiendan por onrra y los otros perdonan por virtud, lo qual si á los grandes ombres es deuido, mas y muy mas á las generosas mugeres que tienen el coraçon real de su nacimiento y la piedad natural de su condicion. Digo esto, señora, porque para lo que te quiero dezir halle osadia en tu grandeza, porque no la puedes tener sin munificencia. Verdad es que primero que me determinase estoue dubdoso, pero en el fin de mis dubdas toue por meior, si inumanamente me quisieses tratar, padecer pena por dezir, que sofrilla por callar. Tú, señora, sabras que caminando vn día por vnas asperezas desiertas vi que por mandado del Amor lenauan preso á Leriano, hijo del duque Guersio, el qual me rogó que en su cuyta le ayudase, de cuya razon dexé el camino de mi reposo por tomar el de su trabaio; y despues que largamente con el caminé vile meter en vna prision dulce para su voluntad y amarga para su vida, donde todos los males del mundo sostiene, dolor le atormenta, pasion le persigue, desesperança le destruye, muerte le amenaza, pena le secuta, pensamiento lo desuela, deseo le atribula, tristeza le condena, fé no le salua, supe dél que de todo esto tú eres causa, iuzgué, segund le ví, mayor dolor el que en el sentimiento callaua que el que con lagrimas descobría, y, vista tu presencia, hallo su tormento iusto. Con sospiros que le sacauan las entrañas me rogó te hiziese sabidora de su

mal. Su ruego fue de lastima y mi obediencia de compasion. En el sentimiento suyo te iuzgué cruel, y en tu acatamiento te veo piadosa, lo qual va por razon que de tu hermosura se cree lo vno y de tu condicion se espera lo otro. Si la pena que le causas con el merecer, le remedias con la piedad, serás entre las mugeres nacidas la más alabada de quantas nacieron. Contenpla y mira quanto es meior que te alaben porque redemiste, que no que te culpen porque mataste; mira en qué cargo eres á Leriano, que avn su passion te haze seruicio, pues si la remedias, te da causa que puedas hazer lo mismo que Dios, porque no es de menos estima el redemir quel criar: assí que harás tú tanto en quitalle la muerte, como Dios en darle la vida. No sé que escusa pongas para no remediallo. Si no crees que matar es virtud, no te suplica que le hagas otro bien sino que te pese de su mal, que cosa graue para tí no creas que te la pidirya; que por meior avrá el penar que serte á tí causa de pena. Si por lo dicho mi atreuimiento me condena, su dolor del que me enbía me asuelne, el qual es tan grande que ningund mal me podrá venir que yguale con el que me causa. Suplícote sea tu respuesta conforme á la virtud que tienes y no á la saña que muestras, porque tú seas alabada, y yo buen mensaiero, y el catiuo Leriano libre.

RESPUESTA DE LAUREOLA

Así como fueron tus razones temerosas de dezir, assí son graues de perdonar. Si como eres de Spaña fueras de Macedonia, tu razonamiento y tu vida acabaran á vn tiempo, assí que por ser estraño no recebiras la pena que merecías, y no menos por la piedad que de mi iuzgaste, como quiera que en casos semeiantes tan deuida es la iusticia como la clemencia, la qual en tí secutada pudiera causar dos bienes: el vno, que otros escarmentaran, y el otro que las altas mugeres fueran estimadas y tenidas segund merecen. Pero si tu osadía pide el castigo, mi mansedumbre consiente que te perdone, lo qual va fuera de todo derecho, porque no solamente por el atreuimiento deuias morir, más por la ofensa que á mi bondad heziste, en la qual posiste dubda; porque si á noticia de algunos lo que me dexiste veniese, más creería que fué por el apareio que en mi hallaste que por la pena que en Leriano viste, lo que con razon assí deue pensarse, viendo ser tan iusto que mi grandeza te posiese miedo, como su mal osadia. Si mas entiendes en procurar su libertad, buscando remedio para él hallarás peligro para tí; y auysote, avnque seas estraño en la nacion, que serás natural en la sepultura. Y porque detenerme en plática tan fea ofendo mi lengua, no digo más, que para que sepás lo que te cumple, lo dicho basta. Y si alguna esperança te queda porque te hable, en tal caso sea de poco beuir si más de la embaxada pensares vsar.

EL AUCTOR

Quando acabó Laureola su habla, ví, avnque fue corta en razon, que fue larga en enoio, el qual le enpedía la lengua; y despedido della comence á pensar diuersas cosas que grauemente me atormentauan. Pensaua quan alongado estaua de Spaña, acordauaseme de la tardança que hazia, traya á la memoria el dolor de Leriano, desconfiaua de su salud, y visto que no podía cunplir lo que me dispuse á hazer sin mi peligro ó su libertad, determiné de seguir mi propósito hasta acabar la vida ó leuar á Leriano esperança. Y con este acuerdo uolui otro día á palacio para ver qué rostro hallaria en Laureola, la cual como me vido, tratóme de la primera manera sin que ninguna mudança hiziese: de cuya seguridad tomé grandes sospechas. Pensaua si lo hazía por no esquiuarme, no auiendo por mal que tornase á la razon començada. Creía que disimulaua por tornar al propósito para tomar emienda de mi atreuimiento, de manera que no sabia á qual de mis pensamientos diese fé. En fin, pasado aquel dia y otros muchos, hallaua en sus aparencias más causa para osar que razon para temer, y con este crédito, aguardé tiempo conuenible y hízele otra habla mostrando miedo, puesto que lo tuuiese, porque en tal negociacion y con semeiantes personas conuiene fengir turbacion: porque en tales partes el desenpacho es auido por desacatamiento, y parece que no se estima ni acata la grandeça y autoridad de quien oye con la desverguença de quien dize; y por saluarme deste yerro hablé con ella no segund desenpachado, mas segund temeroso.

Finalmente, yo le dixe todo lo que me parecio que conuenia para remedio de Leriano. Su respuesta fue de la forma de la primera saluo que ouo en ella menos saña, y como avnque en sus palabras avía menos esquiuidad para que deuiese callar, en sus muestras hallaua licencia para que osase dezir. Todas las vezes que tenía lugar le suplicaua se doliese de Leriano, y todas las vezes que gelo dezia, que fueron diuersas, hallaua áspero lo que respondía y sin aspereza lo que mostraua; y como traya aviso en todo lo que se esperaua prouecho, miraua en ella algunas cosas en que se conosce el coraçon enamorado. Quando estaua sola veyala pensatiua, quando estaua acompañada no muy alegre; erale la compañía aborrecible y la soledad agradable. Más vezes se quexaua que estaua mal por huyr los plazeres. Quando era vista fengia algun dolor, quando la dexauan daua grandes sospiros. Si Leriano se nombraua en su presencia, desatinaua de lo que dezía, boluiase supito colorada y despues amarilla, tornauase ronca su boz, secauasele la boca; por mucho que encobría sus mudanças forçaua la pasion piadosa á la disimulacion discreta. Digo piadosa porque sin dubda segund lo que despues mostró ella, recebia estas alteraciones más de piedad que de amor, pero como yo pensaua otra cosa viendo en ella tales señales, tenia en mi despacho alguna esperança; y con tal pensamiento partime para Leriano y despues que estensamente todo lo pasado le reconté, díxele que se esforçase á escreuir á Laureola, proferiéndome á dalle la carta, y puesto que él estaua más para hazer memorial de su hazienda que carta de su pasion, escriuio las razones de la qual eran tales.

CARTA DE LERIANO Á LAUREOLA

Si touiera tal razon para escreuirte como para quererte, sin miedo lo osara hazer, mas en saber que escriuo para tí, se turba el seso y se pierde el sentido, y desta causa antes que lo començase toue conmigo grand confusion. Mi fé dezia que osase, tu grandeza que temiese: En lo vno hallaua esperança y por lo otro desesperaua, y en el cabo acordé esto; mas guay de mí que comence temprano á dolerme y tarde á quexarme, porque á tal tiempo soy venido que si alguna merced te meresciese no ay en mí cosa biua para sentilla sino sola mi fé. El coraçon está sin fuerça, y el alma sin poder, y el iuycio sin memoria. Pero si tanta merced quisiesses hazerme que á estas razones te pluguiese responder, la fé con tal bien podría bastar para restituir las otras partes que destruiste. Yo me culpo porque te pido galardon sin auerte hecho seruicio, avnque si recibes en cuenta de seruir el penar, por mucho que me pagues siempre pensaré que me quedas en deuda. Podras dezir que cómo pense escreuirte; no te marauilles que tu hermosura causó el aficion, y el aficion el deseo, y el deseo la pena, y la pena el atreuimiento; y si porque lo hize te pareciere que merezco muerte, mandamela dar, que muy meior es morir por tu causa que beuir sin tu esperança. Y hablandote verdad, la muerte sin que tú me la dieses yo mismo me la daria, por hallar en ella la libertad que en la vida busco, si tú no ouieses de quedar infamada por matadora, pues mal auenturado fuese el remedio que á mí librase de pena y á tí te causase culpa. Por quitar tales inconuenientes te suplico que hagas tu carta galardon de mis males, que avnque no me mate por lo que á ti toca, no podré beuir por lo que yo sufro, y todavía quedarás condenada. Si algund bien quisieres hazerme no lo tardes, sino podra ser que tengas tienpo de arrepentirte y no lugar de remediarme.

EL AUCTOR

Aunque Leriano segund su graue sentimiento se quisiera más estender, vsando de la discrecion y no de la pena no escriuio más largamente; porque para hazer saber á Laureola su mal bastaua lo dicho, que quando las cartas deuen alargarse es quando se cree que ay tal voluntad para leellas quien las recibe como para escriuillas quien las enbia: y porquél estaua libre de tal presuncion, no se estendio más en su carta. La qual despues de acabada recebí con tanta tristeza de uer las lágrimas con que Leriano me la daua, que pude sentilla meior que contalla; y despedido dél partíme para Laureola, y como llegué donde estaua, hallé propio tienpo para poderle hablar, y antes que le diese la carta díxele tales razones.

EL AUCTOR Á LAUREOLA

Primero que nada te diga, te suplico que recibas la pena de aquel catiuo tuyo por descargo de la inportunidad mia, que donde quiera que me hallé siempre toue por costunbre de seruir antes que inportunar. Por cierto, señora, Leriano siente más el enoio que tú recibes que la pasion que él padece, y este tiene por el maior mal que ay en su mal. De lo qual querría escusarse, pero si su voluntad por no enoiarte desea sufrir, su alma por no padecer querria quexar. Lo vno le dize que calle y lo otro le haze dar bozes; y confiando en tu virtud, apremiado del dolor, quiere poner sus males en tu presencia, creyendo, avnque por vna parte te sea pesado, que por otra te causará conpasion. Mira por quantas cosas te merece galardon. Por oluidar su cuyta pide la muerte porque no se diga que tú la consentiste. Desea la vida porque tú la hazes; llama bienauenturada su pena por no sentirla; desea perder el iuyzio por alabar tu hermosura; quería tener los agenos y el suyo. Mira quanto le eres obligada que se precia de quien le destruye, tiene su memoria por todo su bien y esle ocasion de todo su mal. Si por ventura siendo yo tan desdichado pierde por mi intercesion lo quél merece por fé, suplícote recibas vna carta suya, y si leella quisieres, á él harás merced por lo que ha sufrido, y á tí te culparás por lo que le as causado, viendo claramente el mal que le queda en las palabras que enbia, las quales avnque la boca las dezia, el dolor las ordenaua. Assí te dé Dios tanta parte del cielo como mereces de la tierra, que

la recibas y le respondas y con sola esta merced le podras redemir. Con ella esforçarás su flaqueza, con ella afloxarás su tormento, con ella fauoreceras su firmeza; pornasle en estado que ni quiera mas bien ni tema mas mal. Y si esto no quisieres hazer por quien deues, que es él, ni por quien lo suplica, que so yo, en tu virtud tengo esperança, que segund la vsas no sabras hazer otra cosa.

RESPUESTA DE LAUREOLA AL AUCTOR

En tanto estrecho me ponen tus porfias que muchas vezes he dubdado sobre qual haré antes; desterrar á tí de la tierra ó á mí de mi fama en darte lugar que digas lo que quisieres, y tengo acordado de no hazer lo vno de compasion tuya, porque si tu embaxada es mala, tu intencion es buena, pues la traes por remedio del querelloso. Ni tanpoco quiero lo otro de lástima mía, porque no podría él ser libre de pena sin que yo fuese condenada de culpa. Si pudiese remediar su mal sin amanzillar mi onrra, no con menos aficion que tú lo pides yo lo haría, mas ya tú conosces quanto las mugeres deuen ser más obligadas á su fama que á su vida, la qual deuen estimar en lo menos por razon de lo más que es la bondad. Pues si el beuir de Leriano ha de ser con la muerte desta, tú iuzga á quien con mas razon deuo ser piadosa, á mí ó á su mal. Y que esto todas las mugeres deuen assi tener, en muy más manera las de real nacimiento, en las quales assi ponen los oios todas las gentes, que antes se vee en ella la pequeña manzilla que en las baias la grand fealdad. Pues en tus palabras con la razon te conformas, ¿cómo cosa tan iniusta demandas?; mucho tienes que agradecerme porque tanto comunico contigo mis pensamientos, lo qual hago porque si me enoia tu demanda me aplaze tu condicion, y he plazer de mostrarte mi escusacion con iustas causas por saluarme de cargo.

La carta que dizes que reciba fuera bien escusada, porque no tienen menos fuerza mis defensas que confiança sus porfías. Porque tú la traes plazeme de tomarla. La respuesta no la esperes, ni trabages en pedirla, ni menos en mas hablar en esto, porque no te quexes de mi saña como te alabas de mi sofrimiento. Por dos cosas me culpo de auerme tanto detenido contigo. La vna porque la calidad de la plática me dexa muy enoiada, y la otra porque podras pensar que huelgo de hablar en ella y creeras que de Leriano me acuerdo. De lo qual no me marauillo, que, como las palabras sean ymagen del coraçon, yrás contento por lo que iuzgaste y leuarás buen esperança de lo que deseas: pues por no ser condenada de tu pensamiento si tal le touieres, te torno á requerir que sea esta la postrimera vez que en este caso me hables; si no, podra ser que te arrepientas y que buscando salud agena te falte remedio para la tuya.

EL AUCTOR

Tanta confusion me ponían las cosas de Laureola que quando pensaua que más la entendía, menos sabía de su voluntad. Quando tenía más esperança me daua mayor desuío, quando estaua seguro me ponia maiores miedos, sus desatinos cegauan mi conocimiento. En el recebir la carta me satisfizo, en el fin de su habla me desesperó. No sabía qué camino siguiese en que esperança hallase, y como onbre sin conseio partime para Leriano con acuerdo de darle algund consuelo entre tanto que buscaua el meior medio que para su mal conuenía, y llegado donde estaua comencé á dezirle.

EL AUCTOR Á LERIANO

Por el despacho que traygo se conoce que donde falta la dicha no aprouecha la diligencia. Encomendaste tu remedio á mi que tan contraria me ha sido la ventura que en mis propias cosas la desprecio porque no me puede ser en lo porvenir tan fauorable que me satisfaga lo que en lo passado me ha sido enemiga, puesto que en este caso buena escusa touiera para ayudarte, porque si yo era el mensaiero, tuyo era el negocio.

Las cosas que con Laureola he passado ni pude entenderlas ni sabre dezirlas, porque son de condicion nueua. Mill vezes pensé venir á darte remedio y otras tantas á darte la sepoltura. Todas las señales de voluntad vencida vi en sus aparencias, todos los desabrimientos de muger sin amor vi en sus palabras; iuzgandola me alegraua, oyendola me entristecia; á las vezes creya que lo hazia de sabida y á las vezes de desamorada. Pero con todo viendola mouible creya su desamor, porque quando amor prende haze el coraçon constante y quando lo dexa libre mudable. Por otra parte pensaua si lo hazia de medrosa segun el brauo coraçon de su padre. Qué dirás, ¿que recibió tu carta y recebida me afrentó con amenazas de muerte si mas en tu caso le hablaua? Mira qué cosa tan graue parece en vn punto tales dos diferencias. Si por estenso todo lo passado te oviese de contar, antes fallecería tiempo para dezir que cosas para que te dixiese. Suplícote que esfuerce tu seso lo que enflaquece tu pasion, que segun estás mas as menester sepoltura que consuelo. Si algund espacio no te das, tus huesos querrás dexar en memoria de tu fé, lo qual no deues hazer, que para satisfacion de tí mismo más te conuiene beuir para que sufras que morir para que no penes. Ésto

digo porque de tu pena te veo gloriar: segund tu dolor gran corona es para tí que se diga que touiste esfuerço para sofrirlo. Los fuertes en las grandes fortunas muestran mayor coraçon; ninguna diferencia entre buenos y malos avria si la bondad no fuese tentada. Cata que con larga vida todo se alcança: ten esperança en tu fé que su propósito de Laureola se podra mudar y tu firmeza nunca. No quiero dezirte todo lo que para tu consolacion pense, porque segund tus lágrimas en lugar de amatar tus ansias las enciendo. Quanto te pareciere que yo pueda hazer mandalo, que no tengo menos voluntad de seruir tu persona que remediar tu salud.

RESPONDE LERIANO

La dispusicion en que estó ya la vees, la priuacion de mi sentido ya la conoces, la turbacion de mi lengua ya la notas; y, por esto, no te marauilles si en mi respuesta ouiere mas lágrimas que concierto, las quales, porque Laureola las saca del coraçon, son dulce manjar de mi voluntad. Las cosas que con ella passaste, pues tú que tienes libre el iuyzio no las entiendes, ¿qué haré yo que para otra cosa no le tengo sino para alabar su hermosura y por llamar bienauenturada mi fin? Estas querria que fuesen las postrimeras palabras de mi vida porque son en su alabança. ¿Qué mayor bien puede auer en mi mal que querello ella? Si fuera tan diehoso en el galardon que merezco como en la pena que sufro, ¿quién me podiera ygualar? Meior me es á mi morir, pues de ello es seruida, que beuir si por ello ha de ser enoiada. Lo que mas sentire quando muera, será saber que perecen los oios que la vieron y el coraçon que la contempló, lo qual segun quien ella es, va fuera de toda razon. Digo esto porque veas que sus obras en lugar de apocar amor acrecientan fé. Si en el coraçon catiuo las consolaciones hiziesen fruto, la que tú me as dado bastara para esforçarme, pero como los oydos de los tristes tienen cerraduras de pasion no ay por dónde entren al alma las palabras de consuelo. Para que pueda sofrir mi mal como dizes, dame tú la fuerça y yo porne la voluntad. Las cosas de onrra que pones delante conozcolas con la razon y niegolas con ella misma.

Digo que las conozco y aprueuo si las ha de vsar onbre libre de mi pensamiento, y digo que las niego para comigo pues pienso avnque busque graue pena que escogí onrrada muerte. El trabaio que por mi as recebido y el deseo que te he visto me obligauan á ofrecer por tí la vida todas las vezes que fuere menester, mas pues lo menos della me queda de beuir seate satisfacion lo que quisiera y no lo que puedo. Mucho te ruego pues esta será la final buena obra que tú me podras hazer y yo recebir que quieras leuar á Laureola en vna carta mia nueuas con que se alegre, porque della sepa como me despido de la vida y de mas dalle enoio, la qual en esfuerço que la leuarás quiero començar en tu presencia y las razones della sean estas.

CARTA DE LERIANO Á LAUREOLA

Pues el galardon de mis afanes auie de ser mi sepoltura ya soy a tiempo de recebirlo. Morir no creas que me desplaze, que aquel es de poco iuyzio que aborrece lo que da libertad. ¿Mas que haré que acabará comigo el esperança de verte graue cosa para sentir? Dirás que cómo tan presto en vn año ha o poco mas que ha que soy tuyo desfallescio mi sofrimiento; no te deues marauillar que tu poca esperança y mi mucha pasion podian bastar para más de quitar la fuerça al sofrir, no pudiera pensar que á tal cosa dieras lugar si tus obras no me lo certificaran.

Siempre crey que forçara tu condicion piadosa á tu voluntad porfiada, como quiera que en esto si mi vida recibe el daño mi dicha tiene la culpa, espantado estoy cómo de tí misma no te dueles. Dite la libertad, ofrecite el coraçon, no quise ser nada mio por serlo del todo tuyo, pues, ¿cómo te querrá seruir ni tener amor quien sopiere que tus propias cosas destruyes? Por cierto tú eres tu enemiga. Si no me querias remediar porque me saluara yo, deuieraslo hazer porque no te condenaras tú. Porque en mi perdicion ouiese algund bien deseo que te pese della, mas si el pesar te auie de dar pena no lo quiero, que pues nunca biuiendo te hize seruicio no seria iusto que moriendo te causase enoio. Los que ponen los oios en el sol quanto mas lo miran mas se ciegan, y assi quanto yo más contenplo tu hermosura mas ciego tengo el sentido. Esto digo porque de los desconciertos escritos no te marauilles: verdad es que á tal tienpo escusado era tal descargo, porque segund quedo mas está en disposicion de acabar la vida que de desculpar las razones.

Pero quisiera que lo que tú auias de ver fuera ordenado, porque no ocuparas tu saber en cosa tan fuera de tu condicion. Si consientes que muera porque se publique que podiste matar, mal te aconseiaste, que sin esperiencia mia lo certificava la hermosura tuya; si lo tienes por bien porque no era merecedor de tus mercedes, pensaua alcançar por fé lo que por desmerecer perdiese, y, con este pensamiento, osé tomar tal cuydado. Si por ventura te plaze por parecerte que no se podria remediar sin tu ofensa mi cuyta, nunca pense pedirte merced que te causase culpa. ¿Cómo auia de aprouecharme el bien que á ti te viniese mal? Solamente pedí tu respuesta por primero y postrimero galardon. Dexadas mas

largas te suplico, pues acabas la vida que onrres la muerte, porque si en lugar donde van las almas desesperadas ay algun bien, no pediré otro si no sentido para sentir que onrraste mis huesos por gozar aquel poco espacio de gloria tan grande.

EL AUCTOR

Acabada la habla y carta de Leriano, satisfaziendo los oios por las palabras con muchas lagrimas, sin poderle hablar despedime dél, auiendo aquella, segund le vi, por la postrimera vez que lo esperaua ver; y puesto en el camino puse su sobrescrito á su carta porque Laureola en seguridad de aquel la quisiese recebir. Y llegado donde estaua, acordé de gela dar, la qual creiendo que era de otra calidad recebio, y começo y acabó leer; y como en todo aquel tiempo que la leya nunca partiese de su rostro mi vista, vi que quando acabó de leerla quedó tan enmudecida y turbada como si gran mal touiera, y como su turbacion de mirar la mia no le escusase, por asegurarme hizo me preguntas y hablas fuera de todo proposito, y para librarse de la conpañia que en semeiantes tienpos es peligrosa, porque las mudanças públicas no descubriessen los pensamientos, retraxose. Y assí estuuo aquella noche sin hablarme nada en el propósito, y otro dia de mañana mandome llamar y despues que me dixo quantas razones bastauan para descargarse del consentimiento que daua en la pena de Leriano, dixome que le tenia escrito pareciéndole inumanidad perder por tan poco precio un onbre tal; y porque con el plazer de lo que le oya estaua desatinado en lo que hablaua, no escriuo la dulceza y onestad que ouo en su razonamiento. Quien quiera que la oyera pudiera conocer que aquel estudio auie vsado poco: ya de enpachada estaua encendida, ya de turbada se tornaua amarilla. Tenia tal alteracion y tan sin aliento la habla como si esperara sentencia de muerte; en tal manera le tenblaua la boz que no podía forçar con la discrecion al miedo. Mi respuesta fué breve porque el tienpo para alargarme no me daua lugar, y despues de besalle las manos recebi su carta, las razones de la qual eran tales.

CARTA DE LAUREOLA Á LERIANO

La muerte que esperauas tú de penado merecia yo por culpada si en esto que hago pecase mi voluntad, lo que cierto no es assí, que más te escriuo por redemir tu vida que por satisfazer tu deseo. Mas, triste de mi, que este descargo solamente aprouecha para conplir comigo, porque si deste pecado fuese acusada no tengo otro testigo para saluarme sino mi intencion, y por ser parte tan principal no se tomaria en cuenta su dicho, y con este miedo, la mano en el papel, puse el coraçon en el cielo, haziendo iuez de mi fin aquel á quien la verdad de las cosas es manifiesta.

Todas las vezes que dudé en responderte fue porque sin mi condenacion no podias tú ser asuelto. Como agora parece que puesto que tú solo y el leuador de mi carta sepays que escreui, qué sé yo los iuyzios que dareys sobre mi; y digo que sean sanos sola mi sospecha me amanzilla.

Ruegote mucho quando con mi respuesta en medio de tus plazeres estés mas vfano, que te acuerdes de la fama de quien los causó, y auiso te desto, porque semeiantes fauores desean publicarse teniendo mas acatamiento á la vitoria dellos que á la fama de quien los da. Quanto meior me estouiera ser afeada por cruel que amanzillada por piadosa, tú lo conosces, y por remediarte vsé lo contrario. Ya tú tienes lo que deseauas y yo lo que temia. Por Dios te pido que enbueluas mi carta en tu fe, porque si es tan cierta como confiessas no se te pierda ni de nadie pueda ser vista, que quien viesse lo que te escriuo pensaria que te amo, y creeria que mis razones antes eran dichas por disimulacion de la verdad que por la verdad. Lo qual es al reues, que por cierto mas las digo, como ya he dicho, con intencion piadosa que con voluntad enamorada. Por hazerte creer esto querria estenderme y por no ponerte otra sospecha acabo, y para que mis obras recibiesen galardon iusto auia de hazer la vida otro tanto.

EL AUCTOR

Recebida la carta de Laureola acordé de partirme para Leriano, el qual camino quise hazer acompañado, por leuar comigo quien á él y á mí ayudase en la gloria de mi enbaxada, y por animarlos para adelante llamé los mayores enemigos de nuestro negocio que eran Contentamiento, y Esperança, y Descanso, y Plazer, y Alegría, y Holgança. Y porque si las guardas de la prision de Leriano quisiesen por leuar conpañía defenderme la entrada, pense de yr en orden de guerra, y con tal pensamiento, hecha vna batalla de toda mi conpañía, seguí mi camino, y allegado á vn alto donde se parecia la prision, viendo los guardadores della mi seña que era verde y colorada, en lugar de defenderse pusieronse en huyda tan grande que quien mas huya mas cerca pensaua que yua del peligro. Y como Leriano vido sobre á ora tal rebato, no sabiendo qué cosa fuese, pusose á vna ventana de la torre, hablando verdad, mas con flaqueza de espíritu que con esperança de socorro. Y como me vio venir en batalla de tan

hermosa gente, conocio lo que era, y lo vno de la poca fuerça y lo otro de supito, bien perdido el sentido, cayó en el suelo de dentro de la casa. Pues yo que no leuaua espacio, como llegué al escalera por donde solia sobir eché á descanso delante, el qual dió estraña claridad á su tiniebra, y subido á donde estaua el ya bienauenturado, quando le vi en manera mortal pense que yua á buen tienpo para llorarlo y tarde para darle remedio, pero socorrio luego Esperança que andaua allí la mas diligente y echandole vn poco de agua en el rostro tornó en su acuerdo, y por más esforçarle dile la carta de Laureola, y entre tanto que la leya todos los que leuaua comigo procurauan su salud. Alegria le alegraua el coraçon, Descanso le consolaua el alma, Esperança le boluia el sentido, Contentamiento le aclaraua la vista, Holgança le restituya la fuerça, Plazer le abiuaua el entendimiento, y en tal manera lo trataron que quando lo que Laureola le escrebió acabó de leer estaua tan sano como si ninguna pasion vuiera tenido. Y como vido que mi diligencia le dio libertad echabame muchas vezes los braços encima, ofreciendome á él y á todo lo suyo, y pareciale poco precio segund lo que merecia mi seruicio. De tal manera eran sus ofrecimientos que no sabía responderle como yo deuia y quien él era. Pues despues que entre él y mi grandes cosas pasaron, acordó de yrse á la corte, y antes que fuesse estuuo algunos dias en vna villa suya por rehazerse de fuerças y atauios para su partida, y como se vido en disposicion de poderse partir pusolo en obra, y sabido en la corte como yua, todos los grandes señores y mancebos cortesanos salieron á recebirle. Mas como aquellas cerimonias vieias touiesse sabidas, mas vfana le daua la gloria secreta que la onrra pública, y así fue acompañado hasta palacio. Quando besó las manos á Laureola pasaron cosas mucho de notar, en especial para mí que sabia lo que entre ellos estaua: al vno le sobraua turbacion, al otro le faltaua color; ni él sabie qué dezir, ni ella qué responder, que tanta fuerça tienen las pasiones enamoradas que sienpre traen el seso y discrecion debaxo de su vandera; lo que allí vi por clara esperiencia.

Y puesto que de las mudanças dellos ninguno touiese noticia por la poca sospecha que de su pendencia auia, Persio, hijo del señor de Gauia miró en ellas, trayendo el mismo pensamiento que Leriano traya; y como las sospechas celosas escudriñan las cosas secretas, tanto miró de allí adelante las hablas y señales dél, que dió crédito á lo que sospechaua: y no solamente dió fé á lo que veya, que no era nada, mas á lo que ymaginaua él que era todo. Y con este maluado pensamiento, sin más deliberacion ni conseio, apartó al rey en vn secreto lugar y dixole afirmadamente que Laureola y Leriano se amauan y que se veyan todas las noches despues que él dormia, y que gelo hazia saber por lo que deuie á la onrra y á su seruicio. Turbado el rey de cosa tal, estouo dubdoso y pensatiuo sin luego determinarse á responder, y despues que mucho dormio sobre ello, tovolo por verdad, creyendo segund la virtud y auctoridad de Persio que no le diria otra cosa. Pero con todo esso primero que deliberase quiso acordar lo que deuie hazer, y puesta Laureola en vna carcel mandó llamar á Persio y dixole que acusase de traydor á Leriano, segun sus leyes, de cuyo mandamiento fue mucho afrontado. Mas como la calidad del negocio le forçaua á otorgarlo, respondió al rey que aceptaua su mando y que daua gracias á Dios que le ofrecia caso para que fuesen sus manos testimonio de su bondad; y como semeiantes autos se acustumbran en Macedonia hazer por carteles y no en presencia del rey, enbió en vno Persio á Leriano las razones siguientes:

CARTEL DE PERSIO PARA LERIANO

Pues procede de las virtuosas obras la loable fama, iusto es que la maldad se castigue porque la virtud se sostenga, y con tanta diligencia deue ser la bondad anparada que los enemigos della si por voluntad no la obraren, por miedo la vsen. Digo esto, Leriano, porque la pena que recebirás de la culpa que cometiste sera castigo para que tú pagues y otros teman, que si á tales cosas se diese lugar no sería menos fauorecida la desvirtud en los malos, que la nobleza en los buenos.

Por cierto mal te as aprovechado de la limpieza que eredaste; tus mayores te mostraron hazer bondad y tú aprendiste obrar trayzion; sus huessos se leuantarian contra tí si supiesen como ensuziaste por tal error sus nobles obras. Pero venido eres á tienpo que recibieras por lo hecho, fin en la vida y manzilla en la fama. Malauenturados aquellos como tú que no saben escoger muerte onesta; sin mirar el seruicio de tu rey y la obligacion de tu sangre touiste osada desuerguença para enamorarte de Laureola, con la qual en su camara, despues de acostado el rey, diuersas vezes as hablado, escureciendo por seguir tu condicion tu claro linage, de cuya razon te rebto por traydor, y sobrello te entiendo matar ó echar del canpo; ó lo que digo hazer confesar por tu boca, donde quanto el mundo durare sere en exenplo de lealtad; y atreuome á tanto confiando en tu falsía y mi verdad. Las armas escoge de la manera que querras y el canpo. Yo de parte del rey lo hago seguro.

RESPUESTA DE LERIANO

Persio, mayor seria mi fortuna que tu malicia si la culpa que me cargas con maldad no te diese la pena que mereces por iusticia. Si fueras tan discreto como malo, por quitarte de tal peligro antes deuieras saber mi intencion que sentenciar mis obras. A lo que agora conozco de tí, mas curauas de parecer bueno que de serlo. Teniendote por cierto amigo todas mis cosas comunicaua contigo y segund parece yo confiaua de tu virtud y tú vsauas de tu condicion. Como la bondad que mostrauas concertó el amistad, assi la falsedad que encobrias causó la enemiga. ¡O enemigo de tí mismo! que con razon lo puedo dezir, pues por tu testimonio dexarás con cargo la memoria y acabarás la vida con mengua. ¿Por que pusiste la lengua en Laureola que sola su bondad basta a si toda la del mundo se perdiese para tornarla á cobrar? Pues tú afirmas mentira clara y yo defiendo causa iusta, ella quedará libre de culpa y tu onrra no de verguença. No quiero responder á tus desmesuras porque hallo por mas onesto camino vencerte con la persona que satisfazerte con las palabras. Solamente quiero venir a lo que haze al caso, pues allí está la fuerça de nuestro debate. Acusasme de traydor y afirmas que entré muchas vezes en su camara de Laureola despues del rey retraydo. A lo vno y á lo otro te digo que mientes, como quiera que no niego que con voluntad enamorada la miré. Pero si fuerça de amor ordenó el pensamiento, lealtad virtuosa causó la lynpieza dél; assi que por ser della fauorecido y no por ál lo pensé. Y para mas afearte te defendere no solo que no entré en su camara, mas que palabras de amores iamás le hablé, pues quando la intencion no peca saluo está el que se iuzga, y porque la determinacion desto ha de ser con la muerte del vno y no con las lenguas dentramos, quede para el dia del hecho la sentencia, la qual fio en Dios se dara por mí, porque tú reutas con malicia y yo defiendo con razon y la verdad determina con iusticia. Las armas que á mi son de señalar sean a la bryda segund nuestra costumbre, nosotros armados de todas pieças, los cauallos con cubiertas y cuello y testera, lanças yguales y sendas espadas sin ninguna otra arma de las vsadas, con las quales defendiendo lo dicho, ó (te) haré desdezir ó echaré del campo sobrello.

EL AUCTOR

Como la mala fortuna enbidiosa de los bienes de Leriano vsase con él de su natural condicion, diole tal reues quando le vido mayor en prosperidad. Sus desdichas causauan pasion á quien las vio y conbidan á pena á quien las oye. Pues dexando su cuyta para hablar en su reuto, despues que respondio al cartel de Persio como es escrito, sabiendo el rey que estauan concertados en la batalla, aseguró el canpo, y señalando el lugar donde hiziesen, y ordenadas todas las cosas que en tal auto se requerian segund las ordenanças de Macedonia, puesto el rey en vn cadahalso, vinieron los caualleros cada vno acompañado y fauorecido como merecía y guardadas en ygualdad las onrras dentrambos entraron en el canpo: y como los fieles los dexaron solos, fueronse el vno para el otro donde en la fuerça de los golpes mostraron la virtud de los animos, y quebradas las lanças en los primeros encuentros pusieron mano á las espadas, y assi se conbatian que quien quiera ouiera enbidia de lo que obrauan y compasion de lo que padecian.

Finalmente, por no detenerme en esto que parece cuento de ystorias vieias, Leriano le cortó á Persio la mano derecha, y como la mejor parte de su persona le viese perdida dixole: Persio, porque no pague tu vida por la falsedad de tu lengua deues te desdezir. El qual respondio: haz lo que as de hazer, que aunque me falta el braço para defender no me fallece coraçon para morir. Y oyendo Leriano tal respuesta diole tanta priesa que lo puso en la postrimera necesidad; y como ciertos caualleros sus parientes le viesen en estrecho de muerte suplicaron al rey mandase echar el baston, que ellos le fiauan para que dél hiziese iusticia si claramente se hallase culpado; lo qual el rey assi les otorgó. Y como fuesen despartidos, Leriano de tan grande agrauio con mucha razon se sentio, no podiendo pensar porqué el rey tal cosa mandase. Pues como fueron despartidos, sacaronlos del canpo yguales en cerimonia avnque desyguales en fama, y assi los leuaron á sus posadas donde estuvieron aquella noche; y otro dia de mañana avido Leriano su conseio, acordó de yr á palacio á suplicar y requerir al rey en presencia de toda su corte, le mandase restituir en su onrra haziendo iusticia de Persio. El qual como era malino de condicion y agudo de iuyzio, en tanto que Leriano lo que es contado acordaua, hizo llamar tres onbres muy conformes de sus costumbres que tenia por muy suyos, y iuramentandolos que le guardasen secreto dió á cada uno infinito dinero porque dixesen y iurasen al rey que vieron hablar á Leriano con Laureola en lugares sospechosos y en tienpos desonestos, los quales se profirieron á afirmarlo y iurarlo hasta perder la vida sobrello. No quiero dezir lo que Laureola en todo esto sentia porque la pasion no turbe el sentido para acabar lo començado, porque no tengo agora menos nueuo su dolor que quando estaua presente.

Pues tornando á Leriano que mas de su prision della se dolia que de la vitoria dél se gloriaua, como supo que el rey era leuantado fuese á palacio y presentes los caualleros de su corte hizole una habla en esta manera.

LERIANO AL REY

Por cierto, señor, con mayor voluntad sufriera el castigo de tu iusticia que la verguença de tu presencia, si ayer no leuara lo meior de la batalla, donde si tú lo ouieras por bien, de la falsa acusacion de Persio quedara del todo libre: que puesto que á vista de todos yo le diera el galardon que merecia, gran ventaia va de hizieralo á hizolo. La razon por que despartir nos mandaste no la puedo pensar, en especial tocando á mi mismo el debate, que aunque de Laureola deseases vengança, como generoso no te faltaria piedad de padre, como quiera que en este caso, bien creo quedaste satisfecho de tu descargo. Si lo heziste por conpasion que auias de Persio, tan iusto fuera que la vuieras de mi onrra como de su vida, siendo tu natural. Si por ventura lo consentiste por verte aquexado de la suplicacion de sus parientes, quando les otorgaste la merced deuieras acordarte de los seruicios que los mios te hizieron, pues sabes con quanta costança de coraçon, quantos dellos en muchas batallas y combates perdieron por tu seruicio las vidas. Nunca hueste iuntaste que la tercia parte dellos no fuee. Suplicote que por iuyzio me satisfagas la onrra que por mis manos me quitaste: cata que guardando las leyes se conseruan los naturales. No consientas que biua onbre que tan mal guarda las preeminencias de sus pasados, porque no corronpan su benino los que con él participaren. Por cierto no tengo otra culpa sino ser amigo del culpado, y si por este indicio merezco pena, damela avn que mi inocencia della me asuelua, pues conserué su amistad creyendole bueno y no iuzgandole malo. Si le das la vida por seruirte del, digote que te sera el mas leal cizañador que puedas hallar en el mundo. Requierote contigo mismo, pues eres obligado á ser ygual en derecho, que en esto determines con la prudencia que tienes y sentencies con la iusticia que vsas. Señor, las cosas de onrra deuen ser claras, y si á este perdonas por ruegos, ó por ser principal en tu reyno, ó por lo que te plazera, no quedará en los iuyzios de las gentes por desculpado del todo; que si vnos creyeen la verdad por razon, otros la turbarán con malicia: y digote que en tu reyno lo cierto se sepa. Nunca la fama leua lexos lo cierto; como sonará en los otros lo que es pasado, si queda sin castigo publico; por Dios, señor, dexa mi onrra sin disputa, y de mi vida y lo mio ordena lo que quisieres.

EL AUCTOR

Atento estuuo el rey á todo lo que Leriaño quiso dezir, y acabada su habla respondiole que el auria su conseio sobre lo que deuiese hazer, que en cosa tal con deliberacion se auie de dar la sentencia. Verdad es que la respuesta del rey no fue tan dulce como deuiera, lo qual fue porque si á Laureola daua por libre segund lo que vido, él no lo estaua de enoio; porque Leriano penso de seruilla auiendo por culpado su pensamiento avnque no lo fuese su entencion: y asi por esto como por quitar el escandalo que andaua entre su parentela y la de Persio mandóle yr á vna villa suya que estaua dos leguas de la corte, llamada Susa, entre tanto que acordaua en el caso. Lo que luego hizo con alegre coraçon teniendo ya á Laureola por desculpada, cosa que él tanto deseaua.

Pues como del rey fue despedido, Persio que siempre se trabaiaua en ofender su onrra por condicion y en defenderla por malicia, llamó los coniurados antes que Laureola se delibrase y dixoles que cada vno por su parte se fuese al rey y le dixese como de suyo por quitar le dubdas, que él acusó á Leriano con verdad de lo qual ellos eran testigos, que le vieron hablar diuersas veces con ella en soledad. Lo que ellos hizieron de la manera que él gelo dixo, y tal forma supieron darse y assi afirmaron su testimonio que turbaron al rey, el qual despues de auer sobrello mucho pensado mandólos llamar y como vinieron, hizo á cada uno por si preguntas muy agudas y sotiles para ver si los hallaria mudables ó desatinados en lo que respondiesen. Y como deuieran gastar su vida en estudio de falsedad, quanto mas hablauan meior sabian concertar su mentira, de manera que el rey les dió entera fé: por cuya informacion teniendo á Persio por leal seruidor, creya que mas por su mala fortuna que por su poca verdad auia leuado lo peor de la batalla. ¡O Persio, quanto meior te estouiera la muerte vna vez que merecella tantas! Pues queriendo el rey que pagase la inocencia de Laureola por la traycion de los falsos testigos acordó que fuese sentenciada por iusticia: lo qual como viniese á noticia de Leriano estouo en poco de perder el seso, y con vn arrebatamiento y pasion desesperada acordaua de yr á la corte á librar á Laureola y matar á Persio ó perder por ello la vida. Y viendo yo ser aquel conseio de mas peligro que esperança, puesto con el en razon desuiele dél, y como estaua con la aceleracion desacordado quiso seruirse de mi parecer en lo que ouiese de delibrar, el qual me plogo dalle porque no dispusiese con alteracion, para que se arrepintiese con pesar, y despues que en mi flaco iuyzio se representó lo mas seguro, dixele lo que se sigue.

EL AUCTOR Á LERIANO

Asi, señor, querria ser discreto para alabar tu seso como poderoso para remediar tu mal, porque fueses alegre como yo deseo y loado como tú mereces. Digo esto por el sabio sofrimiento que en tal tiempo muestras, que como viste tu iuyzio enbargado de pasion conociste que seria lo que obrases no segund lo que sabes mas segund lo que sientes, y con este discreto conocimiento quesiste antes errar por mi conseio simple y libre que acertar por el tuyo natural y enpedido. Mucho he pensado sobre lo que en esta tu grande fortuna se deue hazer y hallo segund mi pobre iuyzio que lo primero que se cunple ordenar es tu reposo, el qual te desuia el caso presente.

De mi voto el primer acuerdo que tomaste sera el postrero que obres, porque como es gran cosa la que as de enprender, assi como gran pesadunbre se deue determinar; sienpre de lo dubdoso se ha de tomar lo mas seguro, y si te pones en matar á Persio y librar á Laureola deues antes ver si es cosa con que podras salir, que como es de mas estima la onrra della que la vida tuya, sino pudieses acabarlo dexarias a ella condenada y a ti desonrrado. Cata que los onbres obran y la ventura iuzga; si a bien salen las cosas son alabadas por buenas, y si a mal auidas por desuariadas. Si libras a Laureola dirase que heziste osadia y sino que pensaste locura; pues tienes espacio daqui a nueue dias que se dara la sentencia prueua todos los otros remedios que muestran esperança, y si en ellos no la hallares dispornas lo que tienes pensado, que en tal demanda avnque pierdas la vida la daras a tu fama. Pero en esto ay una cosa que deue ser proueyda primero que lo cometas y es esta: estemos agora en que as forçado la prision y sacado della a Laureola. Si la traes a tu tierra es condenada de culpa; donde quiera que allá la dexes no la librarás de pena. Cata aqui mayor mal que el primero. Pareceme a mi, para sanear esto obrando tú esto otro, que se deue tener tal forma: yo llegaré de tu parte a Galio, hermano de la reyna, que en parte desea tanto la libertad de la presa como tú mismo, y le dire lo que tienes acordado, y le suplicaré, por que sea salva del cargo y de la vida, que esté para el dia que fueres con alguna gente, para que si fuere tal tu ventura que la puedas sacar, en sacandola la pongas en su poder a vista de todo el mundo, en testimonio de su bondad y tu linpieça; y que recebida, entre tanto que el rey sabe lo vno y provee en lo otro, la ponga en Dala fortaleza suya donde podra venir el hecho a buen fin. Mas como te tengo dicho, esto se ha de tomar por postrimero partido. Lo que antes se conuiene negociar es esto: yo yre a la corte y iuntaré con el cardenal de Gausa todos los caualleros y perlados que ay se hallaren, el qual con voluntad alegre suplicará al rey le otorgue a Laureola la vida; y si en esto no hallare remedio suplicaré a la reyna que con todas las onestas y principales mugeres de su casa y cibdad le pida la libertad de su hija, á cuyas lagrimas y peticion no podrá, a mi creer, negar piedad. Y si aqui no hallo esperança dire a Laureola que le escriua certificandole su inocencia; y quando todas estas cosas me fueren contrarias proferirme al rey que daras vna persona tuya que haga armas con los tres maluados testigos; y no aprouechando nada desto probarás la fuerça en la que por ventura hallarás la piedad que en el rey yo buscaua. Pero antes que me parta me parece que deues escreuir a Laureola esforçando su miedo con seguridad de su vida la qual enteramente le puedes dar. Que pues se dispone en el cielo lo que se obra en la tierra, no puede ser que Dios no reciba sus lagrimas inocentes y tus peticiones iustas.

EL AUCTOR

Solo vn punto no salio Leriano de mi parecer porque le parecio aquél propio camino para despachar su hecho mas sanamente, pero con todo esso no le aseguraua el coraçon, porque temia, segund la fama del rey, mandaria dar antes del plazo la sentencia, de lo qual no me marauillaua, porque los firmes enamorados lo mas dudoso y contrario creen mas ayna, y lo que mas desean tienen por menos cierto. Concluyendo él escriuió para Laureola con mucha duda que no querria recebir su carta, las razones de la qual dezian assi:

CARTA DE LERIANO Á LAUREOLA

Antes pusiera las manos en mí para acabar la vida que en el papel para començar a escreuirte, si de tu prision vuieran sido causa mis obras como lo es mi mala fortuna. La qual no pudo serme tan contraria que no me puso estado de bien morir segund lo que para saluarte tengo acordado; donde si en tal demanda muriese tú serás libre de la prision y yo de tantas desauenturas: assi que será vna muerte causa de dos libertades. Suplicote no me tengas enemiga por lo que padeces, pues como tengo dicho no tiene la culpa dello lo que hize, mas lo que mi dicha quiere. Puedes bien creer por grandes que sean tus angustias, que siento yo mayor tormento en el pensamiento dellas que tú en ellas mismas. Pluguiera a Dios que no te vuiera conocido, que avnque fuera perdidoso del ma-

yor bien desta vida que es averte visto, fuera bienauenturado en no oyr ni saber lo que padeces. Tanto he vsado beuir triste que me consuelo con las mismas tristezas por causallas tú. Mas lo que agora siento, ni recibe consuelo, ni tiene reposo porque no deja el coraçon en ningun sosiego. No acreciente la pena que sufres la muerte que temes, que mis manos te saluarán della. Yo he buscado remedios para templar la ira del rey; si en ellos faltare esperança, en mí la puedes tener, que por tu libertad haré tanto que será mi memoria, en quanto el mundo durare, exemplo de fortaleza. Y no te parezca gran cosa lo que digo, que sin lo que tú vales la iniusticia de tu prision haze iusta mi osadia. ¿Quien podra resistir mis fuerças pues tú las pones? qué no osará el corazon enprender estando tú en él? Solo vn mal ay en tu saluacion, que se compra por poco precio segund lo que mereces. Avnque por élla pierda la vida, no solamente esto es poco; mas lo que se puede desear perder no es nada.

Esfuerça con mi esperança tu flaqueza, por que si te das a los pensamientos della, podria ser que desfallecieses, de donde dos grandes cosas se podrian recrecer. La primera y mas principal, seria tu muerte; la otra que me quitarias a mi la mayor onrra de todos los onbres no podiendo saluarte. Confia en mis palabras, espera en mis pensamientos, no seas como las otras mugeres que de pequeñas causas reciben grandes temores. Si la condicion mugeril te causare miedo, tu discrecion te dé fortaleça la qual de mis seguridades puedes recebir, y porque lo que haré será prueua de lo que digo, suplicote que lo creas. No te escribo tan largo como quisiera por proueer lo que a tu vida cunple.

EL AUCTOR

En tanto que Leriano escreuia ordené mi camino y recebida su carta partime con la mayor priesa que pude; y llegado á la corte trabaié que Laureola la recibiese, y entendi primero en dargela que ninguna otra cosa hiziesse por dalle algun esfuerço; y como para vella me fuese negada licencia, informado de vna camara donde dormia vi una ventana con vna rexa no menos fuerte que cerrada; y venida la noche, doblada la carta muy sotilmente pusela en vna lança y con mucho trabaio echela dentro en su camara. Y otro dia en la mañana como disimuladamente por alli me anduuiese, abierta la ventana vila, y vi como vido, como quiera que por la espesura de la rexa no la pude bien deuisar. Finalmente ella respondio: y venida la noche quando sintio mis pisadas echó la carta en el suelo, la qual recebida, sin hablarle palabra por el peligro que en ello para ella auia, acordé de yrme; y sintiendome yr dixo: cata qui el gualardon que recibo de la piedad que tuue. Y porque los que la guardauan estauan iunto comigo no le pude responder. Tanto me lastimó aquella razon que me dixo, que si fuera buscado, por el rastro de mis lagrimas pudieran hallarme. Lo que respondio á Leriano fue esto.

CARTA DE LAUREOLA Á LERIANO

No sé, Leriano, qué te responda sino que en las otras gentes se alaba la piedad por virtud y en mi se castiga por vicio. Yo hize lo que deuia segund piadosa y tengo lo que merezco segund desdichada. No fue por cierto tu fortuna ni tus obras causa de mi prision, ni me querello de tí ni de otra persona en esta vida, sino de mí sola que por librarte de muerte me cargué de culpa, como quiera que en esta compasion que te uve mas ay pena que cargo, pues remedié como inocente y pago como culpada. Pero todavia me plaze mas la prision sin yerro que la libertad con él, y por esto avnque pene en sofrilla, descanso en no merecella. Yo soy entre las que biuen la que menos deuiera ser biua. Si el rey no me salua espero la muerte, si tú me delibras la de tí y de los tuyos, de manera que por vna parte o por otra se me ofrece dolor. Si no me remedias he de ser muerta; si me libras y lieuas sere condenada; y por esto te ruego mucho te trabaies en saluar mi fama y no mi vida, pues lo vno se acaba y lo otro dura. Busca como dizes que hazes quien amanse la saña del rey, que de la manera que dizes no puedo ser salua sin destruycion de mi onrra. Y dexando esto á tu conseio que sabras lo meior, oye el galardon que tengo por el bien que te hize. Las prisiones que ponen á los que han hecho muertes me tienen puestas porque la tuya escusé; con gruesas cadenas estoy atada, con asperos tormentos me lastiman, con grandes guardas me guardan, como si tuuiese fuerças para poderme salir. Mi sofrimiento es tan delicado y mis penas tan crueles, que sin que mi padre dé la sentencia, tomará la vengança muriendo en esta dura carcel. Espantada estoy cómo de tan cruel padre nació hija tan piadosa; si le pareciera en la condicion no le temiera en la iusticia, puesto que iniustamente la quiera hazer. A lo que toca á Persio no te respondo porque no ensuzie mi lengua como ha hecho mi fama. Verdad es que más querria que de su testimonio se desdixese que no que muriese por él; mas avnque yo digo tú determina, que segund tu iuyzio no podras errar en lo que acordares.

EL AUCTOR

Muy dudoso estuue quando recebí esta carta de Laureola sobre enbialla á Leriano ó esperar á leualla yo, y en fin hallé por meior seso no enuiargela por dos inconuenientes que hallé. El vno era porque nuestro secreto se ponia á peligro en fiarla de nadie, el otro porque las lastymas della le pudieran causar tal aceleracion que errara sin tiempo lo que con el acertó, por donde se pudiera todo perder. Pues boluiendo al proposito primero, el dia que llegué á la corte tenté las voluntades de los principales della para poner en el negocio a los que hallase conformes a mi opinion; y ninguno hallé de contrario deseo saluo á los parientes de Persio, y como esto vue sabydo supliqué al cardenal que ya dixe le pluguiese hazer suplicacion al rey por la vida de Laureola, lo qual me otorgó con el mismo amor y compasion que yo gelo pedia. Y sin mas tardança iuntó con él todos los perlados y grandes señores que allí se hallaron, y puesto en presencia del rey, en su nombre y de todos los que yuan con él hizole vna habla en esta forma.

EL CARDENAL AL REY

No sin razon los soberanos principes pasados ordenaron conseio en lo que vuiesen de hazer segund quantos prouechos en ello hallaron, y puesto que fuesen diuersos, por seys razones aquella ley deue ser conseruada. La primera porque meior aciertan los onbres en las cosas agenas que en las suyas propias, porque el corazon de cuyo es el caso no puede estar sin yra ó cobdicia ó aficion ó deseo ó otras cosas semejantes, para determinar como deue. La segunda porque platicadas las cosas siempre quedan en lo cierto. La tercera porque si aciertan los que aconsejan, avnque ellos den el voto, del aconseiado es la gloria. La quarta por lo que se sigue del contrario; que si por ageno seso se yerra el negocio, el que pide el parecer queda sin cargo y quien gelo da no sin culpa. La quinta porque el buen conseio muchas vezes asegura las cosas dudosas. La sesta porque no dexa tan ayna caer la mala fortuna y sienpre en las aduersidades pone esperança. Por cierto, Señor, turbio y ciego conseio puede ninguno dar á ssi mismo siendo ocupado de saña ó pasion, y por esto no nos culpes si en la fuerça de tu yra te venimos á enoiar, que más queremos que ayrado nos reprehendas porque te dimos enoio que no que arrepentido nos condenes porque no te dimos conseio. Señor, las cosas obradas con deliberacion y acuerdo procuran prouecho y alabança para quien las haze, y las que con saña se hazen con arrepentimiento se piensan. Los sabios como tú quando obran, primero delibran que disponen y sonles presentes todas las cosas que pueden venir assí de lo que esperan proucho como de lo que temen reues. Y si de qualquiera pasion enpedidos se hallan no sentencian en nada fasta verse libres; y avnque los hechos se dilaten hanlo por bien, porque en semeiantes casos la priesa es dañosa y la tardanza segura; y como han sabor de hazer lo iusto piensan todas las cosas, y antes que las hagan siguiendo la razon establecenles secucion onesta. Propriedad es de los discretos prouar los conseios y por ligera creencia no disponer, y en lo que parece dubdoso tener la sentencia en peso, porque no es todo verdad lo que tiene semeiança de verdad. El pensamiento del sabio agora acuerde, agora mande, agora ordene, nunca se parta de lo que puede acaecer, y siempre como zeloso de su fama se guarda de error, y por no caer en él tiene memoria en lo pasado por tomar lo meior dello y ordenar lo presente con tenplança y contenplar lo porvenir con cordura por tener auiso de todo. Señor, todo esto te avemos dicho porque te acuerdes de tu prudencia y ordenes en lo que agora estás, no segund sañudo, mas segund sabidor. Assí buelue en tu reposo, que fuerçe lo natural de tu seso al acidente de tu yra. Auemos sabido que quieres condenar á muerte á Laureola. Si la bondad no merece ser iusticiada, en verdad tu eres iniusto iuez. No quieras turbar tu gloriosa fama con tal iuyzio, que puesto que en él vuiese derecho, antes serías, si lo dieses, infamado por padre cruel que alabado por rey iusticiero. Diste crédito á tres malos onbres; por cierto tanta razon auía para pesquisar su vida como para creer su testimonio.

Cata que son en tu corte mal infamados, conformanse con toda maldad, sienpre se alaban en las razones que dizen de los engaños que hazen. Pues por qué das más fé á la informacion dellos que al iuyzio de Dios, el qual en las armas de Persio y Leriano se mostró claramente? No seas verdugo de tu misma sangre, que serás entre los onbres muy afeado; no culpes la inocencia por conscio de la saña.

Y si te pareciere que por las razones dichas Laureola no deue ser salua, por lo que deues á tu virtud, por lo que te obliga tu realeza, por los seruicios que te auemos hecho, te suplicamos hagas merced de su vida. Y porque menos palabras de las dichas bastaban segun tu clemencia para hazello, no te queremos dezir sino que pienses quanto es meior que perezca tu ira que tu fama.

RESPUESTA DEL REY

Por bien aconseiado me tuuiera de vosotros sino tuuiese sabido ser tan devido vengar las desonrras como perdonar las culpas. No era menester dezirme las razones porque los poderosos deuen recebir conseio, porque aquellas y otras que dexastes de dezir tengo yo conocidas; mas bien sabes quando el coraçon está enbargado de pasion que estan cerrados los oydos al conseio, y en tal tiempo las frutuosas palabras en lugar de amansar acrecientan la saña porque reuerdecen en la memoria la causa della; pero digo que estuuiese libre de tal enpedimento yo creeria que dispongo y ordeno sabiamente la muerte de Laureola, lo qual quiero mostraros por causas iustas determinadas segund onrra y iusticia. Si el yerro desta muger quedase sin pena no seria menos culpante que Leriano en mi desonrra. Publicado que tal cosa perdoné seria de los comarcanos despreciado y de los naturales desobedecido y de todos mal estimado, y podria ser acusado que supe mal conseruar la generosidad de mis antecesores, y á tanto se estenderia esta culpa si castigada no fuese que podrie amanzillar la fama de los pasados y la onrra de los presentes y la sangre de los por venir, que sola vna macula en el linage cunde toda la generacion. Perdonando á Laureola seria causa de otras mayores maldades que en esfuerço de mi perdon se harian, pues más quiero poner miedo por cruel que dar atreuimiento por piadoso y sere estimado como conuiene que los reyes lo sean.

Segund iusticia mirad quantas razones ay para que sea sentenciada. Bien sabeys que establecen nuestras leyes que la muger que fuere acusada de tal pecado muera por ello. Pues ya veys quanto más me conuiene ser llamado rey iusto que perdonador culpado, que lo seria muy conocido si en lugar de guardar la ley la quebrase, pues a sí mismo se condena quien que yerra perdona. Ygualmente se deue guardar el derecho, y el coraçon del juez no se ha de mouer por fauor ni amor ni cobdicia ni por ningun otro acidente; siendo derecha la iusticia es alabada y si es fauorable aborrecida. Nunca se deue torcer pues de tantos bienes es causa: pone miedo á los malos, sostiene los buenos, pacifica las diferencias, ataia las questiones, escusa las contiendas, abiene los debates, asegura los caminos, onrra los pueblos, fauorece los pequeños, enfrena los mayores. Es para el bien comun en gran manera muy prouechosa; pues para conseruar tal bien porque las leyes se sostengan iusto es que en mis proprias cosas la vse. Si tanto la salud de Laureola quereys y tanto su bondad alabays, dad vn testigo de su inocencia como ay tres de su cargo y será perdonada con razon y alabada con verdad. Dezis que deuiera dar tanta fe al iuyzio de Dios como al testimonio de los onbres; no os marauilleys de assi no hazello, que veo el testimonio cierto y el iuycio no acabado; que puesto que Leriano leuase lo meior de la batalla podemos iuzgar el med'o y no saber el fin. No respondo á todos los apuntamientos de vuestra habla por no hazer largo proceso y en el fin enbiaros sin esperança. Mucho quisiera aceutar vuestro ruego por vuestro merecimiento; sino lo hago aveldo por bien, que no menos deneys desear la onrra del padre que la saluacion de la hija.

EL AUCTOR

La desesperança del responder del rey fué para los que la oyan causa de graue tristeça, y como yo triste viese que aquel remedio me era contrario, busqué el que creya muy prouechoso que era suplicar a la reyna le suplicase al rey por la saluacion de Laureola. Y yendo a ella con este acuerdo como aquella que tanto participaua en el dolor de la hija, topela en vna sala, que venia a hazer lo que yo queria dezille, aconpañada de muchas gencrosas dueñas y damas cuya auctoridad bastaua para alcançar qualquiera cosa por iniusta y graue que fuera, quanto mas aquella que no con menos razon el rey deuiera hazella que la reyna pedilla. La qual puestas las rodillas en el suelo le dixo palabras assi sabias para culpalle como piadosas para amansalle. Deziale la moderacion que conuiene á los reyes, reprehendiale la perseuerança de su yra, acordauale que era padre. hablaule razones tan discretas para notar como lastymadas para sentir. Suplicauale que si tan cruel iuyzio dispusiese se quisiese satisfazer con matar a ella que tenia los mas dias pasados y dexase a Laureola tan dina de la vida. Prouauale que la muerte de la salua matarie la fama del iuez y el beuir de la iuzgada y los bienes de la salua suplicaua. Mas endurecido estaua el rey en su proposito que no pudieron para con él las razones que dixo ni las lagrimas que derramó y assi se boluio a su camara con poca fuerça para llorar y menos para beuir. Pues viendo que menos la reyna hallaua gracia en el rey, llegué a él como desesperado sin temer su saña y dixele porque su sentencia diese con iusticia clara, que Leriano daría vna persona que hiziese armas con los tres falsos testigos, o que él por si lo haría avnque abaxase su merecer, porque mostrase Dios lo que iustamente deuiese obrar. Respondiome que me dexase de enbaxadas de Leriano, que en oyr su nonbre le crecia la pasion. Pues boluiendo á la reyna, como supo que en la vida de Laureola no auia remedio fuese á la prision donde estaua y besandola diuersas veces deziale estas palabras:

LA REYNA Á LAUREOLA

O bondad acusada con malicia! O virtud sentenciada con saña! O hija nacida para dolor de su madre! Tú serás muerta sin iusticia y de mi llorada con razon. Más poder ha tenido tu ventura para condenarte que tu inocencia para hazerte salua. Beuire en soledad de ti y en conpañia de los dolores que en tu lugar me dexas los quales de conpasion viendome quedar sola por acompañadores me diste. Tu fin acabará dos vidas; la tuya sin causa y la mia por derecho, y lo que biuiere despues de tí me será mayor muerte que la que tú recibiras, porque muy mas atormenta desealla que padecella. Pluguiera á Dios que fueras llamada hija de la madre que muryo y no de la que te vido morir. De las gentes serás llorada en quanto el mundo durare. Todos los que de tí tenian noticia auian por pequeña cosa este reyno que auies de eredar, segund lo que merecias. Podiste caber en la yra de tu padre y dizen los que te conoscen que no cupiera en toda la tierra tu merecer. Los ciegos deseauan vista para verte y los mudos habla por alabarte y los pobres riqueza para seruirte; á todos eras agradable y á Persio fuiste odiosa. Si algund tiempo biuo, él recebirá de sus obras galardon iusto, y avnque no me queden fuerças para otra cosa sino para desear morir para vengarme dél, tomallas he prestadas de la enemistad que le tengo, puesto que esto no me satisfaga, porque no podra sanar el dolor de la manzilla la secucion de la vengança. ¡O hija mia! ¿por qué si la onestad es prueua de la virtud no dió el rey mas credito á tu presencia que al testimonio? En la habla, en las obras, en los pensamientos siempre mostraste coraçon virtuoso, ¿pues por qué consiente Dios que mueras? No hallo por cierto otra causa sino que puede mas la muchedumbre de mis pecados que el merecimiento de tu iustedad y quiso (¹) que mis errores comprehendiesen tu innocencia. Pon, hija mia, el coraçon en el cielo; no te duela dexar lo que se acaba por lo que permanece. Quiere el señor que padezcas como martyr porque gozes como bienauenturada. De mi no leues deseo, que si fuere dina de yr do fueres, sin tardança te sacaré dél. ¡Qué lastyma tan cruel para mi que suplicaron tantos al rey por tu vida y no pudieron todos defendella y podrá vn cuchillo acaballa el qual dexará el padre culpado y la madre con dolor y la hija sin salud y el reyno sin eredera! Detengo me tanto contigo, luz mia, y digote palabras tan lastimeras que te quiebren el coraçon porque deseo que mueras en mi poder de dolor por no verte morir en el del verdugo por iusticia, el qual avnque derrame tu

(¹) *Quiero*, en la primera edicion.

sangre no terna tan crueles las manos como el rey la condicion. Pero pues no se cumple mi deseo, antes que me vaya recibe los postrimeros besos de mí, tu piadosa madre; y assi me despido de tu vista y de mas querer la mia.

EL AUCTOR

Como la reyna acabó su habla, no quise esperar la respuesta de la innocente por no recebir doblada manzilla, y assi ella y las señoras de quien fue aconpañada se despidieron della con el mayor llanto de todos los que en el mundo son hechos. Y despues que fue yda enbié á Laureola vn mensaiero suplicandole escriuiese al rey, creyendo que auria más fuerça en sus piadosas palabras que en las peticiones de quien auia trabaiado su libertad. Lo qual luego puso en obra con mayor turbacion que esperança. La carta dezia en esta manera:

CARTA DE LAUREOLA AL REY

Padre, he sabido que me sentencias á muerte y que se cumple de aquí á tres dias el termino de mi vida, por donde conozco que no menos deuen temer los inocentes la ventura que los culpados la ley, pues me tiene mi fortuna en el estrecho que me podiera tener la culpa que no tengo, lo qual conocerias si la saña te dexase ver la verdad. Bien sabes la virtud que las coronicas pasadas publican de los reyes y reynas donde yo procedo; pues ¿por qué nacida yo de tal sangre creyste mas la information falsa que la bondad natural? Si te plaze matarme por voluntad obralo, que por iusticia no tienes porqué; la muerte que tú me dieres, avnque por causa de temor la rehuse, por razon de obedecer la consiento, auiendo por meior morir en tu obediencia que beuir en tu desamor. Pero todavia te suplico que primero acuerdes que determines, porque, como Dios es verdad, nunca hize cosa porque mereciese pena. Mas digo, señor, que la hiziera, tan conuenible te es la piedad de padre como el rigor de iusto. Sin dubda yo deseo tanto mi vida por lo que á ti toca como por lo que á mi cunple, que al cabo so hija. Cata, señor, que quien crueza haze su peligro busca. Mas seguro de caer estaras siendo amado por clemencia que temido por crueldad. Quien quiere ser temido forçado es que tema. Los reyes crueles de todos los onbres son desamados y estos á las vezes buscando cómo se venguen hallan cómo se pierdan. Los suditos de los tales mas descan la rebuelta del tienpo que la conseruacion de su estado; los saluos temen su condicion y los malos su iusticia. Sus mismos familiares les tratan y buscan la muerte vsando con ellos lo que dellos aprendieren. Digote, señor, todo esto porque deseo que se sostente tu

onrra y tu vida. Mal esperança ternan los tuyos en ti viendote cruel contra mi; temiendo otro tanto les darés en (¹) exemplo de qualquier osadia, que quien no está seguro nunca asegura. ¡O quanto estan libres de semeiantes ocasiones los principes en cuyo coraçon está la clemencia; si por ellos conuiene que mueran sus naturales, con voluntad se ponen por su saluacion al peligro, velanlos de noche, guardanlos de dia; más esperança tienen los beninos y piadosos reyes en el amor de las gentes que en la fuerça de los muros de sus fortalezas; quando salen á las plaças el que más tarde los bendice y alaba más temprano piensa que yerra. Pues mira, señor, el daño que la crueldad causa y el prouecho que la mansedumbre procura, y si todavia te pareciere meior seguir antes la opinión de tu saña que el conseio propio, malauenturada sea hija que nacio para poner en condicion la vida de su padre, que por el escandalo que pornas con tan cruel obra nadie se fiará de ti ni tú de nadie te deues fiar porque con tu muerte no procure algund su seguridad. Y lo que más siento sobre todo es que daras contra mi la sentencia y harás de tu memoria la iusticia la qual será siempre acordada mas por la causa della que por ella misma. Mi sangre ocupará poco lugar y tu crueza toda la tierra. Tú serás llamado padre cruel y yo sere dicha hija innocente, que pues Dios es iusto él aclarará mi verdad. Assi quedaré libre de culpa quando aya recebido la pena.

EL AUCTOR

Despues que Laureola acabó de escreuir, enbió la carta al rey con vno de aquellos que la guardavan, y tan amada era de aquel y todos los otros guardadores que le dieran libertad si fueran tan obligados á ser piadosos como leales. Pues como el rey recibio la carta, despues de avella leydo mandó muy enoiadamente que al leuador della le tirasen delante, lo qual yo viendo començe a maldezir mi nueuo y puesto que mi tormento fuese grande ocupaua el coraçon de dolor mas no la memoria de oluido para lo que hazer conuenia, y a la ora porque auia mas espacio para la pena que para el remedio hablé con Gaulo tio de Laureola, como es contado, y dixele como Leriano queria sacalla por fuerça de la prision, para lo quél le suplicaua mandase iuntar alguna gente para que sacada de la carcel la tomase en su poder y la pusiese en saluo, porque si el consigo la leuase podria dar lugar al testimonio de los malos onbres y a la acusacion de Persio. Y como no le fuese menos cara que a la reyna la muerte de Laureola, respondiome que aceutaua lo

(¹) Quizá debe leerse un en vez de en.

que dezia, y como su voluntad y mi deseo fueron conformes dió priesa en mi partida porque antes quel hecho se supiese se despachase. La qual puse luego en obra, y llegado donde Leriano estaua dile cuenta de lo que hize y de lo poco que acabé, y hecha mi habla dile la carta de Laureola, y con la compasion de las palabras della y con pensamiento de lo que esperaua hazer traya tantas rebueltas en el coraçon que no sabia qué responderme. Lloraua de lastyma, no sosegaua de sañudo, desconfiaua segund su fortuna, esperaua segund su iusticia. Quando pensaua que sacarie á Laureola alegranase, quando dudaua si lo podrie hazer enmudecia. Finalmente dexadas las dubdas, sabida la respuesta que Galio me dió, começo a proueer lo que para el negocio conplia, y como onbre proueydo, en tanto que yo estaua en la corte, iuntó quinientos onbres darmas suyos, sin que pariente ni persona del mundo lo supiese. Lo qual acordó con discreta consideracion, porque si con sus deudos lo comunicara, vnos por no deseruir al rey dixieran que era mal hecho y otros por asegurar su hazienda que lo deuia dexar y otros por ser al caso peligroso que no lo deuia enprender; assi que por estos inconuenientes y porque por alli pudiera saberse el hecho quiso con sus gentes solas acometello; y no quedando sino vn dia para sentenciar á Laureola, la noche antes iuntó sus caualleros y dixoles quanto eran mas obligados los buenos á temer la verguença que el peligro. Alli les acordo como por las obras que hizieron avn biuia la fama de los pasados; rogoles que por cobdicia de la gloria de buenos no curasen de la de biuos, traxoles a la memoria el premio de bien morir y mostroles quanto era locura temello no podiendo escusallo.

Prometioles muchas mercedes y despues que les hizo vn largo razonamiento dixoles para qué los auia llamado, los quales a vna boz iuntos se profirieron a morir con el. Pues conociendo Leriano la lealtad de los suyos tuuose por bien aconpañado y dispuso su partida en anocheciendo, y llegado a vn valle cerca de la cibdad estuuo alli en celada toda la noche, donde dió forma en lo que auia de hazer. Mandó a vn capitan suyo con cient onbres darmas que fuese a la posada de Persio y que matase a él y a quantos en defensa se le pusiesen. Ordenó que otros dos capitanes estuuiesen con cada cinquenta caualleros a pie en dos calles principales que salian a la prision, a los quales mandó que tuuiesen el rostro contra la cibdad y que á quantos viniesen defendiesen la entrada de la carcel entre tanto que él con los trezientos que le quedauan trabaiaua por sacar á Laureola. Y al que dió cargo de matar á Persio dixole que en despachando se fuese á ayuntar con él y creyendo que a la buelta si acabase el hecho auia de salir peleando, porque al sobir en los cauallos no rcibiese daño, mandó aquel mismo caudillo quél y los que con el fuesen se adelantasen a la celada a caualgar para que hiziesen rostro a los enemigos en tanto quél y los otros tomauan los cauallos, con los quales dexó cinquenta onbres de pie para que los guardasen. Y como acordado todo esto començe amanecer, en abriendo las puertas mouio con su gente, y entrados todos dentro en la cibdad cada vno tuuo a cargo lo que auia de hazer. El capitan que fué a Persio dando la muerte a quantos topaua no paró hasta el que se comenzaua a armar, donde muy cruelmente sus maldades y su vida acabaron. Leriano que fue á la prision, acrecentando con la saña la virtud del esfuerço tan duramente peleó con las guardas que no podia pasar adelante sino por encima de los muertos quél y los suyos derribauan, y como en los peligros mas la bondad se acrecienta, por fuerça de armas llegó hasta donde estaua Laureola a la qual sacó con tanto acatamiento y cerimonia como en tienpo seguro lo podiera hazer, y puesta la rodilla en el suelo besole las manos como a hija de su rey. Estaua ella con la turbacion presente tan sin fuerça que apenas podia mouerse, desmayauale el coraçon, falleciale la color, ninguna parte de biua tenia. Pues como Leriano la sacaua dela dichosa carcel que tanto bien merecio guardar, halló á Galio con vna batalla de gente que la estaua esperando y en presencia de todos gela entregó, y como quiera que sus caualleros peleauan con los que al rebato venian, púsola en una hacanea que Galio tenia aderaçada, y despues de besalle las manos otra vez fue á ayudar y fauorecer su gente boluiendo siempre a ella los oios hasta que de vista la perdio. La qual sin ningun contraste leuó su tyo a Dala, la fortaleza dicha. Pues tornando á Leriano, como ya ell alboroto llegó a oydos del rey, pidio las armas y tocadas las tronpetas y atabales armose toda la gente cortesana y de la cibdad; y como el tienpo le ponia necesidad para que Leriano saliese al canpo començolo á hazer esforçando los suyos con animosas palabras, quedando siempre en la reçaga, sufriendo la multitud delos enemigos con mucha firmeza de coraçon. Y por guardar la manera onesta que requiere el rretraer, yua ordenando con menos priesa que el caso pedia, y assi perdiendo algunos delos suyos y matando a muchos de los contrarios llegó a donde dexó los cauallos, y guardada la orden que para aquello auie dado, sin recebir reues ni peligro caualgaron él y todos sus caualleros, lo que por ventura no hiziera si antes no proueyera el remedio. Puestos todos como es dicho a cauallo, tomó delante los peones y siguio la via de Susa donde

auie partido, y como se le acercauan tres batallas
del rey, salido de paso apresuró algo ell andar
con tal concierto y orden que ganaua tanta onrra
en el retraer como en el pelear. Yva siempre en
los postreros haziendo algunas bueltas quando
el tiempo las pedia, por entretener los contrarios, para leuar su batalla mas sin congoxa. En
el fin, no auiendo sino dos leguas como es dicho
hasta Susa, pudo llegar sin que ningund suyo
perdiese, cosa de gran marauilla, porque con
cinco mill onbres darmas venia ya el rey enbuelto con él.

El qual muy encendido de coraie puso a la
ora cerco sobre el lugar con proposito de no
leuantarse de allí hasta que dél tomase vengança. Y viendo Leriano que el rey asentaua real
repartio su gente por estancias segund sabio
guerrero. Donde estaua el muro mas flaco ponia los mas rezios caualleros; donde auia apareio para dar en el real ponia los mas sueltos;
donde veya mas dispusicion para entralle por
traycion ó engaño ponia los mas fieles. En todo
proueya como sabido y en todo osaua como varon. El rey como aquel que pensaua leuar el
hecho a fin, mandó fortalecer el real, y proueó
en las prouisiones; y ordenadas todas las cosas
que a la hueste cumplia, mandó llegar las estancias cerca de la cerca de la villa, las quales
guarnecio de muy bona gente, y pareciendole
segund le acuciaua la saña gran tardança esperar á tomar á Leriano por hanbre, puesto que
la villa fuese muy fuerte, acordo de conbatilla
lo qual prouo con tan brauo coraçon que vuo
el cercado bien menester el esfuerço y la diligencia. Andaua sobre saliente con cient caualleros que para aquello tenia diputados; donde
veya flaqueza se esforçaua, donde veya coraçon
alabaua, donde veya mal recaudo proueya. Concluyendo, porque me alargo, el rey mandó apartar el combate con perdida de mucha parte de
sus caualleros, en especial de los mancebos cortesanos que sienpre buscan el peligro por gloria. Leriano fue herido en el rostro y no menos
perdió muchos onbres principales. Pasado assi
este conbate diole el rey otros cinco en espacio
de tres meses, de manera que le fallecian ya las
dos partes de su gente, de cuya razon hallaua
dudoso su hecho, como quiera que en el rostro,
ni palabras, ni obras nadie gelo conosciese, porque en el coraçon del caudillo se esfuerçan los
acaudillados. Finalmente como supo que otra
vez ordenauan dele conbatir, por poner coraçon
a los que le quedauan hizoles una habla en esta
forma.

LERIANO Á SUS CAUALLEROS

Por cierto, caualleros, si como soys pocos en
número no fuésedes muchos en fortaleza yo ternia alguna duda en nuestro hecho segund

nuestra mala fortuna, pero como sea mas estimada la virtud que la muchedumbre, vista la
vuestra antes temo necesidad de ventura que
de caualleros y con esta consideracion en solos
vosotros tengo esperança. Pues es puesta en
nuestras manos nuestra salud, tanto por sustentacion de vida como por gloria de fama nos
conviene pelear. Agora se nos ofrece causa
para dexar la bondad que eredamos á los que
nos han de eredar, que malauenturados seriamos si por flaqueza en nosotros se acabasse la
eredad. Assi pelead que libreys de verguença
vuestra sangre y mi nombre. Oy se acaba ó se
confirma nuestra onrra; sepamosnos defender
y no avergonçar, que muy mayores son los galardones de las victorias que las ocasiones de
los peligros. Esta vida penosa en que bevimos
no sé porqué se deua mucho querer, que es
breue en los días y larga en los trabaios, la
qual ni por temor se acrecienta, ni por osarse
acorta, pues quando nascemos se limita su
tiempo, por donde escusado es el miedo y devida la osadía. No nos pudo nuestra fortuna poner en meior estado que en esperança de onrrada muerte ó gloriosa fama. Cudicia de alabança, auaricia de onrra acaban otros hechos
mayores quel nuestro; no temamos las grandes conpañas llegadas al real, que en las afrentas los menos pelean; á los sinples espanta la
multitud de los muchos y á los sabios esfuerça
la virtud de los pocos. Grandes apareios tenemos para osar; la bondad nos obliga, la iusticia nos esfuerça, la necesidad nos apremia. No
ay cosa porque deuamos temer y ay mill para
que deuamos morir. Todas las razones, caualleros leales, que os he dicho eran escusadas
para creceros fortaleza pues con ella nacistes,
mas quíselas hablar porque en todo tiempo el
coraçon se deue ocupar en nobleza, en el hecho
con las manos, en la soledad con los pensamientos, en conpañia con las palabras como
agora hazemos, y no menos porque recibo ygual
gloria con la voluntad amorosa que mostrays
como con los hechos fuertes que hazeys. Y porque me parece segund se adereça el combate que
somos costreñidos á dexar con las obras las
hablas, cada vno se vaya á su estancia.

EL AUCTOR

Con tanta constancia de animo fue Leriano
respondido de sus caualleros que se llamó dichoso por hallarse dino dellos; y porque estaua
ya ordenado el conbate fuese cada vno á defender la parte que le cabia; y poco despues
que fueron llegados tocaron en el real los atauales y tronpetas y en pequeño espacio estauan
iuntos al muro cincuenta mill onbres los quales
con mucho vigor començaron el hecho, donde
Leriano tuuo lugar de mostrar su virtud y se

gund los de dentro defendian creya el rey que ninguno dellos faltaua. Duró el conbate desde medio dia hasta la noche que los departio. Fueron heridos y muertos tres mill de los del real y tantos de los de Leriano, que de todos los suyos no le auian quedado sino ciento y cincuenta, y en su rostro segund esforçado no mostraua ayer perdido ninguno, y en su sentimiento segund amoroso parecia que todos le auian salido del anima. Estuuo toda aquella noche enterrando los muertos y loando los biuos, no dando menos gloria á los que enterraua que á los que veya. Y otro día en amaneciendo, al tiempo que se remudan las guardas acordo que cincuenta de los suyos diesen en vna estancia que vn pariente de Persio tenía cercana al muro, porque no pensase el rey que le faltaua coraçon ni gente; lo qual se hizo con tan firme osadia que quemada la estancia mataron muchos de los defensores della, y como ya Dios tuuiese por bien que la verdad de aquella pendencia se mostrase, fue preso en aquella vuelta vno de los damnados que condenaron á Laureola, y puesto en poder de Leriano mandó que todas las maneras de tormento fuesen obradas en él hasta que dixese porqué leuantó el testimonio, el qual sin premia ninguna confesó todo el hecho como pasó. Y despues que Leriano de la verdad se informó, enbiole al rey suplicandole que saluase á Laureola de culpa y que mandase iusticiar aquel y á los otros que de tanto mal auien sido causa. Lo qual el rey sabido lo cierto aceutó con alegre voluntad por la iusta razon que para ello requeria. Y por no detenerme en las prolixidades que en este caso pasaron, de los tres falsos onbres se hizo tal la iusticia como fue la maldad. El cerco fue luego alçado y el rey tuuo á su hija por libre y á Leriano por desculpado, y llegado á Suria enbió por Laureola á todos los grandes de su corte, la qual vino con ygual onrra de su merecimiento.

Fue recebida del rey y la reyna con tanto amor y lagrimas de gozo como se derramaran de dolor; el rey se desculpaua, la reyna la besaua, todos la seruian y assi se entregauan con alegria presente de la pena pasada. A Leriano mandole el rey que no entrase por estonces en la corte hasta que pacificase á él y a los parientes de Persio, lo que recibio a graueça porque no podria ver á Laureola, y no podiendo hazer otra cosa sintiolo en estraña manera. Y viendose apartado della, dexadas las obras de guerra, boluiose á las congoxas enamoradas, y deseoso de saber en lo que Laureola estaua rogome que le fuese á suplicar que diese alguna forma onesta para que la pudiese ver y hablar, que tanto deseaba Leriano guardar su onestad que nunca penso hablalla en parte donde sos-

pecha en ella se pudiese tomar, de cuya razon él era merecedor de sus mercedes. Yo que con plazer aceutaua sus mandamientos, partime para Suria, y llegado allá, despues de besar las manos á Laureola, supliquele lo que me dixo, a lo quél me respondió: que en ninguna manera lo haria por muchas causas que me dió para ello. Pero no contento con dezir gelo aquella vez todas las que veya gelo suplicaua; concluyendo respondiome al cabo que si mas en aquello le hablaua que causaria que se desmesurase contra mí. Pues visto su enoio y responder fui á Leriano con graue tristeza y quando le dixe que de nueuo se comenzauan sus desauenturas, sin duda estuuo en condicion de desesperar. Lo qual yo viendo, por entretenelle, dixele que escriuiese á Laureola acordandole lo que hizo por ella y estrañandole su mudança en la merced que en escriuille le començo á hazer. Respondiome que auia acordado bien, mas que no tenia que acordalle lo que auia hecho por ella pues no era nada segund lo que merecia y tanbien porque era de onbres baxos repetir lo hecho; y no menos me dixo que ninguna memoria le haria del galardon recebido porque se defiende en ley enamorada escreuir que satisfacion se recibe, por el peligro que se puede recrecer si la carta es vista, asi que sin tocar en esto escriuio á Laureola las siguientes razones:

CARTA DE LERIANO Á LAUREOLA

Laureola, segund tu virtuosa piedad, pues sabes mi pasion, no puedo creer que sin alguna causa la consientas, pues no te pido cosa á tu onrra fea ni á ti graue. Si quieres mi mal ¿por qué lo dudas? á sin razon muero, sabiendo tú que la pena grande assi ocupa el coraçon que se puede sentir y no mostrar. Si lo has por bien pensado que me satisfazes con la pasion que me das porque dandola tú es el mayor bien que puedo esperar, iustamente lo harias si la dieses a fin de galardon. Pero ¡desdichado yo! que la causa tu hermosura y no haze la merced tu voluntad. Si lo consientes iuzgandome desagradecido porque no me contento con el bien que me heziste en darme causa de tan ufano pensamiento, no me culpes, que aunque la voluntad se satisfaze, el sentimiento se querella. Si te plaze porque nunca te hize seruizio, no pude sobir los seruizios á la alteza de lo que mereces; que quando todas estas cosas y otras muchas pienso hallome que dexas de hazer lo que te suplico porque me puse en cosa que no pude merecer. Lo qual yo no niego; pero atreuime á ello pensando que me harias merced no segund quien la pedia mas segund tú que la auies de dar. Y tanbien pense que para ello me ayudaran virtud y compasion y piedad porque son acetas á tu condicion, que quando los que con los poderosos negocian para alcançar su gracia, primero ganan las voluntades de sus familiares; y pareceme que en nada hallé remedio. Busqué ayudadores para contigo y hallélos por cierto leales y firmes y todos te suplican que me ayas merced; el alma por lo que sufre, la vida por lo que padece, el coraçon por lo que pasa, el sentido por lo que siente. Pues no niegues galardon á tantos que con ansia te lo piden y con razon te lo merecen. Yo soy el más sin ventura de los más desauenturados. Las aguas reuerdecen la tierra y mis lagrimas nunca tu esperança la qual cabe en los canpos y en las yeruas y arboles y no puede caber en tu coraçon.

Desesperado auria segund lo que siento si alguna vez me hallase solo, pero como siempre me acompañan el pensamiento que me das y el deseo que me ordenas y la contemplacion que me causas, viendo que lo vo á hazer consuelanme acordandome que me tienen conpañia de tu parte, de manera que quien causa las desesperaciones me tiene que no desespere. Si todavia te plaze que muera, hazmelo saber, que gran bien harás á la vida pues no será desdichada del todo. Lo primero della se pasó en inocencia y lo del conocimiento en dolor; a lo menos el fin será en descanso porque tú lo das, el qual, si ver no me quieres, será forçado que veas.

Con mucha pena recibio Laureola la carta de Leriano y por despedirse dél onestamente respondiole desta manera, con determinacion de iamas recebir enbaxada suya.

CARTA DE LAUREOLA Á LERIANO

El pesar que tengo de tus males te seria satisfacion dellos mismos si creyeses quanto es grande, y él solo tomarias por galardon sin que otro pidieses, avnque fuese poca paga segund lo que tienes merecido, la qual yo te daria como deuo si la quisieses de mi hazienda y no de mi onrra. No respondere á todas las cosas de tu carta porque en saber que te escriuo me huye la sangre del coraçon y la razon del iuycio. Niuguna causa de las que dizes me haze consentir tu mal sino sola mi bondad, porque cierto no estó dudosa del, porque el estrecho á que llegaste fue testigo de lo que sofriste. Dizes que nunca me heziste seruicio. Lo que por mi has hecho me obliga á nunca oluidallo y sienpre desear satisfacerlo, no segund tu deseo mas segund mi onestad. La virtud y piedad y conpasion que pensaste que te ayudarian para comigo, aunque son aceptas á mi condicion, para en tu caso son enemigas de mi fama y por esto las hallaste contrarias. Quando estaua presa saluaste mi vida

y agora que estó libre quieres condenalla. Pues tanto me quieres, antes devrias querer tu pena con mi onrra que tu remedio con mi culpa; no creas que tan sanamente biuen las gentes, que sabido que te hablé, iuzgasen nuestras linpias intenciones, porque tenemos tienpo tan malo que antes se afea la bondad que se alaba la virtud; assi que es escusada tu demanda porque ninguna esperança hallarás en ella aunque la muerte que dizes te viese recebir, auiendo por mejor la crueldad onesta que la piedad culpada. Dirás oyendo tal desesperança que só mouible porque te comence á hazer merced en escreuirte y agora determino de no remediarte. Bien sabes tú quan sanamente lo hize y puesto que en ello uuiera otra cosa, tan conuenible es 'la mudança en las cosas dañosas como la firmeza en las onestas. Mucho te ruego que te esfuerces como fuerte y te remedies como discreto. No pongas en peligro tu vida y en disputa mi onrra, pues tanto la deseas, que se dirá muriendo tú que galardono los seruicios quitando las vidas, lo que si al rey venço de dias se dirá al reues. Ternas en el reyno toda la parte que quisieres, crecere tu onrra, doblaré tu renta, sobiré tu estado, ninguna cosa ordenarás que reuocada te sea, assi que biuiendo causarás que me iuzguen agradecida y muriendo que me tengan por mal acondicionada. Avnque por otra cosa no te esforçases, sino por el cuydado que tu pena me da lo devrias hazer. No quiero mas dezirte porque no digas que me pides esperança y te do conseio. Plugiere á Dios que fuera tu demanda iusta, por que vieras que como te aconseió en lo vno te satisfiziera en lo otro; y assi acabo para sienpre de más responderte ni oyrte.

Cuando Laureola vuo escrito dixome con proposito determinado que aquella fuese la postrimera vez que pareciese en su presencia porque ya de mis pláticas andaua mucha sospecha y porque en mis ydas auia mas peligro para ella que esperança para mi despacho. Pues vista su determinada voluntad, pareciendome que de mi trabaio sacaua pena para mí y no remedio para Leriano, despedime della con mas lágrimas que palabras y despues de besalle las manos salime de palacio con vn nudo en la garganta que pense ahogarme, por encobrir la pasion que sacaua, y salido de la cibdad, como me vi solo, tan fuertemente comence á llorar que de dar bozes no me podia contener. Por cierto yo tuuiera por meior quedar muerto en Macedonia que venir biuo á Castilla; lo que deseaua con razon pues la mala ventura se acaba con la muerte y se acrecienta con la vida. Nunca por todo el camino sospiros y gemidos me fallecieron, y quando llegué á Leriano dile la carta, y como acabó de leella dixele que ni se esforçase, ni se alegrase, ni recibiese consuelo pues tanta razon auia para que deuiese morir. El qual me respondió que más que hasta alli me tenia por suyo porque le aconseiaua lo propio, y con boz y color mortal començo a condolerse. Ni culpaua su flaqueça, ni avergonçaua su desfallecimiento; todo lo que podie acabar su vida alabaua, mostrauase amigo de los dolores, recreaua con los tormentos, amaua las tristezas; aquellos llamaua sus bienes por ser mensaieros de Laureola y porque fuesen tratados segund de cuya parte venian, aposentólos en el coraçon, festeiólos con el sentimiento, convidólos con la memoria, rogauales que acabasen presto por hazer porque Laureola fuese seruida. Y desconfiando ya de ningun bien ni esperança, aquexado de mortales males, no podiendo sustenerse ni sofrirse vuo de venir á la cama, donde ni quiso comer ni beuer ni ayudarse de cosa de las que sustentan la vida, llamandose sienpre bienauenturado porque era venido á sazon de hazer seruicio á Laureola quitandola de enoios. Pues como por la corte y todo el reyno se publicase que Leriano se dexaua morir, ybanle a ueer todos sus amigos y parientes y para desuialle su proposito dezianle todas las cosas en que pensauan prouecho, y como aquella enfermedad se auia de curar con sabias razones, cada uno aguzaua el seso lo meior que podia; y como vn cauallero llamado Tefeo (¹) fuese grande amigo de Leriano viendo que su mal era de enamorada pasion puesto que quien la causaua él ni nadie lo sabia dixole infinitos males de las mugeres y para fauorecer su habla truxo todas las razones que en disfamia dellas pudo pensar, creyendo por alli restituylle la vida. Lo qual oyendo Leriano, acordandose que era muger Laureola, afeó mucho á Tefeo porque tal cosa hablaua y puesto que su disposicion no le consintiese mucho hablar, esforçando la lengua con la pasion de la saña començo a contradezille en esta manera.

LERIANO CONTRA TEFEO Y TODOS LOS QUE DIZEN MAL DE MUGERES

Tefeo, para que recibieras la pena que merece tu culpa, onbre que te tuuiera menos amor te auie de contradezir, que las razones mias mas te seran en exenplo para que calles que castigo para que penes. En lo qual sigo la condicion de verdadera amistad, porque pudiera ser, si yo no te mostrara por biuas causas tu cargo, que en qualquiera plaça te deslenguaras como aqui has

(¹) *Tefeo* dice claramente la primera edición, y no *Teseo*, aunque más corriente parecía el segundo nombre que el primero.

hecho; asi que te será mas prouechoso emendarte por mi contradicion que auergonçarte por tu perseverança. El fin de tu habla fue segund amigo, que bien noté que la dexiste porque aborreciese la que me tiene qual vees, diziendo mal de todas mugeres, y como quiera que tu intencion no fue por remediarme, por la via que me causaste remedio tú por cierto me lo as dado, porque tanto me lastimaste con tus feas palabras, por ser muger quien me pena, que de pasion de auerte oydo beuire menos de lo que creya, en lo qual señalado bien recebi, que pena tan lastimada meior es acaballa presto que sostenella más; assi que me truxiste aliuio para el padecer y dulce descanso para ella acabar. Porque las postrimeras palabras mias sean en alabança de las mugeres, porque crea mi fe la que tuuo merecer para causalla y no voluntad para satisfazella.

Y dando comienço á la inteneion tomada, quiero mostrar quinze causas porque yerran los que en esta nacion ponen lengua, y veynte razones porque les somos los onbres obligados, y diuersos enxenplos de su bondad. Y quanto a lo primero que es proceder por las causas que hazen yerro los que mal las tratan, fundo la primera por tal razon. Todas las cosas hechas por la mano de Dios son buenas necesariamente, que segun el obrador han de ser las obras; pues siendo las mugeres sus criaturas, no solamente á ellas ofende quien las afea, mas blasfema de las obras del mismo Dios. La segunda causa es porque delante dél y de los onbres no ay mas abominable ni más grande de perdonar quel desconocimiento; ¿pues quál lo puede ser mayor que desconocer el bien que por Nuestra Señora nos vino y nos viene? Ella nos libró de pena y nos hizo merecer la gloria; ella nos salua, ella nos sostiene, ella nos defiende, ella nos guia, ella nos alumbra, por ella que fue muger merecen todas las otras corona de alabança. La tercera es porque a todo onbre es defendido segund virtud mostrarse fuerte contra lo flaco, que si por ventura los que con ellas se deslenguan pensasen recebir contradicion de manos, podria ser que tuuiesen menos libertad en la lengua. La quarta es porque no puede ninguno dezir mal dellas sin que a si mismo se desonrre, porque fue criado y traydo en entrañas de muger y es de su misma sustancia, y despues desto, por el acatamiento y reuerencia que a las madres deuen los hijos. La quinta es por la desobediencia de Dios, que dixo por su boca que el padre y la madre fuesen onrrados y acatados, de cuya causa los que en las otras tocan merecen pena. La sesta es porque todo noble es obligado a ocuparse en autos virtuosos assi en los hechos como en las hablas; pues si las palabras torpes ensusian la linpieza, muy a peligro de infamia tienen la onrra de los que en tales platicas gastan su vida. La setima es porque quando se establecio la caualleria, entre las otras cosas que era tenudo a guardar el que se armaua cauallero era vna que a las mugeres guardase toda reuerencia y onestad, por donde se conosce que quiebra la ley de nobleza quien vsa el contrario della. La otaua es por quitar de peligro la onrra; los antiguos nobles tanto adelgazauan las cosas de bondad y en tanto la tenian que no auian mayor miedo de cosa que de memoria culpada; lo que no me parece que guardan los que anteponen la fealdad de la virtud poniendo macula con su lengua en su fama, que qualquiera se iuzga lo que es en lo que habla. La nouena y muy principal es por la condenacion del alma. Todas las cosas tomadas se pueden satisfazer y la fama robada tiene dudosa la satisfacion, lo que más conplidamente determina nuestra fé. La dezena es por escusar enemistad. Los que en ofensa de las mugeres despienden el tiempo hazense enemigos dellas y no menos de los virtuosos, que como la virtud y la desmesura diferencian la propiedad no pueden estar sin enemiga. La onzena es por los daños que de tal auto malicioso se recrecian, que como las palabras tienen licencia de llegar á los oydos rudos tanbien como a los discretos, oyendo los que poco alcançan las fealdades dichas de las mugeres, arrepentidos de auerse casado danles mala vida o vanse dellas, o por ventura las matan. La dozena es por las murmuraciones, que mucho se deuen temer, siendo vn onbre infamado por disfamador en las plaças y en las casas y en los canpos y donde quiera es retratado su vicio. La trezena es por razon del peligro, que quando los maldizientes que son auidos por tales tan odiosos son a todos [1] que qualquier les es mas contrario, y algunas por satisffazer a sus amigos, puesto que ellas no lo pidan ni lo quieran [2], ponen las manos en los que en todas ponen la lengua. La catorzena es por la hermosura que tienen, la qual es de tanta ecelencia que avnque copiesen en ellas todas las cosas que los deslenguados les ponen, más ay en vna que loar con verdad que no en todas que afear con malicia. La quinzena es por las grandes cosas de que han sido causa. Dellas nacieron onbres virtuosos que hizieron hazañas de dina alabança, dellas procedieron sabios que alcançaron a conocer qué cosa era Dios en cuya fé somos saluos; dellas vinieron los inuentiuos que hizieron cibdades y fuerças y edeficios de perpetual ecelencia; por ellas vuo tan sotyles varones que buscaron todas las cosas necesarias para sustentacion del linage vmanal.

[1] *Atados* dice la primera edición.
[2] *Querían* dice la primera edición.

Tefeo, pues as oydo las causas porque soys culpados tú y todos lo que opinion tan errada seguis, dexada toda prolixidad, oye veynte razones por donde proferí a prouar que los onbres á las mugeres somos obligados. De las quales la primera es porque á los sinples y rudos disponen para alcançar la virtud de la prudencia y no solamente á los torpes hazen discretos mas á los mismos discretos mas sotyles, porque si de la enamorada pasion se catyuan, tanto estudian su libertad que abiuando con el dolor el saber dizen razones tan dulces y tan concertadas que alguna vez de compasion que les an se libran della: y los sinples de su natural innocentes quando en amar se ponen entran con rudeza y hallan el estudio del sentimiento tan agudo que diuersas vezes salen sabios, de manera que suplen las mugeres lo que naturaleza en ellos faltó. La segunda razon es porque de la virtud de la iusticia tanbien nos hazen suficientes, que los penados de amor, aunque desygual tormento reciben, hanlo por descanso iustificandose porque iustamente padecen: y no por sola esta causa nos hazen goçar desta virtud mas por otra tan natural: los firmes enamorados para abonarse con las que siruen buscan todas las formas que pueden, de cuyo deseo biuen iustificadamente sin eceder en cosa de toda ygualdad por no infamarse de malas costunbres. La tercera porque de la tenplança nos hazen dinos, que por no selles aborrecibles para venir á ser desamados somos tenplados en el comer y en el beuer y en todas las otras cosas que andan con esta virtud. Somos tenplados en la habla, somos templados en la mesura, somos templados en las obras, sin que vn punto salgamos de la onestad. La quarta es porque al que fallece forteleza gela dan, y al que la tiene gela acrecientan. Hacennos fuertes para sofrir, causan osadia para cometer, ponen coraçon para esperar; quando á los amantes se les ofrece peligro se les apareia la gloria, tienen las afrentas por vicio, estiman mas ell alabança del amiga quel precio del largo beuir. Por ellas se comiençan y acaban hechos muy hazañosos, ponen la fortaleza en el estado que merece. Si les somos obligados aqui se puede iuzgar. La quinta razon es porque no menos nos dotan de las virtudes teologales que de las cardinales dichas. Y tratando de la primera ques la fé, avnque algunos en ella dudasen, siendo puestos en pensamiento enamorado creerian en Dios y alabarian su poder porque pudo hazer á aquella que de tanta ecelencia y hermosura les parece. Iunto con esto los amadores tanto acostumbran y sostienen la fe que de vsalla en el coraçon conocen y creen con más firmeza la de Dios, y porque no sea sabido de quien los pena que son malos cristianos, ques vna mala señal en el onbre, son tan deuotos catolicos que ningun apostol les hizo ventaia. La sesta razon es porque nos crian en el alma la virtud del esperança, que puesto que los sugetos á esta ley de amores mucho penen, siempre esperan en su fé, esperan en su firmeza, esperan en la piedad de quien los pena, esperan en la condicion de quien los destruye, esperan en la ventura; ¿pues quien tiene esperança donde recibe pasion, como no la terná en Dios que le promete descanso? Sin duda haziendonos mal nos apareian el camino del bien como por esperiencia de lo dicho parece. La setena razon es porque nos hazen merecer la caridad, la propiedad de la qual es amor. Esta tenemos en la voluntad, esta ponemos en el pensamiento, esta traemos en la memoria, esta firmamos en el coraçon, y como quiera que los que amamos la vsemos por el prouecho de nuestro fin, dél nos redunda que con biua contricion la tengamos para con Dios, porque trayendonos amor á estrecho de muerte hazemos lymosnas, mandamos dezir misas, ocupamosnos en caritatiuas obras porque nos libre de nuestros crueles pensamientos: y como ellas de su natural son deuotas, participando con ellas es forçado que hagamos las obras que hazen. La otaua razon, porque nos hazen contenplatiuos: que tanto nos damos á la contenplacion de la hermosura y gracias de quien amamos y tanto pensamos en nuestras pasiones, que quando queremos contenplar la de Dios, tan tiernos y quebrantados tenemos los coraçones, que sus llagas y tormentos parece que recebimos en nosotros mismos; por donde se conosce que tanbien por aquí nos ayudan para alcançar la perdurable holgança. La nouena razon es porque nos hazen contritos, que como siendo penados pedimos con lagrimas y sospiros nuestro remedio acostunbrado en aquello, yendo á confesar nuestras culpas assi gemimos y lloramos quel perdon dellas merecemos. La dezena es por el buen conseio que sienpre nos dan, que á las vezes acaece hallar en su presto acordar, lo que nosotros con (¹) largo estudio y diligencias buscamos. Son sus conseios pacificos sin ningund escandalo, quitan muchas muertes, conseruan las pazes, refrenan la yra y aplacan la saña; sienpre es muy sano su parecer. La onzena es porque nos hazen onrrados: con ellas se alcançan grandes casamientos, muchas haziendas y rentas. Y porque alguno podria responderme que la onrra está en la virtud y no en la riqueza, digo que tanbien causan lo vno como lo otro. Ponen

nos presunciones tan virtuosas que sacamos dellas las grandes onrras y alabanças que deseamos; por ellas estimamos más la verguença que la vida; por ellas estudiamos todas las obras de nobleza, por ellas las ponemos en la cunbre que merecen. La dozena razon es porque apartandonos del auaricia nos iuntan con la libertad, de cuya obra ganamos las voluntades de todos; que como largamente nos hazen despender lo que tenemos, somos alabados y tenidos en mucho amor, y en qualquier necesidad que nos sobrevenga recebimos ayuda y seruizio; y no solo nos aprouechan en hazernos usar la franqueza como deuemos, mas ponen lo nuestro en mucho recaudo porque no ay lugar donde la hazienda esté más segura que en la voluntad de las gentes. La trezena es porque acrecientan y guardan nuestros averes y rentas, las quales alcançan los onbres por ventura y conseruanlas ellas con diligencia. La catorzena es por la limpieça que nos procuran asi en la persona, como en el vestir, como en el comer, como en todas las cosas que tratamos. La quinzena es por la buena criança que nos ponen, vna de las principales cosas de que los onbres tienen necesidad. Siendo bien criados vsamos la cortesya y esquiuamos la pesadumbre, sabemos onrrar los pequeños, sabemos tratar los mayores; y no solamente nos hazen bien criados mas bien quistos, porque como tratamos á cada vno como merece, cada vno nos da lo que merecemos. La razon desiseys es porque nos hazen ser galanes. Por ellas nos desuelamos en el vestir, por ellas estudiamos en el traer, por ellas nos atauiamos de manera que ponemos por industria en nuestras personas la buena disposicion que naturaleza algunos negó. Por artificio se endereçan los cuerpos pidiendo (¹) las ropas con agudeza y por el mismo se pone cabello donde fallece y se adelgazan ó engordan las piernas si conuiene hazello; por las mugeres se inuentan los galanes entretales, las discretas bordaduras, las nueuas inuenciones; de grandes bienes por cierto son causa. La dezisiete razon es porque nos conciertan la musica y nos hazen gozar de las dulcedumbres della; ¿por quién se asuenan las dulces canciones? ¿por quién se cantan los lindos romances? ¿por quién se acuerdan las bozes? ¿porquién se adelgazan y sotilizan todas las cosas que en el canto consisten? La dizeochena es porque crecen las fuerças á los braceros, y la maña á los luchadores, y la ligereza á los que boltean y corren y saltan y hazen otras cosas semeiantes. La dezinueue razon es porque afinan las gracias. Los que como es dicho tañen y cantan por ellas, se desuelan tanto que suben á lo mas perfeto que en aquella gracia se alcança. Los trobadores ponen por ellas tanto

---

(¹) *Cumple* dice la primera edición, pero parece errata.

(¹) Acaso *puliendo*.

estudio en lo que troban que lo bien dicho hazen parecer meior, y en tanta manera se adelgazan que propiamente lo que sienten en el coraçon ponen por nueuo y galan estilo en la cancion ó inuencion ó copla que quieren hazer. La veyntena y postrimera razon es porque somos hijos de mugeres, de cuyo respeto les somos mas obligados que por ninguna razon de las dichas ni de quantas se puedan dezir. Diuersas razones auía para mostrar lo mucho que á esta nacion somos los onbres en cargo, pero la disposicion mia no me da lugar á que todas las diga. Por ellas se ordenaron las reales iustas y los ponposos torneos y las alegres fiestas, por ellas aprouechan las gracias y se acaban y comiençan todas las cosas de gentileza; ño sé causa porque de nosotros deuan ser afeadas. ¡O culpa merecedora de graue castigo, que porque algunas ayan piedad de los que por ellas penan les dan tal galardon! ¿A qué muger deste mundo no harán conpasion las lagrimas que vertemos, las lastimas que dezimos, los sospiros que damos? ¿Quál no creerá las razones iuradas, quál no creerá la fé certificada, á quál no moveran las dadiuas grandes, en quál coraçon no harán fruto las alabanças deuidas, en quál voluntad no hará mudança la firmeza cierta, quál se podra defender del continuo seguir? Por cierto segund las armas con que son conbatidas, aunque las menos se defendiesen, no era cosa de marauillar y antes deurian ser las que no pueden defenderse alabadas por piadosas que retraydas por culpadas.

PRUEUA POR ENXENPLOS LA BONDAD DE LAS MUGERES

Para que las loadas virtudes desta nacion fueran tratadas segund merecen avisé de poner mi deseo en otra plática porque no turbase mi lengua ruda su bondad clara, como quiera que ni loor pueda crecella ni malicia apocalla segund su propiedad. Si vuiese de hazer memoria de las castas y virgines pasadas y presentes, convenia que fuese por diuina reuelacion, porque son y an sido tantas que no se puede con el seso humano conprehender, pero dire de algunas que he leydo assi cristianas como gentiles y iudias por enxenplar con las pocas la virtud de las muchas. En las autorizadas por santas por tres razones no quiero hablar. La primera porque lo que a todos es manifiesto parece simpleza repetillo. La segunda porque la yglesia les da deuida y uniuersal alabança. La tercera por no poner en tan malas palabras tan ecelente bondad, en especial la de Nuestra Señora que quantos dotores y denotos y contenplatiuos en ella hablaron no pudieron llegar al estado que merecia la menor de sus ecelencias, assi que me

baxo a lo llano donde mas libremente me puedo mouer. De las castas gentiles començaré en Lucrecia, corona de la nacion romana, la qual fue muger de Colatyno y siendo forçada de Tarquino hizo llamar a su marido y venido donde ella estaua dixole: sabras, Colatyno, que pisadas de onbre ageno ensuziaron tu lecho donde aunque el cuerpo fue forçado quedó el coraçon inocente, porque soy libre de la culpa, mas no me asueluo de la pena porque ninguna dueña por enxenplo mio pueda ser vista errada. Y acabando estas palabras acabó con vn cuchillo su vida. Porcia fue hija del noble Caton y muger de Bruto varon virtuoso, la qual sabiendo la muerte dél, aquexada de graue dolor acabó sus dias comiendo brasas por hazer sacrificio de si misma. Penelope fue muger de Ulixes, e ydo él a la guerra troyana, siendo los mancebos de Ytalia aquexados de su hermosura pidieronla muchos dellos en casamiento, y deseosa de guardar castidad a su marido, por defenderse dellos dixo que le dexassen conplir vna tela como acostunbrauan las señoras de aquel tienpo esperando a sus maridos, y que luego haria lo que le pedian, y como le fuese otorgado, con astucia sotyl, lo que texia de dia deshazia de noche, en cuya lauor pasaron veynte años, despues de los quales venido Ulixes viejo, solo, destruydo, assi lo recibio la casta dueña como si viniera en fortuna de prosperidad. Julia hija del Cesar primero enperador en el mundo, siendo muger de Ponpeo en tanta manera lo amaua que trayendo vn dia sus vestiduras sangrientas, creyendo ser muerto, cayda en tierra supitamente murio. Artemisa entre los mortales tan alabada, como fuese casada con Mauzol rey de Ycaria, con tanta firmeça lo amó que despues de muerto le dió sepultura en sus pechos, quemando sus huesos en ellos, la ceniza de los quales poco a poco se beuio y despues de acabados los oficios que en el auto se requerian creyendo que se yua para el matóse con sus manos. Argia fue hija del rey Adrastro y caso con Pollinices hijo de Edipo rey de Tebas, y como Pollinices en vna batalla a manos de su hermano muriese, sabido della salio de Tebas, sin temer la inpiedad de sus enemigos, ni la braueza de las fieras bestias, ni la ley del enperador, la qual vedaua que ningun cuerpo muerto se leuantase del canpo, fue por su marido en las tiniebras de la noche y hallandolo ya entre otros muchos cuerpos leuolo a la ciudad y haziendole quemar segund su costunbre, con amargosas lagrimas hizo poner sus cenizas en una arca de oro, prometiendo su vida a perpetua castidad. Ipola greciana, nauegando por la mar quiso su mala fortuna que tomasen su nauio los enemigos, los quales queriendo tomar della mas parte que les daua, conseruando su castidad hizose a la vna parte del nauío y dexada caer en las ondas pudieron ahogar a ella mas no la fama de su hazaña loable. No menos dina de loor fue su muger de Amed rey de Tesalia, que sabiendo que era profetizado por el dios Apolo que su marido recebiria muerte sino vuiese quien voluntariamente la tomase por él, con alegre voluntad porque el rey biuiese dispuso 'de se matar. De las indias Sarra, muger del padre Abraham, como fuese presa en poder del rey Faraon, defendiendo su castidad con las armas de la oracion rogó a nuestro Señor la librase de sus manos, el qual como quisiese acometer con ella toda maldad, oyda en el cielo su peticion enfermó el rey y conocido que por su mal pensamiento adolecia, sin ninguna manzilla la mandó librar. Delbora dotada de tantas virtudes mereció aver espiritu de profecia y no solamente mostró su bondad en las artes mugeriles mas en las feroces batalles, peleando contra los enemigos con virtuoso animo; y tanta fue su excelencia que juzgó quarenta años el pueblo iudayco. Ester siendo leuada a la catiuidad de Babilonia, por su virtuosa hermosura, fue tomada para muger de Asuero, rey que señoreaua a la sazon ciento y veynte y siete prouincias, la qual por sus meritos y oracion libró los iudios de la catiuidad que tenian. Su madre de Sanson deseando aver hijo merecio por su virtud que el angel le reuelase su nacimiento de Sanson. Elisabel muger de Zacarias, como fuese verdadera sierua de Dios, por su merecimiento uvo hijo santificado antes que naciese, el qual fue san Iuan. De las antiguas cristianas mas podria traer que escreuir pero por la breuedad alegaré algunas modernas de la castellana nacion.

Doña María Cornel en quien se començo el linage de los Corneles, porque su castidad fuese loada y su bondad no escurecida quiso matarse con fuego, auiendo menos miedo a la muerte que a la culpa.

Doña Isabel, madre que fue del maestre de Calatraua don Rodrigo Tellez Giron y de los dos condes de Hurueña don Alonso y don Iuan, siendo biuda enfermó de una graue dolencia, y como los medicos procurasen su salud, conocida su enfermedad hallaron que ño podia biuir sino casase, lo qual como de sus hijos fuese sabido, deseosos de su vida dixeronle que en todo caso recibiese marido, a lo qual ella respondio: nunca plega a Dios que tal cosa yo haga, que mejor me es a mi muriendo ser dicha madre de tales hijos que biuiendo muger de otro marido; y con esta casta consideracion assi se dió al ayuno y disciplina que quando murio fueron vistos misterios de su saluacion.

Doña Mari Garcia la beata, siendo nacida en Toledo del mayor linage de toda la cibdad, no quiso en su vida casar, guardando en ochenta años que biuio la virginal virtud, en cuya muerte fueron conocidos y aueriguados grandes miraglos de los quales en Toledo ay agora y aurá para sienpre perpetua recordança.

¡O! pues de las virgenes gentiles: que podria dezir? Atrisilia, Seuila, nacida en Babilonya, por su merito profetizó por reuelacion diuina muchas cosas aduenideras conseruando linpia virginidad hasta que murio. Palas o Minerua vista primeramente cerca de la laguna de Tritonio, nueua inuentora de muchos oficios de los mugeriles y avn de algunos delos onbres, virgen biuio y acabó. Atalante la que primero hirio el puerco de Calidon, en la virginidad y nobleza le parecio. Camila, hija de Macabeo rey de los bolesques, no menos que las dichas sostuuo entera virginidad. Claudia vestal, Clodia romana, aquella misma ley hasta la muerte guardaron. Por cierto si el alargar no fuese enoioso no me fallecerian daqui a mill años virtuosos enxenplos que pudiese dezir. En verdad, Tefeo, segund lo que as oydo, tú y los que blasfemays de todo linage de mugeres soys dinos de castigo iusto, el qual no esperando que nadie os lo dé, vosotros mismos lo tomays pues usando la malicia condenays la verguença.

BUELUE EL AUCTOR Á LA ESTORIA

Mucho fueron marauillados los que se hallaron presentes oyendo el concierto que Leriano tuuo en su habla por estar tan cercano a la muerte, en cuya sazon las menos vezes se halla sentido; el qual quando acabó de hablar tenia ya turbada la lengua y la vista casi perdida. Ya los suyos no podiendose contener dauan bozes, ya sus amigos comenzauan a llorar, ya sus vasallos y vasallas gritauan por las calles, ya todas las cosas alegres eran bueltas en dolor. Y como su madre siendo absente, sienpre le fuese el mal de Leriano negado, dando mas credito a lo que tenia que a lo que le dezian, con ansia de amor maternal partyda de donde estaua llegó a Susa en esta triste coiuntura, y entrada por la puerta todos quantos la veyan le dauan nueuas de su dolor mas con bozes lastimeras que con razones ordenadas, la qual oyendo que Leriano estaua en ell agonia mortal, falleciendole la fuerça, sin ningun sentido cayó en el suelo y tanto estuuo sin acuerdo que todos pensauan que a la madre y al hijo enterrarian a un tiempo, pero ya que con grandes remedios le restituyeron el conocimiento fuese al hijo y despues que con traspasamiento de muerta con muchedumbre de lagrimas le viuio el rostro [1], començo en esta manera a dezir:

_____

[1] Parece que debe leerse laró.

LLANTO DE SU MADRE DE LERIANO

¡O alegre descanso de mi vegez, o dulce hartura de mi voluntad, oy dexas dezir hijo (¹) y yo de más llamarme madre, de lo qual tenia temerosa sospecha por las nueuas señales que en mi vi de pocos dias a esta parte. Acaesciame muchas vezes quando mas la fuerça del sueño me vencia, recordar con vn tenblor supito que hasta la mañana me duraua; otras vezes quando en mi oratorio me hallaua rezando por tu salud, desfallecido el coraçon me cobria de un sudor frio en manera que dende a gran pieça tornaua en acuerdo. Hasta los animales me certificauan tu mal. Saliendo vn dia de mi camara vinose vn can para mi y dió tan grandes aullydos que assi me corté el cuerpo y la habla que de aquel lugar no podia mouerme, y con estas cosas daua mas credito a mis sospecha que a tus mensaieros, y por satisfazerme acordé de venir a verte donde hallo cierta la fe que di a los agueros. ¡O lunbre de mi vista, o ceguedad della misma, que te veo morir y no veo la razon de tu muerte; tú en edad para beuir, tú temeroso de Dios, tú amador de la virtud, tú enemigo del vicio, tú amigo de amigos, tú amado de los tuyos! Por cierto oy quita la fuerça de tu fortuna los derechos a la razon pues mueres sin tienpo y sin dolencia. Bienauenturados los baxos de condicion y rudos de engenio, que no pueden sentir las cosas sino en el grado que las entienden, y malauenturados los que con sotil iuyzio las trascenden, los quales con el entendimiento agudo tienen el sentimiento delgado. Pluguiera a Dios que fueras tú delos torpes en el sentir, que meior me estuuiera ser llamada con tu vida madre del rudo que no a ti por tu fin hijo que fue de la sola. ¡O muerte cruel enemiga, que ni perdonas los culpados ni asuelues los inocentes! Tan traydora eres que nadie para contigo tiene defensa; amenazas para la vejez, y lieuas en la mocedad; a vnos matas por malicia y a otros por enuidia, avnque tardas nunca olbidas, sin ley y sin orden te riges. Más razon auia para que conseruases los veynte años del hijo moço que para que dexases los sesenta de la vieia madre. ¿Por qué volviste el derecho al reues? Yo estaua harta de estar biua y él en edad de beuir. Perdoname porque asi te trato, que no eres mala del todo, porque si con tus obras causas los dolores, con

(¹) Parece que debe leerse de ser en vez de decir.

ellas mismas los consuelas leuando a quien dexas con quien leuas, lo que si comigo hazes mucho te seré obligada. En la muerte de Leriano no ay esperança y mi tormento con la mia recebira consuelo. ¡O hijo mio, que será de mi veiez contenplando en el fin de tu iouentud? Si yo biuo mucho será porque podran mas mis pecados que la razon que tengo para no biuir; ¿con qué puedo recibir pena mas cruel que con larga vida? Tan poderoso fue tu mal que no tuviste para con él ningund remedio. Ni te valio la fuerça del cuerpo, ni la virtud del coraçon, ni el esfuerzo del animo; todas las cosas de que te podias valer te fallecieron. Si por precio de amor tu vida se pudiera conprar; mas poder tuviera mi deseo que fuerça la muerte. Mas para librarte della ni tu fortuna quiso, ni yo triste pude. Con dolor será mi beuir y mi comer y mi pensar y mi dormir hasta que tu fuerça y mi deseo me lieuen a tu sepoltura.

EL AUCTOR

El lloro que hazia su madre de Leriano crecia la pena a todos los que en ella participauan y como él siempre se acordase de Laureola, de lo que alli pasaua tenia poca memoria, y viendo que le quedaua poco espacio para gozar de ver las dos cartas que della tenia, no sabia qué forma se diese con ellas; quando pensaua rasgallas pareciale que ofenderia a Laureola en dexar perder razones de tanto precio, quando pensaua poner las en poder de algun suyo temia que serian vistas, de donde para quien las enbió se esperaua peligro. Pues tomando de sus dudas lo mas seguro hizo traer una copa de agua y hechas las cartas pedaços echoles en ella y acabado esto mandó que le sentasen en la cama y sentado beuioselas en el agua y assi quedó contenta su voluntad. Y llegada ya la ora de su fin, puestos en mi los oios dixo: acabados son mis males, y assi quedó su muerte en testimonio de su fe. Lo que yo senty y hize, ligero está de iuzgar; los lloros que por él se hizieron son de tanta lastima que me parece crueldad escriuillos. Sus onrras fueron conformes a su merecimiento, las quales acabadas acordé de partirme. Por cierto con meior voluntad caminara para la otra vida que para esta tierra. Con sospiros caminé, con lagrimas party, con gemidos hablé y con tales pasatienpos llegué aqui a Peñafiel donde quedo besando las manos de vuestra merced.

ACABOSE ESTA OBRA INTITULADA «CARCEL DE AMOR»
EN LA MUY NOBLE I MUY LEAL CIBDAD DE SEUILLA
A TRES DIAS DE MARÇO AÑO DE 1492
POR QUATRO CONPAÑEROS ALEMANES

TRACTADO

QVE HIZO NICOLAS NUÑEZ SOBRE EL QVE DIEGO DE SAN PEDRO
COMPUSO DE LERIANO Y LAUREOLA LLAMADO
«CARCEL DE AMOR».

Mvy uirtuosos señores: Porque si conosciendo mi poco saber, culpardes mi atreuimiento en uerme poner en acrescentar lo que de suyo está crescido, quiero, si pudiere, con mi descargo satisfazer lo que hize, aunque mi intencion me descarga. Leyendo un dia el tractado del no menos uirtuoso que discreto Diego de sant Pedro que hizo de carcel de amor: en la historia de Leriano a Laureola que endereçó al mvy uirtuoso senor el senor alcayde de los Donzeles, parecime que quando en el cabo del dicho (¹) que Leriano por la respuesta sin esperança que Laureola le hauia embiado se dexaua morir, que se partio desque lo ui muerto para Castilla a dar la cuenta de lo passado, que deuiera uenirse por la corte a dezir a Laureola de cierto como ya era muerto Leriano. Y aunque le paresciera que al muerto no le aprouechaua, a lo menos satisfiziera se a si si huuiera en ella alguna muestra de pesar por lo que hauia hecho; pves sabia que si Leriano pudiera alcançar a saber el arrepentimiento de Laureola diera su muerte por bien empleada. E porque me parescio que lo dexaua en aquella corte con occupacion de algunos negocios, o por se desoccupar para entender en otros que mas le cumplian, no lo hize yo por dezillo mejor, mas por saber si a la firmeza de Leriano en la muerte daua algun galardon, pues en la uida se lo hauia negado, acordé hazer este tractado que para la publicacion de mi falta fuera mvy mejor no hazello; en lo qual quise dezir: que desque el avctor lo uido morir e uido que se hizieron sus honras, segun sus merescimientos; e los llantos, segun el dolor; se fue por do Laureola estaua, e le contó la muerte del injustamente muerto, lo qual fenesce en el cabo que ella dió, e comiença desta manera.

EL AVCTOR

Pves despues que ui que a la muerte dél sin piedad consintiendo morir no podia remediar, ni a mi consolar, acordé de me partir para mi tierra, de baxo de la qual antes quisiera morar que en la memoria de mi pensamiento, e por uer e por oyr las cosas que en la corte de su muerte se dezian y Laureola por él hazia, pensé de me yr por alli, assi por esto, como por despedirme de algunos amigos que en ella tenia, y por dezir a Laureola (si en disposicion de arrepentida la uiesse) quanto á mal le era contado entre los leales amadores la crueldad que usó contra tan quien merecido el galardon le tenia; yo que en mi partida, no poca priessa me daua por huyr de aquel lugar donde le ui morir, por ver si fuyendo pudiera partirme de pensar en él, llegué a la corte mas acompañado de tristeza que de gana de biuir, membrandome como el que de su conoscimiento me dió principio hauia ya hecho fin, e despues de reposar, no que el pensar reposasse, fuyme a palacio, donde con mucha tristeza de muchos que su muerte sabian fui recebido. E despues de contalles la secreta muerte del amigo suyo e enemigo de sí, fuyme a la sala donde solia Laureola hablarme, por uer si la ueria. Pero yo que la uista de las lagrimas que por él lloraua tenia quasi perdida, mirando no la ueya, e como ella tan embaraçado me uiesse, e como discreta sospechando que le queria hablar, creyendo que no la hauia uisto se bolvio a la camara do hauia salido; pero yo que el sentir tan perdido como el uer no tenia, sentí que se yua, e buelto en mi ui que era la que a Leriano sin uida, e a mi sin anima hauia hecho. A la qual con muchas lagrimas e penados sospiros en esta manera comencé a dezir.

PROSIGUE EL AVCTOR A LAUREOLA

¡Qvanto me estuuiera mejor perder la uida que conoscer tu mucha crueza e poca piedad! Digo esto, señora, porque assi quisiera con razon alabarte de generosa en uerte satisfazer los seruicios con tanta fe hechos, como la tengo en loar mucho tu fermosura e gran merecer, e no que dieras la muerte a quien tantas uezes con mucha uoluntad por tu seruicio queria tomalla. E pues esto esperauas hazer, no engañaras a él, ni cansaras a mi, ni turbaras la limpieza de tú linaje. Cata que las de tan alta

---

(¹) Parece que debe leerse «cuando en el cabo dél es dicho».

sangre como tú, mas son obligadas a satisfazer el menor seruicio del mundo, si dél son consentidoras, que a guardar su mayor honra; que cierta te hago que si su muerte uieras, siempre tu uida lloraras; mira quanto le eres en cargo, que en el tiempo de su morir, quien mas memoria de su alma e de su cuerpo hauia de tener, se membró de tus cartas, las quales fechas pedaços, en agua beuió, porque nadie déllas memoria huuiesse, e por lleuar consigo alguna cosa tuya, e porque mas compassion hayas dél en la muerte que huuiste en la uida, te hago saber que si como yo lo uieras morir, de compassion hizieras en presencia lo que en ausencia tu poco amor e mucho oluido fizieron que no feziste. O quantos su muerte llorauan e la causa no sabian! pero a mi que el secreto no se me escondió, con mas razon mucho mas que a nadie pesaua, membrandome como en tu mano estaua su uida, uiendo tu mucha crueldad e su poco remedio, a él heziste morir e a su madre, porque no muere, e a mi que biuiendo muera. No creo que codicias la uida, conosciendo lo que has hecho, sino en que sabes que pocos lo sabian, e agora temerás menos la fama de tu mala fama que ues clara mi muerte, do aunque quiera no quedará quien tu crueza publicara. No pensé tan poco dezirte, ni tanto miedo mostrarte. E si con la calidad te enojo, con la cantidad te contento. Pues si gran razon hauia de osar, mas no de acabar tan ayna; e si por atreuido algo merezco, mandame matar, que mas merced me harás en darme la muerte que en dexarme tal uida.

SIGUE EL AUCTOR

Muy assossegada estuuo Laureola a todo quanto le dixe, no porque el rostro no mostraua las alteraciones del coraçon, pero como discreta suffriendo las lagrimas dissimulando el enojo, no culpando mi atreuimiento con mucha muestra de pensar, començo a responder desta manera.

RESPUESTA DE LAUREOLA AL AUCTOR

Tanto saber quisiera tener para satisfazerte como tengo razon para desculparme. E si esto assi fuera, por tanto desculpada me tuuiera como a ti tengo por diligente. Dizes me que quisieras tener causa para alabarme de piadosa, como la tienes para culparme de cruel. Si esta tuuieras, ni yo mas biuiera, ni tú te quexaras. Culpas me que pues le esperaua matar, porque engañaua a él e cansaua a ti. Ya tú sabes que yo nunca tal esperança le quise dar, que haziendo lo que tú dizes que he fecho, nada quebrantasse. ¿Pues yo qué deuia a ti, pues no era yo

por quien tú trabajauas, ni tan poco con tu intencion de ser satisfecho lo que hazias? Assi que a él sin duda e a ti sin carga mi poco cargo me haze. Dizes que deuera mirar a la limpieza de mi linaje; mirando lo que dizes hize hazer lo que he hecho, porque ya tú sabes quanto mas son obligadas las mugeres a su honra que a cumplir ninguna uoluntad enamorada. Pues quando todas son obligadas a esto, ¿quanto más y con más razon lo deuen ser las del linaje real? No creas que de su muerte recibo plazer, ni creo que a ti tanto puede pesar como a mi me duele; pero el temor de mi honra y el miedo del rey mi padre pudieron mas que la uoluntad que le tenia, ni creas que el conoscimiento que yo de sus seruicios tengo desconozco, ni menos desagradezco, e si con otro gualardon pudiera pagallos que la honra no costara, tú me tuuieras por tan agradecida, quanto agora me culpas por desamorada; e pues en la uida sin costarme la muerte no se lo pudo pagar, quiero agora que conozcas que la muerte dél haze que mi uida biua muerta. Agora verás quanto me duele. Agora conoscerás si della me plugo. Agora juzgarás si amor le tenia. Agora sabrás si hizo bien en dexarse morir, que ya tú sabes que con la uida se puede alcançar lo que con la muerte se desespera. E pues a él no puedo pagar, a ti satisfago e doy por testigo; que si seruicios le deuia, con durable esperança se lo pagaua.

EL AUCTOR

Con tanta tristeza acabó su fabla, que apenas podia acabar de hablar, e sin de mí despedirse, desatinada de mucho llorar, turbada la lengua e mudada la color se boluio a la camara do antes se yua, con tan rezios gemidos, que assi de miedo que no la oyessen, como del dolor de lo que hazia, sin me despedir me fuy a mi posada con tanta tristeza, que muchas uezes de mi desesperada uida con la muerte tomara uengança, si pudiera hacello sin que por desesperado me pudieran culpar. E como tan solo de plazer como de amigos con quien le hablasse me hallaua, acostéme en mi retraymiento, y en esta manera, como si biuo delante de mi estuuiera, contra el desdichado de Leriano començé a dezir.

EL AUCTOR A LERIANO

¡O enemigo de tu uentura, amigo de tu desdicha! ¿quién pudiera ser causa de tu uida con su embaxada, como yo fuy de tu muerte con tu mensaje? Agora si tú supiesses el arrepentimiento de Laureola, no trocarias la gloria celestial, si por dicha la tienes, por la temporal, que por darte muerte perdiste; o si tan arrebatada no la tomaras, con tu uida no dubdo pudieras alcançar lo que con perdella perdiste. No sé quien me turbó mi entendimiento y robó mi juyzio, que en el tiempo de tu morir no te dixesse como con la muerte se pierde lo que con la uida a las vezes se gana. ¡A desdichado de mi! ¡quién te tuuiesse en lugar donde pudiesse dezir todo lo que Laureola me dixo, lo que muestra de pesar por perderte! Pero si con la muerte ganaste la uoluntad que agora muestra, por bien empleada la deues dar. Mucho descanso recibiera si creyesse que me oyes, o me crees, porque uieras que con solo arrepentirse bastaria pagarte, quanto mas que muy mas quexosa está de ti, que tú della deues estar. Agora si biniesses no ternias de que quexarte. Agora seria tu pena con esperança suffrida. Agora ni de la uida pudieras quexar, ni la muerte tomaras por abogada. O ¡quanto bien me haria Dios si pudiesse perdiendo mi uida cobrar la tuya! ¿Para qué me dexó sin mi uerdadero amigo? ¿Quién pudo perderte que mas pudiesse biuir? Pluguiesse a Dios que la uoluntad que te tengo y la que en tu uida tune en rogar por mi muerte me la pagasses, lo qual assi espero que hagas si tanta uoluntad de uerme tienes como yo tengo de seruirte. E assi me despido de más enojarte, lo que de la uida queria hazer.

EL AVCTOR

Tanto cansado de enojo e menguado del consuelo quedé de mi habla, que desatinado, sin sentir qué hazia, me traspassé y entre muchas cosas que comenzé a soñar, que mas pesar que plazer que dauan, soñaua que ueya a Leriano delante de mi en esta manera uestido. Trahya vn bonete de seda morada muy encendido, con vna ueta de seda uerde de mala color que a penas se podia determinar, e con vna letra bordada que dezia:

Ya está muerta la esperança,
e su color
mató uuestro desamor.

Llegando mas cerca de mi, ui que trahya vna camisa labrada de seda negra, con vnas cerraduras y vnas letras que desta manera dezian:

Fue cresciendo mi firmeza
de tal suerte
que en el fin halló la muerte.

Trahya vn jubon de seda amarilla e colorada, con vna letra que dezia:

Mi passion a mi alegria
satisfaze
en hazella quien la haze.

Trahya mas vn sayo de terciopelo negro con vna cortadura de raso de la misma, con vna letra que dezia:

En la firmeza se muestra
mi mal e la culpa uuestra.

Trahya mas vn cinto de oro con vna letra que dezia:

Muy mas rica fue mi muerte
que mi uida
si della quedays seruida.

Trahya mas vn puñal los cabos e los cuchillos de azero dorado con vna letra que dezia:

Mas fuerte fue la passion
que me distes
y nunca os arrepentistes.

Vile mas vna espada con la uayna e correas de seda azeytunada, con vnas letras bordadas que dezian:

Dió a mi uida mi tristura
tal tormento,
que muerto biuo contento.

Vile mas vnas calças francesas, la vna blanca e la otra con vna letra bordada que dezia:

Castidad quedó zelosa
de la uida
por no dexaros seruida.

Trahya mas vnas agujetas de seda leonada, con vnos ñudos ciegos, con vñas letras que dezian:

Vedes aqui mi congoxa
que en uida ni en muerte afloxa.

Vi que trahya mas en cima de todo esto, vna capa negra bordada de una seda pardilla escura, con vna letra que dezia:

No pudo tanto trabajo
ni tristeza
que muden la mi firmeza.

Mirele mas que trahya calçados vnos çapatos de punta con vnas letras en ellos muy menudas que dezian:

Acabados son mis males
por seruicio
de quien niega el beneficio,

Mirele mas las manos, e ui que trahya vnos guantes con vnas eles e aes, e con la letra que dezia:

Assi comiença e fenesce
el nombre que mas meresce.

Despues de bien mirado lo que trahya uestido, e lo que las letras dezian, e la firmeza e pesar que señalauan, miré a la cara e uile el gesto tan hermoso que parescia que nunca pesar hauia passado, e con amoroso semblante, después de muy cortesmente saludarme, con el mismo tono que antes me solia hablar, començó á dezir en esta manera.

LERIANO AL AVCTOR

¡O mi uerdadero amigo! bien pensarás tú que mi presencia estaua de ti tan lexos que no pudiesse saber lo que hazias, ni oyr lo que hablauas; no lo creas, que nunca de ti tan apartado me fallasse que junto contigo no estuuiesse. Porque despues que uentura en la uida de ti me partió, nunca en la muerte de ti me parti. Junto contigo siempre he andado, e a todo lo que a Laureola de mi parte e de la tuya dezias estaua presente. Sabe Dios que si pudiera quisiera hablarte. Pero ni yo podia, ni su miedo me dexaba, que antes te certifico que por esto que hago, aunque es poca la habla, espero mucho el tormento; e porque desto segun la confiança tengo de tu gran uirtud, no recibas la pena que yo, dexo de mas hablar en ello y uengo a lo que haze al caso de tu habla, e mi respuesta. Dizes me, señor, que quisieras poderme dar la uida, como me diste la muerte; no creas que tu mensaje me la dió, ni yo, segun el principio lleuaua, me pudiera escusar de llegar a este fin. Dizes que quisieras que estuuiera en disposicion que pudiera gozar del arrepentimiento de Laureola; no te lo quiero agradescer, pues no te lo puedo pagar, que el mayor seruicio que puede ni puedo hazer, no es tan grande que la menor merced que de ti he recebido no sea mayor. Pues sus mercedes ya no las quiero ni puedo gozar dellas aunque quiera, e si con arrepentimiento me satisfaziesse, de su crueza quedé tan quexoso que aunque mas hiziesse no seré pagado. Dizes me, mi buen amigo, que dé mi muerte por bien empleada pues con ella gané lo que sin ella perdia; luego lo haria yo si de la uida quedara algo con que pudiera gozallo. ¿Pero qué me aprouecha a mi creer lo que dize sin ver lo que haze? E creo que si pudiera otra uez uerme biuo, tornara a darme mas pena e menos esperança, pues esto al mejor librar de biuir se esperaua; más quise suffrir buena muerte que passar mala uida. No creas que si creyera que era mas seruida biuiendo, que dexandome morir, me matara. Pero como con la uida no me podia aprouechar, pense con la muerte remediarme; que no me tengas por tan uencido de seso, que no sé que fuera bien biuir para seruilla aunque no para gozalla. Pero como nunca de su respuesta supe de lo que mas que seruia, como tú sabes, dexéme morir, pues ya la uida queria dexarme. Dizes me, señor, que querrias poder cobrarme aunque supiesses perderte; yo te lo creo y en esto lo pago, pues en otra cosa no puedo. Dexiste que quisieras que rogasse por tu muerte, porque en ella de nuestra amistad gozassemos, pues en la uida no podiamos; no tengas tal esperança, que mas quiero oyr dezir que biues sin uerme, que saber que conmigo biues muerto, aunque en tu muerte muera tu uida, e biua tu fama, e assi te dexo, no porque de ti me alexo, supplicandote que no hagas por mal que te hable, pues aunque quiero, no puedo.

EL AVCTOR

Despues que Leriano acabó de hablarme, quando yo ya queria respondelle, sin hauer de mi sueño recordado, soñaua que ueya a Laureola entrar por la camara tan uisiblemente como si uerdaderamente estuuiera despierto, con dissimulada ropa e nueua compañia, e embaraçado de uer cosas tan graues, dexé de respondelle, e comence a notar la galana manera de que uenia uestida. E tambien me parecio que no miraua a Leriano ni hauia recebido alteracion de uerla uenir. Venia toda en cabello con vna tira labrada de seda encarnada con vna letra que en ella dezia:

No da muerte mi seruicio
mi crudeza y condicion
ni menos da galardon.

Trahya más vna camisa labrada de seda blanca con vnas cerraduras, y con vnas letras que dezian:

Cerró tu muerte a mi uida
de tal suerte,
que, no saldra sin la muerte.

Trahya mas vn brial de seda negra con vn follaje de seda leonada, con vnas letras que dezian:

Tu firmeza y mi congoxa
pudieron tanto penarme
que en el fin han de acabarme.

Trahya mas vna cinta de caderas labrada de hilo de oro, con vna letra que dezia:

> Mas rica seria mi gloria,
> si el biuir
> consintiesse en mi morir.

Trahya mas vna faldilla de dos sedas, la vna azeytunada e la otra colorada, con vna letra que dezia:

> No puede ya el alegria
> alegrar
> sin más pesar.

Trahya vna tauardeba francesa azul y amarilla, y dezia la letra con que uenia bordada:

> Con tu muerte mi memoria
> se concierta
> que biua mi gloria muerta.

Más trahya vn manto de aletas verde y morado, bordado con vnas matas de yerua buena, con vna letra que dezia desta manera:

> Si no tuviera la uida
> en tu muerte,
> no me mostrara tan fuerte.

Trahya mas unos guantes escriptas en ellos vnas eles e oes, e vna letra que dezia desta manera:

> Con lo que acaba e comiença
> fenesció
> quien muerte no mereció.

Trahya mas vnos alcorques con vnas nemas, e vnas letras que dezian desta manera:

> ¡Qué pena más en tu pena
> que en la mia!
> más meresció mi porfia.

Acabado de mirar como uenia vestida, e lo que las letras significauan, ni que con mucha tristeza e poco plazer, mas con semblante de muerta que con fuerça de biua buelta la cara a do estaua Leriano, començo a hablar enesta manera.

LAVREOLA A LERIANO

Nvnca pense, Leriano, que la fuerça de tu esfuerço por tan poco inconuiniente consintieras perder, por que si como dizes, seruirme desseauas, mas honra me hazias en biuir que en darte la muerte. E cierto te hago que mas tu flaque-

za que tu mucha pena, ni menos amor me heziste creer; e si claro quieres uer quan mal lo hiziste, piensa si yo por bailar, o por pronar'e lo hiziera, quan errado hauia sido tu proposito. Pues si los leales amadores los desconciertos del amor no saben suffrir, quien será para padezellos? Pues quien no sabe suffrillos no piense gozallos: e pocas veces espere su gloria, pues no está la uirtud sino en saber forçar la pena, que en gozar la bien auenturança quien quiera quando le uiene, sabe della aprouecharse. Assi que tú mas culpado deues ser siendo discreto por lo que feziste, que loado por enamorado por lo que passaste. E no creas que si de tu fe no estuuiera segura que diera credito a tu fingida firmeza, e no dando principio no deuiera llegar a tan errado fin. E más para dezirte uerdad, que para pagar a tu pena te hago cierto que si tu muerte creyera, antes la mia tomara que la tuya consintiera, porque me paresce que fuera conciencia suffrirlo. Pero si la confiança de lo que por mi seruicio hazias, me hazia creello, la seguridad de tu buen seso me hazia dudarlo. E desta manera daua mas credito a tu discrecion que a tu arrebatada muerte. Bastarte deuiera a ti, Leriano, membrarte en la disputa que estuuo mi honra e peligró mi uida, e contentáraste tú con saber que te queria e tu mal mas que el mio me penaua, aunque no te lo dezia. E si esto me niegas, miembrate quien yo era e la poca necesidad que de tus seruicios tenia, e como con solo escreuirte bastaua para desto asegurarte; e para que conozcas que no procedia de denda sino de uoluntad. E pues está el testigo delante no me negarás que cuando con mi mensaje te desesperaste, e dexaste morir no te daua esperança, pues que te dezia que esperaras uencer al Rey mi señor por dias, para que tú uieras si ante no merescia ser loada por de buen conoscimiento, que culpada por desagradecida. E porque de más hablarte pues no espero uerte, no reciba la passion que de tu muerte rescibo, acorto la habla, aunque es larga la pena, haziendote cierto que pagase a tu alma lo que a tu cuerpo, tu muerte e mi poca dicha no me dexaron, quanto la muerte me dexa.

EL AVCTOR

Qvando Laureola hablaua estas cosas a Leriano, estaua yo en estraña manera espantado, uiendo su mucha piedad, juzgando su seso, conosciendo su uoluntad. E tanto sus amorosas razones sin fuerça uencian, que aunque conmigo no hablaua, muchas vezes sino para descortesia aun le respondiera agradesciendole mucho lo que dezia, aunque aprouechaua poco; pero como sus razones a mi pensar parescian justas, nunca crey que Leriano tuuiera cosa que le responder, ni con que le satisfazer. No por la poca confiança de su seso, mas por la mucha turbacion de su alma en uer delante si la que mas que a si queria. A lo qual los ojos en el suelo con mucha cortesia e acatamiento, començo a responder en esta manera.

LERIANO A LAVREOLA

¡O qvien tuuiesse, señora, tanto saber para quexar mi mal como tengo razon para padescello! Yo sabria tan bien responderte como si pudiera biuir supiera seruirte. Dizes, señora, que nunca creyste que la fuerça de mi morir pudiera mas que mi esfuerço. No te marauilles; que como yo sin mi me hallaua, no tenia con qué defenderme. Assi que lo que me culpas, mereces la pena, pues tú que podias remediallo consentiste hazello. E si dizes que erré en no defenderme affirmandote todauia que pudiera hazello, si tú por prouarme o por burlar lo hizieras, juzga lo que dizes e mira qual estaua, e uerás que el coraçon lastimado nunca toma la buena nueua por cierta, ni la mala por dudosa, e con esto todo lo que de tu parte me dezian, creya, conosciendo tu mucha crueza e mi poca dicha. E no pienses que tan poco trabajo puse en defender mi uida por seruir la tuya, que mas pena no me daua defenderme de la muerte que padescella, y en membrandome como no codiciaua biuir sino para seruirte, ueya que era yerro no querer lo que quesiste, pues de aquello te seruias. E no pienses que tan poco gané en ella que la do en mi por mal empleada, pues en ella descobriste la piedad que en la uida siempre ganaste. E si dizes que me bastaua la esperança que me damas, no te lo niego segun quien tú eres, que con solo mirarme, quanto te pudiera seruirme pagaras, quanto más con lo que dizes: porque quanto menos esperança parescia cierta, tanto más de lo mucho que merescias se membraua; e de merescerte estaua dubdoso, porque quanto mayor era la merced, tanto menos la creya, e con esto hize las obras que ues. E á lo que me dizes de la uentura en que tu honra e uida se puso, bien sabes, si lo cierto no oluidas, a quan poco cargo te era, e la esperiencia de lo que me pensaua tú la sabes, e las obras son testigos. E si dizes que en lo primero estauas sin cargo y en tanto peligro te uiste, que mas aparejado estuuiera dando occasion para que algo sospechassen, pues andauan sobre el auiso, no te engañes, que pues e a tu limpieza se hauia mostrado, nunca nadie dixera lo cierto que por dubdoso no se tuuiera, uiendo la paga que a los otros hauia dado, de quien menos el secreto se fiaua mas lo

temieran, e por esto uerás que con lo que te escusas más te temieran, e por esto uerás que con lo que te escusas mas te condenauas. E pues no te puedo seruir, no quiero enojarte ni más te hablar, saluo pedirte en galardon de mi fe, que me des las manos que te bese, porque desta gloria goze en la muerte, pues en la uida no pude ni tú me dexaste. E assi me despido, supplicandote que del ánima como dizes tengas memoria, pues el cuerpo pussiste en oluido; e por mas enojoso no serte, ni con mis razones importunarte, acabo pidiendote por merced, que si alguno presumiere aprouecharse de la riqueza de seruirte, de la fé de mi uoluntad te acuerdes; la qual delante tus ojos pongo, porque de mi muerte hayas la compasion que de la uida no huuiste.

EL AVCTOR

Qvando estas cosas entre ambos passauan, estaua mirando la cortesia e mucha firmeza con que Leriano hablaua, e quan poco pesar de su muerte mostraua, porque conoscia que a Laureola no menos que a él le dolia, e por no le enojar suffria su pena callando su muerte, e quanto me alegraua de vellos juntos tanto me entristecia membrandome de la muerte de Leriano e segun sus razones me parescian, aunque yo de las menos dellas gozaua, nunca quisiera uellos acabar; e porque yo conoscia que si Leriano recebia gloria de uella que Laureola no recebia pena sino de uer que era muerto, quisiera que nunca su fabla tuuiera cabo ni su uista apartamiento; pero como nunca las cosas que dan plazer suelen mucho durar, antes mas ayna se pierden, yo estando en esto contemplando soñaua que ohya vna boz muy triste que decia: ¡uen Leriano que tardas! e con vn rezio e dolorido sospiro, el bonete en la mano, se fue a Laureola por le besar las manos. La qual por alguna gloria dalle en la muerte, pues en la uida no quiso, se las dió. E besandoselas dixo estas palabras muy rezio e desapareció.

¡O si la muerte matasse
la memoria
pues que dió muerte a la gloria!

PROSIGVE EL AVCTOR

Qvando yo ni que no lo ueya, miré a la parte donde Laureola estaua, por uer si la ueia, e uila con tanto pesar y los ojos bañados en agua, que no como ella era hermosa, mas cómo si uerdaderamente estuuiera muerta, estaua amarilla, perdida la habla, uencida la fuerça y en tal disposicion la ui, que mas conpassion hauia de uella, que de Leriano, aunque estaua muerto; e de uer tal el vno y el otro en peor peligro estaua tan desesperado, que diziendo uerdad yo quisiera mas acompañar a Leriano muerto que seguir a Laureola biua; la qual con mucha tristeza dissimulando quanto podia la pena que la muerte de Leriano le daua, forçando las lagrimas como discreta, començó a hablarme en esta manera.

LAUREOLA AL AVCTOR

Verdaderamente con mas coraçon e mejor uoluntad me despidiera de la uida e tomara la muerte, que salir de tu posada, sino creyesse que saliendo me hauia de salir el alma. Porque cierto es que si creyera que viendo a Leriano tal me hauia de uer, nunca en tal me pusiera, antes suffriera la pena de su ausencia que la gloria de uelle, pues no podia remediarle, que nunca pense que assi me penara, porque quanto mas sus seruicios e lealtad delante mi ponia para algo querelle, tanto mi bondad e la grandeza de mi estado me lo estoruaua; e no porque contra esto esperaua yr, antes la uida de mi fe uaya, saluo que con más trabajo e menos oluido trabajara con el rey mi señor en libertad, aunque a mi no era dado, para que entrasse en la corte e huuiera lugar de uerme, e con esto segun se dezia y en muerte manifestaua, e con la esperança que le daua huuiera lugar de no desesperar; pero si yo con mi crueza lo consentia, con la passion lo he pagado y espero pagar tambien, que para mi salud estuuiera tambien hazello como para mi bondad por qualquiera parte negallo. Mas de la hermosura que Dios me dió me quexo, y él deue quexarse, que esta pudo más ayna que mi condicion ni uoluntad engañarse; e porque el tiempo es corto e la passion es larga, no quiero mas dezirte, saluo que te hago cierto, que aunque Leriano segun mi estado e linaje por mujer no me merescia, nunca deuiera él perder la esperança. E pues a él no puedo pagar sus obras e buenos seruicios, a ti te ruego que de la corte no te partas, aunque el desseo de tu naturaleza te pene, porque conozcas en las mercedes que te haré aqui si biuieres, las honras que a Leriano hiziera biuiendo.

EL AVCTOR

Qvando Laureola acabó de hablarme quedó tan triste, e tan llenas sus uestiduras de lagrimas de sus ojos que en gran manera me ponia más manzilla su penada uida que la muerte del muerto; e a todo lo que me dixo quisiera mucho respondelle, agradesciendole las mercedes que queria hazerme, como la cortesia con que me hablaua, saluo que qvando mas seguro e pensatiuo en lo que me hauia dicho estaua, se partió de mi con vn gran sospiro, e con vna boz con que pudo recordarme que dezia: Ya no puede más doler la muerte, aunque está cierta, que la uida que está muerta.

EL AVCTOR

Despves que miré al derredor e ui que hauia quedado solo, halléme tan triste e tan embeleñado, que no sabia lo que de mi hiziesse, ni de lo que hauia soñado que pensasse. E como no tenia con quien hablar, estaua tan pensatiuo que mill uezes con mis manos quisiera darme la muerte, si creyera hallar en ella lo que con ella perdi; e como pense que con mi muerte no se cobraua la uida del muerto, ui que era yerro perder el anima sin gozar del cuerpo; e como es cierta esperiencia que la musica cresce la pena donde halla, e accrescienta el plazer en el coraçon contento, tomé la uihuela, e mas como desatinado que con saber cierto lo que hazia, començe a tañer esta cancion e uillancico:

Cancion.

No te pene de penar,
coraçon, en esta uida,
que lo que ua de uencida
no puede mucho durar.
Porque segun es mortal
el mal que se muestra, e fuerte,
¿para qué es tomar la muerte
pues la uida es mayor mal?
Comiença te a consolar,
no muestres fuerça uencida;
que lo que mata la uida
con muerte se ha de ganar.

Uillancico.

Pues porque es buena la uida
sin la muerte,
se toma por mejor suerte.
Quien muere muerte biuiendo
no haze mucho su suerte,
mas el que biue muriendo
sin la muerte,
¿qué mal ni pena hay mas fuerte?
Quien puede suffrir su mal
o quexallo a quien lo haze,
con su mal se satisfaze
su uida aunque es mortal,
pero el dolor desigual
de mal e pena tan fuerte
¿quien lo suffre que no acierte?

EL AVCTOR

Acabada de dezir la cancion e desecha lo menos mal que yo pude, dexé la uihuela, sin mas pensar lo que deuia hazer, mandé ensillar, porque me parescia que era tiempo e bien de partir a mi tierra; e despedido de los que hallé por la calle, sali de la corte, más acompañado de pesar que consolado de plazer. E tanto mi tristeza crescia e mi salud menguaua, que nunca pense llegar biuo a Castilla, e despues que co- mençe a entrar por mi camino, uinieronme tantas cosas a la fantasia, que no tuuiera por mal perder el seso, por perder el pensamiento dellas. Pero membrandome como no hauia ningun prouecho pensar más en ello, trabajaua conmigo quanto podia por me defender de traellas a la memoria. E assi trabajando el cuerpo en le camino, y el ánima en el pensamiento, llegué aqui a Peñafiel como Diego de Sant Pedro, do quedo besando las manos de nuestras mercedes.

SERMON ORDENADO

POR

DIEGO DE SANT PEDRO

PORQUE DIXERON VNAS SEÑORAS QUE LE DESSEAUAN OYR PREDICAR

Para que toda materia sea bien entendida y notada, conuiene que el razonamiento del que dize sea conforme a la condicion del que lo oye; de cuya verdad nos queda que si ouieremos de hablar al cauallero, sea en los actos de la caualleria. E si al deuoto en los meritos de la pasion. E si al letrado, en la dulçura de la sciencia. E assi por el consiguiente en todos los otros estados. Pues siguiendo esta ordenança para conformar mis palabras con vuestros pensamientos; porque sea mejor escuchado, paresceme que deuo tratar delas enamoradas passiones; pero porque sin gracia ninguna obra se puede començar, ni mediar, ni acabar, roguemos al amor (en cuya obediencia biuimos) que ponga en mi lengua mi dolor; porque manifieste en el sentir lo que fallesciere en el razonar. E porque esta gracia nos sea otorgada, pongamos por medianera entre amor e nosotros la Fe que tenemos en los coraçones. E para mas la obligar, offrecerle hemos sendos sospiros porque nos alcance gracia; a mi para dezir, e a vosotras señoras, para escuchar; e a todos finalmente para bien amar.

Dice el lhema: In patiencia vestra sustinete dolores vestros.

Lastimados señores, y desagradecidas señoras: Las palabras que tomé por fundamento de mi intencion, son escriptas en el libro de la muerte, a los siete capitulos de mi desseo. Da testimonio dellas el Evangelista Aficion. E traydas del latin a nuestra lengua, quieren dezir. En vuestra paciencia sostened vuestros dolores. E para conclusion del tema, será el sermon partido en tres partes.

La primera será vna ordenança para mostrar como las amigas se deuen seguir. La segunda será vn consuelo en que se esfuercen los coraçones tristes. La tercera, vn consejo para que las señoras que son seruidas remedien a los que

la siruen. E para aclaracion de la primera parte, digo que todo edificio para que dure, conuiene ser fundado sobre cimiento firme, si quiere el edificador tener su obra segura. Pues luego conuiene que lo que edificare el desseo en el coraçon catiuo, sea sobre cimiento del secreto, si quisiera su labor sostener e acabar sin peligro de verguença. Donde por essa conparacion paresce que todo amador deue antes perder la vida, que escurecer la fama de la que siruiere, auiendo por mejor recebir la muerte callando su pena, que merecerla, trayendo su cuydado a publicacion. Pues para remedio deste peligro en que los amadores tantas vezes tronpiçan, deue traer en las palabras mesura, y en el meneo honestidad, y en los actos cordura, y en los ojos auiso, y en las muestras soffrimiento, y en los desseos tenplança, y en las platicas dissimulacion, y en los mouimientos mansedunbre. E lo que más deue proueer, es que no lleue la persona tras el desseo, porque no yerre con priessa, lo que puede acertar con espacio; que le hará passar muchas vezes por donde no cunple, e buscar mensajeros que no le conuienen, y embiar cartas que le dañen, e bordar inuenciones que lo publiquen. E porque competencia suele sacar el seso de sus recogimientos honestos, poniendo en coraçon sospechas, y en el mal desesperacion, y en las consideraciones discordia, y en el sentimiento rauia; deue el que ama templarse e suffrirle, porque en tales casos quien buscare su remedio, hallará su perdicion. E quando al que compete le paresciere que su competidor lleuó mas fauor de su amiga que no él, entonces deue mas recogerse. E aquel mudar dela color, e aquel encarniçar de los ojos, e aquel temblar dela boz, e aquel atenaçar delos dientes, e aquella sequedad de la boca que traen disfauores, duelo cerrar en el juyzio, cerrando la puerta con el aldaba del soffrimiento, hasta que gaste la razon los accidentes de la ira; que las armas con que se podria vengar, cortarian la fama de la amiga, cosa que más que la muerte se deue temer. Bien sé yo, señoras, que lo que trato en mi sermon con palabras, aueys sentido vosotras en obras. De manera que son mis razones molde de vuestros sentimientos. Empero porque muchas vezes la passion ciega los ojos del entendimiento, es bien recordar os la haz y el enues destas ocasiones. Sean los passos del que ama espaciosos, e las passadas por do está su amiga, tardias; e tenga en publico tristeça tenplada; porque esta es vn rastro por donde van las sospechas a dar en la celada de los pensamientos; cosa de que todo enamorado se deue apercibir, porque diuersas vezes las aparencias del rostro son testigos de los secretos del coraçon; e no dudo que no peneys mucho en hazer esto, porque más atormentan los plazeres forçosos que las tristeças voluntarias; mas todo se deue suffrir en amor y reuerencia de la fama de la amiga, e guardaos, señoras, de vna erronía que en la ley enamorada tienen los galanes, començando en la primera letra de los nombres de la que siruen sus inuenciones o cimeras o bordaduras, porque semejante gentileça es vn pregon con que se haze justicia de la infamia dellas. Ved qué cosa tan errada es manifestar en la bordadura avn lo que en el pensamiento se deue guardar. Y no menos, señores, os escusad de vestidos de sus colores, porque aquello no es otra cosa sino vn espejo do se muestra que la seruis. E porque los ojos suelen descobrir lo que guarda la voluntad, sea vuestro mirar general, por quitar de tino los sospechosos. Conuiene a todo enamorado ser virtuoso, en tal manera, que la bondad rija el esfuerço, acompañe la franqueça; e la franqueça adorne la tenplança, e la tenplança afeyte la conuersacion, e la conuersacion ate la buena criança, por via que las vnas virtudes de las otras se alumbren, que de semejantes passos se suele hazer el escalera por do suben los tristes a aquella bienaventurada esperança que todos deseamos. Nunca vuestro juyzio responda á las bozes de la pena; e quando ella se aquexa con dolor rija el seso la tenplança, atando el cuerpo con consejo, porque no se vaya tras el pensamiento haziendo asomadas y meneos. No segun la ley del discreto lo establesce, mas segun la priessa de la pena lo pide. E porque suelen recrescerse a los penados acaescimientos de tanta angustia que dessean hablar la, porque la passion comunicada duele menos, no so yo de consejo que a nadie se descubra porque quien a otro su secreto descubre, hagale señor de si.

Pues porque no rebiente el que se viere en tal estrechura, apartase a tal lugar solo, y sentado en medio de sus pensamientos, trate y participe con ellos sus males; porque aquellos solo son compañia fiel. E si vn pensamiento le traxere desasperaciones, otro le traerá esperança. E si vno hallase torpe, otro hallará tan agudo que le procure su remedio. E si vno le dixere que desespere segun su desdicha, otro le dirá que espere segun su fe, e si vno le aconsejare que acorte con la muerte la vida e los males, otro le dirá que no lo haga, porque con largo biuir todo se alcança; otro le dirá que tiene su amiga graue condicion como desamorada, otro le dirá que tiene piedad natural segun muger; otro le consejará que calle, que muera e suffra; e otro que sirua e hable e siga. De manera que él de si mismo se podra consolar y desconsolar. Direys vosotros, señores, que todavia querria desconsolacion e consejo de amigo, porque los honbres ocupados de codicia, o amor, o desseo no pueden determinar bien en sus cosas propias, lo qual yo no repruebo. Pero assi como en los otros casos lo conozco, assi para esto lo niego; porque en las otras negociaciones se turba la razon, y en los dolores de este mal se aguza el seso. E si sobre todo esto la ventura vos fuese contraria, en vuestra paciencia sostened vuestros dolores.

LA SEGUNDA PARTE

La segunda parte de mi sermon dixe que seria vn consuelo de los coraçones tristes. Para fundamento de lo qual conuiene notar que todos los que catiuaren sus libertades, deuen primero mirar al merescer de que causare su captiuidad, porque el afficion justa aliuia la pena. De donde se aprende; el mal que se sufre con razon, se sana con ella misma. De cuya causa las passiones se consuelan e suffren. E avn que las lagrimas vos cerquen, e angustias vos congoxen, e sospechas vos lastimen, nunca, señores, vos aparteys de seguir e seruir e querer, que no ay conpañia mas amigable que el mal que vos viene de quien tanto quereys, pues ella lo quiera. E si no hallardes piedad en quien la buscays, ni esperança de quien la quereys, esperad en vuestra Fe, y confiad en vuestra firmeza; que muchas vezes la piedad responde quando firmeza llama a sus puertas. E pues soys obedientes a vuestros desseos, soffrid el mal de la pena por el bien de la causa. ¡Que, señores, si bien lo miramos quantos bienes recebimos de quien siempre nos quexamos! La soledad causa desesperacion algunas vezes, donde nuestras amigas siempre nos socorren, dando nos quien nos acompañe e ayude en nuestra tribulacion. Embian nos a la memoria el desseo que su hermosura nos causa, e la passion que su gracia nos pone; y el tormento que su discrecion nos procura; y el trabajo que su desamor nos da. E porque estas cosas mejor conpañia nos hagan crezcan nuestros coraçones con ellas; en manera que por venir de do vienen avn que el pensamiento se adolezca, la voluntad se satisfaze; porque no nos dexen desesperar. Y es esto como las feridas que los caualleros receben con honrra, avn que las sienten en las personas con dolor, las tienen en la fama por gloria. O amador! si tu amiga quisiere que penes, pena; e si quisiera que mueras, muere; e si quisiera condenarte, vete al infierno en cuerpo y en ánima. ¿Qué más beneficio quieres que querer lo que ella quiere? Haz ygual el coraçon a todo lo que te pueda venir. E si fuere bien, amalo. E si fuere mal, suffrelo. Que todo lo que de su parte te viniere, es galardon para ti. Direys a esto que vos dé fuerça para suffrir, y que vosotros me dareys voluntad para penar. Mirad bien, señores, quan engañados en esto biuis; que si podeys sostener tan graue pena, cobrareys estimacion. E si el suffrimiento cansare y os traxere a estado de muerte, no puede veniros cosa más bienauenturada; que quien bien muere, nunca muere; pues qué fin más honrrado espera ninguno que acabar debaxo de la seña de su señor: por fe y firmeça e lealtad e razon? Por donde estaua bien vn mote mio, que decia, que en la muerte está la vida. Dize vn varon sabio, que no vido honbre tan desuenturado, como aquel que nunca le vino desuentura; porque este ni sabe de si para quanto es, ni los otros conocen lo que podria si de fortuna fuesse prouado. Pues qué mas quereys de vuestras amigas sino que con sus penas esperimenteys vuestra fortaleça? Que no hallo yo por menos coraçon recebir la muerte con voluntad, que sostener la vida con tormento; porque en lo vno se muestra resistencia fuerte, y en lo otro obediencia justa; de forma, que con el mal que amor os ordena, os procura alabança. Esforçad vos en la vida, e sed obedientes en la muerte. Pues luego bien dize el tema: que sostengays en vuestra paciencia vuestros dolores.

LA TERCERA PARTE

Dixe que la tercera parte de mi sermon seria vn consejo para que las señoras que son seruidas remedien a quien las sirue. Pero primero que venga a las razones desto, digo que quisiera, señoras, conosceros con seruicio, antes que ayudaros con consejo: porque lo vno hiziera con sobra de voluntad, y haré lo otro con mengua de discrecion; mas como desseo librar vuestras obras de culpa, e vuestras almas de pena, dezir vos he mi parecer lo menos mal que pudiere. Pues para començar el proposito, solo por salud de vuestras animas, deveriades remediar los que penays; que incurris por el tormento que les days en quatro pecados mortales; en

el de soberuia que es el primero, pecays por esta razon: Quando veys que vuestra hermosura y valer puede guarescer los muertos e matar los biuos, e adolescer los sanos, e sanar los dolientes, creeys que podeys hazer lo mismo que Dios, al qual por esta manera offendeys por este peccado. E no menos en el de auaricia; que como recogeys la libertad e la voluntad e la memoria e el coraçon de quien os dessea, guardays todo esto con tanto recaudo en vuestro desconocimiento que no les volvereys vna sola cosa destas, fasta que muera por lleuarle la vida con ellas. Pecays assi mesmo en el pecado de la yra; que como los que aman, siempre siguen, es forçado que alguna vez enojen, e importunadas de sus palabras e porfias, tomays yra con desseo de vengança. En el pecado de la pereça no podeys negar que tambien no caeys, que los catiuos del aficion, avn que mas os escriuan y os hablen, e os embien a dezir, teneys tan perezosa la lengua, que por cosa del mundo no abris la boca para dar vna buena repuesta. E si esta razon no bastare para la redempcion de los catiuos, sea por no cobrar mala estimacion. ¿Qué os paresce que dirá quien sopiere que quitando las vidas galardonays los seruicios? Para el leon e la sierpe es bueno el matar. Pues dexar, señoras, por Dios, vsar a cada vno su officio; que para vosotras es el amor, e la buena condicion y el redimir; el consolar. E si por aqui no aprueuo bien el consejo que os do, sea por no ser desconocidas; culpa de tan gran grauedad. ¿Cómo, señoras; no es bien que conozcays la obediente voluntad con que vuestros siervos no quieren ser nada suyos por serlo del todo vuestros, que trasportados en vuestro merescimiento, ni tienen seso para fablar, ni razon para responder, ni sienten donde van, ni saben por do vienen, ni fablan a proposito, ni se mudan con concierto: estando en la yglesia y cabo el altar, preguntan si es hora de comer? ¡O quantas vezes les acaesce tener el manjar en la mano, entre la boca y el plato por gran espacio, no sabiendo de desacordados quién lo ha de comer, ellos o el platel! Quando se van a acostar, preguntan si amanesce, e quando se levantan preguntan si es ya de noche. Pues si tales cosas desconoceys, a la mi fe, señoras, ni podeys quitar las condiciones de culpa, ni las ánimas de pena, quando por precio de sus vidas no quereys dar vuestras esperanças. E como vean los que os siruen su poco remedio, traen los ojos llorosos, las colores amarillas, sus bocas secas, las lenguas enmudecidas, que avnque no con él, sino con sus lagrimas, deurian reuerdecer vuestras sequedades. Pues porqué en hora mala para mi, podeys negar galardon tan desseado, e por tantas maneras merescido!

Direys vosotras, señoras: ¿no veys, predicador simple, que no se pueden remediar sus penas sin nuestras culpas?

A lo qual yo respondo, que no me satisfaze vuestro descargo; porque el que es affinado amador, no quiere de su amiga otro bien, sino que le pese de su mal; y que tractando lo sin aspereça, le muestre buen rostro; que otras mercedes no se pueden pedir. Assi que remediado su mal, antes sereys alabadas por piadosas, que retraydas por culpadas. Pues si de piedad e amor quereys, señoras, enxemplo, fallareys que en Babilonia biuian dos caualleros, y el vno dellos tenia fijo llamado Piramo, y el otro vna hija que llamauan Tisbe; y como se viessen muchas vezes encendió la conuersacion sus desseos. Y conformes en vna voluntad, acordaron de salirse vna noche porque tuuiesen compañia sus personas, assi como sus coraçones, e tomado este acuerdo, concertaron el que primero saliesse, esperasse al otro en vna puente que estaua fuera de la ciudad junto con el enterramiento del rey Nino; pues como Tisbe fuesse más acuciosa en el andar y en el amor, llegó antes que Piramo a la fuente. Y estando acompañada de sola esperança dél, salio de vna selva que alli se hacia vna leona toda sangrienta e sañuda, de miedo de la qual Tisbe se fue a meter en el enterramiento dicho. E como fuesse desatinada, cayosele el manto que cobria. Llegada la leona a aquel lugar, despues que vuo beuido en la fuente, despedaçó el manto e cubrio lo todo de la sangre que traya, e boluiose luego a la montaña. Pues como ya el desdichado Piramo a la fuente llegasse, vistas las señales del manto sospechó que su amada Tisbe fuese de alguna vestia fiera comida, e dando

credito a su sospecha despues que con palabras lastimeras lloró su mala ventura, pusose vn cuchillo por los pechos. La sola e desdichada Tisbe quando ya el roydo de la leona cessó, salio de donde estaua por saber si era llegado su Piramo; y como llegase debaxo de vn moral do cayó con la ferida, hallóle que ya queria dar el ánima, e cayendo en la razon que pudo causar su muerte, llegó a el boluiendole el rostro arriba, que lo tenia en la tierra, y bosandole diuersas vezes su fria boca, mezclando sus lagrimas e su sangre, començo a dezir. Buelue el rostro, señor mio, a tu desamparada Tisbe. No tengas mas amor con la tierra que comigo. Por cierto tambien terné fuerça para acompañarte en la muerte como para amarte en la vida; assi seguire yo muerta á ti muerto. E dichas estas palabras, sacó le el cuchillo de los pechos, y puesto en los suyos, abraçose con su amado e assi acabaron entrambos. Muchas razones y enxemplos y autoridades podria traer para enchir de verdad mi intencion; e no las digo por esquiuar prolixidad. Solamente, señoras, os suplico, que parezcays a la leal Tisbe, no en el morir, mas en la piedad que por cierto mas grave que la de Piramo es la muerte del desseo; porque la vna acaba, y la otra dura. E do vos seguridad que no os arrepintays de mi consejo. Catad que este amor que negays, suele emendarse con pena de quien lo trata con desprecio. E si todavia quisierdes seguir vuestra condicion, sostengan los que aman en su paciencia los dolores. E porque da ya las doze, e cada vno ha mas gana de comer que de escuchar.

Ad quam gloriam nos perducat.—Amen.

QUESTION DE AMOR

DE DOS ENAMORADOS

AL VNO ERA MUERTA SU AMIGA; EL OTRO SIRUE SIN ESPERANÇA
DE GALARDON. DISPUTAN QUAL DE LOS DOS SUFFRE MAYOR PENA.
NTRETEXENSE EN ESTA CONTROUERSIA MUCHAS CARTAS Y ENAMORADOS
RAZONAMIENTOS, Y OTRAS COSAS MUY SABROSAS Y DELEITABLES (¹).

EL PRÓLOGO

Muchos son los que del loable y fructuoso
bajo de escreuir rehuyr suelen; unos por no
er, a los quales su ygnorancia en alguna ma-
:a escusa; otros por negligencia, que tenien-
habilidad y disposicion para ello, no lo ha-
1: y a estos es menester que Dios los perdo-
en lo passado y emmiende en lo poruenir.
ros dexan de hazerlo por temor de los de-
ictores y que mal acostumbran dezir, los qua-
:, a mi parescer, de toda reprehension son dig-
s, pues siendo el acto en si virtuoso, dexan
usarlo por temor. Mayormente que todos o
: que más este exercicio usan, o con buen
ṣenio escriuen o con buen desseo querrian
:reuir. Si con buen ingenio hazen buena
ra, cierto es que debe ser alabada. Y si el
ffecto de más no alcançar algo la haze di-
:nuta de lo que mejor pudiera ser, deuese
ir lo que el tal quisiera hazer si más su-
:ra, o la innencion y fantasia de la obra,
rque fue o porque desseó ser buena. De ma-
ra que es mucho mejor escreuir como quiera
te se pueda hazer, que no por algun temor
xar de hazerlo. Mayormente que o estas co-
s han de uenir a vista o juyzio de discretos
buenos, o de nescios y malos; y el discreto no

habla mal y el bueno siempre dize bien. Pues
el grossero y nescio mal puede juzgar las cosas
agenas, que ni a si ni a las suyas conosce; el
malo ¿qué mal puede dezir de nadie, pues él en
si es malo? Assi que por ninguna uia el bien
obrar deuria cessar. De donde el que la presente obra compuso, oluidado todo lo que se
podia temer, deliberó lo mejor que pudo escreuir este tractado, dexando su nombre encubierto, porque los que con mas agudo ingenio querran en ella algo emmendar lo puedan mejor hazer y de la gloria gozar su parte.

ARGVMENTO

Y DECLARACIÓN DE TODA LA OBRA

El auctor en la obra presente calla y encubre
su nombre por la causa arriba dicha, y porque
los detractores mejor puedan saciar las malas
lenguas no sabiendo de quién detractan. Tambien muda y finge todos los nombres de los caualleros y damas que en la obra se introduzen, y
los titulos, ciudades y tierras, perlados y señores
que en ella se nombran, por cierto respecto al
tiempo que se escriuio necessario, lo qual haze
la obra algo escura. Mas para quien querra ser
curioso, y saber la verdad, las primeras letras

(¹) Hemos copiado el título de la obra, como también el Prólogo y el Argumento, de la edición de Venecia
r Gabriel Giolito de Ferrariis, año 1553, porque al ejemplar que de la de 1513 se conserva en la Biblioteca
acional faltan dos hojas al principio.

El título de la edición de Amberes por Filipo Nucio, año 1576, es muy distinto y dice así:

QUESTION DE AMOR.
Lo que en este presente libro se contiene es lo siguiente:
Vna question de amor de dos enamorados, al vno era muerta su amiga; el otro sirue sin esperança de
lardon. Disputan qual de los dos sufre mayor pena.
Entretexense en esta controuersia muchas cartas y enamorados razonamientos.
Introduzense mas, vna caça, vn juego de cañas, vna egloga, ciertas justas y muchos caualleros y damas
diuersos y ricos atauios, con letras y inuenciones.
Concluye con la salida del señor Visorey de Napoles, donde los dos enamorados al presente se hallauan
ra socorrer al Santo padre. Donde se cuenta el numero de aquel lucido exercito y la contraria fortuna
Rauena.
La mayor parte de la obra, historia verdadera.

de los nombres fengidos son las primeras de los uerdaderos de todos aquellos caualleros y damas que representan, y por las colores de los atauios que alli se nombran, o por las primeras letras de las innenciones, se puede tambien conoscer quien son los seruidores y las damas a quien siruen. Y puesto que la dicha ficion haga la obra algo sospechosa de uerdad, es cierto que todos los caualleros y damas que en ella se introduzen, a la sazon se hallauan presentes en la ciudad de Napoles, donde este tractado se conpuso; y cada uno dellos seruia a la dama que aqui se nombra. Bien es uerdad que el auctor por mejor seruar el estilo de su inuencion y accompañar y dar mas gracia a la obra, mezcla a lo que fue algo de lo que no fue. Finalmente el principal proposito suyo ha sido querer seruir y loar una dama, que en la obra Belisena se nombra; por servir y complazer un cauallero a quien llama Flamiano, que aquella dama seruia. Entre el qual Flamiano y otro que en la obra Vasquiran se nombra, se mueue una contienda o question a manera de dialogo, en demanda y respuesta, qual de los dos con mas razon de la fortuna, como mas lastimado o mas apassionado se deue quexar: Flamiano de enamorada passion, sin remedio ni esperança en viuas llammas uiendose arder, ó Vasquiran siendole muerta su amiga, que era la cosa que en el mundo mas amaua. La qual estando en su poder, la cruel muerte della de toda sperança desesperado le dexó. Sobre lo qual con diuersas letras y embaxadas largos dias contienden; e al fin hallandose juntos, prosiguiendo la question, sin darle fin, pendiente la dexan, porque los que leyeren sin leer tengan, si querran, occasion y manera en que altercar y contender puedan.

COMIENÇA LA OBRA

Acaescio pues que al tiempo que el rey Carlos de Francia entró en Ytalia e ganó el reyno de Napoles, vn cauallero que Basquiran hauia nombre, de nacion Española, natural de la ciudad de Todomir, andando en la corte del serenissimo e catholico rey don Fernando de España hallandose en la dicha corte o passando a la sazon por vna ciudad que Ciracunda se nombra, de vna dama que Violina se llamaua de la dicha ciudad natural estremadamente se enamoró, con la qual enel principio de sus enamorados desseos tan prospera la fortuna le fue, que si al fin como suele la rueda no le houiera hecho desfazer, el más de los gloriosos en tal caso se pudiera llamar, porque con tales ojos de Violina fue mirado que no menos presa de amor quedó con su vista que prendido hauia con su hermosura. Pues venido en conocimiento de Vasqui-

ran lo que la ventura a su desseo le aparejaua, no sin mucho trabajo e peligro con assaz dificultad con Violina secretamente habló, de que sucedio que por la imposibilidad de la guarda que Violina delas compañas de su padre tenia para que más hablar como desseauan se pudiessen, Vasquiran tentó en las voluntades delos parientes de Violina lo que la suya desseaua; esto era que por muger se la diessen, lo qual no pudo alcançar por algun respecto que aqui no se escriue.

Pues visto por esta parte el impedimento que sus desseos impedia, tentaron en la ventura suya de hallar el remedio que en las voluntades ajenas les fallecia. E fue que con acuerdo delos dos, postpuesto todo peligro assi de sus vidas como de sus honrras, Vasquiran vna noche e hurtadamente de casa de su padre á Violina sacó. Con la qual e con mucho peligro e trabajo e no menos contentamiento llegó en la ciudad de Valdeana, donde hauida vna suma de moneda con que segun su condicion biuir pudiesse e ofreciendosele seguro passaje con Violina se embarcó, haziendo su via a las partes de Italia. E llegados con tiempo prospero a la gran insula, en la ciudad Felernisa se desembarcó, que es en la dicha insola la mayor entre muchas que en ella hay. En la qual por algun tiempo deliberó biuir y estar; e alli comprada vna muy honrrada possession algun tiempo los dos muy alegres y contentos biuieron. En el qual tiempo muchas vezes se vio con vn grande amigo suyo, que Flamiano hauia nombre, natural de la ciudad de Valdeana de no menos noble linage que criança. El qual en la ciudad de Noplesano habitaua que es en Italia vna delas nobles que en ella haya. En la qual al presente muchos grandes señores e nobles caualleros habitauan, assi de la mesma nacion e patria naturales como de los reynos de España e otras muchas tierras. E quando estos caualleros con las presencias ver no se podian, con sus letras jamas de visitar se dexauan. Estando pues las cosas en este termino, se siguio que la duquesa de Meliano que era vna muy noble señora biuda con vna hija suya Belisena llamada, en todo estremo de virtud y hermosura complida, a la dicha ciudad de Noplesano vino para estar en ella algun tiempo. De la qual Belisena este Flamiano en tanta manera se enamoró, que ni a su passion sabia dar remedio, ni a su desseo podia dar contentamiento. Porque mirado e considerado el valor, merecer e virtud de Belisena, todas las esperanças que esperança de algun bien darle podian la puerta le cerrauan. Donde viendose de si vencido e de estremada passion combatido, no podiendo más consigo sofrir su pena, acordó prouar en ageno remedio lo que en el suyo para su descanso no hallaua. E esto fue que con la compañia de su amigo Vasquiran penso poder dar a sus males algun aliuio. Por el qual determinó enbiar para hazerle notoria parte de su congoxa, pero como nunca los males a solas pueden venir, acaescio que en este mismo tiempo que a este Flamiano esta passion enamorada sin libertad dexó, en aquel mesmo la cruel muerte dexó a Vasquiran su amigo sin libertad e alegria dando fin en los dias de Violina e comienzo en sus males.

Lo qual por Flamiano sabido tanto dolor crecio en su coraçon que penso perder el natural juyzio. Pues despues de muchos e varios pensamientos que por la fantasia le passaron sobre lo que en tal caso de si determinaria, acordó por mas breuedad con vn camarero suyo que Felisel hauia nombre, para el presente embiarlo a visitar e consolar de su desastrada fatiga e desculpar de su indisposicion. El qual Felisel despues de informado de lo que su señor le mandó que hiziesse e de su parte dixesse, dio comienço a su camino. E assi en pocos dias llego a la ciudad de Felernisa.

COMO FELISEL DESPUES DE LLEGADO Á LA CIUDAD DE FELERNISA E VISTO Á VASQUIRAN, LE NOTIFICO SU EMBAXADA

Pues llegado Felisel á Felernisa donde Vasquiran estaua, e vistas e notadas muchas cosas como adelante se contará, comiençale a hablar desta manera:

La necessidad, señor, en que me pone lo que me ha sido mandado, me fuerça a que mi embaxada te haga notoria; la compassion de ver tus sospiros me conbida más a dessear ayudarte a plañir tus males que no a poner remedio con mis razones en ellos, porque creo que quanto en mi saber con su flaqueza mengua razon para consolarte, en la sobra de tu tristeza sobra causa para más entristecerte, de suerte que no sé determinarme a lo que contigo deuo hazer. Mi obligacion me constriñe á hablarte, la compassion me cierra la boca; tu virtud e nobleza me dan atreuimiento, tu daño y desuentura me lo quitan, de manera que peor aparejo hallo en mi para dezir, que disposicion veo en ti para escuchar; e assi no sé lo que en tal caso de mi determine; pero al fin será mejor que como pudiere ó supiere cumpla lo que soy obligado, diziendote á lo que soy venido, e aun que, señor, mi habla te muestre lo que en mi falta de saber para consolarte, en mi pesar conocerás quanto el tuyo me pesa, la voluntad e amor que mi señor te tiene, y el mal que tus males en los suyos de dolor acrecientan e quanto tu perdida le ha sido graue, la qual si como con la voluntad siento, pudiese con las fuerças

remediarla, lo menos que por ti ofreceria seria la vida desseando tu salud que como la suya le es cara; e assi, señor, me mandó que de su parte te dixesse que si al presente a visitar no te viene es por dos causas. La una porque como te he dicho, tanto tu dolor le pena que más presto a crecer tus lloros te ayudaria que no a poner en ellos el remedio que tú has menester y el dessea. La otra es que sus males tan sin plazer le tienen, que juntados con los tuyos que más crudos los juzga tan rezio los vnos como los otros se podrian encender, que podrian ser causa que las entrañas de entrambos en mayores llamas se viessen arder, de suerte que ni él a ti ni tú á el, remedio os pudiessedes poner. E por tanto te ruega que al presente por escusado le tengas, hasta que Dios quiera que el tiempo e la razon en tus lagrimas pongan algun sossiego, porque mas desocupado tu joyzio pueda fablar quando a verte viniere; porque assi viniendo a te consolar de lo que perdiste, de su mal te pueda como á verdadero amigo pedir algun consejo que consuelo le pueda dar, lo que ya para hazer estaua aparejado e determinado si esta ventura tuya para mayor hazer la suya no houiera acaescido; y asi, señor, te ruega que á él con tu virtud tengas por escusado e a ti con tu discrecion comiences a dar algun reposo en tu congoxa, pues que la muerte, como mejor sabes, a todos es natural y escusarla no podemos, ni en esta vida seguridad ninguna alcançar se puede de su salteada venida, ni de los secretos desastres y pesares que nuestra naturaleza por tantas partes tan secretos e aparejados nos tiene. A vnos en la muerte en medio de su contentamiento dexándolos á solas acompañados de pesar como agora a ti haze; á otros con fatigada e trabajosa vida haziendoles aborrecer el biuir, como a él ha hecho; que le tiene tal su pensamiento que sin esperança de verse jamas libre le haze desear lo que á ti te ha lastimado. Porque su mal es de tal manera que quando a ti el tiempo e la razon te començarán naturalmente á enfriar el fuego de tu llaga, entonces a él mas los rayos de la passion le acabarán de abrasar las entrañas, de suerte que entonces haurá de venir á buscar en ti el remedio que tú agora tanto has menester. Esto te dize, porque como sabes consuelo pone á los atribulados hallar a sus males alguna compañia como agora tú en la suya puedes hallar, viendo quanto mas peligroso su mal es que el tuyo. E por tanto deues desseando consolar a él por el amor que le tienes e començar a poner consolacion en ti de lo que sientes, y en esto harás lo que deues contigo y lo que eres obligado con él. Muchas otras cosas, señor, te podria en esto dezir que tú mesmo mucho mejor que no yo las sabes e conoces, e aun lo que te he dicho para contigo con muchas menos palabras pudiera ser razonado, sino que la diversidad e graueza de vuestros males no me han dado lugar a que menos pudiesse hazer. Assi que, señor, yo te he dicho lo que de parte de mi señor me fue mandado que te dixesse porque sepas que te dexé plañiendo tu perdida y doliendose della e desesperado de esperança para su remedio e de salud para su vida. Plega á nuestro Señor que ponga en cada vno de vosotros tanta alegría quanto agora veo que os sobra pesar.

RESPUESTA DE VASQUIRAN Á FELISEL

Mis pesares y desuentura tan sin plazer me tienen que me pesa no poder hauerte hecho aquella cortesia y acogimiento que mi condicion requiere e tú mereces, porque verdaderamente, Felisel, tanto tu buena criança siempre me plugo que me duele no poder dartelo con mis obras a conocer. Verdad es que agora con tus palabras y embaxada me has enojado en tanta manera, e si a esto y a la intencion de quien te embia no mirasse, dudo que no te houiesse respondido más asperamente, lo que tú no mereces por ser mandado. E aun creo que si en mi houiera lugar donde nueuo pesar pudiera caber, que la yra houiera vencido la voluntad a lo que no houiera querido, tratandote no como la razon requiere más como tu habla me ha puesto alteracion; pero como dicho he, ya mis males tal me tienen que los enojos que agora llegan lugar no hallan do caber puedan. Tambien considero que quien te ha embiado más a ello le mouio amor que malicia, e por esto ni a ti respondo como querria, ni a él como deuiera, segun el fin de su mensajeria. E tambien porque conozco que como á mi la pasion me quita la razon de la lengua, assi a él el aficion le ciega el entendimiento para turbarle el verdadero conocimiento de lo que dize.

E pues que ansi es, no quiero con larga respuesta castigar su culpa ni crecer mi enojo, porque la sana amistad de entre nosotros la ponçoña de nuestras enfermedades no la adolezca e sea causa de tornarme a lastimar de nueuo con perder mis amigos más de lo que me ha lastimado con el haberme hecho perder aquella en quien mi vida consistia. Verdad es que no los querria para que como él con tales consolaciones me enojassen, mas para que de mi daño les pese como es razon y les duela, pues que remedio no tiene; e por tanto por agora de mi parte no quiero que le lleues otra respuesta sino una breue carta, la qual no menos graveza me pone escreuirla que tristeza e alteracion me puso oyrte, solo por tratar de cosa que hauria más menester oluidalla si possible fuesse que

reduzilla á la memoria. E como se la des dile de parte mia que más valiera que me pusiera remedio si en mi daño le houiera, que no que me diera consejo de lo que yo no pido ni me aprouecha.

EL AUCTOR

Y luego recebida por Felisel la letra de Vasquiran e atentamente escuchada su respuesta, no solamente conprehendio lo que Vasquiran espresamente le dixo, mas aun lo que de dolor en las entrañas le quedaua secreto, viendo lo que publicaua con la boca, gesto, meneo y reposo en el comer, dormir e velar, assi a solas como acompañado, y en todos sus actos, atauios e arreos de su casa, e asi de las cosas que en ella vio en todos sus criados e scruidores e aun en todo el exercicio suyo tantas cosas notó, que pudo claro juzgar segun lo que veya lo que sin ver en su pensamiento juzgaua. E assi la letra recebida e de Vasquiran despedido, con algunos de sus criados se salio razonando hasta vn patio donde ya vn criado suyo la caualgadura aparejada le tenia con las otras cosas que al abito del camino se requerian.

E despues de hauer caualgado se despidio de aquellos que le acompañauan hablandoles assi: Señores, plega á Dios que ponga en el señor Vasquiran tanto consuelo y en vosotros tanta alegria quanto sus males e vuestra tristeza han menester; e quanto su dolor a mi me da pena e vuestro enojo me duele, porque pueda gozar de la parte que dello me cabrá quando aca tornare, que será mucha segun lo que del daño me cabe, porque de lo que agora peno entonces descanse; que en verdad os digo que con lo que me ha afligido ver vuestra fatiga y con la pena que los muchos sospiros e tristeza de mi señor Flamiano han dado, yo la haure bien menester. Porque os certifico que no menos atribulados él a nosotros con su tormento nos tiene, que el señor Vasquiran a vosotros con su lastima. Acabadas las palabras dió comienço a su camino, el qual con varios pensamientos de las cosas que auia visto prosiguio hasta llegar donde su señor estaua, el qual salio aparejandose para justar en vnas justas que despues que él de alli era partido se eran concertadas.

Pues como Flamiano le vio, despues de hauerle saludado con mucho amor le dixo:

Felisel, tu seas bien llegado; ya vees a que tiempo vienes e cómo me hallas, por mi amor que por agora no me cuentes ninguna cosa hasta que esta jornada sea passada, porque ni te podria bien oyr ni entender; pero ven conmigo e mostrarte he lo que para este dia tengo aparejado e dezirme has lo que dello te parecera, aunque tu ausencia me ha hecho falta.

LAS COSAS QUE FLAMIANO MOSTRO A FELISEL
QUE PARA LA FIESTA TENIA APAREJADAS

Tomando Flamiano a Felisel su criado por
la mano, le metio en vna quadra donde todos
sus atauíos tenia aparejados, e antes de nada
mostralle le dixo: Sabras, Felisel, que despues
que de aquí partiste nunca mis ojos más de
vna vez, para lastimarme muchas, han podido
ver a mi señora Belisena, la qual salio a los
desposorios del conde de la Marca, de que yo
dos días antes fuy auisado, e por no dexar el
luto de Violina como no era razon, no quise
aquel dia mas vestirme de vna loba frisada
forrada de damasco negro acuchillada toda
por encima, de manera que por ella mesma
se mostrasse la forradura con las cuchilladas
todas atadas con vnas madexas de seda negra
con vna letra que dezia:

> Claro descubre mi pena
> mi tristeza y el agena.

E assi sali quando supe que caualgaua, y llegado que fuy en su presencia conoci en su rós-
tro que de mi vista le pesó, e para mas lastimarme no quiso consentir que la rienda le llevasse, de que sentí lo que puedes juzgar. Llegados a la fiesta, el dançar duro gran parte de
la noche, donde concertamos vna partida de
justa quatro a quatro a ocho carreras. Va de
precio de la vna partida a la otra, vna gotera
de plata de ocho marcos la qual se dara a quien
mejor justare; al que más galan saliere a la
tela con dos cauallos atauiados vno con paramentos e cimera, otro con un paje e guarnicion e a la noche con ropa de estado de brocado forrada de raso o damasco; se dan ocho
cannas de raso carmesí.

Somos de la vna parte el marques de Persiana, el conde de la Marca, Camilo de Leonis
e yo. De la otra son el señor marques Carliano
y el prior d'Albano y el marques de Villatonda
y el prior de Mariana.

Esta fiesta concertada para la noche en casa
de la señora duquesa de Meliano, en la qual
estamos concertados todos ocho de salir en mo-
meria con las ropas que te he dicho, e para
esto tengo hecho esto que agora verás. E assi
le mostró vnos paramentos e vna guarnicion
de raso encarnado chapados todos de vnos
braseros de plata llenos de brasas, e la cimera
de lo mismo con vna letra que dezia:

> Es imposible saltar
> de las brasas donde muero
> pues que m'abrasa el brasero.

E mostróle para la noche vna ropa de brocado blanco forrada de raso encarnado con vnas
faxas de raso por de fuera llenas de vnas villetas de oro de martillo con vna letra que dezia:

> Encontraronme en los ojos
> e hizieron la herida
> en el alma y en la vida.

Y despues le mostró doze vestidos para doze
moços e vn paje de damasco blanco y raso encarnado, con todo su conplimiento.

Y despues que todo se lo houo mostrado,
Felisel le dixo que le parecia que todo estaua
muy bueno. Pues llegado el día de la fiesta
despues de las damas ya salidas, los caualleros
salieron a la tela todos a vn tiempo, por dos
partes como es costumbre hazerse, e hecha su
buelta y mesuras y cerimonias como en tal
fiesta se acostumbra, el justar se començo.

Salio Flamiano con los atauios que hauemos
dicho, al qual se dió el precio de gentil hombre.
Sacó el marques de Persiana vnos paramentos
de terciopelo leonado con vnas puentes de
plata rompidas, sembrados todos los paramentos, con vna cimera de lo mesmo. Dezia la letra:

> No pueden pasar mis males
> pues que en medio (¹)
> les ha faltado remedio.

Sacó a la noche vna ropa de brocado blanco
forrada de raso leonado con vnas faxas del
mismo raso chapadas de vnas plumas de escreuir de oro, con vna letra que dezia:

> No se puede mi passion
> escreuir
> pues no se puede suffrir.

Sacó los moços e pajes vestidos de los mismos colores de blanco y leonado.

Sacó el conde de la Marca vnos paramentos
e guarnicion de terciopelo negro con vnas
puertas de jubileo cerradas, sembrados todos
los paramentos dellas hechas de plata con vna
letra que dezia:

> Aunque haya en todos los males
> redempcion,
> no se espera en mi passion.

Sacó a la noche vna ropa de brocado morado,
forrada de raso blanco con faxas del mismo raso
sembradas de vnas faxas de oro, con vna letra
que dezia:

> Yo solte tras mi esperança
> mi plazer,
> y jamas le vi boluer.

(¹) En la edicion de 1513 se lee:
   Pues que entonces.

Sacó los moços e pajes vestidos de raso morado y terciopelo negro con guarniciones de damasco blanco.

Sacó el señor Camilo de Leonis vnos paramentos de raso morado con vnos castillos de cartas sembradas por encima de plata e la cimera de lo mismo, con vna letra que dezia:

Tiene puesta mi esperança
el pensamiento
donde la derriba el viento.

Sacó a la noche vna ropa de brocado morado forrada de raso leonado con las faxas del mismo, con vnos clauos de oro sembrados por ellas con vna letra que dezia:

La poca firmeza haze
á mi cuydado
que esté en el alma clauado.

Sacó los moços e pajes vestidos de terciopelo leonado e damasco morado.

Sacó el señor marques Carliano vnos paramentos quarteados de pardillo y morado, chapados de vnas serpientes, llamadas ydrias, de plata, con vna por cimera, con vna letra que dezia:

Si vn inconneniente quito
á mi pesar
me nacen siete a la par.

Sacó a la noche vna ropa de brocado pardillo forrada de raso morado con las faxas del mismo raso sembradas de vnos improperios bordados de oro con vna letra que dezia:

Muy mayor fuera no veros
que sofrillos por quereros.

Sacó los moços vestidos de terciopelo pardillo e damasco leonado.

Sacó el señor prior de Mariana vnos paramentos e guarnicion de raso encarnado chapados de vnos manojos de plata con vna letra que dezia:

De quantas muertes padezco
mis querellas
ponen las señales dellas.

Sacó a la noche vna ropa de brocado morado forrada de raso encarnado con las faxas del mismo raso sembradas de medallas de oro con vna letra que dezia:

No hay treslado vuestro
sino en mi cuydado.

Sacó los moços e paje vestidos de raso encarnado e terciopelo morado.

El marques de Villatonda sacó vnos paramentos y guarnicion de raso carmesi con vnos mallos de plata, e la cimera con los mismos mallos y las palas, con vna letra que dezia:

Quando mas vn pensamiento
llega cerca de mi quexa
tanto vn otro mas lo alexa.

Sacó a la noche vna ropa de brocado carmesi forrada de raso amarillo e las guarniciones con vnos manojos de maluas bordadas por ellas con vna letra que dezia:

Si quiés ver de tu porfia
la esperança que hay en ella
mira al mismo nombre della.

Sacó los moços e paje vestidos de brocado carmesi.

Sacó el prior Dalbano vnos paramentos de terciopelo encarnado e vnos ramos de laurel e vna corona de lo mismo por cimera con vna guarnicion desta manera, e una letra que dezia:

Corónese mi desseo
pues que ha sabido emplearse
do no sabe remediarse.

A la noche sacó vna ropa de brocado azul forrada de raso encarnado con las faxas llenas de vnas lanternas de oro, con vna letra que dezia:

El fuego que el alma abrasa
aunque se encubre
con la pena se descubre.

Sacó vestidos los moços de raso azul e damasco encarnado. E desta suerte salieron los caualleros.

La fiesta duró quasi toda la noche. Y despues de todos tornados a sus posadas e Flamiano a la suya, hauiendo reposado de la passada fatiga, tornando al trabajo de la congoxa presente mandó llamar a Felisel, el qual en su presencia venido le dixo: Agora di lo que con Basquiran pasaste y lo que á mi embaxada te respondio y qué tal le has dexado.

Al qual Felisel respondio: Pluguiera a Dios, señor, que de tal trabajo me houieras escusado porque lo que tus enojos de contino me tienen atormentado me bastaua para que de otros nueuos me escusaras. Lo que con el señor Vasquiran he pasado e lo que en él he visto e juzgado es tanto que dudo que della te pueda hazer tan conplida relacion como seria menester. Empero lo mejor que podré te dare dello en suma alguna cuenta. E assi comenzo a dezir:

RESPUESTA DE FELISEL A FLAMIANO

Despues, señor, que de aqui parti, en poco tiempo aunque con mucha fatiga por la dificultad del largo camino e fatigoso tienpo, yo llegué a Felernisa donde como yua informado, pense hallar a Vasquiran, pero como en su posada fuy apeado, supe de vn mayordomo suyo que en ella hallé como pocos dias despues de la muerte de Violina se era partido a vna heredad suya que cuatro millas de la ciudad estaua, lo qual segun aquel me informó hauia hecho por dos respectos. El vno por desuiarse dela importunidad de las muchas vistas; el otro por mejor poder en medio de su dolor dar lugar a que sus lagrimas más honestamente compañia le hiziessen. Pues esto sabido, la hora era ya tal que me fue forçado apearme y reposar alli aquella noche. E assi aquel su mayordomo con mucho amor e cortesia sabiendo que era tuyo, despues de hauer mandado que a mi moço e caualgadura complido recaudo diessen, por la mano me tomó e razonando en muchas e diuersas cosas assi de ti como del desastre de su señor, todos o los mas principales aposentos de aquella casa me mostró, en los quales vi muchas estrañezas que sobre la muerte de Violina Vasquiran hauia hecho hazer, y el primero que vi fue en vna puerta principal vna muerte pintada en ella con vna letra que dezia:

Esté en la puerta primera
do se vea
que mi vida la dessea.

Entrando en la sala vi que toda estaua cubierta de vnas sargas negras con vnos escudos bordados en medio de cada vna en que estauan las armas de Vasquiran quarteadas con las de Violina, con vnas flechas sembradas que la muerte las tiraua de la puerta con vna letra que dezia:

Con mis tiros he apartado
las vidas, por ser mortales,
mas no dellas las señales.

Vi andando por todas las otras partes de la casa que todas las puertas estauan teñidas de negro de dentro y de fuera, y la letra dezia:

La muerte dexó el dolor
e tristeça de manera
que se muestre dentro y fuera.

Vi mas en cada vna de las camaras e retraymientos vna cama sin cortinaje con vnas sargas pardillas que las cubrian con vnas faxas amarillas en torno, con vna letra en cada vna por las faxas que dezia:

La vida descsperada
trabajosa
con el trabajo reposa.

Vi mas, que todos los suelos estauan cubiertos de reposteros de grana, con vnas almaras bordadas en ellos, con vna letra en cada repostero que dezia:

Todas van mis alegrias
por el suelo,
pues no hay en mi mal consuelo.

E assi discurriendo por las otras partes del aposento llegamos a vn hermoso jardin, del qual estaua la principal puerta cerrada de cal y canto con vna letra encima que dezia:

La puerta de mi esperança
no se puede más abrir
hasta que torne el morir.

Entramos por vna puerta pequeña que de vn estudio baxaua en la huerta, en la qual entre muchas e grandes gentileças que vi hauia vna muy rica fuente la qual estaua seca que no corria, con vna letra en torno que dezia:

Secaronla mis enojos
para passarla en mis ojos.

De esta manera, señor, andoulmos mirando toda la casa, donde vi tantas cosas lastimeras de notar que casi atonito me tenian. Pues hauiendo ya la mayor parte visto nos tornamos a cenar e gran parte de la noche passamos razonando de diuersas cosas, hasta que el camarero me traxo a vna camara donde Vasquiran e Violina solian dormir, en la qual hauia vna rica cama de campo parada e alli me aposentó. e despues de quedar a solas miré muchas cosas que en la camara hauia, en que vi vn mote escripto de la mano de Vasquiran que dezia:

Sin ventura ni remedio.

Vi mas en vn aparador donde hauia muchas cosas assi de ropas de vestir menudas de Vasquiran como de Violina, entre las quales vi un rico espejo e segun yo noté creo, segun deuia ser, con que Violina se tocaua, segun juzgué de vna letra que en él hauia que dezia desta manera:

Yo te miro por mirar
si veré en ti el bien que viste
y tú muestrasteme triste.

Pues al fin, señor, ya del sueño vencido y del trabajo fatigado yo me dormi. La mañana venida, despues de leuantado, sin oyr missa, con vna guia que el mayordomo me dio yo me parti para donde Vasquiran estaua, y en poco espacio llegué a vna muy hermosa heredad con vna gentil morada, donde hallé todos los criados de Vasquiran passeandose por vna plaça que delante la puerta de la casa estaua, al costado de la qual hauia vn gentil passeador cubierto de cipres, e al cabo vna gentil yglesia aunque pequeña. Pues como me conocieron, ante que me apeasse todos me rodearon con mucho amor, aunque con poco plazer, e como en medio dellos me vi, vilos vestidos todos de amarillo con unos retulos en las mangas izquierdas que dezian:

Vistenos el esperança
del que espera
el remedio quando muera.

Acordandome lo que el dia e la noche antes hauia visto e lo que en ellos començaua a ver, marauilleme e supe despues de apeado, cómo no estaua alli su señor, pero tomóme su camarero por la mano y lleuóme por debaxo de vnos arboles hasta la marina cerca de alli á vnas grutas que la mar la batia, donde hallamos a Vasquiran a solas sobre vna pequeña roca assentado, con vn laud en la mano, cantando este villancico:

No dexeys, lagrimas mias,
de dar descanso a mis ojos
pues lo days a mis enojos.
Pues salis del coraçon
donde está mi pensamiento,
con vosotras solas siento
gran descanso en mi passion,
sientolo porque es razon
que repose en mis enojos
con vosotras en mis ojos.

Estaua vestido todo de pardillo y con vnos torçales de seda leonada torcida por toda la ropa, con vna letra que dezia ansi:

Mi trabajosa congoxa
nunca en mis males afloxa.

Algo estuve escuchandole sin que me viesse, pero como me vido, dexado el laud, con los braços abiertos a mi se vino. E despues de muchas vezes con mucho amor hauerme abraçado, començo a dar los mayores y mas doloridos gemidos e solloços que nunca vi, e despues de algo hauer dado espacio con su llanto a su dolor me começo a dezir. ¡O mi buen amigo Felisel! ¿quién te ha traydo a verme pues que a ninguna cosa mi triste suerte da lugar que me vea

sino a pesares y desuenturas que me lastimen? ¿Como consintio mi ventura que me viesses? No creo que lo haya por otra cosa hecho sino por lastimar con el plazer de tu vista la memoria de mis males. ¿Qué te parece de tu amigo Vasquiran quán sin alegria la muerte le ha dexado? ¿Cómo en medio de sus plazeres son nacidas tan crudas tristezas? ¿Cómo te dexo mi soledad llegar aqui para que me viesses, pues que las puertas tiene cerradas a todas las cosas que consolarme puedan? Qué te parece quan solo de plazer tu buena amiga Violina me ha dexado e quan aconpañado de tristezas? Las quales palabras me dezia con tan graue dolor que pense que con cada palabra se le arrancauan las entrañas. Assi estouimos vna pieça hasta que algo reposado me tomó por la mano e demandandome de ti e dandome razon de sus males me truxo hasta la posada suya que te dixe, e ante de entrar en ella me lleuó a la yglesia que delante della estaua, en medio de la qual estaua la sepultura de Violina con vna tumba grande cubierta de vn paño de brocado rico, con vna cortapisa de raso negro ancha en torno, con vnas letras bordadas en ella que dezian:

Dentro en esta sepultura
está el bien de mi ventura.

Llegados cerca de la sepultura me dexó de la mano e echóse de pechos encima, donde más doloridos gemidos y más tristes palabras que a mi me hauia dicho, tornó de nueuo a dar. En tanta manera, señor, le vi atribulado, que nunca me acuerdo en parte verme que tanta tristeza sintiera como mi alma alli sentio de verle tal. E despues que algun espacio assi estuvo me tornó a tomar por la mano e dixome:

Perdoname, Felisel, que no tengo en mi mas alegre recibimiento con que alegrarte pueda, que este que vees. E assi nos venimos hasta la casa, la qual toda vi con los mismos misterios que la otra hauia visto, e despues de hauer comido e gran parte del dia pasada en diuersas cosas que de su mal me contó y de tu congoxa le dixe, lo qual oyó con tanto amor como si tristeza en el no houiera. E tanto de tus pesares sintio pesar que con los suyos los juzgué yguales. Al fin tu embaxada le hize notoria de la manera que me mandaste. A la qual con assaz enojo me respondio, aunque con muy corteses razones, pero pareciole que en las cosas que le embiauas a dezir haziendole entender que tu mal juzgauas mayor que el suyo, e le hazias no solo gran enojo mas aun casi por injuria lo recibia. E despues de hauerme a muchas cosas satisfecho con razonables palabras y muchas razones, passado aquel dia e otros quatro que alli me tuvo, siempre de tus cosas demandandome e de las suyas contandome, le pedi licencia, la qual con mucha dificultad del alcancé, porque quisiera detenerme alli algun dia más si pudiera.

Al fin viendo que mi porfia forçaua su voluntad, al tiempo que dél me despedi, con muchos sospiros me dió esta carta que te traygo.

CARTA DE VASQUIRAN Á FLAMIANO

Si como has pensado, Flamiano, consolarme, pudiesses darme remedio, bien conozco de ti que lo desseas lo harias, mas como mis males remedio no tienen, ni tú me le puedes dar, ni yo de nadie le espero sino de la muerte que dellos fue la causa. Y por tanto no te deues fatigar en dar consejo a quien no puedes dar socorro. E no quieras ver más de mi daño, sino que en sola la muerte está su remedio. Verdad es que tu intencion fue sana, mas tu parecer es falso, pensando que con hazer mayor tu mal que el mio, me ponias en él algun consuelo, y es al contrario; antes me le quitas viendo que siendo el tuyo tan pequeño te tenga tan cegado que no conozcas la clara differencia que hay del vno al otro. Quieres tú hazer yguales tus desseos e sospiros que de sola passion de bien querer con tus quexas nacen, con mis lagrimas que la muerte de aquella por quien yo alegre biuia lo causa. ¡Qué engaño recibes tan grande queriendo ygualar con las angustias mortales los pensamientos ó congoxas veniales! Por mi amor, que pues bien me quieres, mal no me trates tornando á enojarme con otra semejante embaxada que tales razones la acompañen. En especial queriendome dar a entender que mis lastimas con el tienpo y la razon se harán menores, pues que es por el contrario, que ante la razon, como es razon, las hará siempre mayores y el tiempo quanto mas se alargará mas las hará alargar. Porque quantos mas mis dias fuesen pues que en todos y en cada vno he de contino de sentir nuevos e muchos dolores del bien que he perdido, más seran las penas que en ellos sentire. De manera que quanto mas presto mi vida se acabe tanto mas presto mi mal se acabará, e quanto más durare por el contrario. E si quieres saber más claras razones por do conozcas quanto mi desuentura es mayor que la tuya, escriueme las causas della e yo te mostraré las de mi daño e assi vernás en el verdadero conocimiento de todo; y porque conozcas della parte, glosa este villancico y verlo has.

Si el remedio de mis males
es morir,
¿que vida me es el biuir?
Si en el mal de mi querella
no hay remedio sin la muerte,

claro está que desta suerte
la vida es ocasion della,
pues si está el bien en perdella
con morir,
todo el daño está en biuir.

LO QUE FLAMIANO HIZO DESPUES DE HAUER OYDO Á FELISEL E LEIDA LA CARTA

Muy atentamente Flamiano escuchó todas las cosas que Felisel le contó y no podia menos hazer de no derramar infinitas lagrimas acompañadas de muchos sospiros, e despues de hauerle oydo començo a leer la carta, e leyda como dicho es, estuvo una pieça callando sin ninguna cosa dezir; e passado un poco espacio tornó a preguntar a Felisel muchas cosas por menudo particularmente, de las quales cosas siendo muy bien de todas informado, publicando lo mucho que los males de Basquiran le dolian, començo assi á dezir:

¡Por quantas vias e maneras en esta misera vida los pesares e desuenturas á los humanos saltean de impensadas congoxas, e aquellos más de perder estan seguros que mènos tienen que perder puedan y en aquellos menos los muy lastimados golpes de la manzilla lastiman que más gruesso o rudo el entendimiento para sentirlo tienen! De manera que en esta vida trabajosa no se puede reposar ninguno del miedo del perder sino con el misero defeto de la pobreza, nin se puede alcançar de carecer de no doler sino con la mengua del saber, e assi los que no tienen fatigas con la pena del dessear, los que algo posseen atormentados del temor de perder, los de agudo ingenio lastimados con las vexaciones de los acontecimientos desastrados, los rusticos o grosseros aborrecidos por su defecto, a los vnos e a los otros nunca jamas les falta lugar por do el mal entre. De manera que biuir no se puede por ninguna via sin penar. Al fin todos desseamos alcançar las prosperas vanidades desta que llamamos fortuna e con este desseo cegamos nuestro entendimiento; ella con lo que nos da turba nuestro juyzio; en conclusion, quien menos della alcança más sin remedio bive. Pues quien no teme no pena, quien pena no siente contento se halla, quien contento viue siempre está alegre, pues do está alegria no hay tristeza, e quien no está triste siempre con el plazer rie e no llora. Como por el contrario agora este sin ventura Vasquiran e yo hazemos. El con lo que ha perdido sin remedio de cobrarlo, yo con lo que desseo sin esperança de alcançarlo, nuestros dias siempre en lagrimas veremos consumir assi como hazemos.

Acabado su razonamiento se voluio a Felisel e dixole: Por mi amor, que no ayas en fatiga tornar a ver a tu amigo e mi hermano Vasquiran, y lleuarle has vna carta mia, porque aunque con las razones della enojo reciba, más vale que mi enojo le ocupe el tiempo que no que el pensamiento del suyo le trastorne el juyzio con su dolor, como podria acontecer, e aun a mí el mio.

E ante que mi carta le des le dirás de parte mia que aunque mis embaxadas e cartas alguna importunidad le den, más pesar e fatiga siento yo de la de la que el dolor a él le da, e que me parece vna cosa que le deue a él contecer assi como a mi, que el platicar en las cosas de mi passion tantas passiones me trae a la memoria que de allí dan en el pensamiento; del pensamiento dan en el coraçon, llegados alli la calor de su fuego haze destilar en lagrimas por los ojos el pesar y en sospires por la boca las congoxas. E assi andando de la vna a la otra parte no dexan a sus ponçoñas que en las entrañas se reparen porque de tristeza las ahogan, porque como sabe, dulce compañia es á los atribulados estas dos cosas, y que juzgue de mi voluntad lo que deue y no lo que le parece, e que ya sabe que el buen marinero en la mayor fortuna en medio del golfo busca saluacion y en la tierra el mayor peligro. E que assi yo en el golfo de sus fortunas y en el de las mias mejor podremos saluarnos nauegando que no surgendo sobre las ancoras de la desesperacion en el puerto de los agenos plazeres con nuestras tristezas.

Pues recebida la carta Felisel y todo su razonamiento bien entendido, otro dia se partio. E llegado á Felernisa halló que ya Vasquiran a la ciudad era tornado, el qual con mucho amor aunque con poca alegria lo recibio. Apeado que fue començaron passeandose por vnos corredores que sobre la huerta salian, a hablar de muchas cosas entre las quales Felisel le contó todo lo que en las justas passadas hauia passado. E despues de mucho hauer los dos razonado a cenar se retraxeron. E otro dia de mañana hauiendo oydo missa Vasquiran caualgó e Felisel con él e salidos fuera de la ciudad tornaron de nueuo al mesmo razonamiento, en el qual le contó todo lo que de palabra su amo le hauia encomendado, y en el fin le dió su carta, la qual assi dezia.

CARTA DE FLAMIANO Á VASQUIRAN EN RESPUESTA DE LA SUYA

Basquiran, recebida que houe tu carta e leyda, considerando el amor que te tengo y la pena que en ti conozco, aunque mi passion me tiene atribulado vine en conocimiento del engaño que con el pesar recibes, de manera que me ha sido forçado vsar contigo tres cosas en mi carta. La primera será consolarte de tu mal. La segunda sanamente como amigo, de tu demasiado sentimiento reprehenderte e de los estremos que con él hazes. La otra será desengañarte del engaño que recibes de ti mesme en lo que sientes, no conociendo la ventaja que le haze lo que siento. E pues eres discreto juzga mi intencion que es sin malicia, y conoceras tu yra ser demasiada. E has de saber que a darte consuelo, piedad me mueue; a reprehender tu flaqueza, amistad me obliga; a contradezirte me combida e aun me costriñe la razon. Una cosa te ruego, que no te desuies con la passion de la verdad, porque más presto vengas en conocimiento della. E assi digo que para tu consuelo deues mirar lo primero, como todos somos más obligados a loar lo que Dios haze que no a querer lo que nuestra voluntad dessea, e que quien esto no haze como sabes, grauemente yerra como hazes, en especial en estas cosas de la muerte y de la vida cuyos terminos estan en sola su mano y secreto determinados, ni como vees ninguno de los mortales puede escusarse de no pasar por este trance. Y querrias agora tú repunar lo que no es possible, e assi yerras todo lo possible. A lo que he dicho que quiero reprehender tu demasiado quexarte, digo que semejantes autos a los feminiles coraçones son atribuydos e aun assi lo demasiado parece feo, y en los varones, en especial como tú, son feamente reprouados. Mucho llorar es de niños, poco suffrir es de hembra. Bien sé que si a otro lo viesses hazer, lo mismo e mas le dirias, e libre que te haya dexado la passion en ti lo conoceras; pues corrige por Dios con discrecion lo que como yo no te aman te afearán con razon e algunos con malicia te juzgarán con menoscabo de tu honrra, que ya sabes quanto mas que la vida e todas las otras cosas te deue ser cara. Lo tercero que dixe que desengañarte queria y contradezir, por tantas partes lo puedo hazer que no sé por qual començar. Te quexas porque gozauas la cosa que en el mundo mas amauas y que se has perdido posseyendola; ninguna cosa se possee segura, mas pareceme a mi que pues que gozaste no perdiste, sino que se acabó tu gozo. Todas las cosas han de hauer cabo, e aun a ti del gozo te queda la vanagloria de lo que alcançaste y la gloria de lo que has gozado. Por la menor cosa de las que tú has hauido que el encendido fuego de mi deseo alcançasse, sola vna hora, no pediria más bien ni temeria más mal e daria mill vidas en cambio, e con tal morir me contaria más glorioso que con biuir como biuo.

Bien sabes tú quánto más cara es la cosa desseada mayor gloria es alcançalla, e no hay más bien en el desseo de complirlo e complido ningun recelo queda dél; pues ¿qué te quedaua que pedir, ni qué tienes de que quexarte si todo lo que dessear se pudo alcançaste y gozaste? Quissieras que no houiera cabo? Aqui está tu yerro; querer lo que no puede ser, hauiendo gozado lo que puede ser. Yo te ruego que te acuerdes quál cosa te daua mas pena en el tiempo que penando amauas; el desseo de ver el fin de tu desseo no teniendo esperança o agora el dolor de la memoria del plazer passado. Sola vna cosa te condena a que nunca deuieras ser triste; esta fue el dia que alcançaste lo que agora plañes, porque claro manifiestas en el dolor que muestras de lo que has perdido el gran bien de lo que ganaste en ganarlo, porque no pudo menos ser el plazer que es el pesar sino ante mas. Sin ventura yo que todos los males sé y padezco e para ninguno de ningun bien tengo esperança. A ti tu ventura te endereçó a lugar donde el sobrado plazer plañes; a mi mi desuentura me guió a parte donde todas las esperanças e razones no solo de gloria me despiden, mas aun donde con mi pena no me dexan viuir contento. Assi que tú plañes hauer visto de tu bien el cabo, yo desespero de nunca verlo en mi mal. Tú plañes agena muerte, yo desseo la mia como esta cancion lo muestra.

Quien viue sin esperança
de ver cabo en su querella,
¿que puede esperar enella
pues remedio no se alcança?
¿Que vida puede viuir
quien viue desesperado?
pues no espera en su cuydado
mas remedio de morir,
con el qual esta en balança
de la vida por perdella
viendo que de su querella
ningun remedio se alcança.

RESPUESTA DE VASQUIRAN Á FELISEL

Acabada de leer Vasquiran la carta, hauiendo yo oydo el razonamiento de Felisel se boluió a el e dixole: Verdaderamente, Felisel, más descanso siento contigo que consuelo con las cartas que me traes, porque tu buena criança y el amor que me tienes, e la voluntad que te tengo, dan causa para lo vno; lo poco que las cartas me aprouechan quitan el aparejo á lo otro; e assi huelgo más de verte a ti que de responder a quien te embia, porque tu buen seso, mi mucho mal, tu reposo y buena razon con mi fatigado e lastimado hablar, tu mucha criança con mi poca paciencia, mejor cierto las vnas cosas con las otras se templan que no hazen las ansias de Flamiano con las mias. Las suyas baylan e cantan, las mias gimen e lloran; al templezillo sonarán juntas. ¡Qué ensalada se

hará de su morado y encarnado e blanco con mi pardillo e negro e amarillo! El entre canciones, yo tras lamentaciones, él haciendo cimeras para justar, yo inuenciones para sepulturas; casi juntos andamos, el vnó cantando, el otro llorando e los dos sospirando; de ti me pesa que padeces sin merecello, porque él con su porfia de embiarte te da trabajo, yo con mi poca alegria te do tristeza, de manera que los dos te damos fatiga. A la verdad porque tú me vengas a ver so contento de responder a él, y assi te ruego que aunque algo lo sientas graue, que por mi amor lo sufras e no dexes de venir muchas vezes con la importunidad de sus vanidades a ver la de mis lástimas. E por esta vez de palabra de mi parte no le dirás ninguna cosa, porque vna carta que le lleuarás le dirá lo que no querra hauer oydo quando la aya leydo.

Pues otro dia de mañana ante que Felisel se leuantase vino a él el camarero de Vasquiran el qual le dixo como dos horas antes del dia su señor se era partido para aquella heredad donde la primera vez lo hauia hallado, e diole la letra que para Flamiano hauia de lleuar, e con ella vna ropa suya forrada en armiños de raso carmesí, vn sayo de terciopelo morado con vnas faxas de raso blanco bordadas encima dellas de oro e de grana vnas madexas, con vna letra que dezia:

No m'a dexado alegria
que dexe su compañia.

Diole vn jubon de brocado que con aquel atauio Vasquiran se hauia vestido vn dia poco ante de la muerte de su señora acompañandola a vnas fiestas de las bodas del conde de Camarlina que cerca de la ciudad de Felernisa se heran hechas, a las quales ella fué combidada e nunca quiso yr sin él; e diole vna hacanea en que él hauia canalgado aquel dia con vna guarnicion de terciopelo morado, con vnas franjas de hilo de plata e bordada con la mesma bordadura e dixole:

Esto te ha mandado dar mi señor para en satisffacion de alguna parte del trabajo que passas en venirle á ver e para en señal del amor que te tiene e aun por respecto de quitar el inconueniente de ver estas ropas porque no le traya a la memoria el dia que se las vestio que fue el ultimo de sus plazeres y contentamiento. E hauiendolo todo Felisel recebido con la carta de Vasquiran se partio para donde su señor estaua. Llegado a Noplesano donde le halló, despues de muchos razonamientos passados le mostró todo lo que el camarero de Basquiran de su parte hauia dado, e diole su carta la qual Flamiano començo luego a leer, e dezia en esta manera:

CARTA DE VASQUIRAN A FLAMIANO

Si ansi como te puedo responder e condenar tu razon pudiesse, Flamiano, conortarme e dar remedio á mi mal, quan presto los dos seriamos satisffechos! A tus consolaciones no quiero responder pues que no me dan consuelo; a tus reproches e castigo, aunque á mi proposito hazen poco, digo que no desseo ni repruevo lo que Dios haze e ordena, ante por ello le doy alabanças, pero esto no me escusa a mi que no pueda plañir lo que su juyzio me lastima con el dolor que siento de lo que pierdo, lo que si no hiziesse mostraria menospreciar lo que él haze, o seria juzgado por irracional. Dizes que es fragilidad o poquedad casi de niño o de hembra semejante estremo. Mayor estremo seria semejante crueldad que la que dizes, porque si miras el estremo de mi pérdida poco estremo es el de mi lloro. Temes que no sea juzgado por lo que hago, mas temeria serlo si esso hiziesse, en especial que ya tú me embias á dezir que lagrimas y sospiros son descanso de los males. Pues ¿cómo me consejas vna cosa en tu razon y escriuesme otra contraria en tu carta? Bien muestras en lo que hazes lo que dizes, que tu passion te tiene tan desatinado que no sabes de ti parte e quieresla saber de mi. A lo tercero te respondo que dizes que no perdi sino que se te figura que se me acabó mi bien; pues tú lo dizes ¿qué quieres que responda? si te parece que es pequeño mal acabarse el bien, tú lo juzga pues que sabes que a esta razon el Dante respondió: Quien ha perdido el bien...

Dizes que me deue bastar la vanagloria de lo que alcancé e la gloria de que gozé; dizes verdad que estas me bastan para sentir lo que yo siento e mucho más, porque si quanto la gloria de lo ganado fue grande y el dolor de hauerlo perdido fuesse ygual, no bastaria mi juyzio a sofrirlo como el tuyo no basta a entenderlo. Dizes que por la menor cosa de las que yo gozé que tu alcançasses, contento darias mill vidas, tú darias mill por hauerlo ¿e no quieres que pierda yo vna por perderlo? Dizes que no hay más bien en el desseo de complirlo; dizes verdad; mas tampoco no hay mayor mal en el bien que perderlo; dizes que alcancé todo lo que se pudo dessear, tambien perdi todo lo que se pudo recelar; e dizes que gozé de lo possible, tambien peno lo possible. Dizes que me acuerde del tiempo que penando desseaua sin esperança; ¿no te parece que peno agora con menos esperança? pues si entonce me penaua la poca esperança del desseo, ¿no me dará más pena agora la desesperacion de no cobrar lo que he perdido? Quexaste que penas sin esperança e que desesperas della: si no esperas lo que ganar se puede no recelarás perderlo

como yo hize; no deuio ser tuya la letra que dixo: todo es poco la possible. Pones por difficultad los merecimientos e virtudes e noblezas de Belisena, que son las cosas que contentamiento te deuen dar. Esto es querer con el defecto de tus flaquezas dar culpa á tus virtudes. E señalaslo en vna cosa que dizes: que por sola vna hora que gozasses darias mill vidas; más razon seria ofrecerlas porque ella viuiesse mill años como es razon. No te oya nadie tal razon; que parece que desseas poco, o mereces poco, o tienes tu desseo en menos, porque la cosa cara ante de hauerse dessea alcançarse, despues de hauida dessease posseer, de manera que nunca el desseo pierde su oficio. Pluguiera a Dios que sin alcançar lo que he perdido, perdiera yo la vida, porque ella viuiera e yo no gozara, porque agora no plañera, o que de nuevo pudiesse con la que me queda conprar la que ella perdio, que con esto seria mas contento que con viuir como viuo, como esta cancion mia te mostrará.

Yo no hallo a mi passion
comienço, cabo ni medio,
ni descanso, ni razon,
ni esperança, ni remedio.
Es tanta mi desuentura,
tan cruel, tan sin medida,
qu'en la muerte ni'n la vida
no s'acaba mi tristura,
ni el seso ni la razon
no le pueden hallar medio,
ni tiene consolacion
ni esperança ni remedio.

FLAMIANO A FELISEL

Leyda que houo Flamiano la letra mandó llamar a Felisel e dixole.

Pareceme que segun Vasquiran e yo con nuestras passiones te tratamos que con mas razon te podras tu quexar de nosotros que nosotros de nuestras quexas, o mejor será que te consolemos de la fatiga que te damos que no tú a nosotros de lo que sentimos. Esto te digo porque agora que hauias menester descansar con algun reposo del trabajo que has passado en estos caminos que has hecho, te tengo aparejado de nuevo otro trabajo en que descanses. Esto es que yo he sabido que la señora duquesa va a caça la semana que viene con otras muchas señoras e damas que para ello tiene combidadas; ya vees qué jornada es para mi, pues que mi señora Belisena va allá. Es menester que tomes por descanso esta fatiga; da recaudo a mi necessidad con tu diligencia, e mañana daras orden como se haga para mi vn sayo e vna capa, e librea para estos moços e pajes de las colores que te dare en vn memorial, e que hagas adereçar vn par de camas de campo e mis tiendas e algunas confituras e todas las cosas que te pareceran que son necesarias para tal menester, porque su señoria estara allá toda la semana y es necessario que para estos galanes que alla yran vayas bien proueydo, en especial de cosas de colacion; por causa de las damas te prouee sobre todo. Assi que reposa esta noche y de mañana sey comigo e acabarte he de dar la informacion de lo que has de hazer.

AQUI EL AUCTOR CUENTA LO QUE FELISEL OTRO DIA PUSO EN ORDEN, E TODOS LOS ATAUIOS DE LAS DAMAS E CAUALLEROS QUE A LA CAÇA FUERON, E ALGUNAS COSAS QUE EN ELLAS SE SIGUIERON

Otro dia de mañana venido a la camara de Flamiano Felisel, Flamiano le mandó que para el le hiziesse hazer vn sayo de terciopelo encarnado con vnas faxas de raso blanco e vnos vasariscos (¹) de oro bordados en ellas, con vna letra que dixesse.

Lo que este haze hazeys
a quantos veys.

E dixole mas. Harásme hazer vna capa de paño amarillo con vnas tiras de raso blanco y encarnado antorchadas vnas con otras de tres en tres tiras, guarnecida toda la capa con vna letra que diga.

Son de vuestra condicion
porque s'espere de vos
la color do van las dos.

Harás más para los pajes ropetas de paño encarnado guarnecidas de raso blanco, y a los moços de espuelas vnos capotines encarnados e la manga yzquierda blanca; las calças la derecha blanca y encarnada, la yzquierda amarilla, e harás para todos jubones de raso amarillo e en las mangas derechas vna letra bordada que diga.

¿Qué se puede esperar dellas
sino lo que va con ellas?

Acabado de darle la informacion de lo que hauia de hazer, con mucha diligencia Felisel dio en todo complido recaudo. Assimesmo todas las damas e muchos caualleros que a la caça hauian de yr se atauiaron de la manera que adelante vereys; e fue assi concierto entre todas las damas que no pudiessen atauiarse para esta jornada sin que cada vna llevase en las ropas o guarniciones sus dos colores principales, las quales en las inuenciones se señalarán. Sabido esto los caualleros todos se vistieron de

(¹) En la edicion de Nucio *basiliscos*.

los colores de las damas que seruian con alguna otra color que les hazia al proposito de la letra, como arriba haueys oydo que Flamiano añadio lo amarillo a las dos colores de la señora Belisena. Venido el dia de la partida, todas las damas se juntaron en casa de la señora duquesa donde los caualleros vinieron. E de alli partieron todos juntos. Fueron en la caça aquel dia las señoras y damas e caualleros que aqui se nombran. Primeramente la princesa de Salusano con sus damas y el principe su marido, e la señora Candina e su esposo el conde de Muralta, hijo del duque de Traysano. La marquesa de Persiana y el marques su marido. La marquesa de Guariano, e la condesa Dauertino y el conde su marido. Marciana de Seuerin hija de la condesa Daliser. La señora doña Persiana, e la señora Laurencia de Montal, Ricarda de Marian, Violesa Daguster, e Polindora de Marin, e la señora Ysiana e Graciana Desclauer, e la señora Belisena.

De los caualleros el conde de la Marca, el marques Carliner, el prior Dalbano, el marques de Villatonda, el prior de Marian, el duque de Fenisa, Francaluer, el conde de Sarriseno e Yusandre el faborido, Galarino Desian, Esclauian de la Torre, Fermines de Mesana, Francastino de Eredes, Camilo de Leonis, Lisandro de Xarqui. E más los caualleros que arriba ha nombrado.

La señora duquesa salio como suele vestida de negro. La señora Belisena su hija sacó vna saya de raso blanco con muchas faxas de brocado encarnado sentadas sobre pestañas de carmesi, con vn papahigo de raso carmesi e la gorra de lo mesmo con muchos cabos e pieças de oro de martillo, con cintas e pestañas blancas y encarnadas, e la hacanea con vna guarnicion de terciopelo carmesi con franjas e muchos floques negros e blancos encarnados, con vna letra que dezia.

Las tres hazen compañia
all alegria.

Sacó la señora princesa de Salusana vna saya de terciopelo negro con vnas cortaduras de brocado morado a manera de vnas escalas, forrada la saya de raso blanco, e vna hacanea con vna guarnicion de terciopelo negro con las mismas escalas de brocado morado con franjas e floques de hilo de plata, con vna gorra rica e papahigo de raso morado, forrada de damasco blanco con muchas piezas e cabos de oro esmaltados de negro con vna letra que dezia:

Nunca jamas subio amor
en lugar
que estas dos l'an de guardar.

Sacó la señora Ysiana vna saya de raso pardillo con muchas faxas de brocado morado forrado de raso leonado; la gorra e papahigo de terciopelo leonado forrado de raso amarillo e muchas cintas por todo amarillas. Una hacanea con vna guarnicion de terciopelo leonado y raso pardillo, con las franjas y floques morados e amarillos con vna letra que dezia:

> A la fin han de tornar
> lo leonado en pardillo
> el morado en amarillo.

Salio la señora Candina, hija de la princesa de Salusano, con vna saya quarteada de terciopelo morado e brocado leonado, enrrexados los quartos de vnas tiras de lo vno enlo otro, sentadas sobre pestañas de raso blanco, forrada la ropa de damasco leonado. Una guarnicion de vna mula del mismo damasco leonado, cubierta toda de vnas cifras enlazadas de raso blanco; vna gorra de raso leonado con cintas blancas e unas pieças de oro de martillo esmaltadas de blanco e morado con vna letra que dezia:

> Do passion de amor no afloxa
> lo blanco da mas congoxa.

La señora Porfisandria sacó vna saya de chamelote de seda leonado, con unos fresos de plata anchos y angostos de tres en tres tiras muy espesos, con vnas pestañas de raso negro en todos ellos e vna gorra de terciopelo leonado con muchas cintas blancas e negras; vna guarnicion de terciopelo negro con franjas de hilo de plata con vnos tormentos de plata sembrados por encima con vna letra que dezia.

> La guarnicion os condena
> y la ropa da la pena.

Sacó la señora Laurencia vna saya de paño amarillo con vnas lisonjas toda cubierta de terciopelo encarnado sobre pestañas de raso azul y en cada lisonja vna de plata estampada, pequeña, puesta en medio de la seda tambien sobre raso azul. Una gorra de raso amarillo de la mesma manera; guarnecida vna guarnicion de vna mula de la misma manera, con vna letra que dezia:

> Lo más porque desespere
> quien vencer lo blanco espera,
> las dos porque vaya fuera.

La señora marquesa de Persiana vna saya de brocado carmesi con vnas barras de terciopelo carmesi anchas, sentadas sobre raso blanco cortadas por encima; vna gorra de raso carmesi acuchillada forrada de raso blanco; la saya forrada de raso blanco; vna guarnicion de vna hacanea de oro tirado con floques e franjas de grana y blanco, con vna letra que dezia.

> Los dos de la guarnicion
> goza bien quien las merece,
> y el enforro quien padece.

Salio la señora Mariana de Seuerin, hija de la condesa de Aliser, con vna saya de terciopelo morado cortada toda con muchas cuchilladas, forrada de raso encarnado, que se descubria por ellas, con vnas madexas de seda encarnada que ataua las cortaduras muy espesas. La gorra de lo mesmo. La guarnicion de la hacanea ni más ni menos, con vna letra que dezia.

> No hay esperança en amor
> donde está estotra color.

La señora Melisena de Ricarte sacó vna saya de raso blanco con vnos girones de terciopelo morado, trepados tan juntos que á la parte de la cortapisa juntauan el vno con el otro, forrada de raso morado. Una gorra e papahigo de raso blanco con pestañas e cintas moradas. Una guarnicion de una mula, de terciopelo morado, con cubierta de vnas matas de plata, con vna letra que dezia.

> Si el blanco es tal qual deue,
> aunque el morado conbata
> a la fin muere ó se mata.

La señora condesa de Auertina vna saya de raso verde muy claro e de terciopelo verdescuro á nesgas, con vnas alcarchofas de oro bordadas por ella. Una gorra del mesmo terciopelo con las mismas alcarchofas de oro de martillo. Una guarnicion de terciopelo verde con las franjas de seda verde clara con la mesma bordadura, con vna letra que dezia.

> De las dos la que es perdida
> mostrará a vuestras querellas
> lo que haueys de coger dellas.

Sacó la señora Angelera de Agustano, vna saya a nesgas de terciopelo negro e raso blanco con vnos estremos cortados de la vna e de la otra seda e guarnecidas todas las nesgas dellos por el contrario. Una gorra de terciopelo negro e papahigo con muchos estremos de plata guarnecidos. Una guarnicion de vna mula de la misma manera, con vna letra que dezia.

> Para que se gane gloria
> destas dos que defendemos
> menester son sus estremos.

Sacó la señora marquesa de Guariano vna saya de brocado negro, forrada de raso leonado con vnas faxas muy espessas de terciopelo leonado, con vna gorra leonada con pieças de oro martillo esmaltadas de negro. Una guarnicion de vna hacanea de terciopelo leonado con muchos floques de seda negra e vna letra que dezia.

Del honesto pensamiento
se guarnece
la guarnicion que parece.

La señora Ypolisandra sacó vna saya de terciopelo verde cubierta toda de vnas ondas de raso negro sobre tafetan blanco, con vna gorra del mesmo terciopelo con cintas blancas. Una guarnicion de vna hacanea de lo mismo con vna letra que dezia.

No me dexa andar sin ellas
la misma esperanza dellas.

Sacó la señora Lantoria Dortonisa vna saya entretallada toda á centellas de brocado e raso blanco, con pestañas de tafetan morado. Una gorra de raso blanco con muchas centellas de oro de martillo; vna guarnición de vna hacanea con franjas e floques morados de las mismas centellas con vna letra que dezia:

Es lo blanco quien abrasa
de passion á las centellas
con la misma color dellas.

Sacó la señora Graciana vna saya de raso azul con vna gelosia encima, de terciopelo azul sobre pestañas de raso blanco, atadas las juntas de la gelosia con vnas lazadas de madexas de hilo de oro, con vna gorra de raso azul e unas pieças de oro de martillo hechas como gelosias. Una guarnicion de vna hacanea de la misma manera de la saya; la saya forrada de raso blanco con vna letra que dezia:

Do el recelo está doblado
lo blanco está bien guardado.

Sacó la señora Violesa de Aguster vna saya de raso blanco e terciopelo morado entretallada a quadros, e de vn quadro de la vna seda sacado vn pequeño e cambiado en el otro con vnas cortaduras de brocado encima de las juntas, cortadas de manera que las sedas e el brocado todo hazia vna obra. Una gorra de raso morado con muchos cabos de oro. Una guarnicion de vna mula de la misma manera, con vna letra que dezia.

El contentamiento haze
que vaya d'una manera
l'oncubierto e lo de fuera.

Las damas todas salieron vestidas desta manera que haueys oydo, con todas estas letras las quales, á peticion de cada vna dellas fueron fechas.

Salio Flamiano con los atauios que ya arriba deximos. El señor príncipe de Salusana vn sayo de brocado negro con faxas de terciopelo morado con pestañas blancas. Un capuz morado con vnas tiras blancas de raso. Los moços vestidos de morado e negro con la vna calça blanca y morada, la otra negra; con vna letra que dezia.

Razon me haze que sea
qual me manda la librea.

Sacó el marques de Persiana vn sayo de raso blanco con vnas tiras de tafetan leonado, enlazadas por todos los girones con vnas madexas de seda blanca que las añudauan; vna capa de paño leonado con vnas tiras de tafetan blanco trabessadas por todo el capuz; e los moços e pajes vestidos de raso blanco e paño leonado, con vna letra que dezia.

Porque la vna es en vos
tan complida
mi congoxa es tan crecida.

Sacó el conde de la Marca vn sayo de terciopelo morado con vna capa de paño morado ribeteado todo con vnos ribetes de terciopelo negro puestos sobre tiras de raso blanco. Sacó los moços e pajes bestidos desta manera, con vna letra que dezia.

Quanto amor más en mi crece,
más pasion
me crece la guarnicion.

Salió el señor Lisandro de Dixarqui con un sayo de terciopelo negro con vn capuz de terciopelo negro forrado todo de raso blanco con vnas pestañas de tafetan morado que descubrian muy poco entre las dos sedas; los moços e pajes de negro vestidos con guarniciones de raso blanco sobre pestañas moradas con vna letra que dezia.

Tal me tiene lo que veys
porque veo
que s'encubre mi deseo.

Sacó el señor Camilo de Leonis vn sayo de raso leonado; vn capuz de paño leonado con vnas faxas de terciopelo morado con vnas pestañas de raso amarillo, y los moços y pajes vestidos destas colores, con vna letra que dezia.

Harto es grande la congoxa
quando amor está en lugar
c'aueis de desesperar.

El señor marques Carliner salio todo vestido de terciopelo pardillo forrado de damasco morado guarnecido todo con vnas lisonjas de raso leonado. Los moços e pajes vestidos de leonado e pardillo con guarniciones moradas y vna letra que dezia.

No puede causar en mi
menos mal la forradura
que muestra la vestidura.

El señor prior de Albano vn sayo e capa de paño amarillo con vnas cifras enlazadas de terciopelo azul e raso encarnado sembrado todo. Los moços vestidos de amarillo con la vna manga azul y encarnada, con vna letra que dezia.

Pues con vuestra condicion
mi rezelo va enlazado
ya mi mal va señalado.

Sacó el marques de Villatonda vn sayo de raso carmesi con faxas de brocado. Una capa de paño amarillo con vnas tiras de terciopelo carmesi. Los moços vestidos con jubones de brocado e carmesi quarteado, con calças e capotines de paño amarillo e de grana, con vna letra que dezia.

Va ell alegría fengida
do desespera la vida.

Sacó el prior de Mariana vn sayo e capuz e jubon de terciopelo morado, passado todo a escaques de raso encarnado, a manera de vn tablero daxedrez; los moços e pajes vestidos de paño morado e raso encarnado con vna letra que dezia.

Todos los males de amor
nacen destotra color.

Premines de Castilpana salio todo vestido de verde claro, que es esperança perdida, e los moços de la misma color, porque la dama que seruia sus colores eran dos, verde escuro y claro que son esperança cobrada y perdida. El no sacó mas de la vna con vna letra que dezia.

Pues que en mi toda es perdida
¡quán sin ella está mi vida!

El duque de Fernisa sacó vn sayo quarteado de damasco blanco e bellutado morado, con vn capuz de paño morado forrado de damasco blanco, con vnas cortaduras de raso blanco perfiladas por encima del paño. Los moços e pajes vestidos de las mismas colores con vna letra que dezia:

¿Que sperará mi ventura
del dolor que es mas escuro,
siendo el otro tan seguro?

Francaluer sacó medio sayo de terciopelo blanco e medio de raso negro con faxas trocadas de lo vno en lo otro; vn capuz medio de terciopelo negro, medio de raso blanco forrado de lo mismo, cambiado lo vno en lo otro, con vna letra que dezia.

Dos contrarios so vn subjeto
veo en vuestra castidad:
hermosura, honestidad.

El conde Sarriano salio vestido todo de negro con los moços e pajes vestidos todos de leonado con vna letra que dezia.

La tristeza de mis daños
da congoxa en los estraños.

El señor Yusandriano salio vestido todo de leonado forrado de raso blanco; los moços vestidos de lo mismo con vna letra que dezia.

Lo cubierto causa en mi
aunque s'encubre
lo que fuera se descubre.

Sacó el señor Guillermo de Canes vn sayon de raso blanco y raso naranjado e terciopelo carmesi, gironado a puntas con tafetan blanco e naranjado; debaxo las puntas naranjadas vn capuz de paño naranjado guarnecido con quatro tiras de carmesi e raso blanco. Los moços e pajes vestidos de blanco e naranjado con vna letra que dezia.

Salio en blanco mi alegria
pues que va desesperada
mi porfia.

Salio el conde de Auertino vestido todo de verde escuro con vnos ribetes por baxo del sayon e de la capa de raso verde claro, porque son las colores de la señora condesa, forrado todo de raso carmesi. Los moços vestidos de terciopelo verde e de grana con vna letra que dezia.

Ya's perdida la perdida
para quien
por vos cobra todo el bien.

Galarino Difian salio a la gineta con vna marlota de brocado blanco e terciopelo leonado con vnos lazos de plata por toda; vn capuz de terciopelo leonado forrado de raso blanco con los mismos lazos guarnecidos, con vna letra que dezia.

La vna es sobrada en vos
y la otra en mi por ella
y assi sobra mi querella.

Salio Esclauiano de la Torre a la gineta con vna marlota nesgada de raso leonado e azeytuni negro, vna capa leonada toda guarnecida de muchos lazos moriscos de oro e de grana, con vn rico jaez de las colores, con vna letra bordada en torno de la marlota e del capuz, que dezia.

Pues que son vuestras colores
siendo vuestra mi porfia
para mi son alegria.

Fermines de Mesano, hecho a escaques de azeytuni leonado y raso blanco con vna P cortada del terciopelo leonado en cada escaque blanco e vna F de raso blanco en el leonado; vna capa de paño leonado con vna cortapisa de las dos sedas por baxo de los mismos escaques del sayo y en ellos bordada esta letra que dezia.

Es mi fe la que no afloxa
la pena de mi congoxa.

De la manera que aqui es dicho, salieron vestidas las damas e galanes, los quales todos con mucho plazer llegaron a la caça. Estando alli a cabo de quatro dias llegó el señor cardenal de Brujas con muchos caualleros que lo acompañaron. Los quales fueron el marques de la Chesta, Francastino de Redes, el señor Alarcos de Reyner, Pomerin Russeller el pacifico, Alualader de Caronis, con otros muchos caualleros que por que no salieron vestidos de colores de inuencion aqui no se nombran.

El señor cardenal vino vestido de negro por cierto respecto que le conuenia; lleuó veynte palafraneros e doze pajes vestidos de terciopelo negro e paño morado con vna letra que dezia:

Es la que menos me plaze
la que más me satisfaze.

Vino el marques de la Cehesta vestido todo de amarillo, con los moços vestidos de la misma color, con una letra escripta en los pechos desta manera que hablava el color, e traya dos R. R. e una A en medio puestas en los pechos, que queria dezir.

Amar y llorar.

Vino Francastil de Redes vestido todo de azul e sus moços vestidos de la misma color con vna letra que dezia:

Mi recelo
es que en mi mal no hay consuelo.

Vino el señor Alarcos de Reyner con vn sayo de raso amarillo e azeytuni morado con unas tiras de tres en tres de la vna seda en la otra puestas a escaques por los girones; vn capuz morado forrado de raso amarillo con vna letra que dezia.

Mi pensamiento ha subido
lo morado
do desespera forçado.

Pomerin traya luto e assi vino vestido de negro sin letra.

Rosseller el pacifico salio vestido de azul e carmesi con vna letra que dezia:

Aunque yo me visto dellas
no tengo porque traellas.

Alualader de Caronis vino todo vestido de pardillo forrado el sayo e capuz de damasco leonado, acuchillado todo por encima lo pardillo, de manera que lo leonado se descubriese, con vna letra que dezia.

El trabajo es quien descubre
la congoxa que se encubre.

Otro dia despues de llegado el señor cardenal con todos estos caualleros, la señora duquesa con todas las damas y ellos fueron á caça de monte, e puestos todos en sus paradas como suelen, la señora Belisena con Isiana quedaron en vna parada con Jusander e con otros dos caualleros de casa de la señora duquesa su madre, en la qual parada acudio vn cieruo muy grande e dadas laxas las señoras a sus canes, los caualleros que con ellas estauan començaron a seguirlo. La señora Belisena quedó a solas con Isiana a la sombra de vnas espesas matas, donde a suerte aquella hora Flamiano acudio impensadamente. El qual viendose en presencia de su señora fue tan atonito e turbado que no sabia parte de si viendo lo que le era seguido; reconocido algo en su juyzio, aunque no sin mucha turbacion, despues de hecho a la señora Belisena aquel acatamiento que ella merecia e su criança dél le obligava e más su apassionada voluntad, informado de la señora Isiana de la causa de su quedada alli a solas, començo con muy temeroso acatamiento a dezir en esta manera a su señora.

DE LAS COSAS QUE FLAMIANO E BELISENA PASSARON EN AQUEL RAZONAMIENTO

El temor, señora, de los males que cada dia a causa vuestra por mi pasan e padezco, me tienen tan sin razon la lengua, y el sentido tan turbado junto con el gozo de verme en vuestra presencia, que me falta razon para hazeros notorias las sobras de mis passiones, e aun atrevimiento para osaros las dezir aunque no me falta voluntad para suffrirlas. El temor de enojaros me cierra, señora, la boca, y el fuego que mis entrañas abrasa, pronuncia por ella lo que dentro se siente. E assi señora quiero tener atreuimiento para poner mis quexas en vuestra presencia; no que yo, señora, de vos me quexe ni Dios lo quiera, que no deuo más para que las pasiones que con mis deseos me aquexan sepays, por merito de las quales os suplico que no medido lo que yo en respecto vuestro me merezco, mas considerado lo que por haueros visto e desear ser vuestro padezco, por tal señora me acepteys; no para dar más bien a mi mal de consentir que yo señora por vuestro seruicio lo padezca, por que ni más osaria, señora, pedir, ni tanto me atreueria creer merecer.

BELISENA

Muchos dias ha, Flamiano, que conozco en tus meneos lo que el desuario de tu pensamiento te ha puesto en la voluntad; e no creas que muchas vezes dello no haya recebido enojo, e algunas han sido que me han puesto en voluntad de dartelo a entender, sino que mi reputacion e honestidad me han apartado dello, e aun en parte el respecto de la buena figura en que tu discrecion hasta agora he tenido. Mas pues que tu atreuimiento en tal estremo te ha traydo, que en mi presencia tu fantasia hayas osado publicar, forçado me será responderte, no lo que dezirte queria segun mi alteracion, mas segun la vanidad de tu juyzio merece. Lo qual aunque consejo te parezca deues tomar por reprehension; e digo que no te acontezca semejante pensamiento poner en parte differente de ti, donde no puedas menos hazer de verte cada hora en infinitas necessidades e al fin sin ver cabo á lo que desseas, que lo hayas de ver de tu vida y de tu honrra. Mas razon seria que primero ygualasses la medida donde bastas llegar con el merecer, que no que publicasses do querrias subir con el dessear e aun alli, segun se suele, hallarás tarde el contentamiento que el deseo querria.

FLAMIANO

Mis ojos, señora, que de mis males han sido la causa, no tuvieron juyzio más de para miraros e ver las perficiones que Dios en vos puso, para que viendoos pusiesen mi corazon en el fuego que arde; llegada alli vuestra figura, no pudo menos hazer de lo que ha hecho. Mi saber no pudo ser tanto para temer los inconuenientes de mi daño que vuestra hermosura no fuesse más para causallo sin poder ser resistido. Pues llegado aqui mi pensamiento determinose en

que lo mucho que el merecer desyguala mi pena del desseo, las sobras della misma son tantas que lo yguala todo, pues que, señora, mi intencion no os pide mas de licencia para padescer, que desta suerte cierto no puede ser reprouada pues que no es mala. Ansi que, señora, pues que tanto la virtud y nobleza en vos sobra, no useys comigo por el rasero de la crueza, pues que mudarse ya mi cuydado es imposible. E assi de vos no quiero consejo; remedio es el que pido pues que no le puedo esperar sino de vuestra mano.

BELISENA

No creas tú, Flamiano, que la pasion o males que publicas que sientes, a mí dellos me plega, ante en muchas maneras dello me pesa. Lo vno es que á mi causa siendo en mi perjuyzio tú los padezcas. Lo segundo que te atreues á ponerte en ello y aun publicarlo. De suerte que en muchas maneras me enojas y en más me harias plazer y servicio que dello te dexasses. Y esto seria seruirme como dizes que desseas; para esto que te digo, como ya te he dicho, los inconuenientes de mi estado y de mi condicion y honestidad me dan inconueniente no solo para que como hago dello reciba mucho enojo, mas para que tú aunque mill vidas como dizes perdiesses yo dellas haya de hazer ni cuenta ni memoria. Assi que lo mejor será que desto te apartes e en esto me harás seruicio como dizes que desseas y aun me ternas haziendolo contenta; e pues que tanto mio eres, segun dizes, yo te mando que lo hagas, porque quites tu vida de peligro e aun a mí de ser enojada.

FLAMIANO

Quando, señora, la pena verdadera de amor como es la mia está sellada en el alma, pues que justa razon alli la haya puesto, en el coraçon está imprimida de suerte que sin él y sin ella no pueda salir de alli. Pues ¿como quereys, señora, que mi cuydado se mude, que el dia primero que os vi, dentro en mis entrañas e coraçon quedó el propio traslado vuestro perfectamente esculpido, e despues aca quantas estrellas me haueys tirado que son infinitas, llegadas alli, el fuego que en tal lugar hallan las funde, porque son de oro siendo vuestras e fundidas hallan alli vuestra effigia e de cada vna dellas se haze vn otra semejante. Assi que aunque el coraçon y el alma con las principales sacassen, el cuerpo quedaria lleno con tantas que de aqui a mill años en mi sepultura se hallarian dellas sin cuento, e aun en todos mis huessos se hallaria vuestro nombre escripto en cada vno. Ansi, que señora, si quereys que de quereros me aparte, mandad sacar mis huessos e raer de alli vuestro nombre, e de mis entrañas quitar vuestra figura, porque ya en mi está conuertido en que si alguno me pide quien so digo que vuestro. E si esto a desuario se me juzgasse, mayor lo haria quien tal quissiese juzgar, porque no hay nayde que con mis ojos, señora, os mire que no conozca ser justo lo que hago; e como ya he dicho, aunque en la razon mia encobrir lo quisiesse no puedo, porque el fuego de dentro haze denunciar a la lengua la causa. Pero pues que en vuestra mano está matarme o darme la vida, e pues que della teneys la llaue, ved vos si lo podeys hazer e ganareys la victoria del tal vencimiento. E si con quitarme la vida pensays acabarlo, dudolo, porque aunque del coraçon e las otras partes vos apartassedes con matarme, ni mas ni menos en el alma os quedariades, de do jamas os podreys quitar porque es inmortal a causa de estar vos en ella. E si de mí se partiesse donde agora mis passiones la tienen presa y atormentada, jamas de vuestra presencia se partiria, donde con mucho contentamiento estaria contino. Assi que si agora estando comigo os enoja ausente, mira que hará entonces estando presente, e bien sé que pues agora os enojays por seros yo de mi grado captiuo, que despues de yo muerto más enojo recibireys de vos matadora, e sola esta gloria que de mi muerte se espera me basta a mi para que contento pierda la vida, pues que con ello yo seré fuera de pena e vos con pesar arrepentida. Podreys señora dezir entonces que no es vuestro el cargo sino mia la culpa pues que yo mesmo me lo he buscado y querido mi daño contra vuestra voluntad. Entonces mi alma os negará la partida diziendo: no, no, no es ansi, que el cargo, señora, tuyo es pues que tan cruelmente tan mal le trataste no pidiendote más bien de licencia para sofrir su mal sin ninguna offensa tuya ni más gloria suya.

BELISENA

Si sofrirte lo que faces me offende, oyrte lo que dizes me perjudica y enoja; ¿qué hará responder a la vanidad de tus razones? Yo te he ya dicho lo que te cumple, bastarte deue para no esperar mas disputa en este caso de lo que te conuiene. No delibero mas sobre ello hablarte, porque creo que tu discrecion te hará determinar lo que te cumple. Los mios vienen, quedate con Dios y creeme haziendo lo que te tengo dicho.

FLAMIANO

Digo, señora, finalmente que no puedo porque ni mi voluntad a ello no puede doblarse, ni mi querer puede dello quitarse, e aunque aquí tan solo de bien e tan acompañado de pesar me dexeis, digo que allá donde vos vays, allá voy, y

aunque vos vays, aqui quedays donde yo quedo, porque ni allá, ni acá, ni en ninguna parte donde yo me halle, nunca vuestra vista de mis ojos se quita, sino que en mi fantasia do quiera que esteys, do quier que esten, los dos juntos estamos. E si esto, señora, no creys, mis obras os haran dello testigo.

Al fin la señora Belisena se partio con Isiana e muy enojada, a lo que mostraua, e llegó a la compañia de los suyos. Flamiano quedó a solas, fuesse por otra via con el consuelo que pensar podeys; en aquella noche todos los caualleros cenaron con el señor cardenal, donde se concerto de yr venidos de la caça a vnos baños que ocho millas de la ciudad estan de la mar, en vn muy hermoso lugar que Virgiliano se llama, porque supieron que la señora duquesa e la princesa de Salusano con otras muchas damas se yuan por estar alli todo el mes de Abril, como cada año las damas y señoras de Noplesano acostumbran hazer. Visto Flamiano que esta jornada se le aparejaua conforme a su desseo, suplicó al señor cardenal que ordenase vn juego de cañas para el segundo dia de pasqua que todas las damas ya a Virgiliano serian venidas. De lo qual el señor cardenal, fue tan contento que se ofrecio tener el vn puesto con la meytad de aquellos caualleros, desta manera: que los de su puesto saldrian a la estradiota vestidos como turcos con mascaras y rodelas turquescas, vestidos todos de las colores que su señoria les daria, y que jugarian con alcanzias. E que Flamiano tuuiesse el otro puesto a la gineta con los otros caualleros que alli primero se hallaron en la caça. E que ante que al puesto saliessen, que saliessen ellos todos juntos e començassen su juego de cañas partidos por medio. En el qual juego él con sus turcos llegaria como hombre que viene de fuera, e assi juntados ellos todos, començarian el otro juego contra los que en él viniessen. E ansi el señor cardenal tomó a cargo de suplicar a la señora princesa que para aquella noche conbidase a la señora duquesa e á Belisena, con todas las otras damas que alli se hallassen, para que en su posada aquella noche passado el juego todas cenassen y alli hiziessen la fiesta. Pues acabada la caça, dende a dos dias con mucho plazer los vnos e los otros todos juntos a la ciudad se tornaron.

Donde despues de llegados, Flamiano acordo de enbiar a Felisel a visitar a Vasquiran con el qual acordo respondelle a su carta. E despachado que le houo, Felisel se partio, e llegado a Felernissa donde halló a Vasquiran, despues de hauer hablado mucho con él en especial de las cosas dela caça e lo que en ella se era seguido, la carta de Flamiano le dió, la qual en esta manera razonaua.

CARTA DE FLAMIANO Á VASQUIRAN
EN RESPUESTA DE LA SUYA POSTRERA

No quiero, Vasquiran, dexarme de responder a tus cartas e quexas, si quiera porque no pienses que razon me falta para ello, como a ti crees que te sobra para lo que hazes. Yo, si bien me entiendes, no digo que de la muerte de Violina no te duelas como es razon que lo hagas, mas que los estremos dexes e apartes de ti, pues que in genere son reprobados; porque como ya te he dicho y tú dizes, tus lastimas todas la muerte las ha causado, y en verdad al parecer estas son las mas crudas de sofrir, y al ser las mas leues de conortar, pues como dicho tengo, el tiempo e la razon naturalmente las madura e aplaca de tal suerte que assi como la carne muerta en la sepultura se consume, assi el dolor que dexa en la viua se resfria. Porque si assi no fuesse, muchas madres que ardientemente los hijos aman e los pierden, por ser fragiles para soffrir el dolor con la braueza dél, con la flaqueza de la complision, si este remedio el tiempo naturalmente no le pusiesse, las mas dellas del seso o de la vida vernian a menos, e aun algunos padres lo mismo harian, e otras muchas personas que de conjunto amor contentos acompañados viuian como tú hazias. Empero como he dicho el natural remedio lo remedia continuamente, e donde este faltasse o si assi no fuese, digo que por razon más obligado serias segun quien eres a hazer lo que digo que lo que hazes, por muchas causas que ya te tengo dichas, porque como sabes, la estremidad del plañir nace de la voluntad, la virtud del soffrir es parte de la razon.

Pues mira quan grande es, nuestra differencia entre la voluntad e la razon. Lo vno parte de discrecion e cordura; lo otro o es o está a dos dedos de locura, en especial que los virtuosos varones más son conocidos en las aduersidades por su buen seso e sofrimiento que no en las prosperidades por grandezas ni gouierno; porque lo vno muchos respectos lo pudieron causar para hazerse, lo otro sola virtud lo templa para sofrirse. Assi que por todas las partes verás que por fuerça tu dolor ha de menguar. Mas ¿qué hare yo que si sola vna vez que vi a la que mi mal ordena, de tantos malos me fue causa? en las otras que la veo ¿qué puedo sentir? Su ausencia me atormenta de passion; su presencia me condena de temor; su condicion e valer me quitan esperança; mi suerte y ventura me hazen desconfiar. Mi pena me da congoxa incomportable. Lo que siento me haze dessear la muerte; remedio en mi no le hay; della no se espera. E assi tengo más aparejado el camino de desesperar que abierta la puerta de esperança para ningun bien.

Assi que por Dios te ruego que comiences á poner consuelo en ti, porque puedas presto con tu compañia venir a poner remedio en mi, y con tal confiança me quedo cantando este villancico que a mi proposito haze y a mi pesar he hecho.

Yo consiento por seruiros
mi muerte sin que se sienta
vos señora no contenta.

El primer dia que os vi
tan mortal fue mi herida
que en veros me vi sin vida
y el viuir se vio sin mi,
pues que en viendoos consenti
mis males que son sin cuenta,
vos señora mal contenta.

Consenti verme sin ella
solamente por miraros
y por solo dessearos
tuue por bueno perdella;
y más que los males della
quise qu'el alma los sienta
y vos dello descontenta.

Consenti que mi tormento
tan secreto fuese y tal,
que el menor mal de mi mal
diesse muerte al sentimiento;
quise más qu'el soffrimiento
que lo suffra y lo consienta
por hazeros más contenta.

De suerte que mis sospiros
aunque sean sin compas
los quiero sin querer mas
de quereros y seruiros,
sin más remedio pediros
de la muerte que m'afrenta
que veros della contenta.

LAS COSAS QUE VASQUIRAN CONTO A FELISEL
DESPUES DE LEYDA LA CARTA, QUE LE HA-
UIAN SEGUIDO YENDO A CAÇA

Despues de leyda Vasquiran la carta que Felisel le dió, hablando de muchas cosas Felisel le conto todas las cosas de la caça, assi de los caualleros y damas que en ella fueron como de los atauios que todos sacaron, e aun parte de lo que su señor con Belisena passó hablandose con ella a solas. Pues hauiendolo todo muy bien relatado, otro dia paseandosse los dos como otras vezes solian por vna sala, Vasquiran le começo á dezir:

Pues que ayer, Felisel, me contaste todos los mysterios de la caça que allá haueys tenido, e aun lo que a tu señor en ella le siguio, quiero contarte lo que a mi en otra me ha acontecido. Flamiano, como dizes, fue por acompañar a quien de enamorados pensamientos acompañado le tiene e aun por dar con su vista descanso a sus ojos. Yo por acompañar a mi soledad de mas soledad e por dar a los mios con ella de lagrimas más compañia con menos atauios e mas angustias la semana passada tambien me fuy á caça, en la qual me acontecio lo que agora oyras.

RECUENTA VASQUIRAN Á FELISEL LO QUE LE ACONTECIO EN LA CAÇA, E LA OBRA QUE SOBRE ELLO HIZO

Estando con sus canes estos mis seruidores en sus paradas puestos como yo los hauia dexado, contecio que vn ciervo e vna cierva juntos en la vna dellas dieron, de que dadas laxas a los perros começaron a seguirlos por vna llanura que entrellos e un bosque se hazia. E siendo los canes muy buenos dieronles vn alcance en el cual la cierua se houo de apartar de su compañia e vino a dar donde yo estaua, por su desventura e la mia, e assi como yo la vi venir salile por el traues adelante e ante que al bosque llegasse la maté. Llegados alli parte destos mis seruidores, porque ya era algo tarde mandela cargar sobre vna azemila con la otra caça que muerto hauiamos, y yo comence a venirme la via de aquella eredad mia a donde la otra vez me hallaste, e seyendo ya al aquanto del bosque alongados, sentimos los mayores bramidos del mundo, los quales por nos oydos, paramos por saber qué podria ser, e vimos venir vn cieruo que en el bosque se nos era entrado bramando, y era el que en compañia de la cierua venia, el qual ni por el temor de los canes que al encuentro le salieron, ni por lo que los mios le ocuparon jamas dexó de hazer su via hasta llegar al azemila do la cierua venia cargada. E como yo lo vi pense lo que podia ser como fue, aunque milagro parezca, e assi mandé que ninguno le hiziesse daño. Pues llegado que fue do su dolor lo guiaua, començó á dar de nuevo muy mayores bramidos derramando de los ojos infinitas lagrimas. Como tal le vi hazer tanto dolor, començo a refrescar en mi llaga, que temiendo en mi algun desmayo que afrenta me hiziesse, mandé lo dexassen estar e segui mi camino para donde él yua, mas como nos vido partir, con mayores gemidos començo a seguirnos hasta llegar do yo yua, de donde jamas se es partido. Como esto vi mandé que a la cierua desollassen el cuero e lo hinchiessen de feno e dentro en el jardin lo colgassen en vna lonja que en el hay tan alto que el ciervo solamente pudiesse alcançar a su cabeça. E desde aquel dia que alli lo pusieron mandé meter dentro al cieruo e jamas de donde la cierua está se es partido, saluo cuando costreñido de la hambre algun poco por la huerta a pacer se aparta. Pusome tanta tristeza ser, Felisel, lo que te he contado,

que despues de hauer cenado a solas retraydo en mi camara, veniendome a la memoria todas mis glorias pasadas y la congoxa presente, juzgando por lo que este irracional hazia lo que de razon yo deuia hazer, con infinitas lagrimas comence contra mi maldiziendo mi desuentura a dezir infinitas e muy lastimeras palabras, tantas que largo seria contarlas. Saluo que estando assi yo me senti assi venir a menos el sentido e no sé si trasportado del juyzio o si de do'or y del sueño vencido, yo vi en vision todas las cosas que a tu amo embio dentro en una carta que le tengo ya escripta, lo qual verás en versos rimados conpuestos más como supe que como deuiera o quisiera. E despues hize sobre este caso deste cieruo esta cancion, la qual no he querido que tu amo la vea, por que no halle en ella con que responder a mi carta como suele.

¿Que dolor puedo quexar
de mis angustias e males
viendo que los animales
mayor sienten mi pesar?
Quexaré de mi dolor
que es tan crudo su tormento
que vn bruto sin sentimiento
le siente mucho mayor,
de pesar que yo le siento,
mas no se puede ygualar
con mis angustias mortales
porque ell alma de mis males
mayor siente mi pesar.

Acabado que houo de decirle la cancion le dixo: Felisel, yo querria que mañana te partiesses, porque llevasses a Flamiano vn cauallo mio de la gineta con vn gentil jaez, que agora poco ha me han traydo de España, porque aproueche para el, pues que a mí ya seruir no me puede. Querria que llegasses a tiempo que para el juego de las cañas que me has dicho le siruiesse. Otro dia recebido Felisel el cauallo e la carta se partio. E llegado a Noplesano, halló que Flamiano con todos los caualleros eran ya partidos para Virgiliano, porque la señora duquesa e la princesa con todas las damas ya estauan alli. Donde otro dia Felisel llegó, con el qual Flamiano holgó mucho e houo mucho plazer de oyrle contar lo que a Vasquiran hauia acontecido e tambien con el cauallo que era muy bueno y el jaez muy rico, en especial llegando a tal tiempo. Y recebida la carta començola a leer la qual assi dezia.

CARTA DE VASQUIRAN Á FLAMIANO EN RESPUESTA DE LA SUYA

Quanto mejor seria, Flamiano, que a esta question pusiessemos silencio que no proseguirla, pues que tan poco prouecho a los dos nos acarrea. Tú me dizes que no me reprueuas porque de mi mal me duelo pues que es razon que lo haga, sino que no deuo tanto en estremo dolerme. Mi mal quisiera yo que limitaras que no fuera tan grande, que mi tristeza pequeña es para con él. Dizes que como la carne muerta en la sepultura se consume, assi el dolor que dexa en la viua se resfria; falso es esse argumento pues en mi que lo prueuo por el contrario lo veo. Tornasme a alegar las mugeres que perderian el sentido si por esto no fuesse. A la fe por ser ellas flacas de sentido e fragiles pierden dello la memoria, que no por lo que dizes. Si honesto me fuesse alegarte cosas de nuestra fe, vna cosa te diria de la que no tuvo par, que en tal caso hizo, con que callasses. Tambien me alegas como philosopho lo que de la voluntad o de la razon parte, quál es auto mas virtuoso, e das lexos del terrero, que los que desso han glossado, en especial Juan de Mena e muchos no ponen contraste en tal caso, entre la voluntad e la razon, saluo de aquellos apetitos que viciosamente muestra naturaleza, desseo voluntario, que el dolerse nadie de la cosa amada de puro amor e gratitud y contentamiento que le tenia, le parte viendola perdida. Pues estos autos virtuosos y razonables son, que no voluntad voluntaria. Ansi que no te cale philosophia comigo que poco te aprouecharia ni a Aristoteles si mi mal sintiera. Mas sabia el Petrarca que no tú ni yo, mas ya sabes lo que respondio siendo juzgado porque a cabo de veynte años que madama Laurea era muerta la plañia e la seruia, quando dixo: ¿Que salud dió a mi herida quebrarse la cuerda del arco? Nunca de tu mal vi ningun martir e del mio verás todas las poesias y escripturas dende que el mundo se començo hasta agora llenas, de lo que aun la sangre del martir Garcisanchez viua tenemos e no oluidada la del mesmo Petrarca que te he dicho, sin otros infinitos que dellos no se escriue. Tú no hallas remedio para ti que cada dia hablas o puedes hablar a quien te pena; quieresle hallar para mi que no le tengo. Tambien me dizes que la primera vista tanto tanto mal te causó, ¿que sentiras en las otras? Digo que la primera vez te enamoró, las otras te reenamoran, todo el mal que te causa su ausencia es desseo de verla. El que te haze su presencia es desseo de codiciarla. En fin, son vanidades que la vna con la otra se texen; mas si lo quieres ver, mira qual pena es mayor: la que sientes viendo, o la que ausente padezes por ver; aquí juzgarás mi mal qué tal es. En fin, que tú careces de consejo e confiança, yo de consuelo y esperança; tú buscas compañia, yo huyo della; tú desseas gozar, yo morir; lo que tú no dessearas si quiera por ver a Belisena. Mira qué mal te causa verla. Assi que en esto no habria cabo, creesa

me, y dexalo estar; y pues que lo que en la caça te acontecio me has hecho saber, Felisel te contará lo que a mi en otra me ha seguido, sobre lo qual hize esta obra que aqui te embio.

VISION DE AMOR EN QUE VASQUIRAN CUENTA LAS COSAS QUE VIO ESTANDO TRASPUESTO, Y LO QUE HABLO Y LE RESPONDIERON.

Combatido de dolores
e penosos pensamientos,
desesperado d'amores,
congoxado de tormentos,
vi que mis males mayores
turbauan mis sentimientos,
e turbado,
yo me puse de cansado
a pensar
las tristeças e pesar
que causauan mi cuydado.
E vi que la soledad
teniendome conpañia
no me tiene piedad
de las penas que sentia,
mas con mucha crueldad
lastimaua mi porfia
de dolor
diziendome: pues que amor
te tiene tal,
no te quexes de mi mal
qu'es de todos el mayor.

(Responde Vasquiran á la soledad.)

Si el menor mal de mi mal
eres tú e de mis enojos
teniendome siempre tal
que me sacas a manojos
con rabia triste mortal
las lagrimas a los ojos
de passion
sacadas del coraçon
donde estan,
dime qué tales seran
los que mas crueles son.

(Prosigue.)

Con mi soledad hablando
sin tornar a responderme,
ni dormiendo, ni velando.
ni sabiendo qué hazerme
en mis males contemplando,
comence a trasponerme
no dormido
mas traspuesto sin sentido
no de sueño
mas como quien de veleño
sus ponçoñas ha beuido.

Pues sintiendo desta suerte
mis sentidos ya dexarme
aun qu'el dolor era fuerte
comence de consolarme;
dixe: cierto esto es la muerte,
que ya viene a remediarme
segun creo;
mas dudo pues no la veo
qu'esta es ella
por hazer que mi querella
crezca mas con su desseo.

Y con tal medio turbado
mas qu'en ver mi vida muerta,
aunque del pesar cansado
comence la vista abierta
a mirar e vi en vn prado
vna muy hermosa huerta
de verdura,
yo dudando en mi ventura
dixe: duermo
y en sueño qu'esto es vn yermo
como aqui se me figura.

Y assi estando yo entre mi
turbado desta manera
comence quexarme assi; .
no quiere el morir que muera;
luego mas abaxo vi
vna hermosa ribera
que baxaua
de vna montaña qu'estaua
de boscaje
muy cubierta, e vi vn saluaje
que por ella passeaua.

Vile que volvio a mirarme
con vn gesto triste y fiero,
yo comence de alegrarme
e a decir: si aqui le espero
este viene a remediarme
con la muerte que yo quiero,
mas llegado
vile muy acompañado
que traya
gente que mi compañia
por mi mal hauian dexado.

(Admiracion.)

Comenceme de admirar
dudando si serian ellos,
por mejor determinar
acorde de muy bien vellos
tornandolos a mirar
y acabé de conocellos
claramente,
dixe entre mi: ciertamente
agora creo
qu'es complido mi desseo
pues que a mí torna esta gente.

(Declara quien viene con el saluaje e de la manera que viene.)

Mis plazeres derramados
venian sin ordenança
guarnecidos de cuydados,
ya perdida su esperança,
diziendo: fuymos trocados
con la muerte y la mudança
que ha mudado
nuestras glorias en cuydado
de dolor
pues do el gozo era mayor
mis tristeças ha dexado.

Vi mi descanso al costado
con vna ropa pardilla
de trabajo muy cansado
assentado en vna silla
de dolor bien lastimado
publicando su mancilla
e su pesar,
començando de cantar
esta cancion:
no me dexe la passion
un momento reposar.

Venia el contentamiento
más cansado vn poco atras
con esquiuo pensamiento
sospirando sin compas,
diziendo: de descontento
no espero plazer jamas
que me contente,
pues murio publicamente
quien causaua
el bien que me contentaua,
ya plazer no me consiente.

Mi esperança vi primera
de amarillo ya vestida
quexando desta manera:
donde s'acabó la vida,
¿qué remedio es el que espera
la esperança qu'es perdida
e acabada?
verse mas desesperada
de remedio
pues que en el mal do no hay medio
s'espera pena doblada.

Tambien vi a mi memoria
cubierta de mi dolor
recordandome la gloria
que senti siendo amador,
e con ella la vitoria
de los peligros d'amor
ya passados
porque no siendo oluidados
fuessen viuos
para hazer mas esquiuos
mis males e lastimados.

Mi desseo vi venir
postrero con gran pesar
e sentile assi dezir:
lo mejor es acabar
pues que s'acabó el viuir:
¿qué puedo ya dessear
sino la muerte
para que acabe y concierte
que fenezça
mi dessear e padezça
lo que ha querido mi suerte.

(*Pregunta quien es el saluaje
y responde el Desseo.*)

Como a mí los vi llegar
aunque muy turbado estaua
comence de demandar
quien era el que los guiaua
que con tan triste pesar
de contino me miraua
desnudado:
este es el tiempo passado
de tu gloria
el que agora tu memoria
atormenta con cuydado.

(*El Desseo.*)

Este que miras tan triste
con quien vees que venimos,
este es el que tú perdiste
por quien todos te perdimos,
que despues que no le vimos
nunca vn hora mas te vimos
ningun dia
e dexo en tu compañia
que te guarde
soledad, la que muy tarde
se va do hay alegria.

Pues aquella a quien fablauas
diziendo que mal te trata
e aunque della te quexauas
no es ella la que te mata
mas es la que desseauas,
triste muerte cruda ingrata
robadora
que te quitó la señora
cuyo eras
e no quiere que tú mueras
por matarte cada hora.

(*Responde y pregunta.*)

Quien comigo razonaua
claramente lo entendia,
mas tan lexos de mi estaua
que aunque muy claro le oya

la distancia me quitaua
que ya no le conocia,
e atordido
dixe: bien os he entendido
mas no veo
quién soys vos. Soy tu desseo
que jamas verás complido.

(*Pregunta á su desseo y respondele.*)

Demandale, como estas
tan apartado de aqui
que yo siento que me das
mil congoxas dentro en mi?
Dixo: nunca me veras
qu'estoy muy lexos de ti,
sé que desseas
verme, pero no lo creas,
porque amor
no consiente en tu dolor
por saluarte que me veas.

Qu'este jardin que aqui esta
con tantas rosas y flores
es el lugar que se da
a los buenos sofridores
que con mucha lealtad
en su mal sufren dolores,
y es ley esta
y an los amadores puesta
por razon
que gana tal galardon
el que mas caro le cuesta.

(*Replica.*)

Quando bien lo houe entendido
tanto mal creció en mi mal,
que ya como aborrecido
dixe con rabia mortal:
¿quién ha tanto mal sofrido
que del mio sea ygual
en nada dél?
pues porqué si es tan cruel
bien no merezco
la muerte pues la padezco
con la misma vida dél?

Quanto más que yo no quiero
mi suerte más mejorada,
ni más beneficio espero
que la muerte ver llegada,
pues qu'en desealla muero
mateme de vna vegada
con matar,
e si esto amor quiere dar
que a ti te plaze,
poco es el bien que te haze
pues da fin a tu pesar.

(El Desseo replica.)

Que la pena aborrecida
con que tú te desesperas
es que mueres con la vida
ante qu'en la muerte mueras,
que es la gloria conocida
de todo el bien que ya esperas,
y essa fue
con quien Petrarca y su fee
ganó la voz
de martir, e Badajoz
sin otros mill que yo sé.

(Cuenta como vio su amiga.)

Escuchandole turbado
sin saber qué responder
vi venir por medio un prado
quien causaua mi plazer
y agora con su cuydado
tan triste me haze ser;
pues en vella
yo me fuy muy rezio a ella,
e allegado
me vide resuscitado
quando pude conocella.

(Habla Vasquiran a su amiga.)

Viendome con tal vitoria
comencele de dezir:
mi bien, mi dios, y mi gloria,
¿cómo puedo yo viuir
viendo viua tu memoria
despues que te vi morir?
¿No bastaua
el dolor que yo pasaua
a no matarme?
pero no queria acabarme
porque yo lo desseaua.

(Responde Violina.)

Començo de responderme:
ya sé quanto viues triste
en perderte y en perderme
el dia que me perdiste:
e sé que en solo no verme
nunca más descanso viste,
e tambien sé
que t'atormenta mi fe,
e assi siento
más mal en tu sentimiento
qu'en la muerte que passé.
Pero deues consolarte
e dexarme reposar
pues que por apassionarte
no me puedes ya cobrar
ni menos por tú matarte
podré yo resuscitar,

e tu pena
a los dos ygual condena,
e tu dolor
lo sintieras muy mayor
si me vieras ser agena.

(Responde Vasquiran.)

Todo el mal que yo sentia
y el tormento que passaua,
si penaua, si moria,
tu desseo lo causaua,
que jamas noche ni dia
nunca vn hora me dexaua,
mas agora
que te veo yo, señora,
yo no espero
más dolor ni más bien quiero
de mirarte cada hora.

(Violina.)

Tú piensas que soy aquella
que en tu desseo desseas
e que acabas tu querella;
no lo pienses ni lo creas
bien que soy memoria della,
mas no esperes que me veas
ya jamas,
que aunque comigo estás
soy vision
metida en tu coraçon
con la pena que le das.
Tus males y tus enojos
con tu mucho dessear
-te pintan a mi en tus ojos
que me puedas contemplar,
pero no son sino antojos
para darte más pesar
e más despecho,
que mi cuerpo ya es dessecho
e consumido
y en lo mesmo convertido
de do primero fue hecho.

(Vasquiran.)

Casi atonito en oylla
como sin seso turbado,
quisse llegarme y asilla,
e halleme tan pesado
como quien la pesadilla
sueña que le tiene atado
de manera
que no pude aunque quisiera
más hablalle,
e assi la vi por el valle
tornarse por do viniera.
Quando tal desdicha vi
causada sin mas concierto
luego yo dixe entre mi:
ciertamente no soy muerto;

estando en esto senti
mi paje y vime despierto
acostado
sobre vn lecho, tan cansado
que quisiera
matarme sino temiera
el morir descsperado.

    Vime tan aborrecido
que comence de dezir:
tanto mal mi mal ha sido
que me desecha el morir
conociendo que le pido;
dame muerte en el viuir
por alargar
mi pesar de más pesar
para que muera
viuiendo desta manera,
muriendo en el dessear.

    Vine mi vida captiua
desseandose el morir
porque le haze el viuir
qu'el mismo que muere viua.

    Quien la muerte se dessea
y la vida no le dexa
con mayor dolor l'aquexa
el viuir con quien pelea
qu'el morir que se le alexa,
pues la pena mas esquiua
de comportar y sofrir
es la muerte no viuir
do la vida muere viua.

E assi, Flamiano, estando qual has oydo, creyendo que ya mis fatigas eran acabadas con la muerte como se començaron, recordome vn paje mio que entró en la camara y assi con el plazer que puedes pensar que de qual estoy, haue parecido escrebirtelo porque mis passatiempos sepas, assi como tus desesperaciones me escriues, que en ninguna cosa hallarás que la razon te pueda dar esperança. Nunca vi mejor negocio para poner en razon que passion de amores; si tanto en tu caso entendieses como en el mio piensas saber, verias como estas cosas enamoradas ninguna dellas por razon se gouierna, porque son cosas que la ventura las guia; pues lo que ventura ha de hazer qué has menester pesarlo con el peso de la razon? Por tu fe que cesses de más escrenirme sobre esto, ni más ygualar tu question con mi perdida, bastete que tú has de esperar la ventura, yo ya he desesperado con mi desuentura.

LO QUE EN ESTE TIEMPO QUE FELISEL FUE Y
TORNÓ, SE CONCERTO EN EL JUEGO DE CAÑAS

En este tiempo la señora duquesa con muchas otras damas e señoras fue partida para Virgiliano, y el señor cardenal con todos los caualleros. En el qual tiempo Flamiano dió orden en lo que para el juego de cañas hauia menester, y el señor cardenal assimesmo. Fueron del puesto de Flamiano el conde de la Marca, el marques Calerin, el prior de Albano, el marques de Villatonda, el prior de Mariana, el duque de Fenisa, el duque de Braverino, su cuñado Francalver, el conde de Sarriseno, Qusander el fauorido, Galarino de Isian, Esclevan de la Torre, Guillermo Lauro, el marques de Persiana. Fueron con el señor cardenal el conde de Auertino, Atineo de Leuerin, el conde de Ponteforto, Fermines de Mesano, Francastino de Eredes, Camilo de Leonis, Lisandro de Xarqui, Premiller de Castilplano, el marques de la Chesta, Alarcos de Reyner, Pomerin, Russeler el pacifico, Alualader de Caronis, el conde Torrior, Perrequin de la Gruta.

Salio primero Flamiano con todos los de su partida e por ser el cabo de aquel juego todos salieron de las colores de la señora Belisena con aljubas de brocado blanco e raso encarnado, cada uno de la manera que le parecio, con capas del mismo raso forradas del damasco blanco; algunos sacaron sobre las mesmas colores algunas invenciones de chaperia de plata entre las quales fue vno el marques de Persiana que sacó vnas palmas de plata sembradas por la ropa y vna palma grande en medio de la adarga, con vnas letras en torno que dezian:

    La primera letra desta
tengo yo en las otras puesta.

No quiso Flamiano sacar más de las colores por no perjudicar a los que con él salian, mas sacó en torno de la adarga y en vna manga rica que sacó, unas letras de oro esmaltadas que dezian:

    De la obra qu'en mi hacen
vuestras colores y obras,
bastan a todos las sobras.

Sacó el señor prior de Albano toda la marlota e adarga cubierta de lazadas de oro con vna letra en torno de la capa e de la adarga bordada de oro que dezia:

    No pueden desañudarse
las lazadas
estando en el alma atadas.

Sacó el señor prior de Mariana vnas muestras de dechado labradas en el adarga con vna letra que dezia:

    No se muestra
lo que peno a causa vuestra.

Salidos todos, como en tal muestra se suele salir, a vn llano entre la villa y el mar donde en vn gran tablado con mucha tapeceria todas las damas estauan, començaron entrellos mismos su juego de cañas; habiendo jugado vna pieça, el señor cardenal aparecio con su batalla por encima un montecico quanto un tiro de ballesta de alli; venian en su ordenança a vsança de turcos con sus añafiles e vanderas en las lanças estradiotas. Salieron todos con aljubas de brocado negro forradas de raso pardillo, con sus mascaras turquesas.

Pues al tiempo que se descubrieron los dos del puesto de Flamiano, juntaron todos, e con alcanzias en las manos los salieron a recebir al cabo del llano, y echadas las alcanzias quando a ellos llegaron dieron la vuelta e los turcos con sus estradiotas enristradas en el alcance hasta ponerlos en el lugar del juego; y ansi se trauó muy reziamente, tanto que parecio a todos muy gentil fiesta, e duró un quarto de ora hasta que se despartieron e passaron otra hora en passar carreras los vnos a la gineta, los otros a la estradiota. Siendo ya tarde, la duquesa con su hija Belisena e todas las otras damas fueronse a apear a la posada de la señora princesa, donde se dió vna rica colacion, e duró el dançar hasta la cena. Pues en muy largo y ancho corredor se paró vna tabla muy larga, tanto que las damas cabian a la una parte della, y todos los caualleros a la otra. Excepto el cardenal que no cenó alli, los otros todos cenaron con mucha alegria. Acauado el cenar todos los caualleros se fueron a sus aposentos e mudaron los vestidos e tornaron a danzar e cada uno lo más galan que venir pudo. Llegado Flamiano a su posada enbió su atauio a vn tanborino dela señora duquesa que se llamaua Perequin; todas las otras ropas o las mas se dieron aquella noche a los ministriles y albardanes. Flamiano se detuuo en su posada con otros quatro caualleros para recitar aquella noche vna egloga en la qual se contiene pastorilmente todo lo que en la caça con Belisena passó. Quando supo que todos los caualleros ya eran en casa de la señora princesa y el dançar començado, él partio de su posada e con todo su concierto llegó a la fiesta e recitó su egloga, como aqui se recita.

INTRODUCION DE LA EGLOGA

Entran tres pastores e dos pastoras, el principal qu'es Flamiano se llama Torino. El otro Guillardo. El otro Quiral que es marques de Carliner. La principal pastora se llama Benita, que es Belisena. La otra se llama Illana qu'es Isiana. Entra primero Torino e sobre lo que Belisena le mandó en la caça qu'es la fantasia de la egloga, con vn laud tañe e canta esta can-

cion que al principio de la egloga está, y acostado debaxo de vn pino que alli hazen traer; acabado de cantar, comiença a quexarse del mal que siente e del amor. En el tiempo que él canta entra Guillardo qu'él no lo siente; oyele todo lo que habla, marauillase no sabiendo la causa qué mal puede tener que en tanta manera le fatiga; comiença consigo a hablar razonando qué mal puede ser; ve venir a Quiral, llamale e cuentale lo que ha oydo, e juntos los dos lleganse a Torino demandandole de qué dolor se quexa, él se lo cuenta. Guillardo no le entiende, Quiral si aunque no al principio. Altercan entre ellos gran rato, estando en la contienda entra Benita, pideles sobre qué contienden. Torino le torna a decir en metro lo que en la caça passó en prosa, y assi los dos contienden. Al fin Benita se va; quedan todos tres pastores en su question. Acaban todos tres con vn villancico cantado.

COMIENÇA LA CANCION

No es mi mal para sofrir
ni se puede remediar
pues deciende de lugar
do no se puede subir.
El remedio de mi vida
mi ventura no le halla
viendo que mi mal deualla
de do falta en la subida,
si se quiere arrepentir
mi querer para mudar
no puede, qu'está en lugar
do no se puede subir.

COMIENÇA LA EGLOGA

Y dize Torino.

O grave dolor, o mal sin medida,
o ansia rabiosa mortal de sofrirse,
ni puede callarse, ni osa dezirse
el daño que acaba del todo mi vida;
mi pena no puede tenerse escondida,
la causa no sufre poder publicarse,
ni para decirse ni para callarse
ni entrada se halla, ni tiene salida.
Mudar ni oluidar ya no es en mi mano,
ni puede quererse ni puedo querello,
porque el menor daño está en padezello
y en mí lo doliente es mejor que lo sano;
es grande el dolor, mas es tan ufano
que veo perderse mi vida de claro,
si más no perdiesse no es mucho ni caro
que cierto en perdella perdiendo la gano.
El fuego que dentro del alma m'abrasa,
su pena es tan graue que no sé dezilla,

querria viuir por solo sofrilla
mas este querer la muerte me acusa;
conoze en mis males que no se m'escusa,
pues toda la causa está en mi desseo,
más mal no pudiera hacerme Perseo
aunque me mostrara la faz de Medusa.

(Habla contra el amor.)

Contentate agora, amor engañoso,
pues todos tus fuegos con tanto furor
encienden y abrasan de vn pobre pastor
sus tristes entrañas, sin dalle reposo:
bien te podrás llamar vitorioso
venciendo vn vencido que quiso vencerse
de quien imposible le fue defenderse
ni tú si le viesses serias poderoso.

Esfuerça tus fuerças en mí pobrecillo,
enciende con ellas mi fuego mortal,
que quanto más creces la pena en mi mal
la causa me hace contento sofrillo;
empleas tus flechas en vn pastorcillo
rustico, solo de bien y de abrigo,
que no podrán tanto tus mañas comigo
que desto m'apartes, ni menos dezillo.

(Habla con su soledad.)

Venid soledad, leal compañia,
que solo con vos me hallo contento,
con vos gozo más de mi pensamiento
que nunca se parte de mi fantasia,
vos no me dexais, dexóme alegria,
plazer ni esperança en quien ya no espero,
reposo, descanso, tampoco los quiero
ni nada de quanto primero tenia.

(Habla al ganado.)

O triste ganado qu'estás sin señor
a solas paciendo, pues solo te dexo,
quexarte has de mí, tambien yo me quexo
del mal que sin culpa me haz' el amor.
No plangas perder tan triste pastor
de quien no esperabas ya buena pastura,
pues él ya no espera sino desuentura,
dexalo a solas passar su dolor.

E vos mi çurron, e vos mi rabel
que soys el descanso que traygo comigo,
pues veys que me veo quedar sin abrigo,
razon es que quede sin vos e sin él;
n'os duela partir agora d'aquel
que hasta el morir aun dél se desdeña,
e vos mi cuchar e vos mi barreña
andayos con dios, partios tambien dél.

A solas quedad comigo, cayado,
pues todo lo dexo y pasar no me dexa,
al menos con vos del mal que m'aquexa
podré sostenerme estando cansado;
dexé mi çurron, rabel e ganado,

la yesca, eslabon, barreña, cuchar,
dexé mis plazeres, mas no mi pesar
e menos a vos tampoco he dexado.

Agora reposo que solo me veo,
agora descanso en medio mis males,
o lagrimas mias, o ansias mortales,
o tristes sospiros con quien yo peleo;
la vida aborrezco, la muerte no veo,
que aun essa me niega su triste venir,
e trueca el matarme con darme el viuir
por no complazer mi triste desseo.

O más aborrido pastor sin ventura
de quantos oy viuen en toda la tierra,
nin todo lo llano, nin toda la sierra
nin todos los bosques, ni otra espesura;
quien t'a de sanar, tu muerte procura,
no tienes reparo, ni tienes abrigo,
ni tienes pariente, ni tienes amigo,
si mueres te falta tambien sepultura.

Agora estaras, Torino, contento
que tú de tu mano te diste herida
que basta quitarte mill vezes la vida
sola la causa de tu pensamiento,
medido do llega su merecimiento
vista tu suerte quedar tan atrás
que quieres tu pena y no quieres más
y no te consiente sofrir tu tormento.

¿Dónde toviste, Torino, el sentido,
cómo podiste tan presto perdello?
¿que vees tu mal, no pues no querello?
si quexas, tus quexas no eres oydo,
consientes tu mal e no eres creydo.
Mejor te seria del todo morir
que verte penando muriendo seruir
do solo es tu pago tenerte aborrido.

G. Oido yo a huego quexuras tamañas
como este pastor descubre que siente,
yo nunca vi en otro qu'estando doliente
dixese que s'arden en él sus entrañas;
yo creo que tiene heridas extrañas
que quieren del todo con yerua matallo,
quiero buscar quien venga a curallo
si puedo hallarlo por estas cabañas.

Quiça l'a mordido perro dañado
o qualq'animal o lobo rabioso
pues da tales buelcos, no tiene reposo
y está delos ojos ciego turbado;
no vee do dexa çurron ni cayado,
vertida la yesca, quebrado el rabel,
o es el demoño que anda con él
o qualque desastre que tiene el ganado.

O si con su amo quiça si ha reñido
si quiere lleualle qualque meçada,
mas él no haria por poca soldada
estandose a solas tamaño roydo;
miafe que pienso que no es. so mordido,
c'aquellos solloços no son de buen rancho,
quiero traballe del pie con el gancho,
quiça si lo sueña estando adormido.

(Habla el mismo Guillardo admirandose
porque no le sintio trauando del.)

O dolo a dios y cómo no siente?
mayor es que sueño este su mal,
alli me pareze que viene Quiral
que le es gran amigo y aun cabo pariente,
quiero llamallo, zagal es valiente,
oyes, Quiral, allegate acá.

    Miafe, Guillardo, yo ya me yua allá
que bien ha buen rato que lo tengo en
                    [miente.

    Pues yo te he llamado por fazer tu ruego
que vengas a ver tu amigo Torino,
que aqui le he hallado tan fuera de tino
que dize que s'arde en brassas de fuego.

    Quiça habra perdido o choto o borrego
y está maldiziendo la res que lo cria.

    No es esse el mal, Quiral, que dezia,
mayor es el daño de qu'él está ciego.

    Yo me he quillotrado tan junto con él
que de las manos le quité el cayado,
ni él me sintio ni mira al ganado,
ni cura si andan los lobos en él;
acá está el çurron, allá está el rabel,
y el no son sospiros y ahuncos de muerte
diziendo y quexando su mal qu'es tan fuerte
que passa los otros de pena cruel.

    Y aun tengo sospecha quiça qu'está en-
                    [fermo
segun l'he sentido tan gran comezon,
que deue tomalle qualque torozon
d'andar passeando de noche este yermo.

    Miafe, pues vamos a vello, Guillermo,
pues sabes la via, da tú camino.

    Helo aqui está debaxo este pino.
Duermes, Torino?
           ¿Que qués, que no duermo?
Pues saluete Dios.
              Vengais norabuena.   [te?
Qué sientes, Torino, que gimes tan fuer-
Siento, pastores, el mal de la muerte
y essa no llega por darme mas pena;
passion me combate, razon me condena,
dolor me fatiga, tristeça me aquexa,
querria sanar, querer no me dexa,
los males son mios, la causa es agena.

    Yo creo que tienes esprito malino,
per signum crucis a dios recomiendo,
ni sé lo que dizes ni menos t'entiendo,
harasme dezir que hablas con vino.
Retorna, retorna, retorna, Torino,
razona con tiento, con seso y de vero,
peor seras tú que Juan Citolero
con sus patrañuelas que s'anda contino.

    No te marauilles m'abraso en inuierno
y enmedio el verano perezco de frio,
no he visto otro mal assi como el mio
y assi le juzgo de todos moderno.

Q.   Date, Torino, date gobierno,
si aqui no estás sano muda majada.

T.   Primero, Quiral, por medio el yjada
mi mal reuiente y se vaya al infierno.

Q.   ¿Qué mal puede ser tan crudo que sientas
lo mucho que duele y callas tu fatiga?
¿es mal dellonbrigo o dolor de barriga
que dices el daño y la causa no cuentas?
Veo en ti dolor que revientas,
¿es mal de costado que a todos avança? (¹)

T.   No es esse, Quiral, es poca esperança,
qu'es muy mas cruel que cuanto me mientas.

Q.   ¿De qué desesperas? ¿has algo sembrado
que piensas perdello o quiça que no naça,
o has miedo que falte lugar donde paça
en estos exidos tu poco ganado?

T.   No es este, pastor, mi graue cuydado,
mas verme penado e de muerte herido
de mano de quien me tiene aborrido
y assi desespero de ser remediado.

Q.   Ahotas que pienso que tu mal oteo
e dudo que creo qu'es mal d'amorio,
dalo al demoño tan gran desuario
que mata la vida su solo desseo.

T.   Mayor es el daño, Quiral, que posseo
qu'en todos los males que sufro e consiento
fallece esperança e crece tormento
y en todos los medios remedio no veo.

Q.   Do yo al demoño la hembra maldita
que mata un zagal assi de passion.

T.   Calla, Quiral, por Dios tal razon
que solo en oyllo la vida me quita,
que no es quél tú dizes mas antes bendita
segun las virtudes que caben en ella.

Q.   ¿Pues cómo la alabas y quexaste della?
Dime quien es, quiça si es Benita.
    La nieta d'aquel que hu mayoral
de todos los hatos d'aquesta dehesa
y hija d'aquel que con justa empresa
teniendo justicia perdió tribunal,
y aun hija d'aquella que dizen qu'es tal
qu'en todas las otras que viuen agora
ninguna se halla tan noble señora
que sea con ella en nobleça ygual.

    Pues si esta que digo tanto es hermosa
que basta alegrarte con su fermosura
e basta a dar vida a qualquer criatura
e mas como dizes qu'es tan virtuosa,
pues date reposo, reposa, reposa,
si assi como dizes tan fuerte la quieres,
siendo ella tal, dime porqué mueres,
siendo tu llaga en si gloriosa?

T.   Yo no sé dezir el mal de que muero
ni tú lo sabrias podiendo sentillo,
yo sélo sentir mas no sé dezillo,
ni sé lo que pido ni sé lo que quiero,
socuños termeños, te digo de vero

(¹) *Ahunca* dice por error en las ediciones, pero el
consonante exige que se lea *arança*.

que tiene quien vella d'amor me condena,
tornando a miralla me crece más pena
que dexame siempre más mal que primero.

Q.   Plazer me daria si yo de ti fuesse.

T.   Dolo al demoño, Quiral, tu consejo,
diran que vi en ella algun aparejo
por do mi esperança èsperança tuuiesse,
y aun más me diria quien tal en mi viesse
que ando perdido sin seso y sin tiento
pues saben qu'es tanto su merecimiento,
qu'es poco mi mal si dél yo muriesse.

Q.   Miafe, pues quedate con tu dolor
pues tú te lo quieres y quexas tu mal.

T.   Querria una cosa tan solo, Quiral,
que fuese tan grande qual es e mayor
con que Benita mostrasse color,
qu'es ella contenta que yo lo sufriesse;
si esto, Quiral, Benita hiziesse
jamas pediria más bien ni favor.

G.   Di que t'a dicho por tu fe, Quiral,
¿qué dolor siente que assi lo apollina?
¿Tienes tú huzia que haura melecina
o asmo que pienso qu'es gota coral?

Q.   Miafe, Guillardo, su mal es un mal
c'allá do se sienta por mal de pecados
harto mal año y pro malos hados
tien el pastor que se pone en lo tal.

G.   ¿Qué mal puede ser c'asi percudia
y assi lo ahuncava con tanto cariño
que daua chillidos assi como un niño
que no parecia so que se moria?

Q.   Un mal es, Guillardo, de tanta porfia
qu'es bien de plañir aquel q'el acude.

G.   Dolo al demoño y tan fuerte percude
que no da reposo ni noche ni dia.

Q.   Un mal es que s'entra por medio los ojos
e vase derecho hasta el corazon,
alli en ser llegado se torna afficion
e da mil pesares, plazeres y enojos,
causa alegrias, tristeças, antojos,
haze llorar y haze reyr,
haze cantar y haze plañir,
da pensamientos dos mill a manojos.

G.   ¿Es biuora o qué o es alacran
o es escorpion, o es basilisco,
que yo oy dezir aquí en nuestro aprisco
que a todos los mata los qu'á velle van?

Q.   Amor es, Guillardo, que da mas afan
de pena crecida y ansiosas fatigas.

G.   Daldo al demoño, hartaldo de migas,
dalde cuajada e queso y aun pan.
Si fruta quisiere dalde castañas,
dalde mançanas, vellotas, piñones.

Q.   No come Guillardo sino corazones
y hizados viuos y viuas entrañas.

G.   Echaldo de fuera de vuestras cabañas
a ese demoño gusano cruel.

Q.   Miafe, no valen sañas con él
ni valen razones ni fuerças ni mañas.

G.   ¿Pues cómo se sana quillotrotan fuerte?
dalde triaca, yo la traygo en mi esquero.

Q.   No es buena, modorro, que si es verda-
[dero
no tiene salud jamas sin la muerte.

G.   Pues si ese diabro es mal dessa suerte,
segun que yo veo morir so Torino.

Q.   Morir si me dizes, ya muere el mez-
[quino,
¿no vees que su vida en morir se convierte?

G.   O dome a dios y a san Berrion,
si vello pudiesse, Dios me confonda
si no le matasse con esta mi honda
porque él no matasse assi esse garçon.

Q.   Calla, bestiazo, que no anda en vision
para que puedas assi dalle empacho.

G.   O dolo al fuego, ¿es hembra o es macho,
o es duen de casa o qualque abejon?

Q.   Es cosa que nace de la fantasia,
y ponese enmedio dela voluntad,
su causa primera produze beldad,
la vista la engendra el corazon la cria,
sostienela viua penosa porfia,
dale salud dudosa esperança,
si tal es qual deue no haze mudança,
ni alli donde está nunca entra alegria.

G.   O yo no t'entiendo o no sé que s'es,
ni es esso ni essotre, ni es cosa ni al,
tú dizes qu'es bien, tú dizes qu'es mal,
no es bestia, ni es ave, ni pece, ni es res,
no está del derecho ni está del enues,
no dexa viuir, ni mata tampoco,
no es gusarapa, no es cuerdo ni loco;
pues yo te prometo que a la fin algo es.
Mas helo aqui torna Torino turbado,
con su mortalera de rabia o cordojo,
quiero pedille si es fiebre o enojo
y hazer que lo diga por fuerça o de grado.
Dime, Torino, qué mal t'a tomado
que assina te trae desaborrecido,
ca este demoño jamas l'entendido
mill desbariones c'aquí m'a contado.

T.   Guillardo, Guillardo, mi mal es c'adoro
d'amor a Benita porqu'es mi señora,
mi vida la quiere, mi alma l'adora
y ella me trata peor que a un moro.

G.   O dom'a dios e agora lo yñoro,
esso que dizes querencia se llama,
quando un zagal dize que ama,
yo ya lo sabia, miafe, de coro.
Tú andas, Quiral, chuchurreando
con chichorrerias en chicharramanchas,
en prietas, en blancas, en cortas y en an-
[chas,
y no me quillotras lo que te demando,
¿qué te calle andar quillotrando
del mal que a Torino le daua porfia?
que aunque no lo sé yo ya lo sabia
qu'es una locura que s'anda burlando.

Y di, tú, Torino, qu'eres sabiondo
¿assi te percossas por una zagala?
haue verguença de ti noramala,
no digan que eres algun berriondo.   [do

T. Guillardo, Guillardo, mi mal es tan hon-
que no puedo ya ni quiero valerme,
si hallo remedio con que defenderme
aquel es el mismo con que me confondo.

G. Pues hela aqui viene, la que assi te mata,
con otra zagala que se anda tras ella,
levanta, Torino, e vamos a ella
por baxo estas matas pues no se dacata,
e pues que te quexas que assina te trata
aburrele un tiro con este mi dardo.

T. No plega a dios, amigo Guillardo,
que yo merezca tocar su çapata.

G. Do yo al diablo pastor tan sandio
que d'una zagala tan fuerte sa ahunca.

T. Calla, carillo, que nunca tú nunca
has visto otro mal ygual con el mio.

G. Dalo al demoño qu'es un desuario
que s'anda tras bobos e los modorrece.

T. No digas esso, que aquesta merece
tener sobre el mundo mayor señorio.

(Acercandose Benita habla Quiral.)

Q. ¿Qué estays hablando con tanto zum-
[bido?
cata qu'está cerca Benita y escucha.

T. Escucha, Quiral, mi pena qu'es mucha,
y no puedo della cobrir el gemido.

Q. A buenafe pues quiça que os ha oydo
qu'entranbas a dos estan razonando.

T. Y yo entre vosotros plañiendo y que-
[xando
el mal que a su causa me tiene perdido.

(Llegada Benita con su compañera habla.)

B. ¿Qu'estays hablando á solas, pastores,
c'así embeuecidos estays razonando?

T. Mis males, señora, estamos contando
que vos los hazeis ser los mayores.

B. Torino, Torino, tú no te enamores
en parte do nunca se sientan tus males,
que busques y siruas tus pares yguales
y alli verás tarde alcançarse fauores.

T. Mis ojos c'an sido la puerta y escala
por do hermosura hirio con sus tiros,
estos m'an hecho, señora, seruiros;
lo que no merezco mi pena lo yguala,
si causa no tengo razon no me vala,
pues que yo no quiero que yo mal mereça,
si no que querays que yo lo padeça,
que tal intencion por cierto no es mala.

E pues que virtud en todo os es guia
valer, merecer y mucha nobleça,
no useys comigo de tanta crueza

porque es imposible mudar mi porfia;
consejo no quiero, remedio querria
de vos mi señora de quien yo lo espero,
en veros doler de verme que muero
y es vuestra la culpa, la pena es la mia.

B. A mi no me plaze tu mal por mi vida
assi como dizes segun se t'antoja,
tu pena y seruicio en todo me enoja,
pues dexate dello y tener m'as seruida:
a esto que digo razon me conbida
a mi honestidad que da inconuenientes,
que nunca yo mire el mal que tú sientes
porque aun que más sea mi estado lo ol-
[vida.

Pues dexa, Torino, esta querella,
seré yo contenta, serás tú sin quexas,
hazer me has enojo si esto no dexas,
daras a tu vida ocasion de perdella.

T. Cuando la pena en el alma se sella
siendo causada con mucha razon,
despues d'empremida en el corazon,
es imposible que salga sin ella.

¿Pues cómo podré mudar mi cuydado?
quel dia que vi tu gran hermosura
quedó en mis entrañas, tu gesto y figura
assi como es perfecto estampado,
y quantas saetas despues m'as tirado
de oro que hieren mi corazon,
el fuego las hunde de tanta pasion
y está en cada una tu propio treslado.

Assi que yo muero en mi sepultura,
de aqui a mill años que vengan a ver
de tus efigias se podran coger
tantas sin cuento que no haurá mesura,
y en todos mis huessos aurá una escritura
que ya dend'agora la tengo yo escrita
e dizen las letras: esta es Benita
la que desde entonces su nombre nos dura.

Assi que si quieres, Benita, que olvide
tu nombre e qu'aparte de mí tu querer,
saca mis huessos y hazte raer
e de mis entrañas d'alli te despide,
si a mí por ventura alguno me pide
por no conocerme mi nombre quál es,
dire que Benito so en el enues,
c'asina me llaman despues que te vide.

Si tal fantasia me juzgan ser loca
más loco seria quien tal me juzgasse,
que si con mis ojos te viesse e mirasse
veria qu'es justo mi vida ser poca,
que no puede menos, señora, mi boca
hazer que no diga del mal la ocasion
y aunq'ella quissiese trocar la razon
el fuego de dentro la causa prouoca.

Mas miras si puedes quitar esta salma
que tanto m'agraua con pena tan graue,
pues que de mi vida tú tienes la llaue
podras de vitoria ganar una palma,
e aun dudo con esto que pongas en calma

mis ondas crecidas de tanta passion;
por que te quites de mi corazon
pintada te quedas en medio del alma.

    La qual yo mirando es fuerça que viua
porqu'es inmortal estando tú en ella
y agora comigo mi misma querella
la mata e la hiere e la tiene captiua.
Mi mucho tormento la gloria le priua
lo que siendo libre de mi no podra
mas en tu presencia contino estara
dandote quexas de mi muerte esquiua.

    Assi que pues ella agora te adora
con mucha razon por ver tu excelencia,
entonces contino estara en tu presencia
muy más contenta que no haze agora,
y pues que te enojas de serme señora
siendo contento yo serte captiuo,
despues de ser muerto que no sere viuo
haurás mas pasar de ser matadora.

    Y solo esta gloria me basta que baste
hazerme contento perdiendo la vida
pues yo sere muerto y tú arrepentida
de ver que sin culpa, assi me mataste;
negarte has a ti que no lo causaste,
que yo lo busqué e mi mal consenti,
entonces mi alma dirá: no es assi,
que tuyo es el cargo pues mal le trataste.

    Esto me haze quedar satisffecho
hazerte contenta despues ver dolerte,
¿y quien no será quien quiera la muerte
si della se espera tamaño provecho?
¡O quan contento mi cuerpo dessecho
en la sepultura estara sin abrigo
con ver esta gloria mi alma contigo
haziendotemientes del mal que m'as hecho!

B.   Oyes, Torino, ¿quiés que te diga?
ten una cosa por muy verdadera,
que en esto me enojas en tanta manera
qu'e miedo que dello mas mal no te siga,
pues tu vanidad m'aprieta e obliga
a tenerte omizillo y estar enojada
por ver tu porfia tan importunada
que no puedo menos de serte enemiga.

    Pues creeme, pastor, e haz lo que digo
e quedate a dios con tu compañia.

T.   Miafe, Benita, imposible seria,
que aunque me dexas allá voy contigo,
e tú aunque te vas aqui estás comigo,
que siempre en mis ojos tu figura está,
Benita está aqui, Torino está allá,
si esto no crees la obra es testigo.

G.   Escucha, Quiral, que yo nunca tal vi,
Benita s'es yda, Illana tras ella,
el se está aquí, diz que va con ella,
la otra está allí y diz que esta aqui,
Dios me defienda e me libre de ti,
¿no eres, Torino? ¿Aqui t'an dexado?

T.   Mi cuerpo dexo, mi alma he llevado
q'estando con ella no parte de mi.

G.   Entiendes, Quiral, qué algarauia
que diz que sin alma puede estar viuo,
estase consigo, diz que esta captiuo,
a pocas de noche dirá qu'es de dia,
yo creo que sabe nigromancia
o es quelque hechizo qu'está enhechizado.

Q.   Calla, modorro, que no es son penado
de aquello que agora Benita dezia.

    Y eres un bouo tú que no sientes
estotro perdido que s'anda sin tiento,
¿no sabes que dize: do está el pensamiento
allá está el que piensa do tiene las mientes?

G.   Y essa y essotro quiça son parientes
c'asina se andan juntos los dos,
si esto no es, prometote á Dios,
c'asina como él te burlas o mientes.

Q.   O dot'a mal año a ti e a tu hablar,
vete al demoño tú e tus consejas,
¿piensas qu'es esto andar tras ouejas?
pues tú no lo'ntiendes dexalo estar;
tambien tú, Torino, te quieres matar
con este qu'es bouo e con tu querella,
habla comigo pues yo ya sé della,
que ambos podremos mejor razonar.

T.   ¿Qué quiés que te diga, Quiral compa-
                           [ñero?
pues pierdo la vida de huzia y de veras.

Q.   Miafe, Torino, que penes y mueras.
T.   ¿Cómo y no vees en mi que ya muero?
Q.   Morirte a la fe, morirte de vero,
que más es que vida la muerte qu'es tal.

T.   ¡Plugiesse a Dios hauria fin el mal
pues muero viuiendo e remedio no espero!

Q.   ¿Qué no moriras? ¿qu'estás diziendo?
c'amor aunque mate no acaua la vida,
que aunque su pena no tiene medida
aquel que más mata le dexa viuiendo.

T.   Yo esso que dizes claro lo entiendo,
porque essa razon es muy verdadera,
más es que morir contino que muera
penando en la vida, mill muertes sufriendo.

Q.   Calla, Torino, sufre contento
que a fe qu'es tu pena y gloria bendita,
busca zagala ygual de Benita
c'asina te haga ufano el tormento.

T.   Yo bien suffriria, carillo, contento
conque le plugiesse dexarme sofrillo.

Q.   Ojo al demoño deuria de dezillo,
porque te fuesses burlandote al biento.

    Es essa, pastor, muy necia querella
e más necio tu e más atreuido
osar publicar de qu'estás herido,
poniendo tus quexas en presencia della,
no es nada tu pena que más fue sabella
e pues que lo sabe contentate dello,
que harto es tu bien Benita sabello
y grande tu gloria sin tú merecella.

    E pues has tenido tal atreuimiento
de osarte vencer de quien te venciste

e dezirselo a ella a más te atreuiste,
no hay más que pedir, viue contento,
mas pues c'as subido tu pensamiento
en parte tan alta y tan alto lugar
no lo consientas jamas abaxar,
son tenlo allá' riva con esse tormento.

 C'ansi hago yo la pena e dolor
que passo e padezco por causa de Illana,
la llaga es muy grande mas es tan ufana
que quanto mas peno mi gloria es mayor,
el mal que me crece faltarme fauor,
pues nadie lo alcança por ser ella tal
tan grandes el bien quan grande es el mal,
porque esta es la ley perfecta de amor.

T. Bien sé que en seruir a quien más me-
perdiendo la vida la gloria se gana, [rece
lo uno te hiere, lo otro te saua,
mas dame razon de quien te aborrece,
penar ni seruir no lo agradece
ni verte ni oyrte jamas no le plaze.

Q. ¿Y a mí su plazer qué fruto me haze
si huelgo yo en vella pues bien me parece?

 Mandame Illana pues qu'es tan hermosa
que nunca la vea ni nunca la hvya,
si quiere matarme la vida no es suya
e si ella la mata será venturosa,
¿pues no te parece que es poderosa
Benita que puede mandarte que mueras?
pues sirue, Torino, que nunca deuieras
en toda tu vida hazer otra cosa.

T. Al fin tu consejo haure de seguir
pues pena me sobra y en ella razon,
que poco es mi daño segun la ocassion,
pues quiero penando muriendo viuir,
quiero cantar, llorar e reyr,
quiero plañir, baylar e quexar,
quiero suffrir, gritar e callar,
quiero por fuerça de grado seruir.

G. Verás qué cantica hará tan donosa
que quando en el frio, que quando en el
ya está de veras, ya está de juego [fuego,
él se lo dize y él se lo glosa;
agora rebulle, agora rebosa,
agora se alaba, agora se quexa,
agora comiença, agora se dexa,
a pocas dirá qué qu'es cosa y cosa.

 San Blas me bendiga y señor Santanton
con este perdido e con su cachondez,
lo que agora dize no dize otra vez
ni mas de una buelta os dirá una razon,
dot'a mal fuego a ti, a tu question,
ven acá, Quiral, tañe y bailemos.

Q. Mejor es, Guillardo, que todos cantemos,
si quiere Torino, alguna canción.

 Torino, cantemos, dexa el pensio,
date descanso en algun gasajado.

T. ¿Qué quieres que cante el más desdi-
          [chado
pastor que s'es visto de mal como el mio?

G. O do al diablo tan gran modorrio
como el de vosotros para ser zagales;
cantemos si quiera e cantá vuestros males.

T. Si esso cantamos yo no do desuio.

(Villancico, que cantan los tres pastores.)

 Nunca yo pense que amor
con sus amores
d'amor matasse pastores.

 Tras galanes palaciegos
yo pense que siempre andaua
e no pense que mataua
los pastores ni matiegos,
mas do van tras sus borregos
veo que con su dolor
les da dolores
con que los mata de amores.

 Con su nombre falso engaña
que parece que no es nada
e de majada en majada
e de cabaña en cabaña
va con su engañosa maña
prometiendo su fauor,
e sus fauores
matan despues los pastores.

(Otro villancico de Quiral y Torino.)

G. Zagal, mal te va en amores,
ya lo sé.

T. Guillardo, mal a la fe.

G. Mal te deue d'ir, zagal,
segun veo en ti señales.

T. Tanto mal me va de males
que no hay remedio en mis males.

G. Luego en ver que estauas tal
me lo pense.

T. Mucho mal me va a la fe.

LO QUE PASSÓ ACABADA LA EGLOGA

La egloga acabada, Flamiano se tornó á su
posada; e tornaron á la fiesta vestidos de más-
cara él y el cardenal de Brujas, con aljubas e
capas de paño negro frisado enrrejadas encima
de fresos de oro angostos puestos sobre pestañas blancas; en medio de los quadros hauia
sobre el paño vnas mariposas de plata con las
alas abiertas bolando, con vna letra que Flamiano sacó que dezia:

  May reposa
 la vida qu'está dudosa.

Assi estuuieron tanto que la fiesta del dançar duró que fue la mayor parte de la noche.
Despues de tornados a sus posadas, hauiendo
reposado dos dias Flamiano apartó á Felisel
e mandole que tornase a ver a Vasquiran con

vna carta suya, e que le lleuase vna mula quel señor cardenal de Felernisa le hauia dado con dos muy buenos lebreles que le hauia dado el señor cardenal de Brujas e despues de hauerle despachado, le mandó que de parte suya afincadamente le rogasse e importunasse que se uiniesse a ver e descansar con él algun tiempo. Despachado Felisel se partio, e llegado á Felernisa halló á Vasquiran que se era leuantando pocos dias hauia de vnas calenturas que hauia tenido. Hauiendole dado su letra e las cosas que le lleuaua le preguntó la causa de su enfermedad. Vasquiran le dixo: Felisel, verderamente yo pense que me hallaras alegre con el mal de la muerte, e hallasme triste con la desesperación de la vida. Yo he estado doliente de vnas calenturas que he tenido á las quales quando venirlas vi, creyendo que serian más como desseaua, del gozo que con ellas houe hize esta cancion.

CANCION

Pues que remediays mis males
bien seays venido, mal,
pero haueys de ser mortal,
que los mios son mortales.
Si vos guareceys mi pena
y passiones con matarme,
pues que venis á sanarme
vos vengays en ora buena,
mas mira bien que son tales
y la causa dellos tal
que si vos no soys mortal
nunca sanareys mis males.

Assi estuue, Felisel, con esta cancion e con mi enfermedad algun dia reposado esperando con ella dar fin á mis enfermedades, e no quiso mi desuentura que houessen fin hasta que yo en ellas fenezca, sino que la salud del cuerpo me tornó por lleuarme la del desseo, y assi con tal desesperacion yo torné á hazer este villancico.

Pues que ya tornays, salud,
a matarme con la vida
vos seays la mal venida.
Yo pensaua ya gozar
de mí riendome sin vos
e que os ybades con Dios
por dexarme reposar,
mas pues que quereys tornar
donde os tienen aborrida
vos seays la mal venida.

Pues assi estuuieron todos aquel dia en diuersas cosas hablando, assi de lo que en el juego de cañas hauia pasado como de las damas y se-ñoras que en Virgiliano hauian estado aquellos dias y de los caualleros assimesmo y de muchas cosas que hauian passado. En especial le recitó la egloga que Flamiano habia representado, de que Vasquiran holgó en mucha manera. E assi a la noche hauiendo cenado, Felisel lo dió la carta que le traya, porque hasta alli no se la hauia dado, la qual dezia en esta manera.

CARTA DE FLAMIANO Á VASQUIRAN

Verdaderamente, Vasquiran, tus cartas me desatinan porque quando miro en ellas el encarecimiento de tu daño me parece grande, quando considero la causa dél lo juzgo pequeño. Pero en esta carta tuya postrera he conocido en las cosas que me escribes lo que te engañas, en especial en quererte hazer ygual en el martirio con Petrarca y Garcisanchez. Si supiesses de quan lexos vas errado, maravillarte yas por cierto. Los tiros de su combate muy lexos hizieron los golpes de donde los tuyos dan. De virgines y martires ganaron ellos la palma si bien lo miras, que no de confessores de sus vitorias como tú hazes. Si gozo ellos han hauido, en la muerte lo habrian; que en la vida nunca lo houieron. Mi dolor sintieron y tu gozo ignoraron. Claro está segun muestran las liciones del uno e los sonetos del otro, e quanto ambos escriuieron, porque de ninguno dellos leemos sino pesares en la vida, congoxas y dolores en la muerte; desseos, sospiros, ansias apassionadas, cuydados e disfauores e desesperados pensamientos; quando quexando, quando plañendo, quando pidiendo la muerte, quando aborreciendo la vida. Destos misterios dexaron llenos de tinta sus papeles e de lastimas su memoria, estos hizieron sus vidas llenos de pena e sus fines tan doloridos; con estos que son los males do mis males se engendran, con estos que fueron martirizados como yo lo soy; verdad es que de dias vencieron como tú a quien de amor y fe vencidos los tuvo e los hizo viuir desseando la muerte con mas razon que tú la desseas. Assi que mira lo que por la boca escriuiendo publicaron e conoceras lo que en el alma callando encubierto suffrieron, e mira si hallarás en ellos vn dia de victoria como tú plañes doze años de gloria que dizes que perdiste. Yo digo que los ganaste, mas hate parecido a ti que la fortuna te era obligada a tenerte queda la rueda en la cumbre del plazer; yo te prometo que si de sus bienes no te houiera hecho tan contento, que de sus males no fueras tan quexoso sin razon, como estos e yo lo somos. Tambien me escriues como soñaste que viste en vision tu alegria, tus placeres, tu descanso, tu consentimiento, tu esperança, tu memoria, tu desseo; beato tú que primero las gozaste en la vida y en la muerte las ensueñas, yo te prometo que avnque mi placer, ni mi alegria, ni mi descanso, ni mi contentamiento, ni mi esperança yo los encontrasse a medio dia, que no los conociesse pues que nunca los vi; mi desseo y mi memoria no me los cale soñar, que velando me hazen soñar la muerte sin dormir cada hora. Tambien me escribes que viste á Violina e te habló, e quexaste dello, ¿qué te pudo hazer viuiendo que muerta no te quiere oluidar? No me alegraré yo de lo que tú, que ni agora en vida ni despues de mis dias acabados de mi tuuo memoria ni terná, no digo de verme que es impossible, mas avn de pensar si soy en el mundo. Contentate pues, recobra tu juyzio, no des mas causa para que las gentes te juzguen, no corrompas la reputacion de tu fama, ni el agudeza de tu ingenio con tan flaca causa, dando lugar a tu dolor que de pesar te haya de tener tal que á ti pierdas e a mi no ayudes, pues que vees que mi vida penando se consume; sino te voy a ver es por la necesidad que tengo que a verme vengas. Lo qual te pido que hagas tanto caramente quanto rogartelo puedo, porque avnque soledad busques para tu descanso, la compañia de mis sospiros te la dará, e con la mucha confiança que de ti tengo quedo con tu vista esperando la respuesta glosando esta cancion:

Sin remedio es mi herida
pues se cansa quando os veo
y en ausencia mi desseo
más dolor me da en la vida.
¿Qué remedio hauré en mi pena
si veros fue causa della
y el dolor de mi querella
vuestra ausencia lo condena?
de suerte que no hay salida
para mi, ni yo la veo,
pues veros é mi desseo
son el cabo de mi vida.

LO QUE VASQUIRAN ORDENÓ DESPUES DE LEYDA LA CARTA, E COMO SE PARTIO PARA NOPLESANO.

Otro dia Vasquiran despues de leyda la carta de Flamiano, de gran mañana se fue a caça de ribera y lleuó a Felisel consigo, al qual despues de hauer volado una pieça del dia le dixo tomandole aparte: Ya sabes, Felisel, como tengo deliberado de yr a ver a tu señor, porque pues mis congoxas no bastan para acabarme quiças las suyas lo haran; quissiera tenerte comigo para lleuarte por el camino para mi descanso e no es cosa que hazerse pueda por la necesidad que Flamiano tiene de ti, en especial con mi yda e tambien porque no seria razon tomalle impensado, assi que más eres allá menester para seruir a Flamiano que no acá para mi plazer pues no le tengo, assi que mañana te parte y darle has aviso, e pues que yo allá sere tan en breue, no le delibero escriuir sino que solamente de mi parte le digas que si su señora le ha mostrado sospirar que consigo aprendera bien á llorar; e assi hablando se tornaron a Felernisa. Otro dia Felisel se partió e llegado que fue á Noplesano fizo saber a Flamiano la venida de Vasquiran. Sabido que Flamiano la houo mandó aparejar dentro en su posada vn aposento para Vasquiran, el qual se contenia con vn jardin que en la casa hauia el qual mandó adereçar conforme a la voluntad e vida del que en el hauia de posar.

LO QUE VASQUIRAN HIZO DESPUES DE PARTIDO FELISEL HASTA LLEGAR A NOPLESANO

Partido Felisel, Vasquiran deliberó de yr aquel camino por mar e mandó fletar vna muy buena naue de las que en el puerto hauia, e mandó meter en ella las cosas que hauia necessarias para el camino, y embarcar la ropa e caualgaduras que deliberaua lleuar; e assi partia á su heredad ante de embarcar por visitar la sepultura de Violina. Llegado alli vna tarde mandó sobre la tumba pussiesen un titulo con esta letra:

Aqui yaze
todo el bien que mal me haze.

E assi mandó dar orden en todo lo que en ausencia suya deuia hazer assi en el concierto de la casa como en los officios de la capilla, e assi despidiendose a la partida hizo esta cancion a la sepultura:

Pues mi desastrada suerte
contigo no me consiente,
quiero ver si estando ausente
pudiesse hallar la muerte.
Lo que mi viuir querria
es no verse ya comigo
porque yo estando contigo
más contento viuiria,
e pues que veo qu'en verte
mi pena descanso siente,
cierto so que estando ausente
no verna buscar la muerte.

Otro dia se tornó a Felernisa e queriendo partirse para Noplesano mandó poner sobre el portal de su casa un titulo que dezia:

Queda cerrada la puerta
que la muerte halló abierta.

Aquesta noche mandaron embarcar sus seruidores, él se embarcó ante que fuesse de dia por escusarse de la importunidad de las visitaciones e de los que al embarcar le houieran querido acompañar, hauiendo empero visitado algunas personas principales a quien la raçon e alguna obligacion le constriñia. Pues siendo ya embarcado queriendo la naue hazer vela ante que amaneciese, hizo esta cancion:

El morir vino a buscarme
para matar mi alegria,
e agora que yo querria
no me quiere por matarme.
El me vino a mi a buscar
teniendole aborrecido
e agora que yo le pido
no le halla mi pesar,
assi que haurá de forçarme
a buscalle mi porfia
pues veo que se desuia
de mi para más matarme.

Hecho que houo vela la naue, en pocos dias fueron a vista de la tierra de Noplesano, e por hauer tenido algo el viento contrario hallaronse algo baxos del puerto, e no podiendole tomar acordaron por aquella noche de surgir en vna costa que está baxo de dicho puerto a quarenta millas de Noplesano, la qual es tan aspera de rocas e peñas e alta montaña que por muy pocas partes se puede andar por ella a cauallo, empero es muy poblada de jardines e arboles de diuersas maneras, en especial de torongeros e sidras e limones e toda diuersidad de rosas, e muchas caserias assentadas por lo alto de las rocas; e a la marina hay algunos lugares e vna gentil cibdad que ha nombre Malhaze de donde toma el nombre la costa. Pues assi llegados, la naue surgió en vn reparo del viento que venian muy cerca de tierra, en el qual lugar, ya otra vez hauia estado Vasquiran trayendo consigo a Violina hauia mucho tiempo. Pensar se puede lo que Vasquiran sentiria viniendole a la memoria, la qual le renouo infinitos e tristes pensamientos los quales le sacauan del coraçon entrañables sospiros e infinitas lagrimas, las quales porque mejor e mas encobierto derramallas podiesse, con una viuela en la mano, de la nao se salio e sentado sobre una roca muy alta que la mar la batia, debaxo de vn arbol començo a cantar esta cancion:

No tardará la vitoria
de mi morir en llegar,
pues que yo vi este lugar
qu'era tan lleno de gloria
quanto agora de pesar.

Yo vi en toda esta riuera
mill arboles de alegria,
veola agora vazia
de plazer de tal manera
que me da la fantasia
qu'el dolor de su memoria
ya no dexará tardar
mi morir de no llegar
para darme tanta gloria
quanto m'a dado pesar.

Estando alli assi cantando e pensando acordose que en aquel mismo lugar hauia estado, quando por alli passaron él e Violina e otras señoras que en la naue venian, toda vna tarde a la sombra de aquel arbol jugando a cartas e razonando, e hauian cenado con mucho plazer mirando la mar, e assi acordandose dello començo a cantar este villancico.

Di, lugar sin alegria,
¿quién te ha hecho sin plazer
que tú alegre solias ser?
¿Quién ha hecho tus verdores
e tus rosas e tus flores
boluer todas en dolores
de pesares e tristuras,
quién assi t'a hecho ascuras
tus lumbres escurecer
que tú alegre solias ser?

Passada parte de la noche, ya Vasquiran recogido en la naue, con el viento de la tierra hizieron vela e llegaron a hora de missa al puerto de Noplesano. Mandó Vasquiran que ninguna señal de alegria la naue en la entrada hiziesse de las que acostumbran hazer. Sabido Flamiano por un paje suyo que de unos corredores de su casa vio la naue entrar, lo que en la entrada hauia hecho, penso lo que podía ser, e con algunos caualleros mancebos que con él se hallaron, sin más esperar junto con ellos al puerto se vino, e llegaron al tiempo que la naue acabaua de surgir, e assi todos apeados en vna barca en ella entraron e hallaron a Vasquiran que se queria desembarcar. E assi se recibieron con mucho amor e poca alegria. Estando assi todos juntos teniendo Flamiano a Vasquiran abraçado, en nombre de todos ellos le dixo: Vasquiran, a todos estos caualleros amigos tuyos e señores e hermanos mios que aqui vienen o son venidos a verte, no les duele menos tu pesar que a mí; con tu vista se alegran tanto como yo. Al qual él respondió: Plega a Dios que a ti e a ellos haga tan contentos con la vida, como a mi con la muerte me fazia. Al qual respondio el marques Carlerin: Señor Vasquiran, para las aduersidades estremó Dios los animos de los caualleros como vos, pues que no es menos esfuerzo saber suffrir cuerdamente que osar venzer animosamente. Vasquiran le respondio: Verdad es, señor marques, lo que dezis, pero tambien hizo Dios a los discretos para saber sentir las perdidas, como a los esforçados para gozarse de las ganancias de las vitorias, e no es menos virtuoso el buen conocimiento que el buen animo, ni vale menos la virtud por saber bien doler, que saber bien sofrir e osar bien resistir.

E assi razonando en muchas otras cosas semejantes, salieron de la naue, e todos juntos vinieron a la posada de Flamiano donde hallaron muchos caualleros que los esperauan, e todos juntos alli comieron hablando de muchas cosas. E assi aquel dia passaron en visitas de los que a ver vinieron a Vasquiran y de muchos señores que a visitar le embiaron.

LO QUE VASQUIRAN HIZO DESPUES DE LLEGADO Á NOPLESANO

Otro dia despues de hauer comido, Vasquiran acordo de yr a besar las manos a la señora duquesa de Meliano e a Belisena, e despues al visorey e al cardenal de Brujas e a la señora princesa de Salusana e a algunas otras personas que sus estados e la raçon lo requeria. E assi acompañado de algunos mancebos que con él e con Flamiano se hallaron, hauiendolo hecho saber a la señora duquesa se fueron a su posada, y yendo por el camino, Flamiano se llegó a Vasquiran e le dixo: agora ymos en lugar donde tú de tus males serás consolado e yo de los mios lastimado. Al qual respondio Vasquiran: mas voy a oyr de nueuo mis lastimas; tu vás a ver lo que desseas; yo recibire pena en lo que oyre; tú recibiras gloria en lo que verás. Assi razonando llegaron a la posada de la señora duquesa, a la qual hallaron en vna quadra con aquel atauio que a tan gran señora siendo viuda se requeria, acompañada de la señora Belisena su hija, con todas las otras damas e dueñas de su casa. E como las congoxas de los lastimados con ver otros llagados de su herida no pueden menos de no alterar el dolor de las llagas, alli hauiendo sido esta noble señora vna de las que con más raçon de la aduersa fortuna quexarse deuia, viendole perder en poco tiempo el catolico abuelo, la magestad del serenissimo padre, el clarissimo hermano en medio del triunfo mas prospero de su gobierno reynando, e sobre todo el ylustrissimo marido tan tiranamente de su estado e libertad con el heredero hijo desposseidos, de manera que no pudo menos la vista de Vasquiran hazer que de mucho dolor su memoria no lastimasse, e verdaderamente ninguna de las que viuen para ello mas raçon tiene.

Pues assi llegados, hauiendo Vasquiran besado las manos a la señora duquesa, e a Belisena hecho aquel acatamiento que se deue hazer e a todas las otras señoras e damas, despues de todos sentados, la duquesa començó de hablar en esta manera.

LO QUE LA SEÑORA DUQUESA HABLÓ A VASQUIRAN EN PRESENCIA DE TODOS; E LO QUE VASQUIRAN LE RESPONDIO E ALLI PASSÓ.

Vasquiran, por vida de mi hija Belisena qu'es la mas cara cosa que la fortuna para mi consuelo me ha dexado, que considerado el valor e virtud e criança tuya, y el amor e voluntad que al duque mi señor, que haya santa gloria, e a mi casa siempre te conoci tener, sabido tu perdida tanto tu daño me ha pessado, que con los mios ygualmente me ha dado fatiga. Esto te digo porque conozcas la voluntad que te tengo, lo que consolarte podria remitolo a ti pues te sobra tanta discrecion para ello quanto a mí me falta consuelo para mis males.

Vasquiran le respondio: Harto, señora, es grande mi desuentura quando en tan alto lugar ha hecho señal de compasion, mas yo doy gracias a Dios que me ha hecho tanto bien en satisffacion de tanto mal qu'en tan noble señora como vos e de tan agrauiados males combatida mi daño haya tenido cabida o lugar de doler; lo que yo señora siempre desseo vuestro seruicio Dios lo sabe; lo que en vuestras perdidas yo he sentido ha sido tanto que el dolor dellas tenia ya en mí hecho el aposento para quando las mias llegaron.

En esto y en otras cosas hablando llegó el tiempo de despedirse, en el que nunca Flamiano los ojos apartó de Belisena. Pues siendo de pies ya de la duquesa despedidos, Vasquiran se despidio de Belisena a la qual dixo: señora, Dios os haga tan contenta como vos mereceys e yo desseo, porque ensanche el mundo para que sea vuestro y en que mi pesar pueda caber. Al qual ella respondio: Vasquiran, Dios os dé aquel consuelo que con la vida se puede alcançar, de manera que tan alegre como agora triste podays viuir muchos dias. E assi la señora Yssiana se llegó a ellos e muy baxo le dixo: señor Vasquiran, esforçaos, que no juzgo menos discrecion en vuestro seso que dolor en vuestro pesar; la fortuna os quitó lo que pudo, pero no la virtud que en vos queda que es más.

Señora, dixo Vasquiran, plega á Dios que tanta parte os dé la tierra quanta en vuestra hermosura nos ha dado de lo del cielo, pues que está en vos mejor aparejado el merecer para ello que en mí el consuelo para ser alegre. Bien sé yo que si possible fuera que en mí pudiera hauer remedio para mi tristeça, el esperança de vos sola la esperara.

Al qual respondio la señora Persiana: Vasquiran, por la compasion que tengo de ver vuestra tristeça, quiero consentir que me siruays e sin perjuizio mio yo hare que perdays mucha parte de vuestra passion con mis fauores.

Assi tornado a la señora duquesa se despidio con todos aquellos caualleros que con él hauian venido, e quedose alli el marques Carlerin. De alli se fueron a visitar al señor visorey con el que hallaron al cardenal de Brujas y el cardenal de Felernisa, los quales todos con mucho amor le recibieron. El restante de lo que alli passó, por abreuiar aqui se acorta. Assi se tornaron á su posada. Otro dia fue a besar las manos a la reina Noplesana e a su madre, e despues a otras muchas señoras que a la sazon en Noplesano se hallaron.

LO QUE DESPUES DE LAS VISITACIONES E HAUER REPOSADO ALGUNOS DIAS, ENTRE FLAMIANO Y VASQUIRAN PASSÓ SOBRE SU QUESTION

Estando vn dia acabado de comer Vasquiran e Flamiano en vna huerta de su posada acostados de costado sobre vna alfombra debaxo vnos naranjos, començo Vasquiran en esta manera de dezir. No quiero, Flamiano, qu'el plazer de nuestra visita con su plazer ponga silencio en nuestra question a sus pesares, porque tanto por dalle fin a nuestra question soy venido, quanto por verte; a tu postrera carta no respondi por hazerlo agora. Muchas variedades he visto en tus respuestas assi de lo que en mi contradizes como de lo que en ti manifiestas, en especial agora que a Belisena he visto, e digo que todo el fin de tu mal seria perder la vida por sus amores; digote vna cosa, que si tal perdiesses el más de los bien auenturados te podrias llamar, ¿pues si tu muerte seria venturosa, tu pena no es gloriosa? claro está. Todas las cosas que me has escripto en cuenta de tus quexas, agora las he visto juzgo en cuenta de tus glorias; quando nunca más bien tuuiesses de verte su seruidor es mucho para hacerte ufano, quanto más que tus ojos la pueden ver muchas veces, que más bien no le hay. Quantas cosas me podrias encarecer de los males que pregonas no son nada, por que Quiral en tu egloga te ha respondido lo que yo podria; digote vna cosa, que te juzgo por mas dichoso penando en seruicio suye que no si alegre te viese sin seruilla. Si assi supiesses tú suffrir contento tu pena como supiste escoger la causa della, ni comigo competerias como hazes, ni yo te renocaria como hago. No plega a Dios que mi mal sepas a qué sabe, ni de tu pena sanes porque viuas bien auenturado. Mirado el lugar do tu desseo e voluntad possiste,

de todo lo possible gozas; visto lo que quexas, todo lo impossible desseas. Visto lo que yo perdi no hay mas bien que perder; visto lo que yo desseo no hay mas mal que dessear, pues que al fin con la vida se acaba todo.

A todas las cosas que me has escripto te he respondido; a lo que agora me querras dezir tambien lo verás, oyrte quiero.

RESPUESTA DE FLAMIANO

Vasquiran, todo quanto hasta agora en mis cartas y de palabra te he escripto y enbiado a dezir, en dos cosas me parece que consiste. La vna, ha sido parecerme que quexas mas de lo que deues e que no perdiste sino que se acabó tu plazer, e que demasiado estremo dello muestras. La otra ha sido que mi mal es mayor qu'el tuyo. Agora quiero que despacio juntos lo determinemos, e quiero començar por mi. Dizesme que las virtudes e merecimientos de Belisena con quantas excelencias en ella has visto, me deuen hazer ufano y contento, e que si por ella perdiesse la vida seria bien auenturado, e que no puedo mas perder, e que cada hora la veo, que no hay mas bien que perder e que desseo lo impossible y gozo lo possible. ¿Cómo se podra hazer que las perficiones de Belisena si estas mismas enciendem el fuego do m'abraso hagan mi pena gloriosa? quanto más de su valer contento, más de mi remedio desconfio, e si como dizes por ella la vida perdiesse, bien dizes que seria bien auenturado, mas no la pierdo y muero mill vezes cada hora sin que agradecido me sea; el bien que me cuentas que por su valer gano, es todo el mal que cada hora renueua mis males, pues que para más no la veo de para mis pesares. Pues mi desseo es impossible, ¿qué bien puedo hauer que sea lo possible como tú dizes? A mi me pareze que el fin de todas las glorias está en alcançarse e no en dessearse, porque el desseo es un acidente que trae congoxa, e quanto mayor es la cosa desseada mayor es la congoxa que da su desseo; ¿pues cómo me cuentas tu a mi el desseo por gloria siendo él mismo la pena? Visto estar claro que de todas las cosas e desseos se espera algun fin, de todos los trabajos se espera algun descanso. Todos los desseos se fundan sobre alguna esperança, porque si cada cosa destas esta causa no la caussase, no ternia en si ninguna razon, pues que no tuuiesse principio donde naciesse no ternia termino do acabase, pues no teniendo principio ni cabo consiguiente caduca seria. Pues luego si mi desseo es impossible y es grande y grande la pasion que me da, ¿qué cuenta haura en mi mal? no otra sino que no hay remedio para él? Pues si el remedio le falta, el mio es grande, que el tuyo no.

RESPUESTA DE VASQUIRAN INTERROGANDO Á FLAMIANO

Bien me plaze hauerte oydo lo que dizes. Veamos agora, Flamiano, ¿tu mal e tu passion no es e nace del demasiado amor que a Belisena tienes? Si. Tú no dizes qu'el bien que la quieres en estremo te trae en lo que estas? Si. Tu desseo que es galardon de tus seruicios? Si. Y este galardon que desseas que se ver cumplida tu voluntad? Si. De qué te quexas, de que su voluntad va lexos de lo que la tuya queria? Si. Tú no quieres, segun dizes y es razon, más a ella que a ti? Si. Pues desta manera o tú no sabes lo que quieres o es falso lo que dizes. No dizes, como es, que en ella está el fin e medio comienço de toda la virtud, e nobleça e perficion? Si Pues si tal es, como es, e tu voluntad e desseo fuessen buenos, no desconformaria dello su voluntad, por consiguiente, o ella no es qual tú dizes, o tu desseo es malo; si es malo, ¿cómo dizes que bien la quieres e le desseas mal? Hagamos agora que tu voluntad fuesse buena y la suya buena como es, no dizes que la quieres mas que a ti? Pues si más que a ti la quieres, razon es que quieras más lo qu'ella quiere que lo que tú quieres, pues si lo qu'ella quiere, quieres, no ternás de quexarte; no teniendo quexa no ternás mal, no teniendo mal, ganado haure yo la question.

FLAMIANO A VASQUIRAN

No me contenta lo que dizes porque no satisfaze a lo que digo; yo te digo que ninguna cosa se haze sin esperança de algun fin, como vemos claramente. Dexando agora lo de arriba que no es razon que en ello hablemos, pero en lo de acá; ¿porqué seruimos al rey a quien deuida obligacion nos obliga? ¿no le seruimos por lo que somos obligados? Si. Si pues le somos obligados, ¿porqué nos quexamos si de nuestros seruicios algun seruicio no nos haze, e si de nuestros fauores algun galardon no alcançamos? Y por consiguiente de nuestros mismos padres lo mismo queremos e si no lo hazen lo mismo quexamos, y aun como el vulgo dize, a los santos no querria seruir si galardon no esperasse, pues para seruir a estos no nos fallesce amor, pero si satisfecha no es nuestra voluntad no nos falta quexa, e quanto mal nuestros seruicios e voluntad han sido, tanto más nos da pena e congoxa lo poco que nos es agradecido. Luego ¿qué hare qu'en satisfacion de lo que bien quiero soy aborrecido que es el mayor mal, en pago de mis seruicios e passion no alcanço mas de disfauores, menosprecios, desdenes e mill ultrajes? Pues si mi querer no puede mudarse, mi passion no puede afloxar, esperança de más no la espero, remedio no le hay ni le hallo, qué mayor mal quieres quel mio?

VASQUIRAN A FLAMIANO

Harto es poco tu mal si más razon no tienes de la que dizes para él; muy lexos van tus palabras e razones de tus congoxas, pero o hagamos que sea como dizes, o llevemos las cosas por razon; digamos lo que dizes que sea razon, que sin la razon que nos obliga seruir al rey deuamos esperar mercedes e satisfacion de nuestros seruicios e hagamos ygual este seruir con lo que a Belisena sirues; yo quiero que assi sea como dizes e ansi te mostraré como en una manera no tienes razon de quexarte y en otra te mostraré como eres satisfecho. Digo que no has razon desta manera. Los seruicios que tú al rey hazes en que le sirues? O le sirues en sus guerras y conquistas en guarda e defension de su persona y estado, o en acrecentamiento de sus reynos con peligro de la tuya, o le sirues en la paz acompañandole e siguiendo su corte con mucha costa que te cuesta, de manera que todos tus seruicios son buenos e merecen hauer bien. Pues veamos a Belisena si la sirues en nada de esto. Digo que no. ¿Pues en qué la sirues? ¿Sabes en qué? En apocar su honrra, en alterar su fama, en poner en juyzio de mal sospechantes su bondad, en todas las cosas que peor juyzio le pueden hazer, en dessear por tu bien su mal, o por tu voluntad su mengua. Y quiereslo ver? El mayor bien e mas honesto que en tu desseo pudiesse hauer seria que sin cargo alcançasses lo que de otra dama que ygual te fuesse alcançar podrias; pues eso no se podria hazer sin que ella de su estado al tuyo baxase, luego mal le desseas. Podrias dessear que Dios te subiesse a tanto que ygual le fuesses? La pena que desto recibirias no te la da ella sino lo que en ti falta. Luego sin razon te quexarias. Tornando al proposito digo que si al rey siruiesses en cosa que le perjudicasse, ni él te lo deueria agradecer, ni tú quexarte de su ingratitud. Pero aun de otra manera digo que eres satisfecho de lo que te quexas; bien sabes tú que hay muchas maneras de seruicios en las quales hay algunas en la misma obra dellas está el galardon, estas son aquellas de que obrandolas ganamos honrra, pues que esta es la cosa mas desseada como sea señalarse el hombre en una batalla de campo o de tierra, en otra semejante afrenta hecha en seruicio de señor o persona tal o de que el que la haze, assi por señalarse, como por la calidad de aquel a quien sirue, queda honrrado. Pues parecete a ti que solo este nombre sea poca gloria e fama e honrra? tú sabes que es mucha ser seruidor de quien eres siendo más publico que oculto, no pueden tanto merecer tus teruicios que esto no sea más; no seran jamas tan grandes tus passiones e tormentos que esta gloria mayor no sea; ningun dia puedes tanto penar que su vista no te dé mas descanso, ninguna congoxa te puede dar tu desseo que tu pensamiento no te dé mayor gloria. Mi mal es de doler por que en él no hay remedio; en los plazeres agenos yo peno; en las passiones e males de los otros, los mios se doblan, y esto te basta para que esta question baste, e acabo.

RESPUESTA DE FLAMIANO

Poco a poco me echarias de la tierra con tus argumentos de logico, ante que lo fagas quiero tornar al comienço de nuestra question e digo que nunca mis males menos de grandes los senti, ni nunca los tuyos más de pequeños los juzgué; desta manera que a mi se me figura como nunca otra cosa conoci, que mal es que ningun mal con el mio se yguala.

La lengua es vn instrumento en qu'el dolor del coraçon suena, e desta manera la mia haze el son que oyes. A ti como el plazer has perdido figurasete que tienes mucha raçon e que pues que la raçon es mucha que la causa es grande; assi que te quexas como quien mucho bien ha perdido, yo me quexo como quien mucho mal ha passado e passa y el bien nunca vió. Pues si tú has habido bien e grande, yo mal e grande, tú has sabido qué es bien, yo sé que es mal; agora tú sabes qué es bien e mal; yo mal e mal; claro está qué más mal es el mio que el tuyo. A mi me parece qu'es tanta mi pena que con el más penado trocaria, creyendo que no es tanta la suya. Tú goçando tu bien tan contento estauas, que con el más gozoso no trocaras, creyendo que no hauia más bien que goçar. Yo querria saber a qué sabe por juzgar quanto es grande, porque a mi se me figura que el mayor daño mio es el mal con que tú lo hazes menor, diziendo que pues nunca tuve bien, que no puedo sentir qué es mal; yo digo que harto mal es saber qué es bien, despues passar mal, pero mayor es nunca saber qué es sino mal, y aun te digo vna cosa, pues los consuelos que tú me das bastarian para vn rustico que nunca de ningun bien gozó e poco del le pareceria mucho, o para un grosero que en su entendimiento no entra ni lo que desssear se deue, ni lo que penar se puede, que este con cualquier cosa que le acaeciesse seria satisfecho como tú quieres que yo haga, pero para mi que desseo lo que dessearse puede de bien e padezco lo que padecer se puede de mal, no me parece que yerro como dizes, ante que tengo raçon de llorar de mis males su dolor e de los bienes agenos su enuidia. E assi

estó puesto en el estremo que vees para no poder venir en conocimiento de tu raçon, porque todo lo que hablamos tiene dos sentidos; tú les das el que te parece ó sientes, yo les doy el que parece o siento, e assi seria insoluble nuestra porfia. Ponerla en manos de quien la determine no la consiente su causa, mejor seria dexarla suspensa.

RESPUESTA DE VASQUIRAN

No quiero, Flamiano, que suspensa quede, sino que se determine e que tú seas el juez, e no quiero sino en breve darte la determinacion que has de hazer, y es que juzgues qual de nosotros más mal padece, que esto es todo el fin desta question. Tu mal no puede ser mucho sino siendo grande el amor que a Belisena tienes, e si tal no es, no es tal tu mal como dizes. Si tal no es, como dizes, fingido seria, e assi seria mayor el mio. Pues si tú quieres mucho como yo creo e creo que tu passion es grande, mas digo que la mia es mayor. Tú dizes que querrias saber a qué sabe mi mal por mejor juzgarlo; bien sé que no lo dizes por lo que agora yo padezco sino por lo que he gozado. Mal has hablado, porque no podrias saber lo vno e lo otro sino passando por todo, pero pues que dicho lo has, sobr'esto quiero hazerte juez de la causa. Hagamos agora que la ventura te ayudasse para que de Belisena gozasses ni mas ni menos que yo de Violina; que tu gozo y el tiempo e vuestras voluntades conformes fuessen tanto e con tanto contentamiento como el nuestro fue, con tal condicion que Dios dende agora te contentasse, e que a cabo de otro tanto tiempo tu señora en tu poder muriesse en tu presencia y tú sin ella quedasses como yo sin la mia he quedado qual me vees, aceptarlo yas? Di la verdad e conoceras que si mi gozo fue grande, que mi mal es grande, e que si tú agora tan gran gozo alcançabas que seria mayor tu bien que agora es tu mal; pues desta manera quando tan gran bien perdiesses, quál seria mayor mal, el que entonces sentirias en perderlo, o el que agora sientes en dessearlo? No te quiero mas dezir; juzga lo que querras, que si esto niegas, quanto has dicho negarás e seria fengido de lo que padeces.

RESPUESTA DE FLAMIANO

Mejor seria, Vasquiran, qu'esta question no houiessemos començado, que no que a este paso houiessemos llegado, porque temo que la ponçoña de nuestras passiones nuestras amistades alteren.

No puedo responderte a esta partida porque en mi boca no puede caber tal raçon, ni quisiera que en la tuya houiera cabido; no ha hecho

Dios los dias de Belisena para que en nuestras lenguas termino les pongamos, no por comparacion como agora has hecho. Baste esto, que todauia me parece segund lo que siento que es verdad lo que digo; creo que lo mismo hazes. El mal de los infernados tenemos, qu'el menos penado trocaria con el que más pena, juzgando mayor la suya que la del otro; yo me refiero a lo que he dicho e tú no menos. Dexemos nuestro processo abierto, determinenlo los que lo leyeren, pues que ya está determinado que cada vno de nosotros tiene tan poca alegria, que no nos cabe llorar duelos ajenos.

Mudemos la platica en otras cosas, que pues que tan poco plazer tenemos, pesar no nos faltará sin que le busquemos. Bien sé que sabes que tu mal más que a nadie me duele, bien sé que mi descanso mas que otro lo desseas. El dia que fuymos a casa de la señora duquesa me parece que te vi hablar con la señora Yssiana; no me soy acordado agora de pedirte qué passaste con ella; agora que me acuerdo, te aviso que te guardes, que tiene mala mano. Podria ser que si mucho la mirasses, que como agora de tu mal plañes que del mio llorasses, e quiça entonces juzgarias de nuestra question lo que agora no conosces.

RESPUESTA DE VASQUIRAN

Bien sabia que a tal estrecho te hauia de traer como has llegado. En tu alteracion conozco lo que en mi passion conoces, hacerte quiero contento, mudasme de nuevas, quiero te responder a lo que pides. Lo que con essa señora passé, fue que hallandome la señora Belisena, ella se llegó con nosotros e dixome que me esforçase e me allegrase, que no juzgaua menos discrecion en mi seso, que dolor en mi pesar, e que la fortuna me pudo quitar lo que pudo, pero no la virtud que en mí quedaua que era más. Yo le respondi que Dios le diesse tanta parte del bien en la tierra, quanto de su hermosura le hauia dado de la del cielo, pues que estaua en ella más aparejado el merecer para ello, que en mí el consuelo para ser alegre, e que bien sabia yo que si possible fuera que en mi pudiera haber de remedio para mi tristeça esperança, que della a solas la esperaua, pero que no solo me faltaua remedio, mas esperança dél. Respondiome que no hauia cosa sin remedio viuiendo, e que lo mucho que le dolia verme tal, y el desseo que tenia de verme con menos tristeça le offrecia a consentirme que la siruiesse, e que dello seria contenta, e que assi me aceptaua por su seruidor con prometimiento de fauorecerme de manera que sin perjuicio suyo que algo de mi congoxa afloxaria. Yo le respondi que lo hauia por impossible. E por no

poderle más responder al presente, la enbió despues estas coplas sobre el caso mesmo.

COPLAS QUE VASQUIRAN EMBIÓ A YSSIANA
SOBRE QUE LE MANDÓ QUE LE SIRUIESSE

Tan llagada está mi vida
de los males de mi mal
que por ser la causa tal
no ay do quepa otra herida,
de manera
que si mi mal tal no fuera,
solo veros
me forçara de quereros
por cuya causa viuiera.

Mas estoy como el herido
que la raçon e natura
le descubren en la cura
no poder ser guarecido,
bien que cierto
vuestra beldad e concierto
daran vida
a quien la tenga perdida,
pero ya passo de muerto.

Porque si'l morir recrece
do la vida se dessea,
con la muerte se pelea
pues llegado s'aborrece,
pero quando
vive el viuo desseando
s'el morir,
aquel tal es de dezir
que es más que muerto penando.

Desta suerte, dama, muestro,
siendo vuestras gracias tales,
que la sobra de mis males
no m'an dexado ser vuestro,
ni soy mio,
porque mi franco albedrio
es verdad
que no'stá en mi libertad
mas está en el daño mio.

Pues si vos no me sanays
yo no quiero guarecer;
no quiero querer poder
aunque vos, dama, querays;
¿sabeys porqué?
Porque ya murió mi fe,
e pues no es viua
no será jamas captiua
sino de quien siempre fue.

No, porque mi desuentura
con su mucha crueldad
a mi fe e mi libertad
las metió en la sepultura
con aquella
por quien viue mi querella
assi penando,
yo la muerte desseando
más que no viuir sin ella.

LO QUE SE CONCERTO ACABADO LA HABLA ENTRE ELLOS DOS

Assi pussieron silencio por entonces en su contienda, mudando en otras cosas su passatiempo, e dende a pocos dias, estando vn dia sobre tabla razonando el vno con el otro, Flamiano con muy ahincados ruegos rogo a Vasquiran que quissiese ser contento que los dos tuviessen vna tela de justa real, pues que avnque cosa de fiesta e plazer fuesse para los atribulados del mal que ellos lo estauan, tanto para publicar sus apassionados dolores dana aparejo como a los alegres e contentos de plazer les abria camino. Porque no holgauan menos los vnos en manifestar su mal, que los otros en publicar su bien con sus intenciones, e que en esto no solo él haria señalada gracia e merced, mas aun a todas las damas haria gran seruicio. A lo qual Vasquiran le respondio: Verdaderamente, Flamiano, más aparejo hay en mi para llorar como vees, que no para justar como quieres, pero pues que el amistad nuestra me forço en tal tiempo venir a verte, e el amor que te tengo me obliga a complazerte en todo lo que possible me será. Assi que ordena lo que te parecera, que de aquello sere contento, no en esto que es poca cosa, mas donde la vida e honrra en todo peligro se pussiese lo seria. En especial que yo recibo tanta pena en ver la que con la mia te doy, que desseo hallar algo con que te pueda complazer. Flamiano agradeciendoselo mucho, respondio: Si tan complido te hiziera la fortuna de ventura como de virtud, jamas viuieras descontento. E assi los dos caualgaron disfraçados e se fueron a casa del cardenal de Brujas que era vn notable cauallero e mancebo, e tan inclinado a las cosas de la caualleria, aunque perlado, quanto en el mundo lo houiesse, e assi llegados a su posada, retraydos todos tres a solas, su pensamiento e a lo que eran ydos, le hizieron saber, de lo qual él holgo demasiadamente. Pues en la misma hora, todos tres vestidos de mascara, al palacio del visorey se fueron. El qual con mucho plazer los recibio, e assi todos quatro en la camara de su guarda ropa sentados a vna ventana que sale sobre la mar, hablaron todo el caso porque alli eran venidos, e con mucho contentamiento e plazer fue dello contento. E hauiendo assi estado vna gran pieça de la tarde, los tres se tornaron a casa del cardenal, donde cenaron con muchos otros caualleros que alli acostumbrauan venir a comer, y en la cena se publicó la tela que querian tener, lo qual puso en mucho plazer e regocijo a todos. E hauiendo cenado, en presencia de todos, se ordenó el cartel con las condiciones siguientes e diosse a vn albardan que la pregonasse.

LAS CONDICIONES DEL CARTEL

Dado fue el cartel a vn albardan para que lo pregonasse, el qual con muchos atabales e trompetas e menestriles, fue publicado en todos aquellos lugares que les parecio que publicarse deuia. En el qual cartel se contenian las condiciones siguientes: Primeramente se daua al que mas gentil cauallero a la tela saliesse con paramento e cimera, vna cadena de oro de dozientos ducados. Dauase mas seys canas de brocado al cauallero que con lanças de fiesta mejores quatro carreras haria, e que no pudiesse justar a este prez quien al otro no tirasse, esto es, sin paramentos ni cimera. Dauase mas a la dama que mejor e mas galanamente vestida aquel dia a la fiesta saliesse, vn diamante de cien ducados de peso (¹). Mas al galan que a la noche a la fiesta en casa del señor visorey saldria mejor e mas galan vestido, vn rico rubi. A este precio de la noche los tablajeros tirauan. Fueron juezes de los caualleros el señor Visrey y el principe de Salusana y el almirante Vilander y el conde Camposalado. Juezes de las damas fueron la señora Reyna e Noblenisa e la señora duquesa de Meliano e la duquesa de Francouiso, todas tres viudas. Tuuose el renque dia de Santiago, que hauia quarenta dias desd'el dia que el cartel se publicó hasta aquel dia. En el qual tiempo todos los caualleros e damas se adereçaron de la manera que adelante se dirá. De lo que en este tiempo se siguio ninguna cosa aqui se cuenta hasta el dia de la tela.

COMO LAS DAMAS SALIERON EL DIA DE LA TELA

En el dia de la fiesta la señora Reyna con sus damas, e la señora duquesa de Francouiso se vinieron a comer con la señora duquesa de Meliano, porque assi juntas se fuessen a la tela, donde houo muchos galanes e muy ricamente vestidos que hasta alli las acompañaron e de alli hasta la tela. De los quales atauios aqui no se haze mencion, saluo que hauiendo comido todas tres caualgaron con sus damas e salieron desta manera. La señora Reyna salio vestida de negro como siempre va; verdad es que en vna gorra y en vnas mangas de vna saya de terciopelo que lleuaua, hauia muchas pieças de oro e joyeles muy ricos e muchas perlas. Lleuaua vn cauallo blanco con vna guarnicion rica e veynte moços de espuelas vestidos con sayos de grana guarnecidos de terciopelo negro sobre raso amarillo, con jubones de damasco naranjado, vna calça negra e otra azul e amarilla.

(¹) En otras ediciones precio.

La señora duquesa de Meliano salio su persona vestida de negro con vn cauallo morcillo con vna guarnicion de terciopelo negro; doze moços d'espuelas vestidos con sayos morados guarnecidos de raso pardillo. Jubones de raso negro con vna calça negra, otra negra e morada.

La señora duquesa de Francouiso salio vestida de negro. Los moços d'espuelas vestidos todos de leonado.

Salio la señora Belisena con vna saya de brocado raso blanco cubierta de raso negro, cortado todo el raso de vnas cortaduras muy espessas que se hazia dellas vna obra como vnos manojos, atadas todas las cuchilladas con vnos torçales de oro, e de seda encarnada con los cabos hechos de perlas; vn collar de oro hechas las pieças a manera de las cortaduras de la saya, esmaltadas todas las pieças de negro. Hauia en la saya en cada pieça de terciopelo vna pieça de oro de martillo que hazia la obra de las cortaduras, vna gorra de raso encarnado guarnecido de las pieças del collar; vn cauallo blanco con vna guarnicion de plata toda esmaltada con muchos floques de oro y encarnado que salian por las pieças de la guarnicion muy largos. Doze moços d'espuelas vestidos de amarillo y encarnado.

La señora Yssiana sacó vna saya de terciopelo leonado e brocado pardillo hecha a tableros como vn marro; estauan las costuras juntadas con pestañas de tafetan amarillo. Hauia en cada pieça de la seda e del brocado vna cifra trocada de lo vno en lo otro bordadas con cordones de plata. Vna gorra de raso leonado llena de cabos de oro hincados a manera de vn erizo, muy llena con collar de pieças de manera delas cifras.

Sacó la señora Graciana vna saya de raso azul con vna reja encima de terciopelo azul sobre pestañas de raso amarillo, e con vnas lazadas de vnas madexas de hilo de oro que ataua las juntas de la reja. Vna gorra de terciopelo azul llena delas mismas madexas trauadas vnas de otras; vn collar hecho de madexas de hilo de oro tirado muy rico.

Todas las otras damas de la señora duquesa salieron vestidas con saya de raso morado, con barras de brocado negro sobre pestañas de tafetan blanco; con gorras de terciopelo morado con cintas blancas atadas.

Las damas de la señora Reyna que salieron con ella, son: la señora doña Costantina toda vestida de terciopelo negro forrado de damasco negro, acuchillada toda la seda de encima, atada con madexa de seda negra con cabos de oro. Vna gorra de terciopelo negro con muchos joyeles e pieças de oro muy ricas.

Sacó la señora duquesa de Grauisa vna saya de brocado rico a la lombarda, forrada de damasco blanco con vna mantilla de damasco blanco forrada de raso carmesí guarnecida de tres tiras del mesmo brocado sobre pestañas de raso carmesi: vna gorra de raso blanco forrada de raso carmesi acuchillado lo blanco con vnas g. g. de oro esmaltadas. Vn rico collar hecho de las mismas letras muy rico.

La señora Porfisana sacó vna saya de raso blanco con vna gelosia de fresos de oro encima d'ellos puestos sobre pestañas de tafetan leonado, con vn collar muy rico hecho a manera de vna gelosia. Vna gorra de raso blanco con muchas pieças de oro fechas como gelosia.

La señora doña Merlesa de Ricart sacó vna saya de brocado blanco a la francesa, con vnas cortaduras de terciopelo morado a manera de vnas espinas de pescado, forrada la saya de raso morado. Estauan las cortaduras de alto a baxo de manera que la obra que hazia la seda hazia el brocado, con vn collar de la manera de la cortadura. Vna gorra de terciopelo morado con muchas pieças como las del collar.

La señora Angelera de Agustano sacó vna saya de terciopelo negro con muchos fresos de plata puestos en tornos a manera de ondas, muy espessos a manera de puntas, sobre pestañas de tafetan amarillo. Vna gorra de raso blanco con muchos cabos de oro. Vn collar de oro hecho a puntas.

La señora Caronisa sacó vna saya de brocado e terciopelo morado hecha a quartos, abierta por la delantera e costados, forrada de damasco naranjado con las mangas de la misma manera, con vnos torçales de oro e morado que atauan las aberturas, con vnas lisonjas cortadas de brocado en el terciopelo e del terciopelo en el brocado. Vn collar de lisonjas de oro e de rochicler; vna gorra de raso morado llena de lisonjas.

La señora Cantoria Dortonisa sacó vna saya de raso blanco con vna reja de fresos de oro cubierta que hazia toda la saya centellas; en medio de cada centella vna estrella de oro martillo estampada. La gorra dela mesma manera. La saya forrada de damasco morado. Vn collar de centellas de oro grandes, en medio de cada vna, vna estrella de rochicler.

La señora Violesa de Aguster sacó vna saya de brocado de oro tirado con vnas faxas angostas de terciopelo morado por encima sobre pestañas blancas, vna mantilla de raso morado forrado de damasco blanco con faxas anchas del brocado, guarnecida la mantilla con vna gorra de terciopelo carmesi; con muchas pieças de oro. Vn collar muy rico.

Muchas otras damas salieron con la señora reyna, que por abreuiar aqui no se escriuen aunque muy ataniadas fuessen.

Salidas estas tres señoras vino la señora visoreyna, que es una muy hermosa dama, e con ella su hermana qu'es desposada con el hijo del principe de Salusana, e muchas señoras de titu!o con ellas.

La señora visoreyna sacó vna saya francesa cubierta todas de vnas alcarchofas de oro de martillo, vna gorra de la misma manera, vn rico collar de alcarchofas, vna guarnicion de vna mula de terciopelo carmesi con vnos fresos de oro en lugar de franjas, chapada de vnas alcarchofas de plata e muchos batientes dorados encima. Diez moços d'espuelas vestidos de morado, de grana e azul turquesado.

Sacó su hermana vna saya de oro de martillo escacado forrada de raso carmesi con vna mantilla de damasco azul guarnecida de vnas pieças de oro de martillo muy ricas a manera de vnas penas. Vna gorra del mismo raso con las mismas pieças.

Salio con la señora visoreyna, la condesa de Camposalado con vna saya de altibaxo carmesi abierta por los costados e delantera, forrada de damasco blanco con vnos fresos de plata e sembrada con vnas visagras de oro; vna gorra de raso carmesi con las pieças; vn rico collar de lo mismo; vna guarnicion de vna mula chapada de las mismas pieças de plata. Los moços d'espuelas con jubones de raso carmesi e sayos de paño naranjado guarnecidos de terciopelo negro, calças coloradas e blancas.

La condesa de Auertino, su hija, sacó vna saya hecha a puntas de brocado rico e raso morado forrada de raso blanco, hauia sobre el morado vnos cardos de oro sembrados; una gorra morada de las mesmas pieças, vn collar rico de lo mismo, la guarnicion de la mula de la misma manera; los moços vestidos de morado e blanco.

La señora princesa de Salusana llego venida la visreyna e con ella su hija Candina e la duquesa de Altamura. Sacó la señora princesa vna saya de terciopelo negro cubierta de vnos alacranes de oro forrada de brocado blanco; vna gorra de raso blanco con las mismas pieças, vn collar de lo mismo, vna hacanea con vna guarnicion rica de lo mismo. Los moços d'espuelas con sayos de terciopelo negro e los jubones de brocadelo morado; vna calça negra, otra morada e blanca.

La señora Candina su hija sacó una saya de terciopelo morado cubierta de chaperia de oro con vnas faxas de brocado assi por la cortapisa y aberturas de la delantera e costados forrada de raso leonado; vna gorra leonada con las pieças mesmas guarnecida; vn collar de bueltas; la guarnicion de la hacanea muy rica, los moços vestidos de raso leonado e terciopelo morado.

La duquesa de Altamura salio en angarillas con vna saya de raso carmesi, vna loba de brocado negro forrada de damasco blanco. La mula guarnecida de terciopelo carmesi, los moços vestidos de terciopelo negro e grana.

Salio con la marquesa de Persiana la señora Mariana de Seuerin, la señora marquesa de Guariano. La marquesa de Persiana sacó vna saya de terciopelo carmesi con vnos fresos de oro de tres dedos de ancho passados por la saya a escaques, de manera que estaua hecha vn tablero; hauia en cada escaque del carmesi vna coluna de oro, la gorra de la misma manera, vn rico collar de colunas, la guarnicion de vn cauallo dela manera de la saya, los moços vestidos todos de amarillo.

La marquesa de Guariano salio vestida de negro. Sacó vna saya de plata tirada escacada con vnas tiras de terciopelo carmesi de tres en tres angostas, e sobre las faxas vnas palmas pequeñas de oro, la saya forrada de raso encarnado, con vn collar de oro muy rico hecho de dos palmas, vna guarnicion de vna hacanea de raso morado con muchas palmas de plata doradas e blancas como batientes.

La marquesa del Lago sacó vna saya francesa, las mangas forradas de oro tirado e por de fuera cubierta de fresos de oro tan espessos que casi cobrian mas de la mitad de la saya; vn rico collar hecho a manera de vnas carrancas, vna guarnicion de vna mula cubierta de plata a manera de collar; los moços vestidos todos de leonado.

Salio con ella la señora Laurencia con vna saya de brocado y raso encarnado hecha a lisonjas, hauia en cada lisonja vna cruz de sant Juan trocada de lo vno en lo otro. Vna gorra de raso amarillo con muchas lisonjas de oro en cada vna, vna cruz blanca esmaltada, vn collar de las mismas pieças, vna guarnicion de vna mula con la obra de la saya.

Salio la señora de la Isla Elpania que primero fue princesa de Saladino e con ella salio la señora Casandra de Beluiso e la señora Ipolisandra. La señora de la Isla sacó vna saya de terciopelo carmesi hecho a triangulos no grandes e por encima delas costuras vnos fresos de oro angostos; dentro en cada triangulo hauia un triangulo de oro bien releuado, algo mas pequeño; vna muy rica gorra llena de pedreria, vn collar de balaxos muy rico; vna muy rica guarnicion de vna hacanea; doze moços vestidos de morado e amarillo.

La señora Casandra de Baluiso sacó vna saya de raso blanco con mucha chaperia sembrada por ella, eran vnas eles de plata bruñida, forrada la saya de brocado azul. Vna gorra de lo mismo; vn collar de perlas muy rico, vna guarnicion de vna mula como la suya.

Sacó la señora Ipolisandra vna saya de brocado leonado forrada de raso negro, con vnas cortaduras de terciopelo negro sobre el brocado de tiras angostas, cubierta la saya a manera de vna reja, hazian en los vazios del brocado vnas rosas, en las juntas de la trepa hauia vnas pieças pequeñas de oro que hazian la obra del brocado. Vna gorra de raso leonado con muchas pieças de las de la suya; vn collar de pieças de las mismas de bueltas.

Salieron la condesa dela Marca e la marquesa de la Chesta juntas. La condessa sacó vna saya de raso azul e cubierta toda de vnas escamas de brocado tan grandes como vna mano sobrepessadas sobre la saya que la cubrian, atadas sobre vnos torçales de plata vnas con otras; vn rico collar d'escamas, vna guarnicion de vna hacanea de lo mismo.

La marquesa de la Chesta sacó vna saya a girones de oro tirado y de plata tirada escacado, los girones estauan sueltos sobre vna forradura de damasco carmesi atados vnos con otros con cintas azules; vn collar e gorra muy rica de muchas piedras de precio.

Salieron la condessa de Trauiso e madama de Andria e las dos Carlinas de Rosseller. La condesa sacó vna saya de brocado negro e raso carmesi a quartos, e los quartos estauan forrados de lo vno en lo otro e lo de encima acuchillado a todas las cortaduras con cintas blancas con cabos de oro; vna gorra de lo mismo, vn cauallo con vna rica guarnicion estradiota, vn rico collar.

La señora madama de Andia sacó vna saya de terciopelo negro e de raso negro de la manera de la condessa, saluo que las cintas eran de hilos de perlas e la seda estaua cubierta de chaperia de oro.

Las dos hermanas Carlinas salieron vestidas con dos sayas lombardas de raso amarillo forradas de damasco blanco e sobre lo amarillo muchas madexas de hilo de plata tan espessa que apenas lo amarillo se mostraua.

Muchas otras damas en aquella fiesta muy atauiadas salieron que por abreuiar el autor no las pone, saluo que quenta de los caualleros que con el señor visorey salieron aquel dia, en los quales no quenta los que justaron ni a la noche vinieron galanes que tiraron al precio del rubi, porque en su lugar se hablará de cada vno dellos.

El señor visrey sacó vna ropa de terciopelo carmesi forrada en raso carmesi con vnas alleluyas de oro sembradas por ella; vna guarnicion de lo mismo con muchos batientes, vn jubon de raso carmesi, vn sayo de brocado blanco con faxas de raso carmesi con las mismas alleluyas, vn muy rico collar de las mismas. Sacó treynta alabarderos vestidos de grana blanca, doze moços de espuelas con sayos e calças de grana, jubones de raso blanco. Sacó vnas letras por las alleluyas que dezia:

> Son pocos los que en tal dia
> les contenta ell'alegria.

Salio el almirante señor de Camposalado con vna ropa de altibaxo carmesi, vn jubon de brocado rico, un sayo de vellutado morado, vn collar de vueltas muy rico. Seys moços de espuelas con sayos de Perpiñan y jubones de damasco pardillo.

Salio el principe de Salusana con vna ropa de brocado raso negro forrada en raso blanco, vn sayo de vellutado morado, vn jubon de oro de martillo, vn collar muy rico de piedras, los moços de espuelas con jubones de brocado, calças moradas e blancas, vn cauallo con vna rica guarnicion. Estos fueron juezes del precio de los caualleros e por esto se nombran primero.

Salieron con el señor visorey los dos cardenales de Brujas e Felernisa, en su habito.

Salio con el conde de Leonis, el duque de Terminado, el conde de Ponte Forto con muchos otros caualleros e cincuenta continos del rey que le aguardan, todos mancebos e gentiles caualleros, todos muy bien atauiados. De lo qual no se cuenta mas.

Salieron con la reyna e con la duquesa el gran Antolino, el qual sacó vna ropa de raso carmesi forrada en brocado blanco, vn jubon de brocado rico; vn muy rico collar, doze moços de espuelas con jubones de brocado e terciopelo carmesi e calças moradas e pardillas; vna hacanea ricamente guarnecida.

Salio con ellas el señor Fabricano con vna ropa de altibaxo morada forrada de raso blanco, vn jubon de brocado morado rico forrado de lo mismo. Los moços de espuelas vestidos de las mismas sedas e colores, con vn rico collar de bueltas, vn cauallo guarnecido de lo mesmo.

Salio con ellas el duque de Altamira con vna ropa de terciopelo leonado faxada toda de fresos anchos e angostos de oro escacados, vn sayo de raso leonado de lo mesmo guarnecido, con vn jubon de oro tirado. Los moços vestidos de terciopelo leonado e raso pardillo.

Salio con ellas el duque de Belisa con vna ropa de raso negro colchada a ondas bordada de oro, vn sayo de brocado rico, un jubon de raso carmesi con muchas pieças de oro de martillo.

Salio con ellas el duque de Fernissa con vna ropa de raso blanco forrada de damasco morado faxada de brocado, un sayo de lo mismo, un jubon de raso carmesi guarnecido de pieças de oro de martillo. Estos señores salieron con muchos caualleros que los acompañaron.

COMO LOS MANTENEDORES E AVENTUREROS SALIERON Á LA TELA

Salieron los mantenedores juntos. Sacó Flamiano vn cauallo con vn paje con el que traya unos paramentos de brocado blanco, vnas cortapisas encarnadas sobre las cuales auia vnas letras de plata grandes que dezia:

> Quien á lo blanco tirare
> donde guarda lo encarnado
> por demas haurá tirado.

Salio el mismo con vnos paramentos de raso encarnado chapados con vna obra relevada de plata muy rica, la cual hazia vnos vacios en el raso en los quales hauia dos viboras de oro en cada vno. La cimera de las mismas viboras. Veynte moços vestidos a la tudesca de terciopelo encarnado e raso blanco, con otro cauallo en que hauia de justar, con vna guarnicion de lo mismo. Vn paje vestido de lo mismo. Dezia la letra de las viboras:

> Cuando llega al coraçon
> su herida,
> no hay mas remedio en la vida.

Sacó Vasquiran vnos paramentos de terciopelo negro, y su persona vestida de negro. Vn paje en otro cauallo con una guarnicion negra, vestido de negro; veynte moços vestidos de negro, vna cimera con vna muerte que dezia:

> Pequeño mal es tenella
> pues qu'es mayor mal querella.

Sacó vn otro paje con vn cauallo que traya vnos paramentos de terciopelo verde oscuro e raso verde claro que son esperança perdida e cobrada, con vnas letras por la cortapisa que dezia:

> Perdiose la de la vida
> pero la del morir queda
> porqu'el dolor viuir pueda.

Salio el conde Sauriano con vnos paramentos de raso naranjados cubiertos de vnas jaolas de plata, con otro cauallo con vna guarnicion de lo mismo, con vn paje vestido de blanco e naranjado; doze moços de las mismas colores, vna cimera de vna jaola con una calandria de plata. Dezia la letra de la calandria: (Está en el çaguer verso el nombre de la dama).

> Pues que de mi vida poca
> su silencio da señal,
> calle el bien e cante el mal.

Sacó el señor marques de Carlerin vnos paramentos de plata texida cubiertos de ymagineria de oro, con vna cimera hecha de portales y en cada vno vna imagen; eran todas las ymagines de rostro de damas. Dezia la letra de las ymagines:

> No está en estas vuestra ymagen
> porque es tal
> que ninguna l'es ygual.

Sacó Alarcos de Reyner vnos paramentos de brocado rico de pelo, con vn paje vestido de negro, en otro cauallo con vnos paramentos de terciopelo negro, con una reja de plata que los cobria. Hauian en los vacios de las rejas vnas erres doradas. Traya por cimera un relox. Decia la letra:

> No fuera fino mi mal
> porque mi ventura es tal.

Sacó el marques de Persiana vnos paramentos de terciopelo leonado con vnas palmeras de plata chapadas de todos. Vn otro cauallo con vn paje con vna guarnicion de lo mesmo. Vna palmera por cimera. La letra:

> Ha sembrado mi ventura
> mi querer e mi querella
> e no espero fruto della.

Sacó el conde de la Marca vnos paramentos de terciopelo carmesi cubiertos de chaperia de plata de vnos llobres o señuelos, con otro cauallo con vn paje, con vnos paramentos de brocado negro e brocado blanco con vnas faxas de terciopelo morado que partia los quartos, con una cimera de los mismos señuelos, con vna letra que dezia:

> Mi pensamiento ha subido
> do no le calle llamar
> pues que no cabe baxar.

Sacó Lisandro de Xarqui vnos paramentos de terciopelo negro cubierto de lagrimas de plata con vna cortapisa ancha de vnas peñas bordadas de oro llenas de lagrimas que las rompian todas, e la cimera de lo mismo. Vn paje con vna guarnicion de brocado en otro cauallo. Dezia la letra:

> Mis tristes lagrimas viuas
> en estas hazen señal,
> y en vos nunca por mi mal.

Sacó el prior de Albano vnos paramentos de brocado encarnado; otro cauallo con vna guarnicion de lo mismo, los paramentos e la guarnicion con vnas lamparas de plata que mostrauan estar muertas, con una cimera de las mismas lamparas con una letra que dezia:

> Muertas estan, pues la vida
> de males viue encendida.

Sacó el marques de Villatonda vnos paramentos de raso carmesi cubiertos de otros de brocado, cortados todos de manera de unas clarauoyas, estauan releuados los unos de los otros, encima dél el brocado, estauan cubiertos de vnos pesales de plata; la cimera de lo mismo con vna letra que dezia:

No hay con qué puedan pesarse
mis querellas
sino con el pesar dellas.

Sacó el prior de Mariana unos paramentos
oro tirado escacado a girones, con otros de
o encarnado, chapado el raso de vnos mar-
les de plata, e la cimera de lo mismo; otros
s cauallos sacó pero ni dél ni de los otros,
acortar no se cuenta, sino de uno. Los
rmoles de los paramentos e cimera eran quedos. La letra dezia:

No hay quien pueda sostener
de mis males su pesar
que no le haga quebrar.

Sacó el duque de Felernisa vnos paramentos
raso blanco cubiertos de vnos manojos de
siega hechos de plata con muchos batientes
ados de las espigas de la masiega, sacó por
era un mundo. Dezia la letra:

Menester fuera crecerse
para dalle complimiento
a vuestro merecimiento.

Sacó Francalver vnos paramentos de tercio-
o negro cubiertos de puntas de plata como
erizo espesas y en cada punta un batiente
plata blanca; sacó por cimera las arpias de
eo. Dezia la letra:

Mi codicia es más terrible
pues desseo lo impossible.

Sacó el conde de Torremuestra vnos para-
ntos de terciopelo leonado cubiertos todos
vna obra de plata enrrejada, hauia en los es-
ios vna cosa de los martirios de la passion;
ó por cimera todos los martirios. La letra
ia:

Si con la fe e con sofriños
los martires se han saluado,
yo soy bièn auenturado.

Sacó el duque de Grauisa vnos paramentos
brocado rico blanco con unas pieças de armas
o trofeos de vitoria o de triunfo sembradas
ellos, con la cimera de las mismas pieças
una letra que dezia:

Pues no quise defenderme
de ser el mejor perdido
yo triunfo de bien vencido.

có Rosseller el pacifico vnos paramentos
ocado negro con vnas ruedas de fortuna
radas de plata, con vna rueda de la for-
quebrada por cimera, con vna letra que

Si anduuiera como suele
despues que yo ando en ella
cabo houiera mi querella.

Sacó el marques de la Chesta vnos paramentos de brocado blanco e terciopelo leonado
cubiertos de vidrios de muchas maneras hechos
de plata, e por cimera un aparador de los que
tienen los que venden vidrios, con muchas pieças de vidrio. Dezia la letra:

Peligrosa está la vida
do ventura
no tiene cosa segura.

Sacó el marques del Lago vnos paramentos
de raso azul con vnos niueles de plata muy
ricos, e por cimera un niuel de niuelar con vna
letra que dezia:

No es possible que mi bien
venga al niuel de mis males
porque son muy desiguales.

Sacó Antineo de Leverin vnos paramentos
de raso amarillo cubiertos de espinas de plata,
con una cimera de muchas coronas de espinas
e vna real encima, con vna letra que dezia:

La vna merecceys vos
de raçon,
yo las otras de passion.

Sacó Alualader de Caronis vnos paramentos
de terciopelo carmesi con vnas esponjas do
plata por encima, vn braço por cimera que tenia vna esponja en la mano apretada que salian
vnas llamas de fuego, con una letra que dezia:

Del coraçon ha sacado
lo que muestra
qu'está dentro a causa vuestra.

Sacó Ipolito de Castril vnos paramentos de
raso pardillo cubiertos de vnos tornos de tirar
hilo de oro con su hilera, e sacó por cimera
vno dellos con vna letra que dezia:

Mi pena puede alargarse,
que mi vida
corta tiene la medida.

Sacó el conde de Poncia vnos paramentos
de raso azul con vnos laberintos de oro bordados por ellos, con vn laberinto con el minotauro dentro preso, con vna letra que dezia:

No hay prission
do remedio no se espere
sino en la qu'el preso quiere.

Estos fueron los caualleros que a la tela salieron, e dexase aqui de contar, por abreuiar,
muchos otros atauios que sacaron e a quien se
dieron los precios, assi de gentil hombre como
de mejor justador. Agora se contarán los que
a la noche salieron galanes a la fiesta que tiraron al precio.

Primero nombraremos a los que fueron sin invenciones, que al precio no tiraron. Los quales fueron el señor visorey, los dos cardenales, el duque de Altamura, el conde de Traviso, principe de Melisena, su hijo el marques de Telandra, el duque de Belisa, el conde de Leonis Pomerin, el duque de Terminado, el señor Fabricano, el gran Antolino, los hermanos del conde de Tormestra, Guillermo de Lauro, Petrequin de la Gruta, el conde de Ponteforto, el Franco Ortonis e muchos otros caualleros de los quales aqui no se haze memoria.

Los que a la fiesta salieron inuencionados fueron los que agora contaremos.

Sacó Flamiano vna ropa de azetuni carmesi forrada de damasco encarnado con vnas faxas de raso blanco sobre el azetuni cubiertas de cuentas de oro esmaltadas de las que se ponen por señales en los rosarios, con vna letra que dezia:

> Son señales
> de las cuentas de mis males.

Sacó Vasquiran la ropa de carmesi que el visorey hauia sacado aquel d'a con las alleluyas, porque era conocida que no era suya, con vna letra que dezia:

> Siendo alegria agena,
> al que no tiene plazer
> mas triste le haze ser.

Sacó el conde de Sarriano vna ropa de damasco blanco forrada de brocado con vnos manojos de cascaueles de oro bordados por ella con vna letra que dezia:

> Ya la vida
> de males está dormida.

Sacó el marques Carlerin vna ropa de la misma plata texida delos paramentos, con vnas faxas e cortapisa sembradas de vnos yugos de oro de raso leonado forrada delo mismo, con vna letra que dezia:

> El que os viere
> verse libre no lo espere.

Sacó Alarcos de Reyner vna ropa de terciopelo azul oscuro forrada de brocado con remos de oro bordados por ella quebrados, con vna letra que dezia:

> Todos estos se rompieron
> bogando con mi porfia
> e jamas hizieron via.

Sacó Lisandro de Xarque vna ropa de terciopelo morado forrada de raso negro con vna cortapisa ancha de raso blanco e faxas cubiertas de medias lunas de oro, como quando queda de la luna muy poco. Dezia la letra:

> Muy poca es la claridad
> donde tantas desuenturas
> se dexan la vida ascuras.

Sacó el prior de Albano vna ropa de brocado e raso encarnado hecho a lisonjas, con vnas lisonjas de oro pequeñas en las otras lisonjas. Dezia la letra:

> No son sino de veras
> mis quexas e verdaderas.

Sacó el marques de Villatonda vna ropa de altibaxo carmesi forrada de raso amarillo, cubierta de muchas medallas de oro de diuersas caras. La letra dezia:

> No está aqui vuestra figura
> porque su propio treslado
> en mi alma está estampado.

Sacó el prior de Mariana vna ropa de brocado pardillo con faxas e cortapisa de terciopelo morada cubiertas de vnas cifras de cuento de al guarismo que cada vna hazia millar, eran de oro de martillo. Dezia la letra:

> Las cuentas de mis pesares
> se han de contar a millares.

Sacó el duque de Grauisa vna ropa de vellutado negro forrada de damasco blanco con vnas alas de oro de martillo que cubrian la ropa, con vna letra que dezia:

> Han subido tan arriba
> mi pensamiento e querer
> que no pueden decender.

Sacó el conde de Torremuestra vna ropa d'altibaxo negro con vnas manos bordadas en ella que mostrauan el sino de la ventura con vna letra que dezia:

> Luego se vió en mi ventura
> que hauia de ser mi vida
> venturosa de perdida.

Alualader de Caronis sacó vna ropa de raso leonado forrada de raso carmesi con vnas sepulturas abiertas bordada de oro tirado, muy releuadas, con vna letra que decia:

> Hala de tener abierta
> la vida que viue muerta.

Sacó Rosseller el pacifico vna ropa de brocado de oro tirado negro forrada de raso azul con vnos ramos del domingo de ramos porque dizen que valen contra los rayos. Dezia la letra:

> No han seruido, pues mi vida
> del mesmo nombre es herida.

Sacó el conde de Poncia vna ropa de brocado forrada de raso azul con muchos joyeles, en
ella, e vno muy rico sobre el coraçon, con vna
etra que dezia:

La joya que más se estima
se guarda donde lastima.

Sacó el marques del Lago vna ropa de brocado azul con unas limas sordas bordadas sobre vna cortapisa de raso azul. La letra dezia:

¿Cómo puedo yo librarme
secreto del mal que siento,
siendo publico el tormento?

Sacó el marques de la Chesta vna ropa de
raso leonado forrada de brocado blanco con vna
chaperia de oro de vnos sellos de sellar cartas
secretas, con vna letra que dezia:

El secreto de mis males
aunque es grave padecello
la causa merece sello.

Sacó el marques de Persiana vna ropa de
brocado rico leonado forrada de damasco blanco
con vn collar rico hecho de peones d'axedrez,
con vna letra que dezia:

La primer trecha fui mate,
por ser mortal mi debate.

Sacó el duque de Fernisa vna ropa d'altibaxo
morado forrada de raso blanco con vna cortapisa e guarnicion del mismo raso chapada de
vnas matas de maluas con vna letra que estaua entre mata e mata que dezia:

Si te mata tu querella
mal vas en yr más tras ella.

Sacó Altineo de Leuesin vna ropa de terciopelo naranjado con faxas de raso blanco
con unos candeleros de oro por las guarniciones sin velas. Dezia la letra:

Van sin velas porque ves
siempre escura
la lumbre de mi ventura.

Sacó Ipolito de Castril vna ropa de brocado
pardillo con vna cortapisa e faxas de raso pardillo con vnos alambines de oro de martillo
sembrados por ellas; vna letra que dezia:

El fuego qu'el coraçon
tiene secretos de enojos
sale en agua por los ojos.

Sacó Francaluer vna ropa de raso negro forrada de brocado blanco e la ropa guarnecida de
fresos de oro e por el raso sembrados vnos antojos de oro, con vna letra que dezia: .

Nunca vi su nombre a mi
despues que os vi sin enojos
ni vieron mas bien mis ojos.

AQUI DA RAÇON EL AUTOR DE LO PASSADO Y DECLARA LA FICION DE AQUELLO

Los caualleros e damas que en la presente
fiesta salieron assi atauiados como a la tela,
como a la noche en la fiesta, son arriba men-
cionados. Digo en parte los que principalmente
alli se señalaron, porque sin ellos houo muchos
otros e muchas damas que aqui no se ha hecho
dellos relacion por acortar la obra. E assimesmo dexa de especificar las cosas que en la
fiesta se siguieron, ni la determinacion del
juyzio de los precios, esto tanto por la breuedad, quanto porque pues los atauios e inuenciones e letras estan relatados tengan los lectores en qué especular e porfiar, a quién cada
precio se deue dar segund el juyzio de cada vno.
Y esto conformará con la causa principal de la
obra, pues su fundamento es sobre la porfia e
question de Flamiano e Vasquiran; la qual se
queda tambien indeterminada. Verdad es que
el precio de mejor justar ganó Alualader de
Caronis. Agora aqui mudaremos el estilo o
forma de obra. Esto será que agora todos los
caualleros e damas assi de titulo, como los
otros, nombraremos por propios nombres en las
cosas acaecidas despues desta fiesta hasta la
dolorosa batalla de Ravena donde la mayor
parte destos señores e caualleros fueron muertos o presos. E assi haurá otra manera de especular en sacar por los nombres verdaderos
los que en lugar de aquellos se han fengido o
trasfigurado. E ha de saber el lector que aunque en lo que hasta aqui se ha escripto algo se
haya compuesto o fengido, como al principio
deximos, que en lo que agora se escriuira ni
houo mas, ni ha hauido vn punto menos de lo
fue e como passó. Assi que los agudos e discretos miren de aqui adelante los nombres verdaderos e tornen atras, que alli los hallarán.

LO QUE SE SIGUIO HASTA LA PARTIDA DEL VISOREY

Para mejor esto contenderse es de saber que
las cosas en este tratado escriptas fueron o
se siguieron o escriuieron en la nobilissima
cibdad e reyno de Napoles en el año de quinientos e ocho e quinientos e nueue et diez et
onze que fue la mayor parte e quinientos e doze
que fue la fin de todo ello. En el qual tiempo
todos estos caualleros, mancebos e damas e
muchos otros principes e señores se hallauan
en tanta suma e manera de contentamiento e
fraternidad los vnos con los otros, assi los Es-

pañoles vnos con otros como los mismos naturales de la tierra con ellos, que dudo en diuersas tierras ni reynos, ni largos tiempos passados ni presentes, tanta conformidad ni amor tan esforçados e bien criados caualleros ni tan galanes se hayan hallado. En tanta manera que mouida la fortuna de enemigable embidia començo a poner en medio deste fuego vna fuente de agua tan cruel e fria, que la mayor parte, como agora se diria, casi consumio, e lo que por consumir dexó quedó en el plazer e alegria que sin escriuirse quien quiera contemplar puede. E por mejor entendello habeys de saber que en el año de quinientos e onze, como a todo el mundo ha sido y es notorio, se hizo la liga e concordia del summo pontifice e santissimo padre nuestro Julio segundo e del catolico rey don Fernando de España e los venecianos. Para lo qual fue diputado por general capitan de toda la santa liga el ylustrissimo don Remon de Cardona visrey del realme de Napoles, el qual en el dicho tiempo gouernaua y es vno de los arriua nombrados. Pues llegandole la determinacion e mandado del rey en las cosas que hazer deuia, en la cibdad de Napoles se començo a hazer vno de los mas nobles e poderosos exercitos de gente de guerra que por ventura entre los christianos hasta oy se haya visto, de tanta por tanta gente, assi de los caualleros de titulo que en él fueron, como de los capitanes de gente d'armas e hombres d'armas que lleuauan e de los capitanes de infanteria e infantes que con ellos yuan, cada vno en su suerte e manera segund para lo que era diputado; dudo que los que han escripto, por mucho que hayan sabido bien componer, si este campo al tiempo que partió de Napoles vieran, no conocieran ser el más noble e mejor de los hasta oy vistos, assi en esffuerzo e saber de capitanes, como esfforçados e platicos soldados e discretos en la guerra. Quanto aun en ser el mas rico e luzido campo de aderezos e atauios assi de armas e ropas como de tiendas e los otros aparejos a la guerra competentes que jamas se vió, de lo qual adelante más largo se contará; solo agora se dira como en este tiempo viniendo la señora condessa de Avellino muger del noble don Juan de Cardona conde de Avellino, visrey de la provincia de Calabria, de las dichas tierras de Calabria para Napoles, por la mar adolecio en el camino e murio en la cibdad de Salerno, que fue la primera aldabada que en esta alegre corte de tristeza la fortuna començo a dar. Pues ya su fuego començado dende a no muchos dias con vna enfermedad assaz breue pusso fin la muerte en la vida del reuerendissimo don Luys de Borja, cardenal de Valencia, que desta corte, aunque perlado, en las cosas de cauallero mancebo era vno de los quiciales sobre quien las puertas de las fiestas e gentilezas se rodeauan. E dende a ocho dias no más fizo lo mismo en los dias e juuentud de doña Leonor de San Severino, princesa de Visiñano que era vna de las que al cabo de la dança desta escriptura ha lleuado. En el mismo tiempo acabó la juuenil e luzida juuentud de doña Marina de Aragon, princesa que hauia sido de Salerno e a la ora era señora de Piombino. Assi que mirad señores si estas quatro pieças bastan para vn comienço de combate.

LO QUE ADELANTE SE SIGUIO ANTE DE LA PARTIDA E LA SUMA E CUENTA DEL NUMERO DE LA GENTE QUE PARTIO

Passando las cosas adelante e poniendose en orden las cosas del campo, fueron señalados todos los cargos que se deuian de dar sin los que ya estauan dados. Estos eran los capitanes de gentes d'armas. Los quales son los siguientes: Primeramente el señor duque de Termens con cient hombres d'armas, el qual fue diputado por capitan de la Iglesia. El señor Prospero Colona con cient hombres d'armas. El señor Fabricio Colona que fue elegido lugar teniente general del canpo con cient hombres d'armas. El conde Populo con cinquenta hombres d'armas. El conde de Potencia don Juan de Guevara con cinquenta hombres d'armas; don Juan de Cardona, conde de Avellino con sesenta hombres d'armas; el prior de Mesina con cinquenta hombres d'armas. Don Jeronimo Lloriz con cinquenta hombres d'armas. El capitan Pomar con cinquenta hombres d'armas. Diego de Quiñones con cient hombres d'armas que era la compañia del gran Capitan. Estas eran las ordenanças que el rey nuestro señor alli tenia e los capitanes que la tenian. Despues llegó Carauajal con quatrocientos hombres d'armas e seyscientos ginetes de los quales capitanes no nombramos ninguno porque en nuestro tratado dellos hay ninguno dellos hay nombrado. Solo baste que la suma de la gente d'armas que el visrey lleuó mill e dozientos hombres d'armas e setecientos cauallos ligeros o ginetes, con la compañia que don Pedro de Castro alli tenia e los cinquenta ballesteros a cauallo del rey. Fue elegido capitan general de los cauallos ligeros el marques de Pescara. Fueron maestros de canpo el señor Alarcon e Diego de Cornejo. Hizo el visrey cien alauarderos para la guarda de su persona, de los quales fue capitan mossen Tallada. Fueron los coroneles de la infanteria onze, los capitanes fueron ciento e ocho, sin onze que el visrey hizo para su guarda con tres mill infantes escogidos. Los coroneles fueron el primero, Zamudio con dos mill infantes que lleuó de España, Arrieta, Joanes, Dondiaquito (¹), Luxan, Bouadilla, Francisco Marques, Salgado, Mexia, Cornejo sobrino del camarero. De los capitanes no se habla por ser muchos, saluo de los que el visrey hizo, que fueron don Pedro de Arellano, Martin Gomez, Juan de Orvina, Juan de Vargas, Cristoual de Paredes, Christoual de Helin, Breçuela, el trinchante del visrey, Diego Montañes, Buytron, Ventelloys.

Murio alli· ante de partir Diego Montañes, diose su conpaña a Torres; murio Torres, diose su conpaña a Borregan. Assi que fue en suma la infanteria española que de Napoles salio, diez mill infantes, mill e dozientos hombres d'armas, setecientos cauallos ligeros, cinquenta continos criados del rey, e muchos otros hombres de titulo e caualleros napolitanos e españoles e algunos sicilianos, de los quales adelante señaladamente hablaremos.

DE LOS ATAUIOS E GASTOS DEL VISREY

Por mexor lleuar ordenado el estilo e manera deste campo e de la partida del visrey será menester primero hablar de la orden e atauios de su persona e el estado que lleuó, el que fue desta manera. Primeramente, como diximos, lleuó su señoria cien alabarderos vestidos con ropetas de paño verde escuro e rosado de grana, jubones de raso o tafetan blanco e morado, calças blancas e moradas, e gorras de grana.

El capitan dellos que fue mossen Tallada lleuó sin otros atauios, dos cauallos d'armas para su persona atauiados con todo su conplimiento; el vno con vnas sobreuardas de raso morado cubiertas de chaperia de plata de unos cordones de san Francisco que hazian una reja, e en los quadros de la reja sobre el raso hauia dos esses de plata con vn sayon de terciopelo carmesi hecho a punta con pestañas de raso blanco; el otro cauallo lleuó con vnas sobre cubiertas de terciopelo verde e raso amarillo a metades cubiertas de unos escaques de tiras de tres en tres de la vna color en la otra sobre pestañas de raso blanco. El sayo desta manera, sin los otros atauios que lleuó.

Lleuaua mas el visrey cinquenta continos del rey todos mancebos, hijos de caualleros, los quales yuan tan bien atauiados que ninguno lleuaua menos de dos cauallos de armas con todo su conplimiento de las personas. Lleuaua mas veynte moços de espuelas con ropetas de paño morado e jubones de terciopelo verde e calças de grana. Lleuaua veinte e quatro cauallos de su persona; ocho de armas, ocho estradiotas, ocho a la gineta, con veinte e quatro

pajes en ellos, vestidos con ropetas de grana, jubones de terciopelo o de raso negro, gorras de grana, capas aguaderas de paño de Perpiñan.

Lleuaua dozientos gastadores con su capitan para assentar sus tiendas. Lleuaua su capilla con doze cantores muy complida. Lleuaua sus atauales e trompetas ytalianas, con todos los conplimientos de su casa e criados ordinarios como se requeria. De los atauios de su persona solamente hablaremos de los que lleuaua de las armas, que fueron ocho para ocho cauallos; los otros dexaremos por abreuiar.

Primeramente lleuó vnas sobreuardas e sayon de brocado blanco e raso carmesi hechos a girones, e los girones hechos a puntas de lo vno en lo otro con pestañas de raso azul. Lleuaua vnas sobreuardas e vn sayon de raso azul cubierto de unos lazos de brocado que lo cubria todo, sentados sobre raso blanco. Lleuaua vnas sobreuardas e vn sayon de terciopelo carmesi e raso blanco hechos a quartos, e sobre los quartos de carmesi hauia vna rexa de fresos de oro de vn dedo en ancho, hecha a centellas, dentro en las centellas hauia vnos otros de oro releuados que descubrian tanto de la seda como era de ancho el freso. Sobre los quartos del raso blanco hauia vna rexa del mismo freso, dentro en los quadros hauia dos yes de oro, en cada vno lleuaua vnas sobre cubiertas e vn sayon de raso blanco con faxas anchas de brocado negro de pelo rico, con vna faxa ancha e dos faxas angostas, todo guarnecido. Lleuaua vnas sobreuardas de brocado rasó e vn sayon con vnas faxas de dos dedos en ancho de raso· carmesi con vn ribete negro por medio de la faxa, con vnas franjas angostas de plata en vn cabo e de otro del ribete. Lleuaua vnas sobreuardas e sayo de raso amarillo cubiertas de chaperia de plata como vnas medias rosquillas que hazian la obra como escama de pescado, saluo que en las cubiertas era la obra gruesa y en el sayo menada. Lleuaua vnas sobreuardas e sayo de raso carmesi con vnas cortapisas muy anchas de lazos de cordones de oro e plata releuados, que sentauan sobre los bordones de brocado embutidas e releuadas, bordados de los mismos cordones de oro muy ricos. Lleuaua otras sobreuardas e un sayo de brocado rico sobre rico que costó a ciento e veynte ducados la cana. De todos los otros atauios assi forrados como por forrar, e cadenas e vagilla no escreuimos por abreuiar, saluo dos cortinajes e cobertores que lleuó para dos lechos, vno de brocado carmesi todo, e otro de brocado blanco e raso carmesi. Baste que se supo por muchas certenidades que gastó sin lo que propio suyo tenia, veynte e dos mil ducados de oro antes que de Napoles partiesse, en solo el aparejo de su persona e casa.

(¹) En la edicion de Nacio: *don Diaguito.*

LOS ATAUIOS DE LOS CAPITANES D'ARMAS,
SOLO DE LAS ARMAS

Los adereços de los capitanes solamente contaremos los de los cauallos de armas e los de sus personas para las armas, de los quales el primero que aqui se cuenta es el duque de Termens, el qual entre otros cauallos muchos que lleuaua vimos quatro atauiados señaladamente, los dos con dos pares de sobreuardas de brocado e sus sayones de lo mismo, otro con vnas sobreuardas de terciopelo carmesi e sayon con faxas de raso carmesi, el principal con vnas sobreuardas de terciopelo morado y el sayon de lo mismo, con vnos troncos bordados de oro de martillo muy releuados con vnos fuegos que salian por los concauos dellos, de manera que los troncos e las flamas henchian el campo de los paramentos e del sayon, con vnas cortapisas en lo uno y en lo otro de letras grandes del mismo oro bordadas en que blasonaua la fantesia de la inuencion.

El señor Prospero Colona hizo seys atauios aunque entonces no partio. El vno era de carmesi vellutado, los dos eran el vno de brocado rico, el otro de brocado raso; los tres eran bordados, vno de terciopelo negro con vnos toros de oro en cada pieça o en cada quarto del sayo muy releuados; estaua el toro puesto sobre vn fuego de troncos del mismo oro de manera que se henchia todo el campo. Era el toro que dizen de Nero. En las cortapisas hauia bordada vna letra de letras de oro que dezia:

Non es questo simil al nuestro.

El otro atauio de raso azul con vnos soles en cada canton de las pieças en lo alto y en lo baxo, vnos espejos en que dauan los rayos del sol de do salian flamas que sembrauan los campos de las pieças. En las cortapisas estauan como en lo otro, las letras de la inuencion. El otro atauio e mas rico, era de raso carmesi con vna viña bordada por todas las pieças, con sus sarmientos e hojas e razimos maduros e por madurar, hecho todo de oro tirado e plata e matizes de seda de relieue, de manera que la obra allende de ser muy galana era muy rica.

El señor Fabricio lleuó cinco cauallos de su persona; los dos con atauios de sedas de colores, el vno con vnas sobreuardas de sayo carmesi e brocado hecho a quartos, otro de brocado raso, otro de brocado rico.

El marques de la Padula no hizo alli ningun atauio por el luto que lleuaua de su cuñada, pero lleuó oro de martillo texido escacado para vn sayo e sobre cubiertas e brocados para otros atauios; su hijo don Juan no lleuó otra cosa sino paño negro por el luto de su muger.

El conde de Populo lleuó sus cauallos atauiados de brocados e sedas, pero su persona no llevaua mas que vna jornea a la usanza antigua; mas lleuó su sobrino don Antonio Cantelmo que yua por su lugar teniente, tres cauallos con tres atauios, uno de brocado, otro de raso azul e brocado a puntas, otro de raso azul chapado de vnas matas de siempre viuas muy releuadas.

El conde de Potencia lleuó dos cauallos con sobre cubiertas e sayones de sedas de colores e vn otro atauio de brocado, y el principal de raso azul con vnas estrellas, en cada campo vna, que los rayos della henchian toda la pieça, eran de oro texido bordadas muy releuadas, en las cortapisas yua bordada la letra de la inuencion.

El prior de Mesina hizo quatro atauios para quatro cauallos; el vno era de brocadelo e de brocado rico a mitades; otro de raso pardillo e terciopelo leonado a puntas; otro de terciopelo leonado e raso encarnado a centellas con vnas tiras de tafetan blanco sueltas por encima las costuras como vnas lazadas de lo mismo que las atauan a las juntas de los centelles. El principal atauio era de raso carmesi e brocado rico de pelo hecho a ondas a puntas. Hauia por medio de la tira del raso vnos fresos de oro que hazian la misma onda a puntas, e de la vna parte e de la otra dos tiras de margaritas de perlas. Estauan juntado el brocado e el raso con pestañas blancas.

Antonio de Leyua lleuó quatro cauallos de su persona, atauiados, vno de raso naranjado e raso blanco á puntas; otro con vnas sobrecaidas e sazon de brocado e damasco blanco hecho a escaques, assentadas vnas tiras angostas en torno del escaque del brocado en el de la seda, e de la seda en el brocado e dos cees encanadas de lo vno en lo otro, bordado todo de cordon de oro. El principal cauallo con vnas sobre cubiertas de brocado blanco e terciopelo carmesi hecho assimesmo a escaques, e dos barras trauessadas en cada escaque de lo vno en lo otro sentadas sobre raso blanco, e en las barras de brocado hauia en cada vna tres candeleros de plata estampados y en las de carmesi otros tres dorados.

Don Jeronimo Lloriz lleuó quatro cauallos de su persona; vno con vnas cubiertas de azero, otro con sobre cubiertas e sayo de azeituni negro e de brocado hecho a puntas. Otro con sobre cubiertas e sayo de raso blanco e terciopelo carmesi hecho a centelles con vnas tiras de brocado de otro tirado, assentadas encima las costuras como vna reja, e vnos lazos dentro en cada centelle del mismo brocado, bordado todo de cordon de oro. El otro cauallo lleuó con vnas cubiertas de carmesi raso de la manera de las ricas del visrey.

Aluarado lleuó tres cauallos de su persona; el vno con vnas sobre cubiertas de terciopelo negro con vnas tiras de raso amarillo; el otro con vnas sobre cubiertas e sayo de terciopelo morado e raso amarillo a meatades, cubierto de escaques de tres en tres tiras de la vna seda en la otra, sentadas sobre raso blanco. El otro con vnas sobre cubiertas e sayo la mitad de brocado rico e raso carmesi, la mitad de brocado raso e terciopelo carmesi, hecho todo a escaques con vnas cruzes de Jerusalen, de lo vno en lo otro, bordadas de cordon de plata.

El capitan Pomar lleuó tres cauallos de su persona; vno con vnas sobre cubiertas e sayo de raso carmesi con vnos entornos de puntas de raso blanco; otro con vnas sobre cubiertas e sayo de raso blanco e terciopelo carmesi e brocado hecho a puntas de manera de vna venera; el otro con vnas sobre cubiertas de raso azul con vna reja de tiras de brocado con vnas pieças de plata estampadas, en cada quadro eran vnas aes goticas.

Diego de Quiñones lleuó tres cauallos de su persona; el vno con vnas sobre cubiertas e sayo de terciopelo negro e raso amarillo hecho a puntas; otro de terciopelo morado con vnas faxas de brocado entorno; otro con vnas sobre cubiertas e sayon de brocado.

Carauajal lleuó cinco cauallos de su persona adereçados los dos de brocado con sus sayones, dos de sedas de colores con sus sayos, vno con vnas sobreuardas e sayos de terciopelo carmesi guarnecido de fresos de oro, con vnas rosas de plata sembradas por encima.

Los capitanes que nueuamente con Carauajal yuan fueron bien en orden; no los contamos porque en nuestro tratado no estan nombrados e no queremos turbar los nombres para los que querran sacar por los vnos nombres los otros.

Rafael de Pacis se partió ante deste porque se fue a vinir con el papa e houo una conducta de setenta lanças, pero lleuó tres adereços fechos de Napoles para su persona e tres cauallos. El vno era vnas ricas cubiertas pintadas con vn braço en cada pieça que tenia vna palma en la mano, con vn retulo reuuelto en ella con vna letra que dezia:

La primera letra desta
tengo yo en las otras puesta.

Para este atauio lleuó vn sayo de brocado negro; lleuó otro atauio de brocado con vnas cruzes coloradas de sant Jorge sembradas por encima; otro atauio lleuó de terciopelo negro cubierto de lazos de brocado sentados sobre raso blanco e todos los vazios llenos de vnas palmas pequeñas de plata a manera de batientes.

El marques de Pescara lleuó quatro cauallos con cuatro adereços; los tres con sobreuardas e sayos de brocado; los dos de rico, el vno de raso. El principal era de raso carmesi con vnos fresos de oro entorneados, vna mano vno de otro e de freso a freso estaua cubierto el carmesi de hilo de oro que cubria la seda, saluo que de tres a tres dedos se ataua el oro con vn cordoncico pequeño fecha vna lazada e quedaua entre vno e otro hecho vn centelle de la seda y el oro hecho dos medio centelles.

El conde Atorran Farramosca entre otros atauios que lleuó, el principal fue vnas sobreuardas e vn sayon de raso carmesi con vnas aguilas de oro bordadas en las pieças, de las quales salian vnos fuegos que ocupauan todos los vazios. Era tan rico que se cree que fuesse el atauio que más avia costado vno por vno.

Su hermano Guidon Farramosca lleuó el principal atauio de su persona de brocado e terciopelo carmesi hecho a triangulos, con vnos triangulos del brocado en el carmesi; del carmesi en el brocado pequeños, con pestañas de raso blanco.

Don Luys de Hiscar hizo dos atauios de su persona; vno de brocado de oro tirado, sobreuardas e sayos, otras sobreuardas e sayo de raso amarillo e raso blanco a meatades; el raso amarillo cubierto de una red de plata con vnos batientes de plata en los nudos, y en lo vazio sobre el raso vna cifra de plata estampada; sobre el raso blanco la misma red de oro con los batientes e pieças doradas. Pero este murio ante de la partida de Napoles.

Mossen Torel hauia hecho sin otro atauio vnas sobreuardas e sayo de terciopelo carmesi e raso carmesi a meatades cubierto todo de vnas tortugas de plata, saluo que en las uardas eran grandes y en el sayo pequeñas; pero este tambien murio antes del partir e llevólo su hijo.

El marques de Bitonto sin otros atauios de brocado que lleuó hizo vnas sobrecubiertas e vn sayo de terciopelo negro con vnas epigramas de oro bordadas por él, muy ricas.

El prior de Roma hizo vn atauio de brocado azul e terciopelo carmesi hecho a triangulos con pestañas de raso blanco, sobre los triangulos de carmesi hauia vnas pieças de oro estampadas tan espessas que a penas se descubria la seda.

Don Jeronimo Fenollet lleuó dos atauios vno de terciopelo morado e raso encarnado hecho a centellas con tiras e lazadas de tafetan blanco, como el del prior de Mesina; lleuó otras uardas de terciopelo negro con vna reja de fresos de oro sobre tafetan encarnado hecho a centelles; en las juntas de los fresos hauia vnas puntas de plata bien releuadas e vn batiente en cada punta; en los vazios del terciopelo hauia vn centelle de plata estampado tan grande que de terciopelo se descubria tanto como era el freso de ancho. Lleuó con ellas vn sayo de raso blanco e raso encarnado a meatades, con vnos lazos de brocado por medio de los girones e cortapisa sentados sobre lo encarnado con pestañas blancas, sobre lo blanco con pestañas encarnadas. Hauia en los vazios de los lazos vnas villetas de plata estampadas, en lo blanco doradas, en lo encarnado blancas, con muchos batientes de la misma manera. El cuerpo del sayo estaua forrado de brocado muy rico acuchillado el raso de encima e muy guarnecido.

Mossen Coruaran fue por alferez real; lleuó vn rico atauio bordado.

El duque de Grauina, el duque de Trayeto, el marques de la Tela, el marques Gaspar de Toralto, el conde de Montelion destos no especifica la escriptura particularmente lo que lleuauan, porque segun estos otros quien quiera lo puede considerar e porque sus atauios eran de brocados e de sedas, sin manera de deuisas ni inuenciones.

De Cicilia vinieron algunos caualleros; aqui no se nombra sino el conde de Golisano y el lugar teniente de Cicilia que se llamaua Don Juan de Veyntemilla. Cualquier destos caualleros napolitanos e cecilianos que no tenian cargos, fueron tan complidamente en orden, que ninguno lleuó menos de veynte gentiles hombres de cadenas de oro de su nacion. De manera que se estima que sin las mill e dozientas lanças de ordenança e capitanes, lleuó el visrey con los cincuenta continos del rey y estos señores e los italianos que con ellos yuan e muchos otros caualleros Españoles que viuian con el rey, e otros que de nueuo alli se llegaron delos otros campos de Francia e venecianos e del papa e de Ferrara, trezientos caualleros de cadenas de oro entre hombres de titulo e varones e caualleros.

Agora hablaremos del dia qu'el virrey partió; las damas que en tres o quatro partes se juntaron, porque por su nombre propio las nombraremos, mas como hauemos hecho los caualleros, para quien quiera especular o escaruar por los vnos nombres los otros, pues que se podran hallar vnos por el principio de los nombres o titulos fengidos, otros por las deuisas e colores; assi que mire bien cada vno que no es esto nada falso ni fengido.

LA PARTIDA DEL VISREY

El señor visrey partio de Napoles, domingo a medio dia, ocho de nouiembre, acompañado de todos estos caualleros e otros muchos principales e perlados e señores que en la tierra quedaron, entre los quales, fue el cardenal de Sorrento, el arzobispo de Napoles, el principe de Visiñano, el principe de Melfa, el duque de Ferran-

dino, el señor Prospero, el duque de Bisella, el duque de Atria, el conde de Soriano, el conde de Matera, el conde de Chariata, el conde de Trauento, el almirante Villamarin, el marques de Layno, el conde de Marco e muchos otros caualleros. En estos que aqui se nombran que quedaron hay muchos de los que en el tratado hauemos continuado en las fiestas nombradas; los quales son el marques de Nochito, el duque de Bisella, el duque de Ferrandina, el conde de Marco, el conde de Sarno, el conde de Trauento, el almirante, el cardenal don Carlos de Aragon.

En las casas del principe de Salerno estauan las señoras reynas de Napoles con sus damas, doña Juana Castriote, la duquesa de Grauina, doña Maria Enriquez, doña Maria Cantelmo, doña Porfida, doña Angela Villaragut, doña Juana Carroz, doña Violante Celles, la señora Diana Gambacorta, la señora Maruxa, la marquesa de Layno, la marquesa de Toralto e otras muchas damas.

En Castel Novo estaua la visreyna e su hermana, la condesa de Capacho muger del almirante, su hermana la muger de don Alonso de Aragon, e otras muchas señoras.

En casa del conde de Trauento estana la condessa e su hermana la condessa de Terranoua e sus hijas, la marquesa de Nochito, la condessa de Soriano, la condessa de Matera e otras muchas señoras.

En casa de la señora duquesa de Milan la señora su hija doña Bona, la duquesa de Trayeto, la señora Isabel, la señora doña Maria de Aragon, la Griega e las otras damas de la señora duquesa e la condessa de Marco.

En casa de la marquessa de Pescara estaua la marquesa, e la marquesa del Guasto, la marquesa de la Padula, la condessa de Benafra, doña Castellana muger de Antonio de Leyua, la marquesa de Vitonto, la duquesa de Franca Vila.

En casa de madame Andriana estaua ella e su hija e doña Maria Dalise e las hijas de Carlo de Fango.

LO QUE DESPUES DE PARTIDO EL VISREY SE SIGUIO E LO QUE FLAMIANO HABLÓ A VASQUIRAN DESPIDIENDOSE DEL.—DONDE EL AUTOR TORNA A USAR EL ESTILO PRIMERO DE LOS NOMBRES FENGIDOS.

Las otras damas que en aquel dia houo no se nombran aunque fueron muchas, mas no hazen al proposito de nuestro tratado porque en él no se han hallado. Partido el visrey quedaron alli algunos caualleros por algunos negocios que les cumplian o satisfazian, entre los quales quedó Flamiano por poderse despedir de Vasquiran más a su plazer, él queriendose partir començo a hablar con Vasquiran desta manera:

Agora, Vasquiran, conozco que mi vida es poco o durará poco, porque dos cosas que viua la sostenian agora la acaben; la vna era tener yo esperança de ver a mi señora Belisena que della era señora, la otra era tu compañia e conuersacion que a los males della ponia consuelo. Pues agora el ausencia apartandome dos bienes tan grandes no puede sino encausarme dos mill males mayores, por donde conozco en mí que me acerco a la muerte apartandome de ti. Una cosa te suplico, que no te enojes de escriuirme, por que yo sé que poco te durará tal fatiga. E si de mi fuere lo que pienso que será, ruegote que este amor tan grande que agora nos sostiene e conserua en tanto estremo de bien querer, que de tus entrañas no lo dexes amenguar ni venir a menos, como muchas vezes acontece, segun yo te lo he escripto contradiciendote; mas ante te suplico que en el pligo de tus lastimas lo envueluas, para que con aquellas, de mi te duelas como dellas hazes. Esto te pido no por darte a ti fatiga como dello recibiras, mas por el consuelo que mi alma recebira de ver la memoria que de mi tienes, e plega a nuestro Señor que en ti dé tanto consuelo e alegria quanto yo desseó e tú has menester. No me cuentes esto a pobreza de animo, porque parecen palabras en algo mugeriles, ante lo atribuye a lo qu'es razon, porque lo mucho que tu ausencia me lastima, la poca esperança que de vida tengo me lo haze dezir. Suplicote que en tanto que aqui estaras no dexes de visitar a mi señora Belisena, porque sola esta esperança me dara esfuerço para lo que me quitará la vida, que será poder caminar donde de su presencia me alexare. No quiero más enojarte con mis fatigas, pues que siempre desseé complazerte con mis seruicios, sino que me encomiendo a ti, e te encomiendo a Dios.

RESPUESTA DE VASQUIRAN A FLAMIANO

Todo el bien que la muerte me pudo quitar me quitó; todo el consuelo e descanso que la fortuna me podia apartar para mis trabajos, me apartó en tu partida, y esta lastima te deue bastar, Flamiano, viendo con tu ausencia quál me dexas, sin que con tal pronostico más triste me dexes como hazes. No son tus virtudes, siendo tantas, para que tus dias sean tan breues, porque muy fuera andaria la razon e la justicia de sus quicios si tal consintiesse. Tu viniras e plega a Dios que tan contento e alegre como yo agora triste e descontento vino. Lo que a mi memoria encomiendas, por dos cosas es escusado; la vna por lo que he dicho, la otra porque si otro fuesse lo que no será, quien a tus dias daria fin a los mios daria cabo, por muchas razones que escusar no lo podrian; mas en esto

no se hable más porque parece feo. Mandas me que a la señora Belisena visite; tambien es escusado mandarmelo, porque quando tu amistad no me obligara a hazerlo, su merecimiento me forçara. Lo que me pides que te escriua, te suplico que hagas como es razon. Yo me partire lo mas presto que pudiere para Felernisa, negociado que alli haya algunas cosas que me conuienen, trabajaré de ser muy presto contigo si algun graue impedimento no me lo estorua, lo que Dios no quiera. Entre tanto viue alegre como es razon, pues que vas en tal camino que por muchas causas a ello te obliga. La una yr en seruicio de la yglesia como todos ys. La otra en el de tu rey como todos deuen. La otra por que vas a usar de aquello para que Dios te hizo, qu'es el habito militar donde los que tales son como tú, ganan lo que tú mereces e ganarás. La otra e principal que lleuas en tu pensamiento a la señora Belisena e dexas tu coraçon en su poder, qu'esto solo basta para fazerte ganar quantas vitorias alcançar se podrian. Una cosa temo, que la gloria de verte su seruidor e las fuerças que su seruicio te ofreceran, no te pongan en mas peligro de lo que haurias menester. Yo te ruego que pues la honrra és la prenda deste juego, que dexes donde menester fuere la voluntad e te gouiernes con la discrecion. E assi te encomiendo a Dios hasta que nos veamos e siempre.

LA PARTIDA DE FLAMIANO

Acauados sus razonamientos hablaron en otras muchas cosas todo aquel dia, hasta la tarde que Flamiano fue a besar las manos a la señora duquesa e despedirse della e de su señora con la vista. A la qual embió estas coplas que hizo por la partida, despues de haberse despedido.

Poco es el mal que m'aquexa
estando en vuestra presencia
en respecto del que ausencia
dentro en el alma me dexa
y en la vida,
porque siento en la partida
tanta pena e tal tormento
que no hallo a lo que siento
ya medida
ni me basta el suffrimiento.

E siendo mi pena tal,
no me quexo ni hay de quién
que quien nunca tuvo bien
no se ha de quexar de mal,
ni yo lo hago
porque con la pena pago
aunque me sea cruel
mi pensamiento, pues dél

me satisfago
con que no hay remedio en él.

Callo porque siempre crece
mi dolor que nunca mengua
pues ha callado mi lengua
lo que mi alma padece,
con tal pena,
mas agora me condena
este mal deste partir
para que os ose dezir:
auu no suena
que se acaba mi viuir.

Acabase porque veros
me mata con dessear
y el desseo con pesar
de verme no mereceros,
pues presente
de tal bien tan mal se siente
el triste que no os verá,
dezidme qué sentirá
siendo ausente,
claro esta que morirá.

Assi que, señora mia,
lo que siempre desseé
fue morir en vuestra fee
como agora se me guia,
si mi suerte
alcançasse con la muerte
tanto bien en pago della
qu'os pesasse a vos con ella,
menos fuerte
me seria padecella.

Mas nunca vos hareys tal
porque vuestro merecer
no lo consiente hazer
viendo que es pequeño mal
morir por ello,
assi que si me querello
será, señora, de mi,
porque nunca os mereci
e sin merecello
tantos males padeci.

E podeys ser cierta desto
qu'en veros supe juzgar
que no se podia pagar
tanto bien con menos qu'esto,
de manera,
que conocera quien quiera
pues que se muestra tan claro
que a muy poco mal me paro·
aunque muera
e que no me cuesta caro.

Assi que con la partida
no'stá mi mal en morir
siendo qual será la vida,
mas consiste en el viuir,
que si pensaua
todo el mal que me causaua
lo que yo no merecia,

quanto en ella adolecia
me sanaua
cada vegada c'os via.

De suerte que mi dolencia,
me fuerça para que muera
pues la salud no se espera
que daua vuestra presencia,
pues sin ella
todo'l mal de mi querella
no'stá más d'en el viuir
junto con ella,
no hauria mucho que sofrir.

Assi que parto muriendo
e voy viuo desseando
la muerte que ya demando
por no morir mas viuiendo.
Dios me guarde
que su venir no se tarde
mas que abreuie su venida,
porque ya estoy de la vida
tan cobarde
quanto estoy de la partida.

De manera que tardarse
lo poco que durará
no es viuir pero será
la muerte más alargarse,
porque della
menor mal es padecella
que penando desealla
pues el triste qu'en buscalla
va tras ella
descansará si la halla.

Y de ser con ella cierto
no puedo mucho tardar
pues començadme a contar
dende agora ya por muerto:
que lo ya soy
e no creays que dende hoy,
porque dende el primer dia
c'os puse en mi fantasia
muerto estoy
e muerta el anima mia.

Pues embiadas estas coplas con vn paje suyo para que a la señora Yssiana se las diesse, porque de su mano a noticia de Belisena viniessen, Flamiano se partió con el marques de Persiana que avn no era partido, e con el prior de Albano y el prior de Mariana, los quales juntos partieron. Vasquiran salió con ellos vna gran pieça del camino, en la cual siempre con Flamiano fue hablando. Llegados donde despedirse deuian, Flamiano dixo a Vasquiran: Señor Vasquiran, esto que agora os quiero dezir, va fuera de todas las passiones e fantasias de las cosas de amores, ni sus vanidades, saluo que la verdad es esta, que despues que esta partida determiné nunca mi coraçon, dello ha podido tener contentamiento e alegria, ante vna intrinseca tristeça que del espiritu e del animo me nace e nunca vna hora me dexa, sin poder conocer causa que para ello tenga, quitadas las que te dixe que no son desta qualidad, por lo que apartarme de tí me fatiga, desseo y esperança de tornarte a ver daria consuelo e de la señora Belissena assi mesmo; mas creeme vna cosa e mira en qué hora te lo digo, que mi vida será muy poca porque yo me lo siento en la mano e verlo has que assi será. A lo qual Vasquiran con muchas razones satisfizo, apartandoselo de la memoria y en algo reprehendiendole, aunque en lo intrinseco no menos alteracion recibia qu'el otro publicaua. E assi se despidio Vasquiran del señor marques e de los dos priores e de otros caualleros que con ellos yuan, e a la fin de Flamiano con tantas lagrimas que ninguno podia prenunciar palabra al otro; ante estando vn poco abraçados, al vno e al otro las entrañas verdaderamente se les arrancaban, hasta que despartidos sin hablar se dieron paz, e assi Vasquiran e los suyos se tornó a Noplesano tanto lleno de tristeça que en todo el camino ni en aquella noche a ninguno habló palabra, ante la pasó toda trastornando por el juyzio diuersas cosas; venianle a la memoria sus viejas e frescas llagas, su nueua soledad, las palabras que Flamiano le hauia dicho que de nueuo dolor le afligian, recelando lo que tenia como fue.

CUENTA EL AUCTOR LO QUE VASQUIRAN HIZO DESPUES DE TORNADO TODO EL TIEMPO QUE DURÓ HASTA QUE SUPO LA NUEUA DE LA BATALLA

Tornado Vasquiran a Noplesano començo adereçar las cosas de su partida, en el qual tiempo cada dia yua a visitar a la señora duquesa e muchas vezes hablaua con la señora Belisena de diversas cosas, en especial de los caualleros que eran partidos. E assi a cabo de algun tiempo, hauida vna naue se partio. Llegado a Felernisa començo a poner en orden las cosas necessarias para partirse al campo, y en este tiempo siempre estuuo con mucha congoxa e tristeça recelando alguna mala nueua como despues le vino, la qual fue causa qu'diuersas uezes determinara partirse dissimuladamente, porque las palabras que Flamiano en la partida le habló le causauan infinitos e temerosos pensamientos. Pues estando assi recelando e su partida poniendo en orden, vna noche passada la semana de passion, que era la primera de la pascua de alegria en la qual fue la cruel batalla de Rauena, Vasquiran estando en su lecho dormiendo le siguio vn sueño en el qual vio todo o lo mas que en aquella triste jornada de Rauena se era seguido. Lo qual con mucha

turbacion otro dia contó a sus criados, siempre diziendoles lo que temia, assi como fue.

CUENTA VASQUIRAN A SUS CRIADOS LAS COSAS QUE LA NOCHE ANTE HAUIA SOÑADO

Habeys de saber, hermanos, que no puedo menos de hazer de no descobriros vn caso qu'esta noche me ha seguido, como a fieles seruidores e buenos amigos, aunque las cosas de los sueños en general por cosas vanas son tenidas, como plega a Dios que esta sea. Mas como la materia della tan graue me sea, el recelo que dello tengo me haze que me parezca a la vista ver adera. Haueys de saber que esta noche estando de mis fatigas con el dolor mas atonito que dormido, como suelo, me parecio que me hallaua caminando a la marina de Venecia por vna llanura cerca de vna ciudad la qual veya cercada de gente que no podia ninguno conocer. E assi andando por vna ribera de vn rio arriba sintia muy gran roydo de armas e de artilleria en tanta manera que me parecia que la tierra toda se queria hundir e que el cielo se caya. E como tal roydo senti, apressuré mi andar por vn pequeño bosque e yn poco espacio me vi al salido dél en vna altura e assi mirando el gran alarido de las vozes, miré allende el rio que junto me estaua, vi la mas cruda batalla e la mayor que parece hauer oydo, no solo en vna parte, mas en diuersas, de la qual me parecia que via salir muy mucha gente e meterse en el rio en vnas barcas e los vnos yuan el rio arriba e los otros el rio abaxo, de los quales no podia conocer quién ninguno dellos fuesse, saluos que los que yuan por el rio arriba lleuauan vnas cruzes coloradas en los pechos e los cuerpos e ropas teñidos de sangre, e parecia que yuan cantando e muy alegres. E los que yuan el rio ayuso lleuauan vnas cruzes blancas en los pechos e los cuerpos assi mesmo de sangre teñidos, e los rostros assi mesmo de sangre llorosos, e parecia que sus barcas yendo el rio abaxo, que se hundian en el agua e ninguna parecia, ni los que en ellos yuan. E las otras que arriba caminauan me parecia que se metian por vna floresta la mas hermosa del mundo, e que todos yuan cantando e muy alegres, e assi desaparecian de mi uista. Estando assi vi venir vna gran barca con muchos caualleros mancebos, con la denisa de los que arriba caminauan, e vilos a todos con vnas coronas de flores en las cabeças e vnos ramos en las manos, cantando muy alegres, e como en par de mi llegaron, vino la barca acostandose a la ribera del rio donde yo estaua, e como mas cerca de mi fue, conoci qu'en la proa de la barca venia Flamiano con muchas heridas en el rostro y en la persona, e vi que me saludó con la cabeça é no hablaua. Vi junto con él a su costado al conde de Auertino, de la misma manera dél herido. Vi en la delantera assentados al prior de Mariana e al prior Albano, e vi a Rosseller el pacifico e Alualader de Caronis e a Pomerin e a Petrequin de la Gruta, e vi a Guillermo de Lauro e a su hermano el conde de Torremuestra e mas de cien caualleros Españoles e de Noplesano, e vilos todos con muchas heridas en sus personas. Vi infinitas barcas de aquella manera, en las quales parecia que mucha gente conocia. E como esta barca principal tanto cerca de mi llegó, puseme al orilla del agua por entrar en ella, e siendo cerca de mi Flamiano, alargó la mano contra mi, e yo por entrar en la barca, pareciome hauer caydo en el agua. Con la qual turbacion recordé, e tan alterado que mas no podia ser. Assi que todo lo que de la noche quedaua, passé velando en diuersos pensamientos. Plega a Dios que no hayamos alguna mala nueua.

CUENTA EL AUCTOR COMO DENDE A POCOS DIAS LLEGÓ FELISEL A FELERNISA CON LA NUEUA DE LA BATALLA

Passados algunos dias despues desto, llegó en el puerto de Felernisa vna nave que de Noplesano venia, por la qual se supieron las nueuas de la batalla passada. Venia en la nave Felisel, el qual como a Vasquiran vio, ¿quién podrá contar los dolorosos gemidos, los entrañables gritos que en su presencia dio, estando gran pieça sin palabra poderle pronunciar? Al qual con muchos ruegos e consolaciones, Vasquiran començo a rogar que se reposasse, aunque no menos alteracion en él hauia para oyr lo que ya pensaua que le podria contar que en él para podersolo dezir. Pues algo Felisel sosegado, començó en esta manera a dezir:

Agora podras, Vasquiran, de verdad plañir, agora no tienes quien tu porfia te vença, agora el más de los solos te puedes llamar, agora el más verdaderamente lastimado, agora el más sin consuelo e con menos remedio; agora podras dezir que tus males esperança de bien no tienen, agora con raçon pediras la muerte porque en ella halles reposo, agora con raçon della te podras quexar, pues lo que recelas perder te lleua e a ti que la pides dexa, agora tienes raçon de aborrecer la vida, agora conozco que ninguno en desdichas te es igual, agora puedes dezir que la fortuna teniendote debaxo su rueda ha parado fuera de toda raçon contra ti; agora comiença de nueuo a plañir e llorar con la muerte de Violina, la de tu carissimo amigo Flamiano, con todos quantos amigos en el mun-

do tenias, pues que la muerte ninguno te ha dexado. Assi que no me pidas más particularidades de tu mal e mis malas nueuas, sino que ninguno te queda de quien alegrarte puedas; por eso en general comiença de todos a dolerte e de ti a hauer lastima, porque ellos con honrrosas muertes ya repossan e tu amarga e triste vida viuiras desseandola. Vna carta te traygo de mi señor, la qual en mi presencia acauó de escreuir dando fin a su vida.

CARTA DE FLAMIANO A VASQUIRAN ESTANDO PARA MORIR

Vasquiran, si la breuedad de mi muerte más largo espacio me diera, más larga te huuiera hecho mi carta. Pero pues la vida no ha tenido más lugar para partirse de mi, perdoname. No te escribo del caso, ni de como nuestra batalla passó, porque de muchos lo sabras, e ninguno sabe como fue, ni puede saber mas de lo que vió. Solo quiero que sepas que sin mí ninguno de quantos amigos tenias te queda viuo, salvo algunos que en prission quedan. Bien sé que nos ternás envidia por no hauerte hallado con nosotros para dexar nuestra compañia, como soy cierto que lo hizieras. Yo te lloro porque agora conozco que tu vida será qual publicauas. Ningun remedio para tu consuelo tienes mejor que con la discrecion esperar tras lastimada vida honrrosa muerte, donde segun comienço a sentir, creo que el verdadero reposo se halla. Assi que discreto eres, conforma tu desseo con la voluntad de Dios y él te dara remedio a tus pesares como a mi me ha hecho. De mi te ruego que no plangas mi muerte porque es la cosa de que en este mundo he sido más contento. Si mi ausencia te fuere graue, piensa en que la vida no es tan larga que presto no nos veamos e con esta esperança que de tu desseo me consuela, vive contento. Solo vna cosa me parece que a mi anima da pena queriendo de mí partirse e a mi cuerpo queriendo despedirse della, esto es que mis ojos no ayan podido ver a mi señora antes de mi fin, para que dende aqui començara a sentir la gloria que allá espero, pues que acá siempre me fallecio. Verdad es que siempre esperé en la muerte el descanso que en la vida no hallaua. E no alargo mas porque mi viuir se acorta, que a esta e a mi vida a vna dió cabo, encomendandote a Dios a quien mi alma encomiendo. Hecha en Ferrara a XVII de Abril. Año 1512.

El que en la muerte mas que tú ha sido venturoso, tu verdadero amigo, Flamiano. Deo gratias.

FIN

DIALOGO

QUE TRATA DE LAS TRASFORMAÇYONES DE PITÁGORAS,
EN QUE SE ENTRUDUCE UN ZAPATERO LLAMADO MICYLLO E UN GALLO
EN QUYA FIGURA ANDA PITÁGORAS.

OBRA INÉDITA

CAPITULO PRIMERO

Como el gallo despertó á su amo Micillo e los consejos que le da.

MICILLO.—GALLO.

MICILLO.—¡Oh maldito gallo! que con esta tu boz ynbidiosa tan aguda Jupiter te destruya, porque con tus bozes penetrables me has despertado del sueño más apazible que hombre nunca tubo, porque yo gozaba de muy conplida bienabenturança, sonnando que poseya muy grandes riqueças ¡y que ni en la noche no me sea posible huyr de la pobreça, clamandome tú con tu canto enojoso, pues segun yo conjeturo aun no es la media noche, agora por el gran silencio, ora por el gran rygor del frio que avn no me hace cosquillas como suele hacerme quando quiere amanecer, lo qual me es muy cyerto pronostico de la mañana; mas este desventurado velador desde que se puso el sol bozea como si guardase el bellocyno dorado; yo te prometo que no te bayas sin castigo porque con vn palo te quebrantaré esa tu cabeça si amanesciere tan presto, porque agora mayor serbycio me arias si callases en esta tan esqura noche.

GALLO.—Mi señor amo Mi[ci]llo, en verdad que penssaba yo que te azia muy agladable serbizyo si te manifestase la mañana con mi canto, porque levantandote antes del dia pudieses azer gran parte de tu labor. Si antes quel sol saliese hubieses cosidos vnos çapatos, trabajo más provechoso seria para ti comer, y si más te aplaze el dormir yo te contentaré callando

y me haré más mudo que los peces de la mar; mas mira bien que aunque durmiendo te parescas rico no seas pobre quando despiertes.

MICILLO.—¡O Jupiter! destruydor de malos agueros; ¡o Herqules! apartador de todo mal, ¿qué cosa es esta, quel tiene vmana boz?

GALLO.—¿Y encantamyento te paresce, Micyllo, si yo asi hablo como vosotros ablays?

MICILLO.—¿Pues quién más verdadero encantamiento? ¡o Dios soberano! apartad tan gran mal de mi!

GALLO.—Por cierto tú me paresces muy sin letras ¡o Micillo! pues que no as leydo los versos de Omero, en los quales quenta que Xanto caballo de Archilles, despues de aver relinchado en medio de la batalla, començo a cantar en alta boz rezando por orden los versos e no como yo que ablo en prosa; mas él profetizaba y dezia grandes oraqulos de las cosas que estaban por venir, mas a ninguno pareszio que azia cosa misteryosa ni prodigiosa, ni alguno de los que le oyan le juzgaban por cosa mala ni dannosa, como tú agora azes llamando a Dios, pues no es maravylla que yo able boz de honbre siendo tan allegado de Merençio ([1]), el más parlero y eloquente orador entre todos los dioses y más siendo yo vuestro continuo conpannero, que lo puedo bien aprender; y si me quieres olgaré mucho de te dezir la causa mas principal de donde yo tenga lengua y boz como vosotros y tenga esta faqultad de ablar.

MICILLO.—Oyrete, Gallo, con tal condicyon que no sea suenno lo que me contares, mas que me digas la muy berdadera ocasion que te mobio a ablar como onbre.

([1]) *Sic*, por Mercurio.

CAPITULO II

*Como el Gallo da a entender a su amo Micy-
llo quel es Pitagoras y como fue trasformado
en gallo y Mycillo dize vna fabula de quien
fue el gallo.*

Pues oyeme, Micyllo, que tú oyras de mi vn
quento muy nuevo e incleyble; que te ago saber queste que agora te parezco gallo no a mucho tienpo que fue onbre.

MYCILLO.— En verdad yo he oydo ser esto
ansi quel gallo fue vn paje muy privado del
dios Mares que sienpre le aconpannó en los
plazeres y deleytes e que vna noche le llevó
consigo quando yba a dormir con Venus, y que
porque tenia gran temor del sol y que no los
viese y lo parlase a Vulcano, dexóle en su guarda, requeriendole que no se durmiese porque si
el sol salia y los bia que lo parlarya a Bulcano,
y dizen que tú te dormiste y el sol salio y que
como los vido fuelo a dezir a su marido de Venus, y asi Bulcano con gran enojo vino y pren-
diolos en vna rez que fabrycó y presos llevolos
ante los dioses, y que Mares con el gran enojo
que hubo te bolbió en gallo y que agora por
satisfazer a Mares quando no haces otro provecho alguno manifiestas la salida del sol con
grandes clamores y cantos.

GALLO.— Es la verdad todo eso que se
cuenta, mas lo que yo agora quiero dezir otra
cosa es; muy poco tienpo ha que yo fuy trasformado en gallo.

MYCILLO.—¿De qué manera es eso ansi; porque lo deseo mucho saber?

GALLO.—Dime, Micyllo, ¿oyste algun tienpo de vn Pitagoras sabio?

MYCILLO.—¿Acaso dizes por vn sofista encantador el qual constituyó que no se comiesen
carnes ny abas, manjar muy suabe, para la des
pedida de la mesa, y aquel que presvadio a los
onbres que no ablasen por cynco años?

GALLO.—Pues sabes tanbien como Pitágoras abia sido Enfurbio?

MYCILLO.—Yo no sé mas sino que dizen
queste Pitagoras abia sido vn honbre enbaydor
que azia prodigios y encantamientos.

GALLO. — Pues yo soy Pitagoras, por lo qual
te ruego que no me maltrates con esas enjur-
yas, pues no conoscyste mis costumbres.

MYCILLO.—Por cierto esto es mas milagroso
ver vn gallo filosofo; pues declaranos, buen yjo
de Menesarca, qué causa fue la que te mudó de
onbre en ave, porque ny este acontecimiento
es verisimile ni razonable creer, e ademas por
aver visto en ti dos cosas muy ajenas de Pitagoras.

GALLO.—Dime quales son.

MYCILLO.—Lo vno es verte que eres parlero y bullicyoso, mandando el que por cynco
años enteros no ablasen los onbres; lo otro
contradize a su ley porque como yo no tubiese
ayer que te dar de comer te eché vnas abas y
tú las comiste con muy buena boluntad, por lo
qual es muy mas necesario que mientas tu en
dezir que seas Pitagoras; que si eres Pitagoras
tú le has contradezido pues mandaste que se
abya de huyr de comer las habas como la misma
cabeça del padre.

GALLO.—¿No has conoscido ¡oh Micillo! qué
sea la causa de aqueste acaescimiento que qun-
ple para qualquier género de bida? entonces
quando era filosoˆo desechaba las habas; mas
agora que soy gallo no las desecho, por serme
agradable manjar; mas si no te fuere molesto,
oyeme e·dezirte he cómo de Pitagoras comence
a ser esto que agora soy, aunque hasta agora he
sido transformado en otras muchas diversas
figuras de animales; dezirtelo he lo que me
acaescyo en cada vna por si.

MYCILLO.—Yo te ruego me lo quentes porque a mi me será muy sabroso oyrte e tanto
que si alguno me preguntare quál queria mas,
oyrte a ti o bolver aquel dichoso suenno que
sonnava astaqui, juzgarya ser yguales los tus
sabrosos quentos con aquella sabrosa posesion
de riquezas en que yo me sonnava estar.

GALLO.— Tú tanbien me traes a la memoria
lo que en el suenno biste como quien guarda
vnas vanas ymajinaciones, tu fantasia te re-
gozijas de vna vana felicydad.

MYCILLO. — Mas sé cyerto que m'es tan dulce este suenno que nunca del me olvydaré ni
de otra cosa más me quiero acordar.

GALLO.—Por cierto que me muestras ser
tan dulce este suenno que deseo saber qué fue.

CAPITULO III

*Que quenta Mycyllo lo que le sucedio en
el conbite del rico Everates.*

MYCILLO. — Yo te [lo de]seo contar porque
me es muy sabroso dezirlo y acordarme dél;
mas dime tú, Pitagoras, ¿quando me contarás
estas tus transformacyones?

GALLO.—Quando tú, Micyllo, acabares de
contarme lo que te acontecyo en la cena y me
dixeres tu suenno, porque te lo deseo saber.

MYCILLO. — Bien te acordarás que no comi
ayer ninguna vez en casa, porque topandome
ayer aquel rico Eberates en la plaça me dixo
que labado y polido me fuese con él a comer.

GALLO.—Bien me aquerdo, porque yo en
todo el dia no comi, asta que viniendo tu a la
noche bien arto, me distes vnas cynco abas, por

cyerto esplendida cena para gallo el qual en otro tiempo fue rey y poderoso peleador.

MYCILLO.—Pues entonces yo me eché a dormir quando te di las abas; luego me dormi e comence a sonnar en la noche vn suenno mas sabroso quel vyno, netar ny anbrosia.

GALLO.—Pues antes que me quentes el suenno ¡oh Mycyllo! me quenta todo lo que paso en la cena de Eberates, porque me plazerá ny tanpoco te pesará a ti si agora quisieres, contandome todo lo que comiste, rumiarlo como entre suennos.

MYCILLO.—Yo pienso serte enojoso si lo que alli pasó te contase, mas pues tú lo deseas saber, yo huelgo de te lo dezir porque nunca asta agora he sido conbidado de algun ryco, ¡o Pitagora! e sabras que ayer rejido con buena fortuna me topé con Eutratas (¹) y salúdandole como yo lo tenia en costunbre, encobryame quanto podia por verguença que no byese my capa despedaçada, y dizeme el: Mycyllo, oy celebro el nascimiento de vna hija mia, he conbidado a muchas personas para comer e cenar; e porque me dizen que vno de los conbidados está enfermo e no puede venir, vente tú en su lugar y haz de manera que por ser festibal el conbite vayas polido e ataviado lo mejor que pudieres e comeras allá si acaso si aquel faltare, porque avn lo pone en duda. E como yo oi a Hencrates adorele y fume (sic) rogando a Dios todopoderoso, porque tubiese hefeto my felicedad, diese aquel henfermo en quyo lugar yo habia de oqupar la silla en el conbite algun fronesi o modorylla o dolor de costado o gotata (sic) de tal manera que le yziese quedar en su casa y no fuese allá. Pues myentras llegaba la ora de la cena yo me fui al baño y me labé y este tienpo se me yzo vn siglo o vna gran edad, mas quando fue el tienpo llegado voyme solycy[to] lo mejor que yo pude atabiado, puesta mi pobre capa de la parte más linpia y que sus agujeros menos se parescyesen; allegando a las puertas hallo otros muchos onbres, entre los quales veo que cuatro moços traen sentado en vna silla aquel enfermo en quyo lugar yo era combidado e benia el mismo manifestando traer gran enfermedad, porque jemia muy doloroso y tosia y escopia muy asquerosamente; venia amaryllo e ynchado; era viejo de más de setenta años y dezian ser vn filosofo que lee en esquelas y aze cançones en publyco; tráya vnas vistiduras muy yploclitas, y como Archebio el medico le vio y qu'era alli conbidado le dixo: señor, mejor fuera que os quedarades en vuestra casa estando tan enfermo que salir

agora acá; el qual respondio: no es razon que Daron filosofo quebrante a su amigo la palabra avnque esté enfermo de qualquiera enfermedad. E dixe yo: mas veo, sennor Tromopol, que ansi se llamava el filosofo, que olgara Aucrates que os muryerades en vuestra casa y cama en el servicyo de vuestros qryados que no venirle a ocupar el conbyte con hambrientos, y que si acierta aqui a salirseos el anima, que le paresce segun venis que no podeys mucho durar. El filosofo, como su yntencyon era padescer qualquiera muerte o ynjuria por comer de fiesta para satisfazer a su glotonia, disimuló el donayre que le dyxe con mucha gravedad, y estando en esto vino a nosotros Encrates y mirando por el filosofo podrydo dixo: buen Temospol, muchas gracias te doy por aver venido con esta tu enfermedad al conbite, puesto caso que annque no binieras no se te dexara de enbiar todo el conbite por orden a tu posada; sientate e comeras; e como yo oi que los moços le metian adentro para le asentar a comer, muy triste comienzo a maldezir su flaca enfermedad, pues no le bastó a destruyr, y muy amarillo de afrenta de mi desventura, pues pense cenar mejor, dispuseme para salir de la sala del conbite para conplir la condicyon con que Encrates me abia conbidado, e comenceme a delezuar con alguna pesadunbre, mostrandome al vespede cada vez que bolbia la cara a mi, y casi con my rostro amaryllo le dezia: voyme a mi pesar. Tambien me enojaba más ver que en toda la mesa no avia sylla vazia para mí, porque estaban puestas en derredor en numero ygual con los conbidados; en fin como Encrates me bio tan triste y me yva, alcançóme casi a la puerta y dixome: tu, Mycyllo, buelbe acá e cenarás con nosotros, y mandó a vn yjo suyo que se entrase a cenar con las mujeres y me dexase aquel lugar. Pues como poco antes me yva triste y desventurado, buelbo luego muy alegre con mi prospero suceso; como ninguno se quiso sentar junto al hanbriento filosofo por no le ver toser, viendo aquella sylla va[cia] que estava enfrente dél fuime ally asentar de lo qual mucho me pesó; luego començo la cena; ¡oh Pitagoras! qué opulento comer, qué fertylidad de manjares, qué diversidad de vinos, qué copiosidad de guisados, de salsas y especya, e quién te lo bastase a contar; quánto vaso de oro; plateles, copas y jarros eran todos de oro; los pajes muy dispuestos y muy bien atabyados; abia cantores que nunca dexaban de cantar; abia dibersos ynstrumentos de musica que azian muy diversos instrumentos de melodia y muchos que dançavan y bailavan muy gracyosamente; en suma toda la fiesta pasó en mucha curyosidad, sino que tenia yo vn contrapeso que me tercyaba el plazer, y era que aquel maldito viejo de Tresmopoles el qual con su tos y esquir me ynchia tanto de asco que yo no podia comer si la aubre no me ayudara, y por otra parte no me dexaba tener atencyon a la musica porque me fatigava con disputar comigo quistiones de filosofia, preguntandome qué sentia de Juan de voto a Dios con que espantan los ninnos las amas que los qrian; afirmome con grandes juramentos que abia sido su conbidado y que le diera vna blanca de aquellas cynco que consygo suele traer, la qual dixo que tenia en gran veneracyon y despues quisome matar sobre presbadirme con mucha ynstancya que quando era de dia no era de noche y cuando era noche no era de dia. En estas y en otras vanidades me molia, hasta que llegado el fin de la cena, que quisiera yo ver antes su fin de aquel traidor por que el gozo de tanto bien me estorbaba. Ya as oido ¡oh Pitágoras! lo que en la cena pasó.

GALLO.—Mucho me ha parescido bien tu buena fortuna; mas no puedo estar en mi, de enojado de aquel malaventurado filosofo e con quantas importunaciones estorbaba placer tan sabroso.

CAPITULO IV

*Que pone lo que soñaba Micillo, y lo que da a
entender del sueño; cosa de gran sentencia.*

MICILLO.—Pues oye agora, que no me s ria menos gracioso contartelo. Soñaba yo quel rico Everates era muerto y sin hijo alguno que le heredase y que me dejaba en su testamento como hijo que le hubiese de heredar; y asi yo aceté la herencia y fui allá y comence a tomar de aquella plata y oro aquellas ollas que se acababan de sacar debajo de tierra; tenia alrededor de mí tanto de tesoro que no pensaba ser yo el que antes solia coser zapatos; ya cabalgaba en muy poderosos caballos y mulas de muy ricos jaeces y muy acompañado de gente me iba a pasear; todos me hacian gran veneracion; hacia muy esplendidos convites a todos mis amigos y deleitabame mucho en ver aquel servicio con vasos de oro y plata; y estando en estas prosperidades veniste con tu voz a mí despertar, que me fue mas enojoso que si verdaderamente todo lo perdiera, y deseaba soñar veinte noches a reo sueño tan deleitoso para mi.

GALLO.—Deja ya, mi buen Mida, de más fabular del oro con esa tu insaciable avaricia; ciego estás, pues solamente pones tu bienaventuranza en la posesion de mucho oro y plata.

MICILLO.—¡Oh mi buen Pitagoras! paréscete que seré yo solo el que lo suele afirmar; pues aun creo yo que si verdad es lo que dices que te has transformado en todos los estados

de los hombres, que podrias decir quanto más deleite rescebias cuando del mendigar descapado, ó cuando poseias grandes riquezas y andabas vestido de oro y te preciabas de hacer grandes prodigalidades distribuyendo tu posicion y no es ahora nuevo consentir en el oro nuestra felicidad, pues abasta la esperanza de lo haber para dar animo al cobarde, salud al enfermo.

CAPITULO V

*Pone á quantos peligros se ponen las personas
por adquirir riquezas y lo que dello les sucede y si es lícito q no.*

MICILLO.—Dime agora quantos son los que menos preciada su vida y pospuesta la seguridad de vivir se disponen a salir de sus propias tierras donde son nacidos y criados, y desamparados sus padres y parientes, no estimando el sosiego de su anima, se ponen en el mar de las tempestades ciertas a mal comer y mal beber, a peligro de morir cada hora en manos de sus enemigos, para pasar a las Indias por adquerir las inciertas riquezas del oro, por gozar de la felicidad de lo poseer, y después de pasados diez años en las Indias o en otros semejantes lugares a quántos peligros se disponen por lo ganar de aquella gente barbara y sin fe ni sin ley, quanto animó con arte uno solo a docientos de aquellos solo por ver entre las piedras el oro relucir; y aun despues de haber pasados todos estos peligros plugiese a Dios fuese licita su posesion porque no sé yo con qué color pueden ellos tomar aquella gente el oro que poseen; y a fin si fuesen a lo cavar de las venas de la tierra y con su propio trabajo y sudor lo procurasen adquerir descubriendo las minas donde está, aun con justo título lo podrían tomar, no haciendo cuenta si era nescesario de lo tomar a su rey por estar en su territorio y juridicion, porque no quiero agora dudar si posean los reinos con razon ni los extraños se los puedan tomar; bien sé yo que por vedar ellos que se les predique el Evangelio de Dios les podemos hacer guerras y todo lo demas; en suma todo lo puede el dinero; las peñas quebranta, los rios pasan en seco; no hay lugar tan alto que un asno cargado de oro no lo suba: ¡oh, qué bienaventuranza es el tener que dar; qué miseria es el contino rescebir: las riquezas conservan los amigos, allegan los parientes, adquieren quien de vos diga bien; todos le saludan, todos le llaman al rico señor, y si pobre es, de todos es desechado y aborrescido de contino; quel pobre os hable, ois pensando qué os quiere pedir; en conclusion siempre oi decir quel oro mandaba todas las cosas criadas; mas dime, Gallo, por qué te ries.

GALLO.—Riome porque tú tambien, Micillo, estás en la misma necedad que'stá el inorante vulgo en la opinion que tienen los ricos; pues creeme a mi, que muy más trabajada y desventurada vida pasan ellos que vosotros, y hablo esto por saberlo como lo sé muy bien porque yo soy inspirimentado en todas las vidas de los hombres; en un tiempo fui rico y en otro pobre como ago agora; si esperas lo oirás.

MICILLO.—Pues, por Dios, que es razon que tú nos cuentes como fueste transformado y qué has pasado en cualquier estado de tu vida.

GALLO.—Pues oyeme y ten por prosupuesto que en toda mi vida nunca yo vi estado de hombre mas bienàventurado quel tuyo.

MICILLO.—Yo te ruego que me enseñes mi bienaventuranza y cuenta desde qué fueste nascido hasta ahora que eres gallo y como fueste en cada uno transformado y qué te acaesció en cada una de tus transformaciones, porque necesariamente paresce que han de ser cosas diversas y notabres.

CAPITULO VI

Como cuenta que fue Euforbio y da a entender a su amo quél habia sido hormiga.

GALLO.—No es necesidad que te diga agora cómo Apolo trujo mi ánima á la tierra y la invistió de cuerpo humano porque seria muy prolijo al contar, ni debes tú saber mas de que al prencipio vine á ser Euforbio y vine á defender los muros de Troya contra los griegos.

MICILLO.—Dime ¡oh preclaro varon Pitagoras! qué fui yo antes que fuese Micillo y si hubo en mi la misma conversion?

GALLO.—Sabras que tú fueste una hormiga de las Indias de las que cavan oro para comer.

MICILLO.—¡Oh, desdichado de mi! ¿por qué no traje yo acá un poco de lo que me sobraba allá, para salir desta miseria? pues dime, Gallo, en qué tengo de convertirme despues de que deje de ser Micillo?

GALLO.—Eso yo no lo sé porque está por venir; mas volviendo á mi propósito, como al prencipio de mi ser yo fuese Enforbio y pelease ante los muros de Troya matóme Menelao y dende á poco tiempo vine á ser Pitágoras; por cierto vine á vevir sin casa ni techo donde pudiese posar hasta que Menesarca me la edificó.

MICILLO.—Ruégote que me digas, ¿hacias vida sin comer ni beber?

GALLO.—Por cierto no usaba de más de lo que al cuerpo le podia bastar.

MICILLO.—Pues primero te ruego me digas lo que en Troya pasó y lo que viste siendo tú Euforbio, por ver si Homero dijo verdad.

GALLO.—¿Cómo lo podia él saber, pues no lo vió? que cuando aquello pasaba era él camello en las Indias; una cosa quiero que sepas de mí; que ni Ayax Telamon fue tan esforzado como lo pinta Homero ni Helena tan hermosa porque ya muy vieja era, casi tanto como Hécuba, porque esta fue mucho antes robada de Teseo en Anfione; ni tampoco fue tan elegante Archiles (*sic*) ni tan astuto Ulises, que en la verdad fabula es y muy lejos de la verdad, como suele acaescer que las cosas escritas en historias y contadas en lejos (*sic*) tierras sean muy mayores en la fama y mas elegantes de lo que es verdad. Esto te baste de Euforbio y de las cosas de Troya.

CAPITULO VII

Que siendo Pitagoras lo que le acaesció.

GALLO.—Vengo á contar lo que siendo Pitágoras me acaesció y porque cumple que digamos la verdad, yo fue en suma un sofista y no nescio, muy poco ejeicitado en las buenas disciplinas, e acordé de me ir'en Egito por disputar con los filosofos en sus altas ciencias, con los cuales deprendí los libros de la diosa Ceres la qual fue inventadora de la astrología y primera dadora de leyes, y despues volvime en Italia, donde comence á enseñar á los latinos aquello que deprendí de los griegos y de tal suerte doctriné que me adoraban por Dios.

MICILLO.—Ya yo he oido eso y cómo de los italos fueste creido: mas dime agora la verdad; ¿qué fue la causa que te movió que constituyeses ley que no comiesen carne ni habas ningun hombre?

GALLO.—Aunque tengo vergüenza de lo decir, oirlo has, con tal condicion que lo calles: yo te hago saber que no fue causa alguna ni cosa notable ni de gran majestad; mas miré que si yo enseñaba cosas comunes y viejas al vulgo no serian de estimar; por tanto acordé de inventar cosa nueva y peregrina á los mortales porque más conmoviese á todos con la novedad de las cosas de admiracion; ansi yo procuré de inventar cosa que denotase algo, mas que fuese á todos incónita su interpretacion y en conjeturas hiciese andar á todos atónitos sin saber qué quería decir, como suele acaescer de los oráculos y profecías muy oscuras.

MICILLO.—Dime agora, despues de que dejaste de ser Pitágoras, ¿en quién fuistes transformado y qué cuerpo tomaste?

CAPITULO VIII

Como siendo Pitágoras fue transformado en Dionisio rey de Sicilia y lo que por mal gobernar se sucede.

GALLO.—Despues sucedi en el cuerpo de Dionisio rey de Secilia.

MICILLO.—¿Fueste tú aquel que tuvo por nombre Dionisio el tirano?

GALLO.—No ese, mas su hijo el mayor.

MICILLO. - Pues di la verdad, que tambien fueste algo cruel y aun si digo mas no mintiré; tú ¿no mataste á tus hermanos y parientes poco á poco porque temias que te habian de privar del reino? bien sé que sino te llamaron el tirano fué porque en el nombre difirieses de tu padre; basta que te llamaron siracusano por las crueldades que heciste en los siracusanos; dime la verdad, que ya no tienes que perder.

GALLO.—No te negaré algo de lo que pasó desde mi niñez, porque veas el mal reinar á qué estado me vino á traer. Yo fue el mayor entre los hijos de mi padre, y como el reinado se adquirió por tirania no sucedimos los hijos herederos, sino trabajabamos ganar la gente del pueblo que nos habia de favorescer, y ansi yo procuré quanto á lo primero haber á pesar de mis hermanos los tesoros de mi padre, con los cuales como liberal distribuí por los soldados y gente de armas, que habia mucho tiempo que mi padre los tenia por pagar, y despues por atraer el pueblo á mi favor solté tres mil varones que mi padre tenia en la carcer muy miserablemente atados porque no le querian acudir con sus rentas y haciendas para aumentar sus tesoros y solteles el tributo por tres años á ellos y á todo el pueblo. Mas despues que fue elegido de los ciudadanos y comarcanos, ¡oh Micillo! vergüenza tengo de te lo decir.

MICILLO.—Dimelo, no tengas vergüenza de lo contar á un tan amigo y compañero tuyo como yo.

GALLO.—Comence luego de siguir la tirania y porque tenía sospecha de mis hermanos yo los degolle y despues los quemé á ellos y á mis parientes y aquellos mayores de la ciudad, que fueron mas de mill, y despues dobléles el tributo fingiendo guerras con las cercanas provincias y grandes prestamos; mi intencion era aumentar tesoros para defender mi misera vida; deleitabame mucho en cortar cabezas de los mayores y en robar haciendas de los menores; hacia traer ante mí aquellas riquezas; deleitabame en verlas; en fin, todo este mi deleite se me convertio en gran trabajo y pesar, porque como el pueblo se agraviase con estas sinrazones, conspiraron contra mi y por defen-

derme retrajeme á la fortaleza con algunos que me quisieron seguir. Ya estando allí cercado, yo aun quisiese usar de crueldad porque inviandome embajadores de paz los prendí y los maté y plugo á Dios que por mi maldad fue echado por fuerza de allí y fueme acoger con los lucrenses, que era una ciudad sujeta á Siracusa, y ellos me rescibieron muy bien como no sabian que yo iba huyendo; yo como hombre habituado á las pasadas costumbres comence á robar entrellos (*sic*) lucrenses las haciendas de los ricos, tomando las mujeres hermosas á sus maridos y sacando las encerradas doncellas que estaban consagradas á los templos, y robaba los templos de todos los aparejos de oro y plata que habia para los sacreficios, y con estas obras vinieronse los lucrenses á enojar de mi; ¡oh omnipotente Dios! y qué trabajo tenía en conservarme en la vida; ¡cuán temeroso estaba de morir! ni osaba beber en vaso, ni aun comer ni dormir, porque en lo uno y en lo otro temia que me habian de matar; ¿qué más quieres, sino que te doy mi fe que con un carbon ardiendo me cortaba la barba por no me fiar de la mano y navaja del barbero, y trabajé por enseñar el oficio de barbero, á unas dos hijas que yo tenia, porque me quemaba con el carbon que no lo podia ya sufrir? Despues que por seis años pasé estos trabajos, no me pudiendo sufrir los lucrenses echaronme por fuerza de la tierra, y sintiendo en paz á Siracusa volvime para ella, y como de ahi algunos dias yo volviese á ser peor me venieron á echar de la tierra jion (*sic*) y yo desventurado, corrido y afrentado, sin poderle resistir me fue (¹) en Corintio destruido por me guarescer; aqui vine á vevir en mucha miseria demandando á mis amigos y enemigos por limosna el mantinimiento e no lo querian dar, á que vine á vevir en mucha miseria y tanta necesidad que no tenia una capa con que me defender del frio; en fin, yo me vi aqui en extrema miseria, tanto que me vine á enseñar mochachos á leer y escrebir porque de aquel salario me pudiese mantener.

MICILLO.—Mas antes yo he oido decir que lo hacias por ejercitar tu crueldad castigando los mochachos con continas disciplinas, y eras tan extremadamente cruel que dicen de ti que en Siracusa una bieja de muy grandisima edad rogaba á los dioses continuamente por ti que te dejasen vivir por muchos años, y preguntando porqué lo hacia, pues toda la cibdad blasfemaba de ti, respondio que habia visto en su vida larga muchos señores tiranos en aquella ciudad y que de contino sucedia otro tirano peor y que rogaba á los dioses que tú vivieses mucho, porque si acaso habia de suceder otro

(¹) En este diálogo está usado *fue* innumerables veces en el sentido de *fui*.

tan malo y más peor, que á todos mandaria quemar juntamente con Siracusa.

GALLO.—¡Oh Micillo! todo me lo has de decir, que no callarás algo; bien has visto el trabajo que tienen los hombres en el mundo en el reinar y regir mal las provincias tiranizando los subditos; mira el pago que los dioses me dieron por mi mal vivir; y si piensas que más descanso y contento tiene un buen rey que con tranquilidad y quietud gobierna su reino, engañaste de verdad, porque visto he que viven sin algun deleite ni placer; piensa desde los primeros justos gobernadores de Atenas é de toda Asia, Europa, Africa y hallarás que no hay mayor dolor en la vida de los hombres quel regir y gobernar. Si no, preguntalo á Asalon (Solon) el cual decia que tanto cuanto más trabajaba por ser buen gobernador de su republica tanto y más trabajo y mal añadia; pero si consideras tú cuán gran carga echa acuestas el que de republica tiene cuidado y aquel que bien ha de regir las cosas, piensa que no tiene de pensar en otra cosa en todos los dias de su vida, sin nunca tener lugar para pensar un momento en su propio y privado bien, con cuánta solicitud procura que se guarden y esten en su vigor y fuerza las leyes quel fundó y no firmó; con cuánto cuidado trabaja que los oficiales de su republica sean justos, no robadores, no coecheros ni sosacadores de las haciendas de los miseros de ciudadanos y qué continua congoja tiene, considerando que'stá puesto sobre el pueblo por propio ojo de todos con el cual todos se han de gobernar, como piloto de un gran navio en cuyo descuido está la perdicion de toda la mercaderia y junto en el flete del navio va, y tienen gran cuidado en ver que si en el menor pecado ó vicio incurre, á todo el pueblo lleva de si; de otra parte le combate su muncha libertad y su mando y señorio para usar del deleite de la lujuria, del robar para adquirir tesoros, vendiendo synos (sic) preturas y gobiernos para personas tiranas que le destruyan los vasallos é subditos; lo cual huye el buen principe posponiendo cualquiera interese; ¿pues qué soberano trabajo es sufrir los adúlteros y lisonjeros que por servirles le cantan moviendo al buen rey con loores que claramente ves que en si mismo no los hay; pues, ¿qué afrenta recibe cuando le canta en sus versos: hice escaramuzas notables, si nunca entró en batalla ni pelea, y cuando le procura importunar trayendo á la memoria la genologia de sus antecesores, de cuya gloria, él como buen rey no se quiere preciar, sino de su propia virtud? Allegánse á esto los odios, las invidias, las murmuraciones de los menores, de las guerras, disenciones y desasosiegos de sus reinos, que todo ha de caer sobre él y sobre su buena solicitud; pues allen-

de desto qué trabajos se ofrecen en las encomiendas de las capitanias y de los oficios del campo, de oir las quejas de los miseros labradores que los soldados les destruyen sus mieses y viñas y les roban su ganado, que no basta mantenerlos de balde, mas que les toman por fuerza las mujeres y hijas y sin les poder defender de todo esto. ¿Di, Micillo, el buen rey que sintirá, con que sosiego podrá dormir, con qué sabor comer é que felicidad ó deleite piensas que puede tener? Pues ¿qué te contaré de los caballeros y escuderos y continos que comunican en casa del rey y llevan salarios en el palacio real, á los cuales como en el mundo no sea cosa más baja ni más enojosa ni desabrida ni más trabajosa ni aun más vil quel estado del siervo, ellos se precian de serlo, con decir que tratan y conversan con el rey y que le veen comer y hablar y por esto se tienen por los primeros; en todos los negocios y horas con una sola cosa son contentos, sin tener invidia de alguno, y tratando ellos la seda y el brocado y las piedras preciosas menos pueden y curan de todos los buenos estados del vevir y de la virtud que engrandece los nobres y este dejan por otros, diciendo que les sea cosa muy contraria el saber; en esto solo se tienen por bienaventurados en poder llamar amo al rey, en saber saludar á todos conforme al palacio y que tienen noticia de los títulos y señores que andan en la Corte y saben á cuál han de llamar ilustre, á cuál manifico, á cuál serenisimo señor; precianse de saber bien lisonjear, porque esta es la ciencia en que más se ha de mostrar el hombre del palacio. Pues si miras toda la manera de su vivir en qué gastan el tiempo de su vida, ¡oh qué confusion y qué trabajo y qué laberintio de eterno dolor! oyémelo y cree que lo dirá hombre expirimentado y que todo ha passado por mi sudor hasta el medio dia porque se fueron acostar cuando queria amanescer; luego mandan que esté aparejado un asalariado sacerdote que muy apriesa sacrefique á Dios junto á su cama la hora de medio dia y despues comenzanse á vestir con mucho espacio con todas las pesadumbres y polidezas del mundo y á la hora de las vísperas van á ver si quiere comer el Rey; ¡oh qué hacen en palacio! dispónense á servir á la mesa; á la hora que ni entra en sabor ni en sazon se van ellos á comer frio y mal guisado y luego á jugar con las rameras ó acompañar al Rey doquiera que fuere; venida la hora de la cena tornan al mismo trabajo y despues que á ellos les dan de cenar, á la media noche vuelven al juego y si juega el Rey ó Principe ó otro cualquiera que sea su señor, estan allí en pie hasta que harto su apetito de jugar se quieren ir á dormir cuando quiere amanescer. Pues las camas y posadas de la gente de palacio, ¿quién te las pintará? cada dia la suya y tres ó cuatro echados en una, unos sobre arcas é otros sobre cofres tumbados. En cuanto se debe estimar; ¡oh vida de más que desesperados! ¡oh Purgatorio de perpetuo dolor! Pues entre estos anda un género de hombres malaventurados que no los puedo callar; su nombre es truanes chucarreros, los cuales se precian deste nombre y se llaman ansi y pienso que en los decir su trabajo no merezco culpa si a[ca]so no me erré. Estos para ser estimados y ganar el comer se han de hacer bobos ó infames para sofrir cualquier afrenta que les quisieren hacer; precianse de sucios borrachos y glotones; entre sus gracias y donaires es descobrir sus partes vergonzosas y deshonestas á quien las quiere ver; sin ningúna vergüenza ni temor nombran muchas cosas sucias las cuales mueven al hombre á se recoger en si; sirven de alcahuetes para pervertir á las muy vergonzosas señoras y doncellas y casadas y aun muchas veces se desmandan á tentar las monjas consagradas á Dios. Su principal oficio es lisonjear al que tiene presente porque le dé y decir mal de la gente publicando que nunca le dio; y en fin de todos dicen mal porque otra vez tienen aquel ausente. Esta es su vida, este es su oficio, su trato y conversacion y para esto son hábiles y no para mas; de tal suerte que si les vedase algun principe esta su manera de vivir por les rescatar sus ánimas, no sabrian de qué vivir ni en qué entender, porque quedarian bobos, necios, ociosos, holgazanes, inutiles para cualquier uso y razon, inorantes de algun oficio en que se podiesen aprovechar, en este género de vanidad, trabajando hechos pedazos por los palacios tras los unos y los otros confusos sin se conoscer y al fin todos mueren muertes viles é infames; que estos mismos que les hicieron mercedes los hacen matar porque en su malaventurado decir no les trató bien. Dejémoslos, pues pienso nuestra represion poco les aprovechará; solo una cosa ¡oh Micillo! podemos de aqui concluir: que en la vida y ejercicio destos necios bobos malaventurados no hay cosa que tenga sabor de felicidad, mas gran trabajo y peligro y desventura para si.

MICILLO.—¡Oh! Euforbio, ¡oh! Pitágoras, ¡oh! Dionisio, que no sé como te nombre, qué admirables cosas que me has contado en el trabajo de mandar reinos y provincias, á tanto que me has hecho conceder que no hay estado mas quieto quel mio, pues en los reyes y los que comunican en el palacio real donde paresce estar la bienaventuranza está tanto trabajo y desasosiego de cuerpo y de ánima que casi no parezcan vivir. Dime agora porque me place mucho saber mas: despues que fueste Dionisio ¿qué veniste á ser?

CAPITULO IX

Que pone como fue trasformado de Dionisio en Epulon el rico y cuanto trabajo tiene uno en ser rico y lo que le sucedio.

GALLO.—Mira, mi amo Micillo, yo no hago caudal en el nombre, llámame como mas te placerá. Sabras que despues de poco tiempo que fui Dionisio vine á ser un rico de Siria llamado Epulon el rico, de cuyo desasosiego y trabajo te quiero ahora decir. Yo fue hijo de padres muy ricos; yo ansi por herencia, como por la gran contratacion sobrepijé en el poseer muy mayores tesoros que ellos, por lo cual fue muy estimado del pueblo y todos me deseaban servir; hacianme gran veneracion con gran reverencia; no habia noble que en estima se me pensase igualar; tenia grandes vajillas de plata, vasos de oro para me servir en el comer; hacia grandes convites y banquetes á mis amigos por hacer gran fama de mi; servianse con gran aparato de pajes muy graciosamente ataviados los manjares; en mucha copiosidad aquellos potages y salsas en perfeccion; asalariaba grandes cocineros examinados en su arte que supiesen gran diversidad de los guisados como para un rey; mientras comia tenia gran diversidad de música, de cantores é instrumentos que daban mucho deleite; bebia las aguas destiladas y cocidas y los vinos puestos á infriar, muy acompañado de juglares y chocarreros que me daban á los convidados mucho placer. Despues de haber comido jugaba todo el dia grandes cantidades de moneda por me solazar; ataviabame muy suntuosamente; tenia muy poderosos cavallos; iba á caza de altaneria y de galgos; mas ¡ay de mi! que Dios sabe con qué ánimo hacia yo estas profanidades, que del alma me salia cada pequeña moneda que se gastaba, porque si me esforzaba á lo hacer era por los que á mi se allegaban por dar de mí buena fama, que escondido donde no me podian ver en mi casa con mis familiares y apaniguados esforzábame á pasar con un misero potaje de miseras lentejas y aunque en él no habia para todos poder comer, siempre andaba amarillo y pensativo como se me gastaba lo que con tanto trabajo habia adquerido yendo á las ferias de todo Egito e Palestina y aun á las de Grecia por convenir con los tratantes y mercaderes y con los deudores á quien con grandes intereses y usuras yo prestaba mi moneda; venia por los caminos y por el mar aventurando mi persona y hacienda á los cosarios que me robasen y me quitasen la vida, sufriendo las crueles tempestades que cada hora me ponian en peligro de me perder; no osaba dar á ningun mendigo un solo cornado pensando de me venir empobrecer; pesábame con grandisimo dolor en pensar que con la muerte lo habia de dejar. Si préstamos ó tributos se habian de dar al Emperador yo habia de ser el primero; si guerra habia en la provincia ó que Roma las quisiese tener yo habia de ir allá y aun habia de llevar lanzas á mi costa y mension; en todo esto pasaba en el campo la misera vida que pasan los soldados y suelen pasar en el campo de la guerra. Temia siempre si mi hacienda que habia dejado soterrada pensando que si me la hallaban quedaría pobre y si moria sin que supiesen donde estaba pesábame pensar que se habia de perder. Pues venido á mi patria y no sin congoja y dolor, venida la noche, cuando todos estaban en silencio y quietud, levantabame yo y abria las huesas adonde tenia el tesoro enterrado y en una mesa comenzabalo á contar y mirandolo me pesaba porque lo poseia, pues en conservarlo me daba tanta congoja y dolor, y despues de vuelto á la tierra no podia dormir considerando si estaba seguro alli, si los cofres en que estaba la plata y aparador los podian hurtar; en viendo un raton ó una mosca luego saltaba de la cama pensando que ladrones me hurtaban y robaban; voceaba con gran priesa y espanto y levantada mi gente decianme denuestos é injurias, que aun agora con ser gallo no los querria sufrir, llamabanme abariento rixoso miserable y que ellos mismos me robarian con enojo de mi misera abaricia, dezian que no querian serbirme y tenian mucha razon porque muchas noches los azia lebantar cinco y seys vezes que no los dexaba dormir: ¿Quién contaria agora, Micillo, por orden los sobresaltos, las malas comidas y bebidas que yo pasé? Hallarias de verdad que son los ricos verdaderos infelices sin algun descanso ni plazer porque se les va la gloria y el descanso por otros albañares de asechanzas que no se paresce, ladrillados por encima con lisonjas. E quánto mejor duerme el pobre que no el que tiene de guardar con solicitud lo que con trabajo ganó y con dolor de lo dejar. El amigo del pobre será berdadero y el del rico simulado y fingido, el pobre es amado por su persona y el rico por su azienda, nunca el rico oye verdad, todos le dizen lisonjas y todos les maldizen en ausencia por la enbidia que tienen á su posesion. Con gran dificultad allarás en el mundo un rico que no confiese que le será mejor estar en su mediano estado e en esta pobleza, porque en la berdad las riquezas no hazen rico sino ocupado, no hazen Señor, sino mayordomo, y más son siervos de sus riquezas y ellas mesmas les acarrean la muerte, quitan el plazer, borran las buenas costumbres; ninguna cosa es tan contraria del sosiego y buena bida

quel guardar y arquerir tesoros y habellos de conservar. Gran trabajo es sobre todo ver el honbre veynte hyjos alredor de si de contino pregon á Dios que yo me aya de morir porque ellos se entreguen y hereden mi posesion. Pues sobre todos mis males te quiero contar los trabajos que pasé despues.

CAPITULO X

Que pone como fue casado con quatro mugeres y lo que le sucedió con la primera; cosa de notar.

Yo fui casado con quatro mugeres mientras bibi, que si me oyes me maravillaré cómo no lloras como yo en acordarme de la mala vida que me dieron porque sepas que no hay dolor hasta en el casar; con cuatro mugeres fue casado é con todas deseando tener paz mucha nunca me faltó guerra; la primera con quien me casé se llamaba Alcybia que por ser fija de Teodosio Rey, menos preciaba mis palabras y tenia en poco mis obras y aun los dioses saben las palabras que me dezia en secreto, mis criados saben cómo me trataba en publico y por que bia, que procedia su desacato de ser mejor que yo por ser hyja de Rey.

CAPITULO XI

Como fue casado la segunda vez y lo que pasó con la segunda mujer.

Ya sabras que yo me casé la segunda vez con mujer que era mi ygual, que se llamaba Tribuña hyja de un Tribuno de Jerusalen y traxo á mi poder el mayor dote que hasta hoy se halla haver dado en estas partidas y pensando que por ser yguales en personas nos acompañaría la paz jamás con ella me faltó guerra diziéndome que guardaba lo mio sin lo querer comunicar y que gastaba lo suyo en conbytes con mujeres públicas y desonestas haziendo desordenados gastos, dandome afrentas en lo publico y amenazas en lo secreto, de donde nos benia tan cierta la discordia quando más me era deseada la conformidad. Queriendome dar los dioses entera vengança en ella, dieronme en ella un hyjo que despues de sus dias que fueron brebes heredó los bienes de la madre por cuya muerte sucedieron en mi; en biendo la desgracia que habia tenido en las dos vezes que me abia casado, la vna por ser la mujer mejor que yo é la segunda por lo mucho que me dieron.

CAPITULO XII

Como se casó la tercera vez y lo que con ella le sucedio.

GALLO.—Proquré de casarme la tercera vez con una que se llamó Laureola hyja de Aureo Consul que ni en generacion ni estado era mi ygual, salbo que era la más apuesta dama que en toda la probincia se halló, la qual tomé porque siendo pobre y no de tan buena parte no tenia causa de conquistarme como las pasadas. Quiero dezir, amigo Micyllo, sy con las pasadas habia tenido trabajada bida, con aquella no me faltaron tragos de muerte, porque sintiendose tan soblimada en hermosura y a mi con sennales de vejez en la cara y con algunas canas y con algun desquydo della en la cama y sin dientes para comer, dezia cosas abominables contra su padre, porque siendo ella tan hermosa la habia casado con honbre tan feo, pudiendo enplearla en persona de mayor merescimiento y de menor edad con que ella pudiera mejor gozar su edad é hermosura; digote en verdad, Micillo amigo, que haziendome vna mannana de dormido le oí dezir estando en contemplacion: ¡oh! malandantes sean los dioses y todo esto que permiten y ordenan, pues ordenaron y permitieron que mi gentileza y hermosura se pusiese en poder deste monstruo, el qual piensa que con los bienes me paga y que con el buen tratamiento me contenta y con las palabras me satisfaze. Sy supiera en quanto tengo sus riquezas y el caso que hago de su tratamiento y lo que estimo sus buenas palabras, no haria bida conmigo, é maldita sea la donzella que se casa con quien no conosce porque no se vea engannada y lastimada segun yo agora; pluguiera á los dioses que me traxeran agora no á poder de quien tanto duerme y de quien tan poco bela, bueno para lo que le cumple, malo para lo que le conbiene, diestro á las malicias, torpe en las buenas obras. Bien penso Areo Consul, mi padre, que en darme este marido me hazia gran bien y merced; bien paresce que tubo mayor quydado de su probecho que dolor de mi daño. Si tubiera memoria de mi bien no me procurara tanto mal; penso que me casaba con él para tener descanso, yo pienso que jamas me faltará trabajo, porque quien duerme despues de haber dormido y no trabaja despues de haber holgado como este bestiglo haze ¿qué puedo esperar del sino que el bibira con su desquydo y yo morire con mi quydado? a él se pasa en sueños la vida y a mi se me trasporta en trabajos el tiempo, maldita sea yo quando dixe de sy; ¿por qué no dixe de no? porque me matara un honbre bibo y no me diera vida un hombre muerto; aunque creo que

la vida que me dara será tal como de las otras dos mugeres que ha tenido; pluguiese á los dioses que asi como agora está se quedase y que nunca mas mis ojos le viesen despierto. Y quando vi, Micillo, que tan deshonestas cosas dezia hize que despertaba por no oyr otras peores en viendome despierto; lebantóse de apar de mi más enojada que contenta, diziendo que me lebantase en hora mala que se me pasaba el tiempo en dormir, sobre lo qual benimos en tanta descordia que no descansé hasta que puse las manos en ella y de aquel enojo murio, de cuya muerte y no menos de la vida quedé con tal escarmiento que acordandome de aquella muger y no poniendo en olbido las otras propuse de hacer vida solo y no mal acompañado, y no queriendo olbidarme la rigorosa fortuna de contentarse con el mal pasado me dieron a Coridona por muger, con la qual por...

CAPITULO XIII

Como casó la quarta vez y lo que con esta muger le sucedio.

GALLO.—Y ansi no quiriendo olbidarme la rigorosa fortuna de contentarse con el mal pasado me dieron a Coridona por muger, con la qual por su buena fama casé, porque ni era hermosa ni fea, ni tan poco baxa de estado ni alta de generacion y antes pobre que rica, y si con ella casé no pienso, amigo Micillo, que lo causó el apetito de la voluntad ni aun el contento que me quedó de las mugeres pasadas, salvo por el deseo que tenia de haber hijos y tambien por la necesidad que tenia de la guarda de mis bienes y por otras causas que son legitimas para ello y tambien porque pensaba que no teniendo alguna cosa de las que las otras pasadas tenian no me daría la vida que las otras me daban, en especial siendo en todas sus operaciones la mejor y mas sana donzella que creo en el mundo se hallase: mas quiero que sepas, Micillo, que si me guerreó la primera por ser de mejor parte que yo y la segunda por ser el dote tan grande que me dio y la tercera por la gran hermosura que poseyó, que tambien me dio guerra Coridona porque muy buena se halló. La qual quando guerrear me quería me ponia delante el tratamiento que las otras mugeres pasadas me hazian, diciendome: ni vos me meresceys ni ellas fueron mis yguales, porque aunque en linaje la una me hizo ventaja y la otra en riquezas y la otra en hermosura, yo se la hago á ellas en ser muy mejor de mi persona y condicion que ninguna dellas, porque si la primera os trató con poca estima yo os trato con mucha, y si la segunda os pedia quenta en qué dispendiays sus bienes yo huelgo que dispendiays los vuestros; y si la tercera os agrabiaba con sobra de palabras yo os sirvo con sobra de buenas obras; de tal manera que apenas le hablaba con paciencia, quando luego me respondia con yra diciendome: peores afrentas que las pasadas mujeres habia menester yo que no della; que ellas me trataban como yo merescía; de donde venía que ella por mucho hablar, yo por poco sufrir le daba algunos castigos y venia en tanta diferencia con ella y en tanta guerra y discordia que parescía que era más que no las pasadas, y aun digote, amigo, en verdad que fueron mayores las que tubimos despues que engendró un hijo, que quisimos mucho, y aun mucho, mas á menudo reñiamos que antes que lo hubiese; lo uno por el preñado; lo otro porque se tenia por muy buena no osaba hablarle lo que me combenia por no venir con ella en enojo; en fin ella se murio y si más me durara yo me enterrara vivo, porque no me aquerdo estar dia sin pasion ni noche sin renzilla, y yo quedé della tan hostigado que me paresce que hace mas el hombre que sufre á la muy buena mujer que la mujer que sufre al mal varon; por que no hay ninguno por malo que sea que una vez en el dia no perdona la falta de su muger, ni ninguna muger por muy buena que sea que disimule ni enqubra la quiebra del baron; nunca vi cordura tan acertada como lo que hizo Udalio Giario en Jerusalen cuando fue importunado por los tribunos que se casase con Palestina, que porque no veniese el casamiento en efeto puso fuego a todos sus bienes y pregutado porqué lo hizo responde que porque queria mas estar pobre y solo que no rico y mal acompañado, porque sabia que Palestina era mujer loca y presuntuosa; y otra cosa hizo Anteo en Grecia; que por no sufrir las airadas palabras de Hentria su mujer se subio á un gran monte y hizo sacreficio de si mismo quemandose en un gran fuego; Fulsio Catulo en Asia que era del linaje de los partos, viendose descontento con Mina su mujer por la mala vida que con ella tenia, se subio con ella á la mas alta torre de sus palacios y diciendo, nunca plega á los dioses que tú, Mina, des á otro ningun varon mala vida, ni á mí buena otra mujer; y acabadas estas palabras la lanzó de la torre abajo no quedando él encima. Mira bien, Micillo, qué felicidad tienen con sus riquezas los ricos y qué descanso con las mujeres que son casadas; mira si tien aqui qué desear.

MICILLO.—¡Oh! mi buen Pitágoras, cuan notables cosas has traido á mi noticia; por cierto á mi me parescen increibles cuando son tan admirables. Mas dime agora, porque rescibo gran deleite [en] te oir, ¿que fueste de ti despues que fueste Epulon el rico?

CAPITULO XIV

Como de Epulon fué transformado en asno; cosa de notar y gran sentencia.

GALLO.—Oyeme, mi buen Micillo, que yo te satisfare; sabras que como complí el espacio de mi vida en el qual había de dejar de ser Epulon, fue llevado á los infiernos á ser sentenciado de mis costumbres y despues que con gran compaña de ánimas me pasó en su barca Aqueron, fue presentado ante las Furias infernales Aleto y Tesifone y los jueces Minos y Pluton, los quales estaban asentados en un tribunal cercados de los acusadores y en siendo empresentado vi ante los ojos junto todo mi mal, que me paresció que otra vez pasaba por él; y como le vi rescebí muy entrañable dolor, tan grande que tuviera por bien dejar de ser; despues que Minos me hubo desaminado mandó que me leyesen la sentencia conforme á su ley é levantóse un viejo calvo de gran autoridad é abriendo un libro dijo ansí: ley teneis ¡oh dioses! conforme á la qual el mismo se puede condenar; pues oid; el viejo en alta voz leyo ansi: porque los ricos en el mundo mientras viven cometen nefandísimos pecados, robos, usuras, latrocinios, fuerzas, teniendo á los pobres en menosprecio, es determinado por toda nuestra infernal congregación que sus cuerpos padezcan penas entre los condenados y sus ánimas vuelvan al mundo á informar cuerpos de asnos, hasta que conforme á sus obras sea nuestra voluntad. Y como fuese leida esta ley, mandó Minos que fuese asno diez años y luego lo aprobo toda la congregacion y aulló Proserpina y ladró muy fieramente el can Cerbero, porque se requería esta solenidad porque fuese alguna cosa firme y enviolabre en el infierno, y como no pude suplicar fue sacado de allí y en esta oportunidad ofreciose en Egito estar de parto una burra de un geciano, y como vino á parir yo me vine á ser el asno primero que nasció, y desque yo me vi metido en cuerpo tan vil pense rebentar de enojo; mas como vi que era escusada mi pasion pues traía poco provecho el mucho me doler, aunque por una parte pense dejarme morir de hambre y no mamar pensandome escapar de la cruel sentencia, mas desque consideré que era inviolabre ley y ya estaba determinado en el senado infernal y como vi que aquel egicio era rico que me podia bien mantener determiné de sufrir con paciencia mi malhadada suerte, pensando que podia venir á manos de otro en el mundo que no me tratase tan bien, y más que como mi amo me veia pequeño y bonito y el primero y que con grandes aullidos

por una sierra abajo, pedregosa y llena de picarros, á tanto que derroqué al húngaro y dió con la cabeza en una piedra, que se descalabró y no pudo tan bien escapar de mí que al tiempo que le sentí caido le dí un par de pernadas en aquellas espaldas, de lo cual yo quedé muy contento; y despues echo de mí el costal de trigo y aun quiebro la cincha de la albarda y déjola allí, y roznando y saltando me vuelvo para casa, pensando haberme bien vengado de aquel ladron; y él corriendo sangre fue tras de mí por el campo y como no me alcanzó volviose al trigo y acordó de lo levar acuestas hasta la sembrada, porque estaba una milla de allí; yo fueme á un prado é dime á placer; y el húngaro desque hubo hecho su labor tomó la albarda acuestas é fuese á su casa é iba por los lodos cansado renegando, y llegando preguntó á su mujer por mí; y como ella no me había visto fueron al establo y halláronme echado, y toma el marido un palo grueso é descansó por dos veces en mis costados, que me dejó por muerto, diciendo que determinadamente me quería matar, y estaba tan enojado de mí que si no fuera por su mujer que se lo estorbó, ciertamente me matara. Tuvo Dios por bien que saliese de sus manos, aunque bien castigado, dende á pocos días.

CAPITULO XVII

Como el húngaro lo rendio á los soldados y lo que le acaescio con ellos.

GALLO.—Dende á pocos días suscedio que unos dos mancebos se determinaron de ir en Alemania que al presente estaba en diferencia de guerra y disencion con las señorías de Italia y querían ir á tomar sueldo para defender la parcialidad que mejor lo pagase.

MICILLO.—¡Oh! válame Dios, que donoso interes para ir á pelear; paresce verdaderamente á los letrados que en Corte del Rey toman sueldo é salarios de señores obligandose á los defender cualesquiera pleitos que se le ofrezcan, aunque sean sin justicia ni razon.

GALLO.—Mas lo mismo es, porque se obligan de vejar con todas cautelas á las partes contrarias que les pidan ante cualquier juez.

MICILLO.—¡Oh! poderoso Dios, qué seguridad de ánimas; pues di, Pitágoras, ¿pues qué te acaescio?

GALLO.—Estos mancebos me compraron para levar su fato y dispuestos para se partir cargaronme todas sus ropas y fardaje, y por sobrecarga echaronme encima una mujer que sacaron de con su marido para que en el real ganase para ayuda de sus juegos y glotonería,

y como asno lo hube de sofrir. ¡Oh! Dios inmortal, qué vida tan trabajada y quién lo hubiese de contar lo que pasaban y por el camino los robos, los hurtos, los desafueros que hacian á los venteros y caminantes, las sinrazones que hacían á los labradores, las blasfemias y reniegos, los adulterios, los sacrilegios, ¿quién te lo hubiese de decir? en un año no te acabaría de contar todas sus maldades y todo lo que hacían; enseñaban á la pobre mujer que levaban, cómo se había de haber con los hombres que se la ofreciesen en conversacion, cómo los había de atraer ansi y cómo los había de robar y despues de despojados cómo se habia de descabullir dellos; inventaban ellos entre sí nuevas maneras de fieros para blasfemar y espantar hombres; en conclusion, ellos se iban emponiendo en todo género de maldad y bellaqueria. Llegados al ducado de Sajonia fueles necesario de me vender.

CAPÍTULO XVIII

Como los soldados lo rendieron á unos alemanes que iban á Roma y lo que cuenta por el camino; cosa de notar.

GALLO.—Puesto por obra de me vender por alguna necesidad me compraron unos alemanes que á título de peregrinacion iban á un negocio á Roma y yo pense de nuevo resucitar cuando me vi escapado de las manos de tan mala gente porque me temía mucho que por su maldad habia Dios de permitir en nosotros algun mal acaescimiento. En fin, con la ayuda de Dios comenzamos nuestro viaje, y más que tenía yo mucho deseo de ir á Italia porque despues que yo fue Pitágoras no había vuelto por allá y por ver las novedades que de allá contaban todos los que de allá venian, y iba muy contento porque ya habia cristiandad y residia un Pontifice de toda la monarquia en la ciudad de Roma y todas las cosas de la gobernacion y templos y sacreficios eran mudados. Pues una mañana, ya que comenzaba á salir el sol, íbanos por una deleitosa floresta de muy hermosas huertas de fresca arboleda; iban por allí mis dos buenos amos á veces contando, de la manera que habian de tener en su negociacion en llegando á Roma, cómo habian de verse con el Papa en la expedicion de las bulas; hablaban de un Cardenal que tenía el cargo de los despachos; decian no sé que, el uno que llamaban abreviador; en cuanto yo pude colegir de la calidad del negocio alcancé que era una dispensacion para que se pudiesen casar dos grandes señores de aquella tierra, que no lo podian hacer por ser parientes dentro en el cuarto grado; concertaban entre sí que llegados á Roma y presentada su aplicacion ante los oficiales del papa no le habian de decir la calidad de las personas, si no solamente los nombres.

MICILLO.—Dime, Gallo, ¿porque se fengían y trataban ansí?

GALLO.—No se declaraban del todo ellos, mas sigun yo conosci de sus pláticas, creo que fue porque si dijeren al Papa ó á los oficiales ó aquellas personas con quien habian de dispensar que eran señores de mucha calidad y valor, les llevarian mas cuantía de maravedís por la dispensación, á tanto que decian que si salian con su propósito sin ser descubiertos que no les haria de costa más de cien ducados y que si supiesen la verdad de la calidad de las personas les costaría más de seis mill ducados.

MICILLO.—¡Oh; nefandisimo género de simonia, que en las cosas de la Iglesia que va tanto interes á nuestra salud no haya otra mayor dificultad para las alcanzar si no es añadir dinero.

GALLO.—Despues que hubieron bien concertado su negocio vinieron de platica en platica á tratar de la gran suma de dinero que se consumia en Roma; hablaban de las riquezas que tenía el Papa, de las posesiones de los Cardenales y de los tesoros que habia entre los obispos y oficiales que trataban este género de contratacion.

MICILLO.—Mira, Gallo, avisote no hables de la Iglesia ni de las cosas sagradas de la cristiandad; ¿de qué te ríes, que paresce que burlas de mí?

GALLO.—Ríome de que me acuerdo que llegando ellos á este paso yo iba tan atento á su plática que descuidado cai en un charco y me hinchí de lodo, y viniendo ansi por nuestro camino hubieron nos de alcanzar dos hombres que en su representacion parescian ser gente de bien, y como llegaron á nosotros saludáronse entre sí y dijeron el uno dellos: razon es que no perdamos vuestra compañia y conversación, pues Dios nos ha juntado; y apeados de sus cuartagos ataron los cabestros á mí y mandáronnos andar delante; uno de mis amos les preguntó que dónde era su viaje; respondiéronle que una ciudad de los confines de Italia, de la señoria del Papa y que venian de complir un voto que habian hecho por devocion, y era ir á ver el cuerpo de Santa Ana, madre de Nuestra Señora, é que la mostraban los alemanes en Dura, ciudad en Alemania, que por una pequeña limosna voluntaria concedia el Papa muchos años de perdon. Dijo mi amo: ya somos nosotros estados ahí é tenemos con esa señora gran devoción porque nos ha hecho grandes mercedes. Respondio el italiano: basta que sea haber trabajado en venirla á vesitar; mas yo no sé si esté aquí ó si esté mas de verdad en Leon

de Francia, porque lo mesmo dicen que está allí en Nápoles, y como dicen muchas veces estas cosas nos hacen perder la devocion á los cuerpos santos, porque por estas diferencias les dejamos de hacer la veneracion debida, sospechando que hagamos á cuerpos que debemos maldecir en lugar de santificarlos. Respondió mi amo: verdad dices, mas luego sacamos cuál sea el verdadero de los milagros que hacen en cuerpos enfermos y en personas necesitadas, y tambien el Papa concede sus indulgencias adonde está persuadido por buena información que esté lo verdadero y veda que se publique lo que no fuere ansi. Dijo el italiano: pues decirme, señor, ¿y no dió tambien perdones para Francia como para Dura? y pues se precian en Roma de tener la cabeza de San Juan Bautista, ¿por qué se consiente que tambien se publique que esté en Francia en la ciudad de Aniañes? y si fue un prepucio el que circundaron á Jesu Cristo, ¿por qué se precian los cristianos de tener tres: uno en Roma, y otro en Brujes y otro en la ciudad de Unberes (sic). Con una cosa me consuelo, que conozca Dios mi sana intencion y que no sea dado á mi hacer bastante informacion de lo verdadero para evitar la idolatria; pecan los principes que lo consienten por sus particulares intereses; mas dejemos agora esto, que es muy larga cuestion; yo os quiero hacer saber que entre otras cosas notables que yo vi en la iglesia de Santa Ana en Dura, que en un altar junto á la madre vi á Nuestra Señora la madre de Dios tan al natural de una linda mujer en una imagen que con todas las partes de su rostro y cuerpo mostraba estar viva; en sola una cosa me descontentó, que es en los vestidos que tenía, porque de creer es que fuese ella la más honesta que en el mundo nunca mujer nasció ni fue; pues no sé porqué la atavian los cristianos tan desbonestamente con unos carmesis y brocados cuchillados de colores y puestos que reprueban aun las mujeres por mostrarse honestas en si. Esto queria yo qu'el pueblo cristiano mirase sin pasion ni boba aficion é se piensen mas la servir si la pintan y la visten en hábito que por la reverencia que le debo quiero callar; con unas mangas acuchilladas y llenas de bocadillos y con colores de afeites en el rostro y con grandes pechos descubiertos y con camisas rayadas y polainas muy galanas y polidas, y dicenme que en España son en esto muy demasiados, porque les ponen unos verdugados que usan allá y unos rebocíños en el cuello y otras cosas deshonestas que fuerzan á los hombres á pecar teniendo con las tales imagines poca reverencia y devocion, y acaesce muchas veces que si un pintor ha de pintar una imagen de Nuestra Señora ó de la Madalena, toma ejemplo de alguna mujer deshonesta ramera la qual tiene puesta delante por muestra de su labor y pintura; yo no digo esto de mí, porque en la verdad yo lo he visto. Dijo mi amo; en este caso solamente tienen la culpa los obispos porque en sus obispados no vesitan ni proveen estas cosas, pues nos va en ellas tan gran parte de nuestra cristiandad, no se habian de descuidar con sus regalos y deleites y con sus rentas y tesoros, los cuales habiendose de gastar juntamente con todas las rentas de toda la Iglesia, digo del Papa y de los Cardenales y obispos y todas las otras dinidades con los pobres y otras muchas obras de caridad, y consumenlas en juegos, en banquetes y fiestas y otros muchos deleytes del mundo, que yo no digo, que solo en decirlo me paresce seria deshonesto y sin tener memoria del morir ni de la estrecha cuenta que han de dar á Dios, porque me paresce á mi que pues los obispos son obligados á visitar cada año su obispado y no lo visitan, sino repelanlo, no quedando mejor que de antes; por el mismo caso ansi habian de ser obligados los Papas á visitar su papazgo de dos en dos años, porque de contino se pierden las ovejas por el descuido del pastor; antes son ellos en ocasion de perderlas y destruirlas desasosegandolas con guerras y tumultos, tiranizando en la cristiandad con mayor crueldad que todos los Dionisios juntos tiranizaron en su tiempo; por cierto yo querria ser dos años Papa y no mas porque en estos yo pornia en orden en el Pontificado y lo haria tan ejemplo y regla de Cristo y de sus apóstoles que ninguno le viese que se quejase. Respondio el italiano: ¡ay, señor! por amor de Dios que no lleveis tal carga acuestas porque yo os doy mi fe que es la más incomportable que nunca hombres pudieron sufrir, ni tenga ninguno envidia á sus deleites ni banquetes y placeres, porque os doy mi fe que desde el Papa hasta el muy mísero sacristan viven en contina miseria y dolor; tomense para si sus placeres y pasatiempos los obispos si juntamente con ellos han de rezar por toda su familia, emitar á los apostoles en cuyo lugar vinieron á suceder y á lo qual cumplir con lo que denota su habito obispal; que aquella túnica blanca lavada, limpia, blanca, sin mácula hecha á ejemplo de pueblo (¹); ¿qué sinifica la mitra con dos cuernos si no el cuidado que han de tener en declarar al pueblo ambos testamentos Viejo y Nuevo? qué denotan los guantes limpios en sus manos? la administracion pura de los sacramentos; ¿qué los zapatos que le calzan en los pies? la vigilancia de su gley; ¿qué la cruz é báculo que le dan en la mano? la vitoria y triunfo de los humanos afetos; y lo mismo es al Cardenal; ¿no os pares-

ce que el que debe tener esto de contino en su pecho y consideracion que tiene trabajo? pues alléganse á esto otros dos mill embarazos de la vida que á un momento no le dejan descansar el ánima, porque la trae solicita en mill cuidados que le menoscaban la vida: la visitacion de su obispado, el examen de sus curas é beneficiados los quales han de encargar la administracion de su iglesia y ánimas de sus feligreses; la visitacion de los pobres y destribucion de sus bienes; aquel contino despachar negocios para la Corte romana é imperial, aquel asestir á pleitos que les ponen en las dinidades é pensiones; ¡oh Dios inmortal! pues tambien tienen ellos sus prestamos y censuras de las quales demandan prestados á nunca volver; pues ¿qué trabajo tienen en las judicaturas de todo el día, oyendo quejas é pleitos de agraviados; con todos ha de complir, á todos ha de responder, á todos ha de satisfacer, á ninguno ha de inviar quejoso, sino á todos contentos y satisfechos. Pues vengamos al descanso y deleite del Papa; por cierto si bien considerase su dolor y trabajo contino, no hay hombre de sano juicio que un dia le pudiese sufrir, ni aunque se le diesen con toda la posesion y mando de universo mundo no le querria tomar por un momento; mas la desordenada codicia que agora reina en nuestras ánimas causa en todos tan gran ceguedad que no hay quien mire con ojos libres su tan trabajada carga é la repudie y la eche de si; ¡óh! qué trabajo considerar que ya no se abscondan los hombres como hacian en otro tiempo los santos por no ser Pontífices, mas antes hay ya quien mucho antes que vaque lo negocia con sobornos inlícitos y si menester es con yerbas le aben (sic) antes, y que no hay uno en toda la cristiandad de quien se presuma que si se lo diesen no lo tomaria. Pues si se ponen á considerar que tiene el Papa las veces de Cristo y que está puesto en su lugar en el mundo y que le debe remedar y seguir en la pobreza, en los trabajos, en la dotrina, en la cruz, en el menosprecio del mundo, en las continas lágrimas, en los ayunos, en las oraciones, en los sospiros, en los sermones, en otras dos mill fatigas, decirme ¿quien le querrá? ¿quien le tomará? y esto no es nada en comparacion de lo que á esto se les allega: aquella guarda de tesoros; aquella conservacion de honras, aumentar las vitorias, acrecentar los oficios y multiplicar las dispensaciones, engrandecer las rentas, ensanchar las indulgencias, proveerse de caballos y mulas, de grandes familias y criados. que conoscer de nuevo tantos escritores, tantos notarios, tantos abogados. tantos fiscales, tantos secretarios, tantos caballerizos, tantos despenseros; á todos ha de mirar é favorescer, con todos ha de cumplir, á todos ha

(¹) Parece que falta algo en el manuscrito.

de pagar con proveer al uno el obispado, al otro el abadia, al otro el beneficio, al otro la canonjía, é la dinidad, por pagar sus servicios; pues ¿qué trabajo es el despachar cada día los indultos, las indulgencias, las compusiciones, las espetativas, los entredichos, las suspensiones, las citaciones y descomuniones? Por cierto que me paresce á mí que por penitencia no lo habia un bueno de tomar á cargo é ya no es tiempo sino que todos trabajen é ruegnen por el Pontificado, porque ya no es tiempo que los Papas hagan milagros como los santos lo hacian antiguamente, ni ya enseñan al pueblo porque es trabajoso, ni declararán las Sagradas Escrituras porque es de maestros de escuelas, ni lloran porque es de mujeres, ni consienten en su casa pobreza porque es gran miseria; procuran siempre vencer porque es gran vileza ser vencido; seguir la cruz es gran infamia; huir cuanto pueden de la muerte porque les es el morir muy amargo. Pues si algunos soberbios papas acaesce predominar en la monarquia del mundo, ¡oh! Dios inmortal, qué trabajo incomplensible tienen en conservar su ruin vida con sus odios, enemistades é sediciones; para salir con su tirania hacen grandes ligas con soldados, con tiranos y robadores, los cuales les hagan espaldas y los favorezcan y defiendan, y para estas cosas echan susidios, bulas, indulgencias y préstamos; vereislos tan solícitos y tan cuidadosos en recatarse de todos, en no se fiar de alguno; todos le son enemigos y le cavilan la vida; uno le da el veneno; otro le procura matar porque suceda su patron; ¡oh! qué trabajo, ¡oh! qué fatiga, ¡oh! qué curiosidad vana, ¡oh! qué costosa vida, ¡oh! qué desabrida muerte, ¡oh! qué infernar de ánima é martirizar del cuerpo; de verdad os digo, señor, y creame quien quisiere, que no tengo mas que os decir sino que me quiero ser mas esto poco que me soy con no tener más cargo de mi, ni de más tengo de dar cuenta á Dios que ser cualquiera destos papas que agora se ofrecen, porque con sus trabajos é cuidados yo no podía mucho vivir; tómelo quien quisiere que ni á mi me lo dan, ni yo lo demando, ni yo lo querria. Como el italiano acabó su tragedia dijo mi amo: por Dios, señor, que tencis mucha razon; que es gran trabajo su vida; buena sin alguna comparacion; si la hacen mala porque viven siempre en sobresalto y desasosiego, muriendo siempre sin nunca vevir. Estas cosas y otras semejantes iban [pa]sando tiempo por aquella floresta y ya iba calentando el sol, por lo cual procuraron darse alguna priesa por llegar á comer á un lugar que cerca estaba.

Micillo.—Admirado me tienes ¡oh! fortunuoso Pitágoras con tan inumerables trabajos y tan bien representados que con mis mismos ojos me los haces ver; basta que me pensaba

yo que esos grandes Pontífices se tenian la suprema felicidad, porque pensaba yo que los grandes Pontífices junto con los grandes tesoros y riquezas y el gran mando no tenian que desear otra cosa alguna. Agora que tengo visto su dolor paresceme que ellos viven en el estado mas misero de los mortales. Prosigue por amor de mi y acaba tu tragedia como mientras fueste asno, ¿que te sucedio?

Gallo.—Pues llegado al lugar, lo primero que se proveyó en entrando en la posada fue dar á nosotros las bestias de comer; fueron luego muy llenos los pesebres, donde matamos nuestra hambre del caminar; despues se salieron ellos á un portal fresco donde con mucho placer les aparejan su comer; por estar yo lejos de su mesa y porque venia causado no oi nada de lo que en la mesa pasó; mas despues que todos hubimos reposado y que fue caida la siesta despedieronse los italianos de nosotros diciendo que iban por otro camino á su tierra, demandada licencia de los compañeros, saludandose se fueron con Dios; nosotros tambien, pagada la huéspeda, comenzamos nuestro camino. Pierres, que ansi se llamaba uno de los dos mis amos dijo á Perequin que ansi se llamaba el otro: hermano Perequin, si mi juicio no me engaña en pronosticar...

CAPITULO XIX

Que cuenta en pronosticar y lo de los agüeros; cosa de notar.

Estoy turbado de una cierta ave que agora voló y vengo á conjeturar que nos ha de suceder en esta noche algun enojoso acontescimiento, por lo cual encomendemonos á Dios y aparejemonos á padescer, pues no se puede escusar. Perequin, se rió mucho burlando de Pierres; y dijo: por Dios que me maravillo de tí que con todo tu saber des crédito á liviandades tan sin razon, y si en agüeros crees nunca harás cosa buena, porque si viendo esas vanidades esperas á ver si aciertan ó no, agora por temor, agora por engaño del demonio puedes peligrar en tu salud, por lo cual te ruego que depongas de tu pecho esta tu errada opinion y no le des alguna fe, porque permitirá Dios que acaezca el mal pronosticado por castigar tu yerro y no porque de alli hubiese de suceder necesariamente. Respondio Pierres: más me maravillo yo de tí, porque me quieres convencer que sea arte de vanidad, pues en todos los acaescimientos pronosticados he hallado que vengan á suceder segun é como yo los he agüerado; y no pienses que lo supe de mi, que mucho trabajo me costó á la deprender de grandes sabios que me la enseñaron; y cree tú que tiene gran fundamento, pues todos los sabios antiguos mentan que tenian en suprema veneracion y le daban tanta fe como á los muy dinos oráculos de su Dios, pronosticaban de cosas acaescidas de improviso, agora en cuerpos muertos de animales sacrificados á sus dioses, agora de vuelo a graznido de las aves, y convenciales á lo creer las grandes experiencias que se les ofrecian, como fue lo que cuentan de Julio Cesar, qu'el primero día que se asentó en la silla imperial sacreficó un buey á Júpiter y abriendole fue hallado sin corazon, de lo qual los agüeros pronosticaron tristemente y le señalaron todo el mal, lo qual así ha sucedido, que de veinte é tres puñaladas fue muerto en el senado. Y tambien leemos que Cayo Claudio é Lucio Petilio cónsules sacreficaron como lo habian de costumbre á los dioses, y en matando el buey ante las aras le sacaron el corazon, el qual de improviso se corrompio de podre, por lo qual los agüeros venieron á pronosticar triste suceso en sus muertes, á los cuales dijeron que moririan muy breve; é ansi fue, que no mucho tiempo murio Claudio Cayo de una grave enfermedad y Petilio en la guerra. Como Antioco rey de Siria tuviese guerra con los partos acontecio que estando en el real hizo una golondrina nido en su mismo pavellon, de lo qual los agüeros denunciaron mal suceso de la batalla, y así fue, que en el comitimiento de los ejércitos fue muerto el rey Antioco y todo desbaratado y perdido. Otros muchos enjemplos de las historias notables te pudiera yo agora traer para corroboracion de que fue creida mi verdad; mas pues tu pertinacia me lo ha todo de destruir, aguardemos á lo que hubiere de acaescer. Luego le respondió Perequin: por hombre para poco me tienes si confiando en Dios no te convenciere á que creas sin hacerme algun perjuicio tus argumentos ser falsos y diabólico y vano el agorar; yo te probaré que estos sus acaescimientos no pueden ser causa ni ocasion para que dellos se pudiese pronosticar lo que está por venir, y porque no parezca que mi persuacion procede sin autoridad, sabras que se lee en los Proverbios del sapientísimo Salomon que no queramos ser como los hombres mintirosos que se mantienen de viento y dan credito á las aves que vuelan, porque en la verdad gran liviandad es seguir cosa tan incierta y cosa que nunca se puede saber; [de] sentencia de tanta autoridad se puede colegir la vana supersticion que está en esta ciencia; despues desto quiero que vengamos á considerar cuanta fuerza é sustentacion de las aves é cualesquiera otros brutos en el ser y obras del hombre: de las unas aves con su canto ó con su vuelo o chellido; los brutos con sus corporales disposiciones de corazon ó bazo, para que señalen lo que nos ha

de acaescer, y porque tú y cuantos nascieron mejor se pueden convencer, vengamos á la razon natural que muestra mi entencion. A todos es notorio que los brutos animales tan solamente se mueven por un sentido aquello que de presente le es y solo se aplican aquello que ante si tienen, sin consideracion de lo que en ausencia les está. E ansi todas las aves se mueven su cuerpo, alas é pies por solo impeto de su naturaleza, por hacer cualquiera ejercicio, como para hablar, para comer ó cantar, sin ser de otra parte costreñidos á ello é sin primero lo pensar que lo salgan hacer; pues esto es ansi ¿quien será tan falto de saber que pueda afirmar que las aves con su vuelo ora en la mano diestra ó siniestra cantan ó no, que senifica en nuestras obras bien ó mal? si con hambre comen ¿qué tienen que hacer si yo moriré? y si con sed beban ¿qué tiene que hacer? y si comiendo algo se les caiga del pico, ¿qué convenencia tiene con si me sucederá prósperamente un viaje? ¿qué razon lleva que los hombres veneren todas las obras y movimientos de los brutos y tengan por muy cierto que todo aquello les convenga que ellos de su libre albedrio han de hacer? por cierto gran bajeza. Y despues pensar que Dios onipotente hiciese un tan perfeto animal como es el hombre y de tan alto intendimiento que conosciese lo que estaba por venir por las obras de las miserabres avecicas y de brutos sin uso de razon, las quales como ellas mesmas comienzan á volar no saben donde van ni qué les pueda suceder, pues cuanto ellas en este caso puedan muy bien nos lo mostró Mosolamon indio, hombre de muy iminente saber é industria de la guerra, de muy facunda prudencia; de aqueste leemos que siguio á los griegos y macedones despues de la muerte de Alejandro, y como un día fuese con él al ejército é por el camino acaesciese que se puso un ave en un arbol é como los agoreros la viesen comenzaron agorar sobre si debian de pasar adelante; paró alli el Mosolamo como los vio en esta disputa, tomó el arco y mató el ave, burlando de la veneracion del agorar; y como el agorero mayor lo vio entristeciose mucho, é alzando Mosolamo el ave del suelo dijo ansi: decir porque os acelereis; nunca esta ave supiera lo que nos habia de acaescer pues de si misma no supo procurando por su salud, pues inorante de su muerte se puso en el arbol para que la matase yo, mal podria saber nuestro mal ó bien acaescimiento; ansi que de todo esto se puede muy bien deducir la vanidad del agorar de las aves é brutos cualesquiera é de cualesquiera otros acontecimientos que se puedan ofrecer, como varonilmente nos lo mostró aquel glorioso y felice gran capitan español Gonzalo Hernandez de Córdoba, varon que despues que la fama lo conoscio solo él quiso, no César inmortal, porque aunque muerto, la eternal memoria de sus buenos hechos le hace revivir; fue en fin tal que si le alcanzaran los gentiles que á Aquiles y á Mares y á Palas hicieron sacreficio, á este sin controversia le adoraran todos por Dios. Leemos dél que estando aparejado en Nápoles para acometer con su ejército gran compañía de enemigos acaescio por mal recado se les prendio la polvora de la artilleria, y entristeciéndose toda la gente teniendolo por mal agüero, salió ante todos con gran ánimo diciendo: no desmaye nadie, caballeros; esforzad el corazon, que estas almenares (*sic* por luminarias) son de nuestra vitoria; y diciendo esto los esforzó tanto para acometer que brevemente destruyó los enemigos. Convencido me estoy yo bastante á creer que todo género de agorar sea vano y de ninguna certedumbre, ni sé mas de que el demonio nos quiere engañar con hacernos entender que todo sea ansi como nos lo muestra y trabaja con toda su industria que suceda aquello que nos mostró ó que pronosticaron del vuelo del ave, ó de cualquiera otra cosa, y esto aunque nunca hubiera de acontecer, porque solamente le creais; y agora me temo yo, señor Pierres, que pirmitirá Dios que nos suceda el mal que vos habeis agorado, por castigaros el yerro que cometisteis en dar crédito á cosa tan vana y tan errada, la qual es de pura industria y engaño del demonio y no porque creo que hubiese ansi de acaescer. Pierres quedó convencido y atemorizado con el miedo que lo puso Perequin de parte de Dios porque daba crédito al agorar; y así razonando fueron toda la tarde en esta materia hasta que llegamos á una aldea de pocos vecinos.

MICILLO.—Pues, tú Pitágoras, ¿porque no disto en aquel arte tu parescer, que bien se te entendia, pues fueste discípulo de los magos?

GALLO.—Porque mientras fue asno no pude hablar. Como fuemos llegados á la aldea aparejóse la cena, porque llegamos tarde é despues de haber cenado fuéronse mis amos á reposar y sosegose la casa. Sucedio que junto á la media noche, en lo mas sabroso del sueño, entran en casa unos ladrones y roban las arcas del huéspede, que era rico, y levantados con la presa porque no lo podian levar acuestas, vienen al establo y tomanme á mí para que mis hombros lo lieven, y como vieron que tenían cogido quien lo levase sin trabajo suyo, tornaron á hurtar, doblado y cargaronme de aquellos tesoros y buena ropa una carga que no la levaran dos como yo, y abiertas las puertas sin ser sentidos me sacaron fuera del lugar. Tenian su vivienda en una cueva que habian hecho cinco millas de aquella aldea y habiamos de pasar un rio para ir allá por un vado, y como los ladrones vinie-

sen tan alegres con su priesa y fuese algo oscura la noche, perdieron el vado, y llegados al rio, confiando en que yo pasaria delante aguijáronme para que pasase y en entrando no muy lejos de la orilla, lance los pies y las manos en un tremadal, y como el agua era alta luego me ahogué y la hacienda todo se perdio sin poder cobrar nada.

CAPITULO XX

Como fue convertido en rana y lo que le sucedio de allí.

GALLO.—Yo ahogado á la verdad no me pesó, por dejar tanto trabajo y mala compañia que me llevaba. Plugo á Dios que me dieron por complida la penitencia por las deudas de Epulon é fui convertido allí en rana.

MICILLO.—Cuentame ¡oh Pitágoras! qué vida hacias cuando eras rana.

GALLO.—Muy buena, porque luego hice amistad con todos los géneros de peces que allí andaban é todos me trataban bien; mi comer era de las ovas del rio, é salida á la orilla saltando y holgando con mis compañeras pasciamos unas yerbecitas delicadas é tiernas que eran buenas para nuestro comer; no teníamos fortuna, ni fuego ni tempestad ni otro género de acaescimiento que nos perjudicase. Pasado ansi algun tiempo...

CAPITULO XXI

Como fue convertido en ramera mujer llamada Clarichea.

Pasado así algun tiempo en aquel rio fue convertido en Clarichea, ramera famosa.

MICILLO.—¡Oh! qué admirable transformacion; de asno en rana; de rana en ramera galana.

GALLO.—Pues quién bastara á te contar lo que siendo rana me acontecio y siendo ramera la solicitud que tenía, si no fuera por sernos ya el dia tan cercano para te lo contar muy por extenso, el qual no me da lugar; y aquel cuidado que tenía de en adquerir los enamorados y el trabajo que sufria en conservar los servidores y el astucia con que los robaba su moneda; aquella manera de los despedir y aquella industria de los volver y el contino hastío que tenia de mis afeites y composturas de atavíos y el martirio que pasaba mi rostro y manos con las mudas; aquel sufrir de pelar las cejas, que con cada pelo que sacaba se me arrancaba el alma de dolor, y con los afeites y adobos, pues todo mi cuerpo con los baños y ungüentos y otras muchas cosas que aplaciese á todos los que me querian; y aquel sufrir de malas noches y malos días, no tengo ya fuerza para te lo contar por extenso. Despues...

CAPITULO XXII

Como fue convertido en gañan del campo y como servio á un avariento y despues fue tornado pavon é otras muchas cosas.

Despues desto fue convertido en gañan del campo, adonde de contino con mucho trabajo sin reposo ninguno ni nunca entrar en poblado pasaba muy triste vida. Vine á servir y ser criado de un mísero avariento que me mataba de hambre, de lo cual no te doy entera cuenta lo que en este caso me sucedio, y fue transformado en pavon y agora gallo. ¡Oh! Micillo, si particularmente te hobiese de decir la vida y trabajos que he pasado en cada uno destos míseros estados no bastarían cien mill años que no hiciese sino contártelo. Por eso ya viene la mañana, por lo qual quiero concluir porque vayas al trabajo, porque en esperanza de tu sue-ño no moramos de hambre, que creo que desde las diez encomenzamos la prática sin nada nos estorbar y son dadas cinco horas.

Micillo.—Admirado me tienen los trabajos desta vida, ¡oh Gallo! Pues dime ahora lo que me prometiste, que deseo mucho saber: ¿cual estado te paresció mejor?

Gallo.—Entre los brutos cuando era rana; entre los hombres siendo un pobre hombre como tú, porque tú no tienes que temer próspera ni adversa fortuna, ni te pueden perjudicar, no estás á la luz del mundo porque nadie te calunie; solo vives sin perjuicio de otro, comiendo de tu sudor ganado á tu placer, sin usuras ni daño de tu ánima; duermes sueño seguro, sin temer que por tu hacienda te hayan de matar ni robar; si hay guerra no hacen cuenta de tí; si préstamos ó censuras no temes que te ha de caber nada. En conclusion que bienaventurado el que vive en pobleza si es prudente en la saber sollevar.

Micillo.—¡Oh! mi buen Gallo, yo conozco que tienes mucha razon y pues es venido el día quiero ir al trabajo y por el buen consuelo que me has dado en tu comer te lo agradeceré, como por la obra lo verás. Quédate con Dios, que yo me voy á trabajar.

FIN DEL DIALOGO DE LAS TRANSFORMACIONES

EL CROTALON

DE

CHRISTOPHORO GNOSOPHO

Natural de la ínsula Eutrapelia, una de las ínsulas Fortunadas.

PROLOGO DEL AUCTOR

AL LECTOR CURIOSO

Porque cualquiera persona en cuyas manos cayere este nuestro trabajo (si por ventura fuere digno de ser de alguno leydo) tenga entendida la intincion del auctor, sepa que por ser enemigo de la oçiosidad, por tener esperiençia ser el oçio causa de toda maliçia; queriendose ocupar en algo que fuesse digno del tiempo que en ello se pudiesse consumir; pensó escreuir cosa que en apazible estilo pudiesse aprouechar. Y ansi imaginó como debajo de vna corteza apazible y de algun sabor diesse á entender la maliçia en que los hombres emplean el dia de oy su viuir. Porque en ningun tiempo se pueden más á la verdad que en el presente verificar aquellas palabras que escriuió Moysen en el Genessi (¹): «Que toda carne mortal tiene corrompida y errada la carrera y regla de su viuir». Todos tuerçen la ley de su obligaçion. Y porque tengo entendido el comun gusto de los hombres, que les aplaze más leer cosas del donayre; coplas, chançonetas y sonetos de plazer, antes que oyr cosas graues, prinçipalmente si son hechas en reprehension, porque á ninguno aplaze que en sus flaquezas le digan la verdad; por tanto procuré darles esta manera de doctrinal abscondida y solapada debajo de façeçias, fabulas, nouelas y donayres: en los quales tomando sabor para leer vengan á aprouecharse de aquello que quiere mi intinçion. Este estilo y orden tuuieron en sus obras muchos sabios antiguos endereçados en este mesmo fin; Como Ysopo y Caton, Aulo gelio, Juan bocacio, Juan pogio florentin; y otros muchos que seria largo contar. Hasta Aristoteles, Plutarco, Platon. Y

(¹) Nota al margen: genes. cap. 6.

Cristo enseñó con parábolas y exemplos al pueblo y á sus discipulos la dotrina celestial. El título de la obra es Crotalon (¹): que es vocablo griego; que en castellano quiere decir; *juego de sonajas, ó terreñuelas*, conforme á la intinçion del auctor.

Contrahaze el estilo y inuençion de Luçiano; famoso orador griego en el su gallo: donde hablando vn gallo con vn su amo çapatero llamado Miçilo reprehendió los viçios de su tiempo: y en otros muchos libros y dialogos que escriuió. Tambien finge el auctor ser sueño imitando al mesmo Luçiano que al mesmo dialogo del gallo llama sueño. Y hazelo el auctor porque en esta su obra pretende escreuir de diuersidad de cosas y sin orden: lo qual es proprio de sueño: porque cada vez que despierta tornandose á dormir sueña cosas diversas de las que antes soñó. Y es de notar que por no ser traduçion a la letra ni al sentido le llama contrahecho: porque solamente se imita el estilo. Llama a los libros o diversidad de dialogos, canto: porque es lenguage de gallo cantar. O porque son todos hechos al canto del gallo en el postrero sueño a la mañana: donde el estomago hace la verdadera digestion: y entonces los vapores que suben al çerebro causan los sueños: y aquellos son los que quedan despues. En las transformaciones de que en diuersos estados de hombres y brutos se escriuen en el proceso del libro imita el auctor al heroico poeta Ouidio en su libro del Methamorphoseos: donde el poeta finge muchas transformaciones de vestias, piedras y arboles en que son conuertidos los malos en pago de sus viçios y peruerso viuir.

En el primero canto el auctor propone de lo

(¹) Nota al margen. Crotalon idem est quod instrumentum musicum quo in deorum ceremoniis vtebantur antiqui.

que ha de tratar en la presente obra: narrando el primer nacimiento del gallo, y el suceso de su vida.

En el segundo canto el auctor imita á Plutarco en vn dialogo que hizo entre Ulixes y vn griego llamado grilo: el qual hauia cyrçes conuertido en puerco: y no quiso ser buelto a la naturaleza de hombre, teniendo por mas feliçe el estado y naturaleza de puerco. En esto el auctor quiere dar a entender que quando los hombres estan ençenagados en los vicios, y principalmente en el de la carne son muy peores que brutos. Y avn hay muchas fieras que sin comparaçion los exceden en el vso de la virtud.

En el terçero y quarto cantos el auctor trata vna mesma materia: porque en ellos imita a Luçiano en todos sus dialogos: en los quales siempre muerde a los philosophos y hombres religiosos de su tiempo.

Y en el quarto canto espresamente le imita en el libro que hizo llamado Pseudomantis: en el qual descriue marauillosamente grandes tacañerias, embaymientos y engaños de vn falso religioso llamado Alexandro: el qual en Maçedonia (Traçia), Bitinia y parte de la Asia fingio ser propheta de esculapio, fingiendo dar respuestas ambiguas y industriosas para adquirir con el vulgo credito y moneda.

En el quinto, sexto y septimo cantos el auctor debajo de una graçiosa historia imita la parabola que Cristo dixo por san Lucas en el capitulo quinze del hijo prodigo. Alli se verá en agraciado estilo vn viçioso mancebo en poder de malas mugeres, bueltas las espaldas a su honra, a los hombres y a dios, disipar todos los doctes del alma que son los thesoros que de su padre dios heredó, y veráse tambien los hechizos, engaños y encantamientos de que las malas mugeres usan por gozar de sus laçinos deleites por satisfacer a sola su sensualidad.

En el octauo canto por auer el auctor hablado en los cantos preçedentes de los religiosos, prosigue hablando de algunos intereses que en daño de sus conciencias tienen mugeres que en titulo de religion estan en los monesterios dedicadas al culto divino (¹). Y en la fabula de las ranas imita a Homero.

En el nono y decimo cantos el auctor imitando a Luçiano en el dialogo llamado Toxaris en el qual trata de la amistad. El auctor trata de dos amigos fidelissimos, que en casos muy arduos aprobaron bien su intincion y en Roberto y Beatriz imita el auctor la fuerça que hizo la muger de Putifar a Joseph.

En el honceno canto el auctor imitando a

(¹) En el códice que fué de Gayangos se añade, á modo de aclaración, *monjas*.

Luçiano en el libro que intituló de luctus, habla de la superfluidad y vanidad que entre los cristianos se acostumbra hazer en la muerte entierro y sepultura, y descriuesse el entierro del marques del Gasto Capitan general del Emperador en la ytalia: cosa muy de notar.

En el duodeçimo canto el auctor imitando a Luçiano en el dialogo que intituló Icaromenipo finge subir al cielo y descriue lo que allá vio açerca del asiento de dios, y orden y bienauenturança de los angeles y santos y de otras muchas cosas que agudamente se tratan del estado celestial.

En el deçimo terçio canto prosiguiendo el auctor la subida del cielo finge auer visto en los ayres la pena que se da a los ingratos y hablando marauillosamente de la ingratitud cuenta vn admirable acontecimiento digno de ser oydo en la materia.

En el deçimo quarto canto el auctor concluye la subida del cielo: y propone tratar la bajada del infierno declarando lo que acerca del tuuieron los gentiles: y escriuieron sus historiadores y poetas.

En el deçimo quinto y deçimo sexto cantos imitando el auctor á Luçiano en el libro que intituló Necromançia finge desçender al infierno, donde descriue las estancias, lugares y penas de los condenados.

En el deçimo sexto canto el auctor en Rosicler hija del Rey de Syria descriue la feroçidad con que vna muger acomete qualquiera cosa que le venga al pensamiento si es lisiada de vn lasçiuo interes. y concluye con el desçendimiento del infierno imitando a Luçiano en los libros que varios dialogos intituló.

En el deçimo septimo canto el autor sueña auerse hallado en vna missa nueua: en la qual descriue grandes acontecimientos que comunmente en semejantes lugares suelen passar entre sacerdotes.

En el deçimo octauo canto el auctor sueña vn acontecimiento graçioso: por el qual nuestra los grandes daños que se siguen por faltar la verdad del mundo dentre los hombres.

En el decimo nono canto el auctor trata del trabajo y miseria que hay en el palacio y servicio de los principes y señores, y reprehende á todos aquellos que teniendo algun offiçio en que ocupar su vida se privan de su bienaventurada libertad que naturaleza les dió, y por vivir en vicios y prefanidad se subjetan al servicio de algun señor (¹).

En el vigesimo y vltimo canto el auctor describe la muerte del gallo.

(¹) En el códice de Gayangos esta rúbrica está muy abreviada: «y reprehende a aquellos que pudiendo ser señores, viviendo de algun offiçio, se privan de su libertad»

SIGUESSE EL «CROTALON DE CHRIS-
TOPHORO GNOSOPHO:» EN EL QUAL
SE CONTRAHAZE EL SUEÑO, O GA-
LLO DE LUÇIANO FAMOSO ORADOR
GRIEGO.

ARGUMENTO

DEL PRIMER CANTO DEL GALLO

En el primer canto que se sigue el auctor propone lo que ha de
tratar en la presente obra: narrando el primer naçimiento
del gallo y el suceso de su vida.

DIALOGO.—INTERLOCUTORES

MIÇILO çapatero pobre y vn GALLO suyo.

O líbreme Dios de gallo tan maldito y tan
bozinglero. Dios te sea aduerso en tu deseado
mantenimiento, pues con tu ronco y importuno
Lozear me quitas y estorbas mi sabroso y bienauenturado sueño, holganza tan apazible de
todas las cosas.

Ayer en todo el dia no leuanté cabeça trabajando con el alesna y cerda: y avn con dificultad es passada la media noche y ya me desaso-
siegas en mi dormir. Calla, sino en verdad que
te dé con esta horma en la cabeça; que mas
prouecho me harás en la olla quando amanezca,
que hazes ay bozeando.

GALLO.—Marauíllome de tu ingratitud, Miçilo, pues a mi que tanto prouecho te hago en
despertarte por ser ya hora conveniente al trabajo, con tanta cólera me maldizes y blasfemas.
No era eso lo que ayer dezias renegando de la
pobreza, sino que querias trabajar de noche y
de dia por auer alguna riqueza.

MIÇILO.— O Dios inmortal, ¿qué es esto que
oyo? ¿El gallo habla? ¿Qué mal aguero o monstruoso prodigio es este?

GALLO.—¿Y deso te escandalizas, y con
tanta turbasion te marauillas, o Miçilo?

MIÇILO.-¿Pues, cómo y no me tengo de
marauillar de vn tan prodigioso acontecimiento?
¿Qué tengo de pensar sino que algun demonio
habla en ti? Por lo qual me conuiene que te
corte la cabeça, porque acaso en algun tiempo
no me hagas otra mas peligrosa ylusion. ¿Huyes? ¿Por qué no esperas?

GALLO.—Ten paçiençia, Miçilo, y oye lo que
te diré: que te quiero mostrar quán poca razon
tienes de escandalizarte, y avn confio que despues no te pessará oyrme.

MIÇILO.—Agora siendo gallo, dime ¿tu
quién eres?

GALLO. - ¿Nunca oyste dezir de aquel gran
philosopho Pithagoras, y de su famosa opinion
que tenia?

MIÇILO.—Pocos çapateros has visto te en-

tender con filosofos. A mi alo menos, poco me
vaga para entender con ellos.

GALLO.—Pues mira que este fué el hombre
mas sabio que huuo en su tiempo, y este afirmo y tuvo por çierto que las almas despues de
criadas por Dios passauan de cuerpos en cuerpos. Probaua con gran efficaçia de argumentos:
que en qualquiera tiempo que vn animal muere,
está aparejado otro cuerpo en el vientre de alguna hembra en dispusiçion de reçibir alma, y
que a este se passa el alma del que agora murió. De manera, que puede ser que una mesma
alma auiendo sido criada de largo tiempo haya
venido en infinitos cuerpos, y que agora quinientos años huuiese sido rey, y despues vn miserable azacan (¹), y ansi en vn tiempo vn hombre sabio, y en otro vn neçio, y en otro rana, y
en otro asno, cauallo o puerco. ¿Nunca tu oyste
dezir esto?

MIÇILO.- Por çierto, yo nunca oy cuentos
ni musicas mas agraçiadas que aquellas que hazen entre si quando en mucha priesa se encuentran las hormas y charanbiles con el tranchete.

GALLO.—Ansi parece ser eso. Porque la
poca esperiençia que tienes de las cosas te es
ocasion que agora te escandalizes de ver cosa
tan comun a los que leen.

MIÇILO.—Por çierto que me espantas de
oyr lo que dizes.

GALLO.—Pues dime agora, de dónde piensas que les viene á muchos brutos animales hazer cosas tan agudas y tan ingeniosas que avn
muy enseñados hombres no bastaran hazerlas?
¿Qué has oydo dezir del elefante, del tigre, le-
brel y raposa? ¿Que has visto hacer a vna mona, que se podria dezir de aqui a mañana? Ni
habrá quien tanto te diga como yo si el tiempo
nos diesse a ello lugar, y tú tuuieses de oyrlo
gana y algun agradeçimiento. Porque te hago
saber que ha mas de mil años que soy criado
en el mundo, y despues acá he viuido en infinitas differençias de cuerpos, en cada vno de los
quales me han acontecido tanta diuersidad de
cuentos, que antes nos faltaria tiempo que me
faltasse a mi que dezir, y a ti que holgasses
de oyr.

MIÇILO.—O mi buen gallo, qué bienauenturado me seria el señorio que tengo sobre ti, si
me quissieses tanto agradar que con tu dulce
y sabrosa lengua me comunicasses alguna parte de-los tus fortunosos acontecimientos. Yo te
prometo que en pago y galardon de este inex-
timable seruiçio y plazer te dé en amaneçiendo
la raçion doblada, avnque sepa quitarlo de mi
mantenimiento.

GALLO.—Pues por ser tuyo te soy obligado
agradar, y agora más por ver el premio reluzir.

(¹) En el códice de Gayangos *aguadero.*

Miçilo.—Pues, aguarda, ençenderé candela y ponermehe a trabajar. Agora comiença, que oyente tienes el mas obediente y atento que nunca a maestro oyó.

Gallo.—O dioses y diosas, favoreced mi flaca y dezlenable memoria.

Miçilo.—¿Qué dizes? ¿Eres hereje ó gentil, cómo llamas á los dioses y diosas?

Gallo.—Pues, cómo y agora sabes que todos los gallos somos françeses como el nombre nos lo dize, y que los françeses hazemos deso poco caudal? Principalmente despues que hizo liga con los turcos nuestro Rey, truxolos alli, y medio proffesamos su ley por la conuersaçion (1). Pero de aqui adelante yo te prometo de hablar contigo en toda religion.

Miçilo.—Agora pues comiença, yo te ruego, y has de contar desde el primero dia de tu ser.

Gallo.—Ansi lo haré; tenme atençion, yo te diré cosas tantas y tan admirables que con ningun tiempo se puedan medir, y sino fuese por tu mucha cordura no las podrias creer. Dezirte he muchos acontecimientos de grande admiraçion, verás los honbres conuertidos en vestias, y las vestias conuertidas en honbres y con gran façilidad. Oyrás cautelas, astuçias, industrias, agudeças, engaños, mentiras y trafagos en que a la contina enplean los honbres su natural, verás en conclusion como en vn espejo lo que los honbres son de su natural inclinaçion, por donde juzgarás la gran liberalidad y misericordia de Dios.

Miçilo.—Mira, gallo, bien, que pues yo me confio de ti, no piensses agora con arrogançias y soberuia de eloquentes palabras burlar de mi contándome tan grandes mentiras que no se puedan creer, porque puesto caso que todo me lo hagas con tu eloquençia muy claro y aparente, auenturas ganar poco interes mintiendo a vn honbre tan bajo como yo, y hazer injuria a ese filosofo Pithagoras que dizes que en otro tiempo fueste y al respeto que todo honbre se deue á si. Porque el virtuoso en el cometimiento de la poquedad no ha de tener tanto temor a los que la verán, como a la verguença que deue auer de si.

Gallo.—No me marauillo, Miçilo, que temas oy de te confiar de mi que te diré verdad por auer visto una tan gran cosa y tan no vsada ni oyda de ti como ver vn gallo hablar. Pero mira bien que te obliga mucho, sobre todo lo que has dicho, a me creer, considerar que pues yo hablé, y para ti que no es pequeña muestra de deydad, a lo qual repugna el mentir; y ya quando no

me quisieres considerar mas de gallo confia de mi, que terné respecto al premio y galardon que me has prometido dar en mi comer, porque no quiero que me acontezca contigo oy lo que aconteçio a aquel ambicioso musico Euangelista en esta ciudad. Lo qual por te hazer perder el temor quiero que oyas aqui. Tu sabras que aconteçio en Castilla vna gran pestelençia, (año de 1525 fue esta pestelençia) (1) que en un año entero y más fue perseguido todo el Reyno de gran mortandad. De manera que en ningun pueblo que fuesse de algunos vezinos se sufria viuir, porque no se entendia sino en enterrar muertos desde que amanecia hasta en gran pieza de la noche que se recogian los honbres descansar. Era la enfermedad un genero de postema naçida en las ingles, sobacos ó garganta, a la qual llamaban landre. De la qual siendo heridos suçedia vna terrible calentura, y dentro de veynte y cuatro horas heria la postema en el coraçon y era çierta la muerte. Conuenia huyr de conuersaçion y compañia, porque era mal contagioso, que luego se pegaua al ayuntamiento de gentes, y ansi huyan los ricos que podian de los grandes pueblos a las pequeñas aldeas que menos gente y congregaçion huuiesse. Y despues se defendia la entrada de los que viniessen de fuera con temor que trayendo consigo el mal corrompiesse y contaminasse el pueblo. Y ansi aconteçia que el que no salia temprano de la ciudad juntamente con sus alhajas y hazienda; si acaso saliese algo tarde, quando ya estaua ençendida la pestelençia andaua vagando por los campos porque no le querian acoxer en parte alguna, por lo qual suçedia morir por alli por mala prouision de hambre y miseria corridos y desconsolados. Y lo que más era de llorar, que puestos en la neçesidad los padres, huyan dellos los hijos con la mayor crueldad del mundo, y por el semejante huyan dellos los padres por escapar cada qual con la vida. Y suçedia que por huyr los sacerdotes el peligro de la pestelençia, no auia quien confesasse ni administrasse los sacramentos, de manera que todos morian sin ellos, y en el entierro, o quedauan sin sepoltura, o se echauan veynte personas en una. Era, en suma, la mas trabajada y miserable vida y infeliz que ninguna lengua ni pluma puede escriuir ni encareçer. Teniasse por conueniente medio, do quiera que los honbres estauan exerçitarse en cosas de alegria y plazer, en huertas, rios, fuentes, florestas, xardines, prados, juegos, bayles y todo genero de regoçijo; huyendo a la contina con todas sus fuerças de qualquiera ocasion que los

---

(1) En el códice de La Romana se añade, á modo de apostilla, pero de la misma letra: «y agora que son lutheranos no diffieren de la gentilidad».

(1) La indicación del año que parece un paréntesis está en el códice de Gayangos, pero falta en el de La Romana.

pudiesse dar tristeza y pesar. Agora quiero te dezir vna cossa notable que en esta nuestra çiudad passó; y es que se tomó por ocupacion y exerçiçio salutifero y muy conueniente para euitar la tristeza y ocasion del mal hazer en todas las calles, passos, o lo que los antiguos llamaron palestras o estadios, y porque mejor me entiendas digo que se hazian en todas las calles vnos palenques que las cerrauan con vn seto de madera entretexida arboleda de flores, rosas y yeruas muy graciosas, quedando sola vna pequeña puerta por la qual al principio de la calle pudiessen entrar, y otra puerta al fin por donde pudiessen salir, y alli dentro se hazia vn entoldado talamo (¹) o teatro para que se sentassen los juezes, y en cada calle auia vn juego particular dentro de aquellos palenques o palestras. En vna calle auia lucha, en otra esgrima, en otra dança y bayle; en otra se jugauan virlos, saltar, correr, tirar barra; y a todos estos juegos y exerçiçios hauia ricas joyas que se dauan al que mejor se exercitasse por premio, y ansi todos aqui venian a lleuar el palio, o premio ricamente vestidos (²) o disfraçados que agradaban (³) mucho a los miradores y adornauan la fiesta y regocijo. En vna calle estaua hecho vn palenque de mucho más rico, hermoso y apazible aparato que en todas las otras. Estaua hecho vn seto con muchos generos y diferencias de arboles, flores y frutas, naranjos, camuessos, çiruelas, guindas, claveles, azucenas, alelies, rosas, violetas, marauillas y jazmines, y todas las frutas colgauan de los arboles que juzgaras ser alli naturalmente nacidas (⁴). Auia a vna parte del palenque vn teatro ricamente entoldado, y en él auia vn estrado: debajo de vn dosel de brocado estauan sentados Apolo y Orfeo prinçipes de la musica de bien contrahechos disfrazes. Tenia el vno dellos en la mano vna bihuela, que dezian auer sido aquella que hubieron los insulanos de Lesbos; que yua por el mar haziendo con las olas muy triste musica por la muerte de su señor Orpheo quando le despedaçaron las mujeres griegas, y cortada la cabeça juntamente con la vihuela la echaron en el Negro Ponto, y las aguas del mar la lleuaron hasta Lesbos, y los insulanos la pusieron en Delphos en el templo de Apolo, y de alli la truxieron los desta çiudad para esta fiesta y desafio (⁵). Ansi dezian estos juezes que la darian por premio y galardon al que mejor can-

(¹) Falta la palabra *tálamo* en el códice de La Romana.
(²) En el códice de La Romana *ataviados*.
(³) En el mismo códice *agraciaban*.
(⁴) En el códice de Gayangos dice sólo que «colgaban de los ramos».
(⁵) En la Romana «y de alli la truxieron los de esta çiudad por cosa admirable, y la daban agora al que fuese triunfoso en esta fiesta y desafio».

tasse y tañiesse en vna vihuela, por ser la mas estimada joya que en el mundo entre los musicos se podia auer. En aquel tiempo estaua en esta nuestra çiudad vn honbre muy ambiçioso que se llamaba Euangelista, el qual avnque era mançebo de edad de treynta años y de buena dispusiçion y rostro, pero era muy mayor la presunçion que de si tenia de passar en todo a todos. Este despues que obo andado todos los palenques y palestras, y que en ninguno pudo auer vitoria, ni en lucha, ni esgrima, ni en otro alguno de aquellos exerçiçios, acordó de se vestir lo mas rico que pudo ayudandose de ropas y joyas muy preçiadas suyas y de sus amigos, y cargando de collares y cadenas su cuello y onbros, y de muchos y muy estimados anillos sus dedos, y procuró auer vna vihuela con gran suma de dinero, la qual lleuaua las clauijas de oro, y todo el mastil y tapa labrada de vn taraçe de piedras finas de inestimable valor, y eran las maderas del cedro del monte Libano, y del ebano fino de la insula Meroe, juntamente con las costillas y cercos. Tenia por la tapa junto a la puente y lazo pintado del mesmo taraçe a Apolo y Orpheo con sus vihuelas en las manos de muy admirable offiçial que la labró. Era la vihuela de tanto valor que no auia preçio en que se pudiesse estimar. Este como entró en el teatro, fue de todos muy mirado, por el rico aparato y atauio que traya. Estaua todo el teatro lleno de tapetes y estançias llenas de damas y caualleros que auian venido a ver diffinir aquella preciosa joya en aquella fiesta posponiendo su salud y su vida. Y como le mandaron los juezes que començase a tañer esperando dél que lleuaria la ventaja al mesmo Apolo que resuçitase. En fin, él començo a tañer de tal manera que a juizio razonable que no fuese piedra pareçeria no saber tocar las cuerdas mas que vn asno! Y cuando vino a cantar todos se mouieron a escarnio y risa visto que la cançion era muy fria y cantada sin algun arte, gracia, y donayre de la musica. Pues como los juezes le oyeron cantar y tañer tan sin arte y orden esperando dél el extremo de la musica, hiriendole con vn palo y con mucho baldon fue traydo por el teatro diciendole vn pregonero en alta voz grandes vituperios, y fue mandado por los juezes estar vilissimamente sentado en el suelo con mucha inominia a vista de todos hasta que fue sentençiado el juizio, y luego entro vn mançebo de razonable dispusiçion y edad, natural de vna pequeña y baja aldea desta nuestra çiudad, pobre, mal vestido y peor atauiado en cabello y apuesto. Este traya en la mano una vihuela grosera y mal dolada de pino y de otro palo comun, sin polideza ni afeyte alguno. Tan grosero en su representaçion que a todos los que estauan en el teatro mouio a risa y escarnio juzgando que

este tambien pagaria con Euangelista su atreuimiento y temeridad, y puesto ante los juezes
les demandó en alta voz le oyessen, y despues
de auer oydo a aquellos dos tan señalados musicos en la vihuela Torres Naruaez y Macotera,
tan nombrados en España que admirablemente
auian hecho su deuer y obligacion, mandaron
los juezes que tañese este pobre varon, que dixo auer por nombre Tespin. El qual como començo a tañer hazia hablar las cuerdas con tanta exçelençia y melodia que lleuaua los honbres
bobos, dormidos tras si; y a vna buelta de consonancia los despertaua como con vna vara.
Tenia de voz vn tenor admirable, el qual quando començo a cantar no auia honbre que no saliesse de si, porque era la voz de admirable
fuerça, magestad y dulçor. Cantaba en vna ingeniosa composicion de metro castellano las batallas y vitoria del Rey catolico fernando sobre
el Reyno y çiudad de Granada, y aquellos razonamientos y auiso que pasó con aquel antiguo
moro Auenamar, descripçion de Alixares, alcazar y meschita. Los juezes dieron por Tespin la
sentençia y vitoria, y le dieron la joya del premio y trihunfo, y luego voluiendose el pregonero á Euangelista que estaua miserablemente
sentado en tierra le dixo en alta voz: ves aqui,
o souerbio y ambiçioso Euangelista qué te han
aprouechado tus anillos, vihuela dorada y ricos
atauios, pues por causa dellos han aduertido
todos los miradores mas a tu temeridad, locura,
ambiçion y neçedad, quando por sola la apariençia de tus riquezas pensaste ganar el premio, no sabiendo en la verdad cantar ni tañer.
Pues mentiste a ti y a todos pensaste engañar
serás infame para siempre jamas por exemplo
del mentir, lleuando el premio el pobre Tespin
como musico de verdad sin aparençia ni fiçion.
Esto te he contado, Miçilo, porque me dixiste
que con aparato de palabras no pensasse dezirte grandes mentiras, yo digo que te prometo
de no ser como este musico Euangelista, que
quiso ganar el premio y joya con solo el aparato
y apariencia de su hermosura y riqueza, con temor que despues no solamente me quites el comer que me prometes por galardon, pero avn me
des de palos, y avn por mas te asegurar te hago
juramento solemne al gran poder de dios; y,

Miçilo.—Calla, calla gallo, oyeme,—dime,
y no me prometiste al principio que hablarias
conmigo en toda religion?

Gallo.—Pues en qué falto de la promesa?

Miçilo.—En que con tanta fuerça y behe-
mencia juras a dios.

Gallo.—Pues no puedo jurar?

Miçilo.—Vnos clerigos santos que andan
en esta villa nos dizen que no.

Gallo.—Dexate desos santones. Opinion
fue de vnos herejes llamados Manicheos conde-

nada por conçilio, que dezian: que en ninguna
manera era liçito jurar. Pero a mi pareçeme
que es liçito imitar a Dios, pues el juró por si
mesmo quando quiso hazer çierta la promesa a
habraan. Donde dize San Pablo que no auia
otro mayor por quien jurasse Dios, que lo jura-
ra como juró por si, y en la sagrada escriptura
a cada passo se hallan juramentos de profetas y
santos que juran por vida de Dios (¹), y el mesmo San Pablo le jura con toda su santidad, que
dixo escriuiendo a los Galatas: si por la gracia
somos hijos de dios, luego juro a dios que somos herederos. Y hazia bien, porque ninguno
jura sino por el que más ama, y por el que conoçe ser mayor. Ansi dize el refran: quien bien
le jura, bien le cree. Pero dexado esto, yo te
prometo contar cosas verdaderas y de admiraçion con que sobrelleuando el trabajo te deleyte y de plazer. Pues venido al principio de mi
ser tú sabrás que como te he dicho yo fue aquel
gran filosofo Pythagoras samio hijo de Mene-
sarra, honbre rico y de gran negoçio en la mercaderia.

Miçilo.—Espera, gallo, que ya me acuerdo,
que yo he oydo dezir dese sabio y santo filosofo, que enseñó muchas buenas cosas a los de su
tiempo. Agora, pues, dime, gallo, porque via dexando de ser aquel filosofo veniste a ser gallo,
vn aue de tan poca estima y valor?

Gallo.—Primero que viniesse a ser gallo
fue transformado en otras diuersidades de animales y gentes, entre las quales he sido rana,
y hombre bajo popular y Rey.

Miçilo.—Y qué Rey fueste?

Gallo.—Yo fue Sardanapalo Rey de los
Medos mucho antes que fuese Pithagoras.

Miçilo.—Agora me parece, gallo, que me
comienças a encantar, o por mejor dezir a engañar, porque comienças por vna cosa tan repugnante y tan lejos de verisimilitud para poderla creer. Porque segun yo te he oydo y me
acuerdo, ese filosofo Pithagoras fue el mas virtuoso hombre que huuo en su tiempo. El qual
por aprender los secretos de la tierra y del cielo se fue a Egipto con aquellos sabios que alli
auia en el templo que entonces dezian Sacerdotes de Jupiter Amon que vibian en las Syr-
tes, y de alli se vino a visitar los magos a Babilonia, que era otro genero de sabios, y al fin
se voluio a la ytalia, donde llegado a la çiudad
de Croton hallo que reinaua mucho alli la luxuria, y el deleyte, y el suntuoso comer y beber,
de lo qual los apartó con su buena doctrina y
exemplo. Este hizo admirables leyes de templança, modestia y castidad, en las quales mandó que ninguno comiesse carne, por apartarlos
de la luxuria, y desta manera bastó refrenarlos

(¹) Así en La Romana. En Gayangos «viue Dios».

los viçios y tambien mandaua a sus discipu-
que por çinco años no hablassen, porque
1oçia el buen sabio quantos males vengan en
mundo por el hablar demassiado. ¡Quan con-
rias fueron estas dos cosas a las costumbres
·ida de Sardanapalo Rey de los Medos, del
1l he oydo cosas tan contrarias que me ha-
1 creer que finges por burlar de mi! Porque
oydo dezir que fue el mayor gloton y luxu-
so que huuo en sus tiempos, tanto que seña-
1a premios a los inuentores de guisados y co-
res, y a los que de nueuo le enseñasen ma-
ras de luxuriar, y ansi este infeliz suçio man-
poner en su sepoltura estas palabras: aqui
ze Sardanapalo, Rey de Medos, hijo de Ana-
1daro: Come honbre, bebe y juega, y cono-
ndo que eres mortal satisfaz tu animo de
·deleytes presentes, porque despues no hay
que puedas con alegria gozar. Que ansi hize
·, y solo me queda que comi y harté este mi
·etito de luxuria y deleyte, y en fin todo se
·eda acá, y yo resulto conuertido en poluo!
·ra pues, o gallo, qué manifiesta contrariedad
·entre estos dos por donde veo yo que me es-
·1es en poco pues tan claramente propones
·1a tan lexos de verisimilitud. O parece que
·1scuydado en tu fingir manifiestes la vanidad
tu fiçion.

GALLO.—O quan pertinaz estás, Miçilo, en
1ncredulidad, ya no sé con que juramentos ó
·1abras te asegure para que me quieras oyr.
·1anto mas te admirarias si te dixesse, que
·: yo tambien en vn tiempo aquel Emperador
·1mano Heliogabalo, vn tan disoluto gloton y
·1oso en su comer.

MIÇILO.—O valame dios si verdad es lo que
·: conto este dia passado este nuestro vezino
·1mophon, que dixo que lo hauia leido en vn
·1ro que dixo llamarse *Selua de varia leçion*.
·1r cierto si verdad es, y no lo finge aquel auc-
·:, argumento me es muy claro de lo que pre-
·1no de ti, porque en el viçio de comer y beber
·1xuriar exçede avn a Sardanapalo sin com-
·1açion.

GALLO.—De pocas cosas te comienças a ad-
rar, ó Miçilo y de cosas faciles de entender
·comienças a alterar, y mueues dubdas y ob-
·1ones que causan repunançia y perplegidad
tu entendimiento. Lo qual todo naçe de la
·ca esperiençia que tienes de las cosas, y prin-
·1almente proçede en ti esa tu confusion de
ser ocupado hasta aqui en la especulaçion
la filosofia, donde se aprende y sabe la na-
·1leza de las cosas. Donde si tú te hubieras
·rçitado supieras la rayz porque aborreci el
·yte y luxuria siendo Pythagoras, y le segui
·con tanto estudio siendo Heliogabalo, o
·1anapalo. No te fatigues agora por saber
·1nçipio de naturaleza por donde proçeda

esta variedad de inclinaçion, porque ni haze a
tu proposito ni te haze menester, ni nos deuemos agora en esto ocupar. Solamente por te
dar manera de sabor y graçia en el trabajar pretendo que sepas como todo lo fue, y lo que en
cada estado passé, y conoçerás como de sabios
y neçios, ricos, pobres, reyes y filosofos, el mejor estado y mas seguro de los bayuenes de fortuna tienes tú, y que entre todos los hombres
tú eres el mas feliz.

MIÇILO.—Que yo te parezco el mas bien
auenturado honbre de los que has visto, o gallo?
Por çierto yo pienso que burlas pues no veo en
mi porqué. Pero quiero dexar de estorbar el
discurso de tu admirable narracion con mis per-
plexos argumentos, y bastame gozar del deleyte
que espero reçebir de tu graçioso cuento para
el passo de mi miserable vida sola y trabajada,
que si como tú dizes, otro más misero y trabajado ay que yo en el mundo respecto del qual
yo me puedo dezir bienauenturado, yo concluyo
que en el mundo no ay que desear. Agora pues
el tiempo se nos va, comiençame a contar desde
que fueste Pythagoras lo que passaste en cada
estado y naturaleza, porque neçesariamente en
tanta diuersidad de formas y variedad de tiempos te deuyeron de acontecer, y visto cosas y
cuentos dignos de oyr. Agora dexadas otras
cosas muchas aparte yo te ruego que me digas
como te suçedio la muerte siendo Heliogabalo,
y en qué estado y forma sucediste despues, y
de ay me contarás tu vida hasta la que agora
possees de gallo que lo deseo en particular oyr.

GALLO.—Tú sabras, cómo ya dizes que oyste a Demophon, que como yo fuesse tan viçioso
y de tan luxuriosa inclinaçion, siguio la muerte
al mi muy más continuo vso de vinir. Porque
de todos fue aborreçido por mi suçio comer y
luxuriar, y ansi vn dia acabando en todo deleyte de comer y beber esplendidamente, me retray
a vna privada a purgar mi vientre que con grande instançia me aquexó la gran repleçion de
yrle a baçiar. En el qual lugar entraron dos
mis mas pribados familiares, y por estar ya enhastiados de mis viçios y vida suçia, con mano
armada me començaron a herir hasta que me
mataron, y despues avn se me huvo de dar mi
conueniente sepoltura por cumplido galardon,
que me echaron el cuerpo en aquella privada
donde estuve abscondido mucho tiempo que no
me hallaron, hasta que fue a salir al Tibre entre las inmundiçias y suçiedades que uienen por
el comun conducto de la çiudad. Y ansi sabras,
que dexando mi cuerpo caydo alli, salida mi
ánima se fue a lançar en el vientre de una
fiera y muy valiente puerca que en los montes
de Armenia estaua preñada de seys lechones,
y yo vine a salir en el primero que pario.

MIÇILO.—O valame Dios; yo sueño lo que

oyo? Que de honbre veniste a ser puerco, tan suçio y tan bruto animal? No puedo disimular admiraçion quando veo que tiene naturaleza formadas criaturas como tú que en esperiençia y conocimiento lleua ventaja a mi inhabilidad tan sin comparacion. Ya me voy desengañando de mi ceguedad, y voy conociendo de tu mucho saber lo poco que soy. Y ansi de oy más me quiero someter a tu disçiplina, como veo que tiene tanta muestra de deidad.

GALLO.—Y este tienes, Miçilo, por caso de admiracion? Pues menos podrias creer que aurá alguno que juntamente sea honbre y puerco, y avn pluguiesse a dios no fuesse peor y más vil. Que avn la naturaleza del puerco no es la peor.

MIÇILO.—Pues cómo y puede auer algun animal mas torpe y suçio que el?

GALLO. —Preguntaselo a Grilo, noble varon griego, el qual boluiendo de la guerra de Troya passando por la ysla de Candia le conuertio la maga Cyrçes en puerco, y despues por ruego de Ulixes le quisiera boluer honbre, y tanta ventaja halló Grilo en la naturaleza de puerco, y tanta mejora y bondad que escogio quedarse ansi, y menospreçió boluerse a su natural patria.

MIÇILO.—Por cierto cosas me cuentas que avn a los hombres de mucha esperiençia causassen admiraçion, quanto más a vn pobre çapatero como yo.

GALLO.—Pues porque no me tengas por mentiroso, y que quiero ganar opinion contigo contandote fabulas, sabras que esta historia auctorizó Plutarco el historiador griego de más auctoridad.

MIÇILO.—Pues, valame dios, que bondad halló ese Grilo en la naturaleza de puerco, por la qual a nuestra naturaleza de hombre la prefirió?

GALLO.—La que yo hallé.

MIÇILO.—Eso deseo mucho saber de ti.

GALLO.—A lo menos vna cosa trabajaré mostrarte como aquel que de ambas naturalezas por esperiençia sabra dezir. Que comparada la vida y inclinacion de muchos hombres al comun viuir de vn puerco, es mas perfeto con gran ventaja en su natural. Prinçipalmente quando de viçios tiene el hombre ocupada la razon. Y agora pues es venido el dia abre la tienda y yo me passearé con mis gallinas por la casa y corral en el entretanto que nos aparejas, el manjar que emos de comer. Y en el canto que se sigue verás claramente la prueba de mi intinçion.

MIÇILO.—Sea ansi.

Fin del primer canto del gallo.

ARGUMENTO

DEL SEGUNDO CANTO DEL GALLO

En el segundo canto que se sigue, el auctor imita a Plutarco en vn dialogo que hizo entre Ulixes y vn griego llamado Grilo; el qual auia Cyrçes conuertido en puerco. En esto el auctor quiere dar a entender, que quando los hombres estan encenagados en los viçios y prinçipalmente de la carne son muy peores que brutos, y avn ay muchas fieras que sin comparaçion los exceden en el vso de la virtud.

GALLO.—Ya parece, Miçilo, que es hora conueniente para començar a vibir, dando gracias a dios que ha tenido por bien de passar la noche sin nuestro peligro, y traernos al dia para que con nuestra buena industria nos podamos todos mantener.

MIÇILO.—Bendito sea dios que ansi lo ha permitido. Pero dime, gallo, es esta tu primera cancion? Porque holgaria de dormir vn poco más hasta que cantes segunda vez.

GALLO.—Note engañes, Miçilo, que ya canté a la media noche como acostumbramos, y como estauas sepultado en la profundidad y dulçura del primer sueño, no te bastaron despertar mis bozes, puesto caso que trabajé por cantar lo mas templado y bien comedido que pude por no te desordenar en tu suaue dormir. Por la fortaleza deste primer sueño creo yo que llamaron los antiguos al dormir ymagen de la muerte, y por su dulçura le dixeron los poetas, apazible holganza de los dioses. Agora ya será casi el dia, que no ay dos horas de la noche por passar, despierta que yo quiero prosseguir en mi obligaçion.

MIÇILO.—Pues dizes ser essa hora yo me quiero leuantar al trabajo, porque proueyendo a nuestro remedio y hambre, oyrte me sera solaz. Agora di tu.

GALLO.—En el canto passado quedé de te mostrar la bondad y sosiego de la vida de las fieras, y avn la ventaja que en su natural hazen a los hombres. Esto mostraré ser verdad en tanta manera que podria ser, que si alguna dellas diessen libertad de quedar en su ser, o venir a ser hombre como vos, escogeria quedar fiera, puerco, lobo o leon antes que venir a ser hombre, por ser entre todos los animales la espeçie mas trabajada y infeliz. Mostrarte he el órden y conçierto de su vibir, tanto que te conuenças afirmar ser en ellas verdadero vso de razon, por lo qual las fieras sean dignas de ser en mas tenidas, elegidas y estimadas que los hombres.

MIÇILO.—Parece, gallo, que con tu eloquençia y manera de dezir me quieres encantar, pues te profieres a me mostrar vna cosa tan lexos de verdadera y natural razon. Temo me que en eso te atreues a mi presumiendo que facilmente como a pobre çapatero qualquiera cosa me podras persuadir. Agora pues desengañate de oy mas que confiado de mi naturaleza yo me profiero a te lo defender. Di, que me plazerá mucho oyr tus sophisticos argumentos.

GALLO.—Por çierto yo espero que no te parezcan sophisticos, sino muy en demostraçion. Prinçipalmente que no me podras negar que yo mejor que quantos ay en el mundo lo sabré mostrar, pues de ambas naturalezas de fiera y hombre tengo hecha esperiençia. Pues agora pareçeme a mi que el prinçipio de mi prueba se deue tomar de las virtudes, justiçia, fortaleza, prudençia, continençia y castidad, de las quales vista la perfeçion con que las vsan y tratan las fieras conoçeras claramente no ser manera de dezir lo que he propuesto, mas que es muy aueriguada verdad. Y quanto a lo primero quiero que me digas; si huviesse dos tierras, la vna de las quales sin ser arada, cabada ni sembrada, ni labrada, por sola su bondad y generosidad de buena naturaleza lleuasse todas las frutas, flores y miesses muy en abundançia? Dime, no loarias más a esta tal tierra, y la estimarias y antepornias a otra, la qual por ser montuosa y para solo pasto de cabras avn siendo arada, muy rompida, cabada y labrada con dificultad diesse fruto poco y miserable?

MIÇILO.—Por çierto avnque toda tierra que da fruto avnque trabajadamente es de estimar, de mucho mas valor es aquella que sin ser cultivada, o aquella que con menos trabajo nos comunica su fruto.

GALLO.—Pues de aqui se puede sacar y colegir como de sentençia de prudente y cuerdo, que ay cosas que se han de loar y aprobar por ser buenas, y otras por muy mejores se han de abraçar, amar y elegir. Pues ansi de esta manera verdaderamente y con neçesidad me conçederas que avnque el ánima del hombre sea de gran valor, el ánima de la fiera es mucho más; pues sin ser rompida, labrada, arada ni cabada; quiero dezir, sin ser enseñada en otras escuelas ni maestros que de su mesma naturaleza es mas abil, presta y aparejada a produçir en abundançia el fruto de la virtud.

MIÇILO.—Pues dime agora tú, gallo, de qual virtud se pudo nunca adornar el alma del bruto, porque pareze que contradize a la naturaleza de la misma virtud?

GALLO.—Y eso me preguntas? Pues yo te probaré que la vsan mejor que el más sabio varon. Porque lo veas vengamos primero a la virtud de fortaleza de la qual vosotros, y prinçipalmente los españoles entre todas las naçiones, os gloriais y honrrais. Quan vfanos y por quan gloriosos os teneis quando os oys nombrar atreuidos saqueadores de çiudades, violadores de templos, destruidores de hermosos y sumptuosos edifiçios, disipadores y abrasadores de fertiles campos y miesses? Con los quales

exerçiçios de engaños y cautelas aueis adquirido falso titulo y renombre entre los de vuestro tiempo de animosos y esforçados, y con semejantes obras os aueis usurpado el nombre de virtud. Pero no son ansi las contiendas de las fieras, porque si han de pelear entre si o con vosotros, muy sin engaños y cautelas lo hazen, abierta y claramente las verás pelear con sola confiança de su esfuerço. Prinçipalmente porque sus batallas no estan subjetas a leyes que obliguen a pena al que desamparare el campo en la pelea. Pero como por sola su naturaleza temen ser vençidos trabajan quanto pueden hasta vençer a su enemigo avn que no obligan el cuerpo ni sus animos a subjeçion ni vasallaje siendo vençidas. Y ansi la vençida siendo herida cayda en el suelo es tan grande su esfuerço que recoxe el animo en vna pequeña parte de su cuerpo y hasta que es del todo muerta resiste a su matador. No hay entre ellas los ruegos que le otorgue la vida; no suplicaciones lagrimas ni petiçiones de misericordia; ni el rendirse al vençedor confesandole la vitoria, como vosotros hazeis quando os tiene el enemigo a sus pies amenaçandoos degollar. Nunca tú viste que vn leon vençido sirua a otro leon vençedor, ni vn cauallo a otro, ni entre ellos ay temor de quedar con renombre de cobardes. Qualesquiera fieras que por engaños o cautelas fueron alguna vez presas en lazos por los caçadores, si de edad razonable son, antes se dexarán de hambre y de sed morir que ser otra vez presas y captiuas si en algun tiempo pudieran gozar de la libertad. Aunque algunas vezes acontece que siendo algunas presas siendo pequeñas se vienen a amansar con regalos y apazibles tratamientos, y ansi acontece darseles por largos tiempos en seruidumbre a los hombres. Pero si son presas en su vejez o edad razonable antes moriran que subjetarseles. De lo qual todo claramente se muestra ser las fieras naturalmente naçidas para ser fuertes y vsar de fortaleza, y que los hombres vsan contra verdad de titulo de fuertes que ellos tienen usurpado diziendo que les venga de su naturaleza, y avn esto façilmente se verá si consideramos vn prinçipio de philosophia que es vniuersalmente verdadero; y es, que lo que conuiene por naturaleza a vna especie conuiene a todos los indiuiduos y particulares igual y indiferentemente. Como acontece que conuiene a los hombres por su naturaleza la risa, por la qual a qualquiera honbre en particular conuiene reyrse. Dime agora, Miçilo, antes que passe adelante, si ay aqui alguna cosa que me puedas negar?

MIÇILO.—No porque veo por esperiençia que no ay honbre en el mundo que no se rya y pueda reyr; y solo el honbre propiamente se rye. Pero yo no sé a que proposito lo dizes.

GALLO.—Digolo porque pues esto es verdad y vemos que igualmente en las fieras en fortaleça y esfuerço no diffieren machos y hembras, pues igualmente son fuertes para se defender de sus enemigos, y para sufrir los trabajos neçesarios por defender sus hijos, o por vuscar su mantenimiento, que claramente pareçe conuenirles de su naturaleza. Porque ansi hallarás de la hembra tigre, que si a caso fue a vuscar de comer para sus hijos que los tenia pequeños y en el entretanto que se ausentó de la cueua vinieron los cazadores y se los lleuaron; diez y doze leguas sigue a su robador y hallado haze con él tan cruda guerra que veynte honbres no se le igualaran en esfuerço. Ni tampoco para esto aguardan favorecerse de sus maridos, ni con lagrimas se les quexan contándoles su cuyta como hazen vuestras hembras. Ya creo que habrás oydo de la puerca de Calidonia quantos trabajos y fatigas dio al fuerte Theseo con sus fuertes peleas. Que dire de aquel sphinge de Pheniçia y de la raposa telmesia? Que de aquella famosa serpiente que con tanto esfuerço peleó con Apolo? Tambien creo que tú abrás visto muchas leonas y osas mucho mas fuertes que los machos en su naturaleza. Y no se han como vuestras mugeres las quales quando vosotros estais en lo mas peligroso de la guerra estan ellas muy descuidadas de vuestro peligro sentadas al fuego, o en el regalo de sus camas y deleytes. Como aquella Reyna Clithenestra, que mientra su marido Agamenon estaua en la guerra de troya gozaua ella de los bessos y abraços de su adultero Egisto. De manera que de lo que tengo dicho pareçeme no ser verdad, no ser natural la fortaleza a los hombres, porque si ansi fuesse igualmente conuernia el esfuerço a las henbras de vuestra espeçie, y se hallaria como en los machos como aconteçe en las fieras. Ansi que podemos dezir, que los honbres no de su voluntad, mas forçados de vuestras leyes y de vuestros principes y mayores venis a exercitaros en esfuerço, porque no osais yr contra su mandado temiendo grandes penas. Y estando los honbres en el peligro más fragoso del mar, el que primero en la tenpestad se mueue no es para tomar el mas pesado remo y trabajar doblado; pero cada qual procura yr primero por escoger el mas ligero y dexar para los de la postre la mayor carga, y avn del todo la reusarian sino fuesse por miedo del castigo, o peligro en que se ven. Y ansi este tal no se puede dezir esforçado, ni este se puede gloriar ser doctado desta virtud, porque aquel que se defiende de su enemigo con miedo de reçebir la muerte este tal no se deue dezir magnanimo ni esforçado pero cobarde y temeroso. Desta manera aconteçe en vosotros llamar fortaleza lo que bien mirado con prudencia es verdadera cobardia. Y si vosotros os hallais ser mas esforçados que las fieras, por qué vuestros poetas y historiadores quando escriuen y decantan vuestras hazañas y hechos en la guerra os comparan con los leones, tigres y onzas, y por gran cosa dizen que igualastes en esfuerço con ellos? Y por el contrario nunca en las batallas de las fieras fueran en su ánimo comparadas con algun hombre. Pero ansi como aconteçe que comparamos los ligeros con los vientos, y a los hermosos con los angeles, queriendo hazer semejantes los nuestros con las cosas que exceden sin alguna medida ni tasa: ansi pareçe que desta manera comparais los honbres en vuestras historias en fortaleza con las fieras como a cosas que exceden sin comparaçion. Y la causa desto es, porque como la fortaleza sea vna virtud que consiste en el buen gouierno de las passiones y impetus del animo, el qual más sincero y perfecto se halla en las peleas que entre si tienen las fieras. Porque los hombres turbada la razon con la yra y la soberuia los ciega y desbarata tanto la colera que ninguna cosa hazen con libertad que merezca nombre de virtud. Avn con todo esto quiero dezir que no teneis porqué os quexar de naturaleza porque no os diese vñas, colmillos, conchas y otras armas naturales que dio a las fieras para su defensa, pues que vn entendimiento de que os armó para defenderos de vuestros enemigos le enbotais y entorpeçeis por vuestra culpa y negligençia.

MIÇILO.—O gallo, quan admirable maestro me has sido oy de Retorica, pues con tanta abundançia de palabras has persuadido tu proposito avn en cosa tan seca y esteril. Forçado me has a creer que hayas sido en algun tiempo vno de los famosos philosophos que obo en las escuelas de athenas.

GALLO.—Pues mira, Miçilo, que por pensar yo que querias redarguirme lo que tengo dicho con algunos argumentos, o con algun genero de contradiçion no pasaua adelante en mi dezir. Y ya que veo que te vas conuenciendo quiero que pasemos a otra virtud, y luego quiero que tratemos de la castidad. En la qual te mostraré que las fieras exçeden a los hombres sin alguna comparaçion. Mucho se preçian vuestras mugeres tener de su parte por exemplo de castidad vna Penelope, vna Lucreçia Porçia, Doña Maria de Toledo, y doña Ysabel Reyna de Castilla; porque dezis que estas menospreçiauan sus vidas por no violar la virtud de su castidad. Pues yo te mostraré muchas fieras castas mil vezes mas que todas esas vuestras, y no quiero que comencemos por la castidad de la corneja, ni Croton, admirables fieras en este caso, que despues de sus maridos muertos guardan la viudez no qualquiera tiempo, pero nuene hedades de hombres sin ofender su castidad. Por lo qual neçesariamente me deues conçeder ser estas fieras nueue vezes mas castas que las vuestras mugeres que por exemplo teneis. Pero porque tienes entendido de mí, Miçilo, que soy retorico, quiero que procedamos en el discurso desta virtud segun las leyes de Retorica, porque por ellas espero vençerte con mas façilidad, Y ansi primero veamos la difiniçion desta virtud continençia, y despues deçenderemos a sus inferiores espeçies. Suelen dezir los philosophos, que la virtud de continençia es vna buena y çierta dispusiçion y regla de los deleytes, por la qual se desechan y huyen los malos, vedados y superfluos y se faboreçen y allegan los neçesarios y naturales en sus conuenientes tiempos. Quanto a lo primero vosotros los hombres todos los sentidos corporales corrompeis y deprabais con vuestros malos vsos y costumbres y inclinaciones, endereçandolos sienpre a vuestro viçioso deleyte y luxuria. Con los ojos todas las cosas que veis endereçais para vuestra laçiuia y cobdiçia. lo qual nosotras las fieras no hazemos ansi. Porque quando yo era hombre me holgaua y regoçijaua con gran deleyte viendo el oro, joyas y piedras preçiosas, a tanto que me andaua bobo y desbaneçido vn dia tras vn Rey o prinçipe si anduuiesse vestido y adornado de jaezes y atauios de seda, oro, purpura y hermosos colores. Pero agora, como lo hacen las otras fieras, no estimo yo en más todo eso que al lodo y a otras comunes piedras que ay por las pedregosas y asperas syerras y montañas. Y ansi quando yo era puerco estimaua mucho más sin comparaçion hallar algun blando y humido cieno, o piçina en que me refrescasse rebolcandome. Pues si venimos al sentido del oler, si consideramos aquellos olores suaues de gomas, espeçias y pastillas de que andais siempre oliendo, regalando y afeminando vuestras personas. En tanta manera que ningun varon de vosotros viene a gozar de su propia muger si primero no se vnta con vnçiones delicadas y odoriferas, con las quales procurais inçitar y despertar en vosotros a venus. Y esto todo avn seria sufridero en vuestras hembras por daros deleyte usar de aquellos olores laboratorios, afeytes y vnturas; pero lo que peor es que lo vsais vosotros los varones para incitaros a luxuria. Pero nosotras las fieras no lo vsamos ansi, sino el lobo con la loba, y el leon con la leona, y ansi todos los machos con sus hembras en su genero y espeçie gozan de sus abraços y açessos solamente con los olores naturales y proprios que a sus cuerpos dio su naturaleza sin admision de otro alguno de fuera. Quando mas ay, y con que ellas mas se deleytan es al olor que produçen de si los olorosos prados quando en el tiempo de su brama, que es quando vsan sus bodas,

estan verdes y floridos y hermosos. Y ansi ninguna hembra de las nuestras tiene necesidad para sus ayuntamientos de afeytes ni vnturas para engañar y traer al macho de su especie. Ni los machos tienen neçesidad de las persuadir con palabras, requiebros, cautelas ni ofreçimientos. Pero todos ellos en su propio tiempo sin engaños ni intereses hazen sus ayuntamientos atsaydos por naturaleza con las dispusiçiones y concurso del tiempo, como los quales son inçitados y llamados a aquello. Y ansi este tiempo siendo passado, y hechas sus preñezes, todos se aseguran y mortiguan en su incentiuo deleyte, y hasta la buelta de aquel mesmo tiempo ninguna hembra cobdiçia ni consiente al macho, ni el macho la acomete. Ningun otro interese se pretende en las fieras sino el engendrar y todo lo guiamos y ordenamos como nuestra naturaleza lo dispone. Y añade á esto que entre las fieras en ningun tiempo se cobdiçia ni soliçita ni acomete hembra a hembra, ni macho con macho en açesso carnal. Pero vosotros los hombres no ansi, porque no os perdonais vnos a otros; pero muger con muger, y hombre con hombre contra las leyes de vuestra naturaleza, os juntais, y en vuestros carnales açessos os toman vuestros juezes cada dia. Ni por esto temeis la pena, quanto quiera que sea cruel, por satisfazer y cumplir vuestro deleyte y luxuria. En tanta manera es esto aborreçido de las fieras, que si vn gallo cometiese açesso con otro gallo, avn que le faltasse gallina, con los picos y vñas le hariamos en breue pedaços. Pareçe, micilo, que te bas conuençiendo y haciendote de mi sentencia, pues tanto callas sin me contradezir.

MIÇILO.—Es tan efficaz, gallo, tu persuasion, que como vna cadena me llevas tras ti sin poder resistir.

GALLO.—Dexemos de contar quantos varones han tenido sus ayuntamientos con cabras, ouejas y perras; y las mugeres que han effectuado su lexuria con gimios, asnos, cabrones y perros: de los quales açessos se han engendrado çentauros, sphinges, minotauros y otros admimirables monstruos de prodigioso aguero. Pero las fieras nunca vsaron ansi, como lo muestra por exemplo la continencia de aquel famoso mendesio, cabron egipcio, que siendo encerrado por muchas damas hermosas para que holgase con ellas, ofreçiéndosele desnudas delante, las menospreçio, y quando se pudo soltar se fué huyendo á la montaña á tener sus plazeres con las cabras sus semejantes. Pues quanto ves que son mas inferiores en la castidad los hombres que las fieras. ansi lo mesmo se podra dezir en todas las otras especies y differencias desta virtud de continençia.—Pues en lo que toca al apetito del comer es ansi, que los honbres todas las cosas que comen y beben es por deleyte y complacençia de la suauidad. Pero las fieras todo quanto gustan y comen es por neçesidad y fin de se mantener. Y ansi los honbres se engendran en sus comidas infinitos generos y espeçies de enfermedades: porque llenos vuestros cuerpos de excesiuos comeres, es neçesario que á la contina haya diuersidad de humores y ventosidades: y que por el consiguiente se sigan las indispusiçiones. A las fieras dio naturaleza á cada vna su comida y manjar conueniente para su apetito; a los vnos la yerua, á los otros rayzes y frutas; y algunos ay que comen carne, como son lobos y leones. Pero los vnos no estorban ni vsurpan el manjar ni comida á los otros, porque el leon dexa la yerua á la oueja y el cieruo dexa su manjar al leon. Pero el honbre no perdona nada constreñido de su apetito, gula, tragazon y deleyte. Todo lo gusta, come, traga y engulle; pareçiéndole que solo á el hizo naturaleza para tragar y disipar todos los otros animales y cosas criadas. Quanto á lo primero, come las carnes sin tener dellas neçesidad alguna que á ello le constriña, teniendo tantas buenas plantas, frutas, rayzes y yeruas muy frescas, salutiferas y olorosas. Y ansi no ay animal en el mundo que á las manos puedan auer que los honbres no coman. Por lo qual les es neçesario que para auer de hartar su gula tengan pelea y contienda con todos los animales del mundo, y que todos se publiquen por sus enemigos. Y ansi para satisfazer su vientre tragon á la contina tienen guerra con las aues del cielo y con las fieras de la tierra y con todos los pescados del mar; y á todos vuscan como con industrias y artes los puedan caçar y prender, y han venido á tanto extremo, que por se preçiar no perdonan ninguna criatura de su gusto acostumbran ya á comer las venenosas serpientes, culebras, anguilas, lampreas, que son de vna mesma especie; sapos, ranas, que son de vn mesmo natural, y han hallado para tragarlo todo vnas maneras de guisados con ajos, especias, claue, pimienta, y açeyte en ollas y caznelas, en las quales hechos çiertos conpuestos y mezclas se engañan los desuenturados pensando que les han quitado con aquellos coçimientos sus naturales ponçoñas y veneno, quedandoles avn tan gran parte que les bastan dar la muerte mucho antes que lo requiere su natural. ¿Pues qué si dezimos de los animales y cosas que de su vascosidad y podridunbre produce la tierra; hongos, turmas, setas, caracoles, galapagos, arañas, tortugas, ratones y topos? Y para guisar y aparejar esto ¿quantos maestros, libros, industrias y artes de cozina vsan y tienen, tan lexos del pensamiento de las fieras? Y despues con todo esto quéxanse los desuenturados de su naturaleza, diziendo que

les dió cortas las vidas, y que los lleua presto la muerte. Y dizen que los medicos no entienden la enfermedad, ni saben aplicar la mediçina. ¡Bobos, neçios! ¿Que culpa tiene su naturaleza si ellos mesmos se corronpen y matan con tanta multitud de venenosas comidas y manjares? Naturaleza todas las cosas desea yprocura conseruar hasta el peryodo y tiempo que al comun les. tiene puesto *la vida* (¹), y para esto les tiene enseñados çiertos remedios y mediçinas por si acaso por alguna ocasion heridos de algun contrario viniessen á enfermar. Pero es tanta la golosina, gula y desorden en su comer y mantenimiento de los hombres, que ya ni ay mediçina que los cure, ni medico que curarlos sepa ni pueda. Porque ya las artes naturales todas faltan para este tiempo: porque bastan más corronper y quebrar de sus vidas con sus comidas que puede remediar y soldar la philosophia y arte de naturaleza. Pero las fieras no hazen ansi: porque si al perro dió naturaleza que viba doze años y treçientos á la corneja: y ansi de todas las otras fieras: si los honbres no las matan, naturaleza las conserva, de manera que todas mueran por pura vejez; porque á cada vna tiene enseñada su propria mediçina, y cada vna se es á sí mesma médica. ¿Quién enseñó á los puercos quando enferman yrse luego á los charcos á comer los cangrexos con que luego son sanos? ¿Quién enseñó al galapago quando le ha mordido la vibora paçer el orégano y sacudir luego de si la ponzoña? ¿Quién enseñó á las cabras montesas siendo heridas del caçador comer de la yerua llamada dítamo, y saltarle luego del cuerpo la saeta? ¿y al çieruo en siendo herido yr huyendo á vuscar las fuentes de las aguas porque en vañandose son sanos del veneno? y á los perros fatigados del dolor de la cabeça, quién los enseñó á yr luego al prado y paçer yerua porque luego son sanos con ella? Naturaleza es la maestra de todo esto para conseruarlos: en tanta manera que no pueden morir sino por sola vejez, si la guerra que les da vuestra gula insaçiable çesasse. ¿Pues qué si hablassemos de las bebidas, los vinos de estrañas prouinçias adobados con coçimientos de diuersidades de espeçias, despues de aquellas curiosas y artifiçiales bebidas de aloxa y cerbeça? Y sola la fiera mantenida en todo regalo y deleyte sana y buena con el agua clara que naturaleza le da y le cria en las fuentes perenales de la concauidad de la tierra. Pues aquellas agudeças, industrias y vibezas que saben y vsan las fieras qué diras dellas? El perro al mandado de su señor salta y vayla y entra çien vezes

(¹) Estas y las demás palabras que vayan en letra bastardilla se encuentran en el manuscrito que fué de Gayangos y faltan en el de La Romana. Estas irán designadas en lo sucesivo con las iniciales G. y R.

por vn aro redondo que para ganar dineros le tiene enpuesto y enseñado el pobre peregrino. Los papagayos hablan vuestra mesma lengua, tordos y cueruos. Los cauallos se ponen y vaylan en los teatros y plazas públicas. ¿Parécete que todo esto no es más argumento de vso de razon que de flaqueza que aya en su naturaleza? Por çierto *que* no se puede dezir otra cosa sino que todos estos doctes les venga del valor y perfeçion de su natural; en el qual con tanta ventaja os exçeden las fieras á los honbres. A lo qual todo sino lo quisieres llamar vso de razon, buen juizio, virtud de buen injenio y prudençia: vista aquella façilidad con que son enseñadas en las mesmas artes y agudeças que vosotros, en tanta manera que en las fieras parezca verdaderamente que nos acordamos de lo que por nuestra naturaleza sabemos quando nos lo enseñan, lo que vosotros no aprendeis sin grande y muy contino trabajo de vosotros mesmos, y de vuestros maestros. Pues si á esta ventaja no la quisieres llamar vso de razon, con tal que la conozcas auerla en las fieras, llamala como más te pluguiere. Yo á lo menos téngola tan conoçida, despues que en cuerpos de fieras entré, que me marauillo de la çeguedad en que muchos de vuestros philósophos estan; los quales con infinita diuersidad de argumentos persuaden entre vosotros á que creais y tengais por aueriguado, que las fieras sean muy más inferiores en su naturaleza que los hombres; diziendo y afirmando que ellos solamente vsan de razon; *y que* por el consiguiente á ellos solos conuenga el exerçiçio de la virtud. Y ansi por esta causa llaman á las fieras brutos. Añaden á esto afirmando que solos los hombres vsen de la verdadera libertad; siendo por esperiençia tan claro el contrario. Como vemos que las fieras á ningunas leyes tengan subjeçion ni miramiento mas de a las de su naturaleza; porque por su buena inclinaçion no tuuieron de más leyes neçesidad. Pero vosotros los honbres por causa de vuestra soberuia y anbiçion, os subjetó vuestra naturaleza á tanta diuersidad de leyes, no solamente de Dios y de vuestros prinçipes y mayores: pero aueis os subjetado ([1]) al juizio y sentençia de vuestros vezinos amigos y parientes. En tanta manera que sin su pareçer no osais comer, ni beber, vestir, calçar, hablar ni comunicar. Finalmente en todas vuestras obras soys tan subjetos al pareçer ajeno, tan atentos a aquella tirana palabra y manera de dezir (que diran) que no puedo sino juzgar los hombres por el más miserable animal y más infeliz y descontento de todos los que en el mundo son criados. Agora tú, Miçilo, si algo desto que yo tengo alegado te pareçe contrario á la verdad

arguye y propon, que yo te respondere si acaso no me faltasse á mí el vso de la razon con que solia yo en otros tiempos con euidente efficaçia disputar.

Mıçıᴌo.—¡O Gallo! quan admirado me tiene esa tu eloquençia, con la qual tan efficazmente te has esforçado á me persuadir esa tu opinion. Que puedo dezir, que nunca gallo cantó como tu oy. En tanta manera me tienes contento que no creo que ay oy en el mundo hombre más rico que yo pues tan gran joya como á ti poseo. *Pero* de lo que me as dicho resulta en mi vna dificultad *y dubda* que deseo saber ([1]): cómo anima de fiera bruta pueda ver y gozar de Dios?

Gaᴌᴌo.—Y agora sabes que las vestias se pueden saluar? Ansi lo dize el Rey Dauid ([2]): *Homines et jumenta saluabis Domine.* Dime qué más bruta vestia puede ser que el honbre ençenagado en vn viçio de la carne, o auariçia, o soberuia, o yra, o en otro qualquiera pecado? Pues ansi teniendo Dauid á los tales por viles brutos vestias ruega por ellos á Dios diziendo en su psalmo o cançion: yo, Señor, por quien vos sois os suplico que salueis honbres y vestias. Y por tal *vestia* se tenia Dauid *con ser Rey* quando se hallaua pecador que dezia ([3]): *Ut iumentum factus sum apud te.* Yo señor soy vestia en vuestro acatamiento. Y ansi quiero que entiendas que en todos mis cantos pretendo mostrarte como por el viçio son los honbres conuertidos en brutos y en peores que fieras.

Mıçıᴌo.—Dime agora yo te ruego, Gallo, dónde aprendiste esta tu admirable manera de dezir ([4])?

Gaᴌᴌo.—Yo te lo dire. Sabras que demas de ser asessor de Mercurio, el más eloquente que fue en la antiguedad, y ser el gallo dedicado a Esculapio, que no fue menos eloquente que muchos de su tienpo, y demas de criarme yo a la contina entre vosotros los honbres, quiero que sepas con todo esto que yo fue aquel philosopho Pythagoras, que fue vno de los mas facundos que la Greçia çelebró; y principalmente as de tener por aueriguado que la mayor eloquençia se adquiere de la mucha esperiençia de las cosas, la qual he tenido yo entre todos los que en el mundo son de mi edad.

Mıçıᴌo.—Por çierto, ·yo·me acuerdo que quando yo era niño oy dezir vna cosa que no me acordaua: que fueste vn paje muy querido de Mars: y que te tenia para que quando yua á dormir algunas noches con Venus muger de

([1]) G., pero vna dificultad y dubda tengo en el alma, que resulta de lo que has persuadido hasta aqui; lo qual deseo entender.
([2]) R. Psalm. XXXV.
([3]) Psalm. LXXII.
([4]) G., porque solamente me acuerdo auer oydo quando yo era niño.

([1]) R., *subjado.*

Vulcano le velasses la puerta que ninguno le viesse (¹): y prinçipalmente se guardaua que venida la mañana el sol no le viesse siendo salido: porque no auisasse á Vulcano. Y dezian que el sol te echó vna mañana vn gran sueño (²): por lo qual, viendolos el sol juntos auisó a Vulcano, y viniendo donde estaua el adultero de tu amo los tomó juntos en vna red de hierro y los presentó á Jupiter *que los castigasse el adulterio.*—Y Mars enojado de tu descuido te conuertió en gallo, y agora de puro miedo pensando que siempre (³) estás en guarda *relando al adultero de tu amo* cantas a la mañana, despertando a todos mucho antes que salga el sol (⁴). Y esto te dio Mars en pena de tu descuido y sueño.

Gallo.—*Todo eso es fabula y fingimiento de poetas para ocupar sus versos: que tambien me han hecho asesor de Mercurio: y los antiguos me dedicaron á Esculapio. Pero la verdad es que yo fue aquel filosofo Pythagoras: que fue vno de los mas facundos que la Greçia çelebró, y principalmente es de tener por aueriguado, que la mayor eloquencia se adquiere de la mucha esperiençia de las cosas: la qual he tenido yo entre todos los que en el mundo son de mi edad.*

Miçilo. Pues (⁵) dizes que fueste philosopho Pytagoras dime (⁶) algo de philosophos, *de su vida y costumbres:* porque de aqui adelante teniendo tan buen preçeptor como á ti me pueda preçiar de philosopho: y philosophe entre los de mi çiudad y pueblo. Y muestrame como tengo de vsar de aquella presunçion, arogançia, y obstentaçion, desden y sobreçejo con que los philosophos tratan á los otros que tienen en la republica estado de comunidad.

Gallo.—De todo te dire, de sus vidas y costumbres. Pero porque se me ofreçen otras cosas que dezir, mas á la memoria, querria eso dexarlo para despues. Pero por no te desgraçiar quiero te obedeçer. Y ansi te quiero dezir de vn poco de tiempo que fue clerigo: la qual es profesion de philosopho (⁷) cristiano: donde conjeturarás lo que en la vna y otra philosophia son los honbres el dia de oy. Y pues es venida la mañana abre la tienda: y en el canto que se sigue te dire lo demas.

(¹) G., y le despertasses venida la mañana, porque.
(²) G., de manera que los tomó juntos y truxo alli a Vulcano, el qual los tomó como estauan, en vna red,
(³) G., aun.
(⁴) G., cantas ordinariamente antes que venga el dia y salga el sol.
(⁵) G., pero pues.
(⁶) G., ruegote me digas.
(⁷) G., clerigo.

Fin del segundo canto del gallo de Luçiano.

ARGUMENTO

DEL TERÇERO CANTO DEL GALLO

En el terçero canto que se sigue el auctor imita á Luçiano en todos sus dialogos: en los quales siempre reprehende á los philosophos y Religiosos de su tiempo (¹).

Miçilo.—Esme tan sabrosa tu musica, o gallo, que durmiendo te sueño, y imagino que á oyrte me llamas. Y ansi soñando tu cançion *tan suaue* muchas vezes *me* despierto con deseo que mi sueño fuesse verdad o que siendo sueño nunca yo despertasse. Por lo qual agora avn no has tocado los primeros puntos de tu entonaçion quando ya me tienes sin pereza muy despierto con cobdiçia de oyrte: por tanto prosigue en tu graçiosa cançion.

Gallo. - Neçesitado me tienes o Miçilo á te conplazer pues tanto te aplaze mi dezir. Y ansi yo procurare con todas mis fuerças á obedeçer tu mandado. Y pues me pediste te dixesse algo del estado de los philosophos, dexemos los antiguos gentiles que saber agora dellos no hará á tu proposito, ni a mi intinçion. Pero pues en los cristianos han professado y suçedido en su lugar los eclesiasticos por ser la mas incunbrada philosophia la euangelica: por tanto quiero hablar deste proposito: y dezirte de vn poco de tiempo que yo fue vn clerigo muy rico.

Miçilo.—¿Y en qué manera era esa riqueza?

Gallo.—Serui a vn obispo desde mi niñez: y porque nunca me dio blanca en todo el tienpo que le serui hizome clerigo harto sin pensarlo yo: porque yo nunca estudié, ni lo deseé ser.

Miçilo.—Tal clerigo serias tú despues.

Gallo.—La vida que despues tube te lo mostrará. En fin procuróme pagar el obispo mi amo con media dozena de benefiçios curados que me dio.

Miçilo.—Por cierto con gran carga te pagó (²). ¿Pues *dime* podiaslos *tú* todos tener *y seruir?*

Gallo.—No que descargauame yo: porque luego hallaua quien me los tomaua frutos por pension.

Miçilo.—Por Dios, que era ese buen disimular. Para mi yo creo que si tú ordeñas la leche y tresquilas la lana, quiero dezir: que si tú gozas los esquilmos del ganado tú te quedas el mesmo pastor. O me has de confesar que los hurtas al que los ha de auer.

Gallo.—Por Dios, gran theologo eres. No

(¹) *Tachado:* Siguesse el terçero canto del sueño o gallo de Luçiano, orador griego, contrahecho en el castellano por el mesmo auctor.
(²) G., por cierto esa no era paga, sino agraulo y carga.

querria yo çapatero tan argutivo como tú. A la fe pues sabete que passa eso comunmente el dia de oy. Y ansi yo me lleué de seys beneffiçios curados los frutos por pension cada año *que montauan* mas de treçientas mil marauedises. Con esto sienpre despues que mi amo murio vibi en Valladolid vna villa (¹) tan suntuosa en Castilla, donde sienpre (²) reside la corte real. Y tanbien concurren alli de todas differençias de gentes, tierras y naçiones por residir alli la Cançilleria *audiençia principal del reyno.* Traya á la continua muy bien tratada mi persona con gran aparato de mula y moços. Y con este fausto tenia cabida y conuersaçion con todos los perlados y señores, y por me entretener con todos con vnos fingia negoçios, y con otros procuraua *tenerlos* verdaderos, propios o agenos. En fin con todos procuraua tener que dar y tomar, y ansi en esta manera de vida passé mas de treynta años los mejores de mi edad sobre otros treynta que en seruiçio del obispo passé.

Miçilo.—Por çierto no me pareçe esa vida: sino morir.

Gallo.—En este tienpo yo gozé de muchas fiestas, de muchas galas: y inuençiones. Era de tanta dama querido, requerido y tenido quanto nunca galan cortesano lo fue. Porque demas de ser yo muy auentajado y platico en la cortesanja tenia más, que era muy liberal.

Miçilo.—Por Dios, bien se gastauan (³) los dineros de la iglesia: que dizen los predicadores que son hazienda de los pobres.

Gallo.—Pues dizen la verdad; que porque la hazienda de la iglesia es de los clerigos se dize ser de los pobres porque ellos no tienen ni han de tener otra heredad: porque ellos suçedieron al tribu de Leui: á los quales no dio Dios otra posesion.

Miçilo.—Por Dios (⁴), Gallo, mejor argumentas tú que yo, y avn esa me pareçe grandissima razon para que los señores seglares no nan lleuar los diezmos de la iglesia, pues ellos tienen sus mayorazgos y rentas de que se mantener.

Gallo.—Y avn otra mayor razon ay *para eso,* y es: que los diezmos fueron dados a los sacerdotes porque ruegen a Dios por el pueblo, y por la administraçion de los (⁵) sacramentos. Y ansi porque (⁶) los seglares no son habiles para los administrar, por tanto tengo yo (⁷) por aueriguado que no pueden comer (⁸)

los diezmos. Y que ansi de todos los que lleuaren seran obligados a restituçion.

Miçilo.—O valame Dios, qué praticos estais en lo que toca a la defensa destos vuestros bienes y rentas tenporales, cómo mostrais estar llenos de vuestra canina cobdiçia. ¡Si la meytad de la cuenta hiziessedes de las almas que teneis a vuestro cargo!

Gallo.—Pues sienpre es esa vuestra opinion, que los seglares *no* querriades que ningun clerigo tuuiesse nada, ni avn con que se mantener.

Miçilo.—Pues qué malo seria? Antes me pareçe que les seria muy mejor, porque más libremente podrian entender en las cosas spirituales para que fueron ordenados, sino se ocupassen en las tenporales; y avn yo os prometo que si el pueblo os viesse que haziades lo que deuiades a vuestro estado, que no solo no os lleuassen la parte de los diezmos que dezis que os lleuan, pero que os darian mucho más. Y avn si bien miramos el papa, cardenales, obispos, curas y todos los demas de la iglesia (¹), ¿cómo hallas que tienen tierras, çiudades y villas y rentas sino desta manera? Porque los enperadores y reyes y prinçipes passados vista su bondad les dauan quanto querian para se mantener. Y pues ansi lo tienen y poseen, ya que los que agora son se lo quitasen ¿porqué con pleytos y mano armada lo han de defender? (²). Que estan llenos los consejos reales, *audiençias* y chançillerias de frayles y clerigos; de comendadores y religiosos. Que ya no ay en estos publicos y *generales* juizios otros pleytos en qué entender sino en (³) eclesiasticos. Veamos ¿si a Jesucristo en cuyo lugar estan le quitaran la capa estando en el mundo, defendierala en juizio o con mano armada?

Gallo.—No, pues avn la vida no defendio. *que antes la ofreçio de su voluntad por los honbres.*

Miçilo.—Pues por eso reniego yo de vosotros (⁴) que todos quereis (⁵) que os (⁶) guarden vuestros (⁷) preuillegios y exençiones; ser tenidos honrrados y estimados de todos, diziendo que estais (⁸) en lugar de Cristo (⁹) para lo que os (¹⁰) toca de vuestra (¹¹) propria estima y opinion, y en el hazer vosotros (¹²) lo

(¹) G., un pueblo.
(²) G., a la continua.
(³) G., por çierto, bien gastauan.
(⁴) G., por çierto.
(⁵) G., y porque administran los.
(⁶) G., pues.
(⁷) G., queda por.
(⁸) G., lleuar.

(¹) G., eclesiasticos.
(²) G., ¿porqué no lo han de defender con pleytos y mano armada como lo hazen?
(³) G., de.
(⁴) G., de los clerigos y eclesiasticos.
(⁵) G., quieren.
(⁶) G., los.
(⁷) G., sus.
(⁸) G., estan.
(⁹) Jesu Cristo.
(¹⁰) G., les.
(¹¹) G., su.
(¹²) G., los clerigos.

que soys (¹) obligados, *que es* en el recogimiento de vuestras (²) personas *y buena fama y santa ocupacion; y en el* menospreçio de las tenporales haziendas *y posesiones* no diferis (³) de los más crueles tiranos soldados que en los exerçitos ay.

GALLO.—Valame dios, quan indignado estas contra los eclesiasticos que los conparas con aquellos malos y pernersos y desnella caras (⁴).

MIÇILO.—Por cierto avn no estoy en dos dedos de deziros que avn soys peores, porque soys mucho mas perniçiosos a toda la republica cristiana con vuestro mal exenplo.

GALLO.—¿Por que?

MIÇILO.—Porque aquellos no han hecho profesion de ministros de dios como vosotros, ni les damos a ellos de comer por tales como a vosotros, ni ay nadie que los quiera ni deua imitar como a vosotros, y por tanto con sus vidas no hazen tanto daño como vosotros hazeis. Pues dezidme ¿teneis agora por cosa nueua, que todo quanto los eclesiasticos poseeis os lo dieron por amor de dios?

GALLO.—Ansi es verdad.

MIÇILO.—Pues claro está que todos los verdaderos cristianos con tal condiçion poseemos estos bienes tenporales que estamos aparejados para dexarlos cada vez que vieremos cumplir a la gloria y honra de Jesucristo y a su iglesia y al bien de su cristiandad.

GALLO.—Tú tienes razon.

MIÇILO.—¿Pues quanto mas de veras lo debria de hazer el pontifiçe, el cardenal, el obispo y ansi todos los frayles y en comun toda la cleriçia pues se lo dieron en limosna, y lo professan de particular profesion? Que a ninguno dixo Cristo: si te demandaren en juizio la capa, da capa y sayo? Que si preguntamos al clerigo que si dixo Cristo a él que no contendiesse en juizio sobre estas cosas tenporales diria que no lo dixo sino al frayle, y el frayle dize, que lo dixo a los obispos y perlados que representan los apostoles, y estos diran que no lo dixo sino al papa que representa en la iglesia su mesma diuina persona, y el pontifiçe dize que no sabe qué os dezis. Que a todos veo andar arrastrados y desasosegados de audiençia en audiençia, de juizio en juizio. ¿Qué ley sufre que vn guardian o vn prior de vn monesterio de San Francisco, ó de Santo Domingo, o de San hieronimo trayga vn año y diez (⁵) años pleyto en vna chançilleria sobre sacar vna casa o vna miserable viña *que dizen conuenirles por vn su frayle conuentual?*

GALLO.—Ese tal pleyto no le trae el prior ni el guardian, sino la casa.

MIÇILO.—No me digas, gallo, esas niñerias. Pues quién paga el procurador y al letrado y al escribano, y al que lo soliçita? y avn como cosa a ellos natural el pleytear tienen todos estos offiçiales perpetuamente asalariados. O dezidme, qué llaman en el monesterio la casa? las paredes, piedras y texados? Dexadme que esas cosas no son para entre niños, y lo que peor es y cosa muy de risa: que de cada dia buscais nueuos jueces. Agora dezis que el Rey no es vuestro juez, agora le quereis que os juzgue, y os someteis a su tribunal. No ay ley que os ligue ni Rey que os subjete; *porque soys* gente sin Rey y sin ley. Que todo genero de animal hasta las ranas tienen Rey y le demandaron a Dios: y (¹) vosotros los eclesiasticos quereis vibir libres y exentos. Y ansi es neçesario que quanto mas libres soys seays mas peruersos, y ya quando os sujetais a alguno dezis que ha de ser al pontifiçe solo; y a este quereis por juez porque esta muy lexos y muy ocupado; y cometiendo la causa vos eligereis juez que no os aya de matar.

GALLO.—Tú dizes, Miçilo, la verdad. Pero ¿qué quieres que se haga en tales tienpos como estos en que estamos; que si alguno el dia de oy es sufrido, manso y bueno todos se le atreuen? cada vno piensa de tomarle la capa, y avn algunas vezes es çeuar la maliçia ajena. Quiero dezir: que es dar ocasion con tanta mansedunbre a que cada vno se atreua a tomarle lo suyo; y avnque sea eso virtud euangelica pero no sé si la podria sienpre executar el honbre con prudençia euangelica avnque más fuesse obligado a ella.

MIÇILO.—Mira, Gallo, si fuesse vn hombre que tiene casa (²) hijos y muger de mantener, con estado, si le tomassen lo suyo, lo. que con justo titulo posee, no creo que seria prudençia euangelica dexarlo perder. Pero tengo que este tal ligitimamente lo puede cobrar; y si puede por medios liçitos de justicia defenderlo. Pero vn fraile, o perlado: y qualquiera saçerdote que es solo: y no deue tener, ni tiene cuydado de más que de su persona, yo bien creo que seria obligado a exerçitar esta virtud euangelica.

GALLO.—Por dios, si los clerigos por ay huuiessen de yr no abria honbre del mundo que no mofasse dellos, y todo el vulgo y pueblo los tuuiesse por escarnio y risa.

MIÇILO.—Por çierto más obligados son todos los eclesiasticos, pontifiçe, perlados, frayles y clerigos a Dios, que no a los honbres: y más a

---

(¹) G.. son
(²) G., sus
(³) G., diffieren.
(⁴) G., con soldados, muchos de los quales son malos, peruersos y desuella caras.
(⁵) G., soys y diez años.

(¹) G., y que.
(²) G, tiene casa, hijos y muger y estado que mantener.

los sabios que a los neçios. Gentil cosa es que el pontifiçe, perlados, frayles y eclesiasticos dexen de hazer lo que deuen al seruiçio de Dios y bien de sus conçiençias, y *buen* exenplo de sus personas, y mejora de su Republica por lo que el vulgo vano podria juzgar. Hagan ellos lo que deuen y juzguen los neçios lo que quisieren. Ansi juzgauan de Danid porque vaylaua delante del arca del Testamento. Ansi juzgauan de Jesucristo porque moria en la cruz. Ansi juzgauan a los apostoles porque predicauan a Cristo. Ansi juzgan agora a los que muy de veras quieren ser cristianos menospreçiando la vanidad del mundo: y siguiendo el verdadero camino de la verdad. Y quién ay que pueda escusar los falsos juizios del vulgo? Antes aquello se deue de tener por muy bueno lo que el vulgo condena por malo: y por el contrario, quereislo ver? A la maliçia llaman industria. A la auariçia y ambiçion grandeza de animo. Y al maldiziente honbre de buena conuersaçion. Al engañador injenioso. Al disimulador y mentiroso y trafagador llaman gentil cortesano. Al buen tranpista llaman curial. Y por el contrario al bueno y verdadero llaman simple. Y al que con humildad cristiana menospreçia esta vanidad del mundo y quiere seguir a Jesucristo dizen que se torna loco. Y al que reparte sus bienes con el que lo ha menester por amor de Dios dizen que es prodigo. El que no anda en trafagos y engaños para adquirir honrra y hazienda dizen que no es para nada. El que menospreçia las injurias por amor de Jesucristo dizen que es cobarde y honbre de poco animo (¹). Y finalmente conuertiendo las virtudes en viçios, y los viçios en virtudes, a los ruynes alaban y tienen por bienauenturados, y a los buenos y virtuosos vituperan llamandolos pobres y desastrados. Y con todo esto no tienen mala verguença de vsurpar el nombre de cristianos no teniendo señal de serlo. Pues pareçete, Gallo, que porque el vulgo (que es la muchedunbre destos desuariados que hazen lo semejante) juzguen mal de los eclesiasticos que menospreçien los bienes tenporales y recoxan sus spiritus en la imitaçion de *su maestro* Cristo dexen de hazer lo que deuen? Por çierto miserable y desuenturado estado es ese que dizes que tuuiste, ¡o Gallo! Pero dexado agora eso, que despues bolueras a tu proposito: dime yo te ruego, pues todo lo sabes: quién fue yo antes que fuesse Miçilo? Si tube esas conuersiones que tú?

Gallo.—Eso quiero yo para que me puedas pagar el mal que has dicho de mí.

Miçilo.—Que dizes entre dientes? Por qué no me hablas alto?

Gallo.—Dezia que mucho holgaré de te conplazer en lo que me demandas: porque yo mejor que otro alguno te sabre dello dar razon. Y ansi has de creer, que todos passamos en cuerpos como has oydo de mí. Y ansi te digo que tú eras antes vna hormiga de la India que te mantenias de oro que acarreauas del çentro de la tierra.

Miçilo.—Pues desuenturado de mí, quién me hizo tan grande agrauio que me quitasse aquella vida tan bienauenturada en la qual me mantenia de oro, y me truxo a esta vida y estado infeliz, que en esta pobreza de hanbre me quiero finar?

Gallo.—Tu auariçia grande y insaçiable que a la contina tuuiste te hizo que de aquel estado viniesses a esta miseria, donde *con hanbre* pagas tu pecado. Porque antes auias sido aquel auaro mercader ricacho, Menesarco, deste pueblo.

Miçilo.—Qué Menesarco dizes? Es aquel mercader a quien lleuaron la muger?

Gallo.—Verguença tenia de te lo dezir. Ese mesmo fueste.

Miçilo.—Yo he oydo contar este aconteçimiento de diuersas maneras a mis vezinos: y por ser el caso mio deseo agora saber la verdad: *por tanto* ruegote mucho que me la cuentes.

Gallo.—Pues me la demandas yo te la quiero dezir, que mejor que otro la sé. Y ante todas cosas sabras que tu culpa fue porque con todas tus fuerças tomaste por interes saber si tu muger te ponia el cuerno. Lo qual no deuen hazer los honbres, querer saber ni escudriñar en este caso mas de aquello que buenamente se los ofreçiere a saber.

Miçilo.—Pues en verdad que en ese caso avn menos debrian los honbres saber de lo que a las vezes se les trasluze y saben.

Gallo.—Pues sabras que en este pueblo fue vn *honbre* rico saçerdote y de gran renta: que por no le infamar no dire su nonbre. El qual como suele aconteçer en los semejantes siendo ricos y regalados, avnque ya casi a la vejez como no tuuiesse muger propria compró vna donzella que supo que vendia vna mala madre: en la qual ovo vna *muy* graçiosa y muy hermosa hija. A la qual amó como a si *mesmo*, como es propria passion de clerigos: y criola en todo regalo mientra niña. Y quando la vio en edad razonable procuró de la trasegar porque no supiesse a la madre. Y ansi la puso en compañia de Religiosas y castas matronas que la ordenassen (¹) en buenas costunbres: porque pareçiesse a las virtuosas y no tuuiesse los resabios de la madre que vendio por preçio la virginidad que era la mas valerosa joya que tubo de natu-

---

(¹) G., es un apocado, y que de cobarde y honbre de poco animo lo haze.

(¹) G., impusiessen.

raleza. Enseñola a cantar y tañer diuersas diferençias de instrumentos de musica: en lo qual fue tan auentajada que cada vez que su angelical voz exerçitaua aconpañada con vn suaue instrumento conuertia los hombres en piedra, o encantados los sacaua fuera de si, como leemos de la vihuela de Horpheo que a su sonido hazia vaylar las piedras de los muros de Troya. En conclusion la donzella se hizo de tan gran velleza, graçia y hermosura, en tanta manera que no auia mançebo en nuestra çiudad por de alto linaxe que fuesse que no la deseasse y requiriesse auer por muger. Y tus hados lo queriendo, vuscando su padre vn honbre que en virtud y riquezas se le igualasse te la ofreçio a ti. Y tú avnque te pareçio hermosa donzella digna de ser deseada de todo el mundo: como no fuesse menor tu cobdiçia de auer riquezas que de auer hermosura: por añadirte el buen clerigo la dote a tu voluntad la açetaste. Y luego como fueron hechas las bodas, como suele aconteçer en los semejantes casamientos que se hazen más por interes mundano que por Dios, Satanas procuró reboluer*te* por castigar tu auarienta intençion. Y ansi te puso vn gran pensamiento de dezir que tu muger no te guardaua la fe prometida en el matrimonio. Porque despues de ser por su hermosura tan deseada de todos, por fuerça te pareçia que deuia seguir la naturaleza y condiçion de su madre. Despues que passados algunos dias que se murio tu suegro, con cuya muerte se engrandeçio [1] tu posession avnque no tu contento, porque de cada dia creçian mas tus zelos y sospecha de la castidad de tu Ginebra, la qual con su canto, graçia y donayre humillaua el çielo. ¡O quantas vezes por tu sosiego quisieras más ser casado con vna negra de Guinea que no con la linda Ginebra! Y prinçipalmente porque suçedio que Satanas despertó la soñolienta affiçion que estaua adormida en vno de aquellos mançebos, generoso y hijo de algo de quien fue seruida Ginebra antes que casasse. El qual con gran continuaçion tornó a la requerir y passear la calle soliçitandole la casa y criados. Pero a ella poco la mouio porque çiertamente te amaua a ti: y tanbien porque ella conoçia tu amor y cuydado [2] en la guardar. Pues como tú viniesses acaso a tener notiçia de la intinçion del mançebo: porque tu demasiada sospecha y`zelos te lo descubrio: procuraste vuscar algun medio por donde fuesses çierto de su fidelidad. Y ansi tu diligençia y soliçitud te truxo a las manos vna injeniosa y aguda muger gran sabia en las artes magica y innocaçion de demonios. La qual por tus dones se comouio a tus ruegos:

y se ofreçio a te dezir la verdad de lo que en Ginebra huuiesse. Y ansi començando por sus artes y conjuros halló solamente que a ti solo tu Ginebra tenia fe. Pero tú çiego de tu passion porfiauas que amaua mas a Liçinio, que ansi se llamaua el mançebo. Y la maga avn por mas te asegurar vsó contigo de vna admirable prueba. Y fue que ella tenia vna copa que obo de demonio por la fuerça de sus encantamentos: la qual auia sido hecha por mano de aquella gran maga Morganda: la qual copa tenia tal hado: que estando llena de vino si beuia honbre al qual su muger le era herrada se le vertia el vino por los pechos y no beuia gota. Y si su muger le era casta beuia hasta hartar sin perder gota. De la qual tú beuiste hasta el cabo sin que gota se perdio [1]. Pero avn no te satisfaziendo desta prueba le demandaste que te mudasse en la figura y persona del mançebo Liçinio, que la querias acometer con prueba que se çertificasse mas su bondad *por tu seguro;* y ansi fingiendo en tu casa que auias de caminar çierta xornada, que serían [2] quinze dias de ausençia, la maga te mudó en forma y persona de Liçinio, y ella tomó [3] figura de vn su paje. Y tomando en tu.seno muy graçiosas y ricas joyas que huuiste de vn platero te fueste para Ginebra a tu casa la qual avnque estaua labrando *ocupada en sus labores* rodeada de sus donzellas, por ser salteada de tu adultero deseo fue turbada toda su color y agraçiado rostro. Y ansi con el possible desdeño y aspereça procuró por aquella vez apartarte de si dandote señas [4] de desesperaçion. Pero continuando algunas vezes que para ello hallaste oportunidad te oyo con alguna mas paçiençia. Y vista tu inportunidad y las joyas que le ofreçias: las quales bastan a quebrantar las diamantinas peñas: bastaron en ella ablandar hasta mostrar algun plazer en te oyr. Y de alli con la continuaçion de tus dadiuas y ruegos fue conuençida a te faboreçer por del todo no te desesperar. Y ansi vn dia que llorauas ante ella por mitigar tu pasion comouida de piedad te dixo: Yo effetuaria tu voluntad *y demanda,* Liçinio, si fuesse yo çierta que no lo supiesse nadie. Fue en ti aquella palabra vn rayo del çielo del qual sentiste tu alma trespasada. Y subitamente corrio por tus huesos, venas y niernos vn yelo mortal que dexó en tu garganta elada la boz, que por gran pieza no podiste hablar.

Y quitando a la hora la maga el velo del encanto de tu rostro y figura por tu inportunidad, como vio tu Ginebra que tú eras Menesarco su marido, fue toda turbada de verguença: y

[1] G , augmentó.
[2] G., conoçia el amor que la tenias y el cuydado.

[1] G., se te derramasse.
[2] G., xornada de.
[3] G., tomó la.
[4] G., muestras.

quisiera antes ser mil vezes muerta que auer caydo en tan grande afrenta. Y ansi mirandote al rostro muy vergonçosa, solamente sospiraua y sollozcaua conoçiendo su culpa. Y tú cortado de tu demasiada diligençia solamente le podiste responder diziendo: De manera, mi Ginebra, que venderias por preçio mi honrra si hallasses comprador. Desde aquel punto todo el amor que te tenia le conuertio en venenoso aborreçimiento. Con el qual no se pudiendo sufrir, ni fiandose de ti, en viniendo la noche tomando quantas joyas tenia, lo mas secreto que pudo se salio de tu casa y se fue a vuscar al verdadero Liçinio cuya figura le anias representado tú: con el qual hizo verdaderos amores y liga contra ti por se satisfazer *y vengar* de tu neçedad. Y ansi se fueron juntos gozandose por las tierras que mas seguras les fueron: y a ti dexaron hasta oy pagado y cargado de tus sospechas y zelos. El qual veniste a tan grande estremo de afrenta y congoja que en breue tiempo moriste ([1]): y fueste conuertido en hormiga y despues en Miçilo venido en tu pobreza y miseria. hecho castigo para ti y exemplo para otros.

MIÇILO.—Por çierto eso fue en mi bien empleado: y ansi creo que de puro temor que tiene desde entonçes mi alma no me ha sufrido casarme. Agora prosigue yo te ruego, Gallo, en tu transformaçion.

GALLO.—Pues emos començado a hablar de los philosophos deste tiempo, luego tras este de quien emos tratado hasta aqui te quiero mostrar de otro genero de honbres en este estado: del qual yo por transformaçion partiçipé. En cuyo pecho y vida veras vn *admirable* misterio o modo de vibir sin orden, sin prinçipio, sin medio y sin fin. Sin cuenta passan su vida, su comer, su beber, su hablar y su dormir. Sin dueño, sin señor, sin Rey. Ansi naçen, ansi viben, ansi mueren, que en ningun tiempo piensan que ay otra cosa más que naçer y morir. Ni tienen cuenta con cielo, ni con tierra. con Dios, ni con Satanas. En conclusion, es gente de quien se pueden dezir justamente aquellas palabras del *poeta* Homero: Que son inutil carga de la tierra ([2]). Estos son los falsos philosophos que los antiguos pintaban con el libro en la mano al renes. Y pues pareçe que es venido el dia, en el canto que sigue se prosiguira.

([1]) G., te vino la muerte.
([2]) R. Primeramente se leia: *que son carga pessada de la tierra, sin aprovechar.* Despues se tacharon las palabras *pessada y sin aprovechar.*

Fin del terçero canto del gallo.

En el quarto canto que se sigue el auctor imita á Luçiano en el libro que hizo llamado Pseudomantis. En el qual descriue marauillosamente mil ([1]) tacañerias y embaymientos y engaños de vn falso religioso llamado Alexandro, que en muchas partes del mundo fingió ser propheta, dando respuestas ambiguas y industriosas para adquerir con el vulgo crédito y moneda ([2]).

GALLO.—En este canto te quiero, Miçilo, mostrar los engaños y perdiçion de los hombres holgaçanes; que bueltas las espaldas á Dios y a su verguença y conçiençia, a vanderas desplegadas se van tras los viçios, ceuados de un miserable preçio y premio con titulo apocado de limosna, por solo gozar debajo de aquellos sus viles habitos y costunbres de vna suçia y apocada libertad. Oyras vn genero vil de encantamento fingido; porque no bastan los injenios bajos y viles destas desuenturadas gentes mendigas a saber el verdadero encantamento, ni cosa que tenga titulo verdadero de saber: no mas de porque su vilissima naturaleza no es para conprehender cosa que tenga titulo de sçiençia, estudio y especulaçion. Son amancebados con el viçio y oçiosidad; y ansi, puesto caso que no es de aprobar el arte magica y encantar, digo que por su vileza se hazen indignos de la saber. Y vsando de la fingida es vista su ruyn intençion: que no dexan de saber la verdadera por virtud. Y ansi sabras, Miçilo, que despues de lo passado vine a ser hijo de vn pobre labrador que vibia en vna montaña, vassallo de vn señor muy cobdiçioso que los fatigaua ordinariamente con infinitos pedidos de imposiçiones, que vno ([3]) alcançaua a la continua al otro. En tanta manera que solo el hidalgo se podia en aquella tierra mantener, que el labrador pechero era neçesario morir de hanbre.

MIÇILO.—¿Pues porque no se iba tu padre á vibir a otra tierra?

GALLO. Son tan acobardados para en eso los labradores, que nunca se atreuen a hazer mudança de la tierra donde naçen: porque vna legua de sus lugares les pareçe que son las Indias: y imaginan que ay alla gentes que comen los honbres biuos. Y por tanto muere cada vno en el pajar donde naçio, avnque sea de hanbre. Y deste padre naçimos dos hijos varones, de los quales yo fue el mayor, llamado por nonbre Alexandro. Y como vimos tanta miseria como passauan con el señor los labradores, pensamos que si tomauamos offiçios que por enton-

([1]) G., las.
([2]) R. (*tachado*): «Siguesse el quarto canto del Gallo de Luçiano. orador griego, contrahecho en el castellano por el mesmo auctor».
([3]) G., pedidos de pechos, alcaualas y çensos y otras muchas imposiçiones, que la vna.

çes nos libertassen se oluidaria nuestra vileza, y nuestros hijos serian tenidos y estimados por hydalgos y viuirian en libertad. Y ansi yo elegi ser saçerdote, que es gente sin ley; y mi hermano fue herrero, que *en aquella tierra* son *los herreros* exentos de los pedidos, pechos y velas del lugar donde siruen la ferreria. Y ansi yo demandé liçencia a mi padre para aprender a leer: *y avn se le hizo de mal porque le seruia de guardar vnos patos. y ojear los pajaros que no comiessen la simiente de vn linar.* En conclusion *mi padre me encomendo* [1] por criado y monaçino de vn capellan que seruia vn benefiçio tres leguas de alli. ¡Ó Dios omnipotente, quien te dixera las bajezas y poquedades deste honbre! Por çierto si yo no huuiera tomado la mano oy para te contar [2] de mi y no de otros, yo te dixera cosas de gran donayre. Pero quierote hazer saber que ninguno dellos sabe más leer que deletrear y lo que escriben aslo de sacar por discreçion. En ninguna cosa estos capellanes muestran ser auentajados, sino en comer y beber: en lo qual no guardan tiempo ni medida ni razon. Con este estuue dos años que no me enseñó sino a mal hazer, y *mal dezir,* y mal pensar y mal perseuerar. A leer me enseñó lo que el sabia, que era harto poco, y á escreuir vna letra que no pareçia sino que era arado el papel con pies de escarabajos. Ya yo era buen moço de quinze años, y entendia que para yo no ser tan asno como mi amo que deuia de saber algun latin. Y ansi me fue á Zamora a estudiar alguna gramatica: donde llegado me presenté ante el bachiller y le dixe mi necesidad, y *el* me preguntó si traya libro: y yo le mostré en el vn arte de gramatica que auia hurtado a mi amo, *que fue de los de Pastrana,* que auia mas de mil años que se inprimió. Y el me mostró en el los nominatiuos que auia de estudiar.

Miçilo.—¿De qué te mantenias?

Gallo. - Dauame el bachiller los domingos vna çedula suya para vn cura, o capellan de vna aldea comarcana el qual me daua el çetre del agua bendita *los domingos* y andaua por todas las casas a la hora del comer echando a todos agua: y en cada casa me dauan vn pedaço de pan, con los quales mendrugos me mantenia en el estudio toda la semana. Aqui estube dos años: en los quales aprendi declinaciones y conjugaçiones: genero, preteritos y supinos. Y porque semejantes honbres que [3] yo luego nos enhastiamos de saber cosas buenas, y porque nuestra intinçion no es saber más: sino tener alguna noticia de las cosas y

mostrar que emos entendido en ello quando al tomar de las ordenes nos quisieren examinar. Porque si nuestra intinçion fuesse saber algo perseuerariamos en el estudio. Pero en ordenandonos començamos a oluidar y damonos tan buena priesa que si llegamos a las ordenes neçios, dentro de vn mes somos confirmados asnos. Y ansi me sali de Çamora, donde estudiaua harto de mi espaçio, y por estar ya enseñado a mendigar con el çetre sabiame como miel el pedir: y por tanto me bolui a ello [1]. Y ansi acordé de yrme por el mundo en compañia de otros perdidos como yo, que luego nos hallamos vnos a otros. Y en esta compañia fue gran tiempo zarlo, ó espinel: y alcançe en esta arte de la zarleria todo lo que se pudo alcançar.

Miçilo.—Nunca esa arte á mi noticia llegó: declarate me mas.

Gallo.—Pues quiero descubrirtelo todo de raiz. Tu sabras que yo tenia la persona de estatura creçida y andaua vestido en diuersas prouinçias de diuersos atauios, porque ninguno pudiesse con mala intinçion aferrar en mi. Pero mas á la contina traya vna vestidura de vuriel algo leonado obscuro, honesta, larga y con vna barua espesa y muy prolixa, de grande autoridad *y vn manteo encima, puesto á los pechos vn boton* [2]. Otras vezes mudaua las tierras mudaua el vestido: y con la mesma barua vsaua de vn habito que en muchas prouinçias llaman veguino: con vna saya y vn escapulario de Religioso que hazia vida en la soledad de la montaña; vna cayada y vn rosario largo, de vnas cuentas muy gruesas en la mano, que cada vez que la cuenta caya sobre la otra lo oyan todos quantos en vn gran templo estuuiessen. Publiqué adiuinar lo que estaua por venir, hallar los perdidos, reconçiliar enamorados, descubrir los ladrones, manifestar los thesoros, dar remedio façil á los enfermos y avn resuçitar los muertos. Y como de mi los honbres tenian noticia venian luego prostrados con mucha humildad a me adorar y bessar los pies y a ofreçerme todas sus haziendas, llamandome todos propheta y diçipulo *y sieruo de Dios,* y luego les ponia en las manos vno versos que en vna tabla yo traya scriptos con letras de oro sobre vn barniz negro; que dezian de esta manera:

Muneribus decorare meum vatem atque ministrum
precipio: nec opum mihi cura, at maxima vatis.

Estos versos dezia yo auermelos enbiado Dios con vn angel del çielo, para que por [3]

---

[1] R., para aprender a leer; para lo qual me dio.
[2] G., prometido de solo desirte.
[3] G., como.

[1] G., no me pude del todo despegar dello.
[2] G., traya la barua larga y espesa, de grande autoridad.
[3] G., porque por.

su mandado fuesse yo de todos honrrado y agradeçido como ministro y sieruo de su diuina magestad. Hallé por el reyno de Portogal y Castilla infinitos honbres y mugeres los quales avnque fuessen muy ricos y de los más prinçipales de su republica, pero eran tan tímidos superstiçiosos que no alçauan los ojos del suelo sin escrupulizar. Eran tan façiles en el credito que con vna piedra (¹) arrebuxada en unos trapos ó vn pergamino con vnos plomos ó sellos colgando, en las manos de vn hombre desnudo y descalço luego se arrojauan y humillauan al suelo, y venian adorando y ofreciendose a Dios sin se leuantar de alli hasta que el prestigioso questor los leuantasse con su propria mano; y ansi estos como me vian con aquella mi santidad vulpina façilmente se me rendian sin poder resistir. Venian á consultar en sus cosas *conmigo* todo lo que deuian, ó querian hazer y yo les dezia, que lo consultaria con Dios, y que yo les responderia su diuina determinacion, y ansi a sus preguntas procuraua yo responder con gran miramiento porque no fuesse tomado en palabras por falso y perdiesse el credito. Sienpre daua las respuestas dubdosas, ó con diuersos entendimientos, sin nunca responder absolutamente a su intinçion. Como a vno que me preguntó; qué preçeptor daria a vn hijo suyo que le queria poner al estudio de las letras. Respondi que le diesse por preçeptores al Antonio de Nebrija y a Sancto Thomas. Dando á entender que le hiziesse estudiar aquellos dos auctores, el vno en la gramatica y el otro en la theologia; y suçedió morirse el mochacho dentro de ocho dias, y como sus amigos burlasen del padre porque daua credito a mis desuarios y de mis juizios llamandolos falsos, respondió que muy bien me auia yo dicho: porque sabiendo yo que se auia de morir, di a entender que auia de tener por preçeptores aquellos allá. Y a otro que auia de hacer vn camino y temiasse de vnos enemigos que tenia, que me preguntó si le estaua bien yr aquel camino. Respondi que más seguro se estaua en su casa si le podia escusar; y caminó por burlar (²) de mi juizio, y suçedió que salieron sus enemigos y hirieronle mal. Despues como aquel juizio se publicó me valio muchos dineros a mi: porque desde alli adelante no auian de hazer cosa que no la viniessen comigo á consultar pagandomelo bien. En fin en esta manera dy muchos y diuersos juizios que te quisiera agora contar, sino fuera porque me queda mucho por dezir. Deziamos yo ser Juan de vota Dios (³).

MIÇILO.—¿Qué hombre es ese?

GALLO.—Este fingen los zarlos superstiçiosos vagabundos que era vn çapatero que estaua en la calle de amargura en Hierusalen, y que al tiempo que passauan a Cristo presso por aquella calle, salió dando golpes con vna horma sobre el tablero diziendo: vaya, vaya el hijo de María; y que Cristo le auia respondido: yo yré y tú quedarás para sienpre jamas para dar testimonio de mi; y para en fe desto mostraua yo vna horma señalada en el braço, que yo hazia con çierto artifiçio muy façilmente, que pareçia estar naturalmente enpremida alli: y a la contina traya vn compañero del mesmo offiçio y perdiçion que fuesse mas viejo que yo, porque descubriendonos el vno al otro lo que en secreto y confession con las gentes tratauamos, pareçiendo vn dia el vno y otro dia el otro les mostrauamos tener speçie de diuinaçion y spiritu de profeçia, lo qual sienpre nosotros queriamos dar á entender. Y haziamos se lo façilmente creer por variarnos cada dia en la representaçion; y deziales yo que en viendome viejo me yba a bañar al rio Xordan y luego boluia de edad de treynta y tres años que era la edad en que Cristo murio. Otras vezes dezia que era vn peregrino de Hierusalen, honbre de Dios, enviado por él para declarar y absoluer los muchos pecados que auia (¹) secretos en el mundo, que por verguença los honbres no los osan descubrir ni confesar a ningun confessor.

MIÇILO.—¿Pues para qué era eso?

GALLO.—Porque luego en auiendoles hecho creer que yo era qualquiera destos dos façilmente los podia abnnir a qualquiera cosa que los quisiesse sacar. Luego como los tenia en este estado començaua la zarleria cantandoles el espinela, que es vn genero de diuinança, a manera de dezir la buenauentura. Es vna agudeça y desenboltura de hablar, con la qual los que estamos platicos en ello sacamos façilmente qualesquier genero de scollos (que son los pecados) que nunca por abominables se confessaron a saçerdote. En començando yo a escantar con esta arte luego ellos se descubren.

MIÇILO.—Yo querria saber qué genero de pecados son los que se descubren a ti por esta arte, y no al saçerdote?

GALLO.—Hallaua mugeres que tuuieron açeso con sus padres, hijos y con muy çercanos parientes, y vnas mugeres con otras con instrumentos hechos para effectuar este viçio; y otras maneras que es verguença de las dezir; y hallaua honbres que se me confessauan auer cometido grandes inçestos, y con animales brutos, que por no infiçionar el ayre no te los quiero contar. Son estos pecados tan abominables que de pura verguença y miedo honbres ni mugeres no los osan fiar ny descubrir a sus

---

(¹) G., vn palo arrebuxado.
(²) G., burlando.
(³) G., voto á Dios.

(¹) G., ay.

curas ni confessores; y ansi aconteçe muchos ([1]) destos neçios morirse sin nunca los confessar.

Miçilo.—Pues de presumir es que muchos destos honbres y mugeres, pensando bastar confessarlos a ti se quedaron sin nunca á saçerdote los confessar.

Gallo.—Pues ese es vn daño que trae consigo esta peruersa manera de vibir, el qual no es daño qualquiera sino de gran caudal.

Miçilo.—Querria saber de ti, qué virtud, o fuerça tiene esa arte que se los hazeis vosotros confessar, y qué palabras les dezis?

Gallo.—Fuerça de virtud no es: pero antes industria de Sathanas. La manera de palabras era: que luego les dezia yo que por auer *aquella persona* naçido en vn dia de vna gran fiesta en çinco puntos de Mercurio y otros çinco de Mars, por esta causa su ventura estaua en dos puntos de gran peligro, y que el vn punto era vibo, y el otro era muerto, y que este punto vibo conuenia que se cortasse, porque era vn gran pecado que nunca confessó, por el qual corria gran peligro en la vida. En tanta manera que si no fuera porque Dios le quiso guardar *por los ruegos del bienauenturado San Pedro, que era mucho su abogado ante Dios,* que muchas vezes le ha cometido el demonio en grandes afrentas donde le quiso auer traydo a la muerte; y que agora era enbiado por Dios este su peregrino *de Hierusalen* y santo profeta; que soy vno de los doze peregrinos que residen á la contina en el sancto sepulcro de Hierusalen en lugar de los doze apostoles de Cristo; *y que yo soy su abogado San Pedro* que conuiene que el me le aya de descubrir *y confessar* para que yo se le absuelua, y avn pagarle ([2]) por el, y asegurarle que no penará ni peligrará por el ([3]) *pecado más.* Y ansi él luego me descubre su pecado por graue y inorme que sea; y prostrado por el suelo llorando me pide misericordia y remedio y le mande quanto yo quisiere que haga para ser absuelto, que en todo me obedeçerá y avn me dará quanto yo le pidiere y el tuuiere para su neçesidad; y ansi quando yo veo a la tal persona tan obediente y rendida digola. Pues mira, hermana, que este pecado se ha de absoluer con tres signos y tres cruzes y tres psalmos y tres misas solenes: las quales se han de dezir en el templo del Santo Sepulcro de Hierusalen, y que son misas de mucha costa y trabajo, porque las han de dezir tres cardenales y rebestirse con ellos al altar tres obispos; y hanlas de offiçiar tres patriarcas vestidos de pontifical, y han de arder alli tres çirios a cada misa, que pese cada vno seys libras de cera; y luego dize el tal pe-

nitente: Pues vos mi padre y santo señor vays allá hazedlas dezir, y yo al presente daré los dineros y limosna que pudiere y boluiendo vos por aqui lo acabaré de pagar; y yo respondo: que a mi me conuiene forçado estar en Hierusalen la Semana Santa, y que en llegando se las haré dezir, y *ansi* luego el penitente me da diez y veinte ([1]) ducados y más, *o menos* como *cada qual* tiene la facultad, y yo la doy vna señal por la qual quedo de *boluer a la* visitar dentro de vn año o dos, sin pensarla mas ver; y otras vezes para auctoriçar esta mi mala arte digoles: que yo le daré parte del gran trabajo que tengo de reçebir en el camino que emos de hazer los escolares peregrinos de Hierusalen quando todos juntos vamos la Santa pasqua de Resureçion por el olio y crisma a la torre de Babilonia, como lo tenemos por costumbre y promesa traerlo nosotros doze para la iglesia de Dios; lo qual se trae en doze cauallos yendo nosotros a pie. Que van luego los siete y quedan los çinco aguardando; y aquellos siete que van lleuan siete ropas ricas y siete armas, con las quales peleamos con siete gigantes que guardan el *santo crisma y el* olio de noche y de dia, y como son mas fuertes que nosotros dannos grandes palos y bofetadas, hasta que vienen del çielo siete donzellas en siete nubes y en su fabor siete estrellas; las quales peleando con los gigantes los vençen y ansi las damos las siete ropas, y nos cargan los cauallos del *Santo olio* y crisma y nos venimos con ello á Hierusalen para que *en la Santa pascua de Resurreçion* se distribuya por toda la cristiandad; y ansi por la misericordia de Dios nuestro señor, por esta tu limosna te haré parçionera deste trabajo que en este viaje tengo de lleuar por la iglesia de Dios; y demas desto porque quedes más purgada deste pecado me bañaré por ti en la fuente y rio Xordan vna vez. Y con este fingimiento y enbaymiento, fiçiones y engaños las hazia tan obedientes a mi mandado, que despues de auerme dado su hazienda tenia açesso con ellas a medida de mi voluntad, y ellas se preçiaban auer tenido açesso con el profeta diçipulo de Dios y peregrino ([2]) santo de Hierusalen, *sieruo de Jesu-Cristo* ([3]). Y se tenian por muy dichosos los maridos por auer querido yo ansi bendezir a su muger; y ellas se piensan quedar benditas para sienpre jamas *con semejantes bendiçiones.* En estas maldades querria yo mucho que el mundo estuuiesse auisado, y que no diesse lugar ninguno a se dexar engañar de semejantes honbres malos, pues todo esto es manifiesta mentira y fiçion.

([1]) G., muchas destas gentes neçias.
([2]) G., le pagaré.
([3]) G., aquel.

([1]) G., diez ducados, o seys, o quatro, y algunos me dan veynte.
([2]) G., honbre.
([3]) G., peregrino de Hierusalen.

Y sé yo que al presente andan muchos por el mundo, los quales tienen engañada la mayor parte de los cristianos, y se debria procurar que los juezes los vuscassen, y hallados los castigassen en las vidas, porque es vna speçie de superstiçion y hurto el mas nefando que entre infieles nunca se vsó, ni se sufrió. Y porque veas quanta es la desverguença y poquedad de los semejantes hombres te quiero contar vn passo que passé, porque entiendas que los tales niaguna vellaqueria *ni poquedad* dexan de acometer y executar. Sabras que vn dia yuamos tres compañeros del offiçio del zarlo y espinela, que andauamos vuscando nuestra ventura por el mundo. Y como llegamos acaso en vna çiudad á la hora del comer, nos entramos en vn bodegon, donde comimos y bebimos muy a pasto todos tres, y acordamos que se saliesse el vno á vuscar çierto menester, y como se tardasse algo fuele el otro vuscar: y ansi me dexaron solo a mi por gran pieza de tiempo, y dixome la bodegonera: hermano, pagad, ¿que aguardais? Respondi yo: aguardo aquellos compañeros que fueron á vuscar çierta cosa para nuestra neçesidad; y ella me dixo: pagad que por demas *los* esperais: por neçios los ternia si ellos boluiessen acá; y yo le pregunté quánta costa estaua hecha, para pagarla; y ella contando á su voluntad y sin contradiçion dixo que quatro reales auiamos comido y bebido; y luego me leuanté de la mesa viniendome para la puerta de la casa mostrando vuscar la bolsa para la pagar, y dixela: señora echadme en vna copa vna vez de vino, que todo junto lo pagaré: y diziendo esto nos fuemos llegando a vn cuero de vino que sobre vna mesa tenia junto a la (¹) puerta, y la buena dueña, avnque no era menos curiai en semejantes maldades que yo, descuydose: y desató luego el cuero echando la cuerda sobre el hombro por tener con la vna mano el piezgo y con la otra la medida, y començando ella a medir le tomé yo la cuerda del ombro y fueme lo mas solapadamente que yo pude por la calle adelante y avnque ella me llamaua no le respondia: ni ella por no dexar el cuero desatado me vio mas hasta oy. Cansado ya desta miserable y trabajada vida fueme a ordenar para clerigo.

MIÇILO.—¿Con que letras te yuas al examen?

GALLO.—Con seys conejos y otras tantas perdiçes que lleué al prouisor, y ansi maxcando vn euangelio que me dio a leer, y declinando al renes vn nominatiuo me passó, y al escriuano que le dixo que no me deuia de ordenar respondio: andad que es pobre y no tiene de qué viuir.

MIÇILO.—Por çierto que todo va ansi. Que yo conozco clerigos tan neçios y tan desuentu-

radros que no les fiaria la tauerna del lugar. No saben sino coger la pitança y andar, y si les preguntais, ¿donde vays tan apriesa? Responde él con el mesmo desasosiego: a dezir misa. ¿Que no ay mas? Por vn miserable estipendio, que si no fuesse por él no la diria.

GALLO.—La cosa que más lastimado me tiene el coraçon en las cosas de la cristiandad es esta: el poco acatamiento que tienen estos capellanes en el dezir misa. Que de todas las naçiones del mundo no ay ninguna que más bienes aya reçebido de su Dios que los cristianos: que los de los otros no son dioses: no los pueden dar nada; y con tantas merçedes como los ha hecho, que avn asi mesmo se les dio, y no ay naçion en el mundo que menos acatamiento tenga á su Dios que los cristianos: y por eso les da Dios enfermedades, pestelençias, hambres, guerras, herejes. Que en vn rincon de la cristiandad ay todos aquestos males y justamente los mereçen. Que como ellos tratan a Dios ansi los trata él a ellos a osadas. Que vno que para tauernero no es sufiçiente se haze saçerdote por ganar de comer: y tanbien tienen desto gran culpa los seglares, por el trato que anda de misas y varatos malos: que si esto no huuiesse no se ordenaria tanto perdido y oçioso como se ordenan con confiança desto. Escriben los historiadores por gran cosa, que vn papa ordenó tres saçerdotes y çinco diaconos, y ocho subdiaconos. Y agora no hay obispo de anillo que cada año no aya ordenado quinientos desos ydiotas y mal comedidos asnos. Por eso determinó la iglesia que los saçerdotes no se pudiessen ordenar sino en qvatro temporas: porque entonçes ayunasse el pueblo aquellos dias, y rogassen á Dios que les diesse buenos saçerdotes, y por yr en ello tanta parte del bien de la republica. Pues y crees tú que se haze esto alguna vez? Yo confio que nunca le passa por pensamiento mirar en esto a honbre de toda la cristiandad: ni avn creo que nunca tú oyste esto hasta agora.

MIÇILO.—No por çierto.

GALLO.—Pues sabete que es la verdad. A veis de rogar a Dios que os dé buenos saçerdotes: porque algunos saçerdotes ay que no os los dio Dios, sino el demonio, la simonia y avariçia. Como a mí que en la verdad yo me ordené por auariçia de tener de comer: y simoniacamente me dieron las ordenes por seys conejos y otras tantas (¹) perdiçes, y permitelo Dios, *Quia qualis populus talis est sacerdos.* Quiere Dios daros ruynes saçerdotes por los pecados del pueblo: porque qual es el pueblo tales son sus (²) saçerdotes.

(¹) G., vna.

(¹) G., seys.
(²) G., los

Miçilo.—Por çierto que en quanto dizes has dicho verdad, y que me he holgado mucho en oyrte. Boluamos, pues, a donde dexaste: porque quiero saber tú que tal saçerdote heziste.

Gallo.—Por çierto dese mesmo jaez: y avn peor que todos los otros de que emos hablado. Luego como fue saçerdote el primer año mostré gran santidad: y çertificote que yo mudé muy poquito de mi vida passada: pero mostraua gran religion: y ansi vibi dos años aqui en esta villa: y como me viessen la bondad que yo representaua, que siempre andaua en compañia de vna trulla de clerigos santos que ha auido de pocos tiempos en ella, andando a la cortina visitando los hospitales y corrales donde auia (¹) pobres, en compañia de vnas mugerçillas andariegas y vagarosas, *callegeras que no sufren estar vn momento en sus casas quedas, que estas con todo desassosiego* tratauan en la mesma santidad.

Miçilo.—*Mayor santidad tuuieran estando en sus casas en oraçion y recogimiento.*

Gallo.—De las quales (²) teniamos nuestras çiertas granjerias, como camisas, pañizuelos de narizes: y la ropa blanca labada cada semana: y algunas ollas y otros guisadillos regalados (³) y algunos vizcochos y rosquillas: y como vian todos la bondad que representaua hablome vn letrado rico si queria enseñarle vnos niños pequeños que tenia, sus hijos.

Miçilo.—Por çierto a cuerdo lobo encomendaua los córderos: hydeputa y qué Socrates, Pythagoras o Platon: ¿y qué les enseñauas?

Gallo.—Lleuaualos y trayalos del estudio, de casa del bachiller de la gramatica.

Miçilo.—Eso no era sino enseñarles el camino por donde auian de yr y venir. De manera que moço de çiego te pudieran llamar.

Gallo.—Ansi es. Acompañaua tanbien á su muger á qualquiera parte que queria salir, lleuaula de la mano, y avn algunas vezes la rascaua en la palma. Aqui estube dos años en esta casa y de aqui me fue a mi tierra á seruir vn curazgo.

Miçilo.—Pues ¿porque te fueste de Valladolid? (⁴).

Gallo. - Porque obo çierta sospecha en casa que me fue forçado salir de alli.

Miçilo.—¿Pues de que fue esa sospecha?

Gallo. - Allegate aca y dezirtelo he a la oreja.

Miçilo.—En ese caso poco se puede fiar de todos vosotros.

Gallo.—De aqui me vine á viuir á una muy buena aldea de buena comarca y de honbres

muy ricos. Ofreçianme cada domingo mucho vino y mucho pan: y quando moria algun feligres toda la hazienda le comiamos con mucho placer en entierro y honrras: teniamos aquellos dias muy grandes papilorrios: que ansi se llaman (¹) aquellas comidas entre nosotros, *que se dan en los mortuorios.*

Miçilo.—¡O desdichados de hijos del defunto si alguno quedaua: que todo se lo auiades de comer; *que bien heredado le dexauades comiendoselo todo!*

Gallo.—Ganenlo.

Miçilo.—Pues y vosotros ¿porqué no lo ganauades tanbien?

Gallo.—Pues yo ¿a qué lo auia de ganar? Aquel era mi offiçio.

Miçilo.—Holgar.

Gallo.—Pues y agora sabes, *quod saçerdotium dicit ocium?* Toda nuestra vida era holgar y holgar *en toda oçiosidad, andandonos cada dia en papilorrios, sin tener ninguna buena ocupaçion. Porque despues que vn capellan de aquellos ha dicho misa con aquel descuydo que qualquier offiçial entiende en su offiçio, y cunplido con el papilorrio, no auia mas que yr a cazar.* Por Dios que estoy bien con la costumbre que tienen los saçerdotes de Greçia, que todos trabajan en particulares offiçios: con los quales *bien ocupados* ganan de comer para si y para sus hijos.

Miçilo. -¿Pues cómo y casados son?

Gallo.—Eso es lo mejor que ellos tienen: porque de alli van mejor dispuestos al altar que los de acá.

Miçilo.—Pues ¿porqué no te ocupauas *tú* en leer algun libro?

Gallo.—Porque quando el hombre no es buen lector no le es sabrosa la lectura. Y despues desto no podia acabar comigo *a* ocuparme ansi.

Miçilo.—Pues ¿cómo te auias en el rezar?

Gallo.—Como leya mal haziasseme gran trabajo rezar maytines cada dia: prinçipalmente a la mañana que tardaua tres horas en los rezar. Y yo queria dezir misa en amaneçiendo, porque a la contina me leuantaua con gran sed: y ansi por comer temprano dezia misa rezando solo prima.

Miçilo.—Pues ¿porqué no rezauas maytines antes que te acostasses?

Gallo. - Porque siempre me acostaua las noches con mala dispusiçion, *y me caya dormido sobre la mesa:* y ansi por gouernarme mal en mi comer y beuer me dio vn dolor de costado del qual en tres dias me acabé, y luego mi alma fue lançada en vn corpezuelo de vn burro que estaua por naçer. Saly del vientre de mi

---

(¹) G., y casas pobres.
(²) G., destas.
(³) G., y regalos.
(⁴) G., saliste de este pueblo?

(¹) G., se llaman entre los clerigos

madre saltando y respingando: el mas contento y vfano que nunca se vio animal.

MIÇILO.—¿Y asno fueste? Poco trabajó naturaleza en te mudar. ¡O desventurado de ti! ¿y en cuyo poder?

GALLO. — Por cierto desuenturado fue: que bien pagué lo que holgué en el sacerdoçio. Quisieron los mis tristes hados que cayesse en manos de vn brauoso (¹) recuero andaluz que nunca hazia sino beodo renegar. ¡O Dios inmortal, qué carga comienço agora! Aqui se me dio el triste pago de mi mereçer. Porque luego que fue de edad para carga serui con la requa de çenadero o fatero de seys buenos machos que mi amo traya. Y lleuando a la contina casi tanta carga como cada vno dellos, cada vez que se sentia cansado subia en mi tan grande como yo: y queria que siempre fuesse delante de todos: y ansi sobre esto (²) me daua tantos de palos que no podia más llevar. Nunca le pareçia al desuenturado que yo mereçia el comer: y ansi siempre entresacaua de todos los machos vna pobre raçion con que me hazia perder el deseo. Y avn de paja no me queria hartar. Pero vsaua yo de una cautela por me mantener: que luego en la noche como llegauamos a la posada me entraba en la caualleriça y echauame luego en el suelo, fingiendo querer descansar: y como yo a la contina andaua con ruyn albarda y peor xaquima façilmente rompia mis miserables ataduras: y como echauan de comer á mis compañeros procuraua remediarme entre ellos; y avn algunos dellos me dauan muy fuertes cozes defendiendo su pasto; otros auia que teniendo piedad de mi me dexauan comer. Pero ¡ay de mi! si aquel traydor de mi amo entraua en aquella sazon, haziamelo a palos gormar. A la contina caminauamos en compañia de otros recueros (³). porque ellos lo (⁴) acostumbrauan ansi por se ayudar en neçesidad y peligros que de cada dia se les ofreçen, para cargar y descargar. Y ansi vna vez yuamos por vn camino sobre auer llonido tres dias a rreo; y llegamos a vn allozar donde estaua vn grande atolladero por causa de vnos grandes llamares de agua que en todo tiempo auia alli; y el bellaco de mi amo por poder passar mejor subio sobre mi; y como yo no sabia el passo y yua delante de todos atollé y cay. ¡O desuenturado de asno! vierasme cubierto de lodo y agua que no podia sacar braço ni pie; y mi amo apeado en medio del barro palos y palos en mi. Por çierto mil vezes me quisiera alli ahogar; y avn te digo de verdad que otras tantas vezes me quise matar si no fuera por no caer en *el* pecado de desesperaçion.

(¹) G., vestial.
(²) G., por lo qual.
(³) G., tragineros.
(⁴) G., se.

MIÇILO.—Pues deso ¿qué se te daua á ti?

GALLO.—Tuuiera más que pagar. Porque has de tener por çierto que los trabajos que yo padeçia en vn estado o naturaleza, era en penitençia de pecados que cometia en otra. Pues sobre todo esto verás otra cosa peor; que guiando tras mi vn mulo de aquellos que lleuaua vna gran carga de açeyte, y tanbien atolló *junto a mi.* Y tanto tuuieron que entender en su remedio que me dexauan a mi ahogar; y el vellaco de mi amo no hazia sino renegar de Dios. En fin entraron él y sus compañeros en medio del barro y ronpiendo los lazos y sobre carga y avn vn cuero de seys arrobas que no se pudo remediar; y ansi arrastrando sacaron el mulo afuera. Y despues boluieron por mi y a palos tirando por las orejas y cola me huuieron de sacar. Nunca me pareçió que era yo inmortal sino alli, y pessauame mucho porque en todas las speçies de animales en que vini me duraua aquella tanto siendo la peor; y lloraua porque quando yo fue clerigo, rana, o puerco no me perpetué; y vine á viuir tanto en vn tan ruyn natural. Despues salidos a tierra todos los duelos auian de caer sobre mi; porque como el macho era vestia de valor, como le sintieron algo fatigado, fue de voto de todos que me cargassen vn rato el otro cuero que lleuaua el mulo y que le regalassen á él; proponiendo (¹) entre si que llegando a la primera venta le tornarian a cargar; y yo como vi ser tal su determinaçion, y que no podia apelar, porque para ellos mesmos no me admitian (²) suplicaçion, por tanto callé y sufri y mal que me pessó le lleué hasta que anocheçio. Aqui es de llorar; que si por malos de mis pecados me detenia algo al pasar de vn lodo, o de alguna aspereça, o por piedras, o por qualquiera otra ocasion, cogia aquel vellaco vna vara que lleuaua de doze palmos y vareauame tan cruelmente por barriga y ancas y por todo lo que la carga descubria que en todo mi cuerpo no dexaua lugar con salud. Por çierto yo lleguè tal aquella noche al meson que rogué con gran affeto a Dios que me acabasse el viuir. En llegando que me descargaron me arrojé al suelo en la caualleriza, que ni tenia gana de comer, ni avn era yo tan bien pensado que me sobrase la çeuada. Pero basta que yo lleguè tal que no sabia parte de mi. Tenia quebrantadas las piernas del cansancio, y herido todo el cuerpo magullado á palos; y como me hallé tan miserable aborreçime en tanta manera que estuue por desesperar. Y estando ansi tan desbaratado con mi passion acordé (que no deuiera) de probar a me libertar, y huyendo yrme a mis venturas, pensando que a açertar a libertarme ganaua

(¹) G, poniendo.
(²) G., aprouechara.

descanso para toda mi vida; y que a salirme mal no podia ser mas que o caer en manos de otro vil, o en manos de mi amo que me tornasse a palear, o en manos ([^1]) de vn lobo que me comiesse. Y ninguna destas cosas tenia por peor; y ansi como me determiné auiendo çenado los recueros y aparejado sus camas en que se acostar, y sobre su cansançio y vino començaron a dormir, y como tube gran cuydado de ver todo lo que passaua, lo mas seguro que pude sali por la puerta del meson; y como yo me vi en libertad, ¡o Dios soberano! quien podra encareçer el gozo en que se vio mi alma. Luego me fue al mas correr la calle que mas a mano tomé hasta salir del lugar; y por el camino que açerté comienço con tanta furia a correr que no auia cauallo que en ligereza se me pudiesse comparar. Que con quanto cansado venia con el cuero de açeyte quando al meson llegué, me pareçio quando de la possada sali que en todo deleyte auia estado aquel mes; y quando yo pensé que me auia alongado de mi amo cuatro leguas por la gran furia con que en dos horas corri; y como la noche hazia obscura por el nublo que tenia el çielo; echeme con gran seguro en vn prado á descansar, y plugo a mis tristes hados que en el meson obo ([^2]) ocasion como me hallaron menos en la caualleriza; y como mi amo fue auisado me procuró luego seguir; porque avn no faltó quien me vió quando yo sali del lugar, y el camino que lleué. Y como caminó a toda furia quando amaneçio se halló junto a mi. ¡O valame Dios! quando yo le vy, quisiera tener vn arma, ó qualquier otro medio como ([^3]) me matar. Pluguiera a Dios luego me matara alli; y como me vio dixo: ¡a! don traydor, ¿pensastes os me yr? Agora me lo pagareis; y diziendo esto diome tantos de palos que no pensé mas viuir; y puedes creer que digo la verdad que en alguna manera me alegré, pensando que me acabaua ya, esperando que con la muerte me suçediera ([^4]) mejor. Pero no mereçia yo tanto bien; y ansi me salio al reues; porque quando vio que me auia bien castigado subio en mi y corriendo como en vna posta me tornó al lugar con la posible furia; donde llegamos antes que los compañeros pudiessen aparejar. Y ansi sin perder ellos punto de xornada perdi yo la çena y almuerço y descanso; porque luego en llegando cargando a todos y a mi nos hizieron caminar.

MIÇILO.—Por çierto mal te trataua ese honbre. Mala gente deue de ser recueros.

GALLO.—Por Dios mala quanto se puede encareçer. Es el genero de honbres mas vil que en el mundo Dios crió; la hez, escoria y deshecho de todos quantos son. No tienen cuenta sino con beuer, y quanto hurtan, ganan y trapazan no es sino para vino, y vino y mas vino. No pareçe su cuerpo sino vna cuba manantial. Es gente que por su boca nunca professó ley, porque sino es lo que el padrino respondió por ellos al baptismo nunca de la ley de Cristo honbre dellos se acordó, ni otro sacramento reçibió. Porque toda su vida no entienda ([^1]) sino andar con la recua nunca paran quaresma en su feligresia para se confesar; y si vienen despues de quaresma a su pueblo y su cura les dize que se confiessen muestran ([^2]) vnas çedulas de confession fingidas y falsas, hechas para cumplir. Con esto no les verás hazer cosa por donde entiendas de qué ley son, porque sus dos mas prinçipales obras es ([^3]) beber y renegar. Que quaresma ni quatro temporas, ni visperas de Santos, ni viernes no hazen differençia en el comer. Antes mofan de los que en aquellos dias hazen alguna espeçificaçion. No quiero hablar desta ruyn gente mas, porque avn mi lengua, avnque de gallo, tiene asco y enpacho de hablar de honbre tan peruerso y tan vil. Que si en sus baxezas me quisiesse detener, tiempo faltaria para dezir. Pero pues tengo intençion de te cantar ([^4]) de honbres mas altos, de los que tiene el vulgo por nobles y los çelebra con solenidad, no me quiero detener en honbres tan sueçes, porque me pareçe que del tiempo que en los tales se gastasse se deuria restituçion. En fin quiero concluir con la miserable vida que me dió; que ella fue tal que en ninguna manera la pude sufrir; y ansi viniendo vn dia de Cordoua para Salamanca con vn cargo de açeyte, y yo traya tanbien mi parte, y no la menor, yo venia tan aborrido y tan desesperado que propuse en my determinaçion de tomar la muerte, ofreçida la oportunidad; y ansi vna mañana bajando vn porteçuelo que dizen de la Corchuela, deçendiendo sobre el rio Taxo a passar la puente del Cardenal, viniendo por la ladera de la sierra pareçese el rio de Taxo abajo que va por entre vnas peñas con mucho ruydo y braueza, que a todos quantos por alli passan pone espanto Luego como vi aquella ocasion pense arroxarme de alli al rio y acabar aquella vida de tanto trabajo, hambre y miseria contina; y ansi a vna vuelta que la sierra da en que descubre el rio vn gran pedaço, por razon de auer comido con la fuerça que por alli lleua vna gran parte de la montaña, está vn despeñadero muy grande, que el que de alli cayere no puede parar hasta el rio.

[^1]: G., en poder.
[^2]: G., se ofreçio.
[^3]: G., con que.
[^4]: G., suçederia.

[^1]: G., entiende.
[^2]: G., muestranle.
[^3]: G., son.
[^4]: G., contar.

Suçedio que yendo yo pensando en esto dió mi amo vn palo a vn mulo que venia tras mi, y herido el mulo con algun pauor quiso ([1]) passar *ante mí*; y con la furia y fuerça que lleuaua encontró con mi flaqueza y façilmente me hizo rodar a mí y a mis cueros de açeyte. De tal manera que dando de peña en peña hecho pedaços llegué al rio sin sentir el dolor que padeçen con la demasiada agua los que se ahogan; y ansi acabé la más misserable vida y más penosa que en el mundo jamas se padeçió. Con protestaçion que hize mil vezes de ser bueno por no venir á otro tan gran mal.

Miçilo.—Deseo tenia de verte salir de tan gran ([2]) penitencia, y heme holgado mucho en averte oydo hasta aqui; ya pareçe que es venido el dia, y avn pareçe que ha más de media hora que salio el sol; y porque no perdamos la coyuntura de nuestro ganar de comer, calla y abriré la tienda, que mucho á mi sabor has cantado oy; y a la noche yo velaré el rató que se me ha passado desta mañana sin trabajar, y oyrte he hasta que te quieras dormir. Agora despierta tus gallinas y venios a comer.

Gallo.—Mira, Miçilo, no te engañes en eso comigo, porque yo antes despertaré a la media noche y quedaré sin dormir mas, que no velaré a la prima noche. Pero yo haré vna cosa por te conplazer; que recogeré vn hora antes que anochezca mis gallinas, y aure dormido un sueño bueno quando tú acabes de çenar, y despertandome tú yo velaré todo lo que querras. Y al sabor de la historia que yo cantaré trabajarás tu hasta que quieras dormir.

Miçilo.—Muy bien dizes; hagasse ansi. Quisiera que me dixeras una cosa que se me oluidó de te preguntar, y es: quando fueste capellan de aquel curazgo (que cura te podriamos llamar) ¿cómo te sabias auer con tus ouejas? ¿cómo te sabias gouernar tus feligreses? En fin, ¿cómo te auias en su gouierno y confession? ([3]) cómo te huuiste quando eras cura con tus feligreses.

Gallo.—Eso te diré yo de muy buena voluntad, y cantarte he otras muchas cosas muy graçiosas, que confio holgarás de oyr. Porque *en el canto que se sigue* te cantaré ([4]) *de* vn mançebo de animo generoso, çiego y obstinado en los deseos y apetito de la carne. Encantado y hechizado con el veleño y embaymiento de una maga mala muger. Çiego de la razon, *disipando el tesoro del buen natural que de su padre Dias heredó*; hasta que por la ([5]) miseri-

cordia de Dios me quiso alumbrar para salir de tan gran confusion y vestialidad.

Miçilo.—Pues por agora calla que llaman a la puerta, que deuen de venir a conprar.

Fin del quarto canto del gallo de Luçiano.

ARGUMENTO

DEL QUINTO CANTO DEL GALLO

En el quinto, sexto y septimo cantos que se siguen el auctor debajo de vna graçiosa historia imita la parabola que Cristo dixo por San Lucas en el capitulo quince, del hijo prodigo. Verse ha en agraçiado estilo vn viçioso mançebo en poder de malas mugeres, bueltas las espaldas a su honrra, a los honbres y a Dios, disipar todos los doctes del alma, que son los thesoros que de su padre Dios heredó; y verase tambien los hechizos, engaños y encantamientos de que las malas mugeres vsan por gozar de sus laçivos deleytes por satisfazer a sola su sensualidad ([1]).

Miçilo.—Por çierto pessado tienen los gallos el primer sueño, pues con auerse entrado este gallo acostar dos horas antes que anocheçiesse no ha mostrado despertar.

Gallo.—No pienses, Miçilo, que avnque no canto que duermo, porque yo despierto estoy aguardando a que vengas de la çena al trabajar ([2]).

Miçilo.—Pues ¿porqué no cantas, que yo huuiera ya venido?

Gallo.—No canto porque avnque nosotros los gallos somos musicos de nacion, tenemos esta ventaja a los cantores ([3]) de allá: que nosotros tenemos tanto seso y cordura en nuestro canto que con el buen orden de nuestra musica gouernais vuestras obras como con muy çierto y reglado relox. Pero vuestros musicos cantan sin tiempo, orden y sazon, porque han de careçer de seso para bien cantar. Cantamos a la media noche, y esta no la es; y cantamos al alua por dar loores a Dios nuestro hazedor y criador.

Miçilo.—Pues ante todas cosas te ruego me digas: quando fueste capellan de aquel curazgo (que cura te podemos llamar) ¿como te sabias auer con tus ouejas? ¿Como sabias repastar tus feligreses? ¿Como te auias en su gouierno y confession? Porque no sé quien tiene mayor culpa, el cura proprio con ([4]) encomendar su ganado á vn honbre tan sin letras como tú, o tú en lo açeptar.

([1]) G., trabajo por.
([2]) G., cruel.
([3]) G., que me dixeras como te huuiste, quando eras cura, con tus feligreses. (*Falta lo restante.*)
([4]) G , contare.
([5]) G., su diuina.

([1]) *Tachado*: Siguesse el quinto canto del Gallo de Luçiano, orador griego, contrahecho en el castellano por el mesmo autor prete.
([2]) G., trabajo.
([3]) G., musicos.
([4]) G , por.

GALLO.—Qué quieres que te diga a eso sino lo que se puede presumir de mí? En fin yo lo hazia como todos los otros pastores merçenarios, que no tenemos ojo ni cuenta sino al proprio interes y salario, obladas y pitanças de muertos; y quanto a las conçiençias y pecados, quantos (¹) quiera que fuessen graues no les dezía más sino: no lo hagas (²) otra vez; y esto avnque çien vezes me viniessen lo mesmo a confessar; y avn esto era quanto a los pecados claros, y que ninguna dificultad tenian. Pero en otros pecados que requerian algun consejo, estudio y miramiento disimulaua con ellos, porque no sabia yo más en el juizio de aquellas causas que sabia quando rodé por la montaña sobre Texo (³). En fin en todo me auia como aquel merçenario que dize Cristo en el Euangelio, que quando ve venir el lobo a su ganado huye y lo desampara. Ansi en qualesquiera neçesidades y afrentas que al feligres se le ofreçiesse (⁴) me tocaua poco a mi, y menos me daua por ello.

MIÇILO.—Dime, si en vna quaresma sabias que algun feligres estaua en algun pecado mortal, de alguna enemistad o en amistad viçiosa de (⁵) alguna muger, ¿qué hazias? No trabajauas por hazer a los vnos amigos, y a los otros vuscar medios honestos y secretos como los apartar del pecado?

GALLO.—Esos cuydados ninguna pena me dauan. Proprios eran del proprio pastor cura: viniesse a verlos y proueerlos. Comiasse él en cada vn año treçientos ducados que valia el benefficio paseandose por la corte, y auia yo de lleuar toda la carga por dos mil marauedis? No pareçe cosa justa.

MIÇILO.—¡Ay de las almas que lo padeçian! Ya me pareçe que te auias obligado con aquella condiçion; que el cura su culpa pagara.

GALLO.—Dexa (⁶) ya esto; y quiero te contar vn aconteçimiento que passé en vn tiempo, en el qual juntamente siendote graçioso verás y conoçeras la vanidad desta vida, y el pago que dan sus viçios y deleytes. Y tambien verás el estado en que está el mundo, y los engaños y laçiuia de las peruersas y malas mugeres, y el fin y daño que sacan los que a sus suçias conuersaçiones se dan; y viniendo al caso sabras, que en vn tiempo yo fue vn muy apuesto y agraçiado mançebo cortesano y de buena conuersaçion, de natural criança y contina residençia en la corte de nuestro Rey. Hijo de vn valeroso señor de estado y casa real; y por

no me dar más a conoçer, basta, que porque haze al proçeso de mi historia te llego a dezir, que entre otros preuillejios y gajes que estauan anejos á nuestra casa, era vna compañia de çien (¹) lanças de las que estan en las guardas del Reyno, que llaman hombres de armas de guarniçion. Pues passa ansi que en el año del señor de mil y quinientos y veynte y dos, quando los françesses entraron en el Reyno de Nauarra con gran poder, por tener ausente a nuestro prinçipe, Rey y Señor, se juntaron todos los grandes y señores de Castilla; guiando por gouernador y capitan general el condestable Don Yñigo de Velasco para yr en la defensa y amparo y restituçion de aquel Reyno, porque se auian ya lançado los françesses hasta Logroño; y ansi por ser ya mi padre viejo y indispuesto me cometio y dió el poder de su capitania con çedula y liçençia del Rey; y ansi quando por los señores gouernadores fue mandado mouer, mandé a mi sota capitan y alferez que caminassen con su estandarte, siendo todos muy bien proueydos y basteçidos por nuestra reseña y alarde; porque yo tenia çierto negoçio en Logroño. en que me conuenia detener le mandé que guiassen, y por mi carta se pressentassen al Señor Capitan General, y yo quedé allí; y despues quando tune acabado el negoçio parti con vn escudero mio que á la contina le lleuaba para mi conpañia y serviçio en vn roçin; y luego como entramos en (²) Nauarra fue auisado que las mugeres en aquella tierra eran grandes hechizeras encantadoras, y que tenian pacto y comunicaçion con el demonio para el effecto de su arte y encantamiento, y ansi me auisauan que me guardasse y viniesse recatado, porque eran poderosas en peruertir los honbres y avn en conuertirlos en vestias y piedras si querian; y avnque en la verdad en alguna manera me escandalizasse, holgué en ser auisado, porque la moçedad como es regoçijada reçibe pasatiempo con semejantes cosas; y tanbien porque yo de mi cogeta fue affiçionado a semejantes aconteçimientos. Por tanto yua deseoso de encontrarme con alguna que me encantasse, y avn yua de voluntad y pensamiento de trocar por alguna parte de aquella arte el fauor del prinçipe y su capitania; y caminando vna mañana (³) yendo reboluiendo estas cosas en mi pensamiento, al bajar de vna montaña me apeé por estender las piernas, y tanbien porque descansasse algo mi cauallo, que començaua ya algo el sol a calentar; y ansi como fue apeado tirandole de las orejas y estregandole el rostro di la rienda a mi escudero *Palomades que ansi*

(¹) G., quanto.
(²) G., hagais.
(³) G., Taxo.
(⁴) G., ofreçen.
(⁵) G., con.
(⁶) G., dexemos.

(¹) R. (*Tachado*): quatrocientas
(²) G., començamos a caminar por.
(³) G., montaña.

se llamaua, mandandole (¹) que caminasse aute mi; y en esto bolui la cabeça atras y veo venir tras mi vn honbre en vna vestia, el qual en su habito y trato luego que llegó me pareçió ser de la tierra; por lo qual y por holgar yo mucho de la conuersaçion le aguardé, y ansi llegando a mi me saludó; y por el semejante se apeó para bajar, y luego començé a le preguntar por su tierra y lugar, como en el camino suele acontecer y él me dixo que era de una aldea pequeña que estaua vna legua de allí; y yo trabajaua meterle en conuersaçion presumiendo dél algun encogimiento, porque como aquella tierra estuuiesse al presente en guerras tratan con nosotros con algun recato no se nos osando confiar. Pero en la verdad aquel honbre no mostró mucha cobardia, mas antes demasiada liberalidad. Tanto que de sus hablas y razones façilmente juzgaras ser otra cosa que honbre, porque ansi con su habla me embelleñó que casi no supe de mi, y ansi del Rey y de la Reyna, y de *la guerra de* los françeses y castellanos venimos a hablar de la costumbre y bondad de la gente de la tierra, y el çiertamente vino a hablar en ello de buena voluntad. Començomela a loar de fertil y viçiosa, abundante de todo lo necesario, y yo dixe: honbre honrrado yo tengo entendido desta tierra todo el cunplimiento entre todas las prouinçias del mundo, y que la gente es de buena habilidad y injenio, *y las mugeres veo tanbien que son hermosas y de apuesta y agraçiada representacion;* y ansi él me replicó: por cierto, Señor, ansi es como sentis; y entre todas las otras cosas quiero que sepais que las mugeres, *demas de su hermosura,* son de admirable habilidad, en tanta manera que en saber exçeden a quantas en el mundo son. Entonçes yo le repliqué deseando saber de su sçiençia; importunandole me dixesse algo en particular de su saber; y él me respondió en tanta abundançia que toda mi atençion lleuaua puesta en lo que el dezia. Diziendo: señor, mandan el sol y obedeçe, a las estrellas fuerçan en su curso, y a la luna quitan y ponen su luz conforme a su voluntad. Añublan los ayres, y hazen si quieren que se huelle y paseen como la tierra. Al fuego hazen que enfrie, y al agua que queme. Hazense moças y en vn punto viejas, palo, piedra y vestia. Si les contenta vn honbre en su mano está gozar dellos (²) a su voluntad; y para tenerlos mas aparejados a este effecto los conuierten en diuersos animales entorpeçiendoles sus (³) sentidos y su buena naturaleza. Han podido tanto con su arte que ellas mandan y los honbres

obedeçen, o les cuesta la vida. Porque quieren vsar de mucha libertad yendo de dia y de noche por caminos, valles y sierras a hazer sus encantos y a coxer sus yeruas y piedras, y hazer sus tratos y conçiertos. Lleuauame con esto tan traspuesto en si que ningun acuerdo tenia de mi quando llegamos al lugar; y cabalgando en nuestras vestias nos metimos (¹) por el pueblo, y queriendo yo passar adelante me forçó con *grande importunidad y* buena criança que quisiesse apearme en su posada porque seruia a vna dueña valerosa que acostunbra reçebir semejantes caualleros en su casa de buena voluntad; y como fuesse llegada la hora del comer holgué de me apear. Salionos a reçebir vna dueña de alta y buena dispusiçion, y (²) avnque representaua alguna edad tenia ayre y desenboltura de moça, y en viendome se vino para mi con vna boz y habla halagüeña y muy de presto dispuso toda la casa y aparato con tanto seruiçio como si fuera casa de un principe o poderoso señor; y quando miré por mi guia no la vi; porque entrando en casa se me desapareçió; y segun pareçe por todo lo que passó antes y despues no puedo creer sino que aquella muger tenia aquel demonio por familiar en hábito y figura de honbre. Porque segun mostró en su habla, trato y conuersaçion no creo otra cosa, sino que lo tenia para enbiarle a caza de honbres quando para su apetito y recreaçion le daua la voluntad. Porque ansi me cazó a mi como agora oyras. Luego como llegamos, con mil regalos y ofreçimientos dispuso la comida con grande aparato, con toda la diligençia y soliçitud posible; en toda abundançia de frutas, flores y manjares de mucho gusto y sabor, y los vinos muy preçiados en toda suauidad, seruidos de diuersas dueñas y donzellas, que casi pareçian diferentes con cada manjar. Tubome la fiesta en mucho regocijo y passatiempo en vna sala baja que caya sobre un huerto de frutas y de flores muy suabes; ya me pareçia que por poco me quedara alli, sino fuera porque ansi como en sueño me acordé de mi *riaje y* compañia, *y consideré* que corria gran peligro mi honrra si me descuydasse; y ansi sospirando me leuanté en pie proponiendo yr con la posible furia a cunplir con la guerra y luego boluerme a gozar de aquel parayso terrenal. Y ansi la maga por estar muy contenta de mi buena dispusiçion me propuso a quedarme aquella noche alli; diziendo que ella no queria, ni tenia quanta prosperidad y aparato poseya sino para seruir y hospedar semejantes caualleros. Prinçipalmente por auer sido su marido vn castellano de gran valor, al qual amó sobre todas

(¹) G., y mandele.
(²) G., del.
(³) G., los.

(¹) Lançamos.
(²) G., la qual.

las cosas desta vida, y ansi no podia faltar a los caualleros castellanos, por representarsele qualquiera dellos aquellos sus primeros amores que ella a la contina tenia ante sus ojos presente. Pero como avn yo no auia perdido del todo mi juizio y vso de razon trabajé de agradeçerle con palabras acompañadas de mucho cumplimiento y criança la merçed que me hazia; con protestaçion que acabada la guerra yo vernia con mas libertad a la seruir. No le pessó mucho a la maga mi defensa còmo esperaua antes de la mañana satisfazerse de mi mucho a su voluntad; y ansi me dixo: pues señor, presupuesto que teneis conoçido el deseo que tengo de os seruir, y confiando que cumplireis la palabra que me dais, podreis hazer lo que querreis; y por mas os seruir os daré un criado mio que os guie quatro leguas de aqui, donde os vays a dormir con mucho solaz. Porque tengo allí una muy valerosa sobrina que tiene vn fuerte y muy hermoso castillo en vna muy deleytósa floresta que estará quatro leguas de aqui, llegando esta noche allí, no perdiendo xornada para vuestro proposito, por ser mia la guia y por la graçia de mi sobrina que tiene por costunbre [1] hospedar semejantes caualleros, como yo, os hospedará, y allí pasareis esta noche mucho a vuestro contento y solaz; yo le bessé las manos por tan gran merçed, la qual açepté; y luego salió el viejo que me truxo allí cabalgando en vn rozin y despidiendome de la maga [2] començamos a caminar. Fuemos hablando en muchos loores de su señora, que nunca acabaua de la engrandeçer. Pues dixome: Señor agora vays a este castillo donde vereis vna donzella que en hermosura y valor exçede a quantas en el mundo ay; y demandandole por su nonbre, padres y calidad de estado me dixo él: eso haré yo, señor, de muy buena voluntad *de os dezir*, porque despues desta mi señora a quien yo agora siruo no creo que ay en el mundo su igual, y a quien con mejor voluntad deseasse *ni deua* yo seruir *por su gran valor*; y ansi Señor, sabed [3] que esta donzella fue hija de vn señor natural desta tierra, del mejor linaje que en ella ay, el qual se llamaua el gran varon; y por su hermosura y linaje fue demandada de muchos caualleros de alta guisa, ansi desta tierra como de Françia y Castilla, y a todos los menospreçió proponiendo de no casar con otro sino con el hijo de su rey; y siendo tratadas entre ellos palabras de matrimonio respondió el Rey de Nauarra que tenia desposado su hijo con la segunda hija del Rey de Françia, y que no podia faltarle la palabra. Por

lo qual sintiendo ella afrenta no auerle salido çierto su deseo, por ser dama de alta guisa propuso de nunca se casar hasta oy; y ansi por auer en su linaxe dueñas muy hadadas que la hadaron, es ella la mas hadada y sabia muger que en el mundo ay. En tanta manera que por ser tan sabia en las artes la llaman en esta tierra la donzella Saxe hija del gran varon; y ansi hablando en esto fuemos a entrar en vna muy hermosa y agraçiada floresta de mucha y deleytable arboleda. Por la qual hablando en estas [1] y otras muchas cosas caminamos al pareçer dos leguas hasta que casi se acabó el dia. Y ansi casi media hora antes que se pusiesse el sol llegamos a vn pequeño y muy apazible valle donde pareçia que se augmentaua mas la floresta con muchos jazmines altos y muy graçiosos naranjos que comunicauan en aquel tiempo su oloroso azahar, y otras flores de suabe y apazible olor. En el medio del qual valle se mostró vn fuerte y graçioso [2] castillo que mostraua ser el parayso terrenal. Era edificado de muy altas y agraçiadas torres de muy labrada canteria. Era labrado de muy relumbrante marmol y de jaspes muy finos, *y del alabastro* y del musayco y moçaraues muy perfetos *y otras piedras de mucha estima* [3]. Pareçiome ser dentro de exçeso sin conparaçion más polido, pues de fuera auia en el tanta exçelençia. Y ansi fue que como llamamos a la puerta del castillo y por el portero fue conoçida mi guia fueron abiertas las puertas con mucha liberalidad, y entramos a vn ancho patio; del qual cada cuadro tenia seys colunas de forma jonica, de fino marmol, con sus arcos de la mesma piedra, con vnas medallas entre arco y arco que no les faltaua sino el alma para hablar. Eran las imagines de Piramo y Tisbe, de Philis y Demophon; de Cleopatra y Marco Antonio. Y ansi todas las demas de los enamorados de la antiguedad; y antes que passe adelante quiero que entiendas que esta donzella Saxe de que aqui te contaré, no era otra sino la vieja maga que *en el aldea* al comer me hospedó. La qual como le pareçiesse que no se aprouechara de mi en su casa tan a su plazer como aqui, tenia por sus artes y industrias del demonio esta floresta y castillo y todo el seruiçio y aparato que oyras, para holgar con quien queria noches y dias como te contaré. Por el friso de los arcos del patio yua vna gruesa cadena dorada que salia releuada en la canteria, y vna letra que dezia:

«Quantos van en derredor,
son prisioneros de amor».

[1] G., que tiene la mesma costumbre que yo en.
[2] G., buena dueña.
[3] G., os digo.

[1] G., esta.
[2] G., hermoso.
[3] G., auia musayco y muçaraues muy perfectos.

Auia por todo el torno ricas imagines y piedras del Oriente, y auia en los corredores altos gruesas colunas enteras de diamante, no sé si verdadero o falso, pero oso juzgar que no auia mas bella cosa en el mundo. Por lo alto de la casa auia terrados de muy hermosos y agraçiados edefiçios, por los quales andauan lindas y hermosas damas vestidas de verde y de otros amorosos colores, con guirnaldas en las cabeças, de rosas y flores, dançando a la muy suaue musica de arpas y dulçaynas que les tañian sin pareçer quién. Bien puede qualquiera que aqui entre afirmar que fuesse aqui el parayso o el lugar donde el amor fue naçido: porque aqui ni entra, ni admiten en esta compañia cosa que pueda entristeçer, ni dar passion. No se vsa (¹) aqui otra (²) cosa sino (³) juegos, plazeres, comeres, dançar, vaylar y motexar. Y otras vezes juntas damas y caualleros cantar musica muy ordenada, que juzgaras estar aqui los angeles *en contina conuersaçion y festiuidad*. Nunca alli entró cana, arruga, ni vejez; sino solamente juuentud de doze hasta treynta años, que se sepa comunicar en todo deleyte y plazer. En esta casa siempre es abril y mayo, porque nunca en todo el año el suaue y templado calor y fresco les falta; porque aquella diosa lo dispone con su arte a medida de su voluntad y neçesidad. Acompañanla aqui a la contina muy valerosas damas que ella tiene en su compañia de su linaxe, y otras por amistad, las quales atraen allí caualleros que vienen en seguida de su valor. Estos hazen la corte mas vfana y graçiosa que nunca en casa de Rey ni emperador tan adornada de cortesania se vio. Porque solamente entienden (⁴) en inuençiones de traxes, justas, danças y vayles; y otras a la sonbra de muy apazibles arboles nouelan, motejan, rien con gran solaz; qual demanda questiones y preguntas de amores; hazer sonetos, coplas, villançicos, y otras agudeças en que a la contina reçiben plazer. Por lo alto y por los xardines, por çima de chopos, fresnos, laureles y arrayanes, buelan calandrias, sirgueros, canarios y ruyseñores que con su musica hazen suaue melodia. Estando yo mirando toda esta hermosura ya medio fuera de mi, se me pusieron delante dos damas más de diuina que de humana representaçion porque tales pareçian en su habito, modo y gesto; que todas venian vestidas como de casa real. Trayan muy ricos requamados, joyas y piedras muy finas; rubies, esmeraldas, diamantes, balajes, zafires, jaçintos y de otras infinito numero que no cuento. Estas puestas ante mi con humilde y agraçiado semblante, auiendoles yo hecho la cortesia que a tales damas se les deuia, con muy cortés razonamiento me ofreçieron el hospedaje y seruiçio de aquella noche de parte de la señora del castillo; y yo auiendo açeptado la merçed con hazimiento de graçias, me dixeron estar me aguardando arriba; y ansi dexando el cauallo a mi escudero me guiaron por el escalera. Avn no auiamos acabado de subir quando vimos a la bella Saxe que venia por el corredor, la qual con aquella cortesia y semblante me reçibió como si yo fuera el Señor de todo el mundo, y ansi fue de toda aquella y tribunfante y agraçiada corte tan reuerençiado y acatado como si yo fuera todo el poder que los auia de mandar. Era aquel palaçio tan adornado y exçelente, y tan apuesta aquella bienauenturada (¹) compañia que me pareçe que mi lengua la haze injuria en querertelo todo pintar. Porque era ello todo de *tanto aparato* y perfecçion, y mi injenio de tan poca eloquençia que es neçesario que baxe su hermosura y grandeza muy sin comparaçion. Muchos abria a quien yo contasse esta historia que por su poca esperiençia les pareçiese (²) manera de fingir. Pero esfuerçome a te la pintar *a ti Miçilo* lo más en la verdad que puedo porque tengo entendido de tu cordura que con tu buen crédito debajo destas toscas y cortas palabras entenderas lo mucho que quiero sinificar. Porque çiertamente era aquella corte y compañia la más rica, la más hermosa, agraçiada y generosa que en el mundo nunca fue: ni lengua humana con muy alta y adornada eloquençia nunca podria encareçer, ni pluma escreuir. Era toda de florida y bella edad, y sola entre todas venia aquella mi bella diosa relumbrando como el sol entre *todas* las estrellas, de belleza estraña. Era su persona de miembros tan formados quanto pudiera con la agudeza de su ingenio pintar aquel famoso Apeles con su pinçel. Los cabellos luengos, rubios y encrespados; trançados con vn cordon de oro que venia a hazer una injeniosa laçada sobre el lado derecho de donde colgaua vn joyel que no auia juizio que le bastasse estimar (³). Traya los carrillos muy colorados de rosas y jazmines, y la frente pareçia ser de vn liso marfil; ancha, espaciosa, llana y conueniente, que el sol hazia eclipsar con su resplandor. Debajo de dos arcos de çejas negras como el fino azabache le estan baylando dos soles piadosos a alunbrar a los que los miran, que pareçia estar amor jugando en ellos y de alli disparar tiros gentiles con que visiblemente va matando a qualquier hombre que con ellos echa

---

(¹) G., entiende.
(²) G., en otra.
(³) G., sino en.
(⁴) G., se ocupan.

(¹) G., juuenil.
(²) G., pareçeria.
(³) G., de inestimable valor.

de ver. La nariz pequeña y afilada, en que naturaleza mostró su perfeçion. Muestrasse debajo de dos pequeños valles la chica boca de coral muy fino, y dentro della al abrir y çerrar de un labrio angelical se muestran dos hylos de perlas orientales que trae por dientes. Aqui se forman çelestiales palabras que bastan ablandar coraçones de diamante. Aqui se forma vn reyr tan suaue que a todos fuerça a obedeçer. Tenia el cuello redondo, luengo y sacado, y el pecho ancho, lleno y blanco como la nieue, y a cada lado puesta en él vna mançana qual siendo ella diosa pudiera poner en si para mostrar su hermosura y perfeçion. Todo lo demas que secreto está, como cuerdo puedes juzgar corresponder a lo que se muestra de fuera en la mesma proporçion. En fin en edad de catorçe años escogió la hermosura que naturaleza en vna dama pudo dar. Pues visto lo mucho que te he dicho de su veldad no te marauillarás, Miçilo, si te digo que de enamorado de su belleza me perdi; y encantado sali de mi, porque depositada en su mano mi libertad me rendi a lo que de mi quisiesse hazer.

MIÇILO.—Por cierto no me marauillo, Gallo, si perdiesses el juizio por tan estremada hermosura, pues a mi me tiene encantado en solo te lo oyr.

GALLO.—Pues andando ansi, como al lado me tomó, siguiendonos toda aquella graçiosa compañia, me vna ofreçiendo con palabras de toda cortesania á su subjeçion: proponiendo nunca querer ni demandar libertad, teniendo por aueriguado que todo el mereçer del mundo no podia llegar a poseer joya de tan alto valor; y avn juzgaua por bienauenturado al que residiendo en su presençia se le diesse sola su graçia sin mas pedir. Hablando en muy graçiosos requiebros, faboreçiendome con vnos ofreçimientos muy comedidos: vnas vezes por mi persona, otras diziendo que por quien me embiaua alli. Entramos a vna gran sala adornada de muy sumptuosa y estraña tapiçeria: donde al cabo della estaua vn gran estrado, y en el medio dél vn poco más alto, que mostraua alguna differencia que se daua algo a sentir, estaua debajo de un rico dosel de brocado hecho el asiento de la bella Saxe con muchos coxines, debajo del qual junto consigo me metio; y luego fue lleno todo el estrado de graçiosas damas y caualleros, y començando mucha musica de menestriles se começo vn diuino serao. Y despues que todos aquellos galanes huuieron dançado con sus damas muy a su contento y yo con la mia dançé, entraron en la sala muchos pajes con muy galanes libreas, con hachas en sus manos, que los guiaua vn maestresala que nos llamó a la çena; y leuantandose todos aquellos caualleros, tomando cada qual por la mano a su dama fue-

mos guiados por vna escalera que deçendia sobre vn vergel, donde estaua hecho vn paseo debajo de vnos corredores altos que cayan sobre la gran huerta; el qual paseo era de largo de doçientos pies. Eran todas las colunas de verdadero jaspe puestas por muy gentil y agraçiado órden; todas çerradas de arriba abajo con muy entretexidos gazmines (¹) y rosales que dauan en aquella pieza muy suave olor, con lo (²) que lançauan de si muchos clabeles y albahacas y naranjos que estauan çerca de alli. Estaua vna mesa puesta en el medio de aquella pieza que era de largo çien pies, puestos los manteles, sillas y aparato, y ansi como deçendimos a lo bajo començó a sonar grandissimo numero y differençia de musica: de trompetas, cheremias, sacabuches, dulçaynas, flautas, cornetas y otras muchas differençias de sonajas muy graçiosas y apazibles que adornauan mucho la fiesta y engrandeçian la magestad y enchian los coraçones de mucha alegria y plazer. Ansi se sentaron todos aquellos caualleros y damas en la mesa, vna dama con vn cauallero por su órden; y luego se començo la çena a seruir, la qual era tan sumptuosa y epulenta de viandas y aparato de oro, plata, riqueza y seruiçio que no hay injenio que la pueda descreuir en particular.

MIÇILO.—Alguna parte della nos falta agora aqui.

GALLO.—Fuèron alli seruidos en oro y plata todos los manjares que la tierra produçe y los que el ayre y el mar crian, y los que ha inquirido por el mundo la ambiçion y gula de los hombres sin que la hambre ni neçessidad lo requiriesse. Seruian a las manos en fuentes de cristal agua rosada y de azahar; y el vino en perlas cabadas muy grandes, y no se preçiauan (³) alli de beuer uinos muy preçiados de Castilla; pero traidos de Candia, de Greçia y Egipto. Eran las mesas de çedro coxido del Libano, y del çipres oloroso asentadas sobre peanas de marfil. Los estrados y sillas en que estauamos sentados al comer eran labradas a manera de taraçes de gemas y jaspes finos; los asientos y respaldares eran de brocado y de muy fino carmesi de Tiro.

MIÇILO. — ¡O gallo! qué sabroso me es este (⁴) tu canto: no me pareçe sino que poseo al presente el oro de aquel rico Midas y Creso, y que estoy asentado a las opulentas mesas del emperador Eliogabalo. Querria que en çien años no se me acabasso esta bienauenturança en que agora estoy. Mucho me entristeze la miseria en que pienso venir quando amanezca.

(¹) G., jazmines.
(²) G., el.
(³) G., contentauan.
(⁴) R., ese.

Gallo.—Todos aquellos caualleros entendian con sus damas en mucho regoçijo y palaçio, en motejarse y en discantar donayres y motes y sonetos de amores: notandose vnos a otros de algunos graçiosos descuydos en las leyes del amor. La mi diosa puesta en mí su coraçon me sacaua con fabores y donaires á toda cortesania. Cada vez que me miraua, agora fuesse derecho, *agora* al traues, me encantaua y me conuertia todo en si sacandome de mi natural. Sentime tan preso de su gran valor que no pudiendo disimular le dixe: ¡O señora! no más. Piedad, señora, que ya no sufre paçiençia que no me dé a merçed. Como fueron acabadas las viandas y alçadas las mesas, cada qual se apartó con su dama sobre tapetes y coxines de requamados de diuerso color. Donde en el entre tanto que se llegaua la hora del dormir ordenaron vn juego para su solaz. El qual era: que cada qual con su dama muy secreto y á la oreja le (¹) preguntasse lo que más se le antoje; y la primera y mas prinçipal ley del juego es: que infaliblemente se responda la verdad. Fue este juego gran ocasion y aparejo para que entre mí y mi diosa se declarasse (²) nuestro deseo y pena: porque yo le pregunté conjurandola con las leyes del juego, me diga en quien tuniesse puesta su fe, y ella muy de coraçon me dixo, que en mí. Con la qual confession se çerró el proçeso, estando ella segura de mi voluntad y amor; y ansi conçertamos que como yo fuesse recogido en mi camara en el sosiego de la obscura noche, ella se yria para mi. Con esta promessa y fe se desbarató el juego de acuerdo de todos, y ansi pareçieron muchos pajes delante con hachas que con su lunbre quitauan las tinieblas, y hazian de la noche dia claro, y despues que con confites, canelones, alcorças y maçapanes y buen vino hezimos todos colaçion: hecha por todos vna general reuerençia, toda aquella graçiosa y exçelente corte mostrando quererme acompañar se despidio de mi; y hecho el deuido cunplimiento á la mi bella dama, dandonos con los ojos á entender la palabra que quedaua entre nos, me guiaron las dos damas que me metieron en el castillo hasta vna camara de entoldo y aparato çelestial, donde llegado aquellas dos diosas con vn agraçiado semblante se despidieron de mi. Dexaronme vn escudero y vn paje de guarda que me descalçó, y dexando vna vela ençendida en medio de la camara se fueron, y yo me deposité en vna cama dispuesta á todo deleyte y plazer, entre vnos lienços que pareçia auerlos hilado arañas con todo primor. Olia la camara á muy suabes pastillas: y la cama y ropa á agua de angeles y azahar; y quedando yo solo puse mi sentidos y oreja atento todo á si mi diosa venia. Por muy poco sonido que oya me alteraua todo creyendo que ella fuesse, y como me hallase engañado no hazia sino enbiar sospiros que la despertassen y luego de nueuo me recogia con nueua atençion midiendo los passos que de su aposento al mio podia auer. Consideraua cualquiera ocupaçion que la podia estorbar; leuantauame de la cama muy pasito y abria la puerta y miraua á todas partes si sentia algun meneo o bulliçio, o via alguna luz: y como no via cosa alguna con gran desconsuelo me boluia acostar. Deshaziame de zelos sospechando por mi poco mereçer, si burlandose de mí estaua en los braços de otro amor, y estando yo en esta congoja y fatiga estaua mi diosa aparejandose para venir con la quietud de la noche: no porque tiene neçesidad de aguardar tiempo, pues con echar en todos vn sueño profundo lo podia todo asegurar. Pero por encareçerme á mí más el preçio de su valor, y la estima que de su persona se deuia tener, aguardaua haziendoseme vn poco ausente, estando siempre por su gran poder y saber ante mí; y quando me vi más desesperado siento que con vn poco de rumor entre la puerta y las cortinas me comiença pasito á llamar, y yo como la oy, como suele aconteçer si alguno ha peleado gran rato en vn hondo pielago con las malezas que le querian ahogar, y ansi afanando sale asiendose á las espadañas y ramas de la orilla que no se atreue ni se confia dellas porque se le rompen en las manos, y con gran trabajo mete las uñas en el arena por salir, ansi como yo la oy á mi señora y mi diosa salto de la cama sin sufrimiento alguno: y recogiendola en los (¹) braços me la comienço á bessar y abraçar. Ella venia desnuda en vna delgada camisa: cubiertos sus delicados mienbros con vna ropa sutil de çendal, que como las rosas puestas en vn vidrio toda se trasluzia. Traya sus hermosos y dorados cabellos cogidos con vn graçioso y rico garbin, y dexando la ropa de acuestas, que avn para ello no le daua mi sufrimiento lugar, nos fuemos en vno á la cama. No te quiero dezir más sino que la lucha de Hercules y Anteo te pareçiera alli. Tan firmes estauamos afferrados como puedes imaginar de nuestro amor: que ninguna yedra que á planta se abraza podia compararse á ambos á dos. Venida la mañana la mi diosa se leuantó: y lo más secreto que pudo se fue á su aposento, y luego con vn su camarero me enbió vn vestido de recamado encarnado con vnos golpes sobre vn tafetan azul, tomados con vnas cintas y clauos de oro del mesmo color; y quando yo

(¹) R., se.
(²) R., declare.

(¹) G., mia.

senti el palaçio estar de conuersaçion me leuanté y atauié y salí á la gran sala donde hallé vestida á la mi diosa de la mesma librea, que con amoroso donayre y semblante me reçibió; á la qual siguieron (¹) todos aquellos cortesanos por saber que la hazian mucho plazer; y ansi cada dia mudauamos ambos dos y tres libreas de vna mesma deuisa y color á vna y otra vsança, de diuersidad de naçiones y prouinçias; y luego todos nos fuemos a ver muy lindos y poderosos estanques, riberas, bosques, jardines que auia en la casa para entreternos hasta que fue llegada la hora del comer. La qual como fue llegada y el maestresala nos fue a llamar boluimos a la gran sala: donde estaua todo aparejado con la mesma sumptuosidad que la noche passada; y ansi conmençando la musica començo el seruiçio del comer; fuemos seruidos con la mesma magestad y aparato que alli estaua en costunbre, y despues como fue acabado el yantar y se leuantaron las mesas quedamos todos hablando con diuersas cosas, de damas, de amores, de fiestas, justas y torneos. De lo qual venimos a hablar en la corte del Enperador Carlos Quinto deste nonbre *nuestro* Rey y señor de Castilla. En la qual platica me quise yo mostrar adelantandome entre todos por engrandeçer su estado y magestad, pues de mas de ser yo su vasallo, por lleuar sus gajes era mi Señor. Lo qual todos aquellos caualleros y damas oyeron con atençion y voluntad, y algunos que de su corte tenian notiçia proseguian comigo en la prueba de mi intento; y como mi diosa me conoçió tan puesto en aquel proposito, sin darme lugar a muchas palabras me dixo. Señor, porque de nuestra corte y hospedaje vayas contento, y porque ninguno deste parayso sale desgraçiado, quiero que sepas agora como en esta nuestra casa se honrra y se estima ese bienauenturado prínçipe por Rey y Señor. Porque nuestra progenie y deçendençia tenemos por derecha linea de los Reyes de Castilla; y por tales nos trataron los reyes catholicos don Fernando y doña Ysabel, dignos de eternal memoria; y como fuesse de tanto valor ese nieto suyo por los buenos hados que se juntaron en él, esta casa siempre le ha hecho gran veneraçion, y ansi vna visabuela mia que fue en esta tierra la más sabia muger que en ella nunca naçió en las artes y buen hado, se empleó mucho en saber los suçesos deste valeroso y inclito prínçipe, y ansi edificó vna sala muy rica en esta casa y todo lo que con sus artes alcançó en vna noche lo hizo pintar alli; y porque en ninguna cosa aquella visabuela mia mintió de quanto alli hizo a sus familiares pintar conforme a lo que por este feliçissimo prínçipe pasara,

(¹) G., siguiendo.

te lo mostraré hecho por muy gran orden doçientos años ha. Alli verás su buena fortuna y *su* buen hado de que fue hadado, por las grandes vatallas que en tiempos aduenideros vençerá, y gentes belicosas que traera a su subjeçion; y diziendo esto se leuantó de donde estaua sentada, y con ella yo y toda aquella corte de damas y caualleros que por el semejante lo deseauan ver, y ansi nos fuemos todos donde nos guió, que como con vna cadena nos lleuaua tras si. Y porque ya pareçe, Miçilo, que es tarde y tienes gana de dormir, porque siento que es ya la media noche, quiero por agora dexar (¹) de cantar; y porque pareçe que nos desordenamos cantando a prima noche, nos boluamos a nuestra acostunbrada hora de nuestra cançion, que es quando al alua quiere romper, porque es mas conforme a nuestro natural; y ansi para el canto que se sigue quedará lo demas.

Miçilo.—¡O gallo! quan fuera de mi me has tenido con esta tu sabrosa cançion de comida y aparato sumptuoso; y nosotros no tenemos más de cada quatro habas que comer oy. Solamente quisiera tener el cargo de limpiar aquella plata y oro que alli se ensució, por gozar alguna parte del deleyte que reçiben estos ricos en lo tratar. Ruegote que no me dexes de contar lo que en el fin te suçedió; y agora, pues quieres, vamonos a dormir.

Fin del quinto canto del gallo de Luçiano.

ARGUMENTO DEL SEXTO CANTO

En el sexto canto que se sigue el auctor descriue por industria admirable de vna pintura las victorias que el nuestro huiçtissimo Emperador Carlos quinto deste nombre obo en la prision del Rey Françisco de Françia en Paula, y la que obo en Tunez y en la batalla que dio a Lansgraue y a Juan duque de Saxonia y liga de herejes alemanes junto al rio Albis en Alemania (²).

Gallo.—Si duermes, Miçilo, despierta.

Miçilo.—Di, gallo; que despierto estoy y con voluntad de oyrte.

Gallo.—Deseo mucho oy discantar aquella facunda historia que alli descriuio aquel pintor. Porque era de tanta exçelençia, de tanto spiritu, y de tanta magestad; de tanta extrañeça el puesto y repuesto de todo quanto alli pintó que no ay lengua que pueda llegar allá. Dezian los antiguos que la escriptura era la Retorica sin lengua; y de aquella pintura dixeron que era la eloquençia hablada. Porque tanta ventaja me pareçe que lleuaua aquella pintura a lo que Demostenes, Tullio, *Esquines*, y Tito Liuio

(¹) G., quiero que por agora dexemos.
(²) *Tachado:* Siguesse el sesto canto del gallo de Luçiano orador griego, contrahecho en el castellano por el mesmo autor.

pudieran en aquel proposito orar, como lo verdadero y real lleua differençia y ventaja a la soubra y fiçion. Veras alli los honbres vibos que no les faltaua sino el spiritu y lengua con que hablar. Si con grande affecto hasta agora he hablado por te conplazer, agora en lo que dixere pretendo mi interes; que es descriuiendo la sunptuosidad de aquella casa y el gran saber de aquella maga discantar el valor y magestad de Carlos medio Dios; porque sepan oy los honbres que el gallo sabe orar.

Miçilo.—Pues de mí confiado puedes estar que te prestaré la deuida atençion.

Gallo.—Pues como al mouimiento de la mi bella Saxe toda aquella corte diuina se leuantó en pie, tomando yo por la mano a mi diosa nos fuemos a salir a vn corredor; y en vn cuarto dél llegamos a vnas grandes puertas que estauan çerradas, que mostrauan ser del parayso terrenal. Eran todas, avnque grandes, del hebano mareotico sin mezcla de otra madera; y tenia toda la clabazon de plata; y no porque no fuesse alli tan façil el oro de auer, sino porque no es el oro metal de tanta trabazon. Estauan por las puertas con grande artifiçio entretexidas conchas de aquel preçiado galapago indio, y entresembradas muchas esmeraldas que variaban el color. Eran los vnbrales y portada del marmol fino y *marfil*, jaspe y cornerina; y no solamente era destas preçiosas piedras lo que pareçia por los remates del edefiçio, pero avn auia tan grandes piezas que por su grandeza tenian fuerça bastante para que cargasse en ellas parte del edefiçio. La bella Saxe sacó vna llaue de oro que mostró traerla siempre consigo, porque no era aquella sala de confiar, por ser el secreto y vigor de sus artes, encanto y memoria; y como fueron las puertas abiertas hizieron vn brauo ruydo que a todos nos dió pabor. Pero al animo que nos dió nuestra diosa todos con esfuerço entramos. Era tan sunptuoso aquel edefiçio como el templo mas rico que en el mundo fue. Porque excedia sin comparaçion al que descriuen los muy eloquentes historiadores de Diana de Effeso y de Apolo en Delphos quando quieren más encareçer su hermosura y sumptuosidad. No pienso que diria mucho quando dixesse exçeder a los siete edefiçios que por admirables los llamaron los antiguos los siete milagros del mundo. Era el techo de *artesones de oro maçiço, y de mozaraues cargados de riquezas*. Tenia las vigas metidas en *grueso canto de oro: y el marmol y marfil, jaspe, oro y plata* no tenia solamente la sobrehaz *y cubierta* del preçiado metal y obra rica, pero *la coluna era entera* y maçiça, que con su groseça *y fortaleça* sustentaua el edefiçio; y ansi auia *de pedazos de oro y plata grandes piezas de aquellas entalladuras y molduras.* Alli estaua

la agata, no solo para ser vista, pero para creçimiento de la obra; y la colorada sardo está (¹) alli que a todo daua hermosura y fortaleza; y todo el pabimento era enladrillado de cornerinas y turquesas y jaçintos; yua quatro palmos del suelo por la pared por orla de la pintura vn musayco de piedras finas del Oriente, que desbaratauan todo juizio con su resplandor. Diamantes, esmeraldas, rubies, zafires, topazios y carbuncos; y luego començaba la pintura, obra de gran magestad; y ansi luego començo la mi bella Saxe a mostrarnos toda aquella diuinada historia, cada parte por si, dandonosla a entender. Dixo: veys alli ante todas cosas cómo viendo el Rey Françisco de Françia las alteraçiones que en Castilla leuantaron las Comunidades por la ausençia de su Rey, pareçiendole que era tiempo conueniente en aquella dision para tomar façilmente el Reino de Nauarra, enbió su exerçito. El cual apoderado en la çiudad de Pamplona y en todas las villas y castillos della han corrido hasta Estella y puesto çerco sobre la çiudad de Logroño: la cual çiudad como valerosa se ha defendido con gran daño de françeses. Agora veys aqui como los gouernadores de Castilla auiendo paçificado las disensiones del reyno, auiendo nueua del estado en que al presente está el reyno de Nauarra determinan todos juntos con su poder venir a remediar el daño hecho por françeses y restituir el reyno a su rey de Castilla que al presente estaua en Flandes: lo qual todo que veys ha doçientos años que se pintó; y quierote agora, señor, mostrar lo que desta tu guerra, a que ybas agora suçederá. Ves aqui como sintiendo los françeses venir los gouernadores de Castilla leuantan el çerco de Logroño, y retiranse a la çiudad de Pamplona por hazerse fuertes alli. Ves aqui como el Condestable y todos los otros Señores de Castilla, ordenadas sus batallas los siguen en el alcançe a la mayor furia y ardid que pueden; ansi ves aqui como los atajan el camino junto a la çiudad de Pamplona (²), donde el miercoles que verna, que seran quinze deste mes, todos con animo y esfuerço de valerosos prinçipes los acometen diziendo: España, España, Sanctiago: y ansi veslos aqui rotos y muertos mas de çinco mil *françeses* sin peligrar veynte personas de Castilla. Dexote de mostrar las brauezas que estos capitanes en particular hizieron aqui conforme a lo que se pintó: las quales no ay lengua que las pueda encareçer. Entonçes le demandé a mi diosa liçençia para me hallar alli: y ella me dixo: no te hago, señor (³), poco seruiçio en te detener: porque yo he alcançado por mi saber

(¹) G., es taua.
(²) G., antes que entren en la çiudad, estando ya junto.
(³) G., pequeño.

el peligro en que tu persona auia de venir: y ansi proueyeron tus hados que yo te aya de saluar aqui. No quieras más buenauentura que poseerme a mi. Yo me le rendi por perpetuo basallo y juré de nunca me reuelar a su imperio. Y ansi luego prosiguio diziendo: Veys aqui cómo con esta vitoria quedó desenbaraçado de françeses todo el reyno de Nauarra, y los gouernadores se bueluen en Castilla dejando por virrey deste reyno al conde de Miranda. El qual va luego sobre el castillo de Maya y le combate con gran ardid, y le entra y mata a quantos dentro estan. Veis aqui cómo siendo Carlos auisado por los de su reyno la neçesidad que tienen de su venida y presençia, despedidos muchos y muy arduos negoçios que tenia en Alemania se embarca para venir en España en diez y ocho de julio del año de mil y quinientos y veynte y tres con gran pujança de armada. Veys aqui cómo se viene por Ingalaterra por visitar al rey y reyna su tia, de los quales será reçevido con mucha alegria, y le hazen muchas y muy solenes fiestas. Las quales acabadas y despedido de aquellos cristianissimos Reyes se viene a España aportando a la villa de Laredo, donde es reçibido con plazer de los grandes del reyno que le estaran alli aguardando. Veis aqui cómo viendo el Rey Françisco de França no auer salido con la empresa de Nauarra, y visto que el Prinçipe (¹) de Castilla Carlos está ya en su reyno, determina en el año de mil y quinientos y veynte y quatro emprender vn acometimiento de mayor interes, y fue que acuerda con *todo su poder* y *muy* pujante exerçito tomar el ducado de Milan y teniendo gente de su valia dentro de (²) la çiudad de Milan *su mesma persona estando presente* poner (³) çerco a la çiudad de Pauia, en que al presente está por teniente el nunca vençido capitan Antonio de Leyua con alguna gente española y ytaliana que tiene para en su defensa. Veys aqui cómo teniendo el rey de França çercada esta çiudad acuden a su defensa todos los capitanes y compañias que el Rey de Castilla tiene en aquella sazon por la Italia y Lombardia, y todos los prinçipes y señores que estan en su seruiçio y liga. Viene aqui en defensa Carlo de Lanaya, o Charles de Limoy que entonçes estara por visorrey de Napoles, y el marques de Pescara, y el illustrissimo duque de Borbon, y el duque de Traeto, y don Fernando de Alarcon, y Pero Antonio conde de Policastro; y avnque todos estos señores tienen aqui sus capitanes y compañias en alguna cantidad, no es tanto como la terçera (⁴) parte de la que el Rey

(¹) G., Rey.
(²) G., en.
(³) G., puso.
(⁴) G., terçia.

de França tiene en su campo. Pues como el exerçito del rey de Castilla está aqui seys meses en que alcança todo el inuierno, padeçiendo gran trabajo, y como el Rey de França no acomete ni haze cosa de que le puedan entender su determinaçion, determinan los españoles darle la batalla por acabar de partir esta porfia; y veys aqui cómo auiendo el marques de Pescara a los diez y nueue de hebrero del año de mil y quinientos y veynte y çinco dado vn asalto en el campo de los françeses por probar su cuydado y resistençia, en el qual con dos mil españoles acomete a diez mil, y sin perder diez hombres de los suyos les mata mil y doçientos, y les gana vn bestion con ocho piezas de artilleria. Pues viendo esta flaqueza acuerda el virrey con todos aquellos señores dar la batalla al rey de França en el lugar donde está fortaleçido; y ansi el viernes que son veynte y quatro dias del dicho mes de hebrero; vn hora antes del dia trayendo todos camisas sobre las armas, porque se conozcan en la batalla, dando alguna poca de gente con muchos atambores y trompetas al arma por la puerta del hospital de San Lazaro, donde estan los fosos y bestiones de los françeses para estorbar que los imperiales no entren en Pauia; y mientras estos hazen este ruydo, la otra gente rompe con çiertos injenios y instrumentos por algunas partes el muro del parco; y dan aqui como veys en sus enemigos. De todo esto es auisado el Rey de França por secreto que se haze, y ansi manda la noche antes que todos los mercaderes, y los que venden mantenimientos y otra gente inutil para la guerra salgan del real por dexar esenta la plaza. Los quales luego se ponen el campo y el Tesin sobre Pauia, donde el Rey tiene echo vn puente para passar las vituallas que vienen de Piamonte. De manera que quando los imperiales ponen en effecto su empresa ya el Rey de França con todo su exerçito está armado y puesto en orden de batalla, y no se rompe tan presto el muro que no se puedan muy bien conoçer vnos a otros en la batalla sin diuisa. El marques de Pescara toma consigo seteçientos caballos ligeros y otros tantos arcabuzeros españoles, y la gente de armas hecha dos partes lleua el virrey la auanguardia, y el duque de Borbon la batalla: y los otros caualleros ligeros lleua el duque de Traeto. El marques del Gasto lleua la infanteria española; la infanteria ytaliana y lançeneneques se haze tres partes; la vna es cabo el conde de Guiarna; y de la otra es cabo Jorge cauallero aleman; y del otro es cabo otro capitan de alemanes; y ves aqui cómo en el punto que el muro del parco es derribado y los imperiales llegan a la plaza los suyzaros se hazen en contra de los alemanes y juntos combaten muy hermosamente de las picas, y juega con tanto espanto la (¹) artillería, que todo el campo mete a temor y braueza, y ansí cada qual lleno de yra vusca a su enemigo: y reboluiendose todas las esquadras y batallas de gente de armas y cauallos ligeros, se ençiende vna cruel y sangrienta contienda (²) y luego del castillo y çiudad de Pauia, por esta puerta que se dize de Milan, salen en fabor de España quatro mil y quinientos infantes con sus piezas de artillería y doçientos hombres de armas, y treçientos cauallos ligeros. Los quales todos dan en la gente ytaliana de los françeses, que está en esta parte aposentada, la qual façilmente fue rota y desbaratada. Aqui llega vn soberuio soldado, y sin catar reuerençia al gran Musiur de la Palisa le echa vna pica por la boca, que encontrandole con la lengua se la echa juntamente con la vida por el colodrillo. Un arcabuzero español asesta a Musiur el Almirante que da bozes a sus soldados que passen adelante: y hallando la pelota la boca abierta, sin hazer fealdad en dientes ni lengua le passa a la otra parte, y cae muerto luego; yendo Musiur de Alueñi con el braço alçado a (³) herir con el espada a vn prinçipe español, llega al mesmo tiempo vn otro cauallero de España y cortale el braço por el honbro y juntamente cae el braço y su poseedor sin la vida. Musiur Buysi recogiendole con vna herida casi de muerte le alcançan otra que le acaba. El conde de Traeto arrojó (⁴) una lança a Musiur de la Tramuglia, que dandole por çima la vedixa le cose con la brida y cae muerto él y su cauallo. El duque de Borbon hyere de vna hacha de armas sobre la cabeça a Musiur el gran Escuir, que juntamente le echó los sesos y la vida fuera. Un cauallero ytaliano, criado de la casa del marques de Pescara, da una cuchillada sobre la zelada a Musiur de Cliete que le saltó de la cabeça: y acudiendo con otro golpe, antes que se guarde le abre hasta la nariz. Un soldado español esgrimiendo con vn montante se encontró en la batalla con Musiur de Boys, y derrocando de vna estocada el cauallo, en cayendo en el suelo corta al señor la cabeça. Otro soldado de la mesma naçion, jugando con vna pica, passa de vn bote por vn lado al duque de Fusolca y (⁵) le salio el hierro al otro; y luego da otro golpe al hermano del duque de Loren en los pechos que le derrueca del cauallo; y la furia de otros cauallos que passan le matan hollandole. Tambien este mismo hiere a Musiur de Sciampaña, que venia en compañía destos dos prinçipes, y le haze igual y compañero en la muerte. Veis

aqui cómo el Rey de Françia, viendo roto su campo piensa saluarse por el puente del Tesin; y otra mucha parte de su exérçito que ante él van huyendo con intençion de se saluar por allí: los quales todos son muertos a manos de los cauallos ligeros borgoñones, y muchos ahogados en el rio; porque los mercaderes y tenderos que el dia antes hazen salir del real, como ven en rota el campo de Françia, se passan el rio y quiebran el puente por asegurar que los españoles no los siguan y roben; y ansi suçede, que yendo el Rey de Françia al puente por se saluar, a çinco millas de donde la batalla se dio, le encuentran en su cauallo quatro arcabuzeros españoles, los quales, sin conoçerle se le ponen delante, y le dizen que se rinda; y no respondiendo el Rey, mas queriendo passar adelante, vno de los arcabuzeros le da con el arcabuz vn golpe en la cabeça del cauallo de que el cauallo cae en vn foso, como aqui le veys caydo; y a esta sazon llega vn hombre de armas y dos cauallos ligeros del marques de Pescara: y como ven el cauallero ricamente atauiado y el collar de San Miguel al cuello quieren que los arcabuzeros partan con ellos la presa, amenaçandoles que donde no la partieren que les matarán el prisionero. En esto llegó vn criado de Musiur de Borbon, y como conoçe al Rey de Françia va al virrey que viene alli çerca y auisale el estado en que está el Rey; y llegado el virrey haze sacar al Rey debajo del cauallo: y demandandole si es el Rey de Françia y a quién se rinde, responde, sabiendo que aquel es el virrey, que el es el Rey de Françia, y que se rinde al Emperador; y veys aqui cómo luego le desarman quedando en calças y jubon, herido de dos pequeñas heridas, vna en el rostro y otra en la mano: y ansi es lleuado a Pauia y puesto en buena guarda y recado. Y el virrey luego despacha al comendador Peñalosa que lo haga saber en España al Rey (¹). El qual es reçebido con aquella alegria y plazer que tal nueua y vitoria mereçe. En compañía del Rey de Françia son presos el que se dize ser Rey de Nauarra, y Musiur el Gran Maestre, y Memoransi, y el vastardo de Sauoya, y el señor Galeazo Visconte, y el señor Federico de Bozoli, y Musiur San Pole, y Musiur de Brion, y el hermano del marqués de Saluzo, y Musiur la Valle, y Musiur Sciande, y Musiur Ambrecomte, y Musiur Caualero, y Musiur la Mota, y el thesorero del Rey, y Musiur del Escut, y otros muchos caualleros, prinçipes y grandes de Françia que veys aquí juntos rendidos a prision, cuyos nombres seria largo contaros.

Y luego acabado de nos mostrar en aquella pintura esta vitoria y buenauentura del nuestro

(¹) G., el.
(²) G., batalla.
(³) G., por.
(⁴) G., arroja.
(⁵) G., que.

(¹) G.. Emperador.

feliçissimo Carlos prínçipe y Rey de España: nos passó a otro quartel, donde no con menos primor y perfeçion del arte estaua pintada la imperial coronaçion y triltunfo Çesárico (¹) que hizo en Bolonia en el año de mil y.quinientos y veynte y nueue *años*, siendo pontifice el papa Clemente septimo; y tanbien el viaje que haze luego alli en Alemaña por resistir al turco que viene con gran poder hasta Viena por destruir la cristiandad; y veys aqui todo su campo y batallas puestas apunto, y cómo le haze retirar.

Y como nos obo mostrado en todo primor de la pintura todas estas grandezas nos passó a otro paño de la pared, y nos mostró la terçera vitoria igual a las passadas que obo en el reyno de Tunez diez años despues, que fue en el año de mil y quinientos y treynta y çinco; y ansi nos començó a dezir. Veis aqui cómo despues que este bienauenturado prínçipe huuiere hecho vn admirable alarde de su gente y exerçito en la çiudad de Barçelona sin dezir a ninguno donde va: veis aqui cómo vn miercoles nueue de Junio, estando todo el campo a punto de guerra y partida como conuiene, auiendo los tres dias antes auisado, manda leuantar las ue las: las quales son treçientas en que va la flor y prez de España, y con gran musica y bozeria mueuen soltando mucha artilleria del mar y tierra, que es cosa marauillosa de ver. Veis aqui cómo el sabado siguiente a las seys de la mañana llega toda la armada a la ysla de Çerdeña, donde hallan al marques del Gasto que con su armada y compañia les (²) está aguardando. Tiene consigo ocho mil alemanes y dos mil y quinientos españoles de los viejos de Yta lia; y siendo aqui reçebidos con muy solene salua se rehazen de todo lo neçesario, y luego el lunes adelante, que son catorçe del mes, salen del puerto alas seys de la mañana con prospero viento, guardado el orden neçesario; y el mar tes alas nueue horas de la mañana llegan a la vista de la Goleta, que es en las (³) riberas y costa de Tunez: puerto y castillo inexpugnable. Pues tomada tierra avnque con alguna defensa de los contrarios (⁴); porque luego acudieron al agua gran cantidad de moros, turcos y genizaros, a defenderles el puerto. Pero jugando desde los nauios muy poderosa artilleria apartaron (⁵) los enemigos del puerto, tanto, que todos aque llos señores y prínçipes *sin peligro* se pueden saltar a tierra; y ansi todos recogidos por aque llos campos con la mejor guarda y miramiento que pueden se aloxan hasta que todo el canpo es desembarcado. Despues que en dos dias en

teros han desenbarcado armas y cauallos y apa rejos manda su Prínçipe bienauenturado (¹) que todos se pongan apunto de guerra: porque los moros los desasosiegan mucho, que a la contina estan sobre ellos escaramuçando. Veys aqui cómo viene a bessar las manos del Empe rador Muley Alhazen Rey de Tunez, con tre çientos de cauallo, y no se parte de aqui hasta que el Rey (²) le mete y apodera en su çindad. Veis aqui cómo se hazen trancheas y vestiones y terreplenos para conbatir la Goleta: en los quales tardan veynte y ocho dias. Veis aqui muchas y muy cotidianas escaramuças y reba tes que tienen los moros con los christianos a vista de su prínçipe: donde cada qual se señala con gloria eterna de buena fama. Pues como es acabado este vestion muy fuerte que aqui veis, en contra deste castillo de la Goleta, man da el Enperador que se ponga en orden de va teria; y ansi ponen en él treynta y seys piezas de artilleria gruesa, los mejores tiros de toda la armada, los quales asestan a las dos torres prinçipales del castillo; y en los otros vestiones y trancheas ponen hasta quatroçientos cañones gruesos y menudos, los quales asestan á la for taleza y galeras que tenian (³) los moros en el estaño de agua que viene de Tunez hasta la mar. Veis aqui cómo estando todos apunto para dar la vateria haze el Emperador vn ad mirable razonamiento a todos sus capitanes y soldados, animandolos al acontecimiento y pro metiendoles grandes premios. Veys aqui cómo miercoles que seran catorçe del mes de Julio, quando fue (⁴) venida la mañana el Emperador manda que se comiençe la vateria por la (⁵) mar y tierra. La qual es la mas fuerte y contina y admirable que nunca se dió en campo de grie gos, romanos ni egipçios. Porque dentro de quatro horas estan deshechos y hundidos por tierra los muros, çercas y valuartes mas fuertes que tubo la antigüedad. Todo es aqui en breue roto y horadado, que ya no tienen los moros con que se amparar, cubrir ni defender, y les es neçesario salir al canpo a pelear como estan los de fuera. Veys aqui cómo a las dos horas des pues de medio dia los soldados españoles enbian a suplicar al Emperador les dé liçençia para entrar la fuerça, porque ya no es menester gas tar mas muniçion; ya comiençan los moros a salir al campo viendo poca defensa en su fuerça, y los españoles los reciben con gran animo y matandolos y hiriendolos lançan animosamen te en sus muros *que ya estan sin albergue* ni defensa, y tanta es la matança *que en ellos ha* -

---

(¹) G., Çesareo.
(²) G, los.
(³) R. (*Tachado*), puertos y.
(⁴) G., resistencia de los enemigos.
(⁵) G., apartan.

(¹) G., manda el Emperador.
(²) G., este nuestro dichoso caudillo.
(³) G., tienen.
(⁴) G., es.
(⁵) G., el.

zen que los hazen huyr (¹) por el estaño adelante, donde se hahogan infinitos dellos. Veys aqui cómo con gran (²) alegria y esfuerzo ponen *los españoles* las vanderas sobre los muros y fuerça, auiendo muerto más de treynta mil moros que estauan en aquella defensa sin morir (³) diez de los cristianos. Estan tan esforçados y animosos estos soldados españoles con esta vitoria, que si en esta coyuntura los tomasse de aqui el Emperador serian bastantes para façilmente vençer los exerçitos del Turco y gran Can y Sophi si todos estos poderosos prinçipes y sus fuerças se juntasen en vno. Porque aqui ganan la mas fuerte y inexpunable fuerça que en el mundo está en edifiçio. Ganan aqui treçientas piezas de artilleria gruesa de bronce muy hermosa, y mucha *muniçion de* poluora y pelotas, flechas, lanças y otros infinitos generos de armas *y muniçion*. Tomarse ha en esta vitoria la mejor armada que nunca pagano perdió: porque estan seteçientos nauios gruesos y treynta y seis galeras: y la resta de galeotes y fustas mas de çiento. De aqui parte luego el Emperador otro dia adelante a dar combate a la çiudad por dar fin a esta empresa. Y suçede que le sale al camino Baruarroxa con çien mil convatientes por resistirle la entrada: donde con muy poca dificultad fueron todos desbaratados, y muerta infinita multitud dellos; y veys aqui cómo viendo el mal suçeso el Capitan Baruarroxa huye por se librar de las manos del Emperador y se acogió a la çiudad de Bona, vn puerto vezino alli (⁴) en *las riberas de* Africa; y veys aqui cómo llegado el Emperador a la çiudad de Tunez se le abren las puertas sin resistençia, y le enbian las llaves con los mas antiguos y prinçipales de la çiudad ofreçiendosele en su obediençia. Veis aqui cómo resulta desta vitoria ser libres veynte mil cristianos que en diuersos tiempos auian sido presos captiuos por el mismo Baruarroja: los quales todos estauan en el alcazaua de veynte años antes presos. Veys aqui como hechos sus capitulos de conçiertos, parias y rehenes entre el Emperador y Rey de Tunez le pone en su poder la çiudad, dandole las llaues, mando y Señorio como de su mano; y despues de auerlo todo pacificado se embarca para Siçilia: y de alli para Sauoya por libertar lo que de aquel ducado tiene vsurpado en aquella sazon el Rey de Françia a su hermaua la duquesa.

Pasando mas adelante dixo: veys aqui cómo prosiguiendo este bienauenturado prinçipe en su buen hado trabaja por juntar conçilio en la çiudad de Trento en Alemania, por dar buen

medio (¹) en los herrores lutheranos que en aquella tierra estaran arraygados muy en daño de la iglesia catholica. Y veys aqui cómo no podiendo atraer (²) por esta via los prinçipes electores del imperio al buen proposito, determina de lleuarlos por fuerça de armas; y ansi el año de mil y quinientos y quarenta y siete, a veynte y quatro de Abril les da vna batalla de grande *ardiz* y esfuerço: siendo (³) capitanes de su liga y confederación aquellos dos cabeças de su prinçipado: Lansgraue y Juan duque de Saxonia, a los quales vencio (⁴) y prendio junto al rio Albis en *aquella* batalla campal con grande ardiz (⁵). En la qual murieron (⁶) y son presos muchos señores y prinçipes (⁷) de su compañia, y avnque en los tiempos adelante viendo los prinçipes alemanes que las cosas del conçilio se ordenan en su destruiçion, trabajan a ser vengados por mano del duque Mauriçio y con fabor del Rey de Françia, con el qual y de su liga hazen vn exerçito en el año de mil y quinientos y çinquenta y dos y vienen con fuerça determinada, siendo capitan el duque Mauriçio por desbaratar el conçilio que está *en effecto* junto en la çiudad de Trento: y tanbien procuran intentar prender al Emperador que está sin auiso alguno de su atreuimiento y desuerguença: y avnque esto verna ansi, pero veys aqui cómo plaze a Dios por ser buena la intençion y zelo deste bienauenturado prinçipe y buen hado, como no tiene algun effecto la dañada voluntad destos herrados herisarchas. ~herisarcas~ Mas antes veys aqui cómo luego buelue todo a nuestro buen prinçipe en prosperidad, boluiendo a trihunfar de sus enemigos. Porque sus basallos y prinçipes de España la proueeran de gente y dinero en tanta abundançia que le sobren fuerças para todo y verna en fin a proseguir su conçilio: donde auida condenaçion de sus peruersos herrores se les dara el justo castigo que mereçen cabeças de tanta peruersidad; y despues de largos años effectuando en vn hijo suyo Don felipe sus grandes y cesareos deseos yrá a gozar con Dios a la gloria. Todas estas son xornadas en que se muestra admirablemente su buenauentura y hado, profetizado todo y diuinado doçientos años antes que cosa alguna destas suçedan: porque veais el saber desta mi abuela, y el valor y buen hado deste bienauenturado prinçipe y Señor nuestro.

Y estando en esto vino el maestresala diziendo que estaua la çena aparejada, y ansi todos engrandeçiendo el saber de la maga y el

(¹) G , fuerçan yr.
(²) G., grande.
(³) G., faltar.
(⁴) G., puerto de alli algo vezino.

(¹) G., remedio.
(²) G., traer.
(³) G , trayendo ellos por.
(⁴) G., vençe y prende.
(⁵) G., batalla que les da.
(⁶) G., mueren.
(⁷) G., prinçipales.

injenio admirable de la pintura y la buenauentura y hado de nuestro prinçipe nos salimos de la sala admirados todos de la suntuosidad del edifiçio: la qual tornó mi diosa a çerrar y acompañandola por nuestra guia nos venimos al lugar donde a la çena soliamos conuenir, donde hallamos las mesas puestas con el mesmo aparato y magestad que auia en las passadas; y ansi començando la musica se siruio con aquella abundançia que se acostunbraua hazer: la qual çena duró hasta que anocheçió, y como fue acabada sentandose todas aquellas damas y caualleros en sus proprios asientos y alçadas las mesas del medio se representó vna comedia de amor con muchos y muy agraçiados entremeses, agudezas, inuenciones y donayres de grande injenio. Fue juzgada de todos aquellos caualleros y damas por la mas injeniosa cosa que nunca los humanos hayan visto en el arte de representaçion: porque despues de tener en ella passos y auisos admirables, fue el ornato y aparato todo en gran cumplimiento. Todas aquellas damas reçibieron gran deleyte y plazer con ella: porque notablemente fue hecha para su fabor, persuadiendo lleuar gran ventaja a los hombres el natural de las mugeres. Eran los representantes de tan admirable injenio que en todo te pareçiera ver el natural, y conuençido no pudieras contradezir su persuasion. En fin en aquella casa no se trataua otra cosa sino donayres y plazer: y todo era deleyte nuestro obrar y razonar, y como el mundo de su cogeta no tenga cosa que no cause hastio y enhado, y todo no enoje y harte, aunque mas los mundanos y viçiosos a el se den, en fin buelue su tiempo, y los deleytes hazen a su natural, y como el apetito es cosa que se enhada *y fastidia* presto buelue la razon a se desengañar por el fabor y graçia de Dios. Esto quiero que veas cómo en mi passó; lo qual por ser ya venido el dia dexemos para el canto que se siguirá.

Fin del sexto canto del gallo de Luçiano.

ARGUMENTO

DEL SEPTIMO CANTO DEL GALLO

En el septimo canto que se sigue el auctor concluyendo la parabola del hijo prodigo finge lo que comunmente suele aconteçer en los mançebos que aborridos de vn viçio dan en meterse frayles: y en el fin del canto se describe vna famosa cortesana ramera (¹).

GALLO. —Despierta Miçilo, oye y ten atençion, que ya te quiero mostrar el fin, suçeso y remate que suelen tener todas las cosas desta

(¹) *Tachado:* Siguesse el septimo canto del Gallo de Luçiano orador griego, contrahecho en el castellano por el mesmo autor.

vida: cómo todos los deleytes y plazeres van a la contina a parar en el hondo pielago del arrepentimiento, verás la poca dura que los plazeres desta vida tienen, y cómo quando el hombre buelue sobre si halla auer perdido mucho mas sin comparaçion que pudo ganar.

MIÇILO.— Di, gallo; que muy atento me tienes a tu *graçiosa* cançion.

GALLO.—Pues vibiendo yo aqui en tanto deleyte, tanto plazer, tan amado, tan seruido y tan contento que pareçia que en el parayso no se podia el gozo y alegria más comunicar, de noche toda la passaua abraçado con mi diosa; y de dia yuamonos a estanques, riberas de rios y muy agraçiadas y suaues fuentes, a bosques, xardines, huertos y vergeles, y todo genero de deleyte, á pasear y solazar en el entretanto que se llegauan las horas del çenar y comer. Porque para esto tenia por su arte en sus huertas y tierra grandes estanques y lagunas en las quales juntaua todos quantos generos de pescados ay en el mar. Delfines, atunes, rodaballos, salmones, lampreas, sabalos, truchas, mulos marinos, congrios, marraxos, coraçinos, y otros infinitos generos de pescados : los quales puestos alli a punto echando los ançuelos o redes, los hazia façilmente caer para dar plazer a los amantes. Demas desto tenia muy deleytosos vosques de laureles, palmas, çipreses, platanos, arrayanes, çedros, naranjos y frescos chopos y muy poderosos y sombrios nogales y otras espeçies de arboles de gran rama y ocupaçion. Y todos estos estauan entretexidos y rodeados de rosas, jazmines, azuçenas, yedras, lilios y de otras muy graçiosas flores y olorosas que junto a vnas perenales y vibas fuentes hazian vnas suaues carçeles y vnos deleytosos escondrixos aparejados para encubrir qualquier desman que entre damas y caualleros hiziesse el amor. Por aqui corrian muy mansos conejos, liebres, gamos, çieruos: que con manos, sin corrida, los caçaba cada qual. En estos plazeres y deleytes me tubo çiego y encantado esta maga vn mes o dos: no teniendo acuerdo, cuenta, ni memoria de mi honrra y fe deuida a mi prinçipe y Señor, el tiempo perdido, mi viaje y compañia, ni de la ocasion que me truxo alli; y ansi vn dia entre otros (porque muchos dias, ni lo podia ni osaua haçer) me bajé solo a vn jardin por me solazar con alguna libertad, y de alli guiado no sé por qué buen destino que me dio, traspuesto fuera de mí, sin tener miramiento ni cuenta con la tierra, ni con el çielo, con el sereno, nublo, ni sol, el alma sola traspuesta en si mesma yua traçando en manera de eleuamiento y contenplaçion la ventaja que los deleytes del çielo tenian a los de por acá; y ansi passé de aquel jardin a vn espeso y çerrado vosque sin mirar por mi; y por vna angosta senda caminé hasta llegar a vna apazible y deleytosa fuente que con vn graçioso corriente yua haciendo vn sonido por entre las piedras y yeruas que sacaua los honbres de si: y con el descuydo que llegué alli me arrimé a vn alto y fresco arrayan, el qual como los mienbros descuydados y algo cansados derroqué sobre el començo a gemir; y como qnien soñando que se ahoga, o está en algun peligro despierta, ansi con gran turbaçion bolui sobre mí. Pero torneme a sosegar quando consideré estar en tierra y casa donde todas las cosas causan admiraçion, y el manjar en el plato acontece hablar; y como sobre el arrayan mas el cuerpo cargué, tornó con habla humana a se quexar diziendo: tente sobre ti, no seas tan cruel; y yo como le oy que tan claro habló leuantéme de sobre él y él me dixo: no temas ni te marauilles, Señor, que en tierra estas donde has visto cosas de mas espanto que verme hablar á mi; y yo le dixe: deesa, o ninpha del voscaxe, o quien quiera que tu seas, perdona mi mal comedimiento; que bien creo *que* tienes entendido de mi que no he hecho cosa por te ofender. Que la inorançia y poca esperiençia que tengo de ver espiritus humanos cubiertos de cuerpos y corteças de árboles me han hecho injuriar con mis descuydados mienbros tu diuinidad. Ansi los buenos hados en plazer contino effectuen tu dichoso querer, y las çelestiales estrellas se humillen a tu voluntad, que me hables y comuniques tu humana boz, y me digas si agora o en algun tiempo yo puedo con algun benefiçio purgar la offensa que han hecho mis miembros a tu diuino ser. Que yo juro por vida de mi amiga aquella que morir me haze, de no reusar trabajo en que te pueda seruir. Declarame quién eres y qué hazes aqui. Respondiome él: No soy, señor, yo deesa, ni ninpha del vosque; no sé cómo me has tan presto desconoçido, que soy tu escudero Palomades. Pero no me marauillo que no me conozcas, pues tanto tienpo ha que no te acuerdas de mí ni te conoçes a ti. Como yo oy que era mi escudero quedé confuso y sin ser, y ansi con aquella mesma confusion me le fue abraçar deseoso de le tener con quien a solas razonar, como con él solia yo tener otros tiempos en mi mas continua conuersaçion. Pero ansi abraçando ramas y hojas y troncos de arrayan le dixe: ¿que es esto mi Palomades? ¿quien te encarceló ay? Respondiome: mira, señor, que esta tierra donde estás los arboles que ves todos son como yo. Tal costumbre tiene la señora que te tiene aqui, y todas las damas y dueñas que en su compañia estan. Sabe que esta es vna maga encantadora, treslado y trasunpto de Venus y otras rameras famosas de la antiguedad. Ni pienses que obo otra Cyrçes, ni Morganda, ni Medea; porque a todas estas exçede en laçiuia

y engaños que en el arte magica se pueden saber. Esta es la huespeda que bajando la sierra nos hospedó; y con la guia nos enbió á este castillo y vosque fingiendo nos enbiar a su sobriña la donzella Saxe. Pero engañonos, que ella mesma es; que por gozar de tu moçedad y loçana juuentud haze con sus artes que te parezca su vejez tan hermosa y moça como agora está. Y ansi como me dexaste en el patio quando entramos, aqui fue depositado en poder de otra vieja hechizera que con regalos quiso gozar de mi; y ansi la primera noche ençendida en su luxuria me descubrio todo este engaño y su dañada y peruersa intinçion; çiega y desuenturada pensando que yo nunca della me auia de partir. No pretenden estas maluadas sino hartar su laçiuia con los honbres que pueden auer; y luego los dexan y vuscan otros de quien de nueuo gozar, y hartas, porque los honbres no publiquen su torpeça por allá conuiertenlos en arboles y en cosas que ves por aqui; y para effectuar su peruersa suçiedad tienen demonios ministros que de çien leguas se los traen quando saben ser conuenientes para su mal proposito; y ansi viendome mi encantadora desgraçiado y descontento de sus corruptas costunbres y que andaua deseoso para te auisar, trabajaron por me apartar de ti, y avn porque no huyesse me conuertieron desuenturado en esta mata de arrayan que aqui ves, sin esperança de salud; y ansi han hecho a otros valerosos caualleros con los quales ya con sus artes y engaños satisfizieron su suçiedad, y despues los conuertieron en arboles aqui. Ves alli el que mandó la casa de Guevara conuertido en aquel çipres; y aquel nogal alto que está alli es el que mandó la casa de Lemos despues del de Portogal; y aquel chopo hermoso es el que gouernó la casa de Cenete antes del de Nasao. Y aquel platano que da alli tan gran sonbra es uno de los prinçipales Osorios. Aqui verás Mendoças, Pimenteles, Enrriques, Manrriques, Velascos, Stuñigas y Guzmanes; que despues de largos años han quedado penitençiados por aqui. Buelue, buelue, pues, señor, y abre los ojos del entendimiento; acuerdate de tu nobleza y linaxe. Trabaja por te libertar; no pierdas tan gran ocasion. No bueluas allá; huye de aqui. Estuue por gran pieza aqui confuso y enbobado, que no sabia qué hablar a lo que me dezia mi escudero Palomades; y como al fin en mí bolui y con los ojos del entendimiento aduerti sobre mí, echeme de ver; y hallé que en mi habito y natural era estrañado de mi ser. Hallome todo afeminado sin pareçer en mi ni semejança de varon: lleno de luxuria y de viçio; untado el rostro y las manos con vnguentos, colores y açeites con que las rameras se suelen adornar para atraer a si a la diuersidad de amantes, principalmente si en la mesma calle y vezindad ay dos que la vna está con la otra en porfia. Traya vn delicado y polido vestido que a su modo y plazer me auia texido la mi maga por más se agradar, con muy gentil aparato y labor. Lleuaua vn collar rico de muy preçiadas piedras de Oriente y esmaltes que de ambos hombros cuelga hasta el pecho; llenos de anillos los dedos, y dos braçaletes en cada braço que pareçian axorcas de muger. Traya los cabellos encrespados y anillados ([1]) ruçiados y vntados con aguas y açeytes olorosos y muy preçiados. Traya el rostro muy amoroso y bello, afeytado a semejança de los mançebos que en Valençia se vsan y quieren festejar. En conclusion por el rostro, semblante y dispusiçion no huuiera honbre que me conoçiesse sino fuera por el nombre; tan trocado y mudado tenia todo mi ser. Luego como mirandome vital y de capitan fiero estimado me hallé conuertido en viçiosa y delicada muger, de verguença me quise morir; y se me cayeron las hazes en el suelo sin osar leuantar los ojos avn a mirar el sol; marchicho ([2]), confuso y sin saber qué dezir; y en verdad te digo que fue tanta la verguença que de mi tenia y el arrepentimiento y pessar que en mi spiritu entró que mas quisiera estar so tierra metido que ofreçerme a ojos de alguno que ansi me pudiera ver. Pensaua dónde yria; quién me acogeria; quien no se reyria y vurlaria de mi. Lastimauame mi honrra perdida; mis amigos que me aborreçerian; mis parientes que me huyrian. Comienço en esto tan miserable y cuytadamente a llorar, que en lagrimas me pensaua conuertir. Dezia: ¡o malditos y miserables ([3]) placeres del mundo, qué pago tan desuenturado dais. ¡O pluguiera a Dios que fuera yo a la guerra y mil vezes muriera yo allá antes que auer yo quedado en este deleyte acá! Porque con la muerte hubiera yo hecho la xornada mucho a mi honrra; y ansi quedando acá muero çien mil vezes de muerte vil sin osar pareçer. He faltado a mí, a mi prinçipe y señor. Por muchas vezes miré por el rededor de aquella fuente por ver si auria alguna arma, o instrumento de fuerça con que me poder matar; porque la mi maga de armas y de animo me pribó; y ansi con esta cuyta me bolui al arrayan por preguntar a mi compañero si auia dexado sus armas por alli, siquiera por poder con ellas caminar y por me defender si alguna de aquellas malas mugeres saliesse a mi; y como junto a si me vio començo a darme grandes bozes; huye, huye, señor, que ya aparejado el yantar anda la tu maga muy cuydadosa a te vuscar; y si te halla aqui sospechosa de tu

fe tomará luego vengança cruel de ti. Porque esto vsan estas malauenturadas de mugeres por más que amen; si alguno les falta y hierra no fian del honbre más, y nunca se acaban de satisfazer; porque sienpre quieren muy hartas de todos trihunfar; y ansi alçando mis faldas al rededor començe con grande esfuerço a correr cara donde sale el sol; yua huyendo, sudando, cansado y caluroso, boluiendo a cada passo el rostro atras. Plugo a los mis bienauenturados hados que auiendo corrido dos horas, avnque con gran fatiga y dolor por aquel vosque espeso çerrado de aspereça y matorral, en fin, sali de la tierra de aquella mala muger; porque a qualquiera honbre que con efficaz voluntad quiere huyr de los viçios le ayuda luego Dios; y como fuera me vi, humillado de rodillas, puestas las manos al çielo, con animo verdadero demandé perdon dando infinitas graçias a Dios por tan soberana merçed. Senteme a vna fuente que vi alli; la qual avnque no tenia al rededor aquella deleytosa sombra de aquellas arboledas y rosas que estauan en el vosque de la encantadora, me dio a mi mayor deleyte y plazer, por ofreçerseme a mayor neçesidad; y tomando con las manos agua me començé á labar el rostro, cabeça y boca por echar de las venas y huesos el calor inmenso que me abrasaua; y ansi desnudandome de todas aquellas delicadas ropas y atauios me ayreé y refresqué, proponiendo de en toda mi vida más me las vestir. Arrojé por aquel suelo collar, oro y joyas que saqué de aquel Babilon; pareçiendome que ningun dia por mí pasó mas bienauenturado que aquel en que ansi me vi muerto de hambre y sed. Temia aquellos arreos y delicadeças no me tornassen otra vez a encantar; pareçiendome tener en si vn no sé que, que aun no me dexauan ([1]) del todo boluer en mi; y ansi lo mas pobre y sençillo que pude començe á caminar poniendo mil protestaçiones y juras sobre mí de nunca yr donde honbre me pudiesse conoçer; yendo por aquellos caminos y soledad me deparó Dios vn pastor que de pura piedad con pan de çenteno y agua de vn barril me mato hambre y sed; y por acabar de echar de mi del todo aquellos enbeleñados vestidos hize trueque con algunos andraxos que él me quiso dar. Pues con aquella pobre refeçion llegué ya casi que anocheçia a vn monesterio de frayles de San Bernardo que estaua alli en vn graçioso y apazible valle; donde apiadandome el portero, lo mejor que pude me albergué, y luego a la mañana trabajé con toda afabilidad y sabor a los comunicar y conuersar, pareçiendome a mi que de buena voluntad me quedaria aqui si me quisiesen reçebir. Pero como las guerras acabauan en aquella

([1]) G., nillados.
([2]) G., marchito.
([3]) G., miseros.

([1]) G., dexaua

sazon en aquella tierra, pareçiendoles que yo huuiese sido soldado y que por no ser bueno venia yo ansi, no se osauan por algunos dias del todo fiar; pero por pareçerme que aquel lugar y estado era conueniente para mi proposito y neçesidad, trabajé con mucha humildad y bajeza a los asegurar continuando en ellos mi seruiçio quanto pude; y ansi passados algunos dias, ya que se començaron a fiar me obligué a los seruir. Barriales las claustras y iglesia; y tanbien seruia al comer en (¹) la mesa de compaña porque luego no pude mas; y despues andando el tiempo pediles el habito y como me vieron algo bien inclinado plugoles de me le dar con intinçion que fuesse para los seruir.

MIÇILO.—De manera que te obligauas por selano de tu voluntad.

GALLO.—Por çierto de mayor seruidunbre me libró Dios quando de poder de la maga me escapó (²). Que lo que peor es que entrando los hombres alli luego se comiençan a peruertir. Que todos quantos en aquella orden ay todos entran ansi; y luego tienen pensamiento y esperança de venir a mandar.

MIÇILO.—Buena intinçion lleuais de seruir a Dios.

GALLO.—¿Pues qué piensas? Todo es ansi quanto en el mundo ay. Luego me dieron cargo de la limpieça del refitorio, compañero del refitolero.

MIÇILO.—Entonces holgarte yas mucho en gozar de los relieues de todos los vasos de los frayles.

GALLO.—Pues como yo aprobé algunos años en este offiçio començaron me a ordenar. En fin, me hizieron de misa.

MIÇILO.— Grandes letras lleuauas.

GALLO. — Lleuaua todas las que aquellos vsan entre si; y yo luego començe a desemboluerme y endereçar la cresta y fue subiendo por sus grados, que quando vbo vn año que fue de misa me dieron la porteria; y a otro año me dieron el cargo de zillerero.

MIÇILO.—¿Que offiçio es esse?

GALLO.—Proueer todo el mantenimiento de casa.

MIÇILO.—Gran offiçio era ese, gallo, para te faltar; a osadas que no estuuiesses atado a nuestra pobre raçion.

GALLO.—Entonces cobré yo en la casa muchos amigos: y gané mucho credito con todos de liberal; porque a ninguno negué nada de todo quanto pidiesse. Porque siempre trabajé que a costa ajena ninguno se quexasse de mi; y ansi me hizieron prior.

MIÇILO.—Fuera de todas esas cosas; en lo

que tocaua a la orden mucho trabajo se deue de tener.

GALLO.—Antes te digo que no ay en el mundo estado donde más sin cuydado ni trabajo se goze lo bueno que el mundo tiene; si algo tiene que bueno se pueda dezir. Porque tres cosas que en el mundo se estiman las tienen alli los frayles mejores que las gozan todos los hombres. La primera es el comer ordinario; la segunda son los aposentos en que viben, y la terçera es el credito y buena opinion. Porque a casa de qualquiera prinçipe, o señor que vays, todos los honbres han de quedar a la puerta aguardando para negoçiar; y el frayle ha de entrar hasta la cama; y a ningun honbre dará vn señor vna silla, ni le sentará a su mesa sino vn frayle quanto quiera que sea de todo el monesterio el mas vil.

MIÇILO.—Tú tienes mucha razon; y ansi me marauillo como ay honbre cuerdo que no se meta frayle.

GALLO.—Al fin mis amigos me eligieron por abbad.

MIÇILO.—¡O cómo gozarias de aquel su buen comer y beber y de toda su bienauenturança! Pero dime ¿en que te ocupauas siendo abbad?

GALLO.—Era muy amigo de edificar y ansi hize dos arcos de piedra muy fuertes en la bodega; porque estaua cada dia para se nos hundir; y porque vn refitorio que teniamos bajo era frio, hize otro alto de muy ricos y hermosos artesones y molduras; y vna sala muy sunptuosa en que comiessen los huespedes.

MIÇILO.—¿Pues no tenias alguna recreacion?

GALLO.—Para eso tenia la casa muchas casas en riberas de plazer, donde auia muy poderosos cañales y hazeñas.

MIÇILO.—Dime gallo ¿con los ayunos tienen los frayles mucho trabajo?

GALLO.—Engañais os; porque en ninguna orden ay mas ayunos que vosotros teneis seglares (¹), sino el auiento; y este ayuno es tal que siempre le deseamos que venga; porque vn mes antes y aun dos tenemos de recreaçion para auerle de ayunar. Vamonos por las granjas, riberas, deesas y huertas que para esto tiene la orden muy granjeado y adereçado; y despues venido el auiento a ningun frayle nunca mataron avnque no le ayunasse. Que a todo esto dizen: tal por ti qual por mi (²).

MIÇILO.—El contino coro de maytines y otras horas no daua passion?

GALLO.—El contino coro por pasatiempo le teniamos y a los maytines con vn dolor de cabeza que se fingiesse no van a ellos en vn mes. Que hombres son como vosotros acá.

(¹) G., a.
(²) G., escape.
ORÍGENES DE LA NOVELA.—11

(¹) G., los seglares teneis.
(²) G., por mi qual por ti.

MIÇILO.—Por çierto eso es lo peor y lo que mas es de llorar. Pues si eso es ansi, que ellos son honbres como yo ¿de qué tienen presunçion? ¿De solo el habito han de presumir?

GALLO.—Calla, Miçilo, que muchos dellos pueden presumir de mucha sanctidad y religion que en ellos ay. Que en el mundo de todo ha de auer; que no puede estar cosa en toda perfeçion.

MIÇILO.—Espantado me tienes, Gallo, con lo mucho que has passado, lo mucho que has visto, y la mucha esperiençia que tienes; y prinçipalmente con este tu cuento [1] me has dado mucho plazer y admiraçion; yo te ruego no me dexes cosa por dezir. Dime agora ¿en qué estado y naturaleza viuiste después? .

GALLO.—Quiero te dezir del que más me acordare conforme á mi memoria; porque como es la nuestra mas flaca que ay en *el* animal no te podre guardar orden en el dezir. Fue monja, fue ximio, fue auestruz, fue vn pobre Timon, fue vn perro, fue un triste y miserable seruidor [2], y fue vn rico mercader; fue Icaro Menipo el que subió al çielo y vió allá á Dios.

MIÇILO.—Dese Icaro Menipo he oido mucho dezir, y de ti deseo saber más del, porque mejor que ninguno sabras la verdad.

GALLO.—Pues mira agora de quién quieres que te diga, que en todo te quiero complazer.

MIÇILO.—Aunque al presente vurles de mí ¡o ingeniossissimo gallo! con tu admirable y fingido cuento [3] te ruego me digas: luego como te desnudaste del cuerpo de frayle, de cúyo cuerpo te vestiste?

GALLO.—El de vna muy honrrada y reuerenda monja; avnque vana como es el natural de todas las otras.

MIÇILO.—¡O valame Dios! que conueniençia tienen entre si capitan, frayle y monja? De manera que fue tiempo en el qual tú, generosissimo gallo, te atauiauas y lauauas y vngias como muger; y tenias aquellas pesadunbres, purgaçiones y miserias que tienen todas las otras. Marauillome como pudiste subjetar aquella braneza y orgullo de animo con que regias la fiereza de tus soldados, a la cobardia y flaqueza de la mujer; y no de qualquiera, pero de vna tan afeminada y pusilanime como una monja; que demas de su natural, tiene profesada cobardia y paçiençia.

GALLO.—¿Y deso te marauillas? Antes te hago saber que yo fue aquella famosa ramera Cleopatra egipçia hermana de aquel barbaro Tholomeo que hizo cortar la cabeça al gran Pompeo quando vençido de Julio Cesar *en la*

[1] G., esta tu historia.
[2] G., sieruo sclauo.
[3] G., canto.

Farsalia se acogió á su ribera; y otro tiempo fue en Roma vna cortesana llamada Julia Aspassia mantuana en tiempo del papa Leon deçimo. Que en loçania y aparato exçedia a las cortesanas de mi tienpo; y ansi tuve debajo de mi dominio y subjeçion a todos quantos cortesanos auia en Roma desde el mas graue y ançiano cardenal, hasta el camarero de monseñor. Pues cómo te marauillaras si vieras el brio y desdeño con que solia yo a todos tratar! Pues qué si te dixesse los engaños, fingimientos y cautelas de que yo vsaua para los atraer; y despues quanto injeniaua para los sacar la moneda que era mi vltimado [1] fin. Solamente querria que el tienpo nos diese lugar a te contar quando yo fue vna ramera de Toledo en España. Que te quisiera contar las costunbres y vida que tune desde que naçi; y prinçipalmente como me ube con vn gentil mançebo mercader y el pago que le di.

MIÇILO.—¡O mi eloquentissimo gallo! que ya no mi sieruo sino mi señor te puedo llamar, pues en tienpos [2] de tu buena fortuna no solamente çapateros miseros como yo, pero tuuiste debajo de tu mando reyes y Cesares de gran valor. Dime agora, yo te ruego, eso que propones, que con affecto te deseo oyr.

GALLO.—Pues tú sabras que yo fue hija de vn pobre perayre en aquella çiudad de Toledo, que ganaua de comer pobremente con el trabajo contino de vnas cardas y peynes; que ya sabes que se hazen en aquella çiudad muchos paños y bonetes; y mi madre por el consiguiente viuia hylando lana; y otras vezes labando paños en casa de hombres ricos mercaderes y otros çiudadanos.

MIÇILO.—Semejantes mujeres salen de tales padres: que pocas vezes se crian bagasas de padres nobles.

GALLO.—Eramos vn hermano y yo pequeños, que él auia doze años y yo diez; ni mi madre nunca tubo mas; y yo era mochacha bonica y de buen donayre y çiertamente cobdiçiosa de parçer a todos bien; y ansi como fue creçiendo de cada dia más me preçiaua de mi y me yua apegando a los honbres; y ansi avn en aquella poca edad qualquiera que podia me daua vn alcançe, o empellon, de qual que pellizco en el braço, o trauarme de la oreja o de la barua. De manera que pareçia que todos trabajauan por me madurar, como quien dize a pulgaradas, y yo me vine saboreando y tascando en aquellos saynetes que me sabian como miel; y ansi vn moço del cardenal *Fray Françisco Ximenez de Çisneros*, que viuia junto a nosotros me dio vnos zarçicos de plata y vnas caiças y seruillas

[1] G., vltimo.
[2] G., tienpo.

con que me començé a pulir y a pisar de puntillas. Alçaua la cofia sobre las orejas y traya la saya corta por mostrarlo todo; y ansi començé yo a gallear, andar y mirar con donayre, el cuello erguido, y no me dexaua tanbien hollar de mi madre; que por qualquiera cosa que me dixesse la hazia rostro rezongando a la contina y murmurando entre dientes, y cuando me enojaua luego la amenaçaua con aquel cantar diziendo: Pues bien, para esta; que agora veniran los soldados de la guerra, madre mia, y lleuarme han; y ansi suçedió como yo queria. Que en aquél tienpo determinó el cardenal Fray Françisco de Çisneros emprender la conquista de Oran en Africa, y haziendo gente todos me combidauan si queria yo yr allá, y acosaronme tanto que me hizieron dezir que si, y ansi aquel moço de casa del Cardenal dió notiçia de mí a vn gentil honbre de casa que era su amo, que se llamaua Françisco de Vaena que yua por Capitan; el qual sobre çiertas conueniençias y capitulos que comigo firmó, y en mi *ombligo* selló, se encargó de me lleuar, y porque era mochacha pareçiole que yria yo en el habito de paje con menos pesadunbre; y ansi me vistió muy graçiosamente sayo y jubon de raso de colores y calças con sus tafetanes, y me puso en vna muy graçiosa acanea, y como la partida estuuo a punto, dando cantonada a mis padres, me fue con él. Aqui te quisiera dezir cosas marauillosas que passauan entre sí los soldados, pero porque avn abrá tiempo y proposito quiero proseguir en lo que començé. Aqui supe yo mil auisos y donayres y gentilezas; las cuales aprendi porque otras muchas mugeres que yuan en la compañia las tratauan y hablauan con el alferez, sargento y caporal y con otros offiçiales y gentiles honbres delante de mí, pensando que era yo varon. En fin yo amaestrada deseaua boluer ya acá para viuir por mi y tratar a mi plazer con mas libertad; porque no podia hablar todo lo que queria en aquel habito que me vistió; que por ser zeloso el capitan no me dexaua momento de junto a si, y mandóme que sopena de muerte a ninguno descubriesse ser muger. Pues suçedió que en vna escaramuça que se dio a los moros fue mal herido el capitan, y mandandome quanto tenia murio; y por dudar el suçeso de la guerra y pensando que avnque los nuestros huuiessen vitoria y diessen la çiudad a saco más tenia yo ya saqueado que podia saquear, me determiné boluer a España antes que fuesse de algun soldado entendida; y ansi me conçerté con vn mercader que en vna carauela lleuaua de España al real prouision, que me huuiesse de passar; y ansi cogido mi fato, lo mas secretamente que pude me passé, y con la mayor priessa que pude me bolui a mi Toledo, donde en llegando supe que mi padre era muerto; y como mi madre me vió me reçibió con plazer, porque vió que yo venia razonablemente proueyda: que de más de las ropas de seda muchas y muy buenas que hube del Capitan, traya yo doçientos ducados que me dixo que tenia en vna bolsa secreta al tienpo de su muerte. De lo qual todo me vestí bien de todo genero de ropas de dama al vso y tiempo muy gallardas y costosas, y por tener ojo a ganar con aquello más. Hize vasquiñas, saboyanas, verdugados, saltaenbarca, nazarena, reboçiños, faldrillas, *briales*, manteos, y otras ropas *de passeo*, de por casa, de raso, de tafetan y de chamelote; y quando lo tube a punto nos fuemos todos tres a Salamanca, que ya era my hermano buen moço y de buena dispusiçion, y en aquella çiudad tomamos una buena casa en la calle del Prior. Donde llamandome doña Hieronima de Sandoual, en dos meses que allí estuue gané horros çien ducados entre estudiantes generosos y cauaReros naturales del pueblo; y como supe que la corte era venida a Valladolid enbié a mi hermano que en vna calle de conuersaçion me tomasse vna buena posada, y él me la alquiló de buen reçebimiento y cunplimiento en el barrio de San Miguel. Donde como llegamos fuemos reçebidos de vna huespeda honrrada con buena voluntad. Aqui mi madre me recató mucho de todos quantos auia en casa, diçiendo que ella era vna bibda de Salamanca, muger de vn caua!lero defunto, y que venia en vn gran pleyto por sacar diez mil ducados que auia de auer para mi de docte, de la legitima de mi padre que tenia vsurpado un tio mío que suçedió en el mayorazgo; y yo ansi me recogi y me escondi con gran recatamiento que ninguno me pudiesse ver sino en açecho y asalto; y ansi la huespeda començo a publicar que estaua alli vna linda donzella, hija de vna viuda de Salamanca, muy rica y hermosa a marauilla, proçediendo con quantos hablaua en el cuento de mi venida y estado; y tanbien ayudó a lo publicar vna moça que para nuestro seruiçio tomamos; y yo en vna ventana baja de vna sala que salia a la calle hize vna muy graçiosa y vistosa zelosia, por donde a la contina me açechaua mostrandome y escondiendome, dando a entender que a todos queria huyr y que no me viessen. (1) Con lo qual a todos quantos cortesanos passauan daua ocasion que de mi estado y persona procurassen saber; y algunas vezes parandome muy atauiada a vna ventana grande, con mi mirar y aparato, a las vezes haziendo que queria huyr, y a las (2) vezes queriendome mostrar *fingiendo algunos descuydos*, ponia a todos más (3) deseo de me ver. Andaua

(1) que ninguno me viesse.
(2) G., otras.
(3) G., gran.

ya gran multitud de seruidores, caualleros y señores de salua enbiando presentes y seruiçios y ofreçimientos, y a todos mi madre despedia diziendo que su hija era donzella y que no eramos mugeres *de palaçio y passatiempo*, que se sufria herrar; que se fuessen con dios. Entre todos quantos en mi picaron se adelantó más vn mançebo mercader estrangero rico, gentil honbre y de gran aparato: era en fin como le deseaua yo. Este más que ningun otro se arrisoó, a se me ofrecer trabajando todo lo posible porque yo le diesse audiençia; y como la moça le inportunaua sobre muchos mensajes, musicas y seruiçios y contino pasearme la puerta, alcançó de mi que yo le huuiesse de oyr, y sobre tienpos tassados y aplazados le falté mas de veynte vezes diziendo que mi madre no lo auia de sauer; y en el entretanto ningun mensaje le reçebia que no me lo pagaua con el doblo: que çamarro, saboyana, pieza de terciopelo, joyel, sortixa: de manera que ya que vna noche a la hora de maytines le vine a hablar por entre las puertas de la calle sin le abrir, me auia dado joyas de mas de doçientos ducados. En aquella vez que allí le hablé yo le dixe que en la verdad yo era desposada con un cauallero en Salamanca, y que agora esperaua auer la sentençia de los diez mil ducados de mi docte, y que aguardaua a mi esposo que auia de venir a me uer: por lo qual le rogaua yo mucho que no me infamasse, que daria ocasion de gran mal; y el pobre mançebo desesperado de salud lloraua y maldeziase con gran cuyta, suplicandome puesto de rodillas an el suelo ante las puertas çerradas que le diesse liçençia como vn dia se viesse delante de mi, que le pareçia no desear otra beatitud; y yo mostrandome algo piadosa y como por su gran importunidad le dixe: Señor, no penseis ni espereis de mí, que por todos los tesoros del mundo haria cosa que menoscabasse mi *honrra* y honestidad; pero eso que me pedis alcançadlo vos de mi señora, que podra (¹) ser que lo haga yo. Con esta palabra se consoló en tanta manera que pareçió *entonces* de nueuo (²) resuçitar, porque entendio della dezirla yo con alguna parte de affiçion sino que ser yo donzella y niña me causaua tener sienpre aquel desden, y no me atreuer a más liberalidad; y ansi me despedi dexandole a la puerta sollozcando y sospirando, y sin ninguna (³) pena ni cuydado me fue a dormir, y porque estuuiesse mi madre auisada de lo que se deuia hazer le conté lo que la noche passó. Luego por el dia proueyo mi seruidor para mi casa todo lo que fue menester, enbiando a su-

plicar a mi madre le diesse liçençia para la venir a visitar, y ella le enbió a dezir que viniesse pero que fuesse con tanto auiso y miramiento que no peligrasse nuestra honrra, y que antes ella le deseaua hablar por aduertirle de lo que nos conuenia, y que ansi le encomendaua viniesse cuando fuesse anocheçido, y que la huespeda no le (¹) sintiesse; y ansi él vino anocheçiendo y entró con tanto recatamiento como si escalara la casa del rey.

MIÇILO.—Dime, gallo, ¿porqué te detenias tanto y hazias tantos encareçimientos?

GALLO.—Poco sabes deste menester. Todo esto que yo hazia era para ençenderle más el apetito; para que le supiesse más el bocado de la manzana que le esperaua dar. Que avn mucho más se le encareçi como verás. Pues como mi madre le reçibió se sentó en la sala con él diziendole: señor, yo os he deseado hablar por pediros de merçed que pues publicais que teneis affiçion a mi hija doña María, no la hagais obras que sean su destruiçion. Porque ya creo que, señor, sabreis, y sino quiero os lo dezir, que yo fue muger de vn valeroso cauallero de Salamanca de los mejores Maldonados; del qual me quedó vn hijo y esta hija que es la lunbre de mys ojos; y sabed que mi marido poseyó vn cuento de renta mientra viuió; porque su padre dispuso en su testamento lo poseyesse el por su vida por ser mayor; y que siendo él muerto suçediesse el hijo menor, hermano de my marido (²), con tal condiçion que diesse a cada vno de los hijos que quedassen al mayor çinco mil ducados; *y sino se los quisiesse dar que suçediesse en ello el hijo mayor adelante en su linea*; y ansi el hermano *de mi marido* se ha metido en el mayorazgo y no quiere dar los diez mil ducados que deue a mis dos hijos; y ansi ha dos años que pleyteo con él, donde espero la segunda sentençia que es final en esta causa, que se dará antes de diez dias. En cuya confiança yo desposé a mi hija con vn cauallero muy prinçipal de aquella çiudad, mandandole los diez mil ducados en docte porque mi hijo le (³) haze donaçión de los suyos si yo le diese agora quinientos (⁴) ducados, porque va a Rodas por la encomienda (⁵) de San Juan, y está todo el despacho hecho del Rey y de su informaçion. Agora, señor hijo, yo os he querido hablar por dos cosas. Lo primero suplicaros que os tenpleis en vuestro ruar; porque cada dia esperamos al esposo de doña María; y si él venido tomasse sospecha de vos seria tomar

(¹) G., podría.
(²) G., muerto.
(³) G., alguna.

(¹) G., lo.
(²) G., y que si al tiempo de su muerte fuesse viuo vn otro hermano que era menor, que suçediesse en el.
(³) G., la.
(⁴) G., quatroçientos.
(⁵) G., a tomar el habito.

vn siniestro que la echassedes a perder; y lo segundo que os quiero suplicar es que hagais esta buena obra a doña Maria mi hija, pues todo es para su remedio y bien, que nos presteis estos quinientos (¹) ducados para con que enbiemos mi hijo de aqui: que yo os haré vna cédula de os los pagar auida agora la sentençia y execuçion; y en lo demas mi hija y yo estamos aqui para os lo servir; que no será ella tan ingrata que visto el bien que la hazeis no huelgue de os hazer el plazer que querreis; y diçiendo esto le tomó mi madre por la mano y me le metio a vna camara donde yo estaua con una vela rezando en vnas Horas, y la verdad que te diga estaua rogando al demonio açertase mi madre en su petiçion; y como le (²) vi entrar fingi alguna alteraçion (³), y mirando bien le reçebí con mi mesura; y él mostró quererme (⁴) bessar el pie, y auiendo algo hablado en cosas vniuersales de la corte, del Rey, de las damas y caualleros, traxes y galanes, saliendose mi madre me dexó sola con él. El qual se fue luego para mí trabajando por me bessar, pero yo me defendí por gran pieza hasta que mi madre entró y le sacó afuera diziendo que le queria hablar, y él se le quexó mucho de mi desabrimiento y desamor jurando que me daria toda su hazienda si le quisiesse complazer. Mira, Miçilo, si el detenerme como tú antes me reprehendias si me aprouechó.

MIÇILO.—Por çierto, artifiçial maestra estauas ya.

GALLO.—Pues mira mi madre como acudió, que luego le dixo: Señor es niña y teme a su esposo, y nunca en tal se vio. Ella me obedeçera si le mando que se meta en vna cama con vos. Pues echandose á los pies de mi madre le dixo: hazedlo vos, Señora, por las plagas de Dios, que yo os daré quanto querais, y ansi fueron luego entre si conçertados que él le daria los quinientos ducados, y que mi madre le hiziesse la çedula de se los pagar dentro de vn mes; y que ella hiziesse que yo dormiesse vna noche con él, y ansi quedó que para la noche siguiente se truxiessen los dineros y hecha la çedula me diessen en rehenes a mi, y ansi en ese otro dia entendimos en aparejar lo que se deuia de hazer. Que pagamos la huespeda y despedimos la casa diziendo que en anocheçiendo nos auiamos de yr, y comprando mi hermano vn par de mulas le auisamos de todo lo que auia de hazer. Pues luego venida la noche vino el mercader a lo conçertado *que avn no se le coçia el pan*, y nos dió *luego los* quinientos (⁵) ducados y mi

madre le hizo la çedula a su contento (¹) *de se los pagar dentro de vn mes*, y luego se aparejó la çena *qual el nouio la proueyó*; la qual acabada con mucho contento suyo nos metió mi madre en mi camara y çerró por defuera, y el se desnudó suplicandome que me acostasse con él, y yo dezia llorando con lágrimas que no haria a mi esposo tan gran traiçion, y él se leuantó y asiendo de mi se mostró enojar a porfia (²) *conmigo*, y yo por ninguna fuerça le quise obedeçer, pero lloraua muy vivas lágrimas, y él tornando a requerirme por bien; y yo ni por bien ni por mal, y ansi auiendo pasado alguna parte de la noche en esta porfia oymos llamar a la puerta de la calle con furia, sintiendo gran huella de caualgaduras, y era mi hermano que traya las mulas en que auiamos de partir, y entonçes mostrando alteraçion dixele que estuuiesse atento. Estando ansi hyrio mi madre a la puerta de la camara con furia y entrando dixo: ¡ay hija! que tu esposo es venido y preguntando por ti sube a te (³) ver, y diziendo esto)tomamos ambas a mi seruidor, y ansi en camisa con vna espada en la mano le hezimos salir por vna recamara a un corredor que para este caso auiamos quitado unas tablas del suelo, y como él entró por alli *con intinçion de se recoger hasta ver el suçeso*, al primer passo cayó en vn corral, de donde no podia salir por estar çerrado al rededor; y luego yo vistiendome de todos los vestidos de mi galan, que me conoçian ya porque en ellos me crié, y despedidos de la huespeda los vnos a los otros no nos vimos mas hasta oy / De aqui nos fuemos a Seuilla y a Valençia, donde hize lançes de grande admiraçion.

MIÇILO. — Espantado me tienes ¡o gallo! con tu osadia y atreuimiento con que acometias semejantes hazañas. Que la flaqueza de ser muger no te encogia el animo a temer el (⁴) gran peligro en que ponias tu persona?

GALLO. — ¿Qué diçes, Miçilo, flaqueza y encogimiento de animo? Pues más de veras te espantaras de mi quando yo fue Cleopatra: si me vieras con quanto estado y magestad me presenté ante Julio Cesar quando vino en Egipto en seguimiento de Pompeo, y (⁵) vieras vn vanquete que le hize alli para le coger (⁶) la voluntad, y que si me vieras en vna vatalla que di a Octauiano Çesar junto al promontorio de Leucadia, donde estuuo la fortuna en punto de poner en mi poder a Roma. En la qual mostre bien con mi ardid y desemboltura varonil la

---

(¹) G., quatroçientos.
(²) G., la.
(³) G., algún subito espanto.
(⁴) G., querer bessarme.
(⁵) G., quatroçientos.

(¹) G., a mi madre, la cual le hizo vna çedula.
(²) G., enojado porfiando.
(³) G., por te.
(⁴) G., tener temor al.
(⁵) G., si.
(⁶) G., ganar.

voluntad y ánimo que tuue de vençer las vanderas Romanas y lleuar delante de mi tribunfo a (¹) Çesar vençido. Todo esto quiero dexar para otro tiempo en que tengamos mas lugar; y agora quiero te dezir de quando fue monja, lo qual por ser ya venido el dia en el canto que se sigue proseguiré.

Fin del séptimo canto del gallo.

ARGUMENTO

DEL OCTAUO CANTO DEL GALLO

En el octauo canto que se sigue el auctor se finge hauer sido monja, por notarles algunos interesses que en daño de sus conçiençias tienen. Concluye con vna batalla de ranas en imitaçion de Homero (²).

GALLO.—Si despertasse Miçilo holgariale entretener en el trabajo gustando él de mi cantar; porque la pobreza çiertamente nos fatiga tanto que con dificultad nos podemos mantener, y no sé si le soy ya algo odioso, porque algunas mañanas le he despertado algo más tenprano que él acostunbraua, por lo qual padeçiamos mucha más hanbre, y agora porque esta maçilenta loba no nos acabe de tragar tomóme por ocasion para atraerle al trabajo contarle mi vida miserable; donde pareçe que ha tomado hasta agora algun sabor, y plega a Dios que no le enhade mi dezir; porque aunque sea a costa de mi cabeza quiera él trabajar y ambos tengamos que comer.

MIÇILO.—¿Qué dizes, gallo; qué hablas entre ti? No me has prometido de me despertar cada mañana, y con tu graçioso cantar ayudarme en mi trabajo contandome tu vida?

GALLO.—Y ansi lo quiero yo, Miçilo, hazer; que no quiero yo por ninguna ocassion quebrantar la palabra que te di.

MIÇILO.—Pues di, que colgado estoy de tu habla y graçioso cantar.

GALLO.—Yo me proferi ayer de te dezir lo que siendo monja passé, y solo quiero reseruar para mí de qué orden fue, porque no me saques por rastro. Pero *noramala se diga*, quiero que sepas que este es el genero de gente más vano y más perdido y de menos seso que en el mundo ay. No entra en cuento de los otros estados y maneras de viuir; porque se preçia de mostrar en su habla, trato, traje, y conuersaçion ser vnica y particular. Lo que sueñan de noche tienen por reuelaçion de Dios, y en despertando

(¹) G., el.
(²) *(Tachado)*. Siguesse el octauo canto del Gallo de Luçiano orador griego, contrahecho en el castellano por el mesmo autor.

lo ponen por obra como si fuesse el prinçipal preçepto de su ley. Dizense ser orden de religion: yo digo que es más confusion; y si algun orden tienen, es en el comer y dormir; y en lo que toca a religion, es todo ayre y libiandad, tan lexos de la verdadera religion de Cristo como de Hierusalen. No saben ni entienden sino en mantener parlas á las redes y loqutorio (¹). Su prinçipal fundamento es hazerse de los godos y negar su proprio y verdadero linaxe; y ansi luego que yo entré alli fue como las otras la más profana y ambiçiosa que nunca fue muger, y ansi porque mi padre era algo pobre publiqué que mi madre auia tenido amistad con vn cauallero de donde me auia auido a mí, y por desmentir la huella me mudé luego el nonbre; porque yo me llamaua antes Marina, como mula falsa, y entrando en el monesterio me llamé Vernardina, que es nombre estraño, y trabajé quanto pude por llamarme doña Bernaldina, fingiendo la deçendençia y genealogia de mi prosapia y generaçion, y para esto me faboreçio mucho la abbadesa; que de puro miedo de mi mala condiçion y *desasosiego* procuraua de me agradar. Acuerdome que vn dia vn pariente mio enbio a visitarme con un paje; y preguntandole la portera a quien vuscaua respondió *el mochacho, buscaua* a Bernardina, y yo acaso estaua alli *junto a la puerta*; y como le oy sali a él con aquella ansia que tenia que todos me llamassen doña Bernardina y dixele: ¡O! los diablos te lleuen, trapaz, que no te cabe en esa boca vn don donde cabe vn pedaço de pan mayor que tú. De lo qual á todas quantas estauan alli di ocasion de reyr (²) de mi vanidad.

MIÇILO.—Pues tu padre ¿tenia antes don?

GALLO.—Si *tenia*: sino que le tenia (³) al fin del nombre.

MIÇILO.—¿Como es eso?

GALLO.—Llamauase Francisco remendon. Ves alli el don al cabo. Mi mayor ocupaçion era enbiar casi cada dia a llamar los prinçipales y mas honrrados del pueblo vuscando negoçios que tratar con ellos; y dilatabalos por los entretener, y de alli venia a fingir vn pariente suyo con el qual dezia que mi padre tubo gran parentesco o afinidad (⁴). Desta manera con todos los linajes de Castilla mostraua tener parte; còn Mendoças, Manriques, Ulloas, Çerda, Vaçanes, El dia que yo no tenia con quien librar a la red y loqutorio me tenia por menos que muger, y si la abbadesa me negasse la liçençia me la yba a las tocas queriendola mesar, y la llamaua peor de su nonbre. Dos dias en la semana enbiaua por

(¹) G., loqutorios.
(²) G., que se riesen.
(³) pero teniale.
(⁴) G., fingirme pariente suyo, por rodeos de conoçimiento o afinidad de alguno de su linaxe.

el confesor para me *confessar* y consolar; y desde que saliamos de comer hasta la noche nos estauamos en el confessonario tratando de vidas ajenas; porque no se meneaua monja que yo no tuviese cuenta con ella. Otra vez me quexaua de la abbadessa que no me queria dar ninguna consolaçion, que estaua para me desesperar, o hazer de mí vn hecho malo; y amenazauala con la visita. Acontecíame a mí vn mes no entrar en el coro a las horas fingiendo estar enferma de xaqueca, que es enfermedad de señoras, y para fingir este dolor hazia vnos generos de birretes portogueses afforrados en martas, o grana fina de poluo (¹) demandada a mis seruidores, y deuotos y *familiares*. Pues para sustentar mis locuras y intereses lebanté vn vando en el monesterio de los dos san Juanes Euangelista y Baptista, y como yo tube entendido que mis contrarias con quien yo tenia mis differençias y pundonores seguian al Euangelista, tomé yo con mis amigas la deuoçion *el apellido* y parçialidad del Baptista; no más de por contradezir. Que de otra manera nunca tube cuenta ni eché de ver quál dellos mereçia más, ni quál era mejor.

Miçilo.—¡O gran vanidad! Quánto mejor fuera que trabajaras por imitar a qualquiera dellos en virtud y costunbres!

Gallo.—Pues quando venia el dia de San Juan de Junio, quanto era mi desasosiego y mi inquietud! Reboluia todo el pueblo vuscando la tapizeria para la iglesia, claustras y refitorio. El hinojo, claueles, clauellinas, halelies, azuzenas y albahacas puestas en mil maneras de basijas de mucha curiosidad; y otras frescas y odoriferas yerbas y flores, yuncos y espadañas. Aparejaua las pastillas, moxquete, estoraque y menxui, que truxiessen toda la casa en grande y suaue olor. Traya aplazado el predicador de veynte leguas; y vn año antes negoçiado, y la musica vnica y peregrina de muchos instrumentos de suabe y acordada melodia. Negoçiaua las bozes de cantores de todos los señores y iglesias cathredales y colegiales quantas auia en la comarca. Despues para todos estos aparejaua casas, camas y de comer. Vuscaua aues, pescados y frutas de toda diferençia, preçio y estima. Un mes antes hazia *los* mazapanes, bizcochos, rosquillas, alcorzas y confituras, y avn mucho sebillo de manos y guantes adobados, para dar a vnos y a otros conforme a la calidad y libiandad de cada qual que interuenia en mi fiesta.

Miçilo.—Todo eso no se podia hazer sin gran costa. Dime ¿de dónde auias todo eso?

Gallo.—Por auerlo grangeaua yo vn año antes los amigos y seruidores por diuersas vias

y maneras. Procurando negoçios, dares y tomares con todo género de honbres. De los vnos me aprouechaua para que me diessen algo; y de los otros para que demandassen a otros (¹), y a otros queria para que me lleuassen mis recados y mensajes con que vuscaua y adqueria lo demas. De manera que yo me empleaua tan toda en este caso que nunca me faltaua cosa que hiziesse a mi menester (²).

Miçilo.—O quán molida y quebrantada quedarias passada la fiesta; y más orgullosa, presuntuosa y profana en auer cunplido con tu vano interes! O quán miserable y desuenturada era esa tu ocupacion, lo que es más de llorar!

Gallo.—Las contrarias hazian otro tanto por Nauidad dia de San Juan Euangelista, que es el terçero dia de la pasqua.

Miçilo.—Pareçe que tenia el demonio vn censo cada año sobre todas vosotras; la meytad pagado por las vnas por Nauidad; y la otra meytad a pagar por las otras a San Juan de Junio. ¿Qué libiandad tan grande era la vuestra; que siendo ellos en el çielo tan yguales y tan conformes, aya entre sus deuotas acá tanta desconformidad y disension? Antes me pareçe que como verdaderas y buenas religiosas deuieredes preçiaros ser mas deuotas del Santo quanto mas trabajanades en su imitaçion. Las baptistas procurar exçeder a las otras en el ayuno contino, en el vestido poco; en la penitençia y sanctidad, y las euangelistas procurar lleuar uentaja a las otras en el recogimiento, en la oraçion, en el amor que tubo a su maestro, en aquella virginidad santa por la qual le encomendó Dios (³) su madre virgen. Pero como toda vuestra religion era palabras y vanidad, ansi vuestras obras eran profanas y de mundo, y ansi ellas tenian tal premio y fin mundano. Porque si vosotras os matais a chapinazos sobre quál de los dos San Juanes fue mejor, y vosotras no teneis ni seguis punto de su bondad seriades como son dos negras esclauas de dos señoras que se matassen a puñadas sobre quál de sus amas era más hermosa; y ellas dos quedassen negras como vn tizon. O como dos romeros que muy hanbrientos y miserables con gran enojo se matassen sobre quál es el más rico desta çiudad, y ellos quedassen muertos de hanbre sin que nadie (⁴) les dé vn pan que comer.

Gallo.—De lo que yo senti entonçes desta gente tengo por opinion que naturaleza hizo este genero de mugeres en el mundo por demas; y por esta causa las echó en los monesterios como quien las arrima a vn rincon; y como ellas

---

(¹) G., Florençia.

(¹) G., me vuscassen lo que hazia a mi menester.
(²) al cumplimiento de mi voluntad.
(³) G., Cristo.
(⁴) G., ninguno.

se ven tan fuera de cuenta trabajan con estas industrias de Sathanas darse a entender; y ansi el primer pensamiento que la monja conçibe entrando en el monesterio es que le tienen vsurpado el reyno y que se le tienen por fuerça; y que por eso la metieron como en prision alli, y seriale mas conueniente y prouechoso hazerse entender que aquella es casa de orates ó locos, donde fue lançada porque está sin seso desde que naçio, porque acá afuera no haga mal. Pues sabras, que yo fue enferma de vn çaratan de que en los pechos fue herida, de que padeçi mucha passion hasta que la muerte me lleuó; y luego mi alma fue lançada en vn cuerpo de vna Rana en el lago de Genesareth que esta en Palestina. Donde por yr tan acostunbrada a parlar no hazia sino cantar a la contina: prinçipalmente quando queria llouer por dar plazer al labrador que lo tiene por señal. En aquella vida viuia yo en algun contento por la gran libertad de que gozamos todas alli. Tratauanos muy bien vn benignissimo rey que teniamos; mantenianos el lago en toda paz y tranquilidad avnque algo contra la condiçion que yo auia tenido acá: pero la nueua naturaleza me mudó. No haziamos sino salir a la orilla al sol y estendernos con mucho plazer, y a su hora tornarnos a entrar en toda quietud; y como en ningun estado en esta vida falte miseria, tentaçion y trabajo, y creo que el demonio entiende en desasosegar toda criatura que en el mundo ay, ansi nos dio a nosotras vn desasosiego el mayor que se puede encareçer, y sabras que como es cosa comun, teniamos alrededor de nuestro lago mucha copia de ratones que se vienen por alli a viuir de los pueblos comarcanos en sus cuebas y choças, por viuir en más seguridad; y estos por ser gente de buena conuerzaçion hizieron con nosotras gran vezindad: y nosotras los tratamos a la contina muy bien. Suçedio que vn dia quiso (que no deuiera) vn hijo de su rey con algunos otros sus prinçipales y vassallos passar a la otra parte del lago a visitar çiertos parientes y amigos y aliados que vibian allá. Y por ser muy largo el lago tenia gran rodeo y trabajo y avn peligro para passar, y comunicando su voluntad vn dia con çiertas ranas del lago, ellas, o por enojo que tuuiessen dellos, o por mala inclinaçion pensaron hazerles vn gran daño y vurla, y fue que ellas se les ofreçieron de los passar sin lission, si fiandose dellas se subian sobre sus lomos; que cada vna dellas tomaria el suyo sobre sí y ansi nadando los passarian a la otra parte, y que por más asegurar (1) atarian las colas dellos a las piernas traseras de las ranas, porque si se deleznassen del cuerpo no peligrassen en el agua. Ansi

ellos confiados de su buena oferta vinieron hasta vnos veynte de los prinçipales de su vasallaje, quedando sus criados y familiares a la orilla mirando la lastimosa tragedia; y quando las ranas tuuieron a los señores ratones en el medio del lago ante los ojos de todos los que quedaban a la orilla se van con ellos a lo hondo, y zapuzandose muchas vezes en el agua los ahogaron a todos: y luego como fue auisado su Rey y los padres y parientes de los otros vinieron al agua a ver si acaso podrian remediar aquel cruel acontecimiento, y como ni por ruegos, ni por lagrimas, ni promesas, ni amenaças no pudieron alcançar de nuestras ranas que no lleuasen aquel daño a execuçion dieron muy grandes bozes, llantos y alaridos, jurando por la grandeza del sol su padre, y por el valor y las entrañas de su madre la tierra de vengar tan gran traiçion y aleuosia. Protestauan la injuria contra nuestro Rey pareçiendoles que no podia ser tan grande atreuimiento sino con su mandado y capreso fabor; y como nuestro Rey oyó las bozes y pesquisó la causa y la supo, salio de su palaçio con algunas ranas prinçipales que se hallaron con él, y por aplacar los ratones mandó con gran diligençia se buscassen los malhechores a do quiera que los pudiessen auer y los truxiessen ante su magestad, y avnque todos no se pudieron auer luego, en fin fueron presas alguna cantidad dellas: de las cuales se tomó su confesion por saber si algun señor particular les mandó hazer aquel daño; y como todas (1) confessaron que ellas de su propio motiuo (2) y maliçia lo auian hecho fueron condenadas a muerte, y avn se quiso dezir que alguna de aquellas ranas que fueron presas, por ser hijas de personas señaladas fueron secretamente sueltas y ausentadas, porque vntaron las manos a los juezes, y avn más los escriuanos en cuya mano dizen que está más çierto poderse hazer; y ansi escaparon las vidas del morir.

MIÇILO.—Pues Dios las guardó viban y hagalas Dios bien. Por çierto gran descuydo es el que passa en el mundo el dia de oy: que siendo vn offiçio tan prinçipal y caudaloso el del escriuano, y tan neçesario, que sea (3) honbre de fidelidad para que todos viban en paz y quietud, consienten y permiten los prinçipes criar notarios y escriuanos honbres viles y de ruynes castas y suelo: los quales por pequeño interes peruierten el derecho y justiçia del que la ha de auer; y sobre todo los prouen de los officios mas prinçipales y de más peligro en su Reyno: como es de escriuanias de chançillerias (4) y

---

(1) G., las atarian.

(1) G., ellas.
(2) G., motu.
(3) G, este en.
(4) G., chançellerias.

consejos y regimientos y gouiernos de su hazienda y republica: lo qual no se auia de hazer por ninguna manera, pues en ello va tan gran interes y peligro.

GALLO.—Y ansi un dia de mañana como salio el sol fueron las condenadas sacadas a la ribera y pregonandolas vn pregonero a alta boz por alebosas, traydoras, matadoras, *homiçidas* de sus bezinos y aliados, que las mandaua su Rey morir; y ansi ante gran muchedunbre de Ranas que salieron del lago y muchos ratones que lo vinieron a ver fueron publicamente degolladas. Pero el Rey Ambrocos *(que ansi se llamaua el Rey de los ratones)* y todos aquellos señores estauan retraidos en sus cuebas muy tristes y afligidos por la perdida de sus hijos; y ansi mandó su rey llamar a cortes, y luego fueron juntos los de su Consejo y grandes de su Reyno. Donde con grande encareçimiento de palabras les propuso la cruel traiçion que hauian cometido las ranas: y no en qualesquiera de su reyno, sino [1] en su mesmo hijo y de los prinçipales señores y caualleros de su tierra. Por lo qual avnque pudieran disimular qualquiera otra injuria por ser sus bezinas y aliadas, pero que este caso por ser tan atroz en la persona real y suçesor del Reyno no se sufria quedar sin castigo; y ansi los ratones indignados por las lagrimas y encareçimientos de su Rey se ofreçieron con sus personas y estado salir luego al campo: y que no boluerian a sus casas hasta satisfazer y vengar su prinçipe *Rey* y señor o perder en el campo sus vidas. Y ansi el Rey les mandó que dentro de quinze dias todos saliessen al campo a acompañar su persona real, y mandó luego auisar con sus patentes, cartas y prouisiones a todos los ratones bezinos al lago, que supiessen la injuria hecha a su rey: y que todos so pena de muerte saliessen a las orillas y hiziessen el posible daño en las ranas que pudiessen auer. Luego todos aquellos señores se fueron a sus tierras aparejar y venir con sus compañias al mandado de su rey. Porque esto tienen los ratones que son muy obedientes a sus mayores; porque al que no lo es le despedaçan todos con los dientes; ni es menester para el castigo del tal delito que venga particular pesquisidor ni executor de la corte: que [2] luego es tal *delinquente* castigado entre ellos con muerte; y ansi no se osa ninguno desmandar. Ya nosotras las ranas de todo esto eramos sabidoras, porque no faltaron algunos de sus ratones que por tener con algunas de nosotras estrecha amistad se lo comunicasen. Prinçipalmente todo aquel tiempo que passó antes que se publicasse la guerra, porque hasta entonçes

avn estauan en pie muchas de las antiguas amistades que auia entre vnos y otros en particular, y tanbien lo uiamos por esperiençia en nuestro daño: porque ningun dia auia que no pareçiessen a la costa del lago muchas ranas muertas, porque los ratones se llegauan a ellas con disimulaçion y con los dientes las hazian pedaços; *y prinçipalmente hazian esto vna compañia de malos soldados que de estrañas tierras el Rey auia traydo alli de vn su amigo y aliado: gente muy belicosa y de grande animo, que ninguna perdonauan que tomassen delante de si.* Ya eran tan grandes los [1] daños que se nos hazian que no se podian disimular, y dentro de quinze dias pareçieron ante las [2] riberas de Genesareth más de çien mil ratones, en tanta manera que el campo cubrian. Vino alli su [2] Rey *Ambrocos* con gran magestad con todo el aparato de tristeza y luto, protestando de no yr de alli sin vengar muy a su voluntad la muerte de su hijo; y ansi mandó dar en el campo vn muy brauo y sangriento pregon. Traya vn fiero raton por capitan general, al qual llamauan Lampardo el cruel: viejo y de maduro juizio, que toda su vida auia vivido en los molinos y *las hazeñas* que estan en el rio Xordan y Eufrates. Traya debajo de su vandera en nombre de Ambrocos su rey quarenta mil ratones de grande esperiençia y valor. Venia alli Braquimis [4] Rey de los ratones que habitan toda la tierra de Samaria y Cana, el qual traya treynta mil. Venia Aplopetes, Rey de los ratones que moran Nazareth, Belen y Hierusalen: el cual traya otros treinta mil y más. Vinieron otros señores, prinçipes, vasallos y aliados del Rey Ambrocos que trayan a çinco mil y a diez mil. De manera que en breue tiempo todo el campo se cubrio. Como nos vimos en tanta neçesidad y aprieto acudimos todos a nuestro Rey llorando nuestra libertad perdida, al qual hallamos en la mesma afliçion sin saber cómo se remediar.

MIÇILO.—Entonces, gallo, hallado auias oportunidad para executar tu belicosa condiçion que tenias siendo monja.

GALLO.—Muchas mas fuerças y orgullo tenia yo en el monesterio para reboluer. No auia en todo el lago ninguna rana que no estuuiesse acobardada y como abscondida y encogida de temor, y ansi la nuestra reyna, mandó que todas las ranas sus subditas se juntassen, que se queria con ellas aconsejar. Las quales quando fueron juntas les [5] propuso el aflito y miseria en que estauan [6]. A algunas dellas les parçio

---

[1] G., pero.
[2] G., porque.

[1] G., ya los daños eran tan grandes.
[2] G., nuestras.
[3] G., el.
[4] G., Brachimis.
[5] G., nos.
[6] G., estauamos.

que seria bueno dexar aquella ribera a los ratoñes y passarse a la contraria, donde les pareçia que no abria quien las dañasse. Pero como auia alli ranas de todos los rededores y partes del lago dieron fe que no auia dónde huyr ni poder salir con libertad: porque por todas partes estauan puestos (¹) gran multitud de ratones a punto de guerra, los quales procurauan dañar y matar en las ranas como las podian auer, no dexando alguna a vida. De manera que como nosotras vimos el ardid con que nuestros enemigos nos perseguian determinamos que seria bien salir al campo y darles una batalla: porque nos pareçió mejor morir, que no infames y encerradas y sin libertad cada dia padeçer. Pero lo que más nos afligia era el faltarnos armas con que pelear. Porque esta ventaja tienen de su naturaleza todos los animales: que a todos dió armas naturales naçidas consigo para se defender de sus enemigos y de aquellos que los quisiessen dañar. Al leon dió vñas, esfuerço y destreza. A la sierpe dió concha. A las aues dió vñas y buelo, y al cauallo herraduras y dientes con que se defienda, y ansi al raton dió vñas y dientes con que hiera, y a cada qual animal en su naturaleza armó; y a la rana, por hazernos el animal más simple y miserable le dexó sin armas algunas con que pudiese defender de quien le procurasse dañar.

Miçilo.—A mí me pareçe, gallo, que en todo eso prouelló con gran prudencia naturaleza, porque como quiso criar la rana simple y sin perjuizio y daño, ansi lo crió sin enemigo que la dañasse; y porque alguna vez se podia ofreçer que con furia la acometiesse otro algún animal la proueyó de ligereça para nadar, y el salto para huyr. ¿Que culpa tiene naturaleza si vosotras enrruynais y corrompeis la sinpleza con que ella os crió?

Gallo.—Tú tienes mucha razon, porque en el mundo no ay animal que no aya corrompido con su maliçia las leyes que su naturaleza le dió; y ansi por vernos confusas en este caso sin poder alcançar a sabernos dar remedio, acordose que nos socorriessemos del consejo y ayuda de çiertos generos de pescados que en aquel lago andauan en nuestra compañia, y principalmente de vnos grandes barbos que alli se criaun y a estos nos fuemos contandoles nuestra miseria, y ellos como es gente muy honrrada y bien inclinada y trabajan vibir sin perjuizio de nadie, que hasta oy no se quexó dellos alguna naçion. Por esta causa pareçioles tan mal la traiçion que nuestras ranas hiçieron á los ratones que casi con disimulaçion se determinauan ver de nosotros (sic) (²) vengados los ratones.

Pero ya por la estrecha y antigua amistad que por la contina vibienda entre nosotros auia nos estimauan por parientes y naturales, y ansi se dolieron de nuestra neçesidad y se profirieron a la remediar, ayudandonos (¹) con consejo y fuerças; y puestos luego en esta determinaçion se leuantó vn baruo ançiano y de buen consejo y nobleza y ante todos propuso ansi: Honrradas dueñas (²), vezinas, amigas y parientas, a mí me pessa auer de seguir y faboreçer en esta empresa parte tan sin razon y justiçia: púes vosotras aueis injuriado y ofendido a vuestros amigos vezinos y comarcanos tan sin os lo mereçer; yo nunca pensé que vuestra simpleza tuuiera acometimiento de tanto doblez. Ni sé quien os dió lengua ni alma para fingir, ni manos para ansi dañar con tan aleuoso engaño. ¿Quién no se fiara de vuestra flaqueza, pensando que vuestra humildad seria tal como la mostrais? Quán justo fuera faboreçer antes a (³) vuestro castigo que a vuestra defensa? Pero de oy más neçesitais nos a vivir con vosotras con auiso; y por venir á demandarnos (⁴) socorro; porque es la ley de los nobles no le negar á quantos afligidos le pidan, es razon que se os dé: y ansi es mi pareçer que ante todas cosas tratemos de os dar armas con que peleis y os defendais; porque çiertamente os tienen en esto gran ventaja los ratones en dientes y vñas. Por lo qual auiendolo mirado bien, es mi consejo; que hagais capaçetes de las caxcaras de huebos que se pudieren auer, que muchas hay en este lago, que los pescadores nos (⁵) echan por çeuo para nos pescar; y estas caxcaras puestas en la cabeça os será alguna defensa para las heridas; y por lanças llenareis unos yuncos que ay en esta ribera, que tienen buenas puntas con que podais herir; que nosotros con nuestros dientes os los cortaremos quantos tengais neçesidad, y vosotras trabajad por os hazer diestras con estos yuncos como podais con destreza herir; aprended con la boca y manos como mejor os aprouecheis dellos. Saldreis al campo con estas armas; y si os vieredes en aprieto recogeros eis al agua, donde estara gran copia de nosotros (⁶) a la costa escondidos; y como ellos vengan con furia siguiendo su vitoria caeran en nuestras manos; y con nuestras colas y dientes el que en el agua entrare perderá la vida. De todos fue aprobado el consejo del buen pez, y ansi desbecha la consulta cada cual se fue a aprouechar de lo que más pudiesse auer. Las ranas todas nos dimos a vuscar caxcaras de huebos por mandado

---

(¹) G., estaua puesta.
(²) G., nosotras.

(¹) G., a nos faboreçer.
(²) G., Honrrada gente.
(³) G., en.
(⁴) G., venirnos a demandar.
(⁵) G., las.
(⁶) G., estaremos muchos de vuestros amigos.

de nuestra Reina; y los barbos á cortar yuncos; y avnqve se hallaron alguna cantidad de caxcaras no fueron tantas que pudiessen armar a todas; por tanto se mandaron primero proueer las Señoras (¹) y prinçipales ranas; y despues fueron repartidas las armas por vanderas y compañias. Pero ninguna fue sin lança, porque los barbos proueyeron de gran copia de yuncos; y ansi proueydas las vanderas y capitanias por aquellas Señoras (²), a mi como sabia la Reyna que yo era la mas diestra en armas de todas quantas auia en el lago (³), porque del monesterio yua yo ya diestra por la mucha costumbre en que estauamos a jugar de chapinazo y remeson por dame aca esa paja, prinçipalmente sobre quién soys vos, mas quién soys vos, quando començauamos a apurar los linajes. Ansi que por conoçerme a mi más industriada *en las armas* que a todas me rogó quisiesse açeptar el offiçio de capitan general; y ansi ordenadas las esquadras que cada vna acometiesse a su tienpo y coyuntura; porque avn siendo mucha gente si va desordenada va perdida. Quanto mas siendo nosotras pocas en conparaçion de los ratones era más neçesario el buen orden y conçierto; y ansi yo me tomé a Marfisa marquesa de la costa de Galilea que lleuaua veynte mil, y a Marula duquesa de la costa de Tibiriades que lleuaua otras veynte mil, y yo que de mi costa tomé otras diez mil. Con estas çinquenta mil ranas las mejor armadas que auia en la compañia salimos del agua al campo. Salimos vna mañana en saliendo el sol con gran canto y grita. Quedaua la nuestra Reyna (⁴) con otras veynte mil ranas dentro en el lago para socorrer en la neçesidad: y con otras muchas señoras (⁵) y principales del lago; y esto porque las ranas en sus batallas y guerras no consienten que sus reyes salgan al peligro hasta que no se puede escusar: que sus capitanes y señores hazen primeros acometimientos y rompimientos de la guerra; y demas de la gente dicha estaua vna buena compañia de çinco mil barbos todos escogidos y muy platicos en la guerra, *que se hallaron en las batallas que vuieron los atunes en tiempo de Lazaro de Tormes con los otros pescados*, los quales estauan encomendados por el Rey a Galafron (⁶), Duque de la costa de genesareth, por su capitan, barbo de grande esperiençia y ardid; ya de nuestra salida tenian notiçia los ratones que no se les pudo esconder, y estauan a punto para nos reçebir, y pensando nosotras ser ventaja acometer

arremetimos con grande esfuerço, grita y animo, cubiertos (¹) bien de nuestros yelmos, puestas las puntas de nuestras lanças en ellos (²) para que se lançassen por ellas, y ansi començamos con mucho compas y orden a caminar para ellos. Venia en la delantera de toda la compaña aquel fuerte Lampardo su Capitan general dando grandes saltos por el campo, que no pareçia sino que era aqueste (³) su dia, y yo con aquella sobra de animo que se podia comparar con el de vn fuerte varon sali a él, y como él no era auisado de aquella nuestra arma vinose derecho por me dañar: pero como le puse la punta del yunco (⁴) y le piqué saltó afuera hasta reconoçer bien el arma con que le heri; ya se juntaron las hazes de la una parte y de la otra donde las nuestras mostraron tratar *a* los ratones mal, porque como ellos no auian pensado que nosotras tuuieramos armas tomaron algun temor: y ansi se començaron a detener, y en alguna manera se sentia de nuestra parte ventaja: porque si les dieramos ocasion de nos temer no quisieramos más. Pero de nuevo Lampardo y Brachimis y Aplopetes tornaron a nos acometer: y como sintieron que nuestras lanças y armas eran de ninguna fuerça ni valor lançaronse por nosotras con façilidad. Matauan y despedaçauan quantas querian, en tanta manera que no los podimos resistir su furia, y ansi fue neçesario recoger el exerçito al lago; y los ratones con aquel animo que la vitoria les daua vinieron a se lançar por el lago adelante: donde saliendo los barbos dieron en ellos con tanta furia que hiriendo con las colas y dientes en breue tiempo matauan *y akogaron* más de diez mil; y quiso mi ventura que yo quedase en la tierra por recoger mi gente que venia huyendo desmandada (⁵) a lançarse *sin orden* al lago, y sucedió que como Lampardo me vido *en el campo* se vino para mí: y avnque yo le reçebi con algun animo no me pudo negar mi naturaleza de flaca rana y no exerçitada: por lo qual no le pudiendo resistir se apoderó en mí, y tropellandome con la furia que traya me hizo saltar el yelmo de la cabeça, y hincó con tanta furia los dientes y vñas en mí que luego espiré; y ansi no supe en aquella batalla lo que mas passó. Avnque sospecho que por bueno (⁶) que fuesse el fauor de los barbos no quedarian los ratones sin satisfazerse bastantemente.

Miçilo.—Por çierto gran deseo me queda de saber el suçeso de la batalla: porque no puedo yo creer que no tuuiesse (⁷) satisfazion la jus-

<hr>

(¹) G., los señores.
(²) G., aquellos señores.
(³) G., considerando la Reyna que en toda su comarca no auia mas sabia rana que yo ni mas esperimentada en guerra y disensiones.
(⁴) G., nuestro Rey.
(⁵) G., muchos señores.
(⁶) G., Estos trayan por su capitan a.

(¹) G., cubiertas.
(²) G., nuestros enemigos porque.
(³) G., este.
(⁴) G., yunque.
(⁵) G., desuaratada.
(⁶) G., grande.
(⁷) G., quedasse sin bastante.

tiçia de Dios. Cosa marauillosa es, que vn animal tan sin manos, *y ser simple y pusilanime* tenga atreuimiento para ansi con tanto daño engañar. Vn animal tan callado, tan humilde, tan sin alteracion, de tanta religion y recogimiento acometa vn tan atroz y nefando insulto, speçie tan calificada de traiçion. ¿Quién no fiara dellas? A quién no engañaran con su fingida (¹) simpleza? No en vano dizen: que más daño haze un rio manso, que vn hondo y furioso. Porque á la contina se vio por esperiençia estar la hondura y çienago en el remanso y quietud *del agua*. Pero sobre todo lo que me has contado, gallo, estoy espantado quando considero quán estremado animal es la muger. Tan presuntuoso, tan vanaglorioso, tan desasosegado, tan cobdiçioso de estima, mando y veneraçion, *auiendo sido criado por Dios para tanta bajeza y humildad: que poca differençia y ventaja ay entre la rana y este animal* que no ay (²) muger por pobre y miserable que sea que no presuma de si ser mereçedora y poderosa para mandar y gouernar la monarchia del vniüerso, y que es pequeño el mundo para lo mucho que tiene entendido de si. *Çiertamente tú tienes mucha razon en sustentar auer toda criatura corrompido la carrera y regla de su viuir.*

GALLO.—Çiertamente tú dizes la verdad; que no saben tener en sus cosas templança ni medio; mas en todo son amigas del estremo.

MIÇILO.—Hasta (³) vna monja que está en vn monesterio ençerrada, auiendo professado la humildad y menospreçio de los mandos y preheminencias y ventajas con que el mundo faboreçe a sus mas incumbrados naturales, y auiendo prometido a Dios y a la religion de negarse a sí y a su proprio interes; y que solamente hará la voluntad ajena *y de su perlada y mayor*, y veys con quanto estremo se sacude de su profesion y en alma y obras y pensamiento vibe al reues; y porque me pareçe que es especie de estremada vileza dezir mal de mugeres quiero acortar en este proposito (⁴); porque los honbres honrrados antes las deuen defender *por ser flaco animal* (⁵); que de otro materia se nos auia ofreçido de que pudieramos largo hablar. Pues, ¿qué si dezimos en el estremo que tienen en el amar y aborrecer? En el qual ningun inconueniente ni estorno se le pone delante para dexar de effectuar su voluntad; y sino las obedeçeis y respondeis quando os llaman con igual amor vueluen en tanto odio y yra que se

arriscan al mayor peligro del mundo por se satisfazer.

GALLO.—Ay Miçilo, que en mentarme ese proposito me has lançado vn espada por las entrañas, porque me has acordado de vn amigo que por esa causa perdi (¹), *el mayor y más fiel que nunca tuuo la antiguedad.* Que si mi coraçon sufriesse a te lo contar marauillarte yas cómo acordandome dello no reuiento de passion.

MIÇILO.—Gran deseo me pones, gallo, de te lo oyr, y ansi te ruego que te esfuerçes por amor de mí a me lo contar: que segun me lo has encareçido deue de ser cosa digna de saber.

GALLO.—Pues avnque sea a costa de mis ojos y coraçon yo te lo quiero contar por te obedeçer. Cantarte he vn amigo qual nunca otro como el se vio. En fin, qual deven los buenos amigos ser, y lo demas que a este proposito acompañare en el canto que se sigue lo oyras.

Fin del octauo canto del gallo de Luçiano.

ARGUMENTO

DEL NONO CANTO

En el nono canto que se sigue el auctor imitando a Luçiano en el dialogo llamado Toxaris, en el qual trata de la amistad, el auctor trata de dos amigos fidelissimos que en casos muy arduos aprobaron bien su intinçion. Enseñasse quales deuen ser los buenos amigos (²).

GALLO.—¿Estás ya despierto, Miçilo, que yo a punto estoy para proseguir en lo que ayer quedé de te contar? Porque avnque sea a costa de mis entrañas y me dé algun dolor, oyras vna conformidad y fidelidad de dos amigos los mayores y mas verdaderos que nunca entre los hombres se vió. Una confiança y affiçion que dixeras viuir vna sola alma en dos. Vna casa, vna volsa, vnos criados, vn spiritu sin parçialidad ni diuision.

MIÇILO.—Gran pieza de tiempo ha que estoy deseando que despiertes, cobdiçioso de te oyr. Agora di tú, que sin distraimiento alguno te oyre todo lo que querras.

GALLO.—Pues ante todas cosas te quiero hazer saber que siendo yo vn tiempo natural frances y de Paris llamado Alberto de Cleph, y siendo mançebo mercader tube vn amigo natural de la mesma çiudad llamado Arnao Guillen, el más verdadero y el más fiel que nunca tubo la antiguedad. Este fue casado en la villa

---

(¹) G., aparente.
(²) G., y no vereis.
(³) G., Que hasta.
(⁴) G., callar.
(⁵) G., Vna sola cosa no puedo dexar de dezir y encarecer: el extremo.

(¹) G., acordado que por esa causa estuue en punto de perder vn amigo.
(²) (*Tachado*). Siguese el nono canto del Gallo de Luçiano, orador griego, contrahecho en el castellano por el mesmo autor.

de Embers en el ducado de Brauante con vna donzella llamada Beatriz Deque, hija de honrrados padres, hermosa y de buen linaxe, la qual truxo consigo a viuir á Paris. Pues por auer sido grandes amigos en nuestra niñez y jauentud no çesó nuestra amistad por ser Arnao casado, mas antes se augmento y creçió más; y ansi porque sepas a quanto llegó nuestra afiçion y amor sabras que por tener çiertas cuentas viejas que conuenia desmarañarlas con çiertos mercaderes de Londres huimos de yr allá, y aparejado nuestro flete y matalotaxe dimonos a la vela encomendandonos a Dios; y yo era hombre delicado y de flaca conplexion, neçesitado al buen regimiento, y a mirar bien por mi salud. Pero Arnao era hombre robusto, valiente, membrudo y de muy fuerte natural; y luego como salimos del puerto a mar alta començoseme a leuantar el estomago y a bomitar con gran alteraçion y desasosiego de mi cuerpo, con gran desbaneçimiento de cabeça, y ansi suçedió a esto que nos sobreuino luego vna tan fragosa ([1]) y espantosa tempestad que pareçia que el çielo con todas sus fuerças nos queria destruir. ¡O Dios omnipotente! que en pensarlo se me espeluçan y enherizan agora las plumas de mi cuerpo. Començoase a obscureçer con grandes nublados el dia que a noche muy çerrada semejaua. Bramaua el viento y el tempestuoso mar con espantosos truenos y temerosos relampagos: y mostrandose el çielo turbado con espesas plubias nos tenia a todos desatinados. El viento soberuio ([2]) nos cercaua ([3]) de todas partes: agora heriendo a popa, agora a proa, y otras vezes, lo que más desespera al piloto, andaua ([4]) rodeando la naue hiriendo el costado con gran furia. Andauan tan altas las olas que pareçian muy altas montañas: que con tan temerosa furia nos mojauan en lo mas escondido del nauio como si anduuieramos a pie por medio del mar. Cada vez que venian las olas a herir en el nauio tragauamos mil vezes la muerte desesperados de salud. Gritan los pilotos y grumetes, qual en popa, qual en proa, qual en la gauia, qual en el gouernalle, amarillos con la muerte esperada; gritan mandando lo que se deue hazer: pero con la brama del mar y vientos no se pueden vnos a otros oyr, ni se haze lo que se manda; las velas lleua ya el mar hechas andraxos y del mastel y antena no ay pedaço de vn palmo; todo saltó en rachas, y muchos al caer fueron mal heridos en diuersas partes de su cuerpo. Sobreuino ya la noche que hizo doblada la obscuridad, y por el consiguiente la tempestad más atroz y soberuia. Era tanto el

estruendo que sonaua en los concauos çielos, y tantos los truenos que de la parte del septentrional polo proçedian que pareçia desconçertarse los exes de los nortes, y que el çielo se venia abajo; la naturaleza mesma por la parte de la tierra temio otra vez la confusion del diluuio que en tiempo de Noe pasó: porque los elementos pareçia auer rompido su concordia y limites, y que boluia aquella tempestuosa lluuia que en quarenta dias bastó cubrir toda la haz de la tierra. Muchas vezes el toruellino de las olas nos subió tan altos que viamos desde ençima tan gran despeñadero de mar quanto se ve estando las aguas serenas desde las altas rocas de Armenia. Pero quando nos bajaua el curso al valle entre ola y ola apenas se descubria el mastel sobre las ondas. De manera que vnas vezes tocauamos con las velas en las nubes: y otras vezes con el rostro del nauio en el arena, y el miedo era ya tanto que no sabia el maestro socorro alguno en su arte, ni sabia a quál ola se auenturasse, ni de quál se *asegurasse* y guardasse. Porque en tal estado estauamos que la mesma discordia del mar nos socorria para que no fuessemos a lo hondo: porque en trastornando vna ola la nao por la vna parte, llegaua otra por la contraria que expelia la parte vençida y la leuantaua. De suerte que era forçado que qualquier viento que llegasse fuesse en su fabor para endereçarla; ymagina qué confusion hubiesse alli con el gritar, amaynar y cruxir, y matarse los vnos sin oyr ([1]) los otros por el grand ([2]) estruendo y ruydo del mar y vientos, y sin verse por la gran obscuridad que hazia en la noche. Pues estando el çielo y el mar en este estado que has oydo quiso mi ventura que como mi estomago fuesse indispuesto y alterado por el turbado mar y su calidad, bomitaua muy amenudo de lo intimo de las entrañas. Suçedió que queriendo vna vez con gran furia bomitar colgado algo al borde sobre el agua por arroxar lejos, y espeliendo vna ola el nauio me sacudió de si al mar, y avn quiso mi ventura que por causa de mi mala disposiçion no estuuiese yo desnudo como estauan ya todos los otros a punto, para nadar si el nauio se anegasse; y como yo cay en el agua de cabeça fue luego sumido a lo hondo, pero ya casi sin alma la mesma alma me subió arriba y ansi llegando a lo alto començe a gritar y pedir socorro; y como Arnao andaua vuscandome por el navio y no me halló donde me auia dexado, miró al agua y plugo a Dios que me reconociesse ([3]) entre las ondas, y sin temer tenpestad, obscuridad ni ([4]) braueza de las olas saltó junto a mi en el agua

---

([1]) G., fagrosa.
([2]) G., Los vientos soberuios.
([3]) G., çercauan.
([4]) G., andauan.

([1]) G., oyrse.
([2]) G., grande.
([3]) G., reconoçio.
([4]) G., y.

que ya estaua desnudo con los otros, y luego animandome dixo: esfuerçate hermano Alberto, no ayas miedo que aqui estoy yo; que no pereçeras mientras la vida me acompañare; y como junto a mi llegó me leuantó con las manos trayendome al amor del agua y al descanso de la ola; lleuauannos los vientos por el mar acá y allá sin poderlos resistir, y la ola furiosa con impetu admirable nos arrebataua y por fuerça nos hazia apartar lexos el vno·del otro. Pero luego boluia Arnao a las bozes que yo le daua, y con fuerças de más que honbre me tomaua y con amorosas palabras me esforçaua no le doliendo a él su propria muerte tanto como verme a mi çercano a la mia. Procurauan del nauio echarnos tablas y maderos con intinçion de nos remediar; pero no nos podiamos aprouechar dellas por el gran viento que las arrebataua de nuestras manos, y lo que más nos desesperaua y augmentaua nuestra miseria era que durasse tanto la tenpestad, y avn pareçia que sobre ser pasadas diez horas de la noche començaua. Piensa agora, yo te ruego Miçilo, si en el mundo se puede agora hallar vn tal amigo que en tan arduo caso, estando seguro en su nauio en lo más fragoso desta tan furiosa tenpestad, viendo en semejante neçesidad su compañero tan çercano a la muerte, con tanto peligro se arroje a la furia y fortuna del agua, viento y ola y a la oscuridad de la tenpestuosa noche. Pon, yo te ruego, ante tus ojos todos aquellos tan encareçidos peligros, que no ay lengua que los pueda poner en el estremo que tiene en la oportunidad la verdad, y mira cómo despreciandolo todo Arnao y posponiendolo, solamente estima saluar al compañero por tenerle tan firme amor. En fin plugo a Dios que trayendonos las olas vadeando por el mar venimos a topar vn grueso madero que el agua traya sobre si de algun nauio que deuio (¹) auer dado al traues: y como se abrio arroxonos aquel madero para nos remediar (²). Pues ambos trabados a él con la fuerça que pudimos (³), que ya afloxaua algo la tenpestad, trabajando Arnao ponerme ençima, las olas amorosas nos huuieron de poner en el puerto ingles sin mas lision. Este aconçimiento te he contado, Micilo, porque veas si tengo razon de te encareçer tanto nuestra amistad: porque al prinçipio te propuse que eramos los mayores amigos que nunca el mundo tuuo en si. Agora avras visto si tengo razon.

MIÇILO.—Por çierto, gallo, tú dizes gran verdad : porque no se puede mayor prueba ofreçer.

GALLO.—Pues agora quiero proçeder en mi

intinçion, que es contarte el peligro que en nuestra amistad se ofreçio por ocasion de vna muger. Pues agora sabras que bueltos en Françia hauimos de yr a vna feria de Embers, de Junio, como soliamos a la contina yr, y Beatriz inportuné a Arnao su marido que la lleuasse consigo por visitar a sus padres que despues de las bodas no los vio; y ansi Arnao lo hizo por darle plaçer. Pues aparejado lo neçesario para el camino salimos de nuestra (¹) çiudad *de Paris*, y por ser yo tan obligado a Arnao procuraua seruir a su muger todo lo que podia, pensando en qué le pudiesse yo a él pagar alguna parte de lo que le deuia por obligaçion, y ansi procuraua en esta xornada y en qualquiera cosa que se ofreçia, ansi en su dueña como en él, auerle con todas mis fuerças de agradar y seruir; y ansi a él le pareçia estar bien empleado en mi el peligro en que por mi se vio; y como el demonio siempre soliçite ocasiones para sembrar discordia entre hermanos, que es la cosa que más aborreçe Dios, pareçiole que haria a su proposito si ençendia el coraçon de Beatriz de laçiuo amor de mí; y ansi la pobre muger alterada por Sathanas conçibio en su pecho que todo quanto yo hazia por respecto de la obligaçion que tenia a mi bondad, conçibio que lo hazia yo lisiado de su amor, por lo cual pareçiendole deuer a noble piedad y gratitud responder con el mesmo amor, y avn poniendo de su parte mucho más de lo que por valança se podia deuer, pensando incurrir en gran falta a su nobleza y generosidad si mucho más no daba sin comparaçion, ansi me amó tanto que en todo el camino y feria de Junio no sufria apartar su coraçon vn punto de mi; y esto era con tanta passion que con ninguna lengua ni juizio te lo puedo encareçer. Porque como algunas vezes le mostrasse tenerla afiçion; otras vezes como yo hiziesse mis obras con el descuydo natural, haziala desbaratar y afligir. ¡O quantas vezes conoçi della tener la habla fuera de los dientes para me manifestar su intençion (²), y con los labrios tornarla a comprimir por no se afrontar. Vuscaua lugares conuenientes delante de su marido y padres, ocasiones que no se podian escusar para me abraçar, tocar y palpar por se *consolar* y satisfazer. Por los ojos y por el ayre con sospiros, con el rostro y meneos del cuerpo me enbiaua mensajeros de su pena. Pero yo disimulaua pensando que cansandola se acabaria su pasion: y ello no era ansi, pero cada dia creçia mas; yo reçebia grandissima pena en verme puesto en tanto peligro, y pensaua de cada dia cómo se podria remediar, y creyendo que sola *el* ausencia seria el remedio (³), doliame apar-

(¹) G., deuia.
(²) G., nuestro socorro y remedio.
(³) G., podimos.

(¹) G., la.
(²) G., intinçion.
(³) G., podria ser mediçina.

tarme de la compañia de mi amigo Arnao. Por lo qual muchas vezes llorando amargamente maldezia mi ventura y a Sathanas pues a tanto mal auia dado ocasion; y estando pensando cómo me despediria, como fue acabada la feria acordó Arnao que nos boluiessemos a Paris, y ansi mandó a toda furia aparejar; y estando todo lo neçesario a punto dixome que partiesse yo con su dueña, que él queria quedar a negoçiar çierto contrato que le faltaua, y que le fuessemos aguardando por el camino, que a la segunda xornada nos alcançaria. Dios sabe quánta pena me dio oyr aquel mandado, y me pessaua no auer huydo antes, pensando que fuesse vrdimbre de Sathanas para traerme por fuerça a la ocasion de ofender; y por el contrario fue muy contenta Beatriz, pensando que se le aparejaua la oportunidad forçosa que yo no podria huyr; y ansi disponiendonos Arnao todo lo neçesario, tomando la mañana començamos nuestro camino; yua Beatriz muy alegre y regocijada lleuandome en su conuersaçion. Deziame (¹) muchos donayres y gentilezas *que el amor le enseñaua*, debajo de los quales queria que yo entendiesse lo que tenia en su voluntad, no se atreuiendo a descubrirse del todo hasta verse en lugar oportuno que no la corriesse peligro de afrenta, porque le pareçia a ella que yo no respondia a su intinçion (²) como ella quisiera. Avnque algunas vezes juzgaua mi couardia ser por que temia descubrir mi trayçion, y ansi ella se desemboluia algunas vezes demasiadamente por me hazer perder el temor, y sufriasse pensando que aquella noche no se podria escusar sin que a ojos çerrados se effectuasse la prueba de nuestra voluntad; y ansi aquella xornada se cumplió con llegar ya casi a la noche a vna villa buena que se llama Bruxelas, que es en el mesmo ducado de Brauante. Donde llegados mandé que los moços diessen buen recado a las caualgaduras, y al huesped preuine que tuuiesse bien de cenar; y pareçiome çiertamente estar acorralado y que en ninguna manera podia huyr aquella oportunidad y ocasion, porque çierto sentí de la dama que estaua determinada de me acometer, de lo qual yo demandé socorro a Dios; y como fue aparejada la çena venimos a çenar, lo qual se hizo con mucho regoçijo, abundancia y plazer, y como fue acabada la çena quedamos sobre la tabla hablando con el huesped y huespeda su muger en diuersas cosas que se ofreçieron de nuestra conuersaçion; y como fue passada alguna pieza (³) de la noche dixe al huesped por manera de cumplimiento: Señor gran merçed reçebiré, que porque esta Señora

que comigo traygo es muger de vn grande amigo mio que me la fió, duerma con vuestra muger, que yo dormiré con vos. Beatriz mostró reçebir esto con gran pena, pero calló *esforçandose* por (¹) la disimular; y el huesped respondió: Señor, en esta tierra no osamos fiar nuestras mugeres de ninguna otra persona mas que de nosotros, quanto quiera que venga en habito de muger; porque en esta tierra suçedió vn admirable caso en el qual vn hijo del señor deste ducado de Brauante en habito de muger gozó de la hija del Rey de Ingalaterra y la truxo por suya aqui; y como Beatriz vió que se le aparejaua bien su negoçio, avnque se le dilatasse algo, inportunó al huesped le contasse aquella historia como acontençió. Lo qual no me pessó a mi pensando si en el entretanto pudiesse amaneçer; y importunado el huesped ansi començó: Sabreis, señores, que en este ducado de Brauante fue en un tiempo vn bienaventurado señor, el qual tubo vna virtuosa y agraçiada dueña por muger. Los quales siendo algun tiempo casados y conformes en amor y voluntad sin auer generacion, y despues en oraciones y ruegos que hizieron a Dios suçedió que vino la buena dueña a se empreñar y de vn parto parió dos hijos, el vno varon y el otro hembra, los quales ambos en hermosura no tenian en el mundo par; y ansi fueron los niños criados de sus padres con tanto regalo como era el amor que los tenian; y como fueron de vn parto fueron los más semejantes que nunca criaturas fueron (²); en tanta manera que no auia hombre en el mundo que pudiesse poner differençia entre ellos: ni los mesmos padres lo sabian diçernir; mas en todo el tiempo se engañaron mientras los criauan, que por solas las amas los venian a conocer; y ansi acordaron de los llamar de vn nombre por ser tan semejantes en el aspecto, rostro, cuerpo, ayre y dispusiçion. Llamaron al varon Julio y a la hija Julieta. Fueron estremadamente amados de los padres por ser tan lindos y tan deseados y no tener más; y ansi yendo ya creçiendo en edad razonable, conoçiendo ya ellos mesmos su similitud vsauan para su pasatiempo de donayres y graçiosos exerçiçios por dar plazer a sus padres; y ansi muchas vezes se mudaban los vestidos tomando Julio el habito de Julieta; y Julieta el de Julio; y representandose ante sus padres con vn donayre graçioso reçebian (³) plazer como con tanta graçia se sentian vurlados por sus amados hijos; y ansi Julieta en el habito que mas le plazia se yua muchas vezes a solazar, agora por la çindad, agora por el mar; tomando la compañia que más le plazia; y vn dia entre otros salio de su aposento atauiada de los vestidos de su hermano Julio a toda gallardia y con su espada ceñida: y passando por la sala tomó dos escuderos que alli halló y lançose por el mar en vn vergantin que para su solaz estaua a la contina aparejado, y suçedió que esforçandose el viento a su pesar fueron lleuados por el mar adelante sin poder resistir; y como a los que Dios quiere guardar ningun peligro les daña, avnque con gran temor y tristeza fueron llegados vna pieza de la noche a la costa de Ingalaterra y lançados por un seguro puerto sin saber donde estauan; y como sintieron la bonança y el seguro del puerto aunque no conoçian la tierra, llegandose lo más que pudieron a la ribera determinaron esperar alli el dia; y ansi, como Julieta venia triste y desgraçiada y desuelada por causa de la desusada tempestad se echó luego debajo del tapete a dormir, y lo mesmo hizieron por la plaza del vergantin los escuderos, y fue tan grande y de tanta grauedad su sueño que siendo venida gran pieza del dia avn *no* despertaron; y suçedió aquella mañana salir la infanta Melisa hija del rey de Ingalaterra a caza con sus monteros por la ribera del mar, y como mirando acaso vio dentro del agua el vergantin ricamente entoldado y que no pareçia persona que viniesse en él, mandó que saltassen de su gente y viessen quién venia alli, y luego fue auisada por los que dentro saltaron que en la plaza del vergantin estauan dos escuderos durmiendo, y que dentro en el tapete estaua el mas lindo y agraçiado mançebo de edad de catorce años que en el mundo se podia hallar. Y cobdiçiosa la infanta de lo ver mandó echar la puerta en tierra y apeandose de su palafren saltó dentro del vergantin, y como vio a Julieta dormida ([1]) con su espada çeñida juzgóla por varon y ansi como la vio tan linda y tan hermosa en tan conueniente edad fue luego enamorada della ([2]), y aguardando a que despertasse, por no la enojar, *estuuo por gran pieza contemplando su belleza y hermosura; y como ðespertó* la saludó con gran dulçura preguntandola por su estado y viaje. Julieta le dixo ser un cauallero andante que la fortuna del mar le auia echado alli, y que se tenia por *bien açertado y* venturoso si la pudiesse ([3]) en algo servir. Melisa ofreçiendosele mucho para su consuelo la rogó saliesse a tierra combidandola a la caça, diçiendo que por aquellas partes la auia mucha y muy buena de diuersos animales; y ansi como reconoçio Julieta el valor de la dama, y por verse en su tierra, holgó de la complazer, y ansi le fue dado vn muy hermoso palafren, en el qual

caualgando Julieta, y Melisa en el suyo, se metieron con su compañia por la gran espesura de la montaña a vuscar venados ([1]); y como no se podia sufrir la infanta Melisa por la herida de su llaga *que la atormentaua sin poderla sufrir*, procuró quanto pudo alongarse de su gente y monteros por probar su ventura, y quando con Julieta se vió sola entre vnos muy çerrados matorrales la inportunó se apeasen a beber a solazar junto a vna muy graçiosa fuente que corria alli, y quando fueron apeadas *las dos graciosas damas* començó Melisa a hablar a Julieta con gran piedad; y avnque con mucha verguença y empacho le fue descubriendo poco a poco su herida, y teniendo los ojos lançados en el suelo, sospirando de lo intimo del coraçon, yendosele vn color y veniendosele ([2]) otro le muestra perdersele la vida si no la socorre; y como ya tiene por el gran fuego que la abrasa descubierta la mayor parte de su dolor, queriendose aprouechar de la oportunidad se arriscó a tantò que abraçando a Julieta la besó ([3]) en la boca con mucho dulçor y suauidad; yendo pues el huesped muy puesto en el proçeso de su historia estaua Beatriz toda tresladada en él pareçiendole que todo aquel cuento era profeçia de lo que a ella le auia de suçeder; y ansi como el huesped aqui llegó, Beatriz con vn gran sospiro me miró con ojos de piedad y el huesped proçedio sin echarlo de ver, diziendo: Pues como Julieta por el suçeso tiene entendido que Melisa la tiene por varon, y viendo que a su passion no la puede dar remedio, estando confusa y pensosa ([4]) qué camino tomaria, acordó ser muy mejor descubrirle ser muger como ella, antes que ser tomada por cauallero neçio y cobarde para semejantes casos de amor, y dixo la verdad; porque çierto era cosa de hombre apocado ([5]) reusar vna dama de tanta gentileza que se ofreçe con tanta dulçura y buena oportunidad; y asi con vn gentil y agraçiado modo la auisa ser donzella como ella, *contandola toda su ventura y viaje, padres y naturaleza.* Pero como ya la saeta de amor auia hecho en ella su cruel effecto, estaua ya tan enseñoreado en su coraçon el fuego que la abrasaua que le vino tarde el socorro y auiso que de su naturaleza le dio Julieta, y por esta causa no le pareçió menos hermoso el rostro de su amada, mas antes a más amarla se ençiende, y entre si pensaua su gran dolor por estar desesperada de remedio, y ansi reuentando toda en lagrimas vañada, por consolar algo su pena dezia palabras que mouian a Julieta a gran lastima y piedad. Mal-

---

([1]) G., dormiendo.
([2]) G., presa de sus amores.
([3]) G., podiesse.

([1]) G., alguna caça.
([2]) G., veniendosele.
([3]) G., besa.
([4]) G., pensatiua.
([5]) G., cauallero afeminado.

dezia su mal hado y ventura, pues qualquiera otro amor santo o deshonesto podria tener alguna esperança de buen fin, y este no tiene sino sospiros y llorar con inmensa fatiga. Dezia llorando: si te pareçia, amor, que por estar yo libre *de tu saeta* estaua muy vfana, y querias con algun martirio subjetarme a tu vandera y señorio, bastara que fuera por la comun manera de penar, que es la dama por varon: porque entonçes yo empleara mi coraçon por te seruir. Pero hasme herido de llaga muy contra natural, pues nunca vna dama de otra se enamoró: ni entre los animales ay qué pueda esperar vna henbra de otra en este caso de amor. Esto parece, amor, que has hecho porque en mi penar sea a todos manifiesto tu imperio. Porque avnque Semiramis se enamoró de su hijo y Mirrha de su padre y Pasiphe del toro, ninguno destos amores es tan loco como el mio: pues avn se sufriera si tuniera alguna esperança de effetuarse mi deshonestidad y deseo. Pero para mi locura ¿no habria Dedalo que injeniasse dar algun remedio contra lo que naturaleza tan firmemente apartó? Con estas lamentaçiones se aflige la gentil dama mesando sus dorados cabellos y amortiguando su bello rostro, vuscando vengança de si mesma por auer enprendido empresa sin esperança de algun fin; y Julieta lo mejor que podia se la consolaua auiendo gran piedad de su cuyta y lagrimas que afligian su belleza. Ya se llegaua la noche y se ponia el sol, y como las damas no ayan vsado dormir en la montaña ruega Melisa a Julieta se vaya con ella á su ciudad que estaua çerca: lo qual Julieta açetó por su consolaçion, y ansi se fueron juntas a la çiudad y entraron en el gran palaçio, donde muchas damas y caualleros la salieron a reçebir; y considerando Melisa que ningun prouecho reçibe en ([1]) tener a su Julieta en habito de varon la vistio de muy ricos briales suyos. Porque gran yerro fuera no reçibiendo prouecho auenturarse al peligro de infamia que de alli se pudiera seguir; y tanbien lo hizo, porque como en el vestido de varon la dañó quiere ver si en el de muger se puede remediar y curar su dolencia, y ansi recogiendose anbas en su retrete lo mas presto que pudo la vistio muy ricos requamados y joyeles con que ella se solia adornar, y ansi la sacó a su padre a la gran sala diziendo ser hija del duque de Brauante; que la fortuna del mar la auia traydo alli saliendose por él a solazar; y ansi el Rey encomendó mucho a su hija Melisa la festejasse por la consolar y luego se despacharon mensajeros para auisar al duque su padre; los duques fueron muy consolados por auer ([2]) esta-

do en gran cuyta por la perdida de su hija Julieta, y enbiaron a dezir al Rey que en todo hiziesse a su voluntad. Aquella noche fue Julieta muy festejada de damas y caualleros con vn solene serao, donde Julieta dançó a contento de Melisa ([1]), damas y caualleros, que todos la juzgauan por dama de gran gallardia, hermosura y valor, *y sobre todas contentó a la infanta Melisa;* y siendo llegada la hora de la çena fueron seruidos con gran solenidad de manjar, musica y aparato; la qual acabada, Melisa combidó a Julieta a dormir; y recogidas en su camara se acostaron juntas en vna cama, pero con gran diferencia en el reposo de la noche. Porque Julieta duerme y Melisa sospira con el deseo que tiene de satisfazer su apetito, y si acaso vn momento la vençe el sueño es breue y con turbadas ymaginaciones, y luego sueña que el çielo la ha conçedido que Julieta sea buelta varon; y como aconteçe a algun enfermo si de vna gran calentura cobdiçioso de agua se ha dormido con gran sed, en aquel poquito de sueño se le pareçen quantas fuentes en su vida vido, ansi estando el spiritu de Melisa deseoso pareçiale que via lo que sueña; y ansi despertando no se confia hasta que tienta con la mano y ve ser vanidad su sueño, y con esta passion comiença la desdichada a hazer votos de romeria a todas las partes que ay ([2]) deuoçion porque el çielo huuiesse della piedad. Pero en vano se aflige, que poco le aprouechan sus promesas y oraçiones por semejantes fines; y ansi pasó en esta congojosa contienda algunos dias hasta que Julieta la importuna ([3]) que quiere boluer para sus padres, prometiendola que tomando dellos liçençia ([4]) boluera a la visitar lo más breue que ella pueda. Lo qual por no la desgraçiar se lo conçedió la infanta, *avnque* con gran dificultad y pasion, confiando que Julieta cunplirá la ([5]) palabra que le da de boluer. Pues como fue aparejado todo lo neçesario para la partida la mesma Melisa le entoldó el vergantin de sus colores y deuisas lo mas ricamente que pudo, y a ella ([6]) dio muchas donas de joyas y briales ([7]) de gran *estima* y valor; y como Julieta se despidió del Rey y Reina la aconpañó Melisa hasta el mar. La qual como alli fueron llegadas, llorando muy amargamente la abraça y bessa suplicandola con gran cuyta buelua si la desea que viua, y ansi Julieta haziendo nueuas juras y promesas se lançó en el vergantin; y leuantadas velas y continuando sus remos se cometio

([1]) G., del Rey.
([2]) G., partes de.
([3]) G., importunaua.
([4]) G., su liçençia dellos.
([5]) G., su.
([6]) G., y le.
([7]) G., briales y joyeles.

al mar, el qual en prospero y breue tiempo se passó. Quedaua Melisa a la orilla del mar puestos los ojos y el alma en las velas del nauio hasta que de vista se le perdieron, y muy triste y sospirando se boluio a su palaçio. Como Julieta llegó a sus riberas los padres la salieron a reçebir con grande alegria como si de muerta resuçitara, haziendose muchas fiestas y alegrias en toda su tierra. Muchas vezes contaua a sus padres la tenpestad y peligro en que en el mar se vio conmouiendolos a muchas lagrimas; y otras vezes les encareçia el buen tratamiento que de la infanta Melisa auia reçebido: su grande hermosura, graçia, donayre y gran valor, dando a entender ser digna entre todas las donzellas del mundo a ser amada y seruida del cauallero de más alteza y valor; y como Julio la oya tantos loores de la infanta ençendió su coraçon a emprender el seruiçio de dama de tan alta guisa. Dezia en su pecho: ¿en qué me podía yo mejor emplear que estar en su acatamiento todos los dias de mi vida, avnque yo no merezca colocarme en su coraçon? Pero a lo menos gloriarme he auer enprendido cosa que me haga entre caualleros de valor afamar; y ansi con esta intinçion muchas vezes estando solo con su hermana Julieta la importunaua le contasse muy por estenso y particular todo lo que auia passado con Melisa; y por le complazer le conto, cómo dormiendo ella en el vergantin aquella mañana que a Londres llegó la salteó la infanta Melisa; y cómo teniendola por varon por lleuar el vestido y espada ceñida se enamoró della, y tanto que junto a vna (¹) fuente la abraçó y bessó dulçemente demandandola sus amores, y cómo le fue forçado descubrirle ser muger, por lo qual no podia satisfazer a su deseo, y cómo no se satisfizo hasta que la tuuo consigo en su cama muchas noches; y la pena y lagrimas con que della se despidio prometiendole con muchas juras de la boluer a visitar; y luego como su hermana Julieta contó a Julio su historia resuçitó en su coraçon vna viua y çierta esperança de la gozar (²) por esta via, teniendo por inposible auerla por otra manera, y ansi industriado por amor tomó auiso, que con el vestido y joyas de su hermana seria por el rostro tomado por ella. En fin, sin mas pensar auenturandose a qualquier suçeso se determinó tentar donde alcançaua su ventura, y ansi un dia demandó a Julieta le diesse el tapete que le dio Melisa para el vergantin con la deuisa, porque se queria salir a solazar; y vestido de vn rico brial que Melisa dio a Julieta, y cogidos los cabellos con vn graçioso garbin, adornado su rostro y cuello de muy estimadas (³) joyas y perlas de

(¹) G., la.
(²) G., de gozar los amores de Melisa.
(³) G., ricas y hermosas.

gran valor se lançó a manera de solazar por el mar, y quando se vio dentro en él, mandó a los que gouernauan guiassen para Londres, y en breue y con prospero tiempo llegó al puerto, y por las señas reconoçió (¹) el lugar donde su señora Melisa cada dia venia por esperar a su hermana Julieta; y como la compañia de la infanta reconoçió la deuisa y orla del tapete que lleuaua el vergantin corrian a Melisa por demandar las albriçias, y como Melisa le vio, engañada por el rostro, le juzgó por Julieta reçibiendole con la posible alegria: porque çierto se le representó Julio lo que mas amaua su coraçon, y ansi luego le aprieta entre sus braços, y mil vezes le bessa en la boca con mucha dulçura, nunca pensando de se satisfazer. Agora pues, podeis vosotros, señores, pensar si fue Julio passado con la misma saeta con que amor hirio a Melisa, y pensad en quánta beatitud estaua su anima quando en este estado se vió. Metiole en vna camara secreta donde estando solos con bessos y abraços muy dulçes se tornó de nueuo á satisfazer, y luego le haze traer vn vestido suyo muy rico y marauilla que le auia labrado para se le dar si viniesse a visitarla, o enbiarsele, y vistiole de nuevo cogiendole los cauellos con una redeçilla de oro: y ansi todo lo demas del vestido, y atauio le dispuso en toda gentileza y hermosura como mas agraçiado la pareçiesse; y la boz que en alguna manera le podia differençiar trabajó Julio por excusarla todo lo que pudo; y luego le lleuó a la gran sala, donde estauan sus padres con (²) muchas damas y caualleros (³), los quales todas las (⁴) reçibieron con gran alegria, y todos le mirauan a Julio contentos de su belleza, pensando que fuesse muger, y ansi con senblante amoroso le hazian señas mostrandole desear seruir y agradar. Pues siendo ya passada alguna parte de la noche en grandes fiestas y despues de ser acabada la sunptuosa çena y graçioso serao, llevó la infanta Melisa consigo a Julio a dormir, y ansi quedando solos en su camara y despojados de todos sus paños quedaron en vna cama ambos sin compañia ni luz (⁵), y como Julio se vió solo y en aquel estado con su señora, y que de su habla no tenia testigo le començó ansi a dezir. No os marauilleis, señora mia, si tan presto bueluo a os visitar, avnque bien creo que pensastes nunca mas me ver. Si este dia que por mi buenauentura os vi yo pensara poder de vos gozar con plazer de ambos a dos, yo me tu-

(¹) G., conoçio.
(²) G., y.
(³) G., caualleria.
(⁴) G., la.
(⁵) G., y ansi siendo despojados de todos sus paños, despidiendo su compañia, quedaron solos en una cama ambos dos y sin luz.

uiera por el mas bienandante cauallero del mundo *residir para siempre en vuestra presen-çia*. Pero por sentir en vos pena y no os poder satisfazer ni bastar a os consolar determiné de me partir de vos, porque gran pena da al muy sediento la fuente que tiene delante si de ella por ninguna via puede beuer; y podeis, señora, ser muy çierta que no faltaua dolor en mi coraçon; porque menos podia yo estar sin vos vn hora que vos sin mí, porque de la mesma saeta nos hirio amor a ambos a dos; y ansi procuré de me partir de vos con deseo de vuscar remedio que satisfiziesse a nuestra llaga y contento, Por lo qual, señora, vos sabreis que yo tengo vn (¹) abuela la muger mas hadada *y mas sabia* que nunca en el mundo jamas se vió, que la tienen los honbres en nuestra tierra por diosa, o ninfa; tanto es su poder y saber. Haze que el sol, estrellas, çielos y luna la obedezcan como yo os obedezco a vos. En conclusion, en la tierra, ayre y mar haze lo que solo Dios puede hazer. A esta me fue con lagrimas que mouian a gran compasion demandandola piedad, porque çierto sino me remediara façilmente pensara morir; y ella comouida a lastima de su Julieta dixome que demandasse qualquier don, y yo contandola (²) la causa de mi afliçion la demandé que me conuertiesse varon por solo gozar de vos y os complazer, y ella con aquella liberalidad que a vna nieta tan çercana a la muerte se deuia tener me lleuó a un lago donde ella se baña quando sus artes quiere exerçitar, y alli començando a innocar se zapuzó en el lago tres vezes y ruçiandome el rostro con el agua encantada me vi vuelta en varon, y como tal me conoçi quedé muy contento y muy marauillado que criatura tuuiesse tan soberano poder. Agora pues, señora mia, pues por vuestro contento yo impetré este don veysme aqui subjeto a *vuestro mandar*: hazed de mi lo que os pluguiere, pues yo no vine aqui a otra cosa sino por os seruir y complacer; y ansi acabando Julio de la dezir esto hizo que con su mano toque, y vea y tiente; y como aconteçe a alguno que deseando mucho vna cosa, quanto mas la desea mas desespera de la alcançar, y si despues la halla dubda si la posee, y mirandola y palpandola avn no cree que la tiene, ansi aconteçe a Melisa: que avnque ve, toca y tienta lo que tanto desea no lo cree hasta que lo prueba; y ansi dezia: si este es sueño haga Dios que nunca yo despierte; y ansi se abraçaron con bessos de gran dulçura y amor, y gozandose en gran suauidad con apazibles juegos pasaron la noche hasta que amaneçió. Esta su gloria estubo secreta mas de vn mes, y como entre podero-

sos no se sufre auer secreto alguno, entendieron que se les començaua a descubrir, y ansi (¹) acordaron de se hurtar (²) y venirse en Brauante, por no caer en las manos del Rey que con cruel muerte castigara ambos a dos. El qual con mano armada vino a esta tierra por los auer; y porque el duque los defendió hizo tanto daño y mal *en esta tierra* que..... Como el huesped llegaua aqui dieron a las puertas del meson golpes con gran furia, y como yo estaua tan deseoso que viniesse Arnao arremeti a las puertas por las abrir, y vile que se queria apear. Regoçijosseme el alma sin conparaçion y di graçias a Dios por hazerme tan gran merçed. Senti en Beatriz vna tristeza mortal, porque çierto aquella noche esperaua ella hazer anatomia de mi coraçon, por ver qué tenia en él. Luego dimos de çenar a Arnao y se acostó con su muger. Otro dia de mañana partimos de alli con mucho regoçijo, avnque no mostraua Beatriz tanto contento, pareçiendole a ella que no se le auia hecho a su voluntad. En esta manera fuemos continuando nuestras xornadas hasta llegar a Paris, donde llegados procuró Beatriz proseguir su intinçion (³) y ansi en todos los lugares donde auia oportunidad y se podia ofreçer mostraua con todos los sentidos de su cuerpo lo que sentia su coraçon; y vn dia que se ofreçió entrar en casa y hallarla sola, como ya no podia disimular la llaga que la atormentaua, ençendido su rostro de vn vergonçoso color se determinó descubrir su pecho diziendo padeçer por mi amor: que la hiziese tanta graçia que no la dexasse más peñar, porque no tenia ya fuerças para más lo encubrir; y yo le respondi. Señora, Arnao ha sido conmigo tan liberal, que despues de auer arriscado en el mar su vida por mi me ha puesto toda su hazienda y casa en poder, y más dispongo yo della que él, y sola tu persona reseruó para sí. ¿Cómo podria yo hazer cosa tan nefanda y atroz faltando a mi lealtad? y ansi a muchas vezes que me dixo lo mesmo le respondi estas palabras; y vna mañana suçedió que vistiendose Arnao para yr a negoçiar la dexó en la cama, y sin que ella lo sintiesse se entró Arnao en vn retrete junto a la cama a vn seruidor que estaua a la continua alli, y luego suçedió que entré yo preguntando por Arnao: y como ella me oyó pensando que Arnao era ya salido de casa me mandó con gran importunidad llegar á sí, y como junto a su cama me tubo apañóme de la capa *fuertemente* y dixo: Alberto, echate aqui, no me hagas mas penar; y yo dexandole la capa en las manos me retiré fuera no lo queriendo hazer; y luego me sali de casa por

(¹) G., vna.
(²) G., contandole.

(¹) G., por lo qual.
(²) G., salir secretamente.
(³) G., intençion.

no esperar mayor mal; y ella como se sintio menospreçiada començó a llamar sus criados a grandes bozes diziendo que la defendiessen de Alberto que la auia querido forçar; y que por muestra de la verdad mostraua (¹) la capa que le auia yo dexado en las manos y que a las bozes auia yo echado a huyr, y añadió: llamadme aqui a Arnao porque vea de quien fia su hazienda y muger. Y a estas sus bozes salió Arnao del retrete donde estaua y dixole: Calla Beatriz, que ya tengo visto que corre él mas peligro contigo que tú con él; y fue tanta la afrenta y confusion que ella reçibio de ver que todo lo auia visto Arnao que luego alli delante de todos sus criados y gente de su casa subitamente murio; y como el buen Arnao vio su desdicha, auer perdido tan afrontosamente el amigo y la muger acordó lo mas disimuladamente que pudo enterrar a ella y yrme a mi a vuscar, y ansi de mi peregrinaje y del suyo sabras en el canto que se siguirá.

Fin del nono canto del gallo.

ARGUMENTO DEL DEÇIMO CANTO

En el deçimo canto que se sigue el auctor prosigue lo mucho que *Arnao* hizo por cobrar a Alberto despues que su muger se murio. En lo qual mostró bien el valor de su amistad, y quales todos los amigos deuen ser (²).

GALLO.—Despierta, ¡o Miçilo! yo te ruego porque quiero oy entre los otros dias admirar con mi facundia tu humana capaçidad, quando veas por vn gallo admirablemente mostrada la grande y incomparable fuerça de la santa y diuina amistad. Verás con quanta razón dixeron los antiguos que en este solo don y virtud os quiso Dios hazer semejantes a sí. Exemplo admirable nos dio, pues por esta se hizo él semejante a vos, vistiendo vuestra naturaleza y miserable ser.

MIÇILO.—Prosigue ¡o bien auenturado (³) gallo, que no tengo yo menos voluntad de te oyr que tú de dezir, y llamote *generoso* y bienauenturado pues en algun tiempo mereçiste tener vn amigo de tanto valor.

GALLO.—Pues sabras que luego como Arnao enterró su Beatriz se salió de su patria y casa con intinçion de no boluer hasta me hallar y ansi le pareçió que yo me abria ydo para los amigos que teniamos en Londres y Ingalaterra para nuestras mercaderias; y ansi partio derecho para allá, donde me buscó con gran dili-

(¹) G., tenia.
(²) (*Tachado*): Siguesse el deçimo canto del Sueño o Gallo de Luçiano, famoso orador griego, contrahecho en el castellano por el mesmo auctor.
(³) G., generoso.

gençia; y dexemosle a él que con todo el estudio y trabajo posible me sale a vuscar; y quiero te dezir de lo que suçedió en mi peregrinaçion; yo luego que de casa de Arnao sali me fue sin parar momento en la çiudad el más solo, el más miserable y aflito que nunca en el mundo se vió, y acordandome de lo mucho que yo deuia a Arnao auiendo puesto la vida por mi, como fuesse llamado de su muger y le dixesse lo que ella fingió, que yo la auia querido forçar y como ella le muestre la capa que en las manos le dexé, tan bastante indiçio de mi culpa, qué dirá? que pensará? que juzgará? quo será razon de dezir? Dirá luego: ¡o maluado! ¡o sin fe! esto te mereçi yo; o este pago te mereçió el peligro en que yo me puse por ti? ¿En qué entrañas sino fueran de un tigre cupiera tan gran ingratitud? Pareçe que vuscaste la espeçie de injuria en que más me pudiste lastimar, por mostrar más tu peruersa condiçion. Pues si su nobleza y su gran valor instigado del buen destino que anda siempre vnido con el estimulo de la verdad; si esta lumbre de Dios que nunca al virtuoso desamparó me quissiese en ausençia faboreçer, ¿qué alegará por mi parte? ¿que dirá para me desculpar? ¡O! si yo estuuiesse presente; y por tenerme tan gran affiçion deseasse oyr de mí alguna razon avnque fuesse fingida ¿qué color le podria dar yo quanto quiera que fuesse verdadera? ¿o qué fuerça ternia afirmando el contrario su mujer? ¿Qué podrá concluyr, sino, vete *infiel*, maluado, ingrato, vilissimo, no parezcas más ante mí? y ansi yo le digo agora que no presuma de mí ser yo de coraçon tan de piedra que en mi vida parezca ante él; y ansi acabadas estas razones enxugando algun tanto los ojos que yuan llenos de lagrimas, que en ninguna manera las podia contener ni agotar, me apresuré al camino. Determiné en my intinçion ofreçerme a los peçes del mar si me quisiessen comer, o rendirme de mi propria voluntad a cosarios turcos infieles que acabassen mi vida en perpetua mazmorra, o prision; y ansi yo me fue con la mayor furia que pude hasta Marsella, donde estauan a punto çiertas galeras que haçia el Rey de Francia de armada para yr por el mar, en las quales me asenté por mi sueldo, y como estuuo todo a punto y nos dimos a la vela, no huuimos salido del puerto ocho leguas quando vimos asomar vna grande armada, de la qual avnque luego no alcançamos a ver de seys fustas, yendonos juntando más vimos hasta diez, y despues muchas más, y quando venimos a reconoçer la deuisa de la naçion hallamos que eran turcos; y como nos vimos tan çercados de nuestros enemigos y que ni podiamos, ni era seguro, ni honrroso huyr, avnque vimos que era su flota doblada que la nuestra nos determinamos defender; y ansi estando la vna flota a rostro de la otra y en distançia que a vn golpe de los remos se podian juntar, leuantamos por el ayre de ambas las partes tan grande alarido que el tropel de los remos no sonauan con la grita, ni las trompetas podiamos oyr ninguno de la pelea; y a este tiempo como los remos hirieron a vna las aguas con todas sus fuerças, ambas las flotas se encontraron con gran furia rostro con rostro, y todos acudimos a la popa por herir cada qual a su enemigo; y ansi començó tan cruda la vatalla que los tiros cubrian el ayre, y los que cayan fuera de las galeras cubrian el agua. Estauan vnas con otras tan trabadas que no pareçian las aguas, por estar fuertemente aferradas con fuertes gauilanes de hierro y cadenas, de manera que todos podiamos ya pelear a pie quedo como en campo llano. Estauamos tan apretados vnos con otros que ni los remos podian aprouechar. Estaua el mar cubierto de galeras que ningun tiro heria de lexos; pero cada qual estaua en su galera ahinojado alcançando a herir al enemigo avn con el espada. Era tanta la mortandad de los vnos y de los otros que ya la sangre en el mar hazia espuma y las olas andauan cubiertas de sangre quaxada, y cayan tantos cuerpos entre las galeras por el agua que nos hazian apartar avnque estauan fuertemente afferradas, de manera que nos hazian perder muchos tiros, y muchos cuerpos que cayan al agua medio muertos tornauan a sorber su sangre, y apañados entre dos galeras los hazian pedaços, y los tiros que desmentian en vaçio de las galeras quando llegauan al agua herian cuerpos que avn no eran muertos, que con su herida los acabauan de matar: porque todo el mar estaua lleno de entrañas de hombres que los reçibiessen. Aconteçieron alli cosas dignas de oyr y de notar, en las quales se mostraua la fortuna a partes donde queria espantosa y arriscada. Acaeçio a vna fusta françesa que ençendidos en la pelea todos los que estauan en ella se pusieron a vn borde dexando del todo vaçio el otro lado por donde no auia enemigos, y cargando alli el peso se trastornó la fusta tomando debajo todos los que yuan dentro, que no tuuieron poder para estender sus braços para nadar, pero [1] todos pereçian [2] en el mar acorralados en agua çerrada. Suçedió tambien que yendo nadando vn mançebo françes por el mar, que auiamos formado amistad poco auia él y yo, se encontraron dos fustas de rostro que cogiendole en medio no bastaron sus mienbros ni huesos, tan molidos fueron, a que no sonassen las fustas ambas vna con otra, por quedar él hecho todo menu-

zos y molido como sal. En otra parte de la vatalla se hundió vna galera françesa, y viniendose della todos nadando a socorrer a otra compañera, con el agonia *de escapar* de la muerte alçauan sus [1] braços asiendose a ella para subir; y los miserables de dentro temiendo no se hundiessen todos si aquellos entrauan los estoruauan que no llegassen y ellos [2] con el temor de las aguas echando mano de lo más alto que podian de la nao, cortauanles desde ençima los braços por medio, y dexandolos ellos colgados de la fusta que auian elegido para socorro cayan de sus propias manos, y como yuan sin braços a manera de troncos no se podian más sufrir sobre las aguas, que luego eran sorbidos. Ya toda nuestra gente estaua sin armas, que todos nuestros tiros auiamos arrojado; y como el furor que trayamos nos daua armas, vno toma el remo y rebuelue con él a su contrario; otro toma un pedaço de la galera y no le faltan fuerças para tirarlo; el otro trastorna los remadores para sacar vn vanco que poder arrojar. En fin, las fustas que nos sostenian deshaziamos para tener con qué pelear, o con qué nos defender. Avn hasta aqui te he contado el peligro sufridero; pero avn el daño que nos hazia el fuego con ninguna defensa se podia euadir ni huyr. Porque nos tirauan los turcos hachos empegados con sufre, pez, çera y resina, que arrojauan de si *gran* fuego vibo, y como llegauan a nuestras fustas luego ellas lo [3] reçebian y los alimentauan de su mesma pez de que estauan *nuestros nauios* labrados y calafeteados; y ansi las llamas eran tan fuertes y tan vibr s que no bastauan las aguas del mar a las vençer y apagar, mas antes yua en pedaços ardiendo la fusta por el mar adelante con todo furor. De manera que los que yuan nadando ya no se podian socorrer de las tablas que yuan por el mar; porque visto que el fuego vibo que en ellas estaua ençendido los abrasaua, escogian antes ahogarse en las crueles hondas, o a lo menos gozar lo que pudiessen de aquella miserable vida con esperança de poder de alguna manera ser saluos, antes que faboreçerse del fuego que luego en llegando a la tabla los abrasaua y consumia. Ya inclinaua a la clara la vitoria y nos lleuauan a todos de corrida sin poderlos resistir: de manera que nos fue forçado rendirnos, porque ya avn no auia quien nos quisiesse dar la muerte, porque eran tantos nuestros enemigos que todo su ardid era prendernos sin poder ellos peligrar. Y ansi como nos entraron fuemos todos puestos en prision; y dexado lo que de los otros fue, de mí quiero

[1] G., y ansi.
[2] G., pereçieron.

[1] G., los.
[2] G., los miserables.
[3] G., los.

dezir que fue puesto en vna cadena por el pescueço con otros diez, y puestas vnas esposas a las manos; y ansi nos metieron en vna (¹) susota debajo de cubierta. Estauamos tan juntos vnos con otros, y tan apretados que ningun genero de exerçiçio humano auia lugar de poner en effecto sin nos ofender. En fin en esta manera boluieron para su tierra con esta presa, y llegados a vna gran fuerça de Grecia en la Morea fuemos todos sacados de las galeras y metidos en prision allí. Con aquella mesma dispusiçion de hierros y miseria fuemos lançados en vna honda *y horrible* mazmorra y carçel dè vna humida y obscura torre, donde quando entramos fuemos reçebidos con gran alarido de otra gran multitud de presos cristianos que de gran tiempo estauan allí. Era aquel lugar de toda miseria, que en breue tiempo se acabauan los honbres por la dispusiçion del lugar, porque demas de otros daños grandes que tenia era grande su humidad, porque estauan en dos o tres lugares dél manaderos de agua para el seruiçio de la fuerça. Teniamos el cuerpo echado en la tierra, los pies metidos en vna viga que cabian çincuenta personas, y el cuello en la cadena, y ningun exerçiçio humano se auia de hazer sino en el mesmo lugar. De manera que solo el infiçionado olor que de aquella carçel salia era de tanta corruçion (²) que no auia juizio que en breue tiempo no le bastasse corromper, sino al mio, que huya la muerte de mi. Ni yo nunca padeçi en ningun tiempo muerte que no fuesse de mejor suerte que aquella vil y miserable vida que allí passé. No teniamos otra recreaçion sino sacarnos en algunos tiempos alguna cantidad de nosotros a trabajar en los edifiçios y reparos de los muros y fuerças de la çiudad, y ansi saliamos cargados de hierros, y solo pan de çeuada, o zenteno, era nuestro mantenimiento (³); y avn pluguiera a dios que dello alguna vez nos pudieramos de mediar. *Esto quiero que notes; que a la contina los maestros de las obras escogian los mejores y mas dispuestos trabajadores. De manera que conuenia esforçarnos en la mayor flaqueza nuestra a trabajar más que lo sufrian nuestras fuerças, por gozar de aquella miserable recreaçion. En fin comprauamos con nuestros seruiles trabajos aquella captiua libertad de algun dia que al trabajo nos querian elegir.* En esta vida, o por mejor dezir muerte, passé dos años, que del infierno no auia otra diferencia sino la perpetuidad. Aqui auia vna sola esperança de salud, y era que quando se aparejaua armada, escogia el capitan entre nosotros los de mejor

dispusiçion para el remo, y aquellos salian que él señalaua; desnudos y aherrojados a vn banco los ponian vn remo en la mano y los auisauan que remassen con cuydado; sino con vn pulpo o anguilla que traya en la mano el capitan de la galera los çeñia por todo el cuerpo que los hazia despertar al trabajo. Esta era la mas cierta ventura en que nos podiamos libertar, porque yendo aqui el suçesso de la batalla era de nuestro mal ó bien ocasion; y ansi suçedió que por mandado del gran turco aparejó vna gran flota Baruarroja para correr la Calabria y el reyno de Siçilia, y quisieron los mis hados que fuesse yo elegido con otros cristianos captiuos para vn remo, donde fue puesto en aquella dispusiçion que los otros; y ansi pasando el mar Adriatico salio de Genoua Andrea Doria capitan de las galeras de la cristiandad (¹) con gran pujança de armada, y dio en la flota turca con tan gran ardid que en breue tiempo la desuarató echando a lo hondo quatro galeras, y prendio dos, en la vna de las quales venia yo; y el cosario Baruarroja se acogio con algunas que le pudieron seguir. Pues suçedio que luego nos metieron con la presa en el puerto de Genoua, y como se publicó la vitoria por la çiudad, todos quantos en ella (²) auia acudieron al agua a nos ver. Agora oye, Miçilo, y verás como a lo que Dios ordena no podemos huyr.

MIÇILO.—Dichoso gallo, dy, que muy atento te estoy.

GALLO.—Pues como ya te dixe, Arnao auia corrido a Londres y toda Ingalaterra, Brauante, Flandes, Florençia, Sena, Veneçia, Milan, y todo el Reyno de Napoles *y Lombardia* vuscandome con la diligençia y trabajo posible; y no me auiendo hallado en dos años passados vino a Genoua por ver si podria auer alguna nueua de mi, y ansi suçedió llegar al puerto por ver desembarcar la gente del armada, donde entre la otra gente alcançó a me uer y conoçer, de lo qual no reçibio poca alegria su coraçon, y auiendo conçebido que por causa del temor y empacho que dél yo ternia por ningunos regalos ni palabras se podria apoderar de mí, ni yo me confiaria dél, mas que en viendole echaria yo a huyr, por tanto penso lo que deuia de hazer para cobrar el amigo tan deseado; y ansi con este auiso lo mas diligentemente que pudo se fue al gouernador y justiçia de la çiudad, haziendole saber que en aquella gente que venia en las galeras tomadas a Baruarroja auia conoçido vn honbre que auia adulterado con su muger; que le demandaua (³) le pusiesse en pri-

(¹) G., del Emperador.
(²) G., la çiudad.
(³) G., y demandole que.

siones hasta que del hecho y verdad diesse bastante informaçion, y fuesse castigado el adulterio conforme a justiçia y satisfecha su honrra; y estando ansi, que el capitan me queria libertar, llegó la justiçia muy acompañada de gente armada por me prender, y como llegó con aquel tropel de ruydo y armas que la (¹) suele acompañar y apañaron con gran furia de mi diziendo: sed preso; yo respondi; ¿porqué? Ellos me dixeron (²); allá os lo dirá el juez. Entonçes me pareçió que no estaua cansada mi triste ventura de me tentar, pero que començaua desde aqui de nueuo a me perseguir. Començose de la gente que acompañaua la justiçia a murmurar (³) que yo yua preso por adultero. Dezian todos quantos lo sabian mouidos de piedad; ¡o quanto te fuera mejor que huuieras muerto a manos de turcos, antes que ser traydo a poder de tus enemigos! ¡O soberano Dios! que no queda pecado sin castigo; y quando yo esto oía Dios sabe lo que mi anima sentia. Pero quierote dezir que avnque siempre tube confiança que la verdad no podia pereçer (⁴), yo quisiera ser mil vezes muerto antes que venir a los ojos de Arnao. Ni sabía cómo me defender yo; antes me determiné dexarme condenar porque él satisfiziesse su honrra, teniendo por bien empleada la vida pues por él la tenia yo; y ansi dezia yo hablando comigo; ¡o si condenado por el juez fuesse yo depositado en manos del burrea que me cortasse la cabeça sin yo ver a Arnao! Con esto me pusieron en vna muy horrible carçel que tenia la çiudad, en vn lugar muy fuerte y muy escondido que auia para los malhechores que por inormes delitos eran condenados a muerte, y alli me cargaron de hierros teniendolo yo todo por consolaçion. Todos me mirauan con los ojos y me señalauan con el dedo auiendo de mí piedad: y avnque ellos tenian neçesidad della, mi miseria les hazia oluidarse de sí. En esto passé aquella noche con lo que auia passado del dia hasta que vino a visitar y proueer en los delitos de la carçel, y ansi en vna gran sala sentado en vn soberuio estrado y teatro de gran magestad, delante de gran multitud de gente que a demandar justiçia alli se juntó, el gouernador por la importanidad de Arnao mandó que me truxiessen delante de sí, y luego fueron dos porteros en cuyas manos me depositó el alcayde por mandado del juez, y con una gruesa cadena me presentaron en la gran sala. Tenia yo de empacho incados los ojos en tierra que no los osaua alçar por no mirar a Arnao: de lo qual todos quantos presentes estauan juzgauan estar cul-

pado del delito que mi contrario y acusador me imponia. Y ansi mandando el gouernador a Arnao que propusiesse la acusaçion ansi començó. ¡O bienauenturado monarca por cuya rectitud y equidad es mantenida de justiçia y paz esta tan yllustre y resplandeçiente republica, y no sin gran conoçimiento y agradeçimiento de todos los subditos! Por lo qual sabiendo yo esto en dos años passados que vusco en Ingalaterra, Brauante, Flandes y por toda la Italia a este mi delinquente me tengo por dichoso por hallarle debajo de tu señoria y jurisdiçion, confiando por solo tu prudentissimo juizio ser restituido en mi justiçia (¹) y ser satisfecho en mi voluntad; y por que no es razon que te dé pessadumbre con muchas palabras, ni inpida a otros el juizio, te hago saber que este que aqui ves que se llama Alberto de Clep... Y hablando comigo el juez me dixo: ¿vos, hermano, llamais os ansi? Y yo respondi: el mesmo soy yo. Boluio Arnao y dixo: El es o justissimo monarca: él es, y ninguna cosa de las que yo dixere puede negar. Pues este es vn hombre el mas ingrato y oluidado del bien que nunca en el mundo naçió. Por lo qual solamente le pongo demanda de ser ingrato por acusaçion, y pido le des el castigo que mereçe su ingratitud, y por más le conuençer passa ansi: que avnque las buenas obras no se deuen referir del animo liberal, porque sepas que no encarezco su deuda sin gran razon, digo que yo le amé del mas firme y constante amor que jamas vn hombre a otro amó; y porque veas que digo la verdad sabras que vn dia por çierto negoçio que nos conuenia partimos ambos de Françia para yr en Ingalaterra, y entrando en el mar nos sobreuino vna tempestad la mas horrenda y atroz que a nauegantes suçedió en el mar. En fin con la alteraçion de las olas y soberuia de los çielos nos pareçió a todos que era buelto el dilubio de Noe. Cayó él en el agua por desgraçia y indispusiçion, y procurando cada qual por su propria salud y remedio, en la mas obscura y espantosa noche que nunca se vio me eché al agua y peleando con las inuençibles olas le truxe al puerto de salud. Suçede despues desto que tengo yo vna muger moça y hermosa (que nunca la huuiera de tener, porque no me fuera tan mala ocasion) y está enamorada de Alberto como yo lo soy, que della no es de marauillar, pues yo le amo mas que a mí; y ella persiguiendole por sus amores la responde él que en ninguna manera puede en la fe ofender a Arnao, y siendo por ella muchas vezes requerido vino a las manos con él queriendole forçar, y passa ansi que vna mañana yo me leuanté dexandola a ella en la cama

(¹) G., se.
(²) G., respondieron.
(³) G., començose a murmurar de entre la gente que acompañaua la justiçia.
(⁴) G., faltar.

(¹) G., en mi honrra y satisfecho en mi justiçia y voluntad.

y por limpiar mi cuerpo me lançé a vn retrete sin me ver ella. De manera que ella pensó que yo' era salido de casa a negoçiar, y suçedio entrar por alli Alberto por saber de mí, y ella asegurada que no la viera yo le hizo con importunidad llegar a la cama donde estaua, y tomandole fuertemente por la capa le dixo: duerme comigo que muero por ti; y Alberto respondio: todas las cosas de su casa y hazienda fió de mi Arnao, y sola a ti reseruó para sí: por tanto señora, no puedo hazer esa tu voluntad; y él luego se fue que hasta oy no pareçio; y como ella se sintio menospreçiada y que se yua Alberto huyendo dexando la capa en las manos començo a dar grandes bozes llamandome a mi porque viesse o de quién solia yo confiar; y como del retrete salí, y conoçio que de todo auia yo sido testigo, de empacho y afrenta enmudeçio, y subitamente de ay a pequeño rato murio; y como tengo hecha bastante esperiençia de quién me tengo de fiar, pues mucho más le deuo yo a él que él a mí, sin comparación, pues si yo le guardé a él la vida, él a mí la honrra que es mucho más, agora, justissimo monarca, yo te demando que me condenes por su deudor y obligado a que perpetuamente le aya yo a él de seruir: que yo me constituyo por su perpetuo seruidor (¹); y si dixere que por auerle yo dado la vida en la tempestad me haze graçia de la libertad, a lo menos neçesitale a que por ese mesmo respeto me tenga en la vida compañia, pues por su causa perdí la de mi muger; y diziendo esto Arnao calló esperando la sentençia del juez. Pues como yo entendi por la proposiçion de Arnao que auia estado presente a lo que con su Beatriz passé, y que yo no tenia neçesidad de me desculpar, porque esto era lo que más lastimado y encogido tenia mi coraçon hasta aqui, luego alçé mi cabeça y lançé mis ojos en Arnao, y con ellos le agradeçi el reconoçimiento que tenia de mi fidelidad, y aguardé con mucha humildad y mansedumbre la sentençia del juez, esperando que sobre el seguro que yo tenia de Arnao, y con el que él auia mostrado de mi, ningun daño me podia suçeder; y ansi todos quantos al rededor estauan se alegraron mucho quando oyeron a Arnao y entendieron dél su buena intinçion, y que no pretendia en su acusaçion sino asegurarme para nuestra amistad y que fuesse confirmada y corroborada por sentençia de juez, y ansi todos con gran rumor encareçian vnos con otros la amistad y fe de Arnao y se ofreçian por mi que no apelaria de ningun mandado del juez, pues me era notorio el seguro de mi amigo Arnao; y haziendo callar el gouernador la gente se boluio para mí y me dixo: Di tú, Alberto ¿qué dizes a esto que contra ti se propone? ¿Es ver-

dad? Respondi yo: señor, todo quanto Arnao ha dicho todo es conforme a verdad, y no auia otra cosa que yo pudiesse alegar para en defensa de mi persona si alguna culpa se me pudiera imponer sino lo que Arnao ha propuesto: porque hasta agora no padeçia yo otra confusion sino no saber cómo le pudiera yo persuadir la verdad. Lo qual de oy mas no tengo porque trabajar pues Arnao estuno presente a lo que passé con su muger. Por lo qual tú, señor, puedes agora mandar, que a mi no me resta sino obedeçer. Luego dixo el juez: por çierto yo estoy marauillado de tan admirable amistad; en tanta manera que me pareçe que podeis quedar por exemplo de buenos amigos para los siglos venideros y ansi pues estais conformes y çiertos ser en vosotros vna sola y firme voluntad, justa cosa es segun mi pareçer que sea puesto Alberto en su libertad, y mando por mi sentençia que le sea dado por compañero perpetuo a (²) Arnao en premio de su sancto y vnico amor; y ansi me fueron luego quitados los hierros y me vino Arnao a abraçar dando graçias a Dios pues me auia podido auer, con protestaçion de nunca me desamparar, y ansi nos fuemos juntos a Paris perseuerando siempre en nuestra amistad la vida nos duró.

MIÇILO.—Por çierto, gallo, admirable amigo te fue Arnao quando te libró del mar pospuesto el gran peligro a que las soberuias hondas amenaçaban. Pero mucho mayor sin comparaçion me pareçe auerlo tú sido a él, quando ofreçida la oportunidad de goçar de su graçiosa muger, por guardarle su honrra con tanto peligro de tu vida la huyste. Porque no ay animal tan indignado y arriscado como la muger si es menospreçiada quando de su voluntad ofreçe al varon su apetito y deleyte, y ansi conuierte todo su amor en verdadero odio deseando mil muertes al que antes amó como a sí; como hizo la muger de Putifar a Joseph.

GALLO.—Çiertamente no teneis agora entre vosotros semejantes amigos en el mundo; porque agora no ay quien tenga fe ni lealtad con otro sino por grande interese proprio y avn con este se esfuerça hasta el peligro; el qual como se ofreçe buelue las espaldas; ya no hay de quién se pueda fiar la vida, muger, honrra, hazienda ni cosa que inporte mucho menos.

MIÇILO.—No hay sino amigos para los plazeres, combites, juegos, burlas, donayres y viçios. Pero si se os ofreçe vna neçesidad antes vurlarán de vos, y os injuriarán que os sacaran della. Como me contauan este dia passado de vn Durango hombre muy agudo y industrioso, que en la uniuersidad de Alcala auia hecho vna vurla a vn Hieronimo su compañero *de camara*,

---

(¹) G., deudor.

(²) G., de.

que se fió del ofreçiendose de le sacar de vna afrenta y metiole en mayor; y fue que siendo ambos compañeros de camara y letras, suçedió que vn dia vinieron a visitar a Hieronimo vnos parientes suyos de su tierra, y fue a tiempo que el pobre mançebo no tenia dineros, como aconteçe muchas vezes a los estudiantes; prinçipalmente si son passados algunos dias que no les vino el recuero que les suele traer la prouision. Y porque los quisiera combidar en su posada estaua el más afrontado y triste hombre del mundo. Y como Durango su compañero le preguntó la causa de su afliçion como doliendose della, él le començó a consolar y esforçar prometiendole el remedio, y ansi le dixo: no te aflixas, Hieronimo, por eso, antes ve esta noche al meson y combidalos que vengan mañana a comer contigo, que yo proueere de los dineros neçesarios entre mis amigos; y el buen Hieronimo confiandose de la palabra de su compañero hizo lo que le mandó; y ansi los huespedes aceptaron, y el dia siguiente se leuantó Durango sin algun cuydado de lo prometido a Hieronimo y se fue a su liçion y no boluio a la possada hasta mediodia. Donde halló renegando a Hieronimo de su (¹) descuydo *que auia tenido*; y el no respondió otra cosa sino que no auia podido hallar dineros entre todos sus amigos; que el auia hecho todo su poder; y estando ellos en esta porfia llamaron a la puerta los combidados, de lo qual reçibio Hieronimo gran turbaçion vuscando dónde poder huyr aquella afrenta; y luego acudio Durango por dar conclusion a la vurla por entero diziendole que se lançasse debajo de vna cama que estaua alli, y que él los despideria lo mejor que pudiesse cunpliendo con su honrra; y ansi con la turbaçion que Hieronimo tenia le obedeçio, y los huespedes subieron preguntando por Hieronimo, los quales Durango respondio: señores, él deseó mucho combidaros a comer avnque no tenia dineros, pensando hallarlos entre (²) sus amigos, y auiendolos vuscado, como no los halló, de pura verguença se ha lançado debajo de esta cama por no os ver; y ansi diziendo esto se llegó para la cama alçando la ropa que colgaua y le començo á importunar con grandes vozes a *Hieronimo* que saliesse, y el pobre salio con la mayor afrenta que nunca hombre reçibio, lleno de pajas, flueco, heno y pluma y tierra, y por ver reyr a todos (³), quiso *de afrenta* matar a su conpañero (⁴) si no le huyera. Por lo cual los huespedes le lleuaron consigo a su meson y enbiaron luego por de comer para todos, y trabajaron por le sosegar quanto pudieron.

(¹) G., por el.
(²) G., en.
(³) y como fuesse la risa de todos tan grande.
(⁴) G., Durango.

GALLO. — Desos amigos ay el dia de hoy; que antes mofarán y vurlarán de vos en vuestra neçesidad que procurarán remediarla.

MIÇILO.—Por çierto tú dices verdad, que en estos tiempos no ay mejores amigos entre nosotros que estos; mas antes muy peores. Agora te ruego me digas, ¿en qué suçediste despues?

GALLO.—Despues te hago saber que vine a naçer en la ciudad de Mexico de vna india natural de la tierra, en la qual me engendró un soldado de la compañia de Cortés marques del Valle, y luego en naciendo me suçedio morir.

MIÇILO.—Desdichado fueste en luego padeçer la muerte; y tanbien por no poder gozar de los tesoros y riquezas que vienen de allá.

GALLO. — ¡Ó Miçilo! quan engañado estás. De contraria opinion fueron los griegos, que fueron tenidos por los mas sabios de aquellos tiempos; que dezian que era mucho mejor, o nunca naçer, o en naçiendo morir; yo no sé porque te aplaze mas el viuir; prinçipalmente vna vida tan miserable como la que tienes tú.

MIÇILO.—Yo no digo que es miseria el morir sino por el dolor y pena grande que la muerte da; y ansi tengo lastima de ti porque tantas vezes padeçiste este terrible dolor, y ansi deseaua mucho saber de ti por ser tan esperimentado en el morir: ¿en qué esta su terribilidad? Qverria que me dixesses, qué ay en la muerte que temer? Qué cosa es? En qué está? Quién la siente? Qué es en ella lo que da dolor?

GALLO.—Mira, Miçilo, que en muchas cosas te engañas; y en esa mucho mas.

MIÇILO. — Pues ¿qué dices? ¿que la muerte no da dolor?

GALLO.—Eso mesmo digo: lo qual si atento estás façilmente te lo probaré; y porque es venido el dia dexalo para el canto que se siguirá.

Fin del deçimo canto del Gallo.

ARGUMENTO
DEL HONZENO CANTO (¹).

En el honzeno canto que se sigue el auctor imitando a Luçiano en el libro que intituló de Luctu habla de la superfluidad y vanidad que entre los cristianos se vsa en la muerte, entierro y sepoltura. Descriuesse el entierro del marques del Gasto, Capitan general del Emperador en la Ytalia; cosa de muy de notar (²).

MIÇILO.—Ya estoy, Gallo, a punto aguardando para te oyr lo que me prometiste en el canto passado: por tanto comiença tú a dezir, y yo a trabajar, y confia de mi atençion.

(¹) G., canto del Gallo.
(²) (*Tachado*): Sigueese el honzeno canto del Gallo de Luçiano, orador griego, contrahecho en el castellano por el mesmo auctor. (*Antes se leia en vez de autor*): intérprete.

GALLO.—Por çierto no tengo yo, Miçilo, menos voluntad de te conplazer que tú de oyr; y ansi porque tengamos tiempo para todo vengamos a lo que me demandaste ayer. Que me pediste te dixesse como honbre experimentado algo de la muerte, pues por esperiençia tanto puedo yo dezir; y ansi ante todas cosas quiero que tengas por aueriguado esta conclusion; que en la muerte no ay qué temer.

MIÇILO.—Pues ¿porqué la huyen todos?

GALLO.—Porque toda cosa criada se desea conseruar, y ansi procura resistir su corruçion.

MIÇILO.—¿Qué, no ay dolor en la muerte?

GALLO.—No en verdad. Quiero que lo veas claro, y para esto quiero que sepas que no es otra cosa muerte sino apartamiento del anima y cuerpo: el qual se haze en un breue punto, que es como solemos dezir, en vn abrir y çerrar de ojo. Avn es mucho menos lo que llaman los philosophos instante: lo qual tú no puedes entender. Esto presupuesto quiero te preguntar; ¿quándo piensas que la muerte puede dar dolor? No dirás que le da antes que el alma se aparte del cuerpo; porque entonçes la muerte no es; y lo que no es no puede dar dolor. Pues tanpoco creo que dirás que la muerte da dolor despues de apartada el alma del cuerpo; porque entonçes no ay subjeto que pueda el dolor sentir; porque entonçes el cuerpo muerto no puede sentir dolor; ni el alma apartada tiene ya porqué se doler. Pues muy menos dirás que en aquel punto que se aparta el alma del cuerpo se causa el gran dolor; porque en vn breue punto no se puede causar tan terrible dolor, ni se puede mucho sentir, ni mucho puede penar. Quanto más que esto que digo que es muerte, no es otra cosa sino careçer del alma que es la vida; y careçer (que los philosophos llaman pribaçion) no es cosa que tiene ser; es nada; pues lo que nada es y no tiene ser ¿cómo puede causar dolor? Ansi que claro está si bien quieres mirar, que la muerte no tiene qué temer, pues solo se auia de temer el dolor; el qual ves que no ay quien le pueda entonçes causar; y ansi de mí te sé dezir, como aquel que habla bien por esperiençia, que nunca la muerte me dio dolor; ni nunca yo la sentí. Pero con todo esto quiero que notes que ay dos maneras de muerte: vna es violenta; que estando sano y bueno el hombre, por fuerça o caso, o por violençia se la dan. Como si por justiçia degollassen, o ahorcassen vn honbre. Desta tal muerte bien se podra dezir que el que la padeçe sienta algun dolor; porque como el paçiente está sano y tenga todos los sentidos sanos y enteros es ansi que al passar del cuchillo por la garganta, o al apretar de la soga en aquel punto que sale el alma por causa de la herida se le dé pena; y no qualquiera pena, pero la mayor que en esta vida vn hon-

bre pueda padeçer y sentir, pues es tan grande que le baste (1) matar. Pero ay otra manera de muerte que llamamos natural, la qual viene al honbre por alguna larga enfermedad y indispusiçion, o por la vltima vejez. Esta tal çiertamente no da dolor; porque como el enfermo se va llegando a la muerte vansele suçesiuamente entorpeçiendo los sentidos y mortificandosele todos, de manera que quando viene a salirsele el alma ya no ay sentido que pueda sentir la partida si algun dolor vsasse (2) causar. Que de otra manera ¿quien dubda sino que el honbre haria al tiempo del morir gestos, meneos y visajes en que mostrasse naturaleza que le diesse alguna pena y dolor la muerte? Mas antes has de tener (3) por verdad, que ansi como en las cosas que os perteneçen y conuienen de parte de vuestra naturaleza no se reçibe ninguna pena ni trabajo al tienpo que las effectuamos (4), mas antes *todos los animales* nos holgamos y nos plaze ponerlas en obra y exerçiçio porque naturaleza nos dio potençias y organos y instrumentos conque sin pesadunbre alguna las pudiessemos exerçitar. Pues desta mesma manera como la muerte nos sea a todos los honbres cosa natural, *quiero dezir*, que los (5) conuiene de parte de su (6) naturaleza; porque *todos los honbres y animales* naçieron mortales y (7), no se les puede escusar, ansi deues presumir, y avn creer, que la muerte natural no solamente no causa dolor, pero avn consuela y reçibe el alma gran plazer en se libertar y salir desta carçel del cuerpo y yr a vibir mejor vida. Porque la verdad este morir no es acabar sino passar desta vida a otra mejor, y de aqui viene a los honbres todo su mal y dolor al tiempo del morir, por careçer de fe con que deuen creer que esto es verdad. Porque aquellos bienauenturados (8) martires que con tanto regoçijo se ofreçian a la muerte ¿de dónde piensas que les venia? sino que tenian por mas çierto lo que creyan por fe de los buenos que Dios les promete, que los tormentos y muerte que vian presentes aparejados para padeçer. Que no ay cosa más façil que el morir. Ni cosa de más risa que veros hazer de la muerte caudal. Prinçipalmente siendo cristianos que auiades de demandarla, y venida tomarla con gran plazer.

MIÇILO.—Por çierto mucho me has consolado, Gallo, con las verdades que me has persuadido; y tanto que estoy muy esforçado para

(1) G., basta.
(2) G., pudiesse.
(3) G., creer.
(4) G., effetuais.
(5) G., nos.
(6) G., nuestra.
(7) G., naçieron con naturaleza obligada a morir.
(8) G., verdaderos.

quando a Dios pluguiere de me llevar desta uida; pues voy a uiuir para sienpre jamas.

GALLO.—Pues si esto es ansi, qué cosa es que vosotros siendo cristianos hagais tanta cuenta al tienpo de vuestra muerte, de acumular y juntar todas vuestras honrras para alli? Avn ya quando estais sanos y con salud, que os procureis honrrar no es gran marauilla, porque estais en el mundo y haçeis lo que de presente se goza dél. Pero al tienpo de la muerte, la rica sepoltura y la ponpa funeral, tanto luto, tanta çera, tanto clerigo, tanta cruz, tanta conpaña (¹); con tanta solenidad; tanto acompañamiento de tanto noble, guardado el tienpo y lugar que cada qual ha de lleuar; con aquella pausa, orden, passo y graue dad como si os lleuassen a bodas. Pues todo esto ¿qué es sino memoria y honrra mundana? Que vean grandes aparatos, y lean grandes rótulos: Aqui yaze sepultado, etc. Que si vos sois más rico que otro y teniades mejor casa, bien consiento que tengais mejor sepoltura. Pero que gasteis en vuestra muerte grandes aparatos y hagais rica sepoltura diziendo que es obra muy sancta y muy cristiana, desengañaos, que mentís. Que antes es cosa de gentilidad; que con sus estatuas querian dexar memoria eterna. Hazeis gran honrra a vuestro cuerpo en la muerte viendo que peligra el alma de vuestro proximo por pobreza en la vida. Por Dios, Miçilo, que estoy espantado de ver las neçedades y bobedades que los honbres teneis y vsais en este caso, que no puedo sino aueros lastima; porque he yo visto muchas vezes reyrse destas cosas mucho los angeles y Dios. ¡O si vieras en el año de mil y quinientos y quarenta y seys quando enterraron al marques del Gasto, Capitan general del Emperador en la Ytalia!; porque vn lunes, honze dias del mes de Abril que murió, me hallé yo en Milan; ¡quan de veras te rieras alli! Estaban los Sanctos del çielo que de risa querian rebentar.

MIÇILO. — Hazme agora tanto plazer que pues te hallaste alli me cuentes algo de lo que passó.

GALLO.—Temome Miçilo, que no acabaremos oy. Porque dexada la braueza de lo que en el testamento de su exçelençia se podia dezir de rey, menos te podras contener en lo que toca a la ponpa funeral, que no cabrá en diez pliegos de papel.

MIÇILO. — Ruegote mucho que me digas algo de lo que passó en el entierro; porque en lo del testamento no te quiero fatigar.

GALLO. — Yo te quiero conplazer. En el nonbre de Dios. Murio su exçelençia el domingo ya casi a la noche; y luego con la diligençia

(¹) G., tanto tañer de campanas,

posible se dispuso lo neçesario que tocaua al aparato y lutos; que no quedó en toda la çiudad offiçial, ni en gran parte de la comarca, que supiesse de sastreria, o de labrar çera, o carpenteria que no tuuiesse mucho en qué entender toda aquella noche del domingo y el lunes adelante hasta la hora de las dos que el cuerpo de su exçelençia salio del palaçio para la iglesia mayor (¹). Primeramente yban delante la (²) clereçia, quinientos niños de dos en dos, vestidos de luto con capirotes en las cabezas cada vno con vna hacha ençendida en la mano, de çera blanca, con las armas de su exçelençia cosidas en los pechos.

MIÇILO.—Quánto mejor fuera que aquella limosna de vestido y hacha fuera secreta y cosida entre Dios y el coraçon de su exçelençia, y el mochacho se quedara en casa; tuuiera en aquella hacha aquel dia y otros quatro qué comer.

GALLO.—Despues destos yban çiento y diez cruzes grandes de madera, con çinco velas en cada vna hincadas en vnos clauos que estauan en las cruzes como se acostunbra en Milan en semejantes ponpas funerales.

MIÇILO. — Deuian de lleuar tantas cruzes porque el diablo si viene por el muerto más huye de muchas que de vna.

GALLO.—Seguia luego a las cruzes el reuerendo cabildo (³) de la iglesia mayor y toda la clereçia con cruzes de plata y (⁴) todas las parrochias (⁵) con todos sus capellanes, clerigos, frayles y monjes de todas las ordenes y religiones, cada vno en su grado, con hachas de cera blanca en las manos, ençendidas, de dos en dos que eran mil y seysçientos. A la clereçia seguia la guarda de cauallos ligeros de su exçelençia a pie con lobas de luto y capirotes en las cabezas (⁶); cada vno con su lança negra y vna veleta de tafetan negro en cada vna, con el hierro en la mano, arrastrando las lanças por tierra; con dos tronpetas que yban delante con lobas de luto y capirotes en las cabezas. Estos tronpetas yban a pie con las tronpetas echadas

(¹) Esta relaçion es la misma que apareçe copiada en la conoçida Misçelanea de Sebastian de Horozco (Bibl. Nac. Ag. 105, fol. 167 á 169), con el título de Memoria de la orden y forma que se tuuo en Milan en el enterramiento del Ilustrissimo señor Marques del Gasto, capitan general de su Magestad, y en el acompañar su cuerpo desdel monesterio de Santo Eustargio, de la horden de los Predicadores, hasta la iglesia mayor, lunes diez y seis de abril de mill y quinientos y quarenta y seis años, y el dia siguiente en las onrras que alli se hizieron. Indicamos las variantes de este manuscrito con la inicial H.
(²) H., toda la.
(³) H., capitulo. G. (Tachado), capitulo.
(⁴) G., de.
(⁵) G., perrochias.
(⁶) H., la cabeça.

a las espaldas, con vanderas negras con las armas de su exçelencia.

MiÇILO.—Estos bastaran defenderle el cuerpo si todos los diablos del infierno vinieran.

GALLO.—Bastaran si todos fueran españoles. Despues yba la casa de su exçelençia con hasta quatroçientas personas con lobas y capirotes en las cabezas, cada vno en su grado. Despues yba la guarda de soldados alemanes; lleuaua cada vno vn manto hasta tierra de luto, con collares encrespados, y las alabardas negras echadas al honbro, y con gorras grandes negras a la alemana.

MiÇILO.—Agora digo más de veras que le bastaran defender avnque viniera Luzifer por capitan.

GALLO.—Tras estos venian seys atambores con los mesmos mantos como ([1]) los alemanes, y caperuças a la española, de luto: cubiertos los atambores de velos negros puestos a las espaldas. Despues destos yban dos pajes a pie vestidos de terçiopelo negro, con las gorras caydas sobre las espaldas. El de la mano derecha lleuaua vna çelada cubierta de brocado rico de tres altos en la mano: y el otro lleuaua vna pica negra al ombro, cayda sobre las espaldas. Çerca destos venian dos capitanes a pie con lobas de luto con faldas muy largas rastrando y capirotes en las cabezas. El de la mano derecha lleuaua vna vandera de infanteria, de tafetan amarillo con las armas inperiales, y el otro lleuaua vn estandarte negro con las armas de su exçelençia doradas: y en el canpo vna cruz colorada a la borgoñona. Estos lleuauan los estandartes caydos sobre las espaldas, arrastrandolos ([2]) por tierra, que significaua el cargo que primero auia tenido de su magestad de general de la infanteria. Çerca destos yba vna persona muy honrrada con vna gran loba de luto y capirote en la cabeza, en vna mula guarneçida de luto hasta tierra: lleuaua vna vara negra en la mano, como mayordomo *mayor* ([3]) de su exçelencia. Despues deste ([4]) venian seys tronpetas a cauallo vestidos de negro con sus tronpetas a las espaldas y vanderas de tafetan negro con las armas de su exçelençia. Tras estos yban un rey de armas borgoñon a cauallo con loba y capirote, y ençima vna sobre vista dorada con las armas inperiales: el qual auia sido enbiado de su magestad el mesmo dia que falleçio su exçelencia, con cartas, a darle cuenta de los nueuos caualleros del Tuson. A este seguian çinco caualleros honrrados con lobas de luto y capirotes en las cabezas a cauallo, cubiertos los cauallos de paño negro hasta tierra, que no

se veyan sino los ojos: los quales lleuauan los estandartes siguientes caydos sobre las espaldas rastrandolos por tierra. El primero era vn estandarte colorado con las armas de su exçelençia, puestas en vna asta negra. El segundo era de la mesma color, pintada nuestra Señora con el niño en los braços, y la luna debajo de sus pies. Este era señal de guion de gente de armas. El terçero estandarte era blanco pintado dentro el escudo de las armas del duque de Milan, con vna ([1]) aguila que abraçaua el escudo, en señal del gouierno del estado de Milan. El quarto lleuava vna vandera quadrada pequeña, que es el guion que su exçelençia lleuaua delante como general, y en el canpo blanco della pintado vn mundo con los elementos apartados: y de la una parte nuestra Señora pintada con su hijo en *los* braços: y de la otra parte el angel san Raphael y Tobias, con vn letrero que dezia: *Sic sita vigent*. El quinto lleuaua vn estandarte amarillo con el aguila y armas imperiales, echado sobre las espaldas, que es la insinia de capitan general del exerçito de su magestad. Despues destos yban ocho pajes vestidos de terçiopelo negro hasta tierra que no se veyan sino los ojos. El primero lleuaua vna espada dorada con vayna de brocado rico de tres altos sobre el ombro, por señal que quando el Emperador entró en Napoles venia delante dél el Marques como gran camarlengo a quien toca aquella çiremonia y preeminençia. El segundo lleuaua vn escudo en el braço yzquierdo con las armas de su exçelençia de relieues dorados en canpo negro. El terçero lleuaua vna lança negra en la mano derecha cayda sobre la espalda con su yerro muy polido. El quarto lleuaua vn almete puesto en vn vaston negro cubierto de brocado rico de tres altos en la mano derecha. El quinto lleuaua vn estoque dorado con su vayna de brocado rico de tres altos caydo sodre la espalda derecha, y vnas espuelas doradas vestidas en el braço derecho guarneçidas del mesmo brocado. El sesto lleuaua vn vaston dorado en la mano caydo sobre el ombro, pintadas las armas inperiales en señal del cargo primero de general de la infanteria. El septimo lleuaua otro baston dorado con las armas del ducado de Milan abraçados con el aguila inperial, en señal del gouierno del estado de Milan. El octauo y ultimo lleuaua vn baston cubierto de brocado rico de tres altos, en señal de capitan general de Ytalia. Seguia luego vn moço de espuelas con vna loba de luto hasta tierra con capirote en la cabeza: el qual lleuaua de diestro vn cauallo guarnido ([2]) de terçiopelo negro con estribos, freno y clauazon platea-

---

([1]) G., que. H., como.
([2]) G., arrastrandolas.
([3]) H., de la casa.
([4]) H., de este.

([1]) G., vn.
([2]) H., guarnescido.

do (¹): y sobre la silla vna reata de terçiopelo negro, y junto al cauallo doze moços de espuelas con lobas de luto rastrando y capirotes en las cabezas, y el caualleriza detras; venia despues el cuerpo de su exçelençia puesto sobre vnas grandes andas, hechas a manera de vna gran cama cubierta (²) de brocado de plata de dos altos que colgaua çerca de vn braço de cada lado de las andas. Del brocado estaua pendiente vna gran vanda de terçiopelo carmesi de la que colgaua vn friso, o guarniçion de tafetan doble carmesi con las armas de su exçelençia doradas. Esta cama, o andas lleuauan doze caualleros vestidos con lobas de luto y capirote (³) en las cabeças, y porque el trecho es casi vna milla del monesterio a la iglesia mayor se yban mudando. El cuerpo de su exçelençia yba vestido con vna tunica o veste de raso blanco hasta en pies, çeñida, y ençima de la tunica vn manto de grana colorada con vnas bueltas afforradas de veros alçado sobre los braços. En la cabeza lleuaua vna barreta ducal afforrada en los mesmos veros, con vn friso y corona de prinçipe. Lleuaua al cuello el collar rico del Tuson, y al lado vna espada dorada con su vayna de brocado rico de tres altos. Este habito es segun la orden del offiçio del gran camarlengo del reyno de Napoles que su exçelençia tenia y ha gran tienpo que está en su yllustrisima casa. Lleuaua por cabeçera vna almohada de terçiopelo carmesi guarneçida de plata, y a la mano derecha sobre la cama o andas lleuaua la rosa sagrada de oro que la sanctidad del papa Paulo le enbio el año de mil y quinientos y treynta y nueue por gran don y publico fauor, que es vn arbol de oro con veynte y dos rosas.

MIÇILO.—¿Supiste qué virtud tenía esa rosa sagrada porque la lleuaua al lado en el entierro? ¿Si era alguna indulgençia que su Santidad le enbió para que no pudiesse yr al infierno avnque muriesse en pecado mortal?

GALLO.—Eso se me oluidó de preguntar. Çerca de las dichas andas yuan veynte y quatro (⁴) gentiles hombres muy honrrados de su casa con lobas (⁵) y capirotes en la cabeça (⁶), y vnas hachas grandes de çera negra en las manos con las armas de su exçelençia. Despues yua el señor marques de Pescara, primogenito de su exçelençia, con los señores don Yñigo y don Çesareo de Aualos los sus hermanos, y el señor prinçipe de Sulmona, y el señor don Aluaro de Luna, hijo del señor castellano de Mi-

lan, a quien el señor marques (¹) sustituyó en los cargos que en este estado de Ytalia tenía, por ser la persona más prinçipal que aqui se halla. El por estar enfermo enbió al señor don Aluaro su hijo en su lugar; yban alli los comisarios generales de su magestad, y los gouernadores y alcaldes del estado, y los enbajadores de los potentados de Ytalia que aqui se hallaron, y otros prinçipes y señores que vinieron a honrrar el enterramiento; yban alli los señores del senado y magistrado, y los feudatarios del estado, marqueses, condes y caualleros, capitanes y gentiles honbres, todos con sus lobas de luto rastrando y capirotes en las espa' das. Toda la iglesia mayor estaua entoldada rededor de paño negro con las armas de su exçelençia: y sobre los paños hachas blancas de çera. Despues en medio del çimborrio de la iglesia, antes de entrar en el coro, estaua hecho vn grandissimo cadahalso o monumento, mayor y más hermoso y de mayor artifiçio que jamas se hizo a ningun prinçipe en estas partes, todo pintado de negro. El qual tenía ençima vna piramide llena de velones y hachas de çera blanca: y ençima de cada lado o haz del cadahalso auia ocho escudos grandes con las armas de su exçelençia, donde fue puesto su cuerpo como venia en las andas o lecho en que fue traydo. Sobre el qual auia vn dosel muy grande de terçiopelo negro. Al rededor del cadahalso auia infinitas hachas, y en medio de la iglesia auia ocho grandes candeleros, que en España llaman blandones, hechos a manera de vasos antiguos. Eran de madera, negros, llenos de hachas pendientes de lo alto de la yglesia iguales. Estos candeleros con las otras hachas estauan en rededor de toda la iglesia. Delante del cadahalso estaua hecho vn talamo alto de tierra dos braços, y en ancho setenta braços. De todas partes desde el cadahalso hasta el altar mayor estauan asentados en rededor (²) todos los señores prinçipales que aconpañaron el funeral hasta ser acabados los offiçios; y todo el talamo era cubierto de paño negro, ansi lo alto como lo bajo, donde estauan asentados todos aquellos señores. El retablo del altar mayor estaua todo cubierto de terçiopelo negro con su frontal, con doze hachas muy grandes: y ansi mesmo los otros altares priuados que son muchos, con su çera conueniente. ¿Dime, Miçilo, qué juzgas desta honrra?

MIÇILO.—Pareçeme que el mundo le dio toda la honrra que le pudo dar, y que aunque en la vida le honrró bien, en la muerte le acumuló juntas todas las honrras por aparençia y por existençia, ansi por los blasones de sus ditados

---

(¹) G , plateada.
(²) H., cubiertas.
(³) H., capirotes.
(⁴) G., çinco H , quatro.
(⁵) H., lobas de luto.
(⁶) H., en las cabeças

(¹) H., marques, que aya gloria.
(²) G., derredor.

y insignias que alli yuan, como por la conpañia y honrra (¹) que en su muerte se le hizo.

GALLO.—El dia siguiente se celebró misa solene en el altar mayor y los offiçios por el anima, y en el medio de la misa se dixo vna muy
elegante oraçion en loor de su exçelençia (²),
a la qual estuuieron presentes todos los señores sobredichos que fueron para este auto conbidados, hasta que se acabaron todos los offiçios; y en los altares y capillas que auia en la
iglesia se dixeron hasta quatroçientas missas
rezadas.

MIÇILO.—¿No hubo ay alguna missa del altar de San Sebastian de la Caridad de Valla-
bolid que le sacara del purgatorio?

GALLO.—Vn sacerdote enbió alli el pontifiçe
con todo su poder para le sacar.

MIÇILO.—¿Pues esa no bastó?

GALLO.—Sí bastó: pero todas las otras missas se dixeron por magestad: *las quales aprouecharon a todas las animas del purgatorio por
limosna de su exçelençia.* Las hachas que se
gastaron en acompañar el cuerpo y en las honrras del dia siguiente llegaron a çinco mil.

MIÇILO.—Por çierto con tantas hachas bien
açertara vn honbre a media noche a yr al çielo
si las obras le ayudaran.

GALLO.—En verdad te digo que sin perjudicar a ningun prinçipe y capitan general y gouernador de los passados, no se acuerda ninguno de los que viuen, ni se halla en ningun libro,
auerse hecho en Milan ni en el mundo obsequias
más honrradas, conçertadas y sumptuosas.

MIÇILO.—Mucho deseo tengo de saber si con
esto fue al çielo su exçelençia.

GALLO.—Pues ¡cuerpo de mi vida! ¿no auia
de yr al çielo? *Buena honrra le auian hecho todas las glorias del mundo si le vuieran solo pagado con las de acá.* Ningun exçelente dexa de
yr alla, porque San Juan Baptista es abogado
de los exçelentes; que ansi le llaman los çiegos
en su oraçion exçelente pregonero. Alla le vi yo
en el çielo quando alla fue (³). La gente que de
la çiudad y comarca vino pareçió por las calles
a la entrada del cuerpo, y que esperaua en la
iglesia passaron de dos çientas mil personas,
las quales mostrauan infinito sentimiento y
dolor.

MIÇILO.—Bien se puede eso presumir: prinçipalmente si estauan alli algunos padres y madres, hijos y parientes de muchos capitanes, alferez y gentiles honbres que él dio garrote en
su camara quando se le antojó.

GALLO.—Preguntenselo a Mosquera, alcayde de Simancas, que se le escapó por vña de ca-

uallo, sobre la sentençia mental; y preguntenselo a Hieronimo de Leiua quando en Cremes
le depositó en manos de Machacao, su maestre
de campo, quando le degollo (¹). Pero todo esto
y quanto en ese caso hizo fue con justiçia y por
razon y porque muchas vezes *por el cargo que
tenia* conuenia *que se hiziesse ansi* por excusar
motin (²) en el canpo de su magestad. Todo
esto ha venido a proposito de tratar al prinçipio
de vuestra vanidad de que vsais en vuestros en-
tierros. Que por ninguna cosa quereis caer en
la cuenta, y çesar de tan gran hierro, quanto
quiera que os lo dizen quantos cuerdos han escrito en la antiguedad y modernos. No vi mayor desuario que por lleuar vuestro cuerpo en
las andas honrrado hasta la sepoltura dexeis a
vuestro hijo desheredado y neçesitado a pedir y
a los pobres *desnudos y hambrientos en las camas.* Gran locura es estar el cuerpo hediendo
en la sepoltura vn estado debajo de tierra, hecho manjar de gusanos, y estar muy hufano por
tener acuestas vna lancha que pessa çinquenta
quintales dorada porençima. O *estar* ençerrado
en ricas capillas con rejas muy fuertes, como
locos atados hasta (³) en la muerte. Gran confusion es de los cristianos aquella palabra de
verdadera religion que dixo Socrates philosopho gentil. Siendo preguntado de sus amigos
quando beuia el veneno en la carçel, dónde queria que le enterrasen, respondio: echad este
cuerpo en el campo; y diziendole que le come-
rian las aues, respondio: ponedle vn palo en la
mano para oxearlas; y diziendole que siendo
muerto no podria oxearlas respondio: pues menos sentiré si me comieren. Donde quiera que
quisieredes me podeis enterrar, que no ay cosa
mas façil ni en que menos vaya que en el sepulcro.

MIÇILO.—Por çierto, gallo, tú tienes mucha
razon en cuanto dizes, porque en este caso demasiadamente son dados los hombres a la vana
aparençia y ambiçion y ponpa de fuera sin hazer cuenta de lo del alma, que es de lo que se
deue hazer más caudal.

GALLO.—Pues quán de veras dirias eso, Miçilo, si huuiesses subido al çielo y deçendida (¹)
al infierno como yo, y huuiesses visto la mofa
y risa que passan los santos allá viendo el engaño en que estan los mundanos acá açerca
desta ponpa de su morir y enterrar, y si viesses
el pessar que tienen los dañados (⁵) en el in-

(¹) G., gasto.
(²) H., del señor marques, que aya gloria.
(³) G., subi.

(¹) G., Bien se puede eso presumir, avnque era comun opinion ser honbre cruel, y que ansi mató muchos capitanes, alferez y gentiles honbres haziendoles
degollar.
(²) G., motines.
(³) G., aun.
(⁴) G., desçendido.
(⁵) G, condenados.

fierno porque se les añaden graues penas por la vanidad de que se arrean en su morir. ¡O qué te podria en este caso contar!

MIÇILO.—¡O mi çelestial gallo! si pudiesse yo tanto açerca de ti que me quisiesses por narraçion comunicar esa tu bienauenturança de que gozaste siendo Icaro Menipo, y cantarme ([1]) lo mucho que viste allá. Si esto impetrasse de ti profierome de quedar yo oy sin comer por darte doblada raçion.

GALLO.—No puedo, Miçilo, dexar de te complazer en quanto me quisieres mandar; y ansi te quiero dezir cosas que los honbres nunca vieron ni oyeron hasta oy. Tienes neçesidad de nueua atençion, porque hasta agora has oydo cosas de mí que tú las puedes auer visto y esperimentado como yo. Pero hablar del çielo, y de los angeles, y del mesmo Dios no es capaz honbre mortal para le comprehender mientra está aqui, sin muy particular priuilegio de Dios; y porque la xornada es grande y tengo flaca memoria dexame recolegir: que si tu gusto está dispuesto como requiere la materia de que emos de tratar, yo me profiero de hazerte bienauenturado oy, de aquella bienauenturança de que se goza por el oyr; y pues el dia pareçe ser venido aparejate *en tu tienda* para ([2]) mañana y oyras *lo demas.*

Fin del honzeno canto del gallo de Luçiano.

ARGUMENTO
DEL DUODEÇIMO CANTO DEL GALLO ([3])

En el canto doze ([4]) que se sigue el auctor imitando a Luçiano en el dialogo que intituló Icaro Menipo, finge subir al çielo y descriue lo mucho que vio allá ([5]).

GALLO.—Ayer te prometi, Miçilo, de tratar oy materia no qualquiera ni vulgar, pero la mas alta y mas encumbrada ([6]) que humano ingenio puede conçebir. No de la tierra ni de las cosas bajas y suezes de por acá: mas de aquellas que por su estrañeza el juizio humano no las basta conprehender. Tengo de cantar oy cómo siendo Icaro Menipo subi al çielo morada y habitaçion propria de Dios; oy tienes neçesidad de nueuo entendimiento y nueua atençion, porque te tengo oy de dezir cosas que ni nunca las vieron ojos, ni orejas las oyeron, ni en entendimiento humano pudo nunca caber lo que tiene allá

([1]) G., contarme.
([2]) G., que.
([3]) Falta en el ms. R. este titulo.
([4]) G., duodeçimo canto.
([5]) G. (*Tachado*): Siguesse el dozeno canto del Gallo de Luçiano, orador griego, contrahecho en el castellano por el mesmo autor. (*Antes se leia*) interprete.
([6]) G., incumbrada.

Dios aparejado para los que le desean seruir. Despierta bien: ronpe esos ojos del alma y mirame acá, que quiero dezir las cosas marauillosas que en el çielo vi, oy, hablé y miré. La estançia, asiento, lugar de los Santos y de Dios. Dezirte he la dispusiçion, mouimiento, camino, distançia que tienen los çielos, estrellas, nubes, luna y sol entre sí allá. Las quales si oydas no creyeres, esto solo me sera gloria a mi, y señal de mi mayor feliçidad, pues por mis ojos vi, y con todos mis sentidos gusté cosas tan altas que a todos los honbres causan admiraçion, y passan a lo que pueden creer.

MIÇILO.—Yo te ruego, mi gallo, que oy con intimo affecto te esfuerçes a me conplazer, porque me tienes suspenso de lo que has de hablar. Que avn si te plaze dexaré el offiçio por mostrarte la atençion que te tengo, pues con los ojos ternia los sentidos y entendimiento todo en ti. Espeçie me pareçeria ser de infidelidad si vn honbre tan bajo y tan suez como yo no creyesse a vn honbre çelestial y diuino como tú.

GALLO.—No quiero, Miçilo, que dexes de trabajar: no demos ocasion a morir de hanbre, pues todo se puede hazer. Prinçipalmente quando de ti tengo entendido que cuelgas con tus orejas de mi lengua, como hizieron los françeses de la lengua de Hercules Ogomio admirable orador. Agora, pues, oyeme y sabras que como yo considerasse en el mundo con gran cuydado todas las cosas que hay entre los mortales, y hallasse ser todas dignas de risa, bajas y pereçederas, las riquezas, los inperios, los offiçios de Republica y mandos, menospreçiando todo esto, con gran deseo me esforçé a emplear mi entendimiento y affiçion en aquellas cosas que de su cogeta son buenas a la verdad; y ansi cobdiçié passar destas cosas tenebrosas y obscuras y volar hasta la naturaleza y criador de todas, y a este desseo me mouio y ençendio más la consideraçion deste que los philosophos llaman mundo. Porque nunca pude en esta vida hallar de qué manera fuesse hecho, ni quién le hizo: donde tubo principio y fin. Despues desto quando en particular le deçendia a contemplar mucho más me causaua admiraçion y dubda: quando via las estrellas ser arroxadas con gran furia por el çielo yr huyendo. Tanbien deseaua saber qué cosa fuesse el sol, y sobre todo desseaua conoçer los açidentes de la luna, porque me pareçian cosas increybles y marauillosas, y pensaua que algun gran secreto que no se podia declarar causaua en ella tanta mudança de espeçies, formas y figuras. Aquella braueza con que el rayo sale con aquel resplandor, tronido espantoso y ronpimiento de nube, y el agua, la nieue, el graniço enbiada ([1]) de lo alto. Pare-

([1]) G., enbiado.

çianme ser todas estas cosas difíçiles al entendimiento, en tanta manera que por ninguna fuerça de nuestra naturaleza se podian por algun honbre conprehender acá. Pero con todo esto quise saber qué era lo que destas cosas los nuestros philosophos sentian: porque oya dezir a todos, que ellos enseñauan toda verdad. Tanbien reçebia gran confusion considerando aquella sublimidad y alteza de los çielos: principalmente del empireo y de su perpetuidad. El trono de Dios; el asiento de los santos, y la manera de su premiar y beatificaçion. El orden que ay en la muchedunbre de todos los coros angelicales. Pues primero quisse sujetarme a la disçiplina destos nuestros maestros, los quales no poco estan inchados y presumptuosos con estos titulos, diziendo que enhastiados de las cosas de la tierra volan a alcançar la alteza de las cosas çelestiales: lo qual no seria en ellos poco de estimar si ello fuesse ansi. Pero quando en aquellas comunes academias entré y miré todos los que en la manera de disputa y liçion mostrauan enseñar, entre todos vi el habito y rostro muy particular en algunos, que sin preguntar lo conoçieras auerse leuantado con el titulo de çelestiales. Porque todos los otros avnque platicauan profesion de saber, debajo de un vniuersal baptismo y fe trayan vn veetido no differente del comun. Pero estos otros mostrauan ser de vna particular religion, *por estar* vestidos de una cuculla y (¹) habito y traxe particular, y avn entre ellos differian en el color; y aunque en su presunçion, arogançia, obstentaçion, desden y sobreçejo mostrassen ser los que yo vuscaua, quise preguntar por me satisfazer, y ansi me llegué a vno de aquellos que a aprender concurrian alli, y a lo que le pregunté me respondio señalandomelos con el dedo: estos son maestros de la philosophia y theologia natural y çelestial; y ansi con el deseo que lleuaua de saber, con gran obediençia me deposité a su disçiplina, proponiendo de no salir de su escuela hasta que huuiesse satisfecho a mi dubda y confusion (²). ¡O Dios inmortal qué martirio passé alli!: que començando por vno de aquellos maestros segun el orden que ellos tenian entre si, a cabo de vn año que me tenía quebrada la cabeça con solo difinir terminos cathegorematicos y sincathegorimaticos, analogos, absolutos y conotatiuos, contradiçiones y contrariedades, solo me hallé en vn laberinto de confusion. Quise adelante ver si en el otro auria algo más que gustar: y en todo vn año nunca se acabó de enseñar vna demostraçion: ni nunca colegi cosa que pudiesse enten-

der. Consolauame pensando que el tiempo, avnque no el arte, me traeria a estado y preçetor que sin perdida de más edad (¹) me llegaria (²) a mi fin; y ansi entré ya a oyr los prinçipios de la philosophia natural; y esto solo te quiero hazer saber: que a cabo de muchos dias solo me faltaua ser libre de aquella neçedad y ignorança con que vine alli. Porque fueron tantas las opiniones y diuersidad de no sé que prinçipios de naturaleza: insecables atomos: inumerables formas; diuersidad de materias; ideas primeras y segundas intençiones; tantas questiones de vacuo y infinito que quanto más alli estaua más me enboscaua en el laberinto de confusion; y esto solo entre todas las otras cosas no podia sufrir; que como en ninguna cosa entre si ellos conueniessen, mas antes en todo se contradezian, y contra todo quanto affirmaban arguian, pero con todo esto me mandaban que los creyesse dezir la verdad, y cada vno dellos me forçaua persuadir y atraer con su razon.

MIÇILO.—Cosa marauillosa me cuentas; que siendo esos hombres tan santos y religiosos y de conçiençia no sacassen en breue la suma de sus sçiençias, y solo aquello enseñassen que no se pudiesse contradezir. O a lo menos que se enseñasse lo que en suma tuuiesse más verdad, dexados aparte tantos argumentos y questiones tan inpertinentes al proposito de lo que se pretende saber.

GALLO.—Pues en verdad mucho más te reyrias, Miçilo, si los viesses con la arogançia y confiança que hablan, no tratando cosa de verdad, ni que avn tenga en si sustançia ni ser. Porque como quiera que ellos huellan esta tierra que nosotros hollamos, que en esto ninguna ventaja nos llevan, ni en el sentido del viso son mas perspicaçes que nosotros, mas antes ay muchos dellos que casi estan çiegos y torpes por la vejez. Y con todo esto affirman ver y conoçer los terminos del çielo, y se atreuen a medir el sol, y determinar la naturaleza de la luna y todo lo que sobre ella está; y como si huuieran deçendido de las mesmas estrellas señalan su figura y grandeza de cada qual; y ellos que puede ser que no sepan quantas leguas ay de Valladolid a Cabeçon, determinan la distançia que ay de çielo a çielo, y quantos cobdos ay del çielo de la luna al del sol; y ansi difinen la altura del ayre, y la redondez de la tierra, y la profundidad del mar; y para estas sus vanidades pintan no sé que çirculos, triangulos y quadrangulos, y hazen vnas figuras de espheras con las quales sueñan medir el ambitu y magnitud del çielo; y lo que es peor y mayor señal

---

(¹) G., de vn habito.
(²) Al margen de este parrafo hay en el ms. G , una nota en letra del siglo XVI, que dice: *todo esto es lutheranismo.*

(¹) R. (*Tachado*), de azeyte.
(²) R. (*Tachado*), traeria.

de presunçion y arogançia, que hablando de cosas tan inçiertas como estas, y que tan lexos estan de la aueriguaçion, no hablan palabra ni la proponen debajo de conjecturas, ni de maneras de dezir que muestren dubdar. Pero con tanta çertidumbre lo afirman y bozean que no dan lugar a que otro alguno lo pueda disputar ni contradezir. Pues si tratamos de lo alto del çielo tanto se atreuen los theologos deste tiempo a difinir las cosas reseruadas al pecho de Dios como si cada dia sobre el gouierno del mundo vniuersal comunicassen con él. Pues de la dispusiçion y orden de allá ninguna cosa dizen que no quieran (¹) que sea aueriguada conclusion, o oraculo que de su mano escriuio Dios como las tablas que dio a Moysen. Pues como yo no pudiesse de la dotrina destos colegir algo que me sacasse de mi ignorançia, mas antes sus opiniones y variedades mas me confundian, dime a pensar qué medio abria para satisfazer a mi deseo, porque çierto de cada dia más me atormentauan. Como suele acontecer al natural del honbre, que si alguna cosa se le antoja y en el alma le encaxa, quanto mas le priban della mas el apetito le soliçita. Prinçipalmente porque se me encaxó en el alma que no podia alcançar satisfaçion de mi deseo aca en el mundo si no subia al çielo y a la comunicaçion de los bienauenturados; y avnque en este pensamiento me reya de mi, el gran cuydado me mostró la via como me suçedio. Porque viendome mi geniò (digo el angel de *mi* guarda) en tanto aflito comouido por piedad y tanbien por se gloriar entre todos los otros genios auer impetrado de Dios este priuillejio para su clientulo, ansi se fue a los pies de su magestad con gran inportunidad diziendo que no se leuantaria de alli hasta que le otorgase vn don; le pidio liçençia para me poder subir a los çielos y pudiesse gozar de todo lo que ay allá; y como el mi genio era muy pribado suyo se lo concedio, con tal que fuesse en vn breue termino y (²) no me quedasse allá; y ansi venido a mi, como me halló en aquella agonia casi fuera de mi juizio, sin exerçitar ningun sentido su officio me arrebató y volo comigo por los ayres arriba. ¡O soberano Dios! ¿por donde començaré, Micilo, lo mucho que se me ofreçe dezir? Quiero que ante todas cosas sepas que desde el punto que mi buen genio de la tierra me desapegó y començamos por los ayres a subir fue dotado de vna agilidad, de vna ligereza con que façilmente y sin sentir pesadunbre volaua por donde queria sin que alguna cosa, ni elemento, ni çielo me lo estoruase; fue con esto doctado de vna perspicaçidad y agudeça de entendimiento y

habilidad de sentidos que juzgaua estar todos en su perfeçion. Porque quanto quiera que muy alto subiamos no dexaua de ver y oyr todas las cosas tan en particular como si estuuiera en aquella distançia que acá en el mundo estos sentidos acostunbran sentir.

MIÇILO. — Pues yo te ruego agora, gallo, porque mas bienauenturada y apazible me sea tu narraçion, me cuentes en particular lo que espero de ti saber, y es que no sientas molestia en me notar aquellos secretos que proçediendo en tu peregrinaçion de la tierra, del mar, de los ayres, çielos, luna y sol y de los otros elementos, pudiste entender y de lo alto especular.

GALLO.—Por çierto, Miçilo, bien me dizes. Por lo qual tú yendo comigo con atençion, si de algo me descuydare despertarme has, porque ninguna cosa reseruaré para mí por te conplazer. Penetramos todos los ayres y esphera del fuego sin alguna lision, y no paramos hasta el çielo de la luna, que es el çielo primero y más inferior, donde me asenté y comence de alli a mirar y contenplar todas las cosas; y lo primero que miré fue la tierra que me pareçio muy pequeña y muy menor sin conparaçion que la luna. Mirela muy en particular y holgué mucho en ver sus tres partes prinçipales: Europa, Assia y Africa. La braueza del mar, los deleitosos xardines, huertas, florestas, y las fuentes y caudalosos rios que la riegan, con sus apaçibles riberas. Aquellas altas y brauas montañas y graçiosos valles que la dan tanto deleyte.

MIÇILO. — Dime, gallo, ¿cómo llaman los philosophos a la tierra redonda, pues vemos por la esperiençia ser gibosa y por muchas partes prolongada por la muchedumbre de montañas que en ella ay?

GALLO.—No dubdes Miçilo, ser redonda la tierra considerada segun su total y natural condiçion, puesto caso que en algunas partes esté alterada con montañas y bagios de valles; porque esto no la quita su redondez natural; y ansi considera el proueymiento del sumo Hazedor que la fundó para el prouecho de los honbres. Que viendo auer en diuersas partes diuersos naturales y disposiçiones de yeruas, rayzes y arboles neçesarios para la conseruaçion de los honbres para cuyo fin los crió, dispuso las montañas altas para que aper alli con el demasiado calor y sequedad se crie vn genero de arboles y frutas que no naçerian en los valles hondos y sonbrios; y hizo los valles porque nasçiesen alli otros generos de frutas, mieses y pastos por causa de la humidad (¹), los quales no naçerian en lo alto de la montaña. Arriba en la montaña, en vnas ay grandes mineros de metales, made-

(¹) G., humedad.

ras preçiosas y espeçias odoriferas; yeruas salu-
dables; y en otras marauillosas (¹) vestias y
otros animales de admirable fiereza. Abajo en
el valle naçen los panes, pastos abundantes y
grueros (²) para los ganados, y los vinos muy
preçiados, y otras muy graçiosas frutas y arboledas. Ves aqui como todo lo dispuso Dios
conforme a la vtilidad del vniuerso, como quien
él es. Esta quiso que fuesse inmobil como çentro y medio del vniuersal mundo que crió; y
hizo que elementos y çielos reboluyessen en
torno della para la disponer mejor. Y despues
que en estas sus partes contenplé la tierra de-
çendi mas en particular a mirar la vida de los
mortales, y no solo en comun, pero de particulares naçiones y çiudades, scithas, arabes, persas, indos, medos, partos, griegos, germanos,
ytalos y hispanos; y despues desçendi a sus
costunbres, leyes y vibiendas. Miré las ocupaçiones de todos, de los que nauegan, de los que
van a la guerra, de los que labran los campos,
de los que litigan en las audiençias *forales*, de
las mugeres, y de todas las fieras y animalias (³),
y finalmente todo lo que está sobre la tierra;
y no solamente alcançé a ver lo que hazen en
publico, pero avn via muy claro lo que cada qual
haria en secreto. Via los muy vedados y peligrosos adulterios que se hazian en camaras y
retretes de prinçipes y señores del mundo; los
hurtos, homiçidios, sacrilegios, inçendios, tray-
çiones, robos y engaños que entre hermanos y
amigos passauan. De los quales si te huuiesse
dezir en particular no abria lugar para lo que
tengo en intençion (⁴). Las ligas, los monipo-
dios, passiones por proprios intereses; las vsuras, los canbios y los trafagos de merchanes y
mercaderes en las (⁵) ferias y mercados.

Miçilo.—Gran plazer me harias, gallo, si
de todo me dixeses algo de lo mucho que
viendolo te deleytó.

Gallo. — Es inposible que tantas cosas te
cuente, porque avn en mirar tanta variedad y
muchedunbre causaua confusion. Pareçia aquello que cuenta Homero del escudo encantado de
Achiles, en el qual pareçia la diuersidad de las
cosas del mundo. En vna parte pareçian (⁶) hazerse bodas, en otra pleytos y juizios, en otra
los tenplos y los que sacrifican, en otras batallas, y en otra plazeres y fiestas, y en otra los
lloros de los defuntos. Pues piensa agora si de
presente viessemos passar todo lo que aqui digo
qué cosa abria semejante a esta confusion. No
pareçia otra cosa, sino como si juntasses agora

aqui con poderoso mando todos quantos musicos de quantos instrumentos y bozes hay en el
mundo, juntamente con quantos saben de vaylar y dançar, en vn punto mandasses que juntos todos començassen su exerçiçio, y cada qual
trabajasse por tañer y cantar aquella cançion
que mas en su juizio estimasse, procurando con
su boz, y instrumento sobrepujar al que tiene
más çerca de sí. Piensa agora por tu vida (¹),
Miçilo, qué donosa sería esta vaylia y musica
si tanbien los dançantes començassen a vaylar (²).

Miçilo.—Por çierto en todo estremo seria
confusa y digna de risa.

Gallo. — Pues tal es la vida de los honbres,
conçierto ny orden entre sí. Cada vno piensa,
trata, habla y se exerçita segun su condiçion
particular y pareçer mientra en el teatro deste
mundo dura la representaçion desta farsa; y
despues de acabada (que se acaba con la muerte) todas las cosas bueluen en silençio y quietud; y todos desnudos de sus disfraçes que se
vestieron (³) para esta representaçion quedan
iguales y semejantes entre sí, porque se acabó
la comedia. Que mientra estuuieron en el teatro
todo quanto representaron era vurla y risa; y
lo que más me mouia a escarnio era ver los
grandes animos de prinçipes y Reyes contender
entre sí y poner en campo grandes exérçitos, y
auenturar al peligro de muerte gran multitad
de gentes por vna pequeña prouinçia, o por vn
reyno, o por vna çiudad; que ay diez y seys estrellas en el çielo, sin otras muchas que ay de
admirable cantidad, que cada vna dellas es çiento y siete vezes mayor que toda la tierra; y
toda junta la tierra es tan pequeña que si la
mirassen de acá abajo fixa en el çielo no la verian, y escarneçerian de sí mesmos viendo por
tan poca cosa como entre sí contienden; y lo
que más de llorar es, el poco cuydado y arrisco
que ponen por ganar aquel reyno celestial; vn
reino tan grande que a vn solo punto del çielo
corresponden diez mil leguas de la tierra. No
me pareçia todo el reino de Nauarra vn paso
de vn honbre pequeño. Alemaña no vn pie.
Pues en toda la Ysla de Ingalaterra y en toda
Françia no pareçia que auia que harar vn par
de bueyes vn dia entero; y ansi miraua qué era
lo que tanto haze ensoberueçer a estos ricos del
mundo, y marauillauame porque ninguno posee
tanta tierra como vn pequeño atomo de los que
los philosophos epicureos imaginan, que es la
cosa más pequeña que el honbre puede ver.
Pues quando bolui los ojos a la Ytalia y eché
de ver la çiudad de Milan, que no es tan gran-

(¹) G., fortissimas.
(²) G., graçiosos.
(³) G., animales.
(⁴) G, intençion.
(⁵) G., trapazos de.
(⁶) G., pareçia.

(¹) G., mi amor.
(²) G., a hazer su vaylia.
(³) G., vistieron.

de como vna lenteja; consideré con lágrimas por quán poca cosa tanto prínçipe y tanto cristiano como en vn dia se puso a riesgo. Pues qué diré de (¹) Tunez y de Argel? ¿Pues qué avn de toda la Turquia? Pues toda la India de la Nueua España y Peru, y lo que nueuamente hasta salir al mar del Sur se nauega no pareçe ser de dos dedos. Pues ¿qué, si trato de las minas del oro y plata y metales que hay en el vniuerso? Por çierto todas ellas desde el çielo no tienen cuerpo de vna hormiga.

MIÇILO.—O bienauenturado tú, gallo, que de tan dichosa vista gozaste. Pero dime, ¿qué te pareçia desde lo alto la muchedumbre de los honbres que andaban en las çiudades?

GALLO.—Pareçian vna gran multitud de hormigas que tienen la cueba junto a vnos campos de miesses, que todas andan en rebuelta y çirculo, salir y entrar en la cueba, y la que más se fatiga (²) con toda su diligençia trae (³) vn grano de mixo, ó *cada vna* medio grano de trigo; y con esta pobreza está *cada qual* muy hufana, soberuia y contenta. Semejantes son los trabajos de los honbres puestos en comun rebuelta y çirculo en audiençias, en ferias, en debates y pleytos; nunca tener sosiego; y en fin todo es por vn pobre y miserable mantenimiento. Como todo esto obe bien considerado dixe a mi genio que me lleuasse adelante, porque ya no me sufria, anhelaua por entrar en el çielo empireo y ver a Dios; y ansi mi guia me tomó y subimos passando por el çielo de Mercurio al de Venus, y de allí passamos la casa del sol hasta la de Mars; y de alli subimos al çielo de Jupiter, y despues fuemos al de Saturno y al firmamento y çielo cristalino, y luego entramos en el çielo empireo, casa real de Dios.

MIÇILO.—Antes que passes (⁴) adelante, gallo, querria que me dixesses: estos elementos, çielos, estrellas, luna y sol ¿de qué naturaleza, de qué masa son? ¿De qué materia son aquellos cuerpos en sí? que lo deseo mucho saber.

GALLO.—Essa es la mayor bobedad que vnestros philosophos tienen acá; que dizen que todos esos cuerpos çelestiales son compuestos de materia y forma, como es cada vno de nos; y dizen muchos dellos que son animados; lo qual es deuanear (⁵); por que no tienen materia ni composiçion. En suma, sabrás que todos ellos, los elementos puros, çielos, estrellas, luna y sol, no son otra cosa sino vnos cuerpos simples que Dios tiene formados con su infinito saber, por instrumentos de la administraçion y go-

uierno deste mundo inferior para el cumplimiento de su neçesidad. Estos no tienen composiçion ni admistion en si, ni ay materia que se rebuelua con ellos estando en su perfeçion; y ansi te hago saber que los elementos simples y puros no los podeis los honbres vsar, tratar, ni comunicar sino os los dan con alguna admistion. El agua sinple y pura no la podriades beber sino os la mezclasse naturaleza con otro elemento para que la podais palpar y gustar; y ansi se ha de entender del fuego, ayre y tierra; que si no estuuiessen mezclados entre si no los podriamos comunicar. Pues ansi como el puro elemento no tiene materia ni conposiçion en sí, menos la tienen los çielos, estrellas, planetas, luna y sol. Tubo neçesidad el mundo de luz en el dia, y para esto formó Dios el sol. Tubo neçesidad de luz en la noche, y para esto formó luna y estrellas. Tubo neçesidad de ayuda para la comun naçençia y generaçion de las cosas y conseruaçion y para esto dio Dios a los planetas, luna y sol y otras estrellas y çielos virtud que en lo inferior puedan influir para esta neçesidad. Y passando por la región de Eolo, rey de los vientos, vimos vna gran multitud de almas colgadas por los cabellos en el ayre, y atadas las manos atras; y muchos cueruos, grajos y milanos que uibas les comian los coraçones; y entre todas estaua con muy notable dolor vna que con gran furia y crueldad la comian el coraçon y entrañas dos muy poderosos y hanbrientos buytres, y pregunté a mi genio qué gente era aquella. El qual me respondio que eran los ingratos que auian cunplido con sus amigos con el viento de palabras, pagandoles con engaño y muerte al tienpo de la neçesidad; y yo le inportuné me dixesse quién fuesse aquella desdichada de alma que con tanto afan padeçia entre todas las otras, y él me respondio que era Andronico, hijo del Rey de Vngria, el qual entre todos los honbres del mundo fue más ingrato a la belleza de Drusila, hija del Rey de Maçedonia; y yo rogandole mucho que me dixesse en que espeçie de ingratitud ofendio, se sentó por me complazer y ansi començó. Tu sabras que el Rey de Albania y Morea hizo gran exerçito contra el Rey de Lydia por çierta differençia que entre ellos auia sobre vnas yslas que auian juntos conquistado en el mar Egeo, y por tener el Rey de Vngria antigua liga y deuida amistad con el Rey de Albania le enbió su hijo Andronico con algun exerçito que le faboreçiesse, que tenía ya su real asentado en la Lydia, y vn dia, casi al puesto del sol, saliendo Andronico del puerto de Maçedonia en vna galera ligera para hazer su xornada, porque ya adelante auia enbiado al Rey su gente, yendo ya a salir del puerto casi a mar alta vio que andaua por el mar vn vergantin ricamente

---

(¹) R., que.
(²) G., las que más se fatigan.
(³) G., traen.
(⁴) G., passemos.
(⁵) G., desuariar.

entoldado con la cubierta de vn requemado sembrado ([1]) de mucha pedreria que daua gran resplandor a los que andauan por el mar; y como Andronico fue' auisado del vergantin mandó a los que yuan al remo que se açercassen a él, y yendose más açercando reconoçieron más su riqueza y yr damas de alta guisa alli; y asi Andronico como al vergantin llegó, por gozar de la presa mandó afferrar, y luego saltó en él y con muy gallardo y cortés semblante se representó ante las damas, y quando entre ellas vio a la linda Drusila que en el mundo no tenia par, que por fama tenia ya notiçia della, y supo que se era salida por alli a solazar con sus damas sin caballero alguno, se le humilló con gran reuerençia ofreçiendosele por su prisionero; y como él era mançebo y gentil honbre y supo ser hijo del Rey de Vngria, que por las armas era cauallero de gran nonbradia, ella se le rindio ([2]) quedando conçertados ambos que acabada aquella batalla donde yua bolueria a su seruiçio, y se trataria con su padre el matrimonio que agora por palabras y muestra de voluntad delante de aquellas damas otorgaron entre sí; confiando la donzella que su padre holgaria de lo que ella huuiese hecho, porque en el estremo la deseaua conplazer; y ansi dandose paz con algun sentimiento de sus coraçones se apartaron, y siguiendo Andronico su xornada, ella se boluio a su çiudad. Luego el dia siguiente vinieron á Macedonia los mas valerosos y prinçipales del reyno de Traçia, enbiados por su Rey, que estauan en vn confin y comarcanos, los quales venian a demandar al Rey de Macedonia su hija Drusila por muger para el hijo de su rey y señor; y lo que suçedió, porque ya creo que estás cansado de me oyr, y es venido el dia, en el canto que se sigue te lo diré. Por agora abre la tienda y comiença a vender.

Fin de dozeno ([3]) *canto del gallo de Luçiano.*

ARGUMENTO

DEL DEÇIMOTERÇIO CANTO DEL GALLO ([4])

En el decimoterçio canto que se sigue el auctor prosiguiendo la subida del çielo descriue la pena que se da a los ingratos ([5])

GALLO.—¡O malaventurados ingratos, aborreçidos de Dios que es suma gratitud!: ved el

([1]) R. (*Tachado*), entretexido.
([2]) R. (*Tachado*), *entretexido.*
([3]) G , duodeçimo.
([4]) Falta en el ms. R.
([5]) (*Tachado*). Siguese el treçeno canto del Gallo de Luçiano, orador griego, contrahecho en el castellano por el meesmo auctor. (*Antes se leia*), interprete.

pago que Dios y el mundo os da. Pues ayer te dezia, Miçilo, cómo Drusila no auia acabado de dar su fe y palabra de matrimonio á Andronico, quando la demandó Raymundo, hijo del rey de Traçia, por muger. Pues agora sabras que ni cobdiçia de más señorio y reynos, ni de más riquezas, ni de más poder, la peruertio a que negasse lo prometido a su amante. Mas antes de cada dia penaua más por él y le pareçia auer mucho más herrado y ser digna de gran pena por auerle dexado yr; y con esta firmeza y intinçion respondio á su padre descubriendole el matrimonio hecho, al qual no podia faltar, y como el padre la amaua tanto despidió los enbajadores diziendo que al presente no auia oportunidad para el effecto de su petiçion; y como el soberuio rey de Traçia se vio ansi menospreçiado, por ser el mas poderoso rey que auia en toda la Europa y por ser su hijo Raymundo muy agraçiado prinçipe y vnico heredero, y de todas las prinçesas deseado por marido. Pero por la gran ventaja y valor de la hermosura de Drusila la demandó á su padre por muger, y quanto más se la negaron más él se afiçionó a ella, y ansi propuso con gran yra de la conquistar por armas, de tal suerte que quando ella no pudiesse ser vençida a lo menos perdiesse el reyno y neçesitarla hazerlo por fuerça, avnque no con intinçion de afrontar ni injuriar su valerosa persona; y ansi luego se lançó en el reyno de Maçedonia con grande exerçito quemando, talando y destruyendo todo el estado; y la desdichada Drusila quando vió á su padre y hermanos con tanta afliçion, llorando maldezia su triste hado que á tal estado la auia traydo, y no sabia con qué más cunplir con ellos que con rogarles la quitassen la vida, pues ella era la ocasion y causa de aquella tenpestad, y por muchas vezes se determinó a se la quitar ella a sí mesma, sino que temia el estado miserable de la desesperaçion, y hazer pessar a su querido y amado Andronico, porque creya çierto ([1]) dél que la amaua; y ansi suçedió que en vna batalla campal que les dio Raymundo, por la gran pujança de esfuerço y exerçito los vençió y mató al rey de Maçedonia y dos hijos suyos. De lo qual la desdichada Drusila se sintió muy afligida y le fue forçado huyr del enemigo y su furia y recogerse en vn castillo que era en el fin de su reyno en los confines de Albania, que no tenia ya más que perder; y alli muy cubierta de luto y miseria esperaua lo que della Raymundo quisiesse hazer, teniendo por mejor y más façil perder su vida, pues ya la estimaua por muerte, antes que perder al su Andronico la fe; y estando ansi desconsolada, huerfana y sola sin algun socorro,

([1]) G., confiaua.

vino nueua al reyno de Albania cómo (¹) el rey de Lydia hauia vençido en batalla a su rey y tenía preso a Andronico, hijo del rey de Vngria; y como Drusila tenia toda su esperança en el fin de aquella batalla, pensando que como della saliesse vitorioso el rey de Albania vernia con Andronico en su fabor y que anbos bastarian para la restituir en su reyno, como ya se vió la misera sin alguna esperança de remedio no hazia sino llorar congojandose (²) amargamente, maldiziendo su suerte desdichada, no sabiendo a quién se acorrer. No tuvo la cuytada otra cosa de qué asir para el entretenimiento de su consolaçion sino considerar la causa tan bastante que tenia porque llorar, que le seria ocasion de morir, y ansi de acabar su dolor; y como Raymundo la importunaba acortandola de cada dia mas los terminos de su determinaçion, ya como muger aborrida, teniendo por çierto que ningun suçeso podria venir que peor fuesse que venir en manos de Raymundo siendo vibo su Andronico, determinó yr por el mundo a vuscar alguna manera como le libertar o morir en prision con él: y ansi se vistio de los vestidos de vno de sus hermanos, y cortandose los cabellos redondos al uso de los varones de la tierra se armó del arnes y sobre veste de su hermano sin ser sentida, ni comunicandolo con alguna persona, y vn dia antes que amaneçiesse se salió del castillo sin ser sentida de las guardas de fuera, porque a las de dentro ella las ocupó aquella noche como no la pudiessen sentir; y ansi con la mayor furia que pudo caminó para el puerto, donde halló vna galera ligera que estaua de partida para la Lydia, en la qual se fletó pagando el conueniente salario al piloto, y con mucha bonança y buen tenporal hizo su viaje hasta llegar al puerto de su deseado fin. Consolauasse la desdichada en hollar la tierra que tenia en prision todo su bien, y quando llegó a la gran çiudad donde residia el rey teniasse por muy contenta quando via aquellas torres altas en que pensaua estar secrestado su amor, y ansi a la más alta y más fuerte le dezia: ¡O la más bienauenturada estançia que en la tierra ay! ¡Quién te hizo tan dichosa que mereçiesses ser caxa y buxeta en que estuuiesse guardado el precioso joyel que adorna y conserua mi coraçon? ¿Quién te hizo bote en que ençerrasse conserua tan cordial? ¡O si los hados me conuertiessen agora en piedra de tan feliz edefiçio, porque a mi contento gozasse de mi desseado bien! Y diziendo estas y semejantes lastimas, llorando de sus ojos se entró en la çiudad y fuesse derecha al palaçio y casa del rey, y apeada de su cauallo se entró al retraimiento (¹) real, y puesta de rodillas ante el rey le habló ansi. Muy alto y muy poderoso señor, a la vuestra alteza plega saber cómo yo soy hijo del rey de Polonia; y deseo de exerçitarme en las armas para mereçer ser colocado en la nonbradia de cauallero me ha hecho salir de mi tierra, y teniendo notiçia que tan auentajadamente se platican las armas en vuestra corte soy venido a os seruir. De manera que si mis obras fueren de cauallero, ofreçida la oportunidad terneme por dichoso tomar la orden de caualleria de tan valeloso principe como vos; y si en vuestro seruiçio me reçebis me hareis, señor, muy gran merçed. Estauan delante la reyna y su hija Sophrosina que era dama de gran veldad, y el hijo del rey; y como vieron a Drusila tan hermoso y apuesto donzel á todos contentó en estremo, y les plazió su ofreçimiento, y a Sophronisa (sic) mucho más; y despues que el rey su padre le agradeçió su venida y buena voluntad, le ofreçió todo aquel aprouechamiento que en su casa y reyno se le pudiesse dar. Sophrosina le demandó a su padre por su donzel y cauallero, y su padre se le dió: y Drusila le fue a bessar las manos por tan gran merced: Sophrosina estaua muy hufana de tener en su seruiçio vn tan apuesto y hermoso donzel, porque çiertamente ansi como en su habito natural de muger era la mas hermosa donzella que auia en el mundo, y con su veldad no auia cauallero que la viesse que no la deseasse. Ansi por la mesma manera en el habito de varon tenia aquella ventaja que toda lengua puede encareçer, en tanta manera que no auia dueña ni donzella que no deseasse gozar de su amor; y ansi Sophrosina dezia muchas veces entre sí que si fuesse a ella çierto que el su donzel era hijo del rey de Polonia, como él lo auia dicho, que se ternia por muy contenta casar con él: tan contenta estaua de su postura y veldad; y ansi en ninguna cosa podia Sophrosina agradar á Drusila que no lo hiziesse de coraçon. Y un día hablando delante de algunos caualleros y reyna su madre, de la batalla y de la muerte del rey de Albania, vinieron á hablar de la prision de Andronico hijo del rey de Vngria, y la reyna dixo que çiertamente seria justiçiado muy presto, porque mató en la batalla vn sobrino suyo hijo de su hermana, y que su madre no se podia consolar por la muerte de su hijo sino con auer Andronico de morir, y que para esto tenia ya la palabra del rey; y como Drusila esto oyó pensó perder la vida de pessar, y con mucha disimulaçion se puso a pensar cómo podria libertar a su amante avnque ella muriesse por él; y ansi como Sophrosina se recogió a su aposento pusosse Drusila de rodillas ante ella suplicando la hiziese vna merçed, haziendole saber en cómo ella auia conçebido gran piedad de Andronico, por çertificarle la reyna su señora que auia de morir. Que le suplicaua le diesse liçençia para le visitar y consolar porque en ninguna manera se podria sufrir a estar presente en la çiudad a le ver morir. Sophrosina como entendió que en esto haria a Drusila gran plazer le dió luego vn anillo muy preçiado que ella traya en su dedo y le dixo que se fuesse con él al alcayde del castillo y le dixesse que se le dexasse ver y hablar. No te puedo encareçer el goço que Drusila con el anillo lleuó, y como llego al castillo y le mostró al alcayde y reconoçió el anillo muy preçiado de su señora Sophrosina: y por lo que conoçia de los fabores que daua al su donzel, luego le hizo franco el castillo y le dió las llaues, y sin mas conpañia ni guarda le dixo que entrasse en la torre de la prision. Como Andronico sintió abrir las puertas temiose si era llegada la hora en que le auian de justiçiar, porque le pareçió desusada aquella visita, y estaua confusso pensando qué podia ser; y avnque no tenia mas prisiones que la fuerça de aquella torre afligiale mucho la soledad y el pensar la hora en que auia de morir; y como Drusila entró en la prision y reconoçió al su amado Andronico, avnque flaco y demudado todo, se le fue a abrazar y bessar en la boca, que no se podia contener; y como Andronico se sintio ansi acariçiar de vn mançebo en vn estado tan miserable como aquel, estaba confusso y turbado, sospechoso que le llorauan el punto de su muerte; y cuando ya su Drusila se le dió á conoçer y boluió en sí no ay lengua que pueda contar el plazer que tuuieron anbos a (¹) dos. Luego le contó por estenso cómo auia venido alli, y cómo perdió sus padres, hermanos y reyno, y el estado en que estaua en el fabor de su señora Sophrosina, y la confiança y credito que se le daua en todo el reyno (²), y cómo sabia çiertamente que auia de morir y muy breue, sin poderlo ella remediar por ser muger; y que por tanto conuenia que luego tomando los habitos que ella traya, que se los dio Sophrosina, la dexasse con los que él tenia vestidos en la prision, y que él se fuesse a vuscar cómo la libertar. En fin, pareçiendo bien a anbos aquel consejo y siendo auisado por Drusila de muchas cosas que conuenia hazer antes que saliesse de la çiudad: cómo se auia de despedir de Sophrosina, y cómo auia de auer su arnes, vestiendose las ropas que ella lleuaua, y tomando el anillo, y çerrando las puertas de la

torre se salió, y dadas las llaues al alcayde con mucha disimulaçion se fue al palaçio sin que alguno le echasse de ver por ser ya casi a la noche, y entrando a la gran sala halló a Sophrosina con sus padres y corte de caualleros en gran conuersaçion; y puesto de rodillas ante ella le dio el anillo; y por no dar Sophrosina cuenta al rey ni reyna de ninguna cosa no le habló en ello mas, pensando que estando solos sabria lo que con Andronico passó; y Andronico sin mas detenimiento se fue al aposento de Drusila conforme al auiso que le dio, y vestido su arnes y subiendo en su cauallo se salio la puerta de la çiudad. Esperó Sophrosina aquella noche si pareçia ante ella el su donzel, y como no le vio, venida la mañana le enbió a vuscar, y como le dixeron que la noche antes se auia ausentado de la çiudad penso auerlo hecho por piedad que tubo de Andronico por no le ver morir; y ansi trabajaua Sophrosina porque se executasse la muerte en Andronico esperando (¹) que luego bolueria su donzel sabiendo (²) auerse hecho justicia dél; y ansi se sufrió, y respondia al rey y reyna quando preguntauan por el, diziendo que ella le enbió vna xornada de alli con vn recado. Andronico con la mayor priessa que pudo caminando toda la noche se fue para el rey de (³) Armenia, porque supo que tenia gran enemistad con el rey de Lydia, y le dixo ser vn cauallero de Traçia, que auia recebido vn gran agrauio del rey de Lydia: que le suplicaua le diesse su exerçito, y que él le queria hacer su capitan general; que él le prometia darle façilmente el reyno de Lydia en su poder, y que solo queria en pago le hiziesse merced del (⁴) despojo del palacio real y prisioneros del castillo; y ansi conçertados caminó Andronico para Lydia con el rey de Armenia y su exerçito, y salido el rey de Lydia al campo con su exerçito le mató Andronico en la (⁵) batalla y le desuarató y (⁶) entró la ciudad, y tomó en su guarda el palaçio del rey, y se fue al castillo y abierta la prision sacó de alli a su Drusila con gran alegria y plazer de anbos y gran gozo de bessos y abrazos; y descubriendo su estado y ventura a quantos lo querian saber (⁷), vistio a Drusila de habitos de dama, que admiraua a todos su hermosura y velleza; y poniendo en poder del rey de Armenia á la reyna (⁸) y todo el reyno de Lydia, y diziendo que queria á Sophrosina para darsela por muger a vn hermano suyo la enbarcó juntamente con todo el tesoro

(¹) G , dos.
(²) G , toda la çiudad.

(¹) G., diziendo.
(²) G., como supiesse.
(³) G., se entro en el reyno de.
(⁴) G., en pago el.
(⁵) G., vna.
(⁶) G., y le.
(⁷) G., a todos.
(⁸) G , reyna de Lydia.

del rey. No huuieron salido dos leguas del puerto quando se les leuanta el mar con tempestad muy furiosa; que (¹) despues de dos dias aportaron a vna ysla sola y desierta y sin habitaçion que estaua en los confines de Rodas (²); yua Sophrosina muy miserable y cuytada llena de luto, y Andronico se la yua consolando, y como era donzella y linda que no auia cunplido catorce años bastó entre aquellos regalos y lagrimas mouer el coraçon de Andronico con su hermosura y belleza; y ansi como enhastiado de la su Drusila passó todo su amor en Sophrosina: que ya si a Drusila hablaua y comunicaua era con simulaçion, pero no por voluntad; y ansi fingiendo regalar á Sophrosina de piedad, disimulaua su maliçia encubierta, porque so color de que la lleuaua para su hermano la acariçiaua para si, pareçiendole no ser aquella joya para desechar, y ansi ardiendo su coraçon con la llama que Sophrosina le causaua, sospiraua y lloraua disimulando su pena. Pues llegados al puerto *de la ysla*, como Drusila llegó cansada de las malas noches y dias passados (³) saltó luego en tierra *ya casi a la noche*, y auiendo çenado no queriendo Sophrosina salir del nauio *por su desgracia*, sacaron (⁴) al prado verde vn rico pauellon *con vna cama*: el (⁵) qual reçibió aquella noche los desiguales coraçones (⁶) de Andronico y Drusila *en vno*; y como la engañada Drusila con el cansancio se adormió, y el infiel de Andronico la sintio dormida, poco a poco sin que le sintiesse se leuantó de la cama (⁷) junto á la media noche y tomandola todos sus vestidos la dexó sola *y desnuda* en el lecho y se lançó en el nauio; y ansi mandó a su gente y marineros (⁸) que sin más detenimiento leuantassen vela y partiessen de alli, y con tienpo de bonança y prospero viento vinieron en breue a tomar puerto en el reyno de Maçedonia, algunas villas que avn estauan por Drusila, porque Raymundo era ydo a conquistar a Siçilia. La desdichada de Drusila como de su sueño despertó començó a vuscar por la cama su amante, estendiendo por la vna parte las piernas, y por la otra echaua (⁹) los brazos; y como no le halló, como furiosa y fuera de seso saltó del lecho desnuda en carnes *y sin sosiego alguno se fue a la ribera* adonde estaua (¹⁰) el nauio, y *como no le vio*,

presumiendo avn dormir y ser sueño aquello que via (¹) se començó cruelmente a herir por despertar; y ansi arañando (²) su hermoso rostro que el sol obscureçia con su resplandor y mesando sus dorados cabellos corria a vna parte y a otra por la ribera como adiuinando su mala fortuna. Daua grandes bozes llamando su Andronico; pero no ay quien la responda por alli, sino de pura piedad el equo echo que por aquellas concauidades resuena (³). En grandes alaridos y miseria passó la desdichada aquel rato hasta que la mañana aclaró, y ansi como el alua començó a ronper, ronca de llorar, todo su rostro y delicados miembros despedaçados con las vñas, tornó de nueuo a correr la ribera y vio que a vna parte subia vn peñasco muy alto sobre el mar, en que con gran impetu batian las olas, y alli sin algun temor se subió, y mirando lexos, agora porque viesse yr las velas inchadas, o porque al deseo y ansia se le antojó, començó a dar bozes llamando a su Andronico, hiriendo con furia las palmas; y ansi cansada, llena de dolor, cayó en el suelo amorteçida; y despues que de gran pieza boluió en si començó a dezir. Di, infiel traidor, ¿por qué huyes de mi, que ya me tenias vençida? Pues tanto te amaua esta desdichada, ¿en qué podia dañar tus deleytes? Pues lleuas contigo el alma, ¿por qué no lleuaste este cuerpo que tanta fe te ha tenido? ¡O perfido Andronico! ¿Este pago te mereçio este mi coraçon que tanto se enpleó en tí, que huyendo de mí con tus nueuos amores me dexas aqui hecha pasto de fieras? ¡O amor! ¿Quién será aquella desuenturada que sabiendo el premio que me das de (⁴) mi fe, no quiera antes que amar ser comida de sierpes? ¿De quién me quexaré? ¿De mí, porque tan presto a ti, Andronico, me rendí desobedeciendo a mi padre y recusando a Raymundo? ¡O quexarme he de ti, traidor fementido, que en pago desto me das este galardon? Juzguelo Dios; y pues mis obras fueron por la fe del matrimonio que no se deue violar, pues la tuya es verdadera trayçion arrastrado seas en campo por mano de tus enemigos. *¿Quién contara el angustia, llanto, duelo, querella y desauentura de tanta belleza y mujer desdichada? yo me marauillo cómo el çielo no se abrio de piedad viendo desnudos aquellos tan delicados miembros gloria de naturaleza desamparada de su amante, hecha manjar y presa de fieras, esperando su muerte futura. No puedo dezir más; porque me siento tal, que de pena y dolor reuiento.* Y (⁵)

(¹) G., luego como entraron en el mar les vino una tormenta muy furiosa, por la qual.
(²) G., en el mar Egeo.
(³) G., dias del mar.
(⁴) G., auiendo çenado, Drusila mando sacar.
(⁵) G., la.
(⁶) R. (*Tachado*), juntos.
(⁷) G., deleznandose por la cama se leuantó.
(⁸) G., a los marineros y gente.
(⁹) G., echando.
(¹⁰) G., vuscand

(¹) G., lo.
(²) G., rasgando.
(³) G., que habita y resuena por aquellas concauidades.
(⁴) G., das a.
(⁵) G., pues.

ansi con la gran ansia que la atormentaua se tornó a desmayar en el medio de vn prado teniendo
por cabezera una piedra, y porque Dios nunca
desampara a los que con buena intinçion son
fieles, suçedio que auiendo Raymundo conquistado el reyno de Siçilia boluia vitorioso por el
mar, y aportando a aquella ysla, aunque desierta se apeó por gozar del agua fresca, y andando con su arco y saetas por la ribera solo,
por se solazar, vio de lexos a Drusila desnuda,
tendida en el suelo; y como la vio, avnque luego
le pareçió ser fiera, quando reconoçió ser muger
vinose para ella, y como çerca llegó y halló ser
Drusila enmudeçió sin poder hablar, pensando
si por huyr dél se auia desterrado aqui quando
a su padre le mató. De lastima della començó
á llorar, y ella boluiendo en si se leuantó del
suelo y muy llena de verguença se sentó en la
piedra. Pareçiá alli sentada como solian los antiguos pintar a Diana quando junto a la fuente
está echando agua a Antheon en el rostro. O
como pintan las tres deesas ante Paris en el
juizio de la mançana, y quando trabaja encogiendose cubrir el pecho y el vientre descubresele mas el costado. Era su blancura que a la
nieue vençia. Los ojos, pechos, mexillas, nariz,
boca, honbros, garganta que Drusila mostraua
se podia anteponer a quantas en el mundo ay
de damas bellas (¹); y despues desçendiendo
mas abajo por aquellos miembros secretos que
por su honestidad trabajaua en cubrir, en el
mundo no tenian en velleza par; y como acabaua de llorar pareçia su rostro como suele
ser de primavera alguna vez el çielo, y como
queda el sol acabando de llouer auiendo desconbrado todo el nublado de sobre la tierra; y
ansi Raymundo captiuo de su velleza le dixo:
¿Vos no soys, mi señora, Drusila? Al qual ella
respondió: yo soy la desdichada hija del rey de
Maçedonia; y luego alli le contó por estenso
todo lo que por Andronico su esposo pasó, y
como viniendose para su tierra la auia dexado
sola alli como ve. El se marauilló a tanta fe
auer hombre que diesse tan mal galardon, y le
dixo: pues yo, señora, soy vuestro fiel amante
Raymundo de Traçia, y porque me menospreçiastes me atreui a os enojar; yo tengo el vuestro reyno de Maçedonia guardado para vos,
juntamente con mi coraçon, y quanto yo tengo
está a vuestro mandar; yo quiero tomar la empresa de vuestra satisfaçion; y diziendo esto
saltó al nauio y tomó vnas preçiosas vestiduras, y solo sin alguna compañia se las boluió a
uestir, y la truxo al nauio, donde dandola a
comer algunas conseruas la consoló; y dados a
la vela la lleuó a la çiudad de Constantinopla
donde estaua su padre, el qual como supo que

(¹) quantas naturaleça tiene formadas hasta agora.

traya a Drusila y mucho a su voluntad reçibio
gran plazer, y luego Raymundo se dispuso yr
a tomar la satisfaçion de Andronico que se
auia lançado en algunas villas del reyno de
Maçedonia, por ser marido de Drusila; y como
no estaua en lugar (¹) avn conoçido no se pudo
defender, que en breue Raymundo le vençio, y
como le hubo a las manos le hizo atar los pies
a la cola de su cauallo y heriendole fuertemente
de las espuelas le truxo por el campo hasta que
le despedaçó *todo el cuerpo*, y ansi le pusieron
por la justiçia de Dios aqui *al ayre como le res,
en pena de su ingratitud;* y Raymundo en plazer y contento de aquellos reynos se casó con
Drusila, los quales dos se gozaron por muchos
años en su amor, y enbiaron a Sophrosina para
su madre a Lydia con mucho plazer, y despues
el rey de Armenia, por ruegos del rey de Traçia, boluió el reyno de Lydia a Sophrosina y a
su madre, *casó su hijo con Sophrosina y viuieron todos en prosperidad.* Ansi que ves aqui la
pena que se da a este maluado por su ingratitud.

MIÇILO.—Por çierto, gallo, el cuento me ha
sido de gran piedad, y la pena es qual mereçe
ese traydor. Agora proçede en tu peregrinaçion.

GALLO.—Luego como subimos al çielo empireo, que es el çielo superior, nos alunbró vna
admirable luz que alegró todo el spíritu con vn
nueuo y particular plazer, que no ay lengua ni
avn entendimiento que se sepa declarar. Era
este çielo firme, que en ningun tienpo se mueue,
ni puede mouer, porque fue criado para eternal
morada y palaçio real de Dios; y con él en el
prinçipio de su creaçion fueron alli criados vna
inumerable muchedunbre de inteligençias, spiritus angelicos como en lugar proprio y deputado para su estançia y a ellos natural. Como
es lugar natural el agua para los pescados, y
el ayre para las aues, y la tierra para los animales fieros y de vso de razon (²). Este çielo
es de imensa y inestimable luz, y de vna diuina
claridad resplandeçiente sobre humano entendimiento y capaçidad. Por lo qual se llama Enpireo, que quiere dezir fuego; y no porque sea
de naturaleza y sustançia de fuego, sino por el
admirable resplandor y glorioso alumbramiento
que de sí emana y proçede. Aqui está el lugar
destinado ante la constituçion del mundo para
silla y trono de Dios, y para todos los que han
de reinar en su diuino acatamiento. La qual luz
quanto quiera que en si sea clarissima y acutissima no la pueden sufrir los ojos de nuestra
mortalidad, como los ojos de la lechuza que no
pueden sufrir la luz y claridad del sol. Ni tan-

(¹) G., y como no era avn.
(²) G., ánimales, hombres y fieras.

poco esta luz bienauenturada alumbra fuera de aquel lugar. En conclusion es tan admirable esta luz y claridad que tiene a la luz del sol y luna, çielos y planetas ventaja sin conparaçion. Es tanta y tan inestimable la ocupaçion en que se arrebata el alma alli, que de ninguna cosa que acá tenga, ni dexa ni se acuerda allá. Ni más se acuerda de padre, ni madre, ni parientes, ni amigos, ni hijos, ni muger más que si nunca los huuiera visto. Ni piensa, ni mira, ni considera mal ni infortunio que les puede ([1]) acá venir. Sino solo tiene cuenta y ocupaçion en aquel gozo inestimable que no puede encareçer.

MIÇILO.—¡O gallo! qué bienaventurada cosa es oyrte. No me pareçe sino que lo veo todo ante mi. Pues primero que llegues a Dios y á dezirme el estado de su magestad, te ruego me digas la dispusiçion del lugar.

GALLO.—Eran vnos canpos, vna llanura que los ojos del alma no los puede alcançar el fin. Eran campos y estauan cubiertos porque era casa real donde el Rey tiene todos sus cortesanos de sí; y mira bien agora, Miçilo, que en aquel lugar auia todas aquellas cosas que en el mundo son de estima, y que en el mundo pueden causar magestad, deleyte, hermosura, alegria y plazer; y otras muchas más sin cuento ni fin. Pero solo esto querria que con sola el alma entendiesses; que todo aquello que allá ay es de mucho más virtud, exçelençia, fuerça, elegançia y resplandor que en las que en el mundo ay, sin ninguna conparaçion ([2]). Porque en fin has de considerar que aquellas estan en el çielo, naçieron en el çielo, adornan el çielo, y avn son de la çelestial condiçion para el seruiçio y acatamiento de Dios, y ansi has de considerar con quanta ventaja deuen á estas exceder. En tanta manera que puedes creer, o presumir que aquello es lo verdadero y lo que tiene vibo ser, y que es sonbra lo de acá, o fiçion. O que lo del çielo es natural, y lo del mundo es artifiçial y contrahecho y sin algun valor. Como la ventaja que ay entre ([3]) vn rubi, o ([4]) vn diamante hecho en los hornos del vidrio en ([5]) Venecia, en Cadahalso, que no ay cosa de menos estima; y mira avn quánta ventaja le haze vn natural diamante que fue naçido en las minas de acá; que puesto en las manos de vn prinçipe no se puede apreçiar ni estimar. Auia por comunes piedras por el suelo de aquellos palaçios y praderias esmeraldas, jaçintos, rubies, carbuncos,

topaçios, perlas, çafires, crisotoles y diamantes, y por entre estas corrian muy graçiosas y perenales fuentes, que con su meneo hazian spiritual contento que el alma solo puede sentir. Auia demas destas piedras y gemas que conoçemos acá otras infinitas de admirable perfeçion, y avn deues creer que por ser naçida allá qualquiera piedra que por alli estaua çien mundos no la podrían pagar ¡ tanta y tan admirable era su virtud! Ansi con este mesmo presupuesto puedes entender y considerar qué era el oro de alli y todo lo demas. Porque no es razon que me detenga en te encareçer la infinidad de cosas preçiosas y admirables que auia allí; la multitud de árboles que a la contina estan con sus flores y frutas; y quanto mas sabrosas, dulçes y suaues que nunca humana garganta gustó. Aquella muchedunbre de yeruas y flores; que jazmines, oliuetas, *alelies*, albahacas, rosas, azuzenas, clabellinas, ni otras flores de por acá dauan alli olor; porque las pribauan otras muchas más que auia sin numero por alli. En vn gran espaçio que por entendimiento humano no se puede conprehender estaua hecho vn admirable teatro preçiosamente entoldado, del medio del qual salia un trono de diuina magestad. Auia tanto qué ver y entender en Dios que al juizio y entendimiento no le sobró punto ni momento de tienpo para poder contemplar la manera del edifiçio y su valor. Basta que asi como quien en sueños se le representa vn inumerable cuento de cosas que en confuso las ve en particular, ansi mientra razonauamos los miradores açerca del diuino poder eché los ojos y alcançé á juzgar ser aquel trono de vna obra, de vna entalladura, de vn musayco, moçarabe y tareçe que la lengua humana le haze gran baja, ultraje y injuria presumirlo conparar, tasar o juzgar. Que aun presumo que a los bienauenturados spiritus les está secreto, reseruado solo a Dios, porque no hace a su bienauenturança auerlo de saber. En este trono estaua sentado Dios; de cuyo rostro salia vn diuino resplandor, vna deydad que hazia aquel lugar de tanta grandeza, magestad y admirable poder que a todos engendraua vn terrible espanto, reuerençia y pabor.

MIÇILO.—¡Oh gallo! aqui me espanta donde estoy en oyrtelo representar. Pero dime ¿a qué parte tenia el rostro Dios?

GALLO.—Mira, Miçilo, que en esto se muestra su gran poder, magestad y valor; que en el çielo no tiene espaldas Dios, porque a todas partes tiene su rostro entero, y en ninguna parte del çielo el bienauenturado está que no vea rostro a rostro la cara a su magestad; porque en este punto está toda su bienauenturança que se resume en solo ver a Dios; y es este preuillegio de tan alto primor que donde quiera

([1]) G., pueda.
([2]) B (*Nota al pie de la página*): Gregorius *super* Job, cap. 14. Et vide Johanem Echium super Euangelium secunde dominice post Pentecosten, homilia 4.
([3]) G., de.
([4]) G., o de.
([5]) G., de.

que está el bienauenturado, avnque estuuiesse acaso en el infierno, ó en purgatorio se le comunicaua en su vision Dios, y en ninguna parte estaria que entero no le tuuiesse ante sí.

MIÇILO.—Dime ¿allá en el çielo viades y oyades todo lo que se hazia y dezia acá en el mundo?

GALLO.—Despues que los bienauenturados estan en el acatamiento de Dios ni ven ni oyen lo que se dize y haze acá, sino en el mesmo Dios, mirando a su diuina magestad reluzen las cosas a los santos en él.

MIÇILO.—Pues dime, ¿comunicales Dios todo quanto passa acá? ¿Ve mi padre y mi madre lo que yo hago agora aqui si estan delante Dios?

GALLO.—Mira, Miçilo, que avnque te he dicho que todo lo que los bienauenturados ven es mirando á Dios no por eso has de entender que les comunica Dios todas las cosas que passan acá. Porque no les comunica sino aquellas cosas de más alegria y más plazer y augmento de su gloria, y no las cosas inpertinentes que no les caussasse gozo su comunicaçion. Porque no es razonable cosa que comunique Dios á tu padre que tú adulteras acá, o reniegas y blasfemas de su poder y majestad. Pero alguna vez podrá ser que le comunique que tú eres [1] bueno, limosnero, deuoto y trabajador. Quiero te dar un exemplo porque mejor me puedas entender. Pongamos por caso que estamos agora en vn gran tenplo, y que en el lugar que está el retablo en el altar mayor estuuiesse vn poderoso y grande espejo de vn subtil y fino azero. El qual por su linpieza y polideza y perfeçion mostrasse a quien estuuiesse junto á él todo quanto passa y entra en la iglesia, tan en particular que aun los affectos del alma mostrasse de quantos entrassen alli. Entonçes sin mirar a los que estan en el tenplo, con mirar al espejo verias todas quantas cosas alli passan aunque se hiziessen en los rincones muy ascondido. Pero con esto pongamos que este espejo tuuiesse tal virtud que no te comunicasse otra cosa de todas quantas alli passan sino las que te conueniessen saber. Como si dixessemos que te mostrasse los que entran [2] alli a rezar, a llorar sus pecados, a dar limosna y adorar a Dios. Pero no te mostrasse ni viesses en él el [3] que entra a hurtar los frontales: ni los que entran a murmurar de su proximo: ni avn los que entran alli a tratar canbios y contratos ylíçitos y profanos, porque los tales no aprouechan auerlos tú de saber. Pues desta manera denes entender que es Dios vn diuino espejo a los bien-

auenturados, que todo lo que passa en el mundo reluze en su magestad: pero solo aquello ve el bienauenturado que haze á su mayor bien, y no lo demas. Pero alguna vez aconteçe que es tanta la vanidad de las petiçiones que suben a Dios de acá que muestra Dios reyrse en las oyr, por ver a los mundanos tan neçios en su oraçion. Unos le piden que les dé vn reyno, otros que se muera su padre para heredarle. Otros suplican a Dios que su muger le dexe por heredero, otros que le dé vengança de su hermano; y algunas vezes permite Dios que redunde en su daño la neçia petiçion. Como vn dia que notablemente vimos que se reya Dios, y mirando hallamos qué era, porque auia vn mes que le inportanaua vna mugerzilla casada que le truxiesse un amigo suyo de la guerra, y la noche que llegó los mató el marido juntos a ella y a él. De aqui se puede colegir a quién se deue hazer la oraçion, y qué se deue en ellas pedir, porque no mueua en ella a risa a Dios. Que pues las cosas van por via de Dios a los santos, y en él ven los santos lo que passa acá, será cordura que se haga [1] la oraçion a Dios.

MIÇILO.—¿No es liçito hazer oraçion a los Santos, y pedirles merçed?

GALLO.—Si, liçito es: porque me hallo muy pecador con mil fealdades que no oso pareçer ante Dios. O como ora la iglesia, que dize en todas sus oraçiones ansi [2]: Dios, por los méritos de tu santo N. nos haz dignos de tu graçia, y despues merezcamos tu gloria. ¿Y vosotros pensais que os quiere más algun santo que Dios? No por çierto; ¿ni que es mas misericordioso, ni que ha más conpasion de vos que Dios? No por çierto. Pero pedislo a los santos porque nunca estais para hablar con Dios, y porque son tales las cosas que pedis que aueis verguença de pedirlas a Dios, ni pareçer con tales demandas ante él, y por eso pedislas a ellos. Pues mirad que solo deueis de pedir el fin y los medios para él. El fin es la bienauenturança. Esta sin tasa se ha de pedir. Pero avn muchos se engañan en esto, que no saben cómo la piden: Es vn honbre vsurero, amançebado, homiçiano, enuidioso y otros mil viçios: y pide: Señor dadme la gloria. Por çierto que es mucha razon que se ria Dios de vos, porque pedis cosa que siendo vos tal no se os dará.

MIÇILO.—Pues ¿cómo la tengo de pedir?

GALLO.—Desta manera: *mejorando primero la vida, y despues dezid á Dios:* Señor, suplicos yo que resplandezca en mí vuestra gloria. Porque en el bueno resplandeçe la gloria de Dios; y siendolo vos darse os ha; y pues en los bienes eternos ay que saber cómo se han de pe-

---

[1] G., ser tu
[2] G., entrassen.
[3] y G., al.

[1] G., hazer.
[2] G., haze oraçion la iglesia, diziendo.

dir, quánto más en los medios, que son los bienes temporales. Que no ansi atreguadamente los aueis de pedir para que se rian (¹) de vos, sino con medida, si cumplen como medios para vuestra saluaçion. ¿Que sabeis si os saluareis mejor con riqueza que con pobreza? ¿O mejor con salud que con enfermedad?

MIÇILO.—Pues dime, gallo, pues es ansi (²) *como tú dices*, que ninguna cosa, ni petiçion va a los santos sino por via de Dios, y él se la representa a ellos, ¿porqué dize la iglesia en la letania: Sancte Petre, ora pro nobis? Sancte Paule, ora pro nobis? Porque si yo deseasse mucho alcançar vna merçed de vn señor, superflua cosa me pareçeria escreuir a vn su criado vna carta para que me fuesse buen terçero, si supiesse yo çierto que la carta auia de yr primero a las manos del señor que de su pribado. Porque me ponia a peligro, que no teniendo gana el señor de me la otorgar rasgasse la carta, y se me dexasse de hazer la merçed por solo no auer interçesor.

GALLO.—Pues mira que esta ventaja tiene este prínçipe çelestial a todos los de la tierra, que por solo ver que hazeis tanto caudal de su criado y pribado y os estimais por indignos de hablar con su magestad, tiene por bien otorgar la petiçion, avn muchas vezes reteniendo la carta en sí. Porque a Dios bastale entender de vos que soys denoto y amigo de su santo que ama él, y ansi por veros a vos denoto de su santo (³) os otorga la merçed; y poco va que comunique con el santo que os la otorgó por amor dél, o por sola su voluntad.

MIÇILO.—Por çierto, gallo, mucho me has satisfecho a muchas cosas que deseaua saber hasta aqui, y avn me queda mucho mas. Deseo agora saber el asiento y orden que los ángeles y bienauenturados tienen en el çielo, y en qué se conoce entre ellos la ventaja de su bienauenturança. Ruegote mucho que no reuses ni huyas de conplazer a mi, que tan ofreçido y obligado me tienes a tu amistad. Pues de oy más no señor, sino amigo y compañero, y ann disçipulo me puedes llamar.

GALLO.—No deseo, Miçilo, cosa más que auerte de conplazer; pero pues el dia es venido quedese lo que me pides para el canto que se seguirá (⁴).

Fin del trezeno (⁵) *canto del gallo de Luçiano.*

(¹) G., se ria Dios.
(²) G., pues es ansi, gallo.
(³) G., en esta denoçion.
(⁴) G., siguira.
(⁵) G., deçimo terçio.

DEL DEÇIMO QUARTO CANTO DEL GALLO (¹)

En el deçimo quarto canto que se sigue el auctor concluye con la subida del çielo y propone tratar la bajada del infierno (²) declarando muchas cosas que açerca dél tuuieron los gentiles historiadores y poetas antiguos.

MIÇILO.—Ya estoy esperando, ¡o graçioso gallo y celestial Menipo! que con tu dulçe y eloquente canto satisfagas mi spiritu tan deseoso de saber las cosas del çielo como de estar allá. Por lo qual te ruego no te sea pesadumbre auer de satisfazer mi alma que tanto cuelga de lo que la has oy de dezir.

GALLO.—No puedo, Miçilo, negar oy tu petiçion, y ansi digo que si bien me acuerdo me pediste ayer te dixesse el asiento y orden que los angeles y bienauenturados tienen en el çielo, y en qué se conoçe allá entre ellos la ventaja de su bienauenturança. Para lo qual deues entender que todo aquel lugar en que angeles y santos estan ante Dios está relumbrando de oro muy marauilloso que excede sin comparaçion al de acá, juntamente con el resplandor inestimable de que su cogeta da el çielo en que está, como te dixe en el canto passado; y este lugar está todo adornado de muy preciosas margaritas conuenientes a semejante estancia. Estan pues todos aquellos moradores ocupados en ver a Dios, del qual como de vna fuente perenal proçede y emana sumo goço y alegria la qual nunca los da hastio; pero mientra mas della gozan mas la desean. En esto está su bienauenturança y la ventaja conoçela en sí cada qual en la más, o menos comunicaçion en que se les da Dios. Cada vno está contento con ver a Dios, y ninguno tiene cuenta con la ventaja que otro le pueda (³) tener, porque alli ni ay delantera, ni lugar en que la preheminençia se pueda conoçer. No ay asientos ni sillas, porque el spiritu no reçibe cansançio sentado ni en pie, ni ocupa lugar, y do quiera que el bienauenturado está tiene delante y a su lado y junto a si a Dios, y ninguno está tan çerca de si mesmo como está Dios dél. De manera que sillas y lugares y orden y preheminençia del çielo no está en otra cosa sino en el pecho de Dios, quanto a su mayor o menor comunicaçion; y todo lo demas que vosotros en este caso por acá dezis es por via de metaphora, o manera de dezir, porque lo podais mejor entender en vuestra manera de hablar. En esta presençia vniuersal de Dios que te he dado a entender estan en coros los santos ante su ma-

(¹) Falta en R.
(²) R. (*Tachado*): Siguesse el deçimo quarto canto del sueño o gallo de Luçiano, famoso orador griego, contrahecho en el castellano por el mesmo auctor.
(³) G., puede.

gestad, a los quales todos mi angel me guió por los ver. Estaua en lo mas çercano (a lo que me pareçió) al trono y acatamiento de Dios la madre benditissima del Saluador rodeada de aquella compañia de los viejos padres de la religion cristiana, doze apostoles y disçipulos de Cristo y euangelistas, rodeados de angeles que con gran musica y melodia de diuersos instrumentos y admirables bozes continuan sin nunca çesar gloria a Dios. Siguen a estos grandes compañas de martires con palmas en las manos y vnas guirnaldas de roble çelestial en las cabezas, que denotaua su fortaleza con que sufrieron los martirios por Cristo. Por el semejante estos estauan acompañados de la mesma abundançia de musica, y enbelesados y arrebatados en la vision diuina. Estaua luego vna inumerable multitud de confessores, pontifiçes, perlados, saçerdotes y religiosos que en vidas honestas y recogidas acabaron y se fueron a gozar de Dios. En vn muy florido y ameno prado de flores muy graçiosas y de toda hermosura y deleyte estaua vna gran compaña de damas, de las quales demas de su veldad echauan de si vn tan admirable resplandor que pribara todo juizio humano si de beatitud no comunicara. Estas, sentadas en torno en aquella çelestial verdura, hazian gran cuenta de vna prinçipal guia que las entonaua y ponía en vna musica que con altissimo orden loaua á Dios. Tenian todas muy graçiosas guirnaldas en sus cabeças, entretexidas rosas, violetas, jazmines, halhelies y de otro infinito genero de flores naçidas allá que no se podian marchitar ni corromper. Dellas tañian organos, dellas clauicordios, monacordios, clauiçimbanos *y otras diuersas sonaxas* acompañados ([1]) con vozes de gran suauidad. Estas, me dixo mi angel que era la bienauenturada Santa Ursula con su compañia de virgenes; porque demas de sus honze mil auia alli otro inumerable cuento dellas. Aqui conoçi las almas de mis padres y parientes y de otras muchas personas señaladas que yo acá conoçi, que dexo *yo* agora de nombrar por no te ser importuno. A las quales conoçi por vna çierta manera de alumbramiento que por su bondad Dios me comunicó, la cual es vna manera de conoçerse los bienauenturados entre si para su mayor gozo y gloriosa comunicaçion. En esta alta y soberana conuersaçion que tengo contado estuue ocho dias por preuillegio y don soberano de Dios.

Miçilo.—Por çierto, gallo, mucho me has dicho; y tanto que humano pensamiento nunca tal conçibió; bien pareçe que has estado allá; por lo qual bien te podemos ([2]) llamar

çelestial. Dime agora que deseo mucho saber; allá en el cielo ay noches y dias differentes entre si?

Gallo.—No, pero despues venido acá me saludauan mis amigos como ausente de tanto tiempo, y por la cuenta que hallé que contauan en el mes. Que allá todo es luz, claridad, alegria y plazer. No ay tinieblas, obscuridad ni noche donde está Dios que es luz y lumbre eterna a los que viben allá. En estos ocho dias vi, hablé y comuniqué con todos mis parientes, amigos y conoçidos, y a todos los abracé con mucho plazer y alegria, y me preguntaron por los parientes y amigos que tenian acá, y yo los ([1]) dezia todo el bien dellos con que más los podia complazer y deleytar, y no era en mi mano dezirles cosas que los pudiesse entristeçer, avnque de ninguna cosa reçibieran ellos turbaçion ya que se la dixera: porque allá estan tan conformes con la voluntad de Dios que ninguna cosa que acá suçeda los puede turbar, porque tienen entendido que proçede todo de Dios, porque en Dios y ellos sola ay vna voluntad y querer.

Miçilo.—Dime agora, gallo, ¿qué manera de habla y lenguaje vsan allá?

Gallo.—Mira, Miçilo, que los bienauenturados que no tienen sus cuerpos allá no hablan lenguaje ni por boz esterior: porque esta solo se puede hazer y formar por miembros que como instrumentos dió naturaleza al cuerpo para se dar a entender como lengua, dientes y paladar. Pero las almas que no tienen cuerpo, cada qual queriendo puede comunicar y manifestar sus conçibimientos sin lengua a quien le plaze, tan claros como cada vno se puede asimesmo entender, y ansi Cristo y la virgen Maria y San Juan euangelista que tienen sus cuerpos allá hablan con bozes como nosotros hablamos aqui, y ansi será despues del juizio vniuersal de todos los buenos que consigo Dios, que hablarán como agora nosotros quando despues del juizio tuuieren sus cuerpos allá. Pero en el entretanto con sola su alma se pueden entender.

Miçilo.—Dime más que desco saber: ¿si esas almas desos bienauenturados, si algun tiempo vienen acá?

Gallo.—Quando yo subi allá muchas almas de buenos subieron a gozar, en cuya compañia entramos en el çielo: pero al boluer ninguna vi que boluiese acá: porque creo que no seria cordura que siendo el alma del defunto libertada de tan cruel carçel y mazmorra como es la del mundo, poseyendo tanto deleyte y libertad allá desee ni quiera boluer acá. Bien es de presumir que el demonio muchas vezes viene al mundo haziendo (¹) ylusiones y apariçiones diziendo que es algun defunto por infamarle, o por engañar a sus parientes.

MIÇILO.—Pues dime, gallo: ¿qué dezian allá en el çielo de las bulas y indulgençias? Que casi quieren dezir los theologos deste tiempo que el Papa puede robar el purgatorio absolutamente.

GALLO.—Dexemos esas cosas, Miçilo, que no conuiene que se diga todo a ti; y sabe que otro lenguaje es el que se trata acá differente del que passa allá. Que muchas cosas tiene en el çielo Dios y haze, cuya verdad y fin reserua para si, porque quiere él, y porque deue ansi de conuenir para el suçeso, orden y dispusiçion del mundo y a la grandeza de su magestad, y nuestra saluaçion. Por lo qual no deuen los hombres escudriñar en las cosas la causa, fin y voluntad de Dios, pero deuense en todo remitir a su infinito y eterno saber, y prinçipalmente en las cosas que determina y tiene la iglesia y ley que professas; no inquieras más porque es ocasion de herrar; y boluiendo al proçeso de mi peregrinaçion sabras que como huuimos andado todas las estançias y choros de angeles y sanctos me tomó el angel de mi guia por la mano y me dixo: vn gran don te ctorga Dios como a señalado amigo suyo, el qual deues estimar con las gracias que te ha hecho hasta aqui; y es que te quiere comunicar vna vision de grandes y admirables cosas que estan por venir; y diziendo esto llegamos á vn templo de admirable magestad, el qual sobre la puerta prinçipal tenia vna letra que a quantos la leyan mostraua dezir. Este es el templo de propheçia y diuinaçion. Era por defuera adornado de toda hermosura, edificado de jaspes muy claros, de ambar y veril transparente más que vidrio muy preçioso. Era tan admirable su resplandor que turbaua la vista; y como entramos dentro y vi tanta magestad no me pude contener sin me derrocar a los pies de mi angel queriendole adorar, y él me leuantó diziendome: no hagas tal cosa, que soy criatura como tú. Leuantate y adora al criador y hazedor de todo esto, que tan gran merçed te conçedio. Era fundado y adornado por dentro este diuino templo de muchas piedras preçiosas: de zafires, calçedonias, esmeraldas, jaçintos, rubies, carbuncos, topacios, perlas, crisotoles, diamantes, sardo y veril; y luego se me representó en diuina vision todo el poder de la tierra quanto del oriente al poniente, medio dia y septentrion se puede imaginar, y estando ansi atento por ver lo que se me mostraua vi deçendir de lo alto de los montes Ripheos a las llanuras de Traçia vna grande y disforme vestia llena de cuernos

y cabeças, con cuyo siluo y veneno tenia corrompida y contaminada la mayor parte del mundo: arabes, egiçios, syros y persas: hasta Trasiluania y Bohemia: teutonicos, anglos y galicos pueblos. Esta trae cabalgando sobre sí vn monstruoso serpiente que la guia y ampara, adornado de mil colores y nombres de gran soberuia, y estos juntos son criados para examen, prueba y toque de los verdaderos fieles y secaçes de Dios, y será el estado y señorio desta fiera más estendido por causa de las cobdiçias y disensiones y intereses de los principes de la tierra, porque ocupados en ellos tiene mas lugar sin auer quien le aya de resistir. Lleuaua este serpiente en su cabeça vna gran corona adornada de muchas piedras preçiosas, y vestido de purpura y de muy ricos jaezes, y en la mano un çeptro imperial con el qual amenaça subjetar todo el uniuerso. Lleuaua en vna diuisa y estandarte vna letra de gran soberuia que dize. Ego regno a Gange et Indo vsque in omnes fines terre. Que quiere dezir. Yo reino desde (¹) los rios Ganges y Indus hasta los fines de la tierra. Lleuaua las manos y ropas teñidas de sangre de fieles, y dauale a beuer en vasos de oro y de plata a sus gentes por más las encrueleçer. Entonçes sonaron truenos, grandes terremotos y relampagos que ponian gran temor y espanto, que pareçia desolarse el trono y templo y venir todo al suelo, y tan grande que nunca los hombres vieron cosas de tan grande admiraçion, y fue tanta que yo cay atonito y espantado a los pies de mi angel. El qual leuantandome por la mano me dixo. ¿De qué te espantas y te marauillas? Pues mira con gran atencion, que aunque este monstruo y vestia tiene agora gran soberuia muy presto cacrá; y no lo acabó de dezir quando mirando vi salir de las montañas hespericas vn gran leon coronado y de gran magestad que con su bramido juntó gran muchedumbre de fieras generosas y brauas que estan sobre la tierra, las cuales juntas vinieron contra el fiero serpiente resistiendo su furia; y a otro bramido que el fuerte leon dio juntó en los valles teutonicos todos los viejos fieles que auia en la tierra; por cuya sentençia (aunque con alguna dilaçion) fue condenada la vestia y sus secaçes á muerte cruel, y ansi vi que a deshora dio vn terrible trueno que toda la tierra tenbló, y deçendiendo de la gran montaña vn espantoso y admirable fuego los abrasa todos conuertiendolos en zeniza y pauesa. En tanta manera que en breue tiempo ni pareçió vestia ni secaz, ni avn rastro de auer sido alli; y ansi todo cumplido vi deçendir de la alta montaña gran compaña de angeles que cantando con gran melodia subieron

---

(¹) G., y haze.

(¹) G , de.

a los çielos al leon, donde le coronó Dios y le asentó para sienpre jamas junto á sí; y acabada la vision me mandó Dios llamar ante su tribunal y que propussiese la causa porque auia subido allá, porque cualquiera cosa que yo pidiesse se me haria la razonable satisfaxion.

MIÇILO.—Querria que antes que pasasses adelante me declarasses esa tu vision o propheçia. ¿Quién se entiende por la vestia que deçendio de aquellas montañas, monstruo y leon?

GALLO.—La interpretaçion deste enigma no es para ti: a los que toca se les dará. Vamos adelante que me queda mucho por dezir. Como ante Dios fue puesto me humillé de rodillas ante su tribunal y luego propuse ansi. Sacra y diuina magestad, omnipotente Dios. Porque no ay quien no enmudezca viendo vuestra incomparable çelsitud, querria, señor, demandaros de merçed, que de alguno de vuestros cortesanos más acostunbrados a hablar ante vuestra grandeza mandassedes leer esta petiçion; la qual estendiendo la mano mostré; y luego salio alli delante el euangelista San Juan, que creo que lo tenia por offiçio, y ansi en alta voz començó.

Sacra y diuina magestad, omnipotente Dios. Vuestro Icaromenipo, griego de naçion, la más humilde criatura que en el mundo teneis, besso vuestro sacro tribunal y suplico a vuestra diuina magestad tenga por bien de saber, en como el vuestro mundo está en necesidad que le remedieis mientra no tuuieredes por bien de le destruir llegado el juizio vniuersal; el tiempo del qual esta segun nuestra fe reseruado a vuestro diuino saber. Soy venido de parte de todos aquellos que en el mundo tenemos deseos de alcançar la vuestra alta sabiduria y especular con nuestro miserable injenio los secretos incumbrados de nuestra naturaleza. Para lo qual sabra vuestra magestad, que avnque de noche y de dia por grandes cuentos de años no hagamos sino trabajar estudiando, no se puede por ningun injenio quanto quiera que sea perpicaçissimo alcançar alguna parte por pequeña que sea en estas buenas letras, artes y sçiencias. Porque han salido agora en el mundo vn genero de hombres somnoliento, dormilon imaginatiuo, rixoso, vanaglorioso, lleno de ambiçion y soberuia, y estos con gran presunçion de sí mesmos hanse dotado de grandes titulos de maestros philosophos y theologos, diziendo que ellos solos saben y entienden en todas las sçiencias y artes la suma verdad; riendose a la contina de todo quanto hablan, dizen, comunican, tratan, visten la otra gente del comun. Diziendo que todos deuanean y estan locos, sino ellos solos que tienen y alcançan la regla y verdad del vivir; y venidos al enseñar de sus sçiencias, muestran segun pareçe, querernos confundir [1]. Porque han inuentado vnos no sé qué generos de setas y opiniones que nos lançan en toda confusion. Unos se llaman reales y otros nominales. Que dexado aparte las niñerias y arguçias de sophistas [2], actos sinchategorematicos, y reglas de instar del Maestro Enzinas y los sophismas de Gaspar Lax y las sumulas de Zelaya y Coroneles que absolutamente, señor, deueis mandar destruir, y que ellos y sus auctores no salgan mas a luz. En la philosophia es verguença de dezir la diuersidad de prinçipios naturales que ponen; insecables atomos, inumerables formas, diuersidad de materias, ydeas. Tantas questiones de vacuo y infinito que no estan debajo de numero conque se puedan contar. En la theologia ya no ay sino relaçiones, segundas intinçiones, entia rationis; cosas que solamente tienen ser en el entendimiento y imaginaçion [3]; en fin cosas que no tienen ser. Es venido el negoçio a tal estado que ya diuididas estas gentes en quadrillas, glosan y declaran segun sus dos opiniones real y nominal, vuestra sagrada Escriptura y Ley; y segun tengo visto, Señor, en esta xornada que he hecho acá, que en todo devanean y sueñan, sin nunca despertar; y esto, sagrada magestad, suçede en gran confusion de los que nos damos al estudio de las sçiencias [4]. En lo qual creo que entiende Sathanas por la perdiçion y daño del comun. En esto pues suplicamos a vuestra sagrada magestad proueais que Luçifer mande a Sathanas que sobresea y no se entremeta en causar tan gran mal, y los auctores se prendan destas setas, y se les mande tener perpetuo silençio, y que sus libros y scripturas en que estan sus barbaras opiniones las mandeis quemar y destruir, que no parezcan más; y pedimos en todo se nos sea hecha entera justiçia. Para la qual imploramos el soberano poder de vuestra diuina magestad.

Luego como la petiçion fue leyda proueyo Dios que yo y el mi angel fuessemos por el infierno y notificassemos a Luzifer lo hiziesse ansi como se pedia por mí, y mandó que se lleuasse luego de alli al mundo al consejo de la Inquisiçion y que lo cumpliessen y hiziessen cunplir conforme a la petiçion [5]. El qual aucto luego escriuio San Juan en las espaldas de la petiçion, y la refrendó y rubricó de su mano como por Dios omnipotente fue proueydo; y

[1] G., antes nos trabajan confundir que enseñar.
[2] G., sophismas.
[3] G., verdaderas imaginaçiones.
[4] G., a tal estado que ya se glosa y declara vuestra Scriptura y Ley segun dos opiniones, nominal y real; y segun pareçe esta multiplicaçion de cosas todo redunda en confusion de los injenios que á estas buenas sçiencias se dan.
[5] G., como yo lo demande.

luego abraçando a todos nuestros amigos y parientes y conoçidos, despidiendonos (¹) de todos ellos nos salimos del çielo para nos bajar, y quando nos fueron abiertas las puertas de los çielos para salir hallamos junto a ellas infinita multitud de almas que con grandes fuerças y inportunidad nos estorbauan, que ellas por entrar no nos dexauan salir; hasta que un angel con gran poder, furia y magestad las apartó de alli, y yo pregunté a mi angel qué gente era aquella que estaua aqui, que con tanto deseo y inportunidad hazian por entrar y no las abrian; y el me respondio que eran las almas de los que en el mundo tienen toda la vida buenos deseos de hazer bien, hazer obras de virtud, hazer penitençia y recogerse en lugares santos y buenos con deseo de se saluar y en toda su vida no passan de alli ni hazen más que prometer y mostrar que desean hazer mucho bien sin nunca començar, ni avn se aparejar a padeçer. A estos tales danles la gloria en la mesma forma, porque los ponen a la puerta del parayso con el mesmo deseo de entrar, y aqui tienen la mayor pena que se puede imaginar: porque tanto quanto mucho desearon hazer bien sin nunca lo començar tanto mucho más en infinito sin comparaçion les atormenta el deseo de entrar sin nunca los querer abrir; y en el tormento deste deseo prouee Dios de su gran justiçia y poder, porque en esta manera los quiere castigar para siempre jamas abrasandoles con el fuego de la justiçia diuina. Pues como del çielo salimos lleuóme mi angel y guia por un camino sin huella ni sendero y avn sin señal de auer pisado ni caminado por él alguno, de que me marauillé, y preguntele qual fuesse la causa de aquella esterilidad y respondiome que no se continuaua mucho despues que Cristo passó por alli quando resuçitó, y la compaña de los santos padres que entonçes sacó del limbo. Aunque tanbien le passan los angeles que se bueluen al çielo dexando despues de la muerte sus clientulos y *encomendados* allá. Repliquele yo: ¿dime angel, el purgatorio no está a esta parte? Respondiome: si está: pero avn los que de ay passan son tan pocos que no le bastan trillar ni asenderar. Por çierto mucho deseo he tenido, Miçilo, de llegar hasta aqui.

Miçilo.—En verdad yo lo deseaua mucho más, porque espero que con tu injeniosa eloquençia me has de hazer presente a cosas espantosas y de grande admiraçion que deseamos acá los honbres saber. Espero de ti que harás verdadera narraçion como de çierta esperiençia, y no de cosas fabulosas y mentirosas que los poetas y hombres prestigiosos acostumbran fingir por nos lo *más* encareçer.

Gallo.—Mucho me obligas ¡o Miçilo! a te complazer quando veo en ti la confianza que tienes dezirte yo verdad; y ansi protesto por la deydad angélica que en esta xornada me acompañó de no te contar cosa que salga de lo que realmente vi y mi guia me mostró, porque no me atreuere a hazer tan alto spiritu testigo de falsedad y fiçion. Contarte he el sitio y dispusiçion del lugar: penas, tormentos, furias, carçeles, mazmorras, fuego y atormentadores que a la contina atormentan alli. En conclusion descriuirte he la suma y puesto del estado infernal, con aquellas mesmas sombras, espantos, miedos, tristezas, gritos, lloros, llantos y miseria (¹) que los condenados padeçen alli, y trabajaré por te lo pintar y proponer con tanta esaxeraçion y orden de palabras que te haré las cosas tan presentes aqui como las tube yo estando allá. Pero primero quiero que sepas que no ay allá aquel Pluton, Proserpina, Æaco y Cançerbero, ni Minos, ni Rhadamanto (²), juezes infernales. Ni las lagunas ni rios que los poetas antiguos fingieron con su infidelidad: Flegeton, Coçiton, Sthigie y Letheo. No los campos Eliseos de deleyte differentes de los de miseria. Ni la varca de Acheron que passe (³) las almas a la otra riuera. Ni ay para qué vestir los muertos acá porque no parezcan allá las almas desnudas ante los juezes, como lo hazian aquellos antiguos: pues siempre que fueran a los sepulcros hallaran sus defuntos vestidos como los enterraron. Ni tampoco es menester poner a los muertos en la boca aquella moneda que otros vsauan poner porque luego los passasse Acheron en su varca, pues era mejor que no lleuando moneda no los passara en ningun tiempo y se boluieran para siempre acá. O que si las monedas que algunos defuntos lleuauan no corrian ni las conoçian allá por ser de lexas prouinçias, como aconteçe las monedas de vnos reynos no valer en otros, neçesario seria entonçes no los passar, lo qual seria auentajado partido a muchos (⁴) que ally en el infierno vi. Todo esto, Miçilo, cree que es mentira y fiçion de fabulosos poetas y historiadores de la falsa gentilidad, los quales con sus dulçes y apazibles versos han hecho creer á sus vanos secaçes y lectores. Avnque quiero que sepas que esto que estos poetas fingieron no careçe del todo de misterio algo dello, porque avnque todo fue fiçion, dieron debajo de aquellas fabulas y poesias a entender gran parte de la verdad, grandes y muy admirables secretos y misterios que en el meollo y en lo interior querian sentir. Con esto procurauan introduçir

---

(¹) G., despidiendome.

(¹) G., miserias.
(²) G., Rhodamante.
(³) G., passa.
(⁴) G., muchas.

las virtudes y desterrar los viçios encareçiendo y pintando los tormentos, penas, temores, espantos que los malos y peruersos padeçen en el infierno por su maldad; y ansi dixeron ser el infierno en aquellas partes de Syçilia, por causa de aquel monte ardiente que está alli llamado Ethna ([1]) que por ser el fuego tan espantoso y la syma tan horrenda les dio ocasion a fingir que fuesse aquella vna puerta del infierno; y tanbien porque junto a este monte Ethna *y syma* dizen los historiadores que Pluton, rey de aquella tierra, hurtó a Proserpina hija de Çeres que siendo niña donzella andaua por aquellos deleytosos prados a coxer flores. Ansi con estos sus nombres y vocablos de lugares, rios y lagunas que fingian auer en el infierno significauan y dauan a entender las penas, dolores y tormentos que se dan a las almas por sus culpas allá. Ansi fingian que Acheron (que significa pribaçion de gozo) passa las almas por aquella laguna llamada Stigie, que significa tristeza perpetua. En esto dan a entender que desde el punto que las almas de los condenados entran en el infierno son pribados ([2]) de gozo y consolaçion spiritual y puestos en tristeza perpetua. *Este es el primero y prinçipal atormentador de aquel lugar, en contrario del estado feliçissimo de la gloria que es contina alegria y plazer.* Tanbien fingen que está adelante el rio Flegeton que significa ardor y fuego, dando a entender el fuego perpetuo conque entrando en el infierno son atormentadas las almas por instrumento y execuçion de la justiçia diuina; fingen más que adelante está el rio Letheo, que significa oluido, al qual llegan a beber todas las almas que entran allá, diçiendo que luego son pribadas de la memoria de todas las cosas que le pueda dar consolaçion. Y dizen que todos estos rios van a parar en la gran laguna Coçiton, que significa derribamiento perpetuo, dando a entender la suma de la miseria de los malauenturados que son perpetuamente derribados y atormentados; avnque prinçipalmente significa el derribamiento de los soberuios. Tanbien dizen que este varquero Acheron hubo tres hijas en su muger la noche obscura y çiega; las quales se llaman Aletho, que significa inquietud, y Thesifone, que significa vengadora de muerte, y Megera, que significa odio cruel. Las quales tres hijas dizen que son tres furias, o demonios infernales, atormentadoras ([3]) de los condenados. En esto quisieron *dezir y* dar a entender y descreuir la

guerra que cada alma consigo tiene entrando allí, y en estas tres hermanas se descriuen los males que trae consigo la guerra que son odio, vengança de muerte y inquietud; que son tres cosas que más atormentan en el infierno ([1]) y avn acá en el mundo es la cosa de mas daño y mal, porque demas de aquellos trabajos y miserias que consigo trae la guerra, que por ser todos los hombres que la siguen y en ella entienden el más peruerso y bajo genero de hombres que en el mundo ay, por tanto a la contina la siguen robos, inçendios, latroçinios, adulterios, inçestos, sacrilegios, juegos y continuas blasfemias; y demas del espanto que causa en el soltar de las lombardas y artilleria, el relinchar de los cauallos, la fiereza con que se acometen los hombres con enemiga sed y deseo de se matar; de manera que si en aquel encuentro mueren van perdidos con Luzifer. Demas de todos estos males que siguen a la guerra ay otro mayor que es anexo a su natural, que es el desasosiego comun. Que toda aquella prouinçia donde al presente está la guerra tiene alterado los spiritus; que ni se vsan los ofiçios, ni se exerçitan los sacrifiçios; çesan las labranças del campo, y los tratos de la republica; pierdese la honestidad y verguença. Acometense infinitas injurias y desafueros y no es tiempo de hazer a ninguno justiçia. En conclusion es la guerra vna furia infernal que se lança en los coraçones humanos que los priba de razon; porque con razon y sin furia no se puede pelear. Esto quisieron entender y significar algunos de aquellos antiguos en aquellas sus fiçiones; y todo lo demas es poetico y fabuloso y *fingido* para cumplir sus metros y poesías; y otros ritos gentilicos como vestir los muertos y ponerles dineros ([2]) en la boca y ofreçerles viandas que ellos coman ([3]) *allá* en el infierno, todo esto es mentira y vanidad de gentiles *herrados por el demonio que los engañaua*; lo qual ([4]) todo tiene ([5]) reprobado la cristiana religion conforme a la verdad que te contaré y oyras como yo lo vi, si me tienes atençion; y porque el dia es venido dexemoslo para el canto que se seguira.

([1]) G., cosas que a la contina residen en el alma que está en el infierno.
([2]) G., monedas.
([3]) G., diziendo que las comen.
([4]) G., y ansi.
([5]) G., lo tiene.

Fin del deçimo cuarto canto del Gallo.

([1]) G., Ethena.
([2]) G., pribadas.
([3]) G., atormentadores.

ARGUMENTO

DEL DEÇIMO QUINTO CANTO (¹).

En el déçimo quinto canto que se sigue el auctor imitando a Luçiano en el libro que intituló Necromançia finge deçendir al inflerno. Donde descriue las estançias y lugares y penas de los condenados (²).

GALLO.—Despierta, Miçilo, y tenme atençion, y contarte he oy cosas que a toda oreja pongan espanto. No cosas que oi fingidas por hombres que con arte lo acostumbran hazer, pero dezirte he aquellas que vi, comuniqué y con mis pies hollé; y vi a hombres padeçer con graue dolor.

MIÇILO.—Di gallo, que atento me ternas.

GALLO.—Faborezcame oy mi (³) memoria Dios que no me falte para dezir lo mucho que su magestad tiene alli para muestra de su justiçia y gran poder, porque siquiera los malos por temor çesen de ofender. Pues viniendo al principio, por no dexar cosa por dezir sabras, que desde lo alto del çielo ya deçendiendo a la tierra vimos unas brauas y espantosas montañas en muy grandes y asperos desiertos, que segun tube cuenta con las dispusiçiones del sol, çielo y tierra, era la seca Lybya en tierra de los garamantas, donde estaua aquel antiguo oraculo de Jupiter Amon, la mesa del sol y fuente de Tantalo. Donde viben los satyros, ægipanes, himatopodes, y psillos, monstruosas figuras de hombres y animales. Pues como aqui llegamos sin se nos abrir puerta ni ver abertura, sin que syerra ni montaña nos hiziesse estorbo nos fuemos lançando por aquellas alturas y aspereças, lugares obscuros y sombrios. Como aconteçe si alguna vez vamos por vna montuosa deesa çerrada de altos y espesos castaños, robles y ençinas. Sy aconteçe caminar al puesto de vna nublosa luna, quando la obscura noche quita los colores a las cosas. En este tiempo a cada passo y sonido de los mesmos pies resuena y retumba el solitario monte y se espeluzan y enheriçan los cabellos, començe a caminar en seguimiento de mi guia. Estauan por aqui a las entradas gran multitud de estançias y aposentos de furias y miserias, y porque el mi angel se me yua muy adelante sin parar, a gran corrida le rogue se parase y me mostrasse en particular todas aquellas moradas. Luego entramos en vnos palaçios hechos en la concauidad de aquella aspera peña, lugubres y de gran obscuridad. En lo mas hondo y retraydo desta casa auiendo pasado por muchas y muy desbarata-

(¹) G., canto del gallo.
(²) R. (Tachado). Siguese el deçimo quinto canto del sueño o gallo de Luçiano, famoso orador griego. Contrahecho en el castellano por el mesmo auctor.
(³) G., oy la.

ORÍGENES DE LA NOVELA.—14

das camaras y aposentos asomamos la cabeça a vn retrete, y a la parte de vn rincon, a la muy quebrada y casi no visible luz, como a claridad de vna candela que desde que començo a arder no se despabiló y se queria ya apagar, ansi (¹) vimos estar sentada a vn rincon vna muy rota y desarrapada muger; esta era el lloro y tristeza miserable. Estaua sentada en el suelo puesto el cobdo sobre sus rodillas, la mano debaxo de la barba y mexilla. Vimosla muy pensatiua y miserable por gran pieza sin se menear; y como al meneo de nuestros pies miró alcançó a la ver vn rostro amarillo, flaco y desgraçiado. Los ojos hundidos y mexillas que hazian mas larga la nariz, y de rato en rato daua vn sospiro de lo intimo (²) del coraçon, con tanta fuerça y afliçion que pareçia ser hecho artifiçial para solo atormentar almas con las entristeçer. Es este gemido de tanta efficaçia que traspasa y hiera el alma entrando alli; y con tanta fuerça que le trae cada momento a punto de desesperaçion; y esta es la primera miseria que atormenta y hiere las almas de los dañados (³) y es tan gran mal que sin otro alguno bastaua vengar la justiçia de Dios. Tiene tanta fuerça esta miserable muger en los que entran alli que avn contra nuestro preuillegio començaba con nosotros a obrar y empeçer. Pero el mi angel lo remedió con su deydad y pasando adelante vimos en otro retrete donde estauan los miserables cuydados crueles verdugos de sus dueños, que nunca hazen sino comer del alma donde estan hasta la consumir, como gusano que roe al madero el coraçon. Aqui moran las tristes enfermedades y la miserable y trabajosa vejez toda arrugada, flaca, fea y de todos aborreçida. Aqui habita el miedo enemigo de la sangre vital, que luego la acorrala y de su presençia la haze huyr. Aqui reside la hambre que fuerça los hombres al mal, y la torpe pobreza, de crueles y espantosos aspectos anbas a dos. Aqui se nos mostró el trabajo quebrantado molido sin poderse tener. Vimos luego aqui al sueño, primo hermano de Antropos, aquella cruel dueña, y la muerte mesma se nos mostro luego alli con vna guadaña en la mano, cobdiçiosa de segar. Estauan luego adelante las dos hermanas del desasosiego; guerra y mortal discordia. Por aqui nos salieron a reçebir infinitos monstruos que estauan arroxados por alli; çentauros, sphinges, satyros y chimeras; gorgones, harpias sombras y lernas; y estando ansi mirando todas estas miserables furias infernales que era çiertamente cosa espantosa de ver sus puestos y figuras monstruosas, sentimos venir vn gran

(¹) G., aqui.
(²) R. (Tachado) hondo.
(³) G., condenados.

tropel y ruydo como que se auia soltado vna gran presa que estuuiesse hecha de muchos dias de algun caudaloso braço de mar. Sonaua vna gran huella de pies, murmuraçion de lenguas de diuersas naçiones, y como más se nos yuan çercando sentiamos grandes lloros y gemidos, y açercandosenos más entendiamos grandes blasfemias ([1]) de españoles, alemanes, françeses, ingleses y ytalianos; y como sentimos que se nos yuan más llegando y que començauan ya a entrar por donde nosotros estauamos me apañó mi angel por el braço y me apartó a vn rincon por darles lugar a passar; que venia tan gran multitud de almas que no se podian contar, y quanto topauan lo lleuauan de tropel; y preguntando qué gente era aquella nos dixeron que el Enperador Carlos auia dado vna batalla campal al Duque de Gueldres, en la qual le auia desuaratado el exerçito y preso al Duque, y que en ella auia muerto de ambas las partes toda aquella gente que yua alli.

Miçilo.— Pues ¿cómo, gallo, todos fueron al infierno quantos murieron en aquella vatalla? Pues liçita era aquella guerra, a lo menos de parte del Emperador.

Gallo.— Mira, Miçilo, que ya que essa guerra no fuesse liçita segun ley euangelica, basta serlo de auctoridad eclesiastica para que se pueda entre principes cristianos proseguir; porque con este titulo ayuda para ellas con indulgençias su sanctidad. Pero mira que no todos los que mueren en la guerra van al infierno *por morir en ella*, pues muchos buenos y justos soldados andan en ella; ni van al infierno por causa de ser injusta la guerra ([2]) porque saber la verdad de su justiçia no está a cuenta de los soldados, sino de los prinçipes que la mueuen; los vnos por la dar y los otros por se defender y prinçipalmente si la mueue el supremo prinçipe siempre se presume ser justa. Pero sabe que los soldados que mueren en la guerra van prinçipalmente al infierno porque en vniuersal los toma la muerte en pecados que los lleuan allá. En juegos, blasfemias, hurtos, ninguna guarda en los preçeptos de la iglesia, ni religion. Enemistades, yras, enojos, pasiones, luxurias, robos, sacrilegios y adulterios; y ansi duró este tropel de gente más de seys meses continos que no hazian a toda furia sino entrar porque dezian que entonçes el Emperador prosiguio la guerra entrando por Françia con gran mortandad y rigor hasta llegar a vna çiudad que llaman Troya muy prinçipal en aquel reyno, y por otra parte entraua el rey de Yngalaterra con grande exerçito desolando a Françia

sin auer piedad de ninguna criatura que en su poder pudiesse auer. Marauillado estaua yo pensando dónde podia caber tanta gente, y entrando adelante vimos vna entrada a manera de puerta que pareçia differençiar el lugar. Oyamos dentro gran ruydo de cadenas, bozes, lagrimas, sospiros y sollozos que mostrauan gran miseria. Pregunté a mi angel que lugar era aquel. Respondiome ser el purgatorio, donde se acaban de purgar los buenos para subir despues a gozar de Dios; y tanbien yo alçé la cabeça y leí ser aquello verdad en vna letra que estaua sobre la puerta; y por no nos detener determinamos de pasar adelante, y en esto suçedio que llegaron donde estauamos vn demonio y vn angel que trayan vn alma; que segun pareçe el angel era su guarda y el demonio era su acusador, como cada vno de vosotros tiene en este mundo mientras vibis; y como llegaron donde estauamos paróse vn poco el su angel con el mio como a preguntarle donde venia; el qual nos respondio que a traer este su clientulo al purgatorio, que auia sesenta años que le guardaua en el mundo; y en el entretanto arrebató el demonio de aquella anima y corriendo por vn campo adelante la lleuaua camino del infierno, y como el alma conoçio por la letra que la passaua del purgatorio començó a dar vozes a su angel que la defendiesse; y ansi fue presto su angel y alcançandolos tubo reçio della y connenieron ante nosotros como en juizio. Dezia el demonio que la auia de lleuar al infierno porque no mostraua preuillegio de auctoridad ([1]) para la dexar en el purgatorio, y el alma mostró vna fraternidad que traya, seilada y firmada del General de San Françisco; el demonio respondio que no la conoçia ni la queria obedeçer; luego, llorando, alegó el alma tener la Bulla de la Cruzada, sino que se le oluidó en casa vna caxa de Bullas que tenía en su camara, y rogo que le dexasse boluer por ellas; y mi angel los procuró conçertar diziendo que se quedasse alli en rehenes el alma mientras el angel de su guarda boluia al mundo por la Bulla; y ansi boluio, pero tardóse tanto en buscarla que nos descuydamos y el demonio cogio del alma y lleuósela, que nunca mas la vimos ([2]). Prinçipalmente porque la probó que la mayor parte de la vida hauia sido viçioso, comedor, gloton y disipador de hazienda y tiempo, y distraydo de la Ley de Dios; y a esto la conuençio a consentir: Pero por el contrario alegaron el alma y su angel por su parte que aunque todo esto fuesse verdad, pero que a la continua tubo cuenta con Dios y con su conçien-

---

([1]) G., entendiamos grandes blasfemias de.
([2]) R. (*Nota marginal*). Augustinus *Contra Faustum hereticum*, lib. 22, cap. 74.

([1]) G., no auia razon.
([2]) Este parrafo se halla tachado en el manuscrito y de tal manera que nos ha costado sumo trabajo el leerlo.

çia, confessando a los tiempos deuidos sus pecados y haziendo penitençia dellos, y (¹) ansi lo auia hecho en el diçeso y salida de la vida reçibiendo todos los sacramentos de la iglesia, teniendo gran confiança en la passion de Cristo con gran arrepentimiento de sus culpas; y ansi fue concluydo por mi angel serles perdonadas por Dios, y que solo quedaua obligada a alguna pena temporal del purgatorio; y ansi la dexó alli, y nosotros luego començamos a caminar por vnos campos llanos muy grandes quanto nuestros ojos y vista se podia estender (²).

MIÇILO. — Pues dime, gallo, ¿no dizes que estaua todo obscuro y en tinieblas? ¿De dónde teniades luz para ver?

GALLO.—Obscuro es todo aquel lugar a solos los condenados por la justiçia de Dios; pero para los otros todos prouee Dios alli de luz, porque do quiera que está el justo tiene bastante claridad para perspicaçissimamente ver; y desde lexos començamos a oyr la grita y miseria de las almas, el ruido de los hyerros y cadenas, los golpes y furia de los atormentadores, el sonido y tascar del fuego, humo y çentellas que de aquellos lugares de miseria salian. Era tan grande y tan temerosa la desuentura de aquel lugar que mil vezes me arrepenti de venir alli, y quisiera dexar de presentar la petiçion, sino que el angel me esforço y no me quiso boluer. Ya se desparçian por aquellos campos (aun (³) lexos del lugar de las penas) tantas quadrillas de demonios tan feos y de tanto espanto que aun del preuillegio que lleuauamos no me osaua fiar temiendo ya auia de quedar yo alli; y vna vez se llegó vn demonio a me trauar, ¡o dios inmortal en quanta confusion me vi! que casi perdi el ser, y prinçipalmente quando tornaua aquel demonio que embió al angel por la Bulla... (⁴) Es tan suçia, tan contagiosa, tan hidionda su conuersaçion, y alança de si tanta confusion y mal, que me pareçe que vna de las prinçipales penas y males de aquel lugar es su compañia y conuersaçion. Porque ansi como en el çielo aquellas almas benditas de su naturaleza hasta el mesmo suelo que hollamos, y el ayre que corre por alli consuela, alegra, aplaze y os anima y esfuerça para vibir en toda suauidad, ansi por el contrario acá estos (⁵) demonios de su natural, el lugar y el todo lo que alli veys tiene toda tristeza y desconsolaçion; y tanta que no la podeis sufrir, porque todo está alli criado, endereçado y puesto para tormento y castigo, para satisfazer la justiçia de Dios despues que el pecador la injurió traspassado (¹) su ley.

MIÇILO.—¿No ay puerta que guarde estas almas aqui?

GALLO.—No tiene neçesidad de puerta porque para cada alma ay veynte mil demonios que no se les puede yr, ni nunca momento estan sin las atormentar. El vno las dexa y el otro las toma: de manera que nunca çesan para siempre jamas: ni ellos se pueden cansar, ni ellos pueden morir, sino siempre padeçer. Ansi llegamos a vn rio admirable, espantoso y de gran caudal, que corria con gran furia vn licor negro que a parecer y juizio nuestro era pez y çufre, y este ardia vn fuego el mas fuerte y efficaz que nunca se vio, o que Dios crió. Calentaua a gran distançia y avn a infinita a los condenados a él sin le poder resistir ni sufrir sin mortal passion. Corria de oriente a poniente sin çesar. En este auia innumerable cuento de almas que nunca faltan alli; y pregunté al mi angel qué rio era aquel tan espantoso y él me respondió que era el que los antiguos llamaron Flegeton, en el qual entran todas las almas que entran en el infierno, porque este es el fuego que tiene fuerça en las almas, por ser instrumento de la justiçia de Dios. Este fuego las abrasa y quema do quiera que estan para siempre jamas. Ninguna alma puede passar adelante sin entrar por él, porque no tiene puente ni varca; y si el alma quisiese bolar la quemaria aquel fuego las alas y caeria en él. Por las riberas deste rio estan infinitos coxixos, sierpos (²), culebras, coquodrillos, aspides, escorpiones, alacranes, emorrhoys, chersidros, chelidros, cencris, amodites, çerastas, scithalas, y la seca dipsas; anphisibena sierpe de dos cabeças, y natrix, y jaculos que con las alas volan gran distançia. Estan aqui las sierpes phareas, porphiro, pester, seps y el vasilisco. Tambien estan aqui dragones y otros ponçoñosos animales; porque si acaso aconteçe salirse alguna alma del rio pensando respirar por la ribera con algun alibio y consolaçion luego son heridas destas venenosas serpientes y coxixos que las hazen padeçer doblado tormento y mal; y ansi de algunos que salieron te quiero contar su arrepentimiento. Aconteçio salir a la ribera delante de nosotros vn viejo capitan español que conoçimos tu y yo. El qual acertó a pisar vna dipsas, sierpe cruel, y ella buelta la cabeça le picó, y luego en un momento se estendió por todo él la ponçoña de vn fuego que le roya los tuetanos y vn calor que le corrompia las entrañas, y aquella pestelençia le chupaua el rededor del coraçon y partes vitales, y le quemaua el

(¹) G., y que.
(²) Este párrafo está escrito al margen del anterior.
(³) G., aunque avn estanamos.
(⁴) Siguen tres ó cuatro palabras tachadas é ilegibles.
(⁵) G., en el infierno los.

paladar y lengua con vna sed imensa y sin comparaçion, que en todo su ser no auia dexado punto de humor que sudar, ni lagrima con que llorasse, que todo se lo auia ya la ponçoña resoluido; y ansi como furioso corria por los campos a vuscar las lagunas que en las entrañas le pedia el ardiente veneno. Pero avnque se fuera al rio Tanais y al Rodano y al Po, y al Nilo, Indus, Eufrates, Danubio y Xordan no le mataran todos estos rios vn punto insensible de su ardiente sed, y ansi desesperado de hallar aguas se boluio a zapuzar en su rio de donde salio. Pregunté que pecado auia causado tal genero de tormento y respondiome mi angel que este auia sido en el mundo el mas insaçiable y viçioso vebedor de vino que nunca en el vniuerso se vio, y que por tanto le (¹) atormentauan (²) ansi. Dende a poco açerto a salir a la ribera, otra alma, y vna serpiente (³) pequeña llamada seps le picó en la pantorrilla, y avnque en picando saltó afuera, luego se le abrio en torno de la picadura vna boca que mostraua el hueso por donde auia sido la mordedura, todo nadando en podre, y ansi se le resoluio y derritio la pantorrilla, morçillos y muslos destilando del vientre vna podre negra, y reuentole la tela en que el vientre y entestinos estan y cayeron con las entrañas. En fin las ataduras de los neruios y contextura de los huesos y el arca del pecho, y todo lo que está ascondido en derredor de las vitales partes, y toda la compostura del hombre fue abierta con (⁴) aquella peste; y todo lo que hay natural en el honbre se dexaua bien ver, que no pareçia sino vna muerte pintada, sino que miramos que con estar todo deshecho y conuertido en podre nunca acabó de morir, pero ansi fue tomado ante nosotros por vn demonio y fue arroxado por los ayres en Fleton. Esta me dixo mi angel que era el alma de vna dueña muy delicada y regalada que con vnturas curiosas y odoriferas curaua su cuerpo y adelgaçaua sus cueros, y que con semejantes tormentos son fatigados los que en tales exerçiçios se ocupan en el mundo para satisfazer la laçiuia de su carne. Desde ay a poco salio del rio otra alma que como escapada de vna prision o tormento muy brauo yua por el campo huyendo pensando poderse librar, y acaso le picó vna sierpe llamada pester y al momento paró y se le ençendió el rostro como fuego y se començó toda a inchar que en breue tiempo vino a estar tan redonda que ningun miembro mostraua su forma ni façion, sino toda ella se hizo redonda como vna pelota y mucho mayor de estatura

(¹) G., se.
(²) G., atormentaua.
(³) G., sierpe.
(⁴) G., de.

que ella vino alli, y por cima desta inchaçon por todas partes le salian vnas gotas de sudor de vna espuma dañada que la ponzoña le hacia votar, y ella estaua allá dentro zabullida en su cuerpo que le tenía dentro del pellejo abscondida como a caracol, y estaua dentro en sí heruiendo como vna olla de agua puesta a vn gran fuego; ansi la heruia aquella ençendida ponçoña dentro en las entrañas, hasta que subiendo en demasia la creçiente de la hinchaçon, dando un gran sonido a manera de trueno reuentó, saliendole aquella pestelençial podre por muchas partes con tan fuerte hidiondez que por ninguna via se podia sufrir; y luego llegó vn demonio atormentador que la cogio por una pierna y la boluio por el ayre arrojar en el medio del rio. Esta nos dixo aquel demonio ser el alma de vn muy inchado y soberuio juez que con tirania trauajaua tropellar a todos en el mundo sin hazer a alguno justizia, pero a todos hazia (¹) agrauio y sin razon. A otra alma que yua huyendo del fuego y prision mordio vna serpiente llamada hemorrois en vn braço y luego subitamente saltó dél al suelo y quedó toda el alma acreuillada de agujeros pequeños y muy juntos por los quales la ponçoña les salia enbuelta en sangre; de manera que por todos los poros le manaua con gran continuçion y las lagrimas que por los ojos le salia era de aquella emponçoñada de sangre; y por las narizes y boca le salia vn grande arroyo sin nunca çesar. Todas las venas se abrieron y subitamente se desangró, y con gemidos muy doloridos pareçia morir sin poder acabar; y ansi tomandola vn demonio sobre sus espaldas se lançó al fuego con él. Esta era vn alma de vn medico que en el mundo con gran descuydo sin estudio ni consideraçion vsaua de la mediçina por solo adquirir honrra y riquezas con peligro de los que a sus manos venian; *principalmente vsaua de la sangria con peligro de los paçientes sin miramiento alguno.* Luego fue mordida por vna serpiente llamada aspide vn alma de vn soliçito cambiador despierto y vibo para atesorar, la qual en siendo mordida se adormeçio de vn sueño mortal (²) y luego cayo en el suelo. Aun le pareçia a la desuenturada alma auer açertado en alguna suerte que la pudiesse dar algun momento de descanso, pues el punto que dormiesse podria no sentir, y ansi no padeçer; y avn juzgamos que le era buen trueque, pues no auiendo dormido con sosiego en el mundo por adquerir riquezas venia a dormir aqui. Pero engañose; porque llegó a ella vn demonio atormentador que a su pesar la despertó, porque tanto quanto más el veneno del aspide la adormeçia el demonio la

(¹) G., tropellaua haziendoles.
(²) G., profundo sueño.

despertaua con vn agudo (¹) aguijon de tres puntas de azero. En esto padeçio la desuenturada alma por gran pieza el más cruel y desgraciado tormento que con ninguna lengua humana se puede encareçer; porque con ningun genero de muerte ni tormento se puede comparar. Estando pues mirando esta tragedia cruel llegó al rio vna gran multitud de almas que querian pasar, las quales todas venian hermosas, agraçiadas y bien dispuestas al pareçer, y miré que cada vna dellas lleuaua vn ramillete en la mano quál de enzina, quál de castaño, roble y çipres; yo pregunté a mi angel qué compañia era aquella de almas que estauan alli, porque me pareçio ser para el infierno de demasiado solaz. El me respondio, que todas eran almas de mançebas de clerigos; yo le pregunté, ¿ques qué significan aquellos ramilletes que lleuan en las manos, pues en ellas no denotan la virginidad?; y él me respondio que desde la primitiua iglesia auian sido las mançebas de los abbades mulas del diablo para acarrear leña para atizar el fuego del infierno; y que por ser entonçes pocas avnque trayan grandes cargas no lo podian abastar, y agora les mandauan que lleuasse cada vna vn solo ramillete con el qual por ser tantas bastauan proueer con gran ventaja lo que antes no se podia con mucho basteçer; y ansi las arrebataron sus demonios atormentadores y las metieron en el rio Flegeton. En fin, mi angel me tomó por vn braço y façilmente me pasó de la otra parte de la ribera, y plugo a Dios que avnque era gran distançia fue sin alguna lision; y çierto el mi angel açerto a me passar sin me lo dezir, porque presumo de mi que no quisiera passar allá. Porque segun lo que vimos antes que passassemos pareçiome que no me atreuiera a passar; pero el mi angel lo hizo bien. Pusome en vn gran campo. ¡O dios inmortal! ¿que te diré? ¿Por donde començaré? ¿Que vi? ¿Que senti? Mi angel ¿que me mostró? ¿Duermes acaso, Miçilo? Agora te ruego me prestes *tú* atençion.

Miçilo.—¡Oh gallo! quán engañado estás conmigo pues me preguntas si duermo. Cosas me cuentas que aun con ser picado del aspide vn puro flematico no podria dormir. Despierto estoy y con gran atençion. Porque es tan grande el espanto y miedo que me han metido en el cuerpo esas visiones, sierpes, demonios, penas, tormentos que viste alli que si me viesses abrias de mí piedad. Enheriçados los cabellos, fria toda la sangre, sin pulso y sin pestañear. En fin, estoy tal que de temor he cesado del trabajo; por tanto dy, que ansi te quiero oyr.

Gallo.—Porque ya casi viene la mañana

oye, que solo proporne lo que adelante oyras Pareçiome como en aquel gran campo me apeé vn poderoso y estendido real, qual me acuerdo auerle visto por Xerses Rey de persas en la segunda expediçion que hizo contra athenienses despues de muerto su padre Dario. En el qua exerçito juntó vn millon y çien mil hombres. En aquel dia que Xerxes se subio en vna alta montaña por ver su exerçito que estaua por vn gran llano tendido por chozas, ramadas, tiendas y pabellones, que a vna parte auia fuegos, a otra humos, a otra comian y bebian los honbres, y a otra se matauan. En fin, espantado el mesmo Xerxes de ver tanta multitud lloró considerando que dentro de çien años ninguno auia de quedar de aquella multitud. Ansi me pareçió Miçilo, ser aquel campo del infierno, donde auia vna inimaginable distançia, en la qual vagaua inumerable cantidad de demonios y almas. Auia vn ruydo, vna grita, vna confusion que no sé a qué te la pueda comparar, porque en el mundo nunca tal se vio. Auia llamas, fuegos, humos, golpes de espada, de segures y hachas. Sonido de grillos y cadenas, lagrimas, lloros y bozes. ¡O Dios inmortal! quando aqui me vi, no sé con qué palabras te lo pueda encareçer; ¡tanta era la confusion y espanto! En fin no me osaua soltar vn momento de la mano del my angel, porque del mesmo suelo que ollaua tenia temor. Auia horcas de diuersas maneras en que estauan almas, vnas colgadas por los pies, otras por la cabeça, otras por medio del cuerpo, otras por los cabellos. Auia hoyas muy hondas llenas de culebras, sierpes, lagartos, sapos, alacranes, aspides y otros animales ponzoñosos, donde los demonios echauan grandes cantidades de almas. Otros nadauan por rios y lagunas de pez, azufre y resina, ardiendo sin se hundir ni nunca poder llegar a la orilla; y en otras lagunas de fuego eran echadas otras que en cayendo se hundian sin más las poder ver; lo qual prouenia de la grauedad de los pecados de parte de sus çircunstançias. En otros lugares se dauan tormentos muy crueles de agua de toca, de garrote y de cordel, y a otras atormentauan leuantandolas atadas por las muñecas atras y subidas con fuertes cordeles por carrillos y poleas en lo alto, colgadas vnas grandes pessas de hierro de los pies, y soltandolas con furia venian a caer sin llegar al suelo. De manera que aquel gran pesso las descoyuntaua todos los miembros con grandissimo dolor. A otras hazían cabalgar en cauallos de arambre, que en lo huero del cuerpo estauan llenos de fuego que los abrasaua hasta las entrañas, que los hazian renegar de sus padres, y del (¹) dia en

---

(¹) G., cruel.

(¹) G., maldixiendolos juntamente con el.

que naçieron y fueron engendrados (¹). Estauan infinitas almas de mugeres bagabundas lu-
xuriosas y viçiosas, atadas a vnos palos y tro-
ços de arboles y açotadas por demonios *con pul-*
pos, anguillas y culebras, abiertas a açotes
hasta las entrañas, gimiendo miserablemente (²); almas de rufianes, ladrones y soldados
atados por los pies a fieres cauallos, potros y
yeguas sin rienda ninguna eran lleuadas arrastrando con gran furia por montañas y sierras
de grandes pedregales y asperezas. A las almas
de los blasfemos renegadores sacauan las lenguas por el colodrillo y luego alli delante dellos
se las picauan en vnos taxones con vnas agudas segures y ansi se las hazian comer y que
las maxcassen y comiessen moliendolas entre
sus dientes con graue dolor. Las almas de los
vanos lisonjeros de prinçipes y señores, y de
truhanes y chocarreros las trayan los demonios
gran pieza por el ayre jugando con ellos a la
pelota sin dexarlas sosegar vn momento, y
despues las arrojauan en lo más hondo de aquellas ardientes lagunas. Estaua tan admirado de
uer la (³) espantosa tragedia y miseria infernal
que casi andaua fuera de mí, y ansi con vn
descuydo notable, que de mí mesmo no tenía
acuerdo ni atençion, me senté en vn troço de vn
arbol seco y chamuscado que estaua alli, y ansi
como descargué mis miembros como hombre
algo cansado gimio el madero mostrando que
por mi causa auia reçebido afliçion y dixo:
tente sobre tí, que harta miseria tengo yo; y
como lo oy espeluçaronseme los cabellos quedando robado del calor natural, temiendo que
algun demonio subitamente me queria sorber,
y ansi apartandome afuera por me purgar de
alguna culpa si en mi huuiesse le dixe: diosa,
o deydad infernal, quien quiera que tú seas perdona mi ignorançia, que por poco auiso he faltado a tu deuida veneraçion. Dime, yo te suplico, quién seas, que con digna penitençia te
satisfaré; y si eres alma miserable hablame con
seguridad, que yo no soy furia que a tu miseria
deseo añadir; y ella dando vn gemido de lo
intimo del coraçon dixo: yo soy el alma de
Rosicler de Syria, la más infeliz y malhadada
donzella que nunca en el mundo fue, pues por
amar a quien me engendró me fue a mi mesma
tan cruel que peno aqui con açerrimo dolor para
siempre jamas. Mi angel la importunó nos dixe-
ase la pena que padeçia alli, y ella con gran fatiga prosiguio. Y porque el dia es ya venido, en
el canto y mañana que se sigue oyras lo demas.

(¹) G , en que fueron engendrados y naçidos.
(²) G , hasta abrirles las entrañas gimiendo misera-
mente.
(³) G., tan.

Fin del deçimo quinto canto del gallo.

ARGUMENTO

DEL DEÇIMO SEXTO CANTO DEL GALLO

En el deçimo sexto canto que se sigue el auctor en Rosicler hija
del Rey de Siria descriue la feroçidad con que vna muger
acomete qualquiera cosa que le venga al pensamiento si es
lisiada de vn lasçiuo interes, y concluye con el deçendimiento
del infierno imitando a Luçiano en los libros que de varios
dialogos intituló.

GALLO.—¿Qué has, Miçilo, que tales vozes
das? Despierta y sosiega tu coraçon, que pareçe
que estás alterado.

MIÇILO.—¡O gallo! en quanta congoja y
afliçion me vi, y de quanta misericordia has
vsado comigo en me despertar; porque soñaua
que era lleuado por todos esos lugares espantosos de penas y tormentos que propusiste en
el canto de ayer, y soñaua que por la gran acti-
uidad y fuerça que tiene aquel açerrimo y espantoso calor con que abrasa el fuego infernal
era imposible entrar alli alguno sin se conta-
minar, ahumar, chamuscar o quemar; y ansi
en sueño me vi en vn gran campo tan rodeado
de llama que el resuelgo me faltaua, que por vn
momento que tardaras se me acabara el vibir.

GALLO.—Pues oye agora y verás quanta
differençia ay de verlo a soñarlo; como de lo
fingido, sonbra a lo verdadero y real; verás con
quanta façilidad se ofende Dios mientras viben
los malos aqui, y con quánto rigor se satisfaze
la suma justiçia despues. Verás la maliçia humana quan en el estremo se colocó en el sexo
femenil, y los homiçianos y inçestuosos en el
rigor que van a pagar; y venidos pues donde
dexamos el canto de ayer, si bien me acuerdo
te dixe que por inportunidad de mi angel pro-
ponia Rosicler la pena que padeçia alli, y ansi
la desdichada nos dixo: Sabreis que este es el
lugar donde son atormentadas las almas miserables de los auarientos vsureros, cambiadores,
renoueros, negoçiadores, que a tuerto y a derecho no hazen sino llegar gran suma de dineros para satisfazer su insaçiable cobdiçia, y
cada dia son traydas aqui estas y otras muchas
almas de otros diuersos generos de pecadores,
las quales con gran tormento son aqui picadas
tan menudas como sal con vnas hachas y segures sobre mi cuerpo como sobre vn taxon.
Bien puedes (¹) pensar el dolor que me hazen
cada vez que hieren sobre mí. Dinos agora la
causa de tu (²) mal, dixe yo; porque segun he
oydo dezir, descansan los afligidos dando parte
a otros de su passion; principalmente y presumen que en alguna manera los que oyen (³)
sienten su mal. Respondiome la desuenturada

(¹) G., podeis.
(²) G., tanto.
(³) G , oyeren.

alma: ¡Ay! que a las infernales almas es al reues, porque despues que entramos aqui, cada momento se nos ofreçe a la memoria, la culpa y causa de nuestra infeliçidad con que nos atormenta más Dios. Pero por os complazer yo os lo quiero dezir avnque augmenta las llagas y renueuase el dolor recontando la causa del mal. Pero el mal no se puede augmentar a quien tiene el supremo que se puede padeçer, como yo. Pues sabed que yo fue hija de Narçiso, rey de Damasco y de toda la Syria, prinçipalmente de aquella prospera y deleytosa prouinçia decapolitana, que ansi se llama por las diez ricas ciudades y antiquissimas que en ella ay. Damasco, Philadelphea, Scitoplis, Gadara, Hypodron, Pella, Galasa, Gamala y Jope; yo era por marauilla en el estremo hermosa donzella y deseada de todos los poderosos prinçipes del mundo y a todos los menospreçié porque mis tristes hados lo permitiendo y mi infeliz suerte lo ayudando fue presa de amores de Narçiso mi padre, que en hermosura y dispusiçion no auia en el mundo varon de su par, y por serle yo vnica hija y heredera me amaua más que a si de amor paterno. Pero por mi desuenturada suerte todos quantos plazeres y regalos me hazia era para en daño y miseria mia, porque todos redundauan en augmento de mi maliçia. Agora os quiero contar hasta dónde llegó mi mal [1]. Sabreis que por tener yo fama de tan agraçiada [2] donzella vino a la corte de mi padre vn graçioso y valiente cauallero hijo del Rey de Scoçia con voluntad de se casar comigo si lo tuuiesse yo por bien, y trabajar por su esfuerço y buenos hechos mereçerme la voluntad. El qual como me vio fue de nueuas y fuertes cadenas preso, y ençendido de nueuo amor de mi, por lo qual procuró con todas sus fuerças por mi seruir y agradar exerçitandose en señalados hechos en las armas; y ansi mi padre por ennobleçer su corte y exerçitar su caualleria a la contina tenía justas y torneos echando vando por todas las tierras del mundo que viniessen los caualleros andantes y de nombradia a verse en las armas lo que valia cada qual, y como Dares (que ansi se llamaua el prinçipe de Scoçia) me seruia y pretendia ganarme por sus señalados hechos a la contina se auentajaua a todos quantos a la corte y fiestas venian, dando mucha honrra a mi padre y enobleçiendole y afamandole su casa por el mucho valor de su persona. De manera que demas de estar contento mi padre de Dares, demas de ser hijo del rey de Scoçia, por sus grandes hechos y ardid en las armas deseaua que yo le quisiesse por marido y que fuesse

comigo su suçesor. Pero como yo tenía puesta mi coraçon tan asentado en Narçiso mi padre, los hechos de Dares y su gentileza, ni ser hijo de Rey no me mouia la voluntad a le estimar, más [1] me era ocasion de aborreçerle con coraje deseando que en las justas y torneos le suçediesse peor; y ansi muchas vezes le eché quadrillas de caualleros y puestos doblados que le acometiessen con furia para le auer de matar, y buenauentura, ardid y esfuerço hazia sobrepujar a todos en armas y valentia, de manera que a la contina salia de la contienda *vitorioso* y vençedor; y en todo esto reçebia mi padre infinito pessar por verme tan desgraçiada y tan desabrida con Dares, trabajando con palabras de me le encomendar cada y quando se ofreçia la oportunidad en sala ante caualleros quando se razonaua del suçeso del torneo, o justa de aquel dia; y yo tenía tan situado mi amor en mi padre en tanta manera que quando me persuadia con palabras que faboreçiesse a Dares me atrauesaua [2] cruelmente las entrañas con mortal rauia, pensando que procuraua echarme a otro por aborreçerme él, y teniame por desdichada y indigna de su amor, pues a quien tanto le amaua mostraua tan cruel estremo de ingratitud; y ansi vn dia entre otros muchos conçebi en mi pecho tanta desesperaçion que sospirando con gran ansia de lo profundo del alma me fue [3] de la sala de la presençia de mi padre determinada de me matar, y çiertamente lo hiziera sino que mi padre sintiendome alterada se fue tras mi a mi aposento y mostrando de mi gran pessar me mandó echar en vna cama donde con bessos muy dulçes por entonçes me dexó algo sosegado el coraçon; y Dares con liçençia de mi padre y fabor suyo mostraua quanto podia amarme y tenerme en lo intimo de sus entrañas soliçitandome a la contina con los ojos, sospiros, alma y muestras que él más podia, y con sus cartas y criados manifestaua lo que dentro el alma sentia; y quanto más él lo publicaua tanto yo más le daua a entender el aborreçimiento y odio que le tenía, y él por me conuençer trabajaua a la contina mucho más, haziendo a mi padre muchos seruiçios de gran afrenta y peligro, porque con el exerçito de mi padre dentro de vn año ganó a Syliçia y a Caria y a Pamphilia, Tarso y Comagena y me lo dio todo *a mi* añadiendo *lo* al estado y señorio de mi padre. Pero todo esto le aprouechó poco, porque pidiendome a mi padre que me diesse por su muger le respondio que sabria mi voluntad, y como mi padre me hablasse le respondí con muchas lágrimas, que no me queria casar, y que si él me forçaua como padre le asseguraua que otro dia veria el fin de mi vida; y como mi padre le declaró mi voluntad a Dares se le encaxó en el pensamiento que mi padre no tenía voluntad de darmele por su muger, porque tenía por çierto serle yo tan obediente hija que si él me lo mandasse lo haria, y ansi sin más esperar se despidio jurando con gran solenidad de se satisfazer con gran pessar y verguença de mi padre, y ansi se fue en Scoçia y dentro de breue tiempo truxo gran exerçito sobre la çiudad de Damasco y region decapolitana y en tanta manera nos conquistó que dexandole todo el reyno nos fue forçado recogernos en la çiudad de Jope que sola nos auia de todo el señorio dexado. Aqui nos puso en tanto aprieto y neçesidad que no teniamos ya qué comer, ni esperança de salud, y yo siempre pertinaz en el odio y aborreçimiento que dél auia conçebido, y mi padre llorando a la contina mi obstinaçion y mal destino; como el amor paterno le constreñia padeçia por no me contradezir, y por verle que lloraua cada dia con gran afliçion (¹) su miseria y abatimiento me derroqué en vna peruersa y obstinada determinaçion: assegurar a Dares en su real y cortarle la cabeça; y ansi trabajé sosegar a mi padre con palabras diziendo que yo le queria hazer plazer y salir a Dares al real y darmele por muger, y si me menospreçiasse ofreçermele por su sierua, o manceba amiga; y ansi venida la noche adorné mi cuerpo y rostro de los más preçiosos paños y joyas que tenía, y con vna sola criada de quien me confié me fue al real de Dares, y como llegué a las guardas me conoçieron me reçibieron con gran reuerençia y con presteça lo hizieron saber a su señor teniendo por muy çierto que seria muy alegre con tales nueuas. Porque desta conquista no pretendia alcançar otra empresa ni interes más que auerme por muger a mi, porque estaua a esta causa el más afligido que nunca en el mundo se vio; y como Dares supo que yo venia a él al real (²) se leuantó muy presto de vna silla donde estaua razonando con sus capitanes y prinçipales de su exerçito y me salio a reçebir a la puerta de su tienda y pabellon acompañado de todos aquellos varones que estauan con él y como a mi llegó me dixo: ¿De manera señora que por fuerça (³) has de tener piedad? ya yo no te la deuo: y yo respondi: pues yo te la vengo a demandar contra la dureça y obstinaçion de mi padre: porque sabiendo que ya no tenemos en quién esperar, ya que él por ser viejo tiene

(¹) G., verle tan amargamente llorar su.
(²) G., estaua en su real.
(³) G., forçada.

aborreçida la vida quierola gozar yo. Que esto por mi voluntad ya fuera muchos dias ha hecho, sino que las donzellas tenemos obligaçion a obedeçer. Entonçes todos aquellos caualleros y prinçipes que alli estauan como me vieron se espantaron de mi hermosura, juzgando por dichoso a Dares si de tal donzella era poseedor, y dezian entre si que a qualquiera peligro se podian los honbres arrisoar por me auer, y con esto se boluian a mi diziendo: cuerdamente has hecho, señora, pues ansi has comprado la vida con tu venida, porque agora no te puede negar su fabor el nuestro prinçipe; y con esto rendido Dares de mi beldad me lançó en sus retretes y secretas estancias donde se confirmó en su fe con palabras que descubrian su afiçion. Pues con esperança que tenía que esta noche tomara la possession y gozo de su tan deseado bien mandó aparejar sus preçiados estrados y mandó disponer con mucha abundançia el comer y beber con que (¹) hizo vn sumptuoso conbite aquella noche a todos aquellos sus prinçipes y capitanes. De manera que con aquel regoçijo que todos tenían bebieron demasiado, y tambien por çierta confeçion que yo lleuaua que con la bebida la mezclé se desbarató que se dormia en tanta manera que de sueño no se podia contener; y ansi mandó que se fuessen todos a su sosiego y nos dexassen solos sin pensamiento de más guerra, pues ya se le auia la fuerça y homenaje rendido; y ansi como yo le senti tan vencido y fuera de su juizio por el effecto del vino, y tan confiado de mi, ayudada de mi donzella (que solas auiamos quedado con él) le tomé su espada de la çinta y le corté con ella la cabeça; y como era el primer sueño en todos los del real, todas las guardas estauan dormidas y sin cuydado por auer todos comunicado aquella noche el vino en abundançia. Ansi lançando la cabeça de Dares en vna caxa que alli hallamos dexando el vaso que dentro tenía, que era el en que agoraua Dares, nos salimos por medio del real sin que de ninguno fuessemos sentidas y nos fuemos para la nuestra çiudad de Jope. Donde siendo reçebida de mi padre y haziendole saber mi atreuimiento le pessó, y por ser ya hecho se proueyo a lo que se deuia de hazer. Que luego se mandó poner a punto toda la gente de la çiudad y fue puesta al muro la cabeça de Dares en vna lança, y luego como amaneçio se dio con furia en el real, que todos dormian sin cuydado pensando que por mi estauan hechas pazes perpetuas, y ansi en breue tiempo fueron todos los capitanes y prinçipales del exerçito puestos a cuchillo, y la otra gente que desperto procuró con huyda ponerse en saluo. Pues como mi padre tubo destruydos sus enemigos y cobrado su reyno quiso se aconsejar comigo qué debria de hazer, y como yo desdichada tenía determinada mi maliçia y a la contina creçia en mi peruersa obstinaçion sacauale de qualquiera determinaçion que conçibiesse de me casar, teniendo esperança de effectuar con él mi inçestuosa voluntad, y ya no dando lugar a más dilaçion me determiné vna noche en el mayor silençio, estando mi padre en su lecho sosegado y dormido, aseguradas las guardas de su persona que le entraua a visitar como hija a su padre, entré a su lecho pensando lançarme en él, confiada que quando despertando me hallasse con él abraçada holgaria con mi conuersaçion, y ansi como junto a su cama me despojé de todos mis paños, como començe a andar con la ropa de la cama para me lançar desperto con furia y sospechando estar en poder de sus enemigos tomó su espada y antes que yo tuuiesse lugar de manifestarmele me hirio tan fieramente que me sacó la vida, y ansi en pena del effectuado homiçidio y del deseado inçesto fue trayda aqui donde padezco la pena que aueis oydo para siempre jamas. Quando acabó Rosicler su tragedia yo quedé marauillado de ver tan hazañosos acometimientos en pecho femenil; y luego vimos llegar gran compaña de demonios que trayan muchas almas atormentar en aquel taxon, y preguntando qué almas eran respondieron ser Luthero, Zuinglio, Osiander, Regio, Bulzero, Rotenaclzer, Oecolampadio, Phelipe Melampto, heresiarcas en Alemania, con otra gran compaña de sus secaçes. Los quales fueron tomados por los demonios y puestos sobre Rosicler, y con vnas hachas y segures los picaron alli tan menudos como sal, y ellos siempre doliendose y gimiendo entre sí; y despues de muy picados y molidos los echauan en vnas gran calderas de pez, azufre y resina que con gran furia heruia (¹) en grandes fuegos, y alli se tornauan a juntar con aquel cocimiento y asomauan por çima las cabeças con gran dolor forçando a salir, y los demonios tenian en las manos vnas vallestas de garrucho y asestando a los herir al soltar se zapuzauan en la pez feruiente, y algunos heridos con graue dolor se quexauan y tornauan a salir con las saetas lançadas por el rostro, y los demonios los tornauan otra y otra vez a herir, y algunos salian que de nueuo boluian al tormento en diuersas otras maneras, y ansi se procedia con ellos para siempre sin fin.

MIÇILO.—Agora, gallo, muy marauillado estoy de ver como se despedaçauan estas almas, pues los cuerpos que podian ser despedaçados estauan sepultados en Alemaña y las almas solas alli.

GALLO.—Pues ese es mayor género de tormento: que el alma en el infierno padezca sola los mesmos tormentos que el cuerpo pueda padeçer, lo qual ordena y haze la justiçia de Dios para su mayor puniçion. Pasando adelante por estos espantosos y sombrios campos vimos infinitas estançias de diuersos tormentos de pontifiçes, cardenales, patriarcas, arçobispos, obispos, perlados, curas y rectores eclesiasticos que auian passado en el mundo las vidas en herror y deleyte. En otros miserables y apartados lugares auia gemidos y lloros de reyes, prinçipes y señores injustos y tiranos; vnos asados en parrillas, otros en asadores y otros cruelmente despedaçados. Aqui vimos a aquel desasosegado aleman (¹) Juan, Duque de Saxonia, enemigo de la paz, en contina guerra y contienda, y llegueme a él y dixele (por que allá en el infierno no se tiene respecto a ninguno.) ¡O cristianissimo! ¿acá estás? El me respondio con vn gran sospiro; como lo ves, ¿Menipo? yo me marauillo, porque cristiano quiere dezir el que sigue a Cristo; y cristianissimo, el que más le sigue de todos. Pues si el que más sigue a Cristo está acá, ¿quanto más el que le siguiere (²) como quiera? y él sospirando me respondio. Y yo le dixe: O Menipo que allá en el mundo compranse los buenos nombres y titulos por dinero, y despues poseense con gran falsedad. Pluguiera a Dios que yo fuera el más pobre hombre del mundo, y que por algun infortunio yo perdiera todo mi reyno y forçado viniera a mendigar, antes que venir aqui. Luego adelante vi aquel mi grande amigo Callidemes griego, el qual como llegué le dixe. ¿Acá estás tu tanbien, Callidemes? y él me respondió: si, Menipo como ves; yo le dixe: dime por mi amor quál fue la causa de tu muerte; y él luego me començó a dezir: ya sabes, Menipo, que yo tenia gran amistad y conuersacion con aquel gran rico Theodoro natural de Corintho, al qual serui y obedeçi porque como él era viejo y rico, y sin heredero auia prometido dexarme por suçesor, y como en vna enfermedad hizo testamento deseaua que se muriesse: pero vino a conualeçer, de lo que me pessó, y asi conçerteme con el paje que nos daua a beber que le echasse en el vaso de su bebida vn veneno que le di: y mandele que se lo (³) diesse á beber quando lo demandasse prometiendole hazerle heredero juntamente comigo; y vn dia que comimos de vanquete y festiuidad como demandó á beber Theodoro y dixo que me diessen luego a mi, suçedio que tomó el paje por hierro el vaso mio con que yo auia de beber y diosele al viejo y a

---

(¹) G., hazian.

(¹) G., Françisco françes.
(²) G., que no.
(³) G., le.

mí diome que bebiesse el que estaua aparejado con veneno para el viejo, y luego como yo le bebí, porque con la sed bebí las hezes del suelo no pensando que el moço se podía engañar, y yo luego cay en el suelo muerto, y el viejo bibe agora muy alegre; y como yo le oya este acontecimiento reyme del suçeso como hazes agora tú. De lo qual Calidemes se afrontó y me dixo. ¿Ansi ries y vurlas del amigo, Menipo? yo le respondí ¡O Calidemes! ¿y ese acontecimiento es para no reyr? ¿Pudose nunca a hombre dar pago tan justo como se dio a tí? Pero dime, el viejo Theodoro ¿qué dixo cuando te vio caer? El me respondio: marauillose quando ansi subito me vio morir, pero quando del paje supo el caso de hierro del vaso, tambien el se rió; yo le dixe: por çierto bien hizo, porque si aguardaras vn poco, ello se viniera a hazer conforme a tu deseo, y ansi pensando auentajarte atajastes el vibir y heredar. Y estando en esto luego llegó a hablarme Chyron, mi grande amigo, aquel que fue tenido por medio dios por su gran saber. Al qual en llegando le abraçé marauillandome, porque pense que le dexaua vibo acá, y él me dixo: ¿de qué te marauillas, Menipo? yo le dixe: de verte tan presto acá, que no pense que eras muerto. Dime Chiron ¿cómo fue tan subita tu muerte? y él me respondio: yo me maté porque tenía aborreçida la vida. Dixele: mucho deseo tengo de saber qué mal hallaste en la vida pues solo tú aborreçes lo que todos aman y grangean, y él me respondio: pues esto has de saber, Menipo, que avnque todo el popular vulgo tenga la vida del mundo por muy buena yo no la tengo simplemente por tal, mas antes la tengo por variable y de mucha miseria. Porque como yo tanto vibiesse en el mundo vsando tanto tiempo de las mesmas cosas, del sol, de la noche, del comer, del beber, del dormir, del desnudar, del vestir; oyr cada dia las mesmas horas del relox por orden reçiproco, inportunauan mis orejas en tanta manera que ya la aborreçia; y enhastiado de tanta frecuençia por hallarme cansado me quise acabar pensando venirme acá a descansar de tan inconportable trabajo. Porque en la verdad yo hallo que el deleyte ni descanso no consiste en gozar perpetuamente de las mesmas cosas, pero conuiene en tiempos vsar de la diuersidad y mudança dellas; yo le repliqué [1] pues dime ¡o sabio Chiron, ¿sientes te mejorado en esta vida que tienes en el infierno? El me respondio: avnque no mejore [2] no me tengo por muy agrauiado, Menipo, porque si acá reçibe tormento y pena el alma no me era menor tormento la importunidad que me daua el cuerpo

por la neçesidad que tenía de regalarle y sobrelleuarle allá, y esta ventaja ay acá: la igualdad en que vibimos todos. Porque no ay pena a que se iguale la obligaçion que se tiene en el mundo a tenerse respecto entre sí los hombres. A los parientes, á los amigos, a los bezinos, a los perlados, a los prinçipes, reyes y señores. En conclusión, vniuersalmente vnos a otros. Acá siempre estamos en un ser, libertados de aquellas pesadumbres de allá. Y yo le dixe: mira, Chiron, pues eres sabio no te contradigas en lo que vna vez dixeres, porque es gran descuydo. Porque si tú dizes que dexaste el mundo porque te daua hastio vsar a la contina de las mesmas cosas, mucho más te enhastiarás aqui pues en las mesmas has de estar para siempre jamas. Respondiome: ansi lo veo yo agora por experiençia que me engañé, Menipo. Pero ya ¿qué quieres que haga? Y como le vi vençido por no le dar más miseria con mi importunidad le dixe: solo esto quiero, Chiron, que vibas contento con la suerte que posees, y en aquello prestes paçiençia que sin mayor mal euitar no se puede; y ansi desapareçio de ante mí aquella alma. Estauan por alli religiosos apostatas, falsos prophetas y diuinadores, zarlos, questores, y otra gran trulla de gente perdida. Estauan letrados, abogados, juezes, escribanos y offiçiales de audiençias y chançellerias. Vimos tanto que no ay juizio que te lo baste descreuir en particular. Basta que cuanto yo puedo te sé dezir que va tanta differençia de lo oyr a lo ver, como de la apariençia a la existençia; como de lo vibo a lo pintado; como de la sombra a lo real. En fin, quiero dezir, que con todas las fuerças humanas no se puede pintar con la lengua, ni encareçer tanto el dolor y miseria que padeçen alli los dañados [1] que en cantidad de vna muy pequeña hormiga, o grano de mixo se pueda sentir por ningun entendimiento quanto quiera que tenga la posible atençion. Sé dezir, que quando me huuiere mucho fatigado por dezir más no abré dicho vna minima parte de lo infinito que alli ay; y ansi vimos a deshora en vna alta roca vn alto y muy fuerte castillo de doblado muro que con gran continaçion no hazia sino ahumar, [2], donde nos dixeron habitar Luzifer, y ansi guiamos para allá; no hazian [3] demonios sino entrar y salir, que no pareçia sino casa de vna chançiller audiençia [4], ó de vniuersal contrataçion. Porque era tanta la multitud y concurso de demonios y almas que con gran dificultad podimos romper. Entramos vnas puertas de fino diamante a vn gran patio, donde en el fin de una gran distan-

[1] G., respondí.
[2] G., mejorado.

[1] G., condenados.
[2] G., ahumana.
[3] G., frequentauan mucho los.
[4] G., chançelleria.

çia estaua vn gran trono que me pareçio ser edificado del fuerte y inuiolable marmol, donde estaua sentado Luzifer. Era vn gran demonio que en cantidad era muy mayor, más terrible, más feo y más espantoso que todos los otros sin comparaçion. Tenía vn gran ceptro de oro en la mano, y en la cabeça vna poderosa corona inperial, y todos le tenian gran obediençia. Pero tenía muy gruesas cadenas que con muy fuertes candados le atauan y amarrauan en la fuerça de aquel marmol del teatro donde estaua sentado, que mostraua en ningun tiempo se poder mouer de alli. Dizen que estos candados le echó Cristo quando entró aqui por los sanctos padres al tiempo de su resurreçion, y que entonçes le limitó el poder, porque antes de la muerte de Cristo todo el vniuerso tenía vsurpado Luzifer y a todos los hombres lleuaua al infierno para siempre jamas. Puestos alli ante el juez infernal auia tanta grita, tantas quexas, tantas demandas que no sabia a quál oyr: porque es aquel lugar natural vibienda de la confusion. Pero el Luzifer los mandó callar y dixeron unos demonios ançianos: Señor, ya sabeis como está éste vuestro infierno muy cargado de presos que ya en él no pueden cauer, y la mayor fatiga que tenemos es con la gran muchedumbre de ricos canbiadores, vsureros; mercaderes, merchanes y renoueros, trapazeros que acá estan, que cada dia emos de atormentar: tanto que ya no lo podemos cumplir. Porque no ay genero de pecadores de que más vengan acá despues que crió Dios el mundo. Que ya sabeis que estos no se pueden saluar como Cristo lo auctorizó diziendo ser tan posible su saluaçion como es posible entrar vn camello por el ojo de vn aguja, que es harta inposibilidad. De manera que por esta sentençia desde que Dios crió el mundo hásta agora no viene otra gente más comun aca, y principalmente como en este caso de los ricos el mundo va de peor en peor, de cada dia vernan más. Porque agora vemos por experiençia que la cobdiçia de los hombres es en el mundo de cada dia mayor, y mayor sed por enrriquezer. Porque agora se casa vn *mançebo* çiudadano con mil ducados de docte, y viste y adorna a su muger con todos ellos, y luego toma las mejores casas que ay en su pueblo con la meytad de çenso por se acreditar, y haziendo entender que es rico con aquellas casas y familia, moços y mulas luego se haze canbiador de ferias, y con esto come y juega mejor, y luego no se ha de hallar la mercaderia sino en su casa: porque fiado, ó mohatrado, o cohechado, o relançado él lo ha de tener por tener con todos que entender, dar y tomar.

El ruan, la holanda, el angeo, la tapizeria y otras cosas quantas de mercaderia son, todas las ha de tener como quiera que a su casa puedan venir. En fin por negoçiar, por trapazar, por trampear todo lo ha de tener con cobdiçia que tiene de ser rico y ser estimado ante todos los otros. De manera que hallareis vn hombre solo que no ay mercaderia que no trate con esta sola intinçion; y ansi ninguno se escapa que no venga acá, y por yr el negoçio en esta manera puede venir tienpo que no podamos caber en el infierno, ni aya demonios que los basten atormentar. Porque cada qual quanto quiera que sea vilissimo xornalero cauador se presume enobleçer (¹) con negoçios. Porque de cada dia se augmentan las vsuras, los cambios, las merchanerias, trampas, y engaños, trapazando ferias y alargandolas. En fin, señor, es grande su cobdiçia, en tanta manera que han hallado y inuentado maneras para se condenar que nosotros no las podemos entender. Por lo qual, señor, deueis suplicar a Dios os ensanche el infierno, o enbiadlos al mundo a purgar. Como Luzifer huuo (²) bien oydo este caso açerca del negoçio de los desuenturados ricos, considerando bien el hecho como conuenia publicó vna sentençia por la qual en effecto mandó que todas las almas de los ricos que de quatro mil años a esta parte estauan en el infierno fuessen lançadas en cuerpos de asnos y saliessen al mundo a seruir a honbres pobres; y luego por esta sentençia fueron tomadas por los demonios infinito número de almas y lleuadas por diuersas prouinçias del mundo. En la Asia a los indos, hybernios, hyrcanos, batrianos, parthos, carmanios, persas, modos, babilonos, Armenios, sauromatas, masagetas, capadoçes, frigios, lydos, syros y arabes. En Africa fueron lleuadas a los Egipçios, trogloditas, garamantes, etiopes, carthaginenses, numidianos (³) y masilienses. Y despues en toda la Europa fueron lleuadas a los scithas, traçes, getas, maçedones, corinthos, albanos, sclauones, rosios, daçes, vngaros, tudescos, germanos, anglos, ytalos, galos y hyspanos. Y todas aquellas almas fueron lançadas en cuerpos de asnos y dadas en possesion de pauperrissimos aguaderos, azacanes, recueros, tragineros y xornaleros miserables, los quales todos con muchos palos y poco mantenimiento los atormentan con graue carga, miseria y dolor; y luego como Luzifer huuo despachado este negoçio mirando por nosotros quiso proueer en nuestra petiçion. La qual leyda la bessó y puso sobre su cabeça, y mandó a Sathanas ansi la obedeçiesse como le era mandado por Dios; y como huuimos negoçiado despedimonos del Luzifer, y él mandó a Asmo-

---

(¹) G., adelantarse a otros enobleçiendos.
(²) G., ouo.
(³) G., numidas.

del que era vn demonio ançiano y muy gran su pribado y familiar que nos sacasse del infierno sin rodeo alguno y nos pusiesse en el mundo donde residia entonçes el Consejo real. Lo qual hizo con gran diligençia, que al presente residia en Valladolid. Y vn dia de mañana procuramos presentar la petiçion en el Consejo de la Inquisiçion de su magestad y vista por los del Consejo nos respondieron que se veria y proueeria lo neçesario y que conueniesse; y andando por algunos de aquellos señores por hablarlos en sus casas nos dezian que era escusado esperar prouision, porque hallauan que si quitassen estas superfluidades de las sçiençias no se podria el mundo conseruar, porque los sabios y maestros no ternian que enseñar, y por el consiguiente no podrian ganar de comer.

MIÇILO.—*Espantado estoy de ver quanto mejor obedeçen los diablos que los hombres.*

GALLO.—Y ansi (¹) como vimos que yua la cosa tan a la larga lo dexamos de seguir, y el mi angel como me hubo guiado en toda esta xornada me dixo: mira, Menipo, yo he hecho este camino por tu contenplaçion, por quitarte de pena; que bien sabía yo en lo que auia de parar. Agora te quiero dezir la suma de mi intinçion. Sabe que el mejor y más seguro estado de los hombres en el mundo es de los ydiotas, simples populares que passan la vida con prudençia. Por lo qual dexate de oy más de gastar tienpo en la vana consideracion de las cosas altas y que suben de tu entendimiento, y dexa de inquirir con especulaçion los fines y prinçipios y causas de las cosas. Menospreçia y aborreçe estos vanos y cautelosos sylogismos que no son otra cosa sino vurla y vanidad sin prouecho alguno, como lo has visto por esperiençia en esta xornada y peregrinaje; y de aqui adelante solamente sigue aquel genero de vida que te tenga en las cosas que de presente posees lo mejor ordenado que a las leyes de virtud puedas; y como sin demasiada curiosidad ni soliçitud en alegria y plazer puedas vibir más sosegado y contento; y ansi el mi angel me dexó y yo desperte como de vn graue y profundo sueño (²) espantado de lo mucho que auia visto como te lo he narrado por el orden que has oydo y yo mejor he podido.

MIÇILO.—¡O gallo! Dios te lo agradezca el plazer y honrra que me has hecho en (³) tu feliçissima narraçion. De oy más no quiero otro maestro, otro philosopho, ni (⁴) otro sabio consejero que a tí para passar el discurso de la vida que me queda, y ruegote que no me dexes, que juntos passaremos aqui nuestra vida; que

(¹) G. Pues.
(²) sueño muy profundo.
(³) G , con.
(⁴) G., más.

segun me dizes es la más segura, segun tengo entendido por tu esperiençia (¹).

GALLO.—Ya te he contado, Miçilo, hasta agora mi dichosa y admirable peregrinaçion, en la qual por su espanto y terribilidad te he tenido suspenso y algo desasosegado, segun he hechado de ver (²); por lo qual de oy más te quiero contar cosas graçiosas y suaues, con que en donayre y plazer passes mejor el trabajo del dia. Ofreçesseme; quiero te contar agora vn suaue y graçioso conbite; vna opulenta y admirable copiosidad de vna missa nueua, en que siendo clerigo en vn tiempo me hallé. Dezirte he tanto regocijo de aquellos clerigos, tanto canto, tanto vayle, tanta alegría que no se puede encareçer más; y despues dezirte he vna fragosa y arriscada tragedia que calentando el vino las orejas de los abbades suçedio. Confio que con esto soldarás el espanto que te he puesto hasta aqui. Agora abre la tienda, que en el canto que se sigue lo prosiguire.

Fin del deçimo sexto canto del gallo.

ARGUMENTO

DEL DEÇIMO SEPTIMO CANTO DEL GALLO

En el deçimo septimo canto que se sigue el auctor imitando a Luçiano en el dialogo llamado *Conuiuium philosophorum*, sueña auerse hallado en vna misa nueua, en la qual descriue grandes acontecimientos que entre clerigos en ella passaron (³).

MIÇILO.—Despierta, gallo, que pareçe ser hora para que con tu promesa me restituyas en mi pristina alegria, porque el peregrino y nueuo proçeso y manera de dezir de tu prodigiosa narraçion infernal me tiene tan espantado que por ninguna contraria manera de dezir pienso poder boluer en mí para oyr y hablar con mi primera libertad; y es ansi qve aunque por su admiraçion el cuento mueue a atençion contina hazesse más estimar quando se considera el credito que se deue a tu sér por auer sido çelestial. Porque no pareçe ni se puede dezir que solo me le has contado por darme deletaçion, como hazen los fabulosos inuentores de mentiras en las prestigiosas y monstruosas (⁴) narraçiones que escriuen solo por agradar y dar a los lectores *oçiosos* con que el tiempo se pueda entretener (⁵) *aunque sea con vana ocupaçion.* Porque me

(¹) G., segun tengo entendido por tu esperimentada narraçion es la mejor y más segura.
(²) me ha pareçido.
(³) G., que comunmente en semejantes lugares suelen passar.
(⁴) G., monstruosas y prodigiosas.
(⁵) G., puedan entretener el tiempo.

dizen que han sido muchos philosophos auctores *de semejantes obras;* como Cthesias y Jamblico ([1]); de los quales el vno ha escripto cosas admirables de las Indias; y el otro del mar oçeano ([2]) sin que ninguno dellos huuiesse visto, ni en algun auctor leydo cosa de las que cada qual dellos escriuió. Pero fue tan grande su eloquençia y admirable manera de dezir que quanto quiera que manifiestamente escriuian ([3]) fiçion, por escreuir en aquel estilo hizieron graçiosa y estimada su obra. Otros dizen que ha hauido que con ingenio espantoso han contado de si grandes viajes y peregrinaçiones, fiereza de vestias y diuersidad de tierras y costunbres de hombres, *sin auer ninguna cosa de las que descriuen en el mundo,* que ([4]) por la dulçura de hablar ([5]) los han tenido en veneraçion. Como aquel ingenioso inuentor ([6]) Homero escriuió de su Ulixes auer visto animales, y gigantes monstruosos Poliphemos con solo vn ojo *en la frente* que se tragauan los hombres enteros y vibos; y esto sin los auer engendrado hasta oy naturaleza. Desto estoy bien seguro yo que *tú* no imitas a estos en tu passada historia, porque no es de presumir que infames los çelicolas con tú con ([7]) mentirosa narraçion. Por tanto despierta y prosigue que yo te oyré. Cuentame aquella sangrienta batalla, aquel suçeso canpal que ayer me propusiste ([8]) dezir, pues de tu promesa no te puedes excusar.

GALLO.—Por çierto Miçilo, mucho estoy arrepentido en auerte propuesto essa sacrilega tragedia, pues en ella hago ser publicos los desatinos tan excesinos que el vinático furor causó en aquellos religiosos juizios y habito saçerdotal, lo qual más conuenia ser callado y sepultado en el profundo del oluido por auer acontecido en personas que auian de ser exemplo de templança, prudençia y honestidad: antes que ser yo agora relactor de las deshonestas y desuariadas furias que passaron entre su beber. Mal pareçe dar yo ocasion con mi lengua a que auiendo tú plazer te rias y mofes de aquella consagrada caterua que está en la tierra en lugar de la diuina magestad ([9]). De manera que

([1]) R., Jambulo.
([2]) R , de oçeano.
([3]) G , escriuan.
([4]) G., y.
([5]) G., del dezir.
([6]) G., poeta.
( ) G., con tu.
([7]) G., prometiste.
([9]) G., en ello hago ser publico el desorden y poca templança con que esta gente consagrada toma semejantes ayuntamientos; los quales les auian de ser vedados por sus perlados y juezes, y a estos querria yo ser destos relactor, porque lo podrian remediar, antes que no a tí; porque en contartelo solo doy ocasion con mi lengua a que auiendo tú plazer, te rias y mofes de aquella consagrada caterua que está en la tierra en lugar de la diuina magestad.

si yo me huuiere flaca y friamente en el persuadir y demostrar este acontecimiento corro peligro en mi persona de tiuio orador; y quando por el contrario en el encareçer y esaxerar me mostrare eloquente será para más augmentar tu risa y mofa, haziendo en mayor infamia de aquella religiosa gente. Por tanto mira, Miçilo, si es más conueniente a hombre bien acostumbrado como tú dexar de inportunarme que te cuente semejantes acontecimientos; porque a mí me pareçe ser obligado a los callar.

MIÇILO.—¡O gallo! quiero que sepas que quanto más niegas mi petiçion tanto más augmentas en *mi* el deseo de te lo oyr. Por lo qual proçediendo en la costumbre de nuestra buena conuersaçion y tu graçioso dezir podras començando luego ganar el tienpo que se podria con la dilaçion perder.

GALLO.—Agora, pues ansi quieres y tanto me importunas yo te quiero obedeçer: pero con vna condiçion, que con juramento te tengo de ligar á ella; y es que no se ha de ([1]) publicar fuera de aqui.

MIÇILO.—Agora comiença, que yo lo prometo, que no sea ([2]) más publico por mí, ni seré causa que otro lo sepa. Dime por orden todas las cosas: qué fue la causa ([3]) de la cena ([4]): y qué personas fueron alli en el combite, y que passó en el suçeso.

GALLO.—Pues començando por el prinçipio sabras que la causa fue vna misa nueua: porque Aristeneto cambiador, hombre rico, tiene ([5]) vn hijo que se llama ([6]) Zenon: hombre estudioso y sabio, como sabes, el qual ([7]) por tener ya edad conueniente para elegir estado vino a cantar misa y para esto el padre de su parte combidó todos sus parientes, vezinos y amigos, juntamente con sus mugeres, y Zenon ([8]) misa cantano de la suya ([9]) llamó a todos sus preceptores *que auian sido de las sçiençias,* gramatica, logica, philosophia y theologia, y despues *con estos* conbidó a todos los curas y benefficiados *casi* desta çindad que eran en gran copia ([10]) y con estos auia dos religiosos de cada orden.

MIÇILO.—Yo nunca vi conpañia de tanto santidad.

GALLO.—Pues viniendo al proçeso del aconteçimiento ([11]) sabras que el dia señalado que

([1]) G., que jures de no lo.
([2]) G., será.
([3]) G., el fundamento.
([4]) G., fiesta.
([5]) G., tenía.
([6]) G., llamaua.
([7]) G , que no se si le conoçiste. Este mançebo.
([8]) G., y el.
([9]) G., de su parte.
([10]) G., eran muchos.
([11]) G., de la historia.

fue vn domingo primero de mayo, que es el mes más apacible y graçioso a todes, (¹) conuenimos luego por la mañana todos los combidados a casa de Aristeneto para acompañar a Zenon hasta el templo; fuemos con gran çelebridad (²) de cançion de clerigos, y gran musica de instrumentos, laud, de arco, rabel, vihuela, psalterio, y otras agraciadas sonajas que tañian hombres que para semejantes autos se suelen alquilar. Quando fue acabada aquella diuina celebraçion *de la missa*, con el orador que *con ingenio* discantó el merito y grandeça de la dignidad, y ofreçimos todos al misa cantano, nos boluimos (³) juntos *con la mesma musica* a casa de Aristeneto. Donde despedidos aquellos que solo fueron combidados para el acompañamiento, se llegó Aristineto a mi y a la oreja me dixo que me quedasse a comer allá (⁴) *con él*. Dios sabe quanto me holgué, porque çierto que sobraua en mi casa la raçion; prinçipalmente porque despues que en el templo ofreçi no fue mucho lo que en la bolsa me quedó. Fuemos lançados todos a vn gran palaçio muy adornado y dispuesto para el combite. En el qual auia dos messas a la larga de la sala, la vna que yua a la vna pared, y otra por otra. En la frontera de la sala yua vna (⁵) messa como cabeçera de las otras dos, en la qual se sentó en el medio Zenon (⁶) tomando a su mano derecha a su padre Aristeneto; y a la izquierda (⁷) estaua su padrino que era aquel Cleodemo, antiguo y honrado varon que fue cura del abogado de las estrenas (⁸) San Julian.

MIÇILO.—¡O qué monarcha y prinçipe de saçerdotes me has contado!

GALLO.—A los lados ocupauan esta mesa de la cabeçera, a la vna mano el guardian y compañero de San Françisco y á la otra el Prior de Sancto Domingo con vn (⁹) conpañero de grande (¹⁰) auctoridad. En la mesa de la mano derecha se sentaron (¹¹) por orden los maestros de Zenon y clereçia que fuemos (¹²) muchos en numero; y a la otra mano se sentaron los casados, cada qual con su muger; *y quando fuemos todos sentados* començaronse las mesas a seruir *con grande abundançia de frutas del tiempo.*

MIÇILO.—¿Pues entre los dos perlados de San Françisco y Sancto Domingo no uvo di-

fferençia sobre la mano a que cada qual se auia de sentar.

GALLO.—Mucho antes se consultó con ellos y diffinió. Entre los dos curas de Sanctesidro y San Miguel uvo un poco de contienda; porque preferiendo Aristeneto en el asiento el de Sanctesidro al de San Miguel por su mayor antiguedad (¹) se leuantó en pie el de San Miguel porque era preçeptor de Gramática y presumia de philosopho y dixo: sy *a ti*, Aristeneto, te pareçe que el cura de Sanctesidro se ha de preferir a mí, engañaste; y por no lo consentir me voy y os dexo libre el combite. Porque avnque él sea viejo por dos razones se me deue *a mi* la uentaja, pues dize Salomon que canas muy antiguas son (²) en el hombre el saber *quanto quiera que sea moço*, y ansi tomó por la mano su mochacho y començó a fingir querer caminar y luego el cura de Sanctesidro dixo: nunca plega a Dios que por mí dexes de te holgar; y apartandose afuera le hizo lugar en la delantera y él se sentó (³) atrás.

MIÇILO.—Conuenieron presto *esos dos* por gozar.

GALLO.—Fue a todos ocasion de gran risa, y no se pudiendo (⁴) sufrir Zenothemo maestro de Philosophia (⁵) dixo en alta voz ser aquello exemplo de *la* figura Antiptosis isteron proteron (⁶) de lo qual todos aduertiendo se rieron mas (⁷).

MIÇILO.—Pues entre los casados ¿no se ofreçio cosa que pudiesses notar?

GALLO.—Los casados solamente tenian ojo y atençion en aquellos hombres sabios y religiosos, su ambiçion, su puesto, hablar, beber y comer y conuersaçion: en fin, todos aquellos seglares se fingian tener cuenta con el plato, pero más la tenian con lo que entre los clerigos passaua (⁸). Porque como todos al prinçipio començamos a comer de aquellos sabrosos y bien aparejados manjares, todos mirauamos al cura de San Miguel que todo quanto delante le seruian lo daua al mochacho que tenia junto (⁹) a si, pensando que ninguno lo via, y el mochacho lo echaua en vna talega. El comia con insaçiable agonia y lançaua en los pechos y fatriguera medias limas y naranjas, y algunas guindas que andauan rodando (¹⁰) por la messa.

(¹) G., del año.
(²) G., solenidad.
(³) G., boluimonos.
(⁴) G., alli.
(⁵) G., auia otra.
(⁶) G., el misa cantano.
(⁷) G., otra mano
(⁸) G., de San Julian.
(⁹) G., su.
(¹⁰) G., gran.
(¹¹) R., se sentó.
(¹²) G., fueron.

(¹) G., por ser más viejo.
(²) G., que la sçiencia son canas en el hombre.
(³) G., asentó.
(⁴) G., asento.
(⁵) Y luego dixo.
(⁶) G., de la Gramatica.
(⁷) R. (*Nota marginal*) Gramatica. *Figura antiptosis est casus pro casu posi.*
(⁸) G., notandolos de ambiçiosos, glotones y de poco sosiego: fingiendose todos tener cuenta con el plato, pero más la tenian con lo que entre los clerigos passaua.
(⁹) G., tras.
(¹⁰) G., que rodauan.

Daua a mochacho piernas de perdiz y de pato; pedaços de vaca y de carnero, y algunos suelos de pasteles (¹) y pedaços de pan y torta. Diole pañizuelo, la copa en que bebia; hasta el cuchillo y el salero *le dio.* Desto reyan todos los casados y sus mugeres, que les era muy gran pasatiempo. Estando pues todos ocupados en esto con gran solaz y deleyte, porque ya auia llegado de mano en mano hasta la mesa de Aristeneto y *missa cantano* que mucho se reyan dello, suçedio que entró por la puerta de la sala Alçidamas cura de San Nicolas, sin ser llamado, y puesto en medio de todos (²) el rostro a Zenon y a Aristeneto su padre dixo: señores, perdonadme que no vengo más temprano a vuestro plazer porque agora disiendo la misa mayor a mis perrochanos, saliendo (³) a ofreçer *en mi iglesia* me dixo vn feligres mio que haciades esta fiesta; y ansi luego me apresuré, que no tardé en lo que restaua de la misa vn momento; que casi no me vagana (⁴) desnudarme la casulla por venir a honrraros por ser tan vuestro amigo; que los tales no emos de aguardar á ser combidados, pero sin ser llamados vengamos (⁵) de los primeros.

MIÇILO.—Por çierto cosa digna de risa me cuentas.

GALLO.—Cada qual le comenzó a dezir su donayre dando a entender su desuerguença; pero él lo disimuló por gozar del combite; porque luego acudió Aristeneto encareçiendo su buena amistad y acusando su descuydo y el de su hijo pues de combidarle se auian oluidado; y ansi le mandó dar vna silla y que se sentase en aquellas mesas junto (⁶) aquellos hombres reuerendos y honrrados (⁷). Alçidamas era vn mançebo grande, membrudo, robusto y de grandes fuerças; y ansi como le pussieron delante la silla arroxandola (⁸) lexos *de sí* que casi la quebrara (⁹) y diera con ella al cura de Santispiritus y dixo que las dueñas y hombres regalados se auian de sentar a comer en silla, que (¹⁰) vn hombre moço y robusto como él, que por alli queria comer passeandose; y que si acaso se cansasse, que él se sentaria en aquella tierra sobre su capa. Respondiole Aristeneto: anssi sea pues te plaze. *Todo esto hazia Alçidamas mostrando querer regoçijar la fiesta y dar plazer a los combidados pensando él de sí mesmo*

ser graçioso *fingiendose loco y beodo;* y ansi Alçidamas rodeó (¹) en pie (²) todas las mesas mirando por los mejores manjares, como lo hazen los musicos chocarreros en los combites de fiesta. Ansi comia Alçidamas donde más le plazia si via cosa que bien le pareçiesse a su apetito, mezclandose con aquellos que seruian las copas y manjares, y como a las vezes se aprouechasse de las copas que estauan llenas en la messa, y otras (³) vezes de las que passauan en el seruicio, hallauase beber doblado; y ansi con el vino demasiado començó a *más* salir de sí. Dezia maliçias y atreuimientos en todos los que en el combite estauan. A Hermon, cura de Sancto Thome dixo que a cabo de su vejez echasse la mançeba de casa que tenía diez años auia so color de moça; y a Eucrito, cura de San Dionisio, dixo que si pensaua lleuar al otro mundo los çien ducados que tenía dados a Aristeneto a cambio. Mofaua de aquellas copas de plata, mesas, sillas, tapiçes y grande aparato llamando a Aristeneto el gran (⁴) vsurero; engrandeçiale con maliçia su grande injenio y industria pues por su buena soliçitud tenía por el cambio (⁵) tan grande hazienda y riquezas auiendo sido poco antes muy pobre. Y Aristeneto ya mohino y afrontado *que lastimauan los donayres* mandó a dos criados suyos que le tomassen y echassen fuera de casa y çerrassen las puertas porque no los afrontasse más. Pero como Alçidamas lo sintio apartóse a vn lado y con vn vanco que estaua vaçio juró que se la quebraria en la cabeça del que llegasse; y ansi de consejo de todos fue que agora le dexassen, esperando tiempo más oportuno para hazer la pressa neçesaria. Pero de cada momento se fue empeorando, diziendo injurias a los frayles, y despues passando a los casados *los afrontaua* vituperandolos (⁶) en sus mugeres; dijo delante del rico Menedemo a su muger que quién le auia dado más faldrillas, Demócrito, cambiador, su amigo, ó Menedemo su marido. De lo qual la dama se afrontó mucho, y Menedemo reçibio grande injuria; y ansi Aristeneto, pensandolo remediar y que le haria su amigo mandole dar muy bien a beber, por que pensó que ansi no le afrontaria más y por esta causa mandó a vn criado suyo (⁷) que tomasse vna gran copa de vino añejo y muy puro y se la diesse, no pensando que fuera ocasion de mayor mal, como fue. Pero tomando Alçi-

---

(¹) G., pastel.
(²) G., de la sala.
(³) G., agora, como sali.
(⁴) G., apresuré por acabar presto la misa, que aun no me sufria.
(⁵) G., ser.
(⁶) G., entre.
(⁷) R. *(Tachado)* has de saber que.
(⁸) G., la arroxo.
(⁹) G., quebro.
(¹⁰) G., y no.

(¹) G., rodeaua.
(²) G., por todas.
(³) G., á las.
(⁴) G., grande.
(⁵) G., prestando y cambiando auia adquerido.
(⁶) G., y vituperaua.
(⁷) G., mugeres; y ansi, pensandolo remediar Aristeneto dandole muy bien a beber y que con esto le haria su amigo, ansi mando.

damas el vaso con ambas manos porque era grande se boluio con él a la mesa de los casados y en alta voz dijo, que todos con silençio le quisieron oyr: señora Magençia, muger de nuestro huesped Aristeneto, y madre de Zenon nuestro misa cantano: yo bebo a ty, y mirad, señora, que aueis de beber otro tanto del vaso que yo bebiere so pena que no lo cunpliendo no ayas más hijo; y si lo cumplieres, por la bendiçion de mi San Nicholas, auras un hijo fuerte gentil hombre sabio como yo; y alçando la copa bebió della casi vn azumbre y luego estendiendo el braço la daua a Magençia diziendo que si no bebia que caeria en la maldiçion, y Magençia encogiendose con gran verguença reusó el vaso con algun miedo que Alçidamas no la afrontasse; y los combidados temiendole hizieron por apartarle afuera; pero él juró por sus ordenes que si no daua vn fiador que bebiesse por ella, que se lo auia de derramar acuestas; y el cura de San Miguel que era vn gran bebedor dando a entender que lo hazia mouido de piedad, dijo que él queria beber por ella, y ansi tomando el vaso en sus manos bebio vn terrible golpe que a juizio de todos igualó (¹). Pero Alçidamas que estaua ya sentado en el suelo recostada la cabeça sobre el braço derecho dixo a grandes vozes: mostradme el vaso, que quiero ver si cunplio conforme a su obligaçion. Y leuantandose en pies todos los pechos y zarahuelles desabrochados, de manera que casi todo estaua desnudo, que se le pareçian las partes vergonçosas, *y perdido el bonete de la cabeça*, tomó el vaso en sus manos y afirmando con juramento que no auia cunplido el fiador amagó para mojar con el vino que quedaua a Magençia, y el (²) cura de San Miguel pareçiendole que estaua obligado

a responder saltó por çima las mesas, dexadas sus lobas y pantufos, y tomando (¹) por los cabellos a Alçidamas le hizo (²) por fuerça boluer para sy, y Alçidamas hirio de vn tan fiero golpe con el vaso al cura de San Miguel que dandole en la frente hizo vn arroyo de sangre y de vino mezclado que todos nos pensamos anegar. Luego vierades las hazes de ambas partes rebueltas, *porque los vnos faboreçiendo a Alçidamas, y los otros al cura de San Miguel que no auia quien los pudiesse apartar.* Porque contra Alçidamas se leuantaron Hermon, cura de Sancto Thomé, y Eucrito cura de San Dionisio porque estauan injuriados de las afrentas que les auia dicho, y tanbien Eustochio cura de San Martin por que le auia dicho Alçidamas que si auia acabado de jugar el asegur y afilador que su padre le dexó de la carneçeria; y ansi estos se leuantaron lleuando los manteles tras si; y en favor de Alçidamas se leuantaron el cura de San Juan y el cura de Sancta Marina y el cura de San Pedro y el sacristan de San Miguel.

MIÇILO.—¿Qué, tanbien estaua allí el sacristan de San Miguel? yo seguro que no faltassen nozes.

GALLO.—Alli vino con grande importunidad; que en vna silla le truxieron porque estaua enfermo (³). Reboluieronse todos trabados por los cabellos que no pareçia sino la pelea de los andabatas. Digo de aquellos que entran en el palenque a se matar sin poderse vnos a otros ver. Andauan los xarros, los saleros, las syllas y vancos arroxados (⁴) de la vna parte a la otra tan espesos que cubrian el sol (⁵). En fin se leuantaron Aristeneto y el padrino Cleodemo, y el prior y el guardian, y en conclusion todos aquellos maestros y sabios, y de la otra parte los casados, avnque estauan confusos de ver lo que passaua. Los quales todos metiendose en el medio los apartaron y pusieron en paz, y lleuaron luego a curar al cura de San Miguel, *porque Alçidamas le descalabró mal quando con la copa le dio.* Luego Alçidamas se tendio en el suelo que pareçia a Hercules como le pintan los antiguos en el monte

---

(¹) G., y en alta voz, que todos con silençio le oyeron, hablando con la muger de Aristeneto, madre de misa cantano: señora Magençia (que ansi se llamaua) yo bebo a tí; y mira que has de beber otro tanto del vaso como yo bebiera, so pena que no lo beuiendo se arroxe lo que quedare sobre ty; y alçando la copa bebio della casi vn azumbre y luego la mandó tornar a enchir, y estendiendo el braço la dio a Magençia, diziendola que sino beuia incurreria en la pena puesta y que la abrá de executar; y Magençia encogiendose con gran verguença, diziendo que no acostumbraua beuer, reusó el vaso con miedo que Alçidamas no la afrontasse; y teniendo lo mesmo los combidados trabajaron por le apartar fuera, pero él juró por sus ordenes que sino daua vn fiador que beuiesse por ella que se lo auia de derramar acuestas; y el cura de San Miguel, que alcançaua buena parte deste menester se leuantó y dando a entender que lo hazia por defender a la señora huespeda y empedir que no la afrontasse Alçidamas, pues este se leuantó de su lugar y saliendo en el medio de la sala dixo a Alçidamas: dame acá la copa, que yo quiero cumplir por la señora Magençia; y ansi tomando el vaso en sus manos beuio vn terrible golpe, que a juizio de todos igualó.

(²) G., amago determinado de arrojar sobre Magençia lo que en el vaso quedó, pero el cura.

(¹) G., tomó.
(²) G., y hizole.
(³) G., y Eustochio, cura de San Martin, porque a todos auia injuriado con sus donayres; y por el contrario, en fabor de Alçidamas, por ser sus vezinos y amigos viejos se leuantaron el sacristan de San Miguel y el cura de San Juan y el cura de San Pedro y el cura de Santa Marina.

MIÇILO.—Que, alli vino el cura de San Pedro? no faltarian gargajos y importunidad en su vejez.

GALLO.—Alli vino con asco y desgraçia de todos; que en vna silla le truxieron porque estaua muy enfermo.

(⁴) G., arroxadas.
(⁵) G., como graniço.

Pholo acabando de pelear con aquella brauosa hydria, sierpe famosa, y muy sosegados, ygualadas las mesas se tornaron todos a sentar y luego a Zenothemo maestro de la gramatica começó a cantar vna ensalada de (¹) romançe y de latin que neçesitaua a çerrar las damas los ojos y avn las orejas tanbien (²), *por no ver peruertida la grauedad de tanto maestro.* Pero como es costumbre en los tales lugares en el proçeso de la comida cantar los clerigos semejantes donayres a su misa cantano, no pareçe que les hazia asco aquel lenguaje a sus paladares: porque si (³) vno *lo* començaua suçio, el otro *lo* ensuçiaua mas; y ansi acabando Zenothemo su cançion prosiguió el cura de Sanctesidro con toda su vejez vn cantar que no ay lengua tan desuergonçada que fuera de alli le pueda referir.

MIÇILO.—*Maldita sea costumbre tan mala y tan corrupta y deshonesta, y tan indigna de bocas y lenguas de hombres que han de mostrar la regla del buen hablar y viuir. No se deurian en esto los perlados descuydar.*

GALLO.—En la sala (⁴) auia en la sala mucha paz, porque ya Alçidamas se començo a dormir, y por las partes inferiores y superiores començo a roncar con gran furor. Entonçes dixo el prior: *salua res est;* y de consejo de todos fue que le atassen pies y manos por poder passar su fiesta más en paz, y ansi se leuantó Dionico maestro de capilla de la iglesia mayor con otros seys cántores que estauan alli, los quales todos puestos en calças y jubon le ataron (⁵) fuertemente las manos y pies con vn cordel.

MIÇILO.—Nunca de cantores se pudo tan buen consejo esperar.

GALLO.—Ni por esto Alçidamas despertó. Dionico con sus seys compañeros quedando ansi en medio de las mesas desnudos como estauan (⁶) començaron a cantar y vailar: cantauan cantares del mesmo jaez y peor, y despues çelebraron la fiesta que dizen de los matachines, hazian puestos y visajes tan desuergonçados y suçios que avn acordandome *agora* estoy por bomitar. Porque en el proçeso de su dança se desnudó el maestro Dionico hasta quedar en carnes y vinieron los compañeros a poner sus bocas, rostros y manos en partes y lugares que por reuerençia del saçerdoçio de que eran todos señalados no lo quiero dezir, y avn no me querria acordar. Pues como estos

acabaron su suçia y deshonesta (¹) fiesta se fueron a sentar cada qual en su lugar: y començaron de nueuo (²) el comer y beber, *que avn no se auia dado fin* porque de nueuo los començaron a seruir.

MIÇILO.—Dime por tu vida (³) gallo: desto todo que estos clerigos hazian, que sentian y dezian (⁴) los casados?

GALLO.—Todos dexaron (⁵) de comer y mirauan en los clerigos con gran atençion. Las dueñas con sus pañizuelos fingiendose limpiar del (⁶) sudor cubrian su rostro no queriendo de empacho ver aquellas suçias desuerguenças que en joglares fueran notable deshonestidad. Estando en esto que todos comian y callauan (⁷) entró vn mochacho en medio de la sala y saludando con el bonete en la mano a Aristeneto en alta boz le dixo: Señor Aristeneto, mi amo Etemocles, cura de Sancto Eugenio me mandó que delante de todos quantos estan en este combite te lyesse esta carta que te enbia: por tanto mira si me das liçençia. Aunque Aristineto pensó si seria bueno tomar la carta al mochacho y despues leerla, en fin de consejo de todos aquellos varones granes que estauan a los lados se le dio liçençia para la leer, *y prinçipalmente porque todos la desseauamos oyr;* y ansi el mochacho en alta voz, callando todos, començó.

CARTA DE ETEMOCLES A ARISTENETO (⁸)

Muy noble Aristeneto. Este tu Etemocles antiguo capellan y padre de confession, como a hijo muy querido te enbia a saludar, y no quiero que tengas presunçion que por esto que te escriuo y a tal tiempo sea yo muy cobdiçioso de combites, porque de mi vida pasada, y de otras vezes que ya me has combidado ternas entendida mi templada condiçion, y tanbien lo tienen mucho antes bien conoçido de mi otros muy más ricos que tú que de cada dia me combidan a sus çenas y comidas, y las reuso porque sé bien los desmanes y desbarates que en semejantes congregaçiones y lugares se suelen ofreçer. Pero agora mueuome a te escreuir porque como me has hecho la afrenta publica, y en ese lugar donde estás, es mucha razon que publicamente y en ese lugar *donde estás* me

---

(¹) G., en.
(²) G., a que las damas çerrassen las orejas y avn los ojos.
(³) G., y ansi a este tono si.
(⁴) G., este tiempo.
(⁵) G., con vna cuerda.
(⁶) G., de la sala, començaron.

(¹) G., de sautoriçada.
(²) G., y proçedio el.
(³) G., por mi amor.
(⁴) G., hazian.
(⁵) G., dexauan.
(⁶) G., limpiarse el.
(⁷) G., suçias maneras de festejar, porque avn viles joglares se desdeñarian tratarlas, por no perder credito con el auditorio. Estando en esto que todos callauan.
(⁸) Falta este epígrafe en el ms.

aya (¹) de satisfazer. A todos es notorio, señor Aristeneto, ser yo tu confesor desde que
agora diez años te quisiste morir. Que publico
fue en esta çiudad que yo solo hallandote vsurero publico cambiador, porque no te negassen
la sepoltura sagrada como a tal, te hize prestar
cauçion, y pregonar publicamente que porque
estauas en el articulo de morir viniessen a tu
casa todos quantos a tu hazienda por canbios, o
intereses vsurarios tuuiessen hazion y derecho,
que tú se lo querias restituir; y como éste
fuesse tan famoso consejo y vnico para tu salud fue por todos devulgado por consejo de
mí (²) que era tu confessor, y despues que tú
tornaste a conusleçer corri peligro en (³) mi
honrra por verte todos a boluer a canbiar, diziendo tener la culpa yo (⁴); y esto todo sufri y
passé por conseruar tu buena amistad, y es publico que yo solo contra todo el comun sustenté,
que en nonbre y como criado de otro podias
vsurar no vsurando por tí; y agora sobre todas
estas mis industrias (⁵) y publica amistad has
procurado en tu combite nueuos amigos, de
hombres que avnque mil vezes les (⁶) des de
comer no auenturarán por tí sus conçiençias
como yo. Sino pregunta al prior y al guardian
y a los otros letrados y curas que tienes ay,
cómo te sabran sustentar, cómo se puede sufrir,
sin ser publico vsurero ser en ferias, ni avn en
la çiudad cambiador? Pues bien sabes que esto
yo lo he defendido al perlado por ti. Pues
acuerdate que tienes tú publicado en esta çindad, que tienes veynte mil ducados por mí;
porque (⁷) confessandome tú que los auias ganado con çinquenta mil marauedis que tu suegro en dote te dio, lo (⁸) poseyas tú por solo
no te los mandar yo restituir, lo qual todo era
injuriarme a mí; pues, ¿pareçete que con (⁹)
todas estas cosas me das buen pago de nuestra
publica amistad? Pareçeme a mi que no; porque en fin no han de pensar sino que en mí ay
meritos de tu ingratitnd, y por tanto te pido
que pues publicamente me afrentas sin darte
yo a ello causa, publicamente me hagas la satisfaçion, todos quantos tienes en ese (¹⁰) combite me buelue (¹¹) en mi honrra; sino de aqui
protesto que ni ante Dios ni ante los hombres
en mi vida te lo perdonaré. Al mochacho man-

dé que aunque le des torta, o xarro de vino, o
capon, o perdiz, o pernil de tozino no le (¹)
tome, so pena que le dare de cozes y se lo haré
boluer, porque no pienses satisfazer con tan
pocas cosas tan grande injuria como me has
hecho. Ni tanpoco te puedes escusar diziendo
que te oluidaste por auer mucho tiempo que no
me viste, pues ayer te hablé dos vezes; vna a
tu puerta pasando yo, y otra en el templo de
Sanctiago donde yo fue a dezir (²) misa y tu
fueste a oyrla (³). No alargo más por no ser
molesto con larga carta a los que procuras ser
graçioso con tu combite, del qual salgas tan
prospero como yo satisfecho de mi injuria.—
VALE.

Como el mochacho ouo leydo la carta se la
demandó Aristeneto y le dixo: anda y dy á tu
señor Etemocles que ansi lo haré como me lo
enbia a mandar: y ansi se fue el mochacho quedando la carta en Aristeneto, la qual le demandé para leer, que la deseaua ver porque á mi
pareçer es la más donosa que yo nunca ví. Estando todos murmurando (⁴) sobre la carta cada
qual segun su ingenio, los vnos (⁵) la loauan
de aguda maliçiosa; otros dezian ser neçia;
otros acusauan a Etemocles de hombre gloton,
por se afrontar por no le auer combidado a comer. En fin, estando todos ocupados en esta
diuersidad de juizios, aunque la mayor parte y
de los mas cuerdos fue que fue escripta con
animo de afrontar a Aristeneto, estando todos
ansi entró en la sala vno de aquellos chocarreros
que para semejantes cenas y combites se suelen
alquilar, disfraçado de xoglar, y con vn laud en
la mano entró con vn puesto tan graçioso que
a todos hizo reyr, y con admirable (⁶) industria comencó a dar a todos plazer. Representó
ingeniosamente en portogues el sermon de la
batalla de Aljubarrota (⁷), en el qual dixo cosas muy graçiosas y agudas con la proçesion
del Cuerpo de Dios. Despues que este ouo representado su habilidad se salio y entró otro que
por el semejante traya otra differençia de agraçiado disfraz y en la mano vn laud y alliante
todos representó vn graçioso coloquio en cua-

(¹) G., ayas.
(²) G., mio.
(³) G., fue infamado con peligro y jatura de mi
honrra.
(⁴) G., que tenia.
(⁵) G., injurias.
(⁶) G., los.
(⁷) diziendo tú a todos que.
(⁸) G., los.
(⁹) G., en.
(¹⁰) G., ay estan en tu.
(¹¹) G., bueluas.

(¹) G., lo.
(²) G., dixe.
(³) G., la oyste.
(⁴) G., començaron todos a murmurar.
(⁵) G., vnos dezian que era aguda, a lo menos los
amigos de Etemocles, y dezian que era muy sabia-
miente escripta, que bien pareçia ser de letrado. Los
contrarios dezian que no era muy cuerda y acusauan
a Etemocles de hombre gloton y dezian que la auia
escripto como afrontado por no le auer combidado a
la fiesta y comida. Estando...
(⁶) G., graciosa.
(⁷) G., representó ingeniosamente la proçesion que
hacen los portugueses el dia de Corpus Cristi y predicó el sermon que ellos suelen predicar el dia que celebran la batalla del Aljubarrota.

tro lenguas: ytaliana, española, françesa y portuguesa; en el qual con grandes donayres y entremeses mostró vn tema que propuso provar: que los ytalianos pareçen sabios y sonlo; y los españoles pareçen sabios y no lo son; y los franceses pareçen locos y no lo son; y los portugueses pareçen locos y sonlo. Fue juzgado por todos por ingeniosa esta representacion por orden, començando del misa cantano, padre y padrino, no perdonando frayles, clerigos ni casados; y aunque a vnos era graçioso y apazible a otros fue en esto molesto y enojoso y aun injurioso. De lo qual reyendo algunos ([1]) donayres se començaron entre sí a alborotar en tanta manera que dieron ocasion a que despertase Alçidamas de su sueño y elevamiento profundo, y como desperto y él se echó de ver atado, y vio que el xoglar se reya con todos y todos dél ([2]), dixo con vna boz muy horrenda lo que dixo aquel Syleno; Soluite me; y ansi el xoglar dexando en el suelo su ([3]) laud entendió en le ([4]) desatar, y como Alçidamas se vio desatado arrebató ([5]) del laud antes que el xoglar le pudiese tomar, y dale tan gran golpe sobre la cabeça con él que bolandole en infinitas pieças dio con el xoglar en el suelo sin juizio ni acuerdo de sí, y con el mastil y trastes que en la mano le quedó como vio que sus tres enemigos se reyan arrebató dél, Ermon, Eucrito y Eustochio curas antiguos y muy honrrados dio a cada vno su palo que a todos descalabró mal, y de aqui partio para la mesa principal y hirio al guardian y prior, y ya eran levantados los amigos de los tres heridos que se venian para Alçidamas a se vengar; y de la otra parte el xoglar que bolviendo en sí tomó vn palo que halló a vn rincon y haziendo campo por entre todos viene rostro a rostro con Alçidamas tirandose muy fuertes golpes ambos a dos. Vieras un consagrado saçerdote cura dar y reçibir palos de un xoglar; cosa por çierto digna de lagrimas; y porque todos estavan injuriados, qual del vno, qual del otro, no auia quien entre ellos se quisiesse meter, ni avn osauan ([6]) por no tener armas con que los despartir; *tanta era la furia con que se herian y andauan trauados.* Arrojauanles los manteles, sillas, vancos, vasijas. Vieras vna batalla tan sangrienta y trabada qual de la Pharsalica ([7]), puedes imaginar. Las mugeres y niños dando gritos echa-

ron a la calle a huyr, por lo qual alterado todo el pueblo acudieron ([1]) a los socorrer. Despartidos todos hallamos que estando trabados Alçidamas con el xoglar le auia rompido la boca y descalabrado con el laud ([2]): pero el xoglar arrancó a Alçidamas con la vna mano vn gran pedaço de vna oreja y con la otra mano le arrancaua la nariz. De todos los otros curas, no quedó hombre sin sangrienta herida particular, qual en la cabeça, qual en el rostro, qual en otra parte de su cuerpo, y siendo todos presos por el eclesiastico juez se sentenció ninguno auer incurrido en irregularidad, porque aueriguó ninguno estar en su libre poder y juizio. Pues plazio a Dios que echados fuera de la sala todos los heridos, porque todos fueron embiados a sus casas a se curar y luego quedó sosegado todo el campo. Que esto tiene de bueno esta gente saçerdotal: que tan presto como la colera o fuego los ençiende y se enojan, tan presto son desenojados: y cualquiera persona que se meta en medio los hará amigos: por que dizen que no puede en ellos durar enemistad porque ganan de comer en officio que no sufre enemigo; que es dezir misa. Y ansi el saçerdote cuando ryñe, no tiene más que el primer golpe, del qual sino hiere, sed seguro que no tirará más. Pero como no estaua avn asentado lo bebido y cada momento bebian más tenian avn los animos prestos y aparejados por qualquiera oportunidad a batalla. Y ansi Cleodemo que estaua al lado de su ahijado Zenon boluiendo a la carta de Etemocles, porque sintio afrontado a Aristeneto, y avn a aquellos religiosos que junto a sí tenía dixo: ¿Qué os pareçe señores de la elegançia de Etemocles en su escrivir? piensa que no entendemos su intinçion y dónde va a parar su eloquençia. Por çierto sy Aristeneto le embiasse agora vna gallina ([3]) y vn xarro de vino con que le matasse la ([4]) hambre yo le asegurasse su ([5]) amistad. En esto Zenothemides *que era* cura de San Leandro que tenía la perrocha junto a la de Sancto Eugenio respondio por su vezino Ete-

---

([1]) G., despues tañendo con su laud començo en copla de repente a motejar a todos quantos estauan en la mesa, sin perjudicar ni afrontar a ninguno, y reyendo donayres.
([2]) G., con el.
([3]) G., dexando el.
([4]) G., procuró por le.
([5]) G., tomo.
([6]) G., osasse.
([7]) G., y cruel como de la Farsalia.

([1]) G., acudio.
([2]) G., y que el xoglar auia dado a Alçidamas con el palo vn gran golpe que le descalabró mal. De manera que todos aquellos curas fueron por el semejante heridos, qual en la cabeça, qual en el rostro; por lo qual fue neçesario que todos los lleuassen a sus posadas a los curar. Pues echada toda aquella gente arriscada fuera de la sala, se alçaron las mesas y se tornaron los que quedaron a sosegar. Pero como el diablo nunca sosiega de meter mal y dar ocasion a que suçeda siempre peor, suçedio que Cleodemo, padrino, boluiendo a la carta de Etemocles, porque sintio afrontado a Aristeneto y avn a aquellos religiosos que junto a si tenia, dixo: ¿qué os pareçe, señores, de las elegantes razones de Etemocles?
([3]) G., torta.
([4]) G., el.
([5]) G., la.

mocles, y dixo: por cierto, Cleodemo, mal miras lo que dizes, pues sabes bien que a Etemocles no le falta muy bien de comer y beber, y que no tiene neçesidad de la raçion de Aristeneto como tú. Dixo Aristeneto: *señores no riñais, ni tomeis passion*: por cierto la carta fue muy buena, elegante, que muestra bien ser de letrado ([1]), yo me conozco culpado, y ([2]) protesto purgar mi pecado satisfaziendo a mi acreedor. Dixo Cleodemo; por cierto poca obligacion tiene Zenothemides de responder aqui por Etimoclides, pues si aqui se le huniesse hecho injuria en lo que yo he dicho auria muchos que respondiessen por él; y no me marauillo que responda Zenothemides por él, pues ambos tienen hecho concierto de no enterrar los feligreses muertos ([3]) sin que primero le enbien prenda por el tañer y sacar la cruz. Respondio Zenothemides; por çierto peor es lo que tú hazes, Cleodemo, que los tienes en la carçel hasta que te hayan de pagar *queraundote al juez;* y diziendo esto se leuantó de la mesa donde estaua sentado y se vino para él; y Cleodemo tenia la copa en la mano que queria beber, y dixole: Zenothemides, en esa arte es más çierto, Cleodemo, que moriras *tú* que no piloto en el mar; que ansi tienes tú çinquenta cofradias en la çiudad que en todo el año no vas a tu casa a comer. Y como Cleodemo tuuo a Zenothemides junto a sí le arrojó todo el vino acuestas, que todo el rostro y cuerpo le inchó dél; luego Zenothemides rompiendo por la mesa tomó a Cleodemo por los vestidos y sobrepelliz y le truxo al suelo sin le poder ninguno quitar. No pareçia sino garza debajo del halcon. Daua el desuenturado grandes vozes diziendo: que me mata, que me ahoga; valeme Aristeneto y Zenon; y aquellos religiosos se le quitaron, que le matana; y cuando debajo salio no tenia pluma, ni aun hueso en su lugar. El rostro todo arañado y un ojo casi fuera, del qual se sintio muy lastimado y fué neçesario que luego le llevassen a su casa á se proueer, y hizieron que Zenothemides se fuesse tanbien, pensando que la Justiçia acudiera alli. Pues purgada la casa de todos aquellos arriscados y belicosos curas, porque todos fueron de tres recuentros heridos y sacados del canpo, como te he contado... ([4]).

([1]) G., que la carta venia elegante muy cuerdamente escripto y como de letrado.

([2]) G., por lo qual.

([3]) G., principalmente porque en lo que yo he dicho ninguna injuria le hize, pues de todos es conoçido Etimoclides bien de quantos aqui estan, y no me marauillo que responda por él, pues ambos tienen hecho liga y monipodio en el trato de sus feligreses, y ansi an jurado ambos a dos de no enterrar a ninguno en su feligresia.

([4]) G., le dio con la copa de vino en el rostro, que le enuistio todo del, y luego Zenotemides tomó a Cleodemo por la sobrepellis y le truxo al suelo y hizole

Miçilo.— *¿No supiste si el perlado los castigó? Porque çierto en vn tan desuaratado acontecimiemto auia con grandes penas de proueer.*

Gallo.— *Supe que ese otro dia los auia el vicario lleuado a la carçel a todos y que se sentençió que ninguno auia incurrido en irregularidad, porque se aueriguó ninguno estar en su juizio y libre poder. Pero en fin a cada vno dellos condenó qual en seys ducados, y a otros a diez para la camara del obispo que la tenia necesidad de se trastejar.*

Miçilo.— *¡O qué cosa tan justa fue!*

Gallo.—Pues quedando la otra gente del combite ansi muy confusos y marauillados ([1]) de ver su poco sosiego y templança y mal exemplo ([2]), *todos los seglares se salieron cada qual con su muger sin saludar al huesped ni ser sentidos de alguno. Luego* Dionico maestro de capilla y todos sus compañeros pensaron entender en algun recoçijo ([3]) por boluer la fiesta a su deuido lugar, y como la comida fue acabada y el misa cantano echó ([4]) la bendiçion *y oraçion de la messa,* llegó ([5]) Dionico ([6]) con la mano llena de tizne de vna sarten y entiznó ([7]) todo el rostro del misacantano que no le quedo cosa blanca, y como no tenia padrino le tomaron por fuerça y le sacaron ([8]) de casa a la puerta donde estaua el medio pueblo que era llegado al ruydo y vozes de la batalla pasada y vistieronle vn costal abierto por el suelo que se acabaua de vaçiar de ([9]) harina, y salio Dionico á la calle en alta voz diziendo: *Ecce homo.* Todos prosiguiendo gran grito y mofa le tirauan trapos suçios y puños del çieno que estaua en la calle, que me hicieron llorar.

Miçilo.—Por cierto con mucha razon ([10]).

Gallo.—Pues ansi le subieron en vn asno y le lleuaron con gran denuesto por toda la ciudad ([11]).

Miçilo.—Pues en el entretanto, ¿qué hazias tú? ([12]).

---

dar con el rostro y cabeça en vn vanco, de que mal le descalabró. En fin los frayles y misa cantano y los demas los apartaron, y fue neçesario que Cleodemo se fuesse luego a su casa a curar, y tambien Zenothemides se fue. Pues purgada la casa de todos aquellos arriscados y belicosos capitanes, porque todos fueron de tres recuentros heridos y sacados del campo, como te he contado...

([1]) G., enbobeçidos.

([2]) G., ver en gente de tanto exemplo tanto desman.

([3]) G., pensaron que hazer.

([4]) G., como fue echada.

([5]) G., llegose.

([6]) G., Dionico al misa cantano.

([7]) G., entiznole.

([8]) G., y llenaronle fuera de.

([9]) G., del.

([10]) G., homo. Miçilo. Propriamente lo pudo dezir.

([11]) G. todo el lugar.

([12]) G., Dime, gallo, en el entretanto que estas cosas pasauan, ¿que pensauas tú!

GALLO.—En el entretanto que estas cosas passauan, que te tengo contado, estaua yo entre mí pensando otras muchas ([1]). Lo primero que consideraua era que aquel nueuo vngido por saçerdote representaua al verdadero Cristo Saçerdote eterno segun el orden de Melchisedech, y alli en aquel mal tratamiento se me representó todo el que *Cristo* padeçio por mí en sus vituperios, injurias y tormentos; en tanta manera que no me pude contener sin llorar, y doliame mucho porque era tanta la çeguedad de aquellos vanos saçerdotes que sin templança alguna proseguian en aquella vanidad con tanta disoluçion, perdida la magestad y reuerençia deuida a tan alta dignidad y representaçion de nuestro Dios, y para alguna consolaçion mia pense ser aquello como vexamen de doctor; porque aquel nueuo saçerdote no se ensoberuezca por ser de nueuo admitido a tan çelestial ([2]) dignidad y despnes desto consideraua en todo lo que en la comida auia proçedido entre aquellos que tenian el titulo y preheminençia en la auctoridad y sçiençias ([3]) pensando que no ay cosa mas preçiosa en las letras ([4]) que procurar el que la estudia componer la vida con ellas, porque no veo cosa más comun en el vulgo que los que de la virtud más parlan estar más lexos del hecho; y despnes veniame a la memoria quan corruptos estan en las costumbres los que tienen obligaçion a dar buen exemplo. Consideraua quanto philosopho, religioso, cura y saçerdote estaua alli, tan distraydos en el recogimiento, que si los vnos hazian vajezas los otros las dezian muy mayores, y tanto que ya no podia echar toda la culpa al vino y comida quando oy y ley lo que estando ayuno escriuio Ètimocles. Pareçiome en alguna manera aquella carta a lo que fabulosamene cuentan los poetas de la diosa Eride: que por no ser combidada a las bodas del rey Peleo hechó en medio de las mesas aquella mançana que despues fue causa de aquella brauissima y memorable contienda troyana. Enfin todas las cosas me pareçian que estauan alli al reues, porque via alli vna mesa de feligreses, casados ydiotas populares, callando y comiendo con mucho orden y tenplança, que ni con el vino hablauan, ni en el puesto ni meneo mostrauan algun descuydo deshonesto, y solamente se reyan de aquellos que hasta entonçes por solo el hábito, estado y opinion veneraaan honrrauan y obedeçian pensando que en si fuessen de algun valor y preçio: y agora se acusan por verdaderos ydiotas engañados, pues ven por experiençia desto sus desmanes, su poco recogimiento y poca vergüença. Quan-

([1]) G., cosas se celebrauan pensaua yo otras muchas.
([2]) G., alta.
([3]) G., letras.
([4]) G., ellas.

do los ven tan desordenados, descomedidos en su comer y beber, tan infames y disolutos en sus injurias, con tantas vozes y grita por tan façiles y ligeras ocasiones venir á las manos y cabello; y sobre todo me admiraua ver aquel monstruo de naturaleza Alcidamas cura de San Nicholas tan desbaratado en su vibir y costumbres, obras, conuersaçion, que nos dexó confusos y admirados a quantos estauamos alli. Sin empacho ninguno de las dueñas hazia cosas de su cuerpo y partes vergonçosas, y dezia de su lengua que avn avria empacho de lo dezir y hazer vn muy profano joglar.

MIÇILO.—Por çierto que me has admirado, gallo, con tu tan horrenda historia, o por mejor dezir, atroz tragedia. ¡Quán comun cosa es faltar los hombres de su mayor obligaçion! Supliquemos a nuesto Señor los haga tan buenos que no herremos en los imitar, *y merezçan con su ofiçio inpetrar graçia de nuestro Señor para sí, y para nos, y auisemos de oy más a todos los perlados que pues en la iglesia son pastores deste ganado no permitan que en los tales auctos y çelebridades de misas nueuas aya estos ayuntamientos, porque no vengan a tanto desman.*

GALLO.—Ya, Miçilo, quiero dexar guerras y contiendas y heridas y muertes de honbres con las cuales te he escandalizado hasta aqui, y quiero que *agora* oyas la más alta y más feliçíssima naueegaçion que nunca a honbres aconteçio. En fin oyras vna admirable ventura que te quiero contar, la qual juntamente con el prospero suçeso te dara tanto deleyte que holgarás grandemente de le ([1]) oyr; y pues es ya venido el dia abre la tienda, que en el canto que se sigue lo oyras.

Fin del deçimo septimo canto del gallo.

ARGUMENTO

DEL DEÇIMO OCTAUO CANTO DEL GALLO

En el deçimo octauo canto o sueño que se sigue el auctor muestra los grandes daños que en el mundo se siguen por faltar la verdad ([2]) de entre los hombres.

MIÇILO.—*Pues por tu buena uentura, gallo, o Pithagoras, o como más te quisieres llamar, de todas las cosas tienes esperiençia que en el çielo y en la tierra pueden aconteçer agora: yo deseo mucho de ti saber me declares vna admirable dubda que granemente atormenta mi spiritu sin poder hallar quién me satisfaga con bastante respuesta. ¿De dónde prouiene en algunos*

([1]) G., lo.
([2]) G., verdad del mundo.

vna insaçiable cobdiçia de mentir en quanto hablan, en tanta manera que a sí mesmos con sumo deleyte se saborean, como sepan que todo es vanidad quanto dizen, y con suma efficaçia tienen en atençion los animos de los oyentes?

GALLO.—Muchas cosas son ¡o Miçilo! las que fuerçan algunas vezes los hombres a mentir. Como es en los belicosos y hombres de guerra se tiene por ardid saber con mentira engañar al enemigo, como en esta arte fue muy sagaz y industrioso Ulises; y tanbien lo vsan los cobdiçiosos de riquezas y honrras mundanas por vender sus mercaderias y auentajarse en sus contrataçiones. Pero avnque todo esto sea ansi te ruego me digas la ocasion que a saberlo te mueue?

MIÇILO.—Todo eso se sufre que me has dicho por ofreçerse en esos casos intereses que a mentir os (¹) mueue. Pero donde no se les ofreçe interes de más que satisfazer (²) su apetito, ¿de dónde les viene la inclinaçion a tan nefando y odioso viçio? Que ay hombres que en ninguna cosa ponen más arte, cuydado y industria que en mentir sin algun interes como al presente te quiero contar. Bien conoçes a Demophon nuestro vezino.

GALLO.—¿Es este rico que está en nuestra vezindad?

MIÇILO. — Ese mesmo. Ya sabes que abrá ocho dias que se le murio su muger. Pues a esta causa por ser mi vezino y amigo que sienpre me combidó a sus çenas y çelebridades, quisele yr la noche passada a visitar y consolar en su viudez.

GALLO.—Antes auias de dezir (³) a le dar la buena pro haga.

MIÇILO.—Pues auianme dicho que con el gran pessar que tenía de la muerte de su muger estaua enfermo, y ansi le hallé en la cama muy afligido y llorando, y como yo entré y le saludé me reçibio con alguna liberalidad mandandome sentar en vna silla que tenía muy cerca de sí, y despues que le vbe dicho aquellas palabras que se suelen dezir en el comun: señor, pessame de la muerte de vuestra muger y de vuestro mal; començele a inportunar me dixesse qué era la causa que de nueuo le hazia verter lagrimas auiendo ya algunos dias que se le auia muerto la muger. A lo qual me respondio, que no se le ofreçia cosa que más nueua le fuesse que auersele muerto la muger, su compañera la que él tanto amó (⁴) en esta vida y de que tanto se deuia perpetuamente acordar (⁵), y dixome que estando alli en su cama

solo la noche passada en consideraçion de la (¹) soledad y miseria que le quedaua sin su (²) amada Feliçia, que ansi se llamaua su muger, pessandole mucho por auerla desgraçiado (³) poco antes de su muerte (⁴), porque rogandole ella que le renouasse çiertas joyas de oro y faldrillas que ella tenía de (⁵) otro tiempo, no lo auia hecho, y que estando muy apesarado pensando en esto, por no le auer complazido le apareçio Feliçia increpandole porque auiendole sido en todo muy cunplido y liberal, auia sido muy corto en lo que más hazia (⁶) a su honrra, porque en su entierro y obsequias no la auian acompañado el cabildo mayor y cantores con musica, y porque no la auian tañido las campanas con solenidad, que llaman enpino, y que la lleuaron al tenplo en vnas comunes andas auiendola de lleuar en ataud; y otras cosas dixo del paño que ençima de si lleuaua (⁷), si era de brocado, luto o seda. Lo qual todo pareçiendome muy grandes disparates y liuiandades me reí diziendo que se consolasse mucho, que buen remedio tenía tornando de nueuo a hazer las obsequias; y por pareçerle que yo no lo creya lo trabajó apoyar con grandes juramentos, y por que via que mientra él más juraua yo menos le creya, se leuantó en camisa de la cama y se abajó inclinado de rodillas en el suelo señalandome con el dedo las señales de sus pies que alli auia dexado y imprimido, y estaua todo el suelo tan llano y tan igual que no se hallara vn cabello de differençia aunque tuuierades ojos de linçe; y ansi por me persuadir su sueño se tornó a la cama donde sentado y mandandose encorporar de (⁸) almohadas que le tuuiessen proçedio en cosas tan monstruosas y tan sin orden acerca de su sueño y vision, y en loor de su mujer que no huuiera (⁹) en el mundo tan vano juizio que las creyera (¹⁰), hasta que quebrada la cabeça de le oyr (¹¹) me despedi dél y me vine (¹²) acostar.

GALLO.—Verdad es ¡o, Miçilo! que esas cosas que Demophon ay te conto no son de creer de razonable juizio, porque ya te he dicho lo que en la buelta de las almas de los defuntos ay (¹³). Pero mira bien no incurras tú en vn genero de incredulidad que tienen algunos

(¹) G., les.
(²) G, saber.
(³) G. Mas propiamente dixeras.
(⁴) G., amaua
(⁵) G., que perpetuamente se deuia acordar della.

(¹) G., su.
(²) G., y de su amada.
(³) por vna desgraçia que le auia hecho.
(⁴) G., antes que murio, y es que.
(⁵) G., hechas a.
(⁶) G., tocaua.
(⁷) G., que las andas cubria.
(⁸) G., con.
(⁹) G, aura.
(¹⁰) G., crea.
(¹¹) G., de sus vanidades.
(¹²) G., a acostar.
(¹³) G., te dixe lo que ay en la verdad açerca de las animas de los defuntos.

hombres, que ninguna cosa les dizen por façil y comun que sea que la quieran creer; pero marauillandose de todo, se espantan y santiguan y todo dizen que es mentira y monstruosidad. Lo qual *todo* es argumento de poca esperiençia y saber. Porque como no han visto nada, ni han leydo nada, qualquiera cosa que de nueuo vean les pareçe ser hecho (¹) por arte de encantamiento o embaymiento, y por el semejante, qualquiera cosa que de nueuo oyan y (²) les digan se encogen, espantan y admiran, y tienen por aueriguado que la fingen siendo mentira por vurlar dellos y los engañar. Pero los sabios, los que todo lo han visto, los que todo lo han leydo, todo lo menospreçian, todo lo tienen en poco, y ansi passando adelante lo rien y mofan y tachan y reprehenden, mostrando auer ellos visto mucho más sin comparaçion. Ansi agora tú considera que no es peor estremo, no creer nada, que creerlo todo, y piensa que ninguna cosa puede imaginar el entendimiento humano que no pueda ser, y que marauilla es que todo lo que puede ser, sea de hecho ya y acontezca. Pues ansi agora yo, Miçilo, me temo si no quieres creer cosa de quantas hasta agora te he dicho, y pienses y sospeches que todo ha sido mentira y fingido por te dar passamiento, y ansi creo que menos creras vn admirable acontecimiento que agora te queria contar, porque junto con lo que hasta aqui te he contado exçede en admiraçion sin comparaçion alguna a lo que Demophon tu vezino te persuadio auer visto.

Miçilo.—Mira, gallo, *que* entendido tengo que todas las cosas verdaderas que se dizen si bien se quieren mirar muestran en si vna verisimilitud que fuerçan al entendimiento humano a las creer; porque luego representan y reluze en ellas aquella deidad de la verdad que tienen en sí, y despues desto tiene gran fuerça la auctoridad del que las dize, en tanta manera que avn la mesma mentira es tenida por verdad. Ansi que por todas estas razones soy forçado a que lo que tú dixeres te aya yo de creer; por lo qual, di, yo te ruego, con seguridad y confiança, que ninguna cosa que tú dixeres dubdaré, principalmente que no ay marauilla alguna que me marauille despues que vi a tí siendo gallo hablar nuestra lengua; por lo qual me persuades a creer que tengas alguna deydad de beatitud, y que por esta no podras mentir.

Gallo.—Por cierto yo queria çesar ¡o Miçilo! de mi narraçion por auerla interrumpido con alguna señal de dubda. Dexaras en verdad de gozar de la más alta y más feliçissima historia que *nunca* hasta agora ingenio de historiador ha (¹) escripto, y principalmente por narrartela yo que soy el que la passé. Pero por la seguridad que al credito y fe me tienes dada quiero proçeder, porque no quiero pribarte del gusto y deleyte admirable que en oyrla gozarás, y verás despues que la ayas oydo de quanto sabor te pribarás si por ignorar antes lo que era menos preçiaras de lo oyr, y conoçerás quanto amigo te soy y buen apaniguado y familiar, pues no estimando la injuria que me hazias con tu dubdar te comunico tan gran beatitud. Por tanto prestame atençion, que oy verás quan elegante rectorico soy. ⸀Tú sabras, que en vn tiempo siendo mançebo y cobdiçioso de ver, vino nueua en Castilla que se auian ganado en las partes oçidentales aquellas grandes tierras de la Nueua España (²) que nueuamente ganó aquel animoso marques del Valle, Cortés, y por satisfazer en alguna manera el insaçiable animo de mi deseo que tenia de ver tierras y cosas nueuas determinéme de enbarcar, y auenturarme a esta nauegaçion, y ansi en este mesmo deseo me fue para la çiudad y ysla de Caliz donde se hazia el flete mas conueniente y natural para semejante xornada; y llegado alli (³) hallé diez conpañeros que con el mesmo affecto y voluntad eran venidos alli, y como en aquella çiudad venian muchos de aquella nueua tierra y nos dezian cosas de admiraçion, creçianos mas el apetito de caminar. Deziannos el natural de las gentes, las costumbres, atauio y dispusiçion; la diuersidad de los animales, aues, frutas y mantenimientos y tierra. Era tan admirable lo que nos dezian juntamente con lo que nos mostrauan los que de allá venian que no nos podiamos contener (⁴), y ansi juntandonos veynte conpañeros todos mançebos y de vna edad, hecho pacto entre nosotros inuiolable de nunca nos faltar, y çelebradas las çerimonias de la (⁵) amistad con juramento solene fletamos vn nauio vezcayno velero y ligero, todos de bolsa comun, y con prospero tiempo partimos vn dia del puerto, encomendados a Dios, y ansi nos continuó siete dias siguientes hasta que se nos descubrieron las yslas fortunadas que llaman de Canaria. Donde tomado refresco (⁶) despues de vista la tierra, con prospero tiempo (⁷) tornamos a salir de alli y caminando por el mar al terçero dia *de nuestro camino* dos horas salido el sol haziendo claro y sereno el çielo dixeron los pilotos ver vna ysla de la qual no tenian notiçia ni la podian conoçer, de que estauan admirados y confusos por

(¹) G., hecha.
(²) G., que.

(¹) ingeniosissimos historiadores han.
(²) G., las Indias, Mexico, Nueua España y Peru.
(³) G., donde llegando.
(⁴) G., sufrir.
(⁵) G., nuestra.
(⁶) nuestro fresco.
(⁷) G., viento.

no se saber determinar, poniendonos en gran temor ansi a deshora, admirauanse más turbados de ver que la ysla caminaua más veniendo ella azia (¹) nosotros que caminauamos nosotros para ella. En fin en breue tiempo nos venimos tanto juntando que venimos a conoçer que aquella que antes nos pareçia ysla era vn fiero y terrible animal. Conoçimos ser vna vallena de grandeza increyble, que en sola la frente con un pedaço del çerro que se nos descubria sobre las aguas del mar juzgauamos auer quatro millas. Venia contra nosotros abierta la boca soplando muy fiera y espantosamente que a diez millas haçia retener el nauio con la furia de la ola que ella arroxaua de sí; de manera que viniendo ella de la parte del poniente, y caminando nosotros con prospero leuante nos forçaua calmar, y avn boluer atras el camino. Venia desde lexos espumando y turbando el mar con gran alteraçion; ya que estuuimos más çerca que alcançauamos (²) a verla más en particular pareçiansele los dientes tan terribles cada vno como vna montaña (³) de hechura de *grandes* palas; blancos como el fino marfil. Venimos adelante a juzgar por la grandeza que se nos mostró sobre las aguas, ser de longura de dos mil leguas. Pues como nos yimos ya en sus manos y que no le podiamos huyr (⁴) començamonos a abraçar entre los compañeros, y a darnos las manos con grandes lagrimas y alarido, porque viamos el fin de nuestra vida y compañia estar en aquel punto sin remedio alguno, y ansi dando ella un terrible empujon por el agua adelante y abriendo la boca nos tragó tan sin embaraço *ni estorbo* de dientes ni paladar que sin tocar en parte alguna con gauia, velas, xarçia y muniçion *y obras muertas* fuemos colados y sorbidos por la garganta de aquel monstruoso pez sin lision alguna del nauio hasta llegar a lo muy espaçioso del estomago, donde auia vnos campos en que cupieran otras veynte mil; y como el nauio encalló quedamos espantados de tan admirable suçeso sin pensar qué podia ser, y avnque luego estuuimos algo obscuros porque cerró el paladar para nos tragar, pero despues que nos tuuo dentro y se sosego traya abierta la boca a la contina, de manera que por alli nos entraua bastante luz, y con el ayre de su contino resolgar nos entretenia el viuir a mucho descanso y plazer. Pareçiome que ya que no quiso mi ventura que yo fuesse á las Indias por ver allá, que era esta conuenible comutaçion, pues fortuna nos forçaua en aquella carçel a ver y gustar de admirables cosas que te contaré; y mirando alrede-

dor vimos muy grandes y espaciosos campos de frescas fuentes y arboledas de diuersas y muy suaves flores y frutas, y ansi *todos* saltamos en tierra por gustar y ver aquellas estançias tan admirables. Començamos a comer de aquellas frutas y a beuer de aquellas aguas alegres y delicadas (¹) que nos fue muy suaue refeçion. Estauan por alli infinitos pedaços de hombres, piernas, calaueras y huesos, y muchas espinas y costillas de terribles peçes y (²) pescados, y otros enteros que nos empidian el andar. Auia tablas, maderos de nauios, ancoras, gauias, masteles, xarçia, artilleria y muniçion, que tragaua aquella fiera vestia por se mantener (³). Pero salidos adelante de aquella entrada a vn grande espaçio que alcançamos a ver desde vn alto monte más de quinientas leguas de donde atalayamos (⁴) grandes llanos y campos muy fertiles, abundantes y hermosos. Auia muchas aues muy hermosas y graçiosas, *de diuersos colores adornadas en sus plumas que eran de graçioso parecer*. Auia aguilas, garças, papagayos, sirgueros, ruyseñores y otras differençias espeçies y generos de (⁵) aues de mucha hermosura. Pues proueyendo que algunos compañeros que (⁶) quedasen en (⁷) la guarda del nauio, les sacamos fuego del pedernal y dexamos les mantenimiento de aquellos manjares y carnes que trayamos de nuestra prouision y matalotaje; y ansi escogidos algunos compañeros nos salimos a descubrir la tierra (⁸). Discurriendo pues por aquella deleytosos y fertilissimos campos (⁹) al fin de dos dias, casi al puesto del sol, desçendiendo de vna alta montaña a vn valle de mucha arboleda, llegamos a vn rio que con mucha abundançia y frequençia corria vino muy suaue; tan hondo y tan caudaloso que por muchas partes podian nauegar muy gruesos nauios. Del qual començamos a beuer y a gustar, y algunos de nuestros compañeros se començaron de la beuida a vençer y se nos quedauan dormidos por alli que no los podiamos lleuar. Todas las riberas de aquel suaue y graçioso rio estan (¹⁰) llenas de muy grandes y fertilissimas çepas cargadas de muy copiosas vides *con sus* pampanos y raçimos muy sabrosos y de gran gusto; de que (¹¹) co-

---

(¹) R. *(Tachado)* cara.
(²) G., alcançamos.
(³) de terrible grandeza.
(⁴) G., euadir.

(¹) G., sabrosas y delicadas aguas.
(²) G., hombres, espinas y huesos de.
(³) G., artilleria, hombres y otros muchos animales que tragaua por se mantener.
(⁴) G., vimos.
(⁵) G., graçiosas aues.
(⁶) G., se.
(⁷) G., a.
(⁸) y dexandoles la neçesaria prouision, la mayor cantidad de nosotros fuemos de acuerdo que fuessemos a descubrir la tierra por la reconoçer.
(⁹) G, deleytosa y fertilissima tierra.
(¹⁰) G., estauan.
(¹¹) G., los quales.

mençamos a cortar y comer; y tenian algunas de aquellas çepas figura y imagen de mugeres que hablando en nuestra lengua natural nos convidauan con agraçiadas palabras a comer dellas, prometiendonos mucho dulçor. Pero a todos aquellos que conuençidos de sus ruegos y halagos llegauan a gustar de su fruto los dormian y prendian alli, que no eran libres para se mouer y las dexar, ni los podiamos arrancar de alli. Destas, de su frecuente emanar (¹) destilaua vn continuo liquor que hazia yr al rio muy caudaloso. Aqui en esta ribera hallamos vn padron de piedra de dos estados alto sobre la tierra, en la qual estauan vnas letras griegas escriptas que mostrauan ser de gran antiguedad, que nos significauan (²) auer sido este el peregrinaje de Bacho. Passado este graçioso rio por algunas partes que se podia vadear, y subida vna pequeña cuesta que ponia differençia entre este valle de Bacho, descendimos á otro no menos deleyte (³) y de gran sabor. De cuyo gusto y dulçor nos pareçia beuer aquella beuida que dezian los hombres antiguos ser de los dioses por su grande y admirable gusto, que llamauan nectar (⁴) y ambrosia. Este tenia vna prodigiosa virtud de su naturaleza; que si alguno escapado del rio de Bacho pudiesse llegar a beuer deste licor era marauillosamente consolado y sano de su embriaguez, y era restituido en su entero y primero juizio, y avn mejorado sin comparaçion. Aqui beuimos hasta hartar, y boluimos por los compañeros y quál a braço, quál acuestas y quál por su pie los traymos (⁵) alli, y sanos caminamos con mucho plazer. No lexos desta suaue y salutifera ribera vimos salir humo, y mirando más con atençion vimos que se descubrian vnas caserias pobres y pajizas, de lo qual nos alegramos mucho por uer si habitaua por alli alguna gente como nosotros con que en aquella prision y mazmorra nos pudiessemos entender y consolar. Porque en la verdad nos pareçia ser aquello vna cosa fantaseada, o de sueño, o que por el rasgo nos la descriuia algun delicado (⁶) pintor. Pues con esta agonia que por muchos dias nos hazia andar sin comer y (⁷) beuer sin nos defatigar, llegamos çerca de aquellas casas, y luego en la entrada hallamos vna vieja de edad increyble, porque en rostro, meneo y color lo monstró ser ansi. Estaua sentada entre dos muy perenales fuentes, de la vna de las quales manaua vn muy abundante caño de miel, y de la otra mano corria otro caño muy fertil y gruesso de leche

(¹) G , manar.
(²) G., que dezian.
(³) G., deleytoso.
(⁴) G., a la qual llamaron del netar.
(⁵) trauximos.
(⁶) G., ingenioso.
(⁷) G., ni.

muy cristalino. Las quales dos fuentes bajadas a un vallico que estaua junto alli se juntauan (¹) y hazian ambas el (²) un rio caudal. Estaua la dueña ançiana con vna vara en la mano, con la qual con gran descuydo heria en la fuente que tenia a su mano derecha que corria leche, y a cada golpe hazia vnas campanillas, las cuales corriendo por el arroyo adelante se hazian muy hermosos requesones, nazulas, natas y quesos como ruedas de molino. Los quales todos quando llegauan por el arroyo abajo donde se juntauan con (³) la fuente del miel se hazian de tanto gusto y sabor que no se puede encareçer. Auia en este rio peçes de diuersas formas que sabian a la (⁴) miel y leche; y como nosotros la vimos espantamonos por pareçernos vna prodigiosa vision y ella por el semejante en vernos como vista subita y no acostumbrada se paró. Pues quando boluimos en nosotros, y con esfuerço cobramos el huelgo que con el espanto auiamos perdido, la saludamos con mucha humildad, dubdosos si nos entendiesse la manera de nuestra lengua, y ella luego con apazible semblante dando a entender que nos conoçia por conaturales en patria y (⁵) naturaleza nos correspondio con la mesma salutaçion, y luego nos preguntó; dezid hijos (⁶) ¿quien soys vosotros? ¿Acaso soys naçidos del mar o soys naturales de la tierra como nosotras? A la qual yo respondi: señora, nosotros hombres somos, naçidos en la tierra, y agora çerrados por infortunio en el mar, encarçelados por nuestra desuentura en esta monstruosa vestia, dubdosos donde nuestra ventura nos lleuará; y avnque nos pareçe que viuimos, creemos que somos muertos; y agora salimos por estos campos por ver quien habitaua por aqui, y ha querido Dios que os encontrassemos para nos consolar, y que viesemos no ser nosotros solos los encarçelados aqui; y ya que nuestra buena uentura acá nos aportó, comunicanos tu buena naturaleza y quál hado te metio aqui (⁷);

(¹) G., mezclauan.
(²) G , vn.
(³) G., se mezclaua la.
(⁴) G., tenian sabor del.
(⁵) G , por de vna naturaleza.
(⁶) G., hijos, ¿quál ventura os ha traydo en esta tierra, o quál hado o suerte os ençerro en esta carçel y mazmorra?
(⁷) G., señora, no sabemos hasta agora dezir si nuestra buena o mala fortuna nos ha traydo aqui, que avn no emos bien reconoçido el bien o mal que en esta tierra ay; solo sabemos ser tragados en el mar por vn fiero y espantoso pez, donde lançados creemos que somos muertos, y para esperiençia o mas çertidumbre desto, nos salimos por estos campos por ver quién habitaua por aqui; y ha querido Dios que os encontrassemos y esperamos que sera para nuestra consolaçion, pues vemos no ser nosotros solos los encarçelados aqui. Agora querriamos de ti, señora, saber quién eres; que hazes aqui; si eres naçida del mar o si eres natural de la tierra como nosotros.

y si de alguna parte de diuinidad eres comunicada prophetizanos nuestra buena, o mala uentura: porque preuenidos nos haga menor mal. Respondió la buena dueña: ninguna cosa os diré hasta que en mi casa entreis, porque veo que venis fatigados. Sentaros eis y comereis, que vna hija mia donzella hermosa que aqui tengo os lo guisará y aparejará; y como eramos todos moços y nos habló de hija donzella y de comer, todos nos regoçijamos en el coraçon, y ansi entrando dixo la buena vieja (¹) con vna boz algo alta quanto bastaua su natural: hija, sal acá, apareja a esta buena gente de comer. Luego como entramos y nos sentamos en vnos poyos que estauan por alli salio vna donzella de la más bella hermosura y dispusiçion que nunca naturaleza humana crió. La qual avnque debajo de paños y vestidos pobres y desarrapados representaua çelestial diuinidad (²), porque por los ojos, rostro, boca y frente echaua vn resplandor que a mirarla no nos podiamos sufrir, porque nos heria con vnos rayos de mayor fuerça que los del sol y (³) como tocaua (⁴) el alma eramos ansi como puesa abrasados: y rendidos nos prostramos a la adorar. Pero ella haziendonos muestra con la mano, con vna diuina magestad nos apartaua de si, y mandandonos asentar con vna presta diligençia nos puso vbas y otras frutas muchas y muy suaues, y de vnos muy sabrosos peçes; de que perdido (⁵) el miedo que por la reuerençia teniamos a tan alta magestad comimos y beuimos de vn preçioso vino quanto nos fue menester; y despues que se leuantó la mesa y la vieja nos vio sosegados començo a regoçijarnos y a demandarnos le contassemos nuestro camino y suçeso; y yo como ví que todos mis conpañeros callauan y me dexauan la mano en el hablar la conté muy por orden (⁶) nuestro deseo y cobdiçia con que viuiamos muchos años en la tierra, y nuestra junta y conjuraçion hasta el estado en que estauamos alli, y despues le dixe; agora tú, madre bienauenturada, te suplicamos nos digas si es sueño esto que vemos; quién soys vosotras y cómo entrastes aqui. Ella nos dixo con vna alhagueña humildad que de contentarnos tenia deseo (⁷). ¡O huespedes y hijos amados, todos pareçe que traemos (⁸) la mesma fortuna, pues por juizio y voluntad de Dios somos laçados aqui, avnque por differentes (⁹) ocasiones como

oyreis. Sabed que yo soy la bondad si la aueis oydo dezir por allá; que me crió Dios en la eternidad de su sér, y esta mi hija es la verdad que yo engendré, hermosa, graçiosa, apazible y afable, parienta muy cercana del mesmo Dios, que de su cogeta a ninguno desgraçió (¹), ni desabrio si primero me quisiessen (²) a mi. Embionos Dios del çielo al mundo siendo naçidas allá, y todos los que me reçeuian a mí no la podian a ella desechar, pero amada y querida la abraçauan (³), como a sí, y ansi moramos entre los primeros hombres en las casas de los prinçipes y reyes y señores que con nosotras gouernauan y regian sus republicas en paz, quietud y prosperidad. Ni auia maliçia, cobdiçia, ni poquedad que a engaño tuuiese nuestra. Andauamos muy regaladas, sobrelleuadas y tenidas de los hombres; el que más nos podia hospedar y tener (⁴) en su casa se tenia por más rico, más poderoso y más valeroso. Andauamos vestidas y adornadas de preciosas joyas y muy alto brocado. No entrauamos en casa donde no nos diessen (⁵) de comer y beuer hasta hartar, y pessauales porque no reçibiamos más; tanto era su buen deseo de nos tener. Topauamos cada dia a la riqueza y a la mentira por las calles por los lodos arrastradas, baldonadas y escarneçidas; que todos los hombres por la mayor parte por nuestra deuocion y amistad las gritauan y corrian y las echauan de su conuersaçion y compañia como a enemigas de su contento y prosperidad. De lo qual estas dos falsarias y malas compañeras reçebian grande injuria y vituperio, y con rabia muy canina .uscauan los medios posibles para se satisfazer. Juntauanse cada dia en consulta ambas y echauanse a pensar y tratar qualesquiera caminos faboreçiendose de muchos amigos que avn trayan entre los hombres encubiertos y solapados que no osauan pareçer de verguença de nuestros amigos. Estas malditas bastaron en tiempo a juntar gran parte de gentes que por industria de la cobdiçia (⁶) los persuadieron yr a descubrir aquellas tierras de las Indias, Nueva España, Florida y Perú, donde vosotros dezis que yuades caminando, de donde tanto tesoro salio. Y estas se las enseñaron y guiaron, dandoles despues industria ayuda y fabor como pudiessen en estas tierras traer grandes tesoros (⁷) de oro y de plata y joyas preçiosas que estauan tenidas en menos

---

(¹) G., vieja en su casa, dixo.
(²) G., dignidad.
(³) G., que.
(⁴) tocauan.
(⁵) G., perdiendo.
(⁶) G., estenso.
(⁷) G., que de contentarnos mostraua tener deseo, dixo:
(⁸) G., tenemos.
(⁹) G., diuersas.

(¹) G., de sagrado.
(²) G., quisiesen.
(³) G., amauan.
(⁴) G., tenia.
(⁵) G., diessen abundantemente.
(⁶) de vna dueña parienta suya que se llama la cobdiçia.
(⁷) G., pieças y cargas.

preçio allá (¹). *Estas peruersas dueñas los for-çaron a aquel trabajo* teniendo por aueriguado que estos tesoros les serian bastante medio para entretener su opinion y desarraigarnos del comun conçibimiento de los honbres, en que estauamos nosotras enseñoreadas hasta alli (²); y ansi fue, que como fueron aquellos honbres que ellas enbiaron en aquellas partes y començaran a enbiar tesoros de grande admira-çion, luego començaron todos a gustar y a te-ner (³) *grandes rentas y hazienda*, y ansi an-dando estas dos falsas hermanas *con aquella parienta casi* de casa en casa les hizieron *a todos* entender que no auia otra nobleza, ni otra feliçidad, ni otra bondad sino tener (⁴), y que el que no tenía riqueza (⁵) en su casa (⁶) era ruyn y vil, y ansi se fueron todos corrompiendo y depravando en tanta manera que no se ha-blaua ni se trataua otra cosa en particular ni en comun; ya desdichadas de nosotras no te-niamos donde entrar (⁷) ni de quién nos fabo-rezer. Ninguno nos conoçia, *ni* amparaua, ni reçebia, y ansi andauamos a sombra de texados aguardando a que fuesse de noche para salir a reconoçer amigos, no osando salir de dia, por-que nos auian auisado algunos que andauan estas dos traydoras vuscandonos con gran con-pañia para nos afrontar do quiera que nos to-passen; prinçipalmente si fuesse en lugar solo y sin testigos; y ansi nosotras madre y hija nos fuemos a quexar a los señores del Consejo Real del Emperador, diziendo que estas falsa-rias se auian entremetido en la republica muy en daño y corruptela della, y porque a la sazon estauan consultando açerca de remediar la gran carestia que auia en todas las cosas del reyno les mostramos *con argumentos muy claros y in-falibles*, como era la (⁸) causa auernos echado todos de si, *la bondad y verdad madre y hija*, y auerse entremetido estas dos (⁹) peruersas her-manas riqueza y mentira, *y la cobdiçia* las quales dos si se tornaua a expeler (¹⁰) nos ofre-çiamos *y obligauamos* de boluer todas las cosas a su primero valor y antiguo, y que en otra manera auia de yr (¹¹) de peor en peor, y nos quexamos que nos amenaçauan que nos auian de

matar; porque ansi eramos auisadas, que con sus amigos y aliados que eran ya muchos nos andauan a vuscar (¹) procurando de nos auer; y los Señores del Consejo nos oyeron muy bien y se apiadaron de nuestra miseria y fortuna y nos mandaron dar carta de amparo y dixe-ron que diessemos informaçion cómo aquellas nos andauan a vuscar para nos afrontar y que harian justizia; y con esto nos salimos del Con-sejo, y yendo por vna ronda pensando yr más seguras por no nos encontrar con nuestras ene-migas (²), fuemos espiadas y salen a nosotras en medio de aquella ronda y tomannos por los cabellos a ambas a dos y traxeronnos por el polvo y lodo gran rato arrastrando y dieronnos todos quantos en su compañia lleuauan muchas coçes, puñadas y bofetadas, y por ruyn se tenía el que por lo menos no lleuaua vn pedaço de la ropa en las manos. En fin nos dexaron con pensamiento que no podiamos viuir (³), y ansi como de sus manos nos vimos sueltas, cogiendo nuestros andrajos, cubriendonos lo más hones-tamente que pudimos nos salimos de la çiudad, no curando de informar á justiçias, temiendo-nos que en el entretanto que informauamos nos tornarian a encontrar, y nos acabarian aquellas maluadas las vidas; y ansi pensando que como en aquellas tierras de la Nueua España (⁴) quedauan sin aquellos tesoros, y las gentes eran simples y nueuas en la religion, que nos acogerian allá; enuarcamos en vna nao, y agora pareçenos que porque (⁵) no nos quiere reçe-bir (⁶) nos ha tomado en si el mar, y ha echado esta vestia que tragandonos nos tenga presas aqui rotas y despedaçadas como veys. Maravi-llados (⁷) deste acontecimiento las pregunté como era posible ser en tan breue tiempo de-sanparadas de sus amigos que en toda la çiudad ni en otros pueblos comarcanos no hallassen de quién se amparar y socorrer. A lo qual la hija sospirando, como acordandose de la fatiga y miseria en que en aquel tienpo se vió, dixo ¡O huesped dichoso! si el coraçon me sufriesse a te contar en particular la prueba que de nues-tros amigos hize, admirarte has de ver las fuer-ças que tuuieron aquellas maluadas: temome

---

(¹) G., que de los de aquella tierra estauan menos-preçiadas y holladas, reconoçiendo su poco valor.
(²) G., conçebimiento nuestra amistad con la qual estauamos nosotras enseñoreadas en la mayor parte de la gente hasta alli.
(³) G., poseer.
(⁴) G., ser rico vn honbre.
(⁵) G., poseya.
(⁶) G., a la riqueza.
(⁷) G., nos acoger.
(⁸) G., ser la.
(⁹) G., y auer estas.
(¹⁰) G., las quales si se remediauan y se echauan fuera.
(¹¹) G., verian como neçesariamente yrian las cosas.

(¹) G., vuscando.
(²) G., nuestros enemigos.
(³) G., y salteadas en medio de aquella ronda, y saliendo a nosotras nos tomaron por los cabellos a ambas y traxeronnos por el poluo y lodo gran rato arrastrando, y dieronnos todos quantos en su compa-ñia lleuauan muchas coçes, puñadas y bofetadas, que por ruyn se tenia el que por lo menos no lleuaua en las manos vn buen golpe de cabellos ó vn pedaço de la ropa que vestiamos En fin nos dexaron con pensa-miento que no podiamos mucho viuir.
(⁴) G., de Indias nueuas.
(⁵) G., pues.
(⁶) G., sufrir.
(⁷) G. Y marauillandonos todos.

que acordandome de tan grande injuria feneze-
ca yo oy. Tu sabras que entre todos mis amigos yo tenia vn sabio y ançiano juez, el qual
engañado por estas maluadas y aborreçiendo-
me a mi, por augmentar en gran cantidad su
hacienda torçia de cada dia las leyes, peruertien-
do todo el derecho canonico y çeuil; y porque
vn dia se lo dixe, dandome un enpujon por me
echar de si me metio la vara por vn ojo que
casi me lo sacó: y mi madre me le restituyó a
su lugar (¹); y porque a vn escriuano que estaua (²) ante él la dixe que passaua el arançel me
respondio que sino reçibiesse más por las escripturas de lo que disponian los Reyes que (³)
no ganaria para çapatos, ni avn para pan; y
porque le dixe que porqué interlineaua los contratos, enojandose me tiró con la pluma vn
tildon por el rostro que me hizo esta señal que
ves aqui que tardó vn mes en se me sanar; y
de alli me fue a casa de vn mercader y demandéle me diesse vn poco de paño de que me vestir, y él luego me lo puso en el mostrador, en
el qual, avnque de mi naturaleza yo tenia ojos
más perspicaces que de linçe, no le podia ver, y
rogandole que me diesse vn poco de más luz se
enojó. Demandéle el preçio rogandole *que tuuiesse respecto a nuestra amistad*, y luego me
mostró vn papel que con gran juramento
juró (⁴) ser aquel el verdadero valor y coste que
le tenia, y que por nuestra amistad lo pagasse
por alli; y yo afirmé ser aquellos lexos de mí,
y porque no me entendio esta palabra que le
dixe me preguntó qué dezia. Al qual ya repliqué que aquel creya yo ser el coste, cargando
cada vara de aquel paño quantas gallinas y
pasteles, vino, puterias y juegos y desordenes
en la feria y por el camino auian él y sus criados pasado quando fueron por ello (⁵).

Miçilo.—Y lo mesmo es en todos quantos ofiçios ay en la republica; que no hay quien supla
las costas comer y beber, juegos y puterias de
los offiçiales, *en la feria y do quiera que estan;
y halo de pagar el que dellos va a comprar.*

Gallo.—De lo qual reçibio tanta injuria y
yra que tomando de vna vara con que medir en
la tienda me dio vn palo en esta (⁶) cabeça que
me descalabró muy (⁷) mal, y despues tendida
en el suelo me dio más de mil; que si no fuera
por gentes que passaron (⁸) que me libraron

de sus manos me acabara la vida con su rabiosa
furia; con que avn jauraa que se lo auia de
pagar si me pudiesse auer, por lo qual no osé
aportar mas allá (¹). De alli me lleuó mi madre a vn çirujano, al qual rogo con gran piedad
que me curasse y él le dixo que mirasse que
le auia de pagar, porque la cura seria larga y
tenia hijos y muger que mantener, y porque no
teniamos qué le dar, mi madre me lo vntó con
un poco de açeyte rosado, y en dos dias se me
sanó. Fueme por todos aquellos que hasta entonçes yo auia tenido en mi familiaridad, y
hallé los tan mudados que ya casi no los conoçia sino por el nonbre, porque auia muchos que
yo tenia en mi amistad *que eran* armeros, ma-
lleros, lançeros, espeçieros, y en otros generos
de offiçios llanos y humildes contentos con
poco, que no se queria apartar del regaço de
mi madre y mio, *rnidos comigo*; los quales
agora aquellas dos falsas hermanas (²) los tenian encantados, locos, soberuios y muy fuera
de si, muy sublimados en grandes riquezas de
canbios y mercaderias y *puestos ya en grandes*
honrras de regimientos *con hidalguias fingidas
y compuestas* ocupados en exerçiçios de caualleros, de (³) justas y juegos de cañas, *gastando
con gran prodigalidad la hazienda y sudor de
los pobres miserables. Estos* en tanta manera se
estrañaron de mí que no los osé hablar, porque
acaso ayrados no me hiriessen y uituperassen
como auian hecho los otros; y porque pareçe
que los eclesiasticos auian de permaneçer en la
verdadera religion y que me acogerian me fue
a la iglesia mayor donde concurren los clerigos
y saçerdotes (⁴) donde solia yo tener muchos
amigos: y andando por ella a vuscar clerigos
no hallé sino grandes cuadrillas y compañias
de monas o ximios que me espantaron. Los
quales con sus roquetes, sobrepellizes y capas
de coro andauan por alli cantando en derredor (⁵). Marauillauame de uer (⁶) vnos tan
graçiosos animalejos criados en la montaña
imitar (⁷) todos *los offiçios* y exerçiçios de
saçerdotes tan al proprio y natural *a lo menos*
en lo exterior; y viniendo a mirarlos debajo de
aquellos vestidos eclesiasticos *y ornamentos
benditos* descubrian el vello, golosina, latroçi-
nio, cocar y mofar, rustiçidad y fiereza que tienen puestos en su libertad en el campo (⁸).

(¹) G., torno adereçar.
(²) escreuia.
(³) G., si por la tassa del arançel en la paga de los derechos se huuiese de seguir.
(⁴) G., afirmo.
(⁵) G., auian hecho él y sus criados en la feria y por el camino de yr y venir allá.
(⁶) G., la.
(⁷) G., hirió.
(⁸) G., que si no me socorrieran las gentes que pasauan.

(¹) G , y quedó jurando que si me tomaua en algun lugar o boluia mas alli, que me acabaria; y ansi yo nunca más bolui allá.
(²) G., aquellas falsarias.
(³) G., en.
(⁴) G , los saçerdotes y clericía.
(⁵) G., andauan paseandose por alli, y otros cantando en el coro.
(⁶) G. Marauillauame que.
(⁷) G., imitassen.
(⁸) G., tienen en la montaña.

Acordéme auer leydo de aquel rey de Egipto, de quien escriuen los historiadores (¹) que quiso enseñar a dançar vna quadrilla de ximios y monas, vestidos todos de grana, por ser animal que más contra haze los exerçiçios del honbre; y andando vn dia metidos todos en su dança, que las traya el maestro ante el Rey, se allegó a lo ver vn philosopho y echó vnas nuezes en medio del corro y dança; y como conoçieron los ximios ser la fruta y golosina, desanparando el teatro, maestro y Rey, se dieron a tomar de la fruta (²) y mordiendo y arañando a todos los que en el espectaculo estauan, rasgando sus vestidos echaron a huyr *a la montaña*, y avn yo no lo pude creer que aquellos eran verdaderos ximios y monas si no me llegara a vno que representó mas sanctidad y dignidad al qual tentandole con la tenta en lo interior, rogandole que pues era saçerdote y me pareçia más religioso, me dixesse vna missa por mis defuntos, y pusele la pitança en la mano, y él muy hinchado me dio con el dinero en los ojos diziendo que él no dezia misa, que era vn arçediano, que no queria mi pitança; que sin dezir misa en todo el año passaua y se mantenia él y vna gran trulla de honbres y mugeres que traya en su casa (³); y como yo le oy aquello no pude disimular tan barbaro genero de ypocresia y soberuia, viendo que siendo mona representaua vna persona tan digna y tan reuerenda en la iglesia de Dios (⁴). Acordeme de aquel asno cumano, el qual viendose vn dia vestido de vna piel de leon, queria pareçer leon asombrando con grandes roznidos a todos, hasta que vino vno de aquellos cumanos que con vn gran leño nudoso le hirio tan fuertemente que reprehendiendole con palabras le desengañó y le hizo (⁵) entender que era asno y no leon, y ansi le abajó su soberuia y locura; y ansi yo no me pude contener que no le dixesse: Pues señor ¿el arçedianazgo depone el saçerdoçio que no podeis (⁶) dezir missa? y él se enojó tanto que me conuino huyr de la iglesia, porque ya miraua por sus criados que me hiriessen. En estos y semejantes cuentos

nos estuuimos gran parte del dia hasta que su madre le mandó que no proçediesse adelante porque reçebia dello mucha pena; y yo enamorado della me ofreçí a su perpetuo seruiçio pareçiendome que en el mundo no auia cosa más perfeta que desear, y ansi pense si querria, por viuir en aquella soledad y prision darseme por muger; *pero no me atreui hasta mirarlo mejor.* Salimonos luego (¹) todos en su compañia por aquellos campos, fuentes y praderias por tomar solaz, porque eran aquellas estançias llenas de todo gusto y deleyte. No auia por alli planta alguna que no fuesse de dulçura admirable por ser regadas por aquellas dos fuentes de leche y miel. En esta conuersaçion y compañia nos tuuieron muchos dias muy a nuestro contento, y acordandonos de nuestros conpañeros que dexamos en el nauio pensamos que sería bueno yrlos a vuscar y traerlos a aquella deleytosa estançia, porque gozassen de tanta gloria, y ansi demandando licençia a la madre y hija guiandonos como por señas *al camino* boluimos por los visitar, prometiendo boluernos luego para ellas (²) y ansi començamos a caminar, y passando aquellos dulçes y sabrosos rios venimos al de Bacho, el qual passado (³) por los vados, hallamos ya casi por moradores naturales a nuestros conpañeros, casados con aquellas çepas que dixe estar por aquellas riberas, que tenian figura y natural de mugeres: de las quales no los podimos desapegar sin gran dificultad y trabajo, porque los tenian ya cogidos con gran affiçion. Pero con gran cuydado trabajamos despegarlos de alli, y porque nos temimos no poderlos llevar a la casa de la verdad, por pensar que no açertariamos (⁴) acordamos probar a salir de aquella carçel mazmorra (⁵), pensando que si saliesemos con ello seria vna cosa admirable: y que terniamos más que dezir (⁶) que de las Indias *si allá fueramos,* ni de los siete milagros del mundo; y ansi pense vna industria que çierto nos valio, y fue que yo hize poner a punto de nauegar todo el nauio, xarçia y obras muertas *y compañeros,* y hize luego enbarcar todo lo neçesario para caminar, y quando todo estuuo a punto hezimos ingenios con que llegamos el nauio hasta meterle por la garganta de la vallena, y como la juntamos al pecho que le ocupamos la entrada al paladar nos lançamos todos en el nauio, y con fuertes arpones, lanças, picas y alabardas començamos a herirle (⁷) en la garganta, y como

---

(¹) G., escriue Luçiano.
(²) G., ximios o monas, y para esto los vistio todos de grana, y andando vn dia metidos en el teatro en su dança con vn maestro de aquel exerçiçio al qual los encomendó, se allegó a lo ver vn philosopho que conoçia bien el natural de aquel animalexo y echóles vnas nuezes en el medio del corro donde andauan dançando, y los ximios como conoçieron ser nuezes, fruta apropriada a su golosina, desamparando el teatro, corro y maestro se dieron a tomar de la fruta.
(³) G., no dezia missa en todo el año, y que se mantenia él y vna gran familia que tenia, de la renta de su dignidad;
(⁴) G., *añade:* que dezian ser arçediano.
(⁵) G., haziendole.
(⁶) G., podais.

(¹) y ansi nos salimos.
(²) G., a su compañia.
(³) G., passando.
(⁴) G., no açertar a la casa de la verdad.
(⁵) G., prision y carçel.
(⁶) G., contar.
(⁷) G., herirla.

aconteçe a qualquiera de nosotros si tiene en la garganta alguna espina que acaso tragó de algun pez que le fatiga, que comiença de toser por la arrancar, y ansi la vallena quanto más la heriamos (¹) más se afligia con toser, y a cada tos nos echaua çinquenta leguas por la garganta adelante, porque çierto reçebia gran congoja y fatiga que no podia sosegar, y tanto continuó su toser que nos lançó por la boca a fuera muy lexos de si sin algun daño ni lision; y como escarmentada y temerosa del passado tormento y pena huyó de nosotros pensando auer escapado de vn gran mal; y ansi dando todos muchas graçias a Dios guiamos por boluer a nuestra España deseosos de desengañar a todos qué se ha ydo la verdad huyendo de la tierra: por lo qual no te marauilles, Miçilo, sino te la dixo tu vezino Demophon, y avn si no la vieres ni oyeres en el mundo de oy más.

Miçilo.—¡O soberano Dios, qué me has contado oy! ¡Que es posible, gallo, que está oy el mundo sin la verdad!

Gallo.—Como oyes me aconteçió.

Miçilo.—Por cierto cosa es de admiraçion: y me pareçe que si el mundo está algun tiempo ansi, en breue se destruira y se acabará de perder. Por tanto supliquemos con lagrimas de grande affecto a Dios nos quiera restituir en tan soberano bien de que somos pribados hasta aqui; y agora, pues es venido el dia, dexa lo demas para el canto que se siguirá.

Fin del déçimo octauo canto del gallo.

———

ARGUMENTO

DEL DEÇIMO NONO CANTO (²)

En el deçimo nono canto que se sigue el auctor trata del trabajo y meseria que ay en el palaçio y seruiçio de los prinçipes y señores, y reprehende a todos aquellos que teniendo alguna habilidad para algun offiçio en que ocupar su vida, se priban de su bienauenturada libertad que naturaleza les dio, y por viuir en viçios y profanidad se subjetan al seruiçio de algun Señor.

GALLO. MIÇILO.

Gallo.—Muchas son las cosas, o ¡Miçilo! que en breue te he narrado, en diuersos estados de la vida acontecidas. Caydas y leuantamientos, yerros, engaños de todas las condiçiones de los hombres, las quales como honbre esperimentado te lo he con palabras trabajado pintar, tanto que en algunos acontecimientos te ha pareçido estar presente, por te conplazer y agradar, y *por* hazer el trabajo de tu vida que

(¹) G., nosotros la dauamos.
(²) G., canto del gallo.

con tu flaqueza se pudiese compadeçer; y ya querria que me dixesses qué te pareçe de quanto te he mostrado, quanto sea verdad el tema de mi dezir que tomé por fundamento para te probar quanto esté corrompida la regla y órden de vibir en los honbres y quán torçido vaya todo el comun. Deseo agora de ti saber quál es el estado que en el mundo te pareçe más contento y más feliz, y de dónde se podria dezir que mi thema, fundamento y proposiçion tenga menos cabida y de que no se pueda de todo en todo verificar. Habla, yo te ruego, tu pareçer: porque si por falta de esperiençia te pareçiere a ti que de algun estado no se pueda con justa razon dezir, yo trabajaré como bien esperimentado de te desengañar; y quiero que oy passemos en nuestra conuersaçion mostrandote que ya en el mundo no aya estado ni lugar que no esté deprabado, y en que el honbre pueda parar sin peligro y corroto de su viuir.

Miçilo. — Por çierto, gallo, yo puedo con gran razon gloriarme de mi feliçidad, pues entre todos los mortales alcançé tenerte a ti en mi familiar conuersaçion, lo qual tengo por pronostico de mi futura beatitud. No puedo sino engrandeçer tu gran liberalidad, de la qual has comigo vsado hasta aqui, y me admira tu esperiençia y gran saber, y prinçipalmente aquella eloquençia con que tantas y tan diuersas cosas me has narrado; en tanta manera que a todas me has hecho tan presente como si passaran por mi. He visto muy bastantemente la verdad de tu thema y proposiçion, en que propusiste probar todos los honbres tener engaño y en ningun estado auer rectitud. Preguntasme agora te diga qué dubda o perplegidad aya en mi spiritu de que me puedas satisfazer. Çiertamente te quiero confesar vn pensamiento notable que tuue desde mi juuentud; y avn agora no estoy libre dél; y es que siempre me admiró el estado de los ricos y poderosos prinçipes y señores del mundo; no solamente estimandolos en mi coraçon a ellos por bienauenturados como a poseedores y señores de aquellas riquezas, aparatos y familias que poseyan (¹), pero aun me tuuiera por bienauenturado si como ministro y criado de alguno de aquellos mereçiera yo frequentar su familiaridad, seruiçio y conuersaçion. Porque aunque no estuuiera yo en el punto de la bienauenturança que ellos tienen como poseedores y señores, a lo menos me contentara si por criado y apaniguado yo pudiera gozar de aquella poca feliçidad y contento que dan aquellos aparatos y riquezas a solo el que los ve; y lo mesmo tengo agora, en tanta manera, que si me faltasses a me entretener la vida miserable que padezco

(¹) G., poseen.

me yria para allá, prinçipalmente yiendome tan perseguido de pobreza que me pareçe muchas vezes, que viuir en ella no es vibir, pero muy miserable muerte (¹), y me ternia por muy contento si la muerte me quisiesse lleuar antes que passar en pobreza acá.

GALLO.—Admirado me has, ¡o Miçilo! quando auiendote mostrado hasta agora tanta diuersidad de cosas y los grandes infortunios que esten anejos y como naturales a todos los estados de los honbres, a solo el de los ricos tienes inclinada la afiçion, a los quales el trabajo es tan natural; y más me marauillo quando quexandote de tu estado feliçissimo diçes que por huyr de la pobreza ternias por bien trocar tu libertad y nobleza de señor en que agora estás por la seruidumbre y captiuerio a que se someten los que viuen de salario y merçed de algun rico señor; yo condeno este tu deseo y pensamiento por el mas herrado y miserable que en el mundo ay, y ansi confio que tu mesmo te juzgaras por tal quando me acabes de oyr. Porque en la verdad yo en otro tiempo fue desa tu opinion, y por experiençia lo gusté y me subjeté a esa miseria; y te hago saber, por el Criador, que acordarme agora de lo que en aquel estado padeçí se me vienen las lagrimas a los ojos, y de tristeza se me aflixe el coraçon, como de acordarme (²) de auerme visto en vna muy triste y profunda carçel, donde todos los dias y noches aberrojado en grandes prisiones, en lo obscuro y muy hondo de vna torre, amarrado de garganta, de manos y pies passé en lagrimas y dolor; ansi aborrezco acordarme de aquel tiempo que como sieruo subjete a señor mi libertad; que se me espelnçan los cabellos, y me tienblan los mienbros como si me acordasse agora de vna gran tenpestad en que en el golfo de Ingalaterra, y otra que en el archipielago de Greçia en otro tienpo passé. Quando me acuerdo de aquella contrariedad de los vientos que de todas partes nos herian el nauio, el mastel y antena roto y las velas echadas al mar, ya sin remo ni gouernalle ni juizio que lo pudiesse regir. Vernos subir vna vez por vna ola que por una gran montaña de agua nos lleuaua a las estrellas, y despues desçendir a los abismos, y façilmente boluernos a cubrir de agua otra ola que venia por sobre puente y plaza del nauio como si ya sorbido el caxco nadaramos a pie por el mar. ¡Hay! que no lo puedo dezir sin sospiro; quando me acuerdo vernos yr con toda la furia que los vientos nos podian lleuar a enuestir con el nauio en vna muy alta roca que pareçia fuera del agua, y por comiseraçion de Dios incharse tanto el mar,

que cubierta la roca de agua fuemos lleuados por çima en gran cantidad sin alcançar a picar el nauio en ella. Por lo qual, ¡o Miçilo! porque no te puedas quexar en algun tiempo de mí, que te fue mal amigo y consejero, y que viendote inclinado a ese yerro y opinion no aconsejé bien descubriendote el veneno que en este miserable çeuo está ascondido, y el daño que despues de tragado el ançuelo tiene en sí la meluca y bocado que alli deseais comer. Mas antes quiero que teniendo el manxar en la boca bomites la sangre con el dolor antes que prendiendo la punta en el paladar miserablemente arroxes la vida (¹). Antes que vengas en este peligro te quiero amonestar como amigo, descubriendote la perdiçion (²) que en este miserable estado de sieruo está ascondido porque en ningun tienpo te puedas quexar de mí: y si lo que yo te dixere no fuere verdad, si lo probar quisieres, entonçes dirás con justa razon que soy el más fabuloso mentiroso que en el mundo ay, y no te fies otra vez de mí; y todo lo que en este proposito dixere quiero dezir prinçipalmente por ti, Miçilo, por satisfaçer a tu perplexidad; y despves quiero que tanbien entiendan por si todos quantos en el mundo son, los quales son dotados de naturaleza de alguna habilidad para aprender, o que saben ya algun arte mechanica, la qual tomada por offiçio cotidiano, trabajando a la contina se puedan mantener. O aquellos que en alguna manera se les comunicó por su buen natural alguna sçiençia, gramatica, rectorica, o philosophia. Estos tales mereçian ser escupidos y negados de su naturaleza si dexando el exerçiçio y ocupaçion destas sus sçiençias y artes que para la conservaçion de su bienauenturada libertad les dio, si repudiada y echada de si se lançan en las casas de los prinçipes y ricos honbres a seruir por salario, preçio, xornal y merçed. Con solos aquellos no quiero al presente hablar que el vulgo llama truhanes, chocarreros, que tienen por offiçio lisonjear para sacar el preçio miserable. Que estos tales son locos, neçios, bobos: y porque sé que en los tales ha de aprouechar poco (²) mi amonestaçion dexarlos he, pues naturaleza los dexó privados del sumo bien, que es de juiçio y razon con que pudiessen diçernir la verdad, y ansi pues ella los dexó por la hez y escoria de los honbres que crió, no la quiero con mi buen consejo al presente repugnar ni contradezir, corrrigiendo lo que ella a su

---

(¹) G., morir.
(²) G., acordasseme.

(¹) G., el daño que despues de tragado el çeuo en el anzuelo está, y teniendo la meluca en la boca para la tragar no te la hago echar fuera antes que prendiendo la punta en tu paladar bomites la sangre y vida con dolor.
(²) G., el veneno.
(³) G., no ha de aprouechar mi.

proposito formó; y tanbien porque estos tales son tan inutiles y tan sin habilidad que si les quitassemos por alguna manera este su modo de viuir no restaua sino abrirles el sepulcro en que los enterrar; y ansi ellos por esta causa no les es alguna culpa ni injuria si afrontados y vituperados de sus señores sufren sin sentir con tal que les paguen su xornal vilissimo y interes. Viniendo pues al proposito de nuestra intinçion, harto pienso que haré oy, Miçilo, si con mi eloquençia destruyere aquellas fuertes razones que tienen a ti y a los semejantes *secaçes*, peruertida y connençida vuestra intinçion; porque neçesariamente han de ser de doblada efficaçia las mias, pues a las vuestras tengo de echar de la posession y fortaleza en que estauan señoreadas hasta aqui, y deuo mostrar ser flacas y de ningun valor y que de aqui adelante no tengais los tales con qué os escusar, encubrir y defender. Quanto a lo primero dizes tú, Miçilo, ser tan brauo enemigo la pobreza en el animo generoso, que por no le poder sufrir te quieres acoger a los palaçios y casas de los poderosos y ricos honbres, en cuya seruidunbre te piensas enrriquezer viniendo por merçed, preçio, y xornal. ¿Dizes esto, Miçilo?

Miçilo. — Eso digo, gallo, ser ansi; y no solo yo, pero quantos honbres en el mundo ay.

Gallo.— Por çierto, Miçilo, ya que tienes aborreçida la pobreza en tanta manera que más querrias morir que en ella vibir; yo no hallo quanto remedio os sea para huyr los lançaros a la seruidunbre del palaçio, ni me fatigaría mucho en persuadir a los que esa vida seguis por remedio de vuestra neçesidad el valor y estima en que la propria libertad se deue tener. Pero si yo veo por experiençia que el palaçio no es a los tales menesterosos sino como vn xaraue, o flaca mediçina que algun medico da al enfermo por entretenerle en la vida quedando sienpre el fuego y furia [1] de la enfermedad en su vigor, ansi que yo no podré aprobar vuestra opinion [2]. ¿Si sienpre con el palaçio queda la pobreza, sienpre la neçesidad del reçebir, sienpre la ocasion del pedir y tomar? Si avn en aquel estado del palaçio nada ay *entonces* que se guarde, ninguna que sobre, ninguna que se reserue, pero todo lo que se da y que se reçibe, *todo* es menester para el ordinario gasto y avn sienpre falta y nunca la neçesidad suple lo que se reçibe [3], por mejor se deuria tener, Miçilo, aueros quedado en vuestra pobreza con esperança que algun dia os alegrara la prospera fortuna, que no auer venido a estado y causas

en que la pobreza se conserua y cria, y avn augmenta como *es* en la vida que por remedio escogeis. En verdad que el que viuiendo en seruidunbre le pareçe huyr la pobreza no puedo sino afirmar que grandemente a sí mesmo se engaña, pues *sienpre* veo al tal menesteroso y miserable y en neçesidad de pedir, y que le den.

Miçilo.—Yo quiero, gallo, responder por mí y por aquellos que la neçesidad los trae a este vibir, con los quales comunicando muchas vezes con mucho gusto y plazer me solian dezir los fundamentos y razones con que apoyauan y defendian su opinion, que a muchos oy dezir que seguian aquella vida del palaçio porque a lo menos en ella no se temia la pobreza, pues que conforme a la costumbre de otros muchos honbres trabajauan auer su cotidiano mantenimiento de su industria y natural soliçitud, porque ya venidos a la vejez, quando las fuerças faltan por flaqueza o enfermedad, esperan tener alli en qué se poder mantener.

Gallo.—Pues veamos agora si esos dizen la verdad. Mas antes me pareçe que con mucho mayor trabajo ganan esos tales el mantenimiento que quantos en el mundo son. Porque lo que alli se gana hase de alcançar con ruegos; lo qual es más caro que todo el trabajo, sudor y preçio conque en el mundo se pueda comprar. Quanto más que avn quieren los señores que se trabaje y *se* sude el salario; y de cada dia se les augmentan dos mil negoçios y ocupaçiones [1] para el cunplimiento de las [2] quales no basta al honbre su natural salud y buena disposiçion para los acabar [3]; por lo qual es neçesario venir a enfermedad y flaqueza y cuando los señores [4] sienten a sus criados que por su indispusiçion no los pueden seruir y abastar a sus negoçios los despiden de su seruiçio, casa y familia [5]. De manera que claramente ves ser engañados por esa razon, pues les acarreó el palaçio más miseria, enfermedad y trabajo, lleuauan [6] quando a él fueron.

Miçilo.—Pues dime agora *tú*, gallo; *pues* no te pareçe que los miseros como yo sin culpa podrian elegir y seguir aquella vida por gozar (siquiera) de aquel deleyte y contentamiento que da vibir en aquellas anchas y espaçiosas casas, habitaçion y morada de los dioses y de sola persona real? enhastiados y mohinos destas nuestras miserables y ahumadas choças que más son pozilgas de puercos que casas y habitaçion de

[1] G.,·fuerça.
[2] G., ¿como podre yo aprobar vuestra opinion?
[3] G.. se suple.

[1] G., pleytos.
[2] G., los.
[3] G., poder soliçitar.
[4] G., los sienten.
[5] G., y casa.
[6] G., trabajo, y por el consiguiente más miseria y enfermedad que lleuan.

honbres; y ansi monidos (¹) someternos a su seruiçio, avnque no se goze alli de más que de la vista de aquellos marauillosos tesoros que estan en aquellos suntuosos aparadores de oro (²) y de plata, bagillas y tapetes y otras admirables riquezas que entretienen al honbre con sola la vista en deleyte y contentamiento, y avn comiendo y beuiendo en ellos, casi en esperança de los comer y tragar?

GALLO.—Esto es, Miçilo, lo verdadero que primero se auia de dezir, que es causa prinçipal que mueue a los semejantes honbres a trocar su libertad por seruidunbre, que es la cobdiçia y ambiçion de solo gustar y ver las cosas profanas, demasiadas y superfluas; y no el ir a vuscar (como primero deziades) lo neçesario y conueniente a vuestra miseria (³), pues eso mejor se halla (⁴) en vuestras choças y pobres (⁵) casas aunque vaçias (⁶) de tesoro, pero ricas por libertad, y esas esperanças que dezis que prometen los señores con la conuersaçion de su generosidad, digo que son esperanças vanas, y de semejante condiçion que las promesas con que el amante mançebo entretiene a su amiga, que nunca le falta vna esperança que la dar de algun suçeso, o herençia que le ha de venir, porque la vanidad de su amor, no piensa poderla conseruar sino con la vana esperança de que algun tienpo (⁷) ha de tener grandes tesoros que la dar, y ansi ambos dos confiados de aquella vanidad llegan a la vejez mantenidos de solo el deleyte que aquella vana esperança les dio, abiertas las bocas hasta el morir, y se tienen estos por muy satisfechos porque gozaron de vn contentamiento que les entretubo el viuir, avnque con trabajo y miseria. Desta manera se an los que viben en el palaçio, y avn es de mejor condiçion la esperança destos miseros amantes que la de que se sustentan los que viuen de salario y merçed, porque aquellos permaneçen en su senorio y libertad, y estos no. Son como los compañeros de Ulixes, que transformados por Çyrçes en puercos rebolcandose en el suçio çieno estimauan en más gozar de aquel presente deleyte y miserable contentamiento que ser bueltos a su humano natural.

MIÇILO.—¿Y no te pareçe, gallo, que es

gran feliçidad y cosa de gran (¹) estima y valor tener a la contina comunicaçion y familiaridad con ylustres, generosos prinçipes y señores, aunque del palaçio no se sacasse otro bien ni otro prouecho, ni otro interes?

GALLO.—Ha, ha, ha.

MIÇILO.—¿Y de qué te ries, gallo?

GALLO.—Porque nunca oí cosa más digna de reyr. Porque yo no terniа por cosa más vana que comunicar y asistir al Rey más prinçipal que en el mundo ay, si otro interes no se sacasse de alli: ¿pues no me sería igual trabajo en la vida que auer de guardar tanto tienpo aquel respeto, aquel sosiego y asiento, miramiento y seueridad que se deue tener ante la presençia y acatamiento de la gran magestad del Rey? Agora, pues que emos tratado de las causas que les traygan a estos a vibir en tal estado de seruidunbre (²), vengamos agora a tratar los trabajos, afrentas y injurias que padeçen para ser por los señores elegidos en su seruiçio, y para ser preferidos a otros que estan oppuestos con el mesmo deseo al mesmo salario; y tanbien veremos lo que padeçen en el proçeso de aquella miserable vida, y al (³) fin en que acaban (⁴). Quanto a lo primero es neçesario que si has de entrar a viuir con algun señor, que vn dia y otro vayas y vengas con gran continuaçion su casa, y que nunca te apartes de sus vmbrales y puerta, aunque te tengan por enojoso y importuno, y aunque con el rostro y con el dedo te lo den a entender, y aunque te den con la puerta en los ojos no te has de enojar, mas antes has de disimular, y comprar con dineros al portero la memoria de tu (⁵) nonbre, y que al llegar a la puerta no le seas importuno. Demas desto es nesçesario que te vistas de nueuo con más sumptuosidad y costa que lo sufren tus fuerças conforme a la magestad (⁶) del señor que pretendes (⁷) seruir. Para lo qual conuiene que, o vendas tu hazienda (⁸), o te empeñes para delante pagar del salario (⁹) si al presente no tienes qué vender, y con esto has de vestirte del color y corte que sepas que más vsas o le aplaze al señor (¹⁰) porque en cosa ninguna no discrepes ni passes su voluntad, y tanbien has de mirar que le acompañes con gran cordura do quiera que fuere, y que mires si has de yr adelante, o detras: en que lugar, o mano. Si has de yr entre los prinçipales, o con la trulla y comu-

---

(¹) G., deuen desear aquella vida, por solo el deleyte y contentamiento que da vibir en aquellas anchas y espaçiosas casas, habitaçion de dioses y de sola persona Real y inçitados de aquellas grandes esperanças que prometen aquellos poderosos señores con su real y generosa conuersaçion.
(²) G., por gozar solamente de aquellos marauillosos tesoros, aparadores de oro.
(³) G., al cunplimiento de vuestra neçesidad.
(⁴) G., hallara.
(⁵) G., propias.
(⁶) G., pobres.
(⁷) G., dia.

(¹) G., grande.
(²) G., en tal vida.
(³) G., a la.
(⁴) G., acaben.
(⁵) G., porque se acuerde de tu.
(⁶) G., dignidad.
(⁷) G., que vas a.
(⁸) G., patrimonio.
(⁹) G., seruiçio.
(¹⁰) G., a tu amo.

nidad de familia por hazer pompa y aparato de gente; y con todo esto has de sufrir con paçiençia aunque passen muchos dias sin que *tu amo* te quiera mirar a la cara, ni echarte de ver, y si alguna vez fueres tan dichoso que te quisiere mirar, si te llamare y te dixere qualquiera cosa que él quisiere, o se le viniere a la boca, entonçes verás te cubrir de vn gran sudor, y tomarte vna gran congoja, que se te çiegan los ojos de vna subita turbaçion, prinçipalmente quando ves los que estan al rededor que se ryen viendo tu perplegidad y que mudo no sabes qué dezir. En tanta manera que a vna cosa que acaso te pregunta respondes vn gran disparate por verte cortado, lleno de empacho (¹). Y a este embaraço de naturaleza llaman los virtuosos que delante estan verguença, y los desuergonçados lo llaman temor (²) y los maliçiosos dizen que es neçedad y poca esperençia; y tú, miserable, quando has salido tan mal desta primera conuersaçion de tu señor quedas tan mohino y acobardado que de descontento te aborreçes, y despues de auerte fatigado muchos dias y *auer* passado muchas noches sin sueño con cuydado de asentar y salir con tu intinçion y quando ya has padeçido mil tormentos y aflicçiones, injurias y afrentas, y no por alcançar vn reyno en posesion, o vna çiudad, sino solamente vn pobre salario de çinco mil marauedis, ya que algun buen hado te faboreçio, al cabo de muchos dias vienen a informarse de ti y de tu habilidad (³), y esta esperiençia que de tu persona (⁴) se haze no pienses que le es poca vfaneza y presunçion al (⁵) señor, porque le es gran gloria quererse seruir (⁶) de honbres cuerdos y habiles (⁷) para qualquiera cosa que se les encomiende; y avn *te* has de aparejar que han de hazer examen y informaçion de tu vida y costunbres. ¡O desuenturado de ti! que congojas te toman quando piensas si por maliçia de vn ruyn vezino que quiera informar de ti vna ruyn cosa, o que quando moço passó por ti alguna liuiana flaqueza, y por no te ver auentajado, por tener enuidia de tus padres, o linaje informa mal de ti, por lo qual estás en ventura de ser desechado y excluido; y tanbien como acaso tengas algun opositor que pretenda lo que tú **y** te contradiga, es neçesario que con toda su diligencia rodee todas las cabas y muros por donde pueda contraminar y abatir tu forta-

leza. Este tal ha de examinarte la vida y descubrirte lo que esté muy oculto y entarrado por la antiguedad del tienpo (¹) y sabida alguna falta, o miseria, ha de procurar con toda su industria porque el Señor lo sepa. Que tengo por mayor el daño que resulta en tu persona saber el señor tu falta verdadera, o impuesta, que no el prouecho que podra resultar de seruirse de ti todos los dias de su vida. Considera ¡o Miçilo! al pobre ya viejo y barbado traerle en examen *su cordura, su linaje, costunbres y ser*; de lo que ha estudiado, qué sabe, qué ha aprendido; y si estaua en opinion de sabio hasta agora, y con ello cunplia, agora ha de mostrar lo que tiene verdadero. Agora, pues, pongamos que todo te suçeda bien y conforme a tu voluntad. Mostraste tu discreçion y habilidad (²) y tus amigos, vezinos y parientes todos te faboreçieron y informaron de ti bien. El señor te reçibio; la muger te açeptó; y al mayordomo despensero y ofiçiales y a toda la casa plugo con tu venida. En fin vençiste. ¡O bienanenturado vençedor (³) de vna gran vitoria!; mereçes ser coronado como a trihunfador de vna antigua Olinpia (⁴), o que por ti se ganó el reyno de Napoles o pusiste sobre el muro la vandera en la Goleta. Razon es que reçibas el premio y corona igual á tus meritos, trabajos y fatigas. Que de aqui adelante vibas descansado, comas y bebas sin trabajo de la abundançia del señor, y como suelen dezir, de oy más duermas a pierna tendida. Mas ante todo esto es al reues. Porque de oy más no has de sosegar a comer ni a beber. No te ha de vagar, dormir ni pensar vn momento con oçio en tus proprias miserias (⁵) y neçesidades; porque sienpre has de asistir a tu señor, a tu señora, hijos y familia. Sienpre despierto, sienpre con cuydado, sienpre soliçito de agradar más a tu señor, y quando todo esto huuieres hecho con gran cuydado, trabajo y soliçitud te podrá dezir tu señor aun lo que eras obligado, que para esto te cogio por su salario y merçed, porque si mal siruieras te despidiera y no te pagara, porque él no te cogio para holgar. En fin mil cuydados, trabajos y pasiones, desgraçias y mohinas te suçederan de cada dia en esta vida de palaçio; las quales no solamente no podra sufrir vn libre y generoso coraçon exerçitado en vna (⁶) virtuosa ocupaçion, o estudio de buenas letras, pero aun no es de sufrir de alguno que por pereza, cobdiçia y ambiçion desee comunicar aquellas grandeças y sunp-

---

(¹) G , que te aconteçe que preguntandote el señor que hombre fue el rey Tholomeo, respondas tu que fue hermano y marido de Clopatra; o otra cosa que va muy lexos de la intinçion de tu señor.
(²) G., dizen que es temor.
(³) G., de tu habilidad, persona y linaje.
(⁴) G , y esta pesquisa que de ti.
(⁵) G., a tu.
(⁶) G., que digan que se sirue.
(⁷) G., sabios y cuerdos.

(¹) G., oculto y sonoliento.
(²) G., tu saber, cordura y discreçion.
(³) G., trihunfador.
(⁴) G., mereçes, no de roble o arrayan como los otros en la Olimpia.
(⁵) G., cosas.
(⁶) G., alguna.

tuosidades agenas que de si no le dan algun otro interes más que (¹) verlas con admiraçion sin poderlas poseer. Agora quiero que consideres la manera que tienen estos señores para señalar el salario que te han de dar en cada vn año por tu seruiçio. El procura que sea a tienpo y a coyuntura y con palabras y maneras que sean tan poco que *si puede* casi le siruas de valde, y pasa ansi que ya despues de algunos dias que te tiene asegurado y que a todos tus parientes y amigos y a todo el pueblo has dado a entender que le sirues ya, quando ya siente que te tiene metido en la red y muestras estar contento y hufano y que preçias de le seruir, vn dia señalado, despues de comer hazete llamar delante de (²) su muger y de algunos amigos iguales a él en edad, auariçia y condiçion, y estando sentado en su (³) silla como en teatro, o tribunal, limpiandose con vna paja los dientes *hablando* con gran grauedad y seneridad te comiença a dezir. Bien has entendido, amigo mio, la buena voluntad que emos tenido a tu persona, pues teniendote respeto te preferimos en nuestra compañia y seruiçio a otros muchos que se nos ofreçieron y pudieramos reçebir. Desto, pues, has visto por esperiençia la verdad no es menester agora referirlo aqui, y ansi por el semejante tienes visto el tratamiento, orden y ventajas que en estos dias has tenido en nuestra casa y familiaridad. Agora, pues, resta que tengas cuenta con nuestra llaneza, poco fausto, que conforme a la pobreza de nuestra renta viuimos recogidos, humildes como çiudadanos en ordinario comun. De la mesma manera querria que subjetasses el entendimiento a viuir con la mesma humildad, y te contentasses con aquello poco que por ti podemos hazer del salario comun (⁴), teniendo antes respeto al contentamiento que tu persona terna de seruirme a mí, por (⁵) nuestra buena condiçion, trato y familiaridad; y tambien con las merçedes, prouechos y fabores que andando el tienpo te podemos hazer. Pero razon es que se te señale alguna cantidad de salario y merçed, y quiero que sea lo que te pareçiere a ti. Di lo que te pareçera, porque por poco no te querria desgraçiar. Esto todo que tu señor te ha dicho te pareçe tan gran llaneza y fabor que de valde estás por le seruir, y ansi enmudeçes vista su liberalidad; y porque no ve que no quieres dezir tu pareçer soys conçertados que lo mande vno de aquellos que estan alli viejos, auarientos, semejantes y criados de la moçedad con él. Luego el terçero te comiença a encarçer la

buena fortuna que has auido en alcançar a seruir tan valeroso señor. El qual por sus meritos y generosidad todos quantos en la çindad ay le desean seruir y tú te puedes tener por glorioso, pues todos quedan enuidiosos (¹) deseando tu mesmo bien; avnque (²) los fabores y merçedes que te puede cada dia hazer son bastantes para pagar qualquiera seruiçio sin alguna comparaçion, porque parezca que so color y titulo del salario te pueda (³) mandar, reçibe agora çinco mil maravedis en cada vn año con tu raçion; y no hagas caudal desto que en señal de açeptarte por criado te lo da para vnas calças y vn jubon, con protestaçion que no parará aqui, porque más te reçibe a titulo de merçed, debajo del qual te espera pagar; y tú confuso sin poder hablar lo dexas ansi, arrepentido mil vezes de auer venido a le seruir, pues pensaste a trueque de tu libertad remediar con vn razonable salario *toda* tu pobreza y neçesidades con las quales te quedas como hasta aqui, y avn te ves en peligro que te salgan más. Sy dizes que te den más, no te aprouechará y dezirte han que tienes ojo a solo el interes y que no tienes confiança ni respeto al señor; y avnque ves claro tu daño no te atreues (⁴) despedir, porque todos diran que no tienes sosiego ni eres para seruir vn señor ni para le sufrir; y si dixeres el poco salario que te daua, injuriaste, porque diran que no tenias meritos para más. Mira batalla tan miserable y tan infeliz. ¿Que harás? Neçesitaste a mayor neçesidad; pues por fuerça has de seruir confiado solo de la vana esperança de merçed, y la mayor es la que piensa la que te haze en se seruir de ti, porque todos estos señores tienen por el prinçipal articulo de su fe, que los hizo tan valerosos su naturaleza, tan altos, de tanta manifiçençia y generosidad que el soberano poder afirman tenersele (⁵) vsurpado. Es tanta su presunçion que les pareçe que para solos ellos y para sus hijos y desçendientes es poco lo que en el mundo ay, y que todos los otros honbres que en el mundo viben son estiercol, y que les basta solo pan que tengan qué comer, y el sol que los quiera alunbrar, y la tierra que los quiera tener sobre sí; y teniendo ellos diez y veynte (⁶) cuentos de renta y más, no les pareçe vn marauedi: y si hablan de vn clerigo que tiene vn benefiçio que le renta çien ducados, o mil, santiguanse con admiraçion: y preguntan a quien se lo dize si aquel benefiçio tiene pie de altar; qué puede valer; y muy de veras tienen por opinion que para ellos solos

(¹) G., de.
(²) G., ante.
(³) G., vna gran.
(⁴) G., quanto a grandes salarios.
(⁵) G., con.

(¹) G., inuidiosos.
(²) G., pues.
(³) G., puede.
(⁴) G., osas.
(⁵) G., les tienen.
(⁶) G., çinquenta.

hizo naturaleza el feysan, el francolin, el abutarda, *gallina* y perdiz y todas las otras aues preçiadas, y tienen muy por çierto que todo hombre es indigno de lo comer. Es, en conclusion, tanta su (¹) soberuia y ambiçion *destos* que tienen por muy aueriguado que todo hombre les deue a ellos salario por quererse dellos seruir; ya que has visto como eligen los hombres a su proposito, oye agora cómo se han contigo en el discurso de tu seruiçio. Todas sus promesas verás al reues, porque luego se van hartando y enhadando de ti, y te van mostrando con su desgraçia y desabrimiento que no te quieren ver, *y procuran dartelo a en*tender en el mirar y hablar y en todo el tratamiento de tu persona. Dizen que veniste tarde al palaçio y que no sabes seruir y que no ay otro hombre del palaçio sino el que vino a él de su niñez. Si tiene la mujer o hija moça y hermosa, y tú eres moço y gentil hombre tiene de ti zelos, y vibe sobre auiso recatandose de ti: mirate a las manos, a los ojos, a los pies. Mandan al mayordomo que te diga vn dia que no entres en la sala y comunicaçion del señor, y otro dia *te dize* que ya no comas en la mesa de arriba, que te bajes abajo al tinelo a comer, y si porfias por no te injuriar mandan al paje que no te dé silla en que te asientes, y tu tragas destas injurias dos mil por no dar al vulgo mala opinion de ti. ¡Quanta mohina y pesadumbre reçibes en verte ansi tratar! y ves la nobleza de tu libertad trocada por vn vil salario y merçed. Verte llamar cada hora criado y sieruo de tu señor. ¿Qué sentira tu alma quando te vieres tratar como a más vil esclauo que dineros costó? Que criado y sieruo te han de llamar; y no te puedes consolar con otra cosa sino con que no naçiste esclauo, y que cada dia te puedes libertar si quisieres, sino que no lo osas hazer porque ya elegiste por vida el seruir, y quando ya el mundo y tu mal hado te ven ya desabrido y medio desesperado, o por manera de piedad, o por te entretener y prendarte para mayor dolor, date vn çevo muy delicado, vna dieta cordial como a honbre que está para morir, y suçede que se van los señores vn dia a holgar a vna huerta, o romeria, mandan aparejar la litera en que vaya la señora y auisan a toda la gente que esté a punto, que han todos de caualgar; *y quando está a cauallo el señor y la señora está en la litera, mandate la señora a gran priesa llamar. ¿Que sentira tu alma quando llega el paje con aquel fabor? Estás en tu cauallo enjaezado a toda gallardia y cortesania, y luego partes con vna braua furia por ver tu señora qué te quiere mandar (²). Y ella

haz[i]endose toda pedaços de delicadeça y magestad te comiença a dezir: Miçilo, ven acá; mira que me hagas vna graçia, vn soberano seruiçio y plazer. Haslo de hazer con buena voluntad, porque tengo entendido de tu buena diligençia y buena inclinaçion que a ti solo puedo encomendar vna cosa tan amada de mi (¹), y de ti solo se puede fiar. Bien has visto quanto *yo* amo a la mi armenica perrica graçiosa; está la miserable preñada y muy çercana al parto, por lo qual no podre sufrir que ella se quede acá. No la oso fiar (²) destos mal comedidos criados que avn de mi persona no tienen cuydado, quanto menos se presume que ternan de la perrilla, avnque saben que la amo como a mí. Ruegote mucho que la traigas en tus manos delante de ti con el mayor sosiego que el cauallo pudieres lleuar, porque la cuytada no reçiba algun daño en su preñez; y luego el buen Miçilo reçibe la perrilla encomendada a su cargo de lleuar, porque casi lloraua su señora por se la encomendar, que nunca a las tales se les ofreçe fabor que suba de aqui. ¡Qué cosa tan de reyr será ver vn escudero gallardo, graçioso, o a vn honbre honrrado de barba larga y grauedad lleuar por medio de la çiudad vna perrica miserable delante de sí, que le ha de mear y ensuçiar sin echarlo él de ver! y con todo esto quando se apean y la señora demanda su armenica no le faltará alguna liuiana desgraçia que te poner por no te agradeçer el trabajo y afrenta que por ella pasaste. Dime agora, Miçilo, ¿quál hombre ay en el mundo por desuenturado y miserable que sea, que por ningun interes de riqueza ni tesoro que se le prometa, ni por gozar de grandes deleytes que a su imaginaçion se le antojen auer en la vida del palaçio, trueque la libertad, bien tan nunca bastantemente estimado de los sabios, que dizen que no ay tesoro con que se pueda comparar; y viban en estos trabajos, vanidades, varlerias y verdaderas niñerias del mundo en seruidumbre y captiuerio miserable? ¿Quál será, si de seso totalmente no está pribado, y mira sienpre con ojos de alinde las cosas, con que todas se las hazen muy mayores sin comparaçion? ¿Quién es aquel que teniendo algun offiçio, o arte mecanica, avnque sea de vn pobre çapatero como tú, que no quiera más con su natural y propria libertad con que naçio ser señor y quitar y poner en su casa conforme a su voluntad, dormir, comer, trabajar y holgar quando querra, antes que a voluntad agena viuir y obedeçer?

Miçilo. — Por çierto, gallo, conuençido me tienes a tu opinion por la efficaçia de tu persuadir, y ansi digo de hoy más que quiero más

---

(¹) G., la.
(²) G., que te manda tu señora.

(¹) G., que yo tanto amo.
(²) G., confiar.

vibir en mi pobreza con libertad que en los trabajos y miserias del ageno seruiçio viuir por merçed. Pero pareçe que aquellos solos seran de escusar, a los quales la naturaleza puso ya en edad razonable y no les dio offiçio en que se ocupar para se mantener. Estos tales no pareçe que seran dignos de reprehension si por no padeçer pobreza y miseria quieren seruir.

GALLO. — Miçilo, engañaste; porque esos muchos más son dignos de reprehension, pues naturaleza dio a los honbres muchas artes y offiçios en que se puedan ocupar, y a ninguno dexó naturaleza sin habilidad para los poder aprender; y por su oçio, negligençia y viçio quedan torpes y neçios y indignos de gozar del tesoro inestimable de la libertad; del qual creo que naturaleza en pena de su negligençia los privó; y ansi mereçen ser con vn garrote vivamente castigados como menospreçiadores del soberano bien. Pues mira agora, Miçilo, sobre todo, el fin que los tales han. Que quando han consumido y empleado en esta suez y vil trato *la flor de* su edad, ya que estan casi en la vejez, quando se les ha de dar algun galardon, quando pareçe que han de descansar, que tienen ya los miembros por el seruiçio contino inhabiles para el trabajo; quando tienen obligados a sus señores a alguna merçed, no les falta vna brizna, vna miserable ocasion para le despegar de sí. Dize que por tener grande edad le perdio el respeto que le deuia como a señor. O que le trata mal sus hijos; o que quiere mandar más que él; y si eres moço leuantate que te le quieres echar con la hija, o con la muger, o que te hallaron hablando con vna donzella de casa en vn rincon. De manera que nunca les falta con que infame y miserablemente los echar, y avn sin el salario que siruio, y donde penso el desuenturado del sieruo que auia proueydo a la pobreza y neçesidad en que pudiera venir se ofreçio de su voluntad a la causa y ocasion de muy mayor, pues echado de aquellas agenas casas viene forçado al hospital. Alli viejos los tales y enfermos y miserables los dan de comer y beber y sepoltura por limosna y amor de Dios. Resta agora, Miçilo, que quieras considerar como cuerdo y auisado animo todo lo que te he representado aqui, porque todo lo esperimenté y passó por mí. No çeues ni engañes tu entendimiento con la vanidad de las cosas desta vida, que façilmente suelen engañar, y mira bien que Dios y naturaleza a todos crian y produçen con habilidad y estado de poder gozar de lo bueno que ella crió, si por nuestro apetito, oçio y miseria no lo venimos a perder, y de aqui adelante contentate con el estado que tienes, que no es çierto digno de menospreçiar.

MIÇILO. — ¡O gallo bienauenturado! que

bienauenturado me has hecho oy, pues me has auisado de tan gran bien; yo te prometo nunca serte ingrato a benefiçio de tanto valor. Solo te ruego no me quieras desamparar que no podre viuir sin ti; y porque es venido el dia huelga, que quiero abrir la tienda por vender algun par de çapatos de que nos podamos mantener oy.

Fin del deçimo nono canto del gallo.

ARGUMENTO

DEL VIGESSIMO Y VLTIMO CANTO

En este vigessimo canto el auctor representa a Demophon, el qual viniendo vn dia a casa de Miçilo su vezino a le visitar le halló triste y afligido por la muerte de su gallo, y procuran.lo dexarle consolado se vuelue a su casa.

DEMOPHON. MIÇILO.

DEMOPHON. — ¡O Miçilo! vezino y amigo mio, ¿qué es la causa que ansi te tiene atormentado por cuydado y miserable aconteçimiento? veote triste, flaco, amarillo con representaçion de philosopho, el rostro lançado en la tierra, pasearte por este lugar obscuro dexado tu contino offiçio de çapateria en que tan a la contina te solias ocupar con eterno trabajo, ¿consumes agora el tiempo en sospiros? Nuestra igual edad, vezindad y amistad te obliga a fiar de mi tus tan miserables cuydados; porque ya que no esperes de mí que cunpliese tus faltas ayudarte he con consejo; y si todo esto no estimares, bastarte ha saber que mitiga mucho el dolor comunicar la pena, prinçipalmente contandose a quien en alguna manera por propria la sienta. ¿Qué es de tu belleza y alegria, desemboltura y comunicaçion con que a todos tus amigos y vezinos te solias dar de noche y de dia en çenas y combites y fuera dellos? ya son pasados muchos dias que te veo recogido en soledad en tu casa que ni me quieres ver ni hablar, ni visitar como solias.

MIÇILO. — ¡O mi Demophon! mi muy caro hermano y amigo. Solo esto quiero que como tal amigo de mí sepas, que no sin gran razon en mí ay tan gran muestra de mal. Prinçipalmente quando tienes de mí bien entendido que no qualquiera cosa haze en mí tan notable mudança, pues has visto en mí auer disimulado en varios tienpos notables toques de fortuna y infortunios tan graues que a muy esforçados varones huuieran puesto en ruyna, y yo con igual rostro los he sabido passar. Avnque comunmente se suele dezir que al pobre no ay infortunio, que aunque esto sea ansi verdad no dexamos de sentir en nuestro estado humilde lo que al anima le da a entender su natural. Ansi que tengo por çierto, Demophon, que no ay igual dolor de perdida ni miseria que con gran distançia se compare con el mio.

DEMOPHON.—Mientras más me le has encareçido más me has augmentado la piedad y miseria que tengo de tu mal; de donde naçe en mí mayor deseo de lo saber. Por tanto no reserues en tu pecho tesoro tan perjudiçial, que no hay peor espeçie de auariçia que de dolor. Por çierto en poco cargo eres a naturaleza pues pribandote del oro y riquezas, de pasiones y miserias fue contigo tan liberal que en abundançia te las comunicó. Dime porqué ansi te dueles, que no podré consentir lo passes con silençio y disimulaçion.

MIÇILO. — Quiero que ante todas las cosas sepas, ¡o Demophon! que no es la que me fatiga falta de dineros para que con tus tesoros me ayas de remediar, ni de salud para que con medicos me la ayas de restituir. Ni tanpoco me aflixo por mengua que me hagan las tus vasixas, ni aparatos y arreos de tapetes y alhajas con que en abundançia te sueles seruir. Pero faltame de mi casa vn amigo, vn conpañero de mis miserias y trabajos y tan igual que es otro yo; con el qual poseya yo todos los tesoros y riquezas que en el mundo ay; faltame, en conclusion, vna cosa, Demophon, que con ningun poder ni fuerças tuyas la puedes suplir: por lo qual me escuso de te la dezir, y a ti de la saber.

DEMOPHON.—No en vano suelen dezir, que al pobre es proprio el filisofar, como agora tú; yo no creo que has aprendido esa retorica en las scuelas de Athenas, con que agora de nueuo me encareçes tu dolor: ni sé qué maestro has tenido della de poco acá.

MIÇILO.—Ese maestro se me murio, cuya muerte es causa de mi dolor.

DEMOPHON.—¿Quien fue? (¹).

MIÇILO.—Sabras, amigo, que yo tenia vn gallo que por mi casa andaua estos dias en conpañia destas mis pocas gallinas que las albergaua y recogia y defendia como verdadero marido y varon. Suçedio que este dia de carnestolendas que passó, vnas mugeres desta nuestra vezindad, con temeraria libertad, haziendo solamente cuenta, y pareçiendoles que era el dia priuillegiado me entraron mi casa estando yo ausente, que cantelosamente aguardaron que fuesse ansi, y tomaron mi gallo y lleuaronle al campo, y con gran grita y alarido le corrieron arroxandosele las vnas a las otras: y como quien dize (²), daca el gallo, toma el gallo, les quedauan las plumas en la mano. En fin fue pelado y desnudo de su adornado y her-

(¹) G., cs
(²) G., suelen dezir.

moso vestido; y no contentas con esto, rendiendosele el desuenturado sin poderles huyr, confiandose de su inoçençia: pensando que no pasara adelante su tirania y (¹) crueldad, subjetandoseles con humildad, pensando que por esta via las pudiera conuençer y se les pudiera escapar, sacaron de sus estuches cuchillos, y sin tener respecto alguno a su inoçençia le cortaron su dorada y hermosa çeruiz, y de comun acuerdo hiçieron çena opulenta dél.

DEMOPHON.—Pues ¿por faltarte vn gallo te afliges tanto que estás por desesperar? Calla que yo lo quiero remediar con embiarte otro gallo criado en mi casa, que creo que hará tanta ventaja al tuyo quanta haze mi despensa a la tuya para le mantener.

MIÇILO.—¡O Demophon! quánto viues engañado en pensar que mi gallo perdido con qualquiera otro gallo se podria satisfazer.

DEMOPHON.—¿Pues qué tenía más?

MIÇILO.—Oyeme, que te quiero hazer saber que no sin causa me has hallado philosopho rectorico oy.

DEMOPHON.—Dimelo.

MIÇILO.—Sabras que aquel gallo era Pythagoras el philosopho, eloquentissimo varon, si le has oydo dezir.

DEMOPHON.—Pythagoras, muchas vezes le oy dezir. Pero dime ¿cómo quieres que entienda que el gallo era Pythagoras: que me pones en confusion?

MIÇILO.—Porque si oyste dezir de aquel sapientissimo philosopho, tambien oyrias dezir de su opinion.

DEMOPHON.—¿Quál fue?

MIÇILO.—Este afirmó que las animas passauan de vn cuerpo a otro. De manera que dixo que muriendo vno de nosotros luego desanparando nuestra alma este nuestro cuerpo en que vibio se passa a otro cuerpo de nueuo a viuir: y no sienpre a cuerpo de honbre. Pero aconteçe que el que agora fue rey passar (²) a cuerpo de vn puerco, vaca ó leon, como sus hados y suçeso (³) lo permiten, sin el alma lo poder evitar; y ansi el alma de Pythagoras despues aca que naçio auia viuido en diuersos cuerpos, y agora viuia en el cuerpo de aquel gallo que tenía yo aqui.

DEMOPHON.—Esa manera de dezir ya la oy que la afirmaua él. Pero era un mentiroso, prestigioso y embaydor, y tanbien como el era efficaz en el persuadir y aquella gente de su tienpo era sinple y ruda, façilmente les hazia creer qualquiera cosa que él quisiesse soñar.

MIÇILO.—Çierto es yo que ansi como lo dezia era verdad.

(¹) G., tirana.
(²) G., passa.
(³) G., susçeso.

Demophon.—¿Como ansi?

Miçilo.—Porque en aquel gallo me habló y me mostró en muchos dias ser él.

Demophon.—¿Que te habló? Cosa me cuentas digna de admiraçion. En tanta manera me marauillo de (¹) lo que dices por cosa nueua que sino huuiera conoçido tu bondad y sinçera condiçion pensara yo agora que estauas fuera de seso y que como loco deuaneas. O que teniendome en poco pensauas con semejantes sueños vurlar de mí. Pero por Dios te conjuro ¡o Miçilo! y por nuestra amistad, la qual por ser antigua entre nos (²) tiene muestra de deydad, me digas muy en particular todo lo que en la verdad es.

Miçilo.—¡O Demophon! que sin lagrimas no te lo puedo dezir, porque sé yo solo lo mucho que perdi. Auianme faboreçido los hados que no creo que en el mundo haya sido honbre tan feliz como yo. Pero pareçeme que este fabor fue para escarneçer de mí, pues me comunicaron tan gran bien con tanta breuedad, que no parece sino que como anguila se me deleznó. Solamente me pareçe que entendí mientra le tune en le apretar en el puño para le poseer, y quando pense que le tenía con alguna seguridad se me fue. Tanbien sospecho que los hados me quisieron tentar si cabia en mí tanto bien, y por mi mala suerte no fue dél mereçedor; y porque veas si tengo razon de lo encareçer, sabras que en él tenía yo toda la consolaçion y bienauenturança que en el mundo se podia tener. Con él passaua yo mis trabajos de noche y de dia: no auia cosa que yo quisiesse saber o auer que no se me diesse a medida de mi voluntad. El me mostró la vida de todos quantos en el mundo ay: lo bueno y malo que tiene la vida del rey y del çiudadano, del cauallero, del mercader y del labrador. El me mostró quanto en el çielo y el infierno ay, porque me mostró a Dios y todo lo que gozan los bienauenturados allá. En conclusion ¡o Demophon! yo perdi vn tesoro que ningun poderoso señor en el mundo más no pudo poseer.

Demophon.—Por çierto tengo, ¡o Miçilo! sentir con mucha razon el gran mal que te han hecho esas mugeres en pribarte de tanto bien, quando queriendo satisfazer a sus vanos apetitos, çelebrando sus lasçiuas y adulteras fiestas no perdonan cosa dedicada ni reservada por ningun varon, con tanto que executen su voluntad. No miraron que tú no eras honbre con quien tal dia se suelen festejar, y que por tu edad no entras en cuenta de los que çelebran semejantes fiestas. Que los moços ricos subjetos al tirano y lasçiuo (³) amor, empleados en

las contentar no les pueden negar cosa que haga a su querer, y ansi por (¹) los entretener les demandan en tales dias cosas curiosas, en el cumplimiento de las quales conoçen ellas su mayor y más fiel enamorado y seruidor; y ansi agora dandoles a entender que para su laçinia no los han menester en el tienpo que entra (²) de la quaresma, mostrando gran voluntad de se contener pelan aquellos gallos en lugar de la juuentud; mostrando menospreçiar su gallardia por ser tienpo santo el que entra, y que no se quieren dellos en este tienpo seruir; y ansi, burlando dellos, pelan aquellos gallos en su lugar, dando a entender que los tengan en poco, pues pelados de toda su pluma y hazienda en el tienpo pasado que les fue disimulado el luxuriar, ya, recogiendose a la santidad, los dexan (³); ¡o animal tirano y ingrato a todo bien!; que en todas sus obras se preçian mostrar su mala condiçion. *¿Y no vian que tú no estauas en edad para vurlar de ti?*

Miçilo.—Y avn por conocer yo bien esa verdad ni me casé, ni las quise ver; y avn no me puedo escapar de su tirania, que escripto me dizen que está que no ay honbre a quien no alcançe siquiera la sombra de su veneno y maldiçion. Solamente me lastima pensar que ya que me auian de herir no fue de llaga que se pudiesse remediar. Quitaronme mi consejero, mi consuelo y mi bien. Avn pluguiesse a Dios que en este tienpo tan santo se recogiessen de veras y sin alguna fiçion (⁴) tratassen de veras la virtud. Ayunar, no beber, ni comer con tanta disoluçion, no se afeytar, ni vestirse tan profanamente, ni vurlar, ni mofar como en otro qualquiera tienpo comun (⁵). Pero vemos que sin alguna rienda viben el dia de quaresma como qualquiera otro. Son sus fiestas las que aborreçe Dios, porque no son sino para le ofender.

Demophon.—Por çierto, Miçilo, espantado estoy de ver la vurla destas vanas mugeres; con quantas inuençiones (⁶) passan su tiempo. y quantas astuçias vsan para sacar dineros de sus amantes. Principalmente en estos pueblos grandes de villas y çiudades; porque estas cosas no las saben los aldeanos (⁷), ni ha llegado del todo la maliçia humana por allá. Por çierto cosas ay de gran donayre que se inuentan en

(¹) G., me admira.
(²) G., nosotros.
(³) G., al liuiano.

(¹) G., para.
(²) G., por entrar el tienpo.
(³) G., gallardia de oy más; y tanbien pelando aquellos gallos muestran a los mançebos tenerlos en poco, pues pelados de todas sus plumas y hazienda en el tienpo passado, agora fingiendo recogimiento y santidad, dizen que no los han menester.
(⁴) G., fingir nada.
(⁵) profanamente, y viuir con tanta disoluçion como en otro qualquiera tienpo del año.
(⁶) G., maneras de inuençion.
(⁷) G., por los pueblos pequeños.

estos pueblos grandes (¹); con las quales *los inuentores dellas* entretienen sus cosas, y hazen sus hechos (²) por su proprio fin de cada qual y interes; *por çierto que me tienen de cada dia en más admiraçion.* Prinçipalmente en este pueblo donde ay tanta concurrencia de gentes, ò por causa de corte Real o por (³) chançelleria; porque la diuersidad de estrangeros haze dar en cosas, y inuentar donayres que confunden el ingenio auerlas solamente de notar. Quantas maneras de santidades fingidas, romerias, bendiçiones y peregrinaçiones. Tanto hospital, colejios de santos y santas; casas de niños *y niñas é hospitales de* viejos. Tanta cofradia de disçiplinantes *de la cruz y de la pasion,* y proçesiones. Tanto pedigueño de limosnas, que más son los que piden que son los pobres que lo (⁴) quieren (⁵) reçebir.

Miçilo.—Por çierto, Demophon, tú tienes mucha razon y vna de las cosas de que yo estoy más confuso es de ver que en este nuestro lugar, siendo tan noble y el más prinçipal de nuestra Castilla, donde (⁶) ay más letrados y honbres más agudos en la conuersaçion y cosas del mundo y cortesanía, y en estas flaquezas y engaños que se ofreçen (⁷), son todos en vn común más façilmente arroxados y derrocados que en todos quantos en otros pueblos ay; y avn engañados para lo aprobar, auctorizar y seguir (⁸). Que se atreua vn honbre a entrar aqui en este pueblo donde está la flor de cordura y agudeça y discreçion, y que debajo de vn habito religioso engañe a todo estado eclesiastico y seglar, diziendo que harú boluer los rios atras, y hará cuaxar el mar, y que forçará los demonios que en los infiernos estan, y que hará (⁹) parir quantas (¹⁰) mugeres son, quanto quiera que de su naturaleza sean esteriles y que no puedan conçebir (¹¹), y que en esto vengan a caer todos los más prinçipales y generosos prinçipes y señores, y se le vengan a rendir quantas dueñas y donzellas viben en este lugar (¹²). Que se sufra vibir en este pueblo vn honbre que debajo de nonbre de Juan de Dios, no se le çierre puerta de ningun Señor ni letrado, ni se le niegue cosa alguna que quiera

(¹) G., que se inuentan de cada dia.
(²) G., su hecho.
(³) G., o de.
(⁴) G., la.
(⁵) G., quieran.
(⁶) G., prinçipal que ay en el reyno, pues de continuo reside en él la Corte, y a esta causa ay en él.
(⁷) G., estas cosas.
(⁸) G., arroxados y avn engañados que todos quantos otros pueblos ay.
(⁹) G., profiéresse de hazer.
(¹⁰) G., las.
(¹¹) G., parir.
(¹²) G., y mandan a sus mugeres y parientas se vayan para el zarlo embaydor, para que haga dellas lo que querra.

demandar, y despues le quemen públicamente por sometico engañador. *Pues, ¿no se ha disimulado tanbien un clerigo que auia sido primero frayle reynte años, al qual por tener muestra de gran santidad le fue encargado aquel colegio de niñas?* tal sea su salud qual dellas cuenta dio. ¿En que está esto, amigo?

Demophon.—A tu gallo quisiera yo, Miçilo, que lo huuieras preguntado antes que a mí porque él te supiera mejor satisfazer. Pero para mi bien creo que en alguna manera deuo de açertar; que creo que de los grandes pecados que ay en este lugar (¹) viene esta comun confusion, o çeguedad. *Que* como no hay en este pueblo más prinçipal ni más comun que pecados y ofensas de Dios; pleytos, hurtos, vsuras, mohatras, juegos, blasfemias, symonias, trapazas y engaños, y despues desto una puteria general, la qual ni tiene punto, suelo, ni fin. Que ni se reserua dia, ni fiesta, quaresma, ni *avn* Semana Santa ni pasqua en que se çese (²) de exerçitar como offiçio conueniente a la republica, permitido y aprobado por neçesario en la ley, en pena deste mal nos çiega Dios nuestros entendimientos, orejas y ojos, para que auisandonos no entendamos, y oyendo no oyamos, y con ojos (³) seamos como çiegos que palpamos la pared. En tanta manera somos traydos en çeguedad que estamos rendidos al engaño muy antes que se ofrezca el engañador. Hanos hecho Dios escarnio, mofa y risa a los muy chicos (⁴) niños de *muy* tierna edad. ¿En qué lugar por pequeño que sea se consentira, o disimulará lo mucho, ni lo muy poco que se disimula y sufre aqui? ¿Dónde hay tanto juez sin justiçia como aqui? ¿Dónde tanto letrado sin letras como aqui? ¿Dónde tanto executor sin que se castigue (⁵) la maldad? ¿Dónde tanto escribano, ni más comun el borron? Que no ay honbre de gouierno en este pueblo que trate más que su proprio interes, y como más se auentajará. Por esto permite Dios que vengan vnos zarlos, o falsos prophetas que con embaymientos, aparençias y falsas demostraçiones nos hagan entender qualquiera cosa que nos quieran fingir. Y lo que peor es, que quiere Dios que despues sintamos más la risa que el interes en que nos engañó.

Miçilo.—Pues avn no pienses, Demophon, que la vanidad y perdiçion destas liuianas mugeres se le ha de passar a Dios sin castigo; que yo te oso afirmar por cosa muy çierta y que no faltará. Que por ver Dios su disoluçion, desemboltura, desuerguença y poco recogimien-

(¹) G., pueblo.
(²) G., dexe.
(³) G., y viendo.
(⁴) G., pequeño.
(⁵) G., execute.

to que en ellas en este tiempo ay; visto que ansi virgines como casadas, viudas y solteras, todas por vn comun viben muy sueltas y *muy* disolutas en su mirar, andar y meneo, muy curiosas, *y que por la calle van con vn curioso passo en su andar*, descubierta su ([1]) cabeça y cabello con grandes y deshonestas crenchas; muy alto y estirado el cuello, guiñando con los ojos a todos quantos topan ([2]) haziendo con sus cuerpos lasçivos meneos. Por esta su comun deshonestidad sey çierto que verna tienpo en el qual ha de hazer Dios vn gran castigo en ellas; pelarse han de todos sus cabellos, haciendolas a todas calnas ([3]); y será tienpo en que les quitará Dios todos sus joyeles, sortixas, manillas, zarzillos, collares, medallas, axorcas y apretadores de cabeça. Quitarles ha los ([4]) partidores de crenchas, tenaçicas, salsericas, redomillas y platericos ([5]) de colores, y todo genero de afeytes, sahumerios, guantes adonados, sebos y vnturas de manos y otros olores. Alfileres, agujas y prendederos. Quitarles ha las camisas muy delgadas, y los manteos, vasquiñas, briales, saboyanas, nazarenas y reboçinos, y en lugar de aquellos sus cabellos encrespados y enrrifados les dara pelambre y caluez, y en lugar de aquellos apretadores y xoyeles que les cuelgan de la frente les dara dolor de cabeça, y por çinta de caderas de oro muy esmaltadas y labradas, les dara sogas de muy aspero esparto con que se çiñan y aprieten; y por aquellos sus muy curiosos y sumptuosos atauios de su cuerpo les dara siliçio; y desta manera hará Dios que lloren su lasçiuia y desorden, y que de su luxuria y deshonestidad hagan graue penitençia; entonçes no aura quien las quiera por su hidiondez y miseria; en tanto que siete mugeres se encomendarán a vn varon y él de todas huyrá menospreçiandolas y aborreçiendolas como de gran mal.

DEMOPHON.—Gran esperiençia tengo ser todo lo que dizes verdad; por lo qual verna este mal por justo castigo ([6]) de Dios; y tanbien tienen los varones su parte de culpa, y avn notable, por darles tanta libertad para vsar ellas mal destas cosas, y avn de si mesmas sin les yr a la mano; por lo qual permite Dios que ellos viban injuriados y infames por ellas. Que avn ellos no tienen modo ni rienda en su viuir, teniendo respeto a su estado y fuerças de cada qual ([7]). Que todos passan y se quieren adelan-

tar a la calidad de su persona ([1]) y deçendençia de linaxe, en el traxe, comer y beber y manera de familia y seruiçio y porque nos entendamos quiero deçendir a particular. Que se hallará vn escriuano vil de casta y jaez, que quiere justar, correr sortixa y jugar cañas y otros exerçiçios de caualleros en conpañia de los más poderosos y generosos de toda la Corte ([2]) y acerça de su offiçio (al ([3]) qual indignamente subio) no sabe más tratar, ni dar razon que el asno que está roznando en el prado. Pareçeme que vna de las cosas que nuestro Rey, prínçipe y señor auia de proueer en esta su republica seria de un particular varon de gran seueridad, el qual fuesse çensor general de todas las vidas y costunbres de los honbres de la republica, *como lo fue aquel Caton famoso çensor en la republica romana*, y a la contina se procurasse informar de la vida y costunbres de cada vno; y quando supiesse de alguno por alguna informaçion, de su desorden y mal viuir, hasta *ser informado* de su casa, trato y conuersaçion de su muger, familia, comer y beber, entonçes le auia de enbiar a llamar a su casa y corregirle de palabras asperas y vergonçosas, poniendole tasa y orden y modo de viuir; y sino se quisiesse enmendar le enbiasse ([4]) desterrado de la republica como honbre que la infamaua y daua ocasion que por su mal viuir entre los estrangeros se tuuiesse de nuestra republica deprabada opinion; y ansi por el semejante el tal juez y çensor fuesse cada dia passando las calles de la çiudad mirando con gran atençion el traxe del vno, el oçio del otro, la ocupaçion y habla y conuersaçion *de todos en particular y general*; y a la contina entendiesse en los arrendar, enmendar y corregir, porque çiertamente del hierro y falta del particular viene la infamia de ([5]) todo el comun; y ansi por el consiguiente viene a tenerse en el vniuerso por infame y corrompida vna naçion. Todo está ya deprabado y corrompido, Miçilo; y ya no lleua este mal otro remedio, sino que enbie Dios vna general destruiçion del mundo como hizo por el diluvio en el tienpo de Noe y renouando el honbre darsele ha de nuevo la manera y costumbres y ([6]) viuir; porque los que agoro estan nesçesariamente han de yr de mal en peor; y solamente te ruego, Miçilo, por nuestra buena y antigua amistad, que por este triste suçeso tuyo, ni por otra cosa que de aduersa fortuna te venga no llores, ni te afflixas más, porque arguye y muestra poca cordura en ([7]) vn tan hon-

([1]) G., la.
([2]) G., encuentran en la calle.
([3]) G., y sera que hara que se pelen de todos sus cabellos y que se hagan todas calnas.
([4]) G., sus
([5]) G., platelicos.
([6]) G., pago.
([7]) Viuir en su estado y fuerças de cada qual siendo casados.

([1]) G., sus personas.
([2]) G., ciudad.
([3]) G., en el.
([4]) G., fuesse.
([5]) G., en.
([6]) G., de.
([7]) G., de.

rrado hombre como tú, pues en morirte tú se anentura más, y la falta que el gallo hizo a tu buena compañia y consolaçion la procuraré yo suplir con mi hazienda, fuerças y cotidiana conuersaçion. De la qual espero adquirir yo gran interes, pues vn buen vezino y amigo con ningun tesoro del mundo se puede comparar.

Miçilo.—Por çierto gran consuelo me ha sido al presente tu venida ¡o Demophon! de la qual si pribado fuera por mi miserable suerte y fortuna yo pensara en breue pereçer (¹). Pero ya lo que me queda de la vida quiero tomar a ti por patron; al qual trabajaré regraçiar en quanto podre, porque espero que la falta del gallo se me recompensará con tu buena conuersaçion, y aun confio que tus buenas obras se auentajarán en tanta manera que me forçarán de oy más a le oluidar.

Demophon.—Mucho te agradezco ¡o Miçilo! el respeto que tienes a mi persona, pues ansi conçedes con agradeçimiento mi petiçion. Y pues es hora ya de nos recoger queda en paz.

Miçilo.—Y tú, Demophon, ve con Dios.

(¹) G., feneçer.

FIN DEL CROTALON DE CHRISTOPHORO GNOSOPHO

Y DE LOS INGENIOSOS SUEÑOS DEL GALLO DE LUÇIANO, FAMOSO ORADOR GRIEGO

LOS SIETE LIBROS DE LA DIANA

DE

GEORGE DE MONTEMAYOR

DIRIGIDA AL MUY ILLUSTRE SEÑOR DON JUAN DE CASTELLA DE VILLANOUA, SEÑOR DE LAS BARONÍAS DE BICORB Y QUESA

EPÍSTOLA

AL MUY ILLUSTRE SEÑOR DON JUAN DE CASTE-
LLA DE BILLANOUA, SEÑOR DE LAS BARONÍAS
DE BICORB Y QUESA, DE GEORGE DE MONTE-
MAYOR.

Aunque no fuera antigua esta costumbre, muy illustre Señor, de dirigir los autores sus obras a persona de cuyo valor ellas lo recibiessen, lo mucho que V. M. meresce assi por su antigua casa, y esclarecido linaje, como por la gran suerte y valor de su persona, me mouiera á mí y con muy gran causa a hazer esto. Y puesto caso que el baxo estilo de la obra, e el poco merescimiento del autor della, no se auia de estender a tanto, como es dirigirlo á V. M., tampoco tuuiera otro remedio, sino este, para ser en algo tenida. Porque las piedras preciosas no reciben tanto valor del nombre que tienen, pudiendo ser falsas y contrahechas, como de la persona en cuyas manos estén. Supplico á vuestra merced debaxo de su amparo y correction recoja este libro assi como el estrangero autor della recogido: pues que sus fuerças no pueden con otra cosa seruir a vuestra merced. Cuya uida y estado nuestro Señor por muchos años acresciente.

AL DICHO SEÑOR

Mecena fue de aquel Maron famoso
particular señor y amigo caro,
de Homero, (aunque finado) el belicoso
Alexandro, gozó su ingenio raro:
Y así el de Villanoua generoso
del lusitano autor ha sido amparo,
haciendo que un ingenio baxo y falto
hasta las nubes suba, y muy más alto.

DE DON GASPAR DE ROMANI, AL AUTOR

Soneto.

Si de Madama Laura la memoria
Petrarca para siempre ha leuantado
y a Homero assi de lauro ha coronado
escribir de los griegos la uictoria:
Si los Reyes tambien para más gloria
vemos que de contino han procurado
que aquello que en la uida han conquistado
en muerte se renueue con su historia,
Con mas razon serás, ¡o, excelente
Diana, por hermosa celebrada,
que quantas en el mundo hermosas fueron.
Pues nadie meresció ser alabada,
de quien assí el laurel tan justamente
mereza más que quantos escriuieron.

HIERÓNYMO SANT PERE, Á GEORGE
DE MONTEMAYOR

Soneto.

Parnaso monte, sacro y celebrado:
museo de Poetas deleytoso,
venido a parangon con el famoso
paresceme que estás desconsolado.
—Estoylo, y con razon; pues se han passado
las Musas, y su toro glorioso,
á este que es mayor monte dichoso,
en quien mi fama, y gloria se han mudado.
Dichosa fué en extremo su Diana,
pues para ser del orbe más mirada
mostró en el monte excelso su grandeza.
Allí vive en su loa soberana,
por todo el uniuerso celebrada,
gozando celsitud, que es más que alteza.

En los campos de la principal y antigua ciudad de Leon, riberas del rio Ezla, huuo una pastora llamada Diana, cuya hermosura fué extremadissima sobre todas las de su tiempo. Esta quiso y fue querida en extremo de un pastor llamado Sireno: en cuyos amores hubo toda la limpieza, y honestidad possible. Y en el mismo tiempo, la quiso más que si, otro pastor llamado Syluano, el qual fué de la pastora tan aborrecido, que no auia cosa en la vida á quien peor quisiesse. Sucedió pues, que como Sireno fuesse forçadamente fuera del reyno, a cosas que su partida no podia escusarse, y la pastora quedase muy triste por su ausencia, los tiempos y el coraçon de Diana se mudaron; y ella se casó con otro pastor llamado Delio, poniendo en oluido el que tanto auia querido. El qual, viniendo despues de un año de ausencia, con gran desseo de ver á su pastora, supo antes que llegasse como era ya casada. Y de aquí comiença el primero libro, y en los demás hallarán muy diuersas historias, de casos que verdaderamente han succedido, aunque van disfraçados debaxo de nombres y estilo pastoril (¹).

LIBRO PRIMERO

DE LA DIANA DE GEORGE DE MONTEMAYOR

Baxaua de las montañas de Leon el oluidado Sireno, á quien amor, la fortuna, el tiempo, tratauan de manera, que del menor mal que en tan triste vida padescia, no se esperaua menos que perdella. Ya no lloraua el desuenturado pastor el mal que la ausencia le prometia, ni los temores de oluido le importunauan, porque via cumplidas las prophecias de su recelo, tan en perjuyzio suyo, que ya no tenía más infortunios con que amenazalle. Pues llegando el pastor a los verdes y deleitosos prados, que el caudaloso rio Ezla con sus aguas va regando, le vino a la memoria el gran contentamiento de que en algun tiempo alli gozado auia: siendo tan señor de su libertad, como entonces subjecto a quien sin causa lo tenía sepultado en las tinieblas de su oluido. Consideraua aquel dichoso tiempo que por aquellos prados, y hermosa ribera apascentaua su ganado, poniendo los ojos en solo el interesse que de traelle bien apascentado se le seguia, y las horas que le sobrauan gastaua el pastor en solo gozar del suaue olor de las doradas flores, al tiempo que la primauera, con las alegres nueuas del uerano, se esparze por el uni-

uerso; tomando a uezes su rabel, que muy polido en un çurron siempre traia, otras ueces una çampoña, al son de la qual componia los dulces versos con que de las pastoras de toda aquella comarca era loado. No se metia el pastor en la consideracion de los malos, o buenos successos de la fortuna, ni en la mudança y uariacion de los tiempos; no le passaua por el pensamiento la diligencia, y codicias del ambicioso cortesano, ni la confiança y presuncion de la Diana celebrada por solo el uoto y parescer de sus apassionados: tampoco le daua pena la hinchaçon, y descuydo del orgulloso priuado. En el campo se crió, en el campo apascentaua su ganado, y ansi no salian del campo sus pensamientos, hasta que el crudo amor tomó aquella possession de su libertad, que él suele tomar de los que más libres se imaginan. Venia pues el triste Sireno los ojos hechos fuentes, el rostro mudado, y el coraçon tan hecho a sufrir desuenturas, que si la fortuna le quisiera dar algun contento fuera menester buscar otro coraçon nueuo para recebille. El uestido era de un sayal tan aspero como su uentura, un cayado en la mano, un çurron del brazo yzquierdo colgando. Arrimose al pie de un haya, començo a tender sus ojos por la hermosa ribera, hasta que llegó con ellos al lugar donde primero auia uisto la hermosura, gracia, honestidad de la pastora Diana, aquella en quien naturaleza sumó todas las perficiones, que por muchas partes auia repartido. Lo que su coraçon sintio imaginelo aquel que en algun tiempo se halló metido entre memorias tristes. No pudo el desuenturado pastor poner silencio á las lagrimas, ni escusar los sospiros que del alma le salian. Y boluiendo los ojos al cielo, començo a dezir desta manera: ¡Ay, memoria mia! enemiga de mi descanso, no os ocuparades mejor en hazerme oluidar desgustos presentes, que en ponerme delante los ojos contentos passados? ¿Qué dezis, memoria? Que en este prado vi á mi señora Diana. Que en el comence a sentir lo que no acabaré de llorar. Que junto a aquella clara fuente, cercada de altos y verdes sauces, con muchas lagrimas algunas vezes me juraua, que no auia cosa en la vida, ni uoluntad de padres, ni persuasion de hermanos, ni importunidad de parientes que de su pensamiento le (¹) apartasse. Y que quando esto dezia, salian por aquellos hermosos ojos vnas lagrimas, como orientales perlas, que parescian testigos de lo que en el coraçon le quedaua, mandandome só pena de ser tenido por hombre de baxo entendimiento, que creyesse lo que tantas vezes me dezia. Pues espera vn poco, memoria, ya que me aueis puesto

(¹) En la edicion de Milán, «debaxo de nombres pastorales».

(¹) Le en la edicion de Venecia, 1585, y en otras. La en la rarísima de Milán.

delante los fundamentos de mi desuentura (que tales fueron ellos, pues el bien que entonces passé, fué principio del mal que ahora padezco) no se os oluiden, para templar me este descontento, de poner me delante los ojos vno a vno, los trabajos, los desassossiegos, los temores, los recelos, las sospechas, los celos, las desconfianças, que aun en el mejor estado no dexan al que verdaderamente ama. ¡Ay, memoria, memoria, destruydora de mi descanso! ¡quan cierto está responder me, qu'el mayor trabajo que en estas consideraciones se passaua, era muy pequeño, en comparacion del contentamiento que a trueque dél recebia; Vos, memoria, teneis mucha razon, y lo peor dello es tenella tan grande. Y estando en esto, sacó del seno un papel, donde tenia embueltos vnos cordones de seda verde y cabellos (¹) y poniendolos sobre la verde yerua, con muchas lagrimas sacó su rabel, no tan loçano como lo traía al tiempo que de Diana era fauorescido, y començo a cantar lo siguiente:

¡Cabellos, quanta mudança
he visto despues que os vi
y quan mal paresce ahí
esta color de esperança!
Bien pensaua yo cabe ellos
(aunque con algun temor)
que no fuera otro pastor
digno de verse cabe ellos.

¡Ay, cabellos, quantos dias
la mi Diana miraua,
si os traya, ó si os dexaua,
y otras cien mil niñerias!
Y quantas vezes llorando
¡ay!, lagrimas engañosas,
pedia celos, de cosas
de que yo estaua burlando.

Los ojos que me matauan,
dezid, dorados cabellos,
¿que culpa tuue en creellos,
pues ellos me assegurauan?
¿No vistes vos que algun dia,
mil lagrimas derramaua
hasta que yo le juraua,
que sus palabras creya?

¿Quien vió tanta hermosura
en tan mudable subjecto?
y en amador tan perfecto,
quien vio tanta desuentura?
Oh, cabellos ¿no os correys,
por venir de ado venistes,
viendo me como me vistes
en uerme como me veys?

Sobre el arena sentada
de aquel rio la ui yo

(¹) *Y qué cabellos*, añade, á modo de paréntesis, la de Milán.

do con el dedo escriuió:
antes muerta, que mudada.
Mira el amor lo que ordena,
que os uiene hazer creer
cosas dichas por mujer,
y escritas en el arena.

No acabara tan presto Sireno el triste canto, si las lagrimas no le fueran a la mano, tal estaua como aquel a quien fortuna tenia atajados todos los caminos de su remedio. Dexó caer su rabel, toma los dorados cabellos, bueluelos a su lugar, diziendo: ¡Ay, prendas de la más hermosa, y desleal pastora, que humanos ojos pudieron ver! Quan a vuestro saluo me aueis engañado. ¡Ay, que no puedo dexar de veros, estando todo mi mal en aueros visto! Y quando del çurron sacó la mano, acaso topó con una carta, que en tiempo de su prosperidad Diana le auia embiado; y como lo vio, con vn ardiente sospiro que del alma le salia, dixo: ¡Ay, carta, carta, abrasada te vea, por mano de quien mejor lo pueda hazer que yo, pues jamas en cosa mia pude hazer lo que quisiesse; malhaya quien ahora te leyere. Mas ¿quien podra hazerlo? Y descogiendola vio que dezia:

CARTA DE DIANA A SIRENO

Sireno mio, quan mal suffriria tus palabras, quien no pensasse que amor te las hazia dezir! Dizes me que no te quiero quanto deuo, no sé en que lo uees, ni entiendo cómo te pueda querer mas. Mira que ya no es tiempo de no creerme, pues vees que lo que te quiero me fuerça a creer lo que de tu pensamiento me dizes. Muchas vezes imagino que assi como piensas que no te quiero, queriendote mas que a mi, assi deues pensar que me quieres teniendo me aborrescida. Mira, Sireno, que'l tiempo lo ha hecho mejor contigo, de lo que al principio de nuestros amores sospechaste, y quedando mi honra a saluo, la qual te deue todo lo del mundo, no auria cosa en él, que por ti no hiziesse. Suplicote quanto puedo, que no te metas entre zelos y sospechas, que ya sabes quan pocos escapan de sus manos con la uida, la qual te dé Dios con el contento que yo te desseo.

¿Carta es esta, dixo Sireno sospirando, para pensar que pudiera entrar oluido en el coraçon donde tales palabras salieron? ¿Y palabras son estas para passallas por la memoria, al tiempo que quien las dixo, no la tiene de mí? ¡Ay, triste, con quanto contentamiento acabé de leer esta carta, quando mi señora me la embió, y quantas vezes en aquella hora misma la bolui a leer. Mas págola ahora con las setenas; y no se suffria menos, sino venir de vn extremo a otro: que mal contado le seria a la fortuna, dexar de

hazer comigo, lo que con todos haze. A este
tiempo por vna cuesta abaxo, que del aldea venia al verde prado, vio Sireno venir vn pastor
su passo a passo, parandose a cada trecho, vnas
vezes mirando el cielo, otras el verde prado y
hermosa ribera, que desde lo alto descubria:
cosa que mas le augmentaua su tristeza, viendo
el lugar que fue principio de su desuentura:
Sireno le conoscio, y dixo buelto el rostro hazia
la parte de donde venia: ¡Ay, desuenturado
pastor, aunque no tanto como yo, ¡en qué han
parado las competencias que comigo trayas
por los amores de Diana? y los disfauores que
aquella cruel te hazia, poniendolos a mi cuenta?
Mas si tú entendieras que tal havia de ser la
summa, quánto mayor merced hallaras que la
fortuna te hazia, en sustentarte en vn infelice
estado, que a mí en derribarme dél, a tiempo
que menos lo temia? A este tiempo el desamado Syluano tomó vna çampoña, y tañendo
vn rato, cantaua con gran tristezza estos versos:

Amador soy, mas nunca fuy amado;
quise bien, y querré, no soy querido;
fatigas passo, y nunca las he dado;
sospiros di, mas nunca fuy oydo;
quexarme quise, y no fuy escuchado,
huyr quise de amor, quedé corrido;
de solo oluido, no podré quexarme,
porque aun no se acordaron de oluidarme.

Yo hago a todo mal solo vn semblante,
jamas estuue oy triste, ayer contento,
no miro atras, ni temo yr adelante;
vn rostro hago al mal, o al bien que siento.
Tan fuera voy de mi, como al dançante,
que haze a qualquier son mouimiento,
y ansi me gritan todos como a loco;
pero segun estoy aun esto es poco.

La noche a vn amador le es enojosa,
quando del dia atiende bien alguno:
y el otro de la noche espera cosa
qu'el dia le haze largo y importuno;
con lo que vn hombre cansa, otro reposa,
tras su desseo camina cada vno,
mas yo siempre llorando el dia espero;
y en viendo el dia, por la noche muero.

Quexarme yo de amor, es escusado:
pinta en el agua, o da bozes al viento:
busca remedio en quien jamas le ha dado
que al fin venga a dexalle sin descuento.
Llegaos a él a ser aconsejado,
dirá os vn disparate y otros ciento.
Pues quién es este amor? Es vna sciencia
que no la alcança estudio ni experiencia.

Ama a mi señora a su Sireno;
dexaua a mí, quiça que lo acertaua;
yo triste a mi pesar, tenia por bueno,
lo que en la vida y alma me tocaua.
A estar mi cielo algun dia sereno,

quexara yo de amor si le añublaua,
mas ningun bien diré que me ha quitado,
ved cómo quitará lo que no ha dado.

No es cosa amor, que aquel que no lo tiene
hallará feria a do pueda comprallo,
ni cosa que en llamandola, se viene,
ni que le hallareys, yendo á buscallo:
Que si de vos no nace, no conuiene
pensar que ha de nascer de procurallo:
y pues que jamas puede amor forçarse,
no tiene el desamado que quexarse.

No estaua ocioso Sireno, al tiempo que Syluano estos versos cantaua, que con sospiros
respondia a los vltimos accentos de sus palabras, y con lagrimas solennizaua lo que dellas
entendia. El desamado pastor, despues que
vuo acabado de cantar, se començo a tomar
cuenta de la poca que consigo tenia: y como
por su señora Diana auia oluidado todo el
hato y rebaño, y esto era lo menos. Consideraua
que sus seruicios eran sin esperanza de galardon, cosa que a quien tuuiera menos firmeza,
pudiera facilmente atajar el camino de sus
amores. Mas era tanta su constancia que puesto
en medio de todas las causas que tenia de oluidar a quien no se acordaua dél, se salia tan a su
saluo dellas, y tan sin perjuyzio del amor que a
su pastora tenia, que sin miedo alguno cometia
qualquiera imaginacion (¹) que en daño de su
fe le sobreuiniesse. Pues como vió Sireno junto
a la fuente, quedó espantado de velle tan triste,
no porque ignorasse la causa de su tristeza, mas
porque le paresció, que si él huuiera rescebido
el mas pequeño fauor que Sireno algun tiempo
rescibio de Diana, aquel contentamiento bastara
para toda la uida tenelle. Llegó se a él, y abra-
çandose los dos, con muchas lagrimas se boluieron a sentar encima de la menuda yerba: y
Syluano començo á hablar desta manera: ¡Ay,
Sireno, causa de toda mi desuentura, o del poco
remedio della, nunca Dios quiera que yo de la
tuya reciba uengança, que quando muy a mi
saluo pudiesse hacello no permitiria el amor
que a mi señora Diana tengo, que yo no fuesse
contra aquel en quien ella con tanta voluntad
lo puso. Si tus trabajos no me duelen, nunca
en los mios haya fin: si luego que Diana se
quiso desposar, no se me acordo que su despo-
sorio y tu muerte auian de ser a vn tiempo,
nunca en otro mejor me vea que este en que
aora estoy. Pensar deues, Sireno, que te queria
yo mal, porque Diana te queria bien y que los
fauores que ella te hazia eran parte para que
yo te desamasse: Pues no era de tan baxos
quilates mi fe, que no siguiesse a mi señora,
no solo en quererla, sino en querer todo lo que

(¹) Así en la edición de Milán. *Ignorancia* en la
de Venecia.

ella quisiesse. Pesarme de tu fatiga, no tienes porque agradescermelo: porque estoy tan hecho a pesares que aun de bienes mios me pesaria, cuanto más de males agenos.

No causó (¹) poca admiracion a Sireno las palabras del pastor Syluano; y ansi estuuo un poco suspenso, espantado de tan gran suffrimiento y de la qualidad del amor que a su pastora tenia. Y boluiendo en si, le respondio (²). Por ventura, Syluano, has nascido tú para exemplo de los que no sabemos suffrir las aduersidades que la fortuna delante nos pone? O acaso te ha dado naturaleza tanto animo en ellas que no solo baste para suffrir las tuyas, mas que aun ayudes a sobrelleuar las agenas? Veo que estás tan conforme con tu suerte, que no le prometiendo esperança de remedio, no sabes pedille mas de lo que te da. Yo te digo, Syluano, que en ti muestra bien el tiempo, que cada dia va descubriendo nouedades muy agenas de la imaginacion de los hombres. O quánta más embidia te deue tener este sin ventura pastor, en verte suffrir tus males, que tú podrias tenelle a él al tiempo que le veias gozar sus bienes. ¿Viste los fauores que me hazia? Viste la blandura de palabras, con que me manifestaua sus amores? Viste como lleuar el ganado al rio, sacar los corderos al soto, traer las ouejas por la siesta a la sombra destos alisos, jamas sin mi compañia supo hazello? Pues nunca yo vea el remedio de mi mal, si de Diana esperé, ni desseé, cosa que contra su honrra fuesse, y si por la ymaginacion me pasaua, era tanta su hermosura, su valor, su honestidad, y la limpieza del amor que me tenia, que me quitauan del pensamiento qualquiera cosa que en daño de su bondad imaginaua (³). Esto creo yo por cierto, dixo Syluano sospirando: porque lo mesmo podré affirmar de mi. Y creo que no vuiera nadie que en Diana pusiera los ojos, que osara dessear otra cosa, sino verla y conuersarla. Aunque no sé si hermosura tan grande, en algun pensamiento, no tan subiecto como el nuestro, hiziera algun excesso, y mas si como yo un dia la vi, acertara de vella, que estaua sentada contigo, junto a aquel arroyo, peinando sus cabellos de oro: y tú estauas teniendo el espejo, en que de quando en quando se miraua. Mas no sabiades los dos, que os estaua yo acechando deste aquellas matas altas, que estan junto a las dos enzinas: y aun se me acuerda de los uersos que tú le cantaste, sobre auerle tenido el espejo en quanto se peinaua. Cómo los vuiste a las manos, dixo Sireno? Syluano le respondió: El otro dia siguiente hallé

aqui vn papel, en que estauan escritos, y los leí, y aun los encomende a la memoria. Y luego vino Diana por aqui llorando, por auellos perdido, y me preguntó por ellos; y no fue pequeño contentamiento para mí, ver en mi señora lagrimas que pudiesse (¹) remediar. Acuerdome, que aquella fue la primera vez que de su boca oí palabra sin yra, y mira quan necessitado estaua de su fabor (²), que de decirme ella que me agradecía darle lo que buscaua, hize tan grandes reliquias (²) que mas de un año de grandissimos males desconte por aquella sola palabra, que traya alguna apariencia de bien. Por tu uida, dixo Sireno, que digas los uersos, que dizes que yo le canté, pues los tomaste de coro. Soy contento, dixo Syluano, de esta manera dezian.

De merced tan extremada
ninguna deuda me queda,
pues en la misma moneda,
señora, quedays pagada.
Que si gozé estando alli
viendo delante de mi
rostro, y oyos soberanos:
vos tambien viendo en mis manos
lo que en vuestros ojos vi.
Y esto no os parezca mal,
que de vuestra hermosura
vistes sola la figura,
y yo vi lo natural.
Vn pensamiento extremado,
jamas de amor subjetado,
mejor uee, que no el captiuo,
aunque el uno uea lo biuo,
y el otro lo debuxado.

Qvando esto acabó Sireno de oyr, dixo contra Syluano: plega a Dios, pastor, que el amor me dé esperança de algun bien impossible, si ay cosa en la vida con que yo mas facilmente la passasse que con tu conuersacion, y si agora en estremo no me pesa que Diana te aya sido tan cruel, que siquiera no mostrasse agradecimjento a tan leales seruicios, y a tan verdadero amor como en ellos has mostrado. Syluano le respondio sospirando. Con poco me contentara yo, si mi fortuna quisiera; y bien pudiera Diana, sin offender á lo que a su honra, y a tu fe deuia darme algun contentamiento, mas no tan solo huyó siempre de darmele, mas aun de hazer cosa por donde imaginasse que yo algun tiempo podría tenelle. Dezia yo muchas vezes entre mí: Aora esta fiera endurescida no se enojaria algun dia con Sireno, de manera que por vengar-

---

(¹) M., *caussaron.*
(²) M., *desta manera.*
(³) M., *imaginasse.*

(¹) M., *que yo pudiesse.*
(²) M., *de favores.*
(³) Todo esto falta en la edicion de Venecia, y se ha tomado de la de Milán.

se dél, fingiesse favorescerme a mi? Que vn hombre tan desconsolado, y falto de fauores, aun fingidos los ternia por buenos. Pues quando desta tierra te partiste, pense verdaderamente, que el remedio de mi mal me estaua llamando a la puerta, y que el oluido era la cosa más cierta, que despues de la ausencia se esperaua, y más en coraçon de muger. Pero quando despues vi las lagrimas de Diana, el no reposar en la aldea, el amar la soledad, los contínuos sospiros, Dios sabe lo que senti. Que puesto caso que yo sabia ser el tiempo vn medico muy aprouado para el mal que la ausencia suele causar, vna sola hora de tristeza no quisiera yo que por mi señora passara, aunque della se me siguieran a mí cien mil de alegria. Algunos dias, despues que te fuyste, la vi junto a la dehesa del monte, arrimada a vna enzina, de pechos sobre su cayado, y desta manera estuuo gran pieça antes que me viesse. Despues alçó los ojos, y las lagrimas le estoruaron verme. Deuia ella entonces imaginar en su triste soledad, y en el mal que tu ausencia le hazia sentir, pero de ay a vn poco (no sin lagrimas, acompañadas de tristes sospiros) sacó vna çampoña, que en el çurron traya, y la començo a tocar tan dulcemente, que el valle, el monte, el rio, las aues enamoradas, y aun las sierras de aquel espesso bosque quedaron suspensas, y dexando la çampoña al son que ella auia tañido, começo esta cancion:

Cancion.

Ojos que ya no veys quien os miraua,
(quando erades espejo en que se via)
qué cosa podreys ver que os dé contento?
Prado florido y verde, do algun dia
por el mi dulce amigo yo esperaua,
llorad comigo el graue mal que siento.
  Aqui me declaró su pensamiento,
oyle yo cuytada,
mas que serpiente ayrada,
llamandole mil vezes atreuido.
Y el triste alli tendido (¹),
paresce que es ahora, y que lo veo,
y aun esse es mi desseo,
!ay si lo viesse yo, ay tiempo bueno!
ribera vmbrosa, qué es del mi Sireno?
  Aquella es la ribera, este es el prado,
de alli parece el soto y valle vmbroso,
que yo con mi rebaño repastaua.
Veys el arroyo dulce y sonoroso,
a do pascia la siesta mi ganado
quando el mi dulce amigo aqui moraua.
  Debaxo aquella haya verde estaua,
y veys alli el otero
a do le vi primero,

y a do me vio: dichoso fue aquel dia,
si la desdicha mia,
vn tiempo tan dichoso no acabara.
O haya, o fuente clara,
todo está aqui, mas no por quien yo peno.
Ribera vmbrosa, qu'es de mi Sireno?
  Aqui tengo un retrato que me engaña,
pues veo a mi pastor quando lo veo,
aunque en mi alma está mejor sacado:
Quando de verle llega el gran desseo
de quien el tiempo luego desengaña,
a aquella fuente voy, que está en el prado,
  Arrimolo a aquel sauze y a su lado
me assiento (ay amor ciego)
al agua miro luego,
y veo a mí y a él, tomo la via
quando él aqui viuia.
Esta inuencion vn rato me sustenta,
despues caygo (¹) en la cuenta
y dize el coraçon, de ansias lleno:
ribera vmbrosa, qu'es d'el mi Sireno?
  Otras vezes le hablo, y no responde
y pienso que de mí se esta vengando,
porque algun tiempo no le respondia,
Mas digole yo triste assi llorando:
hablad, Sireno, pues estays adonde
jamas ymaginó mi fantasia.
No veys, dezi, que estays n'el alma mia!
Y él todavia callado
y estarse alli a mi lado:
en mi seso le ruego que me hable:
¡qué engaño tan notable
pedir a una pintura lengua o seso!
¡ay tiempo, que en un peso
está mi alma y en poder ageno!
ribera umbrosa, qu'es del mi Sireno?
  No puedo jamas yr con mi ganado,
quando se pone el sol, a nuestra aldea,
ni desde ella uenir a la majada,
Sino por donde, aunque no quiera, uea
la choça de mi bien tan desseado,
ya por el suelo toda derribada:
Alli me assiento un poco y descuidada
do ouejas y corderos,
hasta que los uaqueros
me dan bozes diziendo: ha pastora,
en que piensas aora,
y el ganado pasciendo por los trigos!
mis ojos son testigos
por quien la yerua crece al ualle ameno;
ribera umbrosa, qu'es d'el mi Sireno?
  Razon fuera, Sireno, que hizieras
a tu opinion más fuerça en la partida
pues que sin ella te entregué la mia:
¡Mas yo de quién me quexo ¡ay, perdida!
¿pudiera alguno hazer que no partieras
si el hado o la fortuna lo queria?

(¹) M., *rendido.*

(¹) M., *cayo.*

No fue la culpa tnya ni podria
creer que tú hiziesses
cosa con que offendiesses
a este amor tan llano y tan sencillo,
ni quiero presumillo,
aunque aya muchas muestras y señales;
los hados desiguales
me an anublado vn cielo muy sereno;
ribera vmbrosa, qu'es del mi Sireno?

Cancion mira que vays adonde digo,
mas quedate comigo,
que puede ser te lleue la fortuna
a parte do te llamen importuna.

Acabado (¹) Syluano la amorosa cancion de Diana, dixo a Sireno (que como fuera de si estaua oyendo los uersos que despues de su partida la pastora auia cantado): quando esta cancion cantaua la hermosa Diana, en mis lagrimas pudieran ver si yo sentia las que ella por tu causa derramaua: pues que no queriendo yo della entender que la auia entendido, dissimulando lo mejor que pude (que no fue poco podello hazer) llegueme adonde estaua. Sireno entonces le atajó diziendo: Ten punto, Syluano; ¿que vn coraçon, que tales cosas sentia pudo mudar fe? O constancia, o firmeza, y quantas pocas uezes hazeis assiento sobre coraçon de hembra, que quanto mas subiecta está á quereros, tanto mas propuesta (²) para oluidaros. Y bien creya yo que en todas las mugeres auia esta falta, mas en mi señora Diana, jamas pensé que naturaleza auia dexado cosa buena por hazer. Prosiguiendo pues Syluano por su historia adelante, le dixo: Como yo me llegase más adonde Diana estaua, vi que ponia los ojos en la clara fuente, adonde prosiguiendo su acostumbrado officio, començó a dezir. Ay ojos y quanto más presto se os acabaran las lagrimas que la ocasion de derramallas; ay mi Sireno, plega a Dios que antes que el desabrido innierno desnude el verde prado de frescas y olorosas flores, y el ualle ameno de la menuda yerua, y los arboles sombrios de su uerde hoja, nean estos ojos tu presencia tan desseada de mi anima, como de la tuya deuo ser aborrecida. A este punto alçó el diuino rostro, y me uido: trabajó por disimular el triste llanto, mas no lo pudo hazer, de manera que las lagrimas no atajassen el passo a su disimulacion. Leuantose a mí, diziendo: Sientate aqui, Syluano, que asaz vengado estás, y a costa mia. Bien paga esta desdichada lo que dizes que a su causa sientes si es uerdad que es ella la causa. Es possible, Diana, (le respondi) que eso me quedaua por oyr? En fin, no me engaño en dezir, que nasci para cada dia discubrir nu.uos generos de tor

mentos, y tú para hazerme más sinrazones, de las que en tu pensamiento pueden caber. Aora dudas ser tú la causa de mi mal? Si tú no eres la causa d'el, quién sospechas que mereciesse tan gran amor? O qué coraçon auria en el mundo si no fuesse el suyo, a quien mis lagrimas no vuiessen ablandado? È a esto añadi otras muchas cosas, de que ya no tengo memoria. Mas la cruel enemiga de mi descanso, atajó mis razones, diziendo: Mira, Syluano, si otra vez tu lengua se atreue a tratar de cosa tuya y a dexar de hablarme en el mi Sireno, a tu plazer te dexaré gozar de la clara fuente donde estamos sentado. Y tú no sabes que toda cosa que en mi pastor no tratare, me es aborrescible y enojosa? y que a la persona que quiere bien, todo el tiempo que gasta en oyr cosa fuera de sus amores le parece mal empleado? Yo entonces, de miedo que mis palabras no fuessen causa de perder el descanso que su vista me offrescia, puse silencio en ellas, y estuue alli vn gran rato gozando de ver aquella hermosura sobrehumana, hasta que la noche se dexó venir (con mayor presteza de lo que yo quisiera) y de alli nos fuymos los dos con nuestros ganados al aldea. Sireno sospirando, le dixo: grandes cosas me has contado (Syluano) y todas en daño mio; desdichado de mí, quán presto vine a esperimentar la poca constancia que en las mugeres ay. Por lo que los deno me pesa. No quisiera yo, pastor, que en algun tiempo se oyere dezir, que en vn vaso, donde tan gran hermosura y discrecion juntó naturaleza, hubiera tan mala mixtura, como es la inconstancia que comigo ha usado. Y lo que más me llega al alma, es que el tiempo le a de dar a entender lo mal que comigo lo ha hecho: lo qual no puede ser sino a costa de su descanso. ¿Cómo le ua de contentamiento despues de casada? Syluano le respondió: dizenme algunos que le ua mal, y no me espanto, porque como sabes, Delio su esposo, aunque es rico de los bienes de fortuna, no lo es de los de naturaleza, que en esto de la disposicion ya ves quan mal le va. Pues de otras cosas de que los pastores nos preciamos, como son tañer, cantar, luchar, jugar al cayado, baylar con las mozas el Domingo, paresce que Delio no ha nacido para más que mirallo. Aora pastor (dixo Sireno) toma tu rabel y yo tomaré mi çampoña, que no ay mal que con la musica no se passe, ni tristeza que con ella no se acresciente. Y templando los dos pastores sus instrumentos con mucha gracia y suauidad començaron a cantar lo siguiente.

SYLVANO

Sireno, en qué pensauas, que mirandote
estaua desde el soto, y condoliendome
de uer con el dolor qu'estás quexandote?

(¹) M., acabando.
(²) M., prompta está.
ORIGENES DE LA NOVELA.—17

. Yo dexo mi ganado alli, atendiendome,
que en quanto el claro sol no ua encubriendose
bien puedo estar contigo entreteniendome.

Tu mal me di (¹) pastor, que el maldiziendose
se passa a menos costa, que callandolo,
y la tristeza en fin va despidiendose.

Mi mal contaria yo, pero contandolo,
se me acrecienta, y más en acordarseme
de quan en vano, ay triste, estoy llorandolo.

La vida a mi pesar veo alargarseme,
mi triste coraçon no ay consolarmele,
y vn desusado mal veo acercarseme.

De quien medio esperé, vino a quitarmele,
mas nunca le esperé, porque esperandole,
pudiera con razon dexar de darmele.

Andaua mi passion sollicitandole,
con medios no importunos, sino licitos,
y andaua el crudo amor ella estoruandole.

Mis tristes pensamientos muy solicitos
de vna á otra parte reboluiendose,
huyendo en toda cosa el ser illicitos,

pedian a Diana, que pudiendose
dar medio en tanto mal, y sin causartele
se diesse: y fuesse vn triste entreteniendose.

Pues qué hizieras, di, si en vez de dartele
te le quitare? ay triste, que pensandolo,
callar querria mi mal, y no contartele.

Pero despues (Sireno) ymaginandolo
vna pastora inuoco hermosissima,
y ansi va a costa mia en fin passandolo.

SIRENO

Syluano mio, vna afeccion rarissima,
vna verdad que ciega luego en viendola,
vn seso, y discrecion excelentissima:

con una dulce habla, que en oyendola,
las duras peñas mueue enterneciendola,
qué sentiria un amador perdiendola?

Mis ouejuelas miro, y pienso en viendolas
quantas uezes la uia repastandolas
y con las suias propias recogiendolas.

Y quantas uezes la topé lleuandolas,
al rio por la siesta, a do sentandose,
con gran cuidado estaua alli contandolas?

Despues si estaua sola, destocandose,
vieras el claro sol embidiosissimo
de sus cabellos, y ella alli peinandose,

Pues (o Syluano amigo mio carissimo)
quantas uezes de subito encontrandome
se le encendia aquel rostro hermosissimo.

Y con qué gracia estaua preguntandome
que como auia tardado, y aun riñendome
y si esso m'enfadaua halagandome.

Pues quantos dias la hallé atendiendome
en esta clara fuente, y yo buscandola
por aquel soto espesso, y deshaziendome,

Cómo qualquier trabajo en encontrandola
de ouejas y corderos, lo oluidauamos
hablando ella comigo, y yo mirandola.

Otras uezes (Syluano) concertauamos
la çampoña y rabel con que tañiamos,
y mis uersos entonce alli cantauamos.

Despues la flecha y arco apercebiamos
y otras uezes la red, y ella siguiendome
jamas sin caça a nuestra aldea boluiamos.

Assi fortuna anduuo entreteniendome
que para mayor mal yua guardandome,
el qual no terná fin, sino muriendome.

SYLUANO

Sireno, el crudo amor que lastimandome
jamas cansó, no impide el acordarseme
de tanto mal, y muero en acordandome.

Miré a Diana, y ui luego abreuiarseme
el plazer y contento, en solo uiendola,
y a mi pesar la uida ui alargarseme,

O quantas uezes la hallé perdiendola,
y quantas uezes la perdi hallandola,
y yo callar, suffrir, morir siruiéndola (¹)?

La uida perdí yo, quando topandola
miraua aquellos ojos, que ayradissimos
boluia contra mi luego en hablandola,

Mas quando los cabellos hermosissimos
descogia y peinaua, no sintiendome
se me boluian los males sabrosissimos.

Y la cruel Diana en conosciendome
boluia como fiera, que encrespandose
arremete al leon, y deshaziendome.

Vn tiempo la esperança, ansi burlandome
mantuuo el coraçon entreteniendole,
mas el mismo despues desengañandome,
burló del esperar, y fue perdiendole.

No mucho despues que los pastores dieron
fin al triste canto, uieron salir dentro el arboleda
que junto al rio estaua, una pastora tañendo
con una çampoña, y cantando con tanta
gracia y suauidad como tristeza: la qual enco-
bria gran parte de su hermosura (que no era
poca) y preguntó Sireno, como quien auia
mucho que no repastaua por aquel valle, quién
fuesse (²). Syluano le respondió: esta es una hermosa pastora, que de pocos dias acá apascienta
por estos prados, muy quexosa de amor, y segun
dize con mucha razon, aunque otros quieren
dezir, que ha mucho tiempo que se burla con el
desengaño. Por uentura, dixo Sireno, está en
su mano el desengañarse? Si, respondió Syluano,
porque no puedo yo creer, que ay muger
en la vida, que tanto quiera que la fuerça del
amor le estorue entender si es querida, o no.

(¹) Asi en M. La de Venecia y otras dicen *en mirar mi pastor*, lo cual no hace sentido.

(¹) M., asi. V., *sintiéndola*.
(²) M., *fuesse*.

De contraria opinion soy. De contraria (dixo Syluano) pues no te irás alabando, que bien caro te cuesta auerte fiado en las palabras de Diana, pero no te doy culpa, que ansi como no ay a quien no uença su hermosura, assi no aurá a quien sus palabras no engañen. ¿Cómo puedes tú saber esso, pues ella jamas te engañó ni con palabras, ni con obras? Verdad es (dixo Syluano) que siempre fuy della desengañado, mas yo osaria jurar (por lo que despues acá ha sucedido) que jamas me desengañó a mi, sino por engañarte a ti. Pero dexemos esto, y oyamos esta pastora que es gran amiga de Diana, y segun lo que de su gracia y discreccion me dizen, bien meresce ser oyda. A este tiempo llegaua la hermosa pastora junto a la fuente, cantando este soneto.

Soneto.

Ya he uisto yo a mis ojos más contento
y he uisto mas alegre el alma mia,
triste de la que enfada do algun dia
con su uista causó contentamiento.

Mas como esta fortuna en un momento
os corta la rayz del alegria,
lo mismo que ay de vn es, a un ser solia,
ay de un gran plazer a un gran tormento.

Tomaos allá con tiempos, con mudanças,
tomaos con mouimientos desuariados,
vereys el coraçon quan libre os queda.

Entonces me fiaré yo en esperanças,
quando los casos tenga sojuzgados
y echado un clauo al exe de la rueda.

Despues que la pastora acabó de cantar se uino derecha a la fuente adonde los pastores estauan, y entretanto que uenia, dixo Syluano (medio riendo) no hagas sino hazer caso de aquellas palabras, y acceptar por testigo el ardiente sospiro con que dió fin a su cantar. Desso no dudes (respondió Sireno) que tan presto yo la quisiera bien como aunque me pese creyera todo lo que ello me quisiera dezir. Pues estando ellos en esto llegó Seluagia, y quando conoscio a los pastores, muy cortesemente los saludó, diziendo: Qué hazeys, o desamados pastores, en este verde y deleytoso prado? No dizes mal, hermosa Seluagia, en preguntar qué hazemos (dixo Syluano) hazemos tan poco para lo que deuiamos hazer, que jamas podremos concluyr cosa que el amor nos haga dessear? No te espantes desso, dixo Seluagia, que cosas ay que antes que se acaben, acaban ellas a quien las dessea. Syluano respondio: a lo menos si hombre pone su descanso en manos de muger, primero se acabará la uida, que con ella se acabe cosa con que se espere recebille. Desdichadas destas mugeres (dixo Seluagia) que tan mal

tratadas son de uuestras palabras. Mas destos hombres (respondio Syluano) que tanto peor lo son de uuestras obras. Puede ser cosa más baxa, ni de menor ualor, que por la cosa más liuiana del mundo, olvideys uosotras a quien más amor ayais tenido? Pues ausentaos algun dia de quien bien quereys, que a la buelta aureys menester negociar de nuevo. Dos cosas siento, dixo Seluagia, de lo que dizes, que uerdaderamente me espantan, la vna, es que ueo en tu lengua al reues de lo que de tu condicion tuue entendido siempre, porque imaginaua yo quando oya hablar en tus amores, que eras en ellos vn Fenix, y que ninguno de quantos hasta oy an querido bien, pudieron llegar al estremo que tú as tenido, en querer a una pastora que yo conosco, causas harto sufficientes para no tratar mal de mugeres, si la malicia no fuera más que los amores. La segunda es que hablas en cosa que no entiendes, porque hablar en oluido, quien jamas tuuo esperiencia dél, más se deue atribuir a locura que a otra cosa. Si Diana jamas se acordo de ti, cómo puedes tú quexarte de su oluido? A ambas cosas, dixo Syluano, pienso responderte, si no te cansas en oyrme. Plega a Dios que jamas me uea con más contento del que aora tengo, si nadie, por más exemplo que me trayga puede encarecer el poder que sobre mi alma tiene aquella desagradescida, y desleal pastora (que tú conoces, y yo no quisiera conocer) pero quanto mayor es el amor que le tengo, tanto más me pesa, que en ella aya cosa que pueda ser reprehendida; porque ay está Sireno, que fue más fauorescido de Diana que todos los del mundo lo an sido de sus señoras y lo ha oluidado de la manera que todos sabemos. A lo que dizes, que no puedo hablar en mal, de que no tengo esperiencia, bueno seria que el medico no supiesse tratar de mal que él no uuiesse tenido, y de otra cosa, Seluagia te quiero satisfazer, no pienses que quiero mal a las mugeres, que no ay cosa en la uida a quien más dessee seruir: mas en pago de querer bien, soy tratado mal, y de aqui nasce dezillo yo, de quien es su gloria causarmele. Sireno que auia rato que callaua, dixo contra Seluagia. Pastora, si me oyesses, no pornias culpa a mi competidor (o hablando mas propriamente, a mi charo amigo Syluano) dime, por qué causa soys tan mouibles, que en un punto derribais a un pastor de lo más alto de su uentura, a lo más baxo de su miseria? Pero sabeys a qué lo atribuyo? a que no teneys uerdadero conoscimiento de lo que traeys entre manos; tratays de amor, no soys capazes de entendelle, ved cómo sabreys aueniros con el. Yo te dixo Sireno (dixo Seluagia) que la causa porque las pastoras oluidamos, no es otra, sino la misma porque de uosotros somos oluidadas. Son cosas que el amor haze y deshaze: cosas que los tiempos y los lugares las mueuen o las (¹) ponen silencio: mas no por defecto del entendimiento de las mugeres, de las quales ha auido en el mundo infinitas que pudieran enseñar a uiuir a los hombres, y aun los enseñaran a amar, si fuera el amor cosa que pudiera enseñarse. Mas con todo esto, creyo que no ay mas baxo estado en la uida, que el de las mugeres: porque si os hablan bien, pensays que estan muertas de amores; si no os hablan, creeys que de alteradas y fantasticas lo hazen; si el recogimiento que tienen no haze a nuestro proposito, teneys lo por hypocresia: no tienen desemboltura que no os parezca demasiada: si callan, dezis que son necias, si hablan, que son pesadas: y que no ay quien las suffra, si os quieren todo lo del mundo, creeys que de malas lo hazen, si os oluidan, y se apartan de las occasiones de ser enfamadas, dezis que de inconstantes y poco firmes en un proposito. Assi que no está en más pareceros la muger buena, o mala, que en acertar ella a no salir jamas de lo que pide uuestra inclinacion. Hermosa Seluagia (dixo Sireno) si todas tuuiessen ese entendimiento y biueza de ingenio, bien creo yo que jamas darian occasion a que nosotros pudiessemos quexarnos de sus descuydos. Mas para que sepamos la razon que tienes de agrauiarte de amor, ansi Dios te de el consuelo que para tan graue mal es menester, que nos cuentes la hystoria de tus amores, y todo lo que en ellos hasta aora te ha succedido (que de los nuestros sabes más de lo que nosotros te sabremos dezir) por uer si las cosas que en él as passado te dan licencia para hablar en ellos tan sueltamente. Que cierto tus palabras dan a entender ser tú la más esperimentada en ellos, que otra jamas aya sido. Seluagia le respondio: si yo no fuere (Sireno) la más esperimentada, seré la más mal tratada que nunca nadie penso ser, y la que con más razon se puede quexar de sus desuariados effectos, cosa harto sufficiente para poder hablar en él. Y porque entiendas por lo que passé, lo que siento de esta endiablada passion, poned un poco uuestras desuenturas en mano del silencio, y contaros he las maiores que jamas aueys oydo.

En el naleroso y inexpugnable reino de los Lusitanos, ay dos caudalosos rios que cansados de regar la mayor parte de nuestra España, no muy lexos el vno del otro entran en el mar Oceano, en medio de los quales ay muchas y muy antiguas poblaciones, a causa de la fertilidad de la tierra ser tan grande, que en el uniuerso no ay otra alguna que se yguale. La uida desta prouincia es tan remota y apartada de

cosas que puedan inquietar el pensamiento, que si no es quando Venus, por manos del ciego hijo, se quiere mostrar poderosa, no ay quien entienda en más que en sustentar una uida quieta, con sufficiente mediania, en las cosas que para passalla son menester. Los ingenios de los hombres son aparejados para passar la uida con assaz contento, y la hermosura de las mugeres para quitalla al que mas confiado biuiere. Ay muchas casas por entre las florestas sombrias, y deleytosos ualles: el termino de los quales siendo proueydo de rocio del soberano cielo, y cultiuado con industria de los habitadores dellas, el gracioso uerano tiene cuydado de offrecerles el fruto de su trabajo, y socorrerles a las necessidades de la uida humana. Yo uiuia en una aldea que está junto al caudaloso Duero (que es vno de los dos rios que os tengo dicho) adonde está el suntuosissimo templo de la diosa Minerua, que en ciertos tiempos del año es uisitado de todas o las más pastoras y pastores que en aquella prouincia biuen. Començando un dia, antes de la celebre fiesta a solemnizalla las pastoras y nymphas, con cantos y hymnos muy suaues, y los pastores con desafios de correr, saltar, luchar, y tirar la barra, poniendo por premio para el que uictorioso saliere, quales una guirnalda de uerde yedra, quales una dulce çampoña, o flauta, ó un cayado de nudoso fresno, y otras cosas de que los pastores se precian. Llegando pues el dia en que la fiesta se celebraua, yo con otras pastoras amigas mias: dexando los seruiles, y baxos paños, y uistiendonos de los mejores que teniamos, nos fuymos el dia antes de la fiesta determinadas de uerlas aquella noche en el templo, como otros años lo soliamos hazer. Estando pues como digo en compañia de estas amigas mias, uimos entrar por la puerta, una compañia de hermosas pastoras, a quien algunos pastores acompañauan: los quales dexandolas dentro, y auiendo hecho su deuida oracion, se salieron al hermoso ualle, por que la orden de aquella prouincia era que ningun pastor pudiesse entrar en el templo, más que a dar la obediencia, y se boluiesse luego a salir, hasta que el dia siguiente pudiessen todos entrar a participar de las cerimonias y sacrificios que entonces hazian. Y la causa desto era, porque las pastoras y Nimphas quedassen solas y sin ocasion de entender en otra cosa, sino celebrar la fiesta regozijandose vnas con otras, cosas que otros muchos años solian hazer, y los pastores fuera del templo en vn uerde prado que alli estaua, al resplandor de la nocturna Diana. Pues auiendo entrado los pastores que digo en el suntuoso templo, despues de hechas sus oraciones y de haber offrescido sus offrendas delante del altar, junto a nosotros se assentaron. Y qui-

---

(¹) *Les* en la edición de Milán.

so mi uentura que junto a mi se sentasse una dellas para que yo fuesse desuenturada todos los dias que su memoria me durasse (¹). Las pastoras venian disfraçadas, los rostros cubiertos con unos uelos blancos y presos en sus chapeletes de menuda paja subtilissimamente labrados con muchas guarniciones de lo mismo tan bien hechas y entretexidas, que de oro no les lleuara uentaja. Pues estando yo mirando la que junto a mi se auia sentado, ui que no quitaua los ojos de los mios, y quando yo la miraua, abaxaua ella los suyos fingiendome quererme uer sin que yo mirasse en ello. Yo desseaua en estremo saber quién era, por que si hablasse comigo, no cayesse yo en algun yerro a causa de no conocella. Y todauia todas las uezes que yo me descuydaua, la pastora no quitaua los ojos de mí, y tanto que mil uezes estuue por hablalla (²), enamorada de unos hermosos ojos que ella solamente tenia descubiertos. Pues estando yo con toda la atencion possible, sacó la más hermosa y la más delicada mano, que yo despues acá he uisto, y tomandome la mia, me la estuuo mirando un poco. Yo que estaua más enamorada della de lo que se podria dezir, le dixe: Hermosa y graciosa pastora, no es sola essa mano, la que aora está aparejada para seruiros, mas tambien lo está el coraçon, y el pensamiento de cuya ella es. Ysmenia (que assi se llamaua aquella que fue causa de toda la inquietud de mis pensamientos) teniendo ya imaginado hazerme la burla que adelante oireys, me respondio muy baxo, que nadie lo oyesse: graciosa pastora, soy yo tan uuestra, que como tal me atreui a hazer lo que hize, suplicoos que no os escandalizeys, porque en uiendo uuestro hermoso rostro, no tune más poder en mi. Yo entonces muy contenta me llegué más a ella, y le dixe (medio riendo). ¿Cómo puede ser, pastora, que siendo uos tan hermosa os enamoreys de otra que tanto le falta para serlo, y más siendo muger como uos? Ay pastora, respondió ella, que el amor que menos uezes se acaba es este, y el que más consienten passar los hados, sin que las bueltas de fortuna ni las mudanças del tiempo les vayan a la mano. Yo entonces respondi: si la naturaleza de mi estado me enseñara a responder a tan discretas palabras, no me lo estoruara el desseo que de seruiros tengo: mas creeme, hermosa pastora, que el proposito de ser uuestra, la muerte no será parte para quitarmele. Y despues desto los abraços fueron tantos, los amores que la vna á la otra nos deziamos, y de mi parte tan uerdaderos, que ni teniamos cuenta con los cantares de las pastoras, ni mirauamos las danças de las Nymphas, ni otros regozijos que en

el templo se hazia (¹). A este tiempo importunaua yo a Ysmenia que me dixesse su nombre, y se quitasse el reboço, de lo qual ella con gran dissimulacion se escusaua y con grandissima astucia mudaua proposito. Mas siendo ya passada media noche, y estando yo con el mayor desseo del mundo de verle el rostro, y saber cómo se llamaua, y de adónde era, comence a quexarme d'ella, y a dezir que no era possible que el amor que me tenia fuesse tan grande, como con sus palabras me manifestaua: pues auiendole yo dicho mi nombre, me encubria el suyo, y que cómo podia yo biuir, queriendola como la queria, si no supiesse a quién queria, o adónde auia de saber nueuas de mis amores? E otras cosas dichas tan de veras que las lagrimas me ayudaron a mouer el coraçon de la cautelosa Ysmenia, de manera que ella se leuantó: y tomandome por la mano me apartó hazia una parte, donde no auia quien impedir nos pudiesse y començo a dezirme estas palabras (fingiendo que del alma le salian). Hermosa pastora, nascida para inquietud de un espiritu, que hasta aora ha biuido tan esento quanto ha sido possible, quién podra dexar de dezirte lo que pides auiendote hecho señora de su libertad? Desdichado de mi, que la mudança del habito te tiene engañada aunque el engaño ya resulta en daño mio. El reboço que quieres que yo quite, ues lo aqui donde lo quito, dezirte he mi nombre, no te haze mucho al caso, pues aunque yo no quiera me uerás mas uezes de las que tú podras suffrir. Y diziendo esto, y quitandose el reboço, vieron mis ojos un rostro que aunque el aspecto fuesse un poco uaronil, su hermosura era tan grande que me espantó. E prosiguiendo Ysmenia su plática, dixo: y por que, pastora, sepas el mal que tu hermosura me ha hecho, y que las palabras que entre las dos como de burlas han passado son de ueras: sabe que yo soy hombre y no muger, como antes pensauas. Estas pastoras que aqui uees por reyrte comigo (que son todas mis parientas) me han uestido desta manera que de otra no pudiera quedar en el templo, a causa de la orden que en esto se tiene. Quando yo hube entendido lo que Ysmenia me auia dicho, y le ui comodigo en el rostro, no aquella blandura, ni en los ojos aquel reposo que las donzellas por la mayor parte solemos tener, crey que era uerdad lo que me dezia, y quedé tan (²) fuera de mi, que no supe qué respondelle. Todauia contemplaua aquella hermosura tan estremada, miraua aquellas palabras que me dezia con tanta dissimulacion (que jamas supo nadie hazer cierto de lo fingido como aquella cautelosa y cruel

---

pastora). Vime aquella hora tan presa de sus amores, y tan contenta de entender que ella lo estaua de mi, que no sabria encarecello, y puesto caso que de semejante passion hasta aquel punto no tuuiesse experiencia (causa harto sufficiente para no saber dezilla) todavia esforzandome lo mejor que pude la hablé desta manera: Hermosa pastora, que para hazerme quedar sin libertad, o para lo que la fortuna se sabe, tomaste el habito de aquella que el de amor a causa tuya ha professado, bastara el tuyo mismo para uencerme sin que con mis armas proprias me vieras rendido. Mas quién podra huir de lo que la Fortuna le tiene solicitado? Dichosa me pudiera llamar si uuieras hecho de industria lo que a caso hiziste: porque a mudarte el habito natural, para solo verme y dezirme lo que desseauas, atribuyeralo yo a merecimiento mio y a grande afeccion tuya, mas ver que la intencion fue otra aunque el efecto aya sido el que tenemos delante, me haze estar no tan contenta como lo estuuiera, a ser de la manera que digo. Y no te espantes, ni te pese deste tan gran desseo: por que no ay mayor señal de una persona, querer todo lo que puede, que dessear ser querida de aquel a quien ha entregado toda su libertad. De lo que tú me as oydo podras sacar, qual me tiene tu uista. Plegue a Dios que vses tambien del poder que sobre mi as tomado, que pueda yo sustentar el tenerme por muy dichosa hasta la fin de nuestros amores, los quales de mi parte, no lo ternán en quanto la uida me durare. La cautelosa Ysmenia me supo tambien responder a lo que dixe, y fingir las palabras que para nuestra conuersacion eran necessarias, que nadie pudiera huyr del engaño en que yo cay, si la fortuna de tan difficultoso laberinto con el hilo de prudencia no le sacara. Y assi estuuimos hasta que amanescio, hablando en lo que podria imaginar, quien por estos desuariados casos de amor ha passado. Dixome que su nombre era Alanio, su tierra Gallia, tres millas de nuestra aldea: quedamos concertados de uernos muchas uezes. La mañana se uino, y las dos nos apartamos con más abraços, y lagrimas, y sospiros de lo que aora sabré dezir. Ella se partio de mi, y boluiendo atras la cabeça por uerla, y por uer si me miraua, ui que se yua medio riendo, mas crey que los ojos me auian engañado. Fuese con la compañia que auia traydo, mas yo bolui con mucha más porque lleuaua en la imaginacion los ojos del fingido Alanio, las palabras con que su uano (¹) amor me auia manifestado, los abraços que dél auia recebido, y el crudo mal de que hasta entonces no tenia experiencia. Aora

---

aueys de saber, pastores, que esta falsa y cautelosa Ysmenia tenia un primo, que se llamaua Alanio, a quien ella más que a si queria: porque en el rostro, y ojos, y todo lo demas se le parecia, tanto que si no fueran los dos de genero diferente, no uuiera quien no juzgara el uno por el otro. Y era tanto el amor que le tenia que quando yo a ella en el templo le pregunté su mismo nombre, auiendome de dezir nombre de pastor, el primero que me supo nombrar fue Alanio: porque no ay cosa más cierta, que en las cosas subitas encontrarse la lengua con lo que está en el coraçon. El pastor la queria bien mas no tanto como ella a él. Pues quando las pastoras salieron del templo para boluerse a su aldea, Ysmenia se halló con Alanio su primo, y él por usar de la cortesia que a tan grande amor como el de Ysmenia era deuida, dexando la compañia de los mancebos de su aldea, determinó de acompañarla (como lo hizo) de que no poco contentamiento recibio Ysmenia, y por darsele a él en alguna cosa, sin mirar lo que hazia, le contó lo que comigo auia passado, diziendoselo muy particularmente, y con grandissima risa de los dos, que tambien le dixo, como yo quedaua, pensando que ella fuesse hombre, muy presa de sus amores. Alanio quando aquello oyo, dissimuló lo mejor que él pudo, diziendo que auia sido grandissimo donayre. Y sacandole todo lo que comigo auia passado que no faltó cosa, llegaron a su aldea. E de ay a ocho dias (que para mi fueron ocho mil años) el traydor de Alanio (que assi lo puedo llamar con más razon que él ha tenido de oluidarme), se uino a mi lugar, y se puso en parte donde yo pudiesse uerle, al tiempo que passaua con otras zagalas a la fuente que cerca del lugar estaua. E como yo lo uiese, fue tanto el contentamiento que recibi, que no se puede encarescer, pensando que era el mismo que en habito de pastora auia hablado en el templo. E luego yo le hize señas que se uiniesse hazia la fuente a donde yo yua y no fue menester mucho para entendellas. El se uino, y allí estuuimos, hablando todo lo que el tiempo nos dio lugar: y el amor quedó (a lo menos de mi parte) tan confiado que aunque el engaño se descubriera, (como de ay a poco dias se descubrio) no fuera parte para apartarme de mi pensamiento. Alanio tambien creo que me queria bien, y que desde aquella hora, quedó preso de mis amores, pero no lo mostró por la obra tanto como deuia. Assi que algunos dias se trataron nuestros amores con el mayor secreto que pudimos, pero no fue tan grande, que la cautelosa Ysmenia no lo supiesse: y uiendo que ella tenia la culpa, no solo en auerme engañado, mas aun en auer dado causa a que Alanio descubriendole lo que passaua, me amasse a mi, y pusiesse a ella en ol-

---

(¹) Falta el *uano* en la edicion de Venecia y otras. Está en la de Milán.

uido, estnuo para perder el seso, mas consolose con parezelle, que en sabiendo yo la uerdad, al punto oluidaria. Y engañauase en ello, que despues le quise mucho más, y con muy mayor obligacion. Pues determinada Ysmenia de deshazer el engaño, que por su mal auiame hecho, me escriuio esta carta:

CARTA DE YSMENIA PARA SELUAGIA

Seluagia, si a los que nos quieren tenemos obligacion de quererlos, no ay cosa en la uida a quién más deua que a ti, pero si las que son causa que seamos oluidadas deuen ser aborrecidas, a tu discrecion lo dexo. Querria te poner alguna culpa, de auer puesto los ojos en el mi Alanio, mas ¿qué hare desdichada, que toda la culpa tengo yo de mi desuentura? Por mi mal te ui. ¡O Seluagia! bien pudiera yo escusar lo que passé contigo, mas en fin desembolturas demasiadas las menos uezes succeden bien. Por reyr una hora con el mi Alanio, contandole lo que auia passado, lloraré tóda mi uida, si tú no te dueles d'ella. Suplicote quanto puedo, que baste este desengaño, para que Alanio sea de ti oluidado, y esta pastora restituyda en lo que pudieres, que no podras poco, si amor te da lugar a hazer lo que suplico.

Quando yo esta carta ui, ya Alanio me auia desengañado de la burla que Ysmenia me auia hecho, pero no me auia contado los amores que entre los dos auia, de lo qual yo no hize mucho caso, porque estaua tan confiada en el amor que mostraua tenerme, que no creyera jamas, que pensamientos passados, ni por venir, podrian ser parte para que él me dexasse. Y porque Ysmenia no me tuuiesse por descomedida, respondi a su carta desta manera:

CARTA DE SELUAGIA PARA YSMENIA

No sé, hermosa Ysmenia, si me quexe de ti, o si te dé gracias, por auerme puesto en tal pensamiento, ni creo sabria determinar quál destas cosas hazer, hasta que el successo de mis amores me lo aconseje. Por vna parte me duele tu mal, por otra veo que tú saliste al camino a recebille. Libre estaua Seluagia al tiempo que en el templo la engañaste, y aora está subiecta a la uoluntad de aquel a quien tú quesiste entregalla. Dizesme que dexe de querer a Alanio: con lo que tú en esse caso harias, puedo responderte. Vna cosa me duele en estremo, y es uer que tienes mal de que no puedes quexarte, el qual da muy mayor pena a quien lo padesce. Considero aquellos ojos con que me uiste, y aquel rostro que despues de muy importunada me monstraste, y pesame que cosa tan parescida al mi Alanio, padezca tan estraño descontento. Mira qué remedio este para poder suello en tu mal. Por la liberalidad que comigo has usado en darme la más preciosa joya que tenias, te beso las manos. Dios quiera que en algo te pueda seruir. Si uieres allá el mi Alanio, dile la razon que tiene de quererme; que ya él sabe la que tiene de oluidarte. Y Dios te dé el contentamiento que desseas, con que no sea a costa del que yo recibo en uerme tan bien empleada.

No pudo Ysmenia acabar de loer esta carta, porque al medio della, fueron tantos los sospiros y lagrimas que por sus ojos derramaua, que penso perder la uida llorando. Trabajaua quanto podia porque Alanio dexasse de querer, y buscaua para esto tantos remedios, como él para apartarse donde pudiesse uerla. No porque la queria mal, mas por parecelle que con esto me pagaua algo de lo mucho que me deuia. Todos los dias que en este proposito biuio, no uuo alguno que yo dexasse de uerle: porque el camino que de su lugar al mio auia jamas dexaua de ser por él passado. Todos trabajos tenia en poco, si con ellos le parescia que yo tomaua contento. Ysmenia los dias que por él preguntaua, y le dezian que estana en mi aldea, no tenia paciencia para suffrillo. E con todo esto no auia cosa que más contento le diesse, que hablalle en él. Pues como la necessidad sea tan ingeniosa que uenga a sacar remedios donde nadie penso hallarlos, la desamada Ysmenia se auenturó a tomar uno, qual pluguiera a Dios, que por el pensamiento no le passaua, y fue fingir que queria bien a otro pastor llamado Montano, de quien mucho tiempo auia sido requerida. Y era el pastor con quien Alanio peor estaua: y como lo determinó, assi lo puso por obra por uer si con esta subita mudança podria atraer a Alanio a lo que desseaua, porque no ay cosa que las personas tengan por segura, aunque la tengan en poco, que si de subito la pierden, no les llegue al alma el perdella. Pues como uiesse Montano que su señora Ysmenia tenia por bien de corresponder al amor que él tanto tiempo le auia tenido, ya oyreys [1] lo que sintiria. Fue tanto el gozo que recibio, tantos los seruicios, que le hizo, tantos los trabajos en que por causa suya se puso, que fueron parte juntamente con las sin razones que Alanio le auia hecho, para que saliesse uerdadero, lo que fingiendo la pastora auia començado; y puso Ysmenia su amor en el pastor Montano con tanta firmeza, que ya no auia cosa a quien más quisiesse que a él, ni que menos deseasse uer que al mi Alanio. Y esto le dio ella a entender lo mas presto que pudo, paresciendole, que en ello se vengaua de su oluido, y de auer

[1] M., reis.

puesto en mí el pensamiento. Alanio aunque sintio en estremo el ver a Ysmenia perdida por pastor con quien él tan mal estaua, era tanto el amor que me tenia, que no daua a entenderlo quanto ello era. Mas andando algunos dias, y considerando que él era causa de que su enemigo fuesse tan fauorescido de Ysmenia, y que la pastora ya huía de uelle (muriendose no mucho antes quando no le ueia) estuuo para perder el seso por enojo, y determinó de estorbar esta buena fortuna de Montano. Para lo qual començo nueuamente de mirar a Ysmenia, y de no uenir a uerme tan publico como solia ni faltar tantas uezes en su aldea, porque Ysmenia no lo supiesse. Los amores entre ella y Montano yuan muy adelante, y los mios con el mi Alanio, se quedauan atras todo lo que podian, no de mi parte, pues sola la muerte podria apartarme de mi proposito, mas de la suya, que jamas pense uer cosa tan mudable. Porque como estaua tan encendido en colera con Montano, la qual no podia ser executada, sino con amor en la su Ysmenia, y para esto las uenidas a mi aldea era gran impedimiento, y como el estar ausente de mi, le causasse oluido, y la presencia de la su Ysmenia grandissimo amor, el boluio a su pensamiento primero, y yo quedé burlada del mio. Mas con todos los seruicios que a Ysmenia hazia, los recados que le embiaua, las quexas que formaua della, jamas la pudo mouer de su proposito, ni uuo cosa que fuesse parte para hazelle perder un punto d'el amor que a Montano tenia. Pues estando yo perdida por Alanio, Alanio por Ysmenia, Ysmenia por Montano, succedio que a mi padre se le offresciessen ciertos negocios sobre las dehesas del Estremo, con Phileno, padre del pastor Montano; para lo qual los dos uinieron muchas uezes a mi aldea, y en tiempo que Montano, o por los sobrados fauores que Ysmenia le hazia (que en algunos hombres de baxo espiritu causan fastidio) o porque tambien tenia celos de las diligencias de Alanio, andaua ya un poco frio en sus amores. Finalmente que él me uio traer mis ouejas a la majada, y en uiendome començo a quererme, de manera (segun lo que cada dia yua moustrando) que ni yo a Alanio, ni Alanio a Ysmenia, ni Ysmenia a él, no era possible tener mayor afection. Ved qué estraño embuste de amor. Si por uentura Ysmenia yua al campo, Alanio tras ella, si Montano yua al ganado, Ysmenia tras él, si yo andaua al monte con mis ouejas, Montano tras mi. Si yo sabia que Alanio estaua en un bosque donde solia repastar, allá me yua tras el. Era la más nueua cosa del mundo oyr cómo dezia Alanio sospirando, ¡ay Ysmenia!, y cómo Ysmenia dezia ¡ay Seluagia!, y cómo Seluagia dezia ¡ay Montano! y cómo Montano dezia ¡ay mi Alanio! Succedio que un dia nos juntamos los quatro en una floresta, que en medio de los dos lugares auia, y la causa fue, que Ysmenia auia ydo a uisitar unas pastoras amigas suyas, que cerca de alli morauan; y quando Alanio lo supo, forçado de su mudable pensamiento, se fue en busca della, y la halló junto a un arroyo, peinando sus dorados cabellos. Yo siendo auisada por un pastor, mi uecino, que Alanio yua a la floresta del ualle (que assi se llamaua) tomando delante de mí unas cabras que en un corral junto a mi casa estauan encerradas, por no yr sin alguna occasion, me fuy donde mi desseo me encaminaua, y le hallé a él llorando su desuentura, y a la pastora riendose de sus escusadas lagrimas, y burlando de sus ardientes sospiros. Quando Ysmenia me uio, no poco se holgo comigo, aunque yo no con ella; mas antes le puse delante las razones que tenia para agrauiarme del engaño passado; de las quales ella supo escusarse tan discretamente, que pensando yo que me deuia la satisfaction de tantos trabajos, me dio con sus bien ordenadas razones a entender, que yo era la que le estaua obligada, porque si ella me auia hecho una burla, yo me auia satisfecho tan bien que no tan solamente le auia quitado a Alanio, su primo, a quien ella auia querido mas que a si, mas que aun tan aora tambien le traya al su Montano muy fuera de lo que solia ser. En esto llegó Montano, que de una pastora amiga mia, llamada Solisa, auia sido auisada que con mis cabras uenia a la floresta del ualle. E quando alli los quatro discordantes amadores nos hallamos, no se puede dezir lo que sentiamos, porque cada uno miraua a quien no queria que le mirasse. Y preguntaua al mi Alanio la causa de su oluido; él pedia misericordía a la cautelosa Ysmenia, Ysmenia quexauase de la tibieza de Montano; Montano de la crueldad de Seluagia. Pues estando de la manera que oys, cada uno perdido por quien no le queria, Alanio al son de su rabel começo a cantar lo siguiente:

No más, nympha cruel: ya estas vengada,
no prueues tu furor en un rendido:
la culpa a costa mia está pagada.
Ablanda ya esse pecho endurescido,
y resuscita un alma sepultada
en la tiniebla escura de tu oluido;
que no cabe en tu ser, ualor y suerte,
que un pastor como yo pueda offenderte.
Si la ouejuela siempre ua huyendo
de su pastor, colerico y ayrado,
y con temor acá, y allá corriendo,
a su pesar se alexa del ganado;
mas ya que no la siguen, conosciendo

que es más peligro auerse assi alexado,
balando buelue al hato temerosa,
será no recebilla justa cosa.

Leuanta ya essos ojos que algun dia,
Ysmenia, por mirarme leuantauas,
la libertad me buelue que era mia,
y un blando coraçon que me entregauas.
Mira (Nympha) que entonces no sentia
aquel senzillo amor que me mostrauas,
ya triste lo conozco y pienso en ello,
aunque ha llegado tarde el conoscello.

¿Cómo que fue possible, di, enemiga,
que siendo tú muy más que yo culpada,
con titulo cruel, con nueua liga,
mudasses fe tan pura y estremada?
¿Qué hado, Ysmenia, es este que te obliga
a amar do no es possible ser amada?
Perdona, mi señora, ya esta culpa,
pues la occasion que diste me desculpa.

¿Qué honra ganas, di, de auer uengado
vn yerro a causa tuya cometido?
¿qué excesso hize yo, que no he pagado,
qué tengo por suffrir, que no he suffrido?
¿Qué animo cruel, qué pecho ayrado,
qué coraçon de fiera endurescido,
tan insuffrible mal no ablandaria,
sino el de la cruel pastora mia?

Si como yo he sentido las razones,
que tienes, o has tenido de oluidarme:
las penas, los trabajos, las passiones,
el no querer oyrme, ni aun mirarme,
llegasses a sentir las occasiones,
que sin buscallas yo, quissiste darme:
ni tú ternias que darme más tormento,
ni aun yo más que pagar mi atreuimiento.

Ansi acabó mi Alanio el suaue canto y aun
yo quisiera que entonces se me acabara la uida,
y con mucha razon, porque no podria llegar a
más la desuentura, que a uer yo delante mis
ojos aquel que más que a mí queria, tan perdido
por otra, y tan oluidado de mí. Mas como yo
en estas desuenturas no fuese sola, dissimulé
por entonces, y tambien porque la hermosa
Ysmenia, puestos los ojos en el su Montano,
començaua a cantar lo siguiente:

¡Qvan fuera estoy de pensar
en lágrimas escusadas,
siendo tan aparejadas
las presentes, para dar
muy poco por las passadas!
Que si algun tiempo trataua
de amores de alguna suerte,
no pude en ello offenderte,
porque entonces m'ensayaua,
Montano, para quererte.
Enseñauame a querer,
suffria no ser querida:

sospechaua quan rendida,
Montano, te auia de ser,
y quan mal agradescida.
Ensayéme como digo,
a suffrir el mal de amor:
desengañese el pastor
que compitiere contigo,
porque en balde es su dolor.
Nadie se quexe de mi,
si me quiso, y no es querido;
que yo jamas he podido
querer otro sino a ti,
y aun fuera tiempo perdido.
Y si algun tiempo miré,
miraua, pero no uia;
que yo, pastor, no podia
dar a ninguno mi fe,
pues para ti la tenia.
Vayan sospiros a cuentos,
bueluanse los ojos fuentes,
resusciten accidentes:
que passados pensamientos
no dañarán los presentes.
Vaya el mal por donde va,
y el bien por donde quisiere:
que yo yre por donde fuere,
pues ni el mal m'espantará,
ni aun la muerte si uiniere.

Vengado me auia Ysmenia del cruel y desleal Alanio, si en el amor que yo le tenia cupiera algun desseo de vengança, mas no tardó
mucho Alanio en castigar a Ysmenia, poniendo
los ojos en mí, y cantando este antiguo cantar.

Amor loco ¡ay amor loco!
yo por uos, y uos por otro.
Ser yo loco, es manifiesto:
por uos ¿quien no lo será?
que mayor locura está
en no ser loco por esto;
mas con todo no es honesto
que ande loco,
por quien es loca por otro.
Ya que uiendoos, no me ueys,
y moris porque no muero,
comed aora a mi que os quiero
con salsa del que quereys
y con esto me hareys
ser tan loco,
como uos loca por otro.

Qvando acabó de cantar esta postrera copla,
la estraña agonia en que todos estauamos no
pudo estoruar que muy de gana no nos riesse-
mos, en uer que Montano queria que engañasse
yo el gusto de miralle, con salsa de su competidor Alanio, como si en mi pensamiento cupiera dexarse engañar con apariencias de otra

cosa. A essa hora comence yo con gran confiança a tocar mi çampoña, cantando la canción que oyreys; porque a lo menos en ella pensaua mostrar (como lo mostre) quanto mejor me auia yo auido en los amores, que ninguno de los que alli estauan.

> Pves no puedo descansar
> a trueque de ser culpada,
> guardeme Dios de oluidar,
> más que de ser oluidada.
>
> No solo donde ay oluido
> no ay amor ni puede auello,
> mas donde ay sospecha dello
> no ay querer, sino fingido.
>
> Muy grande mal es amar,
> do esperança es escusada;
> mas guardeos Dios de oluidar,
> que es ayre ser oluidada.
>
> Si yo quiero, ¿por que quiero,
> para dexar de querer?
> ¿que más honrra puede ser,
> que morir del mal que muero?
>
> El biuir para oluidar,
> es uida tan afrentada,
> que me está mejor amar,
> hasta morir de oluidada.

Acabada mi cancion, las lagrimas de los pastores fueron tantas, especialmente las de la hermosa pastora Ysmenia, que por fuerça me hizieron participar de su tristeza, cosa que yo pudiera bien escusar, pues no se me podia atribuir culpa alguna de mi gran desuentura (como todos los que alli estauan, sabian muy bien). Luego a la ora nos fuymos cada uno a su lugar, porque no era cosa que a nuestra honestidad conuenia estar a horas tan sospechosas fuera dél. E al otro dia mi padre sin dezirme la causa, me sacó de nuestra aldea, y me ha traydo a la uuestra, en casa de Albania mi tia, y su hermana, que uosotros muy bien conoceys, donde estoy algunos dias ha, sin saber qué aya sido la causa de mi destierro. Despues acá entendi, que Montano se auia casado con Ysmenia, y que Alanio se pensaua casar con otra hermana suya, llamada Syluia. Plega a Dios que ya que no fue mi uentura podelle yo gozar, que con la nueua esposa se goce, como yo desseo (que no seria poco) porque el amor que yo le tengo, no suffre menos, sino desseale todo el contento del mundo. Acabado de dezir esto la hermosa Seluagia començo a derramar muchas lagrimas: y los pastores le ayudaron a ello por ser un officio de que tenian gran esperiencia. E despues auer gastado algun tiempo en esto, Sireno le dixo: hermosa Seluagia, grandissimo es tu mal, pero por muy mayor tengo tu discrecion. Toma exemplo en males agenos, si

quieres sobrelleuar los tuyos; y porque ya se haze tarde, nos uamos a la aldea, y mañana se passe la fiesta junto a esta clara fuente donde todos nos juntarémos. Sea assi como lo dizes (dixo Seluagia) mas porque aya de aqui al lugar algun entretenimiento, cada uno cante una cancion, segun el estado en que le tienen sus amores. Los pastores respondieron que diera ella principio con la suya: lo qual Seluagia començo a hazer, yendose todos su passo a passo hazia la aldea.

> Zagal, quien podra passar
> uida tan triste y amarga,
> que para biuir es larga,
> y corta para llorar?
>
> Gasto sospiros en uano,
> perdida la confiança:
> siento que está mi esperança
> con la candela en la mano.
>
> ¡Que tiempo para esperar
> que esperança tan amarga,
> donde la uida es tan larga,
> quan corta para llorar!
>
> Este mal en que me ueo,
> yo le merezco ¡ay perdida!
> pues uengo a poner la uida
> en las manos del desseo.
>
> Jamas cesse el lamentar (¹);
> que aunque la uida se alarga,
> no es para biuir tan larga
> quan corta para llorar.

Con un ardiente sospiro, que del alma le salia, acabó Seluagia su cancion, diziendo: Desuenturada de la que se uee sepultada entre celos y desconfianças, que en fin le pornan la uida a tal recaudo, como dellos se espera. Luego el oluidado Sireno començo a cantar al son de su rabel esta cancion:

> Ojos tristes, no lloreys,
> y si llorades pensad,
> que no os dixeron verdad,
> y quiça descansareys.
>
> Pues que la imaginacion
> haze causa en todo estado,
> pensá que aun soys bien amado,
> y teneys menos passion:
>
> Si algun descanso quereys,
> mis ojos, imaginad,
> que no os dixeron uerdad,
> y quiça descansareys.
>
> Pensad que soys tan querido,
> como algun tiempo lo fuystes.
> Mas no es remedio de tristes
> imaginar lo que ha sido.

(¹) M., *Mas no cese el lamentar.*

Pues ¿qué remedio terneys,
ojos? alguno pensad,
si no lo pensays, llorad:
o acabá, y descansareys.

Despues que con muchas lagrimas el triste
pastor Sireno acabó su cancion, el desamado
Syluano desta manera dio principio a la suya.

Perderse por ti la uida,
zagala, será forçado,
mas no que pierda el cuydado
despues de auerla perdida.
    Mal que con muerte se cura
muy cerca tiene el remedio,
mas no aquel que tiene el medio
en manos de la uentura.
    E si este mal con la uida
no puede ser acabado
qué aprouecha a un desdichado
uerla ganada, o perdida?
    Todo es uno para mi
esperança, o no tenella:
que si oy me muero por uella
mañana porque la ui.
    Regalara yo la uida,
para dar fin al cuydado,
si a mi me fuera otorgado,
perdella en siendo perdida.

Desta manera se fueron los dos pastores en
compañia de Seluagia, dexando concertado de
uerse el dia siguiente en el mismo lugar; y
aqui haze fin el primer libro de la hermosa
Diana.

Fin del primer libro de la Diana.

———

LIBRO SEGUNDO

DE LA DIANA DE GEORGE DE MONTEMAYOR

Los pastores ya, que por los campos del caudaloso Ezla apascentauan sus ganados, se començauan a mostrar cada uno con su rebaño
por la orilla de sus cristallinas aguas tomando
el pastor, antes que el sol saliesse, y aduirtiendo
el mejor lugar, para despues passar la calurosa
fiesta, quando la hermosa pastora Seluagia por
la cuesta que de la aldea baxaua al espesso bosque, uenia trayendo delante de si sus mansas
ouejuelas, y despues de auellas metido entre
los arboles baxos y espessos, de que alli auia
mucha abundancia, y uerlas ocupadas en alcançar las más baxuelas ramas, satisfaziendo el
hambre que trayan, la pastora se fue derecha a
la fuente de los alisos, donde el dia antes, con
los dos pastores auia passado la siesta. E como

uio el lugar tan aparejado para tristes imaginaciones, se quiso aprouechar del tiempo, sentandose cabe la fuente, cuya agua con la de
sus ojos acrescentaua. Y despues de auer gran
rato imaginado, començo a dezir: ¿Por uentura, Alanio, eres tú aquel, cuyos ojos nunca ante
los mios ui enxutos de lagrimas? ¿Eres tú el
que tantas uezes a mis pies ui tendido, pidiendome con razones amorosas, la clemencia que
yo por mi mal usé contigo? ¿Dime pastor (y
el mas falso que se puede imaginar en la uida)
es uerdad que me querias, para cansarte tan
presto de quererme? Deuias imaginar, que no
estaua en más oluidarte yo, que en saber que
era de ti oluidada: que officio es de hombres,
que no tratan los amores, como deuen tratarse,
pensar que lo mismo podran acabar sus damas
consigo, que ellos an acabado. Aunque otros
uienen a tomallo por remedio, para que en ellas
se acresciente el amor. Y otros porque los celos,
que las mas uezes fingen, uengan a subjectar a
sus damas: de manera que no sepan, ni puedan
poner los ojos en otra parte, y los más uienen
poco a poco a manifestar todo lo que de antes
fingian, por donde muy más claramente descubren su deslealtad. E uienen todos estos estremos a resultar en daño de las tristes, que sin
mirar los fines de las cosas, nos uenimos a affi-
cionar, para jamas dexar de quereros, ni uosotros de pagarnoslo tan mal, como tú me pagas
lo que te quise y quiero. Assi que qual destos
ayas sido, no puedo entendello. E no te espantes, que en los casos de desamor entienda poco,
quien en los de amor está tan exercitada. Siempre me mostraste gran honestidad en tus palabras, por donde nunca menos esperé de tus
obras. Pense que un amor, en el qual me
dauas a entender que tu desseo no se estendia
a querer de mi más que quererme, jamas tuuiera fin; porque si a otra parte encaminaras
tus desseos no sospechara firmeza en tus amores. ¡Ay triste de mí! que por temprano que
uine a entenderte, ha sido para mí tarde. Venid uos acá, mi çampoña, y passare con uos el
tiempo, que si yo con sola uos lo uuiera pasado, fuera de mayor contento para mí; y tomando su çampoña, começo a cantar la siguiente cancion:

Aguas que de lo alto desta sierra,
baxays con tal ruydo al hondo ualle
porqué no imaginays la que del alma
destilan siempre mis cansados ojos,
y que es la causa, el infelice tiempo,
en que fortuna me robo mi gloria?
    Amor me dió esperança de tal gloria,
que no ay pastora alguna en esta sierra,
que assi pensasse de alabar el tiempo
pero despues me puso en este ualle

de lagrimas, a do lloran mis ojos
no uer lo que estan viendo los del alma.
   ¿En tanta soledad, qué haze un alma
que en fin llegó a saber que cosa es gloria?
¿o a donde boluere mis tristes ojos,
si el prado, el bosque, el monte, el soto y sierra
el arboleda y fuentes deste ualle
no hazen oluidar tan dulce tiempo?
   ¿Quien nunca imaginó que fuera el tiempo
verdugo tan cruel para mi alma?
¿o qué fortuna me apartó de un ualle,
que toda cosa en el me daua gloria?
hasta el hambriento lobo, que a la sierra
subia, era agradable ante mis ojos.
   ¿Mas qué podran, fortuna, uer los ojos,
que ueian su pastor en algun tiempo
baxar con sus corderos, de una sierra,
cuya memoria siempre está en mi alma?
¡o fortuna enemiga de mi gloria!
¡cómo me cansa este enfadoso ualle!
   ¿Mas cuando tan ameno y fresco valle,
no es agradable a mis cansados ojos,
ni en él puedo hallar contento, gloria,
ni espero ya tenelle en algun tiempo?
ued en qué estremo deue estar mi alma:
¡o quien boluiese á aquella dulce sierra!
   ¡O alta sierra, ameno y fresco ualle
do descansó mi alma, y estos ojos!
dezid: uerme he algun tiempo, en tanta gloria.

   A este tiempo Syluano estaua con su ganado entre unos myrthos que cerca de la fuente auia, metido en sus tristes imaginaciones; y quando la boz de Seluagia oyó, despierta como de un sueño, y muy atento estuuo a los uersos que cantaua. Pues como este pastor fuesse tan mal tratado de amor, y tan desfauorecido de Diana, mil uezes la passion le hazia salir de seso, de manera, que oy se daua en dezir mal de amor, mañana en alaballe, un dia en estar ledo, y otro en estar más triste que todos los tristes; oy en dezir mal de mugeres, mañana en encarecellas sobre todas las cosas. Y ansi biuia el triste una uida, que seria gran trabajo dalla a entender; y más a personas libres. Pues auiendo oydo el dulce canto de Seluagia, y salido de sus tristes imaginaciones, tomó su rabel, y començo a cantar lo siguiente:

   Cansado esta de oyrme el claro rio,
el ualle y soto tengo importunados:
y estan de oir mis quexas ¡o amor mio!
alisos, hayas, olmos ya cansados:
inuierno, primauera, otoño, estio,
con lagrimas regando estos collados,
estoy a causa tuya, o cruda fiera,
¿no auria en esta boca vn nó, si quiera?
   De libre me heziste ser catiuo,
de hombre de razon, quien no la siente,

quesiste me hazer de muerto, biuo,
y alli de biuo muerto encontinente:
De afable me heziste ser esquiuo:
de conuersable, aborrescer la gente:
solia tener ojos, y estoy ciego.
hombre de carne fuy, ya soy de fuego.
   ¿Qué es esto coraçon, no estays cansado?
¿aun ay más que llorar? ¿dezi, ojos mios?
mi alma, ¿no bastaua el mal passado?
lagrimas, ¿aun hazeys crecer los rios?
entendimiento, ¿vos no estays turbado?
sentido, ¿no os turbaron sus desuios?
¿pues cómo entiendo, lloro, veo y siento,
si todo lo ha gastado ya el tormento?
   ¿Quién hizo a mi pastora ¡ay, perdido!
aquel cabello de oro, y no dorado,
el rostro de cristal tan escogido,
la boca de un rubi muy estremado,
el cuello de alabastro, y el sentido
muy más que otra ninguna leuantado?
¿por qué su coraçon no hizo ante
de cera, que de marmol y diamante?
   Vn dia estoy conforme a mi fortuna,
y al mal que me ha causado mi Diana,
el otro el mal me afflige y importuna,
cruel la llamo fiera, y inhumana,
y assi no hay en mi mal orden alguna,
lo que oy affirmo, niegolo mañana:
todo es assi, y passo assi una uida,
que presto uean mis ojos consumida.

   Cuando la hermosa Seluagia en la boz conoscio al pastor Syluano, se fue luego a él, y recebiendose los dos con palabras de grande amistad, se assentaron a la sombra de un espesso myrtho, que en medio dexaba vn pequeño pradezuelo (¹) más agradable por las hermosas y doradas flores de que él estaua matizado, de lo que sus tristes pensamientos pudieran dessear. Y Syluano començó a hablar desta manera: No sin grandissima compassion se deue considerar, hermosa Seluagia, la diuersidad de tantos y tan desusados infortunios, como succeden a los tristes que queremos bien. Mas entre todos ellos ninguno me paresce que tanto se deue temer, como aquel que succede despues de auerse uisto la persona en un (²) buen estado. Y esto como tú ayer me dezias, nunca llegué a sabello por experiencia. Mas como la uida que passo es tan agena de descanso, y tan entregada a tristezas, infinitas uezes estoy buscando inuenciones para engañar el gusto. Para lo qual me uengo a imaginar muy querido de mi señora, y sin abrir mano desta imaginacion me estoy todo lo que puedo, pero despues que llego a la uerdad de mi estado, quedo tan confuso que no sé decillo; porque sin yo querello, me uiene a

(¹) M., *pradecillo.*
(²) Falta el *un* en la edición de Milán.

faltar la paciencia. Y pues la imaginacion no es cosa que se pueda suffrir, ued qué haria la uerdad? Seluagia le respondió: Quisiera yo, Syluano, estar libre desta passion, para saber hablar en ella, como en tal materia seria menester. Que no quieras mayor señal de ser el amor mucho, o poco, la passion pequeña o grande, que oilla dezir al que la siente. Porque nunca passion bien sentida, pudo ser bien manifestada con la lengua del que la padesce. Ansi que estando yo tan subjecta a mi desuentura, y tan quexosa de la sin razon que Alanio me haze, no podré dezir lo mucho que dello siento. A tu discrecion lo dexo, como a cosa de que me puedo muy bien fiar. Syluano dixo sospirando. Aora yo, Seluagia, no sé qué diga, ni qué remedio podria auer en nuestro mal. ¿Tú por dicha sabes alguno? Seluagia respondió, ¿y como aora lo sé? Sabes qué remedio, pastor? Dexar de querer. ¿Y esso podrias tú acaballo (¹) contigo? (dixo Syluano). Ccmo la fortuna, o el tiempo lo ordenasse (respondio Seluagia). Aora te digo (dixo Syluano muy admirado) que no te haria agrauio en no auer manzilla de tu mal, porque amor que está subjecto al tiempo, y a la fortuna, no puede ser tanto que dé trabajo a quien lo padece. Seluagia le respondió. ¿Y podrias tú, pastor, negarme, que sería possible auer fin en tus amores, o por muerte, o por ausencia, o por ser fauorescido en otra parte, y tenido en más tus seruicios? No me quiero (dixo Syluano) hazer tan hypocrita en amor, que no entienda lo que me dizes ser possible, mas no en mí. Y mal aya el amador que aunque a otros uea succederles, y la manera que me dizes, tuuiere tan poca constancia en los amores, que piense poderle a él succeder cosa tan contraria a su fe. Yo muger soy (dixo Seluagia) y en mí uerás, si quiero, todo lo que se puede querer. Pero no me estorua esto imaginar, que en todas las cosas podria auer fin, por más firmes que sean porque officio es del tiempo, y de la fortuna andar en estos mouimientos tan ligeros, como ellos lo han sido siempre; y no pienses, pastor, que me haze dezir esto el pensamiento de oluidar aquel que tan sin causa me tiene oluidada, sino lo que desta passion tengo esperimentado. A este tiempo oyeron un pastor, que por el prado adelante uenia cantando, y luego fue conocido (²) ser el oluidado Sireno, el qual uenia al son de su rabel cantando estos uersos:

Andad mis pensamientos do algun dia
os yuades de vos muy confiados,
vereys horas y tiempos ya mudados,
vereys que nuestro bien passó: solia.

(¹) M., acaballo.
(²) Delles añade la edicion de Milán.

Vereys que en el espejo a do me uia
y en el lugar do fuystes estimados,
se mira por mi suerte y tristes hados
aquel que ni aun pensallo merescia.

Vereys tambien cómo entregué la uida
a quien sin causa alguna la desecha,
y aunque es ya sin remedio el graue daño
dezilde (si podeis) à la partida
que allá prophetizaua mi sospecha,
lo que ha cumplido acá su desengaño.

Despues que Sireno puso fin a su canto, uido como hazia el uenia la hermosa Seluagia, y el pastor Syluano, de que no recibio pequeño contentamiento, y despues de auerse recebido, determinaron yrse a la fuente de los alisos, donde el dia antes auian estado. Y primero que allá llegassen (dixo Syluano). Escucha, Seluagia, ¿no oyes cantar? Sí oigo (dixo Seluagia) y aun paresce mas de una boz. ¿Adonde será? (dixo Sireno). Paresceme (respondió Seluagia) que es en el prado de los laureles por donde passa el arroyo que corre desta clara fuente. Bien será que nos lleguemos allá, y de manera que no nos sientan los que cantan, porque no interrumpamos la musica. Vamos (dixo Seluagia) y assi su passo a passo se fueron hazia aquella parte donde las bozes se oyan: y escondiendose entre unos arboles, que estauan junto al arroyo: uieron sobre las doradas flores assentadas tres nimphas, tan hermosas, que parescia auer en ellas dado la naturaleza clara muestra de lo que puede. Venian uestidas de unas ropas blancas labradas por encima de follajes de oro: sus cabellos, que los rayos del sol oscurescian, rebueltos a la cabeça, y tomados con sendos hilos de orientales perlas, con que encima de la crystallina frente se hazia una lazada, y en medio della estaua una aguila de oro, que entre las uñas tenia un muy hermoso diamante. Todas tres de concierto tañian sus instrumentos tan suauemente, que junto con las diuinas bozes no parescieron sino musica celestial, y la primera cosa que cantaron, fue este villancico:

Contentamientos de amor
que tan cansados llegays,
si uenis ¿para que os uays?
Aun no acabays de uenir
despues de muy desseados,
cuando estays determinados
de madrugar y partyr,
si tan presto os aueys d'yr,
y tan triste me dexays,
placeres, no me ueays.
Los contentos huyo dellos,
pues no me uienen a uer
más que por darme a entender
lo que se pierde en perdellos,

y pues ya no quiero uellos,
descontentos, no os partays,
pues bolueys despues que os uays.

Despues que uxieron cantado, dixo la una,
que Dorida se llamaua: Cinthia (¹), ¿es esta la
ribera adonde un pastor llamado Sireno anduuo
perdido por la hermosa pastora Diana? La otra
le respondio: esta sin duda debe ser: porque
junto a una fuente, que está cerca de este prado,
me dizen que fue la despedida de los dos digna
de ser para siempre celebrada, segun las amorosas razones que entre ellos passaron. Cuando
Sireno esto oyó quedó fuera si en uer que las
tres nimphas tuuiessen noticia de sus desuenturas. Y prosiguiendo Cinthia dixo: Y en esta
misma ribera ay otras muy hermosas pastoras
y otros pastores enamorados, adonde el amor ha
mostrado grandissimos effectos, y algunos muy
al contrario de lo que se esperaua. La tercera,
que Polidora se llamaua, le respondio: cosa es
essa de que yo no me espantaria, porque no ay
successo en amor por auieso que sea, que ponga
espanto a los que por estas cosas han passado.
Mas dime, Dorida, ¿cómo sabes tú de essa despedida? Selo (dixo Dorida) porque al tiempo
que se despidieron junto a la fuente que digo lo
oyó Celio, que desde encima de un roble les estaua acechando, y la puso toda al pie de la letra
en uerso, de la misma manera que ella passó;
por esso si me escuchays, al son de mi instrumento pienso cantalla. Cinthia le respondio:
hermosa Dorida, los hados te sean fauorables,
como nos es alegre tu gracia y hermosura, y no
menos sera oyrte cantar cosa tanto para saber.
Y tomando Doria su harpa, començo a cantar
desta manera:

Canto de la nimpha.

Iunto a una uerde ribera,
de arboleda singular,
donde para se alegrar
otro que mas libre fuera,
hallara tiempo y lugar:
Sireno, un triste pastor,
recogia su ganado,
tan de ueras lastimado
quanto burlando el amor
descansa el enamorado.

Este pastor se moria
por amores de Diana,
una pastora loçana
que en hermosura excedia
la naturaleza humana,
la qual jamas tuuo cosa
que en si no fuese estremada,
pues ni pudo ser llamada

discreta, por no hermosa:
ni hermosa por no auisada.

No era desfauorecido,
que a serlo quiça pudiera
con el uso que tuuiera,
suffrir despues de partido,
lo que de absencia sintiera:
Que el coraçon desusado,
de suffrir pena, o tormento,
si no sobra entendimiento,
qualquier pequeño cuydado
le cansa el suffrimiento.

Cabe un rio candaloso,
Ezla por nombre llamado,
andaua el pastor cuytado
de absencia muy temeroso,
repastando su ganado:
Y a su pastora aguardando
está con graue passion,
que estaua aquella sazon
su ganado apacentando
en los montes de Leon.

Estaua el triste pastor
en quanto no parescia,
imaginando aquel dia
en que el falso dios de Amor
dio principio a su alegria:
Y dize viendose tal:
el bien que el amor me ha dado
ymagino yo cuytado,
porque este cercano mal
lo sienta despues doblado.

El sol por ser sobre tarde
con su fuego no le offende,
mas el que de amor depende,
y en el su coraçon arde
mayores llamas enciende.
La passion lo combidaua,
la arboleda le mouia,
el rio parar hazia,
el ruyseñor ayudaua
a estos uersos que dezia.

Cancion de Sireno.

Al partir llama partida
el que no sabe de amor,
mas yo le llamo un dolor
que se acaba con la uida.

Y quiera Dios que yo pueda
esta uida sustentar,
hasta que llegue al lugar
donde el coraçon me queda;
porque el pensar en partida
me pone tan gran pauor
que a la fuerça del dolor
no podra esperar la uida.

Esto Sireno cantaua
y con su rabel tañia,

tan ageno de alegria,
quel llorar non le dejaua
pronunciar lo que dezia.
Y por no caer en mengua
si le estorua su passion,
accento, o pronunciacion,
lo que empezaua la lengua
acabaua el coraçon.

Ya despues que vuo cantado,
Diana vió que venia
tan hermosa, que vestia
de nueua color el prado,
donde sus ojos ponia.
Su rostro como vna flor,
y tan triste que es locura
pensar que humana criatura
juzgue qual era mayor,
la tristeza o hermosura.

Muchas uezes se paraua
bueltos los ojos al suelo,
y con tan gran desconsuelo
otras uezes los alçaua
que los incaua en el cielo:
Diziendo con más dolor,
que cabe en entendimiento:
pues el bien trae tal descuento,
de oy más bien puedes, amor,
guardar tu contentamiento.

La causa de sus enojos
muy claro alli la mostraua;
si lagrimas derramaua
preguntenlo a aquellos ojos
con que a Sireno matana.
Si su amor era sin par,
su ualor no lo encubria,
y si la absencia temia
pregúntelo a este cantar
que con lagrimas dezia:

Cancion de Diana

No me diste, o crudo amor
el bien que tuue en presencia,
sino porque el mal de absencia
me parezca muy mayor.
Das descanso, das reposo,
no por dar contentamiento,
mas porque esté el suffrimiento
algunos tiempos ocioso.
Ved qué inuenciones de amor
darme contento en presencia,
porque no tenga en absencia
reparo contra el dolor.
Siendo Diana llegada
donde sus amores uio,
hablar quiso y no habló (¹),
y el triste no dixo nada,
aunque el hablar cometio:

(¹) M., *quiso hablar, mas no habló.*

Quanto auia que hablar,
en los ojos lo mostrauan,
mostrando lo que callauan,
con aquel blando mirar
con que otras uezes hablauan.

Ambos juntos se sentaron,
debaxo un myrtho florido,
cada uno de otro uencido
por las manos se tomaron,
casi fuera de sentido:
Porque el plazer de mirarse,
y el pensar presto no uerse,
los hazen enternescerse
de manera que a hablarse,
ninguno pudo atreuerse,

Otras uezes se topauan
en esta uerde ribera,
pero muy de otra manera
el toparse celebrauan,
que esta que fue la postrera:
Estraño effecto de amor
verse dos que se querian,
todo quanto ellos podian
y recebir mas dolor,
que al tiempo que no se uian.

Via Sireno llegar
el graue dolor de absencia,
ni alli le basta paciencia,
ni alcança para hablar
de sus lagrimas licençia.
A su pastora miraua,
su pastora mira a él,
y con un dolor cruel
la habló, mas no hablaua
que el dolor habla por él.

¡Ay, Diana, quien dixera,
que quando yo más penara
que ninguno imaginara,
en la hora que te uiera
mi alma no descansara!
¿En qué tiempo y qué sazon,
creyera (señora mia)
que alguna cosa podria
causarme mayor passion
que tu presencia alegria?

¿Quién pensara que estos ojos
algun tiempo me mirassen,
que, señora, no atajassen,
todos los males y enojos
que mis males me causassen?
Mira, señora, mi suerte,
si ha traydo buen rodeo;
que si antes mi desseo
me hizo morir por uerte,
ya muero porque te veo.

Y no es por falta de amarte,
pues nadie estuuo tan firme,
mas por porque suelo uenirme
a estos prados a mirarte,

y aora uengo a despedirme:
Oy diera por no te uer.
aunque no tengo otra uida,
esta alma de ti uencida
solo por entretener
el dolor de la partida.

    Pastora, dame licencia
que diga que mi cuydado
sientes en el mismo grado,
que no es mucho en tu presencia
mostrarme tan confiado.
Pues Diana, si es asi,
¿cómo puedo yo partirme?
¿o tú cómo dexas yrme?
¿o cómo uengo yo aqui
sin empacho a despedirme?

    Ay Dios, ay pastora mia,
¿cómo no ay razon que das
para de ti me quexar?
¿y cómo tú cada dia
la ternás de me oluidar?
No me hazes tú partir
esto tambien lo dire,
menos lo haze mi fe:
y si quisiesse dezir
quien lo haze: no lo sé.

    Lleno de lagrimas tristes,
y a menudo sospirando
estaua el pastor hablando
estas palabras que oystes,
y ella las oye llorando:
a responder se offrescio,
mil nezes lo cometia,
mas de triste no podia
y por ella respondio
el amor que le tenia.

    A tiempo estoy, o Sireno,
que dire mas que quisiera:
que aun que mi mal s'entendiera
tuuiera, pastor, por bueno,
el callarlo, si pudiera.
Mas ay de mí desdichada,
uengo a tiempo a descubrillo,
que ni aprovecha dezillo
para escusar mi jornada,
ni para yo despidillo.

    ¿Porqué te uas, di, pastor,
porqué me quieres dexar
donde el tiempo y el lugar,
y el gozo de nuestro amor,
no se me podra oluidar?
¿Que sentiré, desdichada,
llegando a este ualle ameno,
cuando diga: ¡ah tiempo bueno,
aqui estuue yo sentada,
hablando con mi Sireno?

    Mira si será tristeza,
no uerte, y uer este prado,
de arboles tan adornado,

y mi nombre en su corteza,
por tus manos señalado:
o si aurá igual dolor,
que el lugar adó me uiste,
uerle tan solo, y tan triste,
donde con tan gran temor
tu pena me descubriste.

    Si esso duro coraçon
se ablanda para llorar
¿no se podria ablandar
para uer la sin razon,
que hazes en me dexar?
Oh, no llores, mi pastor,
que son lagrimas en uano;
y no esta el seso muy sano
de aquel que llora el dolor,
si el remedio está en su mano.

    Perdoname, mi Sireno,
si te offendo en lo que digo,
dexa me hablar contigo
en aqueste valle ameno,
do no me dexas comigo.
Que no quiero ni aun burlando
uerme apartada de ti:
¿No te uayas, quieres, di?
duelate ora uer llorando
los ojos con que te ui.»

    Volvio Sireno a hablar,
dixo: ya deues sentir
si yo me quisiera yr,
mas tú me mandas quedar,
y mi uentura partir.
Viendo tu gran hermosura,
estoy, señora, obligado,
a obedecer te de grado:
mas triste, que a mi uentura
he de obedeçer forçado.

    Es la partida forçada,
pero no por causa mia,
que qualquier bien dexaria
por uerte en esta majada,
do ui el fin de mi alegria.
Mi amo aquel gran pastor,
es quien me haze partir,
a quien presto uea uenir
tan lastimado de amor,
como yo me siento yr.

    Oxala estuuiera aora,
porque tú fueras seruida,
en mi mano mi partida
como en la tuya, señora,
está mi muerte y mi uida.
Mas creeme que es muy en uano,
segun contino me siento
passarte por pensamiento
que pueda estar en mi mano,
cosa que me dé contento.

    Bien podria yo dexar
mi rebaño y mi pastor,

y buscar otro señor:
mas si el fin voy a mirar
no conuiene a nuestro amor:
Que dexando este rebaño,
y tomando otro qualquiera,
dime tú de que manera
podré uenir sin tu daño
por esta uerde ribera:
    Si la fuerça desta llama
me detiene, es argumento
que pongo en ti el pensamiento:
y uengo a uender tu fama,
señora, por mi contento.
Si dizen que mi querer
en ti lo puedo emplear,
a ti te uiene a dañar
¿que yo qué puedo perder?
¿o tú qué puedes ganar?
    La pastora a esta sazon
respondió con gran dolor:
Para dexarme, pastor,
¿cómo has hallado razon,
pues que no la ay en amor?
Mala señal es hallarse,
pues vemos por esperiencia,
que aquel que sabe en presencia
dar desculpa de absentarse,
sabra suffrir el absencia.
    Ay triste, que pues te uas,
no sé qué será de ti,
ni sé que será de mi,
ni si allá te acordaras,
que me uiste o que te ui?
Ni sé si recibo engaño,
en auerte descubierto
este dolor que me ha muerto:
mas lo que fuere en mi daño,
esto sera lo más cierto.
    No te duelan mis enojos,
vete, pastor, a embarcar,
passa de presto la mar,
pues que por la de mis ojos
tan presto puedes passar.
Guardete Dios de tormenta,
Sireno mi dulce amigo,
y tenga siempre contigo
la fortuna mejor cuenta,
que tú la tienes comigo.
    Muero en uer que se despiden
mis ojos de su alegria,
y es tan grande el agonia
que estas lagrimas me impiden
dezirte lo que queria.
Estos mis ojos, zagal,
antes que cerrados sean
ruego yo a Dios que te uean;
que aunque tú causas su mal
ellos no te lo dessean.
    Respondió: señora mia,

nunca viene solo vn mal,
y vn dolor aunque mortal
siempre tiene compañia,
con otro mas principal.
Y assi uerme yo partir
de tu vista y de mi uida,
no es pena tan desmedida,
como verte a ti sentir
tan de veras mi partida.
    Mas si yo acaso oluidare
los ojos en que me vi,
oluidese Dios de mi,
o si en cosa imaginare,
mi señora, si no en ti.
Y si agena hermosura
causare en mi mouimiento,
por vna hora de contento
me trayga mi desuentura
cien mil años de tormento.
    E si mudare mi fe
por otro nueuo cuydado,
cayga del mejor estado
que la fortuna me dé
en el más desesperado.
No me encargues la venida,
muy dulce señora mia,
porque assaz de mal sería
tener yo en algo la uida
fuera de tu compañia.
    Respondiole: oh mi Sireno,
si algun tiempo te oluidare,
las yeruas que yo pisare
por aqueste ualle ameno
se sequen quando passare.
Y si el pensamiento mio
en otra parte pusiere,
suplico a Dios que si fuere
con mis ouejas al rio
se seque quando me uiere.
    Toma, pastor, vn cordon
que hize de mis cabellos,
porque se te acuerde en uellos
que tomaste possession
de mi coraçon y dellos.
Y este anillo as de lleuar
do estan dos manos asidas,
que aunque se acaben las uidas,
no se pueden apartar
dos almas que estan vnidas.
    Y él dixo: que te dexar
no tengo, si este cayado
y este mi rabel preciado,
con que tañer y cantar
me uias por este prado:
Al son dél, pastora mia,
te cantaua mis canciones,
contando tus perfecciones.
y lo que de amor sentia
en dulces lamentaciones.

Ambos a dos se abraçaron,
y esta fue la uez primera,
y pienso fue la postrera
porque los tiempos mudaron
el amor de otra manera.
E aunque a Diana le dio
pena rauiosa y mortal
la ausencia de su zagal,
en ella misma halló
el remedio de su mal.

Acabó la hermosa Dorida el suaue canto, dexando admiradas á Cinthia y Polidora en uer que una pastora fuesse vaso donde amor tan encendido pudiesse caber. Pero tambien lo quedaron de imaginar cómo el tiempo auia curado su mal, paresciendo en la despedida sin remedio. Pues el sin uentura Sireno en quanto la pastora con el dulce canto manifestaua sus antiguas cuytas y sospiros, no dexaua de darlos tan a menudo, que Seluagia y Syluano eran poca parte para consolalle, porque no menos lastimado estaua entonces, que al tiempo que por él auian passado. Y espantose mucho de uer que tan particularmente se supiesse lo que con Diana passado auia. Pues no menos admiradas estaban Seluagia, y Syluano, de la gracia con que Dorida cantaua y tañia. A este tiempo las hermosas nimphas, tomando cada una su instrumento, se yuan por el uerde prado adelante, bien fuera de sospecha de podelles acaecer lo que aora oyreys. E fue, que auiendose alexado muy poco de adonde los pastores estauan, salieron de entre unas retamas altas, a mano derecha del bosque, tres saluages, de extraña grandeza y fealdad. Venian armados de coseletes y celadas de cuero de tigre. Eran de tan fea catadura, que ponian espanto, los coseletes trayan por braçales unas bocas de serpientes, por donde sacauan los braços que gruessos y uellosos parescian, y las celadas uenian a hazer encima de la frente unas espantables cabeças de leones, lo demas trayan desnudo, cubierto de espesso y largo uello, unos bastones herrados de muy agudas puntas de azero. Al cuello trayan sus arcos, y flechas, los escudos eran de unas conchas de pescado muy fuerte. E con una increyble ligereza arremeten a ellas diziendo: a tiempo estays, o ingratas y desamoradas Nimphas, que os obligaua la fuerça a lo que el amor no os ha podido obligar, que no era justo que la fortuna hiziesse tan grande agrauio á nuestros captiuos coraçones como era dilatalles tanto su remedio. En fin tenemos en la mano el galardon de los sospiros, con que a causa uuestra, importunauamos las aues, y animales de la escura y encantada selua donde habitamos, y de las ardientes lagrimas con que haziamos crescer el impetuoso, y turbio rio que sus teme-

rosos campos ua regando. E pues para que quedeys con las uidas, no teneys otro remedio, sino dalle, a nuestro mal, no deys lugar a que nuestras crueles manos tomen uengança de la que de nuestros affligidos coraçones aueys tomado. Las nimphas con el subito sobresalto, quedaron tan fuera de si, que no supieron responder a las soberuias palabras que oyan, sino con lagrimas. Mas la hermosa Dorida, que más en si estaua que las otras, respondió: Nunca yo pense que el amor pudiera traer a tal estremo a un amante, que viniesse a las manos con la persona amada. Costumbre es de couardes tomar armas contra las mugeres: y en un campo donde no hay quien por nosotras puede responder, sino nuestra razon. Mas de una cosa (ó crueles) podeys estar seguros, y es, que nuestras amenazas no nos harán perder un punto de lo que a nuestra honestidad deuemos, y que más facilmente os dexaremos la uida en las manos, que la honra. Dorida (dixo uno dellos) a quien de mal tratarnos ha tenido poca razon no es menester escuchalle alguna. E sacando el cordel al arco que al cuello traya, le tomó sus hermosas manos, y muy descomedidamente se las ató, y lo mismo hizieron sus compañeros a Cinthia y a Polidora. Los dos pastores y la pastora Seluagia, que atonitos estauan de lo que los saluages hazian, uiendo la crueldad con que a las hermosas nimphas tratauan, y no pudiendo suffrillo, determinaron de morir o defendellas. E sacando todos tres sus hondas proueydos sus zurrones de piedras salieron al uerde prado, y comiençan a tirar a los saluages, con tanta maña y esfuerço, como si en ello les fuera la uida. E pensando occupar a los saluages, de manera que en quanto ellos se defendian, las nimphas se pusiessen en saluo, les dauan la mayor priessa que podian, mas los saluages recelosos de lo que los pastores imaginauan, quedando el uno en guarda de las prisioneras, los dos procurauan herirlos ganando tierra. Pero las piedras eran tantas, y tan espessas, que se lo defendian. De manera que en quanto las piedras los duraron, los saluages lo passaban mal, pero como despues los pastores se occuparon en baxarse por ellas, los saluages se les allegauan con sus pesados alfanges en las manos, tanto que ya ellos estauan sin esperanza de remedio. Mas no tardó mucho que de entre la espessura del bosque, junto a la fuente donde cantauan, salio una pastora de tan grande hermosura y disposicion, que los que la uieron quedaron admirados. Su arco tenia colgado del braço yzquierdo y vna aljaua de saetas al hombro, en las manos un baston de syluestre enzina, en el cabo del qual auia una muy larga punta de azero. Pues como assi uiesse las tres Nimphas, la contienda entre los dos saluages, y los pastores, que ya no esperauan, sino la muerte, poniendo con gran presteza vna aguda saeta en su arco, con tan grandissima fuerza y destreza la despidio, que al uno de los saluages se la dexó escondida en el duro pecho. De manera que la de amor, que el coraçon le traspassaua, perdio su fuerça, y el saluage la uida a bueltas della. Y no fue perezosa en poner otra saeta en su arco, ni menos diestra en tiralla, pues fue de manera, que acabó con ella las passiones enamoradas del segundo saluage, como las del primero auia acabado. Y queriendo tirar al tercero, que en guarda de las tres Nimphas estaua, no pudo tan presto hazello, que él no se uiniesse a juntar con ella, queriendo la herir con su pesado alfange. La hermosa pastora alçó el baston, y como el golpe descargasse sobre las barras del fino azero que tenia, el alfange fue hecho dos pedaços: y la hermosa pastora le dio tan gran golpe con su baston, por encima de la cabeça, que le hizo arrodillar y yuntandole (¹) con la azerada punta a los ojos, con tan gran fuerça le apreto, que por medio de los sesos se lo passó a la otra parte: y el feroz saluage dando vn espantable grito, cayó muerto en el suelo. Las nimphas viendose libres de tan gran fuerça, y los pastores y pastora de la muerte de la qual muy cerca estauan: y viendo cómo por el gran esfuerço de aquella pastora, ansi vnos como otros auian escapado, no podian juzgarla por cosa humana. A esta hora, llegandose la gran pastora a ellas, las començó a desatar las manos, diziendoles: No merescian menos pena que la que tienen, o hermosas nimphas, quien tan lindas manos osaua atar, que mas son ellas para atar coraçones, que para ser atadas. Mal ayan hombres tan soberuios, y de tan mal conoscimiento, mas ellos, señoras, tienen su pago, y yo tambien le tengo en aueros hecho este pequeño seruicio, y en auer llegado a tiempo que a tan gran sin razon pudiesse dar remedio, aunque a estos animosos pastores, y hermosa pastora, no en menos se deue tener lo que an hecho, pero ellos y yo estamos muy bien pagados, aunque en ello perdieramos la vida, pues por tal causa se auenturaua. Las nimphas quedaron tan admiradas de su hermosura y discrecion, como del esfuerço que en su defensa auia mostrado. E Dorida con un gracioso semblante le respondió: Por cierto, hermosa pastora, si vos segun el animo y valentia que oy mostrastes no soys hija del fiero Marte, segun la hermosura lo deueys ser de la deesa Venus, y del hermoso Adonis, y si de ninguno destos, no podeys dexallo de ser de la discreta Minerua, que tan gran discretion no puede proceder de otra parte, aunque lo mas cierto

(¹) M., apuntándole.

deue ser aueros dado naturaleza lo principal de todos ellos. E para tan nueua y tan grande merced, como es la que auemos recebido, nueuos y grandes auian de ser los seruicios con que deuia ser satisfecha. Mas podria ser que algun tiempo se ofresciesse ocasion, en que se conosciesse la voluntad que de seruir tan señalada merced tenemos. E porque paresce que estays cansada, vamos a la fuente de los alisos, que está junto al bosque, y alli descansareys. Vamos señora (dixo la pastora) que no tanto por descansar del trabajo del cuerpo, lo desseo, quanto por hablar en otro, en que consiste el descanso de mi anima y todo mi contentamiento. Esse se os procurará aqui con toda la diligentia possible (dixo Polidora) porque no aya a quien con mas razon procurar se deua. Pues la hermosa Cinthia se boluio a los pastores, diziendo: Hermosa pastora, y animosos pastores, la deuda, y obligacion en que nos aueys puesto, ya la veys, plega a dios que algun tiempo la podamos satisfazer, segun que es nuestro desseo. Seluagia respondió: A estos dos pastores, se deuen, hermosas nimphas, essas offertas, que yo no hize mas de dessear la libertad, que tanta razon era que todo el mundo desseasse. Entonces (dixo Polidora): ¿Es este el pastor Sireno tan querido algun tiempo, como aora oluidado de la hermosa Diana: y esse otro su competidor Syluano? Si (dixo Seluagia). Mucho me huelgo (dixo Polidora) que seays personas a quien podamos en algo satisfazer lo que por nosotras aueys hecho. Dorida muy espantada dixo: ¿qué cierto es éste Sireno? Muy contenta estoy en hallarte, y en auerme tú dado ocasion a que yo busque a tu mal algun remedio, que no será poco. Ni aun para tanto mal bastaria siendo poco, dixo Sireno. Aora vamos a la fuente (dixo Polidora) que allá hablaremos mas largo. Llegados que fueron a la fuente lleuando las nimphas en medio a la pastora se assentaron entorno della; y los pastores a peticion de las nimphas se fueron a la aldea a buscar de comer, porque era ya tarde, y todos lo auian menester. Pues quedando las tres nimphas solas con la pastora, la hermosa Dorida començó a hablar desta manera.

Esforçada y hermosa pastora, es cosa para nosotras tan estraña ver una persona de tanto ualor y suerte, en estos ualles y bosques apartados del concurso de las gentes, como para ti será uer tres Nimphas solas, y sin compañia que defendellas pueda de semejantes fuerças. Pues para que podamos saber de ti lo que tanto desseamos, forçado será merçello primero con dezir quien somos: y para esto sabras, esforçada pastora, que esta Nimpha se llama Dorida, y aquella Cinthia, y yo Polidora: viuimos en la selua de Diana, adonde habita la sabia Felicia, cuyo offiçio es dar remedio a passiones enamoradas: y veniendo nosotros de visitar a una Nimpha su parienta, que biue desta otra parte de los puertos Galiçianos, llegamos á este valle vmbroso y ameno. E paresçiendonos el lugar conueniente para passar la calorosa siesta, a la sombra de estos alisos y verdes lauros, embidiosas de la harmonia que este impetuoso arroyo por medio del verde prado lleua, tomando nuestros instrumentos, quisimos imitalla, e nuestra ventura, o por mejor dezir, su desuentura, quiso que estos saluages, que segun ellos dezian, muchos dias ha que de nuestros amores estauan presos, vinieron a caso por aqui. Y auiendo muchas vezes sido importunadas de sus bestiales razones, que nuestro amor les otorgassemos, y viendo ellos que por ninguna uia les dauamos esperança de remedio, se determinaron poner el negoçio a las manos, y hallando nos aqui solas, hizieron lo que vistes al tiempo que con vuestro socorro fuimos libres, La pastora que oyó lo que la hermosa Dorida auia dicho, las lagrimas dieron testimonio de lo que su affligido coraçon sentia, y boluiendose a las Nimphas, les començo a hablar desta manera:

No es amor de manera (hermosas Nimphas de la casta diosa) que pueda el que lo tiene tener respecto a la razon, ni la razon es parte para que un enamorado coraçon dexe el camino por do sus fieros destinos le guiaren. Y que esto sea uerdad, en la mano tenemos la experiençia, que puesto caso que fuessedes amadas destos saluages fieros, y el derecho del buen amor no daua lugar a que fuessedes dellos offendidas, por otra parte, vino aquella desorden con que sus varios effectos haze, a dar tal industria, que los mismos que os auian de seruir, vos offendiessen. E porque sepays que no me muevo solamente por lo que en este valle os ha succedido, os dire lo que no pensé dezir, sino a quien entregué mi libertad, si el tiempo, o la fortuna dieren lugar a que mis ojos le vean, y entonçes vereys, cómo en la escuela de mis desuenturas deprendi a hablar en los malos successos de amor, y en lo que este traydor haze en los tristes coraçones que subjectos le estan. Sabreys pues, hermosas Nimphas, que mi naturaleza es la gran Vandalia, provincia no muy remota desta adonde estamos, nascida en una ciudad llamada Soldina: mi madre se llamó Delia, y mi padre Andronio, en linaje y bienes de fortuna los más prinçipales de toda aquella prouinçia. Acaescio pues que como mi madre auiendo muchos años que era casada, no tuuiesse hijos (y a causa desto biuiesse tan descontenta, que no tuuiesse un dia de descanso) con lagrimas y sospiros cada hora importunaua el çielo, y haziendo mil ofrendas y sacrifiçios, suplicaua a Dios le diesse lo que tanto desseaua,

el qual fue seruido, vistos sus continuos ruegos y oraçiones, que siendo ya passada la mayor parte de su edad, se hiziesse preñada. El alegria que dello reçibio juzguelo quien despues de muy desseeada una cosa, la uentura se la pone en las manos. E no menos partiçipó mi padre Andronio deste contentamiento porque lo tuuo tan grande, que seria impossible podelle encarescer. Era Delia mi señora affiçionada a leer historias antiguas, en tanto estremo, que si enfermedades, o negoçios de grande importançia no se lo estornauan, jamas passaua el tiempo en otra cosa. E acaescio que estando, como digo, preñada, y hallandose una noche mal dispuesta, rogo a mi padre que le leyesse alguna cosa, para que occupando ella el pensamiento, no sintiesse el mal que la fatigaua. Mi padre que en otra cosa no entendia, sino en dalle todo el contentamiento possible, le començo a leer aquella hystoria de Paris, quando las tres Deas (¹) se pusieron a juyzio delante dél, sobre la mançana de la discordia. Pues como mi madre tuuiesse que Paris auia dado aquella sentençia apassionadamente, y no como deuia, dixo que sin duda él no auia mirado bien la razon de la diosa de las batallas, porque preçediendo las armas a todas las otras qualidades, era justa cosa que se le diesse. Mi señor respondio que la mançana se auia de dar a la más hermosa, y que Venus lo era más que otra ninguna, por lo qual Paris auia sentençiado muy bien, si despues no le succediera mal. A esto respondio mi madre, que puesto caso que en la mançana estuuiesse escrito se diesse a la más hermosa, que esta hermosura no se entendia corporal, sino del ánima: y que pues la fortaleza era una de las cosas que más hermosura le dauan, y el exerçiçio de las armas era un acto exterior desta virtud, que a la diosa de las batallas le deuia de dar la mançana, si Paris juzgara como hombre prudente y desapassionado. Assi que, hermosas Nimphas, en esta porfia estuuieron gran rato de la noche, cada uno alegando las razones más a su proposito que podia. Estando en esto, uino el sueño a uençer a quien las razones de su marido no pudieron. De manera que estando muy metida en su disputa, se dexó dormir. Mi padre entonçes se fue a su aposento, y a mi señora le paresçio, estando dormiendo, que la diosa Venus venia a ella, con un rostro tan ayrado, como hermoso, y le dezia: Delia, no sé quien te ha mouido ser tan contraria de quien jamas lo ha sido tuya. Si memoria tuuiesses del tiempo que del amor de Andronio tu marido fuyste presa, no me pagarias tan mal lo mucho que me deues: pero no quedarás sin galardon; yo te hago saber que pariras vn hijo y vna hija,

(¹) M. *Deesas.*

cuyo parto no te costará menos que la vida, y
a ellos costará el contentamiento lo que en mi
daño as hablado: porque te çertifico que seran
los más desdichados en amores, que hasta su
tiempo se ayan uisto. E dicho esto, desapares-
çio, y luego se le figuró a mi señora madre que
venia a ella la diosa Pallas, y con rostro muy
alegre le dezia: Discreta y dichosa Delia, ¿con
qué te podré pagar lo que en mi fauor contra la
opinion de tu marido esta noche has alegado,
sino con azerte saber, que pariras vn hijo y vna
hija los mas venturosos en armas que hasta su
tiempo aya auido? Dicho esto luego desapares-
cio, despertando mi madre con el mayor sobresalto del mundo: y de ay a un mes, poco más
o menos parió a mi, y a otro hermano mio, y
ella murio de parto, y mi padre del grandissimo pesar que vuo murio de ay a pocos dias.
E porque sepays (hermosas Nimphas) el estremo en que amor me ha puesto, sabed que siendo
yo muger de la qualidad que aueys oydo, mi
desuentura me ha forçado que dexe mi habito
natural, y mi libertad, y el debito que a mi
honrra deuo, por quien por ventura pensará
que le pierdo, en ser de mi bien amado. Ved
qué cosa tan escusada para vna muger ser dichosa en las armas, como si para ellas se vuiessen hecho. Deuia ser porque yo (hermosas
Nimphas) les pudiesse hazer este pequeño
seruiçio, contra aquellos peruersos; que no lo
tengo en menos que si la fortuna me començasse a satisfazer algun agrauio de los muchos
que me ha hecho.

Tan espantadas quedaron las Nimphas de lo
que oyan, que no le pudieron responder, ni
repreguntar cosas de las que la hermosa pastora dezia. Y prosiguiendo en su historia, les
dixo: Pues como mi hermano y yo nos criasse-
mos en un monasterio de monjas, donde vna
tia mia era abadessa, hasta ser de edad de
doze años, y auiendolos cumplidos, nos sacasse
de alli: A él lleuaron a la corte del magnanimo y inuencible Rey de los Lusitanos (cuya
fama, y increyble bondad tan esparzida está
por el vniuerso) a donde, siendo en edad de
tomar armas, le succedieron por ellas cosas
tan auentajadas y de tan gran esfuerço, como
tristes y desuenturadas por los amores. E con
todo esso fue mi hermano tan amado de aquel
inuictissimo Rey, que nunca jamás le consintio
salir de su corte. La desdichada de mi, que para
mayores desuenturas me guardauan mis hados,
fue (¹) lleuada en casa de vna aguela mia (que
no deuiera, pues fue causa de biuir con tan gran
tristeza, qual nunca muger padescio). Y porque (hermosas Nimphas) no ay cosa que no me
sea forçado dezirosla, ansi por la grand uirtud,

(¹) M., *fui*.

de que vuestra estremada hermosura da testimonio, como porque el alma me da que aueys
de ser gran parte de mi consuelo: sabed que
como yo estuuiesse en casa de mi aguela, y fuesse ya de quasi diezisiete años, se enamoró de
mí un cauallero que no biuia tan lexos de nuestra posada que desde un terrado que en la suya
auia no se viesse un jardin adonde yo passaua
lar tardes del uerano. Pues como de alli el des-
agradescido Felis uiesse a la desdichada Felismena (que este es el nombre de la triste que sus
desuenturas está contando) se enamoró de mí,
o se fingio enamorado. No sé quál me crea, pero
sé que quien menos en este estado creyere más
acertará. Muchos dias fueron los que Felis gastó
en darme a entender su pena: y muchos más
gasté yo en no darme por hallada que él por mi
la padesciesse: y no sé cómo el amor tardó tanto
en hazerme fuerça que le quisiesse; deuio tardar, para despues uenir con mayor impetu. Pues
como yo por señales, y por passeos, y por musicas, y torneos, que delante de mi puerta muchas
uezes se hazian, no mostrasse entender que de
mi amor estaua preso, aunque desde el primero
dia lo entendi: determinó de escriuirme. Y
hablando con una criada mia, a quien muchas
uezes auia hablado, y aun con muchas dadiuas
ganado la uoluntad, le dio una carta para mí.
Pues uer las saluas que Rosina (que assi la
llamauan) me hizo primero que me la diesse,
los juramentos que me juró, las cautelosas palabras que me dixo, porque no me enojasse, cierto
fue cosa de espanto. E con todo esso se la bolui
arrojar a los ojos, diziendo: Si no mirasse a
quien soy, y lo que se podria dezir, esse rostro
que tan poca uerguença tiene, yo le haria señalar, de manera que fuesse entre todos conoscido. Mas porque es la primera uez, basta lo
hecho, y auisaros que os guardeys de la segunda.
Paresceme que estoy aora viendo (dezia la hermosa Felismena) cómo aquella traydora
de Rosina supo callar, dissimulando lo que de mi
enojo sentio: porque la vierades (o hermosas
Nimphas) fingir vna risa tan dissimulada, diziendo: Iesus, señora, yo para que ryessemos
con ella la di a uuestra merçed, que no para que
se enojasse dessa manera: Que plega a Dios,
si mi intençion ha sido dalle enojo, que Dios me
le dé el mayor que hija de madre aya tenido. Y
a esto añadio otras muchas palabras, como ella
las sabia dezir, para amansar el enojo que yo de
las suyas auia reçebido: y tomando su carta, se
me quitó delante. Yo despues de passado esso
començe de imaginar en lo que alli podria uenir,
y tras esto, paresce que el amor me yua poniendo
desseo de ver la carta; pero tambien la verguença estoruaua a tornalla a pedir a mi criada,
auiendo passado con ella lo que os he contado.
Y assi passé aquel dia hasta la noche en muchas

variedades de pensamientos. Y quando Rosina entró a desnudarme; al tiempo que me queria acostar. Dios sabe, si yo quisiera que me boluiera a importunar, sobre que reçibiesse la carta: mas nunca me quiso hablar, ni por pensamiento en ella. Yo por ver si saliendole al camino, aprouecharia algo, le dixe: ¿ansi, Rosina, que el señor Felis sin mirar más, se atreue a escreuirme? Ella muy secamente me respondio: Señora, son cosas que el amor trae consigo: suplico a vuestra merçed me perdone, que si yo pensara que en ello le enojaua, antes me sacara los ojos. Qual yo en entonçes quedé, Dios lo sabe: pero con todo esso dissimulé, y me dexó quedar aquella noche con mi deseo, y con la ocasion de no dormir. Y assi fue, uerdaderamente ella fue para mi la mas trabajosa y larga, que hasta entonces auia passado. Pues uiniendo el dia: y más tarde de lo que yo quisiera. la discreta Rosina entró a darme de uestir, y se dexó adrede caer la carta en el suelo. Y como la vi le dixe: ¿qué es esto que cayó ay? Muestralo aca. No es nada, señora, dixo ella. Ora muestralo aca, dixe yo, no me enojes o dime lo que es. Iesus, señora, dixo ella, ¿para qué lo quiere uer? la carta de ayer es. No es por çierto, dixe yo, muestrala acá por ver si mientes. Aun yo no lo vue dicho, quando ella me la puso en las manos, diziendo: mal me haga Dios si es otra cosa. Yo aunque la conoci muy bien, dixe: en verdad que no es esta, que yo la conozco, y de algun tu enamorado deue ser: yo quiero leella, por ver las neçedades que te escriue; abriendola vi que dezia desta manera:

Señora: siempre imaginé que vuestra discreçion me quitara el miedo de escreuiros, entendiendo sin carta lo que os quiero: mas ella misma ha sabido tan bien dissimular, que alli estuuo el daño, donde pense que el remedio estuuiesse. Si como quien soys juzgays mi atreuimiento, bien sé que no tengo vna hora de vida: pero si lo tomays segun lo que amor suele hazer, no trocaré por ella mi esperança. Suplicoos, señora, no os enoje mi carta, ni me pongays culpa por el escreuiros, hasta que experimenteys si puedo dexar de hazerlo. Y que me tengais en possession de vuestro, pues todo lo que puede ser de mí, está en vuestras manos, las quales beso mil bezes.

Pues como yo uiesse la carta de mi don Felis, o porque la leí en tiempo que mostraua en ella quererme más que a si, o porque de parte de esta ánima cansada auia disposiçion para imprimirse en ella el amor de quien me escreuia: yo començe a querelle bien, y por mi mal yo lo començe, pues auia de ser causa de tanta desuentura. E luego pidiendo perdon a Rosina de lo que antes auia passado, como quien menester la auia para lo de adelante: y encomendandole el secreto de mis amores, bolui otra vez a leer la carta, parando a cada palabra un poco, y bien poco deuio de ser, pues yo tan presto me determiné, aunque ya no estaua en mi mano, el no determinarme: y tomando papel y tinta, le respondi desta manera.

No tengas en tan poco, don Felis, mi honra que con palabras fingidas pienses perjudicalla. Bien sé quien eres y vales, y aun creo que desto te aurá nascido el atreuerte, y no de la fuerça que dizes que el amor te ha hecho. E si es ansi como me afirma mi sospecha, tan en vano es su trabajo, como tu valor y suerte, si piensas hazerme yr contra lo que a la mia deuo. Suplicote que mires quán pocas uezes succeden bien las cosas que debaxo de cautela se comiençan, y que no es de cauallero entendellas de una manera, y dezillas de otra. Dizesme que te tengo en possession de cosa mia. Soy tan mal condiçionada que aún de la esperiençia de las cosas no me fio quanto más de tus palabras. Mas con todo esto tengo en mucho lo que en la tuya me dizes, que bien me basta ser desconfiada, sin ser tambien desagradescida.

Esta carta le embié que no deuiera, pues fue occasion de todo mi mal, porque luego començo a cobrar osadia para me declarar más sus pensamientos, y a tener ocasion para me pedir que le hablasse: en fin (hermosas Nimphas) que algunos dias se gastaron en demandas, y en respuestas, en los quales el falso amor hazia en mí su acostumbrado offiçio: pues cada hora tomaua más possession desta desdichada. Los torneos se tornaron (¹) a renouar, las musicas de noche jamas cessauan, las cartas, los amores nunca dexauan de yr de una parte a otra, y ansi passó casi un año: al cabo del qual, yo me vi tan presa de sus amores, que no fui parte para dexar de manifestalle mi pensamiento, cosa que él desseaua mas que a su propia uida. Quiso pues mi desuentura, que al tiempo en que nuestros amores más ençendidos andauan, su padre lo supiesse, y quien se lo dixo se lo supo encarescer de manera, que temiendo no se casasse conmigo, lo embió a la corte de la gran princessa Augusta Cesarina, diziendo que no era justo que un cauallero moço y de linage tan prinçipal, gastasse la moçedad en casa de su padre, donde no se podian aprender sino los viçios de que la ociosidad es maestra. El se partio tan triste, que su mucha tristeza le estoruó auisarme de su partida, yo quedé tal quando lo supe, qual puede imaginar quien algun tiempo se vio tan presa de amor, como yo por mi desdicha lo estoy. Dezir yo aora la vida que passaua en su ausencia, la tristeza, los sospiros, las lagrimas, que por estos cansados ojos cada dia derramaua no sé si podré:

(¹) M., *volvieron.*

que pena es la mia, que aun dezir no se puede, ved cómo podra suffrirse: Pues estando yo en medio de mi desuentura, y de las ansias que la ausencia de don Felis me hazia sentir, paresciendome que mi mal era sin remedio, y que despues que en la corte se viesse, a causa de otras damas de más hermosura, y qualidad, tambien de la ausençia que es capital enemiga del amor, yo auia de ser oluidada: determiné auenturarme a hazer lo que nunca muger penso. Y fue vestirme en habito de hombre, y yrme a la corte, por ver aquel en cuya vista estaua toda mi esperança, y como lo pense, ansi lo puse por obra, no dandome el amor lugar a que mirasse lo que a mí propria deuia. Para lo qual no me faltó industria, porque con ayuda de vna grandissima amiga mia y thesorera de mis secretos que me compró los vestidos que yo le mandé, y un cauallo en que me fuesse, me parti de mi tierra, y aun de mi reputacion (pues no puedo creer que jamas pueda cobralla) assi me fue derecha a la corte, passando por el camino cosas que si el tiempo me diera lugar para contallas, no fueran poco gustosas de oyr. Veynte dias tardé en llegar, en cabo de los quales llegando donde desseaua, me fuy a posar vna casa la más apartada de conuersaçion que yo pude. Y el grande desseo que lleuaua de ver aquel destruydor de mi alegria, no me dexaua imaginar en otra cosa, sino en cómo, o dónde podia velle. Preguntar por él a mi huespd no osaua, porque quiça no se descubriesse mi venida. Ni tampoco me parescia bien yr yo a buscalle: porque no me succediesse alguna desdicha, a causa de ser conoscida. En esta confusion passé todo aquel dia hasta la noche, la qual cada hora se me hazia un año. Y siendo poco más de media noche, el huesped llamó a la puerta de mi aposento, y me dixo que si queria gozar de una musica que en la calle se daua, que me leuantasse de presto, y abriesse una ventana. Lo que yo hize luego, y parandome en ella, oí en la calle vn page de don Felis, que se llamaua Fabio (el qual luego en la habla conosçi) cómo, dezia a otros que con el yuan: Ahora, señores, es tiempo, que la dama está en el corredor sobre la huerta tomando el frescor de la noche. E no lo vuo dicho, quando començaron a tocar tres cornetas y un sacabuche, con tan gran concierto, que parescia una musica celestial. E luego começo una boz cantando a mi parescer lo mejor que nadie podria pensar. E aunque estaue suspensa en oyr a Fabio, en aquel tiempo ocurrieron muchas imaginaciones, todas contrarias a mi descanso, no dexé de aduertir a lo que se cantaua, porque no lo hazian de manera que cosa alguna impidiesse el gusto que de oyllo se reçebia, y lo que se cantó primero, fue este romance:

Oydme, señora mia,
si acaso os duele mi mal,
y aunque no os duela el oylle,
no me dexeys de escuchar;
dadme este breue descanso
porque me fuerçe a penar:
¿no os doleys de mis sospiros,
ni os enternesce el llorar,
ni cosa mia os da pena
ni la pensays remedyar?
¿Hasta quándo mi señora,
tanto mal ha de durar?
no está el remedio en la muerte,
sino en vuestra voluntad,
que los males que ella cura,
ligeros son de passar:
no os fatigan mis fatigas
ni os esperan fatigar:
de uoluntad tan essenta
¿qué medio se ha de esperar
y esse coraçon de piedra
cómo lo podré ablandar?
Bolued, señora, estos ojos
que en el mundo no ay su par.
Mas no los boluays ayrados
si no me quereys matar,
aunque de una y de otra suerte
matays con solo mirar.

Despues que con el primero concierto de musica vuieron cantado este romance, oí tañer vna dulçayna, y vna harpa, y la boz del mi don Felis. El contento que me dio el oylle, no ay quién lo pueda imaginar: porque se me figuró que lo estaua oyendo en aquel dichoso tiempo de nuestros amores. Pero despues que se desengañó la imagiuacion, viendo que la musica se daua a otra, y no a mí, sabe Dios si quisiera más passar por la muerte. Y con un ansia que el ánima me arrancaua, pregunté al huesped, si sabía a quién aquella musica se daua. El me respondio, que no podia pensar a quien se diesse, aunque en aquel barrio biuian muchas damas y muy principales. Y quando vi que no me daua razon de lo que le preguntaua, bolui a oyr el mi don Felis, el qual entonçes començaba al son de una harpa que muy dulçemente tañia a cantar este soneto:

Soneto.

Gastando fue el amor mis tristes años
en vanas esperanças, y escusadas:
fortuna de mis lagrimas cansadas,
exemplos puso al mundo muy estraños.
El tiempo como autor de desengaños,
tal rastro dexa en él de mis pisadas
que no aurá confianças engañadas,
ni quien de oy más se quexe de sus daños.
Aquella a quien amé quanto deuia,

enseña a conoscer en sus amores,
lo que entender no pude hasta aora,
    Y yo digo gritando noche y dia:
¿no veys que os desengaña, o amadores,
amor, fortuna, el tiempo, y mi señora?

Acabado de cantar este soneto, pararon vn poço tañiendo quatro vihuelas de arco, y vn clauicordio tan concertadamente, que no sé si en el mundo pudiera auer cosa más para oyr, ni que mayor contento diera, a quien la tristeza no tuuiera tan sojuzgada como a mí: y luego començaron quatro bozes muy acordadas a cantar esta cançion:

Cancion.

No me quexo yo del daño
que tu uista me causó,
quexome porque llegó
a mal tiempo el desengaño.
Iamas ui peor estado,
que es el no atreuer ni osar,
y entre el callar y hablar,
verse un hombre sepultado:
y ansi no quexo del daño,
por ser tú quien lo causó,
sino por ver que llegó
a mal tiempo el desengaño.
Siempre me temo saber
qualquiera cosa encubierta
porque sé que la más cierta,
más mi contraria ha de ser:
y en sabella no está el daño,
pero sela a tiempo yo
que nunca jamas siruio
de remedio, el desengaño.

Acabada esta cançion, començaron a sonar muchas diuersidades de instrumentos, y bozes muy excelentes conçertadas con ello, con tanta suauidad, que no dexaran de dar grandissimo contentamiento a quien no estuuiera tan fuera dél como yo. La musica se acabó muy cerca del alua, trabajé de ver a mi don Felis, mas la escuridad de la noche me lo estoruó. Y viendo cómo eran ydos, me volui a acostar, llorando mi desuentura, que no era poco de llorar, viendo que aquel que más queria me ténia tan oluidada, como sus musicas dauan testimonio. Y siendo ya hora de leuantarme, sin otra consideracion, me sali de casa, y me fuy derecha al gran palaçio de la princessa, adonde me paresçio que podria uer lo que tanto desseaua, determinando de llamarme Valerio si mi nombre me preguntassen. Pues llegando yo a una plaça, que delante del palaçio auia, començe a mirar las ventanas y corredores, donde ui muchas damas tan hermosas, que ni yo sabria aora encaresçello, ni entonces supe más que espantarme de su gran hermosura, y de los atauios de joyas, y inuençiones de uestidos y tocados que trayan. Por la plaça se passeauan muchos caualleros muy ricamente vestidos, y en muy hermosos cauallos, mirando cada vno a aquella parte donde tenia el pensamiento. Dios sabe si quisiera yo uer por alli a mi don Felis, y que sus amores fueran en aquel çelebrado palaçio, porque a lo menos estuuiera yo segura de qne él jamas alcançara otro gualardon de sus seruiçios sino mirar y ser mirado: y algunas uezes hablar a la dama a quien siruiesse, delante de cien mil ojos, que no dan lugar a más que esto. Mas quiso mi uentura, que sus amores fuessen en parte donde no se pudiesse tener esta seguridad. Pues estando yo junto a la puerta del gran palaçio, vi vn page de don Felis, llamado Fabio, que yo muy bien conoscia: el qual entró muy de priessa en el gran palaçio, y hablando con el portero que a la segunda puerta estaua, se boluio por el mismo camino. Yo sospeché que avia uenido a saber si era hora que don Felis uiniesse á algun negoçio de los que de su padre en la corte tenía: y que no podria dexar de uenir presto por alli. Y estando yo imaginando la gran alegria que con su uista se me aparejaua, le vi venir muy acompañado de criados, todos muy ricamente vestidos, con una librea de un paño de color de çielo, y faxas de terçiopelo amarillo, bordadas por ençima de cordonzillo de plata, las plumas azules y blancas y amarillas. El mi don Felis traya calças de terçiopelo blanco recamadas, y aforradas en tela de oro azul: el jubon era de raso blanco, recamado de oro cañutillo, y vna cuera de terçiopelo de las mismas colores y recamo, una ropilla suelta de terçiopelo negro, bordada de oro y aforrada en raso azul raspado, espada, daga, y talabarte de oro, una gorra muy bien adereçada de vnas estrellas de oro, y en medio de cada vna engastado un grano de aliofar gruesso, las plumas eran azules, amarillas y blancas, en todo el uestido traya sembrados muchos botones de perlas: venia en un hermoso cauallo rucio rodado, con unas guarniçiones azules y de oro, y mucho aliofar. Pues quando yo assi le vi, quedé tan suspensa en velle, y tan fuera de mí con la subita alegria, que no sé cómo lo sepa dezir. Verdad es, que no pude dexar de dar con las lagrimas de mis ojos alguna muestra de lo que su vista me hazia sentir: pero la verguença de los que alli estauan, me lo estoruó por entonçes. Pues como don Felis llegando a palaçio, se apeasse y subiesse por vna escalera, por donde yuan al aposento de la gran prinçessa, yo llegué a donde sus criados estauan, y viendo entre ellos a Fabio, que era el que de antes auia visto, le aparté, diziendole: Señor, ¿quién es este cauallero que aqui se apeó, porque me paresce mucho a otro que yo he visto bien lexos de aqui? Fabio entonces me respondio: Tan nueuo soys en la corte, que no conosceys a don Felis? Pues no creo yo que ay cauallero en ella tan conoscido. No dudo desso, le respondi, más yo dire quán nueuo soy en la corte, que ayer fue el primer dia que en ella entré. Luego no hay que culparos, dixo Fabio: sabed que este cauallero se llama Don Felis, natural de Vandalia, y tiene su casa en la antigua Soldina, está en esta corte en negoçios suyos y de su padre. Yo entonçes le dixe: suplicoos me digais porqué trae la librea destas colores. Si la causa no fuera tan publica y lo callara (dixo Fabio) mas porque no ay persona que no lo sepa, ni llegareys a nadie que no os lo pueda dezir, creo que no dexo de hazer lo que deuo en deziroslo. Sabed que él sirue aqui a una dama que se llama Çelia, y por esto trae librea de azul, que es color de çielo, y lo blanco y amarillo que son colores de la misma dama. Quando esto le oi, ya sabreys quál quedaria, mas dissimulando mi desuentura le respondi. Por çierto esta dama le deue mucho, pues no se contenta con traer sus colores, mas aun su nombre proprio quiere traer por librea, hermosa deue de ser. Si es por çierto, dixo Fabio, aunque harto más lo era otra a quien él en nuestra tierra seruya, y aun era más fauorescido de ella que desta lo es. Mas esta uellaca de ausençia deshaze las cosas quo hombre piensa que estan mas firmes. Quando yo esto le oy, fueme forçado tener cuenta con las lagrimas: que a no tenella, no pudiera Fabio dexar de sospechar alguna cosa, que a mí no estuuiere bien.

Y luego el page me preguntó, cuyo era, y mi nombre, y adonde era mi tierra. Al qual yo respondi, que mi tierra era Vandalia, mi nombre Valerio, y que hasta entonçes no biuia con nadie. Pues desta manera (dixo él) todos somos de una tierra, y aun podriamos ser de una casa, si uos quisiessedes: porque don Felis mi señor, me mandó que le buscasse un page. Por esso si uos quereys seruirle, uedlo. Que comer, y beuer, uestir, y quatro reales para jugar, no os faltarán: pues moças, como unas reynas, aylas en nuestra calle: y uos que soys gentil hombre, no aurá ninguna que no se pierda por uos. Y aun sé yo que una criada de un canonigo uiejo harto bonita, que para que fuessemos los dos bien proveydos de pañizuelos y torreznos, y uino de sant Martin, no auriades menester más, que de seruirla. Quando yo esto le oy, no pude dexar de reyrme en uer quan naturales palabras de page eran las que me dezia. Y porque me paresçio, que ninguna cosa me conuenia más para mi descanso que lo que Fabio me aconsejaua, le respondi: Yo a la uerdad, no tenia determinado de seruir a nadie: mas ya que

la fortuna me ha traydo a tiempo, que no puedo hazer otra cosa paresceme que lo mejor sera biuir con nuestro Señor: porque deue ser cauallero más afable y amigo de sus criados, que otros. Mal lo sabeys, me respondió Fabio. Y os prometo, a fe de hijo dalgo (porque lo soy: que mi padre es de los Cachopines de Laredo) que tiene don Felis mi señor de las mejores condiçiones que aueys uisto en uuestra uida, y que nos haze el mejor tratamiento, que nadie haze a sus pages, si no fuessen estos negros amores, que nos hazen passear mas de lo que querriamos, y dormir menos de lo que hemos menester, no auria tal señor. Finalmente (hermosas Nimphas) que Fabio habló a su señor don Felis en saliendo: y él mandó que aquella tarde me fuesse a su posada: yo me fuy, y él me reçibió por su page, haziendome el mejor tratamiento del mundo, y ansi estuue algunos dias, uiendo lleuar y traer recaudos de una parte a otra: cosa que era para mí sacarme el alma, y perder cada hora la paçiençia. Passado un mes, uino don Felis a estar tambien conmigo, que abiertamente me descubrió sus amores, y me dixo desd'el principio dellos, hasta el estado en que entonces estauan, encargandome el secreto de lo que en ellos passaua, diziendome cómo auia sido bien tratado della al principio, y que despues se auia cansado de fauorescelle. Y la causa dello auia sido, que no sabia quien le auia dicho de unos amores que él auia tenido en su tierra, y que los amores que con ella tenía, no era sino por entretenerse, en quanto los negocios que en corte hazia no se acabauan. Y no ay duda (me dezia el mismo don Felis) sino que yo los començe, como ella dize, mas agora Dios sabe si ay cosa en la uida a quien tanto quiera. Quando yo esto le oy dezir, ya sentireys, hermosas Nimphas, lo que podria sentir. Mas con toda la dissimulaçion possible respondi: Mejor fuera, señor, que la dama se quexara con causa, y que esso fuera ansi, porque si essa otra a quien antes seruiades, no os meresçio que la oluidassedes, grandissimo agrauio le hazeys. Don Felis me respondio: no me da el amor que yo a mi Celia tengo lugar para entendello ansi, mas antes me pareçe que me hize muy mayor en auer puesto el amor primero en otra parte, que en ella. Dessos agrauios (le respondi) bien sé quién se lleua lo peor. Y sacando el desleal una carta del seno, que aquella hora auia reçebido de su señora, me la leyó (pensando que me hazia mucha fiesta) la qual dezia desta manera:

CARTA DE ÇELIA A DON FELIS

«Nvnca cosa que yo sospechasse de uuestros amores, dio tan lexos de la uerdad que me diesse occasion de no creer más vezes a mi sospecha, que uuestra disculpa, y si en esto os hago agrauio, ponedlo a cuenta de uuestro descuydo, que bien pudierades negar los amores passados, y no dar occasion a que por uuestra confession os condenasse. Dezis que fuy causa que oluidassedes los amores primeros: consolaos con que no faltará otra que lo sea de los segundos. Y asseguraos, señor don Felis, porque os certifico, que no ay cosa que peor esté a un cauallero, que hallar en qualquier dama occasion de perderse por ella. Y no dire más, porque en males sin remedio, el no procurarselo es la mejor».

Despues que uuo acabado de leer la carta, me dixo, ¿qué te parescen, Valerio, estas palabras? Paresceme, le respondi, que se muestran en ellas tus obras. Acaba, dixo don Felis. Señor, le respondi yo, parescer me han segun ellas os parescieren, porque las palabras de los que quieren bien, nadie las sabe tan bien juzgar como ellos mismos. Mas lo que yo siento de la carta, es que essa dama quisiera ser la primera, a la qual no deue la fortuna tratalla de manera que nadie pueda auer embidia de su estado. Pues ¿qué me aconsejarias? dixo don Felis. Si tu mal suffre consejo (le respondi yo) parescer me hya que pensamiento no se diuidiesse en esta segunda passion, pues a la primera se deue tanto. Don Felis me respondió (sospirando y daudome vna palmada en el ombro), o Valerio, qué discreto eres. Quán buen consejo me das, si yo pudiesse tomalle. Entremosnos a comer, que en acabando, quiero que lleues vna carta mia a la señora Çelia, y uerás si meresçe que a trueque de pensar en ella, se oluide otro qualquier pensamiento. Palabras fueron estas que a Felismena llegaron al alma: mas como tenía delante sus ojos aquel a quien mas que a sí quería, solamente miralle era el remedio de la pena que qualquiera destas cosas me hazia sentir. Despues que uuimos comido, don Felis me llamó, y haziendome grandissimo cargo de lo que deuia, por auerme dado parte de su mal, y auer puesto el remedio en mis manos, me rogó le lleuasse vna carta, que escrita le tenía, la qual él primero me leyó, y dezia desta manera:

CARTA DE DON FELIS PARA ÇELIA

«Dexase tan bien entender el pensamiento que busca ocasiones para oluidar a quien dessea, que sin trabajar mucho la imaginaçion, se uiene en conoscimiento dello. No me tengas en tanto, señora, que busque remedio para desculparte de lo que conmigo piensas usar, pues nunca yo llegué a ualer tanto contigo, que en menores cosas quesiesse hazello. Yo confessé que auia querido bien, porque el amor quando es uerdadero, no sufre cosa encubierta, y tú pones por

occasion de oluidarme, lo que auia de ser de quererme. No me puedo dar a entender que te tienes en tan poco, que creas de mí poderte oluidar, por ninguna cosa que sea, o aya sido: mas antes me escriues otra cosa de lo que de mí sé tienes experimentado. De todas las cosas que en perjuizio de lo que te quiero imaginas, me assegura mi pensamiento, el qual bastará ser mal gualardonado, sin ser tambien mal agradescido».

Despues que don Felis me leyó la carta que a su dama tenía escrita, me preguntó si la respuesta me parescia conforme a las palabras que la señora Çelia le auia dicho en la suya, y que si auia algo en ella qué emendar. A lo qual yo le respondi: No creo, señor, que es menester hazer la emienda a essa carta, ni a la dama a quien se embia, sino a la que en ella offendes. Digo esto, porque soy tan affiçionado a los amores primeros que en esta uida he tenido, que no auria en ella cosa que me hiziesse mudar el pensamiento. La mayor razon tienes del mundo (dixo don Felis). Si yo pudiesse acabar comigo otra cosa de la que hago: mas qué quieres, si la absençia enfrió esse amor, y ençendió este otro? Desta manera (respondi yo) con razon se puede llamar engañada aquella a quien primero quesiste, porque amor sobre que ausencia tiene poder, ni es amor, ni nadie me podra dar a entender que lo aya sido. Esto dezia yo con más dissimulaçion de lo que podria: porque sentia tanto verme oluidada de quien tanta razon tenía de quererme, y yo tanto queria, que hazia más de lo que nadie piensa, en no darme a entender. E tomando la carta, y informandome de lo que auia de hazer me fuy en casa de la señora Çelia, ymaginando el estado triste a que mis amores me auian traydo, pues yo mismo me hazia la guerra, siendome forçado ser intercessora de cosa tan contraria a mi contentamiento.

Pues llegando en casa de Çelia, y hallando vn page suyo a la puerta, le pregunté, si podia hablar a su señora. Y el page informado de mí cuyo era, le dixo a Çelia, alabandole mucho mi hermosura y disposiçion, y diziendole que nueuamente don Felis me auia reçebido. La señora Çelia le dixo: Pues a hombre reçebido de nueuo descubre luego don Felis sus pensamientos, alguna grande occasion deue auer para ello. Dile que entre y sepamos su que quiere. Yo entré luego donde la enemiga de mi bien estaua: y con el acatamiento debido le besé las manos y le puse en ellas la carta de don Felis. La señora Çelia la tomó y puso los ojos en mí, de manera que yo le sentí la alteraçion que mi uista le auia causado: porque ella estuuo tan fuera de sí, que palabra no me dixo por entonçes. Pero despues boluiendo un poco sobre sí, me dixo. ¿Que uentura te ha traydo a esta corte, para que don Felis la tuuiesse tan buena, como es tenerte por criado? Señora (le respondi yo) la uentura que a esta corte me ha traydo, no puede dexar de ser muy mejor de lo que nunca pense, pues ha sido causa que yo uiesse tan gran perfeçion y hermosura, como la que delante mis ojos tengo: y si antes me dolian las ansias, los sospiros y los continuos desassosiegos de don Felis mi señor, agora que he uisto la causa de su mal, se me ha conuertido en embidia la manzilla que dél tenía. Mas si es uerdad, hermosa señora, que mi uenida te es agradable, suplicote por lo que deues al grande amor que él te tiene, que tu respuesta tambien lo sea. No ay cosa (me respondio Çelia) que yo dexe de hazer por ti, aunque estaua determinada de no querer bien a quien ha dexado otra por mí. Que grandissima discreçion es saber la persona aprouecharse de casos agenos, para poderse ualer en los suyos. Y entonçes le respondi: No creas, señora, que auria cosa en la uida porque don Felis te oluidasse. E si ha oluidado a otra dama por causa tuya, no te espantes, que tu hermosura y discreçion es tanta, y la de la otra dama tan poca, que no ay para qué imaginar, que por auerla oluidado a causa tuya te oluidara a ti a causa de otra. ¿Y cómo (dixo Çelia) conosciste tú a Felismena, la dama a quien tu señor en su tierra seruia? Si conosci (dixe yo) aunque no tan bien como fuera neçesario, para escusar tantas desuenturas. Verdad es que era uezina de la casa de mi padre, pero uisto tu gran hermosura, acompañada de tanta gracia y discreçion, no ay porque culpar a don Felis, de auer oluidado los primeros amores. A esto me respondio Çelia ledamente y riendo. Presto has aprendido de tu amor a saber lisongear. A saber te bien seruir (le respondi) querria yo aprender, que adonde tanta causa hay para lo que se dize no puede caber lisonja. La señora Çelia tornó muy de ueras a preguntarme, le dixesse, qué cosa era Felismena. A lo qual yo le respondi. Quanto a su hermosura, algunos ay que la tienen por muy hermosa: mas a mí jamás me lo paresció. Porque la principal parte que para serlo es menester, muchos dias ha que le falta. ¿Que parte es essa? preguntó Çelia. Es el contentamiento (dixe yo) porque nunca adonde él no está puede auer perfecta hermosura. La mayor razon del mundo tienes (dixo ella) mas yo he uisto algunas damas, que les está tambien el estar tristes, y a otras el estar enojadas, que es cosa estraña: y uerdaderamente que el enojo, y la tristeza las haze más hermosas de lo que son. Y entonçes le respondi. Desdichada de hermosura, que ha de tener por maestro el enojo, o la tristeza; a mí poco se me entiende de estas cosas, pero la dama que ha menester industrias, mouimientos, o passiones para parecer bien, ni

la tengo por hermosa, ni hay para qué contarla entre las que lo son. Muy gran razon tienes (dixo la señora Çelia) y no aurá cosa, en que no la tengas, segun eres discreto. Caro me cuesta (respondi yo) tenelle en tantas cosas. Suplicote, señora, respondas la carta, porque tambien la tenga don Felis mi señor de reçebir este contentamiento por mi mano. Soy contenta (me dixo Çelia) mas primero me has de dezir, cómo está Felismena en esto de la discreçion, ¿es muy auisada? Yo entonçes respondi. Nunca muger ha sido más auisada que ella, porque ha muchos dias que grandes desuenturas le auisan [1], mas nunca ella se auisa, que si ansi como ha sido auisada ella se auisasse, no auria uenido a ser tan contraria a sí misma. Hablas tan discretamente en todas las cosas (dixo Çelia) que ninguna haria de mejor gana, que estarte oyendo siempre. Mas antes (le respondi yo) no deuen ser, señora, mis razones, maniar para tan subtil entendimiento como el tuyo: y esto solo creo que es lo que no entiendo mal. No aurá cosa (respondio Çelia) que dexes de entender más, porque no gastes tan mal el tiempo en alabarme, como tu amo en seruirme, quiero leer la carta, y dezirte lo que as de dezir: y descogiendola, començo a leerla entre sí, estando yo muy atenta en quanto la leya, a los mouimientos que hazia con el rostro (que las más uezes dan a entender lo que el coraçon siente). Y auiendola acauado de leer, me dixo: Dí a tu señor: que quien tambien sabe dezir lo que siente, que no deue sentillo tan bien como lo dize. E llegandose a mí, me dixo (la boz algo más baxa): y esto por amor de ti, Valerio, que no porque yo lo deua a lo que quiero a don Felis, porque ueas que eres tú el que le fauoresces. Y aun de ahi nascio todo mi mal, dixe yo entre mí. Y besandole las manos, por la merçed que me hazia, me fuy a don Felis con la respuesta, que no pequeña alegria reçibió con ella. Cosa que a mí era otra muerte, y muchas vezes dezia yo entre mí (quando a casa lleuaua, o traya algun recaudo), ¡o desdichada de ti, Felismena, que con tus proprias armas te uengas a sacar el alma! ¡Y que uengas a grangear fauores, para quien tan poco caso hizo de los tuyos! Y assi passaua la uida, con tan graue tormento que si con la uista del mi don Felis no se remediara, no pudiera dexar de perdella. Más de dos meses me encubrio Çelia lo que me queria, aunque no de manera que no uiniesse a entendello, de que no reçebi poco aliuio para el mal que tan importunamente me seguia, por parescerme que seria bastante causa para que don Felis no fuesse querido, y que podria ser le acaesciesse como a muchos, que fuerça

[1] M., *la auisan*.

de disfauores los derriba de su pensamiento.
Mas no le acaescio assi, a don Felis, porque
quanto más entendia que su dama le oluidaua,
tanto mayores ansias le sacauan el alma. Y assi
biuia la más triste vida que nadie podria imaginar: de la qual no me lleuaua yo la menor
parte. Y para remedio desto, sacaua la triste
de Felismena, a fuerça de braços, los fauores de
la señora Çelia poniendolos ella todas las uezes
que por mí se los embiaua, a mi cuenta. E si
caso por otro criado suyo le embiaua algun recaudo, era tan mal reçebido, que ya estaua sobre
el auiso de no embiar otro allá, sino a mí: por
tener entendido lo mal que le succedia, siendo
de otra manera: y a mí Dios sabe si me cos-
taba lagrimas, porque fueron tantas las que yo
delante de Çelia derramé, suplicandole no tratasse mal a quien tanto le queria, que bastara
esto para que don Felis me tuuiera la maior
obligaçion, que nunca hombre tuuo a muger.
A Çelia le llegauan al alma mis lagrimas, assi
porque yo las derramaua, como por parescelle
que si yo la quisiera lo que a su amor deuia, no
sollicitara con tanta diligençia fauores para
otro: y assi lo dezia ella muchas ueces con una
ansia, que parescia que el alma se le queria
despedir. Yo biuia en la mayor confusion del
mundo porque tenía entendido que sino mostraua quererla como a mí me ponia a riesgo que
Çelia boluiesse a los amores de don Felis; y
que boluiendo a ellos, los mios no podrian auer
buen fin: y si tambien fingia estar perdida por
ella, sería causa que ella desfauoresciesse al mi
don Felis, de manera que a fuerça de disfauores perdiesse el contentamiento, y tras el la
uida. Y por estoruar la menor cosa destas, diera
yo cien mil de las mias, si tantas tuuiera. Deste
modo se passaron muchos dias, que le seruia de
tercera, a grandissima costa de mi contentamiento, al cabo de los quales los amores de los
dos yuan de mal en peor, porque era tanto lo
que Çelia me queria, que la gran fuerça de amor
la hizo que perdiesse algo de aquello que deuia
a sí misma. Y un dia despues de auer lleuado
y traydo muchos recaudos, y de auerle yo fingido algunos, por no uer triste a quien tanto
queria, estando supplicando a la señora Çelia
con todo el acatamiento possible, que se doliesse-
se de tan triste uida, como don Felis a causa
suya passaua, y que mirasse que en fauorescelle, yua contra lo que a si misma deuia, lo
qual yo hazia por uerle tal que no se esperaua
otra cosa sino la muerte, del gran mal que su
pensamiento le hazia sentir. Ella con lagrimas
en los ojos, y con muchos sospiros me respondio: Desdichada de mí, o Valerio, que en fin
acabo de entender quan engañada biuo contigo.
No creya yo hasta agora, que me podias fauores para tu señor, sino por gozar de mi uista

el tiempo que gastauas en pedirmelos. Mas ya
conozco, que los pides de ueras, y que pues gus-
tas de que yo agora le trate bien, sin duda no
deues quererme. O quán mal me pagas, lo que
yo te quiero, y lo que por ti dexo de querer.
Plega a Dios, que el tiempo me uengue de ti,
pues el amor no ha sido parte para ello. Que
no puedo yo creer que la fortuna me sea tan
contraria, que no te dé el pago de no auella
conoçido. E dí a tu señor don Felis, que si biua
me quiere uer, que no me uea, y tú, traydor
enemigo de mi descanso, no parezcas más delante destos cansados ojos: pues sus lagrimas
no han sido parte para darte a entender lo
mucho que me deues. Y con esto se me quitó
delante con tantas lagrimas, que las mias no
fueron parte para detenella: porque con grandissima priessa se metio en un aposento, y cerrando tras si la puerta, ni bastó llamar, suplicandole con mis amorosas palabras, que me
abriesse, y tomasse de mí la satisfaçion que
fuesse seruida, ni dezille otras muchas cosas,
en que se mostraua la poca razon que auia tenido de enojarse, para que quisiesse abrirme.
Mas antes desde allá dentro me dixo (con una
furia estraña): ingrato y desagradecido Valerio,
el más que mis ojos pensaron uer, no me ueas,
no me hables: que no hay satisfaçion para tan
grande desamor, ni quiero otro remedio para el
mal que me heziste, sino la muerte, la qual yo
con mis proprias manos tomaré, en satisfaçion
de la que tú mereçes. Y yo uiendo esto, me uine
a casa del mi don Felis, con más tristeza de la
que pude dissimular: y le dixe, que no auia
podido hablar a Çelia, por çierta uisita en que
estaua occupada. Mas otro dia de mañana supi-
mos, y aun se supo en toda la çiudad, que
aquella noche le auia tomado un desmayo con
que auia dado el alma, que no poco espanto
puso en toda la corte. Pues lo que don Felis
sintio su muerte y quanto llegó al alma, no se
puede dezir, ni ay entendimiento humano que
alcançallo pueda: porque las cosas que dezia,
las lastimas, las lleuaua, los ardientes sospiros eran sinumero. Pues de mí no digo nada,
porque de una parte la desastrada muerte de
Çelia me llegaua al alma, y de otra las lachri-
mas de don Felis me traspassauan el coraçon.
Aunque esto no fue nada, segun lo que despues
senti, porque como don Felis supo su muerte,
la misma noche desparesció de casa, sin que
criado suyo ni otra persona supiesse dél. Ya
ueys, hermosas Nimphas, lo que yo sentiria:
pluguiera a Dios que yo fuera la muerta, y no
me sucediera tan gran desdicha, que cansada
deuia estar la fortuna de las de hasta alli. Pues
como no bastasse la diligençia que en saber del
mi don Felis se puso (que no fue pequeña), yo
determiné ponerme en este habito en que me

ueys: en el qual ha mas de dos años, que he andado buscandole por muchas partes, y mi fortuna me ha estoruado hallarle, aunque no le deuo poco, pues me ha traydo a tiempo, que este pequeño seruicio pudiesse hazeros. Y creedme (hermosas Nimphas) que lo tengo (despues de la vida de aquel en quien puse toda mi esperança) por el mayor contento que en ella pudiera reçebir.

Quando las Nimphas acabaron de oyr a la hermosa Felismena, y entendieron que era muger tan principal, y que el amor le auia hecho dexar su habito natural, y tomar el de pastora, quedaron tan espantadas de su firmeza, como del gran poder de aquel tirano, que tan absolutamente se haze seruir de tantas libertades. E no pequeña lastima tuuieron de uer las lagrimas y los ardientes sospiros con que la hermosa donzella solenizaua la historia de sus amores. Pues Dorida, a quien más auia llegado al alma el mal de Felismena, y más affiçionada le estaua que a persona a quien toda su uida uuiesse conuersado, tomó la mano de respondelle, y començó a hablar desta manera: ¿Qué haremos, hermosa señora, a los golpes de la fortuna qué casa fuerte aurá adonde la persona pueda estar segura de las mudanças del tiempo? ¿Qué arnes ay tan fuerte, y de tan fino açero, que pueda a nadie defender de las fuerças deste tirano, que tan injustamente llaman amor? ¿Y qué coraçon ay, aunque más duro sea que marmol, que un pensamiento enamorado no le ablande? No es por çierto essa hermosura, no es esse ualor, no es essa discreçion, para que merezca ser oluidada de quien una uez pueda uerla: pero estamos a tiempo (¹), que merescer la cosa es principal parte para no alcançalla. Y es el crudo amor de condiçion tan estraña, que reparte sus contentamientos sin orden ni conçierto alguno: y alli da mayores cosas donde en menos son estimadas: medecina podria ser para tantos males, como son los de que este tirano es causa, la discreçion y ualor de la persona que los padesce. Pero ¿a quién la dexa tan libre, que le pueda aprouechar para remedio? ¿o quién podra tanto consigo en semejante passion, que en causas agenas sepa dar consejo, quanto más tomalle en las suyas proprias? Mas con todo eso, hermosa señora, te suplico pongas delante los ojos quién eres, que si las personas de tanta suerte y valor como tú no bastaren a suffrir sus aduersidades, ¿cómo las podrian suffrir las que no lo son? Y demas desto, de parte destas Nimphas, y de la mia, te suplico en nuestra compañia, te uayas, en casa de la gran sabia Feliçia, que no es tan lexos de aquí, que mañana a estas horas no estemos alli (²). Adonde tengo por auerigua-

do, que hallarás grandissimo remedio para estas angustias como lo han hallado muchas personas, que no lo merescian. De mas su sciencia, a la qual persona humana en nuestros tiempos no se halla que pueda ygualar su condiçion, y su bondad no menos la engrandesce, y haze que todas las del mundo, desseen su compañia. Felismena respondio: No sé (hermosas Nimphas) quién a tan graue mal puede dar remedio, si no fuesse el proprio que lo causa. Mas con todo esso no dexare de hazer uuestro mandado, que pues uuestra compañia es para mi pena tan gran aliuio, injusta cosa sería desechar el consuelo en tiempo que tanto lo he menester. No me espanto yo, dixo Çinthia, sino cómo don Felis, en el tiempo que le seruias, no te conoció en esse hermoso rostro, y en la gracia, y el mirar de tan hermosos ojos. Felismena entonces respondio: tan apartada tenia la memoria de lo que en mí auia uisto, y tan puesto en lo que ueya en su señora Çelia, que no auia lugar para esse conocimiento. Y estando en esto, oyeron cantar los pastores que en compañia de la discreta Seluagia yuan por una cuesta abaxo los mas antiguos cantares que cada uno sabia, o que su mal le inspiraua, y cada qual buscaua el uillancico que más hazia a su proposito, y el primero que començo a cantar fue Syluano, el qual cantó lo siguiente:

Desdeñado soy de amor,
guardeos Dios de tal dolor.
   Soy del amor desdeñado
de fortuna perseguido;
ni temo uerme perdido,
ni aun espero ser ganado:
un cuydado a otro cuydado
me añade siempre el amor,
guardeos Dios de tal dolor.
   En quexas me entretenia,
ued qué triste passatiempo:
ymaginaua que un tiempo,
tras otros tiempos uenia:
mas la desuentura mia
mudóle en otro peor,
guardeos Dios de tal dolor.

Seluagia que no tenia menos amor, o menos presumpçion de tenelle al su Alanio, que Syluano a la hermosa Diana, tan poco se tenia por menos agrauiada, por la mudança que en sus amores auia hecho, que Syluano en auer tanto perseuerado en su daño; mudando el primero verso, a este uillançico pastoril, antiguo, lo començó a çantar aplicandolo a su proposito desta manera:

Di, ¿quién te ha hecho pastora
sin gasajo y sin plazer,
que tú alegre solias ser?

Memoria del bien passado
en medio del mal presente,
ay del alma que lo siente,
si está mucho en tal estado:
despues que el tiempo ha mudado
a vn pastor por me ofender,
jamás he visto el plazer.

A Sireno bastara la cançion de Seluagia, para dar a entender su mal, si ella y Syluano, se lo consintieran: mas persuadiendole que él tambien eligiesse alguno de los cantares que más a su proposito huuiese oydo, començo a cantar lo siguiente:

Oluidastesme señora,
mucho mas os quiero agora.
　Sin ventura yo oluidado
me veo, no sé por qué,
ved a quien distes la fe,
y de quien la aueys quitado,
El no os ama, siendo amado,
yo desamado, señora,
mucho más os quiero agora.
　Paresceme que estoy uiendo
los ojos en que me ui,
y uos por no uerme assi,
el rostro estays escondiendo,
y que yo os estoy diziendo:
alça los ojos, señora,
que muy mas os quiero agora.

Las Nimphas estuuieron muy atentas a las canciones de los pastores, y con gran contentamiento de oyllos: mas a la hermosa pastora no le dexaron los sospiros estar oçiosa en quanto los pastores cantauan. Llegado que fueron a la fuente, y hecho su deuido acatamiento, pusieron sobre la yerua la mesa, y lo que del aldea auian traydo, y se assentaron luego a comer, aquellos a quien sus pensamientos les dauan lugar, y los que no, importunados de los que más libres se sentian, lo uuieron de hazer. E despues de auer comido, Polidora dixo ansi: Desamados pastores (si es licito llamaros el nombre que a uuestro pesar la fortuna os ha puesto) el remedio de uuestro mal está en manos de la discreta Feliçia, a la qual dio naturaleza lo que a nosotras ha negado. E pues ueys lo que os importa yr a uisitarla, pidoos de parte destas Nimphas, a quien este dia tanto seruiçio aueys hecho, que no rehuseys nuestra compañia, pues no de otra manera podeis reçebir el premio de uuestro trabajo: que lo mismo hará esta pastora, la qual no menos que uosotros lo ha menester. E tú, Sireno, que de un tiempo tan dichoso, a otro tan desdichado te ha traydo la fortuna, no te desconsueles: que si tu dama tuuiese tan çerca el remedio de la mala uida que tiene, como tú de lo que ella

te haze passar, no seria pequeño aliuio para los desgustos y desabrimientos que yo sé que passan cada dia. Sireno respondió: Hermosa Polidora, ninguna cosa da la hora de agora mayor descontento, que auerse Diana uengado de mí, tan a costa suya, porque amar ella a quien no le tiene en lo que meresce, y estar por fuerça en su compañia, ueys lo que le deue costar; y buscar yo remedio a mi mal, hazerlo ía, si el tiempo, o la fortuna, me lo permetiessen, mas ueo que todos los caminos son tomados y no sé por donde tú y estas Nimphas pensays lleuarme a buscarle (¹). Pero sea como fuere nosotros os seguiremos, y creo que Syluano y Seluagia harán lo mismo, si no son de tan mal conoscimiento, que no entiendan la merçed que a ellos y a mí se nos haze. Y remitiendose los pastores a lo que Sireno auia respondido, y encomendando sus ganados a otros, que no muy lexos estauan de alli, hasta la buelta, se fueron todos juntos por donde las tres Nimphas los guyauan.

Fin del segundo libro.

LIBRO TERÇERO
DE LA DIANA DE GEORGE DE MONTEMAYOR

Con muy gran contentamiento caminauan las hermosas Nimphas con su compañia por medio de un espesso bosque, y ya que el sol se queria poner, salieron a un muy hermoso ualle, por medio del qual yua un impetuoso arroyo, de una parte y otra adornado de muy espessos salces y alisos, entre los quales auia otros muchos generos de arboles más pequeños, que enredandose a los mayores, entretexendose las doradas flores de los unos por entre las uerdes ramas de los otros, dauan con su uista gran contentamiento. Las Nimphas y pastores tomaron una senda que por entre el arroyo y la hermosa arboleda se hazia, y no anduuieron mucho espacio, quando llegaron a un uerde prado muy espacioso, a donde estaua un muy hermoso estanque de agua: del qual proçedia el arroyo que por el ualle con gran (²) impetu corria. En medio del estanque estaua una pequeña isleta adonde auia algunos arboles por entre los quales se deuisaua una choça de pastores: alrededor della andaua un rebaño de ouejas, pasciendo la uerde yerua. Pues como a las Nimphas paresciesse aquel lugar aparejado para passar la noche que ya muy cerca venía, por unas piedras

(¹) M., *buscalle.*
(²) M., *grande.*

que del prado a la isleta estauan por medio del estanque puestas en orden, passaron todas, y se fueron derechas a la choça, que en la isleta parescia. Y como Polidora, entrando primero dentro, se adelantasse un poco, aun no huuo entrado, quando con gran priessa boluio a salir, y boluiendo el rostro a su compañia, puso un dedo ençima de su hermosa boca, haziendoles señas que entrassen sin ruido. Como aquello uiessen las Nimphas y los pastores, con el menes rumor que pudieron entraron en la choça: y mirando a una parte y a otra, uieron a un rincon un lecho, no de otra cosa sino de los ramos de aquellos salces, que en torno de la choça estauan, y de la uerde yerua, que junto al estanque se criaua. Ençima de la qual uieron una pastora durmiendo, cuya hermosura no menos admiraçion les puso, que si la hermosa Diana uieran delante de sus ojos. Tenía una saya azul clara, un jubon de una tela tan delicada, que mostraua la perfeçion y compas del blanco pecho, porque el sayuelo que del mesmo color de la saya era, le tenía suelto, de manera que aquel graçioso buelto se podia bien diuisar. Tenía los cabellos, que más ruuios que el sol parescian sueltos y sin orden alguna. Mas nunca orden tanto adornó hermosura, como la desorden que ellos tenian, y con el descuydo del sueño, el blanco pie descalço, fuera de la saya se le parescia, mas no tanto que a los ojos de los que lo mirauan paresciesse deshonesto. Y segun parescia por muchas lagrimas, que aun durmiendo por sus hermosas mexillas derramaua, no le denia el sueño impedir sus tristes imaginaciones. Las Nimphas y pastores estauan tan admirados de su hermosura y de la tristeza que en ella conoscian, que no sabian qué se dezir, si no derramar lagrimas de piedad de las que á la hermosa pastora ueyan derramar. La qual estando ellos mirando, se boluio hazia un lado, diziendo con un sospiro que del alma la salia: ¡ay desdichada de ti, Belisa, que no está tu mal en otra cosa, sino en ualer tan poco tu uida, que con ella no puedes pagar las que por causa tuya son perdidas! Y luego con tan grande sobresalto despertó, que paresció tener el fin de sus dias presente, mas como uiesse las tres Nimphas, y las hermosas dos pastoras, juntamente con los dos pastores, quedó tan espantada, que estuuo un rato sin bolver en sí, boluiendo a mirallos, sin dexar de derramar muchas lagrimas, ni poner silençio a los ardientes sospiros que del lastimado coraçon embiaua, començo a hablar desta manera. Muy gran consuelo sería para tan desconsolado coraçon como este mio, estar segura de que nadie con palabras, ni con obras pretendiesse darmele, porque la gran razon, ¡o hermosas Nimphas! que tengo de biuir tan embuelta en tristezas,

como biuo, ha puesto enemistad entre mí y el consuelo de mi mal. De manera que si pensasse en algun tiempo tenelle, yo misma me daria la muerte. Y no os espanteys preuenirme yo deste remedio, pues no ay otro para que me dexe de agrauiar del sobresalto que reçebi en ueros en esta choça (lugar aparejado no para otra cosa, sino para llorar males sin remedio), y esto sea auiso, para que qualquiera que uaya a su tormento le espere, se salga dél: porque infortunios de amor le tienen cerrado, de manera que jamás dexan entrar aqui alguna esperança de consuelo.

Mas ¿qué uentura ha guiado tan hermosa compañia do jamás se uio cosa que diese contento? ¿Quién pensays que haze creçer la uerde yerua desta isla, y acresçentar las aguas que la çercan, si no mis lagrimas? ¿Quién pensays que menea los arboles deste hermoso ualle, sino la boz de mis sospiros tristes, que inchando el ayre, hazen aquello que él por sí no haria? ¿Porqué pensays que cantan los dulçes paxaros por entre las matas, quando el dorado Phebo está en toda su fuerça, sino para ayudar a llorar mis desuenturas? ¿A qué pensays que las temerosas fieras salen al uerde prado, sino a oyr mis continuas quexas? ¡Ay hermosas Nimphas! no quiera Dios que os aya traydo a este lugar uuestra fortuna para lo que yo uine a él, porque çierto paresce (segun lo que en él passó), no auelle hecho naturaleza para otra cosa, sino para que en él passen su triste uida los incurables de amor. Por esso si alguna de uosotras lo es, no passe más adelante: y vayase presto de aqui: que no seria mucho que la naturaleza del lugar le hiciesse fuerça. Con tantas lagrimas dezia esto la hermosa pastora, que no auia ninguno de los que alli estauan, que las suyas detener pudiesse. Todos estauan espantados de uer el spiritu que con el rostro y mouimientos daua a lo que dezia, que çierto bien parecian sus palabras salidas del alma: y no se suffria menos que esto, porque el triste successo de sus amores, quitaua la sospecha de ser fingido lo que mostraua. Y la hermosa Dorida le habló desta manera: Hermosa pastora, ¿qué causa ha sido la que tu gran hermosura ha puesto en tal estremo? ¿Qué mal tan estraño te pudo hazer amor, que aya sido parte para tantas lagrimas acompañadas de tan triste y tan sola uida, como en este lugar deues hazer? Mas ¿qué pregunto yo? Pues en uerte quexosa de amor. me dizes más de lo que yo preguntarte puedo. Quesiste assegurar quando aqui entramos, de que nadie te consolasse: no te pongo culpa, officio es de personas tristes, no solamente aborrecer al consuelo, mas aun a quien piensa que por alguna uia pueda darsele. Dezir que yo podria darle a tu mal, ¿que aprouecha si él mismo no

te da liçençia que me creas? Dezir que te apro-
ueches de tu juyzio y discreçion bien sé que no
le tienes tan libre, que puedas hazello. Pues
¿qué podria yo hazer para darte algun aliuio,
si tu determinaçion me ha de salir al encuentro? De una cosa puedes estar çertificada, y es
que no auria remedio en la uida, para que la
tuya no fuesse tan triste, que yo dexase de
dartele, si en mi mano fuesse. Y si esta uoluntad alguna cosa meresçe, yo te pido de parte de
los que presentes están, y de la mia, la causa
de tu mal nos cuentes, porque algunos de los
que en mi compañia uienen, estan con tan gran
neçessidad de remedio, y os tiene amor en tanto
estrecho, que si la fortuna no los socorre, no sé
que sera de sus uidas. La pastora que de esta
manera uio hablar a Dorida, saliendose de la
choça, y tomandola por la mano la lleuó cerca
de una fuente que en un uerde pradezillo estaua, no muy apartado de alli, y las Nimphas y
los pastores se fueron tras ellas, y juntos se
assentaron en torno a la fuente, auiendo el
dorado Phebo dado fin a su xornada, y la nocturna Diana principio a la suya, con tanta claridad como si el medio día fuera. Y estando de
la manera que aueys oydo, la hermosa pastora
le començó a dezir lo que oyreys.

Al tienpo (o hermosas Ninphas de la casta
Diosa) que yo estaua libre de amor, oy dezir
vna cosa que despues me desengañó la experiencia (hallandola muy al reues de lo que me
certificauan). Dezian me que no auia mal que
dezillo no fuesse algun aliuio para el que lo
padezia, y hallo que no ay cosa que más mi
desuentura acresçiente, que pasalla por la memoria y contalla a quien libre della se vee. Porque si yo otra cosa entendiese, no me atreueria
a contaros la historia de mis males. Pero pues
que es verdad, que contarosla no será causa
alguna de consuelo á mi desconsuelo que son
las dos cosas, que de mí son mas aborresçidas,
estad atentas, y oyreys el mas desastrado caso
que jamas en amor ha succedido. No muy lexos
deste valle, hazia la parte donde el sol se pone,
está vna aldea en medio de vna floresta, cerca
de dos rios que con sus aguas riegan los arboles amenos cuya espressura es tanta que desde
vna casa a la otra no se paresce. Cada vna dellas
tiene su termino redondo, adonde los jardines
en verano se visten de olorosas flores, de mas
de la abundancia de la ortaliza, que alli la naturaleza produze, ayudada de la industria de los
que en la gran España llaman Libres, por el
antiguedad de sus casas y linages. En este
lugar nasció la desdichada Belisa (que este
nonbre saqué de la pila, adonde pluguiera a Dios
dexara ei anima). Aqui pues biuia vn pastor de
los principales en hazienda y linage, que en
toda esta prouincia se hallaua, cuyo nombre era

Arsenio, el qual fue casado con una zagala la
más hermosa de su tiempo: mas la presurosa
muerte (o porque los hados lo permitieron o
por euitar otros males que su hermosura pudiera causar) le cortó el hilo de la uida, pocos
años despues de casada. Fue tanto lo que Arsenio sintió la muerte de su amada Florida que
estuuo muy cerca de perder la uida: pero con-
solauase con un hijo que le quedara llamado
Arsileo, cuya hermosura fue tanta que conpetia
con la de Florida su madre. Y con todo, este
Arsenio biuia la más sola y triste uida que nadie podria imaginar. Pues uiendo su hijo ya en
edad conuenible para ponelle en algun exerçiçio
uirtuoso, teniendo entendido que la ociosidad
en los moços es maestra de uicios, y enemiga
de virtud determinó embialle a la academia
Salmantina con intençion que se exerçitasse
en aprender lo que a los hombres sube a mayor
grado que de hombres, y asi lo puso por obra.
Pues siendo ya quinze años pasados que su
muger era muerta, saliendo yo un dia con otras
uezinas a un mercado, que en nuestro lugar se
hazia, el desdichado de Arsenio me uio, por su
mal, y aun por el mio, y de su desdichado hijo.
Esta uista causó en él tan grande amor, como
de alli adelante se paresçió. Y esto me dió él a
entender muchas uezes, porque ahora en el
campo yendo a lleuar de comer a los pastores,
aora yendo con mis paños al rio, aora por agua
a la fuente, se hazia encontradizo conmigo. Yo
que de amores aquel tiempo sabia poco, aunque
por oydas alcançasse alguna cosa de sus desuariados effectos, unas uezes hazia que no lo entendia, otras uezes lo echaua en burlas, otras
me enojaua de uello tan importuno. Mas ni
mis palabras bastauan a defenderme dél, ni el
grande amor que él tenía le daua lugar a dexar
de seguirme. Y desta manera se passaron más
de quatro años, que ni él dexaua su porfia, ni yo
podia acabar conmigo de dalle el mas pequeño
fauor de la uida. A este tiempo uino el desdichado de su hijo Arsileo del estudio, el qual
entre otras ciencias que auia estudiado, auia
florescido de tal manera en la poesia y en la
musica, que a todos los de su tiempo hazia uentaja.

Su padre se alegró tanto con él que no ay
quien lo pueda encarecer (y con gran razon)
porque Arsileo era tal, que no solo de su padre
que como a hijo deuia amalle, mas de todos los
del mundo merescia ser amado. Y assi en nuestro lugar era tan querido de los principales dél
y del comun, que no se trataua entre ellos sino
de la discrecion, gracia, gentileza, y otras buenas partes de que su mocedad era adornada.
Arsenio se encubria de su hijo, de manera que
por ninguna uia pudiesse entender sus amores,
y aunque Arsileo algun dia le uiese triste,

nunca echó de uer la causa, mas antes pensaua que eran reliquias que de la muerte de su madre le auian quedado. Pues desseando Arsenio (como su hijo fuese tan excelente Poeta) de aver de su mano vna carta para embiarme, y por hazer lo de manera que él no sintiese para quien era, tomó por remedio descubrirse a un grande amigo suyo natural de nuestro pueblo, llamado Argasto, rogandole muy encaresçidamente como cosa que para si auia menester, pidiese a su hijo Arsileo una carta hecha de su mano, y que le dixese que era para embiar lexos de alli a una pastora a quien seruia, y no le quería aceptar por suyo. Y asi le dixo otras cosas que en la carta auia de dezir de las que más hazian a su proposito. Argasto puso tan buena diligencia en lo que le rogó, que huuo de Arsileo la carta, importunado de sus ruegos, de la misma manera que el otro pastor se la pidió. Pues como Arsenio le uiese muy al proposito de lo que él desseaua, tuuo manera cómo uiniese a mis manos, y por ciertos medios que de su parte huuo, yo la recebi (aunque contra mi uoluntad) y vi que dezia desta manera.

CARTA DE ARSENIO

Pastora, cuya uentura
Dios quiera que sea tal,
que no uenga a emplear mal
tanta gracia y hermosura,
y cuyos mansos corderos,
y ovejuelas almagradas
veas crecer a manadas
por cima destos oteros.

Oye a un pastor desdichado,
tan enemigo de si,
quanto en perderse por ti,
se halla bien empleado;
buelue tus sordos oydos,
ablanda tu condiçion,
y pon ya esse coraçon
en manos de los sentidos.

Buelue esos crueles ojos
a este pastor desdichado,
descuydate del ganado,
piensa un poco en mis enojos,
haz ora algun mouimiento,
y dexa el pensar en ál,
no de remediar mi mal,
mas de uer como lo siento.

¡Quantas uezes has uenido,
al campo con tu ganado,
y quantas uezes al prado,
los corderos has traydo!
Que no te diga el dolor,
que por ti me buelue loco,
mas ualeme esto tan poco,
que encubrillo es lo mejor.

¿Con qué palabras dire,
lo que por tu causa siento,
o con qué conosçimiento
se conosçera mi fe?
¿qué sentido bastará,
aunque yo mejor lo diga,
para sentir la fatiga
que a tu causa amor me da?

¿Porqué te escondes de mi,
pues conosces claramente,
que estoy quando estoy presente,
muy más absente de ti?
quanto a mi por suspenderme,
estando adonde tú estes,
quanto a ti porque me uees,
y estás muy lexos de uerme.

Sabesme tan bien mostrar
quando engañarme pretendes,
al reues de lo que entiendes,
que al fin me dexo engañar:
mira sy hay que querer más,
o ay de amor más fundamento,
que biuir mi entendimiento
con lo que a entender le das.

Mira este estremo en que estoy,
uiendo mi bien tan dudoso,
que uengo a ser embidioso
de cosas menos que yo:
al aue que lleua el uiento,
al pesce en la tempestad,
por sola su libertad
dare yo mi entendimiento.

Veo mil tiempos mudados,
cada dia hay nouedades,
mudanse las voluntades,
rebiuen los oluidados,
en toda cosa hay mudança,
y en ti no la vi jamás,
y en esto solo uerás
quan en balde es mi esperança.

Passauas el otro dia
por el monte repastando,
sospiré imaginando,
que en ello no te offendia:
al sospiro, alçó un cordero
la cabeça, lastimado:
y arrojastele el cayado,
ved qué coraçon de azero.

¿No podrias, te pregunto,
tras mil años de matarme,
solo un dia remediarme,
o si es mucho, un solo punto?
hazlo por uer como prueuo,
o por uer si con fauores
trato mejor los amores,
despues matame de nueuo.

Desseo mudar estado,
no de amor a desamor,
mas de dolor a dolor,

y todo en un mismo grado:
y aunque fuesse de una suerte
el mal, quanto a la substançia,
que en sola la circunstançia
fuesse más, o menos fuerte.

Que podria ser señora,
que vna circunstançia nueua
te diesse de amor más prueua,
que te he dado hasta agora,
y a quien no le duele vn mal,
ni ablanda un firme querer,
podria quiça doler
otro que no fuesse tal.

Vas al rio, uas al prado,
y otras uezes a la fuente,
yo pienso muy diligente,
si es ya yda, o si ha tornado,
si se enojará si voy,
si se burlará si quedo,
como me lo estorba el miedo,
ved el estremo en que estoy.

A Siluia tu gran amiga
vó a buscar medio mortal,
por si a dicha de mi mal,
le has dicho algo, me lo diga:
mas como no habla en ti,
digo que esta cruda fiera,
no dize a su compañera,
ninguna cosa de mí.

Otras uezes açechando
de noche te ueo estar,
con gracia muy singular
mil cantarçillos cantando:
pero buscas los peores,
pues los oyo uno a uno,
y jamás te oyo ninguno
que trate cosa de amores.

Vite estar el otro dia
hablando con Madalena,
contaute ella su pena,
oxala fuera la mia:
pense que de su dolor,
consolaras a la triste,
y riendo le respondiste:
es burla, no hay mal de amor,

Tú la dexaste llorando,
yo llegueme luego alli,
quexoseme ella de ti:
respondile sospirando:
no te espantes desta fiera,
porque no está su plazer
en solo ella no querer,
sino en que ninguna quiera.

Otras uezes te ueo yo
hablar con otras zagalas,
todo es en fiestas y galas,
en quien bien o mal bayló,
fulano tiene buen ayre,
fulano es çapateador,

si te tocan en amor
echaslo luego en donayre.

Pues guarte, y biue contento,
que de amor y de uentura
no hay cosa menos segura,
que el coraçon más exempto:
y podria ser ansi
que el crudo amor te entregasse,
a pastor que te tratasse
como me tratas a mí.

Mas no quiera Dios que sea,
si ha de ser a costa tuya,
y mi uida se destruya
primero que en tal te uea:
que un coraçon que en mi pecho
está ardiendo en fuego estraño,
más temor tiene a tu daño,
que respecto a tu prouecho.

Con grandissimas muestras de tristeza, y de coraçon muy de ueras lastimado, relataua la pastora a Belisa la carta de Arsenio, ó por mejor dezir, de Arsileo su hijo: parando en muchos uersos y diziendo algunos dellos dos uezes: y a otros boluiendo los ojos al çielo, con una ansia que paresçia que el coraçon se le arrancaua. Y prosiguiendo la historia triste de sus amores, les dezia: Esta carta (o hermosas Nimphas) fue principio de todo el mal del triste que la compuso, y fin de todo el descanso de la desdichada a quien se escriuió. Porque auiendola yo leydo, por çierta diligençia que en mi sospecha me hizo poner, entendi que la carta auia proçedido más del entendimiento del hijo, que de la afficion del padre. Y porque el tiempo se llegaua en que el amor me auia de tomar cuenta de la poca que hasta entonçes de sus effectos auia hecho, o porque en fin hauia de ser, yo me senti un poco más blanda que de antes: y no tan poco que no diese lugar a que amor tomasse possession de mi libertad. Y fue la mayor nouedad que jamás nadie uio en amores lo que este tyrano hizo en mí, pues no tan solamente me hizo amar a Arsileo, mas aun a Arsenio su padre. Verdad es que al padre amaua yo por pagarle en esto el amor que me tenía, y al hijo por entregalle mi libertad, como desde aquella hora se la entregué. De manera que al uno amaua por no ser ingrata, y al otro por no ser más en mi mano. Pues como Arsenio me sintiesse algo más blanda (cosa que él tantos dias auia que desseaua), no huuo cosa en la uida que no la hiziesse por darme contento: porque los presentes eran tantos, las joyas y otras muchas cosas, que a mí pesaua uerme puesta en tanta obligaçion. Con cada cosa que me embiaua, uenia un recaudo tan enamorado, como él lo estaua. Yo le respondia no mostrandole señales de gran amor, ni tan poco me mostraua tan esquiua como solia. Mas el amor de Arsileo cada dia se arraigaua mas en mi coraçon, y de manera me occupaua los sentidos, que no dexaua en mi anima lugar ocioso. Succedió, pues, que una noche del uerano, estando en conuersaçion Arsenio y Arsileo con algunos uezinos suyos debaxo de un fresno muy grande, que en vna plaçuela estaua de frente de mi posada, començo Arsenio a loar mucho el tañer y cantar de su hijo Arsileo, por dar occasion a que los que con él estauan le rogassen que embiasse por una harpa a casa, y que alli tañesse. porque estaua en parte que yo por fuerça auia de gozar de la musica. Y como él lo penso, assi le uino a sucçeder, porque siendo de los presentes importunado, embiaron por la harpa y la musica se començo. Quando yo oí a Arsileo y senti la melodia con que tañia, la soberana graçia con que cantaua, luego estuue al cabo de lo que podia ser: entendiendo que su padre me queria dar musica, y enamorarme con las graçias del hijo. Y dixe entre mí: ¡Ay, Arsenio, que no menos te engañas en mandar a tu hijo que cante, para que yo le oyga, que embiarme carta escrita de su mano! A lo menos si lo que dello te ha de succeder, tú supiesses, bien podrias amonestar de oy más a todos los enamorados, que ninguno fuesse osado de enamorar a su dama con graçias agenas: porque algunas uezes, suele acontesçer enamorarse más la dama del que tiene la graçia, que del que se aproueucha de ella, no siendo suya. A este tiempo el mi Arsileo, con una graçia nunca oyda, començó a cantar estos uersos:

Soneto.

En este claro sol que resplandesçe
en esta perfeçion (¹) sobre natura,
en esa alma gentil, esa figura
que alegra nuestra edad, y la enrriqueze
b[ay luz que ziega, rostro que enmudeçe,
pequeña piedad, gran hermosura,
palabras blandas, condiçion muy dura,
mirar que alegra y vista que entristeçe.
    Por eso estoy, señora, retirado,
por eso temo ver lo que deseo,
por eso paso el tiempo en contemplarte.
    Estraño caso, efecto no pensado,
que vea el maior bien quando te veo,
y tema el mayor mal si vo a mirarte.

Despues que huuo cantado el soneto que os he dicho, comenzó a cantar esta cançion, con graçia tan estremada, que a todos los que lo oian, tenía suspensos, y a la triste de mí más presa de sus amores que nunca nadie lo estuuo.

Alçé los ojos por veros,
baxelos despues que os vi,
porque no ay passar de alli,
ni otro bien sino quereros.
    ¿Que más gloria que miraros,
si os entiende el que os miró?
Porque nadie os entendió
que canse de contemplaros.
    Y aunque no pueda entenderos,
como yo no os entendi,
estará fuera de sí,
quando no muera por veros.
    Si mi pluma otras loaua
ensayose en lo menor,
pues todas son borrador
de lo que en vos trasladaua.
    Y si antes de quereros,
por otra alguna escreui,
creed que no es porque la ui,
mas porque esperaua ueros.
    Mostrose en vos tan subtil
naturaleza y tan diestra,
que una sola façion vuestra
hará hermosas çien mil.
    La que llega a pareceros
en lo menos que en vos vi,
ni puede pasar de alli
ni el que os mira sin quereros.
    Quien ve qual os hizo Dios,
y uee otra mui hermosa,
parece que vee una cosa,
que en algo quiso ser vos.
    Mas si os vee como ha de veros
y como señora os vi,
no hay comparaçion alli,
ni gloria, sino quereros.

No fue solo esto lo que Arsileo aquella noche al son de su harpa cantó. Asi como Orfeo al tiempo que fue en demanda de su ninfa Euridice, con el suabe canto enterneçia las furias infernales, suspendiendo por gran espacio la pena de los dañados (¹): asi el mal logrado mançebo Arsileo, suspendia, y ablandaua, no solamente los coraçones de los que presentes estauan, mas aun a la desdichada Belisa, que desde una açotea alta de mi posada le estaua con grande atencion (²) oyendo. Y assi agradaua al çielo, estrellas y a la clara luna, que entonçes en su uigor y fuerça estaua, que en qualquiera parte que yo entonçes ponia los ojos, pareçe que me amonestaua que le quisiesse más que a mi uida. Mas no era menester amonestarmelo nadie, porque si yo entonçes de todo el mundo fuera señora me parescia muy poco para ser suya. Y desde alli, propuse de tenelle encubierta esta uolontad lo

(¹) V., *daños.*
(²) V., *atreuimiento.*

menos que yo pudiesse. Toda aquella noche estuue pensando el modo que ternia en descubrille mi mal, de suerte que la uerguença no reçibiesse daño, aunque quando este no hallara, no me estoruara el de la muerte. Y como quando ella ha de uenir, las occasiones tengan tan gran cuydado de quitar los medios que podrian impedilla, el otro dia adelante, con otras donzellas mis uezinas me fue forçado yr a un bosque espesso, en medio del qual auia una clara fuente, adonde las mas de las siestas llcuauamos las uacas, assi porque alli pasciessen, como para que uenida la sabrosa y fresca tarde cogiessemos la leche de aquel dia siguiente, con que las mantecas, natas y quesos se auian de hazer. Pues estando yo y mis compañeras assentadas en torno de la fuente, y nuestras vacas echadas a la sombra de los vmbrosos y siluestres arboles de aquel soto, lamiendo los pequeñuelos bezerrillos, que juntos a ellas estauan tendidos, una de aquellas amigas mias (bien descuydada del amor que entonçes a mí me hazia la guerra) me importunó, so pena de jamás ser hecha cosa de que yo gustasse, que tuuiese por bien de entretener el tiempo cantando vna cançion. Poco me valieron escusas, ni dezilles que los tiempos y ocasiones no eran todos vnos, para que dexasse de hazer lo que con tan grande instançia me rogauan, y al son de vna çampoña, que la vna dellas començó a tañer, yo triste comence a cantar estos versos:

Passaua amor su arco desarmado
los ojos baxos, blando y muy modesto,
dexauame ya atras muy descuydado.
    Quán poco espaçio pude gozar esto;
fortuna de embidiosa dixo luego:
teneos amor, ¿porque passays tan presto?
    Boluió de presto a mi aquel niño çiego,
muy enojado en verse reprendido:
que no ay reprehension, do está su fuego.
    Estaua çiego amor, mas bien me vido:
tan çiego le vea yo, que a nadie vea,
que ansi çegó mi alma y mi sentido.
    Vengada me vea yo de quien dessea
a todos tanto mal que no consiente
vn solo coraçon que libre sea.
    El arco armó el traydor muy breuemente,
no me tiró con xara enerbolada,
que luego puso en él su flecha ardiente.
    Tomome la fortuna desarmada,
que nunca suele amor hazer su hecho,
sino en la más essenta y descuydada.
    Rompió con su saeta un duro pecho,
rompió una libertad jamás subiecta,
quedé tendida, y él muy satisfecho.
    ¡Ay uida libre, sola, y muy quieta!
¡Ay prado visto con tan libres ojos!
¡Mal aya amor, su arco y su saeta!

Seguid amor, seguilde sus antojos,
venid de gran descuido a vn gran cuydado,
passad de un gran descanso, a mil enojos.
    Vereys quál queda un coraçon cuytado:
que no ha mucho que estuuo sin sospecha
de ser de un tal tyrano sojuzgado.
    Ay alma mia en lagrimas desecha,
sabed suffrir, pues que mirar supistes:
mas si fortuna quiso, ¿qué aprouecha?
    Ay tristes ojos, si el llamaros tristes
no offende en cosa alguna el que mirastes,
¿do está mi libertad, do la pusistes?
    Ay prados, bosques, seluas que criastes
tan libre coraçon como era el mio,
¿porqué tan grande (¹) mal no le estoruastes?
    ¡O apresurado arroyo, y claro rio,
adonde beuer suele mi ganado
inuierno, primauera, otoño, estio!
    ¿Porqué me has puesto, di, a tan mal recado,
pues solo en ti ponia mis amores,
y en este ualle ameno y uerde prado?
    Aqui burlaua yo de mil pastores,
que burlarán de mi, quando supieren,
que a esperimentar comienço sus dolores.
    No son males de amor los que me hieren,
que a ser de solo amor, passallos hia,
como otros mil que en fin de amores mueren.
    Fortuna es quien me aflige y me desuia
los medios, los caminos y ocasiones,
para poder mostrar la pena mia.
    ¿Cómo podra, quien causa mis passiones,
si no las sabe dar remedio a ellas?
Mas no ay amor do fáltan sinrazones.
    A quanto mal fortuna, trae aquellas
que haze amar, pues no ay quien no le enfade
ni mar, ni tierra, luna, sol, ni estrellas.
    Sino a quien ama, no ay cosa que agrade,
todo es assi, y assi fuy yo mezquina,
a quien el tiempo estorua y persuade.
    Cessad mis uersos ya, que amor se indigna
en uer quán presto dél me estoy quexando,
y pido ya en mis males mediçina.
    Quexad, mas ha de ser de quando en quando,
aora callad uos, pues ueys que callo,
y quando veys que amor se ua enfadando,
cessad, que no es remedio el enfadallo.

A las Nimphas y pastores parescieron muy bien los versos de la pastora Belisa, la qual con muchas lagrimas dezia, prosiguiendo la historia de sus males: Mas no estaua muy lexos de alli Arsileo quando yo estos uersos cantaua, que auiendo aquel dia salido a caça, y estando en lo más espeso del bosque passando la siesta, paresçe que nos oyó, y como hombre affiçionado a la musica, se fue su passo a passo entre una espesura de arboles, que junto a la fuente

(¹) M., *graue.*

estauan: porque de alli mejor nos pudiesse oyr. Pues auiendo çessado nuestra musica, él se uino a la fuente, cosa de que no poco sobresalto reçebi. Y esto no es de marauillar, porque de la misma manera se sobresalta vn coraçon enamorado, con un subito contentamiento, que con una tristeza no pensada. El se llegó donde estauamos sentadas, y nos saludó con todo el comedimiento possible, y con toda la buena criança que se puede imaginar: que uerdaderamente (hermosas Nimphas) quando me paro a pensar la discreçion, graçia y gentileza del sin uentura Arsileo, no me paresçe que fueron sus hados y mi fortuna causa de que la muerte me lo quitasse tan presto delante los ojos, mas antes fue no meresçer el mundo gozar más tiempo de un moço a quien la naturaleza auia dotado de tantas y tan buenas partes. Despues que como digo, nos uuo saludado, y tuuo liçençia de nosotras, la qual muy comedidamente nos pidio, para passar la siesta en nuestra compañia, puso los ojos en mí (que no deuiera) y quedó tan preso de mis amores como despues se paresçio en las señales con que manifestaua su mal. Desdichada de mí que no uue menester yo de miralle para querelle, que tan presa de sus amores estaua antes que le uiesse como él estuuo despues de auerme uisto. Mas con todo esso, alçé los ojos para miralle, al tiempo que alçaua los suyos para uerme, cosa que cada uno quisiera dexar de auer hecho: yo porque la uerguença me castigó, y él porque el temor no le dexó sin castigo. Y para dissimular su nuevo mal, començó a hablarme en cosas bien diferentes de las que él me quisiera dezir, yo le respondi a algunas dellas, pero más cuidado tenía yo entonçes de mirar, si en los mouimientos del rostro, o en la blandura de las palabras mostraua señales de amor, que en respondelle á lo que me preguntaua. Ansi desseaua yo entonçes uelle sospirar, por me confirmar en mi sospecha: como si no le quisiera más que a mi. Y al fin no desseaua uer en él alguna señal que no la uiesse. Pues lo que con la lengua alli no me pudo dezir, con los ojos me lo dió bien a entender. Estando en esto las dos pastoras que conmigo estauan, se leuantaron a ordeñar sus vacas: yo les rogué que me escusassen el trabajo con las mias: porque no me sentia buena. Y no fue menester rogarselo más, ni a Arsileo mayor occasion para dezirme su mal: y no sé si se engañó, imaginando la occasion, porque yo queria estar sin compañia, pero sé que determinó de aprouecharse de ella. Las pastoras andauan occupadas con sus vacas, atandoles sus mansos bezerrillos a los pies, y dexandose ellas engañar de la industria humana, como Arsileo tanbien nueuamente preso de amor se dexaua ligar de manera que otro que la pressurosa

muerte, no pudiera dalle libertad. Pues uiendo yo claramente, que quatro o cinco uezes auia cometido el hablar, y le auia salido en uano su comedimiento: porque el miedo de enojarme se le auia puesto delante, quise hablarle en otro proposito, aunque no tan lexos del suyo, que no pudiesse sin salir dél, dezirme lo que desseaua. Y assi le dixe: Arsileo, ¿hallaste bien en esta tierra? qué segun en la que hasta agora has estado, aurá sido el entretenimiento y conuersaçion differente del nuestro: estraño te deues hallar en ella. El entonçes me respondió: no tengo tanto poder en mí, ni tiene tanta libertad mi entendimiento, que pueda responder a essa pregunta. Y mudandole el proposito, por mostralle el camino con las occasiones le bolui a dezir: an me dicho, que ay por allá muy hermosas pastoras, y si esto es ansi, quán mal te deuemos parescer las de por acá. De mal conoscimiento seria (respondió Arsileo) si tal confessasse: que puesto caso, que allá las ay tan hermosas como te han dicho, acá las ay tan auentajadas, como yo las he uisto. Lisonja es essa en todo el mundo (dixe yo medio riendo) mas con todo esto, no me pesa que las naturales estén tan adelante en tu opinion, por ser yo una dellas. Arsileo respondió: y aun essa seria harto bastante causa, quando otra no uuiesse, para dezir lo que digo. Assi que de palabra en palabra, me uino a dezir lo que desseaua oylle, aunque por entonçes no quise darselo a entender, mas antes le rogué, que atajasse el paso a su pensamiento. Pero reçelosa que estas palabras no fuesen causa de resfriarse en el amor (como muchas uezes acaesce que el desfauoresçer en los principios de los amores, es atajar los passos a los que comiençan a querer bien) bolui a templar el desabrimiento de mi respuesta, diziendole: Y si fuere tanto el amor (o Arsileo) que no te dé lugar a dexar de quererme, en lo secreto: porque de los hombres de semejante discreçion que la tuya, es tenello aun en las cosas que poco importan. Y no te digo esto, porque de una, ni de otra manera te ha de aprouechar de más que de quedarte yo en obligaçion, si mi consejo en este caso tomares. Esto dezia la lengua, mas otra cosa dezian los ojos con que yo le miraua, y echando algun sospiro que sin mi liçençia daua testimonio de lo que yo sentia, lo qual entendiera muy bien Arsileo, si el amor le diera lugar. Desta manera nos despedimos, y despues me habló muchas uezes, y me escriuio muchas cartas, y vi muchos sonetos de su mano, y aun las más de las noches me dezia cantando, al son de su harpa, lo que yo llorando le escuchaua. Finalmente que venimos cada vno a estar bien çertificados del amor que el vno al otro tenía. A este tiempo, su padre Arsenio me importunaua de manera con sus recaudos y presentes, que yo no sabia el medio que tuuiesse para defenderme dél. Y era la más estraña cosa que se vió jamás: pues ansi como se yua más acrescentando el amor con el hijo, assi con el padre se yua más estendiendo el affiçion, aunque no era todo de vn metal. Y esto no me daua lugar a desfauorescelle, ni a dexar de reçebir sus recaudos. Pues viuiendo yo con todo el contentamiento del mundo, y viendome tan de veras amada de Arsileo, a quien yo tanto queria, paresçe que la fortuna determinó de dar fin a mis amores, con el más desdichado succcesso, que jamás en ellos se ha visto, y fue desta manera: que auiendo yo conçertado de hablar con mi Arsileo vna noche, que bien noche fue ella para mí: pues nunca supe despues acá, qué cosa era dia, conçertamos que él entrase en una huerta de mi padre, y yo desde vna ventana de mi aposento, que caya enfrente de vn moral, donde él se podia subir por estar más çerca, nos hablariamos: ¡ay desdichada de mí, que no acabo de entender a qué proposito le puse en este peligro, pues todos los dias, aora en el campo, aora en el rio, aora en el soto, llevando a él mis vacas, aora al tiempo que las traya a la majada, me pudiera él muy bien hablar, y me hablaua los más de los dias. Mi desuentura fue causa que la fortuna se pagasse del contento, que hasta entonçes me auia dado, con hazerme que toda la uida biuiesse sin él. Pues uenida la hora del conçierto y del fin de sus dias, y principio de mi desconsuelo, vino Arsileo al tiempo, y al lugar conçertado, y estando los dos hablando, en lo que puede considerar quien algun tiempo ha querido bien, el desuenturado de Arsenio su padre, las más de las noches me rondaua la calle (que aun si esto se me acordara, mas quitomelo mi desdicha de la memoria, no le consintiera yo ponerse en tal peligro); pero asi se me oluidó, como si yo no lo supiera. Al fin que él acertó a venir aquella hora por alli, y sin que nosotros pudiessemos velle, ni oylle, nos vió él, y conosçió ser yo la que a la ventana estaua, mas no entendió que era su hijo el que estaua en el moral, ni aun pudo sospechar quien fuesse, que esta fue la causa prinçipal de su mal succcesso. Y fue tan grande su enojo, que sin sentido alguno se fue a su posada, y armando una ballesta, y poniendola vna saeta muy llena de venenosa yerua, se uino al lugar do estauamos, y supo tan bien açertar a su hijo, como sino lo fuera. Porque la saeta le dio en el coraçon, y luego cayó muerto del arbol abaxo, diziendo: ¡Ay Belisa, quán poco lugar me da la fortuna para seruirte, como yo desseaua! Y aun esto no pudo acabar de dezir. El desdichado padre que con estas palabras conosçió ser homiçida de Arsileo su hijo, dixo con una boz como de hombre desesperado: ¡Desdichado de mí, si

eres mi hijo Arsileo que en la boz no paresçes otro! Y como llegasse a él, y con la luna que en el rostro le daua le deuisasse bien y le hallase que auia espirado, dixo: O cruel Belisa, pues que el sin ventura mi hijo, por tu causa, de mis manos ha sido muerto, no es justo que el desuenturado padre quéde con la vida. Y sacando su misma espada, se dio por el coraçon de manera que en vn punto fue muerto. O desdichado caso, o cosa jamás oida ni vista. ¡O escandalo grande para los oydos, que mi desdichada historia oyeren, o desuenturada Belisa, que tal pudieron uer tus ojos, y no tomar el camino que padre y hijo por tu causa tomaron! No paresciera mal tu sangre mixturada con la de aquellos que tanto desseauan seruirte. Pues como yo mezquina ui el desauenturado caso, sin más pensar, como muger sin sentido, me sali de casa de mis padres, y me uine importunando con quexas al alto çielo, y inflamando el ayre con sospiros, a este triste lugar (quexandome de mi fortuna, maldiziendo la muerte que tan en breue me auia enseñado a sufrir sus tiros) adonde ha seys meses que estoy sin auer uisto, ni hablado con persona alguna, ni procurado uerla. Acabando la hermosa Belisa de contar su infelice historia, començo a llorar tan amargamente, que ninguno de los que alli estauan, pudieron dexar de ayudarle con sus lagrimas. Y ella prosiguiendo dezia: Esta es (hermosas Nimphas) la triste historia de mis amores, y del desdichado succcesso dellos, ved si este mal es de los que el tiempo puede curar? ¡Ay Arsileo, quantas vezes temi, sin pensar lo que temia! mas quien a su temor no quiere creer, no se espante, quando vea lo que ha temido, que bien sabia yo que no podiades dexar de encontraros, y que mi alegria no auia de durar más que hasta que su padre Arsenio sintiesse nuestros amores. Pluguiera a Dios que assi fuera que el mayor mal que por esso me pudiera hazer fuera desterrarte: y mal que con el tiempo se cura, con poca difficultad puede suffrirse. ¡Ay Arsenio, que no me estorua la muerte de tu hijo dolerme de la tuya, que el amor que continuo me monstraste, la bondad y limpieza con que me quisiste, las malas noches que a causa mia passaste, no suffre menos si no dolerme de tu desastrado fin: que esta es la hora que yo fuera casada contigo, si tu hijo a esta tierra no uiniera! Dezir yo que entonçes no te queria bien seria engañar el mundo, que en fin no hay muger que entienda que es uerdaderamente amada, que no quiera poco o mucho, aunque de otra manera lo dé a entender: ay lengua mia, callad que más aueys dicho de lo que os an preguntado. ¡O hermosas Nimphas! perdonad si os he sido importuna, que tan grande desuentura como la mia no se puede contar con pocas palabras. En quanto la pastora contaua lo que aueys oydo, Sireno, Syluano, Seluagia, y la hermosa Felismena, y aun las tres Nimphas fueron poca parte para oylla sin lagrimas: aunque las Nimphas, como las que de amor no auian sido tocadas, sintieron como mugeres su mal, mas no las circunstançias dél. Pues la hermosa Dorida uiendo que la desconsolada pastora no cesaua el amargo llanto, la començo a hablar diziendo: Cessen, hermosa Belisa, tus lagrimas, pues uees el poco remedio dellas: mira que dos ojos no bastan a llorar tan graue mal: Mas qué dolor puede auer, que no se acabe, o acabe al mismo que lo padesçe? Y no me tengas por tan loca que piense consolarte, mas a lo menos podria mostrarte el camino por donde pudiesse algun poco aliuiar tu pena. Y para esto te ruego, que uengas en nuestra compañia, ansi porque no es cosa justa que tan mal gastes la uida, porque adonde te lleuaremos podras escoger la que quisieres, y no aurá persona, que estorualla pueda. La pastora respondió: lugar me pareçia este harto conveniente para llorar mi mal y acabar en él la uida: la qual si el tiempo no me haze más agrauios de los hechos, no deue ser muy larga. Mas ya que tu uoluntad es essa, no determino de salir della en solo un punto: y de oy mas podeis (hermosas Nimphas) usar de la mia, segun a las uuestras les paresçiere. Mucho le agradesçieron todos aquelles conçedido de irse en su compañia. Y porque ya eran más de tres horas de la noche aunque la lnna era tan clara, que no echauan memos el dia çenaron de lo que en sus çurrones los pastores trayan, y despues de haber çenado, cada vno escogió el lugar de que más se contentó, passar lo que de la noche les quedaua. La qual los enamorados passaron con más lagrimas que sueño, y los que no eran reposaron del cansançio del dia.

Fin del terçero libro.

LIBRO CUARTO

DE LA DIANA DE GEORGE DE MONTEMAYOR

Ya la estrella del alua començaua a dar su acostumbrado resplandor, y con su luz los dulçes ruyseñores embiauan a las nuues el suaue canto, quando las tres Nimphas con su enamorada compañia, se partieron de la isleta, donde Belisa su triste uida passaua. La qual aunque fuese más consolada en conuersaçion de las pastoras y pastores enamorados, todauia le apremiaba el mal de manera que no hallaua remedio, para dexar de sentillo. Cada pastor le

contaua su mal, las pastoras le dauan cuenta de sus amores, por uer si sería parte para ablandar su pena. Mas todo consuelo es escusado, quando los males son sin remedio. La dama disimulada yua tan contenta de la hermosura y buena graçia de Belisa, que no se hartaua de preguntalle cosas, aunque Belisa se hartaua de responderle a ellas. Y era tanta la conuersaçion de las dos, que casi ponia embidia a los pastores y pastoras. Mas no uuieron andado mucho, quando llegaron a un espesso bosque tan lleno de syluestres y espessos arboles, que a no ser de las tres Nimphas guiadas, no pudieran dexar de perderse en él. Ellas yuan delante por una muy angosta (¹) senda, por donde no podian yr dos personas juntas. Y auiendo ydo quanto media legua por la espessura del bosque, salieron a un muy grande, y espaçioso llano en medio de dos caudalosos rios, ambos çercados de muy alta y uerde arboleda. En medio dél paresçia una gran casa de tan altos y soberuios edifiçios, que ponian gran contentamiento a los que los mirauan, porque los chapiteles que por ençima de los arboles sobrepujauan, dauan de si tan gran resplandor, que pareçian hechos de un finissimo cristal. Antes que al gran palaçio llegassen, uieron salir dél muchas Nimphas de tan gran hermosura, que sería impossible podello dezir. Todas uenian (²) uestidas de telillas blancas delicadas, texidas con plata y oro sotilissimamente, sus guirnaldas de flores sobre los dorados cabellos que sueltos trayan. Detras dellas uenia una dueña, que segun la grauedad y arte de su persona, parescia muger de grandissimo respecto, uestida de raso negro, arrimada a una Nimpha muy más hermosa que todas. Quando nuestras Nhimpas llegaron, fueron de las otras reçebidas, con muchos abraços, y con gran contentamiento. Como la dueña llegasse, las tres Nimphas le besaron con grandissima humildad las manos, y ella las reçibio, mostrando muy gran contento de su uenida. Y antes que las Nimphas le dixessen cosa de las que auian passado, la sábia Feliçia (que asi se llamaua la dueña) dixo contra Felismena: hermosa pastora, lo que por estas tres Nimphas aueys hecho no se puede pagar con menos que con tenerme obligada siempre a ser en vuestro fauor: que no será poco, segun menester lo aueys, y pues yo sin estar informada de nadie, sé quien soys, y adonde os lleuan uuestros pensamientos, contodo lo que hasta agora os ha succedido, ya entendereys si os puedo aprouechar en algo. Pues tened animo firme, que si yo biuo vos uereys lo que desseays, y aunque ayays passado algunos trabajos, no ay cosa que sin ellos alcançar se

(¹) V., *angusta.*
(²) M., *venir.*

pueda. La hermosa Felismena se marauilló de las palabras de Feliçia, y queriendo dalle las graçias que a tan gran promesa se deuian, respondio: Dyscreta señora mía (pues en fin lo aueys de ser de mi remedio) quando de mi parte no haya mereçimiento donde pueda caber la merçed que pensays hazerme, poned los ojos en lo que a vos misma deueys, y yo quedaré sin deuda, y vos muy bien pagada. Para tan grande mereçimiento como el vuestro (dixo Feliçia), y tan extremada hermosura, como naturaleza os ha conçedido, todo lo que por vos se puede hazer es poco. La dama se abaxó entonçes por besalle las manos, y Feliçia la abraçó con grandissimo amor, y boluiendose a los pastores y pastoras, les dixo: animosos pastores y discretas pastoras, no tengays miedo a la perseuerençia de nuestros males, pues yo tengo cuenta con el remedio dellos. Las pastoras y pastores le besaron las manos, y todos juntos se fueron al sumptuoso palaçio, delante del qual estaua una gran plaça çercada de altos açipreses todos puestos muy por orden, y toda la plaça era enlosada con losas de alabastro y marmol negro, a manera de axedrez. En medio della auia una fuente de marmol jaspeado, sobre quatro muy grandes leones de bronçe. En medio de la fuente estaua una columna de jaspe, sobre la qual quatro Nimphas de marmol blanco tenian sus assientos. Los braços tenian alçados en alto, y en las manos sendos vasos hechos a la romana. De los quales por vnas bocas de leones que en ellos auia, echauan agua. La portada del Palaçio era de marmol serrado con todas las basas, y chapiteles de las columnas dorados. Y ansi mismo las vestiduras de las imagenes que en ellos auia. Toda la casa paresçia hecha de reluziente jaspe con muchas almenas, y en ellas esculpidas algunas figuras de Emperadores, y matronas Romanas, y otras antiguallas semejantes. Eran todas las ventanas cada vna de dos arcos, las çerraduras y clavazon de plata, todas las puertas de cedro. La casa era quadrada, y a cada canto auia una muy alta, y artifiçiosa torre. En llegando la aportada, se pararon a mirar su estraña hechura, y las imagenes que en ella auia, que más paresçia obra de naturaleza que de arte, ni aun industria humana, entre las quales auia dos Nimphas de plata, que ençima de los chapiteles de las columnas estauan, y cada una de su parte tenian una tabla de alambre, con unas letras de oro, que dezian desta manera:

Qvien entra, mire bien como ha biuido
y el don de castidad, si le ha guardado,
y la que quiere bien, o le ha querido,
mire si a causa de otro se ha mudado,
y si la fe primera no ha perdido,

y aquel primer amor ha conseruado,
entrar puede en el templo de Diana,
cuya virtud y graçia es sobrehumana.

Qvando esto vuo oydo la hermosa Felismena dixo contra las pastoras Beliza y Selvagia. Bien seguras me paresçe que podemos entrar en este sumptuoso palaçio de yr contra las leyes que aquel letrero nos pone. Sireno se atrauessó, diziendo: esso no pudiera hazer la hermosa Diana segun ha ydo contra ellas, y aun contra todas las que el buen amor manda guardar. Feliçia dixo: no te congoxes, pastor, que antes de muchos dias te espantarás de auerte congoxado tanto por essa causa. Y trauados de las manos, se entraron en el aposento de la sábia Feliçia que muy ricamente estaua adereçado de paños de oro y seda de grandissimo ualor. Y luego que fueron entradas, la çena se aparejó, las mesas fueron puestas, y cada uno por su orden se sentaron junto a la gran sábia pastora. Felismena y las Nimphas tomaron entre si a los pastores y pastoras: cuya conuersaçion les era en extremo agradable. Alli las ricas meesas eran de fino çedro, y los assientos de marfil, con paños de brocado; muchas taças y copas hechas de diuersas formas y todas de grandissimo preçio, las unas de uidrio artifiçiosamente labrado, otras de fino cristal, con los pies y asas de oro: otras de plata, y entre ellas engastadas piedras preçiosas de grandissimo ualor. Fueron seruidos de tanta diuersidad y abundançia de manjares, que es impossible podello dezir. Despues de alçadas las mesas entraron tres Nhimphas por la sala, una de las quales tañia un laud, otra una harpa, y la otra un salterio. Venian todas tocando sus instrumentos, con tan grande conçierto y melodia, que los presentes estauan como fuera de sí. Pusieronse a una parte de la sala, y los pastores y pastoras, importunados de las tres Nimphas, y rogados de la sábia Feliçia, se pusieron a la otra parte con sus rabeles y una çampoña, que Seluagia muy dulçemente tañia, y las Nimphas comenzaron a cantar esta cançion, y los pastores a respondelles de la manera que oyreys.

Nimphas.

Amor y fortuna,
autores de trabajo y sin razones,
más altas que la luna,
pornan las affiçiones,
y en esse mismo extremo la passiones.

Pastores.

No es menos desdichado
aquel que jamas tuuo mal de amores.
que el más enamorado,

faltandole favores,
pues los que sufren más, son los mejores.

Nimphas.

Si el mal de amor no fuera,
contrario a la razon, como lo uemos,
quiça que os lo creyera;
mas uiendo sus extremos
dichosa las que dél huyr podemos.

Pastores.

Lo más dificultoso
cometen las personas animosas,
y lo que está dudoso,
las fuerças generosas,
que no es honra acabar pequeñas cosas.

Nimphas.

Bien uee el enamorado,
que el crudo amor no está en cometimientos,
no en animo esforçado;
está en unos tormentos,
do los que penan más son más contentos.

Pastores.

Si algun contentamiento
del graue mal de amor se nos recresçe,
no es malo el pensamiento
que a su passion se ofresce,
mas antes es mejor quien más padesce.

Nimphas.

El más feliçe estado,
en que pone el amor al que bien ama,
en fin trae vn cuydado,
que al seruidor, o dama
ençiende allá en secreto uiua llama.
Y el más fauoreçido,
en un momento no es el que solia;
que el disfauor, y oluido,
el qual ya no temia
silençio ponen luego en su alegria.

Pastores.

Caer de un buen estado,
es una graue pena y importuna,
mas no es amor culpado,
la culpa es de fortuna,
que no sabe exçeptar persona alguna.
Si amor promete uida,
injusta es esta muerte, en que nos mete:
si muerte conosçida,
ningun yerro comete,
que en fin nos uiene a dar lo que promete.

Nimphas.

Al fiero amor disculpan
los que se hallan dél más sojuzgados,
y a los esentos culpan,
mas destos dos estados
qualquiera escogera al de los culpados.

Pastores.

El libre y el captiuo
hablar solo un lenguaje es escusado,
uereys que el muerto, el bino,
amado, o desamado,
cada uno habla (en fin) segun su estado.

La sábia Feliçia, y la pastora Felismena,
estuuieron muy atentas a la musica de las Nimphas y pastores, y ansi mismo a las opiniones
que cada uno mostraua tener, y riendose Feliçia
contra Felismena, le dixo al oydo. ¿Quién creera, hermosa pastora, que las más destas palabras
no os an tocado en el alma? Y ella con mucha
le respondió: han sido las palabras tales, que al
alma a quien no tocaren, no deue estar tan tocada de amor, como la mia. Feliçia entonçes
(alçando un poco la boz) le dixo: En estos cassos de amor tengo yo una regla, que siempre
la he hallado muy uerdadera, y es, que el animo
generoso, el entendimiento delicado, en esto del
querer bien llena grandissima uentaja, al que
no lo es. Porque como el amor sea uirtud, y la
uirtud siempre haga assiento en el mejor lugar,
está claro, que las personas de suerte serán muy
mejor enamoradas, que aquellas a quien esta
falte. Los pastores y pastoras, se sintieron de
lo que Feliçia dixo, y a Syluano le paresçio no
dexalla sin respuesta y assi le dixo: ¿En qué
consiste, señora, ser el animo generoso y el entendimiento delicado? Feliçia (que entendio a
donde tiraua la pregunta del pastor) por no
descontentarle respondio: no está en otra cosa
sino en la propria uirtud del hombre, como es
en tener el juyzio uiuo, el pensamiento inclinado a cosas altas, y otras uirtudes que nasçen
con ellos mismos. Satisfecho estoy (dixo Syluano) y tambien lo deuen estar estos pastores,
porque imaginauamos que tomauas (o discreta Feliçia) el ualor y uirtud de más atras de la
persona misma, digolo porque asaz desfauoresçido de los bienes de naturaleza está el que los
va a buscar en sus passados. Todas las pastoras
y pastores mostraron gran contentamiento de
lo que Syluano auia respondido: y las Nymphas se rieron mucho, de cómo los pastores se
yuan corriendo de la proposiçion de la sábia
Feliçia, la qual tomando a Felismena por la
mano, la metio en vna camara sola, adonde era
su aposento. Y despues de hauer passado con

ella muchas cosas, le dio grandissima esperança de conseguir su desseo, y el virtuoso fin de sus amores, con alcançar por marido a don Felis. Aunque tambien le dixo, que esto no podia ser sin primero passar por algunos tra'ajos, los quales la dama tenia muy en poco, viendo el galardon que dellos esperaua. Feliçia le dixo que los vestidos de pastora se quitasse por entonçes, hasta que fuesse tiempo de boluer a ellos; y llamando a las tres Nimphas que en su compañia auian venido, hizo que la vistiessen en su trage natural. No fueron las Nimphas perezosas en hazello, ni Felismena desobediente a lo que Feliçia le mandó. Y tomandose de las manos, se entraron en vna recamara, a vna parte de la qual estaua vna puerta, y abriendo la hermosa Dorida, baxaron por vna escalera de alabastro, a vna hermosa sala, que en medio della auia vn estanque de vna clarissima agua, adonde todas aquellas Nimphas se bañauan. Y desnudandose assi ellas como Felismena se bañaron; y peinaron despues sus hermosos cabellos, y se subieron a la recamara de la sábia Feliçia, adonde despues de auerse vestido las Nimphas, vistieron ellas mismas a Felismena, vna ropa, y basquiña de fina grana: recamada de oro de cañutillo y aljofar, y vna cuera, y mangas de tela de plata emprensada: en la basquiña y ropa, auia sembrados a trechos vnos plumages de oro, en las puntas de los quales auia muy gruessas perlas. Y tomandole los cabellos con vna çinta encarnada, se los reboluieron a la cabeça, poniendole un escofion de redezilla de oro muy subtil y en cada lazo de la red assentado con gran artifiçio vn finissimo rubí, en dos guedellas de cabellos, que los lados de la cristalina frente adornauan, le fueron puestos dos joyeles, engastados en ellos muy hermosas esmeraldas y zafires de grandissimo preçio. Y de cada vno colgauan tres perlas orientales, hechas a manera de vellotas. Las arracadas eran dos nauezillas de esmeraldas, con todas las xarçias de cristal. Al cuello le pusieron un collar de oro fino, hecho a manera de culebra enroscada, que de la boca tenía colgada una aguila, que entre las vñas tenía un rubí grande de infinito preçio, Quando las tres Nimphas de aquella suerte la nieron, quedaron admiradas de su hermosura, luego salieron con ella a la sala, donde las otras Nimphas y pastores estauan, y como hasta entonçes fuesse tenida por pastora, quedaron tan admirados, que no sabian qué dezir. La sábia Feliçia mandó luego a sus Nimphas, que lleuasen a la hermosa Felismena y a su compañia, a uer la casa y templo adonde estauan, lo qual fue luego puesto por obra, y la sábia Feliçia se quedó en su aposento. Pues tomando Polidora y Cinthia, en medio a Felismena, y las otras Nimphas a los pastores y pastoras, que por su

discreçion eran dellas muy estimados se salieron en un gran patio: cuyos arcos y columnas eran de marmol jaspeado, y las basas y chapiteles de alabastro, con muchos follages a la romana dorados en algunas partes, todas las paredes eran labradas de obra mosayca: las columnas estaban assentadas sobre Leones, Orças, Tigres de arambre, y tan al biuo, que parescia, que querian arremeter a los que alli entrauan: En medio del patio auia un padron ochauado de bronzo, tan alto como diez codos, ençima del qual estaua armado de todas armas a la manera antigua, el fiero Marte, a quien los gentiles llamauan el dios de las batallas. En este padron con gran artifiçio estauan figurados los superbos esquadrones romanos a una parte y a otra los Cartagineses, delante el vno estaua el brauo Hanibal, y del otro el valeroso Sçipion Africano, que primero que la edad y los años le acompañassen, naturaleza mostró en él gran exemplo de uirtud, y esfuerço. A la otra parte, estaua el gran Marco Furio Camillo conbatiendo en el alto Capitolio por poner en libertad a la patria, de donde él hauia sido desterrado. Alli estaua Horaçio, Muçio Sceuola, el venturoso Consul Marco Varron, César, Pompeyo, con el magno Alexandro, y todos aquellos que por las armas acabaron grandes hechos, con letreros en que se declarauan sus nombres, y las cosas en que cada vno más se auia señalado. Un poco más arriba destos estaua vn cauallero armado de todas armas, con vna espada desnuda en la mano, muchas cabeças de moros debaxo de sus pies, con vn letrero que dezia:

> Soy el Cid honra de España,
> si alguno pudo ser más,
> en mis obras lo veras.

Al otra parte, estaua otro cauallero Español, armado de la misma manera, alçada la sobre vista y con este letrero:

> El conde fuy primero de Castilla,
> Fernan Gonzalez, alto y señalado,
> soy honra y prez de la española silla
> pues con mis hechos tanto la he ensalçado.
> Mi gran virtud sabra muy bien dezilla
> la fama que la vio, pues ha juzgado
> mis altos hechos, dignos de memoria,
> como os dira la Castellana historia.

Junto á este estaua otro cauallero de gran disposiçion y esfuerços, segun en su aspecto lo mostraua, armado en blanco, y por las armas sembrados muchos Leones y Castillos, en el rostro mostraua vna çierta braueza, que casi ponia pauor en los que lo mirauan, y el letrero dezia ansi:

Bernardo del Carpio soy,
espanto de los paganos,
honra y prez de los christianos,
pues que de mi esfuerço doy
tal exemplo con mis manos:
fama, no es bien que las calles
mis hazañas singulares,
y si acaso las callares,
pregunten a Ronçesualles,
qué fue de los doze pares.

A la otra parte estava vn valeroso capitan, armado de vnas armas doradas, con seys vandas sangrientas por en medio del escudo, y por otra parte muchas vanderas, y vn rey preso con vna cadena, cuyo letrero dezia desta manera:

Mis grandes hechos veran
los que no los han sabido
en que solo he meresçido
nombre de gran capitan,
y tuue tan gran renombre
en nuestras tierras y extrañas,
que se tienen mis hazañas
por mayores que mi nombre.

Iunto a este valeroso capitan, estaua vn cauallero armado en blanco, y por las armas sembradas muchas estrellas, y de la otra parte vn Rey con tres flordelises en su escudo, delante del qual él rasgaua ciertos papeles y vn letrero que dezia:

Soy Fonseca cuya historia
en Europa es tan sabida,
que aunque se acabó la uida,
no se acaba la memoria.
Fuy seruidor de my Rey,
a mi patria tuue amor,
jamas dexé por temor
de guardar aquella ley,
que el sieruo deue al señor.

En otro quadro del padron, estaua vn cauallero armado, y por las armas sembrados mucho escudos pequeños de oro, el qual en el ualor de su persona daua bien a entender el alta sangre de a do proçedia: los ojos puestos en otros muchos caualleros de su antiguo linaje, el letrero que a sus pies tenía dezia desta manera:

Don Luys de Vilanoua soy llamado
del gran marques de Trans he proçedido,
mi antiguedad, valor muy señalado,
en Françia, Italia, España es conosçido,
Bicorbe antigua casa es el estado,
que la fortuna aora ha conçedido
a un corazon tan alto, y sin segundo,
que poco es para él mandar el mundo.

Despues de auer particularmente mirado el padron, estos y otros muchos caualleros, que en él estauan esculpidos, entraron en vna rica sala, lo alto de la qual era todo de marfil, marauillosamente labrado: las paredes de alabastro, y en ellas esculpidas muchas historias antiguas, tan al natural, que verdaderamente paresçia que Lucreçia acabaua alli de darse la muerte, y que la cautelosa Medea deshazia su tela en la isla de Ithaca, y que la ilustre Romana se entregaua a la parca, por no ofender su honestidad, con la vista del horrible monstruo, y que la muger de Mauseolo estaua con grandissima agonia, entendiendo en que el sepulchro de su marido fuesse contado por vna de las siete marauillas del mundo. Y otras muchas historias y exemplos de mugeres castissimas, y dignas de ser su fama por todo el mundo esparzida, porque no tan solamente a alguna dellas paresçia auer con su uida dado muy claro exemplo de castidad, mas otras que con la muerte dieron muy grande testimonio de su limpieza: entre las quales estaua la grande española Coronel, que quiso mas entregarse al fuego, que dexarse vençer de un deshonesto apetito. Después de auer visto cada vna las figuras, y uarias historias, que por las paredes de la sala estauan, entraron en otra quadra más adentro, que segun su riqueza les paresçio que todo lo que auian visto era ayre en su comparaçion: porque todas las paredes eran cubiertas de oro fino, y el panimiento de piedras preçiosas, entorno de la rica quadra estauan muchas figuras de damas españolas, y de otras naçiones, y en lo muy alto la diosa Diana, de la misma estatura que ella era, hecha de metal Corinthio, con ropas de caçadora, engastadas por ellas muchas piedras y perlas de grandissimo valor, con su arco en la mano, e su aljaua al cuello, rodeada de Nimphas más hermosas que el sol. En tan grande admiraçion puso a los pastores y pastoras, las cosas que alli veyan, que no sabian qué dezir: porque la riqueza de la casa era tan grande, las figuras que alli estauan tan naturales, el artifiçio de la quadra, y la orden que las damas que alli auia retratadas tenian, que no les paresçia poderse imaginar en el mundo cosa más perfecta. A una parte de la quadra estauan quatro laureles de oro esmaltados de uerde, tan naturales que los del campo no lo eran mas: y junto a ellos una pequeña fuente toda de fina plata: en medio de la qual estaua una Nimpha de oro, que por los hermosos pechos, vna agua muy clara echaua, y junto a la fuente sentado el çelebrado Orpheo, encantado de la edad que era al tiempo que su Euridiçe fué del importuno Aristeo requerida: tenía vestida vna cuera de tela de plata guarnesçida de perlas, las mangas le llegauan a medio bra-

ço solamente, y de alli adelante desnudos; tenia vnas calças hechas a la antigua, cortadas
en la rodilla de tela de plata, sembradas en
ellas vnas çitharas de oro, los cabellos eran largos y muy dorados sobre los quales tenía una
muy hermosa guirnalda de laurel. En llegando
a él las hermosas Nimphas, comenzó a tañer en
una harpa que en las manos tenía, muy dulçemente, de manera que los que lo oyan, estauan
tan agenos de si, que a nadie se le acordaua de
cosa que por el uniesse passado. Felismena se
sento en un estrado, que en la hermosa quadra
estaua todo cubierto de paños de brocado, y las
Nimphas y pastoras entorno della, los pastores
se arrimaron a la clara fuente. De la misma
manera estauan todos oyendo al çelebrado Orpheo, que al tiempo que en la tierra de los Ci-
conios cantaua, quando Cipariso fue conuertido
en Çipres y Atis en Pino. Luego començó el
enamorado Orpheo al son de su harpa a cantar
dulçemente, que no hay sabello dezir. Y boluiendo el rostro a la hermosa Felismena, dio
prinçipio a los uersos siguientes:

CANTO DE ORPHEO

Escucha, o Felismena, el dulçe canto
de Orpheo, cuyo amor tan alto ha sido:
suspende tu dolor, Seluagia, en tanto
que canta tu amador de amor vençido;
oluida ya, Belisa, el triste llanto,
oyd a un triste (o Nimphas) que ha perdido
sus ojos por mirar, y vos pastores
dexad un poco estar el mal de amores.

No quiero yo cantar, ni Dios lo quiera,
aquel proçesso largò de mis males,
ni quando yo cantaua de manera,
que a mi traya las plantas y animales:
ni quando a Pluton ui, que no deuiera,
y suspendi las penas infernales,
ni como bolui el rostro á mi señora,
cuyo tormento aun biue hasta agora.

Mas cantaré con boz suaue y pura,
la grande perfeçion, la graçia estraña,
el ser, valor, beldad sobre natura,
de las que oy dan valor illustre a España:
mirad pues, Nimphas, ya la hermosura
de nuestra gran Diana y su compaña;
que alli está el fin, alli vereys la suma
de lo que contar puede lengua y pluma.

Los ojos leuantad, mirando aquella
que en la suprema silla está sentada,
el sçeptro, y la corona junto a ella,
y de otra parte la fortuna ayrada:
esta es la luz de España, y clara estrella,
con cuya absençia está tan eclipsada:
su nombre (o Nimphas) es doña Maria
gran Reyna, de Bohemia, de Austria Vngria.

La otra junta a ella es doña Ioana,

de Portugal Prinçesa, y de Castilla
infanta, a quien quitó fortuna insana,
el sçeptro, la corona, y alta silla,
y a quien la muerte fue tan inhumana,
que aun ella assi se espanta y marauilla,
de ver quan presto ensagrento sus manos
en quien fue espejo y luz de Lusitanos.

Mirad, Nimphas, la gran doña Maria,
de Portugal infanta soberana,
cuya hermosura y graçia sube oy dia
a do llegar no puede vista humana:
mirad que aunque fortuna alli porfia
la vence el gran valor que della mana,
y no son parte el hado, tiempo, y muerte,
para vençer su grand bondad y suerte.

Aquellas dos que tiene alli a su lado,
y el resplandor del sol han suspendido,
las mangas de oro, sayas de brocado,
de perlas y esmeraldas guarnesçido:
cabellos de oro fino, crespo ondado,
sobre los hombros suelto y esparzido,
son hijas del infante Lusitano,
Duarte valeroso y gran Christiano.

Aquellas dos Duquesas señaladas
por luz de hermosura en nuestra España,
que alli veys tan al biuo debuxadas
con vna perfeçion, y graçia estraña,
de Najara y de Sessa son llamadas,
de quien la gran Diana se acompaña,
por su bondad, valor y hermosura,
saber, y discreçion sobre natura.

¿Ueys vn valor, no vista en otra alguna,
ueys vna perfeçion jamas oyda,
ueys una discreçion, qual fue ninguna,
de hermosura y graçia guarnescida?
¿ueys la que está domando a la fortuna
y a su pesar la tiene alli rendida?
la gran doña Leonor Manuel se llama,
de Lusitania luz que al orbe inflama.

Doña Luisa Carrillo, que en España
la sangre de Mendoça ha esclareçido:
de cuya hermosura y graçia extraña,
el mismo amor, de amor está uençido,
es la que a nuestra Dea ansi acompaña
que de la uista nunca la ha perdido:
de honestas y hermosas claro exemplo,
espejo y clara luz de nuestro templo.

¿Ueys una perfeçion tan acabada
de quien la misma fama está embidiosa?
¿ueys una hermosura más fundada
en graçia y discreçion que en otra cosa,
que con razon obliga a ser amada
porque es lo menos de ella el ser hermosa?
es doña Eufrasia de Guzman su nombre,
digna de inmortal fama y gran renombre.

Aquella hermosura peregrina
no uista en otra alguna sino en ella,
que a qualquier seso apremia y desatina,
y no hay poder de amor que apremie el della,

de carmesí uestida y muy más fina
de su rostro el color que no el de aquella,
doña Maria de Aragon se llama,
en quien se ocupará de oy más la fama.

¿Sabeys quién es aquella que señala
Diana, y nos la muestra con la mano,
que en gracia y discreçion a ella yguala,
y sobrepuja a todo ingenio humano,
y aun ygualarla en arte, en ser y en gala,
sería (segun es) trabajo en uano?
doña Ysabel Manrique y de Padilla,
que al fiero Marte uençe y marauilla.

Doña Maria Manuel y doña Ioana
Osorio, son las dos que estays mirando
cuya hermosura y graçia sobre humana,
al mismo Amor de amor está matando:
y esta nuestra gran Dea muy ufana,
de ueer a tales dos de nuestro uando,
loallas, segun son es escusado:
la fama y la razon ternan cuydado.

Aquellas dos hermanas tan nombradas
cada una es una sola y sin segundo,
su hermosura y graçias extremadas,
son oy en dia un sol que alumbra el mundo,
al biuo me paresçen trasladadas,
de la que a buscar fuy hasta el profundo:
doña Beatriz Sarmiento y Castro es una
con la hermosa hermana qual ninguna.

El claro sol que ueys resplandeçiendo
y acá, y allá sus rayos va mostrando,
la que del mal de amor se está riendo,
del arco, aljaua y flechas no curando,
cuyo diuino rostro está diziendo,
muy más que yo sabre dezir loando,
doña Ioana es de Çarate, en quien vemos
de hermosura y graçia los extremos.

Doña Anna Osorio y Castro está cabe ella
de gran valor y graçia acompañada,
ni dexa entre las bellas de ser bella,
ni en toda perfeçion muy señalada,
mas su infelize hado usó con ella
de una crueldad no vista ni pensada,
porque al ualor, linaje y hermosura
no fuesse ygual la suerte, y la uentura.

Aquella hermosura guarnecida
de honestidad, y graçia sobre humana,
que con razon y causa fue escogida
por honra y prez del templo de Diana,
contino uençedora, y no uençida
su nombre (o Nimphas) es doña Iuliana,
de aquel gran Duque nieta y Condestable,
de quien yo callaré, la fama hable (¹).

(¹) En la edición de Milán se intercalan aquí las
cuatro octavas siguientes:

A Plania Lampuñana más hermosa
que l' hermosura misma, y más perfeta,
mirad, pastores, y veréis la cosa
que más animos rinde y los subjeta.
Mirad por una parte quán graçiosa,

Mirad de la otra parte la hermosura
de las illustres damas de Valençia,
a quien mi pluma ya de oy mas procura
perpetuar su fama y su exçelençia:
aqui, fuente Helicona, el agua pura
otorga, y tú, Minerua, enpresta sçiençia,
para saber dezir quién son aquellas
que no hay cosa que ver despues de vellas.

Las cuatro estrellas ved resplandesçientes
de quien la fama tal ualor pregona
de tres insignes reynos desçendientes,
y de la antigua casa de Cardona,
de la una parte Duques exçelentes,
de otra el trono, el sçeptro, y la corona,
del de Segorbe hijas, cuya fama
del Borea al Austro, al Euro se derrama.

La luz del orbe con la flor de España,
el fin de la beldad y hermosura,
el coraçon real que le acompaña,
el ser, valor, bondad sobre natura,
aquel mirar que en verlo desengaña,
de no poder llegar alli criatura:
doña Anna de Aragon se nombra y llama,
a do por el amor, cansó la fama.

Doña Beatrix su hermana junto della
vereys, si tanta luz podeys miralla:
quien no podré alabar, es sola ella,
pues no ay podello hazer, sin agrauialla:
a aquel pintor que tanto hizo en ella,
le queda el cargo de poder loalla,
que a do no llega entendimiento humano
llegar mi flaco ingenio, es muy en vano.

Doña Françisca d'Aragon quisiera
mostraros, pero siempre está escondida:
su vista soberana es de manera,
que a nadie que la vee dexa con vida:
por esso no paresçe. ¡Oh quién pudiera

por otra ved quán grave y quán discreta:
y vereis de las partes hecho un todo,
que a todas las del mundo exçede el modo.

Aquella clara luz que rresplandeçe
de modo que el sol huye y se le esconde,
doña Artemisa es sola, qu'engrandeçe
la insigne y alta cosa de Vizconde.
La flor de Italia es ella y quien mereçe
estar adonde está: que bien rresponde
linaje a hermosura y gentileza
y a quanto pudo dar naturaleza.

Mirad Barbara Estanga, a quien s'inclina
no solo Amor, sino Minerva y Marte,
donde hay tanta beldad que s'imagina
que solo paró alli natura y arte:
su discreçion, su platica divina
para escreuilla soi muy poca parte:
ni bastan las çien lenguas de la fama
para saber loar tan alta dama.

¿Quién es aquella fénix do ha mostrado
su fuerça y su poder naturaleza?
¿Quién es la que hoy al mundo ha despojado
de gran valor, virtud, bondad, grandeza?
¿Quién es esta, dezid, do se han sumido
la hermosura, graçia y gentileza?
Doña Luisa de Lugo y de Mendoza
a quien la poca edad no haze moza.

mostraros esta luz, que al mundo oluida,
porque el pintor que tanto hizo en ella,
los passos le atajó de meresçella.

A doña Madalena estays mirando
hermana de las tres que os he mostrado,
miralda bien, uereys que está robando
a quien la mira, y biue descuydado:
su grande hermosura amenazando
está, y el fiero amor el arco armado,
porque no pueda nadie, ni aun miralla,
que no le rinda o mate sin batalla.

Aquellos dos luzeros que a porfia
acá, y allá sus rayos uan mostrando,
y a la exçelente casa de Gandia,
por tan insigne y alta señalando,
su hermosura y suerte sube oy dia
muy más que nadie sube imaginando:
¿quién uee tal Margareta y Madalena,
que tema del amor la horrible pena?

Quereys, hermosas Nimphas, uer la cosa,
que el seso más admira y desatina?
mirá una Nimpha más que el sol hermosa,
pues quién es ella, o él jamas se atina:
el nombre desta fenix tan famosa,
es en Valençia doña Cathalina
Milan, y en todo el mundo es oy llamada
la más discreta, hermosa y señalada.

Alçad los ojos, y vereis de frente
del caudaloso rio y su ribera,
peynando sus cabellos, la exçelente
doña Maria Pexon y Çanoguera
cuya hermosura y gracia es euidente,
y en discreçion la prima y la primera:
mirad los ojos, rostro cristallino,
y aquí puede hazer fin uuestro camino.

Las dos mirad que estan sobrepujando,
a toda discreçion y entendimiento,
y entre las más hermosas señalando
se uan, por solo vn par, sin par ni cuento,
los ojos que las miran sojuzgando:
pues nadie las miró que biua essento:
¡ued qué dira quien alabar promete
las dos Beatrizes, Vique y Fenollete!

Al tiempo que se puso alli Diana,
con su diuino rostro y excelente
salió un luzero, luego una mañana
de Mayo muy serena y refulgente:
sus ojos matan y su uista sana,
despunta alli el amor su flecha ardiente,
su hermosura hable, y testifique
ser sola y sin ygual doña Anna Vique.

Bolued, Nimphas, uereys doña Teodora
Carroz, que del valor y hermosura
la haze el tiempo reyna y gran señora
de toda discreçion y graçia pura:
qualquiera cosa suya os enamora,
ninguna cosa uuestra os assegura,
para tomar tan grande atreuimiento,
como es poner en ella el pensamiento.

Doña Angela de Borja contemplando
uereys que está (pastores) en Diana,
y en ella la gran dea está mirando
la graçia y hermosura soberana:
Cupido alli a sus pies está llorando,
y la hermosa Nimpha muy ufana,
en uer delante della estar rendido
aquel tyrano fuerte y tan temido.

De aquella illustre cepa Çanoguera,
salio una flor tan extremada y pura,
que siendo de su edad la primauera,
ninguna se le yguala en hermosura:
de su excelente madre es heredera,
en todo quanto pudo dar natura,
y assi doña Hieronyma ha llegado
en graçia y discreçion al sumo grado.

¿Quereys quedar (o Nimphas) admiradas,
y uer lo que a ninguna dió uentura:
quereys al puro extremo uer llegados
ualor, saber, bondad y hermosura?
mirad doña Veronica Marradas,
pues solo uerla os dize y assegura
que todo sobra, y nada falta en ella,
sino es quien pueda (o piense) meresçella.

Doña Luysa Penarroja uemos
en hermosura y gráçia más que humana,
en toda cosa llega los estremos,
y a toda hermosura uençe y gana:
no quiere el crudo amor que la miremos
y quien la uió, si no la uee, no sana:
aunque despues de uista el crudo fuego
en su vigor y fuerça buelue luego.

Ya ueo, Nimphas, que mirays aquella
en quien estoy continuo contemplando,
los ojos se os yran por fuerça a ella,
que aun los del mismo amor está robando:
mirad la hermosura que ay en ella,
mas ued que no çegueys quiçá mirando
a doña Ioana de Cardona, estrella
que el mismo amor está rendido a ella.

Aquella hermosura no pensada
que ueys, si uerla cabe en nuestro uaso:
aquella cuya suerte fue estremada
pues no teme fortuna, tiempo o caso,
aquella discreçion tan leuantada,
aquella que es mi musa y mi parnaso:
Ioanna Anna, es Catalana, fin y cabo
de lo que en todas por estremo alabo.

Cabe ella está un estremo no uicioso,
mas en uirtud muy alto y estremado,
disposiçion gentil, rostro hermoso,
cabellos de oro, y cuello delicado,
mirar que alegra, mouimiento ayroso,
juyzio claro y nombre señalado,
doña Angela Fernaudo, aquien natura
conforme al nombre dio la hermosura.

Vereys cabe ella doña Mariana,
que de ygualalle nadie está segura;
miralda junto a la exçelente hermana,

uereys en poca edad gran hermosura,
uereys con ella nuestra edad ufana,
uereys en pocos años gran cordura,
uereys que son las dos el cabo y summa
de quanto dezir puede lengua y pluma.

Las dos hermanas Borjas escogidas,
Hippolita, Ysabel, que estays mirando,
de graçia y perfeçion tan guarnesçidas,
que al sol su resplandor está çegando,
miraldas y uereys de quantas uidas
su hermosura siempre ua triumphando:
mirá los ojos, rostro, y los cabellos,
que el oro queda atras y passan ellos.

Mirad doña Maria Çanoguera,
la qual de Catarroja es oy señora,
cuya hermosura y graçia es de manera,
que a toda cosa uençe y la enamora:
su fama resplandeçe por do quiera
y su uirtud la ensalça cada hora,
pues no ay qué dessear despues de uella,
¿quién la podrá loar sin offendella?

Doña Ysabel de Borja está defrente
y al fin y perfeçion de toda cosa,
mira la graçia, el ser, y la exçelente
color más biua que purpurea rosa,
mirad que es de uirtud y graçia fuente,
y nuestro siglo illustre en toda cosa:
al cabo está de todas su figura,
por cabo y fin de graçia y hermosura.

La que esparzidos tiene sus cabellos
con hilo de oro fino atras tomados,
y aquel diuino rostro, que él y ellos
a tantos coraçones trae domados,
el cuello de marfil, los ojos bellos,
honestos, baxos, uerdes, y rasgados,
doña Ioana Milan por nombre tiene,
en quien la uista pára y se mantiene,

Aquella que alli ueys, en quien natura
mostró su sçiençia ser marauillosa,
pues no ay pasar de alli en hermosura,
no ay más que dessear a una hermosa:
cuyo ualor, saber, y gran cordura
leuantarán su fama en toda cosa,
doña Mençia se nombra Fenollete,
a quien se rinde amor y se somete.

La cançion del çelebrado Orpheo, fue tan agradable a los oydos de Felismena, y de todos los que la oyan, que assi los tenia suspensos, como si por ninguno de ellos uuiera passado más de lo que presente tenian. Pues auiendo muy particularmente mirado el rico aposento, con todas las cosas que en él auia que uer, salieron las Nymphas por una puerta de la gran sala, y por otra de la sala a un hermoso jardin, cuya uista no menos admiraçion les causó que lo que hasta alli auian uisto, entre cuyos arboles y hermosas flores auia muchos sepulchros de nimphas y damas, las quales auian con gran

limpieça conseruado la castidad deuida a la castissima diosa. Estauan todos los sepulchros coronados de enredosa yedra, otros de olorosos arrayhanes, otros de uerde laurel. De más desto auia en el hermoso jardin muchas fuentes de alabastro, otras de marmol jaspeado, y de metal, debaxo de parrales, que por encima de artifiçiosos arcos estendian todas sus ramas, los myrthos hazian cuatro paredes almenadas, y por encima de las almenas, paresçian muchas flores de jazmin, madreselua, y otras muy apazibles a la uista. En medio del jardin estaua una piedra negra, sobre quatro pilares de metal, y en medio de ella un sepulchro de jaspe, que quatro Nimphas de alabastro en las manos sostenían, entorno dél estauan muchos blandones, y candeleros de fina plata, muy bien labrados, y en ellos hachas blancas ardiendo. En torno de la capilla auia algunos bultos de caualleros, otros de marmol jaspeado, y de otras diferentes materias. Mostrauan estas figuras tan gran tristeza en el rostro, que la pusieron en el coraçon de la hermosa Felismena, y de todos los que el sepulchro veyan. Pues mirandolo muy particularmente, vieron que a los pies dél, en una tabla de metal que una muerte tenía en las manos, estaua este letrero:

Aqui reposa doña Catalina
de Aragon y Sarmiento cuya fama,
al alto çielo llega, y se auezina,
y desde el Borea al Austro se derrama:
matéla, siendo muerte, tan ayna,
por muchos que ella ha muerto, siendo dama,
acá está el cuerpo, el alma allá en el çielo,
que no la meresçio gozar el suelo.

Despues de leydo el Epigramma, vieron cómo en lo alto del sepulchro estaua vna aguila de marmol negro, con vna tabla de oro en las vñas, y en ella estos uersos.

Qual quedaria (o muerte) el alto çielo
sin el dorado Apollo y su Diana
sin hombre, ni animal el baxo suelo,
sin norte el marinero en mar insana,
sin flor, ni yerua el campo y sin consuelo,
sin el roçio d'aljofar la mañana,
assi quedó el ualor, la hermosura,
sin la que yaze en esta sepultura.

Quando estos dos letreros uieron leydo, y Belisa entendido por ellos quién era la hermosa Nimpha que alli estaua sepultada, y lo mucho que nuestra España auia perdido en perdella, acordandosele de la temprana muerte del su Arsileo, no pudo dexar de dezir con muchas lagrimas: Ay muerte, quán fuera estoy de pensar, que me as de consolar con males agenos!

Dueleme en estremo lo poco que se gozó tan gran ualor y hermosura como esta Nimpha me dizien que tenía, porque ni estaua presa de amor, ni nadie meresçio que ella lo estuuiesse. Que si otra cossa entendiera, por tan dichosa la tuuiera yo en morirse, como a mí por desdichada en uer, o cruda muerte, quan poco caso hazes de mi: pues lleuandome todo mi bien, me dexas, no para más, que para sentir esta falta. O mi Arsileo, o disçreçion jamás oyda, o el más claro ingenio que naturaleza pudo dar. ¿Qué ojos pudieron uerte, qué animo pudo suffrir tu desastrado fin? O Arsenio, Arsenio, Arsenio quan poco pudiste suffrir la muerte del desastrado hijo, teniendo más ocasion de suffrirla que yo? ¿Por qué (cruel Arsenio) no quesiste que yo partiçipasse de dos muertes, que por estoruar la que menos me dolia, diera yo çien mil vidas, si tantas tuuiera? A Dios, bienauenturada Nimpha, lustre y honrra de la real casa de Aragon, Dios dé gloria a tu anima, y saque la mia de entre tantas desuenturas. Despues Belisa vuo dicho estas palabras, y despues de auer uisto otras muchas sepulturas, muy riquissimamente labradas, salieron por una puerta falsa que en el jardin estaua, al verde prado: adonde hallaron a la sabia Feliçia, que sola se andaua recreando: la qual los reçibio con muy buen semblante. Y en quanto se hazia hora de çenar, se fueron a vna gran alameda, que çerca de alli estaua, lugar donde las Nimphas del sumptuoso templo, algunos dias salian a recrearse. Y sentados en un pradezillo, çercado de uerdes salzes, començaron a hablar vnos con otros: cada vno en la cosa que más contento le daua. La sábia Feliçia llamó junto a si al pastor Sireno, y a Felismena. La Nimpha Dorida, se puso con Syluano hazia vna parte del verde prado, y las dos pastoras, Seluagia, y Belisa, con las más (¹) hermosas Nimphas, Cinthia y Polydora, se apartaron haçia otra parte: de manera que aunque no estauan vnos muy lexos de los otros, podian muy bien hablar, sin que estoruasse vno lo que el otro dezia. Pues queriendo Sireno, que la platica, y conuersaçion se conformasse con el tiempo y lugar, y tambien con la persona a quien hablaua, començo a hablar desta manera: No me paresçe fuera de proposito, señora Feliçia, preguntar yo una cosa que jamás pude llegar al cabo del conosçimiento della: y es esta: Affirman todos los que algo entienden, que el uerdadero amor nasçe de la razon: y si esto es ansi, quál es la causa porque no hay cosa mas desenfrenada en el mundo, ni que menos se dexe gouernar por ella? Feliçia le respondió: Assi como essa pregunta es más que de pastor: assi era neçessa-

rio que fuesse más que muger la que a ella respondiesse, mas con lo poco que yo alcanço, no me paresçe que porque el amor tenga por madre a la razon, se ha de pensar que él se limite, ni gouierne por ella. Antes has de presuponer, que despues que la razon del conosçimiento lo ha engendrado las menos uezes quiere que lo (¹) gouierne. Y es de tal manera desenfrenado, que las más de las uezes uiene en daño y perjuyzio del amante, pues por la mayor parte, los que bien aman, se uienen a desamar a si mismos, que es contra razon, y derecho de naturaleza. Y esta es la causa, porque le pintan çiego, y falto de toda razon. Y como su madre Venus tiene los ojos hermosos, ansi él dessea siempre lo más hermoso. Pintanlo desnudo, porque el buen amor, ni puede dissimularse con la razon, ni encubrirse con la prudençia. Pintanle con alas, porque ueloçissimamente entra en el anima del amante: y quanto más perfecto es, con tanto mayor ueloçidad y enagenamiento de si mismo, va a buscar la persona amada: por lo qual dezia Euripides, que el amante biuia en el cuerpo del amado. Pintanlo ansi mismo flechando su arco, porque tira derecho al coraçon, como a proprio blanco, y tambien porque la llaga de amor, es como la que haze la saeta, o flecha en la entrada, y profunda en lo intrinseco del que ama. Es esta llaga diffiçil de uer, mala de curar, y muy tardia en el sanar. De manera, Sireno, que no deue admirarte, aunque el perfecto amor sea hije de razon, que no se gouierne por ella, porque no hay cosa que despues de nasçida menos corresponda al origen de adonde nasçio. Algunos dizen, que no es otra la differençia entre el amor uiçioso, y el que no lo es, sino que el uno se gouierna por razon, y el otro no se dexa gouernar por ella, y engañanse: porque aquel exçesso, y impetu no es más propio del amor dee honesto, que del honesto: antes es vna propriedad de qualquier genero de amor: saluo que el uno haze la uirtud mayor y en el otro acresçienta mas el uiçio. Quién puede negar que en el amor que uerdaderamente se honesta, no se hallen marauillosos y exçessiuos effectos? Preguntenlo a muchos que por solo el amor de Dios no hizieron cuenta de sus personas, ni estimaron por él perder la uida (aunque sabido el premio que por ello se esperaua, no dauan mucho) pues quántos han procurado consumir sus personas, y acabar sus uidas, inflamados del amor de la uirtud, de alcançar fama gloriosa? Cosa que la razon ordinaria no permite, antes guia qualquiera effecto, de manera que la uida pueda honestamente conseruarse. Pues quántos exemplos te podria yo traer de muchos que por

---

(¹) Falta el *más* en la edición de Milán.

(¹) *Le* en la edición de Milán.

solo·el amor de sus amigos, perdieron la uida, y todo lo más que con ella se pierde: Dexemos este amor, boluamos al amor del hombre con la muger. Has de saber, que si el amor que el amador tiene a su dama (aunque inflamado en desenfrenada affiçion) nasçe de la razon, y del uerdadero conosçimiento y juyzio: que por solas sus uirtudes la juyzgue digna de ser amada: que este tal amor (a mi paresçer, y no me engaño) no es illiçito, ni deshonesto, porque todo el amor desta manera, no tira a otro fin, sino a querer la persona por ella misma, sin esperar otro interesse ni galardon de sus amores. Ansi que esto es lo que me paresçe que se puede responder a lo que en este caso me has preguntado. Sireno entonces le respondio: Yo estoy, discreta señora, satisfecho de lo que desseaua entender, y ansi creo que lo estare (segun tu claro juyzio) de todo lo que quisiera saber de ti: aunque otro entendimiento era menester más abundante que el mio, para alcançar lo mucho que tus palabras comprehenden. Syluano, que con Polidora estaua hablando, dezia: Marauillosa cosa es (hermosa Nimpha) ver lo que sufre vn triste coraçon, que a los trançes de amor está subjecto, porque el menor mal que haze, es quitarnos el juyzio, perder la memoria de toda cosa, y henchir la de solo él: buelue ageno de si todo hombre, y proprio de la persona amada. Pues qué hará el desuenturado, que se vee enemigo de plazer, amigo de soledad, lleno de passiones, çercado de temores, turbado de spiritu, martyrizado del seso, sustentado de esperança, fatigado de pensamientos, affligido de molestias, traspassado de çelos, lleno perpetuamente de sospiros, .enojos, y agrauios que jamás le faltan? Y lo que más me marauillo es que siendo este amor tan intolerable y estremado en crueldad, no quiera el spiritu apartarse dél ni lo procure: mas antes tenga por enemigo a quien se lo aconseja. Bien está todo (dixo Polidora) pero yo sé muy bien que por la mayor parte los que aman, tienen más de palabras que de passiones. Señal es essa (dixo Syluano) que no las sabes sentir, pues no las puedes creer, y bien paresçe que no has sido tocado deste mal, ni plega a Dios que lo seas: el qual ninguno lo puede creer, ni la calidad, y multitud de los males que dél proçeden, sino el que partiçipa dellos. ¿Cómo que piensas tú (hermosa Nimpha) que hallandose continuamente el amante confusa la razon, occupada la memoria, enagenada la fantasia y el sentido del exçessiuo amor fatigado, quedará la lengua tan libre que pueda fingir pasiones, ni mostrar otra cosa de lo que siente? Pues no te engañes en esso, que yo te digo que es muy al reues de lo que tú lo imaginas. Vesme aqui donde estoy que verdaderamente ninguna

cosa ay en mi, que se pueda gouernar por razon, ni aun la podrá auer en quien tan ageno estuuiere de su libertad como yo: porque todas las subiectiones corporales dexan libre (a lo menos) la voluntad, mas la subjection de amor es tal, que la primera cosa que haze, es tomaros possesion della, y quieres tú, pastora, que forme quexas, y finja sospiros, el que desta manera se vee tratado? Bien paresçe en fin que estás libre de amor, como yo poco ha te dezia. Polidora le respondio: yo conozco, Syluano, que los que aman, reçiben muchos trabajos, y affliçiones, todo el tiempo que no alcançan lo que dessean: pero despues de conseguida la cosa desseada, se les buelue en descanso y contentamiento. De manera que todos los males que passan, más proçeden del desseo, que de amor que tengan a lo que dessean. Bien paresçe que hablas en mal que no tienes experimentado (dixo Syluano) porque el amor de aquellos amantes cuyas penas çessan despues de auer alcançado lo que dessean, no proçede su amor de la razon, sino de un apetito baxo y deshonesto. Seluagia, Belisa y la hermosa Ciuthia, estauan tratando, quál era la razon, porque en absencia las más de las uezes se resfriaua el amor. Belisa no podia creer que por nadie passasse tan gran deslealtad, diziendo: que pues siendo muerto el su Arsileo, y estando bien segura de no uerle más, le tenía el mismo amor que quando biuia, que ¿cómo era possible, ni se podia suffrir, que nadie oluidasse en absençia los amores, que algun tiempo esperasse ver? La Nimpha Ciuthia le respondio: no podré, Belisa, responderte con tanta sufiçiençia como por uentura la materia lo requeria, por ser cosa que no se puede esperar del ingenio de vna Nimpha como yo. Mas lo que a mi me paresçe es que quando uno se parte de la presençia de quien quiere bien la memoria le queda por ojos: pues solamente con ella uee lo que dessea. Esta memoria tiene cargo de representar al entendimiento lo que contiene en sí, y del entenderse la persona que ama, uiene la uoluntad, que es la terçera potentia del ánima, a engendrar el desseo mediante el qual tiene el ausente pena por uer aquel que quiere bien. De manera que todos estos effectos se deriuan de la memoria, como de una fuente, donde nasçe el prinçipio del desseo. Pues aueys de saber aora, hermosas pastoras, que como la memoria sea una cosa, que cuanto más va, más pierde su fuerça y uigor oluidandose de lo que le entregaron los ojos: ansi tanbien lo pierden las otras potençias, cuyas obras en ella tenian su prinçipio, de la misma manera que a los rios se les acabaria su corriente, si dexassen de manar las fuentes adonde nasçen. Y si como esto se entiende en el que parte se entendiera tambien en el que queda. Y pensar tú, hermosa pastora, que el tiempo no curaria tu mal, si dexasses el remedio dél en manos de la sábia Feliçia, será muy gran engaño: porque ninguno ay, a quien ella no dé remedio, y en el de amores más que en todos los otros. La sábia Feliçia, que aunque estaua algo apartada, oyó lo que Cinthia dixo, le respondio: No seria pequeña crueldad poner yo el remedio, de quien tanto lo ha menester, en manos de medio tan espaçioso, como es el tiempo. Que puesto caso que algunas uezes no lo sea, en fin, las enfermedades grandes, si otro remedio no tienen sino el suyo, se an de gastar tan despaçio que primero que se acaben, se acabe la uida de quien las tiene. Y porque mañana pienso entender en lo que toca al remedio de la hermosa Felismena, y de toda su compañia, y los rayos del dorado Apollo paresce que uan ya dando fin a su jornada, será bien que nosotros lo demos a nuestra platica, y nos uamos a mi aposento, que ya la çena pienso que nos está aguardando. Y ansi se fueron en casa de la gran sábia Feliçia, donde hallaron ya las mesas puestas, debaxo de unos uerdes parrales que estauan en un jardin que en la casa auia. (¹) Y acabando de çenar, la sábia Feliçia rogo a Felismena que contasse alguna cosa, ora fuesse hystoria, o algun acresçimiento, que en la prouinçia de Vandalia uuiesse sucçedido. Lo qual Felismena hizo, y con muy gentil graçia començo a contar lo presente:

En tiempo del ualeroso infante don Fernando, que despues fue Rey de Aragon, uuo un cauallero en España llamado Rodrigo de Naruaez: cuya uirtud y esfuerço fue tan grande, que ansi en la guerra, como en la paz alcançó nonbre muy prinçipal entre todos los de su tienpo, y señaladamente se mostró quando el dicho señor infante ganó de poder de los moros la çiudad de Antequera: dando a entender en muchas empresas y hechos de armas que en esta guerra sucçedieron, un animo muy entero, un coraçon inuençible, y una liberalidad, mediante la qual el buen capitan no solo es estimado de su gente: mas aun la agena haze suya. A cuya causa meresçio que despues de ganada aquella tierra en recompensa (aunque desygual a sus exçelentes hechos) se le dio la alcaydia y defensa della. Y junto a esto, se le dió tambien la de Alora, donde estuuo lo más del tiempo, con çinquenta hidalgos escogidos a

<hr>

(¹) En la edición de Milán termina aquí el libro 4.º con estas palabras: «Y acabando de çenar, y tomando liçençia de la sabia Feliçia, se fué cada uno al aposento que aparejado le estaba»

Falta, por consiguiente, toda la historia de Abindarráez, que es adición, hecha en ediciones posteriores á la muerte de Jorge de Montemayor.

sueldo del rey, para defensa y seguridad de la fuerça. Los quales con el buen gouierno de su capitan emprendian muy ualerosas empresas en defençion de la fe christiana, saliendo con mucha honra dellas, y perpetuando su fama con los señalados hechos que en ellos hazian. Pues como sus animos fuessen tan enemigos de la oçiosidad, y el exerçiçio de las armas fuese tan acçepto al coraçon del ualeroso Alcayde, vna noche del uerano, cuya claridad y frescura de un blando viento combidaua a no dexar de gozalla, el Alcayde con nueue de sus caualleros, porque los demas quedassen en guarda de la fuerça armados a punto de guerra, se salieron de Alora, por uer si los moros sus fronteros se descuydauan, y confiados en ser de noche, passauan por algun camino, de los que çerca de la villa estauan. Pues yendo los nueue caualleros y su capitan ualeroso con todo el secreto possible, y con muy gran cuydado de no ser sentidos, llegaron a donde el camino por do yua se repartia en dos, y despues de tener su consejo, acordaron de repartirse çinco por cada uno, con tal orden que si los unos se uiessen en algun aprieto, tocando una corneta, serian socorridos de los otros. Y desta manera el Alcayde, y los quatro dellos echaron a la vna mano, y los otros çinco a la otra, los quales yendo por el camino, hablando en diuersas cosas y desseando cada vno dellos hallar en qué emplear su persona, y señalarse, como cada dia acostunbrauan hazer, oyeron no muy lexos de si vna boz de hombre que suauissimamente cantaua, y de quando en quando daua vn suspiro, que del alma le salia, en el qual daua muy bien a entender que alguna passion enamorada le occupaua el pensamiento. Los caualleros que esto oyeron, se meten entre un arboleda que cerca del camino auia, y como la luna fuesse tan clara que el dia no lo era más, uieron uenir por el camino donde ellos yuan un moro tan gentil hombre y bien tallado, que su persona daua bien a entender que deuia ser de gran linaje y esfuerço: uenia en un gran cauallo ruçio rodado, uestida una marlota y albornoz de damasco carmesi, con rapaçejos de oro, y las labores dél çercadas de cordonçillos de plata. Traya en la cinta un hermoso alfanje con muchas borlas de seda y oro, en la cabeça una toca Tunezi de seda y algodon listada de oro y rapaçejos de lo mismo, la qual dandole muchas bueltas por la cabeça le seruia de ornamento y defensa de su persona. Traya una adarga en el braço yzquierdo muy grande, y en la derecha mano vna lança de dos hierros. Con tan gentil ayre, y continente uenia el enamorado moro, que no se podia más dessear, y aduertiendo a la cançion que dezia, oyeron que el romançe (aunque en arabigo le dixesse) era este:

En Cartama me he criado,
nasçi en Granada primero,
mas fuy de Alora frontero,
y en Coyn enamorado.

Aunque en Granada nasçi,
y en Cartama me crié,
en Coyn tengo mi fe,
con la libertad que di,
alli biuo adonde muero,
y estoy do está mi cuydado,
y de Alora soy frontero,
y en Coyn enamorado.

Los cinco caualleros que quiça de las passiones enamoradas tenian poca experiençia, o ya que la tuuiessen, tenian más ojo al interesse que tan buena presa les prometia, que a la enamorada cançion del moro, saliendo de la emboscada, dieron con gran impetu sobre él; mas el valiente moro que en semejantes cosas era esperimentado (aunque entonçes el amor fuesse señor de sus pensamientos) no dexó de boluer sobre sí con mucho animo, y con la lança en la mano, comiença a escaramuçar con todos los çinco christianos, a los quales muy en breue dió a conosçer que no era menos ualiente que enamorado. Algunos dizen que vinieron a él uno a uno, pero los que han llegado al cabo con la uerdad desta historia, no dizen sino que fueron todos juntos, y es razonable cosa de creer que para prendelle yrian todos, y que quando uiessen que se defendia, se apartarian los quatro. Como quiera que sea, él los puso en tanta neçessidad que derribando los tres, los otros dos cometian con grandissimo animo, y no era menester poco segun el ualiente aduersario que tenían, porque puesto caso que anduuiesse herido en un muslo, aunque no de herida peligrosa, no era su esfuerço de manera que aun las heridas mortales le pudiessen espantar, pues auiendo perdido su lança, puso las piernas al cauallo, haziendo muestra de buyr: los dos caualleros lo seguian, y él buelue a passar entrellos como un rayo, y en llegando a donde estaua uno de los tres quél auía derribado, se dexó colgar del cauallo, y tomando la lança se boluio a endereçar con gran ligereza en la silla. A esta hora, vno de los dos escuderos tocó el cuerno, y él se vino a ellos, y los traya de manera que si aquella hora el ualeroso Alcayde no llegara, lleuaran el camino de los tres compañeros que en el campo estauan tendidos. Pues como el Alcayde llegó, y vido que ualerosamente el moro se combatia tuuolo en mucho, y desseó en extremo prouarse con él, y muy cortesemente le dixo: Por çierto, cauallero, no es vuestra valentia y esfuerço de manera que no se gane mucha honra en uenceros, y si esta la fortuna me otorgasse no ternia mas que pedille: mas aunque

sé el peligro a que me pongo con quien tan bien se sabe defender, no dexaré de hazello, pues que ya en el acometello no puede dexar de ganarse mucho. Y diziendo esto, hizo apartar los suyos, poniendose el vençido por premio del uençedor. Apartados que fueron, la escaramuça entre los dos ualientes caualleros se començo. El ualeroso Naruaez desseaua la victoria, porque la valentia del Moro le acresçentaua la gloria que con ella esperaua. El esforçado Moro, no menos que el Alcayde la desseaua, y no con otro fin, sino de conseguir el de su esperança. Y ansi andauan los dos tan ligeros en el herirse y tan osados en acometerse, que si el cansancio passado y la herida que el Moro tenía no se lo estoruara, con dificultad uuiera el Alcayde victoria de aquel hecho. Mas esto, y el no poder menearse su cauallo, muy claramente se la prometian, y no porque en el Moro se conosçiesse punto de couardia, mas como uio que sola esta batalla le yua la vida, la qual él trocara por el contentamiento que la fortuna entonçes le negaua, se esforço quanto pudo, y poniendose sobre los estriuos, dió al Alcayde vna gran lançada por ençima del adarga. El qual resçebido aquel golpe, le respondio con otro en el braço derecho, y atreuiendose en sus fuerças si a braços uiniessen, arremetió con él, y con tanta fuerça le abraçó que sacandolo de la silla, dió con él en tierra diziendo: Cauallero, date por mí uençido, si más no estimas serlo, que la vida en mis manos tienes. Matarme (respondio el Moro) está en tu mano como dizes, pero no me hará tanto mal la fortuna que pueda ser vençido, sino de quien mucho ha que me he dexado vençer, y este solo contento me queda de la prision a que mi desdicha me ha traydo. No miró el Alcayde, tanto en las palabras del moro, que por entonçes le preguntasse a qué fin las dezia, mas vsando de aquella clemençia que el uençedor ualeroso suele usar con el desamparado de la fortuna, lo ayudó a leuantar, y el mismo le apretó las llagas, las quales no eran tan grandes que le estoruassen a subir en su cauallo, y assi todos juntos con la presa tomaron el camino de Alora. El Alcayde lleuaua siempre en el moro puestos los ojos, paresçiendole de gentil talle y disposiçion, acordauase de lo que le auia uisto hazer, paresçiale demasiada tristeza la que lleuaua para un animo tan grande, y porque tambien se iuntauan a esto algunos sospiros, que dauan a entender más pena de la que se podia pensar que cupiera en honbre tan ualiente, y queriendose informar mejor de la causa desto le dixo: Cauallero, mira que el prisionero que en la prision pierde el animo, auentura el derecho de la libertad, y que en las cosas de la guerra, se an de reçebir las aduersas con tan buen rostro, que se merezca por esta grandeza de animo gozar de las prosperas, y no me paresçe que estos sospiros corresponden al ualor y esfuerço que tu persona ha mostrado, ni las heridas son tan grandes, que se auentura la uida, la qual no has mostrado tener en tanto, que por la honra no dexasses de oluidalla. Pues si otra ocasion te da tristeza, dimela, que por la fe de cauallero te juro, que use contigo de tanta amistad que jamas te puedas quexar de auermelo dixo. El moro oyendo las palabras del Alcayde, las quales arguyan un animo grande y magnanimo, y la offerta que le auia hecho de ayudallo, paresciole discreçion muy grande no encubrille la causa de su mal, pues sus palabras le dauan tan grande esperança de remedio, y alçando el rostro que con el peso de la tristeza lo lleuaua inclinado, le dixo: ¿Cómo te llamas cauallero, que tanto esfuerço me pones y sentimiento muestras tener de mi mal? Esto no te negaré yo, dixo el Alcayde, a mi me llaman Rodrigo de Naruaez, soy Alcayde de Alora y Antequera: tengo aquellas dos fuerças por el Rey de Castilla mi señor. Quando el moro le oyó esto, con un semblante algo más alegre que hasta alli, le dixo: En extremo me huelgo, que mi mala fortuna traya un descuento tan bueno, como es auerme puesto en tus manos, de cuyo esfuerço y uirtud muchos dias ha que soy informado, y aunque más cara me costasse la experiençia, no me puedo agrauiar, pues como digo, me desagrauia uerme en poder de una persona tan prinçipal. Y porque ser uençido de ti me obliga a tenerme en mucho, y que de mí no se entienda flaqueza sin tan gran occasion que no sea en mi mano dexar de tenella, suplicote por quien eres que mandes apartar tus caualleros, para que entiendas que no el dolor de las heridas, ni la pena de uerme preso, es causa de mi tristeza. El Alcayde oyendo estas razones al moro tuuolo en mucho, y porque en extremo desseaua informarse de su sospecha, mandó a sus caualleros que fuessen algo delante, y quedando solos los dos, el moro sacando del alma un profundo sospiro, dixo desta manera: Valeroso Alcayde, si la experiençia de tu gran uirtud no me la uuiese el tienpo puesto delante los ojos, muy escusadas serian las palabras que tu uoluntad me fuerça a dezir, ni la cuenta que te pienso dar de mi uida, que cada hora es çercada de mil desassosiegos y sospechas; la menor de las quales te paresçera peor que mil muertes. Mas como de una parte me assegure lo que digo, y de la otra que eres cauallero y que o auras oydo, ó avrá passado por ti semeiante passion que la mia, quiero que sepas que a mi me llaman Abindarraez el moço, a differençia de un tio mio, hermano de mi padre, que tiene el mesmo apellido. Soy de los abençerrajes de Granada, en cuya desuentu-

ra aprendi a ser desdichado, y porque sepas quál fue la suya, y de ay uengas a entender lo que se puede esperar de la mia: sabras que uno en Granada un linaje de caualleros llamados abençerrajes; sus hechos y sus personas ansi en esfuerço para la guerra, como en prudençia para la paz, y gouierno de nuestra republica eran el espejo de aquel reyno. Los uiejos eran del consejo del Rey, los moços exerçitauan sus personas en actos de caualleria siruiendo a las damas y mostrando en si la gentileza y ualor de sus personas. Eran muy amados de la gente popular, y no mal quistos entre la prinçipal, aunque en todas las buenas partes que un cauallero deue tener se auentajassen a todos los otros. Eran muy estimados del Rey, nunca cometieron cosa en la guerra ni el consejo, que la experiençia no correspondiesse a lo que dellos se esperaua, en tanto grado era loada su ualentia, libertad y gentileza, que se trajo por exemplo, uo auer abençerraje conarde, escasso, ni de mala disposiçion. Eran maestros de los trajes, de las inuençiones, la cortesia y seruiçio de las damas andaua en ellos en su uerdadero punto, nunca abençerraje siruio dama de quien no fuesse fauoresçido, ni dama se tuuo por digna deste nombre que no tuuiesse abençerraje por seruidor. Pues estando ellos en esta prosperidad y honra y en la reputaçion que se puede dessear, uino la fortuna embidiosa del descanso y contentamiento de los hombres, a deriballos de aquel estado, en el más triste y desdichado que se puede imaginar, cuyo prinçipio fue auer el Rey hecho çierto agrauio a dos abençerrajes, por donde les leuantaron que ellos con otros diez caualleros de su linaje se auian conjurado de matar al Rey y diuidir el reyno entre si, por uengarse de la injuria alli reçibida. Esta conjuraçion, ora fuesse uerdadera, o que ya fuesse falsa, fue descubierta antes que se pusiesse en execuçion, y fueron presos y cortadas las cabeças a todos, antes que uiniesse a notiçia del pueblo, el qual sin duda se alçara, no consintiendo en esta iustiçia. Lleuandolos pues a iustiçiar, era cosa estrañissima uer los llantos de los unos, las endechas de los otros, que de conpassion de estos caualleros por toda la çiudad se hazian. Todos corrian al Rey, comprauanle la misericordia con grandes summas de oro y plata, mas la seueridad fue tanta, que no dio lugar a la clemençia. Y como esto el pueblo uio, los començo a llorar de nueuo; lloraυan los caualleros con quien solian acompañarse, lloraυan las damas, a quien seruian; lloraua toda la çiudad la honra y autoridad que tales çiudadanos le dauan. Las bozes y alaridos eran tantos que paresçian hundirse. El Rey que a todas estas lagrimas y sentimiento çerraua los oydos, mandó que se executasse la sentençia, y de todo aquel linaje no quedó hombre que no fuesse degollado aquel dia, saluo mi padre y un tio mio, los quales se halló que no auian sido en esta conjuraçion. Resultó más deste miserable caso, derriballes las casas, apregonallos el Rey por traydores, confiscalles sus heredades y tierras, y que ningun abençerraje más pudiesse biuir en Granada, saluo mi padre y mi tio, con condiçion que si tuuiessen hijos, a los uarones embiassen luego en nasçiendo a criar fuera de la çiudad, para que nunca boluiessen a ella; y que si fuessen henbras, que siendo de edad, las casassen fuera del reyno. Quando el Alcayde oyo el estraño cuento de Abindarraez y las palabras con que se quexaua de su desdicha, no pudo tener sus lagrimas, que con ellas no mostrasse el sentimiento que de tan desastrado caso deuia sentirse. Y boluiendose al moro, le dixo: Por cierto, Abindarraez, tú tienes grandissima occasion de sentir la gran cayda de tu linaje, del qual yo no puedo creer que se pusiesse en hazer tan grande trayçion, y quando otra prueua no tuuiesse, sino proçeder della un honbre tan señalado como tú, bastaria para yo creer que no podria caber en ellos maldad. Esta opinion que tienes de mí, respondio el moro, Alá te la pague, y él es testigo que la que generalmente se tiene de la bondad de mis passados, es essa misma. Pues como yo nasçiesse al mundo con la misma uentura de los mios, me embiaron (por no quebrar el edicto del Rey) a criar a una fortaleza que fue de christianos, llamada Cartama, encomendandome al Alcayde della, con quien mi padre tenía antigua amistad, hombre de gran calidad en el reyno, y de grandissima uerdad y riqueza: y la mayor que tenia era una hija, la qual es el mayor bien que yo en esta uida tengo. Y Alá me la quite si yo en algun tiempo tuuiere sin ella otra cosa que me dé contento. Con esta me crié desde niño, porque tambien ella lo era, debaxo de un engaño, el qual era pensar que eramos ambos hermanos, porque como tales nos tratauamos y por tales nos teniamos, y su padre como a sus hijos nos criaua. El amor que yo tenía a la hermosa Xarifa (que assi se llama esta señora que lo es de mi libertad) no sería muy grande si yo supiesse dezillo; basta auerme traydo a tienpo que mil uidas diera por gozar de su uista solo un momento. Yua cresçiendo la edad, pero mucho más cresçia el amor, y tanto que ya paresçia de otro metal que no de parentesco. Acuerdome que un dia estando Xarifa en la huerta de los jazmines conponiendo su hermosa cabeça, mirela espantado de su gran hermosura, no sé cómo me peso de que fuesse mi hermana. Y no aguardando más, fueme a ella, y con los braços abiertos, ansi como me uio, me salio a reçebir, y sentandome en la

fuente iunto a ella, me dixo: Hermano, ¿cómo me dexaste tanto tienpo sola? Yo le respondia: Señora mia, gran rato ha que os busco: y nunca hallé quien me dixesse do estauades hasta que mi coraçon me lo dixo: mas dezidme agora, ¿qué çertedad teneys uos de que somos hermanos? Yo no otra (dixo ella) más del grande amor que os tengo, y uer que hermanos nos llaman todos, y que mi padre nos trata a los dos como a hijos. Y si no fueramos hermanos (dixo yo) quisierades me tanto? ¿No ueys (dixo ella) que a no lo ser, no nos dexarian andar siempre juntos y solos, como nos dexan? Pues si este bien nos auian de quitar (dixe yo) más uale el que me tengo. Entonces encendiosele el hermoso rostro, y me dixo: ¿Qué pierdes tu en que seamos hermanos? Pierdo a mí y a uos (dixe yo). No te entiendo (dixo ella), mas a mí paresçeme que ser hermanos nos obliga a amarnos naturalmente. A mí (dixe yo) sola uuestra hermosura me obliga á quereros, que esta hermandad antes me resfria algunas uezes; y con esto abaxando mis ojos de empacho de lo que dixe, uila en las aguas de la fuente tan al proprio como ella era, de suerte que a do quiera que boluia la cabeça, hallaua su ymagen y trasunto, y la uia uerdadera transladada en mis entrañas. Dezia yo entonçes entre mí: Si me ahogassen aora en esta fuente a do ueo a mi señora, quánto más desculpado moriria yo que Narciso; y si ella me amasse como yo la amo, qué dichoso sería yo. Y si la fortuna permitiesse biuir siempre juntos, qué sabrosa uida sería la mia! Estas palabras dezia yo a mi mesmo, y pesárame que otro me las oyera. Y diziendo esto lebanteme, y boluiendo las manos hazia unos jazmines, de que aquella fuente estaua rodeada, mezclandolos con arrayanes hize una hermosa guirnalda, y poniendomela sobre mi cabeça, me bolui coronado y vençido; entonçes ella puso los ojos en mí más dulçemente al pareçer, y quitandome la guirnalda la puso sobre su cabeça, pareçiendo en aquel punto más hermosa que Venus, y boluiendo el rostro hazia mí, me dixo: ¿Qué te pareçe de mí, Abindarraez? Yo la dixe: Pareçeme que acabays de vençer a todo el mundo, y que os coronan por reyna y señora dél. Leuantandose me tomó de la mano, diciendome: Si esso fuera, hermano, no perdierades uos nada. Yo sin la responder la seguí hasta que salimos de la huerta. De ahi algunos dias, ya que al crudo amor le pareçio que tardaua mucho en acabar de darme el desengaño de lo que pensaua que auia de ser de mí, y el tiempo queriendo descubrir la çelada, venimos a saber que el parentesco entre nosotros era ninguno, y asi quedó la afiçion en su verdadero punto. Todo mi contentamiento estaua en ella: mi alma tan cortada a medida de la suya, que todo lo que en su rostro no auia, me pareçia feo, escusado y sin prouecho en el mundo. Ya a este tiempo, nuestros pasatiempos eran muy diferentes de los pasados: ya la miraua con reçelo de ser sentido: ya tenia zelo del sol que la tocaua, y aun mirandome con el mismo contento que hasta alli me auia mirado, a mí no me lo pareçia, porque la desconfianza propia es la cosa más çierta en vn coraçon enamorado. Suçedio que estando ella vn dia junto a la clara fuente de los jazmines, yo llegué, y comenzando a hablar con ella no me pareçio que su habla y contenencia se conformaua con lo pasado. Rogome que cantasse, porque era vna cosa que ella muchas vezes holgaua de oyr: y estaua yo aquella ora tan desconfiado de mí que no creí que me mandaua cantar porque holgase de oyrme, sino por entretenerme en aquello, de manera que me faltase tiempo para deçille mi mal. Yo que no estudiaua en otra cosa, sino en hazer lo que mi señora Xarifa mandaua, comenze en lengua arabiga a cantar esta cançion, en la qual la di a entender toda la crueldad que della sospechaua:

Si hebras de oro son vuestros cabellos,
a cuia sombra estan los claros ojos,
dos soles cuyo çielo es vuestra frente;
faltó rubí para hazer la boca,
faltó el christal para el hermoso cuello,
faltó diamante para el blanco pecho.
Bien es el coraçon qual es el pecho,
pues flecha de metal de los cabellos,
iamas os haze que boluays el cuello,
ni que deis contento con los ojos:
pues esperad vn si de aquella boca
de quien miró jamas con leda frente.
¿Hay más hermosa y desabrida frente
para tan duro y tan hermoso pecho?
¿Hay tan diuina y tan airada boca?
¿tan ricos y auarientos ay cabellos?
¿quién vio crueles tan serenos ojos
y tan sin mouimiento el dulce cuello?
El crudo amor me tiene el lazo al cuello,
mudada y sin color la triste frente,
muy cerca de cerrarse estan mis ojos:
el coraçon se mueue acá en el pecho,
medroso y erizado está el cabello,
y nunca oyó palabra desa boca.
O más hermosa y más perfecta boca
que yo sabré dezir: o liso cuello,
o rayos de aquel sol que no cabellos,
o christalina cara, o bella frente,
o blanco ygual y diamantino pecho,
¿quando he de uer clemencia en esos ojos?
Ya siento el nó en el boluer los ojos,
oid si afirma pues la dulce boca,
mirad si está en su ser el duro pecho,
y cómo acá y allá menea el cuello,

sentid el ceño en la hermosa frente;
pues ¿qué podre esperar de los cabellos?
Si saben dezir no el cuello y pecho,
si niega ya la frente y los cabellos,
¿los ojos qué haran y hermosa boca?

Pudieron tanto estas palabras que siendo ayudadas del amor de aquella a quien se dezian, yo ni derramar vnas lagrimas que me enternecieron el alma, de manera que no sabre dezir si fue maior el contento de uer tan uerdadero testimonio del amor de mi señora o la pena que reçibi de la ocasion de derramallas. Y llamandome me hizo sentar junto a si, y me comenzo a hablar desta manera: Abindarraez, si el amor a que estoy obligada (despues que me satisfize de tu pensamiento) es pequeño o de manera que no pueda acauarse con la uida, yo espero que antes que dejemos solo el lugar donde estamos, mis palabras te lo den a entender. No te quiero poner culpa de lo que las desconfianzas te hazen sentir, porque sé que es tan çierta cosa tenellas que no ay en amor cosa que más lo sea. Mas para remedio de esto y de la tristeza, que yo tenía en uerme en algun tiempo apartada de tí; de oy más te puedes tener por tan Señor de mi libertad, como lo serás no queriendo rehusar el vinculo de matrimonio, lo qual ante todas cosas impide mi honestidad y el grande amor que tengo. Yo que estas palabras oi, haçiendomelas esperar amor muy de otra manera, fue tanta mi alegria que sino fue hincar los hinojos en tierra besandole sus hermosas manos, no supe hazer otra cosa. Debajo de esta palabra viví algunos dias con maior contentamiento del que yo aora sabre dezir: quiso la ventura envidiosa de nuestra alegre vida quitarnos este dulce y alegre contentamiento, y fue desta manera: que el Rey de Granada por mejorar en cargo al Alcayde de Cartama, embiole a mandar que luego dexasse la fortaleza, y se fuesse en Coyn, que es aquel lugar frontero del uuestro, y me dexasse a mí en Cartama en poder del Alcayde que alli viniesse. Sabida esta tan desastrada nueua por mi señora y por mí, juzgad vos si en algun tiempo fuesses enamorado, lo que podriamos sentir. Juntamonos en un lugar secreto a llorar nuestra perdida y apartamiento. Yo la llamaua señora mia, mi bien solo, y otros diuersos nombres quel amor me mostraua. Deziale llorando: apartandose uuestra hermosura de mi, ¿tendreys alguna uez memoria deste uuestro captiuo? Aqui las lagrimas y sospiros atajauan las palabras, y yo esforçandome para dezir más, dezia algunas razones turbadas, de que no me acuerdo: porque mi señora lleuó mi memoria tras si. ¿Pues quién podra dezir lo que mi señora sentia deste apartamiento, y lo que a mí hazian sentir las lagrimas que por esta causa derramaua? Palabras me dixo ella entonçes que la menor dellas bastaua para dar en qué entender al sentimiento toda la uida. Y no te las quiero dezir (ualeroso Alcayde), porque si tu pecho no ha sido tocado de amor, te pareçerian impossibles; y si lo ha sido, ueriades que quien las oyesse, no podra quedar con la uida. Baste que el fin dellas fue dezirme que en auiendo occasion, o por enfermedad de su padre, o ausençia, ella me embiaria a llamar para que uuiesse effecto lo que entre nos dos fue conçertado. Con esta promessa mi coraçon se assossego algo, y besé las manos por la merçed que me prometia. Ellos se partieron luego otro dia, yo me quedé como quien camina por vnas asperas y fragosas montañas, y passandosele el sol, queda en muy escuras tinieblas: començe a sentir su ausençia asperamente, buscando todos los falsos remedios contra ella. Miraua las uentanas donde se solia poner, la camara en que dormia, el jardin donde reposaua y tenia la siesta, las aguas donde se bañaua, andaua todas sus estancias, y en todas ellas hallaua vna cierta representaçion de mis fatigas. Verdad es que la esperança que me dió de llamarme me sostenia, y con ella engañaua parte de mis trabajos. Y aunque algunas uezes de uer tanto dilatar mi desseo, me causaua más pena, y holgara de que me dexaran del todo desesperado, porque la descesperacion fatiga hasta que se tiene por cierta, mas la esperança hasta que se cumple el desseo. Quiso mi buena suerte que oy por la mañana mi señora me cumplio su palabra, embiandome a llamar, con vna criada suya, de quien como de sí fiaua, porque su padre era partido para Granada, llamado del Rey, para dar buelta luego. Yo resuçitado con esta improuisa y dichosa nueua, aperçibime luego para caminar. Y dexando venir la noche por salir más secreto y encubierto, puseme en el habito que me encontraste el más gallardo que pude, por mejor mostrar a mi señora la vfania y alegria de mi coraçon. Por çierto no creyera yo que bastaran dos caualleros juntos a tenerme campo, porque traya a mi señora comigo, y si tú me vençiste no fue por esfuerço, que no fue possible, sino que mi suerte tan corta o la determinaçion del çielo, quiso atajarme tan supremo bien. Pues considera agora en el fin de mis palabras el bien que perdi y el mal que possee. Yo yua de Cartama a Coyn breue jornada, aunque el desseo la alargaua mucho, y el más vfano abencerraje que nunca se uio, yua llamado de mi señora, a uer a mi señora, a gozar de mi señora. Veo me agora herido, captiuo y en poder de aquel que no sé lo que hará de mí: y lo que más siento es que el término y coyuntura de mi bien se acabó esta noche. Dexame

pues, christiano, consolar entre mis sospiros. Dexame desahogar mi lastimado pecho, regando mis ojos con lagrimas, y no juzgues esto a flaqueza, que fuera harto mayor tener animo para poder suffrir (sin hazer lo que hago) en tan desastrado y riguroso trançe. Al alma le llegaron al ualeroso Naruaez las palabras del moro, y no poco espanto reçibio del estraño succcesso de sus amores. Y paresçiendole que para su negoçio, ninguna cosa podia dañar más que la dilaçion, le dixo a Abindarraez: quiero que ueas que puede más mi uirtud que tu mala fortuna, y si me prometes de boluer a mi prision dentro del terçero dia, yo te dare libertad para que sigas tu començado camino, porque me pesaria atajarte tan buena empresa. El abençerraje que aquesto oyó quiso echarse a sus pies, y dixole: Alcayde de Alora, si uos hazeys esso, a mi dareys la uida, y uos aureys hecho la mayor gentileza de coraçon que nunca nadie hizo: de mi tomad la seguridad que quisieredes por lo que me pedis, que yo cumplire con uos lo que assentare. Entonces Rodrigo de Naruaez llamó a sus compañeros, y dixoles: Señores, fiad de mí este prisionero, que yo salgo por fiador de su rescate. Ellos dixeron que ordenasse a su uoluntad de todo, que de lo que él hiziesse serian muy contentos. Luego el Alcayde tomando la mano derecha a Abençerraje, le dixo: Vos prometeys como cauallero de uenir a mi castillo de Alora, a ser mi prisionero dentro del terçero dia? El le dixo: sí prometo: pues yd con la buena uentura; y si para uuestro camino teneys neçessidad de mi persona, o de otra cosa alguna, tambien se hará. El moro se lo agradesçio mucho, y tomó vn cauallo quel Alcayde le dió, porque el suyo quedó de la refriega passada herido, y ya yua muy cansado y fatigado de la mucha sangre que con el trabajo del camino le salia. Y buelta la rienda se fue camino de Coyn a mucha priessa. Rodrigo de Naruaez y sus compañeros se boluieron a Alora, hablando en la ualentia y buenas maneras del abençerraje. No tardó mucho el moro, segun la priessa que lleuaua, en llegar a la fortaleza de Coyn, donde yendose derecho como le era mandado, la rodeó toda, hasta que halló una puerta falsa que en ella auia: y con toda su priessa y gana de entrar por ella, se detuuo un poco alli hasta reconosçer todo el campo por uer si auia de qué guardarse: y ya que uio todo sossegado tocó con el cuento de la lança a la puerta, porque aquella era la señal que le auia dado la dueña que le fue a llamar; luego ella misma le abrio, y le dixo: Señor mio, uuestra tardança nos ha puesto en gran sobresalto, mi señora ha gran rato que os espera, apeaos y subid a donde ella está. El se apeó de su cauallo, y le puso en un lugar secreto que alli halló, y arrimando la lança a una pared con su adarga y çimitarra, lleuandole la dueña por la mano, lo mas passo que pudieron, por no ser conosçidos de la gente del castillo, se subieron por una escalera hasta el aposento de la hermosa Xarifa. Ella que auia sentido ya su uenida, con la mayor alegria del mundo lo salió a reçebir, y ambos con mucho regozijo y sobresalto se abraçaron sin hablarse palabra del sobrado contentamiento, hasta que ya tornaron en si. Y ella le dixo: ¿En qué os aueys detenido, señor mio, tanto que uuestra mucha tardança me ha puesto en grande fatiga y confusion? Señora mia (dixo él) uos sabeys bien que por mi negligençia no aurá sido, mas no siempre sucçeden las cosas como hombre dessea, assi que si me he tardado, bien podeys creer que no ha sido más en mi mano. Ella atajandole su platica, le tomó por la mano, y metiendole en un rico aposento se sentaron sobre una cama que en él auia, y le dixo: He querido, Abindarraez, que ueays en qué manera cumplen las captiuas de amor sus palabras, porque desde el dia que uos la di por prenda de mi coraçon, he buscado aparejos para quitarosla. Yo os mandé uenir a este castillo para que seays mi prisionero como yo lo soy uuestra. He os traydo aqui para hazeros señor de mí y de la hazienda de mi padre, debaxo de nombre de esposo, que de otra manera ni mi estado, ni uuestra lealtad lo consentiria. Bien sé yo que esto será contra la noluntad de mi padre, que como no tiene conosçimiento de uuestro ualor tanto como yo, quisiera darme marido más rico, más yo uuestra persona y el conosçimiento que tendreys con ella tengo por la mayor riqueza del mundo. Y diziendo esto baxó la cabeça, mostrando vn çierto y nueuo empacho de auerse descubierto y declarado tanto. El moro la tomó en sus braços, y besandole muchas uezes las manos, por la merçed que le hazia, dixole: Señora de mi alma, en pago de tanto bien como me offreçeys no tengo qué daros de nueuo, porque todo soy uuestro, solo os doy esta prenda en señal, que os reçibo por mi señora y esposa: y con esto podeys perder el empacho y verguença que cobrastes quando uos me reçebistes a mi. Ella hizo lo mismo, y con esto se acostaron en su cama, donde con la nueua experiençia ençendieron el fuego de sus coraçones. En aquella empresa passaron muy amorosas palabras y obras que son más para contemplaçion que no para escriptura. Al moro estando en tan gran alegria, subitamente vino vn muy profundo pensamiento, y dexando lleuarse del, parose muy triste, tanto que la hermosa Xarifa lo sentio, y de uer tan subita nouedad, quedó muy turbada. Y estando attenta, sintiole dar vn muy profundo y aquexado sospiro, reboluiendo el cuerpo a todas partes. No pudiendo la dama suffrir tan grande offensa de su hermosura y lealtad, paresçiendo que en aquello se offendia grandemente, leuantandose un poco sobre la cama, con voz alegre y sossegada, aunque algo turbada, le dixo: ¿Qué es esto, Abindarraez? paresçe que te has entristeçido con mi alegria, y yo te oy sospirar, y dar solloços reboluiendo el coraçon y cuerpo a muchas partes. Pues si yo soy todo tu bien y contentamiento, cómo no me has dicho por quién sospiras, y si no lo soy, porqué me engañaste? si as hallado en mi persona alguna falta de menor gusto que imaginauas, pon los ojos en mi uoluntad que basta encubrir muchas. Si sirues otra dama dime quien es para que yo la sirua, y si tienes otra fatiga de que yo no soy offendida, dimela, que yo morire o te sacaré della. Y trauando dél con un impetu y fuerça de amor le boluio. El entonces confuso y auergonçado de lo que auia hecho, paresçiendole que no declararse sería darle occasion de gran sospecha, con un apassionado sospiro le dixo: Esperança mia, si yo no os quisiera más que a mí, no uuiera hecho semejante sentimiento, porque el pensar, que comigo traya, suffriera con buen animo, quando yua por mi solo, mas aora que me obliga a apartarme de uos, no tengo fuerças para sufrillo, y porque no esteys más suspensa sin auer porqué, quiero deziros lo que passa. Y luego le conto todo su hecho, sin que la faltasse nada, y en fin de sus razones le dixo con hartas lagrimas: De suerte, señora, que uuestro captiuo lo es tambien del Alcayde de Alora; yo no siento la pena de la prision, que uos enseñastes a mi coraçon a suffrir, mas biuir sin uos tendria por la misma muerte. Y ansi uereys que mis sospiros se causan más de sobra de lealtad, que de falta della. Y con esto, se tornó a poner tan pensatiuo y triste, como ante que començasse a dezirlo. Ella entonçes con un semblante alegre le dixo: No os congoxeys, Abindarraez, que yo tomo a mi cargo el remedio de uuestra fatiga porque esto a mí me toca, quanto mas que pues es uerdad que qualquier prisionero que aya dado la palabra de boluer a la prision cumplira con embiar el rescate que se le puede pedir, ponelde uos mismo el nombre que quisieredes, que yo tengo las llaues de todos los cofres y riquezas que mi padre tiene, y yo las pondre todas en uuestro poder, embiad de todo ello lo que os paresçiere. Rodrigo de Naruaez es buen cauallero y os dió vna vez libertad, y le fiastes el presente negoçio, por lo qual le obliga aora a usar de mayor uirtud. Yo creo se contentará con esto, pues teniendoos en su poder ha de hazer por fuerça lo mismo de rescataros por lo que él pidiere. El abençerraje le respondio: Bien paresçe, señora, que él amor que me teneys no da lugar que me aconsejeys bien, que çierto no caere yo en tan gran yerro como éste, porque si quando me uenia a uerme solo con uos estaua obligado a cumplir mi palabra, agora que soy uuestro se entiende más obligaçion. Yo mismo boluere a Alora y me pondre en las manos del Alcayde della, y tras hazer yo lo que deuo, haga la fortuna lo que quisiere. Pues nunca Dios quiera, dixo Xarifa, que yendo uos a ser preso, yo quede libre, pues no lo soy: yo quiero acompañaros en esta jornada; que ni el amor que os tengo, ni el miedo que he cobrado a mi padre de auelle offendido, me consentiran hazer otra cosa. El moro llorando de contentamiento la abraço y le dixo: Siempre vays, alma mia, acreçentandome las merçedes, hagase lo que uos quereys, que assi lo quiero yo. Con este acuerdo antes que fuesse de dia se leuantaron, y proueydas algunas cosas al viaje neçessarias, partieron muy secretamente para Alora. Ya ameneçia, y por no ser conosçida, lleuaua el rostro cubierto. Con la gran priessa que lleuauan llegaron en muy breue tiempo a Alora, y yendose derechos al castillo, como a la puerta tocaron, fue luego abierta por las guardas, que ya tenian notiçia de lo passado. El ualeroso Alcayde los reçibio con mucha cortesia, y saliendo a la puerta Abindarraez, tomando a su esposa por la mano, se fue a él y le dixo: Mira, Rodrigo, de Naruaez, si te cumplo bien mi palabra, pues te prometi de boluer un preso, y te traygo dos, que uno bastaua para uençer muchos. Ves aqui mi señora: juzga si he padesçido con justa causa, reçibenos por tuyos, que yo fio mi persona y su honra de tus manos. El Alcayde holgo mucho, y dixo a la dama: Señora, yo no sé de nosotros quál uençio al otro: mas yo deuo mucho a entrambos. Venid y reposareys en uuestra casa, y tenedla de aqui adelante por tal, pues lo es su dueño. Con esto se fueron a su aposento, y de ay a poco comieron, porque uenian cansados. El Alcayde preguntó al moro qué tal uenia de sus llagas. Paresçe (dixo el) que con el camino las tengo harto enconadas y con dolor. La hermosa Xarifa muy alterada desto, dixo: ¿Qué es esto, señor, llagas teneys uos que yo no sepa? Dixo el: Quien escapó de las nuestras en poco tendra todas las otras. Verdad es que de la escaramuça de la noche saqué dos pequeñas heridas, y el trabajo del camino y el no auerme curado me ha hecho algun daño, pero todo es poco. Bueno sera que os acosteys (dixo el Alcayde) y vendra un cyrujano que yo tengo aqui en el castillo y curaros ha. Luego la hermosa Xarifa le hizo desnudar, todauia alterada, pero con harto sossiego y reposo en su rostro, por no le dar pena mostrando que la tenía. El cyrujano uino, y mirandole las heridas dixo: Que como auian sido en soslayo no eran peligrosas, ni tardarian en sanar mucho; y con çierto remedio que luego le hizo, le mitigó el dolor, y de ay a quatro dias como le curaua con tanto cuydado estuuo sano. Acabando un dia de comer, el abençerraje dixo al Alcayde estas palabras: Rodrigo de Naruaez (segun eres discreto) por la manera de nuestra uenida aurás entendido lo demas, yo tengo esperança que este negoçio que aora tan dañado está se ha de remediar por tus manos. Esta es la hermosa Xarifa de quien te dixe es mi señora y esposa, no quiso quedar en Coyn de miedo de su padre, porque aunque él no sabe lo que ha passado, todauia se temio que este caso auia de ser descubierto. Su padre está aora con el Rey de Granada, y yo sé que el Rey te ama por tu esfuerço y uirtud aunque eres christiano. Suplicote alcançes dél que nos perdone auerse hecho esto sin su liçençia y sin que él lo supiesse: pues ya la fortuna lo rodeó y traxo por este camino. El Alcayde le dixo: Consolaos, señores, que yo os prometo como hijo dalgo, de hazer quanto pudiere sobre este negoçio, y con esto mandó traer papel y tinta, y determinó de escreuir una carta al Rey de Granada, que en uerdaderas y pocas palabras le dixesse el caso, la qual dezia assi:

Muy poderoso Rey de Granada, el Alcayde de Alora Rodrigo de Naruaez tu seruidor besa tus reales manos, y digo que Abindarraez Abençerraje, que se crió en Cartama auiendo nasçido en Granada, estando en poder del Alcayde de la dicha fortaleza, se enamoró de la hermosa Xarifa su hija. Despues tú por hazer merced al Alcayde, le passaste á Coyn. Los enamorados por assegurarse se desposaron entre sí; y llamado el Abençerraje por el ausençia del padre della que contigo tienes, fue a su fortaleza, yo le encontre en el camino, y en çierta escaramuça que con él tuue en que se mostró muy valiente, esforçado y animoso, le gané por mi prisionero, y contandome su caso, apiadado y conmouido de sus ruegos, le hize libre por dos dias, él fue y se uió con su esposa, de suerte que en la jornada cobró a su esposa y perdio la libertad. Pues uiendo ella que el Abençerraje boluio a mi prision, quiso uenir con él, y assi estan aora los dos en mi poder. Suplico te no te offenda el nombre de Abençerraje, pues éste y su padre fueron sin culpa de la coniuraçion contra tu Real persona hecha, y en testimonio dello biuen ellos agora. A tu Alteza humildemente suplico el remedio destos tristes amantes se reparta entre ti y mí, yo perdonare su rescate dél, y libremente le soltaré, y manda tú al padre della, pues es tu vassallo, que a ella la perdone, y a él reçiba por hijo, porque en ello allende de hazerme a mí singular merçed, harás aquello que de tu uirtud y grandeza se espera.

Con esta carta despachó vno de sus escuderos. El cual llegando hasta el Rey, se la dio, él la tomó, y sabiendo cuya era, holgo mucho, porque a este solo christiano amaua por su ualor y persona, y en leyendola, boluio el rostro, y uio al Alcayde de Coyn, y tomandole a parte, le dio la carta, diziendole: lee esta carta, y él la leyo, y en uer lo que passaua, reçibio gran alteraçion. El Rey dixo: No te congoxes, aunque tengas causa; que ninguna cosa me pedira el Alcayde de Alora, que pudiendo la hazer, no la haga, y ansi te mando uayas sin dilaçion a Alora, y perdones a tus hijos, y los lleues luego á tu casa, que en pago deste seruiçio yo te haré siempre merçedes. El Moro lo sintio en el alma, más uiendo que no podia passar del mandado de su Rey, boluiendo de buen continente, y sacando fuerças de flaqueza, como mejor pudo, dixo que ansi lo haria. Partiose lo más presto que pudo el Alcayde de Coyn, y llegó a Alora, a donde ya por el escudero se sabia lo que passaua, y fue muy bien reçebido. El Abençerraje y su hija paresçieron ante él con harta uerguença, y le besaron las manos, e los reçibio muy bien, y les dixo: No se trate de cosas passadas; el Rey me mandó hiziesse esto, yo os perdono el aueros casado, sin que lo supiesse yo; que en lo demás, hija, nos escogistes mejor marido que yo os lo supiera dar. Rodrigo de Naruaez holgo mucho de uer lo que passaua, y les hazia muchas fiestas y banquetes. Vn dia acabando de comer, les dixo: Yo tengo en tanto auer sido alguna parte para que este negoçio esté en tan buen estado, que ninguna cosa me pudiera hazer más alegre, y ansi digo que sola la honra de aueros tenido por mis prisioneros, quiero por el rescate desta prision: vos, Abindarraez, sois libre, y para ello teneys liçençia de yros donde os pluguiere, cada y cuando que quisieredes. El se lo agradesçio mucho, y ansi se adereçaron para partir otro dia, acompañandolos Rodrigo de Naruaez, salieron de Alora, y llegaron a Coyn donde se hizieron grandes fiestas y regozijos a los desposados, las quales fiestas passadas, tomando los un dia a parte el padre, les dixo estas palabras: Hijos, agora que sois señores de mi hazienda, y estais en sosiego, razon es que cumplays con lo que deueys al Alcayde de Alora, que no por auer usado con uosotros de tanta uirtud y gentileza, es razon pierda el derecho de uuestro rescate, antes se le deue (si bien se mira) muy mayor, yo os quiero dar quatro mil doblas zaenes, embiadselas, y tenedle desde aqui adelante, pues lo meresçe, por amigo, aunque entre él y uosotros sean las leyes diferentes. El Abençerraje se lo agradesçio mucho,

y tomandolas, las embió a Rodrigo de Naruaez, metidas dentro de un mediano y rico coffre, y por no mostrarse de su parte corto y desagradecido, juntamente le embió seys muy hermosos y enjaezados cauallos, con seys adargas y lanças, cuyos hierros y recatones eran de fino oro. La hermosa Xarifa le escriuio una muy dulce y amorosa carta, agradesçiendole mucho lo que por ella auia hecho. Y no queriendo mostrarse menos liberal y agradesçida que los demas, le embió una caxa de açipres muy olorosa, y dentro en ella mucha y muy preçiosa ropa blanca para su persona. El Alcayde ualeroso tomó el presente, y agradesçiendolo mucho a quien se lo embiaua, repartio luego los cauallos y adargas y lanças por los hidalgos que le acompañaron la noche de la escaramuça, tomando uno para sí, el que más le contentó, y la caxa de açipres, con lo que la hermosa Xarifa le auia embiado, y boluiendo las quatro mil doblas al mensajero, le dixo: Deçid a la señora Xarifa, que yo recibo las doblas en rescate de su marido, y a ella le siruo con ellas para ayuda de los gastos de su boda, porque por sola su amistad trocaré todos los intereses del mundo, y que tenga esta casa por tan suya como lo es de su marido. El mensajero se boluio a Coyn, donde fue bien reçibido, y muy loada la liberalidad del magnanimo capitan, cuyo linaje dura hasta aora, en Antequera, correspondiendo con magnificos hechos al origen donde proçeden. Acabada la historia, la sábia Feliçia alabó mucho la graçia, y buenas palabras con que la hermosa Felismena la auia contado, y lo mismo hizieron las que estaban presentes, las cuales tomando liçençia de la sábia se fueron a reposar.

Fin del cuarto libro.

LIBRO QUINTO

DE LA DIANA DE GEORGE DE MONTEMAYOR

Otro dia por la mañana, la sábia Feliçia leuantó, y se fue al aposento de Felismena, la cual halló acabandose de vestir, no con pocas lagrimas, paresçiendole cada hora de las que alli estaua mil años. Y tomandola por la mano, se salieron a vn corredor que estaua sobre el jardin, adonde la noche antes hauian çenado, y hauiendole preguntado la causa de sus lagrimas, y consolandola con dalle esperança que sus trabajos aurian el fin que ella deseaua, le dixo: Ninguna cosa hay oy en la vida más aparejada para quitalla a quien quiere bien, que quitalle con esperanças inçiertas el remedio de su mal:

porque no ay hora, en quanto desta manera biue, que no le paresca tan espaçiosa quanto las de la vida son apressuradas. Y porque mi desseo es, que el nuestro se cumpla, y despues de algunos trabajos, consigays el descanso que la fortuna os tiene prometido, uos partireys desta uuestra casa, en el mismo habito en que veniades, quando a mis Nimphas defendistes la fuerça que los fieros saluages les querian hazer. Y tened entendido, que todas las vezes que mi aiuda y fauor os fuera neçessario, lo hallareys sin que ayays menester embiarmelo a pedir: assi que (hermosa Felismena) vuestra partida sea luego, y confiad en Dios que vuestro desseo aurá buen fin: porque si yo de otra suerte lo entendiera, bien podeys creer, que no me faltarán otros remedios para hazeros mudar el pensamiento, como a algunas personas lo he hecho. Muy grande alegria reçibio Felismena, de las palabras, que la sábia Feliçia le dixo, a las quales respondio: No puedo alcançar (discreta señora) con qué palabras podria encaresçer, ni con qué obras podria seruir la merçed que de vos reçibo. Dios me llegue a tiempo en que la experiençia os dé a entender mi desseo. Lo que mandays pondre yo luego por obra, lo cual no puede dexar de suçederme muy bien: siguiendo el consejo de quien para todas las cosas sabe dallo tan bueno. La sabia Feliçia la abraçó, diziendo: yo espero en Dios, hermosa Felismena, de veros en esta casa con más alegria de la que lleuais. Y porque los dos pastores y pastoras nos estan esperando, razon será que vaya a dalles el remedio que tanto an menester. Y sa liendose ambas a dos a vna sala hallaron a Syluano, y a Sireno, y a Belisa, y a Seluagia, que esperandolos estauan, y la sábia Feliçia dixo a Felismena: Entretened (hermosa señora) nuestra compañia entre tanto que yo uengo: y entrandole en un aposento, no tardó mucho en salir, con dos uasos en las manos de fino cristal con los pies de oro esmaltados, y llegandose a Sireno, le dixo: Oluidado pastor, si en tus males uuiera otro remedio, si no este, yo te lo (¹) buscara con toda diligençia possible, pero ya que no puedes gozar de aquella que tanto te quiso, sin muerte agena, y está este en mano de solo Dios, es menester que reçibas otro remedio para no dessear cosa que es imposible alcançalla. Y tú, hermosa Seluagia, y desamado Syluano, tomad esse uaso, en el qual hallareys grandissimo remedio para el mal passado, y prinçipio para grandissimo contento: del qual nosotros estays bien descuydados. Y tomando el uaso, que tenía en la mano yzquierda, le puso en la mano a Sireno, y mandó que lo beuiesse, y Sireno lo hizo luego, y Seluagia y

(¹) *Le* en la edición de Milán.

Syluano beuieron ambos el otro: y en este punto cayeron todos tres en el suelo adormidos, de que no poco se espantó Felismena, y la hermosa Belisa, que alli estaua, a la qual dixo la sábia Feliçia: no te desconsueles (o Belisa) que aun yo espero de uerte tan consolada como la que más lo estouiere. Y hasta que la uentura se canse de negarte el remedio que para tan graue mal as menester, yo quiero que quedes en mi conpañia. La pastora le quiso besar las manos por ello, Feliçia no lo consintio: mas antes la abraçó, mostrandole mucho amor. Felismena estaua espantada del sueño de los pastores, y dixo a Feliçia: paresçe me, señora, que si el descanso destos pastores está en dormir, ellos lo hazen de manera, que biuiran los más descansados del mundo. Feliçia le respondio: No os espanteys desso: porque el agua que ellos beuieron, tiene tal fuerça ansi la una, como la otra, que todo el tiempo que yo quisiere, dormiran, sin que baste ninguna persona a despertallos. Y para que ueays si esto es ansi, prouá a llamarlo. Felismena llegó entonces a Syluano, y tirandole por vn braço, le començo a dar grandes bozes, las quales aprouecharon tanto, como si las diera a un muerto: y lo mismo le auino con Sireno y Seluagia, de lo que Felismena quedó assaz marauillada. Feliçia le dixo: pues más os marauillareys despues que se despierten, porque uereys una cosa la más estraña que nunca imaginastes; y porque me paresçe que el agua deue auer obrado lo que es menester, yo quiero despertar, y estad atenta, porque oyreys marauillas. Y sacando un libro de la manga, se llegó a Sireno: y en tocandole con él sobre la cabeça, el pastor se leuantó luego en pie con todo su juyzio, y Feliçia le dixo: Dime, Sireno, si acaso uiesses la hermosa Diana con su esposo, y estar los dos con todo el contentamiento del mundo riendose de los amores que tú con ella auias tenido, qué harias? Sireno respondio: Por çierto señora, ninguna pena me darian, antes te ayudaria a reyr de mis locuras passadas. Feliçia le replicó: ¿y si acaso ella fuera ahora soltera y se quisiera casar con Syluano y no contigo, qué hiziera? Sireno le respondio: yo mismo fuera el que tratara de conçertallo. ¿Qué os paresçe (dixo Feliçia contra Felismena) si el agua sabe desatar los nudos, que este peruerso de amor haze? Felismena respondio: jamas, pudiera creer yo, que la sçiençia de una persona humana pudiera llegar a tanto como esto. Y boluiendo á Sireno, le dixo: ¿qué es esto, Sireno? Pues las lagrimas y sospiros con que manifestauas tu mal, tan presto se an acabado? Sireno le respondio: pues que los amores se acabaron, no es mucho que se acabase lo que ellos me hazian hazer. Felismena le boluio a dezir: ¿y que es possible, Sireno, que ya no quieres bien más a Diana? El mismo bien le quiero (dixo Sireno) que os quiero a uos, y a otra qualquiera persona, que no me aya offendido. Y viendo Feliçia quán espantada estaua Felismena de la subita mudança de Sireno, le dixo: Con esta mediçina curara yo, hermosa Felismena, vuestro mal, y el vuestro, pastora Belisa, si la fortuna, no os tuuiera guardadas para muy mayor contamiento de lo que fuera ueros en nuestra libertad. Y para que ueays quán differentemente ha obrado en Syluano y en Seluagia la mediçina bien será despertarlos, pues basta lo que han dormido. Y poniendo el libro sobre la cabeça a Siluano se leuantó, diziendo: ¡O hermosa Seluagia, quán gran locura ha sido, auer empleado en otra parte el pensamiento despues que mis ojos te uieron! ¿Qué es esso Sylvano, dixo Feliçia, teniendo tan presto el pensamiento en tu pastora Diana, tan subitamente le pones ahora en Seluagia? Sylvano le respondio: Discreta señora, como el nauio anda perdido por la mar sin poder tomar puerto seguro, ansi anduuo mi pensamiento en los amores de Diana todo el tiempo que la quise bien, mas agora he llegado a un puerto, donde plega a Dios que sea tan bien recebido, como el amor que yo le tengo lo meresçe. Felismena quedó tan espantada del segundo genero de mudança que uio en Syluano, como del primero que en Sireno auia uisto, y dixole riendo: pues qué hazes, que no despiertas a Seluagia, que mal podra oyr tu pena una pastora que duerme? Siluano entonces tirandole del braço le començo a dezir a grandes bozes: Despierta, hermosa Seluagia, pues despertaste mi pensamiento del sueño de las ignorançias passadas. Dichoso yo, pues la fortuna me ha puesto en el mayor estado que se podia dessear: ¿qué es esto, no me oyes, o no quieres responderme? Cata que no suffre el amor que te tengo, no ser oydo. O Seluagia, no duermas tanto, ni permitas que tu sueño sea causa que el de la muerte dé fin á mis dias. Y viendo que no aprouechaua nada llamarla, començo a derramar lagrimas en tan gran abundançia, que los presentes no pudieron dexar de ayudalle, mas Feliçia dixo: Sylvano amigo, no te afflijas, que yo haré que responda Seluagia, y que la respuesta sea tal, como tú desseas; y tomandole por la mano, le metio en un aposento, y le dixo: No salgas de ay, hasta que te llame. Y luego boluio a do Seluagia estaua, y tocandola con el libro despertó, como las demas auian hecho. Feliçia le dixo: Pastora, muy descuydada duermes. Seluagia respondio: Señora, qué es del mi Sylvano? no estaua él junto conmigo? Ay Dios, quién me lo lleuó de aqui? Si boluiera? Y Feliçia le dixo. Escucha, Seluagia, que paresçe que desatinas: as de saber que el

tu querido Alanio está a la puerta, y dize que ha andado por muchas partes perdido, en busca tuya, y trae liçençia de su padre para casarse contigo. Essa liçençia (dixo Seluagia) le aprouechará a él muy poco, pues no la tiene de mi pensamiento. Sylvano qué es dél? Adonde está? Pues como el pastor Sylvano oyó hablar a Seluagia, no pudo suffrir sin salir luego á la sala donde estaua, y mirandose los dos con mucho amor, lo confirmaron tan grande entre sí, que sola la muerte bastó para acaballo, de que no poco contentamiento reçibio Sireno, y Felismena, y aun la pastora Belisa. Feliçia les dixo: Razon será, pastores y hermosa pastora, que os boluays a vuestros ganados, y tened entendido que mi fauor jamas os podra faltar, y el fin de vuestros amores será quando por matrimonio cada uno se ayunte con quien dessea. Yo terné cuydado de auisaros, quando sea tiempo, y vos (hermosa Felismena) aparejaos para la partida, porque mañana cumple que partays de aqui. En esto entraron todas las Nimphas por la puerta de la sala, las cuales ya sabian el remedio que la sábia Feliçia auia puesto en el mal de los pastores: de lo cual reçibieron grandissimo plazer, mayormente Dorida, Cinthia, y Polidora: por auer sido ellas la principal ocasion de su contentamiento. Los dos nueuos enamorados no entendian en otra cosa, sino en mirarse uno a otro, con tanta afeçion y blandura como si uuiera mil años que vuieran dado prinçipio a sus amores. Y aquel dia estuuieron alli todos, con grandissimo contentamiento, hasta que otro dia de mañana, despidiendose los dos pastores, y pastora, de la sábia Feliçia, y de Felismena, y de Belisa, y assi mismo de todas aquellas Nimphas, se boluieron con grandissima alegria a su aldea, donde aquel mismo dia llegaron. Y la hermosa Felismena que ya aquel dia se auia uestido en trage de pastora, despidiendose de la sábia Feliçia, y siendo muy particularmente auisada de lo que auia de hazer, con muchas lagrimas la abraçó, y acompañada de todas aquellas Nimphas, se salieron al gran patio, que delante de la puerta estaua, y abraçando a cada una por si, se partio por el camino donde la guiaron. No yua sola Felismena este camino, ni aun sus imaginaciones la dauan lugar a que lo fuesse, pensando yua en lo que la sábia Feliçia le auia dicho, y por otra parte considerando la poca ventura que hasta alli auia tenido en sus amores, le hazia dudar de su descanso. Con esta contrariedad de pensamientos yua lidiando, los quales aun que por una parte la cansauan, por otra la entretenian, de manera que no sentia la soledad del camino. No vuo andado mucho por en medio de un hermoso valle, quando a la cayda del Sol, vio de lexos una choça de pastores, que entre vnas enzinas estaua a la entrada de vn bosque, y persuadida de la hambre, se fue hazia ella, y tambien porque la fiesta començaua de manera que le sería forçado passalla debaxo de aquellos arboles. Llegado a la choça, oyó que vn pastor dezia a vna pastora que cerca dél estaua assentada: No me mandes, Amarilida, que cante, pues entiendes la rayon que tengo de llorar todos los dias que el alma no desampare estos cansados miembros; que puesto caso que la musica es tanta parte para hacer acresçentar la tristeza del triste, como la alegria del que más contento biue, no es mi mal de suerte, que pueda ser disminuydo, ni accresçentado, con ninguna industria humana. Aqui tienes tu çampoña, tañe, canta, pastora, que muy bien lo puedes hazer: pues que (¹) tienes el coraçon libre y la voluntad essenta de las subiecçiones de amor. La pastora le respondio: no seas, Arsileo, auariento de lo que la naturaleza con tan larga mano te ha conçedido: pues quien te lo pide sabra complazerte en lo que tú quisieres pedille. Canta si es possible aquella cançion que a petiçion de Argasto heziste, en nombre de tu padre Arsenio, quando ambos seruiades a la hermosa pastora Belisa. El pastor le respondio: Estraña condiçion es la tuya (o Amarilida) que siempre me pides que haga lo que menos contento me da. ¿Qué haré que por fuerça he de complazerte, y no por fuerça, que assaz de mal aconsejado sería quien de su voluntad no te siruiesse. Mas ya sabes cómo mi fortuna me va a la mano, todas las vezes que algun aliuio quiero tomar: o Amarilida, viendo la razon que tengo de estar contino llorando me mandas cantar? Por qué quieres ofender a las ocasiones de mi tristeza? Plega a Dios que nunca mi mal vengas a sentillo en causa tuya propia, porque tan a tu costa no te informe la fortuna de mi pena. Ya sabes que perdi a Belisa, ya sabes que biuo sin esperanza de cobralla: por qué me mandas cantar? Mas no quiero que me tengas por descomedido, que no es de mi condiçion serlo con las pastoras á quien todos estamos obligados a complazer. Y tomando un rabel, que çerca de sí tenía, le començo a templar, para hazer lo que la pastora le mandaua. Felismena que açechando estaua oyó muy bien lo que el pastor y pastora passauan: quando vio que hablauan en Arsenio y Arsileo, seruidores de la pastora Belisa, a los cuales tenía por muertos, segun lo que Belisa auia contado a ella, y a las Nimphas y pastores, quando en la cabaña de la isleta la hallaron, uerdaderamente penso lo que veya ser alguna vision, o cosa de sueño. Y estando atenta, uio como el pastor començo a tocar el

rabel tan diuinamente, que paresçia cosa del cielo: y auiendo tañido vn poco, con vna boz más angelica, que de hombre humano, dio prinçipio a esta cançion:

¡Ay vanas esperanças, quantos dias
anduue hecho sieruo de vn engaño,
y quán en vano mis cansados ojos
con lagrimas regaron este valle!
pagado me an amor y la fortuna,
pagado me an, no sé de qué me quexo.

Gran mal deuo passar, pues yo me quexo,
que hechos á sufrir estan mis ojos
los trances del amor, y la fortuna:
¿sabeys de quien me agrauio? de un engaño
de una cruel pastora deste valle,
do puse por mi mal mis tristes ojos.

Con todo mucho deuo yo a mis ojos,
aunque con el dolor dellos me quexo.
pues ui por causa suya en este valle,
la cosa más hermosa que en mis dias,
jamas pense mirar, y no me engaño:
preguntenlo al amor y la fortuna.

Aunque por otra parte la fortuna,
el tiempo, la ocasion, los tristes ojos,
el no estar reçeloso del engaño,
causaron todo el mal de que me quexo:
y ansi pienso acabar mis tristes dias,
contando mis passiones a este valle.

Si el rio, el soto, el monte, el prado, el valle,
la tierra, el cielo, el hado, la fortuna,
las horas, los momentos, años, dias,
el alma, el coraçon, tambien los ojos,
agrauian mi dolor, quando me quexo,
¿por qué dizes pastora que me engaño?

Bien sé que me engañé, más no es engaño,
porque de auer yo uisto en este ualle
tu estraña perfecçion, jamas me quexo,
sino de ver que quiso la fortuna
dar a entender a mis cansados ojos,
que allá uernia el remedio tras los dias.

Y son passados años, meses, dias,
sobre esta confiança y claro engaño:
cansados de llorar mis tristes ojos,
cansado de escucharme el soto, el valle,
y al cabo me responde la fortuna,
burlandose del mal de que me quexo.

¿Mas o triste pastor, de qué me quexo,
si no es de no acabarse ya mis dias?
¿por dicha era mi esclaua la fortuna?
¿halo ella do pagar, si yo me engaño?
¿no anduuo libre, essento en este ualle?
¿quién me mandaua a mi alçar los ojos?

¿Mas quién podra tambien domar sus ojos
o cómo biuire si no me quexo,
del mal que amor me hizo en este ualle?
mal aya un mal que dura tantos dias,
mas no podra tardar, si no me engaño,
que muerte no dé fin a mi fortuna.

(¹) Falta el *que* en la edicion de Milán.

Venir suele bonanças tras fortuna,
mas ya nunca veran jamas mis ojos:
ni aun pienso caer en este engaño,
bien basta ya el primero de quien quexo,
y quexaré, pastora, quantos dias
durare la memoria deste ualle.

Si el mismo dia, pastora, que en el ualle
dio causa que te uiesse mi fortuna,
llegara el fin de mis cansados dias,
o al menos uiera esquiuos essos ojos:
çessara la razon con que me quexo,
y no pudiera yo llamarme a engaño.

Mas tú determinando hazerme engaño
quando me uiste luego en este ualle,
mostrauaste benigna, ved si quexo
contra razon de amor, y de fortuna;
despues no sé por qué buelues tus ojos,
cansarte deuen ya mis tristes dias.

Cançion de amor, y de fortuna quexo:
y pues duró vn engaño tantos dias,
regad ojos, regad el soto, el ualle.

Esto cantó el pastor con muchas lagrimas,
y la pastora lo oyó con grande contentamiento
de uer la graçia con que tañia y cantaua: mas
el pastor despues que dio fin a su cançion, soltando el rabel de las manos, dixo contra la
pastora: ¿Estás contenta, Amarilida, que por
solo tu contentamiento, me hagas hazer cosa
que tan fuera del mio es? Plega a Dios (o Alfeo) la fortuna te trayga al punto a que yo por
tu causa he uenido: para que sientas el cargo
en que te soy por el mal que me hiziste. O Belisa, quién ay en el mundo, que más te deua
que yo? Dios me trayga a tiempo que mis ojos
gozen de ver tu hermosura, y los tuyos vean si
soy en conosçimiento de lo que les deuo. Esto
dezia el pastor con tantas lagrimas que no
vuiera coraçon por duro que fuera, que no se
ablandara. Oyendole la pastora, le dixo: Pues
que ya (Arsileo) me has contado el prinçipio
de tus amores, y cómo Arsenio tu padre fue la
prinçipal causa de que tu quisiesses bien á Belisa, porque siruiendola él, se aprouechaua de
tus cartas y cançiones, y aun de tu musica
(cosa que él pudiera muy bien escusar) te ruego
me cuentes cómo la perdiste. Cosa es essa (le
respondio el pastor) que yo querria pocas vezes
contar, mas ya que es tu condiçion mandar me
hazer y dezir aquello en que más pena recibo,
escucha, que en breues palabras te lo dire. Auia
en mi lugar vn hombre llamado Alfeo, que entre nosotros tuuo siempre fama de grandissimo
nigromante, el qual queria bien a Belisa primero que mi padre la començasse a seruir, y
ella no tan solamente no podia velle, mas aun
si le hablauan en él, no auia cosa que más pena
le diesse. Pues como éste supiesse un conçierto
que entre mi y Belisa auia, de ylla a hablar

desde encima de vn moral, que en una huerta
suya estaua, el diabolico Alfeo hizo a dos espiritus que tomasse el uno la forma de mi padre Arsénio, y el otro la mia, y que fuesse el
que tomó mi forma al conçierto, y el que tomó
la de mi padre uiniesse alli, y le tirasse con una
ballesta, fingiendo que era otro, y que uiniesse
él luego, como que lo auia conosçido, y se matase de pena de auer muerto a su hijo, a fin de
que la pastora Belisa se diesse la muerte, uiendo muerto a mi padre y a mí, o a lo menos hiziesse lo que hizo. Esto hazia el traydor de
Alfeo, por lo mucho que le pesaua de saber lo
que Belisa me queria, y lo poco que se le daua
por él. Pues como esto ansi fue hecho, y a Belisa le paresçiesse que mi padre y yo fuessemos
muertos, de la forma que he contado, desesperada se salio de casa, y se fue donde hasta
agora no se ha sabido della. Esto me conto la
pastora Armida, y yo uerdaderamente lo creo,
por lo que despues acá ha suçedido. Felismena
que entendio lo que el pastor auia dicho, quedó
en extremo marauillada, paresçiendole que lo
que dezia lleuaua camino de ser assí, y por las
señales que en él vio vino en conosçimiento de
ser aquel Arsileo, seruidor de Belisa, al qual
ella tenía por muerto, y dixo entre si: No seria
razon que la fortuna diesse contento ninguno
a la persona, que lo negasse a vn pastor que
tambien lo mereçe, y lo ha menester. A lo menos, no partiré yo deste lugar, sin darsele tan
grande, como lo reçebira con las nueuas de su
pastora. Y llegandose a la puerta de la choça,
dixo contra Amarilida: Hermosa pastora, a
vna sin ventura que ha perdido el camino, y aun
la esperança de cobralle, no le dierades liçençia
para que passasse la fiesta en este vuestro
aposento? La pastora quando la vio, quedó tan
espantada de ver su hermosura, y gentil disposiçion, que no supo respondelle: empero Arsileo le dixo: por çierto, pastora, no falta otra
cosa para hazer lo que por vos es pedido, sino
la posada no ser tal como vos la mereceys,
pero si desta manera soys seruida, entrá que
no aura cosa que por seruiros no se haga. Felismena le respondió: Essas palabras (Arsileo)
bien paresçen tuyas, mas el contento que yo en
pago dellas te dexaré, me dé Dios a mí en lo
que tanto ha que desseo. Y diziendo esto, se
entró en la choça, y el pastor y la pastora se
leuantaron, haziendole mucha cortesia, y boluiendose a sentar todos, Arsileo le dixo: por
ventura, pastora, ha os ha dicho alguno mi nombre, o aueys me uisto en alguna parte antes de
aora? Felismena le respondio: Arsileo, más sé
de ti de lo que piensas, aunque estés en trage
de pastor, muy fuera de como yo te ui, quando
en la academia Salamantina estudiauas. Si alguna cosa ay que comer, mandamela dar, por-

que despues te dire vna cosa que tú muchos dias ha que desseas saber. Esso haré yo de muy buena gana (dixo Arsileo) porque ningun seruiçio se os puede hazer, que no quepa en vuestro meresçimiento. Y descolgando Amarilida y Arsileo sendos çurrones, dieron de comer a Felismena, de aquello que para sí tenian. Y despues que vuo acabado, deseando Felismena de alegrar a aquel que con tanta tristeza biuia, le empeço a hablar desta manera: No ay en la vida (o Arsileo) cosa que en más se deua tener, que la firmeza, y más en coraçon de muger adonde las menos vezes suele hallarse, mas tambien hallo otra cosa, que las más vezes son los hombres causa de la poca constançia que con ellos se tiene. Digo esto, por lo mucho que tú deues a vna pastora que yo conozco, la qual si agora supiesse que eres biuo, no creo que auria cosa en la uida que mayor contento le diesse. Y entonçes, le començo a contar por orden todo lo que auia passado, desde que mató los tres saluages, hasta que uino en casa de la sábia Felicia. En la qual cuenta, Arsileo oyo nueuas de la cosa que más queria, con todo lo que con ella auian passado las Nimphas, al tiempo que la hallaron durmiendo en la isleta del estanque, como atras aueys oydo, y lo que sintio de saber que la fe que su pastora le tenía jamas su coraçon auia desamparado, y el lugar cierto donde la auia de hallar, fue su contentamiento tan fuera de medida, que estuuo en poco de ponelle a peligro la vida. Y dixo contra Felismena: ¿qué palabras bastarian (hermosa pastora) para encaresçer la gran merçed que de vos he reçebido, o qué obras para poderos la seruir? Plega a Dios que el contentamiento, que vos me aueys dado, os dé él en todas las cosas que vuestro coraçon dessea. O mi señora Belisa, que es posible, que tan presto he yo de ver aquellos ojos, que tan gran poder en mí tuieron? Y que despues de tantos trabajos me auia de sucçeder tan soberano descanso? Y diziendo esto con muchas lagrimas tomaua las manos de Felismena, y se las besaua. Y la pastora Amarilida hazia lo mesmo, diziendo: verdaderamente (hermosa pastora) vos aueys alegrado vn coraçon el más triste que yo he pensado ver, y el que menos meresçia estarlo. Seys meses ha, que Arsileo biue en esta cabaña la más triste vida que nadie puede pensar. Y vnas pastoras que por estos prados repastan sus ganados (de cuya compañia yo soy) algunas uezes le entrauamos a ver y a consolar, si su mal sufriera consuelo. Felismena le respondio: no es el mal de que está doliente, de manera que pueda reçebir consuelo de otro, sino es de la causa dél o de quien le dé las nueuas que yo aora le he dado. Tan buenas son para mí, hermosa pastora (le dixo Arsileo) que me han

renouado un coraçon enuegeçido en pesares. A Felismena se le entrenesçio el coraçon tanto de uer las palabras que el pastor dezia, y de las lagrimas, que de contento lloraua, quanto con las suyas dió testimonio, y desta manera estuuieron alli toda la tarde, hasta que la fiesta fue toda passada, que despidiendose Arsileo de las dos pastoras, se partio con mucho contento, para el templo de Diana, por donde Felismena le auia guiado.

Syluano y Seluagia con aquel contento que suelen tener los que gozan despues de larga ausençia de la vista de sus amores, caminauan hazia el deleytoso prado, donde sus ganados andauan pasçiendo, en compañia del pastor Sireno; el qual aunque yua ageno del contentamiento que en ellos ueya, tambien lo yua de la pena que la falta dél suele causar. Porque ni él pensaua en querer bien ni se le daua nada en no ser querido. Syluano le dezia: Todas las uezes que te miro (amigo Sireno) me paresçe que ya no eres el que solias: mas antes creo que te has mudado, juntamente con los pensamientos. Por una parte casi tengo piedad de ti, y por otra, no me pesa de verte tan descuydado de las desuenturas de amor. ¿Por qué parte (dixo Sireno) tienes de mí manzilla? Syluano le respondio. Porque me paresçe, que estar vn hombre sin querer, ni ser querido, es el más enfadoso estado, que puede ser en la vida. No ha muchos dias (dixo Sireno) que tú entendias esto muy al reues, plega a Dios que en este mal estado me sustente a mí la fortuna, y a ti en el contento que reçibes con la vista de Seluagia. Que puesto caso, que se puede auer embidia de amar, y ser amado de tan hermosa pastora: yo te aseguro que la fortuna no se descuyde de templaros el contento que reçebis con vuestros amores. Seluagia dixo entonces: no será tanto el mal que ella con sus desuariados sucçesos nos puede hazer, quanto es el bien de verme tan bien empleada. Sireno le respondió: Ah Seluagia, que yo me he visto tambien querido quanto nadie puede verse, y tan sin pensamiento de ver fin a mis amores, como vosotros lo estays aora: Mas nadie haga cuenta sin la fortuna, ni fundamento sin considerar las mudanças de los tiempos. Mucho deuo a la sábia Feliçia, Dios se lo pague, que nunca yo pense poder contar mi mal en tiempo que tan poco lo sintiesse. En mayor deuda le soy yo (dixo Seluagia) pues fue causa que quisiesse bien a quien yo jamas dexe de uer delante mis ojos. Syluano dixo boluiendo los suyos hazia ella: essa deuda, esperança mia, yo soy el que con más razon la deuia pagar, a ser cosa que con la vida pagar se pudiera. Essa os dé Dios, mi bien (dixo Seluagia) porque sin ella la mia sería muy escusada. Sireno viendo las amorosas palabras que se dezian, medio riendo les dixo: No me paresçe mal que cada uno se sepa pagar tan bien que ni quiera quedar en deuda, ni que le deuan, y aun lo que me paresçe, es que segun las palabras que unos a otros dezis, sin yo ser el terçero, sabriades tratar nuestros amores. En estas y otras razones passauan los nueuos enamorados y el descuydado Sireno el trabajo de su camino, al qual dieron fin al tiempo que el sol se queria poner, y antes que llegassen a la fuente de los Alisos, oyeron vna boz de una pastora, que dulçemente cantaua: la qual fue luego conosçida, porque Syluano en oyendola, les dixo: Sin duda es Diana, la que junto a la fuente de los Alisos canta. Seluagia respondio: Verdaderamente aquella es, metamonos entre los myrthos, junto a ella, porque mejor podamos oylla. Sireno les dixo: Sea como nosotros ordenaredes, aunque tiempo fue que me diera mayor contento su musica, y aun su vista que no agora. Y entrandose todos tres por entre los espesos myrthos, ya que el sol se queria poner, vieron junto a la fuente a la hermosa Diana, con tan grande hermosura, que como si nunca la vuieran visto, ansi quedaron admirados: tenia sueltos sus hermosos cabellos, y tomadas atras con una çinta encarnada, que por medio de la cabeça los repartia. Los ojos puestos en el suelo y otras vezes en la clara fuente, y limpiando algunas lagrimas, que de quando en quando le corrian, cantaua este romançe.

> Quando yo triste nasçi,
> luego nasçi desdichada:
> luego los hados monstraron
> mi suerte desuenturada,
> el sol escondió sus rayos,
> la luna quedó eclipsada,
> murio mi madre en pariendo,
> moça hermosa, y mal lograda:
> el ama que me dio leche,
> jamas tuuo dicha en nada,
> ni menos la tune yo,
> soltera ni desposada.
> Quise bien, y fuy querida:
> oluidé, y fuy oluydada:
> esto causó vn casamiento,
> que a mi me tiene cansada.
> Casara yo con la tierra,
> no me viera sepultada
> entre tanta desuentura
> que no puede ser contada.
> Moça me casó mi padre,
> de su obediençia forçada:
> puse a Sireno en oluido
> que la fe me tenia dada,
> pago tan bien mi descuydo
> qual no fue cosa pagada.
> Celos me hazen la guerra,

> sin ser en ellos culpada:
> con çelos uoy al ganado,
> con çelos a la majada,
> y con çelos me leuanto
> contino a la madrugada:
> con çelos como a su mesa,
> y en su cama só acostada,
> si le pido de que ha çelos,
> no sabe responder nada;
> jamas tiene el rostro alegre,
> siempre la cara inclinada,
> los ojos por los rincones,
> la habla triste y turbada,
> ¡cómo biuira la triste
> que se uee tan mal casada!

A tiempo pudiera tomar a Sireno el triste canto de Diana, con las lagrimas que derramaua cantando y la tristeza de que su rostro daua testimonio, que al pastor pusieran en riesgo de perder la uida, sin ser nadie parte para remedialle, mas como ya su coraçon estaua libre de tan peligrosa prision, ningun contento reçibio con la uista de Diana, ni pena con sus tristes lamentaçiones. Pues el pastor Syluano, no tenia a su paresçer porque pesalle de ningun mal que a Diana succediesse; visto como ella jamas se auia dolido de lo que a su causa auia passado. Sola Seluagia le ayudó con lagrimas, temerosa de su fortuna. Y dixo contra Sireno. Ninguna perfeçion, ni hermosura puede dar la naturaleza, que con Diana largamente no la aya repartido: porque su hermosura no creo yo que tiene par, su graçia, su discreçion, con todas las otras partes que una pastora deue tener. Nadie le haze uentaja, sola una cosa le faltó, de que yo siempre le vue miedo, y esto es la ventura: pues no quiso dalle compañia con que pudiesse passar la uida, con el descanso que ella meresçe. Sireno respondio: quien a tantos le ha quitado, justa cosa es que no le tenga. Y no digo esto, porque no me pese del mal desta pastora, sino por la grandissima causa que tengo de dessearsele. No digas esso (dixo Seluagia) que yo no puedo creer que Diana te aya ofendido en cosa alguna. ¿Qué offensa te hizo ella en casarse, siendo cosa que estaua en la uoluntad de su padre, y deudos, más quen la tuya? Y despues de casada, qué pudo hazer por lo que tocaua a su honra, sino oluidarte? cierto, Sireno, para quexarte de Diana más legitimas causas auia de auer que las que hasta aora emos uisto, Siluano dixo: Por cierto, Sireno, Seluagia tiene tanta razon en lo que dize que nadie con ella se lo puede contradizir. Y si alguno con causa se puede quexar de su ingratitud, yo soy: que la quise todo lo que se puede querer, y tuuo tan mal conosçimiento, como fue el tratamiento que vistes que siempre me hazia. Seluagia respondio, poniendo en él unos amorosos ojos, y dixo: Pues no erades uos mi pastor para ser mal tratado, que ninguna pastora ay en el mundo, que no gane mucho en que uos la querays. A este tiempo Diana sintio que çerca della hablauan, porque los pastores se auian descuydado algo de hablar, de manera que ella no les oyesse: y leuantandose en pie miró entre los myrthos y conosçio los pastores y pastora que entre ellos estaba asentada. Los quales uiendo que auian sido uistos, se unieron a ella, y la resçibieron con mucha cortesia, y ella a ellos, con muy gran comedimiento, preguntandoles adonde auian estado. A lo qual, ellos respondieron con otras palabras, y otros mouimientos de rostro, de lo que respondian a lo que ella solia preguntalles: cosa tan nueua para Diana, que puesto caso que los amores de ninguno dellos le diessen pena, en fin le pesó de uerlos tan otros de lo que solian; y más quando entendio en los ojos de Syluano el contentamiento que los de Seluagia le dauan, y porque era ya hora de recogerse, y el ganado tomaua su acostumbrado camino hazia el aldea, ellos se fueron tras él: y la hermosa Diana dixo contra Sireno: muchos dias ha (pastor) que por este valle no te he visto: más ha (dixo Sireno) que a mí me yua la vida que no me viesse quien tan mala me la ha dado, mas en fin no da poco contento hablar en la fortuna passada el que ya se halla en seguro puerto. En seguro te paresçe, dixo Diana, el estado en que agora biues? No deue ser muy peligroso (dixo Sireno), pues yo oso hablar delante de ti desta manera. Diana respondio: nunca yo me acuerdo verte por mí tan perdido, que tu lengua no tuuiesse la libertad que aora tiene. Sireno le respondio: tan discreta eres en imaginar esso, como en todas las otras cosas. Por qué causa? (dixo Diana) Porque no ay otro remedio, dixo Sireno, para que tú no sientas lo que perdiste en mí, sino pensar que no te queria yo tanto que mi lengua dexasse de tener la libertad que dizes. Mas con todo esso plega a Dios (hermosa Diana) que siempre te dé tanto contento quanto en algun tiempo me quesiste, que puesto caso que ya nuestros amores sean passados, las reliquias que en el alma me han quedado bastan para dessearte yo todo el contentamiento posible. Cada palabra dessas para Diana era arrojalle vna lança, que Dios sabe si quisiera ella más yr oyendo quexas, que creyendo libertades, y aunque ella respondia a todas las cosas, que los pastores le dezian, con çierto descuydo, y se aprouechaua de toda su discreçion para no dalles á entender que le pesaua de uer los tan libres, todavia se entendia muy bien el descontento que sus palabras le dauan. Y hablando en estas y otras cosas, llegaron al aldea, a tiempo que de

todo punto el sol auia escondido sus rayos, y despidiendose unos de otros, se fueron a sus posadas.

Pues boluiendo a Arsileo, el qual con grandissimo contentamiento, y desseo de uer a (¹) su pastora, caminaua hazia el bosque donde el templo de la diosa Diana estaua, llegó junto a vn arroyo, que çerca del sumptuoso templo por entre unos uerdes alisos corria, a la sonbra de los quales se asento, esperando que uiniesse por alli alguna persona, con quien hiziesse saber a Belisa de su uenida, porque le paresçia peligroso dalle algun sobresalto, teniendolo ella por muerto. Por otra parte el ardiente desseo que tenía de uerla no le daba lugar a ningun reposo. Estando el pastor consultando consigo mismo el consejo que tomaria, uio uenir hazia si una Nimpha de admirable hermosura, con un arco en la mano, y una aljaua al cuello: mirando a una y a otra parte, si auia alguna caça en qué emplear una aguda saeta, que en el arco traya puesta. Y quando uio al pastor se fue derecha a él, y él se leuantó, y le hizo el acatamiento que a tan hermosa Nimpha deuia hazerse. Y de la misma manera fue della reçibido, porque ésta era la hermosa Polidora, una de las tres que Felismena, y los pastores libraron del poder de los saluages, y muy affiçionada a la pastora Belisa. Pues boluiendose ambos assentar sobre la uerde yerua, Polidora le preguntó de qué tierra era, y la causa de su uenida. A lo qual Arsileo respondio: Hermosa Nimpha, la tierra donde yo nasçi me ha tratado de manera, que paresçe qué me hago agrauio en llamarla mía, aunque por otra parte le deuo más de lo que yo sabria encaresçer. Y para que yo te diga la causa que tuuo la fortuna de traerme a este lugar, sería menester que primero me dixesses, si eres de la compañia de la sábia Feliçia, en cuya casa me dizen que está la hermosa pastora Belisa (causa de mi destierro) y de toda la tristeza que la ausençia me ha hecho suffrir. Polidora respondio: de la compañia de la sábia Feliçia soy y la mayor amiga dessa pastora que has nombrado que ella en la uida puede tener, y para que tambien me tengas en la misma posession, si aprouechasse algo, aconsejarte hya, que siendo posible oluidalla, que lo hiziesses. Porque tan imposible es remedio de tu mal, como del que ella padesçe, pues la dura tierra come ya aquel de quien con tanta razon lo esperaua. Arsileo le respondio: Será por uentura esse que dizes que la tierra come, su seruidor Arsileo? Si por çierto, dixo Polidora, esse mismo es el que ella quiso más que a sí, el que con más razon podemos llamar desdichado, despues de ti, pues tienes puesto el pensamiento en lugar donde el remedio es imposible. Que puesto caso que jamas fúy enamorada, yo tengo por aueriguado, que no es tan grande mal la muerte, como el que deue padesçer la persona que ama a quien tiene la uoluntad empleada en otra parte. Arsileo le respondio: Bien creo, hermosa Nimpha, que segun la constançia y bondad de Belisa, no será parte la muerte para que ella ponga el pensamiento en otra cosa, y que no aurá nadie en el mundo que de su pensamiento le quitasse. Y en ser esto ansi, consiste toda mi bienauenturança. ¿Cómo, pastor (le dixo Polidora) queriendola tú de la manera que dizes, está tu feliçidad en que ella tenga en otra parte tan firme el pensamiento? Essa es nueua manera de amor, que yo hasta agora no he oydo. Arsileo le respondio: para que no te marauilles, hermosa Nimpha, de mis palabras, ni de la suerte del amor que a mi señora Belisa tengo, está un poco atenta, y contarte he lo que tú jamas pensaste oyr, aunque el prinçipio dello te deue auer contado essa tu amiga y señora de mi coraçon. Y luego le conto desdel prinçipio de sus amores, hasta el engaño de Alfeo con los encantamientos que hizo, y todo lo demas que destos amores hasta entonçes auia succedido, de la manera que atras lo he contado, lo qual contaua el pastor, aora con lagrimas cansadas de traer a la memoria sus desuenturas pasadas, aora con sospiros que del alma le salian, imaginando lo que en aquellos passos su señora Belisa podia sentir. Y con las palabras y mouimientos del rostro, daua tan grande spirito a lo que dezia, que a la Nimpha Polidora puso en grande admiraçion, mas quando entendio que aquel era uerdaderamente Arsileo, el contento que desto reçibio, no se atreuia dallo a entender con palabras, ni aun le paresçia que podria hazer más que sentillo. Ved qué se podia esperar de la desconsolada Belisa, quando lo supiesse! Pues poniendo los ojos en Arsileo, no sin lagrimas de grandissimo contentamiento le dixo: Quisiera yo (Arsileo) tener tu discreçion y claridad de ingenio para darte a entender lo que siento del allegre succeso que a mi Belisa le ha soliçitado la fortuna, porque de otra manera sería escusado pensar yo que tan baxo ingenio como el mio, podria dallo a entender. Siempre yo tuue creydo que en algun tiempo la tristeza de mi Belisa se auia de boluer en grandissima alegria, porque su hermosura y discreçion, juntamente con la grandissima fe que siempre te ha tenido, no meresçia menos. Mas por otra parte tuue temor que la fortuna no tuuiesse cuenta con dalle lo que yo tanto le desseaua. Porque su condiçion es, las más de las uezes, traer los succesos muy al reues del desseo de los que quieren bien. Dichoso te puedes llamar, Arsileo, pues meresçiste

ser querido en la vida, de manera que en la muerte no pudiesses ser oluidado. Y porque no se sufre dilatar mucho tan gran contentamiento a vn coraçon que tan neçessitado dél está, dame liçençia para que yo vaya a dar tan buenas nueuas a tu pastora, que son las de tu vida y su desengaño. Y no te vayas deste lugar, hasta que yo buelua con la persona que tú más deseas ver, y con más razon te lo meresçe. Arsileo le respondio: hermosa Nimpha, de tan gran discreçion y hermosura como la tuya, no se puede esperar sino todo el contento del mundo. Y pues tanto desseas darmele, haz en ello tu voluntad, que por ella me pienso regir, ansi en esto, como en lo de más que succediere. Y despidiendose vno de otro, Polidora se partio a dar la nueua a Belisa, y Arsileo la quedó esperando a la sombra de aquellos alisos; el qual por entretener el tiempo en algo, como suelen hazer las personas que esperan alguna cosa que gran contento les dé, sacó su rabel, y començo a cantar desta manera.

Ya dan buelta el amor y la fortuna,
y vna esperança muerta, o desmayada
la esfuerça cada vno, (¹) y la assegura.

Ya dexan infortunios la posada
de vn coraçon en fuego consumido,
y una alegria viene no pensada.

Ya quita el alma al luto, y el sentido
la posada apareja a la alegria,
poniendo en el pesar eterno oluido.

Qualquiera mal de aquellos que solia
passar quando reynaua mi tormento,
y en fuego del ausençia me ençendia,

A todos da fortuna tal descuento,
que no fue tanto mal del mal passado,
quanto es el bien, del bien que agora siento.

Bolued, mi coraçon sobresaltado
de mil desassosiegos, mil enojos:
sabed gozar si quiera un buen estado.

Dexad vuestro llorar, cansados ojos,
que presto gozareys de uer aquella,
por quien gozó el amor de mis despojos.

Sentidos que buscays mi clara estrella,
embiando acá y allá los pensamientos,
a uer lo que sentis delante della?

A fuera soledad y los tormentos,
sentidos a su causa, y dexen desto
mis fatigados miembros muy essentos.

O tiempo no te pares, passa presto,
fortuna, no le estorues su uenida:
ay Dios? que aun me quedó por passar esto?

(¹) *Cada cual*, en la edición de Milán.

Ven mi pastora dulçe, que la uida
que tú pensaste que era ya acabada,
está para seruirte aperçebida.

No uienes, mi pastora desseada?
ay Dios, si la ha topado, o se ha perdido
en esta selua de arboles poblada?

O si esta Nimpha que de aqui se ha ydo
quiça que se oluidó de yr a buscalla:
más no, tal voluntad no suffre oluido.

Tú sola eres pastora adonde halla
mi alma su descanso y su alegria,
por qué no vienes presto a asseguralla?

¿No vees como se ua passando el dia,
y si se passa acaso sin yo verte,
yo boluere al tormento que solia,
y tú de veras llorarás mi suerte?

Quando Polidora se partió de Arsileo, no
muy lexos de alli topó a la pastora Belisa, que
en compañia de las dos Nimphas, Cinthia y
Polidora, se andaua recreando por el espesso
bosque; y como ellas la viessen venir con grande priesa, no dexaron de alborotarse paresçien-
doles que yua huyendo de alguna cosa de que
ellas tambien les cumpliesse de (¹) huyr. Ya que
uno llegado vn poço más cerca, la alegria que
en su hermoso rostro uieron las asseguró, y
llegando a ellas, se fue derecha a la pastora
Belisa, y abraçandola, con grandissimo gozo y
contentamiento le dixo: Este abraço (hermosa
pastora) si uos supiessedes de qué parte uiene,
con mayor contento le reçibiriedes del que aora
teneys. Belisa le respondio: de ninguna parte
(hermosa Nimpha) él puede uenir, que yo en
tanto le tenga, como es de la vuestra, que la
parte de que yo lo pudiera tener en más, ya no
es en el mundo, ni aun yo deuria querer biuir,
faltandome todo el contento que la uida me
podia dar. Essa uida espero yo en Dios, dixo
Polidora, que uos de aqui adelante terneys con
más alegria de la que podeys pensar. Y sentémonos a la sombra deste uerde aliso, que grandes cosas traygo que deçiros. Belisa y las Nimphas se assentaron, tomando en medio a Polidora, la qual dixo a Belisa: Dime, hermosa pastora, tienes tú por çierta la muerte de Arsenio
y Arsileo? Belisa le respondio, sin poder tener
las lagrimas: Tengola por tan çierta, como
quien con sus mismos ojos la uio, uno atraues-
sado con una saeta, y al otro matarse con su
misma espada. Y qué dirias (dixo Polidora) a
quien te dixesse, que estos dos que tú uiste
muertos, son biuos, y sanos, como tú lo eres?
Respondiera yo a quien esso me dixesse (dixo
Belisa) que ternía desseo de renouar mis lagri-

mas, trayendomelos a la memoria, o que gus-
taua de burlarse de mis trabajos. Bien segura
estoy (dixo Polidora) que tú esso pienses de
mí pues sabes que me han dolido más que a
ninguna persona que tú lo ayas contado. Mas
dime, quién es un pastor de tu tierra, que se
llama Alfeo? Belisa respondio: El mayor he-
chizero y encantador que ay en nuestra Europa: y aun algun tiempo, se preçiaua él de seruirme. Es hombre (hermosa Nimpha) que todo
su trato y conuersaçion es con los demonios
a los quales él haze tomar la forma que quiere.
De tal manera que muchas uezes pensays que
con vna persona a quien conosçeys, estays hablando, y vos hablays con el demonio a que él
haze tomar aquella figura. Pues has de saber,
hermosa pastora, dixo Polidora, que esse mismo Alfeo con sus hechizerias, ha dado causa al
engaño en que hasta agora has biuido, y a las
infinitas lagrimas que por esta causa has llorado porque sabiendo él que Arsileo te auia de
hablar aquella noche que entre uosotros estaua
conçertado, hizo que dos spiritus tomassen las
figuras de Arsileo y de su padre, y queriendo
te Arsileo hablar, passasse de ti lo que uiste.
Porque paresçiendote que eran muertos,
desesperasses, o a lo menos, hiziesses lo que
heziste. Quando Belisa oyo lo que la hermosa
Polidora le auia dicho, quedó tan fuera de sí,
que por vn rato no supo respondelle; pero boluiendo en si, le dixo, Grandes cosas, hermosa
Nimpha, me has contado, si mi tristeza no me
estoruasse creellas. Por lo que dizes que me
quieres, te suplico que me digas de quién has
sabido, que los dos que yo vi delante de mis
ojos muertos, no eran Arsenio y Arsileo? De
quién? (dixo Polidora) del mismo Arsileo. Cómo
Arsileo? Respondio Belisa. Que es posible que
el mi Arsileo está biuo? y en parte que te lo
pudiesse contar? Yo te diré quán posible es,
dixo Polidora, que si uienes comigo, antes que
lleguemos a aquellas tres hayas, que delante de
los ojos tienes, te lo mostraré. Ay Dios, dixo
Belisa, qué es esto que oyo? Que es verdad, que
está alli todo mi bien? Pues qué hazes (hermosa Nimpha) que no me lleuas a uerle? No cumples con el amor que dizes siempre me as tenido. Esto dezia la hermosa pastora, con vna mal
segura alegria, con vna dudosa esperança de
lo que tanto deseaua, mas leuantandose Polidora, y tomandola por la mano, juntamente con
las Nimphas Cinthia, y Dorida, que de plazer
no cabian en ver el buen suçesso de Belisa, se
fueron hazia el arrroyo, donde Arsileo estaua.
Y antes que allá llegassen, vn templado ayre,
que de la parte de donde estaua Arsileo venia,
les hirio con la dulçe boz del enamorado pastor
en los oydos, el qual aun a este tiempo no auia
dexado la musica: mas antes començó de nue-

uo a cantar esta mote antiguo, con la glosa que el mismo alli a su proposito hizo.

VENTURA, UEN Y DURA

Glosa.

Qué tiempos, que mouimientos,
qué caminos tan estraños,
qué engaños, qué desengaños,
qué grandes contentamientos
nasçieron de tantos daños:
todo lo sufre vna fe
y un buen amor lo assegura,
y pues que mi desuentura,
ya de enfadada se fue,
ven, ventura, uen y dura.

Sueles, ventura, mouerte
con ligero mouimiento,
y si en darme este contento
no ymaginas tener fuerte,
más me uale mi tormento;
que si te vas al partir,
falta el seso y la cordura:
mas si para estar segura
te determinas venir,
ven, ventura, uen y dura.

Si es en uano mi uenida,
si acaso biuo engañado,
que todo teme vn cuytado,
no fuera perder la uida
consejo más açertado?
o temor, eres estraño,
siempre el mal se te figura,
mas ya que en tal hermosura
no puede caber engaño,
ven, ventura, uen y dura (¹).

Qvando Belisa oyó la musica de su Arsileo, tan gran alegría llegó a su coraçon, que seria imposible sabello dezir, y acabando de todo punto de dexar la tristeza que el alma le tenía occupada, de adonde procedia su hermoso rostro no mostrar aquella hermosura de que la naturaleza tanta parte le auia dado, ni aquel ayre y graçia, causa prinçipal de los sospiros del su Arsileo, dixo con vna tan nueua graçia y hermosura que las Nimphas dexó admiradas: Esta sin duda es la boz del mi Arsileo, si es verdad, que no me engaño en llamarle mio. Quando el pastor vio delante de sus ojos la causa de todos sus males passados, fue tan grande el contentamiento que reçibió, que los sentidos, no siendo parte para conprehendelle en aquel punto, se le turbaron de manera que por entonçes no pudo hablar. Las Nimphas sintiendo lo que en Arsileo auio causado la vista

(¹) En la edición de Milán, siempre *tura* en vez de *dura*.

de su pastora, se llegaron a él a tiempo que suspendiendo el pastor por vn poco lo que el contentamiento presente le causaua, con muchas lagrimas dezia: O pastora Belisa, con qué palabras podré yo encareçer la satisfacçion que la fortuna me ha hecho de tantos y tan desusados trabajos, como a causa tuya, he passado? O quién me dara un coraçon nueuo, y no tan hecho a pesares como el mío, para reçebir vn gozo tan estremado, como el que tu uista me causa? O fortuna, ni yo tengo más que te pedir, ni tú tienes más que darme. Sola una cosa te pido. Ya que tienes por costumbre, no dar a nadie ningun contento estremado, sin dalle algun disgusto en cuenta dél, que con pequeña tristeza, y de cosa que duela poco, me sea templada la gran fuerça de la alegria, que en este dia me diste: O hermosas Nimphas, ¿en cuyo poder auia de estar tan gran thesoro, sino en el vuestro, adonde pudiera él estar mejor empleado? Alegrense vuestros coraçones con el gran contentamiento, que el mio resçibe: que si algun tiempo quesistes bien, no os paresçerá demasiado. O hermosa pastora, por qué no me hablas? ha te pesado por ventura de ver al tu Arsileo? ha turbado tu lengua, el pesar de auello uisto, o el contentamiento de velle? Respondeme, porque no sufre lo que te quiero yo estar dudoso de cosa tuya? La pastora entonçes le respondio: muy poco sería el contento de verte (o Arsileo) si yo con palabras pudiesse dezillo. Contentate con saber el extremo en que tu fingida muerte me puso, y por él verás la gran alegria en que tu vida me pone. Y viniendole a la pastora, al postrero punto destas palabras, las lagrimas a los ojos, calló lo mas que dezir quisiera: a las quales las Nimphas enternesçidas de las blandas palabras que los dos amantes se dezian, las ayudaron. Y porque la noche se les açercaua, se fueron todos juntos hazia la casa de Feliçia, contandose vno a otro lo que hasta alli auian passado. Belisa preguntó a Arsileo por su padre Arsenio: y el respondio que en sabiendo que ella era desaparesçida, se auia recogido en una heredad suya, que está en el camino, a do biue con toda la quietud posible, por auer puesto todas las cosas del mundo en oluido, de que Belisa en extremo se holgó, y assi llegaron en casa de la sábia Feliçia donde fueron muy bien reçebidos. Y Belisa le besó muchas vezes las manos, diziendo que ella auia sido causa de su buen suçesso, y lo mismo hizo Arsileo, a quien Feliçia mostro gran voluntad de hazer siempre por él lo que en ella fuesse.

Fin del quinto libro.

LIBRO SEXTO

DE LA DIANA DE GEORGE DE MONTEMAYOR

Despues que Arsileo se partio, quedó Felismena con Amarilida la pastora que con él estaua, pidiendose vna a otra cuenta de sus vidas, cosa muy natural de las que en semejantes partes se hallan. Y estando Felismena contando a la pastora la causa de su venida, llegó a la choça vn pastor de muy gentil disposiçion y arte: aunque la tristeza paresçia que le traya encubierta gran parte della. Quando Amarilida le vio, con la mayor presteza que pudo se leuantó para yrse, mas Felismena la trauó de la saya, sospechando lo que podia ser, y le dixo: No sería justo (hermosa pastora) que esse agrauio reçebiesse de ti, quien tanto desseo tiene de seruirte, como yo. Mas como ella porfiasse de yrse de alli, el pastor con muchas lagrimas dezia: Amarilida, no quiero que teniendo respecto a lo que me haze suffrir, te duelas deste desuenturado pastor, sino que tengas cuenta con tu gran valor y hermosura, y con que no ay cosa en la uida que peor esté a una pastora de tu qualidad, que tratar mal a quien tanto la (¹) quiere. Mira, Amarilida mia, estos cansados ojos, que tantas lagrimas han derramado, y uerás la razon que los tuyos tienen de no mostrarse ayrados contra este sin uentura pastor. ¡Ay que me huyes por no uer la razon que tienes de aguardarme! Espera, Amarilida, oyeme lo que digo, y siquiera no me respondas. ¿Qué te cuesta oyr a quien tanto le ha costado uerte? Y boluiendose a Felismena con muchas lagrimas le pedia que no le dexasse yr: la qual importunaua con muy blandas palabras a la pastora, que no tratasse tan mal a quien mostraua quererla más que a sí: y que le escuchasse pues en ello auenturaua tan poco. Mas Amarilida respondio: Hermosa pastora, no me mandeys oyr a quien dé más credito a sus pensamientos que a mis palabras. Cata que este que delante de ti está, es uno de los desconfiados pastores, que se sabe, y de los que mayor trabajo dan a las pastoras que quieren bien. Filemon dixo contra Felismena: Yo quiero (hermosa pastora) que seas el juez entre mi y Amarilida, y si yo tengo culpa del enojo que comigo tiene, quiero perder la vida. E si ella la tuuiera, no quiero otra cosa, sino que en paga desto, conozca lo que me deue. De perder tú la vida (dixo Amarilida) yo estoy bien segura, porque ni a ti te quieres tanto mal, que lo hagas, ni a mi tanto bien, que por mi causa te pongas en auentura de perder la vida. Mas yo agora quiero, que esta hermosa pastora juzgue, vista mi

(¹) *Le* en la edicion de Milán.

razon y la tuya, quál es más digno de culpa entre los dos. Sea assi (dixo Felismena) y sentemonos al pie desta verde haya, junto al prado florido que delante los ojos tenemos, porque quiero ver la razon, que cada vno tiene, de quexarse del otro. Despues que todos se vuieron assentado sobre la uerde yerua, Filemon començo a hablar desta manera: Hermosa pastora, confiado estoy, que si acaso has sido tocada de amores, conoçeras la poca razon que Amarilida tiene de quexarse de mí y de sentir tan mal de la fe que le tengo, que venga a ymaginar lo que nadie de su pastor imaginó. Has de saber, hermosa pastora, que quando yo nasçi, y aun ante mucho que nasçiesse, los hados me destinaron para que amasse esta hermosa pastora que delante mis tristes y tus hermosos ojos está, y a esta causa he respondido con el effecto de tal manera, que no creo que ay amor como el mio, ni ingratitud como la suya. Succedio, pues, que seruiendola desde mi niñez, lo mejor que yo he sabido, aurá como çinco o seis meses, que mi desuentura aportó por aqui a vn pastor llamado Arsileo, el qual buscaua vna pastora, que se llama Belisa, que por çierto mal suçesso, anda por estos bosques desterrada. Y como fuesse tanta su tristeza, succedio que esta cruel pastora que aqui veys, o por mançilla que tuuo dél, o por la poca que tiene de mí, o por lo que ella se sabe, jamas la he podido apartar de su compañia. Y si acaso le hablaua en ello paresçia que me queria matar, porque aquellos ojos que alli veys, no causan menos espanto, quando miran, estando ayrados, que alegria, quando estan serenos. Pues como yo estuuiesse tan occupado, el coraçon de grandissimo amor, el alma de vna affeçion (¹) jamas oyda, el entendimiento de los mayores çelos, que nunca nadie tuuo, quexauame a Arsileo con sospiros, y a la tierra con amargo llanto: mostrando la sin razon que Amarilida me hazia. Ha le causado tan grande aborresçimiento auer yo imaginado cosa contra su honestidad que por vengarse de mi, ha perseuerado en ello hasta aora, y no tan solamente haze esto, mas en viendome delante sus ojos, se va huyendo como la medrosa çierua de los hambrientos lebreles. Ansi que por lo que deues a ti misma, te pido que juzgues, si es bastante la causa que tiene de aborresçerme y si mi culpa es tan graue, que merezca por ella ser aborresçido. Acabado Filemon de dar cuenta de su mal, y de la sin razon que su Amarilida le hazia, la pastora Amarilida començo a hablar desta manera: Hermosa pastora, auerme Filemon, que ahi está, querido bien (a lo menos auerlo mostrado) sus seruicios an sido tales, que me sería mal con-

(¹) *Afición* en la edicion de Milán.

tado dezir otra cosa; pero si yo tambien he desechado, por causa suya, el seruiçio de otros muchos pastores, que por estos valles repastan sus ganados, y zagales a quien naturaleza no ha dotado de menos graçia que a otros, el mismo puede dezillo. Porque las muchas uezes que yo he sido requestada, y las que he tenido la firmeza que a su fe deuia, no creo que ha sido muy lexos de su presençia, mas no auia de ser esto parte para que él me tuuiesse tan en poco que ymaginasse de mí cosa contra lo que a mí misma soy obligada; porque si es ansi, y él lo sabe, que a muchos que por mí se perdian, yo he desechado por amor dél, ¿cómo auia yo de desechar a él por otro? ¿O pensaua en él, o en mis amores? Cien mil uezes me ha Filemon açechado, no perdiendo pisada, de las que el pastor Arsileo y yo dauamos por este hermoso ualle, mas él mismo diga si algun dia oyó que Arsileo me dixesse cosa que supiesse a amores, o si yo le respondia alguna que lo paresçiesse ¿Qué dia me vio hablar Filemon con Arsileo, que entendiesse de mis palabras otra cosa, que consolalle de tan graue mal como padesçia? Pues si esto auia de ser causa que sospechasse mal de su pastora, ¿quién mejor puede juzgarlo que él mismo? Mira, hermosa Nimpha, quan entregado estaua a sospechas falsas y dudosas ymaginaçiones, que jamas mis palabras pudieron satisfazelle, ni acabar con él que dexasse de ausentarse deste ualle, pensando él que con ausençia daria fin a mis dias, y engañose, porque antes me paresçe que lo dio al contentamiento de los suyos. Y lo bueno es que aun no se contentaua Filemon de tener çelos de mí, que tan libre estaua como tú, hermosa pastora, aurás entendido, más aun lo publicaua en todas las fiestas, bayles, luchas, que entre los pastores desta sierra se hazian. Y esto ya tú conosçes, si uenia en mayor daño de mi honra que de su contentamiento. En fin, él se ausentó de mi presençia, y pues tomó por mediçina de su mal cosa que más se lo ha acresçentado, no me culpe si me he sabido mejor aprouechar del remedio de lo que él ha sabido tomalle. Y pues tú, hermosa pastora, as uisto el contento que yo reçebi, en que dixesses al desconsolado Arsileo nuenas de su pastora, y que yo misma fuy la que le importuné que luego fuesse a buscalla, claro está que no podia auer entre los dos cosa de que pudiessemos ser tan mal juzgados, como este pastor inconsideradamente nos ha juzgado. Ansi que esta es la causa de yo me auer resfriado del amor que a Filemon tenia, y de no me querer más poner a peligro de sus falsas sospechas, pues me ha traydo mi buena dicha a tiempo, que sin forçarme a mí misma, pudiesse muy bien hazello. Despues que Amarilida vuo mostrado la poca razon que el pastor

auia tenido de dar credito a sus ymaginaçiones y la libertad en que el tienpo le auia puesto (cosa muy natural de coraçones essentos), el pastor le respondio desta manera: No niego yo (Amarilida) que tu bondad y discreçion no basta para desculparte de qualquiera sospecha. ¿Mas quieres tú por uentura hazer nouedades en amores, y ser inuentora de otros nueuos effectos de los que hasta agora auemos uisto? ¿Quándo quiso bien vn amador, que qualquiera occasion de çelos, por pequeña que fuesse, no le atormentasse el alma, quanto más siendo tan grande como la que tú con larga conuersaçion y amistad de Arsileo me ha dado? ¿Piensas tú, Amarilida, que para los çelos son menester çertidumbres? Pues engañaste, que las sospechas son las prinçipales causas de tenellos. Creer yo que querias bien a Arsileo por via de amores, no era mucho, pues el publicallo yo, tan poco era de manera que tu honra quedasse offendida: quanto más que la fuerça de amor era tan grande, que me hazia publicar el mal de que me temia. Y puesto caso que tu bondad me assegurasse, quando a hurto de mis sospechas la consideraua, todavia tenía temor de lo que me podia sucçeder, si la conuersaçion yua delante. Quanto a lo que dizes que yo me ausenté, no lo hize por darte pena, sino por uer si en la mia podria auer algun remedio, no uiendo delante mis ojos a quien tan grande me la daua, y tambien porque mis importunidades no te la causassen. Pues si en buscar remedio para tan graue mal, fuy contra lo que te deuia: ¿qué más pena que la que tu ausençia me hizo sentir? ¿O qué más muestra de amor que no ser ella causa de oluidarte? ¿Y qué mayor señal del poco que comigo tenias, que auelle tú perdido de todo punto con mi ausençia? Si dizes que jamas quisiste bien a Arsileo, aun esso me da a mi mayor causa de quexarme, pues por cosa en que tan poco te yua, dexauas a quien tanto te desseaua seruir. Ansi que tanto mayor quexa tengo de ti, quanto menos fue el amor que a Arsileo has tenido. Estas son (Amarilida) las razones, y otras muchas que no digo, que en mi fauor puedo traer: las quales no quiero que me ualgan, pues en caso de amores suelen ualer tan poco. Solamente te pido que tu clemençia y la fe que sienpre te he tenido, esten, pastora, de mi parte, porque si ésta me falta, ni en mis males podra auer fin, ni medio en mi condiçion. Y con esto el pastor dio fin a sus palabras, y prinçipio a tantas lagrimas, que bastaron juntamente con los ruegos, y sentençia que en este caso Felismena dio, para que el duro coraçon de Amarilida se ablandasse, y el enamorado pastor boluiesse en graçia de su pastora: de lo qual quedó tan contento, como nunca jamas lo estuuo, y aun Amarilida no poco gozosa de auer mostrado quán engañado estaua Filemon en las sospechas que della tenía. Y despues de auer passado alli aquel dia con muy gran contentamiento de los dos confederados amadores, y con mayor desassosiego de la hermosa Felismena, ella otro dia por la mañana se partio dellos, despues de muy grandes abraços, y prometimientos de procurar siempre la una de saber del buen sucçesso de la otra.

Pues Sireno muy libre del amor, y Seluagia y Syluano muy más enamorados que nunca, la hermosa Diana muy descontenta del triste sucçesso de su camino, passaua la uida apasçentando su ganado por la ribera del caudaloso Ezla: adonde muchas uezes, topandose unos a otros, hablauan en lo que mayor contento les daua. Y estando un dia la discreta Seluagia con el su Syluano junto a la fuente de los alisos, llegó acaso la pastora Diana, que uenia en busca de un cordero que de la manada se le auia luydo, el qual Syluano tenia atado a un myrtho, porque quando alli llegaron, le halló beuiendo en la clara fuente, y por la marca conosçio ser de la hermosa Diana. Pues siendo, como digo, llegada y resçebida de los dos nueuos amantes, con gran cortesia se assento entre la uerde yerua, arrimada a uno de los alisos que la fuente rodeauan, y despues de auer hablado en muchas cosas, le dixo Syluano: ¿Cómo (hermosa Diana) no nos preguntas por Sireno? Diana entonces le respondio: Como no querria tratar de cosas passadas, por lo mucho que me fatigan las presentes: tienpo fue que preguntar yo por él le diera más contento, y aun a mí el hablalle, de lo que a ninguno de los dos aora nos dara, mas el tienpo cura infinitas cosas que a la persona le paresçen sin remedio. Y si esto assi no entendiesse, ya no auria Diana en el mundo, segun los desgustos y pesadumbres que cada dia se me offreçen. No querra Dios tanto mal al mundo (respondio Seluagia), que le quite tan grande hermosura como la tuya. Essa no le faltará en quanto tú biuieres (dixo Diana) y adonde está tu graçia y gentileza muy poco se perderia en mí. Sino miralo por el tu Syluano, que jamas pensé yo que él me oluidara por otra pastora alguna, y en fin me ha dado de mano por amor de ti. Esto dezia Diana, con una risa muy graçiosa, aunque no se reya destas cosas tanto, ni tan de gana, como ellos pensauan. Que puesto caso que ella uuiesse querido a Sireno más que a su uida, y a Syluano le uuiesse aborresçido, más le pesaua del oluido de Syluano, por ser causado de otra, de cuya uista estaua cada dia gozando con gran contentamiento de sus amores, que del oluido de Sireno, a quien no mouia ningun pensamiento nueuo. Quando Syluano oyó lo que Diana auia dicho, le respondio: Oluidarte yo,

Diana, seria escusado, porque no es tu hermosura y ualor de los que oluidarse pueden. Verdad es que yo soy de la mi Seluagia: porque de más de auer en ella muchas partes, que hazello me obligan, no tuuo en menos su suerte, por ser amada de aquél a quien tú en tan poco tuuiste. Dexemos esso (dixo Diana) que tú estás muy bien empleado, y yo no lo miré bien, en no quererte como tu amor me lo meresçia. Si algun contento en algun tienpo desseaste darme, ruegote todo quanto puedo que tú y la hermosa Seluagia canteys alguna cançion por entretener la fiesta: que me paresçe que comiença de manera que será forçado passalla debaxo de estos alisos, gustando del ruydo de la clara fuente, el qual no ayudará poco a la suauidad de vuestro canto. No se hizieron de rogar los nueuos amadores, aunque la hermosa Seluagia no gustó mucho de la platica que Diana con Syluano auia tenido. Mas porque en la cançion penso satisfazer al son de la campoña que Diana tañia, començaron los dos a cantar desta manera:

Zagal alegre te ueo,
y tu fe firme y segura.
—Cortome amor la uentura
a medida del desseo.

¿Qué desseaste alcançar,
que tal contento te diesse?
—Querer a quien me quisiesse,
que no hay más que dessear.

Essa gloria en que te ueo,
tienes la por muy segura.
—No me la ha dado uentura
para burlar al desseo.

¿En quanto estuuiese firme [1],
moririas sospirando?
—De oyllo dezir burlando
estoy ya para morirme.

¿Mudarias (aunque feo)
viendo mayor hermosura?
—No porque seria locura
pedirme más el desseo.

¿Tienesme tan grande amor,
como en tus palabras siento?
—Esso a tu meresçimiento
lo preguntarás mejor.

Algunas uezes lo creo,
y otras no estoy muy segura.
—Solo en eso la uentura
haze offensa a mi desseo.

Finge que de otra zagala
te enamoras más hermosa.
—No me mandes hazer cosa,
que aun para fingida es mala.

[1] M., Si yo no estuuiese firme.

Muy más firmeza te ueo,
pastor, que a mi hermosura.
—Y a mí muy mayor uentura
que jamas cupo en desseo.

A este tiempo baxaua Sireno del aldea, á la fuente de los alisos, con grandissimo desseo de topar a Seluagia, o a Syluano. Porque ninguna cosa por entonçes le daua más contento que la conuersaçion de los dos nueuos enamorados. Y passando por la memoria los amores de Diana, no dexaua de causalle soledad el tiempo que la auia querido, no porque entonçes le diesse pena su amor, mas porque en todo tienpo la memoria de un buen estado causa soledad al que le ha perdido. Y antes que llegasse a la fuente, en medio del uerde prado, que de myrthos y laureles rodeado estaua, halló las ouejas de Diana, que solas por entre los arboles andauan pasçiendo, so el amparo de los brauos mastines. Y como el pastor se parasse a mirallas, ymaginando el tienpo en que le auian dado más en que entender que las suyas proprias; los mastines con gran furia se uinieron a él, mas como llegassen y dellos fuesse conosçido, meneando las colas y baxando los pescueços que de agudas puntas de azero estauan rodeados, se le echaron a los pies, y otros se empinauan con el mayor regozijo del mundo. Pues las ouejas no menos sentimiento hizieron, porque la borrega mayor, con su rustico çençerro, se uino al pastor, y todas las otras guiadas por ella, o por el conosçimiento do Sireno, le çercaron alrededor, cosa que él no pudo uer sin lagrimas, acordandosele que en compañia de la hermosa pastora Diana auia repastado aquel rebaño. Y uiendo que en los animales sobraua el conosçimiento que en su señora auia faltado, cosa fue ésta, que si la fuerça del agua que la sábia Feliçia le auia dado, no le uuiera hecho oluidar los amores, quiça no uuiera cosa en el mundo que le estoruara boluer a ellos. Mas uiendose çercado de las ouejas de Diana, y de los pensamientos que la memoria della ante los ojos le ponia, començo a cantar esta cançion al son de su loçano rabel.

Passados contentamientos
¿qué quereys?
dexadme, no me canseys.

Memoria, ¿quereys oyrme?
los dias, las noches buenas,
paguelos con las setenas,
no teneys más que pedirme,
todo se acabó en partirme,
como ueys,
dexadme, no me canseys.

Campo uerde, ualle vmbroso,
donde algun tiempo gozé,

ved lo que despues passé,
y dexadme en mi reposo:
si estoy con razon medroso,
ya lo ueys,
dexadme, no me canseys.

Vi mudado un coraçon,
cansado de assegurarme,
fue forçado aprouecharme,
del tiempo, y de la occasion;
memoria do no ay passion,
¿qué quereys?
dexadme, no me canseys.

Corderos y ouejas mias,
pues algun tiempo lo fuistes,
las horas lentas o tristes
passaronse con los dias,
no hagays las alegrias
que soleys,
pues ya no me engañareys.

Si uenis por me turbar,
si uenis por consolar,
ya no hay mal que consolar:
si uenis por me matar,
bien podeys,
matadme y acabareys.

Despues que Sireno uuo cantado, en la boz fue conosçido de la hermosa pastora Diana y de los dos enamorados, Seluagia y Syluano. Ellos le dieron bozes, diziendo que si pensaua passar la fiesta en el campo, que alli estaua la sabrosa fuente de los alisos, y la hermosa pastora Diana, que no seria mal entretenimiento para passalla. Sireno le respondio que por fuerça auia de esperar todo el dia en el campo, hasta que fuesse hora de boluer con el ganado a su aldea, y uiniendose adonde el pastor y pastoras estauan, se sentaron en torno de la clara fuente, como otras uezes solian. Diana, cuya uida era tan triste qual puede ymaginar quien uiesse una pastora la más hermosa y discreta que entonces se sabia, tan fuera de su gusto casada, siempre andaua buscando entretenimientos para passar la uida hurtando el cuerpo a sus imaginaçiones. Pues estando los dos pastores hablando en algunas cosas tocantes al pasto de los ganados y al aprouechamiento dellos, Diana les rompio el hilo de su platica, diziendo contra Syluano: Buena cosa es, pastor, que estando delante la hermosa Seluagia trates de otra cosa, sino de encaresçer su hermosura y el gran amor que te tiene: dexa el campo, y los corderos, los malos, o buenos sucçessos del tiempo y fortuna, y goza, pastor, de la buena que has tenido, en ser amado de tan hermosa pastora, que adonde el contentamiento del spirito es razon que sea tan grande, poco al caso hazen los bienes de fortuna. Siluano entonces le respondio: Lo mucho que yo, Diana, te deuo, nadie lo sabria encareçer, como ello es, sino quien huuiese entendido la razon que tengo de conoçer esta deuda, pues no tan solo me enseñaste a querer bien, mas aun aora me guyas y muestras vsar del contentamiento que mis amores me dan. Infinita es la razon que tienes de mandarme que no trate de otra cosa, estando mi señora delante, sino del contento que su vista me causa, y assi prometo de hacello, en quanto el alma no se despidiere destos cansados miembros. Mas de una cosa estoy espantado, y es de ver como el tu Sireno buelue a otra parte los ojos, quando hablas; paresçe, que no le agradan tus palabras, ni se satisfaçe de lo que respondes. No le pongas culpa (dixo Diana) que hombres descuydados y enemigos de lo que a si mismos deuen, esso y más harán. ¿Enemigo de lo que a mí mismo deuo? (respondia Sireno). Si yo jamas lo fuy, la muerte me dé la pena de mi yerro. Buena manera es essa de desculparte. ¡Desculparme yo, Sireno (dixo Diana) si la primera culpa contra ti no tengo por cometer, jamas me vea con más contento, que el que agora tengo! Bueno es que me pongas tú culpa por auerme casado, teniendo padres. Mas bueno es (dixo Sireno) que casasses teniendo amor. ¿Y qué parte (dixo Diana) era el amor, adonde estaua la obediencia que a los padres se deuia? ¿Mas qué parte (respondió Sireno) eran los padres, la obediençia, los tiempos, ni los malos ó fauorables succcessos de la fortuna, para sobrepujar vn amor tan verdadero, como antes de mi partida me mostraste? Ah Diana, Diana, que nunca yo pense que vuiera cosa en la uida que vna fe tan grande pudiera quebrar: quanto más, Diana, que bien te pudieras casar, y no olvidar a quien tanto te queria. Mas mirandolo desapassionadamente, muy mejor fue para mí ya que te casauas, el oluidarme. ¿Por qué razon (dixo Diana?) Porque no ay (respondio Sireno) peor estado que es querer vn pastor á una pastora casada: ni cosa que más haga perder el seso, al qué uerdadero amor le tiene. Y la razon dello es, que como todos sabemos, la principal passion, que a un amador atormenta, despues del desseo de su dama son los çelos. Pues qué te paresçe, que será para un desdichado que quiere bien, saber que su pastora está en braços de su uelado, y él llcrando en la calle su desuentura: Y no para aqui el trabajo, mas en ser un mal que no os podeys quexar dél, porque en la hora que os quexaredes, os ternan por loco, o desatinado. Cosa la más contraria al descanso que puede ser: que ya cuando los çelos son de otro pastor que la sirua, en quexar de los fauores que le haze y en oyr desculpas, passays la vida, mas este otro mal es de manera que en un

punto la perdereys, sino teneys cuenta con uuestro desseo. Diana entonçes respondio: Dexa essas razones, Sireno, que ninguna neçessidad tienes de querer, ni ser querido. A trueque de no tenella de querer (dixo Sireno) me alegro en no tenella de ser querido. Estraña libertad es la tuya (dixo Diana). Mas lo fue tu oluido (respondio Sireno), si miras bien en las palabras que a la partida me dixiste, mas como dizes, dexemos de hablar en cosas passadas, y agradezcamos al tiempo y a la sábia Feliçia las presentes, y tú, Syluano, toma tu flauta y templemos mi rabel con ella, y cantaremos algunos versos: aunque coraçon tan libre como el mio, ¿qué podra cantar, que dé contento a quien no le tiene? Para esto yo te dare buen remedio, dixo Syluano. Hagamos cuenta que estamos los dos de la manera que esta pastora nos traya al tiempo que por este prado esparzimos nuestras quexas. A todos paresçio bien lo que Syluano dezia, aunque Seluagia no estaua muy bien en ello, mas por no dar a entender çelos doude tan gran amor amor conosçia, calló por entonçes y los pastores començaron a cantar desta manera:

SYLUANO Y SIRENO

Si lagrimas no pueden ablandarte,
(cruel pastora) ¿qué hara mi canto,
pues nunca cosa mia vi agradarte?

¿Qué coraçon aurá que suffra tanto,
que vengas a tomar en burla y risa,
vn mal que al mundo admira y causa espanto?

¡Ay çiego entendimiento, que te auisa
amor, el tiempo y tantos desengaños,
y siempre el pensamiento de una guisa!

Ah pastora cruel, ¿en tantos daños,
en tantas cuytas, tantas sin razones
me quieres ver gastar mis tristes años?

De vn coraçon que es tuyo, ¿ansi dispones?
vn alma que te di, ¿ansi la tratas,
que sea el menor mal suffrir passiones?

SIRENO

Vn ñudo ataste amor, que no desatas,
es çiego, y çiego tú, y yo más çiego,
y çiega aquella por quien tú me matas.

Ni yo me vi perder vida y sossiego:
–ni ella vee que muero a causa suya,
ni tú, que estó abrasado en biuo fuego.

¿Qué quieres crudo amor, que me destruya
Diana con ausençia? pues concluye
con que la vida y suerte se concluya.

El alegria tarda, el tiempo huye,
muere esperança, biue el pensamiento,
amor lo abreuia, alarga y lo destruye.

Verguença me es hablar en un tormento
que aunque me aflija, canse y duela tanto,
ya no podria sin él biuir contento.

SYLUANO

O alma, no dexeys el triste llanto,
y vos cansados ojos,
no os canse derramar lagrimas tristes:
llorad pues uer supistes
la causa prinçipal de mis enojos.

SIRENO

La causa prinçipal de mis enojos,
cruel pastora mia,
algun tiempo lo fue de mi contento:
ay triste pensamiento,
quan poco tiempo dura vna alegria.

SYLUANO

Quan poco tiempo dura vna alegria
y aquella dulce risa,
con que fortuna acaso os ha mirado:
todo es bien empleado
en quien auisa el tiempo y no se auisa.

SIRENO

En quien auisa el tiempo y no se auisa,
haze el amor su hecho,
mas ¿quién podra en sus casos auisarse,
o quién desengañarse?
ay pastora cruel, ay duro pecho.

SYLUANO

Ay pastora cruel, ay duro pecho,
cuya dureza estraña
no es menos que la graçia y hermosura,
y que mi desuentura,
¡quán a mi costa el mal me desengaña!

SYLUANO

Pastora mia, más blanca y colorada
que blancas (¹) rosas por abril cogidas,
y más resplandesçiente,
que el sol, que de oriente
por la mañana assoma a tu majada
¿cómo podré biuir si tú me oluidas?
no seas mi pastora rigurosa,
que no está bien crueldad a vna hermosa.

(¹) *Ambas*, por errata patente, en la edición de Milán y en otras.

SIRENO

Diana mia, más resplandesçiente,
que esmeralda, y diamante a la vislumbre,
cuyos hermosos ojos
son fin de mis enojos,
si a dicha los rebuelues mansamente,
assi con tu ganado llegues a la cumbre
de mi majada gordo y mejorado,
que no trates tan mal a vn desdichado.

SYLUANO

Pastora mia, quando tus cabellos
a los rayos del sol estás peynando,
no vees que lo escuresçes,
y a mi me ensoberuesçes
que desde acá me estoy mirando en ellos,
perdiendo ora esperança, ora ganando?
assi gozes, pastora, esa hermosura,
que des vn medio en tanta desuentura.

SIRENO

Diana cuyo nombre en esta sierra
los fieros animales trae domados,
y cuya hermosura,
sojuzga a la ventura,
y al crudo amor no teme y haze guerra
sin temor de occasiones, tiempo, hados,
assi gozes tú tu hato y tu majada,
que de mi mal no biuas descuydada.

SYLUANO

La fiesta, mi Sireno, es ya passada,
los pastores se uan a su manida,
y la cigarra calla de cansada.
No tardará la noche, que escondida
está, mientra que Phebo en nuestro cielo
su lumbre acá y allá trae esparzida.
Pues antes que tendida por el suelo
veas la escura sombra, y que cantando
de ençima deste aliso está el mochuelo,
Nuestro ganado vamos allegando,
y todo junto alli lo lleuaremos,
a do Diana nos está esperando.

SIRENO

Syluano mio, vn poco aqui esperemos,
pues aun del todo el sol no es acabado
y todo el dia por nuestro le tenemos.
Tiempo ay para nosotros, y el ganado
tiempo ay para lleualle al claro rio,
pues oy ha de dormir por este prado;
y aqui cesse, pastor, el cantar mio.

En quanto los pastores cantauan, estaua la pastora Diana con el rostro sobre la mano, cuya manga cayendose un poco, descubria la blancura de un braço, que a la de la nieue escuresçia, tenía los ojos inclinados hacia el suelo, derramando por ellos vnas espaçiosas lagrimas, las quales dauan a entender de su pena más de lo que ella quisiera dezir: y en acabando los pastores de cantar con vn sospiro, en compañia del qual paresçia auersele salido el alma se leuantó, y sin despedirse dellos, se fue por el valle abaxo, entrançando sus dorados cabellos, cuyo tocado se le quedó preso en vn ramo al tiempo que se leuantó. Y si con la poca manzilla que Diana de los pastores auia tenido, ellos no templaran la mucha que della tunieron, no bastara el coraçon de ninguno de los dos a podello suffrir. Y ansi, unos con otros, se fueron a recoger sus ouejas, que desmandadas andauan, saltando por el verde prado.

Fin del sexto libro.

LIBRO SEPTIMO

DE LA DIANA DE GEORGE DE MONTEMAYOR

Despues que Felismena vuo puesto fin en las differençias de la pastora Amarilida y el pastor Filemon, y lo dexó con proposito de jamas hazer el vno cosa de que otro tuuiese occasion de quexarse, despodida dellos, se fue por el valle abaxo por el qual anduuo muchos dias, sin hallar nueua que algun contento le diesse, y como todauia lleuaua esperança en las palabras de la sábia Feliçia, no dexaua de passalle por el pensamiento, que despues de tantos trabajos se auia de cansar la fortuna de perseguilla. Y estas ymaginaçiones la sustentauan en la grauissima pena de su desseo. Pues yendo vna mañana por en medio de vn bosque, al salir de vna assomada que por ençima de vna alta sierra paresçia, vio delante si vn verde y amenissimo campo, de tanta grandeza, que con la vista no se le podia alcançar el cabo, el qual doze millas adelante, yua a fenesçer en la falda de vnas montañas, que quasi no se paresçian: por medio del deleytoso campo corria vn caudaloso rio, el qual hazia vna muy graçiosa ribera, en muchas partes poblada de salzes, y verdes alisos, y otros diuersos arboles: y en otras dexaua descubiertas las cristallinas aguas recogiendose a vna parte vn grande y espaçioso arenal que de lexos más adornaua la hermosa ribera. Las mieses que por todo el campo paresçian sembradas, muy çerca estauan de dar el desseado fruto, y a esta causa con la fertili-

dad de la tierra estauan muy cresçidos, y meneados de vn templado viento hazian vnos verdes, claros, y obscuros, cosa que a los ojos daua muy gran contento. De ancho tenía bien el deleytoso y apazible prado tres millas en partes, y en otras poco más, y en ninguna auia menos desto. Pues baxando la hermosa pastora por su camino abaxo, vino a dar en vn bosque muy grande de verdes alisos, y azebuches assaz poblado, por enmedio muchas casas tan sumptuosamente labradas, que en gran admiraçion le pusieron. Y de subito fue a dar con los ojos en vna muy hermosa çiudad, que desde lo alto de vna sierra que de frente estaua, con sus hermosos edifiçios, venia hasta tocar con el muro en el caudaloso rio que por medio del campo passaua. Por ençima del qual estaua la más sumptuosa y admirable puente, que en el vniuerso se podia hallar. Las casas y edifiçios de aquella çiudad insigne eran tan altos, y con tan gran artifiçio labrados, que paresçia auer la industria humana mostrado su poder. Entre ellos auia muchas torres y piramides, que de altos se leuantauan a las nuues. Los tenplos eran muchos, y muy sumptuosos, las casas fuertes, los superbos muros, los brauos baluartes, dauan gran lustre a la grande y antigua poblaçion, la qual desde alli se diuisaba toda. La pastora quedó admirada de ver lo que delante los ojos tenía, y de hallarse tan çerca de poblado, que era la cosa que con gran cuydado huya (¹). Y con todo esso se assento vn poco a la sombra de vn oliuo, y mirando muy particularmente, lo que aueys oydo, viendo aquella populosa çiudad, le vino a la memoria la gran Soldina su patria y naturaleza, de adonde los amores de don Felis la trayan desterrada: lo qual fue ocasion para no poder passar sin lagrimas, porque la memoria del bien perdido, pocas vezes dexa de dar ocasion a ellas. Dexado pues la hermosa pastora aquel lugar, y la çiudad a mano derecha, se fue su passo a passo por vna senda que junto al rio yua, hazia la parte, donde sus cristallinas aguas con vn manso y agradable ruydo, se yban a meter en el mar Oçeano. Y auiendo caminado seys millas por la graçiosa ribera adelante, vio dos pastoras, que al pie de vn roble a la orilla del rio passauan la fiesta: las quales aunque en la hermosura tuuiessen vna razonable mediania, en la graçia y donayre auia vn estremo grandissimo: el color del rostro moreno, y graçioso: los cabellos no muy ruuios, los ojos negros: gentil ayre y graçioso en el mirar: sobre las cabeças tenian sendas guirnaldas de verde yedra, por entre las hojas entretexidas muchas rosas y flores. La manera del vestido le paresçio diffe-

----

(¹) M., *de que con mayor cuidado andaua huyendo.*

rente del que hasta entonçes auia visto. Pues leuantandose la vna con grande priessa a echar vna manada de ouejas, de vn linar adonde se auian entrado, y la otra llegado a dar a beuer a vn rebaño de cabras al claro rio se boluieron a la sombra del vmbroso fresno. Felismena que entre vnos juncales muy altos se auia metido, tan çerca de las pastoras, que pudiesse oyr lo que entre ellas passaua, sintio que la lengua era Portuguesa, y entendio que el reyno en que estaua, era Lusitania, porque la una de las pastoras dezia con graçia muy estremada en su misma lengua a la otra, tomandose de las manos: Ay Duarda, quan poca razon tienes de no querer a quien te quiere más que a si: quánto mejor te estaria, no traer mal a vn pensamiento tan occupado en tus cosas. Pesame que a tan hermosa pastora la falte piedad, para quien en tanta neçesidad está della. La otra, que algo más libre paresçia, con çierto desden, y vn dar de mano, (cosa muy natural de personas libres), respondia: ¿quieres que te diga, Armia? si yo me fiare otra uez de quien tan mal me pagó el amor que le tuue, no terná él la culpa del mal que a mi desseo me succediere. No me pongas delante los ojos seruiçios que esse pastor algun tiempo me aya hecho, ni me digas ninguna razon de las que él se da para mouerme, porque ya passó el tiempo en que sus razones le ualian. Él me prometio de casarse comigo, y se casó con otra. ¿Qué quiere aora? ¿o qué me pide esse enemigo de mi descanso? ¿dize que pues su muger es finada, que me case con él? No querra Dios que yo a mi misma me haga tan gran engaño: dexalo estar, Armia, dexalo: que si él a mi me dessea tanto como dize, esse desseo me dara uengança dél. La otra le explicaua con palabras muy blandas, juntando su rostro con el de la essenta Duarda, con muy estrechos abrazos: ay pastora, y cómo te está bien todo quanto dizes; nunca desseé ser hombre, sino aora para quererte más que a mí. Mas dime, Duarda ¿porqué has tú de querer, que Danteo bina tan triste vida? El dize que la razon con que dél te quexas, essa misma tiene para su disculpa. Porque antes de que se casasse, estando contigo vn dia junto al soto de Fremoselle te dixo: Duarda, mi padre quiere casarme, ¿qué te paresçe que haga? y que tú respondiste muy sacudidamente: ¿Cómo, Danteo, tan vieja soy yo o tan grande poder tengo en ti, que me pidas paresçer y liçençia para tus casamientos? Bien puedes hazer lo que tu voluntad y la de tu padre te obligare, porque lo mismo haré yo: y que esto fue dicho con vna manera tan estraña de lo que solia como si nunca te vuiera passado por el pensamiento quererle bien. Duarda le respondio: ¿Armia, eso le llamas tú discul-

pa? Si no te tuuiera tan conosçida, en este punto perdia tu discreçion grandissimo credito comigo. ¿Qué auia yo de responder a vn pastor que publicaua que no auia cosa en el mundo, en quien sus ojos pussiese sino en mí?, quanto más, que no es Danteo tan ignorante que no entendiesse en el rostro y arte con que yo esso lo respondi, que no era aquello lo que yo quisiera respondelle. ¡Qué donayre tan grande fue toparme el vn dia antes que esso passasse junto a la fuente, y dezirme con muchas lagrimas: porqué, Duarda, eres tan ingrata a lo que te desseo, que no te quieres casar comigo, a hurto de tus padres: pues sabes que el tiempo les ha de curar el enojo que desso reçibieren? Yo entonçes le respondi: contentate, Danteo, con que yo soy tuya, y jamas podré ser de otro, por cosa que me succeda. Y pues yo me contento con la palabra que de ser mi esposo me as dado, no quieras que a trueque de esperar un poco de tiempo más, haga vna cosa que tan mal nos está; y despedirse él de mi con estas palabras, y al otro dia dezirme que su padre le queria casar, y que le diesse liçençia: y no contento con esto, casarse dentro de tres dias. Paresçe te pues, Armia, que es ésta algo sufficiente causa, para yo vsar de la libertad, que con tanto trabajo de mi pensamiento tengo ganada? Estas cosas (respondio la otra) façilmente se dizen y se passan entre personas que se quieren bien, mas no se han de lleuar por esto tan a cabo, como las lleuas. Las que se dizen (Armia) tienes razon, mas las que se hazen, ya tú lo vees, si llegan al alma de las que queremos bien. En fin, Danteo se casó, pesame mucho que se le lograsse poco tan hermosa pastora: y mucho más de ver que no ha vn mes que la enterró, y ya començan a dar bueltas sobre él pensamientos nueuos. Armia le respondia: Matóla Dios: porque en fin Danteo era tuyo, y no podria ser de otra. Pues si esso es ansi (respondio Duarda) que quien es de vna persona, no puede ser de otra, yo la hora de aora me hallo mia, y no puedo ser de Danteo. Y dexemos cosa tan escusada como gastar el tiempo en esto. Mejor será que se gaste en cantar vna cançion, y luego las dos en su misma lengua, con mucha graçia, començaron a cantar lo siguiente:

Os tempos se mudarão
a vida se acabará:
mas a fe sempre estara,
onde meus olhos estão.

Os dias, y os momentos,
as horas, con suas mudanças,
inmigas son desperanças,
y amigas de pensamentos:
os pensamentos estão

a esperança acabará,
a fe, me não deixará
por honrra do coraçon.

He causa de muytos danos
dunidosa confiança
que a vida sen esperança
ja não teme desenganos,
os tempos se vem e vão,
a vida se acabará,
mas a fe não quererá,
hazer me esta semrazão.

Acabada esta canção, Felismena salio del lugar a donde estaua escondida y se llegó adonde las pastoras estauan, las quales espantadas de su graçia y hermosura, se llegaron a ella, y la reçibieron con muy estrechos abraços, preguntandole de que tierra era y de adonde uenia. A lo qual la hermosa Felismena no sabía responder, mas antes con muchas lagrimas les preguntaua, qué tierra era aquella en que morauan. Porque de la suya la lengua daua testimonio ser de la prouinçia de Vandalia, y que por çierta desdicha uenia desterrada de su tierra. Las pastoras portuguesas con muchas lagrimas la consolauan, doliendose de su destierro, cosa muy natural de aquella naçion, y mucho más de los habitadores de aquella prouinçia. Y preguntandoles Felismena, qué çiudad era aquella que auia dexado hazia la parte donde el rio, con sus cristallinas aguas apressurando su camino, con gran impetu uenia, y que tambien desseaua saber, qué castillo era aquel que sobre aquel monte mayor que todos estaua edificado y otras cosas semejantes. Y una de aquellas, que Duarda se llamaua, le respondio, que la çiudad se llamaua Coymbra, vna de las más insignes y prinçipales de aquel reyno, y aun de toda la Europa, ansi por la tierra comarcana a ella, la qual aquel caudaloso rio, que Mondego tenía por nombre, con sus cristalinas aguas regaua. Y que todos aquellos campos que con gran impetu yua discurriendo, se llamauan el campo de Mondego, y el castillo que delante los ojos tenian, era la luz de nuestra España. Y que este nombre le conuenia más que el suyo proprio, pues en medio de la infidelidad del Mahometico Rey Marsilio, que tantos años le auia tenido çercado, se auia sustentado, de manera que siempre auia salido uençedor, y jamas uençido, y que el nombre que tenía en lengua Portuguesa era Montemor o uelho, adonde la uirtud, el ingenio, ualor, y esfuerço, auian quedado por tropheo de las hazañas, que los habitadores dél, en aquel tiempo auian hecho; y que las damas que en él auia, y los caualleros que lo habitauan, floresçian oy en todas las uirtudes que ymaginar se podian. Y assi le conto la pastora otras muchas cosas de la fertilidad de la tierra, de la antiguedad de los edifiçios, de la riqueza de los moradores, de la hermosura y discreçion de los Nimphas y pastores, que por la comarca del inexpunable castillo habitauan, cosas que a Felismena pusieron en gran admiraçion, y rogandole las pastoras que comiesse (porque no deuia uenir con poca neçessidad dello) tuuo por bien de açeptallo. Y en quanto Felismena comia de lo que las pastoras le dieron, la vian derramar algunas lagrimas, de que ellas en estremo se dolian. Y queriendole pedir la causa, se lo estoruó la boz de un pastor, que muy dulçemente al son de un rabel cantaua, el qual fue luego conosçido de las dos pastoras, porque aquel era el pastor Danteo, por quien Armia terçiaua con la graçiosa Duarda. La qual con muchas lagrimas, dixo a Felismena: Hermosa pastora, aunque el manjar es de pastoras, la comida es de Prinçesa: qué mal pensaste tú, quando aqui uenias, que auias de comer con musica! Felismena entonçes le respondio: No auria en el mundo (graçiosa pastora) musica más agradable para mí, que uuestra uista y conuersaçion, y esto me daria a mí mayor ocasion para tenerme por Prinçesa, que no la musica que dezis. Duarda respondio: Más auia de ualer que yo quien esso meresçiesse, y más subido de quilate auia de ser su entendimiento para entendello, mas lo que fuere parte del desseo, hallarse ha en mí cumplidamente. Armia dixo contra Duarda: Ay Duarda, cómo eres discreta, y quanto más lo serias si no fuesses cruel. ¿Hay cosa en el mundo como esta que por no oyr a aquel pastor que está cantando sus desuenturas, está metiendo palabras en medio, y occupando en otra cosa el entendimiento? Felismena entendiendo quién podia ser el pastor en las palabras de Armia, las hizo estar atentas, y oylle, el qual cantaua al son de su instrumento esta cançion, en su misma lengua.

Sospiros, minha lembrança
não quer, porque uos não uades
que o mal que fazem saudades
se cure com esperança.

A esperança não me ual,
polla causa en que se tem,
nem promete tanto bem,
quanto a saudade faz mal;
mas amor, desconfiança,
me deron tal qualidade,
que nem me mata saudade,
nem me da uida esperança.

Errarão se se queyxarem
os olhos con que eu olhey,
porque eu não me queyxarey,
en quanto os seus me lembraren,

nem poderá auer mudança,
jamas en minha uontade,
ora me mate saudade,
ora me deyxe esperança.

A la pastora Felismena supieron mejor las palabras del pastor, que el combite de las pastoras, por que más le pareçia que la cançion se auia hecho para quexarse de su mal, que para lamentar el ageno. Y dixo, quando le acabó de oyr. ¡Ay, pastor, que uerdaderamente paresçe que aprendiste en mis males, a quexarte de los tuyos! Desdichada de mí, que no ueo ni oyo cosa, que no ponga delante la razon que tengo, de no dessear la uida, mas no quiera Dios que yo la pierda, hasta que mis ojos vean la causa de sus ardientes lagrimas. Armia dixo a Felismena: Paresçeos (hermosa pastora) que aquellas palabras meresçen ser oydas, y que el coraçon de adonde ellas salen se deue tener en más de lo que esta pastora lo tiene? No trates, Armia (dixo Duarda) de sus palabras, trata de sus obras, que por ellas se ha de juzgar el pensamiento del que las haze. Si tú te enamoras de cançiones, y te paresçen bien sonetos hechos con cuydado de dezir buenas razones, desengañate que son la cosa de que yo menos gusto reçibo, y por la que menos me çertifico, del amor que se me tiene. Felismena dixo entonçes fauoresçiendo la razon de Duarda: Mira, Armia, muchos males se escusarian, y muy grandes desdichas no uernian en effecto, si nosotras dexassemos de dar credito a palabras bien ordenadas, y razones compuestas de coraçones libres, porque en ninguna cosa ellos muestran tanto serlo, como en saber dezir por orden un mal, que quando es uerdadero, no ay cosa más fuera della. Desdichada de mí, que no supe yo aprouecharme deste consejo. A este tiempo, llegó el pastor Portugues, donde las pastoras estauan, y dixo contra Duarda, en su misma lengua: A pastora, se as lagrimas destes olhos, y as magoas deste coraçaõ, são pouca parte para abrandar a dureza, com que sou tratado, não quero de ti mays, senão que minha conpanhia por estos campos te não o seja importuna, ne os tristes uersos que meu mal junto a esta hermosa ribeyra me faz cantar, te den occasião denfadamento. Passa, hermosa pastora, a sesta a sombra destes salgueyros, que ho teu pastor te leuará as cabras a o rio, y estará a o terreyro do sol, en quanto ellas nas cristalinas agoas se banharen. Pentea, hermosa pastora, os teus cabellos douro iunto a aquella clara fonte donde uen ho ribeyro que çerca este fremoso prado, que eu irey en tanto em tanto a repastar teu gado, y ter y conta com que as ouelhas não o entren nas searas que ao longo desta ribeyra

estão, Desejo que não tomes traballho en cousa nenhua, nen eu descanso em quanto em cousas tuas não trabalhar. Si isto te paresçe pouco amor, dize tú en que te poderey mostrar ho bem que te quero: que nao ha amor final da pessoa dizer uerdade, en qualquer cousa que diz, que offreçerse ha esperiençia dela. La pastora Duarda entonçes respondio: Danteo, se he uerdade que ay amor no mundo, eu ho tiue contigo, e tan grande como tú sabes, jamays nenhun pastor de quantos apascentão seus gados pollos campos de Mondego, e beben as suas claras agoas, alcançou de mi nem hua so palabra conque tiuesses occasião de queyxarte de Duarda, nem do amor que te ella sempre mostrou, a ninguen tuas lagrimas, e ardentes sospiros mays magoarão que a mi, ho dia que te meus olhos não uiam, jamays se leuantauan a covsa que lhes desse gosto. As uacas que tú guardauas erão mays que minhas, muytas mays uezes (reçeosa que as guardas deste deleytoso campo lhes nam impedissem ho pasto) me punha eu desde aquelle outeyro, por uer se pareçião do que minhas ouelhas erão por mi apasçentadas, nem postas em parte onde sem sobresalto pasçessem as eruas desta fermosa ribeyra: isto me danaua a mí tanto en mostrarme sojeyta, como a ti em haçerte comfiado. Bem sey que de minha sogeição naçeu tua confiança y de tua confiança hazer o que fizeste. Tu te casaste con Andresa, cuja alma este en gloria, ¿qué cousa he esta, que algum tempo não pidi a Deos, antes lhe pidi uingança dela, y de ti? eu passe y despoys de nosso casamento, o que tú e outros muytos saben, quis minha fortuna que a tua me não desse pena. Deyxa me goxar de minha liberdade, y não esperes que comigo poderas ganhar o que por culpa tua perdeste. Acabando la pastora la terrible respuesta que aueys oydo, y queriendo Felismena meterse en medio de la differençia de los dos, oyeron a una parte del prado muy gran ruydo, y golpes como de caualleros que se combatian: y todos con muy gran priessa se fueron a la parte donde se oyan, por uer qué cosa fuesse. Y uieron en una isleta que el rio con una buelta hazia, tres caualleros que con uno solo se combatían: y aunque se defendia ualientemente, dando a entender su esfuerço y ualentia, con todo esso los tres le dauan tanto qué hazer, que la ponian en neçessidad de aprouecharse de toda su fuerça. La batalla se hazia a pie, y los cauallos estauan arrendados a unos pequeños arboles que alli auia. Y a este tiempo ya el cauallero solo tenía uno de los tres tendido en el suelo, de un golpe de espada, con el qual le acabó la uida: pero los otros dos, que muy ualientes eran, le trayan ya tal, que no se esperaua otra cosa sino la muerte. La pastora Felismena, que uio aquel cauallero en tan gran peligro, y que si no le socorriesse, no podria escapar con la uida, quiso poner la suya a riesgo de perdella, por hazer lo que en aquel caso era obligada, y poniendo una aguda saeta en su arco, dixo contra uno dellos: Teneos afuera, caualleros, que no es de personas que deste nombre se preçian, aprouecharse de sus enemigos con uentaja tan conosçida. Y apuntandole a la uista de la çelada, le acertó con tanta fuerça, que entrandole por los ojos passó de la otra parte, de manera que aquel uino muerto al suelo. Quando el caualllero solo uio muerto a uno de sus contrarios, arremetio al terçero con tanto esfuerço, como si entonçes començara su batalla, pero Felismena le quitó de trabajo, poniendo otra flecha en su arco, con la qual, no parando en las armas, le entró por debaxo de la tetilla yzquierda, y le atrauesso el coraçon de manera que el cauallero lleuó el camino de sus compañeros. Quando los pastores vieron lo que Felismena auia hecho, y el cauallero vio de dos tiros matar dos caualleros tan valientes, ansi vnos como otros quedaron en extremo admirados. Pues quitandose el cauallero el yelmo, y llegandose a ella, le dixo: Hermosa pastora, con qué podre yo pagaros tan grande merçed, como la que de vos he reçibido en este dia, si no en tener conosçida esta deuda para nunca jamas perdella del pensamiento? Quando Felismena vio el rostro del cauallero, y lo conosçio, quedó tan fuera de si, que de turbada casi no le supo hablar: mas boluiendo en si, le respondio: Ay don Felis, que no es ésta la primera deuda en que tú me estás, y no puedo yo creer, que ternás della el conosçimiento que dizes, sino el que de otras muy majores has tenido. Mira a qué tiempo me ha traydo mi fortuna y tu desamor, que quien solia en la ciudad ser seruida de ti con torneos y iustas, y otras cosas con que me engañauas (o con que yo me dexaua engañar) anda aora desterrada de su tierra y de su libertad, por auer tú querido vsar de la tuya. Si esto no te trae a conosçimiento de lo que me deues, acuerdate que vn año te estuue siruiendo de page, en la corte de la prinçesa Çesarina: y aun de terçero contra mí misma, sin jamas descubrirte mi pensamiento, por solo dar remedio al mal que el tuyo te hazia sentir. O quantas vezes te alcançé los fauores de Çelia tu señora, a gran costa de mis lagrimas! Y no lo tengas en mucho, que quando estas no bastaran, la vida diera yo a trueque de remediar la mala que tus amores te dauan. Si no estás saneado de lo mucho que te he querido, mira las cosas que la fuerça del amor me ha hecho hazer. Yo me sali de mi tierra, yo te vine a hazer, Yo me sali de mi tierra, yo te vine a

seruir, y a dolerme del mal que suffrias, y a suffrir el agrauio que yo en esto reçebia: y a trueque de darte contento, no tenía en nada biuir la más triste vida que nadie vivio. En trage de dama te he querido, como nunca nadie quiso, en habito de page te serui, en la cosa más contraria a mi descanso, que se puede ymaginar: y aun aora en trage de pastora vine a hazerte este pequeño seruiçio. Ya no me queda más que hazer, sino a sacrificar la vida a tu desamor, si te pareçe que deuo hacello, y que tú no te has de acordar de lo mucho que te he querido, y quiero: la espada tienes en la mano, no quieras que otro tome en mí la vengança de lo que te merezco. Quando el cauallero oyó las palabras de Felismena, y conoçio todo lo que dixo, auer sido ansi: el coraçon se le cubrio, de ver las sin razones que con ella auia vsado: de manera, que esto y la mucha sangre que de las heridas se le yua, fueron causa de vn subito desmayo cayendo a los pies de la hermosa Felismena, como muerto. La qual con la mayor pena que ymaginarse puede, tomandole la cabeça en su regaço, con muchas lagrimas que sobre el rostro de su cauallero destilaua, començo a dezir: ¿qué es esto, fortuna? ¿es llegado el fin de mi uida, junto con la del mi don Felis? Ay don Felis, causa de todo mi mal, si no bastan las muchas lagrimas que por tu causa he derramado, y las que sobre tu rostro derramo, para que buelvas en ti: qué remedio terna esta desdichada, para que el gozo de uerte no se le buelua en ocasion de desesperarse? Ay mi don Felis, despierta si es sueño el que tienes, aunque no me espantaria si no lo hiziesses, pues jamas cosas mias te le hizieron perder. Y en estas y otras lamentaçiones estaua la hermosa Felismena, y las otras pastoras Portuguesas le ayudauan quando por las piedras que pasauan a la isla, vieron uenir una hermosa Ninpha, con un uaso de oro, y otro de plata en las manos, la qual luego de Felismena fue conosçida, y le dixo: Ay Dorida, quién auia de ser, la que a tal tiempo socorriesse a esta desdichada, sino tú? Llegate acá, hermosa Ninpha, y uerás puesta la causa de todos mis trabajos en el mayor que es possible tenerse. Dorida entonçes le respondio: Para estos tiempos es el animo, y no te fatigues, hermosa Felismena, que el fin de tus trabajos es llegado, y el prinçipio de tu contentamiento; y diziendo esto, le echó sobre el rostro de una odorifera agua, que en el uaso de plata traya, la qüal le hizo boluer en todo su acuerdo, y le dixo: Cauallero, si quereys cobrar la vida, y dalla a quien tan mala, a causa vuestra, la ha passado, beued del agua deste uaso. Y tomando don Felis el uaso de oro entre las manos, beuio gran parte del agua que en él venía. Y como vuo un poco reposado con ella, se sintio tan sano de las heridas que los tres caualleros le auian hecho, y de la que amor, a causa de la señora Çelia, le auia dado, que no sentia más la pena que cada uno dellas le podian causar que si nunca las uuiera tenido. Y de tal manera se boluio a renouar el amor de Felismena, que en ningun tiempo le paresçio auer estado tan biuo como entonçes: y sentandose ençima de la verde yerua, tomó las manos a su pastora, y besandoselas muchas uezes, dezia: Ay, Felismena, quán poco haria yo en dar la uida, a trueque de lo que te deuo: que pues por ti la tengo, muy poco hago en darte lo que es tuyo. Con qué ojos podra mirar tu hermosura, el que faltandole el conosçimiento, de lo que te deuia, osó ponellos en otra parte? Qué palabras bastarian para disculparme, de lo que contra ti he cometido? Desdichado de mí, si tu condiçion no es en mi fauor, porque ni bastara satisfaçion, para tan gran yerro, ni razon, para disculparme de la grande que tienes de oluidarme? Verdad es, que yo quise bien a Çelia y te oluidé: mas no de manera, que de la memoria se me passasse tu valor y hermosura. Y lo bueno es, que no sé a quién ponga á parte de la culpa que se me puede attribuyr, porque si quiero ponella a la poca edad que entonçes tenía, pues la tune para quererte, no me auia de faltar para estar firme en la fe que te deuia. Si a la hermosura de Çelia, muy clara está la ventaja que a ella, y a todas las del mundo tienes. Si a la mudança de los tiempos, esse auia de ser el toque donde mi firmeza auia de mostrar su valor. Si a la traydora de ausençia, tan poco paresçe bastante disculpa, pues el desseo de verte, auia estado ausente de sustentar tu imagen en mi memoria. Mira, Felismena, quán confiado estoy en tu bondad y clemençia, que sin miedo te oso poner delante las causas que tienes de no perdonarme. Mas qué haré para que me perdones, o para que despues de perdonado, crea que estás satisfecha? Vna cosa me duele más que quantas en el mundo me pueden dar pena, y es, ver que puesto caso que el amor que me has tenido, y tienes, te haga perdonar tantos yerros, ninguna vez alçaré los ojos a mirarte que no me lleguen al alma los agrauios que de mi has reçibido. La pastora Felismena que uio a don Felis tan arrepenti-

do, y tan buelto a su primero pensamiento, con muchas lagrimas le dezia, que ella le perdonaua, pues no suffria menos el amor que siempre le auia tenido: y que ansi pensara no perdonalle, no se vuiera por su causa puesto a tantos trabajos, y otras cosas muchas con que don Felis quedó confirmado en el primer amor. La hermosa Nimpha Dorida, se llegó al cauallero, y despues de auer passado entre los dos muchas palabras y grandes offresçimientos de parte de la sábia Feliçia, le suplicó, que él, y la hermosa Felismena se fuessen con ella al templo de la Diana, donde los quedaua esperando con grandissimo desseo de verlos. Don Felis lo conçedio: y despedido de las pastoras Portuguesas (que en extremo estauan espantadas, de lo que auian visto) y del affligido pastor Danteo, tomando los cauallos de los caualleros muertos, las quales sobre tomar a Danteo el suyo, le auian puesto en tanto aprieto, se fueron por su camino adelante, contando Felismena a don Felis con muy gran contento lo que auia passado, despues que no le auia visto, de lo qual él se espantó estrañamente, y especialmente de la muerte de los tres saluages, y de la casa de la sábia Feliçia y suçesso de los pastores y pastoras, y todo lo más que en este libro se ha contado. Y no poco espanto lleuaua don Felis, en ver que su señora Felismena le vuiesse seruido tantos dias de page, y que de puro diuertido en el entendimiento, no la auia conosçido, y por otra parte, era tanta su alegria, de verse de su señora bien amado, que no podia encubrillo. Pues caminando por sus jornadas, llegaron al templo de Diana, donde la sábia Feliçia los esperaua, y ansi mismo los pastores Arsileo, y Belisa, y Syluano, y Seluagia, que pocos dias auia que eran alli venidos. Fueron reçebidos con muy gran contento de todos, espeçialmente la hermosa Felismena, que por su bondad, y hermosura de todos era tenida en gran possession. Alli fueron todos desposados con las que bien querian, con gran regoçijo, y fiesta de todas las Nimphas, y de la sábia Feliçia, a la qual no ayudó poco Sireno en su venida, aunque della se le siguio lo que en la segunda parte deste libro se contará, juntamente con el suçesso del pastor, y pastora Portuguesa, Danteo y Duarda.

FIN DE LOS SIETE LIBROS DE LA DIANA DE GEORGE DE MONTEMAYOR

LA DIANA ENAMORADA

CINCO LIBROS QUE PROSIGUEN LOS VII DE JORGE DE MONTEMAYOR

POR

GASPAR GIL POLO

———— ✳❍✳ ————

A LA MUY ILUSTRE SEÑORA DOÑA HIERONYMA DE CASTRO Y BOLEA, &. GASPAR GIL POLO.

Tanto le importa á este libro tener de su parte el nombre y favor de V. S., que de otra manera no me atreviera á publicarle, ni aun á escribirle. Porque según es poco mi caudal, y mucha la malicia de los detractores, sin el amparo de V. S. no me tuviera por seguro. Suplico á V. S. reciba y tenga por suya esta obra, que aunque es servicio de poca importancia, habido respecto al buen ánimo con que se le ofresce y á la voluntad con que libros semejantes por Reyes y grandes señores fueron recebidos, no se ha de tener por grande mi atrevimiento en hacer presente desta miseria, mayormente dándome esfuerzo para ello la esperanza que tengo en la nobleza, benignidad y perfecciones de V. S. que para ser contadas requieren mayor espíritu y más oportuno lugar. El cual, si por algún tiempo me fuese concedido, en cosa ninguna tan justamente habría de emplearse como en la alabanza y servicio de V. S. Cuya muy ilustre persona y casa nuestro Señor guarde y prospere con mucho aumento. De Valencia á nueve de Hebrero M. D. LXIV.

A LA ILUSTRISSIMA Y EXCELENTISSIMA SEÑORA MIA LUISA DE LORENA, PRINCESA DE CONTI.

En un siglo tal como el que agora posseemos, en el cual el trato es tan doblado, y tan lleno de todas miserias, ¿quién se podrá escapar de las mordaces y perniciosas lenguas, que todo su ejercicio es buscar tachas en lo más apurado; sirviéndose de las colores más falsas y engañosas, sin acordarse de los ya passados,

á los cuales la virtud les dió el nombre de dorados, porque se admitía en ellos cualquiera trabajo, recibiendo las intenciones, y perdonando á los talentos, como dones que Dios reparte á su voluntad? De manera, señora mía, que yo como persona tan necessitada dellos, y en este siglo, buscando amparo, me subí en el teatro deste mundo, y queriéndome árrojar en él, me determiné entregarme en unas manos que me defendiessen de las injurias del tiempo. Y assi volviendo los ojos por una y otra parte, por ver á quien me encomendaría para que me librasse de las lenguas murmuradoras de los mal intencionados espíritus, y no viendo alma ni cuerpo más propio que el de V. E. para este efecto, siendo persona que á todo el mundo enamora, con justa y debida razón se le debe la más enamorada Diana encomendar, echándome en el abrigo dessas tan ilustríssimas partes, con la confianza de que recibirá la voluntad de la mano del curioso que ha tomado el trabajo de tornarme á poner á luz, por mandamiento de personas que hallaron la traza y el estilo muy curioso, y que se iba á escurecer del todo, por no se hallar ya este tratado en el mundo. Ea, señora mía, abra esos brazos, y enciérreme en esse pecho, como tan insigne y inexpugnable fortaleza, en la qual vivirá mi alma de todos los ya dichos espíritus malinos descuidada y defendida con solo el saber que V. E. es su protectora; y con tal confianza vivirá rogando á Dios por la conservación de la persona Ilustríssima de V. E. que viva un millón de años, amparando á las que se le encomiendan, y particularmente á los del sexo que tiene aún su particular consideración.

La muy humilde servidora de V. E. que le besa los pies,

Diana Enamorada.

DE DON ALONSO GIRÓN Y DE REBOLLEDO

Soneto.

LECTOR. DIANA.

Buen libro, Diana. En todo extremo es bueno.
¿Qué sientes dél? Placer de andar penada.
¿Y qué es la pena? Amar cosa olvidada.
¿Y el gozo? Ver por cuya industria peno.
¿Es Jorge ó Perez? No, que es muy terreno
amarme á mí. ¿Qué cosa hay más alzada?
Hacerme GASPAR GIL enamorada,
que lo estoy ya más dél que de Syreno.
¿En qué tuvo primor? En verso y prosa.
¿Quién juzga eso? Ingenios delicados.
¿Tanta luz da? Alumbra todo el suelo.
¿Cuál quedará su patria? Muy dichosa.
¿Y los poetas todos? Afrentados.
¿Y él cómo se dirá? POLO del cielo.

SONETO DE HIERONYMO SAMPER

De fieras armas la inmortal historia
cessa por celebrar simples pastores;
canta GASPAR GIL POLO sus amores,
y en ello no consigue menos gloria.
A Marte da querellas la victoria,
por ver que calla Polo sus loores,
fama y honor á Palas dan clamores,
viendo que da á Diana tal memoria.
Dejad, númenes sacros, tal querella;
que Apolo ha prometido á su Diana
poeta el más famoso é importante:
Y dióle al gran GIL POLO, que por ella
con grave estilo y gracia soberana
dulce canción en las veredas cante.

DE MIGUEL JUAN TÁRREGA

Soneto.

Con la tuba Meonia y Mantuana
su canto GASPAR GIL había acordado
con tal furor, que el son ya era llegado
desde el Indico Gange hasta la Tana.
Mandóle en esto Apolo que á Diana,
dejando el canto de Mavorte airado,
cantasse al son que Píndaro ha cantado:
tanto le es dulce el nombre de su hermana.
Y ansi le dió la lira, en que él tañía
siendo pastor de Admeto, y alegrando
los prados y aguas del dichoso Amphryso.
Y el sacro nombre Apolo á POLO dando,
con usado favor dar honra quiso
al que mayor renombre merescía.

HERNANDO BONAVIDA, CIUDADANO
VALENCIANO

Al lector.

Ovidio á su Corynna celebraba
con los sabrosos versos que escribía,
dos mil hermosos cantos componía
Propercio que á su Cynthia sublimaba.
Con las dulces canciones que cantaba,
á su Laura Petrarca engrandescía,
y destos cada cual con lo que hacía
al famoso laurel al fin llegaba.
A lauro el Lusitano ha llegado
á Diana pintando muy ufana,
mas POLO de otra suerte os la ha pintado:
Aquí veréis una obra sobrehumana,
y cuán bien el laurel POLO ha ganado,
pues Proserpina es la otra, ésta Diana.

LIBRO PRIMERO

DE DIANA ENAMORADA

Después que el apassionado Syreno con la virtud del poderoso liquor fué de las manos de Cupido por la sabia Felicia libertado, obrando Amor sus acostumbradas hazañas, hirió de nuevo el corazón de la descuidada DIANA, despertando en ella los olvidados amores, para que de un libre estuviesse captiva, y por un essento viviesse atormentada. Y lo que mayor pena le dió fué pensar que el descuido que tuvo de Syreno había sido ocasión de tal olvido, y era causa del aborrescimiento. Deste dolor y de otros muchos estaba tan combatida, que ni el yugo del matrimonio, ni el freno de la vergüenza fueron bastantes á detener la furia de su amor, ni remediar la aspereza de su tormento, sino que sus lamentables voces esparciendo, y dolorosas lágrimas derramando, las duras peñas y fieras alimañas enternescía. Pues hallándose un día acaso en la fuente de los alisos, en el tiempo del estío, á la hora que el sol se acercaba al medio día, y acordándose del contento que allí en compañía del amado Syreno muchas veces había recebido, cotejando los deleites del tiempo passado con las fatigas del presente; y conosciendo la culpa que ella en su tormento tenía, concibió su corazón tan angustiada tristeza, y vino su alma en tan peligroso desmayo, que pensó que entonces la deseada muerte diera fin á sus trabajos. Pero después que el ánimo cobró algún tanto su vigor, fué tan grande la fuerza de su passión, y el ímpetu, con que amor reinaba en sus entrañas, que le forzó publicar su tormento á las simples avecillas, que de los floridos ramos la escuchaban, á los verdes árboles, que de su congoja paresce que se dolían, y á la clara fuente, que el ruido de sus cristalinas aguas con el son de sus cantares acordaba. Y assí con una suave zampoña cantó desta manera:

Mi sufrimiento cansado
del mal importuno y fiero,
á tal extremo ha llegado,
que publicar mi cuidado
me es el remedio postrero.
Siéntase el bravo dolor,
y trabajosa agonía
de la que muere de amor,
y olvidada de un pastor
que de olvidado moría.

¡Ay, que el mal que ha consumido
la alma que apenas sostengo,
nasce del passado olvido,
y la culpa que he tenido
causó la pena que tengo!
Y de gran dolor reviento,
viendo que al que agora quiero,
le di entonces tal tormento,
que sintió lo que yo siento
y murió como yo muero.

Y cuando de mi crüeza
se acuerda mi corazón,
le causa mayor tristeza
el pesar de mi tibieza,
que el dolor de mi passión.
Porque si mi desamor
no tuviera culpa alguna
en el presente dolor,
diera quejas del Amor
é inculpara la Fortuna.

Mas mi corazón esquivo
tiene culpa más notable,
pues no vió de muy altivo,
que Amor era vengativo
y la Fortuna mudable.
Pero nunca hizo venganza
Amor, que de tantas suertes
deshiciese una esperanza,
ni Fortuna hizo mudanza
de una vida á tantas muertes.

¡Ay, Syreno, cuán vengado
estás en mi desventura,
pues despúes que me has dejado,
no hay remedio á mi cuidado,
ni consuelo á mi tristura!
Que según solías verme
desdeñosa en solo verte,

tanto huelgas de ofenderme,
que ni tú podrás quererme,
ni yo dejar de quererte.

Véote andar tan essento,
que no te ruego, pastor,
remedies el mal que siento,
mas que engañes mi tormento
con un fingido favor.
Y aunque mis males pensando,
no pretendas remediallos,
vuelve tus ojos, mirando
los míos, que están llorando,
pues tú no quieres mirallos.

Mira mi mucho quebranto,
y mi poca confianza
para tener entre tanto
no compassión de mi llanto,
mas placer de tu venganza.
Que aunque no podré ablandarte,
ni para excusar mi muerte
serán mis lágrimas parte,
quiero morir por amarte
y no vivir sin quererte.

No diera fin tan presto la enamorada Diana á su deleitosa música, si de una pastora, que tras unos jarales la había escuchado, no fuera de improviso estorbada. Porque viendo la pastora, detuvo la suave voz, rompiendo el hilo de su canto, y haciendo obra en ella la natural vergüenza, le pesó muy de veras que su canción fuesse escuchada, ni su pena conoscida, mayormente viendo aquella pastora ser extranjera, y por aquellas partes nunca vista. Mas ella, que de lejos la suavíssima voz oyendo, á escuchar tan delicada melodía secretamente se había llegado, entendiendo la causa del doloroso canto, hizo de su extremadíssima hermosura tan improvisa y alegre muestra, como suele hacer la nocturna luna, que con sus lumbrosos rayos vence y traspassa la espessura de los escuros ñublados. Y viendo que Diana había quedado algo turbada con su vista, con gesto muy alegre le dijo estas palabras:—Hermosa pastora, grande perjuicio hice al contento que tenía con oirte, en venir tan sin propósito á estorbarte. Pero la culpa desto la tiene el deseo que tengo de conoscerte, y voluntad de dar algún alivio al mal de que tan dolorosamente te lamentas; al cual, aunque dicen que es excusado buscalle consuelo, con voluntad libre y razón desapassionada se le puede dar suficientemente remedio. No dissimules conmigo tu pena, ni te pese que sepa tu nombre y tu tormento, que no haré por esso menos cuenta de tu perfición, ni juzgaré por menor tu merescimiento.

Oyendo DIANA estas palabras estuvo un rato sin responder, teniendo los ojos empleados en la hermosura de aquella pastora, y el entendimiento dudoso sobre qué respondería á sus grandes ofrescimientos y amorosas palabras; y al fin respondió de esta manera: Pastora de nueva y aventajada gentileza, si el gran contento que de tu vista recibo, y el descanso que me ofrescen tus palabras, hallara en mi corazón algún aparejo de confianza, creo que fueras bastante á dar algún remedio á mi fatiga, y no dudara yo de publicarte mi pena. Mas es mi mal de tal calidad, que en comenzar á fatigarme, tomo las llaves de mi corazón y cierro las puertas al remedio. Sabe que yo me llamo DIANA, por estos campos harto conoscida; conténtate con saber mi nombre, y no te cures de saber mi pena: pues no aprovechará para más de lastimarte, viendo mi tierna juventud en tanta fatiga y trabajo. Este es el engaño, dijo la pastora, de los que se hacen esclavos del Amor, que en comenzalle á servir, son tan suyos, que ni quieren ser libres, ni les paresce possible tener libertad. Tu mal bien sé que es amar, según de tu canción entendí, en la cual enfermedad yo tengo grande expèriencia. He sido muchos años captiva, y agora me veo libre; anduve ciega, y agora atino al camino de la verdad; passé en el mar de amor peligrosas agonías y tormentos, y agora estoy gozando del seguro y sosegado puerto; y aunque más grande sea tu pena, era tan grande la mía. Y pues para ella tuve remedio, no despidas de tu casa la esperanza, no cierres los ojos á la verdad ni los oídos á mis palabras. Palabras serán, dijo DIANA, las que gastarán en remediar el Amor, cuyas obras no tienen remedio con palabras. Mas con todo querría saber tu nombre, y la ocasión que hacia nuestros campos te ha encaminado, y holgaré tanto en sabello, que suspenderé por un rato mi comenzado llanto, cosa que importa tanto para el alivio de mi pena. Mi nombre es ALCIDA, dijo la pastora, pero lo demás que me preguntas no me sufre contallo la compassión que tengo de tu voluntaria dolencia, sin que primero recibas mis provechosos, aunque para ti desabridos remedios. Cualquier consuelo, dijo DIANA, me será agradable, por venir de tu mano, con que no sea quitar el amor de mi corazón: porque no saldrá de allí, sin llevar consigo á pedazos mis entrañas. Y aunque pudiesse, no quedaría sin él, por no dejar de querer al que siendo olvidado, tomó de mi crueldad tan presta y sobrada venganza. Dijo entonces ALCIDA: Mayor confianza me das agora de tu salud, pues dices que lo que agora quieres, en otro tiempo lo has aborrescido, porque ya sabrás el camino del olvido, y ternás la voluntad rezada al aborrescimiento.

Cuánto más que entre los dos extremos de amar y aborrescer está el medio, el cual tú debes elegir. DIANA á esto replicó: Bien me contenta tu consejo, pastora, pero no me paresce muy seguro. Porque si yo de aborrescer he venido á amar, más fácilmente lo hiciera si mi voluntad estuviera en medio del amor y aborrescimiento, pues teniéndome más cerca, con mayor fuerza me venciera el poderoso Cupido. A esto respondió ALCIDA: No hagas tan gran honra á quien tan poco la meresce, nombrando poderoso al que tan fácilmente queda vencido, especialmente de los que eligen el medio que tengo dicho: porque en él consiste la virtud, y donde ella está, quedan los corazones contra el Amor fuertes y constantes. Dijo entonces DIANA: Crueles, duros, ásperos y rebeldes dirás mejor, pues pretenden contradecir á su naturaleza, y resistir á la invencible fuerza de Cupido. Mas séanlo cuanto quisieren, que á la fin no se van alabando de la rebeldía, ni les aprovecha defenderse con la dureza. Porque el poder del amor vence la más segura defensa, y traspassa el más fuerte impedimento. De cuyas hazañas y maravillas en este mesmo lugar cantó un día mi querido Syreno, en el tiempo que fué para mí tan dulce, como me es agora amarga su memoria. Y bien me acuerdo de su canción, y aun de cuantas entonces cantaba, porque he procurado que no se me olvidassen, por lo que me importa tener en la memoria las cosas de Syreno. Mas esta que trata de las proezas del Amor, dice:

Soneto.

Que el poderoso Amor sin vista acierte
del corazón la más interna parte;
que siendo niño venza al fiero Marte,
haciendo que enredado se despierte.
Que sus llamas me hielen de tal suerte,
que un vil temor del alma no se aparte,
que vuele hasta la aérea y summa parte,
y por la tierra y mar se muestre fuerte.
Que esté el que el bravo Amor hiere ó captiva
vivo en el mal, y en la prisión contento,
proezas son que causan grande espanto.
Y el alma, que en mayores penas viva,
si piensa estas hazañas, entretanto
no sentirá el rigor de su tormento.

Bien encarescidas están, dijo ALCIDA, las fuerzas del amor; pero más creyera yo á Syreno, si después de haber publicado por tan grandes las furias de las flechas de Cupido, él no hubiesse hallado reparo contra ellas, y después de haber encarescido la estrechura de sus cadenas, él no hubiesse tenido forma para tener libertad. Y ansí me maravillo que creas tan de ligero al que con las obras contradice á las palabras. Porque harto claro está que semejantes canciones son maneras de hablar, y sobrados encarescimientos, con que los enamorados venden por muy peligrosos sus males, pues tan ligeramente se vuelven de captivos libres y vienen de un amor ardiente á un olvido descuidado. Y si sienten passiones los enamorados, provienen de su mesma voluntad, y no del amor: el cual no es sino una cosa imaginada por los hombres, que ni está en cielo, ni en tierra, sino en el corazón del que la quiere. Y si algún poder tiene, es porque los hombres mesmos dejan vencerse voluntariamente, ofresciéndole sus corazones, y poniendo en sus manos la propia libertad. Mas porque el Soneto de Syreno no quede sin respuesta, oye otro que paresce que se hizo en competencia dél, y oíle yo mucho tiempo ha en los campos de Sebetho á un pastor nombrado Aurelio; y si bien me acuerdo decía así:

Soneto.

No es ciego Amor, mas yo lo soy, que guío
    mi voluntad camino del tormento;
    no es niño Amor, mas yo que en un mo-
    espero y tengo miedo, lloro y río.   [mento
Nombrar llamas de Amor es desvarío,
    su fuego es el ardiente y vivo intento,
    sus alas son mi altivo pensamiento
    y la esperanza vana en que me fío.
No tiene Amor cadenas, ni saëtas,
    para prender y herir libres y sanos,
    que en él no hay más poder del que le damos.
Porque es Amor mentira de poetas,
    sueño de locos, ídolo de vanos:
    mirad qué negro Dios el que adoramos.

¿Parescete, DIANA, que debe fiarse un entendimiento como el tuyo en cosas de aire, y que hay razón para adorar tan de veras á cosa tan de burlas como el Dios de Amor? El cual es fingido por vanos entendimientos, seguido de deshonestas voluntades, y conservado en las memorias de los hombres ociosos y desocupados. Estos son los que le dieron al Amor el nombre tan celebrado que por el mundo tiene. Porque viendo que los hombres por querer bien padescían tantos males, sobresaltos, temores, cuidados, recelos, mudanzas y otras infinitas passiones, acordaron de buscar alguna causa principal y universal, de la cual como de una fuente nasciessen todos estos efetos. Y assí inventaron el nombre de AMOR, llamándole Dios, porque era de las gentes tan temido y reverenciado. Y pintáronle de manera que cuando veen su figura tienen razón de aborrecer sus obras. Pintáronle muchacho, porque los

hombres en él no se fíen; ciego, porque no le sigan; armado, porque le teman; con llamas, porque no se le lleguen, y con alas, para que por vano le conozcan. No has de entender, pastora, que la fuerza que al Amor los hombres conceden, y el poderío que le atribuyen, sea ni pueda ser suyo: antes has de pensar que cuanto más su poder y valor encarescen, más nuestras flaquezas y poquedades manifiestan. Porque decir que el Amor es fuerte, es decir que nuestra voluntad es floja, pues permite ser por él tan fácilmente vencida; decir que el Amor tira con poderosa furia venenosas y mortales saetas, es decir que nuestro corazón es descuidado, pues se ofresce tan voluntariamente á recebirlas; decir que el Amor nuestras almas tan estrechamente captiva, es decir que en nosotras hay falta de juicio, pues al primer combate nos rendimos, y aun á veces sin ser combatidos, damos á nuestro enemigo la libertad. Y en fin, todas las hazañas que se cuentan del Amor no son otra cosa sino nuestras miserias y flojedades. Y puesto caso que las tales proezas fuesen suyas, ellas son de tal calidad que no merescen alabanza. ¿Qué grandeza es captivar los que no se defienden, qué braveza acometer los flacos, qué valentía herir los descuidados, qué fortaleza matar los rendidos, qué honra desassossegar los alegres, qué hazaña perseguir los malaventurados? Por cierto, hermosa pastora, los que quieren tanto engrandecer este Cupido, y los que tan á su costa le sirven, debieran por su honra dalle otras alabanzas; porque con todas estas el mejor nombre que gana es de cobarde en los acometimientos, cruel en las obras, vano en las intenciones, liberal de trabajos y escaso de gualardones. Y aunque todos estos nombres son infames, peores son los que le dan sus mesmos aficionados, nombrándole fuego, furor y muerte; y al amar llamando arder, destruirse, consumirse y enloquecerse; y á sí mesmos nombrándose ciegos, míseros, captivos, furiosos, consumidos y inflamados. De aquí viene que todos generalmente dan quejas del Amor, nombrándole tirano, traidor, duro, fiero y despiadado. Todos los versos de los amadores están llenos de dolor, compuestos con suspiros, borrados con lágrimas y cantados con agonía. Allí veréis las sospechas, allí los temores, allí las desconfianzas, allí los recelos, allí los cuidados y allí mil géneros de penas. No se habla allí sino de muertes, cadenas, flechas, venenos, llamas, y otras cosas que no sirven sino para dar tormento, cuando se emplean, y temor, cuando se nombran. Mal estaba con estos nombres Herbanio, pastor señalado en la Andalucía, cuando en la corteza de un álamo, sirviéndole de pluma un agudo punzón, delante de mí escribió este

Soneto.

Quien libre está, no viva descuidado,
　que en un instante puede estar captivo,
　y el corazón helado y más esquivo
　tema de estar en llamas abrasado.
Con la alma del soberbio y elevado
　tan áspero es Amor y vengativo,
　que quien sin él presume de estar vivo,
　por él con muerte queda atormentado.
Amor, que á ser captivo me condenas,
　Amor que enciendes fuegos tan mortales,
　tú que mi vida afliges y maltratas:
Maldigo dende agora tus cadenas,
　tus llamas y tus flechas, con las cuales
　me prendes, me consumes y me matas.

Pues venga agora al soneto de tu Syreno á darme á entender que la imaginación de las hazañas del Amor basta á vencer la furia del tormento: porque si las hazañas son matar, herir, cegar, abrasar, consumir, captivar y atormentar, no me hará creer que imaginar cosas de pena alivie la fatiga, antes ha de dar mayores fuerzas á la passión, para que siendo más imaginada, dure más en el corazón, y con mayor aspereza le atormente. Y si es verdad lo que cantó Syreno, mucho me maravillo que él, recibiendo, según dice, en este pensamiento tan aventajado gusto, tan fácilmente le haya trocado con tan cruel olvido como agora tiene, no sólo de las hazañas de Cupido, pero de tu hermosura, que no debiera por cosa del mundo ser olvidada.

Apenas había dicho Alcida de su razón las últimas palabras, que DIANA, alzando los ojos, porque estaba con algún recelo, vió de lejos á su esposo Delio, que bajaba por la halda de un montecillo, encaminándose para la fuente de los alisos, donde ellas estaban. Y ansi, atajando las razones de Alcida, le dijo: No más, no más, pastora, que tiempo habrá después para escuchar lo restante y para responder á tus flojos y aparentes argumentos. Cata allá que mi esposo Delio desciende por aquel collado, y se viene para nosotras; menester será que, por dissimular lo que aquí se trataba, al son de nuestros instrumentos comencemos á cantar, porque cuando llegue se contente de nuestro ejercicio. Y ansi, tomando ALCIDA su cítara y DIANA su zampoña, cantaron desta manera:

Rimas provenzales.

ALCIDA

Mientras el sol sus rayos muy ardientes
　con tal furia y rigor al mundo envía,
　que de Nymphas la casta compañía
　por los sombríos mora y por las fuentes.

Y la cigarra el canto replicando,
　se está quejando,
　pastora canta,
　con gracia tanta,
　que enterneseído
　de haberte oído,
　el poderoso cielo de su grado
　fresco licor envíe al seco prado.

DIANA

Mientras está el mayor de los planetas
　en medio del oriente y del ocaso,
　y al labrador en descubierto raso
　más rigurosas tira sus saetas.
Al dulce murmurar de la corriente
　de aquesta fuente,
　mueve tal canto,
　que cause espanto,
　y de contentos
　los bravos vientos,
　el ímpetu furioso refrenando,
　vengan con manso espíritu soplando.

ALCIDA

Corrientes aguas, puras, cristalinas,
　que haciendo todo el año primavera,
　hermoseáis la próspera ribera
　con lirios y trepadas clavellinas,
　el bravo ardor de Phebo no escaliente
　tan fresca fuente,
　ni de ganado
　sea enturbiado
　licor tan claro,
　sabroso y raro,
　ni del amante triste el lloro infame
　sobre tan lindas aguas se derrame.

DIANA

Verde y florido prado, en do natura
　mostró la variedad de sus colores
　con los matices de árboles y flores,
　que hacen en ti hermosíssima pintura.
En ti los verdes ramos sean essentos
　de bravos vientos;
　medres, crezcas
　en hierbas frescas,
　nunca abrasadas
　con las heladas,
　ni dañe á tan hermoso y fértil suelo
　el gran furor del iracundo cielo.

ALCIDA

Aquí de los bullicios y tempesta
　de las soberbias cortes apartados,
　los corazones viven reposados,

en sosegada paz y alegre fiesta,
á veces recostados al sombrío
á par del río,
do dan las aves
cantos suaves,
las tiernas flores
finos olores,
y siempre con un orden soberano
se ríe el prado, el bosque, el monte, el llano.

DIANA

Aquí el ruido que hace el manso viento,
en los floridos ramos sacudiendo,
deleita más que el popular estruendo
de un numeroso y grande ayuntamiento,
adonde las superbas majestades
son vanidades:
las grandes fiestas,
grandes tempestas;
los pundonores,
ciegos errores,
y es el hablar contrario y diferente
de lo que el corazón y el alma siente.

ALCIDA

No tiende aquí ambición lazos y redes,
ni la avaricia va tras los ducados,
no aspira aquí la gente á los estados,
ni hambrea las privanzas y mercedes:
libres están de trampas y passiones
los corazones;
todo es llaneza,
bondad, simpleza,
poca malicia,
cierta justicia;
y hacer vivir la gente en alegría
concorde paz y honesta medianía.

DIANA

No va por nuevo mundo y nuevos mares
el simple pastorcillo navegando,
ni en apartadas Indias va contando
de leguas y monedas mil millares.
El pobre tan contento al campo viene
con lo que tiene,
como el que cuenta
sobrada renta,
y en vida escasa
alegre passa,
como el que en montes ha gruesas manadas,
y ara de fértil campo mil yugadas.

Sintió de lejos DELIO la voz de su esposa Diana, y como oyó que otra voz lo respondía, tuvo mucho cuidado de llegar presto, por ver quién estaba en compañía de Diana. Y ansi, cerca de la fuente, puesto detrás un grande arrayán, escuchó lo que cantaban, buscando adrede ocasiones para sus acostumbrados celos. Mas cuando entendió que las canciones eran diferentes de lo que él con su sospecha presumía, estuvo muy contento. Pero todavía la ansia que tenía de conoscer la que estaba con su esposa le hizo que llegasse á las pastoras, de las cuales fué cortésmente saludado, y de su esposa con un angélico semblante recebido. Y sentado cabe ellas, ALCIDA le dijo: Delio, en gran cargo soy á la fortuna, pues no sólo me hizo ver la belleza de Diana, mas conoscer al que ella tuvo por merescedor de tanto bien, y al que entregó la libertad: que según es ella sabia, se ha de tener por extremado lo que escoge. Mas espántome de ver que tengas tan poca cuenta con la mucha que contigo tuvo Diana en elegirte por marido, que sufras que vaya tan sólo un passo sin tu compañía, y dejes que un solo momento se aparte de tus ojos. Bien sé que ella mora siempre en tu corazón; mas el amor que tú le debes á Diana no ha de ser tan poco que te contentes con tener en el alma su figura, pudiendo también tener ante los ojos su gentileza. Entonces DIANA, porque Delio respondiendo no se pusiesse en peligro de publicar el poco aviso y cordura que tenía, tomó la mano por él y dijo: No tiene Delio razón de estar tan contento de tenerme por esposa, como tú muestras estar por haberme conoscido, ni de tenerme tan presente que se olvide de sus granjas y ganados, pues importan más que el deleite que de ver la belleza que falsamente me atribuyes se pudiera tomar. Dijo entonces ALCIDA: No perjudiques, Diana, tan adrede á tu gentileza, ni hagas tan grande agravio al parescer que el mundo tiene de ti, que no paresce mal en una hermosa el estimarse, ni le da el nombre de altiva moderadamente conoscerse. Y tú, Delio, tente por el más dichoso del mundo, y goza bien el favor que la Fortuna te hizo, pues ni dió ni tiene que dar cosa que iguale con ser esposo de Diana. Atentamente escuchó DELIO las palabras de ALCIDA, y en tanto que habló, la estuvo siempre mirando, tanto que á la fin de sus dulces y avisadas razones se halló tan preso de sus amores, que de atónito y pasmado no tuvo palabras con qué respondelle, sino que con un ardiente suspiro dió señal de la nueva herida que Cupido había hecho en sus entrañas. A este tiempo sintieron una voz, cuya suavidad los deleitó maravillosamente. Paráronse atentos á escuchalla, y volviendo los ojos hacia donde resonaba, vieron un pastor que muy fatigado venía hacia la fuente á guisa de congojado caminante, cantando desta manera:

Soneto.

No puede darme Amor mayor tormento,
 ni la Fortuna hacer mayor mudanza;
 no hay alma con tan poca confianza,
 ni corazón en penas tan contento.
Hácelo Amor, que esfuerza el flaco aliento,
 porque baste á sufrir mi malandanza,
 y no deja morir con la esperanza
 la vida, la afición ni el sufrimiento.
¡Ay, vano corazón! ¡Ay, ojos tristes!
 ¿por qué en tan largo tiempo y tanta pena
 nunca se acaba el llanto ni la vida?
¡Ay, lástimas! ¿no os basta lo que hecistes?
 Amor ¿por qué no aflojas mi cadena,
 si en tanta libertad dejaste Alcida?

Apenas acabó Alcida de oir la canción del pastor, que conosciendo quién era, toda temblando, con grande priessa se levantó, antes que él llegasse, rogándoles á Delio y Diana que no dijessen que ella había estado allí, porque le importaba la vida no ser hallada ni conoscida por aquel pastor, que como la misma muerte aborrescía. Ellos le ofrescieron hacello ansi, pesándoles en extremo de su presta y no pensada partida. Alcida, á más andar, metiéndose por un bosque muy espesso que junto á la fuente estaba, caminó con tanta presteza y recelo como si de una cruel y hambrienta tigre fuera perseguida. Poco después llegó el pastor tan cansado y afligido, que pareció la Fortuna, doliéndose dél, haberle ofrescido aquella clara fuente y la compañía de Diana para algún alivio de su pena. Porque como en tan calorosa siesta, tras el cansancio del fatigoso camino, vido el pastor la amenidad del lugar, el sombrío de los árboles, la verdura de las hierbas, la lindeza de la fuente y la hermosura de Diana, le paresció reposar un rato aunque la importancia de lo que buscaba y el deseo con que tras ello se perdía no daban lugar á descanso ni entretenimiento. Diana entonces le hizo las gracias y cortesías que conforme á los celos de Delio, que presente estaba, se podían hacer, y tuvo grande cuenta con el extranjero pastor, assí porque en su manera le paresció tener merescimiento, como porque le vido lastimado del mal que ella tenía. El pastor hizo grande caso de los favores de Diana, teniéndose por muy dichoso de haber hallado tan buena aventura. Estando en esto, mirando Diana en torno de sí, no vió á su esposo Delio, porque enamorado, como dijimos, de Alcida, en tanto que Diana estaba descuidada, empleándose en acariciar el nuevo pastor, se fué tras la fugitiva pastora, metiéndose por el mesmo camino con intención determinada de seguilla, aunque fuesse á la otra parte del mundo. Atónita quedó Diana de

ver que faltasse tan improvisamente su esposo, y assí dió muchas voces repitiendo el nombre de Delio. Mas no aprovechó para que él desde el bosque respondiesse, ni dejasse de proseguir su camino, sino que con grandíssima priessa caminando, entendía en alcanzar la amada Alcida. De manera que Diana, viendo que Delio no parescía, mostró estar muy afligida por ello, haciendo tales sentimientos, que el pastor por consolarla le dijo: No te vea yo, hermosa pastora, tan sin razón afligida, ni des crédito á tu sospecha en tan gran perjuicio de tu descanso. Porque el pastor que tú buscas no ha tanto que falta que debas tenerte por desamparada. Sosiégate un poco, que podrá ser que estando tú divertida, convidado del sombrío de los amenos alisos y de la frescura del viento, que los está blandamente meneando, haya querido mudar asiento, sin que nosotros lo viéssemos, porque temía quizá no le contradijéssemos; ó por ventura le ha tanto pesado de mi venida, y tuviera por tan enojosa mi compañía, que ha escogido otro lugar donde sin ella pueda pasar alegremente la siesta.

A esto respondió Diana: Gracioso pastor, para conoscer el mal que maltrata tu vida, basta oir las palabras que publica tu lengua. Bien muestras estar del Amor atormentado, y vezado á engañar las amorosas sospechas con vanas imaginaciones. Porque costumbre es de los amadores dar á entender á sus pensamientos cosas falsas é impossibles, para hacer que no dén crédito á las ciertas y verdaderas. Semejantes consuelos, pastor, aprovechan más para señalar en ti el pesar de mi congoja que para remediar mi pena. Porque yo sé muy bien que mi esposo Delio va siguiendo una hermosíssima pastora, que de aquí se partió, y según la afición con que estando aquí la miraba y los suspiros que del alma le salían, yo que sé cuán determinadamente suele emprender cuanto le passa por el pensamiento, tengo por cierto que no dejará de seguir la pastora, aunque piense en toda su vida no volver ante mis ojos. Y lo que más me atormenta es conoscer la dura y desamorada condición de aquella pastora, porque tiene un alma tan enemiga del amor, que desprecia la más extremada beldad y no hace caso del valor más aventajado. Al triste pastor en este punto paresció que una mortal saeta le travesó el corazón, y dijo: ¡Ay de mí, desdichado amante! ¿con cuánta más razón se han de doler de mí las almas que no fueran de piedra, pues por el mundo busco la más cruel, la más áspera y despiadada doncella que se puede hallar? Duélete de veras, pastora, de tu esposo, que si la que él busca tiene tal condición como ésta, corre gran peligro su vida de perderse. Oyendo Diana estas palabras, acabó de conoscer su mal, y vió claramente que la pastora, que en ver este pastor tan prestamente huyó, era la que él por todas las partes del mundo había buscado. Y era ansí, porque ella huyendo dél, por no ser descubierta ni conoscida, había tomado hábito de pastora. Mas dissimuló por entonces con el pastor, y no quiso decille nada de esto, por cumplir con la palabra que á Alcida había dado al tiempo de partirse. Y también porque vió que ella gran rato había que era partida, corriendo con tanta presteza por aquel bosque espessíssimo, que fuera impossible alcanzalla. Y publicar al pastor esto, no sirviera para más de dalle mayor pena. Porque aquello fatiga más, cuando no se alcanza, que dió alguna esperanza de ser habido. Pero como DIANA deseasse conoscellos y saber la causa de los amores dél y del aborrescimiento della, le dijo: Consuela, pastor, tu llanto, y cuéntame la causa dél; que por alivio desta congoja holgaré de saber quién eres y oir el processo de tus males; porque por la conmemoración dellos te ha de ser agradable, si eres verdadero amante, como creo. El entonces no se hizo mucho de rogar, antes, sentándose entrambos junto á la fuente, habló de esta manera:

No es mi mal de tal calidad que á toda suerte de gentes se pueda contar; mas la opinión que tengo de tu merescimiento y el valor que tu hermosura me publica me fuerzan á contarte abiertamente mi vida, si vida se puede llamar la que de grado trocaría con la muerte.

Sabe, pastora, que mi nombre es Marcelio, y mi estado muy diferente de lo que mi hábito señala. Porque fui nascido en la ciudad Soldina, principal en la provincia Vandalia, de padres esclarecidos en linaje y abundantes de riquezas. En mi tierna edad fui llevado á la corte del rey de lusitanos, y allí criado y querido, no sólo de los señores principales della, mas aun del mismo rey, tanto que nunca consintió que me partiesse de su corte, hasta que me encargó la gente de guerra que tenía en la costa de África. Allí estuve mucho tiempo capitan de las villas y fortalezas que él tiene en aquella costa, teniendo mi proprio assiento en la villa de Centa, donde fué el principio de mi desventura. Allí, por mi mal, había un noble y señalado caballero, nombrado Eugerio, que tenía cargo por el rey del gobierno de la villa, al cual Dios, allende de dalle nobleza y bienes de fortuna, le hizo merced de un hijo nombrado Polydoro, valeroso en todo extremo, y dos hijas llamadas Alcida y Clenarda, aventajadas en hermosura. Clenarda en tirar arco era diestríssima, pero Alcida, que era la mayor, en belleza la sobrepujaba. Esta de tal manera enamoró mi corazón, que ha podido causarme la desesperada vida que passo y la cruda

muerte que cada día llamo y espero. Su padre tenía tanta cuenta con ella, que pocas veces consentía que se partiesse delante sus ojos. Y esto impedía que yo no le pudiesse hacer saber lo mucho que la quería. Sino que las veces que tenía ventura de vella, con un mirar apassionado y suspiros que salían de mi pecho sin licencia de mi voluntad, le publicaba mi pena. Tuve manera de escrebille una carta, y no perdiendo la ocasión que me concedió la fortuna, le hice una letra que decía ansí:

CARTA DE MARCELIO PARA ALCIDA

La honesta majestad y el grave tiento,
    modestia vergonzosa, y la cordura,
    el sossegado y gran recogimiento,
Y otras virtudes mil, que la hermosura,
    que en todo el mundo os da nombre famoso,
    encumbran á la más suprema altura,
En passo tan estrecho y peligroso
    mi corazón han puesto, hermosa Alcida,
    que en nada puedo hallar cierto reposo.
Lo mesmo que á quereros me convida,
    el alma ansí refrena, que quisiera
    callar, aunque es á costa de la vida.
¿Cuál hombre duro vido la manera
    conque mirando echáis rayos ardientes,
    que no enmudezca allí y callando muera?
¿Quién las bellezas raras y excelentes
    vido de más quilate y mayor cuenta
    que todas las passadas y presentes,
Que en la alma un nuevo amor luego no sienta,
    tal que la causa dél le atierre tanto
    que solamente hablar no le consienta?
Tanto callando sufro, que me espanto
    que no esté de congoja el pecho abierto
    y el corazón deshecho en triste llanto.
Esme impossible el gozo, el dolor cierto,
    la pena firme, vana la esperanza:
    vivo sin bien, y el mal me tiene muerto.
En mí mesmo de mí tomo venganza,
    y lo que más deseo, menos viene,
    y aquello que más huyo, más me alcanza.
Aguardo lo que menos me conviene,
    y no admito consuelo á mi tristura,
    gozando del dolor que el alma tiene.
Mi vida y mi deleite tanto dura
    cuanto dura el pensar la gran distancia
    que hay de mí á tal gracia y hermosura.
Porque concibo en la alma una arrogancia
    de ver que en tal lugar supe empleralla,
    que el corazón esfuerzo y doy constancia.
Pero contra mí mueve tal batalla
    vuestro gentil y angélico semblante,
    que no podrán mil vidas esperalla.
Mas no hay tan gran peligro que me espante,
    ni tan fragoso y áspero camino,
    que me estorbe de andar siempre adelante.

Siguiendo voy mi proprio desatino,
   voy tras la pena y busco lo que daña,
   y ofrezco al llanto el ánimo mezquino.
Perpetuo gozo alegra y acompaña
   mi vida, que penando está en sossiego,
   y siente en los dolores gloria extraña.
La pena me es deleite, el llanto juego,
   descanso el suspirar, gloria la muerte,
   las llagas sanidad, reposo el fuego.
Cosa no veo jamás que no despierte
   y avive en mí la furia del tormento,
   pero recibo en él dichosa suerte.
Estos males, señora, por vos siento,
   destas passiones vivo atormentado
   con la fatiga igual al sufrimiento.
Pues muévaos á piedad un desdichado,
   que ofresce á vuestro amor la propia vida,
   pues no pide su mal ser remediado,
   mas sólo ser su pena conoscida.

Esta fué la carta que le escribí, y si ella fuera tan bien hecha como fué venturosa, no trocara mi habilidad por la de Homero. Llegó á las manos de Alcida, y aunque de mis razones quedó alterada, y de mi atrevimiento ofendida; pero al fin, tener noticia de mi pena hizo, según después entendí, en su corazón mayor efecto de lo que yo de mi desdicha confiaba. Comencé á señalarme su amante, haciendo justas, torneos, libreas, galas, invenciones, versos y motes por su servicio, durando en esta pena por espacio de algunos años. Al fin de los cuales Eugerio me tuvo por merescedor de ser su yerno, y por intercessión de algunos principales hombres de la tierra me ofresció su hija Alcida por mujer. Tratamos que los desposorios se hiciesen en la ciudad de Lisbona, porque el rey de lusitanos en ellos estuviesse presente; y assí, despachando un correo con toda diligencia, dimos cuenta al rey de este casamiento, y le suplicamos que nos diesse licencia para que, encomendando nuestros cargos á personas de confianza, fuéssemos allá á solemnizarlo. Luego por toda la ciudad y lugares apartados y vecinos se extendió la fama de mi casamiento, y causó tan general placer, como á tan hermosa dama como Alcida y a tan fiel amante como yo se debía. Hasta aquí llegó mi bienaventuranza, hasta aquí me encumbró la fortuna, para después abatirme en la profundidad de miserias en que me hallo. ¡Oh, transitorio bien, mudable contento; oh, deleite variable; oh, inconstante firmeza de las cosas mundanas! ¿Qué más pude recibir de lo que recibí y qué más puedo padescer de lo que padezco? No me mandes, pastora, que importune tus oídos con más larga historia, ni que lastime tus entrañas con mis desastres. Conténtate agora con saber mi passado contentamiento, y no quieras saber mi presente dolor, porque está cierta que ha de enfadarte mi prolijidad y de alterarte mi desgracia. A lo cual respondió DIANA: Deja, Marcelio, semejantes excusas, que no quise yo saber los sucessos de tu vida para gozar sólo de tus placeres, sin entristecerme de tus pesares, antes quiero dellos toda la parte que cabrá en mi congojado corazón. ¡Ay, hermosa pastora, dijo MARCELIO, cuán contento quedaría si la voluntad que te tengo no me forzasse á complacerte en cosa de tanto dolor! Y lo que más me pesa es que mis desgracias son tales que han de lastimar tu corazón cuando las sepas, que la pena que he de recebir en contallas no la tengo en tanto que no la sufriesse de grado á trueco de contentarte. Pero yo te veo tan deseosa de sabellas, que me será forzado causarte tristeza, por no agraviar tu voluntad. Pues has de saber, pastora, que después que fué concertado mi desventurado casamiento, venida ya la licencia del rey, el padre Eugerio, que viudo era, el hijo Polydoro, las dos hijas Alcida y Clenarda y el desdichado Marcelio, que su dolor te está contando, encomendados los cargos que por el rey teníamos á personas de confianza, nos embarcamos en el puerto de Ceuta, para ir por mar á la noble Lisbona á celebrar, como dije, en presencia del rey el matrimonio.

El contento que todos llevábamos nos hizo tan ciegos, que en el más peligroso tiempo del año no tuvimos miedo á las tempestuosas ondas que entonces suelen hincharse, ni á los furiosos vientos, que en tales meses acostumbran embravecerse; sino que, encomendando la frágil nave á la inconstante fortuna, nos metimos en el peligroso mar, descuidados de sus continuas mudanzas é innumerables infortunios. Mas poco tiempo passó que la fortuna castigó nuestro atrevimiento, porque antes que la noche llegasse, el piloto descubrió manifiestas señales de la venidera tempestad. Comenzaron los espessos ñublados á cubrir el cielo, empezaron á murmurar las airadas ondas, los vientos á soplar por contrarias y diferentes partes. ¡Ay, tristes y peligrosas señales! dijo el turbado y temeroso piloto; ¡ay, desdichada nave, qué desgracia se te apareja, si Dios por su bondad no te socorre! Diciendo esto vino un ímpetu y furia tan grande de viento, que en las extendidas velas y en todo el cuerpo de la nave sacudiendo, la puso en tan gran peligro, que no fué bastante el gobernalle para regirla, sino que, siguiendo el poderoso furor, iba donde la fuerza de las ondas y vientos la impelía. Acabó poco á poco á descararse la tempestad, las furiosas ondas cubiertas de blanca espuma comienzan á ensoberbecerse. Estaba el cielo abundante lluvia derramando, furibundos rayos arrojando y con espantosos truenos el mundo estremesciendo.

Sentíase un espantable ruido de las sacudidas maromas, y movían gran terror las lamentables voces de los navegantes y marineros. Los vientos por todas partes la nave combatían, las ondas con terribles golpes en ella sacudiendo, las más enteras y mejor clavadas tablas hendían y desbarataban. A veces el soberbio mar hasta el cielo nos levantaba y luego hasta los abismos nos despeñaba, y á veces espantosamente abriéndose, las más profundas arenas nos descubría. Los hombres y mujeres á una y otra parte corriendo, su desventurada muerte dilatando, unos entrañables suspiros esparcían, otros piadosos votos ofrescían y otros dolorosas lágrimas derramaban. El piloto con tan brava fortuna atemorizado, vencido su saber de la perseverancia y braveza de la tempestad, no sabía ni podía regir el gobernalle. Ignoraba la naturaleza y origen de los vientos, y en un mesmo punto mil cosas diferentes ordenaba. Los marineros, con la agonía de la cercana muerte turbados, no sabían ejecutar lo mandado, ni con tantas voces y ruido podían oir el mandamiento y orden del ronco y congojado piloto. Unos amainan la vela, otros vuelven la antena, otros añudan las rompidas cuerdas, otros remiendan las despedazadas tablas, otros el mar en el mar vacian, otros al timón socorren, y en fin todos procuran defender la miserable nave del inevitable perdimiento. Mas no valió la diligencia, ni aprovecharon los votos y lágrimas para ablandar el bravo Neptuno. Antes cuanto más se iba acercando la noche, más cargaron los vientos y más se ensañaron las tempestades.

Venida ya la tenebrosa noche, y no amansándose la fortuna, el padre EUGERIO, desconfiado de remedio, con el rostro temeroso y alterado, á sus hijos y yerno mirando, tenía tanta agonía de la muerte que habíamos de passar, que tanto nos dolía su congoja como nuestra desventura. Mas el lloroso viejo, rodeado de trabajos, con lamentable voz y tristes lágrimas decía de esta manera: ¡Ay, mudable Fortuna, enemiga del humano contento, tan gran desdicha le tenías guardada á mi triste vejez! ¡Oh, bienaventurados los que en juveniles años mueren, lidiando en las sangrientas batallas, pues no llegando á la cansada edad no vienen á peligro de llorar los desastres y muertes de sus amados hijos! ¡Oh, fuerte mal; oh, triste sucesso! ¿Quién jamás murió tan dolorosamente como yo, que esperando consolar mi muerte con dejar en el mundo quien conserve mi memoria y mi linaje, he de morir en compañía de los que habían de solemnizar mis obsequias? Oh, queridos hijos, ¿quién me dijera á mí, que mi vida y la vuestra se habían de acabar á un mesmo tiempo y habían de tener fin con una misma desventura? Querría, hijos míos, consolaros; mas ¿qué puede deciros

un triste padre, en cuyo corazon hay tanta abundancia de dolor y tan grande falta de consuelo? Mas consolaos, hijos; armad vuestras almas de sufrimiento, y dejad á mi cuenta toda la tristeza, pues allende de morir una vez por mí, he de sufrir tantas muertes cuantas vosotros habéis de passar. Esto decía el congojado padre con tantas lágrimas y sollozos, que apenas podía hablar, abrazando los unos y los otros por despedida, antes que llegasse la hora del perdimiento. Pues contarte yo agora las lágrimas de Alcida, y el dolor que por ella yo tenía, sería una empresa grande y de mucha dificultad. Sólo una cosa quiero decirte: que lo que más me atormentaba, era pensar que la vida que yo tenía ofrescida á su servicio hubiesse de perderse juntamente con la suya. En tanto la perdida y maltratada nave con el ímpetu y furia de los bravos ponientes, que por el estrecho passo que de Gibraltar se nombra rabiosamente soplaban, corriendo con más ligereza de la que á nuestra salud convenía, conbatida por la poderosa Fortuna por espacio de toda la noche y en el siguiente día, sin poder ser regida con la destreza de los marineros, anduvo muchas leguas por el espacioso mar Mediterráneo, por donde la fuerza de los vientos la encaminaba.

El otro día después paresció la Fortuna querer amansarse; pero volviendo luego á la acostumbrada braveza, nos puso en tanta necessidad que no esperábamos una hora de vida. En fin, nos combatió tan brava tempestad, que la nave, compelida de un fuerte torbellino, que le dió por el izquierdo lado, estuvo en tan gran peligro de trastornarse, que tuvo ya el bordo metido en el agua. Yo que vi el peligro manifiesto, desciñéndome la espada, porque no fuesse embarazo, y abrazándome con Alcida, salté con ella en el batel de la nave. Clenarda, que era doncella muy suelta, siguiéndonos, hizo lo mesmo, no dejando en la nave su arco y aljaba, que más que cualesquier tesoros estimaba. Polydoro abrazándose con su padre, quiso con él saltar en el batel como nosotros; mas el piloto de la nave y un otro marinero fueron los primeros á saltar, y al tiempo que Polydoro con el viejo Eugerio quiso salir de la nave, viniendo por la parte diestra una borrasca, apartó tanto el batel de la nave, que los tristes hubieron de quedar en ella, y de allí á poco rato no la vimos, ni sabemos della, sino que tengo por cierto que por las crueles ondas fué tragada, ó dando al través en la costa de España, miserablemente fué perdida. Quedando, pues, Alcida, Clenarda y yo en el pequeño esquife, guiados con la industria del piloto y de otro marinero, anduvimos errando por espacio de un día y de una noche, aguardando de punto en punto la muerte, sin esperanza de remedio y sin saber la parte donde estábamos. Pero en la mañana siguiente nos hallamos muy cerca de la tierra, y dimos al través en ella. Los dos marineros, que muy diestros eran en nadar, no sólo salieron á nado á la deseada tierra, pero nos sacaron á todos, llevándonos á seguro salvamiento. Después que estuvimos fuera de las aguas, amarraron los marineros el batel á la ribera, y reconosciendo la tierra donde habíamos llegado, hallaron que era la isla Formentera, y quedaron muy espantados de las muchas millas que en tan poco tiempo habíamos corrido. Mas ellos tenían tan larga y cierta experiencia de las maravillas que suelen hacer las bravas tempestades, que no se espantaron mucho del discurso de nuestra navegación. Hallámonos seguros de la Fortuna, pero tan tristes de la pérdida de Eugerio y Polydoro, tan mal tratados del trabajo y tan fatigados de hambre, que no teníamos forma de alegrarnos de la cobrada vida.

Dejo agora de contarte los llantos y extremos de Alcida y Clenarda por haber perdido el padre y hermano, por passar adelante la historia del desdichado sucesso que me acontesció en esta solitaria isla; porque después que en ella fuí librado de la crueldad de la Fortuna, me fué el Amor tan enemigo, que paresció pesarle de ver mi vida libre de la tempestad, y quiso que al tiempo que por más seguro me tuviesse, entonces con nueva y más grave pena fuesse atormentado. Hirió el maligno Amor el corazón del piloto, que Bartofano se decía, y le hizo tan enamorado de la hermosura de Clenarda, su hermana de Alcida, que por salir con su intento olvidó la ley de amicicia y fidelidad, imaginando y efectuando una extraña traición. Y fué assí, que después de las lágrimas y lamentos que las dos hermanas hicieron, acontesció que Alcida, cansada de la passada fatiga, se recostó sobre la arena, y vencida del importuno sueño se durmió. Estando en esto le dije yo al piloto: Bartofano amigo, si no buscamos qué comer, ó por nuestra desdicha no lo hallamos, podemos hacer cuenta que no habemos salvado la vida, sino que habemos mudado manera de muerte. Por esso querría, si te place, que tú y tu compañero fuéssedes al primer lugar que en la isla se os ofresciere para buscar qué comer. Respondió Bartofano: Harto hizo la Fortuna, señor Marcelio, en llevarnos á tierra, aunque sea despoblada. Desengáñate de hallar qué comer aquí, porque la tierra es desierta y de gentes no habitada. Mas yo diré un remedio para que no perezcamos de hambre. ¿Ves aquella isleta que está de frente, cerca de donde estamos? Allí hay gran abundancia de venados, conejos, liebres y otra caza, tanto que van por ella grandes rebaños de silvestres animales.

Allí también hay una ermita, cuyo ermitaño tiene ordinariamente harina y pan. Mi parescer es que Clenarda, cuya destreza en tirar arco te es manifiesta, passe con el batel á la isla para matar alguna caza, pues el arco y flechas no le faltan, que mi compañero y yo la llevaremos allá; y tú, Marcelio, queda en compañía de Alcida, que será posible que antes que se despierte volvamos con abundancia de fresca y sabrosa provisión.

Muy bien nos paresció á Clenarda y á mí el consejo de Bartofano, no cayendo en la alevosía que tenía fabricada. Mas nunca quiso Clenarda passar á la isleta sin mi compañía, porque no osaba fiarse en los marineros. Y aunque yo me excusé de ir con ella, diciendo que no era bien dejar á Alcida sola y durmiendo en tan solitaria tierra, me respondió que, pues el espacio de mar era muy poco, la caza de la isla mucha y el mar algún tanto tranquilo, porque en estar nosotros en tierra había mostrado amansarse, podíamos ir, cazar y volver antes que Alcida, que muchas noches había que no había dormido, se despertasse. En fin; tantas razones me hizo que, olvidado de lo que más me convenía, sin más pensar en ello, determiné acompañarla, de lo cual le pesó harto á Bartofano, porque no quería sino á Clenarda sola, para mejor efectuar su engaño. Mas no le faltó al traidor forma para poner por obra la alevosía: porque dejada Alcida durmiendo, metidos todos en el esquife, nos echamos á la mar, y antes de llegar á la isleta, estando yo descuidado y sin armas, porque todas las había dejado en la nave, cuando salté de ella por salvar la vida, fuí de los dos marineros assaltado, y sin poderme valer, preso y maniatado.

Clenarda, viendo la traición, quiso de dolor echarse en el mar; mas por el piloto fué detenida antes; apartándola á una parte del esquife, en secreto le dijo: No tomes pena de lo hecho, hermosa dama, y sossiega tu corazón, que todo se hace por tu servicio. Has de saber, señora, que éste Marcelio, cuando llegamos á la isla desierta, me habló secretamente y me rogó que te aconsejase que passasses para cazar á la isla, y cuando estuviéssemos en mar, encaminasse la proa hacia Levante, señalándome que estaba enamorado de ti y quería dejar en la isla á tu hermana, por gozar de ti á su placer y sin impedimento. Y aquel no querer acompañarte era por dissimulación y por encubrir su maldad. Mas yo, que veo el valor de tu hermosura, por no perjudicar á tu merescimiento, en el punto que había de hacerte la traición, he determinado serte leal y he atado á Marcelio, como has visto, con determinación de dejarle ansí á la ribera de una isla que cerca de aquí está y volver después contigo adonde dejamos á Alcida. Esta razón te doy de lo hecho; mira tú agora lo que determinas.

Oyendo esto Clenarda, creyó muy de veras la mentira del traidor, y túvome una ira mortal, y fué contenta que yo fuesse llevado donde Bartofano dijo. Mirábame con un gesto airado, y de rabia no podía hablarme palabra, sino que en lo íntimo de su corazón se gozaba de la venganza que de mí se había de tomar, sin nunca advertir el engaño que se le hacía. Conoscí yo en Clenarda que no le pesaba de mi prisión, y ansí le dije: ¿Qué es esto, hermana? ¿tan poca pena te paresce la mía y la tuya que tan presto hicieron fin tus llantos? ¿Quizá tienes confianza de verme presto libre para tomar venganza de estos traidores? Ella entonces, brava como leona, me dijo que mi prisión era porque había pretendido dejar á Alcida y llevarme á ella, y lo demás que el otro le había falsamente recitado. Oyendo esto sentí más dolor que nunca, y ya que no pude poner las manos en aquellos malvados, los traté con injuriosas palabras; y á ella le di tal razón, que conosció ser aquella una grande traición, nascida del amor de Bartofano. Hizo Clenarda tan gran lamento, cuando cayó en la cuenta del engaño, que las duras piedras ablandara; mas no enternesció aquellos duros corazones.

Considera tú agora que el pequeño batel por las espaciosas ondas caminando largo trecho con gran velocidad habría corrido, cuando la desdichada Alcida despertándose sola se vido, y desamparada volvió los ojos al mar y no vido el esquife; buscó gran parte de la ribera, y no halló persona. Puedes pensar, pastora, lo que debió sentir en este punto. Imagina las lágrimas que derramó, piensa agora los extremos que hizo, considera las veces que quiso echarse en el mar y contempla las veces que repitió mi nombre. Mas ya estábamos tan lejos, que no oíamos sus voces, sino que vimos que con una toca blanca, dando vueltas en el aire con ella, nos incitaba para la vuelta. Mas no lo consintió la traición de Bartofano. Antes con gran presteza caminando, llegamos á la isla de Ibiza, donde desembarcamos, y á mí me dejaron en la ribera amarrado á una anchora que en tierra estaba. Acudieron allí algunos marineros conoscidos de Bartofano, y tales como él, y por más que Clenarda les encomendó su honestidad, no aprovechó para que mirassen por ella, sino que dieron al traidor suficiente provisión, y con ella se volvió á embarcar en compañía de Clenarda, que á su pesar hubo de seguille, y después acá nunca más los he visto, ni sabido dellos.

Quedé yo allí hambriento y atado de pies y manos. Pero lo que más me atormentaba, era la necessidad y pena de Alcida, que en la For-

mentera sola quedaba, que la mía luego fué remediada. Porque á mis voces vinieron muchos marineros, que siendo más piadosos y hombres de bien que los otros, me dieron qué comiesse. E importunados por mí, armaron un bergantín, donde puestas algunas viandas y armas se embarcaron en mi compañía, y no passó mucho tiempo que el velocíssimo navío llegó á la Formentera, donde Alcida había quedado. Mas por mucho que en ella busqué y di voces, no la pude hallar ni descubrir. Pensé que se había echado en el mar desesperada ó de las silvestres fieras había sido comida. Mas buscando y escudriñando los llanos, riberas, peñas, cuevas y los más secretos rincones de la isla, en un pedazo de peña hecho á manera de padrón hallé unas letras escriptas con punta de acerado cuchillo, que decían:

Soneto.

Arenoso, desierto y seco prado,
   tú, que escuchaste el son de mi lamento,
   hinchado mar, mudable y fiero viento,
   con mis suspiros tristes alterado.
Duro peñasco, en do escripto y pintado
   perpetuamente queda mi tormento,
   dad cierta relación de lo que siento,
   pues que Marcelio sola me ha dejado.
Llevó mi hermana, á mí puso en olvido,
   y pues su fe, su vela y mi esperanza
   al viento encomendó, sedme testigos,
Que más no quiero amar hombre nascido,
   por no entrar en un mar do no hay bonanza,
   ni pelear con tantos enemigos.

No quiero encarescerte, pastora, la herida que yo sentí en el alma cuando leí las letras, conosciendo por ellas que por ajena alevosía y por los malos sucessos de Fortuna quedaba desamado, porque quiero dejarla á tu discreción. Pero no queriendo vida rodeada de tantos trabajos, quise con una espada traspassar el miserable pecho, y assí lo hiciera si de aquellos marineros con obras y palabras no fuera estorbado. Volviéronme casi muerto en el bergantín, y condescendiendo con mis importunaciones, me llevaron por sus jornadas camino de Italia, hasta que me desembarcaron en el puerto de Gayeta, del reino de Nápoles, donde preguntando á cuantos hallaba por Alcida, y dando las señas della, vine á ser informado por unos pastores que había llegado allí con una nave española, que passando por la Formentera, hallándola sola, la recogió, y que por esconderse de mí se había puesto en hábito de pastora. Entonces yo, por mejor buscarla, me vestí también como pastor, rodeando y escudriñando todo aquel reino, y nunca hallé rastro della hasta que me dijeron que huyendo de mí, y sabiendo que tenía della información, con una nave genovesa había passado en España. Embarquéme luego en su seguimiento, y llegué acá á España, y he buscado la mayor parte della, sin hallar persona que me diesse nuevas desta cruel, que con tanta congoja busco. Esta es, hermosa pastora, la tragedia de mi vida, esta es la causa de mi muerte, este es el processo de mis males. Y si en tan pesado cuento hay alguna prolijidad, la culpa es tuya, pues para contarle por ti fuí importunado. Lo que te ruego agora es que no quieras dar remedio á mi mal, ni consuelo á mi fatiga, ni estorbar las lágrimas que con tan justa razón á mi pena son debidas.

Acabando estas razones comenzó Marcelio á hacer tan doloroso llanto y suspirar tan amargamente, que era gran lástima de vello. Quiso Diana darle nuevas de su Alcida, porque poco había que en su compañía estaba, pero por cumplir con la palabra que había dado de no decillo, y también porque vió que le había de atormentar más, dándole noticia de la que en tal extremo le aborrescía, por esso no curó de decille más de que se consolasse y tuviesse mucha confianza, porque ella esperaba velle antes de mucho muy contento con la vista de su dama. Porque si era verdad, como creía, que iba Alcida entre los pastores y pastoras de España, no se le podía esconder, y que ella la haría buscar por las más extrañas y escondidas partes della. Mucho le agradesció Marcelio á Diana tales ofrescimientos, y encargándole mucho mirasse por su vida, haciendo lo que ofrescido le había, quiso despedirse della, diciendo que passados algunos días pensaba volver allí, para informarse de lo que habría sabido de Alcida; pero Diana le detuvo, y le dijo: No seré yo tan enemiga de mi contento que consienta que te apartes de mi compañía. Antes, pues de mi esposo Delio me veo desamparada, como tú de tu Alcida, querría, si te place, que comiesses algunos bocados, porque muestras haberlo menester, y después desto, pues las sombras de los árboles se van haciendo mayores, nos fuéssemos á mi aldea, donde con el descanso que el continuo dolor nos permitirá, passaremos la noche, y luego en la mañana iremos al templo de la casta Diana, do tiene su assiento la sabia Felicia, cuya sabiduría dará algún remedio á nuestra passión. Y porque mejor puedas gozar de los rústicos tratos y simples llanezas de los pastores y pastoras de nuestros campos, será bien que no mudes el hábito de pastor que traes, ni des á nadie á entender quién eres, sino que te nombres, vistas y trates como pastor.

Marcelio, contento de hacer lo que Diana dijo, comió alguna vianda que ella sacó de su zurrón, y mató la sed con el agua de la fuente, lo que le era muy necessario, por no haber en todo el día comido ni reposado, y luego tomaron el camino de la aldea. Mas poco trecho habían andado, cuando en un espesso bosquecillo, que algún tanto apartado estaba del camino, oyeron resonar voces de pastores, que al son de sus zampoñas suavemente cantaban; y como Diana era muy amiga de música, rogó á Marcelio que se llegassen allá. Estando ya junto al bosquecillo, conosció Diana que los pastores eran Tauriso y Berardo, que por ella penados andaban, y tenían costumbre de andar siempre de compañía y cantar en competencia. Y ansí Diana y Marcelio, no entrando donde los pastores estaban, sino puestos tras unos robledales, en parte donde podían oir la suavidad de la música, sin ser vistos de los pastores, escucharon sus cantares. Y ellos, aunque no sabían que estaba tan cerca la que era causa de su canto, adevinando cuasi con los ánimos que su enemiga les estaba oyendo, requebrando las pastoriles voces, y haciendo con ellas delicados passos y diferencias, cantaban desta manera:

TAURISO

Pues ya se esconde el sol tras las montañas,
  dejad el pasto, ovejas, escuchando
  las voces roncas, ásperas y extrañas
  que estoy sin tiento ni orden derramando.
Oid cómo las míseras entrañas
  se están en vivas llamas abrasando
  con el ardor que enciende en la alma insana
  la angélica hermosura de Diana.

BERARDO

Antes que el sol, dejando el hemisphero,
  caer permita en hierbas el rocío,
  tú, simple oveja, y tú, manso cordero,
  prestad grata atención al canto mío.
No cantaré el ardor terrible y fiero,
  mas el mortal temor helado y frío,
  con que enfrena y corrige el alma insana
  la angélica hermosura de Diana.

TAURISO

Cuando imagina el triste pensamiento
  la perfección tan rara y escogida,
  la alma se enciende assí, que claro siento
  ir siempre deshaciéndose la vida.
Amor esfuerza el débil sufrimiento,
  y aviva la esperanza consumida,
  para que dure en mí el ardiente fuego,
  que no me otorga un hora de sossiego.

BERARDO

Cuando me paro á ver mi bajo estado
y el alta perfección de mi pastora,
se arriedra el corazón amedrentado
y un frío hielo en la alma triste mora.
Amor quiere que viva confiado,
y estoílo alguna vez, pero á deshora
al vil temor me vuelvo tan sujeto,
que un hora de salud no me prometo.

TAURISO

Tan mala vez la luz ardiente veo
de aquellas dos claríssimas estrellas,
la gracia, el continente y el asseo,
con que Diana es reina entre las bellas,
que en un solo momento mi deseo
se enciende en estos rayos y centellas,
sin esperar remedio al fuego extraño
que me consume y causa extremo daño.

BERARDO

Tan mala vez las delicadas manos
de aquel marfil para mil muertes hechas,
y aquellos ojos claros soberanos
tiran al corazón mortales flechas,
que quedan de los golpes inhumanos
mis fuerzas pocas, flacas y deshechas,
y tan pasmado, flojo y débil quedo,
que vence á mi deseo el triste miedo.

TAURISO

¿Viste jamás un rayo poderoso,
cuyo furor el roble antiguo hiende?
Tan fuerte, tan terrible y riguroso
es el ardor que la alma triste enciende.
¿Viste el poder de un río pressuroso,
que de un peñasco altíssimo desciende?
Tan brava, tan soberbia y alterada
Diana me paresce estando airada.
Mas no aprovecha nada
para que el vil temor me dé tristeza,
pues cuanto más peligros, más firmeza.

BERARDO

¿Viste la nieve en haldas de una sierra
con los solares rayos derretida?
Ansí deshecha y puesta por la tierra
al rayo de mi estrella está mi vida.
¿Viste en alguna fiera y cruda guerra
algún simple pastor puesto en huida?
Con no menos temor vivo cuitado,
de mis ovejas proprias olvidado.
Y en este miedo helado
merezco más, y vivo más contento,
que en el ardiente y loco atrevimiento.

TAURISO

Berardo, el mal que siento es de tal arte,
que en todo tiempo y parte me consume,
el alma no presume ni se atreve;
mas como puede y debe comedida
le da la propria vida al niño ciego,
y en encendido fuego alegre vive,
y como allí recibe gran consuelo,
no hay cosa de que pueda haber recelo.

BERARDO

Tauriso, el alto cielo hizo tan bella
esta Diana estrella, que en la tierra
con luz clara destierra mis tinieblas,
las más escuras nieblas apartando;
que si la estoy mirando embelesado,
vencido y espantado, triste y ciego
los ojos bajo luego, de manera
que no puedo, aunque quiera, aventurarme
á ver, pedir, dolerme ni quejarme.

TAURISO

Jamás quiso escucharme
esta pastora mía,
mas persevera siempre en la dureza,
y en siempre maltratarme
continua su porfía.
¡Ay, cruda pena; ay, fiera gentileza!
Mas es tal la firmeza
que esfuerza mi cuidado,
que vivo más seguro
que está un peñasco duro
contra el rabioso viento y mar airado,
y cuanto más vencido,
doy más ardor al ánimo encendido.

BERARDO

No tiene el ancho suelo
lobos tan poderosos
cuya braveza miedo pueda hacerme,
y de un simple recelo,
en casos amorosos,
como cobarde vil vengo á perderme.
No puedo defenderme
de un miedo que en mi pecho
gobierna, manda y rige;
que el alma mucho aflige
y el cuerpo tiene ya medio deshecho.
¡Ay, crudo amor; ay, fiero!
¿con pena tan mortal cómo no muero?

TAURISO

Junto á la clara fuente,
sentada con su esposo
la pérfida Diana estaba un día,

y yo á mi mal presente
tras un jaral umbroso,
muriendo de dolor de lo que vía:
él nada le decía,
mas con mano grossera
trabó la delicada
á torno fabricada,
y estuvo un rato assí, que no debiera;
y yo tal cosa viendo,
de ira mortal y fiera envidia ardiendo.

BERARDO

Un día al campo vino
aserenando al cielo
la luz de perfectíssimas mujeres,
las hebras de oro fino
cubiertas con un velo,
prendido con dorados alfileres;
mil juegos y placeres
passaba con su esposo;
yo tras un mirto estaba,
y vi que él alargaba
la mano al blanco velo, y el hermoso
cabello quedó suelto,
y yo de vello en triste miedo envuelto.

En acabando los pastores de cantar, comenzaron á recoger su ganado, que por el bosque derramado andaba. Y viniendo hacia donde Marcelio y Diana estaban, fué forzado habellos de ver, porque no tuvieron forma de esconderse aunque mucho lo trabajaron. Gran contento recibieron de tan alegre y no pensada vista. Y aunque Berardo quedó con ella atemorizado, el ardiente Tauriso con ver la causa de su pena encendió más su deseo. Saludaron cortésmente las pastoras, rogándoles que, pues la Fortuna allí los había encaminado, se fuessen todos de compañía hacia la aldea. Diana no quiso ser descortés, porque no lo acostumbraba, más fué contenta de hacello ansí. De modo que Tauriso y Berardo encargaron á otros pastores que con ellos estaban que los recogidos ganados hacia la aldea poco á poco llevassen, y ellos, en compañía de Marcelio y Diana, adelantándose, tomaron el camino. Rogóle Tauriso á Diana que á la canción que él diría respondiesse; ella dijo que era contenta, y ansí cantaron esta canción:

Tauriso. Zagala, ¿por qué razón
    no me miras, di, enemiga?
Diana. Porque los ojos fatiga
    lo que ofende al corazón.
Tauriso. ¿Qué pastora hay en la vida
    que se ofenda de mirar?
Diana. La que pretende passar
    sin querer ni ser querida.

Tauriso. No hay tan duro corazón
    que un alma tanto persiga.
Diana. Ni hay pastor que contradiga
    tan adrede á la razón.
Tauriso. ¿Cómo es esto que no tuerza
    el amor tu crueldad?
Diana. Porque amor es voluntad,
    y en la voluntad no hay fuerza.
Tauriso. Mira que tienes razón
    de remediar mi fatiga.
Diana. Esa mesma á mí me obliga
    á guardar mi corazón.
Tauriso. ¿Por qué me das tal tormento
    y qué guardas tu hermosura?
Diana. Porque tú el seso y cordura
    llamas aborrescimiento.
Tauriso. Será porque sin razón
    tu braveza me castiga.
Diana. Antes porque de fatiga
    defiendo mi corazón.
Tauriso. Cata que no soy tan feo
    como te cuidas, pastora.
Diana. Conténtate por agora
    con que digo que te creo.
Tauriso. ¿Despúes de darme passión
    me escarnesces, di, enemiga?
Diana. Si otro quieres que te diga,
    pides más de la razón.

En extremo contentó la canción de Tauriso y Diana, y aunque Tauriso por ella sintió las crudas respuestas de su pastora, y con ellas grande pena, quedó tan alegre con que ella le había respondido, que olvidó el dolor que de la crueldad de sus palabras pudiera rescebir. A este tiempo el temeroso Berardo, esforzando el corazón, hincando sus ojos en los de Diana á guisa de congojado cisne, que cercano á su postrimería, junto á las claras fuentes va suavemente cantando, levantó la debil y medrosa voz, que con gran pena del sobresaltado pecho le salía, y al son de su zampoña cantó ansí:

Tenga fin mi triste vida,
    pues, por mucho que lloré,
    no es mi pena agradescida
    ni dan crédito á mi fe.

Estoy en tan triste estado,
    que tomara por partido
    de ser mal galardonado
    solo que fuera creído.

Mas aunque pene mi vida,
    y en mi mal constante esté,
    no es mi pena agradescida
    ni dan crédito á mi fe.

Después de haber dicho Berardo su canción, pusieron los dos pastores los ojos en Marcelio, y como era hombre no conoscido, no osaban decille que cantasse. Pero, en fin, el atrevido Tauriso le rogó les dijesse su nombre, y si era possible dijesse alguna canción, porque lo uno y lo otro les sería muy agradable. Y él, sin dalles otra respuesta, volviéndose á Diana, y señalándole que su zampoña tocasse, quiso con una canción contentallos de entrambas las cosas. Y después de dado un suspiro, dijo ansí:

Tal estoy después que vi
la crueldad de mi pastora,
que ni sé quién soy agora
ni lo que será de mí.

Sé muy bien que, si hombre fuera,
el dolor me hubiera muerto,
y si piedra, está muy cierto
que el llorar me deshiciera.

Llámanme Marcelio á mí,
pero soy de una pastora,
que ni sé quién soy agora
ni lo que será de mí.

Ya la luz del sol comenzaba á dar lugar á las tinieblas, y estaban las aldeas con los domésticos fuegos humeando, cuando los pastores y pastoras, estando muy cerca de su lugar, dieron fin á sus cantares. Llegaron todos á sus casas contentos de la passada conversación, pero Diana no hallaba sossiego, mayormente cuando supo que no estaba en la aldea su querido Syreno. Dejó á Marcelio aposentado en casa de Melibeo, primo de Delio, donde fué hospedado con mucha cortesía, y ella, viniendo á su casa, convocados sus parientes y los de su esposo, les dió razón de cómo Delio la había dejado en la fuente de los alisos, yendo tras una extranjera pastora. Sobre ello mostró hacer grandes llantos y sentimientos, y al cabo de todos ellos les dijo que su determinación era ir luego por la mañana al templo de Diana, por saber de la sabia Felicia nuevas de su esposo. Todos fueron muy contentos de su voluntad, y para el cumplimiento della le ofrescieron su favor; y ella, pues supo que en el templo de Diana hallaría su Syreno, quedó muy alegre del concierto, y con la esperanza del venidero placer dió aquella noche á su cuerpo algún reposo, y tuvo en el corazón un no acostumbrado sossiego.

Fin del libro primero.

LIBRO SEGUNDO

DE DIANA ENAMORADA

Es el injusto Amor tan bravo y poderoso, que de cuanto hay en el mundo se aprovecha para su crueldad, y las cosas de más valor le favorescen en sus empresas. Especialmente la Fortuna le da tanto favor con sus mudanzas, cuanto él ha menester para dar graves tormentos. Claro está lo que digo en el desastre de Marcelio, pues la Fortuna ordenó tal acontescimiento, que de su esposa Alcida forzado hubo de dar crédito á una sospecha tal que, aunque falsa, tenía muy cierto ó á lo menos aparente fundamento; y dello se siguió aborrescer á su esposo, que más que á su vida la quería, y en nada le había ofendido. De aquí se puede colegir cuán cierta ha de ser una presunción, para que un hombre sabio le deba dar entera fe: pues ésta, que tenía muestras de certidumbre, era tan ajena de verdad. Pero ya que el Amor y Fortuna trataron tan mal á Marcelio, una cosa tuvo que agradescelles, y fué que el Amor hirió el corazón de Diana, y Fortuna hizo que Marcelio en la fuente la hallasse, para que entrambos fuessen á la casa de Felicia y el triste passasse sus penas en agradable compañía. Pues llegado el tiempo que la rubicunda Aurora con su dorado gesto ahuyentaba las nocturnas estrellas, y las aves con suave canto anunciaban el cercano día, la enamorada Diana, fatigada ya de la prolija noche, se levantó para emprender el camino deseado. Y encargadas ya sus ovejas á la pastora Polyntia, salió de su aldea acompañada de su rústica zampoña, engañadora de trabajos, y proveído el zurrón de algunos mantenimientos, bajó por una cuesta, que de la aldea á un espesso bosque descendía, y á la fin della se paró sentada debajo unos alisos, esperando que Marcelio, su compañero, viniesse, según que con él la noche antes lo había concertado. Mas en tanto que no venía, se puso á tañer su zampoña y cantar esta

Canción.

Madruga un poco, luz del claro día,
con apacible y blanda mansedumbre,
para engañar un alma entristescida.
Extiende, hermoso Apolo, aquella lumbre,
que á los desiertos campos da alegría,
y á las muy secas plantas fuerza y vida.
En ésta amena silva, que convida
á muy dulce reposo,
verás de un congojoso
dolor mi corazón atormentado,
por verse ansí olvidado
de quien mil quejas daba de mi olvido:

la culpa es de Cupido,
que apósta quita y da aborrescimiento,
do ve que ha de causar mayor tormento.

¿Qué fiera no enternesce un triste canto?
  ¿y qué piedra no ablandan los gemidos
  que suele dar un fatigado pecho?
¿Qué tigres ó leones conducidos
  no fueran á piedad oyendo el llanto
  que quasi tiene mi ánimo deshecho?
Sólo á Syreno cuento sin provecho
  mi triste desventura,
  que della tanto cura
  como el furioso viento en mar insano
  las lágrimas que en vano
  derrama el congojado marinero,
  pues cuanto más le ruega, más es fiero.

No ha sido fino amor, Syreno mío,
  el que por estos campos me mostrabas,
  pues un descuido mío ansí le ofende.
¿Acuérdaste, traidor, lo que jurabas
  sentado en este bosque y junto al río?
  ¿pues tu dureza agora qué pretende?
¿No bastará que el simple olvido emiende
  con un amor sobrado,
  y tal, que si al passado
  olvido no aventaja de gran parte
  (pues más no puedo amarte,
  ni con mayor ardor satisfacerte)
  por remedio tomar quiero la muerte?

Mas viva yo en tal pena, pues la siento
  por ti, que haces menor toda tristura,
  aunque más dañe el ánima mezquina.
Porque tener presente tu figura
  da gusto aventajado al pensamiento
  de quien por ti penando en ti imagina.
Mas tú á mi ruego ardiente un poco inclina
  el corazón altivo,
  pues ves que en penas vivo
  con un solo deseo sostenida,
  de oir de ti en mi vida
  siquiera un no en aquello que más quiero.
  ¿Mas qué se ha de esperar de hombre tan
      [fiero?
¿Cómo agradesces, dime, los favores
  de aquel tiempo passado que tenías
  mas blando el corazón, duro Syreno,
  cuando, traidor, por causa mía hacías
  morir de pura envidia mil pastores.
¡Ay, tiempo de alegría! ¡Ay, tiempo bueno!
  Será testigo el valle y prado ameno,
  á do de blancas rosas
  y flores olorosas
  guirnalda á tu cabeza componía,
  do á veces añadía
  por sólo contentarte algún cabello:
  que muero de dolor pensando en ello.

Agora andas essento aborresciendo
  la que por ti en tal pena se consume:
  pues guarte de las mañas de Cupido.
Que el corazón soberbio, que presume
  del bravo amor estarse defendiendo,
  cuanto más armas hace, es más vencido.
Yo ruego que tan preso y tan herido
  estés como me veo.
  Mas siempre á mi deseo
  no desear el bien le es buen aviso,
  pues cuantas cosas quiso,
  por más que tierra y cielos importuna,
  se las negó el Amor y la Fortuna.
Canción, en algún pino ó dura encina
  no quise señalarte,
  mas antes entregarte
  al sordo campo y al mudable viento:
  porque de mi tormento
  se pierda la noticia y la memoria,
  pues ya perdida está mi vida y gloria.

La delicada voz y gentil gracia de la hermosa Diana hacía muy clara ventaja á las habilidades de su tiempo: pero más espanto daba ver las agudezas con que matizaba sus cantares, porque eran tales, que parescían salidas de la avisada corte. Mas esto no ha de maravillar tanto los hombres que lo tengan por impossible: pues está claro que es bastante el Amor para hacer hablar á los más simples pastores avisos más encumbrados, mayormente si halla aparejo de entendimiento vivo ó ingenio despierto, que en las pastoriles cabañas nunca faltan. Pues estando ya la enamorada pastora al fin de su canción, al tiempo que el claro sol ya comenzaba á dorar las cumbres de los más altos collados, el desamado Marcelio, de la pastoril posada despedido para venir al lugar que con Diana tenía concertado, descendió la cuesta á cuyo pie ella sentada estaba. Vióle ella de lejos, y calló su voz, porque no entendiesse la causa de su mal. Cuando MARCELIO llegó donde Diana le esperaba, le dijo: Hermosa pastora, el claro día de hoy, que con la luz de tu gesto amaneció más resplandeciente, sea tan alegre para ti como fuera triste para mí si no le hubiesse de passar en tu compañía. Corrido estoy en verdad de ver que mi tardanza haya sido causa que recibiesses pesadumbre con esperarme; pero no será este el primer yerro que le has de perdonar á mi descuido, en tanto que tratarás conmigo. Sobrado sería el perdón, dijo DIANA, donde el yerro falta: la culpa no la tiene tu descuido, sino mi cuidado, pues me hizo levantar antes de hora y venir acá, donde hasta agora he passado el tiempo, á veces cantando y á veces imaginando, y en fin entendiendo en los tratos que á un angustiado espíritu pertenescen. Mas no hace tiempo de deternos aquí, que aunque el camino hasta el templo de Diana es poco, el deseo que tenemos de llegar allá es mucho. Y allende de esto me paresce que conviene, en tanto que el sol envía más mitigados los rayos y no son tan fuertes sus ardores, adelantar el camino, para despúes, á la hora de la siesta, en algún lugar fresco y sombrío tener buen rato de sossiego. Dicho esto, tomaron entrambos el camino, travesando aquel espesso bosque, y por alivio del camino cantaban deste modo:

MARCELIO

Mudable y fiero Amor, que mi ventura
 pusiste en la alta cumbre,
 do no llega mortal merescimiento.
Mostraste bien tu natural costumbre,
 quitando mi tristura,
 para doblarla y dar mayor tormento.
Dejaras descontento
 el corazón: que menos daño fuera
 vivir en pena fiera
que recebir un gozo no pensado,
con tan penosas lástimas borrado.

DIANA

No te debe espantar que de tal suerte
 el niño poderoso
 tras un deleite envíe dos mil penas.
Que á nadie prometió firme reposo,
 sino terrible muerte,
 llantos, congojas, lágrimas, cadenas.
En Libya las arenas,
 ni en el hermoso Abril las tierras flores
 no igualan los dolores
con que rompe el Amor un blando pecho,
y aun no queda con ello satisfecho.

MARCELIO

Antes del amoroso pensamiento
 ya tuve conoscidas
 las mañas con que Amor captiva y mata.
Mas él no sólo aflige nuestras vidas,
 mas el conoscimiento
 de los vivos juicios arrebata.
Y el alma ansí maltrata,
 que tarde y mal y por incierta vía
 allega una alegría,
y por dos mil caminos los pesares
sobre el perdido cargan á millares.

DIANA

Si son tan manifiestos los engaños
 con que el Amor nos prende,
 ¿por qué á ser presa el alma se presenta?

Si el blando corazón no se defiende
 de los terribles daños,
 ¿por qué después se queja y se lamenta?
Razón es que consienta
 y sufra los dolores de Cupido
 aquel que ha consentido
al corazón la flecha y la cadena:
que el mal no puede darnos sino pena.

Esta cancion y otras cantaron, al cabo de las cuales estuvieron ya fuera del bosque, y comenzaron á caminar por un florido y deleitoso prado. Entonces dijo DIANA estas palabras: Cosas son maravillosas las que la industria de los hombres en las pobladas ciudades ha inventado, pero más espanto dan las que la naturaleza en los solitarios campos ha producido. ¿A quién no admira la frescura deste sombroso bosque? ¿quién no se espanta de la lindeza de este espacioso prado? Pues ver los matices de las libreadas flores, y oir el concierto de las cantadoras aves, es cosa de tanto contento que no iguala con ello de gran parte la pompa y abundancia de la más celebrada corte. Ciertamente, dijo MARCELIO, en esta alegre soledad hay gran aparejo de contentamiento, mayormente para los libres, pues les es lícito gozar á su voluntad de tan admirables dulzuras y entretenimientos. Y tengo por muy cierto que si el Amor, que agora, morando en estos desiertos, me es tan enemigo, me diera en la villa donde yo estaba la mitad del dolor que agora siento, mi vida no osara esperalle, pues no pudiera con semejantes deleites amansar la braveza del tormento. A esto no respondió DIANA palabra, sino que, puesta la blanca mano delante sus ojos, sosteniendo con ella la dorada cabeza, estuvo gran rato pensosa, dando de cuando en cuando muy angustiados suspiros, y á cabo de gran pieza dijo ansí: ¡Ay de mí, pastora desdichada! ¿qué remedio será bastante á consolar mi mal, si los que quitan á los otros gran parte del tormento acarrean más ardiente dolor? No tengo ya sufrimiento para encubrir mi pena, Marcelio; mas ya que la fuerza del dolor me constriñe á publicarla, una cosa le agradezco, que me fuerza á decirla en tiempo y en parte en que tú solo estés presente, pues por tus generosas costumbres y por la experiencia que tienes de semejante mal, no tendrás por sobrada mi locura, principalmente sabiendo la causa della. Yo estoy maltratada del mal que te atormenta, y no olvidada como tú de un pastor llamado Syreno, del cual que en otro tiempo fuí querida. Mas la Fortuna, que pervierte los humanos intentos, quiso que, obedesciendo más á mi padre que á mi voluntad, dejasse de casarme con él, y á mi pesar me hiciesse esclava de un marido que, cuando otro mal no tuviera con él sino el que causan sus continuos é importunados celos, bastaba para matarme. Mas yo me tuviera por contenta de sufrir las sospechas de Delio con que viera la preferencia de Syreno, el cual creo que por no verme, tomando de mi forzado casamiento ocasión para olvidarme, se apartó de nuestra aldea, y está, según he sabido, en el templo de Diana, donde nosotros imos. De aquí puedes imaginar cuál puedo estar, fatigada de los celos del marido y atormentada con la ausencia del amado. Dijo entonces MARCELIO: Graciosa pastora, lastimado quedo de saber tu dolor y corrido de no haberle hasta agora sabido. Nunca yo me vea con el deseado contento sino querría verle tanto en tu alma como en la mía. Mas, pues sabes cuán generales son las flechas del Amor, y cuán poca cuenta tienen con los más fuertes, libres y más honestos corazones, no tengas afrenta de publicar sus llagas, pues no quedará por ellas tu nombre denostado, sino en mucho más tenido. Lo que á mí me consuela es saber que el tormento que de los celos del marido recibías, el cual suele dar á veces mayor pena que la ausencia de la cosa amada, te dejará algún rato descansar, en tanto que Delio, siguiendo la fugitiva pastora, estará apartado de tu compañía. Goza, pues, del tiempo y ocasión que te concede la fortuna, y alégrate, que no será poco alivio para ti passar la ausencia de Syreno libre de la importunidad del celoso marido. No tengo yo, dijo DIANA, por tan dañosos los celos, que si como son de Delio fueran de Syreno, no los sufriera con sólo imaginar que tenían fundamento en amor. Porque cierto está que quien ama huelga de ser amado, y ha de tener los celos de la cosa amada por muy buenos, pues son claras señales de amor, nascen dél y siempre van con él acompañados. De mí á lo menos te puedo decir que nunca me tuve por tan enamorada como cuando me vi celosa, y nunca me vi celosa sino estando enamorada. A lo cual replicó MARCELIO: Nunca pensé que la pastoril llaneza fuesse bastante á formar tan avisadas razones como las tuyas en cuestión tan dificultosa como es ésta. Y de aquí vengo á condenar por yerro muy reprobado decir, como muchos afirman, que en solas las ciudades y cortes está la viveza de los ingenios, pues la hallé también entre las espessuras de los bosques, y en las rústicas é inartificiosas cabañas. Pero con todo, quiero contradecir á tu parescer, con el cual heciste los celos tan ciertos mensajeros y compañeros del amor, como si no pudiesse estar en parte donde ellos no estén. Porque puesto que hay pocos enamorados que no sean celosos, no por eso se ha de decir que el enamorado que no lo fuere no sea más perfecto

y verdadero amador. Antes muestra en ello el valor, fuerza y quilate de su deseo, pues está limpio y sin la escoria de frenéticas sospechas. Tal estaba yo en el tiempo venturoso, y me preciaba tanto dello, que con mis versos lo iba publicando, y una vez entre las otras, que mostró Alcida maravillarse de verme enamorado y libre de celos, le escribí sobre ello este

Soneto.

Dicen que Amor juró que no estaría
   sin los mortales celos un momento,
   y la Belleza nunca hacer assiento,
   do no tenga Soberbia en compañía.
Dos furias son, que el bravo infierno envía,
   bastantes á enturbiar todo contento:
   la una el bien de amor vuelve en tormento,
   la otra de piedad la alma desvía.
Perjuro fué el Amor y la Hermosura
   en mí y en vos, haciendo venturosa
   y singular la suerte de mi estado.
Porque después que vi vuestra figura,
   ni vos fuistes altiva, siendo hermosa,
   ni yo celoso, siendo enamorado.

Fué tal el contento que tuvo mi Alcida cuando le dije este soneto, entendiendo por él la fineza de mi voluntad, que mil veces se le cantaba, sabiendo que con ello le era muy agradable. Y verdaderamente, pastora, tengo por muy grande engaño, que un monstruo tan horrendo como los celos se tenga por cosa buena, con decir que son señales de amor y que no están sino en el corazón enamorado. Porque á essa cuenta podremos decir que la calentura es buena, pues es señal de vida y nunca está sino en el cuerpo vivo. Pero lo uno y lo otro son manifiestos errores, pues no dan menor pesadumbre los celos que la fiebre. Porque son pestilencia de las almas, frenesía de los pensamientos, rabia que los cuerpos debilita, ira que el espíritu consume, temor que los ánimos acobarda y furia que las voluntades enloquesce. Mas para que juzgues ser los celos cosa abominable, imagina la causa dellos, y hallarás que no es otra sino un apocado temor de lo que no es ni será, un vil menosprecio del propio merescimiento y una sospecha mortal, que pone en duda la fe y la bondad de la cosa querida. No pueden, pastora, con palabras encarescerse las penas de los celos, porque son tales, que sobrepujan de gran parte los tormentos que acompañan el amor. Porque en fin, todos, sino él, pueden y suelen parar en admirables dulzuras y contentos, que ansí como la fatigosa sed en el tiempo caloroso hace parescer más sabrosas las frescas aguas, y el trabajo y sobresalto de la guerra hace que tengamos en mucho el sossiego de la paz, ansí los dolores de Cupido sirven para mayor placer en la hora que se recibe un pequeño favor, y cuando quiera que se goze de un simple contentamiento. Mas estos rabiosos celos esparcen tal veneno en los corazones, que corrompe y gasta cuantos deleites se le llegan. A este propósito, me acuerdo que yo oí contar un día á un excelente músico en Lisbona delante del Rey de Portugal un soneto que decía ansi:

Quando la brava ausencia un alma hiere,
  se ceba, imaginando el pensamiento,
  que el bien, que está más lejos, más contento
  el corazón hará cuando viniere.
Remedio hay al dolor de quien tuviere
  en esperanza puesto el fundamento;
  qué al fin tiene algún premio del tormento,
  o al menos en su amor contento muere.
Mil penas con un gozo se descuentan,
  y mil reproches ásperos se vengan
  con sólo ver la angélica hermosura.
Mas cuando celos la ánima atormentan,
  aunque después mil bienes sobrevengan,
  se tornan rabia, pena y amargura.

¡Oh, cuán verdadero parescer! ¡Oh, cuán cierta opinión es ésta! Porque á la verdad, esta pestilencia de los celos no deja en el alma parte sana donde pueda recogerse una alegría. No hay en amor contento, cuando no hay esperanza, y no la habrá, en tanto que los celos están de por medio. No hay placer que dellos esté seguro, no hay deleite que con ellos no se gaste y no hay dolor que con ellos no nos fatigue. Y llega á tanto la rabia y furor de los venenosos celos, que el corazón, donde ellos están, recibe pesadumbre en escuchar alabanzas de la cosa amada, y no querría que las perfecciones que él estima fuessen de nadie vistas ni conocidas, haciendo en ello gran perjuicio al valor de la gentileza que le tiene captivo. Y no sólo el celoso vive en este dolor, mas á la que bien quiere le da tan continua y trabajosa pena, que no le diera tanta, si fuera su capital enemigo. Porque claro está que un marido celoso como el tuyo, antes querría que su mujer fuesse la mas fea y abominable del mundo, que no que fuesse vista ni alabada por los hombres, aunque sean honestos y moderados. ¿Qué fatiga es para la mujer, ver su honestidad agraviada con una vana sospecha? ¿qué pena le es estar sin razón en los más secretos rincones encerrada? ¿qué dolor ser ordinariamente con palabras pesadas, y aun á veces con obras combatida? Si ella está alegre, el marido la tiene por deshonesta; si está triste, imagina que se enoja de verle; si está pensando, la tiene por sospechosa; si le mira, paresce que le engaña; si no le mira,

piensa que le aborresce; si le hace caricias, piensa que las finge; si está grave y honesta, cree que le desecha; si rie, la tiene por desenvuelta; si suspira, la tiene por mala, y en fin, en cuántas cosas se meten estos celos, las convierten en dolor, aunque de suyo sean agradables. Por donde está muy claro que no tiene el mundo pena que iguale con esta, ni salieron del infierno Harpías que más ensucien y corrompan los sabrosos manjares del alma enamorada. Pues no tengas en poco, Diana, tener ausente el celoso Delio, que no importa poco para passar más ligeramente las penas del Amor. Á esto DIANA respondió: Yo vengo á conoscer que esta passión, que has tan al vivo dibujado, es disforme y espantosa, y que no meresce estar en los amorosos ánimos, y creo que esta pena era la que Delio tenía. Mas quiero que sepas que semejante dolencia no pretendí yo defenderla, ni jamás estuvo en mí: pues nunca tuve pesar del valor de Syreno, ni fuí atormentada de semejantes passiones y locuras, como las que tú me has contado, mas sólo tuve miedo de ser por otra desechada. Y no me engañó de mucho este recelo, pues he probado tan á costa mía el olvido de Syreno. Esse miedo, dijo MARCELIO, no tiene nombre de celos, antes es ordinario en los buenos amadores. Porque averiguado está que lo que yo amo, lo estimo y tengo por bueno y merescedor de tal amor, y siendo ello tal, he de tener miedo que otro no conozca su bondad y merescimiento, y no lo ame como yo. Y ansí el amador está metido en medio del temor y la esperanza. Lo que el uno le niega, la otra se lo promete; cuando el uno le acobarda, la otra le esfuerza; y en fin las llagas que hace el temor se curan con la esperanza, durando esta reñida pelea hasta que la una parte de las dos queda vencida, y si acontesce vencer el temor á la esperanza, queda el amador celoso, y si la esperanza vence al temor, queda alegre y bien afortunado. Mas yo en el tiempo de mi ventura tuve siempre una esperanza tan fuerte, que no sólo el temor no la venció, pero nunca osó acometella, y ansí recibía con ella tan grandes gustos, que á trueque dellos no me pesaba recebir los continuos dolores; y fuí tan agradescida á la que mi esperanza en tanta firmeza sostenía, que no había pena que viniesse de su mano que no la tuviesse por alegría. Sus reproches tenía por favores, sus desdenes por caricias y sus airadas respuestas por corteses prometimientos.

Estas y otras razones passaron Diana y Marcelio prosiguiendo su camino. Acabado de travessar aquel prado en muy dulce conversación, y subiendo una pequeña cuesta, entraron por un ameno bosquecillo, donde los espessos alisos hacían muy apacible sombrío. Allí sintieron una suave voz que de una dulce lira acompañada resonaba con extraña melodía, y parándose á escuchar, conocieron que era voz de una pastora que cantaba ansí:

Soneto.

Cuantas estrellas tiene el alto cielo
fueron en ordenar mi desventura,
y en la tierra no hay prado ni verdura
que pueda en mi dolor darme consuelo.
Amor subjecto al miedo, en puro hielo
convierte el alma triste ¡ay, pena dura!
que á quien fué tan contraria la ventura,
vivir no puede un hora sin recelo.
La culpa de mi pena es justo darte
á ti, Montano, á ti mis quejas digo,
alma cruel, do no hay piedad alguna.
Porque si tú estuvieras de mi parte,
no me espantara á mí serme enemigo
el cielo, tierra, Amor y la Fortuna.

Después de haber la pastora suavemente cantado, soltando la rienda al amargo y doloroso llanto, derramó tanta abundancia de lágrimas y dió tan tristes gemidos, que por ellos y por las palabras que dijo, conoscieron ser la causa de su dolor un engaño cruel de su sospechoso marido. Pero por certificarse mejor de quién era y de la causa de su passión, entraron donde ella estaba y la hallaron metida en un sombrío que la espessura de los ramos había compuesto, assentada sobre la menuda hierba junto á una alegre fuentecilla, que de entre unas matas graciosamente saliendo por gran parte del bosquecillo, por diversos caminos iba corriendo. Saludáronla con mucha cortesía, y ella aunque tuvo pesar que le impidiessen su llanto, pero juzgando por la vista ser pastores de merescimiento, no recibió mucha pena, esperando con ellos tener agradable compañía, y ansí les dijo: Después que de mi cruel esposo fuí sin razón desamparada, no me acuerdo, pastores, haber recebido contento que de gran parte iguale con el que tuve de veros. Tanto que, aunque el continuo dolor me obliga á hacer perpetuo llanto, lo dejaré por agora un rato, para gozar de vuestra apacible y discreta conversación. A esto respondió MARCELIO: Nunca yo vea consolado mi tormento, si no me pesa tanto del tuyo, como se puede encarescer, y lo mesmo puedes creer de la hermosa Diana, que ves en mi compañía. Oyendo entonces la pastora el nombre de Diana, corriendo con grande alegría la abrazó, haciéndole mil caricias y fiestas, porque mucho tiempo había que deseaba conoscella, por la relación que tenía de su hermosura y discreción. Diana estuvo espantada de verse acariciada de una pastora no conoscida; mas todavía le respondía con iguales cortesías, y deseando saber quién era, le dijo:

Los aventajados favores que me heciste, juntamente con la lástima que tengo de tu mal, hacen que desee conoscerte; por esso declaranos, pastora, tu nombre, y cuéntanos tu pena, que después de contada verás nuestros corazones ayudarte á pasalla y nuestros ojos á lamentar por ella. La pastora entonces se escusó con sus graciosas palabras de emprender el cuento de su desdicha; pero en fin, importunada se volvió á sentar sobre la hierba, y comenzó assí:

Por relación de la pastora Selvagia, que era natural de mi aldea, y en la tuya, hermosa Diana, está casada con el pastor Sylvano, creo que serás informada del nombre de la desdichada ISMENIA, que su desventura te está contando. Yo tengo por cierto que ella en tu aldea contó largamente cómo yo en el templo de Minerva, en el reyno de Lusitanos, arrebozada la engañé, y cómo con mi proprio engaño quedé burlada. Habrá contado también cómo por vengarme del traydor Alanio, que enamorado della á mí me había puesto en olvido, fingí querer bien á Montano, su mortal enemigo, y cómo este fingido amor, con el conoscimiento que tuve de su perfección, salió tan verdadero, que á causa dél estoy en las fatigas de que me quejo. Pues passando adelante en la historia de mi vida, sabréis que como el padre de Montano, nombrado Fileno, viniesse algunas veces á casa de mi padre, á causa de ciertos negocios que tenía con él sobre una compañía de ganados, y me viesse allí, aunque era algo viejo, se enamoró de mí de tal suerte, que andaba hecho loco. Mil veces me importunaba, cada día sus dolores me decía; mas nada le aprovechó para que le quisiesse escuchar, ni tener cuenta con sus palabras. Porque aunque tuviera más perfección y menos años de los que tenía, no olvidara yo por él á su hijo Montano, cuyo amor me tenía captiva. No sabía el viejo el amor que Montano me tenía, porque le era hijo tan obediente y temeroso, que escusó todo lo possible que no tuviesse noticia delle, temiendo ser por él con ásperas palabras castigado. Ni tampoco sabía Montano la locura de su padre, porque él por mejor castigar y reprender los errores del hijo se guardaba mucho de mostrar que tenía semejantes y aun mayores faltas. Pero nunca dejaba el enamorado viejo de fatigarme con sus importunaciones que le quisiesse tomar por marido. Decíame dos mil requiebros, hacíame grandes ofrescimientos, prometíame muchos vestidos y joyas y enviábame muchas cartas, pretendiendo con ello vencer mi propósito y ablandar mi condición. Era pastor que en su tiempo había sido señalado en todas las habilidades pastoriles, muy bien hablado, avisado y entendido. Y porque mejor lo creáis, quiero

deciros una carta que una vez me escribió, la
cual, aunque no mudó mi intención, me contentó en estremo, y decía ansí:

CARTA DE FILENO Á ISMENIA

Pastora, el amor fué parte
que por su pena decirte,
tenga culpa en escrebirte
quien no la tiene en amarte.
Mas si á ti fuere molesta
mi carta, ten por muy cierto
que á mí me tiene ya muerto
el temor de la respuesta.

Mil veces cuenta te di
del tormento que me das,
y no me pagas con más
de con burlarte de mí.
Te ríes á boca llena
de verme amando morir,
yo alegre en verte reir,
aunque ríes de mi pena.

Y ansí el mal, en que me hallo,
pienso, quando miro en ello,
que porque huelgas de vello,
no has querido remediallo.
Pero mal remedio veo,
y esperarle será en vano,
pues mi vida está en tu mano
y mi muerte en tu deseo.

Vite estar, pastora, un día
cabe el Duero caudaloso,
dando con el gesto hermoso
á todo el campo alegría.
Sobre el cayado inclinada
en la campaña desierta,
con la cerviz descubierta
y hasta el codo remangada.

Pues decir que un corazón,
puesto que de mármol fuera,
no te amara, si te viera,
es simpleza y sinrazón.
Por esso en ver tu valor,
sin tener descanso un poco,
vine á ser de amores loco
y á ser muerto de dolor.

Si dices que ando perdido,
siendo enamorado y viejo,
deja de darme consejo,
que yo remedio te pido.
Porque tanto en bien quererte
no pretendo haber errado,
como en haberme tardado
tanto tiempo á conoscerte.

Muy bien sé que viejo estó,
pero á más mal me condena
ver que no tenga mi pena
tantos años como yo.
Porque quisiera quererte
dende el día que nascí,
como después que te vi
he de amarte hasta la muerte.

No te espante verme cano,
que á nadie es justo quitar
el merescido lugar,
por ser venido temprano.
Y aunque mi valor excedes,
no paresce buen consejo
que por ser soldado viejo
pierda un hombre las mercedes.

Los edificios humanos,
cuantos más modernos son,
no tienen comparación
con los antiguos Romanos.
Y en las cosas de primor,
gala, asseo y valentía,
suelen decir cada día:
lo passado es lo mejor.

No me dió amor su tristeza
hasta agora, porque vió
que en un viejo, como yo,
suele haber mayor firmeza.
Firme estoy, desconocida,
para siempre te querer,
y viejo para no ser
querido en toda mi vida.

Los mancebos que más quieren,
falsos y doblados van,
porque más vivos están,
cuando más dicen que mueren.
Y su mudable afición,
es segura libertad,
es gala, y no voluntad,
es costumbre, y no passión.

No hayas miedo que yo sea
como el mancebo amador,
que en recebir un favor
lo sabe toda la aldea.
Que aunque reciba trescientos
he de ser en los amores
tan piedra en callar favores
como en padescer tormentos.

Mas según te veo estar
puesta en hacerme morir,
mucho habrá para sufrir
y poco para callar.

Que el mayor favor que aquí,
pastora, pretendo hacer,
es morir por no tener
mayores quejas de ti.

Tiempo, amigo de dolores,
sólo á ti quiero inculparte,
pues quien tiene en ti más parte
menos vale en los amores.
Tarde amé cosa tan bella,
y es muy justo que pues yo
no nascí, cuando nasció,
en dolor muera por ella.

Si yo en tu tiempo viniera,
pastora, no me faltara
conque á ti te contentara
y aun favores recibiera.
Que en apacible tañer,
y en el gracioso bailar
los mejores del lugar
tomaban mi parescer.

Pues en cantar no me espanto
de Amphion el escogido,
pues mejores que él han sido
confundidos con mi canto.
Aro muy grande comarca,
y en montes proprios y extraños
pascen muy grandes rebaños
almagrados de mi marca.

¿Mas qué vale, ¡ay, cruda suerte!
lo que es, ni lo que ha sido
al sepultado en olvido
y entregado á dura muerte?
Pero valga para hacer
más blanda tu condición,
viendo que tu perfección
al fin dejará de ser.

Dura estás como las peñas,
mas quizá en la vieja edad
no tendrás la libertad
conque agora me desdeñas.
Porque, toma tal venganza
de vosotras el Amor,
que entonces os da dolor
cuando os falta la esperanza.

Estas y otras muchas cartas y canciones me
envió, las cuales, si tanto me movieran como
me contentaban, él se tuuiera por dichoso y yo
quedara mal casada. Mas ninguna cosa era
bastante á borrar de mi corazón la imagen del
amado Montano, el cual, según mostraba, respondió á mi voluntad con iguales obras y palabras. En esta alegre vida passamos algunos
años, hasta que nos paresció dar cumplimiento
á nuestro descanso con honesto y casto matri-

monio. Y aunque quiso Montano antes de casar
conmigo dar razón dello á su padre, por lo que
como buen hijo tenía obligación de hacer; pero
como yo le dije que su padre no venía bien en
ello, á causa de la locura que tenía de casarse
conmigo, por esso, teniendo más cuenta con el
contento de su vida que con la obediencia de
su padre, sin dalle razón, cerró mi desdichado
matrimonio. Esto se hizo con voluntad de mi
padre, en cuya casa se hicieron por ello grandes fiestas, bailes, juegos y tan grandes regocijos, que fueron nombrados por todas las
aldeas vecinas y apartadas. Cuando el enamorado viejo supo que su propio hijo le había sal-
teado sus amores, se volvió tan frenético contra él y contra mí, que á entrambos aborresció
como la misma muerte, y nunca más nos quiso
ver. Por otra parte, una pastora de aquella
aldea, nombrada Felisarda, que moría de amores de Montano, la cual él, por quererme bien
á mí, y por ser ella no muy joven ni bien acondicionada, la había desechado, cuando vido á
Montano casado conmigo, vino á perderse de
dolor. De manera que con nuestro casamiento
nos ganamos dos mortales enemigos. El maldito viejo, por tener ocasión de desheredar el
hijo, determinó casarse con mujer hermosa y
joven á fin de haber hijos en ella. Mas aunque
era muy rico, de todas las pastoras de mi lugar
fué desdeñado, si no fué de Felisarda, que por
tener oportunidad y manera de gozar deshonestamente de mi Montano, cuyos amores tenía
frescos en la memoria, se casó con el viejo
Fileno. Casada ya con él, entendió luego por
muchas formas en requerir mi esposo Montano
por medio de una criada nombrada Silveria,
enviándole á decir que si condescendía á su voluntad le alcanzaría perdón de su padre, y haciéndole otros muchos y muy grandes ofrescimientos. Mas nada pudo bastar á corromper su
ánimo ni á pervertir su intención. Pues como
Felisarda se viese tan menospreciada, vino á
tenerle á Montano una ira mortal, y trabajó
luego en indignar más á su padre contra él, y
no contenta con esto, imaginó una traición muy
grande. Con promessas, fiestas, dádivas y grandes caricias, pervirtió de tal manera el ánimo
de Silveria, que fué contenta de hacer cuanto
ella le mandasse, aunque fuesse contra Montano, con quien ella tenía mucha cuenta, por el
tiempo que había servido en casa de su padre.
Las dos secretamente concertaron lo que se
había de hacer y el punto que había de ejecu-
tarse; y luego salió un día Silveria de la aldea,
y viniendo á una floresta orilla de Duero, donde
Montano apascentaba sus ovejas, le habló muy
secretamente, y muy turbada, como quien trata
un caso muy importante, le dijo: ¡Ay, Montano
amigo! cuán sabio fuiste en despreciar los amo-

res de tu maligna madrastra, que aunque yo á ellos te movia, era por pura importunación. Mas agora que sé lo que passa, no será ella bastante para hacerme mensajera de sus deshonestidades. Yo he sabido della algunas cosas que tocan en lo vivo, y tales que si tú las supiesses, aunque tu padre es contigo tan cruel, no dejarías de poner la vida por su honra. No te digo más en esto, porque sé que eres tan discreto y avisado, que no son menester contigo muchas palabras ni razones. Montano á esto quedó atónito y tuvo sospecha de alguna deshonestidad de su madrastra. Pero por ser claramente informado, rogó á SILVERIA le contasse abiertamente lo que sabía. Ella se hizo de rogar, mostrando no querer descubrir cosa tan secreta, pero al fin, declarando lo que Montano le preguntaba, y lo que ella mesma decirle quería, le explicó una fabricada y bien compuesta mentira, diciendo deste modo: Por ser cosa que tanto importa á tu honra y á la de Fileno, mi amo, saber lo que yo sé, te lo diré muy claramente, confiando que á nadie dirás que yo he descubierto este secreto. Has de saber que Felisarda tu madrastra hace traición á tu padre con un pastor, cuyo nombre no te diré, pues está en tu mano conocerle. Porque si quisieres venir esta noche, y entrar por donde yo te guiare, hallarás la traidora con el adúltero en casa del mesmo Fileno. Ansí lo tienen concertado, porque Fileno ha de ir esta tarde á dormir en su majada por negocios que allí se le ofrescen, y no ha de volver hasta mañana á medio día. Por esso apercíbete muy bien, y ven á las once de la noche conmigo, que yo te entraré en parte donde podrás fácilmente hacer lo que conviene á la honra de tu padre, y aun por medio desto alcanzar que te perdone. Esto dijo Silveria tan encarescidamente y con tanta dissimulación, que Montano determinó de ponerse en cualquier peligro, por tomar venganza de quien tal deshonra hacía á Fileno, su padre. Y ansí la traidora Silveria contenta del engaño que de consejo de Felisarda había urdido, se volvió á su casa, donde dió razón á Felisarda, su señora, de lo que dejaba concertado. Ya la escura noche había extendido su tenebroso velo, cuando venido Montano á la aldea tomó un puñal, que heredó del pastor Palemón, su tio, y al punto de las once se fué á casa de Fileno, su padre, donde SILVERIA ya le estaba esperando, como estaba ordenado. ¡Oh, traición nunca vista! ¡Oh, maldad nunca pensada! Tomóle ella por la mano, y subiendo muy queda una escalera, le llevó á una puerta de una cámara, donde Fileno, su padre, y su madrastra Felisarda estaban acostados, y cuando le tuvo allí, le dijo: Agora estás, Montano, en el lugar donde has de señalar el ánimo y esfuerzo que

semejante caso requiere; entra en essa cámara, que en ella hallarás tu madrastra acostada con el adúltero. Dicho esto, se fué de allí huyendo á más andar. Montano engañado de la alevosía de Silveria, dando crédito á sus palabras, esforzando el ánimo y sacando el puñal de la vaina, con un empujón abriendo la puerta de la cámara, mostrando una furia extraña, entró en ella diciendo á grandes voces: ¡Aquí has de morir, traidor, á mis manos, aquí te han de hacer mal provecho los amores de Felisarda! Y diciendo esto furioso y turbado, sin conoscer quién era el hombre que estaba en la cama, pensando herir al adúltero, alzó el brazo para dar de puñaladas á su padre. Mas quiso la ventura que el viejo con la lumbre que allí tenía, conosciendo su hijo, y pensando que por habelle con palabra y obras tan mal tratado, le quería matar, alzándose presto de la cama, con las manos plegadas le dijo: ¡Oh, hijo mio! ¿qué crueldad te mueve á ser verdugo de tu padre? vuelve en tu seso, por Dios, y no derrames agora mi sangre, ni des fin á mi vida; que si yo contigo usé de algunas asperezas, aquí de rodillas te pido perdón por todas ellas, con propósito de ser para contigo de hoy adelante el más blando y benigno padre de todo el mundo. Montano entonces, cuando conosció el engaño que se le había hecho y el peligro en que había venido de dar muerte á su mesmo padre, se quedó allí tan pasmado, que el ánimo y los brazos se le cayeron y el puñal se le salió de las manos sin sentirlo. De atónito no pudo ni supo hablar palabra, sino que corrido y confuso se salió de la cámara; íbase también de la casa aterrado de la traición que Silveria le había hecho y de la que él hiciera, si no fuera tan venturoso. FELISARDA, como estaba advertida de lo que había de suceder, en ver entrar á Montano, saltó de la cama y se metió en otra cámara que estaba más adentro, y cerrando tras sí la puerta, se asseguró de la furia de su alnado. Mas cuando se vió fuera del peligro, por estar Montano fuera de la casa, volviendo donde Fileno temblando aún del pasado peligro estaba, incitando al padre contra el hijo, y levantándome á mi falso testimonio, á grandes voces decía ansí: Bien conoscerás agora, Fileno, el hijo que tienes, y sabrás si es verdad lo que yo de sus malas inclinaciones muchas veces te dije. ¡Oh, cruel, oh traidor Montano! ¿cómo el cielo no te confunde? ¿cómo la tierra no te traga? ¿cómo las fieras no te despedazan? ¿cómo los hombres no te persiguen? Maldito sea tu casamiento, maldita tu desobediencia, malditos tus amores, maldita tu Ismenia, pues te ha traido á usar de tan bestial crueza y á cometer tan horrendo pecado. ¿No castigaste, traidor, al pastor Alanio, que con tu mujer

Ismenia á pesar y deshonra tuya deshonestamente trata, y á quien ella quiere más que á ti, y has querido dar muerte á tu padre, que con tu vida y honra ha tenido tanta cuenta? ¿Por haberte aconsejado le has querido matar? ¡Ay, triste padre! ¡ay, desdichadas canas! ¡ay, angustiada senectud! ¿qué yerro tan grande cometiste, para que quisiesse matarte tu proprio hijo? ¿aquel que tú engendraste, aquel que tú regalaste, aquel por quien mil trabajos padesciste? Esfuerza agora tu corazón, cesse agora el amor paternal, dése lugar á la justicia, hágase el debido castigo; que si quien hizo tan nefanda crueldad no recibe la merescida pena, los desobedientes hijos no quedarán atemorizados, y el tuyo, con efecto, vendrá después de pocos días á darte de su mano cumplida muerte. El congojado FILENO, con el pecho sobresaltado y temeroso, oyendo las voces de su mujer y considerando la traición del hijo, rescibió tan grande enojo, que, tomando el puñal que á Montano, como dije, se le había caído, luego en la mañana saliendo á la plaza, convocó la justicia y los principales hombres de la aldea, y cuando fueron todos juntos, con muchas lágrimas y sollozos les dijo desta manera: A Dios pongo por testigo, señalados pastores, que me lastima y aflige tanto lo que quiero deciros, que tengo miedo que el alma no se me salga tras habello dicho. No me tenga nadie por cruel, porque saco á la plaza las maldades de mi hijo; que por ser ellas tan extrañas y no tener remedio para castigarlas, os quiero dar razón dellas, porque veáis lo que conviene hacer para darle á él la justa pena y á los otros hijos provechoso ejemplo. Muy bien sabéis con qué regalos le crié, con qué amor le traté, qué habilidades le enseñé, qué trabajos por él padescí, qué consejos le di, con cuánta blandura le castigué. Casóse á mi pesar con la pastora Ismènia, y porque dello le reprendí, en lugar de vengarse del pastor Alanio, que con la dicha Ismenia, su mujer, como toda la aldea sabe, trata deshonestamente, volvió su furia contra mí y me ha querido dar la muerte. La noche passada tuvo maneras para entrar en la cámara, donde yo con mi Felisarda dormía, y con este puñal desnudo quiso matarme, y lo hiciera, sino que Dios le cortó las fuerzas y le atajó el poder de tal manera, que medio tonto y pasmado se fué de allí sin efectuar su dañado intento, dejando el puñal en mi cámara. Esto es lo que verdaderamente passa, como mejor de mi querida mujer podréis ser informados. Mas porque tengo por muy cierto que Montano, mi hijo, no hubiera cometido tal traición contra su padre, si de su mujer Ismenia no fuera aconsejado, os ruego que miréis lo que en esto se debe hacer, para que mi hijo de su atrevimiento quede cas-

tigado, y la falsa Ismenia, ansí por el consejo que dió á su marido, como por la deshonestidad y amores que tiene con Alanio, resciba digna pena. Aún no había Fileno acabado su razón, cuando se movió entre la gente tan gran alboroto, que paresció hundirse toda la aldea. Alteráronse los ánimos de todos los pastores y pastoras, y concibieron ira mortal contra Montano. Unos decían que fuesse apedreado, otros que en la mayor profundidad de Duero fuesse echado, otros que á las hambrientas fieras fuesse entregado, y en fin, no hubo allí persona que contra él no se embravesciesse. Moviólos también mucho á todos lo que Fileno de mi vida falsamente les había dicho; pero tanta ira tenían por el negocio de Montano, que no pensaron mucho en el mío. Cuando Montano supo la relación que su padre públicamente había hecho y el alboroto y conjuración que contra él había movido, cayó en grande desesperación. Y allende desto sabiendo lo que su padre delante de todos contra mí había dicho, rescibió tanto dolor, que más grave no se puede imaginar. De aquí nasció todo mi mal, esta fué la causa de mi perdición y aquí tuvieron principio mis dolores. Porque mi querido Montano, como sabía que yo en otro tiempo había amado y sido querida de Alanio, sabiendo que muchas veces reviven y se renuevan los muertos y olvidados amores, y viendo que Alanio, á quien yo por él había aborrescido, andaba siempre enamorado de mí, haciéndome importunas fiestas, sospechó por todo esto que lo que su padre Fileno había dicho era verdad, y cuanto más imaginó en ello, más lo tuvo por cierto. Tanto que bravo y desesperado, ansí por el engaño que de Silveria había recibido como por el que sospechaba que yo le había hecho, se fué de la aldea y nunca más ha parescido. Yo que supe de su partida y la causa della por relación de algunos pastores amigos suyos, á quien él había dado larga cuenta de todo, me salí del aldea por buscarle, y mientras viva no pararé hasta hallar mi dulce esposo, para darle mi disculpa, aunque sepa después morir á sus manos. Mucho ha que ando peregrinando en esta demanda, y por más que en todas las principales aldeas y cabañas de pastores he buscado, jamás la fortuna me ha dado noticia de mi Montano. La mayor ventura que en este viaje he tenido fué, que dos días después que partí de mi aldea hallé en un valle la traidora Silveria, que sabiendo el voluntario destierro de Montano, iba siguiéndole, por descubrirle la traición que le había hecho y pedirle perdón por ella, arrepentida de haber cometido tan horrenda alevosía. Pero hasta entonces no le había hallado, y como á mí me vido, me contó abiertamente cómo había passado el negocio, y fué para mí gran descanso saber la manera con que se nos había hecho la traición. Quise dalle la muerte con mis manos, aunque flaca mujer, pero dejé de hacerlo, porque sólo ella podía remediar mi mal declarando su misma maldad. Roguéle con gran priessa fuesse á buscar á mi amado Montano para dalle noticia de todo el hecho, y despedíme della para buscarle yo por otro camino. Llegué hoy á este bosque, donde convidada de la amenidad y frescura del lugar, hice assiento para tener la siesta; y pues la fortuna acá por mi consuelo os ha guiado, yo le agradezco mucho este favor, y á vosotros os ruego, que pues es ya casi medio día, si possible es, me hagáis parte de vuestra graciosa compañía, mientras durare el ardor del sol, que en semejante tiempo se muestra riguroso. Diana y Marcelio holgaron en extremo de escuchar la historia de Ismenia y saber la causa de su pena. Agradesciéronle mucho la cuenta que les había dado de su vida, y diéronle algunas razones para consuelo de su mal, prometiéndole el possible favor para su remedio. Rogáronle también que fuesse con ellos á la casa de la sabia Felicia, porque allí sería possible hallar alguna suerte de consolación. Fueron assí mesmo de parescer de reposar allí, en tanto que durarían los calores de la siesta, como Ismenia había dicho. Pero como Diana era muy plática en aquella tierra, y sabía los bosques, fuentes, florestas, lugares amenos y sombríos della, les dijo que otro lugar había más ameno y deleitoso que aquel, que no estaba muy lejos, y que fuessen allá, pues aún no era llegado el medio día. De manera que levantándose todos, caminaron un poco espacio, y luego llegaron á una floresta donde Diana los guió; y era la más deleitosa, la más sombría y agradable que en los más celebrados montes y campañas de la pastoral Arcadia puede haber. Había en ella muy hermosos alisos, sauces y otros árboles, que por las orillas de las cristalinas fuentes, y por todas partes con el fresco y suave airecillo blandamente movidas, deleitosamente murmuraban. Allí de la concertada harmonía de las aves, que por los verdes ramos bulliciosamente saltaban, el aire, tan dulcemente resonaba, que los ánimos, con un suave regalo, enternescia. Estaba sembrada toda de una verde y menuda hierba, entre la cual se levantaban hermosas y variadas flores, que con diversos matices el campo dibujando, con suave olor el más congojado espíritu recreaban. Allí solían los cazadores hallar manadas enteras de temerosos ciervos, de cabras montesinas y de otros animales, con cuya prisión y muerte se toma alegre pasatiempo. Entraron en esta floresta siguiendo todos á Diana, que iba primera y se adelantó un poco para buscar una espessura de árboles, que ella para su esposo en aquel lugar tenía señalada, donde muchas veces solía recrearse. No habían andado mucho, cuando Diana llegando cerca del lugar que ella tenía por el más ameno de todos, y donde quería que tuviessen la siesta, puesto el dedo sobre los labios, señaló á Marcelio y á Ismenia que viniessen á espacio y sin hacer ruido. La causa era, porque había oído dentro aquella espessura cantos de pastores. En la voz le parescieron Tauriso y Berardo, que por ella entrambos penados andaban, como está dicho. Pero por sabello más cierto, llegándose más cerca un poco por entre unos acebos y lantiscos, estuvo acechando por conoscellos, y vido que eran ellos y que tenían allí en su compañía una muy hermosa dama, y un preciado caballero, los cuales, aunque parescían estar algo congojados y mal tratados del camino, pero todavía en el gesto y disposición descubrían su valor. Después de haber visto los que allí estaban, se apartó, por no ser vista. En esto llegaron Marcelio é Ismenia, y todos juntos se sentaron tras unos jarales, donde no podían ser vistos y podían oir distincta y claramente el cantar de los pastores, cuyas voces, por toda la floresta resonando, movían concertada melodía, como oiréis en el siguiente libro.

Fin del libro segundo.

LIBRO TERCERO

DE DIANA ENAMORADA

La traición y maldad de una ofendida y maliciosa mujer suele emprender cosas tan crueles y abominables, que no hay ánimo del más bravo y arriscado varón que no dudasse de hacerlas y no temblase de solo pensarlas. Y lo peor es que la Fortuna es tan amiga de mudar los buenos estados, que les da á ellas cumplido favor en sus empresas; pues sabe que todas se encaminan á mover extrañas novedades y revueltas, y vienen á ser causa de mil tristezas y tormentos. Gran crueldad fué la de Felisarda en ser causa que un padre con tan justa, aunque engañosa causa, aborresciesse su propio hijo, y que un marido con tan vana y aparente sospecha desechasse su querida mujer, pero mayor fue la ventura que tuvo en salir con su fiero y malicioso intento. No sirva esto para que nadie tenga de las mujeres mal parescer, si no para que viva cada cual recatado, guardándose de las semejantes á Felisarda, que serán muy pocas; pues muchas dellas son dechado del mundo y luz de vida, cuya fe, discreción y honestidad meresce ser con los más celebrados

uersos alabada. De lo cual da claríssima prueba
Diana y Ismenia, pastoras de señalada hermosura y discreción, cuya historia publica manifiestamente sus alabanzas. Pues prosiguiendo
en el discurso della, sabréis que cuando Marcelio y ellas estuvieron tras los jarales assentadas,
oyeron que Tauriso y Berardo cantaban desta
manera:

Terços esdruccioles.

BERARDO

Tauriso, el fresco viento, que alegrándonos
    murmura entre los árboles altíssimos,
    la vista y los oídos deleitándonos;
Las chozas y sombríos ameníssimos;
    las cristalinas fuentes, que abundancia
    derraman de licores sabrosíssimos;
La colorada flor, cuya fragrancia
    á despedir bastara la tristicia,
    que hace al corazón más fiera instancia:
No vencen la braveza y la malicia
    del crudo rey, tan áspero y mortífero,
    cuyo castigo es pura sin justicia.
Ningún remedio ha sido salutífero
    á mi dolor, pues siempre enbraveciéndose
    está el veneno y tóxico pestífero.

TAURISO

Al que en amores anda consumiéndose,
    nada le alegrará: porque fatígale
    tal mal, que en el dolor vive muriéndose.
Amor le da más penas, y castígale,
    cuando en deleites anda recreándose,
    porque él á suspirar contino oblígale.
Las veces que está un ánima alegrándose,
    le ofresce allí un dolor, cuya memoria
    hace que luego vuelva á estar quejándose.
Amor quiere gozar de su victoria,
    y al hombre que venció, mátale ó préndele,
    pensando en ello haber famosa gloria.
El preso á la fortuna entrega, y véndele
    al gran dolor, que siempre está matándole,
    y al que arde en más ardiente llama encién-
        [dele.

BERARDO

El sano vuelve enfermo, maltratándole,
    y el corazón alegre hace tristíssimo,
    matando el vivo, el libre captivándole.
Pues, alma, ya que sabes cuán bravíssimo
    es este niño Amor, sufre y conténtate
    con verte puesta en un lugar altíssimo.
Rescibe los dolores, y preséntate
    al daño que estuviere amenazándote,
    goza del mal y en el dolor susténtate.
Porque cuanto más fueres procurándote
    medio para salir de tu miseria,
    irás más en los lazos enredándote.

TAURISO

En mí halla Cupido más materia
    para su honor, que en cuantos lamentándose
    guardan ganado en una y otra Hesperia.
Siempre mis males andan aumentándose,
    de lágrimas derramo mayor copia
    que Biblis cuando en fuente iba tornándose.
Extraño me es el bien, la pena propia,
    Diana, quiero ver, y en vella muérome,
    junto al tesoro estó, y muero de inopia.
Si estoy delante della, peno y quiérome
    morir de sobresalto y de cuidado,
    y cuando estoy ausente, desespérome.

BERARDO

Murmura el bosque y ríe el verde prado,
    y cantan los parleros ruiseñores;
    mas yo en dos mil tristezas sepultado.

TAURISO

Espiran suave olor las tiernas flores,
    la hierba reverdesce al campo ameno;
    mas yo viviendo en ásperos dolores.

BERARDO

El grave mal de mí me tiene ajeno,
    tanto que no soy bueno
    para tener diez versos de cabeza.

TAURISO

Mi lengua en el cantar siempre tropieza,
    por esso, amigo, empieza,
    algún cantar de aquellos escogidos,
    los cuales estorbados con gemidos,
    con lloro enterrompidos,
    te hicieron de pastores alabado.

BERARDO

En el cantar contigo acompañado,
    iré muy descansado;
    respóndeme. Mas no sé qué me cante.

TAURISO

Di la que dice: *Estrella radiante,*
    ó la de: *O triste amante,*
    ó aquella: *No sé como se decía,*
    que la cantaste un día
    bailando con Diana en el aldea.

BERARDO

No hay tigre ni leona que no sea
    á compassión movida
    de mi fatiga extraña y peligrosa;

mas no la fiera hermosa,
fiera devoradora de mi vida.

TAURISO

Fiera devoradora de mi vida,
¿quién si no tú estuviera
con la dureza igual á la hermosura?
y en tanta desventura
¿cómo es possible, ay triste, que no muera?

BERARDO

¿Cómo es possible, ay triste, que no muera?
dos mil veces muriendo;
¿mas cómo he de morir viendo á Diana?
El alma tengo insana:
cuanto más trato Amor, menos le entiendo.

TAURISO

Cuanto más trato Amor, menos le entiendo,
que al que le sirve mata,
y al que huyendo va de su cadena,
con redoblada pena
las míseras entrañas le maltrata.

BERARDO

Pastora, á quien el alto cielo ha dado
beldad más que á las rosas coloradas,
más linda que en Abril el verde prado,
do están las florecillas matizadas,
ansí prospere el cielo tu ganado,
y tus ovejas crezcan á manadas,
que á mí, que á causa tuya gimo y muero,
no me muestres el gesto airado y fiero.

TAURISO

Pastora soberana, que mirando
los campos y florestas asserenas,
la nieve en la blancura aventajando
y en la beldad las frescas azucenas,
ansí tus campos vayan mejorando,
y dellos cojan fruto á manos llenas,
que mires á un pastor, que en solo verte
piensa alcanzar muy venturosa suerte.

A este tiempo el caballero y la dama, que los cantares de los pastores escuchaban, con gran cortesía atajaron su canto, y les hicieron muchas gracias por el deleite y recreación que con tan suave y deleitoso música les habían dado. Y después desto el caballero vuelto á la dama le dijo: ¿Oiste jamás, hermana, en las soberbias ciudades música que tanto contente al oído y tanto deleite el ánimo como la destos pastores? Verdaderamente, dijo ella, más me satisfacen esos rústicos y pastoriles cantos de una simple llaneza acompañados, que en los pala-

cios de reyes y señores las delicadas voces con arte curiosa compuestas y con nuevas invenciones y variedades requebradas. Y cuando yo tengo por mejor esta melodía que aquélla, se puede creer que lo es, porque tengo el oído hecho á las mejores músicas que en ciudad del mundo ni corte de rey pudiessen hacerse. Que en aquel buen tiempo que Marcelio servía á nuestra hermana Alcida, cantaba algunas noches en la calle al son de una vihuela tan dulcemente, que si Orpheo hacía tan apacible música, no me espanto que las fieras conmoviesse, y que la cara Eurydice de averno escurissimo sacasse. ¡Ay! Marcelio, ¿dónde estás agora? ¡Ay! ¿dónde estás, Alcida? Ay desdichada de mí, que siempre la fortuna me trae á la memoria cosas de dolor, en el tiempo que me ve gozar de un simple passatiempo! Oyó Marcelio, que con las dos pastoras tras las matas estaba, las razones del caballero y de la dama, y como entendió que le nombraron á él y á Alcida, se alteró. No se fió de sus mesmos oídos, y estuvo imaginando si era quizá otro Marcelio y Alcida los que nombraban. Levantóse presto de donde assentado estaba, y por salir de duda, llegándose más, y acechando por entre las matas, conosció que el caballero y la dama eran Polydoro y Clenarda, hermanos de Alcida. Corrió súbitamente á ellos, y con los brazos abiertos y lágrimas en los ojos, agora á Polydoro, agora á Clenarda abrazando, estuvo gran rato, que el interno dolor no le dejaba hablar palabra. Los dos hermanos, espantados desta novedad, no sabían qué les había acontescido. Y como MARCELIO iba en hábito de pastor, nunca le conoscieron, hasta que, dándole lugar los sollozos, y habida licencia de las lágrimas, les dijo: ¡Oh, hermanos de mi corazón, no tengo en nada mi desventura, pues he sido dichoso en veros! ¿Cómo Alcida no está en vuestra compañía? ¿Está por ventura escondida en alguna espesura deste bosque? Sepa yo nuevas della, si vosotros las sabéis; remediad por Dios esta mi pena, y satisfaced á mi deseo. En esto los dos hermanos conoscieron á Marcelio, y abrazados con él, llorando de placer y dolor, le decían: ¡Oh venturoso día! ¡oh bien nunca pensado! ¡oh hermano de nuestra alma! ¿qué desastre tan bravo ha sido causa que tú no goces de la compañía de Alcida ni nosotros de su vista? ¿por qué con tan nuevo traje te dissimulas? ¡Ay áspera fortuna! en fin no hay en ningún bien cumplido contentamiento. Por otra parte, Diana é Ismenia, visto que tan arrebatadamente Marcelio había entrado donde cantaban los pastores, fueron allá tras él, y halláronle passando con Polydoro y Clenarda la plática que habeis oído. Cuando Tauriso y Berardo vieron á Diana, no se puede encarescer el gozo que recibieron de tan improvisa vista. Y ansi Tauriso, señalando con el gesto y palabras la alegría del corazón, le dijo: Grande favor es este de la Fortuna, hermosa Diana, que la que huye siempre de nuestra compañía, por casos y successos nunca imaginados venga tantas veces donde nosotros estamos. No es causa dello la Fortuna, señalados pastores, dijo Diana, sino ser vosotros en el cantar y tañer tan ejercitados, que no hay lugar de recreación donde no os hagáis sentir vuestras canciones. Pero pues aquí llegué sin saber de vosotros, y el sol toca ya la raya del medio día, me holgaré de tener en este deleitoso lugar la siesta en vuestra compañía, que aunque me importa llegar con tiempo á la casa de Felicia, tendré por bien de detenerme aquí con vosotros, por gozar de la fresca vereda y escuchar vuestra deleitosa música. Por esso aparejaos á cantar y tañer, y á toda suerte de regocijo, que no será bien que falte semejante placer en tan principal ajuntamiento. Y vosotros, generosos caballeros y dama, poned fin por agora á vuestras lágrimas, que tiempo ternéis para contaros las vidas los unos á los otros y para doleros ó alegraros de los malos ó buenos successos de fortuna. A todos paresció muy bien lo dicho por Diana, y ansí en torno de una clara fuente sobre la menuda hierba se assentaron. Era el lugar el más apacible de aquel bosque y aun de cuantos en el famoso Parthenio, celebrado con la clara zampoña del Neapolitano Syncero pueden hallarse. Había en él un espacio casi que cuadrado, que tuviera como hasta cuarenta passos por cada parte, rodeado de muchedumbre de espessíssimos árboles, tanto que, á la manera de un cercado castillo, á los que allá iban á recrearse no se les concedía la entrada sino por sola una parte. Estaba sembrado este lugar de verdes hierbas y olorosas flores, de los pies de ganados no pisadas ni con sus dientes descomedidamente tocadas. En medio estaba una limpia y claríssima fuente, que del pie de un antiquíssimo roble saliendo, en un lugar hondo y cuadrado, no con maestra mano fabricado, mas por la próvida naturaleza allí para tal efecto puesto, se recogía: haciendo allí la abundancia de las aguas un gracioso ajuntamiento, que los pastores le nombraban la fuente bella. Eran las orillas desta fuente de una piedra blanca tan igual, que no creyera nadie que con artificiosa mano no estuviesse fabricada, si no desengañaran la vista las naturales piedras allí nascidas, y tan fijas en el suelo como en los ásperos montes de fragosas peñas y duríssimos pedernales. El agua que de aquella abundantíssima fuente sobresalía, por dos estrechas canales derramándose, las hierbas vecinas y árboles cercanos regaba, dándoles continua fértilidad y vida y sosteniéndolas en muy apacible y graciosíssima verdura. Por estas lindezas que tenía esta hermosa fuente, era de los pastores y pastoras tan visitada, que nunca en ella faltaban pastoriles regocijos. Pero teníanla los pastores en tanta veneración y cuenta, que viniendo á ella dejaban fuera sus ganados, por no consentir que las claras y sabrosas aguas fuessen enturbiadas, ni el ameno pradecillo de las mal miradas ovejas hollado ni apascentado. En torno desta fuente, como dije, todos se asentaron, y sacando de los zurrones la necessaria provissión, comieron con más sabor que los grandes señores la muchedumbre y variedad de curiosos manjares. Al fin de la cual comida, como Marcelio por una parte y Polydoro por otra deseaban darse y tomarse cuenta de sus vidas, Marcelio fue primero á hablar, y dijo: Razón será, hermanos, que yo sepa algo de lo que os ha sucedido después que no me vistes, que como os veo del padre Eugerio y de la hermana Alcida desacompañados, tengo el corazón alterado, por no saber la causa dello. A lo cual respondió Polydoro:

Porque me parece que este lugar queda muy perjudicado con que se traten en él cosas de dolor, y no es razón que estos pastores con oir nuestras desdichas queden ofendidos, te contaré con las menos palabras que será possible las muchas y muy malas obras que de la fortuna habemos recebido. Después que por sacar al fatigado Eugerio de la peligrosa nave, esperando buena ocasión para saltar en el batel, de los marineros fui estorbado, y juntamente con el temeroso padre á mi pesar hube de quedar en ella, estaba el triste viejo con tanta angustia, como se puede esperar de un amoroso padre, que al fin de su vejez ve en tal peligro su vida y la de sus amados hijos. No tenía cuenta con los golpes que las bravas ondas daban en la nave, ni con la furia que los iracundos vientos por todas partes le combatían, sino que, mirando el pequeño batel donde tú, Marcelio, con Alcida y Clenarda estabas, que á cada movimiento de las inconstantes aguas en la mayor profundidad dellas parescía trastornarse, cuanto más lo vía de la nave alejándose, le desapegaba el corazón de las entrañas. Y cuando os perdió de vista, estuvo en peligro de perder la vida. La nave siguiendo la braveza de la Fortuna, fué errando por el mar por espacio de cinco días, después que nos despartimos; al cabo de los cuales, al tiempo que el sol estaba cerca del occaso, nos vimos cerca de tierra. Con cuya vista se regocijaron mucho los marineros, tanto por haber cobrado la perdida confianza, como por conocer la parte donde iba la nave encaminada. Porque era la más deleitosa tierra, y más abundante de todas maneras de placer, de cuantas el sol con sus rayos escalienta, tanto que uno de los marineros sacando de una arca un rabel, con que solía en la pesadumbre de los prolijos y peligrosos viajes deleitarse, se puso á tañer y cantar ansi:

Soneto.

Recoge á los que aflige el mar airado,
  oh, VALENTINO, oh, venturoso suelo
  donde jamás se cuaja el duro hielo
  ni de Febo el trabajo acostumbrado.
Dichoso el que seguro y sin recelo
  de ser en fieras ondas anegado,
  goza de la belleza de tu prado
  y del favor de tu benigno cielo.
Con más fatiga el mar surca la nave
  que el labrador cansado tus barbechos:
  ¡oh tierra, antes que el mar se ensoberbezca,
Recoge á los perdidos y deshechos,
  para que cuando en TURIA yo me lave
  estas malditas aguas aborrezca.

Por este cantar del marinero entendimos que la ribera que íbamos á tomar era del reino de VALENCIA, tierra por todas las partes del mundo celebrada. Pero en tanto que este canto se dijo, la nave, impelida de un poderoso viento, se llegó tanto á la tierra que si el esquife no nos faltara pudiéramos saltar en ella. Mas de lejos por unos pescadores fuimos devisados, los cuales viendo nuestras velas perdidas, el árbol caído á la una parte, las cuerdas destrozadas y los castillos hechos pedazos, conoscieron nuestra necessidad. Por lo cual algunos dellos, metiéndose en un barco de los que para su ordinario ejercicio en la ribera tenían amarrados, se vinieron para nosotros, y con grande amor y no poco trabajo nos sacaron de la nave á todos los que en ella veníamos. Fué tanto el gozo que recebimos, cuanto se puede y debe imaginar. A los marineros que en su barco tan amorosamente y sin ser rogados nos habían recogido, Eugerio y yo les dimos las gracias, y hecimos los ofrescimientos que á tan singular beneficio se debían. Mas ellos, como hombres de su natural piadosos y de entrañas simples y benignas, no curaban de nuestros agradescimientos, antes no queriendo recebirlos, nos dijo el uno dellos: No nos agradezcáis, señores, esta obra á nosotros, sino á la obligación que tenemos á socorrer necessidades y al buen ánimo y voluntad que nos fuerza á tales hechos. Y tened por cierto que toda hora que se nos ofresciere semejante ocasión como ésta haremos lo mesmo, aunque peligren nuestras vidas. Porque esta mañana nos sucedió un caso, que á no haber hecho otro tal como agora hecimos, nos pesara después hasta la muerte. El caso

fué que al despuntar del día salimos de nuestras chozas con nuestras redes y ordinarios aparejos para entrar á pescar, y antes que llegassemos á la ribera vimos el cielo escurescido; sentimos el mar alterado y el viento embravescido, y dos veces nos quisimos volver del camino desconfiados de podernos encomendar á las peligrosas ondas en tan malicioso tiempo. Pero paresció á algunos de nosotros que era conveniente llegar á la ribera para ver en qué pararía la braveza del mar, y para esperar si tras la rigurosa fortuna sucedería, como suele, alguna súbita bonanza. Al tiempo que llegamos allá vimos un batel lidiando con las bravas ondas, sin vela, árbol ni remos, y puesto en el peligro en que vosotros os habéis visto. Movidos á compassión, metimos en el mar uno de aquellos barcos muy bien apercebido, y saltando de presto en él, sin temor de la fortuna, fuimos hacia el batel que en tal peligro estaba, y á cabo de poco rato llegamos á él. Cuando estuvimos tan cerca dél que pudimos conoscer los que en él estaban, vimos una doncella, cuyo nombre no sabré decirte, que con lágrimas en los ojos se dolía, con los brazos abiertos nos esperaba y con palabras dolorosas nos decia: Ay hermanos, ruégoos que me libréis del peligro de la Fortuna; pero más os suplico que me saquéis de poder deste traydor, que conmigo viene, que contra toda razón me tiene captiva, y á pura fuerza quiere maltratar mi honestidad. Oyendo esto, con toda la possible diligencia, y no sin mucho peligro, los sacamos de su batel, y metidos en nuestro barco los llevamos á tierra. Contónos ella la traición que á ella y una hermana y cuñado suyo se les había hecho, que sería larga de contar. Tenémosla en compañía de nuestras mujeres, libre de la malicia y deshonestidad de los dos marineros que con ella venían, y á ellos los metimos en una cárcel de un lugar que está vecino, donde antes de muchos días serán debidamente castigados. Pues habiéndonos acontescido esto, ¿quién de nosotros dejará de aventurarse á semejantes peligros por recobrar los perdidos y hacer bien á los maltratados? Cuando Eugerio oyó decir esto al marinero le dió un salto el corazón, y pensó si era esta doncella alguna de sus hijas. Lo mesmo me passó á mí por el pensamiento; pero á entrambos nos consolaba pensar que presto habíamos de saber si era verdadera nuestra presunción. En tanto que el pescador nos contó este sucesso, el barco, movido con la fuerza de los remos, caminó de manera que llegamos á poder desembarcar. Saltaron aquellos pescadores con los pies descalzos en el agua, y sobre sus hombros nos sacaron á la deseada tierra. Cuando estuvimos en tierra, conosciendo que teníamos necessidad de reposo,

uno dellos, que más anciano parescía, travando
á mi padre por la mano, y haciendo señal á mí
y á los otros que le siguiéssemos, tomó el camino de su choza, que no muy lejos estaba,
para darnos en ella el refresco y sossiego necesario. Siendo llegados allá, sentimos dentro
cantos de mujeres, y no entraramos allá antes
de oir y entender dende afuera sus canciones si
el trabajo que llevábamos nos consintiera detenernos para escucharlas. Pero Eugerio y yo no
vimos la hora de entrar allá por ver quién era
la doncella que libre de la tempestad y de las
manos del traidor allí tenían. Entramos en la
casa de improviso, y en vernos luego dejaron sus
cantares las turbadas mujeres; y eran ellas la
mujer del pescador y dos hermosas hijas que
cantando suavemente hacían las ñudosas redes
con que los descuidados peces se cautivan, y
en medio dellas estaba la doncella, que luego
fué conoscida, porque era mi hermana Clenarda,
que está presente. Lo que en esta ventura sentimos, y lo que ella sintió, querría que ella
mesma lo dijesse, porque yo no me atrevo á
tan gran empresa. Allí fueron las lágrimas, allí
los gemidos, allí los placeres revueltos con las
penas, allí los dulzores mezclados con las amarguras y allí las obras y palabras que puede juzgar una persona de discreción. Al fin de lo cual
mi padre, vuelto á las hijas del pescador les
dijo: Hermosas doncellas, siendo verdad que
yo vine aquí para descansar de mis trabajos,
no es razón que mi venida estorbe vuestros
regocijos y canciones, pues ellas solas serían
bastantes para darme consolación. Essa no te
faltará, dijo el pescador, en tanto que estuvie-
res en mi casa: á lo menos yo procuraré de
dártela por las maneras possibles. Piensa agora
en tomar refresco, que la música no faltará á
su tiempo. Su mujer en esto nos sacó para
comer algunas viandas, y mientras en ello estábamos ocupados, la una de aquellas doncellas,
que se nombraba NEREA, cantó esta canción:

Canción de Nerea.

En el campo venturoso,
donde con clara corriente
Guadalaviar hermoso,
dejando el suelo abundoso,
da tributo al mar potente,
Galatea desdeñosa,
del dolor que á Lycio daña
iba alegre y bulliciosa
por la ribera arenosa,
que el mar con sus ondas baña.

Entre la arena cogiendo
conchas y piedras pintadas,
muchos cantares diciendo,

con el son del ronco estruendo
de las ondas alteradas,
Junto al agua se ponía,
y las ondas aguardaba,
y en verlas llegar huía,
pero á veces no podía
y el blanco pie se mojaba.

Lycio, al cual en sufrimiento
amador ninguno iguala,
suspendió allí su tormento
mientras miraba el contento
de su polida zagala.
Mas cotejando su mal
con el gozo que ella había,
el fatigado zagal
con voz amarga y mortal
desta manera decía:

Nympha hermosa, no te vea
jugar con el mar horrendo,
y aunque más placer te sea,
huye del mar, Galatea,
como estás de Lycio huyendo.
Deja agora de jugar,
que me es dolor importuno;
no me hagas más penar,
que en verte cerca del mar
tengo celos de Neptuno.

Causa mi triste cuidado,
que á mi pensamiento crea,
porque ya está averiguado
que si no es tu enamorado
lo será cuando te vea.
Y está cierto, porque Amor
sabe desde que me hirió
que para pena mayor
me falta un competidor
más poderoso que yo.

Deja la seca ribera
do está el agua infructuosa,
guarda que no salga afuera
alguna marina fiera
enroscada y escamosa.
Huye ya, y mira que siento
por ti dolores sobrados,
porque con doble tormento
celos me da tu contento
y tu peligro cuidados.

En verte regocijada
celos me hacen acordar
de Europa Nympha preciada,
del toro blanco engañada
en la ribera del mar.
Y el ordinario cuidado
hace que piense contino

de aquel desdeñoso alnado
orilla el mar arrastrado,
visto aquel monstruo marino.

Mas no veo en tí temor
de congoja y pena tanta;
que bien sé por mi dolor,
que á quien no teme el Amor,
ningún peligro le espanta.
Guarte, pues, de un gran cuidado;
que el vengativo Cupido
viéndose menospreciado,
lo que no hace de grado
suele hacerlo de ofendido.

Ven conmigo al bosque ameno,
y al apacible sombrio
de olorosas flores lleno,
do en el dia más sereno
no es enojoso el Estío.
Si el agua te es placentera,
hay allí fuente tan bella,
que para ser la primera
entre todas, sólo espera
que tú te laves en ella.

En aqueste raso suelo
á guardar tu hermosa cara
no basta sombrero, ó velo;
que estando al abierto cielo,
el sol morena te para.
No encuentras dulces contentos,
sino el espantoso estruendo,
con que los bravosos vientos
con soberbios movimientos
van las aguas revolviendo.

Y tras la fortuna fiera
son las vistas más suaves
ver llegar á la ribera
la destrozada madera
de las anegadas naves.
Ven á la dulce floresta,
do natura no fué escasa,
donde haciendo alegre fiesta,
la más calurosa siesta
con más deleite se passa.

Huye los soberbios mares,
ven, verás como cantamos
tan deleitosos cantares,
que los más duros pesares
suspendemos y engañamos.
Y aunque quien passa dolores,
Amor le fuerza á cantarlos,
yo haré que los pastores
no digan cantos de amores,
porque huelgues de escucharlos.

ORIGENES DE LA NOVELA.—24

Allí por bosques y prados
podrás leer todas horas
en mil robles señalados
los nombres más celebrados
de las Nymphas y pastoras.
Mas seráte cosa triste
ver tu nombre allí pintado,
en saber que escrita fuiste
por el que siempre tuviste
de tu memoria borrado.

Y aunque mucho estás airada,
no creo yo que te assombre
tanto el verte allí pintada,
como el ver que eres amada
del que allí escribió tu nombre.
No ser querida y amar
fuera triste desplacer,
más ¿qué tormento ó pesar-
te puede, Nympha, causar
ser querida y no querer?

Mas desprecia cuanto quieras
á tu pastor, Galatea,
sólo que en essas riberas
cerca de las ondas fieras
con mis ojos no te vea.
¿Qué passatiempo mejor
orilla el mar puede hallarse
que escuchar el ruiseñor,
coger la olorosa flor
y en clara fuente lavarse?

Pluguiera á Dios que gozaras
de nuestro campo y ribera,
y porque más lo preciaras,
ojala tú lo probaras,
antes que yo lo dijera.
Porque cuanto alabo aquí,
de su crédito le quito,
pues el contentarme á mí,
bastará para que á tí
no te venga en apetito.

Lycio mucho más le hablara,
y tenía más que hablalle,
si ella no se lo estorbara,
que con desdeñosa cara
al triste dice que calle.
Volvió á sus juegos la fiera,
y á sus llantos el pastor,
y de la misma manera
ella queda en la ribera
y él en su mismo dolor.

El canto de la hermosa doncella y nuestra
cena se acabó á un mesmo tiempo; la cual fenescida, preguntamos á Clenarda de lo que le

había sucedido después que nos departimos, y ella nos contó la maldad de Bartofano, la necessidad de Alcida, su prisión y su cautividad, y en fin, todo lo que tú muy largamente sabes. Lloramos amargamente nuestras desventuras; oídas las cuales, nos dijo el pescador muchas palabras de consuelo, y especialmente nos dijo cómo en esta parte estaba la sabia Felicia, cuya sabiduría bastaba á remediar nuestra desgracia, dándonos noticia de Alcida y de ti, que en esto venía á parar nuestro deseo. Y ansí passando allí aquella noche lo mejor que pudimos, luego por la mañana, dejados allí los marineros que en la nave con nosotros habían venido, nos partimos solos los tres, y por nuestras jornadas llegamos al templo de Diana, donde la sapientíssima Felicia tiene su morada. Vimos su maravilloso templo, los ameníssimos jardines, el sumptuoso palacio, conoscimos la sabiduría de la prudentíssima dueña y otras cosas que nos han dado tal admiración, que aun agora no tenemos aliento para contallas. Allí vimos las hermosíssimas Nymphas, que son ejemplo de castidad; allí muchos caballeros y damas, pastores y pastoras, y particularmente un pastor nombrado Syreno, al cual todos tenían en mucha cuenta. A éste y á los demás la sabia había dado diversos remedios en sus amores y necessidades. Mas á nosotros en la nuestra hasta agora el que nos ha dado es hacer quedar á nuestro padre Eugerio en su compañía y á nosotros mandarnos venir hacia estas partes, y que no volviéssemos hasta hallarnos más contentos. Y según el gozo que de tu vista recebimos, me paresce que ya habrá ocasión para la vuelta, mayormente dejando allí nuestro padre solo y desconsolado. Bien sé que buscarle su Alcida importa mucho para su descanso: pero ya que la fortuna en tantos días no nos ha dado noticia della, será bien que no le hagamos á nuestro padre carescer tanto tiempo de nuestra compañía. Después que Polydoro dió fin á sus razones, quedaron todos admirados de tan tristes desventuras, y Marcelio después de haber llorado por Alcida, brevíssimamente contó á Polydoro y Clenarda lo que después que no había visto, le había acontescido. Diana é Ismenia, cuando acabaron de oir á Polydoro, desearon llegar más presto á la casa de Felicia: la una porque supo cierto que Syreno estaba allí, y la otra porque, oyendo tales alabanzas de la sabia, concibió esperanza de haber de su mano algún remedio. Con este deseo que tenían, aunque fué la intención de DIANA recrearse en aquel deleitoso lugar algunas horas, mudó de parescer, estimando más la vista de Syreno que la lindeza y frescura del bosque. Y por esso, levantada en pie, dijo á Tauriso y Berardo: Gozad, pastores, de la suavidad y deleite desta ameníssima vereda, porque

el cuidado que tenemos de ir al templo de Diana no nos consiente detenernos aquí más. Harto nos pesa dejar un aposento tan agradable y una tan buena compañía; pero somos forzados á seguir nuestra ventura. ¿Tan cruda serás pastora, dijo TAURISO, que tan presto te ausentes de nuestros ojos y tan poco nos dejes gozar de tus palabras? MARCELIO entonces dijo á Diana: Razón los acompaña á estos pastores, hermosa zagala; razón es que tan justa demanda se les conceda: que su fe constante y amor verdadero merece que les otorgues un rato de tu conversación en este apacible lugar, mayormente habiendo bastantíssimo tiempo para llegar al templo antes que el sol esconda su lumbre. Todos fueron deste parescer, y por esso Diana no quiso más contradecirles, sino que, sentándose donde antes estaba, mostró querer complacer en todo á tan principal ajuntamiento. ISMENIA entonces dijo á Berardo y Tauriso: Pastores, pues la hermosa Diana no os niega su vista, no es justo que vosotros nos neguéis vuestras canciones. Cantad, enamorados zagales, pues en ello mostráis tan señalada destreza y tan verdadero amor, que por lo uno sois en todas partes alabados y con lo otro movéis á piedad los corazones. Todos sino el de Diana, dijo BERARDO; y comenzó á llorar, y Diana á sonreir. Lo cual visto por el pastor, al son de su zampoña, con lágrimas en sus ojos, cantó glossando una canción que dice:

> Las tristes lágrimas mías
> en piedras hacen señal
> y en vos nunca, por mi mal.

Glossa.

> Vuestra rara gentileza
> no se ofende con serviros,
> pues mi mal no os da tristeza
> ni jamás vuestra dureza
> dió lugar á mis suspiros.
> No fueron con mis porfías
> vuestras entrañas mudadas,
> aunque veis noches y días
> con gran dolor derramadas
> las tristes lágrimas mías.

> Fuerte es vuestra condición,
> que en acabarme porfía,
> y más fuerte el corazón,
> que viviendo en tal passión
> no le mata la agonía.
> Que si un rato afloja un mal,
> aunque sea de los mayores,
> no da pena tan mortal;
> mas los continos dolores
> en piedras hacen señal.

Amor es un sentimiento
blando, dulce y regalado;
vos causáis el mal que siento,
que Amor sólo da tormento
al que vive desamado.
Y ésta es mi pena mortal,
que el Amor, después que os vi,
como cosa natural,
por mi bien siempre está en mí,
y en vos nunca, por mi mal.

Contentó mucho á DIANA la canción de Berardo; pero viendo que en ella hacía más duro su corazón que las piedras, quiso volver por su honra, y dijo: Donosa cosa es, por mi vida, nombrar dura recogida y tratar de cruel la que guarda su honestidad. Ojala, pastor, no tuviera más tristeza mi alma que dureza mi corazón. ¡Mas, ay dolor, que la fortuna me cautivó con tan celoso marido, que fuí forzada muchas veces en los montes y campos ser descortés con los pastores, por no tener en mi casa amarga vida! Y con todo esto el ñudo del matrimonio y la razón me obligan á buscar el rústico y mal acondicionado marido, aunque espere innumerables trabajos de su enojosa compañía. A este tiempo, TAURISO, con la ocasión de las quejas que Diana daba de su casamiento, comenzó á tocar su zampoña y á cantar hablando con el Amor, y glossando la canción que dice:

Canción.

La bella mal maridada,
de las más lindas que vi,
si has de tomar amores,
vida no dejes á mí.

Glossa.

Amor, cata que es locura
padescer, que en las mujeres
de aventajada hermosura
pueda hacer la desventura
más que tú siendo quien eres.
Porque estando á tu poder
la belleza encomendada,
te deshonras, á mi ver,
en sufrir que venga á ser
la bella mal maridada.

Haces mal, pues se mostró
beldad ser tu amiga entera,
porque siempre al que la vió,
á causa tuya le dió
el dolor que no le diera.
Y ansi mi constancia y fe
y la pena que está en mí,
por haber visto no fué,

mas por ser la que miré
de las más lindas que vi.

Amor, das á tantos muerte,
que pues matar es tu bien,
algún día espero verte,
que á ti mismo has de ofenderte,
porque no tendrás á quién.
¡Oh qué bien parescerás
herido de tus dolores!
cautivo tuyo serás,
que á ti mismo tomarás,
si has de tomar amores.

Entonces dolor doblado
podrás dar á las personas,
y quedarás excusado
de haberme á mi maltratado,
pues á ti no te perdonas.
Y si quiero reprehenderte,
dirás, volviendo por ti,
razón forzarte y moverte,
que á ti mismo dando muerte,
vida no dejes á mí.

El cantar de Tauriso paresció muy bien á todos, y en particular á Ismenia. Que aunque la canción, por hablar de mal casadas, era de Diana, la glossa della, por tener quejas del Amor, era común á cuantos dél estaban atormentados. Y por esso Ismenia, como aquélla que daba alguna culpa á Cupido de su pena, no sólo le contentaron las quejas que dél hizo Tauriso; mas ella, al mesmo propósito, al son de la lira, dijo este soneto, que le solía cantar Montano en el tiempo que por ella penaba:

Soneto.

Sin que ninguna cosa te levante,
Amor, que de perderme has sido parte,
haré que tu crueldad en toda parte
se suene de Poniente hasta Levante.
Aunque más sople el Abrego ó Levante,
mi nave de aquel golfo no se parte,
do tu poder furioso le abre y parte,
sin que en ella un suspiro se levante.
Si vuelvo el rostro estando en el tormento,
tu furia allí enflaquesce mi deseo,
y tu fuerza mis fuerzas cansa y corta;
Jamás al puerto iré, ni lo deseo,
y ha tanto que esta pena me atormenta,
que un mal tan largo hará mi vida corta.

No tardó mucho Marcelio á respondelle con otro soneto hecho al mismo propósito y de la misma suerte, salvo que las quejas que daba no eran sólo del Amor, pero de la Fortuna y de si mismo.

Soneto.

Voy tras la muerte sorda passo á passo,
  siguiéndola por campo, valle y sierra,
  y al bien ansi el camino se me cierra,
  que no hay por donde guie un sólo passo.
Pensando el mal que de contino passo,
  una navaja aguda, y cruda sierra
  de modo el corazón me parte y sierra,
  que de la vida dudo en este passo.
La Diosa, cuyo ser contino rueda,
  y Amor que ora consuela, ora fatiga,
  son contra mí, y aun yo mismo me daño.
Fortuna en no mudar su varia rueda,
  y Amor y yo, cresciendo mi fatiga,
  sin darme tiempo á lamentar mi daño.

El deseo que tenía Diana de ir á la casa de Felicia no le sufría detenerse allí más, ni esperar otros cantares, sino que acabando Marcelio su canción se levantó. Lo mismo hicieron Ismenia, Clenarda y Marcelio, conosciendo ser aquella la voluntad de Diana, aunque sabían que la casa de Felicia estaba muy cerca, y había sobrado tiempo para llegar á ella antes de la noche. Despedidos de Tauriso y Berardo, salieron de la fuente bella por la misma parte por donde habían entrado, y caminando por el bosque su passo á passo, gozando de las gentilezas y deleites que en él había, á cabo de rato salieron dél, y comenzaron á andar por un ancho y espacioso llano, alegre para la vista. Pensaron entonces con qué darían regocijo á sus ánimos, en tanto que duraba aquel camino, y cada uno dijo sobre ello su parescer. Pero MARCELIO, como estaba siempre con la imagen de su Alcida en el pensamiento, de ninguna cosa más holgaba que de mirar los gestos y escuchar las palabras de Polydoro y Clenarda. Y ansí por gozar á su placer deste contento, dijo: No creo yo, pastoras, que todos vuestros regocijos igualen con el que podéis haber si Clenarda os cuenta alguna cosa de las que en los campos y riberas de Guadalaviar ha visto. Yo passé por allí andando en mi peregrinación, pero no pude á mi voluntad gozar de aquellos deleites, por no tenerle yo en mi corazón. Pero, pues para llegar á donde imos tenemos de tiempo largas dos horas, y el camino es de media, podremos ir á espacio, y ella nos dirá algo de lo mucho que de aquella ameníssima tierra se puede contar. Diana y Ismenia á esto mostraron alegres gestos, señalando tener contento de oirlo, y aunque Diana moría por llegar temprano al templo, por no mostrar en ello sobrada passión hubo de acomodarse á la voluntad de todos. CLENARDA entonces, rogada por Marcelio, prosiguiendo su camino, desta manera comenzó á hablar:

Aunque decir yo con mal orden y rústicas palabras las extrañezas y beldades de la Valentina tierra será agraviar sus merescimientos y ofender vuestros oídos, quiero deciros algo della, por no perjudicar á vuestras voluntades. No contaré particularmente la fertilidad del abundoso suelo, la amenidad de la siempre florida campaña, la belleza de los más encumbrados montes, los sombríos de las verdes silvas, la suavidad de las claras fuentes, la melodía de las cantadoras aves, la frescura de los suaves vientos, la riqueza de los provechosos ganados, la hermosura de los poblados lugares, la blandura de las amigables gentes, la extrañeza de los sumptuosos templos, ni otras muchas cosas con que es aquella tierra celebrada, pues para ello es menester más largo tiempo y más esforzado aliento. Pero porque de la cosa más importante de aquella tierra seáis informados, os contaré lo que al famoso TURIA, río principal en aquellos campos le oí cantar. Venimos un día Polydoro y yo á su ribera para preguntar á los pastores della el camino del templo de Diana y casa de Felicia, porque ellos son los que en aquella tierra le saben, y llegando á una cabaña de vaqueros, los hallamos que deleitosamente cantaban. Preguntámosles lo que deseábamos saber, y ellos con mucho amor nos informaron largamente de todo, y después nos dijeron que, pues á tan buena sazón habíamos llegado, no dejássemos de gozar de un suavíssimo canto que el famoso TURIA había de hacer no muy lejos de allí antes de media hora. Contentos fuimos de ser presentes á tan deleitoso regocijo, y nos aguardamos para ir con ellos. Passado un rato en su compañía, partimos caminando riberas del río arriba, hasta que llegamos á una espaciosa campaña, donde vimos un grande ajuntamiento de Nymphas, pastores y pastoras, que todos aguardaban que el famoso TURIA comenzasse su canto. No mucho después vimos al viejo TURIA salir de una profundíssima cueva, en su mano una urna, ó vaso muy grande y bien labrado, su cabeza coronada con hojas de roble de laurel, los brazos vellosos, la barba limosa y encanescida. Y sentándose en el suelo, reclinado sobre la urna, y derramando della abundancia de claríssimas aguas, levantando la ronca y congojada voz, cantó desta manera:

Canto de Turia.

Regad el venturoso y fértil suelo,
  corrientes aguas, puras y abundosas,
  dad á las hierbas y árboles consuelo,
  y frescas sostened flores y rosas;
  y ansi con el favor del alto cielo
  tendré yo mis riberas tan hermosas,

que grande envidia habrán de mi corona
el Pado, el Mincio, el Rhódano y Garona.

Mientras andáis el curso apressurando,
torciendo acá y allá vuestro camino,
el Valentino suelo hermoseando
con el licor sabroso y cristalino,
mi flaco aliento y débil esforzando,
quiero con el espíritu adevino
cantar la alegre y próspera ventura
que el cielo á vuestros campos assegura.

Oidme, claras Nimphas y pastores,
que sois hasta la Arcadia celebrados:
no cantaré las coloradas flores,
la deleitosa fuente y verdes prados,
bosques sombríos, dulces ruiseñores,
valles amenos, montes encumbrados,
mas los varones célebres y extraños
que aquí serán después de largos años.

De aquí los dos pastores estoy viendo
CALIXTO y ALEXANDRE, cuya fama,
la de los grandes Césares venciendo,
desde el Atlante al Mauro se derrama:
á cuya vida el cielo respondiendo,
con una suerte altíssima los llama,
para guardar del báratro profundo
cuanto ganado pasce en todo el mundo.

De cuya ilustre cepa veo nascido
aquél varón de pecho adamantino,
por valerosas armas conoscido,
CESAR romano y Duque valentino,
valiente corazón, nunca vencido,
al cual le aguarda un hado tan malino,
que aquél raro valor y ánimo fuerte
tendrá fin con sangrienta y cruda muerte.

La mesma ha de acabar en un momento
al HUGO, resplandor de los MONCADAS,
dejando ya con fuerte atrevimiento
las mauritanas gentes subjectadas:
ha de morir por CARLOS muy contento,
después de haber vencido mil jornadas,
y pelear con poderosa mano
con el francés y bárbaro africano.

Mas no miréis la gente embravescida
con el furor del iracundo Marte:
mirad la luz que aquí veréis ñascida,
luz de saber, prudencia, genio y arte;
tanto en el mundo todo esclarescida,
que ilustrará la más oscura parte:
VIVES, qué vivirá, mientras al suelo
lumbre ha de dar el gran señor de Delo.

Cuyo saber altíssimo heredando
el HONORATO JUAN, subirá tanto,
que á un alto rey las letras enseñando,

dará á las sacras Musas grande espanto;
parésceme que ya le está adornando
el obispal cayado y sacro manto:
ojalá un mayoral tan excelente
sus greyes en mis campos apasciente.

Cuasi en el mesmo tiempo ha de mostrarse
NÚÑEZ, que en la doctrina en tiernos años
al grande Stagyrita ha de igualarse,
y ha de ser luz de patrios y de extraños:
no sentiréis Demósthenes loarse
orando él. ¡Más, ay, ciegos engaños!
¡ay, patria ingrata, á causa tuya siento
que orillas de Ebro ha de mudar su assiento!

¿Quién os dirá la excelsa melodía,
con que las dulces voces levantando,
resonarán por la ribera mía
poëtas mil? Ya estoy de aquí mirando
que Apolo sus favores les envía,
porque con alto espíritu cantando,
hagan que el nombre de este fértil suelo
del uno al otro polo extienda el vuelo.

Ya veo al gran varón que celebrado
será con clara fama en toda parte,
que en verso al rojo Apolo está igualado
y en armas está al par del fiero Marte:
AUSÍAS MARCH, que á tí, florido *Prado*,
Amor, *Virtud* y *Muerte* ha de cantarte,
llevando por honrosa y justa empresa
dar fama á la honestíssima *Teresa*.

Bien mostrará ser hijo del famoso
y grande PEDRO MARCH, que en paz y en
[guerra,
docto en el verso, en armas poderoso,
dilatará la fama de su tierra;
cuyo linaje ilustre y valeroso,
donde valor claríssimo se encierra,
dará un JÁIME y ARNAU, grandes poëtas,
á quien son favorables los planetas.

JORGE DEL REY con verso aventajado
ha de dar honra á toda mi ribera,
y siendo por mis Nimphas coronado
resonará su nombre por do quiera;
el revolver del cielo apressurado
propicio le será de tal manera,
que Italia de su verso terná espanto
y ha de morir de envidia de su canto.

Ya veo, FRANCI OLIVER, que el cielo hieres
con voz que hasta las nubes te levanta,
y á ti también, claríssimo FIGUERES,
en cuyo verso habrá lindeza tanta;
y á tí, MARTÍN GARCÍA, que no mueres,
por más que tu hilo Lachesis quebranta;
INNOCENT DE CUBELLS, también te veo
que en versos satisfaces mi deseo.

Aquí tendréis un gran varón, pastores,
que con virtud de hierbas escondidas
presto remediará vuestros dolores
y enmendará con versos vuestras vidas:
pues, Nimphas, esparcid hierbas y flores
al grande JAIME ROIG agradescidas,
coronad con laurel, serpillo y apio
el gran siervo de Apolo y de Esculapio.

Y al gran NARCIS VIÑOLES, que pregona
su gran valor con levantada rima,
tejed de verde lauro una corona,
haciendo al mundo pública su estima;
tejed otra á la altíssima persona,
que el verso subirá á la excelsa cima,
y ha de igualar al amador de Laura,
CRESPI celebradíssimo VALLDAURA.

Parésceme que veo un excelente
CONDE, que el claro nombre de su OLIVA
hará que entre la extraña y patria gente,
mientras que mundo habrá, florezca y viva;
su hermoso verso irá resplandesciente
con la perfecta lumbre, que deriva
del encendido ardor de sus *Centellas*,
que en luz competirán con las estrellas.

Nimphas, haced del resto, cuando el cielo
con JUAN FERNÁNDEZ os hará dichosas,
lugar no quede en todo aqueste suelo,
do no sembréis los lirios y las rosas;
y tú, ligera Fama, alarga el vuelo,
emplea aquí tus fuerzas poderosas,
y dale aquel renombre soberano
que diste al celebrado Mantuano.

Mirando estoy aquel poëta raro
JAIME GAZULL, que en rima valentina
muestra el valor del vivo ingenio y claro
que á las más altas nubes se avecina;
y el FENOLLAR que á Tityro acomparo,
mi consagrado espíritu adevina,
que resonando aquí su dulce verso
se escuchará por todo el universo.

Con abundosos cantos del PINEDA
resonarán también estas riberas,
con cuyos versos Pan vencido queda,
y amansan su rigor las tigres fieras;
hará que su famoso nombre pueda
subir á las altíssimas espheras:
por éste mayor honra haber espero,
que la soberbia Smyrna por Homero.

La suavidad, la gracia y el assiento
mirad con que el gravíssimo VICENTE
FERRANDIS mostrará el supremo aliento,
siendo en sus claros tiempos excelente:

pondrá freno á su furia el bravo viento,
y detendrán mis aguas su corriente
oyendo al son armónico y suave
de su gracioso verso, excelso y grave.

El cielo y la razón no han consentido,
que hable con mi estilo humilde y llano
del escuadrón intacto y elegido
para tener oficio sobrehumano,
FERNAN, SANS, VALDELLOS y el escogido
CORDERO, y BLASCO ingenio soberano,
GACET, lumbres más claras que la Aurora,
de quien mi canto calla por agora.

Cuando en el grande BORJA, de Montesa
Maestre tan magnánimo imagino,
que en versos y en cualquier excelsa empresa
ha de mostrar valor alto y divino,
parésceme que más importa y pesa
mi buena suerte y próspero destino,
que cuanta fama el Tíber ha tenido,
por ser allí el gran Rómulo nascido.

A ti del mismo padre y mismo nombre
y misma sangre altíssima engendrado,
claríssimo DON JUAN, cuyo renombre
será en Parnasso y Pindo celebrado,
pues ánimo no habrá que no se assombre
de ver tu verso al cielo levantado;
las Musas de su mano en Helicona
te están aparejando la corona.

Con sus héroes el gran pueblo Romano
no estuvo tan soberbio y poderoso,
cuanto ha de estar mi fértil suelo ufano,
cuando el magno AGUILÓN me hará dichoso,
que en guerra y paz consejo soberano,
verso subtil, y esfuerzo valeroso,
le han de encumbrar en el supremo estado
donde Maron ni Fabio no han llegado.

Al SERAPHIN CENTELLAS voy mirando,
que el canto altivo y militar destreza
á la región etérea sublimando,
al verso añadirá la fortaleza,
y en un extremo tal se irá mostrando
su habilidad, su esfuerzo y su nobleza,
que ya comienza en mí el dulce contento
de su valor y gran merescimiento.

A DON LUIS MILLÁN recelo y temo
que no podré alabar como deseo,
que en música estará en tan alto extremo,
que el mundo le dirá segundo Orpheo;
tendrá estado famoso, y tan supremo,
en las heroicas rimas, que no creo
que han de poder nombrársele delante
Cino Pistoya y Guido Cavalcante.

A tí, que alcanzarás tan larga parte
del agua poderosa de Pegaso,
á quien de poesía el estandarte
darán las moradoras de Parnasso,
noble FALCÓN, no quiero aquí alabarte,
porque de ti la fama hará tal caso,
que ha de tener particular cuidado
que desde el Indo al Mauro estés nombrado.

SEMPER loando el ínclito imperante
Carlos, gran rey, tan grave canto mueve,
que aunque la fama al cielo le levante,
será poco á lo mucho que le debe;
veréis que ha de passar tan adelante
con el favor de las hermanas nueve,
que hará con famosíssimo renombre
que Hesiodo en sus tiempos no se nombre.

Al que romanas leyes declarando,
y delicados versos componiendo,
irá al sabio Licurgo aventajando
y al veronés poeta antecediendo,
ya desde aquí le estoy pronosticando
gran fama en todo el mundo, porque entiendo
que cuando de OLIVER se hará memoria
ha de callar antigua y nueva historia.

Nymphas, vuestra ventura conosciendo,
haced de interno gozo mil señales,
que casi ya mi espíritu está viendo
que aquí están dos varones principales:
el uno militar, y el otro haciendo
cobrar salud á míseros mortales,
SIURANA y el ARDÉVOL, que levantan
al cielo el verso altíssimo que cantan.

¿Queréis ver un juicio agudo y cierto
un general saber, un grave tiento?
¿queréis mirar un ánimo despierto,
un sossegado y claro entendimiento?
¿queréis ver un poético concierto,
que en fieras mueve blando sentimiento?
PHELIPPE CATALÁN mirad, que tiene
posessión de la fuente de Hipocrene.

Veréis aquí un ingenio levantado,
que gran fama ha de dar al campo nuestro,
de soberano espíritu dotado,
y en toda habilidad experto y diestro,
el PELLICER, doctíssimo letrado,
y en los poemas único maestro,
en quien han de tener grado excessivo
grave saber y entendimiento vivo.

Mirad aquel, en quien pondrá su assiento
la rara y general sabiduría;
con este Orpheo muestra estar contento,
y Apolo influjo altíssimo le envía;

dale Minerva grave entendimiento,
Marte nobleza, esfuerzo y gallardía:
hablo del ROMANÍ, que ornado viene
de todo lo mejor que el mundo tiene.

Dos soles nascerán en mis riberas
mostrando tanta luz como el del cielo;
habrá, en un año muchas primaveras,
dando atavío hermoso el fértil suelo,
no se verán mis sotos y praderas
cubiertos de intractable y duro hielo,
oyéndose en mi selva ó mi vereda
los versos de VADILLO y de PINEDA.

Los metros de ARTIEDA y de CLEMENTE
tales serán en años juveniles,
que los de quien presume de excelente,
vendrán á parescer bajos y viles:
ambos tendrán entre la sabia gente
ingenios sossegados y subtiles,
y prometernos han sus tiernas flores
fructos entre los buenos los mejores.

La fuente que á Parnasso hace fámoso
será á JUAN PÉREZ tanto favorable,
que de la Tana al Gange caudaloso
por siglos mil tendrá nombre admirable;
ha de enfrenarse el viento pressuroso,
y detenerse ha el agua deleznable,
mostrando allí maravilloso espanto
la vez que escucharán su grave canto.

Aquel, á quien de drecho le es debido
por su destreza un nombre señalado,
de mis sagradas Nymphas conoscido,
de todos mis pastores alabado,
hará un metro sublime y escogido,
entre los más perfectos estimado:
este será ALMUDÉVAR, cuyo vuelo
ha de llegar hasta el supremo cielo.

En lengua patria hará clara la historia
de Nápoles el célebre ESPINOSA,
después de eternizada la memoria
de los Centellas, casa generosa,
con tan excelso estilo, que la gloria,
que le dará la fama poderosa,
hará que este poeta sin segundo
se ha de nombrar allá en el nuevo mundo.

Recibo un regalado sentimiento
en la alma de alegría enternescida,
tan sólo imaginando el gran contento
que me ha de dar el sabio BONAVIDA:
tan gran saber, tan grave entendimiento
tendrá la gente atónita y vencida,
y el verso tan sentido y elegante
se oirá desde Poniente hasta Levante.

Tendréis un Don Alfonso, que el renombre
de ilustres Rebolledos dilatando,
en todo el universo irá su nombre
sobre Maron famoso levantando;
mostrará no tener ingenio de hombre,
antes con verso altíssimo cantando,
paresçerá del cielo haber robado
la arte subtil y espíritu elevado.

Por fin deste apacible y dulce canto,
y extremo fin de general destreza,
os doy aquel, con quien extraño espanto
al mundo ha de causar naturaleza;
nunca podrá alabarse un valor tanto,
tan rara habilidad, gracia, nobleza,
bondad, disposición, sabiduría,
fe, discreción, modestia y valentía.

Este es Aldana, el único Monarca,
que junto ordena versos y soldados,
que en cuanto el ancho mar ciñe y abarca,
con gran razón los hombres señalados
en gran duda pondrán, si él es Petrarca
ó si Petrarcha es él, maravillados
de ver que donde reina el fiero Marte,
tenga el facundo Apolo tanta parte.

Tras éste no hay persona á quien yo pueda
con mis versos dar honra esclarescida,
que estando junto á Phebo, luego queda
la más lumbrosa estrella escurecida,
y allende desto el corto tiempo veda
á todos dar la gloria merescida.
Adiós, adiós, que todo lo restante
os lo diré la otra vez que cante.

Este fué el canto del río Turia, al cual estuvieron muy atentos los pastores y Nymphas, ansí por su dulzura y suavidad, como por los señalados hombres que en él á la tierra de Valencia se prometían. Muchas otras cosas os podría contar, que en aquellos dichosos campos he visto; pero la pesadumbre que de mi prolijidad habéis recibido, no me da lugar á ello. Quedaron Marcelio y las pastoras con gran maravilla de lo que Clenarda les había contado, pero cuando llegó á la fin de su razon, vieron que estaban muy cerca del templo de Diana y comenzaron á descubrir sus altos chapiteles, que por encima de los árboles sobrepujaban. Mas antes que al gran palacio llegassen, vieron por aquel llano cogiendo flores una hermosa Nympha, cuyo nombre, y lo que de su vista sucedió, sabréis en el libro que se sigue.

Fin del libro tercero.

————

LIBRO CUARTO
DE DIANA ENAMORADA

Grandes son las quejas que los hombres dan ordinariamente de la Fortuna; pero no serían tantas ni tan ásperas si se tuviesse cuenta con los bienes que muchas veces nos vienen de sus mudanzas. El que estando en ruin estado huelga que la fortuna se mude, no tiene mucha razón de increparla y afrentarla con el nombre de mudable cuando algún contrario sucesso le acontesce. Mas pues ella en el bien y en el mal tiene por tan natural la inconstancia, lo que toca al hombre prudente es no vivir confiado en la possessión de los bienes ni desesperado en el sufrimiento de los males: antes vivir con tanta prudencia que se passen los deleites como cosa que no ha de durar, y los tormentos como cosa que puede ser fenescida. De semejantes hombres tiene Dios particular cuidado, como del triste y congojado Marcelio, librándole de su necessidad por medio de la sapientíssima Felicia, la cual, como con su espíritu adevinasse que Marcelio, Diana y los otros venían á su casa, hizo de manera que aquella hermosa Nympha saliesse en aquel llano para que les diesse ciertas nuevas y sucediessen cosas que con su extraña sabiduría vió que mucho convenían. Pues como Marcelio y los demás llegassen donde la Nympha estaba, saludáronla con mucha cortesía, y ella les respondió con la misma. Preguntóles para dónde caminaban, y dijéronle que para el templo de Diana. Entonces Arethea, que este era el nombre de la Nympha, les dijo: Según en vuestra manera mostráis tener mucho valor, no podrá dejar Felicia, cuya Nympha soy, de holgar con vuestra compañía. Y pues ya el sol está cercano del occaso, volveré con vosotros allá, donde seréis recebidos con la fiesta possible. Ellos le agradescieron mucho las amorosas ofertas, y juntamente con ella caminaron hacia el templo. Grande esperanza recibieron de las palabras desta Nympha, y aunque Polydoro y Clenarda habían estado en la casa de Felicia, no la conoscían ni se acordaban habella visto. Esto era por la muchedumbre de Nymphas que tenía la sabia, las cuales obedesciendo su mandado entendían en diversos hechos en diferentes partes. Por eso le preguntaron su nombre, y ella dijo que se llamaba Arethea. Diana le preguntó qué había de nuevo en aquellas partes, y ella respondió: Lo que más nuevo hay por acá es que habrá dos horas que llegó á la casa de Felicia una dama en hábito de pastora, que vista por un hombre anciano que allí hay fué conoscida por su hija, y como había mucho tiempo que andaba perdida por el mundo, fué tanto el gozo que recibió, que ha redundado en cuantos están en aquella casa. El nombre del viejo, si bien me acuerdo, es EUGERIO, y el de la hija ALCIDA. MARCELIO oyendo esto quedó tal como un discreto puede presumir, y dijo: ¡Oh venturosos trabajos los que alcanzan fin con tan próspera ventura! ¡Ay, ay! y queriendo passar adelante se le añudó el corazón y se le travó la lengua, cayendo en el suelo desmayado. Diana, Ismenia y Clenarda, sentándose cabe él, le esforzaron y le dijeron palabras para dalle ánimo. Y ansí tornando luego en sí, se levantó. No se holgaron poco Polydoro y Clenarda con semejante nueva, viendo que sus desventuras con la venida de su hermana Alcida habían de acabarse; y Diana y Ismenia también recibieron grande alegría, assí por la que sus compañeros tenían, como por la que ellas esperaban de mano de la que sabía hacer tales maravillas. DIANA, por saber algo de Syreno, á la Nympha preguntó assí: Nympha hermosa, gran confianza me distes de contento con decirme el que hay en el palacio de Felicia por la venida de Alcida, pero más cumplido le recibiré si me contáis los pastores más señalados que en ella están. Respondió entonces ARETHEA: Muchos pastores hallaréis allí de singular merescimiento; pero los que agora se me acuerdan son Sylvano y Selvagia, Arsileo y Belisa, y un pastor, el más principal de todos, llamado Syreno, de cuyas habilidades hace Felicia mucho caso; mas tiene un ánimo tan enemigo de Amor, que á cuantos están allí tiene maravillados. De la mesma condición es Alcida, tanto que después que ella ha llegado, los dos no se han partido, tratando del olvido y platicando cosas de desamor. Y ansí tengo por muy cierto que Felicia los hizo venir á su casa para casallos, pues son entrambos de un mesmo parescer, y están sus ánimos en las condiciones tan avenidos, que aunque él es pastor y ella dama, puede Felicia añadirle á él más valor del que tiene, dándole muchíssima riqueza y sabiduría, que es la verdadera nobleza. Y prosiguiendo su razon ARETHEA, vuelta á Marcelio dijo: Por esso tú, pastor, pues ves tu bien en peligro de venir á manos ajenas, no te detengas un punto, que si llegas á tiempo podrás hurtarle la ventura á Syreno. Diana, después de haber oído estas palabras, sintió bravíssima pena, y la señalara con voces y lágrimas si la vergüenza y la honestidad no se lo impidieran. El mesmo dolor, y por la mesma causa, sintió Marcelio, y quedó dél tan atormentado que pensó morirse, haciendo grandíssimos extremos: de manera que un mesmo cuchillo travessó los corazones de Marcelio y Diana, y un mesmo recelo les fatigó las almas. Marcelio temía el casamiento de Alcida con Syreno y Diana el de Syreno

con Alcida. La hermosa Nympha bien conocía á Marcelio y Diana y todos los demás; pero por orden sapientíssima, que Felicia les había dado, había dissimulado con ellos y había dicho una verdad, para darle á Marcelio una no pensada alegría, y una mentira para más avivar su deseo y el de Diana, y para que con esta amargura después les fuessen más dulces los placeres que allí habían de recebir. Llegados ya á una plaza ancha y hermosíssima, que está delante la puerta de aquel palacio, vieron salir por ella una venerable dueña con una saya de terciopelo negro, tocada con unos largos y blancos velos, acompañada de tres hermosíssimas Nymphas, representando una honestíssima Sibila. Esta era la sabia Felicia, y las Nymphas eran Dorida, Cynthia y Polydora. Llegando ARETHEA delante su señora, avisada primero su compañía cómo aquélla era Felicia, se le arrodilló á sus pies y le besó las manos, y lo mesmo hicieron todos. Mostró FELICIA tener gran contento de su venida, y con gesto muy alegre les dijo: Preciados caballeros, dama y pastoras señaladas, aunque es muy grande el placer que tengo de vuestra llegada, no será menor el que recibiréis de mi vista. Mas porque venís algo fatigados id á tomar descanso y olvidad vuestro tormento, pues lo primero no podrá faltaros en mi casa y lo segundo con mi poderoso saber será presto remediado. Mostraron todos allí muchas señales y palabras de agradescimiento, y al fin dellas se despidieron de Felicia. Hizo la sabia que Polydoro y Clenarda quedassen allí diciendo tener que hablar con ellos; y los demás, guiados por Arethea, se fueron á un aposento del rico palacio, donde fueron aquella noche festejados y proveídos de lo que convenía para su descanso. Era esta casa tan sumptuosa y magnífica, tenía tanta riqueza, era poblada de tantos jardines, que no hay cosa que de gran parte se le pueda comparar. Mas no quiero detenerme en contar particularmente su hermosura y riqueza, pues largamente fué contada en la primera parte. Sólo quiero decir que Marcelio, Diana y Ismenia fueron aposentados en dos piezas del palacio entapizadas con paños de oro y seda ricamente labrados, cosa no acostumbrada para las simples pastoras. Fueron allí proveídos de una abundante y delicada cena, servidos con vasos de oro y de cristal, y al tiempo de dormir se acostaron en tales camas, que aunque los cuerpos de sus penas y cansancios venían fatigados, la blandura y limpiezas dellas y la esperanza que Felicia les había dado les convidó á dulce y reposado sueño. Por otra parte, Felicia en compañía de sus tres Nymphas, y de Polydoro y Clenarda; y avisándoles que no dijessen nada de la venida de Marcelio, Diana é Ismenia, fué á un ameníssimo jardín, donde vieron que en un corredor Eugerio con su hija Alcida estaba passeando. Don Félix y Felismena, Syreno, Sylvagia y Selvagia, Arsileo y Belisa y otro pastor estaban más apartados sentados en torno de una fuente. Estaba aún Alcida con los mismos vestidos de pastora con que aquel día había llegado, pero luego por sus hermanos fué conoscida. La alegría que todos tres hermanos recibieron de verse juntos, y la que el padre tuvo de ver á sí y á ellos con tanto contento, el gozo con que se abrazaron, las lágrimas que vertieron, las razones que passaron y las preguntas que se hicieron, no se pueden con palabras declarar. Grandes fiestas hizo Alcida á los hermanos, pero muchas más á Polydoro que á Clenarda, por la presumpción que tenía que con Marcelio se había ido, dejándola en la desierta isla, como habéis oído. Pero queriendo FELICIA aclarar estos errores y dar fin á tantas desdichas, habló ansí: Hermosa Alcida, por más que la fortuna con desventuras muy grandes se ha mostrado tu enemiga, no negarás que con el contento que agora tienes, de todas sus injurias no estés cumplidamente vengada. Y porque el engaño, que hasta agora tuviste, aborresciendo sin razón á tu Marcelio, si vives más en él, es bastante para alterar tu corazón y darle mucho desabrimiento, será menester que de tu error y sospecha quedes desengañada. Lo que de Marcelio presumes es al revés de lo que piensas: porque dejarte allí en la isla no fué culpa suya, sino de un traidor y de la fortuna. La cual, por satisfacer el daño que te hizo, te ha encaminado á mí, en cuya boca no hallarás cosa ajena de verdad. Todo lo que acerca desto passa, tu hermana Clenarda largamente lo dirá; oye su razón y da crédito á sus palabras, que por mí te juro que cuantas cosas sobre ello te contará serán certíssimas y verdaderas. Comenzó entonces Clenarda á contar el caso como había passado, desculpando á Marcelio y á sí, recitando largamente la grande traición y maldad de Bartofano y todo lo demás que está contado. Oído lo cual, Alcida quedó muy satisfecha, y junto con el engaño salió de su corazón el aborrescimiento. Y tanto por estar fuera del error passado como por la obra que las poderosas palabras de Felicia hacían en su alma, comenzó á despertarse en ella el adormido amor y avivarse el sepultado fuego, y como tal le dijo á Felicia: Sabia señora, bien conozco el yerro mío y la merced que me heciste en librarme dél, pero si yo desengañada amo á Marcelio, estando él ausente como está, no tendré el cumplimiento de alegría que de tu mano espero, antes recibiré tan extremada pena, que para el remedio della será menester que me hagas nuevos favores. Respondió á esto FELI-

CIA: Buena señal es de amor tener miedo de la ausencia; pero ésta no tardará mucho, pues yo tomé á cargo tu salud. El sol ya sus rayos ha escondido, y es hora de recogerse; vete con tu padre y hermanos á reposar, que mañana hablaremos en lo demás. Dicho esto se salió del jardín, y lo mesmo hicieron Eugerio y sus hijas, yendo á los aposentos del palacio que Felicia les tenía señalados, que estaban apartados de los de Marcelio y sus compañeras. Quedaron un rato Don Félix y Felismena, los otros pastores y pastoras en torno de la fuente; pero luego se fueron á cenar dejando concertado de volver allí al día siguiente, una hora antes del día, para gozar de la frescura de la mañana. Pues como la esperanza del placer les hiciesse passar la noche con cuidado, todos madrugaron tanto que antes de la hora concertada acudieron con sus instrumentos á la fuente. Eugerio, con el hijo y hijas, avisado de la música, madrugó, y fué también allá. Comenzaron á tañer, cantar y mover grandes juegos y bullicios á la lumbre de la Luna, que con lleno y resplandeciente gesto los alumbraba como si fuera día. Marcelio, Diana y Ismenia dormían en dos aposentos, el uno al lado del otro, cuyas ventanas daban en el jardín. Y aunque por ellas no podían ver la fuente, á causa de unos espessos y altos álamos que lo estorbaban, pero podían oir lo que en torno della se hablaba. Pues como al bullicio, regocijo y cantares de los pastores Ismenia recordasse, despertó á Diana, y luego Diana dando golpes en la pared que los dos aposentos dividía, despertó á Marcelio, y todos se asomaron á las ventanas, donde estuvieron sin ser vistos ni conoscidos. Marcelio se paró á escuchar si por ventura sentiría la voz de Alcida. Diana estaba muy atenta por oir la de Syreno. Sola Ismenia no tenía confianza de oir á Montano, pues no sabía que allí estuviesse. Pero ella tuvo más ventura, porque á la sazón un pastor al son de su zampoña cantaba deste modo:

Sextina.

La hermosa, rubicunda y fresca Aurora
   ha de venir tras la importuna noche;
   sucede á la tiniebla el claro día,
   las Nymphas salirán al verde prado,
   y el aire sonará el suave canto,
   y dulce son de cantadoras aves.

Yo soy menos dichoso que las aves
   que saludando están la alegre Aurora,
   mostrando allí regocijado canto;
   que al alba triste estoy como la noche,
   ó esté desierto ó muy florido el prado,
   ó esté ñubloso ó muy sereno el día.

En hora desdichada y triste día
  tan muerto fuí, que no podrán las aves,
  que en la mañana alegran monte y prado,
  ni el rutilante gesto de la Aurora
  de mi alma desterrar la escura noche,
  ni de mi pecho el lamentable canto.

Mi voz no mudará su triste canto,
  ni para mí jamás será de día;
  antes me perderé en perpetua noche,
  aunque más canten las parleras aves
  y más madrugue la purpúrea Aurora
  para alumbrar y hacer fecundo el prado.

¡Ay, enfadosa huerta! ¡Ay, triste prado!
  pues la que oir no puede este mi canto,
  y con rara beldad vence la Aurora,
  no alumbra con su gesto vuestro día;
  no me canséis ¡ay! importunas aves,
  porque sin ella vuestra Aurora es noche.

En la quieta y sossegada noche.
  cuando en poblado, monte, valle y prado
  reposan los mortales y las aves,
  esfuerzo más el congojoso canto,
  haciendo lloro igual la noche y día,
  en la tarde, en la siesta y en la Aurora.

Sola una Aurora ha de vencer mi noche,
  y si algún día ilustrará este prado,
  darme ha contento el canto de las aves.

Luego Ismenia, que por la ventana estuvo escuchando, conosció que el que cantaba era su esposo Montano, y recibió tanto gozo de oirle, como dolor en sentir lo que cantaba. Porque presumió que la pena de que en su canción decía estar atormentado era por otra y no por ella. Pero luego quedó desengañada, porque oyó que en acabando de cantar MONTANO dió un suspiro, y dijo: ¡Ay, fatigado corazón, cuán mal te fué en dar crédito á tu sospecha y cuán justamente padesces los males que tu misma liviandad te ha procurado! ¡Ay, mi querida Ismenia, cuánto mejor fuera para mí que tu sobrado amor no te forzara á buscarme por el mundo, para que cuando yo, conoscido mi error, á la aldea volviera, en ella te hallara! ¡Ay, engañosa Sylveria, cuán mala obra heciste al que de su niñez te las hizo tan buenas! Mas yo te agradesciera el desengaño que después me diste declarándome la verdad, si no llegara tan tarde, que no aprovecha sino para mayor pena. ISMENIA, oído esto, se tuvo por bienaventurada, y recibió tanto gozo que no se puede imaginar. Las lágrimas le salieron por los ojos de placer, y como aquélla que vió cercana la fin de sus fatigas, dijo: Ciertamente ha llegado el tiempo de mi ventura, verdaderamente esta casa es hecha para remedio de penados. Marcelio y Diana se holgaron en extremo de la alegría de Ismenia, y tuvieron esperanza de la suya. Quería Ismenia en todo caso salir de su aposento y bajar al jardín, y al tiempo que Marcelio y Diana la detenían, paresciéndoles que debía esperar la voluntad de Felicia, oyeron nuevos cantos en la fuente, y conosció Diana que eran de Syreno; Ismenia y todos se sosegaron, por no estorbar á Diana el oir la voz de su amado, y sintieron que decía ansí:

SYRENO

Goce el amador contento
  de verse favorescido;
  yo con libre pensamiento
  de ver ya puesto en olvido
  todo el passado tormento.

Que tras mucho padescer,
  los favores de mujer
  tan tarde solemos vellos,
  que el mayor de todos ellos
  es no haberlos menester.

A Diana regraciad,
  ojos, todo el bien que os vino:
  vida os dió su crueldad,
  su desdén abrió el camino
  para vuestra libertad.

Que si penando por ella
  fuera tres veces más bella,
  y en todo extremo me amara,
  tan contento no quedara
  como estoy de no querella.

Vea yo, Diana, en ti
  un dolor sin esperanza,
  hiérate el Amor ansí,
  que yo en ti tenga venganza
  de la que tomaste en mí.

Porque sería tan fiero
  á tu dolor lastimero,
  que si allí á mis pies tendida
  me demandasses la vida,
  te diría que no quiero.

Dios ordene que, pastora,
  tú me busques, yo me asconda,
  tú digas: «Mírame agora»,
  y que yo entonces responda:
  «Zagala, vete en buena hora».

Tú digas: «Yo estoy penando
  y tú me vas desechando,
  ¿qué novedad es aquesta?»

y yo te dé por respuesta
irme y dejarte llorando.

Si lo dudas, yo te ofrezco
que esto y aún peor haré
que por ti ya no padezco,
porque tanto no te amé
cuanto agora te aborrezco.

Y es bien que te eche en olvido
quien por ti tan loco ha sido,
que de haberte tanto amado,
estuvo entonces penado
y agora queda corrido.

Porque los casos de amores
tienen tan triste ventura,
que es mejor á los pastores
gozar libertad segura
que aguardar vanos favores.

¡Oh Diana, si me oyesses
para que claro entendiesses
lo que siente el alma mía!
que mejor te lo diría,
cuando presente estuviesses.

Pero mejor será estarte
en lugar de mí apartado,
porque perderé gran parte
del placer de estar vengado
con el pesar de mirarte.

No te vea yo en mis días,
porque á las entrañas mías
les será dolor más fiero
verte cuando no te quiero
que cuando no me querías.

Aconteцióle á Diana como á los que ace-
chan su mesmo mal, pues de oir los reproches y determinaciones de Syreno sintió tanto
dolor, que no me hallo bastante para contarle,
y tengo por mejor dejarle al juicio de los discretos. Basta saber que pensó perder la vida
y fué menester que Ismenia y Marcelio la
consolassen y esforzassen con las razones que á tan
encarecida pena eran suficientes; y una dellas
fué decirle que no era tan poca la sabiduría de
Felicia, en cuya casa estaban, que á mayores
males no hubiesen dado remedio, según en Ismenia desdeñada de Montano poco antes se
había mostrado. Con lo cual Diana un tanto
se consoló. Estando en estas pláticas, comenzando ya la dorada Aurora á descubrirse, entró por aquella cámara la Ñympha ARETHEA,
y con gesto muy apacible les dijo: Preciados
caballeros y hermosas pastoras, tan buenos y
venturosos días tengáis como á vuestro merecimiento son debidos. La sabia Felicia me en-

vía acá para que sepa si os hallasteis esta noche con más contento del acostumbrado y para
que vengáis comigo al ameno jardín, donde
tiene que hablaros. Mas conviene que tú, Marcelio, dejes el hábito de pastor, y te vistas estas
ropas que aquí te traigo, á tu estado pertenecientes. No esperó ISMENIA que Marcelio respondiesse de placer de la buena nueva, sino que
dijo: Los buenos y alegres días, venturosa
Nympha, que con tu vista nos diste, Dios por
nosotros te lo pague, pues nosotros no bastamos á satisfacer por tanta deuda. El contento
que de nosotros quieres saber, con sólo estar
en esta casa sería muy grande, cuanto más que
habemos sido esta mañana en ella tan dichosos,
que yo he cobrado vida y Marcelio y Diana esperanza de tenella. Mas porque á la voluntad
de tan sabia señora como Felicia en todo se
obedezca, vamos al jardín donde dices, y ordene Felicia de nosotros á su contento. Tomó entonces Arethea de las manos de otra Nimpha
que con ella venía las ropas que Marcelio había de ponerse, y de su mano le ayudó á ves-
tirlas, y eran tan ricas y tan guarnecidas de
oro y piedras preciosas, que tenían infinito valor. Salieron de aquella cuadra, y siguiendo todos á Arethea, por una puerta del palacio entraron al jardín. Estaba este vergel por la una
parte cerrado con la corriente de un caudaloso
río; tenía á la otra parte los sumptuosos edificios de la casa de Felicia, y las otras dos partes
unas paredes almenadas cubiertas de jazmín,
madreselva y otras hierbas y flores agradables
á la vista. Pero de la amenidad deste lugar se
trató abundantemente en el cuarto libro de la
primera parte. Pues como entrassen en él, vieron que Sylvano y Selvagia, apartados de los
otros pastores, estaban en un pradecillo que
junto á la puerta estaba. Allí Arethea se despidió de ellos, diciéndoles que aguardassen allí
á Felicia, porque ella había de volver al palacio
para dalle razón de lo que por su mandado había hecho. Sylvano y Selvagia, que allí estaban, conoscieron luego á Diana y se maravilla-
ron de vella. Conosció también Selvagia á Ismenia, que era de su mismo lugar, y ansí se
hicieron grandes fiestas y se dieron muchos
abrazos, alegres de verse en tan venturoso lugar, después de tan largo tiempo. SELVAGIA
entonces con faz regocijada les dijo: Bien venida sea la bella Diana, cuyo desamor dió ocasión para que Sylvano fuesse mío, y bien llegada la hermosa Ismenia, que con su engaño
me causó tanta pena, que por remedio della
vine aquí, donde la troqué con un feliz estado.
¿Qué buena ventura aquí os ha encaminado?
La que recebimos, dijo DIANA, de tu vista, y
la que esperamos de la mano de Felicia. ¡Oh,
dichosa pastora, cuán alegre estoy del contento

.gate Dios de tan próspera for-
de él por muchíssimos años.
.s razones no se travesó porque
elvagia no conoscía. Pero en
.stores estaban entendiendo en
.ortesías, estuvo mirando un ca-
.ama que, travados de las manos,
.ocijo por un corredor del jardín
.. Contentóse de la dama, y le
.que otras veces la había visto.
.de duda, llegándose á Sylvano
.ue sea descomedimiento estorbar
.conversación, querría, pastor, que
.uién son el caballero y dama que
.an. Aquellos son, dijo Sylvano,
Felixmena, marido y mujer. A la
..uo, oído el nombre de Felixmena,
.jo: Dime, ¿cúya hija es Felixmena?
.sció? si acaso lo sabes, porque de
.uo tengo mucho cuidado. Muchas
.ontar, respondió Sylvano, que su
.oldina, ciudad de la provincia Van-
.adre Andronio y su madre Delia.
.placer de decirme quién sois y por
.me haceis semejante pregunta. Mi
.spondió Marcelio, y todo lo demás
.espués. Pero por me hacer merced,
.tienes conoscencia con esse Felix y
., les digas que me den licencia para
.porque quiero preguntarles una cosa
.ueda resultar mucho bien y alegría
.s. Pláceme, dijo Sylvano, y luego se
.Don Felix y Felixmena, y les dijo que
.. .allero que allí estaba quería, si no les
.oso, tratar con ellos ciertas cosas. No
.ieron un punto, sino que vinieron don-
.elio estaba. Después de hechas las de-
.rtesías, dijo Marcelio, hablando con
.xmena: Hermosa dama, á este pastor
.té si sabía tu tierra y tus padres, y me
.que acerca dello por tu relación sabe; y
.conozco un hombre que es natural de
.ma ciudad, que, si no me engaño, es hijo
.caballero cuyo nombre se paresce al de
.lre, te suplico me digas si tienes algún
.ano y cómo se nombra, porque quizás es
.ue yo conozco. A esto Felixmena dió un
.iro y dijo: ¡Ay, preciado caballero, cómo
.ocó en el alma tu pregunta! Has de saber
.yo tuve un hermano, que él y yo nascimos
.n mesmo parto. Siendo de edad de doce
.s, le envió mi padre Andronio á la corte del
.de lusitanos, donde estuvo muchos años.
.o es lo que yo sé dél, y lo que una vez con-
.á Sylvano y Selvagia, que son presentes en
.fuente de los alisos, después que libré unas
.mphas y maté ciertos salvajes en el prado
.los laureles. Después acá no he sabido otra
.sa dél sino que el rey le envió por capitán en

la costa de Africa, y como yo tanto tiempo ha
que ando por el mundo, siguiendo mis desventuras, no sé si es muerto ni vivo. Marcelio
entonces no pudo detenerse más, sino que dijo:
Muerto he sido hasta agora, hermana Felixmena, por haber carescido de tu vista, y vivo de
hoy en adelante, pues he sido venturoso de
verte. Y diciendo esto, estrecha y amorosamente la abrazó. Felixmena, reconosciendo el gesto
de Marcelio, vió que era aquel mesmo que ella
desde su niñez tenía pintado en la memoria, y
cayó luego en la cuenta que era su proprio hermano. Fué grande el regocijo que passó entre
los hermanos y cuñado, y grande el placer que
sintieron Sylvano y las pastoras de verlos tan
contentos. Allí se dijeron amorosas palabras,
allí se derramaron tristes lágrimas, allí se hicieron muchas preguntas, allí se prometieron
esperanzas, allí se hicieron determinaciones, y
se hablaron y hicieron cosas de mucho descanso. Gastaron en esto larga una hora, y aun era
poco, según lo mucho que después de tan larga
ausencia tenían que tratar. Mas para mejor y
con más sossiego entender en ello, se assentaron en aquel pradecillo, bajo de unos sauces,
cuyos entretejidos ramos hacían estanza sombría y deleitosa, defendiendolos del radiante sol,
que ya con algún ardor assomaba por el he-
mispherio.

En tanto que Marcelio, Don Felix, Felixmena, Sylvano y las pastoras entendían en lo que
tengo dicho, al otro cabo del jardín, junto á la
fuente estaban, como tengo dicho, Eugerio, Polydoro, Alcida y Clenarda. Alcida aquél día
había dejado las ropas de pastora por mandato
de Felicia, vistiéndose adrezándose ricamente
con los vestidos y joyeles que para ello le mandó dar. Pues como allí estuviessen también Syreno, Montano, Arsileo y Belisa cantando y
regocijándose, holgaban mucho Eugerio y sus
hijos de escucharlos. Y lo que más les contentó fué una canción que Syreno y Arsileo
cantaron el uno contra y el otro en favor de
Cupido. Porque cantaron con más voluntad,
con esperanza de una copa de cristal que Eugerio al que mejor paresciese había prometido.
Y ansí Syreno al son de su zampoña, y Arsileo de un rabel, comenzaron deste modo:

SYRENO

Ojos, que estáis ya libres del tormento,
con que mi estrella pudo enbelesaros,
¡oh, alegre! ¡oh, sossegado pensamiento!
¡oh, esquivo corazón!, quiero avisaros,
que pues le dió á Diana descontento
veros, pensar en vos y bien amaros,
vuestro consejo tengo por muy sano
de no mirar, pensar ni amar en vano.

ARSILEO

Ojos, que mayor lumbre habéis ganado
    mirando el sol que alumbra en vuestro día,
    pensamiento en mil bienes ocupado,
    corazón, aposento de alegría:
sino quisiera verme, ni pensado
    hubiera en me querer, Belisa mía,
    tuviera por dichosa y alta suerte
    mirar, pensar y amar hasta la muerte.

Ya quería Syreno replicar á la respuesta de Arsileo, cuando EUGERIO le atajó y dijo: Pastores, pues habéis de recebir el premio de mi mano, razón será que el cantar sea de la suerte que á mí más me contenta. Canta tú primero, Syreno, todos los versos que tu Musa te dictare, y luego tú, Arsileo, dirás otros tantos ó los que te paresciere. Plácenos, dijeron, y Syreno comenzó assí:

SYRENO

Alégrenos la hermosa primavera,
    vístase el campo de olorosas flores,
    y reverdezca el valle, el bosque y el prado.
Las reses enriquezcan los pastores,
    el lobo hambriento crudamente muera,
    y medre y multiplíquese el ganado.
El río apressurado
    lleve abundancia siempre de agua clara;
    y tú, Fortuna avara,
    vuelve el rostro de crudo y variable
    muy firme y favorable;
    y tú, que los espíritus engañas,
    maligno Amor, no aquejes mis entrañas.

Deja vivir la pastoril llaneza
    en la quietud de los desiertos prados,
    y en el placer de la silvestre vida.
Descansen los pastores descuidados,
    y no pruebes tu furia y fortaleza
    en la alma simple, flaca y desvalida.
Tu llama esté encendida
    en las soberbias cortes, y entre gentes
    bravosas y valientes;
    y para que gozando un dulce olvido,
    descanso muy cumplido
    me den los valles, montes y campañas,
    maligno Amor, no aquejes mis entrañas.

¿En que ley hallas tú que esté sujeto
    á tu cadena un libre entendimiento
    y á tu crueldad una alma descansada?
¿En quien más huye tu áspero tormento,
    haces, inicuo Amor, más crudo efecto?
    ¡oh, sinrazón jamás acostumbrada!
¡Oh, crueldad sobrada!
    ¿No bastaría, Amor, ser poderoso,
    sin ser tan riguroso?
    ¿no basta ser señor, sino tirano?

¡Oh, niño ciego y vano!
    ¿por qué bravo te muestras y te ensañas,
    con quien te da su vida y sus entrañas.

Recibe engaño y torpemente yerra
    quien Dios te nombra, siendo cruda llama,
    ardiente, embravescida y furiosa.
Y tengo por más simple el que te llama
    hijo de aquella Venus, que en la tierra
    fue blanda, regalada y amorosa.
Y á ser probada cosa
    que ella pariesse un hijo tan malino,
    yo digo y determino
    que en la ocasión y causa de los males
    entrambos sois iguales:
    ella, pues te parió con tales mañas,
    y tú, pues tanto aquejas las entrañas.

Las mansas ovejuelas van huyendo
    los carniceros lobos, que pretenden
    sus carnes engordar con pasto ajeno.
Las benignas palomas se defienden
    y se recogen todas en oyendo
    el bravo son del espantoso trueno.
El bosque y prado ameno,
    si el cielo el agua clara no le envía,
    la pide á gran porfía,
    y á su contrario cada cual resiste;
    sólo el amante triste
    sufre su furia y ásperas hazañas,
    y deja que deshagas sus entrañas.

Una passión que no puede encubrirse,
    ni puede con palabras declararse,
    y un alma entre temor y amor metida.
Un siempre lamentar sin consolarse,
    un siempre arder, y nunca consumirse,
    y estar muriendo, y no acabar la vida.
Una passión crescida,
    que passa el que bien ama estando ausente,
    y aquel dolor ardiente,
    que dan los tristes celos y temores,
    estos son los favores,
    Amor, con que las vidas acompañas,
    perdiendo y consumiendo las entrañas.

Arsileo, acabada la canción de Syreno, comenzó á tañer su rabel, y después de haber tañido un rato, respondiendo particularmente á cada estanza de su competidor, cantó desta suerte:

ARSILEO

Mil meses dure el tiempo que colora,
    matiza y pinta el seco y triste mundo,
    renazcan hierbas, hojas, frutas, flores.
El suelo estéril hágase fecundo.
    Ecco, que en las espessas sylvas mora,
    responda á mil cantares de pastores.
Revivan los amores,
    que el enojoso hibierno ha sepultado;

y porque en tal estado
mi alma tenga toda cumplimiento
de gozo y de contento,
pues las fatigas ásperas engañas,
benigno Amor, no dejes mis entrañas.

No presumáis, pastores, de gozaros
con cantos, flores, ríos, primaveras,
si no está el pecho blando y amoroso.
¿A quién cantáis canciones placenteras?
¿á qué sirve de flores coronaros?
¿cómo os agrada el río caudaloso
ni el tiempo deleitoso?
Yo á mi pastora canto mis amores,
y le presento flores,
y assentando par della en la ribera
gozo la primavera,
y pues son tus dulzuras tan extrañas,
benigno Amor, no dejes mis entrañas.

La sabia antigüedad Dios te ha nombrado,
viendo que con supremo poderío
siempre ejecutas hechos milagrosos.
Por ti está un corazón ardiente y frío,
por ti se muda el torpe en avisado,
por ti los flacos tornau animosos.
Los dioses poderosos
en aves y alimañas convertidos,
y reyes sometidos
á la fueza de un gesto y de unos ojos,
han sido los despojos
de tus proezas é ínclitas hazañas,
con que conquistas todas las entrañas.

Vivía en otro tiempo en gran torpeza
con simple y adormido entendimiento,
en codiciosos tratos ocupado.
Del dulce amor no tuve sentimiento
ni en gracia, habilidad y gentileza,
era de las pastoras alabado.
Agora coronado
estoy de mil victorias alcanzadas
en luchas esforzadas,
en tiros de la honda muy certeros,
y en cantos placenteros,
después que tú ennoblesces y acompañas,
benigno Amor, mi vida y mis entrañas.

¿Qué mayor gozo puede recebirse,
que estar la voluntad de amor cautiva
y á él los corazones sometidos?
Que aunque algunos ratos se reciba
algún simple disgusto, ha de sufrirse
á vueltas de mil bienes escogidos.
Si viven afligidos
los tristes sin ventura enamorados
de estar atormentados,
echen la culpa al Tiempo y la Fortuna,
y no den queja alguna
contra ti, Amor, que con benignas mañas
tiernas y blandas haces las entrañas.

Mirad un gesto hermoso, y lindos ojos,
que imitan dos claríssimas estrellas:
que al alma envían lumbre esclarescida.
El contemplar la perfección de aquellas
manos, que dan destierro á los enojos,
de quien en ellas puso gloria y vida.
Y la alegría crescida,
que siente el que bien ama y es amado,
y aquel gozo sobrado
de tener mi pastora muy contenta,
lo tengo en tanta cuenta,
que aunque á veces te arrecias y te ensañas,
Amor, huelgo que estés en mis entrañas.

A todos generalmente fueron muy agradables las canciones de los pastores. Pero viniendo Eugerio á dar el prez al que mejor había cantado, no supo tan presto determinarse. Apartó á una parte á Montano para tomar su voto, y lo que á Montano le paresció fué, que tan bien había cantado el uno como el otro. Vuelto entonces EUGERIO á Syreno y Arsileo, les dijo: Habilíssimos pastores, mi parescer es que fuisteis iguales en la destreza y sin igual en todas estas partes, y aunque el antiguo Palemón resuscitasse, no hallaría mejoría entre vuestras habilidades. Tú, Syreno, eres digno de la copa de cristal, y tú también, Arsileo, la mereeces. De manera que sería haceros agravio, señalar á nadie vencedor ni vencido. Pues resolviéndome con el parescer de Montano, digo que tú, Syreno, tomes la copa cristalina, y á tí, Arsileo, te doy esta otra de Calcedonia, que no vale menos. A entrambos os doy copas de un mesmo valor, entrambas de la vajilla de Felicia, y á mí por su liberalidad presentadas. Los pastores quedaron muy satisfechos del prudente juicio y de los ricos premios del liberal Eugerio, y por ello le hicieron muchas gracias. A esta sazón ALCIDA, acordándose del tiempo passado, dijo: Si el error, que tanto tiempo me ha engañado, hasta agora durara, no consintiera yo que Arsileo llevara premio igual con el de Syreno. Mas agora que estoy libre dél, y captiva del amor de Marcelio mi esposo, por la pena que me da su ausencia, estoy bien con lo que cantó Syreno, y por el deleite que espero alabo la canción de Arsileo. ¡Mas ay, descuidado Syreno! guarda no sean las quejas que tienes de Diana semejantes á las que tuve yo de Marcelio, porque no te pese, como á mí, del aborrescimiento. Sonrióse á esto Syreno, y dijo: ¿Qué más justas quejas se pueden tener de una pastora que después de haberme dejado tomar un desastrado por marido? Respondió entonces ALCIDA: Harto desastrado ha sido él, después que á mí me vido, y porque viene á propósito, quiero contarte lo que ayer, estorbada por Felicia, no pude decirte, cuando hablábamos en las cosas de Diana. Y esto á fin que deseches el olvido, sabiendo la desventura que mi desamor le causó al malaventurado Delio. Ya te dije cómo estuve hablando y cantando con Diana en la fuente de los alisos, y cómo llegó allí el celoso Delio, y luego tras él, en hábito de pastor, el congojado Marcelio, de cuya vista quedé tan alterada, que di á huir por una selva. Lo que después me acontesció fué, que cuando llegué á la otra parte del bosque, sentí de muy lejos una voz que decía muchas veces: *Alcida, Alcida, espera, espera.* Pensé yo que era Marcelio, que me seguía, y por no ser alcanzada, con más ligera corrida iba huyendo. Pero por lo que después sucedió, supe que era Delio, marido de Diana, que tras mi corriendo venía. Porque, como yo de haber corrido mucho, viniesse á cansarme, hube de ir tan á espacio, que llegó en vista de mí. Conoscíle y paréme, para ver lo que quería, no pensando la causa de su venida, y él, cuando me estuvo delante, fatigado del camino y turbado de su congoja, no pudo hablarme palabra. Al fin, con torpes y desbaratadas razones me dijo que estaba enamorado de mí, y que le quisiesse bien, y no sé qué otras cosas me dijo, que mostraron su poco caudal. Yo reíme dél, á decir la verdad, y con las razones que supe decirle, procuré de consolarle, y hacerle olvidar su locura, pero nada aprovechó, porque cuanto más le dije, más loco estaba. Por mi fe te juro, pastor, que no vi hombre tan perdido de amores en toda mi vida. Pues como yo prosiguiesse mi camino, y él siempre me siguiesse, llegamos juntos á una aldea que una legua de la suya estaba, y como allí viesse mi aspereza, y le desamparasse del todo la esperanza, de puro enojo adolesció. Fué hospedado allí por un pastor que le conoscía, el cual luego en la mañana dió aviso á su madre de su enfermedad. Vino la madre de Delio con gran congoja y mucha presteza, y halló su hijo que estaba abrasándose con una ardentíssima calentura. Hizo muchos llantos, y le importunó le dijesse la causa de su dolencia; pero nunca quiso dar otra respuesta, sino llorar y suspirar. La amorosa madre con muchas lágrimas le decía: ¡Oh, hijo mío! ¿qué desdicha es ésta? no me encubras tus secretos, mira que soy tu madre, y aun podrá ser que sepa de ellos algo. Tu esposa me contó anoche que en la fuente de los alisos la dejaste, yendo tras no sé qué pastora: dime si nasce de aquí tu mal, no tengas empacho de decirlo; mira que no puede bien curarse la enfermedad, si no se sabe la causa della. ¡O triste Diana! tú partiste hoy para el templo de Felicia por saber nuevas de tu marido y él estaba más cerca de tu lugar, y aun más enfermo de lo que pensabas. Cuando Delio oyó las palabras de su madre, no res-

pondió palabra, sino que dió un gran suspiro, y de entonces se dobló su dolor; porque antes sólo el amor le aquejaba, y entonces fué de amor y celos atormentado. Porque como él supiesse que tú, Syreno, estabas aquí en casa de Felicia, oyendo que Diana era venida acá, temiendo que no reviviessen los amores passados, vino en tanta phrenesía, y se le arreció el mal de tal manera, que combatido de dos bravíssimos tormentos, con un desmayo acabó la vida, con mucho dolor de su triste madre, parientes y amigos. Yo cierto me dolí dél, por haber sido causa de su muerte, pero no pude hacer más, por lo que á mi contento y honra convenía. Sola una cosa mucho me pesa, y es que, ya que no le hice buenas obras, no le dí á lo menos buenas palabras, porque por ventura no viniera en tal extremo. En fin yo me vine acá, dejando muerto al triste, y á sus parientes llorando, sin saber la causa de su dolencia. Esto te dije á propósito del daño que hace un bravo olvido, y también para que sepas la viudez de tu Diana, y pienses si te conviene mudar intento, pues ella mudó el estado. Pero espantóme que, según la madre de Delio dixo, Diana partió ayer para acá, y no veo que haya llegado. Atento estuvo Syreno á las palabras de Alcida, y como supo la muerte de Delio, se le alteró el corazón. Allí hizo gran obra el poder de la sabia Felicia, que aunque allí no estaba, con poderosas hierbas y palabras, y por muchos otros medios procuró que Syreno comenzasse á tener afición á Diana. Y no fué gran maravilla, porque los influjos de las celestes estrellas tanto á ello le inclinaban, que paresció no ser nascido Syreno sino para Diana ni Diana sino para Syreno.

Estaba la sapientíssima Felicia en su riquíssimo palacio, rodeada de sus castas Nymphas obrando con poderosos versos lo que á la salud y remedio de todos estos amantes convenía. Y como vió desde allí con su sabiduría que ya los engañados Montano y Alcida habían conoscido su error, y el esquivo Syreno se había ablandado, conosció ser ya tiempo de rematar los largos errores y trabajos de sus huéspedes con alegres y no pensados regocijos. Saliendo de la sumptuosa casa en compañía de Dorida, Cyntia, Polydora y otras muchas Nymphas, vino al ameníssimo jardín, donde los caballeros, damas, pastores y pastoras estaban. Los primeros que allí vió fueron Marcelio, Don Felix, Felixmena, Sylvano, Selvagia, Diana é Ismenia, que á la una parte del vergel en el pradecillo, como dije, junto á la puerta principal estaban assentados. En ver llegar á la venerable dueña todos se levantaron y le besaron las manos, donde tenían puesta su esperanza. Hízoles ella benigno recogimiento, y señalóles que la siguiessen, y ellos lo hicieron de voluntad.

Felicia, seguida de la amorosa compañía, travesado todo el jardín, que grandíssimo era, vino á la otra parte dél, á la fuente donde Eugerio, Polydoro, Alcida, Clenarda, Syreno, Arsileo, Belisa y Montano estaban. Alzáronse todos en pie por honra de la sabia matrona; y cuando Alcida vió á Marcelio, Syreno á Diana y Montano á Ismenia, se quedaron atónitos, y les paresció sueño ó encantamiento, no dando crédito á sus mesmos ojos. La sabia, mandando á todos que se assentassen, mostrando querer hablar cosas importantes, sentada en medio de todos ellos en un escaño de marfil habló desta manera: Señalado y hermoso ajuntamiento, llegada es la hora que determino daros á todos de mi mano el deseado contentamiento, pues á esse fin por diferentes medios y caminos os hice venir á mi casa. Todos estáis aquí juntos, donde mejor podré tratar lo que á vuestra vida satisface. Por esso, yo os ruego que os contentéis de mi voluntad y obedezcáis á mis palabras. Tú, Alcida, quedaste de tu sospecha desengañada por relación de tu hermana Clenarda. Conoscido tenía que, después que desechaste aquel cruel aborrescimiento, sentías mucho estar ausente de Marcelio. Ofrescíte que esta ausencia no sería larga, y ha sido tan corta, que al tiempo que della te me quejabas, estaba ya Marcelio en mi casa. Agora le tienes delante tan firme en su primera voluntad, que si á ti placerá, y á tu padre y hermanos les estará bien, se tendrá por dichoso de efectuar contigo el prometido casamiento; el cual, allende que por ser de tan principales personas ha de dar grande regocijo, le dará más cumplido á causa de la hermana Felixmena, que Marcelio después de tantos años halló en mi casa. Tú, Montano, de la mesma Sylveria, que te engañó, quedaste avisado de tu error. Llorabas por haber perdido tu mujer Ismenia; agora viene á vivir en tu compañía, y á dar consuelo á tu congoja, después que por toda España con grandes peligros y trabajos te ha buscado. Falta agora que te dé remedio, hermosa Diana. Mas para ello quiero primero avisarte de lo que Syreno y algunos destos pastores por relación de Alcida saben, aunque sea cuento que ha de lastimar tu corazón. Tu marido Delio, hermosa pastora, como plugo á las inexorables Parcas, acabó sus días. Bien conozco que tienes alguna razón de lamentar por él, pero en fin todos los hombres están obligados á pagar ese tributo, y lo que es tan común no debe á nadie notablemente fatigar. No llores, hermosa Diana, que me rompes las entrañas en verte derramar essas dolorosas lágrimas: enjuga agora tus ojos, y consuela agora tu dolor. No vistas ropas de luto ni hagas sobrado sentimiento, porque en esta casa no se sufre largo ni demasiado

llanto, y también porque mejor ventura de la que tenías te tiene el cielo guardada. Y pues á lo hecho no se puede dar remedio, á tu prudencia toca agora olvidar lo passado y á mi poder conviene dar orden en lo presente. Aquí está tu amador antiguo Syreno, cuyo corazón por arte mía, y por la razón que á ello le obliga, está tan blando y mudado de la passada rebeldía como es menester para que sea contento de casarse contigo. Lo que te ruego es que obedezcas á mi voluntad, en cosa que tanto te conviene: porque, aunque parezca hacer agravio al marido muerto casarse tan prestamente, por ser cosa de mi decreto y autoridad, no será tenida por mala. Y tú, Syreno, pues comenzaste á dar lugar en tu corazón al loable y honesto amor, acaba ya de entregarle tus entrañas, y efectúese este alegre y bien afortunado casamiento, al cumplimiento del cual son todas las estrellas favorables. Todos los restantes que en este deleitoso jardín tenéis aparejo de contentamiento, alegrad vuestros ánimos, moved regocijados juegos, tañed los concertados instrumentos, entonad apacibles cantares y entended en agradables conversaciones, por honra y memoria destos alegres desengaños y venturosos casamientos. Acabada la razón de la sabia Felicia, todos fueron muy contentos de hacer su mandado, paresciéndoles bien su voluntad y maravillándose de su sabiduría. Montano tomó por la mano á su mujer Ismenia, juzgándose entrambos dichosos y bienaventurados; y entre Marcelio y Alcida y Syreno y Diana fué al instante solemnizado el honesto y casto matrimonio, con la firmeza y ceremonia debida.

Los demás, alegres de los felices acontescimientos, movieron grandes cantos. Entre los cuales Arsileo, por la voluntad que á Syreno tenía, y por la amistad que había entre los dos, al son de su rabel cantó en memoria del nuevo casamiento de Syreno lo siguiente:

Versos franceses.

De flores matizadas se vista el verde prado,
    retumbe el hueco bosque de voces deleitosas,
    olor tengan más fino las coloradas rosas,
    floridos ramos mueva el viento sossegado.
El río apressurado
    sus aguas acresciente,
y pues tan libre queda la fatigada gente
    del congojoso llanto,
moved, hermosas Nymphas, regocijado canto.

Destierre los ñublados el prefulgente día,
    despida el alma triste los ásperos dolores,
    esfuercen más sus voces los dulces ruiseñores,
Y pues por nueva vía
    con firme casamiento,

de un desamor muy crudo se saca un gran
vosotras entre tanto   [contento,
moved, hermosas Nymphas, regocijado canto.

¿Quién puede hacer mudarnos la voluntad cons-
                              [tante,
    y hacer que la alma trueque su firme presu-
                              [puesto?
¿quién puede hacer que amemos aborrescido
                              [gesto
    y el corazón esquivo hacer dichoso amante?
¿Quién puede á su talante
    mandar nuestras entrañas,
    sino la gran Felicia, que obrado ha más ha-
que la Thebana Manto?   [zañas,
    moved, hermosas Nymphas, regocijado canto.

Casados venturosos, el poderoso cielo
    derrame en vuestros campos influjo favorable,
    y con dobladas crías en número admirable
    vuestros ganados crezcan cubriendo su ancho
No os dañe el crudo hielo   [suelo.
    los tiernos chivaticos,
    y tal cantidad de oro os haga entrambos ricos,
    que no sepáis el cuánto;
    moved, hermosas Nymphas, regozijado canto.

Tengáis de dulce gozo bastante cumplimiento
    con la progenie hermosa que os salga parecida,
    más qué el antiguo Néstor tengáis larga la
                              [vida,
    y en ella nunca os pueda faltar contenta-
Moviendo tal concento   [miento;
    por campos encinales,
    que ablande duras peñas y á fieros animales
    cause crescido espanto:
    moved, hermosas Nymphas, regocijado canto.

Remeden vuestras voces las aves amorosas,
    los ventecicos suaves os hagan dulce fiesta,
    alégrese con veros el campo y la floresta,
    y os vengan á las manos las flores olorosas.
Los lirios y las rosas,
    jazmín y flor de Gnido,
    la madreselva hermosa y el arrayán florido,
    narcisso y amaranto;
    moved, hermosas Nymphas, regocijado canto.

Concorde paz os tenga contentos muchos años,
    sin ser de la rabiosa sospecha atormentados,
    y en el estado alegre viváis tan reposados,
    que no os cause recelo Fortuna y sus engaños.
En montes más extraños
    tengáis nombre famoso;
    mas porque el ronco pecho tan flaco y teme-
repose agora un cuanto,   [roso
    dad fin, hermosas Nymphas, al deleitoso
                              [canto.

Al tiempo que Arsileo acabó su canción se
movió tan general regocijo, que los más angustiados corazones alegrara. Comenzaron las deleitosas canciones á resonar por toda la huerta,
los concertados instrumentos levantaron suave
armonía, y aun parescia que los floridos árboles,
el caudaloso río, la amena fuente y las cantadoras aves, de aquella fiesta se alegraban. Después que buen rato se hubieron empleado en
esto, paresciéndole á Felicia ser hora de comer,
mandó que allí á la fuente, donde estaban, se
trajesse la comida. Luego las ninfas obede-
ciéndole proveyeron lo necesario, y puestas las
mesas y aparadores á la sombra de aquellos
árboles, sentados todos conforme al orden de
Felicia, comieron, servidos de sabrosas y delicadas viandas en vasos de muchíssimo valor.
Acabada la comida, tornando al comensado placer, hicieron las fiestas y juegos que en el siguiente libro se dirán.

Fin del libro cuarto.

LIBRO QUINTO
DE DIANA ENAMORADA

Tan contentos estaban estos amantes en el
dichoso estado, viéndose cada cual con la deseada compañía, que los trabajos del tiempo
passado tenían olvidados. Mas los que desde
aparte miramos las penas que les costó su contentamiento, los peligros en que se vieron y
los desatinos que hicieron y dijeron antes de
llegar á él, es razón que vamos advertidos de
no meternos en semejantes penas, aunque más
cierto fuesse tras ellas el descanso, cuanto más
siendo tan incierto y dudoso, que por uno que
tuvo tal ventura se hallan mil cuyos cargos y
fatigosos trabajos con desesperada muerte fueron galardonados. Pero dejado esto aparte, vengamos á tratar de las fiestas que por los casamientos y desengaños en el jardín de Felicia se
hicieron, aunque no será possible contarlas
todas en particular. Felicia, á cuyo mandamiento estaban todos obedientes, y en cuya voluntad estaba el orden y concierto de la fiesta,
quiso que el primer regocijo fuesse bailar los
pastores y pastoras al son de las canciones por
ellos mesmos cantadas. Y ansí, sentada con
Eugenio, Polydoro, Clenarda, Marcelio, Alcida, D. Felix y Felixmena, declaró á los pastores su voluntad. Levantáronse á la hora todos,
y tomando Syreno a Diana por la mano, Sylvano á Selvagia, Montano á Ismenia y Arsileo á Belisa, concertaron un baile más gracioso
que cuantos las hermosas Dryadas ó Napeas,
sueltas al viento las rubias madejas del oro
finíssimo de Arabia, en las ameníssimas florestas suelen hacer. No se detuvieron mucho en

cortesías sobre quién cantaría primero, porque como Syreno, que era principal en aquella fiesta, estuviesse algo corrido del descuido que hasta entonces tuvo de Diana, y el empacho dello le hubiesse impedido el desculparse, quiso cantando decirle á Diana lo que la vergüenza le había consentido razonar. Por esso sin más aguardar, respondiéndole los otros, según la costumbre, cantó ansí:

Canción.

Morir debiera sin verte,
hermosíssima pastora,
pues que osé tan sola un hora
estar vivo y no quererte.

De un dichoso amor gozara,
dejado el tormento aparte,
si en acordarme de amarte
de mi olvido me olvidara.
Que de morirme y perderte
tengo recelo, pastora,
pues que osé tan sola un hora
estar vivo y no quererte.

En diferente parescer estaba Diana. Porque como aquel antiguo olvido que tuvo de Syreno con un ardentíssimo amor le había cumplidamente satisfecho, y de sus passadas fatigas se vió sobradamente pagada, no tenía ya por qué de sus descuidos se lamentasse; antes hallando su corazón abastado del possible contentamiento y libre de toda pena, mostrando su alegría é increpando el cuidado de Syreno, le respondió con esta canción:

Canción.

La alma de alegría salte;
que en tener mi bien presente
no hay descanso que me falte,
ni dolor que me atormente.

No pienso en viejos cuidados;
que agravia nuestros amores
tener presentes dolores
por los olvidos passados.
Alma, de tu dicha valte;
que con bien tan excelente
no hay descanso que te falte,
ni dolor que te atormente.

En tanto que Diana dijo su canción, llegó á la fuente una pastora de extremadíssima hermosura, que en aquella hora á la casa de Felicia había venido, é informada que la sabia estaba en el jardín, por verla y hablarla, allí había venido. Llegada donde Felicia estaba, arrodillada delante della, le pidió la mano para se la besar, y después le dijo: Perdonar se me debe, sabia señora, el atrevimiento de entrar aquí sin tu licencia, considerando el deseo que tenía de verte y la necesidad que tengo de tu sabiduría. Traigo una fatiga en el corazón, cuyo remedio está en tu mano; mas el darte cuenta della lo guardo para mejor ocasión, porque en semejante tiempo y lugar es descomedimiento tratar cosas de tristeza. Estaba aún MELISEA, que este era el nombre de la pastora, delante Felicia arrodillada, cuando vido por un corredor de la huerta venir un pastor hacia la fuente, y en verle dijo: Esta es otra pesadumbre, señora, tan molesta y enojosa, que para librarme della no menos he menester vuestros favores. En esto el pastor, que NARcisso se decía, llegó en presencia de Felicia y de aquellos caballeros y damas, y hecho el debido acatamiento, comenzó á dar quejas á Felicia de la pastora Melisea, que presente tenía, diciendo cómo por ella estaba atormentado, sin haber de su boca tan solamente una benigna respuesta. Tanto que de muy lejos hasta allí había venido en su seguimiento, sin poder ablandar su rebelde y desdeñoso corazón. Hizo FELICIA levantar á Melisea, y atajando semejantes contenciones: No es tiempo, dijo, de escuchar largas historias; por agora, tú, Melisea, da á Narcisso la mano, y entrad entrambos en aquella danza, que en lo demás á su tiempo se pondrá remedio. No quiso la pastora contradecir al mandamiento de la sabia, sino que en compañía de Narcisso se puso á bailar juntamente con las otras pastoras. A este tiempo la venturosa ISMENIA, que para cantar estaba apercebida, dando con el gesto señal del interno contentamiento que tenía después de tan largos cuidados, cantó desta suerte:

Canción.

Tan alegres sentimientos
recibo, que no me espanto,
si cuesta dos mil tormentos
un placer que vale tanto.

Yo aguardé, y el bien tardó,
mas cuando el alma le alcanza,
con su deleite pagó
mi aguardar y su tardanza.
Vengan las penas á cuentos,
no hago caso del llanto,
si me dan por mil tormentos
un placer que vale tanto.

Ismenia, al tiempo que cantaba, y aun antes y después, cuasi nunca partió los ojos de su querido Montano. Pero él como estaba algo afrentado del engaño en que tanto tiempo, con tal agravio de su esposa había vivido, no osaba mirarla sino á hurto al dar de la vuelta en la danza, estando ella de manera que no podía mirarle, y esto porque algunas veces, que había probado mirarla en el gesto, confundido con la vergüenza que le tenía y vencido de la luz de aquellos radiantes ojos, que con afición de contino le miraban, le era forzoso bajar los suyos al suelo. Y como en ello vió que tanto perdía, dejando de ver á la que tenía por su descanso, tomando esto por ocasión, encaminando su cantar á la querida Ismenia, desta manera dijo:

Canción.

,   Vuelve agora en otra parte,
    zagala, tus ojos bellos;
    que si me miras con ellos
    es excusado mirarte.

Con tus dos soles me tiras
    rayos claros de tal suerte,
    que, aunque vivo en solo verte,
    me matas cuando me miras.
Ojos, que son de tal arte,
    guardados has de tenellos:
    que si me miras con ellos,
    es excusado mirarte.

Como nieve al sol caliente,
    como á flechas el terrero,
    como niebla al viento fiero,
    como cera al fuego ardiente:
Ansi se consume y parte
    la alma en ver tus ojos bellos:
    pues si me miras con ellos,
    es excusado mirarte.

¡Ved qué sabe hacer amor,
    y la Fortuna qué ordena!
    que un galardón de mi pena
    acresciente mi dolor.
A darme vida son parte
    essos ojos sólo en vellos:
    mas si me miras con ellos,
    es excusado mirarte.

MELISEA, que harto contra su voluntad con el desamado Narciso hasta entonces había bailado, quiso de tal pesadumbre vengarse con una desamorada canción, y á propósito de las penas y muertes en que el pastor decía cada día estar á causa suya, burlándose de todo ello, cantó ansí:

Canción.

Zagal, vuelve sobre ti;
    que por excusar dolor
    no quiero matar de amor,
    ni que Amor me mate á mí.

Pues yo viviré sin verte,
    tú por amarme no mueras,
    que ni quiero que me quieras
    ni determino quererte.

Que pues tú dices que ansi
    se muere el triste amador,
    ni quiero matar de amor
    ni que Amor me mate á mi.

No mediana pena recibió Narcisso con el crudo cantar de su querida, pero esforzándose con la esperanza que Felicia le había dado de su bien, y animándose con la constancia y fortaleza del enamorado corazón, le respondió añadiendo dos coplas á una canción antigua que decía:

Si os pesa de ser querida,
    yo no puedo no os querer,
    pesar habréis de tener,
    mientras yo tuviere vida.

Sufrid que pueda quejarme,
    pues que sufro un tal tormento,
    ó cumplid vuestro contento
    con acabar de matarme.
Que según sois descreída,
    y os ofende mi querer,
    pesar habréis de tener,
    mientras yo tuviere vida.

Si pudiendo conosceros,
    pudiera dejar de amaros,
    quisiera, por no enojaros,
    poder dejar de quereros.
Mas pues vos seréis querida,
    mientras yo podré querer,
    pesar habréis de tener,
    mientras yo tuviere vida.

Tan puesta estaba MELISEA en su crueldad, que apenas había Narcisso dicho las postreras palabras de su canción, cuando antes que otro cantasse, desta manera replicó:

Canción.

Mal consejo me paresca,
    enamorado zagal,
    que á ti mismo quieres mal,
    por amar quien te aborresce.

Para ti debes guardar
    esse corazón tan triste,
    pues aquella á quien le diste,
    jamás le quiso tomar.
A quien no te favoresce,
    no la sigas, piensa en ál,
    y á ti no te quieras mal,
    por querer quien te aborresce.

No consintió NARCISO que la canción de Melisea quedasse sin respuesta, y ansí con gentil gracia cantó, haciendo nuevas coplas á un viejo cantar que dice:

*Despué́s que mal me quesistes
nunca más me quise bien,
por no querer bien á quien
vos, señora, aborrescistes.*

Si cuando os miré no os viera,
ó cuando os vi no os amara,
ni yo muriendo viviera,
ni viviendo os enojara.
Mas bien es que angustias tristes
penosa vida me den,
que cualquier mal le está bien
al que vos mal le quesistes.

Sepultado en vuestro olvido
tengo la muerte presente,
de mí mesmo aborrescido
y de vos y de la gente.
Siempre contento me vistes
con vuestro airado desdén,
aunque nunca tuve bien
despué́s que mal me quesistes.

Tanto contento dió á todos la porfía de Narcisso y Melisea, que aumentara mucho en el regocijo de la boda si no quedara templado con el pesar que tuvieron de la crueldad que ella mostraba y con la lástima que les causó la pena que él padescía. Despué́s que Narcisso dió fin á su cantar, todos volvieron los ojos á Melisea, esperando si replicaría. Pero calló, no porque le faltassen canciones crueles y ásperas con que lastimar el miserable enamorado, ni porque dejasse de tener voluntad para decirlas; más, según creo, por no ser enojosa á toda aquella compañía. Selvagia y Belisa fueron rogadas que cantassen, pero excusáronse, diciendo que no estaban para ello. Bueno sería, dijo DIANA, que saliéssedes de la fiesta sin pagar el escote. Esso, dijo FELIXMENA, no se debe consentir, por lo que nos importa escuchar tan delicadas voces. No queremos, dijeron ellas, dejar de serviros en esta solemnidad con lo que supiéremos hacer, que será harto poco; pero perdonadnos el cantar, que en lo demás haremos lo possible. Por mi parte, dijo ALCIDA, no permitiré que dejéis de cantar ó que otros por vosotras lo hagan. ¿Quién mejor, dijeron ellas, que Sylvano y Arsileo, nuestros maridos? Bien dicen las pastoras, respondió MARCELIO, y aun sería mejor que ambos cantassen una sola canción, el uno cantando y el otro respondiendo, porque á ellas les será menos trabajoso y á nosotros muy agradable. Mostraron todos que holgarían mucho de semejante manera de canción, por saber que en ella se mostraba la viveza de los ingenios en preguntar y responder. Y ansí SYLVANO y ARSILEO, haciendo señal de ser contentos, volviendo á proseguir la danza, cantaron desta suerte:

Canción.

SYLVANO. Pastor, mal te está el callar:
canta y dinos tu alegría.
ARSILEO. Mi placer poco sería
si se pudiesse contar.
SYLVANO. Aunque tu ventura es tanta,
dinos de ella alguna parte.
ARSILEO. En empresas de tal arte
comenzar es lo que espanta.
SYLVANO. Acaba ya de contar
la causa de tu alegría.
ARSILEO. ¿De que modo acabaría
quien no basta á comenzar?
SYLVANO. No es razón que se consienta
tu deleite estar callado.
ARSILEO. La alma, que sola ha penado,
ella sola el gozo sienta.
SYLVANO. Si no se viene á tratar
no se goza una alegría.
ARSILEO. Si ella es tal como la mía
no se dejará contar.
SYLVANO. ¿Cómo en esse corazón
cabe un gozo tan crescido?
ARSILEO. Téngole donde he tenido
mi tan sobrada passión.
SYLVANO. Donde hay bien no puede estar
escondido todavía.
ARSILEO. Cuando es mayor la alegría
menos se deja contar.
SYLVANO. Ya yo he visto que tu canto
tu alegría publicaba.
ARSILEO. Decía que alegre estaba,
pero no cómo ni cuánto.
SYLVANO. Ella se hace publicar.
cuando es mucha una alegría.
ARSILEO. Antes muy poca sería
si se pudiesse contar.

Otra copla querían decir los pastores en esta canción, cuando una compañía de Nymphas, por orden de Felicia, llegó á la fuente, y cada cual con su instrumento tañendo movían un extraño y deleitoso estruendo. Una tañía su laúd, otra un harpa, otra con una flauta hacía maravilloso contrapunto, otra con la delicada pluma las cuerdas de la cítara hacía retiñir, otras las de la lira con las resinosas cerdas hacía resonar, otras con los albogues y chapas hacían en el aire delicadas mudanzas, levantando allí tan alegre música que dejó los que presentes estaban atónitos y maravillados. Iban estas Nymphas vestidas á maravilla, cada cual de su color, las madejas de los dorados cabellos encomendadas al viento, sobre sus cabezas puestas hermosas coronas de rosas y flores atadas y envueltas con hilo de oro y plata. Los pastores, en ver este hermosíssimo coro, dejando la danza comenzada, se sentaron, atentos á la admirable melodía y concierto de los varios y suaves instrumentos. Los cuales algunas veces de dulces y delicadas voces acompañados causaban extraño deleite. Salieron luego de través seis Nymphas vestidas de raso carmesí, guarnecido de follajes de oro y plata, puestos sus cabellos en torno de la cabeza, cogidos con unas redes anchas de hilo de oro de Arabia, llevando ricos prendedores de rubines y esmeraldas, de los cuales sobre sus frentes caían unos diamantes de extremadíssimo valor. Calzaban colorados borzeguines, subtilmente sobredorados, con sus arcos en las manos, colgando de sus hombros las aljabas. Desta manera hicieron una danza al son que los instrumentos hacían, con tan gentil orden que era cosa de espantar. Estando ellas en esto, salió un hermosíssimo ciervo blanco, variado con unas manchas negras puestas á cierto espacio, haciendo una graciosa pintura. Los cuernos parescían de oro, muy altos y partidos en muchos ramos. En fin, era tal como Felicia le supo fingir para darles regocijo. A la hora, visto el ciervo, las Nymphas le tomaron en medio, y danzando continuamente, sin perder el son de los instrumentos, con gran concierto comenzaron á tirarle, y él con el mesmo orden, después de salidas las flechas de los arcos, á una y otra parte moviéndose, con muy diestros y graciosos saltos se apartaba. Pero después que buen rato passaron en este juego, el ciervo dió á huir por aquellos corredores. Las Nymphas yendo tras él, y siguiéndole hasta salir con él de la huerta, movieron un regocijado alarido, al cual ayudaron las otras Nymphas y pastoras con sus voces, tomando desta danza un singular contentamiento. Y en esto las Nymphas dieron fin á su música. La sabia Felicia, porque en aquellos placeres no faltasse lición provechosa para el orden de la vida, probando si habían entendido lo que aquella danza había querido significar, dijo Diana: Graciosa pastora, ¿sabrásme decir lo que por aquella caza del hermoso ciervo se ha de entender? No soy tan sabia, respondió ella, que sepa atinar tu subtilidades ni declarar tus enigmas. Pues yo quiero, dijo Felicia, publicarte lo que debajo de aquella invención se contiene. El ciervo es el humano corazón, hermoso con los delicados pensamientos y rico con el sossegado contentamiento. Ofréscese á las humanas inclinaciones, que le tiran mortales saetas; pero con la discreción, apartándose á diversas partes y entendiendo en honestos ejercicios, ha de procurar de defenderse de tan dañosos tiros. Y cuando dellos es muy perseguido ha de huir á más andar y podrá desta manera salvarse; aunque las humanas inclinaciones, que tales flechas le tiraban, irán tras él y nunca dejarán de acompañarle hasta salir de la huerta desta vida. ¿Cómo había yo, dijo Diana, de entender tan dificultoso y moral enigma si las preguntas en que las pastoras nos ejercitamos, aunque fuessen muy llanas y fáciles, nunca las supe adevinar? No te amengues tanto, dijo Selvagia, que lo contrario he visto en ti, pues ninguna vi que te fuesse dificultosa. A tiempo estamos, dijo Felicia, que lo podremos probar, y no será de menos deleite esta fiesta que las otras. Diga cada cual de vosotros una pregunta, que yo sé que Diana las sabrá todas declarar. A todos les paresció muy bien, sino á Diana, que no estaba tan confiada de sí que se atreviesse á cosa de tanta dificultad; pero por obedescer á Felicia y complacer á Syreno, que mostró haber de tomar dello placer, fué contenta de emprender el cargo que se le había impuesto. Sylvano, que en decir preguntas tenía mucha destreza, fué el que hizo la primera, diciendo: Bien sé, pastora, que las cosas escondidas tu viveza las descubre, y las cosas encumbradas tu habilidad las alcanza; pero no dejaré de preguntarte, porque tu respuesta ha de manifestar tu ingenio delicado. Por esso dime qué quiere decir esto:

Pregunta.

Junto á un pastor estaba una doncella,
   tan flaca como un palo al sol secado,
   su cuerpo de ojos muchos rodeado,
   con lengua que jamás pudo movella.
A lo alto y bajo el viento vi traella,
   mas de una parte nunca se ha mudado,
   vino á besarla el triste enamorado
   y ella movió tristíssima querella.
Cuanto más le atapó el pastor la boca,
   más voces da porque la gente acuda,
   y abriendo está sus ojos y cerrando.
Ved qué costó forzar zagala muda,
   que al punto que el pastor la besa ó toca,
   él queda enmudecido y ella hablando.

Esta pregunta, dijo Diana, aunque es buena, no me dará mucho trabajo, porque á ti mesmo te la oí decir un día en la fuente de los alisos, y no sabiendo ninguna de las pastoras que allí estábamos adevinar lo que ella quería decir, nos la declaraste diciendo que la *doncella* era la *zampoña ó flauta* tañida por un pastor. Y aplicaste todas las partes de la pregunta á los efectos que en tal música comúnmente acontescen. Riéronse todos de la poca memoria de Sylvano y de la mucha de Diana; pero Sylvano, por desculparse y vengarse del corrimiento, sonriéndose dijo: No os maravilléis de mi desacuerdo, pues este olvido no paresce tan mal como el de Diana ni es tan dañoso como el de Syreno. Vengado estás, dijo Syreno, pero más lo estuvieras si nuestros olvidos no hubiessen parado en tan perfecto amor y en tan venturoso estado. No haya más, dijo SELVAGIA, que todo está bien hecho. Y tú, Diana, respóndeme á lo que quiero preguntar, que yo quiero probar á ver si hablaré más escuro lenguaje que Sylvano. La pregunta que quiero hacerte dice:

Pregunta.

Vide un soto levantado
sobre los aires un día,
el cual, con sangre regado,
con gran ansia cultivado
muchas hierbas producía.
De allí un manojo arrancando,
y sólo con él tocando
una sabia y cuerda gente,
la dejé cabe una puente
sin dolores lamentando.

Vuelta á la hora DIANA, á su esposo dijo: ¿No te acuerdas, Syreno, haber oído esta pregunta la noche que estuvimos en casa de Iranio mi tío? ¿no tienes memoria cómo la dijo allí Maroncio, hijo de Fernaso? Bien me acuerdo que la dijo, respondio SYRENO, pero no de lo que significaba. Pues yo, dijo DIANA, tengo dello memoria: decía que el *soto es la cola del caballo*, de donde se sacan las cerdas, con que las cuerdas del rabel tocadas dan voces, aunque ningunos dolores padescen. SELVAGIA dijo que era ansí y que el mesmo Maroncio, autor de la pregunta, se la había dado como muy señalada aunque había de mejores. Muchas hay más delicadas, dijo BELISA, y una dellas es la que yo diré agora. Por esso apercíbete, Diana, que desta vez no escapas de vencida. Ella dice deste modo:

Pregunta.

¿Cuál es el ave ligera
que está siempre en un lugar,
y anda siempre caminando,
penetra y entra do quiera,
de un vuelo passa la mar,
las nubes sobrepujando?
Ansi vella no podemos,
y quien la está descubriendo,
sabio queda en sola un hora;
mas tal vez la conoscemos,
las paredes solas viendo
de la casa donde mora.

Más desdichada, dijo DIANA, ha sido tu pregunta que las passadas, Belisa, pues no declarara ninguna dellas si no las hubiera otras veces oído, y la que dijiste, en ser por mí escuchada luego fué entendida. Hácelo, creo yo, ser ella tan clara, que á cualquier ingenio se manifestará. Porque harto es evidente que por el *ave*, que tú dices, se entiende el *pensamiento*, que vuela con tanta ligereza y no es visto de nadie, sino conoscido y conjeturado por las señales del gesto y cuerpo donde habita. Yo me doy por vencida, dijo BELISA, y no tengo más que decir sino que me rindo á tu discreción y me someto á tu voluntad. Yo te vengaré, dijo ISMENIA, que sé un enigma que á los más avisados pastores ha puesto en trabajo; yo quiero decirle, y verás cómo haré que no sea Diana tan venturosa con él como con los otros; y vuelta á Diana dijo:

Pregunta.

Decí, ¿cuál es el maestro
que su dueño le es criado,
está como loco atado,
sin habilidades diestro
y sin doctrina letrado?
Cuando cerca le tenía,
sin oille le entendía,
y tan sabio se mostraba.
que palabra no me hablaba
y mil cosas me decía.

Yo me tuviera por dichosa, dijo DIANA, de quedar vencida de ti, amada Ismenia; mas pues lo soy en la hermosura y en las demás perfeciones, no me dará agora mucha alabanza vencer el propósito que tuviste de enlazarme con tu pregunta. Dos años habrá que un médico de la ciudad de León vino á curar á mi padre de cierta enfermedad, y como un día tuviesse en las manos un libro, tomésele yo y púseme á leerle. Y viniéndome á la memoria los provechos que se sacan de los *libros*, le dije que me parescían maestros mudos, que sin hablar eran entendidos. Y él á este propósito me dijo esta pregunta, donde algunas extrañezas y excelencias de los libros están particularmente notadas. Con toda verdad, dijo ISMENIA, no hay quien pueda vencerte, á lo menos las pastoras no tendremos ánimo para passar más adelante en la pelea; no sé yo estas damas si tendrán armas que puedan derribarte. ALCIDA, que hasta entonces había callado, gozando de oir y ver las músicas, danzas y juegos, y de mirar y hablar á su querido Marcelio, quiso también travessar en aquel juego, y dijo: Pues las pastoras has rendido, Diana, no es razón que nosotras quedemos en salvo. Bien sé que no menos adivinarás mi pregunta que las otras, pero quiero decirla porque será possible que contente. Dijomela un patrón de una nae, cuando yo navegaba de Nápoles á España, y la encomendé á la memoria, por parescerme no muy mala, y dice desta suerte:

Pregunta.

¿Quién jamás caballo vido
  que, por extraña manera,
  sin jamás haber comido,
  con el viento sostenido,
  se le iguale en la carrera?
Obra muy grandes hazañas,
  y en sus corridas extrañas
  va arrastrando el duro pecho,
  sus riendas, por más provecho,
  metidas en sus entrañas.

Un rato estuvo DIANA pensando, oída esta pregunta y hecho el discurso que para declararla era menester, y consideradas las partes della, al fin resolviéndose, dijo: Razón era, hermosa dama, que de tu mano quedasse yo vencida, y que quien se rinde á tu gentileza se rindiesse á tu discreción, y por ella se tuviesse por dichosa. Si por el *caballo* de tu enigma no se entiende la *nave*, yo confiesso que no la sé declarar. Harto más vencida quedo yo, dijo ALCIDA, de tu respuesta que tú de mi pregunta, pues confessando no saber entendella subtilmente la declaraste. De ventura he acertado, dijo DIANA, y no de saber, que á buen tino dije aquello, y no por pensar que en ello acertaba. Cualquier acertamiento, dijo ALCIDA, se ha de esperar de tan buen juicio; pero yo quiero que adevines á mi hermana Clenarda un enigma que sabe, que no me paresce malo: no sé si agora se le acordará. Y luego vuelta á Clenarda le dijo: Hazle, hermana, á esta avisada pastora aquella demanda que en nuestra ciudad heciste un día, si te acuerdas, á Berintio y Clomenio, nuestros primos, estando en casa de Elisonia en conversación. Soy contenta, dijo CLENARDA, que memoria tengo della, y tenía intención de decilla, y dice deste modo:

Pregunta.

Decidme, señores, ¿cuál ave volando
  tres codos en alto jamás se levanta,
  con pies más de treinta subiendo y bajando,
  con alas sin plumas el aire azotando,
  ni come, ni bebe, ni grita, ni canta;
Del áspera muerte vecina allegada,
  con piedras que arroja, nos hiere y maltrata,
  amiga es de gente captiva y malvada,
  y á muertes y robos contino vezada,
  esconde en las aguas la gente que mata?

DIANA entonces dijo: Esta pregunta no la adivinara yo si no hubiera oído la declaración della á un pastor de mi aldea que había navegado. No sé si tengo dello memoria, mas parésceme que dijo que por ella se entendía la *galera*, que estando en medio de las peligrosas aguas, está vecina de la muerte, y á ella y robos está vezada, echando los muertos en el mar. Por los *pies* me dijo que se entendían los *remos*, por las *alas* las *velas* y por las *piedras* que tira las *pelotas* de artillería. En fin, dijo CLENARDA, que todas habíamos de decir por un igual, porque nadie se fuesse alabando. Con toda verdad, Diana, que tu extremado saber me tiene extrañamente maravillada, y no veo premio que á tan gran merescimiento sea bastante, sino el que tienes en ser mujer de Syreno. Estas y otras pláticas y cortesías passaron, cuando Felicia, que de ver el aviso, la gala, la crianza y comedimiento de Diana espantada había quedado, sacó de su dedo un riquíssimo anillo con una piedra de gran valor, que ordinariamente traía, y dándosele en premio de su destreza, le dijo: Este servirá por señal de lo que por ti entiendo hacer: guárdale muy bien, que á su tiempo hará notable provecho. Muchas gracias hizo Diana á Felicia por la merced, y por ella le besó las manos, y lo mesmo hizo SYRENO. El cual acabadas las cortesías y agradescimientos dijo: Una cosa he notado en las preguntas que aquí se han propuesto, que la mayor parte dellas han dicho las pastoras y damas, y los hombres se han tanto enmudescido, que claramente han mostrado que en cosas delicadas no tienen tanto voto como las mujeres. D. FELIX entonces burlando dijo: No te maravilles que en agudeza nos lleven ventaja, pues en las demás perfecciones las excedemos. No pudo sufrir BELISA la burla de Don Felix, pensando por ventura que lo decía de veras, y volviendo por las mujeres dijo: Queremos nosotras, Don Felix, ser aventajadas, y en ello mostramos nuestro valor, subjetándonos de grado á la voluntad y saber de los hombres. Pero no faltan mujeres que puedan estar á parangón con los más señalados varones: que aunque el oro esté escondido ó no conoscido, no deja de tener su valor. Pero la verdad tiene tanta fuerza, que nuestras alabanzas os las hace publicar á vosotros, que mostráis ser nuestros enemigos. No estaba en tu opinión Florisia, pastora de grande sabiduría y habilidad, que un día en mi aldea, en unas bodas, donde había muchedumbre de pastores y pastoras, que de los vecinos y apartados lugares para la fiesta se habían allegado, al son de un rabel y unas chapas, que dos pastores diestramente tañían, cantó una canción en defensión y alabanza de las mujeres, que no sólo á ellas, pero á los hombres, de los cuales allí decía harto mal, sobradamente contentó. Y si mucho porfías en tu parescer, no será mucho decírtela, por derribarte de tu falsa opinión. Rieron todos del enojo que Belisa había mostrado, y en ello passaron algunos donaires. Al fin el viejo Eu-

GERIO y el hijo POLYDORO, porque no se perdiesse la ocasión de gozar de tan buena música, como de Belisa se esperaba, le dixeron:
Pastora, la alabanza y defensa á las mujeres
les es justamente debida, y á nosotros el oilla
con tu delicada voz suavemente recitada. Pláceme, dijo BELISA, aunque hay cosas ásperas
contra los hombres, pero quiera Dios que de
todas las coplas me acuerde; mas comenzaré á
decir que yo confío que, cantándolas, el mesmo
verso me las reducirá á la memoria. Luego AR-
SILEO, viendo su BELISA apercibida para cantar, comenzó á tañer el rabel, á cuyo son ella
recitó el cantar oído á Florisia, que decía desta
manera:

Canto de Florisia.

Salga fuera el verso airado
con una furia espantosa,
muéstrese el pecho esforzado,
el espíritu indignado
y la lengua rigurosa.
Porque la gente bestial,
que, parlando á su sabor,
de mujeres dice mal,
á escuchar venga otro tal
y, si es possible, peor.

Tú, que el vano pressumir
tienes ya de tu cosecha,
hombre vezado á mentir,
¿qué mal puedes tú decir
de bien que tanto aprovecha?
Mas de mal harto crescido
la mujer ocasión fué,
dando al mundo el descreído,
que tras de habelle parido
se rebela sin por qué.

Que si á luz no la sacara,
tuviera menos enojos,
porque ansí no la infamara,
y en fin cuervo no criara
que le sacasse los ojos.
¿Qué varón ha padescido,
aunque sea un tierno padre,
las passiones que ha sentido
la mujer por el marido
y por el hijo la madre?

¡Ved las madres con qué amores,
qué regalos, qué blanduras
tratan los hijos traidores,
que les pagan sus dolores
con dobladas amarguras!
¡Qué recelos, qué cuidados
tienen por los crudos hijos;
qué pena en verlos penados,
y en ver sus buenos estados,
qué cumplidos regocijos!

¡Qué gran congoja les da
si el marido un daño tiene,
y si en irse puesto está,
qué dolor cuando se va,
qué pesar cuando no viene!
Mas los hombres engañosos
no agradescen nuestros duelos:
antes son tan maliciosos,
que á cuidados amorosos
les ponen nombre de celos.

Y es que como los malvados
al falso amor de costumbre
están contino vezados.
ser muy de veras amados
les paresce pesadumbre.
Y cierto, pues por amarlos
denostadas nos sentimos,
mejor nos fuera olvidarlos,
ó en dejarlos de mirarlos,
no acordarnos si los vimos.

Pero donoso es de ver
que el de más mala manera,
en no estar una mujer
toda hecha á su placer,
le dice traidora y fiera.
Luego veréis ser nombradas
desdeñosas las modestas
y las castas mal criadas,
soberbias las recatadas
y crueles las honestas.

Ojalá á todas cuadraran
essos deshonrados nombres,
que si ningunas amaran,
tantas dellas no quedaran
engañadas de los hombres.
Que muestran perder la vida,
si algo no pueden haber,
pero luego en ser habida
la cosa vista ó querida,
no hay memoria de querer.

Fíngense tristes cansados
de estar tanto tiempo vivos,
encarescen sus cuidados,
nómbranse desventurados,
ciegos, heridos, captivos.
Hacen de sus ojos mares,
nombran llamas sus tormentos,
cuentan largos sus pesares,
los suspiros á millares
y las lágrimas á cuentos.

Ya se figuran rendidos,
ya se fingen valerosos,
ya señores, ya vencidos,
alegres estando heridos
y en la cárcel venturosos.

Maldicen sus buenas suertes,
menosprecian el vivir;
y en fin, ellos son tan fuertes,
que passan doscientas muertes
y no acaban de morir.

Dan y cobran, sanan, hieren
la alma, el cuerpo, el corazón,
gozan, penan, viven, mueren,
y en cuanto dicen y quieren
hay extraña confusión.
Y por esso cuando amor
me mostraba Melibeo,
contábame su dolor,
yo respondía: Pastor,
ni te entiendo ni te creo.

Hombres, ved cuán justamente
el quereros se difiere,
pues consejo es de prudente
no dar crédito al que miente
ni querer al que no quiere.
Pues de hoy más no nos digáis
fieras, crudas y homicidas;
que no es bien que alegres vais,
ni que ricos os hagáis
con nuestras honras y vidas.

Porque si acaso os miró
la más honesta doncella,
ó afablemente os habló,
dice el hombre que la vió:
Desvergonzada es aquélla.
Y ansí la pastora y dama
de cualquier modo padesce,
pues vuestra lengua la llama
desvergonzada, si os ama,
y cruel, si os aborresce.

Peor es que nos tenéis
por tan malditas y fuertes,
que en cuantos males habéis,
culpa á nosotras ponéis
de los desastres y muertes.
Vienen por vuestra simpleza
y no por nuestra hermosura,
que á Troya causó tristeza,
no de Helena la belleza,
mas de Paris la locura.

¿Pues por qué de deshonestas
fieramente nos tratáis,
si vosotros con las fiestas
importunas y molestas
reposar no nos dejáis?
Que á nuestras honras y estados
no habéis respetos algunos,
dissolutos, mal mirados,
cuando más desengañados,
entonces más importunos.

Y venís todos á ser
pesados de tal manera,
que queréis que la mujer
por vos se venga á perder
y que os quiera aunque no quiera.
Ansí conquistáis las vidas
de las mujeres que fueron
más buenas y recogidas:
de modo que las perdidas
por vosotros se perdieron.

¿Mas con qué versos diré
las extrañas perfecciones?
¿de qué modo alabaré
la constancia, amor y fe
que está en nuestros corazones?
Muestran quilates subidos
las que amor tan fino tratan,
que los llantos y gemidos
por los difuntos maridos
con propria muerte rematan.

Y si Hippólyto en bondad
fué persona soberana,
por otra parte mirad
muerta por la castidad
Lucrecia, noble romana.
Es valor cual fué ninguno
que aquel mancebo gentil
desprecie el ruego importuno,
mas Hippólyto fué uno
y Lucrecias hay dos mil.

Puesta aparte la belleza
en las cosas de doctrina,
á probar nuestra viveza
basta y sobra la destreza
de aquella Sapho y Corina.
Y ansí los hombres letrados
con engañosa cautela,
soberbios en sus estados,
por no ser aventajados
nos destierran de la escuela.

Y si autores han contado
de mujeres algún mal,
no descresce nuestro estado,
pues los mesmos han hablado
de los hombres otro tal.
Y esto poca alteración
causa en nuestros meresceres,
que forzado es de razon
que en lo que escribe un varón
se diga mal de mujeres.

Pero allí mesmo hallaréis
mujeres muy excelentes,
y si mirar lo queréis,
muchas honestas veréis
fieles, sabias y valientes.

Ellas el mundo hermosean
con discreción y belleza,
ellas los ojos recrean,
ellas el gozo acarrean
y destierran la tristeza.

Por ellas honra tenéis,
hombres de malas entrañas,
por ellas versos hacéis
y por ellas entendéis
en las valientes hazañas.
Luego los que os empleáis
en buscar vidas ajenas,
si de mujeres tratáis,
por una mala que halláis
no infaméis á tantas buenas.

Y si no os pueden vencer
tantas que hay castas y bellas,
mirad una que ha de ser
tal que sola ha de tener
cuanto alcanzan todas ellas.
Los más perfectos varones
sobrepujados los veo
de las muchas perfecciones
que della en pocas razones
cantaba un día Proteo.

Diciendo: En el suelo ibero,
en una edad fortunada
ha de nascer un lucero,
por quien Cynthia ver espero
en la lumbre aventajada.
Y será una dama tal,
que volverá el mundo ufano,
su casta ilustre y real
haciendo más principal
que la suya el africano.

Alégrese el mundo ya,
y esté advertido todo hombre
que de aquesta que vendrá
Castro el linaje será,
Doña Hieronyma el nombre.
Con Bolea ha de tener
acabada perfección,
siendo encumbrada mujer
del gran vicecanciller
de los reinos de Aragón.

Viendo estos dos, no presuma
Roma igualar con Iberia,
mas de envidia se consuma
de ver que él excede á Numa
y ella vale más que Egeria.
Vencerá á Porcia en bondad,
á Cornelia en discreción,
á Livia en la dignidad,
á Sulpicia en castidad
y en belleza á cuantas son.

Esto Proteo decía
y Eco á su voz replicaba;
la tierra y mar parecía
recebir nueva alegría
de la dicha que esperaba.
Pues de hoy más la gente fiera
deje vanos pareceres,
pues cuando tantas no hubiera,
ésta sola engrandesciera
el valor de las mujeres.

Parescieron muy bien las alabanzas y defensas de las mujeres y la gracia con que por Belisa fueron cantadas, de lo cual Don Felix quedó convencido, Belisa contenta y Arsileo muy ufano. Todos los hombres que allí estaban confessaron que era verdad cuanto en la canción estaba dicho en favor de las mujeres, no otorgando lo que en ella había contra los varones, especialmente lo que apuntaba de los engaños, cautelas y fingidas penas; antes dijeron ser ordinariamente más firme su fe y más encarescido su dolor de lo que publicaban. Lo que más á Arsileo contentó fué lo de la respuesta de Florisia á Melibeo, tanto por ser ella muy donosa y avisada, como porque algunas veces había oído á Belisa una canción hecha sobre ella, de la cual mucho se agradaba. Por lo cual le rogó que en tan alegre día, para contento de tan noble gente, la cantasse, y ella, como no sabía contradecir á su querido Arsileo, aunque cansada del passado cantar, al mesmo son la dijo, y era esta:

Canción.

Contando está Melibeo
á Florisia su dolor,
y ella responde: *Pastor,
ni te entiendo ni te creo.*

El dice: Pastora mía,
mira con qué pena muero,
que de grado sufro y quiero
el dolor que no querría.
Arde y muérese el deseo,
tengo esperanza y temor.
Ella responde: *Pastor,
ni te entiendo ni te creo.*

El dice: El triste cuidado
tan agradable me ha sido,
que cuanto más padescido,
entonces más deseado.
Premio ninguno deseo,
y estoy sirviendo al Amor.
Ella responde: *Pastor,
ni te entiendo ni te creo.*

El dice: La dura muerte
deseara si no fuera

por la pena que me diera
dejar, pastora, de verte.
Pero triste, si te veo,
padezco muerte mayor.
Ella responde: *Pastor,
ni te entiendo ni te creo.*

El dice: Muero en mirarte
y en no verte estoy penando;
cuando más te voy buscando
más temor tengo de hallarte.
Como el antiguo Proteo
mudo figura y color.
Ella responde: *Pastor,
ni te entiendo ni te creo.*

El dice: Haber no pretendo
más bien del que la alma alcanza,
porque aun con la esperanza
me paresce que te ofendo.
Que mil deleites posseo
en tener por ti un dolor.
Ella responde: *Pastor,
ni te entiendo ni te creo.*

En tanto que Belisa cantó sus dos cantares, Felicia había mandado á una Nympha lo que había de hacer para que allí se moviese una alegre fiesta, y ella lo supo tan bien ejecutar, que al punto que acababa la pastora de cantar se sintieron en el río grandes voces y alaridos, mezclados con el ruido de las aguas. Vueltos todos hacia allá, y llegándose á la ribera, vieron venir río abajo doce barcas en dos escuadras, pintadas de muchos colores y muy ricamente aderezadas: las seis traían las velas de tornasol blanco carmesí, y en las popas sus estandartes de lo mesmo, y las otras seis velas y banderas de damasco morado, con bandas amarillas. Traían los remos hermosamente sobredorados y venían de rosas y flores cubiertas y adornadas. En cada una dellas había seis Nymphas vestidas con aljubas, es á saber: las de la una escuadra de terciopelo carmesí con franjas de plata, y las de la otra de terciopelo morado, con guarniciones de oro; sus brazos arregazados, mostrando una manga justa de tela de oro y plata, sus escudos embrazados á manera de valientes Amazonas. Los remeros eran unos salvajes coronados de rosas, amarrados á los bancos con cadenas de plata. Levantóse en ellos un gran estruendo de clarines, chirimías, cornetas y otras suertes de música, á cuyo son entraron dos á dos río abajo con un concierto que causaba grande admiración. Después desto se partieron en dos escuadrones, y salió de cada uno dellos un barco, quedando los otros á una parte. En cada cual de estos dos barcos venía un salvaje vestido de los colores de su parte, puestos los pies sobre la proa, llevando

un escudo que le cubría de los pies á la cabeza, y en la mano derecha una lanza pintada de colores. Amainaron entrambos las velas, y á fuerza de remos arremetieron el uno contra el otro con furia muy grande. Movióse grande alarido de las Nymphas y salvajes, y de los que con sus voces los favorescían. Los remeros emplearon allí todas sus fuerzas, procurando los unos y los otros llevar mayor ímpetu y hacer más poderoso encuentro. Y viniéndose á encontrar los salvajes con las lanzas en los escudos, era cosa de gran deleite lo que les acaescía. Porque no tenían tantas fuerzas ni destreza, que con la furia con que los barcos corrían y con los golpes de las lanzas quedassen en pie, sino que unas veces caían dentro de los bajeles y otras en el río. Con esto allí se movía la risa, el regocijo y la música, que nunca cessaba. Los justadores la vez que caían en el agua iban nadando, y siendo de las Nymphas de su parcialidad recogidos, volvían otra vez á justar, y cayendo de nuevo, multiplicaron el regocijo. Al fin el barco de carmesí vino con tanta furia y su justador tuvo tanta destreza, que quedó en pie, derribando en el río á su contrario. A lo cual las Nymphas de su escuadrón levantaron tal vocería y disparon tan extraña música, que las adversarias quedaron algo corridas, y señaladamente un SALVAJE robusto y soberbio, que afrentado y muy feroz dijo: ¿Es possible que en nuestra compañía haya hombre de tan poca habilidad y fuerza que no pueda resistir á golpes tan ligeros? Quitadme, Nymphas, esta cadena, y sirva en mi lugar por remero quien ha sido tan flojo justador, veréis cómo os dejaré á vosotras vencedoras y á las contrarias muy corridas. Dicho esto, librado por una hermosa Nympha de la cadena, con un bravo denuedo tomó la lanza y el escudo, y púsose en pie sobre la proa. A la hora los salvajes con valerosos ánimos comenzaron á remar, y las Nymphas á mover grande vocería. El contrario barco vino con el mesmo ímpetu, pero su salvaje no hubo menester emplear la lanza para quedar vencedor, porque el justador, que tanto había braveado, antes que se encontrassen, con la furia que su barco llevaba, no pudo ni supo tenerse en pie, sino que con su lanza y escudo cayó en el agua, dando claro ejemplo de que los más soberbios y presumptuosos caen en mayores faltas. Las Nymphas le recogieron, que iba nadando, aunque no lo merescía. Pero los cinco barcos de morado que aparte estaban, viendo su compañero vencido, á manera de afrentados todos arremetieron. Los otros cinco de carmesí hicieron lo mesmo, y comenzaron las Nymphas á tirar muchedumbre de pelotas de cera blanca y colorada, huecas y llenas de aguas olorosas, levantando tal grita y peleando con tal orden y concierto, que figuraron allí una reñida batalla, como si verdaderamente lo fuera. Al fin de la cual los barcos de la devisa morada mostraron quedar rendidos, y las contrarias Nymphas saltaron en ellos á manera de vencedoras, y luego con la mesma música vinieron á la ribera, y desembarcaron las vencedoras y vencidas con los captivos salvajes, haciendo de su beldad muy alegre muestra. Passado esto, Felicia se volvió á la fuente donde antes estaba, y Eugerio y la otra compañía, siguiéndola, hicieron lo mesmo. Al tiempo que vinieron á ella, hallaron un pastor que en tanto que había durado la justa había entrado en la huerta y se había sentado junto al agua. Parescióles á todos muy gracioso, y especialmente á FELICIA, que ya le conoscía, y ansí le dijo: A mejor tiempo no pudieras venir, Turiano, para remedio de tu pena y para augmento desta alegría. En lo que toca á tu dolor, despues se tratará, mas para lo demás conviene que publiques cuanto aproveche tu cantar. Ya veo que tienes el rabel fuera del zurrón, paresciendo querer complacer á esta hermosa compañía; canta algo de tu Elvinia, que dello quedarás bien satisfecho. Espantado quedó el pastor que Felicia le nombrasse á él y á su zagala, y que á su pena alivio prometiesse; pero pensando pagarle más tales ofrescimientos con hacer su mandado que con gratificarlos de palabras, estando todos assentados y atentos, se puso á tañer su rabel y á cantar lo siguiente:

Rimas provenzales.

Cuando con mil colores devisado
    viene el verano en el ameno suelo,
    el campo hermoso está, sereno el cielo,
    rico el pastor y próspero el ganado.
Philomena por árboles floridos
    da sus gemidos:
    hay fuentes bellas,
    y en torno dellas,
    cantos suaves
    de Nymphas y aves.
    Mas si Elvinia de allí sus ojos parte,
    habrá contino hibierno en toda parte.

Cuando el helado Cierzo de hermosura
    despoja hierbas, árboles y flores,
    el canto dejan ya los ruiseñores
    y queda el yermo campo sin verdura.
Mil horas son más largas que los días
    las noches frías,
    espessa niebla
    con la tiniebla
    escura y triste
    el aire viste.
    Mas salga Elvinia al campo, y por doquiera
    renovará la alegre primavera.

Si alguna vez envia el cielo airado
    el temeroso rayo ó bravo trueno,
    está el pastor de todo amparo ajeno,
    triste, medroso, atónito y turbado.
Y si granizo ó dura piedra arroja,
    la fruta y hoja
    gasta y destruye,
    el pastor huye
    á passo largo,
    triste y amargo.
    Mas salga Elvinia al campo, y su belleza
    desterrará el recelo y la tristeza.

Y si acaso tañendo estó ó cantando
    á sombra de olmos ó altos valladares,
    y están con dulce acento á mis cantares
    la mirla y la calandria replicando;
Cuando suave expira el fresco viento,
    cuando el contento
    más soberano
    me tiene ufano,
    libre de miedo,
    lozano y ledo:
    si assoma Elvinia airada, assí me espanto,
    que el rayo ardiente no me atierra tanto.

Si Delia en perseguir silvestres fieras,
    con muy castos cuidados ocupada
    va de su hermosa escuadra acompañada,
    buscando sotos, campos y riberas;
Napeas y Hamadriadas hermosas
    con frescas rosas
    le van delante,
    está triunfante
    con lo que tiene;
    pero si viene
    al bosque donde caza Elvinia mía,
    parecerá menor su lozanía.

Y cuando aquellos miembros delicados
    se lavan en la fuente esclarescida,
    si allí Cyntia estuviera, de corrida
    los ojos abajara avergonzados.
Porque en la agua de aquella transparente
    y clara fuente
    el mármol fino
    y peregrino
    con beldad rara
    se figurara,
    y al atrevido Acteon, si la viera,
    no en ciervo, pero en mármol convertiera.

Canción, quiero mil veces replicarte
    en toda parte,
    por ver si el canto
    amansa un tanto
    mi clara estrella,
    tan cruda y bella.
    Dichoso yo si tal ventura hubiesse
    que Elvinia se ablandasse ó yo muriesse.

No se puede encarescer lo que les agradó la voz y gracia del zagal, porque él cantó de manera, y era tan hermoso, que paresció ser Apolo, que otra vez había venido á ser pastor, porque otro ninguno juzgaron suficiente á tanta belleza y habilidad. MONTANO, maravillado desto, le dijo: Grande obligación tiene, zagal, la pastora Elvinia, de quien tan subtilmente has cantado, no sólo por lo que gana en ser querida de tan gracioso pastor como tú eres, pero en ser sus bellezas y habilidades con tan delicadas comparaciones en tus versos encarescidas. Pero siendo ella amada de ti, se ha de imaginar que ha de tener última y extremada perfección, y una de las cosas que más para ello la ayudarán, será la destreza y ejercicio de la caza, en la cual con Diana la igualaste, porque es una de las cosas que más belleza y gracia añaden á las Nymphas y pastoras. Un zagal conoscí yo en mi aldea, y aun Ismenia y Selvagio también le conoscen, que, enamorado de una pastora nombrada Argía, de ninguna gentileza suya más captivo estaba que de una singular destreza que tenía en tirar un arco, con que las fieras y aves con agudas y ciertas flechas enclavaba. Por lo cual el pastor, nombrado Olympio, cantaba algunas veces un soneto sobre la destreza, la hermosura y crueldad de aquella zagala, formando entre ella y la Diosa Diana y Cupido un desafío de tirar arco, cosa harto graciosa y delicada, y por contentarme mucho le tomé de cabeza. A esto salió CLENARDA diciendo: Razón será, pues, que tengamos parte de esse contento con oirle. A lo menos á mí no me puede ser cosa más agradable que oirtele cantar, siquiera por la devoción que tengo al ejercicio de tirar arco. Pláceme, dijo MONTANO, si con ello no he de ser enojoso. No puede, dijo POLYDORO, causar enojo lo que con tan gran contento será escuchado. Tocando entonces MONTANO un rabel, cantó el soneto de Olympio, que decía:

Soneto.

Probaron en el campo su destreza
    Diana, Amor y la pastora mía,
    flechas tirando á un árbol, que tenía
    pintado un corazón en la corteza.
Allí apostó Diana su belleza,
    su arco Amor, su libertad Argía,
    la cual mostró en tirar más gallardía,
    mejor tino, denuedo y gentileza.
Y ansí ganó á Diana la hermosura,

las armas á Cupido, y ha quedado
    tan bella y tan cruel desta victoria,
Que á mis cansados ojos su figura,
    y el arco fiero al corazon cultado
    quitó la libertad, la vida y gloria.

Fué muy agradable á todos este soneto, y más la suavidad con que por Montano fué cantado. Después de consideradas en particular todas sus partes, y passadas algunas pláticas sobre la materia dél, FELICIA, viendo que la noche se acercaba, paresciéndole que para aquel día sus huéspedes quedaban asaz regocijados, haciendo señal de querer hablar, hizo que la gente, dejado el bullicio y fiesta, con ánimo atento se sossegasse, y estando todos en reposado silencio, con su acostumbrada gravedad habló ansí:

Por muy averiguado tengo, caballeros y damas, pastores y pastoras de gran merescimiento, que después que á mi casa venísteis, no podréis de mis favores ni de los servicios de mis Nymphas en ninguna manera quejaros. Pero fué tanto el deseo que tuve de complaceros y el contento que recibo en que semejantes personas le tengan por mi causa, que me paresce que, aunque más hiciera, no igualara de gran parte lo mucho que merescéis. Solos quedan entre vosotros descontentos Narcisso con la aspereza de Melisea y Turiano con la de Elvinia. A los cuales por agora les bastará consolarse con la esperanza; pues mi palabra, que no suele mentir, por la forma que más les conviene, presta y cumplida salud ciertamente les promete. A Eugerio veo alegre con el hijo, hijas y yerno, y tiene razón de estallo, despues que á causa dellos se ha visto en tantos peligros y ha sufrido tan fatigosas penas y cuidados.

Acabadas las razones de Felicia, el viejo Eugerio quedó espantado de tal sabiduría, y los demás satisfechos de tan saludable reprensión, sacando della provechoso fruto para vivir de allí adelante muy recatados. Y levantándose todos de entorno la fuente, siguiendo á la sabia, salieron del jardín, yendo al palacio á retirarse en sus aposentos, aparejando los ánimos á las fiestas del venidero día. Las cuales y lo que de Narcisso, Turiano, Tauriso y Berardo acontesció, juntamente con la historia de Danteo y Duardo, portugueses, que aquí por algunos respetos no se escribe, y otras cosas de gusto y de provecho, están tratadas en la otra parte deste libro, que antes de muchos días, placiendo á Dios, será impressa.

FIN DE LA DIANA ENAMORADA DE GASPAR GIL POLO

EL PASTOR DE FILIDA

COMPUESTO POR

LUIS GÁLVEZ DE MONTALVO

GENTIL-HOMBRE CORTESANO

———※———

CARTA DEDICATORIA DEL AUTOR AL MUY ILUS-
TRE SEÑOR DON ENRIQUE DE MENDOZA Y
ARAGÓN

Considerando que desde el tiempo que U. S.
se criaba en casa de sus excelentíssimos abuelos, aquel gran Duque del Infantado, tan digno
deste nombre, y aquella gran señora, digna hija
del Infante Fortuna, siempre U. S. fué amador de la virtud; y siempre, desde aquella edad
tierna, ha ido resplandeciendo en su pecho la
gloriosa llama de su sangre, hasta ser el mayor
testimonio della, de dó nace ser U. S. entre los
suyos el más virtuoso de los ricos y el más rico
de los virtuosos, con aquel don del cielo que
por mayor premio el mundo puede dar: amado
de grandes y menores, y de todos conocidas las
excelencias con que fué criado, sin que rabia
de tiempo ni rigor de envidia lo puedan negar
ni deshacer. Entre los venturosos que á U. S.
conocen y tratan, he sido yo uno, y estimo que
de los más, porque deseando servir á U. S. se
cumplió mi deseo, y assi dejé mi casa y otras
muy señaladas, dó fui rogado que viviesse, y
vine á ésta, donde holgaré de morir, y donde mi
mayor trabajo es estar ocioso, contento y honrado, como criado de U. S. Y assi, á ratos entretenido en mi antiguo ejercicio de la divina alteza
de la Poesía, donde son tantos los llamados y tan
pocos los escogidos, he compuesto EL PASTOR
DE FILIDA, libro humilde y pequeño, digníssimo
de su nombre, de aquel favor con que U. S.
suele amparar á los necessitados dél, en lo cual
fiado se le ofrezco, rudo y mal ataviado, como
viene de las SELVAS, para que U. S. le despierte y componga de su mano, que cuanto es

soberbio en pensamientos, es humilde en voluntad; y sabrá conocer la merced que se le hiciere,
sin miedo de que nadie le ose enojar; y yo que
le envío, me atreveré á trocar su zampoña en
trompeta heroica, que cante el bien que el
mundo de U. S. tiene y espera: cuya muy ilustre persona y estado nuestro Señor guarde y
acreciente, como todo el mundo desea. De Madrid, y Febrero 20 de 1582.

Las muy ilustres manos de U. S. besa su
criado

Gálvez de Montalvo.

EL AUTOR AL LIBRO

Pastor de mis pensamientos,
guardador de mis cuidados,
si quieres trocar los prados
por soberbios aposentos,
seráte fuerza volar
sin alas con que subir,
y habréme de lastimar,
de mí, por verte partir;
de ti, por verte quedar.

Dejarás la gravedad;
no me parezcas en esto;
también será deshonesto
que pierdas mi autoridad.
Si te vieres en aprieto,
mostraréte á ser bastante
para quedar sin defeto,
sei con el necio arrogante
y humilde con el discreto.

Cuando entre damas te vieres,
honestas, sabias, hermosas,

encubrirás cuantas cosas
contra su opinion tuvieres;
mas si te catan los senos
y en sus orejas dissuenas,
diles, con ojos serenos,
que si todas fueran buenas
las buenas valdrían menos.

No llevas capas, ni ornatos
de Parnassos, ni Helicones,
que por mis pobres rincones
apenas tenías zapatos.
Y si los Faunos acaso
por los montes te encontraren,
passa quedo, habla passo;
que donde ellos agradaren
harán de ti poco caso.

No te quiero yo obligar
á hablar de mí por tassa;
que lo que passa ó no passa,
ya sé que lo has de contar;
y si causares porfía
con lo que te enseño yo,
bajarás la fantasía,
y di que el que te enseñó
quizá menos lo entendía.

Si te aprobaren los más,
no te mueva hichazón,
que la perfeta eleción
en los menos la verás;
pero si los pocos ves
contar tus hechos por vanos,
no pretendas tu interés,
ni te cures de las manos,
que más te valdrán los pies.

Para derramar tus obras,
no tomes larga carrera:
si agradas, vas tras do quiera,
si enfadas, do quiera sobras.
Donde tus prendas están
no temas los enemigos,
y si te ves en afán
acógete á mis amigos,
que éstos no te faltarán.

No quiero negarte aquí,
que *otro gallo me cantara*
si á mí se me aconsejara
lo que te aconsejo á ti;
lo que sé te significo,
haz lo que será cordura,
no puedo dejarte rico;
mas si tuvieres ventura,
podrás valer por tu pico.

Bien conviene que recuerden
los Hados á te ayudar,
si te tienes de ganar
por lo que tantos se pierden,
podría ser que muriesses
como han hecho más de dos;
ó tantos siglos viviesses,

que hoy pidiesses por Dios,
y tú mañana lo diesses.

Si se rompiere la hebra
de mi nombre y de tu vida,
la hechura irá perdida,
como vidrio que se quiebra.
Y pues de vivir honrado
te partes tan sospechoso,
no debes juzgar tu estado
por larga vida dichoso,
ni por corta desdichado.

Mas ¡ay! que me llevas cuanto
me tenía enriquecido,
que como lo he padecido
por fuerza lo estimo en tanto,
y otras prendas que no cuento,
que parece poco seso
mezclarlas en este intento;
mas van para contrapeso,
porque no te lleve el viento.

Ora cantes, ora llores,
ora provoques á risa,
siempre será tu *devisa*:
LA CAUSA DE MIS DOLORES.
Este es el blasón que quiero,
y dél quiero que presumas;
y en lo demás te requiero,
que te faltarán las plumas
si te picas de altanero.

CENSURA

Por comissión de los Señores del Consejo de su Majestad, he visto este libro, cuyo título es EL PASTOR DE FILIDA, compuesto por Luis Gálvez de Montalvo, en prosa y verso castellano; y habiéndole passado con atención, me parece no sólo digno de salir á luz, en conformidad de la pretensión de su autor, más aun que me parece, por su pureza, propiedad, facilidad y dulzura, por la novedad de las invenciones, por la orden y disposición con que las trata, ser estimado por uno de los más aceptos que hasta ahora en este género han salido á juicio del mundo; y aunque la materia, siendo pastoril y amorosa, parece que de suyo requiere humildad y llaneza, no le ha costado tan poco guardar el decoro que en ella se pide, que no haya hecho por igual el estilo y acomodarle al propósito que se sigue, guardando las partes á él necessarias, todo lo que, con mucho estudio, de un aventajado ingenio se puede esperar: y assí, libre de pasión, me parece que se le debe conceder la licencia que pide. En Madrid á dos de Junio de 1581.

Pedro Laínez.

PRIMERA PARTE

DEL PASTOR DE FILIDA

Cuando de más apuestos y lucidos pastores florecía el Tajo, morada antigua de las sagradas Musas, vino á su celebrada ribera el caudaloso Mendino, nieto del gran rabadán Mendiano, con cuya llegada el claro río ensoberbeció sus corrientes: los altos montes de luz y gloria se vistieron; el fértil campo renovó su casi perdida hermosura, pues los pastores dél, incitados de aquella sobrenatural virtud, de manera siguieron sus pisadas que, envidioso Ebro, confuso Tormes, Pisuerga y Guadalquivir admirados, inclinaron sus cabezas, y las hinchadas urnas manaron con un silencio admirable: sólo el felice Tajo resonaba, y lo mejor de su son era Mendino, cuya ausencia sintió de suerte Henares, su nativo río, que con sus ojos acrecentó tributo á las arenas de oro. Bien le fué menester al gallardo pastor, para no sentir la ausencia de su caríssimo hermano, hallar en esta ribera al gentil Castalio, su primo, al caudaloso Cardenio, al galán Coridón, con otros muchos valerosos pastores y rabadanes, deudos y amigos de los suyos, con quien passaba dulce y agradable vida Mendino, en quien todos hallaban tan cumplida satisfación, que como olvidados de sus propias cabañas, sitios y albergues, los de Mendino estaban siempre acompañados de la mayor nobleza de la pastoría: de allí salían á los continuos juegos, y allí volvían por los debidos premios; allí se componían las perdidas amistades y por allí passaban los bienes y males de Amor, cuáles pesada y cuáles ligeramente: sólo Mendino entre todos era tan señor de sí en sus tratos, que si todos no le amaran, todos le fueran envidiosos; mas ¿quién gozará perseverancia en tanto bien contra las fuerzas del tiempo, si donde unas no bastan otras sobran? Curiosamente Mendino, guiado de los pastores de la nueva ribera, vido las más hermosas pastoras y ninfas de ella: la gracia y gallardía de Filena y Nise, la gran hermosura de Pradelia y Clori, la sin igual discreción de Nerea, acostumbrada á vencer en versos á los más celebrados poetas del Tajo; el dulcíssimo canto de Belisa, acompañado de igual valor, y otras muchas, que no quedaban atrás, no bastaron á que la libertad de Mendino no passase por muchos días adelante, hasta llegar el plazo de su deuda, que fué en un día del florido Abril, entre los salces del río, donde, retirados de los silvestres juegos los más validos pastores y las pastoras de más beldad, Elisa entre ellas fué señalada para venganza de Amor, á quien Mendino rindió las fuerzas y la voluntad á un punto.

Era Elisa de antigua y clara generación, de hermosura y gracia sin igual, de edad tierna y de maduro juicio, amada de muchos, mas de ninguno pagada, y aun el saber esto fué causa en Mendino de detenerse en descubrir su fuego, que, como las plantas con los años, iba con las horas creciendo, hasta que el sufrimiento rompió, y las secretas llamas resplandecieron por mil diversas partes, ora en placer, ora en tristeza; cuándo concertando fiestas públicas, donde á todos los pastores se aventajaba, y cuándo en profundas melancolías retirándose, aunque lo más ordinario era, olvidado del hato y los amigos, buscar los lugares donde Elisa estaba, no inocente, aunque dissimulada, de la afición de Mendino, el cual, entre temor y esperanza, determinó decirle su mal, y faltándole aliento en la presencia, tomó por medio escribirle, no en versos propios ni ajenos, ni con palabras de artificio y cuidado, sino con pura llaneza del corazón, en razones humildes como éstas:

MENDINO

«Elisa: Si el conoceros ha sido causa para desconocerme, podrálo ser también de mi disculpa en esta osadía, que os certifico que no lo es decir mis males, sino un dolor, de que debéis doleros como causa dél, y no le tuviera por tal si le mereciera; pero verme indigno del daño me quita la esperanza del remedio y me acobarda de suerte al descubrirle, que holgaría que este papel perdiesse el camino, por que no nos perdamos los dos: que esto es muy cierto, si vos, como sola señora mía, no volvéis en todo por mí, revolviendo á vuestro valor y hermosura, de cuya fuerza fuera impossible resistirme, cuanto más librarme. En fin; peno, y no hay para mí lugar de alivio, sino vuestra voluntad, que, como yo la sepa, será la medida de mi deseo, del cual, pues antes que á vos he hecho testigos á las piedras y á las plantas, no es razón que también antes que vos se duelan de quien ama la muerte por amaros.»

Este papel llegó á las manos de Elisa por las de un zagal de Mendino, que en la cabaña de la hermosa pastora tenía entrada. No fué Sirio (que asssí el zagal se llamaba) mal recibido, antes, passando Elisa muchas veces los ojos por la carta, passaron por su pecho mil consideraciones tiernas, que con cada una iba perdiendo de la entereza de su corazón, que siempre fué desdeñoso y grave, y vuelta á Sirio, le dixo: *Dile, zagal, á Mendino, que si éstas son verdades, el tiempo lo dirá por él.* Con esto el zagalejo volvió á Mendino, y Mendino tan en sí, como de muerte á vida. Primero alabó su pensamiento y la hora de su determinación, y

ofreció de nuevo la libertad á Elisa, y luego estudió los passos de su jornada con más cuidado
y menos demostraciones, que es muy de buen
enamorado, más recatado á más favor. No dejó
la compañia de los amigos y deudos, ni se apartó
de los ratos de exercicio público, aunque todos
eran pesados para él, pero con una templada
dissimulación buscaba los de su contento, y
acompañaba al viejo Sileno, venerable padre de
la hermosa pastora; y muchas veces en su compañia, y en la de Galafrón y Barcino, Mireno y
Liardo, los tres deudos y el uno apasionado de
Elisa, passaban los días por la espessura del
monte ó por las sombras del llano, á gran placer de todos, que sin más industria de su natural condición, de buenos y malos era amado,
y en cualquier lugar se le daba el primero; mas
en el pecho de Elisa no había segundo, ni el pastor quería otro bien sino éste, ni ya ella podía
detenerse en allanarse, ni Amor en favorecer sus
intentos, y assí todo era verdad, todo amor y
todo llaneza sin estorbo, que los mismos deudos y aficionados de Elisa entretenían á Mendino y le llevaban á las cabañas de Sileno; y el
mismo Sileno, sin esquivarse de que acompañasse á la cara hija por la soledad de los campos y las fuentes; y todo se podía fiar de la bondad de Mendino y del valor de Elisa, aunque
no en la opinión de Filis, hermosa ninfa del
Tajo, que, amando secretamente á Mendino, sin
osar descubrirle su intención, combatida de
amor y celos, muchas veces los buscaba, y con
fingida amistad acompañándolos, escudriñaba
sus pechos, sin entender el pastor que Filis le
amaba ni Elisa que le aborrecía. Pues como un
día, entre otros, Elisa, Filis y Clori, Mendino,
Galafrón y Castalio, se hallasen juntos á la
sombra y frescura de un manso arroyo, habiendo passado gran rato en dulces pláticas y razones, ya que el sol iba igualando los campos y
los sotos, Galafrón, incitado de los demás pastores, sacó la lira y la acompañó cantando:

GALAFRÓN

Pastora, tus ojos bellos,
mi cielo puedo llamallos,
pues en llegando á mirallos
se me passa el alma á ellos.
Ojos cuya perfección
desprecia humanos despojos,
los ojos los llamen ojos,
que el alma sabe quién son.
Pastora, la fuerza dellos
por espejo hace estimallos,
pues viene junto el mirallos
y el passarse el alma á ellos.
Muchas cosas dan señal
desta verdad sin recelo,

que tus ojos son del cielo
y su poder celestial.
Pastora, pues sólo vellos
fuerza el corazon á amallos,
y la gloria de mira'los
á passarse el alma á ellos.

Elisa fué en quien menos Galafrón puso los
ojos mientras duró su canto, y aun ella la que
menos estuvo en él: pero todos conocieron el
recato del pastor y el desdén de la pastora, y no
osando alabarle á él por ella ni hablarle á ella
en él, todos callaban, hasta que Mendino, al son
de un rabel, con esta canción rompió el silencio:

MENDINO

Si tanto gana, pastora,
quien mira tus ojos bellos,
¿qué hará el mirado dellos?
Entre mirarse y mirar,
la ventaja es conocida,
como de buscar la vida
á venir ella á buscar.
No le queda qué hallar
á aquel que merece vellos,
sino ser mirado dellos.
Aunque en su luz sin igual
no puede haber competencia,
por oficio hay diferencia
de más y menos caudal;
que si el medio principal
del deseo es conocellos,
el fin ser mirado dellos.

Este breve cantar, dilatado con dulce son y
agradable harmonía, escuchó Elisa con rostro
alegre y grave, y los demás con mucha atención
y gusto: y ya que el gentil Castalio, las manos
en el rabel y los ojos en la bella Clori, acrecen-
tarle quería, vieron venir al arroyo los dos
apuestos pastores Bruno y Turino, éste nuevamente cautivo y aquél escapado del Amor,
siendo verdad que poco antes fué Bruno el
amante y Turino el descuidado; pero á todo
bastó la hermosura y aspereza de Filis, esta
misma Filis que á Mendino secretamente amaba.
Pues como agora los dos pastores llegaron, y
vieron la causa, uno de su presente y otro de su
passado daño, ambos destos pastores admitidos,
y ambos dellos mismos rogados, ambos las manos en las liras, desta arte Bruno y assí Turino
cantaron:

BRUNO

Id, mis cuidados, de rigor vestidos
por los peñascos de dureza llenos,
que allí aun seréis por ásperos tenidos.

TURINO

Venios á mí, llenad entrambos senos
de cuerpo y alma, que el que os busca y llama,
cuando sois más, os tiene por más buenos.

BRUNO

Bien gana gloria, bien consigue fama,
quien por amar á solo su enemigo
de sí se olvida y su salud desauma.

TURINO

. Al cielo, Filis, quiero por testigo,
Filis hermosa, que me importa amarte
cuando procuro no estar mal conmigo.

BRUNO

Miedos ú una, celos á otra parte;
vayan y vengan fáciles antojos,
en cuyo gusto el alma tenga parte.

TURINO

Si para mí nacieron los enojos,
¿cómo podré no sujetar el cuello
al yugo amado sobre entrambos ojos?

BRUNO

Ya que te ves colgado de un cabello
y tu esperanza encomendada al viento,
¿qué piensas ver en recompensa dello?

TURINO

Cuando no vea más de mi tormento
y aquel valor que es ocasión del daño,
es paga justa de mi perdimiento.

BRUNO

Mira y verás tu engaño,
que tu garganta con placer desnuda;
y el presto desengaño
el duro lazo al tierno cuello añuda,
la leña pone luego,
y tu fe misma está soplando el fuego.

TURINO

Los claros ojos miro
de quien el alma, vida ó muerte quiere;
que allí sólo respiro,
donde el dolor con más rigor me hiere,
y aquella hermosura
es el Abril de mi mayor frescura.

BRUNO

¡Oh desdén de perfeción,
hágate el mundo un soberano templo,
y el fiel corazón
se ponga allí en mi muerte por ejemplo;
y con él sean colgadas
estas cadenas, rotas de apretadas!

TURINO

A ti va mi destino,
Amor; por tuyas todas mis prisiones,
que en el agro camino,
en que á tu gusto mis pisadas pones,
más aliviado ando
cuando las llevo por tu honor rastrando.

BRUNO

Vive penando entre cuidados tristes.

TURINO

Cuenta tus chistes entre los pastores.

BRUNO

Bebe dolores, sudarás fatigas.

TURINO

Come tus migas, vivirás contento.

BRUNO

Haz en el viento muros y castillos.

TURINO

Haz tú á los grillos jaulas de la avena.

BRUNO

Siembra en la arena, perderás cuidado.

TURINO

Y sin perderle quedaré pagado.

Si la hermosa Filis no fuera tan graciosa y
tan discreta, no pudiérase cansar destas canciones, porque igualmente el cautivo y el exento
la enfadaban; mas viendo que los demás con
tanto deleite los oian, la pastora hizo lo mismo
hasta el fin, que como los pastores se metieron
en cuestión de firmezas y mudanzas, ella se
volvió á Elisa, y á poco rato, despedidas de los
pastores, se entraron por la espessura de los
árboles con poco gusto de todos, y menos de
Mendino, que las quisiera seguir, pero no pudo,

que Galafrón por diversa parte le llevó hablando, y cuando le vido en soledad favorable á su intención, primero alabó la hermosura y discreción de Filis, el caudal y suerte, y sobre todo el trato tan lleno de bondad y llaneza; después le aconsejó que pússiesse en ella el pensamiento, pues en otra ninguna estaría tan bien ocupado. Ni le pareció al cortés Mendino despreciar alguna destas cosas, pero menos le salió al empleo, y como no era esto lo que Galafrón buscaba, declaróse más, y dijo que él sabía que le amaba Filis. Mendino hizo la estimación debida, y tras largas razones, á más ver se despidieron los dos y guiaron á sus ganados, que en el amparo de nobles mayorales y pastores los tenían. Graciosa cosa que Filis hizo el mismo oficio con Elisa, pidiéndole que amasse á Galafrón, pues su valor y su fe lo merecían; de dó se deja entender que Galafrón y Filis estaban de concierto, y aunque Galafrón á Mendino y Filis á Elisa se encargaron el secreto, no por esso Mendino y Elisa le guardaron; y bueno fuera que los dos se celaran ningún propio acaecimiento, ésta fuera la falta, que si en essotro la hubo quedóse en quien entendió que entre Mendino y Elisa podía, habiendo sola una alma, haber más de un corazón. Discreta era Elisa, y viendo que Filis, enamorada y celosa, los podría dañar, aconsejó á Mendino que con aparencias la entretuviesse, y serviría de más seguridad y secreto en sus veras. Lo mismo quiso Mendino que Elisa hiciesse con Galafrón, y el ponerse assí por obra fué causa en ellos de mayor deleite, porque las horas que los dos verdaderos amantes se hurtaban de todos para solos verse y conversarse, con toda aquella bondad que dos almas desnudas lo pudieran hacer, no era la peor parte el contarse lo que á él con Filis y á ella con Galafrón les sucedía. Ved si Mendino y Elisa vivirían contentos: pues Galafrón y Filis también lo estaban, hasta que no faltó quien lo viniesse á turbar en todos. Murió Padelio, noble y próspero rabadán, y vino al Tajo á heredar sus rebaños Palideo, su hermano, mancebo sabio y galán, y quitando los ojos de la herencia, los puso en la belleza de Elisa, con tanta solicitud y ardimiento, que de día en sus cabañas, con el viejo Sileno, que su grande amigo era, y de noche cercándolas con sus propios pastores, jamás faltaba: esto á gran costa y pesar de Mendino, y no menos de Elisa, porque, estorbadas las horas de su contento, los dos andaban tan sin él, que fácilmente se les echaba de ver, y lo peor fué que Sileno, con sospecha ó aviso, se receló de entrambos. Creció el cuidado en Mendino, y perdiendo el respeto á su recato, los días velaba y las noches no dormía. Y no es possible menos á quien ama en competencia, aunque verdaderamente se vea triun-

fando de su enemigo. Desta diligencia, Padileo, celoso, acrecentó la suya, y Galafrón y Filis vieron su perdición: que en los tiempos adversos nadie sabe fingir. Nublados fueron éstos que en Padileo tronaron, en Mendino y Elisa turbaron la luz, y en los ojos de Galafrón y Filis llovieron, y no por esso cesaron: pues viéndose Elisa en tanto dolor y á su querido amante, confusa y triste y imposibilitada de poderle consolar, quiso hacerlo por escrito, y con el zagal Sirio le envió una letra que decía:

ELISA

Es el papel en que escribo
el corazón que os he dado;
y el estilo mal limado,
el mismo mal en que vivo;
el agotado licor
de mis entrañas la tinta;
y la pluma que le pinta,
es con la que vuela Amor.

Recebid esta embajada,
á vos sola dirigida,
de una libertad perdida
y una voluntad ganada,
aunque por aqueste modo
pagados vamos los dos,
pues que hallo en solo vos
todo lo que pierdo en todo.

Viviendo sola y ausente
de mi propia compañía,
agravio al alma sería
preguntarle lo que siente.
Si á descubrirlo me ofrezco,
en vano me cansaré,
pues se ha de entender por fe
ó por mí que lo padezco.

Estas montañas á una
testigos firmes me son
que lo es más mi corazón
á los golpes de Fortuna.
Y este noble humilde techo,
que de albergaros fué dino,
sabe que sólo Mendino
puede caber en mi pecho.

Moradas de hombres y fieras
conocen esta verdad,
que mi mucha voluntad
no se extiende á menos veras.
Y si vos de aqueste intento
lo cierto queréis sentir,
sin alma podré vivir
con vuestro conocimiento.

Si no escucháis el dolor,
tenelde de verme así,
con tal que me deis á mí
el vuestro todo, pastor;
mas no me contenta, no,

haceros tal demasía,
más á cuento nos vendria
pagar por entrambos yo.

Si por ventura estimáis
más mi fe que vuestro gusto,
á tiempo estamos, que es justo
que mostréis lo que me amáis:
pues puedo y quiero juraros,
así me vala el quereros,
que cuanto pierdo de veros
lo voy cobrando en amaros.

El que dañarnos pretende,
aqueste cargo nos echa,
si en estorbar se aprovecha,
que en aprovechar se ofende:
y no me juzguéis culpada
en su vana pretensión,
pues sola vuestra opinión
me hace á mí deseada.

El vela noches y días,
con enojo suyo y nuestro,
mas yo os ofrezco por vuestro
el fruto de sus porfías:
él verá, por más que haga,
el poco rastro que deja,
y siendo suya la queja,
veréis vos vuestra la paga.

Imposible me es quererle,
y aun no dexar él de amarme,
que cansaréle el cansarme
más que á mí el aborrecerle.
Su bien y su mal igualo,
y por ponerle más freno,
ni le encenderé con bueno,
ni le indignaré con malo.

Si estos medios no son tales,
dadme vos otros mejores,
que aunque me los deis peores,
me serán los más cabales.
Esto es lo que Amor me enseña,
y lo que compro barato,
siendo de cera en el trato
y en la firmeza de peña.

Ausencias, muertes, debates,
adversidades y antojos,
son el toque en que á los ojos
muestra la fe sus quilates.
Los suyos os mostrará
la mía con tal excesso,
que la tomaréis sin peso
y después no os pesará.

Y pues tan claro veréis
que es mi fe tan viva y cierta,
porque no parezca muerta,
mandadla obrar y veréis
cómo atropella al momento
honra y vida sin temor,
porque no hay vida ni honor
·fuera de vuestro contento,

Andando á solas un poco
ayer, sin vos y sin mí,
en un álamo leí:
nunca mucho costó poco;
mas yo, que sé cómo lucho,
con deseo y con trabajo
borrélo y puse debajo:
nunca mucho costó mucho.

En el mar seguro y manso
se anega el desconfiado;
y al que espera ser premiado
cualquier trabajo es descanso;
con la esperanza de gloria
no puede haber mucha pena,
que el que vence en la cadena,
mayor hace la victoria.

Hay un muro en mi vergel,
á la parte de la fuente,
y un resquicio suficiente,
para hablarnos por él,
dó podrás venir seguro,
entre el norte y el lucero,
que allí, pastor, os espero,
y en Dios, de veros sin muro.

Aunque no fuera deseado, fuera de mucho contento en Mendino el papel de Elisa, pues viniendo á tan buen tiempo, fácil es de entender cómo sería recebido y cómo celebrado. Quisiera el pastor poder mostrar su alegría sin que fuera tan á costa suya; pero cerrándola dentro de su corazón, se dispuso á la siguiente noche que apenas vido el silencio della, cuando mudado el vestido, con un grueso bastón de encina con que acostumbrado estaba Mendino á despartir los toros en la pelea y á derribar los ossos en los montes, se salió de su cabaña, y rodeando la de Elisa, con atento oido y pies sordos llegó al muro señalado, donde ya la pastora le esperaba y le avisó que aun no era tiempo para hablarle de espacio, que entretanto se fuese y tornase acompañado, porque Padileo no pudiese como á solo ofenderle ni como á ocupado hallarle. A esto Mendino obedeció, y aun que pudiera buscar á su buen primo Castalio, ó al galán Coridón, su leal amigo, que con mucho gusto de Elisa era consabidor deste caso, no quiso más compañía que á Siralvo, uno de sus mayorales, de quien fiaba mucho y más podía. Juntos se fueron á aquel secreto lugar, y quedando Siralvo á la entrada dél, de donde todas las del campo descubría, Mendiano por entre el muro y las peñas, lugar estrecho y sombrio, llegó al resquicio, y sentado sobre la húmida hierba esperó, y no mucho, que presto vino la hermosa Elisa, que con su luz esclareció la noche y con su habla puso el dia en el alma de Mendino. Allí hubo razones tiernas y turbadas; allí lágrimas y risas, ruegos y promesas, y sobre todo Amor que lo sazonaba. No fué sola esta vez la que Mendino y Elisa por aquella parte se hablaron; pero no todas Mendino llevó á Siralvo que le acompañasse, porque sabía que el humilde pastor no lo era en pensamiento. Andaba furiosamente herido de los amores de FILIDA, FILIDA que por lo menos en hermosura era llamada sin par y en suerte no la tenía; y como los días con la ocupación del ganado y el recelo de Vandalio y sus pastores (á donde FILIDA estaba) no le daban lugar á procurar verla ni oirla, iba las noches y descansaba á vista de sus cabañas, y algunas veces veía á la misma FILIDA, que en compañía de sus pastoras salía á buscar la frescura de las fuentes, y entre los árboles cantaba, y haciéndose encontrado con ellas, no se esquivaba FILIDA de oirle ni de entender que le amaba, que bien sabía de Florela, pastora suya, con quien Siralvo comunicaba su mal, y de cuantos más al pastor conocían, que cabía en su virtud su deseo. Esto entendía Mendino, y lastimoso de estorbarle, muchas noches se iba solo á hablar á la hermosa Elisa, entre las cuales una el sospechoso Padileo le acechó y le vido, y fué por mejor que, celoso y desconfiado, sin decir la causa de su movimiento, pidió luego por mujer á la hermosa y discreta Albanisa, viuda del próspero Mendineo, hija del generoso rabadán Coriano, que en la ribera del Henares vivía, y allí desde las antiguas cabañas de su padre apacentaba en la fértil ribera 1.000 vacas, 10.000 ovejas criaderas y otras tantas cabras en el monte al gobierno de su mayoral Montano, padre de Siralvo, pastor de Mendino. Esta famosa empresa consiguió Padileo, y en conformidad de los deudos de una y otra parte, partió del Tajo, acompañado de los mejores rabadanes dél, y el mismo Mendino, que muy deudo y amigo era de la gentil Albanisa, y desposado y contento, con el mayor gassajo y fiesta que jamás se vido entre pastores, volvió del Henares con la cara esposa, enriqueciendo de beldad y valor el Tajo y su ribera; desta suerte quedó contento Mendino y pagado Padileo, y Elisa, pagada y contenta; y como de nuevo comenzó Mendino en sus amores, y forzosamente á fingir con Filis y Elisa con Galafrón, que no les importaba menos que el sossiego, y sin más industria dellos, el viejo Sileno asseguró su pecho, y el trato como primero y con más deleite tornó en todos y los placeres y fiestas lo mismo, porque para cualquier género de ejercicio había en la ribera bastantíssima compañía: en fuerza y maña, Mendino, Castalio, Cardenio y Coridón; en la divina alteza de la poesía, Arciolo, Tirsi, Campiano y Siralvo; en la música y canto, con la hermosa Belisa, Salio, Matunto, Filardo y Arsiano, aunque á

la sazón Filardo, enamorado de la pastora Filena y celoso de Pradelio, andaba retirado, con mucho disgusto de todos, que nadie probaba su amistad que no le amasse por su nobleza y trato; pero de muchas bellas pastoras favorecido, amaba á sola Filena y sola ella le aborrecía, siendo verdad que otro tiempo le estimaba; pero cansóse el Amor, como otras veces suele, y con todo esso Filardo, tan cortés y leal que se escondía á aquejarse, y en la mayor soledad encubría sus celos; solos estaban Coridon y Mendino junto á una fuente, que al pie de una vieja noguera manaba, cubierta por la parte del Oriente de una alta roca, que alargando la mañana gozaban de más frescura y secreto, cuando por un estrecho sendero vieron venir á Filardo, buscando la soledad para sus quejas, y al mismo tiempo fueron dél sentidos; y viendo ocupado el lugar que él buscaba, quiso volverse, pero los dos no lo consintieron, antes Mendino le rogó que llegasse, y llegado, Coridón le pidió que tañesse, y tañendo ambos le incitaron al canto, que, comedido y afable, no se pudo excusar, ni aquí su canción, que fué ésta:

FILARDO

Vuestra beldad, vuestro valor, pastora,
contrarios son al que su fuerza trata,
que si la hermosura le enamora,
la gravedad de la ocasión le mata;
los contentos del alma que os adora,
el temor los persigue y desbarata,
lucha mi amor y mi desconfianza,
crece el deseo y mengua la esperanza.

Los venturosos ojos del que os mira,
os juzgan por regalo del tormento,
y el alma triste que por vos suspira,
por rabia y perdición del pensamiento;
essa beldad que al corazón admira,
esse rigor que atierra el sufrimiento,
poniéndonos el seso en su balanza,
sube el deseo y baja la esperanza.

Aunque me vi llegado al fin de amaros,
ningún medio hallé de enterneceros,
que como fué forzoso el desearos,
lo fué el desconfiar de mereceros;
el que goza la gloria de miraros
y padece el dolor de conoceros,
conocerá cuán poco bien se alcanza,
rey el deseo, esclava la esperanza.

Si propia obligación de hermosura
es mansedumbre al alma que la estima,
y al fuerte do razón más assegura,
tantos peligros voluntad arrima,
vaya para menguada mi ventura,
pues lo más sano della me lastima;
mas si holgáis de ver mi mala andanza,
viva el deseo y muera la esperanza.

Bien muestra Amor su mano poderosa,
pero no justiciera en mi cuidado,
atando una esperanza tan medrosa
al yugo de un deseo tan osado,
que en cuanto aquél pretende, puede y osa,
ella desmedra, teme y cae al lado,
que mal podrán hacer buena alianza
fuerte el deseo y débil la esperanza.

La tierna planta que, de flores llena,
el bravo viento coge sin abrigo,
bate sus ramas y en su seno suena,
llévala y torna, y vuélvela consigo,
siembra la flor ó al hielo la condena,
piérdese el fruto, triunfa el enemigo;
sin más reparo y con mayor pujanza
persigue mi deseo á mi esperanza.

Cantó Filardo, y Mendino quedó de su canción muy lastimoso. Coridón no, que estaba ausente de su bien, y cuantos males no eran de ausencia le parecían fáciles de sufrir. Cada uno siente su dolor, y el de Filardo no era de olvidar que era de olvido, y ahora, después de haber alabado su cantar tan igual en la voz y el arte, los tres pastores se metieron en largas pláticas de diversas cosas, y la última fué la ciencia de la Astrología, que grandes maestros della había en el Tajo; allí estaba el grave Erión, de quien después trataremos; el antiguo Salcino, el templado Micanio, con otros muchos de igual prueba; mas entre todos, Filardo alabó el gran saber de Sincero, y la llaneza y claridad con que oía y daba sus respuestas: por esto le dió gran gana á Mendino de verse con Sincero, que muchos días había deseado saber á dónde llegaba el arte destos magos; y como Filardo dijo que sabía su morada, los tres se concertaron de buscarle el día siguiente, antes que el Sol estorbasse su camino, con lo cual tomaron el de sus cabañas, donde cada uno á su modo passó el día y la noche, y ya que el alba y el cuidado del concierto desterraron el sueño, Coridón y Filardo buscaron á Mendino, cuando él salía de sus cabañas á buscarlos, y escogiendo la vía más breve y menos agra passaron el monte, y á dos millas que por selvas y valles anduvieron, en lo más secreto de un espesso soto hallaron un edificio de natura, á manera de roca, en una peña viva, cercado de dos brazas de fosso de agua clara hasta la mitad de la hondura; aquí quiso Filardo merecer la entrada, y sentado sobre la hierba sacó la lira, á cuyo son con este soneto despertó á Sincero:

FILARDO

Si me hallasse en Indias de contento,
y descubriesse su mayor tesoro
en el lugar donde tristeza ó lloro
jamás hubiessen destemplado el viento;

Donde la voluntad y el pensamiento
guardassen siempre al gusto su decoro,
sin ti estaría, sin ti que sola adoro,
pobre, encogido, amargo y descontento.

¿Pues qué haré donde contino suenan
agüeros tristes de presente daño,
propio lugar de miserable suerte;

Y adonde mis amigos me condenan,
y es el cuchillo falsedad y engaño,
y tú el verdugo que me das la muerte?

Con el postrero acento de Filardo abrió el mago una pequeña puerta, y con aspecto grave y afables razones los saludó y convidó á su cueva. Pues como fuesse aquello á lo que venían, fácilmente acetaron, y por una tabla que el mago tenía en el fosso, que sería de quince pies en largo, hecha á la propia medida, passaron allá y entraron en aquel lugar inculto, donde lo que hay menos que ver es el dueño. Aquí en estas peñas cavadas solo vivo y solo valgo, y aunque no á todos comunico mi pecho, bien sé, nobles pastores, que sois dignos de amor y reverencia; mas vos, Coridón ausente, y vos, Filardo olvidado, perdonaréis por ahora, y vos, Mendino, oid quién sois y lo que de vos ha sido y será, que dichoso es el hombre que sabe sus daños para hacerles reparo y sus bienes para alegrarse en ellos; y viendo que Mendino le prestaba atención, en estas palabras soltó su voz el mago:

SINCERO

Cuando natura con atenta mano,
viendo el Sér soberano de do viene,
el ser que el hombre tiene y es dechado,
dó está representado, y junto todo,
quiso con nuevo modo hacer prueba
maravillosa y nueva, no del pecho,
cuyo poder y hecho á todo excede,
pero de cuánto puede y cuánto es buena
capacidad terrena en fortaleza,
en gracia, en gentileza, en cortesía,
en gala, en gallardía, en arte, en ciencia,
en ingenio, en prudencia y en conceto,
en virtud y respeto, y finalmente,
en cuanto propiamente acá en el suelo
una muestra del cielo sea possible,
con la voz apacible, el rostro grave,
como aquella que sabe cuanto muestra
su poderosa diestra y sola abarca,
invocando á la Parca cuidadosa,
«Obra tan generosa se te ofrece,
le dice, que parece menosprecio
hacer caudal y precio de otra alguna
de cuantas con la luna se renuevan,
ó con el sol se ceban y fatigan,
ó á la sombra mitigan su trabajo;
tus hombros pon debajo de mi manto,

obrador sacrosanto de tu ciencia,
y con tal diligencia luego busca
aquel copo que ofusca lo más dino,
que después del Austrino al mundo es solo;
de los rayos de Apolo está vestido
de beldad, guarnecido de limpieza,
allí acaba y empieza lo infinito,
es Ave el sobrescrito sin segundo,
á cuyo nombre el mundo se alboroza,
de Mendoza, y Mendoza sólo suena
donde la luz serena nos alegra,
y á do la sombra negra nos espanta;
agora te adelanta en el estilo,
y del copo tal hilo saca y tuerce,
que por más que se esfuerce en obra y pueda,
mi mano nunca exceda en otra á ésta».
Dijo Natura, y presta al mandamiento,
Lachesis, con contento y regocijo,
sacó del escondrijo de Natura
aquella estambre pura, aquel tesoro,
ciñó la rueca de oro, de oro el huso,
y como se dispuso al exercicio,
la mano en el oficio, assí á la hora
la voz clara sonora á los loores:
«Oid los moradores de la tierra
cuánta gloria se encierra en esta vida,
que hilo por medida más que humana;
aquí se cobra y gana el bien passado,
que del siglo dorado fué perdido
este bien, escogido por amparo
de bondad y reparo de los daños
que el tiempo en sus engaños nos ofrezca;
porque aquí resplandezca la luz muerta,
la verdad halla puerta y la mentira
cuchillo que la admira y nos consuela,
y la virtud espuela, el vicio freno,
en quien lo menos bueno al mundo espante:
crece, gentil Infante, Enrique crece,
que Fortuna te ofrece tanta parte,
no que pueda pagarte con sus dones,
pero con ocasiones, de tal suerte,
que el que quiera ofenderte ó lo intentare,
si á tu ojo apuntare el suyo saque
y su cólera aplaque con su daño;
del propio y del extraño serás visto,
y de todos bien quisto, Infante mío;
mas ¡ay! que el desvarío del tirano
mundo cruel, temprano te amenaza,
tan áspero fin traza á tus contentos,
que tendrás los tormentos por consuelo;
cuando el Amor del suelo lo más raro
te diere menos caro, hará trato
que tendrás por barato desta fiesta
lo que la vida cuesta; mas entiende
que si el Hado pretende darte asalto,
y que te halles falto de la gloria,
do estará tu memoria, el cielo mismo
te infundirá un abismo de cordura,
con que la desventura se mitigue,

que aunque muerte te obligue; cuando á hecho
rompa el ínclito pecho de tu padre,
de claro aguelo y madre á sentimiento,
y el duro acaecimiento que te espera
de que á tus ojos muera la luz bella,
de aquella, digo, aquella que nacida
será tu misma vida muertos ellos,
serás la Fénix dellos; crece ahora,
que ya la tierra llora por tenerte,
por tratarte y por verte y será presto».
    Dijo Lachesis esto, y yo te digo,
que tú eres buen testigo en lo que ha sido,
y si en lo no venido no reposas,
esfuérzate en las cosas que te ofenden,
que en el tiempo se entienden las verdades
y el franco pecho en las adversidades.

    Ganoso anduvo Mendino de oir á Sincero, y
valiérale más no haberlo hecho, porque una vez
le oyó y mil se arrepintió de haberle oído. Im-
primióse una imagen de muerte en su corazón,
que si juntamente en él no estuviera la de Elisa, cayera sin duda en el postrer desmayo.
Cruel fué Sincero con Mendino en afirmarle lo
que fuera possible ser tan falso como verdadero, mas pocos hay que encubran su saber, aunque el mostrarlo sea á costa del amigo. Tal
quedó el pastor, que no fué poco poderse despedir del mago, que con ofertas y abrazos salió con ellos hasta passar el soto, donde se
quedó, y ellos volvieron á la ribera, que al parecer de Mendino ya no era lugar de contento,
sino de profundo dolor, con quien anduvo lu-
chando muchos días por no poderle excusar y
por hacerlo de que Elisa lo sintiesse. ¡Oh cuántas veces el leal amador mostró placer en el rostro, que en el alma era rabia y ponzoña, y
cuántas veces su risa fué rayo, que penetraba
su pecho y aun los mismos ratos de la presencia de Elisa, que en muerte y afrenta le fueran
consuelo, le eran allí desesperación, y así no
tenía gusto sin acibar ni trabajo con alivio!
«¿Es possible, decía, que la celestial belleza de
Elisa ha de faltar á mis ojos, y que muerta Elisa yo podré vivir, y mis esperanzas juntas con
Elisa se harán polvo que lleve el viento? Primero ruego á la deidad donde todo se termina que mude en mí la sentencia, y si no, yo me
la doy, Elisa, que ya que no sea poderoso para
que no mueras, serélo á lo menos para no vivir.» Estas y tales razones decía Mendino á
solas con la boca, y acompañado con el corazón,
y Elisa, inocente destos daños, siempre se ocupaba en agradarle y engañar á Galafrón, como
Mendino á Filis. Tres veces se vistió el Tajo de
verdura, y otras tantas se despojó della, en
tanto que Elisa sin sobresalto, y Mendino
siempre con él, gozaron de la mayor fe y amor
que jamás cupo en dos corazones humanos, y

al principio del tercero invierno, cuando el fresno de hoja y el campo de hermosura, juntamente se despojó de vida el corazón de Mendino no olvidado, no celoso ni ausente menos que del alma, porque adoleció Elisa de grave enfermedad é inútiles los remedios de la tierra, aquella alma pura, buscando los celestiales, desamparó aquel velo de tan soberana natural belleza, dejando un dolor universal sobre la haz del mundo y una ventaja de todo en el pecho del sin ventura pastor, que aun para quejarse no le quedó licencia, solo por la soledad de los montes buscaba á Elisa, y en lágrimas sacaba su corazón por los ojos; allí, con aquellas peñas endurecidas, comunicaba su terneza, y en ellas mismas ponía sentimiento. Con él lloraron SIRALVO, Castalio y Coridón. Con él lloraron los montes y los rios; con él las ninfas y pastoras, mas nadie sentía que él lloraba. Gran pérdida fué aquélla, y grande el dolor de ser perdida, y muchos los que perdieron. Esto se pudo ver por las majadas de Sileno, donde no quedó pastor que no llorasse y gimiese, y desamparando las cubiertas cabañas, passaban la nieve y el granizo por los montes las noches, y por los yermos los días, mayormente en el lugar do fué Elisa sepultada, en una gran piedra coronada de una alta pirámide, á la sombra de algunos árboles, y á la frescura de algunas fuentes, todos los rabadanes, pastoras y ninfas de más estima cubrieron sus frentes con dolor y bañaron con lágrimas sus mejillas en compañía del anciano padre, donde Mendino, que más sentía, era quien menos lo mostraba, por el decoro de Elisa y el estorbo de Filis, y así apartado, donde de nadie podía ser visto ni oido, satisfacía á su voluntad en lágrimas sin medida y en quexas sin consuelo; y cuando el bravo dolor le daba alguna licencia, cantaba en vez de llorar, y peor era su canto que si llorara, que cuando el triste canta, más llora, y más MENDINO, que desta suerte cantaba:

MENDINO

Yéndote, señora mía,
queda en tu lugar la muerte,
que mal vivirá sin verte
el que por verte vivía;
pero viendo
que renaciste muriendo,
muero yo con alegría.
En la temprana partida
vieja Fénix pareciste,
pues tu vida escarneciste
por escoger nueva vida:
sentiste la mejoría,
y en sintiéndola volaste,
mas ay de aquel que dejaste

triste, perdido y sin guía;
y entendiendo
que te cobraste muriendo,
se pierde con alegría.
El árbol fértil y bueno
no da su fruto con brío
hasta que es de su natío
mudado en mejor terreno;
por esto, señora mía,
en el jardín soberano
te traspuso aquella mano
que acá sembrado te había;
y entendiendo
que allí se goza viviendo,
muero aquí con alegría.
Bien sé, Elisa, que convino,
y te fué forzoso y llano
quitarte el vestido humano
para ponerte el divino;
mas quien contigo vestía
su alma, di, ¿qué hará,
ó qué consuelo tendrá
quien sólo en ti le tenía,
si no es viendo
que tú te vistes muriendo
de celestial alegría?
En esta ausencia mortal
tiene el consuelo desdén,
no porque te fuiste al bien,
mas porque quedé en el mal;
y es tan fiera la osadía
de mi rabiosa memoria,
que con el bien de tu gloria
el mal de ausencia porfía;
pero viendo
que el mal venciste muriendo,
al fin vence el alegría.
Es la gloria de tu suerte
la fuerza de mi cadena,
porque no cesse mi pena
con la presurosa muerte,
que ésta no me convenía;
mas entonces lo hiciera
cuando mil vidas tuviera
que derramar cada día;
pues sabiendo
la que ganaste muriendo,
las diera con alegría.
Vi tu muerte tan perdido,
que no sentí pena della,
porque de sólo temella
quedé fuera de sentido;
ya mi mal, pastora mía,
da la rienda al sentimiento;
siempre crece tu contento
y el rigor de mi agonía;
pero viendo
que estás gozosa viviendo,
mi tristeza es alegría.

Así pasaba Mendino su congojosa vida, huyendo de los lugares donde de Elisa se trataba, honrándola ó llorándola, porque para ella y para él era este recato de grande importancia, y así se entretenía en sus cabañas con el vaquero Coridón ó con Castalio su primo lo más del tiempo, y esto porque en amor no falte su costumbre, que es haber siempre quien de nuevo llore; Cardenio, enamorado de Clori, perdió el respeto á Castalio, que más que á sí la quería, y la pidió en casamiento, y el generoso padre de ella, viendo la igualdad de los dos ricos pastores en edad y suerte, y que ambos le pedían y ambos eran dignos, y á Castalio heredero y á Cardenio heredado, dió la palabra á Cardenio y dejó á Castalio, de manera que estuvo mil veces por darse la muerte. En estos trances tan dolorosos se pasó lo restante del invierno. No os he dicho nada de Galafrón, siendo mucho lo que hay que decir; mas presto celebraremos el sepulcro de Elisa, donde serán sus lágrimas las mejores, porque allí faltarán las de Mendino; y ahora veréis que llega á la ribera un galán cortesano en hábito de pastor; Alfeo se llama, y con dolor viene: tratemos dél, en tanto que de Mendino y Castalio sus recientes daños no nos dan lugar: que tal vendrá, que los hallemos más tratables, pues

El mal que el tiempo hace,
el tiempo le suele curar.

SEGUNDA PARTE

DEL PASTOR DE FILIDA

En tanto que el generoso Alfeo siguió las pomposas Cortes tan satisfecho de su habitación, que le parecía tiempo perdido el que en otra parte se gastaba, mayormente el de aquellos que de las ciudades y villas, retirados á las humildes aldeas, vivían entre aquella soledad acompañada de murmuración, y aquella compañía desierta de consejo, no es de maravillar que así amasse el trato cortesano: porque criado en él y aficionado á las artes, hallaba allí del mundo lo mejor; ayudábale á gozarlo ser rico y liberal, gentil, cortés, discreto y bien nacido, amado de todos, y sobre todo, señor de su voluntad. Pero después que vió la hermosura de Andria, que era sin igual, y probó su condición, tan fácil al mal y al bien, que en breves días, enamorado y creído, sintió el favor de su parte, medida de su deseo, y en más breves la ponzoña secreta de su dulzor, juzgó enemigos al cielo y á la tierra, llamó la muerte, aborreció la vida, estragó su pecho hasta

quedar tan trocado de sí, que á sí mismo no se conocía, y tan enemigo del lugar, que á otra cosa que infierno no le comparaba. Huyó dél, corrido de sus amigos, desesperado de su contento y atónito de su perdición; buscó la ausencia, con deseo de que en ella le viniese la muerte sin que la despiadada Andria supiese de su muerte ni de su vida. Así como iba trocada su fortuna, así lo iba su traje: camisa cruda llevaba y sayo pardo vaquero, caperuza de faldas y calzón de lienzo, polaina tosca y zapato gruesso, é intencionado de encubrir su suerte y guardar cabras y ovejas en la ribera del Tajo, donde al silencio de la noche enderezó sus pasos, sin más compañía que su dolor y cuidado, que casi con alas del viento apresuraban su jornada, llegó á su verde ribera al punto que el sol con la primera lumbre ahuyentaba las postreras sombras de la noche. Era el tiempo que la deleitosa primavera, desechando las flores de sus plantas, casi apenas el deseado fruto entre las tiernas hojas descubría. Y á las aves de la noche por las cavernas encerrándose, las del día (desamparados los nidos) dulcísimos cantares acordaban. Ya el rústico Arsindo, desde un alto peñasco que sobre el Tajo pendía, tocaba una sonora bocina, á que de todas partes de la ribera le comenzaron á responder con flautas, chapas, adufres y otros instrumentos pastorales, donde Alfeo entendió ser día entre ellos de gran solemnidad y fiesta, y acrecentando su pena, se entró por la espesura de unos tarayes, y recostado en la tierra junto á un pequeño arroyo que del Tajo salía, los ojos en él y el pensamiento en Andria, al son del agua y al compás de sus suspiros comenzó á decir:

ALFEO

Apartado de la vida
pago, viniendo á morir,
con la pena del partir
la culpa que de la partida;
culpa que (si bien se apura)
procede en tal ocasión,
no por falta de razón,
mas por mengua de ventura.

Húyome de vos agora,
aunque decirlo es afrenta,
mas si vos quedáis contenta,
iré pagado, señora;
sin derramar más querellas,
que en su mayor fundamento
las ha de llevar el viento
y á mí la vida tras ellas.

Partime de vos sin veros,
porque no puedan decirme
que fué possible partirme
y no lo fué enterneceros;

excusaré, mal mi grado,
el juzgar en la partida
á vos por desconocida
y á mí por desesperado.

No hay fortuna que assegure
aquel que de vos se parte,
ni tiempo, razón ni arte
que por su salud procure;
y así á tan amarga suerte
no buscaré resistencia,
pues vos disteis la sentencia,
yo ejecutaré mi muerte.

No crece en esta jornada
la pena como el quereros,
que no es mayor mal no veros
que veros contino airada;
y pues iguala á la ausencia
lo que padezco presente,
no podrá llamarme ausente
quien no me lloró en presencia.

Yo me huyo, y no me quejo,
porque no vengo conmigo,
perdonadme que os lo digo
por galardón de que os dejo;
y si os mostráredes servida
en partirme desta suerte,
podré decir que la muerte
me valió más que la vida.

Coged el fruto que ofrece
mi partida en mis enojos,
pues quita de vuestros ojos
lo que vuestra alma aborrece;
quedad satisfecha así,
que aunque soy el agraviado,
triunfaré como vengado
si sé vengaros de mí.

De este bien desconfiando,
mis males agradeciendo,
vuestro desdén conociendo,
de la vida no curando,
tal me voy á tierra extraña
á volverme en tierra poca
con vuestro nombre en la boca
y en el alma vuestra saña.

Bien pensó Alfeo que se quexaba á solas, ignorando que á su siniestro lado, á la caída del río, al fin de la espesura, estaba la cabaña de la pastora Finea, discreta y bella serrana, la cual, recordando á la bocina de Arsindo, fué herida de las palabras del afligido amante; mientras las cuales duraron, dejó el humilde lecho, calzó abarcas de limpio cuero con cordones de fina lana, vistió su cuerpo gentil de saya parda oscura con saino baxo y camisa blanca gayada, cogió sus cabellos, y cubriéndolos con un ancho y alto tocado á fuer de la serranía, salió al lugar donde Alfeo estaba con más semejanza de muerto que de vivo. Y aunque la graciosa Finea había bien entendido de sus palabras la causa de su dolor, dissimulando le dijo: ¿Duermes, pastor? No duermo, dixo Alfeo. ¿Pues por qué, dixo Finea, dejas passar el río tu manada, que cuando della no cures, del daño que puede hacer deberías tener cuidado? No tengo cosa, dixo Alfeo, que á nadie pueda dañar, sin haberla en el mundo que á mí no me dañe. Según esso, dixo Finea, tú eres el más desdichado de los hombres, pues ninguno lo es tanto que no halle quien dél se duela. Y sin duda ya yo lo hago de ti, porque me pareces enamorado y forastero. En lo uno y lo otro, dixo Alfeo, has acertado; sólo yerras en tener compassión de mí, y así te ruego no la tengas si no eres amiga de tiempo muy perdido. ¿Qué sabes, dixo Finea, si puedes pagarme en mi moneda? ¿Eres acaso, dixo Alfeo, enamorada y forastera? Esso, dixo Finea, puedes tú ver, sin preguntarlo, en mi traje por una parte y en mi piedad por otra. Pero dime, pastor, así triunfes de tus enojos, ¿quién eres, de dónde y á qué eres venido, que tu hábito me dice uno y tu persona me descubre otro? No creas nada, dixo Alfeo, que aquí estoy yo que te desengañaré de todo, pues no puedo ser ingrato al cargo que en tan breves razones me has echado: suplícote primero me digas qué es la causa del ruido que esta mañana (al parecer del sol) sonó en la ribera. La causa, dixo Finea, de las voces é instrumentos que has oído es una junta casi general de los pastores desta ribera que hoy se hace en lugar señalado, por recordación de la difunta Elisa, hija del caudaloso rabadán Sileno, cuyas cenizas serán cada año en este mismo día celebradas. Por esto subió el rústico Arsindo á avisar con su ronca bocina desde las altas peñas, y toda la pastoral compañía desde sus moradas le respondieron, á cuyo son recordé yo y oí tus quexas, y estimo en lo que es razón la voluntad con que te ofreces á darme cuenta de ti; pero el detenimiento en este lugar podría ser peligroso, porque el sitio de Elisa es más de una milla distante de donde estamos, y la obligación de entrar yo á tiempo, forzosa, y sin duda no hay pastor ni pastora que no vaya caminando, así que en el camino podré saber lo que tanto deseo, y tú mandar lo que ya quisieres de tu gusto, que responderé á él con toda la obligación que me has hecho. Pastora, dixo Alfeo, yo no debo hacer essa jornada si no es porque tú la quieras, y así te acompañaré hasta donde fueres contenta, que para mí no tiene más un lugar que otro, salvo los de la soledad á que mi mala fortuna me tiene tan obligado. Sígueme, pastor, dixo Finea, y saliendo de entre los tarayes se entraron por una senda estrecha y deleitosa, entre olmos y salces, y á poco espacio, antes que nada pudiessen tratar, sobrevino á la parte del río una banda de apuestos pastores y hermosas pastoras, y entre ellos Licio, pastor de mucha estima, desfavorecido y celoso de Silvia, una de las pastoras que allí iban. Fuéles forzoso á los dos, Alfeo y Finea, seguir su compañía, que sin esquivarse del nuevo pastor, iban en dulces pláticas entreteniéndose, y á la mitad del camino Finea pidió á Ergasto que tañese y á Licio que cantasse, á cuyo ruego Ergasto sacó la flauta, y á su son Licio comenzó á cantar de aquesta suerte:

LICIO

¿De qué sirve, ojos serenos,
que no me miréis jamás?
De que yo padèzca más,
mas no de que os quiera menos.

Si el que con gusto moría,
queréis que rabiando muera,
aunque mudéis la manera,
firme está la fantasía:
de ira y gracia llenos
dais por un mismo compás
el mal de menos á más
y el favor de más á menos.

Si imagináis que dexarme
tan sin ley y sin razón
en mí ha de ser ocasión
para desaficionarme;
pues no bastan ser ajenos,
industrias son por demás,
antes el deseo es más
cuando la esperanza es menos.

Podéis con desabrimiento
quitarme el verme y el veros,
mas no que por conoceros
no me agrade mi tormento;
ser tan hermosos y buenos
que lo dexáis todo atrás,
esto en mí siempre fué más
y lo demás todo menos.

Si por matar al amigo
no podéis ser alabados,
y os queréis ver disculpados
con todo el mundo y conmigo;
cuando huya de sus senos
el alma triste además,
miradme, y no pido más,
mas tampoco pido menos.

Todos, sino Silvia, oyeron atentamente la tierna canción del angustiado Licio; pero ella, que de costumbre tenía esquivarse con él en todo, mientras duró se entretuvo con Dinarda en plática de poca importancia, según pareció por lo que Dinarda hizo, que pidiendo á Ergasto que no cessase y á Licio que le respondiesse, Ergasto empezó á tañer, y ella á cantar, y Licio á responder desta manera:

DINARDA Y LICIO

—¿Si Silvia se te desvía,
más la sigues?—Hago bien.
—Morirás por ello.—Amén;
quizá la contentaría.
    —Pon más consideración
en tan confusa aspereza,
que te lleva tu firmeza
carrera de perdición;
¿cuando más males te envía
más te humillas?—Hago bien.
—Tú te destruyes.—Amén;
que esso es lo que yo querría.
    —No abras con tal error
tu mal soldada herida,
que si es mala la caída,
la recaída es peor;
mira que es gran niñería,
no escarmentar.—Hago bien.
—¿Y si te pierdes?—Amén;
que poco se perdería.
    —De tantos males y enojos
¿qué nuevas esperas buenas,
si tu afición y tus penas
son culpas ante sus ojos?
¿A la que te desafía
te avassallas?—Hago bien.
—Veráse vengada.—Amén;
que entonces yo triunfaría.
    —Eres juez tan cruel
en sentenciar tu processo
que, ó se te ha enjugado el seso
ó no naciste con él;
lo que en tu frente se cría,
¿es locura?—Hago bien.
—¿Y si te atassen?—Amén;
que por cuerdo quedaría.

O por oir Silvia á Dinarda, ó porque el cantar la movió á más atención que el primero, mientras duró estuvo puestos los ojos en los pastores que cantaban. Mas ya que vió que era acabado, con rostro grave y hermoso, vuelta á la pastora le dixo: Volvamos, Dinarda, á nuestro cuento, que aunque el día es largo, para esso faltará lugar y para essotro no, que llegados al valle todos cantaremos. Esso creo yo, dixo Uranio (pastor de pocas palabras, pero de mucho aviso), mas será la diferencia que cantaréis en la rama y Licio en la red. Si yo la hice, dixo Silvia, en ella muera. ¿Pues quién la hizo? dixo Licio. Tú, pastor, dixo Silvia; si alguna hay, aunque tu desassossiego no es prisión, sin duda, sino temor de venganza de las más conocidas sinrazones que jamás contra mujer se han hecho. ¿Quién las hizo? dixo Licio. Tú, dixo Silvia, que en medio de una tierníssima voluntad mía, donde eras solo señor, moviste en pago tus pies y tu lengua contra mí. Si tú primero, dixo Licio, me quitaste el seso, no fué mucho que yo hiciesse locuras. ¿Pues tengo yo culpa, dixo Silvia, á tus desvariadas sospechas? Desso, dixo Licio, tú eres testigo, pero sey juez, que yo huelgo de ser el condenado. Sola una cosa, dixo Silvia, quiero preguntarte: ¿Qué te movió á desterrar á Celio de la ribera? Esso, dixo el pastor, fué concierto de nuestra contienda que el que quedasse vencido no pudiesse, por término de un año, apacentar en la ribera del Tajo: condición fué sacada por su boca y desafío hecho por su mano, y pena por que yo passara (aunque á mi pesar) si él me venciera. Y oxalá Licio fuera el vencido, con que el cielo me ayudara con la más mínima parte del sentimiento que por Celio tienes. Mira, pastor, dixo Silvia con rostro más altivo y tierno; vuelve á Celio á su cabaña, y de mí y de la mía no te acuerdes jamás, y agradece mucho que me humillo á enseñarte cómo podrás tenerme menos agraviada. Sí, agradezco á ti y al cielo, dixo Licio; y llamando á Ergasto, á passo largo se entraron por una senda que á mano derecha estaba, quedando los demás pastores muy agradecidos del noble respeto del pastor y del buen proceder de la pastora. Pero viéndola casi forzada á llorar, no quisieron enternecerla; antes, vuelto Uranio al nuevo pastor Alfeo, con gran cortesía le preguntó su nombre y su venida. Mi nombre, dixo el pastor, es Alfeo; mi venida, de passo, y serlo ha más si os soy inconveniente. Esso estuviera á mi cargo, dixo la serrana Finea. Y volviendo á los demás les asseguró que Alfeo era muy digno de su compañía y trato. Y en estos agradables razonamientos llegaron á una hermosa y gran floresta que á la entrada del valle de Elisa estaba, y donde había orden de irse aguardando los pastores hasta que juntos entrassen al sagrado valle. Y assí agora hallaron muchos, divididos por los arroyos y fuentes, tejiendo guirnaldas, juntando ramos de diversas flores y algunos tañendo y cantando con gran harmonía y arte, que allí estaban Sasio, Filardo y Arsiano, y la pastora Belisa, hija del doctíssimo lusitanio Coelio, los cuatro más aventajados en música y canto que en las españolas riberas se hallaban. Ayudábales el mucho estudio, suaves voces y discreción y donaire, aunque en suavidad y harmonía Belisa los dejaba atrás. Cantando estaba Arsiano cuando nuestros pastores llegaron; pero á poco rato, Belisa, ayudada de Sasio, al son de la lira con gran dulzura comenzó á cantar aquestos versos:

BELISA

Entre hierbas fresquíssimas floridas,
un cendal por los ojos rodeado,
juntos los pies, las alas escondidas,

Suelta la aljava, el arco floxo al lado,
durmiendo estaba con descuido y gana,
el pequeñuelo dios de Amor echado.

Llevaba en el frescor de la mañana
Filida sus ovejas, que las flores
iban barriendo con la blanca lana.

No sonaban zampoñas de pastores,
iba cantando (cuando vió dormido
al mismo Amor) qué cosa es mal de amores.

No conoció quién era, aunque le vido,
porque nunca sintió su pena grave,
mas llegó á conocerle sin ruido.

Miróle y dixo con su voz suave:
¿Hombre y ciego y con alas? No eres hombre.
¿Ave con solas alas? No eres ave.

Si te pusiste aquí porque me assombre
con tu nueva facción, por no hacello
quiero saber de ti cuál es tu nombre.

Una trenza texió de su cabello
y atóle, y recordando el Amor luego,
se vió cautiva della y preso en ello.

Filida dixo: Dime, alado ciego,
cómo te llamas. Respondió riendo:
Furor causado de tu gran sossiego.

Filida le responde: No te entiendo.
Y dice Amor: Mi nombre es tu belleza,
con cuya luz la misma nieve enciendo.

Yo soy Amor, si quieres más certeza,
ves allí el arco, ves allí la aljava,
tiéntalos y verás su fortaleza.

Filida dice: El tiempo que me amaba
el que solo obligada me tenía
al yugo que atajó la muerte brava,

Cuatro coronas el Amor traía,
no era arquero, no era amor alado,
ni ciego como tú, que bien veía.

Tú vienes con dos jaras adornado,
una ligera y otra muy pesada,
y el efeto por dicha más pesado.

Dícele humilde Amor: Essa dorada,
de sólo bien querer está sangrienta,
y essa de plomo, en desamor bañada.

Sin quebrar la pesada te contenta
puedes, pues para el hombre que te viere
es imposible que su fuerza sienta;

Mas cuanto tu beldad acá viviere,
por fuerza essotra vivirá segura,
que cuando de mi aljaba se perdiere,
la hallaré en tu gracia y hermosura.

La mucha arte, la gran harmonía del vario son que la pastora Belisa á sus versos iba dando, fué de manera que no quedó pastor ni pastora que por una y otra parte no la rodeassen. Y al fin de su cantar, como maravillados de oirla y no menos satisfechos de mirarla, no se movían de aquel lugar, deseosos que tornasse á su agradable canto. Pero á esta hora ya la floresta estaba llena de la más noble y lucida gente que jamás se ha visto entre pastores. Y el viejo Sileno, con largo sayo y retorcido bastón, la barba al cinto, cana como la limpia nieve, y sobre su arrugada frente una corona de funeral ciprés, salió del valle acompañado de los cuatro escogidos y gallardos pastores Mireno y Liardo, Galafrón y Barcino, en discreción y gentileza iguales, y en caudal y estimación lo mismo. Traían de varios pellicos sus vestiduras, con dardos gruessos de fresno de puntas de luciente acero en sus manos, sus cabellos limpios y peinados, cubiertos con guirnaldas de verde yedra, á cuya entrada todo el pastoral concurso prestó un atento silencio. Y después que Sileno con sus cuatro pastores hubo pasado y visto por todas partes la floresta, vuelto al encerrado valle mandó que Arsindo tocasse en el su bocina, cuyo son apenas fué oído cuando por una sola entrada que el valle tenía se trasladó en él toda la gente que en la floresta estaba. Dispuesto era el lugar para la gran fiesta que se ordenaba. Tenía de ancho media milla y una en largo. Guardábale de ambos lados un espesso y alto monte de gruessos robles y viejas encinas, por entre los cuales baxaban muchos arroyos de agua clara, que unos hacían estanques en el fresco valle y otros por las cavernas sumiéndose, acrecentaban su deleite y hermosura. No faltaban en el llano fuentes puríssimas que, como de cristal, bañaban los troncos á las diversas y hermosas plantas. Estaba entre ellas una alta pirámide de rico mármol, casi toda cubierta de nativa yedra y de compuestos ramos; aquí con gran reverencia fueron llegando pastoras y pastores sin quedar ninguno que no dejasse en el devoto sepulcro verde ramo ó florida guirnalda. Y apartados por orden, sentándose sobre la menuda hierba, Alfesibeo, caudaloso rabadán, de edad madura y de presencia gentil, subiendo con el viejo Sileno, Galafrón y Barcino, Mireno y Liardo á un ramoso y alto assiento que á un lado de la pira estaba, tomó la templada lira, y no impedido de las aves del cielo, pero ayudado de los suaves vientos y oído de los atentos pastores, comenzó á cantar esta piadosa elegía.

ALFESIBEO

Pues el suave sentido y dulce canto
perdió la causa, en testimonio desto
comenzad, Musas, vuestro amargo llanto.
   Presentes sean al dolor funesto
Beldad, Fortuna, Amor, Gracia y Prudencia,
en veste negra y dolorido gesto.
   Llore Beldad la sin igual violencia
de la muerte cruel, acerba y dura
de quien le daba vida y excelencia.
   Fortuna ofrezca suma desventura,
pues quien la pudo dar al mundo buena
guarda su luz en esta pira oscura.

Amor derrame en abundante vena
su sentimiento, pues la cruda muerte
á fin eterno su poder condena.
   La Gracia, viuda de mezquina suerte,
pues la fuente perdió de do manaba,
la de sus ojos crezca en mal tan fuerte.
   Prudencia llore su deidad, esclava
de la Parca cruel, pues juntamente
con las demás su breve curso acaba.
   Y todos ellos mi cantar doliente
acompañen con lágrimas, en tanto
que diere luz al mundo el rojo Oriente.
   Sin igual es la causa del quebranto,
débelo ser también en sentimiento;
proseguid, Musas, vuestro amargo llanto.
   Yace á la sombra deste encerramiento,
oscuro y negro, reverente y pío,
la misma Idea de merecimiento.
   Mi voz cansada, en monte, en valle, en río,
Elisa, Elisa en triste son resuena
y acoge el cielo el tierno acento mío.
   General es la pérdida y la pena,
general es el afligido lloro,
general la sentencia que condena.
   En lo más alto del Castalio coro,
las nueve Hermanas con estrecho luto
cubren la luz de sus cabellos de oro.
   Allánanse á pagar este tributo
los que en mil lastimosas ocasiones
han conservado siempre el rostro enjuto.
   Dolopes fieros, duros Mirmidones,
los soldados de Ulises inclementes
ablandaran aquí sus corazones.
   No es maravilla que unas y otras gentes
tomen el triste oficio por costumbre,
haciendo agora de sus ojos fuentes.
   Que el Sol, subido en la más alta cumbre,
envuelto en nubes de mortal tristeza,
tiene eclipsada su serena lumbre.
   Y el fértil suelo lleno de aspereza,
de seco invierno con estéril manto,
llora también la celestial belleza.
   Y que llore ó no llore, el duro canto
que sus miembros bellíssimos encierra,
bañadle, oh Musas, con amargo llanto.
   Fría piedra, estrecha pira, poca tierra,
que encerráis juntamente cuanta gloria
de nuestras almas el dolor destierra.
   De la Muerte cruel fué la vitoria;
vuestros son los raríssimos despojos,
nuestro será el dolor y la memoria.
   La clara luz de los serenos ojos,
el semblante gentil, el aire digno
de producir y refrenar antojos,
   La blanca mano, el rostro cristalino,
la boca de rubín, ebúrneo cuello,
frente de nieve, trenzas de oro fino,
   Beldad que puso á la beldad el sello;

¿dónde está, pira oscura, piedra fría,
tn poca tierra? Danos cuenta dello.

Tierra dichosa en cuanto el cielo cría,
dichoso en cuanto tú, Neptuno, bañas,
y en cuanto mira el portador del día.

De Atlante en las altíssimas montañas,
en lo hondo del Gange sólo suenes
y bañen venas de oro sus entrañas.

Que las perlas y el oro no son bienes
que con gran parte deban igualarse
á la menor que en tu custodia tienes.

Montes y mares vengan á humillarse
á ti, Pira; á ti, Piedra; á ti, Tirrheno,
en quien tanta beldad quiso encerrarse.

Guarda, sepulcro, en tu dichoso seno
la que guardó en el suyo todo cuanto
se conoce en el mundo amable y bueno.

Y si oprimidas de piedad ó espanto
el dolor os suspende, al mismo punto
volved, oh Musas, al amargo llanto.

Si debe ser en todos tan á punto
el dolor, la tristeza, el descontento,
¿qué hará en quien lo paga todo junto?

Padre Sileno, el alto entendimiento
socorra en tan justíssima querella
y en ocasión de tanto sentimiento.

Limpiad los ojos y veréis aquélla
libre de nuestras graves ligaduras,
alma pura, gentil, beata y bella,

Entre las almas gloriosas puras
que, escarneciendo nuestros desatinos,
van de esperanza y de temor seguras;

Y si gozaba acá con los más dignos
pareceres humanos tanta estima,
lo mismo hace allá con los divinos.

Nadie, Pastor, se espantará que oprima
vuestro sentido tan pesada carga
y esse dolor que en general lastima.

Pero por esso os dió, con mano larga,
juicio el cielo, con que la vitoria
dulce gocéis de la contienda amarga;

Y cuando os diere assalto la memoria
de la ocasión de vuestro bien passado,
volvedla luego á su presente gloria.

Yo sé que su provecho, ponderado
con vuestro daño, y aunque no os lo quite,
comportable hará vuestro cuidado.

En el dolor que la razón permite,
si no tomáis por vuestra su ganancia,
pérdida fué que no terná desquite.

En público lugar, en sola estancia,
el tiempo aplicaréis con celo santo
á consideración tan de importancia.

Y despnés que digáis al mundo cuanto
supierdes de dolor y de consuelo,
dexen las Musas el amargo llanto,

Suba el incienso al cristalino cielo;
los versos píos, las ofrendas santas
hinchan de honor y de socorro el suelo;

Júntense ahora en esta pira cuantas
nobles, piadosas y diversas gentes
hoy tienes á la sombra de tus plantas.

Cercanos deudos, próximos parientes,
que desto fuiste tan enriquecida
como de otros bienes excelentes,

Y junta la progenie esclarecida,
templos se hagan á tu nombre ilustre,
que pueda Fama eternizar su vida.

De siglo en siglo irán, de lustre en lustre,
contigo allí mil ínclitos varones,
sin que fortuna ó tiempo los deslustre.

Y entre sus gloriossísimos blasones,
otro se les añada por su parte
de tus virtudes y admirables dones.

Las venas cessarán de ingenio y arte,
mas no podrá jamás faltar, yo fío,
la voluntad perpetua de alabarte.

Los hombres con respeto y señorío,
á tu nombre pondrán de tiempo en tiempo
mil epitafios, y primero el mío:

Aquí se hace tierra; aquí contemplo
la más perfecta y singular criatura
que fué en su muerte de bondad ejemplo,
siendo en su vida sol de hermosura.

Fué escuchado Alfesibeo de toda la agradable compañía con un grave silencio, interrumpido á ratos con terníssimos suspiros. Pero ya que hubo dado fin á sus versos, el venerable Sileno le tomó la lira con que los tañía, y colgándola de la ancha rama que de una gran encina sobre ellos pendía, mandó que Arsindo tocasse nueva señal, á cuya bocina los pastores y pastoras se fueron dividiendo por el ameno valle, y sobre humildes mesas, cuál del cortado tronco y cuál de la fresca y menuda hierba, gustaron las rústicas viandas que traían. Lo mismo hicieron el viejo Sileno y los gallardos cuatro pastores que le acompañaban con el rabadán Alfesibeo, y todos seis al cabo de su breve comida, que fué al pie de una fuente que salía de una viva peña poco distante de la alta pira, enderezaron á la parte que la pastora Belisa de los más hábiles y nobles pastores de nuestro Tajo estaba acompañada, y con gran cortesía les pidieron que mudassen lugar, porque la fuente de la peña estaba más fresca y el sitio más acomodado. No gastaron mucho tiempo en ruegos, que al punto Sileno fué obedecido, y tras los llamados fueron otros muchos, deseosos de gozar tan buen entretenimiento, y entre ellos Alfeo y Finea, que, vistos de Sileno, por el conocimiento de la gentil serrana y la pastora del nuevo pastor, particularmente les hizo lugar entre sí y la pastora Belisa. A esta hora Pradelio, pastor mozo, robusto, de más bondad que hacienda, llegó cansado y solo por la parte que Sileno estaba, y disculpando su tardanza fué de todos bien recebido, pero más de la pastora Filena, cuya hermosura y gracia traía robadas mil secretas intenciones, sin poderse guardar en esto la cara amigos á amigos. Bien conoció Belisa el contento de Filena en la llegada del pastor, porque sabía que con gran bondad y ternura le amaba, y porque la vido mezclar de fina rosa el cristal de su cara con una alegría conocida y honesta, y volviéndose á ella, por ayudarla á dissimular, le dijo: Cantemos juntas, pastora. Canta tú, dijo Filena, que es lo que Sileno y los demás aguardan. Como mis cantares, dixo Belisa, no nacen de propia ocasión, siempre he menester quien me los acuerde. Esso haré yo, dixo Arsindo: canta, pastora, aquel que ayer dijiste en la ribera, que si no fuere á tu propósito será al de todos, que esso tiene lo que por sí es tan bueno. Con lo cual Belisa, templando el rabel de seis cuerdas, dixo con gran dulzura aquesta letra:

BELISA

Ojos que cuesta el reposo
volver á mirar con ellos,
más valiera no tenellos.

Ojos que saben prenderme,
pero nunca rescatarme,
osados á aventurarme,
cobardes á socorrerme;
pues no estiman el perderme
en el menor gusto dellos,
más valiera no tenellos.

Ojos de tan malas mañas
que, estando por veladores,
dan passo como traidores
á las banderas extrañas,
hasta las mismas entrañas
que en llanto salen por ellos,
más valiera no tenellos.

Ojos con quien miro y veo
que aquí consiste mi daño,
y si dicen que me engaño
muero, y digo que lo creo;
pues llevan tras el deseo
la razón por los cabellos,
más valiera no tenellos.

Ojos que, cuanto se piensa
en los males que se ofrecen,
por su deleite escarnecen,
sin dar otra recompensa;
pues recibe el alma ofensa
si quiero vengarme dellos,
más valiera no tenellos.

No pudo tanto la pastora Finea, mientras duró el suave cantar de Belisa, que no volviesse sus muy suaves ojos muchas veces á los de Pradelio, que atentamente la miraban. Pero Filardo, que cada vez que la pastora lo hacía,

como de agudo hierro sentía traspassar su corazón con la rabia de los celos y la fuerza del amor, turbó su rostro y cubrióse de sudor su frente, y sin aguardar á que le rogassen, pidió á Sasio que tocasse la lira, y acompañole, desta arte lamentándose:

FILARDO

Los que consiguen favores
por sus servicios fieles,
busquen alegres vergeles
para gozar sus dulzores;
yo por los sepulcros feos
buscaré los infernales,
que éstos fueran mis iguales
si sintieran mis deseos.

Quien, mirando mi dolor,
burlare de mi cuidado,
de mí será perdonado
si no sabe que es Amor;
y porque mi parecer
no tenga de hoy más por juego,
meta la mano en mi fuego,
mudará de parecer.

Hay mil montes de passión
delante de mi consuelo,
y ha cerrado el passo el cielo
con un mar de confusión.
En navegación tan fuerte
descanso no le procuro,
que en el puerto más seguro
está escondida la muerte.

A veces, por me acabar,
vienen á mis sentimientos
tan á tropel los tormentos,
que se estorban al entrar;
y en batalla tan reñida
por mi mano les es dada,
con tal condición la entrada
que no pidan la salida.

Lo que pudiera ayudarme,
esso viene á combatirme,
por ver si me halla firme,
para más y más dañarme:
mi cadena, es mi vitoria;
mi fe, mi condenación;
mi cuchillo, mi razón;
mi verdugo, mi memoria.

Más cantara Filardo si pudiera, mas la passión que le forzó á hacerlo le forzó á dexarlo; bañando los ojos y passando á priesa la mano por su rostro, se levantó de donde estaba, dando con su ida á todos ocasión de mucho pesar, que asaz amigos de estima tenía Filardo. Pradelio desto no hizo sentimiento; pero la pastora Filena, por dissimular el suyo, vuelta al nuevo pastor Alfeo, le pidió que no gastasse más tiempo en escuchar, antes pagasse lo que había oído. A este ruego acudió Belisa y ayudó Finea, y aunque Alfeo, poco ganoso de obedecer, no quiso parecer menos cortés á las primeras vistas, antes pidió á Finea que tocasse la zampoña, y ella á Sasio la lira; y assí, al pastoral son de los dos acordes instrumentos, cantó con gran dulzura estas querellas:

ALFEO

Si el dessabrido y rústico aldeano,
en quien Amor no luce ni parece,
por ajena ocasión hace jornada
  Y por un solo acogimiento humano
suele cobrar amor á la posada,
y al despedirse della se enternece;
  Con razón se entristece
el alma sola amarga,
que con mano tan larga
  Regalada se vió en su pensamiento,
al inhumano, y triste apartamiento,
de su sombra, y abrigo:
y no es razón que esté sin ti conmigo.
  Sale de Oriente con ligero passo
Febo, vistiendo el cielo de alegria,
comunicando al mundo su grandeza;
  Mas apenas le alberga el frío Ocaso,
cuando se ve una sombra, una tristeza
de negra noche temerosa y fria.
  Desta arte el alma mía
del Sol de hermosura,
gozó la luz más pura
  Que se puede mirar con vista humana,
y desta arte es ya noche su mañana,
y desta arte, en su ausencia,
es de tiniebla y muerte la sentencia.
  La verde hierba que el arroyo baña,
la tierra, el aire, el sol, la favorecen;
mas si le falta el agua, assí se muda,
  Que el viento fresco la inficiona y daña,
quémala el Sol, la tierra no le ayuda,
y su verdor y su virtud fenecen.
  Desta suerte perecen
gracia, salud y vida,
estando despedida
  De tu presencia el alma que te adora;
porque sin este solo bien, señora,
cualquiera que se ofrezca
es mal y daño, con que más padezca.
  Levanta el diestro artífice seguro
sobre muro y colunas su artificio,
que quiere competir con las estrellas;
  Mas si quebranta el tiempo el fuerte muro
ó rompe el peso las colunas bellas,
también ha de faltar el edificio.
  Yo, que de tu servicio,
y de mi bien y gloria
máquinas de vitoria

ORÍGENES DE LA NOVELA.—27

Sobre tu voluntad iba subiendo,
esta ilustre coluna falleciendo,
tu servicio y mi suerte
cairán por tierra en manos de la Muerte.
  En tanto que el favor, y la privanza
siente el siervo leal del Rey benino,
su lozanía y su contento suena;
  Mas si después en esto se mudanza,
por su mal hado ó por industria ajena,
corrido y triste le veréis contino:
  Oh menguado destino,
mira cual he quedado,
solo, desamparado
  De aquel favor y tiempo venturoso,
que entre las gentes ando vergonzoso,
cabizbajo y con miedo
que me señalen todos con el dedo.
  Canción de mi despecho,
si llanto y no canción quieres llamarte,
aquí podrás por mi amistad quedarte,
que en desventura tanta
bien se puede llamar loco el que canta.

Los tiernos afectos, la mucha harmonía, las amorosas palabras del afligido Alfeo se hicieron sentir generalmente, de suerte que, acabado el dulce canto, por gran rato unos con otros encarecieron, cuál los afectos, cuál la harmonía y cuál las palabras. Pero Belisa, que de todo quedó pagada, todo lo encareció mientras duraba, y después de acabado, primero con el semblante y después con mil discretas razones, que ayudaron á confirmar en todos la buena opinión de Alfeo. Pero él, agradecido á sus favores, no podía en lo interior tomar contentamiento. A esta hora Sileno ordenó que la música cessase y se diesse lugar á otro entretenimiento de los usados entre pastores, porque no solamente las almas se recreasen en aquel exercicio, que en efecto no era para todos; y assí, señalando premios para la lucha, ofreció al más fuerte un cayado de acebo guarnecido de estaño, tallado de buril de despojos de caza, y por la una parte un gran cuchillo secreto, que tocando á una llave salía y tocando á otra se tornaba á esconder, obra ingeniosa del valiente Alcimedonte; y si este dón era para el más fuerte, para el más mañoso había otro tal, un arco era de palo indio, con la empuñadura de luciente p'ata y esmalte fino, cuerda de seda, aljaba labrada y seis ligeros tiros de diversas puntas, con plumas variadas, blancas, encarnadas y verdes; premios que movieron, por ser tales, los ánimos más exentos de amor, que los enamorados no han menester quien los mueva. Hízose á la hora una ancha plaza de toda la general compañía, con gran concierto y orden, y á poco rato que esperaron, en medio dellos se puso Colín, pastor de cabras, más robusto que bien proporcionado, en el cuello y brazos desnudo, camisa muy justa y zarefuelle estrecho y medias de lienzo sin zapatos. No le dexó mucho sossegar Barcino, rico ovejero y competidor suyo en amores, que con el mismo hábito le salió delante, y sin aguardar más señal, se fueron el uno para el otro, cada cual intencionado de hurtar el cuerpo al contrario, y assí sucedió que casi desta vez no se tocaron. Pero queriéndolo ambos enmendar la segunda, con tal maña se acometieron, y con tal fuerza se hicieron presa, que ambos arrodillaron. Era el perder ó el ganar á la primera caída, y el conocimiento del vencido estar en tierra y su contrario ambas rodillas sin tocar al suelo; y como agora assí se vieron, cada cual procurando que el otro no se levantasse, anduvieron gran rato volteando por la hierba, sin conocerse ventaja, hasta que Colín, inadvertido, se cogió la una pierna debajo de la otra, y al revolver el cuerpo se torció la rodilla de manera que, olvidado del premio y de Dinarda que le miraba, quexándose se dejó tender en tierra, y Barcino sobre él comenzó á pedir vitoria. La grita de los pastores, unos con gusto y otros con pesar, hicieron mayor la honra del uno y el corrimiento del otro.

Luego salió Damón, mozo membrudo, aunque de poca edad, gran amigo de Colín, pero presto le hizo compañía y alguna parte de consuelo.

Los dos vencidos pastores tenían á Barcino más animoso y á los circunstantes menos determinados. Y assí de la segunda lucha le dexaron algún lugar para que descansasse; pero Pradelio, que, ardido en amores, los ojos en la pastora Filena, con gran atención veía mirar á los otros que luchaban, pareciéndole que lo hurtaba á su corazón cualquier vuelta que con sus ojos daba en otra parte, á la hora, sin más prevención de quitarse el gabán y el cinto, se presentó con gentil cuerpo y donaire al vitorioso Barcino, que ya le esperaba. Asiéronse por los brazos igualmente, y aunque la fuerza de Barcino era aventajada, la maña de Pradelio no era menos, y cuanto el uno de la fuerza del uno, el otro de la maña del otro se debían recelar. Y assí, andando en torno gran espacio, sin dar el uno lugar al otro para sus fuerzas ni el otro al otro para sus mañas, ya sus venas estaban tan gruesas que parecían querer reventar, y el sudor de sus frentes les quitaba la vista; pisaban sobre la verde hierba, inconveniente grande para Barcino por no poder restribar en ella como quisiera, pero no para Pradelio, que tenía en esso la confianza. Y assí, viendo á Barcino que con gran furia venía sobre él, hurtándole el cuerpo, tuvo muy cerca la vitoria; mas el fuerte pastor, proveyendo al daño, tan fuertemente tuvo á Pradelio por los

brazos, que juntos llegaron á tierra y juntos se levantaron, juntos se tornaron á apercibir y juntos gimieron como dos bravos toros en pelea. Ya la gente estaba admirada de la terrible y peligrosa lucha, y lastimosos los dos pastores; pero ellos, más animosos que al principio, iban buscando sus presas, cuando Sileno, puesto en medio, les atajó su porfía, con aprobación de toda la compañía, mayormente de las pastoras Dinarda y Filena. Y á Barcino le fué dado el cayado gentil, y á Pradelio el galán arco, y á Colín y á Damón licencia para tenerles envidia.

Quedó Sileno nuevamente deseoso de ver á los demás ejercitarse en saltar ó correr ó tirar á la barra. Gran turba de pastores se levantó para estos ejercicios, pero con diferentes intentos: porque Uranio y Folco, Frónimo y Tirseo, se apercibieron para la carrera; Elpino, Bruno y Silveo para la barra; Delio, Lidonio y Florino para el salto. Cupo la primera suerte de ejercicio á los cuatro corredores, que sin ningún detenimiento se despojaron de sus vestidos, salvo de las camisas y zarafuelles, sin medias ni zapatos. Puso Sileno al cabo de la carrera, que era en una parte del valle, sin tropiezo ni hierba, cuatro premios. El primero, y menos bueno, un rabel de tres cuerdas, de oloroso ciprés de Candia; el segundo, y mejor, un zurrón de seda y lana, labrado con gran arte; el tercero, y mejor 'que el segundo, un espejo de acero, guarnecido en palo de serval; el cuarto, y mejor que todos, un puñal de monte, por la una parte de corte vivo y por la otra sierra muy fuerte, con vaina verde y empuñadura de cuerno de ciervo, trabado con correas blancas de venado. En esta forma: el rabel colgaba de un olmo; y adelante ocho pasos, el zurrón, de un salce; y otros ocho adelante, el espejo, de un mirto; y doce más el puñal, de un enebro. Y hecha calle vistosíssima de todos los pastores y pastoras, ya que los cuatro corredores estaban los pies izquierdos adelante y los derechos casi en las puntas, haciendo Arsindo señal, el son de su bocina fué como el de la cuerda de sacudido arco, y los pastores no otra cosa parecieron que ligeras saetas por el aire. Fáltame por decir lo más gustoso: como Sildeo, pastor de claro entendimiento, aunque de pies perezosos, vido el orden con que los premios estaban, barruntó luego lo que había de suceder, y alzó al viento las luengas haldas del sayo y púsose con los cuatro, que en ligereza excedían al viento, y juntamente con ellos empezó á medir sus passos por la carrera, y toda la gente que lo miraba á reirse de su osadía; pero como los cuatro passaron tan adelante, y los ojos de todos iban tras ellos, Sildeo pudo correr á sus anchuras sin ser más mirado ni reído. Que cosa fué ver á Folco del primer vuelo tan aventajado, que á la mitad de la carrera todos juzgaron el puñal por suyo; pero Fronimo, corrido, criando alas de su afrenta, con dos cuerpos se le puso delante. Uranio iba tras Folco, y Tirseo tras Uranio, cuando Fronimo, vanaglorioso de su ventaja y codicioso de la vitoria, ó tropezó en la tierra ó en sus piernas, que súbito pareció tendido en la carrera, y Folco sobre él, que no pudo apartarse sin caer. Uranio y Tirseo se vieron señores del campo, y la grita y ruido de la gente, que les debiera animar, parece que los desalentó, de modo que los dos caídos, levantándose, y ellos dos entorpeciéndose, todos cuatro llegaron casi juntos á los premios, y todos cuatro, despreciándose del rabel, passaron al zurrón, y desde allí al espejo, y adelante al puñal, que en un instante alargaron los brazos á tomarle. Bien se contentara Sildeo (que tras ellos iba) con el rabel, pero viéndolos que, asidos del puñal, reciamente porfiaban, passó hasta el espejo y tomóle, y baxó al zurrón y púsosele al cuello y desde allí al rabel, y pudo hacerlo porque el concierto era que, comenzando de premio mayor, pudiessen de allí tomar los menores que hallasen. Sildeo, risueño y gritado de la gente, enderezó los passos á Sileno, y los cuatro pastores asidos de su puñal, cuál por la vaina, cuál por el puño y cuáles por los correas, hicieron lo mismo. No pudo Uranio (aunque quisiera) desnudar el cuchillo, porque tenía un secreto que le cerraba; pero Sileno, presto en atajar su contienda, tomó á su cargo el puñal y dióle á Sildeo para que él le diesse á quien le agradasse. Discreto y gracioso era Sildeo, y como se vió hecho juez de todo, les dixo desta manera: Estos premios se pusieron para el corredor que primero los viesse en su poder; yo los veo en el mío sin que nadie me tocasse á los tres en la carrera, y sin que ninguno de vosotros haya tenido el cuarto libremente como yo, y assí, por derecho y condición son todos los cuatro míos, y así lo juzgo. No solos los amigos de Sildeo rieron de la graciosa sentencia, pero á los mismos pretensores hizo mucho donaire, y Sileno la confirmó como bien dada, y mandó á Valleto, zagal suyo, que diesse á los cuatro pastores, el siguiente día, cada dos gruesos carneros de los mejores del rebaño, con que quedaron los circunstantes muy contentos y los pastores muy pagados.

Y mientras muchos se estaban culpando de no haber tenido el aviso de Sildeo, Delio, Lidonio y Florino pidieron lugar para los saltos, y Elpino, Bruno y Silveo para la barra, y aunque quisiera Sileno dársele, viendo que del día estaba gastada la mayor parte, y aquellos exercicios (aunque de mucha estima) no eran de tanta recreación, acordó que se ingeniasen en

pruebas de fuerza y ligereza, cada cual como supiesse ó bastasse, prometiendo á todos dignos premios de su exercicio. Prueba haré yo, dixo Bruno, que no la hará otro pastor de la ribera. Hazla, dixo Elpino; veamos dónde llega tu soberbia. Agora lo veréis, dixo Bruno, y haciéndose atar por las muñecas con dos cuerdas de torcido cáñamo dió el un cabo á Elpino y el otro á Silveo, y tomando en cada mano una manzana, tirad, les dixo, cada uno por su parte, veréis si salgo con mi intención. Con tanta fuerza tiraban los dos pastores, que parecía quererle abrir por los pechos; pero Bruno, recogiendo sus fuerzas, haciendo piernas, apretando los dientes, á pesar de entrambos puso las manzanas en la boca. No hubo entre todos quien á otro tanto se atreviesse. Pero Lidonio, que deseaba mostrarse en algo aquel día, viendo presente á la hermosa Silvia (digo aquélla que á la ida del valle toparon Alfeo y Finea con la pastora Dinarda), alegre de verla sin los dos competidores Licio y Celio, le pidió licencia para ejercitarse en su nombre, y ella, que de nada tenía gusto, le dixo que hiciese el suyo; esto tuvo Lidonio por gran favor, y animado con él, mientras que Delio y Florino, haciendo vueltas galanas y dificultosas por el suelo y por el aire, entretenían la gente, envió por perchas altas y delgadas á un huerto suyo, que cerca del valle estaba, y puesto en medio de la gente, las afirmó en tierra derechas sin hincarlas, y con ambas manos, sin otra ayuda, comenzó á subir por ellas con grande facilidad, hasta poner los brazos sobre lo alto, y arrimándolas al cuerpo sin otra ligadura, ni afirmar los pies en nada, se comenzó á pasear por entre los que le miraban, y después de ser bien visto, se dexó deslizar por ellas hasta el suelo. Prueba fué que agradó y admiró á todos en general.

Mas viendo que el luchador Pradelio tomaba el puesto para hacer nueva prueba, todos volvieron á él atentamente, y el mancebo gentil, tendiéndose en tierra de espaldas, los brazos abiertos, sobre la una mano se puso un pastor de pies y sobre la otra otro, asiéndose los dos de las manos para afirmarse. Pradelio levantó en alto los brazos con ellos y estuvo assí un rato, y luego se sentó en tierra con la misma carga, tras lo cual se levantó en pie, y trayendo á los pastores tres ó cuatro vueltas en el aire, se fué sentando y tendiendo y baxando los brazos hasta dexarlos donde los había tomado. ¡Oh, cómo fué prueba esta del esfuezo y maña de Pradelio y cómo contentó á todos los pastores y pastoras que la vieron! El gusto de Filena para después se quede, y aun las pruebas por ahora, porque Sileno bien siente que no es razón de exercitarse tanto con tanta fatiga, y así, premiando á todos con mucha voluntad y franqueza, mandó tornar á componer las rústicas mesas con regaladas viandas, de donde brevemente todos se levantaron, y siguiendo á Sileno, Galafrón y Barcino, Mireno y Liardo y el rabadán Alfesibeo enderezaron á la devota pirámide; y allí Galafrón, tierno y verdadero amante de la difunta Elisa, la una rodilla en tierra, al son de la flauta de Barcino, que de la misma arte la tocaba, cantó estos versos tristes y amorosos:

GALAFRÓN

Elisa, que un tiempo fuiste
descanso de los enojos
con sólo volver los ojos
á los que en llanto volviste,
la furia perpetua y triste
de nuestras continuas quexas
no es tanto porque nos dexas
como por ver que te fuiste.

Porque, Elisa, aunque dexarnos
sea lo mismo que irte,
sintiendo el mal de partirte
no se entiende el de quedarnos;
y sólo en representarnos
la memoria que te has ido,
no queda libre el sentido
para de otro mal quexarnos.

Mas, dime: ¿en prisión tan grave
por qué nos dexas con ceño,
como cautivos sin dueño,
donde esperanza no cabe?
¿qué nueva vendrá suave
á nuestra prisión y pena,
si, cerrada la cadena,
el cielo rompe la llave?

Algún alivio tenemos
en ausencia tan amarga,
y es que no puede ser larga,
aunque ya larga la vemos;
otra rienda hallaremos
que más enfrene al tormento,
y es que vives en contento
ya que nosotros penemos.

Tengo aquí, pastora cara,
una canción que decías,
con cuyos versos cubrías
de mis lágrimas mi cara,
y aunque de dulzura avara,
y más que la muerte fiera,
si yo agora te la oyera
bien piadosa la juzgara.

De suerte nos igualaste,
que contra el competidor
nuestra venganza mayor
era ver que le miraste:
bien seguros nos dexaste
de memorias de contento,

porque aun de darnos tormento,
señora, no te preciaste.

Por nuestra afición abrojos
nos diste, en lugar de palma,
y nunca sintió tu alma
lo que hicieron tus ojos;
nuestros más ricos despojos
llevaste sin pretendellos,
y este es el mal, que, á querellos,
gloria fueran los enojos.

Baxe ya tu luz preciosa
del alto cielo á la tierra,
y venga á hacernos guerra
si no quisiere piadosa,
por el mármol do reposa
tu ceniza sepultada,
que de mi diestra cuitada
fué pruebecilla amorosa.

Vaya lexos la alegría
de nuestro monte y ribera,
cuanto se teme y se espera
pare en la ventura mía;
fálteme el postrero día
una común sepultura,
que si yo busqué ventura,
por ti sola la quería.

Húyame el contentamiento,
nada me preste favor,
conviértaseme en dolor
cualquier causa de contento,
déme el cielo sólo aliento
para conocer mi mengua,
no quiera llegar la lengua
do no alcanza el sentimiento.

Bien puede, Elisa, subir
atrás el corriente río,
y el más importuno frío
nuevas flores producir;
mas no podrán permitir
tiempo, fortuna ó estrella
que cesse nuestra querella
hasta que cesse el vivir.

En tanto que Galafrón cantaba desta suerte, muchas de las pastoras habían traído blancos tabaques de hierbas y rosas de la florestas y en un punto, sobre sus luengos cabellos poniendo artificiosas guirnaldas, alrededor de la alta pira, presas por las manos sus anchas mangas, de blanco lienzo colgando, mientras cantaban, iban en sossegado corro, y acabado el cantar, vueltas las unas á las otras con gran donaire bailaban. Ya en esto, el gran planeta parecía, que, agradecido de la solene fiesta, quería dejar libre sombra para que los pastores buscassen sus moradas, y al trasponer del monte, su rostro alegre y bello (recogiendo la lumbre de sus rayos) desde el Ocaso arrojó una viva y templada claridad, que, bordando de fina plata y luciente oro las varias nubes, dejó nuestro cielo hermosíssimo. Y luego las pastoras, trocando las guirnaldas de sus frentes con las que en el sepulcro estaban, y los pastores ramos con ramos, todos juntos comenzaron á seguir al viejo Sileno hasta la salida del valle, que allí con alegre rostro y dulces abrazos se despidió (uno por uno) de todos, y dejando con él sus cuatro pastores y el rabadán Alfesibeo, se comenzaron por las sendas y caminos á dividir desde la verde floresta.

TERCERA PARTE

DEL PASTOR DE FILIDA

Alegremente vinieron nuestros pastores al fresco valle de la celebrada Elisa, y no menos se dividieron al salir dél, porque no quedó senda, atajo ni camino donde no sonassen voces acordadas, liras, rabeles, flautas y otros alegres instrumentos; solos Finea y Alfeo, como solos entraron por la vereda de los salces, camino poco usado, por ser áspero y estrecho, al principio dél dixo Finea: ¿Qué te ha parecido, Alfeo, de los pastores del Tajo? Tan bien, dixo Alfeo, que no te lo sabré decir: su gala es mucha; discreción y cortesía, grande, y lo que es habilidad y mesura, aventajado á cuanto he visto. Paréceme que de España lo mejor se recoge en estas selvas. Esso puedes creer, dixo Finea, que aunque lo natural dellas es bueno, todos essos ricos pastores que hoy has visto y essas pastoras de tanta gracia y hermosura, cuál es del Ebro, cuál del Tormes, Pisuerga, Henares, Guadiana, y algunos de donde, mudando nuestro Tajo el nombre, se llama *Tejo*; pero como el sitio es tan acomodado á la crianza de los ganados, á la labor de la tierra y á la recreación de la gente, muchos que aquí vienen por poco, se quedan por mucho, como á mí me ha sucedido y á ti creo que será otro tanto. No hará, pastora, dixo Alfeo, que aunque entiendo que no me estaba mal, véome impossibilitado para ello. ¿Qué podría yo hacer aquí, ó en qué entretendría el tiempo que no pareciesse feo á todos? Yo te lo diré, dixo Finea: lo que yo hago, ó lo que hace SIRALVO, forastero pastor que aquí habita. Yo compré ovejas y cabras conforme á mi poco caudal, y con pocos zagales las apaciento. SIRALVO, aunque pudo hacer otro tanto, gustó de entrar á soldada con el rabadán Mendino, por poder mudar lugar cuando gusto ó comodidad le viniesse, sin tener cosa que se lo estorbasse. ¿Quién es esse SIRALVO? dixo Alfeo. Es un noble pastor, dixo Finea, de tu misma edad, honesto y de llaníssimo trato:

amado generalmente de los pastores y pastoras de más y menos suerte, aunque hasta agora no se sabe de las suya más de lo que muestran sus respetos, que son buenos, y sus exercicios, de mucha virtud. ¿Cómo vería yo á SIRALVO? dixo Alfeo. Bien facilmente, dixo Finea; porque las cabañas de MENDINO están muy cerca de aquí, y SIRALVO por maravilla sale dellas, y más agora que está su rabadán ausente y él no podrá apartarse del ganado. Assí hayas ventura, dixo Alfeo, que vamos allá. Vamos, pastor, dixo Finea; y volviendo el camino sobre la mano derecha, mientras Alfeo, agradeciendo á la serrana su voluntad y trabajo, ella nuevamente con amor se le ofrecia, llegaron á la fuente de MENDINO, que poca distancia de las cabañas estaba, y á un lado della, cerca del arroyo, oyeron una flauta, que al son del agua y de los inquietos árboles acordadamente sonaba. Aquella flauta, dixo Finea, es de SIRALVO, y si él canta, á buen tiempo hemos venido, que no es menos músico el pastor que enamorado, aunque él, no preciado desto, siempre busca la soledad para cantar sus versos. Oyámosle, dixo Alfeo, que no es possible que el aparejo tan conforme á su condición no le incite. Y con esto, sentándose los dos junto á la fuente casi á un punto, SIRALVO, dejando la zampoña, comenzó á cantar aquestas rimas:

SIRALVO

Ojos á gloria de mis ojos hechos,
beldad inmensa en ojos abreviada,
rayos que heláis los más ardientes pechos,
hielos que derretís la nieve helada,
mares mansos de amor, bravos estrechos,
amigos, enemigos en celada,
volveos á mí, pues sólo con mirarme
podéis verme y oirme y ayudarme.

Si me miráis, veréis en mí, primero,
cuanto con Vos Amor hace y deshace;
si me escucháis, oiréis decir que muero,
y que es la vida que me satisface;
si me ayudáis, lo que pretendo y quiero,
que es alabaros, fácil se me hace;
en tan altas empressas alumbradme,
mis ojos, vedme, oidme y ayudadme.

Siendo verdad que el alma que me ampara
es sólo un rayo dessa luz pendiente,
cuando no me miráis, es cosa clara
que estoy del alma con que vivo ausente;
mas no tan presto á la marchita cara
vuelve la vuestra, soles de mi oriente,
cuando, el espíritu mío renovado,
quedo vivo, contento y mejorado.

La causa fuistes de mi devaneo,
y podéis serlo de mi buena andanza,
que si á vuestra beldad cansa el deseo,

vuestra color ofrece la esperanza,
esmeraldas preciosas, donde veo
más perfeción que el ser humano alcanza,
viva mi alma entre essas dos serenas
lumbres divinas, de vitorias llenas.

¡Cuánto mejor en vuestra compañía
que con la lira ó con el tierno canto,
pudiera Orfeo, el malhadado día,
robar la esposa al reino del quebranto!
pues la amorosa ardiente ánima mía,
al resplandor de vuestro viso santo
suspende tantas penas infernales,
Ojos verdes, rasgados, celestiales.

¿Sois celestiales, soberanos ojos?
Si que lo sois, aunque os alberga el suelo,
pues solas almas son vuestros despojos,
almas que os buscan como á propio cielo;
fundó el Amor sus gustos, sus enojos,
estableció su pena y su consuelo,
dejó las armas frágiles de tierra,
y escogió vuestra luz en paz y en guerra.

Estrellas, nortes, soles, que á la diestra
del Sol salís, por soles verdaderos,
si en cuanto el lugar cielo al mundo muestra,
no hay cosa que merezca pareceros,
¿quién verá sola una pestaña vuestra
que presuma, aun con muerte, mereceros?
Bástale á aquel que os ve, si os conociere,
morir, y ver que por miraros muere.

Pues los que os miran quedan condenados
á arder de amores si miráis piadosos
y á rabia eterna si volvéis airados,
ved si los que abrasáis son venturosos;
yo que con pensamientos inflamados,
Ojos, os miro, y con deseos rabiosos,
ó rabie, ó arda, ó muera, ó viva, al menos
no dejéis de mirarme, Ojos serenos.

Al revolver de vuestra luz serena,
se alegran monte y valle, llano y cumbre;
la triste noche de tinieblas llena,
halla su día en vuestra clara lumbre,
sois, Ojos, vida y muerte, gloria y pena;
el bien es natural; el mal, costumbre:
no más, Ojos, no más, que es agraviaros,
sola el alma os alabe, con amaros.

No tocó SIRALVO al fin de la postrera estancia la flauta, como á las demás había hecho, pero rematóla con un terníssimo suspiro y Alfeo y Finea, que con mucho gusto le habían escuchado, dexando la fuente se llegaron á él, saludándole con muy corteses palabras. ¿Qué caso, dixo Siralvo, te trae, Finea, por esta parte tan á deshora? Buscarte, SIRALVO, dixo la graciosa serrana. Aquí me hallarás muy á tu voluntad, dixo SIRALVO, y levantándose del suelo, echando al hombro el zurrón, todos tres se fueron llegando á la fresca fuente, y allí sentados, preguntó quién era el pastor que con ella ve-

nía. No dió lugar Finea á que Alfeo respondiesse; mas ella lo hizo de arte que SIRALVO, muy contento de su venida y deseoso de saber su suerte, se le ofreció en lazo estrecho de amistad, á que Alfeo bastantemente correspondió en voluntad y razones. No se contentó Finea con esto, pero pidió á SIRALVO que diesse orden en acomodar á Alfeo. Aquí estaban, dixo SIRALVO, mil ovejas del gran rabadán Paciolo, que las guardaba Liardo, y ahora está con Sileno; este rebaño tiene cuatro zagales diligentes, cabaña nueva, instrumentos muy cumplidos, dehesa propia en que se apacienta y abrevaderos y corrales para él solo; estaba á mi cargo buscar un mayoral que le gobierne, y si Alfeo le quiere tomar al suyo, en cuanto yo le pudiere descuidar lo haré, con las mismas veras que lo ofrezco. Finea y Alfeo acetaron con grande agradecimiento la voluntad y obra de Siralvo; y contentíssima desto, le pareció á la serrana irse á su cabaña, y á los dos pastores hacerle compañía, y sin valer excusas, que ella dió para desviarles aquel cuidado, los tres comenzaron á caminar por la espessura, y la pastora á contar á Siralvo lo que en el valle de Elisa había passado, cuando Filardo, competidor de Pradelio, hacia ella venía cantando, con una voz llena de melodía y tristeza, y por no ser causa de que lo dexasse, apartándose entre los árboles con gran silencio, oyeron esta canción que no con menos espacio iba diciendo:

FILARDO

No por sospiros que deis,
corazón, descanso espero;
pero dé el alma el postrero,
y ella y Vos descansaréis.
    Estando la vida tal
de su tiempo bueno ausente,
que ser vida es acidente,
y cansarme es natural,
corazón, no alcanzaréis
con sospiros lo que quiero;
pero dé el alma el postrero,
y ella y Vos descansaréis.
    El rato que sospiráis,
descansárades siquiera,
cuando la vida no fuera
el fuego en que os abrasáis;
dad sospiros, y veréis
que el mejor es más ligero;
pero dé el alma el postrero,
y ella y Vos descansaréis.
    Un solo rayo os abrasa,
mas sus lugares son dos:
las llamas tocan en vos,
y en el alma está la brasa;
con sospiros la encendéis,

y el sospiro verdadero
es dar al alma el postrero,
y ella y Vos descansaréis.

   No quiero yo, corazón,
quitaros el sospirar,
que sospiro podéis dar
que os valga por galardón;
si con sospiros movéis
la voluntad por quien muero,
sin dar el alma el postrero,
ella y Vos descansaréis.

No estaba muy confiado de merecer Filardo tanto bien (como sus versos decían), se ablandasse por tiempo la causa de su dolor, y assí el presente fué tanto, que, sin poder animarse, con los postreros acentos cayó en tierra. Siralvo con gran lástima y amor se le presentó, diciendo: ¿Qué es esto, Filardo mío, qué congoxa te mueve á tanto extremo? ¿Qué ha de ser, dixo Filardo, sino lo que siempre suele? ¿ó qué fatiga me puede descomponer, sino la que Filena me quisiere dar? ¿ó qué rato podré vivir sin que ella guste de atormentarme? ¡Maldita sea la hora en que nací para amalla, y maldito sea el hombre que nace para amar! Puesto estoy, Siralvo, en el profundo de las miserias de Amor, sin haber cosa de donde espere consuelo. Leiántate amigo, dixo Siralvo, que aunque yo creo que tendrás razón, de tu propio humor eres congojoso; vente con nosotros, y dime tu pena, quizá no será tanta la causa como te parece. Como tú quizá, dijo Filardo, estás favorecido, parécete poco el mal ajeno. En cada jornada, dixo Siralvo, hay su legua de mal camino; pero menester es resistencia, si ha de haber perseverancia. Si Filena se descuidó en algo contigo, ya pensarás que el mundo es acabado: no la fatigues con quejas continuas, aunque la razón te sobre; no la pidas celos, aunque te arranquen el corazón, que la mujer apretada siempre desliza por donde peor nos está. Haz lo mismo que Pradelio, que donde quiera que la ve llega risueño y regocijado, y pone en fiesta á cuantos allí están, inventando juegos y danzas, y cualquier cosa que la pastorcilla haga alaba por buena. Créeme, que la primera fuerza que con mujeres se ha de probar es bien parecer, y un hombre marchito y trasbojado viene á ofendellas, hasta ser demonio en su presencia. Basta pastor, dijo Filardo, hablas como sano en fin, y tus medicinas no son para el doliente: haga Filena conmigo lo que hace con Pradelio, verás cuál ando yo y cuál anda él. Mas, si desde que entró en el valle de Elisa hasta la salida, jamás dél partió los ojos ni los volvió á mirarme: ¿qué quieres que sienta? ¿ó qué sintieras tú si como yo la amaras? Doliérame, dixo Siralvo, mas á las

veces una sinrazón notable suele desapassionar al más enamorado. Y aun indignar, dixo Filardo mas pássase essa ira en un momento y queda el triste que ama hecho un centro de dolores, donde creo que nunca la muerte viene por fuerza de los males, sino por contradición del que la teme, que á mí que la deseo, tan necessitado de su favor, niégamele; y niéguemele si quiere, que si nací para esto, yo no lo puedo excusar. ¿Qué ves, ingrata, en Pradelio más que en mí, sino lo que tú le das? ¿ó qué en mi menos que en él, sino lo que tú me quitas? Ayer pagada de mis servicios, y hoy de mi muerte, buen galardón lleva el que desea servir; tómate cuenta de lo que haces, y volverás por tí misma, si no olvidas del todo, á lo que te obliga tu propio valor. Passó Filardo, y dixo Finea: Assí veas á Filena tan de tu parte como deseas, que no te aflijas; mas saca la lira y canta un poco, y entretendrás tu dolor y nuestro camino. Gracia tienes, serrana, dixo el pastor: ¿cantar me mandas de gusto, viéndome morir? Pues haz como el cisne, dixo Finea, y lo que has de lamentar sea cantando, que no enternecerán menos tus querella[2]. Por castigarte de lo que pides, dixo Filardo, quiero cantar, serrana; y sacando la lira, con tres mil sospiros, en son triste, pero artificioso y suave, comenzó á decir Filardo:

FILARDO

   Si á tanto llega el dolor
de sospechas y recelos,
no le llame nadie celos,
sino rabia del amor.

   Dolor, que siempre está verde,
aunque vos más os sequéis,
y á donde quiera que estéis,
veis presente á quien os muerde;
mal que para su rigor
se conjuran hoy los cielos,
no le llame nadie celos,
sino rabia del amor.

   Pues derriba una sospecha
la vida más poderosa,
y una presunción celosa
deja una gloria deshecha,
y á fuerza de su furor
se aborrecen los consuelos,
no le llame nadie celos,
sino rabia del amor.

   No valen fuerzas ni mañas
contra mal tan inhumano,
porque el hambriento gusano
que se ceba en las entrañas,
allí vierte á su sabor
sus centellas y sus hielos;
no le llame nadie celos,
sino rabia del amor.

Si deste diente tocado
debe un corazón rabiar,
nadie lo podrá juzgar
sino aquél que lo ha probado;
yo que en medio del favor
gusté tan enormes duelos,
no puedo llamarlos celos,
sino rabia del amor.

Quien tal pide que tal pague, dixo Filardo al fin de su canción. Veis aquí, pastora, cuál estoy, y cuál está la lira, y cuál el canto. Assí estuviera tu corazón, dixo Finea, que, como cantas sin gusto, no te satisfaces á tí como á nosotros. Pues assí te ha parecido el pastor, págamelo en otro tanto, y di alguna canción de las que suele decir Filena, que, aunque poco ganoso de hacerlo ni excusarlo, quiero ver si hay en el mundo orejas que se muevan á mi ruego. Las mías, dixo Finea, prestas estarán á oirte y á obedecerte: toca la lira, que á tu son quiero cantar. No andaba tras esso, dixo Filardo; mas hágase lo que quieres. Tocando el instrumento, la serrana le acompañó diciendo assí:

FINEA

Del Amor y sus favores,
lo mejor
es no tratar con Amor.
    Esme el cielo buen testigo,
del cual voy tras mi deseo,
do con mil muertes peleo,
teniendo un solo enemigo,
no durarán lo que digo,
y aún peor
los que tratan con Amor.
    Verán su fé y su razón
escrita en letras de fuego,
y verán que su sossiego
es campo de altercación;
verán que su galardón,
el mejor
no tiene señal de Amor.

Juntamente llegó Finea al fin de su canción y á la puerta de su cabaña, donde halló á Dinarda y á Silvia que la esperaba, y allí despidiéndose los pastores con gran cortesía, Filardo, á ruego de Silvia, se quedó con ellas, y Alfeo y SIRALVO tornaron por su camino. No querría, dixo SIRALVO, cansarte con preguntas ni congojarte con mi deseo; pero no dexaré de decirte que holgara en extremo de saber quién y de dónde eres. Las alabanzas que de ti me dió la serrana, tu persona las confirma todas, y lo que tengo visto, bien basta para procurar tu amistad; pero ya sabes que entre amigos no es justo haber nada encubierto:

préndote mi fe, que no te arrepientas jamás de lo que conmigo comunicares. Esso creo yo muy bien, dixo Alfeo, pero sabe que es mucho lo que hay que saber de mí, y si más hubiera, más supieras, que tu bondad, SIRALVO, á esto y más me obliga. Tú sabrás que este hábito no es mío: pluguiera al cielo que desde mi nacimiento lo fuera, excusara las mayores desventuras que jamás han passado por hombre de mi suerte. Caballero soy, natural desta vecina Mantua, que por toda ella se ve el blasón de mi verdadero apellido, y más sabrás que pago en breves días con las setenas lo que muchos gocé de libertad y contento. No renueves mi mal con tu pregunta, que siempre se está presente, ni me aflige tu voluntad, que bien enseñado estoy á no seguir la mía; mas porque temo cansarte con mi cuento largo y pesado, te suplico cuando lo estés me avises, que llevándolo en dos veces, quizá te bastará la fuerza y á mí el ánimo. Ser tú quien dices, dixo Siralvo, bien claro lo muestras, y conocer yo la merced que me haces, no lo dudes; y menos que es imposible cansarme de oir tus casos; mas yo sé, Alfeo, que el día ha sido hoy largo para tí, y será razón dar á la noche su parte hasta el alba, y entonces, habiendo tú reposado, podrás cumplir la promessa y oirme un rato, quizá seré ocasión de alivio á tu mal. No espero menos de ti, dixo Alfeo; y en estas y en otras agradables pláticas llegaron á las cabañas de *Mendino*, donde Alfeo fué albergado, y *Siralvo*, sin que él ni nadie lo sintiesse, tomó el camino de las huertas del rabadán *Vandalio*, donde FILIDA estaba, y á esta hora SIRALVO con seguridad podía buscarla para oirla ó verla desde aparte. Poco tardó en llegar el enamorado pastor, pero rato había que la hermosíssima FILIDA reposaba. Triste y despechado se halló Siralvo por su tardanza, y sentándose al pie de un olmo, junto al ancho y rico albergo, se dejó transportar en un profundo pensamiento, de manera que, sin sentirlo él, fué sentido, recordando con sus sospiros á Florela, hermosa y discreta pastora de la casa de Vandalio, y tan amada de FILIDA, que en su mismo aposento se albergaba; bien conocía los sospiros de Siralvo, y muchas veces deseó que FILIDA los sintiesse y admitiesse la voluntad del pastor, allí donde infinitas y de grande estima eran despreciadas. Dexó el lecho Florela, y mal vestida salió donde halló á Siralvo, que vuelto en sí se levantaba para irse. ¿Qué venida es ésta? dixo Florela. La mía no sé, dixo Siralvo; pero la tuya mi remedio será, porque te certifico que estaba á punto de acabarme. Consuélame, pues siempre lo haces, y no hay quien pueda hacerlo sino tú. Deja el pesar, dixo Florela, que si esta noche vinieras á la hora que sueles, pudieras ver y oir á FILIDA en el lugar que estamos. Buena manera, dixo Siralvo, es essa de consuelo. ¡Maldita sea mi tardanza, que soy el más desazonado de los hombres! Bien le bastaría al que ama una pequeña sepultura donde passasse el tiempo que resta de sus contentos, para que cuidados ajenos no le estorbassen los suyos. Vinieron á mi cabaña Filardo y Finea, y otro pastor forastero, y cuando dellos me pude librar, hallo la pérdida que ves. Descongójate, dixo la pastora, que por lo menos sabrá FILIDA tu sentimiento, y vente conmigo, que tengo grandes cosas que contarte, y este lugar no me parece muy seguro, que poco ha andaban por aquí pastores de *Vandalio* buscando unos mastines. Vamos donde quisieres, dixo Siralvo, y siguiendo á Florela entraron por un camino estrecho que dividía dos huertos, y entre las ramas que de ellos salían, que casi el camino cegaban, los dos se sentaron, y la pastora comenzó diciendo: ¿Qué tanto amas á FILIDA, Siralvo? A esse grado, dixo el pastor, no llegó mi propio sentimiento. ¿De manera, dixo la pastora, que te parece mucho lo que la amas? Sí, mientras no la veo, dixo *Siralvo*; que llegado á miralla no me parece possible amarla lo que se le debe. ¿Pues quién te ataja la voluntad, dixo Florela, para no pagar essa obligación? Un corazón de hombre, dixo Siralvo, con que la amo, impossibilitado á pagar deuda tan superior. Mucho me agrada tu fe, dixo Florela, y ten cierto que toda la debes como la pagas, que aunque te parezca que FILIDA guarda su punto más que las otras mujeres, pues es la mejor de todas, no hay exceso en esto, y al fin sólo has bastado en lo que nadie ha sido parte: no se desgusta de que la veas, y allánase á leer tus versos y oir tus querellas cuando tú se las das, á yo por ti. Ves aquí una carta de Carpino que le envió con Silvia, y no la quiso leer ni recebir, y yo por mostrártela se la tomé á Silvia. No me encarezcas, dixo Siralvo, mi buena fortuna, que para conocer el bien que tengo no es menester que le pierda: yo lo sé en más cosas de las que tú me dices. Pésame que hayas tomado esse papel, que no pensará Carpino que le quieres para tu gusto, sino para el de FILIDA. En esta respuesta lo verá, dixo Florela, y sacando la carta, fácilmente á la luna vió *Siralvo* que decía:

CARTA

Vive Amor, dulce señora,
y vivirá en mi cuidado,
al natural retratado,
del que en nuestros ojos mora,
que holgara de callar

si pudiera, mas no puedo;
con Amor sin culpa quedo,
con vos lo querría quedar.

Vuestra hermosura vi,
y luego mi muerte en ella,
que cualquiera parte della
tocó al arma contra mí;
ojos, frente, manos, boca,
que al ser humano excedéis,
tate, dije, no os juntéis
tantos á empresa tan poca.

Prendiéronme juntamente,
sin mostrar desto desdén:
vuestra voluntad también
se quiso hallar presente;
viendo que merecimiento
faltaba de parte mía,
puse yo lo que tenía,
que fué mi consentimiento.

A la sazón que el Amor
me prendió desta manera,
la montaña y la ribera
sin hoja estaba y sin flor,
y cuando os llegué á mirar,
mostróme Amor de su mano
el más felice verano
que el cielo puede mostrar.

Mas apenas fué llegada
vuestra ausencia fiera y cruda,
cuando mi verano muda
su fuerza en sazón helada;
y assí será hasta ver
la luz dessos claros ojos,
que entonces estos abrojos
flores tornarán á ser.

Pues, esmeraldas divinas,
lumbre generosa y alma,
desterrad ya de mi alma
tan rigurosas espinas,
que aunque ella siempre os adora,
y veros en sí merece,
sabed que se compadece
deste cuerpo donde mora.

Llevó mis passos ventura,
pensándome despeñar,
y heme venido á hallar
en minas de hermosura;
tan soberana riqueza,
tesoros tan extremados,
no permitáis que, hallados,
se me tornen en pobreza.

Por ventura á mis razones,
aunque ciertas desmandadas,
vuestras orejas, usadas
á más agradables sones,
tomarán alteración,
y la púrpura y la nieve
que en nuestras mejillas llueve,
crecerán por mi ocasión.

Señora, no lo hagáis,
reid y burlad de mí;
haced cuenta que nací
para que vos os riáis;
mas no, pastora, no sea
tomada en burla la fe
que en vuestra beldad juré
y en mi alma se recrea.

No hay en mí cosa valida
que os ponga en obligación
de estimar esta afición
que estimo en más que la vida:
loaros es ofenderos;
serviros, ¿quién llega allí?
y si os quiero más que á mí,
ya voy pagado en quereros.

Ninguna cosa he hallado
que merecer pueda dar
de desearos mirar,
si no es haberos mirado;
porque aquel conocimiento
de vuestro sumo valor,
es la dignidad mayor
que cabe en merecimiento.

Ya veis que fuistes nacida
por milagro de natura;
sedlo también de ventura,
y hacelde en mi humilde vida,
y vénganse luego á mí
los más bien afortunados;
volverán desconsolados,
muertos de envidia de mí.

¿Qué nos enseña en la tierra
el cielo por sobrescrito
de aquel poder que, infinito,
todo lo abarca y encierra?
¿qué pinta imaginación?
¿qué descubre ingenio ó arte
que llegue á la menor parte
de vuestra gran perfección?

Juntáronse tierra y cielo
á poneros sus señales;
con las dotes celestiales
y las mejores del suelo
hizoos tan perfeta Dios,
que lo que es menos espanta,
y á mí dé ventura tanta,
que venga á morir por vos.

Yo sé que, si lo que os quiero
acertara á encarecer,
os pudiera enternecer
aunque fuérades de acero;
mas de lo poco que muestro
podéis ver mi mucho amor,
y que con ira ó favor
me firmaré: *Siempre vuestro.*

Enamorado está Carpino dixo Siralvo al fin
de la carta, y, para decir verdad, no me hace
muy buen gusto. Siempre vosotros, dixo Filena,
querríades que la que amáis no pareciesse bien
á nadie. Mal recado tendría yo, dixo SIRALVO,
si esso quisiesse; que á la belleza de FILIDA los
cielos se enamoran, los hombres se admiran
y pienso que las fieras se amansan. ¡Oh, Florela, qué excesivas ventajas puso Dios en ella
sobre cuantas viven! Pues la condición, Siralvo,
dixo Florela, yo te prometo que no es menos
buena que su hermosura; tiene una falta, que
no es discreta, á lo menos como las otras mujeres, porque su entendimiento es de varón
muy maduro y muy probado, aquella profundidad en las virtudes y en las artes, aquella
constancia de pecho á las dos caras de fortuna.
¿Y la gracia, pastora? dixo Siralvo. No me hables en esso, dixo Florela, que con ser yo mujer, me veo con ella mil veces alcanzada de
amores; su limpieza y aseo, liberalidad y trato,
¿dónde se hallará? Amala, Siralvo, y ámela el
mundo, que no hay en él cosa tan puesta en
razón. Mas dime, ¿qué papel era el que le en-
viastes anoche, que no me acordé de pedírsele!
Florela, dixo Siralvo, era un retrato en versos
que yo le hice. Dímele, pastor, dixo Florela, que
aun podría yo pagártele en otro de pintura suyo, que hizo el lusitano Coelio, padre de Belisa: mira si será extremado. También lo será
la paga, dixo SIRALVO, y por que no la excuses.
oye el que yo hice, que el uno y el otro sé yo
que cuando á FILIDA no se parezca, menos
habrá quién se parezca á ellos, pues de tan rico
dechado no saldrá labor que en otra pueda
hallarse.

SIRALVO

Ya que me faltan para dibuxaros
pincel divino y mano soberana,
y no la presunción de retrataros,
con mal cortada péñola liviana,
de mis entrañas quiero trasladaros,
donde os pintó el Amor, con tanta gana,
que, por no ser á su primor ingrato,
se quedó por alcaide del retrato.

Ricas madexas de inmortal tesoro,
cadenas vivas, cuyos lazos bellos
no se preciaron de imitar al oro,
porque apenas el oro es sombra dellos;
luz y alegría que en tinieblas lloro,
ébano fino, tales sois, cabellos,
que aunque mil muertes muera quien os mira,
dichosa el alma que por vos sospira.

Campo agradable, cielo milagroso,
hermosa frente, en cuyo señorío
goza la vista un Mayo deleitoso
y el corazón un riguroso Estío;
nieve, blanco jazmín, marfil precioso,
fuego, espina cruel, espejo mío.

pues la beldad en vos de sí se admira,
dichosa el alma que por vos sospira.

Ojos, de aquella eterna luz maestra
de donde mana estotra luz visible,
que la noche y el día, el cielo muestra,
de aquélla fuistes hechos, y es possible
ser verde el rayo de la lumbre vuestra:
para hacer vuestro poder sufrible,
ora miréis con mansedumbre ó ira,
dichosa el alma que por vos sospira.

Si distinto elemento el primor fuera
de la tierra, del agua, el aire, el fuego,
bella nariz, vos fuérades su esfera,
pues doquiera que estéis se halla luego
centro de la belleza verdadera,
donde la perfeción goza sossiego
y en quien naturaleza se remira,
dichosa el alma que por vos sospira.

Sale la esposa de Titón bordando
de leche y sangre el ancho y limpio cielo;
van por monte y por sierra matizando
oro y aljófar, rosa y lirio el suelo,
vuestra labor, mejillas, imitando,
que, llenas de beldad y de consuelo,
dicen las Gracias puestas á la mira:
dichosa el alma que por vos sospira.

Puede humana invención, en breve y poca
materia, dibujar parte por parte
el cielo todo, soberano boca;
mas no de vos la más pequeña parte,
ámbar, perlas, rubí, cristal de roca,
que confudido habeis ingenio y arte;
espíritu que por tal gloria respira,
dichosa el alma que por vos sospira.

Cuello gentil, coluna limpia y pura
por quien Amor un Hércules tornado,
por fin del Mundo y de la hermosura
sobre esse monte ilustre os ha plantado
pues en vos se remata la ventura,
y en vos sólo el deseo está amarrado,
aunque esperanza á vuelo se retira,
dichosa el alma que por vos sospira.

Jardín nevado, cuyo tierno fruto
dos pomas son de plata no tocada,
do las almas golosas á pie enjuto
para nunca salir hallan entrada,
que el crudo Amor, como hortelano astuto,
allí se acoge y prende allí en celada;
si á tal prisión de vuestro grado aspira,
dichosa el alma que por vos sospira.

Hermosa mano, rigurosa y dina
de atar las del Amor en lazo estrecho,
á cuya fuerza la mayor se inclina
y el más exento y libre paga pecho:
pues veros es bastante medicina
del corazón, por vos mil partes hecho,
siendo la mano con que Amor nos tira,
dichosa el alma que por vos sospira.

Donaire, gala, discreción, sujeto,
secretos solo al alma revelados,
quién fuera tan dichoso y tan discreto
que os viera encarecidos y gozados;
ya que tan alto don no me prometo,
ni me conceden tanto bien los Hados,
pues todo el ser del mundo en vos espira,
dichosa el alma que por vos sospira.

¡Oh, cómo está el retrato boníssimo, dixo
Florela; y sacando de la manga una cajuela de
marfil, aquí está, prosiguio, el que hizo el lusitano: una ventaja hace el tuyo á éste, que se
puede oir sin verse; más otra hace éste el tuyo,
que se puede conocer sin oirse. Tómale, pastor;
que en nadie del mundo estará más seguro que
en ti, y yo sé que FILIDA holgará de que tú le
tengas. A la fe, Florela, dixo SIRALVO, como
ella sabe que tengo el original en el alma, no
se recelará de que traya el traslado en el seno.
Essa es la verdadera, dixo Florela; mas ya ves,
si alguno te lo viesse, cómo sería caso peligroso.
Descuida, pastora, dixo Siralvo, y abriendo la
caja, vido á la luna su sol. Por gran rato estuvo elevado en él, y cuando su turbación le dió
lugar, assí dixo, puestos en él los ojos:

SIRALVO

Divino rostro, en quien está sellado
el postrer punto del primor del suelo,
pues de aquel, en quien tanto puso el cielo,
tanto el pincel humano ha trasladado.

Rostro divino, fuiste retratado
del que Natura fabricó de hielo,
ó del que amor, passando el mortal velo,
con vivo fuego en mí dejó estampado.

Divino rostro, el alma que encendiste,
y los ojos que helaste en tu figura,
por ti responden y por ellos creo;

Rostro divino, que de entrambos fuiste
sacado, en condición y en hermosura,
pues tiemblo y ardo el punto que te veo.

Lo que hace un buen sujeto, dixo Florela; no
me ha contentado menos el Soneto que las Estancias; escribemele, Siralvo, en estas memorias
que son de FILIDA y quiero que le vea. Assí lo
hizo el pastor, y pareciéndoles que ya la noche
tenía muy vecina la mañana, con gran amor se
despidieron. La pastora volvió al aposento de
FILIDA, y el pastor á la cabaña donde quedó
Alfeo, y hallándole dormido, se puso junto á él
á esperar que recordasse, donde el Sueño, parece
que agraviado de lo poco que dél curaba, llegó
con gran silencio y le bañó el rostro de un licor
suavíssimo, con que Siralvo quedó por gran
espacio trasportado, hasta que Alfeo recordó,
y á su movimiento Siralvo dexó el sueño y el
lugar, y saliendo á la puerta del albergue halló

el Sol extendido por el monte y su ganado por la dehesa, y antes que la calor se lo impidiesse, dió vuelta á las demás cabañas, y dexando orden en todas, para todo, volvió á la suya, donde ya Alfeo levantado le esperaba; allí passaron dulces y agradables pláticas, y después de haber visitado los zurrones, se bajaron á la fuente, acomodado y fresco lugar para su propósito, donde sin dar lugar Alfeo á que Siralvo le preguntasse, desta manera comenzó su Cuento:

ALFEO

Sabe el cielo, Andria, que cuantas señales doy de vivo son para mí nueva muerte, después que de mi vida y de tu fe tan mala cuenta diste: pues mira si el quexarme de ti será mi gusto, ó cómo lo excusaré contra el poder de tu crueldad. Yo soy el mismo que levantaste y desvaneciste, y tú eres sola quien me pudo hacer bien ó mal, sin haber en la tierra otra parte de dó venir me pudiesse; ya tu bien no le quiero, que sé cuán poco dura; tu mal me basta para que hartes en mí tu condición terrible. Yo fuí, Siralvo mío, el primero de los dichosos, y soy de los desdichados el postrero, porque jamás vendrá desdicha como la mía. Vime hasta la edad de veinte años tan señor de mí, que jamás mis cuidados salían de mi contento, no porque viviesse tan sencillamente que no procurasse parecer bien y ser querido, pero con una libertad sobre todo, que jamás Amor ni Fortuna me dieron mala comida. Era mi estancia en la Corte, y mis entretenimientos, amigos, caballos y caza, música y libros, á que principalmente era inclinado: las liviandades del mundo passaban por mí sin dejar señal ninguna; pero cansado Amor de mis burlas y Fortuna de mis veras, armáronme un poderoso lazo en la hermosura de Andria, por lo menos, donde tropecé y caí de manera que nunca me he levantado. Es Andria de clara generación y caudalosos parientes, de hermosura sin igual, de habilidad raríssima, moza de dieciocho años y de más ligero corazón que la hoja al viento. ¡Oh qué mal viene, Andria, lo uno con lo otro! Ya que era forzoso tener algo para mostrarnos que eres del suelo, no fuera tan contra nuestras almas y vidas; quitara el cielo del fino oro de tu cabeza, del cristal puro de tu frente, de la inmensa luz de tus ojos, del vivo rubín de tus labios; hiciera menos buenas más que las perlas de tu boca; descompusiera la rosa y el jazmín de tus mexillas; de essa gracia y habilidad tan altas cercenara un poco y un mucho pudiera, y quedar tú bastante á prender y nunca soltar; mas no quiso, pastor, sino que probasse yo lo que pruebo. No se mostró esquiva Andria á mis deseos, ni gasté mucho tiempo en procurar

sus favores, ni cuando vinieron los sentí como solía otros muchos de que sin trabajo había triunfado. Vime en un punto cautivo, de manera que contento ni gusto, si de Andria no venía, me podía recrear. Retiréme de mis amigos y deudos, dejé la caza y los libros, fundé todo mi deleite en los papeles de Andria y en visitar su calle y en verla las horas hurtadas que ella me concedía. No fué menos lo que Andria sentía por mí ni lo que menos me dañó: porque retirada de cuanto le solía dar contento, fué notada en su casa y más en las ajenas, y muchos, prendados de su amor (hombres de suerte y caudal), procuraron saber la causa de su novedad, y á pocos lances la hallaron en mí. Luego comenzaron las assechanzas, los chismes y las mentiras, cartas falsas contra Andria, amenazas contra mí. Día me amaneció en que mil veces deseé la muerte, porque Andria, apretada de amigos y parientes, se enfriaba conmigo en verme y escribirme, y yo á cada cosa más encendido por ella, viendo levantarse montes de estorbos contra mi contento, no hallaba remedio de valerme; ya las horas de verla y de oirla estaban impossibilitadas; sus Letras, pocas y de estilo caído; forzado deste dolor, con su licencia me ausenté de mi casa, y caminando por los passos de la muerte, Andria me hizo buscar y me volvió á la passada vida, atropellando cuantos estorbos é inconvenientes se ofrecían; pero todo esto para más mal, porque en medio desta felicidad comenzaron de uno y otro lado á combatirme celos y sospechas. ¡Oh crueles enemigos del alma y de la vida! ¿de qué servían aquí mis quejas? De indignarla conmigo y de sufrir mil agravios para volver en su gracia, de no dormir assechando, de no hablar viendo y de no ver llorando mis desventuras. ¡Oh, cuántas veces me despedí del cielo, y vuelto á los abismos invoqué los infernales! y en medio deste furor llamaba á Andria y con un breve papel de su mano quedaba sossegado mi corazón, hasta que ocasión nueva tornaba á verter en mis venas la cruel ponzoña de los celos. Día hubo que, después de haberme jurado con gran ternura y amor que solo en la tierra me amaba y todo lo demás que hacía era fingido y de ningún efeto, estando yo alentándome en mi casa y contradiciendo lo que veían mis ojos y oían mis oídos, me envió á pedir cuantos papeles tenía suyos y otras prendecillas de su mano que yo estimaba más que á mi corazón, y partiéndoseme en mil partes, le obedecí sin réplica, y á la noche, cuando me disponía al sueño de la muerte, me tornó mis caras prendas, culpándose de su ímpetu. Mil veces la indigné con lo que le solía agradar, y otras mil la injurié honrándola; y no es, Siralvo, esto lo peor que por mí ha passado: mis trabajos y mis celos con verme en su memoria se aliviaban; pero cansóse de todo y olvidóse de su honra y de mi fe, y juntó en mi pecho todas las penas del infierno, dolor, espanto y desesperación; halléme sin ella y sin mí, porque lo procuré remediar y no pude: busqué medios lícitos, no me bastaron; hice supersticiones, no me valieron; llamé la muerte, no me oyó; dolíme del alma, y por esso no me privé de la vida; determinéme á mudar lugar; mira, Siralvo, qué huésped te ha venido, para tu recreación, tan importante. Ereslo tanto, dixo Siralvo, que no te lo sabré encarecer. Lastimado me ha mucho tu mal, mas no es possible que la sinrazón de Andria no pare en gran consuelo tuyo. Afrenta es amar á tan varia mujer. ¿De qué sirve ahí la hermosura y discreción, alto linaje y los favores colmados, si todo es sin proporción de bondad? Yo sé de mi corazón que sabe amar á veces más de lo que le está bien, pero en tu causa mejor supiera valerse que el tuyo. No te quiero aconsejar que la olvides, que esto no será en tu mano; ni que te alegres, porque nadie es tan señor de sus tristezas que, cuando vienen, las pueda tomar ó dexar: sólo encargo que no se aparten de tu memoria los agravios que Andria te hubiere hecho y la fe con que siempre la amaste, y cuando su hermosura te salteare, acuérdate que della procedió el mal que has passado y pasas. Si quieres proseguir con tu disfraz y tomar el rebaño del gran Paciolo, no te será contrario el ejercicio para tu mal, y si quieres estarte en mi cabaña, della y de mí podrás hacer á tu gusto. Todo cuanto dices me le da muy grande, dixo Alfeo, y por ahora contigo me quiero estar, que entiendo que has de ser el solo consuelo de mis daños; mas no se gaste toda nuestra plática en tristeza y desventura, alégrala con algo de tu parte, debajo de fé, que te será guardada con la mayor del mundo. Gran cosa me pides, dixo Siralvo; pero, pues en essas se han de ver los amigos, óyeme, Alfeo:

SIRALVO

Tú sabes que yo no soy natural desta ribera; mis bisabuelos en la de Adaja apacentaron, y allí hallaron y dejaron claras y antiquíssimas insignias de su nombre, son las alas de un águila de plata sobre co'or de cielo, que de inmemorial es blasón suyo. Mis abuelos y padres, trasladados al Henares, me criaron en su ribera, y de allí yo, por favorable estrella, bebo las aguas del Tajo. Bien habrás oído nombrar á Filida, aquella en cuya hermosura y bondad, como en claríssimo espejo, resplandece la virtud de sus mayores, y sabrás que dexó las aguas de su pequeño río, anchas y felicíssimas por su nacimiento, y engrandeció con su presencia las del dorado Tajo en los ricos albergues de Vandalio, donde por deudo vive la sola señora de mi voluntad; que á lugar tan alto volaron mis pensamientos, y en él permanecen sin despeñarse. ¿Quién hay, dixo Alfeo, que la ignore? ¿en qué Corte ó Ciudad, en qué montaña ó camino no se celebra la sin par Filida? ¿Pero dime, pastor, ella sabe que la amas? Sí sabe, dixo Siralvo, que pues he comenzado á descubrirme contigo (cosa que jamás pensé), no quiero dejar nada para otro día. ¿Y dime, dixo Alfeo, estima tu voluntad? No soy, dixo Siralvo, tan desvanecido que quiera tanto como eso: basta que no se ofenda de que la ame, para morir contento por su amor. Alguno ha tenido fuerza en la tierra para espantarla toda, y no ventura para que allí se admita su voluntad; pues ¿quién presumirá ganar aquella plaza? Sola podría mi fe, por su grandeza; yo la amo sobre todas las riquezas que Dios ha criado, y ella sabe dónde llega mi amor, y no fuera Filida quien es si despreciara esta obra fabricada de su mismo poder. No es locura mi intención, aunque en mil cosas lo parezca, ni fuera desvalor suyo valerla, pues sola se puede ser digna de esta gloria, y como la mía no la puede haber en lo terreno, digo que no le pido á Filida que me ame, pero que vivo contentíssimo con que no se desguste de mi amor. No pienses, Alfeo, que por vivir en los campos donde, en buena razón, la malicia debería ser menos, lo debe ser el recato. Grandes son mis inconvenientes, grandes mis peligros y grandes mis enemigos, de los que, en competencia, miran la beldad de Filida; no me peno mucho, aunque ellos lo son en caudal y en suerte, sin haber en el mundo otros mejores; pero yo sé cómo vuelven desta empresa los pastores de Vandalio; éstos son grandes contrarios á mis contentos, pues por ellos pierdo el verla muchas veces, siendo su dulcíssima presencia principio y fin de mis deseos. Ves aquí mi suerte, y ves aquí mi vida, y ves aquí la voluntad que te tengo, pues tan abiertamente te he manifestado lo más íntimo de mi pecho. Plega al cielo, dixo Alfeo, de conservar tu vida sin que la sin par Filida de tu bien se canse. El mismo, dixo Siralvo, alegre la tuya, de suerte que de la ingrata Andria te veas con entera satisfacción; y ahora, por mi contento, cantemos un poco, Alfeo, que por el tuyo se hará luego lo que ordenares. Y sacando la lira, Siralvo comenzó á cantar y Alfeo á responder:

SIRALVO

¡Oh, más hermosa á mis ojos
que el florido mes de Abril;
más agradable y gentil,

que la rosa en los abrojos;
más lozana
que parra fértil temprana;
más clara y resplandeciente
que al parecer del Oriente
la mañana!

ALFEO

¡Oh, más contraria á mi vida
que el pedrisco á las espigas;
más que las viejas ortigas
intratable y dessabrida;
más pujante
que herida penetrante;
más soberbia que el pavón;
más dura de corazón
que el diamante!

SIRALVO

¡Más dulce y apetitosa
que la manzana primera;
más graciosa y placentera
que la fuente bulliciosa;
más serena
que la luna clara y llena;
más blanca y más colorada
que clavelina esmaltada
de azucena!

ALFEO

¡Más fuerte que envejecida
montaña, al mar contrapuesta;
más fiera que en la floresta
la brava ossa herida;
más exenta
que fortuna; más violenta
que rayo del cielo airado;
más sorda que el mar turbado
con tormenta!

SIRALVO

¡Más alegre sobre grave
que sol tras la tempestad;
y de mayor suavidad
que el viento fresco y suave;
más que goma
tierna y blanda; cuando assoma,
más vigilante y artera
que la grulla, y más sincera
que paloma!

ALFEO

¡Más fugaz que la corriente
entre la menuda hierba,
y más veloz que la cierva
que los cazadores siente;
más helada

que la nieve soterrada
en los senos de la tierra;
más áspera que la sierra
no labrada!

SIRALVO

¡FILIDA, tu gran beldad,
porque agraviada no quede,
ser comparada no puede
sino sola á tu beldad;
ser tan buena,
por ley y razón se ordena,
y en razón ni ley no siento
quien tenga merecimiento
de tu pena!

ALFEO

¡Andria, contra mí se esmalta
cuanta virtud hay en tí,
donde sólo para mí
lo que sobra es lo que falta,
y porfías;
si te sigo, te desvías,
persiguesme si me guardo,
y cuando yo más me ardo
más te enfrías!

Prosiguiendo en su canción, los dos pastores quedaron tendidos sobre la menuda hierba, suspensos, oyendo la diversidad de aves que cantaban junto á sus oídos, el manso arroyo que de la fuente salía, á cuyo son, las manos en las mejillas, se adurmieron. Duerman, dejémoslos, que en siendo hora, no les faltarán amigos que los recuerden, y cuando no lo hagan, cuidados tienen ellos que lo sabrán hacer.

CUARTA PARTE

DEL PASTOR DE FILIDA

Possible será que una sola beldad rija y dispense en los amores, pero dificultoso me parece, porque no sólo sus efetos en nosotros son contrarios, sino también en sí mismo; poder diviso es sin duda, y si lo es, ¿cómo permanece? ¿hay por ventura quien haya determinado esta contienda? Quiza sí; pero cada uno aprobará conforme á su voluntad, de do se deja entender que en cada pecho nace y gobierna quien le condena ó le absuelve, y este señor allí mengua ó crece, como le viene la gana ó halla nuestro sujeto. Grande es Amor, grande sobre el poder humano; mas no se entienda que este grande Amor es aquel crimen del mundo injusto; que desde que la malicia tocó en su materia baja y vil el cendrado oro de la edad dichosa, juntamente Amor se desterró del concurso de las gentes, y buscó la soledad de las selvas, contento de habitar con los sencillos pastores, dejando en los anchos poblados (desde los más humildes techos hasta los resplandecientes de oro y plata) una ponzoña incurable, vengadora de sus injurias, que hasta hoy permanece; luego ya se determina que en las selvas vive Amor, y en los poblados su ira y saña. Yo sin ninguna duda lo creo, que puesto caso que de las incultas plantas apenas la esperanza y el miedo se desvían, cualquier efeto suyo puede fundarse en razón, que menos ó más se contradice su fuerza allí donde el Amor se sigue con vanagloria, y es la beldad estimada en menos que el arreo, y la voluntad se hace precio, los celos son invidias y pundonores, la perseverancia tema y los servicios engaños. Imaginario es el Amor, venganza justa del cielo, triste del que con él mora y infinito el número de los tristes, porque los más moran con él. Allá se avengan y no permita el cielo que llegue su infición y daño á las silvestres cabañas, donde al menos nadie finge, el celoso no es traidor, ni el olvidado enemigo, el querido no es engañado, ni el cohecho hace bien ni mal. No dudo yo que en la mayor Babilonia permita Amor algún pecho lleno de fe y lealtad, y entre la soledad de los campos alguna intención dañada, para confusión de aquéllos y ventaja de estotros; mas pocos son, y tan pocos que por milagro se puede topar con ellos. Bien probarán los pastores del Tajo con su intención la mía, y bien me acuerdo que el enamorado Filardo, la noche antes quedó en la cabaña de Fidea, con Silvia y Dinarda; pues agora sabed que, recogidas las tres pastoras después de largas y dulces pláticas, el celoso amante, vencido del dolor que le atormentaba, buscó á Pradelio y con palabras graves y corteses le llevó á la falda de un collado, lugar solo y propio para su intención. No se receló Pradelio de Filardo porque sabía que era noble de corazón y de trato llano y seguro, ni Filardo jamás pensó ofenderle, porque de nada le tenía culpa, y junto con esso le conocía por bastante para su defensa. Golpeándole iba á Filardo el corazón, y mil veces en el camino escogiera no haberse determinado, pero ya que no se vino en tiempo de volver atrás, lo más sereno que pudo soltó la voz y díxole: ¿Qué has entendido siempre de mi amistad, pastor? Hasta ahora, dijo Pradelio, no la he probado, pero entiendo que á mí ni á nadie la puedes hacer mala. No cierto, dixo Filardo, pero si esso es assí, ¿por qué me haces tanto daño? ¿Daño? dixo Pradelio; no sé cómo. Yo te lo diré, dixo Filardo. ¿No sabes, Pastor, que yo amo á Filena más que á mí, y que fuí la causa

de que tú la conociesses, y después que ella te conoce nunca más ha vuelto los ojos á mirarme, y yo muero sin remedio, porque sin ella me es imposible vivir? Pues yo, pastor, dixo Pradelio, ¿qué puedo hacer que bien te esté? Mucho, dixo Filardo; con no verla, quitarás la ocasión de mi tormento. ¿Qué es la causa, dixo Pradelio, que huelgas de verla tú? Amarla como la amo, dixo Filardo. Pues si esso te obliga, dixo Pradelio, la misma obligación tengo yo; y si te parece que tú me la diste á conocer, quiérote desengañar, que antes que tú la conociesses la amaba yo. Basta decirlo tú, dixo Filardo, para que yo lo crea. Y aun para ser verdad, dixo Pradelio, y esto nadie mejor que Filena lo puede saber; si tienes tanta parte con ella, que te lo diga. Por gran amiga la tengo de aclarar dudas, y si no estás tan adelante, no te penes, Filardo, que es la vida breve y inhumanidad gastarla en pesadumbres. Pastor, dixo Filardo, yo no vengo por consejos, que valen baratos y cómpranse muy caros. Tú te resumes en no hacerme el gusto que te pido: Filena haga el suyo, que quizá pararás en lo que yo pararé. Sin duda, dixo Pradelio, tú fuiste muy favorecido de Filena. Como tú lo eres, dixo Filardo. ¿Pues qué se puede hacer? dixo Pradelio. A las mujeres, y más á las que tanto valen, amarlas es lo más justo, y el tiempo del favor estimarle con el alma: y si esto faltare, como el buen labrador cultivar de nuevo, que tierras son que tras los cardos suelen dar el fruto. Mientras tú la gozas, dixo Filardo, poca esperanza dél me puede á mí quedar. Y á mí poco miedo, dixo Pradelio, mientras que tú la deseas. Filena, aunque moza y poco cursada en esto, es de tan claro entendimiento y de bondad tan natural, que lo que contigo hizo y contigo hace, sólo le sale de una condición afable y llana, con que generalmente trata sus amigos, sino que los hombres burlados de aquella llaneza, aficionados á su hermosura, al punto armamos torres de viento y arrojamos la presunción por donde jamás ha passado su pensamiento. Yo asseguro que si te entendió que no era tu trato con ella tan llano como el suyo contigo, essa fué la causa de sus desdenes, y lo mismo haría conmigo si me desviasse del camino que ella lleva. Gracias te doy, pastor, dixo Filardo, con la buena conclusión de tus bienes y mis males. Si yo no hubiera arado con Filena, maestro quedaba para saberlo hacer. Yo nací antes qué tú, Pradelio, y moriré primero; vive en paz con tus favores, que eres digno y muy digno de gozarlos. En estas pláticas se les passó la noche á los pastores, y ya que el alba rompía, Finea y las dós pastoras, desamparando el lecho, guiaron á la cabaña de Filena, por complacer á Silvia que iba intencionada de va-

ler con ella á Filardo en todo lo que pudiesse.
Pues como toparon á los dos pastores, Dinarda les pidió compañía y todos cinco caminaron;
pero no le pareció á Finea que fuessen ociosos,
y vuelta á Filardo encarecidamente le pidió que
cantasse y á Pradelio que tañesse. El lo hará
todo, dixo Pradelio. Si haré, dixo Filardo, que
*quien consigo discorda, con ninguno se podrá
templar.*

FILARDO

Cuando el Amor, con poderosa mano,
prendió mi pensamiento,
prometióme salud, paz y alegria;
fiéme del tirano,
y si ve mi contento,
por diverso camino se desvía;
no espere más, Amor, quien de ti fía.

¡Oh, mala rabia te atraviesse el pecho,
porque sientas un poco
de lo que siente el que por tí se huia,
tu voluntad despecho,
tu entendimiento loco,
y tu memoria como está la mía,
y vengárase, Amor, quien de ti fía!

¿Qué ley del cielo ó tierra puedes darnos,
que obliguen nuestras penas
á más de padecer en su porfía?
mas quieres obligarnos;
nuevos fueros ordenas,
que llamemos reposo la agonía.
¡Oh, desdichado, Amor, quien de ti fía!

¿Hemos por dicha visto de tu casa
salir algún pagado,
como salen quexosos cada día?
¡Oh, mano al bien escassa!
¡oh, mal aconsejado
el que se alegra con tu compañía,
y más, Amor, aquel que de ti fía!

Pone en sulcar las ondas confianza,
en seca arena siembra,
coger el viento en ancha red confía,
quien funda su esperanza,
en corazón de hembra,
qué es tu templo, tu cetro y monarquía.
¿Qué fruto espera, Amor, quien de ti fía?

El que de libre se te hace esclavo,
en tus leyes professo,
morir mejor partido le sería,
pues queda al cabo, al cabo,
pobre, enfermo, sin seso,
y arrepentidos los de su valía;
en esto para, Amor, quien de ti fía.

Buena ha estado la lisonja, dixo Silvia; si
dessa manera sobornas á todos los que has menester, yo los doy por desapassionados de tu
gusto. Pastora, dixo Filardo, quien me hiciesse
á mí mudar estas canciones, bien poderosa se-

ría. Yo sé que cualquiera entiende cuán digno
es de perdón el forzado. Cante Pradelio, que
como le hacen otro son, podrá llevar otros tenores. Esso no se excusa, dixo Dinarda, y tomando á Filardo la lira la dió á Pradelio, el
cual ansí obedeció á la pastora, sin poner
excusa:

PRADELIO

El tiempo que holgares,
Filena, en ver mis ojos de agua llenos,
ó los tuyos alzares
en mi favor serenos,
el ganado y la vida tendré en menos.

Viendo de dónde viene
el bien ó el mal que tu beldad me ha hecho,
obligado me tiene
con un constante pecho
á agradecer el daño y provecho.

Tu alta gentileza,
tu valor, tu saber, amé primero,
subime á más alteza
de un querer verdadero,
ámote mucho y mucho más te quiero.

El quererte y amarte
proceden de mirarte y conocerte,
cada cual por su parte;
el amarte es por suerte,
pero por albedrío el bien quererte.

Mis llamas, mis prisiones,
son los jardines donde me recreo;
tus gustos, tus razones,
espejo en que me veo,
y en tu contento vive mi deseo.

A ser sólo dotada,
como otras, de caduca hermosura,
quizá fueras amada
de la misma hechura;
mas tu beldad de todo me asegura.

Ansí ciega y assombra
mi gran amor, que á todos escurece,
y el mundo es una sombra,
y cuanto en él parece
del sol que en mis entrañas resplandece.

Págame en mi moneda
mi amor (si tanto amor puede pagarse),
ó á lo menos no pueda
con pesares aguarse
la fe más pura que podrá hallarse.

No son estos recelos
por no entender mi hado venturoso,
y tampoco son celos
de indicio sospechoso:
sólo mi valor me trae medroso.

Tú, mi dulce señora,
primera causa de mi buena andanza,
por la fe que en mí mora,
si en la tuya hay mudanza,
haz que socorra engaño á mi esperanza.

FILIDA, tal quedé de ti apartado
cual sin el alma el cuerpo, ó cual la nave
sin marinero, ó cual sin sol el día;
muriendo aprendo, ciencia harto grave,
á conocer un buen y un mal estado,
y cuánto va de un es á un ser solía;
edificando estoy de noche y día
labores sin cimiento:
FILIDA el argumento;
y el oficial mi vana fantasía;
mas en siendo la torre levantada
trazada á mi deseo,
luego la veo por tierra derribada.

FILIDA mía, consuelo de mi alma,
más agradable que la luz serena
y muy más que la misma vida cara,
¿dónde suena tu canto de sirena?
¿Quién goza tu amistad sincera y alma?
¿Dónde se mira tu hermosa cara?
¡Oh! cuán de veras me ha costado cara
la lumbre de los ojos,
FILIDA, que mis ojos
de espaldas ven el bien, el mal de cara,
la triste vida que posseo me culpa,
y ella misma me pena:
sufra la pena quien causó la culpa.

FILIDA, en tanto que el sereno Apolo
ciñe nuestro horizonte, y entre tanto
que le da cuna el húmido Neptuno,
mis ojos, no en reposo, mas en llanto,
su oficio es llorar solo, y como solo
á solas estas rocas importuno,
excúsome que sepa ya ninguno
vida tan trabajosa.
FILIDA mía hermosa,
si contasse mis males de uno en uno,
corta sería la vida, el tiempo, el modo,
corto el entendimiento,
que mi tormento no se entiende todo.

FILIDA, viva ó muera, llore ó ría
ó trabaje ó repose, ó duerma ó vele,
ora tema, ora espere y dude y crea,
ha de estar firme lo que siempre suele,
firme el querer y firme la porfía
del que mirarte y no otro bien desea.
Escrito está en mi alma, allí se lea,
tu nombre y mi deseo.
FILIDA, allí te veo,
mas haz que con mis ojos hoy te vea;
míralos viudos, tristes y enlutados,
coronados de nieblas,
con las tinieblas por Amor casados.

Ya falta aliento al espíritu cansado
que vencen las passiones,
FILIDA, y las razones
con mi seca ventura se han helado;

muero, y si quieres que contento muera,
doquier que estés, señora,
acoge agora mi razón postrera.

Apenas Siralvo puso fin á su afligida canción, cuando, llamado de un súbito ruido, volvió los ojos al monte, y por la falda dél vido venir un ligero ciervo herido de dos saetas en el lado izquierdo, sangrientas las blancas plumas, y tan veloz en su carrera, que sólo el viento se le podía comparar, y á poco rato que entró por la espessura del bosque, por las pisadas que él había traído llegaron dos gallardas cazadoras, que con presuroso vuelo le venían siguiendo. Descalzos traían los blancos pies y desnudos los hermosos brazos; sueltos los cabellos que, como fino oro, al viento se esparcían; blanco cendal y tela de fina plata cubrían sus gentiles cuerpos, las aljabas abiertas y los arcos colgando. Pues ahora, sabed que la una destas era Florela, que juntamente con FILIDA seguía los montes de Diana, y como vido á Siralvo, casi forzada de amor y compassión le dixo: Pastor, ¿has visto por aquí un ciervo herido que poco ha baxaba de la altura deste monte? Sí he visto, respondió Siralvo lleno de turbación de ver quién se lo preguntaba. Pues guíanos, pastor, dixo la cazadora, que las saetas que lleva nuestras son y tuya será parte de los despojos. No respondió Siralvo, pero atónito y contento tomó la senda del bosque, obligándolas á correr más que solían, y después que gran rato anduvieron por la espessura, á un lado oyeron bramar el ciervo, y acercándose á él se hallaron cerca de una fuente, que al pie de un pino salía, asiendo de la hierba sobre el agua. Prestamente, Siralvo le asió por los anchos cuernos y con el puñal le cortó las piernas, con que quedó tendido al pie del árbol. Las cazadoras, contentas con la presa, pidieron á Siralvo que le quitasse los cuernos y los pusiesse en lo alto del pino en tanto que ellas se alentaban de la larga carrera. Poco tardó Siralvo en hacer esto y menos Florela en hablarle cuando á la compañera vió dormida. Siralvo mío, le dixo, ¿qué buena suerte te ha traído por donde yo te topasse? Essa, dixo Siralvo, mía sola la puedes llamar, si siendo tan buena puede ser de quien tan mala como yo la tiene. Esso me enoja, dixo Florela; viva FILIDA y contenta; tú en su gracia, ¿cómo puedes quexarte de tu suerte? Desde ahora, dixo Siralvo, mal contado me sería que sé de ti tales nuevas; pero ausente de su hermosura y ignorante de su contento, desesperado del mío, ¿cómo juzgas, Florela, que yo podría estar? Como tú dices, respondió la cazadora; pero porque á ti y á FILIDA no ofendas, te certifico dos cosas: la una, su gusto, y la otra, tu favor;

mira si es razón que basten contra tus melancolías y vuelvas al tiempo de tus deleites, pues que nunca ha habido mudanza en la causa dellos, ya que en el estado la haya. ¿Esso te parece poco, dixo Siralvo, una privación continua de ver su beldad como solía? Pues sabe que aunque los ojos del ánima nunca de FILIDA se apartan, éstos que la vieron y no la ven bastantes enemigos son para aguar mis consuelos. ¿Y si yo hago, dixo Florela, que la veas? Harías conmigo, dixo Siralvo, más que el cielo, pues lo que él me niega tú me lo dabas. Pues alégrate, pastor, dixo Florela, y vete en buen hora, que me importa quedar aquí; mira qué quieres que le diga á FILIDA, que de la misma arte se lo diré. Dile, Florela, dixo el pastor, que aquella misma vida que en virtud de sus ojos se sustentaba, está ahora en su ausencia. ¿Qué más le diré? dixo Florela. Dile más, dixo Siralvo, que se fué y me dexó; y basta, que ella sabe más de lo que tú y yo le podemos decir. Lo que ves en mi cara le podrás contar, y el bien que me hubiere de hacer sea á tiempo que aproveche, porque me llama la muerte muy aprissa, y aunque ahora por ti entretendré la vida, si tardas en confirmarla no sé qué será de mí. Pierde cuidado, pastor, dixo Florela, que yo le tendré como verás; con lo cual Siralvo se partió della, y por pensar mejor en su sucesso, entró por lo más espesso del bosque, entre temor y esperanza, lleno de turbación, y sentándose en aquella soledad sombría oyó un sospiro tan tierno que le juzgó por proprio suyo. ¡Oh, sospiros mios, dixo Siralvo, si será possible que algún día lleguéis á las orejas de FILIDA, y vosotros, tristes ojos, veáis en los suyos vuestra lumbre verdadera! Resuma el cielo en este solo bien cuantos pensare hacerme. Aquí Siralvo quedó suspenso consigo, y á poco rato oyó otro sospiro muy más tierno, y volviendo los ojos á la parte donde había salido, por entre la espessura de sus ramas vió un bulto que no determinó si de pastor ó de pastora fuesse, y levantándose en pie, lo más quedo que pudo se fué acercando hasta llegar donde vido, el cuerpo en la tierra y en la mano la mexilla, una pastora, en tanto extremo hermosa, que si no hubiera visto la hermosura de FILIDA, aquélla estimara por la primera del mundo. Su vestidura humilde era y el apero humilde, pero su suerte tan extraordinaria, que Siralvo quedó admirado. Sus cabellos, cogidos en ellos mismos, despreciaban al sol y al oro; el color de su rostro, vestido de leche y sangre, con una ternura que representaba el alba cuando nace; sus ojos eran negros, rasgados, con las pestañas y cejas del color mismo; la boca y dientes excedían al rubí y á las finas perlas orientales. Tan nueva cosa le pareció á Siralvo, que sacó el re-

trato de la sin par FILIDA; mas en viéndole, arrepentido de haberle opuesto á beldad humana, le tornó á cubrir, y representándose á la pastora le dixo: Si supiesses al tiempo que me llego á ti, verías lo que has podido conmigo. De tu tiempo, dixo la pastora, poco puedo yo saber; del mío te sé decir que es el peor que nunca tuve. Si tu congoja, dixo Siralvo, es tal que un pastor con sus fuerzas pueda remediarla, dímela, gentil pastora, que assí halle yo quien por mí vuelva como tú hallarás á mí. ¿Qué te mueve, dixo la pastora, á tanta cortesía con quien no conoces? Paréceme, dixo el pastor, que es mucho lo que mereces. Mejor le diré yo, dixo la pastora, que es ser tú noble de corazón y quizá haberte visto en necessidad como me veo. Essa deseo saber, dixo Siralvo. Por ahora, dixo la pastora, no es possible; pero yo voy barruntando que tú y los demás pastores destas selvas y riberas seréis testigos deste mal y no podréis remediarle. Bien podrá ser, dixo Siralvo; pero yo ganoso estoy de servirte, y si me pruebas, hallarme has muy á punto. Soy contenta, dixo la pastora. ¿Conoces á Alfeo, un pastor nuevo de esta ribera? Sí conozco, dixo Siralvo. Pues búscale, dixo la pastora, y dile que no tengo aquí más armas de un cayado y un zurrón, y que si todavía me teme, se traya consigo á la serrana Finea que le quite el miedo. A la hora entendió Siralvo quién era, mas no quiso hacer demostración, y sin más detenerse, tomando aquello á su cargo, dió la vuelta á su cabaña, donde ya Alfeo le estaba aguardando, triste y pensativo, lleno de dolor. Siralvo, pues, aunque confuso, contento iba y animado en las palabras de Florela; mas ahora sin tratar nada de sí: pastor, le dixo, ¿qué congoja es ésta en que te hallo? La mayor, dixo Alfeo, que me pudiera venir. Sabe que Andria, en hábito de pastora, es venida á buscarme y está en el bosque del pino. ¿Cómo lo sabes, dixo Siralvo? ¿Cómo? dixo Alfeo. Como me ha enviado á llamar. También yo lo sé, dixo Siralvo, y te trayo un recado suyo, porque pasando yo por el bosque encontré con ella y preguntándole quién era no me lo quiso decir, pero rogóme que te dixesse que estaba sola, sin más armas que el cayado y el zurrón, y que si assí la temías, llevasses contigo á Finea que te quitasse el miedo. Luego conocí quién era y te vine á dar aviso. Harto hemos menester ahora, dixo Alfeo, para no errarlo; á ti te basta tu mal sin ponerte á los ajenos; yo estoy necessitado de consejo y de favor, y no sé adónde lo halle. Pastor, dixo Siralvo, no creas que mis passiones han de estorbarme el buscar remedio á las tuyas; yo quiero volver á Andria y saber della lo que quiere, y conforme á su intención podremos apercebir la nuestra para lo que mejor te estuviere. Muy bien me parece, dixo Alfeo, y quedándose en la cabaña tornó Siralvo al bosque, y por presto que llegó, halló con ella á Arsiano, que era con el que primero había topado y había enviado á llamar á Alfeo, y como volvió tan turbado de la nueva, volvió luego á la pastora á darle cuenta de lo que passaba; por parte llegó Siralvo que los dos no le vieron, y gran rato estuvo escondido oyendo sus razones. Ella le dixo que era una pastora de Jarama, que se llamaba Amarantha, y por cierta adversidad era allí venida, y Alfeo era un pastor que le estaba muy obligado, y se admiraba que en el Tajo se hubiera hecho tan descortés que no viniesse llamándole. Arsiano le decía que Alfeo no se osaba apartar de la serrana Finea, y que ninguna cosa querría ella mandar que no la hiciesse él tan bien y mejor que Alfeo. A esto la pastora replicaba que ninguna importancia al presente tenía, sino verse con Alfeo en parte donde nadie lo pudiesse juzgar; que se le truxesse allí si quería dexarla muy obligada. Arsiano parece que, pesaroso de apartarse della, tornó con aquel recado, y Siralvo que la vió sola llegó con el suyo; pero el mismo despacho tuvo que Arsiano, y assí volvió á su cabaña, donde llamaron á Finea y le dieron cuenta de lo que passaba. Su parecer, entre mil temores, fué que Alfeo se escondiesse algunos días y se echasse fama que se había ido, para que Andria también se fuesse á buscarle; y cuando Arsiano volvió certificáronle que Alfeo, en sabiendo la venida de la pastora Amarantha, se había despedido dellos y ídose no sabían adónde. Con esto volvió Arsiano á la pastora, y ella, que amaba y era mala de engañar, posponiendo el crédito al enojo, con Arsiano se vino á la ribera donde, vista su gran hermosura, no quedó pastor ni pastora que no se le ofreciesse, y ella, agradecida á todos, escogió la cabaña de Dinarda, por consejo de Arsiano, que estaba herido de su beldad, sin bastar su cordura para dissimularlo, y assí la noche siguiente, cubierto de la capa del silencio, tomó la flauta, y puesto donde Amarantha le pudiesse oir, con estos versos acompañó su instrumento:

ARSIANO

Si sabéis poco de amores,
corazón,
agoras veréis quién son.
    Esta empresa á que os pusistes,
confiado en no sé qué,
es la que os hará á la fe
saber para qué nacistes;
no os espanten nuevas tristes,
corazón,
pues vos les dais ocasión.

Llevaréis la hermosura,
que os ofende, por amparo,
pues este solo reparo
os promete y asegura
que no os faltará ventura,
corazón,
aunque os falte galardón.

No tan presto Arsiano diera fin á su canción si no sintiera venir por la parte del río un gran tropel de pastores, y escondióse entre lo más espesso de los árboles; esperó lo que sería, y vido llegar al lugar mismo donde él antes estaba á Sasio con su lira, á Ergasto con la flauta y á Fronimo con el rabel, y templando los instrumentos, después de haber tañido un rato, al mismo son Liardo comenzó á cantar aquestos versos, tomando principio desta canción ajena:

LIARDO

Donde sobra el merecer,
aunque se pierda la vida
bien perdida no es perdida.
    Tal ganancia hay que desplace
y tal perder que es ganar,
que á todo suele bastar
la forma con que se hace;
de tal arte satisface
nuestro valor á mi vida,
que perdida no es perdida.
    La vanagloria de verme
morir en vuestro servicio
será el mayor beneficio
que el vivir puede hacerme;
para pagar el valerme
quiero yo poner la vida,
do perdida no es perdida.
    De lo que el Amor ha hecho
no puedo llamarme á engaño,
que si fué en la vida el daño,
en la muerte está el provecho;
si de trance tan estrecho
se aparta y libra la vida,
es perdida y más perdida.
    Ser la vida despreciada
si en la muerte no se cobra,
bien se conoce que es obra
sobrenatural causada;
á vos sola es otorgada
tal potestad en la vida,
si es perdida ó no es perdida.

Mal se les hace esta noche á los nuevos amantes su propósito, que si Arsiano fué impedido, á la primera canción de Liardo, Liardo lo fué de la misma suerte, porque apercibiéndose para la segunda, de la parte del soto comenzó á sonar una flauta y tamborino, y esperando quién fuesse llegó Damón, que era el que tañía, y con él Barcino y Colin, grandes apassionados de Dinarda. Poco se les dió que los demás pastores estuviessen junto á la cabaña, antes llegándose á ellos, Barcino los desafió á bailar, y Fronimo (que no era menos presumido) salió al desafío, y aunque al principio comenzaron á nombrar grandes precios en su apuesta, al cabo acordaron que se bailasse la honra. Pusieron por juez á Sasio, y aguardando que passasse una nube que les impedía la luna, apenas mostró su cara clara y redonda cuando Fronimo comenzó un admirable zapateado, que el tamborino tenía que hacer en alcanzalle: acabó con una vuelta muy alta y zapateta en el aire que fué solenizada de todos; y á la hora Barcino, que ya tenía las haldas en cinta y las mangas á los codos, entró con gentil compas bailando, y á poco rato comenzó unas zapatetas salpicadas; luego fué apresurando el son con mudanzas muchas y muy nuevas, y cuando quiso acabar tomó un boleo en el aire con mayor fuerza que maña de arte, que por caer de pies cayó de cabeza. Su dolor y el polvo y la risa de los pastores fué causa de correrse Barcino, de manera que si Sasio no le animara se alborotara la fiesta, y pidiéndole que juzgasse les dixo que sabían que el premio era la honra, y el uno la había hallado en el aire y el otro en el polvo, que pues assí era toda la del mundo, ambos quedaban muy honrados. A este tiempo ya Arsiano se había mezclado con ellos, cansando de estar escondido, y viéndose juntos Sasio y él, unas veces ellos cantando y otras Damón tañiendo, passaron la mayor parte de la noche. ¿Deseó saber si Amarantha y Dinarda los oían? Sí, sin duda, porque Dinarda acostumbrada estaba á oirlos; y Amarantha, aunque triste, no por esso sería desconversable. Idos los pastores, las dos volvieron á sus consejas, que desde el principio de la noche las tenían comenzadas: su resolución fué que Amarantha se viesse con Finea y á Arsiano se le encomendasse que buscase á Alfeo donde quiera que estuviesse. Con esto (saliendo de la cabaña) vieron los más altos montes coronados del vecino sol, y oyeron las aves del día saludando la nueva mañana. Todo para Amarantha era tristeza y desconsuelo, y no sé si igual la gana de hallar á Alfeo y de ver á Finea. En fin, los dos, sin más compañía, enderezaron á su cabaña, donde la hallaron no tan alegre como otras veces pudieran; pero dissimulando lo más que pudo, las recibió con gracioso semblante. Era discreta Finea y no menos hermosa, y assí se lo pareció á Amarantha, y le dixo en viéndola: Muy hermosa eres, serrana. Al menos muy serrana, dixo Finea. La condición, dixo Amarantha, no sé yo si lo

es, mas la cara de sierra. Lo uno y lo otro, dixo Finea, fué criado entre las peñas do apenas las aves hacen nidos. ¿Y quién te truxo acá? dixo Amarantha. Quien te podría llevar allá, dixo Finea. De esso me guardaré yo, dixo Amantha; pero dime, serrana, ¿dónde está Alfeo? Como es grande, dixo Finea, para traerle en la manga, no te lo sabré decir. A estar de gana, dixo Amarantha, gustara de la respuesta; pero dime, serrana, ¿sabes cómo es Alfeo fugitivo? No, dixo Finea; pero sé que la causa de serlo le podría desculpar. Essa, dixo Amarantha, yo te la diré: testigo me es el cielo que no se la dí; porque si dexé de acudir á su contento no fué por falta de voluntad, sino por más no poder: y cuando pude ya no le hallé, y agora cansada de esperarle, olvidé honra y vida, y, como ves, te vengo á buscar: pues no será razón que tú me usurpes mi contento. Yo, dixo Finea, muy poca parte soy para esso; hombre es Alfeo que sabrá dar cuenta de sí y tú mujer que acertarás á tomársela; quiérate él pagar las deudas que publicas, que yo os serviré de balde á entrambos. Por más cierto tengo, dixo Amarantha, serviros yo á los dos; pero ya que no te hallas parte para lo que he dicho, seilo siquiera para que yo le hable. Haz tú lo que yo hago, dixo Finea, cuando quiero verle, y no habrás menester rogar á nadie. ¿Qué haces? dixo Amarantha. Búscole, dixo Finea, hasta que lo hallo. Yo estimo en mucho el consejo, dixo Amarantha, y assí le pienso tomar; adiós, serrana. Adiós, pastora, dixo Finea, y quedándose en su cabaña, ellas guiaron á la de Siralvo, donde entendieron hallar á Alfeo; pero como allá llegaron, Siralvo muy cortésmente las recibió y les dió la entrada franca, para que se assegurassen de que no estaba allí. Ya en esto iba el veneno creciendo en el pecho de Amarantha, porque estaba muy fiada que en viéndola Alfeo sería lo que ella quisiesse; y como veía que este medio le iba faltando, la paciencia también le faltó, y vuelta á la cabaña con Dinarda, soltó la rienda al llanto y al dolor, sin ser parte Dinarda para su consuelo, ni la continuación de muchos caudalosos pastores que, vencidos de su beldad, de mil maneras procuraban su contento. Assí passaron algunos días sin que Alfeo saliesse donde ella le pudiesse ver; pero pareciéndole que el encerramiento iba muy largo, determinó de salir con licencia de Finea, que aunque temerosa de la hermosura de Amarantha, pudo más la confianza de su amador. Muchas veces Amarantha y Alfeo se toparon y estuvieron á razones solos y acompañados; pero siempre Finea llevó la mejor parte, y no por esso Amarantha cessaba en su porfía. ¡Oh cuántas veces se arrepintió de su mal término passado, y cuántas quisiera que se abriera la tierra y la tragara! Tal andaba Amarantha, que muchas veces se quiso dar la muerte, y tal andaba Arsiano por su amor, que á sólo ella se podía comparar: que aunque otros muchos comenzaron, ninguno con las veras que él prosiguió. Yo le vi una vez (entre otras) solo con ella en la ribera, tan desmayado y perdido que quise llegar á darle ayuda, pero cuando volvió en sí, viendo los ojos de la hermosa pastora que (en nombre de Alfeo) vertían abundantes lágrimas, sacó la flauta y al son della con gran ternura les dixo:

ARSIANO

Ojos bellos, no lloréis,
si mi muerte no buscáis,
pues de mi alma sacáis
las lágrimas que vertéis.
Esse licor que brotando,
de vuestra lumbre serena,
va la rosa y azucena
del claro rostro bañando,
ojos bellos, no penséis
que es agua que derramáis,
sino sangre que sacáis
de esta alma que allá tenéis.
Ya que el ajeno provecho
me hace á mí daño tanto,
al menos templad el llanto,
ya que vivís en mi pecho;
si no con él sacaréis
las entrañas donde estáis,
pues dellas mismas sacáis
las lágrimas que vertéis.
De aquestas gotas que veo,
la más pequeña que sale,
si se compara, más vale
que todo vuestro deseo.
Ya yo veo que tenéis
pena de lo que lloráis
y culpa, pues derramáis
lágrimas que no debéis.
Ojos llenos de alegría,
entended que no es razón
que otro lleve el galardón,
de la fe, que es sola mía;
agraviad, si vos queréis,
al alma que enamoráis,
mas mirad que si lloráis,
alma y vida acabaréis.

Palabras eran éstas con que Amarantha se pudiera enternecer si no tuviera toda su ternura sujeta á tan diferente causa; mas ahora no hicieron en ella más que en los peñascos duros. ¡Oh, gran tirano de la humana libertad! ¿Es possible que, siendo Amor, permitas que uno muera deseando lo que otro desecha, y que sea tan flaco el hombre que no sólo se rinda, pero

te dé lazos con que le ates, armas con que le hieras y veneno con que le atosigues las heridas? Rómpase el cielo y caya una ley que borre todas las tuyas; no venga escrita, que perecerá, sino de mano oculta se imprima en tu voluntad, para que con solo un ñudo ates dos corazones, y cuando se rompiere, ambos se suelten, que quedar uno riendo y otro llorando no es reliquia de amistad, sino de mortal desafío; mas, ¿cuándo podrá cumplirse este deseo? Assi te hallamos y assi te dexaremos, Amor. Bien poco ha que vimos á Alfeo morir por Andria, á Finea por Orindo, Silvia por Celio, Filardo por Filena, y á Filena y Pradelio amándose tan contentos. Pues mirad del arte que están ahora: Alfeo y Finea se aman, y Andria llora; Silvia y Filardo, amigos; Celio olvidado; Pradelio y FILENA combatidos de irreparable tempestad, donde la fe de Filena y la ventura de Pradelio, con el agua á la boca, miserablemente se van anegando. Llevó el cruel destino á la cabaña de Filena á Mireno, rico y galán pastor, en fuerte punto para Pradelio, porque enamorado della y continuando su morada, y persuadido de Lirania, deudo suyo, y de la persona y hacienda de Mireno, Pradelio iba á mal andar, y cada día peor, pero con un corazón valeroso dissimulaba su mal. Pues como llegasse el día que se celebraba la fiesta de la casta Diana, donde se habían de juntar los pastores de la ribera y las ninfas de los montes, ríos y selvas, Pradelio la noche antes, solo al pie de un roble, estaba enajenado de sí, cuando un buho puesto sobre el árbol, con su canto llenó de amargura el pecho del pastor, y queriéndose alentar cantando, los grillos no le daban lugar; y no eran grillos, que en el temblor de la voz los hubiera conocido, y si alacranes fueran, en el silbo breve lo pudiera entender, y si abejarrones, en el ruido prolongado; donde creyó Pradelio que el son estaba en sus oídos, y retirado á su cabaña, llegaron sus mastines mordidos de los lobos, y calentando sus zagales aceites para curarlos, la cabaña se comenzó á quemar. En reparar estos daños se passó la noche, aunque el principal no tenía reparo. Y ya que aparecía la hermosa mañana, más benigno el cielo, oyó Pradelio el son de dos suaves instrumentos acordados, una lira y un rabel, y atentamente escuchando, conoció ser los pastores Bruno y Turino, que á poco rato que tañeron, sobre estas dos letras ajenas comenzaron assi á cantar á su propósito:

TURINO

Sembré el Amor de mi mano,
pensando haber galardón,
y cogí de cada grano
mil manojos de passión.

Aré con el pensamiento
y sembré con fe sincera
semillas que no debiera,
llevar la lluvia ni el viento;
reguélo invierno y verano
con agua del corazón,
y cogí de cada grano
mil manojos de passión.

Era la tierra morena,
que el buen fruto suele dar,
y cuando quise segar
halléla de abrojos llena;
probéla á escardar en vano,
y bajé la presunción,
y cogí de cada grano
mil manojos de passión.

Torné de nuevo á rompella,
por ver si me aprovechaba,
y cuando el fruto assomaba,
vino borrasca sobre ella,
que quiso el Tiempo tirano
que no llegasse á sazón,
y cogí de cada grano
mil manojos de passión.

Aunque ella vaya faltando,
no ha de faltar la labor,
que como buen labrador,
pienso morir trabajando;
todo se me hace llano
por tan valida intención,
aunque me dé cada grano
mil manojos de passión.

BRUNO

Con Amor, niño rapaz,
ni burlando ni de veras
os pongáis á partir peras
si queréis la pascua en paz.
Por verle niño pensáis
que está la vitoria llana,
burláis dél entre semana,
mas la fi·sta lo pagáis.
Convertíseos ha el solaz
en fatigas lastimeras.
Sobre el partir de las peras
perderéis sossiego y paz.
Yo me vi que Amor andaba
tras robarme la intención,
y mirando la ocasión
dél y della me burlaba;
fué mi confianza el haz
donde enceendió sus hogueras,
el fuego el partir las peras
y la ceniza mi paz.
Prometióme sus contentos,
y al fin vencióme el cruel,
y fuí perdido tras él.
Cuando me daba tormentos,

llamóme y fui pertinaz
á las demandas primeras,
una vez partimos peras
y mil me quitó la paz.
Ya que estoy desengañado
tan á propia costa mía,
su tristeza ó su alegría
no se arrime á mi cuidado;
para las burlas capaz,
inútil para las veras,
otro le compre sus peras,
que yo más quiero mi paz.

Tanta fué la dulzura con que los pastores dixeron sus cantares, que Pradelio suspendió un poco su tristeza, y con pesar de que tan presto acabassen, salió á ellos y con mucha cortesía, sentándose entre los dos, les pidió que tornassen á su canto, y ellos, con no menos amor, se lo otorgaron, y con otras dos letras viejas tornaron á su intención, como primero.

TURINO

¿En qué puedo ya esperar,
pues á mis terribles daños
no los cura el passar años
ni mudanza de lugar?
Para el dolor, que camina
con mayor furia y poder,
tiempo ó lugar suelen ser
la más cierta medicina;
todo ha venido á faltar,
en el rigor de mis daños,
porque crecen con los años
sin respeto de lugar.
Siendo el tiempo mi enemigo,
¿cómo querrá defenderme?
¿Qué lugar ha de valerme,
si me llevo el mal conmigo?
Bien puedo desesperar
de remedio de mis daños,
aunque gastasse mil años
en mudanza de lugar.
No hay tan cierta perdición
como la que es natural,
ni enemigo más mortal
que el que está en el corazón;
pues, ¿qué tiempo ha de bastar
para reparar mis daños,
si son propios de mis años
y es el alma su lugar?
No está en el lugar la pena
ni tiene el tiempo la culpa;
mi ventura los desculpa,
y ella misma me condena;
la voluntad ha de estar
enterneciendo mis daños,
pues aunque passen más años,
serán siempre en un lugar.

BRUNO

No me alegran los placeres
ni me entristece el pesar,
porque se suelen mudar.
Los gustos en su venida
tengo por cosa passada,
porque es siempre su llegada
víspera de su partida,
y en la gloria más cumplida
menos se puede fiar,
porque se suele mudar.
Puede el pesar consolarme
cuando viene más terrible,
porque sé que es impossible
no acabarse ó acabarme,
y aunque más piense matarme
no pienso desesperar,
parque se suele mudar.

En la perseverancia del tiempo, verdad cantó
Turino, que despúes que él amaba á Filis, el
tercer planeta cuatro veces había rodeado el
quinto cielo, y en la mudanza del lugar lo mismo, porque despúes, si os acordáis, que estos
dos pastores otra vez cantaron en compañía de
Elisa, Filis y Galafrón, Mendino y Castalio, á
la orilla de un arroyo, Turino, con despecho y
dolor se ausentó de la ribera: pero viendo que
el mal no cesaba aún y el remedio se hacía más
impossible, volviesse al Tajo y allí passaba su
vida amargamente, siempre en compañía de
Bruno, que aunque eran tan diversos en aquella opinión, en todas las demás se conformaban,
y por la mayor parte los hallaban por la soledad de los campos ó los montes, huyendo Turino de cansar á Filis y temiendo Bruno hallar
otra que la pareciesse, pues agora, como la mañana se declaró, Pradelio, forzado de ir á la
fiesta de Diana, con agradables razones se despidió destos amigos, y confuso y lastimoso,
considerando el mal que tenía entre manos,
tomó el camino por una fresca arboleda de po-
bos y chopos y otras plantas, donde las mañanas muchos paxarillos solían, dulcemente cantando, alegrar á quien passaba; mas entonces,
en señal de descontento, sin parecer ave que
blanca fuesse; las verdes ramas, que de unos
con otros árboles solían apaciblemente abra-
zarse, estaban apartadas y sin hoja, de suerte
que el sol pudiera hallar entrada y con sus rayos calentar las aguas de un manso arroyo,
que desde el Tajo por entre ellos corría, todo
en señal de la desventura de Pradelio, el cual,
assí caminando, oyó cantar á la celosa Amarantha, cuya dulzura enamoraba el cielo y parecía que con tal deleite se iba clarificando; mas
ella que vió al pastor, vergonzosa y turbada,
dexó colgar al cuello la zampoña con que á ra-

tos tañía, y assí á un tiempo cessó su son y
su canto; pero Pradelio, necessitando de entretener su mal de cualquier suerte, llegándose á
ella, le dixo: Hermosa Amarantha, assí el cielo
te haga tan venturosa como gentil y discreta,
que no cesse tu comenzado canto; antes tornando á él muestres tu grande amor y la mudanza de Alfeo, porque ya todos sabían los casos destos pastores, y ella, vencida del dolor,
sin guardar la ley de su respeto, como un pastor aficionado usaba de libertad en sus querellas, y assí Pradelio se atrevió á pedirle que
cantasse á propósito desta historia, y ella, que
no era menos cortés que enamorada, sin más
ruego comenzó á tocar su zampoña, tras cuyo
son suavemente dixo assí sus males:

AMARANTHA

Agua corriente serena,
que desde el Castalio coro
vienes descubriendo el oro
de entre la menuda arena,
y haces con la requesta
del verde y florido atajo,
parecer que está debajo
una agradable floresta.
Más bella y regocijada
en otras aguas me vi;
ya no me conozco aquí
según me hallo trocada,
y assí no pienso ponerme
á mirar en ti mi arreo,
pues cual era no me veo
y cual soy no quiero verme.
De mi parte estaba Amor
cuando me dexó mortal,
no vive más el leal
de lo que quiere el traidor;
vendióseme por amigo,
fuéme señalando gloria
y hizo de mi vitoria
triunfo para mi enemigo.
No quiero bien ni esperanza
de quien á mi costa sé
que tuvo en menos mi fe
que el gusto de su mudanza;
pero en tanto mal me place
que se goce en mi tormento,
si puede tener contento
quien lo que no debe hace.
Contigo hablo, alevoso
Amor, que si tal no fueras,
de mis ojos te escondieras
de ti mismo vergonzoso;
mas en daño tan sin par
claro se deja entender,
que el que lo pudo hacer
lo sabrá dissimular.

Querrás quizá coudenarme,
que merezco mi passión;
pues sabes bien la razón,
consiénteme disculparme:
quise amar y ser amada,
pero fortuna ordenó
que la fe que me sobró
me tenga ya condenada.

¿Quién juzgará las centellas,
dime, Alfeo, en que vivías,
viendo ya las brasas mías
y á ti tan helado en ellas?
Tempestad fué tu dolor,
menos que en agua la sal,
pues no quedó de tu mal
cosa que parezca Amor.

Dime qué hice contigo,
ó lo que quieres que haga,
pues en lugar de la paga
me das tan duro castigo.
Tu voluntad se me cierra
cuando me ves que me allano;
¿tu corazón es serrano
que assí se inclina á la sierra?

No tengo celos de ti,
ni tu desamor se crea
que es por amar á Finea,
mas por desamarme á mí;
quejarme della no quiero
porque tú me vengarás,
que presto la dexarás
si no te dexa primero.

¡Mas, ay, que un tigre sospecho
que en mis entrañas se cría,
que las rasga y las desvía
y las arranca del pecho,
y un gusano perezoso
carcome mi corazón,
y yo canto al triste son
de su diente ponzoñoso!

Y confieso que algún dia
me sobró la confianza,
mas si no hice mudanza
perdonárseme debía;
muera quien quiera morir,
y como lloro llorar,
que en esto suele parar
el demasiado reir.

Sólo aquel proverbio quiero
por consuelo en mi quebranto,
pues en tan contino llanto
le hallo tan verdadero:
las abejuelas, de flor
jamás tuvieron hartura,
ni el ganado de verdura,
ni de lágrimas Amor.

Los tiernos metros de la pastora **Amarantha**
no sólo á Pradelio dieron contento, pero á otros
muchos que le escucharon, y por no atajalla,
apartados del manso arroyo por entre las plantas se iban deteniendo; al fin de los cuales llegaron á la falda de un fresco montecillo, donde
el sitio de Diana comenzaba. Y en él vieron al
pastor Alfeo que, en compañía de otros caminaba al templo de la diosa; aquí quedó la vencida Amarantha casi muerta, y sin alzar los
ojos de la tierra dixo: Mucho quisiera, pastor,
acompañarte y dar á Diana los debidos loores,
pero ya ves cuán mal se me ha ordenado; pues
yo no puedo vivir donde Alfeo estuviere, aunque él sea mi propia vida y contento; mira
si mi dolor es grave y mi ventura ligera, pues
temo lo que deseo, y siendo aquella presencia
la cosa que yo más amo, tantas veces la excuso
cuantas puedo, como el que huyese la luz, medroso de ser abrasado della; porque, mi buen
Pradelio, cuando el amador no es desamado
debe seguir contino lo que ama; pero después
que conoce el adverso odio y enemiga, debe
siempre excusar de dar fastidio, porque es llana
cosa que entonces son las gracias grosserías, la
beldad fiereza y la luz tiniebla; assí que el aborrecido por donde mas gana es buen callar y
retraimiento, que nunca mejor me hallo que
cuando sola llorando de mí misma me querello; por eso te ruego que, dexándome, te vas, y
si á Alfeo de mi mal hablares, antes le cuentes
mancillas que proezas, que aquellas creerá y á
estotras dará la poca fe que siempre ha dado.
Esto decía Amarantha con tantas lágrimas,
que para ayudarla Pradelio, sólo bastara cualquier movimiento de su lengua, y assí, forzado
desto, sin más respuesta que mirarla tiernamente, se partió della tan enemigo de nueva
compañía, que dexando el camino derecho entró
per una angosta senda que más de una milla se
alargaba, y por ella apresurándose vino á rodear
el templo que estaba en un valle escondido, no
edificado de cedros ni de cipreses, pero de sólo
laureles y fresca murta y no cortados; pero assí
desde sus troncos, los ramos entretejidos y las
hojas añudadas que por ninguna parte podía el
sol entrar, salvo por la que con artificio se apartaban. En medio dél estaba la imagen de la hermosa Diana, de mármol resplandeciente; caían
sus cabellos hasta la cinta, y en las blancas manos su arco y saetas con la pendiente aljaba, todo
de fina plata, cristal y oro; estaba cercada de
bultos de castas ninfas con las mismas armas
de cazadoras: unas desnudas, sólo cubiertas
con sus luengos cabellos; otras entre flores,
tendidas, como fatigadas del presuroso curso, y
otras vestidas de ricos paños, hinchendo de
contentamiento el sacro templo, en el cual por
un lado y otro había clavados muchos despojos,
cabezas de jabalís, cuernos de ciervos, redes,
arcos, cepos y otros instrumentos de la gene-

rosa caza; tenía dos altas puertas de maravilloso artificio abiertas, y cerrábanse con dos laureles que, puestos en dos vasos grandes de tierra cocida, y allí bastantemente cultivados, se podían quitar y poner cuando importaba. No era este templo aquel que en la provincia de Jonia estaba sobre su fiera Laguna, con ciento y veinte y siete colunas de rico mármol, parte dellas con esculturas, parte lisas como el bruñido acero, sobre las cuales todo el maderamiento era de labrado cedro y las puertas de oloroso ciprés, de anchura de doscientos y veinte pies y de longura cuatrocientos y veinte y cinco y de alto cada coluna ciento y veinte, hecho por las manos de Tesifón y Chersifón en doscientos y veinte años de trabajo. Pero creo que si el nuestro vieran las fuertes Amazonas se excusaran de hacer aquél, y el maldito Herostrato no se moviera á quemarle como el otro. Dejémosle y hablemos del presente, el cual, en el ancho pedestal de la bella Diana tenía, de menuda talla, las otras seis maravillas de la tierra.

Primero, el espantoso edificio de Babel, hecho ó verdaderamente reparado por la antigua Semíramis; en una parte del cual se veía el anchuroso campo, lleno de agradables frescuras, y de la otra parte herían las claras ondas del río Eufrates, acrecentando belleza á las puentes, alcázares, huertos y jardines que, sobre arcos, en los muros estaban edificados.

Tras esto estaba el fiero colosso ó estatua de Rhodas, que, aunque no pudo tallarse de setenta codos en alto como él era, á lo menos mostraban las facciones deste traslado claramente la grandeza de su original; y para mayor muestra muchos hombres de menor figura, puestos á sus lados, procuraban abrazar solo uno de sus dedos, pero menos podían que los vivos, en tiempo que este colosso se sostuvo en alto.

Después, entre la ciudad de Menfis y la isla del Nilo, Delta, estaba la excelsa pirámide que, comenzando en cuadro, subía su punta en increíble altura de mármoles de Arabia; no tenía cada piedra como ella treinta pies, pero cercábanla con extraña viveza los trescientos y setenta mil hombres que tardaron veinte años en hacerla.

Luego el ancho y alto sepulcro que la honesta Arthemisa hizo para su caro marido, rey de Caria, que aunque no pudo dársele en circuito los cuatrocientos y seis pies, y en alto los veinte y cinco codos que él tenía, al menos diéronsele sus treinta y seis colunas de extraño artificio y riqueza, sembrando por todo él piezas de mucho valor y hermosura, y abriéndole con anchurosos arcos al Norte y al Mediodia, que era su propio asiento. Pero hacia la parte del Oriente estaba su artífice Escopas, de

su propia labor maravillado, y á la del Septentrión Brias tendido como cansado de su larga y trabajosa jornada, y á la de Mediodía Timotheo con grande alegría; pero á la de Poniente Leocares como esperando la paga de su trabajo, junto á la viuda animosa que, más ocupada en su largo planto, sin respuesta la detiene, acaso por no ser la obra conforme á su voluntad acabada.

Más la provincia de Acaya en el Olimpo, entre las ciudades Elis y Pisa, y allí el simulacro ó figura de marfil de Júpiter, del artífice Fidias, de riqueza y arte incomparable y no con menos retratado.

Seguíanse otra vez los huertos pensiles de la alta Babilonia, y con ellos, frontera á las bocas del Nilo, de albíssima piedra cercada de agua, la alta y muy costosa Torre de Faros, en cuya altura se mostraban muchas y grandes lumbres dando guía á los presurosos navíos que por la ancha mar iban á tomar puerto.

No faltaba el obelisco de Semíramis, á manera de pirámide, salvo que era todo de una pieza, y en él por números señalados sus ciento y cincuenta pies en alto, y noventa y seis en circuito, como de los montes de Armenia fué sacado. Todo lo cual estaba en el último cuadro por la variedad de los que dello tratan, pero no estaba el antiguo templo de la Diosa, por no ofender al presente que con tanto cumplimiento suplía.

Acababan aquí las esculturas, las pinturas no, que sobre la una puerta estaba la ínsula Delfos, donde Latona, retraída de la fiera serpiente, se veía en el parto de la amada Diana, al fin del cual la misma hija ayudaba á la madre en el nacimiento de su hermano Apolo; el cual nacido se mostraba de tan perfetos matices, que verdaderamente se juzgara que él daba la luz al templo.

No era menos agradable el cuadro de la segunda puerta, donde la misma Diana, metida en su fresca y reservada fuente, había tornado ciervo al sin ventura Acteón, al cual sus propios lebreles rabiosamente despedazaban; y lo que más era de mirar del sutil artífice, que habiendo pintada una cabeza de perro ferocíssima se pintó temeroso junto á ella, queriendo honestamente loar la viveza de su pintura. Aquí entró Pradelio lleno de pesar, y viendo que la gente aun no era entrada, imaginó que estuviesse en la floresta, y assí se fué allá, que muy cerca estaba, donde con estudiosa y abundante mano parecía que la maestra Natura hubiesse querido señalarse. Eran las flores rojas, blancas y amarillas casi como rubís y diamantes entre el oro, y pienso que la esmeralda no llegasse á la fineza de la hierba; estaba en medio de la hermosa estancia una pura fuente de relevado cimiento, assí alrededor cercada de hierba y hoja que por ninguna parte se veía. Salía de allí un arroyo claro cercado de muchas plantas donde las varias aves seguras volando andaban de una en otra parte, sin faltar algunas que suavemente cantassen, no impidiendo al manso susurro que entre claveles y sándalos las abejuelas hacían. Halló Pradelio de la una parte de este arroyo que más ancha y llana era todos los pastores que buscaba esperando á las bellas ninfas que, nacidas en las aguas, en las selvas y en los montes, vivían en los secretos jardines y reservados lugares del sagrado templo. Y lo primero que el pastor vido fué á Mireno, que en compañía de Filena andaba cogiendo de las bellas flores. Sintió traspassar su corazón de rigurosa espina, y esforzándose cuanto púdo, se llegó á Siralvo y Filardo que estaban cerca de la fuente. Bien conocieron el dolor con que llegaba, y por no acrecentársele callaron. Y á poco rato que assí estuvieron, el gallardo Coridón, vaquero de valor y estima, rendido y ausente de la beldad de Fenisa y incitado de Sasio, comenzó á cantar al son de su lira esta sestina:

CORIDÓN

Faltó la luz de tus hermosos ojos,
dulce Fenisa, á los de mi alma triste,
y assí quedaron en eterna noche,
sin buscar otro alivio de su pena,
sino la muerte que les fuera vida;
¿mas cuándo les vendrá tan dulce día?

Si aquesta cuenta rematasse un día
cerrando ya mis afligidos ojos
para principio de otra nueva vida,
y pudiesse salir el alma triste
desta prisión mortal de infernal pena,
el sol saldría en medio de la noche.

Razón sería tras tan larga noche,
que apareciesse en el Oriente el día,
que no son dinos de llevar la pena,
pues que no fué la culpa de mis ojos,
el yerro fué de la ventura triste,
que siempre yerra á costa de mi vida.

Cómo podrá passar mi enferma vida
con la pesada carga de la noche,
que si es consuelo del doliente triste
la esperanza de ver el nuevo día,
ninguna tienen mis cansados ojos
que les pueda aliviar su grave pena.

Dure la ausencia, dóblese la pena
que á todo he de pagar con una vida,
no veré los despechos de mis ojos,
ni andaré tropezando por la noche,
ni tendré envidia de quien goza el día,
ni mancilla de mí, pues volví triste.

Por cuán más venturoso tengo al triste,
que le acaba la furia de su pena,

que al doliente, á quien va de día en día
atormentando la mezquina vida,
el vivir cesse ó cesse ya la noche:
ó véante ó no vean estos ojos.

Que no son ojos en tu ausencia triste,
son dura noche, son eterna pena,
pues en la vida no gozaron día.

Apenas dio Coridón fin á su canto, cuando se oyó resonar gran número de instrumentos, albogues, flautas, liras, cítaras, y cornamusas, que con suave harmonía se iban llegando á la floresta, y mirando los pastores á aquella parte vieron entrar sesenta ninfas, veinte del río, veinte del monte y veinte de las selvas; todas venían vestidas de sus propias telas de oro y seda, pero las unas traían guirnaldas de flores en sus frentes; las otras luengos ramos levantados, y los cabellos sueltos; las otras cogidos en varios velos y redes, y las aljabas á los hombros, los brazos desnudos y los arcos en las manos; tanta fué la hermosura de las Ninfas, que los pastores admirados, no sabían apartar los ojos dellas; no viniera allí la simpar FILIDA si no fuera por reparar la vida de su amante, que ya sabía de Florela en el estado que SIRALVO estaba. Entró, pues, en la floresta tan aventajada á las demás, que no sólo á ellas, mas á la misma Diana, parecía que despreciasse. Brotó el suelo nuevas flores, el cielo mejor luz, la fuente más agua y los suaves vientos, arrogantes entre tanta beldad, desdeñándose de herir en los verdes ramos, entre las vestiduras de las ninfas, y los cabellos de sus cabezas mezclándose, hicieron graciosos y agradables juegos. Pues SIRALVO, que atentamente miraba los ojos de FILIDA, y su alma en ellos, no es possible encarecer su sentimiento, ni es poca prueba de la hermosura de las pastoras no haber parecido mal entre las ninfas. No se detuvieron mucho en la floresta, antes llamando luego á los pastores, entraron al sagrado templo, donde quince en quince hicieron cuatro corros y los tres danzando y el uno tañendo, fueron dejando sus insignias sobre el altar: las del río sus guirnaldas, las de las selvas sus ramos y las de los montes, arcos y saetas. Con esto remitieron la oración al viejo Sileno, que entre ellos iba, y con aquel aspecto grave y gentil, vuelto al de la triforme Diana, primeramente alabó su excessiva belleza, y después con humildad le pidió perdón si algunas veces violaron los montes con la misma sangre de las fieras á ella consagradas, ó si acaso cansados de la propia caza, torpemente, el curso della maldixeron, y assimismo de otros errores y culpas, en que el frágil juicio suele caer; pero después de todo le rogó los librasse de las venenosas redes de los solícitos lisonjeros y falsos halagüeños, con la fuerza de los carnales apetitos, destruidores de devoción y salud; antes pr. s-tándoles de su cumplido favor, les diesse resistencia contra todo mal, contra todo daño y contra toda malicia. Y con esto, callando él, la música tornó á sonar, y las ninfas á la orden de sus corros, en que por gran espacio se ocuparon, hasta que pareciéndoles hora del reposo, tomando por orden sus insignias, tornaron á la floresta, y mezcladas con los pastores, se fueron repartiendo por las sombras, donde no faltaron rústicas y delicadas viandas, y algunos que durmiessen, y alguno que velasse. No os he contado la ventura de Siralvo: pues sabed que al salir del templo estuvo gran rato con Florela, que de parte de FILIDA le certificó que holgaba de su vida, y de la suya le avisó que se templasse en miralla, porque nunca aparencias sirvieron sino de dañar. Con esto volvió Siralvo tan contento que en sí mismo no cabía, y mientras todos reposaban, él á la sombra de un fresno en voz baxa estuvo recitando al silencio unos versos que hizo al principio de la ausencia, cuando entre temor y esperanza andaba el sufrimiento de partida; quien gustare de oirlos, podrá llegarse al pastor, en tanto que las ninfas duermen y quien no, passe por ellos y hallarálas despiertas.

SIRALVO

¡Oh tú, descanso del cansado curso
desta agra vida, á mi pesar, tan larga,
oye un momento en suma su discurso!

Y si mi boca más que hiel amarga
no te acertare á pronunciar dulzuras,
esso la culpa y esso la descarga.

Presentes sean mis entrañas puras,
mi limpio corazón, mi sano pecho,
atlantes firmes de mis desventuras.

Y tú, que con tus manos tienes hecho
el grave monte que su fuerza oprime,
no hagas cierto lo que yo sospecho.

Ya que tan grave mal no te lastime,
pues eres dél la causa, no la niegues,
porque, siquiera, á padecer me anime.

Amor te obliga que á razón te llegues,
y aun ella quiere que su fuerza entiendas:
no lo será, que con su lumbre ciegues.

¡Oh, es necesario que el rigor suspendas
de los duros peñascos, do no hallan
las aves nidos ni las bestias sendas!

Los perversos contrarios que batallan
por acabarme en desigual pelea
mientras te hablo, mira cómo callan.

Vieron mis ojos celestial idea
de gracia y discreción, tu soberana
beldad, que sola sin igual passea,

Desde la parte donde la lozana

aurora tierna de su luz hermosa,
abre á las gentes la primer ventana,

Hasta el ocaso á do la trabajosa
muestra, dada del sol, en premio justo,
en los brazos de Dórida reposa;

Y desde aquella do el ardor injusto
la habitación de su morada evita,
enflaqueciendo al Etíope adusto,

Hasta las fuentes donde el duro Scita
mata la sed y el inclemente Arturo
cuajando el mar, el curso al agua quita.

Y por essa beldad misma te juro
que, con ser en el mundo la primera,
es la menor que tiene en ti seguro,

La deleitosa y fértil primavera
de juventud, el sin igual tesoro
de esse rostro, do Amor teme y espera;

La mansedumbre y gravedad que adoro;
los cabellos que el ébano bruñido
han imitado, despreciando el oro;

El cristal de la frente, el encendido
rosicler puro ó púrpura de Oriente,
sobre los blancos lirios esparcido;

Las finas perlas, el coral ardiente,
con las dos celestiales esmeraldas,
beldad que loor humano no consiente,

Aunque de preciosíssimas guirnaldas
ciñen al sol y á Amor las francas sienes,
son las menores rosas de tus faldas.

Essotras plantas, que en el alma tienes,
que tocando en el cielo con sus ramas,
nos dan por fruto incomparables bienes;

Essos ricos tesoros que derramas
del pecho ilustre en abundancia tanta,
que á los deseos más remotos llamas;

Esse juicio, que á la tierra espanta;
esse donaire, que enamora el cielo;
esse valor, que á todos adelanta;

Essas y otras grandezas con que el suelo
tienes tan rico y tan enriquecida
el alma que te adora de consuelo,

Dejando aparte ahora el ser nacida
sobre las ilustríssimas llamada
y entre las más honestas escogida;

Y con ser de fortuna acompañada,
porque Himeneo al gusto te ofendía,
quisiste ser á Delia dedicada.

Aquestos bienes, que tu alma cría,
impressos en mi alma, y aun aquellos
de carne y sangre, en carne y sangre mía.

Llevo el yugo de Amor sobre dos cuellos,
que si no fuera más que de diamante,
fuera rompido á cada pa so dellos.

Cuando el cuello del cuerpo va delante
queda atrás el del alma, y cuando él passa,
cae el del cuerpo, y no hay quien le levante.

El uno quiere retirarse á casa,
llamado de la sombra y del reposo;
el otro al yermo, donde el sol abrasa;

El cuerpo está sediento, trabajoso;
el alma harta de sossiego llena,
¿quién compondrá combate tan furioso?

De suerte que, derecha la melena,
cuerpo y alma caminen, con templanza,
por la carrera para entrambos buena.

Y si hallaren muerta la esperanza,
y á la fe siempre viva que la llora,
juntos alaben á la confianza.

¿Mas, quién pondrá tan alta paz, señora,
entre dos enemigos tan contrarios,
que con lo que uno sana otro empeora?

Estos combates son tan ordinarios,
que los dones del alma escarnecidos
me son también mortales adversarios.

Los deleites del cuerpo no cumplidos,
los del alma turbados con engaños
y los inconvenientes tan unidos.

Bien sé que el solo medio destos daños
fuera apartarse deste cuerpo esta alma,
poniendo fin á mis cansados años.

Aquella fuera generosa y alma
vida del cuerpo cuando en tierra vuelto,
libre dejara al spíritu la palma.

Que como es el autor del mal revuelto,
y el alma está bañada en sus zozobras,
la vida es furia de enemigo suelta.

¡Oh tú, que á todas las potencias sobras
de bien y mal, tu pederosa mano
estampe en mí la fuerza de tus obras!

Que deste trance y cautiverio insano,
desta tristeza, deste mal terrible,
podrás dejarme libre, alegre y sano.

A tí sola ha dejado Amor posible
que aquesta piedra de mi gran cuidado
hagas, sobre esta roca, inconmovible.

Y estas navajas, con que el tierno lado
abre la rueda de mis fantasías,
sean rotas, y mi cuerpo desatado.

Y esta águila infernal, que tantos días,
me halla en este monte de sospechas,
no sepa más á las entrañas mías.

Y estas plantas y frutas tan ahechas
á burlar por momentos al deseo,
dejen mi sed y hambre satisfechas.

Mil continos estorbos ya los veo,
y otros más de creer dificultosos,
por mi corta ventura más los creo.

Ojos abiertos, pechos enconosos,
tu gran beldad, mis ricas intenciones,
cercadas de legiones de envidiosos.

Bien imagino yo que si te pones
á querer tropellar dificultades,
irás segura en carros de leones.

Bien tienes entendidas mis verdades,
y que en mí son llanezas conocidas
las que en mil otros son curiosidades.

Bien sabes que quisiera tantas vidas
cuantos momentos vivo por contallas,
por muy ganadas, en tu Amor perdidas.

Y bien sé yo que en mi rudeza hallas
ingenio soberano para amarte,
y sabes que te escucho aun cuando callas.

Entiendes que me huyo por buscarte,
y alguna vez tan sin piedad me dexas,
que pierdo la esperanza de hallarte.

Conoces claramente que mis quexas
llevan puro dolor sin artificio,
y con descuido mi cuidado aquexas.

Mis ojos ven que el principal oficio
que, sustentando el cuerpo, al alma honra,
es, no faltar los dos de tu servicio.

Y ven los tuyos, vueltos á mi honra,
que el rato que sin ellos me imagino,
tengo el alma y la vida por deshonra.

Alguna vez creciendo el desatino,
á fuerza del pestífero veneno
matarme ó despeñarme determino.

Acoge ¡oh mar! en tu sagrado seno
esta barquilla, que á tu golfo embiste,
porque se alabe de algún día sereno.

Essos divinos Nortes, que escogiste,
de la primera inacessible lumbre,
para alegrar al navegante triste,

Muéstrense en essa soberana cumbre,
hincha la vela el viento favorable
contra la calma desta pesadumbre.

Deje el cuidado el remo incomportable,
y estotras jarcias de trabajos llenas,
tórnense en ejercicio saludable.

Cántenme tus dulcíssimas sirenas,
que vencida del sueño mi barquilla,
y á voluntad la sangre de mis venas,

Si tu Neptuno á mi favor se humilla
aumentarás tus obras y mi suerte,
librando en tan heroica maravilla
á quien te ofrece el alma de la muerte.

Aunque SIRALVO en sus versos iba mezclando tristeza, su corazón contento estaba; pero como pocas veces hallaremos un alegre sin un triste, Pradelio, que menos dormía, le fué buscando entre todos y le dió cuenta de la poca que ya Filena tenía con él, antes le era tan contraria, que á sus mismos ojos no se hartaba de favorecer á Mireno, y hablándole él, no le había respondido. Esto decía con tanto dolor y enojo, que casi quería reventar, y mientras SIRALVO procuraba consolarse, ya los pastores y Ninfas, viendo passada la hora ardiente de la siesta, iban buscando la clara fuente y el manso arroyo. A una parte del agua llegaron las tres más hermosas del gremio de Diana: era la una FILIDA, diosa en los montes; la otra Filis, deesa en las selvas; la otra Clori, Ninfa en el río; con ellas estaban Silvia y Filardo y

Filena y Mireno, entreteniéndose en dulces pláticas y suaves canciones; también llegaron *Siralvo y Pradelio*, uno de placer y otro de pesar incitados, y no faltaron los dos caudalosos y apuestos rabadanes *Cardenio y Mendino*. Gran cosa se había juntado si Pradelio no llegara: porque de once, solo él dejaba de estar contento; y mirando la sin par FILIDA la agradable compañía, escogió al triste para que cantasse; mas viendo SIRALVO que no estaba para cantares, le disculpó con FILIDA, y rogó á Filardo que lo hiciesse; el cual, los ojos en la graciosa Silvia, tocó la lira, y comenzó á cantar assí al son della:

FILARDO

Tus ojos, tus cabellos, tu belleza,
soles son, lazos de oro, gloria mía,
que ofuscan, atan, visten de alegría,
el alma, el cuello, la mayor tristeza.

Fuego, no siente el alma tu aspereza;
yugo, no teme el cuello tu porfía;
que bastante reparo y osadía
concede Amor en tanta gentileza.

Rabia, que por mis venas te derramas;
oro, que á servidumbre me condenas;
beldad, por quien la vida se assegura,

Pues soy un nuevo Fénix en las llamas,
y hallo libertad en las cadenas,
amo y bendigo tanta hermosura.

En extremo contentó á todos el soneto de Filardo, pero más á Silvia y menos á Mireno, que invidioso de verla tan loada, sin que nadie le rogasse, sacó el rabel y vuelto á Filena, presumió de igualarla deste modo:

MIRENO

Sale la Aurora, de su luz vertiendo
las mismas perlas que el Oriente cría;
vase llenando el cielo de alegría,
vase la tierra de beldad vistiendo.

Las claras fuentes y los ríos corriendo,
las plantas esmaltándose á porfía,
las avecillas saludando el día,
con harmonía la nueva luz hiriendo.

Y esta Aurora gentil, y este adornado
mundo de los tesoros ricos, caros,
que el cielo ofrece, con que al hombre admira,

Es miseria y tristeza, comparado
á la belleza de tus ojos claros,
cuando los alzas á mirar sin ira.

Ya le pareció á Pradelio que perdía de su punto si á vuelta de aquellos sentimientos dulces no sonaba el amargo suyo, y pidiendo á Siralvo que tocasse la zampoña, los ojos y el color mudado, la acompañó diciendo:

PRADELIO

Mientras la lumbre de tus claros ojos
estuvo en el Oriente de mi gloria,
entendimiento, voluntad, memoria
ofrecieron al alma mil despojos.

Mas después que, siguiendo tus antojos,
á gente extraña fue su luz notoria,
es mi rico tesoro pobre escoria,
mis blandos gustos ásperos enojos.

Vuelva ya el rayo á su lugar usado;
pero no vuelva, que una vez partido,
no puede ser que no haya sido ajeno.

Mas ¡ay! sol de mi alma deseado,
vuelve á mis ojos, que una vez venido,
mi turbio día tornarás sereno.

A este *soneto* hizo Filena tan mal semblante, que Pradelio se arrepintió de haber cantado y aun de ser nacido; pero las Ninfas, que con gran gusto oían sus contiendas, pidieron que cantassen las pastoras. Ellas respondieron que aun faltaban pastores por cantar, y en haciéndolo ellos, ellas lo harían. Agradó á Clori la respuesta y tomando á Filena la lira, la dió á MENDINO, el cual, los ojos en Filis, dixo, sin más excusa:

MENDINO

Ponen, Filis, en cuestión
mi corazón y mis ojos,
cuál goza de más despojos,
los ojos ó el corazón.

Los ojos dicen que os vieron,
y de vuestro grado os ven,
y que del presente bien
la primera causa fueron,
prueba en la misma razón
el corazón á los ojos;
¿que gozarán más despojos
los ojos ó el corazón?

Poco importa más testigo,
dicen los ojos que á tí;
dice el corazón, ni á mí,
de lo que tengo conmigo;
no les niega su razón,
el corazón á los ojos,
no le nieguen sus despojos
los ojos al corazón.

Su contienda es por demás,
pues todos llevan vitoria,
estando llenos de gloria,
sin que á nadie quepa más;
mas viva la presunción
del corazón y los ojos,
por ser de quien son despojos
los ojos y el corazón.

Son estos competidores
flacos, aunque liberales,
que en efeto son mortales

y hanlo de ser sus favores;
si pone el alma el bastón
entre corazón y ojos,
verán eternos despojos
los ojos y el corazón.

Contenta quedó Filis de la *canción* de Mendino, de manera que no lo pudo dissimular, y
por pagar á Clori en su moneda, tomó la lira
y diósela á Cardenio, el cual, aunque menos
músico que enamorado, assí enmendó lo uno
con lo otro:

CARDENIO

Por mirar vuestros cabellos
quitóse la venda Amor,
y estúvierale mejor
dar otro ñudo y no vellos.

Quitósela no entendiendo
lo que le podía venir,
valiérale más vivir
deseando que muriendo,
pues fué de los lazos bellos
atado con tal rigor,
que se le tornó dolor
toda la gloria de vellos.

Entenderá desta suerte
que fué grande devaneo
dar armas á su deseo
con que le diesse la muerte.
Voluntad de conocellos
fuera su pena mayor,
mirad si será peor
perder la vida por ellos.

Hizo sus ojos testigos
de tan alto merecer,
y dió su mismo poder
vitoria á sus enemigos;
que si con estos cabellos
quitó mil vidas Amor,
vengáranse en su dolor
los que padecen por vellos.

Quiso ver con qué prendía
y sus redes le prendieron,
y á herirle se volvieron
las flechas con que hería.
Quedar cautivo de aquellos
cabellos fué gran honor,
pero fuérale mejor
olvidallos y no vellos.

Cuando Cardenio acabó su *canción*, ya Si-
RALVO tenía la zampoña en la mano, y mientras las Ninfas alabaron el passado *canto*, leyó
él en los ojos de FILIDA el presente:

SIRALVO

FILIDA, tus ojos bellos
el que se atreve á mirallos,

muy más fácil que alaballos
le será morir por ellos.
Ante ellos calla el primor,
ríndese la fortaleza,
porque mata su belleza
y ciega su resplandor.

Son ojos verdes, rasgados,
en el revolver suaves,
apacibles sobre graves,
mañosos y descuidados.
Con ira ó con mansedumbre,
de suerte alegran el suelo,
que fijados en el cielo
no diera el sol tanta lumbre.

Amor, que suele ocupar
todo cuanto el mundo encierra,
señoreando la tierra,
tiranizando la mar,
para llevar más despojos,
sin tener contradición,
hizo su casa y prisión
en essos hermosos ojos.

Allí canta y dice: Yo
ciego fui, que no lo niego,
pero venturoso ciego,
que tales ojos halló,
que aunque es vuestra la vitoria
en dárosla fui tan diestro,
que siendo cautivo vuestro
sois mis ojos y mi gloria.

El tiempo que me juzgaban
por ciego, quíselo ser,
porque no era razón ver
si estos ojos me faltaban;
será ahora con hallaros,
esta ley establecida:
que lo pague con la vida
quien se atreviere á miraros.

Y con esto, placentero
dice á su madre mil chistes:
el arquillo que me distes
tomáosle, que no le quiero;
pues triunfo siendo rendido
de aquestas dos cejas bellas,
haré yo dos arcos dellas
que al vuestro dejen corrido.

Estas saetas que veis,
la de plomo y la dorada,
como herencia renunciada,
buscad á quien se las deis,
porque yo de aquí adelante
podré con estas pestañas,
atravessar las entrañas
á mil pechos de diamante.

Hielo que dexa temblando,
fuego que la nieve enciende,
gracia que cautiva y prende,
ira que mata rabiando;
con otros mil señoríos

y poderes que alcanzáis
vosotros me los prestáis,
dulcíssimos ojos míos.
 Cuando de aquestos blasones
el niño Amor presumía,
cielo y tierra parecía
que aprobaban sus razones,
y él dos mil juegos haciendo
entre las luces serenas,
de su pecho, á manos llenas,
amores iba lloviendo.
 Yo que supe aventurarme
á vellos y á conocer
no todo su merecer
mas lo que basta á matarme,
tengo por muy llano ahora
lo que en la tierra se suena,
que no hay Amor ni hay cadena,
mas hay tus ojos, señora.

No cesara con esto el cantar de los pastores,
porque Silva y Filena también cantaran, si las
Ninfas no oyeran señal en el templo que las
forzaba á ir allá y assí, con gran amor despedidas de los pastores, por no serles permitido ir
esta vez con ellas, por el mismo orden que primero, volvieron á visitar á la casta Diana, y los
pastores y pastoras, que eran muchos y en diferentes ejercicios repartidos, dejando la floresta,
unos con placer y otros con pesar tomaron el
camino de sus ganados. *Gardenio*, MENDINO y
su mayoral SIRALVO, tales iban como aquellos
que se apartaban de su propia vida y contento.
Filardo, Alfeo y Mireno, éstos sí que llevaban
consigo todo su bien y descanso, pero. el más
contento de todos era Sasio, que supo allí que
Silvera era venida al Tajo; y el más triste de
los tristes Pradelio, que á rienda suelta Filena
no sólo le negaba sus favores, pero, olvidada
de la estimación que le debía, le iba escarneciendo. Tal llegó Pradelio á la ribera, que sus
enemigos se pudieran lastimar, y viendo que la
causa estaba tan lejos de hacerlo, determinó
partirse y dejarse el ganado perdido, como él
lo iba, y aquella misma noche, sin dar parte á
amigos ni parientes, solo, sin guía, dexó los
campos del Tajo con intención de pasar á las
islas de Occidente, donde tarde ó nunca se pudiesse saber de sus sucessos, y para testigo de
su apartamiento, llegando á la cabaña de Filena, en la corteza de un álamo que junto á ella
estaba, dexó escrita esta piadosa despedida:

PRADELIO

Ya que de tu presencia,
cruel y hermossísima pastora,
parto por tu sentencia,
la desdichada hora

que con tanta razón el alma llora;
 Queriendo ya partirme
de cuanto me solía dar contento,
habré de despedirme,
dando, en tanto tormento,
mis esperanzas y mi lengua al viento.
 Adiós, ribera verde,
do muestra el cielo eterna primavera;
que el que se va y te pierde,
su partida tuviera
por muy mejor si de la vida fuera.
 Adiós, serenas fuentes,
donde me vi tan rico de despojos,
que si quedáis ausentes,
presentes mis enojos
me dan otras dos fuentes de mis ojos.
 Adiós, hermosas plantas,
adonde dejo el rostro soberano,
con excelencias tantas,
que todo el siglo humano
celebrará las obras de mi mano.
 Adiós, aguas del Tajo
y Ninfas dél, que en el albergue usado
sentiréis mi trabajo,
pues el cantar passado
en tristeza y en llanto se ha trocado.
 Adiós, laurel y hiedra,
que fregando uno en otro os encendía.
Adiós, acero y piedra,
de do también salía
el fuego que ya va en el alma mía.
 Adiós, ganado mío,
que ya fui por tu nombre conocido,
mas ya por desvarío
del hado endurecido
tu nombre pierdo, pues que voy perdido.
 Adiós, bastón de acebo,
que conducir solías mis ganados,
pues los que agora llevo
de penas y cuidados,
de Fortuna y Amor serán guardados.
 Adiós, mastines fieros,
bastantes á vencer con vuestras mañas
los lobos carniceros,
antes que yo las sañas
de aquella que se ceba en mis entrañas.
 Adiós, espejo escaso,
donde sólo se ve lo pobre y viejo,
pues fuera duro caso
mirarse el sobrecejo,
faltando al alma su más claro espejo.
 Adiós, cabaña triste,
que en el tiempo passado más copiosa
de gozo y gloria fuiste;
ya, sola y enfadosa,
sierpes te habitarán, que no otra cosa.
 Adiós, horas passadas;
testigo es aquel tiempo de vitoria,
que si debilitadas

perdistes ya mi gloria,
no os perderá por esso mi memoria.
    Adiós, aves del cielo,
que no puedo imitar vuestra costumbre.
Adiós, el Dios de Delo,
 que tu sagrada lumbre
fuera de aquí no quiero que me alumbre.
    Adiós, adiós, pastores,
adiós, nobleza de la pastoría,
que sin otros dolores
turbará mi alegría
dejar vuestra agradable compañía.
    Adiós, luz de mi vida,
Filena ingrata; en tan mortal quebranto
cesse mi despedida,
porque el dolor es tanto
que se impide la lengua con el llanto.

SEXTA PARTE

DEL PASTOR DE FILIDA

Possible cosa será que mientras yo canto las amorosas églogas que sobre las aguas del Tajo resonaron, algún curioso me pregunte: Entre estos amores y desdenes, lágrimas y canciones, ¿cómo por montes y prados tan poco balan cabras, ladran perros, aullan lobos? ¿dónde pacen las ovejas? ¿á qué hora se ordeñan? ¿quién les unta la roña? ¿cómo se regalan las paridas? Y finalmente todas las importancias del ganado. A esso digo que como todos se incluyen en el nombre pastoral, los rabadanes tenían mayorales, los mayorales pastores y los pastores zagales, que bastantemente los descuidaban. El segundo objeto podrá ser el lenguaje de mis versos. También darán mis pastores mi disculpa con que todos ellos saben que el ánimo del amado mejor se mueve con los conceptos del amador que con el viento las hojas de los árboles. La tercera duda podrá ser si es lícito donde también parecen los amores escritos en los troncos de las plantas, que también haya cartas y papeles: cosa tan desusada entre los silvestres pastores. Aquí respondo que el viejo Sileno merece el premio ó la pena, que como vido el trabajo con que se escribía en las cortezas, invidioso de las ciudades hizo molino en el Tajo donde convirtió el lienzo en delgado papel, y de las pieles del ganado hizo el raso pergamino, y con las agallas del roble y goma del ciruelo y la carcoma del pino hizo la tinta, y cortó las plumas de las aves: cosa á que los más pastores fácilmente se inclinaron. Desta arte podría ser que respondiese á cuanto

se me culpasse; mas ya que yo no lo hago, no faltará en la necessidad algún discreto y benigno que vuelva por el ausente. Confiado en lo cual prosigo que la ausencia de *Pradelio* se sintió generalmente en el Tajo, porque era bueno el pastor para las veras y las burlas; bastante para amigo y enemigo, hombre de verdad y virtud y de nunca vista confianza; pero sobre todos lo sintió SIRALVO, que en muchas cosas le tenía probado. Lloraron sus nobles padres Vilorio y Pradelia; cubrieron sus cabellos de oro las dos hermosas hermanas ARMIA y VIANA, y la misma Filena, causa de la partida, bañó sus ojos en llanto en presencia del nuevo amor Mireno. Tal fuerza tiene la razón, que el que la niega con la boca con el alma la confiessa. Guíe el cielo á Pradelio, que donde quiera que vaya amigos hallará y patria quizás más favorable que la suya; y vueltos á los que quedan, sabed que los dos caudalosos rabadanes *Mendino* y *Cardenio* y el pastor *Siralvo* quedaron desta siesta de Diana tan desaficionados de los campos, tan enemigos de sus chozas y tan sin gusto de sus rebaños, que á pocos dias ordenaron desampararlo todo y buscar sólo su contento; y entrando en acuerdo sobre el orden que tendrían, á Cardenio le pareció que en el bosque del Pino hacia la falda del monte se edificasse un albergue ancho y cubierto de rama, donde, apartados del concurso de la ribera, pudiessen expender las horas á su gusto. No le pareció á Mendino que el lugar era seguro para esto, antes sería fácilmente barruntado su propósito, por ser aquella parte visitada muchas veces de las Ninfas; á lo cual dixo Siralvo desta suerte: Yendo por el cerrado valle de los fresnos hacia las fuentes del Obrego como dos millas de allí, acabado el valle entre dos antiguos allozares, mana una fuente abundantíssima, y á poco trecho se deja bajar por la aspereza de unos riscos de caída extraña, donde por tortuosas sendas fácilmente puede irse tras el agua, la cual en el camino va cogiendo otras cuarenta fuentes perenales que juntas con extraño ruido van por entre aquellas peñas quebrantándose, y llegando á topar el otro risco soberbias le pretenden contrastar; mas viéndose detenidas, llenas de blanca espuma, tuercen por aquella hondura cavernosa como á buscar el centro de la tierra; á pocos pasos en lo más estrecho está una puente natural por donde las aguas passando, casi corridas de verse assí oprimir, hacen doblado estruendo, y al fin de la puente hay una angosta senda que, dando vuelta á la parte del risco, en aquella soledad descubre al Mediodía un verde pradecillo de muchas fuentes pero de pocas plantas, y entre ellas de viva piedra cavada está la cueva del Mago Erión, albergue ancho y obrado con suma cu-

Entre otras cosas que los hombres tienen malas, dixo Dinarda, ésta es una: que desde la hora que comienzan á amar, desde essa misma comienzan á temer. Yo te assegnro, dixo Filardo, que si es agravio temellas, también lo es amallas, porque verdaderamente *el que no teme no ama*, que bien lo dice aquel soneto de Siralvo, ¿hasle oido, Silvia? No, Filardo, dixo la pastora. Pues yo te lo quiero decir, dixo Filardo. Y yo oirle, dixo Silvia, que aunque me tienes enojada, no tanto que no te quiera escuchar. Tú sabes, dixo Filardo, la obligación que tienes á mi voluntad, y ahora óyeme el soneto.

FILARDO

Poco precia el caudal de sus intentos
el que no piensa en el contrario estado;
el capitán que duerme descuidado
poco estima su vida y sus intentos.

El que no teme á los contrarios vientos,
pocos tesoros ha del mar fiado;
pocos rastros y bueyes fatigado
el que no mira al cielo por momentos.

Poco ha probado á la fortuna el loco
que en su privanza no temiere un hora
que se atraviesse invidia en la carrera;

Finalmente de mí y por mí, señora,
creed que el amador que teme poco,
poco ama, poco goza y poco espera.

En cuanto dixo Silvia: será para FILIDA el soneto. Sólo esto me descontenta de SIRALVO, ser tan demasiado altanero: en el Henares á Albana, en el Tajo á FILIDA; á otra vez que se enamore será de Juno ó Venus. Amigo es de mejorarse, dixo Dinarda, que aunque Albana no es de menos suerte y de más hacienda, FILIDA es muy aventajada en hermosura y discreción. Pues yo sé quién la pide en casamiento, dixo Finea; y si se ha de casar no tomará otra cosa que mejor le esté. FILIDA, dixo Dinarda, no lo hará de su voluntad; y si la apremia, dejará los deudos y se consagrará á Diana, y si considera lo que con tanta razón puede, que es no haber hombre que la merezca, hará muy discretamente. Unas coplas sé yo, dixo Pradelio, que hizo *Siralvo* á su DESEO, aprobadas por dos claríssimos ingenios: uno el culto *Tirsi*, que de *Engaños y Desengaños de Amor* va alumbrando nuestra nación española, como singular maestro dellos, y otro el celebrado *Arciolo*, que con tan heroica vena canta del *Arauco* los famosos hechos y vitorias. Esso tienen las *coplas*, dixo Silvia, que por parecer de uno aplacen á muchos; pero si á mí no me agradan, poco me mueve que grandes poetas las alaben, que por la mayor parte gustan de cosas que no son buenas para nada. ¿Qué poe-

sía ó ficción puede llegar á una *copla* de la *Propaladia*, de ALECIO y FILENO, de las *Audiencias de Amor*, que todos son verdaderamente ingenios de mucha estima, y los demás, ni ellos se entienden ni quien se la da? ¿Y los dos de un nombre, dijo Pradelio, el *Cordobés* y el *Toledano*, y el claro espejo de la poesía que cantó *Tiempo turbado y perdido?* No falta, dixo Filardo, quien los murmure, y aun al que por mayoría es llamado el *Poeta Castellano*, porque hasta ahí llega la ciencia de los que á sola su opinión lo entienden. Esta es la mía, dixo Silvia; dínos las coplas, Pradelio, que para mí no quiero mejor *Tirsi* ni *Arciolo* que mi gusto; con lo cual, sacándolas el pastor del seno, las leyó, y decían:

PRADELIO

Si no te he dicho, DESEO,
en la estimación que estás,
sabe que te tengo en más
que á los ojos con que veo;
y no es demasiada fiesta,
que una prenda tan valida,
no es mucho que sea tenida
en lo menos que me cuesta.

Aunque tú quedaste en calma
sin viento que te contraste,
bien sabes que me anegaste
la luz del cuerpo y del alma,
y visto parte por parte,
pues solo suples la falta,
de todo lo que me falta,
por todo debo estimarte.

Yo voy ciego, y voy sin guía,
por la mar de mis enojos,
y tú das lumbre á mis ojos
más que el sol á medio día;
no puede imaginación
engastar perla de Oriente
que esté tan resplandeciente
como tú en mi corazón.

Voy á remo navegando,
es la imán mi voluntad,
y sola tu claridad
el norte que va mirando
el débil barquillo abierto,
sin merecimiento en él,
y en el naufragio cruel
eres mi seguro puerto.

No espero jamás bonanza
en la vida ni en la muerte,
mas bástame á mí tenerte
en lugar de la esperanza;
bien sé que en ti se turbó
el sossiego más sereno,
mas no hay ninguno tan bueno
por quien te trocase yo.

Vengan penas desiguales,
y por caudillo desdén,
que sola serás mi bien,
aunque les pese á mis males.
Tú, en la esperanza más dura,
tú sola, en el día malo,
tienes de ser mi regalo,
mi consuelo y mi blandura.

¿No fuiste engendrado, dime,
de aquellos ojos beninos
por quien quedarán indinos
los que el mundo en más estime?
Y en mi pecho concebido,
y en la vida alimentado,
hijo que tanto ha costado,
¿no es razón que sea querido?

Juzguen el justo caudal
que hago de ti por vicio;
digan que en este edificio
eres arena sin cal;
llamen tu hecho arrogancia,
sin esperanza á do fueres,
que yo que entiendo quién eres
confessaré tu importancia.

¡Oh, cuánto me has de costar
en cuanto no me acabares!
mas cuanto más me costares,
tanto más te he de estimar;
los daños de aquesta historia,
bravos son considerados;
vistos no, que van mezclados
contigo, que eres mi gloria.

El rato que considero
la gracia, la gentileza,
la discreción, la belleza,
por quien á tus manos muero,
no sólo el dolor terrible
passo sin dificultad,
pero con facilidad
te sufro en ser impossible.

Quizá dirán devaneos
muchos que saben de Amor.
¿Qué es cosa y cosa, amador,
deseas ó no deseas?
Responderles he que sí
y que el mal que Amor me hace,
de mi desventura nace,
y el bien y el honor, de ti.

Pues, ilustre Desxo mío,
¿quién te torcerá el camino,
si veniste por destino,
y vences por albedrío?
Eres una dulce pena,
eres un contento esquivo,
eres la ley en que vivo,
y en la que Amor me condena.

Las coplas me han contentado, dixo Silvia,
porque son del arte que yo las quiero; tienen

llaneza y juntamente gravedad. En mil obras de poetas he leído á Caribdis y Scila y Atlante y el humido Neptuno, cosa bien poco importante en amores, y que se dexa entender que no le sobran conceptos al que se acoge á los ajenos. Mas ahora, ¿qué hará Siralvo? ¿Es su cabaña aquélla? Sí, dixo Pradelio, vamos por allí, que él holgará de hacernos compañía. Qué fresca es, dixo Finea, esta Fuente de Mendino; pues allí me parece que duermen dos pastores y, sin duda, son Alfeo y Siralvo. Sí son, dixo Finea; y llegando más cerca, al ruido los dos pastores recordaron, y saludándose alegremente determinaron de seguir á Silvia, y ella, que en extremo era graciosa y discreta, los fué entreteniendo hasta llegar á la cabaña de Filena, donde la hallaron vestida de una grana fina, con pellico azul de palmilla, pespuntado de pardo y lazadas verdes; camisa labrada de blanco y negro, y el cabello, en cinta leonada, trenzado con ella; estaba Florela vestida de verde claro, saya y pellico; el cabello cogido en una redecilla de oro, y un cayado en la mano. Con la llegada de los pastores creció su hermosura y gentileza, y tras breves pláticas supieron que la sin par FILIDA iba al templo de Pan, Dios de los pastores, y enviaba por Filena, y tendría mucho gusto de que todos fuessen allá, porque estaría sola con Belisa, la vieja Celia, Campiano y Mandronio, doctíssimos maestros del ganado. Con esta seguridad tomaron el camino del templo, donde en breve espacio passaron grandes cosas. Siralvo supo de Florela cómo trataban de casar á FILIDA, y FILIDA estaba tan congojada de ver á sus deudos determinados, que se pensaba ir con Diana sin ninguna duda, y porque la tenían la noche antes no se lo habia dicho, mas ya estaba declarado por la una parte y por la otra. Este fué agudo puñal para el corazón de Siralvo, y mucho más holgara de verla casada que con Diana en los montes, donde el verla y oirla sería con mayor dificultad; pero certificado de que era su gusto hacerlo, se consoló con Florela cuanto pudo. Por otra parte, Silvia y Filena trataron de la causa de Filardo y Pradelio, y sin valerle á Silvia sus ruegos ni razones, Filardo quedó excluído y Silvia corrida y triste; llamó al pastor y á Dinarda, y despidiéndose los tres se volvieron, á gran pesar de Filardo y á mayor placer de Pradelio, porque tuvo lugar de irse con la pastora Filena solo á su voluntad platicando. Finea y Alfeo no se hicieron mala compañía; porque si él se desterró enamorado y desfavorecido, ella hizo otro tanto; un mismo dolor los afligía, y una misma razón los debiera consolar; mas agora, de todos seis sólo Pradelio y Finea, contentos, llegaron al templo del semicabro Pan, donde fueron de la sin par

FILIDA y los que con ella estaban favorablemente recebidos, y sacando la anciana Celia preciosas conservas, por ruego de FILIDA, los pastores comieron del desusado manjar y bebieron del agua fresca que en el jardín del templo había; luego anduvieron por él mirando y, entre otras cosas, hallaron, de sutil mano y pincel, la bella Siringa convertida en caña, y el silvestre amante juntando con cera los nuevos cañutos. Adelante, en una gran tabla, estaban, por letras y números, las leyes pastorales, el tiempo de desquilar, el modo de untar la roña, el talle del mastín, la forma del cayado, el arte de hacer el queso, manteca y otras muchas menudencias más y menos importantes; y por si alguno se acordasse que el silvestre Dios fué de Hércules, por amores de Deyanira, despeñado, quiso el pintor que se viesse la fuerza de su despeñador, y assí puso alrededor del templo sus espantosas hazañas.

Primero, en su concepción, Júpiter, su padre, trasformado en Amphitrión, marido de su madre Alcumena.

Después, en su nacimiento, la madrastra Juno hecha pobre vejezuela y con hechizos estorbando el peligroso parto; pero después, con la astucia de Agalante, está nacido el poderoso Hércules en compañía del no menos valeroso hermano, hijo de su padrasto Amphitrión.

Después desto se veían los muchachos solos, en sendas cunas; el de Amphitrión llorando, de dos culebras enviadas, de la venenosa Juno; pero Hércules, que de soberano poder era ayudado, asiendo con sus tiernas manecillas las fieras culebras, las tenía ahogadas.

Tras esto estaba, cuando llevó vivo á Euristheo el fiero puerco de Arcadia del monte Erimantho, donde estaba (por maldición de Diana) destruyendo los campos y labores, y matando cuanta gente hallaba ó le buscaba por la fama de su fuerza.

Luego se veía la Selva Nemea, y el gentil mancebo por ella, siguiendo al fiero León, al cual, alcanzado, rompía con sus manos las fuertes quijadas, y después desollándole se cubría de su duríssima piel.

Assí vestido, estaba más adelante en la Laguna Lernea, llena por sus anchas islas de juncos y cañaverales, peleando con la fiera Sierpe Hidra; más viendo que si le cortaba una cabeza, por sola aquella le nacían siete, después que con la espada la tajaba el duro cuello, sobre la misma herida ligeramente le pegaba un hacha de vivo fuego.

Aunque esto se veía vivamente retratado, no parecía menos bien la lucha suya y del gran Anteo, al cual, como Hércules vido que dejándose caer sobre la Tierra (cuyo hijo era), cobraba dobladas fuerzas en sus brazos, con los suyos le apretaba de manera que, quitándole el alma, le hacía extender el cuerpo, desasido de su bravo y fuerte vencedor.

Adelante estaba, en el Occeano de Africa, matando el fiero Dragón de la Huerta de Atlante. Y después victorioso con las Manzanas de oro. Tras esto, en el monte Aventino, viendo que el ladrón Caco, hijo de Vulcano y Venus, le había hurtado sus vacas, le estaba poniendo fuego á su fuerte cueva, donde con lumbre y humo le procuraba dar la muerte: y al fin salido della, echando por su boca y oídos grandes llamas, procuraba en vano defenderse; pero el valeroso Alcides, teniéndole en el suelo, sin ninguna piedad le ahogaba.

Luego sustentando el Cielo con sus hombros.

Después, amarrando al Can Cerbero y sacándole á él y á Proserpina robados, dejaba herido á Plutón, Dios de los Infiernos. No con menos agonía peleaba con el de las Aguas Acheloo, al cual habiendo vencido en su propia figura de gigante, y después de Dragón, cuando le ve hecho Toro, con risa le abate, y quita el Cuerno de su frente.

Tras esta lucha estaba la Cierva en Menalo, con sus pies de metal y cuernos de oro, á quien con gran trabajo Hércules mataba triunfante con los ricos despojos de su empresa.

Assimismo desterraba las Harpías, por voluntad del Rey Fineo.

Luego, más trabajosamente, dividía los altos montes de Calpe y Abila, por donde el fiero mar estrechamente passasse.

Más allí se mostraba con las pesadas colunas en sus hombros.

Tras esto, en la ribera del mar, libraba á Hesiona, hija de Laomedón, matando la fiera que para su comida la buscaba.

Después, á aquel que, por voluntad de los Dioses, en el monte Cáucaso, viendo comer sus hígados de una cruel águila, brevemente criaba otros donde el mismo tormento se le diesse.

Más adelante estaba cuando la gente Pigmea, al pie del monte, le quiso matar viéndole dormido.

Y cuándo llevó los pueblos franceses atados á su lengua.

Y cuándo al que con sangre humana engordaba sus caballos dió el mismo castigo, haciéndole manjar dellos.

Y cuándo en las bodas mató los Sagitarios: veíase el Centauro Nesso muerto con sus saetas, al tiempo que al passar el río Eveno le llevaba á Deyanira.

Llegado, pues, al fin desta historia, se veía lastimosamente, casi en venganza de la quebrantada pierna del Dios Pan, cuándo la celosa mujer, con la engañosa camisa que el Centauro le dió, pensando remediar su mal, fué causa de mayor daño, porque, vistiéndosela el ausente marido, con la furia del pestífero veneno que en sí tenía se le pegó á las carnes, y abrasándole los tuétanos y entrañas, el sinventura Hércules, fuera de su sentido, vertía los humildes sacrificios, derribaba los templos y arrancaba los duros troncos, y procurando desnudarse, despedazaba sus mismas carnes, descubriendo los propios huessos y nervios por donde, como de gran hoguera, salía un espesso humo, y él, mirando á los cielos con amargo rostro, á ratos de su crueldad parecía que se quexaba, y otros pedía socorro á tan insufrible y dolorosa muerte, á veces que, sin sentido, destruyendo sus carnes, se tendía en tierra y callaba.

Estaba sobre un altar, en medio del templo, el vestido, el cayado y la lira de Apolo, aquel mismo apero con que moró en las selvas, y por las altas colunas sembrados infinitos despojos de pastores y fieras, cayados y zampoñas, cabezas de los lobos y pies de águilas, versos y prosas que no poca hermosura acrecentaban al grandioso templo. Pero Siralvo, que en FILIDA veía el de su alma, pocas señas pudiera dar de lo que aquél tenía; y ella, que no dudaba los efectos de su valor; no lo hacía en volver la luz de sus hermosos ojos al enamorado pastor, robándole nuevamente, á cada vuelta, el alma, y dejándole cada vez nueva vida con que viviesse. En tanto que esto passaba, Sasio y Arsiano vinieron allí por orden de Mandronio, y viendo junto cuanto en la música podía desearse, amén de Filardo y Matunto, que si no eran más no eran menos, acordaron de entrarse en el jardín del templo, que, aunque pequeño, era lleno de frescura y deleite. Nunca Vertuno tuvo los suyos compuestos con tanta destreza como éste lo estaba sin arte; las flores y hierbas, las aguas y las aves que en él moraban, todo era extremadamente bueno. Pues como dentro se vieron, Florela, que tiernamente á su señora amaba, mirando su hermosura y la habilidad de los pastores con la comodidad del tiempo y del lugar, pidió encarecidamente que, tomando el sujeto de la beldad de FILIDA, cantassen; deseo fué el de Florela que todos le tenían, y tocando el principio de la empresa á la gentil Belisa, desta manera comenzó su canto, y desta fueron por su orden prosiguiendo:

BELISA

Las ondas quiere sulcar,
el agua en red oprimir,
el fuego quiere medir
y el viento quiere pesar
el que pretende loar,
FILIDA, vuestra figura,
siendo el comenzar locura
é impossible el acabar.

ARSIANO

Lazos de amor son aquellos
do Amor tiene su prisión,
pues sin dar en corazón
nunca hace tiro dellos;
hablo de vuestros cabellos,
por cuya gran excelencia
el sol no tiene licencia
sin deslumbrarse de vellos.

FINEA

El lugar esclarecido
sobre los dos claros ojos,
de mil sangrientos despojos
á costa ajena teñido,
es duro campo corrido
de la Muerte y del Amor,
donde él es el vencedor
y ella el premio del vencido.

ALFEO

Soles sois con que alumbráis,
rayos con que derretís,
saetas con que herís,
licor con que remediáis
los ojos con que miráis,
en quien se mira el Amor,
ó para hablar mejor,
los ojos con que matáis.

FLORELA

Vuestras mejillas, sembradas
de las insignias del dia,
florestas son de alegría
de la eterna trasladadas,
donde no por las heladas
ni por las muchas calores
faltan de contino flores
divinamente mezcladas.

SASIO

El alinde que divide
las dos florestas reales,
con frescuras celestiales
los rayos del sol despide;
á la misma invidia impide
su proporción aguileña,
y aunque es medida pequeña,
al Amor inmenso mide.

FILENA

Vuestra boca no es coral
ni vuestros dientes aljófar,
que el aljófar es azófar
y el coral bajo metal;
mas es puerta principal
fabricada dal primor,
archivo do tiene Amor
todo su bien ó su mal.

PRADELIO

La coluna generosa
deste edificio tan claro,
más que del mármol de Paro,
más que blanca poderosa
es la garganta graciosa,
fuente rica de dulzor,
donde la fuerza de Amor
segura y libre reposa.

CELIA

Vuestro pecho no hay braveza
que no se amanse con él,
ni hay quien pensando en él
no esforzasse su flaqueza,
á quien dió naturaleza,
por mezclar gracia y rigor,
de la leche la color
y del hierro la dureza.

CAMPIANO

Lo que falta por contar,
después de la blanca mano,
á quien el sentido humano
es imposible loar,
no quiero en ello hablar;
que aunque la fe, como diestra,
tan altos bienes nos muestra,
son más para contemplar.

MANDRONIO

Vuestra discreción loara,
á no haber considerado,
que como quedo agraviado
el cuerpo, al alma agraviara;
á Vos sola es cosa clara
que concede la razón,
que hiráis al corazón
cuando amaguéis á la cara.

SIRALVO

Yo no me hallo bastante
á proseguir este intento
bien, hasta que el pensamiento
se pierda por arrogante,
Razón diga y Amor cante
y lleve la Fe el compás,
donde queda más atrás
quien passa más adelante.

No acabaran tan presto los pastores si la bella FILIDA, que, con una gravedad suavíssima, estuvo escuchando sus loores, y acrecentando la causa dellos en su soberano semblante, no los atajara, tomando á Belisa la lira, y obligada de su liberal condición, vuelta á SIRALVO le dixo: Pastor, yo quiero cantar una glossa tuya, de una canción ajena á que soy muy aficionada, porque me la dió Florela y porque la glosa lo merece. Bien basta tu afición, dixo SIRALVO, para su merecimiento, y la merced que nos haces para que todo el mundo quede invidioso de nuestra ventura; y con esto FILIDA, alegrando tierra y cielo, comenzó á tañer y cantar, y los pastores á suspenderse oyéndola.

FILIDA

Canción.

Mi alma tenéisla vos,
y yo á vos en lugar della,
¿á quién da más gloria Dios?
á ella sin mí con vos
ó á ella con vos y sin ella?

Glossa.

Aquel venturoso día
que Amor, con industria y arte,
me robó cuanto tenía,
fué tanta su cortesía,
que os dió la más noble parte,
y como solo mi oficio
es contentar á los dos,
por principal ejercicio
mi cuerpo está en su servicio,
mi alma tenéisla vos.
Bien galardonado voy
si sirve como cautivo,
pues cuando en la cuenta estoy,
hallo que es lo que recibo
mucho más que lo que doy;
en gran deuda me dejáis,
no quedaréis sin querella,
pues por favor ordenáis
que vos mi alma tengáis
y yo á vos en lugar della.
En la gloria que se ven,
han movido gran cuestión
cuerpo y alma sobre quién
consigue más alto bien,
y entrambos tienen razón.
El alma dice que allá
está contino con vos;
el cuerpo que os tiene acá:
¿quién, señora, juzgará
á quién da más gloria Dios?
Firmes en su diferencia,
cada cual lleva victoria,
sin que se dé la sentencia,
porque es tal la competencia,
que acrecienta más la gloria,
y como se ven en calma
en este pleito los dos,
que no importa, dice el alma,
que ya se le dió la palma
á ella sin mí con vos.

Aqui comienza á juraros
el cuerpo que la dejó
por poder mejor gozaros,
y concluyendo en amaros,
la duda en pie se quedó.
Mas dixo Amor que él saldría,
cerrados los ojos della,
porque en vuestra compañía,
á mi alma escogería,
ó á mí con vos y sin ella.

Callaron las aves, cessó el viento, paró la fuente, y pienso que el sol se olvidó de su camino, mientras la sin par FILIDA cantó estos versos, y acabados, con un donaire igual á su hermosura, volvió la lira á Belisa, como corrida de haber cantado; pero los pastores, que de su llaneza como de su beldad estaban cautivos, vueltos unos á otros alabaron la hora en que el cielo había juntado en FILIDA cuanto bien por el mundo repartía. Esso no, dixo Florela, que lo que en FILIDA hay no se halla en el mundo junto ni repartido. Passo, pastores, dixo FILIDA, que me afrento mucho de oirme loar, y no quiero que en mí cesse la música: gusto tanto de canciones viejas bien glossadas, que esso me hizo cantar, y cierto es la cosa en que el poeta muestra mayor ingenio. Una muy nueva sé yo, dixo Siralvo, y diréla con tu licencia. Para esso, pastor, dixo FILIDA, tú la tienes, y más si es tuya. Primero, dixo SIRALVO, que te diga el dueño, quiero decirla y saber lo que te parece.

SIRALVO

En mi pensamiento crecen
mis esperanzas y viven;
en el alma se conciben
y en ella misma fenecen.

Glossa.

Porque en el mal que me hiere
perpetua pena reciba,
el Amor ordena y quiere
que en mi pensamiento viva
lo que en mi ventura muere;
pues si alguna vez se ofrecen,
ó de lejos aparecen
esperanzas de mi bando,
en vuestra gracia menguando,
en mi pensamiento crecen.

¿Do llegará mi tormento?
Pues por caminos tan agros
do no llegó entendimiento,
suben á hacer milagros.
Ventura y mi pensamiento,
en ello gloria reciben,
y en libertad se aperciben
á morir desesperadas

y en él están sepultadas
mis esperanzas y viven.

Aunque falsas, lisonjeras,
mil veces vengo á pensar
que deben ser verdaderas,
viéndolas en el lugar
do suelen estar las veras,
y aunque por milagro aviven,
en parte inmortal se escriben;
que como su vanidad
se engendra en la voluntad,
en el alma se conciben.

En noble parte nacidas,
en noble parte criadas,
nobles aunque van perdidas,
noblemente comenzadas
y en nobleza concluídas;
al pensamiento obedecen,
y en su prisión resplandecen
y su natural guardaron,
que en el alma comenzaron
y en ella misma fenecen.

A todos contentó la glossa de Siralvo, y más á FILIDA, que vió en sí la causa della, y pareciéndole hora de que los pastores descansassen, mandó á Florela por señas lo que había de hacer, y al punto se puso en medio de todos una mesa ancha, limpia y abundante de dulces y regaladas viandas, que del albergue de Vandalio habían traido, y sin esquivarse FILIDA de comer con los pastores, todos juntos lo hicieron, salvo Finea y Alfeo, que de secreta mano se habían sentido trabar los corazones, y entre el viejo dolor y el nuevo, estaban con una suspensión en los espíritus, que sin poderse ellos entender, fácilmente los entendieron todos. ¡Oh grande y poderoso Amor! ¿será possible que Alfeo, muriendo ayer por Andria, bellísima cortesana, hoy se enamore de la serrana Finea? Verlo he menester para creerlo, que Finea de Alfeo, menos maravilla me hace, porque, aunque rústica y criada en aspereza, es muy discreta y hermosa, y Alfeo excessivamente aventajado al pastor de quien ella era despreciada. Si nuevamente estos dos se aman, cosa es que no se podrá encubrir; alcemos las mesas, levántense los pastores y queden solas FILIDA y Celia en el fresco jardín; que los demás en el templo podrán passar la siesta, donde hallarán á Filardo, que, á excusa de Silvia, se volvió tras ellos, y aunque había gran rato que allí estaba, no quiso entrar al jardín, antes, saliendo á la ribera, por un pequeño resquicio del muro estuvo mirando y oyendo lo que passaba, y cuando sintió que los pastores al templo salían, adelantóse y entró primero. Filena y Pradelio holgaron poco de verle, pero *Campiano*, íntimo amigo suyo, con gran caricia le recibió y assi luego los dos se apartaron, y por otra parte Florela y Siralvo, Pradelio y Filena, Belisa y Mandronio, Sasio y Arsiano, á un lado del templo se pusieron á concertar alguna fiesta, para entretener aquella tarde á la hermosa FILIDA, y la mejor les pareció representarle la EGLOGA de Delio y Liria y Fanio, pastores de aquesta ribera, que con sus casos habían dado mil veces materia á los poetas. Belisa tomó la persona de Liria; Sasio, la de Delio, y la de Fanio, Arsiano, y mientras en baja voz estaban ensayándose, Alfeo y Fínea en algo se ocuparon: sentados los vió *Siralvo* á una parte del templo, hablando menos palabras que solían, demudados de su color natural. No pudo tanto consigo que no se llegasse á ellos, y antes que nada les preguntasse, Alfeo le dixo, cuanto los pudiera preguntar: Siralvo mío, por tres partes me siento combatir y por todas tres vencer: las sinrazones de Andria contrastan mi afición, tus consejos me mudan la voluntad, la beldad de Finea me cautiva. A mí me enamora todo, dixo Siralvo; ¿pero á ti, serrana, ¿qué te parece? ¿Qué estás hablando por mí? dixo Finea. ¿Pues qué haremos, dixo Siralvo, de Andria y Orindo? Lo que ellos hicieron de nosotros, dixo Alfeo, y con esto se dieron las manos de no faltarse jamás, tomando al Dios de los pastores por testigo; y llenos de contento y placer se fueron con los que ensayando se estaban. Campiano y Filardo siempre se estuvieron apartados, y bien se le echó de ver al pastor el mal que por Filena sufría, pues sin bastar su dolor ni el menosprecio con que le dejaba, se iba tras ella, sin poderse refrenar en sus deseos. No tomó la sin par FILIDA mucho tiempo de reposo, antes, sintiendo que los pastores en el templo esperaban que los llamasse, mandó á Celia que lo hiciesse, y assí fueron todos al jardín, salvo Belisa, Sasio y Arsiano, que se quedaron para entrar representando, y después que todos se sentaron, por orden de FILIDA, los tres que habían quedado, entraron por la suya, como aquí veremos.

EGLOGA

Fanio.—Delio.—Liria.

LIRIA

Floridos campos, llenos de belleza,
en cuya hermosura, sitio y traza,
gran estudio mostró Naturaleza.

En vosotros se halla espessa caza
de aves, bestias y animales fieras,
y tanta flor y fruto, que embaraza.

En vosotros, majadas y praderas,
donde se ven ganados abundosos
y en medio los inviernos, primaveras.

No faltan los pastores querellosos,
que forman al Amor quexas sin cuento,
y otros, regocijados, venturosos.

Unos, al ejercicio dan su intento,
cuál corre, salta, tira, lucha ó canta,
cuál en los huertos pone su contento.

Aquél enxiere, siembra, poda ó planta,
otros con su ganado se recrean,
viendo desde las sombras copia tanta.

Mira los cabritillos que pelean,
y después á sus madres van buscando,
que con ubres pesadas los desean.

Allí ve sus zagales ordeñando;
allí las cabras que la nueva hoja
no con poca codicia van buscando.

Una al agua parece que se arroja,
otra en lo mas espesso está mordiendo,
que el rigor de la zarza no la enoja.

Luego ve la ovejuela, que paciendo,
apoca simplemente lo que halla,
lo más dificultoso no queriendo.

Y si Orión se mueve á dar batalla,
permite que el pastor pueda avisarse
y con flacos ingenios mitigalla.

Veréis á los carneros alegrarse;
veréis las hormiguillas polvorosas,
ciegas, unas con otras encontrarse.

Las ánades bañarse presurosas,
y lamerse al revés el buey el pelo,
y pacer las becerras más golosas.

Cuervos, grajas, cornejas para el cielo
suben y bajan luego con ruido,
y tornan para arriba con su vuelo.

Oyese en las lagunas el sonido
de las cantoras ranas en más grado
que en el sereno tiempo le han tenido.

Vese de blancas aves ayuntado
más número que suele en valle ó sierra,
y el cabrío dormir más apretado.

Escarba la ovejuela por la tierra,
y la golondrinilla á la corriente,
con pobres alas hace flaca guerra.

Al fin esto se passa brevemente,
y en tanto, en la abrigada cabañuela,
arropado el pastor poco lo siente.

Después que nieva, que ventisca y hiela,
el nuevo sol su claridad extiende,
con que el mundo afligido se consuela.

Después, cuando á bañarse al mar deciende,
hallándose en la noche escura y fiera,
con las anchas hogueras se defiende.

Todo se acaba en dulce primavera
después que, fenecida esta contienda,
llena de pez el cielo la ribera.

Y contra el sol, en monte, en valle, en senda,
los árboles, ó en selva ó bosque ameno,
no sufren que su lumbre al suelo ofenda.

Con el frescor de su confuso seno,
la altiva haya y el ciprés frisado,

con cuerpo assaz de duro fruto lleno;
El laurel siempre verde, preservado
de la ira del cielo, y el espino
de más puntas que hojas adornado.

Con su rebelde fruto ayuda el pino,
aguda hoja y enredado saco,
del pacífico olivo de contino.

No se precia, entre todos, de más flaco,
ni el olmo que á las nubes se avecina,
con la planta gentil del libre Baco.

Allí se extiende la robusta encina,
con sus antiguos brazos y el precioso
cidro, que á todos su cabeza inclina.

Y el pobo y el castaño, alto, ñudoso,
con las soberbias frentes acopadas,
uno en corteza feo, otro hermoso.

Las ricas palmas de hojas espinadas,
triunfante premio de gloriosa estima,
con los racimos de oro coronadas.

La que defiende con la espessa cima
que no caliente Febo el agua clara,
en pago, el agua al tronco se le arrima.

No se podrá decir que le es avara,
que si el agua no pierde, el tronco gana,
ella le da frescor cuando él la ampara.

Siembra el manzano la postrer manzana,
siembra el racimo la noguera fría,
el jazmín nieve y el madroño grana.

¿Hay mas beldad que ver la pradería
estrellada con flores de las plantas,
que van mostrando el fruto y la alegría?

Donde, con profundíssimas gargantas,
las tiernas avecillas estudiosas
están de señalar cuales y cuántas.

Allí veréis pastoras más hermosas
(no con maestra mano ataviadas),
que las damas en Cortes populosas.

Allí veréis las fuentes no tocadas
distilando, no agua al viso humano,
mas el cristal de piedras variadas.

Allí veréis el prado abierto y llano,
donde los pastorcillos su centella
descubren al Amor, furioso, insano.

Este, de su pastora se querella;
aquél de sí, por que miró la suya;
el otro, más grossero, se loa della.

No hay quien por defeto se lo arguya,
ni quien de rico ponga sobrecejo,
ni quien á los menores dexe y huya.

En el prado se oye el rabelejo,
la zampoña resuena en la floresta,
en la majada juegan chueca ó rejo.

Pues qué ¿venido el día de la fiesta,
hay gusto igual que ver á los pastores
haciendo á las pastoras su requesta?

Uno presenta el ramo de las flores,
y cuando llega, el rostro demudado,
otro dice suavíssimos amores.

Uno llora, y se muestra desamado;
otro ríe, y se muestra bien querido;
otro calla, y se muestra descuidado.

El uno baila, el otro está tendido;
el uno lucha, el otro corre y salta,
el otro motejado va corrido.

En esta dulce vida, ¿qué nos falta?
y más á mí que trato los pastores,
y cazo el bosque hondo y la sierra alta,

Con arco, perchas, redes y ventores,
ni basta al ave el vuelo presuroso,
ni se me van los ciervos corredores.

Este sabuesso era un perezoso,
y ya es mejor que todos: halo hecho
que, como mal usado, era medroso.

Tiene buen espinazo y muy buen pecho
y mejor boca: ¡oh pan bien empleado!
toma, Melampo, y éntrete en provecho.

Quiérome ya sentar, que estoy cansado;
¡oh seco tronco, que otro tiempo fuiste
fresno umbroso, de Ninfas visitado!

Aquí verás el galardón que hubiste,
pues te faltó la tierra, el agua, el cielo,
después que este lugar ennobleciste.

Assí passan los hombres en el suelo;
después que han dado al mundo hermosura,
viene la muerte con escuro velo.

Ya me acuerdo de ver una figura
que estaba en tu cogollo dibujada,
de la que un tiempo me causó tristura.

Estaba un día sola aquí sentada;
¡cuán descuidado iba yo de ella,
cuando la vi; no menos descuidada!

Puse los ojos y la vida en ella,
y queriendo decirla mis dolores,
huyó de mí, como yo ahora della.

Por cierto grande mal son los amores,
pues al que en ellos es más venturoso,
no le faltan sospechas y temores.

Igual es vivir hombre en su reposo.
¿Quién es aquel pastor tan fatigado?
Debe de ser Florelo ó Vulneroso.

La barba y el cabello rebuxado,
la frente baxa, la color torcida.
¡Qué claras señas trae de enamorado!

¿Es por ventura Fanio? ¡Qué perdida
tengo la vista! Fanio me parece.
¡Oh Fanio, buena sea tu venida!

FANIO

Amado DELIO, el cielo que te ofrece
tanta paz y sossiego, no se canse,
que solo es bien aquel que permanece.

DELIO

Aquesse mismo, FANIO mío, amanse
el cuidado cruel que te atormenta,
de suerte que tu corazón descanse.

He desseado que me diesses cuenta,

pues que la debes dar de tus pesares
á quien contigo, como tú, lo sienta.

Y quiero, FANIO, por lo que tratares
perder la fe y el crédito contigo,
cuando en poder ajeno lo hallares.

Sabe que al que me ofrezco por amigo,
la hacienda pospuesta y aun la vida,
hasta el altar me hallará consigo.

FANIO

DELIO, tu voluntad no merecida
no es menester mostrarla con palabras,
pues en obras está tan conocida.

Pero después que tus orejas abras,
más lastimosas á escuchar mi duelo
en un lenguaje de pastor de cabras,

Ni á ti podrá servirte de recelo,
pues ya tienes sobradas prevenciones,
ni á mí de altivo en tanto desconsuelo.

Y no son de manera mis passiones
que se puedan contar tan de camino,
que aunque sobra razón, faltan razones.

DELIO

Conmigo te han sobrado de contino,
entendiendo que la hay para encubrirme
lo que por más que calles adivino.

Y aunque me ves en porfiar tan firme,
sabe que poco más que yo barrunto
de tu importancia puedes descubrirme.

Y pues me ves en todo tan á punto
para mostrarme amigo verdadero,
no me dilates lo que te pregunto.

Cuéntame tus passiones, compañero,
cata que un fuego fácil encubierto
suele romper por el templado acero.

FANIO

Oh, caro amigo mío, y cuán más cierto
será hacer mis llagas muy mayores,
queriéndote contar mi desconcierto.

Porque siendo mis daños por amores,
tú pretendes saber, contra derecho,
más que la que ha causado mis dolores.

Salga el nombre de LIRIA de mi pecho
y toque á tus orejas con mi daño,
ya que no puede ser por mi provecho.

No me quexo de engaño ó desengaño,
de ingratitud, de celos ni de olvido,
quéxome de otro mal nuevo y extraño.

Quéxome del Amor, que me ha herido;
abrióme el corazón, cerró la boca,
ató la lengua, desató el sentido.

Y cuanto más la rabia al alma toca,
la paciencia y firmeza van creciendo
y la virtud de espíritu se apoca.

De tal manera, que me veo muriendo,
sin osarlo decir á quien podría
sola dar el remedio que pretendo.

DELIO

Amigo FANIO, aquessa tu porfía
tiene de desvarío una gran parte,
aunque perdones mi descortesía.

Dime, ¿por qué razón debes guardarte
de descubrir tu llaga á quien la hace?
¿ó cómo sin saberla ha de curarte?

FANIO

Porque de LIRIA más me satisface
que me mate su amor que su ira y saña,
y en esta duda el buen callar me aplace.

DELIO

No tengo á LIRIA yo por tan extraña,
ni entiendo que hay mujer que el ser querida
le pudiesse causar ira tamaña.

Cierto desdeño ó cierta despedida,
cuál que torcer de rostro ó cuál que enfado,
y cada cosa de éstas muy fingida.

Aquesto yo lo creo, FANIO amado;
empero el ser amada, no hay ninguna
que no lo tenga por dichoso hado.

Y si, como me cuentas, te importuna
aquesse mal y tienes aparejo,
no calles más pesar de tu fortuna.

Tú no te acuerdas del proverbio viejo:
que no oye Dios al que se hace mudo,
ni da ventura al que no ha consejo.

FANIO

Pues dame tú la industria, que soy rudo,
grossero y corto, y en un mismo grado
mi razonar y mi remedio dudo.

Bien que llevando LIRIA su ganado
por mi dehesa, junto con el mío,
me preguntó si soy enamorado.

Y el otro día estando junto al río
llorando solo, en medio de la siesta,
LIRIA llevaba al monte su cabrío.

Y díxome: Pastor, ¿qué cosa es ésta?
y yo turbado, sin osar miralla,
volvíle en un suspiro la respuesta.

Mas ya estoy resumido de buscalla,
y decirle por cifra lo que siento,
al menos matárame el enojalla.

De cualquier suerte acaba mi tormento,
con muerte, si la enojo, ó con la vida,
si mi amor y mi fe le dan contento.

Veremos esta empresa concluída,
venceré mi temor con mi deseo,
la vitoria, ó ganada ó bien perdida.

¿Oyes cantar? *D.* Sí oyo. *F.* A lo que creo,
LIRIA es aquélla. *D.* Eslo. *F.* Al valle viene.
¡Ay, que te busco y tiemblo si te veo!

Ascóndete de mí, que no conviene,
si tengo de hablarle, que te vea.

DELIO

Ascóndeme, pastor; Amor ordene
que tu mal sienta y tus cuidados crea.

LIRIA

El pecho generoso,
que tiene por incierto
serle possible, al más enamorado
ser pagado, y quejoso
vivir estando muerto,
y verse en medio de la llama helado;
cuán bienaventurado
le llamará el extraño,
y en cuánta desventura
juzgará al que procura
hacerse con sus manos este daño,
y por su devaneo
á la razón esclava del Deseo.

Memoria clara y pura,
voluntad concertada,
consiente al alma el corazón exento;
no viene su dulzura
con acíbar mezclada,
ni en medio del placer ama el tormento
sano el entendimiento,
que deja el Amor luego
más que la nieve frío,
pero el franco albedrío
y el acuerdo enemigo, á sangre y fuego;
y en tan dañosa guerra,
sin fe, sin ley, sin luz de cielo ó tierra.

Promessas mentirosas,
mercedes mal libradas
son tu tesoro, Amor, aunque no quieras;
las veras, peligrosas;
las burlas, muy pesadas;
huyan de mí tus burlas y tus veras,
que sanes ó que hieras,
que des gloria ó tormento,
seas cruel ó humano,
eres al fin tirano,
y el mal es mal y el bien sin fundamento;
no sepa á mi morada
yugo tan duro, carga tan pesada.

Corran vientos suaves,
suene la fuente pura,
píntese el campo de diversas flores,
canten las diestras aves,
nazca nueva verdura,
que estos son mis dulcíssimos amores;
mis cuidados mayores
el ganadillo manso,
sin varios pensamientos
ó vanos cumplimientos
que me turben las horas del descanso,
ni me place ni duele
que ajeno corazón se abrase ó hiele.

FANIO

Por essa culpa, FANIO, ¿qué merece
LIRIA? L. Lo que padece; pues, penando,
quiere morir callando. F. Gran engaño
recibes en mi daño. ¿Tú no sientes
que las flechas ardientes amorosas
vienen siempre forzosas? Si de grado
tomara yo el cuidado, bien hicieras
si me reprendieras y culparas.

LIRIA

Déxame, que á las claras te condenas:
pudo Amor darte penas y matarte,
y no debes quexarte, pues que pudo;
de ti, que has sido mudo y vergonzoso,
debes estar quexoso. ¿De qué suerte
remediará tu suerte y pena grave
quien no la ve ni sabe? F. ¡Ay, LIRIA mía!
que yo bien lo diría, pero temo
que el fuego en que me quemo se acreciente.

LIRIA

Pues, ¿tan poquito siente de piadosa
quien tu pena furiosa ensoberbece?

FANIO

Mas antes me parece, y aun lo creo,
que tan divino arreo no es posible
en condición terrible estar fundado;
pero considerado aunque esto sea,
no es justo que yo vea mi bajeza,
y aquella gentileza soberana,
y que sufra de gana mis dolores
sin pretender favores. L. Grande parte
ha de ser humillarte, á lo que creo,
para que tu deseo se mitigue,
porque Amor más persigue al más hinchado,
que está muy confiado que merece,
que al otro que padece, y de contino
se cuenta por indino; pero cierto,
tú no guardas concierto en lo que haces:
¿no se sabe que paces las dehessas,
con mil ovejas gruessas abundosas
y mil cabras golosas y cien vacas?
¿No se sabe que aplacas los estíos
y refrenas los fríos con tu apero,
y tienes un vaquero y diez zagales?
Todos estos parrales muy podados,
que tienes olvidados, ¿no son tuyos?
Pues estos huertos, ¿cuyos te parecen?
Todo el fruto te ofrecen; pues si digo
del cielo, ¿cuán amigo se te muestra,
tecuánto la maestra alma Natura
y dió de hermosura, fuerza y maña?
¿Hay ave ó alimaña que no matas?
¿Hay pastor que no abatas en el prado?
¿Hate alguno dejado en la carrera?

Pues en la lucha fiero ó en el canto,
¿hay quién con otro tanto se te iguale?
Pues esso todo vale en los amores,
porque de los dolores no se sabe
si es su acidente grave ó si es liviano.
Todo lo tienes llano. *F.* ¿Qué aprovecha
tener la casa hecha y abastada,
si en la ánima cuitada no hay reposo?

LIRIA

Vivir tú doloroso, ¿qué te vale,
si aquella de quien sale no lo entiende?
Tu cortedad defiende tu remedio.

FANIO

¿Parécete buen médio que lo diga?

LIRIA

Antes es ya fatiga amonestarte.

FANIO

Pues, ¿tienes de enojarte si lo digo?

LIRIA

FANIO, ¿hablas conmigo ó desvarías?
¿Pensabas que tenías y mirabas
presente á quien amabas? *F.* Sí pensaba
y en nada me engañaba. *L.* No te entiendo,
aunque bien comprehendo que el amante
tiene siempre delante á la que ama,
y allí le habla y llama en sus passiones.

FANIO

No glosses mis razones. *L.* Pues, ¿qué quieres?

FANIO

Hacer lo que quisieres, aunque quiero
preguntarte primero: ¿si mis males
y congojas mortales me vinieran
por ti y de ti nacieran, y el cuidado
te fuera declarado, ¿te enojaras?

LIRIA

Si no lo preguntaras, te prometo
que fueras más discreto. Tú bien sientes
los rostros diferentes de natura
en una compostura de facciones;
pues, en las condiciones, es al tanto,
aunque no debe tanto ser piadosa,
á mi ver, la hermosa que la fea,
que en serlo hermosea su fiereza.

FANIO

¡Ay, cuánta es tu belleza! *L.* Assí que digo,
que no debes conmigo assegurarte,
pues sé certificarte que en tal caso,
aquello que yo passo por contento

puede ser descontento á tu pastora,
y no imagino agora por qué vía
con la voluntad mía quiés regirte.

FANIO

Porque puedo decirte que, en belleza,
en gracia y gentileza, eres trassunto,
sin discrepar un punto, á quien me pena.

LIRIA

¿Es por dicha SILENA tu parienta?
Si es ella, no se sienta entre la gente,
que eres tan su pariente como mío;
pueda más tu albedrío que tu estrella.

FANIO

¡Ay, LIRIA, que no es ella! ¿Y aún te excusas
y de decir rehusas el sujeto
que en semejante aprieto mostrarías?

LIRIA

Horas me tomarías si lo digo,
que como fiel amigo te tratasse;
y horas que me enojasse, que aun no siento
mi propio movimiento. *F.* Dessa suerte
más me vale la muerte y encubrillo,
que al tiempo de decillo verla airada.

LIRIA

Bien puede ser quitada tu congoxa,
si aquella que te enoja me mostrasses
y en mis manos fiasses tu remedio.

FANIO

Dessas espero el medio que conviene.

LIRIA

¿Es mi amiga quien tiene tu alegría?

FANIO

Si tanto fuera mía, en tal fortuna,
poca quexa ó ninguna se tuviera.

LIRIA

Pues di dessa manera mal tan duro,
que, por mi fe, te juro de hablalla
y á tu amor incitalla. *F.* Que me place;
á mí me satisface tu promessa,
aunque en la alma me pesa de probarte;
y antes quiero mostrarte aquesta carta,
que con angustia harta tengo escrita,
para aquella que quita mi contento;
jamás mi pensamiento fué adivino,
que fueras, papel, dino de hallarte
donde pudo llegarte mi osadía:
leedle, LIRIA mía, parte á parte.

CARTA

La libertad ganada,
porque en tan buena empresa va perdida;
la voluntad prendada,
el alma enriquecida,
viéndose en su servicio de partida,
    Indignas de llamarte,
sin tu licencia, el nombre de señora,
vienen á suplicarte
que se la des ahora,
y cada cual se llamará deudora.
    Recibe por cautivas
las que este nombre en su sepulcro escriben;
verás, si no te esquivas
y tal merced reciben,
cómo en mí solo mueren, en ti viven.
    Inclina á mis cansadas
razones tus orejas, por ventura;
no sean despreciadas
en afición tan pura
las mismas obras de tu hermosura.
    Al fin mi fe y mi pena,
pues de ti nacen, tuyo será el cargo,
y aquí cesse la vena
de estilo tan amargo,
corto en hablarte y en pedirte largo.

LIRIA

    La carta está tan buena que, aunque pruebe
de mil maneras, no sabré loalla,
porque es, en fin, compendiosa y breve.

FANIO

    ¿Parécete que puedo aventuralla?

LIRIA

Paréceme que pierdes de ventura
lo que te detuvieres en cerralla.

FANIO

    ¿Parécete que llegará segura
de que puedan culparme de arrogante?

LIRIA

Paréceme un retrato de mesura.

FANIO

    ¿Al fin me juzgas verdadero amante?

LIRIA

Y que mereces ser galardonado.

FANIO

Quiera Dios que assí digas adelante.

LIRIA

Pero ya que la carta me has mostrado,

dime, ¿quién fué la causa de hacella?
Pues sé la pena, sepa quién la ha dado.

FANIO

En cinco partecillas que hay en ella,
pedrás saber el todo que pretendo,
si adivinares el secreto della.

LIRIA

Tórnamelo á decir, que no lo entiendo.

FANIO

De cada cinco estancias ve tomando
la primer letra y velas componiendo:
    Porque estas cinco letras ayuntando,
por el orden que digo, fácilmente
el nombre de mi alma irás formando.

LIRIA

    No te he entendido verdaderamente,
¿acaso dice LERIA? F. Con dos ies
no puede pronunciar Leria el leyente.

LIRIA

    ¿Dice por dicha Libia? F. No porfies,
¿con erre Libia? Buen descuido es esse.

LIRIA

Pues menester será que tú me guies.

FANIO

    Habrélo de hacer, aunque me pese,
que LIRIA dice. L. Siria. ¿Pues entiendes
que no lo sé decir si lo leyesse?

FANIO

    Pues, Siria, digo yo, ¿por qué me vendes
descuidos, cuando el alma me has robado,
y con falsa ignorancia te defiendes?
    ¿Dónde te vas, pastora? L. A mi ganado.

FANIO

Mira, pastora, tente. L. ¿Qué locura
es ésta que tan presto te ha tomado?
    ¿Estás loco, pastor? F. Que no hay cordura
en quien no la perdiesse, contemplando
mi amor y tu desdén y hermosura.

LIRIA

Déjame, ¿qué pretendes? F. Que llorando
me veas fenecer. L. Deja mi mano.

FANIO

Y tú mi alma, que la estás matando.

LIRIA

¡Oh solitario valle! ¡oh campo llano!

¿Habrá quien lastimoso me defienda
deste pastor perdido, deste insano?

FANIO

Escucha, LIRIA, ya solté la rienda
á lo osadía para detenerte,
no bastará aunque Júpiter descienda.

LIRIA

¿Qué quieres? *F.* Quiero en todo obedecerte,
si no es ahora en esta fácil cosa,
que estés presente al passo de mi muerte.

LIRIA

Otra podrás buscas más animosa.

FANIO

Pues para dar la muerte eres osada,
para verme morir no seas medrosa.

LIRIA

Suéltame, FANIO. *F.* Ya serías soltada,
por no enojarte, si tuviesse cierto
que escucharías un rato sossegada.

LIRIA

Suéltame, que no aprietas como muerto.

FANIO

Asido á las aldabas de la vida,
pensar muerte prenderme es desconcierto.

LIRIA

Suelta ya. *F.* Si haré; mas sei servida
de me escuchar. *L.* Como no fuesses largo.

FANIO

Esso, tu voluntad será medida.
Y si te pareciere que me alargo,
mándame tú callar, y verás luego
cómo procuro en todo echarte cargo.
Ser contigo atrevido no lo niego;
mas ¿qué derecho guardará el forzado
ó cómo no cairá sin luz el ciego?

LIRIA

Esso me agrada, llámate culpado,
y yo te escucharé de buena gana.

FANIO

Y aun si quieres me doy por condenado.
Mira esta parra fértil tan lozana,
cómo por este olmo infrutuoso
se abraza, y lo que él gana y ella gana.
El con ella se muestra más hermoso,
y ella sin él cayera por el suelo,
do no fuera su fruto provechoso.
La flor desamparada quema el hielo,

no hay cosa sola en la Naturaleza,
y lo que no aprovecha no es del cielo.
Goza con tiempo de tu gentileza,
que el día passado no puede cobrarse,
ni como rosa torna la belleza.
Cuando un estado tiene de tomarse,
hallando la ocasión que es conveniénte,
¿qué sirve ó qué aprovecha dilatarse?
No te niego yo, LIRIA, que al presente
podrías escoger otro que fuesse
en bondad y en hacienda preminente;
Mas si tomasses á quien más valiesse
que yo, yo juraré que no hallases
otro que más ni tanto te quisiesse.
Demás desto, pastora, si mirasses
mi edad y mi hacienda y mis respetos,
podría ser que no me despreciasses.
Y sobre todo, mira los efetos
que en mí hacen tu gracia y hermosura,
que bastan á suplir muchos defetos.

LIRIA

Basta, pastor; que Dios te dé ventura;
yo te agradezco amor tan verdadero,
y escúchame otro poco, por mesura.
¿Qué sabes tú si por ventura quiero
y amo otro pastor, de tal manera
que, como tú por mí, por él me muero;
Y le tengo una fe tan verdadera,
que aunque la vida su afición me cueste,
ha de ser la primera y la postrera?
¿Qué es esto, FANIO? ¿qué desmayo es éste?
¿háceslo adrede? No, que estás muy frio.
¿Hay algún Dios que su favor te preste?
Recuerda, FANIO. ¡Oh Ninfas deste río,
venidme á socorrer un caro amigo,
porque no me castigue el error mío!
Recuerda ya, los Dioses sean contigo,
mira que lo que dije fué burlando,
y ahora es verdadero lo que digo.

FANIO

¿Yo muero, ó vivo, ó veo, ó estoy soñando?
¿qué ha sido, LIRIA? *L.* A lo que entiendo,
ibaste con el sueño transportando;
Que como yo te estaba persuadiendo
que te dejasses de tan vana empresa,
con el placer quedástete durmiendo.

FANIO

Más que esso, LIRIA, á lo que entiendo pesa;
paréceme que me ponías un caso
donde el extremo de miserias cesa.

LIRIA

De esso, pastor, no hagas mucho caso,
si le haces de mí, porque son cosas,
que en efeto las digo y no las passo.

Mas porque son razones peligrosas,
estas que aquí passamos, quiero irme,
que bien bastan dos horas para ociosas.

FANIO

Yo de ti y de la vida despedirme,
que aqueste lazo acabará mis días
si como tú se me mostrare firme.

LIRIA

Mira, pastor, no hagas niñerías,
que para verme y aun para hablarme
no faltará lugar más de dos días.

FANIO

Esso, pastora mía, ¿es engañarme?

LIRIA

Es gran llaneza. *F.* Y aunque no lo sea,
bien bastará para resucitarme.

LIRIA

Fanio, lo que yo digo se me crea,
y forzada me voy de aquí tan presto,
adiós. *F.* El haga que otra vez te vea.
    Publicar tanto bien, ¿seráme honesto,
ó á poderlo callar, seré bastante?
¿A quién iré que me aconseje en esto?

DELIO

Tu verdadero amigo está delante.

FANIO

¡Oh, caro Delio mío, y cómo atas
mi voluntad con lazos de diamante!
    ¿Fuístete ó hasme oído? *D.* Mal me tratas.
¿Irme tenía viéndote en tal punto?

FANIO

¿Pues dónde estabas? *D.* Entre aquellas matas.
    Con tu desmayo me quedé difunto,
pero decirte mi placer no puedo
viendo á Liria en valerte tan á punto.
    Bien quisiera salir, mas tuve miedo
de darte sobresalto ó descontento,
y entre pena y placer me estuve quedo.

FANIO

¿Pues hizo en mi desmayo sentimiento?

DELIO

Tú como transportado no lo viste;
mas cree de mí, que la verdad te cuento.
    Que se mostró tan alterada y triste,
que comenzó á pedir al cielo ayuda,
y mesuróse cuando en ti volviste.
    Sabe disimular, como es sesuda,
mas de quererte como tú la quieres,
no tengo yo (ni tú la tengas) duda.

FANIO

Ya yo sé, Delio, que á doquier que fueres,
ó tus consejos fueren admitidos,
no faltarán contentos y placeres.

DELIO

Essos tengas de Liria muy cumplidos,
aunque en lo que quedaste aquí hablando
cuando se fué, ofendiste á mis oídos.
    No sé qué te decías, no bastando
á cerrar en tu pecho la alegría,
ora el callar, ora el hablar dudando.
    Pues mira qué consejo te daría,
que, en lo que toca á Amor, antes rebientes
que confieses agora que es de día.
    Bien pareces sencillo, pues no sientes
cuánto debe excusar el hombre sabio
la envidia y la malicia de las gentes.
    Al que te arrima dulcemente el labio
no le fíes el dedo, que á tu costa
podrá ser que conozcas su resabio.
    Porque la fe del mundo es tan angosta,
tan ancha y prolongada la malicia,
que la virtud escapa por la posta.
    Aquel que te hiciere más caricia,
si te escudriña con industria el pecho,
cree que tu mal y no tu bien codicia.
    Los bienes que el Amor te hubiere hecho,
Fanio, tesoros son de duen de casa,
cállalos, y entrarante en buen provecho.
    Y aquel refrán, que tan valido passa,
que pierde el bien si no es comunicado,
no atraviesse las puertas de tu casa.
    Calla con el amigo más fundado,
que en prisión, en discordia ó en ausencia,
no te arrepentirás de haber callado.
    Sabe que es general esta dolencia,
entre la gente moza respetarse
amigo á amigo sólo en la presencia.
    Que ya hemos visto alguno, por fiarse
de un gran amigo, hecha su jornada,
pensar que es todo un tiempo, y engañarse.
    Y alguno vi con suerte confiada,
lleno de vanagloria en sus favores,
después hallarse un nido con no nada.
    Y cuando la ocasión destos temores
cessasse (que impossible me parece),
por ley han de callar los amadores.
    Y en lo que ahora de tu bien se ofrece,
no te descuides, menos te apressures,
que lo extremado apenas permanece.
    ¿Qué me respondes, Fanio? *F.* Que no cures
de decir más, que poco daño temo
con tal que tú por mi salud procures.
    Demás que siempre huigo yo el extremo,
y callo bien, como si fuesse un canto,
y de mi hermano en mi afición blasfemo.

DELIO

Cumple que assí lo hagas; y con tanto
me voy, que tengo lejos el abrigo,
y desdobla la noche apriessa el manto.
Y porque pienso luego dar conmigo
en el monte de pino, á las paranzas,
quédate en paz. *F.* Y vaya Dios contigo.

DELIO

Allá te avén con vanas esperanzas,
que aunque se muestra tu fortuna mansa,
quizá te arrastrarán tus confianzas.

FANIO

Delio me espanta cómo no descansa,
si topa con quien ha de respetarle,
que habla tanto, que, aunque bueno, cansa;
ya yo lo estaba casi de escucharle.

Con tales afectos representaron los discretos pastores, que á los oyentes no les parecía representación, sino propio caso, y aunque agradó á todos, á FILIDA mucho más, porque sabía más por entero aquella historia. Liria era su amiga y Fanio y Delio muy conocidos de todos, y assí, estuvo con gran atención desde el principio hasta el cabo; que le hizo gran donaire vèrlos despedir murmurándose, y agradeciendo á los pastores la curiosidad con que la entretenían, pidió á Sasio que rematasse la fiesta, el cual, las manos en la lira y el pensamiento en Silvera, pastora gentil, á quien nuevamente amaba, cantó con gran dulzura aquestos versos suaves:

SASIO

Esto que traigo en mi pecho
no puede ser sino amor,
pues me siento en su rigor
agraviado y satisfecho;
yo oso en la cobardía
y en el osar me acobardo;
¿qué me guardo,
si la nieve que me enfría
es el fuego en que me ardo?
    Guárdome de tal manera
que me guardo del contento,
pues la causa del tormento
fué mi ventura primera.
Ampárome con mi ofensa
porque sé que aunque más pene,
me conviene
no hacer jamás defensa
sino al bien que sin vos viene.
    En la empresa comenzada
no puede faltarme gloria,
pues la primera vitoria
de mí la tengo alcanzada;

que aunque la pena contina
mi juicio desconcierte,
es de suerte
que estimo por medicina
lo que me causa la muerte.
    En tan rabioso combate
bien se verá á lo que vengo,
pues por vencimiento tengo
ser vencido y sin rescate;
porque, pastora, quedé
en lugar donde bonanza
no se alcanza,
que en los brazos de la fe
se desmaya la esperanza.
    El que más se guarda y mira,
más en vano se defiende,
pues vuestra terneza prende
y ejecuta vuesta ira,
y pasa tan adelante,
que entiendo en el daño fiero
de que muero,
que sois hecha de diamante
ó pensáis que sois de acero.
    Trayo conmigo guardado
licor para mi herida,
un sufrimiento á medida
de vuestro rigor cortado,
que aunque en el alma me daña,
prestando á vuestra aspereza
fortaleza,
crecer puede vuestra saña,
mas no menguar mi firmeza.

El suave son de la lira, la dulzura de la voz, la harmonía de los versos fué tal, que echó el sello á todo lo passado, y habiendo FILIDA hecho traer de sus cabañas una curiosa caxa de ébano fino, allí en presencia de todos la abrió, y sacando della ricas cucharas de marfil, cuchillos de Damasco, peines de box y medallas de limpio cristal, con gran amor lo repartió de su mano, y los pastores, con gran alegría recibieron sus dones, salvo Filardo que no había cosa que le pudiesse alegrar, y assí él solo triste y todos los demás contentos, salieron á la ribera con la hermosa FILIDA, y por la orilla del cristalino Tajo se anduvieron recreando. ¡Oh, quién supiera decir lo que aquellos árboles oyeron! porque Siralvo y Florela gran rato estuvieron solos; Finea y Alfelio lo mismo; Pradelio y Filena, por el consiguiente. Pues Sasio y Arsiano, Campiano y Mandronio, bien tuvieron que hacer en consolar á Filardo, y la sin par FILIDA, como señora de todo, todo lo miraba y todo lo regía; hasta que el sol traspuesto forzó á todos á hacer otro tanto. A FILIDA acompañaron los dos maestros del ganado y sus pastoras, Celia y Florela, y á Filena los demás, porque assí FILIDA lo ordenó; sólo Filardo, viendo cuán poco allí granjeaba, por diferente parte tomó el camino de su cabaña; y sólo yo, fatigado deste cuento, un rato determino descansar, y si hay otro que también lo esté, podrá hacer lo mismo.

QUINTA PARTE
DEL PASTOR DE FILIDA

No es possible que á todos agrade el campo, los árboles y las hierbas; mas ya sabemos que las selvas fueron dignas de resonar en las orejas de los cónsules: la diferencia es salir el son de la zampoña de Titiro ó de la mía; mas esto tiene su descuento, que de más y menos se ordena el mundo, tan aína hallaremos quien oya el tamboril de Baco como la lira de Apolo. Haré una cosa dificultosa para mí, pero fácil para todos, que será passar en silencio lo que nos queda del florido Abril y del rico y deleitoso Mayo, donde nuestros pastores entre sus bienes y sus males con Fortuna y Amor, perdiendo y ganando, passaron cosas dignas de más cuenta que la que yo agora hago. Porque Pradelio y Filena en este tiempo, entre mucho dulzor, hallaron mucho acíbar, el pastor celoso y perdido y la pastora apremiada y confusa. Fanio y Finea fueron creciendo en las voluntades, hasta hacerse de dos almas una. Ergasto y Licio trujeron á Celio, y hallaron á Silvia enamorada, no se puede decir de quién, que cuando se sepa, será un notable hechizo de Amor; y lo que sin lágrimas no podré contar, aquella sin par nacida, principio y fin de la humana hermosura (que por estos nombres bien puede entenderse el suyo), oprimida de su bondad natural y del conocimiento de su valor, dexó los bienes, negó los deudos y despreció la libertad, consagróse á la casta Diana y llevóse tras sí á los montes la riqueza y hermosura de los campos: pues al cuitado pastor que más que á sí la amaba, nada nuevo la pudo llevar; porque el alma dada se la tenía, pero dexóle en lugar de su dulcíssima presencia una noche de eterno dolor y llanto en que ocupado passaba la mezquina vida. No buscaba los montes, porque no osaba; no seguía la ribera, porque le afligía; lo más del tiempo, solo en su cabaña entre memorias crueles, esperaba la muerte, y si alguna vez salía, no por la sombra de los árboles ni por la frescura de las fuentes, pero por riscos y collados, donde el sol de Junio abrasaba la desierta arena, sobre ella tendido llamaba en vano á la hermosa FILIDA, y entre estas lamentaciones, un día, sentado sobre el tronco seco de un acebo, repentinamente sacó el rabel que estaba tan olvidado, y los ojos tiernos y helados, que se pudiera juzgar que no veía, desta manera acompañó sus lágrimas:

SIRALVO

FILIDA ilustre, más que el sol hermosa,
sol de mi alma, sin razón ausente
destos húmidos ojos anublados,
¿cuándo veré la cristalina fuente?
¿Cuándo el jazmin? ¿Cuándo el color de rosa
con los dos claros ojos eclipsados?
¿Cuándo piensas romper estos nublados
y mostrarnos el día,
FILIDA, dulce mía?
Si en algún tiempo á los desconsolados
mancilla hubiste, tenla de mi pena;
cesse tan triste ausencia,
que en tu presencia la fatiga es buena.

FILIDA, tú te fuiste, que de otra arte
estar ausentes no fuera possible,
porque nunca de ti yo me apartara.
Que ni accidentes de dolor terrible
ni peligros de muerte fueran parte
para partirme de tu dulce cara.
Ven, no te muestres á mi amor avara;
que si gusto te diera,
FILIDA, si bien fuera,
entre tigres de Hircania te buscara;
mi mal me hace que á mi bien no acierte,
y estando tú escondida,
busco la vida y topo con la muerte.

FILIDA, mira con quién vivo ausente:
mira de quién estoy acompañado
y lo que saco de su compañía.
La esperanza ligera, el mal pesado,
el bien passado con el mal presente
y el interés morir en mi porfía;
mas si yo viesse un venturoso día
en que tu rostro viesse,
FILIDA, aunque muriesse
¡por cuán vivo y dichoso me tendría!
Mas ay de mí, que temo más que espero:
temo que si hay tardanza,
esta esperanza morirá primero.

FILIDA, cuantas lágrimas envío,
no son ya tanto porque no te veo
cuanto porque jamás espero verte;
no sé si tiene culpa mi desseo,
bien sé que tiene pena, y yo lo fío,
que al que espera salud, no hay dolor fuerte;
¿qué juzgarías que perdí en perderte?
Perdí la misma vida,
FILIDA mía querida,
que en tu ausencia no es vida, sino muerte;
perdí los ojos, que sin ti los niego,
y negarlos conviene,
pues quien los tiene y no te mira es ciego.

riosidad. Este es el solo lugar que os conviene, porque el secreto dél es grande y el apartamiento no es mucho. ¿Qué podréis allá pedir que no halléis? Todo está lleno de caza y de frescura, y aunque es visitado continuamente de las bellas Ninfas, no es lugar común á todos como el bosque del Pino, pues la compañía de Erión seros ha muy agradable. Este sabe en los cielos desde la más mínima estrella hasta el mayor planeta su movimiento y virtud; en los aires sus calidades y en las aves dél y alimañas de la tierra lo mismo; en la mar tiene fuerza de enfrenar sus olas y levantar tempestades hasta poner sobre las aguas las arenas: la división de las almas irracionales y la virtud de la inmortal con profundíssimo saber. Pues llegando á los abismos las tres Furias á su canto, Alecto tiembla, Tesifón gime y Megera se humilla; Plutón le obedece y los dañados salen á la menor de sus voces. Pues de las penas de amor, sin hierba ni piedra, con sólo su canto hace que ame el amado ó aborrezca el aborrecido; y si le viene la gana vuelto en lobo se va á los montes, y hecho águila á los aires, tornado pez entra por las aguas, y convertido en árbol se aparece en los desiertos; no tiene Dios desde las aguas del cielo á las ínfimas del olvido cosa que no conozca por nombre y naturaleza; no es de condición áspera ni de trato oculto; allí recibe á quien le busca y remedia á quien le halla. Aquí podemos irnos que en probarlo se pierde poco, y yo sé que el ser bien recebidos está cierto. *Cardenio*, como de la ribera había estado tanto tiempo ausente, quedó admirado del gran saber del nuevo Erión; pero Mendino, que dél y de su estancia tenía mucha noticia, aunque pudiera desde el Mago Sincero estar escarmentado, fácilmente dando crédito á sus loores, determinó que le buscassen el siguiente día por poner aquél en cobro lo que les importaba dexar, que fué fácilmente hecho, y recogiéndose á las cabañas de Mendino, pusieron orden en la cena, que fué de mucho gusto, y al fin della no faltó quien se le acrecentasse, porque vinieron *Batto* y *Silvano*, pastores conocidíssimos, ambos mozos y ambos de grande habilidad, á buscar juez á ciertas dudas que *Batto* sentía de versos de *Silvano*; y el juicio de SIRALVO fué que si todos los poetas fuessen calumniados, pocos escaparían de algún objeto; y colérico Silvano, en un momento puso mil á Batto, y de razón en razón se desafiaron á cantar en presencia de aquellos pastores, pero pareciéndoles la noche blanda y el aire suave, se salieron juntos á tomarle y oirlos á la fresca fuente: donde sentados sacaron la lira y el rabel, á cuyo son assí cantó *Silvano* y assí fué *Batto* respondiendo:

SILVANO

Dime que Dios te dé para un pellico,
¿por qué traes tan mal vestido, Batto,
presumiendo tu padre de tan rico?

BATTO

Porque el pastor de mi nobleza y trato
no ha menester buscarlo en el apero,
que una cosa es el hombre y otra el hato.
  Mas dime, esse capote dominguero
¿quién te le dió? ¿Quizá porque cantasses
en tanto que comía el compañero?

SILVANO

Si á quien yo le canté tú le bailasses,
yo sé, por más que de rico te alabes,
si te diesse otro á ti, que le tomasses.
  Mas ¿por qué culpas tales y tan graves
de Lisio traes sus RIMAS desmandadas,
de lengua en lengua que ninguna sabes?

BATTO

Calla y sabrás: ¿no ves cuán aprobadas
del mundo son las mías y la alteza
de mis LÍRICAS ODAS imitadas?
  Tú tienes por tesoro tu pobreza,
y si lo es, está tan escondido
que para descubrirle no hay destreza.

SILVANO

Pastor liviano, ¿qué libro has leído
que de ti pueda nadie hacer caso,
si no estuviesse fuera de sentido?
  El franco Apolo fué contigo escaso,
y por hacerte de sus paniaguados,
no te echarán á palos del Parnasso.

BATTO

Desso darán mis versos levantados
el testimonio y de mi poesía
sin ser como los tuyos acabados.
  En diciendo *fineza* y *hidalguía*,
regalo, *gusto* y *entretenimiento*,
diosa, *bizarro trato* y *gallardía*.

SILVANO

¡Oh, qué donoso desvanecimiento!
Dessos vocablos uso, Batto mío,
porque son tiernos y me dan contento,
  Pero las partes por do yo los guío,
son tan diversas todas y tan buenas,
que ellas lo dicen, que yo no porfío.

BATTO

¿Sabes lo que nos dicen? Que van llenas
de muy bajas razones su camino,
y si algunas se escapan son ajenas,
  Y no hurtáis, SILVANO, del latino,

del griego ó del irancés ó del romano,
sino de mí y del otro su vecino.

SILVANO

Si tu trompa tomassen en la mano,
que la de LISIO apenas lo hiciste,
¿qué son harías, cabrerizo hermano?
    Para vaciarla el sueño no perdiste,
para cambiarla sí, que no hallaste
otro tanto metal como fundiste.

BATTO

¡Basta! que tú en la tuya granjeaste
de crédito y honor ancho tesoro;
mas dime si en mis RIMAS encontraste
    La copla ajena entera sin decoro,
ó espuelas barnizadas de gineta,
con jaez carmesí y estribos de oro.

SILVANO

Descubriréte á la primera treta
tu lengua sin artículos, defeto
digno de castigar por nueva seta.
    Tu nombre es PIEDRA TOQUE y en efeto,
usando descubrir otros metales,
el miserable tuyo te es secreto.

BATTO

¡Oh tú, que con irónicas señales,
causas los sabios, frunces los misérrimos,
viviendo por pensión de los mortales!

SIRALVO

Pastores, dos poetas celebérrimos
no han de tratarse assí, que es caso ilícito
motejarse en lenguajes tan acérrimos.
    Ni á vosotros, amigos, os es lícito,
ni á mí sufrirlo, y es razón legítima,
que ande el juez en esto más solícito.
    La honra al bueno es cordial epítima,
y los nobles conócense en la plática,
dándose el uno por el otro en vítima.
    Aquí, donde la hierba es aromática,
con el sonido de la fuente harmónica,
al claro rayo de la luz scenática,
    Suene SILVANO, nuestra lira jónica,
BATTO rosponda el rabelejo dórico
y duerma el JOVIO con su dota CRÓNICA.
    Cada cual es poeta y es histórico,
y cada cual es cómico y es trágico,
y aun cada cual gramático y retórico.
    Pero dexado, en un cantar selvático,
si aquí resuena Lúcida y Tirrena,
más mueve un tierno son que un canto mágico.

SILVANO

En hora buena, pero con tal pato
si pierde BATTO, que esté llano y cierto,
que por concierto deste desafío,

ha de ser mío su rabel de pino;
y si benino Apolo se le allana,
y en él se humana para que me gane,
que yo me allane y sin desdén ó ira
le dé mi lira de ciprés y sándalos.

BATTO

No hagas más escándalos, satírico,
ni presumas de lírico y bucólico;
con algún melancólico lunático
te precias tú de plático en poética;
que esté su lira ética y él ético,
que mi rabel poético odorífero
no entrará en tan pestífero catálogo
ni en tal falso diálogo ni cántico.

SIRALVO

Si estilo nigromántico bastasse
á poder sossegar vuestra contienda,
tened por cierto que lo procurasse,
    O callad ambos ó tened la rienda,
ó poned premios ó cantad sin ellos,
pero ninguno en su cantar se ofenda.

SILVANO

Dos chivos tengo, y huelgo de ponellos,
para abreviar en el presente caso,
contento de ganallos ó perdellos.

BATTO

Pues yo tengo, SIRALVO, un rico vaso
que á mi opinión es de ponerse dino
con las riquezas del soberbio Crasso.
    El pie de haya, el tapador de pino,
de cedro el cuerpo y de manera el arte,
que excede el precio del metal más fino.
    Dédalo le labró parte por parte,
tallando en él del uno al otro polo,
cuanto el cielo y el sol mira y reparte.
    Y cuando en tanta hermosura violo,
fuese por Delfos, y passando á Anfriso,
dióle al santo pastor el rubio Apolo.
    Y cuando al carro trasponerse quiso
el retor de la luz, dejó el ganado
y aqueste vaso con mayor aviso,
    A las Ninfas del Tajo encomendado;
y ellas después le dieron á SILVANA,
de quien mi padre fué pastor preciado.
    Ella á él y él á mí; mas si me gana
SILVANO, ahora quiero que le lleve.

SIRALVO

Y yo juzgaros con entera gana.
    BATTO á pagar y á no reñir se atreve,
y tú, SILVANO mío, bien te acuerdas
que has prometido lo que aquí se debe.
    Pues fregad la resina por las cerdas,
muestren las claras voces su dulzura
al dulce son de las templadas cuerdas.

Sentémonos ahora en la verdura;
cantad ahora que se va colmando
de flor el prado, el soto de frescura.

Ahora están los árboles mostrando,
como de nuevo, un año fertilíssimo,
los ganados y gentes alegrando.

Ahora viene el ancho río puríssimo,
no le turban las nieves, que el lozano
salce se ve en su seno profundíssimo.

Descubrid vuestro ingenio mano á mano,
cada cual cante con estilo nuevo,
comience BATTO, seguirá SILVANO,
diréis á veces, gozaráse Febo.

BATTO

¡Oh, rico cielo, cuya eterna orden
es claro ejemplo del poder divino,
haz que mis versos y tu honor concorden!

SILVANO

Para que deste premio sea yo dino
en mis enamorados pensamientos,
muéstrame, Amor, la luz de tu camino.

BATTO

Lleven los frescos y suaves vientos
mis dulces versos á la cuarta esfera,
pues ama el mismo Apolo mis acentos.

SILVANO

Dichoso yo si Lúcida estuviera
tras estos verdes ramos escuchando,
y oyéndose nombrar me respondiera.

BATTO

Pues no me canso de vivir penando,
la que me está matando,
debría templar un poco de mi pena.
Ablándate, dulcíssima Tirrena,
que siendo en todo buena,
no es justo que te falte el ser piadosa.

SILVANO

Pues cuando te me muestras amorosa,
Lúcida mía hermosa,
muy humilde te soy, seime benina.
Regala, diosa, esta ánima mezquina,
que mi fineza es dina
de que tu gallardía me entretenga.

BATTO

Si quiere Amor que mi vivir sostenga,
de Tirrena me venga
el remedio, que es malo de otra parte.
Mira que de mi pecho no se parte,
Tirrena, por amarte,
un Etna fiero, un Mongibelo ardiente.

SILVANO

Si yo dijesse la que mi alma siente,
cuando me hallo ausente,
de tu grande beldad, Lúcida mía,
Etnas y Mongibelos helaría,
porque su llama es fría,
con la que abrasa el pecho de SILVANO.

BATTO

Cuando en mi corazón metió la mano,
sin dejarme entendello,
robóme Amor la libertad con ella,
dejando en lugar della
el duro yugo que me oprime el cuello.

SILVANO

El duro yugo que me oprime el cuello,
por blando le he tenido
llevado del dulzor de mi deseo,
por quien de Amor me veo
menos pagado y más agradecido.

BATTO

Menos pagado y más agradecido,
Amor quiere que muera,
quiéralo él, que yo también lo quiero,
y veráse, si muero,
cuánto mi fe, pastora, es verdadera.

SILVANO

Cuánto mi fe, pastora, es verdadera
es falsa mi esperanza,
porque mejor entrambas me deshagan,
y aunque ellas no la hagan,
nunca mi corazón hará mudanza.

BATTO

Tirrena mía, más blanca que azucena,
más colorada que purpúrea rosa,
más dura y más helada
que blanca y colorada;
si no te precias de aliviar mi pena,
hazlo al menos de ser tan poderosa,
que queriendo tus ojos acabarme,
con ellos mismos puedas remediarme.

SILVANO

Lúcida mía, en cuya hermosura
están juntas la vida con la muerte,
el miedo y la esperanza,
tempestad y bonanza,
sin duda á aquél que de tu Amor no cura
darás vida, esperanza y buena suerte,
pues por amarte, Lúcida, me han dado
la muerte el miedo y el adverso hado.

BATTO

¿Di, quién, recién nacido
de un animal doméstico preciado,

del todo está crecido,
de padre sensitivo fué engendrado,
mas nació sin sentido
y en esto su natura ha confirmado;
después, materna cura,
muda su sér, su nombre y su figura?

SILVANO

Di tu, ¿quién en dulzura
nace, y en siendo della dividida,
la llega su ventura
á otra cosa, que teniendo vida
muere ella y si procura
vivir, queda la otra apetecida,
haciendo su concierto,
del muerto vivo y del vivo muerto?

BATTO

El canto se ha passado querellándonos,
de aquellas inhumanas que, ofendiéndonos,
quedan sin culpa con el mal pagándonos.

SILVANO

Al principio pensé que, defendiéndonos,
tan solos nuestros premios procuráramos,
menos desseo y más passión venciéndonos.

SIRALVO

Pastores, mucho más os escucháramos,
aunque en razones no sabré mostrároslo,
porque de oiros nunca nos cansáramos.
Ponerme yo en mis RIMAS á loároslo,
por más que lo procure desvelándome,
no será más possible que premiároslo.

BATTO

Pues yo, SIRALVO, pienso, que premiándome,
saldrás de aquessa deuda conociéndote,
y en tu saber y mi razón fiándome.

SILVANO

Yo no pienso cansarte persuadiéndote
á lo que tú, SIRALVO mío, obligástete,
y la justicia clara está pidiéndote.

SIRALVO

BATTO, de tal manera señalástete,
de suerte tus cantares compusístelos,
que de tu mano con tu loor premiástete.
Y tú, SILVANO, tanto enriquecístelos
tus conceptos de amor, que deste premio
como de cosa humilde desviástelos.
Por esto sin gastar largo proemio,
firmen las nueve musas mi sentencia,
pues sois entrambos de su ilustre gremio.
Iguales sois en música y en ciencia,
iguales sois en arte, en voz, en gracia,
assí yo os imitara en elocuencia,
como en cantar vosotros al de Thracia.

Bien confiado estaba cada cual destos pastores en su vitoria, porque á la verdad les cupo mucho al repartir de la arrogancia, pero el punto de honrados, que lo eran en extremo, venció en ellos, y pasaron afablemente por la sentencia de *Siralvo*, la cual aprobaron *Mendino* y *Cardenio*, y juntos se retiraron á las cabañas, porque el aire comenzó á correr menos fresco y en el cielo parecieron unas nubecillas, que cubrían la claridad de la Luna, entre relámpagos, aunque pequeños, muy espesos, y ya con desapacibilidad estaban en descubierto; no pareció, después de recogidos, que Batto y Silvano quedasen cansados, porque nueva, aunque amigablemente, sacaron contiendas, muy dignas de su habilidad, recitando versos propios y ajenos: Batto loando el italiano, Silvano el español, y cuando Batto decía un *soneto* lleno de musas, Silvano una *glossa* llena de amores, y no quitándole su virtud al hendecasílabo, todos allí se inclinaron al castellano, porque puesto caso que la autoridad de un *soneto* es grande y digno de toda la estimación que le puede dar el más apassionado, el artificio y gracia de una COPLA, hecha de igual ingenio, los mismos Toscanos la alaban sumamente y no se entiende, que les falta gravedad á nuestras RIMAS, si la tiene el que las hace, porque siempre, ó por la mayor parte, las coplas se parecen á su dueño. Y allí dixo *Mendino* algunas de su quinto abuelo, el gran pastor de *Santillana*, que pudieran frisar con las de *Títiro* y *Sincero*. ¿Y quién duda, dixo SIRALVO, que lo uno ó lo otro pueda ser malo ó bueno? Yo sé decir, que igualmente me tienen inclinado; pero conozco que á nuestra lengua le está mejor el propio, aliende de que las leyes del ajeno las veo muy mal guardadas, cuando suena el agudo que atormenta como instrumento destemplado; cuando se reiteran los consonantes, que es como dar otavas en las músicas; la ortografía, el remate de las *canciones*, pocos son los que lo guardan, pues un *soneto* que entra en mil epítetos y sale sin conceto ninguno, y tiénese por esencia que sea escuro y toque fábula, y andarse ha un poeta desvanecido para hurtar un amanecimiento ó traspuesta del Sol del latino ó del griego, que aunque el imitar es bueno, el hurtar nadie lo apruebe, que en fin cuesta poco; pues que tras un vocablo exquisito ó nuevo, al gusto de decirle, le encajarán donde nunca venga, y de aquí viene que muchos buenos modos de decir, por tiempo se dejan de los discretos, estragados de los necios hasta desterrallos con enfado de su prolija repetición. Hora yo quiero deciros un *soneto* mío á propósito de que he de seguir siempre la llaneza, que aunque alguna vez me salgo della, por cumplir con todos, no me descuido mucho fuera de mi estilo.

SIRALVO

Si para ser poeta hace al caso
hablar de musas ó del dulce riso,
por mi descargo de conciencia aviso
que haga de mí el mundo poco caso.

Esto que me sucede á cada passo,
si quien quise me quiso ó no me quiso,
esto tengo en mis versos por más liso
que andar por Helicón ó por Parnasso.

Si Domenga me miente ó me desmiente.
¿qué me harán los Fannos y Silvanos,
ó el curso del arroyo cristalino?

Todos son nombres flacos y livianos,
que á juicio de sabia y cuerda gente,
lo fino es: *pan por pan, vino por vino.*

A todos agradó el *soneto* de SIRALVO, pero Batto, que era de contraria opinión, dijo otros suyos, haciéndose en alguno, *Roca contrapuesta al mar,* y en alguno, *Nave combatida de sus bravas ondas,* y aún en alguno, *Vencedor de leones y pastor de inumerables ganados;* en estas impertinencias se passó la mayor parte de la noche, y cargando el sueño, *Batto* y SIRALVO cortésmente se despidieron, y MENDINO y CARDENIO quedaron con mucho agradecimiento, y SIRALVO pagadíssimo de la habilidad de entrambos, con lo cual se entregaron al reposo, que aunque necesitado dél, fué breve, porque apenas cogió Titán los postreros abrazos de la tierna esposa, y la estrella del Alba pidió albricias del alegre día, y en los verdes ramos, cargados del maduro fruto, las avecillas comenzaron á moverse, cuando *Mendino* de sus gallardos miembros sacudió el sueño, y libres de aquella imagen de la muerte, salió del lecho y sacó á *Cardenio* y *Siralvo,* y todos tres dexando bastantes pastores y zagales, se pusieron en camino para buscar al sabio Erión, y á pocos pasos oyeron el son de una melodiosa zampoña, el cual llevando sus ojos á la parte donde resonaba, vieron venir por entre los sombríos ramos uno que en hermosura de rostro y gallardía de miembros más cortesano mancebo que rústico pastor representaba; eran sus luengos cabellos más rubios que el fino ámbar, su rostro blanco y hermoso, bien medido, cuyas facciones, debajo de templada severidad, contenían en sí una agradable alegría. Traía un sayo de diferentes colores gironado, mas todo era de pieles finíssimas de bestias y reses, unas de menuda lana y otras de delicado pelo, por cuyas mangas abiertas y golpeadas salían los brazos cubiertos de blanco cendal, con zarafuelles del mismo lienzo, que hasta la rodilla le llegaban, donde se prendía la calza de sutil estambre. Bien descuidado venía de ser visto y assí hacía extremos extraños aunque no feos, entre los cuales fué el uno quebrar furiosamente la zam-

poña con que las cercanas selvas resonaban; pero después, como arrepentido ó constreñido de necesidad, se llegó á un verde sauce, donde con un pequeño cuchillo comenzó á labrar otra, sentado sobre la fresca hierba, y allí las manos en su oficio y los ojos en el cielo comenzó á decir:

«¡Oh Cielo, que adornado de claro Sol y de »agradable Luna, más te me muestras hermoso »que benigno, si después de tu ira sueles oir »las voces de los que con dolor te llaman, oye »agora las querellas deste á quien todo bien y »contentamiento es ajeno! Cierto yo creo que »la causa de tanta pena y fatiga, de tanto mal »y cuidado, de sólo imaginarlo no se acuerde; »la cual cosa, si cierto es verdad, no sé cómo »te baste dureza, no sé, ¡oh alto Cielo! cómo »te baste justicia para no remediar tan fiero »daño, aplacando aquélla que con su rostro los »ojos míos alegrar solía, mi alma con sus palabras confortaba, mi corazón con su belleza »traía domado, no como agora al yugo del desamor y olvido, pero á la sabrosa cadena de su »templada voluntad. Cierto yo no sé quién de »aquí adelante me sea agradable, ni quién remedie mis daños, ni dé alivio á la carga de »mi mal, si la que más amo y es la causa dél, »tan olvidado le tiene, y tú, cielo sordo, tan »descuidado estás de esta memoria. ¡Ay, Argia mía, causa principal, contigo me vi alegre »en dulces pláticas, contigo en deleite cazando »por los altos montes, contigo dichoso visitando los sacros templos; ya sin ti por pequeña »ocasión me veo triste, lleno de dolor y miseria; »sin ti me veo mezquino, siempre llorando, »solo y sin voluntad de compañía; ¡ay cuántas »veces contigo coroné los toros, reduje y estreché los ganados con el son de mi zampoña y »tu lira, al cual unos de pacer olvidados escuchaban y otros de placer conmovidos rumiaban »las tiernas y matutinas hierbas! ¡y cuántas »veces sin ti, olvidado el hato por los riscos y »solitarios valles, me lamento, donde mis ojos »te dan ríos, ríos te dan mis ojos; y mi triste »zampoña te canta, entre mis justas querellas, alguna parte de tus más justos olores; »de manera que ya los árboles á tu suave »nombre con sus hojas me responden, y yo »enseñaré á las bestias que con sus bramidos, »al son dél, muestren temor y humildad, escribiendo por estos olmos, por estas hayas, por »estos pinos, tu crueldad y mi pena, tu beldad »y mi firmeza; de manera que en largos tiempos dure tu memoria, y de temor sea tu nombre reverenciado, sin que jamás la fama de tu »valor y mi dolor se acabe!».

Apenas el sin ventura había llegado á los postreros acentos de su querellosa plática, cuando repentinamente, sin poder los pastores avisarse, le vieron caído en tierra, y queriendo llegar á socorrelle, les fué forzado dexarle por no impedir á una Ninfa que lastimosa á él vieron llegar, cuya hermosura juzgaron digna de las palabras del desmayado amante; mas ella llorosa y con angustiado rostro vertió sobre el pastor abundantes lágrimas, y después con ardientes sospiros le decía:

«¡Oh, Livio, Livio, más hermoso que el sol, »más gracioso que el alba y más suave que el »aura! Tú solo, desde tu nacimiento, fuiste agra- »dable á mis ojos, tú sólo fuiste dulce á mi »alma, tú solo deleitoso á mis sentidos, mas »tú solo injusto á mis orejas. ¡Oh, Livio, Li- »vio, amarga fue la hora que tu voluntad vio- »laste; contentáraste con lo mucho que te ama- »ba; miraras la amistad que te hacía, pues bas- »tara á entretener cualquier ardiente deseo; »mas ¡ay! que ni bastó mi honestidad á refre- »nar tu apetito ni mi respeto á mudar tu in- »tención, y assí con ambas cosas me injuriaste »y con tu valor me tienes en tu cadena: con- »téntate con que si penas, peno; si amas, amo, »y si me sigues, huyo de mí mismo contento y »alegría, y no quieras más mal de lo passado, »y agora, pues con mi vista te arrodillaste y »con mis lágrimas recuerdas, quédate á Dios, »que no es justo que veas á quien con el cora- »zón amas y con los hechos aborreces!».

En esto la hermosa Ninfa, temerosa del pastor que en su acuerdo volvía, comenzó á apresurar los passos por la espessura; mas el pastor, que con sobresalto en sí volvió, mirando á una y á otra parte se levantó del suelo y la comenzó á seguir repitiendo su nombre muchas veces: de la cual cosa nuestros pastores extrañamente admirados, quisieron ver el fin de aquella historia, y siguiéronlos á passo largo sin detenerse más de una milla, que no los perdieron de vista hasta la traspuesta de un monte, que como tragados de la tierra se desaparecieron; y casi corridos de no haberlos alcanzado, baxaron de la cumbre y no se dexaron andar por un valle espacioso donde á partes yermo y á partes plantado estaba lleno de frescura y deleite. Llamábase éste el valle del Venero, porque casi en medio de él estaba una fresquíssima fuente rodeada de olmos y salces. Aquí guiaron nuestros pastores con intención de reposar un rato en ella y aliviar del peso á los zurrones comiendo de lo que dentro traían; mas esto no pudo ser como pensaron, que á poca distancia antes que llegassen, ya que á sus oídos tocaba el rumor de la agradable corriente, toparon á Carpino que les salió al encuentro, rico y noble rabadán, de poca edad y de muchos casos, amigo de Amor pero más de su libertad, y assí á cada cosa acudía con un mismo cuidado; éste les dijo que se detuviessen si no querían turbar

á cinco Ninfas que en la fuente reposaban, y él había esperado si alguna desmandada viniesse por allí con intención de hablarle; mas ellas, después de largas pláticas se habían quedado dormidas, y que á la otra parte del valle á la entrada de la selva tenían sus redes armadas y otra Ninfa que las estaba guardando; al razonar de Carpino, ó caso que ellas lo oyessen, ó que el cuidado les quitasse el sueño, comenzaron á hablar, y los pastores, por oírlas, se entraron con gran silencio entre las matas, donde fácilmente las conocieron y se vieron llenos de contentamiento. Por lo menos eran la sin par FILIDA, la discreta Filis, la gallarda Clori, la hermosa y agradable Albanisa y la graciosa y bella Pradelia, entre las cuales FILIDA, sacando la lira por su ruego casi divinamente tocada, y pienso que de los divinos espíritus atentamente oída, cantó esta *letra* antigua con estas *coplas* de su raro ingenio:

Letra.

FILIDA

Enjuga, Filis, tus ojos,
que el tiempo podrá curar
lo que no tú con llorar.

Coplas.

Si piensas que son las penas
con el llorar redimidas,
más lágrimas hay vertidas
que tiene la mar arenas;
y pues ellas no son buenas,
al tiempo debes llamar,
que puede más que llorar.

Si acaso el llorar bastara
á aliviar nuestros quebrantos,
yo que sufro y callo tantos,
hasta secarme llorara.
Pero pues es cosa clara,
que no tiene de bastar,
¿para qué sirve llorar?

No hay peligro tan ligero
que con llorar se asegure,
ni mal que el tiempo no cure,
por desvariado y fiero;
el reparo verdadero
el tiempo te le ha de dar,
que no, Filis, el llorar.

Si es fuego que Amor emprende,
no le mata el agua, no,
que como en la mar nació
con el llorar más se enciende;
pues mi consejo te ofende,
toma el tiempo en su lugar,
valdráte más que llorar.

Esta *canción* fué solenizando FILIDA con su gracia, las Ninfas con sus loores y los pastores con su silencio, pero *Filis* con sus sospiros, y al fin della, con ellos y este *soneto* acompañó la lira:

FILIS

Pues la contraria estrella de mi vida
no hace cosa que no sepa á muerte,
tenga piedad de mi dolor la muerte,
poniendo fin á tan cansada vida,

Tal ha sido el discurso de la vida,
que mil vidas daré por una muerte;
quizás satisfaré con esta muerte
á quien siempre ofendí con esta vida.

Siempre fueron contrarias vida y muerte,
que va la muerte á quien querría la vida,
que está la vida en quien desea la muerte.

Yo que soy enemiga de la vida,
líbrame della, perezosa muerte,
antes que muera á manos de tal vida.

Acabó *Filis* su cantar, mas no cessaron sus sospiros, á la cual Clori piadosamente dixo: Desde ayer te veo llorosa, Filis, y no te he preguntado la causa; pero pues Filida te ha procurado consolar, dime qué nueva passión te aflige para que yo también lo haga. A esto respondió FILIS: «No es nuevo tener yo que »llorar, ni dolerte tú de mis pesares; mas ahora »son de manera que los extraños lo pueden ha-»cer, cuanto más FILIDA y tú á quien yo tan-»to amo. El descuido de Mendino me tiene »llena de sospechas, y nunca el alma me dice »cosa que me engañe». Palabras fueron estas que hicieron temblar el corazón de alguna que allí estaba y por muy amada de Mendino se tenía; turbó el color de su rostro y atravesó razones que descubrieron más su sentimiento, lo cual mirando Clori con gracioso semblante dixo: Todos los hombres son mudables, y á la verdad menos nosotras nos dexamos olvidar, pero yo muy disculpada estoy en haber dexado Castalio por Cardenio, pues hice la voluntad de su padre y el mío, y aun mi negocio y el suyo: pésame que *Mendino* te dé ocasión de quexarte aunque ya tú le conoces; bien sabes á quién amó en el *Henares*, y en apartándose en lo que se entretuvo, y que apenas murió Elisa, cuando se ocupó en otras partes, que antes de llegar á ti tuvo muchas leguas de mal camino. A esto dixo Filis: ¡Oh, Clori, qué engaño tan grande es pensar que tenga Mendino olvidado su primer amor! Más vivo está en su alma que nunca estuvo; con esta carga le tomé, Ninfa; y de otras muertas y vivas antes de mí, poco me penó, que es *agua passada*: cosas nuevas son las que escuecen y lo harán hasta la muer-te. Esso me admira, dixo Clori; luego cuando trata MENDINO, ¿passatiempo y burla es? Tenlo por cierto, dixo la bella Albanisa; que yo soy bastante testigo de sus veras y sé que con nadie las puede tener, porque las consagró á buen lugar. Su hado lo sea, dixo Pradelia, que el contento general sería. A esto Filis quiso responder, mas fué impedida de Florela, que estaba en guarda de las redes, y como vido llena la selva de aves que se venían á recoger del sol, presurosa le vino á avisar, y ellas sin detenerse dejaron la plática y la fuente y siguieron á Florela. Los pastores, que ni palabra ni afecto habían perdido, cuál confuso y cuál contento se fueron con el mismo secreto siguiéndolas por entre las plantas; hasta que, sin avisarse, toparon con una de las redes, teñida en verde perfetíssimo, que de dos altos chopos hasta la tierra pendía. A un lado estaba una alta peña cubierta con las copas de árboles, donde los cuatro pastores subiéndose sin ser vistos, descubrían la selva: vieron las hermosas Ninfas, que, puestas en ala, con largos ramos en las manos comenzaron á sacudir las plantas, trayendo cada una las aves hacia sus redes, que, espantadas del ruido, de rama en rama venían hasta dar en ellas. No á cuarto de hora que desta suerte fatigaron la selva, sus anchas redes se sembraron de más de cien maneras de aves, desde el simple ruiseñor hasta la astuta corneja. Y á este tiempo, passando Ergasto por la selva, sentado sobre el asnillo, las Ninfas le llamaron para que las ayudasse á desprender las redes: ésta tomaron los pastores por propicia ocasión, y decendiendo á las Ninfas, alegremente fueron dellas recibidos. Allí vió *Siralvo* todo su bien; Cardenio todo su gusto, porque era general con Ninfas y pastoras; pero *Mendino*, que había oído hablar tan profundamente de sí, con más recato gozó de aquella buena suerte, y todos juntos llegándose á las redes, baxó SIRALVO las de FILIDA, Cardelio las de Clori, Mendino las de Albanisa, que era su deudo y verdadero amigo; Carpino las de Filis y Ergasto las de Pradelia, y echándolas sobre el asnillo, á Florela se le encomendó que las llevasse al monte, y en tanto que tornaba acordaron de volverse juntos á la fuente. ¡Oh, amadas Ninfas; oh, pastores míos! ¿quién podrá decir lo que allí passastes? ¿Quién viera á *Siralvo* ardiendo en su castíssimo amor, donde jamás sintió brizna de humano deseo; á Cardenio tan enriquecido de despojos; á Carpino tan inclinado á todas, y á *Mendino* de todas tan juzgado, que sola Albanisa le defendía? No se descuidó Cardenio en decir cómo los tres iban buscando la cueva de Erión, con intención de habitar en ella, ni las Ninfas contradijeron su propósito, antes le aprobaron; y al fin de sus razones FILIDA pidió á SIRALVO que cantasse, y él, que quizá lo tenía más gana, sacó la lira, á cuyo son dixo mirando los ojos de la hermosa Ninfa:

SIRALVO

Ojos llenos de consuelo,
si vuestra luz me faltasse,
fálteme él, si no esquivasse
los míos de la del cielo;
quien de vuestro mirar tierno
gozó la gloria algún día,
fuera della, ¿qué vería
que no le fuesse un infierno?

Van el daño y el provecho
tan juntos en esta historia,
que vuestra sola memoria
fabrica un cielo en mi pecho;
pero si el helado miedo
de perderos llega allí,
¿quién dará señas de mí?
Hable Amor, que yo no puedo.

No será poca osadía
tenerla Amor en hablar,
que yo le he visto temblar
á vuestra luz más de un día:
él me ofende y yo le ofendo
si nuestras causas callamos,
ojos, hablemos entramos,
él temblando y yo muriendo.

Vos sabéis que no hay quien huya
de essos rayos vencedores,
y él sabe que sois señores
de mi alma y de la suya;
yo sé que si me dexáis
llevará Muerte la palma,
pues tanto tengo en el alma,
ojos, cuando me miráis.

Cuando miráis producís
mayos de contentamiento,
y á cualquier apartamiento
inviernos los convertís,
y en la sequedad mayor,
como tornéis á mirar,
el más marchito lugar
vuelve de vuestro color.

Teniendo tales maestros,
tal espíritu quisiera,
que quien mis loores oyera
conociera que eran vuestros;
mas si en la intención se gana,
en el efecto se yerra:
mal podrá pincel de tierra
sacar labor soberana.

A la gloria de miraros
sólo iguala el bien de veros,
y á la pena de perderos
el dolor de no hallaros;

el punto que os puedo ver
es el que tiene el deseo,
y si no os veo, no veo;
ved si hay más que encarecer.

Aunque mi alma sustenta
vuestra luz en mis enojos,
la sed de veros, mis ojos,
con miraros se acrecienta;
y ¿qué señal más segura,
qué razón más conocida
de estar sin alma y sin vida,
que haber en veros hartura?

Sois grandezas peregrinas,
sois milagros inmortales,
sois tesoros celestiales,
sois invenciones divinas,
sois señales de bonanza,
sois muertes de los enojos,
sois ídolos de mis ojos,
sois ojos de mi esperanza.

Por más agradable tuviéramos á Florela, á ser esta vez menos diligente, porque no hizo más de llegar al monte y en lugar señalado dejar en guarda la caza y volverse con el asnillo de Ergasto á llamar á las ninfas que la fuessen á repartir. Llegó cuando *Siralvo* acababa su *canción*, y acabóseles á todos el contento, porque á la hora, dejando sentimiento en el lugar cuanto más en los corazones, que más que á sí las amaban, las ninfas se despidieron; también el galán Carpino se fué por su parte, Ergasto por la suya; Cardenio, Mendino y Siralvo atravessaron por sendas y veredas al valle de los Fresnos, y á la misma hora de medio día bajaron los riscos y passaron á la morada de Erión, donde le hallaron curando con hierbas á un miserable pastor que, siguiendo á una ninfa á quien amaba y se huía, con rabia y dolor se había despeñado, y sus amigos lleváronle al mago sin sentido. Luego conocieron los pastores que era el mismo que ellos venían siguiendo, y después de saludar á Erión y ser dél alegremente recebidos, ayudaron allí en lo que pudieron, hasta que Livio, que si os acordáis assí le llamó la ninfa, volvió en sí, y haciéndole beber de un precioso licor, quedó totalmente reparado y arrepentido, que tal fuerza puso Dios en el saber humano. Con esto Mendino apartó al mago y le dixo cómo los tres venían por algunos días á habitar su morada, de que Erión recibió mucho contento, y despidiendo á Livio y á sus compañeros, entró con los tres por los secretos de su cueva, que, para no la agraviar, era de realíssima fábrica, pero toda debajo de tierra, con anchas lumbres que en vivas peñas se abrían á una parte del risco, donde jamás humano pie llegaba. No sé yo si esto fuesse por fuerza de encantamiento ó verdadero edificio, pero sé que su riqueza era sin par. Primero entraron á una ancha y larga sala de blanco estuco, donde, en concavidades embebidas, estaban de mármol los romanos Césares, unos con bastones y otros con espadas en sus manos, y en los pedestales abreviados versos griegos y latinos, que ni negaban á Julio César sus vitorias ni callaban á Heliogábalo sus vicios. El techo desta sala era todo de unos pendientes racimos de oro y plata, que por sí pudieran clarificar el alto aposento, en medio del cual estaba una mesa redonda de precioso cedro sobre tres pies de brasil, diestramente estriados, y alrededor los assientos eran de olorosa sabina. Aquí pienso que el mago adivinó la necessidad, porque los hizo sentar y sacó fresquíssima manteca y pan, que en blancura le excedía, sin faltar precioso vino, que con el agua saltaba de los curiosos vasos, y habiendo satisfecho á esta necessidad, entraron á otros aposentos (aunque no tan grandes), de mucha más riqueza. Admirados quedaron los pastores de que en las entrañas de los riscos pudiesse haber tan maravillosa labor, pero á poco rato perdieron la admiración desto, y la hallaron mayor en un fresco jardín que sólo el cielo y ellos le veían, donde la abundancia de fuentes, árboles y hierbas, la harmonía de las diversas aves y la fragancia de las flores, representaban un paraíso celestial; á la una parte del cual estaba una lonja larga de cien passos y ancha de veinte, cubierta de la misma labor de la primera sala. Era el suelo de ladrillo esmaltado, que por ninguna parte se le veía juntura; á una mano era pared cerrada y á otra abierta, sobre colunas de un hermoso jaspe natural; por todas partes se veía llena de varias figuras que, de divino pincel, con la naturaleza competían, y en la cabecera se levantaba, sobre diez grados de pórfido, un suntuoso altar, cubierto de ricos doseles de oro y plata, y en él la imagen de la ligera Fama, cubierta de abiertos ojos y bocas, lenguas y plumas, con la sonora trompa en sus labios; tenía á sus lados muchos retratos de damas de tan excesiva gracia y hermosura, que todo lo demás juzgaron por poco y de poca estima. Aquí Erión los hizo sentar en ricas sillas de marfil, y él con ellos, al son de una suave baldosa, assí les dixo, puestos los ojos en la inmensa beldad de las figuras:

ERIÓN

Desde los Etíopes abrasados
hasta los senos del helado Scita,
fueron nueve varones consagrados
á la diosa gentil que al alma imita;
los nueve de la Fama son llamados,

y lo serán en cuanto el que se quita
y se pone en Oriente para el suelo,
no se cansare de habitar el cielo.

Agora cuanta gloria se derrama
por todo el orbe, nuestra Iberia encierra
en otras lumbres de la eterna Fama,
por quien sus infinitas nunca cierra;
recuperaron con su nueva llama
aquella antigua que admiró la tierra,
para que, como entonces de varones,
muestre de hoy más de hembras sus blasones.

Estas cuatro primeras son aquellas
que á nuestro cristianíssimo monarca
han prosperado las grandezas dellas
más que cuanto su fuerte diestra abarca;
después que el mundo vió su fruto en ellas,
segó las flores la violenta Parca.
Luso, Galia, Alemania con *Bretaña*
lloran, y Iberia el rostro en llanto baña.

Tras ellas la *Princesa* valerosa,
aquella sola de mil reinos dina,
á quien fué poco nombre el de hermosa,
no siendo demasiado el de divina;
á cuya sombra la virtud reposa
y á cuya llama la del sol se inclina,
ínclita y poderosa *doña Juana*,
por todo el mundo gloria *Lusitana*.

Las dos infantas que en el ancho suelo
con sus rayos claríssimos deslumbran
como dos nortes en que estriba el cielo,
como dos soles que la tierra alumbran,
son las que á fuerza de su inmenso vuelo
el soberano nombre de *Austria* encumbran,
bella *Isabel* y *Catarina* bella,
ésta sin par y sin igual aquélla.

De claríssimos dones adornadas
luego veréis las damas escogidas
que, al soberano gremio consagradas,
rinden las voluntades y las vidas;
ni de pincel humano retratadas,
ni de pluma mortal encarecidas,
jamás pudieron ver ojos mortales
otras que en algo paresciessen tales.

Aquel rayo puríssimo que assoma,
como el sol tras el alba en cielo claro,
es *doña Ana Manrique*, de quien toma
la bondad suerte y el valor amparo;
la siguiente es *doña María Coloma*,
que en hermosura y en ingenio raro,
en gracia y discreción y fama clara
su nombre sube y nuestra vida para.

Hoy la beldad con el saber concuerda (¹),
hoy el valor en grado milagroso,
en otras dos que cada cual acuerda
la largueza del cielo poderoso;
ésta de *Bobadilla* y de la *Cerda*,

(¹) En la primera edición se lee *acuerda*, repitiendo el consonante Mayans enmendó bien *concuerda*.

con estotra de *Castro* y de *Moscoso*,
una *Mencía* y otra *Mariana*:
ésta el lucero y ésta la mañana.

    Doña María de Aragón parece
esclareciendo al mundo su belleza;
su valor con su gracia resplandece,
su saber frisa con su gentileza,
y la que nuestra patria ensoberbece,
y á Lusitania pone en tanta alteza
con cuantos bienes comunica el cielo,
es la bella *Guiomar*, gloria de *Melo*.

    La más gentil, discreta y valerosa,
la de más natural merecimiento,
será *doña María*, en quien reposa
el real nombre de *Manuel* contento;
y esta *Beatriz*, tan bella y tan graciosa,
que excede á todo humano entendimiento,
luz de *Bolea*, diga el que la viere:
Quien á tus manos muere, ¿qué más quiere?

    Doña Luisa y *doña Madalena*
de *Lasso* y *Borja*, el triunfo que más pessa,
vida de la beldad, de amor cadena,
de la virtud la más heroica empressa,
que cada cual con su valor condena
á la fama inmortal que nunca cessa,
ni cessará en su nombre eternamente:
veislas allí, si su beldad consiente.

    Aquel cuerpo gentil, aquel sereno
rostro que veis, aquel pecho bastante,
es de *doña Francisca*, por ser bueno
Manrique, porque va tan adelante;
y aquellas dos, que no hay valor ajeno
que se pueda llamar más importante,
son *doña Claudia* y *Jasincur*, adonde
con el deseo la gloria corresponde.

    De *Diatristán* el nombre esclarecido,
en *Ana* y en *Hipólita* se arrima,
y en ellas vemos el deseo cumplido
de cuantos buscan de beldad la cima;
su mucho aviso, su valor crecido,
de suerte se conoce, assí se estima,
que vista humana no se halla dina
para mirar tal dama y tal Menina.

    Doña Juana Manrique viene luego,
doña Isabel de Haro en compañía,
y *doña Juana Enríquez*, por quien niego
que haya otras gracias ni otra gallardía;
por estas tres espera el Amor ciego
quitar la venda y conocer el día,
que vista estrella, este norte, este lucero,
serán prisión de más de un prisionero.

    Aquesta es la claríssima compaña
que el invicto *Felipe* escoge y tiene
con los soles puríssimos de España,
y cuanto el cielo con su luz mantiene;
de lo que el Tajo riega, el Ebro baña,
mostraros otras lumbres me conviene,
que donde aquestas son fueron criadas,
y otras no menos dinas y estimadas.

    La que con gracia y discreción ayuda
á su mucha beldad, con ser tan bella,
que si estuviera su beldad desnuda,
gracia y saber halláramos en ella,
doña Luisa Enríquez es sin duda;
duquesa es del *Infantado*, aquella
en quien el cielo por igual derrama
hermosura, linaje y clara fama.

    Desta rama esta flor maravillosa,
de aqueste cielo aquesta luz fulgente,
deste todo esta parte gloriosa,
de aquesta mar aquesta viva fuente;
bella, discreta, sabia, generosa,
es gloria y ser de inumerable gente,
dice *doña Ana de Mendoza* el mundo,
y el *Infantado* queda sin segundo.

    Aquellas dos duquesas de un linaje,
entrambas de *Mendoza*, entrambas *Anas*,
á quien dan dos *Medinas* homenaje,
de *Sidonia* y *Ruiseco*, más humanas
rinden las alabanzas vassallaje,
á sus altas virtudes soberanas,
Mendoza y *Silva*, en sangre y en ejemplo
de valor y beldad el mismo templo.

    Doña Isabel, gentil, discreta y bella,
de *Aragón* y *Mendoza*, allí se muestra
marquesa de la *Guardia*, en quien se sella
todo el ser y valor que el mundo muestra;
¿qué bien da el cielo que no viva en ella?
¿qué virtud hay que allí no tenga muestra?
Diga el nombre quién es, que lo que vale,
no hay acá nombre que á tal nombre iguale.

    Mirad las dos de igual valor, *doña Ana*
y *doña Elvira*, cada cual corona
de cuanto bien del cielo al mundo mana,
como la fama sin cessar entona,
Enríquez y *Mendoza*, por quien gana
tal nombre *Villafranca* y tal *Cardona*,
que de su suerte y triunfo incomparables
quedarán en el mundo inestimables.

    Humane un rayo de su rostro claro
en mi pecho, si quiere ser loada,
aquélla que en virtud é ingenio raro
es sobre las perfetas acabada:
ser *condesa de Andrada* y ser amparo
de Apolo, es alabanza no fundada;
ser *doña Catarina*, ésta lo sea
de *Zúñiga* y del cielo viva idea.

    Veis las dos nueras del segundo *Marte*,
y de la sin igual en las nacidas,
á quien el cielo ha dado tanta parte,
que son por gloria suya conocidas:
la una dellas en la *Albana* parte,
y la otra en *Nararra* obedecidas,
son *María* y *Brianda* y su memoria,
de *Toledo* y *Viamonte* honor y gloria.

    Aquella viva luz en quien se avisa
para alumbrar el claro sol de *Oriente*,
que entre sus ojos lleva por devisa

la gracia y la prudencia juntamente,
será la sin igual *doña Luisa*
de *Manrique* y de *Lara* procediente,
duquesa de *Maqueda*, y más segura
reina y señora de la hermosura.

Aquella que los ánimos recuerda
á buscar alabanza más que humana,
á donde, si es possible que se pierda,
hallaréis la beldad, pues della mana,
la gloria de *Mendoza* y de la *Cerda*,
es la sabia y honesta *doña Juana*,
por quien la gracia y el valor se humilla
y se enriquece el nombre de *Padilla*.

Aquella en quien natura hizo (¹) prueba
de su poder, y el cielo y la fortuna,
doña Isabel riqueza de la *Cueva*,
duquesa es de la felice *Ossuna*;
y el claro sol que nuestros ojos lleva
á contemplar sus partes de una en una,
es *doña Mariana Enriquez*, bella,
fénix del mundo, para no ofendella.

La que con sus virtudes reverbera
en su misma beldad, luz sin medida,
es *doña Guiomar Pardo de Tavera*,
en quien valor y discreción se anida;
y la que levantando su bandera
es á las más bastantes preferida,
es *doña Inés de Zúñiga*, en quien cabe
cuanto la fama de más gloria sabe.

Veis aquella *condesa* generosa
de *Aguilar*, á quien Amor respeta,
entre las muy hermosas más hermosa
y entre las muy discretas más discreta,
que de virtud y gracia milagrosa
tocar la vemos una y otra meta,
doña Luisa de Cárdenas se llama,
gloria del mundo y vida de la fama.

Ved el portento que produjo el suelo
donde natura mayor gloria halle,
Madalena gentil, que el cortés cielo
Cortés le plugo su consorte dalle,
Cortés levanta de *Guzmán* el vuelo,
Guzmán resuena en el felice *Valle*,
porque el descubridor del Nuevo Mundo
goce del nuevo triunfo sin segundo.

Aquella de valor tan soberano
que es agravio loarla en hermosura,
aunque natura, con atenta mano
se quiso engrandecer en su figura,
en quien linaje y fama es claro, y llano
poner su raya en la suprema altura,
condesa de *Chinchón*; mas es el eco,
que lo cabal es *doña Inés Pacheco*.

Doña Juana y *doña Ana*, son aquéllas
de la *Cueva* y la *Lama*, madre y hija,
Medina Celi y *Cogolludo* en ellas

tienen el bien que al mundo regocija:
hermosura y valor que están en ellas,
sin que halle la invidia que corrija,
fama y linaje deste bien blasonan
y las virtudes dellas se coronan.

Aquella fortaleza sin reparo,
aquella hermosura sobre modo,
aquella discreción, aquel don raro
de dones, y el de gracia sobre todo,
del tronco de *Padilla*, lo más claro
de las reliquias del linaje godo,
en quien del mundo lo mejor se muestra,
es *marquesa* de *Auñón* y gloria nuestra.

Aquélla es la *princesa* por quien suena
la temerosa trompa tan segura,
y dice *doña Porcia Madalena*,
por quien *Asculi* goza tal ventura;
y aquella que el nublado sol serena
y el claro ofusca con su hermosura,
tal que en *Barajas* vencerá la fama,
doña Mencia de Cárdenas se llama.

Otra más dulce y más templada cuerda,
otra voz más sonora y no del suelo,
cante á *doña María de la Cerda*,
que en la *Puebla* podrá poblar un cielo;
y pues el son con el nivel concuerda,
que escucha atento el gran señor de *Delo*,
y la voz oye y la harmonía siente,
doña Isabel de Leiva es la siguiente.

Aquella que entre todas raya hace
en valor, en saber y en gentileza,
que de *Mendoza* y de la *Cerda* nace,
y de *Leiva* quien goza su belleza;
por quien la Fama tanto satisface,
que con lo llano sin buscar destreza,
hace que el suelo *Mariana* diga
y que el deseo tras otro bien no siga.

La que á los ojos con beldad admira,
y á los juicios con saber recrea,
Denia la ofrece, espérala *Altamira*,
y quien la goza más, más la desea;
doña Leonor de Rojas, con quien tira
Amor sus flechas y su brazo emplea,
Fama se esfuerza, pero no la paga,
porque no hay cosa en que su prueba haga.

Veréis las dos de *Castro*, á quien Fortuna
impossible es que al merecer iguale,
son *Juana*, á quien jamás llegó ninguna;
Francisca, que entre todas tanto vale,
que el claro sol y la hermosa luna
de *Mendoza* y *Pizarro* en ellas sale,
Juana y *Francisca Puñonrostro* canta
y el mundo al son los ánimos levanta.

Hermanas son y bien se les parece
en valor y beldad y cortesía
las dos, do más el nombre resplandece
de *Zapata*, que el sol á medio día,
son *Jerónima* y *Juana*, en quien ofrece
el cielo cuanto por milagro cría,

(¹) Así en la primera edición. En la de Mayans, *hace*.

Rubí se engasta de su esmalte puro,
Puertocarrero el puerto ve seguro.

En el discurso de la grave lista
id con nuevo recato apercebidos,
que la belleza ofuscará la vista
y el valor y el saber á los sentidos:
la *condesa* mirad de *Alba de Lista*,
veréis en ella los deseos cumplidos,
que cuanto el mundo considera y sabe,
doña María de Urrea es en quien cabe.

Aquella viva lumbre, decendiente
de *Mendoza*, *Velasco* se apellida,
Juana Gentil, en quien *Ramírez* siente
bondad y gracia y triunfo sin medida;
es *doña Juana Cuello* la siguiente,
donde tal suerte y tal valor se anida,
tal beldad, tal saber, tal gentileza,
que empereza la Fama su grandeza.

Si queréis ver de discreción la suma,
si queréis de valor ver el extremo,
de hermosura el fin, donde la pluma
se ha de abrasar y al pensamiento temo,
golfo de bienes que, aunque más presuma,
no correrá el deseo á vela y remo,
volved, veréis las cuatro lumbres bellas,
y lo más que diré, lo menos dellas.

Brianda, *Andrea* serán, *Teresa* y *Ana*,
nortes del mundo y más de nuestra Iberia,
por quien gozan vitoria más que humana
Béjar, *Gibraleón*, *Arcos* y *Feria*;
Guzmán, *Sarmiento*, *Zúñiga*, que llama
hacen la palma nuestra y dan materia
á la Fama, que haga formas tales,
que durarán por siglos inmortales.

Gracia, bondad, valor, beldad, prudencia,
linaje, fama y otras celestiales
partes se ven en firme competencia,
para quedar en un lugar iguales:
es *Mariana* quien les da excelencia,
la gloria de *Bazán*, por quien son tales
y á quien la casa de *Coruña* llama,
para más nombre, gloria, triunfo y fama.

Entre estas maravillas singulares
doña María Pimentel se mira,
valerosa *condesa* de *Olivares*,
en quien el valor mismo se remira;
y aquella preferida en mil lugares,
doña Luisa Faxardo es quien admira
á la natura, y *Medellín*, dichoso
por ella, al mundo dexará invidioso.

Aquella gracia y discreción que iguala
á la beldad, con ser en tanto grado,
que lo menos que vemos tiende el ala
sobre lo más perfecto y acabado,
miradla bien, que es *doña Inés de Ayala*,
sin poder ser de otra aquel traslado,
aquel extremo de amistad y vida,
de antigua y clara sangre producida.

Mirad, veréis á la gentil *doña Ana*
Félix, felicidad de nuestra era;
es *condesa* de *Ricla*, es quien allana
al siglo el nombre de la edad primera;
y aquella que se muestra más que humana
en valor, suerte y gracia verdadera,
doña Guiomar de Saa, será su historia
luz de *Vanegas*, de *Espinosa* gloria.

En *Tavara* y *Cerralvo* contemplamos
nueva luz, que los ánimos assombre,
con estas dos bellezas que juzgamos,
engrandeciendo de *Toledo* el nombre:
si ofuscada la vista retiramos,
veremos otro sol de tal renombre,
que el de *Guzmán* adelantado queda,
por quien compite con el cielo *Uceda*.

Allí se muestra en rostro grave y ledo
aquella admiración de los vivientes,
honor de *Enríquez*, gloria de *Acevedo*,
siendo *condesa* sin igual de *Fuentes*;
y aquella (si en tan poco tanto puedo
que, dexadas sus partes excelentes,
diga su nombre) es *doña Catarina*
de *Carrillo* y *Pacheco* la más dina.

Mirad las dos de extraña maravilla
en valor, en saber y en hermosura:
la una de *Escobedo*, otra de *Arcilla*,
gloria y honor, y más de la natura,
María y *Catarina*, á quien se humilla
todo lo digno de alabanza pura,
ambas por albedrío y por estrella,
aquésta de *Bazán*, de *Hoyo* aquélla.

Llegue *doña María de Peralta*,
en quien se alegra y enriquece el suelo;
doña Angela de Tarsis, do se esmalta
más viva luz que la que muestra el cielo;
doña Isabel Chacón aquí no falta,
que faltara la gloria y el consuelo;
tres tales son que, para no agraviallas,
gastar debía tres siglos en loallas.

Vamos á aquella de la antigua cepa
de *Córdova*, sin par *doña María*,
es *marquesa* de *Estepa*, y con Estepa,
serlo de un mundo entero merecía;
y á ti en quien no es possible que más quepa
suerte, valor, beldad y gallardía,
del tronco de *Velasco*, *Mariana*,
por quien el de *Alvarado* tanto gana.

Las tres hermanas que en mirar se goza
con atención el regidor de Oriente,
veislas aquí cómo las muestra *Poza*,
y cómo *Aranda*, y cómo *Avilafuente*;
en ellas el real nombre se alboroza
de *Enríquez*, y un misterio nuevo siente,
que aunque no es nuevo en él el bien cumplido,
eslo en el mundo el que ellas han tenido.

De *Castro* y de *Moscoso* llana hacen
dos *Teresas* la luz, y al sol escaso,
por quien *Mendoza* y *Vargas* satisfacen
sin haber cosa que más haga al caso,

con *doña Mariana* más aplacen,
por quien *Mendoza*, enriqueciendo á *Lasso*,
se alegra el Tajo, y su feliz corriente
dirá *Lasso* y *Mendoza* eternamente.

Las dos hermanas en quien cupo tanto,
que en lengua humana su loor no cabe,
son *Blanca* y *Catarina*, y son espanto
de quien lo menos de sus partes sabe,
el claro nombre de la *Cerda*, en tanto
abre su lumbre y éstas son la llave
con su gracia y virtud resplandecientes,
una de *Denia* y otra de *Cifuentes*.

Aquella que, aunque el sol más se le acerque,
es impossible que á su luz parezca,
y por más vueltas con que el cielo cerque,
no hallará quien tanto loor merezca,
es la gentil *duquesa de Alburquerque*,
por quien después que todo el bien parezca,
recobrarse podiá en la antigua *Cueva*,
que ha de ser siempre milagrosa y nueva.

De singulares dones mejorada
se ve *doña María de Padilla*,
del mundo por valor *Adelantava*,
siéndolo por estado de *Castilla*;
y la que fué de tal beldad dotada,
que la misma belleza se le humilla.
doña Juana de Acuña, en quien se halla
tanto, que más la alaba el que más calla.

La de *Velada* y la del *Carpio* vienen,
aquésta de *Toledo*, ésta de *Haro*,
y ambas del cielo en lo que en sí contienen
de beldad y valor é ingenio raro;
junto con ellas á su lado tienen
á la que no fué el cielo más avaro,
es señora de *Pinto*, y es aquella
luz de *Carrillo* y de *Faxardo* estrella.

No nos encubre la alta *Catarina*
de *Mendoza* su aspecto valeroso,
marquesa de Mondéjar, sola dina
de hacer nuestro siglo venturoso;
ni aquella de bondad tan peregrina
del nombre de *Velasco* generoso,
que desde *Peñafiel* hinche la tierra
de cuanto bien y gloria el mundo encierra.

La que al sol mira en medio de su esfera,
y el sol se ofusca al resplandor jocundo,
es *doña Ana del Aguila*, do espera
Ciudad Rodrigo, y goza el bien del mundo;
quise cantar aquesta luz primera,
al cabo de este templo sin segundo,
ya que en el orden no hay otro remedio
para igualar principio y fin y medio.

Dixo el mago Erión; y vuelto á los tres pastores, que con sumo contento le escuchaban, recibió dellos las debidas gracias, y tornando del fresco jardín, les señaló aposentos en que habitassen y familiares suyos que los sirviessen; donde gozaban sin medida su deleite,

cuándo con las diosas de los montes, siguiendo las fieras, cuándo con las deesas de las selvas, cazando las aves, y cuándo con las ninfas del sagrado río, apartando el oro de entre la menuda arena; vida dulce, más fácil de ser invidiada que imitada, donde era la razón señora, el deseo cautivo, el gusto honor, el honor regalo, Amor ardía y el respeto no se helaba; bien se puede aquí esperar firmeza, que donde falta virtud, difícil es la perseverancia. Y ahora volvamos á la ribera, donde, con su bien ó su mal, quedaron nuestros pastores esperándonos.

SÉPTIMA PARTE

DEL PASTOR DE FILIDA

Si en la llaneza y soledad de los campos se lloran celos y se padece olvido, ¿de qué más se puede Amor culpar, en la pompa de las Cortes y en el tráfago de las ciudades, de la mentira y engaño de un corazón que, dividido en mil partes, sin reparar en ninguna, á todas se vende por entero? ¿Y de la miseria del amador, que á trueco de no ser olvidado, le es fácil passar callando por más mal que sospechas y recelos, donde claro se ve cuánto mayor sea el dolor del olvido que la passión celosa? Celosos he visto yo sin miedo de ser olvidados, y jamás vi olvidado que no viviesse celoso; ausencia calle con celos; celo y ausencia con olvido; que si el ausente carece de su contento, puédele buscar, y el celoso si le halla, es en poder ajeno; y el olvidado ausente está, y con más violencia, y celoso y con menos reparo; pero todo esto no puede compararse, Amor, á la injusticia de un engaño, que mientras uno con lealtad y fe sirva y ame, sea pagado con fingida voluntad y agradecida esta paga. Mas, ¿quién me aparta á tan insufrible consideración? Vuélvame la verdad de mis pastores á la agradable ribera, donde ya que como humanos hagan mudanza, no como dañados harán engaños. Vimos venir á *Sasio* del templo de Diana, tan contento de la venida de *Silvera*, como si tuviera muchas y grandes seguridades de su Amor; mas sucedióle lo que suele á los confiados, que la pastorcilla gentil, no estimando en nada haberla él hospedado en la ribera de *Pisuerga* y agasajádola con su música y canto tantas veces, y alabádola en tiernas y numerosas *rimas*, y menos la afición que de presente le mostraba, puso los ojos en el prendado *Arsiano*; empleo que á la verdad pudiera tener Sasio por venganza, si su mucho amor la con-

sintiera, porque más que nunca Arsiano amaba
á la hermosa Amarantha; y de aquí vino que
Sasio y Arsiano adolecieron á un tiempo, con
el contino cuidado, con el celoso dolor, con las
noches malas y los peores días, y en muy breves
Sasio murió, dexando un general sentimiento
por cuantas aguas riegan nuestra España, especial en los pastores y hermosas hijas del sagrado Tajo; y pienso que las nueve musas y el
mismo Apolo sintieron esta pérdida. ¡Oh, gran
padre de la Música, sin duda callabas cuando
te llamó la muerte! Tú, con tu voz divina, mil
veces alegraste los tristes y aliviaste los dolores
ajenos, digno fué tu acento de resonar en los
cielos y de mover las peñas en la tierra. ¿Cómo
ahora no lo haces en la que te cubre? Vengan,
Sasio, de las remotas naciones los hombres raros á llorar tu muerte, y de la propia, llore Filardo, lloren Arsiano y Matunto, y tu traslado
Belisa, en quien nos queda tu mayor herencia
y nuestro mayor consuelo. Fué puesto Sasio
poco distante de su cabaña, en un mármol cavado, negro como el ébano de Oriente, cubierto
de otro, blanco como la nieve de la sierra, y en
muchas plantas que alrededor tenía se escribieron diversos epitafios en sus loores; mas entre todos el famoso *Tirsi*, cuyas *rimas* tantas
veces Sasio solía cantar, en el tronco de un
olmo, que con sus ramas cubría el ancho sepulcro, escribió estos versos de su mano:

DE TIRSI Á SASIO

Yace á la sombra deste duro canto
el que le enterneciera, si cantara;
dexando al mundo su silencio en llanto,
dexó el velo mortal el Alma cara;
mas no pudieran Muerte y Amor tanto,
si el cielo para sí no le invidiara,
Amor y Muerte dan; recibe el cielo,
el don es, Sasio, y quien le llora el suelo.

Entre las lágrimas justas destos amigos pastores, nació otra justíssima ambición y codicia
para heredar la lira del segundo Orfeo: los
opositores fueron Filardo y Matunto, Belisa y
Arsiano, que aunque enfermo y sin gusto, dexó
el lecho y se animó á esta empresa. Pusieron
por jueces al venerable *Sileno*, al celebrado Arciolo, al famoso TIRSI, que todos tres sabían
la dignidad de los cuatro pretendientes, y aun
esto fué causa de no determinarse, antes remitieron el juicio y la lira á las ninfas del río:
ellas la tuvieron un día en su poder y la cubrieron de una rica funda de oro y seda, hecha por
las hermosas manos de Arethusa; y assí adornada la enviaron á las deesas de las selvas,
donde estuvieron tres días, entre olorosas flores y hierbas, y hecho un carro triunfal, cu-

bierto de hiedra y de frescas ramas, tirado de
los dos blancos becerros, fué llevada en él á las
diosas de los montes, y allí se consagró á FILI-
DA, en cuyo poder, de conformidad de ninfas y
pastores, quedó aquel don caro del cielo, y con
mayor fuerza que antes mueve á los animales
y las gentes por la grandeza de su poseedora.
Pero la lástima universal de Sasio y el general
aplauso de su muerte, ¿por ventura movieron
el pecho de Silvera? Esso no; que moría por
Arsiano, y mientras un contento huye, mal
puede haber otra cosa que lastime. Juntos estaban un día gran número de pastores y pastoras, caído el sol, gozando de la frescura de un
verde pradecillo y del templado viento que so-
plaba, donde Alfeo los ojos en Finea, Andria
los suyos en Alfeo, los de Arsiano en Andria
y los de Silvera en Arsiano, Andria rompió el
silencio y dixo al son de la zampoña de Silvera:

ANDRIA

Suele en el bosque espesso el animoso
mozo gallardo, que con el agudo
venablo fuerte ha penetrado el crudo
pecho del tigre, del león ó el osso,
  Mirarle en tierra muerto, sanguinoso,
y recrearse viendo lo que pudo;
y á las veces, dexándole desnudo,
la piel á cuestas irse victorioso.
  ¿No he sido digna yo de tanta cuenta
como las fieras, que la muerte suya
baña de invidia mis cansados ojos;
  Pues tienes el matarme por afrenta,
y estimas en tan poco mis despojos,
que te ofende mi alma porque es tuya?

Acostumbrado estaba Alfeo á oir estas mancillas y Arsiano á sentirlas por los dos, pero no
por esso menguaba punto de su Amor, y como
ahora vido que, callando Silvera, Filardo tañín,
dixo assí, puestos los ojos en la fingida Amarantha:

ARSIANO

Mientras el más ocioso pensamiento
del bravo mozo, con soberbio pecho,
levanta de su honra ó su provecho
hasta las nubes machinas de viento,
  Las vitorias allí de ciento en ciento,
la plata, el oro se le viene al lecho,
y alargando la mano á lo que ha hecho,
se ve de rico pobre en un momento.
  Dejando yo estas torres de vitoria,
de triunfos, de riquezas, de despojos,
suelo fingir, pastora, por lo menos,
  Que me miras de grado con tus ojos,
mas despiértame luego la memoria,
y quedo con los mios de agua llenos.

No dió lugar Silvera á que Filardo dexasse la zampoña, que al punto que Arsiano acabó su soneto, vuelta á él, comenzó desta manera el suyo:

SILVERA

Toma del hondo del abismo el fuego,
la rabia y ansia de los condenados;
el descontento de los agraviados;
de los tiranos el desasossiego.

Ponlo en el alma donde el Amor ciego
puso tu merecer y mis cuidados,
y porque sean mis males confirmados
cessen mis ojos de mirarte luego.

Que de tu voluntad escarnecido,
aqueste Amor que sólo me asegura
prisión, afrenta y muerte de tu mano,

No sólo no de lo que siempre ha sido
podrá quitar un punto, un tilde, un grano,
pero hará mi fe más firme y pura.

Estos pastores cantaban y otros menos afligidos, aunque todos enamorados, se estaban ejercitando en grandes pruebas, cuando entre todos llegó un pastor robusto con un cayado, dejó un sayo tosco, sin pliegues, hasta los pies, y en el brazo izquierdo un zurrón de lana, cinto ancho de piel de cabra y caperuza baja de buriel. Serrano era el traje y el color del rostro más; pero la postura y brío tan gentil, que suspendió á todos su llegada, y en lugar de cortesía, soltando el cayado y zurrón, desafió á tirar, saltar y correr á cuantos allí estaban. Muchos salieron á estos desafíos, mas á ninguno le estuvo bien, assí á los que saltaron y corrieron, como á los que tiraron la barra, y entre ellos no quedó el menos corrido Alfeo, sino el más deseoso de saber quién fuesse. Y si con este cuidado mirara á la serrana Finea, conociera fácilmente ser el pastor Orindo, por cuyo desdén ella andaba desterrada, que la turbación de su rostro bien claro se lo dixera: pero seguro desto pensó que era su mudanza porque aquel serrano le había vencido, y llegándose á ella le dixo: Finea mía, en esto y en todo es fácil que todos me venzan, mas en amarte ninguno. A esto Finea le hizo señas que callasse, que vido venir á Orindo á donde estaban, el cual, tras breve salutación le dixo: Finea, ¿hallaste mejor en lo llano que en la sierra? ¿Quién eres tú, dixo Finea, que quieres saber esso de mí? Si tú no lo sabes, dixo Orindo, menos lo quiero yo saber, pero certíficote que soy Orindo. Ya te conozco, dixo la serrana, y sin más hablar se levantó y dexólos; no hizo señal Orindo de seguirla ni Alfeo de sentimiento, aunque le tuvo en medio del corazón, y ya que la noche cerraba se fué á buscarla á su cabaña, donde amargamente la halló llorando, y queriéndola alegrar no pudo. Muchos días passó Finea desta suer-

te, y muchos Orindo la seguía, y otros muchos Alfeo confuso no sabía si perdía ó si ganaba, hasta que viniendo un día *Siralvo* á la ribera, que muchos acostumbraba venir á visitar las cabañas de Mendino y los pastores que curaban su ganado, Alfeo le rogó que hablase con Finea y supiesse della la causa de sus lágrimas, porque si era pesar de ver á Orindo, él le echaría fácilmente de la ribera, y si era voluntad de volverse con él, no era razón desviárselo. *Siralvo* lo tomó á su cargo, y á pocos lances sintió de Finea que andaba cruelmente combatida y su salud á mucho riesgo. Orindo era de su misma suerte, y Alfeo no, de manera que, estándole bien casarse con Orindo, á Alfeo no le convenía casarse con ella; su destierro había sido por desdén de Orindo, y ya venía humilde á su disculpa: Orindo era su amor primero; Alfeo, segundo; por otra parte, amaba á Alfeo y se veía dél amada, y en él había tantos quilates de valor y merecimiento, que antes ella se debía dejar morir que hacer cosa en que le ofendiesse; acordábase de la venida de Amarantha y que su mucha hermosura y afición no habían sido parte para torcer su voluntad. Estas consideraciones y otras muchas en la discreta Finea eran ponzoña que penetraba su pecho; pero *Siralvo*, que verdaderamente á los dos amaba, valiéndose de toda su industria echó el resto de su diligencia y pudo tanto, que en dos días que se detuvo en la ribera trocó las lágrimas de aquellos pastores en súbito placer y contento; de manera que Orindo y Finea tornaron á su primera amistad, Alfeo y la encubierta Andria á la suya, y Arsiano, vencido de la razón, volvió sus pensamientos á Silvera, que tan tiernamente le amaba; con intención Finea y Orindo de volverse á la sierra, Alfeo y Amarantha á la olvidada corte, Arsiano y Silvera de habitar el Tajo. No quedó en sus campos pastor que de tanto bien no se alegrase, y junta la mayor nobleza de la pastoría, concertaron celebrar estos conciertos hechos por mano de Amor con alguna fiesta en memoria dellos, y sabiendo ya que Alfeo era cortesano, quisieron que la fiesta fuesse á su imitación. Propuso Elpino que se enramassen carros y en ellos saliessen invenciones y disfraces con músicas y letras, cada uno á su albedrío. Ergasto dixo que se cerrase una gran plaza de estacada y dentro se corriessen bravos toros con horcas y lanzas; pero Sileno dixo: Yo tengo yeguas que en velocidad passan al viento, MENDINO y *Cardenio* lo mismo y holgarán de dallas para el caso; hágase una fiesta de mucho primor que en las ciudades suele usarse y sea correr una sortija, donde se puede ver la destreza y ánimo de cada uno. Esta proposición de Sileno agradó á todos, y de conformidad hicieron mantenedor á Liardo, y acompañado á Licio, y juez á Sileno, y á la hora se escribió un cartel señalando lugar para el cuarto día, desde la mitad dél hasta puesto el sol, donde, allende de los precios que ellos quisiessen correr, al más galán se le daría un espejo en que viesse su gala; al de mejor invención, un dardo con que la defendiese; á la mejor lanza, un cayado para otro día; á la mejor letra, las plumas de un pavón, y al más certero, una guirnalda de robre, por vencedor, y al que cayesse, un vaso grande en que pudiesse beber. Venida la noche, por toda la ribera se encendieron muchas hogueras, y el buen Sileno con toda la compañía, principalmente Mireno, Liardo, Galafrón, Barcino, Alfeo, Orindo, Arriano, Colin, Ergasto, Elpino, Licio, Celio, Uranio, Filardo y SIRALVO, salieron por la ribera en yeguas de dos en dos con largas teas encendidas en las manos, corriendo por todas partes con mucho contento de cuantos lo miraban; porque unos se veían ir por la cumbre del monte, otros por los campos rasos, otros por entre la espessura de los sotos, y aun algunos arrojar las hierbas en el Tajo y pasarle á nado reverberando sus lumbres en el agua; despúes al son de la bocina de Arsindo se juntaron en un ancho prado que, á una parte sin hierba y llano y á otra lleno de altas peñas, era sitio para la fiesta principal muy acomodado y allí fijaron su cartel en el tronco de una haya, y con gran orden acompañando al viejo Sileno se volvió cada cual á su cabaña, excepto SIRALVO, que fué á despedirse de Arsiano, Orindo y Alfeo y de las hermosíssimas Andria, Finea y Silvera, prometiéndoles hallarse allí el cuarto día, con lo cual guió á la morada de Erión, donde Mendino y Cardenio le aguardaban maravillados de su tardanza; allí les contó el pastor lo que pasaba en la ribera, y cómo los pastores della le pedían sus yeguas y Sileno daba las suyas; no lo excusaron MENDINO y Cardenio, antes por su orden volvió SIRALVO á darlas el tercero día, y ellos también se determinaron de ver aquella fiesta tan nueva entre pastores; pero primero quisieron avisar á las amadas ninfas, y pudiéronlo fácilmente hacer porque hallaron á Florela en el monte, esperando que un ruiseñor se recogiese al nido para llevarle á FILIDA, que aquella noche se había agradado mucho de su cantó; para este efeto la acompañaron los dos gallardos pastores, y tomando Mendino el ruiseñor se le dió á Florela y le dijo lo que en la ribera pasaba, y que en todo caso FILIDA y Filis y Clori no perdiesen de ver aquella fiesta, porque con la esperanza de verlos él y Cardenio y Siralvo estarían allá; con esto Florela se encumbró al monte y los pastores se bajaron con el Mago, que ya la mesa puesta los esperaba. Costumbre

tenía Erión de tomar el instrumento sobre comida para recrear juntamente los cuerpos y los ánimos; assí esta vez en siendo acabada tomó un coro, que divinamente le tañía, á cuyo son los pastores se transportaron, y al fin dél, alabando al docto Mago, y tomando su licencia se salieron con los arcos por el monte, deseosos de toparse con las Ninfas, mas no les fué posible, porque como ellas tuvieron aviso de la fiesta, juntáronse Filida y Filis, Clori y Pradelia, Nerea y Albanisa, Arethusa y Colonia, y fueron al templo de la casta Diana por licencia para ir á la ribera; assí gastaron el día, y Mendino y Cardenio buscándolas en vano, y ya que bajaban á la cueva, mataron dos corzos en la falda del risco; á la hora, con Siralvo, que era venido á certificarles la fiesta, los enviaron á Sileno, porque supieron que los había menester el siguiente día; y ellos en amaneciendo dejaron la cueva y fueron á sus cabañas, donde le hallaron poniendo orden en todo. Era muy de ver á cada parte los sitios de los pastores donde tenían sus yeguas y ordenaban sus invenciones, cada uno en soledad con los de su cabaña, sin que de otra nadie los ocupase; y sabiendo Sileno de Florela, que vino delante, cómo las Ninfas venían, mando hacer tres enramadas, una para él y los precios', otra para las Ninfas y otra para las pastoras. En estos apercebimientos, pastores y Ninfas y la hora de la fiesta llegaron juntas; á cada cual puso Sileno en su sitio, y tomando el cartel subió al suyo con Mendino y Cardenio y los festejados Alfeo, Arsiano y Orindo. Sin duda eran estos los más apuestos pastores del Tajo, y éstas las más hermosas pastoras del mundo. A las Ninfas no alabe lengua humana, porque ellas no lo parecían; invidioso Febo se puso tras las pardas nubes, y assí passó el día todo sin dar fastidio con sus rayos: soberbia la tierra se alegró de arte que compitió con el cielo, pues los pastores que tan mejor lo sentían, celébrenlo con mirarlo si ojos mortales bastan á tanto bien; y ahora digamos cómo llegó el mantenedor Liardo vestido de un paño azul finíssimo, sayo largo vaquero y caperuza de falda, camisa labrada de blanco y negro con mangas anchas, atadas sobre los codos, con listones morados, zarafuelle y medias de lana parda y verde, zapato de vaca, que le servía de estribo y espuela, en una yegua castaña acostumbrada á volver los toros á las dehesas; el freno era un cabestro de cerdas con una lazada revuelta por los colmillos, y la silla una piel de tigre de varias colores, y presentándose á Sileno fué su *letra*:

Si no gano manteniendo
más que en mantener la fe,
pocos precios ganaré.

, Licio, su acompañado, salió de la misma suerte, excepto que el vestido era leonado, la yegua baya y por silla su gabán doblado, y la *letra:*

> El que con la fe ha perdido
> la esperanza,
> ¿que ganará con la lanza?

Celio cogió de los campos gran diversidad de flores y hierbas, y con el jugo dellas y agua de goma pintó la yegua y la lanza y su vestidura, que era de un blanco lienzo todo á bandas, de más de diez colores; pero la que caía sobre el corazón era negra, y la *letra:*

> Las alegres son ajenas,
> mas las tristes propias son,
> y más las del corazón.

Puso por precio una bolsa de lana parda con cerraderos verdes, y contra ella señaló Sileno unas castañetas de ébano con cordones de seda; luego al son de la bocina de Arsindo y de un atabal de dos corchos, que Piron tañía, tomaron lanzas, y á las dos que corrieron no hubo ventaja, pero á las terceras Liardo llevó la sortija y Celio la cuerda: recibió Liardo sus precios y diólos á la hermosa Andria, que á quien él quisiera no podía; y vuelto al lugar, llegó Uranio, vestida la piel entera de un osso que él había muerto, y en la cabeza de la yegua, hecha de cartones, otra de sierpe, que la cubría, y en la anca una gran cola de la misma invención; la lanza cubierta de pellejos de culebras, de arte que parecía verdaderamente un osso; sobre una sierpe con una gran culebra en la mano, decía su *letra:*

> Pero la que sigo es
> al revés.

Puso por precio un cuerno de hierba ballestera, y Sileno un carcax con seis saetas, y licencia para hacer un arco el que ganasse. Corrieron sus lanzas Licio y Uranio, y las cinco fueron con tanta gallardía, que á todos dieron contento; pero á la sexta, como la yegua de Uranio llevaba la cabeza cubierta, tropezó y dió con el osso una gran caída: perdió el precio, pero diósele un vaso de agua, y tornando á subir algo corrido se puso á un cabo.

Luego entró Siralvo en una yegua overa, vestido de caza, de una tela blanca y verde, por toda ella sembrada de FF y SS; de las FF salían unos lazos que en muchos ñudos enredaban á las SS, y la *letra:*

> De ti nacieron los lazos,
> y de mí
> la gana de verme anssí.

Puso por precio doce cintas de colores, con cabos blancos, y Sileno dos cenogiles de lo mismo. Corrieron Liardo y SIRALVO, sin haber ventaja entre ellos; pero como ya dos aventureros habían perdido, quiso Sileno animar á los demás, y juntamente hacer lisonja á MENDINO y dióle el precio á SIRALVO: el cual, mirando á quién pudiesse darle, vido llegar á la enramada de las ninfas un pastor muy flaco, vestido de un largo sayo de buriel, en un rocín que casi se le veían los huessos, y á las ancas traía otro pastor en hábito de vieja, ambos con máscaras feíssimas; y llegándose á ellos, les dió los cenogiles y las cintas.

Los cuales á la hora los presentaron á Sileno y pidieron campo. Sileno se lo atorgó, y señaló contra sus precios una bola de acero bruñida, que servía bastantemente de espejo, y llegados al puesto, el pastor disfrazado quiso suplir la falta que había de padrinos en esta fiesta, y hasta la media carrera le llevaba la vieja la lanza: allí la tomaba él y en corriendo se la tornaba á dar; la gracia de las lanzas era muy conforme al talle, y la risa de las ninfas y pastores no cessaba; al fin, por pagalles el contento, Licio pidió al juez que les diesse los precios, y preguntándoles las ninfas si traían letra, sacó la vieja un papel y diósele. Entre los pastores no se supo lo que decía, entre ellas, basta que fué bien solenizado con risa y colores en algunas.

Aquí llegó Filardo en una yegua alazana de hermoso talle; traía vestido sobre jubón y zarafuelles blancos, sayo y calzones de grana fina, caperuza verde, y en ella un manojo de espinas, y con un ramo de oliva, que salía de entre ellas, y la *letra:*

> Mi guerra produxo espinas,
> mas Amor
> mi paz les puso por flor.

Dió por premio un caramillo de siete puntos, y contra él Sileno una flauta de trece. Corrió Liardo la primera lanza, en que llevó la sortija. Siguióle Filardo de la misma arte; á la segunda, Liardo tocó en ella y derribóla; lo mismo hizo Filardo, y á la tercera Liardo no llevó tal lanza como las passadas; pero Filardo la aventajó á todas, y assí Sileno le dió el precio, y él á Silvia, que con el deseo le tenía comprado.

A la hora oyeron gran ruido de instrumentos y voces, y vieron llegar una ancha cuba, sobre secretas rodajas, tirada con cuerdas de cuatro máscaras, con rostros de gimios y pies de sátiros; venía enramada toda, y encima un pastor sentado, con carátula ancha y risueña, los brazos desnudos, los pechos descubiertos, y en su cabeza una guirnalda de pámpanos llenos de uvas y hojas, en una mano una copa y en otra un odre; alrededor dél, con las mismas coronas y alegría, venían muchos hombres y muchachos, que torciendo llaves, del vientre de la cuba sacaban vino, henchían vasos y derramaban los unos sobre los otros. No faltaba quien también tañesse chapas, albogues, bandurrias y churumbelas y otros instrumentos más placenteros que músicos; todos generalmente se alegraron con la buena venida del fingido Baco, y llegando á Sileno le dió esta *letra*:

El que de mí se desvía,
á sí y á mi madre enfía.

Puso por precio un vaso grande de vidrio sembrado de verde pimpinela. Sileno señaló un caracol muy hermoso que podía servir de vaso y de bocina; con esto Baco y Licio fueron al puesto. La lanza de Baco era hecha de luengos sarmientos juntos y añudados con sus mismas hojas. No quiso Licio correr primero por el respeto del alegre rey; y en un punto, al son de los envinados instrumentos, la gran cuba fué llevada con grandíssima velocidad, y sin hacer calada ni cosa fea, Baco llevó la sortija, y lo mismo hizo la segunda y la tercera lanza; y aunque Licio corrió bien, quedóse en todas muy atrás. Tornaron á sonar los instrumentos, y la bocina de Arsindo y el atabal de Pirón, y con gran aplaus, y contento se le dió á Baco el caracol, con lo cual hizo lugar á Galafrón, que entró en una yegua cebruna, cubierto de hierba tan compuesta y espessa, que por ninguna parte se veía otra vestidura; la cual lanza teñida del mismo color, y un sol de flores en la caperuza con esta *letra*:

Mi sol fué la flor de abril,
mi contento la verdura
y el invierno mi ventura.

Puso por precio un cinto de becerro bayo, tachonado de nuevo latón, con su escarcela plegada, y Sileno unas carlancas de cuero de ante, herradas con puntas de acero, importantíssimo reparo del mastín contra los noturnos lobos robadores del ganado. Corrió Liardo la primera lanza con mucha destreza, y Galafrón con mucha más; á la segunda se aventajó Liardo, y á la tercera anduvieron tan iguales, que Sireno, *Mendino* y *Cardenio* no se supieron determinar; pero queriendo Sileno igualar á entrambos, trocó los precios, dando á Galafrón las carlancas y á Liardo el cinto, con que quedaron contentos, y más Silvera, á quien ambas joyas se presentaron.

Gran rato después desto estuvieron Liardo y Licio esperando aventureros, y ya casi admirados de la tardanza, vieron venir un gran castillo almenado, con extraño ruido de cohetes, que por todas partes salían, invención que, á ser de noche, sin duda pareciera la mejor, porque era todo enseñado de mimbres torcidos y cubiertos de lienzos pintados de color de piedra, y dentro los pastores de Mireno, por secretos lazos le llevaban; y llegando á los jueces, abriéndose de una parte una ancha puerta, por ella salió Mireno en una yegua melada, pisadora, vestido de un sayo corto, gironado á colores, caperuza y calzón de lo mismo, zarafuelle y camisa de varias sedas y lana, con una argolla al cuello y esta *letra*:

Por hado y por albedrío.

Puso por precio una hermosa caja de cucharas, labradas con gran primor, y Sileno otra de ricos cuchillos, limados no con menos. Corrió Licio mejor que nunca su primera lanza; mas bien le hizo menester, que la de Mireno fué con gran gala y destreza; la segunda no menos; pero á la tercera, Licio se embarazó y perdióla. Mireno, más animado, remató con llevar la sortija y el premio, el cual fué luego á manos de la hermosa FILIDA.

Poco después entró Ergasto, en una yegua tordilla, vestido al modo de serrano, un sayo pardo de pliegues, largo de faldas, escotado de cuello, mangas abiertas de alto á baxo con cintas blancas, calzón de polaina, y sobre una gran cabellera postiza, la caperuza vaquera sembrada de cucharas y peines, y en lo alto della una mata de retama en flor, con esta *letra*:

Tales son, Amor, tus flores
que, del olor engañado,
el gusto queda burlado.

Quitó un peine de su caperuza, y púsole por precio, y Sileno unas tijeras grandes lucias de desquilar. Liardo fué en las dos lanzas primeras desgraciado, y en la tercera muy gracioso; pero como Ergasto en todas anduvo bien y igual, dióse el precio de que hizo presente á la serrana Finea, y ella le recibió con rostro afable.

Iba ya el sol tan cerca de ponerse, que á poco más que Barcino tardara no fuera de efecto su venida; mas él llegó á tiempo en una hermosa yegua rucia rodada, vestido un galán pellico y calzón de armiño, sombrero en su cabeza, alto y ancho, de la misma piel, con zarafuelle y camisa de igual blancura, y su *letra*:

En quererte,
y tan en blanco mi suerte.

Puso por precio un ramillete de rosas blancas, y Sileno un vidrio do se pudiessen conservar en agua. Corrió Licio la primera lanza, y llevó la sortija; Barcino tras él hizo otro tanto sin haber mejoría en la destreza, y volviendo á la segunda, mientras Lucio corría, y todos se ocupaban en mirarle, Barcino, sin dejar la yegua, se quitó el hábito de pastor y quedó hecho salvaje, cubierto de largo vello de pies á cabeza, de suerte que no fuera conocido á no serlo tanto la yegua. Estas segundas lanzas también fueron buenas; y de la misma suerte, mientras Licio corrió la tercera menos bien que las otras, Barcino tornó á dejar la piel de salvaje, y quedó vestido de un cuero plateado en forma de arnés desde el escarpe hasta la celada: iba todo él y la lanza bañado en agua ardiente, y en medio de la carrera, cuando la gente con más atención le miraba, con fuego secreto se hizo arder todo el cuerpo, hasta la armella de la lanza, de manera que no se pudo tener con ella cuenta, mas ella la dió tan buena de sí que se llevó la sortija. Mucho placer hubieron ninfas y pastores de la invención de Barcino, y dándole Sileno el precio, él le dió á Dinarda.

Con esto, viendo ya que el sol era traspuesto, Sileno pidio á Mendino que diesse los *premios* del *cartel*; y llegando todos á la enramada, *Mendino*, con muchos loores, encareció su fiesta, y á Barcino dió el dardo que era el premio de la invención; á Mireno el espejo, que era el de gala; á Uranio confirmó el vaso de agua que se le dió tan á mejor tiempo; á Baco, que se supo que era *Elpino*, el cayado por mejor lanza; y á Liardo la corona, por vencedor, y las plumas del pavón que eran para la *letra*, remitió á las ninfas que las habían leído todas, y ellas con mucho gusto las dieron á la vieja.

Bien quisieran los jueces que hubiera premios para cumplir con todos, y alabando á Aquel que sólo todo lo cumple, dejaron las enramadas, y ninfas y pastores siguieron al buen Sileno, que en su cabaña estaba aparejada la cena, donde passaron cosas de no menos gusto y donde se vido junta toda la bondad y nobleza humana, y donde quedaron en silencio hasta que más docta zampoña los cante ó menos ruda mano los celebre.

DEL AUTOR Á SU LIBRO

Soneto.

Por más que el viejo segador usado
la hoz extienda por la mies amiga,
no puede tanto que de alguna espiga
no se quede el rastrojo acompañado.

Aunque el corvo arador con más cuidado
los bueyes rija y el arado siga,
no le hace tan diestro su fatiga
que no vaya algún sulco desviado.

Y tú, PASTOR, que con tan pobre apero,

de los humildes campos te retiras,
lleno de faltas, sin enmienda alguna,

Si te llamaren rústico y grosero,
tendrás paciencia, pues, si bien lo miras,
aquesta es mi disculpa y tu fortuna.

DE PEDRO DE MENDOZA

Soneto.

Este PASTOR en quien el cielo quiso
resumir el primor de los pastores,
que aunque son de los campos sus primores,
do vive Amor no ha de faltar aviso.

Por tal PASTOR se vuelve paraíso
la ribera, caudal de amor y amores;
por tal PASTOR merecen más loores
los pastores del Tajo que el de Anfriso.

¡Oh tú sola, sin par FILIDA bella,
y tú, PASTOR, gentil que su renombre
tomaste por triunfo verdadero,

Ella es digna por ti, más tú por ella,
ella de ser del Tajo eterno nombre
y tú de sus pastores el primero!

DE DIEGO MESSIA DE LASSARTE

Soneto.

Agradar al discreto, al más mirado,
al necio, al maldiciente, al envidioso,
medir los gustos de cortés curioso,
¿cómo podrá un PASTOR con su cayado?

En su querido albergue del ganado
trate y cuide, si el pasto le es dañoso,
de FILIDA su bien, sólo cuidoso,
y de otro fin ajeno y descuidado.

Pastor, este es oficio de pastores;
pero quien os leyere, dirá al punto
que sois un nuevo cortesano Apolo.

Con fama tal, del uno al otro polo,
viviréis agradando á todos, junto
discretos, envidiosos, detractores.

DE DON LORENZO SUÁREZ DE MENDOZA

Soneto.

PASTOR, si estáis de serlo tan ufano,
¿cómo en las cortes os habéis metido?
y si sois cortesano conocido,
¿para qué es bueno el traje de villano?

Si tocáis el rabel con ruda mano,
¿cómo sale de cíthara el sonido?
y si sois con los árboles nacido,
¿quién os mostró el lenguaje ciudadano?

PASTOR, quiero deciros lo que siento,
después de descifrar vuestros primores
y de llegar con vos casi á las manos,

Que FILIDA os ha dado ser y aliento
para ser el mejor de los pastores
y el más discreto de los cortesanos.

DE GREGORIO DE GODOY

Soneto.

PASTOR, que por ovejas ha escogido
dulces cuidados, altos pensamientos,
aunque la leche y queso sean tormentos,
sola firmeza su cayado ha sido.

No es mucho que, cansado del exido,
se venga á los ilustres aposentos,
que es agradable y soulo sus intentos,
y es bien morir á donde fué nacido.

Por él puede decirse sin defecto
que *so el sayal hay al*, pues si queremos
apartarle el rebozo con cuidado,

Un GÁLVEZ DE MONTALVO hallaremos,
tan hidalgo y galán como discreto
y tan discreto como enamorado.

DE DON FRANCISCO LASSO DE MENDOZA, SEÑOR DE JUNQUERA

Soneto.

Si al claro ilustre son que con victoria
tan célebre robó al olvido y muerte
los hechos grandes de aquel griego fuerte
tuvo Alejandro envidia tan notoria,

Tuviérala mayor á la alta gloria
de los pastores que do el Tajo vierte
habitan, pues les da el cielo por suerte
quien alce á más grandeza su memoria.

Y á ti, Tajo mayor, que por tu arena
dorada al Histro y Ganges igualabas,
mas ya tu nombre cielo y tierra llena.

Perlas, oro y rubís es cuanto lavas,
pues MONTALVO, con rica heroica vena,
te enriquece del bien que no alcanzabas.

DEL DOCTOR CAMPUZANO

Soneto.

Hallar del Nilo la primera fuente
procuraba Nerón con gran trabajo.
¡Oh! quién me descubriesse la del Tajo,
avenida de amor, rica corriente.

El Pindo debe ser en Oriente,
de allí desciende por su falda abaxo,
dejemos sus rodeos, quel ataxo
más breve es esperarle en Occidente.

¿Dónde está esto, PASTOR? quiero gustalle:
aquí es el agua dulce, aquí se cría
aquel licor del monte soberano.

Este solo PASTOR basta á loalle,
y á tal PASTOR ninguno bastaría,
y ansi lo dejo por trabajo vano.

FIN DEL PASTOR DE FILIDA.

COLLOQUIOS SATÍRICOS

HECHOS POR

ANTONIO DE TORQUEMADA

SECRETARIO DEL YLLUSTRISSIMO SEÑOR DON ANTONIO ALFONSO PIMENTEL, CONDE DE BENAVENTE

DIRIGIDOS

AL MUY YLLUSTRE Y MUY EXCELENTE SEÑOR DON ALONSO PIMENTEL
PRIMOGÉNITO Y SUCESSOR EN SU CASA Y ESTADO

A continuación se detallan las materias que se tractan en estos siete colloquios.

Colloquio primero, en que se tratan los daños corporales del juego y aun espirituales, persuadiendo á los que lo tienen por vicio que se aparten dél, con razones muy sufficientes y provechosas para ello, en que hallarán todas quantas cautelas y engaños que los malos jugadores usan y se aprovechan dellas en todo género de juegos.

El *segundo colloquio* trata lo que los médicos y boticarios están obligados á hazer para cumplir con sus officios y conciencias. Assí mesmo se ponen las faltas que ay en ellos para daño de los enfermos, declarando las faltas y hierros que hazen, con muchos avisos necesarios y provechosos; divídense en dos partes: en la primera se trata lo que toca á los boticarios; en la segunda, lo de los médicos.

Colloquio tercero, en que se tratan las excelencias y perfición de la vida pastoril para los que quieran seguirla, provándolo con muchas razones naturales y auctoridades y exemplos de la Sagrada Escriptura, y de otros autores. Es muy provechoso para que las gentes no vivan descontentas con la pobreza, ni pongan la felicidad y bienaventuranza en tener grandes riquezas y gozar de grandes estados.

Colloquio cuarto, que trata de la desorden que en este tiempo se tiene en el mundo, y principalmente en la christiandad, en el comer y beber, con los daños que dello se siguen y quán necesario sería poner remedio en ello.

Colloquio quinto, que trata de la desorden que en este tiempo se tiene en los vestidos, y quán necesario sería poner remedio en ello.

Colloquio sexto, que trata de la honrra del mundo, dividido en tres partes: En la primera se contiene qué cosa es la verdadera honrra, y cómo la que el mundo comúnmente tiene por honrra las más vezes se podría tener por más verdadera infamia.

En la segunda se tratan las maneras de las salutaciones antiguas y los títulos antiguos en el escrevir loando lo uno y lo otro y burlando de lo que agora se usa.

En la tercera se trata una quistión antigua y ya tratada por otros, sobre quál sea más verdadera honrra, la que se gana por el valor y merecimiento de las personas ó la que procede de los hombres por la decendencia de sus passados. Es colloquio muy provechoso para descubrir el engaño con que las gentes están ciegas en lo que toca á la honrra.

Colloquio sétimo. Pastoril en que un pastor llamado Torcato cuenta á otros dos pastores llamados Filonio y Brisaldo los amores que tubo con una pastora llamada Belisia. Va compuesto en estilo apacible y gracioso; y contiene en sí avisos provechosos para que las gentes huyan de dexarse vencer del amor, tomando enxemplo en el fin que tuvieron estos amores, y el pago que dan á los que ciegamente los siguen, como se podrá ver en el proceso deste colloquio.

Fin de la tabla.

Yo el maestro Alexio Venegas he leydo todo este libro, y lo que dél me paresce es que los colloquios satíricos son dignos de ser impressos para que vengan en las manos de todos, porque son muy avisadamente escritos y son muy provechosos, con que no se dexen algunas correcciones, que aunque son pocas, algunas son sustanciales.

Del coloquio pastoril digo que el estilo sabe no solamente de pastores, más aun de muy leydos ciudadanos, en el que aunque ay algunos avisos contra el amor, especialmente en la tercera parte ay muchas celadas, que enseñan á amar á los ignorantes, por donde no se les debría dar arte para osar emprender lo que ignorancia no emprendería, mas si se hubiese de imprimir vaia con las enmiendas que en él se hizieron.

Alexio Venegas.

EL PRÍNCIPE

Por quanto por parte de vos Antonio de Torquemada, criado del conde de Benavente, nos ha sido hecha relación que vos habéis hecho en prosa castellana unos colloquios satíricos con un colloquio pastoril al cabo, suplicándonos y pidiéndonos por merced que teniendo consideración al trabajo que en componer la dicha obra habeys tenido os diéssemos licencia y mandássemos que vos ó la persona ó personas que vuestro poder oviessen y no otras algunas puedan imprimir los dichos colloquios en estos reynos y señorios de la corona de Castilla ni traellos á vender de fuera dellos ó como la nuestra merced fuere, y porque habiéndose visto los dichos colloquios por nuestro mandado paresció que de imprimirlos no se siguía ningún incombiniente, por la presente os damos licencia y facultad y mandamos que vos ó la persona ó personas que vuestro poder ubieren y no otras algunas puedan imprimir ni vender ni impriman ni vendan los dichos colloquios en los dichos reynos, señorios de Castilla ni traellos de fuera dellos por tiempo de diez años primeros siguientes, que se cuenten desdel día de la fecha desta mi cédula en adelante, so pena que la persona ó personas que sin tener vuestro poder para ello lo imprimieren ó hizieren imprimir y lo vendieren ó hizieren vender pierdan toda la impresión que hizieren ó vendieren y los moldes y aparejos con que lo hizieren, y más incurra cada uno en pena de treynta mil maravedís por cada vez que lo contrario hiziere, la qual dicha pena se reparta en esta manera: la tercia parte para la persona que lo acusare, y la otra tercia parte para el juez que lo sentenciare, y la otra tercia parte para nuestra cámara y fisco, y mandamos que cada pliego de molde de la dicha obra se venda al precio que por los del Consejo de Su Majestad fuere tasado, y mandamos á los del dicho Consejo de Su Majestad, presidentes y oydores de sus audiencias, alcaldes, alguaziles de la casa corte y chancillerías y á todos los corregidores, assistentes, gobernadores, alcaldes, alguaziles, prebostes, merinos y otras muchas justicias y juezes qualesquier destos nuestros reynos y señorios que guarden y cumplan, y hagan guardar y cumplir esta nuestra cédula y contra lo en ella contenido, no vayan, ni passen, ni consientan hir ni passar en tiempo alguno ni por alguna manera so pena de la nuestra merced y de diez mil maravedís para la nuestra cámara á cada uno que lo contrario hiziere. Fecho en Segovia á diez de abril de mil y quinientos y cinquenta y dos años.

Yo el Príncipe.
Por mandado de Su Alteza, Iuan Vásquez.

AL MUY EXCELENTE SEÑOR DON ALONSO PIMENTEL, PRIMOGÉNITO SUCESSOR EN EL ESTADO DE BENAVENTE, ETC., MI SEÑOR.

Doctrina es común de todos los filósofos, muy excelente señor, que aquello que se trata en la niñez y tierna edad de los hombres es lo que más se imprime en ell alma y hace aposento en la condición, quedando como el sello en la cera, que muestra las armas señaladas en ella como en él estaban esculpidas, y assí todos los que desean que sus hijos sean bien enseñados, habrían de procurar que la primera conversación fuesse tal que della pudiessen tomar buenos enxemplos y aprender buenas costumbres, porque esta era ley que los atenienses guardaban en su república de tal manera, que muchas veces si los padres eran viciosos, les quitaban los hijos de su poder para que no se estragassen y corrompiesen con sus vicios. La conversación, vuestra excelencia la tiene tal en sus illustríssimos padres, que todo el mundo con muy justa razón los puede tener ante sus ojos por perfectíssimo dechado de virtudes. Y porque el tiempo que vuestra excelencia se hallase en ociosidad della, en ninguna cosa mejor puede emplearlo que en leer los libros que hay escritos, de adonde se pueden sacar buenos exemplos y doctrina, los cuales, aprendidos en la edad de siete años que vuestra excelencia tiene, hacen raíces en el alma para todo el tiempo de la vida, tomé yo atrevimiento para poner en sus manos estos colloquios en que se reprehenden algunos vicios y se da á entender el daño que sigue dellos, para que si alguna vez viniesen disfrazados puedan mejor conoscerse, y sepa vuestra excelencia apartarlos de sí y de sus repúblicas cuando nuestro señor fuese servido que venga á tener el gobierno dellas. Y á los que les paresciere que

yo hago yerro en sacar á luz una obrecilla que
no tiene mayor bien que estar debajo del amparo y favor que para ello ha tomado, responderle he con lo que Sant Pablo dice: que todas
las cosas que están escritas se escribieron para
nuestra doctrina, y assí podrán inmitar lo bueno
que dixese y huir de lo que vieren que es malo;
pues mi intención ha sido buena para no ser
mal juzgada porque todo en fin es acertar á servir á vuestra excelencia como lo hago agora en
servicio del conde mi señor y de la condesa mi
señora, á quien nuestro Señor dé tan larga vida
y con tan gran prosperidad como sus humildes
criados deseamos, para que con ella pueda aumentar su señorío y estado y dexar á vuestra
excelencia por sucessor en ellos, como lo merece.

Menor y más obediente criado de vuestra
excelencia que sus excelentes manos besa.

ANTONIO SÁNCHEZ IOLI EN LOOR DEL AUTOR

Mi lengua muy torpe, mi muy ruda pluma,
mi poco saber, mi grande deseo
agora conviene que largo resuma
en loor de persona, que con mayor suma
de lo que diré merece su arreo.

El grande tesoro de (¹) acerva Siqueo
no se compara con este minero,
el oro y la plata parece muy feo
delante de aqueste á quien claro veo
Minerva lo tiene por su tesorero.

Las minas ó venas que hobo en España
de oros y platas y de otros metales,
al grande poder por fuerza y por maña
que tenía adquerido, que era cosa extraña,
de grandes haciendas y ricos caudales.

Si el rey Hispan fundó cosas reales
y hizo otros hechos en ella famosos,
ya casi que vemos por tierra los tales;
pero aun que faltaron, por ser terrenales,
ya han adquirido otros más frutuosos.

El oro y la plata al fin, fin, fué tierra,
y asina se halló sin trabajo poner
las minas que ora hay, Tritona las cierra;
no se abren á nadie sino á pura guerra
que el que las quisiere con si ha de traer.

En esto está firme España y su ser,
toda bordada de sublimes ciencias
que están en personas de mucho valer,
y de los que hay, podremos creer
vos sois el uno de más preeminencias.

Y no os doy aquellas que os debría de dar
según que se debe á su merecimiento,
que sería manera de nunca acabar
un imprincipio de siempre contar.
y al cabo que falte la suma y el cuento.

Porque habéis fundado tan hondo secreto

(¹) Parece que ha de ser que.

---

de dichos subtiles, avisos y cosas,
que cualquier curioso de noble talento
si los nota bien verá lo que siento
ser digno de fama y honrra gloriosas.

Todos los vicios que están embaucados
de aquellos que piensan apenas se engañan
reciban y noten los vuestros dechados,
que allí entenderán como andan burlados,
verán si coligen los bienes que apañan.

E los que otros puntos también amarañan
mirando muy bien lo que va apuntando
á sí mesmos cierto temen que se dañan;
de donde sucede que muchos se ensañan
á Dios maldiciendo no habiendo pecado.

Vale, autor charissime.

EL IMPRESOR Á LOS LECTORES SOBRE LA CORRECCIÓN DE LOS LIBROS

Es costumbre tan usada en cualquiera que lee
un libro, si halla algunos defetos ó mentiras ó
letras mal puestas ó unas por otras, que luego
echan la culpa al impresor que lo imprimió,
sin saber si aciertan ó si no, que como ya tiene
esta fama no habrá nadie que se la quite, y para
desengañar los que así echan la culpa á los im-
presores determiné avisarles declarándoles la
manera que se tiene en las correcciones; y habéis de saber que en cualquier emplenta hay un
corretor asalariado para que corrija todos los
libros que se imprimen, y éste ha de tener cuidado de corregir todas las faltas que halla en el
original y que se hacen en la emplenta, y así, si
algunos defetos se hacen, son á cargo del corretor y no del impresor, y así ninguno se debe
de maravillar por las faltas que halla, porque
por sí mesmo puede juzgar á los corretores: estáis escribiendo una carta á donde tenéis todo
vuestro juicio y memoria y entendimiento, á
donde no tenéis más con quien entender sino
con el papel y la pluma y tinta, y despues de
escrita, tornándola á leer halláis en ella harto
que tornar á enmendar, y aun tomarla á trasta-
das, cuanto más donde hay tantas menudencias
de letra que no basta juicio humano para hacer
que en lo que se imprime no lleve defetos; porque por mí lo he visto passar dos y tres veces
y aun cuatro una prueba, y si me tomasen juramento juraría que no hay en ella qué corregir,
y tornarla á leer y hallar en ella algunas mentiras ó letras mal puestas, y aun algunas que me
han dado obras á imprimir, y ellos mismos son
corretores de sus obras, y decirme que en sus
obras no han de llevar sola una mentira, y al
cabo de impresa la obra tornarla á passar el
autor y hallar tantas que estaban espantados;
assí que se pasan los ojos y no basta nadie á
hacer que no lleve defetos, aunque más mirar
y diligencia tengan.

COLLOQUIO

En que se tratan los daños corporales del juego, persuadiendo á los que lo tienen por vicio que se aparten dél, con razones muy suficientes y provechosas para ello.

INTERLOCUTORES

Luis.— Antonio.— Bernardo.

LUIS.— Verdaderamente, señor Antonio, aunque la profesión ú orden de vida que los hombres toman para sustentarse, á lo más sea muy áspera y trabajosa, cuando los bienes de fortuna no bastan para poder vivir con ellos conforme á la calidad de sus personas, todas me parecen tolerables y que con mayor paciencia se pueden sufrir los trabajos que acarrean pudiéndose passar sin venir á perder su propia libertad, compelidos y apremiados á venderla por dineros, haciéndose esclavos y muchas veces por muy pocos, siendo esta libertad tan sin precio que dice Ovidio della que no se vende bien por todo el oro del mundo.

ANTONIO.— Antigua querella es esta de todos los que viven con señores, y los más dellos tienen poca razón de agraviarse, porque demás de llevarles sus dineros y sustentarse con hacienda ajena, hay otras ganancias que obligan á dissimularlas con sobras de la falta de libertad, porque se ganan los favores en las necesidades, el socorro en los trabajos, el valor y merecimiento en las personas, que si bien lo consideráis, á muchos tenéis mucho respeto por ser criados de los señores que decís, que no lo siendo haciades poco caso dellos.

LUIS.— Es muy gran verdad lo que habéis dicho, pero todavía parece gran bien vivir los hombres libres si tienen posibilidad de hacerlo.

ANTONIO.— Pocos hay que la tengan que no la hagan, y los que no lo hacen es porque pretendan otras cosas que no tienen en menos que la riqueza.

LUIS.—¿Qué cosas son esas?

ANTONIO.—De lo que he dicho lo pudiésedes haber inferido. La honra, la autoridad, la preminencia, el acatamiento que se les hace, el respeto que se les tiene por causa de los señores con quien viven, y no quiero daros exemplos desto porque serían perjudiciales, pues no puedo decir que se les da todo esto por causa ajena sin mostrar que por la suya no lo merecían.

LUIS.— Bien sería todo ello si no viniese tan cargado de inconvenientes que apenas puede el provecho y honra con ellos, porque si hacéis algún delito ó cosa por donde merezcáis ser castigado en tierra del señor con quien vivís, mayor es el rigor que se usa con vos que en otra parte ninguna; porque dicen que con el castigo de su criado dan mayor exemplo á sus súbditos, y assí estáis con obligación de vivir más recatado y con mayor aviso. Y lo que peor es, que, conociendo esto los vasallos, tienen en poco á los criados de los señores, desacatándose con ellos y tratándolos con poco respeto, y éstos porque saben que los han de sufrir, y que por no dar ocasión á que el señor se enoje con ellos y aun por ventura los despida, sufren muchas veces más de lo que sería justo.

ANTONIO.—Los señores que esso permiten no pueden excusarse de culpa mientras así lo hicieren, pues es ley universal de naturaleza que haya unas personas preferidas á otras, y los que quieren tan grande igualdad en sus tierras, yerro es manifiesto que hacen. Pero debéis engañaros, que si algunas veces los señores muestran querer esa igualdad no es para más de quitar la ocasión á los criados que no se ensoberbezcan ni traten ásperamente á los vasallos, pensando que con servirles tienen libertad para ello.

LUIS.—No sé lo que tenga por peor; una cosa quiero que me conféseis.

ANTONIO.—¿Qué cosa?

LUIS.— Que no conoscen los señores el buen servicio que tienen.

ANTONIO.—¿Cómo es eso?

LUIS.—Yo os lo diré. Porque nunca supieron ser mal servidos: tiene uno de nosotros un mozo ó dos ó tres, que á cada paso que les decimos ó mandamos alguna cosa fuera de su voluntad se agravian en nuestra presencia y nos dicen palabras sueltas y libres, y muchas veces se desvergüenzan á responder que no quieren hacer lo que se les manda, y aun algunas con palabras iguales. Y todo esto sufrimos y passamos y disimulamos, que no es menester poca paciencia para ello.

ANTONIO.—¿Y qué es la causa que la tenemos?

LUIS.—Servirnos nosotros de gente ruin, desvergonzada y desenfrenada, y que se les da poco vivir hoy con uno y mañana con otro. Y si no hallan amos, pedirlo por Dios ó tomar cordel y ser ganapanes. Y si nosotros los despedimos, no hallamos otros mejores, y por ventura serían de peor condición; pero los señores que se sirven de hombres que tienen y temen la honra, no pasan por este trabajo, que con ser buenos y hijos de buenos, demás de no hacer vileza, procuran tener contento siempre al señor con quien viven, sufriendo sus desabrimientos, sus importunidades y sus condiciones, que son muchas veces fuera de todos términos de razón, porque saben que han de salir con todo lo que quieren, sin que sus criados se lo contradigan ni dexen de cumplir lo que les manda, sea bueno ó malo, justo ó injusto, ¿y qué pensáis que lo hace? La vergüenza y la virtud que tienen; de manera que la mayor ventaja que nos hacen los príncipes y señores es servirse de buenos y hijos de buenos y que procuran hacer y sufrir como buenos, y nosotros somos servidos de gente ruin y de ruines costumbres y inclinaciones. Así que si aquellos á quien servimos mirasen y pusiessen ante sus ojos una cosa tan áspera y terrible como es que negamos nuestra propia inclinación y voluntad por seguir la ajena; y muchas veces tan fuera de razón y de propósito parecerles ya poca recompensa el salario por grande que fuesse, y holgarían de disimular algunas flaquezas, si en nosotros las hubiese, en lo que toca á su servicio, y juntamente con esto caerían en la cuenta de la obligación que tienen de hacer merced á los que bien y con trabajo les sirven.

ANTONIO.—Ese es el mayor que los servidores padescen, á lo menos aquellos que, como habéis dicho, son criados de grandes señores y príncipes, porque no sirven tanto por el galardón y premio que les dan de su salario y partido, como por la esperanza que tienen de ser remunerados en beneficios y mercedes. Y muchas veces les pasa la vida bebiendo los vientos como camaleones y cebándose en esperanzas vanas, sin sacar más fruto ni provecho de hallarse burlados.

LUIS.—No tienen de esso los señores toda la culpa.

ANTONIO.—¿Cómo no? Pues los servidores ¿hacen por su parte lo que son obligados?

LUIS.—Yo os lo diré: mucho está en ser unos venturosos y más bien afortunados que otros, digo cuanto á la opinión de algunos, que la verdad católica no lo consiente; mas prosiguiendo en alguna manera la vulgar opinión, para que mejor lo entendáis, quiero deciros en breves palabras que cuando niño me acuerdo que me contaron. Un rey que hubo en los tiempos antiguos, cuyo nombre no tengo memoria, tuvo un criado que le sirvió muchos años con aquel cuidado y fidelidad que tenía obligación, y viéndose ya en la vejez y que otros muchos que habían servido tanto tiempo ni tan bien como él habían recebido grandes premios y mercedes por sus servicios, y que él sólo nunca había sido galardonado ni el rey le había hecho merced ninguna, acordó de irse á su tierra y passar la vida que le quedaba en granjear un poco de hacienda que tenía. Para esto pidió licencia y se partió, y el rey le mandó dar una mula en que fuesse, considerando que nunca había dado nada á aquel criado suyo, y que teniendo razón de agraviarse se iba sin haberle dicho ninguna palabra. Y para experimentar más su

paciencia invió otro criado suyo que, haciéndose encontradizo con él, fuese en su compañía dos ó tres jornadas y procurase entender si se tenía por agraviado. El criado lo hizo así, y por mucho que hizo nunca pudo saber lo que sentía, más de que passando por un arroyo la mula se paró á orinar en él y dándole con las espuelas dixo: Arre allá, mula, de la condición de su dueño, que da donde no ha de dar. Y passando de la otra parte aquel criado del rey que le seguía, sacó una cédula suya por la cual mandaba que se volviesse y lo hizo luego; y puesto en la presencia del rey, el cual estaba informado de lo que había dicho, le preguntó la causa que le había movido decir aquello. El criado le respondió diciendo: Yo, señor, os he servido mucho tiempo lo mejor y más lealmente que he podido; nunca me habéis hecho merced ninguna, y á otros que no os han servido les habéis hecho muchas y muy grandes mercedes, siendo más ricos y que tenían menos necesidad que yo, y así dixe que la mula era de vuestra condición, que daba donde no había de dar, pues daba agua al agua, que no la había menester, y dexaba de darla donde había necesidad della, que era en la tierra. El rey le respondió: ¿Piensas que tengo yo toda la culpa? La mayor parte tiene tu ventura; no quiero decir dicha ó desdicha, porque, de verdad, estos son nombres vanos, mas digo ventura, tu negligencia y mal acertamiento fuera de razón y oportunidad; porque lo creas quiero que hagas la experiencia dello. Y assí lo metió en una cámara y le mostró dos arcas iguales y igualmente aderezadas, diciéndole: la una está llena de moneda y joyas de oro y plata, y la otra de arena: escoge una de ellas, que aquélla llevarás. El criado, después de haberlas mirado muy bien, escogió la de la arena, y entonces el rey le dixo: Bien has visto que la fortuna te hace el agravio también como yo; pero yo quiero poder esta vez más que la fortuna, y assí le dió la otra arca rica, con que fué bienaventurado.

ANTONIO.—Entendido he lo que ahí queréis inferir, y lo que yo querría es que de la misma manera hiciesen conmigo, que no soy más dichoso que esse.

LUIS.—Todavía quiero decir que los criados tenemos la culpa de que los señores se descuiden de hacernos merced, porque nosotros les damos mucha ocasión para ello.

ANTONIO.—¿Cómo es esso?

LUIS.—Yo os lo diré. ¿Paréceos que es bien lo que los criados por la mayor parte hacen, que es agraviarse siempre de aquellos á quienes sirven diciendo mal y blasfemar dellos públicamente y donde quiera que se hallan, como si fuessen sus mortales enemigos, porque no les dan cuanto tienen y porque no les hacen cada día mercedes como si de fuero se las debiesen?

Antonio.—No alabo yo á los que esso hacen y es la mayor falta que puede haber en los servidores, si reciben la justa recompensa de su servicio en el partido y en otras cosas; pero así como digo esto de los que se agravian sin razón, quiero salvar á los que la tienen con aquel exemplo de Philipo, rey de Macedonia, el cual tuvo un criado llamado Nicanor, de quien fué muy bien servido, y como no recibía el galardón conforme á sus servicios, comenzó á desenfrenar la lengua y á decir mal del rey, tan libre y sueltamente donde quiera que se hallaba, que unos privados de Philipo que le oyeron se lo fueron á decir; agraviando el negocio y pareciéndoles que no cumplían con menos, le inducían á que le castigase gravemente y le desterrase de su reino. El rey dixo que él haría en él lo que convenía, y de ahí á tres ó cuatro días hizo muy grandes y crecidas mercedes á Nicanor. Y passado muy poco tiempo tornó á preguntar á aquellos criados suyos si porfiaba Nicanor en decir todavía tantos males dél como solía. Ellos le respondieron que antes decía y publicaba tantos bienes que los tenía maravillados de su mudanza. Y el rey les dixo entonces: Agora veréis que no tenía el sólo la culpa, sino yo, pues era en mi mano hacer que dixese bien ó mal de mí y no lo había remediado hasta agora.

Antonio.—Ya no son essos tiempos, ni se usa agora essa manera de remedios, aunque no hay menos obligación que entonces para que los señores tengan más cuenta con su familia y con los que mayor trabajo pasan en su servicio, para que mejor sean remunerados. Pero dexando esta materia, ¿no veis cuál viene Bernardo tan pensativo y triste que apenas puede moverse, la color mudada y levantando los ojos al cielo como si tuviesse que tratar con las nubes?

Luis.—No trate con Dios de decir alguna blasfemia entre dientes, que á lo que yo entiendo, el que daba poco ha jugado y debe haber perdido lo que tenía.

Antonio.—¡Ah, gentil hombre, por acá es el camino si no vais huyendo de nosotros!

Bernardo.—Antes vengo mejor guiado de lo que pensaba, pues he venido á hallar tan buena conversación para pasar el día.

Antonio.—Mejor viva yo que no quisiérades vos más que durara lo que habéis dexado y que vuestra bolsa os prestara más aparejo. Pero vos hacéis con el juego lo que ella hace con vos, que le dexáis cuando ella dexa de daros dineros, y assí creo que debe de haberos acaecido agora.

Bernardo.—¿En qué lo veis?

Antonio.—Vuestro gesto lo dice y el semblante que traéis muestra que habéis perdido lo que teníades.

Bernardo.—Pluguiera á Dios que no fuera más de esso, y de lo que me pesa es que no sólo perdí lo que tenía, pero también lo de mis amigos, que treinta ducados me prestaron y tampoco me dexaron blanca dellos.

Luis.—¿Pues por qué dexaste de jugar? Quizá os desquitárades.

Bernardo.—Porque no hallé quien me prestase más dineros.

Antonio.—Yo lo creo bien, que si el juego no os dexa á vos, no le dexaréis vos á él. ¿Y quién os lo ganó?

Bernardo.—Ruiz y Guevara me trataron como os digo.

Antonio.—¿Y por haber perdido habéis de mostrar essa tristeza? Péssame ya que nadie os lo sintiesse por lo que toca á vuestra honra. Ya yo os he visto perder mayor cantidad y no por eso dexasteis de quedar muy alegre y contento.

Bernardo.—No serán pocas veces las que esso me ha acaecido, pero entonces quedárame con qué poder tornar á jugar, y assí no sentía tanto la pérdida, y agora ha días que el juego me tiene fatigado, y no solamente he perdido cuanto tengo, pero también el crédito. Porque ya no hallo quien me preste un ducado, y los que agora me prestaron fué porque les debía más dineros, y quisieron aventurallos porque si ganasse se los pagasse todos. Y también empeñé mi palabra que lo uno y lo otro les pagaría dentro de tercero día, lo cual puedo tan bien cumplir como volar de aquí al cielo.

Luis.—Essa es la mayor pérdida. Porque con ello perdéis la autoridad, la fe que habéis dado, y por ventura perderéis los amigos, que de tales se os volverán enemigos no cumpliendo con ellos lo que habéis quedado.

Bernardo.—Ninguno se obliga á lo imposible, y si no lo tengo, como suelen decir, el rey me hace franco; cuando pudiere les pagaré y en tanto tengan paciencia, pues yo la tengo, no me quedando qué jugar, y lo peor es que gastar, ni con qué remediarme.

Antonio.—Muy mala razón es essa, señor Bernardo, y por lo mucho que os quiero no querría que la dixérades fuera de entre nosotros porque seríades mal juzgado. Y pues que tantas veces tenéis experiencia de los males y daños y desasosiegos que el juego trae consigo, debríades moderaros en jugar, y aun lo mejor sería dexarlo del todo, pues habéis visto la ganancia que sacáis de andaros jugando toda la vida, que en fin no la podéis sacar mejor que todos la sacan, la cual es acabaros de perder del todo si no ponéis remedio en lo porvenir, pues tenéis tiempo para hacerlo.

BERNARDO.—Por Dios que me parece, señor Antonio, que queréis contrahacer al raposo, que se vestía en hábito de frayre para predicar á las gallinas; nunca vi yo rufián que después de haber dexado el oficio por faltarle las fuerzas y aparejos para seguirle trayendo un rosario muy largo de agallones, y aun á las veces el hábito de hermitaño, mejor supiese hacer del hipócrita y dar á entender á las gentes ser un sancto sin pecado, que vos lo hacéis agora conmigo como si no tuviese noticias de vuestra vida ni os hubiese conocido hasta agora. Después que habéis jugado lo vuestro y lo de vuestros amigos, y que lo habéis tenido por oficio toda vuestra vida, pensáis de hacerme entender que es muy mala cosa el juego. Muy gran traición le haréis siendo vos de los mayores amigos y privados que él ha tenido y tiene, tratarle tan mal en ausencia; pero á fe que ó él podrá poco ó se vengará de vos en algún tiempo.

ANTONIO.—Ya le voy yo perdiendo el miedo, aunque no puedo negaros no ser verdad todo lo que habéis dicho, assí dejásedes vos su amistad como yo la he dexado. Por que he conocido sus traiciones y falsedades, sus trapazas y sus engaños. He visto esto, hele cobrado odio y enemistad y tan ruin voluntad, que de muy grande amigo le he hecho muy grande enemigo.

BERNARDO.—Ora ya que poco trabajo sería menest:r para que retornasen á hacer las amistades.

ANTONIO.—Bien me tenéis entendido, si vos queréis tener paciencia para escucharme un cuarto de hora como la tenéis para jugar cincuenta días y noches, yo os mostraré lo que siento del juego y de los que siguen su blandeza para que entendáis cuál lexos estoy de tornar á caer en este piélago, y por ventura podrá aprovecharos á vos tanto que, aunque no sea muy á vuestro salvo, no dexéis de saliros á buen tiempo deste laberinto en que andáis tan perdido.

BERNARDO.—Mirad, señor Antonio; si me queréis predicar los males y daños del juego y el peligro de la conciencia de los que juegan, en mi posada tengo un librillo que se llama *Remedio de jugadores*, que trata esta materia muy copiosamente; si habéis de decirme lo mismo que en él he leído, bien podéis desde agora excusaros de tomar esse trabajo.

ANTONIO.—¿Y no os ha aprovechado ninguna cosa lo que aquel frayre os aconseja?

BERNARDO.—No, porque con ver que no hacía al propósito de mi voluntad, por un oído me entraba y por otro me salía; porque estoy determinado de no ser sancto como él me quiere hacer.

ANTONIO.—Pues si no os aprovechó lo quél como buen frayre y muy buen teólogo os ha dicho, por ventura os aprovechará lo que yo como tahur y como hombre que he traído á cuestas los atabales os dixesse, porque serán diferentes cosas y conocidas por pura expiriencia, por haber passado las más dellas por mí y haber visto las otras en otras gentes, y también os quiero decir que no han passado menos por vos. Y pues esse frayre trata lo que principalmente toca al ánima y á la conciencia, yo trataré agora de los males y persecuciones que el cuerpo recibe por el juego, aunque al cabo también diré lo uno como lo otro. Lo primero que tiene el juego es quitar á los hombres el buen conocimiento, para que no entiendan lo que hacen, que si lo entendiesen él quedaría perdido del todo, porque no habría quien le siguiesse, ni aun quien le conociesse, y assí usa deste ardid y de otros muchos, principalmente de dar algunos alegrones de ganancias, para después se le restituya todo con doblada pérdida, de las cuales la mayor de todas es la del tiempo mal empleado. Porque si San Bernardo dice que todas las horas que se duermen se han de quitar y descontar de la vida, ¿qué mayor sueño que el del juego, donde todos los sentidos están tan atentos, la memoria de otras cosas tan olvidada y el juicio tan fuera de sí mesmo, para entender cuál es bueno ni cuál es malo, que, como todos sabemos, muchas veces estamos como beodos, porque conociendo la ventura contraria, los naipes y suertes dellos, en favor de los que juegan con nosotros, de manera que casi claramente nos dicen que hemos de perder, la beodez del juego nos detiene y nos adormece, de manera que no despertamos hasta acabársenos la moneda, y entonces caemos en la cuenta de nuestro daño, cuando ya no tiene remedio? Verdaderamente, señor Bernardo, podéis creer que los que juegan no viven, y que, teniéndolo por oficio, su vida es como sueño, porque cuando comen no toman gusto en los manjares, pensando en lo que han perdido y cómo se desquitarán, y si han ganado cómo acabarán de ganar cuantos dineros hay en el mundo, y tan embelesados están en esto, que acaesce muchas veces acabando de comer preguntarles lo que han comido y no saber decirlo, ni acordarse dello; y con el bocado en la boca van á buscar con quien jueguen, y si á su posada vienen jugadores, primero están los dados ó los naipes en la mesa que se alcen los manteles; y muchas veces les acaesce comenzar á jugar y pasarse aquel día y después la noche y ser otro día sin haberse levantado de un lugar. Esta bien se puede decir que no es vida, pues se passa el tiempo sin vivirlo, y de aquí nascen muchos inconvenientes porque dexan los hombres de entender en lo que toca á las haciendas y al aprovechamiento de sus casas:

pierden el cuidado de las mujeres y de los hijos y de lo que es menester proveer para ellos, y tienen en poco la salud de los cuerpos; porque de la desorden del juego suceden muchas enfermedades, que de estar tantas horas y tanto tiempo sentados sin hacer ejercicio, ni movimiento, no se gastan los manjares que se comen, y vienen á corromperse y á engendrar malos humores. Y demás desto, el que pierde porque no se levante el otro con la ganancia, y el que gana porque no se le passe la dicha ó ventura que tiene, aunque tengan necesidad de cumplir con lo que es forzoso con sus cuerpos, se detienen y fuerzan á estar quedos, y desto viene muchas veces la cólica pasión, la estrangurria, la disuria, mal de hijada y otras pasiones diferentes destas, y aun muchas veces tras ellas la muerte. Porque si estos trabajos del juego ó se pasan ó pueden mejor tolerarse en verano, veréis hombres en el ivierno que con estar fuego y brasas en las piezas donde juegan, están tan descuidados y embebecidos en los juegos, que cuando los dexan y se levantan tienen las piernas casi entomidas con el frío, el cual con la humidad les ha penetrado los huesos, y cuando se van á sus camas no pueden calentar en toda la noche, y cuando esto se continúa se vienen á follecer y padecer mill trabajos, poniendo la culpa dellos á otras ocasiones muy diferentes y no al juego, por no perder la amistad que con él tienen. Pues las cabezas de los que juegan desta manera, ¿no padescen detrimento, que los más se levantan con muy grande dolor dellas, y otros tan desvanecidos, que después que se levantan de jugar no se pueden tener en los pies? Tras esto viene que los que han ganado mucho muestren con grandes señales de regocijo la alegría que llevan consigo, y los que han perdido, una incomparable tristeza, teniendo la color mudada, los ojos baxos, el gesto turbado, dándonos tristes y muy profundos suspiros, todo en mengua y afrenta y ignominia suya, no sintiendo los desventurados lo que se platica, lo que se dice y murmura dellos y de su poquedad y desventura. Porque los que assí sienten la pérdida no debían aventurarla por la ganancia, por no mostrar tan gran flaqueza en lo uno como en lo otro. Otros cuando juegan, y están perdiendo se congoxan y trasudan; vereislos limpiar el sudor cien veces, ya dexan las capas, ya las gorras, ya se afloxan los vestidos hasta mostrar las camisas, porque la congoxa de la pérdida les ahoga y quita el huelgo, y así hacen diversos meneos y visajes como si estuviesen locos. De manera que dan qué mirar y qué reir y burlar á los que están presentes. Cada cosa que viene les embaraza; de cada uno que entra se amotinan; cada palabra que oyen juzgan

que es en su perjuicio, y en fin, no hay cosa que no les saque de paciencia, y pluguiese á Dios que parassen en esto, y no en perderlo del todo, offendiendo á Dios con las lenguas é blasfemar, que aunque todos no lo hacen en público, pocos hay que en secreto no hablen con Dios muy enojados, y unas veces con el pensamiento y otras veces entre dientes le dicen lo que se les antoja, con palabras desacatadas, tratando entre sí muchas y diversas herejías, que por cada una dellas merecían ser gravemente castigados en el alma y en el cuerpo.

Luis.—Ya esso es salir de lo que cuando comenzasteis esta materia prometisteis: pues dexados los daños del cuerpo, comenzáis á tratar los del alma.

Antonio.—No es posible menos para que vaya bien enhilado; pues tornando á lo que decía, después que se van jugando los dineros y las haciendas, los que los llevan se aprovechan dellos como de dineros de trasgos. Hay algunos tan avarientos y tan codiciosos del juego, que no gastarán en sus casas un real aunque hayan ganado cien ducados, porque no les falte para jugar, teniendo aquello por suma felicidad, y con esto tornan á jugar otro día, perdiendo lo que ganaron sin quedarles ninguna cosa; otros hay contrarios désta opinión, que cuando han ganado les parece que hallaron aquella hacienda en la calle, y assí la gastan y destruyen comiendo demasiada y curiosamente, y haciendo gastos excesivos, de manera que se les cae por entre los dedos, y después cuando tornan á jugar y pierden, páganlo de sus propias haciendas, padeciendo ellos y sus mujeres y hijos y familia.

Luis.—Para esso yo os podré decir lo que pocos días ha yo mismo vi, que un amigo mío ganó en tres ó cuatro veces hasta ochenta ducados, y de hoy á tres días, jugando sobre su palabra, le ganaron los veinte dellos; y fué para mí muy congoxado, rogándome que se los buscase sobre unas prendas, porque no los tenía. Y yo le pregunté qué había hecho de los que ganara. Y queriendo echar cuenta y averiguar en qué los había gastado, jamás pudo llegar al término dellos, y jurábame que más daño recebiría en pagar aquellos veinte que provecho con los ochenta que había ganado.

Antonio.—Todas las ganancias de los tahures son desa manera, y después, cuando no tienen qué jugar, su officio es andar pidiendo emprestado de los unos y de los otros, envergonzándose con muchos que no les dan los dineros. Y si bien se considerase cuán grande affrenta es ésta para un hombre que se tiene en algo, bastaría quitarle del juego de manera que lo aborreciese perpetuamente. Veréis demás desto andar las prendas suyas y de sus amigos de casa en casa empeñadas y (lo que es peor) los vestidos de las mujeres empeñados y vendidos, que muchas veces no les dexan con qué salir de casa, y cuando no hay más que jugar (y aunque lo haya), si han perdido en alguna cantidad, muchos quieren que los de su casa padezcan los desatinos que ellos han hecho, buscando ocasiones para reñir, y el descontento y desabrimiento que traen consigo, hanlo de pagar las mujeres, los hijos y los criados, riñendo con ellos, dándoles y maltratándoles sin causa; de suerte que parece que el juego los dexó locos ó desatinados, y assí andan dando voces por casa como beodos ó gente sin juicio, y después están en sus camas pensando en la pérdida, no duermen sueño, sino dan vueltas á una parte y á otra, sospirar y gemir y andar vacilando, con el sentido sin reposo alguno. Y si el cansancio los vence, para que duerman algún poco, luego despiertan con el sobresalto de la pérdida; de manera que una noche mala de las que assí llevan habian de estimar en más los hombres de buen conocimiento que toda la ganancia que el juego puede darles en la vida, y despegarse de su vicio tan ponzoñoso. Y cuando esto no bastasse, debría bastar lo que saben que han de sufrir los que tienen por oficio andar siempre jugando. Pintadme los caballeros, ó muy valientes, ó personas que estiman en mucho la honra de cualquiera suerte que sean; han de sufrir injurias y afrentas por muchas vías y maneras, porque la codicia de la ganancia les hace jugar con gente vil y de baja suerte, y el juego es de tal condición que los hace á todos iguales. Y assí los inferiores quieren tratar á los otros igualmente, porque si pierden quieren que les sufran y si ganan súfrenlos porque no se levanten con la ganancia. Y cuando un hombre ruin ha dicho una injuria á un hombre honrado y le reprende porque se la ha sufrido, responde éste con pasión, y á los que pierden todos les han de sufrir, y mayor mengua es tomarme yo con aquél. De manera que anda la honra entre los que juegan debajo de los pies, y si hay algunos que son recatados y no sufren (como dicen) cosquillas, son muy pocos, y aun essos no todas veces salen desto tan bien como querrían.

BERNARDO.—No habéis dicho cosa que no sea muy verdadera, y por eso he sufrido escucharos Proseguid vuestra plática, que hasta el cabo della me tendréis muy atento.

ANTONIO.—Huelgo que toméis gusto de lo que digo, y más holgaría de que os aprovechásedes dello. Pues escuchad, que no he acabado de decir todo lo que siento. ¿Tenéis por pequeño trabajo el andar buscando por las calles y de casa en casa quien juegue, rogando al uno, fatigando al otro, haciendo plegarias, conjurándolos como á espirituados? Y como en los juegos se prestan unos á otros dineros, y la principal causa porque otra vez se los presten al que los da, cuando no hay aparejo para pagarlos, andan los hombres corridos, affrentados de faltar sus palabras y promesas, y assí se esconden muchas veces de aquellos á quien son deudores, y si los ven venir por una calle ellos huyen por la otra, y si van á alguna casa á donde están no entran en ella. Y aun no solamente hacen esto los que no tienen aparejo para pagar, que muchos traen consigo los dineros y tienen en poco esta vergüenza, y disimulan porque no les falte para jugar. No es este el mayor mal, que otros hay muy mayores. Los hombres casados dan muchas veces ocasión á que sus mujeres, viviendo mal, hagan desatinos y los amengüen, lo que no harían por ventura no teniendo tan buen aparejo. Porque como saben que los maridos juegan noches y días y que no han de entender lo que ellas hacen, porque todo su cuidado es en el juego, toman mayor licencia con la libertad y con el tiempo que les sobra para sus pasatiempos deshonestos. Y demás desto suceden los debates y rencillas que hay sobre el juego. Que aunque, como he dicho, se suffran muchas injurias, son tantas y tantas veces, que algunas dellas vienen á parar en sangre y en muertes, como por experiencia se ha visto; de allí suceden pasiones, desafíos y desasosiegos, y quedan los hombres afrentados muchas veces sin poder tomar satisfacción ni venganza de los que los afrentaron. Sin esto veréis una pasión y flaqueza muy grande en muchos de los que pierden á qué son las plegarias, las rogativas, las amenazas, los conjuros que hacen á los que se levantan del juego para que tornen á jugar con ellos para que dexen de ser jurados, porque este nombre les ponen ó que se han metido frailes. Desta suerte passan la vida los tahures noches y días con estos inconvenientes y otros más dañosos. Porque muchos dellos, cuando les faltan los dineros, procuran haberlos por todas las vías illícitas que pueden, y vienen á hurtar y robar y hacer insultos los hijos á los padres, los criados á los señores, y cuando de esta manera no pueden, lo roban de sobre el altar si lo hallan; y assí algunos lo vienen á pagar en las horcas, y aun si no lo pagan también las ánimas, no son tan mal librados. Y si el juego es tan malo generalmente para todos, los que sirven y son criados de señores tienen mayor obligación de huir y apartarse dél, porque si tienen y les dan cargos en que trayan hacienda entre manos, ó se han de aprovechar della para el juego ó ya que no lo hagan, siempre han de tener á sus amos sospechosos y recatados de que se aprovechan y hurtan para jugar, y sobre esto les dicen mil malicias y mil lástimas, que por ninguna cosa habían de dar ocasión á ellas; y si no tratan ni traen entre manos cosa de que pueda aprovecharse ni hacer menos, sirven muy mal, hacen mil faltas, cuando son menester no los hallan, cuando los buscan no parecen, cuando han de servir están embarazados, si topan con ellos ruegan á los que los llaman que digan que no los hallaron, y si les paresce que no pueden hacer menos de ir, van murmurando, blasfemando, perdiendo la paciencia con todos, diciendo mil injurias en ausencia á sus amos, y, finalmente, nadie puede servir bien jugando; y de mi consejo, quien jugare no sirva ó quien sirviere no juegue.

BERNARDO.—Decidme, señor Antonio, ¿por qué no tomáis esse consejo para vos como lo dais á los otros?

ANTONIO.—Bien habéis dicho si no lo hubiese tomado, y no me acuséis ahora, pero acusadme de aquí adelante si me viérades hacer menos de lo que digo, que aunque haya sido tarde, todavía (como dice el proverbio) vale más que nunca; y porque no se me olvide lo que tengo que decir, tornando al propósito, no veo seguirse provecho ninguno del juego, y que se siguen los daños que he dicho, y tantos, que si todos se hubiessen de decir, sería para nunca acabar. Pero no quiero parar aquí, aunque os parezca que soy largo, porque no es de callar el trabajo que tienen los que se han de andar guardando de los chocarreros, que los que lo son ya tienen perdida la vergüenza á Dios y al mundo. Y como por la mayor parte hacen mayor mal los ladrones secretos que los públicos, assí éstos hacen grandísimo daño en las repúblicas, porque hurtan y roban secretamente las haciendas ajenas, no se guardando las gentes dellos; y para mí por tan gran hurto lo tengo, que á los que assí llevan los dineros mal ganados, con muy gran justicia los podrian poner á la hora una soga á la garganta y colgarlos sin piedad de la horca. Esta es una manera de hurtar sotil, ingeniosa, delicada, encubierta, engañosa y traidora, digna de muy gran castigo; y no veo que jamás se castiga, que las ferias están siempre llenas de ellos, en los pueblos se hallarán á cada passo, y, en fin, las justicias se han muy remisamente en no castigar un delito tan dañoso y perjudicial como éste; que con razón podrian acriminarlo tanto en algunos, que de allí tomasen ejemplo los otros para apartarse de tan mal trato y officio, los cuales, por no verse en este peligro, debrían tomar otra manera de vida, y los tahures, por no andar siempre recatados y recelándose (como los que tienen enemigos y se guardan de traición), sería bien que se apartasen de este vicio del juego, porque es uno de los grandes trabajos que se pueden tener; pero hacen como los beodos, que, sabiendo que el vino les hace mal, lo buscan y procuran, sin recelarse del daño que reciben en beberlo.

LUIS.—¿No nos diríades qué son los delitos que cometen y cómo los hacen, pues que generalmente tanto mal decís dellos?

ANTONIO.—Deciros lo he, pero no particularmente, porque sería imposible acabar de contar sus maldades y traiciones, pero todavía contaré algunas dellas, assí para que sepáis que tengo razón en lo que digo como para que tengáis aviso en conocerlos. Aunque ellos fingen y disimulan y tienen tales astucias y mañas que dificultosamente podréis entender su manera de vida. Los más destos andan muy bien aderezados, con muy buenos atavíos y en tal hábito, que los que no los conozcan los juzgan por hombres honrados y que no presumirán dellos que harán vileza ninguna. Cuando van nuevamente á estar, ó por mejor decir, á jugar en algún pueblo, buscan formas y maneras para entrar donde juegan, entremeterse en conversación con los jugadores, y despúes que son admitidos al juego, si se conocen dos deste oficio luego se juntan, y si el uno juega, el otro está mirando á los contrarios. Si el juego es de primera tienen escritas ciertas señas con que dan á entender al compañero que el contrario que envida va á primera, otras para cuando va á flux, y otras y otras para cuando tiene tantos ó tantos puntos, de manera que juega por ambos juegos. Y estas señas son tan encubiertas, que nadie puede entendérselas, porque ó ponen la mano en la barba, ó se rascan en la cabeza, ó alzan los ojos al cielo, ó hacen que bostezan y otras cosas semejantes, que por cada una dellas entienden lo que entre ellos está concertado. Algunos traen un espejo consigo, y cuando están detrás lo ponen cuando es menester de manera que sólo su compañero puede verlo, y ver en él las cartas que tienen los que juegan para envidar ó saber si los envites que hacen son falsos ó verdaderos. Esto mesmo hacen en el tres, dos y as y en los otros juegos desta calidad. Si juegan entrambos en un juego con otros, ayúdanse de manera que se entiendan la carta que han menester, y el uno la da al otro, porque las conocen todas, ó á lo menos de qué manjar es cada una dellas.

LUIS.—Cosa recia decís creer si los naipes vienen nuevos á la mesa cuando comienza el juego, que no sé yo como los pueden conocer tan presto.

ANTONIO.—Yo os lo diré para que lo entendáis. Algunos dellos están concertados con otros tenderos tan buenos como ellos, que por alguna parte de la ganancia que les dan huelgan de ser también participantes de la bellaquería, y en casa destos ponen tres y cuatro docenas de barajas de naipes que tienen sus flores encubiertas, y cuando quieren jugar dan orden que vayan allí á comprarlas, y assí juegan con ellos sin sospecha, siendo tan falsos como podréis entender.

BERNARDO. - Declaradnos qué cosas son estas flores, que yo hasta agora no las entiendo.

ANTONIO.—Estad atento, que yo os desengañaré. Toman los naipes y con una pluma muy delicada dan su punto con tinta tan subtil y delicado que si no es quien lo supiere parece imposible caer en la cuenta del engaño; á los de un manjar danlo en una parte, y de los otros á cada uno en la suya diferentemente para conocerlos. Y cuando estas señales parece que no se pueden tan bien encubrir, con una punta de tijera ó cuchillo ó con una aguja ó alfiler muy agudo los señalan tan delicada y encubiertamente que apenas los ojos los descubren. Y si los naipes no son destos, á la primera vuelta que dan con ellos están todos señalados, que con las uñas suplen la falta de los cuchillos; de manera que assí roban los dineros de todos los que con ellos se ponen á jugar sin que lo sientan, y aun algunas veces se dan tan buena maña, que toman para sí los mesmos naipes que están descubiertos. Otros, cuando se descartan, echan un naipe encima de los otros, y si lo han menester lo toman con toda la gentileza del mundo sin ser vistos ni sentidos.

BERNARDO.—No puedo yo entender lo que les puede aprovechar tener los naipes señalados, pues que en fin han de tomar los que en suerte les venieren.

ANTONIO.—No estáis bien en la cuenta; lo primero de que se aprovechan es conocer por las señales cuántas cartas tiene el contrario de un manjar, y lo otro que, aunque venga en baxo, á segunda ó tercera carta, la que ellos han menester, la sacan del medio y tienen tan gran sutileza que, habiéndola de dar por suerte al otro, la toman para sí, y para esto siempre, cuando tienen los naipes, al sacar de uno dexan tres ó cuatro tendidos, que no juntan con los otros, porque si los tienen bien juntos no pueden tan bien conocer las señales. Y si tienen necesidad de la primera carta, dan á los otros tres y cuatro de las otras, y guardan y toman aquéllas para su juego ó para el de su compañero si son dos los que juegan de concierto. Y esto llaman salvar las cartas, y entre ellos se dice ir á salvatierra; mirad si es esta ventaja para robar el mundo que se jugase, no los entendiendo. Deciros he lo que á mí me sucedió estando en la isla de Cerdeña cinco ó seis compañeros que allí quedamos aislados por espacio de dos meses. Estaba entre nosotros un reverendo canónigo de más de sesenta años, que trataba en este oficio más que en rezar sus ho-

ras. Y jugando con nosotros con estas ventajas, ganónos el dinero que llevábamos para nuestro camino, y á mí, que presumía de gran jugador de ganapierde, me descubría á cada mano las primeras seis cartas que tomaba ó yo le daba, y con todo esto me ganó cuanto tenía, porque yo vía las seis y él me conocía las mias todas nueve. De manera que el negocio vino á términos que nos prestó dineros para llegar á Roma, á donde íbamos, sobre las cédulas de cambio que llevábamos. Llegado á Roma, acertamos á posar juntos ambos en una casa, y descuidándose un día este reverendo padre de cerrar bien una puerta de su cámara, yo la abrí y entré sin que él me sintiese, y estaba tan embebido haciendo una flor, más sutil que las que he contado, que por un buen rato no me sintió, y cuando me hubo visto, bien podréis creer que no se holgaría conmigo, y quísome deshacer el negocio con buenas palabras y burlas. Yo dissimulé también con él, porque me pareció que me convenía. Y en saliéndose de casa abrí su cámara y cogíle un mazo de bulas que habían costado á despachar más de doscientos ducados, y puestas en cobro, delante de todos los de la casa le dixe, cuando las halló menos, que yo las tenía y que si no me volvía lo que me había mal ganado que no se las daría. El me amenazó que se quejaría al auditor de la cámara, y yo le respondí que yo iría primero á informarle de lo que pasaba. El bueno del canónigo, por no verse más afrontado, se concertó conmigo, entendiendo algunos amigos entre nosotros, y me dió cuarenta ducados y me aseguró con una cédula otros treinta, aunque él me había ganado más de ciento.

LUIS.—¿Y acabólos de pagar?

ANTONIO.—No, y deciros he el por qué. Yo jugaba un día en un juego de primera en que había harta cantidad de dineros, y estando metidos los restos de tres, un arcediano que tenía los naipes en las manos había tenido su resto á una primera de dos treses y una figura, y con ser de los mayores chocarreros que había en Roma, quiso salvar una carta, porque con la otra que venía hacía primera. Este canónigo viejo estaba tras él, y entendiéndolo, porque un ladrón mal puede hurtar á otro, hízome de señas que lo remediase. Yo caí luego en la cuenta, y púsele la mano en los naipes haciéndole tomar. El canónigo, vueltos á la posada, tanto se apiadó conmigo por la buena obra que me hizo, que le hube de volver su cédula, aunque después cuando jugaba y ganaba me iba pagando parte de la deuda, con que no me la quedó á deber toda. Sin esto que he dicho, hay otras mil formas y maneras de malos jugadores; hay hombres de tan sotiles manos, que sin sentirlo juntan cinco ó seis cartas ó más de un manjar, á lo cual llaman hacer empanadilla ó albardilla, y poniéndolas encima, siempre barajan por el medio, porque no se deshagan. Y cuando sale la una, saben que vienen las otras tras ella, y conforme á esto os envidan ó tienen los envites con esperanza de la carta que les ha de venir de aquel manjar. Algunos chocarreros hay que se hacen mancos y que no pueden barajar, porque así los ponen mejor á su voluntad. ¿Queréis más, sino que hay vellacos tan diestros en esto que jugando al tres, dos y as, si os descuidáis un poco os darían las más veces tres figuras y tomarán para sí un seis, cinco y tría, ó otro risco con que os quiten las ganancias? Y en el juego que agora se usa de la ganapierde, si se juntan dos de concierto son para destruir á todos cuantos jugaren con ellos, porque todas las veces que el uno está rey, el otro se carga, se deja dar bolo sin que se pueda entender, haciendo muy del enojado con los otros compañeros porque no la metieron ó porque jugaron por donde se cargase, y después él y el otro parten las ganancias. Pues los que esto hacen ¿qué no harán en los otros juegos?

BERNARDO.—Bien entendido todo lo que habéis dicho; pero el juego de la dobladilla, que es el que más agoran usan, casi ha desterrado á la primera y á los otros, y este es un juego tan á la balda, que no hay lugar en él de hacer tantas maldades y bellaquerías.

ANTONIO.—Engañaisos, que si yo tuviese agora los dineros que se han ganado á ella mal ganados, más rico sería que un Cosme de Médicis; veréis á esta gente que digo hacer y urdir y componer en este juego veinte trascartones cuando los naipes les entran en las manos, poniendo juntos todos los encuentros que pueden, para que si por ventura viniesen no pierdan sino una ó dos suertes, y si acaesce alzar el contrario por una carta antes, viene luego su suerte y comenzan á contar subiendo lo que pueden, de manera que aventuran á perder poco y á ganar mucho. Otros hay que si pueden haber los naipes antes que jueguen, ó si son de los que he dicho, que tienen concertados con los que los venden ó con el dueño de las casas donde juegan, ponen entre ellos algunos naipes mayores ó más anchos que los otros alguna cosa, assí como cuatro reyes, cuatro cincos ó cuatro sotas, los unos son mayores por los lados y los otros por los cantos, y cuando no pueden hacer esto doblan algún naipe de manera que no assiente bien y acierten á alzar por él, y á estos naipes llaman el guión ó la maestra. Y cabe los que son mayores ó doblados ponen siempre y procuran juntar los otros como ellos, que si es as ponen los ases y si es seis ponen los seises, para que cuando alzasen por ellos, como lo hacen, venga cerca su suerte.

LUIS.—Poco les puede aprovechar esso, si los naipes se barajan bien, porque todas essas cosas se deshacen.

ANTONIO.—Vos tenéis razón, que muchas veces con el barajar no tiene efecto su malicia, pero tan á menudo procuran esta ventaja que algunas suertes les salen como ellos procuran, y por pocas que sean bastan para destruir á su contrario, porque como tienen este conocimiento de la suerte que viene, cuando sienten que no es la suya, procuran que se salga y hacen veinte partidos hasta asegurarla. Y aun algunos hay que pasan la suerte de sus contrarios, á lo menos cuando los tienen picados, que están ya medio ciegos y para esto tienen mill formas y maneras exquisitas. Y no para en esto el negocio, que hay algunos chocarreros de los que se conciertan que yendo por ambos la moneda que juegan, el uno arma con dineros al contrario de la cuarta ó quinta parte, porque perdiendo allí gana acullá la mitad del dinero. Son tantas estas traiciones y bellaquerías, que es imposible acabarlas de decir ni entender, porque como estudian en ellas los que las usan, cada día inventan cosas nuevas en esta arte, como los otros oficiales que buscan nuevos primores en sus oficios, y si dos que se conciertan toman á uno en medio, no le dejan cera en el oído, siendo dos al mohino. Y á los que no entienden ni saben estas cosas, esta buena gente los llama guillotes y bisoños. Y dexando los naipes, vengamos á los dados, que no hay menos que decir en ellos. Hay muchos hombres tan diestros en jugarlos, que todas las veces que se hallan con suerte menor, como es siete, ocho ó nueve puntos, hincan un dado de manera que le hacen que caya siempre de as, para que los otros corran sobre él, y cuando la suerte es doce ó de ahí arriba hincan otro dado de seis, de manera que las más veces aseguran su suerte; y esto quieren defender que no es mal jugar, sino saber bien jugar y tener mejor habilidad y destreza en el juego que los otros. Algunos hay tan hábiles, que hincan dos dados desta manera, y de otros dicen que todos tres; pero yo no lo creo ni lo tengo por posible si no los estuviesen componiendo en las manos; y si esto hiciesen habían de estar ciegos los que juegan con ellos. Y todo es sufridero para con otras tacañerías que se usan, y la mayor de todas es cuando meten dados cargados, que llaman brochas, los cuales hacen de esta manera: que á los que llaman de mayor, por la parte del as hacen un agujero hueco y allí meten un poco de azogue, que es muy pesado, y á los de menor donde están los seis puntos; y después tapan el agujero, que es muy sutil, y encima pintan uno ó dos puntos para que no se vean, y estos dados llevan los chocarreros escondidos, y cuando tienen una suerte de doce ó trece ó catorce puntos, echan los dados de manera que se les caya alguno en el suelo, y haciendo que se baxan por él, sacan otro de los de mayor, que meten en su lugar, y como está cargado en el as, cae siempre para abaxo y el seis para arriba; y de la mesma manera hacen cuando tienen por suerte siete ú ocho puntos, que meten un dado cargado en el seis porque vaya el as para arriba, yendo el seis para abaxo, y si es menester meten dos dados de esta suerte cargados de mayor, y cuando tienen suerte de doce ó de trece, alárganse en el parar y en el decir, de arte que, no siendo entendidos, todo el dinero es suyo. Otros dados hay que llaman falsos, que son mal pintados porque tienen dos ases y fáltales el seis, ó tienen dos seises, faltándoles el as, y conforme á la suerte que echan y á la necesidad que tienen, se aprovechan dellos metiéndolos en el juego tan bien como las brochas. Y cuando juegan á las tablas no penséis que se descuidan los hombres desta professión, que lo mesmo hacen con los dados, y verdaderamente yo tengo por malo y dañoso también este juego, assí por jugarse con dados, como por ser trabajoso y mohino. A todos los otros juegos podéis levantaros y os toman en una petrera; habéis de esperar á que se acabe el juego, perdiendo á cada mano y cada vez que echáis los dados sabiendo que se echa para perder y no para ganar, y assí es el juego más aparejado de todos para perder la paciencia, porque es menester esperar á que el juego ó el dinero se acaben. Y aunque yo no os he dicho de diez partes la una de los males y trabajos y fatigas y persecuciones y desasosiegos y afrentas, menguas y deshonras y infamia que se siguen del juego, de lo dicho podréis collegir cuán perjudicial es, assí para la salud como para la hacienda y la honra de las gentes que lo siguen; porque pocos hay que jueguen, por ricos y caballeros y grandes señores que sean, que no les pese de perder, y muchos destos se acodician á jugar mal por ganar, y assí veréis muchas personas de muy gran autoridad, y de quien apenas se podria creer, que hacen malos juegos, por la buena estima y reputación en que están tenidos que, apremiados de la conciencia, restituyen dineros mal ganados, de los cuales yo conozco algunos que lo han hecho.

BERNARDO.—¿De manera que queréis condenar á todos los juegos del mundo y no dejar ninguno para recreación de la vida y para poder pasar la ociosidad del tiempo?

ANTONIO.—No digo yo tal cosa, que otros juegos hay lícitos, assí como birlos, pelota y axedrez y los semejantes á éstos, y esto se entiende jugando pocos dineros y que se tome

más por recreación que no por vía de vicio y exercicio continuo, de manera que por ellos dexen de entender las gentes en lo que les conviene, que si esto se hace ya dexan de ser buenos y honestos y se convierten en la naturaleza de los que habemos reprobado, y aun de tal manera se podrian usar los juegos de naipes y dados que no pudiesen tener reprensión; pero hay pocos que no comiencen por poco que si tienen aparejo no vengan á picarse y á perder ó ganar en mucha cantidad, y por esto tengo por mejor dexarlos del todo. Y si queréis que concluya, todo lo dicho es poco y casi nada, porque son trabajos y premios y galardones del mundo. Lo que toca á la ánima y á la conciencia es lo que hace al caso, y lo que más debríamos temer y ponérsenos delante de los ojos, para no solamente dexar de jugar, pero para acordarnos de jamás tener memoria dello; y si no hobiera prometido de no pasar más adelante en esta materia, todavía dixera algo que aprovechara; pero assí quiero dexarlo para cuando tengáis más voluntad de oir lo que sobre esto puedo deciros.

BERNARDO.—Agora que habéis comenzado, queremos que no quede nada por decir, y estáis obligado á hacerlo, pues de tan buena gana os escuchamos y estamos atentos al discurso de vuestra plática.

ANTONIO.—Pues que assí es, yo lo diré tan brevemente cuanto he sido largo en lo pasado; porque en esto no podré decir cosa nueva, ni que dexe de estar escrita por muchos doctores, canonistas y legistas y teólogos que desmenuzan y apuran esta materia de las restituciones declarando los decretos y leyes en ella, altercando cuestiones y determinando la verdad dellas, hasta dexarlo todo en limpio; y quien quisiese satisfacerse y verlo todo á la clara, lea á Santo Tomás y á Grabiel, y al Antonio, arzobispo de Florencia, al Cayetano, que éstos sin otros muchos le dirán lo cierto, y porque no dexéis de llevar alguna cosa en suma de que podáis aprovecharos, digo que todos los que ganan en los juegos con naipes ó dados falsos ó con otro cualquier género de las chocarrerías y traiciones que he dicho, están obligados á restituirlo, so pena de irse al infierno, conforme á lo que dice San Agustín: *Non dimittitur peccatum, nisi restituatur ablatum.* Pues lo que assí se gana, tomado y hurtado es, siendo encubierto, como si fuese robo manifiesto. Anssí mesmo, todo lo que se gana á personas que lo que juegan no es suyo, ni pueden disponer dello sin licencia de otra persona, así como los criados que juegan los dineros ó haciendas de sus amos, los esclavos que juegan las de sus señores, los hijos que para esto toman las haciendas á sus padres, los que tienen curadores y por falta de edad no pueden disponer de sus haciendas, y también los que ganan dineros á otros que saben que los han ganado mal y están (antes que los jueguen) obligados á la restitución dellos. Lo que se gana á personas simples y á enfermos necesitados, lo que se gana atrayendo á uno por fuerza ó por engaño ó por grandes persuaciones á que juegue, todo esto obliga á restitución; y en otros muchos casos que dexo de decir, en que hay la mesma obligación, el cómo y cuándo y en qué manera se haya de restituir, déxolo para que lo veáis en los doctores que os he dicho, y también porque los confesores os avisarán de ello, aunque lo mejor sería no tener en este casso necesidad de sus consejos. Solamente quiero agora que consideréis, señores, entre vosotros, pues sois tahures y habéis conversado y tratado con tahures, ¿cuántos habéis visto tan limpios y tan recatados que tengan advertencia á estas cosas, sino, bien ó mal, juegan con quien quiera, trayan dineros suyos ó sean cuyos fuesen, sean libres ó siervos, padres ó hijos, bobos ó sabios, los dineros que traen mal habidos? Por cierto pocos ó ninguno hay que dexen de hacer á cualesquiera dineros destos, y procurar de ganarlos de la manera que pudieren, alegando que no están obligados á la especulación destas cosas, ni á saberlas; sabiendo que la ignorancia no excusa el pecado y que San Pablo dice (Ad. Cor., XIII): *Ignorans ignorabitur.* Y si queréis que os diga lo que siento verdaderamente de los que esto hacen, se puede presumir que no son verdaderos cristianos, ni sienten bien de la fe, porque más adoran á los naipes que á Dios, más quieren los dados que todos los santos, que por jurar no oyen misa ni sermón los días de fiestas, por el juego pierden todos los otros oficios divinos, y se estarán una semana sin entrar en la iglesia; si hacen alguna oración ó devoción es por ganar; las cuentas que traen y lo que por ellas rezan es echar cuentas cómo ganarán las haciendas á sus prójimos. Si pierden es abominable cosa su decir mal á Dios y blasfemar, y si lo dexan de decir en público, es porque temen más el castigo del cuerpo que el del alma y el del mundo más quel del infierno. Así que siendo cristianos usan tan mal de la cristiandad, que roban las haciendas ajenas y se aprovechan dellas, pierden el tiempo y muchas veces pagan de sus haciendas lo que han ganado de las otras, de los que viven de la manera que ellos, quedando todos debaxo de la obligación de restituirlas. ¿Qué diremos sin esto de los que buscan supersticiones y hechicerías para ganar con ellas diciendo que tienen virtud para ello? Y assí unos traen consigo nóminas con nombres no conocidos, ó por mejor decir de demonios, otros traen sogas de ahorcados, otros las redecillas ó camisas en que nacen ves-

tidos los niños, algunos traen mandrágulas y otras mil suciedades y abominaciones. Por cierto éstos tienen en tan poco sus ánimas, que las darán á trueque de ganar cuatro reales por ellas. Pues decidme, señor Bernardo, ¿qué os parece cómo es bueno el juego para el cuerpo y para el alma? ¿y qué provechos son tan grandes los que dél se sacan? ¿No es bien dexar su amistad y trato y conversación á cualquier tiempo que sea, pues que debaxo los halagos y placeres y deleites que dél se siguen hay tantos y tan grandes desabrimientos, tantas afrentas y menguas, tan terribles desasosiegos, tanta turbación y peligros, principalmente para la salvación de nuestras almas? Mirad bien en ello y consideraldo todo, que aunque nosotros como malos cristianos no tuviésemos atención al daño y perjuicio de nuestras conciencias, la habríamos de tener á que ningún contentamiento ni descanso de el juego hay que después no se vuelva en doblado trabajo y tristeza; y nunca dió ganancia que no se pagase con doblada pérdida; y en fin, es siempre mayor el dolor que se causa del perder que la alegría que trae consigo el ganar; y no aleguéis á dos ó tres ó cuatro personas que por ventura sabéis que se hayan hecho ricos por el juego, que éstos son como una golondrina en el invierno, porque por ellos veréis mill millones de gentes perdidas y abatidas por haber perdido cuanto tenían. Dicho os he mi parecer y dado os he consejo, como pienso tomarlo para mí, y el que estoy obligado á daros como vuestro amigo; si os pareciere bien, seguilde, y si no vuestro será el daño, que á mí no me cabrá dello más de pesarme de ver que os quedáis tan ciegos como hasta aquí habéis estado.

BERNARDO.—No penséis, señor Antonio, que no he caído en la cuenta de todo lo que habéis dicho; porque vuestras palabras me han alumbrado el juicio y destapado los ojos del entendimiento, que tenía ciegos, y con firme propósito y determinación quedo desde agora de no jugar en mi vida, y si jugare, á lo menos de manera que me puedan llamar tahur por ello, que pues decís que pasar el tiempo entre amigos es algunas veces lícito, no se ganando tantos dineros que el que los perdiese reciba daño por ello, cuando alguna vez me desmandase será á esto y no á más.

ANTONIO.—Y aun eso no ha de ser muy continuo, porque, si muchas veces se hiciese, de pasatiempo se volvería en vicio, y si pudiésedes acabar con vos de dexar de todo punto el juego, sería lo más seguro; pero no quiero agora apretaros tanto que con ello quiebre este lance que os he armado y prisión en que de vuestra voluntad os vais metido.

LUIS.—Pues en pago de vuestra buena intención, señor Bernardo, y porque me prometáis de seguir lo que agora tenéis determinado, os quiero prestar los treinta ducados que quedasteis debiendo, para que, pagándolos, cumpláis con vuestra fe y palabra.

BERNARDO. Muy gran merced es la que me hacéis, y de los primeros que vinieren á mi poder seréis muy bien pagado dellos.

ANTONIO.—Con esto nos podremos ir, que platicando se nos ha passado el día y yo tengo mucho que hacer.

LUIS.—Pues comenzad á caminar, que nosotros os acompañaremos hasta dexaros en vuestra posada.

Finis.

COLLOQUIO

En que se trata lo que los médicos y boticarios están obligados á hacer para cumplir con sus oficios, y así mesmo se ponen las faltas que hay en ellos para daño de los enfermos, con muchos avisos necesarios y provechosos. Divídese en dos partes: en la primera se trata lo que toca á los boticarios, y en la segunda lo de los médicos.

INTERLOCUTORES

Médico, *Licenciado Lerma.*
Boticario, *Dionisio.* - Enfermo, *D. Gaspar.*
Caballero, *Pimentel.*

LERMA.—Dios dé salud á vuestra merced, mi señor D. Gaspar.

D. GASPAR. Así haga á vuestra merced para que en tiempo tan necesario no me olvide tanto como hoy lo ha hecho; que si no fuera con la buena conversación del señor Pimentel, que me ha entretenido, muy largo se me hubiera hecho el día, y aun con el señor Dionisio no he holgado poco, porque tiene gran cuidado de visitarme, y cuando los médicos se descuidan, es bien que los boticarios (como uno de sus miembros) vengan á cumplir sus faltas con los enfermos.

LERMA.—Buena manera es essa de reñir conmigo una falta que hago por no poder hacer menos; y no la hiciera sino con dexar á vuesa merced esta mañana en tan buena disposición, que creo que debe estar ya sin calentura.

D. GASPAR.—Mejor viva yo que estoy sin ella.

LERMA.—Muéstreme vuestra merced el pulso. En verdad que no es tanta que se pueda decir calentura, y de aquí á mañana yo sé cierto que no habrá ninguna.

D. GASPAR.—Menos cuenta tengo con ella que con este dolor que siento en el hígado, porque yo os digo, señor licenciado, que me atormenta tanto, que le temo, y esto es lo principal para que yo querría que me buscásedes remedio.

PIMENTEL.—A lo que yo siento, más debe proceder el accidente de la calentura del mal que hay en el hígado que no el mal ó dolor del hígado de la calentura, y pocas veces el señor Gaspar estará sin ella hasta que esté remediada la causa principal de á donde se sigue el daño.

LERMA.—Vuestra merced dice gran verdad, pero, según esto, Dionisio no ha hecho el emplasto de melliloto que yo dexé ordenado, ni vuestra merced lo debe tener puesto.

DIONISIO.—Así es verdad.

LERMA.—¿Pues por qué no se hizo?

DIONISIO.—Porque no ha tantas horas que vuestra merced lo ordenó que no se pueda haber sufrido sin él, como se han passado tantos días que el señor don Gaspar lo hubiera de haber tenido con otros beneficios que se le pudieran haber hecho antes de ahora.

LERMA.—¿Y qué descuidos parece á vos que se ha tenido en esso?

DIONISIO.—Yo no he visto que hayan precedido los remedios universales á los particulares que agora se hacen; pues no se han hecho las evacuaciones conforme á las reglas de medicina, las cuales han de preceder á las unciones y emplastos, según la doctrina de Ipocras en sus aforismos.

LERMA.—No es malo que queráis vos haceros dotor en Medicina sin saber letra della y que os parezca que estoy yo obligado á sufrir vuestra desvergüenza de enmendarme la cura que yo hago. ¿Sabéis vos por ventura la intención principal que yo he llevado en ella, y si ha habido otros accidentes más principales y que tienen más necesidad de remediarse?

DIONISIO.—Lo que yo sé es que no está toda la fuerza en el emplasto para sanar el hígado.

LERMA.—Si no tuviera respeto á estos señores que están presentes, yo os respondiera como vos merecíades; pero assí no quiero deciros más de que atendáis á hacer bien lo que toca á vuestro oficio, y no haréis poco.

DIONISIO.—Vuestra merced se ha apasionado sin razón, y en lo que toca á mi oficio, yo lo hago de manera que no hay de qué reprehenderme.

LERMA.—¿Qué podéis vos hacer más que los otros boticarios, pues en fin sois boticario como ellos?

DIONISIO.—¿Y qué suelen hacer los boticarios que no sea muy bien hecho?

LERMA.—Por vuestra honra quiero callarlo, y aun por la de los médicos, pues lo sabemos y no lo remediamos.

DIONISIO.—Si vuestra merced lo dixese, no faltará para ello respuesta; pues no es justo que en esse caso paguen justos por pecadores.

PIMENTEL.—Lo que aquí se dixere no saldrá desta puerta afuera, y con esta condición, y con que sea sin ningún enojo, el señor don Gaspar y yo recebiremos muy gran merced en que se trate algo desta materia para satisfacerme de algunas cosas que me han puesto duda y sospecha de que algunos boticarios no cumplen con el mundo y con Dios lo que son obligados.

LERMA.—Ningún engaño recibe vuestra merced en esso, y plega á Dios que no sean todos los que esso hacen, y pues que aquí puede pasar, menester es que todas sean verdades las que se dixeren.

DIONISIO.—Diga vuestra merced lo que quisiere, que ninguna pena recebirá dello con tal que yo sea también oído antes que la cuestión se determine, pues estos señores han de ser jueces della.

D. GASPAR.—Razón tiene Dionisio en lo que pide.

LERMA.—Yo soy contento de que, cuando sea tiempo, pueda replicar y alegar de su derecho. Y porque vuestras mercedes entiendan que no me muevo sin razón á lo que he dicho, sepan que las condiciones que han de tener los boticarios escriben muchos autores, y quien particularmente las trata, es Saladino en la primera parte de su obra; y porque referir todo lo que dice sería confusión y prolijidad, diré algunas cosas dellas. Y lo primero es que el boticario ha de ser de muy buen ingenio, hombre sin vicios, sabio y experimentado en su oficio; no ha de ser avariento, ni deseoso de adquirir hacienda; sobre todo ha de ser muy fiel para que no haga cosa contra su conciencia, ni por su parecer, sino con consejo de médico docto, y que en el precio de las medicinas sea convenible. Estas son cosas tan necesarias, que obligan tanto al boticario á guardarlas y cumplirlas, que no lo haciendo, no es poco el daño ni pocos los inconvenientes que dello se siguen á los enfermos; pero yo he hablado sin perjuicio de los buenos boticarios (que son tan pocos, que apenas se hallará uno entre ciento), diré lo que cerca desto hacen. Lo primero en lo que toca á ser hombre sabio y experimentado en su oficio no tienen ellos toda la culpa, que la mayor parte se puede dar á los protomédicos porque examinan y dan por hábiles y suficientes á muchos que ni saben ni entienden qué cosa son medicinas, ni tienen experiencia dellas ni conocimiento para alcanzar cuál es una ni cuál es otra, sino que si van á la feria á comprar sus drogas, no solamente se engañan en distinguir y apartar lo malo de lo bueno, pero muchas veces toman uno por otro sin conocerlo, porque ignoran la condición y calidades que han de tener para ser aquella medicina que piensan; y por no se mostrar ignorantes, quieren más de-

xarse engañar de los que los venden que tomar consejo con quien podría desengañarlos para que no errasen.

PIMENTEL.—Pues, ¿por qué los protomédicos hacen una cosa tan fuera de razón como essa?

LERMA.—O por no perder el interese de los derechos que los pagan ó porque reciben servicios con que se obligan á hacer lo que no deben, y sin esto aprovechan mucho los favores de personas señaladas ó de algunos amigos á quien estiman en más que á las conciencias, y así veréis que muchos vienen examinados y con su carta de examen muy bien escrita y iluminada, que podrían con más justa razón traer una albarda que usar el oficio. Y con poner sus boticas muy compuestas con cajas doradas y botes pintados, y las redomas con unos rótulos muy grandes, á muchas gentes hacen entender que es oro todo lo que reluce, y que vayan á tomar medicinas á sus tiendas, que aprovechan más para enfermar con ellas los sanos que para dar salud á los enfermos.

D. GASPAR.—En esto también me parece que tienen la culpa los médicos como los boticarios, pues lo saben y lo permiten.

LERMA.—Yo no quiero excusar á los que esso hacen.

DIONISIO.—Ni podría vuesa merced hacerlo aunque quisiese, pero yo lo guardo todo para mi respuesta, porque no quiero quebrar el hilo satírico que vuestra merced lleva tan bien ordenado.

LERMA.—Bien es que lo hagáis así, que también, como ya he dicho, os oiré yo lo que en favor vuestro y de los boticarios alegásedes. Y tornando al propósito, digo que es cosa recia la desorden que en esto se tiene, que en una cosa que va la salud y vida de los hombres, no se ponga mayor diligencia en conocer á los que pueden tratar dello.

PIMENTEL.—¿Y qué se podría hacer para remediarlo?

LERMA.—No dar el oficio de los protomédicos á hombres que hubiesen de llevar derechos ni dineros algunos á los que examinaren, porque así cesaría la codicia y no los cegaría el interés que se les sigue. Y demás desto habíanlos de buscar personas muy santas, temerosas de Dios y de sus conciencias, para que no permitiesen que ninguno tratasse en esta arte que no la entendiese y supiese muy bien lo que hacía.

D. GASPAR.—Harto buena gobernación sería essa, y aun bien necesaria, si se hiciesse lo que decís, y aun las justicias y regimientos de los pueblos habían de entender en remediar esta falta, cuando saben que un boticario no es bastante, por el daño que dello se sigue á la república; pero pasad adelante en tanto que esto se remedia.

LERMA.—Es tanta la iñorancia desta gente de quien hablamos, que en lo que decían saber más es en lo que menos saben, porque la principal parte que han de tener es en el conocimiento de las hierbas y plantas y raíces y piedras; notorio está que la mayor fuerza de la medicina consiste en ellas, y tanto que, según dice Rasis en el segundo de los anforismos, trayéndolo por auctoridad de aquel gran filósofo Hermes, si se conociesen bien las propiedades y virtudes de las hierbas y plantas, curarian los médicos con solas ellas, de manera que pareciese que curaban con arte mágica; pues si esto es assí, al médico conviene ordenar y á los boticarios poner en efeto lo que ellos ordenassen, lo cual pueden muy mal hacer si no conocen destintamente las plantas y las hierbas y las raíces y piedras, y aun las condiciones y propiedades dellas. ¡Oh cuántos y cuántos boticarios de los buenos se engañan en tener unas hierbas por otras, y en no conocer y entender muchas dellas! ¿Que harán los que no lo son? ¿Y esto de donde pensáis que procede? De que no saben gramática para entender los libros que tratan dellas, ó si la saben, porque les falta la experiencia, que ni nunca las han buscado ni visto, y cuando las buscan, hallan algunas que se parecen unas á otras en las hojas, en el tamaño y en las flores y en el olor, y por ventura son tan distintas y diferentes en las propiedades, que la una mata y la otra sana, y los mezquinos de los enfermos han de estar sujetos á la simpleza de un boticario, si acierta ó no acierta, y no solamente los enfermos, pero los médicos, que desto y de otras muchas cosas nos ponen la culpa, sin tenerla.

D. GASPAR.—¿Y qué pueden hacer para esso los protomédicos?

LERMA.—Yo lo diré. Que al que examinasen, no había de ser ni en un día, ni en ocho, ni aun en quince, y también le habían de examinar de la teórica como de la prática, y de la experiencia como de la ciencia; mostrándole mucha cantidad de hierbas juntas, á lo menos de las que más le traen en uso, para que apartasen las unas de las otras, y las nombrassen por sus nombres y dixesen los efectos que tienen y en qué pueden servir en las medicinas, pues tienen á Dioscórides y á Plinio y á Leonardo Susio, y á otros muchos que tan buena noticia les dan de todas ellas, si ellos las hubiesen buscado y tratado para conocerlas. Pero el mal es que nunca las buscan sino cuando tienen necesidad dellas, y por esto caen en tantos yerros, y tan perjudiciales como aquí he dicho. Lo mismo habían de hacer en las piedras y raíces y gomas y licores, y en todas las otras

medicinas; y dexando los pecados que hacen en esto por iñorancia, líbrenos Dios de los boticarios que no tienen respeto sino adquirir y ganar haciendas, que la avaricia y codicia les hace dejar de usar fielmente sus oficios, porque éstos son aquellos de quien dice Jacobo Silvio en el proemio de su obra que hizo de las cosas que tocan á este arte, que se pueden llamar carniceros y verdugos los boticarios que no saben ni usan bien su obligación, porque de lo que aprovecha es de matar los hombres sin ningún respeto ni piedad. Verdaderamente, si no tienen conciencia y fidelidad, y si han ya perdido el temor de Dios por el de los dineros, no hay cosa más cruel que sus manos, más sin piedad que su intención ni más abominable que sus hechos, porque no dan medicina que sea buena, ni que haga buena operación. Lo que los médicos hacen, ellos lo dañan, ellos destruyen la buena cura. Y porque más claramente se entienda quiero decir algunas particularidades, pues que para decirlas todas sería menester muy largo tiempo. Tienen por flor una cosa que diré, y es que cuando un médico quiere recetar una purga ó píldoras, ó otra cosa, y pide las medicinas que entran en ella para verlas, suele decir: ¿Tenéis buen reubarbo ó buen agárico? Mostradlo acá. Y entonces el boticario saca tres ó cuatro pedazos que no valen dos maravedises, y entre ellos uno que es muy bueno, y antes que el médico hable le dice: Señor, todo el reubarbo es tal que no hay más que pedir; pero este boleto dél es el mejor del mundo, y por tal me ha costado á tanto precio; dél se podrá gastar en esta purga lo que vuesa merced mandare. El médico le dice: Pues echad dél una dracma, ó media dracma como ves que es menester; y en volviendo las espaldas, el boticario guarda aquello bueno y echa de lo malo, de manera que con un pedazo bueno vende cuanto reubarbo tiene que no vale nada, porque después que se muele y se echa en la purga, mal se puede ver si era de lo uno ó de lo otro.

D. GASPAR.—Si no se pudiera ver, á lo menos podráse sentir en la disposición y salud del enfermo, pues no hará tan buena operación lo malo como lo bueno.

LERMA.—Lo mesmo que digo hacen en la escamonea, en el acíbar y en todas las otras medicinas desta suerte.

PIMENTEL.—¿Y en la cañafístola hay algún engaño desos?

LERMA.—Si sueltan la rienda al deseo de la ganancia, no hay medicina en sus tiendas con que no puedan engañar á las gentes, y en la cañafístola hay lo que dice. Si se receta dos onzas della y es la cañafístola de la buena, sácale la pulpa necesaria, y si es de la mala y seca, todo el peso tiene la caña, y la pulpa no es casi nada ni hace operación ninguna, y para engañar á los médicos ó á los que la compran, meten la cañafístola en las cuevas y lugares muy húmedos porque parezca mejor y pese más, y así los enfermos con la cañafístola que les ha de aprovechar como medicina benedita, toman la mitad de humedad que no obra de otra cosa sino de destruir la salud y el cuerpo.

PIMENTEL.—Y en las otras medicinas simples ¿qué pueden ó suelen hacer los boticarios?

LERMA.—Lo uno no conocerlas cuando las compran ó cogen del campo ó de los huertos en que nacen; y lo otro, si las conocen, no entender cuáles sean las mejores ni las peores para usar dellas, y lo que peor es, que hay tantos boticarios tan necios y iñorantes, que no saben gramática ni entienden los nombres de las medicinas en latín, y cuando les dan las recetas, por no mostrar su iñorancia, dexan de echar aquella medicina simple en el compuesto, y por ventura es la que en todas más hace al caso; y éstos tienen á Mesue y á la declaración de los fraires, y Antonio Musa y Jacobo Silvio, y otros cien libros muy bien encuadernados que no sirven de más que de auctorizar su botica, estando obligados á entenderlos tan bien como los médicos mismos. Y para que vuestras mercedes entiendan lo que pasa, yo sé boticario que, recetando un médico en su casa cierta medicina en que hubo necesidad de poner media onza de simiente de psilio, él no lo entendió ni supo qué cosa era, y para salir de la duda que tenía fuesse á casa de otro boticario y preguntóle si tenía psilio. El otro le respondió que sí. Pues dadme media onza dél y ved lo que me habéis de llevar por ella. El otro boticario, que era astuto y avisado, entendió luego el negocio y díxole: No os la puedo dar un maravedí menos de un ducado, porque por dos ducados compré la onza, y no os hago poca cortesía en dárosla sin ganancia. Pues que assí es, dixo el que compraba, veis aquí el ducado y dádmela. El otro lo tomó y le dió en un papel la media onza de psilio, y cuando lo hubo descogido y mirado, vio que era zaragatona y dixo: ¿Qué me dais aquí, que esta zaragatona es? Assí es verdad, dixo el otro que se le había dado. Pues por cosa que vale un maravedí, dixo él, ¿me lleváis un ducado? Sí, respondió el que le había vendido, que yo no os vendí la zaragatona, sino el nombre, que no lo sabíades, y el aviso para un boticario como vos vale más que diez ducados. Y aunque sobre esto hubieron barajas y fueron ante la justicia, se quedó con el ducado y reyéndose todos del boticario nescio que se lo había dado.

D. GASPAR.—Por cierto él lo merecía bien por lo que hizo.

LERMA.—No es menos de oir lo que agora diré, y pasa assí de verdad; que queriendo hacer un boticario el collirio blanco de Rasis que aprovecha para el mal de los ojos, vió que al cabo de las medicinas que habían de entrar en él estaba escrito *tere sigilatim*, que quiere decir que las moliese cada una por sí, y él entendió que le mandaba echar una medicina que se llamaba tierra sellada, y teniendo todo junto para revolverlo, llegó otro boticario, y conociendo la tierra sellada, díxole: ¿Qué es esto que hacéis? En el collirio de Rasis no entra esta medicina. Y el que lo hacía porfiaba que sí y que así estaba en la receta del collirio. Sobre porfía lo fueron á ver, donde el boticario que había llegado de fuera, conociendo la causa de su yerro, le desengañó, mostrándole lo que quería decir *tere sigilatim*, y así le hizo quitar la tierra sellada, y lo que en ello iba era que todas las medicinas de aquel collirio son frías, y ésta era cálida y de tal condición, que bastaba para quebrar los ojos en lugar de sanarlos. Otras muchas cosas pasan cada día desta mesma manera, porque boticarios hay que, siendo el espodio de Galeno, y de los griegos Tucia, y el de Avicena y los árabes raíces de cañas quemadas, y el que nosotros comúnmente usamos dientes de elefantes, que es verdadero marfil, ellos hacen otro nuevo espodio echando los huesos y canillas, y aun plega á Dios que no sean de la primera bestia que hallasen muerta, y con esto les parece que tienen cumplido con lo que deben. Y cuando vienen á hacer algún compuesto en que entren muchas medicinas, algunas dellas les faltan, otras están dañadas, otras secas y que les falta la virtud y no dexan de echarlas sin tener respeto á que: *improbitas unius simplicis totam compositionem viciat.*

D. GASPAR.—No entendemos muy bien latín; vuestra merced lo diga en romance.

LERMA.—Digo que la maldad de una medicina simple, cuando se junta con otras, destruye y hace que no valga nada toda la composición. Pues si esto es assí, qué hará en la composición de los xarabes, y purgas, y píldoras, que alteran y descomponen los cuerpos humanos y más adonde entran medicinas furiosas, recias y venenosas, que se desvelan los médicos por no errar en la cuantía y en el peso y medida, y los boticarios, yendo envidada la vida de un hombre en acertar ó en errar, no se les da dos maravedís que sea más ni menos ni que obren bien que mal. Su atención y intención es de ganar, y sea como fuere, que la culpa ha de ser del médico y no del boticario.

D. GASPAR.—Esso es en las purgas; pero en los xarabes ¿qué hacen que no sea bien hecho?

LERMA.—Antes creo que no hay xarabe que se haga bien en las boticas de los hombres desta suerte que he dicho, porque ó no tienen los zumos tan buenos como son menester y tan perfectos como han de ser, ni los echan en la cantidad que el xarabe ha de llevar; y en el azúcar tienen una alquimia que siempre compran y traen el más vellaco y más sucio que hallan, porque con ser para xarabes, paréceles que es pecado gastar azúcar bueno y limpio. Y entre diez xarabes no hallaréis los dos que tengan el punto necesario.

PIMENTEL.—En esso parece que no va tanto, aunque lo mejor sería que todo fuese perfecto.

LERMA.—En las píldoras hay también las mesmas faltas que en las purgas, y aun otras que parecen mayores, porque demás de lo que he dicho, hay una massa de píldoras que se quieren gastar en haciéndose, y otras que duran cuatro meses, y otras seis y ocho y un año y más, pero cuando passan de su tiempo sécanse y pierden la virtud y fuerza las medicinas que allí están incorporadas, y assí no son para aprovechar; y los boticarios avarientos, por no perder el intereses que dellas se les ha de seguir, ni gastar en hacer otras de nuevo, ¿qué pensáis que hacen? Visitan las cajas donde tienen las píldoras y miran un rétulo ó cédula que tienen dentro dellas en que está puesta la hecha del año, mes y día, y si es passado el tiempo quitan aquella cédula y ponen otra, por la cual parece que no ha dos meses que se hicieron, habiendo por ventura más de un año que estaban hechas, estando ya perdidas y corrompidas; y assí engañan al médico que las pide y receta, y al enfermo que con ellas se cura, y donde han de hacer evacuar los humores si estuviesen en su perfición, no tienen fuerza más de para alterarlos y moverlos más de lo que están, en grandísimo daño y perjuicio de los enfermos y de su salud y vida. Pues en las aguas que venden, ¿no hay engaños? Muchas veces al medio año acaban todas cuantas han destilado y hinchen las redomas de agua de la fuente ó del río, y lo que les costó una blanca hacen della tres ó cuatro ducados, y jamás pedirán cosa ninguna en su botica que digan que no la tienen ó por gran maravilla; y dan unas cosas por otras, diciendo que tienen la misma propiedad y que hacen el mismo efecto, y á esto llaman ellos dar *quid pro quo*, mudando las medicinas sin la voluntad y consentimiento de los médicos, por no dexar de vender y hacer dineros. Y por ventura no halló el licenciado Monardis tantas medicinas en un diálogo que hizo que se podiesen poner unas por otras cuantas hallan los boticarios porque los que traxeren dineros á sus tiendas no se vuelvan con ellos. En los aceites, si se les van acabando, con poco que tenga el cántaro ó la redoma, la tornan á henchir encima del que se vende en la plaza; y assí me dixeron á mí de uno que vendió un gran cántaro de aceite rosado no teniendo sino un poco en el hondón, sobre el cual tornólo á henchir, y revolviéndolo todo, quedóle un poquito de olor con que lo pudo vender, afirmando que era el mejor del mundo. Y en los ingüentos también pecan, ó por iñorancia ó por malicia, que pocas veces salen en su perfición. Lo mesmo hacen en los polvos, y finalmente, no hay medicina ninguna que no hagan de manera que justamente se pudiese condenar por falsa si se pudiesen averiguar los simples que echan en la composición, á lo menos si son costosos ó dificultosos de haber ó de conocerse. Si mandaren á estos boticarios hacer una buena triaca, muchos de ellos no conocerían la mitad de las medicinas simples que entran en ella, y plega á Dios que conozcan las de la confeción de Hameeh, que son menos y más usadas, y las que entran en otras confeciones desta suerte. La triaca de esmeraldas que venden no creo más en ella que en Mahoma, si no la viese hacer por los ojos, y por más cierto tendría que echan esmeraldas contrahechas de alquimia ó de vidrio ó de unas que vienen de las Indias, que de las finas; y por mi consejo nadie las tomaría, ni daría á quien bien quisiese, si no la hubiese visto cuando se hacía ó si no fuesse de mano de boticario de quien estuviese tan saneado que no se tuviere duda de su conciencia y virtud.

D. GASPAR.—Harto ha dicho vuesa merced, señor licenciado, para que estemos más avisados y advertidos de lo que los boticarios pueden hacer; pero no es posible que todos pequen tan á rienda suelta.

LERMA.—No digo yo que todos, porque haría injuria á algunos buenos que hay entre ellos, aunque no sean muchos, y los que son malos es, ó porque son simples y iñorantes, ó porque son malos cristianos y tienen poco temor de Dios, ó porque son pobres, que la pobreza es ocasión de grandes males.

PIMENTEL.—Pues, ¿qué remedio se podría poner en este desconcierto que bastase para estorbar tan gran daño como los malos boticarios hacen?

LERMA.—El primero ya yo le he dicho, que no habían de permitir que ninguno usase el oficio que no fuese muy docto y muy experimentado; y lo principal que ha de tener es ser muy buen gramático, para entender los libros de su arte, muy estudioso y curioso de saber y aprender todos los primores que hay en ella, y sin esto, se requiere que hayan estudiado alguna medicina para que sepan mejor lo que hacen. Los boticarios que son buenos muchas veces aprovechan de advertir á los médicos en algunos descuidos y yerros que hacen, y no holgaría yo poco de que todos los boticarios con quien tratase fuesen tan suficientes que supiesen hacer esto.

D. GASPAR.—¿Pues por qué os enojasteis de que Dionisio dixo poco ha que la cura del hígado no iba por los términos que convenía?

LERMA.—No me enojé yo porque me lo dixese, sino porque me lo dixo en público, y no ha de ser por vía de represión sino de consejo, y en esto no me negará él que tengo razón; y, aunque no lo quisiera decir en su presencia, sería mal que vuesas mercedes pensasen que ninguna cosa de las que he dicho aquí toca en su honor, porque yo certifico que ninguna falta tiene para que no sea uno de los mejores boticarios que hay en el reino y de quien más sin sospecha puedan confiarse los enfermos y los médicos que los curaren.

PIMENTEL.—Bien me parece que después de descalabrado le untéis la cabeza; yo fiador que, á lo que creo, no os vais, señor licenciado, sin respuesta, que no sin causa os ha escuchado sin contradeciros en nada. Pero pasad adelante y decidnos otros remedios.

LERMA.—No habían de ser los boticarios pobres, sino que también les habían de pedir si tenían patrimonio de donde ayudarse á sustentar, como hacen á los clérigos cuando van á ordenarse; que recia cosa sería fiarse de un hombre pobre muchos dineros sin contarlos, y sin pensar que se aprovecharía dellos en sus necesidades, podiendo hacerlo, y lo mesmo de un boticario con pobreza las medicinas, sin pensar que procurase remediarla con ellas; y por esto hay autores que dicen que en un tiempo se tuvo en Roma tanta cuenta con este oficio, que las medicinas estaban depositadas en ciertas personas de gran confianza y que llevaban salario por ello, y que allí iban los médicos á tomarlas y los boticarios las gastaban así como las llevaban, sin que en ello, ni por iñorancia ni por descuido, pudiese haber yerro ninguno. El otro remedio que se podría tener es en las visitas que les hacen, para las cuales, habiendo buena gobernación, había de haber visitadores generales que no entendiesen en otra cosa, y éstos habían de estar proveidos en cada provincia y pagados del dinero público, de manera que no se les siguiese interés particular ni les cupiese parte de la pena ni de otra cosa, para que más sin afición ni pasión pudiesen juzgar, y que los que no hallasen suficientes los inhabilitasen y privasen del oficio sin tener advertencia á la honra ó bien particular de uno en perjuicio y daño de toda la república.

PIMENTEL.—Bien sería esso, si se hallasen personas de quien se pudiese tener tan buena confianza, y el rey, con otros cuidados que tiene mayores, no puede tener tan particular cuenta con este negocio.

LERMA.—Pues habríala de tener él ó los que tienen cargo de la gobernación de sus reinos, como lo tienen con examinar á uno que ha de ser escribano real, que quieren que sepa hacer bien una escritura en que va la hacienda de un hombre; y sería más justo que procurasen de que también fuesen bien hechas las medicinas en que va la salud y vida de los hombres, porque no son pocos los que mueren por culpa dellos. Y conforme á este parecer es lo que dice Jacobo Silvio hablando desta gente que digo: Dios haga y provea que la justicia real alguna vez tenga cuenta con los que primero usan esta arte que la hayan entendido, siendo á los cuerpos de los hombres tan saludable cuando bien se hace y tan dañosa cuando iñorantemente se trata. Y, finalmente, habrían de tener los boticarios fieles que les mirasen las medicinas y se las tasasen en precios convenibles, averiguando la costa que tienen y dándoles ganancia con que se pudiesen sustentar, aunque fuese más de la que agora llevan, pues las medicinas serían mejores y de más valor; porque si las que agora venden son buenas, yo digo que las venden muy baratas, y si son malas, en cualquiera precio, aunque den dinero por que las lleven, son tan caras que ninguna mercaduría hay que tanto lo sea.

PIMENTEL.—Pues, decidme, señor licenciado: ¿de que aprovecha el visitar las boticas cuando los regimientos de los pueblos traen boticarios de fuera para hacerlo?

LERMA.—Algún fruto hace, aunque poco, porque si los médicos se hallan presentes, como siempre lo están, es para ayudar á los boticarios, y ellos que habían de acusar sus defetos se los encubren, porque son sus amigos, y cuando les preguntan alguna cosa que no saben, responden por ellos, tomándoles la palabra de la boca, y también defienden algunas cosas cuesta arriba, y con otras disimulan todos ellos; y aun plega Dios que no haya algunas que ni los unos ni los otros no las entiendan. Y sobre esto, no hay botica tan bien visitada que si veniesse otro día alguno que entendiese bien el oficio no hallase cosas nuevas que reprender y enmendar. Y cuando ya se viene á dar la sentencia, nunca faltan amigos y favores que con buena maña bastan para procurar con solicitud que sea muy moderada; y de ciento que podrían privar, no hallaréis dos inhabilitados, y ya que lo sean luego hay mil remedios para que la sentencia no se execute y tornen á usar sus oficios contra justicia y conciencia suya y de los que se lo permiten y consienten. Dios ponga remedio en esto, que harta necesidad hay de que lo provea de su mano.

Fin de la primera parte del colloquio de los médicos y boticarios.

COMIENZA LA SEGUNDA PARTE

del colloquio, en la cual se trata lo que toca á los médicos.

INTERLOCUTORES

Los mesmos que en la primera.

DIONISIO.—Hasta agora, señor licenciado, no me ha faltado atención para oir ni paciencia para escuchar todo lo que vuesa merced ha querido decir de los boticarios, y, verdaderamente, no sería justo que por hacer buenos á los que son buenos yo quiero que también lo sean los malos, pues en todas las artes y oficios que se usan en el mundo hay de los unos y de los otros, y que los haya en este oficio y arte de boticario no es maravilla, aunque yo confieso que tienen toda la obligación que vuestra merced ha dicho y que es muy mayor la culpa que se les puede dar. Porque va poco en que un platero yerre una vasija, y un sastre una ropa, y un pintor una imagen, y va mucho en que un boticario y un médico yerren la cura de un hombre en que le va la salud y la vida; el uno por falta de las medicinas y el otro por faltarle la ciencia y la experiencia de manera que no lo sepá curar. Que hay pocos boticarios en España que sepan lo que han de saber y lo que se requiere para no errar, no puedo negarlo, y que hay también muchos que, sabiéudolo, pecan con malicia y que la codicia se antepone en ellos á la conciencia, también lo creo, y aun lo sé, porque lo he visto estando y tratando en las casas y tiendas de muchos boticarios, donde pasan cosas extrañas y tan desordenadas que me han espantado, y sin duda los malos boticarios, de cualquier manera que sea, son cruel pestilencia para los pueblos, y yo confiesso que no hay cosa más justa que remediarlo si fuesse posible; y porque no puedan decir los culpados que en mí se cumple el proverbio ¿quién es tu enemigo? hombre de tu oficio, no quiero extenderme á más, que por ventura pudiera decir otros muchos y mayores secretos de las maldades que hacen que no han venido á noticia del señor licenciado. Pero con todo esto no quiero que se dé toda la culpa á los boticarios en muchas cosas que tienen la mayor parte los médicos, aun á las veces es toda, y así las autoridades que vuesa merced ha alegado de Jacobo Silvio contra los malos boticarios, si tiene memoria dello, también las dice contra los que no son buenos médicos, porque en aquel proemio contra los unos y los otros va hablando.

LERMA.—Creo que decís la verdad, pero poco es lo que vos ni nadie podrá decir contra los médicos en comparación de lo que yo he dicho y se podría decir contra los boticarios.

DIONISIO.—Si vuesa merced quiere tener sufrimiento para oirlo, no le parecerá sino mucho; que no es menor el daño ni perjuicio que hacen en la república, ni habría menos razón para que los desconciertos que dellos se siguen se remediasen.

LERMA.—Decid lo que quisiéredes, que quiero que estos señores no digan que no cumplo mi palabra.

PIMENTEL.—Ni aun sería justo que se dexase de cumplir, y vos, señor Dionisio, decid lo que os pareciere, pues que el señor licenciado no tiene tanta priesa que no pueda detenerse otro tanto para escucharos como se ha detenido para hacer verdadero lo que al principio propuso contra los boticarios.

LERMA.—Forzado me sería hacer lo que vuestras mercedes mandan, aunque en verdad que hago alguna falta á dos ó tres enfermos que tengo de visitar.

D. GASPAR.—Tiempo habrá para todo, que si la plática se dexase en estos términos, era quedar pleito pendiente, y lo mejor será que luego se determine.

DIONISIO.—Aunque yo tenía harto en que alargarme, procuraré ser breve diciendo en suma lo que cerca desto entiendo, pues no será necesario más de apuntarlo para que vuestras mercedes lo entiendan y estén al cabo de todo. Y digo lo primero que lo que Ipocras dice de los que no son buenos médicos en el libro que se llama *Introductorio* son las palabras siguientes: Muy semejantes son éstos á los que se introducen en las tragedias, porque tienen la figura y vestidos y atavíos y aun la presencia de médicos de la misma manera que los hipócritas, y así hay muchos médicos de nombre y que lo sean en las obras son muy pocos. Pues Ipocras evangelista de los médicos es llamado, y podemos tener por cierto que en ninguna cosa de lo que cerca desto dice recibe engaño, y pluguiese á Dios que en nuestros tiempos no acertase tan de veras como acierta en esto que ha dicho, porque así no habría los daños y grandes inconvenientes que para la salud de los enfermos se siguen por falta de los buenos médicos.

LERMA.—Assí es como vos decís, señor Dionisio; pero decime: ¿quiénes son essos malos médicos, que yo á todos los tengo por buenos?

DIONISIO.—Antes son tan pocos los buenos médicos, que apenas hay ninguno que no sea malo, como vuesa merced ha dicho de los boticarios, y por no gastar palabras, quiérome ir declarando más particularmente, para que nos entendamos, de las condiciones que se requieren para que un médico cumpla con Dios y con el mundo. La primera, que sea hombre justo, temeroso de Dios y de su conciencia, conforme á lo que Salomón dice (*Eccl.*, 1): El principio de la sabiduría es el temor que á Dios se tiene;

porque el que no llevare su fundamento sobre esto, no podrá hacer las curas suficientes ni que aprovechen á los enfermos, y así dice Galeno: Aquel cuyo juicio fuere débil y cuya ánima fuere mala, no aprenderá aquello que se enseña en esta ciencia, y esto es porque su fin no es de aprovechar á su prójimo con ella, sino á sí mismo. No sé yo qué temor de Dios tienen los médicos que curan sin tener la ciencia y experiencia y las otras cosas necessarias y convinientes para que curen, y si éstas les faltan, y faltándoles con la codicia de la ganancia se ponen á curar no sabiendo lo que hacen, no solamente pecan, pero dañan su ánima; de manera que no podrán aprender lo que son obligados á saber, como Galeno les ha dicho, ni tampoco puede ser piadoso ni misericordioso el médico que cura las enfermedades que no conoce, ni sabe, ni entiende; antes es muy gran crueldad y inhumanidad la que usan, pues que, ó por ganar dineros ó por no confesar su iñorancia, ponen los enfermos en el peligro de la muerte y no guardan lo que Rasis dice, trayéndolo por autoridad de un gran médico judío, que los médicos han de ser muy piadosos con los enfermos, para que con mayor cuidado y diligencia curen dellos.

LERMA. ¿Pues cómo sabéis vos que los médicos no tienen suficiencia y habilidad que se requiere para curar, de manera que no cumplan con lo que deben á su conciencia?

DIONISIO.—Ya he dicho que no son todos los médicos, sino que hablo con la mayor parte dellos, y si vuesa merced quiere que le declare lo que sabe muy mejor que yo lo entiendo, quiero aclararme más para que estos señores lo entiendan. Cruel cosa y fuera de todo término de razones la que se consiente y permite á los médicos que después que se van á estudiar á las universidades, con tres ó cuatro años que han oido de medicina presumen luego de ponerse á curar, ó por mejor decir á matar los enfermos. Y con tres maravedís de ciencia quieren ganar en un año quinientos ducados, porque su intención es á sola ganancia, no teniendo atención á lo que Ipocras dice en su juramento, que siempre su principal intención será en curar á los enfermos, sin tener respecto á lo que por ello se ha de ganar.

LERMA.—Mal podéis vos juzgar las intenciones de los médicos.

DIONISIO.—Antes muy bien se pueden juzgar de las obras que hacen, porque si el médico es necio de su natural, mal acertará en el remedio de la vida de un hombre, donde tan gran discreción se requiere, y si es sabio, ha de saber que con tan poca ciencia no ha de presumir de hacer lo que otros con mucha no pueden ni saben, y con este conocimiento está obligado á

no curar hasta que pueda tener mejor constanza de sí, y si no lo hacen, claro está que la codicia de la ganancia les hace poner en aventura la salud y vida de los hombres en si aciertan ó no aciertan en la cura que hacen.

D. GASPAR.—Pues si esso es así, ¿cuándo han de comenzar á curar los médicos?

DIONISIO.—Cuando tuvieren la ciencia suficiente y la práctica que se requiere para ponerla en obra.

D. GASPAR.—No os entiendo lo que queréis decir.

DIONISIO.—Digo, que no solamente un médico ha de tener muy gran ciencia y saber muy bien los preceptos y reglas de medicina, sino que también ha de tener muy larga y conocida experiencia de las enfermedades y de la manera y orden que han de tener en curarse. Porque el principal fundamento está en conocerlas, y esta experiencia requiere muy largo tiempo, conforme á lo que Ipocras dice: La vida de los hombres es muy breve y la arte es muy luenga; el tiempo es agudo y la experiencia engañosa. Si esto es así verdad, ¿qué experiencia pueden tener los que ayer salieron del estudio, ni los que ha un año, ni dos, ni seis que curan, á lo menos si las curas que hacen son con sólo su parecer y por su albedrío?

PIMENTEL.—Muy poca ó ninguna, y cuando viniera á tenerla, habrian ya muerto más hombres que sanado enfermos.

D. GASPAR.—¿Pues qué han de hacer los médicos para no errar?

DIONISIO.—Lo que dice el señor licenciado de los boticarios: que es, tratar mucho tiempo su oficio antes que comiencen á usar dél por su actoridad, y primero que se atrevan á hacer una experiencia la han de haber visto muchas veces, ó á lo menos otra semejante; y esto ha de ser curando mucho tiempo los médicos mancebos en compañía de los viejos experimentados, lo que no hace ninguno, porque con la leche en los labios de lo que han estudiado, les parece que son bastantes á curar cualquiera enfermedad por sí solos, y si la ganancia no estuviese de por medio, todavía se humillarian á lo que son obligados; porque no basta que den muy buena razón de lo que les preguntassen si no lo saben obrar, conforme á lo que dice Avicena: Que no basta en la medicina la razón sin la experiencia ni la experiencia sin la razón, porque ambas son menester y han de andar juntas la una con la otra.

PIMENTEL.—¿Pues qué han de hacer los médicos en tanto que no pudiesen ganar de comer? Que según esso primero llegarán á viejos que justamente puedan llevar alguna ganancia.

DIONISIO.—Que coman de sus patrimonios,

y si no lo tienen, que lo procuren por otra vía, que no ha de ser su ganancia tan á costa y perjuicio de las repúblicas que sean los médicos peor pestilencia y más crueles verdugos que los boticarios, como el señor licenciado ha dicho, pues que están obligados á cumplir el juramento que su evangelista juró en nombre de todos ellos.

LERMA.—Bien sería si los médicos de agora que fuesen como los de los tiempos pasados que esso escribieron, que hablaban á su seguro y sin necesidad de ganar de comer por su trabajo, que Ipocras, señor fué de la isla de Coo y tan rico y poderoso, que no quiso las riquezas de un potentísimo rey que se las ofrecía por que le fuese á curar de una enfermedad, ni después temió sus amenazas porque no quiso hacerlo. Avicena, príncipe fué del reino de Córdoba. Hamech, hijo fué de un rey, y así otros muchos médicos que se podrían decir semejantes á éstos; pero los que agora aprendemos esta arte es para sustentarnos con ella y no para mostrarnos sabios y ganar honra solamente, como ellos.

DIONISIO.—Yo no quito que del trabajo se saque el premio para sustentarse los médicos; pero querría que con mayor cuidado procurasen que yo no tuviese razón en lo que digo, porque verdaderamente por lo menos habrían de haber visto curar y tratar las enfermedades cinco ó seis años antes que tuviesen licencia de curar por sí solos; porque sabe un médico dar razón de las alteraciones que ha de haber en un pulso para que un enfermo tenga calentura, y cuando le toma el pulso no lo conoce por falta de experiencia, y muchas veces desta manera vemos que curando dos médicos á un enfermo, el uno dice que tiene calentura y el otro que está sin ella, y así mesmo yerran diversas veces, teniendo unas enfermedades por otras; y cuando Galeno, siendo tan excelentísimo médico, confiesa de sí mesmo haberse engañado una vez que teniendo mal de cólico y muy grán dolor pensó que le procedía de tener piedra en los reñones, haciendo diferentes remedios de los que para aquella enfermedad eran necesarios, ¿qué harán estos médicos de quien yo digo, y más no teniendo las enfermedades en sus mesmos cuerpos para sentirlas, sino en los ajenos, donde por la mayor parte juzgan por adivinanzas? Y el no conocer bien los médicos las enfermedades que son tan diversas y diferentes es causa de venir á morir muchos de los que las tienen, que siendo curados dellas con los remedios que se les suelen hacer no perderían las vidas; y sin esto, ¿qué menos obligación tienen los médicos que los boticarios á conocer si las medicinas son buenas ó malas, y escoger las mejores cuando mandan hacer una purga ó unas píldoras ó otra cosa semejante, para que los boticarios no los engañen, que así la culpa es de los unos y de

los otros? Por cierto cosa es para reir ver algunos médicos de los nuevos, y aun de los viejos, ir á nuestras boticas y pedir que les mostremos las medicinas y tomar las peores por las mejores, y algunas veces unas por otras, y el xarabe que está bueno dicen que está malo, y el que está malo alaban por bueno, tanto que muchas veces nos burlamos dellos, mostrándoles una cosa por otra sin que lo conozcan. Y no para en esto la fiesta, sino que hay médicos que recetan disparates, y cosas que bastarían á matar á los sanos, cuanto más á los enfermos, y tienen necesidad las boticarios de remediarlo, por no ser participantes en la culpa, que si las medicinas obran bien, quieren ellos llevar las gracias, y si mal, que nos den á nosotros por culpados. También hacen otra cosa perjudicial á sus conciencias y honras, y es que se aficionan á unos boticarios más que á otros para darles provecho, no teniendo respecto á lo que saben y entienden, ni al aparejo que tienen, sino á los servicios que les hacen, porque les dan parte de las ganancias; y aunque no sea tan descubiertamente, en fin, aprovéchanse dellos en las haciendas y en las personas, y el boticario que no les sirviere y anduviere bailando delante, poca medra tiene con ellos; y de aquí nace que pocas veces los médicos son amigos de los buenos boticarios, porque confiando en su saber y bondad y en el buen aparejo de medicinas que hay en sus tiendas, no les quieren tener aquel respecto que ellos desean y procuran, y con esto no medran mucho con la ganancia que les dan, porque se la quitan cuando pueden.

PIMENTEL.—Si todos los boticarios les dan el trato que vos agora les dais, poca razón tendrán de serles amigos; pero pasad adelante, porque me parece que os queda más que decir.

DIONISIO.—No sería poco si se hubiese de decir todo; pero todavía quiero pasar más larga la carrera, que yo me iré abreviando por no cansar á vuesas mercedes. Por cierto, cosa es de notar, y aun de burlar, ver á los médicos ponerse en los portales de sus casas, esperando por las mañanas que les traigan las orinas de los lugares comarcanos donde viven, que las unas son tomadas cuatro horas ha y otras seis, y algunas por ventura de una noche ó de todo un día vienen mazadas y botadas, que no parecen sino lodo, y así las están mirando como si estuviesen para conocerse las enfermedades por ellas, habiendo de estar la orina tomada por lo más de una hora y reposada en el orinal para que no esté revuelto el hipostasis, y con esto cumplen los pobres simples, para que les den dineros por ello, y si á un médico destos le llaman para cien enfermos, á todos irá á visitar y á curarlos de cualquiera enfermedades que tengan, no teniendo tiempo de estudiar para los scis dellos, ni para acabar de entender lo que curan y los remedios necesarios, y así andan ciegos y desatinados en lo que es necesario tener el mayor concierto y tino del mundo, fuera de la salvación del ánima, porque no han de confiar de lo que han estudiado ni de lo que tienen en sus memorias, sino de ver de nuevo cada día y cada hora cómo se ha de curar la enfermedad que tienen entre manos y qué remedios se le han de aplicar para sanarla.

PIMENTEL.—No me parece que tenéis tanta razón en lo que decís que no podáis engañaros, porque los médicos viejos que han visto y estudiado mucho, con lo que saben pueden curar sin tornar á ver los libros tantas veces como vos decís.

DIONISIO.—A los que eso hicieren, acaescerles ha como á los predicadores, que siendo grandes teólogos, presumen de hacer algunos sermones sin estudiar los primeros, y por una vez que aciertan á llevarlos bien ordenados, diez veces se pierden, de manera que luego se les conoce que lo que predican es sin estudio, y cuando yerran, es ésta la disculpa que tienen; así los médicos que quieren curar las enfermedades sin estudiar de nuevo para cada una dellas, por una que aciertan, errarán muchas, para acabar la vida de aquellos que se ponen en sus manos por alargarla.

D. GASPAR.—Todas estas faltas se suplen con la discreción y buen natural de un médico, y muchas veces aprovecha más con ello que con la arte ni con cuanta medicina han estudiado.

DIONISIO.—No digo yo menos que esso, y vuestra merced me ha quitado de trabajo en echarlo en el corro, para que aquí se declare; pero diga vuestra merced ¿cuántos médicos hay hoy con las propiedades y condiciones que cerca de eso se requieren? Pluguiese á Dios que antes les faltase parte de la ciencia que no el buen natural y el juicio claro, reposado y assentado, porque teniéndolo, con él suplirían muchas faltas, juzgando con discreción en algunas cosas, que sólo ella bastaría; porque la buena estimativa, como dice Averroes, sola hace bueno al médico. Lo mismo tiene Halirodoan y Galeno en el primero de los días críticos, y conforme á esto Damasceno: el ingenio natural del médico con pequeño fundamento ayuda á la naturaleza, y el que es defetuoso hace el effeto contrario. Pues siendo esto assí, como estos autores dicen, ¿qué podrán hacer muchos médicos alterados, locos, desasosegados, elevados y, lo que peor es de todo, muy grandes necios? Por cierto, en los tales como éstos yo tengo en muy poco la ciencia que tienen, porque no sabrán usar della por mucha que tengan, ni aprovechar á los que tuvieren necesidad de su ayuda. Porque los unos dellos todo lo que saben

lo tienen en el pico de las lenguas, alegando textos y autoridades á montones sobre cada cosa que se trata, sabiendo entenderla para tratarla y no para usar della. Otros que les parece que todo su saber consiste en sustentar opiniones contrarias de los otros médicos; y en fin si les preguntasen dónde está el bazo ó el hígado, apenas sabrían mostrarlo, porque, como he dicho, no lo han tratado ni tienen experiencia dello. Y estos tales son como unos marineros que saben aritmética, cosmografía y astrología, y dan buena razón de todo lo que les preguntan cerca de la arte de marear, y les pusiessen un timón de una nave en las manos, presto la pondrían en trabajo y peligro de anegarse, por no saber gobernarla y guiarla, y así como se hiciese pedazos en las peñas ó se encallase en algunos vaxíos, para no poder salir de la arena, porque no conocen la tierra, ni saben los puertos donde acogerse, ni los lugares seguros donde echar áncoras hasta que pase la tempestad y tormenta. Y así los médicos que no han visto las enfermedades ni las han curado otras veces, no saben guiarlas á puerto seguro, ni sacarlas de los peligros desta mar del mundo en que navegamos, y dan con los enfermos al través: de suerte que en lugar de sacarlos á puerto de salvación, los llevan al de perdición de su salud y vida; y de estas cosas muchas remedia el buen entendimiento, y el buen natural y claro juicio y la buena estimativa á donde la hay, aunque esto todo juntamente con las letras necesarias pocas veces y en pocos médicos se halla, y éstos pierden la bondad que tienen por el fin que pretenden de las riquezas, que la codicia les hace desordenarse de manera que no atienden tanto á hacer con su habilidad cuanto á sacar el provecho que pueden della, y así hacen mil descuidos y desatinos, proveyendo lo que conviene á las enfermedades sin haber estudiado sobre ellas, no mirando lo que dice Galeno: Que conviene al médico ser muy estudioso para que no diga ni provea alguna cosa en la enfermedad que curare absolutamente y sin haberla primero bien mirado. Al médico que esto hiciese no le acaecería lo que á mí me han contado de uno que mirando cierta enfermedad de un hombre dixo que con muy gran brevedad la curaría, y el enfermo, que lo deseaba, oyendo esto, díole mayor priesa al médico. Por abreviar, mandóle que, así como había de tomar para purgarse cuatro ó cinco xarabes que digestiesen el humor, que se traxesen todos juntos y que los tomase de una vez, pareciéndole que por ser la mesma cantidad haría el mesmo efeto que si se tomaran en cinco días; y así le dió luego la purga, la cual nunca le salió del cuerpo, porque se murió con ella, lo cual por ventura no pasara si el tiempo ayudara á los xarabes repartidos, que en cinco días tuvieron el humor digesto para poder hacer la evacuación que por falta de éste no se hizo. Y porque ya me parece que me voy alargando, quiero resumirme con que el día de hoy hay pocos médicos que verdaderamente lo sean, y muchos que tienen los nombres de médicos que no lo son, porque tienen el nombre sólo, sin las obras; y no hay menos necesidad de que en esto se pusiese remedio que en lo de los boticarios, no dexando curar sino á las personas que fuesen suficientes para ello y que tuviesen todas las partes y condiciones que se requieren para no matar á los enfermos en lugar de sanarlos.

PIMENTEL.—Conforme á eso, ¿queríades que los médicos fuesen tan perfetos que todas sus obras fuesen sin reprehensión?

DIONISIO.—Yo querría lo que Galeno dice que conviene á los médicos (así como antiguamente está dicho) ser semejantes á los ángeles, para que no yerren en lo que hicieren.

D. GASPAR.—Mucha medicina habéis estudiado, á lo que parece, señor Dionisio, pues tantas autoridades y de tantos autores traéis para probar vuestra intención contra los médicos.

LERMA.—Aquellas tiénenlas estudiadas y recopiladas muchos, días ha, para satisfacerse de los médicos que dixeren alguna cosa de los boticarios, aunque no puedo dexar de confesar que Dionisio tiene tanta habilidad que basta para más que esto, y en todo lo que ha dicho dice muy gran verdad y tiene razón, porque son todas cosas convenientes y necesarias; y verdaderamente es mucho el daño que hacen los médicos que no son suficientes ni tienen la habilidad que se requiere para usar bien sus oficios, de las cuales es la mayor la arte y después la experiencia, y con ellas se ha de juntar el buen natural, la discreción y la buena estimativa para conocer y juzgar y obrar con la calidad y cantidad, y guardar los tiempos, las condiciones, diferenciando con el buen juicio la manera que se ha de tener en las curas, que requieren diversas formas y maneras para ser curadas; y conforme á esto, los médicos, para ser buenos médicos, si fuese cosa que se pudiese hacer, habrían de ver curar cuando mozos y curar cuando viejos y experimentados.

PIMENTEL.—Lo que yo infiero de lo que ha dicho Dionisio y de lo que vos, señor licenciado, decís, hartos más son los que enferman y mueren por la iñorancia ó malicia de los médicos y boticarios que los que sanan con las curas que les hacen y medicinas que reciben. Y así lo que dice Salomón, que el Señor altísimo crió de la tierra la medicina y el varón prudente no la aborrecerá, entiéndolo yo por la buena medicina; pero por lo que se ha platicado, pocas medicinas tienen buenas los boticarios, y tan pocas son las que ordenan bien los médicos; y

así lo mejor sería que las gentes se curasen todas como yo he visto á los mismos médicos cuando están enfermos, y á sus mujeres y hijos cuando están malos.

LERMA.—¿Y qué diferencia ha visto vuesa merced hacer?

PIMENTEL.—Yo os la diré luego. Cuando un médico está malo, jamás le veréis comer ni tener dieta, á lo menos tan estrecha como la mandan á los otros enfermos; no comen lentejas, ni acelgas cocidas, ni manzanas asadas, sino muy buenos caldos de aves y parte dellas con otras cosas sustanciales. Beben siempre, aunque tengan calentura, un poco de vino aguado, y no del peor que pueden haber. No permiten sangrarse ni purgarse, si la necesidad no es tan grande que vean al ojo la muerte; á sus mujeres y hijos cúranlos tan atentamente, que siempre dicen que dexan obrar á la naturaleza, y nunca les dan purgas ni les hacen sangrías, sino son en enfermedades agudas y peligrosas. Pero si uno de nosotros está un poco mal dispuesto ó tiene calentura, por poca que sea, luego recetan xarabes y purgas y mandan sacar cien onzas de sangre, con que recibe el cuerpo más daño que provecho puede recoger en toda su vida de los médicos.

LERMA.—La culpa desto tiene la común opinión del vulgo, porque si un médico va á visitar tres ó cuatro veces á un enfermo y no provee luego en hacer remedios, tiénenle por iñorante y murmuran dél, diciendo que no sabe curar ni hace cosa buena en medicina, y si no les mandan comer dietas y estrecharse, parésceles que aquello es para nunca sanarlos; y por otra parte, desmándanse á comer mil cosas dañosas, y muchas veces por esta causa estrecharnos la licencia, que bien sabemos que hay pocos enfermos que no la tomen mayor que nosotros se la damos, y acaece á muchos venirles la muerte por ello. Y á la verdad, los médicos habrian siempre de mandar lo que se ha de hacer puntualmente, y los enfermos cumplirlo sin salir dello; y lo que nosotros hacemos con nuestras mujeres y hijos es porque osamos aventurarlas, y si la cura fuere más á la larga, nuestro ha de ser el trabajo.

D. GASPAR.—Si los médicos teniendo mayor afición y voluntad para procurar la salud á sus mujeres é hijos hacen eso con ellos, lo mismo querría yo que hiciessen conmigo.

LERMA.—Vuesa merced, que lo entiende y tiene discreción para ello, holgaría de que se tuviese esa orden en sus enfermedades; pero las otras gentes, á los médicos que luego recetan y sangran y purgan y hacen otras cosas semejantes y experiencias malas ó buenas, tiénenlos por grandes médicos y con ello cobran fama y reputación entre las gentes.

PIMENTEL.—Entre las gentes necias será esto; pero no es buena razón, señor licenciado, que miren los médicos ninguna cosa desas para dexar de cumplir con lo que son obligados á Dios y á sus conciencias, y al bien general y particular de sus repúblicas; y habrian siempre de tener cuenta con la necesidad de los enfermos, y no con el juicio de las gentes; y cuenta con curar las enfermedades de manera que de los remedios que aplican para sanar las unas no se engendrasen otras mayores, y cuenta con que la han de dar á Dios si usan bien ó mal sus oficios, y desta manera nunca errarán en lo que hicieren ni tendrán de qué ser reprendidos ni acusados. Pero ¿quién hay que haga esto?

LERMA.—Algunos habrá, si vuessa merced manda no llevarlos á todos por un rasero.

PIMENTEL.—Si los hay yo no los veo, y reniego del mejor de vosotros, como dixo el que araba con los lobos.

LERMA.—Vámonos, señor Dionisio, que basta lo que el uno al otro nos hemos dicho sin esperar la cólera del señor Pimentel, que yo le veo en términos de ponernos á todos muy presto del lodo.

PIMENTEL.—Eso será por no esperarse á oir las verdades.

DIONISIO.—¿No bastan las que nosotros hemos tratado sin que vuessa merced quiera traer cosas nuevas? Y si han de ser para echarnos de aquí por fuerza, mejor será que nos vamos antes que oyamos con que nos pese.

LERMA.—Aunque yo quisiese detenerme, no puedo hacerlo. Vuessa merced, señor Gaspar, está mejor, loado Dios, y para el dolor del hígado se aplicarán luego los remedios necesarios. Yo me voy por la botica de Dionisio, donde dexaré dada la orden en lo que se hubiese de hacer. No se beba otra agua sino la de doradilla, y con tanto, beso las manos á vuesas mercedes.

D. GASPAR.—No sea esta visitación para olvidarme tanto estos días.

DIONISIO.—No será, porque yo tendré cuidado de ponerlo al señor licenciado para que venga muchas veces.

D. GASPAR.—A vos, señor Dionisio, os pido yo por merced que vengáis, que no huelgo menos con vuessa visitación que con la de cuantos médicos hay en el mundo.

DIONISIO.—Yo lo haré así, y agora vuestras mercedes me perdonen, que el licenciado lleva priesa y quiero seguirle porque no se agravie, y aun podrá ser que sospeche que todavía quedamos murmurando.

PIMENTEL.—No sería pecado mortal si la murmuración fuesse tan verdadera y provechosa como las passadas.

Finis.

COLLOQUIO

Entre dos caballeros llamados Leandro y Florián y un pastor Amintas, en que se tratan las excelencias y perfición de la vida pastoril para los que quieren seguirla, probándolo con muchas razones naturales y autoridades y ejemplos de la Sagrada Escritura y de otros autores. Es muy provechoso para que las gentes no vivan descontentas con su pobreza, no pongan la felicidad y bienaventuranza en tener grandes riquezas y gozar de grandes estados.

INTERLOCUTORES

Leandro. — Florián. — Amintas.

LEANDRO.—Paréceme, señor Florián, que no es buen camino él que llevamos; porque agora que pensábamos salir al cabo deste monte, entramos en la mayor espesura, y según veo no se nos apareja buena noche, pues será excusado salir tan presto de este laberinto donde andamos dando vueltas á una parte y á otra, sin hallar salida.

FLORIÁN.—Culpa es nuestra, pues quessimos que nos anocheciese en tierra tan montañosa, y cuantó más anduviéremos será mayor el yerro no sabiendo á qué parte vamos. Lo mejor será que nos metamos en una mata destas y desenfrenando los caballos para que puedan pacer, passemos lo que nos queda de la noche durmiendo, que venido el día presto podremos aportar á poblado.

LEANDRO.—Bien decís; pero á mí me parece que oigo ladrar algunos mastines, y sin duda debe de estar cerca alguna majada de pastores.

FLORIÁN.—Decís la verdad, que yo también los he oído; por aquí podremos ir, que el monte está menos espeso.

LEANDRO. — No sería malo hallar alguna cosa que comer, porque yo os doy mi fe que no voy menos muerto de hambre que si hubiesse tres días que no hubiesse comido bocado.

FLORIÁN.—A mí la sed me fatiga, aunque no lo había dicho; pero una noche como quiera puede pasarse.

LEANDRO.—Mejor sería passarla bien que mal, si pudiéssemos, y no hemos traído mal tino, que veis allí está fuego hecho y un pastor no poco enzamarrado; pero doy al diablo estos perros que assí nos fatigan como si veniéssemos á hurtalles el ganado.

AMINTAS.—Torna aquí, Manchado, que mala rabia te mate y lobos te despedacen; torna aquí; dolos yo á la mala ventura, que no saben ladrar sino cuando no es menester.

LEANDRO.—Buenas noches, hermano mío.

AMINTAS.—Salud buena os dé Dios. ¿Qué venida es ésta por aquí á tal hora?

FLORIÁN.—Mi fe, hermano, no vénimos por nuestra voluntad, sino por haber perdido el camino, que toda esta noche hemos andado perdidos por este monte, hasta agora que contigo hemos topado, que no ha sido pequeña dicha.

AMINTAS.—Esa yo la he tenido en haber llegado á mi majada personas tan honradas, y más y más si en ella quisiéredes ser mis huéspedes por esta noche, pues que á cualquiera parte que queráis caminar, el pueblo más cercano está de aquí dos leguas; y con la grande escuridad que hace, dificultosamente podréis atinar allá, aunque yo quisiese poneros en el camino.

LEANDRO.—Desa manera forzado será aceptar tu buena voluntad y ofrecimiento; pero dinos, ¿por ventura tienes alguna cosa que comamos, que lo que nos dieres te será todo muy bien pagado?

AMINTAS.—No ha de faltar, si queréis contentaros con la miseria de que vivimos los pobres pastores. Desenfrenad los caballos para que puedan pacer, pues hay hierba en abundancia que suplirá la falta de la cebada, que para vosotros pan hay con un pedazo de cecina y esta liebre que mis mastines por gran aventura mataron, para la cual tenía encendido el fuego que veis, y assí está ya aparejada, y en lugar del buen vino que solemos beber en vuestra tierra, habréis de pasaros con agua que agora poco ha he traido de una clara y sabrosa fuente.

LEANDRO.—Dios te dé buena ventura, que más nos hartará tu buena voluntad y gracia que todos los manjares y vinos del mundo, y pues que así es, comencemos á comer, que en verdad yo estaba medio desmayado con pensar que esta noche la habíamos de pasar como camaleones.

FLORIÁN.—Nunca Dios hizo á quien desamparase, y yo os prometo que me sabe mejor lo que como y bebo que si estuviéssemos en el mejor banquete que se hace en la corte.

AMINTAS.—El buen gusto hácelo el buen apetito y la hambre, que es la cosa que mayor sabor pone á los manjares, y así agora no podrá saberos mal el pan de centeno de mi convite que tan buenos bocados os veo dar en él como si fuesse de trigo y de lo muy escogido, blanco y regalado.

FLORIÁN.—Así me ayuda Dios que hasta agora yo no había mirado si era de trigo ó de centeno, porque me sabe tan bien, que no tengo cuidado sino de hartarme.

AMINTAS.—Si queréis, señores, leche migada, aquí la tengo en este cacharro nuevo; bien podéis comer sin asco, que yo os digo está bien limpio.

LEANDRO.—Está tan sabrosa y tan dulce que ninguna cosa me ha sabido mejor en mi vida. Comed della, señor Florián, que por ventura nunca mejor la comistes.

FLORIÁN.—Assí es la verdad, pero no comamos tanta que nos pueda hacer daño.

LEANDRO.—Bien habéis dicho, que yo ya estoy satisfecho.

FLORIÁN.—Y yo muy bien harto. Dios dé mucha salud á quien tan bien nos ha convidado.

AMINTAS.—Assí haga, señores, á vosotros, aunque no tenéis de qué darme gracias, si no es por la voluntad, que, conforme á ella, de otra manera fuérades convidados.

LEANDRO.—Dime, hermano mío, ¿cómo es tu nombre?

AMINTAS.—Amintas, señor, me llamo, á vuestro servicio. Mas decidme, ¿para qué lo preguntáis?

LEANDRO.—Lo uno para saber de quién hemos recebido tan buena obra, y que cuando se ofreciere tiempo podamos galardonarte della, y lo otro para poderte mejor decir algunas cosas que después que aquí estamos me han pasado por el pensamiento.

AMINTAS.—Cuando alguna buena obra se hace, ella misma trae consigo el galardón en ser bien hecha, assí que yo me doy por bien pagado si en algo he podido serviros. En lo demás, decid, señor, lo que quisiéredes, que bien aparejado me hallaréis para oiros.

LEANDRO.—Pues tan buen aparejo hallo en ti, hermano Amintas, para escucharme, quiérote decir lo que estoy considerando, y no me tengas á mal mis razones, porque en el fin dellas conocerás que todas irán enderezadas en provecho y honra tuya; y cuando así no fuere, bien podré yo engañarme, pero mi intención será buena, pues quiero darte en todo el consejo que yo para mí mesmo tomaría, aunque por ello me puedas dar la viga que dicen que está aparejada para quien lo da á quien se lo pide.

AMINTAS.—Aquellos que son aconsejados mal ó bien, tienen una gran ventaja, y es que no son forzados, antes quedan en su libertad para escoger lo que mejor les está y les pareciere; que de otra manera no sería consejo, sino mandamiento forzoso; así que los que aconsejan, no solamente bien, pero aunque sea mal, han de ser con atención oídos, porque si el consejo es bueno pueden y deben los hombres aprovecharse dél, y si es malo toman las gentes mayor aviso para huir el peligro que consigo trae; aunque para esto yo confieso que hay necesidad de muy gran discreción, porque muchas veces las gentes simples son engañadas con el consejo de los maliciosos.

LEANDRO.—Tienes tanta razón en lo que dices y tan buenas razones en lo que hablas, y con tan polido y gentil estilo te muestras en tu plática tan prudente, que sólo esto me mueve á decirte mi parecer cerca de lo que debrías hacer de ti y de tu vida; que según siento traes tan mal empleada en la soledad de estos desiertos y montes, y en la braveza destas montañas, á donde aun las bestias fieras parece que de mala voluntad habitarían. Y para que mejor, hermano mío Amintas, puedas entenderme, yo he considerado que, siendo tú un mancebo al parecer de veintiuno á veintidós años, con muy buena disposición en el cuerpo y tan hermoso de rostro que andando tratado de otra manera pocos ó ninguno habría que te hiciesen ventaja, assí en genti eza como en hermosura, teniendo otras gracias que, según lo que de ti hemos visto y conocido no deben faltarte, y sobre todo un buen natural y juicio claro, dotado de gran discreción, con sutil y delicado entendimiento, que lo empleas tan mal todo ello, que con razón podrías ser reprendido de los que te conocen y sienten que podrías tener mayores y mejores pensamientos que no los que muestras andando tras el ganado, en hábito tan humilde que nunca serás ni podrás ser más de lo que agora paresces, que es ser pastor como los otros pastores. Y contentándote con la pobreza y desventura que todos tienen, sin pretender de pasar más adelante ni venir á ser más estimado y temido, habiendo en ti tanta habilidad y suficiencia, á lo que hemos visto y conocido, que más pareces hombre disfrazado que no criado en el hábito que traes. Así que, amigo Amintas, lo que todas las gentes pretenden, que es el valor de la persona y las riquezas, por donde vienen á ser más estimados y tenidos, tú también lo habías de pretender y procurar, no teniendo tan gran descuido para lo que te cumple, que si tú quieres ponerte en mudar el hábito y manera de vivir en que agora andas, yo fiador que ni te falten aparejos para venir poco á poco á poner tu persona en otra manera de vida con que puedas vivir más honrado y contento que agora lo estás, aunque á ti te parezca al contrario de lo que digo.

FLORIÁN.—Todas las mudanzas son trabajosas, y aunque sean de mal en bien ó de bien en mejor se hacen con dificultad, porque la costumbre se convierte en otra naturaleza, y assí debe de ser en Amintas, que aunque conozca que vuestro consejo, señor Leandro, es bueno y provechoso, con estar tan acostumbrado, y por ventura toda su vida, en el oficio que agora tiene, dificultosamente querrá dexarlo, que si él quisiesse todos le ayudaríamos para disponer de sí, mudando el hábito y procurando remediarse por otra vía más aventajada y honrosamente.

AMINTAS.—Conocido he, señores, la intención con que me habéis dicho lo que de mi vida os parece, y que el consejo que me dais es como de personas que deseáis mi bien y lo procuraríades cuando en vuestra mano estuviese, y pues no os lo puedo servir con las otras según mi pobreza, agradecéroslo he siempre con mi voluntad. Pero muy engañados estáis en lo que de mí habéis juzgado, porque yo voy por otro camino muy diferente del que á vosotros os parece que siga, y no debéis maravillaros mirando lo que comúnmente se dice: que cuantas cabezas hay, tantos son los pareceres y juicios diferentes. Vosotros fundáis vuestra opinión en aquello que tenéis por mejor y más bien acertado, porque así está concebido y determinado en vuestro entendimiento, y á mí pónenseme delante otras razones tan fuertes en lo contrario, que no me dexan determinar en dexar la vida que tengo, ni en que tenga por mejor otra ninguna de las que los gentes tienen; y si no fuesse por no cansaros y haceros perder el sueño, que os será más provechoso, yo las diría, para que viésedes que no me faltan razones, si por ventura con ellas me engaño, para querer ser pastor, como lo soy, y no tener en nada todo lo que el mundo para valer más me pueda poner delante.

LEANDRO.— No podrás, Amintas, darnos mejor noche que será con oirlas, que el sueño no nos hace falta, y pues que descansamos recostados en esta verde frescura, por amor de mí te ruego que prosigas hasta el cabo de tu plática, que de muy buena gana escucharemos, para poder entender qué causas pueden á ti moverte, fuera de la simpleza que los otros pastores tienen, para tener y estimar en mucho la vida que todos tenemos en poco, huyendo della con todo nuestro poder y fuerzas, y que tú por tu voluntad quieras seguirla, mostrando tan gran contentamiento con ella.

AMINTAS.—Pues que assí lo tenéis por bien, escuchadme, que yo las diré y con la mayor brevedad que pudiere, para que si os parecieren torpes y mal fundadas, como salidas de un entendimiento torpe y grosero, no recibáis cansancio en escucharlas, que los pastores á veces pueden leer cosas que los ciudadanos, impedidos de sus tratos y conversaciones, por ventura no leen, por donde recogeré en mi memoria algunas cosas de las que en este yermo á mis solas he leído acerca deste propósito de que hablamos.

FLORIÁN.—Antes te ruego que las digas sin dexar ninguna cosa de lo que te pareciere que hace al propósito, para que mejor las entendamos.

AMINTAS.—Todas las cosas como las hace y produce la naturaleza desnudas y con sólo el ser que de su sustancia tienen son de mayor perfición que cuando los accidentes son adquiridos y postizos, porque parece que la causa de tener necesidad dellos arguye aquella cosa ser imperfecta y querría ser ayudada con ponerlos en sí, para la imperfección que en sí sienten. Y porque mejor me podáis entender, decidme, señores, ¿qué ventaja hace una cosa viva, aunque sea fea y tenga muchos defetos para parecer bien, á la mesma cosa pintada, aunque el pintor se esmere en hacerla y procure contrahacer naturalmente á la viva? Y así mesmo ¿qué ventaja tan grande ha de la hermosura igual al parecer en dos mujeres, si la una la tiene suya sin poner cosa ninguna y la otra la tiene postiza y con afeites y otras cosas que la ayuden á estar hermosa? Pues si tomáis las hierbas y flores que nacen en los campos de diversos colores y matices, ¿cuánta mayor perfición muestran en sí que las que están pintadas y contrahechas? Y dexando aparte la suavidad de los olores, y la virtud con que están criadas, en el parecer les hacen ventaja muy conocida.

Pareceros ha, señores, que estas comparaciones van sin propósito hasta que entendáis el fin para que las he dicho, el cual es mostraros que cuanto las cosas están más cerca y allegadas á lo que manda y muestra querer la naturaleza, tanto se podrían decir que tienen mayor bondad y que son más perfetas, y con la perfición más dignas de ser queridas y seguidas de las gentes. Todo esto he dicho para mostraros que, siendo la vida pastoril, por muchas causas y razones que para ello hay, más allegada á la que la naturaleza quiso como por principal intento y voluntad que los hombres seguiéssemos, que os parezca también que los que la siguen y se contentan con ella no solamente no hacen yerro ninguno, pero que no por esso es razón que sean tenidos en menos que los otros hombres que siguen y andan embebidos en las riquezas y en los deleites y en las pompas y honores, que todas son vanidades del mundo.

LEANDRO.—No me parece mal fundamento el que has tomado; pero yo no veo razón que baste á probar cómo quiso la naturaleza más que los hombres anduviesen guardando ganado que no que entendiesen en los otros tratos y negociaciones que se acostumbran en el mundo.

AMINTAS.—No digo yo que la naturaleza lo quiso de manera que no dexase lugar para que pudiésemos entender en otras cosas; pero que parece que esto nos puso delante como cosa más principal, y assí lo podréis entender por lo que agora diré. Cuando nuestro señor Dios tuvo por bien de criar el mundo y en él á nuestros primeros padres á su imagen y semejanza, fué con aquella llaneza y simplicidad que se requería para estar en su servicio, hasta que comieron del fruto vedado, por el cual fueron echados del Paraíso; y como por el pecado cometido les fuese dado mandamiento, por maldición, que comiesen del sudor de sus manos, hallaron para sustentarse las hierbas y las

raíces en los campos, las frutas en los árboles, las aguas en las fuentes y ríos y las semientes puestas, así verdes como maduras, en las mesmas hierbas; todo esto, después que una vez lo hallaban, no huía ni se apartaba dellos; pero los ganados, de cuya leche y lo que de ella se hace, también habían de comer, aunque no comían la carne para mantenerse, en descuidándose se iban por unas partes y por otras, de manera que les era trabajoso el andarlos buscando, y assí les fué forzado, juntando algunos rebaños dellos, hacerse ellos mesmos guardas y pastores, obedeciendo á la naturaleza que parecía mandarles, y aun forzarles, á que lo hiciesen para que mejor pudiesen sustentarse. Y assí en teniendo hijos los pusieron en el mesmo cuidado; pues que el oficio de Abel fué guardar los ganados, y el de Caín ser labrador de las hierbas y simientes que entonces producía la tierra; y conforme á esto se puede creer que en aquella edad primera y dorada los mejores bienes y mayores riquezas que los hombres tenían eran los ganados, de que se sustentaban á sí y á sus hijos y familias, gozando de los despojos de la lana, leche y queso y manteca, y aun haciendo vestidos de los pelejos dellos, porque entonces no procuraba la malicia humana las nuevas invenciones de los vestidos y atavíos que agora se usan, ni conocían el oro ni la plata, sino por unos metales muy buenos de que se aprovechaban en las cosas necesarias y no para hacer moneda, que fué la mayor perdición que pudo venir al mundo, no por el dinero, que, por ser como un fiador de las cosas vendibles, excusa de muchos males que habría sin él, mas por la cobdicia que vino al mundo junto con el dinero. Y el valor que tuvo el dinero cuando se hizo fué porque en él estaba esculpida la figura de oveja ó cabra ó de otra res de ganado, ó porque la primera moneda que hubo fué hecha y esculpida la señal en el cuero de los ganados, y por la una causa ó por la otra en latín se llamó *pecunia*, que quiere decir cosa de ganado, de manera que los que más y menos valían, todos debían de ser guardas y pastores de sus ganados. Y aun después de aquel universal diluvio, como parece por aquel gran patriarca Abraham, que, siendo un hombre tan poderoso, su principal patrimonio eran los rebaños de los ganados, los cuales él vía y visitaba de contino, y aun por aventura también guardaba, como parece cuando estaba á la puerta de su casa que se le parecieron tres ángeles en figura de hombres mancebos que le denunciaron que Sara, su mujer, en su senectud pariría, y queriendo tenerlos por convidados, él mesmo fue al ganado y trajo una ternera, con que les hizo el convite. Y así mesmo cuando hizo el concierto y confederación con Abimelec y Michol, para confirmar la amistad le dió parte de los ganados que tenía. También su hijo Isaac, cuando los de Palestina, pareciéndoles que se hacía más rico y poderoso que ellos, le mandaron salir de la tierra, las mayores riquezas que llevó fueron sus ganados, y haciendo pozos en muchas partes para que las reses no pereciesen con la sed, tuvo contienda sobre el agua con los pastores de Gerare. Y cuando aquel gran patriarca Jacob fué á la tierra de Oriente y allegó á la casa de Labán, su tío, primero halló á su hija Rachel que, siendo pastora, apacentaba los ganados de su padre, por la cual y por el engaño que le fue hecho con su hermana Lia, sirvió catorce años, y cuando se despedía de Labán, su suegro, para volverse á su tierra, siendo por él molestado que no se fuesse, hizo concierto con Jacob que porque tornase á ser pastor y guarda de sus ganados le daría todas las ovejas y cabras que de allí adelante naciesen manchadas y de diversos colores. Lo mesmo sabemos todos de los hijos de Jacob, que también fueron pastores como su padre, y el menor dellos, que fué José, les llevaba de comer al campo donde andaban con el ganado que Jacob tenía. Del pacientísimo Job es bien notorio que, siendo el más rico hombre de toda la provincia donde habitaba, sus principales riquezas eran los ganados de todas suertes, así como ovejas y cabras, bueyes, asnos y camellos, con los cuales andaban sus criados y sus mesmos hijos, no se desdeñaba de ser guardas y pastores dellos. Moisés, caudillo del pueblo de Israel, y por cuyo consejo fué librado del poder de Faraón, pastor era y apacentando andaba el ganado de su suegro Jetro cuando Dios se le apareció en la zarza que ardía y no se quemaba. Saúl, cuando fué ungido rey, andaba buscando unos asnos de su padre que se le habían perdido, lo cual era señal que él era el que tenía cuidado de guardarlos. Del real profeta y grande amigo de Dios, el rey David, notorio y muy claro es á todos que siempre andaba en el campo apacentando el ganado de su padre, y que de allí lo escogió Dios para que gobernase y regiese el pueblo de Israel. Y sin estos que he dicho, hubo otros muchos patriarcas y profetas y varones muy señalados, no solamente entre los judíos, pero también entre otras naciones y maneras de gentes que á mí se me olvidan y de quien no hacen mención las escrituras y corónicas que fueron pastores, no lo teniendo en menos que cualquiera otro de los oficios y manera de vivir que las otras gentes seguían, porque, como he dicho, entonces no había las vanidades, las pompas, las presunciones, los pensamientos altivos y soberbios que hay agora, ni los bollicios y sutilezas de los inge-

nios, todos endrezados á subir y valer más como quiera que sea, lícita ó ilícitamente, desdeñándose las gentes de todo aquello que solían hacer y seguir los antiguos y personas señaladas en vida y en dotrina, de quien están obligados tomar enxemplo siguiendo sus pisadas, haciendo lo que ellos hacían.

LEANDRO.—No tienes razón, Amintas, en parecerte que essas razones sean tan bastantes que obliguen á todas las gentes para que, dexando todos los otros oficios y maneras de vivir, se vuelvan á ser labradores ó pastores, como tú querrías que lo fuessen.

AMINTAS.—Menos razón tenéis vos, señor, en pareceros que no hace bien ningún hombre que tenga buen entendimiento, con otras gracias, en seguir la vida pastoril, pues con tantas razones á mí me estábades persuadiendo para que, pareciéndome tenerla mal empleada, la desamparase.

FLORIÁN.—Por cierto, Amintas, tú has dicho y alegado, defendiendo tu opinión, buenas razones y enxemplos; si hubiese agora algunos de los pastores de los que había en aquellos tiempos que supiesen y entendiesen tan bien lo que les convenía para con Dios, para con las gentes; pero pocos se hallarán de tu manera, que ya no hay en ellos aquella simplicidad santa, ni la sabiduría llena de bondad, ni las obras, para que merezcan tener aquella familiaridad con Dios, por la cual eran dél visitados y ayudados de su gracia, con que venían á ser estimados y tenidos en mucho, como tú lo has dicho.

AMINTAS.—¿Sabéis qué puedo responderos á esso? Lo que un pastor á un obispo, que reprendiéndole de cierta cosa en que había pecado, le decía que los pastores de los tiempos pasados todos eran santos y buenos y amigos de Dios, y que por esso Dios los quería bien y hacía tantos milagros por ellos, y así como á santos y amigos suyos se les aparecieron los ángeles á denunciarles el nacimiento de Christo y fueron los primeros que le adoraron y ofrecieron dones; y que los pastores deste tiempo eran muy mal inclinados y simples, y que toda su simpleza era inclinada á mal fin y á hacer con ella malas obras. Y el pastor le respondió: También, señor, en este tiempo, cuando moría algún obispo ó perlado se tañían las campanas de suyo, y ahora, cuando las quieren tañer, no bastan cien brazos y manos á moverlas. Mayor obligación tenéis los obispos y los curas de ánimas, los cardenales y patriarcas y aun el papa, de no hacer cosa mala ni de que poder ser reprendidos, pues sois más verdaderos pastores que nosotros y habéis de dar cuenta á Dios de mayores y mejores rebaños de ganados, so pena de pagar con vuestra ánima lo que por vuestra culpa se perdiere; que nosotros, si algún mal ó daño hacemos, á muy pocos daña, y principalmente es para nosotros, que pagamos de nuestras haciendas ó soldadas las reses que se nos perdieren; pero los perlados inficionan sus ovejas con el mal enxemplo de su vida y excesos; y en fin, todos somos pastores y todos hacemos mal lo que somos obligados, y así tiene agora Dios tan poca cuenta y familiaridad con los obispos y con los otros perlados y curas de ánimas como con los pastores que andan con el ganado en el campo. Y la verdadera represión que me habéis de dar es con el buen enxemplo y dotrina de vuestra vida, para que yo me avergüence y confunda cuando no hiciere lo mismo que vos hiciéredes.

LEANDRO.—Avisado pastor era esse, y bien conozco yo que no solamente los obispos y los otros perlados y pontífices son pastores y tienen la obligación que has dicho, pero que desa manera también se pueden llamar pastores los emperadores, reyes y príncipes, y los otros grandes señores y todos aquellos que tienen vasallos y súbditos con cargo de gobernarlos.

AMINTAS. — Pues si todos estos son pastores como yo soy pastor, harto mejor vida es la mía que no la suya; porque los unos han de tener cuidado de las ánimas y los otros de los cuerpos de muchas gentes, gobernándolos con muy gran rectitud y justicia, y cuando dexan de hacerlo por voluntad ó negligencia ó descuido, es grandíssima la pena que tienen, que no pagan con menos que con la condenación de sus ánimas; y yo, aunque se me pierda un carnero, ó me lleve el lobo una oveja, ó me coma un cabrito, con pagarlo á mi amo le satisfago y quedo sin pena ninguna; así que no tengo por buen consejo dexar de ser pastor de rebaños de bueyes y vacas, y ovejas y cabras, en que tan poco se aventura, y procurar de serlo (como vosotros me aconsejáis) de hombres y mujeres, poniendo en mayor condición la salvación de mi ánima de la que agora tengo.

LEANDRO.—Muy bien me parece, Amintas, lo que dices si bastasse para hacerme entender del todo lo que al principio dixiste.

AMINTAS.—¿Y qué dixe?

LEANDRO.—Que la vida pastoril era más conforme á la manera en que la naturaleza quería que viviesen las gentes que no ninguna de las otras.

AMINTAS.—Ya me acuerdo, y lo que por medio se ha tratado me embarazó á seguir la plática comenzada; pero tornando al propósito, digo que la naturaleza hizo y crió todas aquellas cosas que le pareció que no solamente bastaban para socorrer á la necesidad de todos los animales, pero también á la de los hombres; y á todas las puso en gran perfición, que si quisié-

semos usar y aprovecharnos dellas, sin otro ningún artificio, por ventura las hallaríamos muy más provechosas, y serían causa de alargarnos la salud y la vida mucho más tiempo; porque cuando los hombres comían por pan las frutas de los árboles, las hierbas, las simientes y raíces y los otros mantenimientos sin hacer las mezclas que agora hacen, no se les acababa la vida tan presto, y así veréis que los ciudadanos y ricos que no viven con otro cuidado si no de procurar de poner artificiosamente otro diferente sabor en los manjares del que consigo tienen, que no siguen la orden de naturaleza como la seguimos los pastores, los cuales nos contentamos con comer las cosas que he dicho, y el pan de centeno tenemos por curiosidad para nosotros; cuando hallamos algunas frutas montesinas ó algunas hierbas comederas y también algunas raíces sabrosas, deleitámonos en comerlas. Si matamos alguna liebre ó conejo con nuestros cayados, ó si tomamos con lazos y redes que armamos algunas aves, no las estimamos en tanto que se nos dé mucho por comerlas, por la costumbre que tenemos de contentarnos con lo que ordinariamente comemos, porque nunca nos falta esto que digo, con abundancia de leche y queso y manteca y cuajada que nos dan las cabras y las ovejas; y cuando la sed nos acosa, buscamos las fuentes de las montañas, y llegándonos á ellas, miramos cómo salen aquellos chorros de agua á borbollones por medio de las venas de la tierra, y á donde vemos que la arena está más limpia y dorada, con unas pedrecillas pequeñas que con la claridad transparente de la agua están reluciendo, allí nos echamos de bruces y nos hartamos. Y si esto no queremos hacer, con nuestras manos encorvadas tomamos el agua y la traemos á la boca, no tomando menos gusto en beber por este vaso natural y de que nos poseyó naturaleza, que si bebiésemos por los más ricos de oro y plata que tuvieron los reyes Creso y Mida, como se cuenta en las historias. Cierto, poco cuidado tenemos de los buenos vinos y sidras y cervezas y alojas, ni de los otros brebajes que se hacen, porque el no verlos ni tratarlos nos quita la codicia dellos y de los manjares sabrosos y delicados; y el gusto, como está hecho á comer y beber lo que digo, parécele que no hay cosa que mejor sabor tenga. Y, verdaderamente, muchos de nosotros, comiendo algunas veces de las cosas que no acostumbramos, por buenas que sean, nos revuelven los estómagos y nos hacen mucho daño; assí que no sentimos falta dellas, ni las procuramos, antes nos reimos y burlamos de ver á las otras gentes con un error y cuidado tan grande, y con una solicitud tan extraña en tener muchas cosas bien aderezadas y muchos manjares bien adobados para hartarse dellos, los cuales, pasando por tantas manos tan envueltos y revueltos, no pueden ir con aquella limpieza que lo que nosotros comemos, aunque á todos os parezca al contrario desto. Y dejando lo que toca al comer y beber, muy gran ventaja es la que haga la vida pastoril á la de todas las otras gentes, en la quietud y reposo, viviendo con mayor sosiego, más apartados de cuidados y de todas las zozobras que el mundo suele dar á los que le siguen; las cuales son tan grandes y tan pesadas cargas, que si las gentes quisiesen vivir por la orden natural, habían de procurar por todas las vías que pudiesen de huirlas y apartarse dellas; pero no viven sino contra todo lo que quiere la naturaleza, buscando riquezas, procurando señoríos, adquiriendo haciendas, usurpando rentas, y todo esto para vivir desasosegados y con trabajos, con revueltas y con grandes persecuciones y fatigas. Los que somos pastores, el mayor cuidado que tenemos es de dormir muy descansadamente; muy pocas cosas nos hacen perder el sueño si no estamos en alguna parte donde tengamos temor á los lobos. A donde quiera que vamos hallamos muy buena cama, que es la tierra, en la cual nos acostamos sin hallar menos los colchones y cabezales blandos, ni las sábanas delgadas y mantas de lana fina. Ponemos una piedra ó terrón por cabecera, y muchas veces se nos passa así una noche entera sin que despertemos; y de mí os digo, que cuando me pongo á pensar que la tierra es la verdadera cama en que nuestros cuerpos han de reposar después que el ánima los desampare, tan largo tiempo como será hasta que seamos llamados para el universal juicio, que me maravillo cómo por tan pocos días y tan breve vida ninguno quiere hacer mudanza ni tener otra cama. Y si dixéredes que se hace por el daño que recebiría la salud con la humedad de la tierra, la costumbre es la que quita estos inconvenientes, que los pastores por la mayor parte viven muy sanos y con pocas enfermedades, y si las tenemos, no tan recias y trabajosas como los que viven con regalos y delicadezas. Y también os sé decir que los vestidos que traemos, aunque no son tan costosos, no son de menos provecho que los de los ciudadanos, porque después de andar muy bien arropados, traemos encima las zamarras y pellicos en el invierno, con el pelo adentro, que nos pone mucho calor, y en verano afuera, porque la lana nos defiende del sol y el pellejo es para nosotros templado; sentimos muy poco los grandes fríos y los grandes calores, porque ya el cuerpo está curtido y acostumbrado á sufrirlos y passarlos sin trabajo, de manera que no nos espantan las nieves ni las heladas, porque cuando algo nos fatiga, eslabón y pedernal traemos en los zurrones, y

la leña siempre está cerca, y cuando hace muy grandes calores y siestas, nunca falta una cueva ó choza ó la sombra de algún árbol que nos defiende de la fuerza del sol; y en el campo pocas veces falta algún viento fresco con que mejor puede pasarse; y assí, muy contentos y regocijados, cuando algunos pastores nos juntamos en uno, tañendo nuestras gaitas y chirumbelas y rabeles nos holgamos y passamos el tiempo muy regocijados, dando saltos y haciendo bailes y danzas y otros muchos juegos de placer; y cuando yo quedo solo de día, ando con gran atención mirando por mi ganado y procurándole buenos pastos para la noche, en la cual sin ningún sobresalto me echo y duermo, como dicen, á sueño suelto; y si despierto antes del día, limpiando los ojos los levanto al cielo, y mirando aquellas labores con que los planetas y estrellas lo pintan, estoy contemplando muchas cosas, principalmente en Dios que los hizo y después en la gloria que en ellos se espera. Y con esto acuérdaseme de los filósofos y astrólogos que quieren medir los cielos y la grandeza del sol y el tamaño de la luna, la propiedad de cada una de las estrellas, y ríome dellos y del contentamiento que tienen con su ciencia, pareciéndoles tan cierta que no pueden errar en ninguna cosa; porque á mí me parece que aunque acierten en muchas dellas, es tanto lo que queda por saber, que casi es nada lo que saben, y que mucho de lo que ellos tienen por cierto y averiguado, lo debrían tener por dudoso y aun por falso, y que sólo aquello se puede tener por muy verdadero que por la verdad y certidumbre de nuestra santísima fe estamos obligados á creer sin duda alguna. Y de aquí métome en otras contemplaciones que me levantan los pensamientos á mayores cosas que las del mundo, y que aquellas que vosotros, señores, me aconsejáis y querríades que las emplease. Cuando viene la mañana, alégrome con la luz; estoy mirando el lucero que viene como guía del resplandeciente sol, miro cómo se está descubriendo poco á poco, cómo tiende sus claros rayos sobre la haz de la tierra. Levántome luego en pie sin tener trabajo de vestirme, como no lo tuve de desnudarme, y bendigo y alabo á Dios con ver que muchas veces el campo, que á la noche estaba seco y limpio, á la mañana comienza á reverdecer saliendo los gromecitos pequeños de la hierba, la cual (estándola yo mirando) va creciendo, y de ahí á pocos días veo salir las flores y las rosas de diversos colores y matices, con una hermosura y olor tan suave, que parece cosa celestial. Oyo los cantos de las aves á las mañanas y á las tardes, que también con su dulce harmonía parecen música del cielo, y, en fin, veo pocas cosas que me den enojo y pocas que me desasosieguen; como no veo lo que pasa en el mundo, tampoco lo codicio, ni me parece que me falta nada, y hartas veces con el sobrado placer ando alrededor del ganado tañendo con mi chirumbela, dando saltos, que quien me viese pensaría que estoy fuera de juicio, aunque yo cuando esto hago pienso que tengo más seso y estoy más cuerdo que nunca.

LEANDRO.—Según esso, hermano Amintas, más amigo eres de la vida contemplativa que no de la activa, y no te puedo negar que no tienes razón en ello, pues por la boca de Christo se declaró y averiguó tener mayor perfición; mas para hacer lo que ¡tú dices, si yo no me engaño, lo mejor sería ser flayre.

AMINTAS.—En esso cada uno hace lo que Dios le da de gracia, que yo por agora no quiero perder la libertad, sino hacer con ella lo que pudiere, para que Dios sea servido, que yo confiesso que, no teniendo respecto sino al servicio de Dios, es más perfecta vida la de los flayres; pero si queremos gozar juntamente de la libertad del mundo, buena es la de los pastores, y no es por fuerza que se han de salvar todos los flayres ni condenarse los que no lo fuesen.

LEANDRO.—No tienen tan buen aparejo para salvarse los pastores como ellos, porque cada día dicen ó ven misa, rezan sus horas y hacen otras devociones y sacrificios que vosotros no podéis hacer.

AMINTAS.—Yo no comparo la vida de flayres y pastores para hacerlas iguales, que bien conozco la ventaja por las causas que he dicho, pero tengo la vida de los pastores por mejor que la de los otros hombres que siguen los oficios y tratos del mundo. Y lo que yo pretendo que entendais de mis razones no es sino la poca razón que tenéis en persuadirme que dexe esta manera de vivir y que siga cualquiera de las otras que á vosotros os parece mejores, no lo siendo.

FLORIÁN.—¿Parécete á ti que es bien oir missa tan de tarde en tarde, confessaros mal y por mal cabo, oir tan pocos sermones, saber tan mal las cosas que tocan á la fe y tener tan poca noticia de las cosas y precetos ordenados por la Iglesia?

AMINTAS.—Harto peor es saberlo y no usar dello como conviene, que aunque dicen que la iñorancia no excusa el pecado, como no se puede negar, á lo menos quita la gravedad del pecado, porque más gravemente peca el que comete un pecado sabiendo que lo es, que no el que iñorantemente peca sin saber lo que hace, y el pastor que no cumpliere con el preceto divino y de la Iglesia en lo de la confessión, no le meto yo en la cuenta de los pastores de quien he hablado, ni tampoco el que dexase de oir missa podiendo hacerlo, aunque los santos padres del desierto y los ermitaños con la contemplación suplían las faltas que hacían en

esto, porque Sanct Antón y San Pablo y otro muy gran número dellos estuvieron muchos años y tiempos donde ni vían missa, ni oían sermón, ni estaban al rezar de las horas; pero no por esso dexaron de salvarse y venir á ser santos y canonizados; assí que no por la falta que en lo que he dicho hecieren los pastores dexarán de tener por otras muchas vías aparejo para su salvación.

LEANDRO.—Bien me parece lo que dices, pero no me podrás negar que no vivís todos los pastores apocados y abatidos y sin tener parte en el mundo, y no porque la tuviéredes dexaríades de ser tan buenos y aun por ventura mejores de lo que sois; contentándoos con la vida solitaria, viviendo más como bestias salvajes que no como hombres que usan de la razón, con que sobrepujaron por excelencia á todos los otros animales.

AMINTAS.—No paséis, señor, más adelante, que estáis muy engañado en todo lo que habéis dicho; porque dexando aparte que á mí me paresce que lo que nosotros hacemos es usar de la razón, y que lo que las gentes hacen en los tráfagos y baratar, en la presunción de la honra, en procurar preminencias y estados, es todo muy gran desatino y locura, quiero responderos á lo que habéis dicho que el mundo nos tiene como á cosa superflua y olvidada, y esto sería si no se hubiese el mundo acordado de muchos pastores y aun casi reconosciendo algunas veces tener necessidad dellos; porque como en el principio de nuestra plática os dixe, Moisés, caudillo y capitán fue del pueblo de Israel, y para serlo salió detrás del ganado que guardaba; lo mesmo sucedió al rey David. Pero ya que queráis decir que á estos Dios los eligió por su mano, yo os diré otros muchos que de pobres pastores subieron á tener muy grandes y poderosos estados y reinos algunos, porque por su virtud fueron llamados para ellos, y otros que de sí mesmos los procuraron, dándose tan buena maña que hobieron y alcanzaron.

FLORIÁN.—Por tu vida que nos los digas, porque yo no sé ninguno y holgaré mucho de saberlo.

AMINTAS.—A mí me place, que también lo he leído en historias. Los primeros que yo sé son Rómulo y Remo, que siendo criados por aquel pastor Faustulo que les halló echados á la ribera de una laguna, y por su mujer llamada Loba, después que iban creciendo les ayudaban á guardar sus ganados, y de allí vinieron á ser fundadores de la ciudad de Roma. Paris, hijo del rey Priamo, pastor fué mucho tiempo, y así lo era cuando la contienda de las tres diosas sobre la manzana de la discordia, y después por el robo de Elena fué causa de la destrucción de Troya. Apolo, por haber sido en la muerte de los cícoples, vino á ser pastor y guardó los ganados de Admeto, rey de Tesalia, y después vino á ser contado entre los dioses celestiales. Giges, rey de Persia, pastor fué primero, y hallando una piedra con la cual se hacía invisible todas las veces que quería, vino á tener amores con la reina, y matando al rey se casó con ella, y se dió tan buena maña que se quedó con el reino. Primislao, rey de Bohemia, primero anduvo apacentando vacas y yeguas que tuviese la gobernación del reino. Justino, emperador que tuvo el imperio antes de Justiniano, no solamente en su juventud fué pastor de vacas y yeguas, pero también dicen dél que fué mucho tiempo guarda de los puercos de un lugar donde vivía. Viriato, que fué príncipe y gobernó mucho tiempo el reino de los portugueses, deffendiéndolo muy esforzadamente del poder de los romanos, primero fué pastor y después cazador, y de allí vino á hacerse tan poderoso. Tulio Ostilio, rey de los romanos, cuando era mozo anduvo mucho tiempo en el campo apacentando las ovejas. Aquel tan poderoso y nombrado rey Ciro, estando en poder de Mitrídates y de su mujer llamada Espaco (pastores que lo criaron cuando por mandado de Astiages fué puesto á las bestias fieras que lo comiesen), muchas veces les ayudó á guardar los ganados. Licasto y Parrasio fueron gobernadores y reyes de Arcadia, los cuales habiendo sido echados en el campo cuando nacieron por su madre Filonomia y criados por un pastor llamado Teliso, le ayudaron, primero que la fortuna les ensalzase, á guardar los rebaños de los ganados con que andaban por los montes. El papa Sixto, primero deste nombre, hijo fué de un pastor y criado en el oficio de su padre, y no por esso dexó de alcanzar el pontificado. El gran Taborlán, rey de los citas, que casi fué en nuestros tiempos, el primer oficio que tuvo fué guardar los puercos, y después ser pastor de ganados, y de allí vino á ser entre los más poderosos reyes del mundo, y en ser famoso capitán muchos lo quisieron comparar al gran Alejandro, rey de Macedonia. También se dice que el primero Sofi, antes que viniese á ganar el señorío que agora tienen sus descendientes, guardaba ovejas y cabras en una montaña donde fue criado. Y porque viene á propósito, quiero contaros lo que sucedió á dos hermanas pastoras, hijas de un hombre que hacía carbón, lo cual me dixeron á mí por cosa muy cierta y verdadera, y assí lo tengo también por verdad.

FLORIÁN.— No será malo tener en qué pasar la noche, porque como estamos desvelados con la plática comenzada, yo fiador que aunque la dexásemos no nos venciese el sueño tan presto.

AMINTAS. Pues escuchadme, que yo creo que es historia que holgaréis de oirla. Un rey de Francia, de cuyo nombre no tengo memoria, era en gran manera amigo de andar á caza y de montear venados y jubalís y otras bestias fieras; y como la tuviese por ejercicio y un día estando puesto en una parada se le fuese su venado della sin poderlo herir, fué tanta la codicia que le tomó de matarle, que encima de un muy hermoso caballo y muy ligero que tenía comenzó á seguirle sin tener atención á otra cosa. La tierra era muy montañosa y la espesura de los montes muy grande, y cuando el rey con los lebreles que le seguían vino á matar el venado, había corrido tan larga tierra, que estaba muy lejos de donde había dexado sus cazadores; y en fin, cebando los perros en la presa, y haciendo todas las otras muestras de gran cazador, sobrevino la noche muy cerrada y escura, y como hubiese venido dando vueltas á una parte y á otra, y también la escuridad le desatinase, cuando pensó que volvía donde sus cazadores tenían puestas sus armadas, se metió mucho más adentro en la montaña, y esto fué causa de que no pudiesse oir las bocinas que sus criados buscándole por unas partes y otras tañían, y que ellos tampoco pudiesen oir la suya. Viéndose el rey perdido y soplando un viento cierzo que le hacía haber muy grande frío, aquella noche deseaba hallar alguna parte donde albergarse pudiese, y acaso oyendo los ladridos de unos mastines y yéndose al tino dellos, halló dos mozas pastoras que guardaban la una un rebaño de cabras y la otra de bueyes y vacas, y como les preguntase si por allí cerca había algún poblado, ellas le respondieron que por todas partes estaba tan lejos que no podría allegar ni atinar allá en toda la noche. El rey mostró congojarse con esta nueva, y sintiéndolo las pastoras, le dixeron que si él quería irse con ellas, que por aquella noche se podría acoger en casa de su padre, el cual era un hombre carbonero, que por causa de su oficio y para mejor poderlo hacer se había venido á vivir en aquella montaña. El rey les respondió que no solamente quería, pero que se lo rogaba; y assí llevando de sí los hatos del ganado, se fueron todos tres á la casa, que muy cerca estaba, y entrando dentro, el carbonero y su mujer (que muy buena gente eran) acogieron al rey con muy buena voluntad; el que le dió á entender con buena disimulación que era uno de los cazadores que con el rey había salido á caza, y que por venir en seguimiento de un venado se había perdido de los otros cazadores; y apeándose del caballo y queriéndolo meter en una caballeriza donde estaban los asnos del carbonero, antes tomándoselo con muy gentil gracia y desenvoltura lo ataron y echaron mucho feno y cebada de que su padre estaba bien proveído, y entre tanto la mujer hizo un fuego muy grande para que el rey se calentase, y sentándose á él con el carbonero, se estuvieron hablando en algunas cosas, en tanto que las hijas aderezaron la cena lo mejor que pudieron, porque en casa tenían buen aparejo de aves, de caza y de otras cosas de que siempre estaban proveídos; y puesta la mesa con mucha limpieza, conforme al aposento donde se hallaban, la una pastora cortaba lo que se ponía en ella y la otra proveía en todo lo que más era necesario. El rey las estaba mirando y diciendo entre sí que, puestas en otro hábito, parecerían á maravilla hermosas, y por poder disimular mejor quién era, al asentarse porfió mucho con el carbonero que tuviese la cabezera de mesa y el mejor lugar cabe el fuego; pero el carbonero fue tan bien comedido, que no lo quiso hacer. Después, estando cenando, cuando las hijas ponían el primero plato, el rey se hacía de rogar queriendo que el carbonero fuesse primero servido, y assí porfiando la segunda vez sobre ello, el carbonero le dixo: Mirad, señor, cuando estuviéredes en vuestra casa, mandad y obedeceros han, y agora que estáis en la mía, habéis de obedescer lo que os mandan y hacerlo sin tanta porfía. El rey se rió desto y dixo: En verdad que vos tenéis mucha razón y yo lo haré assí de aquí adelante, y si alguna vez vos fuéredes mi huésped, acuérdeseos que quedáis obligado á hacer lo mesmo. Con esto cenaron con mucho regocijo y contento de todos, y acabada la cena, luego se puso en orden una cama bien limpia y mollida, en que el rey (aunque vestido) durmió lo que quedaba de la noche y muy sosegadamente con el cansancio que traía; y á la mañana levantándose, halló que las pastoras le habían ya piensado el caballo y le estaban aparejando una perdiz que almorzase, la cual el rey comió, por ver la buena voluntad con que se le daban, y cuando se quiso partir, hallándose sin dineros, sacó un anillo del dedo con una piedra de muy gran valor y dándola al carbonero le dixo: Huésped amigo, pésame de no tener dineros con que satisfaceros la honra que en vuestra casa me habéis hecho; pero en tanto que yo puedo mejor agradecéroslo, tomad este anillo, que mucho mayor valor tiene del que parece. El carbonero no lo quiso tomar, antes mostrándose agraviado dello le dixo: Señor, yo no os he hecho cortesía para ser con dineros pagado della, antes vos me habéis hecho merced en querer serviros de mi pobreza; algún día podrá ser que yo llegue con necesidad á vuestra casa, y por ventura me favoreceréis vos mejor de lo que agora habéis sido de mí socorrido, que los hombres se topan con los hombres y no los montes con los montes. Pues que así queréis, dixo el rey, ha de ser con una condición; y es que me prometáis, la primera vez que fuéredes á la ciudad, de verme y visitarme en mi posada. Eso haré, dixo el

carbonero, de muy buena voluntad, que de aquí á seis días he de ir á vender dos carros de carbón que tengo hechos; mas no sabré yo á dónde hallaros si agora no me lo decís, para que sepa á dónde os he de buscar. En palacio me habéis de hallar, dixo el rey, que allí tengo mi aposento, y para que no podáis errarme, tened cuenta de que os vais un poco antes de medio día, que yo tendré también aviso de mirar por vos, y si por ventura no me viéredes tan presto, esperadme en los corredores, que yo saldré allí sin falta. Assí lo haré, dixo el carbonero; y con esto se volvió el rey á los suyos, que toda la noche habían andado perdidos en su busca. El carbonero para el día que había quedado tomó sus dos carros de carbón y se fué á la ciudad con ellos, y vendiéndolos de mañana, tuvo cuenta con lo que el cazador le había mandado, y antes de medio día se fué á palacio, y no mirando si burlaban dél ó no, se subió á los corredores, y el rey, que tenía avisados á los de su guarda para que le hiciesen saber cuando viniese, habiéndoles dicho las señas para que le conociesen, luego que supo que era venido, salió de su cámara, y acompañado de muchos señores y caballeros. Y como el carbonero viera salir tanta gente, quisiera esconderse; pero el rey mandó que le detuviesen, y yéndose hacia él, el carbonero miraba si conocería al cazador que había estado en su casa, para que no le consintiese hacer mal, porque ya estaba atemorizado y se había arrepentido de haber venido allí, y mirando á unos y á otros, puestos los ojos en él, conoció que era el rey el que había tenido por huésped, y entonces él no quisiera haber venido por ninguna cosa del mundo. El rey conociendo su turbación fué para él y le abrazó. El carbonero se echó á sus pies y se los besaba diciendo: Señor, perdonadme que no os conocí cuando estuvistes en mi casa. El rey le dixo: Buen hombre, vos me hecistes en ella tanta cortesía como si me conociérades, y assí quiero yo que la recibáis vos en la mía, pues que lo habéis tan bien merescido. Y con esto, alzándolo y tomándolo por la mano, lo llevó consigo, contando á todos lo que con él le había acaescido, y assí lo llevó á la capilla donde se decía la missa y le hizo sentar cabe sí para oírla, y después de dicha, pidiendo que le diesen de comer, hizo poner al carbonero en una silla á la cabecera de su mesa, y mandóle que se assentase en ella. El carbonero lo rehusaba; pero vista la determinación del rey, lo hubo de hacer, y venido el maestresala, el rey le mandó que le diese agua á manos primero que á él. El carbonero comenzó á excusarse y á porfiar por no mostrar las manos, que debían de venir de la mesma color del carbón que había vendido. El rey estonces hizo que se enojaba y díxole: Mirad, buen hombre, no queráis vos mandar más en vuestra casa que yo en la mía, y pues que allá me mandasteis y yo os obedecí, también quiero que cumpláis vos agora lo que yo mandare, que ya yo os dixe que se os acordase para cuando fuéredes mi huésped, como yo lo fui vuestro. El carbonero, acordándose de lo que había pasado, no osó contradecir á la voluntad del rey, el cual en toda la comida quiso que fuese servido primero, y después que se alzó la mesa, delante de todos le dixo: amigo mío, justo será que yo os pague, y del galardón del buen servicio que me hicistes y porque yo no sé lo que más os agradará y con qué estaréis más contento, vos me pedid merced en lo que quisiéredes, que yo os la haré con muy buena voluntad. El carbonero estuvo pensando un poco, y no siendo tan discreto en esto como en el buen acogimiento que había hecho el rey, le dixo: Lo quiero yo, señor, querría, y en lo que vuestra alteza me hará muy gran merced, es que de aquí adelante los carboneros en este reino no paguen derechos ningunos y sean francos del carbón que vendieren, que yo tendré mucho que por mi causa reciban esta buena obra, y que siempre tengan memoria de mí por el beneficio que les hago. Todos los que allí estaban se reyeron de lo que el carbonero había pedido, teniendo antes por cierto que pediera alguna cosa de muy gran valor y para sí solo, porque de aquello poco era el aprovechamiento que le venía. Y el rey reyéndose también le dixo: Vos me habéis demandado la merced conforme á vuestro estado y á quien sois, pero no por esso me quitáis la obligación para dexarla de hacer como quien yo soy. La merced de essa franquicia yo os la hago á vos y á todos los carboneros de aquí adelante, y también quiero daros con qué viváis honradamente. Vuestras hijas me hicieron mucho servicio y con gran voluntad, y porque creo que deben tener mayores y mejores pensamientos que vos, quiero que conforme á ellos lleven el galardón, y assí yo inviaré luego recaudo para que vengan á mi palacio; haced que á la hora se pongan en camino. Y con esto mandó aparejar mucha gente y muchos aderezos con que las hizo traer muy honradamente, como si fueran hijas de uno de los grandes de su corte. La reina, por respeto del rey que lo quiso, les hizo tan buen tratamiento que ninguna cosa las diferenciaba de las damas de su casa, porque en ellas hallaba aparejo para todo el bien que se les hacía, y assí andando el tiempo, con estar tan favorecidas y con muy gran dote que les dieron, las casaron con dos caballeros de los más principales del reino, porque ellas eran muy hermosas y muy bien entendidas, que no fué poca parte para su buena dicha, y en Francia dicen que el día de hoy hay dos linajes que descienden de estas dos pastoras y son de los principales del reino, sin que ninguno de sus descendientes

se deshonren ni afrenten de haberlas tenido por antecesoras, antes lo confiesan y se precian dello por el merecimiento que por su virtud estas dos hermanas tuvieron. Y no penséis, señores, que lo que os he dicho no sea verdad, que yo os digo que lo hallaréis muy cierto cuando mejor quisiéredes informaros dello.

LEANDRO.—Yo no quiero tenerlo por evangelio, pero lleva razón para creerse, porque yo he oído decir por cosa muy cierta que los carboneros no pagan derecho ni tributo ninguno del carbón que venden en el reino de Francia, y essa que tú dices debe ser la causa dello.

FLORIÁN.—También yo he oído decir lo mesmo y parte de lo que aquí Amintas ha contado.

AMINTAS.—Tornando al propósito comenzado, ya veis por estos ejemplos cómo de los pastores y pastoras se acuerda Dios muchas veces para hacerles merced; porque sin estos que he dicho, podiera decir otros muchos que, aunque no vinieron á ser reyes ni emperadores, subieron á otros estados y dignidades en que vivieron muy ricos y estimados y con muy gran aparato y honra; pero paréceme que bastan para que, señores, sepáis que Dios principalmente, y la opportunidad y el tiempo como dispenseros de sus bienes, también se acuerdan de los pastores como de las otras gentes. Y no digo esto para que yo á los que assí han tenido mandos y gobiernos y grandes riquezas les tenga ninguna envidia, ni malicia, que maldita aquélla en mí reina; pero tampoco digo que si se me ofreciese otro mayor bien que ser pastor y me veniese (como suelen decir) de mano besada y sin trabajo, lo rehusaría ni dexaría de tomarlo, mas no porque dexe de estar y vivir muy contento con la vida que tengo, llena de tanta quietud y reposo, fuera de la ocasión de los vicios, quitada de todas contiendas y baratas, apartada de muchos cuidados y desasosiegos. Maldito el temor tengo de que me ha de faltar qué coma, porque cuando hubiere esterilidad del pan, las hierbas y raíces y frutas me bastan, que pocas ó muchas, nunca el campo dexa de darlas. Tampoco dexaré de dormir con pensar que me han de hacer mal los ladrones, que cuando más daño me hacen es tomarme lo que trayo en el zurrón y algún cabrito ó cordero del rebaño, que todo vale poco dinero. De los lobos me guarde Dios, que éstos, si me descuido, hacen muy gran destrozo; pero yo traigo muy buenos mastines y procuro siempre de poner tan buen cobro, que pocas veces hallan en mis rebaños aparejo para matar la hambre.

LEANDRO.—Paréceme, Amintas, que tú podrías decir lo que un filósofo, que todos tus bienes los traes contigo, y verdaderamente en todo lo que dices te has mostrado tan filósofo, que yo no sé qué responderte, sino que si mucho tiempo conversase contigo, creo que bastarías para hacerme mudar de propósito y que, dexando la vida que tengo, me tornase también pastor como tú lo eres.

FLORIÁN.—A mí muy bien me parece lo que dice y de muy buena gana lo he escuchado: pero en fin, determinado estoy de dormir en buena cama en cuanto podiere, y comer buenos manjares y beber buenos vinos y andar muy bien vestido y procurar buenas conversaciones para pasar el tiempo, sin cuidar de las filosofías de Amintas ni de sus contemplaciones, que la vida de los hombres es muy breve y lo mejor y más bien acertado, á mi parecer, es pasarla con las menos zozobras y trabajos que los hombres podieren.

AMINTAS.—Sabed, señor, que la buena cama es aquella donde los hombres duermen á su sabor sin tener quien les estorve el sueño, y los buenos manjares aquellos que hartan el estómago y dan contentamiento al gusto, y los buenos vinos los que matan la sed sin hacer daño á la salud. Los buenos vestidos, los que tapan el cuerpo y son amparo de la calor y del frío, y la buena conversación la que se tiene sin perjuicio del prójimo, y muy mejor la que se tiene en la contemplación con los ángeles y con los santos, teniendo siempre los pensamientos puestos en el cielo. Y esta es la verdadera filosofía y ciencia que todos debríamos aprender y saber para jamás olvidarnos della. Cuando yo duermo en el suelo duro no despierto en toda una noche, despertando ciento los que duermen en los colchones blandos y sábanas delgadas. El pan de centeno con una cebolla ó con un tassajo de cecina me sabe mejor que saben las perdices y gallinas y capones á los que no saben comer otra cosa. La agua dulce y clara de las fuentes y arroyos para mí tiene mejor sabor que los mejores vinos del mundo, porque el gusto está acostumbrado á beberla sin tener memoria del sabor ni de la diferencia que tiene en los sabores del vino. Mi jubón y mi capisayo y mi pellico que trayo encima son tan calientes y me quitan mejor el frío que á los señores las ropas de martas que traen de Rosia. La conversación, cuando la quiero, con otros pastores nunca falta, que cada hora podemos juntarnos, y si no en los lugares comarcanos la tenemos. Y en fin, esto que hacemos los pastores todo es con harto menos trabajo y peligro que lo que hacen los ciudadanos, y si á vosotros, señores, os parece otra cosa y que la vida que tenéis es mejor que la nuestra, seguilda, que así haré yo la mía, y desta manera podemos decir que cada loco con su tema.

LEANDRO.—No te veo yo, Amintas, tan loco que no seas muy cuerdo, y tan cuerdo que pluguiese á Dios que, assí como me satisfacen tus razones, podiese acabar conmigo de seguirlas, y más si fuese con las condiciones que tú aquí

has dicho; pero assí es el mundo, que Dios provee para todas las cosas con el remedio necessario y quiere que las gentes tengan pareceres diferentes y diversos, y que no quieran seguir todos una manera de vida, y aun no es este el menor de sus secretos si contemplamos cómo para todos los oficios hay hombres que los quieran, viendo que uno que tiene habilidad para platero quiere ser herrero, y otro que podría ser pintor huelga de ser embarrador, y el que tiene suficiencia para ser sastre toma el oficio de ganapán, y el que tiene aparejo para ser mercader quiere usar el oficio de tejedor, y esto todo procede de la voluntad y providencia del que crió todas las cosas, dando quien las quiera y las siga y tenga afición con ellas. Assí que no todos podemos ser señores, ni caballeros, ni ciudadanos, ni oficiales, ni flayres, ni pastores, sino que unos han de seguir una manera de vivir y otros otra; y pues que assí es, tú, Amintas, si estás contento con la vida pastoril, como aquí lo has mostrado, yerro sería que la dexases, y nosotros, pues lo estamos con la que tenemos, también la seguiremos. Plega á Dios que le sirvamos todos con ella. Y pues que ya el día se viene acercando y el lucero se nos muestra dando manifiesta señal de su venida, será bien que nos vamos, y tú, hermano mío Amintas, conócenos desde agora para tenernos por verdaderos amigos, que, si place á Dios, algún día te podremos pagar la honra que esta noche nos has hecho. Y porque con la espesura de los árboles no podremos acertar el camino, por tu fe que nos guíes por donde hemos de ir á la ciudad, que también el trabajo que en esto tomares te será galardonado.

AMINTAS.—A mí me place de muy buena voluntad; por aquí podremos ir mejor, y en bajando aquel valle hallaréis un camino abierto y ancho; por él os iréis sin tomar á una parte ni á otra, que no lo podréis errar; y porque dexo el ganado solo no voy hasta allá; por tanto, perdonadme y Dios vaya con vosotros y os guíe.

FLORIÁN.—Ese quede contigo y te haga bienaventurado.

Finis.

COLLOQUIO

Que trata de la desorden que en este tiempo se tiene en el mundo, y principalmente en la cristiandad, en el comer y beber; con los daños que dello se siguen, y cuán necesario sería poner remedio en ello.

INTERLOCUTORES

Licenciado Velázquez. — *Salazar.*
Quiñones.—Ruiz.

RUIZ.—¿A dónde bueno, señor Quiñones?
QUIÑONES.—Hacia el monasterio de San

Jerónimo, á gozar un rato del fresco de la tarde y de la buena conversación del licenciado Velázquez; porque él y Salazar ha poco que iban para allá cabalgando, y yo mandé luego aderezar mi caballo para salir á buscarlos.

Ruiz. —Si vuesa merced me lo paga, acompañarle he yo, porque no vaya solo.

Quiñones. —Antes merezco que se me pague á mí el buen aviso, que no veo adonde mejor se pueda pasar el día.

Ruiz. —En fin, lo habré de hacer aunque pensaba dar una vuelta por cierta parte que me convenía.

Quiñones. —Tiempo habrá para todo, que agora no está para perderse la frescura del campo. Por este camino creo que iremos más ciertos de encontrar con ellos.

Ruiz. —Antes me parece que son aquéllos que vienen entre las viñas; aquí podremos esperarlos si vuesa merced manda.

Quiñones. —Bien será, porque nos vamos paseando hacia la ribera del río.

Licenciado. —Paréceme, señor Quiñones, que por cumplir vuesa merced mejor su palabra, ha traído al señor Ruiz en su compañía.

Quiñones. —De temor lo he hecho; como vuestras mercedes eran dos, pudieran estar de concierto contra mí, y he querido traer quien me ayude si quisiesen acometerme.

Salazar. —Sea por lo que fuere, que á lo menos tendremos una hora ó dos de buena recreación paseándonos por este campo, que la tarde hace aparejada para ello.

Quiñones. —Y aun es bien menester para ir á cenar de buena gana, que yo, como el conde tuvo huéspedes, quedéme á comer en palacio, y fueron tantos los platos que se sirvieron y de tan buenos manjares, que traigo el estómago estragado de lo mucho que he comido.

Licenciado. —El mayor yerro que pueden hacer los hombres es comer más de aquello que puede gastar la virtud y calor natural; porque, según doctrina de todos los médicos, la indigestión y corrución de los manjares que della se sigue es origen de todas las enfermedades, y assí dice el Sabio en el capítulo XXXVII del *Eclesiástico*: No quieras ser deseoso en las comidas que hicieres, ni comas de todos los manjares, porque en la muchedumbre dellos hay siempre enfermedad.

Salazar. —Pues en verdad que lo que en nuestros tiempos más se usa es no tener atención á ningún daño que del mucho comer puede seguir, sino al gusto que dello se recibe.

Licenciado. —¿Y paréceos, señor Salazar, que es pequeño mal esse? Yo os digo que si los hombres que aman su salud y desean alargar la vida conociessen y entendiesen los inconvenientes que del mucho comer tienen por contrarios, que por ventura ayunarían muchas veces, aunque no fuese para servir á Dios, sino para su solo provecho.

Salazar. —Yo creo que hay muchas personas que, aunque lo entienden, no dexan por eso de comer á su voluntad, porque el aparejo les da ocasión á querer cumplir tanto con el apetito como con la salud, y si no dígame vuesa merced ¿qué había de hacer el señor Quiñones si puesto á la mesa le servían tantos y tan diversos platos? ¿No fuera necedad dexar de comer de todos, siquiera para saber si eran buenos ó malos y hacer lo que todos los otros que allí estaban hacían?

Licenciado. —Antes fuera muy gran discreción tener sufrimiento para que el aparejo de la gula no le diera causa de vencerse della.

Salazar. —Pues si eso es assí, ¿para qué se hacen y aderezan tantos y tan diferentes manjares en las casas de los grandes señores y aun en las que no lo son, sino para que los que sientan á sus mesas los coman y se harten con ellos, pues que para este propósito se aparejaron?

Licenciado. —Así es la verdad; pero lo mejor sería que no los aparejasen ni los hubiesen.

Ruiz. —Contraria opinión es esta de la común, porque todos los hombres generalmente querrían comer y beber lo mejor que pudiesen.

Licenciado. —Si comiendo bien, digo de buenas cosas, no comiesen más de aquello que les basta para sustentarse, no es muy mala opinión la que decís; pero por la mayor parte nacen della la desorden y vienen los hombres con el aparejo á comer más de lo necesario, sin sentirlo, y assí sin sentirse se recrece dello el daño, y cuando ya se siente, muchas veces no puede remediarse, y aun algunas cuesta tan caro, que suele perderse por ello la vida.

Salazar. —Pues lo que con todas essas condiciones el día de hoy más se usa en esta tierra es comer y beber sin temor, y después venga lo que viniere.

Licenciado. —También se usa morirse las gentes muy más presto de lo que solían en otros tiempos.

Salazar. —¿Y es por ventura el comer la causa?

Licenciado. —Sí, por la mayor parte, y si queréis escuchar la razón, yo os la diré para que lo entendáis notoriamente. En los tiempos antiguos que los hombres vivían con mayor simplicidad que agora, y contentándose con lo que la naturaleza les aparejaba para su mantenimiento, sin andar buscando otras nuevas formas de composiciones en los manjares que comían, vivían los hombres muy largos tiempos, como á todos es notorio la larga vida de Adán, nuestro primero padre, de Matusalén y de otros muchos, los cuales se contentaban con comer solas las frutas silvestras, y principalmente debían de ser bellotas y castañas, y otras desta manera, porque después del diluvio de Noé que ya habían pasado muy largos tiempos, las gentes comían esto mesmo y se sustentaban con ello, principalmente los de la provincia de Arcadia. Los atenienses su mantenimiento eran higos secos. El de los caramanos, dátiles. El de los meotides, mijo. El de los persas, mastuerzo. Los de Tirinto comían peras silvestres, y assi otras naciones se mantenían de otras diferentes frutas y raíces, de las cuales dicen que era la principal la de una hierba que llamamos grama, hasta que vino aquella mujer llamada Ceres, que andando buscando las simientes de las hierbas que eran buenas para comer, halló la simiente del trigo y la manera que había de tener para hacerse pan della, y por esta causa fue adorada por diosa entre los gentiles. Y cuando los antiguos comían algunas carnes no andaban buscando que fuesen sabrosas ni delicadas, ni buscaban de darles otro nuevo sabor con las salsas y aparejos que agora se les hacen. Y así cuenta Homero que Alcinoo, rey de los feaces, teniendo por huésped á Ulises y por convidados á todos los principales de su reino, para el banquete que les hizo mandó matar doce ovejas y ocho puercos y dos bueyes, que estonces debían ser los más preciados manjares que se usaban; y en este tiempo también tenían los hombres muy larga la vida, y como comenzaron á inventar manjares nuevos y compuestos, asi comenzaron á debilitar y enflaquecer con ellos los estómagos, porque la diversidad de los sabores que hallaban en ellos les hacia comer más de lo que podían gastar los estómagos. Y así dice Galeno que del tiempo de Hipócrates hasta el suyo, la naturaleza estaba debilitada en los hombres, y el tiempo de Galeno acá también lo deben de estar mucho más, pues siempre vemos que van en disminución de los años de la vida, y que viven agora menos que solían; pero la culpa que ponemos á la naturaleza no es suya, síno de nuestra desorden, porque si tuviéssemos mayor concierto y templanza en el comer y beber, nuestra vida generalmente sería muy más larga. Y así lo dice Hipócrates en el libro sexto de *Las enfermedades populares*: El concierto de nuestra salud en esto consiste que comamos con tanta templanza que nunca nos hartemos de los manjares; y si en algún tiempo hubo desorden y desconcierto es en el de agora, que cuando me pongo á pensarlo de ver las invenciones que las gentes han procurado, todo en daño de sus vidas, como si las tuviesen por enemigas y su intención no fuese otra sino de acabarlas muy presto.

QUIÑONES.—No es mala materia ni poco provechosa lo que se trata, si el señor licenciado la lleva adelante así como la ha comenzado.

LICENCIADO.—Si vuestras mercedes huelgan de oirla, yo me iré declarando más particularmente, aunque no aproveche para más de que entendamos el yerro que hacemos, porque verdaderamente es muy grande, y tan grande, que yo no he visto mayor desatino que el que agora se ha introducido en el mundo, á lo menos en la christiandad, que en las otras naciones de gentes son más templadas y viven más moderadamente. Solían en nuestra España comer las personas ricas y los caballeros un poco de carnero assado y cocido, y cuando comían una gallina ó una perdiz era por muy gran fiesta. Los señores y grandes comían una ave cocida y otra assada, y si querían con esto comer otras cosas, eran frutas y manjares simples. Agora ya no se entiende en sus casas de los señores sino en hacer provisión de cosas exquisitas, y si con esto se contentasen, no habría tanto de qué maravillarnos; pero es cosa de ver los platillos, los potajes, las frutas de sartén, las tortadas en que van mezcladas cien cosas tan diferentes las unas de las otras, que la diversidad y contrariedad dellas las hace que en nuestro estómago estén peleando para la digestión. Y es tanto lo que en esto se gasta, que á mi juicio ha encarecido las especias, la manteca, la miel y la azúcar, porque todo va cargado dello, y como comen á la flamenca, con cada servicio que llevan va un plato destos para los hombres golosos, y con no tocarse algunas veces en ellos, tienen mayor costa que toda la comida. Y comer de todos estos manjares diferentes (aunque cada uno dellos sea simple) sería muy dañoso, cuanto más siendo los más dellos compuestos, que muchos hay dellos que llevan encorporadas diez y doce y veinte cosas juntas, no mirando lo que Plinio dice contra ello en el undécimo capítulo de la *Natural Historia*, cuyas palabras son: El manjar simple para los hombres es muy provechoso, y el ayuntamiento de manjares es pestilencia, y más dañoso que pestilencia cuando los manjares son adobados. Y lo peor de todo es que, muchos, cuando se sientan á la mesa y aun casi todos, como es cosa natural, luego procuran satisfacer á la hambre que llevan y comen hasta hartarse de lo primero que les ponen delante, y pudiéndose levantar y sustentar con ello conservando su salud y vida, como después vienen otras cosas nuevas y que despiertan en la golosina el apetito, aunque no hagan sino probar de cada uno un bocado, hacen tan gran replición en el estómago, que no pueden gastarse, y desasosiegan y dan trabajo al que las ha comido. Y esto es lo que dice Galeno en el tercer libro de *Régimen*: Que la diversidad de las cosas que se comen, cuando no son semejantes en sus virtudes, hacen en el estómago desasosiego. Y en otra parte: Las cosas compuestas de muchas sustancias son de muy más fácil corrupción que las simples y compuestas de pocas; pero todo esto no basta para que las gentes se concierten en el comer, porque con ver los hombres plebeyos la desorden que los que pueden y tienen mayores haciendas y más aparejo hacen, toman argumento para comer y gastar más de lo que tienen, y en esto está tan estragada la razón y tan perdida la buena regla, que hay muchos que, no teniendo sino dos reales, aquello dan por una trucha ó por una gallina, que comen aquel día sin mirar á lo de adelante, y todo cuanto ganan lo echan en comer, sin guardar un maravedí, y, después, si caen enfermos ó se han de morir de hambre ó han de hacer que pidan por Dios para ellos, y esto tienen en menos que dejar de probar todas cuantas cosas buenas y preciosas vienen á venderse, cuesten lo que costaren.

RUIZ.—No se puede negar todo lo que vuestra merced dice ser assí; pero muchas cosas hay que, aunque se conozca en ellas el yerro, no hay orden para que pueda remediarse, como es esto del comer desordenado de la gente común, porque no se les puede ir á la mano en ello, sino que han de hacer lo que quisieren, como coman de sus haciendas y no de las ajenas.

LICENCIADO.—Bien se parece que no ha leído vuestra merced algunos autores que tratan de una ley que los romanos hicieron y se guardó mucho tiempo en Roma, y principalmente lo cuenta Macrobio en el tercero libro de las *Saturnales*.

RUIZ.—¿Y qué ley era essa?

LICENCIADO.—Una ley que mandaba por ella que todos comiesen públicamente en los portales de sus casas y que hubiesse por los barrios repetidos veedores que andaban de casa en casa mirando si alguno comía más curiosamente ó suntuosamente de lo que convenía á su estado, y luego eran castigados por esto, y si por acaso lo querían comer en ascondido, no podían, porque no osaban comprarlo, temiendo ser acusados de quien lo viese, y aun por ventura de quien lo vendía; y como estonces se cumplía esta ley, también se podía hacer agora, y aun en algunas partes se guarda alguna cosa della, porque dicen que en Francia los villanos no pueden comer gallina ninguna, ni los perniles de los tocinos, si no fuesse con mucha necesidad.

QUIÑONES.—Bien lejos estamos de que en España se hagan essas leyes ni se guarden tampoco, y hablar en ello es predicar en desierto.

LICENCIADO.—Yo no lo digo porque se ha de hacer, sino porque sería justo que se hiciese; y lo que más principalmente convendría es que

los caballeros y señores y grandes se moderasen en sus gastos excesivos, y que ellos mismos, juntándose, hiciesen entre sí mesmos una ley, ó que nuestro emperador lo hiciese, de que en ningún banquete ni comida suntuosa se sirviesen sino tantos platos tasados; porque después que un hombre come de cuatro manjares ó cinco, el estómago está satisfecho y todo lo demás es superfluo, que no aprovecha para otra cosa sino para estragar los estómagos y disminuir la salud y las haciendas, y tan disminuídas, que de aquí viene que solían hacer más los señores y mantenerse más gentes y criados con cuatro cuentos de renta que agora con doce, y entonces ahorraban dineros para sus necesidades, y estaban ricos y prósperos, y agora siempre andan empeñados y alcanzados, y todo esto se gasta en comer y en beber, principalmente si tienen huéspedes, si andan en corte, que han de hacer plato, porque entonces tienen por mayor grandeza lo que sobra y se pierde y se gasta bien gastado. Y verdaderamente esta es la principal causa de sus necesidades, que de andar los señores ó un caballero en la corte un año ó dos haciendo estos gastos vienen á ponerse en necesidad, que con estar otros cuatro en sus casas ahorrando y estrechándose no pueden salir della y muchas veces en su vida. Y el mayor daño de todos es que lo mesmo quiere hacer un señor de dos cuentos de renta que de quince, y también quiere que sirvan á su mesa veinte y treinta platos diferentes, como si no gastasen en ello dineros.

QUIÑONES.—Poco es para lo que agora se usa, que ya en un banquete no se sufre dar de ochenta ó cien platos abajo, y aun averiguado es y notorio que ha poco tiempo que en un banquete que hizo un señor eclesiástico se sirvieron setecientos platos, y si no fuera tan público, no osara decirlo por parecer cosa fuera de término.

RUIZ.—Mal cumplé ese y todos los otros señores eclesiásticos lo que son obligados conforme aquel decreto que dice que los bienes de los clérigos son bienes de los pobres, porque después de gastado lo necesario para sí y para su familia, todo lo demás tiene obligación de gastarlo con ellos, so pena de ir al infierno como quien hurta hacienda ajena, pues hacen esos banquetes á los ricos, y sin necesidad, quitándolo á la gente pobre y necesitada. Pero todos me parece que van igualmente desordenados, sin tener atención ninguna sino á comer y beber á su voluntad.

LICENCIADO.—Bien conforma esso con lo que Valerio Máximo dice de la costumbre que se solía tener en el comer antiguamente, lo cual trata por estas palabras en el segundo libro de *Las instituciones antiguas:* Hubo en los tiempos pasados, en los antiguos, grandísima sencilleza y templanza en el comer, lo cual es demostración muy cierta de su moderación y continencia, porque no comían manjares los cuales por su demasía hubiesen vergüenza de que todos los viesen. Estaban en tanta manera los hombres de mayor autoridad en sus pueblos continentes, que lo que más ordinariamente comían eran poleadas ó puchas, y con ellas se contentaban. Y en el mismo capítulo y libro torna á decir: La templanza en el comer y beber era como verdadera madre de su salud, y enemiga de los manjares superfluos y apartada de toda abundancia de vinos y de todo uso demasiado de destemplanza. Agora me parece que todo es ya al contrario de lo que Valerio ha dicho, como si toda la bienaventuranza de la vida consistiese en el comer y beber destempladamente, y muy pocos hay que no pecan en este vicio si no son los que no tienen ni pueden más, que destos Dios sabe su buena voluntad. Y deste comer mucho y beber demasiado se siguen grandes daños é inconvenientes que todos ayudan á destruir y desconcertar la vida, como lo trata Hipócrates en el libro *De afectionibus*, Acaccio Antiocheno en el tercero libro *Tetrablibii*, y esto procede de que no puede el estómago con los muchos manjares, ni con la diversidad ni abundancia dellos para gastarlos y digirirlos. Y así dice el filósofo en el quinto capítulo del tercero libro *De partibus animalium:* Es verdad que el calor natural no gasta ni digiere lo que se come demasiado, no porque él sea pequeño, sino porque comemos más de lo que es necesario para sustentarnos; pero nosotros no tenemos atención á esto, sino á ser unos epicuros, teniendo este vicio por suma felicidad; y es la desorden tan grande, que si hoy hubiese quien tornase á sustentar esta opinión epicúrea de nuevo, no faltaran gentes que con muy gran afición y voluntad la siguiessen. Y dejando lo del comer, qué destemplanza tan grande es la del vino, que ya que en muchos no se muestra la beodez y desatinos que del demasiado beber proceden, á lo menos veremos la curiosidad en buscar vinos de olor y sabor exquisitos, no teniendo en nada la costa que se hace por estar proveídos dellos, aunque éste no le tengo por gran vicio cuando la templanza anda de por medio, de manera que no beban demasiado ni reciban daño en su salud por lo que bebieren.

SALAZAR.—Paréceme que el señor licenciado de teólogo se ha vuelto médico; pero bien es que los hombres sean estudiosos, de manera que puedan hablar en todas las materias que se propusiesen, que quien lo viere alegar tantas autoridades á su popósito, parecerle ha que no ha estudiado más teología que medicina, y con todo esto no quiero que se vaya alabando que no

halla contradicción en todos nosotros para lo que ha dicho, porque yo quiero agora decir que no hará poco cuando le hubiera dado buena salida.

LICENCIADO.--Haré lo que pudiere, pues que hasta agora no me ha obligado á más que á esto.

SALAZAR.--Ni yo quiero más tampoco, y para que mejor nos entendamos, lo principal que vuesa merced ha dado y sobre lo que más ha fundado su intención es la templanza de los antiguos en el comer y beber, y hay tantas cosas que alegar contra esto, que creo que algunas se ofreceran á mi memoria. Y la primera es la destemplanza del gran Alejandro en los convites, que con ella vino á matar á Clito, su familiar y muy privado, y después en Babilonia se estaban haciendo banquetes y fiestas cuando le dieron la ponzoña con que le mataron. Sin esto, á todos es notorio cuán destemplado fué el emperador Nerón, que muchas veces duraban los banquetes desde un día á la hora que él y sus convidados se sentaban á la mesa hasta otro día á la mesma hora. De Heliogábalo todos saben los grandes y excesivos gastos que hacía en procurar manjares preciosos y delicados y costosos, tanto que algunos quieren decir que hacía buscar papagallos que de los sesos dellos pudiesen hacer salsa que bastara para muchos convidados que con él comían. No es menos lo que se dice del emperador Galba, y de Joviniano escribe Bautista Ignacio que, comió tanto en una cena, que por no gastarlo se murió. Otro tanto dice Eufesio de Domicio Afro, y el banquete que Marco Antonio hizo á Cleopatra todos lo saben, y el que ella le tornó á hacer, que porque fuese más costoso deshizo en vinagre una perla de tan grande estima que no le podían poner precio, y con él se hizo una salsa de que comió Marco Antonio. También es autor Flavio Vopisco, que uno llamado Phiago comía cien panes y una ternera y un puerco á un comer, aunque parece esto cosa que se creerá de mala gana. Eracides, griego, era tan gran comedor, que convidaba á los que querían comer con él á cualquiera hora del día por tornar á comer con ellos muchas veces. De los pueblos de Asia y de los asirios, muchos escriben que no entendían sino en comer y beber, y que en esto ponían su bienaventuranza; y lo que más se puede notar de todo es lo que escribe Julio César en el libro llamado *Anticatones*, que Marco Catón uticense, con todas las virtudes que dél se cuentan, era tan destemplado en el comer y beber, que muchas veces pasaba toda una noche sin dormir por estar en los banquetes. Quinto Ortensio, orador, fué el primero que hizo en Roma que los pavos se comiessen, y Sergio Orata, según dice Plinio, inventó estanques en el lago bayano por tener en él las ostras para vender á la gula de los romanos, y Lúculo rasgó una montaña sobre Nápoles á grandísima costa para hacer un estanque para tener pescado con que satisfacer su gula. Y porque me parece que bastan los ejemplos que he traído, oigan vuesas mercedes las palabras de Macrobio en el libro tercero de las *Saturnales*, las cuales son éstas: Quién negará haber sido grandíssima y indómita gula entre los antiguos, los cuales de mar tan largo traían instrumentos á su desorden, como son las lampreas que echaban en los estanques, y sin éstas, hay muchas cosas y autoridades que podrían hacer al caso para probar que los antiguos no tuvieron la templanza que el señor licenciado ha dicho; pero si él me satisface á esto, yo me daré por satisfecho en todo lo demás que pudiere alegar.

Licenciado.—En trabajo me ha puesto el señor Salazar, porque no tienen tan poca fuerza sus argumentos y razones que no será dificultosa la respuesta; pero yo espero en Dios de darle tan buena salida que le contente y confiesse ser verdad lo que yo he dicho. Y digo que es assí, que también entre los antiguos hubo algunos golosos y desordenados, tanto y más que agora lo son, y que se hacían los banquetes y gastos excesivos en muy gran cantidad; pero esta desorden no era general como agora lo es, sino particular, y de manera que generalmente parecía mal á todos, porque no hay ciudad tan bien ordenada donde no haya algunos delitos, ni campo de soldados tan bien concertado que no haya en él algunos revoltosos, ni aun monasterio, si es de muchos frayles, que no esté en él algún desasosegado, y así no es mucho que entre tan gran multitud de gentes como en los tiempos antiguos había en el mundo, hubiese algunos dados á la desorden de la gula, así como el señor Salazar lo ha dicho, que de creer es que aún serán muchos más de los que dice; pero éstos, en comparación de los otros que usaban de la templanza, es como una estrella para todas las que hay en el cielo, y una golondrina, como suelen decir, no hace verano, ni diez granos de neguilla en un muelo de trigo no son causa de que se haga mal pan, ni es justo que por tan pocos golosos condenemos á muchos templados; y la mayor señal de que lo eran es que luego se conocían entre ellos los que se desmandaban en el comer y beber demasiadamente. Y los poetas y oradores tratando de este vicio lo traían por exemplo para que los que después dellos viniesen, pensando que las gentes habían siempre de permanecer en la templanza que ellos comúnmente guardaban; pero agora en nuestros tiempos así podríamos notar un hombre templado y tenerlo en mucho, como si viésemos alguna cosa muy nueva, y los que

lo son es porque no pueden más, que la gula y la curiosidad del comer está tan desenfrenada en todos, que es cosa para espantar á los que bien lo consideraren, y lo que peor es que los pobres y los que poco pueden muchas veces son más golosos y destemplados que los ricos, y no se contentan con un manjar ni con dos ni con tres, que querrían comer cincuenta si pudiessen. Y entre los antiguos no debían ser menos cinco que agora ciento, porque así dice Juvenal en la primera sátira reprendiendo este vicio: ¿Quién hubo entre los antiguos que en los convites secretos comiesse siete manjares? Como si dixese: Gran desorden es la que agora hay en Roma, pues que hay banquetes en que se sirven siete platos diferentes, lo cual nunca se hizo entre los antiguos. Y pues que Juvenal en su tiempo reprendía este desconcierto, ¿qué hiciera en el nuestro viendo los grandes desconciertos que ya vienen en dar en locura? En que, como he dicho, no sería poco necesario el remedio, como lo pusieron los atenienses con los criados y hijos de uno que se llamaba Nosipio, que porque supieron que comía y bebía demasiadamente, mandaron que no comiesen con él, porque no quedasen avezados á aquella mala costumbre. Agora hombres hay que comen mucho; pero si lo pide su estómago, no son tanto de reprenderle como los que quieren comer de muchos y diferentes manjares, adobados con mucha diversidad de cosas, entre las cuales unas son calientes, otras son frías, unas templadas y otras sin ninguna templanza; unas son duras y pessadas y otras son fáciles de gastar, de manera que la virtud del estómago se embaraza con ellas y no puede recebir tanto provecho que no será mayor el daño para no se conservar la salud ni la vida. Y torno á decir que teniendo atención á la moderación y buena regla que los antiguos tenían en sus comidas, que todos agora se habrían de moderar en ellas, y principalmente los grandes señores, á lo menos en no hacer gastos superfluos y sin provecho, que después que se sirven lo que se pueden comer, y hasta sin hacer falta, no han de querer que se sirva lo demás para sólo el humo de la autoridad y de la grandeza, pues se conoce el poco provecho y el gran daño que se recibe. Y aun el mundo y la gente conocen dél tiene muy gran razón de agraviarse, porque esto es causa de que los mantenimientos se hayan subido en precios tan excesivos, porque saben que hay muchos que los compren y gasten y que han de hallar por ellos lo que pidieren y quisieren llevar. Y en verdad que no sería mal hecho que en esto se pusiese algún remedio y se hiciesse alguna ley en que se diese orden para remediarlo. Y porque me he divertido de lo que queda con el señor Salazar, que fué satisfacerle á sus objeciones, quiero saber si queda satisfecho con lo que he respondido, porque á no lo estar, yo me conformaré con su buen parecer y juicio.

SALAZAR.—No faltará qué poder replicar, pero yo sé que vuesa merced me satisfará tan bien á ello como á lo pasado, y assí lo quiero dexar, aunque no fuera malo que con reprender la desorden y destemplanza de las comidas se hubiera dicho algo de la que se tiene en el tiempo dellas, porque también se estima por grandeza no tener orden ni concierto en esto, haciendo del día noche y de la noche día, y cuando han de comer á las diez del día comen á las dos de la tarde, y si han de cenar á las seis de la tarde cenan á las once y á las doce de la noche, assí que es una confusión y desatino la que ellos tienen por orden y concierto.

RUIZ.—Bien entendida está ya esta materia, porque el señor licenciado la ha tratado tan bien en tan pocas palabras, que queda poco por decir de lo dicho, y paréceme que no hará menos que tratar de la desorden que se tiene en los vestidos y gastos que en ellos se hacen, porque no tienen menos destruído el mundo ni es menos el yerro que las gentes cometen en este desatino.

LICENCIADO.—Essa es materia más larga y para tratarse más despacio que el que agora tenemos, porque la noche se viene acercando y el sereno, con el frescor del río, podría hacernos daño si más nos detuviésemos, y si vuestras mercedes mandasen, será bien que nos vamos.

QUIÑONES.—También el señor licenciado se ha querido en esto mostrar médico como en lo pasado, y pues es su consejo tan bueno, justo será que le sigamos.

RUIZ.—Por entre las huertas podremos ir, por no volver por donde venimos.

SALAZAR.—Guíe vuestra merced delante, que todos le seguiremos.

Finis.

COLLOQUIO

Que trata de la desorden que en este tiempo se tiene en los vestidos y cuán necesario sería poner remedio en ello.

INTERLOCUTORES

Sarmiento.—Escobar.—Herrera.

HERRERA.—¿No veis, señor Sarmiento, qué galán y costoso viene Escobar? Por Dios, que me espanto de verle cada día salir con un vestido de su manera, que si tuviera un cuento de renta no podría hacer más de lo que hace.

SARMIENTO.—Passo que, según es delicado, si nos oye pensará que estamos murmurando dél.

HERRERA.—Y aunque lo hiciésemos sería pagarle de lo que merece, porque jamás sabe hacer otra cosa de todos cuantos hay en el mundo.

SARMIENTO.—No le arriendo la ganancia, pues ha de pagar su ánima lo que pecare su lengua.

ESCOBAR.—¿Qué ociosidad es esta tan grande? ¿Por ventura tenéis, tomado el paso á las damas, que hoy andan en visitaciones, para gozar de verlas y juzgarlas? Pues á fe que no tarden en venir dos dellas, que no son de las más feas del pueblo.

HERRERA.—Antes estamos para juzgar los galanes, y vos sois el primero, porque venís tan galán que dais á entender á todos en miraros.

ESCOBAR.—¿Y qué gala halláis que es ésta?

HERRERA.—Si essa no lo es, ¿cuál queréis que lo sea? En verdad que me parece á mí que bastaría para un gran señor, cuanto más para un pobre caballero como vos. No fuera bien que os contentárades con tafetanes en esas calzas, sino que por fuerza había de ser telilla de oro, y aun no de la de Milán?

ESCOBAR.—Hícelo porque dice mejor con el terciopelo blanco.

HERRERA.—Pues, la guarnición de capa y sayo, ¿no es costosa? Yo fiador que con lo que ella costó se pudieran hacer bien dos sayos y dos capas, sin que la capa está toda aforrada en felpa para el fresco que hace, y la hechura, según lleva la obra, no debió de ser muy barata.

ESCOBAR.—No fué muy cara; en ocho ducados sayo y capa.

HERRERA.—Loado Dios que ocho ducados os parecen poco. Agora acabo de confirmar lo que muchas veces he pensado, que una de las cosas, y aun la más principal, que el día de hoy trae la gente pobre y perdida, sin alcanzar con qué poder sustentarse, es la costa grande de los vestidos, los cuales empobrecen harto más dulcemente que no los edificios. Y esta manera de empobrecer no la puedo yo llamar por otro nombre sino locura.

ESCOBAR.—De essa manera todo el mundo es loco, pues no hay ninguno que podiendo no quisiese andar muy bien vestido.

HERRERA.—Confieso que, generalmente, es assí; pero muchos hay que no entran entre los que decís.

ESCOBAR.—Essos hacerlo han de desventurados y mezquinos y que tienen en poco la honra, porque una de las cosas con que los hombres andan más honrados es con andar muy bien aderezados y vestidos.

HERRERA.—Bien habéis dicho, si en ello no

hubiese extremos, los cuales son muy odiosos en cualquiera cosa, y más en ésta que forzosamente, tarde ó temprano, se ha de dar señal de un extremo á otro.

Escobar.—Yo os declaro que hasta agora no os he entendido.

Herrera.—Pues yo haré que me entendáis muy presto. Digo, que los hombres habrían siempre de tener respeto á su posibilidad y mirar lo de adelante, conformándose y contentándose con lo que puedan para no caer de aquello en que una vez se pusieren, y si lo sustentaren, que sea con no padecer trabajo por otra vía. Que muy bien puede un hombre vestirse de terciopelos, rasos y gastar ciento ó doscientos ducados si los tiene, y acabados aquellos vestidos, como no tenga con qué comprar otros, viene á caer de un extremo en otro, que es harto peor que si al principio se contentara con un sayo y una capa de paño, sin hacer tanta costa, de manera que se hallan los hombres sin la hacienda que gastaron y no pueden sustentar la honra que por ello decís que se les sigue.

Escobar.—Muy gran seso sería esse si los mancebos hubiesen de contemplar essas cosas.

Herrera.—No pongo yo menos culpa á los viejos que á los mozos, porque también en esto andan desordenados, aunque no sea tanto como ellos.

Escobar.—Por vuestra vida, señor Herrera, que dexéis estar el mundo como lo hallasteis y como siempre fué, porque excusado será que por vuestro parecer haya mudanza ni las gentes dexen de vestirse costosamente como lo hacen.

Herrera.—Engañado estáis, señor Escobar, ni yo, aunque no soy muy viejo, hallé en los vestidos el mundo como agora le vemos, ni fué siempre lo que agora parece; antes hace en esto tantas mudanzas, y más en nuestros tiempos, que ya es confusión pensar en ello.

Escobar.—Yo no las creo.

Herrera.—Es porque tenéis los pensamientos embarazados, y será bien que yo os diga algunas para que os desengañéis y para que veáis si se puede condenar las de agora por una desatinada locura.

Escobar.—Pues en verdad que yo huelgo de oiros de muy buena voluntad, y lo mismo hace, por amor de mí, el señor Sarmiento, que harto tiempo y espacio tenemos para todo.

Herrera.—No ha muchos tiempos que, en España, andaban vestidas las gentes tan llanamente que no traía un señor de diez cuentos de renta lo que agora trae un escudero de quinientos ducados de hacienda, porque estonces no había un sayo entero de terciopelo, y el que tenía un jubón, no hacía poco, que éste era el hábito que estonces se usaba, trayendo los sayos

sin mangas para que se pareciesse, y algunos traían solas las mangas con un collar postizo de terciopelo que subía encima del sayo para que se pareciese. Y otros no ponían en las mangas más que las puntas, que eran cuatro ó cinco dedos de ancho, que por mucha gala sacaban fuera de las mangas del sayo para que se pareciesse. El hábito de encima eran capas castellanas como agora se usan, ó capuces cerrados de la manera que los traen muchos portugueses, y por guarnición un rebete de terciopelo tan angosto que apenas podía cobrir la orilla. Los sayos eran largos y con girones; el que se vestía de Londres no pensaba que andaba poco costoso; traíanlos escotados como camisas de mujeres, y una puerta muy pequeña delante de los pechos puesta con cuatro cintas ó agujetas y los musiquis de las mangas muy anchos.

Sarmiento.—Bien extremado está esto de lo de agora, porque lo que estonces echaban en las faldas y en las mangas echan agora en los collares, que hacen que suban encima de los cocotes y ande el pescuezo metido en ellos de manera que parecen los que los traen mastines con carrancas.

Herrera.—No quiero yo altercar cuál es mejor uso en los trajes, el de entonces ó el de agora; pero solamente quiero que entendáis que el de estonces era muy á la llana y el de este tiempo muy curioso, y cuanto al parecer bien, aquello que se usa es lo que bien parece, y si se usase traer los zapatos de lana y las gorras de cuero, á nadie le parecería mal; pero dexando esto, el hábito de encima era un capuz cerrado y el que lo traía de contray de Valencia no pensaba que era poco costoso, y había de ser muy rico para traerlo, y las calzas todas eran llanas, que no sabían qué cosa era otra hechura nueva; usábanse estos bonetes que agora se traen castellanos y unas medias gorras con la vuelta alzada ó caída atrás, y gorras de grana grandes con unos tafetanes de colores por debajo de la barba.

Escobar.—Debían de ser como las que agora se pintan en las mantas francesas.

Herrera.—Decís la verdad, y aun hoy veréis muchos trajes antiguos destos que digo. Los señores por fiesta se vestían de grana colorada ó morada, y era tan grande la templanza que se solía tener en los vestidos, que andando yo buscando unas escrituras de las de la casa de un señor deste reino, vi entre ellas una carta que el rey escrebía á uno de sus pasados, por la cual le rogaba y mandaba que se llegase á la corte, que para el gasto que se hiciese le ymbiaba once mil maravedís de ayuda de costa, y que lo que le encargaba era que en ninguna dejase de llevar él su jubón de puntas y collar de brocado.

Sarmiento.—Gentil antigualla es essa para

lo que agora usamos; cierto pocas acémilas debían de ser menester en este tiempo para llevar las recámaras de los señores.

HERRERA.—Lo que no llevaban de recámara llevaban en la mucha y muy lucida gente de que andaban acompañados, que parecía harto mejor que los cofres en las acémilas, cargados de plata y de oro y de vestidos demasiados, y no por esso dejaban de ir bien proveídos de lo necesario para la calidad de sus personas. Y con esto traían también los señores una ropa de martas que era la cosa de más estima que estonces había, y agora así Dios me salve que la he yo visto traer á mercaderes y personas que no valían otro tanto su hacienda como el valor que tiene la ropa. Pero esto no lo tengo en tanto como ver que hoy ha cuarenta años si vían á un pobre hombre con un sayo de terciopelo por rico que fuese, le miraban como á cosa nueva y desordenada, y en este tiempo hasta los mozos y criados de los caballos y aun los oficiales no lo tienen en más que á un sayo pardo, y pluguiese á Dios que se contentasen con andar vestidos de terciopelo y de las otras maneras de sedas llanamente, que lo que mayor daño hace es las hechuras, las invenciones nuevas y costosas que muchas veces cuesta más lo acessorio que lo principal, según las cosas que piden los sastres y oficiales de seda para pespuntar, para hacer los torcidos, los caireles, los grandujados, dando golpes y cuchilladas en lo sano, deshilando y desflorando, echando pasamanos, cordones y trenzas, botones, alamares; y lo que peor es, que cuando un hombre piensa que está vestido para diez años, no es passado uno cuando viene otro uso nuevo que luego le pone en cuidado, y lo que estaba muy bien hecho se torna á deshacer y remendar, quitando y poniendo; y aun muchas veces no aprovecha toda la industria que se pone, sino que se ha de tornar á hacer de nuevo, de manera que los usos é invenciones nuevas de cada día desasosiegan las gentes y acaban las haciendas, porque somos tan locos, que ninguno hay que se conforme con lo que puede, sino que el que tiene veinte ducados los quiere también echar en un sayo y en una capa, como el que tiene dos mil, y no ha sido esto poca parte para encarecer los paños y sedas hasta venir al precio que agora piden y tienen, que si no hubiese quien los comprase, gastándolos tan mal gastados, ellos vendrían á valer harto más barato de lo que valen.

SARMIENTO.—Una cosa no puedo yo acabar de entender, y es que cuanto más encarecen los paños y sedas y van subiendo en precio, tanto se desordenan más las gentes y procuran andar mejor vestidos y más costosos.

HERRERA.—Hacen como los hombres beodos, que cuando hay mayor carestía de vino les crece más el apetito del beber, y no tienen el real cuando lo ofrecen en la taberna, aunque no les quede otro ninguno; y pluguiese á Dios que lo mismo hiciésemos nosotros yendo con los dineros en casa de los mercaderes, pero no hacemos sino sacar fiado tan sin medida como si nunca se hubiese de pagar, y por esto sube cada vara tres ó cuatro reales en precio, y el pagar es muchas veces con essecuciones, de manera que por la mayor parte viene á ser más el daño y las costas que se pagan que lo principal que se debe, y sin tener respecto á ningnna cosa destas no dejan de andar todos desmedidos y desconcertados. Y de lo que á mí me toma gana de reir es de ver que los oficiales y los hombres comunes andan tan aderezados y tan puestos en orden que no se diferencian en el hábito de los caballeros y poderosos, y topándolos en la calle quien no los conozca, muchas veces juzgará que cada uno dellos tiene un cuento de renta. .

SARMIENTO.—Sabéis, señor Herrera, que veo que esta desorden y desconcierto que decís de los vestidos solamente la hay entre los cristianos. Y aun no entre todos, porque dexando aparte los que viven fuera del conocimiento y sujeción de la madre Iglesia romana, aun de los que le son subjetos hay muchos que no tienen esta curiosidad, como son los húngaros, los escoceses y otras gentes que andan con hábitos humildes y poco costosos; y lo que á mí me parece que me da mayor causa de murmurar es ver la templanza de los infieles, moros, turcos y gentiles. Porque á los moros y turcos, que son los que confinan con la christiandad y de quien más noticia tenemos, vemos que andan todos con hábitos y aderezos casi comunes, y los que son más ricos y poderosos, cuando más se quieren diferenciar en los vestidos, ponen una almalafa ó capuz cerrado de grana colorada ó de otro paño de color, con unos borceguíes de buen cuero. Todos ellos traen zarahuelles sin gastar sus haciendas en muslos de calzas, ni en guarniciones, ni en otras cosas semejantes, que son las que consumen las haciendas. Y esta orden guardan los señores y los servidores, los ricos y los pobres, porque los buenos y que algo pueden, quieren que tomen enxemplo dellos los inferiores para no desconcertarse, y no por esso dexan de conocer los que más valen, porque los otros les reconocen la superioridad que sobre ellos tienen mejor que nosotros hacemos. Porque no hay en el mundo tanta soberbia ní tanta presunción y exención como en los christianos, y en esto de los vestidos mucho más, porque tan bien los quieren traer el oficial como el caballero y el criado como el señor, de manera que todo va desbaratado y sin ninguna orden ni concierto, el que no falta entre las otras generaciones de gentes de quien tengamos noticia de vista ó de oídas ó por escritura, porque lo mesmo leemos de todos los antiguos que se moderaban en gran manera en los vestidos y aderezos de sus personas.

ESCOBAR.—Pues no se os ha acordado de hablar en los aderezos del camino, que no me parece que habría poco que decir sobre ello.

HERRERA.—Tenéis razón, porque casi todos son disparates, y si lo queréis ver, decidme, ¿puede ser mayor disparate en el mundo que andar un hombre comúnmente vestido de paño procurando que un sayo y una capa le dure diez años, y cuando va de camino lleva terciopelos y rasos, y los chapeos con cordones de oro y plata, para que le destruya todo el aire y el polvo y la agua y los lodos, y muchas veces un vestido destos que les cuesta cuanto tienen, cuando han servido en un camino están tales que no pueden servir en otros? Y á mi parecer mejor sería mudar bissiesto y que los buenos vestidos serviesen de rua, y los que no lo fuesen de camino.

ESCOBAR.—Cesse un poco esta plática y mirad cuáles vienen la señora doña Petronila y la señora doña Juana de Arellano que parecen dos serafines en hermosura, pues poco vienen bien aderezadas; yo fiador que pasa de quinientos ducados de valor lo que trae sobre sí doña Petronila.

HERRERA.—También puedo yo fiar que no vale otro tanto la hacienda que su marido tiene, y así conoceréis la razón que yo tengo en lo que he dicho, porque el desconcierto del vestir de los hombres es muy grande, el de las mujeres es intolerable.

ESCOBAR.—Dexaldes pasar, que podrían oiros.

HERRERA.—Poco va ni viene que me oyan, que no soy servidor de ninguna dellas, y assí estaré libre para decir la verdad, que quieren parecer fuera de sus casas unas reinas y morir dentro dellas con sus maridos y hijos de hambre. No sé que paciencia es la que basta á los hombres que se casan en cumplir con los atavíos de las mujeres tan costosos y fuera de términos, que en otros tiempos la que tenía una buena saya y un buen manto pensaba que no le faltaba ninguna cosa; y assí los antiguos romanos pusieron por ley y estatuto que ninguna romana pudiese tener más de un vestido de su persona, y por cierta ayuda que hicieron á la república dando las joyas de oro para una gran necesidad, entre otros beneficios que les hicieron en remuneración desto, fué el mayor darles licencia que cada una pudiese tener dos vestidos. Agora no se contentan con seis, ni con diez, ni con veinte, que hasta que no quede hacienda ninguna, toda querrían que se consumiese en vestidos. Unas piden saboyanas, otras

galeras, sayños, saltanbarcas, mantellinas, sayas con mangas de punta que tienen más paño ó seda que la misma saya, y otras cincuenta diferencias de ropas, unas cerradas y otras abiertas, de paño y de seda de diferentes colores, con las guarniciones tan anchas y tan costosas, que tienen más costa que la mesma ropa en que están puestas; las verdugadas y las vasquiñas que traen á cada día y en baxo de las otras ropas y sayas más cuestan agora que en otro tiempo lo que se solía dar á una mujer cuando se casaba, por rica que fuese. Y dexando los vestidos, en las invenciones de los tocados ¿habría poco que decir si hombre quisiese? Así Dios me salve que en pensarlo aborrezco sus trajes, sus redecillas, sus lados huecos, sus cabellos encrespados, sus pinjantes, sus pinos de oro, sus piezas de martillos, sus escosiones, sus beatillas y trapillos por desdén echados tras las orejas, con que piensan que parecen más hermosas; y de lo que me toma gana de reir muy de veras, es que lo mesmo quiere traer la mujer de un hombre común que la de un caballero que sea rico, todas quieren ser iguales y todas dan mala vida y trabajosa á sus maridos si no las igualan con las otras aunque sean muy mejores y más ricas que ellas.

SARMIENTO.—Por eso hicieron bien los ginoveses pocos tiempos ha, que viendo cuán gran polilla y destryción para su hacienda eran los gastos excesivos y trajes de las mujeres, hicieron en su república un estatuto y ley general (la cual no sé si agora se guarda), y por ella pusieron el remedio necesario, el cual fué que ninguna mujer podiese traer ropa de seda ni de paño fino, sino de otros paños comunes, y solamente les dexaron lo que echan por cobertura sobre la cabeza cuando hace gran sol ó cuando llueve, que son dos varas de alguna manera de seda, así como se corta de la pieza, sin otra hechura ninguna.

ESCOBAR.—En eso, agravio parece que recebían las principales, pues no les dexaban en qué diferenciarse de las otras.

HERRERA.—Pluguiese á Dios que el mesmo agravio hiciesen á las principales de España, que bien se sufriría tan poco mal por que se ordenase tan gran bien, cuanto más que en todo se podría poner buen remedio, y que la ley se hiciese de manera que fuese justa, y que hubiese algunas particularidades en que se diferenciasen las que más pueden y valen de las otras mujeres comunes.

SARMIENTO.—Esso sería poner confusión entre ellas, porque no habría mujer que con dos maravedís no pensase que podía traer lo que una condesa; lo mejor sería que ellas se comediesen y hiciessen lo que las romanas agora hacen, y es que todas andan vestidas de paño negro, sin guarnición ni gala niuguna, en que muestran su gran honestidad y bondad; no traen sobre sí oro, ni perlas, ni otras cosas con que parezca acrecentar en su hermosura artificialmente; los mantos son unos lienzos blancos en que hay poca diferencia, que es de ser unos más delgados que otros. Todo su fin es andar honestas y sin traer sobre sí cosa que pueda dañar á su honestidad, y si algunas tienen algún vestido rico, diferenciado deste, no lo visten sino cuando hay algunas fiestas grandes, algunos ayuntamientos de muchas romanas en que quieren mostrarse. Y sin esto si fuese decir los ritos y costumbres de otras naciones en el vestir de las mujeres, todas enderezadas á buen fin, sería nunca acabar; pero en nuestra España la curiosidad de las mujeres es tan grande, sus importunidades son tantas, sus desatinos en el vestir tan fuera de tino, que no hay quien las sufra, y en fin, todas hacen como las monas, que todo lo que ven que hacen y traen sus vecinas, quieren que passe por ellas, no mirando á la razón ni á la calidad y possibilidad de las otras, porque su fin no es sino de vestirse tan bien y mejor y más costosamente que todas, vaya por donde fuere y venga por donde viniere.

HERRERA.—¡Guay de los pobres maridos que lo han de sufrir y cumplir!

ESCOBAR.—No cabrían en sus casas si quisiesen hacer otra cosa.

SARMIENTO.—Assí es, y particularmente mal podría remediarse este desconcierto; pero en general, remedio tendria si las gentes quisiesen.

HERRERA.—¿Qué remedio?

SARMIENTO.—Yo os lo diré. Que se heciesen leyes y pramáticas sobre ello, diferenciando los estados y dando á cada una qué ropas y de qué manera las podiese traer, y si no quesiesen tener respeto á las personas, que se tuviesen á las haciendas, y que no permitiesen que quisiesen andar tan bien vestidos el hombre y la mujer que tienen doscientos ducados de hacienda como el que tiene dos mill, como el que tiene tres cuentos, porque de aquí nace la perdición, de que dan á uno quinientos ducados en casamiento y muchas veces los echa todos en vestidos sobre sí y su mujer, y despues se ven en necesidad y trabajos sin poder remediarse. Y la pena que se pusiese en las leyes que sobre esto se hiciesen, habría de ser la mayor parte para el que denunciase de los vestidos, porque los pobres con la codicia no dejarían de denunciar de quienquiera que fuese, y assí las penas serian mejor esecutadas, y esta sería buena gobernación, que con ella se remediaria muy gran parte de la perdición del reino, que según veo trocadas y mudadas las cosas de el ser que solían, yo me maravillo cómo las gentes se sus-

tentan ni pueden vivir con estos desconciertos que agora se usan.

HERRERA.—Nosotros no bastamos para concertarlos, y lo que más en ello se hablase es excusado; lo mejor será dexarlos y andar con el tiempo, que aosadas, que él haga presto mudanza de lo que agora se usa.

ESCOBAR.—Plega á Dios que no sea de mal en peor.

SARMIENTO.—Quien más viviere más cosas verá, y en fin, otros vendrán que digan que los usos de agora eran los mejores del mundo; y con esto nos vamos, que yo tengo un poco que hacer. Dios quede con vuestras mercedes.

HERRERA.—Y á vuestra merced no olvide.

Finis.

COLLOQUIO

Que trata de la vanidad de la honra del mundo, dividido en tres partes: En la primera se contiene qué cosa es la verdadera honra y cómo la quel mundo comúnmente tiene por honra las más veces se podría tener por más verdadera infamia. En la segunda se tratan las maneras de las salutaciones antiguas y los títulos antiguos en el escribir, loando lo uno y lo otro y burlando de lo que agora se usa. En la tercera se trata una cuestión antigua y ya tratada por otros sobre cuál sea más verdadera honra, la que se gana por el valor y merecimiento de las personas ó la que procede en los hombres por la dependencia de sus pasados. Es colloquio muy provechoso para descubrir el engaño con que las gentes están ciegas en lo que toca á la honra.

INTERLOCUTORES

Albanio. — Antonio. — Jerónimo.

ALBANIO.—Deleitable cosa es, sin duda, Jerónimo mío, ver la frescura deste jardín tan hermoso y la verdura, tan apacible á los ojos, mezclada con las diversas colores de las flores y rosas que en ella produce la natura, con la voluntad de Aquél que todas las cosas hace, las cuales no solamente sirven al contentamiento que la vista con ellas recibe, sino que con la suavidad de su olor nos hacen alzar los juicios á la contemplación de mayores cosas, considerando qué tal será lo del cielo cuando en la tierra hallamos lo que en tan gran admiración nos pone.

JERÓNIMO.—En gran manera me contenta todo lo que veo, y principalmente esta calle plantada de chopos, por tan gran concierto, que no sale el uno del otro con ser tan larga, siendo todos ellos tan altos y veniéndose á juntar las puntas los unos con los otros, como si la naturaleza quisiera usar de todo su poder hurtando la fuerza del sol para que con menos pena y trabajo se pueda andar por ella, teniendo mayor oportunidad para tender los ojos por tan grande arboleda como por una parte y por otra paresce, habiendo en algunas partes tan grandes espesuras que no lo puedo ver sin venirme á la memoria las delcitosas moradas y hermosas estancias de las que los poetas llaman ninfas, y las florestas de los faunos y sátiros de la ciega y antigua gentilidad estimados por dioses. Si su diosa Diana agora estuviera en el mundo, no hallara más amenas y deleitosas las florestas y bosques á donde andaba cazando.

ALBANIO.—No lo digáis de burla, que de veras podréis creerlo, porque dentro deste cercado no faltará á quien poder tirar con su arço ni en qué emplear las saetas de su aljaba; pero todo lo que habéis visto es poco con lo que veréis entrando por esta puerta. Y, lo primero, mirad esta hermosa casa y morada, no menos suntuosa que bien fabricada para el propósito que fué hecha, y la deleitosa y bien ordenada compostura deste deleitoso jardín, que es como ánima del que allá fuera habemos visto; qué orden de calles, qué plantas y hierbas tan olorosas, qué sombras con sus descansos y asientos á donde pueden gozarse, á lo cual pone mayor contentamiento y alegría la grandeza y suntuosidad del estanque lleno de tantos géneros de pescados y tan crescidos que cuasi lo podréis juzgar por otro mar Caspio.

JERÓNIMO.—Así lo parece con las barcas y navíos, á los cuales no falta sino la grandeza.

ALBANIO.—Son conformes á la navegación que tienen, que es muy corta y de poco peligro.

JERÓNIMO.—Lo que más me aplace es la dulce harmonía destos ruiseñores, que con la excelente suavidad de su música me tienen elevado tanto, que sin dubda no he visto más deleitoso lugar en el mundo. Pero, decidme: ¿por dónde sale el agua que vimos venir al estanque cerca de la puerta por donde entramos?

ALBANIO.—Allí donde está aquel chapitel veréis una fuentecilla artificial por donde corre y sale de la otra parte, tomando la corriente por un valle más espeso de arboleda que ninguna floresta, en el cual se consume, recibiéndola en sí la tierra para depedirla por otros respiraderos, sin saber á dónde va á dar, aunque á lo que se cree no puede ir á parar sino en el caudaloso río que de la otra parte tan cerca de las paredes del jardín tiene su corriente.

JERÓNIMO.—¿Quién es aquel que de la otra parte del estanque anda passeándose tan embelesado y contemplativo que, á lo que paresce, hasta agora ni nos ha visto ni oído?

ALBANIO.—Antonio, nuestro grande amigo, es, si yo no me engaño. Mejor conversación se nos apareja de la que pensamos.

JERÓNIMO.—En algún profundo pensamiento anda metido, y entre sí se está riyendo no con poca gana.

ALBANIO.—¿Qué es esto, señor Antonio, que tan de mañana nos habéis hurtado el gozo deste hermoso jardín?

ANTONIO.—La ociosidad hace buscar algunas cosas en que pasar el tiempo, y yo, no teniendo en qué emplearlo, me he venido aquí adonde hay tanto para todos, que la mayor falta que veo es venir tan pocos á gozarlo. Y así, con la soledad que tenía, distraído en otros pensamientos, con el juicio no gozaba tanto de lo que presente tenía.

ALBANIO.—Así me parere que os había agora acaecido, porque de lo que pensárades os estábades reyendo con tanta voluntad, que por poco nos provocárades también á nosotros á risa.

ANTONIO.—Estaba pensando en las opiniones de aquellos dos filósofos, Heráclito y Demócrito, y por no llorar, como hacía Heráclito, acordé reirme con Demócrito.

JERÓNIMO.—¿Y qué era la causa de la risa?

ANTONIO.—Ver la vanidad del mundo en una cosa que, por no ser tenido por loco, no me atrevería á decirlo.

ALBANIO.—Tampoco hubiérades de decir esso para no ponernos en mayor agonía de saberla, y pues que forzosamente habréis de venir á declararos, mejor será que por vuestra voluntad lo digáis, que ninguna excusa podrá valeros para quedar (como suelen decir) preñado con vuestras razones.

ANTONIO.—Con una condición os lo diré, y es, que por lo que dixere no me tengáis por desatinado, ó á lo menos no me condenéis hasta oir mi justicia, que pues tenemos tiempo y el lugar es oportuno, podréisme decir vuestro parecer, oyendo también el mío, que después todos podremos ser los jueces para determinar la causa. Estaba pensando en la vanidad de la honra mundana y en el engaño que todos rescibimos en desearla y procurarla, y cuán mal entendemos qué cosa es honra para usar della conforme á lo que en sí es, y, en fin, con cuánta mengua y deshonra procuramos honrarnos todos los mortales, teniendo tan grande obligación para huir dello, como lo podrá ver cualquiera que con claro juicio procurare entender el engaño desta honra fingida y engañosa.

ALBANIO.—Por cierto, señor Antonio, blasfemia es esta que (según la opinión general de las gentes) dificultosamente puede oirse con paciencia. Porque yo no veo en el mundo cosa que en más se deba tener, preciar y estimar que la honra, de la cual dice el filósofo que es el mayor bien de todos los bienes exteriores, y assí todos la buscamos y anteponemos á los otros bienes mundanos, y la tenemos por la más subida y más próspera felicidad y riqueza de todas las que en esta vida pueden alcanzarse para vivir en ella. Porque por ella estiman las gentes todos los otros bienes en poco: el dulce amor de los hijos, la afición de sus mujeres, el sosiego de sus casas y patrias, y, finalmente, tienen en poco las vidas, ofresciéndolas á cada paso por la honra, y vos sólo en dos palabras procuráis destruirla y desterrarla de entre los hombres como á cosa abominable y digna de ser aborrecida. No hay hombre tan justo que la desechase, como podréis ver por lo que dice Esaias: Mi honra no la daré á otro. Sant Pablo, en el capítulo nono de la primera epístola á los de Corintho, dice: Más me conviene morir, que no que alguno deshaga mi gloria; y los hijos del Zebedeo, por la honra principalmente echaron á su madre que pidiese á Christo el asiento de la mano derecha para el uno y el de la siniestra para el otro. Y sin estos, otros muchos exemplos podría traeros para confundir vuestra opinión tan contraria de la común en la estimación y precio de la honra, y autorizarlo con lo que dice el Sabio en los *Proverbios:* No des tu honra á gentes ajenas.

ANTONIO.—No cumplís, señor Albanio, la condición con que se comenzó esta materia, pues sin oirme me dais por condenado. Yo confieso todo lo que habéis dicho ser assí, y lo que os ruego es que me oigáis, porque veréis cómo debaxo dello está el engaño manifiestamente encubierto, y para que mejor lo entendáis, escuchadme con atención, no dexando de replicar á los tiempos necessarios, que á todo pienso satisfaceros.

JERÓNIMO.—Justo es que assí lo hagamos y que escuchemos cómo funda su razón, que según las dificultades que en ella hallo, tengo deseo de ver la conclusión que tendrá.

ANTONIO.—Pues hemos de tratar de la honra, para que mejor nos entendamos, es menester saber primero qué cosa es honra.

ALBANIO.—Según el filósofo, no es otra cosa sino premio de la virtud.

ANTONIO.—Es tan contrario lo que agora se usa de lo que el filósofo dice y otros muchos autores que tratan desta materia, como veréis por lo que adelante diré, que vosotros vendréis á confesar sin tormento ser verdad todo lo que he dicho, porque conforme á esa definición hemos de considerar de una ó de dos maneras la honra. La una es como christianos, y si lo somos tan de veras como es razón que lo seamos, mayor obligación tenemos á nuestra fe que á nuestra honra.

JERÓNIMO.—Ninguno puede negarlo.

ANTONIO.—¿Pues qué cosa hay hoy en el mundo tan contraria á la verdadera fe de christiano como es la honra tomándola, no conforme á la difinición del filósofo, sino como nosotros della sentimos, porque así la más verdadera difinición será presunción y soberbia y vanagloria del mundo, y della dice Christo por el evangelio de San Juan: ¿Cómo podréis creer los que andáis buscando la honra entre vosotros y no buscáis la que de solo Dios procede? Esta nuestra sanctíssima fe es fundada en verdadera humildad christiana, y la honra, como he dicho, es una vana y soberbia presunción, y desta manera mal puede compadecerse, porque todos los que quieren y procuran y buscan honra, van fuera del camino que deben seguir los que son christianos; y así me parece que es más sutil red y el más delicado lazo y encubierto que el demonio nos arma para guiarnos por el camino de perdición. ¿Y qué pensáis que es la causa? El deseo que tiene que nos perdamos por la mesma razón que él fué perdido. Cosa es por cierto para que todos nos espantemos y nos ponga en gran admiración, ver la fuerza que tiene esta ambición de la honra, que no solamente tenemos en poco y menospreciamos los hijos y las mujeres, los parientes, las haciendas, las vidas, pero que no haga más cuenta de las ánimas, teniéndolas en menos que si no las tuviésemos, ni esperanza ninguna de salvarlas, buscándola y procurándola por diferentes vías que lo hacían los hijos del Zebedeo y otras personas justas, las cuales buscaban la verdadera honra aunque erraban los verdaderos medios de la virtud, puesto que no querían ser honrados y estimados por las riquezas ni hazañas preñadas de la vanagloria mundana.

JERÓNIMO.—Conforme á eso, parésceme que queréis condenar los notables hechos y dignos de perpetua memoria que los romanos, los griegos, los cartagineses y otras naciones hicieron, ofreciendo las vidas de su propia voluntad, como hicieron los Decios, Mucio Scévola y otros que por la prolixidad dexo de decir.

ANTONIO.—Si essos pensaran que por ello podían perder sus ánimas, yo los condenara; pero así no quiero hacerlo cuanto á este artículo, porque no tenían sino á la honra y á la fama que ganaban, teniendo por cierto, conforme á su fe que ellos tenían, que lo que hacían era también para ganar la gloria del otro mundo, como la tenían en éste por cierto; y esta es la segunda manera de honra, la cual en su manera está fundada y tiene cimiento sobre la virtud, pues que conforme á su ley, las cosas que hacían eran lícitas y en provecho suyo ó de sus repúblicas ó de otras personas particulares. Pero los que somos christianos todo lo hemos de tener y creer al contrario, porque la honra que perdemos en este mundo estando en medio la humildad y el amor de Christo y temor de ofenderle, es para acrescentar más en la honra de nuestras ánimas, aunque hay pocos que hagan esto que digo.

ALBANIO.—¿Y quién son esos pocos?

ANTONIO.—A la verdad el día de hoy mejor dixera que ninguno. El mundo cuanto á esto está perdido y estragado sin sabor ni gusto de la gloria del cielo; todo lo tiene en la pompa y vanagloria deste mundo. ¿Quereislo ver? Si hacen á un hombre una injuria y le ruegan ó importunan que perdone al que se la hizo, aunque se lo pidan por Dios y le pongan por tercero, luego pone por inconveniente para no hacerlo: ¿cómo podré yo cumplir con mi honra? No mirando á que siendo christianos están obligados á seguir la voluntad de Christo, el cual quiere que cuando nos dieren una bofetada pasemos el otro carrillo estando aparejado para rescibir otra, sin que por ello nos airemos ni tengamos odio con nuestro próximo. Si alguno ha levantado un falso testimonio en perjuicio de la buena fama ó de la hacienda y por ventura de la vida de alguna persona, por lo que su conciencia le manda que se desdiga luego, pone por contrapeso la honra y hace que pese más que la conciencia y que el alma, y así el premio que había de llevar de la virtud por la buena obra que hacía en perdonar ó en restituir la fama, en lo cual ganaba honra, quiere perderle con parescerles que con ello la pierde por hacer lo que debe, quedando en los claros juicios con mayor vituperio por haber dexado de hacerlo que su conciencia y la virtud le obligaba. Absolvió Christo á la mujer adúltera, y paresce que por este enxemplo ninguno puede justamente condenarla, pero los maridos que hallan sus mujeres en adulterio, y muchas veces por sola sospecha, no les perdonan la vida.

JERÓNIMO.—Pues ¿por qué por las leyes humanas se permite que la mujer que fuere hallada en adulterio muera por ello?

ANTONIO.—Las leyes no mandan sino que se entregue y ponga en poder del marido, para que haga della á su voluntad. El cual si quisiere matarla, usando oficio de verdugo, puede hacerlo sin pena alguna cuanto al marido; pero cuanto á Dios no lo puede hacer con buena conciencia sin pecar mortalmente, pues lo hace con executar su saña tomando venganza del daño que hicieron en su honra; y si se permite este poder en los maridos, es por embarazar la flaqueza de las mujeres para que no sea este delito tan ordinario como sería de otra manera. Y no pára en esto esta negra deshonra, que por muy menores ofensas se procuran las venganzas por casi todos, y es tan ordinario en todas maneras de gentes, que ansí los sabios como los necios, los ricos como los pobres, los señores como los súbditos, todos quieren y procuran y con todas fuerzas andan buscando esta honra

como la más dulce cosa á su gusto de todas las del mundo, de tal manera que si se toca alguno dellos en cosa que le parezca que queda ofendida su honra, apenas hallaréis en él otra cosa de christiano sino el nombre, y si no puede satisfacerse ó vengarse, el deseo de la venganza muy tarde ó nunca se pierde. Los que no saben qué cosa es honra, ni tienen vaso en que quepa, estiman y tienen en mucho esta honra falsa y fingida. Si no, mirad qué honra puede tener un ganapán ó una mujer que públicamente vende su cuerpo por pocos dineros, que á estos tales oiréis hablar en su honra y estimarla en tanto, que cuando pienso en ello no puedo dexar de reirme como de vanidad tan grande; y no tengo en nada esto cuando me pongo á contemplar que no perdona esta pestilencial carcoma de las conciencias á ningún género de gentes de cualquier estado y condición que sean, hasta venir á dar en las personas que en el mundo tenemos por dechado, de quien todos hemos de tomar enxemplo, porque los religiosos que, allende aquella general profesión que todos los christianos en el sancto bautismo hecimos, que es renunciar al demonio y á todas sus pompas mundanas, tienen otra particular obligación de humildad por razón del estado que tienen, con la cual se obligan á resplandecer entre todos los otros estados, pues están puestos entre nosotros por luz nuestra, son muchas veces tocados del apetito y deseo desta honra, y ansí la procuran con la mejor diligencia que ellos pueden, donde no pocas veces dan de sí qué decir al mundo, á quien habían de dar á entender que todo esso tenían ya aborrecido y echado á un rincón como cosa dañosa para el fin que su sancto estado pretende; de donde algunas veces nacen entre ellos, ó podrían nascer, rencillas, discordias, discusiones y desasosiegos que en alguna manera podrían escurecer aquella claridad y resplandor de la doctrina y sanctidad que su sancto estado publica y profesa, lo cual ya veis que á la clara es contra la humildad que debrían tener, conforme á lo que profesaron y á la orden y regla de vivir que han tomado.

JERÓNIMO.—Conforme á esso no guardan entre sí aquel precepto divino que dice: el que mayor fuese entre vosotros se haga como menor; porque desta manera todos huirían de ser mayores, pues que dello no les cabría otra cosa sino el trabajo.

ANTONIO.—Verdaderamente, los que más perfectamente viven, según la religión christiana, son ellos, y por esto conoceréis cuán grande es el poder de la vanidad de la honra, pues no perdona á los más perfectos.

JERÓNIMO.—No me espanto deso, porque en esta vida es cosa muy dificultosa hallar hombre que no tenga faltas, y como los flaires sean hombres, no es maravilla que tengan algunas, especialmente este apetito desta honra que es tan natural al hombre, que me parece que no haya habido ninguno que no la haya procurado. Porque aun los discípulos de Jesu Christo contendían entre sí cuál había de ser el mayor entre ellos, cuanto más los flaires que, sin hacerles ninguna injuria, podemos decir que no son tan sanctos como los discípulos de Jesu Christo que aquello trataban. Pero quiero, señor Antonio, que me saquéis de una duda que desta vuestra sentencia me queda y es: ¿por qué habéis puesto enxemplo más en los flaires que en otro género de gente?

ANTONIO. —Yo os lo diré. Porque si á ellos, que son comúnmente los más perfectos y más sanctos y amigos del servicio de Dios, no perdona esta pestilencial enfermedad de la honra mundana y no verdadera, de aquí podréis considerar qué hará en todos los otros, en los cuales podéis comenzar por los príncipes y señores y considerar la soberbia con que quieren que sea estimada y reverenciada su grandeza, con títulos y cerimonias exquisitas y nuevas que inventan cada día para ser tenidos por otro linaje de hombres, hechos de diferente materia que sus súbditos y servidores que tienen. Los caballeros y personas ricas quieren hacer lo mesmo, y así discurriendo por todos los demás, veréis á cada uno, en el estado en que vive, tener una presunción luciferina en el cuerpo, pues si las justicias hubiesen de hacer justicia de sí mesmos, no se hallarían menos culpados que los otros, porque debajo del mando que tienen y el poder que se les ha dado, la principal paga que pretenden es que todo el mundo los estime y tenga en tanto cuasi como al mesmo príncipe ó señor que los ha puesto y dado el cargo, y si les paresce que alguno los estima en poco, necesidad tiene de guardarse ó no venir á sus manos.

ALBANIO.— Justo es que los que tienen semejantes cargos de gobierno sean más acatados que los otros.

ANTONIO.—No niego yo que no sea justo que así se haga; pero no por la vía que los más dellos quieren, vanagloriándose dello y queriéndolo por su propia autoridad y por lo que toca á sus personas, y no por la autoridad de su oficio. Y dexando éstos, si queremos tomar entre manos á los perlados y dignidades de la Iglesia de Christo, á lo menos por la mayor parte, ninguna otra cosa se hallará en ellos sino una ambición de honra haciendo el fundamento en la soberbia, de lo cual es suficiente argumento ver que ninguno se contenta con lo que tiene, aunque baste para vivir tan honradamente y aún más que lo requiere la calidad de sus personas, y assí, todos sus pensamientos,

sus mañas y diligencias son para procurar otros mayores estados.

ALBANIO.—¿Y qué queréis que se siga de esso?

ANTONIO.—Que pues no se contentan con lo que les basta, y quieren tener más numerosos servidores, hacer grandezas en banquetes y fiestas y otras cosas fuera de su hábito, que todo esto es para ser más estimados que los otros con quien de antes eran iguales, y assí se engríen con una pompa y vanagloria como si no fuesen siervos de Christo sino de Lucifer, y este es el fin y paradero que los más dellos tienen. Puede tanto y tiene tan grandes fuerzas esta red del demonio, que á los predicadores que están en los púlpitos dando voces contra los vicios no perdona este vicio de la honra y vanagloria cuando ven que son con atención oídos y de mucha gente seguidos en sus sermones y alabados de lo que dicen, y así se están vanagloriando entre sí mesmos con el contento que reciben de pensar que aciertan en el saber predicar.

JERÓNIMO.— Juicio temerario es este; ¿cómo podéis vos saber lo que ellos de sí mesmos sienten?

ANTONIO.—Júzgolo porque no creo que hay agora más perfectos predicadores en vida que lo fué San Bernardo, el cual estando un día predicando le tomó la tentación y vanagloria que digo, y volviendo á conocer que era illusión del demonio estuvo para bajarse del púlpito, pero al fin tornó á proseguir el sermón diciendo al demonio que lo tentaba: Ni por ti comencé á predicar ni por ti lo dejaré. En fin, os quiero decir que veo pocos hombres en el mundo tan justos que si les tocáis en la honra, y no digo de veras, sino tan livianamente, que sin perjuicio suyo podrían disimularlo, que no se alteren y se pongan en cólera para satisfacerse, y están todos tan recatados para esto, que la mayor atención que tienen los mayores es á mirar el respeto que se les tiene y el acatamiento que les guardan, y los menores el tratamiento que le hacen, y los iguales, si alguno quiere anteponerse á otro para no perder punto en las palabras ni en las obras. Y medio mal sería que esto pasase entre los iguales, que ya en nuestros tiempos, si una persona que tenga valor y méritos para poderlo hacer trata á otra inferior llanamente y llamándole vos, ó presume de responderle como dicen por los mesmos consonantes, ó si no lo toman murmurando dél todo lo posible. Y no solamente hay esto entre los hombres comunes y que saben poco, que entre los señores hay también esta vanidad y trabajo, que el uno se agravia porque no lo llaman señoria y el otro porque no le llaman merced; otros, porque en el escribir no le trataron igualmente, y un señor de dos cuentos de renta quiere que uno de veinte no gane con él punto de honra. Pues las mujeres ¿están fuera desta vanidad y locura? Si bien lo consideramos, pocas hallaréis fuera della, con muy mayores puntos, quexas y agravios que tienen los hombres. La cosa que, el día de hoy, más se trata, la mercadería que más se estima, es la honra, y no por cierto la verdadera honra, que ha de ser ganada con obras buenas y virtuosas, sino la que se compra con vicios y con haciendas y dineros, aunque no sean bien adquiridos. ¡Oh cuántos hay en el mundo que estando pobres no eran para ser estimados más que el más vil del mundo, y después que bien ó mal se ven ricos, tienen su archiduque en el cuerpo, no solamente para querer ser bien tratados, sino para querer tratar y estimar en poco á los que por la virtud tienen mayor merecimiento que ellos! Si vemos á un hombre pobre, tratámosle con palabras pobres y desnudas de favor y auctoridad; si después la fortuna le ayuda á ser rico, luego le acatamos y reverenciamos como á superior; no miramos á las personas, ni á la virtud que tienen, sino á la hacienda que poseen.

JERÓNIMO.—Si esa hacienda la adquirieron con obras virtuosas, ¿no es justo que por ella sean estimados?

ANTONIO.—Sí, por cierto; pero el mayor respeto que se ha de tener es á la virtud y bondad que para adquirirlas tuvieron, por la cual yo he visto algunos amenguados y afrontados, que usando desta virtud gastaron sus patrimonios y haciendas en obras dignas de loor, y, como todos tengamos en el mundo poco conocimiento de la honra, á éstos que la merecen, como los veamos pobres, les estimamos en poco; así que los ricos entre nosotros son los honrados, y aunque en ausencia murmuramos dellos, en presencia les hacemos muy grande acatamiento; y la causa es que, como todos andemos tras las riquezas procurándolas y buscándolas, pensamos siempre podernos aprovechar de las que aquellos tienen, los cuales van tan huecos y hinchados por las calles, que quitándoles las gorras ó bonetes otros que por la virtud son muy mejores que ellos, abaxándolos hasta el suelo con muy gran reverencia, ellos apenas ponen las manos en las suyas, y en las palabras y respuestas también muestran la vanidad que de las riquezas se ha engendrado en ellos. ¡Oh vanidad y ceguedad del mundo! que yo sin duda creo que esta honra es por quien dixo el Sabio: Vanidad de vanidades y todas las cosas son vanidad. La cual tan poco perdona los muertos como á los vivos, que á las obsequias y sacrificios que hacemos por las almas llamamos honras, como si los defunctos tuviesen necesidad de ser honrados con esta manera de pompa mundana; y

lo que peor es que muchos de los que mueren han hecho sus honras en vida llamándolas por este nombre, tanto para honrarse en ellas como para el provecho que han de recibir sus ánimas. Es tanta la rabia y furor de los mortales por adquirir y ganar honra unos con otros, que jamás piensan en otra cosa, y harto buen pensamiento sería si lo hiciesen para que se ganase la honra verdadera. Lo que tienen por muy gran discreción y saber es aventajarse con otros en palabras afectadas y en obras de viva la gala, y cuanto se gana en lo uno ó en lo otro entre hombres que presumen de la honra, ¿qué desasosiego de cuerpo y de ánima nace dello? Porque si es tierra libre, luego veréis los carteles, los desafíos, los gastos excesivos, pidiendo campo á los reyes ó á los señores que pueden darlo: de manera que para venir á combatir han perdido el tiempo, consumido la hacienda, padecido trabajo, y muchas veces los que quieren satisfacerse quedan con mayor deshonra, por quedar vencidos. Y lo que peor es que el que lo queda, por no haber sido muerto en la contienda, pierde la honra en la opinión de los parientes, de los amigos y conocidos, que todos quisieran que perdiera antes la vida y aun la ánima que la honra como cobarde y temeroso. Y es el yerro desto tan grande, que si muere (con ir al infierno) los que le hacen se precian dello y les paresce que en esto no han perdido su honra. Y si es en parte donde no se da campo á los que lo piden, ¡qué desasosiego es tan grande el que traen en tanto que dura la enemistad, qué solicitud y trabajo insoportable por la satisfacción y venganza! Y muchas veces se pasan en este odio un año, dos años y diez años, y otros hasta la muerte, y algunos se van con la injuria y con deseo de vengarla á la sepultura.

JERÓNIMO.—Bien ciertos van éstos de la salvación, quiero decir de la condenación de su ánima; poco más me diera que murieran siendo turcos y gentiles, y aun en parte menos, porque no dieran cuenta del sancto baptismo que no hubieran recibido.

ALBANIO.—Decidme, señor Antonio, ¿hay alguna cosa que pueda ó tenga mayor fuerza que la honra?

ANTONIO.—El interese es algunas veces de mayor poder, aunque no en los hombres de presunción y que se estiman en algo, y si por ventura en éstos se siente esta flaqueza, pierden el valor que tienen para con los que tienen presunción de la honra, y luego son dellos menospreciados.

ALBANIO.—¿Y cual tenéis vos por peor, el que sigue el interés ó la vanagloria?

ANTONIO.—Si el interese es bien adquirido, por mejor lo tengo, porque con él pueden venir á hacer buenas obras y usar de virtud, lo que no se puede hacer con la honra vana sin el interese.

ALBANIO.—Pues decidnos en conclusión, ¿qué es lo que queréis inferir de todo lo que habéis alegado contra la honra, que según habéis estado satírico, creo que ha de ser más áspero que todo lo antecedente. ¿De manera que queréis desterrar la honra del mundo para que no se tenga noticia della?

ANTONIO.—Si tenéis memoria de todo lo que he dicho, por ello entenderéis que yo nunca he dicho mal de la que es verdadera honra, conforme á la diffinición della y al verdadero entendimiento en que habemos de tomalla, y si á los virtuosos, los sabios, los que tienen dignidades ó officios públicos honrados, los esforzados, los magníficos, los liberales, los que hicieron notables hechos, los que viven justa y sanctamente también merescen esta honra y acatamiento que el mundo suele hacer como ya arriba dixe y lo dice Sancto Tomás. Y es razón que sean honrados y estimados de los otros, y la honra que ellos procuran por esta via, justa y sancta es, y nosotros estamos obligados á dársela. Pero si la quieren y piden con soberbia, queriendo forzarnos á que se la demos, ya pierden en esto el merescimiento que tenían por los méritos que en ellos había.

JERÓNIMO.—Desa manera ninguno habrá que pueda forzar á otro á que le reverencie y acate.

ANTONIO.—No es regla tan general ni la toméis tan por el cabo, que el padre puede forzar á los hijos, los hermanos mayores á los menores, y más si les llevan mucha edad, los señores á los vasallos y á los criados, los perlados á los súbditos; pero esto ha de ser con celo de hacerlos ser virtuosos y que hagan lo que deben, y no con parescerles que les puedan hacer esta fuerza por solo su merescimiento, porque assí ya va mezclada con ella la soberbia y vanagloria, y en lugar de merescer por ello, serán condenados en justicia.

JERÓNIMO.—Al fin lo que entiendo de vuestras razones es que la verdadera honra es la que damos unos á otros, sin procurarla los que la reciben; porque las obras virtuosas que hicieron las obraron por sola virtud y sin ambición ni codicia de la honra, y que cualquiera que procurare tomarla por sí mesmo, aunque la merezca, esto solo basta para que la pierda.

ANTONIO.—En breves palabras habéis resumido todos mis argumentos; ahí se concluye todo cuanto he dicho, siendo tan contrario de la común opinión de todos los que hoy viven en el mundo. Y lo que he hablado entre vosotros, como verdaderos amigos, no lo osaría decir en público, porque algunos no querrían escucharme, otros me tendrían por loco, otros dirían

que estas cosas eran herejías políticas contra la policía, y otros necedades; no porque diesen causa ni razón para ello, ni para confundir las que digo aunque no son gran parte las que se podrían decir, lo que harían es irse burlando dellas y reyéndose de quien las dice, aunque á la verdad esto es decir verdades, y verdaderamente lo que se ha de sentir de la honra que tan fuera nos trae del camino de nuestra salvación. Y porque ya se va haciendo tarde y por ventura el conde habrá preguntado por mí, es bien que nos vamos, aunque algunas cosas quedarán por decir, de que creo que no recibiérades poco gusto.

JERÓNIMO.—Ya que no las digáis agora, yo pienso persuadiros que las digáis hallándoos desocupado, porque quiero entender todo lo que más hay que tratar desta honra verdadera y fingida, porque si alguna vez platicare esta materia con mis amigos, vaya avisado de manera que sin temor pueda meterme á hablar en ella, como dicen, á rienda suelta.

ALBANIO.—No quedo yo menos codicioso que Jerónimo, y assí pienso molestaros hasta quedar satisfecho.

ANTONIO.—Pues que así lo queréis, mañana á la hora de hoy volveremos á este mesmo lugar, que yo holgaré de serviros con daros á sentir lo que siento. Y no nos detengamos más, porque yo podría hacer falta á esta hora.

COMIENZA LA SEGUNDA PARTE

Del colloquio de la honra, que trata de las salutaciones antiguas y de los títulos y cortesías que se usaban en el escrebir, loando lo que se usaba en aquel tiempo, como bueno, y burlando de lo que agora se usa, como malo.

INTERLOCUTORES

Albanio.—Antonio.—Jerónimo.

ALBANIO.—A buena hora llegamos, que aquél es Antonio, que agora llega á la puerta del jardín. No ha faltado punto de su palabra.

JERÓNIMO.—Paréceme que, dexando la calle principal de los chopos, se va por otro camino rodeando.

ALBANIO.—El rodeo es tan sabroso que no se siente, porque toda esta arboleda que veis es de muy hermosas y diferentes frutas, las cuales no tienen otra guarda más de estar aparejadas para los que quisieren aprovecharse y gustar dellas. Toda esta espesura que miráis produce fructo en muy gran abundancia, y los más de los árboles que están en este tan hondo valle son provechosos. Mirad qué dos calles estas que parescen dos caminos hechos en alguna cerrada y muy espesa floresta, y de la mesma manera va otra calle por la otra parte. Por cierto deleitosa y muy suave cosa es gozar en las frescas mañanas deste caloroso tiempo de tan grande y agradable frescura como aquí se muestra.

JERÓNIMO.—¿Qué puerta grande es ésta que aquí vemos?

ALBANIO.—Una puerta trasera por donde se entra al jardín, y es la mesma que vimos cabe la fuentecilla, cerca del estanque.

JERÓNIMO.— Agora entiendo lo que decís; porque lo he visto, pero no veo á Antonio. ¿Dónde se podrá haber escondido?

ALBANIO.—Acá en la huerta de los olivos, que poco ha era otro laberinto fabricado por otra mano de Dédalo.

JERÓNIMO.—¿Por qué lo deshicieron?

ALBANIO.—Porque no hallaron al minotauro que en él estuviese encerrado.

JERÓNIMO.—Bueno estoy yo entre un filósofo y un poeta. Cada día podré aprender cosas nuevas.

ALBANIO y JERÓNIMO.—Buenos días, señor Antonio.

ANTONIO.—Seáis, señores, bien venidos, que con temor estaba de vuestra tardanza. Paréceme que no solamente llegamos á un tiempo, pero que todos venimos con una intención: vosotros de oir el fin de lo que ayer aquí tratamos, y yo de decir lo que dello siento, á lo cual me habéis dado mayor ocasión con la salutación que me hecistes y con la que yo os he respondido, que para los que agora quieren ser honrados fuera una manera de afrenta saludarlos, á su parecer, tan bajamente. Y cuando esto contemplo, paréceme que no puedo dejar de seguir la opinión de Demócrito de reirme de su ceguedad é locura. ¡Oh mundo confuso, ciego y sin entendimiento, pues amas y quieres y buscas y procuras todo lo que es en perjuicio de ti mesmo! Si no entendemos lo que hacemos, es muy grande la ceguera y iñorancia, por la cual no se puede excusar el peccado; y si lo entendemos y no lo remediamos, viendo el yerro que hacemos, ninguna excusa nos basta; y declarándome más, digo que solían en otros tiempos saludarse las gentes con bendiciones y rogando á Dios, diciendo: Dios os dé buenos días; Dios os dé mucha salud; Dios os guarde; Dios os tenga de su mano; manténgaos Dios; y agora, en lugar desto y de holgarnos de que así nos saluden, sentímonos afrentados de semejantes salutaciones, y teniéndolas por baxeza nos despreciamos dellas. ¿Puede ser mayor vanidad y locura que no querer que nadie ruegue á Dios que nos dé buenos días ni noches, ni que nos dé salud, ni que guarde, mantenga, y que en lugar dello nos deleitemos con un besa las manos á vuestra merced? Que si bien consideramos lo que decimos, es muy gran necedad decirlo, mintiendo á cada paso, pues que nunca las besamos, ni

besaríamos, aunque aquel á quien saludamos lo quisiese. Por cierto cosa justa sería que agora nos contentásemos nosotros con lo que en los tiempos pasados se satisfacían los emperadores, los reyes y príncipes, que con esta palabra á veces se contentaban, porque quiere decir tanto como Dios os salve; y como paresce por las corónicas antiguas y verdaderas, á los reyes de Castilla aún no ha mucho tiempo que les decian: «manténgaos Dios» por la mejor salutación del mundo. Agora, dexadas las nuevas formas y maneras de salutaciones que cada día para ellos se inventan y buscan, nosotros no nos queremos contentar con lo que ellos dexaron, y es tan ordinaria esta necedad de decir que besamos las manos, que á todos comprende generalmente, y dexando las manos venimos á los pies, de manera que no paramos en ellos ni aun pararemos en la tierra que pisan, y, en fin, no hay hombre que se los descalce para que se los besen, y todo se va en palabras vanas y mentirosas, sin concierto y sin razón.

ALBANIO.—Como caballo desenfrenado me paresce que os vais corriendo sin estropezar, por hallar la carrera muy llana. Decidme: al emperador, á los reyes, á los señores, á los obispos, á los perlados, ¿no les besan también las manos de hecho como de dicho? Y al Summo Pontifice, ¿no le besan los pies? Luego mejor podrían decir los que lo hacen que no hacerlo.

ANTONIO.—Antes á esos, como vos decís, se besan sin que se digan, y oblíganos la razón por la superioridad que sobre nosotros tienen, y cuando no lo podemos hacer por la obra, publicámoslo en las palabras, como lo haríamos pudiendo. Mas acá entre nosotros, cuando uno dice á otro que le besa las manos, ¿besárselas ya si se las diese?

ALBANIO. No por cierto, antes le tendrían por nescio y descomedido si le pediese que cumpliese por obra las palabras.

ANTONIO. — Pues ¿ para qué mentimos? ¿Para qué publicamos lo que no hacemos? ¿Y para qué queremos oir lisonjas y no salutaciones provechosas? ¿Qué provecho me viene á mi de que otro me diga que me besa las manos y los pies?

JERÓNIMO.—Yo os lo diré, que en decirlo parescerá recognosceros superioridad y estimaros en más que á sí, teniéndose en menos por teneros á vos en más.

ANTONIO.—Mejor dixérades por ser pagado en lo mesmo, que si uno dice que os besa las manos, no digo siendo más, sino siendo menos, no siendo la diferencia del uno al otro en muy gran cuantidad, si no le respondéis de la mesma manera, luego hace del agraviado y lo muestra en las palabras y obras si es necesario, buscando rodeos y formas para igualarse y para no tener más respeto ni acatamiento del que se les tuviere; y, en fin, todos se andan á responder, como dicen, por los consonantes, y el oficial en esto quiere ser igual con el hidalgo diciendo que no le debe nada, y el hidalgo con el caballero, y el caballero con el gran señor, y todo esto porque es tan grande la codicia y ambición de la honra, que no hay ninguno que no querría merecer la mayor parte, y no la meresciendo, hurtarla ó robarla por fuerza, como á cosa muy codiciosa. Y tornando á lo pasado, es muy mal trueque y cambio el que habemos hecho del saludar antiguo al que agora usamos. Por menosprecio decimos á uno: en hora buena vais, vengáis en buena hora, guárdeos Dios, y si no es á nuestros criados ó á personas tan baxas y humildes que no tienen cuenta con ello, no osaríamos decirlo, siendo tanto mejor y más provechoso que lo que decimos á otros, cuanto podrá entender cualquiera que bien quisiese considerarlo. Gran falta es la que hay de médicos evangélicos para curar tan general pestilencia, la cual está ya tan corrompida y infeccionada, que sólo Dios basta para el remedio della; antes va el mundo tan de mal en peor, que si viviésemos muchos tiempos veríamos otras diferentes novedades, con que tendríamos por bueno lo de agora.

ALBANIO.—Por ventura con el tiempo vendrá el mundo á conoscer lo bueno que ha dexado, y dexará lo malo que agora se usa, porque muchas cosas se usan que se pierden, y después el tiempo las vuelve al primer estado. Pero ¿no me diréis de que os estáis reyendo?

ANTONIO.—De otra vanidad tan grande como la pasada; y también me río de mí mesmo, que no dexaría de picar en ella conosciendo que es locura, como lo hacían todos los otros del mundo.

JERÓNIMO.—Pues luego no pongáis culpa á los otros, que el que quiere en alguna cosa reprehender á su próximo ha de estar en ella disculpado.

ANTONIO.—Con una razón podré disculparme: que á lo menos conozco y siento el yerro que hago.

ALBANIO.—Esso sólo basta para teneros por más culpado; porque si vos conosciendo que erráis no os apartáis del yerro, menos razón tendrán los que, errando, tienen por cierto que aciertan, y así el primero á quien habéis de reprehender es á vos mesmo y conoscer que estoy dignamente debaxo de la bandera desta locura.

ANTONIO.—No sé cuál tenga por mayor yerro, seguir común opinión y parescer de todos ó quererme yo solo extremarme para ser notado de todo el mundo, y assí pienso por agora no me apartar de la compañía donde entran buenos y malos, sabios y necios; y por no

teneros más suspensos, digo que es cosa para mirar y contemplar los títulos y cortesías que se usan en el escrebir. Solían en los tiempos antiguos llamar á un emperador ó á un rey escribiéndole, por la mayor cortesía que podían decir, «vuestra merced», y cuando lo decían era con haberle dicho cient veces un «vos» muy seco y desnudo. Después, por muy gran cosa le vinieron á llamar «señoría», y agora ya no les basta «alteza», que otros títulos nuevos y exquisitos se procuran, subiendo tan cerca de la divinidad que no están á un salto del cielo; y en los emperadores y reyes podríase sufrir, por la dignidad que tienen y principalmente por la que representan, pero comenzando abaxo por los inferiores veréis cosas notables. A los mesmos reyes que he dicho, en las cartas ó peticiones ó escrituras solían poner noble ó muy noble rey, muy virtuoso señor. Agora no hay hombre que, si se estima en algo, no quiera ser noble ni virtuoso.

JERÓNIMO.—Eso debe de ser porque hay poca virtud y nobleza en el mundo, que todo se ha subido al cielo. Pero decidme, ¿qué es lo que quieren ser?

ANTONIO.—Magníficos ó muy magníficos, aunque en Valencia y Cataluña se tiene por más ser noble que magnífico; mas andan á uso de acá los que no siendo nobles se precian de título de magníficos, y muchos de los que lo quieren, maldita la liberalidad que usaron, ni grandeza hicieron, y por ventura son los mayores míseros y desventurados que hay en el mundo.

ALBANIO.—¿Luego quieren que mientan como los otros que dicen que besan los pies ó las manos?

ANTONIO.—Eso mesmo es lo que procuran, y si usasen alguna liberalidad ó magnificencia con quien se lo llama y escribe, tendría razón para ello. Y dexando á éstos, que es la gente que presume y tiene algún ser para ello y para poderse estimar, los señores y grandes á quien solían escrebir, por título, muy sublimado, muy magnífico, agora ya lo tienen por tan baxo que se afrentan y deshonran dello.

JERÓNIMO.—Tienen razón, porque se han dado á no hacer ya merced ninguna, y lo que peor es, que se precian dello, y así quieren dexar este título para los señores pasados que usaron magnificencias, y ellos tomar otros nuevos y que más les convengan.

ANTONIO.—Llámanse ilustres y muy ilustres y illustrísimos.

ALBANIO.—No puedo entender qué quieren decir esos nombres.

ANTONIO.—Lo que ellos quieren que diga es que son muy claros, muy resplandecientes en linaje y en obras.

ALBANIO.— Bien es que lo quieran los que lo son; pero los que no lo fueren, poca razón tienen de quererlo y usurpar los títulos ajenos; y lo que me paresce mal es que los perlados, que vemos ser hijos de humildes padres y labradores y que se hicieron con ser venturosos del polvo de la tierra, se agravien si no les llaman illustres y muy illustres, dexando los títulos que más les convienen.

ANTONIO.—Yo os diré la causa y la razón que tienen para ello, la cual es que, como los solían llamar muy reverendos ó reverendísimos, que quiere decir tanto como dignos de ser acatados y reverenciados, y ellos por el linaje y obras no lo sean, no quieren que mintamos tanto, teniendo por menor mentira que los llamemos illustres, y ya que sea tan grande, quieren el título que les paresce ser más honrado cuanto á la vanidad del mundo, y en fin, esto durará muy pocos dias, que ya, como todos los hijos de señores y de otras personas señaladas quieren y procuran el illustre y muy illustre, otros nuevos títulos hemos de buscar para los otros.

JERÓNIMO.—Ya los hay, porque ya en España se comienza á usar el excelente, muy excelente, sereníssimo, y en lugar de señoría se llama «excelencia».

ANTONIO.—Decís verdad, que no me acordaba, aunque esos títulos no están bien confirmados; pero yo fiador que los que vivieren muchos años vean que de la excelencia suben á la alteza.

JERÓNIMO.—¿Y qué quedará para los reyes?

ANTONIO.—No faltará algo de nuevo, y por ventura volverán á dar vuelta al mundo y se tornar á llamar virtuosos y nobles, y por alteza nobleza; y esto será acertamiento, que todo esto otro son vanidades y necedades, y lo que pior es, que todos cuantos las escrebimos, las damos firmadas de nuestros nombres. Assí lo hacen también los señores que, escrebiendo á los inferiores dellos, á unos llaman parientes, á otros parientes señores, y á otros nombres de parentesco, sin haber entre ellos ninguno, ante los quieren hacer sus parientes porque se tenga en ellos por grandeza llamarlos parientes, por ser más cosa magnífica el dar que el recibir, siendo tan gran mentira y tan manifiesta, y no piensan que es peccado venial mentir á cada paso, y no tienen cuenta con que no es lícito el mentir, ni aun por salvar la vida del hombre.

JERÓNIMO.—No llaman á todos parientes ni primos, que algunos llaman singulares ó especiales amigos.

ANTONIO.—También mienten en esto, porque, según dice Tulio en el *De amicicia*: La amistad ha de ser entre los iguales, y como no lo sean, aquel á quien escriben no puede ser su amigo singular. ¿Queréislo ver? Si el criado ó el vasallo llamase al señor amigo, permitirlo ia? No por cierto, y assí no se puede llamar amistad la que hay entre ellos; y si no es amistad, no se pueden llamar propiamente amigos.

ALBANIO.—De essa manera ¿no dexáis título ninguno con que los señores puedan escribir á los criados y vasallos y otros inferiores?

ANTONIO.—No faltan títulos si ellos quieren escribirlos, y más propios que los escriben. A los criados escribirles: á mi criado, á mi fiel criado, á mi humilde criado, á mi buen criado Fulano. A los que no lo son: al honrado, al virtuoso, al muy virtuoso, y otras maneras que hay de escribir; que no parezcan desatinos, y de los malos usos que en él se han introducido que tendrán por mayor desatino este que digo.

JERÓNIMO.—No tengáis dubda desso.

ANTONIO.—Como quiera que sea diga yo la verdad en tiempo y lugar, y el mundo diga y haga lo que quisiere, y porque no paremos aquí, os quiero decir otra cosa no poco digna de reírse como desatino y ceguera, que á mí me tiene admirado que las gentes no la destierren del mundo como á simpleza, que los brutos animales (si bastase su capacidad á entenderla), burlarían de nosotros y della.

JERÓNIMO.—¿Y qué cosa es essa?

ANTONIO.—La que agora se usa en los estornudos, que como sabéis es aquella tan espantable y terrible pestilencia que hubo en la ciudad de Roma siendo pontífice San Gregorio, cuando las gentes estornudaban, se caían luego muertos, y assí los que los vían estornudar decían: Dios os ayude, como á personas que se les acababa la vida, y de aquí quedó en uso, que después á todos los que vían estornudar los que se hallaban presentes les ayudaban con estas buenas palabras; pero agora, en lugar desto, cuando alguna persona á quien seamos obligados á tener algún respeto estornuda, y aunque sea igual de nosotros, le quitamos las gorras hasta el suelo, y si tienen alguna más calidad, hacemos juntamente una muy gran reverencia, ó por mejor decir necedad, pues que no sirve de nada para el propósito, ni hay causa ni razón para que se haga.

JERÓNIMO.—A lo menos servirá para que vos burléis della, y por cierto muy justamente, porque esta es una de las mayores simplezas y necedades del mundo, y mayor porque caen en ella los que presumen de más sabios, que los simples labradores y otras gentes de más poco valor están en lo más cierto, pues que dexando de hacer las reverencias se dicen unos á otros: Dios os ayude; palabras dignas de que los señores y príncipes no se desdeñasen de oírlas, antes están obligados á mandar á los criados y súbditos que con ellas los reverencien y acaten cuando estornudaren.

ANTONIO.—Así habrá de pasar esta necedad como otras muchas, porque el uso della se ha convertido en ley que se guarda generalmente en todas partes, aunque le queda sólo el remedio de su invencion, que ya sabéis que al nombre de Jesús se debe toda reverencia, y es cierto que cuando estornuda el que le quería ayudar pronunciaba el nombre de Jesús, y juntamente pronunciándole, quitaba la gorra y hacía la reverencia por reverencia de tan alto nombre; quedóse la reverencia y dejóse de pronunciar el nombre, y los señores reciben, no sin gran culpa, para sí la reverencia debida al diviníssimo nombre de Jesús, á quien toda rodilla en el cielo y en la tierra y en los abismos se debe humillar. Digo, pues, que el remedio sería que se usase pronunciar el nombre de Jesús, que valiese al que estornuda, y entonces la reverencia quedaría para el nombre y no la usurparía el que no quisiese ser ídolo terrenal y hacerle un emperador entre manos.

ALBANIO.—Por cierto, señor Antonio, que me parece que habéis dado en el blanco; mas veo que no os habéis acordado en este artículo de los flayres.

ANTONIO.—No pecan tan á rienda suelta en esto, pero todavía tienen su punta, y los que algo presumen les pesa si les llaman vuestra reverencia, porque les paresce que en esto les hacen iguales á todos.

JERÓNIMO.—¿Pues cómo quieren que les llamen?

ANTONIO.—Vuestra paternidad ó vuessa merced, como á los seglares.

ALBANIO.—No entiendo cómo sea esso, que para hacer mercedes temporales todos los flaires son pobres, por donde les está mejor decirles padre fray Fulano que el señor; ¿por qué quieren ser más llamados señores que padres y no resciben con buena voluntad el nombre de padres amando la paternidad?

ANTONIO.—Así es, porque como siendo flaires no dexen de ser hombres, aunque no sea en todo en parte, siguen el camino de los otros hombres en este artículo de la cortesía: pero, al fin, del mal en ellos hay lo menos y pluguiesse á Dios que nosotros fuésemos como ellos, que por malos que los extraordinarios dellos sean, en la bondad nos hacen mucha ventaja.

ALBANIO.—Bien me paresce que después de descalabrados les lavéis la cabeza.

ANTONIO.—No os maravilléis, que he comenzado á decir verdades, y para concluir con ellas en esta materia que tratamos, digo que considerando bien las de las salutaciones y cortesías con los títulos que se usan en el hablar y en el escribir, es todo un gran desatino, una ceguedad, una confusión, un género de mentiras sabrosas al gusto de los que las oyen, y así no solamente no hay quien las reprenda, pero todos las aman y las quieren y procuran de hallarlas diciendo lisonjas para que se las digan á ellos, y todo para rescibir mayor honra en la honra que no lo es, antes verdaderamente deshonra, pues en ello no hay virtud, ni género de virtud, ni nobleza; y bien mirado, se podrian mejor decir las causas torpes y feas y dignas de reprehensión para que los que las hacen, y por medio dellas quieren rescebir honra, se puedan tener por afrentados y deshonrados.

ALBANIO.—Paiésceme qué, conforme á esso, no queréis dejar honra ninguna en el mundo, porque no habiendo quién busque y procure la honra por el camino que vos decís, habráse deshecho la honra y no quedaría sino sólo en nombre.

ANTONIO.—Engañaios, señor Albanio, que no digo yo que haya algunos, aunque no son muchos, que tengan honra y la hayan ganado por la virtud y por las obras virtuosas que han hecho sin mezcla de las otras cosas que la destruyen y la deshacen, y á estos tales hemos de tener por dignos de ser honrados y acatados, y aunque ellos no quieran la honra, se la hemos nosotros de dar. Porque cuanto más huyeren y se apartaren de querer la vanagloria mundana, se dan á sí mesmos mayor merecimiento para que nosotros les demos la verdadera honra que merescen.

ALBANIO.—¿Sabéis, señor Antonio, que me paresce que hiláis tan delgado esta tela que se romperá fácilmente, porque todo lo que decís es una verdad desnuda, y conosciéndola vos tan bien y dándonosla á conoscer no usáis della como la platicáis? Mirad qué harán los que no lo entienden y piensan que aciertan en lo que hacen.

ANTONIO.—No os maravilléis deso, porque me voy al hilo de la gente, que si tomase nueva manera de hablar ó de escribir, tendríanme por torpe y necio y mal comedido, y por ventura de los amigos haría enemigos, los cuales no juzgarían mi intención sino mis palabras, y como ayer dixe, esto he tratado con vosotros como con verdaderos amigos y personas que lo entendéis, aunque no bastemos á poner remedio en estos desatinos. Pero el tiempo, en que todas las cosas se hacen y deshacen, truecan y mudan y se acaban, por ventura traerá otro tiempo en que á todos sea común lo que aquí hemos tratado particularmente. Otras cosas se pudieran tratar que agora por ser tarde quiero dexarlas para cuando tengamos más espacio, porque yo tengo necesidad de ir á despachar cierto negocio.

ALBANIO.—¿Qué es lo que más puede quedar

de lo dicho para que la honra que se piensa y tiene por tal quede más puesta del lodo?

ANTONIO.—Una cuestión antigua y tratada por muchos; sobre cuál tiene mayor y mejor honra, el que la ha ganado por el valor y merecimiento de su persona ó el que la tiene y le viene por la dependencia de sus pasados.

JERÓNIMO. — Delicada materia es esa, y como decís que requiere más tiempo para altercarla, y por saber si tenéis otras nuevas razones sin las que sobre ello están dichas, tengo deseo de oir hablar en ello, y así os tomo la palabra para que mañana á una hora del día estemos aquí todos tres, que yo quiero que no sea como estos dos días, porque tendré proveído el almuerzo para que mejor podamos pasar el calor cuando nos volvamos á nuestras posadas.

ALBANIO.—Muy bien habéis dicho si así lo hacéis, porque nos hemos venido dos veces muy descuidados madrugando tan de mañana, y no será mala fruta de postre acabar de entender lo que el señor Antonio dirá sobre esta cuestión, que yo aseguro que no faltarán cosas nuevas.

ANTONIO.—A mí me place que vengamos por ser convidados del señor Jerónimo, que en lo demás poco podré decir que no esté ya dicho; bastará referir y traer lo mejor y más delicado dello á la memoria, poniendo yo de mi casa lo que me paresciere. Y agora comencemos á ir por esta calle de árboles tan sombría.

JERÓNIMO.—No me holgara poco que assí fuéramos siempre encubiertos de arboleda hasta palacio, porque el sol va muy alto y la calor comienza á picar; bien será darnos prisa.

TERCERA PARTE

Del colloquio de la honra, que trata una cuestión antigua: de cuál es más verdadera honra y se ha de estimar en más, la que viene y procede en las gentes por dependencia de sus antepasados ó la que es ganada y adquirida por el valor y merecimiento de las personas.

INTERLOCUTORES

Albanio.—Antonio.—Jerónimo.

ALBANIO.—Pues que Jerónimo tan bien ha cumplido su promesa habiéndonos convidado y dado el almuerzo de tan delicados y suaves manjares, que yo no he comido en mi vida cosa que más me satisficiese, vos, señor Antonio, cumplid lo que nos prometistes en proseguir la materia comenzada de la honra, que no nos dará menos gusto, pues no falta apetito en el entendimiento para ver el remate de la plática en que quedamos cuando de aquí ayer nos apartamos.

ANTONIO.—Por mejor tuviera que con descuidaros no me obligárades á meter en tan hondo piélago, en el cual han nadado otros muchos con mayores fuerzas y discreción sin haber podido hallar vado, quedando confusa la determinación para lo que cada uno quisiere juzgar, y lo que yo haré en ello será deciros por una parte y por otra algunas razones que yo no las he oído. Vosotros podréis seguir las que mejor os parecieren y más cuadraren á vuestro entendimiento, que os haré determinar lo que hasta agora no está determinado, habiendo tantos que defienden la una y la otra opinión.

JERÓNIMO.—Luego, ¿materia es ésta que se haya tratado otras veces?

ANTONIO.—Muchos la han tocado, aunque los que han dado sentencia en ella no son creídos, porque cada uno con pasión defendía lo que le tocaba. Entre los cuales son los principales Salustio y Marco Tulio, que después de se perseguir con las obras, con las palabras quisieron escurecer y abatir cada uno la honra del otro. Salustio alegaba ser Tulio nascido de baxa y escura gente y de padres humildes y de poco valor, y que por esto había de ser menospreciado, Tulio contradecía diciendo que la virtud de sus obras le habían traído al estado que tenía, y que por esto era dino de mayor honra que los que la habían heredado de sus pasados; y sobre esto escribieron el uno contra el otro, como en sus libros agora parece.

ALBANIO.—¿Y vos á cuál dellos estáis más aficionado? Porque siempre en juegos y batallas y en otras cosas semejantes, los hombres se afficionan á una de las partes, aunque no las conozcan, y esto sin saber por qué más de que la natural inclinación les mueve en ello la voluntad.

ANTONIO. — A mí siempre me parecieron bien las cosas de Tulio.

ALBANIO.—Pues yo quiero tomar y defender la parte de Salustio, porque defendiendo el uno y contradiciendo el otro, más fácilmente podremos venir en el conocimiento de la verdad.

ANTONIO.—Mucho huelgo que me aliviéis del trabajo, y pues que assí es, decidme: ¿qué os paresce de la opinión de Salustio con los que siguiendo su bandera la defienden?

ALBANIO.—Lo que me parece es que la más verdadera honra y la que más se debe estimar y tener en mucho es la que viene por antigüedad de nobleza y la que redunda en nosotros de los antepasados, nuestros progenitores. Porque, como es notorio, todas las cosas se apuran y perficionan con el tiempo, en el cual lo que es bueno lo hace venir á mayor perfición de bondad, como se podrá ver por muchos ejemplos que se pueden traer á este propósito. Vemos que el plomo ó el estaño, según la opinión de algunos, con el tiempo se apura y perficiona, de manera que muchas veces se vuelve en plata fina, y el oro, con el tiempo, sube á tener más quilates. Las frutas que de su natural nascen amargas y desabridas, si están en buenos árboles, el tiempo las hace venir á ser dulces y sabrosas, tomando con él otra perfición de la que tuvieron al principio cuando el árbol, desamparado de la flor, comenzó á mostrar lo que debaxo della tenía encubierto. También vemos que el agua que no es buena ni sale de fuentes que no sean buenas, por el contrario, con el tiempo se corrompe más presto, y los vinos que no son buenos, porque las cepas de adonde fueron cogidos no eran buenas ó estaban plantadas en mala tierra, con el tiempo se destruyen más fácilmente que los otros, tomando diferentes gustos malos y desabridos; de lo cual se puede inferir que es más difícil corromperse lo bueno por antigüedad que lo que es por accidente, y que lo que no es bueno por naturaleza, que el tiempo no lo haga bueno, antes le ayuda á seguir su natural y acrecienta lo malo que en él hay para que sea y aparezca más malo cuanto más el tiempo se alargare y pasare por ello. Y así los hombres que tienen la nobleza por sus pasados y con la costumbre y antigüedad se convierte en ellos en otra naturaleza, el tiempo la perficiona, de manera que la que se tiene y se adquiere de nuevo no puede llegar á tener aquella perfición, y así no se deben estimar ni tener en tanto á los hombros que por sus personas han adquerido honra como á los que por sus pasados la adquirieron heredándola por sucesión para que sea más perfecta. Así mesmo estimamos en más la virtud que nasce y cresce con un hombre que de su nacimiento ha sido virtuoso, que no la que tiene un hombre que toda la vida ha sido malo y entonces comienza á ser bueno. Porque el malo estropezará y caerá más presto en la antigua costumbre, y el bueno, que siempre ha sido bueno, dificultosamente puede ser malo, y aunque lo sea, detendráse poco en el mal, tornando luego á usar la bondad que siempre ha usado y con que ha sido nacido. De aquí podremos inferir cuánto más puede y cuánto mayor fuerza tiene la virtud y nobleza que viene por antigüedad y dependencia de los antepasados, engendrada de las obras grandes y virtuosas que hicieron, que no la que de nuevo se gana, porque ansí, como con facilidad se ha ganado, fácilmente puede perderse, y conforme á esto, mayor honra se debe y en más deben ser estimados los que heredaron la virtud y la honra que aquellos que por sus personas y merecimientos la ganaron. Y cuando viéramos que sus descendientes siguen las mismas hazañas y procuran el mesmo merecimiento que aquél que fué principio dellas, cuanto más á la larga fuere la dependencia, tanto es razón de tener en más y dar mayor honra á los que dellos descendieron. Demás destas razones, notorio es á todos, por ser común opinión de todas las gentes, que se ha de tener y estimar más saber conservar lo ganado que no ganarlo y adquirirlo de nuevo; siendo esto así, mayor virtud y excelencia es, descendiendo de un antiguo y estimado linaje, conservar la honra dél y no dar ocasión á perderla que no hacer y principiar linaje de nuevo. En fin, que los que heredaron la virtud y nobleza por la antigüedad parece ser natural, y en los que la han ganado de nuevo, cosa postiza y colgada por hilo tan delgado que fácilmente podrá quebrarse.

JERÓNIMO.—Buenos fundamentos son, Albanio, los que habéis traído para defender vuestra intención; oyamos lo que dice Antonio contra ellos, que yo quiero ser juez desta cuestión, aunque será para mí solo, pues vosotros no habéis puesto en mi mano la determinación dello.

ANTONIO.—Por cierto, Albanio, delicadamente habéis tratado esta materia con agudas y delicadas razones, que parece no tener contradición; pero lo mejor que supiere os responderé á ellas y diré las que se me ofrecieren para que conozcáis el engaño que en las vuestras hay. Verdaderamente, el tiempo es el que hace y deshace las cosas, da principio y fin á los que lo pueden tener y con él puede ganarse la honra, y con el mesmo tiempo podrá tornar á perderse. No es cosa tan natural del tiempo ayudar á lo bueno que sea más perfecto en bondad y á lo malo para que sea más malo, que muchas veces no veamos effetos contrarios destos, como de vuestras mesmas razones podría colegirse, que las frutas amargas y con mal sabor con el tiempo se tornan dulces y de buen gusto, y las silvestres y campesinas, trasplantadas y bien curadas, se perficionan y vienen á ser tan buenas y mejores que las otras criadas en los apacibles jardines. Las aguas que se corrompen y vienen á tener muy mal olor y sabor sin que se puedan gustar, vemos que muchas dellas tornan después más sabrosas y en mayor perficion que antes tenían. La experiencia desto se ve en la agua del río Tíber, y assí ha habido en Roma agua cogida de cincuenta y sesenta años, que después de haberse corrompido y estado estragada y hedionda tornó en tan gran perfición, que no la tenían en menos que si fuera otro tanto bálsamo. Lo mesmo acaesció en muchas cisternas donde la agua llovediza se detiene muchos tiempos. Vemos también sin esto que muchas cosas de su natural muy perfectas y buenas, el tiempo no solamente las corrompe, pero con él se destruyen y deshacen del todo. Perfectíssimo metal es el oro, pero tratándolo se gasta y consume; las perlas y piedras preciosas se gastan y pierden la perfición que tenían, y assí todo se corrompe y acaba. ¿Qué cosa puede ser más recia que el acero y el orín lo come y deshace? Y desta manera, la honra antigua y de tiempos pasados, si no se conserva y aumenta, se desminuye y viene á volverse en nada, y algunas veces en un algo que es peor que nada, porque se convierte en infamia y deshonra; pero á esto diréis vos que ya habéis alegado que tan grande y mayor hazaña es conservar lo ganado como ganarlo y adquirirlo de nuevo, y los que vienen descendientes de antiguo y claro linaje, si no hacen cosas dinas de infamia y viven conservando la honra que sus pasados tuvieron sin perderla, que á estos tales se debe dinamente mayor honra que á los que por sí mesmos y por sus obras la merecen. Yo confieso que esta razón parece no tener contradición ninguna, si para ello hubiese una cosa que se nos pasa por alto y desimulamos porque no hace á nuestro propósito, y es que en la conservación de la honra ha de haber trabajo y contrariedad y no menos que en la de aquel que por su persona la ha adquirido. Si vos me dais que dos caballeros que sean iguales en renta y en personas y desiguales en linajes, y el que es de escuro y bajo linaje lo ha ganado por hazañas valerosas y el otro teniéndola lo ha conservado, defendiéndolo de enemigos, poniendo la vida por sustentarlos, no permitiendo que por otros mayores, de mucho poder, le fuese hecho agravio, en este caso yo digo que tendré por más honrado al que conservó y defendió la hacienda y honra de su linaje; pero si no hay contradición ninguna y el que la ha heredado el mayorazgo lo está gozando sin trabajo, holgando á su sabor, no lo quiero hacer ni tener por tan honrado como al que por el valor de su persona tuvo tanto merecimiento que pudo venir á ganarlo. Y assí, los antiguos romanos, que sabían bien dar la honra á quien la merecía, tenían dos templos, el uno llamado templo del Trabajo y el otro templo de la Honra, y con grandes estatutos y penas estaba prohibido que ninguno entrase en el templo de la Honra sin que primero hubiese entrado en el templo del Trabajo, dando por esto á entender que no es verdadera la honra que sin trabajo se gana; y así no se puede decir que conservan la honra de sus progenitores los que sin trabajo se hallan en ella y la gozan sin contradición alguna, salvo si estos tales dan muestras y señales de tan gran ánimo y valor, juntamente con la virtud, que claramente se conozca dellos que tendrían ánimo para las adversidades y fortaleza para resistirlas y discreción para conquistarlas, y, finalmente, que serían bastantes para la conservación de la honra y gloria de sus pasados. Y para esto, yo os ruego que me digáis: si vos tuviéredes en un huerto vuestro un espino

que diese muy hermosas flores, y después dellas muy sabrosas manzanas, y un peral que diese muy hermosas peras, ¿á cuál dellos estimaríades en más y tendríades por árbol más preciado?

Albanio.—Notorio es que, como á cosa nueva y que hacía más de lo que en sí era, tendríamos el espino, porque del peral es cosa natural dar las peras y del espino es cosa monstruosa y que excede á la naturaleza, y así todo el mundo querría verlo por cosa nueva y digna de admiración, y no habría nadie que no holgase de llevar algún ramo ó raíz para plantar y poner en sus heredades.

Antonio.—Y después que de esse espino se hubiesen producido tantos espinos que ya no se tuviese por nuevo el haberlos, ¿tendríades en tanto á uno dellos como tuvistes al primero?

Albanio.—Buena está de dar la respuesta: que no.

Antonio.—Pues lo mesmo es en los hombres, que cuando es el primero el que comienza á dar la nueva fruta de virtudes y hazañas, tenémosle, y es razón que le estimemos en más que á los sucesores, y así siempre el primero y que da principio al linaje es digno de mayor honra que los que dél proceden, aunque se igualen en la virtud y fortaleza. Demás desto, quiero traer á mi propósito una razón muy común y que, siendo muy mirada, concluye á los que, queriendo conformarse con la razón, no están pertinaces en lo contrario por lo que les toca, y es que, como sabéis, todos somos hijos de un padre y de una madre, que fueron Adán y Eva. Destos procedemos por diversas vías: unos se engrandecieron y hicieron reyes y señores por virtud y fortaleza y con hazañas dignas de memoria; otros, con adquerir riquezas con las cuales compraron sus señoríos; otros vinieron á subir en grandes estados con crueldades y tiranías. y así vimos al grande Alexandre, en su vida señor casi de todo el mundo y en su muerte repartirse su señorío en diversos reinos, de los cuales fueron reyes unos por una vía y otros por otras de las que he dicho. Desta manera sucedió el señorío y monarchía del imperio romano; lo mesmo en el de los partos y asirios y en otros diversos, en los cuales hemos visto subir unos y abaxar otros, abatirse los unos y engrandecerse los otros. Viniendo á particularizar más, lo mesmo se vió también en los particulares; así que hemos visto fenecerse y acabarse muchos linajes y comenzarse y principiar otros, y de los que se acabaron no habrá ninguno que no diga que el que mayor gloria alcanzó y el que mayor honra mereció fué el que hizo el principio dél, digo el que dió principio con virtudes y hazañas, que si el linaje se principió por alguna vía no lícita, estonces esta gloria se ha de dar al primero sucesor que lo mereció por su virtud y fortaleza; y así siempre merece más y tiene mayor fuerza el tronco que las ramas.

Jerónimo.—¿De manera que,, según lo que decís, el testamento que hizo Adán fué dexar á todos sus descendientes por herederos, para que el que más pudiese tomar y usurpar fuese suyo?

Antonio.—Assí fuera si no dexara juntamente la razón y la justicia con que nos gobernásemos; pero éstas en algunas partes tienen poca fuerza, á lo menos para con los poderosos, los cuales no quieren que valga razón con ellos más de lo que vale su voluntad.

Albanio.—¿Y qué es lo que queréis concluir de lo que habéis dicho?

Antonio.—Lo que concluyo es que todos somos hijos de un padre y de una madre, todos sucesores de Adán, todos somos igualmente sus herederos en la tierra, pues no mejoró á ninguno ni hay escritura que dello dé testimonio; de lo que nos hemos de preciar es de la virtud, para que por ella merezcamos ser más estimados, y no poner delante de la virtud la antigüedad y nobleza del linaje, y muy menos cuando nosotros no somos tales que nos podemos igualar con los antepasados, porque, como dice Sant Agustín, no ha de seguir la virtud á la honra y á la gloria, sino ellas han de seguir á la virtud. Y en otra parte: No se ha de amar y procurar la honra, sino la virtud y hazañas por donde se merece; y, en fin, una cosa han de considerar los que presumen de ensoberbecerse y hacer el principal fundamento en su linaje para su valor y estimación, y es lo que dice Séneca: Que no hay esclavo ninguno, que si se pudiese saber quiénes fueron aquellos de quien procede, comenzando de muchos tiempos atrás, que no se hallase por línea recta venir de sangre de reyes ó de príncipes poderosos, y que así no hay rey que no venga y sea descendiente de sangre de esclavos, que, según las vueltas del mundo, la confusión que en él ha habido, las veces que se ha revuelto, las mudanzas que ha hecho, los reinos y estados que se han trocado tantas y tan diversas veces, podemos creer con justa causa ser muy verdadero el dicho de Séneca. Y pensando en él debríamos perder la soberbia que tenemos, presumiendo con los linajes, y tener en mayor estima y hacer más acatamiento á los que con sus obras hacen principio á su linaje; que no hay razón para que queramos heredar los mayorazgos y no las virtudes de aquellos que los ganaron con ellas, y gozar de lo que ellos gozaron por la prosperidad de las riquezas y no porque tengamos el mismo valor en las personas. No dirá uno: «soy virtuoso ó soy bueno»; sino: «soy de los godos, ó soy de tal ó

de tal linaje, descendiendo de tal casta ó de tal parentela»; y no miran lo que dice Ovidio en el libro XIII de su *Metamorphoseos*:

Et genus, et proavos, et quæ non fecimus ipsï,
Vix ea nostra voco.

Jerónimo.—Yo no he estudiado gramática para entender eso.

Antonio. - Quiere decir, que el linaje y los agüelos y las cosas que ellos hicieron mal puede uno decir que son suyas, ni preciarse dellas, pues él no las hizo. Y lo mesmo dice otro poeta, que no tengo memoria quién es, aunque se me acuerdan sus versos que son éstos:

Sanguine ab etrusco quid refert ducere nomen
Cum friget et virtus cumque relicta jacet.

Que quiere decir: ¿qué hace al caso traer el nombre y descendencia de la sangre de los toscanos, como la virtud se haya resfriado y habiéndola dexado éste desamparada? Por cierto si los hombres tuviesen buena consideración no habrian de decir: «mis pasados fueron virtuosos y buenos y por esto me precio dellos», sino: «yo soy bueno y virtuoso como mis passados lo fueron, y primero me quiero preciar de mí y después de mis progenitores», que más excelente cosa es dar principio á un linaje que no irlo prosiguiendo, si no fuese con las condiciones que he dicho. Y si lo queréis ver, por ejemplo, decidme: en las órdenes de Santo Domingo y San Francisco y otros sanctos que las instituyeron, ¿á quien estimaréis en más, á los mesmos sanctos que las ordenaron y dieron principio ó á los religiosos que las guardan y cumplen con toda sinceridad y pureza? Por cierto mucho se debe á los religiosos, pero no habrá nadie que con razón pueda decir que no se deba mayor honra á los mesmos sanctos, porque fueron causa y principio del bien de todos los otros. Y si queréis decir que por esto se entiende que hemos de tener en más al que da principio á un linaje que no á los sucesores, pero que no por esto ha de ser más honrado que los que proceden de otros linajes más antiguos, responderos he yo que más estimo á San Francisco que al mejor fraile de la orden de Santo Domingo, y en más á Sant Benito que al mejor fraile de la orden de San Bernardo, y así en todas las otras órdenes, no porque cada uno de los frailes no pudiessen igualar en bondad y en santidad con los santos que he dicho, sino porque no fueron principio ni dieron principio á las órdenes, como lo hacen los que comienzan y dan principio á los linajes; así que con esto alcanzaréis lo que se ha de sentir desta materia altercamos. En fin, en justa razón y verdadera filosofía, el mundo en esto está tan ciego como en lo demás, y la causa es que, como hay pocos que puedan alcanzar y tener el valor de sus personas por la virtud y bondad, y muchos que se pueden preciar de sus antepassados, pueden más en esta guerra los muchos que los pocos, y no curando de razón ni justicia, ni queriendo escuchar las que los otros tienen, defienden su partido á puñadas y forzosamente.

JERÓNIMO.—Confórmanse en esso con el desafuero de Mahoma, el cual mandó que su ley se defendiese con armas y no con razones, y esto es claro que lo hizo por la poca razón que hay en ella para defenderse.

ALBANIO.—No niego yo, señor Antonio, que vuestras razones no vayan muy bien fundadas; pero tengo por recia cosa que queréis con ellas abatir y deshacer la nobleza de la sangre confirmada por tantos descendientes como vemos que hay en los linajes antiguos, en los cuales, aunque el primero haya hecho el principio y se le haya dado por ello la gloria y honra que merece, no por eso son de menos merecimientos los que siguieron sus pisadas, á los cuales, si por ventura se les offreciera cosa en que poder mostrar su valor, no lo hicieran menos, y pudiera ser que se mostraran más valerosos. Y assí lo que vois hacéis es juzgar sin oir las partes y sin tener información ni averiguación de la justicia que tienen.

ANTONIO.—Essa información y experiencia no estoy yo obligado á hacerla, ni ninguno, para juzgar lo que exteriormente parece; los que quisieren ser remunerados con el premio de la honra, la han de hacer de sí mesmos y dar testimonio dello con las obras que hicieren, porque sería tomar cuidado de cosas ajenas sin que á nosotros nos fuese encargado. Los que pretenden la ganancia pretendan el trabajo y hacernos ciertos de que la merecen, que si esa consideración hubiésemos de tener, muchos hombres de bajos y humildes estados hay que si se les ofreciesen casos en que mostrar el valor de sus ánimos y el esfuerzo de sus corazones, no deberían en ellos nada á los que más presumen. Assí que yo quiero tener en más á los que hacen grandes hazañas que á los que las podrían hacer no las haciendo; que también podría cada uno de nosotros ser un rey y no lo somos, y no por esso nos tienen en tanto como á los reyes.

ALBANIO.—Todo lo que habéis dicho me parece bien si el decreto de San Gregorio no sonase lo contrario, en el cual declara que ha de ser más estimado y honrado el hijo del bueno que es bueno que no el que por su persona tiene este merecimiento, y la razón para que esto sea así es de tan gran fuerza, que yo no le hallo contradicción ninguna ni argumento que pueda desbaratarla, la cual os quiero poner en término que me podáis responder á ella si hallareis qué poder decir para confundirla.

ANTONIO.—Proponed, que yo iré respondiendo como supiere, aunque, según la habéis encarecido, desde agora me puedo dar por concluso; pero todavía tengo creido que no faltará respuesta, y mejor de la que vos pensáis.

ALBANIO.—Decidme: si un religioso reza sus horas canónicas con mucho cuidado y devoción, y un seglar hace lo mismo y en la misma igualdad, ¿cuál de ellos merecerá mayor premio y será digno de más gloria?

ANTONIO.—Paréceme que el religioso, porque assí como tendría mayor pena y mayor castigo no cumpliendo con la obligacion que tiene sobre sí, assí es justo que se le dé mayor premio por hacer lo que es obligado; que de otra manera sería notorio agravio el que recibiese, y como Dios sea juez tan justo, quiere que sean iguales en la gloria y en la pena, para que el que fuere digno de más crecida pena también lo sea para llevar más crescida la gloria.

ALBANIO.—Lo cierto habéis respondido, y de vuestra respuesta sale la razón que he dicho, y así me responded á lo que diré: ¿cuál es digno de mayor infamia, uno que es de muy buen linaje y hace alguna vileza ó cosa fea de que pueda ser reprehendido, ó uno que ha alcanzado valor por su sola persona y comete la misma vileza haciendo lo que no debe?

ANTONIO.—Él que ha ganado el merecimiento y valor por su persona.

ALBANIO.—Pues ¿cómo puede ser esso, que vos mesmo os contradecís, porque esta razón tiene la mesma fuerza que la pasada? Claro es y notorio á todos que mayor obligación tiene un bueno á obrar cosas buenas y virtuosas que uno que no lo es tanto, digo en la calidad y linaje, y así por esta obligación que tiene sobre sí merece mayor premio y honra en ser bueno siguiendo la virtud de sus pasados, que no el que es de bajo y oscuro linaje; porque éste no está tan obligado á usar de aquella bondad, y así como al bueno se le ha de dar mayor premio por esto, es digno de mayor infamia si se desvía del camino que fundó el que dió principio á su linaje y siguieron los que dél han procedido, y si es digno de mayor infamia faltando á su obligación, justo será que se le dé mayor honra sin contradicción ninguna.

ANTONIO.—Hermosa y fuerte razón es la que, señor Albanio, habéis traido, y argumento muy aparente, aunque no dexa de tener respuesta bastante, porque, como suelen decir, debaxo de la buena razón á veces está el engaño, y así lo está debaxo desto que vos habéis dicho cuando quisiéredes bien entenderlo, porque yo no niego que al que es de buen linaje y hijo de buenos padres se le debe mayor honra, siendo bueno, que al que es de humilde linaje aunque sea bueno; pero esto se entiende cuando son igualmente buenos, que bien podría ser bueno el que es de buen linaje y tener mayor bondad el que es de más bajo estado; y en este caso todavía me afirmo en que es digno de mayor honra el que mayor bondad tuviere; esto podréis mejor entender por lo que agora diré. Notorio es que muchos romanos de escuros y bajos linajes hicieron hechos tan valerosos que por ellos merecieron ser recebidos en Roma con muy honrados y sumptuosos triunfos, y á algunos dellos se les pusieron públicas estatuas en los lugares públicos y fueron tenidos y estimados como dioses que decian, héroes entre los hombres. No faltaban juntamente en Roma algunos hombres de antiguos y claros linajes, muy virtuosos y sin mancilla que les pudiese embarazar la honra; pero con no igualar en los hechos, ni en la fortaleza y virtud del ánimo con los otros, no se igualaban con ellos en la honra que se les hacía, antes eran tenidos y estimados en menos. El rey David, pastor, fué que guardaba ganado, y en su tiempo muchos varones sanctos y virtuosos hubo que descendían de sangre de reyes, á los que no les faltaba virtud ni fortaleza; pero con no igualarse en ellas ni en las hazañas tan valerosas, principalmente cuando mató á Golias, no fueron tan honrados ni tan estimados de las gentes como lo fué el rey David. Y así podría traeros otros diversos exemplos, los cuales dexo por la prolixidad y porque entre nosotros lo vemos cada día; que dos hijos de un padre y de una madre igualmente buenos, si á algunos dellos por permisión y voluntad de Dios ayuda y le favorece la industria en poder acabar y salir con hechos más hazañosos, le tenemos y estimamos por más honrado que al otro.

JERÓNIMO.—Desa manera al acaecimiento se ha de atribuir la honra de los hombres y en él está darla á los unos y quitarla á los otros.

ANTONIO.—Principalmente se ha de atribuir á Dios, pues todas las cossas se gobiernan por su summo poder y voluntad. Pero con esto permite que algunos sean más bien empleados que otros, y así cuando unos se ensalzan, otros se humillan y abaten, que no pueden estar todos en una igualdad. Y así resolviéndome digo, que cuando dos hombres, el uno de buen linaje y el otro de no tan bueno, fueren igualmente buenos, que ha de ser preferido y antepuesto en la honra el de buen linaje al otro, y si no son iguales, siendo mejor en virtud y fortaleza el que es inferior en linaje ha de ser más estimado y preferido; y conforme á esto se ha de entender el decreto sobredicho, porque la razón que habéis dicho de que merece mayor pena el bueno, haciendo lo que no debe, que el que no es tal como él, yo os lo confieso que así es digno de mayor gloria. Pero (como en lo que arriba he dicho bien á la clara yo he probado)

el que tiene más virtud y valor, aunque sea desigual en linaje, ya se ha hecho tan bueno con ello como el otro, y aun mejor. Y así está ya puesto debajo de la mesma obligación de usar la virtud y bondad, y obligado á la mesma pena. Lo que entenderéis por un ejemplo que diré: Si un fraile ha que es fraile cuarenta años, y otro no ha más de uno que hizo proffesión, ¿no estará éste obligado á los preceptos de la orden como el otro? ¿y no pecará igualmente?

ALBANIO.—Aunque en parte le relevaría no estar tan habituado á las observancias de la orden; pero si no es pecado por inorancia, eso no puede negarse.

ANTONIO.—Pues lo mesmo es en lo que tratamos; que cuando uno se ensalza y engrandece con virtudes y hazañas, hace profesión en la orden de la honra, de manera que tan obligado queda á guardar los preceptos della y conservarla como aquel que de antiguo tiempo tiene esta obligación, pues que á todos nos obliga la naturaleza igualmente á ser virtuosos, no quiero decir en un mesmo grado, sino que nos obliga á todos sin excetar alguno, dexando la puerta abierta para que sea vicioso, y á lo mesmo la verdadera ley christiana que tenemos y seguimos nos obliga juntamente á todos, y desta manera, si bien lo consideramos, no tenemos por qué decir que es más obligado á sustentar la honra de sus antepasados uno que desciende de claro y antiguo linaje que uno que por si mesmo la ha ganado de nuevo.

ALBANIO.—En fin, la común opinión es contraria de lo que decís, porque tienen en tanto una antigua y clara sangre, que el que della participa, siempre es juzgado digno de mayor honra.

ANTONIO.—No entendemos qué cosa es ser buena y clara la sangre, pues ya conocemos qué cosa es ser antigua. Por cierto á muchos juzgamos de buena sangre que la tienen inficionada y corrompida de malos humores, y dexando de ser sangre se vuelve en ponzoña que, bebiéndola, bastaría á matar á cualquier hombre, y algunos labradores hay viles y que no sabiendo apenas quiénes fueron sus padres tienen una sangre tan buena y tan pura que ninguna mácula hay en ella. Esta manera de decir de buena sangre es desatino y un impropio hablar. Pero dexando esto, yo estoy espantado de las confusiones, novedades, desatinos que cada día vemos en el mundo acerca desto de los linajes; pluguiesse á Dios que tuviesse yo tantos ducados de renta en su servicio para no vivir pobre, como hoy hay hidalgos, pecheros y villanos que no pechan, que en esto hay algunos que se saben dar tan buena maña, que gozan del privilegio que no tienen, y otros hay tan apocados y tan pobres, que no son bastantes á defender su hidalguía cuando los empadronan, y assí la pierden para sí y para sus descendientes. Y assí hemos visto dos hermanos de padre y madre ser el uno hidalgo y pechar el otro, y ser el uno caballero y el otro no alcanzar á ser hidalgo. Algunos de los que son hidalgos no hallan testigos que juren de padre y agüelo, como la ley lo manda; otros que no lo son, hallan cien testigos falsos que por poco interese juran. Y assí anda todo revuelto y averiguada mal la verdad en este caso.

JERÓNIMO.—Así es, señor Antonio, como vos lo decís, que muchas veces lo he considerado y aun visto por experiencia. Pero decidme, ¿qué diferencia hay entre hidalgo y caballero, que yo no lo alcanzo?

ANTONIO.—Yo os la diré. En los tiempos antiguos, los reyes hacían hidalgos algunos por servicios que les hacían ó por otros méritos que en ellos hallaban; á otros armaban caballeros, que era mayor dignidad, porque gozaban de más y mejores essenciones; pero esto se entendía en sus vidas, porque después sus descendientes no gozaban de más de ser hidalgos. Los que eran caballeros se obligaban á cumplir ciertas cosas cuando recebian la orden de caballería, como aun agora parece por algunas historias antiguas, y en los libros de historias fingidas, que tomaron exemplo de lo verdadero, se trata más copiosamente, y por esta causa eran en más estimados. Agora no se usa aquella orden de caballería, y así hay muy pocos caballeros á los cuales nuestro emperador ha dado este previlegio ó por sus virtudes ó por otros respetos, y con ser la mayor dignidad de todas en la milicia, puede tanto la malicia de las gentes, que si antes que hubiessen la orden de caballería no eran de buen linaje, los llaman por despreciados caballeros pardos ó hidalgos de privilegio, paresciéndoles que por ser en ellos más antigua la hidalguía tiene mayor valor, y dexando de guardar en esto la verdadera orden que se ha de tener. A los hidalgos ricos llaman caballeros, y á lo que creo es porque tienen más possibilidad para andar á caballo, que yo no veo otra causa que baste, porque tan hidalgo es un hidalgo que no tiene un maravedí de hacienda como un señor que tiene veinte cuentos de renta, si, como he dicho, no es armado caballero; y hay tan pocos caballeros en Castilla, que aunque el rey ha dicho algunos, no sería muy dificultoso el número dellos, y con todo esto no veréis otra cosa, ni oiréis entre los que presumen sino á fe de caballero, yo os prometo como caballero, sin que tengan más parte con ser caballeros que quien nunca lo fué ni lo soñó ser, ó diremos que toman este nombre en muy ancho significado porque el vulgo tiene por caballero que es hombre rico que anda á caballo. Desta manera son todas las otras cosas que tocan á esto de la honra, que ningún concierto ni orden hay

en ellas, sino que cada uno juzga y defiende como le parece y como más hace á su apetito.

ALBANIO.—¿Sabéis, Antonio, qué veo? Que cuando comenzamos esta materia prometisteis de no sentenciar en ella, y á lo que he visto, por más que sentenciar tengo vuestras palabras, pues ningún lugar habéis dejado con ellas para ser más estimados los herederos de la honra que los que por sí la ganaron, y no os veo tan desapasionado en esto que queráis volver atrás de lo que habéis dicho en ninguna cosa.

ANTONIO.—Yo digo lo que siento, y no por esso dejo de pensar que habrá otros que lo sientan differentemente y de manera que tengan otras muchas razones contrarias para contradecir lo que he dicho, y así me pongo debaxo de la corrección de los que más sabios fueren y mejor lo entendieren; pero esto ha de ser no les yendo en ello su propio interese, que desta manera podrán ser buenos jueces, como vemos que lo fué Salustio que cuando competía con Marco Tulio, porque le iba su propia pasión, fué del parecer vulgar, mas cuando habló desapasionado y como filósofo moral en la batalla que escrebió del rey Ingurta dice asi:

Quanto vita majorum prœclarior est,
tanto posterorum socordia flagitior est.

que quiere decir: cuanto la vida de los antepasados fué más illustre, tanto la pereza de los descendientes es más culpada.

Y pues que ya hemos dicho brevemente todo lo que alcanza á nuestros claros juicios, y yo he cumplido lo que quedé mejor que he sabido, justo será que nos vamos, que ya el sol tiene tanta fuerza que no basta el frescor de la verdura para resistirla.

JERÓNIMO.—Es ya casi medio día y con el gusto de la cuestión no hemos sentido ir el tiempo. Caminemos, porque no hagamos falta, que ya el conde habrá demandado la comida.

Finis.

COLLOQUIO PASTORIL

En que un pastor llamado Torcuato cuenta á otros dos pastores llamados Filonio y Grisaldo los amores que tuvo con una pastora llamada Belisia. Va compuesto en estilo apacible y gracioso y contiene en sí avisos provechosos para que las gentes huyan de dexarse vencer del Amor, tomando exemplo en el fin que tuvieron estos amores y el pago que dan á los que ciegamente los siguen, como se podrá ver en el proceso deste colloquio.

Á LOS LECTORES DICE LAS CAUSAS QUE LE MOVIERON Á PONER ESTE COLLOQUIO CON LOS PASSADOS.

Bien cierto estoy que no faltarán diferentes juicios para juzgar esta obra, como los hay para todas las otras que se escriben, y que aunque haya algunos á quien les parezca bien, habrá otros que tendrán otro parecer diferente y murmurarán diciendo que no fué bien acertado mezclar con los colloquios de veras uno de burlas, como es el que se sigue, y que yo debiera excusarlo assí, y quiero decir los motivos que para ello tuve y me parecieron bastantes, en los cuales pude acertar y también he podido engañarme, que creo que habrá assimesmo en esto diversos pareceres como en lo pasado. Lo primero que me movió, fué que, dirigiendo este libro al Sr. D. Alonso Pimentel, y estando su señoría en edad tan tierna, cuando viniese á leer cosas más pesadas que apacibles, como son las que se tratan en estos colloquios, que por ventura se enfadaría dellas, y convenía hallar en qué mudar el gusto para tomar más sabor en lo que se leyese, y así quise poner por fruta de postre la que también podrá servir en el medio cuando entre manjar y manjar quisiere gustar della; y demás desto, no dexa de tener en sí este colloquio muy buenos enxemplos y dotrina, pues se podrá entender por él el fin que se sigue de los amores que se siguen con vanidad, y cuán poca firmeza se suele hallar en ellos. También en la segunda y tercera parte se hallarán algunas cosas que, considerándolas, se sacará dellas muy gran provecho, pues tienen más sentido en sí del que en la letra parece; y sin estas causas que he dado, parecióme que podría yo hacer lo que otros autores muy graves hicieron sin ser reprehendidos por ello, y que tenía escudo y amparo en su enxemplo contra las lenguas de los que de mí por esta causa murmurar quisiessen.

El primero es el poeta Virgilio, que con los libros de *La Eneida*, siendo obra tan calificada, no le pareció mal poner las *Bucólicas*, que tratan cosas de amores, y los *Parvos*, que son todos de burlas y juegos. El poeta Ovidio también mezcló con sus obras el de *Arte amandi* y el de *Remedio amoris*. Eneas Silvio, que después se llamó el papa Pío, escribió cosas muy encarecidas y con ellas los *Amores de Eurialo Franco y Lucrecia Senesa*. Luciano, autor griego, con los colloquios de veras mezcló algunos de burlas y donaires, y también puso con ellos los libros en que escribe el *Mundo nuevo de la luna*, fingiendo que hay en ella ciudades y poblaciones de gentes y otras cosas que van pareciendo disparates. Petrarca muchas obras escribió en que se mostró muy gran teólogo y letrado, y no por esto dexó de poner entre ellas la que hizo sobre los amores que tuvo con madona Laura, y así yo pude escribir el colloquio que se sigue con los pasados, teniendo por mi parte tantos autores con quien defenderme de lo que fuere acusado. Y si estas razones y excusas no bas-

taren, bastará una, y es que á los que les pareciere mal no lo lean y hagan cuenta que aquí se acabaron los colloquios, que para mí basta solamente que á quien van dirigidos se satisfaga de mi intención, la cual ha sido de acertar á servir en esto y en todo lo que más pudiere hacerlo, como soy obligado.

Torquemada.

COLLOQUIO PASTORIL

En que se tratan los amores de un pastor llamado Torcato con una pastora llamada Belisia; el cual da cuenta dellos á otros dos pastores llamados Filonio y Grisaldo, quexándose del agravio que recibió de su amiga. Va partido en tres partes. La primera es del proceso de los amores. La segunda es un sueño. En la tercera se trata la causa que pudo haber para lo que Belisia con Torcato hizo.

INTERLOCUTORES

Grisaldo.—Torcato.— Filonio.

FILONIO.—¿Qué te parece, Grisaldo, de las regocijadas y apacibles fiestas que en estos desposorios de Silveida en nuestro lugar hemos tenido, y con cuánto contento de todos se ha regocijado? Que si bien miras en ello, no se han visto en nuestros tiempos bodas que con mayor solemnidad se festejasen, ni en que tantos zagales tan bien adrezados ni tantas zagalas tan hermosas y bien ataviadas y compuestas se hayan en uno juntado.

GRISALDO. — Razón tienes, Filonio, en lo que dices, aunque yo no venga del todo contento, por algunos agravios que en ellas se han recibido, que á mi ver han sido en perjuicio de algunos compañeros nuestros, que con justa causa podrán quedar sentidos de la sinrazón que recibieron. Y porque no eres de tan torpe entendimiento que tu juicio no baste para haber conocido lo que digo, dime, así goces muchos años los amores de Micenia y puedas romper en su servicio el jubón colorado y sayo verde con la caperuza azul y zaragüelles que para los días de fiesta tienes guardados, ¿no fué mal juzgada la lucha entre Palemón y Melibeo dándose la ventaja á quien no la tenía y poniendo la guirnalda á quien no la había merecido; que si tuviste atención no fué pequeña ventaja la que tuvo el que dieron por vencido al que por vencedor señalaron?

FILONIO.—Verdaderamente, hermano Grisaldo, bien desengañado estaba yo de que el juicio fué hecho más con afición que no con razón ni justicia; porque puesto caso que Palemón sobrepujase en fuerzas á Melibeo, no por eso se le debía atribuir la victoria, pues nunca le dió caída en que ambos no pareciesen juntamente en el suelo, y demás desto, si bien miraste la destreza de Melibeo en echar los traspies, el aviso en armar las zancadillas, la buena maña en dar los vaivenes, juzgarás que no había zagal en todas estas aldeas que en esto pudiese sobrepujarlo; y cuando Palemón con sus fuertes brazos en alto lo levantaba, así como dicen que Hércules hizo al poderoso Anteo, al caer estaba Melibeo tan mañoso que, apenas con sus espaldas tocaba la tierra, cuando en un punto tenía á Palemón debaxo de sí, que quien quiera que le viera más dignamente le juzgara por victorioso que por vencido. Pero ¿qué quieres que hiciese el buen pastor Quiral, puesto por juez, que por complacer á su amada Floria le era forzado que, con justicia ó sin ella, diese la sentencia por Palemón su hermano?

GRISALDO.—Si al amor pones de por medio, pocas cosas justas dexarán de tornar injustamente hechas. Y dexando la lucha, no fué menos de ver el juego de la chueca, que tan reñido fué por todas partes, en el cual se mostró bien la desenvoltura y ligereza de los zagales, que en todo un día no pudieron acabar de ganarse el precio que para los vencedores estaba puesto; ni en la corrida del bollo se acabó de determinar cuál de los tres que llegaron á la par lo había tocado más presto que los otros, y en otras dos veces que tornaron á correr, parecía que siempre con igualdad habían llegado.

FILONIO.—Bien parece que con faltar Torcato en estos regocijos y fiestas, todos los pastores y mancebos aldeanos pueden tener presunción que cuando él presente se hallaba, ninguno había que con gran parte en fuerzas y maña le igualase; todas las joyas y preseas eran suyas, porque mejor que todos lo merecía y en tirar á mano ó con una honda, en saltar y bailar á todos sobrepujaba, en tañer y cantar con flauta, rabel y cherumbela, otro segundo dios Pan parecía. No había zagala hermosa en toda la comarca que por él no se perdiese; todas deseaban que las amase, y, en fin, de todas las cosas de buen pastor á todos los otros pastores era preferido; mas agora yo no puedo entender qué enfermedad le trae tan fatigado y abatido, tan diferente del que ser solía, que apenas le conozco cuando le veo su gesto, que en color blanca con las mejillas coloradas á la blanca leche cubierta de algunas hojas de olorosos claveles semejaba, agora flaco, amarillo, con ojos sumidos, más figura de la mesma muerte que de hombre que tiene vida me parece; su tañer y cantar todo se ha convertido en lloros y tristezas; sus placeres y regocijos en suspiros y gemidos; su dulce conversación en una soledad tan triste que siempre anda huyendo de aquellos que lo podrían hacer compañía. En verdad te digo, Grisaldo, que las veces

que con él me hallo, en verle cual le veo, con gran lástima que le tengo, me pesa de haberle encontrado, viendo el poco remedio que á sus males puedo darle.

GRISALDO.—Mal se puede remediar el mal que no se conoce; pero bien sería procurar de saberlo dél, si como amigo quisiesse manifestarnos lo que siente.

FILONIO.—Muchas veces se lo he preguntado, y lo que entiendo es que él no entiende su mal, ó si lo conoce, no ha querido declararse conmigo; pero lo que yo solo no he podido, podría ser que entrambos como amigos podiésemos acabarlo. Y si su dolencia es tal que por alguna manera podiese ser curada, justo será que á cualquiera trabajo nos pongamos para que un zagal de tanta estima y tan amigo y compañero de todos no acabe tan presto sus días, trayendo la vida tan aborrida.

GRISALDO.—¿Pues sabes tú por ventura dónde hallarlo podiésemos? que assí goce yo de mi amada Lidia, no procure con menor cuidado su salud que la mía propia.

FILONIO.—No tiene estancia tan cierta que no somos dudosos de encontrarle, porque siempre se aparta por los xarales más espesos y algunas veces en los valles sombríos, y en las cuevas escuras se encierra, donde sus gemidos, sus lamentaciones y querellas no puedan ser oídas; pero lo más cierto será hallarle á la fuente del olivo, que está enmedio de la espesura del bosque de Diana, porque muchas veces arrimado á aquel árbol lo he visto tañer y cantar estando puesto debaxo de la sombra y oteando de allí su ganado, el cual se puede decir que anda sin dueño, según el descuido del que lo apacienta.

GRISALDO.—Pues sigue, Filonio, el camino, que cerca estamos del lugar donde dices. Y para que menos cansancio sintamos, podremos ir cantando una canción que pocos días ha cantaba Lidia á la vuelta que hacía del campo para la aldea trayendo á sestear sus ovejas.

FILONIO.—Comienza tú á decirla, que yo te ayudaré lo mejor que supiere.

GRISALDO

En el campo nacen flores
y en el alma los amores.
El alma siente el dolor
del zagal enamorado,
y en el alma está el amor
y el alma siente el cuidado;
assí como anda el ganado
en este campo de flores,
siente el alma los amores.

FILONIO.—Calla, Grisaldo, no cantemos; que á Torcato veo adonde te dixe, y tendido en aquella verde yerba, recostado sobre el brazo derecho, la mano puesta en su mexilla, mostrando en el semblante la tristeza de que continuamente anda acompañado, y á lo que parece hablando está entre sí. Por ventura antes que nos vea podremos oir alguna cosa por donde podamos entender la causa de su mal.

GRISALDO.—Muy bien dices; pues no nos ha sentido, acerquémonos más, porque mejor podamos oirle.

TORCATO.—¡Oh, claro sol, que con los resplandecientes rayos de la imagen de tu memoria alumbras los ojos de mi entendimiento, para que en ausencia te tenga presente, contemplando la mucha razón que tengo para lo poco que padezco! ¿Por qué permites eclipsar con la crueldad de tu olvido la luz de que mi ánima goza, poniéndola en medio de la escuridad de las tinieblas infernales, pues no tengo por menores ni menos crueles mis penas que las que en el infierno se padecen? ¡Oh, ánima de tantos tormentos rodeada! ¿cómo con ser inmortal los recibes en ti para que el cuerpo con el fuego en que tú te abrasas se acabe de convertir en ceniza? Si el uso de alguna libertad en ti ha quedado, sea para dexar recebir tanta parte de tus fatigas al miserable cuerpo que con ellas pueda acabar la desventurada vida en que se vee. ¡Oh, desventurado Torcato, que tú mesmo no sabes ni entiendes lo que quieres, porque si con la muerte das fin á los trabajos corporales no confiesas que quedarán en tu ánima inmortal perpetuamente! Y si han de quedar en ella, ¿no es mejor que viviendo se los ayude á padecer tu cuerpo en pago de la gloria que con los favores pasados de tu Belisia le fue en algún tiempo comunicada? ¡Oh, cruel Belisia, que ninguna cosa pido, ni desseo, ni quiero, que no sea desatino, sino es solamente quererte con aquel verdadero amor y afición que tan mal galardonado me ha sido! Ando huyendo de la vida por contentarte y pienso que no te hago servicio con procurar mi muerte, porque mayor contentamiento recibes con hacer de mí sacrificio cada día y cada hora que el que recebirías en verme de una vez sacrificado del todo, porque no te quedaría en quién poder executar tu inhumana crueldad, como agora en el tu sin ventura Torcato lo haces; bien sé que ninguna cosa ha de bastar á moverte tu corazón duro para que él de mí se compadezca; pero no por esso te dexaré de manifestar en mis versos parte de lo que este siervo tuyo, Torcato, en el alma y en el cuerpo padece. Escuchadme, cruel Belisia, que aunque de mí estés ausente, si ante tus ojos me tienes presente, como yo siempre te tengo, no podrás dexar de oir mis dolorosas voces, que enderezadas á ti hendirán con mis sospiros el aire, para que puedan venir á herir en tus oídos sordos mis tristes querellas.

FILONIO.—Espantado me tienen las palabras de Torcato, y no puede ser pequeño el mal que tan sin sentir lo tiene que no nos haya sentido; pero esperemos á ver si con lo que dixere podremos entender más particularmente su dolencia, pues que de lo que ha dicho se conoce ser los amores de alguna zagala llamada Belisia.

GRISALDO.—Lo que yo entiendo es que no he entendido nada, porque van sus razones tan llenas de philosofías que no dexan entenderse; no sé yo cómo Torcato las ha podido aprender andando tras el ganado. Mas escuchemos, porque habiendo templado el rabel, comienza á tañer y cantar con muy dulce armonía.

TORCATO

¡Oh, triste vida de tristezas llena,
vida sin esperanza de alegría,
vida que no tienes hora buena,
vida que morirás con tu porfía,
vida que no eres vida, sino pena,
tal pena que sin ella moriría
quien sin penar algún tiempo se viese,
si el bien que está en la pena conociese!

Más aceda que el acebo al gusto triste,
más amarga que el acíbar desdeñosa,
ningún sabor jamás dulce me diste
que no tornase en vida trabajosa;
aquel bien que en un tiempo me quesiste
se ha convertido en pena tan rabiosa,
que de mí mismo huyo y de mí he miedo
y de mí ando huyendo, aunque no puedo.

Sabrosa la memoria que en ausencia
te pone ante mis ojos tan presente,
que cuando en mí conozco tu presencia,
mi alma está en la gloria estando ausente,
mas luego mis sentidos dan sentencia
contra mi dulce agonía, que consiente
tenerte puesta en mi entendimiento
con gloria, pues tu gloria es dar tormento.

¡Oh, quién no fuese el que es, porque no
no sentiría lo que el alma siente;   [siendo
mi ánima está triste, y padeciendo;
mi voluntad, ques tuya, lo consiente;
si alguna vez de mí me estoy doliendo
con gran dolor, es tal que se arrepiente;
porque el dolor que causa tu memoria
no se dexa sentir con tanta gloria.

Mis voces lleva el viento, y mis gemidos
rompen con mis clamores l'aire tierno,
y en el alto cielo son más presto oídos,
también en lo profundo del infierno;
que tú quieres que se abran tus oídos
á oir mi doloroso mal y eterno;
si llamo no respondes, y si callo
ningún remedio á mis fatigas hallo.

También llamo la muerte y no responde,
que sorda está á mi llanto doloroso;
si la quiero buscar, yo no sé á dónde,
y ansi tengo el vivir siempre forzoso;
si llamo á la alegría, se me asconde;
respóndeme el trabajo sin reposo,
y en todo cuanto busco algún contento,
dolor, tristeza y llanto es lo que siento.

TORNA Á HABLAR TORCATO

¡Oh, desventurado Torcato! ¿á quién dices tus fatigas? ¿á quién cuentas tus tormentos? ¿á quién publicas tus lástimas y angustias? Mira que estás solo; ninguno te oye en esta soledad; ninguno dará testimonio de tus lágrimas, si no son las ninfas desta clara y cristalina fuente y las hayas y robles altos y las encinas, que no sabrán entender lo que tú entiendes. Das voces al viento, llamas sin que haya quien te responda, si no es sola Eco que, resonando de las concavidades destos montes, de ti se duele, sin poder poner remedio á tu pasión. ¡Ay de mí, que no puedo acabar de morir, porque con la muerte no se acaban mis tormentos; tampoco tengo fuerzas para sustentar la miserable vida, la cual no tiene más del nombre sólo, porque verdaderamente está tan muerta que yo no sé cómo me viva! ¡Ay de mí, que muero y no veo quién pueda valerme!

GRISALDO.—¡Filonio, Filonio; mira que se ha desmayado Torcato! Socorrámosle presto, que, perdiendo la color, su gesto ha quedado con aquel parecer que tienen aquellos que llevan á meter en la sepoltura.

FILONIO.—¡Oh, mal afortunado pastor, y qué desventura tan grande! ¿Qué mal puede ser el tuyo que en tal extremo te haya puesto? Trae, Grisaldo, en tus manos del agua de aquella fuente, en tanto que yo sustento su cabeza en mi regazo; ven presto y dale con ella con toda furia en el gesto, para que con la fuerza de la frialdad y del miedo los espíritus vitales que dél van huyendo tornen á revivir y á cobrar las fuerzas que perdidas tenía; tórnale á dar otra vez con ella.

GRISALDO.—¡Ya vuelve, ya vuelve en su acuerdo! Acaba de abrir los ojos, Torcato, y vuelve en ti, que no estás tan solo como piensas.

TORCATO.—El cuerpo puede tener compañía; pero el alma, que no está conmigo, no tiene otra sino la de aquella fiera y desapiadada Belisia, que contino della anda huyendo.

FILONIO.—Déxate deso, Torcato, agora que ningún provecho traen á tu salud esos pensamientos.

TORCATO. —¿Y qué salud puedo yo tener sin ellos, que no fuese mayor enfermedad que la que agora padezco? Pero decidme: ansí Dios os dé aquella alegría que á mí me falta, ¿que ventura os ha traído por aquí á tal tiempo, que no es poco alivio para mí ver que en tan gran necesidad me hayáis socorrido, para poder mejor pasar el trabajo en que me he visto; que bien sé que la muerte, con todas estas amenazas, no tiene tan gran amistad conmigo que quiera tan presto contarme entre los que ya siguen su bandera?

FILONIO.—La causa de nuestra venida ha sido la lástima que de ti y de tu dolencia tenemos; y el cuidado nos puso en camino, buscándote donde te hemos hallado, para procurar como amigo que vuelvas al ser primero que tenías, porque según la mudanza que en tus condiciones has hecho, ya no eres aquel Torcato que solías; mudo estás de todo punto, y créeme, como á verdadero amigo que soy tuyo, que los males que no son comunicados no hallan tan presto el remedio necesario, porque el que los padece, con la pasión está ciego para ver ni hallar el camino por donde pueda salir dellos; así que, amigo Torcato, páganos la amistad que tenemos con decirnos la causa de tu dolor más particularmente de lo cual hemos entendido, pues ya no puedes encubrir que no proceda de amores y de pastora que se llame Belisia, á la cual no conocemos, por no haber tal pastora ni zagala en nuestro lugar, ni que de este nombre se llame.

GRISALDO. —No dudes, Torcato, en hacer lo que Filonio te ruega, pues la afición con que te lo pedimos y la voluntad con que, siendo en nuestra mano, lo remediaremos, merecen que no nos niegues ninguna cosa de lo que por ti pasa; que si conviene tenerlo secreto, seguro podrás estar que á ti mesmo lo dices, porque los verdaderos amigos una mesma cosa son para sentir y estimar las cosas de sus amigos, haciéndolas propias suyas, así para saberlas encubrir y callar como para remediarlas si pueden.

TORCATO.—Conocido he todo lo que me habéis dicho, y aunque yo estaba determinado de no descubrir mi rabioso dolor á persona del mundo, obligado quedo con vuestras buenas obras y razones á que como amigos entendáis la causa que tengo para la triste vida que padezco. Y no porque piense que ha de aprovecharme, si no fuere para el descanso que recibiré cuando viere que de mis tribulaciones y fatigas os doléis, las cuales moverán á cualquier corazón de piedra dura á que de mí se duela y compadezca. No quiero encomendaros el secreto, pues me lo habéis offrecido, que nunca por mí vaya poco en que todo el mundo lo sepa. Es tanto el amor que tengo á esta pastora Belisia, que no querria que ninguno viniesse á saber el desamor y ingratitud que conmigo ha usado, para ponerme en el extremo que me tiene.

FILONIO.—Bien puedes decir, Torcato, todo lo que quisieres, debaxo del seguro que Grisaldo por amb** ** dado.

TOR* Ora, pues, estad atentos, que yo qui* *menzar desde el principio de mis amores* *ozar del alivio que reciben los que cuenta* *us trabajos á las personas que saben que se han de doler dellos.

COMIENZA TORCATO Á CONTAR EL PROCESO DE SUS AMORES CON LA PASTORA BELISIA

En aquel apacible y sereno tiempo, cuando los campos y prados en medio del frescor de su verdura están adornados con la hermosura de las flores y rosas de diversas colores, que la naturaleza con perfectos y lindos matices produce, brotando los árboles y plantas las hojas y sabrosas frutas, que con gran alegría regocijan los corazones de los que gozarlas después de maduras esperan, estaba yo el año passado con no menor regocijo de ver el fruto que mis ovejas y cabras habían brotado, gozando de ver los mansos corderos mamando la sabrosa leche de las tetas de sus madres y á los ligeros cabritos dando saltos y retozando los unos con los otros; los becerros y terneros apacentándose con la verde y abundante yerba que en todas partes les sobraba, de manera que todo lo que miraba me causaba alegría, con todo lo que veía me regocijaba, todo lo que sentía me daba contento, cantando y tañendo con mi rabel y chirumbela passaba la más sabrosa y alegre vida que contar ni deciros puedo.

Muchas veces, cuando tañer me sentían los zagales y pastores que en los lugares cercanos sus ganados apacentaban, dexándolos con sola la guarda de los mastines, se venían á bailar y danzar con grandes desafíos y apuestas, poniéndome á mí por juez de todo lo que entre ellos passaba; y después que á sus majadas se volvían, gozaba yo solo de quedar tendido sobre la verde yerba, donde vencido del sabroso sueño sin ningún cuidado dormía, y cuando despierto me hallaba, contemplando en la luz y resplandor que la luna de sí daba, en la claridad de los planetas y estrellas, y en la hermosura de los cielos y en otras cosas semejantes passaba el tiempo, y levantándome daba vuelta á la redonda de mi ganado y más cuando los perros ladraban, con temor de los lobos, porque ningún daño les hiciessen.

Y después de esto, pensando entre mí, me reía de los requiebros y de las palabras amorosas que los pastores enamorados á las pastoras decían, gozando yo de aquella libertad con que á todos los escuchaba, y con esta sabrosa y dulce vida, en que con tan gran contentamiento vivía, pasé hasta que la fuerza grande del sol y la sequedad del verano fueron causa que las yerbas de esta tierra llana se marchitassen y pusiesen al ganado en necesidad de subirse á las altas sierras, como en todos los años acostumbraban hacerlo; y ansí, juntos los pastores, llevando un mayoral entre nosotros, que en la sierra nos gobernase, nos fuimos á ella. Y como de muchas partes otros pastores y pastoras también allí sus ganados apacentassen, mi ventura, ó por mejor decir desventura, traxo entre las otras á esa inhumana y cruel pastora, llamada Belisia, cuyas gracias y hermosura así aplacieron á mis ojos, que con atención la miraban, que teniéndolos puestos en ella tan firmes y tan constantes en su obstinado mirar, como si cerrar, ni abrir, ni mudar no los pudiera, dieron lugar con su descuido embovescimiento que por ellos entrase tan delicada y sabrosamente la dulce ponzoña de Amor, que cuando comencé á sentirla ya mi corazón estaba tan lleno della que, buscando mi libertad, la vi tan lexos de mí ir huyendo, con tan presurosa ligera velocidad, que por mucha diligencia que puse en alcanzarla, sintiendo el daño que esperaba por mi descuido, jamás pude hacerlo, antes quedé del todo sin esperanza de cobrarla, porque volviendo á mirar á quien tan sin sentido robádomela había, vi que sus hermosos ojos, mirándome, contra mí se mostraban algo airados, y parecióme casi conocer en ellos, por las señales que mi mismo deseo interpretaba, decirme: ¿De qué te dueles, Torcato? ¿Por ventura has empleado tan mal tus pensamientos que no estén mejor que merecen? Yo con grande humildad, entre mí respondiendo, le dije: Perdonadme, dulce ánima mía, que yo conozco ser verdad lo que dices, y en pago de ello protesto servirte todos los días que viviere con aquel verdadero amor y afición que á tan gentil y graciosa zagala se debe.

Y ansí, dándole á entender, con mirarla todas las veces que podía, lo que era vedado á mi lengua, por no poder manifestar en presencia de los que entre nosotros estaban el fuego que en mis entrañas comenzaba á engendrarse, para convertirlas poco á poco en ceniza, encontrándonos con la vista (porque ella, casi conociendo lo que yo sentía, también me miraba), le daba á conocer que, dexando de ser mía, más verdaderamente estaba cautivo de su beldad y bien parecer. Y mudando el semblante, que siempre solía estar acompañado de alegría, en una dulce tristeza, también comencé á trocar mi condición, de manera que todos conocían la novedad que en mí había.

Y todo mi deseo y cuidado no era otro sino poder hablar á la mi Belisia, y que mi lengua le pudiese manifestar lo que sentía el corazón, para dar con esto algún alivio á mi tormento;

y porque mejor se pudiese encubrir mi pensamiento, determiné en lo público mostrar otros amores, con los cuales fengidos encubriese los verdaderos, para que de ninguno fuesen sentidos, y así me mostré aficionado y con voluntad de servir á una pastora llamada Aurelia, que muchas veces andaba en compañía de la mi Belisia, y conversaba con mucha familiaridad y grande amistad con ella. Y andando buscando tiempo y oportunidad para que mi deseo se cumpliese, hallaba tantos embarazos de por medio, que no era pequeña la fatiga que mi ánima con ellos sentía. Y habiéndose juntado un día de fiesta algunos pastores y pastoras en la majada de sus padres de la mi Belisia, después de haber algún rato bailado al son que yo con mi chirumbela les hacía, me rogaron que cantase algunos versos de los que solía decir otras veces, y sin esperar á que más me lo dixesen, puestos los ojos con la mejor disimulación que pude á donde la afición los guiaba, dando primero un pequeño sospiro, al cual la vergüenza de los que presentes estaban detuvo en mi pecho, para que del todo salir no pudiese, comencé á decir:

Extremos que con fuerza así extremada
dais pena á mis sentidos tan sin tiento,
teniendo al alma triste, fatigada,
  Causáisme de continuo un tal tormento
que mi alma lo quiere y lo asegura,
porque á viene mezclado con contento.
  Si acaso vez alguna se figura
á mi pena cruel que se fenece,
ella misma el penar siempre procura.
  Cuando el cuidado triste en mí más crece,
mayor contento siento y mayor gloria,
porque el mismo cuidado la merece.
  De mal y bien tan llena mi memoria
está, que la razón no determina
cuál dellos lleva el triunfo de vitoria.
  Con este extremo tal que desatina,
mi esperanza y mi vida van buscando
el medio (¹) que tras él siempre camina.
  Y si grandes peligros van pasando,
ninguno les empece ni fatiga;
de todos ellos salen escapando.
  El agua no les daña, porque amiga
á mis lágrimas tristes se ha mostrado,
pues que ellas dan camino en que las siga.
  El fuego no las quema, que abrasado
de otro fuego mayor siempre me siente,
y assí passan por él muy sin cuidado.
  También mi sospirar nunca consiente
que el viento les fatigue ni dé pena,
si aquel de mis sospiros no está ausente.
  Amor con mi ventura así lo ordena,

(¹) *Remedio* dice la edición de Mondoñedo, añadiendo una sílaba al verso.

para mostrar en mí su gran potencia,
porque á perpetua pena me condena.
  Dada está contra mí cruel sentencia,
que no pueda morir, ni yo matarme
ni sanar pueda desta gran dolencia.
  Sólo Amor puede con fuerza acabarme
si me falta el consuelo y esperanza
de aquella que el consuelo pueda darme.

Con mucha atención estuvieron escuchándome todos los que allí estaban, y principalmente aquella hermosa Belisia, conociendo que salían mis palabras forzadas de la pasión que mi ánima por ella sentía, y tornando al regocijo primero de los bailes y danzas, oímos muy grandes voces de pastores y ladridos de mastines y perros, que seguían un lobo que de entre el ganado un cordero llevaba, al cual todos los de la compañía, deseosos de aquella provechosa caza, comenzaron á seguir con gran grita y alaridos, acossando los perros para que con mayor voluntad al lobo siguiesen, y como todos con grande atención lo fuesen mirando y siguiendo, sólo yo miraba en lo que más me convenía, que era en la mi querida Belisia, la cual, no sé si por no poder más correr, ó con la lástima que de mí tenía, por darme lugar á que con manifestársela recibiese algún descanso, se quedó harto zaguera; y yo, deteniéndome de la mesma manera, hasta que ambos emparejamos juntos, con la color mudada y la voz temblando, que casi formar las palabras no podía, así le comencé á decir:

DESCUBRE TORCATO SUS AMORES Á BELISIA

«Aquel amor, cuyas fuerzas poderosas á ninguno perdonan, Belisia mía, en mí las ha executado con tan gran fuerza, que forzosamente me ha rendido y hecho poner las armas de mi libertad en tus manos, haciéndome cautivo de tu angélica belleza, porque como del resplandeciente sol la luna y estrellas resciben la claridad que en ellas se muestra, no teniendo de sí mesmas otra ninguna con que manifestársenos puedan, así mis sentidos, que la vida tienen prestada por el tiempo que tú dársela quisieres, recibiéndola de ti, te pagan el tributo del conocimiento que desto te deben, poniéndose en tu presencia con aquella humildad que más piensan aprovecharles, para que de mi atribulado corazón te duelas. ¡Ay de mí, Belisia, que si como siento el trabajo de mi rabioso dolor sentiese no ser de ti conocido, imposible sería sustentar la vida con el bravo y contino tormento que padece! Bien sé que, aunque no te he hasta agora manifestado la crueldad de mi pena, ni la causa de mi tristeza, ni el extremo en que tu hermosura me ha puesto, en mis ojos lo habrás conocido, los cuales, habiendo querido mostrarse amigos de mi lengua, y viéndola hasta agora que estando muda ha callado, como no pueden formar las palabras que la lengua diría, con lágrimas dan señal de la fatiga que el corazón siente; lo que te suplico es que de mi terrible mal hayas lástima, ayudándome con algún remedio que pueda aliviarlo, pues que, faltándome tu favor, del todo sería imposible sustentar la vida, y si esto hacer no quisieres, á lo menos que muestres que recibirás contento con mi muerte; porque no está en más de que tú lo quieras para que yo no pueda vivir más sola una hora en el mundo».

Acabando de decir esto, mis ojos regaban la tierra con tanta abundancia de lágrimas, que yo mesmo me maravillaba, pareciéndome que del todo me había de convertir en ellas, y mis sospiros parecía que rompían mis entrañas con la fuerza que salían para alentar el corazón, que en el golfo de mi pasión se ahogaba, y temblando con el temor que de la respuesta de Belisia esperaba, la vi que, mirando con el gesto algo alegre y risueño, me decía:

«Bien pensé, Torcato, que no llegara á tanto tu atrevimiento que assí tan claramente osasses manifestarme lo que sientes, pues que no has conocido de mí ser amiga de oir ni entender cosa que á mi honra y fama en alguna manera dañar pueda; y no tengas en poco haberte escuchado lo que muchos días ha que de ti he conocido, aunque más quisiera no conocerlo; porque ni tú te vieras en el trabajo que publicas, ni yo lo tuviera en pensar que por mi causa lo padeces; y digo que lo pienso, porque no sé cómo te crea habiendo publicado tus amores con Aurelia, de la cual entiendo que como á su vida te quiere y ama; si lo que dices es para engañarme, confiando en la simplicidad de pastora que en mí sientes, engañado vives, que con dificultad podrás hacerlo, y si no el tiempo descubrirá tu secreto y á mí me dirá lo que hacer debo; por agora te baste que, si me amas como lo muestras, te lo agradezco, y fuera deste agradecimiento en la voluntad, no me pidas otra cosa que no pueda, sin perjuicio mío y de mi honestidad, en ningún tiempo hacerla».

Tal quedé con la respuesta de la mi Belisia como los que en la profundidad de la mar con gran tormenta navegan, inciertos del fin que han de haber en su jornada peligrosa, porque lo que por una parte en sus razones me concedía, que era licencia para quererla, por otra me la negaba para que más la serviesse; y lo que más pena me dió era los celos que de Aurelia me pedía, siendo yo tan verdadero testigo de su engaño; y para desengañarla del mal pensamiento que tenía, le dixe: «Harto bien es para mí, señora mía, que conozcas que la afición que te muestro y el verdadero amor que tengo no es fingido; y así quiero que también me

creas que ningún engaño en él está encubierto, sino es el que recibe Aurelia si piensa que yo la quiero, habiendo subjetado mi voluntad á la suya de manera que no quede por esta parte libre del todo para amarte y quererte como te quiero».

«Pues ¿por qué tienes tan engañosas muestras para con ella, me dixo Belisia, que yo la he lástima si es así?».

«Si tú me dices del engaño que recibe, mayor la habrías de tener de mí, le respondí yo, por la causa que tengo para engañarla, que no es otra sino que mi pensamiento no sea entendido, por no poner en peligro el aparejo que pienso hallar algunas veces para hablarte y servirte conforme á mi deseo; que bien sabes, mi Belisia, la sospechosa condición de tu madre, y que si esto no tuviese creído, que con mayor cuidado te guardaría de mí que agora lo hace, de manera que pocas veces o ninguna pudieses oir en presencia lo que en ausencia por ti mi ánima siente».

«El tiempo dirá lo que en todo se ha de hacer, me dixo Belisia; bástete por agora el favor que de mí has recebido en haberte escuchado, lo que jamás pensé hacer con ninguno; y porque la gente maliciosa no pueda pensar alguna cosa de lo que hablamos, apártate de mí, porque ya vuelven cerca los que solos nos dexaron, y lo mejor será que no te vean».

Yo, viendo la razón que tenía, con un suspiro que mis entrañas llevaba envueltas en medio de sí, le dixe: «Adiós, ánima mia y descanso mío, hasta que yo pueda volver á buscarme á donde agora yo quedo más enteramente que no voy conmigo». «Dios te guie, respondió Belisia, assí como yo lo deseo.»

Diciendo esto, cada uno de nosotros se fué por su parte, viendo venir á todos los pastores y pastoras que al lobo habían seguido, con tan grande estruendo y alaridos y voces que todos los valles cercanos resonaban con ellas; era la grita y vocería de regocijo por haber muerto el lobo, el cual traían con sus manos arrastrando, y era tan grande que pocos mayores se habían visto en aquella montaña. Y como yo con el mesmo regocijo me llegase á verlo, Aurelia, que con Belisia me había visto hablando, tomando alguna sospecha de lo que podía ser, casi pidiéndome celos, me dixo: «Alegre te veo, Torcato, y con mayor contento que estos días passados te vía; mucho ha podido la buena conversación de Belisia, pues tan presto te ha mudado de lo que ser solías».

Yo entendiendo sus palabras y el fin con que las decía, le respondí: «Engañada estás, Aurelia, si de mí ni de Belisia piensas ninguna cosa que en tu perjuicio sea; presto te muestras desconfiada, sabiendo que por ambas partes puedes estar muy segura, pesarmeía si pensase que lo sientes así como lo dices». Ella, reyéndose, me dixo: «Estoy burlando contigo, que aunque de ti pudiese pensar mal, no lo pensaría de Belisia, porque está mejor acreditada conmigo».

Y con esto, tornando al regocijo que con el lobo se tenía, llegamos á las majadas, y en un prado que en medio dellas se hacía se comenzó la fiesta de bailes y danzas, que no con poco placer y alegría tuvo hasta la noche, la cual yo pasé más contento que las pasadas, por haber podido manifestar á la mi Belisia la presunción de mis pensamientos, que no me parecía haber hecho poco, según lo mucho que lo deseaba. Y con esto se pasaron algunos días, que el tiempo no dió lugar á que más pudiese á solas hablarla; lo que procuraba con gran diligencia era que por señales conociese lo que mi ánima sentía, y aunque éstas eran tan disimuladas que parecía imposible que ninguna persona entenderlas podiese, había quedado Aurelia con tanta sospecha de lo pasado, que jamás de nosotros los ojos quitaba, y entendiendo algunas veces lo que hacía y diciéndome algunas palabras maliciosas sobre ello, yo lo mejor que podía disimulaba con ello, haciéndola estar dudosa, porque lo que por una parte sospechaba, por otra no lo creía; mas con todo esto vivía tan recatada y celosa, que una sola hora jamás de la compañía de Belisia se apartaba, y así, era el mayor estorbo y embarazo que yo hallaba para mi deseo. Muchas veces estando ambas solas y yo solo con ellas, pasábamos graciosas burlas y donaires envueltos en algunas malicias; pero no por eso dexaba de pasar mi disimulación adelante, por lo mucho que á mí y á Belisia nos importaba. Desta manera andaba esperando tiempo y oportunidad para tornar á hablarla, porque la afición y pasión que en mí sentía crecer cada hora, tan ásperamente me atormentaban, que en ninguna cosa hallaba descanso ni sosiego.

Y andando con esta cuidadosa congoxa, vino un día de fiesta para todos los pastores y zagalas, no poco regocijado, porque queriendo cumplir un voto ó promesa que de correr toros tenían, comenzaron á cercar un corro con muchas talanqueras y palenques á la redonda, con que de la braveza y ferocidad de los toros pudiesen defenderse, y en ellas todas las mujeres y hombres para ver se pusieron, si no eran aquellos que su ligereza y velocidad en el correr mostrar querían, de los cuales los más eran zagales y pastores enamorados, que con garrochas y invenciones puestas en ellas, paseándose por el corro con muchos ademanes y meneos mostraban su gentileza, y en saliendo los toros las emplearon en ellos cada uno lo mejor que supo y pudo hacerlo. Y ansí se comenzó la grita y estruendo de los silbos, las voces, el correr para una parte y para otra, el huir, el asconderse, el saltar y trepar, por excusar el peligro con que se podían ver con una bestia fiera.

Todos los que miraban estaban muy atentos y embebecidos con esto; sólo yo aquí en el amoroso fuego abrasaba, sin tener atención á ninguna cosa destas, como si presente no me hallara; tenía los ojos puestos donde mi corazón los guiaba, de manera que de mirar á Belisia no podía apartarlos, á la cual no hallé tan descuidada que, doliéndose de mí, algunas veces no me mirase, y movida con alguna piedad y lástima que de mí tuvo, hallando cierta ocasión para poderlo hacer sin sospecha, se vino á donde yo estaba y se puso á mi lado, sin que ninguna persona estuviese entre nosotros, y con una graciosa risa me habló diciendo:

«Bien fuera, Torcato, que como los otros zagales salieras al corro para mostrar con ellos el valor de tu persona, y que no estuvieses tú mirando el peligro á que se ponen por servir en ello á sus enamoradas y amigas tan á tu salvo, que á lo menos estarás bien seguro de no venir á caer en los cuernos de los toros».

«¡Ay, dulce ánima mía, le respondí yo, cuánto mayor es el peligro en que cada hora me veo de no caer en tu desgracia, que para mí es harto más temerosa que no la braveza y ferocidad de los toros; y quien tan peligrosa contienda tiene consigo, no es justo meterse en otra, donde tan poco provecho puede sacarse, cuanto más que juzgando el dolor de las heridas de las garrochas por las que yo en el alma siento, tiradas con la hermosa vista de tus ojos con tan poderosa fuerza que las puntas de los clavos tienen llagado el corazón y puesto en el estrecho de la muerte, mal podía tirárselas ni hacer mal ni daño á quien ninguno me hace, antes tan gran bien cuanto pueda encarecerlo, pues son causa de que yo dé algún alivio y descanso á mi tormento, con que tú entiendas que un punto jamás sin él me hallo. Y créeme, mi Belisia, que ya mis fuerzas no bastan para sufrir la pena rabiosa que me está consumiendo la vida; de manera que muy presto dará señales de tu crueldad y de mi muerte, si no es socorrida con aquella paga que mi verdadero amor te merece».

«No tienes razón, Torcato, me respondió, de aquexarte tanto ni de agraviarte de mí, pues hago más de lo que puedo y debo para darte contento, el cual yo te deseo; así los hados prósperamente me den la ventura que yo querría, que si no desease complacerte no hobiera venido á hablarte, dexando la compañía de las zagalas con quien estaba; y porque no puedan agraviarse de lo que he hecho, á Dios te queda, que yo me vuelvo para ellas».

Con esto se fué la luz de mis ojos, dexándome tal que pocas señas podría dar de los toros que se corrieron; y cuanto mayor contentamiento me quedó con oir sus amorosas razones, tanto crecía en mí más el deseo cada hora de tornarla á hablar si pudiese; y así anduve algunos días, que el poco aparejo que el tiempo me daba y el estorbo que la presencia de Aurelia me hacía me quitaron que no gozasse de persuadir á Belisia que de mis mortales cuitas se doliese, habiendo lástima de quien las padecía; o que hacía era dar quexas al viento, echar mis ospiros en el aire, derramar lágrimas sin que ninguno las viese; pintaba con mi cañibete en los árboles que hallaba el nombre de la mi Belisia, y en la cabeza de un cayado que tengo tan buena maña me dí, que contrahice su gesto, casi tan natural como yo en el alma lo tengo pintado. Con esto me consolaba, no queriendo que á nadie fuesse descubierta la causa de mi pena, y algunas veces con mi rabel tañía y cantaba, componiendo versos, entre los cuales hice un día unos que, por parecerme al propósito de lo que os he contado, los quiero decir, para que los oyáis.

FILONIO.—Antes, Torcato, si te place, en pago de la atención con que te escuchamos, y de la lástima que de ti tenemos, te ruego que cantados nos los digas, que después podrás acabar de contarnos lo que has comenzado, que no es tan poco el gusto que con ello recibo, que aunque tú quisieses dexarlo yo lo consintiría.

TORCATO.—Pues assí lo queréis, soy contento de complaceros, que el rabel tengo templado y luego quiero comenzarlos:

Los árboles y plantas con sus flores
se muestran apacibles y olorosos;
los campos, matizados con colores
que pintan su belleza, están hermosos;
los animales brutos con amores
andan regocijados y gozosos;
yo solo estoy penando y pensativo
con ver que Amor se muestra tan esquivo.

Los montes y los bosques, que el invierno
con las nieves y frios tiene helados,
producen muchas hojas y gobierno
á las aves y bestias y ganados;
por todas partes sale el gromo tierno,
de que se vieron antes despojados,
y en mí engendró el Amor nuevo cuidado
con ver que del olvido estaba helado.

Los páxaros con cantos y armonía
regocijan el tiempo del verano,
publican con sus voces la alegría
que tiene cada uno muy ufano;
á mí me tiene tal mi fantasía,
que no hallo consejo que sea sano,
mi canto son aullidos, temerosos
sospiros y gemidos dolorosos.

Cuando quiero alegrarme, sin contento,
de verme con sabores y esperanzas,
combate á mi alegría un gran tormento,
diciendo que no tenga confianza,
que todos los favores lleva el viento
cuando el bien que se espera no se alcanza,
y es causa de mayor mal y fatiga
sentir que la esperanza es mi enemiga.

La esperanza me alegra cuando espero
la gloria que mi pena ha merecido;
mas luego me fatigo y peno y muero
en ver que en balde espero, y afligido
con mi dolor rabioso desespero,
viendo que la esperanza se ha huido,
volviendo alguna vez para engañarme,
pues no tiene otro fin sino matarme.

GRISALDO.—Encarescido has tu pena, Torcato, de manera que gran sinrazón te hiciera Belisia en no tener lástima della; y porque estoy con agonía de saber el fin que tus amores tan penados tuvieron, te ruego que prosigas el cuento dellos, que con los muchos pastos que el ganado tiene adonde agora anda, seguros estaremos de que no se irá á meter en los panes ni en los cotos, para que pueda ser prendido por nuestro descuido.

TORCATO.- Pues que así lo quieres, escuchadme, para que sepáis en qué pararon y conozcáis la razón que me sobra para el sentimiento que tengo, que con justa causa juzgaréis ser menos del que debería tener de la paga tan cruel con que el Amor y mi Belisia me han pagado. Después que muchos días anduve con la fatiga que me causaba no poder tornar á hablar en mi trabajosa cuita, con la causa della suplicándole por el remedio para poder mejor pasarla, vine á ponerme con el pensamiento y cuidado en tal estrecho de la vida, que ni podía comer tanto que sustentarme pudiese ni cerrar mis ojos de manera que se pudiese decir que dormía; así que la falta del mantenimiento y del sueño pusieron á mi afligida vida en tal estrecho, que contino me parecía ver ante mis ojos la muerte.

Y aunque todos vían claramente mi mal, ninguno lo acababa de entender, si no era la mi Belisia, la cual, doliéndose del, á lo que estonces pareció, con una zagala que consigo tenía y de quien se fiaba, me envió á decir lo mucho que de mi mal le pesaba, y que si yo su contentamiento deseaba y quería, que ella me rogaba que no me afligiese tanto y que me contentase con saber que me quería y tenía tanto amor, que verme á mí tan penado le daba á ella tan gran pena, que si yo bien lo supiese holgaría de hacerle placer en esto que me rogaba. Tan gran fuerza tuvieron para conmigo estas amorosas razones, que no menos que de muerte á vida me resucitaron. Y después de haber dado las gracias lo mejor que supe á la pastora que la embaxada me traía, le rogué que por respuesta della me llevase una carta á Belisia, porque no podría tener memoria para decirle todo lo que yo le respondiese. Y respondiéndome que por amor de mí lo haría, la escribí luego y se la di para que la llevasse; y ansí se volvió con ella, dexándome á mí más contento de lo que me había hallado; y porque quiero que veáis el traslado, el cual tengo en este mi zurrón, lo sacaré y leeré, que dice desta manera:

CARTA DE TORCATO Á BELISIA

«No quiero negar, Belisia mía, que no es mayor la merced y favor que de ti recibo que las mis rabiosas cuitas y crueles tormentos merecer agora ni en ningún tiempo te pueden; no porque de tu parte ni de la mía haya habido falta ninguna, sino porque no pueden igualar, por mayores y más crecidos que sean, al mucho merecimiento tuyo; y todo esto no basta para que en lugar de menguarse no crezcan más cada hora, porque conociendo, por la gloria que con tu consuelo he recibido, la diferencia que hay de la que me has dado á la que darme podrías si como á siervo tuyo me fuese permitido que del todo gozarla pudiese, no siento el gusto de la una contemplando en la otra, con que tan bienaventurado y dichoso sobre todo los del mundo me harías. Conozco ser el más bien afortunado pastor que entre los pastores ha nacido, por tener señales tan manifiestas de estar mi verdadero amor y deseo admitidos en tu gracia; pero también quiero que conozcas que soy el más penado y afligido que entre todos ellos podría hallarse, hasta que gozarla pueda con aquella libertad que desea esta ánima mía, más tuya que mía. Y en tanto que la compasión y lástima que de mí muestras en las palabras no me la certificaras con las obras, en lugar de disminuir mi mal, lo acrecentaras cada hora, porque los consuelos fingidos al corazón afligido son causa de doblar el sentimiento de su pena; créeme, dulce ánima mía, que es tan hondo el piélago de persecuciones en que mi cuidado me trae navegando, que si tú no me socorres con darme la mano de tus verdaderos favores, yo corro peligro de quedar anegado para siempre, porque ya voy perdiendo las fuerzas, y el esfuerzo me falta, el aliento se me acaba, y estoy puesto en el último extremo de la vida, la cual no me pesa que se acabe, sino por no poderte servir con ella, teniendo muchas vidas, para que cada día pudieses hacer sacrificio de una dellas, hasta acabarlas, en pago de la importunidad que con manifestarte mis rabiosas ansias y fatigas tantas veces de mí recibes. Y porque agora no la recibas mayor con oir mis

lástimas, acabo con suplicarte que de mí quieras dolerte, poniéndome con tu favor en la mayor gloria que entre todas las del mundo darse puede.»

Después de inviada esta carta, Belisia por señas me dió á entender haberla recibido. De que no poco contento estuve algunos días, pareciéndome que siempre se ofrecían cosas que me ponían mayor esperanza, y así con ella andaba entreteniendo y disimulando el dolor que continuamente mi ánimo atormentaba, y no pasó mucho tiempo que Belisia no me envió una breve respuesta de la que le había escrito, que es ésta que aquí trayo y dice desta manera:

CARTA DE BELISIA Á TORCATO

«Ninguna razón, Torcato, tienes de agraviarte de mí, pues que hasta agora ninguna causa hay con que justamente puedas hacerlo. Si me amas, yo te amo; y si me quieres, yo te quiero; si me deseas hacerme placer, yo deseo darte todo el contentamiento que pudiese; y pues que en esto puedes estar satisfecho de mi voluntad, debrías contentarte con ella y no pedirme las obras que sin perjuicio de mi honestidad no pueden hacerse. Lo que con grande afición te ruego es que me ames con el verdadero amor que yo te tengo, y no con amores ilícitos y dañosos, porque mi voluntad nunca se ha podido inclinar á consentirlos; y si con los favores que yo te pudiere dar desta manera te contentare, jamás por mí te serán negados; y los que fuera dellos me pidieres, no pienso darlos en tanto que mi propósito no se mudare, el cual, poniendo á la razón de por medio, no dexará de estar firme en esto que te digo. Aunque no puedo negarte que nunca supe qué cosa era verdadero amor, si no es el que de mí para contigo he conocido; y así querría conocer el tuyo, dando alivio á la pena que en ti sientes, la cual me da á mí poca fatiga, ni me tiene puesta en poco cuidado de verte sin ella, conociendo que á mi causa la recibes.»

Ningún alivio me dieron las razones desta carta, más del que recibí con el favor que Belisia me daba en escribirme, ni tampoco perdí del todo la esperanza por lo que en ella me decía, conociendo la condición de las mujeres y que, haciendo guerra contra el Amor, se ha de combatir procurando ir ganando las entradas y salidas de su fortaleza poco á poco. Y como no pudiese hallar lugar para hablar con ella, si no era en público y delante de mucha gente, le torné á escribir otras cartas, á las cuales siempre me respondió con unas razones tan dudosas, que ni podía tomar de ellas verdadera esperanza ni tampoco perderla del todo. Así andaba confuso, cargado de pensamientos y cuidados, y el mayor que tenía era procurar que mis ojos pudiessen contemplar en presencia de Belisia la causa de su mal, y esto buscaba todas las ocasiones y achaques que podía; el mayor trabajo, ó uno de los mayores, era la disimulación fingida que traía con Aurelia, en la cual conocía siempre algún recelo sospechoso de lo que verdaderamente pasaba, sin poder averiguar la verdad, porque andaba recatado para que ninguna persona del mundo entenderme pudiese. Desta manera se pasaron algunos días, hasta que la ventura quiso que la mi Belisia de una muy grave enfermedad se hallase fatigada; que como á mi noticia viniese, ninguna adversidad en el mundo pudiera venirme que en tan gran confusión y fatiga me pusiera; y así mayor esfuerzo que el mío era necesario para poder passarla, y desmayando el corazón y las fuerzas, quedé con esta triste nueva hecho un hombre de piedra, sin sentido, de manera que ni oía lo que me hablaban ni respondía á lo que me decían; tenía el juicio alterado y todo lo que hacía y decía desatinaba, porque el Amor mostraba estonces contra mí todo su poder, y como los que andaban embelesados con algún espanto por haber visto visiones ó fantasmas, así anduve yo hasta que, siendo Belisia sabidora dello, con alguna lástima buscó aparejo para que yo pudiese entrar á verla donde estaba, que para mí, después de su salud, ninguna cosa pudiera darme mayor alivio y consuelo; y assí puesto delante su lecho, viendo en su hermoso gesto las señales del mal que tenía, que eran amarillez y flaqueza, le dixe: «No sé cómo pudo tener fuerza el mal donde tan gran bien se encierra; y ten por cierto, dulce ánima y señora mía, que más verdaderamente lo siento yo en el alma que tú lo puedes sentir en el cuerpo; y en tanto que lo tuvieres enfermo, poca salud puedo yo tener, pues toda la que en mí hay, por ti y por tu esperanza la tengo. ¡Ay de mí, Belisia, que me sobra el sentimiento y me faltan las palabras para poderte encarecer lo que siento! Pluguiesse á Dios que con todo el mal que la fortuna puede darme pudiese merecer de verte á ti sin el que padeces, que todo se me hacía poco por el menor bien que venirte pudiese, para que por mi causa lo gozases; y si por decir lo que querría y deseo dixese desatinos, no me pongas, señora mía, culpa, que el dolor de verte á ti tal me hace que no pueda atinar en ninguna cosa que diga ni haga; y así te suplico tú mesma guíes mi lengua como eres señora de la voluntad, para que mejor puedas entenderme lo que ella por sí sóla como muda delante de ti manifestar no te puede».

Diciendo esto, mis lágrimas daban señal muy manifiesta de que era más lo que quedaba en-

cubierto en mi corazón que lo que la torpeza de mi lengua publicaba. Y Belisia, viéndome tal, me dixo: «Satisfecha estoy, Torcato, de todo lo que me dices, y cada día me vas obligando más con ver la verdadera fe que conmigo tienes, de la cual no eres tan mal pagado que no halles en mí mucha parte della para agradecerte y pagarte la afición con que conozco que de ti soy amada. Mi mal me ha dado hasta agora fatiga; mas ya se me va aliviando, de manera que tengo esperanza de verme presto buena del todo; y si en tanto que del lecho no me levantare pudieres alguna vez visitarme, no dexes de hacerlo, que aunque no se puede hacer en secreto, como hoy lo has hecho, ocasiones habrá para que públicamente puedas verme y hablarme, que para mí no será pequeño alivio, pues no puedo negarte que no recibo gran consolación con tu vista, y mayor que de ninguno de los que visitarme pueden».

Diciendo esto, tomando mis grosseras manos con las suyas delicadas y hermosas, me las apretó con ellas, dándome á entender que no era fingido lo que me decía, sino que sus palabras procedían de verdadero amor y voluntad que tenía.

Yo, con este favor transportado en una gloria comparada, en mi entendimiento, á la mayor que en la tierra se puede recebir, después de aquella que los bienaventurados reciben en el cielo, cobré un poco de más esfuerzo y osadía, mezclados con un temor que me embarazaba para no saber en qué determinarme; pero al fin, vencido de mi mesmo deseo, junté mi boca con la de mi Belisia, hallándome con tan gran bien subido en un contentamiento tan glorioso, que casi estaba para desconocerme, pensando que era impossible que tan gran gloria se pudiese hallar en el mundo para quien con tantos trabajos y penas infernales contino andaba padeciendo; y no sabiendo si por mi atrevimiento de mí quedaba enojada, le dixe:

«Perdonadme, señora mía, si algún agravio de mí has recebido, el cual no era yo parte para hacerlo si el Amor no me forzara sin poder resistirle, y aunque yo no tengo toda la culpa, aparejado estoy para sufrir toda la pena que por haberte ofendido te merezco».

Belisia, sintiéndome confuso y afligido, me respondió: «La causa de tu yerro, Torcato, trae consigo el perdón que me pides; bien fuera que esperaras mi licencia, pero pues tú la has tomado, yo habré de tenerlo por bueno, que no veo otro remedio para quedar satisfecha de lo que conmigo has hecho». Yo, que tanto miraba lo que me daba á entender en su hermoso gesto como lo que en sus palabras me decía, la vi quedar alegre y sonriéndose, con que cobré mayor ánimo y esfuerzo para tornar á gozar de lo que me había consentido; y estando desta manera, con un gozo y contentamiento incomparable, que yo jamás quisiera que se acabara, fueme forzado, para no ser sentido, que me saliese, y abrazando y besando á la mi Belisia, le dixe: «Aquel consuelo y alegría con que, señora, me envías quede contigo, para que con ella tengas la salud que yo te deseo, la cual plegue á Dios que te dé á ti, pasando en mí la dolencia que te aflige, para que en mí se junte todo el mal que tú tienes y en ti todo el bien que yo tengo y tener puedo».

«Dios vaya contigo, respondió Belisia, que mi mal no es tanto que no piense levantarme muy presto del lecho, y así holgaría dello por el contentamiento tuyo como por la salud que me deseas».

Con esto me salí templando la gloria de lo que por mí había pasado con la pena de verme tan presto sin ella; y con ver á Belisia en poco tiempo fuera de su enfermedad se me alivió la pasión que por esta causa muy congojoso y fatigado me traía. Con estos favores que sustentaban mi esperanza y con el deseo que se contentaba hasta haberla gozado, pasaba la vida en la soledad de los desiertos campos y deshabitados montes, con una alegre tristeza, y tal que yo no la entendía; porque cuando se ponía ante mis ojos la razón que para estar triste se me mostraba, la alegría, muy agraviada, decía que por fuerza y por sola mi voluntad era de mí desechada, pues sentía ser amado con el verdadero amor que yo amaba y pagado de lo que mis mortales ansias y cuitas merecían.

¡Oh, cuántos y cuán diversos pensamientos eran los que combatían mi entendimiento, sin que pudiese quedar de ninguno dellos vencido, por las razones contrarias que por cada parte hallaba! Y, en fin, siempre me parecía inclinar á la tristeza, que con mayores y más sufficientes razones y pruebas me combatía, assí admirando el fin tan áspero, cruel y engañoso con que de la mi Belisia he sido tratado, que al estado y punto de la muerte en que me habéis visto me ha traído.

Andando desta manera, dando sus vueltas acostumbradas el movible tiempo, estando ya Belisia fuera de la enfermedad y vuelta á lo que de antes solía, parecíame ser requestada de algunos zagales polidos, que confiando en su apostura y vencidos de la gracia y hermosura de Belisia, daban señales manifiestas del amor que los aquexaba, serviéndola en lo que podían y festejándola con bailes y danzas; y de día y de noche, tañendo flautas y chirumbelas, con músicas de rabeles muy acordados, procuraban agradarla con alboradas, cantando versos muy bien compuestos y canciones bien ordenadas. Lo cual todo para mí era muy grande aflición y

tormento, y mayor lo fuera si la mi Belisia no me confiara diciéndome que todas estas cosas eran enojosas y que no tenía de qué recelarme ni vivir con cuidado, porque ninguno en el mundo, por mayor valor que tuviese, llevaría della jamás los favores que á mí me había dado; y assí me traxo vacilando de mi ventura algunas veces, con grandes sinsabores y sobresaltos de disfavor, y otras con alguna manera de esperanza, aunque siempre dudosa, porque Belisia me daba á entender que no por affición sino por lástima era lo que conmigo hacía, y que yo no tenía más que esperar de lo passado, y que con ello pensaba haber offendido á lo que á sí mesma se debía.

Y yo, aquexado con la tristeza que estas cosas me causaban, andaba siempre buscando aparejo para persuadirla á que de mis fatigas se doliese, y así un día que mi ventura quiso que en el campo entre unos espesos árboles la hallase sentada, apartada de la compañía de las otras pastoras y mirando cómo su ganado por los verdes y floridos prados se apacentaba, llegándome á ella con la voz temerosa y temblándole, comencé á decir: «Ya, hermosa Belisia mía, mi ánima no puede con mis fatigas ni el cuerpo con el trabajo de mis cuidados, ni todo junto con el tormento que padezco en ver que de mí no te dueles para satisfacer al deseo con la gloria de gozar tan excelentes gracias y hermosura; porque los favores que me das y la merced que con tus palabras me haces, y el amor y voluntad que me muestras, todo es para acrecentar en mí el dolor, poniéndome en mayor agonía, como á los que, estando con gran calentura y rabiosa sed con ella, si les muestran alguna vasija de agua clara y dulce sin poder beber della, muy más sedientos y fatigados los dexa, y pues que conoces que mis palabras no pueden acabar de manifestarte lo que mi corazón siente, en mis ojos podrás conocer cuánto es mayor mi fatiga y congoxa y cuánta ventaja hace el dolor y pasión encerrada en mi pecho al que publica mi lengua, que para poder decirlo delante de ti se me enmudece; por el verdadero amor que te tengo, por la affición y fidelidad con que te amo, te conjuro y requiero que no uses conmigo de crueldad, dexándome acabar la vida, pues con la muerte ningún servicio te hago, que si con ella lo recibieses, en poco tendría que se sacrificasse por tu voluntad, sin dilatarlo por la mía solo una hora».

En medio de estas palabras eran tantos mis sospiros y sollozos, que me impidieron lo que más pudiera decirle. Y Belisia, mirándome con los ojos húmedos de la compasión y lástima que de mí tuvo, me comenzó á decir: «Vencido han, Torcato, tus lágrimas á mi determinación y propósito; mudado has mi voluntad para hacer contigo lo que jamás pensé hacer con uingún hombre del mundo, porque el verdadero amor que en ti conozco me fuerza á que te pague con amarte y quererte, procurando darte el descanso y alivio que fuere en mi mano; y no digo el que desseas, porque, aunque yo quisiese, no sería verdadero amor el que tú me tienes si me quisieres poner en el peligro que de ello podría seguirse. Y si de ti tengo seguridad que en ninguna cosa procurarás offenderme, yo holgaré de que de noche me veas á donde con más libertad puedas hablarme y gozar de aquellos favores que yo sin dañar del todo á mi honestidad y bondad pudiere darte».

Tan gran contentamiento me dió esta nueva de alegría, que para mí ninguna pudiera ser mayor en la vida para resucitar la vida que muerta andaba, que tomándole sus hermosas manos, se las besé muchas veces, bañándolas con otras lágrimas alegres que mi corazón con el nuevo descanso por mis ojos destilaba. Y después lo mejor que supe di las gracias de tan gran merced y beneficio y le supliqué que no dilatase tan gran bien como me hacía; y ella me señaló tercero día, diciéndome que, por quitar la ocasión de alguna sospecha, me fuese, lo cual yo hice luego tan alegre, que á mí mesmo por el bien que esperaba no me conocía; y llegando con muy gran regocijo á donde los otros zagales y pastores estaban, y la mi Belisia por otra parte, comenzamos todos, en tanto que el ganado pacía, á hacer muchos juegos con que nos solazamos, y después, rogándome que con mi flauta les hiciese algunos sones, bailaron hasta que de cansados tornaron á sentarse. Y yo, que la alegría me tenía otro del que solía ser, comencé á cantar estos versos, que agora quiero deciros:

Alegre tiempo, sereno y claro día
en que el sol resplandeciente se ha mostrado,
no dexes parecer algún nublado
que pueda oscurecer nuestra alegría;
el campo con sus flores se cubría,
las yerbas con verdura se mostraban,
las rosas de sí olor suave daban
y la fruta estando en flor se descubría,
y el zagal enamorado,
aunque más ande penado
su gran dolor y tormento despedía.
Huyendo se va el pesar de este rebaño,
donde el placer en tal día se ha sentido;
el trabajo y el dolor se han escondido
de manera que no pueden hacer daño;
el regocijo y contento es ya tamaño
en pastores y pastoras de esta sierra
que ningún trabajo pueda darles guerra,
por ser el día mejor de todo el año;
y los zagales polidos

que de amor están heridos
hoy no pueden recebir algún engaño.
Las cabras con sus cabritos retozaban;
las ovejas y corderos van saltando;
las terneras van corriendo y saltos dando,
y este día con placer regocijaban;
los páxaros con dulzura voces daban,
mostrando en su dulce canto estar contentos;
los animales que andan muy hambrientos
en los pastos abundosos se hartaban;
los zagales con amores
hoy no sienten sus dolores
contemplando los favores que llevaban.

Acabando de cantar nos partimos los unos de los otros, y yo, esperando la tercera noche por mí tan deseada, unas veces reñía con el tiempo, pareciéndome que contra mi ventura se alegraba, y otras le rogaba que, apresurando su curso, diese lugar para que se cumpliese mi deseo; y pasando en estas consideraciones, Belisia me dió aviso de la manera que había de tener para entrar á donde ella me esperaría, y no siendo yo perezoso, sin faltar un punto y sin ser de ninguno sentido me vine á hablar solo con ella sola, pareciéndome que, dexando de estar en la tierra, gozaba de la gloria del cielo; pero Belisia, antes que yo palabra ninguna pudiese hablarle, más de besar sus hermosas manos, que para mi boca eran el más precioso manjar que gustar en el mundo podía, me dixo: «Mira, Torcato, que, confiando yo en el grande y verdadero amor que me muestras y tengo por cierto que me tienes, me he osado poner en tus manos, no para que de mí pienses aprovecharte de manera que fueses causa de ponerme en fatiga, procurando quitarme el mayor bien de que la naturaleza me ha dotado, porque entonces no sería amistad la tuya para conmigo, antes te juzgaría por el mayor enemigo de todos los que tener puedo, y aunque yo inconsideradamente te diese lugar para cumplir lo que deseas, obligado estás tanto á mi honra como á tu contentamiento. Bien sé que no tengo fuerzas para poder resistir las tuyas si quisieses; pero tú eres el que has de forzarte á ti mismo, contentándote con lo que fuera desto yo pudiere hacer para aliviarte de la pena con que estos días te he visto andar tan fatigado, porque si otra cosa hicieses gozarías breve tiempo de tu voluntad, poniéndome á mí en el peligro de la vida y á ti de perderme para siempre». Con muy gran tristeza estuve escuchando estas razones; pero pensando que el tiempo, que todas las cosas trueca y muda, podría hacer en esto lo mesmo, me hizo recibirlo con paciencia respondiéndole: «Dulce ánima y señora mía, yo no tengo, no puedo tener otra voluntad sino la tuya, y aunque con tan duro freno quieras gobernarme, yo lo pasaré todo en paciencia, gozando de la merced que me haces, y con la condición que tú hacérmela quisieres; no tengas recelo de mis fuerzas para contigo, que la mayor fuerza de todas es tu mandamiento, que por mí en ninguna manera puede dexar de ser obedecido». Hablando en esto y en otras muchas cosas pasamos toda aquella noche, estando yo siempre abrazado con la mi Belisia, y las más veces la una boca con la otra, gozando della y de sus hermosas manos, sin que otra cosa yo intentase ni ella me lo prometiese, y acercándose la mañana harto más presto de lo que yo quisiera, fueme forzado salirme, pasando entre nosotros al despedirnos muchas cosas con que cada uno procuraba dar á entender al otro el amor que le tenía.

Y tornándome yo á mi ganado, anduve muchos días contento y ufano con una sabrosa y agradable vida, aunque no era cumplida mi gloria del todo, porque algunas veces que con importunidad y casi forzada Belisia me hacía la merced pasada de verme y hablarme á solas de noche y de día, era con las condiciones que la primera vez lo había consentido; pero tanto podía el Amor para conmigo, que tenía en más cualquier enojo, por muy pequeño, que Belisia á mi causa recibiese que todo el tormento y trabajo que yo recibía con el buen comedimiento, el cual tengo agora por cierto que fué la causa de todo mi daño. Desta manera anduvimos muchos días, passando el tiempo con entretenimientos aplacibles, buscando siempre lugares oportunos para que unas veces descansasen los ojos y otras las lenguas, publicando lo que los corazones sentían y procurando darnos todo el contento que podíamos, sin passar jamás aquella ley que me estaba puesta, la que para mí no tenía menos fuerza que si con quebrarla hubiera de perder la vida.

Y como las cosas no pueden estar siempre en su ser, passándose este tiempo comenzó á acercarse aquel en que nos era forzado hacer mudanza, porque la aspereza del viento cierzo, acarreando las heladas y nieves, y el viento ábrego hinchiendo el cielo de nubes, que con grandes avenidas de aguas nos amenazaban, nos pusieron á todos en cuidado de baxar los ganados á la tierra llana. Y como esta nueva fatiga tuviese acongoxada mi ánima, comenzándose á mostrar en mi gesto la tristeza grande de que comenzaba á andar acompañado, sintiéndolo Belisia me dixo:

«¿Qué nuevo cuidado es éste, Torcato? Jamás te tengo de ver tan alegre que no sea más parte la tristeza para hacer huir de ti la alegría. Flaco andas y amarillo, de que á mí muy de veras me pesa, porque el Amor no consiente que yo pueda ver en ti tal experiencia sin que te haya de consentir lo mesmo que tú sientes; y assí, holgaría de que no te fatigasses, pues nos es forzado passar las cosas como la ventura las ordena, debrías contentarte con haber conocido mi voluntad y obras, sin querer con el fin dellas ponerme en aquella turbación que sólo mi muerte tendría por remedio».

«No es eso, le respondí yo, mi Belisia, lo que agora me atormenta y desatina para andar como me ves, que con la vida que tengo más verdaderamente podría ser contado entre los muertos. Mi nuevo cuidado nace de ver que se allega para mí el día más temeroso que podría haber después de aquel universal juicio; porque assí como los que estonces fueren condenados carecerán de la gloria que los bienaventurados gozan en el cielo, assí me falta á mí la mayor de que gozo ni podría gozar sin tu vista en la tierra. Si alguna cosa me puede dar alivio será verte á ti, ánima mia, con alguna parte del sentimiento que yo tengo, para que conozcas que, ya que me aparto de tu presencia, no me apartaré de tu memoria ni de tu gracia, que son dos cosas que pueden sustentarme la vida que anda por acabarse muy presto.»

«Desso puedes estar cierto, respondió Belisia, que no será menos lo que yo sentiré que lo que tú sientas; pero menester es que tengamos paciencia á donde no vemos otro remedio.» Con esto nos apartamos, y todas las veces que después nos podimos ver fueron para tratar esta materia, previniendo el trabajo y apercibiéndonos contra la fatiga; porque, á tomarnos desapercibidos, ninguna paciencia bastara según lo que de mí conocía y lo que Belisia me mostraba, la cual con sus palabras siempre procuraba consolarme mostrándome una fe tan verdadera, que yo jamás pensé que me faltara: y bien fué menester estonces, porque verdaderamente creo que sin ella en aquella partida también se partiera el ánima de mi cuerpo.

Y venido el día señalado, que á entrambos nos puso casi deffuntos en la sepoltura, no fué poco poder en él sustentar la vida que no se acabase del todo ó no mostrar tan claramente que todo el mundo lo conociera cuán difficultosamente podía sufrirse una prueba tan áspera como el Amor en nosotros ambos hacía. Yo traía mis ojos hinchados por arreventar con las lágrimas; un nudo hecho en mi garganta que apenas hablar me dexaba; tenía las fuerzas tan perdidas, que con difficultad moverme podía, y en fin, andaba tal, que no tenía otro remedio sino mostrarme muy enfermo, para que nadie podiesse conocer mi verdadera dolencia.

Ya cierto en este tiempo lo que Belisia hacía no parecía fengido, que las señales y muestras que daba eran de verdadero amor y agradecimiento.

Y así aquella noche antes que nos partiésemos se dió tan buena maña y la ventura nos favoresció á entrambos de manera, que nos dió lugar para pasar mucha parte della juntos, y puesto yo en su presencia le decía: «No sé, señora mía, cómo podrá este cuerpo vivir ausente de ti, que eres más ánima suya que la que consigo trae; de una cosa podrás estar cierta, que la que yo tengo queda contigo, y que conmigo va sólo mi cuerpo con el deseo de que siempre andará acompañado, no teniendo otra vida sino la esperanza de tornar á verte y servirte, pues yo no puedo emplearme en otra cosa ninguna que fuera desto pueda darme contentamiento».

Diciendo estas palabras, mis lágrimas eran tantas, mis sollozos y sospiros eran tan grandes, que no me dexaron pasar adelante. Y Belisia, viéndome casi sin aliento, ayudándome con la mesma congoxa que yo tenía, mezclaba sus lágrimas con las mías, porque los ojos de entrambos estaban hechos manantiales fuentes, y dando un profundo sospiro me respondió:

«Nunca pensé, Torcato, que á tal extremo me traxera la afición y verdadero amor que para contigo dexé aposentar en mis entrañas, el cual me tiene tal que no sé cuándo podré tener una hora de alegría viéndome ausente de ti, aunque nunca te apartaré de mi pensamiento porque ya no soy parte para hacerlo si quisiese, ni tengo la libertad pasada con que hacerlo en otro tiempo pudiera. Y así el tiempo que no te viere, estaré desamparada y sola, como viuda y triste y desconsolada, sin esperanza de bien ninguno, hasta que mis ojos puedan tornar á ver la luz que agora pierden en perder de poder mirarte para su descanso, como hasta agora hacían».

Con esto, juntando una boca con otra, llorando la cercana partida, pudo tanto el dolor en el tierno corazón de Belisia, que no pudiendo socorrerle con sus flacas fuerzas, le tomó en mis brazos un desmayo que sin sentido ninguno la dexó, y pareciéndome que la muerte le ponía asechanzas, rodeando por todas partes para hallar manera cómo sin vida la dexasse, á mí me tenía casi sin ella, estando con una pasión tan crecida y un dolor tan áspero y fiero, que agora en pensarlo me espanto cómo pude sufrir una experiencia tan fuerte y poderosa, la cual me puso en tal extremo, que por más muerto me contaba que la mi Belisia; y no hallando otro remedio con que socorrerla pudiesse, la abundancia de mis lágrimas socorrieron á la falta de la agua para echarle en su hermoso gesto, las cuales, despidiéndolas mis ojos por mis mejillas y cayendo en él, fueron causa para que más presto en sí volviese diciendo:

«No fuera pequeño descanso, Torcato, si en tus brazos se feneciera la vida que de aquí adelante se pasará con tanta tristeza y tan desventurada muerte; mejor fuera que me dexaras morir que buscarme remedio que tan caro me costará todo el tiempo que viviere».

«No quiera Dios, mi señora, le respondí yo, que tu muerte sea primero que la mía, ni á mí me venga tan gran mal que yo ver ni saberla pueda. No me pesa de que sientas el tormento de nuestra partida, porque por el tuyo conozcas el que yo siento, y acordándote dél hayas lástima de mí, como de tu verdadero siervo, aunque no querría que tu sentimiento fuesse tanto que no pudiesse encubrirlo y pasarlo sin que con señales de tanto dolor lo manifiestes. Y pues ningún otro remedio nos puede valer en esta adversidad sino la paciencia, suplícote, ánima mía, y por el verdadero amor que me tienes y yo te tengo te conjuro que tú la tengas hasta que yo busque y procure cómo los tiempos se muden y truequen, para hallar otro descanso del que agora tenemos, que yo no pienso perder la esperanza estando tan conformes las voluntades.»

«Yo lo haré, me respondió, como lo dices, ó á lo menos procuraré hacerlo, y pues la noche se nos acaba y el día se nos muestra en enemigo para apartarnos forzosamente, forzado será que tú te vayas. Y porque no tengo prenda mía que pueda darte para que de mí te acuerdes, con este cordón de mi camisa quiero ligar tu mano derecha, con la cual me diste tu fe, porque no puedas mudarte ni trazarla sin que te venga á la memoria la injuria que haces á quien tan verdadera la tiene y tendrá siempre contigo, que jamás hallarás en ella mudanza.»

«Ya poca necesidad hay, le dixe yo, de prendarme con ninguna cosa más que con aquel amor que tan gran fuerza tiene que ninguna prosperidad ni adversidad bastará para quebrar su firmeza. Y pues voy prendado, queda, señora, segura que yo el mayor consuelo que llevo es pensar que voy seguro de que nuestras voluntades es una mesma voluntad, sin haber entre ellas differencia.»

Con estas palabras nos abrazamos, y acompañados el uno y el otro de lágrimas y sospiros nos apartamos, yendo yo tan cargado de cuidados y fatigas, que no me acordaba de otra cosa, y así entre dos luces me torné al ganado, sin que de ninguno de los pastores que cerca estaban fuesse sentido. Y venido el día, puestos todos á punto, nos partimos; pero antes en lo público estando todos juntos, Belisia y yo con los ojos nos dábamos á entender lo que los corazones en esta partida sentían, y no fué poco poderlo encubrir de manera que los que estaban presentes no lo conociessen. Assí nos apartamos, yendo los unos por una parte y los otros por la otra; y si yo quissiese contar ni encarecer el sentimiento que llevaba, imposible sería que mi lengua podiese decirlo, porque yo iba tan fuera de mi juicio, que ni entendía lo que me hablaban ni oía lo que me decían, porque todos mis pensamientos y sentidos llevaba ocupados en la contemplación de mi desventura teniendo el retrato de la mi Belisia en el alma de tal manera que los ojos espirituales, que mirándola estaban siempre, también ocupaban á los corporales para que en otra cosa ocupar no se pudiesen; llegados que fuimos á nuestra aldea, muchos días anduve con esta triste vida buscando la soledad de los desiertos y montes deshabitados, trayendo mis ganados por los riscos y peñascos, huyendo de los otros pastores y de cualquiera otra compañía que apartarme del pensamiento de la mi Belisia pudiese, porque sola esta era mi gloria y en solo esto hallaba descanso y alivio; muchas veces á voces la llamaba, llevándolas en vano el viento sin ser oídas, y otras estaba hablando con ella contándole mis passiones y trabajos, como si presente la tuviera; pero después, hallándome burlado de ver cuán lexos de mí estaba apartada, tornaba á mis principiadas quexas conmigo solo, de las cuales hacía muchos días testigo á esta clara fuente donde agora estamos, porque sola ella las oía. Y andando con este cuidado, determiné de escrebirla una carta dándole cuenta de mi vida y rogándole que me enviase algún consuelo con que sustentarla pudiesse; lo cual ella hizo con muy amorosas razones, de manera que en mi salud y contento se pareció la alegría que con ella había recebido. Passado algún tiempo, la ventura me descubrió cierto negocio y ocasión con que lícitamente pude ir á la aldea donde sus padres habitaban: y llegado sin haber sentido cansancio ninguno en el camino, con la agonía que llevaba, aunque la mi Belisia me recibió con alegre semblante y palabras amorosas, el corazón, que pocas veces suele engañarse, me daba á entender que no hallaba en ella aquella fuerza de affición con que otras veces eran dichas, antes me las representaba con una tibieza que por una parte me espantaba y ponía temor y por otra no la creía. Pero al fin, dándome audiencia en secreto, con alguna importunidad que me puso en mayor sospecha y parecióme hallarla con alguna más libertad que solía, aunque no de manera que pudiese tener razón que por estonces bastase para agraviarme, y habiéndome detenido tanto espacio cuanto el negocio requería, el cual yo dilaté todo lo que pude, fueme forzado volverme, dexando el ánima con ella y llevando conmigo solo el cuerpo y el cuidado que me acompañaba, porque ya yo iba algún tanto sospechoso, adivinando el mal que esperaba de las señales encubiertas, que hacían á mi atribulado corazón adivino, y assí entreteniéndome algún tiempo la esperanza confiando en la fe que había en un tiempo conocido y en las promesas que con tan gran hervor y voluntad se me habían hecho, determiné de tornar á descubrir tierra, y para ello le escribí una carta, la cual le envié con mensajero cierto, y si queréis oirla, decírosla he, porque la tengo en la memoria de la mesma manera que fué escrita.

GRISALDO.—Antes te lo rogamos que lo hagas; pero bien será, si te parece, Torcato, que primero, por ser passada tanta parte del día, comamos algún bocado si en tu hatero traes aparejo para ello, que ya la hambre me acusa y á Filonio creo que le debe tener fatigado.

FILONIO.—Antes os hago ciertos que casi de hambre y de sed estoy desmayado; porque ayuno me vine esta mañana, y como no me sustento en amores, de la manera que Torcato lo hace, hasme dado, Grisaldo, la vida con tu buen aviso de acordarlo á tan buen tiempo.

TORCATO.—Yo confiesso que no ha sido pequeño mi descuido en no convidaros, y aunque no esté tan bien aparejado como vosotros lo merecéis y como lo estuviera si fuera avisado de vuestra venida, todavía no faltará qué comáis, que aquí tengo un pedazo de cecina de venado que mis mastines este invierno, por estar herido en una pierna, mataron; también hallaréis parte de un buen queso y cebolletas y ajos verdes, y el pan, aunque es de centeno, tan bien sazonado que no habrá ninguno de trigo que mejor sabor tenga.

FILONIO.—Yo traigo conmigo la salsa de San Bernardo para que todo me haga buen gusto; pero bien será, Torcato, que también tú nos ayudes, porque sin comer ni beber mal pueden los hombres sustentarse, y, como suelen decir, todos los duelos con pan son buenos.

TORCATO.—Quiero hacer lo que me dices, que no es poca mi flaqueza ni la necesidad que tengo de socorrerla.

GRISALDO.—En mi vida no comí cosa que mejor me supiese; ¡oh qué sabroso está todo y qué bueno! que aunque nos esperaras no estuviera más á punto, ni nos pudieras hacer convite que más agradable nos fuera.

FILONIO.—Dame, Torcato, el barril, que no es menor mi sed que mi hambre, y quiero que se corra todo junto.

TORCATO.—Vedlo aquí; y aunque yo no lo he probado, por muy buen vino me lo dieron.

GRISALDO.—Passo, Filonio, que no lo has de acabar todo, que á dos vaivenes como ese apenas nos dexarías una gota.

FILONIO.—No había bebido tres tragos

cuando ya te matabas; ¿no miras que tiene el cuello muy angosto y que sale tan destilado que casi no le he tomado el gusto?

TORCATO.—Bebe, Grisaldo, que no faltará vino, porque acabado esse barril otro está en aquel zurrón, con que podréis tornar á rehacer la chanza.

GRISALDO.—¡Oh, qué singular vino, mal año para el de San Martín ni Madrigal, que ninguna ventaja le hacen!

FILONIO.—Por tu fe, Grisaldo, que ordeñes aquella cabra negra que tan llenas trae las tetas de leche como si el cabrito no hubiera hoy mamado; que pues hay barreños y cuchares en que la comamos, no vendrá á mal tiempo para tomarla por fruta de postre.

GRISALDO.—Bien has dicho; harta tiene para todos, aunque, según tú tienes las migas hechas, no parece que te bastaría toda la que traen las cabras y ovejas del rebaño.

FILONIO.—No las hago todas para mí, que muy bien podrán repartirse, y assí haz tu de la leche; bien está, para mí no eches más.

TORCATO.—Pues harta tenemos yo y Grisaldo en la que queda.

GRISALDO.—Dios te dé muchos días de vida, Torcato, que así nos has socorrido.

FILONIO. — El barril vuelva á visitarnos, que la hambre ya la maté como ella me mataba.

GRISALDO.—Toma y bebe á tu placer; paréceme que no hay sacristán que mejor ponga las campanas en pino.

FILONIO.—De ti lo aprendí cuando fueste monacino, que solías hacer de la mesma manera á las vinajeras antes que se desnudase el clérigo que había dicho la misa.

GRISALDO.—Hora sus, pues estamos hartos. ¡Dios loado! recoge, Torcato, lo que queda, que no dexará de aprovechar para otro día.

TORCATO. — Bien me parece que seas en tus cosas tan bien proveído; y pues todo está ya guardado, ved qué es lo que más os agrada que hagamos.

FILONIO.—¿Qué es lo que hemos de hacer sino que nos digas la carta que á Belisia escribiste, con todo lo demás que sobre tus amores tan penados te hubiere sucedido?

TORCATO.—Por dos cosas quisiera dexarlo en el estado que habéis oído: la una era por pensar que con mi largo cuento os tenía enfadados, y la otra porque no podré decir cosa que no os dé sinsabor y enojo, entendiendo cuán contrario fue de aquí adelante el fin de mi porfía á lo que de razón hubiera de serlo, según los buenos prencipios que con que el Amor me había favorescido; y para que entendáis cuán poderosamente executó contra mí sus inhumanas fuerzas, escuchadme la carta, que después os diré lo demás:

CARTA DE TORCATO Á BELISIA

«Mi mano está temblando, ánima mía;
mi lengua se enmudece contemplando
lo mucho que el dolor decir podría.

Tantas cosas se están representando
juntas con gran porfía de escrebirse,
que yo las dexo á todas porfiando.

Porque en mi alma pueden bien sentirse;
mas mostrar cómo están es excusado,
pues nunca acabarían de decirse.

Su confusión me tiene fatigado,
aunque lo que me da mayor fatiga
es verme estar de ti tan apartado.

Mi poca libertad es mi enemiga,
pues quiere que te escriba mis pasiones
sin estar yo presente que las diga.

No me falta razón; mas las razones
con que entiendas mi mal yo no las hallo
si tu en mi torpe lengua no las pones.

Mis cuitas y trabajos, porque callo,
me dan mayor fatiga y más cuidado,
y el remedio se alexa en procurallo.

No sé qué me hacer, desventurado,
que todo me aborresce en no tenerte
presente ante mis ojos y á mi lado.

En todo cuanto veo hallo la muerte,
todo placer me daña y da tormento,
todo me da pesar si no es quererte.

Los campos que solían dar contento
con los montes y bosques á mis ojos,
estrechos son agora al pensamiento.

Las ovejas y cabras, que despojos
de lana y queso y leche dan contino,
en lugar de esto me causan mil enojos.

No hay monte, valle ó prado, ni camino
donde halle holganza ni reposo,
que en todos me aborrezco y pierdo el tino.

A las fuentes me llego temeroso,
por no hallar en ellas mi figura
que en verme cuál estoy mirar no me oso.

Ell alma tiene en mí la hermosura
con tenerte á ti en sí representada,
que el cuerpo casi está en la sepoltura.

La vida trayo á muerte condenada
si tú no revocares la sentencia
que mi pena cruel ya tiene dada.

Porque no pasarla en tu presencia
no es pena, mas es muerte muy rabiosa,
ó que me da fatiga con tu ausencia.

En esta vida triste y trabajosa
paso mis tristes días padeciendo,
teniendo á mi esperanza algo dudosa.

Las noches, si las paso, es no durmiendo;
los días sin comer, gemidos dando,
y en verme que estoy vivo no me entiendo.

Susténtase mi vida contemplando
cuán bien está empleado mi tormento,
y por algún favor tuyo esperando
con que pasarlo pueda más contento.»

Inviada esta carta, Belisia la recibió, según supe, mostrando poca voluntad, y pidiéndole la respuesta de ella, como ya las velas de su voluntad y affición estuviessen puestas en calma, ó por ventura vueltas á otro nuevo viento con que navegaban, no la quiso dar por escrito, sino que con gran desabrimiento de palabras me invió á decir que no curase más de escrebirla ni importunarla, porque su determinación era de despedir de su memoria todas las cosas passadas, las cuales estaban ya fuera de ella, y que si alguna vez se acordaba de ellas era para pesarle, y que estuviesse cierto de que jamás haría conmigo otra cosa de lo que me decía, y que tendría por muy enojosa persecución la que yo le diese si quissiese proseguir en mi porfía más adelante, de la cual no sacaría ningún fruto, si no era ponerla en mayor cuidado, para que de mí y de mis importunidades con gran diligencia se guardasse.

Venido el mensajero, el cual yo esperaba con alegres nuevas para mi descanso, y recibiendo en lugar dellas esta desabrida respuesta, ya podéis sentir lo que mi ánima sentiría, que muchas veces estuve por desamparar la compañía de mi atormentado cuerpo para procurar por su parte algún alivio de sus passiones; pero no habiendo acabado de perder del todo la esperanza, y pensando que este nuevo accidente podría presto hacer otra mudanza, quise sustentar la vida para poder ver con ella la razón que Belisia me daba, mostrando la que tenía para tratarme con tanta crueldad y aspereza.

Y comenzando á mostrar en mi gesto la tristeza que me acompañaba, desechando de mí toda alegría, andaba cargado de cuidados y pensamientos, no sabiendo qué decir ni qué hacer que aprovecharme pudiesse; no dormía ni reposaba; mi comer era tan poco que difficultosamente podía sustentarme; la flaqueza y la falta del sueño, que me traían casi fuera de mi juicio.

Y lo que mayor pena me daba era que á ninguno osaba descubrirla, ni con nadie la comunicaba para recibir algún alivio. Anduve ansí muchos días, más muerto que vivo, y pensando que Belisia por ventura lo había hecho por probarme para saber de mí si estaba firme con la fe que siempre le había mostrado, determiné de tomar el camino para su aldea, lo cual puse luego por obra; y llegando allá ninguna manera ni diligencia bastó para que Belisia oirme ni escucharme quisiesse, á lo menos en secreto como solía, que en lo público no podía decirle nada que á nuestros amores tocasse, y con tal disimulación me inviaba como si jamás entre mí y ella ninguna cosa hubiera passado; estaba tan seca de razones y tan estéril de palabras, que, en verlo, mil veces estuve por desesperarme.

Y, en fin, queriendo tornar á probar mi ventura, me determiné de escribirle otra carta, encaresciéndole mi pena y passión todo lo que pude, pensando que aprovecharía para que dello se doliesse, y la carta era ésta, porque aquí tengo el traslado della:

CARTA DE TORCATO Á BELISIA

«Los golpes de los azadones, Belisia mía, que cavan en mi sepoltura, con su temeroso son ensordecen mis oídos; y el clamor de las campanas, con su estruendo espantoso, no me dexan oir cosa que para mi salud aprovechase. La tristeza de los que con verme tan al cabo de mi vida se duelen de mí, me tiene tan triste, que ni ellos bastan á consolarme ni yo estoy ya para recibir algún consuelo. En tal extremo me tienes puesto, que lo que con mayor verdad puede pronunciar mi lengua es que me han rodeado los dolores de la muerte y los peligros del infierno me han hallado. Desventurado de mí, que vivo para que no se acaben mis tormentos muriendo, y muero por acabar de morir si pudiesse. Mas ha querido mi desventura que mi pena rabiosa tenga mayores fuerzas que la muerte, la cual, viéndome tan muerto en la vida no procura matarme, antes, espantada de verme cual estoy, va huyendo de mí con temor de que no sea yo otra muerte más poderosa que pueda matarla á ella, y cuando la crueldad viene en su compañía con intención de ayudarla, para acabarme, movida á compasión de mí se pone á llorar conmigo mis fatigas; y tú, más cruel que la misma crueldad, te deleitas y recibes contentamiento en verme metido en este piélago de persecuciones. Bien creo que, si alguno se puede llamar infierno, fuera de aquel en que los condenados perpetuamente padecen, que será éste en que agora yo me veo, que según son semejantes mis penas á las suyas, la mayor diferencia que me parece que hay es que ellos sin redención penarán para siempre y tú podrías restituirme y ponerme en la cumbre de la gloria de tu gracia, viéndome yo con algún favor de manera que pensasen ser restituído en ella, y no tan desfavorecido como con respuestas tan desabridas me he hallado. Pero ¿de qué me agravio que, si bien lo miro todo, poca razón tengo de quexarme, pues que todo el amor está en mí para contigo, sin dexar ninguno ni parte dél para que tú lo puedas tener conmigo? Yo tengo la fe tan entera, la amistad tan cumplida, la ley tan verdadera, que todo esto se queda en mí y tú estás tan libre y exenta, que para lo que aprovecharán mis agravios será para que te rías dellos con aquella libertad que has mostrado, teniéndome á mí en una prisión y cautiverio perpetuo; lo que siento que me puede quedar de lo passado es la contemplación de una tristeza dulce, trayendo á mi memoria aquellas palabras de «tiempo bueno, que dicen, fue tiempo y horas ufanas, en que mis días gozaron, aunque en ellas se sembraron las simientes de mis canas; yo me vi ser bien amado, mi deseo en alta cima contemplar en lo passado; la memoria me lastima»; el tiempo, Belisia mía, me da bien el pago de no haber sabido gozarlo, y con verme cual me veo lo tengo por mejor que haber passado un punto de lo que por tu voluntad mostrabas y querías; cuando quiero quexarme de mí mesmo, la razón riñe conmigo, diciendo que no me quexe del buen comedimiento que tuve, pues que consigo tiene el galardón y contigo queda la culpa de la ingratitud y desconocimiento de lo mucho que me debes. Si el tiempo fuera más largo no me maravillara tanto de ver esta mudanza, aunque ninguna cosa había de bastar para hacerla; pero siendo tan breve, paréceme que aquel amor que me mostraste, aquel sentimiento que vi para verme á mí siempre sin libertad ninguna, aquella fe que estonces se me puso delante tan verdadera, aquellas lágrimas con que parecía sellarse la afficción y voluntad que se mostraba, que todo estaba colgado de un hilo tan delgado que sólo el viento bastó para quebrarlo. Cuando me acuerdo de algunas cosas que por mí pasaron, paréceme imposible lo que veo, porque no eran prendas de tan poca fuerza que tan presto habían de olvidarse, y assí ando con el juicio desatinado, buscando cuál podría ser la causa; porque en mí no ha habido falta sino de los servicios, y ésta no creo que bastaría, pues no sufre pensarse que tú me habrías de tener amor ni afficción por solo interese; por otra parte, combate una sospecha celosa, á la cual no quiero dar crédito, porque siempre cuanto á esto has estado bien acreditada para conmigo. Bien sé que te irás enojada con carta tan larga, pues se leerá ya sin gusto habiéndolo perdido de todas las cosas que tocan á quien la escribe, y si soy porfiado, suplícote, señora mía, me perdones, que lo hago con determinación de no enojarte más con otras, porque en esto quiero que conozcas el deservicio que será, teniendo en menos mi fatiga y tormento que no darte á ti pesadumbre con serte más importuno; viviré los pocos días y tristes que tuviere con aquella fe que de mí se ha conocido y con la voluntad y afficción que siempre he mostrado, y con el dolor y trabajo que por galardón de todo esto has querido darme, con el cual quedo, y con aquel verdadero deseo de servirte, que no se acabará en tanto que no se acabare la vida que tú has querido que tan miserablemente muera en el tiempo que viviere.»

Y inviada esta carta, supe que había venido á sus manos y no con pequeña diligencia, que para ello se puso, porque yo con gran difficultad quería oir ni ver cosa que á mí me tocasse, y viendo que no quería responder, aunque por otra cosa no esperé algunos días, me vine harto desconsolado y affligido, pero todavía con alguna esperanza, que del todo no me había desamparado, porque pensaba que por ventura Belisia lo hacía por probarme, ó que le habían dicho de mí alguna cosa que, sabiendo después no ser verdadera, le haría arrepentirse de la aspereza y inhumanidad con que me trataba. Y pasados algunos días, no sé si por estorbar que yo no le diese más importunidad con palabras ni cartas, ó si por ventura holgó de desesperarme del todo, me escribió una carta breve, que más verdaderamente se pudiera decir sentencia de mi muerte, la cual decía desta manera:

CARTA DE BELISIA Á TORCATO

«Tus cartas, Torcato, y tus importunidades me son tan enojosas que me fuerzan á escrebirte para que de mí lo entiendas y acabes de conocer mi voluntad, la cual está tan diferente de lo que solía, que lo que estonces me agradaba es la cosa que más agora aborrezco, y de lo passado estoy tan arrepentida que no puedo consolarme en tanto que te viere determinado en tu porfía sin provecho; si en algún tiempo me tuviste verdadero amor, el mío no era fingido, y con él te pagué lo que merecías, y como las cosas no pueden permanecer siempre en un ser, antes se truecan y mudan cada hora, no te maravillarás con mucha razón de ver que en mí haya habido esta mudanza, para lo cual no he tenido otra ocasión sino parecerme que era cosa que me convenía para tornar á cobrar el sosiego que por tu causa he tenido mucho tiempo perdido; lo que te ruego es que si, como siempre mostraste, deseas contentarme, que olvides las cosas passadas, echándolas fuera de tu memoria como si jamás no hubieran sido, y si no pudieres hacerlo será necesario que te hagas fuerza y que procures de ponerte en aquella libertad con que yo quedo, y si todavía te acordares de algunas dellas, podrás hacer cuenta que pasaron en sueños sin ser verdaderas, y assí como á cosa de sueño las olvida, que por lo mucho que te quise y aun agora te quiero, te doy el consejo que para mí he tomado, el cual holgaría que siguieses, pues todo lo demás será acrecentar en la pena que publicas, sin aprovecharte más de para trabajar en vano y darme á mí fatiga para que con justa razón y causa pueda tenerme por agraviada, ¡ay! porque esta será la postrera mía; también estarás cierto de que no recibiré ninguna tuya, y así te aviso que no te pongas en desasosegarme más con ella, pues será perder el tiempo y el trabajo que en ello se pusiere. Y fuera desto, yo te deseo el mesmo bien y alegría que tú me deseas, con el cual plega á Dios que, habiéndome olvidado, tan presto te veas cuanto yo verte, sin ninguna memoria de mí, para mayor bien mío y tuyo, he deseado.»

Las palabras desta carta alteraron tanto mi juicio, que á muchas veces me hallé sin él para desesperarme, y deseaba que la tierra dentro de sí vivo me sumiese ó que por otro algún acaecimiento ó desastre se me acabase la vida, y cierto yo me tornara del todo loco, si la razón que conmigo peleaba no me venciera; pero con todo esto no podía acabar de hallarme en ninguna compañía que pudiese apartarme de mi pensamiento, el cual jamás en otra cosa se ocupaba, y andando como habéis visto por los montes é desiertos deshabitados y por las montañas más ásperas, muchas veces era causa de que mi ganado padeciese, y de lástima dél me venía adonde mejores pastos hallaba; y adonde yo más descanso tenía era en este florido bosque, por causa desta hermosa fuente, en el cual dando voces y gemidos, sin ser de ninguno entendido mi mal, un día tendido en el mesmo lugar donde estamos, sobre la verde yerba deste prado, creciendo en mí la pasión por estar considerando el agravio que el Amor y la mi Belisia me hacían, dando un profundo sospiro, que parescía llevar consigo mis entrañas, comencé á decir desta manera:

EXCLAMACIÓN DE TORCATO

¿A quién enderezaré mis clamores y gemidos, que con alguna lástima procure socorrerme? ¿A quién rogaré que escuche mi doloroso llanto, para que, oyéndolo, de mi rabioso mal se compadezca? ¿A quién publicaré mis rabiosas cuitas y fatigas, para que, con entenderlas, me procure dar algún consuelo? Hienda mis dolorosas voces el aire, rompiendo las embarazosas nubes, y pasando aquella región del fuego, menor que el que á mí me abrasa, preséntense en los soberanos cielos pidiendo la ayuda y socorro que en la tierra me ha faltado, en la cual no hay cosa que contra mí no se muestre enemiga. Todas me son contrarias. Todas me amenazan con la muerte. Todas me la procuran, sin que ninguna

della pueda dármela, por no me dar el descanso que con ella recibiría.

¡Oh, Fortuna cruel, mudable, ciega, mentirosa, traidora, engañosa, sin ninguna fe, inconstante, perversa, maliciosa y sobre todo la mayor enemiga del bien que los mortales tener pueden! Porque tú mesma, que se lo das forzada y por no poder hacer otra cosa, después con todas tus fuerzas procuras quitárselo, paresciéndote que cuanto mayor mal hicieres á los que con algún bien tienes en parte satisfechos, quitándoselo muestras ser mayor poder el tuyo, el cual jamás conocen las gentes en la prosperidad hasta que con mayor adversidad y tribulaciones no están amenazados, para que no puedan gozarla, teniendo siempre temor de tu inconstancia y condición sin ninguna firmeza. Dime, tirana, perversa, perseguidora de aquellos á quien sientes tener algún contento, arrepintiéndote de habérselo dado, ¿para qué me pusiste en la cumbre del mi deseo? ¿para qué me favoresciste? ¿para qué me quesiste poner ante mis ojos la gloria que podías darme en la vida, si con quitármela tan presto me habías de dexar en tantas y tan escuras tinieblas, negándome la esperanza de poderla gozar en ningún tiempo?

¡Oh, baxa tierra fementida, que jamás das cosa que prometes, jamás cumples cosa que digas, siempre son al revés tus obras de las señales que muestras! ¿con qué palabras podré encarecer el agravio que de ti recibo, pues al tiempo que pensaba llegar á la cumbre de tu rueda con tantas angustias y trabajos me has derrocado della, poniéndome en el centro de los abismos?

¡Oh, cruel enemiga de todo mi bien, ocasión de todo mi mal! ¿qué te han merecido las obras y deseos de un pobre pastor para que contra él tan poderosamente quisieses mostrarte airada, executando tu dañosa condición, llena de mortal ponzoña contra mí, persiguiéndome hasta ponerme en el más mísero estado de todos los nacidos? ¡Oh, verdugo cruel de aquellos á quien, cumpliendo sus deseos, has hecho dichosos, porque siempre en la mayor prosperidad les armas los lazos de las mayores adversidades! No quiero maravillarme de que conmigo hayas hecho lo mesmo, pues que, con ser propio officio tuyo, heciste lo que hacer sueles con todos los mortales, y assí, dexándote hacer y cumplir tu voluntad buscando algunas fuerzas más poderosas que las tuyas para que de tu falso poder puedan librarme.

A la Muerte.

¡Oh, Muerte, dichosa para mí si, oyendo mis llantos, mis sospiros y gemidos dolorosos, quisieses socorrerme, para hacer dichoso con tu acelerada venida al más desdichado y sin ventura pastor de todos los pastores! Tú que sola eres socorro de los afflegidos cuerpos, tú que sueles consolar á los que más han menester tu consuelo, y tú que das alivio á los que con necesidad te lo piden, ayúdame, socórreme, no me niegues tu favor en tiempo que la muerte que me darías sería más verdadera vida que la que agora, muriendo con ella, sostiene este miserable cuerpo cercado de tantas angustias y tribulasiones; usa agora conmigo de aquella piedad que sueles tener de los que con necesidad te llaman; respóndeme, pues que te llamo; recíbeme en tu compañía, pues que te busco; no me niegues lo que te pido, ni dexes de executar en mí tu officio, pues yo tan de veras lo quiero y lo desseo; no seas contra mí tan cruel como la Fortuna lo ha sido, porque la herida de la flecha de tu arco poderoso no me dará dolor, ni yo huiré mi cuerpo para recibirla, antes con muy gran contentamiento estaré esperándola, conosciendo el bien que con ella rescibo. Más agradable me será la sepoltura que me dieres que los verdes campos y prados y las deleitosas florestas en que la Fortuna tan contra mi voluntad me trae; tú sola serás mi descanso y mi reposo, y contigo fenecerán todas mis penas, mis ansias y mis trabajos. ¿Para qué tardas tanto? ¿cómo no vienes? ¿cómo no me socorres? ¡También me quexaré de ti! ¡También publicaré que me haces agravio! Mira que es crueldad la que conmigo usas, y tanto será mayor cuanto más te detuvieres en hacer lo que te ruego, que ya el cuerpo querría verse sin la compañía de mi alma y el alma anda huyendo de la de mi cuerpo y no espera sino tu voluntad y tu mandamiento. No dilates más tu venida, para quien con tanto desseo y con tan gran agonía la está esperando para alivio de sus rabiosos tormentos y passiones.

Al Tiempo.

Y tú, Tiempo, que con tu ligero movimiento se hacen y deshacen todas las cosas, poniendo las alas que en ti tienen principio, ¿por qué me haces agravio en no poner fin á la terrible pasión y á las rabiosas cuitas que contigo me cercaron? ¿por qué te muestras tan largo con ellas? Abrevia tu veloz corrida, haciendo conmigo la mudanza que sueles, pues el más verdadero officio que tienes es no dexar cosa ninguna estar mucho tiempo en un ser, y assí como para mi mal tan presto te mudaste, haciéndote de bueno malo, de alegre triste, de dichoso desaventurado, podrías si quisieses convertir al contrario tus obras, para que yo no pudiese con tanta razón mostrar el agravio que de ti tengo por el daño que de ti rescibo, siendo el mayor de todos cuantos hacerme pudieras. ¡Oh, Tiempo, que un

tiempo para mí fuiste dulce, alegre, sereno y claro, el más apacible y lleno de deleites de cuantos tiempos por mí, no por otro ninguno, han passado! ¡por qué te has tornado tan presto triste y amargo y tan escuro que mis ojos no pueden ver ni mirar si no son tinieblas más escuras y espantables que las de la mesma muerte? ¡Oh, tiempo bueno, que por mí como sombra passaste, no dexando más de la memoria para mayor tribulación del que en ti piensa continuamente! ¿cómo te trocaste en malo y tan malo que ninguno para este desventurado pastor á quien has dexado tan sin esperanza puede haber en el mundo que peor sea?

A Belisia.

Y tú, vida de la vida que conmigo contra mi voluntad vive, ¿qué razón podrás dar de ti que pueda excusarte de la más ingrata, inhumana, cruel y despiadada pastora de todas las nacidas? Mira que el amor verdadero con otro amor se paga, y tú con un extraño y fiero desamor quieres que yo quede pagado de lo mucho que te quise y quiero, y de lo que he padecido y padezco por tu causa. ¿Es este el galardón de mi rabiosa pena, la lástima que mostrabas de mis angustias, la afficción con que mostrabas dolerte mis lágrimas? ¡Oh, Belisia, Belisia! escucha mis versos y entiende lo que por ellos te digo, para que tú mesma te conozcas y sientas la razón que yo tengo para sentir mi agravio de tu crueldad, que por ello quiero publicar lo que contra mí haces, para que otros se guarden de no caer en el pozo de desventuras en que por tu causa estoy metido. Escucha, Belisia, que mi voz, triste como de cisne que con ella solemniza su muerte, ayudada con las cuerdas de mi rabel, que otras veces en versos que loaban tu beldad, gracias y hermosura se empleaban, dirán agora lo que de ti y tus condiciones he conocido, las cuales has descubierto contra un pobre pastor que, atado de pies y de manos, y, lo que peor es, ciega la voluntad y libertad, flacas fuerzas halla en sí para poderlas resistir.

Las Furias infernales temorosas,
que al son de mis querellas han venido,
de mi mal espantable muy medrosas
al centro del abismo se han huido;
las Parcas, que al vivir son enojosas,
de acortarme tal vida se han tenido;
tú sola me procuras mal eterno,
más que rabiosa Furia del infierno.
Los ángeles que fueron condenados
y en diablos espantables convertidos,
de mi rabioso mal muy espantados,
escuchan mis clamores y gemidos,
paréceles ser poco atormentados

mirando mis tormentos tan crecidos,
y tú, cruel más que leona fiera,
no quieres contentarte sin que muera.

Ninguno por justicia condenado
que tenga ya la soga á la garganta,
con esperar la muerte fatigado,
jamás se viera estar con pena tanta;
tu ingratitud me tiene en tal estado
que cosa más del mundo no me espanta,
pues te precias y quieres dar la muerte
á quien no quiere vida sin quererte.

Los tigres y leones muy furiosos,
los osos y las onzas muy ligeras,
los lobos muy crueles y rabiosos,
las bestias que se cuentan por más fieras,
siendo animales brutos muy medrosos
de mí se van huyendo muy de veras;
tú sola, que mi sangre estás bebiendo,
de mi rabioso mal te estás reyendo.

¿Qué víbora ó serpiente ponzoñosa,
qué basilisco fiero ó qué dragón,
qué áspide cruel muy enconosa,
qué bravo cocodrilo y sin razón
podrán tener tu condición dañosa
ni tu duro y sangriento corazón?
¡Oh, corazón cruel, áspero y fuerte,
que lo que más te aplace es dar la muerte!

¿Qué corazón de acero ó de diamante
puede ser que no ablande mi fatiga?
Y tú, en tu crueldad firme y constante,
con más rabia te muestras mi enemiga.
No hay nadie que lo sepa á quien no espante,
que no conozca y sienta y que no diga
que tu desamor fiero assí te agrada
como á sangrienta loba encarnizada.

Acabando de cantar estos versos, con la ayuda que mis lágrimas hacían para solemnizarlos y con la fatiga que mi espíritu padecía pensando en las cosas que por mí pasaban, de cansado venció á mis ojos un pesado sueño que sin poder resistirlo dexó todos mis miembros sepultados en el olvido que consigo traer suele; sola mi memoria estaba velando, y de tal manera me representaba durmiendo las cosas pasadas como si presentes las tuviera; pero descuidándose un poco, venció la imaginación, la cual en sueños me puso delante lo que agora contaros quiero, que más verdaderamente me pareció haberlo visto pasando por mí derecho que no ha berlo soñado ni que fingidamente se me representasse.

PARTE SEGUNDA

CUENTA TORCATO EL SUEÑO

Parecíame que lo que en la fantasía se me representaba mis ojos lo vían palpablemente, y que sin saber de qué manera ni por quién era llevado, en muy breve tiempo caminaba muy grande espacio y cantidad de tierra, discurriendo por diversas provincias y regiones con una velocidad tan arrebatada que mis pies apenas tocaban la pesada tierra, y habiendo hecho fin á mi tan larga jornada con algún cansancio del trabajoso camino, me hallé en un muy verde y florido prado, con tanta diversidad de hermosas flores y rosas, que con diversos colores al suelo matizaban, dando de sí un olor muy perfecto y suave, del cual mi fatigado cuerpo era recrecido que del todo me sentí vuelto en mis corporales fuerzas, y echando los ojos alrededor de donde estaba, vi cosas que me pusieron tan grande espanto y admiración, que aun agora en volverlas á mi memoria para contarlas me espantan y tienen confuso, pareciéndome que apenas sabré decirlas. Era este hermoso y aplacible prado todo alrededor cercado de unas florestas muy espesas y deleitosas en los ojos que las miraban, porque demás de ser los árboles muy altos, verdes y floridos, y todos puestos con muy gran orden y concierto, estaban cargados de muchas y diversas frutas maduras, y en tan gran perfición, que sólo en verlas ponía gran deleite y contentamiento á mis ojos que las miraban, viendo que las hojas con un manso y amoroso viento se andaban meneando á una parte y á otra, haciendo un sordo ruido agradable á mis oídos, y sus sombras, con que la fuerza de la calor del sol hurtaban, me ponían en agonía de gozarlas cuando con mi ganado á sestear me venía; andaban por ellas muy gran cantidad de diversos animales bravos y mansos, envueltos los unos con los otros, sin hacerse daño ninguno.

Y en las cimas de los árboles estaban sentados grande abundancia de aves y páxaros de diversos colores y raleas, grandes y pequeños, los cuales con sus arpadas y differentes lenguas cantando hacían una música y armonía tan acordada que yo jamás quisiera dexar de oirla si permitido me fuera; y después revolando todos por el aire, trocando sus lugares, tornaban como de principio á proseguir en la suavidad de su canto.

Estaban estas florestas cercadas de una muy alta montaña, que por todas partes igualmente parecía levantarse, llevando por sí tendido en gran cantidad los montes y florestas, hasta que en el remate della se hacía un muro tan alto, que parecían comunicar con las nubes las almenas que con muy gran orden y concierto estaban edificadas. Era este muro triangulado, y de un ángulo á otro de diferentes colores; porque la una parte estaba hecha de unas piedras coloradas, que en la fineza parecía ser muy verdaderos rubís: en medio desta pared estaba edificado un castillo, assimesmo de las mesmas piedras, entretexidas con otras verdes y azules, enlazadas con unos remates de oro que hacían una tan excelente obra que más divina que humana parecía, porque con los rayos del sol que en él daban, resplandeciendo, apenas de mis ojos mirarse consentía. Estaba tan bien torreado y fortalecido con tantos cubos y barbacanas, que cualquiera que lo viera, demás de su gran riqueza, lo juzgara por un castillo de fortaleza inespugnable. Tenía encima del arco de la puerta principal una letra que decía: «Morada de la Fortuna, á quien por permisión divina muchas de las cosas corporales son subjetas».

La otra pared del otro ángulo que cabe éste estaba era toda hecha de una piedra tan negra y escura, que ninguna lo podía ser más en el mundo; y de la mesma manera en el medio della estaba edeficado un castillo, que en mirarlo ponía gran tristeza y temor. Tenía también unas letras blancas que claramente se dexaban leer, las cuales decían: «Reposo de la Muerte, de adonde executaba sus poderosas fuerzas contra todos los mortales».

La otra pared era de un christalino muro transparente, en que como en un espejo muy claro todas las cosas que había en el mundo, así las pasadas como las presentes, se podían mirar y ver, con una noticia confusa de las venideras. Tenía en el medio otro castillo de tan claro cristal que, con reverberar en él los rayos resplandecientes del sol, quitaban la luz á mis ojos, que contemplando estaban una obra de tan gran perfición; pero no tanto que por ello dexase el ver unas letras que de un muy fino rosicler estaban en la mesma puerta esculpidas, que decían: «Aquí habita el Tiempo, que todas las cosas que se hacen en sí las acaba y consume».

En el medio deste circuito estaba edificado otro castillo, que era en el hermoso y verde prado cerca de adonde yo me hallaba, el cual me puso en mayor admiración y espanto que todo lo que había visto, porque demás de la gran fortaleza de su edificio era cercado de una muy ancha y tan honda cava, que casi parecía llegar á los abismos. Las paredes eran hechas de unas piedras amarillas, y todas pintadas de pincel, y otras de talla con figuras que gran lástima ponían en mi corazón, que contemplándolas, porque allí se vían muchas bestias fieras, que con gran crueldad despedazaban los cuerpos humanos de muchos hombres y mujeres; otras que después de despedazados, satisfaciendo su rabiosa hambre, á bocados los estaban comiendo. Había también muchos hombres que por casos desastrados mataban á otros, y otros que sin ocasión ninguna, por sólo su voluntad, eran causa de muchas muertes; allí

se mostraban muchos padres que dieron la muerte á sus hijos y muchos hijos que mataron á sus padres. Había también muchas maneras y invenciones de tormentos con que muchas personas morían, que contarlos particularmente sería para no acabar tan presto de decirlos. Tenía unas letras entretalladas de color leonado que decían: «Aposento de la Crueldad, que toda compasión, amor y lástima aborrece como la mayor enemiga suya».

Tan maravillado me tenía la novedad destas cosas que mirando estaba, que juzgando aquel circuito por otro nuevo mundo, y con voluntad de salirme dél si pudiesse, tendí la vista por todas partes para ver si hallaría alguna salida adonde mi camino enderezase, que sin temer el trabajo á la hora lo comenzara, porque todas las cosas que allí había para dar contentamiento, con la soledad me causaban tristeza, deseando verme con mi ganado en libertad de poderlo menear de unos pastos buenos en otros mejores y volverme con él á la aldea cuando á la voluntad me viniera; y no hallando remedio para que mi deseo se cumpliese, tomando á la paciencia y sufrimiento por escudo y compañía para todo lo que suceder me pudiese, me fuí á una fuente que cerca de mí había visto, la cual estando cubierta de un cielo azul, relevado todo con muy hermosas labores de oro, que cuatro pilares de pórfido, labrados con follajes al romano, sostenían, despedía de sí un gran chorro de agua que, discurriendo por las limpias y blancas piedras y menuda arena, pusieran sed á cualquiera que no la tuviera, convidando para que della bebiesen con hacer compañía á las ninfas que de aquella hermosa fuente debían gozar el mayor tiempo del año; y assí, lavando mis manos y gesto, limpiándolo del polvo y sudor que en el camino tan largo había cogido, echado de bruces y otras veces juntando mis manos y tomando con ellas el agua, por no tener otra vasija, no hacía sino beber; pero cuantas más veces bebía, tanto la sed en mayor grado me fatigaba, creciéndome más cada hora con cuidado de la mi Belisia, que el agua me parecía convertirse en llamas de fuego dentro de mi abrasado y encendido pecho, y maravillado desta novedad me acordaba de la fuente del olivo, donde agora estamos, deseando poder beber desta dulce agua y sabrosa con que el ardor matar pudiese que tanta fatiga me daba; y estando con este deseo muy congoxado, comencé á oir un estruendo y ruido tan grande, que atronando mis oídos me tenían casi fuera de mi juicio, y volviendo los ojos para ver lo que podía causarlo, vi que el castillo de la Fortuna se había abierto por medio, dexando un gran trecho descubierto, del que salía un carro tan grande, que mayor que el mesmo castillo parecía; de los pretiles y almenas comenzaron á disparar grandes truenos de artillería, y tras ellos una música tan acordada de menestriles altos con otros muchos y diversos instrumentos, que más parecía cosa del cielo que no que en la tierra pudiese oirse; y aunque no me faltaba atención para escucharla, mis ojos se empleaban en mirar aquel poderoso carro, con las maravillas que en él vía que venían, que no sé si seré bastante para poder contar algunas dellas, pues que todo sería imposible á mi pequeño juicio hacerlo. El carro era todo de muy fino oro, con muchas labores extremadas hechas de piedras preciosas, en las cuales había grande abundancia de diamantes, esmeraldas y rubís y carbunclos, sin otras de más baxa suerte. Las ruedas eran doce, todas de un blanco marfil, asimesmo con muchas labores de oro y piedras preciosas, labradas con una arte tan sutil y delicada que no hubiera pintor en el mundo que así supiera hacerlo. Venían uncidos veinte y cuatro unicornios blancos y muy grandes y poderosos, que lo traían; encima del carro estaba hecho un trono muy alto con doce gradas, que por cada parte lo cercaban, todas cubiertas con un muy rico brocado bandeado con una tela de plata, con unas lazadas de perlas, que lo uno con lo otro entretexía; encima del trono estaba una silla toda de fino diamante, con los remates de unos carbunclos que daban de sí tan gran claridad y resplandor que no hiciera falta la luz con que el día les ayudaba, porque en medio de la noche pudiera todo muy claramente verse. En esta silla venía sentada una mujer, cuya majestad sobrepuja á la de todas las cosas visibles; sus vestidos eran de inestimable valor y de manera que sería imposible poder contar la manera y riqueza dellos; traía en su compañía cuatro doncellas; las dos que de una excelente hermosura eran dotadas venían muy pobremente aderezadas, los vestidos todos rotos, que por muchas partes sus carnes se parecían; estaban echadas en el suelo. Y aquella mujer, á quien ya yo por las señales había conocido ser la Fortuna, tenía sus pies encima de sus cervices, fatigándolas, sin que pudiesen hacer otra cosa sino mostrar con muchas lágrimas y sospiros el agravio que padecían; traían consigo sus nombres escritos, que decían: el de la una, «Razón», y el de la otra, «Justicia». Las otras dos doncellas, vestidas de la mesma librea de la Fortuna, como privadas suyas, tenían los gestos muy feos y aborrecibles para quien bien los entendiesse, conociendo el daño de sus obras; traían en las manos dos estoques desnudos, con que á la Razón y á la Justicia amenazaban, y en medio de sus pechos dos rótulos que decían: el de la una, «Antojo», y el de la otra, «Libre voluntad». Con grande espanto me tenían es-

tas cosas; pero mayor me lo ponía el gesto de la Fortuna, que algunas veces muy risueño y halagüeño se mostraba y otras tan espantable y medroso que apenas mirarse consentía. Estaba en esto con tan poca firmeza, que en una hora mill veces se mudaba; pero lo que en mayor admiración me puso fué ver una rueda que la Fortuna traía, volviendo sin cesar con sus manos el exe della; y comenzando los unicornios á mover el carro hacia adonde yo estaba tendido junto á la fuente, cuanto más á mí se acercaba tanto mayor me iba pareciendo la rueda, en la cual se mostraban tan grandes y admirables misterios, que ningún juicio humano sin haberlos visto es bastante á comprenderlos en su entendimiento; porque en ella se vían subir y baxar tan gran número de gentes, assí hombres como mujeres, con tantos trajes y atavíos diferentes los unos de los otros, que ningún estado grande ni pequeño desde el principio del mundo en él ha habido que allí no se conociese, con las personas que dél próspera ó desdichadamente habían gozado, y como cuerpos fantásticos y incorpóreos los unos baxaban y los otros subían sin hacerse impedimento ninguno; muchos dellos estaban en la cumbre más alta desta rueda, y por más veloce que el curso della anduviese, jamás se mudaban, aunque éstos eran muy pocos; otros iban subiendo poniendo todas sus fuerzas, pero hallaban la rueda tan deleznable que ninguna cosa le aprovechaba su diligencia, y otros venían cabeza abaxo, agraviándose de la súpita caída, con que vían derrocarse; pero la Fortuna, dándose poco por ello, no dexaba de proseguir en su comenzado officio. Yo que estaba mirando con grande atención lo que en la rueda se me mostraba, vime á mí mesmo que debaxo della estaba tendido, gimiendo por la grande caída con que Fortuna me había derribado; y con dolor de verme tan mal tratado, comencé á mirar la Fortuna con unos ojos piadosos y llenos de lágrimas, queriéndole mover con ellas á que de mis trabajos se compadeciese. Y á este tiempo, cesando la música del castillo y parando los unicornios el carro, la Fortuna, mirándome con el gesto algo airado y con una voz para mí desabrida, por lo que sus palabras mostraron, con una gran majestad me comenzó á decir desta manera:

La Fortuna contra Torcato.

«Mayor razón hubieras, Torcato, de tener para agraviarte de mí, como ha poco hacías, tratándome tan desenfrenadamente con tu descomedida lengua, que fuera mejor darte yo el pago que merecías con mis obras que no satisfacerte con mis palabras; aunque si quisieres quitar de ti la pasión con que has querido juzgarme no será pequeño el castigo tuyo haciéndote venir en conocimiento de que tú solo tienes la culpa que á mí has querido ponerme sin tenerla, pues no podrás decir ni mostrar causa ninguna de tus agravios que no sea testigo contra ti mesmo para condenarte justamente; y si no dime: ¿De qué te quejas, de qué te agravias, por qué das voces, por qué procuras infamarme con denuestos y injurias tan desatinadas? ¿Por ventura has recibido de mí hasta agora, en el estado que estás, sino muy grandes beneficios, muy grandes favores y muy buenas obras, las cuales por no hacer al propósito de la causa de tus quexas quiero excusar de decirlas? Veniendo á lo principal, que es la congoxa y tormento que agora te aflige y tiene tan desatinado que estando fuera de ti quieres culparme del mal que nunca te hice, antes todo el bien que pude hacerte conforme á tu desseo, que era de que Belisia te quisiese y amasse como tú á ella hacías, lo cual viste por experiencia manifiesta, y muchos días estando firme en su propósito, de manera que por ello me loabas y mill bienes de mí decías, dándome gracias por el estado en que te tenía, que para ti era el más dichoso y bienaventurado que poseía ninguno de tus iguales, es verdad que yo volví la rueda, abaxando tu felicidad, trocando tu contentamiento y consentiendo en tu caída; pero no fué tanto por mi voluntad como por tu descuido, pues dexaste de tomar prendas con que tu gozo se conservara y el Amor venciera de la libertad que en la tu Belisia has conoscido,

Bien sabes tú que mi propio officio es no ser constante ni firme en ninguna cosa, como poco ha lo manifestabas. Si lo sabías, ¿por qué no te armabas contra mí? ¿por qué no tomabas defensa contra mi condición? Tenías en las manos el escudo para recibir mis golpes y perdístelo, consentiéndolo tú mesmo en ello; pues quéxate de ti y no de mí, que ninguna culpa te tengo, y quéxate de tu Belisia, que por su voluntad y no forzada se metió en essa fortaleza de la Crueldad, de la cual te hacen ambas la guerra para destruirte, que aunque yo soy parte para tu remedio, menester es su consentimiento, el cual habrías tu de procurar lo mejor que pudiesses, y no estarte haciendo exclamaciones sin provecho ninguno para el alivio de tu pena. No te desesperes, pues sabes que todas las cosas se truecan y mudan, y cuando no hallares piedad en la tu Belisia, por ventura hallarás mudanza en tus deseos, paresciéndote que, aunque los hayas tan bien empleado, te estará mejor verte y hallarte después sin ellos. Y porque lo dicho basta para satisfacerte del engaño que en agraviarte de mí recebías,

no quiero decirte más de que no te ensalces con la prosperidad ni con la adversidad dexes abatirte; siempre osadía y esfuerzo, que son las armas con que yo puedo ser vencida, y si usare de mis acostumbradas mañas haciendo mi officio, no te maravilles, ni me culpes, ni me maltrates con palabras tan ásperas y enojosas, que al fin soy mandada y tengo superior á quien obedezco, y por su voluntad me rijo y gobierno. De Belisia te agravia, que si ella quiere bien puede forzarme para que no te falte mi favor, aunque yo no quiera, pues tu ventura está en su voluntad, la cual está al presente más libre que ésta que vees venir en mi compañía.»

Acabando de decir esto, los unicornios con la mesma solemnidad y aparato que habían traído el carro comienzan á dar la vuelta con tanta presteza, que aunque á mí no me faltaban palabras y razones para poder responder á lo que la Fortuna me había dicho, no tuve lugar para hacerlo como quisiera, porque antes que yo pudiese abrir mi boca para comenzarlas, ya estaba dentro en su castillo, siendo recebida con aquella dulce armonía de música que al salir la había acompañado; y siendo cerrado el castillo de la manera que antes estaba, el sol comenzó á escurecerse, y el día, con muchos nublados escuros que sobrevenieron, perdía gran parte de su claridad. Comenzáron luego á sonar de las nubes grandes truenos, y á mostrarse muchos y muy espesos relámpagos que en medio de la escuridad con el resplandor de su luz fatigaban á mis temerosos ojos, de manera que en cualquiera corazón es forzado miedo. Y así, estando no poco medroso con lo que se me representaba, vi que el castillo que en el muro negro estaba edificado se abría de la mesma suerte que el de la Fortuna había hecho, quedando en el medio dél muy grande espacio descubierto, en el cual se me mostró una tan fiera y espantable visión, que aun agora en pensarlo los cabellos tengo erizados y el cuerpo respeluzado; y porque sepáis si tengo razón para encarecerlo de esta manera, quiero deciros particularmente la forma de su venida. Estaba un carro tan grande y mayor que aquel en que había venido la Fortuna, aunque en el parecer harto diferentes el uno del otro; porque éste era hecho de una madera muy negra, sin otra pintura ninguna, con doce ruedas grandes de la mesma suerte, á las cuales estaban uncidos veinte y cuatro elefantes, cuya grandeza jamás fué vista en el mundo, estando por su compás dos de ellos entre cada rueda de un lado y de otro, que todo el carro rodeaban, y en el medio dél estaba un trono hecho, cercado de gradas por todas partes, y encima una tumba grande como las que se ponen en las sepolturas; lo uno y lo otro cubierto todo de un paño negro de luto. En la delantera de este carro venían tres mujeres muy desemejantes, flacas y amarillas, los ojos sumidos, los dientes cubiertos de tierra, tanto que más muertas que vivas parecían; traían en sus manos sendas trompas, con que venían haciendo un son tan triste y doloroso, que atronando mis oídos parecía oir aquel de las trompetas con que los muertos serán llamados el día del juicio; y estándolas mirando no con pequeño temor, vi que traían sus nombres escritos, que decían: «Vejez», «Dolor», «Enfermedad». Tras éstas venían otras tres, sentadas junto á la tumba, de las cuales la una tenía una rueca y la otra con un huso estaba hilando, y la tercera con unas tijeras muchas y diversas veces cortaba el hilo, sin cesar jamás ninguna de ellas de proseguir en su officio, por el cual y por lo que ya yo muchas veces había oído conocí ser las tres Parcas: Atropos, Cloto y Lachesis; y después que bien las hube mirado, puse los ojos en una figura que encima de la tumba venía sentada, tan terrible y espantable de mirar que muchas veces se me cerraban los ojos por no verla; porque con muy gran miedo y temor de ver una fantasma tan temerosa y aborrescible, comenzó á temblar todo mi cuerpo y los sentidos á desfallecerme y dexarme casi sin vida. Tomóme un sudor muy frío y congoxoso, como suelen tomar aquellos que están muy cerca de las sepulturas para ser metidos en ellas; pero tomando algún esfuerzo para que el desmayo del todo no me venciese, alzando algunas veces y no con pequeña fuerza la vista, vi que era toda compuesta de huesos sin carne ninguna; por entre todos ellos andaban bullendo muy gran cantidad de gusanos; en lugar de los ojos no traía sino unos hondos agujeros; venía con un arco y una flecha en la una mano y con una arma que llaman guadaña en la otra. Cuando se meneaba, todos los huesos se le descomponían, y cuando los elefantes andando con el carro más hacia mí se acercaban, mayor espanto me ponía; ninguna cosa viva de las que en el campo y en el aire poco antes se mostraban dexó de desaparecer en el miedo de su presencia, y cierto si yo pudiera huir fuera de aquel circuito de buen grado lo hiciera; pero así esperando muy espantado hasta que el carro estuvo cerca de mí y los elefantes se hubieron parado, vi que aquella fiera y temerosa voz me comenzó á decir de esta manera:

La Muerte contra Torcato.

«Si no me conoces, Torcato, yo soy aquella Muerte que poco ha en tus exclamaciones con muy grande afición llamabas y pedías; y no temas que vengo para matarte, sino para que por mis razones conozcas la poca razón que tienes en mostrarte agraviado con la vida, pues que con ella estás en la pena que tu cobardía y descuido merecieron, para ponerte en la desventura y miseria con que agora vives tan penado, y por la culpa que en esto turbaste en la vida estás condenado á que viviendo padezcas pena que tan justamente has merecido, lo cual es justo que sufras con mayor paciencia de la que muestras. Y si te parece que de mí recibe agravio en no matarte, ¿para qué te quexas de la vida que tienes, llamándola verdadera muerte? Porque hallándote muerto por mi mano habrías de decir que te daba más verdadera vida, y no puedo yo dexarte de confesar que tú viviendo estás muerto y que es mayor y más cruda la muerte que recibes que la que yo con todo mi poder darte podría; pero la vida desta muerte y la muerte de tu vida están en las manos de tu Belisia, de la cual te quexa y agravia más que de mí, pues que entrando en este circuito de nuestra morada, y dexando la compañía de los que estamos en ella, se ha entrado en el castillo de la Crueldad y hecho en él su aposento, de adonde te persigue y fatiga y te hace tan cruel guerra como ya la Fortuna estando contigo te dixo; y allí se ha hecho tan fuerte y poderosa que, temiendo mi poder, se ha puesto en competencia conmigo para contigo, paresciéndole que es en su mano darte la muerte ó la vida, y que en esto por agora yo tengo obligación forzosa á seguir su voluntad, aunque yo no sigo sino la mía, dexándote vivo para que procures el remedio con vencerla ó con ponerte en la libertad sin que agora vive, que no es pequeño género de muerte para los que sin ella passan la vida; y pues que la razón está por mi parte y tú no tienes causa bastante para poder estar de mí quexoso, no te aflixas ni congoxes pidiéndome ayuda y socorro hasta que yo por mi voluntad quiera dártelo, el cual jamás te será tan agradable como te ha parescido, porque si agora con sólo visitarte puse tan gran espanto y temor como en tu descolorido gesto se parece, y si hallaras aparejo para huir no me vieras ni me esperaras, ¿qué hicieras si en mi compañía quisiera luego llevarte? Créeme, Torcato, que ninguno me llama con tan gran voluntad, aunque mayores adversidades y trabajos le persigan, que no se espante y le pese muy de veras cuando siente mi venida y que no quisiesse huir cien mill leguas de mí si pudiesse. Y pues que con lo que te he dicho quedo contigo desculpada, no quiero decirte más sino que sufras pacientemente el vivir hasta que sea cumplido el curso de la vida que por el soberano Hacedor de todas las cosas te está prometido.»

Acabando la Muerte de decir estas cosas,

sin esperar la respuesta dellas, de que á mí no me pesó, por verla fuera de mi presencia, se volvieron los elefantes·con el carro, yendo aquellas mujeres prosiguiendo aquella infernal y temerosa música de las trompetas, que por no oirla puse mis manos encima de mis oídos, y siendo entrado el carro en el castillo, se tornó á cerrar de la manera que de antes estaba, dexándome á mí tal que apenas ninguno de mis sentidos me acompañaba; y huyendo los ñublados y cesando la tempestad, el día tornó tan claro y sereno como de antes había estado; las aves y animales que con espanto y temor estuvieron ascondidos, volviendo á regocijarse, mostraban muy grande alegría por hallarse fuera de aquel temeroso peligro. Y yo, tornando poco á poco á cobrar las fuerzas y aliento que perdido tenía, comencé á oir una música de voces tan dulce y apacible que me paresció ser imposible que fuesse cosa de la tierra, sino que los ángeles hubiessen venido de los altos cielos á mostrarme en ella parte de la gloria que los bienaventurados poseían.

Salían estas voces del castillo del Tiempo, el cual luego se abrió como los passados, y del medio dél salió otro carro bien diferente de los otros que había visto, porque era muy menor que ellos, y hecho todo de una piedra transparente, que como un espejo christalino por todas partes relucía. Estaban uncidos á él seis griffos con unas alas muy grandes, que con muy gran velocidad lo levantaban tan alto, que en un instante paresció sobrepujar á las altas nubes; y batiéndolas con tan gran ímpetu y furor que el aire que con ellas hacían se sentía á donde yo estaba, anduvieron revolando por el aire todo aquel circuito á la redonda, y hecho esto se baxaron, poniendo el carro tan cerca de mí como los otros habían estado. Los griffos eran en las plumas de varias y diferentes colores, haciendo por sí labores tan extrañas como las que los hermosos pavos en sus crecidas colas tener suelen; las ataduras de sus cuellos eran torzales muy gruesos de oro fino. En medio del carro vi que venía un hombre tan viejo y arrugado que parecía ser compuesto de raíces de árboles. La barba y cabellos tenía todos tan blancos como la blanca nieve y tan largos que pasaban de la cintura; su vestido era de una tela blanca que todo le cubría, y en la mano traía un báculo con que sustentaba sus cansados miembros. Estaba temblando, de la manera que un solo punto jamás le vi estar firme, y con unas pequeñas alas que de los hombros le salían se hacía continuo viento, con que ayudaba al movimiento que en sí sin cesar tenía en todo su cuerpo; traía asida con la otra mano una doncella vestida con muy ricos y preciosos atavíos, pero venía destocada y sobre su gesto le caían

un manojo de muy rubios y hermosos cabellos, de manera que casi se lo cubrían, y de la media cabeza atrás tresquilada, sin cabello ninguno. Mirábame con los ojos algo airados, como si de mí algún enojo tuviesse; traía su nombre escrito en los pechos que decía: «Occasión», y en baxo una letra, que fué por mí leída, vi que decía desta manera:

«El que pudiere alcanzarme
y asirme destos cabellos,
procure de no dexarme,
porque si me suelta dellos
muy tarde podrá hallarme».

Yo que casi atónito todas estas cosas estaba mirando, vi que aquel tan anciano viejo con una voz sonorosa y temblando comenzó á decir:

El Tiempo contra Torcato.

«Ya me debes, Torcato, haber conocido, pues que teniéndome presente con la tristeza que muestras, me tuviste en lo passado con no menor alegría y me tendrás en lo porvenir como la divina Majestad por quien todos somos regidos y gobernados lo ordenare y quisiere. Poco ha que de mí, que soy el Tiempo, te agraviabas con grandes querellas, poniéndome la culpa que tú tienes, y queriendo que contigo tuviesse la firmeza que con ninguno de los mortales he tenido. Mi propio officio es, como en mí puedes ver, no estar jamás un instante firme, y assí como soy mudable, assí en mí se mudan todas las cosas, unas de buenas en malas y otras de malas en buenas, y que lo mesmo passasse por ti no debe espantarte, ni por ello pienses que tienes razón de estar mal conmigo ni decirme las razones agraviadas que con tanto enojo poco ha que de mí decías. De ti mesmo podrás agraviarte más justamente, pues no supiste ayudarte de mí cuando yo puse en tus manos esta doncella que conmigo trayo, que es la ocasión que te di poniéndote en lugares y tiempos que te pudieras aprovechar de la tu Belisia, de la cual no quesiste gozar, antes con tu floxedad temerosa perdiste los cabellos que en tu mano á mi intercesión tenías, dexándola que te volviese las espaldas, poniéndote en trabaxo de seguirla en vano, porque con estar tresquilada por detrás, aunque agora le eches la mano no podrás asirla ni tenerla, y será menester que tengas paciencia ó trayas compañía con que puedas ayudarte para vencerla. Y ésta solamente es la de tu Belisia, la cual está en la fortaleza de la Crueldad, tan armada y tan fuerte contra ti, que no sé qué diligencia podrá bastar para que quiera ayudarte á tornarla á poner en tu favor como ya tú la tuviste. ¿No has oído aquel común refrán de la gente que dice: *Quien tiempo tiene y tiempo atiende, etc.*? En ti lo habrás conocido ser muy verdadero, y assí no de mí sino de ti te quexa y agravia, que pocas veces se cobra el bien perdido si no es con el affán y trabajo que basta á comprarlo muy caro, y tanto está en ti y en tu buena diligencia que yo vuelva á parecerte el que solía, como en mí, que sin tener respeto á ninguna cosa no hago sino passar mi jornada disponiendo de las cosas según el aparejo que en ellas hallo, y pues ya has conocido mi condición y tienes experiencia de lo passado, aparéjate para lo porvenir, que harta parte serás para vencerme y mudarme si te dieres tan buena maña que puedas volver á la tu Belisia de tu bando, sacándola del castillo de la Crueldad, donde muy esforzada con su fortaleza está metida agora.»

Acabando el Tiempo de decir esto, los griffos comenzaron á menear con gran fuerza y velocidad sus alas levantado el carro con gran ligereza, y en muy breve espacio volvieron á ponerlo en el castillo, el cual se cerró como los otros, cesando la música de voces que hasta allí se habían oído, y en lugar dellas comencé á oir otras muy tristes y dolorosas, unos clamores y gemidos como de gente apasionada y que algunos tormentos grandes padescían; sus suspiros, rompiendo el aire, parecían llegar al cielo y oirse en él con quexas de tan gran lástima, que en cualquiera corazón la pusieran. Todo esto sonaba en el castillo de la Crueldad, el cual se abrió luego como los otros, y en medio dél vi que salía otro carro pequeño de color leonado, sin otra pintura ninguna; las ruedas, que seis eran, venían historiadas de la manera que el castillo estaba; traía uncidos este carro doce dragones muy espantables, que por sus crueles bocas echaban llamas de fuego; las alas, levantadas y temerosas, eran enroscadas y vueltas para arriba; su vista era muy fiera y temerosa; entre cada rueda de una parte y de otra venían dos dellos, guiando desta manera el carro, encima del cual venía asentada en una silla, que al parecer era hecha de muy ardientes brasas, una mujer con un semblante y gesto tan fiero y espantable, que me puso harto mayor temor que los dragones me lo habían puesto; sus vestidos estaban todos ensangrentados, y en la una mano tenía una espada desnuda y con la otra á la mi Belisia, la cual venía con todo el regocijo y contentamiento del mundo, mostrándose muy alegre y ufana por estar en compañía para ella tan apacible. Venían en la delantera del carro tres mujeres vestidas de la mesma manera que la Crueldad, pero con los ojos tristes y dolorosos, vertiendo lágrimas en abundancia, sus manos puestas en la mexilla, mostrando en su tristeza venir for-

zadas y contra su voluntad; sus nombres, que escritos traían, eran: «Tribulación», «Angustia» y «Desesperación». Delante destas estaba un hombre sentado, amarillo y flaco y tan pensativo que yo le juzgué más por muerto que vivo: su nombre era «Cuidado». Con esta compañía llegó á mí la mi Belisia, reyéndose de verme cuál estaba, y saliendo ella y la Crueldad del carro saltando con el placer que mostraban, se acercaron á mí, que atónito de lo que vía, ninguna palabra podía formar mi lengua, antes hecho mudo estaba sin poderlos hablar ni menearme de adonde estaba, y llegándose más cerca la Crueldad, me comenzó á decir:

La Crueldad contra Torcato.

«Poco te aprovecha, Torcato, llamar en tu defensa á la Fortuna y á la Muerte y al Tiempo, pues ninguno dellos te ha podido socorrer ni valer de mis poderosas fuerzas ayudándome de las de tu Belisia, la cual tiene por bien que contra ti las execute, para mostrarte cuán caro cuesta el amor que no se sabe conservar c n prendas tan verdaderas que basten para forzar la libertad y voluntad, dexándolas subjetas de manera que no hallen camino ninguno que pueda guiarlas para meterse en mi castillo, como Belisia agora con ellas ha hecho. Y pues de mi nombre podrás conocer qué tales pueden ser mis obras, no te espantarás que con ellas quiera complacer á Belisia, á quien tan obligada estoy por no tener piedad ninguna para contigo, que es la mayor enemiga que yo en este mundo tenga.»

Diciendo esto, Belisia se llegó á mí y con sus manos me comenzó á rasgar el capisayo y jubón y camisa que sobre mis pechos tenía, dexándolos descubiertos; y aunque yo conocía que esto era para daño mío, no podía dexar de holgarme en gran manera que Belisia me tocase con sus manos en mis carnes, recibiendo con ello algún descanso; pero luego la Crueldad, abriendo con su espada mi lado siniestro, comenzó con Belisia á beber la sangre que por la herida salía, y metiendo por ella sus manos, sacaron mi corazón, dándome tan áspero y terrible dolor, que aun agora en pensarlo me desmayo, y ambas con muy gran ferocidad y agonía daban en él con sus dientes muy grandes bocados, como si de rabiosa hambre estuvieran atormentadas, y después que desta manera lo estuvieron despedazando, Belisia, holgándose y reyéndose de verme cuál estaba, comenzó á decirme:

Belisia contra Torcato.

«Porque no digas, Torcato, que en pago del amor que me has tenido y tienes no te dexo compañía que en la soledad con que quedas te acompañen, contigo quedarán estas cuatro personas, que jamás se apartarán de ti, y son las que en este carro has visto que con nosotras vinieron.»

Y diciendo esto, me vi rodeado de la Tribulación, Angustia, Desesperación y Cuidado; y Belisia y la Crueldad, tornando á subir en el carro, se metieron en el castillo con gran contentamiento de lo que contra mí habían hecho. A esta hora, con los cuatro compañeros que cercado sin desamparar me tenían, sentí alzarme de tierra, y de la mesma manera que había sido traído en aquel lugar tan extraño fui llevado en el aire, passando por mucha tierra deshabitada y por grandes ciudades y poblaciones de extrañas provincias y gentes, por muy espessos montes y muy altas montañas, hasta venir á hallarme donde tendido estaba con el pesado sueño que todas estas cosas en sí me había mostrado, y recordando y abriendo mis ojos, pareciéndome que verdaderamente y no en sueños por mí hubiese pasado todo lo que he dicho, echeles alrededor, mirando por la compañía que conmigo había traído, á la cual no pude ver pero sentíla que había aposentado en mis entrañas y en mi ánima, á donde aun agora la siento y sentiré en tanto que la vida me durare.

Este fué, Filonio y Grisaldo, el fin de mi sueño, y este ha sido el fin que han tenido los amores de la mi cruel Belisia. Este ha sido el pago que por el amor que le he tenido y tengo me ha dado. Si me sobra la razón para estar triste y con el trabajo que me habéis visto; si con justa causa me ando quexando á vosotros pongo por jueces, pues no podéis dexar de confessarme que mi mal es sin remedio, faltándome la esperanza, y que hago agravio á la vida en sustentarla y tenerla, pues que con acabarse acabaría de verme cual me veo; y cierto para mí el menor mal de todos sería la muerte, que en sueños y despierto huye de mí para no darme la vida que con ella recibiría. Como á verdaderos amigos os he descubierto el secreto de mis entrañas y os he dicho la verdad de todo lo que por mí ha pasado; si como tales me podéis dar algún consejo para aliviar mi tormento, pues quitarlo del todo es impossible, yo os ruego, y por la amistad que entre nosotros hay os conjuro que lo hagáis, porque teniendo el juicio más libre estará con mayor claridad que no el mío para mirar y ver lo que más me conviene hacer y de qué manera, para alivio de mis trabajos, pueda recibir algún descanso.

Fin de la segunda parte.

COMIENZA LA TERCERA PARTE

En que se cuentan las razones que podría haber para que Belisia olvidase los amores de Torcato; hay en ella algunos avisos provechosos.

FILONIO.—Grandes son las cosas, Torcato, que por ti en estos tus amores han passado. No puedo dexar de haberte muy gran lástima, aunque tú mesmo has tenido la culpa de todo tu daño, según de tus razones se puede haber atendido; pero muy bien has hecho en no encubrir ninguna cosa, porque los enfermos que á los médicos no dan particular cuenta de sus enfermedades, mal pueden ser curados dellas; y assí, para que yo y Grisaldo con nuestros pobres juicios podamos decirte lo que te conviene y darte el consejo que mejor nos parezca para que tu trabajo y passión reciban algún alivio, convenía que tan enteramente nos hubiesses informado como con tu larga relación lo heciste. Y lo primero que quiero decir es que las mujeres de su naturaleza son movibles y inconstantes y sin ninguna firmeza en sus hechos, tanto que cuando con mayor affición y voluntad las vieres puestas en alguna cosa, has de pensar y tener por averiguado que se mudarán más presto que las hojas suelen menearse en los árboles, y que poco viento basta para llevarlas á donde quisiere; y assí todos los auctores que escriben dellas lo dicen, y Salomón las compara al mesmo viento en sus mudanzas. Belisia era mujer, y en naturaleza y condición no diferente de las otras, y assí no me maravillo que haya hecho lo que las otras hacen, que hacen mudanza, pues esta es la más principal condición que tiene la ausencia, y de aquí nace aquel común proverbio que dixe: *Cuan lexos de ojos, tan lexos de corazón.* Si tú estuvieras presente, el amor se conservara, porque la continua conversación es causa de acrescentarlo, y la ausencia de disminuirlo, como por experiencia lo has conocido.

TORCATO.—Antes en mí he visto al contrario, porque ninguna cosa por estar ausente ha mudado mi voluntad, que si juntamente con la de Belisia se mudara no tuviera de qué agraviarme.

FILONIO.—Yo fiador, si no se ha mudado, que ella se mude, si no tomas tú por punto de honra estar tan firme en ella que procures permanecer en tu desatino.

TORCATO.—¿Qué llamas desatino? que yo por muy atinado me tengo en lo que hago, pues una voluntad tan bien empleada no debe tar presto mudarse.

FILONIO.—Bien digo yo que tú mesmo no quieres dar lugar á tu propia salud. ¿Por ventura puedes estar más desatinado que en querer á quien no te quiere, y en amar á quien no te ama, y en llamar á quien no te responde y seguir á quien anda huyendo de ti, y en tener tan verdadera fe con quien ninguna tiene contigo? Esto digo que son desatinos y locuras, que los hombres debrían desechar de sus pensamientos y fantasías, sacudiéndose dellos para ponerse en libertad y conocer con ella lo que les conviene; porque á los que están aficionados, el Amor los tiene ciegos y sin juicio, ni entienden, ni ven, ni conocen lo que les está bien ni mal, como agora tú haces en parecerte que es bien perseverar en los amores de Belisia, conociendo della que ninguna fe, ni ley, ni amor tiene contigo, y que si alguna te mostró en algún tiempo no era verdadera sino fengida para engañarte, y si lo fué, que era tan poca que cualquiera causa por pequeña que fuese bastó para que te olvidase, no se acordando del amor tan verdadero que tenía y mostraba.

Torcato.—Lo que mayor pena me da es no saber essa causa, para juzgar si tuvo razón en lo que conmigo ha usado.

Grisaldo.—Ninguna habría que á ti te pareciese bastante porque no te pudiese condenar por ella á ti mesmo.

Torcato.—No estoy tan fuera de razón que me quitase el buen juicio, aunque fuesse contra mí, pues no es menos el amor que tengo á la mi Belisia; pero no veo cosa que bastase para el desamor que muestra tenerme, que por mi parte no ha habido falta ninguna para la mudanza que ha hecho.

Filonio.—Si por tu parte no la ha habido, por la suya había tantas que basten para quitarla de culpa cuanto á ti te parecerá tener la mayor por ellas.

Torcato.—Por tu fe, Filonio, que tú me las digas, pues yo no las alcanzo ni entiendo.

Filonio.—Ya yo te dije que la primera de todas es ser mujer, á quien es propio y natural no permanecer en un ser mucho tiempo, y si alguna cosa las detiene más de lo que por su voluntad lo harían, es el interese de los servicios, los cuales tú no heciste, según has confessado, y assimesmo tú me has confessado que conociste ser servida y secuestrada de otros pastores y zagales, que con grande agonía procuraban ganarle su voluntad, y estando tú presente tuvieras mucho que hacer en entretenerla para no ser vencida, mira cómo podrás hacerlo estando ausente tanto tiempo, que por ventura tendrá ya perdida de ti la memoria como si nunca te hubiera conocido.

Torcato.—Propiedad es de las mujeres la que me has dicho; pero no confesaré yo de Belisia esse pecado, que porque en mí conociese el grande y verdadero amor que le tenía y por él me diese los favores que os he contado, los cua-les casi fueron sin perjuicio de su honestidad, no por esso podré pensar que me dexasse querer á mí por poner el amor en otro ninguno, pues sería difficultoso hallar otro que tanto la quisiese para forzarla á que se mudasse con ponerme á mí en olvido.

Filonio.—Esso todo es á tu parecer; pero otros hallarás muy diferentes, porque estando sin pasión conocen mejor que tú la condición y calidad de las mujeres, no haciendo á ninguna dellas tan casta como tu quieres que lo sea á Belisia.

Torcato.—Yo por casta la tengo á ella y á todas las mujeres, si las lenguas malas y testimonieras de los hombres dexasen de morderlas con testimonios falsos y levantados, como si las tuviésemos por mortales enemigas.

Filonio.—Bien puede ser assí como tú dices; pero escúchame lo que acaesció en el reino de Egipto, por donde conocerás el engaño que te tiene ciego para tener por tan cierto lo que has dicho.

Torcato.—Alguna fábula ó hablilla querrás contarme de las que suelen contar las viejas tras el fuego.

Filonio.—Antes te digo que es cosa muy cierta y verdadera, porque la escriben y cuentan notables varones y auctores á quien se da muy gran crédito: Diódoro, Herodoto (*Libro II*) «Y fué que uno llamado Ferón, hijo de un rey de Egipto que llamaron Sofis, tuvo una recia y muy grande enfermedad, de la cual vino á quedar del todo ciego, que fué para él la mayor persecución y trabajo que le podía venir en el mundo, tanto que no la tenía en menos que la muerte, y haciendo por su parte todas las diligencias possibles para saber si podría tornar á cobrar la vista que tenía perdida, y no hallando en los médicos consejo que le aprovechasse, acordó de consultar con grandes sacrificios los oráculos de sus dioses, los cuales le dieron por respuesta que después que hubiesse sacrificado con gran devoción á un dios que estonces era reverenciado y servido en la ciudad de Eliópoli, porque decían ellos que hacía grandes milagros en aquel tiempo, que pussiese los ojos en una mujer tan casta que no hubiese tenido pendencia sino con solo su marido, y que luego sería sano del mal que en ellos tenía. Ferón cumplió luego lo que los dioses le dixeron sin faltar nada, y teniendo confianza en su propia mujer, trayéndola delante de sí para cobrar por ella la salud que le faltaba, quedó como de antes sin ver ninguna cosa, y luego hizo traer todas las principales mujeres del reino de Egipto, las cuales no le aprovecharon más de lo que su mujer había hecho, y viéndose por esto affligido y fatigado, perdiendo del todo la esperanza de cobrar la vista, comenzó á probar de poner los ojos en odas las mujeres comunes, sin que le aprove-chase, hasta que le traxeron una mujer de un hortelano, y poniéndolos en ella, tornó luego á ser de la manera que antes, como si no hubiera tenido mal ninguno, y haciendo quemar por esto á su mujer con otras muchas de las más principales, se casó con ésta, aunque no falta-ron maliciosos que dixeron que en aquel mesmo día que la habían traído se había casado con el hortelano, y que si esperaban á otro día, por ventura Ferón no viera ni tuviera la salud tan deseada, porque no turara en ella la castidad tanto tiempo.»

Torcato.—Si en Egipto había en este tiem-po falta de buenas mujeres, ¿por ventura no la hubiera en otras partes donde hay tanta abun-dancia dellas que para cada hombre que haya bueno se hallarán mil que le hagan ventaja?

Filonio.—Esas que tú dices yo no las veo, porque si hablan en algunas partes de mujeres que tuvieron en mucho su castidad, luego ve-réis que traen por exemplo y dechado de todas ellas á Lucrecia y Virginea, romanas, y á Pe-nélope, griega, y á otras semejantes, y si todas son tales como éstas fueron, poco tienen que loarse de su bondad para que las tengan por castas.

Torcato.—¿Y qué defeto hallas tú que hu-bo en la bondad desas?

Filonio.—De Lucrecia yo te lo diré: si cuando Tarquino la quiso forzar, poniéndole el puñal á los pechos, ella consintiera que le diera con él y la matara antes que su castidad fuera violada, yo la tuviera verdaderamente por casta; pero después que consintió en que compliesse con ella su voluntad, aunque fuesse forzada, para cumplir con su marido Collatino y aun para cumplir con el mundo y alcanzar aquella fama después de su muerte que todos los gen-tiles procuraban, se mató públicamente, así mes-mo preveniendo á la muerte que por ventura Collatino le diera cuando tuviera noticia de lo que había pasado, cuanto más que no hay nadie que sepa si ella consintió en el adulterio por su voluntad, y arrepentida de haberlo hecho, ó te-miendo las causas que he dicho, quiso remediarlo todo con la muerte; y no pienses que yo por solo mi parecer la condeno, que muchos hay que dicen lo mesmo, y un flaire en nuestra aldea me dixo que Sant Agustín trataba della como de mujer que no había dado de sí tan buen exem-plo que se hubiesse de tener en mucho la cas-tidad que había mostrado.

Torcato.—Paréceme que, según la enemis-tad que muestras con la bondad de las mujeres, que no corres menos peligro con ellas que aquel su grande enemigo Torrella; pero, ¿de Penélope qué tienes que decir; que, según yo he oído, to-dos los libros griegos y latinos están llenos de sus alabanzas, loándola de casta y recogida, assí en el tiempo que su marido Ulises estuvo en la guerra de Troya y anduvo peregrinando por el mundo como en todo lo demás de su vida?

Filonio.—Assí es como tú dices; pero entre estos autores que escribieron della algunos hubo que dixeron muy al revés, porque no faltó quien ha escrito que, estando Ulises ausente, Pené-lope usaba de su cuerpo como pública ramera, y otro autor que dixo que Pan, dios de los pas-tores, fué hijo suyo y de Mercurio, y que por saber esto Ulises hizo divorcio con ella y se fué á vivir á la ínsola Cortina; y otros muchos que hablando de su vida trataron della como de mu-jer que había vivido deshonestamente y que no solamente tuvo por hijo al dios Pan, sino á otros muchos de diferentes padres, hechos en adulterio; y si Virginea fué muerta por no con-sentir en la desenfrenada voluntad de aquel va-rón de los diez que entonces gobernaban á Ro-ma, que por tan exquisitas y desvergonzadas formas y maneras procuraba gozar el amor ilícito y deshonesto que con ella tenía, fué por-que su padre hizo sacrificio de la hija por no re-cebir la afrenta que viviendo le estaba aparejada, que si á la voluntad de Virginea lo dexaran, por ventura excusara la muerte con dexarse co-rromper su honestidad antes que recebir las pu-ñaladas que le fueron dadas por su padre; así que no estés, Torcato, tan confiado de la tu Be-lisia que no puedas presumir que por haber puesto sus amores y voluntad en otra persona haya dexado los que contigo tenía, porque esto es lo que yo por más cierto tengo.

Torcato.—Y yo por más incierto, porque no me podrás inducir con tus enxemplos que pueda creerlo; porque ya que fuese verdad lo que has dicho, ¿cuántas mujeres ha habido y hay en el mundo tan castas que ninguna mancilla se puede poner en su bondad? Y si no mira lo que hizo la reina Dido por no querer consentir en los amores del rey Yarvas, ni aun después de la muerte de su marido Sicheo hubiese quien pu-diesse triunfar de su honestidad, y así escogió por mejor dexar hacer ceniza su cuerpo en el ardiente fuego que no dar lugar á que otro nin-guno pudiese gozar de lo que él había gozado; aunque el poeta Virgilio, no sé por qué causa ó razón inducido, quiso poner en su bondad y buena fama la mancilla que puso, diciendo que había tenido amores con Eneas, siendo falsedad averiguada, porque Dido fué mucho tiempo an-tes que Eneas, saliendo de Troya, anduviesse peregrinando por el mundo; y sin tratar de las mujeres antiguas, ¿cuántas en nuestros tiempos se sojuzgan al incomparable trabajo de las re-ligiones, haciendo sacrificio de la vida hasta la muerte, y otras que han tenido por mejor que sus cuerpos fueran despedazados que no consentir en qne por su voluntad la castidad fuesse en ellas violada? Sola Susana bastaba para quitar las lenguas de los maldicientes, viendo con cuánta firmeza procuró guardarla de aquellos viejos que procuraban aprovecharse della, teniendo por mejor ser por su falso testimonio condenada á la muerte que consentir en sus torpes desseos. Y sin ésta, te podría decir otras muchas que bastan en nuestros tiempos á defenderse de la importunidad de los hombres, sin dexarse jamás vencer para que su castidad corra peligro, ni ellas se puedan dexar de llamar mujeres castas; y para que mejor entiendas la ventaja que en esto hacen las mujeres á los hombres, mira lo que se usa en muchas partes y entre muchas naciones de gentes idólatras, que en muriendo los maridos se matan y se entierran, ó se queman con ellos, por su propia voluntad, y mostrando muy gran contentamiento en huir de los peligros en que quedaría su honestidad siendo vindas, y no verás hombre niaguno que haga lo mesmo aunque se le mueran cien mujeres; y ten por cierto que muchas habría en la christiandad que seguirían esta mesma orden si el temor de la perdición de sus ánimas no se lo vedase.

FILONIO.—En cargo te son las mujeres, que assí quieres defender contra la común opinión de todo el mundo ser hechas de otra differente condición y costumbres de las que tienen y en ellas se conocen; continuamente todos cuantos han escrito, cuando vienen á hablar en ellas, no hallan palabras que basten á contar sus vicios y torpezas; los libros están llenos dello, y no solamente los proffanos, pero también los de la Sagrada Escriptura, y si no pregúntalo á Salomón y verás con cuán encarescidas palabras las pone muchas veces del lodo, tratándolas como ellas lo merecen. Y en un libro que yo oí una vez leer decía que la mujer nunca era buena sino una vez en la vida, y que ésta era la hora que se moría, y que era mejor cuando más presto se muriese; y con estas palabras consolaba un amigo á otro porque su mujer se le había muerto.

TORCATO.—Bastaría que alguna mujer te hubiesse á ti tratado como á mí me ha hecho Belisia para que tanto mal me dixeses della y de todas las otras mujeres; pero no quiera Dios que yo con pasión me ciegue para decirlo, ni para consentir que tú pienses que tienes razón en lo que dices. Y lo primero que quiero preguntarte es quiénes son esos que escribieron los libros que has dicho.

FILONIO.—¿Quiénes han de ser sino hombres muy sabios y avisados que las tienen bien conocidas?

TORCATO.—Bien se parece que son hombres, que si fueran mujeres harto más tuvieran que poder decir y escribir y con mayor verdad de los hombres que no los hombres dellas, porqu verdaderamente muy mayores y más torpes y más comunes son los vicios en los hombres que en las mujeres, y nosotros, que las notamos acusamos de parleras y desenfrenadas en su lenguas, somos los que las infamamos diciendo tantos males dellas, que debríamos de tener vergüenza de que nuestras palabras saliessen p nuestras bocas tan perjudiciales contra personas de quien tantos bienes recebimos; y aunqu haya algunas malas entre ellas, yo fiador qu no sean tantas como los hombres, y nosotro mesmos somos la principal causa de sus males importunándolas y fatigándolas con promesas con engaños, con lisonjas y con persuasiones que bastarían á mover las piedras, cuanto más á mujeres, para que algunas veces vengan á dar en algunos yerros; y ellas jamás nos importunan ni fatigan requiriéndonos, y molestándonos con desvergüenza, antes tienen por mejor callando passar sus trabajos, que no dar á enten der lo que por ventura con su flaqueza les piden sus apetitos. Y los que escribieron contra ellas no fué contra las buenas, sino contra las malas y lo que dixeron de las unas, siendo pocas, no se ha de entender de las otras, que son muchas: así que sería mejor que todos nosotros nos empleásemos en decir bien de quien tantos bienes habemos recebido y recebimos cada día, y no mal de quien ninguno nos merece; y si alguna nos diere causa, con algunos desatinos, á que podamos decir mal della, sea particularmente para refiirla y castigarla con palabras y obras siendo necessario, y no queramos que paguen las justas por las peccadoras y las que no tienen culpa por las que merecen el castigo; que lo que fuera desto se hiciere ó dixere, será mal dicho y mal hecho, y los vituperios y infamias y deshonras quedarán en aquellos que las dixeren, queriendo por una mujer mala hacer á todo el género de las mujeres malas, siendo por la mayor parte buenas y tan buenas que plugiesse á Dios que no fuéssemos nosotros peores que ellas; y concluyendo digo que yo no tengo la sospecha que dices de que Belisia por haber tomado amores con otro haya dexado los míos; y primero lo habré visto por los ojos que lo confirme en el pensamiento.

FILONIO.—Paréceme, Torcato, que hablar alguna cosa en perjuicio de Belisia es tocarte á ti en el alma, y pues que con tanta afición y tan apassionadamente defiendes lo que le toca, yo no te veo otro remedio para salir deste piélago en que estás metido sino esperar á que el tiempo vaya consumiendo el agua poco á poco hasta que te balles en seco, y entonces juzgarás las cosas muy diferentemente de lo que agora lo haces.

GRISALDO.—Con estas pláticas se nos ha pasado el día, y pues que ya, Torcato, has descansado con decirnos tu fatiga y nosotros quedamos obligados á procurar tu remedio y consuelo en todo lo que pudiéremos hacerlo, aunque sea contra tu parecer y voluntad, procura de dexar la compañía de la soledad con que andas, porque con la conversación no tiene tanto lugar la tristeza que sin sentirlo te consumirá la vida, y agora todos nos vamos al lugar, donde los regocijos de las bodas de Silveyda nó serán aún acabados, y podremos llegar á tiempo que gocemos alguna parte dellos.

TORCATO.—Haced lo que os pareciere, que determinado estoy á forzarme y seguir vuestro consejo.

FILONIO.—Pues ¡alto! ¡sus! caminemos, y para que menos sintamos el camino, vamos cantando alguna cosa con que tomemos placer, que, según veo, bien será menester para que Torcato deseche parte de la tristeza con que anda.

TORCATO.—Yo quiero comenzar unos versos que hice en este desierto, al propósito de lo que mi corazón siente; vosotros me ayudad, para que mejor pueda cantarlos.

GRISALDO.—Comienza á decirlos, que asi lo haremos.

TODOS TRES PASTORES

Montes, sierras y collados, que entendido
habéis mi pena rabiosa y mis dolores,
escuchando mis fatigas y querellas
que al alto cielo han subido,
rompiendo con mis clamores
las estrellas,
  Doleos de mis trabajos y fatiga;
llorad conmigo mis ansias y mis males;
moveos á compasión de mi tormento,
pues la dulce mi enemiga
quiere sean mortales
los que siento.
  Los ríos desta montaña, con las fuentes,
testigos de mis fatigas y cuidados,
cansados ya de me ver con mis enojos,
detengan hoy sus corrientes,
dando lágrimas·parados
á mis ojos.
  Tú, Eco, que estás contino resonando,
de mis llantos grande amiga y compañera,
llevando mis tristes voces por los vientos,
no dexes de ir publicando
cómo me acusan, que muera
mis tormentos.
  Y tú, mi ganado triste y afligido,
con pastor tan sin ventura y desdichado,
que alreder deste acebo andas paciendo,
aquí te estarás tendido
tomando en ti mi cuidado,
y padesciendo.
  Soledad muy agradable, y compañía
á mis tristes pensamientos y memoria,
con la cual siempre descansa mi tristeza.
no dexes de ser mi guía,
porque sienta en ti su gloria
mi firmeza.
  Belisia, si mis clamores han herido
tus oídos, yo te ruego que escucharlos
quieras con lástima alguna y compasión
de verme tan afligido,
y no quieras ataparlos
sin razón.
  Porque si no remediares mi dolor,
á mí me basta que sepas que padezco,
con entera libertad, y así lo quiero.
con muy verdadero amor,
pues á la muerte me ofrezco
y por ti muero.
Fin.

Á LOOR Y HONRA DE NUESTRO SEÑOR JESUCHRISTO Y DE SU BENDITA MADRE SANTA MARÍA.

NUESTRO AMPARO Y GUÍA, FUERON IMPRESSOS LOS SIETE COLLOQUIOS EN LA CIUDAD DE MONDOÑEDO

EN CASA DE AGUSTÍN DE PAZ, IMPRESSOR

ACABÓSE Á XXV DÍAS DEL MES DE OCTUBRE DEL AÑO DE MDLIII

ÍNDICE GENERAL

EL CROTALON, DE CHRISTOFORO GNOSOPHO, NATURAL DE LA ÍNSULA EUTRAPELIA, UNA DE LAS ÍNSULAS FORTUNADAS

viçioso mançebo en poder de malas mugeres, bueltas las espaldas a su honrra, a los honbres y a Dios, disipar todos los doctes del alma, que son los thesoros que de su padre Dios heredó; y verase tambien los hechizos, engaños y encantamientos de que las malas mugeres vsan por gozar de sus laçivos deleytes por satisfazer a sola su sensualidad.. 145

Tetuán de Chamartín.—Imp. de Bailly-Baillière é hijos.

Impreso
en Leteón de Chamartín
por los editores
Sres. Bailly-Bailliere é Hijos.
1907.

Impreso
en Tetuán de Chamartín
por los editores
Sres. Bailly-Baillière é Hijos.
1907

CPSIA information can be obtained at www.ICGtesting.com
Printed in the USA
BVOW080355110712

294908BV00004B/26/P